古漢語常用字字典

部首索引

部首右邊的號碼是字典正文的頁碼。

第5版

古漢語常用字字典

繁體字本

原編者 王 力 岑麒祥 林 燾 等
修訂者 蔣紹愚 唐作藩 張萬起 等

商務印書館

古漢語常用字字典（第5版）繁體字本

原 編 者：王　力　岑麒祥　林　燾　戴　澧　唐作藩
蔣紹愚　張萬起　徐敏霞　等
修 訂 者：蔣紹愚　唐作藩　張萬起　宋紹年　李樹青
責任編輯：吳一帆　甘麗華
裝幀設計：涂　慧
排　　版：高向明
出　　版：商務印書館（香港）有限公司
香港筲箕灣耀興道 3 號東滙廣場 8 樓
http://www.commercialpress.com.hk
發　　行：香港聯合書刊物流有限公司
香港新界荃灣德士古道 220-248 號荃灣工業中心 16 樓
印　　刷：中華商務彩色印刷有限公司
香港新界大埔汀麗路 36 號中華商務印刷大廈 14 字樓
版　　次：2023 年 9 月第 1 版第 3 次印刷

ISBN 978 962 07 0570 0
Printed in Hong Kong

目　錄

出版説明

這本字典是在語言學家王力先生主編的《古代漢語》“常用詞”基礎上編寫的，指導思想和編寫原則由王力先生確定，字典初稿的絕大部分條目也都經過王力先生審定。從 1979 年由北京商務印書館出版以來，一直廣受讀者歡迎和學術界好評，重印上百次，發行逾千萬冊，是最暢銷的文言字典。1995 年榮獲首屆中國辭書獎一等獎，1993 年、1998 年、2005 年、2016 年分別出版修訂版，此次繁體本即據最新修訂版（第 5 版）而來。

本次在香港出版，考慮到讀者對象和使用習慣，有兩個變化：一是調整了排列順序，字頭排列改拼音序為部首和筆畫序；二是增加了粵語注音，所有字頭及書證引文中的生僻字，在普通話讀音之外，均加注粵語讀音。普通話讀音採用北京商務印書館原書注音，粵語注音多參考《商務新詞典》（商務印書館，2018 年重排本）、《商務新詞典（縮印本）》（商務印書館，1990 年）等工具書及香港中文大學“漢語多功能字庫”。遇疑難之處，編輯部提請何文匯博士、朱國藩博士審定，謹此表示謝意。

字形方面，遇有異體字，原則上以香港教育局字詞表以及《商務新詞典》選定的常用字形為字頭。少量字形相異、意義相異的字，則保留古漢語字形為字頭，以作區別。至於釋義中的古文引例，則遵循“文從主人”的原則，保留引書字形不變。

相信本書的出版，對讀者學習文言文，閱讀古代著作一定會大有幫助。

商務印書館編輯出版部

歷次修訂說明

簡體本第 5 版說明

《古漢語常用字字典》出版以來，重印次數已經超過 100 次。越是受到讀者的歡迎，我們越感到自己責任的重大。為了進一步完善字典的質量，我們在第 4 版的基礎上，又進行了一次修訂。修訂後的字典為《古漢語常用字字典》第 5 版。

這次修訂的幅度較大，包括以下方面：

(一) 字條做了個別的增刪。字頭及正文的繁簡字和異體字，根據 2013 年國務院公佈的《通用規範漢字表》做了全面的調整。

(二) 不少條目增加了音項和義項，一些條目的義項做了調整。

(三) 更改了一些條目的注音和釋義。

(四) 更換了一些例句。

經過修訂，增強了字典的科學性和實用性。

這次修訂，是由第 4 版的增訂者蔣紹愚、唐作藩、張萬起、宋紹年、李樹青五人承擔的，蔣紹愚負責統稿。

第 5 版的修訂出版工作得到了商務印書館的大力支持，責任編輯金欣欣和龔英為本書的出版做了不少工作，謹此致謝。

《古漢語常用字字典》修訂組

2015 年 10 月

簡體本第 4 版説明

《古漢語常用字字典》是 1979 年出版的，主要編寫者是王力、岑麒祥、林燾、戴澧、唐作藩、蔣紹愚、張萬起、徐敏霞。關於這本字典的編纂經過，已寫在 1988 年的“修訂説明”中，此處不再重複。字典出版以來，受到了讀者的歡迎，至今已經印刷了 60 餘次，印數已達上千萬册。1995 年，字典榮獲首屆中國辭書獎一等獎。這一方面使我們感到高興，一方面也使我們感到自己的責任重大。字典的讀者越多，我們越是應該進一步提高字典的質量。這本字典自出版以來，雖然做過幾次修訂，但仍然存在一些問題，所以我們決心做一次比較全面的增訂。增訂工作包括增補字條和修改原有字條，主要有以下幾方面：

（一）增補字條。原字典正文中的字頭 4200 多個全部保留；取消原字典的《難字表》，《難字表》中的字頭加以選擇，僻字删除，比較常用的字約 1800 個，增加例句，收入正文；另增補原字典正文和《難字表》中都沒有收錄的常用字 400 多個，寫成字條，統一按音序編排。第 4 版共收古漢語常用字 6 400 餘個（不包括異體字）。

我們選擇字頭的原則是：既然是《古漢語常用字字典》，那麼顧名思義，它的收字應以“古漢語”為範圍，以“常用”為標準。所謂“古漢語”，就是通常所説的“文言文”，指的是以先秦和兩漢的傳世文獻以及後代“古文家”模仿這些文獻的語言而寫成的作品為代表的那種語言，不包括漢譯佛典、六朝筆記、唐詩宋詞以及近代戲曲、小説的語言，所以，本字典只收文言文中的常用字，至於在其他語體的作品中常用的字，本字典不收。所謂“常用”，指的是在閱讀文言文作品中會經常碰到的，所以，那些只見於古代字書而沒有書證的字，以及只用作很少見的人名、地名、動植物名、器物名的字，本字典不收。還有，這本字典是為中等以上文化程度的讀者學習古漢語用的，那些古今意義完全一樣的字，讀者不需要查字典就能懂得，所以，這些字本字典也不收。

在增補字頭的過程中，我們參考了《十三經》和《史記》的字頻表，使我們在確定哪些字常用、哪些字不常用的時候有一個比較客觀的依據。《十三經》和《史記》中沒有的字，也就是東漢以後產生的字，如果不是很常用或者常用但古今意義沒有差別，一般不收。

(二) 調整義項。在增訂工作中，我們遵循原字典關於義項的取捨和分合的原則，對每一字條的義項認真推敲，有不夠妥當的就加以調整。義項取捨的原則是：重要的義項不能遺漏，較僻的義項不予列入；不是文言文中的意義一般也不列入。這是由這本字典的性質和對象決定的。義項分合的原則是：重視詞義的概括性，義項的分立不要太細碎，有些義項中可再列 ㊀引 ㊀又 ㊀泛 ㊀特 ㊀喻，以體現這些意義的內部聯繫。

(三) 改正注音和釋義。我們重新審定了注音和釋義。原字典 (包括正文和《難字表》) 中的注音和釋義總體上是準確的，但也有個別不當之處，這次增訂加以改正。

這次增訂在注音方面做了一項較大的改動：注音符號全部去掉，只用漢語拼音。標注直音字的方法也做了一些改變：1. 在音項下，原則上仍然既用漢語拼音又用直音字標音，但如果找不到和被注字的中古音韵地位基本相同的直音字則不用直音，如果是一個通假義，後面已經有了“通某”，也不再用直音。2. 在雙音詞條目中以及在例句中為字注音時，只用漢語拼音，不用直音。這樣做，是考慮到目前漢語拼音已非常普及，絕大多數讀者都可以根據漢語拼音讀出字音來，所以，直音只作為一種輔助的注音方法。

(四) 調整例句。第 4 版選用例句的原則是：例句要和釋義準確對應，而且儘量選用時代較早、典型性強、明白易懂的例句。根據這一原則，對原有的一些例句做了更換。為了幫助讀者理解例句，在有的例句中適當地加注音釋義或串講，這是本字典的一個特色，這次增訂仍然保持了這一特色，但考慮到今天讀者的古文水平比 20 年前高，所以第 4 版例句的注音釋義或串講適當減少了。

(五) 這次增訂對異體字、簡化字等也做了進一步的規範。

(六) 附錄原有《中國歷代紀元表》做了修改，並增加了《古代漢語語法簡介》、《怎樣學習古代漢語》兩部分內容。

此外，第 4 版的初稿完成後，還請北京大學中文系的部分學生將全部例句與原書做了核對，以保證書證的準確可靠。

這次增訂工作是從 1999 年 6 月開始的，增訂工作由蔣紹愚負責，承擔增訂工作的是蔣紹愚、唐作藩、張萬起、宋紹年、李樹青五人，此外還有一些同志參加資料收集等輔助工作。我們五人一起討論了增訂的原則、分工和工作進度，由蔣紹愚提出具體的增訂計劃和增刪字頭的總表。字表確定後，五人分工撰寫：唐作藩寫 A-F，張萬起寫 G-J，宋紹年寫 K-R，李樹青寫 S-T，蔣紹愚寫 W-Z。初稿完成後，由蔣紹愚統稿，唐作藩審音，張萬起審字頭。附錄《古代漢語語法簡介》、《怎樣學習古代漢語》是蔣紹愚寫的，附錄《中國歷代紀元表》的修改是張萬起負責的。增訂工作在 2004 年 6 月底最後完成，前後歷時五年。在這五年中我們都是用業餘時間進行增訂工作的，再加之水平有限，第 4 版肯定還會有疏漏和錯誤，我們懇切地期望專家和讀者予以指正，我們將在今後做進一步的修改。

這次增訂雖然改動的幅度相當大，但是，我們時刻沒有忘記，這本字典的良好的基礎是由原編者打下的，特別是本字典的指導思想和編寫原則，是語言學大師、我們的老師王力先生確定的。在這次增訂工作中，我們依然遵循着字典的這些指導思想和編寫原則。在進行增訂工作的時候，我們更加懷念我們敬愛的老師王力先生，他對我們的教誨將永遠銘刻在我們心中。

我們的增訂工作得到了商務印書館的大力支持，責任編輯金欣欣、編輯部喬永，都為本書的出版做了不少工作，謹此致謝。

《古漢語常用字字典》增訂組

2005 年 1 月

1998 年簡體本改版説明

《古漢語常用字字典》1979 年出版以來，深受廣大讀者歡迎，學術界也給予了肯定性評價。1993 年出版修訂版。1995 年該書獲得中國辭書獎一等獎。

這次利用 1993 年修訂版改版重排，借改版機會，我們又對全書做了一些改動，主要是：按照規範化要求審定了字形和注音，改正了某些條目的釋義和例句中解釋的不妥之處，更換和補充了一些例句。收字和全書體例，均仍其舊。歡迎讀者對本書提出寶貴意見。

《古漢語常用字字典》編寫組

1998 年 4 月

修訂説明

《古漢語常用字字典》是在 1974-1975 年編寫的。擔負主要編寫任務的是北京大學中文系的王力、岑麒祥、林燾、戴澧、唐作藩、蔣紹愚和商務印書館的張萬起、徐敏霞。當時參加編寫工作的還有北京大學中文系漢語專業的其他一些老師和學生，以及北京齒輪廠等單位的一些工人。

這本字典是在王力主編的《古代漢語》"常用詞"的基礎上編寫的，《古代漢語》"常用詞"的編寫原則和體例都為字典所遵循和沿用。字典初稿的絕大部分條目也都經過王力先生審定。所以，這本字典有一定的特色並受到讀者的歡迎，是和王力先生的指導分不開的。但在當時，王力先生未能系統地審定全書，字典中的缺點錯誤當然不能由王力先生負責。

由於當時的歷史條件，在字典初稿中有不少錯誤、不妥和粗疏之處。1976 年以後，對初稿進行過一次修改。當時字典編寫組已經解散，修改工作主要由蔣紹愚擔負。但這次修改只是改正了字典中較明顯的錯誤、不妥和粗疏之處，未能做較徹底的修改。

字典從 1979 年出版以來，受到了廣大讀者的歡迎，前後已印行多次。這一方面使我們感到高興，另一方面也使我們感到自己的責任。所以，當商務印書館提出希望我們對字典做一次全面的修訂時，我們很高興地接受了這一任務。參加修訂工作的共五人：唐作藩、蔣紹愚、張萬起、宋紹年、李樹青。前三人是原字典編寫組的主要成員，後二人也曾參加過字典初稿的編寫。全書的統稿由蔣紹愚擔負。

這次修訂對原書的改動和增補較大，主要是做了下面一些工作：

(1) 增補條目。正文增加 416 條，《難字表》調整後又增加了將近 200 條。

(2) 對原有條目進行了較大幅度的修改，改正了原書一些錯誤和不當之處，更換了不少例句；有一些條目增加了義項或附收的雙音詞。

(3) 去掉了原書附錄《古漢語語法簡介》。

由於修訂者水平有限，修訂本《古漢語常用字字典》中的錯誤在所難免，敬請專家、讀者予以指正。

《古漢語常用字字典》修訂組

1988 年 12 月

凡　例

一、　本字典按部首、筆畫順序排列。同部首內，依筆畫多少排序。同筆畫者，按照起筆筆順橫（一）、豎（丨）、撇（丿）、點（丶）、折（乛）排序；首筆相同者，按照第二筆順序排列，依次類推。

二、　本字典採用《康熙字典》部首，參考香港教育局《香港小學學習字詞表》所附《常用字字形表》歸部，立 212 部。副部首除單獨列目之外，並附於主部首之後，讓讀者一目瞭然，如：刀（刂）、心（忄⺗）、玉（王）、水（氵氺）。書中除部首索引、漢語拼音檢索表外，另設異體字筆畫索引，以備查檢。

三、　本字典收字 7200 餘個（包括異體字）。收字的原則是：先秦兩漢傳世文獻比較常用的字一般都收入；雖然常用但古今意義相同而且現代漢語中也很常用的字不收。古書中很少出現的生僻字和生僻意義，以及古白話和現代漢語中才出現的字和意義不收，唐詩宋詞特有的意義一般不收。

四、　酌收少量的雙音詞，約 2500 多個。一般排列在雙音詞第一個字的字頭下，如果第一個字很好懂或本字典沒有收，就排在第二個字的字頭下。如：[九垓] 收在"垓"字下。

五、　一個字的多種意義，不論讀音相同與否，都排列在一個字頭下。字頭下標注漢語拼音和粵語讀音。適當注明舊讀，一般不用又讀。一字多音的，在字頭下一般注現在最常見的讀音。義項前面不注音的，表示這些義項就讀字頭下注的音。其餘的讀音，在有關義項前面分別注明。粵音標注採用香港語言學學會的注音系統。

六、　為了便於理解和掌握詞義，義項一般按詞義引申的遠近次序排列。即先列本義（或基本意義），然後依次列引申義、假借義。

七、　同一義項中的 [引] 表示很近的引申義，[又] 表示相近而又並列的意義，[特] 表示特指，[泛] 表示泛指，[喻] 表示比喻義。

八、　釋義後面註明“後起意義”的，表示是魏晉以後出現的意義。

九、　為了加深對詞義的理解，有的義項在例句後面舉了一些保留這個意義的雙音詞和成語等。

十、　在一些字條下有【注意】和【辨】。【注意】一般用於指出在詞義的歷史發展中應當注意的地方。【辨】一般用於同義詞或近義詞的辨析。【注意】和【辨】中有時提到“上古”，指的是商周和秦漢時期。

十一、例句的作用在於幫助讀者理解詞義。儘量選用時代較早、典型性強、明白易懂的例句。為了便於中等文化程度的讀者使用字典，較難懂的例句適當做了註解或串講。凡在註解中標明“指 ××”的，都是為了串通例句所作的隨文解釋，不能作為這個字的義項看待。

十二、例句中的“～”代表這個字頭或這個字頭的異體字。雙音詞下的例句中，“～～”代表這個雙音詞。

十三、本字典附錄有《中國歷代紀元表》、《古代漢語語法簡介》、《怎樣學習古代漢語》三種。

使用説明

字頭　　異體字對照　　最常見讀音（漢語拼音、粵語讀音）

部首外筆畫數

“～”代表字頭或該字頭的異體字

“～～”代表前面的雙音詞

生僻字注音

字義解釋

古文例句

雙音詞及解釋

多音字，標注除最常見讀音外的其他讀音

成語舉例

指出在詞義的歷史發展中應當注意的地方

11 **寧** （甯）níng 粵 ning^{4} ❶ **安定，安寧，平息**。《詩經・小雅・常棣》：“喪亂既平，既安且～。”柳宗元《捕蛇者説》：“雖雞狗不得～焉。”《國語・晉語八》：“聞子與和未～。”❷ **［歸寧］女子回娘家探視父母**。《詩經・周南・葛覃》：“～～父母。”❸ nìng 粵 ning^{4}/ning^{6} **副詞。豈，難道**。《周易・繫辭下》：“介如石焉，～用終日？斷可識矣。”《史記・陳涉世家》：“王侯將相～有種乎？”❹ nìng 粵 ning^{4}/ning^{6} **寧可，寧願**。《韓非子・外儲説左上》：“～信度，無自信也。”（度：指尺寸。）賈思勰《齊民要術・耕田》：“若水旱不調，～燥不濕。”**成語有“寧死不屈”、“寧為玉碎，不為瓦全”**。❺ nìng 粵 ning^{4}/ning^{6} **竟，乃**。《詩經・小雅・小弁》：“心之憂矣，～莫之知。”**【注意】在古代，“宁（zhù 粵 cyu^{5}）”和“寧”、“甯”不是一個字，意義不相同。上述義項都不寫作“宁”。參見143頁“宁”字。**

14 **嶺** lǐng (粵) $ling^5$/$leng^5$ ❶ **小而尖的山**。謝靈運《初去郡》詩："登～始山行。" (泛) **山**。王羲之《蘭亭集序》："此地有崇山峻～，茂林修竹。" 李白《題元丹丘潁陽山居》詩："卻顧北山斷，前瞻南～分。"（卻顧：回頭看。）(引) **山脈**。蘇軾《題西林壁》詩："橫看成～側成峰。" ❷ **專指五嶺，即大庾嶺、越成嶺、都龐嶺、萌渚嶺、騎田嶺，在今江西、湖南和廣東、廣西交界處**。《晉書・吳隱之傳》："朝廷欲革～南之弊。"（革：改革。嶺南：即五嶺之南，指今廣東。）**【注意】在古代，"岭"(líng (粵) $ling^4$) 和 "嶺" 是兩個字，意義各不相同。上述義項都不寫作 "岭"。**
【辨】陵，山，嶺，丘。見 695 頁 "陵" 字。

表示泛指

表示很近的引申義

註解和串講

字義辨析

參見

17 **寶** **(寶)** bǎo (粵) bou^2 ❶ **寶物，珍貴的東西**。《禮記・檀弓上》："南宮敬叔反，必載～而朝。"（反：返。）《史記・李斯列傳》："今陛下致崑山之玉，有隨、和之～。"（隨：指隨侯珠。和：指卞和璧。）(喻) **可貴的方法、東西**。《老子・六十七章》："我有三～，持而保之。" **佛教有 "法寶" 一詞**。(叉) **珍貴**。《荀子・富國》："佩～玉。" ❷ **視……為寶，珍愛**。《尚書・旅獒》："不～遠物，則遠人格；所～惟賢，則邇人安。"（邇：近。）❸ **封建社會裏稱帝王的東西。如 "寶位"、"寶駕"**。(特) **皇帝的印**。《新唐書・車服志》："至武后，改諸璽皆為～。" **【辨】珍，寶。見 394 頁 "珍" 字。**

表示比喻義

表示相近而又並列的意義

表示特指

漢語拼音檢索表

字右邊的號碼是字典正文的頁碼，帶圓括號的字是異體字。

A

ā

阿 692

āi

哀 89
埃 111
欸 312

ái

皚 418
磑 436
騃 734

ǎi

欸 312
毐 321
藹 555
靄 708

ài

僾 41
嗌 97
噫 101
堨 114
愛 210
曖 276
艾 527
薆 550
阨 691
隘 699
靉 708
餲 728

ān

唵 95
媕 136
安 144
庵 180
（菴） 180
盦 422
（盦） 422
諳 597
闇 688
陰 695
鞍 715

án

唵 95

ǎn

晻 273
闇 688

àn

岸 162
（屽） 162
按 234
晻 273
暗 274
案 293
犴 386
（豻） 386
闇 688
黯 755

áng

卬 72
昂 270

àng

枊 287
盎 420

áo

嗷 98
（嗸） 98
囂 102
廒 182
（厫） 182
敖 257
熬 375
獒 390
磝 437
翱 502
（翶） 502
聱 508
螯 563
謷 600
遨 655
鏖 680
驁 736
鼇 757
（鰲） 757

ǎo

夭 124
媼 136
拗 232
（抝） 232

ào

傲 37
（慠） 37
坳 110
（垇） 110
奡 127
奧 128
拗 232
敖 257
澆 360
澳 364
謷 600
隩 700
驁 736

B

bā

巴 170
芭 530
豝 606

bá

拔 229
胈 512
茇 531
跋 622
軷 634
魃 744

bǎ

把 229
靶 711

bà

伯 20
灞 368
罷 497
霸 707
（覇） 707
靶 711

bái

白 417

bǎi

伯 20
佰 23
捭 239
陌 693

bài

拜 232
排 238
敗 258
稗 448
粺 470
韛 712

bān

斑 261
斒 262
朌 280
班 395
瘢 415
般 525
頒 717

bǎn

坂 108
（岅） 108
（阪） 108
板 287
版 381
胖 513
蝂 561
阪 691

bàn

伴 21
半 71
拌 231
絆 477
辨 642
辦 642
辯 642
靽 711

bāng

彭 190
邦 659
（邫） 659

bǎng

榜 303
牓 382

bàng

並 4
傍 36
徬 196
搒 245
旁 266
棓 297
蚌 561
謗 599

bāo

包 67
胞 513
苞 533
裒 572
褒 574
（襃） 574

bǎo

保 26
堡 115
寶 153
（寳） 153
葆 542
褓 574
（緥） 574
鴇 747

bào

報 115
抱 231
暴 275
虣 558
袍 570
鮑 744

bēi

卑 71
埤 112
椑 297
碑 435
箄 462
背 512
陂 693

běi

北 68

bèi

倍 32
偝 33
備 36
（偹） 36
北 68
唄 90
埤 112
孛 141
佛 201
悖 205
憊 216
狽 388
糒 470
背 512
茇 531
被 570
誖 591
貝 608
輩 638
邶 660
鞁 711
鞴 712

bēn

奔 126
（奔） 126
犇 385
賁 611

běn

本 282
畚 407

bèn

坌 109

bēng

伻 19
崩 164
抨 230
祊 439
絣 479

běng

唪 91

稠 448
籌 467
紬 476
綢 483
裯 573
譸 602
讎 603
(讐) 603
躊 631
酬 665
(酧) 665
(醻) 665

chǒu

丑 3
杻 287
醜 666

chòu

臭 521

chū

出 53
樗 305
初 569
貙 608

chú

幮 175
廚 182
(厨) 182
滁 355
篨 465
芻 530
蜍 560
躇 630
躕 631
鉏 672
除 694
雛 704

chǔ

儲 43
杵 286
楮 295
楚 299
礎 438
處 557
(処) 557
(處) 557
褚 573

chù

亍 9
俶 30
怵 200
搐 245
滀 354
畜 407
矗 431
絀 477
蓫 546
處 557
觸 583
黜 754

chuǎi

揣 243

chuài

嘬 99

chuān

川 167
穿 452

chuán

傳 37
椽 301
篅 463
遄 652

chuǎn

喘 95
舛 525
踳 626
踹 627

chuàn

釧 670

chuāng

創 61
(刱) 61
(剏) 61
摐 247
鏦 679

chuáng

幢 175
橦 308
牀 381
(床) 381

chuǎng

愴 213

chuàng

創 61
愴 213

chuī

吹 84
龡 761

chuí

倕 34
垂 110
捶 243
椎 297
棰 300
(箠) 300
甀 402
錘 677
陲 698

chuì

惙 209

chūn

春 270
(旾) 270
杶 286
椿 299
輴 638

chún

淳 345
(湻) 345
漘 357
純 474
肫 511
蒓 546
(蓴) 546
醇 666
(醕) 666
錞 676
鶉 748

chǔn

惷 209
蠢 565

chuō

擉 250
趠 620
踔 625
逴 650

chuò

啜 93
娖 134
惙 209
歠 314
汋 326
淖 344
綽 481
綴 484
輟 638
辵 643
齪 760

cī

差 169
玼 394
疵 412
訾 588

cí

慈 212
(慈) 212
祠 441
粢 469
茨 535
茲 536
薋 551
薺 553
詞 588
辭 642
(辤) 642
雌 703
餈 726
骴 738
(髊) 738
鷀 749
(鶿) 749

cǐ

佌 23
此 315
泚 336
玼 394

cì

伺 21
佽 24
刺 57
時 272
次 312
賜 615
錫 675

cōng

樅 305
聰 508
葱 542
(蔥) 542
鏦 679
驄 736
(騘) 736

cóng

叢 78
(藂) 78
(䕺) 78
從 194
悰 209
淙 346
潀 358
(漎) 358
琮 396

còu

湊 347
腠 517
輳 638

cū

粗 468
(觕) 468
(麤) 468

cú

徂 191
殂 317

cù

促 26
倅 32
卒 71
數 260
猝 389
簇 465
趣 620
趨 620
踧 625
蹙 628
[illegible] 629
蹴 630
(蹵) 630
酢 664
醋 665
顣 721

cuán

巑 167
攢 254

cuàn

爨 379
竄 455
篡 464
(簒) 464

cuī

摧 247
榱 303
漼 358
縗 488
衰 569

cuǐ

洒 335
漼 358
璀 399

cuì

倅 32
啐 92
崒 164
悴 209
(顇) 209
毳 323
淬 346
焠 373
瘁 414
竁 455
粹 470
綷 483
翠 501
脆 514
(脃) 514
萃 540

cūn

皴 419

cún

存 140
踆 625
蹲 630

cǔn

忖 197

cùn

寸 153

cuō

差 169
撮 248
瑳 398
磋 436
蹉 628

cuó

嵯 165
痤 413
瘥 415
酇 663
醝 666

cuǒ

脞 515

cuò

剉 59
剒 59
厝 74
挫 237
措 238
莝 537
銼 674
錯 675

D

dá

妲 132
怛 200
憚 217
沓 330
笪 457
達 651

G

膏 518
高 739
鼛 758

gǎo

杲 288
槁 303
(槀) 303
稿 449
(稾) 449
(藁) 449
縞 488

gào

告 84
膏 518
誥 591

gē

割 61
哥 90
戈 220
歌 313
(謌) 313

gé

愅 211
格 291
槅 302
膈 518
葛 542
蛤 559
閤 686
閣 686
隔 698
革 710
鞈 711
韐 713
骼 738
髂 738
鬲 742

gě

合 82
哿 91
舸 526

gè

个 4
個 31
(箇) 31

gèn

亙 10
(亘) 10
緪 478
艮 526

gēng

庚 179
更 277
緪 478
(絙) 478
(縆) 478
羹 500
賡 616
鶊 749

gěng

梗 293
綆 480
耿 506
鯁 745
(骾) 745

gèng

堩 115
更 277

gōng

供 22
公 47
共 48
功 63
宮 147
工 168
恭 202
攻 255
紅 472
肱 511
觥 582
(觵) 582
躬 632
(躳) 632

gǒng

共 48
拱 233
拲 235
栱 291
澒 360
珙 394
蛩 559
蛬 559
鞏 711

gòng

供 22
共 48
貢 609
贛 618

gōu

冓 50
勾 67
句 80
枸 290
溝 352
篝 464
鈎 671
(鉤) 671
韝 714
(鞲) 714

gǒu

枸 290
笱 458
耇 504
(耉) 504
苟 532

gòu

冓 50
勾 67
呴 86
垢 110
姤 133
媾 137
彀 188
構 302
(搆) 302
覯 579
詬 589
(訽) 589
購 616
遘 654
雊 703
鴝 747

gū

估 18
呱 86
姑 131
孤 141
沽 331
箛 463
罛 496
(罛) 496
苽 531
菰 541
蛄 559
觚 581
軱 634
辜 641
酤 664

gǔ

估 18
愲 213
扢 226
汩 328
沽 331
淈 347
滑 353
牯 384
盬 423
瞽 430
穀 449
罟 496
羖 498
股 511
苦 530
蠱 565
詁 586
谷 604
賈 613
轂 639
鈷 672
骨 738
鵠 748
鶻 749
鼓 757
(皷) 757

gù

固 104
故 256
梏 294
痼 413
錮 675
雇 702
(僱) 702
顧 721

guā

緺 485
苽 531
騧 735
鴰 748

guǎ

剮 61
寡 150

guà

卦 72
挂 233
(掛) 233
絓 478
罣 496
詿 589

guāi

乖 7

guài

廥 183
怪 201
(恠) 201

guān

倌 32
冠 51
官 145
瘝 414
矜 431
綸 483
莞 538
觀 580
關 690
鰥 746

guǎn

斡 262
琯 396
痯 414
筦 461
管 462
館 727
(舘) 727

guàn

丱 5
冠 51
悺 209
(悹) 209
摜 247
毌 320
涫 346
灌 368
爟 379
瓘 401
盥 422
祼 442
觀 580
貫 610
雚 704
鸛 750

guāng

光 44
洸 336

guǎng

廣 182
獷 392

guàng

俇 27
廣 182
迋 644

guī

傀 36
圭 107
嶲 166
(巂) 166
歸 316
珪 394
瑰 398
(瓌) 398
瓌 400
皈 418
瞡 429
袿 571
規 579
閨 685
龜 761

guǐ

佹 24
匭 69
垝 110
姽 133
宄 143
庋 178
恑 204
晷 273
氿 325
癸 416
簋 465
詭 590
軌 633
鬼 743

guì

劌 62
匱 69
檜 309
猤 390
襘 576
貴 611
趹 622
跪 624
蹶 630
鐀 680
鱖 746

gǔn

緄 482
袞 570
鯀 745
(鮌) 745

guō

廓 182
活 337
渦 350
緺 485
聒 507
蟈 563
郭 661

化 68
槬 305
(摦) 305
畫 408
華 538
輠 637

huái

徊 192
懷 220
踝 626

huài

壞 120

huān

嚾 102
歡 314
(懽) 314
讙 604
貆 607
驩 737

huán

圜 106
垸 111
嬛 139
寰 152
桓 291
梡 295
澴 363
環 400
繯 491
萑 540
豲 607
(獂) 607
(貛) 607
貆 607
轘 640
還 657
鍰 677
鐶 681
闤 691
雈 704
鬟 741

huǎn

緩 485

huàn

圂 104
奐 127
宦 146
幻 177
患 204
擐 250
浣 342
(澣) 342
渙 350
漶 358
煥 374
眩 425
睆 427
豢 606
轘 640
逭 650

huāng

肓 510
荒 535

huáng

凰 53
喤 95
徨 195
惶 212
潢 360
煌 374
璜 399
皇 418
篁 463
簧 466
艎 526
遑 652
鍠 677
隍 698
黃 753

huǎng

幌 174
怳 202
恍 203
慌 212
洸 336
爌 378
芒 528

huàng

洸 336
滉 353
潢 360

huī

墮 119
徽 196
恢 203
戲 223
撝 244
揮 244
暉 274
煇 374
睢 428
翬 502
虺 558
褘 575
豗 606
輝 638
隋 697
隨 700
隳 701
麾 753

huí

回 103
(囬) 103
洄 336
迴 646
(廻) 646

huǐ

悔 206
毀 320
燬 378
(焜) 378
虫 558
虺 558

huì

匯 69
卉 71
喙 96
嘒 97
彗 189
彙 189
恚 202
惠 207
慧 214
晦 273
會 279
槥 304
檜 309
沬 330
濊 362
穢 450
篲 465
繢 490
繪 492
翽 503
蕙 548
薈 550
蟪 563
誨 592
諱 598
賄 612
闠 690
靧 710
(頮) 710

hūn

惛 209
(惽) 209
昏 270
(昬) 270
葷 543
閽 687

hún

渾 351

hùn

圂 104
慁 212
混 344
渾 351
溷 353

huō

豁 604
騞 734

huó

佸 22
活 337

huǒ

夥 122
火 369

huò

嚄 101
惑 207
或 221
湱 350
濊 362
濩 364
瀖 366
獲 391
矐 431
禍 442
(旤) 442
穫 451
臛 518
(臒) 518
藿 554
蠖 564
謋 599
豁 604
貨 609
鑊 681
雘 704
霍 706

J

jī

倚 29
几 53
剞 59
唧 90
基 113
墼 119
奇 126
姬 134
屐 159
幾 178
擊 251
朞 281
期 281
枅 285
機 308
激 363
璣 399
畸 409
畿 409
磯 438
禨 443
稽 449
積 450
笄 457
緝 485
羈 498
(羇) 498
(覊) 498
肌 510
芨 535
萁 539
襀 575
觭 582
諆 593
譏 602
賫 614
(賷) 614
(齎) 614
踦 625
躋 631
錤 675
鐖 681
隮 701
鞿 713
飢 724
饑 729
齊 758
齏 759
(虀) 759
(韲) 759

jí

亟 10
佶 22
即 73
及 77
吉 81
塈 111
嫉 137
岌 161
彶 199
急 200
㥛 211
戢 222
极 287
棘 298
極 299
楫 300
(檝) 300
殛 318
汲 329
濈 363
疾 412
瘠 415
笈 457
籍 467
級 475
緝 485
耤 506
脊 513
膌 518
蒺 545
藉 552
蝍 561
襋 576
踖 625
蹐 628
輯 638
集 702
革 710
鶺 749

jǐ

己 169
幾 178
戟 222
(㦸) 222
掎 238
撠 248
棘 298
濟 365
給 478
脊 513
蟣 564

jì
伎 16
偈 34
冀 49
劑 63
勣 66
嚌 101
塈 115
季 141
寄 148
寂 149
幾 178
忌 198
惎 207
悸 208
技 227
既 267
暨 275
洎 337
濟 365
機 443
概 449
稷 449
穄 450
穧 451
紀 473
紒 475
結 478
績 489
繼 492
罽 497
芰 529
薊 550
薺 553
覬 580
計 583
記 585
諅 592
跽 624
(䐹) 624
迹 644
(跡) 644
(蹟) 644
際 699
霽 708
騎 734
驥 737
髻 740
鰿 746
齊 758
齎 759

jiā
佳 22
俠 26
加 63
哿 91
嘉 97
夾 125
家 147
挾 236
枷 290
梜 294
浹 339
珈 394
笳 458
筴 460
葭 541
豭 607
跏 623
麚 752

jiá
夾 125
恝 202
戛 222
(戞) 222
拮 233
眏 427
蛺 560
跲 624
鋏 674
頡 718
頰 718

jiǎ
假 33
嘏 97
岬 162
斝 262
(斚) 262
柙 289
檟 309
(榎) 309
甲 404
瘕 414
賈 613

jià
假 33
嫁 137
枷 290
稼 449
賈 613
駕 732

jiān
兼 49
囏 103
堅 113
奸 129
姦 133
帴 173
戔 222
椷 300
殲 319
(殱) 319
淺 344
湛 348
湔 351
漸 356
瀸 367
熸 377
犍 385
監 421
礛 438
箋 461
(牋) 461
緘 484
縑 488
肩 511
艱 527
菅 541
蒹 545
蕳 549
(葌) 549
豣 606
鈃 671
閒 684
(間) 684
靬 710
鞬 712
韉 713

jiǎn
儉 40
帴 173
戩 223
揃 243
柬 290
楗 301
檢 309
減 348
瞼 430
簡 466
(𥳑) 466
翦 501
謇 599
譾 600
(謭) 600
趼 621
蹇 628
錢 675
鐗 680

jiàn
俴 30
健 35
僭 39
建 184
揵 244
栫 291
楗 301
檻 310
洊 335
湔 351
漸 356
澗 361
濫 365
監 421
瞯 430
(覵) 430
箭 463
薦 551
(荐) 551
見 578
諓 593
諫 596
賤 615
踐 625
鍵 678
鐧 680
鑑 682
(鑒) 682
閒 684
餞 727

jiāng
僵 40
將 154
江 326
漿 359
(𩟄) 359
疆 410
螿 563
韁 713
(繮) 713

jiǎng
獎 390
(奬) 390
講 598
顜 720

jiàng
匠 69
將 154
強 188
洚 338
絳 479
降 694

jiāo
交 11
佼 24
僬 39
咬 89
嘐 98
噍 99
姣 133
嬌 138
嶕 166
憍 217
教 257
椒 297
澆 360
燋 377
艽 528
茭 535
蕉 549
蛟 559
蟭 564
轇 640
郊 661
鐎 680
驕 737
鮫 745
鷦 750

jiǎo
佼 24
僥 38
剿 62
(勦) 62
(劋) 62
徼 196
摎 247
撟 249
敫 260
橋 307
湫 350
狡 387
皎 418
皦 419
矯 432
絞 479
繳 492
腳 517
(脚) 517
角 581
蹻 630

jiào
嘂 98
噍 99
噭 100
嶠 165
徼 196
教 257
斠 262
校 292
珓 395
皭 419
(皭) 419
窌 453
覺 580
趭 621
較 636
轎 640
醮 667
釂 667

jiē
喈 94
嗟 97
接 240
揭 243
楷 300
湝 349
痎 412
皆 417
秸 446
(稭) 446
(䕸) 446
階 697
(堦) 697

jié
倢 30
偈 34
傑 36
(杰) 36
劫 63
(刦) 63
(刧) 63
(刼) 63
婕 135
孑 140
岊 161
巀 166
截 222
拮 233
捷 238

潏 362
爝 379
爵 380
玃 392
玦 393
玨 393
(瑴) 393
(珏) 393
矍 431
硞 434
絕 479
臄 519
蕨 548
蠼 566
覺 580
角 581
觖 581
觳 582
訣 586
譎 602
趹 622
蹶 630
(蹷) 630
蹻 630
躩 632
較 636
鐍 681
(觼) 681
钁 683
闋 689
駃 731
鴃 747

jūn

君 85
均 108
皸 419
筠 460
軍 633
鈞 671
麕 752
(麇) 752
龜 761

jùn

俊 28
(儁) 28
(㑺) 28
峻 163
捃 237
(攗) 237
(攟) 237
(攈) 237
浚 342
(濬) 342
焌 372
畯 408
竣 456
箘 462
(箟) 462
菌 540
郡 661
雋 702
餕 727
駿 734
鵔 748

K

kāi

開 684

kǎi

凱 53
剴 61
塏 116
慨 212
愷 213
楷 300
豈 605
鍇 676
鎧 678
闓 689

kài

愒 212
愾 213

kān

刊 55
(栞) 55
勘 65
堪 114
嵁 164
戡 222
看 425
龕 761

kǎn

侃 23
(偘) 23
坎 108
埳 112
欿 313
轗 640
(輡) 640
顑 719

kàn

看 425
瞰 430
(矙) 430
衎 567
闞 690

kāng

康 181
慷 215
(忼) 215
杭 287
槺 305
(穅) 305

kǎng

骯 738

kàng

亢 11
伉 17
坑 108
抗 228
閌 685

kāo

尻 157

kǎo

栲 291
考 504
薧 551

kào

犒 385

kē

柯 288
榼 302
珂 393
疴 411
痾 414
磕 438
科 445
窠 453
苛 530
軻 634
頦 718

ké

咳 89

kě

可 79
渴 349

kè

克 45
刻 58
剋 58
(勊) 58
(尅) 58
匼 75
可 79
堁 111
客 147
恪 204
溘 352
蛒 566
(喀) 566
(咯) 566
課 593

kěn

懇 218
肯 510
(肎) 510
齦 760

kēng

坑 108
硎 434
硜 434
(硻) 434
誙 591
鏗 679
阬 692

kōng

倥 32
崆 164
悾 209
空 452
箜 463

kǒng

倥 32
孔 140
恐 202
空 452

kòng

控 240
空 452
鞚 712

kōu

彄 189
摳 246

kǒu

口 79

kòu

叩 80
寇 148
怐 201
扣 226
溝 352
鷇 749

kū

刳 57
哭 90
堀 113
搰 245
枯 288
矻 433
窟 454

kǔ

楛 299
苦 530

kù

嚳 102
(俈) 102
庫 180
袴 571
(絝) 571
酷 665

kuā

侉 23
夸 125
姱 133
誇 589

kuà

夸 125
胯 514
(骻) 514
袴 571

kuǎi

蒯 545

kuài

儈 41
凷 53
噲 101
塊 116
快 199
旝 267
會 279
澮 364
獪 391
膾 519
鄶 663
駃 731
鱠 746

kuān

寬 151
髖 739
(臗) 739

kuǎn

梡 295
款 312
(欵) 312
窾 455

kuāng

劻 64
匡 69
眶 418
筐 459

kuáng

狂 386
誑 592

kuǎng

懭 219

kuàng

兄 44
卝 72
壙 120
曠 277
況 332
爌 378
眶 418
穬 451
纊 493
(絖) 493
貺 611

kuī

刲 57
巋 167
悝 206
窺 454
虧 558
規 579
闚 690

kuí

夔 122
奎 127
戣 222
揆 244
暌 274
睽 429
葵 543
逵 650
(馗) 650
頯 719
騤 735
魁 743

kuǐ

傀 36
磈 436
窺 454
跬 623
(趌) 623
(蹞) 623
頃 715
頍 716

kuì
匱 69
喟 94
愧 213
(媿) 213
憒 217
歸 316
潰 361
簣 466
聵 508
蕢 549
缺 581
饋 728
(餽) 728
kūn
坤 109
(堃) 109
崑 163
(崐) 163
昆 269
晜 273
焜 373
琨 396
褌 575
(幝) 575
錕 675
髡 739
(髠) 739
鯤 745
鵾 748
(鶤) 748
kǔn
壼 121
悃 206
捆 236
梱 294
稇 447
(稛) 447
閫 686
kùn
困 103
梱 294
kuò
廓 182
彍 189
(彉) 189
括 234
(捪) 234
筈 460
适 646
(𨓈) 646
闊 688
(濶) 688
鞹 712
(鞟) 712
髺 741
(鬠) 741

L

lā
拉 231
擸 246
(拹) 246
摺 247
là
剌 58
臘 520
lái
來 22
崍 163
徠 193
斄 261
萊 539
釐 670
騋 734
lài
來 22
勑 64
厲 75
瀨 367
睞 428
籟 468
藾 554
賚 614
賴 616
lán
婪 134
嵐 165
惏 208
斕 262
瀾 367
籣 468
(韊) 468
藍 552
蘭 555
襤 576
襴 577
(襽) 577
讕 603
闌 687
lǎn
擥 252
攬 254
纜 494
覽 580
làn
濫 365
爁 378
爛 379
láng
廊 181
浪 342
狼 388
琅 395
硠 434
稂 447
筤 461
郎 661
鋃 675
閬 687
lǎng
俍 28
悢 206
朗 280
烺 372
làng
埌 111
浪 342
筤 461
láo
勞 66
橥 310
澇 362
牢 383
簩 466
轑 640
醪 667
lǎo
栳 291
橑 307
潦 361
獠 391
老 503
轑 640
lào
潦 361
澇 362
酪 665
lè
仂 14
勒 65
樂 305
泐 335
玏 393
léi
壘 120
嫘 138
礧 438
累 475
縲 489
纍 493
罍 495
(櫑) 495
羸 500
虆 556
轠 640
靁 708
lěi
儡 42
儽 43
壘 120
磊 435
礧 438
礨 438
累 475
耒 505
蕾 550
藟 553
誄 588
lèi
淚 347
礧 438
累 475
纇 493
酹 665
類 721
léng
棱 296
(稜) 296
lèng
棱 296
lí
剺 61
劙 63
嫠 137
杝 285
漦 355
漓 358
灕 368
犁 384
(犂) 384
犛 385
狸 387
(貍) 387
縭 490
(褵) 490
纚 494
罹 497
羅 498
(羅) 498
藜 553
蘺 556
蠡 565
邌 658
醨 666
釃 668
釐 670
離 705
驪 738
鸝 750
麗 752
黎 753
黧 755
lǐ
俚 26
峛 163
澧 363
理 395
禮 443
裏 572
邐 658
醴 667
里 669
lì
例 23
儷 43
利 56
厲 75
吏 81
唳 93
屴 161
悷 209
慄 213
戾 224
捩 241
攦 254
曆 276
(厤) 276
栗 292
櫟 310
櫪 310
欐 311
歷 316
(歴) 316
沴 333
浰 340
淚 347
濿 366
瀝 367
猁 388
瓅 400
癘 416
皪 419
盭 423
礪 438
礫 438
立 455
笠 458
篥 464
粒 469
糲 471
綟 484
苙 533
蒞 545
(涖) 545
(莅) 545
蠣 565
詈 586
躒 631
轢 641
酈 663
隸 701
(隷) 701
離 705
靂 708
颲 722
鬲 742
麗 752
lián
奩 128
(匳) 128
(籢) 128
帘 171
廉 182
憐 218
溓 355
漣 357
簾 467
苓 532
謰 600
連 647
鬑 741
liǎn
斂 260
溓 355
璉 399
臉 519

luǒ
臝 520
蓏 544
蠃 564

luò
犖 385
絡 479
落 543
躒 631
雒 703
駱 733

lǘ
婁 135
氀 323
瘻 415
閭 686

lǚ
僂 38
呂 84
婁 135
屢 159
履 160
嶁 165
捋 237
旅 266
縷 489
膂 518
臚 520
褸 575

lǜ
律 192
慮 214
率 392
綠 484
錄 676

lüè
掠 240
略 408
（畧）408
藥 554

M

má
麻 752

mà
禡 443

mái
薶 553
霾 707

mài
勱 67
脈 514
（脉）514
（衇）514
邁 657
霢 707

mán
悗 206
瞞 429
蠻 565
謾 600
鞔 711
顢 721
鬘 741

mǎn
矕 431

màn
僈 38
曼 78
墁 117
嫚 138
幔 174
慢 215
漫 357
縵 489
蔓 547
謾 600
鏝 679

máng
厖 74
尨 156
杗 285
盲 423
芒 528
邙 659
駹 733

mǎng
漭 356
莽 536

máo
旄 266
毛 322
矛 431
耗 505
芼 529
茆 532
蛑 560
蝥 562
蟊 563
酕 664
髦 740
髳 740

mǎo
卯 73
昴 271
茆 532

mào
冒 50
媢 136
愗 212
懋 218
旄 266
楙 301
毷 322
瑁 397
眊 425
瞀 429
耄 504
耗 505
芼 529
茂 531
袤 570
貌 608
貿 612
霿 708
䫉 719

méi
塺 117
枚 286
楣 301
湄 352
煤 374
玫 393
禖 442
莓 537
鋂 674
麋 751
黴 756

měi
媺 137
挴 237
每 321
浼 341
美 498

mèi
媚 136
寐 150
昧 270
沬 330
痗 413
袂 569
韎 713
魅 744
（鬽）744

mēn
悶 207

mén
亹 12
捫 238
汶 329
璊 399
瞞 429
虋 556
（蘪）556
門 683

měn
悗 206

mèn
悶 207
懣 219
鞔 711

méng
尨 156
幪 175
朦 282
氓 324
（甿）324
濛 365
甍 402
盟 421
瞢 429
矇 430
艨 526
萌 539
蒙 546
蝱 562
雺 705
霿 708

měng
幪 175
懵 220
猛 389
艋 526
蠓 564
黽 756

mèng
孟 141
懵 220
瞢 429

mí
彌 189
瀰 368
眯 426
糜 470
縻 488
蘼 556
迷 647
靡 709
麃 751
麋 751
[illegible] 752

mǐ
弭 187
敉 257
濔 365
芈 498
靡 709

mì
冪 52
（幂）52
（羃）52
塓 116
密 149
幎 174
幦 175
汨 328
沕 328
眯 426
覓 579
（覔）579
覛 579
謐 599
鼏 757

mián
婂 136
櫋 310
眠 426
瞑 429
矊 431
綿 482
（緜）482

miǎn
俛 27
偭 33
免 45
冕 50
勉 64
勔 65
娩 134
（㝃）134
沔 327
湎 348
澠 363
眄 424
絻 481
緬 485
靦 710

miàn
瞑 429
面 709
（靣）709

miáo
媌 136
苗 531

miǎo
妙 130
杪 286
淼 342
渺 349
眇 424
藐 553
邈 658
鈔 671

miào
妙 130
廟 183
眇 424
繆 490

miè
幭 175
滅 353
眜 425
䁾 431
篾 465
蔑 547
蠛 565
衊 566

mín
岷 162
（崏）162
忞 198
旼 270
旻 270
暋 274
民 324
汶 329
瑉 398
（玟）398
（碈）398
痻 414
緡 486

mǐn
僶 40

駑 732

nǔ

努 64
弩 187
砮 434

nù

怒 202

nuán

渜 348

nuǎn

渜 348

nuó

儺 43
那 659
難 704

nuò

儒 42
喏 94
懦 219
(愞) 219
(懧) 219
搦 245
諾 596
需 705

nǚ

女 128

nǜ

女 128
恧 202
朒 280
衄 566
(衂) 566

nüè

虐 556

O

ōu

區 70
嘔 98
敺 259
樞 304
歐 314
毆 320
漚 357
熰 376
甌 402
謳 600
鏂 679
鷗 749
(鴎) 749

ǒu

偶 34
嘔 98
歐 314
耦 506

òu

漚 357

P

pā

芭 530
葩 542

pá

把 229
爬 380

pà

怕 201

pāi

拍 230

pái

俳 31
徘 194
排 238
箄 462

pài

派 337
湃 350

pān

判 56
拚 232
攀 253
潘 361

pán

媻 137
弁 184
柈 290
槃 303
潘 361
盤 422
磐 437
磻 437
胖 513
般 525
蟠 564
蹣 628
蹣 629
鞶 712

pàn

判 56
半 71
拌 231
泮 334
牉 382
畔 407
盼 425
胖 513
襻 577
頖 718

pāng

滂 354
雱 705
霶 707

páng

仿 18
傍 36
尨 156
龐 184
(龎) 184
彷 191
徬 196
房 224
旁 266
磅 436
篣 465
逄 646
逢 649

pāo

胞 513
脬 516

páo

包 67
匏 68
咆 86
庖 179
炰 369
炮 370
狍 387
胞 513
袍 570
跑 623
麃 751

pǎo

跑 623

pào

疱 412
(皰) 412
(靤) 412
(䶌) 412

pēi

醅 666

péi

坏 107
培 112
阫 691
陪 696

pèi

佩 24
妃 129
帔 171
旆 265
(旆) 265
沛 327
淠 345
珮 395
肺 511
茷 534
轡 641
配 664
霈 706

pēn

歕 314
濆 360

pén

湓 350
盆 420

pēng

亨 11
怦 200
抨 230
烹 372

péng

弸 188
彭 190
搒 245
朋 280
榜 303
澎 360
篣 465
芃 528
蓬 547
逢 649
鵬 748

pī

丕 3
伾 19
坏 107
坯 109
怌 205
批 227
披 232
狉 387
秠 446
紕 474
翍 501
被 570
邳 660
鈹 672
霹 707
駓 731
(駓) 731
髬 740

pí

埤 112
椑 297
毗 322
(毘) 322
皮 419
紕 474
罷 497
羆 497
蚍 559
裨 573
貔 608
阰 692
陴 695
鞞 711
鼙 758

pǐ

仳 17
匹 69
否 83
嚭 102
圮 107
庀 178
疋 410

pì

俾 31
僻 41
副 60
匹 69
埤 112
媲 137
帔 171
擗 246
(擗) 246
(擗) 246
淠 345
潎 359
澼 364
甓 402
睥 428
薜 551
譬 602
辟 641
釽 671
闢 691

piān

偏 35
扁 224
篇 464
翩 502

pián

便 25
㛹 136
楩 300
胼 514
跰 624
蹁 627
駢 733

piǎn

諞 598

piàn

片 381

piāo

剽 62
嫖 138
彯 190
漂 357
票 441
縹 489
螵 563
飄 723
(飃) 723

piǎo

殍 317
漂 357
皫 419
瞟 429
縹 489
莩 537

piào

僄 37
票 441
驃 736

piē

潎 359
瞥 430

pín

嬪 139
玭 393
矉 431
蘋 554
貧 610
頻 718

蕘 548
饒 728
rǎo
嬈 138
擾 252
rě
喏 94
rén
仁 13
壬 121
rěn
忍 198
稔 448
荏 534
rèn
仞 15
任 16
刃 54
妊 130
（姙） 130
牣 383
紉 473
紝 474
衽 569
訒 585
軔 634
飪 724
réng
仍 13
芿 528
陾 697
rèng
扔 226
芿 528
rì
衵 570
馹 731
róng
容 148
嶸 166
戎 220
榮 304
溶 355
肜 510
茸 533
蓉 546
融 562
（螎） 562
鎔 679
頌 717
rǒng
冗 51
（宂） 51
氄 323
茸 533
róu
厹 76
揉 244
柔 290
糅 470
蹂 627
輮 639
ròu
肉 510
rú
儒 42
嚅 101
如 129
孺 142
帤 172
挐 235
濡 361
濡 365
獳 391
繻 492
茹 536
蕠 550
蠕 565
（蝡） 565
袽 572
襦 577
醹 667
rǔ
乳 8
女 128
擩 251
汝 326
辱 643
rù
入 46
洳 338
溽 353
縟 487
蓐 544
ruán
堧 114
（壖） 114
擩 251
ruǎn
檽 310
濡 365
瓀 400
（瑌） 400
（碝） 400
（礝） 400
耎 505
ruí
緌 481
綏 482
蕤 548
ruǐ
桵 308
縈 490
ruì
兌 45
枘 286
汭 328
瑞 397
睿 428
（叡） 428
芮 529
䓲 542
蚋 559
（蜹） 559
銳 674
rún
犉 385
rùn
潤 361
閏 684
ruó
挼 237
（挼） 237
ruò
弱 187
爇 378
箬 463
若 530
蒻 546

S

sǎ
洒 335
灑 368
纚 494
sà
撒 247
蔡 547
颯 722
（䬃） 722
sāi
塞 116
sài
塞 116
簺 467
sān
三 1
參 76
sǎn
糝 471
（糂） 471
sāng
喪 93
sǎng
顙 721
sàng
喪 93
sāo
搔 246
繅 490
臊 519
騷 735
sǎo
騷 735
sè
嗇 96
廧 183
愬 213
槭 305
瑟 397
穡 450
色 527
薔 550
sēn
摻 247
sěn
洒 335
shā
殺 319
煞 373
莎 538
鎩 679
shà
啑 92
唼 93
廈 182
歃 313
煞 373
萐 539
shài
殺 319
shān
刪 56
埏 112
姍 132
扇 225
摻 247
潸 360
（澘） 360
煽 375
珊 394
痁 411
羶 500
（膻） 500
（羴） 500
芟 529
苫 531
跚 623
shǎn
摻 247
shàn
儃 41
剡 60
單 94
墠 118
壇 119
姍 132
嬗 139
扇 225
掞 240
擅 251
汕 326
澹 364
疝 411
禪 443
繕 491
善 499
膳 519
（饍） 519
苫 531
訕 584
贍 617
鱓 746
鱔 746
shāng
傷 38
商 93
殤 318
湯 349
觴 582
shǎng
上 2
賞 614
shàng
上 2
尚 156
shāo
捎 236
梢 294
稍 446
筲 460
（箾） 460
（箾） 460
綃 480
蛸 560
鞘 711
sháo
勺 67
招 232
杓 284
韶 715
shǎo
少 155
shào
劭 64
召 81
少 155
紹 477
邵 660
shē
奢 127
猞 389
畬 408
賒 614
（賖） 614
shé
折 227
鉈 672
（釶） 672
（鉇） 672
（鍦） 672
闍 687
shě
舍 524
shè
射 153
懾 220
（慴） 220
拾 234
攝 253
歙 314
涉 339
社 439
舍 524
設 586
赦 618

麝 752
shēn
伸 19
侁 24
信 27
參 76
呻 85
娠 134
深 347
申 404
紳 476
莘 538
詵 589
身 632
震 706
shén
神 440
shěn
哂 88
審 152
淰 345
瀋 367
矧 432
諗 594
shèn
慎 212
(眘) 212
(昚) 212
椹 299
甚 403
脤 515
(祳) 515
(脤) 515
葚 541
蜃 560
黮 755
shēng
升 70
昇 269
牲 384
狌 387
生 403
甥 404
笙 458
聲 508
陞 694
shéng
澠 363
繩 491
shěng
省 424
眚 426
shèng
乘 7
剩 61
(賸) 61
勝 65
晟 272
椉 298
甸 405
盛 420
聖 507
shī
失 124
尸 157
師 172
施 265
濕 365
(溼) 365
蓍 543
詩 589
釃 668
鳲 747
shí
什 13
塒 115
寔 149
實 151
拾 234
時 272
湜 349
石 433
碩 435
祏 440
蝕 562
識 601
食 724
鼫 758
shǐ
使 23
史 79
始 132
屎 159
矢 431
豕 606
駛 731
shì
世 3
(卋) 3
事 9
仕 14
侍 22
勢 66
嗜 96
噬 100
埶 112
士 120
奭 128
室 146
市 170
式 185
弒 186
恃 203
戺 223
(戺) 223
拭 233
是 271
氏 323
澨 363
示 438
視 441
(眂) 441
(眡) 441
筮 460
耆 504
舐 524
蒔 544
螫 563
襫 577
試 588
誓 591
諟 596
謚 599
(諡) 599
貰 611
軾 635
逝 647
適 655
醳 667
釋 668
飭 724
飾 725
shōu
收 255
(収) 255
shǒu
守 143
首 729
shòu
受 78
售 93
壽 121
守 143
授 239
狩 387
綬 483
shū
倏 33
(倐) 33
(儵) 33
叔 78
姝 133
抒 229
攄 252
書 278
杼 287
樞 304
殊 317
殳 319
毹 323
淑 344
疋 410
疏 410
(疎) 410
紓 475
舒 524
荼 537
菽 539
輸 638
透 648
shú
塾 117
孰 142
熟 375
秫 446
贖 617
shǔ
屬 160
數 260
暑 273
署 496
蜀 561
黍 753
shù
俞 28
嗽 98
墅 117
庶 180
恕 204
戍 221
數 260
束 285
樹 306
漱 357
(潄) 357
澍 360
秫 446
腧 517
術 567
裋 573
豎 605
(竪) 605
述 644
鉥 672
shuāi
衰 569
shuài
帥 172
率 392
shuāng
孀 139
瀧 367
雙 704
霜 706
驦 737
鸘 750
shuǎng
爽 380
shuǐ
水 324
shuì
帨 173
挩 237
涗 341
睡 428
稅 447
說 592
shǔn
吮 84
楯 301
shùn
眴 426
瞬 430
舜 525
蕣 549
順 716
shuō
說 592
shuò
唶 91
嗽 98
妁 129
數 260
朔 280
槊 304
爍 378
碩 435
鑠 682
sī
司 80
嘶 99
廝 182
(厮) 182
思 199
斯 263
澌 360
私 444
絲 480
緦 485
罳 497
颸 723
sì
似 19
伺 21
俟 28
(竢) 28
兕 46
司 80
嗣 96
姒 132
寺 153
巳 169
梩 294
汜 326
泗 332
涘 342
祀 439
笥 458
耜 505
肆 509
食 724
飴 725
駟 731
騃 734
sōng
凇 52
娀 133
嵩 165
(崧) 165
忪 199
sǒng
悚 205
慫 215
竦 456
聳 508
sòng
宋 144

訟 586
誦 592
頌 717

sōu

廋 181
(廀) 181
搜 242
(捜) 242
溲 349
蒐 544
螋 562
颼 722

sǒu

叟 78
嗾 98
擻 253
棷 296
溲 349
瞍 428
藪 553

sòu

嗽 98
(嗽) 98

sū

甦 404
酥 450
窣 454
蘇 555

sú

俗 27

sù

夙 122
宿 149
愫 212
愬 213
溯 355
(泝) 355
(㴑) 355
簌 465
粟 469
素 473
肅 510
蔌 546
蘇 555
觫 582
訴 587
謖 598
速 648
遡 655
餗 726
驌 737
鷫 750

suān

狻 388

suàn

筭 460
算 461
(祘) 461
選 657

suī

濉 363
睢 428
荽 545
雖 703

suí

綏 481
隋 697
隨 700

suì

歲 316
(嵗) 316
燧 378
祟 440
粹 470
術 567
誶 595
遂 653
邃 658
隊 698
隧 700

sūn

孫 142
蓀 546
飧 724
(飱) 724
餕 727

sǔn

損 245
筍 460
(笋) 460
隼 702

suō

娑 134
挲 238
(挱) 238
梭 295
縮 490
莎 538
蓑 545
衰 569

suǒ

所 223
瑣 398
索 473

suò

些 10

T

tā

他 15
佗 21
它 143

tǎ

獺 392

tà

嗒 96
拓 229
撻 250
榻 302
沓 330
漯 365
踏 626
(蹋) 626
(躢) 626
(蹹) 626
遝 654
闒 689
闥 690
鞈 711

tāi

胎 513

tái

台 81
擡 261
炱 371
(炲) 371
臺 522
駘 732
鮐 744

tài

大 123
太 124
態 214
汰 327
(汏) 327
泰 330
能 514

tān

嘽 99
貪 610

tán

壇 119
彈 189
惔 209
潭 361
覃 578
談 595
譚 601
醰 667
餤 727

tǎn

儃 41
坦 109
菼 540
袒 571
(襢) 571
醓 666

tàn

探 241
歎 314
(嘆) 314
貪 610

tāng

倘 30
湯 349
鏜 679
鐺 681

táng

唐 91
堂 113
塘 116
盪 422
螗 562
逿 651

tǎng

倘 30
儻 43
帑 171
黨 755

tàng

湯 349

tāo

叨 80
慆 213
滔 354
燾 378
縧 489
(絛) 489
(縚) 489
謟 599
韜 714
(弢) 714
饕 729

táo

咷 89
檮 309
洮 338
綯 483
跳 624
逃 646
醄 665
陶 696
騊 734

tǎo

討 584

tè

匿 70
忒 197
慝 214
特 384
螣 563
貣 609
貸 612

téng

滕 355
縢 487
膡 517
螣 563
謄 598
騰 735

tèng

磴 437

tī

剔 60

tí

啼 95
(嗁) 95
提 242
禔 442
稊 447
緹 485
荑 534
諦 597
蹄 627
(蹏) 627
醍 666
題 719
騠 734
鵜 748

tǐ

醍 666
體 739

tì

俶 30
倜 31
剔 60
弟 186
悌 206
惕 208
揥 243
擿 253
替 278
棣 298
洟 336
涕 341
狄 386
綈 481
薙 550
裼 574
趯 621
躍 631
逖 649
(逷) 649
鬄 741

tiān

天 123

tián

佃 20
填 115
恬 203
滇 352
田 405
甸 405
畋 406
闐 689

tiǎn

忝 198
殄 317
淟 345
町 405
紾 477
腆 516
覥 579
跈 623
靦 710
餂 725

tiàn

瑱 398

tiāo

佻 24
挑 234
祧 441
窕 453
誂 590

tiáo

岧 162
(岹) 162

xú
徐 193
鉏 672
xǔ
㖅 50
咻 88
姁 132
栩 292
湑 352
糈 470
許 585
詡 591
醑 666
xù
侐 24
勖 65
（勗） 65
呴 86
序 178
怵 200
恤 204
（卹） 204
慉 213
敍 258
（敘） 258
（叙） 258
旭 268
洫 337
漵 358
（溆） 358
（淑） 358
煦 373
畜 407
絮 478
緒 481
續 493
蓄 545
訹 586
酗 664
鉥 672
馘 730
xuān
儇 40
宣 146
揎 250
暄 274
翾 503
萱 543
（蕿） 543
（藼） 543
蜎 560
諼 597
諠 598
軒 633
鋗 674
xuán
旋 267
玄 392
璇 399
（琁） 399
（璿） 399
縣 486
還 657
xuǎn
咺 88
（咟） 88
撰 249
烜 371
（烜） 371
選 657
饌 729
xuàn
泫 334
渲 351
炫 370
眩 425
眴 426
絢 478
衒 567
鉉 672
xuē
削 58
薛 550
鞾 713
xué
學 142
（斈） 142
嶨 362
穴 451
xuě
雪 705
xuè
吷 84
決 329
泬 334
狘 387
瞲 430
謔 596
xūn
勛 65
（勳） 65
塤 115
（壎） 115
曛 276
燻 374
熏 375
纁 492
葷 543
薰 552
xún
尋 154
峋 163
徇 192
循 195
恂 204
旬 268
洵 338
潭 361
潯 362
燖 377
（燅） 377
爓 379
紃 472
荀 535
蟳 563
詢 590
巡 644
（廵） 644
xùn
噀 100
（潠） 100
孫 142
巽 170
徇 192
（狥） 192
殉 317
汛 326
訊 584
訓 584
迅 643
遜 655
馴 730

Y

yā
厭 75
啞 91
壓 119
押 230
猒 388
yá
崖 163
（崕） 163
涯 344
牙 382
睚 428
衙 567
邪 659
yǎ
啞 91
疋 410
雅 702
yà
亞 10
啞 91
婭 135
御 194
揠 242
浥 340
猰 389
軋 633
迓 644
yān
厭 75
咽 88
奄 126
嫣 137
崦 163
懨 219
殷 319
淹 344
湮 348
渰 350
烟 371
（煙） 371
焉 372
燕 376
鄢 662
閹 687
閼 687
yán
嚴 102
埏 112
妍 130
巖 167
（岩） 167
延 184
檐 309
（簷） 309
沿 333
炎 369
研 433
筵 462
綖 482
羨 499
蜒 561
言 583
閻 687
顏 720
yǎn
偃 33
儼 43
兗 46
（兖） 46
剡 60
匽 70
厭 75
噞 100
奄 126
巘 167
庵 180
弇 185
扊 225
掞 240
揜 243
晻 273
沇 330
渰 350
演 359
琰 396
甗 402
眼 426
罨 496
蝘 562
衍 567
覃 578
闇 688
魘 744
黭 755
黶 756
鼴 758
（鼹） 758
yàn
匽 70
厭 75
咽 88
唁 90
喭 95
堰 114
宴 147
彥 190
掞 240
晏 272
灩 369
（灧） 369
炎 369
焰 373
焱 373
燕 376
爓 379
猒 388
研 433
羨 499
諺 597
讌 603
（醼） 603
讞 604
豔 606
（艷） 606
贗 616
（贋） 616
釅 668
雁 702
（鴈） 702
饜 729
驗 737
鴳 748
（鷃） 748
yāng
央 124
殃 317
泱 332
鞅 711
yáng
佯 25
徉 192
揚 242
暘 274
洋 338
煬 374
痒 412
瘍 414
詳 590
錫 677
陽 697
颺 723
yǎng
仰 17
卬 72
坱 109
泱 332
瀁 366
癢 412
養 726
yàng
怏 201
恙 204

漾 359
瀁 366
鞅 711
養 726

yāo

喓 94
夭 124
妖 130
幺 177
徼 196
殀 316
祅 439
葽 541
要 577
邀 658

yáo

佻 24
僥 38
堯 114
姚 133
嶢 165
（嶤）165
傜 196
殽 320
爻 380
猺 390
瑤 398
窯 453
繇 488
謠 599
踰 627
軺 635
遙 655
銚 673
陶 696
隃 698
飖 723
餚 727
（肴）727

yǎo

咬 89
（齩）89
杳 286
窅 453
窈 453
舀 523
騕 734

yào

幼 177
曜 276
樂 305
窔 453
耀 503
（燿）503
藥 554
要 577
鷂 749

yē

噎 99
饐 729

yé

揶 242
耶 506
邪 659
鋣 674
（釾）674
（鎁）674

yě

也 8
冶 52
野 669
（埜）669
（壄）669

yè

咽 88
喝 94
射 153
拽 234
掖 240
擪 252
（擫）252
暍 274
曄 276
曳 277
業 301
液 346
燁 376
（爗）376
葉 541
謁 596
鄴 663
靨 710
饁 728

yī

一 1
伊 18
依 25
噫 101
壹 121
意 211
挹 236
椅 296
漪 358
猗 388
禕 443
繄 488
衣 568
陭 695
鷖 750
黟 755

yí

佗 21
儀 41
匜 68
台 81
圯 107
夷 125
宜 145
嶷 166
彝 189
（彞）189
怡 201
扅 225
施 265
杝 285
椸 301
沂 328
疑 411
痍 412
眙 426
移 446
荑 534
詑 585
詒 588
貤 609
貽 611
迤 645
迻 646
遺 656
頤 718
飴 725
鷁 750

yǐ

乙 7
以 14
佁 22
倚 29
已 169
扆 225
旖 267
椅 296
猗 388
矣 432
礒 438
艤 526
苡 531
（苢）531
蛾 560
螘 562
踦 625
迤 645
（迆）645
錡 675
顗 708
鳦 746
齮 760

yì

乂 6
亦 11
仡 15
佚 20
佾 24
億 41
儗 42
刈 55
劓 62
勩 67
嗌 97
囈 103
埸 112
埶 112
失 124
奕 127
射 153
屹 161
弈 185
弋 185
役 191
悒 206
意 211
懌 219
憶 219
懿 220
（懿）220
抑 227
挹 236
斁 260
施 265
易 270
昳 271
曀 276
杙 284
枻 288
殪 318
毅 320
泄 331
泆 332
浥 340
溢 354
熠 376
燡 377
瓵 402
異 408
疑 411
瘞 414
（瘗）414
益 420
睪 428
縊 488
繹 491
義 499
羿 500
翊 500
翌 501
翳 502
翼 503
肄 509
肆 509
臆 519
艾 527
蓺 546
薏 551
藝 553
衣 568
裔 573
褱 573
詣 589
誼 595
譯 602
議 602
貤 609
（貤）609
軼 634
迭 645
逸 650
邑 658
醳 667
釋 668
鎰 679
隸 701
饐 729
驛 737
鷁 749
鷖 750

yīn

喑 95
因 103
堙 114
（陻）114
姻 133
（婣）133
愔 212
慇 214
殷 319
氤 324
烟 371
瘖 414
禋 442
絪 478
茵 534
蔭 548
闉 687
陰 695
（隂）695
音 714
駰 733

yín

吟 84
唫 92
嚚 101
圻 108
垠 110
夤 123
寅 148
崟 163
（崯）163
殥 318
沂 328
淫 345
潯 362
狺 388
蘄 554
蟫 563
誾 592
霪 707
齗 760
齦 760

yǐn

尹 6
檃 40
听 84
引 186
隱 309
殷 319
螾 563
隱 701
靷 710
飲 725

瀹 367
爚 379
礿 439
禴 443
籥 468
粵 469
葯 543
說 592
越 619
趯 621
躍 631
軏 634
(軏) 634
鉞 672
閱 686
鸑 750
龠 761

yūn
氳 324
熅 374
緼 485

yún
云 10
員 90
昀 406
筠 460
紜 474
耘 505
芸 528

yǔn
允 44
殞 318
狁 386
隕 699
(霣) 699

yùn
均 108
孕 140
愠 211
暈 274
温 349
熨 376
緼 485
蘊 554
運 654
醞 666
韞 713
韻 715
餫 728

Z

zā
匝 68
(帀) 68
拶 235

zá
雜 704
(襍) 704

zāi
哉 88
栽 290
災 369
(烖) 369
菑 541

zǎi
宰 148
載 635

zài
再 50
在 107
栽 290
載 635

zān
簪 466

zǎn
拶 235

zàn
暫 275
瓚 401
贊 617
酇 663

zāng
牂 381
臧 520
贓 617

zǎng
駔 731

zàng
臧 520
藏 552

zāo
糟 470
遭 655

záo
鑿 682

zǎo
澡 363
璪 400
繅 490
藻 555
蚤 559

zào
噪 100
慥 215
燥 377
皂 417
(皁) 417
簉 465
譟 602
躁 630
造 648

zé
則 59
咋 86
唶 91
嘖 98
幘 174
措 238
擇 250
柞 289
澤 363
睪 428
笮 458
筰 461
簀 465
舴 526
責 609
賾 616
迮 645
齰 760
(齚) 760

zè
仄 13
崱 165
昃 269

zéi
賊 612

zèn
譖 601

zēng
增 118
曾 279
矰 432
繒 491
罾 497

zèng
甑 402
綜 483
贈 617

zhā
哳 90
楂 299

zhá
喋 94
札 283
箚 462
(劄) 462

zhǎ
苴 531
鮺 745
(鮓) 745

zhà
乍 6
吒 82
咋 86
咤 89
笮 458
蜡 561
(䄍) 561
詐 587

zhāi
齊 758
齋 759

zhái
宅 144
翟 501

zhài
債 37
柴 292
瘵 415
砦 434
責 609

zhān
占 72
旃 266
旜 267
沾 331
瞻 430
詹 588
譫 602
邅 658
饘 729
(飦) 729
鱣 746
鸇 750

zhǎn
展 159
嶄 165
(嶃) 165
斬 263
琖 396
盞 421
輾 639
醆 665
颭 722

zhàn
剗 59
占 72
戰 223
棧 297
湛 348
綻 483
(袒) 483
(組) 483
蘸 556
輚 637
轏 640

zhāng
嫜 138
張 188
彰 191
獐 390
(麞) 390
璋 399
粻 470
章 714

zhǎng
掌 241
漲 359
長 683

zhàng
丈 2
仗 15
嶂 165
帳 173
張 188
漲 359
瘴 415
長 683
障 699

zhāo
啁 92
嘲 99
招 232
昭 271
朝 281
炤 370
鼂 756

zhǎo
沼 335
爪 379
蚤 559

zhào
兆 45
召 81
旐 267
棹 297
櫂 310
炤 370
照 373
肇 510
(肈) 510
詔 588
趙 620

zhē
遮 655

zhé
哲 89
(喆) 89
慴 216
折 227
摺 247
晢 272
(晣) 272
磔 436
蟄 563
謫 600
讋 603
軼 634
輒 636
(輙) 636
轍 640
適 655

zhě
者 504
褚 573
褶 576
襵 577
赭 618

zhè
柘 289
鷓 750

zhēn
斟 262
椹 299
楨 300
榛 302
溱 352
珍 394
甄 401
真 425
砧 433
(碪) 433
禎 442
箴 463
臻 522
蓁 543

貞 608

zhěn

抮 231
枕 287
畛 406
紾 477
縝 487
袗 571
裖 572
診 587
軫 635
鬒 741
(黰) 741

zhèn

填 115
振 235
揕 242
朕 280
枕 287
瑱 398
紖 475
賑 614
酖 664
鎮 678
陣 694
陳 695
震 706
靷 710
鴆 747

zhēng

丁 1
崢 164
征 191
徵 196
怔 200
政 256
正 315
烝 371
爭 380
癥 416
箏 462
綪 481
蒸 546
諍 594
鉦 672
錚 676
鬇 741

zhěng

丞 4
拯 235
整 260

zhèng

政 256
正 315
爭 380
証 586
諍 594
證 601
鄭 663
鼎 757

zhī

之 6
卮 73
(巵) 73
支 255
枝 286
梔 294
(栀) 294
榰 302
氏 323
汁 325
知 432
祗 441
稙 447
肢 511
胝 513
脂 514
芝 529
隻 702
鳷 747
鼅 757
(鼊) 757

zhí

值 29
埴 111
執 112
摭 247
植 296
殖 318
直 423
縶 488
職 508
跖 622
蹠 629
(蹗) 629
蹢 629
躑 631
馽 731

zhǐ

只 80
咫 89
址 107
(阯) 107
坻 109
徵 196
恉 203
扺 227
抵 231
指 234
旨 268
枳 289
止 314
沚 328
疻 412
祉 439
祇 439
祇 441
禔 442
芷 529
衹 570
(秖) 570
(秪) 570
趾 622
軹 634
黹 756

zhì

制 57
寘 150
峙 162
帙 171
(袟) 171
(袠) 171
幟 175
庤 179
彘 189
志 197
忮 199
摯 247
擿 253
擲 253
智 274
杝 285
桎 291
櫛 309
治 335
滯 356
炙 369
猘 387
(狾) 387
畤 408
痔 412
瘈 414
知 432
秩 446
稚 447
(穉) 447
稺 450
窒 453
紩 477
置 496
職 508
至 522
致 522
製 574
觶 583
誌 591
識 601
豸 607
質 615
贄 616
踶 627
蹢 629
躓 631
輊 635
遲 657
銍 673
鑕 682
陟 694
雉 703
騭 736
鷙 749

zhōng

中 4
妐 131
忠 198
忪 199
橦 308
終 477
螽 563
衷 570
鍾 677
鐘 680

zhǒng

冢 51
塚 116
瘇 414
(尰) 414
種 448
踵 627

zhòng

中 4
仲 17
眾 427
(衆) 427
種 448
衷 570
重 669

zhōu

侜 24
周 87
啁 92
州 167
洲 338
粥 469
舟 525
譸 602
賙 615
輈 635
鬻 743
鵃 748

zhóu

妯 132
軸 634

zhòu

僽 40
咒 85
(呪) 85
咮 88
啄 92
噣 100
宙 145
甃 402
祝 440
籀 466
紂 472
縐 488
繇 488
胄 512
酎 664
騶 735
驟 737

zhū

侏 23
朱 283
株 291
洙 336
瀦 366
茱 534
誅 589
諸 593
豬 607
(猪) 607
邾 660
銖 673
鼄 757

zhú

斸 264
(劚) 264
朮 283
柚 289
燭 377
瘃 413
竹 457
竺 457
筑 459
舳 526
蠋 564
躅 630
逐 648

zhǔ

主 5
囑 103
屬 160
拄 231
枓 287
渚 343
矚 431
褚 573
麈 751

zhù

住 21
佇 21
(竚) 21
宁 143
杼 287
柷 289
注 333
澍 360
祝 440
筯 460
箸 461
築 464
紸 477
紵 477
羜 498
翥 501
苧 533
著 539
註 587
貯 611
鑄 682
霔 730
駐 732

zhuā

撾 250
檛 309
髽 741

zhuǎ
爪 379
zhuān
剸 61
專 154
(耑) 154
摶 246
顓 720
zhuàn
傳 37
僎 40
囀 102
摶 246
撰 249
篆 464
賺 616
籑 728
(䉵) 728
饌 729
zhuāng
妝 130
(粧) 130
莊 538
裝 573
zhuàng
壯 121
幢 175
憧 217
戇 220
狀 386
贛 618
zhuī
椎 297
追 646
錐 676
騅 734
zhuì
墜 119
惴 211
硾 436
綴 484
縋 487
膇 518
贅 616
醊 666
隊 698
隧 700
zhūn
屯 161
忳 199
淳 345
窀 453
肫 511
諄 595
迍 644
zhǔn
準 353
(准) 353
純 474
zhuō
倬 30
卓 71
拙 230
捉 236
棁 294
棹 297
焯 373
趠 620
踔 625
zhuó
剒 59
勺 67
卓 71
啄 92
噣 100
擢 252
斫 263
斮 264
斲 264
(斵) 264
椓 296
汋 326
濁 363
濯 366
灼 369
燋 377
琢 396
箸 461
繳 492
茁 532
著 539
諑 593
躅 630
酌 664
鐲 681
鷟 750
zī
咨 89
孜 141
孳 142
嵫 165
淄 347
滋 352
(滋) 352
粢 469
緇 484
茲 536
(兹) 536
菑 541
觜 581
訾 588
諮 597
貲 612
資 613
賫 614
趑 620
(趦) 620
輜 638
錙 676
鎡 678
髭 741
(頾) 741
鼒 757
齊 758
zǐ
子 140
梓 294
秭 446
笫 457
芓 528
訾 588
(訿) 588
zì
剚 59
(倳) 59
字 140
恣 203
漬 356
牸 384
瘠 415
眥 426
(眦) 426
胾 513
胔 513
自 521
芓 528
菑 541
zōng
宗 144
嵕 165
(嵏) 165
棕 298
(椶) 298
綜 483
緵 485
縱 489
豵 607
蹤 629
(踪) 629
鬃 741
zǒng
傯 34
(偬) 34
總 489
(総) 489
zòng
從 194
縱 489
zōu
棷 296
緅 481
諏 593
鄒 662
鄹 663
(郰) 663
陬 695
騶 735
鯫 745
zǒu
走 619
zòu
奏 127
zū
菹 540
(葅) 540
zú
卒 71
崒 164
(崪) 164
族 266
足 621
鏃 680
zǔ
俎 28
岨 162
祖 440
組 476
詛 587
阻 692
zuān
攢 254
zuǎn
纂 492
纘 494
zuī
朘 516
zuǐ
觜 581
zuì
最 50
罪 497
(辠) 497
蕞 549
醉 666
zūn
尊 154
樽 308
(罇) 308
踆 625
遵 656
zǔn
噂 99
撙 249
zuó
岝 162
(岞) 162
捽 240
笮 458
筰 461
zuǒ
佐 19
左 168
zuò
作 20
坐 109
怍 201
(怎) 201
柞 289
祚 440
糳 471
胙 512
酢 664
醋 665
鑿 682
阼 692

異體字筆畫索引

本字典的異體字不另設字頭，不易查檢，可在本字表查找。本字表按字的總筆畫多少排序。字右邊的號碼是字典正文的頁碼。

十二畫

十三畫

十四畫

十五畫

一部

0 **一** yī ㊐ jat[1] ❶ **數詞**。《孟子・梁惠王上》："吾何愛～牛。"（愛：吝惜。）《左傳・僖公五年》："～之謂甚，其可再乎？"㊀ **一樣，相同**。《孟子・離婁下》："先聖後聖，其揆～也。"（揆：準則。）❷ **副詞。都，一概**。《史記・曹相國世家》："參代何為漢相國，舉事無所變更，～遵蕭何約束。"**成語有"一如既往"**。❸ **統一，一致**。《史記・秦始皇本紀》："～法度衡石丈尺。"《管子・君臣上》："權度不～，則修義者惑。"❹ **專一**。《荀子・勸學》："用心～也。"❺ **副詞。乃，竟**。《戰國策・齊策一》："靖郭君之於寡人，～至此乎！"（於：對於。）❻ **副詞。一旦，一經**。《莊子・徐無鬼》："～聞人之過，終身不忘。"（過：過失。）❼ [**一何**] **副詞。相當於現代漢語的"多麼"**。李白《丁督護歌》："拖船～～苦。"

1 **丁** dīng ㊐ ding[1] ❶ **健壯**。《論衡・無形》："齒落復生，身氣～強。"❷ **成年男子**。白居易《新豐折臂翁》詩："無何天寶大徵兵，戶有三～點一～。"（無何：不久。天寶：唐玄宗年號。）㊀ **從事某種勞動的人**。《莊子・養生主》："庖～為文惠君解牛。"范成大《詠懷自嘲》："園～應竊笑，猶自説心灰。"❸ **人口**。《南史・何承天傳》："計～課仗。"（仗：兵器。）❹ **天干的第四位**。**見176頁"干"字**。❺ **當，遭逢**。《楚辭・九歎・惜賢》："～時逢殃，可奈何兮。"[**丁憂**] **遭到父母的喪事**。《晉書・袁悦之傳》："始為謝玄參軍，為玄所遇，～～去職。"（參軍：官名。）**也叫"丁艱"**。《世説新語・仇隙》："藍田於會稽～～，停山陰治喪。"（藍田：指王述。會稽、山陰：地名。）❻ **釘子**。《晉書・陶侃傳》："及桓溫伐蜀，又以侃所貯竹頭作～裝船。"❼ zhēng ㊐ zang[1] **伐木聲**。《詩經・小雅・伐木》："伐木～～。"

2 **三** sān ㊐ saam[1] ❶ **數詞**。三。《商君書・錯法》："此～者治之本也。"《三國志・蜀書・諸葛亮傳》："孫權據有江東，已歷～世。"❷ **序數詞。第三**。《商君書・修權》："一曰法，二曰信，～曰權。"李白《扶風豪士歌》："洛陽～月飛胡沙。"❸ **三倍**。《周禮・考工記・廬人》："凡兵無過～其身。"❹ **名詞。指遠古三皇**。袁康《越絕書・篇敘外傳記》："興敗有數，承～繼五。"（五：指遠古五帝。）㊀ **指天、地、人**。《國語・周語下》："紀之以～。"㊀ **指君、父、師**。《國語・晉語一》："民生於～，事之如一。"❺ **再三，多次**。《戰國策・趙策三》："魯仲連辭讓者～。"**熟語有"三思而後行"**。【**注意**】古代漢語裏的"三"和"九"往往不是具體的數字，而是泛指多次。【**辨**】三，參。見76頁"參"字。

2 **下** xià ㊐ haa[6] ❶ **位置在低處。與"上"相對**。《周易・乾》："上不在天，～不在田。"柳宗元《封建論》："使賢者居上，不肖者居～。"（不肖：不賢。）㊁ **次序、等級在後的**。《論衡・問孔》："案賢聖之言，上～多相違。"（案：考察。）《墨子・非攻下》："死命為上，多殺次之，身傷者為～。"❷ **低。與"高"相對**。《老子・二章》："高～相傾。"《南史・謝靈運傳》："飴（sì ㊐ zi[6]）以～客之食。"（飴：通"飼"。送東西給人吃。）㊕ **在下位的人**。《三國志・蜀書・諸葛亮傳》："群～勸先主稱尊號。"（稱尊號：稱帝。）❸ **從高處到低處**。《左傳・莊公十年》："～視其轍（zhé ㊐ cit[3]）。"（轍：車跡。）㊀ **屈尊，降低身份**。《論語・公冶長》："敏而好學，不恥～問。"❹ **降落，落下**。屈原《九歌・湘夫人》："洞庭波兮木葉～。” ❺ **去，到……去**。《史記・秦始皇本紀》：“于是使斯～韓。”（斯：李斯。韓：韓國，一個諸侯國。）❻ **頒佈，下達**。《史記・孫子吳起列傳》：“趣使使～令。”（急忙派使者傳下命令。）❼ **攻克，攻下**。李白《梁甫吟》：“東～齊城七十二。” ❽ **少於，低於**。鼂錯《言守邊備塞疏》：“要害之處，通川之道，調立城邑，毋～千家。”（城邑：城市。毋：不要。）❾ (粵) haa5 **量詞。用於動作的次數**。《漢書・王莽傳下》：“親舉筑三～。”

2 **丈** zhàng (粵) zoeng6 ❶ **長度單位。十尺為一丈**。《韓非子・喻老》：“千～之堤，以螻蟻之穴潰。” ❷ **丈量，測量**。《左傳・襄公九年》：“巡～城。”（巡：往來察看。）❸ [丈人] **對年長的人的尊稱**。《論語・微子》：“子路從而後，遇～～以杖荷蓧。”（子路：孔子學生。荷：扛。蓧：除草工具。）**後來也簡稱“丈”**。杜甫《奉贈李八丈曛判官》詩：“我～時英特，宗枝神堯後。”（我丈：指李曛。時：當代的。英特：傑出的人物。）❹ [丈夫] **成年男子**。杜甫《赤霄行》：“～～垂名動萬年。”

2 **万** mò (粵) mak6 [**万俟**（qí (粵) kei4）] **複姓。北齊有万俟普**。

2 **上** shàng (粵) soeng6 ❶ **位置在高處的，上方。與“下”相對**。《荀子・勸學》：“西方有木焉……生於高山之～。” (引) **等級、地位高的**。《史記・酈生陸賈列傳》：“足下位為～相。” (特) **帝王**。《史記・孝武本紀》：“～乃下詔。” 王安石《上皇帝萬言書》：“凡在左右通貴之人，皆以～之欲而服行之。” ❷ **指天**。《尚書・文侯之命》：“昭升于～。” ❸ **質量高的，上等的**。《韓非子・內儲說左上》：“有能徙（xǐ (粵) saai2）此南門之外者，賜之～田～宅。”（徙：遷移。）《戰國策・齊策一》：“能面刺寡人之過者，受～賞。” (又) **時間、次序在前的**。《呂氏春秋・安死》：“自此以～者，亡國不可勝數。”《漢書・鼂錯傳》：“竊觀～世之君。”（竊：謙辭，私下。）❹ (粵) soeng5 **登上，由低處到高處**。杜甫《兵車行》：“哭聲直～干雲霄。” (引) **送上，進獻**。《史記・文帝本紀》：“太尉乃跪～天子璽（xǐ (粵) saai2）符。”（璽：印。）(又) **上奏，呈報**。《史記・高祖本紀》：“人有～變事告楚王信謀反。” 韓愈《謝自然》詩：“里胥～其事，郡守驚且歎。” ❺ (粵) soeng5 **向前，上前**。《戰國策・秦策二》：“三鼓之而卒不～。” (又) **去，到**。《顏氏家訓・勉學》：“～荊州必稱陝西。” ❻ (粵) soeng5 **凌駕於上，欺凌**。《國語・周語中》：“民可近也，而不可～也。” ❼ **用於名詞之後，表示處所、方位等**。韓愈《晚泊江口》詩：“二女竹～淚，孤臣水底魂。”《論語・子罕》：“子在川～曰。”《孟子・梁惠王上》：“王坐於堂～。” ❽ (粵) soeng6 **通“尚”。崇尚，尊重**。《史記・秦始皇本紀》：“～農除末，黔首是富。” ❾ (粵) soeng6 **通“尚”。尚且，還要**。《詩經・豳風・七月》：“我稼既同，～入執宮功。” (又) **副詞。表祈求或命令**。《詩經・魏風・陟岵》：“～慎旃哉，猶來無死。” ❿ shǎng (粵) soeng5 **上聲。古代漢語“平、上、去、入”四聲之一**。《通志・七音序》：“江左之儒知縱有平～去入為四聲。”

3 **丐**（匄、匃）gài (粵) koi3 ❶ **乞求**。《左傳・昭公六年》：“不強～。” (又) **乞丐**。柳宗元《寄許京兆孟容書》：“皂隸傭～，皆得上父母丘墓。” ❷ **施予，給予**。《漢書・西域傳下》：“秦人，我～若馬。”（若：你，你們。）❸ **免除**。《晉書・慕容皝載記》：“以久旱，～百姓田租。”

3 **不** bù (粵) bat1 ❶ **副詞。不。表示否定**。《論語・公冶長》：“敏而好學，～恥下問。”《商君書・開塞》：“聖人～法古，～修今。” ❷ fǒu (粵) fau2 **相當於“否”**。《史記・廉頗藺相如列傳》：“秦王以十五城請易寡人之璧，可予～？”（易：交換。璧：

指和氏璧，一種寶玉。予：給予。）【辨】弗，不。見 186 頁“弗”字。

3 **丑** chǒu (粵) cau^{2} **地支第二位。丑屬牛。**(又) **十二時辰之一，等於現在的淩晨一時至三時。見 176 頁“干”字。**

4 **世** (卋)shì (粵) sai^{3} ❶ **古代稱三十年為一世。**《論語・子路》：“如有王者，必～而後仁。”❷ **一生，一輩子。**《史記・淮南衡山列傳》：“人生一～間，安能邑邑如此。”（邑邑：憂悶不樂。）[**歿世**] **逝世、去世。**《墨子・節用中》：“是以終身不厭，～～而不卷。”❸ **父子相繼為一世。**《左傳・昭公七年》：“從政三～矣。”(引) **繼承。**《漢書・賈誼傳》：“賈嘉最好學，～其家。”（家：指家業。）(引) **後代，繼承人。**《國語・晉語一》：“非德不及～。”❹ **家世。**《荀子・君子》：“以族論罪，以～舉賢。”(又) **世族，世系。**《論語・堯曰》：“興滅國，繼絕～，舉逸民。”(又) **世世代代相承的。如“世卿”、“世祿”。**董仲舒《春秋繁露・王道》：“觀乎～卿，知移權之敗。”《孟子・梁惠王下》：“仕者～祿。”❺ **年，歲。**《漢書・食貨志》：“～之有饑穰，天之行也。”❻ **時代。**《韓非子・五蠹》：“～異則事異。”(引) **當時的。**《鹽鐵論・論儒》：“孟軻守舊術，不知～務。”(又) **時俗，世俗。**蘇軾《老翁井》詩：“改顏易服與～同，無使～人知有翁。”❼ **天下，世間。**《商君書・更法》：“治～不一道，便國不必法古。”柳宗元《天說》：“彼上而玄者，～謂之天。”❽ **朝代。**《詩經・大雅・蕩》：“殷鑒不遠，在夏后之～。”劉勰《文心雕龍・詮賦》：“秦～不文，頗有雜賦。”【辨】世，代。上古時父子相繼為一世，“代”則指朝代，如“三代”指三個朝代，不指三代人，而三世則指祖孫三代。唐太宗李世民避諱“世”字，從此，“世”的這個意義便為“代”字所取代。

4 **丙** bǐng (粵) bing^{2} **天干的第三位。見 176 頁“干”字。又作“第三”的代稱。**[丙夜] **漢魏以來把一夜分為五更，丙夜指三更，即晚上十二點。**《南史・梁武帝紀下》：“先是一日～～，南郊令解滌之等到郊所履行。”唐彥謙《夜坐》詩：“愁鬢丁年白，寒燈～～青。”（丁年：壯年。）

4 **丕** pī (粵) pei^{1} ❶ **大，宏大。**《尚書・大禹謨》：“嘉乃～績。”（嘉：讚賞。乃：你的。績：功績。）❷ **尊奉。**《漢書・郊祀志下》：“～天之大律。”❸ **連詞。乃，於是。**《尚書・盤庚中》：“先后～降與汝罪疾。”（汝：你。）❹ **語氣詞。**《尚書・康誥》：“女～遠惟商耉（gǒu (粵) gau^{2}）成人。”（女：汝，你。惟：想。耉：老。）

4 **且** qiě (粵) ce^{2} ❶ **連詞。而且，並且。**《論語・述而》：“不義而富～貴，於我如浮雲。”柳宗元《捕蛇者說》：“余悲之，～曰。”（余：我。）[**既……且……**] **表示“又……又……”。**《孫子兵法・謀攻》：“三軍～惑～疑。”[**且……且……**] **表示“又……又……”或“一邊……一邊……”。**《史記・淮陰侯列傳》：“上～怒～喜。”（上：皇帝。）鼂錯《言兵事疏》：“～馳～射。”❷ **連詞。況且。**《三國志・蜀書・諸葛亮傳》：“曹操之眾，遠來疲弊……～北方之人，不習水戰。”（眾：指軍隊。）[**且夫**] **用於句首，表示更進一層。可譯為“再說”。**《韓非子・難一》：“～～以身為苦而後化民者，堯舜之所難也。”（以身為苦：以身作則吃苦在先。化：教育。）❸ **連詞。尚且。**《史記・樊酈滕灌列傳》：“臣死～不辭，豈特卮（zhī (粵) zi^{1}）酒乎？”（豈特：豈但。卮：盛酒的器皿。）(又) **抑或，還是。**《禮記・曾子問》：“日有食之，則有變乎？～不乎？”❹ **連詞。即使，縱然。**杜甫《寄岑嘉州》詩：“外江三峽～相接，斗酒新詩終日疏。”(又) **假使，如果**。《呂氏春秋・知士》：“～靜郭君聽辨而為之也，必無今日之患也。” ❺ **副詞。暫且，姑且**。《漢書・陳湯傳》：“縣官～順聽群臣言。”（縣官：指皇帝。）(又) **將要，快要**。《列子・湯問》：“北山愚公者，年～九十。” ❻ jū (粵) zeoi1 **語氣詞**。《詩經・鄭風・出其東門》：“匪我思～。”（不是我想念的。）

4 **丘** qiū (粵) jau1 ❶ **土山，小土山**。《商君書・徠民》：“秦四境之內，陵阪～隰（xí (粵) zaap6），不起十年征。”（秦國四界之內，嶺坡、土山、窪濕的土地，十年不收賦稅。阪：坡，山坡。）柳宗元《鈷鉧潭西小丘記》：“梁之上有～焉。” ❷ **墳墓。常“丘墓”、“丘隴”連用**。《周禮・春官・家人》：“以爵等為～封之度。”司馬遷《報任安書》：“亦何面目復上父母之～墓乎。” ❸ **廢墟**。屈原《九章・哀郢》：“曾不知夏之為～兮。”（夏：廈。）❹ **古代田里區劃單位**。《周禮・地官・小司徒》：“九夫為井，四井為邑，四邑為～。” ❺ **居邑，村落**。鮑照《代結客少年場行》：“去鄉三十載，復得還舊～。”【辨】陵，山，嶺，丘。見695頁“陵”字。

5 **丞** chéng (粵) sing4 ❶ **輔助**。《漢書・百官公卿表上》：“相國、丞相，皆秦官，金印、紫綬，掌～天子助理萬機。”（掌：主管。萬機：指國家政事。）[**丞相**] **宰相**。《漢書・周勃傳》：“於是乃以太尉勃為右～～。” ❷ **秦漢以後各級地方長官的副職**。韓愈《藍田縣丞廳壁記》：“～之職，所以貳令，於一邑無所不當問。”**如“縣丞”、“府丞”**。❸ **通“承”。秉承，承受**。《史記・酷吏列傳》：“於是～上指，請造白金及五銖錢。”（上指：皇帝的意旨。）❹ zhěng (粵) cing2 **通“拯”。救**。揚雄《羽獵賦》：“～民乎農桑。”（乎：於。）

7 **並** （竝）bìng (粵) bing6 ❶ **並行，並列**。《荀子・強國》：“則欲自～乎湯武。”（就想把自己和商湯王、周武王並列。）❷ **一起，一齊**。《孟子・滕文公上》：“賢者與民～耕而食。”柳宗元《封建論》：“殺守劫令而～起。”（守：郡守。令：縣令。）**成語有“相提並論”**。❸ bàng (粵) bong6 **依傍，沿着**。《史記・秦始皇本紀》：“～陰山至遼東。”（陰山：山名。遼東：秦代郡名。）**這個意義後來寫作“傍”**。【辨】並（竝），并，併。見25頁“併”字。

丨部

2 **个** gè (粵) go3 ❶ **量詞。用於竹，後泛用**。《史記・貨殖列傳》：“竹竿萬～。”《國語・吳語》：“譬如群獸然，一～負矢，將百群皆奔。”（負矢：中箭，帶箭。）**這個意義又寫作“箇”、“個”**。❷ **廂房**。《禮記・月令》：“天子居青陽左～。”（青陽：古代諸侯朝見天子的地方叫“明堂”，共分四室，青陽是明堂的東室。）

3 **中** zhōng (粵) zung1 ❶ **內，裏**。《周禮・考工記・匠人》：“國～九經九緯。”《韓非子・和氏》：“楚人和氏得玉璞楚山～。”（玉璞：玉石。）㊕ **內心**。《詩大序》：“情動於～而形於言。”(引) **中間**。柳宗元《天說》：“渾然而～處者，世謂之元氣。”（那茫茫一片充塞在天地中間的東西，人們把它叫作元氣。）❷ **半，一半**。《戰國策・魏策四》：“～道而反。”（反：返回。）傅玄《短歌行》：“蟋蟀何感？～夜哀鳴。” ❸ **不高不下，中等**。《史記・游俠列傳》：“狀貌不及～人。”嵇康《養生論》：“上藥養命，～藥養性。” ❹ zhòng (粵) zung3 **符合，適合**。《荀子・賦》：“圓者～規，方者～矩。”（規：畫圓形的工具。矩：畫方形的工具。）干寶《晉紀總論》：“籌畫軍國，嘉謀屢～。”**成語有“正中下懷”**。(引) **射中目標**。《史記・周本紀》：“百發而百～之。”❺ zhòng (粵) zung3 **中傷，誣衊別人使受損害**。《漢書・何武傳》：“顯怒，欲以吏事～商。”（顯、商：人名。）

3 **丰** fēng (粵) fung1 ❶ **容貌豐滿、美好的樣子**。《詩經・鄭風・丰》：“子之～兮，俟（sì (粵) zi6）我乎巷兮。”（子：對男子的稱呼。俟：等待。乎：于。）[**豐茸**] **茂盛的樣子**。司馬相如《長門賦》：“羅～～之遊樹兮。”❷ **通“風”。風度**。蒲松齡《聊齋志異・嬌娜》：“偶過其門，一少年出，～采甚都。”（都：美好，漂亮。）

4 **丱** guàn (粵) gwaan3 **兒童束髮成兩角的樣子**。《詩經・齊風・甫田》：“婉兮孌兮，總角～兮。”

7 **丳** chǎn (粵) caan2 **串肉燒烤用的器具**。韓愈《贈張籍》詩：“試將詩義授，如以肉貫～。”⊗ **用作動詞，用丳貫穿**。賈思勰《齊民要術・炙法》：“以竹丳～之。”

丶部

2 **凡**（凣）fán (粵) faan4 ❶ **凡是，表示概括**。《禮記・中庸》：“～事豫則立，不豫則廢。”[**大凡**] **大概，大致**。柳宗元《封建論》：“（殷周）～～亂國多，理國寡。”（理：治理得好。）❷ **總共，一共**。《史記・陳涉世家》：“陳勝王～六月。”賈思勰《齊民要術序》：“～九十二篇，分為十卷。”❸ **大概，大要**。《漢書・揚雄傳下》：“請略舉～，而客自覽其切焉。”**成語有“發凡起例”**。❹ **平凡，平常**。《三國志・蜀書・諸葛亮傳》：“盡眾人～士。”(引) **塵世，世俗的**。王惲《靈岩寺》詩：“地靈連海岱，境勝隔仙～。”李逢吉《石壁禪寺甘露義壇碑》：“不嚴重何以肅～心。”

2 **丸** wán (粵) jyun4 ❶ **彈丸**。《左傳・宣公二年》：“從臺上彈人，而觀其辟～也。”（辟：避，躲避。）(引) **藥丸**。《金匱要略方論・瘧病》：“以鱉甲煎和諸藥為～。”(泛) **小而圓的東西**。李商隱《行次西郊作一百韻》：“唾棄如糞～。”❷ **搓成小而圓的東西**。《三國志・吳書・吳主傳》注引《江表傳》：“糧食乏盡，婦女或～泥而吞之。”❸ **量詞。用於小而圓的東西**。曹植《善哉行》：“奉藥一～。”（奉：獻。）

3 **丹** dān (粵) daan1 ❶ **丹砂，朱砂**。《史記・貨殖列傳》：“巴寡婦清，其先得～穴，而擅其利數世。”（清：人名。先：祖先。穴：指礦井。擅其利：專有其利。）❷ **紅色**。杜甫《垂老別》詩：“積屍草木腥，流血川原～。”（川原：山川、平原。）⊗ **變紅色**。李白《幽州胡馬客歌》：“白刃灑赤血，流沙為之～。”[**丹心**] **赤誠的心**。文天祥《過零丁洋》詩：“人生自古誰無死，留取～～照汗青。”（汗青：指史冊。）❸ **古代方士用丹砂、丹汞煉製的所謂“長生不老”藥**。江淹《別賦》：“守～竈而不顧。”(泛) **一種依成方製成的中藥，通常是顆粒狀或粉末狀的**。❹ [**丹青**] **紅色和青色的顏料**。《管子・小稱》：“～～在山，民知而取之。”(泛) **指繪畫**。《晉書・顧愷之傳》：“尤善～～，圖寫特妙。”⊗ **指史籍**。文天祥《正氣歌》：“時窮節乃見，一一垂～～。”【**辨**】赤，朱，丹，絳，紅。見618頁“赤”字。

4 **主** zhǔ (粵) zyu2 ❶ **君，國君**。《商君書・君臣》：“故國治而地廣，兵強而～尊。”❷ **春秋戰國時稱大夫為主**。《左傳・昭公二十八年》：“～以不賄聞於諸侯。”（主：指魏獻子。賄：受賄。）❸ **皇帝的女兒**。《後漢書・宋弘傳》：“弘被引見，帝令～坐屏風後。”❹ **主人**。《世說新語・簡傲》：“～已知子猷當往，乃灑掃施設，在聽事坐相待。”（子猷：王徽之字。）❺ **事物的根本，主要的**。劉知幾《史通・敍事》：“敍事之工者，以簡要為～。”㊀ **以……為主，着重於**。《國語・晉語五》：“陽子華而不實，～言而無謀。”（言：言辭。）❻ **掌管**。《史記・呂太后本紀》：“太尉絳侯勃不得入軍中～兵。”

丿部

1 **乂** yì ㊥ ngaai6 ❶ **治理**。《漢書・武五子傳》：“保國～民。”❷ **安定**。《北史・齊孝昭帝紀》：“朝野安～。”❸ **有才能的人**。《尚書・皋陶謨》：“俊～在官。”孫楚《為石仲容與孫皓書》：“儁～盈朝。”（儁：俊。）

1 **乃** （迺、廼） nǎi ㊥ naai5 ❶ **第二人稱代詞。你，你的**。《漢書・翟義傳》：“今欲發之，～肯從我乎？”（發：發兵。）陸游《示兒》詩：“王師北定中原日，家祭無忘告～翁。”（翁：父親。）❷ **副詞。表示承接。於是**。《尚書・舜典》：“玄德升聞，～命以位。”❸ **副詞。就，這才**。《三國志・蜀書・諸葛亮傳》：“～三顧亮於草廬之中。”柳宗元《三戒・黔之驢》：“斷其喉，盡其肉，～去。”（盡：吃盡。）㊂ **副詞。卻，竟然**。《詩經・鄭風・山有扶蘇》：“不見子都，～見狂且。”《史記・吳王濞列傳》：“當改過自新，～益驕溢。”㊂ **副詞。只，僅僅**。《呂氏春秋・義賞》：“天下勝者眾矣，而霸者～五。”《史記・項羽本紀》：“至東城，～有二十八騎。”❹ **副詞。相當於“是”、“即”、“就是”**。《戰國策・齊策四》：“孟嘗君怪之，曰：‘此誰也？’左右曰：‘～歌夫長鋏歸來者也。’”《史記・張儀列傳》：“臣非知君，知君～蘇君。”❺ **［乃爾］如此**。《三國志・蜀書・呂凱傳》：“臣不意永昌風俗敦直～～。”（意：料想。永昌：地名。敦直：淳樸。）**熟語有“何其相似乃爾”**。

3 **之** zhī ㊥ zi1 ❶ **到……去**。《孟子・告子下》：“宋牼將～楚，孟子遇於石丘。”（宋牼、孟子：人名。石丘：地名。）《漢書・高帝紀上》：“沛公引兵～薛。”（沛公：劉邦。薛：地名。）❷ **第三人稱代詞。他、她、牠、它（們）**。《漢書・高帝紀下》：“賢士大夫有肯從我遊者，吾能尊顯～。”《史記・滑稽列傳》：“使吏卒共抱大巫嫗（yù ㊥ jyu3），投～河中。”（大巫嫗：老巫婆。投之河中：把她投入河裏。）《論語・學而》：“學而時習～。”❸ **指示代詞。這，此**。《詩經・周南・桃夭》：“～子于歸。”（這個女子出嫁。）《莊子・逍遙遊》：“～二蟲又何知？”（這兩個動物又懂甚麼？）❹ **相當於現代漢語助詞“的”，放在定語和中心語之間**。《詩經・召南・羔羊》：“羔羊～皮。”**有時放在主語和謂語之間，取消句子的獨立性**。《左傳・僖公四年》：“不虞君～涉吾地也。”（虞：料想。涉：進入。）《莊子・逍遙遊》：“鵬～徙於南冥也，水擊三千里。”（徙：遷移。南冥：南邊的大海。）

3 **尹** yǐn ㊥ wan5 ❶ **治理**。《左傳・定公四年》：“以～天下。”❷ **古代長官**。《尚書・益稷》：“庶～允諧。”（庶：眾。允：確實。諧：和諧。）**又如“京兆尹”。（京兆：京城。）**

4 **乍** zhà ㊥ zaa3 ❶ **忽然**。《孟子・公孫丑上》：“今人～見孺子將入于井，皆有怵惕惻隱之心。”《史記・天官書》：“其角動，～小～大。”❷ **剛，才（後起意義）**。柳永《黃鶯兒・園林晴晝春誰主》：“～出暖煙來，又趁游蜂去。”

4 **乏** fá ㊥ fat6 ❶ **缺少**。《戰國策・齊策四》：“孟嘗君使人給其食用，無使～。”《鹽鐵論・力耕》：“豐年歲登，則儲積以備～絕。”（歲登：大豐收。絕：完，盡。）㊕**官位空缺**。《左傳・成公二年》："敢告不敏，攝官承～。"❷**疲乏**。《新五代史・周德威傳》："因其勞～而乘之，可以勝也。"（乘：追擊。）❸**荒廢**。《戰國策・燕策三》："光不敢以～國事也。"（光：人名。）

4 **乎** hū (粵) fu^{4} ❶**介詞。用法相當於"於"**。屈原《九章・涉江》："吾又何怨～今之人。"《荀子・勸學》："學至～沒而後止也。"（學到死那天然後停止。沒：歿，死。）韓愈《答李翊書》："志～古必遺～今。"❷**語氣詞。用在句末表示疑問或反問。相當於現代漢語的"嗎"或"呢"**。《論語・衞靈公》："君子亦有窮～？"《史記・陳涉世家》："王侯將相寧有種～？"（寧：難道。）❸**語氣詞。用在句末表示感歎。相當於現代漢語的"啊"、"呀"**。《孟子・滕文公上》："蕩蕩～，民無能名焉。"《史記・孫子吳起列傳》："美哉～，山河之固！"❹**語氣詞。用在句中表示語氣和緩或停頓**。《論語・子路》："子曰：'苟正其身矣，於從政～何有？不能正其身，如正人何？'"❺**形容詞詞尾**。司馬相如《上林賦》："汩～混流，順阿而下。"（汩：水勢急促。混：水勢盛大。阿：大山。）

7 **乖** guāi (粵) gwaai^{1} **違背，不協調**。《韓非子・亡徵》："內外～者，可亡也。"【注意】在古代，"乖"字不當乖巧講。

9 **乘** （乗）chéng (粵) sing^{4} ❶**駕車，驅馬拉車**。《墨子・親士》："良馬難～，然可以任重致遠。"(又)**乘船**。《詩經・邶風・二子乘舟》："二子～舟。"❷**登，升**。《列子・黃帝》："俱～高臺。"《史記・高祖本紀》："興關內卒～塞。"（乘塞：登塞，即守塞。）❸**趁着，憑藉**。《孟子・公孫丑上》："雖有智慧，不如～勢。"《三國志・吳書・呂蒙傳》："將士～勝，進攻其城。"❹**壓服，欺壓**。《尚書・西伯戡黎》："周人～黎。"（黎：周代國名。）《荀子・強國》："三國必起而～我。"❺**追逐**。《呂氏春秋・權勛》："卒北，天下兵～之。"《漢書・陳湯傳》："吏士喜，大呼～之。"❻**計量，計算**。《周禮・天官・宰夫》："～其財用之出入。"《韓非子・難一》："為人臣者，～事而有功則賞。"(引)**計算的一種方法，即算術中的乘法**。《淮南子・天文》："以五～八，五八四十。"❼ shèng (粵) sing^{6} **春秋時晉國史書叫"乘"。後因此稱一般史書為"史乘"**。❽ shèng (粵) sing^{6} **量詞。古時一車四馬叫"乘"**。《史記・陳涉世家》："車六七百～，騎千餘，卒數萬人。"(又)**乘車駕四馬，所以"乘"有時作為"四"的代稱**。《詩經・鄭風・大叔于田》："大叔于田，乘～馬。"**又如"乘矢"、"乘壺"**。［**乘輿**］**帝王乘的車子**。《孟子・梁惠王下》："今～～已駕矣。"賈誼《新書・等齊》："天子車曰～～。"(又)**帝王的代稱**。班固《東都賦》："損～～之服御。"（損：減少。服御：指帝王的衣物等用品。）(泛)**馬車**。《潛夫論・讚學》："是故造父疾趨，百步而廢，自託～～，坐致千里。"（造父：傳説古代善於駕馭車馬的人。疾趨：指快步行走。）

乙部

0 **乙** yǐ (粵) jyut^{3} ❶**天干的第二位。見176頁"干"字**。❷ (粵) jyut^{6} **燕子**。張融《答周顒書》："非鳧（fú (粵) fu^{4}）則～。"（不是野鴨子就是燕子。）**這個意義又寫作"鳦"**。❸**打鉤。古人看書時在書上打一個鉤做標記，表示已看到某處，或某處文字有脱誤**。《史記・滑稽列傳》："人主從上方讀之，止，輒～其處。"韓愈《讀鶡冠子》："文字脱謬，為之正三十有五字，～者三，滅者二十有二。"（正：改正。）

1 **九** jiǔ ㊥ gau[2] **數詞。** ㊂ **多數或多次。**屈原《離騷》："亦余心之所善兮，雖～死其猶未悔。"**成語有"九死一生"。**

2 **乞** qǐ ㊥ hat[1] ❶ **求，討。**《左傳·隱公四年》："宋公使來～師。"（師：軍隊。）㊕ **討飯。**《韓非子·難言》："伯里子道～。"❷ **索取。**《陳書·宗元饒傳》："遣使就渚斂魚，又於六郡～米。"❸ qì ㊥ hei[3] **給。**《漢書·朱買臣傳》："妻自經死，買臣～其夫錢，令葬。"李白《少年行》："好鞍好馬～與人。"

2 **也** yě ㊥ jaa[5] ❶ **句末語氣詞，表示判斷或肯定。**《莊子·逍遙遊》："《齊諧》者，志怪者～。"《韓非子·五蠹》："今欲以先王之政治當世之民，皆守株之類～。"❷ **句末語氣詞，與"何"等詞相應，表示疑問語氣。**《晏子春秋·內篇諫上》："孔與據皆從寡人而涕泣，子之獨笑，何～？"（孔、據：人名。）❸ **句中語氣詞，表示語氣的停頓，以引起下文。**《論語·雍也》："人不堪其憂，回～不改其樂。"（回：顏回。）❹ **副詞。也(後起意義)。**庾信《鏡賦》："不能片時藏匣裏，暫出園中～自隨。"（片時：指很短的時間。）楊萬里《過百家渡》："～知漁父趁魚急。"（趁：追趕。）

7 **乳** rǔ ㊥ jyu[5] ❶ **生孩子。**《論衡·氣壽》："婦人疏字者子活，數～者子死。"（婦女生孩子稀疏，孩子容易養活；生子稠密的，孩子就容易死。字：生子。數：稠密。）㊋ **剛生子的，哺乳期的。**《莊子·盜跖》："聲如～虎。"㊋ **剛孵出的，幼小的。如"乳燕"、"乳鶯"。**❷ **哺乳。**《左傳·宣公四年》："邱夫人使棄諸夢中，虎～之。"賈思勰《齊民要術·養羊》："羊羔～食其母。"㊀ **喝，飲服。**《後漢書·王允傳》："豈有～藥求死乎？"❸ **乳房。**魏學洢《核舟記》："袒胸露～。"（袒胸：露出上身。）㊋ **像乳房的。**徐弘祖《徐霞客遊記·滇遊日記》："上多倒垂之～。"（乳：指鐘乳石。）❹ **乳汁。**《魏書·王琚傳》："常飲牛～。"

10 **乾** qián ㊥ kin[4] ❶ **八卦之一。代表天。**《周易·說》："～，天也。"[**乾坤**] **乾和坤都是卦名。二字連用指天地。**班固《東都賦》："俯仰乎～～，參象乎聖躬。"杜甫《江漢》詩："江漢思歸客，～～一腐儒。"（江漢：長江和漢水。）❷ **指太陽、陽性的、男性的、君王、父親、丈夫等。**《元史·后妃傳一》："月之道循右行，明同貞于～曜。"《周易·繫辭上》："～道成男。"《周易·說》："～為天、為圜、為君。"張載《西銘》："～稱父。"❸ gān ㊥ gon[1] **與"濕"相對。**《韓非子·外儲說左上》："材～則直，塗～則輕。"（材：木材。塗：泥。）㊀ **枯竭，盡。**《左傳·僖公十五年》："張脈僨興，外強中～。"（僨興：突起。）【**辨**】干，乾，榦，幹。見302頁"榦"字。

12 **亂** luàn ㊥ lyun[6] ❶ **紊亂。**《左傳·莊公十年》："吾視其轍～，望其旗靡，故逐之。"❷ **無秩序，不太平。與"治"相對。**《荀子·天論》："應之以治則吉，應之以～則凶。"㊋ **擾亂。**《韓非子·五蠹》："儒以文～法，俠以武犯禁。"❸ **叛亂。**《論語·學而》："不好犯上，而好作～者，未之有也。"《史記·秦始皇本紀》："長信侯毐(ǎi ㊥ oi[2]/ngoi[2]) 作～而覺。"（毐：嫪毐，人名。覺：被發覺。）❹ **橫渡。**《詩經·大雅·公劉》："涉渭為～。"❺ **樂曲的最後一章。**《論語·泰伯》："師摯之始，關雎之～，洋洋乎盈耳哉。"㊋ **辭賦中最後總括全篇要旨的一段。**

亅 部

1 **了** liǎo ㊥ liu[5] ❶ **結束，完畢。**仲長統《昌言·損益》："人遠則難綏，事總則難～。”（綏：安撫。總：匯聚。）❷ **全**。《晉書・謝安傳》：“～無喜色。”❸ **懂得，明白**。《南史・蔡撙傳》：“卿殊不～事。”（殊：很。）

3 **予** yú [粵] jyu⁴ ❶ **第一人稱代詞。我，我的**。《尚書・盤庚上》：“～告汝于難。”❷ yǔ [粵] jyu⁵ **給予，授予**。《漢書・鼂錯傳》：“～冬夏衣。”❸ yǔ [粵] jyu⁵ **通“與”。讚許**。《荀子・大略》：“言味者～易牙，言音者～師曠。”（易牙：春秋時齊國善於調味的人。師曠：春秋時晉國樂師。）

7 **事** shì [粵] si⁶ ❶ **事情**。《詩經・召南・采蘩》：“于以用之，公侯之～。”《韓非子・五蠹》：“世異則～異。”[引] **事故，變故**。李格非《書洛陽名園記後》：“天下常無～則已，有～，則洛陽必先受兵。”[又] **事業，功業**。《三國志・蜀書・先主傳》：“立功立～，在於今日。”❷ **從事，做**。李白《鄴中贈王大》詩：“龍蟠～躬耕。”（隱居不做官而親自從事耕作。）《莊子・徐無鬼》：“予又奚～焉。”（我又做甚麼呢。）[又] **任用，使用**。《韓非子・亡徵》：“境內之傑不～，而求封外之士。”[又] **治理**。《晏子春秋・內篇問上》：“勞力～民而不責焉。”❸ **奉事，為……服務**。《左傳・昭公二十五年》：“寡人不佞，不能～父兄。”《史記・孫子吳起列傳》：“龐涓既～魏。”（龐涓：人名。魏：國名。）[又] **求學從師**。《史記・老子韓非列傳》：“(非)與李斯俱～荀卿。”❹ **職務，官位**。《韓非子・五蠹》：“無功而受～。”[又] **職業**。《漢書・樊噲傳》：“以屠狗為～。”❺ **典故（後起意義）**。《顏氏家訓・文章》：“自古宏才博學用～誤者有矣。”❻ **事物一件叫一事（後起意義）**。白居易《張常侍池涼夜閑讌》詩：“管弦三兩～。”

二部

0 **二** èr [粵] ji⁶ ❶ **數詞**。《荀子・勸學》：“問一而告～謂之囋（zá [粵] zaat⁶）。”（囋：囉嗦。）[又] **第二**。杜牧《山行》詩：“停車坐愛楓林晚，霜葉紅於～月花。”❷ **不專一，不一致**。《漢書・王陵傳》：“毋以老妾故持～心。”（妾：古時女子對自己的謙稱。）《後漢書・韓康傳》：“口不～價。”【辨】二，兩。見47頁“兩”字。

1 **亍** chù [粵] cuk¹ ❶ **慢步行走**。左思《魏都賦》：“矞（yù [粵] jyut⁶）雲翔龍，澤馬～阜。”（矞雲：一種彩雲。澤馬：傳説中的一種神馬。阜：土山。）[又] **步**。顏延之《赭白馬賦》：“纖驪接趾，秀騏齊～。”（纖驪、秀騏：好馬。接趾：形容一匹接一匹。齊亍：形容行走整齊。）❷ [彳(chì [粵] cik¹)亍] 見191頁“彳”字。

1 **于** yú [粵] jyu¹ ❶ **介詞。引出動作的處所、時間和對象。可以翻譯為“在”、“到”、“向”、“從”、“對於”等**。《詩經・大雅・旱麓》：“魚躍～淵。”《尚書・盤庚上》：“盤庚遷～殷。”（盤庚：商王名。殷：地名。）《三國志・魏書・武帝紀》：“求救～術。”（術：袁術，人名。）《尚書・泰誓下》：“結怨～民。”❷ **介詞。表示比較**。《尚書・胤征》：“烈～猛火。”❸ **介詞。在被動句中引出動作的主動者**。《詩經・大雅・崧高》：“聞～四國。”❹ **動詞詞頭**。《詩經・周南・葛覃》：“黃鳥～飛。”【辨】于，於。見264頁“於”字。

2 **井** jǐng [粵] zing²/zeng² ❶ **水井**。《荀子・榮辱》：“短綆不可以汲深～之泉。”（綆：打水用的繩子。汲：從井裏打水。）[井田] **我國奴隸制時代井字形的方塊田**。《穀梁傳・宣公十五年》：“古者三百步為里，名曰～～。～～者，九百畝，公田居一。”❷［井井］**整齊，有秩序**。《荀子・儒效》：“～～兮其有理也。”（理：條理。）**成語有“井井有條”**。

2 **亓** qí (粵) kei^{4} **“其”的古字**。❶**代詞。那個**。《墨子・公孟》：“～父死，～長子嗜酒而不葬。”❷**語氣詞。表示期望**。《墨子・備梯》：“身死國亡，為天下笑，子～慎之。”**見48頁“其”字**。

2 **云** yún (粵) wan^{4} ❶**説**。《論語・子張》：“子夏～何？”（子夏：人名，孔子學生。）《三國志・蜀書・先主傳》：“權遣使～欲共取蜀。”（權：孫權。蜀：四川。）❷**有**。《荀子・法行》：“其～益乎？”❸**如此，這樣**。《左傳・襄公二十八年》：“子之言～，又焉用盟。”❹**句首、句中、句末語氣詞**。《詩經・周南・卷耳》：“～何吁矣。”（何：多麼。吁：憂歎。）《左傳・成公十二年》：“日～莫矣。”（莫：暮，傍晚。）《史記・伯夷列傳》：“余登箕山，其上蓋有許由冢～。”**【注意】在古代，“云”和“雲”是兩個字。上述義項都不寫作“雲”**。

2 **互** hù (粵) wu^{6} ❶**掛肉的架子**。《周禮・地官・牛人》：“凡祭祀，共其牛牲之～。”張衡《西京賦》：“置～擺牲。”❷**交錯，交替**。李陵《答蘇武書》：“側耳遠聽，胡笳～動，牧馬悲鳴。”《漢書・谷永傳》：“百官盤～，親疏相錯。”《世説新語・文學》：“左太冲作《三都賦》初成，時人～有譏訾（zǐ (粵) zi^{2}）。”(引) **互相**。何晏《〈論語集解〉序》：“所見不同，～有得失。”范仲淹《岳陽樓記》：“漁歌～答。”

4 **亙** （亘）gèn (粵) gang^{2} **橫貫**。張衡《西京賦》：“～雄虹之長梁。”（橫貫着像彩虹一樣的殿樑。雄虹：虹分雄雌，雙虹出現時，顏色鮮明者叫雄虹，又稱主虹。梁：殿樑。）(引) **綿延**。《晉書・許孜傳》：“列植松柏～五六里。”［亙古］**自古以來，從古到現在**。鮑照《河清頌》：“～～通今。”**成語有“亙古未有”**。

6 **亞** yà (粵) aa^{3}/ngaa^{3} ❶**次**。《國語・吳語》：“吳公先歃，晉侯～之。”《左傳・襄公十九年》：“圭嬀之班～宋子，而相親也。”（班：等級。）(引) **匹配，同等**。《南史・顏協傳》：“時吳郡顧協亦在蕃邸，與協同名，才學相～，府中稱為二協。”［亞匹］**同等的人物**。《三國志・蜀書・諸葛亮傳》：“可謂識治之良才，管蕭之～～矣。”（管蕭：管仲、蕭何。）❷**通“婭”。姊妹的丈夫相互間的稱謂**。《詩經・小雅・節南山》：“瑣瑣姻～，則無膴仕。”（姻：女婿之父。）

6 **些** xiē (粵) se^{1} ❶ suò (粵) so^{3} **句末語氣詞**。宋玉《招魂》：“拔木九千～。”（木：樹木。）❷**少許，一點兒**。辛棄疾《鷓鴣天・和吳子似山行韻》：“酒病而今較減～。”（酒病：嗜酒成病。）**【注意】“些”(xiē (粵) se^{1})產生較晚，唐宋時才出現。“些”(suò (粵) so^{3})只出現在《楚辭》中，大約是古代楚地的方言**。

7 **亟** jí (粵) gik^{1} ❶**急，趕快**。《商君書・更法》：“君～定變法之慮。”《史記・陳涉世家》：“趣(cù (粵) cuk^{1})趙兵～入關。”（趣：通“促”。催促。）❷ qì (粵) kei^{3} **屢次**。《左傳・隱公元年》：“～請於武公。”

亠部

1 **亡** wáng (粵) mong^{4} ❶**逃亡**。《史記・陳涉世家》：“今～亦死，舉大計亦死，等死，死國可乎？”（舉大計：指舉行起義。等死：同是死。死國：為國事而死。）(特) **逃亡到國外**。《韓非子・外儲説左上》：“寡人出～二十年，乃今得反國。”（乃：至。反：返。）❷**出外，不**

在。《論語・陽貨》：“孔子時其～也而往拜之。”（孔子趁陽貨不在家的時候去拜訪他。時：通“伺”。伺候。）❸ **失去，丟失**。《列子・説符》：“人有～鈇者，意其鄰之子。”**成語有“亡羊補牢”**。(又) **不存在**。《荀子・天論》：“天行有常，不為堯存，不為桀～。”❹ **滅亡**。《孟子・告子下》：“入則無法家拂（bì (粵) bat^6）士，出則無敵國外患者，國恆～。”❺ **死亡**。《論衡・書虛》：“夫讖書言始皇還，到沙丘而～。”❻ **忘記**。《韓非子・説林下》：“人不能自止於足，而～其富之涯乎。”（足：滿足，知足。涯：邊。）❼ **無，沒有**。賈誼《論積貯疏》：“用之～度，則物力必屈。”❽ **不**。《漢書・胡建傳》：“正～屬將軍。”（正：軍正，執法官。）

2 **亢** kàng (粵) kong^3 ❶ gāng (粵) gong^1 **咽喉，喉嚨**。《漢書・張耳傳》：“乃仰絕～而死。”（絕：割斷。）❷ **高**。《莊子・人間世》：“牛之白顙（sǎng (粵) song^2）者，與豚（tún (粵) tyun^4）之～鼻者。”（顙：額。豚：豬。）**雙音詞有“高亢”**。❸ **極，非常**。《三國志・吳書・陸遜傳》：“縣連年～旱。”❹ **遮蔽，庇護**。《左傳・昭公元年》：“吉不能～身，焉能～宗？”（吉：人名。焉能：怎能。宗：宗族。）❺ **剛強，剛直**。《三國志・魏書・杜恕傳》：“論議～直。”❻ **通“抗”。抵禦，抵抗**。《左傳・宣公十三年》：“～大國之討。”（討：討伐。）(引) **擔負，承受**。屈原《卜居》：“寧與騏驥～軛乎？將隨駑馬之迹乎？”(又) **匹敵，相當**。揚雄《趙充國頌》：“料敵制勝，威謀靡～。”（預料敵情，出奇制勝，威嚴遠謀，無人匹敵。）❼ **星宿名，二十八宿之一**。

4 **亦** yì (粵) jik^6 ❶ **也，也是**。《論語・公冶長》：“巧言令色足恭，左丘明恥之，丘～恥之。”（丘：孔子自稱。）《史記・陳涉世家》：“今亡～死，舉大計～死，等死，死國可乎！”【注意】這個意義古人只說“亦”，不說“也”。❷ **語氣詞。表示語氣的減弱。可譯為“不過”、“只是”**。《戰國策・齊策四》：“王～不好士也，何患無士？”（士：指具有一定知識和技能的人。）【注意】**這個意義後代罕用**。❸ **語氣詞。表示語氣的加強**。《戰國策・趙策四》：“媼（ǎo (粵) ou^2/ngou^2）之送燕后也，持其踵為之泣，念悲其遠也，～哀之矣。”（媼：年老的婦人。念悲：惦念並傷心。哀：哀憐。）[**不亦**] **用於反問句，表示委婉語氣**。《論語・學而》：“學而時習之，～～説乎？”

4 **交** jiāo (粵) gaau^1 ❶ **縱橫交錯，交叉**。《孟子・滕文公上》：“獸蹄鳥迹之道，～於中國。”屈原《九歌・國殤》：“矢～墜兮士爭先。”（矢：箭。墜：落。）(引) **接觸**。《世説新語・簡傲》：“傍若無人，移時不～一言。”**又如“交兵”、“交戰”**。(又) **用作名詞。交接的時候**。《國語・晉語二》：“其九月、十月之～乎？”❷ **交往，結交**。屈原《九歌・湘君》：“～不忠兮怨長。”(引) **交情**。《史記・廉頗藺相如列傳》：“為刎頸之～。”(又) **交流**。《鹽鐵論・本議》：“～庶物而便百姓。”（庶物：各種物品。）❸ **交配**。《呂氏春秋・仲冬》：“鶡鴠不鳴，虎始～。”❹ **互相**。《左傳・隱公三年》：“周鄭～惡。”（惡：憎恨。）(又) **並，一起**。陳亮《甲辰答朱元晦書》：“風雨雲雷，～發而並至。”

4 **亥** hài (粵) hoi^6 **地支的第十二位**。(又) **十二時辰之一，等於現在的晚上九時至十一時。見 176 頁“干”字**。

5 **亨** hēng (粵) hang^1 ❶ **通達，順利**。《周易・坤》：“品物咸～。”（品：眾。咸：都。）許渾《送人之任邛州》詩：“～衢（qú (粵) keoi^4）自有橫飛勢。”（衢：大路。）**成語有“官運亨通”**。❷ xiǎng (粵) hoeng^2 **獻**。《周易・大有》：“公用～于天子。”**這個意義一般寫作“享”**。❸

pēng 粵 paang1 **煮**。《詩經・豳風・七月》："～葵及菽 (shū 粵 suk6) 。" (葵：冬葵，古代的一種主要蔬菜。菽：豆類。) **這個意義後來寫作"烹"**。

6 **京** jīng 粵 ging1 ❶ **高丘，高岡**。《詩經・鄘風・定之方中》："望楚與堂，景山與～。" (景山：大山。) ㊕ **指人工築起的高土堆**。《三國志・魏書・公孫瓚傳》："於塹 (qiàn 粵 cim3) 裏築～，皆高五六丈。" (塹：壕溝。) ❷ **穀倉**。《史記・扁鵲倉公列傳》："見建家～下方石，即弄之。" (建：人名。弄：玩弄。之：指方石。) ❸ **大**。《左傳・莊公二十二年》："八世之後，莫之與～。" (莫之與京：沒有人比他更大的。) ❹ **國都，首都**。《漢書・趙充國傳》："遂克西戎，還師於～。" 岳飛《南京上高宗書略》："為今之計，莫若請車駕還～。" (車駕：皇帝乘坐的車，這裏代指皇帝。) **[京師] [京國] [京華] 國都**。《後漢書・王充傳》："後到～師，受業太學。"**【辨】**京，都。見661頁"都"字。

6 **享** xiǎng 粵 hoeng2 ❶ **用食物供奉祖先、鬼神或天子**。《尚書・盤庚上》："茲予大～于先王。" (茲：現在。予：我。) (引) **宴享，用食物招待人**。《左傳・襄公二十七年》："鄭伯～趙孟于垂隴。" (垂隴：地名。) (引) **獻**。《周禮・考工記・玉人》："璧琮九寸，諸侯以～天子。" (琮：一種玉器。) ❷ **鬼神享用祭品**。《孟子・萬章上》："使之主祭而百神～之。" (引) **享受**。《左傳・襄公九年》："其民人不獲～其土利。"

7 **亭** tíng 粵 ting4 ❶ **設在道路旁 (供旅客食宿) 的公房**。李白《菩薩蠻・平林漠漠煙如織》："何處是歸程，長～更短～。" ⊗ **在邊疆 (用來觀察敵情) 的建築物**。《韓非子・內儲說上》："秦有小～臨境。" ❷ **秦漢時期的一種基層行政單位**。《漢書・百官公卿表上》："大率十里一～，～有長，十～一鄉。" (大率：大抵。) ❸ **亭子 (後起意義)**。歐陽修《醉翁亭記》："有～翼然臨於泉上者，醉翁～也。" (翼然：像鳥張開翅膀一樣。) ❹ **成熟，長成**。《老子・五十一章》："長之育之，～之毒之。" ❺ **[亭亭] 聳立的樣子**。曹丕《雜詩》："西北有浮雲，～～如車蓋。" (車蓋：車的頂篷。) ❻ **[亭午] 正午**。李白《古風五十九首》之二十四："大車揚飛塵，～～暗阡陌。" (阡陌：指道路。)**【辨】亭，臺，榭，樓，閣。見522頁"臺"字。**

7 **亮** liàng 粵 loeng6 ❶ **明亮**。《後漢書・蘇竟傳》："且火德承堯，雖昧必～。" 嵇康《雜詩》："皎皎～月。" (引) **明白，聰慧**。《後漢書・陳蕃傳》："聰明～達。" ❷ **通"諒"。誠信**。《孟子・告子下》："君子不～，惡乎執？"《三國志・魏書・盧毓傳》："～直清方，則司隸校尉崔林。" (亮直清方：誠信正直而廉潔。司隸校尉：官名。) ❸ **相信，信任**。《楚辭・九歎・愍命》："昔皇考之嘉志兮，喜登能而～賢。"

8 **亳** bó 粵 bok6 **古地名，商湯時的國都，在今河南商丘境內**。《史記・殷本紀》："湯始居～。"

11 **亶** dǎn 粵 taan2 ❶ **忠厚，誠實**。《詩經・大雅・板》："不實於～。" (沒有足夠的誠意。) ⊗ **誠然，實在**。《詩經・小雅・常棣》："～其然乎？" (確實是這樣嗎？) ❷ dàn 粵 daan6 **通"但"。只，僅僅**。賈誼《治安策》："非～倒懸而已。" ⊗ **徒然，空**。揚雄《解難》："～費精神於此。"

20 **亹** wěi 粵 mei5 ❶ **[亹亹]** ① **勤勉不倦的樣子**。《詩經・大雅・文王》："～～文王，令聞 (wèn 粵 man4) 不已。" (令聞：美好的名聲。) ② **不知疲倦的樣子**。《後漢書・班固傳論》："若固之序事，不激詭，不抑抗，贍而不穢，詳而有體，使讀之者～～而不猒。”（固：班固。猒：同“厭”。）③ **行進的樣子**。宋玉《九辯》：“時～～而過中兮，蹇淹留而無成。” **這裏指時間推移**。❷ mén (粵) mun^{4} **水流在山峽中，兩岸對峙像門一樣**。《詩經・大雅・鳧鷖》：“鳧鷖在～。”

人部

2 **仄** zè (粵) zak^{1} ❶ **傾斜，偏斜**。《管子・白心》：“日極則～，月滿則虧。”（極：指正中。）❷ **漢字聲調上、去、入三聲的總稱**。沈約《四聲譜》：“上去入為～聲。”❸ **[仄陋] 卑賤，低賤**。《漢書・循吏傳》：“及至孝宣，繇～～而登至尊。”（孝宣：漢宣帝。繇：由。）❹ cè **通“側”。旁邊**。《漢書・段會宗傳》：“何必勒功昆山之～。” **[反仄] 翻來覆去，輾轉不安**。《三國志・魏書・陳思王植傳》：“踊躍之懷，瞻望～～。”

2 **仁** rén (粵) jan^{4} ❶ **對人親善，仁愛**。《莊子・天地》：“愛人利物之謂～。”❷ **存念，思慕**。《禮記・仲尼燕居》：“郊社之義，所以～鬼神也。”❸ **身體的感覺靈敏**。《素問・痹論》：“其不痛不～者，病久入深。”❹ **果仁。果核中可吃的部分**。《顏氏家訓・養生》：“鄴中朝士有單服杏～枸杞黃精朮車前，得益者甚多。”

2 **什** shí (粵) sap^{6} ❶ **集體名詞。以十為一個單位的。軍隊中十人為一什，戶籍中十家為一什，《詩經》中的“雅”和“頌”以十篇為一什**。《左傳・昭公元年》：“以～共車，必克。”《管子・立政》：“十家為～。” **《詩經》有《鹿鳴之什》、《清廟之什》。又 數詞。十**。《史記・淮南衡山列傳》：“～事九成。”(又) **十等分（之幾）**。《荀子・王制》：“田野～一。”（賦稅徵收十分之一。）《史記・高祖本紀》：“士卒墮指者～二三。”❷ **十倍**。《孟子・滕文公上》：“或相倍蓰，或相～百，或相千萬。”❸ (粵) zaap^{6} **雜，多樣**。《漢書・薛宣傳》：“處置～器。”❹ **《詩經》中“小雅”、“大雅”和“周頌”中每十篇詩為一組，後因稱詩文的篇、章、卷為“什”**。柳宗元《兵部郎中楊君墓碣》：“君之文若干～，皆可以傳於世。”

2 **仆** pū (粵) fu^{6} **向前倒下**。《史記・項羽本紀》：“樊噲側其盾以撞，衞士～地。”柳宗元《蝜蝂傳》：“卒躓（zhì (粵) zi^{3}）～不能起。”（卒：終於。躓：被絆倒。）**成語有“前仆後繼”**。(泛) **倒下**。張溥《五人墓碑記》：“抶（chì (粵) cik^{1}）而～之。”（抶：打。）**【辨】** 偃，僵，仆，跌，斃，踣。見 33 頁“偃”字。

2 **仇** chóu (粵) sau^{4}/cau^{4} ❶ qiú (粵) kau^{4} **同伴**。《詩經・周南・兔罝》：“赳赳武夫，公侯好～。”(又) **配偶**。曹植《浮萍篇》：“結髮辭嚴親，來為君子～。”❷ **仇敵**。《詩經・秦風・無衣》：“王于興師，修我戈矛，與子同～。” **這個意義又寫作“讎”**。**[仇讎] 仇敵**。《史記・秦始皇本紀》：“屬疏遠，相攻擊如～～。”（屬：親屬。）**成語有“同仇敵愾”**。(又) **仇恨**。《史記・游俠列傳》：“雒陽人有相～者。”（雒：洛。）❸ qiú (粵) kau^{4} **姓**。

2 **仍** réng (粵) jing^{4} ❶ **因襲，沿襲**。《論語・先進》：“～舊貫，如之何？何必改作。”《魏書・食貨志》：“夏殷之政，九州貢金，以定五品，周～其舊。”（貢：進貢。五品：指五種金屬。周：周朝。）❷ **重複，屢次**。《國語・周語下》：“晉～無道而鮮胄，其將失之矣。”《漢書・武帝紀》：“今大將軍～復克獲。” **有雙音詞“頻仍”**。(又) **連續，接續**。楊萬里《和周仲容春日二律句》：“舊雨～新雨，今年勝去年。”❸ **副詞。因而，於是**。

《南史·宋武帝紀》:"帝平齊,～有定關洛意。"❹ **副詞。仍舊,仍然(後起意義)**。白居易《早興》詩:"半銷宿酒頭～重。"❺ **副詞。而且,又**。楊萬里《和謝張功父》:"老夫最愛嚼香雪,不但解酲～滌熱。"

2 **仂** lè ㊥ lak⁶ **餘數,零數**。《禮記·王制》:"祭用數之～。"(祭用:祭祀的開銷。)

2 **今** jīn ㊥ gam¹ ❶ **現在**。《詩經·小雅·采薇》:"昔我往矣,楊柳依依;～我來思,雨雪霏霏。"《論語·子罕》:"後生可畏,焉知來者之不如～也。"❷ **即將,就**。《戰國策·韓策一》:"十日之內,數萬之眾,～涉魏境。"❸ **若,如果**。《孟子·梁惠王下》:"～王與百姓同樂,則王矣。"

2 **介** jiè ㊥ gaai³ ❶ **界線,疆界**。《詩經·周頌·思文》:"無此疆爾～。"(不分這個那個界線。爾:那。)**這個意義後來寫作"界"**。⊗ **間隔**。《漢書·翼奉傳》:"後～大河。"(後:後面。)❷ **居中,在中間**。《左傳·襄公九年》:"～居二大國之間。"(夾在兩個大國中間。)⊗ **傳賓主之言的人**。《荀子·大略》:"諸侯相見,卿為～。"(引) **介紹**。《戰國策·趙策三》:"勝請為紹～而見之於將軍。"(勝:人名。)李康《運命論》:"其所以相親也,不～而自親。"❸ **憑藉,依靠**。《左傳·文公六年》:"～人之寵,非勇也。"❹ **獨,獨特**。《莊子·庚桑楚》:"夫函車之獸,～而離山。"酈道元《水經注·廬江水》:"又有孤石,～立大湖中。"❺ **耿介,操守**。《孟子·盡心上》:"柳下惠不以三公易其～。"❻ **鎧甲**。《韓非子·顯學》:"國平則養儒俠,難至則用～士。"⊗ **甲士**。《左傳·宣公二年》:"既而與為公～。"(引) **蟲或水族動物的甲殼**。《呂氏春秋·孟秋》:"～蟲敗穀,戎兵乃來。"❼ [**一介**] ① **一個**。《尚書·秦誓》:"如有～～臣。"② **謙辭。表示藐小,微賤**。王勃《滕王閣序》:"勃三尺微命,～～書生。"❽ **通"芥"。比喻微小**。《戰國策·齊策四》:"無纖～之禍者。"(纖:細。)

3 **以** yǐ ㊥ ji⁵ ❶ **用**。屈原《九章·涉江》:"忠不必用兮,賢不必～。"❷ **率領**。《左傳·僖公五年》:"宮之奇～其族行。"❸ **認為,以為**。《戰國策·齊策一》:"臣之妻私臣,臣之妾畏臣,臣之客欲有求於臣,皆～美於徐公。"❹ **原因**。《列子·周穆王》:"宋人執而問其～。"❺ **介詞。因為**。《史記·孫子吳起列傳》:"孫臏～此名顯天下。"⊗ **表示目的,相當於現代漢語的"以便"**。《左傳·僖公二十二年》:"楚人伐宋～救鄭。"[**是以**] **因此**。《三國志·蜀書·諸葛亮傳》:"～～分兵屯田,為久駐之基。"(基:基地。)❻ **介詞。用**。《韓非子·難一》:"～子之矛陷子之楯,何如?"(子:你。陷:戳穿。)❼ **介詞。憑藉……身份,按照**。《漢書·張騫傳》:"騫～郎應募使月氏(zhī ㊥ zi¹)。"(郎:官名。月氏:古國名。)《論語·衛靈公》:"君子不～言舉人,不～人廢言。"❽ **介詞。在……時候**。《史記·秦始皇本紀》:"(秦始皇)～秦昭王四十八年正月生於邯鄲。"❾ **連詞。用法相當於"而"**。《國語·晉語四》:"狐偃(yǎn ㊥ zi¹),其舅也,而惠～有謀。"(狐偃:人名。惠:通"慧"。聰明。)❿ **和"上"、"下"、"東"、"西"等連用,表示時間、方位、數量的界線。如"以上"、"以東"**。⓫ **通"已"。已經**。《史記·陳涉世家》:"固～怪之矣。"

3 **仕** shì ㊥ si⁶ ❶ **做官**。《荀子·大略》:"學者非必為～。"《論語·子張》:"學而優則～。"⊗ **官職**。《左傳·僖公二十三年》:"夫有大功而無貴～。"❷ **通**

“事”。做事。《詩經・大雅・文王有聲》：“武王豈不～。” ❸ **通“士”。具有某種品質、技能的人或讀書人**。《孟子・公孫丑下》：“有～於此，而子悅之。”《舊唐書・崔融傳》：“～農工商，四人有業。”

3 **仗** zhàng ㊥ zoeng6 ❶ **執，拿着**。《戰國策・韓策二》：“辭獨行，～劍至韓。”（韓：國名。）㊁ **依靠，憑藉**。《三國志・魏書・桓階傳》：“曹公雖弱，～義而起。” ❷ **兵器的總稱**。酈道元《水經注・河水一》：“是吾昔時放弓～處。” ❸ **兵衞**。《新唐書・儀衞志上》：“朝會之～……皆帶刀捉仗列坐於東西廊下。”（捉仗：拿着兵器。）

3 **代** dài ㊥ doi6 ❶ **代替**。《莊子・秋水》：“莊子來，欲～子相。” ❷ **交替，輪流**。屈原《離騷》：“春與秋其～序。”（其：句中語氣詞。序：次序。） ❸ **朝代**。《史記・秦始皇本紀》：“三～之事，何足法也。”（三代：指夏、商、周三個朝代。法：效法。） ❹ **父子相繼為一代，世代**。王維《李陵詠》：“三～將門子。” **【注意】這個意義唐代以前寫作“世”，唐人為避唐太宗李世民的諱，多將“世”寫作“代”，後人一直沿用了這個意義。【辨】**世，代。見3頁“世”字。

3 **仙** (僊)xiān ㊥ sin1 ❶ **仙人。神話和宗教中稱有種種神通、可以長生不老的人**。《史記・秦始皇本紀》：“臣等求芝奇藥～者常弗遇。”白居易《長恨歌》：“忽聞海上有～山，山在虛無縹緲間。” ❷ **輕鬆，自在**。杜甫《覽鏡呈柏中丞》詩：“行遲更覺～。”

3 **仟** qiān ㊥ cin1 ❶ **古代軍中千人之長**。《史記・陳涉世家》：“躡足行伍之間，俯仰～佰之中。” ❷ **指千錢**。《漢書・食貨志》：“商賈……亡農夫之苦，有～佰之得。” ❸ **[仟佰(mò ㊥ mak6)]通“阡陌”。田間小路**。《漢書・地理志下》：“孝公用商君……開～～，東雄諸侯。” ❹ **墓道**。《漢書・原涉傳》：“京兆尹曹氏葬茂陵，民謂其道為‘京兆～’。” ❺ **[仟仟]通“芊芊”。草木茂盛的樣子**。潘岳《在懷縣作》詩之一：“稻栽肅～～，黍苗何離離。” ❻ **[仟眠]** ① **通“芊眠”。草木叢生的樣子**。《楚辭・九思・悼亂》：“雚葦兮～～。” ② **昏暗不明的樣子**。《楚辭・九懷・通路》：“遠望兮～～，聞雷兮闐闐。”

3 **仡** yì ㊥ hat1 **[仡仡]** ① **勇壯的樣子**。《尚書・秦誓》：“～～勇夫，射御不違。” ② **高大的樣子**。《詩經・大雅・皇矣》：“崇墉～～。”

3 **他** tā ㊥ taa1 ❶ **別的，其他的**。《管子・內業》：“心無～圖。”（圖：考慮。）成語有**“他山之石，可以攻玉”**。❷ **第三人稱代詞（後起意義）**。寒山子《有漢姓傲慢》詩：“百事被～嫌。”

3 **仞** rèn ㊥ jan6 ❶ **長度單位。古代以七尺或八尺為一仞**。《荀子・勸學》：“臨百～之淵。” ❷ **測量深度**。《左傳・昭公三十二年》：“度厚薄，～溝洫(xù ㊥ gwik1)。”（度：量。溝洫：田間水道。） ❸ **通“牣”。滿**。《史記・司馬相如列傳》：“充～其中者，不可勝記。” ❹ ㊥ jing6 **通“認”。承認**。《淮南子・人間》：“非其事者勿～也。”

3 **令** lìng ㊥ ling6 ❶ **命令**。《詩經・齊風・東方未明》：“倒之顛之，自公～之。”《韓非子・難勢》：“身不肖而～行者，得助於眾也。”（不肖：不賢。） ❷ **使**。《老子・十二章》：“五色～人目盲，五音～人耳聾。”《史記・孫子吳起列傳》：“臣能～君勝。”（我能使你勝。） ㊁ **假使**。《史記・魏其武安侯列傳》：“今我在也，而人皆藉吾弟；～我百歲後，皆魚肉之矣。” ❸ **善，美好**。《詩經・大雅・卷阿》：“～聞～望。”**雙音詞有“令**

尊”。❹ **縣令**。《史記・滑稽列傳》：“魏文侯時，西門豹為鄴～。”㊂ **政府部門的長官。如“中書令”**。❺ **時令，季節（後起意義）。如“夏令”**。**【辨】** 命，令。見87頁“命”字。

4 **任** rèn ㊣ jam6 ❶ **抱**。《國語・齊語》：“負～擔荷，服牛軺馬，以周四方。”郭璞《江賦》：“悲靈均之～石。”（靈均：指屈原。任石：指抱石投江。）❷ **擔負，擔任**。《孟子・萬章上》：“其自～以天下之重如此。”《史記・蒙恬列傳》：“恬～外事，而毅常為內謀。”（恬：蒙恬。毅：蒙毅。）㊁ **承當**。《左傳・僖公十五年》：“重怒難～。”㊂ **勝任，能夠**。屈原《天問》：“不～汩（gǔ ㊣ gwat1）鴻，師何以尚之？”（汩：治理。鴻：指洪水。師：眾。尚：推舉。）❸ **負荷，擔子**。《商君書・弱民》：“背法而治，此～重道遠而無馬牛，濟大川而無舡（xiāng ㊣ hong1/syun4）楫也。”（背：指拋棄。治：治理國家。濟：渡。舡楫：船和槳。）㊁ **責任，職責**。《韓非子・難三》：“中期善承其～，未慊（qiè ㊣ hip3）昭王也。”（中期能承擔責任，但昭王並不滿意。中期：人名。慊：滿足，滿意。）㊂ **行李**。《孟子・滕文公上》：“門人治～將歸。”❹ **信任**。《史記・屈原賈生列傳》：“王甚～之。”㊁ **擔保，保舉**。《漢書・趙充國傳》：“其言常是，臣～其計可必用也。”《史記・汲鄭列傳》：“信～宏，宏亦再至九卿。”（信、宏：人名。）❺ **任用**。《呂氏春秋・樂成》：“此二君者，達乎～人也。”柳宗元《六逆論》：“胡亥～趙高而族李斯。”（族：滅族。）❻ **能力**。《韓非子・定法》：“因～而授官。”❼ **憑藉**。《史記・平津侯主父列傳》：“昔秦皇帝～戰勝之威，蠶食天下。”❽ **聽憑**。陶潛《歸去來兮辭》：“曷不委心～去留？”㊂ **放任，無拘束**。賈思勰《齊民要術・種穀》：“～情返道，勞而無穫。”（返道：指違反客觀規律。）❾ **人質**。《三國志・魏書・武帝紀》：“（馬超）固請割地，求送～子。”❿ **通“妊”。懷孕**。《漢書・敘傳上》：“劉媼～高祖。”**【辨】** 負，任，擔，荷。見608頁“負”字。

4 **休** xiū ㊣ jau1 ❶ **休息，休整**。《史記・秦始皇本紀》：“風雨暴至，～於樹下。”岳飛《五嶽祠盟記》：“故且養兵～卒，蓄鋭待敵。”❷ **停止**。《韓非子・內儲説上》：“令下而人皆疾習射，日夜不～。”（疾：快。習射：練習射箭。）《戰國策・齊策四》：“先生～矣。”（休矣：表示勸阻對方，等於説“算了吧”。）❸ **副詞。表示禁止或勸阻。不要（後起意義）**。杜甫《戲贈友》詩：“勸君～歎恨。”❹ **美善**。《左傳・宣公三年》：“德之～明。”㊂ **喜慶。常“休戚”連用**。《晉書・馮跋載記》：“思與兄弟，同茲～戚。”（茲：此。戚：悲哀。）**成語有“休戚相關”**。❺ **句末語氣詞，相當於“罷”、“了”（後起意義）**。李清照《玉樓春・紅酥肯放瓊苞碎》：“要來小酌便來～。”

4 **伍** wǔ ㊣ ng5 ❶ **古代軍隊編制。五人為一伍**。《周禮・夏官・司馬》：“凡制軍……五人為～，～皆有長。”㊁ **軍隊的行列**。《孟子・公孫丑下》：“一日而三失～。”㊂ **古代的一種居民組織，五家為一伍**。鼂錯《募民徙塞下疏》：“使五家為～，～有長。”（長：伍長。）❷ **同類，一夥**。《史記・淮陰侯列傳》：“生乃與噲等為～！”（生：指韓信。噲：樊噲。）《宋史・安燾傳》：“羞與群兒～。”❸ **通“五”。數詞**。《國語・齊語》：“參其國而～其鄙。”（參：叄，分為三。伍：分成五份。鄙：郊外的地區。）

4 **伎** jì ㊣ gei6 ❶ **技藝**。《荀子・王制》：“案謹募選閱材～之士。”（嚴格謹慎地招募選擇有才能技藝的人。案：於是，就。）**這個意義又寫作“技”**。❷ **歌**

女。李白《寄韋南陵冰》詩："聞君攜～訪情人，應為尚書不顧身。"**這個意義又寫作"妓"。**

4 **伏** fú ㊢ fuk⁶ ❶ **趴**。賈誼《治安策》："～中行說（yuè ㊢ jyut⁶）而笞其背。"（中行說：人名。笞：鞭打。）㊄ **敬辭。用於上疏或章表，對君主表示恭敬。**［伏惟］**伏着想。下對上（多用於對皇帝）陳述自己的想法時用的敬辭**。魏徵《十漸不克終疏》："～～陛下年甫弱冠。" ❷ **藏匿，埋伏**。《老子・五十八章》："禍兮福之所倚，福兮禍之所～。"《左傳・莊公十年》："懼有～焉。" ❸ **屈服，接受**。《左傳・隱公十一年》："許既～其罪矣。"（許：許莊公。）㊂ **降伏。如"伏魔"、"降龍伏虎"**。❹ **通"服"。敬佩，信服**。韓愈《與崔群書》："～其為人。"庾信《謝趙王賚絲布啟》："自然心～。"㊂ **適應，習慣。如"不～水土"**。❺ **受到（應得的懲罰）**。《三國志・吳書・吳主傳》："後壹奸罪發露～誅。"（後來呂壹的罪惡暴露而被殺了。）❻ **伏天**。《漢書・東方朔傳》："～日，詔賜從官肉。"（詔：皇帝命令。從官：身邊的官吏。）❼ **祭名**。［伏臘］**夏祭為伏，冬祭為臘**。楊惲《報孫會宗書》："田家作苦，歲時～～，烹羊炰羔，斗酒自勞。"（歲時：年節。自勞：慰勞自己。）❽ fù ㊢ fau⁶ **孵化**。《莊子・庚桑楚》："越雞不能～鵠卵。"（鵠卵：天鵝蛋。）

4 **仳** pǐ ㊢ pei² **離別，分別**。蕭穎士《菊榮一篇五章並序》："愴其～別，終然永歎。"［仳離］**離別。特指女子因被丈夫拋棄而分開**。《詩經・王風・中谷有蓷》："有女～～。"

4 **伐** fá ㊢ fat⁶ ❶ **砍伐**。《詩經・小雅・伐木》："～木丁丁，鳥鳴嚶嚶。"《漢書・趙充國傳》："入山～材木。"**成語有"伐性之斧"**。㊄ **敲打**。高適《燕歌行》："摐（chuāng ㊢ coeng¹）金～鼓下榆關。"（摐金：指敲鑼。榆關：即山海關。）❷ **討伐，進攻**。《商君書・農戰》："興兵而～，必取。"（興兵：起兵。）㊄ **聲討。成語有"口誅筆伐"、"黨同伐異"**。❸ **功勞**。《左傳・莊公二十八年》："且旌（jīng ㊢ zing¹）君～。"（旌：表彰。）㊂ **誇耀**。《莊子・山木》："自～者無功。"

4 **仲** zhòng ㊢ zung⁶ **排行第二的**。《詩經・小雅・何人斯》："伯氏吹壎，～氏吹篪。"㊄ **位居第二的。"仲春"、"仲夏"、"仲秋"、"仲冬"分別指春、夏、秋、冬的第二個月**。屈原《九章・哀郢》："方～春而東遷。"（方：正當。東遷：指向東遷都。）

4 **仵** wǔ ㊢ ng⁵ **違逆**。《管子・心術上》："自用則不虛，不虛則～於物矣。"

4 **价** jiè ㊢ gaai³ ❶ **善，大**。《詩經・大雅・板》："～人維藩。"（藩：藩籬，屏障。）❷ **僕役，差人（後起意義）**。《宋史・曹彬傳》："會鄰道守將走～馳書來詣。"

4 **仰** yǎng ㊢ joeng⁵ ❶ **抬頭，臉向上。與"俯"相對**。《荀子・解蔽》："瞽（gǔ ㊢ gu²）者～視而不見星。"（瞽者：盲人。）㊄ **敬慕**。《三國志・蜀書・諸葛亮傳》："英才蓋世，眾士慕～。"（蓋：壓倒。）❷ **依賴，依靠**。《史記・平準書》："衣食～給縣官。"《後漢書・袁紹傳》："孤客窮軍，～我鼻息。" ❸ **舊時公文中上級命令下級的慣用語，有切望的意思**。《舊唐書・宣宗紀》："～州縣放免差役。"

4 **伉** kàng ㊢ kong³ ❶ **配偶，常"伉儷（lì ㊢ lai⁶）"連用**。《左傳・成公十一年》："己不能庇其～儷而亡之。"（庇：庇護，保護。儷：配偶。亡：失去。）❷ **強健**。《漢書・趙充國傳》："發郡騎及屬國胡騎～健各千。"（屬國：從屬國。）㊂ **剛強，剛直**。《史記・酷吏列傳》："郅（zhì

粵 zat^6）都～直。”（郅都：人名。）❸ **通“抗”。抵禦，抵抗**。《戰國策・秦策一》：“天下莫之能～。”又 **匹敵，相當**。《韓非子・外儲說左上》：“～禮下布衣之士。”（布衣：平民。）❹ **通“亢”。高**。《詩經・大雅・緜》：“皋門有～。”又 **極**。《荀子・王制》：“～隆高。”

4 **仿** fǎng 粵 fong^2 ❶ **照樣做，效法**。《鹽鐵論・未通》：“民相～效。”**這個意義又寫作“倣”**。❷ **[仿佛] 好像，似乎**。揚雄《甘泉賦》：“猶～～其若夢。”《漢書・眭弘等傳贊》：“察其所言，～～一端。”**又寫作“彷彿”、“髣髴”**。❸ páng 粵 pong^4 **[仿偟 (huáng 粵 wong^4)] 徘徊，游移不定**。《國語・吳語》：“屏營～～于山林之中。”**又寫作“彷徨”、“傍偟”、“方皇”等**。

4 **伊** yī 粵 ji^1 ❶ **指示代詞。此**。《詩經・秦風・蒹葭》：“所謂～人，在水一方。”❷ **第三人稱代詞。彼，他（後起意義）**。《世說新語・方正》：“江家我顧～，庾家～顧我。”❸ **句首語氣詞**。《詩經・鄭風・溱洧》：“維士與女，～其相謔。”❹ **句中語氣詞**。謝惠連《贈別》詩：“方作雲峰異，豈～千里別。”柳宗元《敵戒》：“縱欲不戒，匪愚～耄（mào 粵 mou^6）。”（匪愚伊耄：不是愚蠢就是昏庸。耄：昏庸。）

4 **企** qǐ 粵 kei^5 ❶ **踮起腳後跟**。《老子・二十四章》：“～者不立，跨者不行。”《漢書・高帝紀上》：“日夜～而望歸。”引 **站立，聳立**。何晏《景福殿賦》：“鳥～山峙。”謝靈運《從斤竹澗越嶺溪行》詩：“～石挹飛泉，攀林摘葉卷。”❷ **仰望，盼望**。《北史・陽休之傳》：“鄉曲人士，莫不～羨焉。”（鄉曲：窮鄉僻壤。）潘岳《射雉賦》：“甘疲心於～想。”（甘：情願。疲心：使心疲倦。）❸ **企及，趕上**。《新唐書・王勃傳》：“勃文章宏放，非常人所及，炯、照鄰可以～之。”（炯、照鄰：人名。）

5 **佞** nìng 粵 ning^6 ❶ **能說會道**。《論語・公冶長》：“雍也仁而不～。”（雍：冉雍，人名。）引 **巧言諂媚**。《論衡・答佞》：“何必為～以取富貴？”**雙音詞有“佞臣”**。❷ **[不佞] 沒有才智。多用作謙辭**。《左傳・成公十三年》：“寡人～～，其不能以諸侯退矣。”陳亮《上孝宗皇帝第一書》：“臣～～，自少有驅馳四方之志。”

5 **估** gǔ 粵 gu^2 ❶ **物價**。《抱朴子・審舉》：“中正、吏部並為魁儈，各責其～。”（中正、吏部：指州郡辦理貢舉的官吏。魁儈：居間買賣的人。）李商隱《行次西郊作》詩：“高～銅與鉛。”❷ **通“賈”。商人**。《後漢書・靈帝紀》：“帝著商～服。”（帝：指漢靈帝。著：穿。）❸ gū **估量物的價值或數量（後起意義）**。何薳《春渚紀聞》卷四：“令監庫使臣如市酤醞酒，各～其值。”

5 **何** hé 粵 ho^4 ❶ hè 粵 ho^6 **背，扛**。《詩經・小雅・無羊》：“～蓑(suō 粵 so^1)～笠(lì 粵 lap^1)。”《詩經・曹風・候人》：“～戈與祋(duì 粵 daai^3/zyut^3)。”（祋：一種兵器。）**這個意義後來寫作“荷”**。❷ **疑問代詞。甚麼**。《商君書・更法》：“前世不同教，～古之法？”（何古之法：效法哪一個古代呢？）又 **怎麼，為甚麼**。《論語・公冶長》：“賜也～敢望回？”（賜：子貢，孔子弟子。回：顏回，孔子弟子。）《論語・先進》：“夫子～哂由也？”（哂：譏笑。由：仲由，孔子弟子。）**[何則] 相當於“為甚麼？這是因為……”（用於自問自答）**。《荀子・宥坐》：“百仞之山，任負車登焉。～～？陵遲故也。”（仞：古代長度單位，七尺或八尺為一仞。任負車：載重的車。陵遲：山勢逐漸傾斜。）**[何如] 怎麼樣**。《公羊傳・昭公二十五年》：“季氏為無道……吾欲弒之，～～？”（弒：古稱子殺父或臣殺君為弒。）❸ **副詞。多麼。**《漢書・東方朔傳》：“受賜不待詔，～無禮也！”李白《古風五十九首》之三：“秦王掃六合，虎視～雄哉！”（六合：天地四方。虎視：像猛虎怒視一樣。）［**何其**］**多麼。**《左傳・僖公十五年》：“二三子～～戚也！”《世說新語・言語》：“足下言～～謬也！故不相答。”［**一何**］**多麼。**《史記・外戚世家》：“帝非我不得立，已而棄捐吾女，～～不自喜而倍本乎！”

5 **佐** zuǒ 粵 zo^{3} ❶ **輔助，幫助**。《墨子・貴義》：“周公旦～相天子。”《史記・陳涉世家》：“陳勝～之，並殺兩尉。”❷ **輔助的官員**。《世說新語・排調》：“顧長康作殷荊州～，請假還東。”（顧長康：顧愷之，人名。殷荊州：殷仲堪，作荊州刺史。）《晉書・杜預傳》：“及會反，僚～並遇害。”（會：鍾會，人名。僚：屬官。）ⓧ **輔佐的**。《左傳・成公二年》：“鄭周父御～車。”

5 **伾** pī 粵 pei^{1} ❶ **山名**。《尚書・禹貢》：“東過洛汭，至于大～。”❷［**伾伾**］**有力的樣子**。《詩經・魯頌・駉》：“薄言駉者，……以車～～。”

5 **佑** yòu 粵 jau^{6} ❶ **保佑**。《周易・大有》：“自天～之。”(引) **福**。《後漢書・桓榮傳》：“斯誠國家福～。”**這兩個意義又寫作“祐”**。❷ **輔佐**。《尚書・周官》：“敬爾有官，亂爾有政，以～乃辟。”（辟：君。）

5 **伻** bēng 粵 paang^{1} **使，讓**。《尚書・立政》：“乃～我有夏。”（有夏：朝代名。）ⓧ **使者**。《尚書・洛誥》：“～來，以圖及獻卜。”

5 **佔** chān 粵 cim^{1} ❶ **視**。［**佔畢**］**照書本誦讀**。《禮記・學記》：“今之教者，呻其～～。”（呻：誦讀。畢：簡。呻其佔畢：誦讀其所看的書本。）❷［**佔佔**］**低語的樣子**。《史記・匈奴列傳》：“嗟土室之人，顧無多辭，令喋喋而～～，冠固何當？”【注意】**“佔”在清代以前沒有“佔有”的意義**。“

5 **似** sì 粵 ci^{5} ❶ **類似，像**。《莊子・大宗師》：“淒然～秋，暖然～春。”（淒：寒冷。）❷ **似乎**。《世說新語・品藻》：“吾～有一日之長。”❸ **給予**。賈島《劍客》詩：“今日把～君，誰有不平事。”晏幾道《長相思・長相思》：“欲把相思說～誰。”❹ **介詞。表示比較，相當於“超過”**。劉克莊《浪淘沙・紙帳素屏遮》：“今年衰～去年些。”❺ 粵 zi^{6} **通“嗣”。繼承**。《詩經・周頌・良耜》：“以～以續，續古之人。”柳宗元《井銘》：“疇肯～於政，其來日新。”

5 **但** dàn 粵 daan^{6} ❶ **只，僅**。《史記・扁鵲倉公列傳》：“太子起坐，更適陰陽，～服湯二旬而復故。”《三國志・魏書・武帝紀》：“～賞功而不罰罪，非國典也。”（國典：國法。）ⓧ **不過**。曹丕《與吳質書》：“公幹有逸氣，～未遒（qiú 粵 cau^{4}）耳。”（公幹：人名，指劉楨。逸氣：超出一般的氣概。遒：指文章剛健有力。）❷ **徒然**。《漢書・匈奴傳上》：“何～遠走，亡匿（nì 粵 nik^{1}）於幕北寒苦無水草之地為？”（亡匿：逃亡隱藏。幕：沙漠。何……為：表示“要……幹甚麼？”）【注意】**在古漢語裏，“但”字不當“但是”講。“但是”的意義用“然”或“而”來表示。**

5 **伸** shēn 粵 san^{1} ❶ **舒展，伸直**。《周易・繫辭上》：“引而～之。”《荀子・樂論》：“執其干戚，習其俯仰屈～。”（干戚：武舞的舞具。習：學習。）(引) **伸張，昭雪**。諸葛亮《便宜十六策》：“怨聲不聞，則枉者不得～。”❷ **陳述，說明**。杜甫《兵車行》：“長者雖有問，役夫敢～恨？”**上述幾個意義都可以寫作“申”。**

5 **佃** diàn（粵）din^{6} ❶ tián（粵）tin^{4} **耕種土地**。酈道元《水經注・河水一》："其人山居，～於石壁間。" ❷ **租種土地**。《宋史・食貨志上》："公租額重而納重，則～不堪命。"（公租：國家的租稅。）⊗ **佃戶**。《宋史・食貨志上》："訂其主～。"（確定地主和佃戶的關係。）❸ tián（粵）tin^{4} **打獵**。《周易・繫辭下》："作結繩而為網罟，以～以漁。"《潛夫論・賢難》："有似於司原之～也。"（和司原打獵很相似。司原：管理山林野獸的官。）**這個意義又寫作"畋"**。**【辨】**田，佃，畋。見405頁"田"字。

5 **佚** yì（粵）jat^{6} ❶ **散失**。**如"佚書"、"佚名"**。（引）**走失，逃跑**。《公羊傳・成公二年》："頃公用是～而不反。"（頃公：人名。用是：因此。反：返。）（引）**棄置**。《孟子・公孫丑上》："遺～而不怨。" ❷ **放蕩**。《商君書・說民》："禮樂，淫～之徵也。"（徵：召，引導。）❸ **通"逸"**。**安逸，安閒**。《孫子兵法・軍爭》："以近待遠，以～待勞。"《孟子・盡心上》："以～道使民，雖勞不怨。" ❹ **通"逸"**。**隱逸**。《漢書・梅福傳》："隱士不顯，～民不舉。" ❺ dié（粵）dit^{6} **通"迭"**。**交替地，輪流地**。[佚蕩] **超脫，無拘束**。《漢書・揚雄傳上》："為人簡易～～。"

5 **作** zuò（粵）zok^{3} ❶ **起來，起身**。《禮記・少儀》："客～而辭。" ⊗ **興起**。《論衡・佚文》："周秦之際，諸子並～。" [作色] **臉上現出怒色，發怒**。《史記・蘇秦列傳》："韓王勃然～～。" ❷ **開始**。《老子・六十三章》："天下大事，必～於細。"（細：小。）❸ **創作，製作**。《史記・屈原賈生列傳》："屈平之～《離騷》。"《三國志・蜀書・諸葛亮傳》："推演兵法，～八陣圖。" ⊗ **造作**。《史記・孝文本紀》："嘗欲～露臺，召匠計之。" ❹ **勞作，勞動**。楊惲《報孫會宗書》："田家～苦。" ❺ **做，進行工作或活動**。《後漢書・華佗傳》："體有不快，起～一禽之戲。"（一禽之戲：一種鍛煉身體的方法。）❻ **充任**。《尚書・舜典》："汝～司徒。"《世說新語・言語》："謝萬～豫州都督。"（謝萬：人名。）❼ **為，成為**。李賀《浩歌》："南風吹山～平地。"

5 **伯** bó（粵）baak^{3} ❶ **排行第一的，老大**。《詩經・小雅・何人斯》："～氏吹塤（xūn（粵）hyun^{1}），仲氏吹篪（chí（粵）ci^{4}）。"（哥哥吹塤，弟弟吹篪。塤、篪：古樂器名。）⊗ **伯父（後起意義）**。李密《陳情表》："既無～叔，終鮮兄弟。" 杜甫《醉歌行》："汝～何由髮如漆？" ❷ **古代五等爵位（公、侯、伯、子、男）的第三等**。《左傳・僖公三十年》："晉侯秦～圍鄭。" ❸ **古代一方的首領**。《周禮・春官・大宗伯》："九命作～。"（九命：官爵的最高一級。）❹ bà（粵）baa^{3} **通"霸"**。**春秋時諸侯的盟主**。《韓非子・難四》："桓公，五～之上也。" ⊗ **稱霸，做諸侯的盟主**。《荀子・儒效》："一朝而～。"（一朝：一個早晨，指非常短促的時間。）❺ bǎi（粵）baak^{3} **通"佰"**。**數目單位**。《孟子・滕文公上》："或相什～，或相千萬。" 鼂錯《論貴粟疏》："亡（wú（粵）mou^{4}）農夫之苦，有仟～之得。"（亡：通"無"。仟、伯：千錢和百錢。）❻ mò（粵）mak^{6} **通"陌"**。**田間小路**。《漢書・食貨志上》："孝公用商君，壞井田，開仟～。"

5 **伶** líng（粵）ling^{4} ❶ **樂官**。《國語・周語下》："問之～州鳩。"（州鳩：人名。）（引）**伶人，表演歌舞的人**。《新唐書・禮樂志十二》："帝制新曲，教女～數十百人，衣珠翠緹繡，連袂而歌。"（衣：穿戴。緹：丹黃色。）❷ **被役使的人**。白居易《府齋感懷酬夢得》詩："府～呼喚爭先到。" ❸ [伶仃] **同"零丁"**。**見705頁"零"字**。

5 **住** zhù ㊥ zyu⁶ ❶ **停留，留下**。《後漢書・薊子訓傳》："薊先生小～。"杜甫《哀江頭》詩："去～彼此無消息。"㊛ **暫宿**。《南齊書・張融傳》："權牽小船於岸上～。"（權：暫且。）❷ **居住（後起意義）**。《魏書・袁翻傳》："那瓌～所，非所經見。"（那瓌：人名。）辛棄疾《八聲甘州・故將軍飲罷夜歸來》："移～南山。"❸ **停止**。李白《早發白帝城》詩："兩岸猿聲啼不～，輕舟已過萬重山。"❹ ㊥ zyu³ **通"駐"。軍隊駐紮**。《三國志・蜀書・諸葛亮傳》："前鋒破，退還，～綿竹。"（綿竹：地名。）

5 **位** wèi ㊥ wai⁶ ❶ **位置**。《左傳・昭公十六年》："苟有～於朝，無有不共恪。"（共恪：恭敬。）㊛ **方位**。《周禮・天官・冢宰》："辨方正～。"❷ **座位**。《左傳・成公十七年》："以戈殺駒伯、苦成叔於其～。"（戈：長矛。駒伯、苦成叔：人名。）❸ **官位，爵位**。《戰國策・趙策四》："～尊而無功。"㊛ **爵位的等次**。《孟子・萬章下》："天子一～，公一～，侯一～，伯一～，子男同一～，凡五等也。"㊕ **帝王或諸侯之位**。《史記・秦始皇本紀》："王年少，初即～，委國事大臣。"（委國事大臣：把國事委託給大臣。）❹ **鬼神的靈位**。《禮記・奔喪》："諸臣在他國，為～而哭。"❺ **任職**。《漢書・辛慶忌傳》："歷～朝廷。"

5 **伴** bàn ㊥ bun⁶ **夥伴，伴侶**。《三國志・蜀書・李嚴傳》："吾與孔明俱受寄託，憂深責重，思得良～。"吳融《倒次元韻》："南陌來尋～。"（陌：道路。）㊀ **陪着，陪伴**。《北史・李崇傳》："庶妻，元羅女也，庶亡後，岳使妻～之寢宿。"胡銓《戊午上高宗封事》："天下望治，有如飢渴，而近～食中書，漫不敢可否事。"（近：人名。中書：官署名。）

5 **佇** （竚）zhù ㊥ cyu⁵ **久立**。屈原《離騷》："延～乎吾將反。"（延：長久的。反：返。）㊀ **等待**。謝靈運《酬從弟惠連》詩："夢寐～歸舟。"

5 **佗** tuó ㊥ to⁴ ❶ **加**。《詩經・小雅・小弁》："舍彼有罪，予之～矣。"❷ **通"馱"。負荷**。《漢書・趙充國傳》："以一馬自～，負三十日食。"❸ [**佗佗**] ① **美好的樣子**。《詩經・鄘風・君子偕老》："委委～～，如山如河。"② **縱橫錯雜的樣子**。《史記・司馬相如列傳》："～～籍籍，填阬滿谷。"（阬：坑。）❹ **通"駝"。駱駝**。《漢書・常惠傳》："得馬、牛、驢、騾、橐～五萬餘匹。"❺ tuō ㊥ to¹ **通"拖"。披，散**。《史記・龜策列傳》："因以醮酒～髮，求之三宿而得。"❻ tā（**舊讀** tuō）㊥ taa¹ **通"他"。別的**。曹丕《燕歌行》："慊慊思歸戀故鄉，何為淹留寄～方。"陶潛《挽歌詩》："親戚或餘悲，～人亦已歌。"❼ yí ㊥ ji⁴ [**委佗**] **同"逶迤"。緩緩行走的樣子**。《後漢書・任光等傳贊》："～～還旅。"

5 **伺** sì ㊥ zi⁶ ❶ **窺察，探察**。《周書・文帝紀上》："包藏凶逆，～我神器。"❷ **等待，偵候**。《後漢書・張衡傳》："斯契船而求劍、守株而～兔也。"柳宗元《羆説》："～其至，發火而射之。"❸ [**伺候**] ① **偵察，偵候**。《後漢書・侯覽傳》："覽～～遮截。"（遮截：攔截。）② **等候，候望**。韓愈《送李愿歸盤谷序》："～～於公卿之門。"③ cì ㊥ si⁶ **侍候，侍奉**。《太平廣記》卷三三一："眾人於庭～～。"上述 ❸ ③ 今讀 cì。

5 **佛** fó ㊥ fat⁶ ❶ bì ㊥ bat⁶ **輔助**。《詩經・周頌・敬之》："～時仔肩，示我顯德行。"（時：是，指示代詞。仔肩：擔負。）**這個意義後來寫作"弼"**。❷ fú ㊥ fat¹ **通"拂"。拗轉**。《禮記・曲禮上》："獻鳥者～其首，畜鳥者則勿～也。"[**仿佛**] 見 18 頁"仿"字。❸ **佛陀的簡稱**。

義為"大覺有行者"，指釋迦牟尼及其創立的佛教。《魏書・釋老志》："(司徒崔浩)尤不信～，與帝言，數加非毀。"

5 **佁** yǐ 粵 ci3 ❶ **癡呆的樣子**。《說文・人部》："佁，癡貌。" 引 **靜止的樣子**。柳宗元《小石潭記》："潭中魚可百許頭，皆若空游無所依。日光下澈，影布石上，～然不動。" ❷ chì 粵 ji5 [**佁儗** (yì 粵 ji6)] **停滯不前的樣子**。周必大《回潭州朱元晦啟》："某三年～～，萬事摧頹。"

5 **余** yú 粵 jyu4 **第一人稱代詞。我，我的**。屈原《九章・懷沙》："定心廣志，～何畏懼兮。"《世說新語・文學》："感不絕於～心。"

6 **來** lái 粵 loi4 ❶ **小麥**。《詩經・周頌・思文》："貽我～牟。"(貽：贈送。牟：大麥。) **這個意義後來寫作"麳"**。❷ **來。與"往"相對**。《孟子・梁惠王上》："不遠千里而～。" ⊗ **招來，使……來**。《孟子・滕文公上》："勞之～之，匡之直之。"《史記・文帝本紀》："將何以～遠方之賢良。" **這個意義又寫作"徠"**。❸ lài 粵 loi6 **慰勞，勉勵**。《詩經・小雅・大東》："東人之子，職勞不～。"《漢書・王莽傳中》："力～農事，以豐年穀。" ❹ **將來**。《荀子・解蔽》："不慕往，不閔～。"(不羨慕過去，也不憂慮未來。閔：憂慮。) 引 **某一時間以後**。鼂錯《言兵事疏》："臣聞漢興以～，胡虜數入邊地。"(數：屢次。) ❺ **句尾語氣詞。相當於現代漢語的"咧"**。《莊子・人間世》："嘗以語我～。"(嘗：嘗試。)

6 **佸** huó 粵 kut3 **相會，來會**。《詩經・王風・君子于役》："君子于役，不日不月，曷其有～？"

6 **佳** jiā 粵 gaai1 **美，好**。屈原《九章・抽思》："好姱～麗兮，牉獨處此異域。"(牉：半。) 陶潛《飲酒》詩："秋菊有～色。" 賈思勰《齊民要術・耕田》："必須燥濕得所為～。"(必須乾濕合適才好。) [**佳人**] ① **美女**。《漢書・外戚傳上》："北方有～～，絕世而獨立。" ② **美好的人。常用以指自己所想念的人**。漢武帝《秋風辭》："蘭有秀兮菊有芳，～～兮不能忘。" ③ **有才幹的人**。《三國志・魏書・曹爽傳》注引《魏氏春秋》："曹子丹～～，生汝兄弟，犢耳！"(曹子丹：曹真。犢：牛犢子。)

6 **侍** shì 粵 si6 ❶ **在尊長旁邊陪着**。《論語・公冶長》："顏淵、季路～。"《韓非子・外儲說左上》："少者～長者飲，長者飲亦自飲。"(長者：老年人。) 引 **服侍，伺候**。《史記・蕭相國世家》："何守關中，～太子。"(何：蕭何。) ⊗ **侍從，侍女**。《後漢書・梁冀傳》："宮衛近～，並所親樹。"《北齊書・上洛王思宗傳》："廣納姬～。" ❷ **進諫，進言**。《史記・趙世家》："荀欣～以選練舉賢，任官使能。"(荀欣：人名。)

6 **佶** jí 粵 git6 **壯健**。《詩經・小雅・六月》："四牡既～，既～且閑。"

6 **佴** èr 粵 ji6 ❶ **貳，副**。《爾雅・釋言》："佴，貳也。" 郭璞注："佴，次，為副貳。" 引 **隨後，居次**。司馬遷《報任安書》："李陵既生降 (xiáng 粵 hong4)，隤 (tuí 粵 teoi4) 其家聲，而僕又～之蠶室，重為天下觀笑。"(隤：墮落，敗壞。蠶室：宮刑獄室。) ❷ nài 粵 noi6 **姓。漢有佴毋傷，晉有佴湛**。

6 **供** gòng 粵 gung3 ❶ gōng 粵 gung1 **供給，供應**。《尚書・費誓》："我惟築，無敢不～。"(築：指修建城堡。)《孟子・梁惠王上》："王之諸臣，皆足以～之。" ❷ **供奉，奉獻。多指在祭祀時擺設祭品**。《孟子・滕文公下》："無以～犧牲也。"(犧牲：祭祀用的牲畜。)《南史・晉安王子懋傳》："有獻蓮華～佛者。"(華：花。) ⊗ **供奉的東西**。《世說新語・

雅量》："竟日皆美～。" ❸ **受審者陳述案情（後起意義）**。劉克莊《書考》詩："考中～狀是吟詩。" 陳襄《州縣提綱二・面審所供》："吏輩責～，多不足憑。"【辨】貢，供，獻。見 609 頁"貢"字。

6 **使** shǐ (粵) si^2/sai^2 ❶ **命令，派遣**。《左傳・桓公五年》："鄭伯～祭足勞王。"（祭足：人名。）《史記・秦始皇本紀》："～王翦、辛勝攻燕。"（王翦、辛勝：人名。）(又) **使，讓**。《荀子・性惡》："～天下皆出於治。" (又) **役使，使喚**。韓愈《論淮西事宜狀》："待之既薄，～之又苦。" (引) **致使，以致**。韓愈《秋懷詩》："其言有感觸，～我復悽酸。" ❷ **任用，支配**。《荀子・王制》："尚賢～能。" 李白《君道曲》："如心之～臂。" (又) **使用，驅使**。《商君書・外內》："故輕法不可以～之。" ❸ **（舊讀 shì）**(粵) si^3 **出使**。《史記・老子韓非列傳》："乃遣非～秦。" (又) **（舊讀 shì）**(粵) si^3 **使者**。《左傳・成公九年》："兵交，～在其間可也。"《三國志・蜀書・諸葛亮傳》："瞻怒，斬艾～。"（瞻、艾：人名。）(特) **負責某種政務的官員**。如"**轉運使**"、"**節度使**"。❹ **放縱，放任**。《史記・季布欒布列傳》："復有言其勇，～酒難近。" ❺ **連詞**。**假使，假若**。《論語・泰伯》："如有周公之才之美，～驕且吝，其餘不足觀也已。"《史記・魏其武安侯列傳》："～武安侯在者，族矣！"（族：滅族。）

6 **佰** bǎi (粵) baak^3 ❶ **數詞"百"的大寫**。❷ **（舊讀 bó）古時軍隊編制單位，百人為佰**。(又) **管轄一百人的長官**。《史記・陳涉世家》："躡足行伍之間，俛（fǔ (粵) fu^2）仰仟～之中。"（參加到隊伍裏，處在仟長、佰長這樣的人中間。仟：管轄一千人的長官。）❸ mò (粵) mak^6 **通"陌"**。**田間小路**。《漢書・匡衡傳》："南以閩～為界。"（閩：田界的名稱。）

6 **侑** yòu (粵) jau^6 ❶ **用奏樂或獻玉帛勸人飲食**。《周禮・天官・膳夫》："以樂～食。"《宋史・王拱辰傳》："親鼓琵琶以～飲。"（鼓：彈奏。）❷ **通"宥"**。**寬容，饒恕**。《管子・法法》："文有三～，武毋一赦。"（毋：無。赦：赦免。）

6 **侉** kuā (粵) kwaa^2 ❶ **疲憊**。《說文・人部》："侉，憊詞。" ❷ (粵) kwaa^1 **通"夸"、"誇"**。**誇大**。《尚書・畢命》："驕淫矜～，將由惡終。"

6 **例** lì (粵) lai^6 ❶ **類，列**。《公羊傳・僖公元年》："臣子一～也。"《三國志・魏書・王粲傳》："而不在此七人之～。" (引) **類似，像**。文天祥《指南錄後序》："進退不由，殆～送死。"（不由：不能自主。殆：幾乎。）❷ **舊例，慣例**。《漢書・何武傳》："欲除吏，先為科～，以防請託。" 杜甫《送樊二十三侍御赴漢中判官》詩："朝廷無此～。" (引) **副詞，照例**。韓愈《柳子厚墓誌銘》："遇用事者得罪，～出為刺史。"

6 **佌** cǐ (粵) ci^2 **小，卑微**。《管子・輕重乙》："～諸侯度百里。"［**佌佌**］**小的樣子**。《詩經・小雅・正月》："～～彼有屋。"

6 **侗** tóng (粵) tung^4 ❶ **幼稚無知**。《論語・泰伯》："狂而不直，～而不愿。" ❷ tōng (粵) tung^1 **高大**。《論衡・氣壽》："人民～長。"

6 **侃** （**偘**）kǎn (粵) hon^2 ❶［**侃侃**］**從容不迫的樣子**。《論語・鄉黨》："朝與下大夫言，～～如也。"（如：形容詞詞尾。）**成語有"侃侃而談"**。❷［**侃然**］**剛毅正直的樣子**。《後漢書・向栩傳》："每朝廷大事，～～正色，百官憚之。"《三國志・魏書・楊阜傳》："阜常～～以天下為己任。"

6 **侏** zhū (粵) zyu^1 **矮小**。《論衡・齊世》："安得傴～之人乎？"（傴：駝背。）

［侏儒］**身材短小的人**。《史記・滑稽列傳》："優旃（zhān [粵] zin^1）者，秦倡～～也。"（優：演員。旃：人名。倡：表演歌舞的人。）**又寫作"朱儒"**。

6 **侁** shēn [粵] san^1 ［侁侁］**往來的聲音**。宋玉《招魂》："豺狼從目，往來～～些。"

6 **侐** xù [粵] gwik^1 **清靜**。《詩經・魯頌・閟宮》："閟宮有～。"

6 **侜** zhōu [粵] zau^1 ❶ **欺誑**。《詩經・陳風・防有鵲巢》："誰～予美，心焉忉（dāo [粵] dou^1）忉。"（忉忉：憂念的樣子。）❷［侜張］① **欺誑**。仲長統《昌言》："於是淫厲亂神之禮興焉，～～變怪之言起焉。"② **強橫**。《南齊書・高帝紀上》："丑羯～～，勢振彭泗。"

6 **佺** quán [粵] cyun^4 ［偓（wò [粵] ak^1/ngak^1）佺］**傳說中的仙人名**。《史記・司馬相如列傳》："～～之倫，暴於南榮。"

6 **佻** tiāo [粵] tiu^1 ❶ **偷薄，不厚道**。《左傳・昭公十年》："～之謂甚矣，而壹用之，將誰福哉？"❷ **輕佻，輕浮**。屈原《離騷》："雄鳩之鳴逝兮，余猶惡其～巧。"（鳩：鳥名。逝：離去。惡：嫌惡。巧：巧詐。）❸ **竊取**。《國語・周語中》："～天之功以為己力。"❹ yáo [粵] jiu^1 **延緩**。《荀子・王霸》："百工將時斬付，～其期日，而利其巧任。"

6 **佾** yì [粵] jat^6 **古代樂舞的行列，一行八人叫一佾。舞蹈用人的多少，表示貴族之間的等級差別**。《論語・八佾》："八～舞於庭。"《穀梁傳・隱公五年》："天子八～，諸公六～，諸侯四～。"

6 **佩** pèi [粵] pui^3 ❶ **繫在衣帶上的裝飾品**。屈原《離騷》："紉秋蘭以為～。"（紉：連綴。）[引] **佩帶，佩掛**。《韓非子・觀行》："西門豹之性急，故～韋以自緩。"（韋：柔軟的熟皮子。緩：和緩。）《晉書・張華傳》："當得寶劍～之。"[引] **擔負，承受**。《新唐書・李晟傳贊》："身～安危而氣不少衰者。"❷（**將恩澤和欽敬）牢記心中**。曹植《謝妻改封表》："銜～弘惠，沒而後已。"❸ **敬佩，佩服（後起意義）**。杜甫《湘江宴餞裴二端公赴道州》詩："鄙人奉末眷，～服自早年。"（佩服自早年：從早年就佩服。）**雙音詞有"欽佩"**。

6 **佹** guǐ [粵] gwai^2 ❶ **乖戾**。《周禮・考工記・輪人》鄭玄注："菑與爪不相～。"❷ **詭異**。《荀子・賦》："天下不治，請陳～詩。"《淮南子・齊俗》："爭為～辯，久稽而不決。"

6 **侈** chǐ [粵] ci^2 ❶ **奢侈，浪費。與"儉"相對**。《韓非子・解老》："多費之謂～。"《呂氏春秋・節喪》："～靡者以為榮，儉節者以為陋。"[引] **多餘的**。劉向《說苑・修文》："故其民雖有餘財～物而無仁義功德，則無所用其餘財～物。"❷ **放縱，放肆**。《孟子・梁惠王上》："苟無恆心，放辟邪～，無不為已。"《荀子・正論》："暴國獨～，安能誅之。"（安：連詞。於是就。誅：討伐。）❸ **大，廣**。《國語・吳語》："伯父秉德已～大哉！"《漢書・王莽傳中》："莽為人～口蹷頤（jué hàn [粵] kyut^3 ham^5），露眼赤精。"

6 **佼** jiǎo [粵] gaau^2 ❶ **美好**。《詩經・陳風・月出》："月出皎兮，～人僚兮。"（僚：美好的樣子。）《論衡・骨相》："陳平貧而飲食不足，貌體～好而眾人怪之。"❷ **通"狡"。狡詐**。《管子・七臣七主》："好～反而行私請。"（好：喜歡。）❸ jiāo [粵] gaau^1 **通"交"。交往**。《管子・明法解》："則群臣皆忘主而趨私～矣。"

6 **佽** cì [粵] ci^3 ❶ **相次，有序**。《詩經・小雅・車攻》："決拾既～，弓矢既調。"（決：扳指，套在右拇指上，用來勾開弓。拾：臂套，射箭時用以護臂。）

❷ **幫助**。《詩經・唐風・杕杜》："人無兄弟，胡不～焉。"（胡：何，為甚麼。）杜牧《唐故歙州刺史邢君墓志銘》："日夕聞（邢）渙思～助并州，鉅細合宜。"

6 **依** yī ㊊ ji[1] ❶ **靠着**。《孫子兵法・行軍》："～水草而背眾樹。"㊇ **依靠，依託**。曹操《短歌行》："繞樹三匝（zā ㊊ zaap[3]），何枝可～？"（匝：周。）❷ **依照，按照**。屈原《離騷》："願～彭咸之遺則。"（彭咸：古代的賢人。）《南史・王思遠傳》："臨海太守沈昭略贓私，思遠～事劾奏。"**成語有"依樣畫葫蘆"**。㊇ **依從**。《尚書・大禹謨》："禹曰：'朕德罔克，民不～。'"❸［**依依**］① **輕柔的樣子**。《詩經・小雅・采薇》："昔我往矣，楊柳～～。"② **留戀惜別的樣子**。《楚辭・九思・傷時》："志戀戀兮～～。"**成語有"依依惜別"**。❹［**依稀**］① **隱約**。江淹《赤虹賦》："曖昧以變，～～不常。"② **彷彿**。趙嘏《江樓舊感》詩："風景～～似去年。"【**辨**】依，倚。見 29 頁"倚"字。

6 **佯** yáng ㊊ joeng[4] **假裝**。《孫子兵法・軍爭》："～北勿從。"（北：指敗退。從：追趕。）《史記・宋微子世家》："乃被髮～狂而為奴。"（被：披。）

6 **併** bìng ㊊ bing[3] ❶ **併行，併列**。《漢書・平帝紀》："親迎，立軺（yáo ㊊ jiu[4]），～馬。"（立軺：站在小車上。軺：小車。）❷ **合併，兼併**。《史記・秦本紀》："周室微，諸侯力政，爭相～。"謝朓《賦貧民田》詩："敦本抑工商，均業省兼～。"（敦本：重視農業。抑：壓制。均：平均。省：減少。）❸ **一起，一齊**。賈誼《治安策》："高皇帝與諸公～起。"❹ bǐng ㊊ bing[2] **通"屏（摒）"。拋棄**。《荀子・強國》："～己之私欲。"【**辨**】並（竝），并，併。這三個字在古代並不完全通用。"并"和"併"是同義詞，"并"和"並"不是同義詞（古音也不相同）。"兼併"的意義寫作"并"和"併"，不寫作"並（竝）"。"一起"的意義一般寫作"並（竝）"，很少寫作"并"和"併"。"依傍"的意義只寫作"並（竝）"，"拋棄"的意義只寫作"并"和"併"。

6 **侘** chà ㊊ caa[3] ❶［**侘傺**（chì ㊊ cai[3]）］**失意的樣子**。《楚辭・九歎・愍命》："懷憂含戚，何～～兮！"（戚：悲傷。）❷ **通"詫"。誇耀**。《史記・韓長孺列傳》："即欲以～鄙縣，驅馳國中，以誇諸侯。"（鄙：邊遠的地方。）

6 **佷** hěn ㊊ han[2] **乖戾，不聽從**。《國語・晉語九》："宣子曰：'宵也～。'"（宵：人名。）

6 **侔** móu ㊊ mau[4] ❶ **相等，等同**。《莊子・外物》："海水震蕩，聲～鬼神。"**成語有"侔色揣稱"**。❷ **衡量，相比較**。姚寬《西溪叢語》卷上："東溟自定海吞餘姚、奉化二江，～之浙江，尤其狹逼。"❸ **通"牟"。取，求取**。《韓非子・五蠹》："商工之民……蓄積待時而～農夫之利。"

7 **俅** qiú ㊊ kau[4]［**俅俅**］**冠飾華美的樣子**。《詩經・周頌・絲衣》："載弁～～。"**一說恭順的樣子**。

7 **便** biàn ㊊ bin[6] ❶ **有利，便利**。《商君書・更法》："治世不一道，～國不必法古。"［**便宜**］① **利益，好處。常特指對國家有利的事**。《漢書・婁敬傳》："臣願見上言～～。"② **不須請示靈活處置**。《史記・蕭相國世家》："即不及奏上，輒（zhé ㊊ zip[3]）以～～施行。"（即：假如。不及奏上：來不及報告皇帝。輒：就。）❷ **靈便**。《莊子・天地》："猿狙（jū ㊊ zeoi[1]）之～自山林來。"㊀ **熟習**。《三國志・魏書・呂布傳》："布～弓馬。"❸ **時間副詞。相當於現代漢語的"就"**。《三國志・吳書・吳主傳》："旬日～退。"（旬日：十天。）❹ **大小便**。《漢書・張安世傳》："郎有醉小～殿上。"❺ pián ㊊ pin[4] **安，安逸**。《墨子・天志中》:"百姓皆得暖衣飽食,～寧無憂。"(寧:平安。)《戰國策・秦策三》:"食不甘味,卧不～席。" ❻ pián (粵) pin^4 **能説會道**。《古詩為焦仲卿妻作》:"～言多令才。"(令才:美才。) ❼ pián (粵) pin^4 [**便便**] ① **善於辭令的樣子**。《論語・鄉黨》:"其在宗廟朝,～～言,唯謹爾。" ② **肥胖的樣子**。《後漢書・邊韶傳》:"邊孝先,腹～～。懶讀書,但欲眠。" ❽ pián (粵) pin^4 [**便嬖** (bì (粵) bai^3)] **君主左右的寵信小臣**。《荀子・富國》:"觀其～～,則其信者愨 (què (粵) kok^3),是明主已。"(愨:誠實。) **又寫作"便辟"**。

7 **俠** xiá (粵) haap^6 ❶ **俠士,俠客**。《韓非子・五蠹》:"儒以文亂法,～以武犯禁。"(禁:禁令。) (又) **俠義**。《三國志・魏書・張邈傳》:"少以～聞。" ❷ jiā (粵) gaap^3 **通"夾"**。**從兩邊夾住**。《漢書・叔孫通傳》:"殿下郎中～陛。"(郎中:官名。陛:皇宮的台階。)

7 **俚** lǐ (粵) lei^5 ❶ **民間的,不文雅的**。《漢書・司馬遷傳》:"辨而不華,質而不～。" 左思《魏都賦》:"非鄙～之言所能具。" [**俚歌**] **民歌**。蘇軾《和王勝之》:"不惜陽春和～～。" ❷ **依賴,依託**。《廣雅・釋言》:"俚,賴也。"《漢書・季布傳贊》:"夫婢妾賤人感慨而自殺,非能勇也,其畫無～之至耳。"(畫:計劃,決定。)

7 **俔** qiàn (粵) jin^6 ❶ **譬如,好比**。《詩經・大雅・大明》:"大邦有子,～天之妹。" ❷ (粵) jin^5 **船上用來測風的羽毛**。《淮南子・齊俗》:"譬若～之見風也,無須臾之間定矣。"

7 **保** bǎo (粵) bou^2 ❶ **抱**。《尚書・召誥》:"夫知～抱攜持厥婦子,以哀籲天。" (引) **撫養**。《尚書・康誥》:"若～赤子。"(赤子:初生的嬰兒。) (引) **安撫,安定**。《鹽鐵論・地廣》:"以寬徭役,～士民。" [**保氏**] **古時負責教育宮廷、貴族子弟的官員稱保或保氏**。《周禮・地官・保氏》:"～～掌諫王惡,而養國子以道,乃教之六藝。" ❷ **守住,保住,保全,保護**。《史記・秦始皇本紀》:"阻其山以～魏之河內。"(河內:地名。)《左傳・昭公八年》:"民力雕盡……莫～其性。"(雕盡:竭盡。性:性命。) (又) **保持**。賈思勰《齊民要術・耕田》:"立春～澤,凍蟲死,來年宜稼。"(澤:濕潤。稼:種莊稼。) ❸ **保證,擔保**。《管子・小匡》:"故卒伍之人,人與人相～。"(卒伍:指居住單位。) (又) **戶籍編制單位**。《隋書・食貨志》:"制人五家為～,～有長。" ❹ **僕役**。《史記・季布欒布列傳》:"(布)窮困,賃 (lìn (粵) jam^6) 傭于齊,為酒人～。"(賃傭:為人僱用。齊:國名。) ❺ **小土城**。《莊子・盜跖》:"所過之邑,大國守城,小國入～。"(邑:城市。) **這個意義後來寫作"堡"**。❻ **通"褓"**。**嬰兒的被子**。《後漢書・桓榮傳》:"昔成王幼小,越在繈～。"

7 **俜** pīng (粵) ping^1 [**伶俜**] **孤單的樣子**。潘岳《寡婦賦》:"少～～而偏孤兮,痛怮怛以摧心。" 杜甫《新安吏》詩:"肥男有母送,瘦男獨～～。"

7 **促** cù (粵) cuk^1 ❶ **靠近**。左思《蜀都賦》:"合樽 (zūn (粵) zeon^1) ～席。" **成語有"促膝談心"**。(又) **緊迫**。柳宗元《與蕭翰林俛書》:"長來覺日月益～。" (又) **急促,趕快**。《三國志・魏書・武帝紀》:"太祖乃自力勞軍,令軍中～為攻具。" ❷ **催促,促成**。李白《魯郡堯祠送吳五之琅琊》詩:"日色～歸人。"《晉書・宣帝紀》:"亮欲～其事,乃遣郭模詐降。" ❸ **短,短促**。陸機《弔魏武帝文》:"何命～而意長。"(何:為甚麼。) (又) **狹小**。《世説新語・言語》:"江左地～,不如中國。" (引) **縮短**。《抱朴子・廣譬》:"大川不能～其涯以適速濟之情。"

7 **俁** yǔ 粵 jyu5 [俁俁] **高大的樣子**。《詩經・邶風・簡兮》："碩人～～。"

7 **俄** é 粵 ngo4 ❶ **傾斜**。《詩經・小雅・賓之初筵》："側弁之～，屢舞傞（suō 粵 co1）傞。"（弁：皮帽子。傞傞：醉舞的樣子。）張華《鷦鷯賦》："鷹鸇（zhān 粵 zin1）過猶～翼，尚何懼於罿罻（tóng wèi 粵 tung4/cung1 wai3）。"（鸇：一種猛禽。罿罻：捕鳥的小網。）❷ **頃刻，片刻**。蕭子良《請停臺使檢課表》："～刻十催。"（催：催促。）杜甫《別蔡十四著作》詩："憶念鳳翔都，聚散～十春。"[**俄而**] [**俄爾**] **不久**。《三國志・蜀書・諸葛亮傳》："～而表卒。"（表：劉表。卒：死。）《晉書・五行志下》："有一馬尾有燒狀……～爾不見。"

7 **侮** wǔ 粵 mou5 **輕慢，怠慢**。《荀子・君子》："故刑當罪則威，不當罪則～。"⊗ **侮辱，欺負**。《左傳・僖公二十四年》："兄弟鬩于牆，外禦其～。"

7 **俗** sú 粵 zuk6 ❶ **風俗，習慣**。《尚書・君陳》："敗常亂～。"《荀子・樂論》："移風易～，天下皆寧。"❷ **平庸的，一般人**。杜甫《李鄠縣丈人胡馬行》："始知神龍別有種，不比～馬空多肉。"《孟子・梁惠王下》："直好世～之樂耳。"⊗ **民眾，百姓**。《新唐書・戴叔倫傳》："為作均水法，～便利之。"⊗ **庸俗的，鄙俗的**。**與"雅"相對**。王安石《兼并》詩："～儒不知變。"❸ **佛教稱在世間、在家。與"出家（為僧）"相對**。《宋書・徐湛之傳》："世祖命使還～。"

7 **俛** fǔ 粵 fu2 ❶ **同"俯"。向下，低頭，和"仰"相對**。《史記・貨殖列傳》："～有拾，仰有取。"韓愈《應科目時與人書》："若～首帖耳，搖尾而乞憐者，非我之志也。"❷ miǎn 粵 min5 **通"勉"。勤勞**。《禮記・表記》："～焉日有孳孳。"

7 **俇** guàng 粵 gwaang6 ❶ [俇俇] **心神不定的樣子**。《楚辭・九歎・思古》："魂～～而南行兮。"❷ 粵 hong1 [**俇攘**（ráng 粵 joeng6）] **慌亂的樣子**。宋玉《九辯》："悼余生之不時兮，逢此世之～～。"

7 **係** xì 粵 hai6 ❶ **拴，綁**。《左傳・襄公十八年》："獻子以朱絲～玉二瑴（jué 粵 gok3）而禱。"（瑴：一雙玉。）《史記・秦始皇本紀》："子嬰即～頸以組，白馬素車，奉天子璽符，降軹道旁。"（子嬰：人名。組：絲帶。奉：捧。軹道：亭名。）❷ **繼，連接**。《晉書・郤詵傳》："聖明～踵。"（係踵：接踵而來。）❸ **關聯**。嵇康《聲無哀樂論》："音聲有自然之和，而無～於人情。"❹ **帶子**。漢樂府《陌上桑》："青絲為籠～，桂枝為籠鉤。"**【辨】** 系，係，繫。在"拴綁"、"連接"和"帶子"的意義上，這三個字可以通用。但"世系"、"系統"的意義一般寫作"系"，不寫作"係"、"繫"。在"關聯"的意義上，一般寫作"繫"和"係"，不寫作"系"。"係"在古白話中還可以用作"是"（"實係此人"），這種用法是"系"、"繫"所沒有的。

7 **信** xìn 粵 seon3 ❶ **言語真實**。《老子・八十一章》："～言不美，美言不～。"❷ **講信用**。《論語・子路》："言必～，行必果。"❸ **實在，的確**。劉禹錫《天論上》："文～美矣！"❹ **相信**。《論衡・問孔》："世儒學者，好～師而是古。"❺ **信物**。《史記・刺客列傳》："今行而毋～，則秦未可親也。"（毋：無，沒有。）❻ **送信的人**。《世說新語・雅量》："謝公與人圍棋，俄而謝玄淮上～至，看書竟，默然無言。"（俄而：一會兒。謝玄：人名。淮：淮水。書：書信。竟：完。）❼ **音訊，消息**。杜甫《喜達行在所》詩："西憶岐陽～。"⊗ **書信（後起意義）**。元稹《書樂天紙》詩："半封京～半題詩。"❽ **副詞。隨意，隨便（後起意義）**。

白居易《琵琶行》："低眉～手續續彈。"（續續：連續。）❾ shēn (粵) san1 **通"伸"。伸展**。《周易・繫辭下》："屈～相感。"

7 **俍** liáng (粵) loeng4 ❶ **善，好**。《莊子・庚桑楚》："夫工乎天而～乎人者，惟全人能之。"❷ lǎng (粵) loeng6 **[俍倡] 通"踉蹡"。腳步歪斜的樣子**。宋玉《九辯》"然潢洋而不遇兮"王逸注："～～後時，無所逮也。"

7 **侵** qīn (粵) cam1 ❶ **進犯，侵犯**。《左傳・僖公四年》："齊侯以諸侯之師～蔡。"（師：軍隊。蔡：蔡國。）(又) **侵蝕**。《魏書・李崇傳》："加以風雨稍～，漸致虧墜。"(引) **侵襲**。韓愈《縣齋讀書》詩："南方本多毒，北客恆懼～。"❷ **欺凌，欺負**。《莊子・漁父》："～人自用謂之貪。"《三國志・蜀書・諸葛亮傳》："強不～弱。"❸ **侵佔，奪取**。《左傳・桓公二年》："哀侯～陘庭之田。"❹ **逐漸**。《列子・湯問》："帝憑怒，～減龍伯之國使阨。"（天帝盛怒，逐漸削減龍伯的國土，使它地域狹隘。龍伯：神話中的國名。）**[侵晨] 天蒙蒙亮**。《三國志・吳書・呂蒙傳》："～～進攻。"**[侵尋] 逐漸擴展**。歸有光《乞致仕疏》："見今病勢～～，不能前邁。"(引) **臨近**。蘇軾《是日宿水陸寺寄北山清順僧》詩之一："農事未休～小雪，佛燈初上報黃昏。"❺ **荒年，莊稼歉收**。《穀梁傳・襄公二十四年》："五穀不升，謂之大～。"（升：成熟。）❻ qǐn (粵) cam2 **相貌醜陋**。《漢書・田蚡傳》："蚡（fén (粵) fan4）為人貌～。"（貌：相貌。）**這個意義又寫作"寑"**。

7 **侯** hóu (粵) hau4 ❶ **箭靶**。《詩經・齊風・猗嗟》："終日射～，不出正兮。"（正：靶的中心。）❷ **古代五等爵位的第二等**。《禮記・王制》："王者之制祿爵，公、～、伯、子、男凡五等。"（祿爵：俸祿和爵位。凡：共。）(又) **秦漢以後僅次於王的爵位**。《史記・陳涉世家》："王～將相寧有種乎！"（寧：難道。）(引) **對士大夫的尊稱**。《世說新語・文學》："羊～，羊～，百口賴卿。"（羊侯：指羊孚。賴：依賴，仰仗。）

7 **俑** yǒng (粵) jung2 **古代殉葬用的木偶或陶人**。《孟子・梁惠王上》："始作～者，其無後乎？"謝惠連《祭古冢文》："撫～增哀。"（撫：摸着。）

7 **俟** (竢) sì (粵) zi6 **等候，等待**。《詩經・邶風・靜女》："靜女其姝，～我於城隅。"(又) **期待**。柳宗元《捕蛇者說》："以～夫觀人風者得焉。"【辨】俟，待，等，候。"俟"和"待"在先秦時期都有等待的意義。"等"和"候"作等待講則是後起意義。"等"在上古時期多作同樣或等級講。《史記・陳涉世家》："等死，死國可乎？"其中的"等死"不是"等待死"，而是"（兩種做法）都是死"。

7 **俊** (儁、雋) jùn (粵) zeon3 ❶ **才智出眾**。《荀子・大略》："國有～士，世有賢人。"(又) **才智出眾的人**。《孟子・公孫丑上》："尊賢使能，～傑在位。"❷ **容貌出眾，美好**。《世說新語・容止》："裴令公有～容儀，脫冠冕，粗服亂頭皆好。"【辨】英，豪，俊，傑。見606頁"豪"字。

7 **俞** yú (粵) jyu4 ❶ **歎詞。表示同意，許可**。《尚書・堯典》："帝曰：'～，予聞，如何？'"（予：我。）(引) **答應**。揚雄《羽獵賦》："上猶謙讓而未～也。"（猶：還。）❷ shù (粵) syu3 **通"腧"。人身體上的穴位**。《素問・氣府論》："五藏之～各五。"（五藏：五臟。）❸ yù (粵) jyu6 **通"愈"。越，更加**。《漢書・食貨志》："民～勤農。"（勤農：勤於農事。）❹ yù (粵) jyu6 **通"癒"。病好了**。《荀子・解蔽》："而未有～疾之福也。"

7 **俎** zǔ (粵) zo2 ❶ **祭祀時盛牛羊等祭品的禮器**。《左傳・隱公五年》："鳥獸之肉不登於～……則公不射。”（登：指放上。公：國君。）❷ **切肉用的砧板**。《韓非子・難言》：“身執鼎～為庖（páo ㊥ paau⁴）宰。”（鼎：烹煮用的金屬器物。庖宰：廚師。）

8 **俸** fèng ㊥ fung⁶ **俸祿，薪俸。舊時官吏所得的薪金**。《韓非子・姦劫弒臣》：“尊官厚～。”

8 **倩** qiàn ㊥ sin³/sin⁶ ❶ **笑時面頰美的樣子**。《詩經・衛風・碩人》：“巧笑～兮，美目盼兮。” ❷ **古代男子的美稱**。《漢書・朱邑傳》：“昔陳平雖賢，須魏～而後進。”（魏倩：指魏無知。）❸（**姿容）美好**。梅堯臣《五倩篇》：“～然五蛾眉，妙曲動金弦。”吳融《還俗尼》詩：“柳眉梅額～妝新。”❹ qìng ㊥ cing³ **女婿**。《史記・扁鵲倉公列傳》：“黃氏諸～。”❺ qìng ㊥ cing³ **請別人代自己做事**。杜甫《九日藍田崔氏莊》詩：“笑～旁人為正冠。”（正：戴正。）

8 **倀** chāng ㊥ coeng¹ ❶ **無所適從的樣子**。岳珂《桯史・張元吳昊》：“～無所適，聞夏酋有意窺中國，遂叛而往。”[倀倀] **迷惘不知所措**。《荀子・脩身》：“人無法則～～然。”（沒有法律，人就無所適從。）❷ **傳說，被老虎咬死的人變成鬼，又去引導老虎吃人，這種鬼叫作“倀”或“倀鬼”。後用此比喻充當惡人的爪牙，幫助幹壞事。成語有“為虎作倀”**。

8 **倖** xìng ㊥ hang⁶ ❶ **僥倖**。白居易《論孫璹張奉國狀》：“恐同類之內，皆生～心。”（心：心理。）❷ **寵愛，寵幸**。《後漢書・呂強傳》：“素餐私～。”（素餐：指白吃飯不做事的人。）

8 **借** jiè ㊥ ze³ ❶ **借，借出，借進**。《論語・衞靈公》：“有馬者～人乘之。”《穀梁傳・僖公二年》：“公遂～道而伐虢。”（虢：國名。）㊂ **幫助**。《漢書・朱雲傳》：“少時通輕俠，～客報仇。”㊀ **憑藉，借助**。《左傳・成公二年》：“子又不許，請收合餘燼，背城～一。”（一：指一戰。）❷ **假使**。《詩經・大雅・抑》：“～曰未知，亦既抱子。”**常“借使”連用**。《三國志・魏書・荀攸傳》：“～使二子和睦以守其成業，則天下之難未息也。”（息：停止。）**這個意義又寫作“藉”**。

8 **值** zhí ㊥ zik⁶ ❶ **面對，遇到**。《論衡・實知》：“武庫正～其墓。”《史記・酷吏列傳》：“寧見乳虎，無～寧成之怒。”（無：不要。寧成：人名。）㊂ **碰上……的時候**。《世説新語・政事》：“～積雪始晴。”㊀ **價值相當**。梅堯臣《京師奉賣梅花》五首之五：“移根種子誰辛苦，上苑偷來～幾錢？”❷ **價值（後起意義）**。《太平廣記》卷二三六：“授二百萬賞其～。”蒲松齡《聊齋志異・王成》：“釵～幾何？”（幾何：多少。）

8 **倚** yǐ ㊥ ji² ❶ **斜靠着**。《莊子・德充符》：“～樹而吟。”**成語有“倚馬可待”**。㊂ **憑恃，倚仗**。李白《扶風豪士歌》：“作人不～將軍勢。”**成語有“倚老賣老”**。❷ **偏斜**。《禮記・中庸》：“中立而不～。”❸ **隨着，合着（音樂）**。《史記・張釋之馮唐列傳》：“使慎夫人鼓瑟，上自～瑟而歌。”（鼓：彈奏。瑟：一種樂器。）❹ **椅子**。《金石萃編・濟瀆廟北海壇祭器碑》：“繩床十，內四～子。”**這個意義後來寫作“椅”**。❺ **立，站立**。《世説新語・儉嗇》：“嘉賓……常朝旦問訊。郗家法，子弟不坐，因～語移時。”❻ jī ㊥ gei¹ **怪異**。《荀子・儒效》：“～物怪變。”❼ jī ㊥ gei¹ **通“奇”。單個，獨**。《穀梁傳・僖公三十三年》：“匹馬～輪無反者。”**【辨】**依，倚。二字都有“依靠”的意思，但詞義輕重不同。“依”是靠近某物，意義輕；“倚”是斜靠在某物上，意義重。

8 **倢** jié ㊥ zit[6] ❶ **敏捷**。揚雄《方言》卷一郭璞注："～，言便～也。" ❷ ㊥ zip[3] [**倢伃**(yú ㊥ jyu[4])] **同"婕妤"。漢代女官名**。《漢書・昭帝紀》："母曰趙～～。"

8 **俴** jiàn ㊥ cin[5] **淺，薄**。《詩經・秦風・小戎》："小戎～收。"（小戎：兵車。收：指車廂。）《管子・參患》："甲不堅密，與～者同實。"

8 **俶** chù ㊥ cuk[1] ❶ **開始**。《詩經・大雅・既醉》："高朗令終，令終有～。"《管子・弟子職》："～衽(rèn ㊥ jam[6]) 則請。"（衽：蓆子，這裏指鋪蓆。）❷ **作，築**。《詩經・大雅・崧高》："有～其城。"（有：動詞詞頭。）❸ tì ㊥ tik[1] [**俶儻**(tǎng ㊥ tong[2])] **通"倜儻"。卓越，不拘於俗**。《論衡・超奇》："非～～之才不能任也。"《後漢書・仲長統傳》："統性～～，敢直言。"

8 **倬** zhuō ㊥ coek[3] **高大、顯明的樣子**。《詩經・大雅・雲漢》："～彼雲漢。"（雲漢：天河。）

8 **修** xiū ㊥ sau[1] ❶ **修飾，裝飾**。屈原《九歌・湘君》："美要眇兮宜～。"（要眇：美麗的樣子。宜修：修飾得合適。）㊂ **修養**。《禮記・曲禮上》："～身踐言，謂之善行。" ❷ **整治，治理**。賈誼《過秦論》："～守戰之具。" ㊀ **修建**。范仲淹《岳陽樓記》："乃重～岳陽樓。" ❸ **研究，學習**。《韓非子・五蠹》："不期～古，不法常可。"（期：希望。法：效法。）《漢書・趙充國辛慶忌傳》："民俗～習戰備。" ❹ **高，長**。曹植《洛神賦》："～短合度。"（度：標準。）❺ **善，美好**。《韓非子・孤憤》："其～士不能以貨賂事人。" 張衡《西京賦》："要紹～態。"（要紹：窈窕。）❻ **著，撰寫（後起意義）**。《新唐書・百官志》："掌～國史。" **又如"修書"（寫信）**。【**辨**】修，脩。見515頁"脩"字。

8 **倘** tǎng ㊥ tong[2] ❶ **假如，倘若**。庾信《寄徐陵》詩："故人～思我，及此平生時。"（平生：素常，平時。）㊂ **或許，可能**。曹操《讓縣自明本志令》："兵多意盛，與強敵爭，～更為禍始。"（倘更為禍始：或許又成為禍患的開始。）❷ tāng **驚疑的樣子**。《莊子・在宥》："雲將見之，～然止，贄然立。"（雲將：神話中管雲的神將。贄：不動的樣子。）❸ cháng ㊥ soeng[4] [**倘佯**(yáng ㊥ joeng[4])] **徘徊，自由自在地來回走**。宋玉《風賦》："～～中庭。"（中庭：院子裏。）**又寫作"徜徉"**。

8 **俱** jù ㊥ keoi[1] ❶ **在一起**。《戰國策・齊策二》："衍也吾仇，而儀與之～。"（衍、儀：人名。）㊀ **副詞。一起**。《孟子・告子上》："雖與之～學，弗若之矣。" 賈思勰《齊民要術・種葵》："春暖草生，葵亦～生。"（亦：也。）❷ **副詞。全，都**。《世說新語・德行》："王戎、和嶠同時遭大喪，～以孝稱。" 杜甫《春夜喜雨》詩："野徑雲～黑，江船火獨明。"【**辨**】俱，具。**二字都有"全"、"都"的意思，但"俱"的主要意義是兩個以上的人同做一件事，在這個意義上一般不寫作"具"**。

8 **倡** chàng ㊥ coeng[3] ❶ chāng ㊥ coeng[1] **表演歌舞的人**。《史記・范雎蔡澤列傳》："吾聞楚之鐵劍利而～優拙。"（利：鋒利。優：演劇的人。拙：笨拙。）❷ chāng ㊥ coeng[1] **妓女**。白行簡《李娃傳》："長安之～女也。" **這個意義後來寫作"娼"**。❸ **領唱**。《詩經・鄭風・蘀兮》："叔兮伯兮，～予和女。" ㊀ **唱歌**。屈原《九歌・東皇太一》："陳竽瑟兮浩～。"（陳：陳列。竽、瑟：樂器。浩：大。）**這個意義後來寫作"唱"**。❹ **帶頭，倡導**。《漢書・鼂錯傳》："陳勝行戍至於大澤，為天下先～。"

8 **個** (箇)gè [粵] go^3 ❶ **量詞**。《漢書·景武昭宣元成功臣表》："入竹二萬～。"（入：交納。）賈思勰《齊民要術·種瓜》："大豆三～。"❷ **這，此**。李白《秋浦歌》之十五："白髮三千丈，緣愁似～長。"（緣：因為。）

8 **候** hòu [粵] hau^6 ❶ **守望，放哨**。《墨子·備穴》："城內為高樓，以謹～望適人。"（適：通"敵"。）[又] **哨所**。《史記·律書》："願且堅邊設～。"（堅邊：加強邊防。）**這個意義又寫作"堠"**。[又] **偵察兵**。《韓非子·說林上》："子胥出走，邊～得之。"❷ **窺伺，偵察**。《呂氏春秋·貴因》："武王使人～殷。"[引] **觀測**。沈括《夢溪筆談》卷七："天文家有渾儀，測天之器，設於崇臺，以～垂象者。"（崇：高。垂象：天象。）❸ **問候**。《漢書·張禹傳》："上臨～禹。"❹ **等候**。陶潛《歸去來兮辭》："僮僕歡迎，稚子～門。"（稚子：小孩子。）❺ **五天為一候**。《素問·藏象論》："五日謂之～，三～謂之氣，六氣謂之時，四時謂之歲。"❻ **徵候，徵兆**。《晉書·天文志中》："凡游氣蔽天，日月失色，皆是風雨之～也。"（游氣：指雲。）【辨】俟，待，等，候。見28頁"俟"字。

8 **俳** pái [粵] paai^4 ❶ **雜戲，滑稽戲**。《史記·李斯列傳》："是時二世在甘泉，方作觳抵優～之觀。"（觳抵：摔跤。）[又] **演滑稽戲的人**。《漢書·枚皋傳》："詼笑類～倡。"（類：像，好像。倡：演員。）[引] **滑稽，幽默**。《北史·李文博傳》："好為～諧雜說，人多愛狎（xiá [粵] haap^6）之。"（為：做。狎之：親近他。）❷ **[俳佪] 同"徘徊"**。見194頁"徘"字。

8 **倭** wō [粵] wo^1 ❶ wēi [粵] wai^1 **[倭遲] 同"逶迤"**。見650頁"逶"字。❷ **我國古代對日本的稱呼**。《漢書·地理志下》："樂浪海中有～人，分為百餘國。"

8 **倪** ní [粵] ngai^4 ❶ **小孩，兒童**。《孟子·梁惠王下》："王速出令，反其旄～。"（旄：通"耄"。老人。）《舊唐書·玄宗紀下》："於時垂髫之～，皆知禮讓。"❷ **端頭，邊際**。韓愈《南海神廟碑》："乾端坤～，軒豁呈露。"柳宗元《非國語·三川震》："天地之無～。"**[端倪] 頭緒**。《莊子·大宗師》："反覆終始，不知～～。"❸ nì [粵] ngai^6 **[俾(pì [粵] pai^3)倪] 見本頁"俾"字。**

8 **俾** bǐ [粵] bei^2 ❶ **使**。《詩經·邶風·綠衣》："我思古人，～無訧（yóu [粵] jau^4）兮。"（訧：過失。）陸機《辨亡論》上："乃～一介行人撫巡外域。"（一介：一個。行人：外交使節。）❷ pì [粵] pai^3 **[俾倪(nì [粵] ngai^6)]** ① **通"埤堄"。城上齒狀的矮牆**。《墨子·備城門》："～～廣三尺，高二尺五寸。"② **通"睥睨"。斜視。有厭惡或輕蔑的意思**。《史記·魏公子列傳》："（侯生）～～故久立，與其客語。"

8 **倫** lún [粵] leon^4 ❶ **人倫。人與人之間的道德關係。古代以君臣、父子、夫妻、兄弟、朋友為五倫**。《孟子·滕文公上》："教以人～，父子有親，君臣有義，夫婦有別，長幼有序，朋友有信。"❷ **條理，順序**。《荀子·解蔽》："眾異不得相蔽以亂其～也。"（眾異：事物的差異。）❸ **類**。賈誼《過秦論》："吳起、孫臏……之～制其兵。"（制：控制。）**成語有"不倫不類"**。❹ **類比，匹敵**。揚雄《劇秦美新》："拔擢～比，與羣賢並。"曹植《學官頌》："德～三五，配皇作烈。"（三五：指三皇五帝。）**成語有"無與倫比"**。

8 **倜** tì [粵] tik^1 ❶ **[倜然]** ① **突出地，特殊地**。《荀子·君道》："～～乃舉太公於州人而用之。"（舉：推舉。太公：姜太公。州：古國名。）② **遠離的樣子**。《荀子·非十二子》："～～無所歸宿。"❷ **[倜儻(tǎng [粵] tong^2)]** ① **卓越**。李白《贈韋太守》詩："歎君～～才。"② **不拘於俗，豪爽灑脱**。《三國志・魏書・王粲傳》："～～放蕩。"**又寫作"俶（tì ㊋ tik1）儻"**。

8 **俷** fèi ㊋ fai3 **背棄，敗壞**。《史記・三王世家》："毋作怨，毋～德。"

8 **俯** fǔ ㊋ fu2 ❶ **低頭。與"仰"相對**。《荀子・解蔽》："～而出城門。"**成語有"俯首帖耳"**。❷ **蟄伏。動物冬眠**。賈思勰《齊民要術・耕田》："季秋之月，蟄（zhé ㊋ zat6/zik6）蟲咸～。"（季秋之月：陰曆九月。蟄蟲：藏伏在土中過冬的蟲子。咸：都。）**上述 ❶❷ 又寫作"俛"**。❸ **敬辭。尊稱對方的行為**。杜牧《上鹽鐵裴侍郎書》："伏惟～察愚衷，不賜罪責。"**雙音詞有"俯允"、"俯念"等**。

8 **倅** cuì ㊋ ceoi3 ❶ **副**。《周禮・夏官・戎僕》："戎僕掌馭戎車，掌王～車之政。"《舊唐書・裴向傳》："天下方鎮副～多自選于朝。"［**倅貳**］**輔佐的官，副職**。《宋史・刑法志二》："每歲冬夏，詔提刑行郡決囚，提刑憚行，悉委～～。"❷ cù ㊋ cyut3 **通"猝"**。［**倅然**］**突然**。《墨子・魯問》："今有刀於此，試之人頭，～～斷之，可謂利乎？"

8 **倍** bèi ㊋ pui5 ❶ **跟原數相同的數，一倍**。《漢書・食貨志上》："田租口賦，鹽鐵之利，二十～於古。"⊗ **加倍，更加**。《墨子・號令》："皆～其爵賞。"王維《九月九日憶山東兄弟》詩："獨在異鄉為異客，每逢佳節～思親。"❷ **背向，背着**。《史記・淮陰侯列傳》："右～山陵。"（右：右面。）《淮南子・人間》："單豹～世離俗，巖居谷飲，不衣絲麻，不食五穀。"（倍世：指脱離社會。）(引) **違背**。《荀子・天論》："～道而妄行，則天不能使之吉。"（道：自然規律。）⊗ **背叛，反叛**。《史記・楚世家》："～齊而合秦。"

8 **倦** （勌）juàn ㊋ gyun6 ❶ **疲勞，勞累**。《荀子・脩身》："勞～而容貌不枯。"《史記・屈原賈生列傳》："勞苦～極。"❷ **厭倦，不耐煩**。《論語・述而》："學而不厭，誨人不～。"

8 **倌** guān ㊋ gun1 ［**倌人**］**駕車的小臣**。《詩經・鄘風・定之方中》："靈雨既零，命彼～～，星言夙駕，説于桑田。"

8 **倥** kōng ㊋ hung1 ❶ ［**倥侗**（tóng ㊋ tung4）］**蒙昧，無知**。《漢書・揚雄傳下》："天降生民，～～顓蒙。"柳宗元《貞符》："孰稱古初樸蒙～～而無爭？"（誰説古代初始階段人們蒙昧無知而沒有鬥爭？）❷ kǒng ㊋ hung2 ［**倥傯**（zǒng ㊋ zung2）］① **困苦**。《楚辭・九歎・思古》："悲余生之無歡兮，愁～～於山陸。"（山陸：指山嶺。）《後漢書・張衡傳》："誠所謂將隆大位必先～～之也。"② **事多，繁忙**。孔稚珪《北山移文》："牒（dié ㊋ dip6）訴～～裝其懷。"（繁多的文書、訴訟充塞他的胸懷。牒：文書。訴：訴訟，官司。）**上述 ❶❷ 又寫作"倥傯"。成語有"戎馬倥傯"**。

8 **倨** jù ㊋ geoi3 ❶ **傲慢**。《左傳・襄公二十九年》："直而不～，曲而不屈。"《漢書・汲黯傳》："（黯）為人性～少禮。"❷ **通"踞"。蹲坐**。《莊子・天運》："老聃（dān ㊋ daam1）方將～堂。"（老聃：老子。）

8 **倔** jué ㊋ gwat6 ❶ **頑強，固執**。《鹽鐵論・論功》："～強倨敖。"（倨敖：傲慢。）❷ **通"崛"。突出**。《史記・秦始皇本紀》："～起什伯之中。"（什伯：古代軍隊編制，十人為什，百人為伯。這裏泛指軍隊基層。）

8 **倉** cāng ㊋ cong1 ❶ **糧倉**。《商君書・去強》："～府兩虛，國弱。"❷ **船艙**。楊萬里《初二日苦熱》詩："船～周圍各五尺。"**這個意義後來寫作"艙"**。❸ **通"蒼"。青色**。《禮記・月令》："駕～龍。"（龍：指大馬。）❹ ［**倉卒**］［**倉猝**］

匆忙急迫的樣子。《世説新語・言語》："司徒、丞相、揚州官僚問訊，～卒不知何辭。"《論衡・逢遇》："～猝之業，須臾之名。"

9 **偃** yǎn ⑨ jin[2] ❶ **仰卧**。《詩經・小雅・北山》："或息～在床。" ⑤ **向後倒**。柳宗元《三戒・臨江之麋》："抵觸～仆益狎 (xiá ⑨ haap[6])。"（抵觸：用頭頂撞。仆：向前倒。益狎：更加親近而隨便。）⑤ **倒下**。《尚書・金縢》："天大雷電以風，禾盡～。"（禾：莊稼。）**成語有"偃旗息鼓"**。❷ **停止，停息**。《韓非子・內儲説上》："惠施欲以齊、荊～兵。" 杜甫《寄題江外草堂》詩："干戈未～息，安得酣歌眠？"（干戈：兵器，指戰爭。）**成語有"偃武修文"**。❸ [**偃蹇**] ① **高高的**。屈原《離騷》："望瑤臺之～～兮。" ② **高傲的樣子**。《後漢書・鄭眾傳》："漢使既到，便～～自信。" ③ **屈曲的樣子**。《淮南子・本經》："～～蓼糾，曲成文章。"

【辨】 偃，僵，仆，跌，斃，踣。"偃"、"僵"是向後倒，"仆"是向前倒。"斃"是倒下去（包括"偃"、"僵"和"仆"），"跌"是失足跌倒。"踣"本義也是跌倒，引申為倒斃、死亡。

9 **偭** miǎn ⑨ min[5] ❶ **面向**。《説文・人部》引《禮記・少儀》："尊壺者，～其鼻。" ❷ **違背**。屈原《離騷》："固時俗之工巧兮，～規矩而改錯。"

9 **偕** xié ⑨ gaai[1] ❶ **在一起**。《左傳・文公十七年》："寡君是以不得與蔡侯～。" ⑫ **副詞**。**共同，一塊兒**。《史記・高祖本紀》："酈商為將，將陳留兵，與～攻開封。"（酈商：人名。將：率領。）❷ **普遍**。《左傳・襄公二年》："降福孔～。"（孔：甚。）

9 **偝** bèi ⑨ bui[3] **同"背"**。**背向**。《荀子・非相》："鄉 (xiàng ⑨ hoeng[3]) 則不若，～則謾之。"（鄉：面向。）⑤ **背棄**。《禮記・坊記》："利祿先死者而後生者，則民不～。"

9 **倏**（**倐**、**儵**）shū ⑨ suk[1] **迅速，極快**。**常"倏忽"連用**。屈原《九歌・少司命》："～而來兮忽而逝。"《戰國策・楚策四》："～忽之間，墜於公子之手。"

9 **側** cè ⑨ zak[1] ❶ **旁邊**。《商君書・修權》："君好言，則毀譽之臣在～。"（毀譽：説好話和説壞話。）蘇軾《題西林壁》詩："橫看成嶺～成峰。" ❷ **斜，傾斜**。《史記・項羽本紀》："樊噲～其盾以撞。"《漢書・周昌傳》："呂后～耳於東箱聽。" [**側目**] **斜着眼睛看。表示畏懼或憤恨等情緒**。《戰國策・秦策一》："妻～～而視，傾耳而聽。"《漢書・鄒陽傳》："太后怫鬱泣血，無所發怒，切齒～～於貴臣矣。" 柳宗元《童區寄傳》："鄉之行劫縛者，～～莫敢過其門。" ❸ ⑨ ci[3] **通"廁"**。**置身於**。《淮南子・原道》："處窮僻之鄉，～谿谷之間。" **又如"側足"**。

9 **假** jiǎ ⑨ gaa[2] ❶ **借**。《左傳・僖公二年》："～道於虞以伐虢 (guó ⑨ gwik[1])。"（虞、虢：國名。）⑤ **憑藉，借助**。《荀子・勸學》："君子生非異也，善～於物也。"（生非異：不是本性與別人不同。）⑫ **出租**。《漢書・酷吏傳・寧成》："乃貰貣 (tè ⑨ tik[1]) 陂田千餘頃，～貧民。"（貰貣：租借。）❷ **寬容**。《史記・春申君列傳》："敵不可～，時不可失。"《北史・魏世祖紀》："大臣犯法，無所寬～。" ❸ **如果，假如**。劉向《新序・雜事四》："～有賢於子方者，君又何以加之？" 曹操《與王修書》："～有斯事，亦庶鍾期不失聽也。"（假如真有這種事，也希望你像知音的鍾子期一樣不致誤聽。）[**假令**] [**假使**] **如果**。《史記・淮陰侯列傳贊》："～令韓信學道謙讓，不伐己功，不矜其能，則庶幾哉。"《顏氏家訓・雜藝》："～使吾不知書，可不至今日邪！”❹ **非正式的**。《史記・陳涉世家》：“乃以吳叔為～王。”（吳叔：即吳廣。）❺ **假。與“真”相對（後起意義）**。《世說新語・雅量》：“庾太尉風儀偉長，不輕舉止，時人皆以為～。”【注意】**這個意義在上古時代不說“假”，只說“偽”或“贋（yàn ㊥ ngaan⁶）”**。❻ jià ㊥ gaa³ **假期，休假**。《三國志・魏書・胡質傳》注引《晉陽秋》：“請～還家。”【辨】偽，假。見35頁“偽”字。

9 **偶** ǒu ㊥ ngau⁵ ❶ **偶像，木偶**。《戰國策・齊策三》：“有土～人與桃梗相與語。”《論衡・自然》：“～人千萬，不名為人者，何也？鼻口耳目，非性自然也。”（不名為人：不能叫作人。非性自然也：不是自然生成的。）❷ **雙，成雙。與“奇”相對**。《莊子・天下》：“以觭～不仵之辭相應。”劉勰《文心雕龍・麗辭》：“奇～適變。”（適變：指根據情況而變化。）㊞ **對仗，對偶**。《顏氏家訓・文章》：“今世音律諧靡，章句～對。”葉適《徐道暉墓志銘》：“或僅得一～句，便已名世矣。”❸ **配偶**。《北史・劉延明傳》：“妙選良～。”㊁ **婚配**。班固《白虎通・嫁娶》：“陰陽之數備，有相～之志。”❹ **相對，面對**。《荀子・脩身》：“～視而先俯，非恐懼也。”《新唐書・狄仁傑傳》：“黃卷中方與聖賢對，何暇～俗吏語耶。”[偶語] **相對私語**。《史記・秦始皇本紀》：“有敢～～《詩》、《書》者棄市。”（棄市：斬首於市。）㊞ **諧合**。顏延之《五君詠・嵇中散》：“中散不～世，本自餐霞人。”（中散：指嵇康。）❺ **同伴，同輩**。《史記・黥布列傳》：“迺率其曹～，亡之江中為群盜。”㊁ **等同，匹敵**。《穀梁傳・僖公四年》：“有二事～，則以後事致。後事小，則以先事致。”❻ **碰巧，偶然**。嵇康《與山巨源絕交書》：“～與足下相知。”（足下：指你。）

9 **偈** jié ㊥ git⁶ ❶ **勇武**。揚雄《太玄・闔》：“其人暉且～。”（暉：陽光，這裏指人的性格開朗。）**這個意義又寫作“朅”**。㊞ **快速有力的樣子**。宋玉《高唐賦》：“～兮若駕駟馬。”❷ qì ㊥ hei³ **通“憩”。休息**。揚雄《甘泉賦》：“度三巒兮～棠黎。”（度：過。三巒、棠黎：宮殿名。）❸ jì ㊥ gai⁶ **佛經中的唱誦詞**。李白《登梅崗望金陵贈族侄高座寺僧中孚》詩：“談經演金～。”（演：發揮。）

9 **偎** wēi ㊥ wui¹ ❶ **親愛**。《山海經・海內經》：“東海之內，北海之隅，有國名曰朝鮮、天毒。其人水居，～人愛之。”（天毒：即印度。）❷ **挨傍，貼近**。溫庭筠《南湖》詩：“野船著岸～春草，水鳥帶波飛夕陽。”

9 **倕** chuí ㊥ seoi⁴ **古代傳說中的巧匠名**。賈思勰《齊民要術・耕田》：“～作耒耜（lěi sì ㊥ leoi⁵/leoi⁶ zi⁶）。”（耒耜：耕地的農具。）

9 **偷** tōu ㊥ tau¹ ❶ **刻薄，不厚道**。《論語・泰伯》：“故舊不遺，則民不～。”張衡《東京賦》：“示民不～。”（示民：向百姓顯示。）❷ **苟且，得過且過**。《國語・晉語一》：“其下～以幸。”《韓非子・難二》：“夫賞無功，則民～幸而望於上。”❸ **偷竊，偷盜**。《淮南子・道應》：“楚有善為～者。”【注意】**先秦的“偷”不當“偷竊”講，兩漢時也很少用**。㊁ **竊賊，小偷**。《晉書・蔡裔傳》：“嘗有二～入室。”❹ **暗中，悄悄地**。《莊子・漁父》：“～拔其所欲。”

9 **偩** fù ㊥ fu⁶ ❶ **依照，依順**。《禮記・樂記》：“禮樂～天地之情。”❷ **同“負”。依恃**。《淮南子・詮言》：“自～而辭助。”

9 **偬** （傯）zǒng ㊥ zung² [倥偬] 見32頁“倥”字。

9 **停** tíng 粵 ting4 ❶ **停止，停留**。《莊子・德充符》："平者，水～之盛也。"杜牧《山行》詩："～車坐愛楓林晚。"(反) **積聚**。酈道元《水經注・沔水》："～水數十畝。"❷ **停放，儲存**。《後漢書・孝質帝紀》："或支骸不斂，或～棺莫收。"賈思勰《齊民要術・造神麴并酒等》："此麴得三年～，陳者彌好。"❸ **留住，居住**。《南史・侯安都傳》："拜其母為清遠國太夫人，仍迎赴都，母固求～鄉里。"

9 **偽** (僞)wěi 粵 ngai6 ❶ **人為的**。《荀子・性惡》："可學而能，可事而成之在人者，謂之～。"（通過學習而能做到，通過人去從事而成功的，叫作人為的。）❷ **詭詐，不誠實**。《孟子・滕文公上》："從許子之道，相率而為～者也，惡（wū 粵 wu1）能治國家？"（惡：怎麼。）(引) **虛假，不是真的**。《漢書・宣帝紀》："使真～毋相亂。"（毋：不要。）(引) **非法的，對敵對政權的貶稱**。李密《陳情表》："且臣少事～朝。"（少：年輕時。事：為……服務。）**【辨】偽，假**。**"假"字作"不是真的"意義講是後起的。在先秦，表示"不是真的"的意思時，一般只用"偽"，不用"假"。"偽"字兼有"詭詐"、"虛偽"的意思，"假"字則沒有。**

9 **偏** piān 粵 pin1 ❶ **不正，偏向**。《尚書・洪範》："無～無陂，遵王之義。"《後漢書・中山簡王焉傳》："帝以焉郭太后～愛，特加恩寵。"（皇帝由於郭太后偏愛劉焉，對他也特別寵愛。）❷ **側，邊**。《左傳・隱公十一年》："鄭伯使許大夫百里奉許叔以居許東～。"❸ **輔佐**。《左傳・襄公三年》："舉其～，不為黨。"❹ **半邊，部分**。《莊子・盜跖》："禹～枯。"《荀子・天論》："萬物為道一～。"（萬物都體現了自然規律的一部分。）(引) **片面**。《潛夫論・明闇》："君之所以明者，兼聽也；其所以闇者，～信也。"❺ **偏僻，邊遠**。《史記・扁鵲倉公列傳》："～國寡臣幸甚。"陶潛《飲酒》詩之五："問君何能爾？心遠地自～。"❻ **副詞。表示出乎意料。卻，偏偏（後起意義）**。楊萬里《夜聞風聲》詩："只有夜聲殊可憎，～攪愁人五更睡。"❼ **副詞。表示程度深。特別，最**。《莊子・庚桑楚》："有庚桑楚者，～得老聃之道。"酈道元《水經注・沔水》："沔水又東～淺，冬月可涉渡。"（東：東流。冬月可涉渡：冬季可以蹚過河。）❽ **副詞。表示範圍小。只有，單單**。鮑照《梅花落》詩："中庭雜樹多，～為梅咨嗟。"❾ **副詞。表示時間一致。正好，恰恰**。陸游《長歌行》："成都古寺卧秋晚，落日～傍僧窗明。"

9 **健** jiàn 粵 gin6 ❶ **強壯有力**。《荀子・王制》："材技、股肱、～勇、爪牙之士，彼將日日挫頓竭之於仇敵。"《晉書・郭璞傳》："得～夫二三十人。"(反) **剛強**。《周易・泰彖》："內～而外順。"(引) **健康**。《三國志・魏書・華佗傳》："好自將愛，一年便～。"❷ **有才能**。《戰國策・秦策二》："楚客來使者，多～。"❸ **善，善於（後起意義）**。《後漢書・馮異傳》："諸將非不～鬭，然好虜掠。"白居易《偶作寄朗之》詩："老來多～忘。"**有雙音詞"健談"**。

9 **偓** wò 粵 ak1/ngak1 ［**偓促**］**局促庸陋的樣子**。《楚辭・九歎・憂苦》："～～談於廊廟兮。"（廊廟：指朝廷。）

9 **偉** wěi 粵 wai5 ❶ **高大，壯美**。《三國志・蜀書・諸葛亮傳》："身長八尺，容貌甚～。"❷ **偉大，才識卓越**。《莊子・大宗師》："～哉造化。"（造化：指大自然。）《三國志・魏書・鍾繇傳》："此三公者，乃一代之～人也。"**成語有"豐功偉績"**。❸ **奇特的，特異的**。《管子・任法》："無～服，無奇行。"

10 **備** (俻)bèi (粵) bei6 ❶ **完備，齊全**。《荀子・天論》："養～而動時，則天不能病。"（衣食齊備充足，又按時活動，那麼天也不能使人生病。養：給養，指衣食。）**成語有"德才兼備"、"求全責備"**。❷ **防備，準備**。《孫子兵法・計》："攻其無～，出其不意。"杜甫《石壕吏》詩："猶得～晨炊。"（還來得及準備早飯。）**成語有"常備不懈"**。(引) **事先的準備，措施**。《韓非子・五蠹》："事異則～變。"（世上的事情變了，治理的措施就要改變。）**【辨】**完，備。這兩個字都有"全"的意思，但側重點不同。"備"着重在數量，有"應有盡有"的意思，"養備而動時"不能換成"養完而動時"。"完"着重在完整，杜甫《石壕吏》"出入無完裙"，不能換成"出入無備裙"。

10 **傅** fù (粵) fu6 ❶ **教導、輔佐帝王或王子的人**。《史記・商君列傳》："刑其～公子虔(qián (粵) kin4)。"（公子虔：人名。）⊗ **教導、輔佐帝王或王子**。《史記・屈原賈生列傳》："故令賈生～之。"（故：因此。賈生：指賈誼。）❷ **通"附"。附着，靠近**。《左傳・僖公十四年》："皮之不存，毛將安～？"（安：哪裏。）《詩經・大雅・卷阿》："鳳皇于飛，翽(huì (粵) wai3)翽其羽，亦～于天。"(引) **依附，依據**。《淮南子・兵略》："～堞而守。"《漢書・張湯傳》："湯決大獄，欲～古義。"[**傅會**] ① **把……合在一起**。《列子・湯問》："皆～～革木膠漆白黑丹青之所為。"**成語有"牽強傅會"**。② **指組織文句**。《後漢書・張衡傳》："精思～～，十年乃成。"（精思：精密構思。乃：然後。）③ **隨聲附和**。《續資治通鑒・宋高宗紹興八年》："頃者孫近～～檜議。"（檜：秦檜。）❸ **通"附"。增益，增加**。《韓非子・難勢》："毋為虎～翼。"❹ fū (粵) fu1 **通"敷"。分佈，塗**。《荀子・成相》："禹～土，平天下。"《後漢書・華佗傳》："～以神膏。"

10 **傀** guī (粵) gwai1 ❶ **偉大**。《莊子・列禦寇》："達生之情者～。"❷ [**傀然**] **獨立的樣子**。《荀子・性惡》："天下不知之，則～～獨立天地之間而不畏，是上勇也。"❸ **怪異**。《周禮・春官・大司樂》："大～異烖。"❹ kuǐ (粵) faai3 [**傀儡**] **木偶戲中的木偶人**。段成式《酉陽雜俎》卷八"黥"："(宋元素)右臂上刺葫蘆，上出人首，如～～戲郭公者。"

10 **傖** cāng (粵) cong1 **粗野，粗俗**。《陳書・周鐵虎傳》："周鐵虎，不知何許人也。梁世南渡，語音～重，膂力過人。"⊗ **粗野、鄙俗的人**。《世説新語・簡傲》："傲主人，非禮也；以貴驕人，非道也。失此二者，不足齒之～耳。"[**傖父**(fǔ (粵) fu2)] **粗野鄙賤的人**。《晉書・左思傳》："此間有～～，欲作《三都賦》。"

10 **傒** xī (粵) hai6 **繫，拘繫**。《淮南子・本經》："～人之子女。"

10 **傑** (杰)jié (粵) git6 ❶ **才能出眾的人**。屈原《九章・懷沙》："非俊疑～兮，固庸態也。"（誹謗、懷疑俊傑，本來就是小人的一種常態。）❷ **特異的，超出一般的**。《三國志・蜀書・諸葛亮傳》："雄姿～出。"陸游《夜讀岑嘉州詩集》詩："崔嵬(wéi (粵) ngai4)多～句。"（崔嵬：高的樣子，指詩句奇特。）**【辨】**英，豪，俊，傑。見606頁"豪"字。

10 **傚** xiào (粵) haau6 **效法，模仿**。《詩經・小雅・鹿鳴》："君子是則是～。"（則：效法。）

10 **傍** bàng (粵) bong6 ❶ **靠近，臨近**。《木蘭詩》："雙兔～地走，安能辨我是雄雌？"李頎《古從軍行》："黃昏飲馬～交河。"（交河：河名。）**雙音詞有"傍晚"**。(引) **依靠，依附**。《晉書・王彪之傳》："公阿衡皇家，便當倚～先代耳。"

（阿衡：指輔佐。倚：依仗。）❷ páng (粵) pong^4 **通“旁”。旁邊，側邊**。《史記·滑稽列傳》：“執法在～，御史在後。”《北史·周宗室傳》：“俄而水～有一小鳥，顯和射中之。”（俄而：一會兒。顯和：人名。）

10 **傔** qiàn (粵) him^3 ❶ **滿足**。《呂氏春秋·知士》：“剗而類，揆吾家，苟可以～剛貌辨者，吾無辭為也。”（揆：揆度。剛貌辨：人名。）❷ **侍從，僕役**。《舊唐書·裴度傳》：“已殺其二～，悟救之獲免。”（悟：人名。）［**傔從**］**侍從**。《舊唐書·封常清傳》：“每出軍，奏～～三十餘人。”

11 **債** zhài (粵) zaai^3 ❶ **欠別人的錢財**。《史記·孟嘗君列傳》：“宜可令收～。”❷ **借債**。《管子·問》：“問邑之貧人，～而食者幾何家。”（債而食：靠借債過活。幾何家：多少家。）

11 **傚** （倣）ào (粵) ngou^6 ❶ **驕傲，傲慢**。《左傳·成公十四年》：“今夫子～，取禍之道也。”《韓非子·內儲說下》：“令尹甚～而好兵。”(引) **輕視**。《商君書·修權》：“數加嚴令，而不致其刑，則民～死。”（不致其刑：不執行刑罰。死：指死刑。）❷ **急躁**。《荀子·勸學》：“不問而告謂之～。”（告：告訴，指回答。）【**辨**】**驕，傲**。見 737 頁“驕”字。

11 **僅** jǐn (粵) gan^2 ❶ **只，不過**。《莊子·人間世》：“方今之時，～免刑焉。”《三國志·吳書·吳主傳》：“劉備奔走，～以身免。”❷ jìn (粵) gan^6 **幾乎，將近（後起意義）**。杜甫《泊岳陽城下》詩：“山城～百層。”

11 **傳** zhuàn (粵) zyun^6 ❶ (粵) zyun^3 **驛舍，客舍**。《三國志·魏書·張魯傳》：“作義舍，如今之亭～。”（義舍：指不收錢的客店。）❷ (粵) zyun^3 **驛車，傳達命令的馬車**。《韓非子·喻老》：“遽（jù (粵) geoi^6）～不用。”（遽：驛車。）(引) **官府載人的車**。李商隱《籌筆驛》詩：“終見降王走～車。”❸ chuán (粵) cyun^4 **傳遞，傳送**。《墨子·號令》：“～令里中有以羽。”（里：古代居民組織。以羽：用羽毛。）(引) **傳達，傳授**。《三國志·吳書·吳主傳》：“因～權旨。”韓愈《師說》：“師者，所以～道授業解惑也。”(又) **流傳**。《鹽鐵論·非鞅》：“功如丘山，名～後世。”❹ **文字記載**。鼂錯《賢良文學對策》：“臣竊觀上世之～。”（竊：謙辭，私下。）(引) **傳記。一種文體**。《史記·太史公自序》：“作七十列～。”(又) **註釋或解釋經義的文字。如《詩經毛傳》、《春秋公羊傳》**。❺ **信符，憑證**。《漢書·寧成傳》：“詐刻～出關歸家。”【**辨**】**傳，遞**。見 654 頁“遞”字。

11 **傴** yǔ (粵) jyu^2 **駝背**。《荀子·儒效》：“是猶～伸而好升高也。”(引) **曲身，表示恭敬**。《莊子·列禦寇》：“正考父一命而～，再命而僂，三命而俯。”

11 **僄** piào (粵) piu^3 **輕捷**。《荀子·議兵》：“輕利～遬。”(又) **輕忽**。《荀子·脩身》：“怠慢～棄。”

11 **傾** qīng (粵) king^1 ❶ **側，斜**。《管子·牧民》：“國有四維，一維絕則～，二維絕則危，三維絕則覆，四維絕則滅。”《鹽鐵論·利議》：“虛心～耳以聽。”(引) **邪惡，行為不正**。葉適《宋鄒卿墓志銘》：“淳心之成，其行不～。”❷ **倒塌，傾覆**。《詩經·大雅·瞻卬》：“哲夫成城，哲婦～城。”李白《梁甫吟》：“杞國無事憂天～。”（憂：擔憂。）❸ **排擠，傾軋**。鼂錯《論貴粟疏》：“以利相～。”(引) **壓倒，勝過**。《北史·盧魯元傳》：“父子有寵兩宮，勢～天下。”❹ **欽佩，傾慕**。《漢書·司馬相如傳上》：“一坐盡～。”（一坐：滿座的人。盡：都。）❺ **倒出來**。陶潛《乞食》詩：“談諧終日夕，觴至輒～杯。”李白《贈崔秋浦三首》之二："見客但～酒。"(引) **傾瀉，傾吐**。楊萬里《次出門韻》："好懷非自悶，且道向誰～？"(喻) **竭盡，盡其所有**。《三國志・蜀書・董和傳》："～家竭產。"❻ qǐng (粵) king^{2} **頃刻，不久**。《呂氏春秋・執一》："～造大難，身不得死焉。"

11 **僂** lǚ (粵) leoi^{5} ❶ **屈，彎曲**。《晏子春秋・諫上》："～身而下聲。"（下聲：指說話聲音低。）❷ **駝背**。《穀梁傳・成公元年》："曹公子手～。"（公子手：人名。）❸ **很快**。《荀子・儒效》："彼寶也者……賣之不可～售也。"（售：賣出去。）

11 **僈** màn (粵) maan^{6} ❶ **怠慢，懈怠**。《荀子・非十二子》："佚（yì (粵) jat^{6}）而不惰，勞而不～。"（佚：安樂。）❷ **輕慢，輕視**。《荀子・非十二子》："上功用，大儉約，而～差等。"

11 **傷** shāng (粵) soeng^{1} ❶ **傷，受傷**。《左傳・成公二年》："郤（xì (粵) kwik^{1}）克～於矢。"（郤克：人名。）(又) **受傷的人**。司馬遷《報任安書》："虜救死扶～不給。"❷ **傷害，妨害**。《荀子・正論》："～人者刑。"《戰國策・楚策三》："且魏臣不忠不信，於王何～？"(又) **詆毀，中傷**。《呂氏春秋・舉難》："人～堯以不慈之名。"❸ **悲傷，哀痛**。《戰國策・秦策一》："天下莫不～。"柳永《雨霖鈴・寒蟬淒切》："多情自古～離別。"❹ **喪祭**。《管子・君臣下》："明君飭食飲弔～之禮。"❺ **過於，太**。《北史・蘇威傳》："所修格令章程，並行於當世，頗～煩碎。"李商隱《俳諧》詩："柳訝眉～淺，桃猜粉太輕。"

11 **傭** yōng (粵) jung^{4} ❶ **受僱用，出賣勞動力**。《史記・陳涉世家》："陳涉少時，嘗與人～耕。"（嘗：曾經。）❷ **通"庸"。平庸，不高明**。《荀子・非相》："是以終身不免埤（bēi (粵) bei^{1}）污～俗。"（埤：通"卑"。卑賤。）

11 **僇** lù (粵) luk^{6} ❶ **侮辱，羞辱**。《呂氏春秋・當染》："故國殘身死，為天下～。"《史記・范雎蔡澤列傳》："故～辱以懲後，令無妄言者。"❷ **通"戮"。殺戮**。《韓非子・孤憤》："不～於吏誅，必死於私劍矣。"《史記・夏本紀》："不用命，～于社。"❸ **[僇力] 通"勠力"。併力，合力**。《史記・商君列傳》："～～本業，耕織致粟帛多者復其身。"

11 **僉** qiān (粵) cim^{1} ❶ **都，皆**。《尚書・舜典》："～曰：伯禹作司空。"❷ **眾人的，大家的**。白居易《除裴垍中書侍郎同平章事制》："宜登中樞，以副～望。"（中樞：指中央政府機關。副：符合。）❸ **通"簽"。簽名**。周密《志雅堂雜抄・圖畫碑帖》："凡樞密院官皆只押字，不～名。"

12 **僰** bó (粵) baak^{6} **我國古代西南部的一個民族**。《呂氏春秋・恃君》："離水之西，～人，野人……多無君。"

12 **僥** jiǎo (粵) hiu^{1}/giu^{1} ❶ yáo (粵) jiu^{4} **[僬（jiāo (粵) ziu^{1}）僥]** **見 39 頁"僬"字**。❷ **[僥倖] 由於偶然的原因得到成功或免去不幸的事**。《潛夫論・述赦》："或抱罪之家，～～蒙恩。"（或：有的。蒙：受。）**又寫作"徼倖"**。

12 **僨** fèn (粵) fan^{3} ❶ **仆倒，跌倒**。《莊子・天運》："一死一生，一～一起。"(引) **倒斃**。鼂錯《言守邊備塞疏》："輸者～於道。"（運輸的人倒斃在路上。）(引) **覆敗，滅亡**。韓愈《衢州徐偃王廟碑》："上下相賊害，卒～其國而沈其宗。"《宋史・南唐李氏世家》："薄伐太原，遂～北漢，而海內一矣。"❷ **奮起**。《左傳・僖公十五年》："張脈～興，外強中乾。"（張脈：中醫的一種脈象。）(又) **突起，鼓起**。陶宗儀《輟耕錄》卷三貞烈："石上血～起，如始寫時，不為風雨所剝蝕。"

12 **僖** xī 粵 hei1 **樂。古代用作帝王的謚號，如魯僖公。**

12 **僛** qī 粵 hei1 ❶ **[僛僛]** ① **醉舞的樣子。**《詩經・小雅・賓之初筵》："亂我籩豆，屢舞～～。" ② **搖擺的樣子。**王安石《春雨》詩："城雲如夢柳～～。" ❷ **通"頬"。相貌醜陋。**庾信《竹杖賦》："宿昔～醜，俄然耆耋。"

12 **僚** liáo 粵 liu4 ❶ **官。**《尚書・皋陶謨》："百～師師。"（百官各師其師。）左思《詠史・其二》："世胄躡高位，英俊沈下～。"（胄：後代。躡：登。）特 **一起做官的人。**《詩經・大雅・板》："我雖異事，及爾同～。"《後漢書・鄭玄傳》："顯譽成於～友，德行立於己志。" 又 **屬官。**《新唐書・崔咸傳》："日與賓客～屬痛飲。" ❷ **古代一個卑賤的等級。**《左傳・昭公七年》："隸臣～，～臣僕。"（隸的下一級是僚，僚的下一級是僕。）❸ liǎo 粵 liu5 **美好的樣子。**《詩經・陳風・月出》："佼（jiǎo 粵 gaau2）人～兮。"（佼人：美人。）

12 **僭** jiàn 粵 zim3 ❶ **超越本分。**《公羊傳・昭公二十五年》："諸侯～於天子，大夫～於諸侯，久矣。" 引 **過分。**《荀子・致士》："賞不欲～。"（不欲：不要。）❷ **虛假，不真實。**《左傳・昭公八年》："小人之言，～而無徵。"（徵：證明。）

12 **僕** pú 粵 buk6 ❶ **古代一個卑賤的等級。**《左傳・昭公七年》："僚臣～，～臣臺。"（僚、臺：古代兩個卑賤的等級。）泛 **奴隸。**《詩經・小雅・正月》："民之無辜，並其臣～。" ❷ **駕車的人。**《國語・晉語七》："公子揚干亂行於曲梁，魏絳斬其～。" 注："僕，御也。" **[僕夫] 駕車的人。**屈原《離騷》："～～悲余馬懷兮。" 又 **駕車。**《論語・子路》："子適衛，冉有～。" ❸ **奴僕，僕人。**韓愈《祭河南張員外文》："～來告言。" 徐弘祖《徐霞客遊記・楚遊日記》："顧～守衣外洞。" 引 **對自己的謙稱。**司馬遷《報任安書》："～非敢如是也。" ❹ **[僕射（yè 粵 je6）] 秦漢官名。唐宋為宰相。【注意】在古代，"仆"和"僕"是兩個字，意義各不相同。上述義項都不寫作"仆"。**

12 **僩** xiàn 粵 haan5 ❶ **威武的樣子。**《詩經・衛風・淇奧》："瑟兮～兮。"（瑟：莊矜的樣子。）❷ **寬大。**《荀子・榮辱》："夫塞者俄且通也，陋者俄且～也。" ❸ xián 粵 haan4 **通"嫻（嫺）"。嫻靜。**董仲舒《春秋繁露・天道施》："以諫爭～靜為宅，以禮義為道則文德。" 又 **嫻熟。**賈誼《新書・傅職》："不博古之典傳，不～于威儀之數。"

12 **僤** dàn 粵 daan6 **厚，盛。**《詩經・大雅・桑柔》："我生不辰，逢天～怒。"

12 **僑** qiáo 粵 kiu4 ❶ **高。見《說文》。** ❷ **寄居（他鄉）。**《韓非子・亡徵》："羈旅～士，重帑（tǎng 粵 tong2）在外。" 鮑照《擬行路難》詩之十四："我初辭家從軍～，榮志溢氣干雲霄。" 引 **寄居他鄉的人。**《晉書・桓宣傳》："宣久在襄陽，綏撫～舊，甚有稱績。"（僑：指北人居住襄陽者。舊：指襄陽本地人。）

12 **僬** jiāo 粵 ziu1 **[僬僥（yáo 粵 jiu4）] 古代傳說中的矮人。**《列子・湯問》："從中州以東四十萬里得～～國，人長一尺五寸。" **又寫作"焦僥"。**

12 **像** xiàng 粵 zoeng6 ❶ **肖像，相貌。**《後漢書・趙岐傳》："又自畫其～。" ❷ **模仿。**《周易・繫辭下》："象也者，～此者也。" 又 **相似，好像。**《荀子・強國》："影之～形也。" 又 **隨，依順。**《荀子・議兵》："～上之志而安樂之。"（上：君主。）❸ **法式，榜樣。**屈原《九章・抽思》："望三五以為～兮。"（望：希望。三五：指三皇五帝。）

12 **僦** jiù [粵] zau^3 **租賃，僱**。曹操《褒棗祇令》：“～牛輸穀。”（輸：運輸。）[特] **僱車運送**。《史記・平準書》：“而天下賦輸或不償其～費。”[又] **僱車的運費**。《商君書・墾令》：“令送糧無取～。”（取：收取。）

12 **僮** tóng [粵] tung^4 ❶ **兒童，少年**。李密《陳情表》：“內無應門五尺之～。”（內：家裏。）《史記・樂書》：“～男～女七十人俱歌。”❷ **僮僕，奴僕**。《史記・貨殖列傳》：“富至～千人。”

12 **僝** zhuàn [粵] zaan^6 ❶ **具備**。《尚書・堯典》：“共工方鳩～功。”（共工：人名。方：通“旁”。遍。鳩：聚。）左思《魏都賦》：“～拱木於林衡。”❷ chán [粵] saan^4 [**僝僽** (zhòu [粵] zau^6)] ① **煩惱，憔悴**。黃庭堅《宴桃源・書趙伯充家小姬領巾》：“天氣把人～～，落絮遊絲時候。”張輯《如夢令・比梅》：“～～、～～，比着梅花誰瘦。”② **折磨**。邵雍《年老逢春》詩：“東君不奈人嘲戲，～～花枝惡未休。”（東君：司春之神。）③ **排遣**。辛棄疾《蝶戀花・和楊濟翁韻》：“收拾情懷，長把詩～～。”④ **嗔怪，埋怨**。黃庭堅《憶帝京》：“恐那人知後，鎮把你來～～。”（鎮：常。）

13 **儆** jǐng [粵] ging^2 ❶ **警備，戒備**。《左傳・襄公九年》：“令司宮、巷伯～宮。”（司宮、巷伯：管理宮內事務的官。）❷ **告誡，警告**。《尚書・大禹謨》：“降水～予。”《三國志・吳書・吳主傳》：“夫法令之設，欲以遏 (è [粵] aat^3/ngaat^3) 惡防邪，～戒未然也。”（遏：阻止。未然：未發生的事。）**成語有“懲一儆百”**。❸ **緊急的情況或消息**。《後漢書・郭伋傳》：“并部尚有盧芳之～。”（并部：地區名。盧芳：人名。）

13 **僸** jìn [粵] gam^3 ❶ **我國古代一種北方民族音樂**。班固《東都賦》：“～侏兜離，罔不具集。”（四方民族音樂，無不具備。）❷ yǐn **仰頭**。《漢書・司馬相如傳下》：“～祲尋而高縱兮，紛鴻溶而上厲。”（抬頭仰望而身體漸漸高縱啊，紛然騰躍疾飛上天。）

13 **僵** jiāng [粵] goeng^1 ❶ **向後倒下**。《戰國策・燕策一》：“乃陽～棄酒。”（陽：通“佯”。假裝。）❷ **僵硬**。《史記・淮南衡山列傳》：“～屍千里，流血頃畝。”**這個意義又寫作“殭”。【辨】偃，僵，仆，跌，斃，踣。見33頁“偃”字。**

13 **僶** mǐn [粵] man^5 [**僶俛** (miǎn [粵] min^5)] ① **努力**。賈誼《新書・勸學》：“然則舜～～而加志，我儃僈 (tān màn [粵] taan^2 maan^6) 而弗省耳。”（儃僈：放縱。）② **勉強**。陸機《文賦》：“在有無而～～，當淺深而不讓。”③ **須臾，時間短暫**。王定保《唐摭言・慈恩寺題名遊賞賦詠雜紀》：“數輩慚沮，～～而去。”

13 **儂** nóng [粵] nung^4 ❶ **我。古代吳人自稱**。《晉書・會稽王道子傳》：“道子頷曰：‘～知，～知。’”李白《橫江詞》之一：“人道橫江好，～道橫江惡。”❷ **人**。韓愈《瀧吏》詩：“比聞此州囚，亦有生還～。”

13 **儇** xuān [粵] hyun^1 ❶ **靈巧**。《詩經・齊風・還》：“并驅從兩肩兮，揖我謂我～兮。”（肩：通“豜”。大獸。）❷ **輕佻巧慧**。屈原《九章・惜誦》：“忘～媚以背眾兮，待明君其知之。”《呂氏春秋・士容》：“其狀朗然不～，若失其一。”

13 **僽** zhòu [粵] zau^6 [**僝** (chán [粵] saan^4) **僽**] **見本頁“僝”字。**

13 **儉** jiǎn [粵] gim^6 ❶ **儉省，節省**。《尚書・大禹謨》：“克勤于邦，克～于家。”（克：能，能夠。）《漢書・辛慶忌傳》：“居處恭～，食飲被服尤節約。”（居處：指平日居住生活。）❷ **約束，不放縱**。《左傳・僖公二十三年》：“晉公子廣而～，文而有禮。"《禮記・樂記》："恭～而好禮者，宜歌小雅。" ❸ **歉收，年成不好**。《晉書・食貨志》："豐則糴，～則糶。"（糴：買進糧食。糶：賣出糧食。）

13 **儈** kuài (粵) kui2 **買賣的中間人**。《漢書・貨殖傳》："節駔～。"（節制馬匹交易的經紀人。）《後漢書・逢萌傳》："～牛自隱。"（儈牛：撮合牛隻買賣。）

13 **僾** ài (粵) oi3 ❶ **呼吸急促不順暢**。《詩經・大雅・桑柔》："如彼遡風，亦孔之～。"（遡：向。孔：很。）❷ **隱約，彷彿**。《禮記・祭義》："祭之日，入室，～然必有見乎其位。"

13 **儋** dān (粵) daam1 ❶ **同"擔"。肩挑**。《世說新語・黜免》："殷中軍廢後，恨簡文曰：'上人著百尺樓上，～梯將去。'"《漢書・西域傳》："負水～糧，送迎漢使。" ❷ (粵) daam3 **通"甔"。瓦器**。《漢書・貨殖傳》："漿千～。" ❸ dàn (粵) daam3 **量詞**。《史記・淮陰侯列傳》："守～石之祿者，闕卿相之位。"

13 **儃** chán (粵) sin4 ❶ **[儃佪(回)] 徘徊的樣子**。屈原《九章・涉江》："入漵浦余～～兮，迷不知吾所如。"（漵浦：水名。如：往。）❷ tǎn (粵) taan2 **[儃儃] 悠閒的樣子**。《莊子・田子方》："有一史後至者，～～然不趨。"（史：指畫師。趨：小步快走，表示恭敬。）❸ shàn (粵) sin6 **通"禪"。禪讓，讓位**。《揚子法言・問明》："允喆堯～舜之重，則不輕於由矣。"（允：誠。喆：同"哲"，知。輕：指輕易讓位。由：人名。）

13 **億** yì (粵) jik1 ❶ **數詞。一萬萬。古時也把十萬叫作億**。《尚書・泰誓上》："受有臣～萬。"（受：商紂王。）《晉書・食貨志》："呂蒙定荊州，孫權賜錢一～。" (喻) **數目很大**。賈誼《過秦論》："據～丈之城，臨不測之谿（xī (粵) kai1）以為固。"（谿：山澗。）❷ **安**。《左傳・昭公二十一年》："心～則樂。" ❸ **推測**。《論語・先進》："～則屢中。"《舊唐書・李道宗傳》："不可～度。" **這個意義後來寫作"臆"**。

13 **儀** yí (粵) ji4 ❶ **容貌，外表**。《詩經・小雅・小宛》："各敬爾～。"《史記・儒林列傳》："太常擇民年十八已上，～狀端正者，補博士弟子。" **成語有"儀態萬方"**。❷ **禮節，儀式**。《晉書・謝安傳》："詔府中備凶～。"（凶：指喪事。）❸ **準則，法度**。《史記・秦始皇本紀》："普施明法，經緯天下，永為～則。"（經緯天下：治理國家，使它有條理。則：準則。）(引) **取法，效法**。《國語・周語下》："度於天地而順於時動，和於民神而～於物則。" ❹ **儀器**。《後漢書・張衡傳》："作渾天～。" ❺ **匹配，配偶**。《詩經・鄘風・柏舟》："髧（dàn (粵) daam6）彼兩髦，實維我～。" ❻ **通"宜"。適宜，合適**。《漢書・地理志下》："伯益能～百物以佐舜。"（伯益：人名。佐：輔助。舜：傳說中的古代帝王。）❼ **通"宜"。應該**。《詩經・大雅・烝民》："我～圖之。"（圖：謀求。）

13 **僻** pì (粵) pik1 ❶ **偏僻**。《荀子・王霸》："雖在～陋之國，威動天下，五伯是也。"（五伯：即五霸。）❷ **不正，邪僻**。《莊子・胠篋》："人含其德，則天下不～矣。"《韓非子・八說》："弱子有～行，使之隨師。"（弱子：指年幼的兒子。師：老師。）❸ **孤僻，冷僻**。韓愈《上考功崔虞部書》："行已頗～，與時俗異態。" 洪邁《容齋隨筆・薛能詩》："雖有才語，但文字太～。"

14 **儔** chóu (粵) cau4 **同伴，伴侶**。顏延之《重釋何衡陽》詩："田家節隙，野老為～。" 李白《贈崔郎中宗之》詩："時哉苟不會，草木為我～。" (引) **同類，類別**。《三國志・魏書・崔林傳》："忠直不回，則史魚之～。”（回：邪惡。史魚：人名。）(引) **相比**。杜甫《陪王侍御同登東山最高頂宴姚通泉》詩：“姚公美政誰與～？”【注意】漢代以前，“儔”一般都寫作“疇”。如《荀子·勸學》：“草木疇生。”（同類的草木生長在一起。）

14 **儒** rú (粵) jyu^{4} ❶ **春秋時用《詩》、《書》、《禮》、《樂》進行禮儀教育的知識分子**。《周禮·天官·冢宰》：“～以道得民。” ❷ **儒家。孔子創立的學派**。《荀子·禮論》：“是～墨之分也。”（墨：墨家。）(引) **信奉儒家經典的人，儒家學派的人**。《韓非子·五蠹》：“～以文亂法。” ❸ **讀書人**。劉禹錫《陋室銘》：“談笑有鴻～，往來無白丁。”王安石《答司馬諫議書》：“～者所爭，尤在於名實。” ❹ nuò (粵) no^{6} **通“懦”。懦弱**。《北史·王憲傳》：“性～緩不斷。”（斷：決斷。）

14 **儗** nǐ (粵) ji^{5} ❶ **比，比擬**。《禮記·曲禮下》：“～人必於其倫。”《漢書·文三王傳》：“～於天子。” (又) **準備，打算**。林逋《偶書》詩：“閑看是斯文，無秦～自焚。”**上述 ❶ (又) 的意義也寫作“擬”**。❷ [儗儗] **茂盛的樣子**。《漢書·食貨志上》：“故～～而盛也。” ❸ yì (粵) ji^{6} [佁 (chì (粵) ji^{5}) 儗] **見22頁“佁”字**。

14 **儕** chái (粵) caai^{4} ❶ **同輩，同類的人**。《左傳·僖公二十三年》：“晉鄭同～。”《後漢書·仲長統傳》：“或曾與我為等～矣。”（有的曾經與我為同輩。） ❷ **共同，一起**。《列子·湯問》：“長幼～居。”

14 **儐** bìn (粵) ban^{3} ❶ **出外迎接賓客**。《周禮·春官·大宗伯》：“王命諸侯則～。” [儐相] **本指接引賓客或贊禮的人**。蘇轍《齊州閔子祠堂記》：“籩豆有列，～～有位。”（籩、豆：都是祭祀的器具。）**後指舉行婚禮時贊禮的人**。❷ **陳列，擺放**。《詩經·小雅·常棣》：“～爾籩豆。”（爾：你的。） ❸ **通“擯”。排斥，拋棄**。《漢書·主父偃傳》：“諸儒生相與排～，不容於齊。” ❹ bīn (粵) ban^{1} **敬**。《禮記·禮運》：“山川，所以～鬼神也。”

14 **儘** (侭)jǐn (粵) zeon^{2} **任憑**。武衍《宮詞》：“惟有落紅官不禁，～教飛舞出宮牆。”（落紅：落花。）

15 **優** yōu (粵) jau^{1} ❶ **演雜戲**。《左傳·襄公二十八年》：“飲酒，且觀～。” (又) **演雜戲的人**。《漢書·嚴助傳》：“朔、皋不根持論，上頗俳～畜之。” (引) **戲謔**。《左傳·襄公六年》：“宋華弱與樂轡少相狎，長相～。” ❷ **多，充足**。《荀子·王制》：“故魚鱉～多而百姓有餘用也。”（用：財用。） ❸ **優良，好**。諸葛亮《出師表》：“必能使行陣和睦，～劣得所。” (又) **有餘裕**。《論語·子張》：“仕而～則學，學而～則仕。” ❹ **優厚，優待**。《晉書·張賓載記》：“任遇～顯，寵冠當時。”《周書·武帝紀》：“眷言衰暮，宜有～崇。”（眷：照顧。言：語氣詞。） ❺ **猶豫不決**。《管子·小匡》：“人君唯～與不敏為不可。”（人君：君主。敏：敏銳。）**成語有“優柔寡斷”**。❻ [優遊] **悠閒自得的樣子**。蘇軾《喜雨亭記》：“雖欲～～以樂於此亭，其可得耶！”

15 **償** cháng (粵) soeng^{4} ❶ **償還，賠償**。《戰國策·齊策四》：“使吏召諸民當～者，悉來合券。”鼂錯《論貴粟疏》：“有賣田宅鬻 (yù (粵) juk^{6}) 子孫以～責者矣。”（鬻：賣。責：債。） (又) **抵償，抵充**。《新唐書·齊映傳》：“臣雖死不足～責。”（責：責任。）**熟語有“殺人償命”**。(又) **實現。成語有“如願以償”**。❷ **回報，回答**。《史記·范雎蔡澤列傳》：“一飯之德必～。”《左傳·僖公十五年》：“西鄰責言，不可～也。”（責言：責備的話。）

15 **儡** lěi (粵) leoi^{5} ❶ **敗壞**。《淮南子·俶真》：“孔墨之弟子皆以仁義之術教導於世，然而不免於～身。”❷［傀（kuǐ ㊣ faai[3]）儡］見36頁“傀”字。❸［儡儡］**頹喪的樣子**。班固《白虎通・壽命》：“～～如喪家之狗。”**這個意義又寫作“纍纍”或“儽儽”**。

15 **儲** chǔ ㊣ cyu[5] ❶ **儲存，積蓄**。《鹽鐵論・力耕》：“豐年歲登，則～積以備乏絕。”《漢書・何並傳》：“～兵馬以待之。”❷ **古稱皇太子為“儲”**。李肇《唐國史補》卷中：“上召學士鄭絪於小殿，令草立～詔。”**又稱儲君、儲貳或儲副、儲嗣**。《後漢書・鄭眾傳》：“太子～君，無外交之義。”《後漢書・皇后紀上》：“及元興、延平之際，國無～副。”（元興、延平：年號。）《晉書・禮志下》：“皇太子雖國之～貳，猶在臣位。”❸ **等待**。張衡《東京賦》：“并夾既設，～乎廣。”（并夾：從箭靶上取下箭來的工具。）

15 **儦** biāo ㊣ biu[1]［儦儦］**來回行走的樣子**。《詩經・齊風・載驅》：“汶（wèn ㊣ man[6]）水滔滔，行人～～。”**一說眾多的樣子**。㊀ **疾走的樣子**。《詩經・小雅・吉日》：“～～俟俟，或羣或友。”（俟俟：緩行的樣子。）

17 **儳** chán ㊣ caam[3] ❶ **雜亂不整齊**。《左傳・僖公二十二年》：“聲盛致志，鼓～可也。”（鼓儳：指擊鼓進攻雜亂不齊，即未列陣的敵軍。）㊀ **苟且，不嚴肅**。《禮記・表記》：“君子不以一日使其躬～焉。”（躬：自身。）❷ chàn ㊣ zaam[3] **疾，迅速**。鄭豐《答陸士龍詩・蘭林》：“趯（tì ㊣ tik[1]）趯～兔。”（趯趯：跳躍的樣子。）㊀ **捷近**。《後漢書・何進傳》：“進驚，馳從～道歸營。”（儳道：捷徑。）❸ chàn ㊣ zaam[3] **打斷別人說話插言**。《禮記・曲禮上》：“長者不及，毋～言。”

19 **儺** nuó ㊣ no[4] ❶ **古時一種驅除疫鬼的儀式**。《論語・鄉黨》：“鄉人～，朝服而立於阼階。”❷ **行有節奏**。《詩經・衛風・竹竿》：“巧笑之瑳，佩玉之～。”（瑳：巧笑的樣子。）

19 **儷** lì ㊣ lai[6] ❶ **成對，成雙**。《儀禮・士昏禮》：“納徵，玄纁、束帛、～皮，如納吉禮。”（儷皮：一對鹿皮。）劉知幾《史通・雜說下》：“對語～辭，盛行於俗。”㊀ **並列，比**。《淮南子・精神》：“鳳凰不能與之～，而況斥鷃乎？”（斥鷃：一種小鳥。）❷ **配偶**。《左傳・成公十一年》：“鳥獸猶不失～，子將若何？”（子：你。）

20 **儻** tǎng ㊣ tong[2] ❶ **精神恍惚的樣子**。《莊子・田子方》：“文侯～然，終日不言。”（文侯：魏文侯。）❷ **倘若，假如**。劉知幾《史通・雜說中》：“～湮滅不行，良可惜也。”❸ **或許，可能**。《史記・東越列傳》：“計殺餘善，自歸諸將，～幸得脫。”（用計殺死餘善，向漢將投降，或許能僥倖脫身不死。餘善：東越國王。）❹ **偶然**。《新唐書・紀王慎傳》：“況榮寵貴盛～來物也。”**上述❷❸❹又寫作“倘”**。❺［倜儻］見31頁“倜”字。

20 **儼** yǎn ㊣ jim[5] **莊重的樣子**。《詩經・陳風・澤陂》：“有美一人，碩大且～。”（碩：大。）［儼然］① **莊重的樣子**。《荀子・非十二子》：“其容良，～～壯然。”（良：温和。壯：莊重。）② **整齊的樣子**。陶潛《桃花源記》：“土地平曠，屋舍～～。”（曠：寬闊。）③ **似真的樣子**。楊衒之《洛陽伽藍記・永寧寺》：“有人從象郡來，云：‘見浮圖於海中，光明照耀，～～如新。’”

21 **儽** lěi ㊣ leoi[4]［儽儽］① **疲困的樣子**。《老子・二十章》：“如嬰兒之未孩，～～兮若無所歸。”② **頹喪的樣子**。《玉篇・人部》：“儽，……〈家語〉云：‘～～若喪家之狗。’”**這個意義又寫作“纍纍”或“儡儡”**。

儿部

1 **兀** wù 粵 ngat6 ❶ **高而上平的樣子**。(喻) **山禿**。杜牧《阿房宮賦》：“蜀山～，阿房出。”❷ **茫然無知的樣子**。柳宗元《讀書》詩：“臨文乍了了，徹卷～若無。”（乍：短暫。了了：明白。徹卷：指讀完一卷。）❸ [兀者] **受過刖刑（即砍掉一隻腳）的人**。《莊子・德充符》：“魯有～～王駘（tái 粵 toi4）。”

2 **元** yuán 粵 jyun4 ❶ **頭**。《左傳・僖公三十三年》：“狄人歸其～。”（歸：送還。）(引) **為首的**。《荀子・王制》：“～惡不待教而誅。”❷ **開始，第一**。《公羊傳・隱公元年》：“～年者何？君之始年也。”❸ **善**。《左傳・文公十八年》：“高辛氏有才子……謂之八～。”[元元] ① **善良的**。《史記・文帝本紀》：“以全天下～～之民。”② **民眾，百姓**。《後漢書・光武帝紀》：“獄多冤結，～～愁恨。”❹ **大**。《史記・龜策列傳》：“紂為暴虐，而～龜不占。”❺ **朝代名（公元1279-1368年）。1206年建國。1271年改國號為元。1279年滅宋，建都大都（今北京）。第一代君主是忽必烈。**

2 **允** yǔn 粵 wan5 ❶ **誠實，真實**。《尚書・舜典》：“夙（sù 粵 suk1）夜出納朕命，惟～。”（夙夜：早晚。出納：指發佈。）(又) **的確，確實**。《詩經・大雅・公劉》：“豳（bīn 粵 ban1）居～荒。”（豳：地名。荒：大。）❷ **得當，公平**。《後漢書・虞詡傳》：“祖父經，為郡縣獄吏，案法平～。”（經：人名。案法：指處理案子。）劉勰《文心雕龍・麗辭》：“務在～當。”（務：力求。）**雙音詞有“公允”**。❸ **答應，允許**。任昉《為褚諮議蓁讓代兄襲封表二》：“未垂矜～。”

3 **兄** xiōng 粵 hing1 ❶ **哥哥**。《詩經・邶風・泉水》：“女子有行，遠父母～弟。”(引) **對朋友的尊稱，多用於書信**。柳宗元《與蕭翰林俛書》：“～知之，勿為他人言也。”❷ kuàng 粵 fong3 **通“況”。副詞。更加**。《墨子・非攻下》：“王～自縱也。”（縱：放縱。）❸ kuàng 粵 fong3 **通“況”。連詞。況且。表示更進一層**。《管子・大匡》：“雖得天下，吾不生也，～與我齊國之政也。”（生：活着。）

4 **光** guāng 粵 gwong1 ❶ **光芒，光亮**。《孟子・盡心上》：“日月有明，容～必照焉。”陶潛《桃花源記》：“山有小口，髣髴若有～。”❷ **發光**。《世説新語・言語》：“夜～之珠，不必出於孟津之河。”(喻) **光彩，光榮**。《荀子・不苟》：“言己之～美。”《詩經・小雅・南山有臺》：“樂只君子，邦家之～。”❸ **發揚光大**。諸葛亮《出師表》：“以～先帝遺德。”❹ **光陰**。左思《悼離贈妹》詩：“仰瞻曜靈，愛此寸～。”

4 **先** xiān 粵 sin1 ❶ **走在前面**。屈原《九歌・國殤》：“矢交墜兮士爭～。”**成語有“爭先恐後”**。(又) **先於，前於**。《左傳・文公二年》：“不～父食久矣。”**成語有“身先士卒”**。(又) **先為致意**。《禮記・檀弓上》：“將之荊，蓋～之以子夏。”（荊：楚國。先之以子夏：讓子夏先為致意。）❷ **首要的事情**。《後漢書・韋彪傳》：“士宜以才行為～。”❸ **副詞。指事情、行為發生在前**。《史記・高祖本紀》：“與諸將約，～入定關中者王之。”（定：平定。王：稱王。）**成語有“先發制人”**。❹ **祖先，上代**。《史記・蒙恬列傳》：“蒙恬者，其～齊人也。”（其：他的。齊：齊國。）❺ **已經死去的。多指上代或長輩。如“先王”、“先君”**。❻ **稱古代的人。如“先農”、“先民”**。❼ **先生**。《漢書・梅福傳》：“夫叔孫～非不忠也。”（叔孫：

人名。）

4 **兆** zhào 粵 siu6 ❶ **古代占卜時，燒灼龜甲以判斷吉凶，其裂紋叫作兆。**《史記・文帝本紀》：“卜之龜，卦～得大横。”（大横：一種卦兆的名稱。）引 **預兆，徵兆。事情發生前的跡象。**《商君書・算地》：“此亡國之～也。” ❷ **開始。**《左傳・哀公元年》：“能布其德，而～其謀。”（布：施。謀：謀略，計策。）❸ **祭壇或墓地的界域。**《周禮・春官・肆師》：“掌～中廟中之禁令。”《左傳・哀公二年》：“素車樸馬，無入于～。”（素車樸馬：指沒有裝飾過的運載靈柩的車馬。）**這個意義又寫作“垗”。** ❹ **數詞。古代以“百萬”或“萬億”為兆，常用來表示極多。**《尚書・呂刑》：“～民賴之。” 屈原《九章・惜誦》：“又眾～之所讎。”（讎：仇怨。）

4 **兇** xiōng 粵 hung1 ❶ **恐懼而喧嚷騷動。**《左傳・僖公二十八年》：“曹人～懼。” ❷ **通“凶”。兇惡。**李白《幽州胡馬客歌》：“狼戾好～殘。”（狼戾：兇狠，狠毒。）【注意】**在古代，“兇”和“凶”是兩個字。除了在“兇惡”的意義上可以通用外，兩個字其餘的意義都不相同。參 53 頁“凶”字。**

4 **充** chōng 粵 cung1 ❶ **塞。**《詩經・衞風・淇奧》：“～耳琇瑩。” **成語有“充耳不聞”。** 引 **滿，實。**《孟子・梁惠王下》：“而君之倉廩實，府庫～。”《荀子・儒效》：“～虛之相施易也。”（實和虛互相變化。施：移。易：變。）又 **充實，充足。**《三國志・蜀書・諸葛亮傳》：“調其賦税，以～軍實。” ❷ **充當，當作。**白居易《賣炭翁》詩：“半匹紅綃一丈綾，繫向牛頭～炭直。”（繫向牛頭：繫在牛頭上。直：值，價值。）**成語有“濫竽充數”。**

5 **克** kè 粵 hak1 ❶ **能夠。**《尚書・大禹謨》：“～勤于邦，～儉于家。” **成語有“克勤克儉”。** ❷ **戰勝，攻破。**《左傳・莊公十年》：“彼竭我盈，故～之。”《三國志・蜀書・諸葛亮傳》：“操遂能～紹。”（操：曹操。遂：終於。紹：袁紹。）**成語有“克敵制勝”。** ❸ **克制。**《論語・顏淵》：“～己復禮為仁。” **成語有“克己奉公”。** ❹ **約定或限定（時間）。**《潛夫論・交際》：“懷不來而外～期。”（擔心不來而違了約定的期限。）《三國志・魏書・武帝紀》：“公乃與～日會戰。”（公：指曹操。）**上述 ❷❸❹ 又寫作“剋”、“勀”、“尅”。**

5 **免** miǎn 粵 min5 ❶ **免除，避免。**《禮記・樂記》：“夫樂者，樂也，人情之所不能～也。”《荀子・榮辱》：“是其所以不～於凍餓。” 特 **免於禍。**《左傳・成公二年》：“鄭周父御佐車，宛茷為右，載齊侯以～。” ❷ **脱去，去掉。**《左傳・哀公十六年》：“乃～冑而進。”（冑：頭盔。）又 **赦免。**《管子・大匡》：“～公子者為上，死者為下。” 又 **罷免。**《史記・呂后本紀》：“王陵遂病～歸。”《漢書・貢禹傳》：“～官削爵。” ❸ **分娩，生育。**《國語・越語上》：“將～者以告。” **這個意義後來寫作“娩”。** ❹ **通“勉”。勉勵。**《漢書・薛宣傳》：“二人視事數月而兩縣皆治，宣因移書勞～之。” ❺ wèn 粵 man6 **一種喪禮。脱去帽子，以麻束髮。**《禮記・檀弓上》：“公儀仲子之喪，檀弓～焉。”（公儀仲子、檀弓：人名。）**這個意義後來寫作“絻”。**

5 **兑** duì 粵 deoi3 ❶ **八卦之一，代表沼澤。見 72 頁“卦”字。** ❷ **通行。**《詩經・大雅・緜》：“行道～矣。” ❸ **洞穴。**《老子・五十二章》：“塞其～，閉其門。” ❹ **兑換（後起意義）。**丁仙芝《餘杭醉歌贈吳山人》：“十千～得餘杭酒。”（十千：指十千文錢。餘杭：地名。）❺ yuè 粵 jyut6 **通“悦”。高興。**《荀子・不苟》：“見由則～而倨（jù 粵 geoi3），見閉則怨而險。”（被進用則得意忘形而傲慢，不被進用則滿腹牢騷而狠毒。）❻ ruì (粵) jeoi⁶ **通“銳”。尖。**《史記・天官書》：“三月生天槍，長數丈，兩頭～。”

5 **兕** sì (粵) ci⁵ **犀牛。**《論語・季氏》：“虎～出於柙。”枚乘《七發》：“～虎並作。”（並作：同時出現。）

6 **兒** ér (粵) ji⁴ ❶ **兒童。**《史記・扁鵲倉公列傳》：“聞秦人愛小～，即為小～醫。”❷ **兒子。**《木蘭詩》：“阿爺無大～，木蘭無長兄。”(泛) **青年男子。**干寶《搜神記》卷十一：“王夢見一～，眉間廣尺，言欲報仇。”❸ **年輕女子的自稱。**《古詩為焦仲卿妻作》：“蘭芝慚阿母，～實無罪過。”（蘭芝：人名。慚阿母：指慚愧地對母親說。）❹ **指人。**《世說新語・賞譽》：“桓温行經王敦墓邊過，望之云：‘可～，可～！’”❺ **名詞詞尾（後起意義）。**杜甫《水檻遣興》詩：“細雨魚～出，微風燕子斜。”

7 **兗** (兖) yǎn (粵) jin⁵ **地名。指兗州。**［兗州］**古九州之一。**《尚書・禹貢》：“濟河惟～～。”**漢以後為行政區劃之一，轄境在今山東西南部。**

8 **党** dǎng (粵) dong² ❶［党項］**古代民族名。漢西羌的一支。**❷ **姓。**

9 **兜** (兠) dōu (粵) dau¹ ❶［兜鍪 (móu (粵) mau⁴)］**頭盔，打仗時戴的盔。**《三國志・吳書・太史慈傳》：“慈亦得策～～。”（策：孫策。）❷ **蒙蔽，迷惑。**《國語・晉語六》：“在列者獻詩，使勿～。”❸ **便轎（後起意義）。**《宋史・占城國傳》：“國人多乘象或軟布～。”**這個意義又寫作“篼”。**

12 **兢** jīng (粵) ging¹［兢兢］① **小心謹慎的樣子。**《詩經・小雅・小旻》：“戰戰～～，如臨深淵，如履薄冰。”② **強健的樣子。**《詩經・小雅・無羊》：“爾羊來思，矜矜～～，不騫不崩。”（爾：你。思：語氣詞。矜矜：堅強。騫：瘦小。崩：疫病。）

入部

0 **入** rù (粵) jap⁶ ❶ **進入。與“出”相對。**《孟子・滕文公上》：“三過其門而不～。”(特) **進入朝廷。**傅亮《為宋公求加贈劉前軍表》：“出征～輔，幸不辱命。”（出：指離開朝廷。征：征伐。輔：輔佐君主。）❷ **收入，收納。**《韓非子・難二》：“丈夫盡於耕農，婦人力於織紝，則～多。”《禮記・王制》：“量～以為出。”**成語有“入不敷出”。**❸ **接納，採納。**《史記・魏世家》：“商君亡秦歸魏，魏怒，不～。”《史記・商君列傳》：“吾說公以王道而未～也。”(又) **沒收。**《後漢書・王暢傳》：“諸受臧二千萬以上不自首實者，盡～財物。”❹ **交納。**鼂錯《勿收農民租疏》：“邊食足以支五歲，可令～粟郡縣矣。”（邊境的糧食足夠五年用的，就可以命令把糧食交納給郡縣了。）❺ **嫁，出嫁。**劉向《列女傳・晉羊叔姬》：“雍子～其女於叔魚以求直。”（雍子、叔魚：人名。）❻ **入聲。古代漢語“平、上、去、入”四聲之一。**【辨】**進，入。****見650頁“進”字。**

2 **內** nèi (粵) noi⁶ ❶ **裏面。與“外”相對。**《左傳・定公八年》：“與陽氏戰于南門之～。”(引) **內部。**《左傳・僖公二十七年》：“靖諸～而敗諸外。”（靖：安定。諸：同“之於”。）(又) **內心。**《論語・陽貨》：“色厲而～荏。”《三國志・蜀書・諸葛亮傳》：“而～懷猶豫之計。”(特) **內臟。**《淮南子・精神》：“大憂～崩，大怖生狂。”❷ **內室。**鼂錯《募民徙塞下疏》：“家有一堂二～。”(引) **家室內的。**《禮記・內則》：“男不言～，女不言外。”❸ **皇宮。**白居易《長恨歌》：“西宮南～多秋草。”(又) **朝廷。**《史記・汲鄭列傳》：“以數切諫，不得久留～，遷為東海太守。”(引) **皇宮內的**。《國語・周語中》：“～官不過九御，外官不過九品。”❹ **舊時指妻妾**。《左傳・僖公十七年》：“齊侯好～。”（好：喜好。）(泛) **女子，婦女**。《周禮・天官・宮正》：“辨外～而時禁。”（外：指男子。）❺ **暗地裏，暗中**。《三國志・魏書・杜畿傳》：“河東人衞固、范先外以請邑為名，而～實與幹通謀。”（衞固、范先、邑、幹：都是人名。）❻ nà (粵) naap6 **進入，放入**。《潛夫論・德化》：“乃以防姦惡而救禍敗，檢淫邪而～正道爾。”酈道元《水經注・㶟水》：“以草～之則不燃。”(引) **收容，接納**。《孟子・公孫丑上》：“非所以～交於孺子之父母也。”李斯《諫逐客書》：“向使四君卻客而不～。”（向使：假使。四君：指秦國的四個國君。卻：不接受。）⊗ **交納**。《史記・秦始皇本紀》：“百姓～粟千石，拜爵一級。”（粟：糧食。拜：授。）**上述❻(引)⊗後來寫作“納”**。

4 **全** quán (粵) cyun4 ❶ **純色的玉**。《周禮・考工記・玉人》：“天子用～，上公用龍，侯用瓚，伯用將。”❷ **齊全，完整**。《管子・任法》：“法不平，令不～，是亦奪柄失位之道也。”（柄：權柄。）(引) **整個，全部**。《莊子・養生主》：“始臣之解牛之時，所見無非牛者；三年之後，未嘗見～牛也。”賈島《贈李金州》詩：“登岸見～軍。”❸ **保全，成全**。《史記・呂太后本紀》：“夫～社稷，定劉氏之後，君亦不如臣。”（社稷：指國家。定：使安定。）《史記・司馬相如列傳》：“王者之丕業，不可貶也，願陛下～之。”❹ **完全，都（後起意義）**。杜甫《臘日》詩：“臘日常年暖尚遙，今年臘日凍～消。”

6 **兩** liǎng (粵) loeng5 ❶ **成對的兩個**。《詩經・鄘風・柏舟》：“髧彼～髦，實維我儀。”（儀：配偶。）《史記・孫子吳起列傳》：“則以法刑斷其～足而黥（qíng (粵) king4）之。”（黥：古代在犯人臉上刺字的刑罰。）(引) 二。《史記・陳涉世家》：“陳勝佐之，並殺～尉。”（佐：輔助。）❷ **雙方施行或遭受同一行為**。《荀子・勸學》：“目不能～視而明，耳不能～聽而聰。”**成語有“兩全其美”、“兩敗俱傷”**。❸ **量詞**。① **雙，用於鞋襪等成雙的東西**。《詩經・齊風・南山》：“葛屨（jù (粵) geoi3）五～。”（葛屨：用葛布製成的鞋。）② **重量單位。古代二十四銖（zhū (粵) zyu1）為一兩，十六兩為一斤**。《漢書・武帝紀》：“罷三銖錢，行半～錢。”③ **疋，用於布帛**。《左傳・閔公二年》：“重錦三十～。”（錦：彩色花紋的絲織品。）❹ liàng (粵) loeng6 **量詞。用於車輛**。《漢書・趙充國傳》：“鹵馬牛羊十萬餘頭，車四千餘～。”（鹵：通“擄”。掠奪。）**這個意義後來寫作“輛”**。**【辨】二，兩**。“二”表示一般的數目，“兩”常用來指稱本來成雙或被認為成雙的事物（先秦很少例外）。“兩”字可以放在動詞或形容詞之前做狀語，“二”字則不能，“勢不兩立”不能寫成“勢不二立”。

八部

2 **兮** xī (粵) hai4 **語氣詞。多用於詩賦中，相當於現代漢語的“啊”、“呀”**。《詩經・魏風・伐檀》：“坎坎伐檀～。”劉邦《大風歌》：“大風起～雲飛揚。”

2 **公** gōng (粵) gung1 ❶ **公正，無私**。《論語・堯曰》：“寬則得眾，信則民任焉，敏則有功，～則說。”❷ **公家。與“私”相對**。《論語・雍也》：“非～事，未嘗至於偃之室也。”《孟子・滕文公上》：“方里而井，井九百畝，其中為～田。”❸ **共同的**。《韓非子・孤憤》：“此人主之所～患也。”（患：禍患。）❹ **公**

然，公開地。賈誼《論積貯疏》："殘賊～行。"❺ **古代五等爵位的第一等**。《公羊傳·隱公五年》："王者之後稱～，其餘大國稱侯，小國稱伯、子、男。"⊗ **先秦時諸侯的通稱。如齊桓公、晉文公、秦穆公。**❻ **古代以太師、太傅、太保為三公，是最高級的官。**［公卿］三公九卿。**泛指朝中的高級官員**。李白《行路難》詩："漢朝～～忌賈生。"（忌：嫉妒。）❼ **對人的尊稱**。《史記·留侯世家》："吾求～數歲，～辟逃我。"（求：找。辟逃：逃避。）⊗ **稱祖父或父親**。《呂氏春秋·異用》："子之～不有恙乎？"（公指祖父）《戰國策·魏策一》："其子陳應止其～之行。"⊗ **丈夫的父親**。《古詩為焦仲卿妻作》："便可白～姥，及時相遣歸。"

4 **共** gòng [粵] gung^{6} ❶ **共有，共享**。《論語·公冶長》："願車馬，衣輕裘，與朋友～，敝之而無憾。"《世說新語·棲逸》："衣食有無，常與村人～。"⊗ **共同，一道**。《漢書·鼂錯傳》："幼則同遊，長則～事。"[引] **總共**。徐弘祖《徐霞客遊記·楚遊日記》："北下龍頭嶺，～五里。"[引] **介詞。與，和**。《世說新語·文學》："稍～諸生敍其短長。"王勃《滕王閣序》："秋水～長天一色。"❷ gōng [粵] gung^{1} **通"恭"。恭敬**。《史記·屈原賈生列傳》："～承嘉惠兮，俟罪長沙。"（承：接受。嘉惠：美好的恩惠。俟罪：待罪，指做官。）❸ gōng [粵] gung^{1} **供給**。《左傳·僖公四年》："爾貢包茅不入，王祭不～，無以縮酒。"《史記·扁鵲倉公列傳》："適其～養。"（適：舒適。）**這個意義後來寫作"供"**。❹ gǒng [粵] gung^{2} **拱手，兩手在胸前相合，表示恭敬**。《荀子·賦》："聖人～手。"❺ gǒng [粵] gung^{2} **環繞**。《論語·為政》："居其所而眾星～之。"**上述❹❺又寫作"拱"**。

5 **兵** bīng [粵] bing^{1} ❶ **兵器，武器**。《詩經·秦風·無衣》："修我甲～。"（甲：鎧甲。）賈誼《過秦論》："斬木為～，揭竿為旗。"（揭：舉。）**成語有"短兵相接"**。⊗ **用兵器傷害人**。《史記·伯夷列傳》："左右欲～之。"❷ **軍事，戰爭**。《孫子兵法·計》："～者，國之大事。"《漢書·匈奴傳》："～連禍結三十餘年。"❸ **軍隊**。《墨子·魯問》："今又舉～將以攻鄭。"曹操《置屯田令》："夫定國之術，在於強～足食。"⊗ **兵士**。《三國志·吳書·吳主傳》："將軍賀達等將～萬人。"（將：率領。）**【辨】**兵，卒，士。見71頁"卒"字。

6 **其** qí [粵] kei^{4} ❶ **第三人稱代詞。表示領有。相當於"他的"、"她的"、"牠的"、"它的"、"他們的"**。《論語·衛靈公》："工欲善～事，必先利～器。"**成語有"各得其所"、"自圓其說"**。⊗ **相當於"他"、"她"、"牠"、"它"、"他們"（後起意義）**。《三國志·魏書·華佗傳》："當須刳割者，便飲～麻沸散。"（刳：割。麻沸散：一種麻藥。）**成語有"任其自流"、"知其不可而為之"**。❷ **指示代詞。相當於"這"、"這些"、"那"、"那些"**。柳宗元《捕蛇者說》："有蔣氏者，專～利三世矣。"《史記·項羽本紀》："今欲舉大事，將非～人不可。"**成語有"不厭其煩"**。⊗ **其中的**。《莊子·山木》："～一能鳴，～一不能鳴。"❸ **連詞。表示假設。相當於"如果"、"假使"**。《荀子·勸學》："蘭槐之根是為芷，～漸之滫（xiǔ [粵] sau^{2}），君子不近，庶人不服。"（芷：一種香草。漸：浸。滫：臭水。服：佩戴。）⊗ **表示選擇。相當於"或者"、"還是"**。《莊子·徐無鬼》："～欲干酒肉之味邪？～寡人亦有社稷之福邪？"❹ **句中語氣詞。表示揣測、反問、期望或命令**。《孟子·梁惠王上》："始作俑者，～無後乎？"《左傳·

僖公十年》："欲加之罪，～無辭乎？"《尚書・益稷》："帝～念哉！"(又) **句末語氣詞。表示疑問。**《詩經・小雅・庭燎》："夜如何～？夜未央。" ❺ **形容詞詞頭。**《詩經・邶風・北風》："北風～涼，雨雪～雱。"（雱：雪很大的樣子。）

6 **具** jù (粵) geoi6 ❶ **準備，備辦。**《左傳・隱公元年》："繕甲兵，～卒乘。"《孫子兵法・謀攻》："～器械。" (引) **具備，完備。**酈道元《水經注・江水》："鬢髮皆～，因名曰人灘也。"王安石《上皇帝萬言書》："今朝廷法嚴令～，無所不有。" ❷ **飯食，酒餚。**《戰國策・齊策四》："食以草～。"（草具：粗劣的飯食。）《史記・陳丞相世家》："漢王為太牢～。"（為：準備。太牢具：有牛肉、羊肉、豬肉的飯食。）(又) **用作動詞。準備飯食或酒席。**《漢書・灌夫傳》："請語魏其～，將軍旦日蚤臨。"（魏其：魏其侯。蚤：通"早"。） ❸ **全，都。**《詩經・小雅・節南山》："民～爾瞻。"《史記・項羽本紀》："良乃入，～告沛公。"（良：張良。） ❹ **陳述。**《宋史・梁克家傳》："命條～風俗之弊。"（命：命令。條具：逐條陳述。） ❺ **器械，器具。**《三國志・魏書・武帝紀》："令軍中促為攻～。"（促為：急速準備。攻具：進攻的器具。）《世説新語・任誕》："觀君船上當有膾～，是故來耳。"（膾具：切魚肉的工具。） ❻ **才能。**《三國志・魏書・武帝紀》注引皇甫謐《逸士傳》："儁（jùn (粵) zeon3）亦稱公有治世之～。"（儁：人名。公：指曹操。） ❼ **量詞。**《史記・貨殖列傳》："旃（zhān (粵) zin1）席千～。"（旃席：毛毯。）**【辨】俱，具。**見30頁"俱"字。

6 **典** diǎn (粵) din2 ❶ **重要的文獻、書籍。**《尚書・五子之歌》："有～有則，貽厥子孫。"《左傳・昭公十五年》："司晉之～籍。"（司：掌管。晉：晉國。） ❷ **法則，制度。**《三國志・魏書・武帝紀》："但賞功而不罰罪，非國～也。" ❸ **前代的文物、制度、故事。**《左傳・昭公十五年》："數（shǔ (粵) sou2）～而忘其祖。"（數：講説。祖：祖業。）**雙音詞有"典故"。** ❹ **典雅，多指文章寫得規範，不粗俗。**蕭統《答玄圃園講頌啟令》："辭～文艷，既溫且雅。" ❺ **主管。**《三國志・吳書・是儀傳》："專～機密。" ❻ **典當，用實物作抵押借錢。過期不贖，所抵實物則被沒收。**白居易《杜陵叟》詩："～桑賣地納官租，明年衣食將何如？"《金史・百官志》："民間質～，利息重者至五、七分。"（質：抵押。五、七分：五、七成。） ❼ **典禮。**《宋書・蔡廓傳》："朝廷儀～，皆取定於亮。"（亮：人名。）

8 **兼** jiān (粵) gim1 ❶ **同時進行幾件事或具有幾樣東西。**《荀子・君道》："～聽齊明而百事不留。"《孟子・告子上》："魚我所欲也，熊掌亦我所欲也，二者不可得～。" ❷ **兼併，吞併。**《尚書・仲虺之誥》："～弱攻昧，取亂侮亡。"（昧：政治黑暗的國家。）曹操《置屯田令》："秦人以急農～天下。"（急農：把農業生產放在重要地位。） (引) **整個，全部。**《商君書・畫策》："～天下之眾，莫敢不為其所好，而辟其所惡。" (引) **倍，加倍。**《三國志・魏書・郭嘉傳》："輕兵～道以出，掩其不意。"（兼道：指加倍趕路。） ❸ **盡，竭盡。**《晏子春秋・諫上》："（嬰）遂走而出，公從之，～于塗而不能逮。"（塗：路。逮：趕上。）《荀子・解蔽》："聖人縱其欲，～其情，而制焉者理矣。" ❹ **連詞，表示並列。和，與。**《尚書・康王之誥》："賓稱奉圭～幣。"

14 **冀** jì (粵) kei3 **希望。**《韓非子・五蠹》："～復得兔。"（復：再。）《世説新語・言語》："～罪止於身。"

冂部

3 **冉** (冄)rǎn [粵] jim^5 ❶ [冉冉] ① **漸進的樣子**。屈原《離騷》："老～～其將至兮，恐修名之不立。" ② **柔弱下垂的樣子**。曹植《美女篇》詩："柔條紛～～，落葉何翩翩。" ❷ **龜甲的邊緣，裙邊**。《漢書・食貨志下》："元龜岠～，長尺二寸。"

3 **冊** (册)cè [粵] caak^3 ❶ **簡冊，編串好的許多竹簡**。《尚書・多士》："殷先人有～有典。"（殷：商朝。典：典籍。）**後指書冊**。陸游《縱筆》："歸從～府猶披卷。"（冊府：帝王藏書的地方。）❷ **君主、帝王對臣下封土授爵或免官的文書**。《新唐書・百官志二》："臨軒冊命，則讀～。"（臨軒：指皇帝在殿前平台上召見臣屬。）[又] **冊封，帝王封臣下**。《新唐書・百官志二》："～太子則授璽綬。" ❸ **通"策"**。**計策，計謀**。《漢書・趙充國傳》："此全師保勝安邊之～。"（全師：保全軍隊。）

4 **再** zài [粵] zoi^3 **第二次**。《左傳・莊公十年》："一鼓作氣，～而衰，三而竭。"（一鼓作氣：第一次擊鼓時，士氣振奮。竭：盡。）[又] **兩次**。《史記・孫子吳起列傳》："而田忌一不勝而～勝。" **【注意】在古代漢語中，"再"不是"再一次"的意思。如"三年再會"是說"三年之內會面兩次"，不是"三年之後再會"。**

5 **冏** jiǒng [粵] gwing^2 [冏冏] **明亮的樣子**。江淹《張廷尉雜述》詩："～～秋月明。" **又寫作"炯炯"**。

7 **冒** mào [粵] mou^6 ❶ **覆蓋，遮蓋**。《詩經・邶風・日月》："日居月諸，下土是～。"（居、諸：語氣詞。）《漢書・翟方進傳》："善惡相～。" ❷ **頂着，冒着**。司馬遷《報任安書》："士無不起……～白刃北向爭死敵者。"《三國志・蜀書・王連傳》："不宜以一國之望～險而行。" [又] **假託，假冒**。《漢書・衛青傳》："故青～姓為衛氏。"《後漢書・張衡傳》："彼無合其何傷兮，患眾偽之～真。" ❸ **觸犯，冒犯**。《戰國策・楚策三》："麋知獵者張罔前而驅己也，因還走而～人至數。"《漢書・霍去病傳》："直～漢圍西北馳去。" ❹ **貪婪，貪圖**。《漢書・翟方進傳》："～濁苟容，不顧恥辱。" ❺ **冒失，冒昧**。王安石《上皇帝萬言書》："～言天下之事。"

8 **冓** gòu [粵] gau^3 ❶ **木材交積**。[中冓] **內室**。《詩經・鄘風・牆有茨》："～～之言，不可道也。" ❷ gōu [粵] gau^1 **數目字。十億為兆，十兆為京，十京為垓，十垓為秭，十秭為冓**。

8 **冔** xǔ [粵] heoi^2 **殷冠**。《禮記・郊特牲》："周弁，殷～，夏收。"

9 **冕** miǎn [粵] min^5 **大夫以上的貴族所戴的禮帽**。《左傳・哀公十五年》："服～乘軒。"（服：指戴。軒：高級官員乘的車。）[引] **戴禮帽**。《禮記・曾子問》："諸侯適天子，必告于祖，奠于禰，～而出視朝。" [特] **帝王的禮帽**。《漢書・東方朔傳》："～而前旒（liú [粵] lau^4）。"（旒：帝王禮帽前後懸垂的玉串。）**雙音詞有"加冕"**。**【辨】冠，冕，巾，弁，帽。見51頁"冠"字**。

10 **最** zuì [粵] zeoi^3 ❶ **最，極**。《商君書・外內》："故農之用力～苦。" [特] **功勞最高，政績最佳**。《漢書・樊噲傳》："攻趙賁……灌廢丘，～。"（趙賁、廢丘：地名。）《後漢書・牟融傳》："視事三年，縣無獄訟，為州郡～。" ❷ **聚合**。《管子・禁藏》："冬，收五藏，～萬物。"（收五藏：收藏好五穀。）❸ **總計，總的算來**。《史記・絳侯周勃世家》："～從高帝得相國一人，丞相二人，將軍、二千石各三人。"（二千石：指俸祿為二千石的高級官員。）

冖部

2 **冗** (宂)rǒng [粵] jung⁵ ❶ **閒散**。《漢書・申屠嘉傳》："故～官居其中。"［**流冗**］**逃散，流離失所**。《漢書・成帝紀》："關東～～者眾。"（眾：多。）❷ **繁雜，多餘**。《新唐書・康承訓傳》："承訓罷～費，市馬益軍。"（市：買。）**雙音詞有"冗長"、"冗雜"**。❸ **平庸，低劣**。《宋書・周朗傳》："吾雖疲～，亦嘗聽君子之餘論。"❹ **忙，繁忙**。劉宰《走筆謝王去非》詩："知君束裝～，不敢折簡致。"（束裝：整裝。折簡致：寫信邀請。）

7 **冠** guān [粵] gun¹ ❶ **帽子**。屈原《漁父》："新沐者必彈～。"（沐：洗頭。彈冠：撣撣帽子。）**成語有"怒髮衝冠"**。[又] **像帽子的東西**。徐陵《鬭雞詩》："花～已衝力，芥爪復驚媒。"[又] guàn [粵] gun³ **戴帽子**。《漢書・酈食其傳》："沛公不喜儒，諸客～儒冠來者，沛公輒解其冠。"（輒：總是。解：指摘掉。）［**冠蓋**］**舊指做官人的冠服和他們車乘的篷蓋**。鼂錯《論貴粟疏》："～～相望，乘堅策肥。"（堅：指好車。肥：指好馬。）[喻] **做官的人**。杜甫《夢李白》詩："～～滿京華。"（京華：國都。）❷ guàn [粵] gun³ **古代的一種禮儀。男子二十歲舉行冠禮，表示已經成人**。《禮記・曲禮上》："男子二十～而字。"（字：取字。）❸ guàn [粵] gun³ **位居第一**。《史記・蕭相國世家》："位～群臣，聲施後世。"（施：傳。）**雙音詞有"冠軍"**。[又] **加在前頭或上頭**。孔安國《尚書序》："各～其篇首。"【**辨**】冠，冕，巾，弁，帽。"冠"是帽子的總稱。"冕"是帝王、諸侯、卿、大夫所戴的禮帽。"巾"是紮在頭上的織物。"弁"是用皮革做成的帽子。"帽"是後起字。

8 **冣** jù [粵] zeoi⁶ **積聚，蓄積**。《史記・殷本紀》："大～樂戲於沙丘。"【**注意**】"冣"和"最"篆文形體相近，古書中有時兩字相混。

8 **冢** zhǒng [粵] cung² ❶ **高大的墳墓**。《史記・高祖本紀》："項羽燒秦宮室，掘始皇帝～。"[泛] **墳墓**。杜甫《詠懷古跡五首》之三："獨留青～向黃昏。"**上述❶[泛]又寫作"塚"**。❷ **山頂**。《詩經・小雅・十月之交》："百川沸騰，山～崒（zú [粵] zyut⁶）崩。"（崒崩：崩塌。）❸ **大，嫡長。如"冢宰"（官名，即後來所稱的宰相）、"冢子"（嫡長子）**。

8 **冥** míng [粵] ming⁴/ming⁵ ❶ **昏暗**。《老子・二十一章》："窈兮～兮，其中有精。"《漢書・五行志下之上》："其廟獨～。"[引] **黑夜**。枚乘《七發》："～火薄天。"（薄：迫近。）[引] **迷信所說人死後進入的世界。如"冥間"**。❷ **暗中**。柳宗元《罵尸蟲文》："～持札牘兮，搖動禍機。"[又] **暗合**。高允《徵士頌》："神與理～。"❸ **眼睛昏花**。《後漢書・和熹鄧皇后紀》："夫人年高目～。"[引] **愚昧**。劉宰《和李果州同遊茅山》詩："一語開～頑。"**成語有"冥頑不靈"**。❹ **高遠，深遠**。《後漢書・蔡邕傳》："沈精重淵，抗志高～。"杜牧《阿房宮賦》："高低～迷，不知西東。"[引] **深入地（思索）**。**成語有"冥思苦索"**。❺ **海**。《莊子・逍遙遊》："是鳥也，海運則將徙於南～。南～者，天池也。"**這個意義後來寫作"溟"**。❻ [粵] ming⁴ **通"瞑"。閉眼**。《韓非子・外儲說左上》："雖～而妄發，其端未嘗不中秋毫也。"

8 **冤** (寃)yuān [粵] jyun¹ ❶ **冤枉，冤屈**。《漢書・于定國傳》："于定國為廷尉，民自以不～。"《後漢書・光武帝紀》："獄多～結。"❷ yuàn [粵] jyun³ **通"怨"。怨恨，仇恨**。李商隱《行次西郊作》詩："～憤如相焚。"

14 **冪** （幂、羃）mì (粵) mik6 ❶ **覆蓋物品的布**。《儀禮・公食大夫禮》："簠有蓋～。"❷ **覆蓋**。《周禮・天官・冪人》："祭祀，以疏布巾～八尊。"❸ **塗抹，粉刷**。左思《魏都賦》："葺牆～室，房廡雜襲。"

冫部

5 **冶** yě (粵) je5 ❶ **冶煉金屬**。《史記・平準書》："～鑄煮鹽。"(又) **熔煉金屬的工匠**。《禮記・學記》："良～之子，必學為裘。"（裘：皮衣。）(引) **造就，培養**。王安石《上皇帝萬言書》："～天下之士而使之皆有士君子之才。"❷ **豔麗，多姿**。《周易・繫辭上》："慢藏誨盜，～容誨淫。"李斯《諫逐客書》："佳～窈窕趙女不立於側也。"❸ **通"野"**。**郊外**。樂府詩《子夜四時歌・春歌》："～遊步春露。"

6 **冽** liè (粵) lit6 ❶ **寒冷**。《詩經・曹風・下泉》："～彼下泉，浸彼苞稂。"成公綏《嘯賦》："橫鬱鳴而滔涸，～飄眇而清昶。"[**凜冽**] **寒冷的樣子**。杜甫《西閣曝日》詩："～～倦玄冬，負暄嗜飛閣。"李白《大獵賦》："嚴冬慘切，寒氣～～。"❷ **通"洌"**。**清澈**。柳宗元《至小丘西小石潭記》："伐竹取道，下見小潭，水尤清～。"

8 **凊** qìng (粵) cing3 **涼，冷**。《管子・宙合》："辟之也猶夏之就～，冬之就温焉。"

8 **凌** líng (粵) ling4 ❶ **冰**。《詩經・豳風・七月》："二之日鑿冰沖沖，三之日納于～陰。"《周禮・天官・凌人》："～人，掌冰。正歲十有二月，令斬冰，三其～。"（三其凌：三倍納冰。）**雙音詞有"冰凌"**。❷ **升，登**。《管子・兵法》："～山阬，不待鉤梯。"《商君書・賞刑》："攻將～其城。"❸ **乘，凌駕**。《史記・司馬相如列傳》："飄飄有～雲之氣。"李白《贈僧朝美》詩："水客～洪波。"杜甫《春日戲題惱郝使君兄》詩："使君意氣～青霄。"（青霄：高空。）**成語有"凌雲壯志"**。(又) **越過**。《呂氏春秋・論威》："雖有江河之險，則～之。"❹ **壓倒，侵犯，欺侮**。《戰國策・秦策一》："今欲并天下，～萬乘，詘敵國，制海內，子元元，臣諸侯，非兵不可。"屈原《九歌・國殤》："終剛強兮不可～。"【**辨**】凌，淩，陵。"凌"的本義是冰。"淩"的本義是河名。"陵"的本義是大山。這三個字的本義差別很大，但是由於音同形近的緣故，在"登"、"乘"、"侵犯"等意義上，三個字通用。

8 **凇** sōng (粵) sung1 **水汽遇冷凝結成的冰花**。曾鞏《冬夜即事》詩："月澹千門霧～寒。"

8 **凍** dòng (粵) dung3 ❶ **凍結，水遇冷凝結**。《禮記・月令》："水始冰，地始～。"岑參《白雪歌送武判官歸京》："紛紛暮雪下轅門，風掣紅旗～不翻。"❷ **寒冷**。《墨子・非命上》："是以衣食之財不足，而飢寒～餒之憂至。"

8 **凋** diāo (粵) diu1 **草木衰落**。《史記・伯夷列傳》："歲寒，然後知松柏之後～。"杜牧《寄揚州韓綽判官》詩："秋盡江南草木～。"(又) **使草木衰落**。薛耀《子夜冬歌》："朔風扣羣木，嚴霜～百草。"(引) **衰敗，使衰敗**。李白《邯鄲才人嫁為廝養卒婦》詩："自倚顏如花，寧知有～歇！"陸游《樓上醉書》詩："八年梁益～朱顏。"（梁益：梁州和益州。凋朱顏：指衰老。）【**辨**】**雕，鵰，琱，彫，凋**。見703頁"雕"字。

13 **凜** （凛）lǐn (粵) lam5 ❶ **寒冷**。潘岳《閑居賦》："～秋暑退。"[**凜凜**] ① **寒冷的樣子**。潘岳《悼亡詩》："～～涼風

升。”② **恐懼的樣子**。《三國志・蜀書・法正傳》：“侍婢百餘人，皆親執刀侍立，先主每入，衷心常～～。”（先主：指劉備。）❷［凜然］**嚴厲、嚴肅的樣子**。《孔子家語・致思》：“夫子～～曰：‘美哉德也！’”

14 **凝** níng 粵 jing4 ❶ **結冰**。《周易・坤》：“履霜堅冰，陰始～也。”岑參《走馬川行》：“幕中草檄（xí 粵 hat6）硯水～。”（草檄：起草檄文。）引 **凝結，凝聚**。《詩經・衞風・碩人》：“膚如～脂。”傅玄《雜詩》：“～氣結為霜。”❷ **注意力集中**。《莊子・達生》：“用志不分，乃～於神。”鮑照《蕪城賦》：“～思寂聽。”（寂：靜。）❸ **停止**。陸機《演連珠》：“牽乎動則靜～，係乎靜則動貞。”❹ **穩定，鞏固**。《荀子・議兵》：“兼并易能也，唯堅～之難焉。”（兼併容易做到，然而使它穩定鞏固是困難的。）❺ **形成**。《禮記・中庸》：“苟不至德，至道不～焉。”

几部

0 **几** jī 粵 gei1 **矮而小的桌子，用以陳放東西或倚靠休息**。《孟子・公孫丑下》：“隱～而卧。”（隱：倚，靠。）《史記・吳王濞列傳》：“文帝弗忍，因賜～杖。”（弗：不。杖：拐杖。）

6 **凭** píng 粵 pang4 **靠着**。杜甫《遣悶》詩：“哀箏猶～几，鳴笛竟沾裳。”岳飛《滿江紅・怒髮衝冠》：“怒髮衝冠，～欄處、瀟瀟雨歇。”

9 **凰** huáng 粵 wong4 **傳説中的雌鳳**。《孟子・公孫丑上》：“鳳～之於飛鳥，泰山之於丘垤，河海之於行潦，類也。”

10 **凱** kǎi 粵 hoi2 ❶ **軍隊打勝仗後所奏的樂曲**。《後漢書・蔡邕傳》：“城濮捷而晉～入。”劉克莊《破陣曲》：“六軍張～聲如雷。”［凱旋］**得勝歸來**。宋之問《軍中人日登高贈房明府》詩：“聞道～～乘騎入，看君走馬見芳菲。”❷ **通“愷”。歡樂，和樂**。陸機《演連珠》：“是以萬邦～樂。”（邦：國。）❸［凱風］**南風**。《詩經・邶風・凱風》：“～～自南。”潘岳《河陽縣作》詩：“～～揚微綃。”（綃：薄紗。）

凵部

2 **凶** xiōng 粵 hung1 ❶ **不吉祥**。《荀子・天論》：“應之以治則吉，應之以亂則～。”（應：適應。之：指自然界的客觀規律。治：指正確的措施。亂：指錯誤的措施。）引 **不幸，多指喪事**。《左傳・宣公十二年》：“寡君少遭閔～。”（閔：憂患，指死喪。）**又如“凶訊”、“凶服”**。❷ **莊稼收成不好**。《管子・立政》：“歲雖～旱，有所秎（fèn 粵 fan6）獲。”（歲：年成。秎：收，收割。）❸ **兇惡，殘暴**。《後漢書・南匈奴傳》：“漢初遭冒頓～黠（xiá 粵 hat6）。”（冒頓：匈奴君主名。）引 **殺人，殺人者（後起意義）**。《新唐書・張琇傳》：“父死～手。”

3 **凷** kuài 粵 faai3 **“塊”的本字。土塊**。《漢書・律曆志下》引《左傳》：“野人舉～而與之。”

3 **出** chū 粵 ceot1 ❶ **出。與“入”相對**。屈原《九歌・國殤》：“～不入兮往不反。”（反：返。）《戰國策・趙策四》：“必以長安君為質，兵乃～。”❷ **發出**。《商君書・更法》：“于是遂～墾草令。”《古詩為焦仲卿妻作》：“何意～此言！”❸ **拿出，交納**。《漢書・文翁傳》：“富人至～錢以求之。”曹操《抑兼并令》：“戶～絹二匹。”❹ **出產，生產**。《荀子・富國》：“田肥以易則～實百倍。”（以：而且。易：治理，這裏指管理得好。實：果實。）⊗ **出生，生育**。《荀子・禮論》："無先祖，惡（wū ㊣ wu[1]）～？" ㊀ **產生，發生**。《荀子・勸學》："肉腐～蟲。" ❺ **出現，顯露**。《墨子・備城門》："鳳鳥之不～。" 蘇軾《後赤壁賦》："山高月小，水落石～。" ㊀ **至，到**。《世說新語・棲逸》："少孤未嘗～京邑，人士思欲見之。" ❻ **超出，超過**。《論語・鄉黨》："祭肉不～三日。" 白居易《與元九書》："自思所陳亦無～足下之見。"（陳：陳述。足下之見：您的見解。）❼ **釋放，放出**。《世說新語・方正》："後數日，詔～周，羣臣往省之。"（周：指周伯仁。）⊗ **遺棄**。《孟子・離婁下》："～妻屏子，終身不養焉。" ❽ **出逃，逃亡**。《國語・晉語三》："以師奉公子重耳，臣之屬內作，晉君必～。"

6 **函**（凾）hán ㊣ haam[4] ❶ **包含，包容**。《詩經・周頌・載芟》："播厥百穀，實～斯活。"《淮南子・詮言》："夫～牛之鼎沸，而蠅蚋（ruì ㊣ jeoi[6]）弗敢入。"（函牛：容得下一頭牛。鼎：古代煮東西的器具。蚋：蚊類。弗：不。）❷ **鎧甲**。《孟子・公孫丑上》："矢人惟恐不傷人，～人惟恐傷人。"（函人：做鎧甲的人。）❸ **匣子，套子**。《戰國策・燕策三》："荊軻奉樊於期頭～，而秦武陽奉地圖匣，以次進至陛下。"《晉書・張華傳》："得一石～。" ❹ **信封**。吳質《答東阿王書》："發～伸紙。"（打開信封，拿出信紙。）⊗ **書信**。《三國志・魏書・劉曄傳》注引《傅子》："每有疑事，輒（zhé ㊣ zip[3]）以～問曄。"（輒：總是。）**雙音詞有"來函"、"公函"**。❺ **指函谷關，在河南崤山，常連稱"崤函"**。賈誼《過秦論》："秦孝公據殽～之固，擁雍州之地。"

刀部

0 **刁** diāo ㊣ diu[1] ［刁斗］**古代軍中用具，白天用來燒飯，晚上用來打更**。《漢書・西域傳上・罽賓國》："夜擊～～自守。"【注意】"刁"在唐宋以前沒有"狡猾"、"無賴"的意思。

0 **刀** dāo ㊣ dou[1] ❶ **切割工具，古代也是兵器**。《莊子・養生主》："良庖歲更～，割也。"《三國志・吳書・吳主傳》："於安平之世而～劍不離於身。" ［刀筆］**刀和筆，書寫時的用具。古代書寫時用筆寫在竹簡上，錯了就用刀刮去**。《史記・酷吏列傳》："臨江王欲得～～，為書謝上。"（為書謝上：寫信向皇帝道歉。）⊗ **稱掌刀筆、管文書的小官為"刀筆吏"，簡稱"刀筆"**。《戰國策・秦策五》："臣少為秦～～。"《史記・汲鄭列傳》："天下謂～～吏不可以為公卿。" ❷ **古代一種錢幣，因形狀如刀而得名**。《荀子・富國》："厚～布之斂以奪之財。"（加重徵收貨幣以掠奪人民的錢財。布：古代錢幣。）❸ **小船**。《詩經・衛風・河廣》："誰謂河廣？曾不容～。" **這個意義後來寫作"舠"**。

1 **刃** rèn ㊣ jan[6] ❶ **刀口，刀鋒**。《荀子・議兵》："莫邪（yé ㊣ je[4]）之長～。"（莫邪：古代傳說中的一種寶劍。）㊁ **刀劍等**。《淮南子・氾論》："鑄金鍛鐵以為兵～。" ❷ **（用刀）殺**。《史記・廉頗藺相如列傳》："左右欲～相如。"

2 **切** qiē ㊣ cit[3] ❶ **用刀切開、切斷**。《禮記・少儀》："牛與羊魚之腥，聶而～之為膾。"《列子・湯問》："西戎獻錕鋙之劍……用之～玉如～泥焉。"（錕鋙：劍名。）❷ **磨**（mó ㊣ mo[4]）。《論衡・量知》："骨曰～，象曰瑳，玉曰琢，石曰磨。～瑳琢磨，乃成寶器。" **雙音詞有"切磋"**。❸ qiè **摩擦，接觸**。《史記・刺客列傳》："此臣之日夜～齒腐心也。"(引) **貼近，接近**。《荀子·勸學》："《詩》、《書》故而不～。"（故：前代的掌故。不切：指不切近現實。）(引) **懇切，深切**。《史記·平津侯主父列傳》："臣聞明主不惡～諫以博觀。"（博：廣泛。）❹ qiè **要領，重點**。孔平仲《續世説·直諫》："憲宗問時所～，登以納諫為對。"(反) **切合，確切**。劉勰《文心雕龍·物色》："故巧言～狀，如印之印泥。"❺ qiè **急，急迫**。《論語·子張》："～問而近思。"辛棄疾《賀新郎·別茂嘉十二弟》："杜鵑聲～。"(引) **激烈**。韓愈《為裴相公讓官表》："旋以論事過～，為宰臣所非。"(反) **嚴酷，苛刻**。《魏書·毛修之傳》："嚴威～法，控勒蜀人。"❻ qiè **按脈**。《史記·扁鵲倉公列傳》："不待～脈望色聽聲寫形，言病之所在。"（不待：不需要。）

2 **刈** yì (粵) ngaai6 ❶ **割**。賈思勰《齊民要術·大豆》："候近地葉有黃落者，速～之。"❷ **鐮刀一類的農具**。《管子·小匡》："挾其槍～耨（nòu (粵) nau6）鎛（bó (粵) bok3），以旦暮從事於田野。"（槍、耨、鎛：都是鋤田去草的工具。）

2 **分** fēn (粵) fan1 ❶ **分開**。《史記·秦始皇本紀》："～天下以為三十六郡。"(引) **區別，分辨**。《論語·微子》："丈人曰：'四體不勤，五穀不～，孰為夫子？'"(引) **一半**。《列子·周穆王》："人生百年，晝夜各～。"㊕ **指春分、秋分**。《左傳·昭公十七年》："日過～而未至。"（至：指夏至。）❷ **分給，分配**。《左傳·莊公十年》："衣食所安，弗敢專也，必以～人。"（衣食所安：衣食一類用來安身的東西。弗：不。專：專有。以：用。）(反) **分享**。揚雄《解嘲》："～人之祿。"❸ **單位名：① 長度單位。十分為一寸。② 土地面積單位。十分為一畝。③ 重量單位。十分為一錢**。❹ fèn (粵) fan6 **名分，職分**。《荀子·正論》："犯～亂理。"（犯：觸犯。）❺ fèn (粵) fan6 **料想**。《漢書·蘇武傳》："自～已死久矣。"❻ fèn (粵) fan6 **情分，關係或感情**。曹植《贈白馬王彪》詩："恩愛苟不虧，在遠～日親。"（苟：假如。虧：指損害。）❼ fèn (粵) fan6 **量詞。份（後起意義）**。賈思勰《齊民要術·笨麴并酒》："看釀多少，皆平分米作三～，一～一炊。"

3 **刊** (栞)kān (粵) hon1 ❶ **砍削**。《左傳·襄公二十五年》："井堙木～。"（水井被堵塞，樹木被砍伐。）《禮記·雜記》："畢用桑，長三尺，～其柄與末。"（畢：捕捉禽獸的長柄網。）(引) **除去，失掉**。徐弘祖《徐霞客遊記·遊黃山日記》："洞南向，正對天都之陰，僧架閣連板於外，而內猶穹然，天趣未盡～也。"❷ **改定（文字）**。杜預《春秋左氏傳序》："其教之所存，文之所害，則～而正之。"[**不刊**] **無可刪改**。揚雄《答劉歆書》："是縣諸日月～～之書也。"❸ **刻石**。班固《封燕然山銘》："乃遂封山～石，昭銘盛德。"(引) **刻版**。《宋史·畢士安傳》："真宗然之，遂命～刻。"

4 **刑** (刑)xíng (粵) jing4 ❶ **刑罰，刑法**。《商君書·去強》："以～去～，國治。"《荀子·成相》："治之經，禮與～。"(引) **懲罰**。《韓非子·有度》："～過不避大臣，賞善不遺匹夫。"❷ **殺**。丘遲《與陳伯之書》："～馬作誓。"❸ **鑄造器物的模子**。《荀子·強國》："～範正，金錫美，工冶巧，火齊得，剖～而莫邪已。"（火齊：火候。莫邪：古代良劍名。）❹ **法式，典範**。《詩經·大雅·蕩》："雖無老成人，尚有典～。"**上述 ❸❹ 後來寫作"型"**。(反) **示範**。《詩經·大雅·思齊》："～于寡妻，至于兄弟。"❺ [**刑名**] ① **即"形名"，指名與實的關係。先秦法家主張循名責實，名實相符的賞，名不符實的罰。後以"刑名之學"指法家的學説。**

《史記・老子韓非列傳》："喜～～法術之學。"② **法律**。《史記・秦始皇本紀》："始定～～，顯陳舊章。"

4 **刓** wán ⑲ jyun4 ❶ **削去或磨損棱角**。屈原《九章・懷沙》："～方以為圜(yuán ⑲ jyun4) 兮，常度未替。"(度：法度。替：廢。)《史記・淮陰侯列傳》："至使人有功當封爵者，印～敝，忍不能予。"(引) **磨鈍**。韓愈《請上尊號表》："堯誅九嬰以定下土，血兵～刃，僅就厥功。"(九嬰：古代神話裏的水火之怪。) (引) **圓形**。《新唐書・李靖傳》："所賜于闐玉帶十三胯，七方六～。" ❷ **削刻(後起意義)**。蘇舜欽《檢書》："器成必～琢。" (引) **殘損**。白居易《與元九書》："於時六義始～矣。"

4 **列** liè ⑲ lit6 ❶ **割，分**。《荀子・大略》："古者～地建國。" **這個意義又寫作"裂"**。❷ **行列，位次**。《左傳・僖公二十二年》："既濟，而未成～。"(已經過了河，還沒有排成行列。)《論語・季氏》："陳力就～。"《史記・屈原賈生列傳》："上官大夫與之同～。" (引) **排列**。《後漢書・劉盆子傳》："公卿皆～坐殿上。" ❸ **眾，各**。《韓非子・五蠹》："求人主之必及仲尼，而以世之凡民皆如～徒，此必不得之數也。"《史記・天官書》："天則有～宿，地則有州域。"

4 **划** huá ⑲ waa1 **撥水前進**。張鎡《崇德道中》詩："破艇爭～忽罷喧，野童村女鬧籬邊。" **參 62 頁"劃"字**。

4 **刖** (跀)yuè ⑲ jyut6 **古代一種把腳砍掉的酷刑**。《韓非子・和氏》："王以和為誑 (kuáng ⑲ gwong2)，而～其左足。"(和：和氏，人名。誑：欺騙。)

4 **刎** wěn ⑲ man5 **割頸部**。《呂氏春秋・士節》："又退而自～。"《史記・廉頗藺相如列傳》："為～頸之交。" (泛) **割斷**。《韓非子・外儲說右下》："抽刀而～其腳。"

5 **別** bié ⑲ bit6 ❶ **分，分開**。《尚書・禹貢》："禹～九州。" (又) **辨別，區別**。《荀子・君道》："知國之安危臧否 (pǐ ⑲ pei2)，若～白黑。"(臧否：好壞。若：如同。) 范縝《神滅論》："有何～焉？" ❷ **離別，告別**。《世說新語・文學》："身與君～多年，君義言了不長進。" 杜甫《送韓十四江東省覲》詩："此～還須各努力。" ❸ **另，另外**。《史記・高祖本紀》："使沛公、項羽～攻城陽。"(沛公：劉邦。城陽：地名。) **成語有"別開生面"**。

【**注意**】**古代沒有"另"字，"另"的意義都寫成"別"**。

5 **刪** shān ⑲ saan1 ❶ **刪除，除去**。《漢書・律曆志上》："故～其偽辭。" 劉勰《文心雕龍・鎔裁》："善～者，字去而意留。" 韓愈《雪後寄崔二十六丞公》詩："心之紛亂誰能～？" ❷ **節取，節要**。《漢書・藝文志》："今～其要，以備篇籍。"《後漢書・孔奮傳》："奇博通經典，作《春秋左氏～》。"

5 **利** lì ⑲ lei6 ❶ **銳利，鋒利。與"鈍"相對**。《墨子・明鬼下》："勇力強武，堅甲～兵。"《韓非子・難一》："矛之～，於物無不陷也。"(矛銳利，任何東西都可以戳穿。) (引) **言辭鋒利，會說話**。《論衡・物勢》："辯口～舌。" ❷ **利益，好處**。《論語・里仁》："君子喻於義，小人喻於～。"(喻：明白，懂得。)《商君書・算地》："～出於地，則民盡力。" ❸ **順利**。《史記・高祖本紀》："因與俱攻秦軍，戰不～。"(因：於是。俱：一起。) ❹ **利潤**。《史記・越王勾踐世家》："逐什一之～。"(逐：追求。什一：十分之一。)

5 **判** pàn ⑲ pun3 ❶ **分，分開，分離**。《墨子・備穴》："令陶者為月明，長二尺五寸，六圍，中～之，合而施之穴中。" 柳宗元《封建論》："遂～為十二，合為七國。"(遂：於是。十二：指春秋時代十二個諸侯國。）(引) **整體的一半，半個**。《公羊傳・定公八年》："璋～白。" ❷ **區別，分辨**。《莊子・天下》："～天地之美，析萬物之理。"（析：分析。理：道理。）**成語有"判若兩人"**。❸ **評判，判斷（後起意義）**。唐庚《有所歎》詩之二："是非已付漁樵～。"（付：交給。漁樵：漁夫和打柴的人。）(特) **判決，裁決**。柳宗元《段太尉逸事狀》："太尉～狀辭甚巽（xùn 粵 seon3）。"（狀：狀紙，狀子。辭甚巽：言辭很恭順。）(文) **判決書**。柳宗元《段太尉逸事狀》："取～鋪背上，以大杖擊二十。" ❹ **高位兼低職或出任地方官（後起意義）**。《宋史・韓琦傳》："除鎮安武勝軍節度使、司徒兼侍中，～相州。"（除：拜官授職。侍中：官名。相州：地名。）❺ pān 粵 pun3/pun2 **通"拚"。豁出去**。《吳越春秋・勾踐伐吳外傳》："一士～死兮而當百夫。"

5 **刜** fú 粵 fat1 **刀砍**。《左傳・昭公二十六年》："苑子～林雍，斷其足。"

6 **刲** kuī 粵 kwai1 ❶ **刺、割（羊）**。《周易・歸妹》："士～羊。"《國語・楚語下》："必自射牛，～羊，擊豕。" ❷ **割取（土地）**。《戰國策・齊策三》："今又劫趙魏，疏中國，～衞之東野。"

6 **刵** èr 粵 ji6 **古代割耳的刑罰**。《尚書・康誥》："無或劓（yì 粵 ji6）～人。"（劓：古代割去鼻子的刑罰。）

6 **刺** cì 粵 ci3 ❶ **扎，用尖利的東西刺**。《韓非子・外儲說左下》："樹枳（zhǐ 粵 zi2）棘者，成而～人。"（樹：栽種。枳棘：一種多刺的樹。）《史記・李斯列傳》："利劍～之。" ❷ **尖利像針的東西**。陸龜蒙《薔薇》詩："中含芒～欲傷人。" **成語有"芒刺在背"**。❸ **斥責，指責**。《戰國策・齊策一》："能面～寡人之過者，受上賞。" ❹ **刺探**。《漢書・丙吉傳》："馭吏因隨驛騎至公車～取，知虜入雲中、代郡。"（馭吏：掌管車馬的官。驛騎：為朝廷傳達信件的騎者。公車：官署名。雲中、代郡：地名。）❺ **撐。多用於"刺船"，即撐船**。《莊子・漁父》："乃～船而去。"《史記・陳丞相世家》："平恐，乃解衣裸而佐～船。" ❻ **名帖，相當於後來的名片**。《論衡・骨相》："通～倪寬。"（送名帖給倪寬。倪寬：人名。）❼ **[刺促] [刺蹙] 忙碌的樣子**。《世說新語・政事》"山公以器重朝望"注引王隱《晉書》："和嶠～促不得休。" 李白《古風五十九首》之四十："鳳飢不啄粟，所食唯琅玕，焉能與羣雞，～蹙爭一飡（cān 粵 caan1）。"（琅玕：一種像珠子的美石。）

6 **刳** kū 粵 fu1 ❶ **挖空**。《周易・繫辭下》："～木為舟。" ❷ **剖，剖開**。《後漢書・華佗傳》："～破腹背，抽割積聚。"

6 **到** dào 粵 dou3 ❶ **到，到達**。《論語・季氏》："民～于今稱之。"《三國志・吳書・吳主傳》："蒙～，二郡皆服。"（蒙：呂蒙，人名。）《舊唐書・李渤傳》："似投石井中，非～底不止。" (特) **指前往任職，到任**。《世說新語・文學》："王東亭～桓公吏。" ❷ **周到**。《後漢書・諒輔傳》："為民祈福，精誠懇～。" ❸ **顛倒**。《莊子・外物》："草木之～植者過半，而不知其然。"《呂氏春秋・愛類》："公之學去尊，今又王齊王，何其～也？" **這個意義後來寫作"倒"**。

6 **制** zhì 粵 zai3 ❶ **裁製，製作**。《詩經・豳風・東山》："～彼裳衣。"（做那件衣裳。）《孟子・梁惠王上》："可使～梃以撻秦楚之堅甲利兵矣。" (文) **加工**。《戰國策・齊策四》："夫玉生於山，～則破焉。" (引) **寫作**。蔡琰《胡笳十八拍》詩："～茲八拍兮擬俳（pái 粵 paai4）優。"（茲：這。八拍：八曲。擬：模仿。俳優：演戲的人。）**上述 ❶ (引) 又寫作"製"**。❷ **禁**

止，遏制。《尚書・呂刑》："～以刑。"（以：用。）(引) 控制，掌握。《荀子・天論》："從天而頌之，孰與～天命而用之。"（孰與：哪裏比得上。）❸ 規定，制定。《禮記・明堂位》："～禮作樂。"❹ 規章，制度。《左傳・隱公元年》："先王之～，大都不過參國之一。"（參：三。）柳宗元《封建論》："秦～之得，亦以明矣。"❺ 帝王的命令。《史記・秦始皇本紀》："命為～，令為詔。"（詔：帝王的命令。）❻ 規模。范仲淹《岳陽樓記》："增其舊～。"（擴大岳陽樓原有的規模。）❼ 古代長度單位。一丈八尺為一制。《管子・乘馬》："季絹三十三～當一鎰。"（季：下等的。）

6 **刻** kè (粵) hak1 ❶ 刀刻，雕刻。《史記・秦始皇本紀》："～石頌秦德。"成語有"刻舟求劍"。❷ 刻薄，苛刻。柳宗元《封建論》："奸利浚（jùn (粵) zeon3）財，怙（hù (粵) wu6）勢作威，大～于民者。"（奸利：非法取利。浚：搜刮。怙勢：依靠權勢。）❸ 減損，削減。《荀子・禮論》："～生而附死謂之惑。"（削減活人的耗費而增加死人的葬品叫作糊塗。附：增益。）[刻意] ① 約束自己的心意。《莊子・刻意》："～～尚行，離世異俗。"《後漢書・黨錮傳》："夫～～則行不肆。"② 用盡心思。《新唐書・張九齡傳》："必～～修飾。"❹ 計時單位。古時用漏壺計時，一晝夜共一百刻。《漢書・宣帝紀》："燭燿齊宮，十有餘～。"（燿：照亮。）❺ 通"剋"。約定或限定（時間）。《宋史・張浚傳》："～日決戰。"

6 **券** quàn (粵) hyun3 契據。古代刻木為券，分左右兩半，雙方各執其一以為憑證。《戰國策・齊策四》："使吏召諸民當償者，悉來合～。"《管子・輕重乙》："使無～契之責。"（責：債。）(泛) 紙質的憑證、票據（後起意義）。高啓《贈楊滎陽》詩："客中雖無錢，自寫賒酒～。"《金史・食貨志》："今千錢之～僅直數錢。"（直：同"值"。）

7 **剋**（尅、尅）kè (粵) hak1 ❶ 戰勝，攻破。《莊子・讓王》："湯遂與伊尹謀伐桀，～之。"《韓非子・初見秦》："秦戰未嘗不～，攻未嘗不取。"❷ 克制。《後漢書・周澤傳》："奉公～己，矜恤孤羸。"（矜：憐憫。恤：周濟。羸：弱。）❸ 約定或限定（時間）。《後漢書・鍾離意傳》："與～期俱至，無或違者。"（俱：一起。無或：沒有人。違：違背。）❹ 通"刻"。刀刻，雕刻。《史記・李斯列傳》："更～畫，平斗斛（hú (粵) huk6）、度量、文章。"（更改器物上刻的徽飾，統一升斗、度量的制度和書奏文牘的格式。）❺ 通"刻"。苛刻。《宋書・朱脩之傳》："然性儉～，少恩情。"

7 **剌** là (粵) laat6 違背。司馬遷《報任安書》："今少卿乃教以推賢進士，無乃與僕私心～謬乎。"《漢書・杜欽傳》："外戚親屬無乖～之心。"（乖：違背。）

7 **剄** jǐng (粵) ging2 用刀割脖子。《左傳・定公十四年》："遂自～也。"《史記・孫子吳起列傳》："龐涓自知智窮兵敗，乃自～。"（龐涓：人名。）

7 **削** xuē (粵) soek3 ❶ 書刀，古時用來削除寫在木簡或竹簡上錯字的小刀。《周禮・考工記・築氏》："築氏為～，長尺，博寸。"（博：寬。）(引) 用刀削。《墨子・魯問》："公輸子～竹木以為鵲。"（鵲：鵲。）(引) 刪削。《後漢書・皇后紀上》："自撰《顯宗起居注》，～去兄防參醫藥事。"（防：馬防，人名。）❷ 削減，削弱。《漢書・文三王傳》："～梁王五縣。"《韓非子・十過》："內不量力，外恃諸侯，則～國之患也。"（恃：依靠。）(又) 分割土地。《戰國策・齊策一》："夫齊～地而封田嬰。"（田嬰：人名。）❸ qiào (粵) ciu3 通"鞘"。刀劍套。《漢書・貨殖列傳》："質氏以洒（xǐ 粵 sai^{2}）～而鼎食。”（洒：洗。）

7 **則** zé 粵 zak^{1} ❶ **準則，法則**。屈原《離騷》：“願依彭咸之遺～。”（彭咸：人名。）《漢書・賈誼傳》：“合散消息，安有常～？”**成語有“以身作則”**。又 **效法**。《史記・周本紀》：“遵后稷、公劉之業，～古公、公季之法。”（后稷、公劉、古公、公季：都是人名。）❷ **副詞。表示肯定，相當於乃，就是**。范仲淹《岳陽樓記》：“此～岳陽樓之大觀也。”（大觀：氣勢壯闊的景象。）❸ **連詞。表示因果，相當於現代漢語的“就”、“便”、“那麼”**。《論語・述而》：“用之～行，捨之～藏。”❹ **連詞。用在對比句中**。《荀子・正論》：“內～百姓疾之，外～諸侯叛之。”❺ **連詞。表示假設，相當於現代漢語的“假若”**。《史記・高祖本紀》：“今～來，沛公恐不得有此。”❻ **副詞。立即**。《漢書・婁敬傳》：“周王數百年，秦二世～亡，不如都周。”（都周：在周的都城建都。）

7 **剎** （刹）chà 粵 saat^{3} ❶ **梵語。土地，世界**。杜牧《題孫逸人山居》詩：“塵～無應免別離。”❷ **佛塔**。張喬《興善寺貝多樹》詩：“勢隨雙～直，寒出四牆遙。”又 **佛寺**。許渾《僧院影堂》詩：“僧～殘燈壁半斜。”❸ **“剎那”的省稱。短時間**。沈約《千佛頌》：“一～靡停，三念齊往。”**[剎那] 梵語音譯。極短時間**。白居易《和夢遊春》：“歡榮～～促。”

7 **剉** cuò 粵 co^{3} ❶ **折損**。《呂氏春秋・必己》：“廉則～。”（刀口鋒利就容易折損。廉：鋒利。）**這個意義又寫作“挫”**。❷ **磋磨東西**。賈思勰《齊民要術・種穀》：“取馬骨，～一石，以水三石煮之。”（石：容量單位。）❸ **通“莝”。鍘碎**。《世說新語・賢媛》：“～諸薦以為馬草。”（薦：草墊。）

7 **前** qián 粵 cin^{4} ❶ **向前，前進**。《戰國策・齊策四》：“齊宣王見顏斶，曰：‘斶～！’斶亦曰：‘王～！’”（顏斶：人名。）《史記・魏其武安侯列傳》：“及出壁門，莫敢～。”（及：到。壁：營壘。）**成語有“勇往直前”**。引 **導引**。《儀禮・士虞禮》：“祝～尸出戶，踊如初。”❷ **方位在正面的、前面的。與“後”相對**。《論語・子罕》：“瞻之在～，忽焉在後。”辛棄疾《清平樂・獨宿博山王氏菴》：“眼～萬里江山。”❸ **時間在先前的、過去的。與“後”相對**。《商君書・更法》：“～世不同教，何古之法？”（法：效法。）❹ **預先**。《禮記・中庸》：“事～定則不困。”

8 **剒** cuò 粵 cok^{3} ❶ **把犀角雕刻成器物**。《爾雅・釋器》：“犀謂之～。”周邦彥《汴都賦》：“～犀劅（duó 粵 dok^{6}）玉。”（劅：治。）❷ zhuó 粵 zoek^{3} **通“斮”。斬，割**。《北齊書・齊紀總論》：“刳（kū 粵 fu^{1}）～被於忠良，祿位加於犬馬。”（刳：挖空腹。被：施加。）

8 **剚** （倳）zì 粵 zi^{3} **插入，刺**。丘遲《與陳伯之書》：“張繡～刃於愛子。”

8 **剞** jī 粵 gei^{1} ❶ **[剞劂（jué 粵 kyut^{3}）]** ① **雕刻用的刀**。《楚辭・哀時命》：“握～～而不用兮，操規榘而無所施。”② **雕版**。韓愈《送文暢師北遊》：“先生閟（bì 粵 bei^{3}）窮巷，未得窺～～。”❷ **搶奪**。左思《吳都賦》：“劫～熊羆之室，剽掠虎豹之落。”

8 **剗** chǎn 粵 caan^{2} ❶ **鏟子**。賈思勰《齊民要術・耕田》引《纂文》：“～柄長三尺。”❷ **削去，鏟平**。賈思勰《齊民要術・耕田》：“以～地除草。”**這個意義後來寫作“鏟”**。引 **鏟除，消滅**。《戰國策・齊策一》：“～而類，破吾家。”（而：你。）❸ zhàn 粵 zaan^{6} **通“棧”。在險絕的山上用竹木架成的道路**。《史記・田叔列傳・褚少孫論》：“谷口，蜀～道，近山。”

8 **剕** (跸)fèi (粵) fai6 **古代斷足刑**。《尚書·呂刑》：“～辟 (bì (粵) pik1) 疑赦。”(辟：法，刑法。這句是説，犯了斷足罪而事有可疑的人應予赦免。)

8 **剔** tī (粵) tik1 ❶ **分解骨肉**。《史記·龜策列傳》：“太卜官因以吉日～取其腹下甲。”(太卜官：主管占卜的官。甲：殼。) (引) **挑，剔除**。唐彥謙《無題》詩：“滿園芳草年年恨，～盡燈花夜夜心。” ❷ **疏導**。《淮南子·要略》：“～河而道九岐。” ❸ tì (粵) tai3 **通“剃”**。**剃頭**。司馬遷《報任安書》：“其次～毛髮嬰金鐵受辱。”(嬰：纏繞。金鐵：指鐐銬。)

8 **剛** gāng (粵) gong1 ❶ **堅硬**。《詩經·大雅·烝民》：“柔則茹之，～則吐之。”(茹：吃。) **成語有“以柔克剛”**。(引) **剛強，堅強**。《論語·公冶長》：“吾未見～者。”《世説新語·規箴》：“才拙而性～。” ❷ **強勁，旺盛**。《論語·季氏》：“及其壯也，血氣方～，戒之在鬭。” ❸ **鋼鐵（後起意義）**。《新唐書·元德秀傳》：“穎士若百煉之～，不可屈。” **這個意義後來寫作“鋼”**。❹ **方才，剛才（後起意義）**。蘇軾《花影》詩：“～被太陽收拾去，卻教明月送將來。”(卻：又，再。)

8 **剖** pōu (粵) fau2/pau2 ❶ **破開，分開**。《莊子·逍遙遊》：“魏王貽我大瓠之種，我樹之成，而實五石……～之以為瓢。”柳宗元《封建論》：“～海內而立宗子。” ❷ **辨明，分析**。《北史·裴政傳》：“簿案盈几，～決如流。”(文書案卷堆滿桌子，分析決斷如同流水一般。) **雙音詞有“剖析”**。

8 **剡** yǎn (粵) jim5 ❶ **尖，鋭利**。屈原《九章·橘頌》：“曾枝～棘，圓果摶兮。”(曾枝：指重重疊疊的樹枝。曾：通“層”。棘：刺兒。) (又) **削尖**。《周易·繫辭下》：“弦木為弧，～木為矢。” ❷ **舉起**。《荀子·強國》：“案欲～其脛而以蹈秦之腹。”(案：於是。脛：小腿。蹈：踐踏。) ❸ shàn (粵) sim6 **水名，在今浙江嵊州**。

8 **剟** duō (粵) zyut3 ❶ **削，刪改**。《商君書·定分》：“有敢～定法令，損益一字以上，罪死不赦。” (引) **割取**。《漢書·賈誼傳》：“盜者～寢戶之簾。” ❷ **刺**。《史記·張耳陳餘列傳》：“吏治榜笞數千，刺～，身無可擊者，終不復言。”

8 **剝** bō (粵) bok1/mok1 ❶ **去皮，剝去，剝落**。《詩經·小雅·楚茨》：“或～或亨 (pēng (粵) paang1)。”(有的人剝皮，有的人煮肉。亨：同“烹”。煮。)《晉書·蘇峻傳》：“裸～士女。”(指強扒人衣服。) (引) **去掉表面的東西**。《荀子·強國》：“然而不～脱，不砥厲，則不可以斷繩。”(剝脱：指除去剛剛鑄成的劍上表面粗糙的部分。砥厲：指在磨刀石上磨。) (引) **搜刮，剝削**。元稹《錢貨議狀》：“又以為黎庶之重困，不在於賦税之罔加，患在於～奪之不已。”《梁書·賀琛傳》：“故為吏牧民者，競為～削。” ❷ **脱落**。《莊子·人間世》：“實熟則～。”(實：果實。) ❸ pū (粵) pok3 **通“撲”**。**擊，打**。《詩經·豳風·七月》：“八月～棗，十月穫稻。” ❹ bó (粵) bok3 **通“駁”**。**辯駁**。《後漢書·胡廣傳》：“若事下之後，議者～異，異之則朝失其便，同之則王言已行。”

9 **副** fù (粵) fu3 ❶ **副的。與“正”相對**。《漢書·張騫傳》：“騫即分遣～使使大宛、康居、月氏、大夏。”(使：出使。) (特) **圖籍、文書的副本**。《史記·太史公自序》：“為太史公書……藏之名山，～在京師。” ❷ **相稱，符合**。《後漢書·黃瓊傳》：“陽春之曲，和者必寡，盛名之下，其實難～。”(陽春之曲：古代一種高雅的歌曲。) **成語有“名副其實”**。❸ **幫助**。《素問·疏五過論》：“為萬民～。”(為：

給。）❹ **貴族婦女的頭飾**。《詩經・鄘風・君子偕老》："君子偕老，～笄六珈。"（笄：簪子。六珈：頭飾上玉珠有六。）❺ **量詞**。**套**。《唐會要》卷十七："造兩～供用。" ❻ pì (粵) pik[1] **剖開，剖分**。《禮記・曲禮上》："為天子削瓜者～之。"

9 **剮** guǎ (粵) gwaa[2] **古代一種殘酷的死刑。也叫凌遲，即把犯人的皮肉一塊塊地割下來**。陶宗儀《說郛》卷二九："遂擒禎（chēng (粵) cing[1]），釘於車上，將～之。"（禎：人名。）

10 **剴** kǎi (粵) hoi[2] ❶ **諷喻，以此喻彼**。《周禮・春官・大司樂》"以樂語教國子興道。" 鄭玄注："道讀若導。導者，言古以～今也。"《新唐書・杜如晦傳》："監察御史陳師合上《拔士論》，謂一人不可總數職，陰～諷如晦等。"（監察御史：官名。上：呈上。總：指兼任。陰：暗中。）❷ **中肯，切實**。《新唐書・劉昌裔傳》："為環檄李納，～曉大誼。"（環：人名。）[**剴切**] **切合事理，切實**。《新唐書・魏徵傳》："凡二百餘奏，無不～～當帝心者。"（奏：奏章，奏書。當：符合。）

10 **剩** （賸）shèng (粵) sing[6] ❶ **剩餘，多餘**。《魏書・前廢帝廣陵王紀》："～員非才。" 韓愈《唐故江西觀察使韋公墓誌銘》："公好施與，家無～財。" ❷ **增加，增多**。陳峴《郡圃依綠亭》詩："淨掃莓苔分徑岸，～添桃李結亭臺。" (又) **多多地**。劉克莊《戊辰即事》詩："從此西湖休插柳，～栽桑樹養吳蠶。" ❸ **頗，更加**。岑參《送張祕書》詩："鱸鱠～堪憶，蓴羹殊可餐。" 高適《贈杜二拾遺》詩："聽法還應難，尋經～欲翻。" ❹ **儘管，儘量**。歐陽修《蝶戀花・嘗愛西湖春色早》："憑君～把芳尊倒。" 晏幾道《鷓鴣天・彩袖殷勤捧玉鍾》："今宵～把銀釭照。"

10 **創** （刱、剏）chuāng (粵) cong[1] ❶ **創傷，傷口**。《戰國策・燕策三》："秦王復擊軻，軻被八～。"《後漢書・華佗傳》："四五日～愈。" **成語有"創巨痛深"**。(又) **傷害**。《漢書・薛宣傳》："欲令～咸面目，使不居位。"（咸：人名。）❷ **通"瘡"**。**瘡瘍**。《禮記・雜記下》："首有～則沐。"《論衡・書虛》："吾君背有疽～。"（疽：毒瘡。）**這個意義後來寫作"瘡"**。❸ chuàng (粵) cong[3] **開創，首創**。《孟子・梁惠王下》："君子～業垂統，為可繼也。"《後漢書・黃瓊傳》："～基冰泮（pàn (粵) pun[3]）之上。"（冰泮：喻處境危險。）❹ **懲，懲戒**。《漢書・匈奴傳下》："兵連禍結三十餘年，中國罷（pí (粵) pei[4]）耗，匈奴亦～艾（yì (粵) ngaai[6]）。"（艾：通"乂"。懲戒。）

10 **割** gē (粵) got[3] ❶ **用刀切斷，截下**。《左傳・襄公三十一年》："猶未能操刀而使～也。" 陸游《初夏幽居》詩："雨霽（jì (粵) zai[3]）郊原～麥忙。"（雨霽：雨停天晴。）(特) **切肉，宰割**。《論語・陽貨》："～雞焉用牛刀。"《韓非子・說疑》："～烹、芻（chú (粵) co[1]）牧、飯牛之事。"（烹：指烹調。芻牧：放牧。飯牛：餵牛。）❷ **分割，劃分**。《史記・項羽本紀》："～鴻溝以西者為漢，鴻溝而東者為楚。"《漢書・賈誼傳》："～而為四。" (又) **割去，割取**。《世說新語・黜免》："應～近情，以存遠計。"《史記・李斯列傳》："～膏腴之壤。"（割取肥沃的土地。）

11 **剺** lí (粵) lei[4] **割，劃破**。揚雄《長楊賦》："分～單于，磔（zhé (粵) zaak[3]）裂屬國。" [**剺面**] **古代西北一些民族用割面流血表示忠誠或哀痛的風俗**。杜甫《哀王孫》詩："花門～～請雪恥。"《新唐書・回鶻傳》："可汗死……（寧國公主）～～哭。"

11 **剸** tuán (粵) tyun[4] ❶ **割斷，截斷**。《禮記・文王世子》："其刑罪，則纖～。"《淮南子・脩務》："水斷龍舟，陸～犀甲。" ❷ **裁決，治理**。楊侃《皇畿賦》：“發伏禁姦，親～繁劇。”❸ zhuān (粵) zyun1 **通“專”。專擅。**《荀子・榮辱》：“信而不見敬者，好～行也。”⊗ **專一。**《漢書・蕭何傳》：“上以此～屬任何關中事。”

11 **剽** piāo (粵) piu3 ❶ **搶劫。**《漢書・賈誼傳》：“～吏而奪之金。”（搶劫官吏而奪取他的錢。）(引) **剽竊，抄襲。**韓愈《南陽樊紹述墓誌銘》：“惟古於詞必己出，降而不能乃～賊。”❷ **動作輕捷。**《周禮・考工記・弓人》：“則其為獸必～。”《漢書・陳湯傳》：“其人～悍。”（悍：勇敢。）❸ **削除。**《後漢書・賈復傳》：“乃與高密侯鄧禹並～甲兵，敦儒學。”（高密侯：爵號。並：一起。甲兵：指軍隊。）⊗ **分割。**《史記・西南夷列傳論》：“西夷後揃，～分二方，卒為七郡。”❹［剽剝］① **攻擊，批駁。**李翱《祭吏部韓侍郎文》：“氣萎體敗，～～不讓。”② **擊殺。**司馬光《涑水記聞》卷十一：“平乘馬即入賊軍中，從者不得入，皆見～～。”（平：人名。）❺ biǎo (粵) biu2 **末梢。**《荀子・賦》：“長其尾而銳其～者邪。”（長其尾：指線。銳其剽：指針。銳：尖銳。）

11 **剿** （勦、劋）jiǎo (粵) ziu2 ❶ **消滅。**《尚書・甘誓》：“天用～絕其命。”（用：因而。）《後漢書・竇憲傳》：“鑠王師兮征荒裔，～凶虐兮截海外。”❷ **勞。**《左傳・宣公十二年》：“無及於鄭而～民。”❸ chāo (粵) caau1 **抄襲。**《禮記・曲禮上》：“毋～說，毋雷同。”［剿襲］**套用竊取別人的文章或言論以為己說。**《紅樓夢》二一回：“無端弄筆是何人，～～《南華》莊子文。”

12 **劂** jué (粵) kyut3 ［剞（jī (粵) gei1）劂］**見59頁“剞”字。**

12 **劃** huà (粵) waak6 ❶ huá **割開，分開。**孟浩然《行出東山望漢川》詩：“萬壑歸於漢，千峯～彼蒼。”❷ **劃分。**《顏氏家訓・歸心》：“九州未～，列國未分。”❸ **忽然（後起意義）。**韓愈《調張籍》詩：“垠崖～崩豁，乾坤擺雷硠。”❹［劃然］① **忽然，突然。**韓愈《聽穎師彈琴》詩：“～～變軒昂，勇士赴敵場。”② **象聲詞。**蘇軾《後赤壁賦》：“～～長嘯，草木震動，山鳴谷應，風起水涌。”【注意】**在古代，“划”和“劃”是兩個字，意義各不相同。“割開”、“分開”的意義不寫作“划”。**

13 **劌** guì (粵) gwai3 **刺傷，劃傷。**《老子・五十八章》：“廉而不～。”（有棱角但不至於把人劃傷。廉：側邊。）**也用於人名。春秋時有曹劌（見《左傳・莊公十年》）。**

13 **劇** jù (粵) kek6 ❶ **厲害，嚴重。**《荀子・非十二子》：“猶然而材～志大，聞見雜博。”《漢書・趙充國傳》：“即疾～，留屯毋行。”（屯：駐紮。毋：不。）❷ **複雜，繁難。與“易”相對。**《三國志・吳書・呂蒙傳》：“子明少時，孤謂不辭～易，果敢有膽而已。”（子明：呂蒙。孤：我，孫權自稱。）《商君書・算地》：“事～而功寡。”（寡：少。）❸ **嬉戲。**李白《長干行》之一：“妾髮初覆額，折花門前～。”❹ **戲劇（後起意義）。**杜牧《西江懷古》詩：“魏帝縫囊真戲～。”

13 **劉** liú (粵) lau4 ❶ **殺，戮。**《左傳・成公十三年》：“虔～我邊陲。”（虔：殺。邊陲：指邊疆的人民。）❷ **斧鉞一類的兵器。**《尚書・顧命》：“一人冕執～。”（冕：指戴着帽子。執：拿着。）❸ **凋殘。**《詩經・大雅・桑柔》：“捋采其～。”（捋：捋取。捋取桑葉後枝葉稀疏。）

14 **劓** yì (粵) ji6 **割掉鼻子，古代的一種刑罰。**《韓非子・內儲說下》：“王怒曰：‘～之。’”(引) **割除，削弱。**《尚書・多方》：“～割夏邑。”（夏：夏朝。邑：國家。）

14 **劑** jì 粵 zai1 ❶ **剪斷，割破**。賈誼《新書・諭誠》："豫讓～面而變容。"（豫讓：人名。）引 **齊平**。元稹《和樂天早春見寄》："湖添水～消殘雪，江送潮頭湧漫波。" ❷ **商業交易用的一種契約**。左思《魏都賦》："質～平而交易。"（質：契約的一種。平：平等。）❸ **調和**。《後漢書・劉梁傳》："和如羹焉，酸苦以～其味。" ❹ **藥劑**。《新唐書・吳湊傳》："詔侍醫敦進湯～。" ❺ **量詞。中藥一服為一劑**。《宋書・范曄傳》："為合湯一～，耀疾即損。"（耀：許耀，人名。損：減輕。）

19 **劘** mó 粵 mo4 **通"磨"**。❶ **物體相互摩擦**。《論衡・明雩》："砥石～厲，欲求銛（xiān 粵 cim1）也。"（銛：鋒利。）❷ **切磋，諫諍**。《漢書・賈山傳贊》："賈山自下～上。" ❸ **迫近**。杜甫《壯遊》詩："氣～屈賈壘，目短曹劉牆。"（屈：屈原。賈：賈誼。曹：曹植。劉：劉楨。）

21 **劙** lí 粵 lei4 **分割，分解**。《荀子・強國》："（利劍）剝脫之砥厲之，則～盤盂，刎牛馬，忽然耳。"（忽然：指只在瞬間。）

力部

3 **功** gōng 粵 gung1 ❶ **工作，事情**。《詩經・豳風・七月》："上入執宮～。" ❷ **成績，功效**。《荀子・勸學》："駑馬十駕，～在不舍。"（駑馬：不好的馬。十駕：十天的路程。舍：放棄。）**成語有"事半功倍"**。引 **功業，事業**。《孟子・公孫丑上》："管仲晏子之～，可復許乎？" ❸ **功勞，功勛**。《史記・項羽本紀》："勞苦而～高如此。" ❹ **功能**。《荀子・天論》："以全其天～。"（天功：自然功能。）❺ **精善**。《管子・七法》："器械不～。" ❻ **喪服名。大功喪服期九個月，小功五個月**。

3 **加** jiā 粵 gaa1 ❶ **加在……上面，放上**。《莊子・馬蹄》："夫～之以衡扼（è 粵 ak1/ngak1）。"（之：指馬。衡：車轅上的橫木。扼：通"軛"。駕車時擱在牛馬脖子上的曲木。）引 **施加**。諸葛亮《賞罰》："刑罰知其所～，則邪惡知其所畏。"（知道刑罰如何施加，邪惡的人也就知道害怕甚麼了。）❷ **增加**。《公羊傳・昭公十九年》："樂正子春之視疾也，復～一飯則脫然愈。" ❸ **副詞。更，更加**。《左傳・昭公三年》："其如舊而～敬焉。"《孟子・梁惠王上》："鄰國之民不～少，寡人之民不～多。" ❹ **連詞。加上，加之**。《後漢書・袁術傳》："術兵弱，大將死，眾情離叛。～天旱歲荒，士民凍餒，江淮間相食殆盡。"

4 **劣** liè 粵 lyut3 ❶ **弱小**。曹植《辯道論》："骨體強～，各有人焉。" ❷ **不好**。《論衡・氣壽》："優～異名。" 又 **低下**。《三國志・吳書・陸凱傳》："智慧淺～。" ❸ **副詞。僅，只**。《宋書・劉懷慎傳》："德願善御車，嘗立兩柱，使其中～通車軸，乃於百餘步上，振轡（pèi 粵 bei3）長驅，未至數尺，打牛奔從柱間直過。"（德願：人名。轡：韁繩。）

5 **劫**（刦、刼、刧）jié 粵 gip3 ❶ **強奪，掠取**。《史記・高祖本紀》："今乃與王黃等～掠代地。"《三國志・吳書・吳主傳》："逆臣乘釁，～奪國柄。"（國柄：國家的政權。）❷ **威逼，威脅**。《荀子・王制》："桓公～於魯莊。"《史記・高祖本紀》："因～眾，眾不敢不聽。" ❸ **佛教用語，梵（fàn 粵 faan6）語"劫波"的簡稱。佛經把天地的一成一敗叫一劫，表示一段很長的時間**。李白《短歌行》："蒼穹浩茫茫，萬～太極長。"（蒼穹：蒼天。）

5 **劬** qú 粵 keoi4 **勞苦，勞累**。張衡《歸田賦》："雖日夕而忘～。"［**劬勞**］**勞苦**。《詩經・小雅・蓼莪》："哀哀父母，生我～～。"【辨】劬，勞。見66頁"勞"字。

5 **努** nǔ 粵 nou5 ❶ **奮勉，勉力**。古詩《長歌行》："少壯不～力，老大徒傷悲。" ❷ **凸顯，突出**。唐彥謙《采桑女》詩："春風吹蠶細如蟻，桑芽才～青鴉嘴。"

5 **劭** shào 粵 siu6 ❶ **勸勉，鼓勵**。《漢書・成帝紀》："先帝～農，薄其租稅。"（薄：少收。）(又) **自強**。《三國志・魏書・韓暨傳》："老而益～者也。" ❷ **美好**。潘岳《河陽縣作》詩："誰謂邑宰輕？令名患不～。"（令名：美好的名聲。患：憂慮。）**成語有"年高德劭"**。

6 **劻** kuāng 粵 hong1 **[劻勷 (ráng 粵 joeng4)] 急迫不安的樣子**。韓愈《劉統軍碑》："新師不牢，～～將逋。"（逋：逃亡。）

6 **効** xiào 粵 haau6 **同"效"**。❶ **獻出，盡力**。《孟子・梁惠王下》："～死而民弗去。" ❷ **模仿，效法**。《左傳・宣公九年》："公卿宣淫，民無～焉。" ❸ **考察**。屈原《九章・懷沙》："撫情～志兮，冤屈而自抑。"

6 **劾** hé 粵 hat6 ❶ **判罪**。《史記・淮南衡山列傳》："王怒，故～慶死罪。"（慶：人名。）❷ **揭發罪狀**。《漢書・楚元王傳》："吏～更生鑄偽黃金，繫當死。"（更生：人名。）王安石《上皇帝萬言書》："為在事者所～。"（在事者：當權的人。）**雙音詞有"彈劾"**。❸ **用符咒降服鬼魅**。干寶《搜神記》卷二："能～百鬼眾魅，令自縛見形。"

7 **勃** bó 粵 but6 ❶ **興盛，旺盛**。《後漢書・馮衍傳下》："至湯、武而～興。" 徐弘祖《徐霞客遊記・滇遊日記》："烟氣鬱～。"（鬱：煙氣濃的樣子。）**成語有"生氣勃勃"**。❷ **[勃然]** ① **突然的樣子**。《莊子・天地》："忽然出，～～動。" ② **奮發的樣子**。《顏氏家訓・勉學》："～～奮厲。" ③ **盛怒的樣子**。《孟子・萬章下》："王～～變乎色。" ❸ **指渤海**。《史記・天官書》："故中國山川東北流，其維首在隴、蜀，尾沒於～、碣。" **[勃澥] [勃解] 渤海**。司馬相如《子虛賦》："浮～澥，遊孟諸。"（孟諸：澤名。）揚雄《解嘲》："譬若江湖之雀，～解之鳥。"

7 **勁** jìng 粵 ging3 ❶ **強，堅強有力**。《孫子兵法・軍爭》："～者先，疲者後。" 賈誼《過秦論》："良將～弩，守要害之處。"（弩：一種利用機械力量射箭的弓。）**成語有"疾風知勁草"**。❷ **正直，剛正**。《荀子・儒效》："行法至堅，不以私欲亂所聞；如是，則可謂～士矣。"

7 **勉** miǎn 粵 min5 ❶ **盡力，努力**。《韓非子・外儲說左下》："願子～為寡人治之。"（子：你。）(引) **勉強**。杜甫《法鏡寺》詩："身危適他州，～強終勞苦。" ❷ **鼓勵，使人努力**。《左傳・宣公十二年》："王巡三軍，拊而～之。" 顏延之《陽給事誄》："～慰痍 (yí 粵 ji4) 傷。"（痍：創傷。）❸ **趕快，趕緊**。《呂氏春秋・具備》："子之書甚不善，子～歸矣。"

8 **勑** lài 粵 loi6 ❶ **[勞 (lào 粵 lou6) 勑] 勉勵，慰問**。《淮南子・氾論》"以勞天下之民" 高誘注："勞，讀～～之勞。" **這個意義又寫作"勞來"或"勞倈"**。❷ chì 粵 cik1 **通"敕"。皇帝的命令或詔書**。杜甫《送楊六判官使西蕃》詩："～書憐贊普，兵甲望長安。" ❸ chì 粵 cik1 **通"飭"。整治，整頓**。《尚書・皋陶謨》："天敍有典，～我五典五惇 (dūn 粵 deon1) 哉。"（惇：厚道，誠實。）《周易・噬嗑》："先王以明罰～法。" (引) **命令**。《後漢書・光武帝紀下》："往年已～郡國，異味不得有所獻御。"

8 **勍** qíng 粵 king4 **強，強勁**。《左傳・僖公二十二年》："且今之～者，皆吾敵也。”

9 **勘** kān (粵) ham^{3} ❶ **校訂，核對**。如“**校勘**”、“**勘誤**”。白居易《題詩屏風絕句》：“自書自～不辭勞。”蘇舜欽《送韓三子華還家》詩：“～書春雨靜，煮藥夜火續。”❷ **調查，查問**。《新唐書・徐堅傳》：“詔使者～當，得實輒決。”（輒：就。）(引) **審問**。《舊唐書・來俊臣傳》：“請付來俊臣推～，必獲實情。”❸ (粵) ham^{1} **通“戡”。用武力平定**。王禹偁《建谿處士贈大理評事柳府君墓碣銘》：“有唐以武～亂，以文化人。”

9 **勒** lè (粵) lak^{6} ❶ **帶嚼子的籠頭**。《儀禮・既夕禮》：“纓轡貝～。”(引) **約束**。《後漢書・馬廖傳》：“廖性寬緩，不能教～子孫。”(引) **強制**。《隋書・食貨志》：“於是僑居者各～還本屬。”**雙音詞有“勒令”**。❷ **統率，率領**。《史記・項羽本紀》：“陰以兵法部～賓客及子弟。”柳宗元《封建論》：“～兵而夷之耳。”（夷：平定。）❸ **雕刻**。《禮記・月令》：“物～工名，以考其誠。”陸游《夜泊水村》詩：“腰間羽箭久凋零，太息燕然未～銘。”（凋零：凋殘零落。太息：歎息。燕然：山名。銘：刻在器皿或石頭上記事的文字。）

9 **勔** miǎn (粵) min^{5} **勤勉，勉力**。《後漢書・張衡傳》：“～自強而不息兮。”

9 **勖** (勗)xù (粵) juk^{1} **勉力，勉勵**。《詩經・邶風・燕燕》：“先君之思，以～寡人。”《三國志・吳書・吳主傳》：“以～相我國家。”（相：輔助。）

9 **動** dòng (粵) dung^{6} ❶ **運動，活動，振動**。**與“靜”相對**。《周易・豫》：“天地以順～。”《左傳・襄公二十三年》：“夫鼠晝伏夜～。”李商隱《瑤池》詩：“黃竹歌聲～地哀。”（黃竹：歌名。）(引) **行動**。《孫臏兵法・見威王》：“事備而後～。”（事備：指做好戰爭的準備。）❷ **變動**。《後漢書・班固傳》：“君臣～色，左右相趨。”❸ **感動**。《史記・絳侯周勃世家》：“天子為～，改容式車。”（式車：指靠在車上致敬。）❹ **副詞。動不動，常常**。《漢書・食貨志上》：“又～欲慕古，不度時宜。”（慕：羨慕。度：度量。）**成語有“動輒得咎”**。

9 **務** wù (粵) mou^{6} ❶ **致力，從事**。《荀子・成相》：“～本節用財無極。”（極：窮盡。）賈誼《過秦論》：“～耕織。”(又) **要求得到，追求**。《韓非子・五蠹》：“糟糠不飽者，不～粱肉。”（粱肉：指精美的飯食。粱：當作“粱”。）❷ **事務，事情**。《史記・文帝本紀》：“農，天下之本，～莫大焉。”（本：根本。務莫大焉：事情沒有比它再重要的了。）❸ **副詞。一定，務必**。柳宗元《斷刑論》：“賞～速而後有勸，罰～速而後有懲。”（賞一定要及時，才能起到勉勵的作用；罰一定要及時，才能起到懲治的作用。）❹ wǔ (粵) mou^{5} **通“侮”**。《詩經・小雅・常棣》：“兄弟鬩（xì (粵) jik^{1}）於牆，外禦其～。”（鬩：爭吵。）

10 **勛** (勳)xūn (粵) fan^{1} **功勞**。《左傳・文公八年》：“狐、趙之～不可廢也。”《三國志・魏書・郭嘉傳》：“追思嘉～，實不可忘。”

10 **勝** shèng (粵) sing^{3} ❶ (**舊讀** shēng) (粵) sing^{1} **能承擔，能承受**。《詩經・商頌・玄鳥》：“武王靡不～。”鼂錯《論貴粟疏》：“數石之重，中人弗～。”（石：一百二十斤為一石。中人：指中等體力的人。弗：不。）**成語有“勝任愉快”**。❷ (**舊讀** shēng) (粵) sing^{1} **盡**。《孟子・梁惠王上》：“穀不可～食也。”**成語有“不勝枚舉”**。❸ **勝利。與“負”相對**。《孫子兵法・虛實》：“能因敵變化而取～者，謂之神。”**成語有“百戰百勝”**。(又) **制服，戰勝**。《孟子・告子上》：“仁之～不仁也，猶水之～火。”❹ **勝過，超過**。《潛夫論·巫列》：“妖不～德。”（妖：邪惡。德：指正直。）杜甫《北征》詩：“顏色白～雪。”❺ **興盛，旺盛**。《管子·治國》：“農事～則入粟多。”❻ **優美的**。范仲淹《岳陽樓記》：“予觀夫巴陵～狀，在洞庭一湖。”(又) **優美的山水或古跡**。柳宗元《永州崔中丞萬石亭記》：“見怪石特出，度其下必有殊～。”（度：猜想。）**成語有“引人入勝”，雙音詞有“勝地”、“勝景”**。❼ **婦女的首飾**。《山海經·西山經》：“蓬髮戴～。”**【注意】在古代“胜（xīng (粵) sing^1）”和“勝”是兩個字，上述義項都不寫作“胜”**。

10 **勞** láo (粵) lou^4 ❶ **費力，吃力**。《莊子·天運》：“是猶推舟於陸也，～而無功。”（是猶：這樣就像。）**成語有“一勞永逸”**。(引) **疲勞，勞累**。《左傳·僖公三十二年》：“～師以襲遠，非所聞也。”《漢書·趙充國傳》：“以逸擊～，取勝之道也。”❷ **功勞**。《詩經·大雅·民勞》：“無棄爾～，以為王休。”（不要拋棄你的功勞，因而成就王的美政。）《韓非子·顯學》：“儒俠毋軍～。”（毋：無，沒有。）❸ (粵) lou^6 **慰勞**。《左傳·桓公五年》：“鄭伯使祭足～王。”《史記·文帝本紀》：“帝親自～軍。”**【辨】劬（qú (粵) keoi^4），勞。二字都有勞累的意思，但程度不同，“劬”的程度重一些**。

11 **勣** jì (粵) zik^1 功。劉勰《文心雕龍·封禪》：“勞深～寡，飆燄缺焉。”（飆燄：氣勢雄壯。）

11 **募** mù (粵) mou^6 **廣泛徵求、徵招**。《荀子·王制》：“謹～選閱材伎之士。”柳宗元《捕蛇者說》：“～有能捕之者。”(特) **招兵**。曹操《讓縣自明本志令》：“後還到揚州更～，亦復不過三千人。”

11 **勢** shì (粵) sai^3 ❶ **勢力，權力**。《莊子·漁父》：“上無君侯有司之～，而下無大臣職事之官。”**成語有“勢均力敵”**。(引) **位置，地位**。《韓非子·孤憤》：“處～卑賤。”❷ **勢頭，力量的趨向**。曹操《讓縣自明本志令》：“兵～強盛。”(引) **趨勢**。《荀子·富國》：“百姓之～，待之而後安。”❸ **形勢**。《漢書·鼂錯傳》：“起兵而不知其～。”**成語有“大勢所趨”**。(又) **時機**。《孟子·公孫丑上》：“雖有智慧，不如乘～；雖有鎡基，不如待時。”（鎡基：一種農具。）❹ **樣式，款式**。徐陵《奉和山池》：“樓臺非一～，臨玩自多奇。”(又) **姿勢，姿態**。《詩話總龜·苦吟門》：“（賈島）於驢上吟哦，時時引手作推敲之～。”❺ **男性生殖器**。《晉書·刑法志》：“淫者割其～。”

11 **勤** qín (粵) kan^4 ❶ **辛勞，辛苦。與“逸”相對**。《論語·微子》：“四體不～，五穀不分，孰為夫子？”（孰：誰。）《左傳·僖公三十二年》：“～而無所，必有悖心。”(引) **憂慮，愁苦**。《揚子法言·脩身》：“樂天則不～，知命則不憂。”❷ **努力，盡力。與“惰”相對**。《國語·魯語上》：“夫聖王之制祀也，法施於民則祀之，以死～事則祀之。”《三國志·吳書·吳主傳》：“～求俊傑，將與戮力。”（俊傑：才智出眾的人。戮力：合力。）❸ **為……盡力，幫助**。《左傳·僖公三年》：“齊方～我，棄德不祥。”（齊：齊國。）［**勤王**］① **為王事辛勞**。《晉書·謝安傳》：“夏禹～～，手足胼胝。”② **指以兵力救援王朝**。《後漢書·袁紹傳》：“不聞～～之師，而但擅相討伐。”❹ **窮盡，枯竭**。《文子·上仁》：“力～財盡，有旦無暮。”❺ **急切，殷切**。韓愈《答渝州李使君書》：“欽想所為，益深～企。”❻ **多次，經常**。韓愈《木芙蓉》詩：“願得～來看，無令便逐風。”

11 **勠** lù (粵) luk^6 ［**勠力**］**併力，合力**。《韓非子·存韓》：“昔秦、韓～～一意

以不相侵，天下莫敢犯。”《漢書・高帝紀》：“臣與將軍～～攻秦。”（臣：謙辭，劉邦自稱。）**又寫作“戮力”**。

12 **勩** yì [粵] jai6 **勞，勞苦**。《詩經・小雅・雨無正》：“莫知我～。”柳宗元《唐鐃歌鼓吹曲・靖本邦》：“守臣不任，～於神聖。”

13 **勱** mài [粵] maai6 **勉力，努力**。《尚書・立政》：“其惟吉士，用～相我國家。”

13 **勰** xié [粵] hip3/hip6 **和諧**。陸璉《齊皇太子釋奠》詩：“昭圖～軌，道清萬國。”

17 **勷** ráng [粵] joeng4 [**劻**（kuāng [粵] hong1）**勷**] **見 64 頁“劻”字**。

18 **勸** quàn [粵] hyun3 ❶ **勉勵，獎勵**。《韓非子・難勢》：“無慶賞之～。”（慶賞：賞賜。）[**勸進**] ① **鼓勵，促進**。《漢書・王莽傳中》：“上下同心，～～農業。”曹冏《六代論》：“～～賢能。”② **勸說並促使稱帝。《文選》有劉琨《勸進表》**。[又] **受到鼓勵，勤勉**。《韓非子・顯學》：“夫有功者必賞，則爵祿厚而愈～。”（爵：位。祿：俸祿。愈：更加。）《莊子・徐無鬼》：“庶人有旦暮之業則～。”❷ **勸說，勸導**。《史記・商君列傳》：“～秦王顯巖穴之士，養老存孤。”（顯：尊顯。巖穴之士：指隱居不做官的人。）

勹部

1 **勺** sháo [粵] soek3 ❶ **舀酒水或飲酒的工具**。《周禮・考工記・梓人》：“梓人為飲器，～一升。”《左傳・定公四年》：“～飲不入口七日。”❷ **容量單位。約為一升的百分之一**。《孫子算經》：“十抄為一～，十～為一合。”❸ **形容少量、細微**。王禹偁《酬种放徵君》詩：“行年過半世，功業無圭～。”❹ zoek3 [**勺藥**] **同“芍藥”。一種花。與牡丹相似**。《詩經・鄭風・溱洧》：“贈之以～～。”❺ zhuó [粵] zoek3 **通“酌”。舀取水酒等（液體）**。《漢書・禮樂志》：“～椒漿。”[引] **所舀取的水酒等**。宋玉《招魂》：“瑤漿蜜～。”❻ zhuó [粵] zoek3 **樂舞名**。《禮記・內則》：“學樂，誦詩，舞～。”

2 **勿** wù [粵] mat6 ❶ **別，不要**。《論語・顏淵》：“己所不欲，～施於人。”❷ **不**。《史記・曹相國世家》：“曹參代之，守而～失。”

2 **勾** gōu [粵] ngau1 ❶ **彎曲**。劉楨《鬬雞》詩：“輕舉奮～喙，電擊復還翔。”❷ **用筆打勾，塗去**。韓元吉《跋司馬公倚几銘》：“～注塗改甚多。”❸ **鈎住**。劉向《新序・義勇》：“直兵將推之，曲兵將～之。”[**勾留**] **逗留**。章孝標《上浙東元相》：“雪晴山水～～客。”**又寫作“句留”**。❹ **捕，捉**。《北史・畢義雲傳》：“令普～偽官，專以車輻考掠，所獲甚多。”❺ gòu [粵] gau3 **同“夠”。能夠，足夠**。秦觀《滿園花》詞：“從今後，休道共我，夢見也不能得～。”❻ **不等腰直角三角形中構成直角的較短的邊。見 80 頁“句”字**。

3 **包** bāo [粵] baau1 ❶ **裹**。《詩經・召南・野有死麕》：“野有死麕（jūn [粵] gwan1），白茅～之。”（麕：一種野獸。白茅：一種草。）[引] **包圍，圍繞**。酈道元《水經注・河水》：“河水分流，～山而過。”❷ **包括，包容**。郭璞《江賦》：“總括漢、泗，兼～淮、湘。”（漢、泗、淮、湘：水名。）[又] **囊括**。李斯《諫逐客書》：“～九夷，制鄢、郢。”❸ **量詞**。《後漢書・楊由傳》：“五官掾（yuàn [粵] jyun6）獻橘數～。”（五官掾：官名。）❹ **通“苞”。草木叢生、茂盛**。《尚書・禹貢》：“草木漸～。”❺ páo [粵] paau4 **通“庖”。廚房**。

《周易·姤》："～有魚，無咎，不利賓。"

4 **匈** xiōng [粵] hung¹ ❶ **胸膛**。《漢書·司馬相如傳》："其於～中曾不蔕（dì [粵] dai³）芥。"（蔕芥：同"芥蔕"。指心中有疙瘩。）**這個意義又寫作"胸"**。❷ **[匈匈] 喧鬧或紛擾不安的樣子**。《呂氏春秋·明理》："有螟集其國，其音～～。"《後漢書·竇武傳》："天下～～，正以此故。" ❸ **[匈奴] 我國古代北方民族之一**。《史記·高祖本紀》："～～圍我平城。"

7 **匍** pú [粵] pou⁴ **[匍匐]** ① **在地上爬行**。《孟子·滕文公上》："赤子～～將入井，非赤子之罪也。" ② **趴伏地上**。《禮記·問喪》："孝子親死，悲哀志懣，故～～而哭之。" ③ **盡力**。《詩經·邶風·谷風》："凡民有喪，～～救之。" **這幾個意義又寫作"匍伏"**。

9 **匏** páo [粵] paau⁴ ❶ **匏瓜。即"瓢葫蘆"**。《詩經·邶風·匏有苦葉》："～有苦葉。" ❷ **用匏製成的容器、酒器**。《鹽鐵論·散不足》："庶人器用，即竹柳陶～而已。" **雙音詞有"匏斗"、"匏尊"**。❸ **八音（金、石、土、木、絲、竹、匏、革）之一。管樂器**。《國語·周語下》："～以宣之，瓦以贊之。" **見714頁"音"字**。

9 **匐** fú [粵] fuk⁶ **[匍匐] 見本頁"匍"字**。

匕部

0 **匕** bǐ [粵] bei² ❶ **食器，勺子**。《三國志·蜀書·先主傳》："先主方食，失～箸（zhù [粵] zyu⁶）。"（箸：筷子。）❷ **箭頭**。《左傳·昭公二十六年》："射之，中楯瓦……～入者三寸。"（之：指洩聲子，人名。）❸ **[匕首] 短劍**。《史記·刺客列傳》："曹沫執～～劫齊桓公。" 柳宗元《古東門行》："馮敬胸中函～～。"（函：指插入。）

2 **化** huà [粵] faa³ ❶ **變化，改變**。《莊子·逍遙遊》："北冥有魚，其名為鯤……～而為鳥，其名為鵬。" [引] **消除**。《韓非子·五蠹》："鑽燧取火以～腥臊。" ❷ **造化，大自然的功能**。《素問·五常政大論》："～不可代，時不可違。" ❸ **教化，用教育感化的方法改變人心風俗**。《禮記·學記》："君子如欲～民成俗，其必由學乎？"《論衡·佚文》："無益於國，無補於～。" [又] **風俗，風氣**。《漢書·敍傳下》："敗俗傷～。" ❹ **表示死的一種委婉說法**。陶潛《自祭文》："余今斯～，可以無恨。"（余：我。斯：語氣詞。）

3 **北** běi [粵] bak¹ ❶ bèi [粵] bui³ **相背**。《尚書·舜典》："庶績咸熙，分～三苗。"（庶績咸熙：眾人功績都大。三苗：古部族名。）《戰國策·齊策六》："士無反～之心。" ❷ **北方**。《詩經·邶風·北門》："出自～門，憂心殷殷。"（殷殷：憂傷的樣子。）❸ **打了敗仗往回跑**。《孫子兵法·軍爭》："佯～勿從。"（敵人假裝逃跑，不能追趕。）《史記·項羽本紀》："未嘗敗～。"

匚部

3 **匝** （帀）zā [粵] zaap³ **周，圈**。曹操《短歌行》："月明星稀，烏鵲南飛。繞樹三～，何枝可依？" [引] **環繞**。杜甫《陪鄭廣文遊何將軍山林》詩之三："滋蔓～清池。" [又] **滿，遍**。柳宗元《鈷鉧潭西小丘記》："不～旬而得異地者二。"

3 **匜** yí [粵] ji⁴ **古代洗手時盛水用的器具。古人用匜盛水澆在手上洗手，下面用盤子盛接**。《左傳·僖公二十三年》："奉～沃盥（guàn [粵] gun³）。"（奉：捧着。沃盥：澆水洗手。）

4 **匡** kuāng (粵) hong¹ ❶ **飯器。同"筐"。**《周易・歸妹》："有女承～。"❷ **正，糾正。**《左傳・襄公十四年》："善則賞之，過則～之。"(又) **端正。**《莊子・讓王》："上漏下濕，～坐而弦。"（弦：彈琴。）❸ **輔助。**《國語・晉語九》："今范中行氏之臣，不能～相其君，使至於難。"(又) **救助。**《左傳・成公十八年》："～乏困。"❹ **眼眶。**《史記・淮南衡山列傳》："涕滿～而橫流。"（涕：眼淚。）❺ **彎曲。**《周禮・考工記・輪人》："輪雖敝不～。"（輪：車輪。敝：破。不匡：指輻條不彎曲。）

4 **匠** jiàng (粵) zoeng⁶ **木工。**《莊子・馬蹄》："陶～善治埴木。"（陶：陶工。埴：黏土。）《孟子・梁惠王下》："～人斫而小之。"(泛) **指手工業工人。**《韓非子・定法》："夫～者手巧也，而醫者齊藥也。"（齊：劑，調劑。齊藥：和藥，配藥。）

8 **匪** fěi (粵) fei² ❶ **圓形的盛物竹器。**《周禮・春官・肆師》："共設～甕之禮。"**這個意義後來寫作"篚"。**❷ **非，不是。**《詩經・邶風・柏舟》："我心～石，不可轉也。"［**匪人**］**不是自己親近的人。**《周易・比》："比之～～，不亦傷乎？"(引) **指行為不正的人。**李朝威《柳毅傳》："不幸見辱於～～。"❸ **指示代詞，與"彼"義同。**《詩經・檜風・匪風》："～風發兮，～車偈兮。顧瞻周道，中心怛兮。"（偈：疾驅的樣子。）【**注意**】**古代"匪"字不當"土匪"講。**

9 **匭** guǐ (粵) gwai² ❶ **同"簋"。盛黍稷的器具。**《史記・李斯列傳》："飯土～，啜土鉶（xíng (粵) jing⁴）。"（鉶：古代盛湯的器具。）❷ **匣子，箱子。**《舊唐書・則天皇后紀》："初置～於朝堂，有進書言事者聽投之。"

11 **匯** huì (粵) wui⁶ **河流相會合。**《尚書・禹貢》："東～澤為彭蠡。"韓愈《岳陽樓別竇司直》詩："南～群崖水，北注何奔放。"

12 **匱** kuì (粵) gwai⁶ ❶ guì **櫃子。**《尚書・金縢》："乃納冊于金縢之～中。"**這個意義後來寫作"櫃"。**❷ **缺乏，不足。**《呂氏春秋・長攻》："財～而民恐，悔無及也。"《商君書・算地》："國貧則上～賞。"**雙音詞有"匱乏"。**❸ **通"簣"。盛土的竹筐。**《尚書・旅獒》："為山九仞，功虧一～。"（堆起九仞高的山，只差一筐土，沒有成功。仞：七尺或八尺。）

匸部

2 **匹** pǐ (粵) pat¹ ❶ **量詞。計算布和綢緞的長度單位。古代四丈為一匹。**《戰國策・秦策二》："因以文繡千～，好女百人，遺義渠君。"《漢書・食貨志下》："布帛廣二尺二寸為幅，長四丈為～。"**這個意義又寫作"疋"。**(又) **量詞。測量長度的單位。**酈道元《水經注・清水》："天門山石自空，狀若門焉，廣三丈，高兩～。"❷ **量詞。計算馬驢騾的頭數的單位。**《左傳・莊公十八年》："皆賜玉五瑴，馬三～。"《史記・大宛列傳》："烏孫多馬，其富人至有四五千～馬。"❸ **單獨（一人一馬）。**《公羊傳・僖公三十三年》："～馬隻輪無反者。"陸游《訴衷情・當年萬里覓封侯》："～馬戍梁州。"（戍：防守。梁州：地名。）**成語有"單槍匹馬"。**❹ ［**匹夫**］① **一人。含有輕蔑意味。**《孟子・梁惠王下》："此～～之勇，敵一人者也。"② **平民，老百姓。**《韓非子・有度》："刑過不避大臣，賞善不遺～～。"**成語有"天下興亡，匹夫有責"。**❺ **成雙，成對。**屈原《九章・懷沙》："懷質報情，獨無～兮。"《文子・上德》："神龍不～，猛獸不群。"(引) **配偶。**曹植《贈王粲》詩："中有孤鴛鴦，哀鳴求～儔（chóu

粵 cau^{4}）。"（儔：伴侶。）❻ **同類，同輩。**《詩經・大雅・假樂》："無怨無惡，率由群～。"❼ **力量相當，相等。**《左傳・僖公二十三年》："秦、晉～也。"**雙音詞有"匹敵"。**(引) **比較，相比。**《莊子・逍遙遊》："而彭祖乃今以久特聞，眾人～之，不亦悲乎！"❽ pì 粵 pei^{3} **通"譬"。比如，比方。**白居易《九江春望》詩："此地何妨便終老，～如元是九江人。"

7 **匽** yǎn 粵 jin^{2} ❶ **同"偃"。倒下。**《漢書・王吉傳》："夏則為大暑之所暴炙，冬則為風寒之所～薄。"(引) **止息。**《漢書・天文志》："天下～兵。"❷ yàn 粵 jin^{3} **廁所。**《戰國策・燕策二》："鑄諸侯之象，使侍屏（bìng 粵 bing^{2}）～。"（屏：廁所。）蘇轍《潁州擇勝亭》詩："前炊釜鬵（qín 粵 cam^{4}/cim^{4}），後鑿～溲。"（鬵：大鍋。）(引) **排污水的陰溝。**《周禮・天官・宮人》："為其井～。"

9 **匿** nì 粵 nik^{1} ❶ **隱藏，躲藏。**《孟子・滕文公上》："禽獸逃～。"(引) **隱瞞。**《商君書・墾令》："過舉不～，則官無邪人。"（過舉：錯誤的行為。）《漢書・灌夫傳》："乃～其家，竊出上書。"❷ tè 粵 tik^{1} **同"慝"。邪惡。**《管子・七法》："百～傷上威，姦吏傷官法。"

9 **區** qū 粵 keoi^{1} ❶ **分別，區別。**《論語・子張》："譬諸草木，～以別矣。"《漢書・黃霸傳》："霸具為～處。"（黃霸都分別做了處置。）❷ **區域，地域。**潘岳《藉田賦》："洪鐘越乎～外。"[區夏] **我國古代對中原地區的稱呼。**《尚書・康誥》："用肇造我～～。"❸ **畦，種菜的小地塊。**劉向《說苑・反質》："終日溉韭百～不倦。"❹ [區區] ① **少，小。**賈誼《過秦論》："然秦以～～之地，致萬乘之權。"（致：達到。萬乘：指皇帝。）② **誠摯。**《古詩為焦仲卿妻作》："新婦謂府吏：感君～～懷。"③ **自稱的謙辭。**歸有光《山舍示學者》："則～～與諸君，論此於荒山寂寞之濱，其不為所嗤（chī 粵 ci^{1}）笑者幾希。"（嗤笑：譏笑。幾希：無幾，很少。）❺ ōu 粵 au^{1}/ngau^{1} **古代容量單位。四升為豆，四豆為區。**《左傳・昭公三年》："齊舊四量：豆、～、釜、鍾。"

十部

2 **午** wǔ 粵 ng^{5} ❶ **地支的第七位。見176頁"干"字。**(引) **十二時辰之一，等於現在的中午十一時至一時。**❷ **縱橫交錯。**《儀禮・特牲饋食禮》："～割之。"❸ **通"迕"。相遇。**《荀子・富國》："～其軍，取其將。"❹ **通"迕"。違反，抵觸。**《禮記・哀公問》："～其眾以伐有道。"

2 **升** shēng 粵 sing^{1} ❶ **容量單位。一斗的十分之一。**《莊子・外物》："君豈有斗～之水而活我哉？"賈思勰《齊民要術・種穀》："良地一畝，用子五～。"（良：好。子：種子。）(引) **量器。能夠容納一升的容量。**陶潛《搜神後記》卷十："忽見石窠中有二卵大如～。"❷ **織布時所用線、麻的粗細縷數，以八十縷為一升。**《禮記・雜記上》："朝服十五～。"❸ **上升，登。**《詩經・小雅・天保》："如月之恆，如日之～。"《周易・坎》："天險不可～也。"(引) **升官。**《後漢書・王符傳》："而符獨耿介不同於俗，以此遂不得～進。"（耿介：耿直。）❹ **穀物成熟。**《穀梁傳・襄公二十四年》："五穀不～為大饑。"❺ [升平] **太平。**《三國志・魏書・王朗傳》："蒸庶欣欣，喜遇～～。"（蒸庶：老百姓。欣欣：高興的樣子。）❻ **點燃，生火。**王禎《農書》卷二十："詰旦～香，割雞設醴。"**【辨】升，昇，陞。升斗的"升"只寫作"升"。上升的意義一般寫作"升"。太陽升的意義、**

升平的意義寫作“昇”或“升”。升官的意義本來寫作“升”或“昇”。“陞”字在唐以前罕見，唐朝以後，一般只用於升官的意義。

3 **卉** huì (粵) wai^2 **草的總稱**。《詩經・小雅・四月》：“秋日淒淒，百～具腓。”（腓：病。）

3 **半** bàn (粵) bun^3 ❶ **二分之一，一半**。《莊子・天下》：“一尺之捶，日取其～，萬世不竭。”（捶：通“棰”。短木棍。竭：盡。）**成語有“半壁江山”**。(引) **中，中間**。《世説新語・任誕》：“或回至～路卻返。”**成語有“半途而廢”**。❷ pàn (粵) pun^3 **大塊**。《漢書・李陵傳》：“令軍士人持二升糒（bèi (粵) bei^6），一～冰。”（糒：乾飯。）

6 **協** xié (粵) hip^3/hip^6 **和諧，融洽**。《左傳・僖公二十八年》：“君臣不～。”(引) **協調，合作**。《三國志・蜀書・諸葛亮傳》：“與豫州～規同力。”（規：謀劃。）

6 **卓** zhuó (粵) coek^3 ❶ **高，高超**。《後漢書・祭遵傳》：“～如日月。”《論衡・程材》：“文辭～詭（guǐ (粵) gwai^2）。”（詭：特異。）**又如“卓越”、“卓異”、“卓絕”**。❷ **遠**。《漢書・霍去病傳》：“～行殊遠而糧不絕。”**這個意義又寫作“逴”**。❸ zhuō (粵) zoek^3/coek^3 **几案，桌子（後起意義）**。徐積《謝周裕之》詩：“兩～合八尺，一爐暖雙趾。”**這個意義後來寫作“桌”**。

6 **卑** bēi (粵) bei^1 ❶ **低下，卑賤**。《禮記・中庸》：“譬如登高必自～。”諸葛亮《出師表》：“先帝不以臣～鄙，猥自枉屈，三顧臣于草廬之中。”（先帝：指劉備。鄙：見識短淺。）(引) **貶低**。《韓非子・有度》：“～主之名以顯其身。”（名：名聲。顯：顯示。）《左傳・僖公二十三年》：“秦晉匹也，何以～我？”❷ **地勢低**。《史記・屈原賈生列傳》：“賈生既辭往行，聞長沙～濕。”❸ **衰微，衰弱**。《國語・周語上》：“王室其將～乎。”《史記・李斯列傳》：“自秦孝公以來，周室～微，諸侯相兼。”（相兼：互相吞併。）❹ bǐ (粵) bei^2 **通“俾”。使**。《荀子・宥坐》：“～民不迷。”

6 **卒** zú (粵) zeot^1 ❶ **步兵**。《孫臏兵法・篡卒》：“兵之勝在於篡～。”（兵：軍隊。篡：選用。）(又) **古代軍隊編制，一百人為卒**。《韓非子・顯學》：“猛將必發於～伍。”（發：產生。伍：古代軍隊編制。五人為伍。）❷ **死**。《左傳・僖公十六年》：“公子季友～。”（季友：人名。）❸ **終，完畢，結束**。《論語・子張》：“有始有～者，其惟聖人乎！”《史記・匈奴列傳》：“語～而單于大怒。”(又) **副詞。終於**。《史記・李斯列傳》：“～成帝業。”❹ cù (粵) cyut^3 **通“猝”。突然，倉猝**。《後漢書・仲長統傳》：“軍旅～發。”**【辨】** 兵，卒，士。上古時這三個字意義各不相同。兵一般指武器，可以泛指軍隊；卒是步兵；士是戰鬥時在戰車上的戰士。**【辨】** 崩，薨，卒，死，沒。見164頁“崩”字。

10 **博** bó (粵) bok^3 ❶ **寬廣，廣博**。屈原《離騷》：“思九州之～大兮。”（九州：指天下。）(又) **眾多**。《墨子・非攻下》：“為利人也～矣。”柳宗元《與裴塤書》：“何其優裕者～而局束者寡。”（局束：局促。）**成語有“地大物博”**。❷ **廣泛**。《論語・雍也》：“君子～學於文。”《荀子・天論》：“風雨～施。”(特) **知識淵博，通達**。《韓非子・外儲説左上》：“其學甚～。”**成語有“博古通今”**。❸ **古代一種賭輸贏的遊戲（與棋相仿）**。《史記・游俠列傳》：“劇孟行大類朱家，而好～。”（劇孟、朱家：人名。行：行為。大類：很像。）❹ **換取，討取（後起意義）**。楊萬里《長句寄周舍人子充》詩：“省齋先生太高寒，肯將好官～好山！”

卜部

0 **卜** bǔ (粵) buk1 **占卜。古人根據龜甲被燒後的裂紋來預測凶吉。**《尚書・召誥》："太保朝至于洛，～宅，厥既得～，則經營。"（洛：地名。卜宅：這裏指卜占建都的地方。）**後用其他方法預測凶吉也叫卜。**辛棄疾《祝英臺近・春晚》："試把花～歸期。"（把：用。）(引) **估計，猜測，預料。**嵇康《與山巨源絕交書》："自～已審，若道盡塗窮，則已耳。"柳宗元《答韋中立論師道書》："僕自～固無取。"（無取：指沒有可取的地方。）**【辨】卜，筮，占。古代算卦用龜殼叫"卜"，用蓍草叫"筮"，根據龜殼的裂紋和蓍草的排列預測凶吉叫"占"。**

2 **卝** kuàng (粵) kwong3 **"礦"的古字。**《周禮・地官・卝人》："～人，掌金玉錫石之地。"

2 **卞** biàn (粵) bin6 ❶ **法，法規。**《尚書・顧命》："臨君周邦，率循大～。"（君：統治。率：率領。循：遵循。）❷ **性急。**《左傳・定公三年》："莊公～急而好潔。"（莊公性情急躁但又喜歡清潔。）

3 **占** zhān (粵) zim1 ❶ **用龜甲或蓍（shī (粵) si1）草推算吉凶。**《左傳・僖公十五年》："史蘇～之曰：'不吉。'"（史蘇：人名。）(引) **預測。**龔自珍《送欽差大臣侯官林公序》："漢世五行家以食妖、服妖～天下之變。"（妖：不正常的。）❷ zhàn (粵) zim3 **口授由別人記錄。**《後漢書・袁敞傳》："俊自獄中～獄吏上書自訟（sòng (粵) zung6）。"（俊：張俊。自訟：為自己辯冤。）(引) **隨口成文。多作"口占"。**楊萬里《誠齋荊溪集序》："試令兒輩操筆，予口～數首。"❸ zhàn (粵) zim3 **估計上報。**《漢書・宣帝紀》："流民自～八萬餘口。"❹ zhàn (粵) zim3 **佔有。**《晉書・食貨志》："男子一人，～田七十畝。"**這個意義後來又寫作"佔"。【辨】卜，筮，占。見本頁"卜"字。**

5 **卣** yǒu (粵) jau5 **古代一種酒器，一般是橢圓形，肚大口小，有蓋和提樑。**《尚書・文侯之命》："用賚爾秬（jù (粵) geoi6）鬯（chàng (粵) coeng3）一～。"（賚：賞賜。秬鬯：用黑黍和香草釀的酒。）

6 **卦** guà (粵) gwaa3 **古代占卜用的符號，以陽爻(—)和陰爻(--)相配合而成。基本的有"八卦"，即☰(乾)、☷(坤)、☳(震)、☴(巽)、☵(坎)、☲(離)、☶(艮)、☱(兌)。每卦代表同一屬性的若干事物。八卦相互排列組合為六十四卦。**

卩部

2 **卬** áng (粵) ngong4 ❶ **第一人稱代詞。我。**《詩經・邶風・匏有苦葉》："人涉～否，～須我友。"（涉：過河。須：等待。）❷ **通"昂"。抬起，抬高。**司馬遷《報任安書》："迺欲～首伸眉，論列是非。"（迺：乃。列：陳述。）柳宗元《蝜蝂傳》："～其首負之。"（負：背。）(引) **高，升高。**《漢書・食貨志下》："萬物～貴。"（卬貴：同"昂貴"。）司馬相如《長門賦》："意慷慨而自～。"**[卬卬] 通"昂昂"。氣宇軒昂的樣子。**《詩經・大雅・卷阿》："顒顒～～，如圭如璋。"❸ yǎng (粵) joeng5 **通"仰"。臉朝上。與"俯"相對。**《漢書・灌夫傳》："～視天，俛（fǔ (粵) fu2）畫地。"（俛：同"俯"。臉朝下。）(引) **仰望，敬仰。**《詩經・大雅・雲漢》："瞻～昊天，有嘒其星。"《漢書・刑法志》："夫仁人在上，為下所～。"(又) **仰仗，依賴。**《漢書・原涉傳》："費用皆～富人長者。"

3 **巵** (卮)zhī [粵] zi[1] ❶ **古代盛酒的器皿。**《戰國策・齊策二》："乃左手持～，右手畫蛇。"（乃：就。）❷ **一種植物。**《史記・貨殖列傳》："巴蜀亦沃野，地饒～、薑、丹沙、石、銅、鐵、竹、木之器。"（饒：多。）

3 **卯** mǎo [粵] maau[5] **地支的第四位。**韓愈《毛穎傳》："養萬物有功，因封於～地。"**見 176 頁"干"字。**[又] **十二時辰之一，等於現在的上午五時至七時。**韓愈《賀太陽不虧狀》："自～及巳，當虧不虧。"［**點卯**］［**應卯**］**古代官署辦公從卯時開始，因此後來把點名叫"點卯"，應名叫"應卯"、"畫卯"。**

4 **危** wēi [粵] ngai[4] ❶ **高。**《莊子・盜跖》："使子路去其～冠，解其長劍。"李白《蜀道難》詩："～乎高哉！蜀道之難，難於上青天。"❷ **危險。**《韓非子・十過》："其君之～，猶累卵也。"（累卵：把蛋重疊起來。）[又] **危害。**《荀子・王制》："聚斂者，召寇、肥敵、亡國、～身之道也。"（身：自己。）❸ **正，端正。**范成大《峨眉山行記》："熾炭擁爐～坐。"**成語有"正襟危坐"。**❹ **屋脊。**《史記・魏世家》："上屋騎～。"❺ **"跪"的省文。腳。**《韓非子・外儲說左下》："齊有狗盜之子與刖（yuè [粵] jyut[6]）～子戲而相誇。"（刖：一種砍去腳的刑罰。）【**辨**】危，險。"危"作"危險"講時，含有不穩定或危急的意思，多做形容詞。"險"只是表示地勢險要或道路險阻等，多做名詞。上古表示"危險"的意義時，一般用"危"不用"險"。

5 **即** jí [粵] zik[1] ❶ **走近，靠近。**《詩經・衞風・氓》："來～我謀。"（謀：商量。）柳宗元《童區寄傳》："以縛～爐火燒絕之。"（縛：指捆在手上的繩子。絕：斷。）**成語有"若即若離"、"可望而不可即"。**［**即位**］**就位。指做皇帝或諸侯。**《史記・東越列傳》："吾初～～。"❷ **就在（某時、某地），就（某物）。**《史記・吳王濞列傳》："～山鑄錢，煮海水為鹽。"《漢書・高帝紀上》："項伯許諾，～夜復去。"（許諾：答應。）《漢書・趙充國傳》："召黃門郎揚雄～充國圖畫而頌之。"❸ **副詞。立即，馬上。**《三國志・蜀書・諸葛亮傳》："～遣兵三萬人以助備。"（備：劉備。）❹ **副詞。**① **就是，就要。**《左傳・襄公八年》："民死亡者，非其父兄，～其子弟。"《史記・陳涉世家》："壯士……死～舉大名耳。"② **便，就。**《史記・李將軍列傳》："度不中不發，發～應弦而倒。"❺ **連詞。如果，假如。**《史記・高祖本紀》："蕭相國～死，令誰代之？"❻ **連詞。即使。**《史記・魏公子列傳》："公子～合符，而晉鄙不授公子兵而復請之，事必危矣。"

6 **卸** xiè [粵] se[3] **卸除。**杜甫《王竟攜酒高亦同過共用寒字》詩："自愧無鮭菜，空煩～馬鞍。"**成語有"丟盔卸甲"。**【**注意**】"卸除"的意義在唐以前也可以用"寫"來表達。見 152 頁"寫"字。

6 **卷** juàn [粵] gyun[2] ❶ juǎn **彎曲成圓筒形。**《詩經・邶風・柏舟》："我心匪席，不可～也。"（匪席：不是蓆子。匪：非，不是。）**這個意義後來寫作"捲"。**❷ quán [粵] kyun[4] **彎曲。**《莊子・逍遙遊》："其小枝，～曲而不中規矩。"（規：畫圓形的工具。矩：畫方形的工具。）❸ **古代的書寫在帛或紙上，捲起來收藏，因此書的數量論卷，一部書可以分成多少卷，後代沿用下來指書籍的冊本或篇章。**《論衡・超奇》："通書千篇以上，萬～以下。"葛洪《西京雜記》卷六："作傳百三十～。"[引] **書。**《三國志・吳書・魯肅傳》注引《吳書》："雖在軍陳，手不釋～。"（陳：陣。釋：放下。）

6 **巹** (巹、卺)jǐn [粵] gan[2] **古代婚禮用的酒器，以瓢為之。**《儀禮・士昏禮》："三酳（yìn [粵] jan^{6}）用～。"（酳：食畢用酒漱口。）[合巹] 新婚夫婦喝交杯酒。《禮記・昏義》："～～而酳。"

7 **卼** wù [粵] ngat^{6}［臲（niè [粵] jit^{6}）卼］見521頁"臲"字。

7 **卻** （却）què [粵] koek^{3} ❶ 退。《商君書・農戰》："敵不敢至，雖至必～。"成語有"卻步不前"。[引] 推後，後。《三國志・魏書・武帝紀》："～十五日為汝破紹。"（紹：袁紹。）《北史・杜弼傳》："弼又請先除內賊，～討外寇。"[又] 回，返。歐陽修《減字木蘭花・留春不住》："說似殘春，一老應無～少人。"❷ 推辭，拒絕。《孟子・萬章下》："～之為不恭。"李斯《諫逐客書》："王者不～眾庶。"（眾庶：眾人。）成語有"卻之不恭"。❸ 消除，除去。《太平廣記》卷三八引唐臨《冥報記・王璹》："耳當聾，吾為汝～其中物。"❹ 用在動詞之後表示動作完成。聶夷中《詠田家》："醫得眼前瘡，剜～心頭肉。"❺ 副詞。還，且。表示輕微的轉折。李商隱《夜雨寄北》詩："何當共剪西窗燭，～話巴山夜雨時。"

8 **卿** qīng [粵] hing^{1} ❶ 古代高官名、爵位名。在公之下、大夫之上。《商君書・賞刑》："自～相將軍以至大夫庶人。"[客卿] 對從其他諸侯國來本國做官的人的稱呼。《史記・李斯列傳》："秦王拜斯為～～。"❷ 對人表示尊敬、親熱的稱呼。可用於君對臣、長輩對晚輩、朋友之間，以及夫妻情人之間。《晉書・謝安傳》："～累違朝旨。"（累：屢次。）《古詩為焦仲卿妻作》："我自不驅～，逼迫有阿母。"

厂部

2 **厄** （戹）è [粵] ak^{1} ❶ 窮困，災難。《公羊傳・宣公十五年》："君子見人之～則矜之。"《後漢書・馬融傳》："伏見元年已來，遭值～運。"左思《魏都賦》："能濟其～。"（濟：救。）[又] 遭遇困境，使……遭遇困境。《孟子・盡心下》："君子之～於陳蔡之間，無上下之交也。"《史記・季布欒布列傳》："兩賢豈相～哉！"上述❶[又] 又寫作"阸"、"阨"。❷ 兩邊高峻的狹窄地勢。《孫臏兵法・八陣》："險則多其騎，～則多其弩。"❸ 阻遏，扼制。《史記・太史公自序》："亞夫駐於昌邑，以～齊、趙。"這個意義後來寫作"扼"。❹ [粵] aak^{1}/ngaak^{1} 通"軛"。駕車時套在牲口脖子上的曲木。《詩經・大雅・韓奕》："鞗（tiáo [粵] tiu^{4}）革金～。"（鞗革：用皮革製成的轡頭。）

7 **厖** máng [粵] pong^{4} ❶ 廣大。《漢書・司馬相如傳》："湛恩～洪。"❷ 厚道。屈原《九章・惜往日》："心純～而不泄兮，遭讒人而嫉之。"❸ 雜亂。《尚書・周官》："推賢讓能，庶官乃和，不和政～。"

7 **厚** hòu [粵] hau^{5} ❶ 厚。與"薄"相對。《荀子・勸學》："不臨深谿，不知地之～也。"（谿：山谷。）❷ 重，深。《商君書・修權》："賞～而利，刑重而威必。"杜甫《石筍行》："政化錯迕失大體，坐看傾危受～恩。"[又] 看重。屈原《離騷》："伏清白以死直兮，固前聖之所～。"（伏清白：做清白的事情。以：而。死直：指為正義的事業而死。）❸ 忠厚，厚道。《論語・學而》："慎終追遠，民德歸～矣。"《史記・絳侯周勃世家》："勃為人木強敦～。"（木強：性格質直倔強。）❹ 醇厚，味道濃。《韓非子・揚權》："～酒肥肉。"

8 **厝** cuò [粵] cou^{3} ❶ 放置，安放。賈誼《治安策》："抱火～之積薪之下而寢其上。"（積薪：柴堆。）這個意義又寫作"措"。❷ 葬。潘岳《寡婦賦》："將遷神而安～。"（神：指靈柩。）[引] 把棺材淺埋

等待改葬（後起意義）。歸有光《與沈養吾書》："山妻在殯，便欲權～。"（山妻：指自己的妻子，是一種客套話。殯：停棺待葬。權：暫且。）❸ (粵) cok3 **通"錯"**。**交錯，交叉**。《漢書・地理志下》："是故五方雜～，風俗不純。"

8 **厞** féi (粵) fei6 **屋角隱蔽之處**。《儀禮・士虞禮》："徹設於西北隅；如其設也，几在南，～用席。"（几：几案。）

8 **原** yuán (粵) jyun4 ❶ **水源，源泉**。《左傳・昭公九年》："猶衣服之有冠冕，木水之有本～。"（本：樹根。）(泛) **來源**。《孟子・離婁下》："資之深，則取之左右逢其～。"(引) **事物的開始，起源**。《管子・水地》："地者，萬物之本～。"**這個意義後來寫作"源"**。❷ **追究根源**。《管子・小匡》："～本窮末。"（將事情的本末追究到底。）❸ **原野，寬廣平坦的地方**。屈原《九歌・國殤》："平～忽兮路超遠。"（忽：遼闊渺茫的樣子。超遠：遙遠。）❹ **赦免，原諒**。《後漢書・范冉傳》："詔書特～不理罪。"（理罪：治罪。）《三國志・魏書・張魯傳》："犯法者，三～然後乃行刑。"

10 **厒** kè (粵) hap1 **山旁洞穴**。張衡《南都賦》："潛～洞出。"

10 **厥** jué (粵) kyut3 ❶ **代詞**。**他的，那個**。《尚書・武成》："予小子其承～志。"《詩經・小雅・大田》："俶載南畝，播～百穀。"（俶：開始。）❷ **副詞**。**乃，就**。《史記・太史公自序》："左丘失明，～有《國語》。"（左丘：指左丘明。）❸ **昏厥，暈倒**。《素問・生氣通天論》："使人薄～。"(特) **一種病，冷氣從腳下上升**。《素問・五藏生成篇》："凝於足者為～。"❹ **挖掘**。《山海經・海外北經》："禹～之三仞。"（禹：夏禹。仞：七尺或八尺為一仞。）

12 **厭** yàn (粵) jim3 ❶ **飽**。《韓非子・解老》："服文采，帶利劍，～飲食。"成語有"**貪得無厭**"。❷ **滿足**。《左傳・隱公元年》："姜氏何～之有？"**上述 ❶❷ 又寫作"饜"**。❸ **合於心**。《國語・周語下》："克～帝心。"**又為心服**。《漢書・景帝紀》："諸獄疑，若雖文致於法而於人心不～者，輒讞之。"❹ **討厭，厭惡**。《史記・平津侯主父列傳》："諸公賓客多～之。"(引) **嫌**。曹操《短歌行》："山不～高，海不～深。"❺ yā (粵) aat3/ngaat3 **壓，壓住**。《漢書・五行志下之上》："地震隴西，～四百餘家。"❻ yā (粵) aat3/ngaat3 **壓制，壓抑**。《漢書・翼奉傳》："東～諸侯之權。"⊗ 鎮壓妖邪。《史記・高祖本紀》："秦始皇帝常曰東南有天子氣，于是因東游以～之。"❼ yā (粵) aat3/ngaat3 **堵塞**。《荀子・脩身》："～其源，開其瀆（dú (粵) duk6），江河可竭。"（源：水源。瀆：溝渠。）**上述 ❺❻ ⊗ ❼ 可以寫作"壓"**。❽ yān (粵) jim1 **安靜**。《荀子・王制》："是以～然畜積修飾。"❾ yǎn (粵) jim2 **做噩夢**。《論衡・問孔》："適有卧～不悟者。"（適：恰好。悟：睡醒。）**這個意義後來寫作"魘"**。

13 **厲** lì (粵) lai6 ❶ **磨刀石**。《詩經・大雅・公劉》："涉渭為亂，取～取鍛。"（亂：橫渡。鍛：錘打金屬器具用的砧石。）《史記・高祖功臣侯者年表》："使河如帶，泰山若～。"(引) **磨**。《韓非子・五蠹》："堅甲～兵以備難。"（厲兵：磨利兵器。）**上述 ❶ (引) 後來寫作"礪"**。⊗ **磨煉**。柳宗元《答韋中立論師道書》："參之穀梁氏以～其氣，參之孟、荀以暢其支。"（氣：指文氣。支：指條理。）❷ **勉勵，激勵**。《戰國策・齊策六》："乃～氣循城，立於矢石之所。"《三國志・蜀書・諸葛亮傳》："親秉旄鉞（máo yuè (粵) mou4 jyut6），以～三軍。"（秉：拿着。

旄鉞：指揮軍隊的旗子和兵器。）**這個意義又寫作"勵"**。❸ **嚴肅，嚴厲**。《論語·子張》："望之儼然，即之也温，聽其言也～。"《世説新語·汰侈》："聲色甚～。"**成語有"聲色俱厲"**。❹ **不脱衣服涉水**。《詩經·邶風·匏有苦葉》："深則～，淺則揭。"（揭：提起衣服過河。）❺ **劇烈，猛**。《莊子·齊物論》："～風濟。"（濟：停止。）❻ **禍患，危害**。《詩經·大雅·瞻卬》："降此大～。"❼ **惡鬼（迷信）**。《左傳·成公十年》："晉侯夢大～。"❽ lài 粵 laai^{3} **癩瘡**。《韓非子·姦劫弒臣》："形之苦痛也，必甚於～矣。"**這個意義後來寫作"癩"**。

厶部

2 **厹** qiú 粵 kau^{4} ❶ **三棱矛**。《詩經·秦風·小戎》："～矛鋈錞。"❷ róu 粵 jau^{4} **踩踏**。《爾雅·釋獸》："狸、狐……其足蹯，其跡～。"

3 **去** qù 粵 heoi^{3} ❶ **離開**。《詩經·魏風·碩鼠》："逝將～女，適彼樂土。"《韓非子·外儲説左下》："陽虎～齊走趙。"（走趙：跑到趙國去。）(又) **使離開，趕走**。《漢書·五行志下之上》："夏帝卜殺之，～之。"❷ **死亡，去世**。陶潛《雜詩》之三："日月還復周，我～不再陽。"❸ **除掉，去掉**。《尚書·大禹謨》："任賢勿貳，～邪勿疑。"曹操《讓縣自明本志令》："除殘～穢（huì 粵 wai^{3}）。"（穢：骯髒的東西。）**成語有"去粗取精"**。(引) **捨棄，拋棄**。《孟子·告子下》："是君臣、父子、兄弟終～仁義。"❹ **距，距離**。《韓非子·五蠹》："～門十里以為界。"❺ **剛過去的**。李白《江夏行》："～年下揚州。"(又) **後，以後**。陶潛《遊斜川》詩："未知從今～，當復如此不？"❻ **前往，到……去（後起意義）**。李白《與史郎中欽聽黃鶴樓上吹笛》詩："一為遷客～長沙，西望長安不見家。"❼ **去聲。古代漢語"平、上、去、入"四聲之一**。❽ jǔ 粵 geoi^{2} **通"弆"。收藏**。《左傳·昭公十九年》："紡焉以度而～之。"《漢書·陳遵傳》："主皆藏～以為榮。"**【辨】**去，往。見191頁"往"字。

9 **參** cān 粵 caam^{1} ❶ sān 粵 saam^{1} **配合成三的**。《商君書·賞刑》："此臣所謂～教也。"（參教：指賞、刑、教三事。）(又) **三分**。《左傳·隱公元年》："先王之制，大都不過～國之一。"（大都：指大都邑的城牆。國：指國都的城牆。）［參伍］**三與五，表示錯綜複雜**。《周易·繫辭上》："～～以變，錯綜其數。"(引) **反覆比較檢驗**。《荀子·成相》："～～明謹施賞刑。"（明謹：嚴明、慎重地。）❷ **參加，參與**。《漢書·趙充國傳》："朝每有四夷大議，常與～兵謀。"❸［參乘］**在車右邊陪乘**。《史記·文帝本紀》："乃命宋昌～～。"(又) **在車右邊陪乘的人**。《史記·項羽本紀》："沛公之～～樊噲者也。"（沛公：指劉邦。樊噲：人名。）**又寫作"驂乘"**。❹ **檢驗**。《韓非子·顯學》："無～驗而必之者，愚也。"（必：肯定。）❺ **古代下級見上級叫參**。《戰國策·秦策四》："臣之義不～拜。"**雙音詞有"參見"、"參謁"**。❻ cēn 粵 cam^{1}/caam^{1}［參差（cī 粵 ci^{1}）］**長短不齊的樣子**。《詩經·周南·關雎》："～～荇（xìng 粵 hang^{6}）菜，左右采之。"（荇菜：一種水生植物。）❼ shēn 粵 sam^{1} **星宿名。二十八宿之一**。《詩經·召南·小星》："嘒（huì 粵 wai^{3}）彼小星，維～與昴（mǎo 粵 maau^{5}）。"（嘒：微小的樣子。昴：星宿名。）［參商］**參星和商星。這兩個星宿不同時出現在天空中，因此常用來比喻相隔遙遠不能見面**。曹植《與吳季重書》："面有逸景之速，別有～～之闊。"（面：見面。逸：飛奔。景：

光陰。闊：遠。）❽ shēn (粵) sam^{1} **參類植物的總稱。如人參、丹參、苦參等。【辨】三，參（sān (粵) saam^{1}）。“三”的意義比“參”廣。“參”只用於“配合成三”或“三分”。該用“參”的地方有時可以用“三”，但該用“三”的地方不能用“參”。“三”在古代漢語中有時表示多數，“參”則無此用法。**

13 **毚** qūn (粵) zeon^{3} **狡兔**。劉向《新序・雜事》：“昔者齊有良兔曰東郭～。”李白《留別于十一兄逖裴十三遊塞垣》詩：“鈞周獵秦安黎元，小魚～兔何足言。”

又部

0 **又** yòu (粵) jau^{6} ❶ **再，更，表示重複或繼續**。《左傳・昭公二十五年》：“再三問，不對。歸，……問，～如初。”白居易《賦得古原草送別》詩：“野火燒不盡，春風吹～生。”㊞ **表示意思上更進一層**。《孟子・公孫丑上》：“非徒無益，而～害之。”❷ **用在整數和零數之間**。王禹偁《寄杭州西湖昭慶寺華嚴社主省常上人》：“夢幻吾身是偶然，勞生四十～三年。”

2 **友** yǒu (粵) jau^{5} ❶ **朋友**。《論語・季氏》：“樂多賢～。”《世說新語・德行》：“子非吾～也。”⊗ **交友**。《論語・學而》：“無～不如己者。”❷ **友愛，親近，相好**。《詩經・周南・關雎》：“窈窕淑女，琴瑟～之。”《三國志・蜀書・先主傳》：“而瓚深與先主相～。”（瓚：人名。）

2 **反** fǎn (粵) faan^{2} ❶ **翻轉**。《荀子・非相》：“誅白公，定楚國，如～手爾。”（爾：通“耳”。語氣詞。）❷ **反。與“正”相對**。《莊子・秋水》：“知東西之相～而不可以相無。”⊗ **違反**。《商君書・更法》：“～古者未必可非，循禮者未足多是也。”（非：非難，責備。循：遵守，依照。多：讚美，推重。）❸ **返回**。《孟子・公孫丑下》：“孟子自齊葬於魯，～於齊，止於嬴。”**這個意義後來寫作“返”。**㊞ **歸還**。《左傳・僖公二十三年》：“公子受飧～璧。”（飧：餐。）❹ **回覆**。《世說新語・賢媛》：“～書責侃。”（侃：陶侃，人名。）⊗ **重複**。《論語・述而》：“子與人歌而善，必使～之。”❺ **反叛，造反**。賈誼《治安策》：“十年之間，～者九起。”❻ **反而**。《荀子・王制》：“是強者之所以～弱也。”杜甫《兵車行》：“信知生男惡，～是生女好。”❼ fān (粵) faan^{1} **通“翻”。傾倒**。《後漢書・光武帝紀上》：“～水不收。”⊗ **翻案**。《史記・平準書》：“杜周治之，獄少～者。”（杜周：人名。獄：官司，案件。）❽ fàn (粵) faan^{3} **通“販”。做買賣**。《荀子・儒效》：“積～貨而為商賈（gǔ (粵) gu^{2}）。”（商賈：商人。）❾ (粵) faan^{1} **即反切。我國古代的一種注音方法，用兩個字拼成一個字的音，即用上一字的聲母，和下一字的韻母和聲調相拼。如：“南，那含反（或稱‘那含切’）”，就表示“南”的讀音是 n ＋ án ＝ nán。**

2 **及** jí (粵) kap^{6}/gap^{6} ❶ **趕上，追上**。《左傳・成公二年》：“故不能推車而～。”❷ **到，至**。《荀子・王制》：“自古～今，未嘗聞也。”（未嘗：未曾。）㊞ **涉及，牽扯**。《論語・衞靈公》：“羣居終日，言不～義。”《鹽鐵論・毀學》：“邪行不～於己。”⊗ **參與**。《左傳・襄公四年》：“兩君相見之樂也，臣不敢～。”❸ **趁着**。《左傳・僖公二十二年》：“彼眾我寡，～其未既濟也，請擊之。”（濟：渡河。）❹ **如，比得上**。李白《贈汪倫》詩：“桃花潭水深千尺，不～汪倫送我情。”❺ **和，與**。《詩經・豳風・七月》：“女心傷悲，殆（dài 粵 toi5）～公子同歸。”（殆：只怕。公子：指貴族之子。）《史記・南越列傳》：“稱病，不肯見王～使者。”

6 **取** qǔ 粵 ceoi2 ❶ **割取，捕獲**。《周禮・夏官・大司馬》：“獲者～左耳。”《詩經・豳風・七月》：“～彼狐狸，為公子裘。”❷ **拿，索取。與“捨”相對**。《孟子・告子上》：“二者不可得兼，舍魚而～熊掌者也。”引 **取得，獲得**。《漢書・趙充國傳》：“以逸擊勞，～勝之道也。”❸ **從中取出，提取**。《荀子・勸學》：“青，～之於藍而青於藍。”（青：藍色。藍：一種草本植物，葉子可以提取藍色染料。）引 **選取，採用**。《孟子・離婁下》：“夫尹公之他端人也，其～友必端矣。”李斯《諫逐客書》：“今～人則不然。”（然：這樣，如此。）引 **招致，遭到**。《晏子春秋・內篇雜下》：“寡人反～病焉。”**成語有“咎由自取”**。❹ **攻下，奪取**。《商君書・去強》：“興兵而伐必～，～必能有之。”❺ **娶妻**。《詩經・齊風・南山》：“～妻如之何？必告父母。”《史記・孫子吳起列傳》：“吳起～齊女為妻。”這個意義後來寫作“娶”。❻ **［取次］任意，隨便**。杜甫《送元二適江左》詩：“～～莫論兵。”（兵：指軍事。）❼ qū 粵 ceoi1 **通“趨”**。**快走**。古樂府《孤兒行》：“上高堂，行～殿下堂。”

6 **叔** shū 粵 suk1 ❶ **拾取**。《詩經・豳風・七月》：“九月～苴（jū 粵 zeoi1）。”（苴：麻籽。）❷ **兄弟間排行第三的。古時兄弟多以伯、仲、叔、季排行**。柳宗元《哭連州凌員外司馬》：“仲～繼幽淪。”（二弟和三弟相繼死亡。幽淪：死亡。）❸ **丈夫的弟弟**。《戰國策・秦策一》：“妻不以我為夫，嫂不以我為～。”❹ **叔父（後起意義）**。李密《陳情表》：“既無伯～，終鮮兄弟。”❺ **［叔末］［叔世］末世**。《後漢書・黨錮傳》：“～末澆訛。”《左傳・昭公六年》：“三辟之興，皆～世也。”

6 **受** shòu 粵 sau6 ❶ **接受**。《論語・鄉黨》：“康子饋藥，拜而～之。”《三國志・吳書・吳主傳》：“權辭讓不～。”（權：孫權。）**成語有“受寵若驚”**。引 **承受**。《史記・秦始皇本紀》：“莫不～德，各安其宇。”（宇：居住的地方。）⊗ **容納**。《論衡・命祿》：“器～一升。”❷ **師學，習學**。杜預《春秋經傳集解序》：“左丘明～經於仲尼。”❸ **遭受，遭到**。賈誼《論積貯疏》：“一夫不耕，或～之飢。”（或：有的人。）**雙音詞有“受災”、“受阻”**。❹ **授予，給予**。《韓非子・外儲說左上》：“因能而～官。”（因能：根據才能。）⊗ **傳授**。韓愈《師說》：“師者，所以傳道～業解惑也。”**這個意義後來寫作“授”**。

7 **叟** sǒu 粵 sau2 ❶ **對老年男子的稱呼**。《列子・湯問》：“河曲智～亡以應。”（亡以應：沒法回答。亡：通“無”。）❷ **漢代稱西南一些少數民族**。《華陽國志・南中志》：“夷人大種曰昆，小種曰～。”《後漢書・董卓傳》：“呂布軍有～兵內反。”

9 **曼** màn 粵 maan6 ❶ **長**。《詩經・魯頌・閟宮》：“孔～且碩。”（孔：很。碩：大。）引 **延長**。屈原《九章・哀郢》：“～余目以流觀兮，冀壹反之何時。”❷ **柔美，美麗**。《韓非子・揚權》：“～理皓齒。”（理：皮膚的紋理。皓：潔白。）司馬遷《報任安書》：“今雖欲自雕琢，～辭以自飾，無益，於俗不信，適足取辱耳。”

16 **叢**（**藂、樷**）cóng 粵 cung4 ❶ **聚集**。司馬相如《上林賦》：“攢（cuán 粵 cyun4）立～倚，連卷欐佹。”（攢：聚集。倚：靠。）⊗ **叢生的樹木**。《淮南子・俶真》：“獸走～薄之中。”（薄：叢生的草。）杜甫《秦州雜詩二十首》之九：“～篁低地碧，高柳半天青。”（篁：竹。）

❷ **眾多，繁雜**。柳宗元《永州刺史崔公墓誌》：“政令煩拏 (ná [粵] naa^{4})，貢舉～沓。”(煩拏：紛亂。)

口部

0 **口** kǒu [粵] hau^{2} ❶ **嘴**。《孟子・告子上》：“～之於味，有同耆也。”(耆：嗜。) ❷ **人口**。《孟子・梁惠王上》：“百畝之田，勿奪其時，八～之家可以無飢矣。”《商君書・墾令》：“食～眾者，敗農者也。”(食口眾：不勞而食的人口多。敗：敗壞。) [生口] **活人。指奴隸、俘虜等**。《漢書・李陵傳》：“捕得～～，言李陵教單于為兵以備漢軍。”《三國志・魏書・東夷傳》：“獻男～～四人，女～～六人。” ❸ **出入通過的地方**。陶潛《桃花源記》：“山有小～，髣髴若有光。”柳宗元《小石城山記》：“自西山道～，徑北逾黃茅嶺而下。”(逾：越過。) ❹ **中醫診脈，把離手掌後一寸的手腕經脈部位叫“寸口”，簡稱為“寸”或“口”**。《史記・扁鵲倉公列傳》：“切其脈時，右～氣急。”(切：按。) ❺ **量詞**。《晉書・劉曜載記》：“獻劍一～。”【注意】古代對牲畜動物的計數不用“口”。

2 **可** kě [粵] ho^{2} ❶ **可以**。《尚書・盤庚上》：“若火之燎于原，不～向邇。” [又] **許可，允許**。《論語・先進》：“小子鳴鼓而攻之～也。” ❷ **合宜，適合**。《莊子・天運》：“其味相反，而皆～於口。” ❸ **大約，約計**。《史記・高祖本紀》：“奪其軍，～四千餘人。” ❹ **正，當**。劉禹錫《生公講堂》詩：“一方明月～中庭。” ❺ kè [粵] hak^{1} [可汗 (hán [粵] hon^{4})] **我國古代鮮卑、突厥、回紇等少數民族的君長的稱號**。《木蘭詩》：“昨夜見軍帖，～～大點兵。”《新唐書・突厥傳上》：“至吐門，遂強大，更號～～，猶單于 (chán yú [粵] sin^{4} jyu^{1}) 也。”

2 **叵** (匼)pǒ [粵] po^{2} ❶ **不可，不。“不可”二字的合音**。《三國志・魏書・張邈傳》：“是兒最～信者。”《新唐書・安祿山傳》：“祿山答書慢甚，～可忍。” **成語有“居心叵測”**。❷ **遂，就**。《後漢書・班超傳》：“超欲因此～平諸國，乃上疏請兵。”(平：平定。) ❸ [叵羅] **酒器**。李白《對酒》詩：“蒲萄酒，金～～。”(蒲萄：葡萄。)

2 **右** yòu [粵] jau^{6} ❶ **右邊**。《孫子兵法・虛實》：“備左則～寡，備～則左寡。”(寡：少。) [又] **地理上以西為右**。鍾會《檄蜀文》：“姜伯約屢出隴～。” ❷ **古代尊崇右，故以右為較尊貴的地位**。《新唐書・柳沖傳》：“凡郡上姓第一，則為～姓。” [引] **重視，尊重**。《史記・平津侯主父列傳》：“守成尚文，遭遇～武。”(尚：崇尚。) ❸ **親近，贊助**。《戰國策・魏策二》：“～韓而左魏。”《左傳・襄公十年》：“王～伯輿。”(伯輿：人名。) **贊助的意義又寫作“佑”**。❹ **通“侑”。勸人飲食**。《周禮・春官・大祝》：“以享～祭祀。”

2 **叶** xié [粵] hip^{3}/hip^{6} **和諧，融洽**。《論衡・齊世》：“～和萬國。” [引] **合，共同**。《舊五代史・漢隱帝紀中》：“股肱～謀，爪牙宣力。”(宣：盡。)【注意】“叶”是“協”的古字，古代不當樹葉講。除“叶韻”、“叶句”等少數情況外，一般寫“協”，不寫“叶”。

2 **史** shǐ [粵] si^{2} ❶ **史官。古代負責掌管法典或記錄帝王、諸侯言行和國事的官**。《左傳・昭公十二年》：“是良～也。” [又] **古時官長的屬吏**。《史記・汲鄭列傳》：“擇丞～而任之。” ❷ **歷史書，歷史**。《論語・衛靈公》：“吾猶及～之闕文也。”劉知幾《史通・敘事》：“～之煩蕪。”（煩蕪：煩雜。）

2 **只** zhǐ 粵 zi^2 ❶ **句末語氣詞，表示感歎或決定**。《詩經・鄘風・柏舟》：“母也天～，不諒人～！” ❷ **僅僅，只有**。杜甫《示侄佐》詩：“～想竹林眠。”【辨】衹，祇，袛，秖，秪，只。見570頁“衹”字。

2 **叱** chì 粵 cik^1 ❶ **大聲呵斥**。《禮記・曲禮上》：“尊客之前不～狗。”《三國志・魏書・龐德傳》：“龐德授命～敵。” ❷ **呼喝，呼喊**。《晉書・趙至傳》：“聞父耕～牛聲。” **成語有“叱石成羊”**。［**叱咤**（zhà 粵 zaa^3）］**怒喝**。李白《上雲樂》詩：“～～四海動。” **成語有“叱咤風雲”（形容聲勢威力很大）**。

2 **叩** kòu 粵 kau^3 ❶ **敲打**。《論語・憲問》：“以杖～其脛。”李斯《諫逐客書》：“擊甕～缶（fǒu 粵 fau^2）。”（甕、缶：都是瓦製的樂器。）［**叩頭**］**磕頭**。《漢書・元后傳》：“左右～～爭之。” ❷ **發問，詢問**。《論語・子罕》：“我～其兩端而竭焉。”（兩端：指事物的首尾。）方苞《獄中雜記》：“余～所以。”（所以：為甚麼會這樣。）蒲松齡《聊齋志異・香玉》：“生～生平。” **雙音詞有“叩問”**。❸ **通“扣”**。**拉住，牽住**。《史記・伯夷列傳》：“伯夷叔齊～馬而諫。”

2 **叨** tāo 粵 tou^1 ❶ **貪**。《後漢書・黨錮傳》：“以貪～誅死。”任昉《百辟勸進今上箋》：“匪～天功，實勤濡足。” ❷ **忝**。**用於貶抑或自謙，表示不夠格或受之有愧**。陳子昂《為副大總管蘇將軍謝罪表》：“臣妄以庸才，謬～重任。”王勃《滕王閣賦》：“他日趨庭，～陪鯉對。” ❸ dāo 粵 dou^1 **話多**。**雙音詞有“絮叨”、“嘮叨”**。

2 **句** jù 粵 geoi^3 ❶ gōu 粵 ngau^1 **彎曲**。《禮記・月令》：“～者畢出，萌者盡達。”《史記・天官書》：“鉤雲～曲。”（鉤雲：一種雲。）(又) **勾住**。《左傳・哀公十七年》：“越子為左右～卒。”（越子：人名。句卒：勾住陣腳的部隊。）《史記・天官書》：“其兩旁各有三星，鼎足～之。”（鼎足句之：像鼎足那樣勾住它。）［**句留**］**逗留**。白居易《春題湖上》詩：“未能拋得杭州去，一半～～是此湖。” ❷ gōu 粵 ngau^1 **不等腰直角三角形中構成直角的較短的一邊**。《九章算術》卷九：“今有～三尺股四尺，問為弦幾何。” **上述** ❶ (又) ❷ **後來寫作“勾”**。❸ **句子**。《論衡・效力》：“況乃連～結章，篇至十百哉？”李賀《南園十三首》之六：“尋章摘～老雕蟲。”［**句讀**（dòu 粵 dau^6）］**現在所說的句子和分句末尾的停頓處，古人叫“句”，句中語氣停頓的地方，古人叫“讀”。“句讀”指標點、讀通文章**。韓愈《師說》：“彼童子之師，授之書而習其～～者。”

2 **司** sī 粵 si^1 ❶ **主管，掌管**。《左傳・僖公二十一年》：“實～大皞與有濟之祀。”（大皞、有濟：人名。）《史記・太史公自序》：“命南正重以～天。”（南正：官員。重：人名。天：指天文。）(又) **官員，官吏**。《左傳・桓公十三年》：“訓諸～以德。”［**有司**］**主管相關部門的官吏**。《孟子・梁惠王下》：“～～莫以告。”《三國志・蜀書・諸葛亮傳》：“若有作姦犯科及為忠善者，宜付～～論其刑賞。”（科：法律條文。）❷ **官署**。李商隱《為舉人上翰林蕭侍郎啟》：“圖書之府，鼎鼐（nài 粵 naai^5）之～。”（鼐：大鼎。鼎鼐：這裏指宰相。）(又) **職守，職責**。韓愈《除崔群戶部侍郎制》：“往慎乃～，以服嘉命。” ❸ **觀察**。《山海經・大荒西經》：“～日月之長短。” ❹ sì 粵 zi^6 **通“伺”**。**偵察，探察**。《漢書・灌夫傳》：“太后亦已使人候～。”(又) **守候，等待**。《戰國策・趙策三》：“夫良商不與人爭買賣之賈，而謹～時。”（賈：通“價”。價格。）

2 **召** zhào 粵 ziu[6] ❶ **呼喚，召見**。《漢書·高帝紀上》："願君～諸亡在外者。"（亡：逃亡。）《韓非子·外儲説右上》："楚王急～太子。" ❷ **招致，招引**。《荀子·勸學》："故言有～禍也。" ❸ shào 粵 siu[6] **古地名，周初召公奭的封地**。《詩經》**有"周南"、"召南"**。

2 **台** tái 粵 toi[4] ❶ yí 粵 ji[4] **第一人稱代詞。我，我的**。《尚書·説命上》："朝夕納誨，以輔～德。"（納：進，貢獻。誨：教誨。輔：輔助，輔佐。）❷ yí 粵 ji[4] **何，甚麼**。《尚書·湯誓》："夏罪其如～？"（夏：指夏桀。）班固《典引》："今其如～獨闕也？"（闕：缺。）❸ yí 粵 ji[4] **通"怡"。愉快**。《史記·太史公自序》："唐堯遜位，虞舜不～。"（唐堯、虞舜：都是傳説中的古代帝王。遜位：讓位。）❹ **星名。即"三台"（六顆星）**。《晉書·天文志上》："在人曰三公，在天曰三～。"韋莊《秦婦吟》："妖光暗射～星折。" (引) **對他人的敬稱。古代用"三台"比"三公"（古代最高的官位），因此舊時常用"台"作為對別人的敬稱**。歐陽修《與程文簡公書》："某頓首，伏承～誨。" **雙音詞有"兄台"、"台甫（向別人請問表字時的敬稱）"**。**【辨】臺，台**。本是兩個字。"臺"是土築的高壇，又表示古代官署名，如"樓臺"、"臺省"，古代不寫作"樓台"、"台省"。"台"有兩讀：讀 yí 粵 ji[4] 時有"我"、"何"、"愉快"等意義，讀 tái 粵 toi[4] 時是星宿名。古代"台"都不寫作"臺"。

3 **吉** jí 粵 gat[1] ❶ **吉祥，吉利。與"凶"相對**。《穀梁傳·哀公元年》："卜之不～則如之何？" **成語有"凶多吉少"**。❷ **善，好**。《詩經·唐風·無衣》："不如子之衣，安且～兮。"

3 **吏** lì 粵 lei[6] **官吏。春秋以前，大小官都可以稱為吏。戰國以後一般指低級的官**。《左傳·成公二年》："王使委於三～。"（周王使他屬於三吏管轄。三吏：指三公，即司徒、司馬、司空。）《史記·李斯列傳》："為郡小～。" **熟語有"封疆大吏"**。**【辨】官，吏**。見 145 頁"官"字。

3 **吁** xū 粵 heoi[1] ❶ **歎詞。表示驚疑、驚歎**。《史記·范雎蔡澤列傳》："～！君何見之晚也！"胡銓《戊午上高宗封事》："～，可惜哉！" ❷ **歎息，歎氣**。李白《古風五十九首》之五十六："懷寶空長～。"

3 **吐** tǔ 粵 tou[3] ❶ **（把東西）吐出**。《荀子·賦》："食桑而～絲。"《史記·魯周公世家》："一飯三～哺。" **成語有"揚眉吐氣"**。❷ **説出來，發表**。《漢書·劉向傳》："發明詔，～德音。" **雙音詞有"談吐"**。⊗ **抒發，抒寫**。《文選·左思〈吳都賦〉》："其奏樂也，則木石潤色；其～哀也，則淒風暴興。" ❸ **開放，出現**。岑參《青木香叢》詩："六月花新～，三春葉已長。"梅堯臣《夜行憶山中》詩："低迷薄雲開，心喜淡月～。" ⊗ **生出，發出**。雍陶《和劉補闕秋園寓興》之四："疏篁抽晚筍，幽藥～寒芽。"劉光祖《江城子·梅花》："只有梅花，依舊～幽芳。" ❹ tù **嘔吐**。《魏書·高涼王傳》："子華母房氏，曾就親人飲食，夜還大～。"（子華：人名。）❺ 粵 dat[6] [**吐谷**（yù 粵 juk[6]）**渾**] **我國古代西北部的一個民族。是鮮卑族的一支，曾建立吐谷渾國**。《舊唐書·高祖紀》："丙寅，～～～內附。"

3 **同** tóng 粵 tung[4] ❶ **相同，一樣。與"異"相對**。《論語·衛靈公》："道不～，不相為謀。"《商君書·開塞》："有法不勝其亂，與不法～。"（勝：克服，制服。）**成語有"求同存異"**。⊗ **等同**。元稹《五弦彈》詩："一賢得進勝累百，兩賢得進～周、召。" ❷ **整齊**。《詩經·小雅·車攻》："我馬既～。" ⊗ **隨和，附和**。《論語·子路》："君子和而不

～。”❸ **安定**。《禮記・禮運》：“盜竊亂賊而不作，故外戶而不閉，是謂大～。”(又) **統一**。陸游《示兒》詩：“但悲不見九州～。”❹ **古代諸侯共同朝見天子**。王安石《贈賈魏公神道碑》：“四夷來～。”(又) **共同，一起**。《韓非子・說林上》：“～事之人，不可不審察也。”(又) **偕同，與**。《詩經・豳風・七月》：“～我婦子，饁彼南畝。”**成語有“同舟共濟”**。❺ **聚集**。《詩經・豳風・七月》：“我稼既～，上入執宮功。”❻ **同一個**。《三國志・吳書・吳主傳》：“～船濟水。”（濟：渡，過河。）

3 **吃** chī (粵) hek3/gat1 ❶ **口吃**。《漢書・周昌傳》：“昌為人～。”(又) **行動遲緩的樣子**。孟郊《冬日》詩：“凍馬四蹄～。”❷ qī (粵) hak3 [**吃吃**] **笑聲**。蒲松齡《聊齋志異・嬰寧》：“但聞室中～～，皆嬰寧笑聲。”【注意】**“吃”在古代一般不當“吃東西”講。“吃東西”的意義古代寫作“喫”。**

3 **吒** zhà (粵) zaa1 **發怒時大聲叫嚷**。《楚辭・九思・疾世》：“憂不暇兮寢食，～增歎兮如雷。”(又) **歎息，感歎**。郭璞《游仙詩》之四：“臨川哀年邁，撫心獨悲～。”

3 **向** xiàng (粵) hoeng3 ❶ **朝北的窗戶**。《詩經・豳風・七月》：“塞～墐（jìn (粵) gan6）戶。”（墐：用泥堵塞。）❷ **朝向，向着**。李白《贈崔郎中宗之》詩：“水～天邊流。”(引) **對待，看待**。高適《別韋參軍》詩：“世人～我同眾人，惟君於我最相親。”（惟：只。）❸ **趨向，奔向**。《三國志・吳書・吳主傳》：“是歲，權～合肥新城。”（是歲：這年。）(引) **接近，將近，將要**。陶潛《歲暮和張常侍》：“～夕長風起，寒雲沒西山。”（夕：傍晚。）❹ **從前，往昔**。《莊子・山木》：“～也不怒，而今也怒。”❺ **假使，假如**。柳宗元《三戒・黔之驢》：“～不出其技，虎雖猛，疑畏，卒不敢取。”（卒：終究。）

3 **后** hòu (粵) hau6 ❶ **君主，帝王**。《尚書・說命上》：“惟木從繩則正，～從諫則聖。”《左傳・襄公四年》：“有窮～羿（yì (粵) ngai6）。”（有窮：國名。羿：人名。）❷ **君王的正妻**。《後漢書・郭皇后紀》：“～叔父梁，早終。”（梁：人名。）❸ **通“後”。時間或位置在後的。與“先”或“前”相對**。《墨子・尚賢上》：“敬之譽之，然～國之良士亦將可得而眾也。”（譽：稱頌，讚美。）

3 **合** hé (粵) hap6 ❶ **閉合，合攏。與“開”相對**。《戰國策・燕策二》：“蚌方出曝，而鷸啄其肉，蚌～而拑其喙。”謝靈運《從斤竹澗越嶺溪行》詩：“岩下雲方～。”（方：剛剛。）(引) **符合**。《荀子・性惡》：“～於文理。”❷ **會合**。《論語・憲問》：“桓公九～諸侯，不以兵車，管仲之力也。”(又) **聯合**。《戰國策・韓策三》：“齊楚～，燕趙不敢不聽。”❸ **和諧，和睦**。《詩經・小雅・常棣》：“妻子好～，如鼓琴瑟。”❹ **匹配，配偶**。《詩經・大雅・大明》：“文王初載，天作之～。”❺ **盒子**。賈思勰《齊民要術・種紅藍花梔子》：“作香粉法：唯多著丁香於粉～中，自然芬馥。”白居易《長恨歌》：“惟將舊物表深情，鈿～金釵寄將去。”**這個意義後來寫作“盒”**。❻ **兩軍交鋒**。《左傳・成公二年》：“自始～，而矢貫余手及肘。”《史記・蕭相國世家》：“多者百餘戰，少者數十～。”❼ **全，滿**。《後漢書・陳蕃傳》：“事覺繫獄，～門桎梏。”《舊唐書・陸德明傳》：“～朝賞歎。”❽ **應當（後起意義）**。杜甫《歲晏行》：“好惡不～長相蒙。”（長：長久。蒙：矇騙。）❾ gě (粵) gap3 **容量單位。一升的十分之一**。《漢書・律曆志》：“十～為升，十升為斗。”

3 **名** míng (粵) ming4/meng2 ❶ **名字，名稱**。《莊子・逍遙遊》：“北冥有

魚，其～為鯤。”（冥：海。）《史記·秦始皇本紀》：“立～為皇帝。”（立：創立。）成語有**“名落孫山”**。(又) **命名，稱名**。屈原《離騷》：“～余曰正則兮，字余曰靈均。”❷ **名義，名分**。《左傳·昭公三十二年》：“慎器與～。”《論語·子路》：“必也，正～乎！”(引) **名目，種類**。《孫臏兵法·五名五恭》：“兵有五～。”❸ **名譽，名望**。《莊子·養生主》：“為善無近～，為惡無近刑。”《史記·滑稽列傳》：“西門豹為鄴（yè ㊊ jip[6]）令，～聞天下。”（鄴令：鄴縣縣令。）(引) **有名的，著名的**。《呂氏春秋·季夏》：“令民無不咸出其力，以供皇天上帝，～山大川，四方之神。”劉禹錫《陋室銘》：“山不在高，有仙則～。”❹ **文字**。《儀禮·聘禮》：“不及百～書於方。”❺ **名家，名家學派。春秋戰國時諸子百家之一**。

4 **吞** tūn ㊊ tan[1] ❶ **整個咽下去**。《史記·屈原賈生列傳》：“彼尋常之汙瀆（dú ㊊ duk[6]）兮，豈能容～舟之魚？”（那小小的積水溝，怎能容得下能吞船的大魚？）成語有“狼吞虎咽”。(喻) **忍受着不發作出來**。《後漢書·曹節傳》：“羣公卿士，杜口～聲，莫敢有言。”（杜口：堵住嘴巴，不說話。）成語有**“忍氣吞聲”**。❷ **兼併，吞滅**。《戰國策·西周策》：“兼有～周之意。”《鹽鐵論·輕重》：“其後強～弱，大兼小，并為六國。”（并：合併。）❸ **包含，包容**。司馬相如《子虛賦》：“～若雲夢者八九。”（雲夢：古藪澤名。）范仲淹《岳陽樓記》：“銜遠山，～長江。”❹ **壓倒，超過**。唐彥謙《玉蕊》詩：“秀掩叢蘭色，艷～穠李芳。”

4 **吾** wú ㊊ ng[4] **第一人稱代詞。我(們)，我(們)的**。《論語·為政》：“～十有五而志于學，三十而立，四十而不惑。”《左傳·桓公六年》：“我張～三軍而被～甲兵。”

4 **否** fǒu ㊊ fau[2] ❶ **不然，不是這樣**。《戰國策·魏策四》：“～，非若是也。”（不，不是這個樣子。）❷ **在用肯定、否定式表示選擇的句子裏，表示否定的一方面**。李斯《諫逐客書》：“不問可～，不論曲直。”（曲直：是非。）❸ pǐ ㊊ pei[2] **惡，邪惡**。《史記·秦始皇本紀》：“善～陳前，靡有隱情。”（陳：陳列，指呈現。靡有：沒有。）❹ pǐ ㊊ pei[2] **閉塞不通**。《素問·六元正紀大論》：“地氣騰，天氣～隔。”［**否泰**］**本是《周易》的兩個卦名，天地相交，通順叫“泰”，天地不相交，不通順叫“否”。後來把運氣的好壞稱為“否泰”**。《古詩為焦仲卿妻作》：“～～如天地。”**成語有“否極泰來”**。

4 **吠** fèi ㊊ fai[6] **狗叫**。陶潛《歸園田居》詩之一：“狗～深巷中，雞鳴桑樹巔。”**成語有“狂犬吠日”**。(泛) **動物鳴叫**。蔡琰《悲憤詩》：“豺狼號且～。”

4 **呔** hóng ㊊ wang[4] ❶ ［**噌**（chēng ㊊ cang[1]）**呔**］**見100頁“噌”字**。❷ **同“宏”。大**。《文選·司馬相如〈難蜀父老〉》：“必將崇論～議，創業垂統，為萬世規。”

4 **呀** xiā ㊊ haa[1] ❶ **大空的樣子**。班固《西都賦》：“建金城其萬雉，～周池而成淵。”杜甫《南池》詩：“～然閬城南，枕帶巴江腹。”［**谽**（hān ㊊ ham[1]）**呀**］**大的樣子**。司馬相如《上林賦》：“～～豁閜。”❷ **張口**。柳宗元《永州崔中丞萬石亭記》：“抉其穴，則鼻口相～。”［**呀呀**］**張口的樣子**。李賀《榮華樂》詩：“金蟾～～蘭燭香。”

4 **呈** chéng ㊊ cing[4] ❶ **呈現，顯出**。曹植《洛神賦》：“皓質～露。”《梁書·王筠傳》：“此詩指物～形，無假題署。”❷ **恭敬地送上**。《世說新語·文學》：“庾仲初作《揚都賦》成，以～庾亮。”李白《與韓荊州書》：“繕寫～上。”（繕寫：抄寫。）❸ **通“程”。定量**。《史記・秦始皇本紀》:"日夜有～，不中～不得休息。"

4 **吪** é [粵] ngo^{4} ❶ **行動**。《詩經・王風・兔爰》:"逢此百罹，尚寐無～。" ❷ **感化**。《詩經・豳風・破斧》:"周公東征，四國是～。"

4 **呂** lǚ [粵] leoi^{5} ❶ **脊梁骨**。史游《急救篇》卷三:"尻髖脊膂腰背～。" ❷ **古代音樂十二律中的陰律，有六種，總稱"六呂"**。《漢書・律曆志》:"律十有二。陽六為律，陰六為～。"

4 **听** yǐn [粵] jan^{5} [听然] **張口而笑的樣子**。司馬相如《上林賦》:"亡是公～～而笑。"(亡是公：人名。)

4 **吟** yín [粵] jam^{4} ❶ **歎息**。《戰國策・楚策一》:"書～宵哭。" ❷ **聲調抑揚地唸誦吟詠**。《史記・屈原賈生列傳》:"屈原至於江濱，被髮行～澤畔。"(被：披。) ❸ **一種詩體的名稱**。《三國志・蜀書・諸葛亮傳》:"亮躬耕隴畝，好為梁父～。"**又如《天姥吟》**。[引] **詩歌**。高駢《途次內黃馬病寄僧舍呈諸友人》詩:"好與高陽結～社。"(吟社：詩社。) ❹ **鳴，叫**。李白《曉晴》詩:"鶯～綠樹低。"杜牧《雲》詩:"擁樹隔猿～。" ❺ jìn [粵] gam^{3} **通"噤"。閉口，不作聲**。《史記・淮陰侯列傳》:"雖有舜禹之智，～而不言，不如瘖聾之指麾也。" ❻ [呻吟] **見85頁"呻"字**。

4 **吻** wěn [粵] man^{5} **嘴唇**。《墨子・尚同中》:"使人之～，助己言談。"

4 **吹** chuī [粵] ceoi^{1} ❶ **合攏嘴唇用力出氣**。《韓非子・大體》:"不～毛而求小疵。" [引] **吹奏樂器**。《詩經・小雅・鹿鳴》:"我有嘉賓，鼓瑟～笙。"杜甫《遣興》詩:"高樓夜～笛。" [又] **風吹拂**。陶潛《歸去來兮辭》:"風飄飄而～衣。" ❷ (**舊讀** chuì) [粵] ceoi^{3}/ceoi^{1} **管樂**。陶潛《述酒》詩:"王子愛清～。"(清：指幽雅的。)杜牧《題揚州禪智寺》詩:"誰知竹西路，歌～是揚州。"【**辨**】吹，噓。見99頁"噓"字。

4 **吳** wú [粵] ng^{4} ❶ **周代諸侯國，在今長江下游一帶**。❷ **朝代名(公元222-280年)。三國之一，在長江中下游和東南沿海一帶，第一代君主是孫權**。

4 **吷** xuè [粵] hyut^{3} **小聲**。《莊子・則陽》:"夫吹管也，猶有嗃(xiāo [粵] haau^{1})也；吹劍首者，～而已矣。"(嗃：吹管聲。)韓愈《讀皇甫湜公安園池詩書其後》詩之一:"晉人目二子，其猶吹一～。區區自其下，顧肯挂牙舌。"

4 **吮** shǔn [粵] syun^{5} **聚攏嘴唇而吸、嘬(液體)**。《韓非子・備內》:"醫善～人之傷，含人之血。"李白《蜀道難》詩:"磨牙～血，殺人如麻。"

4 **告** gào [粵] gou^{3} ❶ **告訴**。《莊子・庚桑楚》:"吾固～汝曰。"(固：本來。汝：你。) [又] **報告**。《史記・絳侯周勃世家》:"越人斬吳王頭以～。" ❷ [粵] guk^{1}/gou^{3} **告誡，勸勉**。《論語・顏淵》:"忠～而善道之。" ❸ **請求**。《國語・魯語上》:"國有饑饉，卿出～糴(dí [粵] dek^{6})。"(糴：買糧食。) **雙音詞有"告假"、"告饒"、"告退"**。❹ **告發，控告**。《商君書・開塞》:"賞施於～姦。"(賞給告發奸邪的人。) ❺ **古代官吏休假**。《史記・汲鄭列傳》:"黯多病，病且滿三月，上常賜～者數。"(上：指皇帝。賜：賜予。數：多次。)【**辨**】告，誥，詔。見591頁"誥"字。【**辨**】告，訴。見587頁"訴"字。

4 **含** hán [粵] ham^{4} ❶ **含在嘴裏**。《莊子・馬蹄》:"～哺而熙，鼓腹而遊。"(哺：口裏嚼的食物。熙：通"嬉"。嬉戲。鼓腹：吃飽肚子。) ❷ hàn [粵] ham^{3} **古代給貴族辦喪事時，塞在死人口裏的珠、玉等物**。《左傳・文公五年》:"王使榮叔來

～且賵（fèng 粵 fung3）。”（榮叔：人名。賵：用財物幫助別人辦喪事。）**這個意義又寫作“唅”、“琀”。** ❸ **包含，包容**。《周易・坤》：“～萬物而化光。”杜甫《絕句四首》之三：“窗～西嶺千秋雪。” ❹ **心裏懷着**。《戰國策・秦策一》：“～怒日久。”《後漢書・皇后紀下》：“羣臣～悲，莫敢言。”

4 **吝**（悋）lìn 粵 leon6 ❶ **吝惜，吝嗇**。《論語・泰伯》：“如有周公之才之美，使驕且～，其餘不足觀也已。” ❷ **恥辱**。張衡《應閒》：“得之不休，不獲不～。”（休：善。）

4 **君** jūn 粵 gwan1 ❶ **君主**。《論語・八佾》：“～使臣以禮，臣事～以忠。”《荀子・非相》：“彼後王者，天下之～也。” ❷ **封號。如“商君”、“春申君”。** ❸ **對對方的尊稱，相當於“您”**。《戰國策・齊策四》：“今～有一窟，未得高枕而卧也。”《三國志・魏書・武帝紀》：“能安之者，其在～乎！”（安：安定。其：大概。） ❹ **[君子]** ① **貴族，做官的人**。《孟子・滕文公上》：“無～～莫治野人，無野人莫養～～。” ② **道德高尚的人**。《荀子・致士》：“刑濫則害及～～。”（刑濫：亂用刑罰。）

5 **味** wèi 粵 mei6 ❶ **滋味，味道**。《禮記・大學》：“食而不知其～。” 引 **食物一種叫一味**。《韓非子・外儲説左下》：“食不二～。” ❷ **辨別味道**。《荀子・哀公》：“非口不能～也。” 引 **體會事物的道理**。杜甫《秋日夔府詠懷》：“虛心～道玄。”（道玄：深奧的道理。）**雙音詞有“體味”。**

5 **呿** qū 粵 keoi1 **張口**。《莊子・秋水》：“公孫龍口～而不合，舌舉而不下。”

5 **呵** hē 粵 ho1 ❶ **怒責，大聲呵斥**。《史記・田叔列傳》：“主家皆怪而惡之，莫敢～。”張溥《五人墓碑記》：“厲聲以～。”**這個意義又寫作“訶”。** ❷ **哈氣使暖**。《關尹子・二柱》：“衣搖空得風，氣～物得水。”歐陽修《訴衷情・眉意》：“清晨簾幕卷輕霜，～手試梅妝。”（梅妝：古代貴族婦女的一種妝飾。）又 **[呵護] 愛護，保護**。李商隱《驪山有感》詩：“九龍～～玉蓮房。”**【辨】訶，呵。**見 587 頁“訶”字。

5 **呫** chè 粵 cip3 ❶ **[呫囁（niè 粵 zip3）] 附耳小語**。《史記・魏其武安侯列傳》：“今日長者為壽，乃效女兒～～耳語！” ❷ **[呫呫] 喋喋不休**。柳宗元《讀韓愈所著〈毛穎傳〉後題》：“猶～～然動其喙。”（喙：嘴。）

5 **咀** jǔ 粵 zeoi2 **品味，細嚼**。司馬相如《上林賦》：“～嚼菱藕。”（菱：菱角。）韓愈《進學解》：“沈浸醲郁，含英～華。”

5 **呻** shēn 粵 san1 **誦讀**。《禮記・學記》：“今之教者，～其佔（chān 粵 cim1）畢。”（佔畢：竹簡，指書本。）**[呻吟]** ① **曼聲而吟，誦讀**。《莊子・列禦寇》：“鄭人緩也，～～裘氏之地，衹三年而緩為儒。”（緩：人名。）《論衡・案書》：“劉子政玩弄左氏，童僕妻子，皆～～之。”（左氏：指《左傳》。） ② **病痛時的低哼聲**。《三國志・魏書・華佗傳》：“佗聞其～～，駐車往視。”

5 **呷** xiā 粵 haap3 **吸，飲**。楊衒之《洛陽伽藍記・景寧寺》：“～啜鱒羹，唼嗍蟹黃。”

5 **咒**（呪）zhòu 粵 zau3 ❶ **祝告**。《後漢書・諒輔傳》：“時夏大旱……輔乃自暴中，慷慨～曰。”（暴：曝，曬。） ❷ **詛咒，咒罵**。劉攽《答王升之》詩：“誰作不祥語，詛～甚砭傷。” ❸ **佛教經文的一種**。李白《僧伽歌》：“問言誦～幾千遍。” ❹ **某些宗教或巫術的密語**。《後漢書・皇甫嵩傳》：“符水～説。”（水：咒水，道士唸咒時口中噴出的水。）

5 **咄** duō 粵 zyut3 **歎詞。表示呵叱或輕蔑**。《漢書・東方朔傳》："朔笑之曰：'～！'"（笑：譏笑。）**[咄嗟]** ① **歎詞。表示呵叱悲歎**。李白《金陵歌送別范宣》："扣劍悲吟空～～。" ② **一呼一應的工夫，即一霎時**。《晉書・石崇傳》："崇為客作豆粥，～～便辦。"（便辦：就做成了。）**[咄咄]** **歎詞。表示驚異，驚歎**。《後漢書・嚴光傳》："～～子陵，不可相助為理邪！"（子陵：嚴光。理：指治理國家。）**成語有"咄咄怪事"、"咄咄逼人"**。

5 **咋** zhà 粵 zaa3 ❶ **突然**。《左傳・定公八年》："桓子～謂林楚曰。" ❷ zé 粵 zaa3/zak1 **咬**。干寶《搜神記》卷十九："寄便放犬，犬就嚙～，寄從後斫得數創。"（寄：人名。）❸ zé 粵 zaa3/zak1 **呼叫**。《三國志・蜀書・孟光傳》："每與來敏爭此二義，光常譊譊讙～。"

5 **呱** gū 粵 gu1/waa1 **小兒啼哭聲**。《詩經・大雅・生民》："鳥乃去矣，后稷～矣。" **[呱呱]** **小兒啼哭聲**。《尚書・益稷》："啟～～而泣，予弗子。"

5 **呼** hū 粵 fu1 ❶ **吐氣。與"吸"相對**。《莊子・刻意》："吹呴（xǔ 粵 heoi1）～吸，吐故納新。"（呴：張嘴出氣。）❷ **呼叫，呼號**。《韓非子・顯學》："慈母治之，然猶啼～不止。" 杜甫《北風》詩："三更鳥獸～。" ❸ **呼喚**。《後漢書・華佗傳》："～佗視脈。" (引) **稱舉，稱道**。《荀子・儒效》："～先王以欺愚者而求衣食焉。" (引) **稱呼**。《莊子・天道》："昔者子～我牛也，而謂之牛。"《世說新語・方正》："太傅醉，～王為小子。"

5 **呴** xù 粵 heoi1 ❶ **開口出氣**。《莊子・刻意》："吹～呼吸，吐故納新。"《漢書・王褒傳》："～噓呼吸如僑、松。" ❷ **吐出唾液**。《莊子・天運》："泉涸，魚相與處於陸，相～以濕，相濡以沫，不若相忘於江湖。" ❸ **[呴呴]** **和順的樣子**。《漢書・東方朔傳》："卑身賤體，說色微辭，愉愉～～。" ❹ gòu 粵 gau3 **通"雊"。雉鳴聲**。《淮南子・要略》："族鑄大鐘，撞之庭下，郊雉皆～。" **[呴呴]** **鳥鳴聲**。《楚辭・九思・憫上》："孤雌驚兮鳴～～。" ❺ hǒu 粵 hau3/haau1 **通"吼"**。《楚辭・九懷・蓄英》："熊羆兮～嗥。"

5 **咆** páo 粵 paau4 ❶ **（猛獸）怒吼、咆哮**。《楚辭・招隱士》："虎豹鬬兮熊羆～。" ❷ **[咆烋（xiāo 粵 haau1）]** **驕矜氣盛**。左思《魏都賦》："剋翦方命，吞滅～～。"

5 **咈** fú 粵 fat6 **乖戾，違背**。《尚書・大禹謨》："罔～百姓以從己之欲。"（罔：不要。）

5 **呶** （譊）náo 粵 naau4 **喧嘩**。《詩經・小雅・賓之初筵》："賓既醉止，載號載～。"（賓客喝醉了，又號叫又喧嘩。）**[呶呶]** ① **喧鬧聲**。盧仝《苦雪寄退之》詩："飢嬰哭乳聲～～。" ② **形容說話嘮叨（使人討厭）**。張耒《讀戚公恕進卷》詩："人皆喜～～，子語不出口。"

5 **咍** hāi 粵 hoi1 ❶ **嗤笑**。屈原《九章・惜誦》："又眾兆之所～。"（眾兆：眾多的人。）❷ **喜悅，歡笑**。左思《吳都賦》："東吳王孫囅（chǎn 粵 cin2）然而～。"（囅然：笑的樣子。）王安石《彭蠡》詩："觀者膽墮余方～。"（膽墮：嚇破了膽。余：我。）❸ **[咍臺]** **入睡時呼吸聲**。《世說新語・雅量》："許上牀便～～大鼾。"（許：指許璪，人名。）

5 **呦** yōu 粵 jau1 **[呦呦]** **鹿鳴聲**。《詩經・小雅・鹿鳴》："～～鹿鳴，食野之苹。" 曹丕《短歌行》："～～遊鹿，銜草鳴麑。"

5 **和** hé 粵 wo4 ❶ **音樂和諧**。《老子・二章》："音聲相～。" (引) **和睦，協調**。《左傳・襄公二十六年》："秦、晉不～久矣。"《論語・子路》："君子～而不同，小人同而不～。" ❷ **溫和，暖和**。陶潛《桃花源》詩：“草榮識節～，木衰知風厲。”李白《雉朝飛》詩：“春天～，白日暖。”**成語有“風和日麗”**。(又) **和悅**。《戰國策・齊策三》：“齊王～其顏色。”❸ **調和**。《國語・鄭語》：“～五味以調口……～六律以聰耳。”(引) **摻和**。杜甫《歲晏行》：“今許鉛錫～青銅。”(又) **連帶**。杜荀鶴《山中寡婦》詩：“時挑野菜～根煮，旋斫生柴帶葉燒。”**成語有“和盤托出”**。❹ **連詞。與，和**。岳飛《滿江紅・寫懷》：“八千里路雲～月。”❺ **介詞。連……都**。秦觀《阮郎歸・湘天風雨破寒初》：“衡陽猶有雁傳書，郴（chēn (粵) sam^{1}）陽～雁無。”（衡陽、郴陽：地名。）❻ **車軾上的鈴**。《荀子・正論》：“～鸞（luán (粵) lyun^{4}）之聲。”（鸞：車鈴。）❼ hè (粵) wo^{6} **跟着唱**。《詩經・鄭風・蘀兮》：“叔兮伯兮，倡，予～女。”（倡：唱。）《後漢書・黃瓊傳》：“陽春之曲，～者必寡。”（陽春之曲：古代所謂高雅的歌曲。）(引) **依照別人詩詞的格律或內容寫作詩詞**。白居易《初冬早起寄夢得》詩：“詩成遣誰～，還是寄蘇州。”

5 **命** mìng (粵) ming^{6}/meng^{6} ❶ **命令，王命**。《荀子・臣道》：“從～而利君謂之順，從～而不利君謂之諂（chǎn (粵) cim^{2}）。”（從：聽從。利君：有利於君主。順：忠順。諂：奉承。）《史記・五帝本紀》：“蚩尤作亂，不用帝～。”(引) **帝王的詔令文書**。《顏氏家訓・文章》：“詔～策檄，生於《書》者也。”(引) **任命**。柳宗元《命官》：“官之～，宜以材耶？抑以姓乎？”❷ **使令，差遣**。《後漢書・史弼傳》：“～左右引出。”(又) **教導**。《詩經・大雅・抑》：“匪面～之，言提其耳。”**成語有“耳提面命”**。❸ **天命，命運**。《論語・顏淵》：“死生有～，富貴在天。”《孟子・萬章上》：“莫之為而為者，天也。莫之致而至者，～也。”❹ **生命，性命**。《論語・雍也》：“不幸短～死矣。”曹操《選軍中典獄令》：“夫刑，百姓之～也。”(引) **生活，生存**。李密《陳情表》：“母孫二人，更相為～。”❺ **取名**。《商君書・境內》：“公爵自二級已上至不更，～曰卒。”（不更：秦時爵名，在第四級。）❻ (粵) ming^{4}/meng^{2} **同“名”。名稱，名字**。《管子・法法》：“正也者，所以正定萬物之～也。”《史記・張耳陳餘列傳》：“張耳嘗亡～遊外黃。”（外黃：地名。）**【辨】命，令。“命”專指上級命令下級，“令”有時還表示“使”的意思**。

5 **周** zhōu (粵) zau^{1} ❶ **周密**。《左傳・昭公四年》：“古者日在北陸而藏冰……其藏之也～，其用之也徧。”《孫子兵法・謀攻》：“輔～則國必強，輔隙則國必弱。”❷ **合**。屈原《離騷》：“雖不～于今之人兮，願依彭咸之遺則。”《韓非子・五蠹》：“是以天下之眾，其談言者務為辯，而不～於用。”（談言者：指一般游說之士。）❸ **環繞，循環**。《左傳・成公二年》：“逐之，三～華不注。”（華不注：山名。）《漢書・禮樂志》：“～而復始。”❹ **周遍，遍及**。《史記・秦始皇本紀》：“親巡天下，～覽遠方。”柳宗元《封建論》：“布履星羅，四～於天下。”❺ **周濟，救濟**。賈思勰《齊民要術序》：“～人之急。”**這個意義後來寫作“賙”**。❻ **朝代名**。① **公元前 1046- 前 256 年，第一代君主是姬發，原建都鎬京（今陝西西安西南），公元前 770 年遷都到洛邑（今河南洛陽西），遷都以前稱為“西周”，遷都以後稱為“東周”**。② **公元 557-581 年，北朝之一，又稱北周，第一代君主是宇文覺**。③ **公元 951-960 年，五代之一，又稱後周，第一代君主是郭威**。

5 **咎** jiù (粵) gau^{3} ❶ **災禍**。《左傳・昭公八年》：“諸侯必叛，君必有～。”❷ **罪過，過失**。《詩經・小雅・伐木》：“寧適不來，微我有～。”（寧可去請他不來，不許我有過失。）《世說新語・假譎》：“庾乃引～責躬，深相遜謝。”（庾：人名，即庾亮。）(引) **歸罪，責怪**。《左傳・僖公二十二年》：“國人皆～公。” **成語有“既往不咎”**。

6 **哉** zāi (粵) zoi^{1} ❶ **語氣詞。表示感歎。相當於現代漢語的“啊”**。《論語・八佾》：“郁郁乎文～！”《史記・陳涉世家》：“陳涉太息曰：‘嗟乎，燕雀安知鴻鵠（hú (粵) huk^{6}）之志～！’” ❷ **語氣詞。表示反問。相當於現代漢語的“呢”、“嗎”**。《孟子・梁惠王上》：“雖有臺池鳥獸，豈能獨樂～？” (又) **表示疑問。相當於現代漢語的“呢”、“嗎”**。《莊子・山木》：“此何鳥～？”

6 **咸** xián (粵) haam^{4} **全，都**。《孟子・萬章上》：“四罪而天下～服。” (引) **普遍**。《國語・魯語上》：“小賜不～。”（賜：賞賜。）

6 **哇** wā (粵) waa^{1} ❶ **吐**。《孟子・滕文公下》：“出而～之。” ❷ **淫邪的音樂**。嵇康《養生論》：“目惑玄黃，耳務淫～。”

6 **哂** shěn (粵) can^{2} **微笑**。李白《尋高鳳石門山中元丹丘》詩：“顧我忽而～。”（顧：看。）(引) **譏笑**。《論語・先進》：“夫子何～由也。”（由：人名。）劉知幾《史通・自敍》：“莫不～其徒勞。”

6 **咺** (咺)xuǎn (粵) hyun^{2} **威儀顯著的樣子**。《詩經・衛風・淇奧》：“瑟兮僩兮，赫兮～兮。”

6 **咢** è (粵) ngok^{6} ❶ **只擊鼓而不歌唱**。《詩經・大雅・行葦》：“或歌或～。” ❷ **屋簷的棱**。《晉書・赫連勃勃載記》：“飛檐舒～，似翔鵬之矯翼。” ❸ **通“鍔”。刀劍的刃**。《漢書・王褒傳》：“清水焠（cuì (粵) ceoi^{3}）其鋒，越砥斂其～。”（焠：淬火，金屬熱處理的一種工藝。越砥：越地出產的磨刀石。）❹［咢咢］① **直言的樣子**。《漢書・韋賢傳》：“睮（yú (粵) jyu^{4}）睮諂夫，～～黃髮，如何我王，曾不是察！”（睮睮：諂媚的樣子。黃髮：指長壽老人。）② **冠高的樣子**。《後漢書・張衡傳》：“冠～～其映蓋兮，佩綝纚（lín lí (粵) lam^{4} lei^{4}）以輝煌。”（綝纚：盛裝的樣子。）

6 **品** pǐn (粵) ban^{2} ❶ **眾多**。《周易・乾》：“～物流形。”左思《吳都賦》：“混～物而同廛（chán (粵) cin^{4}）。”（把眾多的貨物都放在一所房子裏。廛：市場上放貨物的房子。）❷ **類，種**。《尚書・禹貢》：“厥貢惟金三～。”沈括《夢溪筆談》卷一一：“鹽之～至多。” (引) **等級**。《漢書・匈奴傳上》：“給繒（zēng (粵) zang^{1}）絮食物有～。”（繒：絲織品。）(又) **官級**。《國語・周語中》：“外官不過九～。” ❸ **品質，品德**。沈約《奏彈王源》：“人～庸陋。” ❹ **品評，評定**。《宋書・恩幸傳》：“以才～人。” ❺ **物品，物件**。慧淨《雜言》詩：“擾擾三界溺邪津，渾渾萬～忘真匠。”

6 **咽** yān (粵) jin^{1} ❶ **喉嚨**。《戰國策・秦策四》：“韓，天下之～喉；魏，天下之胸腹。” ❷ yàn (粵) jin^{3} **吞**。《孟子・滕文公下》：“三～，然後耳有聞，目有見。” ❸ yè (粵) jit^{3} **哽咽，聲音阻塞**。蔡琰《悲憤詩》：“含哀～兮涕沾頸。”李白《憶秦娥》詞：“簫聲～，秦娥夢斷秦樓月。”

6 **咥** xì (粵) hei^{3} ❶ **笑的樣子**。《詩經・衛風・氓》：“兄弟不知，～其笑矣。” ❷ dié (粵) dit^{6} **咬**。《周易・履》：“是以履虎尾，不～人。”

6 **咮** zhòu (粵) zau^{3} ❶ **同“噣”。鳥嘴**。《詩經・曹風・候人》：“維鵜在梁，不濡其～。”潘岳《射雉賦》：“當～值胸，裂膆破觜。” ❷ **星宿名，即柳宿**。

6 **咻** xiū (粵) jau^{1} ❶ **吵，亂說話**。《孟子・滕文公下》：“一齊人傅之，眾楚人～之。”［**咻咻**］**呼吸的聲音**。蘇軾《江上值雪效歐陽體》詩："草中～～有寒兔。" ❷ xǔ 粵 heoi² [噢 (yǔ 粵 jyut²) 咻] 撫慰病痛者的聲音。陸贄《奉天請罷瓊林大盈二庫狀》："瘡痛呻吟之聲，～～未息。"

6 **咷** táo 粵 tou⁴ ❶ [號 (háo 粵 hou⁴) 咷] **放聲大哭**。《周易・同人》："同人先～～而後笑。" 杜甫《自京赴奉先縣詠懷五百字》："入門聞～～，幼子飢已卒。" **又作"號啕"**。❷ tiào 粵 tiu³ [嗷 (jiào 粵 giu³) 咷] **放聲歌唱**。《漢書・韓延壽傳》："望見延壽車，～～楚歌。"

6 **哆** chǐ 粵 ci² ❶ **張口的樣子**。《詩經・小雅・巷伯》："～兮侈兮，成是南箕。"（箕：星宿名，二十八宿之一，形如簸箕。）❷ [哆然] **渙散的樣子**。《穀梁傳・僖公四年》："齊人者齊侯也。其人之何也？於是～～外齊侯也。" ❸ **同"侈"**。**放蕩**。《揚子法言・吾子》："述正道而稍邪～者有矣。"

6 **咬** (齩)yǎo 粵 ngaau⁵ ❶ **咬嚙（後起意義）**。《寒山詩》一七："狗～枯骨頭，虛自舐唇齒。"【注意】**這個意義較早時寫作"齩"，後來寫作"咬"**。❷ jiāo 粵 gaau¹ [咬咬] **鳥鳴聲**。禰衡《鸚鵡賦》："采采麗容，～～好音。"

6 **咳** ké 粵 kat¹ ❶ hái 粵 hoi⁴ **小兒笑**。《禮記・內則》："父執子之右手，～而名之。"《史記・扁鵲倉公列傳》："曾不可以告～嬰之兒。"（咳嬰：剛會笑的嬰兒。）❷ **咳嗽**。柳宗元《宥蝮蛇文》："聞人～喘步驟。"

6 **咤** zhà 粵 zaa³ ❶ **歎息聲**。《三國志・蜀書・楊儀傳》："歎～之音發於五內。"（五內：指五臟。）❷ [叱咤] **見80頁"叱"字**。❸ chà 粵 caa³ **通"詫"**。**誇耀**。《後漢書・王符傳》："窮極麗靡，轉相夸～。"

6 **哀** āi 粵 oi¹/ngoi¹ ❶ **悲痛，傷心**。《莊子・大宗師》："中心不戚，居喪不～。" 屈原《離騷》："～眾芳之蕪穢 (huì 粵 wai³)。"（芳：香草。蕪穢：荒蕪。）㊕ **父母之喪**。《宋書・張敷傳》："居～毀滅，孝道淳至。" ❷ **憐憫，同情**。《韓非子・用人》："憂悲不～憐。" ❸ **愛**。《呂氏春秋・報更》："人主胡可以不務～士？"《淮南子・說林》："鳥飛反鄉，兔走歸窟，狐死首丘，寒將翔水，各～其所生。"（寒將：水鳥。）【辨】**哀，戚，悲，悼。四字都有悲傷的意思。但"戚"字一般是表示憂苦、悲哀；"哀"與"悲"有憐憫、同情的意思，"哀"的感情色彩要更重些；"悼"則是悲痛的意思，多用於對死者表示沉痛悼念。**

6 **咨** zī 粵 zi¹ ❶ **商議，諮詢**。《左傳・昭公元年》："子產～於大叔。"（子產：人名。）諸葛亮《出師表》："事無大小，悉以～之，然後施行。" **這個意義後來寫作"諮"**。❷ **歎詞**。《尚書・堯典》："帝曰：～，四岳！"（帝：指堯。四岳：指傳說中的四個諸侯之長。）[咨嗟 (jiē 粵 ze¹)] **歎息，讚歎**。李白《蜀道難》詩："蜀道之難，難於上青天，側身西望長～～。"《晉書・張華傳》："有一介之善者便～～稱詠，為之延譽。"（一介之善：一點好處。延譽：播揚名譽。）

6 **咫** zhǐ 粵 zi² **古代的長度單位，周制八寸**。《國語・魯語下》："其長尺有～。"（尺有咫：一尺八寸。）[咫尺] ① **很短或很近**。《韓非子・外儲說左上》："用～～之木。" 李商隱《行次西郊作》詩："～～不相見。" ② **微小**。《戰國策・秦策五》："雖有高世之名，無～～之功者，不賞。"

7 **哲** (喆)zhé 粵 zit³ **聰明，有才能**。《尚書・皋陶謨》："知人則～。" ㊋ **聰明、有才能的人**。賈思勰《齊民要術序》：

"捨本逐末，賢～所非。"［**哲人**］**智慧卓越的人**。《詩經・小雅・鴻雁》："維此～～，謂我劬 (qú 粵 keoi^{4}) 勞。"（維：語氣詞。劬勞：勞苦，勞累。）

7 **哥** gē 粵 go^{1} ❶ **歌唱**。《史記・燕召公世家》："召公卒，而民人思召公之政，懷棠樹不敢伐，～詠之，作《甘棠》之詩。" **這個意義後來寫作"歌"**。❷ **兄（後起意義）**。白居易《祭浮梁大兄文》："再拜跪奠大～於座前。"《新五代史・伶官傳》："三司使孔謙兄事之，呼為八～。" ❸ **唐時或稱父為哥**。《舊唐書・王琚傳》："玄宗泣曰：'四～仁孝，同氣唯有太平……'"（太平：指太平公主。）

7 **哳** zhā 粵 zaat^{3} ［**啁** (zhāo 粵 zaau^{1}) **哳**］見 92 頁"**啁**"字。

7 **哺** bǔ 粵 bou^{6} ❶ **口中含嚼的食物**。《莊子・馬蹄》："含～而熙，鼓腹而遊。"《史記・留侯世家》："漢王輟食吐～。"（輟：停止。）**成語有"握髮吐哺"**。❷ **餵食，餵養**。賈誼《治安策》："抱～其子。" 杜甫《杜鵑行》："群鳥至今為～雛。"（為：指替它。雛：指小鳥。）引 **食，吃**。《後漢書・趙孝傳》："天下亂，人相食……弟季，出遇赤眉，將為所～。"

7 **唄** bèi 粵 baai^{6} **梵文譯音。意為"讚歎"，本指以短偈形式贊唱宗教頌歌**。泛 **誦經，誦經聲**。慧皎《高僧傳・經師論》："天竺方俗，凡是歌詠法言，皆稱為唄。" 劉長卿《秋夜北山精舍觀體如師梵》詩："焚香奏仙～，向夕遍空山。"

7 **員** yuán 粵 jyun^{4} ❶ **人數，名額**。《漢書・百官公卿表上》："吏～自佐史至丞相，十二萬二百八十五人。" ❷ **通"圓"**。**圓形**。《後漢書・趙岐傳》："可立一～石於吾墓前。" ❸ yún 粵 wan^{4} **動詞詞頭**。《石鼓文》："君子～獵，～獵～遊。"《尚書・秦誓》："若弗～來。" ❹ yún 粵 wan^{4} **句末語氣詞**。《詩經・鄭風・出其東門》："縞衣綦巾，聊樂我～。"

7 **哭** kū 粵 huk^{1} **啼哭，悲痛出聲**。《論語・先進》："顏淵死，子～之慟。" 特 **為哀悼死者而哭泣，是一種禮儀**。《儀禮・士喪禮》："主人要節而踊，皆如朝夕～之儀。" 引 **指弔唁**。《淮南子・說林》："（夏）桀辜諫者，（商）湯使人～之。"（辜：分裂人的肢體的酷刑。）【**辨**】哭，號，泣，啼。**都是表示"哭"的意義，但有細微差別。一般來說，"哭"是有聲有淚；"泣"是有淚無聲；"號"則哭而有言；"啼"是號、哭的同義詞，後來多用於小兒哭**。

7 **哦** é 粵 ngo^{4} **吟誦**。韓愈《藍田縣丞廳壁記》："對樹二松，日～其間。"

7 **唏** xī 粵 hei^{1} **歎息**。《淮南子・說山》："紂為象箸而箕子～。"

7 **唅** hàn 粵 ham^{3} ❶ **古代把玉貝等物放入死者口中**。《荀子・禮論》："飯以生稻，～以槁骨。"（槁骨：乃"犒貝"之訛。白色貝。）**這個意義又寫作"含"、"琀"**。❷ hán 粵 ham^{4} **通"含"**。**含在口裏**。《漢書・貨殖傳》："～菽飲水。"

7 **唁** yàn 粵 jin^{6} ❶ **古時對亡國者的慰問**。《左傳・昭公二十五年》："公孫于齊，次于陽州，齊侯～公于野井。"（公：魯昭公。孫：通"遜"。指逃亡。野井：地名。）引 **對遭遇其他禍事的人的慰問**。《左傳・襄公十七年》："齊人獲臧堅，齊侯使夙 (sù 粵 suk^{1}) 沙衛～之。"（臧堅、夙沙衛：人名。）❷ **弔喪，對遭遇喪事的人表示慰問**。《宋史・蘇頌傳》："遭母喪，帝遣中貴人～勞。"【**辨**】弔，唁。見 186 頁"弔"字。

7 **唧** jī 粵 zik^{1} **象聲詞**。［**唧唧**］① **形容歎息聲**。《木蘭詩》："～～復～～，木蘭當戶織。" ② **形容蟲鳥鳴叫聲**。白居易《聞蟲》詩："暗蟲～～夜綿綿。"［**啾唧**］**小聲嘀咕**。寒山《有樂且須樂》詩："寄世是須臾，論錢莫～～。”

7 **唐** táng (粵) tong^4 ❶ **朝堂前或宗廟門內的大路**。《詩經・陳風・防有鵲巢》：“中～有甓（pì (粵) pik^1）。”（甓：磚。）❷ **廣大**。揚雄《甘泉賦》：“平原～其壇曼兮。”❸ **空，白白地**。王安石《再用前韻寄蔡天啟》：“昔功恐～捐。”（捐：捨棄。）❹ **堤壩，堤岸**。《淮南子・人間》：“且～有萬穴，塞其一，魚何遽無由出？”❺ **草名。俗稱菟絲**。《詩經・鄘風・桑中》：“爰采～矣，沬之鄉矣。”❻ **代指中國**。程大昌《考古編・詩論十四》：“唐人用事於西，故羌人至今尚以中國為～。”❼ **周代諸侯國。後改稱“晉”**。❽ **朝代名**。① **傳說中虞舜之前的朝代，君主是堯**。② **公元 618-907 年，第一代君主是李淵，都城在長安（今陝西西安）**。③ **公元 923-936 年，五代之一，又稱後唐，第一代君主是李存勖（xù (粵) juk^1），都城為洛陽**。④ **公元 937-975 年，史稱“南唐”，第一代君主是李昪（biàn (粵) bin^6），都城金陵（今南京）**。

7 **哿** gě (粵) go^2 ❶ **嘉好**。《詩經・小雅・正月》：“～矣富人，哀此惸獨。”《詩經・小雅・雨無正》：“～矣能言，巧言如流。”❷ jiā (粵) gaa^1 **通“珈”。古代婦女的首飾**。揚雄《太玄・瞢》：“男子折笄，婦人易～。”

8 **唪** běng (粵) bung^2 ❶ **［唪唪］果實多的樣子**。《詩經・大雅・生民》：“瓜瓞（dié (粵) dit^6）～～。”（瓞：小瓜。）❷ fěng (粵) fung^6 **高聲朗誦**。《燕京歲時記・盂蘭會》：“中元日各寺院設盂蘭會，燃燈～經。”（盂蘭會：又稱盂蘭盆會，梵文譯音，一種於每年夏曆七月十五日中元節舉行的祭祀祖先的佛教儀式。）

8 **啞** yǎ (粵) aa^2/ngaa^2 ❶ **口不能言**。《管子・入國》：“聾盲、喑～、跛躄、偏枯、握遞，不耐自生者，上收而養之。”（耐：能。）(又) **語聲不清**。《戰國策・趙策一》：“（豫讓）又吞炭為～，變其音。”❷ è (粵) ak^1/ngak^1 **笑聲**。《周易・震》：“笑言～～。”《吳越春秋・越王無余外傳》：“禹乃～然而笑。”王維《宋進馬哀詞》：“百官并入兮，何語笑之～～。”❸ yā (粵) aa^1/ngaa^1 **［啞啞］象聲詞**。《淮南子・原道》：“烏之～～，鵲之唶（zé (粵) ze^3）唶。”李白《烏夜啼》詩：“黃雲城邊烏欲棲，歸飛～～枝上啼。”❹ yà (粵) aa^1/ngaa^3 **歎詞**。《韓非子・難一》：“～！是非君人者之言也。”

8 **唶** zé (粵) ze^3 ❶ **讚歎**。《後漢書・光武帝紀論》：“（望氣者）遙望見舂陵郭，～曰：‘氣佳哉！鬱鬱葱葱然。’”❷ **［唶唶］鳥鳴聲**。《淮南子・原道》：“故夫烏之啞啞，鵲之～～，豈嘗為寒暑燥濕變其聲哉！”❸ (粵) zaak^3 **［嚄（huò (粵) waak^6）唶］見 101 頁“嚄”字**。❹ shuò (粵) zaak^3 **吮吸**。《史記・佞幸列傳》：“文帝嘗病癰，鄧通常為～吮之。”

8 **問** wèn (粵) man^6 ❶ **問，詢問。與“答”相對**。《論語・陽貨》：“子張～仁於孔子。”❷ **追究，考察**。《左傳・僖公四年》：“昭王南征而不復，寡人是～。”（復：返回。）王安石《上皇帝萬言書》：“欲審知其德，～以行。”（要想了解他的品德，就要考察他的行為。）**成語有“問牛知馬”**。(又) **審訊，審問**。《詩經・魯頌・泮水》：“淑～如皋陶。”（淑：善。）❸ **管，干預**。柳宗元《童區寄傳》：“恣所為不～。”（任其所為而不加干預。恣：放任。）❹ **慰問，問候**。《論語・雍也》：“伯牛有疾，子～之。”《三國志・吳書・呂蒙傳》：“周遊城中，家家致～。”(特) **諸侯之間互相訪問**。《戰國策・齊策四》：“齊王使使者～趙威后。”❺ **音信，書信**。《晉書・陸機傳》：“久無家～。”❻ **贈送**。《詩經・鄭風・女曰雞鳴》：“雜佩以～

之。”❼ ㊢ man⁴ **通“聞”。聲譽，名聲。**《詩經・大雅・緜》：“亦不隕厥～。”**【辨】**問，訊，詰。見589頁“詰”字。**【注意】**春秋時期“問”後面是詢問的內容（而且問的一般是抽象的道理，而不是具體事物），如果要說出詢問的對象，一般要加“於”。如“子張問仁於孔子”，“仁”是詢問的內容，“孔子”是詢問的對象。

8 **啄** zhuó ㊢ doek³ ❶ **鳥用嘴取食。**《詩經・小雅・黃鳥》：“黃鳥黃鳥，無集于穀，無～我粟。”❷ zhòu ㊢ zau³ **通“噣”。鳥嘴。**《太平廣記》卷二四五：“尻（kāo ㊢ hou¹）益高者，鶴俛～也。”（尻：臀。）

8 **啑** shà ㊢ saap³ ❶ **通“唼”。魚或水鳥吃食。**梅堯臣《雙野鳧》詩：“驚飛帶波起，行～拂萍開。”❷ **通“歃”。喝，飲。**張祜《雁門太守行》：“前頭～血心不回。”❸ dié ㊢ dip⁶ **通“喋”。踐踏。**《史記・孝文本紀》：“今已誅諸呂，新～血京師。”

8 **唱** chàng ㊢ coeng³ ❶ **領唱。**《荀子・樂論》：“～和有應，善惡相象。”**這個意義又寫作“倡”。**㊂ **唱歌。**王勃《滕王閣序》：“漁舟～晚。”（漁船上的漁民在傍晚唱歌。）❷ **高聲報，大聲唸。**《南史・檀道濟傳》：“道濟夜～籌量沙，以所餘少米散其上。”**雙音詞有“唱名”、“唱票”。**㊈ **稱誦。**劉向《說苑・君道》：“堂上～善，若出一口。”㊈ **宣講，談論。**《世說新語・文學》：“王苟子來，與共語，便使其～理。”❸ **帶頭，倡導。**《史記・陳涉世家》：“為天下～，宜多應者。”**這個意義又寫作“倡”。**

8 **唲** ér ㊢ ji⁴ ❶ [**嚅**（rú ㊢ jyu⁴）**唲**] **強笑的樣子。**屈原《卜居》：“將呢訾栗斯，喔咿～～，以事婦人乎？”❷ wā ㊢ aai¹ [**唲嘔**（ōu ㊢ au²/ngau²）] **小兒語聲。**《荀子・富國》：“垂事養民，拊（fǔ ㊢ fu²）循之，～～之。”（拊循：撫摩，安撫。）

8 **唯** wéi ㊢ wai⁴ ❶ wěi ㊢ wai⁵ **應答聲。**《禮記・玉藻》：“父命呼，～而不諾。”《韓非子・八姦》：“人主未命而～～，未使而諾諾。”（諾：應答聲。）**成語有“唯唯諾諾”。**❷ **只，只有。**《史記・魯仲連鄒陽列傳》：“方今～秦雄天下。”（雄天下：稱雄天下。）❸ **介詞。由於。**《左傳・昭公二十年》：“～不信，故質其子。”（質：做人質。）❹ **連詞。雖然。**《荀子・大略》：“天下之人，～各特意哉，然而有所共予也。”（各特意：認識看法各不相同。予：讚許。）❺ **句首語氣詞。**《漢書・張良傳》：“今乃立六國後，～無復立者。”（六國後：指秦以外的六國後代。無復立：指無法再立別人了。）㊈ **句首語氣詞，表示希望。**《左傳・僖公三十年》：“～君圖之。”（圖：考慮。）**【辨】**惟，唯，維。見208頁“惟”字。

8 **唫** jìn ㊢ gam³ ❶ **閉口。**《呂氏春秋・重言》：“君呿（qū ㊢ keoi¹）而不～。”（呿：張開口。）❷ **吸。**揚雄《太玄・玄攡》：“噓則流體，～則凝形。”（噓：呼。）❸ yín ㊢ jam⁴ **同“吟”。吟詠。**屈原《九章・悲回風》：“孤子～而抆（wěn ㊢ man⁵）淚兮。”（抆：擦。）《漢書・匈奴傳上》：“今歌～之聲未絕。”

8 **啁** zhāo ㊢ zaau¹ ❶ [**啁哳**（zhā ㊢ zaat³）] **鳥鳴聲。**宋玉《九辯》：“鶤雞～～而悲鳴。”獨孤及《傷春贈遠》詩：“楊柳逶迤愁遠道，鷓鴣～～怨南枝。”❷ zhōu ㊢ zau¹ [**啁噍**（jiū ㊢ zau¹）] **鳥鳴聲。**《禮記・三年問》：“小者至于燕雀，猶有～～之頃焉，然後乃能去之。”**又寫作“啁啾”。**王維《黃雀癡》詩：“到大～～解游颺，各自東西南北飛。”

8 **啐** cuì ㊢ ceoi³ **嚐，飲。**《禮記・雜記下》：“主人之酢也，嚌（jì ㊢ zai⁶）之，眾賓兄弟則皆～之。”（嚌：指放到嘴邊。）

8 **唼** shà ㊔ cip3 ❶ **魚或水鳥吃食**。宋玉《九辯》：“鳧雁皆～夫粱藻兮。”［**唼喋**（zhá ㊔ zaap6）］**魚或水鳥吃食**。鄭愔《采蓮曲》：“魚鳥爭～～。”❷ ㊔ saap3 **通“歃”**。**飲，喝**。《漢書・王陵傳》：“始與高帝～血而盟。”

8 **啖**（啗、噉）dàn ㊔ daam6 ❶ **吃**。《漢書・霍光傳》：“與從官飲～。”（從官：隨從的官員。）《世說新語・排調》：“顧長康～甘蔗，先食尾。人問所以，云漸至佳境。”(又) **給……吃**。李白《俠客行》：“將炙（zhì ㊔ zek3）～朱亥。”（將：拿着。炙：烤肉。朱亥：人名。）(引) **利誘，引誘**。《史記・高祖本紀》：“～以利，因襲攻武關，破之。”（襲攻：襲擊，攻打。）❷ ㊔ daam6 **通“淡”**。**味薄，清淡**。《史記・劉敬叔孫通列傳》：“呂后與陛下攻苦食～。”

8 **唳** lì ㊔ lai6/lit6 **鶴鳴**。《晉書・陸機傳》：“華亭鶴～，豈可復聞乎？”（華亭：地名。）**成語有“風聲鶴唳”**。

8 **啜** chuò ㊔ cyut3/zyut3 ❶ **嚐**。枚乘《七發》：“摶（tuán ㊔ tyun4）之不解，一～而散。”（摶：把東西揉成團。）(又) **吃**。《荀子・天論》：“君子～菽飲水，非愚也，是節然也。”（菽：豆類總稱，此指粗糧。）❷ **飲，喝**。杜甫《重過何氏》詩：“落日平臺上，春風～茗時。”（茗：茶。）❸ **哭時抽咽的樣子**。《詩經・王風・中谷有蓷》：“有女仳（pǐ ㊔ pei2）離，～其泣矣。”（仳離：夫妻離散。）

8 **售** shòu ㊔ sau6 ❶ **賣出去**。《荀子・儒效》：“賣之不可僂（lǚ ㊔ leoi5）～也。”（僂：快。）柳宗元《鈷鉧潭西小丘記》：“貨而不～。”（貨：出賣。）(泛) **賣**。劉勰《新論》：“～藥者欲人之疾。”❷ **實現**。張衡《西京賦》：“挾邪作蠱，於是不～。”(又) **指考試得中**。韓愈《祭虞部張員外》：“司我明試，時維邦彥，各以文～，幸皆少年。”❸ **施展（奸計）**。**成語有“以售其奸”、“其計不售”**。❹ **買**。岳珂《桯史》：“會市肆有刊武夷先生集者……文肅之子適相國寺，偶～得之。”【**辨**】**鬻，賣，沽，售**。**前三個字都有賣的意思。“沽”除有賣的意思外，還有買的意思，“沽酒”既可是買酒，也可是賣酒。“售”通常指東西賣出去，用作“買”的意義比較少**。

8 **商** shāng ㊔ soeng1 ❶ **計算，估量**。韓愈《進學解》：“若夫～財賄之有亡。”《漢書・趙充國傳》：“虜必～軍進退，稍引去。”（虜：敵人。軍：指漢軍。稍：逐漸。引去：退走。）(又) **商量，商討**。《後漢書・宦者傳》：“成敗之來，先史～之久矣。”❷ **商人，商業**。《左傳・宣公十二年》：“～農工賈不敗其業。”《史記・蘇秦列傳》：“周人之俗，治產業，力工～。”（力：努力從事。）(又) **經商，行商**。郭璞《江賦》：“或漁或～。”［**商旅**］① **經商旅行販運**。《漢書・貨殖傳序》：“～～之民多。”② **商人和旅客**。范仲淹《岳陽樓記》：“～～不行。”❸ **星名**。《左傳・昭公元年》：“故辰為～星。”（辰：晨星。）［**參商**］**見76頁“參”字**。❹ **五音（宮、商、角、徵（zhǐ ㊔ zi2）、羽）之一**。**見714頁“音”字**。宋玉《對楚王問》：“引～刻羽，雜以流徵。”❺ **指秋天**。**古人以五音對應四季，商為秋季**。李白《登單父陶少府半月臺》詩：“置酒望白雲，～飆起寒梧。”❻ **朝代名（公元前1600-前1046年）**。**第一代君主是湯**。**公元前1300年，商王盤庚遷都於殷（今河南安陽西北），所以也稱“殷”**。《左傳・莊公三十二年》：“虞夏～周皆有之。”【**辨**】**商，賈**。**見613頁“賈”字**。

9 **喪** sàng ㊔ song3 ❶ **喪失，失掉**。《論語・子路》：“一言而～邦乎？”《韓非子・五蠹》：“偃王行仁義而～其國。”

（偃王：徐偃王。）**成語有"玩物喪志"**。❷ **失敗，滅亡**。《論語・憲問》："子言衞靈公之無道也，康子曰：'夫如是，奚而不～？'"（又）**逃亡**。《禮記・檀弓下》："～人無寶，仁親以為寶。"❸ **悲傷，哀傷**。《商君書・更法》："狂夫之樂，賢者～焉。"❹ sāng（粵）song^{1} **死亡**。《詩經・小雅・常棣》："～亂既平，既安且寧。"陶潛《歸去來兮辭序》："尋程氏妹～於武昌。"（尋：不久。）（又）**死人的事情，喪事**。《左傳・僖公三十三年》："秦不哀吾～，而伐吾同姓。"王安石《上皇帝萬言書》："婚～祭養。"（祭：祭祀。養：供養。）（又）**辦喪事**。《禮記・檀弓上》："子上之母死而不～。"❺ sāng（粵）song^{1} **靈柩**。《春秋・桓公十八年》："公之～至自齊。"（又）**屍體，遺體**。《三國志・魏書・武帝紀》："信力戰鬬死，僅而破之，購求信～不得，眾乃刻木如信形狀。"（信：鮑信。）❻ sāng（粵）song^{1} **指禍難**。《詩經・邶風・谷風》："凡民有～，匍匐救之。"

9 **喏** nuò（粵）nok^{6} ❶ **同"諾"。應答聲**。《淮南子・道應》："子發曰：'～。'"❷ rě（粵）je^{5} **唱喏。古代男子相見時雙手作揖、口唸頌詞的禮節**。周必大《玉堂雜記》卷上："東院錄事某人以下躬～訖。"

9 **喋** dié（粵）dip^{6} ❶ **［喋喋］形容説話多**。《漢書・張釋之傳》："～～利口。"《元史・太祖紀》："汝乃～～不已耶？"**成語有"喋喋不休"**。❷ **［喋血］形容激戰而血流得很多**。《史記・淮陰侯列傳》："新～～閼與（yù yú（粵）jyu^{3} jyu^{6}）。"（新：新近。閼與：地名。）❸ zhá（粵）zaap^{6} **［唼（shà（粵）cip^{3}）喋］魚或水鳥吃東西**。司馬相如《上林賦》："～～菁藻，咀嚼菱藕。"

9 **喓** yāo（粵）jiu^{1} **［喓喓］蟲鳴聲**。《詩經・召南・草蟲》："～～草蟲，趯趯阜螽。"

9 **喈** jiē（粵）gaai^{1} **鳥叫的聲音。常"喈喈"連用**。《詩經・周南・葛覃》："黃鳥于飛，集于灌木，其鳴～～。"（泛）**和諧的聲音**。《詩經・小雅・鼓鐘》："鼓鐘～～。"

9 **喁** yóng（粵）jung^{4} ❶ **魚口向上露出水面**。馬融《長笛賦》："鱏魚～於水裔。"**［喁喁］**① **眾人景仰歸向的樣子**。揚雄《劇秦美新》："海外遐方，信延頸企踵，回面內嚮，～～如也。"② **隨聲附和的樣子**。《史記・日者列傳》："公之等～～者也，何知長者之道乎？"❷ yú（粵）jyu^{4} **象聲詞。相和聲**。《莊子・齊物論》："前者唱于，而隨者唱～。"**［喁喁］形容低聲説話**。蒲松齡《聊齋志異・聶小倩》："聞舍北～～，如有家口。"

9 **喝** hè（粵）hot^{3} ❶ **恫嚇，嚇唬**。《戰國策・趙策二》："是故橫人日夜務以秦權恐～諸侯，以求割地。"（橫人：主張連橫的人。）❷ **大聲喊叫**。《晉書・劉毅傳》："裕厲聲～之，即成盧焉。"❸ yè（粵）jit^{3} **聲音嘶啞**。司馬相如《子虛賦》："榜人歌，聲流～。"（榜人：船夫。）

9 **喟** kuì（粵）wai^{2} **歎息**。《論語・先進》："夫子～然歎曰：'吾與點也。'"（與：贊同。點：人名，指曾點。）**［喟喟］歎息聲**。《楚辭・九歎・愍命》："聲～～兮。"

9 **單** dān（粵）daan^{1} ❶ **單一，單獨**。《荀子・正名》："～足以喻則～，～不足以喻則兼。"（喻：説明白。兼：雙，複。）《論衡・率性》："久居～處，性必變易。"**成語有"單槍匹馬"**。❷ **薄弱，單薄**。《後漢書・耿恭傳》："耿恭以～兵固守孤城。"白居易《賣炭翁》詩："可憐身上衣正～。"（引）**貧寒**。趙壹《刺世疾邪賦》："恩澤不逮于～門。"❸ **記載事物的紙條（後起意義）**。胡太初《晝簾緒論・聽訟》："令每遇決一事……不若令自逐一披覽案卷，切不要案吏具～。"❹ **通"殫"**。

竭盡。《荀子・富國》："事之以貨寶，則貨寶～而交不結。"（事：侍奉。結：結交。）❺ dǎn (粵) taan2 **通"亶"。忠厚，誠實**。《詩經・小雅・天保》："俾爾～厚，何福不除（zhù (粵) zyu6）！"（除：予，賜給。）❻ chán (粵) sin4 ［單于］**匈奴君長的稱號**。《後漢書・南匈奴傳》："～～驕踞。"（驕踞：傲橫，不恭敬。）❼ shàn (粵) sin6 **姓**。

9 **喘** chuǎn (粵) cyun2 **喘氣，急促呼吸**。《史記・扁鵲倉公列傳》："令人～，逆氣，不能食。"［**喘喘**］**呼吸急促的樣子**。《莊子・大宗師》："俄而子來有病，～～然將死。"（子來：人名。）

9 **唾** tuò (粵) to3 ❶ **口液，唾沫**。揚雄《解嘲》："涕～流沫（huì (粵) mui6）。"（沫：洗臉。）(引) **吐唾沫。表示羞辱對方**。《戰國策・趙策四》："老婦必～其面。"［**唾手**］**比喻極易辦到**。《新唐書・褚遂良傳》："～～可取。"**成語有"唾手可得"**。❷ **吐出**。《禮記・曲禮上》："讓食不～。"(喻) **輕視，鄙棄**。李商隱《行次西郊作》詩："公卿辱嘲叱，～棄如糞丸。"

9 **喫** chī (粵) hek3 **吃**。《世說新語・任誕》："友聞白羊肉美，一生未曾得～，故冒求前耳。"杜甫《病後遇王倚飲贈歌》："但使殘年飽～飯。"（殘年：指老年。）杜甫《送李校書二十六韻》："臨岐意頗切，對酒不能～。"(引) **經受**。陸游《夏日》詩："～虧堪笑賀知章。"**成語有"吃一塹，長一智"**。【注意】在古代"飲"和"食"都可以說"喫"，但一般不寫作"吃"。

9 **啾** jiū (粵) zau1 **象聲詞**。屈原《離騷》："鳴玉鸞之～～。"《木蘭詩》："但聞燕山胡騎鳴～～。"

9 **喤** huáng (粵) waang4 ［喤喤］① **小兒啼聲**。《詩經・小雅・斯干》："其泣～～。"② **形容洪亮而和諧的聲音**。《詩經・周頌・執競》："鐘鼓～～。"

9 **喻** yù (粵) jyu6 ❶ **告訴，使人知道**。《淮南子・脩務》："故作書以～意。"❷ **知道，了解，明白**。《孟子・告子下》："徵於色，發於聲，而後～。"（徵於色：表現在面色上。）張說《宋公遺愛碑頌》："言語不通而心～矣。"**成語有"家喻戶曉"**。❸ **比喻**。范縝《神滅論》："絲縷同時，不得為～。"（絲、縷同時存在，不能拿來做比喻。）【辨】喻，諭。見597頁"諭"字。

9 **唵** án (粵) am4 ❶［**唵囈**（yì (粵) ngai6）］**說夢話**。《列子・周穆王》："眠中～～呻呼，徹旦息焉。"❷［**唵哢**（lòng (粵) lung6）］**鳥鳴聲**。柳宗元《乞巧文》："抽黃對白，～～飛走。"❸ ān［**唵默**］**緘默不言**。《新唐書・楊瑒傳》："公卿～～唯唯，獨瑒抗議。"

9 **喭** yàn (粵) jin6 ❶ **強橫，粗魯**。《論語・先進》："由也～。"（由：子路。）❷ **通"唁"。弔唁**。《世說新語・任誕》："裴至，下席於地，哭，弔～畢便去。"❸ **通"諺"。諺語**。《後漢書・虞詡傳》："～曰：'關西出將，關東出相。'"

9 **喑** yīn (粵) jam1 ❶ **啞，不能說話**。《後漢書・袁閎傳》："遂稱風疾，～不能言。"(引) **默不作聲**。《新唐書・闞播傳》："播即～畏毋敢與。"❷ yìn (粵) jam3［**喑嗚**］**怒喝聲**。左思《吳都賦》："睚眥（yá zì (粵) ngaai4 zi6）則挺劍，～～則彎弓。"（睚眥：怒目而視。）❸ yìn (粵) jam3 **聲音相應**。韓愈《同宿聯句》詩："清琴試一揮，白鶴叫相～。"

9 **啼**（嗁）tí (粵) tai4 ❶ **出聲地哭**。杜甫《石壕吏》詩："吏呼一何怒，婦～一何苦。"李商隱《行次西郊作》詩："存者皆面～，無衣可迎賓。"（存者：活着的人。）❷ **叫，鳴**。《左傳・莊公八年》："豕人立而～。"曹操《苦寒行》："熊羆對我蹲，虎豹夾路～。"【辨】哭，號，泣，啼。見

90頁"哭"字。

9 **喙** huì (粵) fui^{3} **鳥獸的嘴**。《戰國策·燕策二》："鷸啄其肉，蚌合而拑其～。"《漢書·匈奴傳》："摧餓虎之～。" (又) **人的嘴**。《莊子·秋水》："今吾無所開吾～。" [**喙息**] **指用口呼吸的動物**。《史記·匈奴列傳》："跂行～～蠕動之類。"（跂行：指有腳能走的動物。蠕動：指能蠕動的昆蟲。）

9 **喬** qiáo (粵) kiu^{4} ❶ **高**。《詩經·周南·漢廣》："南有～木。" [**喬遷**] **指遷居或升官**。張籍《贈殷山人》詩："滿堂虛左待，眾目望～～。" ❷ **假裝（後起意義）**。《西湖老人繁勝錄》："恃田樂，～謝神。" **雙音詞有"喬裝"**。

9 **啻** chì (粵) ci^{3} **僅僅，只有**。**常和"不"、"豈"、"奚"、"何"等連用**。王夫之《小雲山記》："豈～大雲、嶽之觀。"（大雲、嶽：山名。觀：壯觀的景象。）[**不啻**] ① **不異，和……一樣**。《尚書·秦誓》："其心好之，～～如自其口出。" ② **不僅，不只**。《後漢書·馮衍傳上》："死亡之數，～～太半。" ③ **不過**。《顏氏家訓·文章》："且《太玄》今竟何用乎？～～覆醬瓿（bù (粵) pau^{2}）而已。"

10 **嗇** sè (粵) sik^{1} ❶ **通"穡"**。**收割莊稼**。《禮記·郊特牲》："主先～而祭司～也。" (泛) **指農事**。《漢書·成帝紀》："服田力～。"（服田：指耕田。）❷ **節省，節儉**。《老子·五十九章》："治人事天莫若～。"《管子·五輔》："纖～省用，以備饑饉（jǐn (粵) gan^{2}）。"（纖：吝惜。饑饉：災荒。）(又) **愛惜**。《呂氏春秋·先己》："必先治身，～其大寶。" (引) **過於儉省，吝嗇**。《戰國策·韓策一》："仲～於財。" ❸ (粵) sap^{1} **通"澀"**。**不通，不順暢**。《史記·扁鵲倉公列傳》："切之腎脈也，～而不屬。"

10 **嗒** tà (粵) taap^{3} [**嗒然**] **沮喪的樣子**。白居易《隱几贈客》詩："有時猶隱几，～～無所偶。"（隱几：靠着小桌。）

10 **嗜** shì (粵) si^{3} **喜歡，特殊的愛好**。《詩經·小雅·楚茨》："神～飲食。"《史記·齊太公世家》："～酒好獵。" (引) **貪**。《宋書·顏延之傳》："廉～之性不同。"

10 **嗔** chēn (粵) can^{1} **怒，生氣**。《世說新語·德行》："丞相見長豫輒喜，見敬豫輒～。"（長豫、敬豫：丞相王導二子。）杜甫《麗人行》："慎莫近前丞相～。"（慎莫：千萬不要。）(引) **抱怨，責怪**。李賀《野歌》："男兒屈窮心不窮，枯榮不等～天公。"

10 **嗣** sì (粵) zi^{6} ❶ **繼承，延續**。《左傳·襄公三十年》："子產而死，誰其～之？" (又) **繼承人**。《左傳·襄公三年》："祁奚請老，晉侯問～焉。"柳宗元《封建論》："卒不能定魯侯之～。"（卒：終究。）❷ **子孫，後代**。《尚書·大禹謨》："罰弗及～，賞延于世。"《晉書·王濬傳》："恩寵之號墜於近～。" ❸ **隨後**。曹操《蒿里行》："勢利使人爭，～還自相戕（qiāng (粵) coeng^{4}）。"（戕：殺害。）

10 **嗅** xiù (粵) cau^{3} **用鼻子辨別氣味**。《韓非子·外儲說左下》："食之則甘，～之則香。"

10 **嗥** （嘷）háo (粵) hou^{4} ❶ **野獸吼叫**。《左傳·襄公十四年》："狐狸所居，豺狼所～。" ❷ **號哭**。《莊子·庚桑楚》："兒子終日～而嗌不嗄。"（嗌：咽喉，嗓子。嗄：通"啞"。沙啞。）

10 **嗚** wū (粵) wu^{1} ❶ [**嗚嗚**] **象聲詞**。李斯《諫逐客書》："而歌呼～～快耳者，真秦之聲也。" ❷ [**嗚咽**] **低聲哭泣**。蔡琰《悲憤》詩："觀者皆歔欷（xū xī (粵) heoi^{1} hei^{1}），行路亦～～。"（歔欷：哭泣時抽噎。行路：過路的行人。）❸ [**嗚呼**] **歎**

詞。柳宗元《捕蛇者說》："～～，孰知賦斂之毒有甚是蛇者乎？"（孰：誰。斂：徵收。有甚是蛇者：有比毒蛇還要毒的。）

10 **嗃** hè 粵 hok3 ❶［**嗃嗃**］**嚴酷的樣子**。《周易・家人》："家人～～。"❷ xiāo 粵 haau1 **吹管的聲音**。《莊子・則陽》："夫吹管也，猶有～也。"❸ xiào 粵 haau3 **大聲呼號**。馬融《長笛賦》："錚鐄營（hōng 粵 jing4）～。"（營：大聲。）［**嗃嗃**］**嚎叫**。《南齊書・五行志》："野豬雖～～，馬子空閭渠。"

10 **嗟** jiē 粵 ze1 ❶**表示感歎或歎息**。《詩經・周南・卷耳》："～我懷人，寘彼周行。"李白《扶風豪士歌》："洛陽城中人怨～。"(反) **讚歎**。賈思勰《齊民要術・園籬》："行人見者，莫不～歎。"❷**表示召喚**。《禮記・檀弓下》："～！來食！"

10 **嗌** yì 粵 jik1 ❶**咽喉**。《穀梁傳・昭公十九年》："哭泣歠飦粥，～不容粒，未踰年而死。"《呂氏春秋・介立》："今世之逐利者，早朝晏退，焦脣乾～，日夜思之。"❷ ài 粵 aai3/ngaai3 **喉嚨梗塞**。《莊子・庚桑楚》："兒子終日嘷而～不嗄。"一本作"不嗌嗄"。

10 **嗛** xián 粵 haam4 ❶**嘴含物**。《史記・大宛列傳》："烏～肉，蜚其上。"（蜚：通"飛"。）(引) **懷恨**。《史記・外戚世家》："景帝恚，心～之而未發也。"❷ qiǎn 粵 him2 **猴鼠之類頰中藏食處**。柳宗元《憎王孫文》："充～果腹兮，驕傲歡欣。"❸ qiàn 粵 him3 **通"歉"。不足**。《漢書・郊祀志》："今穀～未報。"［**嗛嗛**］①**少**。《國語・晉語一》："～～之德，不足就也……～～之食，不足狃也。"②**不足**。《潛夫論・交際》："（鸞鳳）呼吸陽露，曠旬不食，其意尚猶～～如也。"❹ qiān 粵 him1 **通"謙"。謙遜**。《荀子・仲尼》："主尊貴之，則恭敬而僔；主信愛之，則謹慎而～。"❺ qiè 粵 hip3 **通"慊"。滿足，快意**。《荀子・禮論》："則其於志意之情者惆然不～。"《戰國策・魏策二》："齊桓公夜半不～。"

10 **嗤** chī 粵 ci1 **譏笑，嘲笑**。《後漢書・樊宏傳》："嘗欲作器物，先種梓漆，時人～之。"柳宗元《哭連州凌員外司馬》詩："今為眾所～。"**成語有"嗤之以鼻"**。

11 **嘉** jiā 粵 gaa1 ❶**好，美好**。《詩經・小雅・頍弁》："爾酒既旨，爾殽既～。"（旨：味美。）屈原《離騷》："肇（zhào 粵 siu6）錫余以～名。"（肇：始。錫：賜。余：我。）❷**讚美，嘉獎**。曹操《表論田疇功》："疇文武有效，節義可～。"（疇：人名。效：功。節義：節操。）

11 **嘏** jiǎ（**又讀** gǔ）粵 gaa2 **福**。《詩經・魯頌・閟宮》："天錫公純～，眉壽保魯。"柳宗元《貞符》："載揚于雅，承天之～。"**雙音詞有"祝嘏"**。

11 **嘗** (**甞**)cháng 粵 soeng4 ❶**品嚐，辨別滋味**。《荀子・榮辱》："～之而甘於口。"（甘：好吃。）**這個意義後來寫作"嚐"**。(引) **食，吃**。《詩經・唐風・鴇羽》："不能蓺稻粱，父母何～？"(引) **試一試，試探**。《孟子・梁惠王上》："我雖不敏，請～試之。"蘇洵《權書・心術》："故古之賢將能以兵～敵。"(反) **用於抽象意義，表示經歷**。《左傳・僖公二十八年》："險阻艱難，備～之矣。"（備：全部，全都。）❷**秋祭名**。《詩經・小雅・天保》："禴（yuè 粵 joek6）祠烝（zhēng 粵 zing1）～，于公先王。"（禴：夏祭。祠：春祭。烝：冬祭。）❸**副詞。曾經**。《論語・衛靈公》："俎豆之事，則～聞之矣。"《史記・陳涉世家》："陳涉少時，～與人傭耕。"（傭：被僱用。）

11 **嘒** huì 粵 wai3 ❶**明亮的樣子**。《詩經・召南・小星》："～彼小星，三五在東。”杜甫《宿鑿石浦》詩：“回塘澹暮色，日沒眾星～。”❷ [嘒嘒] ① **蟬鳴聲**。《詩經・小雅・小弁》：“菀彼柳斯，鳴蜩～～。”潘岳《秋興賦》：“蟬～～而寒吟兮。”② **樂管聲**。《詩經・商頌・那》：“鞉（táo [粵] tou^{4}）鼓淵淵，～～管聲。”③ **車行時的鈴聲**。《詩經・小雅・采菽》：“鸞聲～～。”

11 **嘖** zé [粵] zaak^{3} **爭辯，人多口雜**。《荀子・正名》：“愚者之言，芴然而粗，～然而不類。”《左傳・定公四年》：“會同難，～有煩言，莫之治也。”[嘖嘖] ① **蟲、鳥的叫聲**。李賀《南山田中行》：“塘水漻漻蟲～～。”② **讚歎聲**。伶玄《趙飛燕外傳》：“音詞舒閑清切，左右嗟賞之～～。”

11 **嗷** (嗸)áo [粵] ngou^{4} [嗷嗷] ① **哀鳴聲**。《詩經・小雅・鴻雁》：“鴻雁于飛，哀鳴～～。”[又] **哀號聲**。《楚辭・九歎・惜賢》：“聲～～以寂寥兮，顧僕夫之憔悴。”② **聲音嘈雜**。曹植《美女篇》：“眾人徒～～！安知彼所觀？”

11 **嗽** (欶)sòu [粵] sau^{3} ❶ **咳嗽**。《周禮・天官・疾醫》：“冬時有～，上氣疾。”❷ shù **通“漱”**。**漱口**。《史記・扁鵲倉公列傳》：“日～三升。”❸ shuò [粵] sok^{3} **通“欶”**。**吸吮**。《漢書・佞幸傳》：“文帝嘗病癰，鄧通常為上～吮之。”

11 **嘔** ǒu [粵] au^{2}/ngau^{2} ❶ **嘔吐**。《左傳・哀公二年》：“吾伏弢～血，鼓音不衰。”（弢：弓袋。）❷ ōu [粵] au^{1}/ngau^{1} **通“謳”**。**唱**。《漢書・朱買臣傳》：“其妻亦負戴相隨，數止買臣毋歌～道中。”❸ xū [粵] heoi^{1} [嘔呴] **撫育**。焦延壽《易林・旅之巽》：“～～成熟，使我福德。”❹ xū [粵] heoi^{1} [嘔嘔] **和悅的樣子**。《史記・淮陰侯列傳》：“項王見人，恭敬慈愛，言語～～。”

11 **嘑** hū [粵] fu^{1} ❶ **通“呼”**。**呼叫，呼喚**。《周禮・春官・御史》：“及墓，～啟關陳車。”（關：墓門。）❷ hù [粵] fu^{3} [呼爾] **沒禮貌地喊叫別人**。《孟子・告子上》：“～～而與之，行道之人弗受。”

【注意】 在古代“呼”和“嘑”是兩個不同的字，現“嘑”的義項 ❶ 寫作“呼”。

11 **嘂** jiào [粵] giu^{3} ❶ **高聲大呼**。《周禮・秋官・銜枚氏》：“禁～呼歎嗚於國中者。”❷ **一種古樂器**。《爾雅・釋樂》：“大塤（xūn [粵] hyun^{1}）謂之嘂。”（塤：一種陶製樂器。）

11 **嗾** sǒu [粵] sau^{2} **用嘴發出聲音（用以驅使狗）**。《左傳・宣公二年》：“公～夫獒（áo [粵] ngou^{4}）焉。”（獒：猛犬。）[喻] **慫恿，唆使**。查繼佐《徐光啟傳》：“～臺臣論劾。”（唆使御史彈劾徐光啟。臺臣：御史。劾：彈劾。）[又] **招惹，逗引**。劉禹錫《秋詞》：“豈如春色～人狂。”

11 **嘐** xiāo [粵] haau^{1} ❶ [嘐嘐] **志大言大的樣子**。《孟子・盡心下》：“其志～～然，曰‘古之人！古之人！’”❷ jiāo [粵] gaau^{1} [嘐嘐] **雞叫聲**。元稹《江邊四十韻》：“犬驚狂浩浩，雞亂響～～。”

12 **嘵** xiāo [粵] hiu^{1} [嘵嘵] **恐懼聲**。《詩經・豳風・鴟鴞》：“予室翹翹，風雨所漂搖，予維音～～。”[又] **語聲嘈雜**。劉禹錫《踏潮歌》：“海人狂顧迭相招，罽衣髽首聲～～。”

12 **嘩** (譁)huá [粵] waa^{1} **喧嘩，聲大而雜亂**。《孫子兵法・軍爭》：“以靜待～。”《史記・秦本紀》：“聽無～，余誓告汝。”（無：不要。）宗澤《早發》詩：“眼中形勢胸中策，緩步徐行靜不～。”（策：策略，謀略。）[引] **言辭浮誇**。《韓詩外傳》卷三：“夫慎於言者不～，慎於行者不伐。”**成語有“嘩眾取寵”（用浮誇的言辭博取眾人的喜愛）**。

12 **嘻** xī 粵 hei1 **歎詞**。《公羊傳・宣公十二年》："莊王曰：'～！吾兩君不相好，百姓何罪？'"［**嘻嘻**］**歡笑聲**。《周易・家人》："婦子～～，終吝。"

12 **噎** yē 粵 jit3 **食物塞住喉嚨**。《墨子・公孟》："是譬猶～而穿井也，死而求醫也。"**成語有"因噎廢食"**。

12 **嘶** sī 粵 sai1 ❶ **聲音沙啞**。《漢書・王莽傳中》："大聲而～。"《北史・高允傳》："崔公聲～股戰，不能一言。"（股戰：兩腿發抖，形容恐懼到極點。）**成語有"聲嘶力竭"**。㊂ **聲音淒楚**。孟郊《連州吟》之三："南風～舜琯，苦竹動猿音。"❷ **馬叫**。庾信《伏聞遊獵》詩："馬～山谷響。"❸ **蟲鳥的鳴聲**。蕭綱《夜望單飛雁》詩："一雁聲～何處歸。"蘇軾《青溪辭》："雁南歸兮寒蜩（tiáo 粵 tiu4）～。"（寒蜩：蟬的一種。）

12 **嘲** （謿）cháo 粵 zaau1 ❶ **嘲笑**。《世說新語・文學》："衛玠～之曰：'一言可辟，何假於三？'"李商隱《行次西郊作》詩："公卿辱～叱（chì 粵 cik1），唾棄如糞丸。"（叱：斥罵。）**成語有"冷嘲熱諷"**。❷ zhāo［**嘲哳**（zhā 粵 zaat3）］**聲音雜亂**。白居易《琵琶行》："嘔啞～～難為聽。"（嘔啞：雜亂的樂曲聲。）**又寫作"啁哳"或"嘲唽"**。

12 **嘹** liáo 粵 liu4 **動物長而響的叫聲**。李賀《昌谷詩》："～～濕蛄聲，咽源驚濺起。"［**嘹亮**］**聲音高而響亮**。劉孝綽《三日侍華光殿曲水宴》詩："妍歌已～～，妙舞復紆餘。"

12 **噆** cǎn 粵 caam2 ❶ **口銜**。《淮南子・覽冥》："入榛薄，食薦梅，～味含甘。"❷ **叮咬**。《莊子・天運》："蚊虻～膚，則通昔不寐矣。"

12 **嘘** （歔）xū 粵 heoi1 ❶ **慢慢地呼氣**。《莊子・天運》："風起北方，一西一東，有上彷徨，孰～吸是？"劉禹錫《天論下》："～為雨露，噫（ài 粵 aai3）為雷風。"（噫：出氣。）❷［**嘘唏**］**歎息**。枚乘《七發》："～～煩酲（chéng 粵 cing4）。"（酲：喝醉了神志不清。）㊂ **哭泣時抽噎，哽咽**。《史記・留侯世家》："戚夫人～～流涕。"【**辨**】**吹，嘘。都是呼氣的意思，但"吹"是急呼氣，也可以是一般的呼氣，而"嘘"是指緩慢地呼氣。**

12 **嘬** chuài 粵 ceoi3 ❶ **叮，咬**。《孟子・滕文公上》："狐狸食之，蠅蚋（ruì 粵 jeoi6）姑～之。"（蚋：蚊子。）❷ **吞，一口吃下去**。《禮記・曲禮上》："毋～炙。"

12 **嘽** chǎn 粵 cin2/taan1 ❶ **寬舒、和緩的樣子**。《禮記・樂記》："其樂心感者，其聲～以緩。"❷ tān 粵 taan1［**嘽嘽**］① **喘氣的樣子**。《詩經・小雅・四牡》："～～駱馬。"② **眾多而強盛的樣子**。《詩經・大雅・常武》："王旅～～。"

12 **嘸** fǔ 粵 mou5［**嘸然**］**驚訝的樣子**。《漢書・韓信傳》："諸將皆～～。"

12 **噍** jiào 粵 ziu6 ❶ **嚼，吃東西**。《荀子・榮辱》："呥呥而～，鄉鄉而飽。"（呥呥：咀嚼的樣子。鄉鄉：吃得很滿足的樣子。）［**噍類**］**能吃東西的動物，特指活着的人**。《漢書・高帝紀》："嘗攻襄城，襄城無～～。"❷ jiū 粵 zau1［**噍噍**］**鳥叫聲**。揚雄《羽獵賦》："～～昆鳴。"（昆：共同，一起。）❸ jiāo 粵 ziu1 **急促**。《史記・樂書》："其聲～以殺。"（以：而。殺：聲音細小。）

12 **噏** xī 粵 kap1 ❶ **吸**。《漢書・揚雄傳上》："～青雲之流瑕兮，飲若木之露英。"❷ **收**。河上公本《老子・三十六章》："將欲～之，必固張之。"

12 **噂** zǔn 粵 zyun2 **聚談**。［**噂沓**］**相對談話**。《詩經・小雅・十月之交》："～～背憎。"（當面一起談話，背後相互憎惡。）

12 **噌** chēng 粵 caang1 [噌吰 (hóng 粵 wang4)] **象聲詞。形容鐘鼓聲。**司馬相如《長門賦》："聲～～而似鐘音。"蘇軾《石鐘山記》："大聲發於水上，～～如鐘鼓不絕。"

12 **噀** (潠)xùn 粵 seon3 **含在嘴裏噴出。**《後漢書・郭憲傳》："忽回向東北，含酒三～。"庾信《見遊春人》詩："那能學～酒，無處似欒巴。"

13 **噩** è 粵 ngok6 ❶ **可怕的，驚人的。[噩夢] 可怕的夢。**范成大《江州庾樓夜宴》詩："客從三峽來，～～隨奔瀧 (lóng 粵 lung4)。"（奔瀧：奔騰的流水。）**又如"噩耗"(指人死的消息)。** ❷ **嚴正。**賈誼《新書・勸學》："既遇老聃，～若慈父。"**[噩噩] 嚴正的樣子。**《揚子法言・問神》："虞夏之書渾渾爾，商書灝灝爾，周書～～爾。"

13 **噤** jìn 粵 gam3 **閉口，不說話。**《史記・袁盎鼂錯列傳》："臣恐天下之士～口不敢復言也。"**成語有"噤若寒蟬"。** 引 **關閉。**潘岳《西征賦》："有～門而莫啟。"

13 **器** qì 粵 hei3 ❶ **陶器。**《老子・十一章》："埏埴 (shān zhí 粵 sin1 zik6) 以為～。"（埏埴：和泥土。）泛 **器具。**《韓非子・顯學》："冰炭不同～而久，寒暑不兼時而至。"《論語・衞靈公》："工欲善其事，必先利其～。"引 **重器。古代能夠標誌名位、爵號的鐘鼎等器物，也是權力的象徵。**《後漢書・來歙傳》："愚聞為國者慎～與名。"《周易・序》："主～者莫若長子。" ❷ **技能，才能。**《禮記・王制》："百工，各以其～食之。"《三國志・蜀書・諸葛亮傳》："亮之～能政理，抑亦管、蕭之亞匹也。"（政理：管理政事。管、蕭：管仲、蕭何。亞匹：指同類。）引 **認為有才能，器重。**《後漢書・陳寵傳》："朝廷～之。"引 **人才。**《抱朴子・正郭》："知人則哲，蓋亞聖之～也。"**成語有"大器晚成"。** ❸ **氣量，度量。**《論語・八佾》："管仲之～小哉。"蔡邕《郭林宗碑》："～量弘深。"（弘：大。）

13 **噪** zào 粵 cou3 **許多鳥或蟲子亂叫。**杜甫《羌村》詩："柴門鳥雀～，歸客千里至。"引 **喧嘩，很多人在一起叫嚷。**《北史・流求傳》："勇者三五人出前跳～。"**這個意義又寫作"譟"。**引 **毀謗。**《論衡・累害》："貞良見妒，高奇見～。"

13 **噣** zhòu 粵 zau3 ❶ **鳥嘴。**《史記・趙世家》："中衍人面鳥～。"（中衍：人名。）❷ **星宿名，即柳宿。** ❸ zhuó 粵 doek3 **同"啄"。鳥啄食。**《戰國策・楚策四》："俯～白粒，仰栖茂樹。"《淮南子・齊俗》："鳥窮則～，獸窮則觸，人窮則詐。"

13 **噬** shì 粵 sai6 ❶ **吃，咬。**《周易・噬嗑》："～臘肉，遇毒。"柳宗元《封建論》："人不能搏～。"（搏：抓，撲。）❷ **侵佔。**《新唐書・蕭嵩傳》："吐蕃倚其健～邊。"

13 **噭** jiào 粵 giu3 ❶ **號呼聲。**《禮記・曲禮上》："毋側聽，毋～應。"司馬相如《長門賦》："白鶴～以哀號兮。" ❷ **哭聲。**《公羊傳・昭公二十五年》："昭公於是～然而哭。"**[噭噭] 形容啼哭聲。**阮瑀《駕出北郭門行》："顧聞丘林中，～～有悲啼。" ❸ qiào 粵 hiu3 **口。**《漢書・貨殖傳》："馬蹄～千，牛千足。"（馬蹄噭千：馬之蹄與口共一千，即二百匹馬。）

13 **噞** yǎn 粵 jim2 ❶ **魚口向上露出水面呼吸。**《淮南子・主術》："夫水濁則魚～，政苛則民亂。"**也可"噞喁"連用。**庾肩吾《奉使北徐州參丞御》詩："海鷗時出沒，江鱣乍～喁。" ❷ **吃，品嚐。**曹丕《詔群臣》："今以荔枝賜將吏，～之則知其味薄矣。"

13 **噲** kuài ㊢ faai3 ❶ **鳥獸的嘴**。《淮南子・俶真》："蚑（qí ㊢ kei4）行～息。" ❷［噲噲］**寬敞明亮的樣子**。《詩經・小雅・斯干》："～～其正。" ㊀［噲然］**愉快的樣子**。《淮南子・精神》："當此之時，～～得卧。"

13 **噫** yī ㊢ ji1 ❶ **歎詞。表示感歎**。《論語・子路》："子曰：'～！斗筲之人，何足算也！'" 梁鴻《五噫歌》："民之劬勞兮！～！"（劬勞：勞苦。）❷ ài ㊢ aai3 **出氣**。《莊子・齊物論》："夫大塊～氣，其名為風。" 劉禹錫《天論》："噓為雨露，～為雷風。"（噓：吐氣。）

14 **嚄** huò ㊢ waak6 ❶ **歎詞。表示驚訝**。《史記・外戚世家》："武帝下車泣曰：'～！大姊，何藏之深也！'" ❷［嚄唶（zé ㊢ zaak3）］**呼笑大聲，表示勇悍**。《史記・魏公子列傳》："晉鄙～～宿將，往恐不聽，必當殺之。"

14 **嚆** hāo ㊢ haau1［嚆矢］**會發出響聲的箭。響聲先於箭到達，故比喻事物的開端、先聲**。《莊子・在宥》："焉知曾史之不為桀跖～～也。"

14 **嚇** hè（又讀 xià）㊢ haak3 ❶ **怒叱聲**。《莊子・秋水》："鴟得腐鼠，鵷鶵過之，仰而視之曰：'～！'" 杜甫《赤霄行》："江中淘河～飛燕。"（淘河：鵜鶘，一種食魚的水鳥。）❷ **張開**。郭璞《江賦》："或～鰓乎岩間。"

14 **嚅** rú ㊢ jyu4［囁（niè ㊢ zip3）嚅］見 102 頁"囁"字。

14 **嚌** jì ㊢ zai6 **嚐**。《禮記・雜記下》："小祥之祭，主人之酢也，～之。" ㊀ **品味**。蘇軾《洞酌亭》詩："既味我泉，亦～我詩。"

14 **嘯** xiào ㊢ siu3 ❶ **撮口作聲，吹口哨**。《詩經・召南・江有汜》："其～也歌。" 《世說新語・棲逸》："阮步兵～，聞數百步。"（阮步兵：指阮籍。）❷ **呼喊**。《後漢書・西羌傳》："招引山豪，轉相～聚。" ❸ **動物長聲吼叫**。范仲淹《岳陽樓記》："虎～猿啼。"

15 **嚙**（齧、囓）niè ㊢ jit6 ❶ **咬**。《莊子・天運》："今取猿狙而衣以周公之服，彼必齕～挽裂，盡去而後慊。" 柳宗元《捕蛇者說》："以～人，無禦之者。" ㊀ **侵蝕**。李白《金陵白下亭留別》詩："漢水～古根。"（古根：古樹根。）❷ **缺口**。《淮南子・人間》："劍之折，必有～。"

15 **嚚** yín ㊢ ngan4 **愚蠢而頑固**。《尚書・堯典》："父頑母～。" 柳宗元《貞符》："妖淫～昏好怪之徒。"（妖淫：邪淫，不正派。怪：奇異。）

15 **嚮** xiàng ㊢ hoeng3 ❶ **朝向，對着**。《史記・項羽本紀》："沛公北～坐，張良西～侍。" ❷ **趨向，奔向**。《商君書・慎法》："民倍主位而～私交。"（倍：通"背"。背叛。主位：指君主。私交：私下的結交。）［嚮風］**敬仰，仰慕**。陸倕《石闕銘》："天下學士，靡然～～。"（全國的人聞風而仰慕。）㊀ **接近，將近**。《周易・說》："～明而治。"（嚮明：接近天亮。）又如"嚮晚"、"嚮夕"。❸ **從前，往昔**。司馬遷《報任安書》："～者僕亦常廁下大夫之列。"（僕：謙辭，我。廁：置身於。）❹ **假使，假如**。柳宗元《捕蛇者說》："～吾不為斯役，則久已病矣。"（斯役：這個差事。病：指困苦不堪。）❺ **窗戶**。《荀子・君道》："便嬖左右者，人主之所以窺遠收眾之門戶牖（yǒu ㊢ jau5）～。"（牖：窗戶。）❻ xiǎng ㊢ hoeng2 **通"享"。享受**。《史記・游俠列傳》："已～其利者為有德。" ❼ xiǎng ㊢ hoeng2 **通"響"。回聲**。《莊子・在宥》："若形之於影，聲之於～。"【注意】在古代，"向"和"嚮"是兩個字。在"享受"的意義上不寫作"向"。

16 **嚭** pǐ (粵) pei^2 **大。用於人名**。《國語・越語上》："越人飾美女八人，納之太宰～。"

17 **嚱** xì (粵) hei^1 **歎詞**。李白《蜀道難》詩："噫吁～！危乎高哉！"

17 **嚶** yīng (粵) jing^1 **鳥鳴聲**。《詩經・小雅・伐木》："～其鳴矣，求其友聲。" **[嚶嚶] 鳥鳴聲**。《詩經・小雅・伐木》："伐木丁丁，鳥鳴～～。" (又) **鈴聲**。李賀《賈公閭貴壻曲》："～～白馬來，滿腦黃金重。"

17 **嚴** yán (粵) jim^4 ❶ **急，緊急**。《孟子・公孫丑下》："事～，虞不敢請。"（虞：人名。）❷ **嚴厲，嚴格**。《韓非子・難四》："君明而～，則群臣忠。" (引) **威嚴**。《詩經・小雅・六月》："有～有翼。"（有：形容詞詞頭。翼：恭敬。）**[嚴君] 舊時對父親的尊稱**。《晉書・潘尼傳》："國事明王，家奉～～。" ❸ **尊敬**。《史記・游俠列傳》："諸公以故～重之，爭為用。"（以故：因此。重：敬重。）❹ **猛烈，厲害**。李白《北上行》："～風裂衣裳。" **雙音詞有"嚴寒"**。❺ **整飭，戒備**。《古詩為焦仲卿妻作》："雞鳴外欲曙，新婦起～妝。著我繡夾裙，事事四五通。"《世説新語・雅量》："可潛稍～，以備不虞。"

17 **嚳** (俈)kù (粵) guk^1 **傳説中的"五帝"之一**。《史記・五帝本紀》："帝～高辛者，黃帝之曾孫也。"

17 **嚲** (軃)duǒ (粵) do^2 ❶ **垂，下垂**。劉禹錫《和樂天鸚鵡》："斂毛睡足難銷日，～翅愁時願見風。" 岑參《和刑部成員外秋夜寓直寄臺省知己》："竹喧交砌葉，柳～拂牕條。" ❷ **擺動**。白居易《酬鄭侍御多雨春空過詩三十韻》："楚柳腰肢～，湘筠涕淚滂。"

18 **囁** niè (粵) zip^3 **（説話）吞吞吐吐**。王安石《寄蔡天啟》詩："或嗤元郎漫，或詆白翁～。" **[囁嚅 (rú (粵) jyu^4)]** ① **竊竊私語**。東方朔《七諫・怨世》："改前聖之法度兮，喜～～而妄作。" ② **欲言又止**。韓愈《送李愿歸盤谷序》："足將進而趑趄，口將言而～～。"

18 **嚾** huān (粵) fun^1 **大聲呼叫**。《抱朴子・酒誡》："仰～天墮，俯呼地陷。" **[嚾嚾] 喧嘩叫嚷**。《荀子・非十二子》："世俗之溝猶瞀 (mào (粵) mau^6) 儒，～～然不知其所非也。"（溝猶瞀儒：愚昧無知。）**[嚾呼] 呼叫**。《全唐詩・汴州人歌》："闐道～呼，公來之初。"

18 **囀** zhuàn (粵) zyun^3 **婉轉發聲**。謝朓《從戎曲》："寥戾清笳～，蕭條邊馬煩。" 王維《積雨輞川莊作》詩："漠漠水田飛白鷺，陰陰夏木～黃鸝。"

18 **囂** (譊)xiāo (粵) hiu^1 ❶ **喧嘩，吵鬧**。《左傳・成公十六年》："甚～，且塵上矣。" 柳宗元《捕蛇者説》："悍吏之來吾鄉，叫～乎東西，隳 (huī (粵) fai^1) 突乎南北。"（悍吏：兇暴的官吏。乎：於。隳突：毀壞騷擾。）❷ **[囂囂]** ① **人多聲音喧嘩**。《詩經・小雅・車攻》："之子于苗，選徒～～。" ② **悠閒自得的樣子**。《孟子・盡心上》："孟子謂宋句踐曰：'子好遊乎？吾語子遊。人知之，亦～～；人不知，亦～～。'" ❸ áo (粵) ngou^4 **[囂囂]** ① **通"嗸嗸"。眾人怨恨之聲**。《詩經・小雅・十月之交》："無罪無辜，讒口～～。" ② **傲慢的樣子**。《詩經・大雅・板》："我即爾謀，聽我～～。"

19 **囊** náng (粵) nong^4 ❶ **有底的口袋**。《詩經・大雅・公劉》："乃裹糇糧，于橐于～。"（糇糧：乾糧。）(引) **形狀像口袋的物體**。宋玉《風賦》："盛怒於土～之口。" ❷ **（用口袋）盛 (chéng (粵) sing^4) 裝**。《韓非子・外儲説右下》："引其綱而魚已～矣。"《宋書・沈攸之傳》："大得～米。" (引) **收斂，收藏**。《管子・任法》："皆～於法以事其主。" ❸ **蓋住，蒙住**。

柳宗元《童區寄傳》：“二豪賊劫持反接，布～其口。”【辨】**囊，橐。兩個字的本義都是口袋。“囊”是有底的口袋。“橐”是沒有底的口袋，兩頭都是口，用時以繩紮緊。兩字常連用，泛指口袋。**

19 **囈** yì 粵 ngai6 **說夢話**。王嘉《拾遺記》卷八：“呂蒙～語通《周易》。”[**唵**(án 粵 ngaam4) **囈**] **睡夢中的說話聲**。《列子・周穆王》：“眠中～～呻呼。”

19 **囅** chǎn 粵 cin2 [**囅然**] **笑的樣子**。《莊子・達生》：“桓公～～而笑。”

20 **囏** jiān 粵 gaan1 **同“艱”**。《周禮・地官・鄉師》：“以歲時巡國及野，而賙 (zhōu 粵 zau1) 萬民之～阨。”(賙：救濟。)

20 **㘎** hǎn 粵 haam3 **虎怒吼**。柳宗元《三戒・黔之驢》：“因跳踉大～，斷其喉，盡其肉，乃去。”

21 **囑** zhǔ 粵 zuk1 **囑託，叮囑**。《三國志・吳書・諸葛恪傳》：“俱受先帝～寄之詔。”(先帝：指孫權。寄：託付。)

口部

2 **囚** qiú 粵 cau4 ❶ **拘禁**。《韓非子・說林上》：“吏因～之。” 引 **束縛**。孟郊《冬日》詩：“萬事有何味，一生虛自～。” ❷ **俘獲**。《左傳・宣公十二年》：“射公子穀臣，～之。” 引 **囚犯，被拘禁的人**。《詩經・魯頌・泮水》：“在泮獻～。”白居易《歌舞》詩：“豈知閿 (wén 粵 man4) 鄉獄，中有凍死～。”(閿鄉：縣名。)

3 **因** yīn 粵 jan1 ❶ **依靠，憑藉**。《左傳・僖公三十年》：“～人之力而敝之。”(敝：破壞。)《孟子・離婁上》：“為高必～丘陵，為下必～川澤。” 又 **介詞。依照，根據**。《韓非子・外儲說左上》：“法者，見功而與賞，～能而受官。”(與：給予。受：授給。)《史記・孫子吳起列傳》：“善戰者～其勢而利導之。” 又 **介詞。趁着**。《三國志・魏書・郭嘉傳》：“～其無備，卒 (cù 粵 cyut3) 然擊之。”(卒：猝，突然。) ❷ **沿襲**。《論語・為政》：“周～於殷禮。”(周、殷：朝代名。)《漢書・循吏傳》：“光～循守職，無所改作。”(光：霍光。循：遵循。) ❸ **副詞。於是，就**。《史記・高祖本紀》：“秦軍解，～大破之。”(解：鬆懈。) ❹ **原因**。鄒陽《獄中上梁王書》：“無～而至前也。” ❺ **介詞。由於**。《史記・衞將軍驃騎列傳》：“～前使絕國功，封騫博望侯。”(使絕國：指出使西域。騫：張騫。博望侯：爵號。) 又 **介詞。由，從**。范縝《神滅論》：“如～榮木變為枯木。”(如：如同。榮木：茂盛的樹木。)

3 **回** (囘)huí 粵 wui4 ❶ **旋轉**。《荀子・致士》：“水深而～。” 又 **掉轉**。屈原《離騷》：“～朕 (zhèn 粵 zam6) 車以復路兮。”(朕：我。復路：到原來的道路。) 引 **違背，違逆**。《詩經・大雅・常武》：“徐方不～，王曰還歸。” 引 **改變志向**。柳宗元《與韓愈論史官書》：“道苟直，雖死不可～也。”(苟：如果。) **成語有“百折不回”**。❷ **奸邪**。《詩經・小雅・鼓鐘》：“淑人君子，其德不～。” **雙音詞有“奸回”**。❸ **回來，回去（後起意義）**。李白《將進酒》詩：“黃河之水天上來，奔流到海不復～。” ❹ **量詞。次（後起意義）**。劉禹錫《酬樂天偶題酒甕見寄》詩：“世路榮枯見幾～。” ❺ [**回紇** (hé 粵 hat6)] **隋唐時代我國西北部的一個民族。也稱“回鶻”**。【辨】**迴，回**。**見646頁“迴(廻)”字**。

3 **囟** (顖)xìn 粵 seon3 **囟門，嬰兒頭頂骨未合縫的地方**。《韓詩外傳》卷一：“三年～合，而後能言。”

4 **困** kùn 粵 kwan3 ❶ **困窘，困難**。《荀子・儒效》：“知之而不行，雖敦必

～。”《史記・屈原賈生列傳》：“齊竟怒不救楚，楚大～。”（竟：竟然。）《史記・魏公子列傳》：“公子能急人之～。”(又) **被困，困住**。諸葛亮《後出師表》：“其用兵也，仿佛孫、吳，然～于南陽。”（孫、吳：孫臏、吳起。南陽：地名。）**成語有“困獸猶鬥”**。❷ **貧乏，貧困**。《史記・宋微子世家》：“歲饑民～。”❸ **困倦，疲乏**。《鹽鐵論・擊之》：“猶耕者倦休而～止也。”（就像農民因困倦而休息，因疲乏而停止耕作一樣。）

4 **囤** （𥬠）dùn (粵) deon6 ❶ **儲糧食的盛器**。《淮南子・精神》：“與守其篅（chuán (粵) cyun4）～，有其井，一實也。”（篅：儲存糧食的器具。）《魏書・高祖紀上》：“詔諸倉～穀麥充積者，出賜貧民。”❷ tún (粵) tyun4 **囤積，貯存**。黃生《義府・諸賈人》：“貯積諸物，如今之～戶。”**成語有“囤積居奇”**。

5 **固** gù (粵) gu3 ❶ **堅固，特指地形險要和城郭堅固**。《荀子・王制》：“兵勁城～。”（勁：強。）《戰國策・秦策一》：“東有肴、函之～。”（肴：山名，又寫作“殽”。函：指函谷關。）(引) **堅持**。《史記・齊世家》：“管仲～諫，不聽。”(又) **固定，穩固**。《韓非子・五蠹》：“法莫如一而～。”《左傳・宣公二年》：“君能有終，則社稷之～也。”(又) **固執，頑固**。《列子・湯問》：“汝心之～，～不可徹。”（徹：通。）❷ **鄙陋**。司馬相如《上林賦》：“鄙人～陋，不知忌諱。”❸ **副詞。本來**。司馬遷《報任安書》：“人～有一死，或重於泰山，或輕於鴻毛。”（或：有的。）❹ **通“故”。連詞。所以，因此**。柳宗元《封建論》：“吾～曰：非聖人之意也，勢也。”（勢：指事物發展的必然性。）

5 **囷** qūn (粵) kwan1 ❶ **圓形倉**。《詩經・魏風・伐檀》：“不稼不穡，胡取禾三百～兮？”［囷鹿］**泛指糧倉。鹿本指方形倉**。《國語・吳語》：“而大荒荐饑，市無赤米，而～～空虛。”❷ ［囷囷］**曲折迴旋的樣子**。杜牧《阿房宮賦》：“盤盤焉，～～焉，蜂房水渦，矗不知其幾千萬落。”

5 **囹** líng (粵) ling4 ［囹圄（yǔ (粵) jyu5）］**監獄**。《韓非子・三守》：“至於守司～～，禁制刑罰，人臣擅之，此謂刑劫。”（守司：主管。）**又寫作“囹圉（yǔ (粵) jyu5）”**。《史記・秦始皇本紀》：“虛～～而免刑戮。”

6 **囿** yòu (粵) jau6 ❶ **畜養禽獸的園地**。《孟子・梁惠王下》：“文王之～方七十里。”（文王：周文王。）(又) **菜園，果園**。《大戴禮記・夏小正》：“～有見杏。”❷ **事物聚集的地方**。徐光啟《刻〈幾何原本〉序》：“真可謂萬象之形～，百家之學海矣。”（萬象：各種形象。）❸ **局限，指見識不廣**。《莊子・天下》：“辯者之～也。”（辯：辯論。）**成語有“囿於見聞”**。

7 **圃** pǔ (粵) pou2 ❶ **種植蔬菜瓜果的園子**。《韓非子・外儲說左上》：“中牟之人棄其田耘，賣宅～。”（中牟：地名。田耘：指農活。）(引) **事物聚集的地方**。《史記・司馬相如列傳》：“修容乎禮園，翱翔乎書～。”❷ **種植蔬菜瓜果的人**。《論語・子路》：“樊遲請學稼。子曰：‘吾不如老農。’請學為圃，曰：‘吾不如老～。’”

7 **圄** yǔ (粵) jyu5 **囚禁**。《左傳・宣公四年》：“～伯嬴於轑陽而殺之。”（伯嬴：人名。轑陽：地名。）(又) **監獄**。《晏子春秋・內篇諫下》：“景公藉重而獄多，拘者滿～，怨者滿朝。”［囹圄］**見本頁“囹”字**。

7 **圂** hùn (粵) wan6 ❶ **豬圈**。《漢書・五行志中之下》：“燕王宮永巷中豕出～，壞都竈。”(引) **廁所**。《說文・囗部》：“圂，廁也。”❷ huàn (粵) waan6 **通“豢”**。

指豬、犬。《禮記・少儀》："君子不食～腴。"（腴：指豬、犬的腸、胃。）

8 **圊** qīng (粵) cing^1 ❶ **厠所**。《三國志・蜀書・諸葛亮傳》注引《袁子》："所至營壘、井竈、～溷、藩籬、障塞皆應繩墨。" ❷ **豬圈**。苻朗《苻子》："豕也，非大～不居。"

8 **圉** yǔ (粵) jyu^5 ❶ **養馬**。《左傳・哀公十四年》："孟孺子泄將～馬於成。"（成：地名。）(又) **養馬的人**。《左傳・昭公七年》："馬有～，牛有牧。"（牧：指牧牛人。） ❷ **邊境，邊疆**。《詩經・大雅・召旻》："我居～卒荒。"（卒：盡。荒：空虛，指百姓都流亡。） ❸ [囹圉] **通"囹圄"。監獄**。《史記・秦始皇本紀》："虛～～而免刑戮。" ❹ yù (粵) jyu^6 **通"禦"。阻止**。《莊子・繕性》："其來不可～，其去不可止。"

8 **國**（国、囯）guó (粵) gwok^3 ❶ **國家**。《尚書・呂刑》："惟呂命，王享～百年。"《商君書・更法》："治世不一道，便～不必法古。"（道：方法。便：有利。法：效法。） ❷ **周代諸侯國及漢以後王或侯的封地、食邑**。《左傳・僖公二十八年》："楚一言而定三～。"《戰國策・齊策四》："孟嘗君就～於薛。" 柳宗元《封建論》："漢興，天子之政行於郡，不行於～。"（政：政令。行：推行。） ❸ **國都，京城**。屈原《九章・哀郢》："出～門而軫 (zhěn (粵) zan^2) 懷兮。"（軫：悲痛。懷：懷念。）

9 **圍** wéi (粵) wai^4 ❶ **環繞**。《莊子・則陽》："大至於不可～。" ❷ **包圍**。《孫子兵法・謀攻》："十則～之。"（兵力十倍於敵就包圍它。）(又) **守城**。《公羊傳・莊公十年》："～不言戰。" ❸ **包圍圈**。《史記・陳丞相世家》："高帝用陳平奇計，使單 (chán (粵) sin^4) 于閼氏 (yān zhī (粵) jin^1 zi^1)，～以得開。"（單于：匈奴首領。閼氏：匈奴首領的正妻。）(又) **圈子**。賈思勰《齊民要術・種韭》："布子于～內。"（布子：撒籽。）(特) **打獵的圍場**。《隋書・禮儀志》："監獵布～。" ❹ **周圍**。徐弘祖《徐霞客遊記・楚遊日記》："四～垂幔 (màn (粵) maan^6)。"（幔：帳幕。） ❺ **量詞。兩臂合抱的圓周長，或兩手大拇指與食指合攏的圓周長**。柳宗元《行路難》詩："萬～千尋妨道路。"（萬圍千尋的大樹阻礙道路。尋：長度單位，八尺為一尋。）干寶《搜神記》卷十九："有大蛇……大十餘～。"

10 **園** yuán (粵) jyun^4 ❶ **果園**。《墨子・非攻上》："今有一人，入人～圃，竊其桃李。"(引) **種樹木或蔬菜的地方**。《詩經・鄭風・將仲子》："將仲子兮，無踰我～，無折我樹檀。"（將：語氣詞。仲子：人名。樹：種。檀：檀樹。）《世說新語・德行》："管寧、華歆共～中鋤菜。"（共：一起。） ❷ **帝王貴族遊玩的地方**。《史記・高祖本紀》："諸故秦苑囿～池，皆令人得田之。"（苑：帝王遊樂打獵的場所。田：種莊稼。） ❸ **帝王后妃的墓地**。《史記・劉敬叔孫通列傳》："先帝～陵寢廟，群臣莫能習。"（寢：宗廟中的後殿，放置祖先衣冠的地方。）

10 **圓** yuán (粵) jyun^4 ❶ **圓形**。《荀子・賦》："～者中規。"（中：符合。規：畫圓的工具。） ❷ **完備，周全**。劉勰《文心雕龍・鎔裁》："故能首尾～合。" **成語有"自圓其說"**。 ❸ **婉轉**。白居易《題周家歌者》詩："清緊如敲玉，深～似轉簧。" ❹ **天的代稱。古時有人認為天是圓形的，地是方形的**。《淮南子・本經》："戴～履方。"（履：踩，踏。方：指地。）

11 **團** tuán (粵) tyun^4 ❶ **圓**。吳均《八公山賦》："桂皎月而常～。"(又) **圓形或球形物品**。楊萬里《走筆謝吉守趙判院分餉三山生荔子》詩："曉風凍作水晶～。" ❷ **聚集，集合**。林逋《小圃春日》

詩：「草長～粉蝶，林暖墜青蟲。」㊀ **凝聚，凝結**。盧象《鄉試後自鞏還田家作》：「峰暗雪猶積，澗深冰已～。」❸ **軍隊的編制單位**。《隋書・禮儀志三》：「又步卒八十隊分為四～，～有偏將一人。」❹ **量詞。用於團狀的事物**。陸游《歲暮》詩：「啖（dàn ㊃ daam⁶）飯著衣常苦懶，為誰欲理一～絲？」（啖：吃。）

11 **圖** tú ㊃ tou⁴ ❶ **想，反覆考慮**。《韓非子・存韓》：「願陛下熟～之。」㊁ **謀劃**。《三國志・蜀書・諸葛亮傳》：「本欲與將軍共～王霸之業。」**成語有「圖謀不軌」**。㊁ **設法對付**。《左傳・隱公元年》：「蔓難～也。」❷ **圖謀，謀取**。《史記・孫子吳起列傳》：「則諸侯～魯矣。」（魯：魯國。）《三國志・魏書・武帝紀》：「吾急之則併力，緩之則自相～，其勢然也。」**成語有「圖財害命」**。㊁ **意圖，抱負**。杜甫《過南嶽入洞庭湖》詩：「帝子留遺恨，曹公屈壯～。」❸ **料想，猜度**。《論語・述而》：「不～為樂之至於斯也！」《論衡・解除》：「形既不可知，心亦不可～。」❹ **畫**。沈括《夢溪筆談》卷一七：「直以彩色～之。」（直：直接。）❺ **圖畫，肖像**。《莊子・田子方》：「宋元君將畫～。」**成語有「圖文並茂」**。［**圖讖**（chèn ㊃ cam³）］**方士、巫師所説的隱語或預言叫「讖」，讖附有圖，因此叫「圖讖」**。《隋書・經籍志一》：「王莽好符命，光武以～～興。」（符命：古時所謂的帝王「受命於天」的徵兆。光武：指漢光武帝劉秀。）㊁ **地圖，版圖**。《周禮・夏官・職方氏》：「掌天下之～。」岳飛《五嶽祠盟記》：「取故地上版～。」（故地：舊地，指失地。）李賀《出城別張又新酬李漢》詩：「皇～跨四海。」㊕ **河圖。傳説中的一種神圖**。《論語・子罕》：「河不出～，吾已矣夫！」❻ **法度**。屈原《九章・懷沙》：「前～未改。」

13 **圜** huán ㊃ waan⁴ ❶ **圍繞**。《列子・説符》：「～流九十里。」❷ yuán ㊃ jyun⁴ **通「圓」。圓形**。《墨子・經上》：「～，一中同長也。」（圓是一個圓心，同樣長的半徑。）㊀ **天**。屈原《天問》：「～則九重，孰營度之？」（孰：誰。營度：營謀，設計。）❸ yuán ㊃ jyun⁴ **牢獄**。《周禮・秋官・司寇》：「司～中士六人。」❹ yuán ㊃ jyun⁴ **指錢幣**。《漢書・食貨志下》：「太公為周立九府～法。」（九府：管理錢幣的機構。）

土部

0 **土** tǔ ㊃ tou² ❶ **泥土，土壤**。《荀子・勸學》：「積～成山。」㊁ **土地，田地**。《周易・離》：「百穀草木麗乎～。」㊁ **塵土**。《楚辭・九懷・陶壅》：「浮雲鬱兮晝昏，霾～忽兮塺塺。」❷ **（用土）築城或建房屋**。《詩經・邶風・擊鼓》：「～國城漕。」《晉書・江統傳》：「竊見禁～，令不得繕修牆壁。」❸ **測量土地**。《周禮・地官・大司徒》：「以土圭～其地而制其域。」❹ **鄉土，故鄉**。《論語・里仁》：「小人懷～。」《後漢書・班超傳》：「久在絕域，年老思～。」㊁ **本地的**。《宋史・河渠志七》：「招收～軍五十人。」《宋書・文帝紀》：「城邑高明，～風淳壹。」（風：風俗。淳壹：淳厚而單一。）❺ **領土**。《三國志・魏書・夏侯玄傳》：「分疆畫界，各守～境。」㊁ **地方，地區**。《詩經・魏風・碩鼠》：「適彼樂～。」韓愈《元和聖德詩》：「疆外之險，莫過蜀～。」❻ **土地神**。《公羊傳・僖公三十一年》：「諸侯祭～。」㊁ **祭祀土地神的地方**。《詩經・大雅・緜》：「迺立冢～。」❼ **五行（金、木、水、火、土）之一。見 566 頁「行」字。**
❽ **八音（金、石、土、木、絲、竹、匏、**

革）之一。見714頁“音”字。

3 **圬** （杇）wū (粵) wu^{1} **泥瓦工人用的抹子。**(引) **抹灰等泥瓦工作。**《論語·公冶長》：“糞土之牆，不可～也。”《左傳·襄公三十一年》：“～人以時塓（mì (粵) mik^{6}）館宮室。”（圬人：泥瓦工人。塓：塗抹。）

3 **圭** guī (粵) gwai^{1} ❶ **用作憑信的玉，形狀上圓（或上尖）下方。**《漢書·揚雄傳》：“析人之～。”（析：分。）(特) **帝王、諸侯在舉行朝會、祭祀的典禮時拿的一種玉器。**《儀禮·聘禮》：“執～入門，鞠躬焉，如恐失之。”《後漢書·明帝紀》：“親執～璧，恭祀天地。”**這個意義又寫作“珪”。**❷ **測日影的器具。**張衡《東京賦》：“土～測景。”（景：日影。）❸ **容量單位。一升的萬分之一。**《漢書·律曆志一》：“量多少者不失～撮。”（撮：一升的千分之一。）

3 **圮** pǐ (粵) pei^{5} **毀壞。**《尚書·堯典》：“方命～族。”⊗ **坍塌。**《金史·商衡傳》：“因地震城～。”

3 **圯** yí (粵) ji^{4} **橋。**《史記·留侯世家》：“良嘗閒從容步遊下邳（pī (粵) pei^{4}）～上。”（良：張良。嘗：曾經。下邳：地名。）

3 **地** dì (粵) dei^{6} ❶ **大地，田地。**《莊子·德充符》：“夫天無不覆，～無不載。”《管子·形勢解》：“～生養萬物。”❷ **地區，區域。**《史記·秦始皇本紀》：“王翦遂定荊江南～。”（王翦：人名。）❸ **處所，地點。**《孫子兵法·虛實》：“先處戰～而待敵者佚。”（佚：安逸。這裏指以逸待勞。）(引) **處境，境地。**《史記·李斯列傳》：“久處卑賤之位，困苦之～。”❹ **地位。**《孟子·離婁下》：“禹、稷、顏子，易～則皆然。”(引) **門第。**駱賓王《代李敬業討武氏檄》：“偽臨朝武氏者，性非和順，～實寒微。”❺ **質地，底子。**《三國志·魏書·東夷傳》：“今以絳～交龍錦五匹……答汝所獻貢直。”❻ **副詞詞尾（後起意義）。**《世說新語·方正》：“使君如馨～，寧可鬬戰求勝！”李白《越女詞》：“相看月未墮，白～斷肝腸。”❼ (粵) dai^{6} **通“第”。副詞。但，只。**《漢書·丙吉傳》：“西曹～忍之，此不過汙丞相車茵耳。”

3 **在** zài (粵) zoi^{6} ❶ **存在。**《論語·學而》：“父～觀其志，父沒觀其行。”范縝《神滅論》：“豈容形亡而神～。”（形：形體。神：神智。）❷ **居於，處於。**《左傳·昭公十六年》：“～位數世，世守其業。”❸ **問候。**《左傳·襄公二十六年》：“吾子獨不～寡人。”❹ **介詞。引出動作的處所、時間、範圍等。**《三國志·蜀書·諸葛亮傳》：“時權擁軍～柴桑。”（時：當時。權：孫權。柴桑：地名。）柳宗元《田家》詩之二：“迎新～此歲。”（歲：年。）⊗ **在於。**《荀子·勸學》：“駑馬十駕，功～不舍。”

4 **坏** pī (粵) pui^{1} ❶ **土丘，一重（chóng (粵) cung^{4}）山。**范成大《長安閘》詩：“千車擁孤隧，萬馬盤一～。”❷ péi (粵) pui^{4} **用泥塗塞。**《禮記·月令》：“修宮室，～牆垣，補城郭。”❸ péi (粵) pui^{4} **屋子的後牆。**揚雄《解嘲》：“故士或自盛以橐，或鑿～以遁。”❹ **通“坯”。燒製磚瓦陶器之前的毛坯。**《揚子法言·先知》：“剛則甈，柔則～。”⊗ **製坯。**《後漢書·崔駰傳》：“參差同量，～冶一陶。”（冶：冶煉。）**參**120**頁“壞”字。**

4 **址** （阯）zhǐ (粵) zi^{2} ❶ **地基，地址。**張九齡《登古陽雲臺》詩：“楚國茲故都，蘭臺有餘～。”（茲：這裏。蘭臺：台名。）《北史·劉芳傳》：“宮闕府寺僉復故～。”（僉：都。）❷ **山腳。**王安石《遊褒禪山記》：“褒禪山亦謂之華山，唐浮圖慧褒始舍於其～。”（浮圖：和尚。慧褒：和尚名。舍：築屋。）

4 **圻** qí 粵 kei^{4} ❶ **京畿。天子都城周圍千里之地**。《左傳・襄公二十五年》：“且昔天子之地一～。”(引) **地方千里為圻**。《左傳・昭公二十三年》：“若敖蚡冒，至于武文，土不過同，慎其四竟，猶不城郢。今土數～，而郢是城，不亦難乎？”（若敖、蚡冒：都是楚的先祖。同：地方百里為同。）❷ **岸**。《論衡・死偽》：“欒水擊滑山之尾，猶河、泗之流湍濱～也。”王維《送沈子福之江東》詩：“楊柳渡頭行客稀，罟師蕩槳向臨～。”❸ yín 粵 ngan^{4} **同“垠”。邊界，邊際**。《淮南子・俶真》：“四達無境，通于無～。”

4 **坂** **（岅、阪）** bǎn 粵 baan^{2} **山坡**。《後漢書・皇甫嵩傳》：“若欲輔難佐之朝，雕朽敗之木，是猶逆～走丸。”李白《北上行》：“汲水澗谷阻，采薪隴～長。”（薪：柴。）**“坂”又寫作“阪”**。

4 **坋** fèn 粵 fan^{6} ❶ **塵土**。《說文》：“坋，塵也。”❷ **塗飾**。《後漢書・東夷傳・倭》：“並以丹朱～身，如中國之用粉也。”

4 **均** jūn 粵 gwan^{1} ❶ **平均，均勻**。《詩經・小雅・北山》：“大夫不～，我從事獨賢。”《論語・季氏》：“不患寡而患不～。”(引) **協調**。《詩經・小雅・皇皇者華》：“我馬維駰（yīn 粵 jan^{1}），六轡（pèi 粵 bei^{3}）既～。”（駰：毛色淺黑雜白的馬。轡：駕馭牲口的韁繩。既：已經。）❷ **同，同樣的**。《左傳・僖公五年》：“～服振振，取虢（guó 粵 gwik^{1}）之旂。”（均服：一式的戰衣。振振：衣裝整齊的樣子。虢：國名。旂：同“旗”。）(又) **皆，全都**。《墨子・尚同下》：“其鄉里未之～聞見也。”❸ **製造陶器所用的轉輪**。《管子・七法》：“不明於則，而欲出號令，猶立朝夕於運～之上。”（立朝夕：指測定東西向的方位。）**這個意義又寫作“鈞”**。❹ yùn 粵 wan^{5}/wan^{6} **通“韻”。韻律**。成公綏《嘯賦》：“音～不恆，曲無定制。”

4 **坎** kǎn 粵 ham^{2} ❶ **坑穴**。《周易・坎》：“～不盈。”賈思勰《齊民要術・大豆》：“～方深各六寸，相去二尺。”（相去：相距。）**［坎井］淺井**。《荀子・正論》：“～～之蛙不可與語東海之樂。”**［坎坷（kě 粵 ho^{2}）］** ① **不平坦**。《漢書・揚雄傳上》：“濊（huì 粵 wai^{3}）南巢之～～兮，易豳岐之夷平。”（濊：通“穢”。污濁。）② **不得志，不順利**。杜甫《醉時歌》：“德尊一代常～～，名垂萬古知何用？”文天祥《平原》詩：“崎嶇～～不得志。”❷ **敲擊樂器的聲音**。《詩經・陳風・宛丘》：“～其擊鼓。”**［坎坎］** ① **象聲詞**。《詩經・魏風・伐檀》：“～～伐檀兮。”（檀：檀樹。）② **心緒不平**。柳宗元《弔屈原文》：“哀余衷之～～兮，獨蘊憤而增傷。”❸ **八卦之一。代表水。見72頁“卦”字**。

4 **坑** kēng 粵 haang^{1} ❶ **地面上凹下去的地方**。東方朔《七諫・初放》：“死日將至兮，與麋鹿同～。”賈思勰《齊民要術・種椒》：“先作小～，圓深三寸。”❷ **活埋**。孔安國《尚書序》：“及秦始皇，滅先代典籍，焚書～儒。”《鹽鐵論・利議》：“秦王燔（fán 粵 faan^{4}）去其術而不行，～之渭中而不用。”（燔：焚燒。渭中：指咸陽。）❸ kàng 粵 kong^{3} **用土坯等砌成的睡覺的台**。《舊唐書・高麗傳》：“其俗貧窶（jù 粵 geoi^{6}）者多冬月皆作長～，下燃熅火以取暖。”（窶：貧窮。熅：沒有火苗的火。）**這個意義後來寫作“炕”**。

4 **坊** fāng 粵 fong^{1} ❶ **城市中的住宅區**。《魏書・世宗紀》：“築京師三百二十～。”白居易《失婢》詩：“～門帖榜遲。”（帖牓：指張貼文告。）❷ **店舖**。孟元老《東京夢華錄》卷三：“各有茶～酒店。”❸ **工場，作坊**。《隋書・食貨志》：“官置酒～收利。”《舊五代史・史弘肇傳》：“聞作～鍛甲之聲。”❹ **牌坊**

（後起意義）。舊時表彰功德等而立的建築物。如“貞節坊”、“忠孝坊”等。❺ 官署名。白居易《琵琶行》：“名屬教～第一部。” ❻ fáng (粵) fong4 **通“防”。堤防**。《禮記・郊特牲》：“祭～與水庸。”（水庸：水溝。）⊗ **防止，防備**。《禮記・坊記》：“命以～欲。”（命：教令，法令。欲：貪慾。）

4 **坐** zuò (粵) zo6/co5 ❶ **古人鋪蓆於地，兩膝着蓆，臀部壓在腳後跟上，叫作“坐”**。《戰國策・魏策四》：“先生～！” ❷ **座位**。《史記・魏公子列傳》：“公子引侯生坐上～。” **這個意義後來寫作“座”**。❸ **因犯……罪或錯誤**。《漢書・龔遂傳》：“群臣～陷王於惡不道，皆誅死者二百餘人。” ⊗ **入罪，定罪**。仲長統《昌言・損益》：“犯法不～。” **又如“連坐”、“隨坐”**。❹ **因為**。漢樂府《陌上桑》：“耕者忘其犁，鋤者忘其鋤，來歸相怨怒，但～觀羅敷。”（觀：看。羅敷：人名。）❺ **訴訟時在法官面前對質**。《左傳・昭公二十三年》：“晉人使與邾大夫～。”【**辨**】跪，坐。見 624 頁“跪”字。

4 **坌** bèn (粵) ban6 ❶ **灰塵**。元好問《戊戌十月山陽雨夜》詩：“霏霏散浮烟，靄靄集微～。” ⊗ **用作動詞，指飛塵落於物體**。元稹《說劍》詩：“古今困泥滓，我亦～塵垢。” ❷ **並，一齊**。司馬相如《哀秦二世賦》：“登陂陁（pō tuó (粵) po1 to4）之長阪兮，～入曾宮之嵯峨（cuó é (粵) co4 ngo4）。”（陂陁：傾斜不平的樣子。嵯峨：山勢高峻的樣子。）

5 **坯** pī (粵) pui1 ❶ **一重（chóng (粵) cung4）山**。❷ **燒製磚瓦陶器之前的毛坯**。《淮南子・精神》：“夫造化者既以我為～矣，將無所違之矣。”《朱子語類》卷六十四：“上面一截便是一個～子。”

5 **坫** diàn (粵) dim3 **古代設於堂中供祭祀、宴會時放禮器和酒具的土台。低者用來供諸侯相會飲酒後放置空杯，叫反坫**。《論語・八佾》：“邦君為兩君之好，有反～。”《新唐書・禮樂志二》：“受虛爵復於～。”（接過空酒器放回土台上。爵：酒器。）

5 **坦** tǎn (粵) taan2 ❶ **平坦，寬廣**。《世說新語・言語》：“其地～而平，其水淡而清。” (引) **開闊，廣大**。張衡《西京賦》：“雖斯宇之既～。” ⊗ **豁達，開朗**。《論語・述而》：“君子～蕩蕩。”《後漢書・孔僖傳》：“～如日月。” ❷ [**坦然**] **安然，無所顧慮的樣子**。元稹《捉捕歌》：“主人～～意，晝夜安寢寤。” ❸ **露出（腹部）**。《世說新語・雅量》：“唯有一郎在東牀上，～腹卧。”

5 **坤** （㘫）kūn (粵) kwan1 **八卦之一，代表地**。《周易・繫辭上》：“天尊地卑，乾～定矣。” 杜甫《後苦寒行》：“殺氣南行動～軸。” **見 72 頁“卦”字**。⊗ **女性的，陰性的**。《周易・繫辭上》：“乾道成男，～道成女。”《漢書・王莽傳中》：“駕～六馬。”（用六匹母馬駕車。）**雙音詞有“坤角”、“坤錶”等**。

5 **坱** yǎng (粵) joeng5 ❶ **塵埃**。柳宗元《法華寺石門精舍》詩：“潛軀委纏鎖，高步謝塵～。” ❷ [**坱圠**（yà (粵) aat3）] ① **茫茫無邊際的樣子**。賈誼《鵩鳥賦》：“～～無垠（yín (粵) ngan4）。”（垠：邊際。）② **高低不平**。左思《吳都賦》：“地勢～～。” **上述** ①② **又寫作“坱軋”**。

5 **坰** jiōng (粵) gwing1 **遙遠的郊野**。《列子・黃帝》：“出行經～外。”

5 **坼** chè (粵) caak3 **分裂，裂開**。《戰國策・趙策三》：“天崩地～。”《淮南子・本經》：“天旱地～。” (引) **裂縫**。《管子・四時》：“補缺塞～。”

5 **坻** chí (粵) ci4 ❶ **水中的小洲或高地**。《詩經・秦風・蒹葭》：“溯游從之，宛在水中～。” ❷ dǐ (粵) dai2 **山坡**。張衡《西京賦》：“右有隴～之隘。” ❸ zhǐ (粵) zi2 **同**

“坻”。**止**。［坻伏］**潛藏不出**。《左傳・昭公二十九年》：“官宿其業，其物乃至；若泯棄之，物乃～～。”（宿：安。泯：滅。）

5 **坳** （坳）ào ⓨ aau3/ngaau3 **低凹的地方**。韓愈《詠雪・贈張籍》：“～中初蓋底，垤（dié ⓨ dit6）處遂成堆。”（垤：小土堆。）［坳堂］**堂上低窪的地方**。《莊子・逍遙遊》：“覆杯水於～～之上，則芥為之舟。”

6 **型** xíng ⓨ jing4 **鑄造器物的土模子**。《淮南子・脩務》：“明鏡之始下～，矇然未見形容；及其粉以玄錫，摩以白旃，鬢眉微豪可得而察。”

6 **垣** yuán ⓨ wun4 ❶ **矮牆。也泛指牆**。《左傳・僖公五年》：“踰～而走。”《管子・輕重丁》：“內毀室屋，壞牆～。”❷ **官署的代稱**。白居易《張十八》詩：“諫～幾見遷遺補。”（諫：諫官。遷：升遷。遺補：官名，即拾遺、補闕。）

6 **城** chéng ⓨ sing4 ❶ **城牆**。《詩經・邶風・靜女》：“靜女其姝，俟我於～隅。”李賀《雁門太守行》：“黑雲壓～～欲摧。”(又) **修築城牆**。《漢書・高帝紀》：“令天下縣邑～。”❷ **城邑**。《史記・孫子吳起列傳》：“魏文侯以為將，擊秦，拔五～。”（以為將：指讓吳起做將軍。）

【辨】城，郭。“城”與“郭”並稱時，“城”指內城，“郭”指外城。“城”、“郭”連用時，泛指城。

6 **垤** dié ⓨ dit6 **螞蟻做窩時堆在穴口的小土堆。也叫蟻封、蟻冢**。《詩經・豳風・東山》：“鸛（guàn ⓨ gun3）鳴於～。”（鸛鳥在蟻穴口的小土堆上叫。）(泛) **小土堆**。《韓非子・六反》：“山者大，故人順之；～微小，故人易之也。”（順：通“慎”。謹慎，小心。易：輕視。）

6 **垢** gòu ⓨ gau3 ❶ **污穢，塵土一類的髒東西**。《韓非子・大體》：“不洗～而察難知。”（察：看。）**成語有“藏污納垢”**。❷ **恥辱**。《左傳・宣公十五年》：“國君含～。”（含垢：容忍恥辱。）

6 **垝** guǐ ⓨ gwai2 **毀壞，倒塌**。《詩經・衛風・氓》：“乘彼～垣，以望復關。”(又) **倒塌的牆**。《管子・霸形》：“東山之西，水深滅～。”

6 **垓** gāi ⓨ goi1 ❶ **八極之內的廣大土地**。揚雄《大鴻臚箴》：“經通～極。”（治理八極之內的廣大區域。）❷ **界限**。揚雄《衛尉箴》：“重垠（yín ⓨ ngan4）累～，以難不律。”（設置了重重界限，以阻難不法者。垠：邊。）❸ **數詞。古代萬萬為垓**。《太平御覽》卷七五：“十萬謂之億，十億謂之兆，十兆謂之經，十經謂之～。”❹ **通“陔”。台階的層次**。《史記・封禪書》：“壇三～。”（壇：祭祀用的高台。）［九垓］① **九重天**。《史記・司馬相如列傳》：“上暢～～，下泝（sù ⓨ sou3）八埏（yán ⓨ jin4）。”（暢：達。泝：流。埏：地的邊際。）② **八極之內的土地**。蕭綱《南郊頌序》：“～～同軌。”

6 **垞** chá ⓨ caa4 **小土山**。范成大《閏月四日石湖眾芳爛熳》詩：“北～南岡總是家，兒童隨逐任讙嘩。”

6 **垠** yín ⓨ ngan4 **岸**。柳宗元《小石城山記》：“有積石橫當其～。”（橫當其垠：橫在岸邊。）(引) **邊際，盡頭**。《楚辭・遠遊》：“其大無～。”

【辨】岸，涯，垠。在一般用法上，“岸”和“涯”相同，但“岸”沒有“天涯”、“生涯”的意思。“垠”的本義也是“岸”，但常見的多是“邊際”的意思，多用於“無垠”。

6 **垂** chuí ⓨ seoi4 ❶ **邊疆**。《荀子・臣道》：“邊境之臣處，則疆～不喪。”（處：用。）《後漢書・李膺傳》：“今三～蠢動，王旅未振。”**這個意義後來寫作“陲”**。(引) **邊，旁邊**。王粲《詠史》：“妻子當門泣，兄弟哭路～。”❷ **垂掛**。《莊子・逍遙遊》：“鵬之背不知其幾千里也。

怒而飛，其翼若～天之雲。”柳宗元《三戒·臨江之麋》：“群犬～涎。”（涎：口水。）(引) **施，賜**。《鹽鐵論·本議》：“陛下～大惠。”❸ **流傳**。《荀子·王霸》：“名～乎後世。”（乎：於。）**成語有“永垂不朽”**。❹ **臨近**。杜甫《垂老別》詩：“四郊未寧靜，～老不得安。”**成語有“垂暮之年”**。❺ **敬辭。表示對方高於自己**。白居易《答崔侍郎書》：“～問以鄙況。”（鄙況：指我的情況。鄙：自我謙稱。）

6 **垡** fá (粵) fat6 ❶ **翻耕土地**。韓愈《送文暢師北遊》詩：“余期報恩後，謝病老耕～。”❷ **翻起的土塊**。賈思勰《齊民要術·大豆》：“若澤多者，先深耕訖，逆～擲豆，然後勞之。”

7 **埒** liè (粵) lyut3 ❶ **矮牆**。《三國志·魏書·鮑勛傳》：“時營壘未成，但立標～。”**[馬埒] 古時跑馬射箭的場所，四面圍以矮牆**。劉禹錫《題于家公主舊宅》詩：“～～蓬蒿藏狡兔。”❷ **堤壩，田埂**。謝朓《賦貧民田》詩：“舊～新塍（chéng (粵) sing4）分，青苗白水映。”（塍：田埂。）❸ **山上的水流**。《列子·湯問》：“一源分為四～，注於山下。”❹ **相等**。《史記·平準書》：“富～天子。”《漢書·李延年傳》：“其愛幸～韓嫣。”（韓嫣：人名。）

7 **埆** què (粵) kok3 ❶ **土地多石貧瘠**。《詩經·王風·丘中有麻》毛傳：“丘中墝～之處。”《三國志·吳書·薛綜傳》：“其方土寒～，穀稼不殖。”❷ **考校，考核**。應劭《風俗通·五嶽》：“嶽者，～功考德，黜陟幽明也。”

7 **垸** huán (粵) jyun4 ❶ **轉動**。《淮南子·時則》：“規之為度也，轉而不復，員而不～。”（員：圓。）❷ (粵) waan4 **通“鍰”。古代重量單位**。《周禮·考工記·冶氏》：“冶氏為殺矢，刃長寸，圍寸，鋌十之，重三～。”

7 **埌** làng (粵) long6 **[壙埌] 原野空曠的樣子**。《莊子·應帝王》：“而遊無何有之鄉，以處～～之野。”

7 **埃** āi (粵) oi1/ngoi1 **塵土**。《荀子·勸學》：“上食～土，下飲黃泉。”李白《對酒》詩：“自古帝王宅，城闕閉黃～。”

7 **堲** jí (粵) zik1 ❶ **燒土為磚**。《禮記·檀弓上》：“夏后氏～周。”（燒土為磚，放在棺材的四周。）❷ **燭灰**。《禮記·檀弓上》鄭玄注引《弟子職》：“右手折～。”❸ (粵) zat6 **通“疾”。憎恨**。《尚書·舜典》：“朕～讒說殄行。”

8 **堵** dǔ (粵) dou2 **古代建築牆的單位。堵的長度諸說不一，多認為長高各一丈為一堵**。《詩經·小雅·鴻雁》：“之子于垣，百～皆作。”《三國志·魏書·管寧傳》：“環～蓽（bì (粵) bat1）門，偃息窮巷。”（環堵：四面圍牆各一堵，比喻院子很小。蓽門：柴門。）(泛) **牆**。杜甫《莫相疑行》：“集賢學士如～牆，觀我落筆中書堂。”（集賢：集賢院。如堵牆：形容人多而密集。）

8 **埴** zhí (粵) zik6 **製作陶器用的黏土**。《管子·任法》：“猶～在埏（shān (粵) sin1）也。”（埏：以水和土。）

8 **域** yù (粵) wik6 ❶ **邦國，封邑**。《論語·季氏》：“且在邦～之中矣。”《漢書·韋玄成傳》：“以保爾～。”❷ **疆界，一定的區域**。《周禮·地官·大司徒》：“周知九州之地～廣輪之數。”（廣輪：指土地面積。）❸ **墓地，墳地**。《詩經·唐風·葛生》：“蘞（liǎn (粵) lim5）蔓于～。”（蘞：一種蔓草。蔓：蔓延。）

8 **埼** qí (粵) kei4 **彎曲的岸邊**。《史記·司馬相如列傳》：“觸穹石，激堆～。”

8 **堁** kè (粵) fo3/fo2 ❶ **塵土**。宋玉《風賦》：“夫庶人之風，塕然起於窮巷之間，堀～揚塵。”《淮南子·主術》：“譬猶揚～而弭塵，抱薪以救火也。”❷ [**埵**（duò

粵 do^{2}) 堁] **小土堆**。《淮南子・説山》："泰山之容，巍巍然高，去之千里，不見～～，遠之故也。"

8 **埸** yì 粵 jik^{6} ❶ **邊境，邊界。常"疆埸"連用**。《左傳・桓公十七年》："疆～之事，慎守其一。"（慎守其一：謹慎地守衞自己的邊疆。一：指自己這一邊。）❷ **田界。常"疆埸"連用**。《詩經・小雅・信南山》："疆～有瓜。"

8 **埏** shān 粵 sin^{1} ❶ **用水和（huó 粵 wo^{4}）泥土**。《老子・十一章》："～埴（土）以為器，當其無，有器之用。"《管子・任法》："猶埴之在～也，唯陶之所以為。" ❷ yán 粵 jin^{4} **地的邊際**。司馬相如《封禪文》："上暢九垓，下泝八～。"（九垓：九重天。）❸ yán 粵 jin^{4} **墓道**。陸機《大墓賦》："伏～道而哭之。"《後漢書・陳蕃傳》："葬親而不閉～隧，因居其中。"

8 **埤** pí 粵 pei^{4} ❶ **增加，增補**。《詩經・邶風・北門》："王事適我，政事一～益我。"鮑照《登大雷岸與妹書》："削長～短，可數百里。" ❷ bèi 粵 bei^{1} **低濕的地方**。《國語・晉語八》："拱木不生危，松柏不生～。"（拱木：可用兩手圍抱的樹，指大樹。）❸ bēi 粵 bei^{1} **通"卑"。卑下，卑賤**。《荀子・非相》："鄙夫反是，好其實，不恤其文，是以終身不免～汙傭俗。" ❹ pì 粵 pai^{3} **矮牆**。杜甫《題省中院壁》詩："掖垣竹～梧十尋，洞門對雪常陰陰。"［**埤堄**（nì 粵 ngai^{6}）］**城上女牆**。《唐詩品彙・李嘉祐〈暮春宜陽郡齋愁坐〉》詩："山當～～常多雨。"

8 **埶** yì 粵 ngai^{6} ❶ **同"藝"。種植**。《説文・丮部》："埶，種也。" ❷ shì 粵 sai^{3} **通"勢"。權勢，勢力**。《禮記・禮運》："如有不由此者，在～者去，眾以為殃。" ⊗ **形勢**。《荀子・議兵》："兵之所貴者～利也，所行者變詐也。"

8 **堋** bèng 粵 pang^{4} ❶ bèng 粵 bang^{3} **下棺木於土**。《左傳・昭公十二年》："朝而～。" ❷ **掛箭靶的矮牆，即射堋**。庾信《北園射堂新成》詩："轉箭初調筈，橫弓先望～。"（筈：箭的尾端。）❸ **分開水流的堤壩**。酈道元《水經注・江水》："李冰作大堰於此，壅江作～。"

8 **埳** kǎn 粵 ham^{2} ❶ **同"坎"。坑，地洞**。《墨子・節葬》："滿～無封。"［**埳井**］**廢井**。《莊子・秋水》："子獨不聞乎～～之蛙乎？" ❷［**埳坷**］**同"坎坷"**。① **路不平的樣子**。《論衡・宣漢》："夷～～為平均，化不賓為齊民。"（不賓：不服從、不歸順的人。）② **受挫，不得志**。《後漢書・馮衍傳》："非惜身之～～兮，憐眾美之憔悴。"【注意】**現代漢語中"埳"是"坎"的異體字**。

8 **培** péi 粵 pui^{4} ❶ **培土**。《禮記・喪服四制》："墳墓不～。"《禮記・中庸》："故栽者～之。"〔引〕**培養或扶植人才**。《金史・韓企先傳》："專以～植獎勵後進為己責任。" ❷ **房屋的後牆**。《淮南子・齊俗》："鑿～而遁之。"（鑿：打開。遁：逃。）**這個意義又寫作"坏（péi 粵 pui^{4}）"、"阫（péi 粵 pui^{1}/pui^{4}）"**。❸ pǒu 粵 pau^{2}［**培塿**］**小土丘**。柳宗元《始得西山宴遊記》："然後知是山之特立，不與～～為類。"（特立：直立。類：同類。）

8 **執** zhí 粵 zap^{1} ❶ **捉拿，拘捕**。《公羊傳・桓公十一年》："塗出于宋，宋人～之。" ❷ **握，持**。《荀子・哀公》："上車～轡（pèi 粵 bei^{3}）。"（轡：駕馭牲口的韁繩。）〔引〕**持有某種主張**。《三國志・吳書・吳主傳》："惟瑜、肅～拒之議。"（瑜：周瑜。肅：魯肅。拒：抵抗。）❸ **掌握，控制**。《韓非子・揚權》："聖人～要，四方來效。"（聖人：指君主。要：關鍵。效：效力，效勞。）〔引〕**主持，主管**。《淮南子・説山》："～獄牢者無病。"［**執**

政] 主持政事者。《舊唐書・黃巢傳》："及巢見詔，大詬 (gòu 粵 gau³/kau³) ～～。"(詬：斥罵。) ❹ **執行，施行**。《漢書・哀帝紀》："有司～法，未得其中。"(有司：官吏。得其中：指妥當。) ❺ **好友**。《禮記・曲禮上》："見父之～，不謂之進，不敢進。"

8 **埭** dài 粵 doi⁶ **堵水的土壩**。酈道元《水經注・漸江水》："～下開瀆 (dú 粵 duk⁶)，直指南津。"(瀆：水溝。津：渡口。) 庾信《明月山銘》："船橫～下，樹夾津門。"

8 **堀** kū 粵 fat¹ **同"窟"。洞穴**。《左傳・昭公二十七年》："光伏甲於～室而享王。"(享：宴請。) 引 **挖洞**。《荀子・法行》："夫魚鱉黿鼉，猶以淵為淺而～其中。"

8 **堊** è 粵 ok³/ngok³ ❶ **白色土，可用來粉飾牆壁**。司馬相如《子虛賦》："其土則丹、青、赭 (zhě 粵 ze²)、～。"(赭：紅褐色的土。) 泛 **可用來塗飾的有色土**。《山海經・北山經》："(天池之山) 其中多黃～。" ❷ **粉刷牆**。《周禮・考工記・匠人》鄭玄注："以蜃 (shèn 粵 san⁶) 灰～牆。"(蜃灰：蛤蜊殼燒成的灰粉。)

8 **基** jī 粵 gei¹ ❶ **地基，牆基**。《詩經・周頌・絲衣》："自堂徂～。"(徂：往。) 賈思勰《齊民要術・園籬》："於牆～之所，方整深耕。"(於：在。) ❷ **基礎，根本**。《老子・三十九章》："貴以賤為本，高以下為～。"《左傳・昭公十三年》："足以為國～矣。" ❸ **開始**。《詩經・周頌・昊天有成命》："成王不敢康，夙夜～命宥密。"(康：安樂。宥：寬仁。密：安寧。)

8 **堇** jǐn 粵 gan² ❶ **堇菜，一種多年生草本植物**。《詩經・大雅・緜》："周原膴 (wǔ 粵 mou⁵) 膴，～荼如飴。" 李時珍《本草綱目・菜部》："～菜野生，非人所種，葉似蕺菜，花紫色。" ❷ **一種毒草。也叫烏頭，是藥用植物，塊根有劇毒**。《國語・晉語二》："驪姬受福，乃置鴆于酒，置～于肉。" ❸ [**堇堇**] **僅僅**。《史記・貨殖列傳》："豫章出黃金，長沙出連錫，然～～物之所有，取之不足以更費。"(物之所有：開採取得的價值。更費：抵償開採的費用。)

8 **堅** jiān 粵 gin¹ ❶ **堅硬，堅固，結實**。《周易・坤》："履霜～冰，陰始凝也。"《韓非子・難勢》："譽其楯之～，物莫能陷也。"(誇耀他的盾很堅固，沒有任何東西可以刺穿它。) [**中堅**] **古代中軍所率領的部隊，是全軍的主力**。《後漢書・光武帝紀上》："敢死者三千人，從城西水上衝其～～。" 又 **充實**。《詩經・大雅・生民》："實發實秀，實～實好。"(實：莊稼的籽粒。)《呂氏春秋・任地》："子能使穗大而～均乎？" 引 **堅強，堅定**。《後漢書・馬援傳》："窮當益～，老當益壯。" ❷ **堅持**。《戰國策・魏策一》："不敢～戰。" 又 **固執**。《荀子・非十二子》："行辟而～，飾非而好。" ❸ **安定，穩定**。《史記・留侯世家》："羣臣見雍齒封，則人人自～矣。"

8 **堂** táng 粵 tong⁴ ❶ **正屋**。《論語・先進》："由也升～矣，未入於室也。"(由：人名。) 又 **殿堂**。《荀子・儒效》："諸侯趨走～下。"(趨：快走。) 引 **公堂，官吏辦公的地方**。李商隱《行次西郊作》詩："巍巍政事～。"(巍巍：高大的樣子。) ❷ **寬大平坦的山崗**。《詩經・秦風・終南》："終南何有？有紀有～。" 又 **方形的土台或地基**。《禮記・檀弓上》："吾見封之若～者矣。" ❸ **同祖的親屬關係 (後起意義)**。《新唐書・韋紹傳》："～姨舅出外曾祖。"【注意】同祖的親屬，秦漢時叫"從"，六朝叫"同堂"，唐代才開始稱"堂"。❹ [**堂堂**] ① **盛大的樣子**。

《孫子兵法・軍爭》："勿擊～～之陳（zhèn 粵 zan[6]）。"（陳：陣。）《史記・滑稽列傳》："以楚國～～之大，何求不得？"② **容貌俊偉出眾的樣子**。《後漢書・伏湛傳》："湛容貌～～。"③ **公然無顧忌的樣子**。王安石《次韻東廳韓侍郎齋居晚興》："華年相背去～～。"陸游《涉白馬渡慨然有懷》詩："袁曹百戰相持處，邊敵～～自來去。"④ **明亮的樣子**。方干《送婺州許錄事》詩："白日～～著錦衣。"

9 **堯** yáo 粵 jiu[4] **傳說中的遠古帝王。又稱唐堯。**

9 **堪** kān 粵 ham[1] ❶ **經得起，承受得住**。《左傳・隱公元年》："今京不度，非制也，君將不～。"《荀子・正論》："老者不～其勞而休也。"（休：休息，休養。）**成語有"疲憊不堪"、"不堪其辱"。** ❷ **能夠，可以**。《韓非子・難三》："君令不二。除君之惡，惟恐不～。蒲人翟人，余何有焉！"杜甫《房兵曹胡馬》詩："所向無空闊，真～託死生。"**成語有"不堪設想"。**

9 **堞** dié 粵 dip[6] **城上如齒狀的矮牆**。《墨子・備梯》："行城之法，高城二十尺，上加～，廣十尺。"⊗ **築堞**。《左傳・襄公二十七年》："使盧蒲嫳帥甲以攻崔氏，崔氏～其宮而守之。"（盧蒲嫳：人名。帥：率領。甲：帶甲的士兵。）

9 **堰** yàn 粵 jin[2] ❶ **攔河壩**。楊衒之《洛陽伽藍記・永明寺》："長分橋西有千金～。"❷ **古代一些灌溉工程**。《舊唐書・食貨志》："汴州東有梁公～，年久～破，江淮漕運不通。"**又如"都江堰"。**

9 **堙** （陻）yīn 粵 jan[1] ❶ **填塞**。《史記・蒙恬列傳》："塹山～谷，通直道。"（塹：挖掘。）(引) **埋沒，泯滅**。《後漢書・應劭傳》："舊章～沒，書記罕存。"❷ **堆土為山，用以攻城**。《左傳・襄公六年》："而遂圍萊。……～之環城。"（環：環繞。）⊗ **用以攻城的小土山**。《公羊傳・宣公十五年》："於是使司馬子反乘～而窺宋城。"（乘：登。）

9 **堧** （壖）ruán 粵 jyun[4] **空地，餘地**。《史記・河渠書》："五千頃故盡河～棄地。"（這五千頃地過去全是黃河邊的荒地。）㊕ **城或宮廟（內牆以外、外牆以內）的餘地、空地**。《漢書・翟方進傳》："稅城郭～及園田。"（稅：徵收賦稅。）《漢書・鼂錯傳》："內史府居太上廟～中。"（內史府：官署名。）

9 **堤** （隄）dī 粵 tai[4] ❶ **河堤，堤壩**。《管子・度地》："令甲士作～大水之旁……大者為之～，小者為之防。"李白《贈清漳明府侄聿》詩："河～繞綠水。"⊗ **用作動詞。築堤**。《管子・度地》："地高則溝之，下則～之。"**這個意義又寫作"隄"。** ❷ **陶器的底座**。《淮南子・詮言》："瓶甌（ōu 粵 au[1]/ngau[1]）有～。"（甌：杯盆一類的陶器。）

9 **場** （塲）cháng 粵 coeng[4] ❶ **平坦的空地。多指翻曬、碾軋糧食的地方**。《詩經・豳風・七月》："十月滌～。"（滌場：把打穀場清掃乾淨。）⊗ **種瓜菜的地方**。《墨子・天志下》："入人之～園，取人之桃李瓜薑者，上得且罰之。"❷ **祭壇周圍的平地**。《史記・淮陰侯列傳》："擇良日，齋戒，設壇～。"❸ **量詞（後起意義）**。李白《短歌行》："大笑億千～。"❹ chǎng **處所，場所。多人聚集或事情發生的地方**。《史記・天官書》："大水處，敗軍～。"❺ chǎng **市肆**。班固《西都賦》："九市開～，貨別隧分。"❻ chǎng **科舉時代考試的地方**。《舊唐書・哀帝紀》："永不許入舉～。"

9 **堨** è 粵 aat[3] ❶ **攔水的土堰**。《三國志・魏書・劉馥傳》："興治芍陂及茹陂、七門、吳塘諸～，以溉稻田。"⊗ **用作動詞。攔截水流**。酈道元《水經注·涑水》："故公私共～水徑，防其淫濫。" ❷ ài ㊥ oi² **塵埃**。《淮南子·兵略》："揚塵起～。"

9 **堮** è ㊥ ngok⁶ **邊際**。張協《七命》："旌拂霄～，軌出蒼垠（yín ㊥ ngan⁴）。"（垠：岸，邊際。）

9 **埵** duǒ ㊥ do² ❶ **防水的土壩**。《淮南子·説林》："窟穴者托～防，便也。"（窟穴者：指鑽洞的鼠類。）❷ **冶爐風箱的鐵管**。《淮南子·本經》："鼓橐（tuó ㊥ tok³）吹～，以銷銅鐵。"（橐：風箱。）❸ duò ［**埵堁**（kè ㊥ fo³/fo²）］**小土堆**。《淮南子·説山》："泰山之容，巍巍然高，去之千里，不見～～，遠之故也。"

9 **堠** hòu ㊥ hau⁶ ❶ **瞭望敵情的土堡，哨所**。陳子昂《感遇》詩："亭～何摧兀（wù ㊥ ngat⁶）。" ❷ **記里程的土堆**。柳宗元《詔追赴都回寄零陵親故》詩："岸傍古～應無數，次第行看別路遙。"

9 **堩** gèng ㊥ gang³ **道路**。《儀禮·既夕禮》："唯君命止柩于～，其餘則否。"

9 **報** bào ㊥ bou³ ❶ **斷獄，判決罪人**。《韓非子·五蠹》："以為直于君而曲于父，～而罪之。"（直于君：對君主正直。曲于父：對父親不正直。報而罪之：判決而治他罪。）❷ **報答，報復**。《詩經·衛風·木瓜》："投我以木桃，～之以瓊瑤。"《左傳·成公三年》："無怨無德，不知所～。" **成語有"報仇雪恨"**。㊀ **報效**。王勃《滕王閣序》："孟嘗高潔，空懷～國之情。" ㊀ **古人認為"天"或"鬼神"的報應。如"善報"、"惡報"**。❸ **報告，告知**。《史記·蒙恬列傳》："使者還～。" 李賀《秦王飲酒》詩："宮門掌事～一更。" ❹ **回信，答覆**。司馬遷《報任安書》："闕然久不～，幸勿為過。" ❺ **酬勞**。《論衡·祭意》："～功以勉力，修先以崇恩。"（報功：酬報有功之人。）❻ **祭名。用以答謝神的恩德**。《詩經·小雅·甫田》："～以介福，萬壽無疆。"（介：求助。）

9 **堡** bǎo ㊥ bou² **城堡，小土城**。《晉書·苻登載記》："各聚眾五千，據險築～以自固。"

9 **塈** jì ㊥ hei³/gei³ ❶ **用泥塗抹屋頂**。《尚書·梓材》："若作室家，既勤垣墉，惟其塗～茨。"（蓋房子既要壘好牆，也要用泥塗抹好茅草屋頂。）《漢書·谷永傳》："凶年不～塗。" ❷ **取**。《詩經·召南·摽有梅》："摽有梅，頃筐～之。" ❸ **休息，安寧**。《詩經·大雅·假樂》："不解于位，民之攸～。"（在上者不懈怠，民所以得安寧。一説"塈"為"歸附"義。）

10 **填** tián ㊥ tin⁴ ❶ **充塞，填塞**。《戰國策·趙策四》："願及未～溝壑而託之。" 劉熙《釋名·釋地》："田，～也，五稼～滿其中也。" ㊀ **充滿**。江淹《恨賦》："悲來～膺。" ❷ **按照固定格式填寫文字**。阮閱《詩話總龜後集》卷三二引《藝苑》："得非～詞柳三變乎？" ❸ zhèn ㊥ zan³ **通"鎮"。安定**。《漢書·高帝紀下》："～國家，撫百姓，給餉饋，不絕糧道，吾不如蕭何。" ❹ ［**填填**］① **滿足的樣子**。《荀子·非十二子》："～～然，狄狄然。"（狄狄然：跳躍的樣子。）② **象聲詞。形容鼓聲**。《隋書·音樂志中》："鞉（táo ㊥ tou⁴）鼓～～。"（鞉：一種像鼓的樂器。）❺ zhèn ㊥ zing³ ［**填填**］**通"正正"。端莊整齊的樣子**。《淮南子·兵略》："不擊～～之旗。"

10 **塒** shí ㊥ si⁴ **鑿牆洞形成的雞窩**。《詩經·王風·君子于役》："雞棲于～。" 杜牧《商山麻澗》詩："牛巷雞～春日斜。"

10 **塤** （壎）xūn ㊥ hyun¹ **一種陶製的樂器，六孔**。《詩經·小雅·何人斯》："伯氏吹～，仲氏吹篪。"《呂氏春秋・仲夏》："調竽笙～篪，飭鐘磬柷敔。"

10 **塏** kǎi (粵) hoi[2] **地勢高而乾燥**。《左傳・昭公三年》："子之宅近市，湫隘囂塵……請更諸爽～者。"

10 **塢** **(隝)**wù (粵) wu[2] ❶ **土堡**。《後漢書・順帝紀》："令扶風、漢陽築隴道～三百所，置屯兵。" ❷ **四周高中間低的地方**。梁武帝《子夜四時歌・春歌之四》："花～蝶雙飛，柳堤鳥百舌。"羊士諤《山閣聞笛》詩："臨風玉管吹參差，山～春深日又遲。"

10 **塊** kuài (粵) faai[3] ❶ **土塊**。《左傳・僖公二十三年》："乞食於野人，野人與之～。"［**大塊**］**天地宇宙**。《莊子・齊物論》："夫～～噫氣，其名為風。" ❷ **孤獨**。宋玉《九辯》："～獨守此無澤兮，仰浮雲而永歎。"（無：蕪，荒蕪。）［**塊然**］**孤獨的樣子**。《莊子・應帝王》："～～獨以其形立。" ❸ **量詞**。**塊（後起意義）**。《宋史・帝㬎紀》："趙氏一～肉。"

10 **塘** táng (粵) tong[4] ❶ **堤岸，堤防**。《莊子・達生》："被髮行歌，而遊於～下。"《新唐書・地理志二》："繞州郭有堤～百八十里。"（州郭：指許州城。）❷ **水池，水塘**。劉楨《贈徐幹》詩："方～含清源。"杜甫《茅屋為秋風所破歌》："下者飄轉沈～坳（ào (粵) aau[3]/ngaau[3]）。"（低的飄揚旋轉落到水塘和低窪的地方。）

10 **塚** zhǒng (粵) cung[2] **墳墓**。李賀《許公子鄭姬歌》："相如～上生秋柏，三秦誰是言情客。"

10 **塓** mì (粵) mik[6] **塗刷（牆壁）**。《左傳・襄公三十一年》："圬人以時～館宮室。"

10 **塍** **(塖)**chéng (粵) sing[4] **田間的土埂**。李賀《南園十三首》詩之二："宮北田～曉氣酣。"（曉：清晨。酣：濃。）

10 **塋** yíng (粵) jing[4] **墳墓，墓地**。《禮記・月令》："審棺槨之薄厚，～丘壟之大小，高卑厚薄之度。"《漢書・張安世傳》："賜～杜東。"（杜東：杜陵之東。）

10 **塗** tú (粵) tou[4] ❶ **泥**。《韓非子・外儲説左上》："～乾則輕。" ⊗ **抹泥**。賈思勰《齊民要術・造神麴并酒等》："還令～戶，莫使風入。" ⊗ **污染**。《莊子・讓王》："其並乎周以～吾身也，不如避之以潔吾行。" ⊗ **蒙蔽**。陸容《菽園雜記》卷十二："未有不託鬼神協助，以～人之耳目者。" ❷ **道路**。《史記・管晏列傳》："晏子出，遭之～。"（晏嬰外出，在路上遇見他。）(引) **途徑，方法**。《商君書・畫策》："削國之所以取爵祿者多～。"（削國：日見削弱的國家。）**這個意義又寫作"途"**。❸ **塗飾，塗抹**。《穀梁傳・襄公二十四年》："臺榭不～。"沈括《夢溪筆談》卷七："以粉～其半。" ⊗ **塗改，刪去（後起意義）**。《新唐書・百官志》："詔敕不便者，～竄而奏還。"李商隱《韓碑》詩："～改《清廟》、《生民》詩。"（《清廟》、《生民》：《詩經》中的篇名。）**【注意】**在古代，"泥"的意義不寫作"塗"。

10 **塞** sāi (粵) sak[1] ❶ **阻塞，堵塞**。《詩經・豳風・七月》："～向墐戶。"韓愈《原道》："不～不流，不止不行。"**成語有"塞井夷竈"**。⊗ **遏止，禁止**。《商君書・畫策》："善治者～民以法。" ❷ **填塞，充滿**。《孟子・公孫丑上》："以直養而無害，則～於天地之間。"杜甫《往在》詩："士庶～關中。"（士庶：指百姓。關中：地名。）(引) **滿足**。《史記・汲鄭列傳》："以謝天下之苦，～百姓之心。" ❸ **彌補**。《漢書・于定國傳》："將欲何施，以～此咎？"**雙音詞有"塞責"**。❹ **答，回答**。《後漢書・班超傳》："以報～天恩。"《三國志・魏書・臧洪傳》："既學薄才鈍，不足～詰。" ❺ **困厄，困窘**。**與"通"相對**。潘岳《西征賦》："生有修短之命，位有通～之遇。" ❻ sài (粵) coi[3] **邊界上的險要地方**。《禮記・月令・孟冬之月》：

"備邊竟，完要～。"《荀子・強國》："兵不復出於～外。"**成語有"塞翁失馬"**。❼ sài 粵 coi^{3} **酬神**。《墨子・號令》："事已，～禱。"《漢書・郊祀志》："冬～禱祠。"❽ sài 粵 coi^{3} **通"簺"。古代的一種棋類博戲**。《管子・四稱》："流於博～。"

11 **墐** jìn 粵 gan^{6} ❶ **用泥塗塞**。《詩經・豳風・七月》："穹窒熏鼠，塞向～戶。"（堵好窟窿熏老鼠，封起北窗塗門縫。）❷ **溝上的路**。《國語・齊語》："陸、阜、陵、～、井、田、疇均，則民不憾。"（均：有序。）❸ 粵 gan^{2} **通"殣"。掩埋**。《詩經・小雅・小弁》："行有死人，尚或～之。"

11 **塿** lǒu 粵 lau^{5} ❶ **墳頭**。揚雄《方言》卷十三："冢……自關而東謂之丘，小者謂之塿。"❷ [**培**（pǒu 粵 pau^{2}）**塿**] **小土山**。柳宗元《始得西山宴遊記》："然後知是山之特出，不與～～為類。"

11 **墁** màn 粵 maan^{6} ❶ **通"鏝"。抹子，塗牆的工具**。❷ **塗抹**。韓愈《藍田縣丞廳壁記》："斯立易桷與瓦，～治壁，悉書前任人名氏。"❸ **粉飾過的牆壁**。《孟子・滕文公下》："有人於此毀瓦畫～。"

11 **墉** yōng 粵 jung^{4} **城牆**。《周易・解》："射隼于高～之上。"曹冏《六代論》："～基不可倉卒而成。"(泛) **高牆**。《詩經・召南・行露》："何以穿我～。"

11 **境** jìng 粵 ging^{2} ❶ **邊境，國境**。《孟子・梁惠王下》："臣始至於～，問國之大禁。"(引) **地方，區域**。《史記・越王句踐世家》："願齊之試兵南陽莒地，以聚常、郯之～。"（常、郯：地名。）沈括《夢溪筆談》卷二四："鄜（fū 粵 fu^{1}）、延～內有石油。"（鄜、延：鄜州、延州，地名。）❷ **境地，處境**。《世說新語・排調》："人問所以，云：'漸至佳～。'"❸ [**境界**] ① **疆界**。《後漢書・仲長統傳》："當更制其～～，使遠者不過二百里。"② **境況，情景**。陸游《懷昔》詩："老來～～全非昨。"③ **事物所達到的程度**。《無量壽經》卷上："比丘白佛，斯義弘深，非我～～。"

11 **墊** diàn 粵 dim^{3} ❶ **下陷，沉沒**。《漢書・王莽傳下》："武功中水鄉民三舍～為池。"（武功：縣名。中水鄉：地名。）柳宗元《愚溪對》："西海有水，散渙而無力，不能負芥，投之則委靡～沒，及底而後止，故其名曰弱水。"(引) **困苦**。《左傳・成公六年》："民愁則～隘，於是乎有沈溺重膇之疾。"❷ 粵 din^{3} **用東西支、鋪或襯着（後起意義）。複音詞有"墊腳石"**。

11 **塹** (**壍**)qiàn 粵 cim^{3} **護城河，壕溝**。《墨子・備城門》："～中深丈五，廣比扇。"《史記・高祖本紀》："使高壘深～，勿與戰。"（壘：防守用的建築物。）⊗ **挖溝，挖掘**。《左傳・昭公十七年》："環而～之。"韓愈《烏氏廟碑銘》："～原累石，綿四百里。"

11 **墅** shù 粵 seoi^{5}/seoi^{6} ❶ **田野的草房，農舍**。李商隱《訪隱者不遇成二絕》之一："秋水悠悠浸～扉（fēi 粵 fei^{1}）。"（扉：門。）❷ **別墅，（家宅以外另建的）供遊玩休息的園林房屋**。《晉書・謝安傳》："於土山營～，樓館林竹甚盛。"（營：建造。）

11 **塾** shú 粵 suk^{6} ❶ **宮門外兩側的房屋**。(引) **正門內兩側的房屋**。《儀禮・士冠禮》："具饌於西～。"《漢書・食貨志上》："里胥平旦坐於右～，鄰長坐於左～。"（里胥：里長，古代的一種小吏。平旦：清晨。）❷ **古代家庭或家族內設立的學校**。《禮記・學記》："古之教者，家有～，黨有庠，術有序，國有學。"

11 **塺** méi 粵 mui^{4}/mo^{6} **塵埃**。《楚辭・九歎・惜賢》："誒時風之清激兮，愈氛霧其如～。"[**塺塺**] **塵土飛揚的樣子**。《楚辭・九懷・陶壅》："浮雲鬱兮晝昏，霾土忽兮～～。"

11 **塵** chén 粵 can4 ❶ **塵土**。《左傳・成公十六年》："甚囂，且～上矣。"鼂錯《論貴粟疏》："春不得避風～，夏不得避暑熱。" ㊀ **塵污，塵染**。《詩經・小雅・無將大車》："無將大車，祇自～兮。"［烟塵］**比喻戰爭**。高適《燕歌行》："漢家～～在東北。" ❷ **蹤跡，事跡**。《後漢書・黨錮傳序》："蓋前哲之遺～，有足求者。"《宋史・南唐李氏世家》："思追巢、許之餘～。"（巢、許：指巢父、許由兩個傳説中的人物。）**成語有"步人後塵"**。❸ **人間，現實社會**。陶潛《赴假還江陵》詩："閑居三十載，遂與～事冥。"（冥：遠離。）王維《愚公谷》詩："寄言～世客，何處欲歸臨？" **成語有"看破紅塵"**。

12 **墝** qiāo 粵 haau1 **土地瘠薄**。《荀子・儒效》："相高下，視～肥，序五種，君子不如農人。"［**墝埆**（què 粵 kok3）］① **土地瘠薄**。《墨子・親士》："～～者，其地不育。" ② **險要的地方**。《後漢書・南匈奴傳》："～～之人，屢嬰塗炭。"

12 **墳** fén 粵 fan4 ❶ **土堆，高地**。屈原《九章・哀郢》："登大～以遠望兮。" ㊁ **大堤**。《詩經・周南・汝墳》："遵彼汝～，伐其條枚。"（沿着汝水邊那條大堤砍伐樹枝和樹幹。條：樹枝。枚：樹幹。）❷ **有封土的墓，泛指墳墓**。《史記・文帝本紀》："不治～，欲為省。"（治：修。欲為省：想節約。）❸ **大**。《詩經・小雅・苕之華》："牂（zāng 粵 zong1）羊～首。"（牂羊：母羊。）❹ **古代典籍**。《顏氏家訓・勉學》："夫文字者，～籍根本。"［**三墳**］**傳説中遠古時代三皇所作的書**。《左傳・昭公十二年》："能讀～～五典。"（五典：傳説中遠古時五帝所作的書。）❺ fèn **高起**。《國語・晉語二》："公祭之地，地～。"【**辨**】墳，墓。"墳"有土堆的意義，"墓"沒有。作為墳墓講時，上古"墳"和"墓"也有區別：墳高，墓平。所以《禮記・檀弓上》説："古也墓而不墳。"

12 **墟** xū 粵 heoi1 ❶ **大土山**。柳宗元《觀八駿圖説》："古之書有記周穆王馳八駿升崑崙之～者。"（記：記載。駿：好馬。）❷ **廢墟**。《呂氏春秋・重言》："太宰嚭之説聽乎夫差，而吳國為～。" ㊁ **成為廢墟**。《史記・越王勾踐世家》："後三年，吳其～乎！" ❸［**墟里**］［**墟落**］**村落**。王維《渭川田家》詩："斜陽照～落，窮巷牛羊歸。" ❹ **集市（後起意義）**。柳宗元《童區寄傳》："去逾四十里之～所賣之。"

12 **墣** pú 粵 pok3/puk4 **土塊**。《淮南子・説林》："土勝水者，非以一～塞江也。"

12 **墠** shàn 粵 sin6 **經過清理的平地。用於祭祀或會盟**。《詩經・鄭風・東門之墠》："東門之～，茹藘在阪。"《禮記・祭法》："是故王立七廟，一壇一～。"

12 **墦** fán 粵 faan4 **墳墓**。《孟子・離婁下》："卒之東郭～間，之祭者，乞其餘。"（卒：最後。之：（走）到。祭者：祭掃墳墓的人。餘：指剩餘菜飯。）

12 **墩**（**墪**）dūn 粵 deon1 **土堆**。李白《登金陵冶城西北謝安墩》詩："冶城訪古跡，猶有謝安～。" ㊂ 粵 dan2 **堆狀物**。高適《同李員外賀哥舒大夫破九曲》詩："唯有關河渺，蒼茫空樹～。"《宋史・丁謂傳》："遂賜坐，左右欲設～。"

12 **增** zēng 粵 zang1 ❶ **增加，加多。與"減"相對**。《漢書・司馬相如傳》："方將～太山之封，加梁父之事。"（梁父：山名。）《後漢書・隗囂傳》："～重賦斂，刻剝百姓。" ❷ céng 粵 cang4 **通"層"。重疊**。蕭統《文選序》："～冰為積水所成。"劉向《説苑・反質》："宮室臺閣，連屬～累。"（連屬：連接。增累：重疊。）

12 **墀** chí 粵 ci4 **殿堂上塗飾過的地面**。《韓非子・十過》："四壁堊～，茵席雕文。"《漢書・梅福傳》："故願壹登文石之陛，涉赤～之塗。"（陛：宮殿的台階。）(引) **塗色的階**。班固《西都賦》："於是玄～釦砌，玉階彤庭。"（釦砌：在門限上鍍金。）(泛) **台階**。白居易《庭槐》詩："我家渭水上，此樹蔭前～。"（蔭：遮住。前墀：房前的台階。）

12 **墮** duò (粵) do^6 ❶ **落，掉下來**。《史記・屈原賈生列傳》："懷王騎，～馬而死。"（懷王：指梁懷王。）❷ **通"惰"**。**懈怠**。《鹽鐵論・散不足》："作業～怠，食必趣時。"❸ huī (粵) fai^1 **毀壞**。《史記・秦始皇本紀》："～壞城郭。"（城郭：指各諸侯國的舊城牆。）**這個意義又寫作"隳"**。

12 **墜** zhuì (粵) zeoi^6 **落下，掉下**。《列子・天瑞》："杞國有人，憂天地崩～。"(引) **失**。《國語・晉語二》："敬不～命。"

12 **墬** dì (粵) dei^6 **"地"的古字**。《淮南子・墬形》："～形之所載，六合之間，四極之內。"（六合：天地四方。）

13 **壇** tán (粵) taan^4 ❶ **土石築的高台。用於朝會、盟誓和祭祀等**。《尚書・金縢》："為～於南方，北面，周公立焉。"《史記・陳涉世家》："為～而盟，祭以尉首。"（尉：官名。首：頭，首級。）(又) **築壇**。酈道元《水經注・汾水》："乃～於霍太山。"❷ **庭院中的土台**。屈原《九歌・湘夫人》："蓀（sūn (粵) syun^1）壁兮紫～。"（用蓀草裝飾牆壁，用紫貝砌壇。蓀：一種香草。）(引) **庭院**。《淮南子・說林》："腐鼠在～，燒薰於宮。"❸ **基礎，地基**。《莊子・則陽》："觀於大山，木石同～。"❹ **場所**。《淮南子・要略》："人間者，所以……標舉終始之～也。"❺ **指從事某種相同職業的社會團體。如"文壇"、"詩壇"**。歐陽修《答梅聖俞》詩："文會忝予盟，詩～推子將。"❻ shàn (粵) sin^3 **清除場地**。《周禮・夏官・大司馬》："暴內陵外，則～之。"

13 **墼** jī (粵) gik^1 ❶ **已燒成的磚**。《隸辨》卷五："永初七年官～。"❷ **未燒的磚坯**。《後漢書・周紆傳》："紆廉潔無資，常築～以自給。"

13 **壅** yōng (粵) jung^2 ❶ **堵塞**。《左傳・宣公十二年》："川～為澤。"(引) **阻塞**。《管子・立政九敗解》："且奸人在上，則～遏賢者而不進也。"(又) **障蔽，蒙蔽**。《管子・任法》："夫私者，～蔽失位之道也。"❷ (粵) ung^1/ngung^1 **把土或肥料培在植物根上**。《世說新語・言語》："齋前種一株松，恆自手～治之。"《宋史・蘇雲卿傳》："灌溉培～。"

13 **壁** bì (粵) bik^1 ❶ **牆**。《漢書・司馬相如傳》："相如與（卓文君）馳歸成都，家徒四～立。"（徒：僅僅。）(引) **陡峭的山崖（後起意義）**。酈道元《水經注・廬江水》："高～緬然與霄漢連接。"（緬然：遙遠的樣子。霄漢：指天。）❷ **軍營的圍牆**。《史記・項羽本紀》："及楚擊秦，諸將皆從～上觀。"(引) **軍營**。《漢書・高帝紀上》："晨馳入張耳、韓信～，而奪之軍。"(又) **用作動詞。建立軍營，駐紮**。《史記・項羽本紀》："項王軍～垓下。"❸ **星宿名。二十八宿之一**。

14 **壓** yā (粵) aat^3/ngaat^3 ❶ **壓，壓住**。《左傳・昭公四年》："夢天～己，弗勝。"（弗勝：不能承受。）李賀《雁門太守行》："黑雲～城城欲摧。"❷ **壓制，壓抑**。《公羊傳・文公十四年》："子以大國～之，則未知齊晉孰有之也。"（子：你。）(引) **勝過，超過**。王定保《唐摭言・慈恩寺題名遊賞賦詠雜紀》："我今日～倒元白。"（元白：元稹、白居易。）**雙音詞有"壓卷"（名列第一、壓倒其餘的詩文書畫等）**。❸ **堵塞**。《後漢書・王渙傳》："莫不曲盡情詐，～塞群疑。"❹ **迫近，逼近**。《左傳・襄公二十六年》："楚晨～晉軍而陳。"（陳：陣，佈陣。）

14 **壑** hè (粵) kok3 ❶ **蓄水的窪地**。《莊子・秋水》："擅（shàn (粵) sin6）一～之水。"（擅：佔據。）(又) **坑，溝**。《孟子・滕文公上》："其親死，則舉而委之於～。"《禮記・郊特牲》："土反其宅，水歸其～。"(又) **指海**。《莊子・天地》："夫大～之為物也，注焉而不滿，酌焉而不竭。"❷ **山溝，山谷**。《國語・晉語八》："谿～可盈。"（盈：充滿。）(又) **山中溪流**。《世説新語・言語》："千巖競秀，萬～爭流。"徐弘祖《徐霞客遊記・遊黃山日記》："四顧奇峰錯列，眾～縱橫。"

15 **壙** kuàng (粵) kwong3 ❶ **墓穴**。《禮記・檀弓下》："弔於葬者必執引，若從柩及～，皆執紼。"❷ **曠野，野外**。《孟子・離婁上》："民之歸仁也，猶水之就下、獸之走～也。"❸ **通"曠"。荒廢**。《管子・七法》："不失天時，毋～地利。"《荀子・議兵》："敬事無～。"❹ **通"曠"。歷時久遠**。《漢書・孝武李夫人傳》："託沈陰以～久兮。"（託：寄託。沈陰：指地下。）

15 **壘** lěi (粵) leoi5 ❶ **防護軍營的牆壁或建築物**。《管子・制分》："故善用兵者，無溝～而有耳目。"《韓非子・説林下》："深溝高～。"❷ **堆砌**。李白《襄陽歌》："～麴便築糟丘臺。"（麴：酒母。糟：酒糟。）［**壘壘**］**重疊堆積的樣子**。曹丕《善哉行》："還望故鄉，鬱何～～。"《世説新語・術解》："～～三墳。"❸ léi (粵) leoi5［**繫壘**］**同"繫縲"。捆綁**。《荀子・大略》："氐羌之虜也，不憂其～～也，而憂其不焚也。"

16 **壚** lú (粵) lou4 ❶ **黑色堅硬的土**。《尚書・禹貢》："下土墳～。"（墳：高起。）❷ **通"罏"。古代酒店前放酒甕的土台子，也用作酒店的代稱**。《南史・謝幾卿傳》："詣道邊酒～。"（詣：到……去。）❸ **通"爐"。盛火的器具**。陸游《山行過僧庵不入》詩："茶～烟起知高興。"

16 **壞** huài (粵) waai6 ❶ **倒塌**。《商君書・修權》："蠹（dù (粵) dou3）眾而木折，隙大而牆～。"（蠹眾：蛀蟲多。隙：縫。）(引) **毀壞，拆毀**。《論衡・佚文》："恭王～孔子宅以為宮。"❷ **衰敗**。《論語・陽貨》："君子三年不為禮，禮必～。"賈誼《新書・大政上》："國以民為興～。"（國家以民為興亡的依據。）❸ **戰敗**。《三國志・吳書・周瑜傳》注引《江表傳》："北軍大～，曹公退走。"❹ **變質**。賈思勰《齊民要術・養羊》："作乾酪法……又曝使乾，得經數年不～，以供遠行。"【**注意**】**在古代，"坏（pēi (粵) pui1/pui4）"和"壞"是兩個字，意義各不相同。上述義項都不寫作"坏"。**

16 **壟** （壠）lǒng (粵) lung5 ❶ **田埂**。《史記・陳涉世家》："輟（chuò (粵) zyut3）耕之～上。"（停止耕作走到田埂上。輟：停止。）❷ **墳**。《荀子・禮論》："故壙（kuàng (粵) kwong3）～，其䫉（mào (粵) maau6）象室屋也。"（壙：墓穴。䫉：貌。）《史記・田單列傳》："燕軍盡掘～墓，燒死人。"❸［**壟畝**］**田地**。《戰國策・齊策三》："與農夫居～～之中。"

17 **壤** rǎng (粵) joeng6 ❶ **鬆軟的土**。屈原《離騷》："蘇糞～以充幃兮。"(引) **地，土地**。《管子・白心》："～土而與生。"成語有"**天壤之別**"。(又) **地區，區域**。《呂氏春秋・知化》："夫吳之與越也……～交通屬。"《漢書・武帝紀》："兩國接～。"❷ ráng (粵) joeng4 **通"穰"。豐收**。《莊子・庚桑楚》："居三年，畏壘大～。"（畏壘：山名。）

士部

0 **士** shì (粵) si6 ❶ **男子**。《詩經・鄭風・女曰雞鳴》："女曰'雞鳴'，～曰'昧旦’。”（昧旦：黎明。）[特] **未婚男子**。《詩經・小雅・甫田》：“以穀我～女。”（穀：養活。）❷ **古代貴族的最低一級**。《穀梁傳・僖公十五年》：“天子七廟，諸侯五，大夫三，～二。”（廟：指祭祀祖先的廟宇。）[**士大夫**] ① **做官的人**。《荀子・富國》：“～～～眾則國貧。”② **將士**。《漢書・李廣傳》：“彼其中心誠信於～～～也。”（李廣待部下誠懇講信用。）❸ **具有某種品質或某種技能的人**。《論語・泰伯》：“～不可以不弘毅，任重而道遠。”《後漢書・仲長統傳》：“以才智用者謂之～。”（以：因。）❹ **士兵，武士**。《荀子・王制》：“故王者富民，霸者富～。”劉邦《大風歌》：“安得猛～兮守四方。”❺ **讀書人**。《三國志・魏書・鄧艾傳》：“文為世范，行為～則。”❻ **執法官**。《尚書・大禹謨》：“汝作～，明于五刑。”（汝：你。五刑：五種刑罰。）❼ **通“仕”。做官**。《鄧析子・無厚》：“長盧之不～。”❽ **通“事”。事情**。《論語・述而》：“雖執鞭之～，吾亦為之。”[又] **從事**。《詩經・豳風・東山》：“制彼裳衣，勿～行枚。”【**辨**】兵，卒，士。見71頁“卒”字。

1 **壬** rén [粵] jam4 ❶ **天干的第九位。見176頁“干”字**。❷ **大**。《詩經・小雅・賓之初筵》：“百禮既至，有～有林。”（林：盛。）❸ **巧言諂媚，奸佞**。《尚書・皋陶謨》：“何畏乎巧言令色孔～。”《漢書・元帝紀》：“是故～人在位，而吉士雍蔽。”

4 **壯** zhuàng [粵] zong3 ❶ **壯年，古人三十歲以上為壯年**。賈誼《治安策》：“大國之王，幼弱未～。”[引] **年少**。《後漢書・循吏傳》：“拜會稽都尉，時年十九，迎官驚其～。”❷ **健壯，強壯**。左思《吳都賦》：“趫材悍～。”（趫：矯健。）[又] **豪壯**。《漢書・東方朔傳》：“拔劍割肉，壹何～也！”[又] **認為豪壯**。《漢書・高帝紀上》：“羽～之，賜以酒。”（羽：項羽。）❸ **雄壯**。《後漢書・東海恭王彊傳》：“起靈光殿，甚～麗。”❹ **強盛**。司馬相如《長門賦》：“邪氣～而攻中。”（中：指內心。）❺ **醫用艾灸，一灼為一壯**。《三國志・魏書・華佗傳》：“若當灸，不過一兩處，每處不過七八～，病亦應除。”

9 **壹** yī [粵] jat1 ❶ **專一**。《荀子・成相》：“好而～之神以成。”（好：喜好。）❷ **統一，一致**。《史記・樂書》：“樂以和其聲，政以～其行。”《商君書・壹言》：“治國者貴民～。”❸ **副詞。一概，都**。《漢書・車千秋傳》：“政事～決大將軍光。”（光：霍光。）❹ **副詞。一旦，一經**。《漢書・燕剌王旦傳》：“大王～起，國中雖女子皆奮臂隨大王。”❺ **通“一”。數詞**。《史記・梁孝王世家》：“太后乃説（yuè [粵] jyut6），為帝加～餐。”（説：悦，高興。）❻ [**壹何**] **副詞。相當於現代漢語的“多麼”**。《漢書・東方朔傳》：“拔劍割肉，～～壯也！”（壯：雄壯。）

9 **壺** hú [粵] wu4 ❶ **古代容器，腹大口小，多用來盛酒漿或糧食**。《詩經・大雅・韓奕》：“清酒百～。”《孟子・梁惠王下》：“簞食～漿，以迎王師。”❷ **古代計時器，滴水以計時。也叫壺漏**。《周禮・夏官・挈壺氏》：“凡喪，縣～以代哭者，皆以水火守之，分以日夜。”（縣：懸。）❸ **投壺，古代宴飲時賓主投矢娛樂的器具**。《禮記・投壺》：“投～之禮，主人奉矢，司射奉中，使人執～。”❹ hú [粵] wu6 **通“瓠”。瓠瓜。也叫葫蘆**。《詩經・豳風・七月》：“七月食瓜，八月斷～。”

10 **壼** kǔn [粵] kwan2 **古代宮中的路**。《詩經・大雅・既醉》：“其類維何？室家之～。”

11 **壽** shòu [粵] sau6 ❶ **長壽**。《韓非子・顯學》：“使子必智而～。”（一定使你又聰明又長壽。）[引] **壽命**。《後漢書・華佗傳》："阿從其言，～百餘歲。"（阿：人名。）**成語有"壽終正寢"。** ❷ **指老年人。**《詩經・魯頌・閟宮》："三～作朋。" ❸ **敬酒或用禮物贈人以表示祝人長壽。**《史記・項羽本紀》："若入前為～，～畢，請以劍舞。"（若：你。）❹ **婉稱與喪葬有關的事物。**《後漢書・侯覽傳》："豫作～冢。"

夊部

7 **夏** xià [粵] haa⁶ ❶ **四季的第二季。**《尚書・洪範》："日月之行，則有冬有～。" ❷ **我國古代對中原地區的稱呼。也稱"華夏"、"諸夏"。**《荀子・儒效》："居楚而楚，居越而越，居～而～。"（居楚而楚：居住在楚地就養成楚地的習慣。）❸ **大。**《詩經・秦風・權輿》："於我乎～屋渠渠。"（渠渠：高大的樣子。）[引] **高大的房屋。** 屈原《九章・哀郢》："曾不知～之為丘兮。"（丘：廢墟。）❹ **朝代名（公元前2070-前1600年）。第一代君主是禹。**

12 **夐** xiòng [粵] hing³ **遠。**《穀梁傳・文公十四年》："～入千乘之國。" 謝朓《京路夜發》詩："故鄉邈（miǎo [粵] miu⁵）已～，山川修且廣。"（邈：遠。）

18 **夔** kuí [粵] kwai⁴ ❶ **古代傳說中的一種怪物。**《國語・魯語下》："木石之怪曰～、蝄蜽。" ❷ **[夔夔] 敬懼的樣子。**《尚書・大禹謨》："～～齋慄。"（齋：恭敬。慄：害怕。）《孟子・萬章上》："祇載見瞽瞍，～～齋栗。" ❸ **[夔州] 古地名，在今四川奉節一帶。**

夕部

0 **夕** xī [粵] zik⁶ ❶ **傍晚，日落的時候。**《周易・坤》："非一朝一～之故。" **成語有"朝不保夕"。** [又] **帝王祭祀月亮。**《漢書・賈誼傳》："春朝朝日，秋暮～月。" [特] **傍晚朝見君主。**《左傳・昭公十二年》："右尹子革～。"（右尹：官名。子革：人名。）❷ **夜。** 任昉《奏彈劉整》："終～不寐。"（寐：睡着。）

2 **外** wài [粵] ngoi⁶ ❶ **外面，外部。與"內"相對。**《左傳・成公十六年》："自非聖人，～寧必有內憂。" [引] **外表。**《揚子法言・修身》："其為中也弘深，其為～也肅括。" [又] **置之於外，疏遠。**《老子・七章》："是以聖人後其身而身先，～其身而身存。"《韓非子・愛臣》："此君人者所～也。"（君人者：指國君。）**雙音詞有"見外"。** ❷ **稱父系血統之外的親屬。如"外父（岳父）"、"外祖（母親之父）"、"外甥（姊妹之子）"、"外孫（女兒之子）"等。** ❸ **舊時妻子稱丈夫為"外"。如劉令嫻有《答外詩》。**

3 **夙** sù [粵] suk¹ ❶ **早晨。**《詩經・衞風・氓》："～興夜寐（mèi [粵] mei⁶），靡有朝矣。"（興：起。寐：睡覺。）[又] **早年。** 李密《陳情表》："臣以險釁，～遭閔凶。"（閔凶：喪親之憂。）❷ **平素，以往。** 杜甫《驄馬行》："～昔傳聞思一見。"《宋史・蘇轍傳》："欲稍引用，以平～怨。"

3 **多** duō [粵] do¹ ❶ **多。與"少"相對。**《詩經・小雅・小旻》："謀夫孔～。"（孔：甚。）《左傳・隱公元年》："～行不義必自斃。" ❷ **稱讚。**《史記・商君列傳》："反古者不可非，而循禮者不足～。"（非：責怪。不足：不值得。）❸ **大多，大都。**《後漢書・順帝紀》："而即位倉卒，典章～缺。"《世說新語・政事》："謝公時，兵廝逋亡，～近竄南塘下諸舫中。" ❹ **只，僅僅。**《論語・子張》："～見其不知量也。"

11 **夥** huǒ [粵] fo² **多。**《史記・司馬相如列傳》："魚鱉讙聲，萬物眾～。"《新唐書・突厥傳序》："晉地狹而人～。"[**夥頤**] **歎詞。表示驚訝或感歎**。《史記・陳涉世家》："～～！涉之為王沈沈者。"（沈沈：宮殿深邃的樣子。）

11 **夤** yín (粵) jan4 ❶ [**夤緣**] **攀附，向上**。左思《吳都賦》："～～山嶽之岊（jié (粵) zit3/zit6）。"（岊：山的曲折隱密處。）(喻) **拉攏關係，巴結權貴**。《宋史・神宗紀一》："詔察富民與妃嬪家昏因～～得官者。"（詔：下令。察：檢察。）❷ **通"寅"。敬**。《北史・房彥謙傳》："刑賞曲直，昇聞於天，～畏照臨，亦宜謹肅。"

大部

0 **大** dà (粵) daai6 ❶ **大。與"小"相對**。《詩經・鄘風・載馳》："控于～邦，誰因誰極。"《論衡・説日》："見日出入時～，日中時小也。"（日中：正午。）(又) **用作動詞。以為大，重視**。《荀子・天論》："～天而思之，孰與物畜而制之？"❷ **遠大的，重要的**。《左傳・襄公二十五年》："崔子將有～志。"《論語・子路》："見小利則～事不成。"[**大方**] **大道理，引申為專家、內行**。《莊子・秋水》："吾長見笑於～～之家。"❸ **年長的，排行第一的**。《木蘭詩》："阿爺無～兒，木蘭無長兄。"❹ **敬辭。多用於稱呼前。如"大禹"、"大唐"、"大王"**。[**大夫**] ① **官職。位於卿之下，士之上。大夫又分上、中、下三級**。② **官名。如卿大夫、冢大夫、公族大夫、御史大夫、光祿大夫等**。③ **宋醫官有大夫、郎、醫效、祇候等官階。後稱醫生為大夫。此"大"字念** dài (粵) daai6。❺ **大大地。表示範圍廣，程度深**。《莊子・天地》："～惑者終身不解，～愚者終身不靈。"《史記・孫子吳起列傳》："～破梁軍。"**成語有"大動干戈"**。❻ tài (粵) taai3 太。《左傳・昭公十九年》："～子奔晉。"（晉：國名。）**這個意義後來寫作"太"**。❼ tài (粵) taai3 **通"泰"。平安，安定**。《荀子・富國》："天下～而富。"【**注意**】上古"太"、"泰"多寫作"大"。

1 **夫** fū (粵) fu1 ❶ **成年男子**。賈誼《論積貯疏》："一～不耕，或受之飢。"（或受之飢：有人就要挨餓。）李白《蜀道難》詩："一～當關，萬～莫開。"[**丈夫**] **成年男子**。《韓非子・五蠹》："古者～～不耕，草木之實足食也。"（實：果實。足：足夠。）[**夫子**] ① **古代對男子的尊稱**。李白《贈孟浩然》詩："吾愛孟～～，風流天下聞。"（孟夫子：指孟浩然。）② **學生稱老師**。《論語・微子》："子路問曰：'子見～～乎？'"[**夫人**] **諸侯的妻子或皇帝的妾**。《左傳・桓公二年》："晉穆侯之～～姜氏。"《禮記・曲禮下》："天子有后，有～～。"**後來官吏的妻子也稱"夫人"**。❷ **丈夫**。《莊子・讓王》："于是～負妻戴。"（負：背東西。戴：頭頂着東西。）❸ **古代井田制，一夫受田百畝，故以百畝為一夫**。《周禮・地官・小司徒》："九～為井。"❹ fú (粵) fu4 **指示代詞。這，那**。《左傳・成公十六年》："則～二人者，魯國社稷（jì (粵) zik1）之臣也。"（社稷之臣：國家所倚靠的大臣。）(又) **彼**。《左傳・襄公二十六年》："～獨無族姻乎？"❺ fú (粵) fu4 **語氣詞。放在句首，表示將發議論**。《左傳・莊公十年》："～戰，勇氣也。"(又) **放在句尾，表示感歎**。《論語・子罕》："逝者如斯～！"柳宗元《三戒・黔之驢》："悲～！"

1 **天** tiān (粵) tin1 ❶ **天空。與"地"相對**。《論衡・談天》："察當今～去地甚高，古～與今無異。"（察：觀察。去：離。）(又) **天體，天象**。《晉書・天文志上》："～運近南。"《史記・太史公自序》："命南正重以司～。"(又) **神話中的天上世界，天宮**。屈原《九歌・大司命》："廣開兮～門。"❷ **指自然界**。《荀子・天論》："～行有常，不為堯存，不為桀亡。"（天行：指自然界的運動變化。有常：有一定規律。）(引) **天然的，自然生成的**。《魏書・邢巒傳》："劍閣～險，古來所稱。"**雙音詞有"天災"**。(又) **指天性與生命**。《呂氏春秋・大樂》："能以一治其身者，免於災，終其壽，全其～。"❸ **人們想像中的萬物的主宰**。《尚書・泰誓》："～佑下民。"(又) **命運，天命**。《論語・顏淵》："死生有命，富貴在～。"(又) **所依存或依賴者**。《史記・酈生陸賈列傳》："王者以民人為～，而民人以食為～。"❹ **稱君王或父母、丈夫**。樂史《楊太真外傳》："虢國不施妝粉，自衒美艷，常素面朝～。"❺ **天氣，氣候，季節**。白居易《賣炭翁》詩："心憂炭賤願～寒。"杜甫《春日憶李白》詩："渭北春～樹，江東日暮雲。"❻ **人的頭頂**。《山海經・海外西經》："刑～與帝至此爭神，帝斷其首。"(引) **古時在人的額頭刺字塗墨的刑罰**。《周易・睽》："其人～且劓。"（劓：割去鼻子的刑罰。）

1 **太** tài (粵) taai³ ❶ **極大**。(引) **最，極**。《呂氏春秋・恃君》："～古嘗無君矣。"《韓非子・説疑》："～上禁其心，其次禁其言，其次禁其事。"(又) **過於，過分**。《莊子・天下》："其為人～多，其自為～少。"❷ **對高一輩的人的尊稱**。《史記・高祖本紀》："高祖五日一朝～公。"（太公：指劉邦的父親。）(又) **對遠祖的尊稱**。揚雄《長楊賦》："奉～尊之烈。"❸［**太息**］**長歎**。《史記・陳涉世家》："陳涉～～曰：'嗟乎，燕雀安知鴻鵠之志哉！'"（安：哪裏。鴻鵠：天鵝。志：志向。）

【注意】"太"、"泰"、"大"三個字在古代常常通用。

1 **夭** yāo (粵) jiu² ❶ **夭折，短命**。《荀子・榮辱》："憂險者常～折。"❷ **摧折**。《管子・禁藏》："毋伐木，毋～英。"（毋：不要。英：花。）**上述 ❶❷ 又寫作"殀"**。❸ **災**。《詩經・小雅・正月》："天～是椓（zhuó (粵) doek³）。"（椓：敲打。這裏指殘害。）❹ **草木茂盛**。《尚書・禹貢》："厥草惟～。"（厥：其，那。）❺ (粵) jiu¹［**夭夭**］① **茂盛而美麗的樣子**。《詩經・周南・桃夭》："桃之～～，灼灼其華。"（灼灼：鮮明的樣子。華：花。）② **顏色和悅的樣子**。《論語・述而》："子之燕居，申申如也，～～如也。"（燕居：閒居。申申如：安詳舒適的樣子。）❻ ǎo (粵) ou² **初生的草木鳥獸**。《國語・魯語上》："澤不伐～。"《禮記・王制》："不殺胎，不殀～。"

2 **央** yāng (粵) joeng¹ ❶ **中心，正中**。**常"中央"連用**。《詩經・秦風・蒹葭》："遡遊從之，宛在水中～。"❷ **盡，完了**。**常"未央"、"無央"連用**。曹丕《燕歌行》："星漢西流夜未～。"（星漢西流：天上的星斗和銀河都在向西運轉。）霍去病《琴歌》："國家安寧，樂無～兮。"❸ **懇求**。曹唐《小遊仙》詩之四十二："無～公子停鸞轡。"（無：不，不用。鸞轡：指車馬。）**雙音詞有"央求"**。

2 **失** shī (粵) sat¹ ❶ **喪失，失掉**。**與"得"相對**。《韓非子・孤憤》："主～勢而臣得國。"曹操《敗軍抵罪令》："～利者免官爵。"(又) **背離，放棄**。《孟子・盡心上》："故士窮不～義。"(又) **耽誤，錯過**。《史記・陳涉世家》："會天大雨，道不通，度已～期。"（會：恰巧。度：估計。）❷ **不見，消失**。蘇軾《次韻孔毅父久旱已而甚雨三首》之一："夢中一飽百憂～。"(又) **迷失**。《左傳・哀公十四年》："～道於弇中。"❸ **過錯，過失**。《史記・淮陰侯列傳》："智者千慮，必有一～。"柳宗元《封建論》："～在於政，不在於制。"

（制：指郡縣制。）❹ **失控，禁不住**。宋之問《牛女》詩："～喜先臨鏡，含羞未解羅。"❺ yì 粵 jat6 **通"逸"。逃走**。《荀子・哀公》："其馬將～。"❻ yì 粵 jat6 **通"佚"。輕忽，放任**。《尚書・盤庚上》："無荒～朕命。"《漢書・主父偃傳》："齊王內有淫～之行。"

3 **夸** kuā 粵 kwaa1 ❶ **奢侈，過度**。《荀子・仲尼》："貴而不為～。"❷ **誇口，誇耀**。《呂氏春秋・下賢》："富有天下，而不騁～。"《南史・袁淑傳》："淑喜～，每為時人所嘲。"❸ **通"姱"。美好**。《淮南子・脩務》："曼頰皓齒，形～骨佳。"傅毅《舞賦》："～容乃理。"（理：裝飾。）❹ kuà 粵 kwaa3 **通"跨"。兼有**。《漢書・諸侯王表》："而藩國大者，～州兼郡，連城數十。"

3 **夷** yí 粵 ji4 ❶ **我國古代對東部各民族的統稱**。《詩經・魯頌・閟宮》："至于海邦，淮～來同。"(泛) **少數民族**。《左傳・昭公二十三年》："古者天子守在四～。"❷ **平坦**。《老子・五十三章》："大道甚～。"(又) **心情平和愉悦**。《詩經・召南・草蟲》："亦既見止，亦既覯止，我心則～。"（止：語氣詞。）［**夷然**］**泰然，鎮定的樣子**。《晉書・謝安傳》："安～～無懼色。"❸ **平輩**。《史記・留侯世家》："諸將皆陛下故等～。"（故：以前的。）❹ **鏟平，消除**。《史記・秦始皇本紀》："墮壞城郭，決通川防，～去險阻。"(又) **平定**。柳宗元《封建論》："勒兵而～之耳。"（勒兵：帶兵。）(特) **滅族**。《三國志・吳書・吳主傳》："將軍馬茂等圖逆，～三族。"（圖逆：企圖謀反。）❺ **創傷**。《左傳・成公十六年》："子反命軍吏察～傷。"**這個意義後來寫作"痍"**。❻［**夷猶**］**遲疑不決**。屈原《九歌・湘君》："君不行兮～～。"**又寫作"夷由"**。

4 **夾** jiā 粵 gaap3 ❶ **在兩旁**。《荀子・正論》："庶士介而～道。"（庶士：指軍士。介：指穿着鎧甲。）《史記・伍子胥列傳》："與楚～漢水而陳。"（陳：排列為陣。）❷ **江河汊口停泊船隻的地方**。陸游《長歌行》："朝浮杜若洲，暮宿蘆花～。"❸ jiá **雙層的**。陸游《示客》詩："漠漠新寒試～衣。"**這個意義後來寫作"袷"**。❹ jiá **通"鋏"。劍把**。《莊子・説劍》："以豪桀士為～。"（把豪傑人士作為劍把。桀：傑。）❺ xiá 粵 haap6 **通"狹"。狹窄**。《後漢書・東夷列傳》："其地東西～，南北長。"

5 **奉** fèng 粵 fung6 ❶ **兩手捧着**。《史記・廉頗藺相如列傳》："臣願～璧往使。"(引) **進獻，送**。《漢書・匈奴傳下》："即遣弟右賢王輿～馬牛，隨將率入謝。"（輿：人名。率：通"帥"。）❷ **恭敬地接受**。《三國志・吳書・吳主傳》："魯肅乞～命弔表二子。"(又) **遵從，遵守**。《史記・李斯列傳》："謹～法令。"（謹：謹慎。）**成語有"克己奉公"**。❸ **尊奉，信奉**。柳宗元《封建論》："必求其嗣（sì 粵 zi6）而～之。"（必：一定。嗣：後嗣，子孫。）《世説新語・排調》："二郗～道，二何～佛。"（二郗：郗愔、郗曇。二何：何充、何準。）**成語有"奉若神明"、"奉為圭臬"**。❹ **敬辭。如"奉答"、"奉和"。雙音詞有"奉陪"**。❺ **供給，供養**。《韓非子・和氏》："損不急之枝官，以～選練之士。"《潛夫論・浮侈》："以一～百。"❻ **俸祿，薪俸**。《戰國策・趙策四》："～厚而無勞。"**這個意義後來寫作"俸"**。

5 **奈** nài 粵 noi6 **本作"柰"。對付，處置**。《淮南子・兵略》："唯無形者無可～也。"(引) **無奈，怎奈**。韓愈《醉後》詩："煌煌東方星，～此眾客醉。"［**奈何**］**如何，怎麼辦**。屈原《九歌・大司命》："愁人兮～～。”晏殊《浣溪沙·一曲新詞酒一杯》：“無可～～花落去。”［奈……何］**對……怎麼樣，怎麼對付**。《韓非子·難三》：“韓、魏能～我～！”

5 **奔**（奔）bēn (粵) ban1 ❶ **跑**。屈原《離騷》：“忽～走以先後兮，及前王之踵武。”（踵武：追隨足跡，指繼承事業。）(特) **戰敗逃跑**。《左傳·成公十六年》：“臣之卒實～，臣之罪也。”❷ **逃亡**。《左傳·隱公元年》：“五月辛丑，大叔出～共。”（大叔：指共叔段。共：地名。）《韓非子·難四》：“魯陽虎欲攻三桓，不克而～齊。”（陽虎：人名。三桓：指魯國季孫、孟孫和叔孫三家。克：攻下。齊：指齊國。）❸ **舊時把女子不依照舊禮教的規定而私自投奔所愛的男子稱為“奔”**。《史記·司馬相如列傳》：“文君夜亡～相如。”（文君：指卓文君。亡：逃跑。）

5 **奇** qí (粵) kei4 ❶ **奇異的，罕見的，不尋常的**。《老子·五十七章》：“人多伎巧，～物滋起。”（滋起：產生出來。）《史記·商君列傳》：“公孫鞅年雖少，有～才。”❷ **出人意料的**。《老子·五十七章》：“以正治國，以～用兵。”**成語有“出奇制勝”**。❸ **很，非常**。段成式《酉陽雜俎》卷十二“語資”：“今歲～寒。”❹ jī (粵) gei1 **單數。與“偶”相對**。《周易·繫辭下》：“陽卦～，陰卦耦。”《資治通鑒·唐敬宗寶曆二年》：“每～日，未嘗不視朝。”（視朝：君主臨朝聽政。）(喻) **命運不好。常“數奇”連用**。《史記·李將軍列傳》：“以為李廣老，數～，毋令當單于。”❺ jī (粵) gei1 **零數**。《漢書·食貨志》：“（貨布）首長八分有～。”

5 **奄** yǎn (粵) jim2 ❶ **覆蓋，包。常“奄有”連用**。《莊子·大宗師》：“～有天下。”《淮南子·脩務》：“萬物至眾，而知不足以～之。”（知：通“智”。智慧。）❷ **突然，急**。《魏書·鐵弗劉虎傳》：“王師～到，上下驚擾。”**成語有“奄然而逝”**。［奄忽］① **忽然，突然，快**。《漢書·嚴延年傳》：“～～如神。”② **死亡**。《後漢書·趙岐傳》：“自慮～～，乃為遺令。”（乃：就。為：作。）❸ (粵) jim1 ［奄奄］**氣息微弱的樣子**。李密《陳情表》：“日薄西山，氣息～～。”❹ yān (粵) jim1 **通“閹”。宦官**。《淮南子·時則》：“命～尹申宮令。”（尹：長官。）❺ yān (粵) jim1 **停留**。《漢書·禮樂志》：“神～留，臨須搖。”**這個意義後來寫作“淹”**。

6 **契** qì (粵) kai3 ❶ **用刀刻。古時占卜用刀鑿刻龜甲，後泛指用刀刻（物體）**。《呂氏春秋·察今》：“遽～其舟。”（遽：立即。）**這個意義又寫作“栔”、“鍥”**。(又) **刻在甲骨上的文字**。《周易·繫辭下》：“上古結繩而治，後世聖人易之以書～。”(又) **鑿刻工具**。干寶《晉紀總論》：“如室斯構而去其鑿～。”❷ **券，符契，契約。古代符契，刻字之後，剖為兩半，雙方收存以作憑證**。《韓非子·主道》：“符～之所合，賞罰之所生也。”（符：古代國君傳達命令或調兵將用的憑證。生：產生。）(引) **盟約，要約**。李公佐《南柯太守傳》：“時年四十七，將符宿～之限矣。”❸ **相合，投合**。曹植《玄暢賦》：“上同～於稷离，降合穎於伊望。”司空圖《詩品二十四則》：“少有道～，終與俗違。”**雙音詞有“契合”**。❹ qiè (粵) kit3 ［契闊］① **離合**。《詩經·邶風·擊鼓》：“死生～～。”② **久別**。曹操《短歌行》：“～～談宴。”③ **辛苦**。《後漢書·傅毅傳》：“～～夙夜，庶不懈忒。”（夙夜：早晚。庶：表示期望。忒：差錯。）❺ xiè (粵) sit3 **人名。傳說中商的始祖**。《尚書·舜典》：“帝曰：‘～！……汝作司徒，敬敷五教。’”《史記·殷本紀》：“～興於唐、虞、大禹之際，功業著於百姓。”❻ (粵) kit3 ［契丹］**我國古代東北部的一個民族。公元 907-1125**

年曾建立遼國。

6 **奏** zòu (粵) zau3 ❶ **進**。《莊子・養生主》：“～刀騞（huō (粵) waak6）然。”（騞然：刀割東西的聲音。）⊗ **進獻**。《論衡・逢遇》：“以夏進爐，以冬～扇。”〔引〕**呈現，使見**。《戰國策・秦策一》：“願大王少留意，臣請～其效。”❷ **向君王進言或上書**。《史記・孝文本紀》：“書～天子，天子憐悲其意。”⊗ **奏章**。《後漢書・趙充國傳》：“作～未上，會得進兵璽書。”（會：碰上。進兵璽書：皇帝命令進兵的詔書。）❸ **奏樂**。屈原《離騷》：“～九歌而舞韶兮。”（韶：古代樂名。）

6 **奎** kuí (粵) fui1 ❶ **胯，兩大腿之間**。《莊子・徐無鬼》：“～蹄曲隈，乳間股腳，自以為安室利處。”（豬身上的虱子選擇胯下蹄邊、大腿根部、乳腹小腿等毛疏的地方安身。曲隈：指大腿根部。）❷ **星宿名。二十八宿之一。西方十六星，像兩大腿，故曰奎。**

6 **奐** huàn (粵) wun6 ❶ **眾多，盛大**。《禮記・檀弓下》：“美哉輪焉，美哉～焉。”（輪：高大。）**成語有“美輪美奐”**。[**伴**（pàn (粵) pun3）**奐**] **廣大而有文采**。《詩經・大雅・卷阿》：“～～爾游矣，優游爾休矣。”❷ [**奐奐**] **華麗，光輝鮮明**。丘光庭《補新宮》詩：“～～新宮。”

6 **奕** yì (粵) jik6 ❶ [**奕奕**] ① **高大的樣子**。《詩經・大雅・韓奕》：“～～梁山。”② **光明，明亮**。《北齊書・琅邪王儼傳》：“眼光～～，數步射人。”③ **心神不定的樣子**。《詩經・小雅・頍弁》：“憂心～～。”④ **神采煥發的樣子**。陳師道《寄鄧州杜侍郎》詩：“請公酌此壽百年，～～長為此邦伯。”❷ **累，重**。**常“奕世”、“奕代”、“奕葉”連用**。《後漢書・楊秉傳》：“臣～世受恩。”陶潛《閑情賦》：“綴文之士，～代繼作。”（綴文：作文。）曹植《王仲宣誄》：“～葉佐時。”（佐：輔助。）

7 **奚** xī (粵) hai4 ❶ **女奴隸**。《周禮・秋官・禁暴氏》：“凡～隸聚而出入者，則司牧之。”（凡是男女奴隸聚眾出入的，都要嚴加監視管理。）⊗ **奴僕**。《新唐書・李賀傳》：“每旦日出，騎弱馬，從小～奴。”❷ **疑問代詞。甚麼，哪裏**。《孟子・滕文公上》：“曰：‘～冠？’曰：‘冠素。’”《莊子・逍遙遊》：“彼且～適也。”（適：到……去。）⊗ **為甚麼**。《韓非子・和氏》：“子～哭之悲也？”（子：你。）

8 **奢** shē (粵) ce1 ❶ **奢侈，浪費。與“儉”相對**。《論語・八佾》：“禮，與其～也，寧儉。”《墨子・辭過》：“富貴者～侈，孤寡者凍餒（něi (粵) neoi5）。”（餒：飢餓。）〔引〕**矜誇，矜驕**。《左傳・隱公三年》：“驕～淫泆，所自邪也。”❷ **過分，過度**。《老子・二十九章》：“是以聖人去甚，去～，去泰。”（去：去掉。甚、泰：也指過分。）**雙音詞有“奢望”、“奢願”**。❸ **多，豐厚**。張華《輕薄篇》：“貲財亦豐～。”

9 **奡** ào (粵) ngou6 ❶ **傳說中夏朝的大力士**。《論衡・效力》：“～、育，古之多力者。”（育：夏育，傳說中的大力士。）[**排奡**] **矯健有力（多指文章）**。韓愈《薦士》詩：“妥帖力～～。”❷ **通“傲”。傲慢**。《尚書・益稷》：“無若丹朱～。”（若：像。丹朱：人名。）

9 **奠** diàn (粵) din6 ❶ **用酒食祭祀死者**。《詩經・召南・采蘋》：“于以～之，宗室牖下。”《儀禮・士喪禮》：“～脯醢醴酒。”❷ **獻**。《儀禮・鄉飲酒禮》：“主人坐，～爵於階前。”（爵：酒器。）❸ **放置**。《禮記・內則》：“～之而後取之。”❹ **定**。揚雄《太玄・玄摛》：“天地～位。”**又如“奠基”**。

10 **缺** quē (粵) kyut3 **同“缺”。殘缺，破損**。河上公本《老子・四十五章》：“大成若～，其用不弊。”陸游《入蜀記》卷一：“有碑，～壞磨滅之餘，時時可讀。”

10 **奧** ào (粵) ou^{3}/ngou^{3} ❶ **屋子裏的西南角。多為尊長居處或設神位處。**《荀子・非十二子》：“～窔（yào (粵) jiu^{3}）之間，簟（diàn (粵) tim^{5}）席之上。”（窔：屋子裏的東南角。簟：竹蓆。）《論語・八佾》：“與其媚於～，寧媚於竈。” (引) **指室內深處**。《淮南子・時則》：“涼風始至，蟋蟀居～。” ❷ **深**。陸機《塘上行》：“結根～且堅。” ❸ **深奧，隱微**。《老子・六十二章》：“道者萬物之～。”《宋史・蔡元定傳》：“遂與對榻講論諸經～義，每至夜分。” 柳宗元《答韋中立論師道書》：“抑之欲其～。”（抑：抑制。指寫文章不作詳盡的發揮。） (引) **隱蔽、機密的地方**。《三國志・魏書・董昭傳》：“往來禁～。” (又) **指重要、機密的職務**。謝朓《忝役湘州與宣城吏民別》詩：“薄晚忝華～。” ❹ yù (粵) juk^{1} **通“燠”。溫暖**。《詩經・小雅・小明》：“昔我往矣，日月方～。” ❺ yù (粵) juk^{1} **通“隩”。水涯深曲處**。《詩經・衞風・淇奧》：“瞻彼淇～，綠竹猗（yī (粵) ji^{1}）猗。”（淇：水名。猗猗：美盛的樣子。）

11 **奩** （匳、籢）lián (粵) lim^{4} **古代婦女梳妝用的鏡匣和盛其他化妝品的器皿**。《後漢書・皇后紀上》：“視太后鏡～中物。” (又) **精巧的匣子**。《宋書・范曄傳》：“義康餉熙先銅匕（bǐ (粵) bei^{2}）、銅鑷（niè (粵) nip^{6}）、袍段、棋～等物。”（義康、熙先：人名。餉：贈送。匕：羹匙。鑷：鑷子。段：緞。）

11 **奪** duó (粵) dyut^{6} ❶ **喪失，耽誤**。《荀子・富國》：“罕興力役，無～農時，如是則國富矣。”《史記・酈生陸賈列傳》：“方今楚易取而漢反卻，自～其便，臣竊以為過矣。” ❷ **強取，奪取**。《左傳・文公十八年》：“人～女妻而不怒。”《史記・蕭相國世家》：“毋為勢家所～。”（毋：不要。） (又) **強行改變**。《論語・子罕》：“三軍可～帥也，匹夫不可～志也。”《漢書・梅福傳》：“諸侯～宗，聖庶～適（dí (粵) dik^{1}）。”

12 **奭** shì (粵) sik^{1} ❶ **赤色**。《詩經・小雅・采芑》：“路車有～。” ❷ **消散無礙的樣子**。《莊子・秋水》：“～然四解。”

13 **奮** fèn (粵) fan^{5} ❶ **鳥類展翅**。《詩經・邶風・柏舟》：“不能～飛。” (引) **舉起來**。《史記・張耳陳餘列傳》：“陳王～臂，為天下倡始。” (引) **奮力，盡力**。《史記・田單列傳》：“遂經其頸於樹枝。自～絕脰而死。”（脰：脖頸。） ❷ **振作，發揚**。賈誼《過秦論》：“及至始皇，～六世之餘烈。”（餘烈：遺留下來的功業。）李白《代壽山答孟少府移文書》：“～其智能，願為輔弼。” (又) **奮起**。《鹽鐵論・褒賢》：“（陳勝）～於大澤，不過旬月。”

女部

0 **女** nǚ (粵) neoi^{5} ❶ **女性的。與“男”相對**。《詩經・小雅・斯干》：“乃生～子。” (又) **婦女，女人，女子**。《周易・序》：“有男～，然後有夫婦。”《周易・家人》：“～正位乎內，男正位乎外。” (特) **未婚女子**。《詩經・周南・關雎》：“窈窕淑～，君子好逑。”（逑：配偶。） ❷ **女兒**。《木蘭詩》：“不聞爺娘喚～聲。”（爺：父親。） ❸ nù (粵) neoi^{6} **以女嫁人**。《左傳・桓公十一年》：“宋雍氏～於鄭莊公。” ❹ rǔ (粵) jyu^{5} **第二人稱代詞。你，你們**。《荀子・議兵》：“今～不求之於本，而索之於末，此世之所以亂也。”（索：求取。）**這個意義後來寫作“汝”**。❺ **星宿名。二十八宿之一**。羅隱《暇日投錢尚父》詩：“牛斗星邊～宿間，棟梁虛敞麗江關。” **又指織女星**。❻ ［女真］ **我國古代**

東北部的一個民族。曾建立金國。後成為滿族的主要組成部分。

2 **奴** nú (粵) nou4 ❶ **奴隸**。《論語・微子》：“微子去之，箕子為之～，比干諫而死。”《史記・季布欒布列傳》：“布為人所略賣，為～於燕。”（略：搶。）(又) **奴婢，奴僕**。陸游《歲莫感懷》詩：“富豪役千～，貧老無寸帛。”（帛：絲織品。）(特) **男性奴隸、奴僕**。韓愈《寄盧仝》詩：“一～長鬚不裹頭，一婢赤腳老無齒。” ❷ **謙稱自己**。敦煌變文《韓擒虎話本》：“阿～無德，濫處為君。”

3 **妄** wàng (粵) mong5 ❶ **胡亂**。《荀子・天論》：“倍道而～行。”（倍：違反。）**成語有“輕舉妄動”**。(引) **行為不正，不法**。《左傳・哀公二十五年》：“彼好專利而～。”（彼：他。）❷ **荒誕，荒謬**。《論衡・問孔》：“此言～也。”

3 **奸** jiān (粵) gaan1 ❶ gān (粵) gon1 **干涉，干擾**。《左傳・襄公十四年》：“君制其國，臣敢～之？”（制：控制。）❷ gān (粵) gon1 **通“干”。求取**。《史記・齊太公世家》：“以漁釣～周西伯。” ❸ **通“姦”。邪惡，狡詐**。《晉書・王敦傳》：“以誅～臣。”**【辨】奸，姦。見133頁“姦”字。**

3 **如** rú (粵) jyu4 ❶ **前往，到……去**。《管子・大匡》：“公將～齊，與夫人皆行。”《三國志・吳書・吳主傳》：“權將～吳。” ❷ **像，如同**。《孫子兵法・軍爭》：“不動～山。”**成語有“如火如荼”**。[**不如**] **不及，比不上**。《史記・老子韓非列傳》：“斯自以為～～非。”（斯：李斯。）(引) **相匹，相敵**。《史記・匈奴列傳》：“單于自度戰不能～漢兵。”(引) **表示舉例。比如**。歐陽修《六一詩話》：“‘太瘦生’，唐人語也，至今猶以生為語助，～‘作麼生’、‘何似生’之類是也。” ❸ **按照**。柳宗元《三戒・臨江之麋》：“犬皆～人意。”(又) **應當，還不如**。《墨子・貴義》：“子～勸我者也，何故止我？”《左傳・僖公二十二年》：“若愛重傷，則～勿傷。” ❹ **連詞。假如，如果**。《論語・述而》：“～不可求者，從吾所好。”《三國志・蜀書・諸葛亮傳》：“～其不才，君可自取。”（不才：沒有才能。取：取代。）❺ **連詞。相當於現代漢語的“而”**。《鹽鐵論・世務》：“今匈奴……見利～前，乘便而起。” ❻ **連詞。相當於現代漢語的“或”**。《論語・先進》：“安見方六七十～五六十而非邦也者？” ❼ **連詞。相當於現代漢語的“和”、“同”**。《儀禮・鄉飲酒禮》：“公～大夫入。” ❽ **介詞。於**。《呂氏春秋・愛士》：“人之困窮，甚～飢寒。” ❾ **形容詞詞尾。表示“……的樣子”**。《論語・述而》：“子之燕居，申申～也，夭夭～也。”《漢書・諸侯王表》：“海內晏～。”（晏：平安。）**成語有“突如其來”**。❿ [**如何**] ① **怎樣**。《詩經・小雅・庭燎》：“夜～～其，夜未央。”（其：語氣詞。）② **怎麼辦，奈何**。《詩經・秦風・晨風》：“～～～～！忘我實多。”白居易《上陽白髮人》詩：“少亦苦，老亦苦，少苦老苦兩～～？” ③ **怎麼，為甚麼**。《左傳・僖公二十二年》：“傷未及死，～～勿重？” [**如……何**] **對……怎麼辦，把……怎麼樣**。《孟子・梁惠王下》：“君～彼～哉？強為善而已矣。”

3 **妁** shuò (粵) zoek3 [**媒妁**] **媒人**。《孟子・滕文公下》：“父母之命，～～之言。”

3 **妃** fēi (粵) fei1 ❶ **配偶，常指妻**。《禮記・曲禮下》：“天子之～曰后。”《儀禮・少牢饋食禮》：“以某～配某氏。” (特) **古代帝王的妾或太子、王侯的妻**。《左傳・文公十四年》：“邾文公元～齊姜生定公。”（元妃：正妻。齊姜：人名。）❷ pèi (粵) pui3 **通“配”。匹配，婚配**。《左傳・昭公九年》：“火，水～也。”《商君書・晝策》："夫婦～匹之合。"（合：結合。）

3 **好** hǎo ㊥ hou² ❶ **容貌美**。《戰國策・趙策三》："鬼侯有子而～。"（鬼侯：商代諸侯名。子：這裏指女兒。）㊁ **美好，善**。《詩經・周南・關雎》："窈窕淑女，君子～逑。"（逑：配偶。）賈思勰《齊民要術・收種》："選～穗純色者。" ❷ **友好**。《詩經・衛風・木瓜》："匪報也，永以為～也。"（匪：非，不是。）《三國志・蜀書・諸葛亮傳》："外結～孫權。" ❸ hào ㊥ hou³ **喜歡，喜愛**。《孟子・離婁上》："人之患在～為人師。"陶潛《五柳先生傳》："～讀書，不求甚解。" ❹ hào ㊥ hou³ **古代圓形有孔的錢幣或玉器，孔外叫"肉"，孔內叫"好"**。《漢書・食貨志下》："肉～皆有周郭。"（周郭：邊壁四周。）

4 **妥** tuǒ ㊥ to⁵ ❶ **安坐，坐定**。《詩經・小雅・楚茨》："以～以侑。"《儀禮・士相見禮》："～而後傳言。" ㊁ **安穩，安定**。《漢書・武五子傳》："北州以～。" **雙音詞有"穩妥"**。❷ [妥帖] ① **安定，穩定**。杜甫《故司徒李公光弼》詩："千里初～～。"（初：剛。）② **恰當，合適**。陸機《文賦》："或～～而易施。"（易施：平穩。）❸ **落下**。杜甫《重過何氏》詩："花～鶯捎蝶。"（捎：掠取。）

4 **妝** （粧）zhuāng ㊥ zong¹ **打扮，裝飾**。秦韜玉《貧女》詩："共憐時世儉梳～。" ㊕ **婦女所用的脂粉、衣物等裝飾物**。《木蘭詩》："阿姊聞妹來，當戶理紅～。"**【辨】**妝，裝。在"打扮、裝飾"的意義上，可以寫"妝"也可以寫"裝"。"行裝"、"裝束"的意義只能寫"裝"，不能寫"妝"。

4 **妊** （姙）rèn ㊥ jam⁶ **懷孕**。《論衡・吉驗》："傳言黃帝～二十月而生。"劉知幾《史通・漢書五行志錯誤》："山陽女子田無嗇懷～。"（山陽：地名。田無嗇：人名。）[**妊娠**（shēn ㊥ san¹/zan³）] **懷孕**。《論衡・命義》："謂～～之時遭得惡物也。"

4 **妍** yán ㊥ jin⁴ **美，美麗**。劉知幾《史通・惑經》："明鏡之照物也，～媸（chī ㊥ ci¹）必露。"（媸：面貌醜。）

4 **妣** bǐ ㊥ bei² **母親**。《周易・小過》："遇其～。" ㊕ **死去的母親**。《禮記・曲禮下》："生曰父、曰母、曰妻，死曰考、曰～、曰嬪。"《新唐書・高祖本紀》："追謚（shì ㊥ si³）……～獨孤氏曰元貞皇后。"（獨孤：姓。）㊇ **祖母以上的女性祖先**。歐陽修《瀧岡阡表》："曾祖～，累封楚國太夫人。"

4 **妙** miào ㊥ miu⁶ ❶ **美妙，美好**。《戰國策・楚策一》："韓、魏、齊、燕、趙、衛之～音美人，必充後宮矣。"宋玉《登徒子好色賦》："贈以芳華辭甚～。" ㊇ **巧妙，奇妙**。《論衡・須頌》："弦歌為～異之曲。" **成語有"妙手回春"**。❷ **玄妙，奧妙**。《老子・一章》："故常無欲，以觀其～。"《北史・高允傳》："天下～理至多。" ❸ **年少**。《潛夫論・思賢》："年雖童～，未脫桎梏。" ❹ miǎo ㊥ miu⁵ **小，微小**。馬融《長笛賦》："微風纖～，若存若亡。"（纖：細。）❺ miǎo ㊥ miu⁵ **通"渺"。深遠**。《韓非子・難言》："～遠不測。"

4 **妖** yāo ㊥ jiu¹/jiu² ❶ **豔麗，美好**。陸機《擬青青河畔草》詩："粲粲～容姿。"（粲粲：鮮明的樣子。）[**妖冶**] **豔麗**。司馬相如《上林賦》："～～嫻都。" ❷ **古時稱一切反常怪異的東西或現象**。《左傳・宣公十五年》："天反時為災，地反物為～。" [**妖祥**] **不好的徵兆**。《淮南子・繆稱》："國有～～，不勝善政。" [**妖言**] **迷惑人的邪說**。《三國志・魏書・高柔傳》："今～～者必戮。" **成語**

有"妖言惑眾"。(又) **害人的怪物**。干寶《搜神記》卷四："此恐是～魅憑依耳。"

4 **妐** zhōng (粵) zung^{1} ❶ **丈夫的父親**。《呂氏春秋・遇合》："姑～知之，曰：'為我婦而有外心，不可畜。'" ❷ **丈夫的姐姐**。《禮記・昏義》"和于室人"鄭玄注："室人，謂女～、女叔、諸婦也。"

4 **妨** fáng (粵) fong^{4} ❶ fāng **損害，有害於**。《荀子・解蔽》："不以自～也。"（不用這些來傷害自己。）❷ **阻礙，妨礙**。杜甫《雨晴》詩："今朝好晴景，久雨不～農。"

4 **妒** （妬）dù (粵) dou^{3} **婦女相忌妒**。《左傳・襄公二十一年》："叔向之母～叔虎之母美而不使。"《世說新語・惑溺》："賈公閭後妻郭氏酷～。" (泛) **忌妒**。《荀子・大略》："君有～臣，則賢人不至。"（妒臣：忌妒賢者的臣子。）

4 **妤** yú (粵) jyu^{4} [**婕妤**] **見 135 頁"婕"字**。

5 **妻** qī (粵) cai^{1} ❶ **妻子，男子的嫡配偶**。《戰國策・秦策一》："～不以我為夫……父母不以我為子。"《史記・孫子吳起列傳》："吳起取齊女為～。"（取：娶。齊：齊國。）❷ qì (粵) cai^{3} **以女嫁人**。《論語・先進》："孔子以其兄之子～之。"（子：女兒。）《三國志・魏書・荀彧傳》："太祖以女～彧（yù (粵) juk^{1}）長子惲。" (又) **娶妻**。《史記・魯周公世家》："宋女至而好，惠公奪而自～之。"

5 **姌** （㚩）rǎn (粵) jim^{5} [**姌嫋**（niǎo (粵) niu^{5}）] **細長柔弱的樣子**。《史記・司馬相如列傳》："嫵媚～～。" **又寫作"姌裊"**。

5 **委** wěi (粵) wai^{2} ❶ **積，聚積**。揚雄《甘泉賦》："瑞穰穰兮～如山。"（瑞：祥瑞。穰穰：豐盛的樣子。）[**委輸**] **運送積聚的貨物**。《史記・留侯世家》："順流而下，足以～～。" ❷ **託付，委託**。《史記・秦始皇本紀》："王年少，初即位，～國事大臣。"（委國事大臣：把國事委託給大臣。）**熟語有"委以重任"**。(又) **致送**。《左傳・昭公元年》："鄭徐吾犯之妹美，公孫楚聘之矣，公孫黑又使強～禽焉。" ❸ **拋棄，捨棄**。《韓非子・難勢》："釋勢～法，堯舜戶說（shuì (粵) seoi^{3}）而人辯之，不能治三家。"（釋：放棄。）(又) **推卸**。《晉書・王裒傳》："司馬欲～罪於孤邪？"（司馬：官名。孤：晉文帝自稱。）❹ **放置**。《後漢書・范式傳》："乃～素書於柩上，哭別而去。" ❺ **曲折**。《史記・天官書》："若至～曲小變，不可勝道。"（道：說。）**雙音詞有"委婉"**。❻ **通"萎"。衰頹，枯萎**。曹植《贈丁儀》詩："黍稷（jì (粵) zik^{1}）～疇隴，農夫安所獲？"（隴：通"壟"。）❼ **江河的下游**。《禮記・學記》："或源也，或～也。"沈括《夢溪筆談》卷二四："胡人言黑水原下～高，水曾逆流。"（原：水源。）(引) **末尾**。元稹《驃國樂》詩："教化從來有源～。" **雙音詞有"原委"**。❽ wēi (粵) wai^{1} [**委蛇**（yí (粵) ji^{4}）] **同"逶迤"**。① **綿延曲折的樣子**。屈原《離騷》："駕八龍之婉婉兮，載雲旗之～～。" ② **從容自得的樣子**。《詩經・召南・羔羊》："退食自公，～～～～。" ③ **依順的樣子**。《莊子・應帝王》："吾與之虛而～～。"（指無心而隨物變化。）

5 **妾** qiè (粵) cip^{3} ❶ **女奴隸**。《尚書・費誓》："臣～逋逃。"（逋逃：逃跑。臣：男奴隸。）❷ **側室。舊時男子在妻子之外另娶的女人**。《戰國策・齊策一》："臣之妻私臣，臣之～畏臣。"（私：偏愛。）❸ **古代女子表示謙卑的自稱**。孟郊《織婦辭》："夫是田中郎，～是田中女。"

5 **姑** gū (粵) gu^{1} ❶ **父親的姊妹**。《荀子・仲尼》："～姊妹之不嫁者七人。" ❷ **丈夫的母親**。《左傳・昭公二十八年》："子容之母走謁諸～。"（子容：人名。謁：拜見。）杜甫《新婚別》詩：

"妾身未分明，何以拜～嫜。"（妾：古代婦女對自己的謙稱。嫜：丈夫的父親。）❸ [小姑] **丈夫的妹妹**。《古詩為焦仲卿妻作》："新婦初來時，～～始扶牀。"（扶牀：剛剛學走路。）❹ **副詞。姑且，暫且**。《韓非子・說林下》："子～待之。"（子：你。）

5 **姒** sì (粵) ci5 ❶ **古代稱呼（同一丈夫的）幾個妾中的年長者**。劉向《列女傳・秦穆公姬》："婢子娣～，不能相教。" ❷ **古代稱呼妯娌中的年長者。妯娌之間也可以互稱**。《左傳・昭公二十八年》："長叔～生男。"（長叔：指叔向。）《資治通鑒・唐昭宗乾寧四年》："夫人請見之，瑾妻拜，夫人答拜，且泣曰：'……約為兄弟，以小故恨望，起兵相攻，使吾～辱於此。'" ❸ **姐姐**。劉向《列女傳・魯公乘姒》："魯公乘～者，魯公乘子皮之～也。"

5 **妲** dá (粵) daat3 ❶ **用於人名**。[妲己] **商紂王的妃子**。《國語・晉語一》："殷辛伐有蘇，有蘇氏以～～女焉。" ❷ dàn (粵) daan3 **通"誕"。荒誕**。《宋書・顏延之傳》："竊議以迷寡聞，～語以敵要說。"

5 **妯** zhóu (粵) zuk6 ❶ chōu (粵) cau1 **擾動，不平靜**。《詩經・小雅・鼓鐘》："憂心且～。" ❷ [妯娌] **兄和弟的妻子的合稱**。《北史・崔休傳》："家道多由婦人，欲令姊妹為～～。"

5 **姍** shān (粵) saan1 ❶ [姍姍] **女子走路緩慢從容的樣子**。《漢書・外戚傳》："偏何～～其來遲。" ❷ shàn (粵) saan3 **同"訕"。譏笑，譏諷**。《漢書・諸侯王表序》："～笑三代，盪滅古法。"《漢書・石顯傳》："顯恐天下學士～己。"

5 **姁** xǔ (粵) heoi2 ❶ [姁姁] ① **喜悦自得的樣子**。《呂氏春秋・諭大》："燕雀爭善處於一屋之下，子母相哺也，～～焉相樂也。" ② **平和的樣子**。柳宗元《段太尉逸事狀》："太尉為人～～，常低首拱手行步。" ❷ xū (粵) heoi1 [姁媮] **美態**。傅毅《舞賦》："姣服極麗，～～致態。"

5 **妮** nī（舊讀 ní）(粵) nei4 [妮子] ① **婢女**。《新五代史・晉高祖皇后李氏傳》："吾有梳頭～～，竊一藥囊以奔於晉，今皆在否？" ② **對少女的昵稱**。《元曲選・爭報恩》："那～～又不知三年乳哺恩，那裏曉懷躭十月胎。"

5 **始** shǐ (粵) ci2 ❶ **開始。與"終"、"末"相對**。《老子・六十四章》："千里之行，～於足下。" **成語有"有始有終"**。(又) **當初，最初。與"今"相對**。《論語・公冶長》："～吾於人也，聽其言而信其行。今吾於人也，聽其言而觀其行。" (又) **先，首先。與"後"相對**。韓愈《贈張童子序》："～自縣考試，定其可舉者，然後升於州若府。" ❷ **根本，本源**。《國語・晉語二》："堅樹在～。"《荀子・王制》："天地者，生之～也。" ❸ **才，方才**。《列子・湯問》："孀妻有遺男，～齔。" 白居易《琵琶行》："千呼萬喚～出來。" ❹ **只，僅僅**。《世說新語・術解》："～服一劑湯，便愈。" 韓偓《仙山》詩："水清無底山如削，～有仙人騎鶴來。" ❺ **正，正在**。江淹《休上人怨別》詩："露彩方泛艷，月華～徘徊。" ❻ **曾經**。《莊子・齊物論》："有以為未～有物者。" **成語有"未始不可"**。

5 **姆** mǔ (粵) mou5 ❶ **女師。以婦道教育女子的人**。《禮記・內則》："女子十年不出，～教婉娩聽從。" ❷ **保姆。服侍夫人或子女的人**。韓愈《殿中少監馬君墓誌》："～抱幼子立側。"

6 **威** wēi (粵) wai1 ❶ **威力，威風**。《史記・陳涉世家》："～振四海。" (引) **威嚴**。《論語・述而》："子溫而厲，～而不猛。" ❷ **害怕，恐懼**。《詩經・小雅・常棣》："死喪之～，兄弟孔懷。" (又) **震懾，使……害怕**。《墨子・七患》："賞賜不能喜，誅罰不能～。”

6 **娀** sōng [粵] sung1 [有娀] **古氏族名。有娀氏**。《詩經・商頌・長發》：“～～方將，帝立子生商。”

6 **娃** wá [粵] waa1 ❶ **美女**。揚雄《反離騷》：“資娵（jū [粵] zeoi1）～之珍髢（dí [粵] tai3）兮，鬻九戎而索賴。”（資：以，憑藉。髢：頭髮。）江淹《空青賦》：“趙妃、燕后，秦娥、吳～，溺愛靡意，魂飛心離。”❷ **少女（後起意義）**。柳永《望海潮・東南形勝》：“嬉嬉釣叟蓮～。”

6 **姥** mǔ [粵] mou5 ❶ **老婦人**。《晉書・王羲之傳》：“又嘗在蕺山見一老～，持六角竹扇賣之。”❷ **丈夫的母親，婆母**。《古詩為焦仲卿妻作》：“便可白公～，及時相遣歸。”

6 **姮** héng [粵] hang4 [姮娥] **即嫦娥。傳說是月中女神**。《淮南子・覽冥》：“譬若羿請不死之藥於西王母，～～竊以奔月。”

6 **姱** kuā [粵] kwaa1 **美好**。宋玉《招魂》：“～容修態，絙（gèn [粵] gang2）洞房些。”（修態：優美的姿態。絙：貫通。）

6 **姻**（婣）yīn [粵] jan1 ❶ **女婿的父親。親家之間，女方的父親叫“婚”，男方的父親叫“姻”**。《左傳・定公十三年》：“荀寅，范吉射之～也。”（荀寅是范吉射女婿的父親。荀寅、范吉射：人名。）❷ **婚姻**。《後漢書・戴良傳》：“每有求～，輒便許嫁。”（輒：總是。）[引] **由婚姻關係而形成的親戚**。《左傳・襄公二十三年》：“公有～喪。”**又如“姻兄”、“姻伯”**。

6 **姝** shū [粵] zyu1 ❶ **美麗，美好**。《詩經・邶風・靜女》：“靜女其～。”宋玉《神女賦》：“貌豐盈以莊～兮。”（豐盈：豐滿。莊：莊重。）❷ **美女**。漢樂府《陌上桑》：“使君遣吏往，問是誰家～。”

6 **姤** gòu [粵] gau3 ❶ **通“遘”。遇到**。《周易・姤》：“彖曰：～，遇也。”❷ **善，美好**。《管子・地員》：“士女皆好，其民工巧，其泉黃白，其人夷～。”（夷：平。）

6 **姚** yáo [粵] jiu4 ❶ **姓**。❷ **美好的樣子**。《荀子・非相》：“今世俗之亂君，鄉曲之儇子，莫不美麗～冶，奇衣婦飾。”❸ **通“遙”。遙遠**。《荀子・榮辱》：“其流長矣，其溫厚矣，其功盛～遠矣。”

6 **姽** guǐ [粵] gwai2 [姽嫿（huà [粵] waak6）] **美好的樣子**。宋玉《神女賦》：“既～～於幽靜兮，又婆娑乎人間。”

6 **姣** jiāo [粵] gaau2 **美好**。《孟子・告子上》：“不知子都之～者，無目者也。”（子都：人名。）張衡《南都賦》：“男女～服。”（服：衣服。）

6 **姹**（奼）chà [粵] caa3 ❶ **同“奼”。少女**。[姹女] ① **少女**。《後漢書・五行志》：“河間～～工數錢。”（河間：地名。工：善於。）② **道家煉丹，稱水銀為姹女**。魏伯陽《周易參同契》中：“河上～～，靈而最神。得火則飛，不見埃塵。”❷ **美麗**。韓愈《縣齋有懷》詩：“閑愛老農愚，歸弄小女～。”韓維《和如晦遊臨淄園示元明》：“桃夭杏～通園蹊（xī [粵] hai4）。”（夭：茂盛。蹊：小道。）**成語有“姹紫嫣紅”**。❸ **通“詫”。誇耀**。《漢書・司馬相如傳》：“子虛過～烏有先生。”

6 **姦** jiān [粵] gaan1 ❶ **邪惡，狡詐**。《商君書・農戰》：“不可巧取則～不生。”[又] **邪惡、狡詐的人**。《尚書・泰誓下》：“崇信～回。”《後漢書・李膺傳》：“糾罰～倖。”（倖：寵臣。）❷ **男女私通**。《左傳・莊公二年》：“夫人姜氏會齊侯于禚，書～也。”《後漢書・李業傳》：“（馮）信侍婢亦對信～通。”【辨】奸，姦。**古代“奸”和“姦”是兩個字，音義各不相同。“奸”是干擾的意思，“姦”是邪惡的意思。到了後代，“姦”也可以寫作“奸”**。

7 **娑** suō ㊕ so1 ❶［娑娑］**輕輕舞動的樣子**。張衡《思玄賦》："修初服之～～兮。" ❷［婆娑］見135頁"婆"字。

7 **姬** jī ㊕ gei1 ❶ **帝王之妾**。《史記・孫子吳起列傳》："以王之寵～二人各為隊長。" ❷ **漢代宮中女官名**。《漢官儀》卷下："～，內官也。" ❸ **古時對婦女的美稱，也稱美女**。《詩經・陳風・東門之池》："彼美淑～，可與晤歌。" 李白《玩月金陵城西》詩："半道逢吳～。"（吳姬：吳地的女子。）

7 **娠** shēn ㊕ san1/zan3 ❶ **懷孕**。《左傳・哀公元年》："后緡（mín ㊕ man4）方～，逃出自竇。"（后緡：夏后相的王后。方：正在。）❷ **包含，包孕**。蘇軾《桂酒頌》："水～黃金山空青，丹砂晨暾珠夜明。"

7 **娉** pìn ❶ pīng ㊕ ping1［娉婷（tíng ㊕ ting4）］① **姿態美好的樣子**。辛延年《羽林郎》詩："不意金吾子，～～過我廬。" ② **美女**。喬知之《綠珠篇》："石家金谷重新聲，明珠十斛買～～。"（石：西晉富豪石崇。金谷：石崇家的金谷園。）❷ ㊕ ping3 通"聘"。**聘請，招請**。《隸釋・漢巴郡太守樊敏碑》："再奉朝～，十辟外臺。" ❸ **（男方以財物交付女方）問名訂婚或聘女子為妻**。《荀子・富國》："婚姻～內，送逆無禮。"（內：納，娶。）

7 **娖** chuò ㊕ cok3 ❶［娖娖］**拘謹的樣子**。《史記・張丞相列傳》："～～廉謹，為丞相備員而已。" ❷ **整齊**。《後漢書・中山簡王焉傳》："今五國各官騎百人，稱～前行。"

7 **娟** juān ㊕ gyun1 **美好**。韓愈《殿中少監馬君墓志銘》："幼子～好靜秀。"［娟娟］**美好，多指姿態美**。杜甫《小寒食舟中作》詩："～～戲蝶過閑幔。" **雙音詞有"娟秀"**。

7 **娥** é ㊕ ngo4 ❶ **美好**。揚雄《方言》卷一："娥、嬿，好也。秦曰娥，宋、魏之間謂之嬿。" **常"娥娥"、"娥媌"、"娥姣"等連用，形容女子美貌**。《古詩十九首・青青河畔草》："～～紅粉妝。"《列子・周穆王》："簡鄭衛之處子，～媌（miáo ㊕ maau4）靡曼者。"（簡：選擇。處子：未婚女子。靡曼：美麗。）《列子・楊朱》："鄉有處子之～姣者。" ❷ **美女**。謝靈運《江妃賦》："天臺二～，宮亭雙媛。"（天臺：山名。宮亭：湖名，即今鄱陽湖。媛：美女。）❸ **指女子眉毛**。王粲《神女賦》："揚～微眄，懸藐流離。"（眄：斜視。）

7 **娩** （俛）miǎn ㊕ min5 ❶ **婦女生孩子**。《北史・爾朱榮傳》："言看皇后～難。" ❷ wǎn ㊕ maan5［婉娩］**柔順的樣子**。《禮記・內則》："姆教～～聽從。"

7 **娣** dì ㊕ tai5/dai6 ❶ **古代婦女出嫁時隨嫁的女子**。《詩經・大雅・韓奕》："諸～從之，祁祁如雲。" ❷ **古代妾中的年幼者**。《舊唐書・獨孤皇后傳》："內和群～。" ❸ **古代兄弟之妻即妯娌中的年幼者**。《新唐書・竇皇后傳》："元貞太后羸（léi ㊕ leoi4）老有疾，而性素嚴，諸姒～皆畏，莫敢侍。"（姒：兄弟之妻中的年長者。）

7 **娘** niáng ㊕ noeng4 ❶ **年輕女子**。《樂府詩集・子夜歌》："見～喜容媚，願得結金蘭。" (泛) **婦女**。陸泳《吳下田家志》："～養花蠶郎種田。" ❷ **母親**。敦煌寫本《父母恩重經講經文》："不思耶～有大恩德，不生恭敬。"（耶：父親。）

7 **娓** wěi ㊕ mei5 ❶ **順從**。❷［娓娓］通"亹亹"。**勤勉不倦的樣子**。王筠《歌太宗簡文皇帝》："～～心化，日用不言。"

8 **婪** lán ㊕ laam4 **貪食，貪心**。**常"貪婪"連用**。《左傳・昭公二十八年》："貪～無饜（yàn ㊕ jim3）。"（饜：飽，滿足。）

【辨】貪，婪。見610頁“貪”字。

8 **婁** lóu ㊄ lau⁴ ❶ **星宿名。二十八宿之一**。《禮記・月令》：“季冬之月，日在婺女，昏～中，旦氐中。”（婺女、氐：都是星宿名。）❷ jù ㊄ geoi⁶ **通“窶”。母豬**。《左傳・定公十四年》：“既定爾～豬，盍歸吾艾豭。”（盍：何不。艾豭：美好的公豬。）❸ lǘ ㊄ leoi⁴ **曳，牽拉**。《詩經・唐風・山有樞》：“子有衣裳，弗曳弗～。”❹ lǚ ㊄ leoi⁵ **拴繫**。《公羊傳・昭公二十五年》：“牛馬維～。”（維：也是繫的意思。）❺ lǚ ㊄ leoi⁵ **通“屢”。多次**。《詩經・周頌・桓》：“綏萬邦，～豐年。”（綏：安撫。）❻ lǒu ㊄ lau⁵ [部（pǒu ㊄ bau⁶/pau⁵）婁] 見661頁“部”字。

8 **婆** pó ㊄ po⁴ ❶ [婆娑] ① **舞蹈的樣子**。《詩經・陳風・東門之枌》：“子仲之子，～～其下。”② **逍遙**。班彪《北征賦》：“登鄣隧而遙望兮，聊須臾以～～。”③ **滯留**。盧照鄰《釋疾文》：“宛轉匡牀，～～小室。”④ **奔波，勞碌**。應劭《風俗通・十反・蜀郡太守潁川劉勝》：“杜密～～府縣，干與王政。”（杜密：人名。）⑤ **腳步不穩的樣子**。《抱朴子・酒誡》：“漢高～～巨醉。”⑥ **枝葉延伸的樣子**。王建《神樹祠》：“老身長健樹～～，萬歲千年作神主。”⑦ **聲音婉轉悠揚**。王褒《洞簫賦》：“風鴻洞而不絕兮，優嬈嬈以～～。”❷ **母親或母親輩分的女人**。《樂府詩集・折楊柳枝歌》：“阿～不嫁女，那得孫兒抱？”陸游《家世舊聞》：“先世以來，庶母皆稱知～。”【注意】元代以前“婆”沒有“丈夫的母親”的意義。❸ **祖母或祖母輩分的女人**。《太平廣記》卷一一二引王琰《冥祥記・史世光》：“其家有六歲兒見之，指語祖母曰：‘阿爺飛上天，～為見否？’”韓愈《祭滂文》：“十八翁及十八～盧氏。”

8 **婧** jìng ㊄ zing⁶ ❶ **舊時稱有才的女子。多用於人名**。劉向《列女傳・辯通・齊管妾婧》：“妾～者，齊相管仲之妾也。”《南齊書・皇后傳》：“鬱林王何妃名～英，廬江灊（qián ㊄ cim⁴）人。”❷ **美好**。《後漢書・張衡傳》：“舒妙～之纖腰兮。”

8 **婞** xìng ㊄ hang⁶ **剛愎自用**。屈原《離騷》：“鯀～直以亡身兮。”

8 **婭** yà ㊄ aa³/ngaa³ ❶ **姊妹之夫相稱為婭**。《後漢書・酷吏傳》：“閹人親～，侵虐天下。”❷ [婭奼（chà ㊄ caa³）] **美麗的樣子**。和凝《江城子》之四：“～～含情嬌不語。”

8 **娸** qī ㊄ hei¹ **詆毀，醜化**。《漢書・枚乘傳》：“故其賦有詆～東方朔，又自詆～。”

8 **婕** jié ㊄ zit³ [婕妤（yú ㊄ jyu⁴）] **漢代宮中女官名。一直沿用到明代**。《史記・外戚世家》：“常從～～遷為皇后。”（遷：升。）**又寫作“倢伃”**。

8 **婢** bì ㊄ pei⁵ **使女，女僕**。《戰國策・趙策三》：“叱嗟！而母，～也！”（而：通“爾”。你，你的。）《鹽鐵論・刺權》：“婦女被羅紈，～妾曳絺紵（chī zhù ㊄ ci¹ cyu⁵）。”（絺紵：細苧麻布。）白居易《續古》詩：“豪家多～僕，門內頗驕奢。”（驕奢：驕橫奢侈。）**成語有“奴顏婢膝”**。

8 **婉** wǎn ㊄ jyun² ❶ **婉轉，委婉**。《左傳・成公十四年》：“～而成章。”（章：篇章。）[婉約] **雙聲聯綿字。委婉的樣子**。《國語・吳語》：“夫固知君王之蓋威以好勝也，故～～其辭以從逸王志。”[引] **順從，溫順**。《史記・佞幸列傳》：“此兩人非有材能，徒以～佞（nìng ㊄ ning⁶）貴幸。”（徒：只。佞：說好話，獻媚。貴：地位高。幸：受到寵愛。）❷ **美好**。《詩經・鄭風・野有蔓草》：“有美一人，～如清揚。”（婉如：美好的樣子。清揚：眉目清秀。）❸ **簡約**。《左傳・襄公二十九年》：“大而～，險而易行。”（險：當為“儉”。儉省。）

8 **婦** fù 粵 fu5 ❶ **已婚的女子**。《周易・漸》：“～孕不育。”杜甫《石壕吏》詩：“聽～前致辭，三男鄴（yè 粵 jip6）城戍。”（聽到婦人上前說，三個兒子都在鄴城當兵。）(又) **妻子**。《古詩為焦仲卿妻作》：“十七為君～。”(又) **兒媳**。《論衡・偶會》：“父歿（mò 粵 mut6）而子嗣，姑死而～代。”（歿：死。嗣：繼承。姑：丈夫的母親。）**成語有“婦姑勃谿（xī 粵 kai1）。”（勃谿：爭鬥）**。❷ **女性的通稱**。《韓非子・外儲說右下》：“丈夫二十而室，～人十五而嫁。”（丈夫：男子。婦人：女子。）《禮記・昏義》：“祖廟既毀，教于宗室，教以～德、～言、～容、～功。”

8 **婜**（婀）ē 粵 o1［ 媕（ān 粵 am1/ngam1）婜］**見本頁“媕”字**。

9 **媌** miáo 粵 maau4（**女子）輕盈美好**。《列子・周穆王》：“簡鄭衛之處子娥～靡曼者。”

9 **媟** xiè 粵 sit3 **親近而不莊重**。《漢書・谷永傳》：“亂服共坐，流湎～嫚，溷殽無別。”（溷殽：混雜，混亂。）(引) **輕侮**。《晉書・周顗傳》：“少有重名，神彩秀徹，雖時輩親狎，莫能～也。”

9 **媔** mián 粵 min4 **眼睛美**。《楚辭・大招》：“青色直眉，美目～只。”

9 **媢** mào 粵 mou6 **嫉妒**。《漢書・五行志中》：“劉向以為時夫人有淫齊之行，而桓有妬～之心。”《論衡・論死》：“妒夫～妻，同室而處。”

9 **媪** ǎo 粵 ou2/ngou2 ❶ **對老年婦女的敬稱**。《戰國策・趙策四》：“老臣以～為長安君計短也。”（計短：考慮得太短淺了。）❷ **婦女的通稱**。《南史・袁昂傳》：“昂年五歲，乳～攜抱匿（nì 粵 nik1）於廬山。”（乳媪：奶母。匿：躲藏。）

9 **媦** wèi 粵 wai6 **妹**。《公羊傳・桓公二年》：“若楚王之妻～，無時焉可也。”

9 **媧** wā 粵 wo1［女媧］**古代神話中的帝王名，傳說是伏羲之妹**。《淮南子・覽冥》：“於是～～煉五色石以補蒼天，斷鰲足以立四極。”

9 **媥** pián 粵 pin4［媥娟］① **美麗的樣子**。沈約《湘夫人》詩：“揚蛾一含睇，～～好且脩。”② **苗條修長的樣子**。庾信《邛竹杖賦》：“～～高節，寂歷無心。”③ **迴環曲折的樣子**。王延壽《魯靈光殿賦》：“旋室～～以窈窕。”④ **婉轉悠揚**。司空圖《成均諷》：“要平靡漫之娛，競裊～～之奏。”

9 **媮** yú 粵 jyu4 ❶ **樂，快樂**。《楚辭・遠遊》：“內欣欣而自美兮，聊～娛以自樂。”❷ tōu 粵 tau1 **同“偷”。苟且**。屈原《卜居》：“寧正言不諱以危身乎？將從俗富貴以～生乎？”(引) **輕視**。《左傳・襄公三十年》：“晉未可～也……其朝多君子，其庸可～乎？”（庸：豈。）

9 **媕** ān 粵 am1/ngam1［ 媕 婜（ē 粵 o1）］**不置可否，曲意迎合**。韓愈《石鼓歌》：“中朝大官老於事，詎肯感激徒～～？”（詎：哪裏。）洪邁《容齋隨筆》卷四：“～～當位，左掣右壅。”

9 **媛** yuán 粵 jyun4/wun4 ❶［嬋媛］**見138頁“嬋”字**。❷ yuàn 粵 jyun6 **美女**。《詩經・鄘風・君子偕老》：“展如之人兮，邦之～也。”

9 **婷** tíng 粵 ting4 ❶［婷婷］**美好的樣子**。陳師道《黃梅》詩：“～～花下人。”❷［娉（pīng 粵 ping1）婷］**見134頁“娉”字**。

9 **媚** mèi 粵 mei6 ❶ **諂媚，討好**。《孟子・盡心下》：“閹然～於世也者，是鄉原也。”《史記・孝武本紀》：“康后聞文成已死，而欲自～於上。”❷ **美好，可愛**。《史記·司馬相如列傳》：“嫵～孅弱。”（體態美好苗條。）㊀ **喜愛**。繁欽《定情》詩：“我既～君姿，君亦悅我顏。”

9 **婺** wù ㊥ mou⁶ ❶ **［婺女］星宿名，即女宿**。❷ **［婺水］水名。在今江西**。**［婺州］地名。在今浙江金華一帶**。

10 **媻** pán ㊥ pun⁴ ❶ **［媻姍（shān ㊥ saan¹）］同“蹣跚”。走路緩慢、搖擺的樣子**。司馬相如《子虛賦》：“～～勃窣上金堤。”❷ pó ㊥ po⁴ **［媻娑（suō ㊥ so¹）］同“婆娑”。見 135 頁“婆”字**。

10 **媵** yìng ㊥ jing⁶ ❶ **古代貴族婦女出嫁時，以姪娣或臣僕陪嫁**。《左傳·成公八年》：“衞人來～共姬。”《左傳·僖公五年》：“執虞公及其大夫井伯，以～秦穆姬。”㊀ **陪嫁的女子**。《韓非子·外儲說左上》：“從衣文之～七十人。”（從：隨從。衣文：穿着帶花紋的衣服。）❷ **送，陪送**。屈原《九歌·河伯》：“波滔滔兮來迎，魚鄰鄰兮～予。”（鄰鄰：多的樣子。予：我。）

10 **媾** gòu ㊥ gau³ ❶ **結親，結婚**。《國語·晉語四》：“今將婚～以從秦。”❷ **交合**。《魏書·世宗紀》：“男女怨曠，務令～會。”❸ **講和，求和**。《史記·平原君虞卿列傳》：“割六縣而～。”❹ **厚待，寵愛**。《詩經·曹風·候人》：“彼其之子，不遂其～。”

10 **嫄** yuán ㊥ jyun⁴ **［姜嫄］后稷之母**。《詩經·大雅·生民》：“厥初生民，時維～～。”

10 **媺** měi ㊥ mei⁵ **同“美”。美，善**。《周禮·春官·天府》：“季冬，陳玉，以貞來歲之～惡。”

10 **媲** pì ㊥ pei³ ❶ **配偶**。《詩經·大雅·皇矣》毛傳：“配，～也。”王安石《胡笳十八拍》詩之一：“良人持戟明光裏，所慕靈妃～簫史。”❷ **匹敵，比得上**。韓愈《醉贈張秘書》詩：“險語破鬼膽，高詞～皇墳。”❸ **比如，比擬**。劉知幾《史通·敍事》：“鳥獸以～賢愚，草木以方男女。”

10 **嫉** jí ㊥ zat⁶ **嫉妒**。屈原《離騷》：“世溷（hùn ㊥ wan⁶）濁而～賢兮。”（溷：濁。）《世說新語·言語》：“淳酪養性，人無～心。”㊁ **憎恨**。《史記·孟子荀卿列傳》：“荀卿～濁世之政。”（濁世：亂世。）

10 **嫌** xián ㊥ jim⁴ ❶ **疑惑，疑忌**。《禮記·禮運》：“是故禮者君之大柄也，所以別～明微。”李白《長干行》之一：“兩小無～猜。”❷ **仇怨，仇恨**。《三國志·蜀書·先主傳》：“於是璋收斬松，～隙始構矣。”（璋、松：人名。隙：感情上的裂痕。）❸ **厭惡，不滿意**。《荀子·正名》：“其累百年之欲，易一時之～。”（累：積累。）❹ **近似，接近**。《呂氏春秋·貴直》：“出若言非平論也，將以救敗也，固～於危。”

10 **嫁** jià ㊥ gaa³ ❶ **女子出嫁**。《詩經·大雅·大明》：“來～于周，曰嬪于京。”《韓非子·外儲說左上》：“昔秦伯～其女於晉公子。”❷ **轉移，轉嫁**。《史記·趙世家》：“韓氏所以不入於秦者，欲～其禍於趙也。”❸ **以某種方法使果實增多**。賈思勰《齊民要術·種李》：“～李法，正月一日或十五日，以磚石著李樹歧中，令實繁。”

10 **媸** chī ㊥ ci¹ **醜陋。與“妍”相對**。柳宗元《掩役夫張進骸》詩：“枯朽無妍～。”（妍：美好。）

11 **嫠** lí ㊥ lei⁴ **寡婦**。《左傳·襄公二十五年》：“～也何害？先夫當之矣。”蘇軾《前赤壁賦》：“泣孤舟之～婦。”

11 **嫣** yān ㊥ jin¹ **［嫣然］笑容美好的樣子**。宋玉《登徒子好色賦》：“～～一笑。”**［嫣紅］濃豔的紅色**。李商隱《河陽》詩：“側近～～伴柔綠。”**成語有“姹紫嫣紅”**。

11 **嫫** mó 粵 mou^{4} [嫫母] **傳說中的古代醜婦名**。于濆《苦辛吟》："我願燕趙姝，化為～～姿。"

11 **嫗** yù 粵 jyu^{3} **年老的女人**。《史記・滑稽列傳》："即使吏卒共抱大巫～投之河中。" (泛) **婦女的通稱**。《南史・鄧郁傳》："從少～三十……年皆可十七八許。"（從：跟隨。可：大約。）

11 **嫖** piāo 粵 piu^{1}/piu^{3} **輕捷的樣子**。《漢書・廣川惠王劉越傳》："背尊章，～以忽。" [嫖姚] **輕捷的樣子。漢代用作武官的名號，寫作"票姚"，後代也寫作"嫖姚"**。杜甫《後出塞》詩之二："借問大將誰？恐是霍～～。"（霍：指霍去病，西漢抗擊匈奴名將，曾任嫖姚校尉。）

【注意】在明代以前，"嫖"沒有"嫖妓"的意義，也不讀作 piáo 粵 piu^{4}。

11 **嫭** (嫮)hù 粵 wu^{6} **貌美**。《楚辭・大招》："朱脣皓齒，～以姱只。"（姱：美好。）(引) **貌美的人，美女**。《漢書・揚雄傳》："知眾～之嫉妒兮，何必颺纍之蛾眉？"

11 **嫚** màn 粵 maan^{6} ❶ **輕慢，侮辱**。《左傳・昭公二十年》："其言僭～於鬼神。"《漢書・季布傳》："單于嘗為書～呂太后。"（單于：匈奴君主。為書：寫信。）❷ **通"慢"。怠慢，懈怠**。《淮南子・主術》："而職事不～。"《漢書・刑法志》："刑蕃而民愈～。" (又) **緩慢，和緩**。《淮南子・主術》："是以器械不苦，而職事不～。"

11 **嫘** léi 粵 leoi^{4} [嫘祖] **傳說是黃帝的妃子，發明養蠶的人**。《史記・五帝本紀》："黃帝居軒轅之丘，而娶於西陵之女，是為～～。"

11 **嫜** zhāng 粵 zoeng^{1} **丈夫的父親**。杜甫《新婚別》詩："妾身未分明，何以拜姑～？"（姑：丈夫的母親。）張籍《離婦》詩："堂上謝姑～，長跪請離辭。"

11 **嫡** dí 粵 dik^{1} **正妻。與"庶"相對**。《詩經・召南・江有汜序》："有～不以其媵備數。"（媵：隨嫁女子。）(又) **正妻所生的兒子。有時也專指正妻所生的長子**。《左傳・文公十七年》："歸生佐寡君之～夷。"（歸生輔佐我國國君的嫡子夷。歸生、夷：人名。）(引) **正宗，正支**。《聊齋志異・宦娘》："少喜琴箏，箏已頗能諳之，獨此技未有～傳。"

12 **嬈** rǎo 粵 jiu^{5} ❶ **煩擾**。《淮南子・原道》："其魂不躁，其神不～。"《漢書・鼂錯傳》："廢去淫末，除苛解～。" ❷ ráo 粵 jiu^{4} [妖嬈] **嫵媚的樣子**。曹植《感婚賦》："顧有懷兮～～，用搔首兮屏營。" ❸ ráo 粵 jiu^{4} [嬈嬈] **柔弱的樣子**。王褒《洞簫賦》："風鴻洞而不絕兮，優～～以婆娑。"

12 **嬉** xī 粵 hei^{1} **遊戲**。《史記・司馬相如列傳》："若此輩者，數千百處，～遊往來。"

12 **嫻** (嫺)xián 粵 haan^{4} ❶ **文雅，雅靜**。《後漢書・馬援傳》："辭言～雅。"《論衡・定賢》："骨體～麗。" ❷ **熟習**。《史記・屈原賈生列傳》："明於治亂，～於辭令。"

12 **嬋** chán 粵 sim^{4} ❶ [嬋媛] **牽引，牽連**。屈原《九章・哀郢》："心～～而傷懷兮。" **又寫作"撣援"**。❷ [嬋娟] **美好的樣子**。孟郊《嬋娟》詩："花～～，泛春泉。竹～～，籠曉烟。"（籠曉烟：籠罩着晨煙。）(又) **指代明月**。蘇軾《水調歌頭・中秋》："但願人長久，千里共～～。"

12 **嫵** wǔ 粵 mou^{5} [嫵媚] **形容姿態美好可愛**。司馬相如《上林賦》："柔橈嫚嫚，～～纖弱。"《舊唐書・魏徵傳》："人言魏徵舉動疏慢，我但覺～～，適為此耳。"

12 **嬌** jiāo 粵 giu^{1} ❶ **美好可愛**。杜甫《宿昔》詩："花～迎雜樹。" (又) **寵愛**，

嬌慣。李白《上元夫人》詩：“偏得王母～。” ❷ **困倦，倦怠**。白居易《長恨歌》：“侍兒扶起～無力。”（侍兒：婢女。）

13 **嬴** yíng 粵 jing4 ❶ 粵 jing4/jeng4 **通“贏”。滿，有餘**。《史記・趙世家》：“命乎命乎，曾無我～。”班固《幽通賦》：“故遭罹而～縮。” ❷ 粵 jing4/jeng4 **通“贏”。有利，獲勝**。《史記・蘇秦列傳》：“困則使太后弟穰侯為和，～則兼欺舅與母。” ❸ 粵 jing4/jeng4 **通“贏”。背，擔**。《後漢書・鄧禹傳論》：“鄧公～糧徒步。” ❹ **姓**。《後漢書・皇后紀》：“家富於～國。”（嬴國：指秦國。秦，嬴姓。）

13 **嬖** bì 粵 bai3 **寵愛**。《左傳・襄公二十四年》：“晉侯～程鄭，使佐下軍。”（程鄭：人名。）《史記・周本紀》：“幽王～愛褒姒（sì 粵 ci5）。”（幽王：周幽王。褒姒：人名。）(又) **受寵的人**。《左傳・僖公二十四年》：“棄～寵而用三良。”（良：賢良的人。）

13 **嬙** qiáng 粵 coeng4 **古代朝廷內的女官。實即帝王侍妾**。《左傳・哀公元年》：“今聞夫差……宿有妃～嬪御焉。”

13 **嬛** huán 粵 waan4 ❶ **[嫏（láng 粵 long4）嬛] 神話中天帝藏書的地方**。❷ qióng 粵 king4 **[嬛嬛] 孤獨無依的樣子**。《詩經・周頌・閔予小子》：“遭家不造，～～在疚。”（疚：病。）❸ yuān 粵 hyun1 **[嬛嬛] 柔美的樣子**。《史記・司馬相如列傳》：“柔橈～～，嫵媚姌嫋。”

13 **嬗** shàn 粵 sin6 ❶ **通“禪”。把帝位讓給別人**。《漢書・律曆志下》：“堯～以天下。” ❷ **更替，變遷**。《史記・秦楚之際月表》：“號令三～。”《漢書・賈誼傳》：“形氣轉續，變化而～。”（形氣轉續：形和氣互相轉化。）❸ **傳給**。龔自珍《答人問關內侯》：“無尺土以～其子孫。”

14 **嬰** yīng 粵 jing1 ❶ **繫在頸上**。《荀子・富國》：“是猶使處女～寶珠。” (引) **圍繞，纏繞**。陸機《赴洛道中作》詩：“世網～我身。”（世網：比喻世事。）(又) **被……纏着**。李密《陳情表》：“而劉夙（sù 粵 suk1）～疾病，常在牀蓐（rù 粵 juk6）。”（劉：指李密的祖母。夙：早。）❷ **碰，觸犯**。《荀子・強國》：“兵勁城固，敵國不敢～也。”（勁：堅強有力。固：牢固。）❸ **嬰兒**。《老子・二十章》：“如～兒之未孩。”（未孩：還不會笑。孩：小兒笑。）

14 **嬲** niǎo 粵 niu5 ❶ **糾纏，煩擾**。嵇康《與山巨源絕交書》：“足下若～之不置，不過欲為官得人。”《隋書・經籍志四》：“釋迦之苦行也，是諸邪道並來～惱，以亂其心，而不能得。” ❷ **戲弄**。韓駒《送子飛弟歸荊南》詩：“弟妹乘羊車，堂前走相～。”

14 **嬪** pín 粵 pan4 ❶ **帝王的女兒出嫁**。《尚書・堯典》：“釐降二女于嬀汭，～于虞。” (使) **出嫁**。柳宗元《乞巧文》：“今茲秋孟七夕，天女之孫將～於河鼓。” ❷ **宮廷裏的女官。也指帝王的侍妾**。《禮記・昏義》：“古者天子后立六宮，三夫人，九～。” ❸ **對婦人的美稱**。《周禮・天官・大宰》：“七曰～婦。” (又) **對死去的妻子的美稱**。《禮記・曲禮下》：“生曰父、曰母、曰妻，死曰考、曰妣、曰～。” ❹ **[嬪然] 眾多的樣子**。《漢書・王莽傳上》：“～～成行。”

15 **嬻** dú 粵 duk6 **褻瀆，侮辱**。《國語・周語中》：“棄其伉儷妃嬪，而帥其卿佐以淫於夏氏，不亦～姓矣乎？”

17 **孀** shuāng 粵 soeng1 **死了丈夫的婦人，寡婦**。《列子・湯問》：“曾不若～妻弱子。”（曾不若：連……都不如。）(引) **成為寡婦**。《淮南子・原道》：“童子不孤，婦人不～。” (又) **婦女獨居**。李商隱《和韓錄事送宮人入道》："鳳女顛狂成久別，月娥～獨好同遊。"

17 **孅** xiān [粵] cim^1 ❶ **同"纖"。細**。賈誼《論積貯疏》："古之治天下，至～至悉也。" [又] **身材纖細**。司馬相如《上林賦》："嫵媚～弱。" ❷ **吝嗇**。《漢書・貨殖列傳》："周人既～，而師史尤甚。"

17 **孃** niáng [粵] noeng^4 **通"娘"。母親**。《木蘭詩》："不聞爺～喚女聲，但聞黃河流水鳴濺濺。"

19 **孌** luán [粵] lyun^5 **美好**。《詩經・邶風・靜女》："靜女其～。"

子部

0 **子** zǐ [粵] zi^2 ❶ **嬰兒**。《荀子・勸學》："干、越、夷、貉之～，生而同聲，長而異俗。"（干、越、夷、貉：都是古代民族名。）[又] **兒子或女兒**。《漢書・文帝紀》："孝文皇帝，高祖中～也。"《韓非子・說林上》："衛人嫁其～。" [引] **植物的籽實**。杜甫《少年行》："江花結～已無多。" ❷ **對人的尊稱，多指男子，相當於現代漢語中的"您"**。《論語・子路》："衛君待～而為政，～將奚先？"（奚：甚麼。）[又] **寫在姓氏後面，作為對人的尊稱。如"荀子"、"莊子"**。❸ **古代五等爵位的第四等**。《禮記・王制》："王者之制祿爵：公、侯、伯、～、男，凡五等。" ❹ **利息**。《新唐書・柳宗元傳》："～本均。" ❺ **地支的第一位**。[又] **十二時辰之一，等於現在深夜的十一時至一時。見176頁"干"字**。

0 **孑** jié [粵] git^3/kit^3 ❶ **孤單，孤獨**。張衡《思玄賦》："～不群而介立。" 李密《陳情表》："煢（qióng [粵] king^4）煢～立，形影相弔。"（煢煢：孤獨無依的樣子。弔：慰問。）[孑遺] **經過變故以後遺留下來的人**。《詩經・大雅・雲漢》："周餘黎民，靡有～～。" ❷ **戟。古代一種兵器**。《左傳・莊公四年》："授師～焉。"（把戟授給了軍隊。）

1 **孔** kǒng [粵] hung^2 ❶ **很，甚**。《詩經・豳風・東山》："其新～嘉，其舊如之何？"（嘉：好。如之何：怎麼樣呢？）❷ **小洞，窟窿**。《山海經・海外西經》："一臂國在其北，一臂，一目，一鼻～。" 杜甫《枯柟》詩："萬～蟲蟻萃。"（萃：聚積。）❸ **通**。《漢書・西域傳》："去長安六千三百里，辟在西南，不當～道。"（去：離。辟：偏僻。不當孔道：不在通道上。）

2 **孕** yùn [粵] jan^6 **懷胎**。《莊子・天運》："民～婦十月生子。"《後漢書・烏桓傳》："見鳥獸～乳，以別四節。" **雙音詞有"孕育"**。

3 **存** cún [粵] cyun^4 ❶ **存在。與"亡"相對**。范縝《神滅論》："是以形～則神～，形謝則神滅也。"（形：形體。神：精神。形謝：指人死。）[引] **保全，保存**。《漢書・敘傳上》："申重繭以～荊。"（申：指申包胥。荊：指楚國。）《後漢書・蓋勳傳》："～活者千餘人。" **成語有"存心養性"**。❷ **思念**。《詩經・鄭風・出其東門》："出其東門，有女如雲；雖則如雲，匪我思～。"《論衡・訂鬼》："凡天地之間有鬼，非人死精神為之也，皆人思念～想之所致也。" ❸ **看望，問候**。《戰國策・秦策五》："無一介之使以～之。" 曹操《短歌行》："越陌度阡，枉用相～。" ❹ **撫恤**。《禮記・月令・仲春之月》："養幼少，～諸孤。" 沈括《夢溪筆談》卷二五："錄用材能，～撫良善，號令嚴明，所至一無所犯。"

3 **字** zì [粵] zi^6 ❶ **生孩子**。《論衡・氣壽》："婦人疏～者子活。"（疏：稀疏。）[引] **養育**。《左傳・成公十一年》："又不能

～人之孤而殺之。”（孤：孤兒。）⊗ **愛**。《左傳・成公四年》：“楚雖大，非吾族也，其肯～我乎？”❷ **女子許嫁**。《周易・屯》：“女子貞不～，十年乃～。”❸ **表字**。《史記・陳涉世家》：“陳勝者，陽城人也，～涉。”❹ **文字**。《漢書・劉歆傳》：“分文析～。”

4 **孝** xiào (粵) haau3 ❶ **盡心奉養和服從父母**。《論語・學而》：“其為人也～弟，而好犯上者鮮矣。”（弟：悌，指弟弟順從兄長。鮮：少。）❷ **舊指為父母服喪。如“孝服”**。

4 **孛** bèi (粵) bui6 ❶ **彗星出現時光芒四射的樣子，因以為彗星的別稱**。《公羊傳・昭公十七年》：“有星～于大辰。～者何？彗星也。”❷ (粵) bui6 **通“悖”。悖亂，相衝突**。《路史・次民氏》：“類不～，雖久同理。”

4 **孚** fú (粵) fu1 ❶ fū **鳥孵卵**。《淮南子・人間》：“夫鴻鵠之未～於卵也。”❷ **信用**。《詩經・大雅・下武》：“永言配命，成王之～。”⊗ **為人所信服**。《左傳・莊公十年》：“小信未～。”**熟語有“深孚眾望”**。

4 **孜** zī (粵) zi1 **[孜孜] 勤勉，努力不懈的樣子**。《史記・滑稽列傳》：“此士之所以日夜～～，修學行道，不敢止也。”魏徵《十漸不克終疏》：“陛下貞觀之初，～～不怠。”（貞觀：唐太宗的年號。）**又寫作“孳孳”。成語有“孜孜不倦”**。

5 **季** jì (粵) gwai3 ❶ **排行在後的**。《詩經・召南・采蘋》：“有齊～女。”《新唐書・李勣傳》：“～弟感年十五。”（感：人名。）❷ **一個季節或一個朝代的末了**。劉楨《贈五官中郎將》詩：“～冬風且涼。”蔡琰《悲憤詩》：“漢～失權柄，董卓亂天常。”**[季月] 每季的最後一月**。《北史・魏孝文帝本紀》：“自今選舉，每以～～。”❸ **三個月為一季，一年分春、夏、秋、冬四季（後起意義）**。張蠙《次韻和友人冬月書齋》：“四～多花木，窮冬亦不凋。”（窮冬：指冬末。凋：凋落，枯萎。）**【注意】“四季”這個意義在上古時期稱為“四時”**。

5 **孟** mèng (粵) maang6 ❶ **排行第一的**。《史記・魯周公世家》：“莊公築臺臨黨氏，見～女，説而愛之。”（説：悦。）班固《白虎通・姓名》：“適長稱伯，伯禽是也，庶長稱～，魯大夫孟氏是也。”（適：通“嫡”。正妻所生之子。伯：排行第一的。）(引) **四季中月份在開頭的**。《管子・立政》：“～春之朝，君自聽朝。”曹操《步出夏門行・冬十月》：“～冬十月，北風徘徊。”❷ **[孟津] 古地名，在河南孟縣南，周武王姬發滅商時曾在這裏與諸侯會盟。也叫盟津**。

5 **孤** gū (粵) gu1 ❶ **幼年死去父親**。《淮南子・原道》：“童子不～，婦人不孀。”《三國志・蜀書・先主傳》：“先主少～，與母販履織席為業。”（少：年幼時。販：販賣。履：鞋。）⊗ **幼年死去父親的人**。《論語・泰伯》：“可以託六尺之～。”❷ **孤獨，孤單**。《韓非子・姦劫弒臣》：“是以主～於上而臣成黨於下。”《史記・張儀列傳》：“今閉關絕約於齊，則楚～。”❸ **封建時代君主對自己的謙稱**。《老子・三十九章》：“是以侯王自謂～、寡、不穀。”曹操《讓縣自明本志令》：“設使國家無有～，不知當幾人稱帝，幾人稱王。”（設使：假使。當：將。）**成語有“稱孤道寡”**。❹ **辜負**。《後漢書・袁敞傳》：“臣～恩負義。”

5 **孥** nú (粵) nou4 ❶ **子女**。《國語・越語上》：“將焚宗廟，係妻～，沉金玉于江。”《後漢書・仲長統傳》：“妻～無苦身之勞。”⊗ **妻子、兒女的統稱**。《國語・晉語二》：“以其～適西山。”（適：到……去。）**上述 ❶ ⊗ 又寫作“帑”**。❷ **通“奴”。奴婢，奴僕**。蘇轍《次韻子瞻遊孤山》：“翩然獨往不携～。”（翩然：瀟灑的樣子。）

6 **孩** hái (粵) haai4 ❶ **小兒笑**。《老子・二十章》：“如嬰兒之未～。”（未孩：還不會笑。）**這個意義又寫作“咳”**。(引) **幼小**。《國語・吳語》：“今王播棄黎老而～童焉比謀。”（比：合。）［**孩提**］**剛會笑而處於提抱之中**。《孟子・盡心上》：“～～之童，無不知愛其親者。”❷ **小孩（後起意義）**。杜甫《山寺》詩：“自哂同嬰～。”（哂：笑。）

7 **孫** sūn (粵) syun1 ❶ **兒子的子女，孫子或孫女**。《史記・屈原賈生列傳》：“舉賈生之～二人至郡守。”（舉：薦舉，舉用。）(引) **與孫子同輩的姪孫、外孫等**。元好問《示姪孫伯安》詩：“幸此掌中～，未染如素絲。”這裏是姪孫。《詩經・召南・何彼襛矣》：“平王之～，齊侯之子。”這裏是外孫。(泛) **孫子以後的各代。如“曾孫”、“玄孫”等**。《漢書・曹參傳》：“至哀帝時，乃封參玄～之孫本始為平陽侯。”（本始：人名。）❷ **植物再生、孳生的（枝葉）**。嵇康《琴賦》：“乃斫（zhuó (粵) zoek3）～枝。”（斫：砍去。）(引) **細小的**。《素問・氣穴論》：“願聞～絡谿谷。”（絡：脈絡。）❸ xùn (粵) seon3 **通“遜”。恭順**。《論語・述而》：“奢則不～。”《史記・晉世家》：“鄭不～。”❹ xùn (粵) seon3 **通“遜”。退出（職位）**。《隸釋・吉成侯州輔碑》：“後以病～位。”❺ xùn (粵) seon3 **通“遜”。逃亡**。《左傳・莊公元年》：“夫人～于齊。”（齊：齊國。）

8 **孰** shú (粵) suk6 ❶ **熟，煮熟了的**。《後漢書・方術列傳下》：“既而爨（cuàn (粵) cyun3）～。”（爨：炊，做飯。）❷ **植物的果實、種子成熟**。《荀子・富國》：“寒暑和節，而五穀以時～。”(又) **莊稼有收成，豐收**。《後漢書・曹褒傳》：“其秋大～，百姓給足。”❸ **仔細，周詳**。《商君書・更法》：“願～察之。”（察：考慮。）**上述❶❷(又)❸後來都寫作“熟”**。❹ **疑問代詞。甚麼，誰**。《論語・八佾》：“是可忍也，～不可忍也？”韓愈《師説》：“人非生而知之者，～能無惑。”(又) **哪一個，哪一樣。用於比較**。《老子・四十四章》：“名與身～親。”**成語有“孰是孰非”**。［**孰與**］**與……比，哪一個……，哪裏比得上**。《戰國策・齊策一》：“我～～城北徐公美？”《荀子・天論》：“從天而頌之，～～制天命而用之？”（制：控制。天命：指自然界的必然性。）【辨】**孰，誰**。“誰”**專指人；“孰”可以指人，也可以指物**。

9 **孳** zī (粵) zi1 ❶ **繁殖，生息**。《列子・湯問》：“不夭不病，其民～阜亡數。”（夭：未成年就死去。阜：盛。亡：無。）❷ ［**孳孳**］**勤勉，努力不懈的樣子**。東方朔《答客難》：“日夜～～。”

9 **孱** chán (粵) saan4 ❶ **懦弱，弱小**。《史記・張耳陳餘列傳》：“吾王，～王也。”(又) **衰弱**。杜甫《秋日夔府詠懷》：“勇猛為心極，清羸任體～。”陸游《寄別李德遠》詩：“中原亂後儒風替，黨禁興來士氣～。”(引) **淺薄**。宋祁《授龍圖閣謝恩表》：“伏念臣識局庸淺，術學膚～。”（術學：指道術學識。）❷ **謹小慎微**。《大戴禮記・曾子立事》：“君子博學而～守之，微言而篤行之。”❸ (粵) caam4 ［**孱顏**］**通“巉巖”。高峻險要的樣子**。李華《含元殿賦》：“崢嶸～～，下視南山。”（崢嶸：高峻的樣子。）

13 **學** (斈)xué (粵) hok6 ❶ **學習**。《論語・述而》：“～而時習之。”(引) **學問**。《韓非子・外儲説左上》：“其～甚博。”❷ **學校**。《禮記・學記》：“古之教者，家有塾……國有～。”

14 **孺** rú (粵) jyu4 ❶ **幼童**。《尚書・金縢》：“公將不利於～子。”《後漢書・范式傳》：“見～子焉。”❷ **親睦**。《詩經・

小雅・常棣》："兄弟既具，和樂且～。"（具：聚集在一起。）❸［孺人］① **大夫的妻子**。《禮記・曲禮下》："天子之妃曰后，諸侯曰夫人，大夫曰～～。" ② **唐代稱王的妾，宋代為五品官的母親或妻子的封號，明清為七品官的母親或妻子的封號**。《資治通鑒・唐玄宗天寶十一載》："棣王琰有二～～，爭寵。" ③ **妻子的通稱**。江淹《恨賦》："左對～～，顧弄稚子。"（顧弄稚子：回頭撫弄幼子。）

17 **孼**（**孽**、**蘖**）niè (粵) jit^{6}/jip^{6} ❶ **宗法制度下指家庭的旁支**。《呂氏春秋・慎勢》："適（dí (粵) dik^{1}）～無別則宗族亂。"（適：嫡。）《史記・韓信盧綰列傳》："韓王信者，故韓襄王～孫也。" ❷ **妖孽，妖怪**。《後漢書・陳番傳》："除妖去～。"《莊子・庚桑楚》："巨獸無所隱其軀，而～狐為之祥。"(引) **災禍，罪惡**。《左傳・昭公十年》："蘊利生～。"（蘊：積聚。）《三國志・吳書・吳主傳》："天下未定，～類猶存。" ❸ **危害**。《呂氏春秋・遇合》："賢聖之後，反而～民。" ⊗ **邪惡、作亂的人**。韓愈《與鄂州柳中丞書》："淮右殘～，尚守巢窟。" ❹ (粵) jit^{6} **通"蘖"**。**幼芽**。劉禹錫《畬田行》："下種暖灰中，乘陽坼牙～。" ⊗ (粵) jit^{6} **通"糵"**。**酲釀**。《漢書・司馬遷傳》："今舉事壹不當，而全軀保妻子之臣隨而媒～其短。"

19 **孿** luán (粵) lyun^{4} **雙生**。《呂氏春秋・疑似》："夫～子之相似者，其母常識之，知之審也。"

宀部

2 **宁** zhù (粵) cyu^{5} **古代羣臣朝見君主的地方，即殿上屏風與門之間的地方。一般廳堂上的屏風之間也叫宁**。《禮記・曲禮下》："天子當～而立，諸公東面，諸侯西面。"

2 **宄** guǐ (粵) gwai^{2} **犯法作亂的人**。《尚書・盤庚中》："顛越不恭，暫遇姦～。"《三國志・魏書・武帝紀》："禁斷淫祀，姦～逃竄。"

2 **它** tā (粵) to^{1}/taa^{1} **別的，其他的**。《詩經・小雅・鶴鳴》："～山之石，可以為錯。"（錯：磨刀石。）《荀子・議兵》："無～故焉。"（故：原因。）

3 **宇** yǔ (粵) jyu^{5} ❶ **屋簷**。《詩經・豳風・七月》："七月在野，八月在～，九月在戶，十月蟋蟀入我牀下。"（在宇：在屋簷下。）(引) **房屋**。《史記・秦始皇本紀》："各安其～。" ⊗ **界域，邊界**。《左傳・昭公四年》："或無難以喪其國，失其守～。" ❷ **上下四方，天下**。賈誼《過秦論》："振長策而御～內。"（振：揮動。策：鞭子。御：控制。）(引) **國土，國家**。屈原《離騷》："爾何懷乎故～？"（你為甚麼懷念故國？）❸ **風度，器度**。《世説新語・雅量》："世以此定二王神～。"（世：世人。二王：指王徽之和王獻之。神：神情。）**成語有"器宇軒昂"**。

3 **守** shǒu (粵) sau^{2} ❶ **防守，保衞。與"攻"相對**。《墨子・公輸》："殺臣，宋莫能～，可攻也。" ⊗ **留守，守衞**。《史記・蕭相國世家》："何～關中。" ❷ **守候**。《韓非子・五蠹》："因釋其耒而～株，冀復得兔。"（冀：希望。復：再。）⊗ **看守**。《史記・酷吏列傳》："湯為兒～舍。"（舍：房舍。）❸ **遵守，奉行**。《鹽鐵論・論儒》："孟軻～舊術，不知世務。"（術：思想，學説。）⊗ **節操，操守**。《呂氏春秋・論人》："喜之以驗其～。"（讓他高興，以便來檢驗他的操守。）❹ **保持，保有**。《左傳・成公十五年》："聖達節，次～節，下失節。"《史記・劉敬叔孫通列傳》："儒者難與進取，可與～成。" ❺ **掌管，管理**。《左傳・昭公二十年》："山林之木，衡鹿～之；澤之萑蒲，舟鮫～之。"（衡鹿、舟鮫：官名。）❻ shòu (粵) sau^{3} **任職。專指任郡守、太守、刺史等職**。李公佐《南柯太守傳》："自～郡二十載，風化廣被。" (特) **唐代以後（職別較低者）暫攝、署理（較高職務）**。韓愈《送湖南李正字序》："今愈以都官郎～東都省。" (又) **職責**。《孟子·公孫丑下》："我無官～，我無言責也。" ❼ shòu (粵) sau^{3} **官名。郡州一級的最高長官**。《史記·孫子吳起列傳》："吳起為西河～。"

3 **宅** zhái (粵) zaak^{6} ❶ **住所，住處**。《孟子·梁惠王上》："五畝之～，樹之以桑，五十者可以衣帛矣。"《漢書·藝文志》："魯共王壞孔子～，欲以廣其宮。" ❷ **居住**。《詩經·大雅·文王有聲》："～是鎬京。" (又) **居於**。《尚書·舜典》："使～百揆（kuí (粵) kwai^{4}/kwai^{5}）。"（使他居於宰相之位。百揆：即後代所稱的宰相。）❸ **墓穴，葬地**。《禮記·雜記上》："大夫卜～與葬日。"（卜：選擇。）

3 **安** ān (粵) on^{1}/ngon^{1} ❶ **安寧，安定**。《詩經·小雅·常棣》："喪亂既平，既～且寧。"《荀子·王霸》："國～則無憂民。" ❷ **安穩，穩固**。杜甫《茅屋為秋風所破歌》："風雨不動～如山。" (又) **平安**。《周易·繫辭下》："是故君子～而不忘危，存而不忘亡。" (引) **妥當**。《論衡·自紀》："世書俗說，多所不～。" ❸ **安逸，安樂**。《論語·學而》："君子食無求飽，居無求～。"《左傳·僖公二十三年》："懷與～，實敗名。" ❹ **安心**。《論語·陽貨》："食夫稻，衣夫錦，於女～乎？"（女：汝。）《三國志·魏書·司馬朗傳》："郊境之內，民不～業。" ❺ **舒緩**。《戰國策·齊策四》："晚食以當肉，～步以當車。" ❻ **安放，設置（後起意義）**。《世說新語·巧藝》："魏明帝起殿，欲～榜，使仲將登梯題之。" 陸游《東陽道中》詩："先～筆硯對溪山。" ❼ **疑問代詞。甚麼，甚麼地方**。《禮記·檀弓上》："泰山其頹，則吾將～仰？"《左傳·僖公十四年》："皮之不存，毛將～傅？"（傅：附着。）(又) **怎麼，哪裏**。《史記·陳涉世家》："嗟乎，燕雀～知鴻鵠之志哉！"

4 **完** wán (粵) jyun^{4} ❶ **完整，完好**。《孟子·離婁上》："故曰城郭不～，兵甲不多。" **成語有"完璧歸趙"**。(又) **堅固**。《荀子·王制》："尚～利，便備用。" 楊倞注："完，堅也。" ❷ **使完整、完好**。《左傳·隱公元年》："大叔～聚，繕甲兵，具卒乘，將襲鄭。" 杜預注："完城郭，聚人民。" (又) **修繕**。《孟子·萬章上》："父母使舜～廩（lǐn (粵) lam^{5}）。"（廩：倉庫。）(又) **保全**。《史記·范雎蔡澤列傳》："子胥智而不能～吳。"（子胥：人名。）**【注意】** 古代"完"沒有"完了"、"完畢"的意義。**【辨】** 完，備。見36頁"備"字。

4 **宋** sòng (粵) sung^{3} ❶ **周代諸侯國。在今河南商丘一帶**。《左傳·僖公二十二年》："楚人伐～以救鄭。" ❷ **朝代名**。① **公元420-479年，南朝之一，第一代君主是劉裕，建都建康（今江蘇南京）**。② **公元960-1279年，第一代君主是趙匡胤（yìn (粵) jan^{6}），原建都汴梁（今河南開封），公元1127年遷都到臨安（今浙江杭州），遷都以前史稱"北宋"，遷都以後史稱"南宋"**。

4 **宏** hóng (粵) wang^{4} **大，廣大，宏大**。《尚書·康誥》："汝惟小子，乃服惟～。" 柳宗元《柳渾年七十四狀》："度量～大。" (又) **使宏大，發揚**。《顏氏家訓·勉學》："漢時賢俊，皆以一經～聖人之道。" (特) **指聲音大，洪亮**。《周禮·考工記·梓人》："其聲大而～。"

5 **宗** zōng (粵) zung^{1} ❶ **宗廟，祖廟**。《左傳·成公三年》："首其請於寡君而以戮于～。"（首：荀首，人名。）(又) **祖**

宗，祖先。《左傳・成公三年》：“使嗣～職。”（使我繼承祖宗傳下來的職位。嗣：繼承。）(又) **始祖**。《論衡・案書》：“儒家之～，孔子也。” ❷ **宗族。同祖稱宗**。《史記・秦始皇本紀》：“車裂以徇，滅其～。”（徇：示眾。）❸ **尊奉**。《禮記・檀弓上》：“夫明王不興，而天下其孰能～予？”（孰：誰。）❹ **本，主旨，宗旨**。《老子・十七章》：“言有～，事有君。”（言：言論。事：事理。君：指根本。）**成語有“萬變不離其宗”**。

5 **定** dìng ㊚ ding^6/deng^6 ❶ **安定，穩定**。《周易・家人》：“正家而天下～矣。”曹操《置屯田令》：“夫～國之術，在於強兵足食。”（術：辦法。）(又) **平定**。《史記・絳侯周勃世家》：“沛公～魏地。”（沛公：指劉邦。）(引) **停止**。《詩經・小雅・節南山》：“不弔昊天，亂靡有～。” ❷ **決定，確定**。《商君書・更法》：“君亟（jí ㊚ gik^1）～變法之慮。”（亟：趕快。慮：指計劃。）《北史・邢巒傳》：“於是開地～境，東西七百，南北千里。”（定境：確定疆界。）❸ **副詞。確實，一定**。《史記・項羽本紀》：“項梁聞陳王～死，召諸別將會薛計事。”（薛：地名。）杜甫《寄高適》詩：“～知相見日，爛漫倒芳尊。”（芳尊：指酒杯。）❹ **副詞。到底，究竟（後起意義）**。《世説新語・言語》：“卿云‘艾艾’，～是幾艾？”李白《答族姪僧中孚贈玉泉仙人掌茶》詩：“舉世未見之，其名～誰傳。” ❺ ㊚ ding^3 **星宿名。即營室，二十八宿之一**。《詩經・鄘風・定之方中》：“～之方中，作于楚宮。”（方：正。中：指南方中天。）

5 **宕** dàng ㊚ dong^6 ❶ **搖動，振蕩**。《宋書・袁淑傳》：“絕波之鱗，～流則枯。” ❷ **流動，流蕩**。《穀梁傳・文公十一年》：“弟兄三人，佚～中國。”(又) **放縱**。《後漢書・孔融傳》：“發辭偏～，多致乖忤。”《晉書・姚興載記上》：“刑網峻急，風俗奢～。”

5 **宜** yí ㊚ ji^4 ❶ **合適，適宜**。《禮記・月令》：“貢職之數，以遠近土地所～為度。”《潛夫論・相列》：“曲者～為輪，直者～為輿。”**成語有“因地制宜”**。❷ **應該，應當**。《三國志・蜀書・諸葛亮傳》：“將軍～枉駕顧之。” ❸ **大概，也許**。《孟子・公孫丑下》：“聞王命而遂不果，～與夫禮若不相似然。”

5 **宙** zhòu ㊚ zau^6 **古往今來，指所有的時間**。《莊子・庚桑楚》：“有長而無本剽者～也。”（本剽：本末，指開端和盡頭。）

5 **官** guān ㊚ gun^1 ❶ **官府，辦公的地方**。《禮記・玉藻》：“在～不俟屨，在外不俟車。”（俟：等待。屨：鞋。）(引) **行政機關**。柳宗元《童區寄傳》：“願以聞於～。”（希望把這件事報告給官府。）(又) **屬官方的，國家的**。《韓非子・五蠹》：“州部之吏操～兵。”（兵：兵器。）❷ **官職，官位**。《尚書・咸有一德》：“任～惟賢材。”《荀子・正論》：“量能而授～。”(又) **職責**。《韓非子・難一》：“耕、漁與陶，非舜～也。”《荀子・解蔽》：“則萬物～矣。” ❸ **官員，官吏**。《論衡・明雩》：“百～共職於下。”(又) **做官，使……做官**。酈道元《水經注・沁水》：“魯國孔氏，～于洛陽。”曹操《論吏士行能令》：“故明君不～無功之臣。” ❹ **感覺器官，耳、目、口、鼻、身稱五官**。《莊子・養生主》：“～知止而神欲行。”(又) **功能**。《孟子・告子上》：“心之～則思。”**【辨】官，吏**。古代，特別是在兩漢之前，“官”通常是指行政機關或職務，“吏”則專指官吏。荀子著作裏多次提到“官人”，意思是政府裏的人。“官”本身不是官員的意思。漢以後，“官”有時指一般官員，而“吏”則指低級官員，但“官”字行政職務的意義仍舊沿用。

5 **宛** wǎn ⓨ jyun2 ❶ **彎曲，曲折**。《漢書・揚雄傳下》：“是以欲談者～舌而固聲。”（固：指閉。）❷ **彷彿，逼真地**。《詩經・秦風・蒹葭》：“～在水中央。”❸ **小的樣子**。《詩經・小雅・小宛》：“～彼鳴鳩。”❹ yù ⓨ wat1 **鬱結**。《史記・扁鵲倉公列傳》：“寒濕氣～篤不發，化為蟲。”❺ yuān ⓨ jyun1 [大宛] **古代西域國名**。《漢書・張騫傳》：“騫身所至者，～～、大月氏、大夏、康居。”

6 **宣** xuān ⓨ syun1 ❶ **通，暢達**。《詩經・大雅・公劉》：“既順迺～，而無永歎。”（既順迺宣：民心順，民情通。）《漢書・鼂錯傳》：“政之不～，民之不寧。”（寧：安寧。）❷ **普遍，周遍**。《史記・秦始皇本紀》：“～省習俗。”（省：考察。）《後漢書・張衡傳》：“今也，皇澤～洽，海外混同。”[不宣] **古代書信結尾的客套話，表示不一一述說的意思**。柳宗元《答元饒州論政理書》：“書雖多，言不足導意，故止於此，～～。”（書：書寫。導意：表達意思。）❸ **公開**。仲長統《昌言・理亂》：“君臣～淫。”（淫：淫亂。）❹ **泄露，發泄**。《三國志・吳書・周魴傳》：“事之～泄，受罪不測。”李商隱《行次西郊作》詩：“列聖蒙此恥，含懷不能～。”（列聖：指唐宣宗以後的幾代皇帝。蒙：受。）❺ **宣揚，發揚**。《後漢書・劉愷傳》：“今刺史一州之表，二千石千里之師，職在辯章百姓，～美風俗。”柳宗元《斬曲幾文》：“諂諛宜惕，正直宜～。”（宜：應該。）❻ **宣佈君主的詔諭**。《三國志・吳書・吳主傳》：“特下燕國，奉～詔恩。”（特下燕國：特地派使者去燕國。奉：敬辭。）

6 **宦** huàn ⓨ waan6 ❶ **貴族的奴僕**。《國語・越語上》：“卑事夫差，～士三百人於吳。”（卑下地侍奉吳王夫差，送三百人給吳國做奴僕。）《韓非子・喻老》：“越王入～於吳。”❷ **外出遊歷學為官事**。《左傳・宣公二年》：“～三年矣，未知母之存否。”(引) **做官**。《世說新語・賞譽》：“年二十八始～。”❸ **宦官，太監**。《三國志・蜀書・後主傳》：“～人黃皓（hào ⓨ hou6）始專政。”（專政：掌握政權。）

6 **宥** yòu ⓨ jau6 ❶ **寬容，饒恕**。《韓非子・愛臣》：“故不赦死，不～刑。”（赦死：赦免死罪。）**雙音詞有“寬宥”**。❷ **通“侑”。勸人飲食**。《周禮・春官・大司樂》：“王大食，三～，皆令奏鐘鼓。”❸ **通“右”**。《荀子・宥坐》：“此蓋為～坐之器。”（宥坐：放在座位右邊。）❹ **通“囿”。局限**。《呂氏春秋・去宥》：“夫人有所～者，固以晝為昏，以白為黑。”

6 **宬** chéng ⓨ sing4 **容納**。《說文》：“宬，屋所容受也。”[皇宬] [皇史宬] **明清皇帝收藏歷代帝王實錄、秘典的地方**。黃宗羲《談孺木墓表》：“皇～烈焰，國滅而史亦隨滅。”《清史稿・禮志八》：“乾隆間，定實錄，聖訓歸皇史～。”

6 **室** shì ⓨ sat1 ❶ **正室，內室**。《禮記・問喪》：“入～又弗見也。”（弗：不。）(泛) **房屋**。《周易・繫辭下》：“後世聖人易之以宮～。”仲長統《昌言・理亂》：“豪人之～，連棟數百。”❷ **家**。《左傳・桓公十八年》：“女有家，男有～。”柳宗元《捕蛇者說》：“今其～十無一焉。”(又) **家族**。《三國志・蜀書・諸葛亮傳》：“將軍既帝～之胄（zhòu ⓨ zau6）。”（胄：後代。）(又) **家人**。《列子・湯問》：“聚～而謀。”❸ **家產**。《國語・楚語上》：“施二帥而分其～。”❹ **妻子**。《禮記・曲禮上》：“三十曰壯，有～。”潘岳《西征賦》：“鰥（guān ⓨ gwaan1）夫有～，愁民以樂。”（鰥夫：無妻的人。）(又) **用作**

動詞。娶妻、為子娶妻或以女嫁人。《韓非子・外儲說右下》："丈夫二十而～。"《國語・魯語下》："公父文伯之母欲～文伯。"《左傳・宣公十四年》："衞人以為成勞，復～其子。" ❺ **王室，王朝**。劉知幾《史通・古今正史》："漢～龍興，旁求儒雅。" ❻ **墓穴**。《詩經・唐風・葛生》："百歲之後，歸于其～。" ❼ **刀劍的鞘**。《史記・春申君列傳》："刀劍～以珠玉飾之。"《史記・刺客列傳》："劍長，操其～。"**【辨】宮，室。見本頁"宮"字。【辨】房，屋，室。見 224 頁"房"字。**

6 **客** kè (粵) haak3 ❶ **外來的人**。《周易・需》："有不速之～三人來。"（速：招致。）李斯《諫逐客書》："臣聞吏議逐～，竊以為過矣。" (特) **請來的客人**。李白《贈范金鄉》詩："愛～多逢迎。" (又) **寄居他鄉**。杜甫《去蜀》詩："五載～蜀郡。"（載：年。蜀郡：地名。）❷ **門客，食客。即寄食於貴族豪門並為他們服務的人。**《戰國策・齊策四》："孟嘗君出記，問門下諸～。"**【辨】賓，客。見 614 頁"賓"字。**

7 **宸** chén (粵) san4 ❶ **屋簷**。何晏《景福殿賦》："芸若充庭，槐楓被～。"（芸香、杜若充滿了庭院，槐樹、楓樹覆蓋着屋簷。）❷ **帝王住的地方，宮殿**。王勃《九成宮頌》："～扉（fēi (粵) fei1）既辟。"（皇宮的大門已經打開。）(引) **王位、帝王的代稱**。陳子昂《為永昌父老勸追尊中山王表》："漢祖登～，加上皇之號。"李乂《奉和幸長安故城未央宮應制》："肆覽飛～札，稱觴引御杯。"

7 **家** jiā (粵) gaa1 ❶ **家**。《詩經・周頌・訪落》："維予小子，未堪～多難。"《韓非子・顯學》："儒者破～而葬，服喪三年。"（儒家主張傾家蕩產來舉行喪禮，守孝三年。）沈瓊蓮《送弟溥送春官》詩："少小離～侍禁闈，人間天上兩依稀。" (引) **安家，定居**。《史記・樂毅列傳》："樂羊死，葬於靈壽，其後子孫因～焉。" ❷ **卿大夫統治的地方叫家**。《左傳・襄公二十九年》："大夫皆富，政將在～。"（大夫都很富足，政權將移到他們手中去了。）❸ **學派**。《漢書・藝文志》："諸子十～，其可觀者九～而已。" (引) **掌握某種專門學識或從事某種專門活動的人（後起意義）**。沈括《夢溪筆談》卷七："天文～有渾儀。"（渾儀：渾天儀。）

7 **宵** xiāo (粵) siu1 ❶ **夜**。《周禮・秋官・司寤氏》："禁～行者、夜遊者。"白居易《寒閨夜》詩："通～不滅燈。" ❷ **小**。《漢書・武五子傳》："毋邇（ěr (粵) ji5）～人。"（毋：不要。邇：近。）

7 **宴** yàn (粵) jin3 ❶ **安逸，安閒**。《左傳・閔公元年》："～安酖（zhèn (粵) zam6）毒，不可懷也。"（宴安酖毒：貪圖安逸等於喝毒酒自殺。酖：有毒的藥酒。懷：留戀。）❷ **樂，快樂**。《左傳・成公二年》："衡父不忍數年之不～。"（衡父：人名。）❸ **用酒飯招待客人**。《古詩十九首・今日良宴會》："今日良～會，歡樂難具陳。"**這個意義又寫作"讌"、"燕"。**

7 **宮** gōng (粵) gung1 ❶ **房屋，住宅**。《墨子・號令》："父母妻子，皆同其～。" (特) **帝王的房屋、宮殿**。《史記・秦始皇本紀》："作～阿房，故天下謂之阿房～。"（作：建造。）❷ **宗廟**。《公羊傳・文公十三年》："周公稱大廟，魯公稱世室，羣公稱～。"（魯公：指周公的兒子伯禽。羣公：指伯禽以外魯國歷代國君。）(又) **神廟**。吳自牧《夢粱錄》卷八："詔建道～，賜名龍翔。" ❸ **五音（宮、商、角、徵（zhǐ (粵) zi2）、羽）之一。見 714 頁"音"字。** ❹ **閹割男性生殖器的刑罰**。司馬遷《報任安書》："詬（gòu (粵) gau3/kau3）莫大於～刑。"（詬：恥辱。）**【辨】宮，室。先秦時代"宮"與"室"是同義詞。後來"宮"專指宮殿，與"室"的意義就不同了。**

7 **害** hài (粵) hoi6 ❶ **損害，傷害**。《周易・節》："節以制度，不傷財，不～民。"《商君書・靳令》："法已定矣，不以善言～法。" ❷ **殺害**。《三國志・魏書・武帝紀》："為陶謙所～。"（為：被。陶謙：人名。）❸ **禍害，害處**。《荀子・臣道》："除國之大～。"《戰國策・趙策三》："凡強弱之舉事，強受其利，弱受其～。" ❹ **忌妒**。《史記・屈原賈生列傳》："上官大夫與之同列，爭寵而心～其能。" ❺ hé (粵) hot3 **通"曷"。何**。《詩經・周南・葛覃》："～澣～否，歸寧父母。"（澣：洗。歸寧：回娘家看望父母。）《孟子・梁惠王上》："時日～喪，予及女偕亡。"（時：通"是"。此。日：太陽。予：我。女：你。偕：一起。）

7 **容** róng (粵) jung4 ❶ **容納**。《韓非子・詭使》："無宅～身。"（宅：指住房。）(引) **採納**。王安石《本朝百年無事劄子》："正論非不見～，然邪説亦有時而用。" (引) **容量，容積**。《論衡・骨相》："察表候以知命，猶察斗斛以知～矣。" ❷ **寬容，容忍**。《荀子・不苟》："(君子) 恭敬謹慎而～。"《史記・汲鄭列傳》："不能～人之過。"（過：錯誤。）❸ **許可，允許**。《左傳・昭公元年》："五降之後，不～彈矣。" ❹ **容貌，儀容**。《孟子・萬章上》："舜見瞽瞍，其～有蹙。"《鹽鐵論・利議》："鞠躬踧踖，竊仲尼之～。"（鞠躬踧踖：恭敬的樣子。）㊕ **修飾面容，打扮**。《史記・刺客列傳》："士為知己者死，女為悦己者～。" (又) **事物的形狀、面貌**。《文子・自然》："天道嘿嘿，無～無則。"《淮南子・説山》："泰山之～，巍巍然高。" ❺ **或許，可能**。《後漢書・李固傳》："宮省之內，～有陰謀。"（宮省：皇宮和中央部門。）❻ [容與] ① **逍遙自在的樣子**。屈原《九歌・湘夫人》："聊逍遙兮～～。"（聊：暫且。）② **徘徊不進的樣子**。班固《西都賦》："～～徘徊。" ❼ [容容] ① **變化不定的樣子**。屈原《九歌・山鬼》："表獨立兮山之上，雲～～兮而在下。" ② **無主見的樣子**。《漢書・翟方進傳》："何持～～之計，無忠固意。"

7 **宰** zǎi (粵) zoi2 ❶ **邑宰，某一邑的長官**。《左傳・定公五年》："子泄為費～。"（子泄：人名。費：地名。）(又) **官吏的通稱**。《公羊傳・隱公元年》："～者何？官也。" (又) **輔佐君主統治國家的最高官吏**。《詩經・小雅・十月之交》："家伯維～。"（家伯：人名。）❷ **卿大夫的家臣**。《左傳・定公十二年》："仲由為季氏～。"（仲由：人名。）❸ **主宰**。《荀子・正名》："心也者，道之工～也。"（工：官。）❹ **殺牲畜，割肉**。李白《將進酒》詩："烹羊～牛且為樂。" ❺ **社宰，里中社祭主持分配胙肉的人**。《史記・陳丞相世家》："平為～，分肉食甚均。"

8 **寇** kòu (粵) kau3 ❶ **劫掠，入侵**。《尚書・費誓》："無敢～攘。"（攘：竊取。）《宋史・寇瑊傳》："既赦貸其罪，復來～邊。"（赦貸：赦免。復：又，再。）❷ **盜匪**。《左傳・昭公三年》："民聞公命，如逃～讎。"（公命：指國君的命令。讎：仇敵。）(又) **入侵者**。《呂氏春秋・壅塞》："左右有言秦～之至者。"

8 **寅** yín (粵) jan4 ❶ **敬**。《尚書・無逸》："嚴恭～畏。" ❷ **地支的第三位**。(又) **十二時辰之一，等於現在的凌晨三時至五時**。見 176 頁"干"字。

8 **寄** jì (粵) gei3 ❶ **寄居，依附**。《戰國策・齊策四》："使人屬孟嘗君，願～食門下。"（屬：囑託。）《世説新語・言語》："～人國土，心常懷慚。" ❷ **寄託，託付**。《論語・泰伯》："可以託六尺之孤，可以～百里之命。"諸葛亮《出師表》："先帝知臣謹慎，故臨崩～臣以大事也。"（臣：諸葛亮自稱。臨崩：臨死。）

(引) **寄存**。《北齊書・高德政傳》："德政妻出寶物滿四牀，欲以～人。" ❸ **傳送（後起意義）**。沈括《夢溪筆談》卷五："彎弓莫射雲中雁，歸雁如今不～書。"（莫：不要。書：書信。）

8 **寂** jì (粵) zik6 ❶ **沒有聲音**。《老子・二十五章》："～兮寥兮。"（無聲無形。寥：空廓，沒有形體。）**［寂然］安靜的樣子**。《周易・繫辭上》："～～不動，感而遂通。"《晉書・謝安傳》："既而～～。"（既而：不久。）❷ **寂寞**。《論衡・程材》："儒者～於空室，文吏譁於朝堂。"

8 **宿** sù (粵) suk1 ❶ **住宿，過夜**。《荀子・儒效》："暮～於百泉。"（百泉：地名。）(又) **住宿的地方**。《周禮・地官・遺人》："三十里有～，～有路室。"(又) **隔夜的**。《論語・顏淵》："子路無～諾。" ❷ **停留，駐紮**。杜甫《宿江邊閣》詩："薄雲巖際～。" 陳亮《上孝宗皇帝第一書》："故京師常～重兵以為固。" ❸ **平素，素來就有的**。《三國志・蜀書・諸葛亮傳》："～服仰備。"（備：劉備。）《新唐書・李道宗傳》："長孫無忌、褚遂良與道宗有～怨。"（長孫無忌、褚遂良、道宗：都是人名。）❹ **多年的**。《禮記・檀弓上》："朋友之墓，有～草而不哭焉。" 曹叡《長歌行》："～屋邪草生。" ❺ **年歲大**。《周書・文帝紀上》："雖操行無聞，而年齒已～。" (引) **老成的，久於其事**。《後漢書・劉表傳》："姦猾～賊。" **［宿將］有經驗的老將**。《戰國策・魏策二》："田盼，～～也。"（田盼：人名。）❻ xiǔ **量詞。用以計算整夜**。賈思勰《齊民要術・水稻》："淨淘種子，漬經五～。"（漬：泡。）❼ xiù (粵) sau3 **星宿。特指二十八宿**。《列子・天瑞》："日月星～不當墜邪。"（墜：掉下來。）

8 **寀** cǎi (粵) coi2 ❶ cài (粵) coi3 **埰地，古代卿大夫的封地。字本作"采"**。❷ **官吏，官員**。《晉書・王戎傳》："雖位總鼎司，而委事僚～。"（鼎司：指重臣的職位。僚寀：同僚，同事的官員。）

8 **密** mì (粵) mat6 ❶ **稠密，細密**。《周易・小畜》："～雲不雨，自我西郊。" 柳宗元《登柳州城樓》詩："～雨斜侵薜荔牆。"（薜荔：植物名。）(引) **親近，親密**。《三國志・蜀書・諸葛亮傳》："于是與亮情好日～。" (又) **周密，精密**。《南史・祖沖之傳》："始元嘉中，用何承天所製歷，比古十一家為～，沖之以為尚疏。"（歷：曆法。）❷ **隱蔽的地方**。《禮記・少儀》："不窺～。" (引) **秘密**。《韓非子・說難》："事以～成。" (又) **封閉**。《禮記・樂記》："使之陽而不散，陰而不～。" ❸ **平靜，寂靜**。《管子・大匡》："夫詐～而後動者勝。" 張衡《東京賦》："京室～清。" (又) **安定，安寧**。《詩經・周頌・昊天有成命》："成王不敢康，夙夜基命宥～。"

9 **寒** hán (粵) hon4 ❶ **涼，冷**。《荀子・勸學》："冰，水為之，而～於水。"（為：生成。）(又) **使寒，冷卻**。《孟子・告子上》："一日暴之，十日～之。" ❷ **貧困**。《史記・范雎蔡澤列傳》："范叔一～如此哉。" **雙音詞有"寒門"、"貧寒"**。❸ **痛心、害怕。常"寒心"、"膽寒"連用**。《戰國策・秦策四》："梁氏～心。"（梁氏：魏國。）《新唐書・席豫傳》："乃上疏請立皇太子，語深切，人為～懼。"

9 **富** fù (粵) fu3 ❶ **財產多，富裕**。《詩經・魯頌・閟宮》："俾爾壽而～。"《管子・形勢解》："地大國～，民眾兵強。" (又) **豐富，多**。潘岳《馬汧督誄》："城小粟～。" 枚乘《七發》："太子方～於年。"（這是一種修辭方法，指太子年歲還輕，來日方長。）❷ fú (粵) fuk1 **通"福"。降福，福佑**。《詩經・大雅・瞻卬》："何神不～？"

9 **寔** shí (粵) sat6 ❶ **實，實在**。《尚書・仲虺之誥》："～繁有徒。"（這類人

實在很多。)《南齊書・氐傳》:"～有可嘉。" ❷ **此,這**。張衡《西京賦》:"～為咸陽。"(寔為:這就是。)

9 **寓** (庽)yù 粵 jyu6 ❶ **寄居,居住**。《孟子・離婁下》:"無～人於我室。"《晉書・謝安傳》:"～居會稽。"(會稽:地名。) 引 **寓所(後起意義)**。徐弘祖《徐霞客遊記・滇遊日記》:"懸於～外。"(懸:懸掛。) ❷ **寄託,寄**。《管子・小匡》:"事有所隱,而政有所～。"《左傳・襄公二十四年》:"子產～書於子西,以告宣子。"(子產、子西、宣子:都是人名。) [寓言] **有所寄託的話,後成為一種故事體裁**。《史記・老子韓非列傳》:"故其著書十餘萬言,大抵率～～也。" [寓目] **親眼看一看**。孫樵《書褒城驛壁》:"及得～～,視其沼,則淺混而污。"(沼:池子。污:髒。)

9 **寐** mèi 粵 mei6 **睡**。《詩經・衛風・氓》:"夙(sù 粵 suk1)興夜～。"(早起晚睡。夙:早。興:起。) [假寐] **不脫衣帽坐着打盹**。《詩經・小雅・小弁》:"心之憂矣,不遑～～。"(不遑:不暇,沒工夫。) ⊗ **指死**。《古詩十九首・驅車上東門》:"潛～黃泉下,千載永不寤。" **【辨】寢,臥,眠,寐,睡。見428頁"睡"字。**

10 **寘** zhì 粵 zi3 **放置,安置**。《周易・坎》:"～于叢棘,三歲不得。"《左傳・隱公元年》:"遂～姜氏于城潁。"

10 **寖** jìn 粵 zam3 ❶ **滲透**。《漢書・溝洫志》:"泉流灌～,所以育五穀也。" ❷ qīn 粵 zam1 **漸,逐漸**。《史記・酷吏列傳》:"故盜賊～多。"《後漢書・皇后紀下》:"逆害飲食,～以沈困。"

11 **寡** guǎ 粵 gwaa2 ❶ **少**。《論語・季氏》:"不患～而患不均。"《孟子・公孫丑下》:"得道者多助,失道者～助。" [寡人] **君主自稱**。《史記・老子韓非列傳》:"秦王見《孤憤》、《五蠹》之書,曰:'嗟乎,～～得見此人與之游,死不恨矣。'"(嗟乎:歎詞。游:交遊,交往。) ❷ **老而無夫的人**。《墨子・辭過》:"振孤～。"(振:通"賑"。救濟。) **【注意】上古男子喪妻也稱寡,後多指婦人喪夫。** 引 **死了丈夫**。《史記・司馬相如列傳》:"卓王孫有女文君新～。" **【辨】寡,少。"寡"和"少"是同義詞。"少"與"多"相對;"寡"除了與"多"相對外,還與"眾"相對。**

11 **察** (詧)chá 粵 caat3 ❶ **觀察。仔細看**。《周易・繫辭上》:"仰以觀于天文,俯以～于地理。" **成語有"察言觀色"。** 引 **看清楚**。《商君書・禁使》:"上別飛鳥,下～秋豪。"(秋豪:鳥獸在秋天新長的細毛。豪:通"毫"。) 引 **明察,詳審**。東方朔《答客難》:"水至清則無魚,人至～則無徒。" **這個意義又寫作"詧"。** ❷ **考察**。《論語・衛靈公》:"眾惡(wù 粵 wu3)之,必～焉;眾好之,必～焉。"《韓非子・外儲說左上》:"夫信不然之物而誅無罪之臣,不～之患也。"(不然之物:不可能的事情。) ❸ **考察後予以推薦,選舉**。《史記・刺客列傳》:"嚴仲子乃～舉吾弟困污之中而交之,澤厚矣。"《三國志・吳書・吳主傳》:"郡～孝廉,州舉茂才。"(孝廉、茂才:漢魏時期國家選拔人才的科目。) ❹ [察察] **潔白,清潔的樣子**。屈原《漁父》:"安能以身之～～,受物之汶汶者乎?"(汶汶:污濁的樣子。)

11 **寧** (甯)níng 粵 ning4 ❶ **安定,安寧,平息**。《詩經・小雅・常棣》:"喪亂既平,既安且～。"柳宗元《捕蛇者說》:"雖雞狗不得～焉。"《國語・晉語八》:"聞子與和未～。" ❷ [歸寧] **女子回娘家探視父母**。《詩經・周南・葛覃》:"～～父母。" ❸ nìng 粵 ning4/ning6 **副詞。豈,難道**。《周易・繫辭下》:"介如石焉，～用終日？斷可識矣。”《史記·陳涉世家》：“王侯將相～有種乎？” ❹ nìng ㊚ ning⁴/ning⁶ **寧可，寧願**。《韓非子·外儲說左上》：“～信度，無自信也。”（度：指尺寸。）賈思勰《齊民要術·耕田》：“若水旱不調，～燥不濕。” **成語有“寧死不屈”、“寧為玉碎，不為瓦全”**。❺ nìng ㊚ ning⁴/ning⁶ **竟，乃**。《詩經·小雅·小弁》：“心之憂矣，～莫之知。” **【注意】在古代，“宁（zhù ㊚ cyu⁵）”和“寧”、“甯”不是一個字，意義不相同。上述義項都不寫作“宁”。參見 143 頁“宁”字。**

11 **寤** wù ㊚ ng⁶ ❶ **睡醒。與“寐”相對**。《詩經·陳風·澤陂》：“～寐無為，輾轉伏枕。”（寐：睡着。無為：沒有辦法。）㊣ **醒過來**。《鹽鐵論·憂邊》：“若醉而新～。” ❷ **通“悟”。醒悟**。張衡《東京賦》：“盍（hé ㊚ hap⁶）亦覽東京之事以自～乎。”（盍：何不。覽：看。以：用來。）

11 **寢** qǐn ㊚ cam² ❶ **躺着休息，睡覺**。《論語·鄉黨》：“食不語，～不言。” ㊙ **橫臥的**。《荀子·解蔽》：“見～石，以為伏虎也。” ㊇ **臥病。常“寢疾”、“寢病”連用**。《左傳·昭公七年》：“寡君～疾，於今三月矣。”《後漢書·宋均傳》：“均常～病。” ❷ **臥室，寢室**。《左傳·宣公二年》：“晨往，～門辟矣。” ❸ **陵寢。古代帝王陵墓上的正殿**。張載《七哀詩》之一：“園～化為墟，周墉無遺堵。” **[寢廟] 古代宗廟分兩部分，後面停放牌位和先人遺物的地方叫“寢”，前面祭祀的地方叫“廟”，合稱“寢廟”**。《詩經·小雅·巧言》：“奕奕～～。”（奕奕：高大的樣子。）❹ **息，止**。《漢書·禮樂志》：“其議遂～。” 王褒《四子講德論》：“秦人～兵。” ㊈ **扣住不發**。《梁書·丘遲傳》：“為有司所糾，高祖愛其才，～其奏。”（糾：檢舉。）❺ **相貌醜陋**。《吳越春秋·勾踐陰謀外傳》：“不以鄙陋～容，願納以供箕箒之用。”《新唐書·鄭注傳》：“貌～陋。” **【辨】寢，臥，眠，寐，睡**。見 428 頁“睡”字。

11 **寥** liáo ㊚ liu⁴ **空虛**。《老子·二十五章》：“寂兮～兮，獨立而不改。” **[寂寥] 空虛，寂靜**。《楚辭·九歎·惜賢》：“聲嗷嗷以～～兮。” 劉禹錫《秋詞》：“自古逢秋悲～～。” **[寥廓] 空闊，高遠**。屈原《遠遊》：“下崢嶸而無地兮，上～～而無天。”

11 **實** shí ㊚ sat⁶ ❶ **財物，物資**。《禮記·表記》：“恥費輕～。”《左傳·宣公十二年》：“無日不討軍～而申儆之。” ❷ **果實，種子**。《韓非子·五蠹》：“草木之～足食也。” **成語有“春華秋實”**。㊇ **結果實**。《論語·子罕》：“秀而不～者有矣夫。” ❸ **堅實，充滿。與“虛”相對**。《孫子兵法·虛實》：“避～而擊虛。”《孟子·梁惠王下》：“倉廩～。” ㊇ **富足**。《漢書·食貨志》：“國～民富。” ❹ **實際，事實。與“名”相對**。《國語·晉語八》：“吾有卿之名而無其～。”《莊子·知北遊》：“異名同～，其指一也。”《後漢書·臧宮傳》：“傳聞之事，恆多失～。” ㊇ **誠實**。諸葛亮《出師表》：“此皆良～。” ㊇ **證實，核實**。《尚書·呂刑》：“閱～其罪。” ❺ **實行，實踐**。《左傳·宣公十二年》：“欒伯善哉！～其言，必長晉國。” ❻ **實惠，實利**。《呂氏春秋·下賢》：“既受吾～，又責吾禮。” ❼ **實在，的確**。《左傳·莊公八年》：“我～不德。” ❽ **通“寔”。是，此**。《詩經·邶風·燕燕》：“瞻望弗及，～勞我心。”《左傳·僖公五年》：“鬼神非人～親。”

12 **寬** kuān ㊚ fun¹ ❶ **寬闊，寬廣**。《後漢書·劉般傳》：“府寺～敞。”（府寺：官署。）❷ **寬宏，度量大**。《荀子·不苟》：“君子～而不僈。”（僈：通“慢”。

懈怠。）❸ **鬆緩，和平**。《史記・老子韓非列傳》："～則寵名譽之人，急則用介冑之士。"（介冑之士：指武士。）(又) **放寬，放鬆**。《鹽鐵論・誅秦》："～徭役。"

12 **寮** liáo (粵) liu⁴ ❶ **小窗**。蕭綱《侍皇太子宴》詩："煙生翠幕，日照綺～。"（綺：指雕飾華麗的。）❷ **小屋**。陸游《貧居》詩："屋窄似僧～。"❸ **通"僚"。官，官職**。《三國志・魏書・蘇則傳》："與董昭同～。"(特) **一起做官的人**。《左傳・文公七年》："同官為～。吾嘗同～，敢不盡心乎？"夏侯湛《東方朔畫贊》："戲萬乘若～友。"（萬乘：指皇帝。）(又) **屬官**。《晉書・孟嘉傳》："～佐畢集。"

12 **寫** xiě (粵) se² ❶ **傾注，傾瀉**。《周禮・地官・稻人》："以澮～水。"（澮：田間水溝。）**這個意義後來寫作"瀉"**。(又) **傾倒**。杜甫《野人送朱櫻》詩："數回細～愁仍破。"(引) **抒發**。李白《扶風豪士歌》："開心～意君所知。"❷ **宣泄，消除**。《詩經・邶風・泉水》："駕言出遊，以～我憂。"《詩經・小雅・蓼蕭》："既見君子，我心～兮。"（寫：指消除了憂愁而喜悅。）❸ xiè (粵) se³ **卸除**。《晉書・潘岳傳》："發槅～鞍，皆有所憩。"❹ **模仿**。《韓非子・十過》："有鼓新聲者，使人問左右，盡報弗聞。其狀似鬼神。子為我聽而～之。"《史記・秦始皇本紀》："秦每破諸侯，～放其宮室，作之咸陽北阪上。"（放：模仿。）(又) **摹畫**。賈思勰《齊民要術・園籬》："復～鳥獸之狀。"**雙音詞有"寫生"**。(引) **抄寫，謄寫**。《晉書・左思傳》："競相傳～。"（爭着相互傳抄。）❺ **書寫，寫字（後起意義）**。吳文英《鶯啼序（殘寒正欺病酒）》："殷勤待～，書中長恨。"**【注意】在書寫的意義上，唐代以前説"書"不説"寫"。古人説的"作書"就是"寫字"的意思。**

12 **審** shěn (粵) sam² ❶ **詳知，知悉**。《史記・禮書》："君子～禮，則不可欺以詐偽。"(引) **詳細，周密**。《禮記・中庸》："博學之，～問之。"《論衡・問孔》："用意詳～。"(引) **慎重**。《韓非子・存韓》："兵者，凶器也，不可不～用也。"《淮南子・人間》："不若擇趨而～行也。"（擇：選擇。趨：趨向。）❷ **真實，確實**。文瑩《玉壺清話》卷六："臣實得報，恐未～，候旦夕得其詳。"《論衡・知實》："孔子如～先知，當早易道。"（易：改變。）❸ **審察，弄明白**。《荀子・非相》："欲知億萬，則～一二。"賈誼《治安策》："為人主計者，莫如先～取舍。"**成語有"審時度勢"**。❹ **審定**。《韓非子・揚權》："故～名以定位，明分以辯類。"❺ **訊問犯人（後起意義）**。《宋史・劉敞傳》："敞移府問何以不經～訊。"

13 **寰** huán (粵) waan⁴ ❶ **靠近國都的地方**。《穀梁傳・隱公元年》："～內諸侯，非有天子之命，不得出會諸侯。"❷ **廣大的地域**。魏徵《十漸不克終疏》："道洽～中，威加海外。"（洽：周遍。）**雙音詞有"寰宇"**。❸ **通"環"。圍繞**。柳宗元《嶺南節度饗軍堂記》："～觀於遠邇，禮成樂遍，以敍而賀。"(引) **居住**。韓愈《題炭谷湫祠堂》詩："萬生都陽明，幽暗鬼所～。"

16 **寵** chǒng (粵) cung² ❶ **榮耀**。《國語・楚語上》："撫征南海，訓及諸夏，其～大矣。"（撫征：安定征服。訓：教。諸夏：我國古代對中原地區的稱呼。）(引) **使榮耀，尊崇**。《史記・蒙恬列傳》："蒙恬威振匈奴，始皇甚尊～蒙氏。"❷ **寵愛**。《左傳・昭公二年》："少姜有～於晉侯。"（少姜：人名，晉侯的妃子。）(又) **受寵愛的人**。《左傳・僖公十七年》："易牙入，與寺人貂因內～以殺羣吏。"❸ **驕縱**。張衡《東京賦》："好殫（dān (粵) daan¹）物以窮～。"（好用盡財物來滿足窮奢極侈的生活。殫：盡。）

17 **寶**（寶）bǎo (粵) bou2 ❶ **寶物，珍貴的東西**。《禮記・檀弓上》："南宮敬叔反，必載～而朝。"（反：返。）《史記・李斯列傳》："今陛下致崑山之玉，有隨、和之～。"（隨：指隨侯珠。和：指卞和璧。）(喻) **可貴的方法、東西**。《老子・六十七章》："我有三～，持而保之。"**佛教有"法寶"一詞**。⊗ **珍貴**。《荀子・富國》："佩～玉。"❷ **視……為寶，珍愛**。《尚書・旅獒》："不～遠物，則遠人格；所～惟賢，則邇人安。"（邇：近。）❸ **封建社會裏稱帝王的東西。如"寶位"、"寶駕"**。(特) **皇帝的印**。《新唐書・車服志》："至武后，改諸璽皆為～。"【**辨**】**珍，寶**。見 394 頁"珍"字。

寸部

0 **寸** cùn (粵) cyun3 ❶ **長度單位，十寸為一尺**。《商君書・靳令》："四～之管無當，必不滿也。"（當：底。）(喻) **短小**。**如"寸土"、"寸草"、"寸步"、"寸陰"**。❷ **中醫切脈，稱離手掌一寸的手腕經脈部位為"寸口"，簡稱"寸"**。《難經》："脈有三部九候……三部者，～、關、尺也。"（關、尺：都是切脈的部位。）

3 **寺** sì (粵) zi6 ❶ **宦官，太監**。《詩經・大雅・瞻卬》："匪教匪誨，時維婦～。"班固《西都賦》："閹尹閽～。"［**寺人**］① **古代宮中小臣**。《周禮・天官・寺人》："～～掌王之內人及女宮之戒令。"② **宦官，太監**。《左傳・襄公二十六年》："～～惠牆伊戾為太子內師。"（惠牆伊戾：人名。）❷ **古代中央機構名。如"大理寺"、"太常寺"**。⊗ **官署**。《後漢書・左雄傳》："或官～空曠，無人案事。"❸ **寺廟**。韓愈《論佛骨表》："不許創立～觀。"柳宗元《岳州聖安寺無姓和尚碑》："岳州大和尚終于聖安～。"（終：死。）【**辨**】**廟，寺，觀**（guàn (粵) gun3）。見 183 頁"廟"字。

6 **封** fēng (粵) fung1 ❶ **加土培育樹木**。《左傳・昭公二年》："宿敢不～殖此樹！"（宿：人名。殖：植，種植。）(引) **聚土築墳**。《左傳・文公三年》："～殽（xiáo (粵) ngaau4）尸而還。"（殽：地名。）❷ **古代帝王在泰山上築壇祭天**。《史記・秦始皇本紀》："乃遂上泰山，立石，～，祠祀。"（遂：於是。祠祀：祭祀。）❸ **封閉，封合**。《史記・李斯列傳》："書已～，未授使者，始皇崩。"（崩：稱帝王死。）⊗ **量詞。封（後起意義）**。杜甫《述懷》詩："自寄一～書。"（書：信。）❹ **邊界，界域**。《史記・商君列傳》："開阡陌～疆。"（阡陌：田間小路。封疆：疆界。）《左傳・僖公三十年》："又欲肆其西～。"（肆：指擴張。）**成語有"故步自封"**。❺ **帝王授予臣子土地或封號**。《孔叢子・答問》："（陳涉曰）六國之後君，吾不能～也。"《史記・李斯列傳》："使秦無尺土之～。"❻ **大，厚**。屈原《離騷》："羿淫遊以佚畋兮，又好射夫～狐。"**成語有"封豕長蛇"**。

7 **尃**（㫗）fū (粵) fu1 **同"敷"。敷佈，散佈**。《周易・說》："震為雷，為龍，為玄黃，為～。"《史記・司馬相如列傳》："旁魄四塞，雲～霧散。"

7 **射** shè (粵) se6 ❶ **射箭**。《左傳・成公二年》："～其左，越於車下。"⊗ **射手**。《孟子・盡心上》："羿不為拙～變其彀率。"❷ **射出，噴射**。鮑照《代苦熱行》："含沙～流影。"李白《天門山銘》："光～島嶼。"⊗ **指責，攻擊**。張衡《西京賦》："街談巷議，彈～臧否。"❸ **猜度**。《呂氏春秋・重言》："是何鳥也？王～之。"《漢書・東方朔傳》："上嘗使諸數家～覆。”（上：指皇帝。覆：指覆蓋着的東西。）❹ **比賽，賭博**。《列子・説符》：“博者～。”（博：古代一種棋類遊戲。）《史記・孫子吳起列傳》：“田忌信然之，與王及諸公子逐～千金。”（田忌：人名。逐：競賽。）❺ **追求，攫取**。《新唐書・食貨志四》：“江淮豪賈～利。”（豪賈：富商。）❻ yè (粵) je6 ［**僕射**］**見 39 頁“僕”字**。❼ yì (粵) jik6 **厭，厭棄**。《詩經・大雅・抑》：“神之格思，不可度思，矧可～思。”（格：至。思：句末語氣詞。）

8 **專** (耑)zhuān (粵) zyun1 ❶ **獨，獨有，獨佔**。《史記・陳丞相世家》：“陳平～為一丞相。”柳宗元《捕蛇者説》：“有蔣氏者，～其利三世矣。”（利：利益。三世：三代。）㊕ **獨斷專行**。《左傳・桓公十五年》：“祭仲～，鄭伯患之。”（患：擔憂。）❷ **專門，專一**。《戰國策・秦策三》：“願君之～志於攻齊，而無他慮也。”王安石《上皇帝萬言書》：“所謂察之者，非～用耳目之聰明，而聽私於一人之口也。”（察：省察。）

8 **尉** wèi (粵) wai3 ❶ **古代的武官**。《史記・陳涉世家》：“廣起，奪而殺～。”（廣：吳廣。）❷ **通“慰”。安慰**。《漢書・車千秋傳》：“～安眾庶。”❸ yù (粵) wat1 ［**尉遲**］**複姓**。

8 **將** jiāng (粵) zoeng1 ❶ **扶，持**。《詩經・小雅・無將大車》：“無～大車，祇自塵兮。”《木蘭詩》：“爺娘聞女來，出郭相扶～。”（郭：外城。）(又) **供養，奉獻**。《詩經・小雅・四牡》：“王事靡盬，不遑～父。”（靡盬：沒完沒了。）《詩經・周頌・我將》：“我～我享，維羊維牛，維天其右之。”(引) **抽象意義。拿，用**。《戰國策・趙策一》：“而～其頭以為飲器。”**成語有“將功贖罪”**。❷ **帶領**。《論衡・道虛》：“～我上天。”李白《送竇明府薄華還西京》詩：“遂～三五少年輩，登高遠望形神開。”（形神開：指喜笑顏開。）❸ **送**。《詩經・召南・鵲巢》：“之子于歸，百兩～之。”《孟子・萬章下》：“以君命～之。”❹ jiàng (粵) zoeng3 **帶兵**。《國語・晉語一》：“公～上軍，太子申生～下軍。”(又) **帶兵的人，將領**。《史記・陳涉世家》：“王侯～相寧有種乎！”（寧：難道。）❺ **副詞。將要**。《左傳・僖公十四年》：“皮之不存，毛～安傅？”（安傅：附在哪裏。）❻ **副詞。且，又**。《詩經・小雅・谷風》：“～恐～懼。”**成語有“將信將疑”**。❼ **連詞。和，與，同**。李白《月下獨酌》詩：“暫伴月～影。”

9 **尊** zūn (粵) zyun1 ❶ **酒器**。《國語・周語中》：“出其～彝（yí (粵) ji4）。”（出：拿出來。彝：酒器。）**這個意義又寫作“樽”、“罇”**。❷ **尊貴，高貴，地位高**。《商君書・農戰》：“主待農戰而～。”（主：君主。）《後漢書・張湛傳》：“明府位～德重。”❸ **尊奉**。《史記・李斯列傳》：“竟并天下，～主為皇帝。”(又) **尊重**。《史記・蒙恬列傳》：“始皇甚～寵蒙氏，信任賢之。”

9 **尋** xún (粵) cam4 ❶ **古代的長度單位，八尺為一尋**。《史記・張儀列傳》：“秦馬之良，戎兵之眾，探前趹後蹄間（jiān (粵) gaan1）三～騰者，不可勝數。”（蹄間三尋：馬一躍就三尋。）［**尋常**］① **長度單位。八尺為尋，十六尺為常**。《韓非子・五蠹》：“布帛～～，庸人不釋。”（庸人：普通人。釋：放棄。）② **平常**。劉禹錫《烏衣巷》詩：“舊時王謝堂前燕，飛入～～百姓家。”❷ **尋找**。《世説新語・自新》：“乃自吳～二陸。”（二陸：陸機、陸雲。）(引) **探求，追溯**。蘇軾《王維吳道子畫》詩：“一一皆可～其源。”❸ **重溫**。《三國志・吳書・吳主傳》：“更～盟好。”❹ **使用**。《左傳・僖公五年》：“三年將～師焉。”（師：軍隊。）❺ **副詞**。

隨即，不久。陶潛《桃花源記》："聞之，欣然規往，未果，～病終。"（規往：計劃要去。未果：沒有實現。）❻［**相尋**］**連續不斷而來**。《北史・薛安都傳》："俄而酒饌～～，芻粟繼至。"（俄而：一會兒。饌：食物。芻粟：糧草。）

11 **對** duì (粵) deoi3 ❶ **回答**。《論語・述而》："葉公問孔子於子路，子路不～。"《史記・張釋之馮唐列傳》："～上所問禽獸簿甚悉。"（上：指皇帝。禽獸簿：記載有關禽獸的簿冊。悉：詳細。）【注意】在古代漢語裏"對"多用於對上的回答或對話。(特) **指一種文體，即奏對，對策**。劉勰《文心雕龍・議對》："公孫之～，簡而未博，然總要以約文，事切而情舉。"（公孫：指公孫弘。）❷ **對着，向着**。曹操《短歌行》："～酒當歌，人生幾何。"韋應物《休暇日訪王侍御不遇》詩："門～寒流雪滿山。"(又) **相對**。《世說新語・方正》："遂舉觴～語，賓主無愧色。"(引) **適合**。如"**對症下藥**"。❸ **敵對，對立**。《三國志・蜀書・諸葛亮傳》："而所與～敵，或值人傑。"（值：遇着。）(又) **敵手**。《三國志・吳書・陸遜傳》："劉備天下知名，曹操所憚，今在境界，此強～也。"❹ **對付**。《韓非子・初見秦》："夫一人奮死可以～十，十可以～百。"（奮死：奮力死戰。）❺ **配偶**。《後漢書・梁鴻傳》："擇～不嫁。"（擇：選擇。）❻ **對偶，對仗**。劉勰《文心雕龍・麗辭》："言～為易，事～為難。反～為優，正～為劣。"❼ **量詞**（**後起意義**）。**雙，套**。皮日休《重元寺雙矮檜》詩："一～狻猊相枕眠。"白居易《繚綾》詩："春衣一～直千金。"（直：值。）

13 **導** dǎo (粵) dou6 ❶ **疏導，流通**。《尚書・禹貢》："～黑水至于三危，入于南海。"（三危：山名。）《國語・周語上》："為川者決之使～。"（治河的人決除障礙使水流通。）❷ **開發**。《後漢書・馬援傳》："開～水田，勸以耕牧。"❸ **引，引導**。《史記・孫子吳起列傳》："善戰者因其勢而利～之。"《北史・西域傳序》："發使～路。"(又) **嚮導，引路的人**。《史記・大宛列傳》："烏孫發～譯送騫還。"（烏孫：西域國名。譯：翻譯。騫：張騫。）❹ **導源，發源**。酈道元《水經注・巨洋水》："丹水有二源，各～一山。"❺ **開導，教導，啟發**。《墨子・非儒下》："其道不可以期世，其學不可以～眾。"柳宗元《封建論》："明譴而～之。"（公開批評並勸導他們。）❻ **髮飾用具，引髮入冠幘**。《晉書・桓玄傳》："玄拔頭上玉～與之。"

小部

0 **小** xiǎo (粵) siu2 ❶ **小。與"大"相對**。《左傳・桓公二年》："本大而末～。"(又) **小人，卑鄙的人**。《詩經・邶風・柏舟》："憂心悄悄，慍于群～。"［**小人**］① **地位低微的人**。《論語・季氏》："～～不知天命而不畏也。"（畏：畏懼。）② **人格卑下的人**。諸葛亮《出師表》："親～～，遠賢臣，此後漢所以傾頹也。"❷ **低級的，低等的**。《孟子・萬章下》："不辭～官。"❸ **輕視，小看**。《韓非子・外儲說右上》："子～寡人之國，以為不足仕。"（仕：做官。）❹ **稍微，略微**。《孟子・盡心下》："其為人也～有才。"

1 **少** shǎo (粵) siu2 ❶ **數量少。與"多"相對**。《孫子兵法・謀攻》："敵則能戰之，～則能逃之。"（兵力相等就要能打過它，兵力少就要能避開它。之：指敵人。）(又) **缺少**。王維《九月九日憶山東兄弟》詩："遙知兄弟登高處，遍插茱萸～一人。"(又) **稍微**。《戰國策・趙策四》："太后之色～解。"（解：和緩。）❷ **削弱，**

減少。賈誼《治安策》："欲天下之治安，莫若眾建諸侯而～其力。"（莫若：不如。眾建諸侯：多封一些諸侯國。）❸ **輕視，看不起**。《論衡・程材》："世俗共短儒生，儒生之徒亦自相～。"（短儒生：認為儒生無用。亦：也。）陸游《復齋記》："諸老先生不敢～之。"❹ **不多時，一會兒**。《孟子・萬章上》："～則洋洋焉，攸然而逝。"❺ shào (粵) siu3 **年幼，年輕。與"老"相對**。《論語・公冶長》："老者安之，朋友信之，～者懷之。"《史記・陳涉世家》："陳涉～時，嘗與人傭耕。"（嘗：曾經。傭：被僱用。）❻ shào (粵) siu3 **小**。陸游《成都書事》詩："大城～城柳已青。"❼ shào (粵) siu3 **副職**。《漢書・賈誼傳》："於是為置三～……曰～保、～傅、～師。"❽ shào (粵) siu3 **次序排在後邊的**。《戰國策・趙策一》："長子之韓，次子之魏，～子之齊。"**【辨】寡，少**。見150頁"**寡**"字。

5 **尚** shàng (粵) soeng6 ❶ **超過，高出**。《論語・里仁》："好仁者，無以～之。"《鹽鐵論・相刺》："文學言治～於唐虞。"（唐虞：指堯、舜。）(引) **上位**。《孟子・萬章下》："舜～見帝。"(引) **凌駕，欺凌**。《新唐書・楊恭仁傳》："既貴，不以勢～人。"❷ **早先，久遠**。《史記・三代世表序》："五帝三代之記，～矣。"❸ **崇尚，尊重**。《論語・陽貨》："君子～勇乎？"《荀子・王制》："～賢使能。"(又) **誇耀，炫耀**。《禮記・表記》："不自～其功。"(又) **愛好，盛行**。《國語・晉語八》："其為人也，剛而～寵。"陳鴻《長恨歌傳》："焚香于庭，號為'乞巧'，宮掖間尤～之。"❹ **仰攀婚姻**。《史記・司馬相如列傳》："卓王孫喟然而歎，自以得使女～司馬長卿晚。"（喟然：歎氣的樣子。司馬長卿：司馬相如。）(特) **娶公主為妻**。《史記・李斯列傳》："諸男皆～秦公主。"❺ **主管帝王的事務**。《史記・呂太后本紀》："襄平侯通～符節。"（通：人名。）❻ **尚且**。《史記・貨殖列傳》："千乘之王，萬家之侯，百室之君，～猶患貧，而況匹夫編戶之民乎？"（乘：兵車。況：況且。編戶：指一般老百姓。）❼ **還**。《史記・廉頗藺相如列傳》："趙王使使者視廉頗～可用否。"（使使者：派使者。）司馬遷《報任安書》："如僕～何言哉？"（像我這樣的人，還講甚麼話呢？）❽ **差不多，幾乎**。《禮記・大學》："以能保我子孫黎民，～亦有利哉。"❾ **副詞。表示祈求或命令**。《左傳・昭公二十一年》："平公之靈，～輔相余。"

10 **尟** (尠) xiǎn (粵) sin2 **同"鮮"。少**。《楚辭・九思・疾世》："居嵺廓兮～疇。"

尢部

1 **尤** yóu (粵) jau4 ❶ **罪過，過錯**。《論語・為政》："言寡～，行寡悔。"(引) **指責，歸罪**。司馬遷《報任安書》："動而見～，欲益反損。"（見尤：被指責。）**成語有"怨天尤人"**。❷ **優異，突出**。《莊子・徐無鬼》："物之～也。"❸ **副詞。特別，尤其，更**。《漢書・辛慶忌傳》："居處恭儉，食飲被服～節約。"

4 **尪** wāng (粵) wong1 ❶ **脊椎彎曲，仰面向天**。《呂氏春秋・盡數》："苦水所多～與傴人。"（傴：駝背。）❷ **孱弱**。《抱朴子・遐覽》："唯余～羸，不堪他勞。"《北齊書・孫騰傳》："騰性～怯，無威略。"

4 **尨** máng (粵) mong4 ❶ **多毛的狗**。《詩經・召南・野有死麕》："無使～也吠。"❷ **雜色的**。《左傳・閔公二年》："衣之～服，遠其躬也。"❸ méng

粵 mung4 **雜亂**。柳宗元《與呂道州温論〈非國語〉書》："嘗讀《國語》，病其文勝而言～。"[**尨茸**(róng 粵 jung4)] **雜亂的樣子**。《左傳・僖公五年》："狐裘～～，一國三公。"❹ páng 粵 pong4 **通"龐"**。**龐大**。柳宗元《三戒・黔之驢》："虎見之，～然大物也。"

9 **就** jiù 粵 zau6 ❶ **接近，靠近，趨向**。《荀子・勸學》："金～礪則利。"(礪：磨刀石。)《商君書・定分》："避禍～福。"❷ **完成，達到**。《戰國策・齊策四》："三窟已～。"(三窟：指三個安身之處。)李斯《諫逐客書》："河海不擇細流，故能～其深。"(不擇細流：指對大小流水不加選擇，一律容納。)❸ **即使**。《三國志・魏書・荀彧傳》："～能破之，尚不可有也。"(破：擊破。有：佔有。)

12 **尵** (𡰪)tuí 粵 teoi4 [**虺** (huǐ 粵 fui1) **尵**] **通"虺隤(tuí 粵 teoi4)"。見558頁"虺"字。**

尸部

0 **尸** shī 粵 si1 ❶ **古代祭祀時代表死者受祭的活人**。《儀禮・士虞禮》："祝延～。"(祝：祭祀時祝禱的人。延：迎接。)⊗ **木製的死者牌位**。《鹽鐵論・復古》："載～以行，破商擒紂。"❷ **主管，主持**。《左傳・襄公二十七年》："小國固必有～盟者。"(尸盟：主持盟會。)(引) **不做事情，空佔職位**。白居易《納粟》詩："連授四命官，坐～十年祿。"[**尸位**] **不做事情而空佔職位**。《漢書・朱雲傳》："今朝廷大臣，上不能匡主，下亡以益民，皆～～素餐。"(匡：輔助。素餐：白吃飯。)❸ **屍體**。《禮記・曲禮下》："在牀曰～，在棺曰柩。"《莊子・則陽》："伏～數萬。"**這個意義又寫作"屍"**。(引) **收屍**。《穀梁傳・僖公三十三年》："我將～女於是。"(女：汝，你。)(引) **陳列屍體(示眾)**。《國語・晉語六》："殺三郤(xì 粵 kwik1)而～諸朝。"(郤：姓。)❹ **佈陣**。《左傳・宣公十二年》："荊～而舉。"(荊：指楚國。舉：發兵。)

1 **尺** chǐ 粵 cek3 ❶ **長度單位。十寸為一尺**。《荀子・非相》："身長七～。"【注意】古代的尺寸一般比現代短。[**尺牘**][**尺紙**] **都指書信**。《漢書・陳遵傳》："性善書，與人～牘，主皆藏去以為榮。"《宋書・沈璞傳》："聊因～紙，使卿等具知厥心。"⊗ **量長度的器具**。《古詩為焦仲卿妻作》："左手持刀～，右手執綾羅。"❷ **中醫切脈部位名稱之一**。《難經》："脈有三部九候……三部者，寸、關、～也。"

2 **尻** kāo 粵 hou1 **脊骨末端，屁股**。《莊子・大宗師》："浸假而化予之～以為輪，以神為馬。"

2 **尼** ní 粵 nei4 ❶ **安寧**。《隸釋》卷七《山陽太守祝睦後碑》："乘蕡遠遜，竟界～康。"❷ **尼姑。"比丘尼"的省稱**。楊衒之《洛陽伽藍記・胡統寺》："入道為～，遂居此寺。"⊗ **女子出家**。《新唐書・竇參傳》："女～于郴州。"❸ [**尼父**] **指孔子。孔子名丘，字仲尼**。王粲《登樓賦》："昔～～之在陳兮，有歸歟之歎音。"❹ nì 粵 nei5/nai5 **阻止**。《孟子・梁惠王下》："行或使之，止或～之。"

4 **尾** wěi 粵 mei5 ❶ **尾巴**。《周易・履》："履虎～。"《三國志・魏書・許褚傳》："褚乃出陳前，一手逆曳(yè 粵 jai6)牛～行百餘步。"(陳：陣。逆曳：倒拉着。)**成語有"狗尾續貂"**。(引) **末尾，末端**。《漢書・儒林傳》："又采《左氏傳》、《書敘》為作首～，凡百二篇。"⊗ **在後面**。《後漢書・岑彭傳》："囂出兵～擊諸營。"(囂：人名。)❷ **鳥獸魚蟲等交配**。

《尚書・堯典》：“鳥獸孳（zī (粵) zi1）～。”（孳：繁殖。）❸ **量詞。用於計魚。條（後起意義）**。柳宗元《遊黃溪記》：“有魚數百～。”

4 **局** jú (粵) guk6 ❶ **彎曲**。《詩經・小雅・正月》：“謂天蓋高，不敢不～。”❷ **局限，拘束**。潘尼《乘輿箴》：“意～而辭野。”❸ **棋盤**。《史記・宋微子世家》：“遂以～殺湣（mǐn (粵) man5）公於蒙澤。”（蒙澤：地名。）(又) **棋局**。《南史・蕭惠基傳》：“自食時至日暮，一～始竟。”（竟：完了。）❹ **部分**。《禮記・曲禮上》：“各司其～。”（司：掌管。）❺ **官署名。如“中藥藏局”（專門收藏中藥的部門）、“導客局”（負責引導客人的部門）**。❻ **度量，器量**。《晉書・任愷傳》：“通敏有智～。”（通敏：通達敏銳。）

5 **屆**（届）jiè (粵) gaai3 **至，到達**。《詩經・小雅・小弁》：“譬彼舟流，不知所～。”《三國志・魏書・武帝紀》：“致～官渡。”（到達官渡。）**雙音詞有“屆期”、“屆時”**。

5 **居** jū (粵) geoi1 ❶ **坐**。《論語・陽貨》：“～，吾語女。”（女：汝。）(引) **處於**。《史記・孫子吳起列傳》：“～輜（zī (粵) zi1）車中。”（輜車：有帷幔的車。）**成語有“居安思危”**。❷ **居住**。《列子・湯問》：“北山愚公者，年且九十，面山而～。”（且：將近。）(又) **住處**。《左傳・宣公二年》：“問其名～。”（名：姓名。）❸ **留，停留**。《左傳・僖公二十八年》：“不有～者，誰守社稷？不有行者，誰扞牧圉？”❹ **處在某種地位或某個地方**。《世說新語・品藻》：“但布衣超～宰相之位。”（布衣：指平民百姓。）柳宗元《永州龍興寺息壤記》：“永州～楚越間。”❺ **佔，佔據**。《禮記・王制》：“數各～其上之三分。”❻ **積蓄**。《史記・呂不韋列傳》：“此奇貨可～。”《漢書・張湯傳》：“～物致富。”❼ **平時**。《論語・先進》：“～則曰：‘不吾知也。’如或知爾，則何以哉？”**雙音詞有“平居”、“居常”**。❽ **用於“有頃”、“久之”、“頃之”等前面，表示相隔一段時間，意義較虛**。《戰國策・齊策四》：“～有頃，倚柱彈其劍。”（居有頃：過了不久。）《史記・屈原賈生列傳》：“～頃之，拜賈生為梁懷王太傅。”（居頃之：過了不久。拜：授予官職。太傅：官名。）

5 **屈** qū (粵) wat1 ❶ **彎曲**。《孟子・告子上》：“今有無名之指，～而不信。”（信：通“伸”。）❷ **屈服**。《孟子・滕文公下》：“富貴不能淫，貧賤不能移，威武不能～。”(引) **理虧**。《周易・繫辭下》：“失其守者，其辭～。”❸ **委屈**。《三國志・蜀書・諸葛亮傳》：“此人可就見，不可～致也。”（這個人可以去見他，而不能讓他降低身份來這裏。）❹ jué (粵) gwat6 **竭，盡**。賈誼《論積貯疏》：“生之有時，而用之亡度，則物力必～。”（亡：無。）

6 **屋** wū (粵) uk1/nguk1 ❶ **房屋**。《詩經・秦風・權輿》：“於我乎，夏～渠渠。”（夏：大。渠渠：深廣的樣子。）**又指屋頂**。《詩經・小雅・十月之交》：“徹我牆～，田卒汙萊。”（徹：拆掉，拆毀。）❷ **用布帛做的用以覆蓋的帳幔**。《禮記・雜記》：“素錦以為～而行。”《史記・秦始皇本紀》：“冠玉冠，佩華紱，車黃～。”

【辨】房，屋，室。見224頁“房”字。

6 **屏** píng (粵) ping4 ❶ **照壁，對着門的小牆**。《荀子・大略》：“天子外～，諸侯內～。”（天子的照壁設在門外邊，諸侯的照壁設在門裏邊。）(引) **屏風**。李賀《屏風曲》：“月風吹露～外寒。”❷ **屏障**。《宋史・李綱傳》：“三鎮國之～蔽，割之何以立國。”（三鎮是國家安全的屏障，如果割讓給敵人，國家還能存在嗎？）❸ bǐng (粵) bing2 **隱藏**。《尚書・金縢》：“爾不許我，我乃～璧與珪。”(又) **遮**

蔽。《左傳・昭公二十七年》："～王之耳目，使不聰明。" ❹ bǐng 粵 bing2 **除去，排除**。《禮記・王制》："～之遠方。"《論語・堯曰》："尊五美，～四惡。" ❺ bǐng 粵 bing2 **退，隱退**。《禮記・曲禮上》："左右～而待。"《後漢書・王充傳》："歸鄉里～居教授。" ❻ bǐng 粵 bing2 **守衛，保護**。《國語・齊語》："以誅無道，以～周室。"《漢書・王莽傳上》："周公～成王而居攝。" ❼ bīng 粵 bing1 ［**屏營**］**彷徨的樣子**。《國語・吳語》："王親獨行，～～彷徨於山林之中。"

6 **屎** shǐ 粵 si2 ❶ **大便，糞**。《莊子・知北遊》："在～溺。" (引) **排泄大便**。酈道元《水經注・沔水》引《本蜀論》："以金置尾下，言能～金。" ❷ xī 粵 hei1 ［**殿屎**］**呻吟**。《詩經・大雅・板》："民之方～～。"

7 **展** zhǎn 粵 zin2 ❶ **伸展，擴展**。《莊子・盜跖》："兩～其足，案劍瞋(chēn 粵 can1)目。"(瞋目：瞪眼睛。)沈括《夢溪筆談》卷七："稍稍～窺管候之。"(窺管：一種觀測天象的管子。候：等待。) ❷ **施展，發揮**。曹植《名都篇》："余巧未及～。"**成語有"一籌莫展"**。❸ **陳，陳列**。屈原《九歌・東君》："～詩兮會舞。"(會舞：合舞。)《左傳・襄公三十一年》："百官之屬，各～其物。"**雙音詞有"展覽"**。(引) **申述**。《後漢書・郭太傳》："乞一會親屬，以～離訣之情。" ❹ **視察，檢查**。《後漢書・鄭玄傳》："～敬墳墓，觀省野物。" ❺ **誠實**。《詩經・邶風・雄雉》："～矣君子。"《國語・楚語下》："～而不信，愛而不仁。" (叉) **確實**。《詩經・齊風・猗嗟》："～我甥兮。" ❻ ［**展轉**］① **翻來覆去睡不着的樣子**。《楚辭・九歎・惜賢》："憂心～～。" ② **從一處到另一處，轉移不定**。《後漢書・趙岐傳》："～～還長安。"文天祥《指南錄後序》："～～四明、天臺，以至於永嘉。"(四明、天臺、永嘉：都是地名。)**上述**①②**又寫作"輾轉"**。

7 **屑** xiè 粵 sit3 ❶ **碎末**。《世説新語・政事》："聽事前除雪後猶濕，於是悉用木～覆之。"(聽事：官府治事的大堂。前除：堂前的台階。) (引) **細小**。《管子・地員》："五沙之狀，粟焉如～塵厲。"(五沙：較差的沙土。厲：踴起。) ❷ ［**不屑**］**不顧，不重視**。《孟子・告子上》："蹴爾而與之，乞人～～也。"《後漢書・馬廖傳》："盡心納忠，～～毀譽。"(納：進獻。毀：詆謗。譽：稱讚。) ❸ ［**屑屑**］① **煩瑣、瑣碎的樣子**。《左傳・昭公五年》："而～～焉習儀以亟。" ② **忙碌的樣子**。《後漢書・王良傳》："何其往來～～，不憚煩也。"

7 **屓** (**屭**) xì 粵 hei3 ［**贔** (bì 粵 bei6) **屓**］**見617頁"贔"字**。

7 **屐** jī 粵 kek6 **木頭鞋**。《晉書・宣帝紀》："使軍士二千人著軟材平底木～前行。" (引) **穿木鞋**。《漢書・爰盎傳》："盎解節旄懷之，～步行七十里。"

8 **屠** tú 粵 tou4 ❶ **宰殺(牲畜)**。《史記・樊酈滕灌列傳》："以～狗為事。"(事：職業。) (叉) **屠夫**。《後漢書・郭太傳》："召公子、許偉康並出～酤。"(出：出身於。酤：賣酒的人。) ❷ **屠殺**。韓愈《張君墓志銘》："同惡者父母妻子皆～死。"

8 **屝** fèi 粵 fai6 **草鞋**。《左傳・僖公四年》："共其資糧～屨 (jù 粵 geoi3)。"(屨：用麻、葛製成的鞋。)

11 **屢** lǚ 粵 leoi5 **多次**。《左傳・成公十六年》："其御～顧。"(顧：回頭望。)

11 **屣** (**蹝、躧**) xǐ 粵 saai2 **鞋**。《史記・封禪書》："吾視去妻子如脱～耳。"**成語有"棄之如敝屣"**。(特) **拖鞋**。《漢書・地理志下》："女子彈弦跕 (tiē 粵 tip3)

～。”（跕屣：拖着拖鞋走路。）[又] **拖着鞋**。《後漢書・王符傳》：“衣不及帶，～屣出迎。”

12 **履** lǚ [粵] lei^5/leoi^5 ❶ **踐踏，踩**。《詩經・小雅・小旻》：“如臨深淵，如～薄冰。”（臨：面臨。）[引] **實行，做**。《禮記・表記》：“處其位而不～其事，則亂也。”《後漢書・呂強傳》：“宜～行其事。”（宜：應該，應當。）❷ **鞋**。《韓非子・外儲說左上》：“鄭人有欲買～者。”《史記・留侯世家》：“孺子下取～。”（孺子：小子，指張良。）【辨】履，踐，蹈，躡。見631頁“躡”字。

12 **層** céng [粵] cang^4 ❶ **重疊**。屈原《招魂》：“～臺累榭，臨高山些。”（些：語氣詞。）王勃《滕王閣序》：“～巒聳翠，上出重霄。”（翠：翠綠。）**成語有“層出不窮”**。❷ **量詞。層**。王之渙《登鸛雀樓》詩：“欲窮千里目，更上一～樓。”

14 **屨** jù [粵] geoi^3 ❶ **用麻、葛等製成的鞋**。《莊子・列禦寇》：“列子提～，跣（xiǎn [粵] sin^2）而走。”（跣：光腳。）❷ **踐踏**。揚雄《羽獵賦》：“～般首。”（般首：猛獸。）

15 **屩** juē [粵] goek^3 **用麻、草編的鞋**。《史記・范雎蔡澤列傳》：“夫虞卿躡～檐簦，一見趙王，賜白璧一雙。”（檐簦：背着斗笠。）《史記・平準書》：“式乃拜為郎，布衣～而牧羊。”

18 **屬** shǔ [粵] suk^6 ❶ zhǔ [粵] zuk^1 **連接**。《史記・蒙恬列傳》：“起臨洮～之遼東。”（臨洮：地名。）[引] **撰寫，撰著**。《抱朴子・行品》：“口不能吐片奇，筆不能～半句。”[屬文] **作文章**。《晉書・謝安傳》：“出則漁弋山水，入則言詠～～。”（漁弋：打魚射鳥。）[又] **跟着**。《史記・項羽本紀》：“項王渡淮，騎能～者百餘人耳。”❷ zhǔ [粵] zuk^1 **委託，交付**。《史記・李斯列傳》：“以兵～蒙恬。”[特] **交給官吏治罪**。《史記・高祖本紀》：“乃以秦王～吏。”❸ zhǔ [粵] zuk^1 **囑託，囑咐**。范仲淹《岳陽樓記》：“～予作文以記之。”（予：我。）**這個意義後來寫作“囑”**。❹ zhǔ [粵] zuk^1 **聚集**。《孟子・梁惠王下》：“乃～其耆老而告之。”❺ zhǔ [粵] zuk^1 **傾注**。《儀禮・士昏禮》：“酌玄酒，三～于尊。”[引] **專注，矚目**。《國語・晉語五》：“則恐國人之～耳目於我也。”❻ zhǔ [粵] zuk^1 **通“矚”。看**。《世說新語・文學》：“眼往～萬形，萬形來入眼不？”❼ zhǔ [粵] zuk^1 **勸請，邀請**。《史記・魏其武安侯列傳》：“及飲酒酣，夫起舞～丞相。”❽ zhǔ [粵] zuk^1 **帶，佩戴**。韓愈《順宗實錄三》：“入謁，從容步進，不襪首，～戎器。”❾ zhǔ [粵] zuk^1 **副詞。適逢**。《左傳・成公二年》：“下臣不幸，～當戎行。”[又] **適才，剛剛**。《史記・留侯世家》：“天下～安定，何故反乎？”❿ **種類**。《韓非子・五蠹》：“而養遊俠私劍之～。”（私劍：指私人所養的武士。）[引] **親屬**。《史記・秦始皇本紀》：“周文武所封子弟同姓甚眾，然後～疏遠，相攻擊如仇讎。”（仇讎：仇敵。）[又] **等輩**。《史記・項羽本紀》：“若～皆且為所虜。”⓫ **官屬，部屬**。《尚書・周官》：“六卿分職，各率其～。”柳宗元《封建論》：“以安其～。”⓬ **隸屬，屬於**。《三國志・吳書・吳主傳》：“長沙、江夏、桂陽以東～權。”（權：孫權。）[特] **（十二屬相中）歸屬**。張讀《宣室志》卷四：“其父曰：‘～龍。’”

屮部

0 **屮** cǎo [粵] cou^2 **草**。《荀子・富國》：“刺～殖穀。”（刺：鏟除。殖：種植。）《漢書・卜式傳》：“式既為郎，布衣～蹻（jué [粵] goek^3）而牧羊。”（屮蹻：指草鞋。）**後來寫作“艸”或“草”**。

1 **屯** tún (粵) tyun^{4} ❶ zhūn (粵) zeon^{1} **艱難**。《後漢書・皇后紀上》："五子作亂，冢嗣遘～。"（冢嗣：長子。遘：遇，遭受。）[**屯邅** (zhān (粵) zin^{1})] **遭遇困境**。左思《詠史》："英雄有～～。" **又寫作"迍邅"**。❷ **聚集**。屈原《離騷》："～余車其千乘兮。"（乘：輛。）**熟語有"聚草屯糧"**。(引) **堵塞**。酈道元《水經注・河水四》："長津碩浪，無宜以微物～流。" ❸ **駐紮，戍守**。《三國志・吳書・吳主傳》："使魯肅以萬人～巴丘以禦關羽。"（巴丘：地名。禦：抵禦。）[**屯田**] **利用士兵在駐紮的地區種地或招募農民墾荒種地**。曹操《置屯田令》："孝武以～～定西域。"（孝武：漢武帝。）(又) **戍所，防區**。《後漢書・郭躬傳》："彭在別～而輒以法斬人。"（彭：人名。）(又) **戍卒**。《鹽鐵論・結和》："發～乘城，輓輦而贍之。" ❹ **村莊**。韓愈《賀徐州張僕射白兔書》："其始實得之符離安阜～。" ❺ **土山，土坡**。《莊子・至樂》："生於陵～。"

山部

2 **屴** lì (粵) lik^{6} [**屴崱** (zè (粵) sik^{6})] **同"崱屴"。見165頁"崱"字。**

3 **屼** (⿱山兀)wù (粵) ngat^{6} **山秃的樣子**。左思《吳都賦》："嵬嶷嶢～。"

3 **屹** yì (粵) ngat^{6} **山勢直立高聳**。王延壽《魯靈光殿賦》："～山峙以紆鬱。"（紆鬱：盤曲的樣子。）(喻) **堅定不動**。《宋史・施師點傳》："師點～立……不肯少動。"

3 **屺** qǐ (粵) hei^{2} ❶ **不長草木的山**。《詩經・魏風・陟岵》："陟彼～兮，瞻望母兮。" ❷ [**屺岵** (hù (粵) wu^{6})] **指代父母**。顏惟貞《蕭思亮墓誌》："未極庭闈之養，遂纏～～之悲。"

4 **岏** wán (粵) jyun^{4} [**巑** (cuán (粵) cyun^{4}) **岏**] **見167頁"巑"字。**

4 **岐** qí (粵) kei^{4} ❶ **山名。在今陝西岐山縣東北**。《尚書・禹貢》："導岍及～。" ❷ **同"歧"。岔路**。《後漢書・鄧彪傳》："遲遲於～路之間也。" (引) **分開，分岔**。《淮南子・原道》："故牛～蹄而戴角，馬被髦而全足者，天也。"

4 **岑** cén (粵) sam^{4} ❶ **小而高的山**。張衡《南都賦》："幽谷嶜 (qín (粵) zam^{1}) ～，夏含霜雪。"（嶜：高銳的樣子。）(又) **山峯，山頂**。陸機《猛虎行》："靜言幽谷底，長嘯高山～。" 柳宗元《零陵春望》詩："雲斷岣嶁～。"（岣嶁：衡山主峯，也是衡山的別名。）(引) **高而銳的樣子**。《孟子・告子下》："方寸之木，可使高於～樓。" ❷ **崖岸，河岸**。《莊子・徐無鬼》："夜半於無人之時而與舟人鬥，未始離於～。"（未始：未曾。）❸ [**岑寂**] **寂靜**。鮑照《舞鶴賦》："去帝鄉之～～。"（帝鄉：指仙境。）❹ [**岑岑**] **脹痛的樣子**。《漢書・孝宣許皇后傳》："我頭～～也，藥中得無有毒？"

4 **岌** jí (粵) kap^{1} [**岌岌**] ① **很高的樣子**。屈原《離騷》："高余冠之～～兮。"（余：我。冠：帽子。）② **危險**。《漢書・韋賢傳》："～～其國。" **成語有"岌岌可危"。也可省作"岌"**。《管子・小問》："危哉！君之國～乎。"

4 **岊** jié (粵) zit^{3}/zit^{6} **山的曲折隱秘處**。左思《吳都賦》："夤緣山嶽之～，冪歷江海之流。"（夤緣：攀緣。冪歷：遍歷。）

5 **岵** hù (粵) wu^{6} **有草木的山**。《詩經・魏風・陟岵》："陟彼～兮，瞻望父兮。"

5 **岠** jù (粵) geoi^{6} ❶ **大山**。《玉篇・山部》："岠，大山也。" ❷ **通"距"。距離**。《漢書・食貨志下》："元龜～冉長尺二寸。"（冉：龜甲邊緣。）❸ **通"拒"**。

抵禦，抗拒。《漢書・五行志下之下》："後鄭～王師，射桓王。"

5 **岸** (屽)àn 粵 ngon6 ❶ **河岸**。《詩經・衞風・氓》："淇則有～，隰(xí 粵 zaap6)則有泮。"(淇：淇水。) ❷ **山崖**。《荀子・宥坐》："三尺之～而虛車不能登也。"(虛車：空車。) ❸ **高**。《漢書・江充傳》："充為人魁～。"(魁：大。) [**偉岸**] **高大**。《新唐書・段志玄傳》："志玄姿質～～。" [**傲岸**] **高傲**。李白《贈宣城宇文太守兼呈崔侍御》詩："崔生何～～，縱酒復談玄。" [**岸幘** (zé 粵 zaak3)] **把幘(頭巾)掀起，露出前額。形容態度灑脫，不拘束**。《晉書・謝奕傳》："～～笑詠，無異常日。"(笑詠：談笑詠詩。) ❹ **通"犴"。古代鄉亭的牢獄**。《詩經・小雅・小宛》："哀我填寡，宜～宜獄。" [**岸獄**] **牢獄**。楊萬里《與張嚴州敬夫書》："某初至，見～～充盈。"【辨】岸，涯，垠。見110頁"垠"字。

5 **岨** jū 粵 zeoi1 ❶ **同"砠"。戴土的石山**。阮籍《詠懷》之三十五："登彼列仙～，採此秋蘭芳。" ❷ [**岨峿** (jǔ yǔ 粵 zeoi2 jyu5)] **同"齟齬"。不合的樣子**。陸機《文賦》："或妥帖而易施，或～～而不安。" ❸ zǔ 粵 zo2 **險要的地方**。《詩經・周頌・天作》："彼～矣岐。" **又寫作"阻"**。

5 **岬** jiǎ 粵 gaap3 **山間**。左思《吳都賦》："傾藪(sǒu 粵 sau2)薄，倒～岫(xiù 粵 zau6)。"(藪薄：指雜草叢生的地方。岫：洞穴。)

5 **岫** xiù 粵 zau6 ❶ **山洞**。張協《七命》："臨重～而攬轡，顧石室而回輪。" ❷ **峯巒**。《世說新語・言語》："郊邑正自飄瞥，林～便已皓然。" 杜甫《甘林》詩："晨光映遠～，夕露見日晞。"

5 **岝** (岞)zuó 粵 zok3 [**岝崿** (è 粵 ngok6)] [**岝嶺** (è 粵 ngaak6)] **山高峻的樣子**。嵇康《琴賦》："互嶺巉岩，～崿嶇崯。" 木華《海賦》："啟龍門之～嶺，墾陵巒而嶄鑿。"

5 **岭** líng 粵 ling4 ❶ [**岭嶒** (yíng 粵 jing4)] **山深的樣子**。揚雄《甘泉賦》："～～嶙峋，洞亡厓兮。" ❷ [**岭嶙**] **石聲**。揚雄《蜀都賦》："叩巖～～。"

5 **岷** (崏)mín 粵 man4 **山名。在今四川**。《尚書・禹貢》："～山導江。"

5 **岪** (㟪)fú 粵 fat6 **山勢曲折的樣子**。《楚辭・招隱士》："山曲～。" [**岪鬱**] **山勢曲折險要的樣子**。司馬相如《子虛賦》："其山則盤紆～～。"

5 **岧** (岹)tiáo 粵 tiu4 ❶ [**岧嶢** (yáo 粵 jiu4)] **高峻的樣子**。崔顥《行經華陰》詩："～～太華俯咸京。" 白居易《月夜登閣避暑》詩："行行都門外，佛閣正～～。" ❷ [**岧嵽** (dì 粵 dai6)] **高的樣子**。王延壽《魯靈光殿賦》："浮柱～～以星懸。" ❸ [**岧岧**] **高的樣子**。張衡《西京賦》："干雲霧而上達，狀亭亭以～～。"

5 **岡** gāng 粵 gong1 **山脊**。《詩經・周南・卷耳》："陟彼高～，我馬玄黃。"(陟：登。玄黃：指馬病。)

5 **岳** yuè 粵 ngok6 ❶ **高大的山。《說文解字》作"嶽"，古文隸變作"岳"**。《尚書・舜典》："十有一月朔巡守，至于北～。" ❷ **妻子的父親，簡稱岳(後起意義)**。

5 **岱** dài 粵 doi6 **泰山的別稱。也叫岱宗、岱嶽**。《管子・小匡》："地南至於～陰，西至於濟。"(陰：山的北邊。濟：水名。) 杜甫《望嶽》詩："岱宗夫如何，齊魯青未了。"

6 **峙** zhì 粵 zi6/ci5 ❶ **山屹立，聳立**。沈約《齊故安陸昭王碑》："喬嶽峻～。"(喬：高。峻：高大。) 引 **立**。《後漢書・河間孝王開傳》："景～不為禮。"(景：人名。) 引 **對峙**。潘岳《為賈謐作贈陸機》："六國互～。" ❷ **備，儲備**。

《詩經·大雅·崧高》："以～其粻（zhāng 粵 zoeng1）。"（粻：糧。）

6 **峛** lǐ 粵 lei5［**峛 崺**（yǐ 粵 ji5）］同"**邐迤**"。**連綿不斷**。《揚子法言·吾子》："升東嶽而知眾山之～～也。"

6 **峋** xún 粵 seon1［**嶙峋**］見 166 頁"**嶙**"字。

7 **峭**（陗）qiào 粵 ciu3 ❶ **高陡，險峻**。《韓非子·內儲說上》："行石邑山中，見深澗，～如牆，深百仞。"（石邑：地名。仞：七尺或八尺為一仞。）(引) **嚴峻，嚴厲**。《史記·袁盎鼂錯列傳》："錯為人～直刻深。"《新唐書·李鄘傳》："鄘當官以～法操下。"（鄘：指李鄘。操下：控制部下。）❷ **急峻，尖利**。孟郊《秋懷》詩："冷露滴夢破，～風梳骨寒。"❸ **形容詩文的立意和用詞奇險、秀拔**。王安石《寄慎伯筠》詩："多為～句不姿媚，天骨老硬無皮膚。"

7 **峴** xiàn 粵 jin6 ❶ **小而險的山**。謝靈運《從斤竹澗越嶺溪行》詩："逶迤傍隈隩，迢遞陟陘～。"❷ **山名。在今湖北**。

7 **峨**（峩）é 粵 ngo4 ❶ **山高**。**常"峨峨"連用**。張衡《西京賦》："華嶽～～。"（華嶽：指華山。）(引) **高**。李賀《河南府試十二月樂詞·二月》："金翹～髻（jì 粵 gai3）愁暮雲。"（金翹：婦女首飾。髻：梳在頭頂上的髮結。）**又如"峨冠博帶"**。❷ **峨眉山的簡稱**。酈道元《水經注·江水》："乃當抗峯岷～。"（抗峯：比山峯高低。岷：指岷山。）

7 **峻** jùn 粵 zeon3 ❶ **高而陡峭**。《禮記·孔子閒居》："嵩高惟嶽，～極于天。"《韓非子·姦劫弒臣》："上高陵之顛，墮～谿（xī 粵 kai1）之下而求生，必不幾矣。"（高陵：高山。峻谿：深谷。不幾：沒有希望。）(引) **高，大**。《尚書·五子之歌》："～宇彫牆。"屈原《離騷》："冀枝葉之～茂兮。"（冀：希望。茂：茂盛。）❷ **嚴厲，嚴峻**。《史記·酷吏列傳》："吏務為嚴～。"《論衡·非韓》："嚴刑～法，富國強兵。"

8 **崚** líng 粵 ling4［**崚嶒**（céng 粵 cang4）］**山高大突出的樣子**。杜甫《望嶽》詩："西嶽～～竦處尊。"（西嶽：華山。竦：高聳。）

8 **崍** lái 粵 loi4［**邛**（qióng 粵 kung4）**崍**］見 659 頁"**邛**"字。

8 **崖**（厓）yá 粵 ngaai4 ❶ **山或高地陡立的側面**。曹丕《善哉行》："高山有～。"**成語有"懸崖峭壁"**。⊗ **岸邊**。《荀子·勸學》："淵生珠而～不枯。"❷ **邊際，盡頭**。《莊子·山木》："君其涉於江而浮於海，望之而不見其～。"

8 **崎** qí 粵 kei1［**崎嶇**］① **山路高低不平的樣子**。張衡《南都賦》："上平衍而曠蕩，下蒙籠而～～。"李白《送友人入蜀》詩："～～不易行。"② **比喻處境困難**。《史記·燕召公世家》："燕北迫蠻貉，內措齊晉，～～強國之間。"文天祥《平原》詩："～～坎坷不得志，出入四朝老忠節。"（坎坷：指遭遇不幸。）③ **跋涉，奔波**。《顏氏家訓·雜藝》："～～碑碣之間，辛苦筆硯之役。"④ **情意纏綿曲折**。《樂府詩集·西烏夜飛五》："感郎～～情，不復自顧慮。"

8 **崦** yān 粵 jim1［**崦嵫**（zī 粵 zi1）］**山名**。**古人認為是日入之處**。屈原《離騷》："吾令羲和弭節兮，望～～而勿迫。"

8 **崑**（崐）kūn 粵 kwan1 ❶［**崑崙**］**山名**。《莊子·大宗師》："以襲～～。"❷ **高**。《後漢書·荀爽傳》："察法於地，則～山象夫，卑澤象妻。"

8 **崟**（崯）yín 粵 jam4［**崟崟**］① **高高的樣子**。《楚辭·招隱士》："白鹿麏麚兮，或騰或倚。狀貌～～兮峨峨。"② **繁茂的樣子**。《楚辭·九思·憫上》："叢林兮～～。"

8 **崙** lún (粵) leon4 [崑崙] 見 163 頁“崑”字。

8 **崤** xiáo (粵) ngaau4 **山名，山中的谷道是古代軍事要地。又寫作“殽”。在今河南境內**。張衡《西京賦》：“左有～函重險，桃林之塞。”

8 **崢** zhēng (粵) zang1 [崢嶸] ① **山勢高峻的樣子**。左思《蜀都賦》：“經三峽之～～。”② **深險的樣子**。《漢書・西域傳》：“臨～～不測之深。”

8 **崩** bēng (粵) bang1 ❶ **山倒塌**。《左傳・成公五年》：“梁山～。”(泛) **倒塌，崩裂**。曹植《求通親親表》：“～城隕霜，臣初信之。”沈括《夢溪筆談》卷二一：“近歲延州永寧關大河岸～。”（歲：年。大河：黃河。）⊗ **用於抽象意義，表示崩潰**。《論語・陽貨》：“君子三年不為禮，禮必壞；三年不為樂，樂必～。”《左傳・隱公元年》：“厚將～。”（厚：指勢力大。）❷ **古代帝王或王后死叫“崩”**。諸葛亮《出師表》：“先帝知臣謹慎，故臨～寄臣以大事也。”（寄：託付。）《史記・楚元王世家》：“一歲而高后～。”**【辨】**崩，薨，卒，死，沒。五字都是古時對人死的稱呼，它反映了奴隸社會和封建社會嚴格的等級制度。《禮記・曲禮下》：“天子死曰崩，諸侯曰薨，大夫曰卒，士曰不祿，庶人曰死。”“沒”等於說“去世”，後來寫作“歿”。

8 **崒** (崪)zú (粵) zyut6 ❶ **高聳而險峻**。柳宗元《邕州柳中丞作馬退山茅亭記》：“是山～然起於莽蒼之中。”（是：此。莽蒼：原野。）⊗ **高**。宋玉《高唐賦》：“其上獨有雲氣，～兮直上。”[崒兀] **高聳險峻**。杜甫《自京赴奉先縣詠懷五百字》：“群冰從西下，極目高～～。”❷ cuì (粵) seoi6 **通“萃”。聚集**。賈誼《鵩鳥賦》：“異物來～，私怪其故。”

8 **崇** chóng (粵) sung4 ❶ **高**。司馬相如《上林賦》：“～山矗矗。”（矗矗：高聳的樣子。）成語有“崇山峻嶺”。❷ **尊崇，推崇**。《尚書・武成》：“～德報功。”韓愈《進學解》：“登～畯良。”（登：選拔提升。）(引) **被尊崇的人**。《左傳・宣公十二年》：“師叔，楚之～也。”（師叔：人名。）❸ **充滿**。柳宗元《送薛存義序》：“～酒於觴（shāng (粵) soeng1）。”（觴：酒杯。）❹ **增長**。《左傳・成公十八年》：“今將～諸侯之姦，而披其地。”❺ **終盡，終了**。《荀子・賦》：“周流四海，曾不～日。”《三國志・魏書・涼茂傳》：“而將軍乃欲稱兵西向，則存亡之效，不～朝而決，將軍其勉之！”

8 **崆** kōng (粵) hung1 ❶ [崆峒（tóng (粵) tung4）] **山名，在今甘肅**。《太平寰宇記》卷三十三：“西至於～～。”❷ [崆峒（dòng (粵) dung6）] **山洞**。高適《赴彭州山行之作》詩：“峭壁連～～。”❸ [崆峴（yáng (粵) jung4）] **山石高峻的樣子**。張衡《南都賦》：“其山則～～嶱嵑（kě kě (粵) got3 hot3）。”（嶱嵑：高峻的樣子。）

8 **崛** jué (粵) gwat6 **高起，突出**。《潛夫論・慎微》：“凡山陵之高，非削成而～起也。”

9 **嵁** kān (粵) ham1 [嵁岩] **峭壁**。《莊子・在宥》：“故賢者伏處大山～～之下，而萬乘之君憂慄乎廟堂之上。”柳宗元《永州新堂記》：“將為穹谷～～淵池於郊邑之中。”

9 **嵌** qiàn (粵) ham3 ❶ qiān **山石像張開的樣子**。揚雄《甘泉賦》：“～巖巖其龍鱗。”❷ qiān **深陷**。岑參《江上阻風雨》詩：“積浪成高丘，盤渦為～窟。”(引) **深洞**。韋莊《李氏小池亭十二韻》：“引泉疏地脈，掃絮積山～。”❸ **鑲嵌（後起意義）**。趙希鵠《古鐘鼎彝器辨》：“余嘗見夏琱戈，於銅上相～以金，其細如髮。”

9 **崴** wēi (粵) wai1 [崴嵬（wéi (粵) ngai4）] **山石高峻不平的樣子**。屈原《九章・

抽思》："軫石～～，蹇吾願兮。"

9 **崱** zè [粵] sik6［**崱屴** (lì [粵] lik6)］**山峯高聳的樣子**。王延壽《魯靈光殿賦》："～～嵫厘，岑崟崰嶷。"

9 **嵎** yú [粵] jyu4 ❶ **山勢彎曲處**。《孟子・盡心下》："野有眾逐虎，虎負～，莫之敢攖。"（攖：迫近，觸犯。）❷ **通"隅"**。**角**。謝靈運《九日從宋公戲馬台集送孔令》詩："歸客遂海～，脫冠謝朝列。"❸［**嵎谷**］**傳說日入處**。《文苑英華・嚴維〈黃人守日賦〉》："初臨於～～。"

9 **嵕**（**嵏**）zōng [粵] zung1 **數峯並峙的山**。司馬相如《上林賦》："凌三～之危。"

9 **嵐** lán [粵] laam4 **山林中的霧氣**。謝靈運《晚出西射堂》詩："曉霜楓葉丹，夕曛～氣陰。"李賀《南園十三首》詩："古剎疏鐘度，遙～破月懸。"

9 **嵫** zī [粵] zi1［**崦** (yān [粵] jim1) **嵫**］見163頁"**崦**"字。

10 **嵲** niè [粵] jit6［**嵽** (dié [粵] dit6) **嵲**］**見本頁"嵽"字**。

10 **嵬** wéi [粵] ngai4 **高大聳立**。李白《明堂賦》："龍嵸頹沓，若～若嶪 (yè [粵] jip6)。"（嶪：高聳的樣子。）［**崔嵬**］［**嵬嵬**］**都是形容山石高大而不平的樣子**。《詩經・小雅・谷風》："習習谷風，維山崔～。"張融《海賦》："重彰岌岌，攢嶺聚立……～～磊磊，若相追而下及。"

10 **嵩**（**崧**）sōng [粵] sung1 ❶ **山名**。**嵩山**。**原名"崇高"、"嵩高"**。**五嶽中的中嶽，位於河南**。《史記・封禪書》："中嶽，～高也。"《漢書・武帝紀》："翌日親登～高。"沈約《遊沈道士館》詩："無事適華～。"（適：往。華：華山。）❷ **山大而高**。《後漢書・馬融傳》："犯歷～巒。"[引] **高大**。揚雄《河東賦》："瞰帝唐之～高兮。"

10 **嵯** cuó [粵] co4［**嵯峨** (é [粵] ngo4)］**山勢高峻**。《史記・司馬相如列傳》："於是乎崇山巃嵸 (lóng zōng [粵] lung4 zung1)，崔巍～～。"（巃嵸：山勢險峻。崔巍：山高不平。）李白《早秋單父南樓酬竇公衡》詩："泰山～～夏雲在。"

11 **嶄**（**嶃**）zhǎn [粵] zaam2/zaam3 ❶［**嶄然**］**突出的樣子**。韓愈《柳子厚墓誌銘》："～～見頭角。"❷ chán [粵] caam4［**嶄岩**］**山高而險峻的樣子**。司馬相如《上林賦》："崇山矗矗，巃嵸崔巍，深林巨木，～～嵾嵯。"（嵾嵯：同"參差"。高低不齊的樣子。）

11 **嶇** qū [粵] keoi1［**崎嶇**］見163頁"**崎**"字。

11 **嵽** dié [粵] dit6 ❶［**嵽嵲** (niè [粵] jit6)］**高山或山的高峻處**。杜甫《自京赴奉先縣詠懷五百字》："淩晨過驪山，御榻在～～。"❷ dì [粵] dai6［**岧** (tiáo [粵] tiu4) **嵽**］見162頁"**岧**"字。

11 **嶁**（**嵝**）lǒu [粵] lau5 ❶ **山頂**。《後漢書・馬融傳》："庱疏～領，犯歷嵩巒。"❷ lǚ［**岣** (gǒu [粵] gau2) **嶁**］**山名，在今湖南境內**。

11 **嶂** zhàng [粵] zoeng3 **高聳險峻如同屏障一般的山峯**。酈道元《水經注・江水二》："重岩疊～，隱天蔽日。"**成語有"層巒疊嶂"**。

12 **嶢**（**嶤**）yáo [粵] jiu4 **高**。張景陽《七命》："爾乃～榭迎風，秀出中天。"［**嶕嶢**］**山高的樣子**。《漢書・揚雄傳下》："泰山之高，不～～則不能浡滃雲而散歊烝。"［**岧** (tiáo [粵] tiu4) **嶢**］見162頁"**岧**"字。

12 **嶚**（**嶛**）liáo [粵] liu4 **山高的樣子**。左思《魏都賦》："劍閣雖～，憑之者蹶。"（蹶：跌倒。）

12 **嶠** qiáo [粵] kiu4 ❶ **尖而高的山**。顏延之《和謝監靈運》："跂 (qǐ [粵] kei4) 予

閒衡～。”（抬起腳後跟看遠方，但被衡山的山尖隔開。閒：隔開。衡：衡山。）❷ **舉步的樣子**。《漢書・揚雄傳上》：“～高舉而大興。” ❸ jiào 粵 giu⁶ **山道**。蘇軾《和寄天選長官》：“何時命巾車，共陟雲外～。”

12 **嶕** jiāo 粵 ciu⁴ ［**嶕嶢**（yáo 粵 jiu⁴）］**高聳的樣子**。《漢書・揚雄傳下》：“泰山之高，不～～則不能浡滃雲而散歊烝。”張衡《西京賦》：“閶闔之內，別風～～。”（閶闔：宮門。別風：闕名。）

12 **嶔** qīn 粵 jam¹ ❶ **山高險**。《公羊傳・僖公三十三年》：“爾即死，必於殽之～巖。” 引 **高峻的山峯**。張九齡《赴使瀧峽》詩：“谿路日幽深，寒空入兩～。” ❷ ［**嶔崎**］① **山崖高峻的樣子**。王延壽《王孫賦》：“生深山之茂林，處嶄巖之～～。” ② **品格卓異超羣**。秦觀《南都新亭行寄王子發》詩：“亭下～～淮海客，末路逢公詩酒共。”

12 **嶙** lín 粵 leon⁴ ❶ ［**嶙嶙**］**山勢起伏不平的樣子**。歐陽修《盤車圖》詩：“淺山～～，亂石矗矗。” ❷ ［**嶙峋**（xún 粵 seon¹）］**山崖參差層疊峻峭的樣子**。揚雄《甘泉賦》：“岭巆～～，洞亡厓兮。” **成語有“瘦骨嶙峋”**。

12 **嶒** céng 粵 cang⁴ ［**嶒崚**（líng 粵 ling⁴）］**山勢高險的樣子**。張協《七命》：“瓊巘（yǎn 粵 jin⁵）～～。”（瓊：神話中玉的山頂。）**又寫作“嶒稜”**。

12 **嶞** duò 粵 do⁶ **狹長的小山**。《詩經・周頌・般》：“～山喬嶽。”（喬：高。）

13 **嶲** （巂）guī ❶ 粵 kwai¹ **鳥名**。**也稱“子嶲”**。❷ xī 粵 seoi⁵ ［**越嶲**］**漢代郡名，在今四川境內**。

13 **嶮** （崄）xiǎn 粵 him² **同“險”**。**險要，險阻**。《漢書・蒯通傳》：“銳氣挫於～塞，糧食盡於內藏。” ［**嶮巇**（xī 粵 hei¹）］**艱險難行**。嵇康《琴賦》：“丹崖～～，青壁萬尋。”

13 **嶰** xiè 粵 haai⁵ **山谷**。馬融《廣成頌》：“窮浚谷，底幽～。”

14 **嶷** nì 粵 jik⁶ ❶ **高峻的樣子**。《世說新語・賞譽》：“世目周侯～如斷山。” ❷ **（童年）聰明**。《詩經・大雅・生民》：“克岐克～，以就口食。”（克：能。岐：知意。）《南史・宋江夏文獻王義恭傳》：“幼而明～，姿顏端麗。” ❸ yí 粵 ji⁴ ［**九嶷**］**山名。在今湖南寧遠南。相傳舜葬於此**。《漢書・武帝紀》：“望祀虞舜於～～。”

14 **嶺** lǐng 粵 ling⁵/leng⁵ ❶ **小而尖的山**。謝靈運《初去郡》詩：“登～始山行。” 泛 **山**。王羲之《蘭亭集序》：“此地有崇山峻～，茂林修竹。”李白《題元丹丘潁陽山居》詩：“卻顧北山斷，前瞻南～分。”（卻顧：回頭看。）引 **山脈**。蘇軾《題西林壁》詩：“橫看成～側成峰。” ❷ **專指五嶺，即大庾嶺、越城嶺、都龐嶺、萌渚嶺、騎田嶺，在今江西、湖南和廣東、廣西交界處**。《晉書・吳隱之傳》：“朝廷欲革～南之弊。”（革：改革。嶺南：即五嶺之南，指今廣東。）**【注意】**在古代，“岭”（líng 粵 ling⁴）和“嶺”是兩個字，意義各不相同。上述義項都不寫作“岭”。**【辨】**陵，山，嶺，丘。見695頁“陵”字。

14 **嶽** yuè 粵 ngok⁶ **高大的山**。《詩經・大雅・崧高》：“崧高維～。”（崧：山高大的樣子。）［**五嶽**］**我國五大名山。即東嶽泰山，西嶽華山，南嶽衡山，北嶽恆山，中嶽嵩山**。陸機《漢高祖功臣頌》：“波振四海，塵飛～～。”

14 **嶸** róng 粵 wing⁴/wang⁴ ［**崢嶸**］**見164頁“崢”字**。

15 **巀** jié 粵 zit⁶ ［**巀嶭**（niè 粵 jit⁶）］**形容山勢高峻**。《漢書・司馬相如傳上》：“九嵕～～，南山峨峨。”

15 **㠋** è (粵) ngaak^6 [岝 (zuó (粵) zaak^6) 㠋] 見 162 頁“岝”字。

17 **巇** xī (粵) hei^1 ❶ **險，險峻**。王褒《洞簫賦》：“泡溲泛浦，趨～道兮。”[**險巇**] **世途艱難險惡**。《楚辭・九辯》：“何～～之嫉妒兮，被以不慈之偽名？”**又寫作“巇嶮”**。陸龜蒙《彼農》詩：“世路～～，淳風蕩除。”❷ **縫隙**。《鬼谷子・抵巇》：“～始有朕，可抵而塞。”柳宗元《乞巧文》：“變情徇勢，射利抵～。”

17 **巉** chán (粵) caam^4 **險峻**。《新唐書・西域傳下》：“有鐵門山，左右～峭，石色如鐵。”[**巉岩**] **高峻險要的樣子**。李白《蜀道難》詩：“畏途～～不可攀。”(又) **險峻的高山**。宋玉《高唐賦》：“登～～而下望兮。”[**巉巉**] **高峻險要的樣子**。岑參《入劍門作》詩：“凜凜三伏寒，～～五丁迹。”(三伏天還很冷，五個大力士曾走過的路險峻陡拔。) **又寫作“嶃嶃”**。

18 **巍** wēi (粵) ngai^4 **高大**。《論衡・書虛》：“太山之高～然。”(太山：泰山。)

18 **巋** kuī (粵) kwai^1 [**巋然**] **高大獨立的樣子**。《莊子・天下》：“～～而有餘。”王延壽《魯靈光殿賦》：“而靈光～～獨存。”(靈光：靈光殿。)

19 **巔** diān (粵) din^1 **山頂**。《詩經・唐風・采苓》：“采苓采苓，首陽之～。”(首陽：山名。)李白《蜀道難》詩：“可以橫絕峨眉～。”(絕：越過。峨眉：山名。)

19 **巒** luán (粵) lyun^4 ❶ **小而尖的山**。屈原《九章・悲回風》：“登石～以遠望兮，路眇眇之默默。”李白《夢遊天姥吟留別》：“丘～崩摧。”❷ **山脊，山梁**。左思《蜀都賦》：“崗～糾紛，觸石吐雲。”王勃《滕王閣序》：“桂殿蘭宮，列岡～之體勢。”

19 **巑** cuán (粵) cyun^4 [**巑岏** (wán (粵) jyun^4)] **峻峭的山峯**。《楚辭・九歎・憂苦》：“登～～以長企兮。”(又) **高峻的樣子**。宋玉《高唐賦》：“盤岸～～。”(盤岸：盤曲的崖岸。)

20 **巘** yǎn (粵) jin^2 **形狀似甗的山**。《詩經・大雅・公劉》：“陟則在～，復降在原。”張衡《西京賦》：“赴洞穴，探封狐，陵重～，獵昆駼。”

20 **巖** (岩) yán (粵) ngaam^4 ❶ **高峻的山崖**。《世說新語・言語》：“千～競秀，萬壑爭流。”❷ **險峻，險要**。《三國志・蜀書・諸葛亮傳》：“跨有荊、益，保其～阻。”(荊、益：地名。)《左傳・隱公元年》：“制，～邑也。”(制：地名。) [**巖巖**] **高峻的樣子**。《詩經・小雅・節南山》：“節彼南山，維石～～。”❸ **山中洞穴**。杜甫《西枝村尋置草堂地夜宿贊公土室》詩：“盛論～中趣。”**成語有“巖穴之士”**。

【**注意**】古代“巖”沒有“巖石”的意義。

巛部

0 **川** chuān (粵) cyun^1 ❶ **水道，河流**。《周禮・考工記・匠人》：“兩山之間，必有～焉。”《商君書・弱民》：“濟大～而無舡 (xiāng (粵) hong^1/syun^4) 楫 (jí (粵) zip^3) 也。”(濟：渡。舡：船。楫：船槳。) ❷ **平野，平地**。崔顥《黃鶴樓》詩：“晴～歷歷漢陽樹，芳草萋萋鸚鵡洲。”[**平川**] ① **平地的河流**。杜甫《白帝城放船四十韻》：“不有～～決，焉知眾壑趨。”(壑：溝。) ② **平地**。《新五代史・周德威傳》：“～～廣野，騎兵之所長也。”

3 **州** zhōu (粵) zau^1 ❶ **古代的一種居民組織。一說二千五百家為一州，一說一萬家為一州**。《周禮・地官・大司徒》：“五黨為～。”(黨：五百家為黨。) ❷ **古代行政區，轄境大小各個時代不相同。兩漢三國時州在郡之上，隋唐時州相當於以前的郡**。《左傳・襄公四年》：“芒芒禹迹，畫為九～。”《三國志・蜀書・諸葛亮傳》：“跨～連郡者不可勝數。”

8 **巢** cháo (粵) caau^4 ❶ **鳥窩**。《荀子・勸學》：“南方有鳥焉，名曰蒙鳩（jiū (粵) gau^1/kau^1），以羽為～。”⊗ **築巢**。丘遲《與陳伯之書》：“燕～於飛幕之上。”(喻) **敵人盤踞的地方**。《新唐書・杜牧傳》：“不數月，必覆賊～。”（覆：消滅。）❷ **古國名。在今安徽巢湖市**。

工部

0 **工** gōng (粵) gung^1 ❶ **工匠**。《論語・衛靈公》：“～欲善其事，必先利其器。”(引) **紡織、刺繡、雕刻等手工藝方面的工作**。《管子・問篇》：“處女操～事者幾何人？”（操：指從事，做。幾何：多少。）❷ **樂工，樂人**。《左傳・襄公二十九年》：“使～為之歌《周南》、《召南》。”（為之歌：為他歌唱。）❸ **精，精巧**。《呂氏春秋・知接》：“說者雖～，不能喻矣。”柳宗元《與李睦州論服氣書》：“如是十年，以為極～。”**成語有“異曲同工”**。(引) **善於，擅長**。《韓非子・五蠹》：“～文學者非所用，用之則亂法。”（非所用：不應該使用。）❹ **官吏**。《尚書・益稷》：“百～熙哉。”（熙：高興。）❺ **通“功”。功效**。《尚書・皋陶謨》：“天～人其代之。”《韓非子・五蠹》：“此言多資之易為～也。”（多資：指物質條件好。）

2 **巧** qiǎo (粵) haau^2 ❶ **技巧，技藝**。《商君書・外內》：“末事不禁，則技～之人利。”（末事：指工商。利：獲利。）❷ **靈敏，靈巧**。《韓非子・難四》：“事以微～成，以疏拙敗。”《三國志・蜀書・諸葛亮傳》：“亮性長於～思。”（長於：善於。）⊗ **擅長，善於**。《荀子・哀公》：“昔舜～於使民，而造父～於使馬。”❸ **美好**。梅堯臣《依韻和希深新秋會東堂》：“～笑承歡劇，新詞度曲長。”❹ **虛浮不實，偽詐**。《莊子・盜跖》：“此夫魯國之～偽人孔丘非邪？”**成語有“巧取豪奪”、“花言巧語”**。

2 **巨** jù (粵) geoi^6 ❶ **大**。《尚書・說命上》：“若濟～川，用汝作舟楫。”《三國志・蜀書・諸葛亮傳》：“事無～細，亮皆專之。”（無：無論。專：指親自處理。）❷ **通“詎”。副詞。表示反問，相當於現代漢語的“難道”、“哪裏”**。《漢書・高帝紀上》：“沛公不先破關中兵，公～能入乎？”

2 **左** zuǒ (粵) zo^2 ❶ **左邊**。《孫子兵法・虛實》：“備～則右寡，備右則～寡。”⊗ **地理上以東為左**。《晉書・溫嶠傳》：“元帝初鎮江～。”[**左右**] ① **在旁侍候的近侍近臣**。《韓非子・孤憤》：“千乘之患，～～太信。”② **周圍，附近**。《三國志・蜀書・諸葛亮傳》：“令軍士不得於亮墓所～～芻（chú (粵) co^1）牧樵采。”（亮墓所：諸葛亮墓地。芻：割草。樵：打柴。）③ **表示約數，相當於“上下”**。《論衡・氣壽》：“百歲～～。”④ **幫助**。《史記・蕭相國世家》：“高祖為亭長，常～～之。”⑤ **支配，控制**。《左傳・僖公二十六年》：“凡師，能～～之曰以。”（以：指使用。）⑥ **書信中對對方的尊稱，表示不敢直稱對方，只稱呼對方的左右執事者**。白居易《與元九書》：“然亦不能不粗陳於～～。”（陳：陳述。）❷ **古代尊崇右，故以右為較尊貴的地位，而以左為較低的地位**。柳宗元《送李渭赴京師序》：“過洞庭，上湘江，非有罪～遷者罕至。”（左遷：降職。）⊗ **以右指親近、贊助，以左指不親近、不贊助**。《戰國策・魏策二》：“右韓而～魏。”（韓、魏：國名。）【注意】**古代車騎以左為尊位，“虛左”表示對人的尊敬**。《史記・魏公子列傳》：

“公子從車騎，虛～，自迎夷門侯生。”成語有“虛左以待”。❸ 不正，邪僻。《禮記・王制》：“執～道以亂政。”**成語有“左道旁門”。㊇ 不合，違背。**韓愈《答竇秀才書》：“身勤而事～。”**❹ 證據，證人。**《新唐書・劉知幾傳》：“舉十二條～證其謬。”《漢書・張湯傳》：“使吏捕案湯～田信等。”

4 **巫** wū ㊊ mou[4] **古代以降神、祈禱、占卜、治病為職業的人。**《韓非子・顯學》：“此人所以簡～祝也。”（簡：輕視。祝：指給人求神祝福的人。）㊕ **女巫。**《荀子・正論》：“出戶而～覡（xí ㊊ hat[6]）有事。”（覡：男巫。）

7 **差** chā ㊊ caa[1] ❶ **差別，相差。**《韓非子・解老》：“義者，君臣上下之事，父子貴賤之～也。”《史記・蕭相國世家》：“攻城略地，大小各有～。”（略：奪。）《漢書・東方朔傳》：“失之豪釐，～以千里。”（豪釐：毫釐。指非常少。）㊞ **辨別，區別。**《韓非子・用人》：“廢尺寸而～短長，王爾不能半中。”（王爾：人名。）❷ **差錯，錯誤。**《莊子・則陽》：“有所正者有所～。”《抱朴子・清鑒》：“終如其言，一無～錯。”❸ **副詞。表示程度。稍微，比較地。**《後漢書・光武帝紀》：“今軍士屯田，糧儲～積。”《後漢書・吳漢傳》：“吳公～強人意。”（吳漢比較使人滿意。）❹ chāi ㊊ caai[1] **選擇。**宋玉《高唐賦》：“必先齋戒，～時擇日。”㊇ **差使，差遣（後起意義）。**白居易《山石榴花》詩：“好～青鳥使，封作百花王。”❺ chài ㊊ caai[3] **病好了。**《後漢書・方術・郭玉傳》：“帝乃令貴人羸服變處，一針即～。”（羸服：指穿破舊的衣服。）沈括《夢溪筆談》卷二四：“因病危甚，服醫朱嚴藥，遂～。”（朱嚴：人名。）**這個意義後來寫作“瘥”。❻** cī ㊊ ci[1] **[差池] 不齊的樣子。**《詩經・邶風・燕燕》：“燕燕于飛，～～其羽。”**[參差** (cēn cī ㊊ cam[1]/caam[1] ci[1])] **見 76 頁“參”字。❼** cuō ㊊ co[1] **[差跌] 通“蹉跌”。失足跌倒。比喻失誤，失敗。**《漢書・陳遵傳》：“足下諷誦經書，苦身自約，不敢～～。”《宋書・臨川王道規傳》：“若來攻城，宗之未必能固，脱有～～，大事去矣。”

己部

0 **己** jǐ ㊊ gei[2] ❶ **自己。**《論語・顏淵》：“～所不欲，勿施於人。”《孫子兵法・謀攻》：“知彼知～，百戰不殆（dài ㊊ toi[5]）。”（殆：危險。）❷ **天干的第六位。見 176 頁“干”字。**

0 **巳** sì ㊊ zi[6] ❶ **地支的第六位。❷ 十二時辰之一，等於現在的上午九時至十一時。見 176 頁“干”字。❸“上巳節”的省稱。古代以農曆三月上旬第一個巳日（或三月三日）為“上巳節”，人們到河邊洗污除垢。**陸機《櫂歌行》：“元吉隆初～，濯穢遊黃河。”

0 **已** yǐ ㊊ ji[5] ❶ **停止，完畢。**《荀子・勸學》：“學不可以～。”**成語有“鞠躬盡瘁，死而後已”。❷ 副詞。已經。**《史記・蒙恬列傳》：“扶蘇～死。”（扶蘇：人名。）❸ **副詞。太，過分。**《左傳・昭公二年》：“君刑～頗，何以為盟主？”（頗：偏，不公正。何以：依靠甚麼。）❹ **副詞。隨即，不久就。**《漢書・原涉傳》：“文母太后喪時，守復土校尉，～為中郎，後免官。”❺ **語氣詞。用法同“矣”。**《史記・貨殖列傳》：“夫神農以前，吾不知～。”（神農：傳説中的古代帝王。）❻ **通“以”。和“上”、“下”、“東”、“西”等連用，表示時間、方位、數量的界線。**《漢書・文帝紀》：“年八十～上。”《三國志・吳書・吳主傳》：“自丞相雍～下皆諫。”（雍：

人名。）

1 **巴** bā 粵 baa^{1} ❶ [巴蛇] **傳說中的一種大蛇**。《山海經・海內南經》：“～～食象。” ❷ **周代諸侯國，在今四川和重慶東部一帶**。❸ [巴人] **民間曲名**。張協《雜詩》之五：“陽春無和者，～～皆下節。” **本稱“下里巴人”**。宋玉《對楚王問》：“客有歌於郢中者，其始曰下里～～。”

6 **巷** (衖)xiàng 粵 hong^{6} **里中的道路**。《詩經・鄭風・叔于田》：“叔于田，～無居人。” [**巷伯**] **宦官**。《左傳・襄公九年》：“令司宮～～儆宮。”

9 **巽** xùn 粵 seon^{3} ❶ **八卦之一，代表風**。**見 72 頁“卦”字**。❷ **通“遜”**。**讓，退讓**。《尚書・堯典》：“朕在位七十載，汝能庸命，～朕位。”（庸命：用命，指執行命令。）❸ **通“遜”**。**謙遜，恭順**。《周易・蒙》：“童蒙之吉，順以～也。”

巾部

0 **巾** jīn 粵 gan^{1} ❶ **古代擦抹用的布，相當於今天的手巾**。《三國志・魏書・武帝紀》注引《曹瞞傳》：“被服輕綃，身自佩小鞶囊，以盛手～細物。” 張俞《蠶婦》詩：“昨日入城市，歸來淚滿～。遍身羅綺者，不是養蠶人。”（羅：輕軟有稀孔的絲織品。綺：有文采的絲織品。）❷ **裹頭或纏束、覆蓋用的絲麻織品**。《漢書・賈山傳》：“憐其亡髮，賜之～。” 李白《嘲魯儒》詩：“首戴方山～。”（方山巾：一種儒生所戴的頭巾。）[**巾幗**] **古代婦女的頭巾或髮飾，後用作婦女的代稱。如“巾幗英雄”**。❸ **包裹，覆蓋**。《莊子・天運》：“盛以篋衍，～以文繡。”（篋衍：淺竹筐。）(引) **給車子裝上帷幕**。潘尼《贈陸機出為吳王郎中令》詩：“我車既～，我馬既秣。” 【**辨**】冠，冕，巾，弁，帽。見 51 頁“冠”字。

2 **布** bù 粵 bou^{3} ❶ **麻布**。《詩經・衛風・氓》：“氓之蚩蚩，抱～貿絲。” 《禮記・禮運》：“治其麻絲，以為～帛 (bó 粵 baak^{6})。”（帛：絲織品的總稱。）[**布衣**] ① **麻布衣服**。《漢書・王吉傳》：“去位家居，亦～～疏食。” ② **平民，老百姓。古代平民穿麻布衣服，所以“布衣”就成為平民的代稱**。《鹽鐵論・非鞅》：“商君起～～。”（商君：商鞅。）❷ **古代一種貨幣**。《周禮・天官・外府》：“外府掌邦～之入出。” ❸ **鋪開，分佈**。賈思勰《齊民要術・種葱》：“收葱子，必薄～陰乾。” 《三國志・吳書・吳主傳》：“天下英豪～在州郡。” (又) **公佈，宣告**。《韓非子・難三》：“法者……設之於官府，而～之於百姓者也。” **上述 ❸ (又) 後來寫作“佈”**。

2 **市** shì 粵 si^{5} ❶ **集市，交易市場**。《戰國策・秦策一》：“爭利者於～。” 《木蘭詩》：“東～買駿馬，西～買鞍韉 (jiān 粵 zin^{1})。”（韉：馬鞍的墊子。）[**市井**] **街市，市場**。《管子・小匡》：“處商必就～～。”（安置商人一定要靠近市場。）(又) **集鎮，城鎮，城市**。《後漢書・廖扶傳》：“常居先人冢側，未曾入城～。” ❷ **買**。《論語・鄉黨》：“沽酒～脯不食。” 《木蘭詩》：“願為～鞍馬，從此替爺征。” 《三國志・吳書・吳主傳》：“令王惇～馬。”（王惇：人名。）(引) **收買**。《新唐書・裴耀卿傳》：“我知其不～恩也。” ❸ **做買賣，交易**。《荀子・脩身》：“良賈不為折閱不～。” **又用於比喻義**。《史記・項羽本紀》：“趙亦不殺田角、田間以～於齊。”（以市於齊：以此和齊國做交易）(引) **賣，賣出**。《韓非子・外儲說右上》：“故～木之價不加貴於山。” (又) **求得，換取**。《老子・六十二章》：“美言可以～。”

3 **帆** (颿)fān 粵 faan^{4} ❶ **帆，利用風力使船前進的布篷**。李白《行路難》詩：

“直挂雲～濟滄海。”（濟：渡。）(又) **借指船**。劉禹錫《酬樂天揚州初逢席上見贈》詩：“沈舟側畔千～過，病樹前頭萬木春。”❷ fàn 粵 faan6 **張帆行駛**。韓愈《除官赴闕》詩：“不枉故人書，無因～江水。”

4 **希** xī 粵 hei1 ❶ **少**。《論語・公冶長》：“伯夷叔齊不念舊惡，怨是用～。”《史記・貨殖列傳》：“地廣人～。”(又) **稀疏**。《論語・先進》：“鼓瑟～。”**這個意義後來寫作“稀”**。❷ **望，看**。《墨子・備蛾傅》：“城上～薄門而置搗。”（“搗”當作“楬”。）**這個意義後來寫作“睎”**。(引) **仰慕**。《後漢書・趙壹傳》：“仰高～驥。”（仰高：仰視高山。驥：駿馬。）(又) **迎合**。《史記・儒林列傳》：“弘～世用事，位至公卿。”（世：世俗。）❸ **希求（後起意義）**。柳宗元《冉溪》詩：“少時陳力～公侯。”

5 **帗** fú 粵 fat1 ❶ **用五色帛製成的舞具**。《周禮・春官・樂師》：“凡舞，有～舞，有羽舞。”❷ 粵 pei3/pei1 **通“韍”**。**蔽膝**。《穆天子傳》一：“天子大服，冕褘（huī 粵 fai1）～帶。”

5 **帖** tiē 粵 tip3 ❶ **安定**。魏徵《十漸不克終疏》：“脫因水旱，穀麥不收，恐百姓之心，不能如前日之寧～。”（脫：如果。寧：安寧。）(又) **順從**。王安石《彰武軍節度使侍中曹穆公行狀》：“遂～服，皆為用。”(又) **穩妥，妥帖**。韓愈《石鼓歌》：“安置妥～平不頗。”❷ **通“貼”**。**貼近，挨緊**。《梁書・羊侃傳》：“能反腰～地。”(又) **黏，黏附**。《木蘭詩》：“當窗理雲鬢，對鏡～花黃。”❸ **通“貼”**。**典當，典押**。《新唐書・李嶠傳》：“有賣舍、～田供王役者。”❹ tiě **官署的文書、告示**。《木蘭詩》：“昨夜見軍～，可汗大點兵。”杜甫《新安吏》詩：“府～昨夜下，次選中男行。”(引) **票據，便條，柬帖**。《南齊書・蕭坦之傳》：“家赤貧，唯有質錢～子數百。”（質：典當，抵押。）**雙音詞有“請帖”**。❺ tiè **書法、繪畫所摹仿的樣本或拓本**。蘇軾《虔州呂倚承奉》詩：“家藏古今～，墨色照箱筥（jǔ 粵 geoi2）。”（筥：箱子。）

5 **帙** （袟、袠）zhì 粵 dit6 ❶ **包書的布套**。潘岳《楊仲武誄》：“披～散書，屢睹遺文。”謝靈運《酬從弟惠連》詩：“散～問所知。”❷ **量詞。用於書籍**。白居易《長慶集後序》：“前三年，元微之為予編次文集而敍之，凡五～，每～十卷。”

5 **帔** pì 粵 pei3 ❶ **裙**。揚雄《方言》卷四：“帬，陳魏之間謂之～，自關而東或謂之襬。”❷ pèi 粵 pei3/pei1 **披肩**。《南史・任昉傳》：“西華冬月著葛～練裙。”（西華：人名。）**熟語有“鳳冠霞帔”**。

5 **帛** bó 粵 baak6 **絲織品的總稱**。《孟子・梁惠王上》：“五十者可以衣～矣。”（衣：穿衣。）《史記・陳涉世家》：“乃丹書～曰：‘陳勝王’。”（丹書：用紅色寫。）

［帛書］**寫在白細絹上的文字**。《漢書・蘇武傳》：“天子射上林中，得雁，足有繫～～，言武等在某澤中。”

5 **帘** lián 粵 lim4 **古代酒家用作標誌的旗子**。《廣韻》：“～，青～，酒家望子。”李中《江邊吟》：“閃閃酒～招醉客。”

5 **帑** tǎng 粵 tong2 ❶ **國家收藏錢財的倉庫**。《後漢書・鄭弘傳》：“人食不足，而～藏殷積。”(又) **錢幣，財物**。《韓非子・亡徵》：“羈旅僑士，重～在外。”（寄居在本國的遊士，大量的錢財存放在外。）❷ nú 粵 nou4 **通“孥”**。**兒子**。《詩經・小雅・常棣》：“樂爾妻～。”（爾：你。）(又) **妻子和兒子**。《漢書・鼂錯傳》：“肉刑不用，罪人亡（wú 粵 mou4）～。”（罪人亡帑：指罪及自身，不連累罪人的妻子和兒子。亡：無，沒有。）❸ nú 粵 nou4 **俘虜**。《後漢書・朱馮虞鄭周傳贊》："魴用降～，延感歸囚。"（魴、延：人名。）

6 **帢** qià 粵 hap[1] **古代的一種便帽**。《三國志・魏書・武帝紀》注引《傅子》："魏太祖以天下凶荒，資財乏匱，擬古皮弁，裁縑帛以為～，合於簡易隨時之義，以色別其貴賤。"

6 **帡** píng 粵 ping[4] [帡幪 (méng 粵 mung[4])] ① **帳幕**。② **用來覆蓋遮蔽的東西**。《揚子法言・吾子》："震風陵雨，然後知夏屋之為～～也。"（陵雨：暴雨。夏屋：大房子。）

6 **帥** shuài 粵 seot[1] ❶ **帶領，率領**。《左傳・隱公元年》："命子封～車二百乘以伐京。"《三國志・蜀書・諸葛亮傳》："亮～眾出武功。"（武功：地名。）㉣ **帶頭，表率**。《北齊書・神武婁后傳》："手縫戎服，以～左右。"《漢書・循吏傳序》："相國蕭、曹以寬厚清靜為天下～。"（蕭、曹：人名。）❷ **遵循**。《禮記・王制》："命鄉簡不～教者以告。"❸ 粵 seoi[3] **主將，統帥**。《論語・子罕》："三軍可奪～也。"《漢書・趙充國傳》："為人沈勇有大略，少好將～之節。"（沈：沉着。）㉡ **地方的長官**。《國語・齊語》："三鄉為縣，縣有縣～。"**上述所有意義都可寫作"率"**。

6 **帝** dì 粵 dai[3] ❶ **天帝。宗教或神話中稱宇宙的創造者和主宰者**。《尚書・呂刑》："上～監民。"屈原《九歌・少司命》："夕宿兮～郊。"❷ **帝王，君主**。《戰國策・趙策三》："秦所以急圍趙者，前與齊閔王爭強為～。"

6 **帣** juàn 粵 gyun[3] ❶ **口袋**。《說文・巾部》："～，囊也。今鹽官三斛為一～。"❷ 粵 gyun[2] **卷束衣袖**。《史記・滑稽列傳》："髡～韝鞠䠊 (jì)，侍酒于前。"（髡：人名。韝：套袖。用作動詞，加套袖。䠊：半跪。）

6 **帤** rú 粵 jyu[4] ❶ **大巾**。揚雄《方言》卷四："大巾謂之帉，嵩嶽之南、陳潁之間謂之～。"❷ **破舊的巾**。張君房《雲笈七籤・黃庭內景經隱影章》："人間紛紛臭～如。"❸ **弓幹上的襯木**。《周禮・考工記・弓人》："厚其～則木堅，薄其～則需。"

7 **帩** qiào 粵 ciu[3] [帩頭] **古代男子束髮的頭巾**。《樂府詩集・陌上桑》："少年見羅敷，脱帽著～～。"

7 **師** shī 粵 si[1] ❶ **古代軍隊編制單位。二千五百人為一師**。《周禮・地官・小司徒》："五～為軍。"㉣ **指軍隊**。《左傳・莊公十年》："齊～伐我。"㉣ **出師，駐紮**。《新唐書・段秀實傳》："嗣業因固請宰遂東～。"（嗣業、宰：人名。）《左傳・僖公二十五年》："秦伯～于河上。"❷ **眾人**。《左傳・成公十八年》："～逃於夫人之宮。"❸ **古代行政區劃單位。泛指大城市**。《詩經・大雅・公劉》："京～之野，于時處處。"❹ **老師**。韓愈《師説》："～者，所以傳道授業解惑也。"❺ **以……為師**。秦觀《袁紹論》："是故～士者王，友士者霸。"㉡ **效法，學習**。《史記・秦始皇本紀》："諸生不～今而學古。"❻ **有專門特長或技藝的人**。《孟子・梁惠王下》："必使工～求大木。"㊕ **樂官，樂師**。《鹽鐵論・相刺》："～曠鼓琴。"（曠：人名。）❼ **獅子**。《漢書・西域傳》："有桃拔、～子、犀牛。"

7 **席** xí 粵 zik[6] ❶ **蓆子**。《儀禮・公食大夫禮》："上大夫蒲筵加萑 (huán 粵 wun[4]) ～。"（筵：墊蓆。萑：蘆類植物。）**這個意義後來寫作"蓆"**。㊕ **船帆。古人用布做帆，也用蓆做帆**。杜甫《早發》詩："早行篙師怠，～挂風不正。"（篙師：撐船的人。）❷ **席位，座位**。《晉書・謝安傳》："安從容就～。"❸ **酒筵**。《南史・徐孝克傳》："孝克每侍宴，無所食噉。至～散，當其前膳羞損減。”（當其前：在他前面。膳羞：指食物。）❹ **憑藉，倚仗**。《漢書・劉向傳》：“呂產、呂祿～太后之寵。”**【辨】筵，席。見462頁“筵”字**。

7 **帨** shuì [粵] seoi^3 ❶ **古代婦女的佩巾**。《詩經・召南・野有死麕》：“無感我～兮。”（感：撼，搖動。）❷ **擦拭**。《新唐書・禮樂志七》：“皇帝～手取觶。”

8 **帶** dài [粵] daai^3 ❶ **腰帶**。《論語・公冶長》：“束～立於朝。”《荀子・儒效》：“逢衣淺～。”（逢：大。淺帶：指寬闊的腰帶。）**成語有“衣不解帶”**。[喻] **被圍繞**。酈道元《水經注・漸江水》：“亭～山臨江。”❷ **佩帶**。《漢書・龔遂傳》：“民有～持刀劍者。”[引] **帶着，夾雜着**。杜甫《別贊上人》詩：“頗～顦顇色。”❸ **兼任，兼管**。《宋書・蔡廓傳・附子興宗》：“改授臣府元僚，兼～軍郡。”❹ **相連的地區，地帶**。《宋史・李綱傳》：“如鼎澧岳鄂若荊南一～，皆當屯宿重兵。”（鼎、澧、岳、鄂、荊：皆地名。若：及，與。）

8 **常** cháng [粵] soeng^4 ❶ **繪有日月的一種旗幟**。《國語・吳語》：“載～建鼓，挾經秉枹。”❷ **永久的，固定的**。《韓非子・五蠹》：“不期修古，不法～可。”（期：希望。修：指學習。法：效法。常可：指永久合適的制度和習慣。）[引] **常規，準則**。《管子・幼官》：“明法審數，立～備能，則治。”《荀子・天論》：“天行有～。”[特] **人倫的準則，倫常**。《尚書・君陳》：“狃于奸宄，敗～亂俗。”**又如“三綱五常”、“綱常”**。❸ **經常，常常**。《列子・天瑞》：“～生～化者，無時不生，無時不化。”（化：變化。）❹ **普通，平常**。《史記・扁鵲倉公列傳》：“扁鵲，非～人也。”（扁鵲：古代名醫。）[又] **日常**。《世說新語・政事》：“望卿擺撥～務，應對玄言。”❺ **古代長度單位。八尺為“尋”，兩尋為“常”**。《韓非子・揚權》：“上失扶寸，下得尋～。”（扶：長度單位。四寸為扶。）❻ **通“嘗”。曾經**。《荀子・天論》：“夫日月之有蝕，風雨之不時，怪星之黨（tǎng [粵] tong^2）見（xiàn [粵] jin^6），是無世而不～有之。”（黨：通“儻”。偶然。見：出現。）

8 **帳** zhàng [粵] zoeng^3 ❶ **帳幕**。《史記・文帝本紀》：“幃～不得文繡，以示敦樸。”（示：表示。敦樸：樸素。）[特] **軍用營帳**。《史記・項羽本紀》：“即其～中斬宋義頭。”（宋義：人名。）❷ **牀上的帳子**。《文選・劉休玄〈擬明月何皎皎〉》：“玉宇來清風，羅～延秋月。”❸ **登記戶籍、帳目的簿子（後起意義）**。《隋書・高祖紀下》：“凡是軍人，可悉屬州縣，墾田籍～，一與民同。”（籍：戶籍。）**這個意義後來又寫作“賬”**。**【辨】帷，幕，幃，帳。見本頁“帷”字**。

8 **帴** jiǎn [粵] zin^2 ❶ **狹小**。《周禮・考工記・鮑人》：“若苟自急者先裂，則是以博為～也。”❷ jiān [粵] zin^1 **通“韉”。墊馬鞍的東西**。《晉書・張方傳》：“於是軍人便亂入宮閣，爭割流蘇武帳而為馬～。”

8 **帷** wéi [粵] wai^4 **圍在四周的幕布**。《史記・陳涉世家》：“入宮，見殿屋～帳。”（殿屋：宮殿。）**【辨】帷，幕，幃，帳。都是布帳。“帷”是圍在四周的幕布，沒有頂子。“幕”是帳篷。“幃”本通“帷”，後來一般用來指帳子（如“羅幃”）。“帳”是帳子，有時也指帳篷（如“帳飲”）**。

9 **幅** fú [粵] fuk^1 ❶ **布帛的寬度**。《漢書・食貨志下》：“布帛廣二尺二寸為～。”[泛] **指寬度**。《淮南子・天文》：“黃鐘之律脩九寸，物以三生……故～廣二尺七寸。”**［幅員］幅為寬度，員為周圍，合指領土面積**。柳宗元《嶺南節度使饗軍堂記》：“內之～～萬里。”❷ **量詞**。韓愈《桃源圖》詩："流水盤迴山百轉，生綃數～垂中堂。"（綃：生絲。）❸ **綁腿布，古稱行縢**。《詩經·小雅·采菽》："赤芾（fú (粵) fat1）在股，邪～在下。"（赤芾：蔽膝。）

9 **幄** wò (粵) ak1/ngak1 **帳幕**。《漢書·高帝紀下》："夫運籌帷（wéi (粵) wai4）～之中，決勝千里之外，吾不如子房。"（運籌：指謀劃。帷：帳幕。子房：指張良。）

9 **幃** wéi (粵) wai4 ❶ **佩帶的香囊**。屈原《離騷》："蘇糞壤以充～兮，謂申椒其不芳。"（蘇：取，拿。）❷ **帷帳**。《史記·孝文本紀》："令衣不得曳地，～帳不得文繡。"❸ **裙正面的一幅**。《國語·鄭語》："王使婦人不～而譟之。"【辨】帷，幕，幃，帳。見 173 頁"帷"字。

10 **幌** huǎng (粵) fong2 ❶ **帷幔，窗簾**。謝靈運《燕歌行》："辟窗開～弄秦箏。"杜甫《月夜》詩："何時倚虛～，雙照淚痕乾。"李賀《惱公》詩："細管吟朝～，芳醪落夜楓。"❷ **酒店的招子**。陸龜蒙《和襲美初冬偶作》："小爐低～還遮掩，酒滴灰香似去年。"

10 **幎** mì (粵) mik6 ❶ **同"冪"。覆蓋**。《儀禮·士喪禮》："～目用緇。"❷ **均勻**。《周禮·考工記·輪人》："望而視其輪，欲其～爾而下迆也。"

11 **幕** mù (粵) mok6 ❶ **帳篷的頂布**。《戰國策·齊策一》："舉袂（mèi (粵) mai6）成～。"（把袖子舉起來可以成幕。形容人多。袂：袖子。）(又) **帳篷**。《左傳·成公十六年》："張～矣。"杜甫《西山》詩："風動將軍～。"［**幕府**］**將軍或官員的府署**。《後漢書·班固傳》："～～新開，廣延群俊。"（延：引進。俊：有才能的人。）(又) **簾幕，帷幕（後起意義）**。鮑照《擬行路難十八首》之三："文窗繡戶垂綺～。"（文窗：有花紋的窗。綺：一種絲織品。）岑參《白雪歌送武判官歸京》："散入珠簾濕羅～。"❷ **覆蓋**。《莊子·則陽》："解朝服而～之。"(又) **遮蔽，籠罩**。庾信《周大將軍義興公蕭公墓志銘》："霜芬～月。"❸ **古代作戰時臂部和腿部的護甲**。《史記·蘇秦列傳》："當敵則斬堅甲鐵～。"（當敵：面對敵人。）❹ mò (粵) mok6 **通"漠"。沙漠**。《史記·匈奴列傳》："匈奴單于聞之，遠其輜重，以精兵待於～北。"【辨】帷，幕，幃，帳。見 173 頁"帷"字。

11 **幘** zé (粵) zaak3 **頭巾**。《後漢書·法雄傳》："冠赤～，服絳衣。"（絳：深紅色。）《晉書·輿服志》："文武官皆免冠著～。"（免：去掉。著：戴。）

11 **幔** màn (粵) maan6 ❶ **帳幕**。《墨子·非攻下》："～幕帷蓋，三軍之用。"❷ **用於覆蓋或遮擋的大幕布**。《三國志·吳書·周瑜傳》裴松之注引《江表傳》："取輕利艦十舫載燥荻枯柴積其中，灌以魚膏，赤～覆之。"《南齊書·東昏侯紀》："巷陌懸～為高障。"

11 **幗** (簂)guó (粵) gwok3 **古代婦女的髮飾**。《後漢書·烏桓傳》："飾以金碧，猶中國有～步搖。"李賢注引《續漢輿服志》曰："公卿列侯夫人紺繒～。"**另見 170 頁"巾幗"**。

11 **幣** bì (粵) bai6 ❶ **古人用作祭祀或饋贈的絲織品**。《呂氏春秋·仲春》："祀不用犧牲，用圭璧，更皮～。"《戰國策·齊策三》："請具車馬皮～，願君以此從衞君遊。"(泛) **用作禮物的玉、馬、皮、帛等**。《周禮·秋官·小行人》："合六～。"❷ **貨幣**。《管子·國蓄》："以珠玉為上～，以黃金為中～，以刀布為下～。"《史記·吳王濞列傳》："亂天下～。"

12 **幩** fén (粵) fan4 **纏在馬嚼子上的帛，可以起扇汗作用**。《詩經·衞風·碩人》："四牡有驕，朱～鑣鑣（biāo (粵) biu1）。"（驕：高大強壯。鑣鑣：馬飾繁盛的樣子。）

12 **幞** fú 粵 fuk^{6} **［幞頭］古代男子用的一種頭巾**。《新唐書・車服志》：“～～起於後周。”

12 **幠** hū 粵 fu^{1} ❶ **覆蓋**。《儀禮・士喪禮》：“死於適室，～用斂衾。” ❷ **大**。《詩經・小雅・巧言》：“無罪無辜，亂如此～。” ❸ **怠慢**。《禮記・投壺》：“毋～毋敖。”

12 **幡** fān 粵 faan^{1} ❶ **挑起來直着掛的長條形旗子**。《漢書・鮑宣傳》：“博士弟子濟南王咸舉～太學下。”（太學：古代的最高學府。）**這個意義又寫作“旛”**。❷ **冠上的巾飾**。《後漢書・輿服志下》：“負赤～，青翅燕尾，諸僕射～皆如之。” ❸ **［幡然］很快而徹底地（改變）**。《荀子・大略》：“君子之學如蛻，～～遷之。”（學：學習。蛻：蟬蛻殼。）**後來寫作“翻然”**。

12 **幢** chuáng 粵 cong^{4} ❶ **古時作儀仗用的一種旗幟**。《漢書・韓延壽傳》：“千人持～旁轂（gǔ 粵 guk^{1}）。”（旁轂：指站在車旁。）❷ **經幢，佛教刻寫經文的石柱或圓形綢傘**。岑參《酬暢當嵩山尋麻道士見寄》詩：“陰洞石～微有字，古壇松樹半無枝。” ❸ zhuàng 粵 zong^{6} **車船上的簾子**。《隋書・禮儀志五》：“烏漆輪轂黃金雕裝，上加青油～。”（烏：黑。轂：車輪中心的圓木可以插軸的部分。青油：烏柏木榨出來的油。）❹ **［幢幢］搖晃的樣子**。元稹《聞樂天授江州司馬》詩：“殘燈無焰影～～，此夕聞君謫九江。”

12 **幟** zhì 粵 ci^{3} **旗幟**。《墨子・旗幟》：“鼓三，舉一～。”（擂鼓三次，就把一面旗幟舉起。）(引) **標誌，標記**。《後漢書・虞詡傳》：“以采綖（xiàn 粵 sin^{3}）縫其裾（jū 粵 geoi^{1}）為～。”（用彩線縫在大襟上作為標誌。綖：線。）

13 **幧** qiāo 粵 ciu^{3} **［幧頭］同“帩頭”。古代男子束髮的頭巾**。《玉臺新詠・古樂府詩六首》之一：“少年見羅敷，脱帽著～～。”

13 **幨** chān 粵 cim^{1} ❶ **車帷**。皇甫冉《送崔使君赴壽州》詩：“列郡專城分國憂，彤～皂蓋古諸侯。” **［幨幌］帷幔**。謝靈運《日出東南隅行》：“晨風拂～～，朝日照閨軒。” ❷ 粵 cim^{3} **衣襟**。《管子・揆度》：“列大夫豹～。”（列大夫：指中大夫。）

13 **幦** mì 粵 mik^{6} **古代車上的覆蓋物**。《公羊傳・昭公二十五年》：“以～為席。”

14 **幪** méng 粵 mung^{4} ❶ **蓋物的巾**。《尚書大傳・甫刑》：“有虞氏上刑赭衣不純，中刑雜屨，下刑墨～。” ❷ **覆蓋**。《隋書・西域傳》：“其妻有髻，～以皂巾。” ❸ **［帡（píng 粵 ping^{4}）幪］見172頁“帡”字**。❹ měng 粵 mung^{2} **［幪幪］茂盛的樣子**。《詩經・大雅・生民》：“麻麥～～。”

14 **幬** chóu 粵 cau^{4} ❶ **牀帳**。宋玉《招魂》：“蒻（ruò 粵 joek^{6}）阿（ē 粵 o^{1}/ngo^{1}）拂壁，羅～張些。”（蒻：細而軟。阿：細繒。些：語氣詞。）(泛) **帷幕**。韓縝《東山寺》詩：“像設嚴珠殿，經聲隱絳～。” ❷ **車帷**。《史記・禮書》：“大路之素～也。”（路：車。）❸ dào 粵 dou^{6} **覆蓋**。《左傳・襄公二十九年》：“如天之無不～也，如地之無不載也。”

15 **幭** miè 粵 mit^{6} **車前扶手的覆蓋物**。《詩經・大雅・韓奕》：“鞹鞃淺～。” (引) **頭巾**。《管子・小稱》：“（桓公）乃援素～以裹首而絕。”

15 **幮** chú 粵 cyu^{4} **櫥形的帳子**。陸游《入蜀記》卷一：“自到京口無蚊，是夜蚊多，始復設～。”

16 **幰** xiǎn 粵 hin^{2} **車帷**。徐陵《洛陽道》詩之二：“聞珂知馬蹀，傍～見甍開。”

干部

0 **干** gān ㊊ gon[1] ❶ **盾牌**。《尚書・大禹謨》："舞～羽于兩階。"（羽：用羽毛做成的舞具。）[干戈] **泛指兵器，多用來比喻戰爭**。王粲《從軍》詩："身服～～事，豈得念所私？" ❷ **冒犯，衝犯**。《左傳・文公四年》："其敢～大禮以自取戾！"（戾：罪。）㊀ **沖**。杜甫《兵車行》："哭聲直上～雲霄。" ❸ **求，求取**。《呂氏春秋・舉難》："甯戚欲～齊桓公。"《論語・為政》："子張學～祿。"（子張：孔子弟子。）❹ **干預，涉及（後起意義）**。《後漢書・董皇后紀》："后每欲參～政事，太后輒相禁塞。"《晉書・王衍傳》："好～預人事。" ㊀ **關涉，關係**。李清照《鳳凰臺上憶吹簫》詞："新來瘦，非～病酒，不是悲秋。" ❺ **水邊，河岸**。《詩經・魏風・伐檀》："坎坎伐檀兮，置之河之～兮。" ❻ [干支] **天干和地支的合稱。天干有十個：甲乙丙丁戊己庚辛壬癸。地支有十二個：子丑寅卯辰巳午未申酉戌亥。古代以天干和地支搭配，組合成"甲子"、"乙丑"……"癸亥"共六十個干支數，用來紀年、紀日，周而復始，循環使用。**
【辨】干，乾，榦，幹。見 302 頁"榦"字。

2 **平** píng ㊊ ping[4] ❶ **平坦**。《周易・泰》："無～不陂，無往不復。" 鼂錯《言兵事疏》："～原廣野。" ❷ **削平，鏟平**。《列子・湯問》："山不加增，何苦而不～？" ❸ **平息，平定**。《左傳・莊公十三年》："會于北杏，以～宋亂。"（北杏：地名。）《詩經・大雅・江漢》："四方既～，王國庶定。"（庶：表示推測。）㊀ **平復，康復**。賈島《酬慈恩寺文郁上人》詩："期登野閣閑應甚，阻宿山房疾未～。" ❹ **安定，太平**。《荀子・天論》："上明而政～。"（上：指君主。）㊀ **平和，寧靜**。《呂氏春秋・大樂》："歡欣生於～，～生於道。" 楊炯《從軍行》："烽火照西京，心中自不～。" ❺ **公平，平均**。《管子・任法》："法不～，令不全，是亦奪柄失位之道也。"（柄：權柄。）**成語有"不平則鳴"**。㊀ **服氣，信服**。《史記・呂太后本紀》："今呂氏王，大臣弗～。" ❻ **媾和，講和**。《左傳・僖公二十四年》："宋及楚～。" ❼ **普通，平常。常"平平"、"平常"連用**。《後漢書・班超傳》："我以班君當有奇策，今所言～平耳。"《論衡・正說》："失～常之事，有怪異之說。" ❽ **通"評"。評議**。《商君書・更法》："孝公～畫。"（畫：計劃。）❾ **平聲。古代漢語"平、上、去、入"四聲之一**。

3 **年** nián ㊊ nin[4] ❶ **收成，年景**。《穀梁傳・桓公三年》："五穀皆熟，為有～也。"《論語・顏淵》："～饑，用不足。" ❷ **時間單位。年，歲**。《莊子・秋水》："湯之時，八～七旱。"（湯：商湯。）㊀ **年節**。陳師道《早春》詩："度臘不成雪，迎～遽得春。" ❸ **年齡，年歲**。《論語・陽貨》："～四十而見惡焉，其終也已。"《史記・屈原賈生列傳》："是時賈生～二十餘，最為少。"（是時：這時。少：年輕。）㊀ **壽命**。《莊子・秋水》："～不可舉，時不可止。" ❹ **歲月，年代**。曹植《求自試表》："雖身分蜀境，首懸吳闕，猶生之～也。" 左思《魏都賦》："雖踰千祀，而懷舊蘊于遐～。" ❺ **帝王的年號**。《三國志・吳書・吳主傳》："改～為延康。"（延康：漢獻帝劉協的年號。）

3 **并** bìng ㊊ bing[3] ❶ **合併，吞併**。《孫臏兵法・威王問》："營而離之，我～卒而擊之。"（營而離之：迷惑敵人，使之分散兵力。營：迷惑。并卒：集中兵力。）《荀子・堯問》："昔虞不用宮之奇而晉～之。"（昔：從前。虞：國名。宮之奇：人名。之：指虞國。）❷ **一起，一**

併。《戰國策・燕策二》："漁者得而～擒之。"❸ bǐng (粵) bing^2 **通"屏(摒)"。拋棄**。《莊子・天運》："國爵～焉。"(國家給的爵位拋棄不要。) ❹ bǐng (粵) bing^2 **通"屏"。屏住，抑制**。《呂氏春秋・論威》："～氣專精，心無有慮。"❺ bīng (粵) bing^1 [并州] **古地名，在今山西太原一帶**。**【辨】**並(竝)，并，併。見 25 頁"併"字。

5 **幸** xìng (粵) hang^6 ❶ **幸運**。《論語・雍也》："不～短命死矣。"(又) **僥倖**。《荀子・議兵》："故四世有勝，非～也，數也。"(四世：指秦孝公以後的四代。數：必然的。)(又) **幸虧**。鮑照《秋夜》詩："～承天光轉，曲影入幽堂。"❷ **希望**。《史記・魏其武安侯列傳》："～天下有變，而欲有大功。"陳子昂《座右銘》："～能修實操。"❸ **寵愛**。《史記・蒙恬列傳》："高雅得～於胡亥。"(高：趙高。雅：一向。) ❹ **君主到某處去**。《史記・秦始皇本紀》："始皇帝～梁山宮。"(又) **君主寵幸婦女**。《史記・項羽本紀》："今入關財物無所取，婦女無所～。"❺ **敬辭。表示對方這樣做是使自己感到幸運的**。鼂錯《言守邊備塞疏》："陛下～憂邊境。"(陛下：古代臣、民對君主的稱呼。憂：擔憂。)

10 **幹** gàn (粵) gon^3 ❶ **樹幹**。左思《蜀都賦》："擢修～，竦長條。"(修：長。)徐弘祖《徐霞客遊記・遊黃山日記》："柏雖大～如臂，無不平貼石上。"(又) **軀幹**。南北朝樂府《隴上歌》："隴上壯士有陳安，軀～雖小腹中寬。"(隴上：地名。陳安：人名。腹中寬：指度量大。)(引) **根本**。《漢書・五行志中之上》："禮，國之～也。"❷ **才幹**。《三國志・蜀書・諸葛亮傳》："理民之～優於將略。"(理：治理。優於：勝過。將略：用兵的策略。) ❸ **管理，治理**。《周易・乾》："貞固足以～事。"《後漢書・史弼傳》："弼有～國之器。"(器：才能。) ❹ hán (粵) hon^4 **井欄**。《莊子・秋水》："出跳梁乎井～之上。"**【辨】**干，乾，榦，幹。見 302 頁"榦"字。

幺部

0 **幺** yāo (粵) jiu^1 **小，細**。《漢書・食貨志下》："～錢一十。"陸機《文賦》："猶弦～而徽急，故雖和而不悲。"

1 **幻** huàn (粵) waan^6 ❶ **欺詐，惑亂**。《尚書・無逸》："民無或胥譸張為～。"(百姓沒有相欺誑騙的惑亂。)《六韜・文韜》："不祥之言，～惑良民。"❷ **變化**。《列子・周穆王》："因形移易者謂之化，謂之～。"張衡《西京賦》："奇～儵忽，易貌分形，吞刀吐火，雲霧杳冥。"❸ **虛幻**。《列子・周穆王》："有生之氣，有形之狀，盡～也。"白居易《對酒》詩："～世如泡影，浮生抵眼花。"

2 **幼** yòu (粵) jau^3 ❶ **幼小，未長大**。《孟子・梁惠王下》："～而無父曰孤。"鼂錯《言守邊備塞疏》："～則同遊，長則共事。"(引) **小孩**。陶潛《歸去來兮辭》："攜～入室。"(攜：拉着。) ❷ yào (粵) jiu^3 [幼妙] **微細曲折**。司馬相如《長門賦》："聲～～而復揚。"(復：重新。) **又寫作"幼眇"、"要妙"、"幽眇"等**。

6 **幽** yōu (粵) jau^1 ❶ **昏暗，深暗**。《詩經・小雅・伐木》："出自～谷，遷于喬木。"(遷：遷移。喬：高。) ❷ **隱晦，深奧**。《世說新語・言語》："研求～邃。"(邃：精深。)(又) **隱居**。《晉書・隱逸傳》："雖策命屢加，～操不回。"❸ **深沉**。《史記・屈原賈生列傳》："故憂愁～思而作《離騷》。"❹ **囚拘，監禁**。司馬遷《報任安書》："深～囹圄 (líng yǔ (粵) ling^4 jyu^5) 之中。"(囹圄：監獄。) ❺ **幽靜，幽雅**

（後起意義）。杜甫《江村》詩："長夏江村事事～。"王羲之《蘭亭集序》："亦足以暢敘～情。"❻ **地下，陰間**。王僧達《和琅琊王依古》："顯軌莫殊轍，～塗豈異魂。"❼［**幽州**］**古地名，在今河北北部和遼寧南部一帶**。

9 **幾** jǐ ㊣ gei² ❶ jī ㊣ gei¹ **隱微，不明顯**。《周易・繫辭上》："～事不密則害成。"《後漢書・陳寵傳》："今不蒙忠能之賞，而計～微之故，誠傷輔政容貸之德。"㊕ **指事情的苗頭或預兆**。《周易・繫辭下》："君子見～而作。"㊁ **危險**。《左傳・宣公十二年》："利人之～，而安人之亂。"❷ jī ㊣ gei¹ **事務。多見於"萬幾"，指政事**。《尚書・皋陶謨》："一日二日萬～。"**上述 ❶❷ 又寫作"機"**。❸ jī ㊣ gei¹ **將近，接近**。賈誼《論積貯疏》："漢之為漢，～四十年矣。"㊋ **差一點兒，幾乎**。《世說新語・排調》："民雖吳人，～為傖鬼。"文天祥《指南錄後序》："～自剄（jǐng ㊣ ging²）死。"（剄：割脖子。）❹ jī ㊣ gei¹ **通"譏"。檢查，查看**。《荀子・王制》："關市～而不徵。"（關市：關卡和市場。徵：收稅。）❺ qǐ ㊣ hei² **通"豈"**。《荀子・大略》："～為知計哉？"❻ **表疑問。問數量**。《孟子・離婁上》："子來～日矣？"《漢書・趙充國傳》："當用～人？"❼ jì ㊣ kei³ **通"冀"。希望**。《左傳・哀公十六年》："國人望君，如望歲焉，日月以～。"【**注意**】在古代，"幾"和"几"是兩個字，意義各不相同。上述義項都不寫作"几"。【**辨**】幾，機。"幾"的本義是微，"機"的本義是機械。"幾"除了 ❶❷ 義項後來也寫作"機"以外，其他意義都不寫作"機"。"機械"的意義也不寫作"幾"。

广部

2 **庀** pǐ ㊣ pei² ❶ **具備**。《左傳・襄公五年》："季文子卒……宰～家器，為葬備。"❷ **治理**。《國語・魯語下》："內朝，子將～季氏之政焉。"

4 **庋** guǐ ㊣ gwai² ❶ **擱放器物的架子**。《世說新語・賢媛》："王家見二謝，傾筐倒～。"洪邁《夷堅丁志・蔡河秀才》："見牀內小板～上烏紗帽存。"❷ **收藏食物**。《禮記・內則》鄭玄注："閣以板為之，～食物也。"㊈ **收藏，保存**。《新唐書・牛仙客傳》："前後錫與，緘～不敢用。"（錫：賜。緘：封。）**雙音詞有"庋藏"**。

4 **庇** bì ㊣ bei³ **遮蔽**。《墨子・公輸》："天雨，～其閭中。"（庇其閭中：在里巷裏避雨。）杜甫《茅屋為秋風所破歌》："安得廣廈千萬間，大～天下寒士俱歡顏。"㊁ **庇護，保護**。《國語・楚語下》："夫從政者，以～民也。"

4 **序** xù ㊣ zeoi⁶ ❶ **古代地方學校**。《孟子・滕文公上》："夏曰校，殷曰～，周曰庠。"❷ **堂屋的東西牆**。《禮記・喪大記》："君陳衣于～東。"柳宗元《永州龍興寺西軒記》："居龍興寺西～之下。"❸ **秩序，次序**。《史記・周本紀》："夫天地之氣，不失其～。"《後漢書・桓帝紀》："庶事失其～。"（庶：眾。）㊁ **依次序排列**。《荀子・王制》："故～四時。"（四時：四季。）㊋ **季節**。《魏書・律曆志上》："然四～遷流，五行變易。"❹ **序文，序言。如陶潛《歸去來兮辭序》、王羲之《蘭亭集序》**。㊋ **贈序。用於臨別贈言，創於唐初。如韓愈《送孟東野序》。上述 ❸ ㊁ ❹ 意義又寫作"敘"**。

5 **府** fǔ ㊣ fu² ❶ **古時國家收藏文書或財物的地方**。《左傳・僖公五年》："藏於盟～。”（盟府：收藏盟書的地方。）《商君書・去強》：“金粟兩生，倉～兩實，國強。”（金：金錢。粟：指糧食。倉：糧倉。實：充實。）[喻] **事物聚集的地方**。《左傳・昭公十二年》：“吾不為怨～。” ❷ **官府**。諸葛亮《出師表》：“宮中～中俱為一體。”（府中：指丞相府。）［**府帖**］**官府徵兵文書**。杜甫《新安吏》詩：“～～昨夜下，次選中男行。” [又] **達官貴人的住宅**。楊炯《夜送趙縱》詩：“送君還舊～，明月滿前川。” ❸ **唐宋時大州稱府。明清時府是縣以上的行政區域。如唐朝的“京兆府”、清朝的“奉天府”**。❹ **臟腑**。《呂氏春秋・達鬱》：“五藏六～。”（藏：臟。）**這個意義後來寫作“腑”**。【**辨**】府，庫。古代藏文書或財物的地方叫府，藏兵車的地方叫庫。《左傳・昭公十八年》講到“府人”、“庫人”。可見府和庫是有分別的。後來“府”、“庫”變成了同義詞，都可以指藏財物的地方。

5 **底** dǐ [粵] dai^{2} ❶ **最下面，底端**。《列子・湯問》：“有大壑焉，實惟無～之谷。”柳宗元《酬賈鵬山人》詩：“青松遺澗～。”（澗：山澗。）[又] **裏，裏面**。杜甫《晝夢》詩：“故鄉門巷荊棘～，中原君臣豺虎邊。” [引] **盡頭，末了**。徐弘祖《徐霞客遊記・楚遊日記》：“數轉達洞～。”又如“年底”。❷ **至，到**。《列子・天瑞》：“林類年且百歲，～春被裘。”（林類：人名。且：將。被裘：披上皮衣。）[引] **達到，具有**。《漢書・楊惲傳》：“惲材朽行穢，文質無所～。” ❸ **止，停滯不流通**。柳宗元《天説》：“人之血氣敗逆壅～。”（壅：堵塞。）❹ **何，甚麼（後起意義）**。范成大《雙燕》詩：“～處飛雙燕，銜泥上藥欄。”（藥欄：藥園的欄杆。）❺ **通“砥”**。**磨刀石**。《孟子・萬章下》：“周道如～，其直如矢。” [引] **磨煉**。《漢書・鄒陽傳》：“聖王～節修德。”

5 **庖** páo [粵] paau^{4} ❶ **廚房**。《詩經・小雅・車攻》：“大～不盈。”（盈：滿。）❷ **廚師**。《莊子・養生主》：“良～歲更刀。”**成語有“庖丁解牛”**。❸ **烹調**。戴表元《許長卿詩序》：“而善～者調之，能使之無味。”

5 **庚** gēng [粵] gang^{1} ❶ **天干第七位。見176頁“干”字**。❷ **年齡。如“年庚”、“同庚（同歲）”**。❸ **賠償**。《禮記・檀弓下》：“季子皋葬其妻，犯人之禾，申祥以告，曰：‘請～之。’”（季子皋、申祥：人名。犯：侵害。禾：莊稼。）

6 **庤** zhì [粵] zi^{6} **儲備**。《詩經・周頌・臣工》：“命我眾人，～乃錢鎛。”（乃：你們的。錢、鎛：兩種農具。）

6 **度** dù [粵] dou^{6} ❶ duó [粵] dok^{6} **量長短**。《孟子・梁惠王上》：“～，然後知長短。”枚乘《上書諫吳王》：“寸寸而～之。” [引] **揣度，推測**。《史記・陳涉世家》：“會天大雨，道不通，～已失期。”（會：適逢，恰巧。）❷ **量長短的標準**。《漢書・律曆志》：“～者，分、寸、尺、丈、引也，所以度長短也。”（引：十丈為引。）[引] **限度，尺度**。賈誼《論積貯疏》：“生之有時，而用之亡（wú [粵] mou^{4}）～，則物力必屈。”（生：生產，出產。亡：無。屈：竭，窮盡。）❸ **制度，法度**。《左傳・昭公三年》：“公室無～。”《史記・孝文本紀》：“居處毋～，出入擬於天子。” ❹ **度量，氣度**。《漢書・高帝紀》：“常有大～，不事家人生產作業。”《潛夫論・交際》：“有～之士。” ❺ **渡過，越過**。賈誼《治安策》：“猶～江河亡（wú [粵] mou^{4}）維楫（jí [粵] zip^{3}）。”（猶：如同。亡：無。維：繫船的繩子。楫：船槳。）**渡水的意義後來寫作“渡”**。❻ **量詞。表示次數（後起意義）**。王勃《滕王閣序》：“物換星移幾～秋。”（物換：景物變換。）❼ **裝飾金屬物表面的一種工藝**。《南齊書・高帝紀上》："馬乘具不得金銀～。" **這個意義後來寫作"鍍"。**

6 **庠** xiáng (粵) coeng4 **古代地方學校**。《孟子・滕文公上》："夏曰校，殷曰序，周曰～。"［庠序］**泛指學校**。《孟子・梁惠王上》："謹～～之教。"

7 **庫** kù (粵) fu3 **存放兵甲戰車的地方**。《左傳・昭公十八年》："使府人、～人各儆其事。"《韓非子・十過》："倉無積粟，府無儲錢，～無甲兵。" (引) **泛指存放物品的地方**。《禮記・月令》："是月也，命工師令百工審五～之量。"《宋史・藝文志》："又分三館書萬餘卷，別為書～。"**【辨】府，庫。見 178 頁"府"字。**

7 **庭** tíng (粵) ting4/ting3 ❶ **庭院，院子**。《詩經・魏風・伐檀》："胡瞻爾～有縣貆兮！"（縣：通"懸"。）柳宗元《田家》詩："～際秋蟲鳴。"（際：邊。）❷ **廳堂**。《詩經・大雅・抑》："灑埽～內。"（埽：同"掃"。）《禮記・檀弓上》："孔子哭子路於中～。" ❸ (粵) ting4 **通"廷"。朝廷，宮廷**。《漢書・匈奴傳》："群臣～議。"魏徵《十漸不克終疏》："奏事入朝，思睹闕～，將陳所見。"（闕：皇宮門前兩邊的樓。陳：陳述。）(引) **朝覲，朝貢**。《詩經・大雅・常武》："四方既平，徐方來～。" (又) **公堂，官署**。《舊唐書・李適之傳》："書決公務，～無留事。"

8 **庶** shù (粵) syu3 ❶ **眾多**。《詩經・大雅・卷阿》："君子之車，既～且多。"《莊子・漁父》："寒暑不時，以傷～物。" (特) **人多**。《論語・子路》："子曰：'～矣哉。'冉有曰：'既～矣，又何加焉。'"班固《西都賦》："既～且富。" **雙音詞有"富庶"**。❷ **百姓，平民**。杜甫《丹青引贈曹將軍霸》："將軍魏武之子孫，於今為～為清門。"［庶人］**百姓，平民**。《荀子・王制》："君者，舟也。～～者，水也。水則載舟，水則覆舟。"（水則覆舟：水能翻船。）❸ **舊時指非正妻所生之子或家族的旁支。與"嫡"相對**。《左傳・文公十八年》："殺適立～。"（適：嫡，嫡子，正妻所生的兒子。庶：庶子，妾所生的兒子。）**雙音詞有"庶母"（即父親的妾）、"庶兄"。** ❹ **差不多**。《左傳・襄公二十六年》："晉其～乎！"（晉國差不多能治理好了。）❺ **副詞。表示揣測或希望**。《左傳・桓公六年》："君姑修政而親兄弟之國，～免於難。"（姑：姑且。修政：搞好政治。）諸葛亮《出師表》："～竭駑鈍，攘（rǎng (粵) joeng5）除奸凶。"（願意竭盡自己的力量，掃除凶頑。駑鈍：比喻才力低下。）［庶幾］① **差不多**。《孟子・梁惠王下》："王之好樂甚，則齊國其～～乎！" ② **副詞。表示揣測或希望**。《莊子・田子方》："～～乎民有瘳（chōu (粵) cau1）乎。"（百姓差不多能得救了。瘳：病好。）曹植《與楊德祖書》："～～戮力上國。"（戮力上國：為國家效勞。）

8 **庵** （菴）ān (粵) am1/ngam1 ❶ **圓形草屋**。《南齊書・竟陵文宣王子良傳》："編草結～，不違涼暑。" (特) **用為書齋名。如陸游有"老學庵"**。❷ **僧人道士所居屋舍（後起意義）**。《宋史・孟珙傳》："亦通佛學，自號無～居士。"**後多指尼姑居住的。如《紅樓夢》裏有"水月庵"**。❸ yǎn (粵) jim2 **通"奄"。忽然**。《隸釋・衛尉衡方碑》："受任浹旬，～離寢疾。"（浹旬：十天，一旬。浹：周匝。）

8 **庾** yǔ (粵) jyu5 ❶ **露天的穀倉**。《國語・周語中》："野有～積。" (引) **一般的穀倉**。杜牧《阿房宮賦》："釘頭磷磷，多於在～之粟粒。"（釘頭磷磷：指建築物上釘頭一顆顆顯露的樣子。）❷ **容量單位，一庾等於十六斗**。《左傳・昭公二十六年》："粟五千～。"

8 **庳** bì (粵) pei5 ❶ **房屋低矮**。《呂氏春秋・召類》："西家高，吾宮～。"

(宮：房舍。)(泛) **低矮，低下**。《呂氏春秋・博志》："果實繁者木必～。"韓愈《進學解》："計班資之崇～。"(班資：指官位、資歷。) ❷ [**有庳**] **古國名**。

8 **康** kāng ㊣ hong^{1} ❶ **平安，安樂**。《尚書・洪範》："身其～強。"(其：語氣詞。強：強健。) ❷ **讚美，表揚**。《禮記・祭統》："～周公，故以賜魯也。" ❸ **空**。《詩經・小雅・賓之初筵》："酌彼～爵。"賈誼《弔屈原賦》："斡 (wò ㊣ waat^{3}) 棄周鼎，寶～瓠 (hú ㊣ wu^{4}) 兮。"(斡棄：拋棄。周鼎：寶鼎，比喻傑出之士。寶康瓠：把空酒器看作寶貝。康瓠：空酒器，比喻庸才。) ❹ [**康莊**] **寬闊平坦的大道**。《史記・孟子荀卿列傳》："為開第～～之衢。"沈約《郊居賦》："固無情於輪奐，非有欲於～～。"(輪奐：高大美麗的房子。)

8 **庸** yōng ㊣ jung^{4} ❶ **用，任用**。《國語・吳語》："王其無～戰。"(其：語氣詞。)《商君書・農戰》："夫國～民以言，則民不畜於農。" **成語有"毋庸諱言"**。❷ **受僱用，出賣勞動力**。《史記・陳涉世家》："若為～耕。"(若：你。)(又) **被僱用的人**。《韓非子・五蠹》："澤居苦水者，買～而決竇。"(決竇：挖排水道。) **這個意義後來寫作"傭"**。❸ **常**。《周易・乾》："～言之信，～行之謹。"(又) **平常的**。《戰國策・趙策三》："始以先生為～人，吾乃今日而知先生為天下之士也。"(又) **平庸，不高明的**。《晉書・李特載記》："劉禪有如此之地而面縛於人，豈非～才邪？" ❹ **功勞**。《晉書・周處周訪列傳》："～績書於王府。"(書：書寫，記載。) ❺ **副詞**。**難道**。《管子・大匡》："雖得賢，～必能用之乎？" [**庸詎** (jù ㊣ geoi^{6})] **難道**。嚴忌《哀時命》："～～知其吉凶？"

9 **廂** xiāng ㊣ soeng^{1} **廂房，正房前面兩邊的房子**。《史記・吳王濞列傳》："錯趨避東～，恨甚。"

9 **廋** (**叜**) sōu ㊣ sau^{1} ❶ **隱藏，藏匿**。《論語・為政》："人焉～哉。" ❷ **說隱語**。《新唐書・鄭注傳》："注本姓魚……人～謂曰'水族'。" [**廋辭**] **隱語，謎語**。《國語・晉語五》："有秦客～～於朝，大夫莫之能對也。"(廋辭於朝：在朝廷上說謎語。) ❸ **山水彎曲的地方**。《楚辭・九歎・憂苦》："步從容於山～。" ❹ ㊣ sau^{1}/sau^{2} **通"搜"**。**搜索，搜查**。《漢書・趙廣漢傳》："直突入其門，～索私屠酤。"(屠酤：舊指以宰殺牲畜和賣酒為職業的人。)

9 **廁** (**厕**) cè ㊣ ci^{3} ❶ **廁所**。《史記・項羽本紀》："沛公起如～。"(如：到……去。) ❷ **豬圈**。《漢書・燕刺王旦傳》："～中豕 (shǐ ㊣ ci^{2}) 羣出。"(豕：豬。) ❸ **置身於，參加**。司馬遷《報任安書》："向者僕亦常～下大夫之列。"(向者：過去。僕：我。常：嘗，曾經。下大夫：官名。) ❹ ㊣ zak^{1} **通"側"**。**旁邊**。《史記・張釋之馮唐列傳》："從行至霸陵，居北臨～。"(從行：跟皇帝出行。霸陵：地名。臨廁：指在霸陵邊上。)

9 **廊** láng ㊣ long^{4} **廂房**。《韓非子・十過》："平公恐懼，伏於～室之間。"(平公：晉平公。) [**廊廟**] **朝廷**。《戰國策・秦策一》："式於～～之內。"(式：用。)杜甫《自京赴奉先縣詠懷五百字》："當今～～具，構廈豈云缺。"

9 **廄** (**厩、廐**) jiù ㊣ gau^{3} **馬圈**。《詩經・小雅・鴛鴦》："乘馬在～，摧之秣之。"(乘馬：拉車的四匹馬。摧：用乾草餵。秣：用粟餵。)《孟子・梁惠王上》："庖有肥肉，～有肥馬，民有飢色，野有餓莩。"

10 **廈** shà 粵 haa6 **高大的房屋**。《淮南子・本經》："大～曾加。"杜甫《茅屋為秋風所破歌》："安得廣～千萬間。"（安：哪裏，怎樣。）

10 **廉** lián 粵 lim4 ❶ **廳堂的側邊**。《儀禮・鄉飲酒禮》："設席于堂～東上。"賈誼《治安策》："陛九級上，～遠地，則堂高。"㊀ **有棱角**。《呂氏春秋・孟秋》："其器～以深。"❷ **正直**。《韓非子・五蠹》："今兄弟被侵必攻者，～也。"❸ **不貪，廉潔**。《荀子・脩身》："無～恥而嗜乎飲食，則可謂惡少者矣。"（嗜：喜好，愛好。惡少：惡少年。）❹ **考察，查訪**。《管子・正世》："人君不～而變，則暴人不勝，邪亂不止。"《漢書・高帝紀下》："且～問，有不如吾詔者，以重論之。"（不如吾詔者：不按我詔書辦事的人。論：定罪。）❺ **價格低（後起意義）**。王禹偁《黃岡竹樓記》："其價～而工省也。"（省：節省。）

11 **廒** （厫）áo 粵 ngou4 **儲存糧食的倉庫**。馬端臨《文獻通考》卷二一："凡十有四年，得息米造成倉～。"（息米：作為利息交納的米。）

11 **廑** （厪）jǐn 粵 gan2 ❶ **僅，才**。《漢書・賈誼傳》："諸公幸者乃為中涓，其次～得舍人。"❷ qín 粵 kan4 **通"勤"。勤勞**。《漢書・揚雄傳下》："三旬有餘，其～至矣。"

11 **廓** kuò 粵 kwok3 ❶ **空闊，廣大**。《詩經・大雅・皇矣》："上帝耆之，憎其式～。"（耆：厭惡。式：因而。）張衡《思玄賦》："～蕩蕩其無涯兮。"（空闊廣大而沒有邊際。）❷ **開拓，擴大**。《荀子・脩身》："狹隘褊小，則～之以廣大。"《孫子兵法・軍爭》："～地分利。"（擴大地盤，分兵把守對我有利的地方。）❸ **空寂，空虛**。曹植《王仲宣誄》："虛～無見。"㊀ **清除**。王禹偁《桑魏公》詩："揮手～氛霾，放出扶桑日。"雙音詞有"**廓清**"。❹ guō 粵 gwok3 **通"郭"。外城**。《晏子春秋・外篇不合經術者》："婢妾，在～之野人也。"楊衒之《洛陽伽藍記・永明寺》："皆因城～而居。"㊀ **輪廓，邊沿**。徐弘祖《徐霞客遊記・楚遊日記》："北為馬蹄石，皆～高裏降，有同釜底。"

12 **廚** （厨）chú 粵 cyu4/ceoi4 ❶ **廚房**。《孟子・梁惠王上》："是以君子遠庖～也。"⊗ **廚師**。《呂氏春秋・知分》："鹿生於山，而命懸於～。"❷ **櫃子**。《晉書・顧愷之傳》："愷之嘗以一～畫糊題其前寄桓玄。"（糊題：指貼封條。）**這個意義後來寫作"櫥"**。

12 **廝** （厮）sī 粵 si1 ❶ **服雜役的人**。《淮南子・覽冥》："～徒馬圉（yǔ 粵 jyu5）。"（徒：服雜役的人。馬圉：養馬的人。）❷ **互相**。辛棄疾《夜遊宮・苦俗客》："才～見，說山說水。"❸ **分開**。《史記・河渠書》："乃～二渠。"《新唐書・高儉傳》："士廉附故渠，～引旁出，以廣溉道。"（士廉：高儉的字。附：依傍。故渠：舊有的渠道。）

12 **廣** guǎng 粵 gwong2 ❶ **大，宏大**。《荀子・脩身》："君子貧窮而志～。"㊀ **擴大**。《史記・樂毅列傳》："破宋，～地千餘里。"⊗ **多，廣泛地**。《論衡・定賢》："且～交多徒，求索眾心者，人愛而稱之。"《漢書・食貨志上》："～畜積，以實倉廩，備水旱。"⊗ **廣博**。《抱朴子・崇教》："學之～，在於不倦。"❷ **寬闊。與"狹"相對**。《詩經・衛風・河廣》："誰謂河～，曾不容刀。"（刀：小船。）《漢書・鼂錯傳》："平原～野，此車騎之地。"㊀ **寬慰**。司馬遷《報任安書》："欲以～主上之意。"❸ guàng 粵 gwong3 **春秋時楚國兵制，兵車十五輛為一廣**。《左傳・宣公十二年》："其君之戎，分為二～。"（戎：兵車。）❹ guàng 粵 gwong3 **橫向距**

離、東西距離為廣。《儀禮·士喪禮》："(握手)長尺二寸，～五寸。"白居易《廬山草堂記》："前有平地，輪～十丈。"(輪：南北距離。)[廣袤]**指土地面積的寬和長。東西距離叫廣，南北距離叫袤**。《漢書·西域傳》："蒲昌海……～～三百里。"【注意】在古代，"广(yǎn ㊊ jim5)"和"廣"是兩個字，意義各不相同。上述義項都不寫作"广"。

12 **廟** miào ㊊ miu6 ❶ **宗廟，供奉、祭祀祖先的處所**。《穀梁傳·僖公十五年》："天子至于士皆有～。"㊀ **進行祭祀活動**。韓愈《原道》："郊焉而天神假，～焉而人鬼饗。"[廟號]**皇帝死後，在太廟立室奉祀時特起的名號，如"漢高祖"、"唐太宗"等**。❷ **封建時代供奉祭祀有才德的人的處所**。《三國志·蜀書·諸葛亮傳》："詔為亮立～於沔(miǎn ㊊ min5)陽。"(詔：皇帝命令。沔陽：地名。)㊁ **供奉祭祀神、佛的處所**。《史記·封禪書》："於是作渭陽五帝～。"《晉書·何準傳》："唯誦佛經，修營塔～而已。"❸ **朝廷，帝王處理政事的地方。如"廟堂"、"廊廟"**。【辨】廟，寺，觀(guàn ㊊ gun3)。上古時這三個字的區別很大。廟是祖廟，寺是官府，觀是台觀。後來，廟是一般的廟宇，其中奉祀的是"神"。寺是佛教的，其中奉祀的是"佛"。觀是道教的，其中奉祀的是"仙"。

12 **廛** (鄽)chán ㊊ cin4 ❶ **古代一戶人家所佔的房地**。《孟子·滕文公上》："願受一～而為氓。"❷ **集市中儲藏、堆積貨物的棧房**。《周禮·地官·廛人》："廛人掌斂市……～布而入于泉府。"(布：指稅錢。)㊀ **賣東西的店舖**。左思《魏都賦》："廓三市而開～。"(廓：擴大。三市：指早市、午市、晚市。)

12 **廡** wǔ ㊊ mou5 ❶ **高堂下周圍的廊房，廂房**。《後漢書·梁鴻傳》："依大家皋伯通，居～下，為人賃(lìn ㊊ jam6)舂。"(大家：大戶人家。皋伯通：人名。賃舂：傭用舂米。)❷ **房屋**。《史記·李斯列傳》："居大～之下。"❸ wú ㊊ mou4 **通"蕪"。草木茂盛**。張衡《東京賦》："草木蕃(fán ㊊ faan4)～。"(蕃：茂盛的樣子。)

12 **廢** fèi ㊊ fai3 ❶ **崩壞，倒塌**。《淮南子·覽冥》："往古之時，四極～，九州裂。"❷ **衰敗**。《漢書·楚元王傳》："而國家有～興。"❸ **廢棄，停止**。《韓非子·問田》："～先王之教。"《論語·衛靈公》："不以人～言。"**成語有"廢寢忘食"、"半途而廢"**。㊀ **黜廢，罷官**。《管子·明法解》："不勝其任者～免。"❹ **殘廢**。《鹽鐵論·誅秦》："無手足則支體～。"

13 **廧** qiáng ㊊ coeng4 ❶ **同"牆"。牆壁**。《墨子·經說上》："～外之利害，未可知也。"❷ sè ㊊ sik1 [廧夫]**通"嗇夫"。古代官名**。《戰國策·東周策》："因令人謂相國御展子，～～空。"

13 **廥** guài ㊊ kui2 **儲存草料的房屋**。《韓非子·內儲說下》："有燒倉～窌(窮)者而不知其人。"《史記·趙世家》："邯鄲～燒。"

13 **廨** xiè ㊊ gaai3 **官署，官吏辦事的地方**。蕭統《陶淵明傳》："所住公～，近於馬隊。"

13 **廩** (廪)lǐn ㊊ lam5 ❶ **米倉**。《孟子·滕文公上》："滕有倉～府庫，則是厲民而以自養也。惡得賢？"《商君書·農戰》："倉～雖滿，不偷於農。"(偷：怠惰。)❷ **官方供給(糧食)**。《管子·問》："問死事之寡，其餼(xì ㊊ hei3)～何如。"(死事之寡：為國事而死的人的遺屬。餼：食品。)鼂錯《言守邊備塞疏》："予冬夏衣，～食。"(予：給予。)❸ **積聚**。《素問·皮部論》："～於腸胃。"❹ [廩廩]**通**

"懍懍"。恐懼的樣子。賈誼《論積貯疏》："可以為富安天下，而直為此～～也。"

16 **廬** lú ㊥ lou⁴ ❶ **簡陋的房屋**。《詩經·小雅·信南山》："中田有～。" ㊂ **居住**。張衡《西京賦》："恨阿房 (páng ㊥ pong⁴) 之不可～。"（阿房：阿房宮。）❷ **賓客住的宿舍**。《周禮·地官·遺人》："十里有～，～有飲食。" ❸ **古代官吏輪流應差住的房子**。《漢書·金日磾傳》："日磾小疾卧～。"（疾：病。）

16 **龐** (龎) páng ㊥ pong⁴ ❶ **高大，龐大**。《國語·周語上》："敦～純固，於是乎成。" 王夫之《小雲山記》："大雲～然大也。"（大雲：山名。）**成語有"龐然大物"**。❷ **多而雜亂**。富大用《古今事文類聚外集》卷十五："汴州水陸所湊，邑居～雜。"（湊：聚合。邑：城市。）❸ lóng ㊥ lung⁴ [龐龐] **強壯的樣子**。《詩經·小雅·車攻》："四牡～～，駕言徂東。"

廴部

4 **廷** tíng ㊥ ting⁴ ❶ **朝廷。封建時代君主接受朝拜和處理政事的地方**。《莊子·漁父》："～無忠臣。"《史記·廉頗藺相如列傳》："相如～叱之。" ❷ **官署，地方官辦理公事的廳堂**。《後漢書·郭太傳》："早孤，母欲使給事縣～。"（孤：幼年失去父親。）❸ ㊥ ting⁴/ting³ **通"庭"。庭院，院子**。《詩經·唐風·山有樞》："子有～內，弗灑弗掃。"

5 **延** yán ㊥ jin⁴ ❶ **伸長，延長**。《韓非子·十過》："有玄鶴二八……～頸而鳴，舒翼而舞。"（頸：脖子。舒：展開。）《論衡·道虛》："道家或以服食藥物，輕身益氣，～年度世，此又虛也。" **成語有"延年益壽"**。❷ **蔓延，擴展**。《史記·汲鄭列傳》："河內失火，～燒千餘家。"（河內：地名。）❸ **引進，迎接**。《戰國策·齊策四》："宣王使謁者～入。"（謁者：負責禮賓的官吏。）㊀ **邀請**。陶潛《桃花源記》："餘人各復～至其家，皆出酒食。" **雙音詞有"延請"**。

6 **建** jiàn ㊥ gin³ ❶ **設立，建立**。《尚書·說命中》："明王奉若天道，～邦設都。"《史記·李斯列傳》："六國皆弱，無可為～功者。" ❷ **豎起，樹立**。《詩經·小雅·出車》："設此旐矣，～彼旄矣。"（旐：畫有龜蛇圖案的旗。旄：用氂牛尾做裝飾的旗。）❸ **建議**。《漢書·鄒陽傳》："爰盎等皆～以為不可。"（爰盎：人名。）❹ **建造（後起意義）**。酈道元《水經注·廬江水》："（龍泉精舍）沙門釋慧遠所～也。"（精舍：佛堂。沙門釋慧遠：慧遠和尚。）

廾部

2 **弁** biàn ㊥ bin⁶ ❶ **古代用皮革做成的一種帽子**。《左傳·襄公二十五年》："不說 (tuō ㊥ tyut³) ～而死於崔氏。"（說：通"脫"。脫掉。）㊂ **男子成年加冠稱弁**。《詩經·齊風·甫田》："未幾見兮，突而～兮。" ㊀ **放在最前面**。龔自珍《送徐鐵孫序》："乃書是言，以～君之詩之端。" **又"弁言"即"序言"**。❷ **手發抖，驚恐的樣子**。《漢書·王莽傳下》："乃壬午餔時，有列風雷雨發屋折木之變，予甚～焉，予甚栗焉，予甚恐焉。"【辨】冠，冕，巾，弁，帽。見51頁"冠"字。❸ pán ㊥ pun⁴ **快樂的樣子**。《詩經·小雅·小弁》："～彼鸒斯，歸飛提提。"

4 **弄** nòng ㊥ lung⁶ ❶ **用手玩弄**。《詩經·小雅·斯干》："載衣之裳，載～之璋。"《漢書·趙堯傳》："高祖持御史大夫印，～之。"（御史大夫：官名。）㊀ **戲耍**，

遊戲。《左傳・僖公九年》："夷吾弱不好～。"（夷吾：人名。弱：年輕。）蘇軾《水調歌頭・明月幾時有》："起舞～清影。"(又) **玩賞**。謝靈運《怨曉月賦》："臥洞房兮當何悅，滅華燭兮～曉月。"❷ **作弄，戲弄**。《左傳・襄公四年》："愚～其民，而虞羿于田。"（虞：娛。羿：人名，后羿。）《戰國策・趙策四》："趙豹、平原君數欺～寡人。"❸ **演奏樂器**。《史記・司馬相如列傳》："及飲卓氏，～琴。"《晉書・桓伊傳》："～畢，便上車去。"（去：離開。）(又) **樂曲，曲調**。《韓非子・難三》："弦不調，～不明。"王褒《洞簫賦》："時奏狡～。"（狡：急。）**古樂府有《江南弄》**。(引) **樂曲一首稱為一弄。古琴曲有"梅花三弄"**。❹ lòng **巷（後起意義）**。《南史・齊廢帝鬱林王紀》："蕭諶領兵先入宮……（帝）出西～，遇弒。"**【辨】戲，弄。在"戲耍"的意義上，它們是同義詞。在古代漢語中，"戲"一般可以用於形體動作方面，也可以用於語言行為方面。"弄"則偏重於手的動作方面。**

6 **弇** yǎn (粵) jim2 ❶ **遮蔽，覆蓋**。《墨子・耕柱》："是猶～其目而祝於叢社也。"（是猶：這如同。）(引) **承襲**。《荀子・賦》："法禹舜而能～迹者邪？"（法：效法。）❷ **狹道**。《左傳・襄公二十五年》："行及～中，將舍。"❸ **深**。《呂氏春秋・仲冬》："處必～。"（處：居處。）❹ **器具口小肚子大**。《周禮・考工記・鳧氏》："（鐘）～則鬱。"（鬱：鬱悶。指聲音不響亮。）

6 **弈** yì (粵) jik6 **下棋**。《左傳・襄公二十五年》："～者舉棋不定。"

11 **弊** （獘）bì (粵) bai6 ❶ **破，破舊**。《國語・晉語六》："今吾司寇之刀鋸日～。"（司寇：官名。）《晏子春秋・內篇雜下》："乘～車，駕駑馬。"❷ **困乏，疲憊**。《三國志・蜀書・諸葛亮傳》："曹操之眾，遠來疲～。"［**弊弊**］**辛勞疲困的樣子**。《莊子・逍遙遊》："之人也，之德也，將旁礴萬物以為一世蘄（qí (粵) kei4）乎亂，孰～～焉以天下為事！"（蘄：通"祈"。祈求。）❸ **弊病，害處**。《舊唐書・黃巢傳》："皆指目朝政之～。"（指目：指責。）**成語有"興利除弊"**。(引) **有弊病的，有害的**。王安石《上皇帝萬言書》："變更天下之～法。"❹ (粵) bai3 **通"蔽"。蒙蔽，欺騙**。《韓非子・孤憤》："朋黨比周以～主。"（朋黨：指為爭權奪利、排斥異己而結合起來的集團。比周：勾結。）❺ **通"敝"。謙稱**。《呂氏春秋・審應》："～邑不敢當也。"

弋部

0 **弋** yì (粵) jik6 ❶ **用帶繩子的箭射**。《詩經・鄭風・女曰雞鳴》："將翱將翔，～鳧與雁。"《史記・司馬相如列傳》："～白鵠（hú (粵) huk6）。"（鵠：鳥名。天鵝。）(泛) **射獵**。《晉書・謝安傳》："出則漁～山水，入則言詠屬文。"（漁：捕魚。屬文：作文。）❷ **取**。《管子・侈靡》："～其能者。"

3 **式** shì (粵) sik1 ❶ **法式，標準，模範**。《周禮・天官・大宰》："以九～均節財用。"《東觀漢記・鄧彪傳》："以廉讓率下，為百僚～。"(引) **效法**。《詩經・大雅・烝民》："古訓是～。"❷ **用**。《左傳・成公二年》："蠻夷戎狄不～王命。"《揚子法言・重黎》："（伍子胥）謀越諫齊不～。"❸ **表示勸令的副詞**。《詩經・小雅・斯干》："兄及弟矣，～相好矣，無相猶矣。"❹ **通"軾"。車前扶手的橫木**。《禮記・曲禮上》："國君撫～。"(又) **扶着軾敬禮**。《史記・絳侯周勃世家》："天子為動，改容～車。"（為動：被感動。容：面容。）❺ **句首語氣詞**。《詩經・邶風・式微》："～微～微，胡不歸？"（微：衰微。胡：何。）

10 **弒** shì (粵) si3 **古代稱子殺父、臣殺君為"弒"**。《左傳・宣公二年》："趙盾～其君。"《史記・高祖本紀》："項羽使人陰～義帝江南。"（陰：暗中。）

弓部

1 **弔** diào (粵) diu3 ❶ **慰問**。《左傳・莊公十一年》："秋，宋大水，公使～焉。"(引) **悼念死者**。《漢書・賈山傳》："死則往～哭之。" ❷ **傷痛**。《詩經・檜風・匪風》："顧瞻周道，中心～兮。"（周道：大道。中心：心中。）❸ **憂慮，憐憫**。《左傳・襄公十四年》："有君不～，有臣不敏。"（不弔：指不憂慮國事。）❹ **善**。《左傳・昭公二十六年》："帥群不～之人，以行亂於王室。" ❺ dì (粵) dik1 **至，到**。《詩經・小雅・天保》："神之～矣，詒（yí (粵) ji4）爾多福。"（詒：送給，留給。）【辨】**弔，唁。"弔"是悼念死人，"唁"是對和死者有關的活人表示同情或慰問。**

1 **引** yǐn (粵) jan5 ❶ **拉開弓**。《韓非子・外儲説左下》："狐乃～弓迎而射之。"（解狐拉開弓邊送行邊準備射他。狐：人名。）**成語有"引而不發"**。(引) **延長，伸長**。《左傳・成公十三年》："我君景公～領西望。"（景公：晉景公。領：脖子。）❷ **引導，率領**。《史記・秦始皇本紀》："～兵欲攻燕。" ❸ **避開，退卻**。《戰國策・趙策三》："秦軍～而去。" ❹ **取過來**。《戰國策・齊策二》："～酒且飲之。"（且：將。）(引) **召引**。《管子・任法》："其民～之而來，推之而往。" (又) **引用**。《論衡・問孔》："子游～前言以距孔子。"（子游：孔丘的學生。距：反駁。）❺ **引進，薦舉**。《宋史・歐陽修傳》："獎～後進，如恐不及。" ❻ **樂府詩體的一種。如《箜篌引》**。(又) **序也稱引**。王勃《滕王閣序》："恭疏短～。"（恭敬地寫下這篇短序。）

2 **弗** fú (粵) fat1 **副詞。不**。《左傳・隱公元年》："公～許。"《韓非子・有度》："法之所加，智者～能辭，勇者～敢爭。"【辨】**弗，不。都表示一般的否定。"不"用的範圍廣，凡用"弗"的地方都可以用"不"。但在先秦時期"弗"字後面的動詞一般不帶賓語。**

2 **弘** hóng (粵) wang4 **大**。《詩經・小雅・節南山》："喪亂～多。"《論衡・問孔》："世間～才大知。"（知：智。）(又) **擴大，光大**。《論語・衛靈公》："人能～道，非道～人。"《漢書・敘傳下》："思～祖業。"

3 **弛** chí (粵) ci2/ci4 ❶ **放鬆弓弦**。《左傳・襄公十八年》："乃～弓，而自後縛之。"（於是放鬆弓弦，不再射他，並從後面把他反綁起來。）東方朔《七諫・謬諫》："弧弓～而不張。" (引) **放鬆，鬆懈**。《韓非子・解老》："萬物必有盛衰，萬事必有～張。"（張：緊張。）《商君書・靳令》："農～奸勝，則國必削。"（農：農業。）❷ **延緩**。《戰國策・魏策二》："請～期更日。"（更日：改變日期。）❸ **解除**。《左傳・莊公二十二年》："免於罪戾，～於負擔。"《三國志・蜀書・諸葛亮傳》裴注："願緩刑～禁，以慰其望。" ❹ **毀壞，廢弛**。《國語・魯語上》："文公欲～孟文子之宅。"《史記・河渠書》："延道～兮離常流。"（離常流：水離開河道亂流。）

4 **弟** dì (粵) dai6 ❶ **弟弟**。《詩經・小雅・斯干》："兄及～矣，式相好矣。"【注意】**古代有對妹妹也稱"弟"或"女弟"的**。《史記・陳丞相世家》："樊噲……且又乃呂后～呂須之夫。"［**弟子**］①

年輕人。《儀禮·鄉射禮》：“命～～設豐。”（豐：一種器皿。）② **學生，門徒**。《史記·孔子世家》：“孔子～～多仕於衞。”❷ **次序，等第**。《漢書·朱博傳》：“以高～入為長安令。”（長安令：長安地方的行政長官。）❸ **副詞。但，只管**。《史記·孫子吳起列傳》：“君～重（zhòng ㊔ cung[5]）射，臣能令君勝。”（重射：重重地打賭。令：使。）**上述❷❸又寫作“第”**。❹ tì ㊔ tai[5] **弟弟順從兄長**。《論語·學而》：“孝～也者，其為仁之本與？”（與：語氣詞。吧。）**這個意義後來寫作“悌”**。

5 **弣** fǔ ㊔ fu[2] **弓把中部**。《儀禮·鄉射禮》：“有司左執～，右執弦而授弓。”

5 **弧** hú ㊔ wu[4] ❶ **木弓**。《左傳·僖公十五年》：“寇張之～。”《周易·繫辭下》：“弦木為～。”［**弧矢**］① **弓和箭**。《周易·繫辭下》：“～～之利，以威天下。”② **星名**。《宋史·天文志》：“～～九星，在狼星東南，天弓也。”(又) **用以撐開旗子的竹弓**。《禮記·明堂位》：“載～韣（dú ㊔ duk[6]）。”（韣：盛放弓的袋子。）❷ wū ㊔ wu[1] **彎曲**。《周禮·冬官·輈人》：“凡揉輈欲其孫而無～深。”（輈：車轅。孫：順其紋理。）❸ **歪曲**。東方朔《七諫·謬諫》：“邪說飾而多曲兮，正法～而不公。”（正法被歪曲，人心就背公而向私。）

5 **弤** dǐ ㊔ dai[2] **雕弓**。《孟子·萬章上》：“干戈，朕；琴，朕；～，朕。”（朕：指歸我。）

5 **弦** xián ㊔ jin[4] ❶ **弓弦**。《韓非子·外儲說左上》：“夫工人張弓也，伏檠（qíng ㊔ king[4]）三旬而蹈～。”（檠：校正方弩的器具。）曹植《白馬篇》：“控～破左的。”（控：指拉開。的：箭靶子。）(喻) **正直**。《後漢書·李固傳贊》：“世載～直。”❷ **樂器上用來發音的絲線、銅絲或繩狀物**。《莊子·徐無鬼》：“鼓之，二十五～皆動。”（鼓：彈奏。）**上述❶❷又寫作“絃”**。❸ **月亮半圓。陰曆初七、初八月亮缺上半，叫上弦；二十二、二十三月亮缺下半，叫下弦**。杜甫《月三首》：“萬里瞿塘峽，春來六上～。”❹ **不等腰直角三角形中的斜邊**。沈括《夢溪筆談》卷一八：“各自乘，以股除～，餘者開方除為勾。”

5 **弨** chāo ㊔ ciu[1] ❶ **弓弦鬆弛的樣子**。《詩經·小雅·彤弓》：“彤弓～兮，受言藏之。”（言：動詞詞頭。）❷ **弓**。韓愈《雪後寄崔二十六丞公》詩：“大～挂壁無由彎。”

5 **弩** nǔ ㊔ nou[5] **弩弓，一種使用機械力量發射箭的弓**。《史記·高祖本紀》：“項羽大怒，伏～射中漢王。”

6 **弮** quān ㊔ hyun[1] **弩弓**。司馬遷《報任安書》：“更張空～，冒白刃，北向爭死敵者。”

6 **弭** mǐ ㊔ mei[5] ❶ **末端用骨做裝飾的弓**。《左傳·僖公二十三年》：“左執鞭～。”（左：左手。）❷ **消除，停止**。《國語·周語上》：“吾能～謗矣。”❸ **安撫，安定**。《史記·田敬仲完世家》：“治國家而～人民。”(引) **順服，服從**。《後漢書·吳漢傳》：“城邑莫不望風～從。”（城邑：大小城市。）

7 **弱** ruò ㊔ joek[6] ❶ **弱小。與“強”相對**。《商君書·錯法》：“有土者不可以言貧，有民者不可以言～。”**成語有“恃強凌弱”**。❷ **柔軟，鬆軟**。王安石《洪範傳》：“故木撓而水～，金堅而火悍。”束皙《餅賦》：“～似春綿，白若秋練。”❸ **喪失，減少**。《左傳·昭公三年》：“又～一個焉。”❹ **年少**。《國語·楚語上》：“昔莊王方～。”［**弱冠**］**古代男子二十歲行冠禮，因此以“弱冠”泛指**

男子二十歲左右的年紀。《後漢書・章帝紀》："朕在～～，未知稼穡之艱難。"（稼穡：指農業生產。）

8 **張** zhāng (粵) zoeng1 ❶ **把弦安在弓上**。《韓非子・外儲說左上》："夫工人～弓也，伏檠三旬而蹈弦。"（檠：校正弓弩的器具。）(引) **拉開弓**。李白《贈江夏韋太守良宰》詩："挾矢不敢～。"（矢：箭。）(引) **緊張**。《論衡・儒增》："聖人材優，尚有弛～之時。" ❷ **樂器上弦**。《荀子・禮論》："琴瑟～而不均。"（瑟：樂器。）**成語有"改弦更張"**。❸ **張開**。《荀子・議兵》："虛腹～口來歸我食。" (引) **擴張，增強**。《左傳・昭公十四年》："臣欲～公室也。"（公室：指諸侯所掌握的國家政權。）(引) **誇大**。皇甫謐《三都賦序》："虛～異類，託有於無。"（誇張不同的事物，在虛構的事情上寄託實有的事情。）❹ **設網捕捉**。《後漢書・王喬傳》："於是候鳧至，舉羅～之。" ❺ **陳設，設立**。《戰國策・秦策一》："～樂設飲，郊迎三十里。"《荀子・儒效》："～法而度之。"（度：衡量。）❻ **量詞**。張。《左傳・昭公十三年》："子產以幄（wò (粵) ak1/ngak1）幕九～行。"（子產：人名。幄幕：帳幕。）❼ zhàng (粵) zoeng3 **通"脹"**。《左傳・成公十年》："將食，～，如廁，陷而卒。"

8 **弸** péng (粵) pang4 ❶ **強勁的弓**。❷ **弓弦**。揚雄《太玄・止》："絕～破車。" ❸ **充滿**。《揚子法言・君子》："或問：'君子言則成文，動則成德，何以也？'曰：'以其～中而彪外也。'"

8 **強** （彊）qiáng (粵) koeng4 ❶ **弓有力**。《戰國策・韓策一》："天下之～弓勁弩皆自韓出。"杜甫《前出塞》詩："挽弓當挽～，用箭當用長。" ❷ **強大，強盛。與"弱"相對**。《鹽鐵論・非鞅》："秦任商君，國以富～。"（以：因此。）(又) **加強，增強**。《荀子・天論》："～本而節用，則天不能貧。"（本：指農業。）李斯《諫逐客書》："～公室，杜私門。" (又) **堅強，堅定**。《墨子・脩身》："志不～者智不達。" ❸ **有餘，略多**。《木蘭詩》："賞賜百千～。" (又) **超過，勝過**。《史記・平原君虞卿列傳》："毛先生以三寸之舌，～於百萬之師。" ❹ [強葆] **通"襁褓"。嬰兒的包裹**。《史記・魯周公世家》："成王少，在～～之中。"（少：小。）❺ [強禦] **強暴**。《詩經・大雅・烝民》："不侮矜（guān (粵) gwaan1）寡，不畏～～。"（矜：通"鰥"。年老無妻的人。）❻ qiǎng (粵) koeng5 **竭力，盡力**。《戰國策・趙策四》："太后不肯，大臣～諫。"（諫：規勸。）《史記・老子韓非列傳》："子將隱矣，～為我著書。" (引) **勉強**。《史記・留侯世家》："留侯病，自～起。"（留侯：指張良。）**成語有"強詞奪理"**。❼ jiàng (粵) koeng5/goeng6 **倔強，不隨和**。《世說新語・文學》："卿莫作～口馬，我當穿卿鼻。"

9 **弼** bì (粵) bat6 ❶ **矯正弓弩的工具**。(引) **糾正**。《尚書・益稷》："予違汝～，汝無面從，退有後言。"（予違汝弼：我違道，你當糾正過失。）《晉書・武帝紀》："擇其能正色～違。"（正色：指嚴肅的態度。違：過失。）❷ **輔佐，輔助**。《尚書・泰誓上》："爾尚～予一人，永清四海。" (又) **輔佐之人**。《尚書・說命上》："夢帝賚（jī (粵) zai1）予良～。"（賚：贈送。）

10 **彀** gòu (粵) gau3 **拉滿弓，張滿弩**。《列子・湯問》："甘蠅，古之善射者，～弓而獸伏鳥下。"《韓非子・外儲說左上》："～弩而射。"（弩：利用機械發射的弓。）[彀者] **善於射箭的人**。《史記・廉頗藺相如列傳》："～～十萬人。" **[彀中] 指射出的箭所能達到的有效範圍**。《莊子・德充符》："遊於羿（yì (粵) ngai6）之～～。"（羿：后羿，傳說他善於射箭。）(喻) **牢籠，圈套**。王定保《唐摭言・述進士上》："天下英雄，入吾～～矣。"

11 **彄** kōu [粵] kau1 ❶ **弓弩兩端繫弦處**。蔡邕《黃鉞銘》："馬不帶鈌，弓不受～。"（鈌：馬的一種飾品。弓不受彄：不給弓上弦。）❷ **環狀物**。葛洪《西京雜記》卷一："戚姬以百煉金為～環，照見指骨。"

12 **彈** dàn [粵] daan6 ❶ **彈弓**。《戰國策・楚策四》："左挾～，右攝丸。"（左手夾着彈弓，右手拿着彈丸。）❷ tán [粵] taan4 **用彈弓射**。《左傳・宣公二年》："從臺上～人，而觀其辟丸也。" [引] **用手指輕敲**。《楚辭・漁父》："新沐者必～冠。"（沐：洗頭。冠：帽子。）[又] **彈奏樂器**。《荀子・富國》："撃鳴鼓，吹笙竽，～琴瑟，以塞其耳。"（塞：充滿。）❸ tán [粵] taan4 **批評，抨擊**。曹植《與楊德祖書》："僕常好人譏～其文，有不善者，應時改定。"（僕：自稱的謙辭。）[又] **彈劾，檢舉**。《後漢書・史弼傳》："州司不敢～糾。" ❹ tán [粵] taan4 **以針砭治病**。《韓非子・說林下》："秦醫雖善除，不能自～也。"

14 **彌** mí [粵] mei4/nei4 ❶ **長，久**。《史記・刺客列傳》："太傅之計，曠日～久，心惛然，恐不能須臾。" ❷［**彌留**］① **久病不愈**。《尚書・顧命》："病日臻，既～～。" ② **病重將死**。如"**彌留之際**"。❸ **滿，遍**。《漢書・司馬相如傳》："～山跨谷。"（滿佈整個山谷。）**成語有"彌天大謊"。這個意義也可以寫作"瀰"**。[引] **覆蓋**。張衡《西京賦》："～皋被岡。" ❹ **終，極，盡**。王粲《登樓賦》："北～陶牧，西接昭丘。" ❺ **彌補**。《左傳・昭公二年》："敢拜子之～縫敝邑。"（子：你。敝邑：對自己國家的謙稱。）沈括《夢溪筆談》卷一八："蓋釘板上下～束，六幕相聯。" ❻ **更加**。屈原《離騷》："芳菲菲其～章。"（芬芳的香味更加顯著。章：彰，顯著。）**成語有"欲蓋彌彰"**。

15 **彍** （彉）kuò [粵] kwok3 **拉滿弓**。《孫子兵法・勢》："勢如～弩，節如發機。"

彐部

6 **彖** tuàn [粵] teon3 ❶ **彖傳**（zhuàn [粵] zyun6），**彖辭。《周易》中統論一卦之義的言辭**。《周易・乾》："～曰：大哉乾元，萬物資始。" ❷ **判斷**。歐陽修《新營小齋鑿地爐輒成五言三十七韻》："周公～凶吉，詳明左丘辯。"

8 **彗** huì [粵] wai6/seoi6 ❶ **掃帚**。《漢書・高帝紀下》："太公擁～，迎門卻行。"（擁：拿着。）[又] **掃**。《後漢書・光武帝紀下》："高鋒～雲。"（強大的兵勢像風掃殘雲一樣。）❷ **彗星，也稱掃帚星**。《左傳・昭公十七年》："～，所以除舊布新也。" 屈原《九歌・少司命》："登九天兮撫～星。"

9 **彘** zhì [粵] zi6 **豬**。《商君書・兵守》："使牧牛馬羊～。"【辨】豕，彘，豬，豚。見606頁"豕"字。

10 **彙** huì [粵] wui6 ❶ **同類**。揚雄《太玄・周》："物繼其～。"《周易・泰》："拔茅茹，以其～。"（茅茹：茅草之根。）❷ **繁密**。《漢書・敘傳》："柯葉～而靈茂。" ❸ **匯集，聚集**。《新唐書・儒學傳序》："博～群書至六萬卷，經籍大備。" ❹ wèi [粵] wai6 **通"猬"。一種帶刺的小動物**。《山海經・中山經》："有獸焉，其狀如～。"《爾雅・釋獸》："～，毛刺。"

15 **彝** （彞）yí [粵] ji4 ❶ **古代青銅器的通稱，多指宗廟祭祀用的禮器**。《左傳・襄公十九年》："取其所得以作～器。" ❷ **常，常道，法度**。《詩經・大雅・烝民》："民之秉～，好是懿德。"（秉：持。懿德：美德。）白居易《得丁陷賊庭判》："難廢～章。"

彡部

4 **形** xíng (粵) jing^4 ❶ **形體**。《荀子・天論》："～具而神生。"（人的形體具有了，精神才能產生。）(又) **容色，容貌**。《論衡・齊世》："～面醜惡。" ❷ **形狀**。《孫子兵法・虛實》："兵無常勢，水無常～。" (特) **地形**。《孫子兵法・地形》："險～者，我先居之。"（險形：險要的地形。）❸ **形勢**。《戰國策・秦策三》："豈齊不欲地哉？～弗能有也。" ❹ **表現，表露**。《毛詩序》："情動於中而～於言。"（情：感情。中：心中。）(又) **對照，對比**。河上公本《老子・二章》："長短相～，高下相傾。" **成語有"相形見絀"**。

4 **彤** tóng (粵) tung^4 ❶ **朱紅色**。《詩經・邶風・靜女》："貽我～管。"《左傳・哀公元年》："器不～鏤。"（鏤：雕刻。）❷ **彤管，毛筆**。王融《三月三日曲水詩序》："書笏珥～。"

6 **彥** yàn (粵) jin^6 **指有才學的人**。《詩經・鄭風・羔裘》："彼其之子，邦之～兮。"《世說新語・文學》："張憑舉孝廉，出都，負其才氣，謂必參時～。"（出：到。）

7 **彧** yù (粵) juk^1 [**彧彧**] **茂盛的樣子**。《詩經・小雅・信南山》："疆埸翼翼，黍稷～～。" 何晏《景福殿賦》："羌瓌瑋以壯麗，紛～～其難分。" **又寫作"鬱鬱"**。

8 **彬** bīn (粵) ban^1 [**彬彬**] **文質兼備的樣子**。《論語・雍也》："文質～～，然後君子。"（文：文采。質：質地。文質彬彬：指既有文采，又有良好的道德品質。）**後來又寫作"斌斌"**。(又) **盛美的樣子**。《後漢書・馮衍傳下》："道德～～馮仲文。"

8 **彩** cǎi (粵) coi^2 ❶ **彩色，光彩**。張衡《南都賦》："金～玉璞。"（璞：未經雕琢的玉石。）李白《早發白帝城》詩："朝辭白帝～雲間，千里江陵一日還。" (引) **文章的辭藻**。《宋書・顏延之傳》："延之與陳郡謝靈運俱以詞～齊名。" (又) **神采，神態**。《晉書・王戎傳》："幼而穎悟，神～秀徹。" ❷ **博戲中的勝利品**。李白《送外甥鄭灌從軍》詩："六博爭雄好～來，金盤一擲萬人開。"【辨】彩，綵。見483頁"綵"字。

8 **彫** diāo (粵) diu^1 ❶ **刻，畫**。司馬相如《子虛賦》："乘～玉之輿。"（輿：車子。）《左傳・宣公二年》："晉靈公不君，厚斂以～牆。"（厚：多。斂：稅收。以：用來。）❷ **通"凋"**。**草木衰落**。《論語・子罕》："歲寒，然後知松柏之後～也。" (引) **損傷，衰敗**。《荀子・子道》："勞苦～萃。"（萃：通"悴"。憔悴。）《後漢書・仲長統傳》："時政～敝，風俗移易。"（敝：敗壞。）【辨】雕，鵰，琱，彫，凋。見703頁"雕"字。

9 **彭** péng (粵) paang^4 ❶ **古國名。在今四川彭山**。❷ **春秋時地名。在今河南**。❸ bāng (粵) bong^1 [**彭彭**] ① **盛多的樣子**。《詩經・齊風・載驅》："行人～～。" ② **行進的樣子**。《詩經・大雅・烝民》："四牡～～。"（牡：公馬。）❹ [**彭湃** (pài (粵) paai^3)] **同"澎湃"。波濤衝擊的樣子**。《漢書・司馬相如傳》："沸乎暴怒，洶湧～～。"

11 **影** piāo (粵) piu^1 ❶ **輕捷，敏捷**。摯虞《思遊賦》："睎玉女之紛～兮，執懿筐於扶木。" [**影搖**] **同"嫖姚"。輕捷的樣子**。王融《三月三日曲水詩序》："～～武猛，扛鼎揭旗之士。" ❷ **通"飄"。吹動**。木華《海賦》："～沙礐石。" ❸ [**影影**] **飛揚的樣子**。左思《魏都賦》："增構峨峨，清塵～～。"

11 **彰** zhāng ㊥ zoeng[1] ❶ **明顯，顯著**。《荀子・勸學》："順風而呼，聲非加疾也，而聞者～。"東方朔《七諫・沈江》："夷吾忠而名～。"**成語有"欲蓋彌彰"**。❷ **表彰，表揚**。《尚書・畢命》："～善癉惡。"（癉：憎恨。）【**辨**】章，彰。見 714 頁"章"字。

彳部

0 **彳** chì ㊥ cik[1]［彳亍 (chù ㊥ cuk[1])］① **慢步行走**。潘岳《射雉賦》："～～中輟。"② **徘徊，猶豫**。柳宗元《答周君巢書》："～～而無所趨。"袁宏道《初度戲題》詩："欲留色枯槁，欲歸心～～。"

4 **役** yì ㊥ jik[6] ❶ **服兵役**。《詩經・王風・君子于役》："君子于～，不知其期。"❷ **兵役，勞役**。《漢書・食貨志上》："賦共車馬甲兵士徒之～，充實府庫賜予之用。"（共：供。徒：眾。）《三國志・吳書・吳主傳》："民困于～。"❸ **役使，奴役**。陶潛《歸去來兮辭》："既自以心為形～，奚惆悵而獨悲。"（奚：為甚麼。）❹ **僕役，供人役使的人**。《左傳・定公元年》："季孫使～如闞。"（如：往。闞：地名。）㊋ **士卒**。《國語・吳語》："寡人帥不腆吳國之～。"㊋ **門徒，弟子**。《莊子・庚桑楚》："老聃 (dān ㊥ daam[1]) 之～，有庚桑楚者，偏得老聃之道。"（老聃：即老子。）❺ **事**。《左傳・昭公十三年》："瀆貨無厭，亦將及矣，為此～也。"（及：指遇上災禍。）㊋ **戰爭，戰役**。《三國志・蜀書・諸葛亮傳》："街亭之～，咎由馬謖 (sù ㊥ suk[1])。"（咎：過失，過錯。）

4 **彷** fǎng ㊥ fong[2] ❶［**彷彿**］**相似，好像**。揚雄《甘泉賦》："雖方征僑與偓 (wò ㊥ ak[1]/ngak[1]) 佺兮，猶～～其若夢。"（征僑、偓佺：都是仙人名。）**又寫作"仿佛"、"髣髴"**。❷ páng ㊥ pong[4]［彷徨 (huáng ㊥ wong[4])］**徘徊**。《莊子・逍遙遊》："～～乎無為其側，逍遙乎寢臥其下。"**又寫作"徬徨"、"仿偟"**。❸ páng ㊥ pong[4]［**彷徉**］**徘徊，遊蕩**。宋玉《招魂》："～～無所倚，廣大無所極些。"《史記・吳王濞列傳》："故吳王欲內以鼂錯為討，外隨大王後車，～～天下。"**又寫作"仿佯"**。

5 **征** zhēng ㊥ zing[1] ❶ **出征，遠行**。《左傳・僖公四年》："昭王南～而不復。"（復：返。）元稹《答姨兄胡靈之見寄五十韻》："俄隨旅雁～。"（俄：一會兒。旅：旅行。）❷ **征伐**。《漢書・李廣傳》："振旅撫師，以～不服。"❸ **爭奪，索取**。《孟子・梁惠王上》："上下交～利，而國危矣。"❹ **賦稅**。《孟子・盡心下》："有布縷之～。"㊋ **徵稅**。《管子・五輔》："關幾而不～。"（關幾：關卡設檢查。）

5 **徂** cú ㊥ cou[4] ❶ **往**。《詩經・大雅・桑柔》："自西～東，靡所定處。"（靡：無。）［**徂暑**］**盛夏的開始**。《詩經・小雅・四月》："四月維夏，六月～～。"白居易《廬山草堂記》："洞北戶，來陰風，防～～也。"（草堂北面開門，引來北風，預防盛暑。）❷ **通"殂"。死亡**。《史記・伯夷列傳》："于嗟～兮，命之衰矣。"顏真卿等《登峴山觀李左相石尊聯句》崔弘句："懷賢久～謝。"（謝：凋謝，指死亡。）❸［**徂來**］**山名，在山東。又寫作"徂徠"**。

5 **往** wǎng ㊥ wong[5] ❶ **去，到……去。與"來"、"返"相對**。屈原《九歌・國殤》："出不入兮～不反。"（反：返。）［**往往**］① **處處**。班固《西都賦》："神池靈沼，～～而在。"② **常常**。杜甫《飲中八仙歌》："醉中～～愛逃禪。"❷ **過去，從前**。《論語・八佾》："成事不說，遂事不諫，既～不咎。"《戰國策・秦策一》："臣敢言～昔。"㊕ **死，死者**。《左傳・僖公九年》：“送～事居。”（居：活着的人。）❸ **以後，以下**。《周易・繫辭下》：“過此以～，未之或知也。”❹ **送去**。曹植《與楊德祖書》：“今～僕少小所著辭賦一通相與。”（僕：謙辭，我。少小：年輕時，小時候。一通：一份。）【**辨**】去，往。**在上古“去”是離開的意思。如“去秦”是離開秦國，而不是到秦國去。而“往”相當於現代的“去”，但先秦多不帶賓語，目的地根據上下文可知。**

5 **彼** bǐ ㊊ bei² ❶ **指示代詞。那。與“此”相對**。《孟子・公孫丑下》：“～一時此一時也。”《戰國策・秦策二》：“息壤在～。”（息壤：地名。）❷ **別人，對方。與“己”、“我”相對**。《孫子兵法・謀攻》：“知～知己，百戰不殆。”（殆：危險。）《荀子・議兵》：“～畏我威。”㊋ **第三人稱代詞。他，他們**。《韓非子・説疑》：“～又使譎（jué ㊊ kyut³）詐之士。”（譎詐：玩弄手段。）賈誼《治安策》：“～且為我死。”

6 **待** dài ㊊ doi⁶ ❶ **等待，等候**。《左傳・隱公元年》：“多行不義必自斃，子姑～之。”**成語有“枕戈待旦”**。㊈ **依靠**。《商君書・農戰》：“國～農戰而安。”（安：安全。）❷ **防備**。《韓非子・外儲説左上》：“今城郭不完，兵甲不備，不可以～不虞。”（不虞：意外。）❸ **對待**。《左傳・僖公三十三年》：“相～如賓。”《三國志・吳書・吳主傳》：“吾～蜀不薄。”❹ **招待（後起意義）**。《北史・齊本紀上》：“出甕中酒，烹羊以～客。”【**辨**】俟，待，等，候。見28頁“俟”字。

6 **徊** huái ㊊ wui⁴ [徘徊] 見194頁“徘”字。

6 **徇** (狥)xùn ㊊ seon⁶/seon¹ ❶ **示眾**。《史記・秦始皇本紀》：“車裂以～，滅其宗。”（車裂：古代的一種刑罰。宗：宗族。）❷ ㊊ seon¹ **通“殉”。為了某種目的而死**。《史記・伯夷列傳》：“貪夫～財。”❸ xún ㊊ ceon⁴ **巡行**。《漢書・食貨志上》：“行人振木鐸～於路。”（木鐸：金口木舌的大鈴。）㊕ **帶兵巡行佔領地方**。《史記・項羽本紀》：“籍為裨將，～下縣。”（籍：項羽。裨將：副將。）❹ xún ㊊ seon⁶ **順從**。《左傳・文公十一年》：“國人弗～。”

6 **徉** yáng ㊊ joeng⁴ [徜徉] 見194頁“徜”字。

6 **律** lǜ ㊊ leot⁶ ❶ **法律，法令**。《荀子・成相》：“罪禍有～，莫得輕重威不分。”（莫：不。）㊕ **刑法的條文**。《漢書・高帝紀》：“命蕭何次～令。”（次：編次。）❷ **規則**。《商君書・戰法》：“兵大～在謹。”（用兵的重大規則在於謹慎。）㊈ **應該遵守的格式，準則**。杜甫《遣悶戲呈路十九曹長》詩：“晚節漸於詩～細，誰家數去酒杯寬。”（晚節：晚年。）㊋ **效法**。《荀子・非十二子》：“勞知而不～先王，謂之姦心。”❸ **古代音樂中用來正音的一種竹管**。《莊子・胠篋》：“擢（zhuó ㊊ zok⁶）亂六～。”（擢：拔。）㊋ **用律管定出來的音也叫律。有十二律**。《漢書・律曆志》：“～十有二。陽六為～，陰六為呂。”【**辨**】法，律。**“法”所指的範圍大，多偏重於法令、制度。“律”所指的範圍小，多着重在具體的規則、條文。所以“變法”不能説成“變律”。用作動詞時，“法”是效法、仿效，如“法後王”；“律”是根據一定的準則來要求，如“律己甚嚴”、“自律”。**

6 **很** hěn ㊊ han² ❶ **違背，不聽從**。《國語・吳語》：“今王將～天而伐齊。”《史記・項羽本紀》：“猛如虎，～如羊，貪如狼。”❷ **爭訟**。《禮記・曲禮上》：“～毋求勝，分毋求多。”❸ **通“狠”。心狠，殘忍**。《左傳・襄公二十六年》：“大子痤美而～，合左師畏而惡之。”（大：太。合左師：人名。）【注意】"很"直到明代才有"甚"的意義。

6 **後** hòu ㊥ hau6 ❶ **走在後面，落在後面**。《論語・微子》："子路從而～，遇丈人。"（子路：孔子弟子。）《韓非子・外儲說左上》："君不亟（jí ㊥ gik1）伐，將～齊、燕。"（亟：趕快。伐：征伐。）❷ **時間或位置在後的。與"先"或"前"相對**。《左傳・文公二年》："先大～小，順也。"《孫子兵法・虛實》："前不能救～，～不能救前。"❸ **後代，子孫**。《孟子・梁惠王上》："始作俑者，其無～乎？"（俑：古代殉葬用的木偶或陶人。）**【注意】在古代，"后"和"後"是兩個字，意義差別很大。"君王"、"君王的妻子"兩個意義都不寫作"後"。而"先後"、"前後"的"後"，也很少寫作"后"。**

7 **徒** tú ㊥ tou4 ❶ **徒步，步行**。《韓非子・外儲說左下》："班白者多～行。"（班白者：指老年人。）㊟ **步兵**。《左傳・昭公二十五年》："帥～以往。"（帥：率領。）❷ **徒黨，同一類的人，同一派別的人**。《韓非子・五蠹》："其帶劍者，聚～屬，立節操。"（帶劍者：指遊俠。立節操：標榜氣節和品格。）《孟子・梁惠王上》："仲尼之～，無道桓文之事者。"㊟ **門徒，徒弟**。《論衡・問孔》："孔門之～。"㊡ **徒眾，眾人**。《尚書・仲虺之誥》："寔繁有～。"❸ **某一類人（貶義）**。《北史・崔㥄傳》："輕薄～耳。"**雙音詞有"賭徒"、"歹徒"**。❹ **被罰服勞役的人**。《史記・陳涉世家》："秦令少府章邯免酈山～。"（少府：官名。章邯：人名。）㊡ **古代官府中役使的人**。《荀子・王霸》："宮室有度，人～有數。"❺ **空**。劉禹錫《天論上》："夫實已喪而名～存。"**雙音詞有"徒手"**。㊡ **白白地，徒然**。《史記・廉頗藺相如列傳》："秦城恐不可得，～見欺。"（恐：恐怕。見：被。）**成語有"徒勞無功"**。❻ **只，僅僅**。《鹽鐵論・結和》："用兵，非～奮怒也。"❼ **通"途"。途徑**。《老子・五十章》："生之～十有三。"

7 **徑** jìng ㊥ ging3 ❶ **小路**。《論語・雍也》："行不由～。"㊟ **取道，經過**。《史記・高祖本紀》："夜～澤中。"❷ **直往**。《漢書・王莽傳下》："李松遣偏將軍韓臣等～西至新豐。"（新豐：地名。）㊡ **直截了當**。《荀子・性惡》："少言則～而省。"（省：簡略。）❸ **直徑**。酈道元《水經注・漸江水》："下有石井，口～七尺。"❹［徑庭］**相差太遠**。《莊子・逍遙遊》："大有～～，不近人情焉。"**成語有"大相徑庭"。上述 ❶ ㊟ ❷ ㊡ ❹ 又寫作"逕"。**

7 **徐** xú ㊥ ceoi4 ❶ **緩慢，慢慢地**。《莊子・天道》："不～不疾。"（疾：迅速。）《史記・絳侯周勃世家》："于是天子乃按轡～行至營。"（按轡：拉住韁繩。）蘇軾《赤壁賦》："清風～來，水波不興。"（興：起。）❷ **古九州之一**。［徐戎］**先秦時居住在今淮河中下游一帶的一個民族。也稱"徐夷"、"徐方"。【辨】徐，緩，慢。"徐"和"緩"都有緩慢的意思。"徐"常指行動從容不迫。"緩"指舒緩不急迫，又有"寬"、"鬆"的意思。"慢"在上古一般指傲慢、不恭敬，很少作"緩慢"講。**

8 **徠** lái ㊥ loi4 ❶ **招來，使……來**。《商君書・徠民》："～三晉之民，而使之事本。"（三晉：指趙、韓、魏三國。事本：指從事農業。）❷ **同"來"。與"往"相對**。屈原《九歌・少司命》："望嫩人兮未～。"《漢書・武帝紀》："氐羌～服。"

8 **徙** xǐ ㊥ saai2 ❶ **遷移**。《周禮・地官・鄰長》："～于他邑。"［徙邊］**流放到邊遠地區去服刑**。《漢書・陳湯傳》："其免湯為庶人，～～。"❷ **調職**。《史記・淮陰侯列傳》："～齊王信為楚王。"

【辨】 遷，徙。在調職的意義上，“遷”表示升官，“左遷”則表示降職。“徙”則表示一般的調職。在《史記》、《漢書》中，這兩字的區別尤為明顯。

8 **徜** cháng [粵] soeng^{4}［徜徉］**徘徊，自由自在地往來行走**。宋玉《風賦》：“～～中庭。”**又寫作“倘佯”、“尚羊”、“徜**（xiāng [粵] soeng^{1}）**徉”**。

8 **得** dé [粵] dak^{1} ❶ **得到，獲得。與“失”相對**。《孫子兵法・軍爭》：“不用鄉導者，不能～地利。”《後漢書・班超傳》：“不入虎穴，不～虎子。”[引] **心得，收穫**。《南史・陶潛傳》：“開卷有～，便欣然忘食。”❷ **成功，事情做對了**。《漢書・敍傳上》：“歷古今之～失。”[又] **得意**。《史記・管晏列傳》：“意氣揚揚，甚自～也。”（自得：自認為得意。）[引] **投合**。《史記・魏其武安侯列傳》：“相～歡甚，無厭，恨相知晚也。”❸ **表示情況允許，有“能夠”、“可以”的意思**。鼂錯《論貴粟疏》：“春不～避風塵，夏不～避暑熱。”❹ **表示完成（後起意義）**。《世說新語・假譎》：“已覓～婚處，門地粗可。”聶夷中《詠田家》：“醫～眼前瘡，剜卻心頭肉。”

8 **徘** pái [粵] pui^{4}［徘徊］**又寫作“俳佪”**。① **往返迴旋，來回地走**。《荀子・禮論》：“過故鄉，則必～～焉。”《漢書・高后紀》：“殿門弗內，～～往來。”（弗內：不納，指不讓進去。）② **猶豫不定**。向秀《思舊賦》：“心～～以躊躇。”③ **留戀，流連**。曹植《上責躬詩表》：“是以愚臣～～於恩澤，而不敢自棄者也。”

8 **御** yù [粵] jyu^{6} ❶ **駕馭車馬**。《莊子・達生》：“桓公田於澤，管仲～。”（田：打獵。澤：沼澤。管仲：人名。）**這個意義又寫作“馭”**。[又] **駕車的人**。《左傳・成公十六年》：“其～屢顧。”（屢顧：多次回頭看。）❷ **駕馭，控制**。賈誼《過秦論》：“振長策而～宇內。”（策：鞭子。宇內：天下。）[又] **治理**。《詩經・大雅・思齊》：“以～于家邦。”[又] **治事之官**。《詩經・大雅・崧高》：“王命傅～，遷其私人。”❸ **侍奉。多指侍奉君主**。《商君書・更法》：“公孫鞅、甘龍、杜摯三大夫～於君。”❹ **進獻。多指進獻給君主**。《潛夫論・讚學》：“黼黻（fǔ fú [粵] fu^{2} fat^{1}）之章……可～於王公。”（黼黻之章：指華美的衣服。）[又] **用**。《詩經・鄭風・女曰雞鳴》：“琴瑟在～，莫不靜好。”❺ **與皇帝有關的事物。如“御駕”、“御旨”**。❻ **抵擋，抵禦**。《詩經・邶風・谷風》：“我有旨蓄，亦以～冬。”（旨：好吃的。）**這個意義後來寫作“禦”**。❼ yà [粵] ngaa^{6} **通“迓”。迎**。《詩經・召南・鵲巢》：“之子于歸，百兩～之。”**【辨】** 御，馭，禦。在駕馭的意義上，“御”與“馭”相通。但是，“御”常指駕車馬的人，“馭”一般指駕馭車馬的動作。在抵禦的意義上，上古寫作“御”（如《詩經》的“御冬”），後來都寫作“禦”。“馭”、“禦”二字沒有“侍奉”、“進獻”、“與皇帝有關的事物”等意義。

8 **從** cóng [粵] cung^{4} ❶ **跟隨**。《論語・微子》：“子路～而後。”《史記・李斯列傳》：“乃～荀卿學帝王之術。”（帝王之術：輔助帝王治理國家的方法。）[引] **追趕**。《孫子兵法・軍爭》：“佯北勿～。”（佯：假裝。北：敗退。）[又] **使……隨從**。《史記・項羽本紀》：“沛公旦日～百餘騎來見項王。”**這個用法舊讀** zòng [粵] zung^{6}。❷ **順從，聽從**。《左傳・莊公十年》：“小惠未遍，民弗～也。”《荀子・天論》：“～天而頌之，孰與制天命而用之？”[引] **任憑，聽憑**。杜甫《屏迹》詩：“失學～兒懶，長貧任婦愁。”❸ **參與**。《論語・微子》：“已而已而，今之～政者殆而。”（殆：危險。而：語氣詞。）❹ **介詞。由，自**。柳宗元《至小丘西小石潭記》："～小丘西行百二十步。" ❺ **堂房親屬**。《晉書・謝安傳》："謝安，字安石，尚～弟也。"（尚：人名。）❻ **副**。**與"正"相對**。《唐六典》："司封郎中員外郎掌邦之封爵，凡有九等。一曰王，正一品，食邑一萬戶；二曰郡王，～一品，食邑五千戶。"（凡：共。食邑：封地。）❼ zòng ㊥ zung³ **南北方向**。《詩經・齊風・南山》："衡～其畝。"（衡：東西方向。畝：田壟。）㊕ **合縱**。**戰國時期六國反對秦國的聯盟**。李斯《諫逐客書》："遂散六國之～。" **這個意義後來寫作"縱"**。❽ zòng ㊥ zung³ **放縱，縱容**。《漢書・鼂錯傳》："其行罰也，非以忿怒妄誅而～暴心也。" **這個意義後來寫作"縱"**。❾ ㊥ sung¹ [**從容**] ① **不慌不忙**。《史記・留侯世家》："(張)良嘗閑～～步遊下邳 (pī ㊥ pei⁴) 圯 (yí ㊥ ji⁴) 上。"（下邳：地名。圯：橋。）**成語有"從容不迫"**。② **慫恿，鼓動人做壞事**。《史記・淮南衡山列傳》："日夜～～王密謀反事。"

9 **復** fù ㊥ fuk⁶ ❶ **回來，回去**。屈原《九章・哀郢》："至今九年而不～。"㊛ **恢復**。《史記・孟嘗君列傳》："王召孟嘗君而～其相位。"❷ **報復**。《鹽鐵論・本議》："有北面～匈奴之志。"❸ ㊥ fau⁶ **再，又**。《韓非子・五蠹》："冀～得兔，兔不可～得。"（冀：希望。）《東漢民謠》："小民髮如韭，剪～生，頭如雞，割～鳴。"❹ ㊥ fuk¹ **回答**。《史記・司馬相如列傳》："王辭而不～。"❺ **免除賦稅徭役**。《史記・高祖本紀》："沛幸得～，豐未～。"（沛、豐：地名。）❻ ㊥ fuk¹ **通"複"**。**夾層的**。《漢書・張良傳》："從～道望見諸將往往數人偶語。"（復道：古代宮中樓閣相通，上下都有通道，上面架空的通道叫"復道"。偶語：相對私語。）㊟ **重複**。《左傳・桓公十七年》："～惡已甚矣。"《史記・秦始皇本紀》："五帝不相～，三代不相襲。"【**辨**】**復，覆，複**。見 578 頁"覆"字。

9 **徨** huáng ㊥ wong⁴ [**徨徨**] **心神不安的樣子**。《漢書・揚雄傳》："徒回回以～～兮。" [**彷徨**] 見 191 頁"彷"字。

9 **循** xún ㊥ ceon⁴ ❶ **順着**。《左傳・昭公二十三年》："～山而南。" ㊛ **遵循，沿襲**。屈原《離騷》："～繩墨而不頗。"（繩墨：準則，法度。）[**循循**] ① **順着的樣子**。《素問・刺腰痛論》："少陽令人腰痛，如以針刺其皮中，～～然，不可以俛仰，不可以顧。"（俛：俯。）② **有步驟的樣子**。《論語・子罕》："夫子～～然善誘人。" ❷ **撫摩**。《漢書・李陵傳》："而數數自～其刀環。" ㊛ **安慰，慰問**。《漢書・蕭何傳》："拊 (fǔ ㊥ fu²) ～勉百姓。"（拊：撫，安撫。）❸ **通"巡"**。**巡視**。《漢書・宣帝紀》："遣大中大夫強等十二人～行天下。"（大中大夫：即太中大夫。官名。強：人名。）

10 **微** wēi ㊥ mei⁴ ❶ **隱蔽，藏匿**。《左傳・哀公十六年》："白公奔山而縊 (yì ㊥ ai³/ngai³)，其徒～之。"（白公：人名。縊：上吊。徒：同黨，同夥。）㊛ **不顯露的**。《韓非子・外儲説右下》："桓公～服而行於民間。"（微服：國君或官吏穿着一般人的衣服。）㊟ **暗中伺察**。柳宗元《童區寄傳》："童～伺 (sì ㊥ zi⁶) 其睡。" ❷ **深奧，微妙**。劉禹錫《天論中》："其理～。"（理：道理。）**成語有"微言大義"**。❸ **微小，輕微**。《韓非子・六反》："垤 (dié ㊥ dit⁶) ～小。"（垤：小土堆。）《莊子・養生主》："動刀甚～。"（甚：很。）❹ **稍微**。賈思勰《齊民要術・種瓜》："兩行～相近。" ❺ **地位低下，卑賤**。《史記・高祖本紀》："大王起～細。"（微細：地位低。）❻ **衰敗，衰弱**。《史記・李斯列傳》："周室卑～，諸侯相兼。" ❼ **如果不是，如果沒有**。《論語・

憲問》:"～管仲，吾其被髮左衽矣。"㊋ 非。《詩經・邶風・柏舟》:"～我無酒，以敖以遊。"㊋ 無。蕭統《文選序》:"積水曾～增冰之凜。"

10 **徯** xī ㊚ hai4 ❶ **等待**。《尚書・仲虺之誥》:"～予后。"(予：我。后：君王。) ❷ **通"蹊"。小路**。《漢書・貨殖列傳》:"矰 (zēng ㊚ zang1) 弋 (yì ㊚ jik6) 不施於～隧。"(矰弋：用拴着絲繩的箭射鳥。徯隧：小道。)

10 **徭** yáo ㊚ jiu4 **勞役**。《韓非子・詭使》:"以避～賦。"仲長統《昌言・損益》:"～役並起，農桑失業。"**又寫作"繇"**。

10 **徬** páng ㊚ pong4 ❶ [徬徨 (huáng ㊚ wong4)] **徘徊**。《太平廣記》卷四百："出於堂，～～而行。"❷ bàng ㊚ bong6 **通"傍"。依附**。《周禮・地官・牛人》:"凡會同軍旅行役，共其兵車之牛，與其牽～，以載公任器。"

12 **德** (悳) dé ㊚ dak1 ❶ **道德，品行**。《荀子・王制》:"無～不貴，無能不官。"❷ **恩德，恩惠**。《韓非子・解老》:"有道之君，外無怨讎於鄰敵，而內有～澤於人民。"《史記・秦始皇本紀》:"刻石頌秦～。"㊋ **感激**。《韓非子・外儲説左下》:"以功受賞，臣不～君。"❸ **心意**。《詩經・衞風・氓》:"士也罔極，二三其～。"(罔極：無常，沒有定準。二三其德：指變了心。) **成語有"同心同德"**。

12 **徵** zhēng ㊚ zing1 ❶ **召，徵召。特指君召臣**。《史記・呂太后本紀》:"趙相～至長安，迺使人復召趙王。"❷ **追究，追問**。《左傳・僖公四年》:"寡人是～。"(寡人追究這件事。寡人：國君自稱。) ❸ **證明**。《荀子・性惡》:"善言天者必有～於人。"(善於説天的道理的人，必須用人所做的事來證明。) ❹ **應驗**。**如"休徵"(好的應驗)、"咎徵"(不好的應驗)**。㊞ **跡象，預兆**。《史記・項羽本紀》:"兵未戰而先見敗～。"❺ **求，取**。《戰國策・宋衞策》:"梁王伐邯鄲而～師於宋。"《北齊書・蘇瓊傳》:"州計戶～租。"❻ **徵稅**。《唐會要》卷八十四："據諸州府應～兩稅。"❼ zhǐ ㊚ zi2 **五音(宮、商、角、徵、羽)之一。見714頁"音"字**。

【注意】在古代，"征"和"徵"是兩個字，除"徵收賦稅"的意義外，其他意義各不相同。

12 **徹** chè ㊚ cit3 ❶ **通達，貫通**。《列子・湯問》:"汝心之固，固不可～。"(固：固執。) 江淹《西洲曲》:"置蓮懷袖中，蓮心～底紅。"㊞ **深透，透徹**。劉禹錫《西山蘭若試茶歌》:"清峭～骨煩襟開。"(清峭：指茶清涼。) ❷ **通"撤"。撤去**。《左傳・襄公二十三年》:"平公不～樂。"㊋ **拆除**。《詩經・小雅・十月之交》:"～我牆屋。"㊋ **撤退**。《三國志・吳書・吳主傳》:"合肥未下，～軍還。"(下：攻下。) ❸ **周代的田稅制度，十一而稅**。《孟子・滕文公上》:"周人百畝而～，其實皆什一也。"

13 **徼** jiǎo ㊚ hiu1 ❶ jiào ㊚ giu3 **邊界**。《史記・司馬相如列傳》:"南至牂牁 (zāng kē ㊚ zong1 go1) 為～。"(牂牁：地名。) ❷ jiào ㊚ giu3 **巡察**。《漢書・百官公卿表》:"中尉，秦官，掌～循京師。"❸ yāo ㊚ jiu1 **求，求取**。《左傳・成公二年》:"吾子惠～齊國之福。"㊋ **攔截**。《史記・司馬相如列傳》:"～麋鹿之怪獸。"**上述❸㊋後來寫作"邀"**。❹ [**徼倖**] **同"僥倖"。見38頁"僥"字**。

14 **徽** huī ㊚ fai1 ❶ **三股線合成的繩索**。《周易・坎》:"係用～纆。"(纆：兩股線合成的繩索。) ㊞ **捆綁，束縛**。揚雄《解嘲》:"～以糾墨，製以鑕鈇 (zhì fū ㊚ zat1 fu1)。"(用繩子捆綁，用鑕鈇殺人。糾墨：繩索。鑕鈇：殺人的刑具。)

(特) **琴徽，繫琴弦的繩子**。陸機《文賦》："猶弦么而～急。"（么：短。急：指緊。）❷ **佩巾**。張衡《思玄賦》："揚雜錯之袿（guī (粵) gwai1）～。"（雜錯：指色彩繽紛。袿：婦女穿的上衣。）❸ **標識，符號**。左思《魏都賦》："～幟以變，器械以革。"（革：改革。）❹ **美好**。《詩經・大雅・思齊》："大姒嗣～音，則百斯男。"鮑照《數詩》："賓友仰～容。"❺ **通"揮"。彈奏**。《淮南子・主術》："夫榮啟期一彈而孔子三日樂，感于和；鄒忌一～而威王終夕悲，感于憂。"

心部

0 **心** xīn (粵) sam1 ❶ **心臟**。《列子・湯問》："內則肝膽～肺脾腎腸胃。"**古人把心看作思想的器官**。《孟子・告子上》："～之官則思。"(引) **內心**。屈原《離騷》："亦余～之所善兮，雖九死其猶未悔。"(引) **心思，意念**。《荀子・君道》："無貪利之～。"**成語有"心不在焉"**。❷ **中心，中央**。李白《送麴十少府》詩："流水折江～。"（折：彎曲。）❸ **星宿名。二十八宿之一**。

1 **必** bì (粵) bit1 ❶ **一定，必然**。《論語・述而》："三人行，～有我師焉。"《商君書・更法》："治世不一道，便國不～法古。"（便國：對國家有利。法古：效法古代。）(又) **表示一定要實行**。《漢書・宣帝紀贊》："孝宣之治，信賞～罰。"（孝宣：漢宣帝。信賞必罰：獎賞守信用，刑罰堅決執行。）❷ **完全肯定**。《論語・子罕》："子絕四：毋意，毋～，毋固，毋我。"❸ **倘若，假如**。《史記・廉頗藺相如列傳》："王～無人，臣願奉璧往使。"杜荀鶴《題會上人院》詩："～能行大道，何用在深山？"

2 **忉** dāo (粵) dou1 **憂傷**。《李翊夫人碑》："誰不～兮作哀聲。"［**忉忉**］① **憂傷的樣子**。《詩經・齊風・甫田》："無思遠人，勞心～～。"② **嘮叨，絮煩**。歐陽修《與王懿敏公書》："客多，偷隙作此簡，鄙懷欲述者多，不覺～～。"［**忉怛**（dá (粵) daat3）］**憂傷、悲哀的樣子**。李陵《答蘇武書》："異方之樂，秖令人悲，增～～耳。"

3 **志** zhì (粵) zi3 ❶ **心意**。《尚書・舜典》："詩言～。"（詩歌是表達內心思想的。）(又) **志向**。《史記・陳涉世家》："燕雀安知鴻鵠（hú (粵) huk6）之～哉！"（安：哪裏。鴻鵠：天鵝。）**成語有"志同道合"、"志大才疏"**。(又) **對……有志**。《論語・為政》："吾十有五而～于學。"❷ **記，記住**。《史記・屈原賈生列傳》："博聞強～。"❸ **記述**。《莊子・逍遙遊》："齊諧者，～怪者也。"（齊諧是一部記載異聞的書。齊諧：書名。）(又) **記事的書或文章。如《三國志》、縣志。上述❷❸** (又) **後來又寫作"誌"**。❹ (粵) ci3 **通"幟"。旗幟**。《史記・劉敬叔孫通列傳》："設兵，張旗～。"

3 **忖** cǔn (粵) cyun2 **思量，揣度**。《三國志・蜀書・諸葛亮傳》："昔蕭何薦韓信，管仲舉王子城父（fǔ (粵) fu2），皆～己之長，未能兼有故也。"［**忖度**（duó (粵) dok6）］① **推測**。《詩經・小雅・巧言》："他人有心，予～～之。"曹操《讓縣自明本志令》："妄相～～。"（胡亂猜測。妄：胡亂。）② **思量**。《後漢書・鄭玄傳》："吾自～～，無任於此。"

3 **忒** tè (粵) tik1 ❶ **差錯**。《周易・豫》："日月不過，而四時不～。"《孫子兵法・形》："不～者，其所措必勝。"（所措：採取的措施。）(又) **過失**。《韓非子・主道》："聞其主之～。"❷ **邪惡**。陳琳《為袁紹檄豫州》："而操遂承資跋扈，肆行凶～。"❸ **變化，變更**。柳宗元《祭呂衡州温文》："推而下之，法度不～。"❹ **過於，太（後起意義）**。楊萬里《題張垣夫腴莊圖》詩之二："一時奄有～傷廉。"

3 **忌** jì (粵) gei6 ❶ **憎恨**。《管子・大匡》："諸侯加～於君。"（加：施加。）(又) **嫉妒**。《史記・陳丞相世家》："項王為人，意～信讒。"❷ **顧忌，畏懼**。《荀子・大略》："齊人欲伐魯，～卞莊子。"（卞莊子：人名。）《三國志・吳書・呂蒙傳》："羽不足～。"（羽：指關羽。）❸ **忌諱，禁忌**。《韓非子・外儲說左下》："公室卑，則～直言。"（卑：低下，卑賤。）❹ **語氣詞**。《詩經・鄭風・大叔于田》："叔善射～，又良御～。"（大叔善於射箭，又善於駕車。御：駕車。）

3 **忍** rěn (粵) jan2 ❶ **忍耐，容忍**。《論語・八佾》："是可～也，孰不可～也？"(又) **抑制**。《荀子・儒效》："志～私然後能公。"成語有"忍俊不禁"。❷ **忍心**。《孟子・梁惠王上》："臣固知王之不～也。"(又) **捨得，甘願**。《後漢書・王符傳》："寧見朽貫千萬，而不～貸人一錢。"❸ **狠心（加害）**。《韓非子・內儲說下》："公不～之，彼將～公。"（公：你。）(引) **殘忍**。《後漢書・荀爽傳》："爽見董卓～暴滋甚，必危社稷。"（滋甚：越來越厲害。社稷：指國家。）

4 **忝** tiǎn (粵) tim2 **有愧於，辱沒**。《尚書・堯典》："否德，～帝位。"《漢書・敘傳下》："陵不引決，～世滅姓。"（陵：李陵。引決：指自殺。）(引) **慚愧**。李商隱《籌筆驛》詩："管樂有才真不～。"（管樂：管仲和樂毅。）(又) **謙辭**。《後漢書・楊賜傳》："臣受恩偏特，～任師傅。"成語有"忝列門牆"（愧在師門）。

4 **忠** zhōng (粵) zung1 ❶ **盡心竭力**。《論語・學而》："為人謀而不～乎？"❷ **忠於君主**。《戰國策・秦策一》："昔者子胥～其君。"

4 **念** niàn (粵) nim6 ❶ **想念，惦念**。《戰國策・趙策四》："～悲其遠也。"（惦念、傷心她嫁到遠方去。）(又) **思考，考慮**。《史記・李將軍列傳》："將軍自～，豈嘗有所恨乎？"(引) **念頭，想法**。班固《西都賦》："攄（shū (粵) syu1）懷舊之蓄～，發思古之幽情。"（攄：抒發。）❷ **憐愛，可愛**。韓愈《殿中少監馬君墓志》："眉眼如畫，髮漆黑，肌肉玉雪可～。"(又) **可憐**。杜甫《述古》詩："竹花不結實，～子忍朝饑。"❸ **誦讀**。《漢書・張禹傳》："欲為《論》，～張文。"（《論》：《論語》。）《六祖壇經・機緣》："法達即高聲～經至《譬喻品》。"

4 **忿** fèn (粵) fan5 **憤怒，怨恨**。《孫子兵法・謀攻》："不勝其～。"（非常憤怒。）曹操《讓縣自明本志令》："為強豪所～。"

4 **忽** hū (粵) fat1 ❶ **不注意，不重視**。《韓非子・存韓》："願陛下幸察愚臣之計，無～。"（察：審察。）❷ **快速**。《左傳・莊公十一年》："其亡也～焉。"(引) **忽然**。《晉書・謝安傳》："金鼓～破。"(引) **輕捷，輕易**。《荀子・強國》："（莫邪劍）劙（lí (粵) lei4）盤盂，刎牛馬～然耳。"（劙：割。盤盂：指銅器。刎：殺。）❸ **滅亡，堙沒**。《詩經・大雅・皇矣》："是伐是肆，是絕是～。"《大戴禮記・武王踐阼》："黃帝顓頊之道存乎？意亦～不可得見與？"❹ **遼闊渺茫的樣子**。屈原《九歌・國殤》："平原～兮路超遠。"（超遠：遙遠。）［**忽忽**］**恍忽**。司馬遷《報任安書》："居則～～若有所亡。"（居：指在家時。亡：失。）❺ **古代長度單位。尺的百萬分之一**。《孫子算經》卷上："十～為一絲，十絲為一毫。"

4 **忞** mín (粵) man4 ❶ **自強**。《說文・心部》："忞，彊也……《周書》曰：'在受德～。'"❷ wěn［**忞忞**］**蒙昧的樣子**。

《揚子法言・問神》："傳千里之～～者，莫如書。"

4 **忨** wán (粵) jyun4/wun6 **苟安**。《國語・晉語八》："今～日而潋（kài (粵) koi3）歲，怠偷甚矣。"（潋：通"愒"。）

4 **忮** zhì (粵) zi3 ❶ **忌恨**。《詩經・邶風・雄雉》："不～不求，何用不臧？"（求：貪求。臧：善。）❷ **剛愎，狠戾**。《管子・形勢解》："能寬裕純厚而不苛～，則民人附。"(引) **違逆**。《莊子・天下》："不苟于人，不～于眾。"

4 **忡** (**爞**)chōng (粵) cung1 **憂愁的樣子**。《詩經・邶風・擊鼓》："不我以歸，憂心有～。"（以：與。有：詞頭。）**也常疊用**。《詩經・召南・草蟲》："未見君子，憂心～～。"

4 **忤** wǔ (粵) ng5 **違反，抵觸**。《韓非子・難言》："且至言～於耳而倒於心。"（至言：最有道理的話。倒：不順。）

4 **忻** xīn (粵) jan1 **喜悦，高興**。《史記・周本紀》："心～然説。"（説：悦。）《世説新語・任誕》："張素聞其名，大相～待。"

4 **忪** sōng (粵) sung1 ❶ zhōng (粵) zung1 **心跳，驚恐**。《巢氏諸病源候總論・穀疸候》："食畢頭眩心～。"❷ zhōng (粵) zung1 ［怔忪］**見200頁"怔"字**。❸［惺忪］**見211頁"惺"字**。

4 **忣** jí (粵) gap1 **同"急"**。**迫切**。《淮南子・繆稱》："～於不己知者，不自知也。"

4 **忭** biàn (粵) bin6 **喜樂**。謝莊《謝賜貂裘表》："臣歡～自歌。"

4 **忱** chén (粵) sam4 ❶ **誠信，真誠而有信用**。《尚書・大誥》："天棐（fěi (粵) fei2）～辭，其考我民。"（棐：輔助。）(引) **真誠的心意**。劉基《癸巳正月在杭州作》詩："微微螻蟻～，鬱鬱不得吐。"（螻蟻忱：比喻自己微小的心意。鬱鬱：抑鬱，憂悶。）❷ **信任**。《詩經・大雅・大明》："天難～斯，不易維王。"（斯：句末語氣詞。）元稹《桐花》詩："五者苟不亂，天命乃可～。"

4 **快** kuài (粵) faai3 ❶ **高興，痛快**。《戰國策・秦策五》："文信侯去而不～。"宋玉《風賦》："～哉此風。"❷ **放縱，放肆**。《戰國策・趙策二》："恭於教而不～，和於下而不危。"**成語有"大快人心"**。❸ **快。與"慢"相對（後起意義）**。楊衒之《洛陽伽藍記・城西》："～馬健兒。"❹ **鋭利，鋒利（後起意義）**。李商隱《行次西郊作》詩："～刀斷其頭。"【注意】"快"在上古只作"高興"、"痛快"講。【辨】快，速，疾，捷。見648頁"速"字。

4 **忸** niǔ (粵) nau2 ❶［忸怩］① **羞慚**。《尚書・五子之歌》："鬱陶乎予心，顏厚有～～。"② **猶豫**。韓偓《送人棄官入道》詩："～～非壯志，擺脱是良圖。"❷ **習慣**。《荀子・議兵》："～之以慶賞，鰌（qiū (粵) cau4/cau1）之以刑罰。"（鰌：逼迫。）

4 **忳** tún (粵) tyun4 ❶ **憂傷，憂愁**。屈原《離騷》："～鬱邑余侘傺兮。"［忳忳］**憂愁煩悶的樣子**。屈原《九章・惜頌》："中悶瞀之～～。"❷ dùn (粵) deon3［忳忳］**無知的樣子**。賈誼《新書・先醒》："～～然猶醉也。"❸ zhūn (粵) zeon1［忳忳］**誠懇的樣子**。朱熹《楚辭集注・九辯》："紛～～之願忠兮，妒被離而鄣之。"

5 **思** sī (粵) si1 ❶ **想念，懷念**。《詩經・鄭風・褰裳》："子惠～我，褰裳涉溱。"李白《靜夜思》詩："舉頭望明月，低頭～故鄉。"(引) **思考，想**。《荀子・勸學》："吾嘗終日而～矣，不如須臾之所學也。"(又) **悲愁，傷感**。張華《勵志》詩："吉士～秋。"韓愈《與鄂州柳中丞書》："行者有羇旅離別之～。"❷ **句首、句中、句**

末語氣詞。《詩經·魯頌·駉》："～馬斯臧。"（馬都很健壯。斯：句中語氣詞。）《詩經·小雅·桑扈》："旨酒～柔。"（旨酒：美酒。柔：指好。）《詩經·小雅·采薇》："昔我往矣，楊柳依依，今我來～，雨雪霏霏。"（依依：輕柔的樣子。霏霏：形容雪下得緊密的樣子。雨雪：下雪。）❸（**舊讀** sì）(粵) si3/si1 **心情，思緒**。曹植《王仲宣誄》："～若湧泉。"柳宗元《登柳州城樓》詩："海天愁～正茫茫。"

5 **怨** yuàn (粵) jyun3 ❶ **埋怨，責備**。《荀子·法行》："～天者無識。"❷ **怨恨，仇恨**。《史記·秦本紀》："繆公之～此三人入於骨髓。"【**辨**】**憾，恨，怨**。**見204頁"恨"字**。

5 **急** jí (粵) gap1 ❶（**性情**）**急躁**。《韓非子·觀行》："西門豹之性～。"❷ **迫切，緊急**。《孟子·盡心上》："堯舜之知而不遍物，～先務也。"杜甫《兵車行》："縣官～索租，租稅從何出？"(引) **急需的、緊急嚴重的事情**。《論語·雍也》："君子周～不繼富。"（周：救濟。）《鹽鐵論·非鞅》："鹽鐵之利，所以佐百姓之～。"（佐：指幫助解決。）**成語有"當務之急"**。⊗ **危急**。《左傳·僖公三十年》："吾不能早用子，今～而求子，是寡人之過也。"❸ **快，急速**。酈道元《水經注·河水》："水流迅～，勢同三峽。"❹ **緊，緊縮**。賈思勰《齊民要術·種桃柰》："桃性皮～。"

5 **怔** zhēng (粵) zing1 ❶［**怔忪**（zhōng (粵) zung1）］**驚懼的樣子**。《潛夫論·救邊》："羽檄狎至，乃復～～如前。"**又寫作"征忪"**。❷［**怔營**］**惶恐不安的樣子**。《後漢書·蔡邕傳》："～～怖悸。"又寫作"征營"、"正營"。

5 **怯** qiè (粵) hip3 **膽小，畏懼**。**與"勇"相對**。《孫子兵法·軍爭》："勇者不得獨進，～者不得獨退。"《朱子語類》卷一三二："虜人大敗，方有～中國之意。"

5 **怙** hù (粵) wu6 **依仗，憑藉**。《詩經·小雅·蓼莪》："無父何～，無母何恃。"柳宗元《封建論》："～勢作威。"（勢：權勢。）**雙音詞有"怙恃"**。**成語有"怙惡不悛**（quān (粵) syun1）"。⊗ **特指父親**。白居易《祭烏江十五兄文》："孩失其～，幼喪所親。"（孩：嬰兒。）

5 **怵** chù (粵) zeot1 ❶ **恐懼，害怕**。《莊子·應帝王》："勞形～心者也。"❷ **警惕**。《莊子·養生主》："～然為戒。"［**怵惕**］① **害怕，提心吊膽**。《尚書·冏命》："～～惟厲。"（厲：禍害。）李白《古風五十九首》之二十四："行人皆～～。"② **驚懼，戒懼**。《孟子·公孫丑上》："今人乍見孺子將入於井，皆有～～惻隱之心。"杜甫《北征》詩："拜辭詣闕下，～～久未出。"❸ **悲傷**。《禮記·祭統》："心～而奉之以禮。"❹ xù (粵) seot1 **誘惑，引誘**。《漢書·食貨志下》："善人～而為奸邪。"（好人被引誘去做壞事。）

5 **怖** bù (粵) bou3 ❶ **驚惶，害怕**。《淮南子·詮言》："福至則喜，禍至則～。"《三國志·魏書·郭嘉傳》："虜卒（cù (粵) cyut3）聞太祖至，惶～合戰。"（虜：對敵人的蔑稱。）❷ **恐嚇**。《後漢書·第五倫傳》："巫祝有依託鬼神詐～愚民，皆案論之。"（巫：巫婆。祝：祭禱時向"鬼神"禱告的人。案論：審問定罪。）《列子·仲尼》："怒其妻而～之。"

5 **怦** pēng (粵) paang1［**怦怦**］① **心急的樣子**。宋玉《九辯》："私自憐兮何極，心～～兮諒直。"② **心跳的樣子**。柳宗元《河間傳》："心～～恆若危柱之弦。"

5 **怛** dá (粵) daat3 ❶ **痛苦，憂傷**。《詩經·檜風·匪風》："顧瞻周道，中心～兮。"（周道：大路。中心：心中。）《鹽鐵論·誅秦》："支體傷而心憯～。"（支：同"肢"。憯：通"慘"。）［**怛怛**］**憂傷不**

安的樣子。杜甫《秋日夔府詠懷奉寄鄭監李賓客》："別離憂～～。"❷ **驚恐**。《史記·文帝本紀》："為之～惕不安。"（惕：害怕。）(反) **使害怕，嚇唬**。柳宗元《三戒·臨江之麋》："群犬垂涎，揚尾皆來，其人怒，～之。"

5 **怞** chōu (粵) cau^{4} ❶ **同"妯"。不平靜**。《詩經·小雅·鼓鍾》："憂心且妯。"《說文》**引作"憂心且怞"**。❷ yóu (粵) jau^{4} [**怞怞**] **憂愁的樣子**。《楚辭·九懷·危俊》："永余思兮～～。"

5 **怏** yàng (粵) joeng^{3}/joeng^{2} ❶ [**怏然**] **不滿意、不服氣的樣子**。《戰國策·趙策三》："辛垣衍～～不說。"（辛垣衍：人名。說：悅。）❷ [**怏怏**] **不滿意，不服氣**。《史記·白起王翦列傳》："白起之遷，其意尚～～不服。"《後漢書·彭寵傳》："愈～～不得志。"

5 **性** xìng (粵) sing^{3} ❶ **人的本性**。《論語·陽貨》："～相近也，習相遠也。"❷ **事物的固有特點**。《荀子·性惡》："直木不待檃栝（yǐn kuò (粵) jan^{2} kut^{3}）而直者，其～直也。"（檃栝：矯正彎曲木材的器具。）❸ **性格，性情**。《世說新語·忿狷》："王藍田～急。"❹ **性命，生命**。《左傳·昭公八年》："民力彫盡……莫保其～。"（彫盡：竭盡。）

5 **怍** (**怎**)zuò (粵) zok^{6} ❶ **慚愧**。《莊子·讓王》："行修於內者，無位而不～。"《孟子·盡心上》："仰不愧於天，俯不～於人。"❷ **顏面變色**。《禮記·祭義》："是故孝子臨尸而不～。"

5 **怕** pà (粵) paa^{3} ❶ bó (粵) bok^{6} **恬淡**。《文選·司馬相如〈子虛賦〉》："～乎無為，憺乎自持。"支遁《詠懷詩五首》之四："憺～為無德，孤哉自有鄰。"❷ **害怕，畏懼（後起意義）**。杜甫《官定後戲贈》詩："老夫～趨走，率府且逍遙。"(引) **擔心，憂慮（後起意義）**。施肩吾《古別離二首》之二："不愁寒無衣，不～飢無糧。"

5 **怐** kòu (粵) kau^{3} [**怐愗**（mào (粵) mau^{6}）] **愚昧**。宋玉《九辯》："直～～而自苦。"**這個意義又寫作"溝瞀"、"佝瞀"**。

5 **怩** ní (粵) nei^{4} [**忸怩**] **見 199 頁"忸"字**。

5 **怫** fú (粵) fat^{6} ❶ **鬱結**。《素問·六元正紀大論》："其病氣～於上。"[**怫鬱**] **心情不舒暢**。曹操《苦寒行》："我心何～～。"（何：多麼。）❷ [**怫然**] **生氣、發怒的樣子**。《莊子·天地》："則～～作色。"《戰國策·魏策四》："秦王～～怒。"❸ bèi (粵) bui^{6} **通"悖"。違反，違背**。柳宗元《斷刑論》："知權者不以常人～吾慮。"（權：權宜，變通。）

5 **怓** náo (粵) naau^{4} **混亂**。《詩經·大雅·民勞》："無縱詭隨，以謹惛～。"

5 **怊** chāo (粵) ciu^{1} [**怊乎**] [**怊然**] **失意悵惘的樣子**。《莊子·天地》："～乎若嬰兒之失其母也。"《新唐書·隱逸傳序》："使人君常有所慕企，～然如不足。"[**怊怊**] **悵惘的樣子**。《楚辭·九思·守志》："烏鵲驚兮啞啞，余顧瞻兮～～。"[**怊悵**] **失意的樣子**。宋玉《高唐賦》："悠悠忽忽，～～自失。"

5 **怪** (**恠**)guài (粵) gwaai^{3} ❶ **奇異的，不常見的**。《荀子·天論》："～星之黨見。"（黨：通"儻"。偶然。）(反) **怪物，怪事**。《莊子·逍遙遊》："齊諧者，志～者也。"（齊諧：書名。志：記。）❷ **奇怪，驚疑**。《史記·商君列傳》："民～之，莫敢徙。"（徙：遷移。）❸ **責怪，埋怨**。《荀子·正論》："不～朱象而非堯舜。"（朱、象：人名。）

5 **怡** yí (粵) ji^{4} **和悅，愉快**。屈原《九章·哀郢》："心不～之長久兮。"陶潛《桃花源記》："並～然自樂。"**成語有"心曠神怡"**。

5 **怳** huǎng 粵 fong^{2} ❶ **失意的樣子**。屈原《九歌・少司命》："望美人兮未來，臨風～兮浩歌。" ❷ [**怳忽**] ① **隱隱約約，看不清楚的樣子**。《淮南子・原道》："乘雲車，入雲蜺，游微霧，騖 (wù 粵 mou^{6}) ～～。" ② **神志不定的樣子**。宋玉《神女賦序》："精神～～，若有所喜。"【注意】**在古代"怳"和"恍"是不同的兩個字，部分字義相通。現"怳忽"寫作"恍忽"。**

5 **怒** nù 粵 nou^{6} ❶ **生氣，憤怒**。《詩經・衛風・氓》："將子無～，秋以為期。" 杜甫《石壕吏》："吏呼一何～，婦啼一何苦。" **成語有"怒髮衝冠"**。❷ **形容氣勢強盛**。《莊子・逍遙遊》："～而飛，其翼若垂天之雲。" (引) **旺盛，猛烈**。《莊子・外物》："春雨日時，草木～生。" 杜甫《茅屋為秋風所破歌》："八月秋高風～號。" **熟語有"鮮花怒放"**。❸ **奮起，奮發**。《莊子・人間世》："～其臂以當車轍。"【辨】**慍，怒。見211頁"慍"字。**

5 **怠** dài 粵 toi^{5} ❶ **怠慢，輕慢，不恭敬**。《荀子・儒效》："以是尊賢畏法而不敢～傲。"《宋史・楊願傳》："守卒皆～炎。"（炎：人名。）❷ **懶惰，鬆懈**。《商君書・弱民》："民畏死，事亂而戰，故兵農～而國弱。"《鹽鐵論・擊之》："耕～者無獲也。" ❸ **疲倦**。宋玉《高唐賦》："昔者，先王嘗遊高唐，～而晝寢。" 柳宗元《蝜蝂傳》："及其～而躓 (zhì 粵 zi^{3}) 也。"（直到它疲倦不堪而摔倒了。躓：跌倒。）

6 **恝** jiá 粵 gaat^{3} **忽視，不在意**。《孟子・萬章上》："夫公明高以孝子之心為不若是～。"

6 **恚** huì 粵 wai^{6} **惱怒，發怒**。《史記・陳涉世家》："廣故數言欲亡，忿～尉。"《三國志・吳書・呂蒙傳》："歸以告蒙母，母～，欲罰之。"（蒙：呂蒙。）

6 **恐** kǒng 粵 hung^{2} ❶ **驚恐，害怕**。《左傳・僖公二十六年》："室如懸罄，野無青草，何恃而不～？"《荀子・非十二子》："是以不誘於譽，不～於誹。"（是以：因此。誹：毀謗。）⊗ **威嚇，嚇唬**。《史記・秦始皇本紀》："李斯因說秦王，請先取韓以～他國。"（韓：韓國。）❷ **恐怕**。《孟子・梁惠王上》："此惟救死而～不贍，奚暇治禮義哉？"（不贍：來不及。）《史記・廉頗藺相如列傳》："償城～不可得。"（償：補償。）

6 **恥** (耻) chǐ 粵 ci^{2} ❶ **恥辱，可恥的事情**。《呂氏春秋・順民》："越王苦會稽之～。"（會稽：地名。）⊗ **使恥辱，侮辱**。《國語・越語上》："昔者夫差～吾君於諸侯之國。" ❷ **羞愧**。《孟子・盡心上》："人不可以無～。" 柳宗元《與顧十郎書》："其或少知～懼。"（或：有的人。）【辨】**羞，恥，辱。見643頁"辱"字。**

6 **恭** gōng 粵 gung^{1} **恭敬，謙遜有禮**。《論語・公冶長》："其行己也～，其事上也敬。"《史記・蕭相國世家》："相國年老，素～謹。"（相國：官名，指蕭何。素：向來。）【辨】**恭，敬。見259頁"敬"字。**

6 **恧** nǜ 粵 nuk^{6} **慚愧**。《史記・司馬相如列傳》："以登介丘，不亦～乎？" 張衡《思玄賦》："苟中情之端直兮，莫吾知而不～。"

6 **恩** ēn 粵 jan^{1} ❶ **恩惠**。《孟子・梁惠王上》："今～足以及禽獸，而功不至於百姓者，獨何與？"（獨何與：卻是為甚麼呢？與：語氣詞。）魏徵《諫太宗十思疏》："～所加，則思無因喜以謬賞。"（謬賞：指獎賞不當。）⊗ **施恩惠**。賈誼《新書・傅職》："天子不～於親戚。" ❷ **親愛，有情義**。《韓非子・六反》："不養～愛之心而增威嚴之勢。"（養：培養。）《三國志・蜀書・劉曄傳》："且關羽與備，義為君臣，～猶父子。"

6 **息** xī 粵 sik^{1} ❶ **呼吸**。《論語・鄉黨》："屏氣似不～者。" ⊗ **歎息**。《史

記・陳涉世家》："陳涉太～曰：'嗟乎，燕雀安知鴻鵠 (hú 粵 huk6) 之志哉？'"(安：哪裏。鴻鵠：天鵝。) ❷ **停止**。《周易・乾》："天行健，君子以自強不～。" **成語有"息事寧人"**。(反) **滅**。《周易・革》："水火相～。" (引) **休息**。《孟子・梁惠王下》："飢者弗食，勞者弗～。" ❸ **生長，增長**。《淮南子・墬形》："禹乃以～土填洪水。"《韓非子・愛臣》："是以姦臣蕃～，主道衰亡。"(蕃：繁殖。) (反) **繁殖**。《荀子・大略》："有國之君不～牛羊，錯質之臣不～雞豚……從士以上皆羞利而不與民爭業。" ❹ **子女**。《戰國策・趙策四》："老臣賤～舒祺，最少，不肖。"(舒祺：人名。不肖：指不成才。) ❺ **利息**。王安石《答曾公立書》："無二分之～可乎。"

6 **恣** zì 粵 zi3/ci3 **放縱，無拘束**。《荀子・成相》："吏敬法令莫敢～。" (引) **任憑**。《戰國策・趙策四》："～君之所使之。"

6 **恬** tián 粵 tim4 ❶ **安靜，心神安適**。《世說新語・賞譽》："爾夜風～月朗。" 李白《下途歸石門舊居》詩："～然但覺心緒閑。"(但：只。) ❷ **淡泊，淡漠**。《後漢書・韋彪傳》："安貧樂道，～於進趣。" ❸ **安逸，舒適**。白居易《問秋光》詩："身心轉～泰。" ❹ **滿不在乎，坦然**。《荀子・富國》："輕非譽而～失民。"(輕非譽：不顧毀譽。) **成語有"恬不知恥"、"恬不為怪"**。

6 **恃** shì 粵 ci5 ❶ **依靠，依賴**。《詩經・小雅・蓼莪》："無父何怙？無母何～？" 賈誼《論積貯疏》："故其畜積足～。"(畜積：儲備。) **成語有"有恃無恐"**。❷ **母親的代稱 (後起意義)**。梅堯臣《贈陳孝子庸》詩："豈彼人兮忘～怙。"(怙：指父親。)

6 **恓** xī 粵 sai1 **悲傷**。李白《江夏行》："一種為人妻，獨自多悲～。" [**恓恓**] **同"栖栖"。忙碌不安**。《論衡・指瑞》："聖人～～憂世。" [**恓惶**] ① **忙碌不安**。歐陽修《投時相書》："抱關擊柝，～～奔走。" ② **淒涼，悲傷**。張籍《送韋評事歸華陰》詩："老大誰相識？～～又獨歸。"

6 **恆** (恒)héng 粵 hang4 ❶ **經常，常常**。《詩經・小雅・小明》："嗟爾君子，無～安處。"(無：不要。) 柳宗元《答韋中立論師道書》："庸蜀之南，～雨少日。"(庸蜀：指今四川。) **成語有"持之以恆"**。❷ **固定的，永久的**。《孟子・梁惠王上》："無～產而有～心者，惟士為能。" 柳宗元《送韋七秀才下第求益友序》："其文懿且高，其行愿以～。" (引) **常規，準則**。《國語・越語下》："因陰陽之～，順天地之常。" (特) **恆心**。《論語・子路》："人而無～，不可以作巫醫。" ❸ **平常，一般**。《戰國策・秦策二》："甘茂賢人，非～士也。"(甘茂：人名。) ❹ **恆山，在山西，五嶽中的北嶽**。

6 **恢** huī 粵 fui1 **廣大，寬廣**。《荀子・非十二子》："～然如天地之苞萬物。"(苞：通"包"。) [**恢恢**] **大，廣大**。《老子・七十三章》："天網～～，疏而不失。" (引) **擴大**。《漢書・敘傳》："～我疆宇，外博四荒。"《三國志・魏書・文帝紀》："～文武之大業。" [**恢復**] **收復。多指收復失地**。《新五代史・南唐世家・李景》："苟不能～～內地，申畫邊疆，便議班旋。" 岳飛《南京上高宗書略》："～～故疆。"

6 **恉** zhǐ 粵 zi2 **旨意**。許慎《說文解字敘》："究洞聖人之微～。"

6 **恍** huǎng 粵 fong2 ❶ **模糊，不清楚**。《老子・二十一章》："～兮惚兮，其中有物。" [**恍惚**] **模糊不清**。《韓非子・忠孝》："～～之言，恬淡之學，天下之惑術也。" **又寫作"怳忽"**。《史記・司馬相如列傳》："芒芒～～，視之無端，察之無崖。" ❷ [**恍然**] ① **猛然明白**。陳亮

《甲辰答朱元晦書》："發讀～～。"（發：打開。）成語有"恍然大悟"。② 彷彿。范成大《吳船錄》："平江親戚故舊來相迓者，陸續於道，～～如隔世焉。"

6 **恤** (卹) xù (粵) seot1 ❶ **擔憂，憂慮**。《左傳·閔公元年》："心苟無瑕，何～乎無家。" (引) **顧及**。《韓詩外傳》卷四："不～乎公道之達義，偷合苟同，以持祿養者，是謂國賊也。" ❷ **體恤，憐憫**。《史記·項羽本紀》："今不～士卒而徇其私。" ⊗ **救濟，周濟**。《北史·魏世祖太武帝紀》："州鎮十五饑，詔開倉振～之。"

6 **恑** guǐ (粵) gwai2 **變異**。《莊子·齊物論》："恢～憰怪，道通為一。"

6 **恂** xún (粵) seon1 ❶ **相信，信任**。《列子·周穆王》："且～士師之言可也。"（士師：主管獄訟的官。）❷ **恐懼，害怕**。《莊子·齊物論》："木處則惴慄（zhuì lì (粵) zeoi3 leot6）～懼。"（在樹上就恐懼害怕。）❸ **[恂恂]** ① **恭敬謹慎的樣子**。《漢書·馮參傳》："參為人矜嚴，好修容儀，進退～～。" ② **緊張擔心的樣子**。柳宗元《捕蛇者說》："吾～～而起。" ③ (粵) ceon4 ceon4 **通"循循"。有步驟的樣子**。《後漢書·趙壹傳》："失～～善誘之德。" ❹ **暢通**。《莊子·知北遊》："思慮～達，耳目聰明。"

6 **恟** xiōng (粵) hung1 **恐懼**。袁宏《後漢紀·光武皇帝紀》："城中～懼，夜空城走。" **[恟恟] 喧鬧或紛擾不安的樣子**。范仲淹《答趙元昊書》："昔在唐末，天下～～。"

6 **恪** kè (粵) kok3 **謹慎，恭敬**。《詩經·商頌·那》："溫恭朝夕，執事有～。"（有：形容詞詞頭。）

6 **恨** hèn (粵) han6 **遺憾，不滿意**。《荀子·堯問》："祿厚者民怨之，位尊者君～之。"（祿厚者：俸祿高的人。位尊者：地位尊貴的人。）《史記·魏其武安侯列傳》："侯自我得之，自我捐之，無所～。"（侯：指侯的爵位。捐：拋棄。）**【辨】憾，恨，怨。"憾"和"恨"是同義詞，都表示遺憾。先秦一般用"憾"，漢以後多用"恨"。"怨"和"恨"不是同義詞。在古書中"怨"表示仇視、懷恨，"恨"不表示仇視、懷恨。只有"怨恨"二字連用時才有仇恨的意思。**

6 **恈** móu (粵) mau4 **[恈恈] 貪愛的樣子**。《荀子·榮辱》："～～然唯利飲食之見，是狗彘之勇也。"

6 **恙** yàng (粵) joeng6 ❶ **憂**。《漢書·公孫弘傳》："君不幸罹霜露之疾，何～不已，乃上書歸侯，乞骸骨。"（已：止。）**[無恙] 平安無事**。《戰國策·齊策四》："威后問使者曰：'歲亦～～耶？民亦～～耶？王亦～～耶？'"**成語有"安然無恙"**。❷ **病（後起意義）**。秦觀《答張文潛病中見寄》詩："君其專精神，微～不足論。"

6 **恕** shù (粵) syu3 ❶ **推己及人**。《論語·衛靈公》："子貢問曰：'有一言而可以終身行之者乎？'子曰：'其～乎！己所不欲，勿施於人。'"任昉《齊竟陵文宣王行狀》："人有不及，內～諸己。"❷ **寬恕，原諒**。《戰國策·趙策四》："老臣病足，曾不能疾走，不得見久矣，竊自～。"（疾：快。竊：私下。）**成語有"恕己及人"**。

7 **患** huàn (粵) waan6 ❶ **擔憂，憂慮**。《論語·學而》："不～人之不己知，～不知人也。"《商君書·錯法》："地誠任，不～無財。"（地誠任：土地真正被利用。）(引) **不滿意**。《新唐書·敬播傳》："玄齡～顏師古注《漢書》文繁，令掇其要為四十篇。"❷ **憂患，災禍**。《韓非子·內儲說下》："苟成其私利，不顧國～。"（苟：如果。）《詩經·周頌·小毖》："予其懲而毖後～。"**成語有"有備無患"**。(引) **缺點，毛病**。《孟子·離婁上》："人之～

在好為人師。”(引) **疾病**。《太平廣記》卷一百三：“兒小時染～，遂殺一螃蟹，取汁塗瘡得瘥。”(又) **得……病**。《晉書·桓石虔傳》：“時有～瘧疾者。”

7 **悠** yōu (粵) jau4 ❶ **思念**。《詩經·周南·關雎》：“～哉～哉，輾轉反側。”（思念很深，翻來覆去睡不着。）❷ **長，遠**。《禮記·中庸》：“博厚配地，高明配天，～久無疆。”《詩經·小雅·漸漸之石》：“山川～遠，維其勞矣。”❸ **閒適的樣子**。陶潛《飲酒詩》之五：“采菊東籬下，～然見南山。”❹ [**悠悠**] ① **憂思的樣子**。《詩經·邶風·終風》：“～～我思。”② **遙遠，長久的樣子**。《詩經·王風·黍離》：“～～蒼天。”陳子昂《登幽州台歌》：“念天地之～～。”③ **閒適的樣子**。崔顥《黃鶴樓》詩：“白雲千載空～～。”④ **眾多的樣子**。《後漢書·李固傳》：“～～萬事。”

7 **悉** xī (粵) sik1 ❶ **詳盡**。《漢書·張釋之傳》：“對上所問禽獸簿甚～。”（對：對答。上：指漢文帝。禽獸簿：記載有關禽獸的簿冊。）(引) **詳盡地敍述，詳盡地知道**。司馬遷《報任安書》：“書不能～意。”《三國志·蜀書·諸葛亮傳》：“丞相亮其～朕意。”（朕：皇帝自稱。）(又) **盡**。《左傳·襄公十一年》：“諸侯～師以復伐鄭。”❷ **副詞。都，全**。《史記·燕召公世家》：“齊～復得其故城。”（齊：齊國。）

7 **悖** bèi (粵) bui6 ❶ **違背，相衝突**。《周易·頤》：“十年勿用，道大～也。”《韓非子·定法》：“故新相反，前後相～。”**這個意義又寫作“誖”**。(引) **背叛，叛亂**。《史記·匈奴列傳》：“高后時單于書絕～逆。”❷ **謬誤，荒謬**。《公孫龍子·白馬論》：“此天下之～言亂辭也。”《荀子·強國》：“若是其～繆也，而求有湯、武之功名，可乎？”❸ **惑亂，糊塗**。《戰國策·楚策四》：“先生老～乎？”❹ **遮蔽**。《莊子·胠篋》：“故上～日月之明。”❺ bó (粵) but6 **通“勃”**。**興起的樣子**。《左傳·莊公十一年》：“禹、湯罪己，其興也～焉。”[**悖然**] **突然的樣子**。《韓非子·內儲說下》：“王～～怒曰：‘劓（yì (粵) ji6）之！’御因揄（yú (粵) jyu4）刀而劓美人。”（揄刀：拿刀。）

7 **悚** sǒng (粵) sung2 ❶ **恐懼，驚恐**。《韓非子·內儲說上》：“皆～懼其所而不敢為非。”潘岳《射雉賦》：“情駭而神～。”（情：心情。神：精神。）**成語有“毛骨悚然”**。❷ **恭敬**。韓愈《上賈滑州書》：“是宜小子刻心～慕。”

7 **悟** wù (粵) ng6 ❶ **理解，明白**。《後漢書·張酺傳》：“數月，出為東郡太守，酺自以嘗經親近，未～見出。”（未悟見出：不明白被放為東郡太守的原因。）(引) **醒悟**。柳宗元《三戒·臨江之麋》：“麋（mí (粵) mei4）至死不～。”（麋：一種鹿。）❷ **聰慧**。**常“穎悟”、“秀悟”連用**。《宋書·謝靈運傳》：“靈運幼便穎～。”❸ **通“寤”**。**睡醒**。《論衡·問孔》：“適有臥厭不～者。”（厭：做噩夢。）

7 **悂** pī (粵) pei1 **錯誤**。揚雄《解嘲》：“故有造蕭何之律於唐虞之世，則～矣。”

7 **悄** qiǎo (粵) ciu2 ❶ **憂愁的樣子**。《詩經·陳風·月出》：“勞心～兮。”（勞心：憂心。）謝莊《月賦》：“～焉疚懷。”（疚懷：心裏痛苦。疚：憂苦。）[**悄悄**] ① **憂愁的樣子**。阮籍《詠懷》之十四：“～～令人悲。”（悲：傷心。）② **寂靜的樣子**。白居易《西樓夜》詩：“～～復～～，城隅隱林杪（miǎo (粵) miu5）。”（隅：角落。杪：樹枝的細梢。）❷ **寂靜，沒有聲音或聲音很低**。白居易《琵琶行》：“東船西舫～無言。”（舫：船。）蘇軾《蝶戀花·春景》：“笑漸不聞聲漸～，多情卻被無情惱。”

7 **悍** hàn (粵) hon6 ❶ **勇猛**。《莊子·盜跖》：“勇～果敢，聚眾率兵。”賈誼

《治安策》："陛下之臣雖有～如馮敬者，適啟其口匕首已陷其匈矣。"（馮敬：人名。）引 **強勁**。《史記・游俠列傳》："解為人短小精～，不飲酒。" ❷ **兇狠，蠻橫**。《韓非子・説林下》："有與～者鄰，欲賣宅而避之。" 柳宗元《捕蛇者説》："～吏之來吾鄉。" ❸ **猛烈，迅急**。《淮南子・兵略》："故水激則～，矢激則遠。"

7 **悝** kuī 粵 fui1 **嘲諷**。張衡《東京賦》："由余以西戎孤臣，而～繆公於宮室。"（由余：人名。）

7 **悃** kǔn 粵 kwan2 **誠懇，誠實**。《楚辭・九歎・愍命》："親忠正之～誠兮，招貞良與明智。" [**悃款**] **忠誠的樣子**。屈原《卜居》："吾寧悃悃款款朴以忠乎？將送往勞來斯無窮乎？" 柳宗元《弔樂毅文》："仁夫對趙之～～兮，誠不忍其故邦。"

7 **悁** juàn 粵 gyun3 ❶ **急躁**。《南史・王准之傳》："然寡風素，情～急，不為時流所重。" ❷ yuān 粵 jyun1 **生氣，氣憤**。《戰國策・趙策二》："然而心忿～含怒之日久矣。" ❸ yuān 粵 jyun1 **憂愁**。江淹《雜體詩》："無陳心～勞，旅人豈遊遨。"

7 **悒** yì 粵 jap1 **愁悶不安**。《三國志・魏書・高柔傳》："群下之心，莫不～戚。" [**悒悒**] **愁悶不安的樣子**。《三國志・魏書・杜襲傳》："～～於此。"

7 **悔** huǐ 粵 fui3 ❶ **懊悔，悔恨**。《論語・述而》："暴虎馮河，死而無～者，吾不與也。" ❷ **災禍，不吉利**。**與"吉"相對**。張衡《思玄賦》："占既吉而無～兮。"

7 **悇** tú 粵 tou4 [**悇憛**（tán 粵 taam4）] **憂愁不安的樣子**。東方朔《七諫・謬諫》："心～～而煩冤兮。"《後漢書・馮衍傳》："終～～而洞疑。"

7 **悗** měn 粵 mun5 ❶ **無心的樣子**。《莊子・大宗師》："～乎忘其言也。" ❷ mán 粵 mun4 **迷惑**。《呂氏春秋・審分》："夫説以智通，而實以過～。" 引 **煩悶**。《靈樞經・五亂》："清濁相干，亂於胸中，是謂大～。"

7 **悅** yuè 粵 jyut6 **高興，愉快**。《史記・孫子吳起列傳》："吳起不～。"

7 **悌** tì 粵 dai6 **敬愛、順從兄長**。《孟子・滕文公下》："入則孝，出則～。" 引 **敬重長輩或同輩**。《晉書・武帝紀》："不長～於族黨。"《新唐書・李元素傳》："元素少孤，奉長姊謹～。"

7 **悢** liàng 粵 loeng6 ❶ **惆悵**。趙至《與嵇茂齊書》："臨書～然，知復何云。" ❷ [**悢悢**] ① **悲恨**。嵇康《與山巨源絕交書》："顧此～～，如何可言。" ② **眷念**。《後漢書・陳蕃傳》："天之於漢，～～無已。" ❸ lǎng 粵 long5 [**懭**（kuǎng 粵 kwong3）**悢**] 見 219 頁"**懭**"字。

7 **悛** quān 粵 syun1 **改過，悔改**。《左傳・隱公六年》："長惡不～。"《韓非子・難四》："過而不～，亡之本也。"（過：錯。本：根源。）**成語有"怙惡不悛"（堅持作惡，不肯悔改）**。又 **止**。《晏子春秋・內篇諫上》："改月而君病～。"

7 **悀** （**通**）yǒng 粵 jung5 [**慫悀**] 見 215 頁"**慫**"字。

8 **惡** è 粵 ok3/ngok3 ❶ **罪惡，不良行為**。**與"善"相對**。《論語・顏淵》："攻其～，無攻人之～。"（其：指自己。）《三國志・蜀書・諸葛亮傳》："無～不懲，無善不顯。"（顯：指表彰。）又 **惡人，壞人**。《荀子・王制》："元～不待教而誅。"（元惡：首惡分子。誅：殺。）❷ **醜**。**與"美"相對**。《韓非子・説林上》："今子美而我～。"（子：你。）引 **壞，不好**。賈思勰《齊民要術・耕田》："田雖薄～，收可畝十石。"（畝：指每畝。）❸ wù 粵 wu3 **討厭，不喜歡**。**與"好"**（hào 粵 hou3）**相對**。《荀子・天論》："天不為人之～寒也輟（chuò 粵 zyut3）冬。"（輟：停止。）引

誹謗，説人壞話。《戰國策·燕策一》："人有～蘇秦於燕王者。"❹ wū 粵 wu1 **疑問代詞。哪裏，怎麼**。《孟子·盡心上》："路～在？"《戰國策·趙策三》："先生又～能使秦王烹醢（hǎi 粵 hoi2）梁王。"（烹醢：古代兩種殺人的酷刑。）［**惡乎**］**從哪裏，在哪裏**。《荀子·勸學》："學～～始，～～終。"（學習從哪裏開始，在哪裏結束呢？）❺ wū 粵 wu1 **歎詞**。《孟子·公孫丑上》："～，是何言也！"

8 **惎** jì 粵 gei6 ❶ **毒害**。《左傳·定公四年》："管蔡啟商，～間王室。"（管蔡：管叔、蔡叔。）❷ **憎恨**。《左傳·哀公二十七年》："趙襄子由是～知伯。"❸ **教導**。《左傳·宣公十二年》："晉人或以廣隊不能進，楚人～之脱扃。"（脱扃：抽去車前横木。）張衡《西京賦》："天啟其心，人～之謀。"

8 **惠** huì 粵 wai6 ❶**仁慈，仁愛**。《詩經·小雅·節南山》："昊天不～，降此大戾。"（戾：乖戾，指反常事。）《鹽鐵論·憂邊》："故民流溺而弗救，非～君也。"（流溺：指處於苦難之中。弗：不。）❷ **恩惠**。《論語·衛靈公》："群居終日，言不及義，好行小～，難矣哉！"《韓非子·有度》："不為～於法之內。"（一切依法辦事，不行恩惠。）㊋ **給予好處**。《荀子·君道》："以～天下。"❸ **柔順，柔和**。《詩經·邶風·燕燕》："終温且～。"（終：既。）王羲之《蘭亭集序》："～風和暢。"❹ **通"慧"。聰明**。《列子·湯問》："甚矣，汝之不～。"❺ **一種兵器，三棱矛**。《尚書·顧命》："二人雀弁執～。"（雀弁：一種帽子，此處指戴這種帽子。）

8 **惑** huò 粵 waak6 ❶ **疑惑**。《左傳·桓公十五年》："雍氏舍其室而將享子於郊，吾～之，以告。"韓愈《師説》："師者，所以傳道受業解～也。"㊋ **糊塗**。《孟子·離婁下》："鄉鄰有鬬者，被髮纓冠而往救之，則～也。"㊊ **懷疑**。曾鞏《本朝政要策·任將》："取董遵誨於仇讎，取姚內斌於俘虜，皆用之不～。"❷ **迷惑，蠱惑**。《韓非子·孤憤》："～主敗法，以亂士民。"❸ **佛教稱煩惱為惑**。王中《頭陀寺碑文》："理勝則～亡。"（亡：無。）

8 **惄** nì 粵 nik6 **憂愁的樣子**。《詩經·小雅·小弁》："我心憂傷，～焉如擣。"

8 **悶** mèn 粵 mun6 ❶ **煩悶**。《周易·乾》："遁世無～，不見是而無～。"❷ mēn（**舊讀** mén）**沉默的樣子**。梅堯臣《史尉還烏程》詩："閉門陋巷中，～默閱書史。"㊊ **悶熱，不爽**。《素問·風論》："閉則熱而～。"

8 **情** qíng 粵 cing4 ❶ **感情**。《荀子·正名》："性之好惡喜怒哀樂謂之～。"李賀《金銅仙人辭漢歌》："天若有～天亦老。"（亦：也。）㊕ **愛情**。陳鴻《長恨歌傳》："定～之夕，授金釵鈿合以固之。"❷ **實情**。《左傳·莊公十年》："小大之獄，雖不能察，必以～。"㊟ **情況**。《列子·黃帝》："備知萬物～態。"㊊ **本性**。《孟子·滕文公上》："夫物之不齊，物之～也。"❸ **志向，意願**。《南史·劉湛傳》："弱年便有宰物～。"❹ **興致，情趣**。元稹《任醉》詩："本怕酒醒渾不飲，因君相勸覺～來。"

8 **悵** chàng 粵 coeng3 **失意，不稱心，不痛快**。司馬相如《長門賦》："日黃昏而望絕兮，～獨託于空堂。"［**悵恨**］**失意遺憾的樣子**。《史記·陳涉世家》："輟耕之壟上，～～久之。"［**悵然**］**失意的樣子**。《三國志·吳書·吳主傳》："聞此～～。"

8 **悻** xìng 粵 hang6 ［**悻悻**］**惱怒的樣子**。《孟子·公孫丑下》："諫於其君而不受則怒，～～然見於其面。"

8 **惜** xī 粵 sik1 ❶ **痛惜，哀傷**。《楚辭·惜誓》："～余年老而日衰兮。"㊋

可惜。《左傳・宣公二年》："～也，越竟乃免。"（竟：境。）❷ **愛惜**。《韓非子・難二》："～草茅者耗禾穗，惠盜賊者傷良民。"（耗：減損。惠：給人好處。）❸ **吝惜，捨不得**。蔡琰《悲憤詩》："豈敢～性命。"

8 **惏** lán [粵] laam4 ❶ **同"婪"。貪食，貪心**。《左傳・昭公二十八年》："貪～無饜。" **現代漢語中這個義項寫作"婪"**。❷ lǐn [粵] lam4［**惏慄**（lì [粵] leoi6）］**悲傷的樣子**。宋玉《高唐賦》："令人～～憯淒。"

8 **悽** qī [粵] cai1 **悲痛，悲傷**。《禮記・祭義》："霜露既降，君子履之，必有～愴之心。" 劉勰《文心雕龍・誄碑》："道其哀也，～焉如可傷。" **這個意義後來寫作"淒"**。

8 **悼** dào [粵] dou6 ❶ **悲傷**。《詩經・衞風・氓》："靜言思之，躬自～矣。"（躬自：指自己。）[引] **悼念**。元稹《遣悲懷》詩："潘岳～亡猶費詞。"（亡：指亡妻。猶：還。）❷ **恐懼**。《呂氏春秋・論威》："敵人之～懼憚恐。" [又] **戰栗**。《三國志・魏書・文帝紀》注引《獻帝傳》："心栗手～，書不成字。"【辨】哀，戚，悲，悼。見 89 頁"哀"字。

8 **惝** chǎng [粵] cong2/tong2 ❶［**惝怳**（huǎng [粵] fong2）］① **失意的樣子**。屈原《遠遊》："怊（chāo [粵] ciu1）～～而乖懷。"（怊：失意。乖：違背。）② **模糊不清的樣子**。屈原《遠遊》："聽～～而無聞。" ❷［**惝然**］**悵惘失意的樣子**。《莊子・則陽》："客出，而君～～若有亡也。"

8 **惕** tì [粵] tik1 ❶ **謹慎小心，提心吊膽**。《左傳・襄公二十二年》："無日不～，豈敢忘職！" **雙音詞有"警惕"**。❷ **憂傷**。盧諶《答魏子悌》詩："乖離令我感，悲欣使情～。" ❸［**惕然**］① **憂愁的樣子**。嵇康《與山巨源絕交書》："～～不喜。" ② **猛醒的樣子**。《史記・龜策列傳》："元王～～而悟。"

8 **惘** wǎng [粵] mong5［**惘然**］**失意，精神恍惚的樣子**。李商隱《錦瑟》詩："只是當時已～～。" **成語有"惘然若失"**。

8 **悱** fěi [粵] fei2 **想說而說不出來**。《論語・述而》："不憤不啟，不～不發。舉一隅不以三隅反，則不復也。"（憤：激憤。發：啟發。）

8 **悸** jì [粵] gwai3 **因害怕而心跳**。《楚辭・九思・悼亂》："惶～兮失氣。"（惶：恐懼。失氣：氣快要斷了。）[引] **心跳病**。《漢書・田延年傳》："使我至今病～。" **這個義項後來寫作"痵"**。

8 **惟** wéi [粵] wai4 ❶ **思，考慮**。《詩經・大雅・生民》："載謀載～。" 鄭箋："惟，思也。"（載：動詞詞頭。）賈誼《治安策》："臣竊～事埶。"（臣：我。竊：私下。）**雙音詞有"思惟"**。❷ **只，只有**。《商君書・修權》："～明主愛權重信，而不以私害法。"（信：信用。害法：損害法度。）❸ **介詞。由於**。《尚書・盤庚中》："亦～汝故。" ❹ **連詞。和，與，同**。《尚書・禹貢》："齒革羽毛～木。" ❺ **連詞。雖然**。《史記・淮陰侯列傳》："～信亦為大王不如也。" ❻ **句首語氣詞**。《尚書・召誥》："～二月既望，越六日乙未。王朝步自周，則至于豐。" [又] **句中語氣詞，用以幫助判斷**。《尚書・說命》："非知之艱，行之～艱。" **這個意義又寫作"維"**。【辨】**惟，唯，維**。"**惟**"**的本義是思，**"**唯**"**的本義是答應，**"**維**"**的本義是繩子。在本義上，三個字各不相同。但是在**"**思**"**的意義上，**"**惟**"**和**"**維**"**通用；在**"**雖然**"**的意義上，**"惟"和"唯"通用；表示"只"、"由於"和做句首語氣詞，三個字都通用。

8 **惆** chóu [粵] cau4［**惆悵**］［**惆然**］**傷感，失意**。陶潛《歸去來兮辭》："奚～悵而獨悲？"（奚：為甚麼。）《荀子・禮論》："則其於志意之情者～然不嗛（qiè

[粵] hip^{3}）。”（嗛：滿足。）

8 **惛** （惽）hūn [粵] fan^{1} ❶ **不明白，糊塗**。《戰國策・秦策一》：“今之嗣主，忽於至道，皆～於教。”《論衡・論死》：“病則～亂，精神擾也。” ❷ **神志不清**。《南史・宋孝武帝紀》：“仍復命飲，俄頃數斗，憑几～睡，若大醉者。”（仍：於是。）［**惛惛**］① **默默無聞**。《荀子・勸學》：“無～～之事者，無赫赫之功。” ② **糊塗，神志不清**。《漢書・王温舒傳》：“～～不辯。”（辯：通“辨”。辨別。）

8 **惚** hū [粵] fat^{1} ❶［**惚恍**（huǎng [粵] fong^{2}）］**模糊不清**。潘岳《西征賦》：“寥廓～～，化一氣而甄三才。” ❷［**恍惚**］**見 203 頁“恍”字**。

8 **惇** dūn [粵] deon^{1} ❶ **敦厚，厚道，誠實**。《國語・晉語七》：“荀家～惠。”（荀家：人名。）《韓非子・詭使》：“～愨（què [粵] kok^{3}）純信，用心怯言。”（愨：誠實。）[又] **注重，推崇**。《尚書・武成》：“～信明義，崇德報功。” ❷ **專一，勤勉**。《國語・晉語四》：“行年五十矣，守學彌～。”《漢書・翼奉傳》：“奉～學不仕。”

8 **悴** （顇）cuì [粵] seoi^{6} ❶ **憂愁，悲傷**。趙至《與嵇茂齊書》：“吁其悲矣，心傷～矣。” ❷ **面色黃瘦，憔悴**。謝靈運《長歌行》：“朽貌改鮮色，～容變柔顏。” ❸ **勞苦，困病**。《晉書・簡文帝紀》：“干戈未戢（jí [粵] cap^{1}），公私疲～。”（戢：停止。）

8 **惓** juàn [粵] gyun^{3} ❶ **病情嚴重**。《淮南子・人間》：“是猶病者已～而索良醫也。”（索：求。） ❷ [粵] gyun^{6} **同“倦”。疲倦**。揚雄《太玄・玄文》：“仰天而天不～，俯地而地不怠。” ❸ quán [粵] kyun^{4}［**惓惓**］**誠懇的樣子**。《漢書・戾太子劉據傳》：“臣不勝～～，出一旦之命，待罪建章闕下。”

8 **惔** tán [粵] taam^{4} ❶ **火燒，焚燒**。《詩經・小雅・節南山》：“憂心如～，不敢戲談。” ❷ dàn [粵] daam^{6} **通“淡”。淡泊，恬靜**。《莊子・刻意》：“虛無恬～，乃合天德。”

8 **悰** cóng [粵] cung^{4} ❶ **歡樂**。謝朓《遊東田》詩：“戚戚苦無～，携手共行樂。”（戚戚：憂愁的樣子。） ❷ **思緒，心情**。陸游《無題》詩：“畫閣無人晝漏稀，離～病思兩依依。”

8 **悺** （悹）guàn [粵] gun^{1}/gun^{2}/gun^{3} **憂**。賈誼《新書・匈奴》：“天子不忧，人民～之。”

8 **悾** kōng [粵] hung^{1}［**悾悾**］**誠懇的樣子**。《論語・泰伯》：“狂而不直……～～而不信，吾不知矣。”

8 **惋** wǎn [粵] wun^{2}/jyun^{2} **悵恨，歎惜**。《戰國策・秦策二》：“受欺於張儀，王必～之。” 陶潛《桃花源記》：“此人一一為具言所聞，皆歎～。”

8 **悷** lì [粵] leoi^{6}［**惏**（lǐn [粵] lam^{4}）**悷**］**見 208 頁“惏”字**。

8 **惙** chuò [粵] zyut^{3} ❶ **憂愁**。《說文》：“惙，憂也。”［**惙惙**］**憂愁的樣子**。《詩經・召南・草蟲》：“未見君子，憂心～～。” ❷ **疲乏，衰弱**。《魏書・任城王澄傳》：“疾患淹年，氣力～弊。”（終年生病，氣力不足，身體疲憊。） ❸ chuì [粵] zyut^{3} **氣短，呼吸急促**。陸龜蒙《奉酬襲美先輩吳中苦雨》詩：“其時心力憒，益使氣息～。” ❹ **通“輟”。停止**。《莊子・秋水》：“孔子遊於匡，宋人圍之數匝，而弦歌不～。”

9 **惷** chǔn [粵] ceon^{2} ❶ **動亂**。《說文》：“惷，亂也……《春秋傳》曰：‘王室日～～焉。’” 今本《左傳・昭公二十四年》作“蠢蠢”。 ❷ **愚笨**。《戰國策・魏策一》：“寡人～愚，前計失之。”【**辨**】**蠢，惷**。二字本義不同，但古今讀音相同，在蠢動和愚蠢的意義上亦相通，後代多用"蠢"而少用"惷"。

9 **想** xiǎng [粵] soeng2 ❶ **想像**。《呂氏春秋・知度》："故有道之主因而不為，責而不詔，去～去意，靜虛以待。" ❷ **思想，思考**。傅毅《舞賦》："遊心無垠，遠思長～。" ❸ **想念，懷念**。杜甫《客居》詩："覽物～故國。"（覽物：看到景物。）[又] **料想**。《世說新語・言語》："～君小時，必當了了。"（了了：敏悟。）[又] **希望**。劉琨《勸進表》："四海～中興之美，群生懷來蘇之望。"

9 **感** gǎn [粵] gam2 ❶ **感動**。《荀子・樂論》："其～人深。" [引] **感應**。《周易・咸》："天地～而萬物化生。" ❷ **感觸，感慨**。曹植《洛神賦序》："～宋玉對楚王神女之事，遂作斯賦。"（斯：這。）《北史・劉璠傳》："嘗卧疾居家，對雪興～。" ❸ **感覺，感受**。《莊子・刻意》："～而後應，迫而後動。" ❹ **碰觸**。《莊子・山木》："（異鵲）～周之顙而集於栗林。"（周：莊周。）❺ hàn [粵] ham6 **通"憾"**。**不滿意**。《左傳・昭公十一年》："王貪而無信，唯蔡於～。"（蔡於感：對蔡國不滿意。）❻ hàn [粵] ham6 **通"撼"**。**動搖**。枚乘《七發》："夏則雷霆霹靂之所～也。"【注意】在古代"感"字單用時一般不當"感謝"講。

9 **愚** yú [粵] jyu4 ❶ **愚昧，愚蠢**。《論語・為政》："吾與回言終日，不違如～。"（回：顏回。）[引] **欺騙**。《孫子兵法・九地》："能～士卒之耳目。" ❷ **自稱謙辭**。諸葛亮《出師表》："～以為宮中之事，事無大小，悉以咨之，然後施行。"（悉以咨之：都和他們商議。）

9 **愁** chóu [粵] sau4 **憂慮，發愁**。《左傳・襄公二十九年》："哀而不～，樂而不荒。" 李白《秋浦歌》之十五："白髮三千丈，緣～似個長。"（緣：因為。個：這般。）[又] **形容淒慘、慘淡的景象**。謝惠連《雪賦》："寒風積，～雲繁。" 辛棄疾《鷓鴣天・賦牡丹》："～紅慘綠今宵看，恰似吳宮教陣圖。"

9 **愆** (諐)qiān [粵] hin1 ❶ **罪過，過錯**。《尚書・伊訓》："惟茲三風十～，卿士有一于身，家必喪。"（三風：三種不好的風俗。）《三國志・蜀書・諸葛亮傳》："街亭之役，咎由馬謖，而君引～。"（咎：過失。引愆：引以為自己的過錯。）[又] **錯誤的**。《國語・吳語》："今越王勾踐恐懼而改其謀，舍其～令。"（舍其愆令：廢除錯誤的法令。）❷ **差錯，違背**。《左傳・文公元年》："履端於始，序則不～。" 顏延之《陶徵士誄》："有合謚典，無～前志。" ❸ **失去，喪失**。王安石《代人上明州到任表》："餘年且索，旅力已～。" ❹ **延誤，超過**。《詩經・衛風・氓》："匪我～期，子無良媒。"《太平廣記》卷一九二引胡璩《譚賓錄・馬勛》："來復命，～約半日。" ❺ **惡疾**。陶弘景《真誥・甄命授三》："復使～痾填籍，憂哀塞抱。"

9 **愈** yù [粵] jyu6 ❶ **病好了**。《孟子・公孫丑下》："昔者疾，今日～。"（疾：病。）《三國志・魏書・華佗傳》："試作熱食，得汗則～。" **這個意義後來又寫作"瘉"、"癒"**。❷ **勝過**。《左傳・襄公十年》："病不猶～於亡乎？"（病：指疲憊。亡：滅亡。）❸ **越，更加**。《韓非子・顯學》："夫有功者必賞，則爵祿厚而～勸。"（勸：受到鼓勵。）

9 **愛** ài [粵] oi3/ngoi3 ❶ **愛**。《詩經・鄭風・將仲子》："豈敢～之，畏我父母。"《史記・陳涉世家》："吳廣素～人。" ❷ **憐惜，同情**。《左傳・僖公二十二年》："～其二毛。"（二毛：鬢髮花白，指老人。）❸ **吝惜，捨不得**。《老子・四十四章》："甚～必大費。"（費：

浪費。）

9 **意** yì ㊣ ji3 ❶ **心意，意圖**。《公羊傳・隱公三年》：“此非先君之～也。”賈思勰《齊民要術序》：“蔡倫立～造紙。”㊁ **意思**。劉勰《文心雕龍・鎔裁》：“善刪者字去而～留。”❷ **懷疑**。《列子・說符》：“人有亡鈇（fū ㊣ fu1）者，～其鄰之子。”（亡：丟失。鈇：斧子。）❸ **意料**。《史記・項羽本紀》：“然不自～能先入關破秦。”［**意者**］**想來大概是**。《莊子・天運》：“～～其運轉而不能自止邪。”（想來天大概是運轉而不會自己停止吧。）❹ ㊣ jik1 **通“抑”。表示選擇。相當於現代漢語的“還是”**。《墨子・耕柱》：“子之義將匿邪？～將以告人乎？”（匿：隱藏。）❺ yī ㊣ ji1 **通“噫”。歎詞**。《莊子・在宥》：“～！甚矣哉，其無愧而不知恥也甚矣！”

9 **愜**（**悏**）qiè ㊣ hip3 ❶ **心意滿足**。《漢書・文帝紀》：“天下人民，未有～志。”（志：指心願。）**雙音詞有“愜意”**。❷ **合適，恰當**。張九齡《請御注道德經及疏施行狀》：“詞約而理豐，文省而事～。”

9 **愅** gé ㊣ gaak3 **改變，變動**。《荀子・禮論》：“～詭唈僾，而不能無時至焉。”（愅詭唈僾：指人感動或憂鬱的情感。）

9 **惵** dié ㊣ dip6 **恐懼**。《後漢書・班固傳》：“～然意下，捧手欲辭。”

9 **㥛** jí ㊣ gik1 **急，性急**。《毛詩傳箋通釋》卷十八：“《淮南・覽冥訓》：‘安之不～。’高注：‘～，急也。’”

9 **惰** duò ㊣ do6 **懶，懈怠**。《孫子兵法・軍爭》：“避其銳氣，擊其～歸。”（避開敵軍初來時的銳氣，等到敵人疲憊懈怠而退卻時再打他。）《荀子・非十二子》：“佚（yì ㊣ jat6）而不～，勞而不優。”（佚：逸。優：怠慢。）

9 **惻** cè ㊣ cak1 ❶ **悲痛，憂傷**。《漢書・成帝紀》：“未聞在位有～然者，孰當助朕憂之。”《舊唐書・柳宗元傳》：“為騷文十數篇，覽之者為之淒～。”（騷文：《離騷》一類的文體。）❷ **誠懇。常“懇惻”連用**。《後漢書・史弼傳》：“詔書疾惡黨人，旨意懇～。”

9 **慍** yùn ㊣ wan3 **怨恨，生氣**。《論語・學而》：“人不知而不～。”（知：了解。）《後漢書・馮衍傳》：“～去疾之遭惑。”（去疾：人名。）**【辨】慍，怒**。**“慍”一般指心裏怨恨，暗暗生氣。“怒”則不但在心裏，而且在外表都有明顯的表現，“大怒”、“怒責”就不能說“大慍”、“慍責”**。

9 **惺** xīng ㊣ sing1 ❶［**惺忪**］［**惺松**］**甦醒**。楊萬里《風花》詩：“花如中酒不～松。”（中酒：喝醉了酒。）❷［**惺惺**］**機警，警覺**。劉基《醒齋銘》：“昭昭生於～～，而憒（kuì ㊣ kui3）憒出於冥冥。”（昭昭：指明辨事理。憒憒：糊塗。冥冥：愚昧。）

9 **愕** è ㊣ ngok6 ❶ **驚訝**。《戰國策・燕策三》：“羣臣驚～。”［**愕然**］**吃驚的樣子**。沈括《夢溪筆談》卷一四：“其人～～無對。”❷ **通“諤”。言語正直**。《後漢書・陳蕃傳》：“謇（jiǎn ㊣ gin2）～之操，華首彌固。”（謇：正直。華首：指年老。彌：更加。）［**愕愕**］**通“諤諤”。直言進諫的樣子**。《鹽鐵論・國疾》：“聞諸生之～～，此乃公卿之良藥鍼石。”

9 **惴** zhuì ㊣ zeoi3 **恐懼**。《孟子・公孫丑上》：“自反而不縮，雖褐寬博，吾不～焉。”《後漢書・酷吏傳》：“郡中～恐，莫敢自保。”［**惴惴**］**恐懼的樣子**。《詩經・秦風・黃鳥》：“～～其栗。”（栗：發抖。）

9 **愀** qiǎo ㊣ ciu2 ❶［**愀然**］① **容色改變的樣子**。《荀子・脩身》：“見不善，

～～必以自省也。"《史記・司馬相如列傳》："於是二子～～改容，超若自失。"② **憂愁的樣子**。《荀子・富國》："～～憂戚，非樂而日不和。"❷ [**愀愴** (chuàng ㊊ cong[3])] **悲傷**。嵇康《琴賦》："是故懷戚者聞之，莫不憯懍慘淒，～～傷心。"

9 **愎** bì ㊊ bik[1] **任性，固執**。《左傳・哀公二十六年》："君～而虐。"《韓非子・十過》："貪～喜利，則滅國殺身之本也。"

9 **惶** huáng ㊊ wong[4] ❶ **恐懼，驚慌**。《潛夫論・卜列》："孟賁 (bēn ㊊ ban[1]) 狎 (xiá ㊊ haap[6]) 猛虎而不～。"（孟賁：人名。狎：接近，親近。）[**惶惶**] **恐懼的樣子**。《世說新語・言語》："戰戰～～，汗出如漿。"❷ **通"遑"**。**空閒**。《世說新語・雅量》："子猷遽走避，不～取屐。"

9 **愉** yú ㊊ jyu[4] ❶ **快樂**。《荀子・榮辱》："為堯禹則常～佚，為工匠農賈則常煩勞。"❷ tōu ㊊ tau[1] **同"偷"**。**苟且**。《周禮・地官・大司徒》："以俗教安，則民不～。"

9 **愔** yīn ㊊ jam[1] [**愔愔**] ① **和悅，和諧**。嵇康《琴賦》："～～琴德，不可測兮。"（琴德：指琴聲。測：捉摸。）② **深沉，靜默**。蔡琰《胡笳十八拍》："雁飛高兮邈難尋，空斷腸兮思～～。"

9 **慨** kǎi ㊊ koi[3] **感慨，歎息**。《禮記・檀弓下》："既葬，～焉如不及，其反而息。"《晉書・謝安傳》："自以本志不遂，深自～失。"（遂：實現。）[**慨然**] ① **感慨的樣子**。陶潛《有會而作》詩："歲云夕矣，～～永懷。"（歲云夕矣：將要年終了。）② **情緒激昂的樣子**。《宋史・王安石傳》："～～有矯世變俗之志。"（矯：糾正。世：世道。）[**慷慨**] **見 215 頁"慷"字**。

9 **愒** qì ㊊ hei[3] ❶ **同"憩"**。**休息**。《詩經・大雅・民勞》："民亦勞止，汔可小～。"❷ kài ㊊ koi[3] **怠廢，荒廢**。《左傳・昭公元年》："主民，翫歲而～日，其與幾何？"❸ kài ㊊ koi[3] **貪圖**。曹操《氣出唱》之一："心恬淡，無所～欲。"❹ kài ㊊ koi[3] **急**。岳珂《桯史・劉蘊古》："自知失言，內～不得對。"❺ hè ㊊ hot[3] **恐嚇**。《史記・蘇秦列傳》："是故夫衡人日夜務以秦權恐～諸侯，以求割地。"

9 **愍** mǐn ㊊ man[5] ❶ **憂患，凶喪**。屈原《九章・惜誦》："惜誦以致～兮，發憤以抒情。"《三國志・魏書・武帝紀》："朕以不德，少遭～凶。"❷ **憐憫，哀憐**。《漢書・敘傳上》："會(班) 伯病卒，年三十八，朝廷～惜焉。"

9 **愗** mào ㊊ mau[6] [**怐** (kòu ㊊ kau[3]) **愗**] **見 201 頁"怐"字**。

10 **慈** (**慈**) cí ㊊ ci[4] ❶ **慈愛**。《莊子・盜跖》："堯不～，舜不孝。"㊕ **母親**。謝朓《齊敬皇后哀策文》："閔予不佑，～訓早違。"㊂ **對父母的孝敬**。《莊子・漁父》："事親則～孝。"❷ [**慈石**] **即磁石，天然的吸鐵石**。《管子・地數》："上有～～者，下有銅金。"

10 **慁** hùn ㊊ wan[6] ❶ **憂，憂慮**。《左傳・昭公六年》："舍不為暴，主不～賓。"❷ **打擾，煩擾**。《史記・范雎蔡澤列傳》："是天以寡人～先生而存先王之宗廟也。"❸ **污辱**。《禮記・儒行》："不～君王，不累長上。"❹ **混亂**。劉勰《文心雕龍・議對》："煩而不～者，事理明也。"

10 **愫** sù ㊊ sou[3] **真情，誠意**。陳亮《中興五論序》："嘗欲輸肝膽，效情～。"

10 **慌** huǎng ㊊ fong[2] [**慌忽**] **同"恍忽"**。**不真切，不清楚的樣子**。屈原《九歌・湘夫人》："～～兮遠望。"**又寫作"慌惚"**。《三國志・蜀書・劉琰傳》："琰失志～～。"【**注意**】"慌" 直到元代才有 "恐慌" 的意義，**讀** huāng ㊊ fong[1]。

10 **慎** (**昚、眘**) shèn ㊊ san[6] ❶ **謹慎，慎重**。《詩經・小雅・巷伯》："～爾

言也。"《論語・學而》:"敏於事而～於言。" ❷ **實在，確實**。《詩經・小雅・巧言》:"昊天已威，予～無罪。" ❸ **千萬，切切。多與"毋"、"無"、"勿"等否定詞連用**。《史記・越王勾踐世家》:"～毋留。"《史記・吳王濞列傳》:"～無反。"《古詩為焦仲卿妻作》:"多謝後世人，戒之～勿忘。"

10 **慄** lì ⓐ leot[6] ❶ **害怕得發抖**。《戰國策・秦策一》:"戰戰～～，日慎一日。"《莊子・大宗師》:"登高不～。" ⊗ **哆嗦**。《素問・瘧論》:"寒～鼓頷(hàn ⓐ ham[5])。"(鼓：振動。頷：下巴頦。) **成語有"不寒而慄"**。❷ **恐懼，害怕**。《莊子・人間世》:"吾甚～之。"【注意】在古代，"慄"和"栗"在某些意義上可以通用。但"栗"的"栗子"和"堅硬"義，不能寫作"慄"。參見292頁"栗"字。

10 **愲** gǔ ⓐ gwat[1] **心亂**。《漢書・息夫躬傳》:"涕泣流兮萑(huán ⓐ wun[4])蘭，心結～兮傷肝。"(萑蘭：同"汍蘭"。淚流縱橫的樣子。)

10 **愷** kǎi ⓐ hoi[2] ❶ **歡樂，和樂**。《漢書・主父偃傳》:"天下既平，天子大～。" [**愷悌**] **平易近人**。《後漢書・賈逵傳》:"性～～，多智思。" **又寫作"豈弟"、"凱悌"**。❷ **通"凱"。軍隊打勝仗後所奏的樂曲**。《左傳・僖公二十八年》:"振旅，～以入于晉。"(振旅：整頓軍隊。)

10 **愾** kài ⓐ koi[3] ❶ **憤恨，憤怒**。《左傳・文公四年》:"諸侯敵王所～而獻其功。"(敵王所愾：指抗擊王所痛恨的人。) **成語有"同仇敵愾"**。❷ **歎息的樣子**。《詩經・曹風・下泉》:"～我寤(wù ⓐ ng[6])歎。"(寤：不寐，睡不着覺。)

10 **愧** (媿)kuì ⓐ kwai[5] **慚愧，羞愧**。《詩經・大雅・抑》:"尚不～于屋漏。"《孟子・盡心上》:"仰不～於天，俯不怍於人。"(怍：慚愧。) **成語有"問心無愧"**。

10 **愴** chuàng ⓐ cong[3] ❶ **悲傷**。曹操《讓縣自明本志令》:"孤每讀此二人書，未嘗不～然流涕也。"(孤：曹操自稱。二人：指樂毅、蒙恬。) ❷ chuǎng ⓐ coeng[3] [**愴怳**(huǎng ⓐ fong[2])] **失意的樣子**。宋玉《九辯》:"～～懭悢兮，去故而就新。"(懭悢：不得志的樣子。)

10 **慆** tāo ⓐ tou[1] ❶ **喜悅，快樂**。《尚書・大傳三》:"師乃～，前歌後舞。" ⊗ **喜歡，喜愛**。白居易《人之困窮由君之奢欲策》:"～鄭衛之音，厭燕趙之色。" ❷ **掩藏**。《左傳・昭公三年》:"以樂～憂。" ⊗ **消逝**。《詩經・唐風・蟋蟀》:"今我不樂，日月其～。" ❸ **怠慢**。《尚書・湯誥》:"無即～淫。" ❹ **疑惑，懷疑**。《北史・周明帝紀》:"是知天命有底，庸可～乎？" ❺ [**慆慆**] ① **時間長久**。《詩經・豳風・東山》:"～～不歸。" ② **混亂，紛亂**。班固《幽通賦》:"安～～而不萉兮。" 王禹偁《待漏院記》:"私心～～，假寐而坐。"

10 **慉** xù ⓐ cuk[1] ❶ **通"畜"。養**。《詩經・邶風・谷風》:"不我能～，反以我為讎。" ❷ **通"蓄"。蘊蓄，鬱積**。《三國志・蜀書・許靖傳》裴松之注引《魏略》:"久闊情～，非夫筆墨所能寫陳。"

10 **慊** xián ⓐ jim[4] ❶ **嫌疑**。《漢書・趙充國傳》:"婾得避～之便。"(婾：苟且。) ❷ qiǎn ⓐ him[3] **嫌恨，不滿足**。《孟子・公孫丑下》:"彼以其爵，我以吾義，吾何～乎哉？" ❸ qiè ⓐ hip[3] **滿足，快意**。《戰國策・齊策一》:"苟可～齊貌辨者，吾無辭為之。"(齊貌辨：人名。)《史記・樂毅列傳》:"先王以為～於志，故裂地而封之。"

10 **愬** sù ⓐ sou[3] ❶ **同"訴"。訴說，訴苦**。《詩經・邶風・柏舟》:"薄言往～，逢彼之怒。"(薄言：動詞詞頭。) **這個意義現寫作"訴"**。⊗ **進讒言，誹謗**。《論語・憲問》：“～子路於季孫。” ❷ **向着**。潘岳《西征賦》：“～黃巷以濟潼。”（黃巷：亭名。濟：渡。潼：水名。）❸ sè (粵) saak³ **驚恐**。《公羊傳・宣公六年》：“～而再拜。”

10 **愿** yuàn (粵) jyun⁶ **老實**。《尚書・皋陶謨》：“～而恭。” 柳宗元《童區寄傳》：“大府召視兒，幼～耳。”（大府：州的上級官府。召視：召見。兒：小孩。幼：幼稚。）

10 **慇** yīn (粵) jan¹ ❶ **[慇慇] 憂傷的樣子**。《詩經・小雅・桑柔》：“憂心～～，念我土宇。” ❷ **[慇懃] 情意懇切**。曹植《贈白馬王彪》詩：“何必同衾幬，然後展～～？”

10 **態** tài (粵) taai³ ❶ **姿態，態度**。屈原《離騷》：“余不忍為此～也。” (引) **容貌，體態**。宋玉《神女賦》：“瑰姿瑋～，不可勝贊。” ⊗ **形態，形狀**。《列子・黃帝》：“備知萬物情～。” 柳宗元《始得西山宴遊記》：“凡是州之山水有異～者。”（是：此，這。）❷ **通“慝 (tè (粵) tik¹)”**。**邪惡，欺詐**。《資治通鑑・漢成帝綏和二年》：“毋聽女謁、邪臣之～。”

11 **慧** huì (粵) wai⁶ ❶ **聰明，有才智**。《左傳・成公十八年》：“周子有兄而無～，不能辨菽麥。”（菽：豆類。）《荀子・富國》：“所以說之者，必將雅文辯～之君子也。” ❷ **狡黠**。《三國志・蜀書・董允傳》：“(黃)皓便辟佞～。”

11 **惷** chōng (粵) cung¹ **愚蠢**。《淮南子・氾論》：“愚夫～婦皆能論之。” **常與“愚”連用，義同**。《戰國策・魏策一》：“寡人～愚，前計失之。”

11 **慝** tè (粵) tik¹ ❶ **差錯，過失**。《詩經・鄘風・柏舟》：“之死矢靡～。” 董仲舒《雨雹對》：“無有差～。” ❷ **邪惡，惡念**。《莊子・漁父》：“稱譽詐偽以敗惡人謂之～。”《三國志・魏書・武帝紀》：“吏無苛政，民無懷～。” ❸ **災害**。《舊唐書・陸贄傳》：“太上消～於未萌。” ❹ **陰氣，潮氣**。《左傳・莊公二十五年》：“唯正月之朔，～未作。” 劉禹錫《砥石賦序》：“地～而傷物。” ❺ nì (粵) nik¹ **通“匿”**。**隱藏**。《墨子・尚賢下》：“隱～良道，而不相教誨也。”

11 **慕** mù (粵) mou⁶ ❶ **想念，依戀**。《孟子・萬章上》：“人少，則～父母。”《孟子・萬章上》：“有妻子則～妻子。” ❷ **羨慕**。《淮南子・原道》：“誘～於名位。” ⊗ **貪慕，貪求**。曹操《讓縣自明本志令》：“是以不得～虛名而處實禍。” ❸ **敬仰**。《三國志・蜀書・諸葛亮傳》：“眾士～仰。” **成語有“慕名而來”**。❹ **仿效**。柳宗元《種樹郭橐駝傳》：“他植者雖窺伺效～，莫能如也。”

11 **愨** (慤)què (粵) kok³ **誠實，謹慎**。《史記・孝文本紀》：“法正則民～，罪當則民從。”

11 **慼** (慽)qī (粵) cik¹ ❶ **憂愁，悲傷**。《詩經・小雅・小明》：“心之憂矣，自詒伊～。”（詒：留下。伊：此。）李白《北上行》：“慘～冰雪裏，悲號絕中腸。” **成語有“休慼相關”**。❷ **親戚，親屬**。《隸釋・漢小黃門譙敏碑》：“寮朋親～，莫不失聲。”

11 **憂** yōu (粵) jau¹ **擔憂，發愁**。《論語・衛靈公》：“君子～道不～貧。”《列子・天瑞》：“杞國有人～天地崩墜，身亡所寄，廢寢食者。”（亡：無，沒有。）(特) **指父母的喪事**。《魏書・李彪傳》：“朝臣丁父～者假滿赴職。”（丁：遇到，遭遇。）**【辨】憂，慮**。“憂”是擔憂、發愁，“慮”是考慮、打算。二字本不同義。後來，“慮”也有了擔憂的意義，與“憂”成為同義詞。

11 **慮** lǜ (粵) leoi⁶ ❶ **考慮，打算**。《論語・衛靈公》：“人無遠～，必有近憂。”

《史記・淮陰侯列傳》：“智者千～，必有一失；愚者千～，必有一得。” **成語有“深謀遠慮”**。(引) **心思，意念**。屈原《卜居》：“心煩～亂，不知所從。” ❷ **擔憂（後起意義）**。杜甫《寄劉峽州伯華使君》詩：“莫～杞天崩。” ❸［**無慮**］① **不考慮，不計算**。《後漢書・光武帝紀》：“初作壽陵，將作大匠竇融上言，園陵廣袤，～～所用。” ② **大凡，大概**。《漢書・馮奉世傳》：“今反虜～～三萬人。” **【辨】憂，慮**。見 214 頁“憂”字。**【辨】計，慮**。見 583 頁“計”字。

11 **慫** sǒng ㊊ sung² ❶ **驚懼**。張衡《西京賦》：“怵悼栗而～兢。” ❷［**慫慂**（yǒng ㊊ jung⁵）］**從旁勸說鼓動**。王安石《和吳沖卿雪》詩：“填空忽汗漫，造物誰～～。”

11 **慶** qìng ㊊ hing³ ❶ **慶賀，祝賀**。《戰國策・燕策一》：“武安君蘇秦為燕說齊王，再拜而賀，因仰而弔。齊王桉戈而卻曰：‘此一何～弔相隨之速也？’”《後漢書・王充傳》：“絕～弔之禮。” ❷ **獎賞。常“慶賞”連用**。《管子・牧民》：“嚴刑罰，則民遠邪。信～賞，則民輕難。”（輕難：指敢於赴難。） ❸ **福**。《周易・坤》：“積善之家，必有餘～。”《鹽鐵論・誅秦》：“初雖勞苦，卒獲其～。”（卒：終。） ❹ **善，善事**。《詩經・大雅・皇矣》：“則友其兄，則篤其～。”

11 **慱** tuán ㊊ tyun⁴ ❶［**慱慱**］**憂勞的樣子**。《詩經・檜風・素冠》：“勞心～～兮。” ❷ **通“團”**。**圓**。揚雄《太玄・中》：“月闕其～，明始退也。”

11 **慳** qiān ㊊ haan¹ ❶ **吝嗇**。《宋書・王玄謨傳》：“劉秀之儉吝，呼為‘老～’。” ❷ **缺少，欠缺**。王貞白《度關山》詩：“石響鈴聲遠，天寒弓力～。”

11 **慢** màn ㊊ maan⁶ ❶ **傲慢，不敬**。《呂氏春秋・上德》：“去鄭之荊，荊成王～焉。”《史記・淮陰侯列傳》：“王素～無禮，今拜大將如呼小兒耳。” ❷ **怠慢，懈怠**。《左傳・莊公八年》：“君使民～，亂將作矣。”《呂氏春秋・開春》：“聞善為國者，賞不過而刑不～。” ❸ **慢慢地走**。《詩經・鄭風・大叔于田》：“叔馬～忌。”（叔：人名，共叔段。忌：語氣詞。）(引) **緩慢**。白居易《琵琶行》：“輕攏～撚抹復挑。”（攏、撚、抹、挑：都是彈琵琶的動作。） ❹ **通“曼”。柔美，美麗**。李煜《菩薩蠻・蓬萊院閉天臺女》：“臉～笑盈盈，相看無限情。” **【辨】徐，緩，慢**。見 193 頁“徐”字。

11 **慥** zào ㊊ zou⁶/cou³ ❶ **倉促，急忙**。《越絕書・內傳陳成恆》：“越王～然避位。” ❷［**慥慥**］**篤實的樣子**。《禮記・中庸》：“言顧行，行顧言，君子胡不～～爾。”

11 **慟** tòng ㊊ dung⁶ **極度悲哀**。《論語・先進》：“顏淵死，子哭之～。” 柳宗元《哭連州凌員外司馬》詩：“我歌誠自～，非獨為君悲。” (又) **痛哭**。《世說新語・傷逝》：“公往臨殯，一～幾絕。” **【辨】痛，慟。兩個字都有悲哀的意義，但“慟”的悲哀程度比“痛”要深些。此外，“痛”還有別的意義，不能寫作“慟”。**

11 **慷** （忼）kāng ㊊ kong²/hong²［**慷慨**］① **情緒激昂**。屈原《哀郢》：“憎慍惀之修美兮，好夫人之～～。”（慍惀：忠誠厚道。）**成語有“慷慨激昂”**。② **感慨，歎息**。《漢書・高帝紀下》：“～～傷懷。”《古詩十九首・西北有高樓》：“一彈再三歎，～～有餘哀。” ③ **胸懷大志**。《抱朴子・擢才》：“賈誼～～懷經國之術。”（經：理，治理。）魏徵《述懷》詩：“～～志猶存。” **【注意】現代漢語中“慷慨”有不吝嗇的意思，古代沒有這個意思。**

11 **慵** yōng ㊊ jung⁴ **懶**。杜甫《送李校書》詩：“晚節～轉劇。”

11 **慴** zhé (粵) sip^{3} **恐懼**。《莊子・達生》："死生驚懼不入乎其胸中，是故遻（wù (粵) ng^{6}）物而不～。"（遻：遇。）

11 **憀** liáo (粵) liu^{4} ❶ **依賴，依託**。《淮南子・兵略》："上下不相寧，吏民不相～。"李商隱《梓州罷吟寄同舍》："楚雨含情皆有託，漳濱卧病竟無～。"❷ **悲恨的情緒**。陸龜蒙《自遣》詩："誰使寒鴉意緒嬌，雲晴山晚動情～。"❸［**憀亮**］**同"嘹亮"。聲音高而響亮**。嵇康《琴賦》："新聲～～，何其偉也。"

11 **慘** cǎn (粵) caam^{2} ❶ **殘酷，狠毒**。《荀子・議兵》："～如蜂蠆。"（蠆：蝎類毒蟲。）《漢書・陳湯傳》："～毒行於民。"❷ **憂愁**。《詩經・陳風・月出》："勞心～兮。"❸ **淒慘，悲慘**。《後漢書・章帝紀》："又久旱傷麥，憂心～切。"《晉書・刑法志》："有酸～之聲。"(特) **指喪事**。《晉書・王忱傳》："婦父嘗有～，忱乘醉弔之。"❹ **通"黲"。色彩暗淡**。蔣凝《望思台賦》："烟昏日～。"張固《幽閑鼓吹》："末座～綠少年何人也？"［**慘慘**］**昏暗的樣子**。王粲《登樓賦》："風蕭瑟而並興兮，天～～而無色。"

12 **憩** **（憇）**qì (粵) hei^{3} **休息，歇息**。《詩經・召南・甘棠》："蔽芾甘棠，勿翦勿敗，召伯所～。"（蔽芾：茂盛的樣子。）

12 **憨** hān (粵) ham^{1} **傻，痴**。劉勰《文心雕龍・程器》："文舉傲誕以速誅，正平狂～以致戮。"陳羽《古意》詩："姑嫜嚴肅有規矩，小姑嬌～意難取。"

12 **憙** xǐ (粵) hei^{2} **同"喜"。喜悅**。《戰國策・趙策一》："而韓魏之君無～志而有憂色。"(又) **喜歡**。《穀梁傳・桓公六年》："陳侯～獵，淫獵于蔡。"

12 **憖** yìn (粵) jan^{6} ❶ **願意，情願**。《左傳・哀公十六年》："旻天不弔，不～遺一老。"沈約《齊故安陸昭王碑文》："曾不～留。"❷ **損傷，殘缺**。《左傳・文公十二年》："兩君之士皆未～也。"❸［**憖憖**］**謹慎小心的樣子**。柳宗元《三戒・黔之驢》："～～然莫相知。"（莫相知：不知道是甚麼。）❹ xìn (粵) jan^{3} **張口笑的樣子**。《後漢書・張衡傳》："戴勝～其既歡兮。"（戴勝：指西王母。）

12 **憊** bèi (粵) bei^{6} **疲乏，困頓**。《周易・既濟》："三年克之，～也。"(引) **衰憊，憔悴**。《莊子・讓王》："孔子窮於陳蔡之間，七日不火食，藜羹不糝（sǎn (粵) sam^{2}），顏色甚～。"（不糝：不加米粒。）王安石《送僧無惑歸鄱陽》詩："晚扶衰～寄人間。"（扶衰憊：指勉強支撐着衰老疲憊的身體。寄：寄居。）

12 **憑** píng (粵) pang^{4} ❶ **靠着**。《尚書・顧命》："相被冕服～玉几。"(引) **依靠，依據**。《南史・梁武帝紀》："～險作守，兵食兼資。"《隋書・禮儀志》："丈尺規矩，皆有準～。"❷ **欺凌，侵犯**。《周禮・夏官・大司馬》："～弱犯寡。"［**憑陵**］**欺凌**。《左傳・襄公二十五年》："介恃楚眾，以～～我敝邑。"（介恃：憑恃。敝邑：對本國的謙稱。）❸ **登臨**。韋莊《婺州水館重陽日作》詩："異國逢佳節，～高獨苦吟。"**又如"憑眺"**。❹ **涉水**。楊衒之《洛陽伽藍記・永寧寺》："兆不由舟楫，～流而渡。"（兆：人名。楫：槳。）❺ **盛，大**。《列子・湯問》："帝～怒。"(又) **充滿，滿足**。屈原《離騷》："眾皆競進以貪婪兮，～不厭乎求索。"❻ **煩悶**。張衡《西京賦》："心猶～而未攄（shū (粵) syu^{1}）。"（攄：抒發，發表出來。）❼ **請，請求（後起意義）**。杜牧《贈獵騎》詩："～君莫射南來雁，恐有家書寄遠人。"（家書：家信。）❽ **憑信，證據**。《宣和遺事》前集："歸家切恐公婆責，乞賜金杯作照～。"❾ **任憑**。王建《原上新居》詩之十一："古碣～人搨，閑詩任客吟。"

【注意】在古代，“凭”和“憑”是兩個字，除“靠着”的意義外，上述義項都不寫作“凭”。

12 **慗** （譈）duì ㊥ deoi^{6} ❶ **怨恨，憎惡**。《尚書・康誥》：“暋（mǐn ㊥ man^{5}）不畏死，罔弗～。”（暋：強橫。罔：無。）《孟子・萬章下》：“凡民罔不～。”❷ **奸惡**（è ㊥ ok^{3}/ngok^{3}），**惡人**。《後漢書・宦者傳》：“故鄭眾得專謀禁中，終除大～。”《新唐書・李晟傳》：“晟蕩夷凶～，而市不易廛。”

12 **憤** fèn ㊥ fan^{5} ❶ **煩悶**。《論語・述而》：“不～不啟，不悱不發。”《後漢書・王符傳》：“志意蘊～。”（心中煩悶。）［**發憤**］① **發泄心中的不平**。屈原《九章・惜誦》：“～～以抒情。”② **因憤激而決心努力**。《論語・述而》：“～～忘食，樂以忘憂。”**成語有“發憤圖強”**。❷ **憤怒**。陳子昂《感遇詩三十八首》之三十四：“每～胡兵入，常為漢國羞。”陳亮《上孝宗皇帝第三書》：“蓋國家之大恥而天下之公～也。”

12 **憭** liǎo ㊥ liu^{5} ❶ **明白，清楚**。韋昭《國語解敍》：“其所發明，大義略舉，為已～矣。”❷ liáo ㊥ liu^{4}［**憭慄**（lì ㊥ leot^{6}）］**淒涼的樣子**。宋玉《九辯》：“～～兮若在遠行，登山臨水兮送將歸。”朱熹《民安道中》詩：“～～起寒襟。”**這個意義又寫作“憀慄”或“憭栗”**。

12 **憫** mǐn ㊥ man^{5} ❶ **憂患，憂愁**。《淮南子・詮言》：“樂恬而憎～。”**成語有“憫時病俗”**。❷ **憤懣**。《孟子・公孫丑上》：“阨窮而不～。”❸ **哀憐，憐憫**。白居易《新樂府序》：“隋堤柳，～亡國也。”**成語有“悲天憫人”**。【**辨**】憐，憫。見218頁“憐”字。

12 **憬** jǐng ㊥ ging^{2} **遠行的樣子**。《詩經・魯頌・泮水》：“～彼淮夷，來獻其琛。”（琛：珍寶。）**雙音詞有“憧憬”**。**一說覺悟的樣子。雙音詞有“憬悟”**。

12 **憒** kuì ㊥ kui^{3} **昏亂，糊塗**。《戰國策・齊策四》：“文倦於事，～於憂。”《漢書・王莽傳中》：“政令煩多……前後相乘，～眊不渫（xiè ㊥ sit^{3}）。”（眊：昏亂。渫：通暢。）［**憒憒**］**糊塗的樣子**。《莊子・大宗師》：“逍遙乎無為之業，彼又惡能～～然為世俗之禮。”

12 **憚** dàn ㊥ daan^{6} ❶ **畏懼，害怕**。《論語・學而》：“過則勿～改。”《管子・乘馬》：“民不～勞苦。”❷ ㊥ daan^{3} **通“癉”**。**因勞成病**。《詩經・小雅・大東》：“哀我～人。”❸ dá ㊥ daat^{3} **通“怛”**。**驚恐，使害怕**。《周禮・考工記・矢人》：“雖有疾風，亦弗之能～矣。”

12 **憮** wǔ ㊥ mou^{5}［**憮然**］**失意的樣子**。《論語・微子》：“夫子～～。”《孟子・滕文公上》：“夷子～～為間曰：‘命之矣。’”

12 **憍** jiāo ㊥ giu^{1} **同“驕”**。**驕傲，驕縱**。屈原《九章・抽思》：“～吾以其美好兮，敖朕辭而不聽。”《論衡・非韓》：“貪故能立功，～故能輕生。”

12 **憔** qiáo ㊥ ciu^{4}［**憔悴**］① **瘦弱萎靡的樣子**。屈原《漁父》：“顏色～～。”② **勞苦，困病**。《左傳・昭公七年》：“或～～事國。”（事國：為國家服務。）《三國志・吳書・胡綜傳》：“羣生～～。”③ **憂慮，煩惱**。《楚辭・九歎・憂苦》：“倚石巖以流涕兮，憂～～而無樂。”**上述❶❷❸的意義又寫作“顦顇”、“焦瘁”**。

12 **憝** duì ㊥ deoi^{6} ❶ **同“慗”**。**怨恨，憎惡**。《揚子法言・重黎》：“楚～羣策而自屈其力。”❷［**憝溷**（hùn ㊥ wan^{6}）］**煩亂**。宋玉《風賦》：“故其風中人，狀直～～鬱邑。”（鬱邑：憂愁的樣子。）

12 **憧** chōng ㊥ cung^{1} ❶［**憧憧**］**往來不停的樣子**。《周易・咸》：“～～往

來，朋從爾思。”白居易《和大嘴烏》：“慈烏爾奚為？來往何～～！”（慈烏：烏鴉。）⊗ **搖曳不定的樣子**。《鹽鐵論・刺復》：“心～～若涉大川，遭風而未薄。”❷ zhuàng 粵 zung1 **愚昧**。《史記・三王世家》：“愚～而不逮事。”

12 **憐** lián 粵 lin4 ❶ **憐憫，同情**。《國語・晉語四》：“晉公子之亡，不可不～也。”《韓非子・用人》：“憂悲不哀～。”❷ **憐愛，愛惜**。《莊子・秋水》：“夔～蚿，蚿～蛇。”《戰國策・趙策四》：“丈夫亦愛～其少子乎？”（亦：也。）[**可憐**] ① **可愛**。《古詩為焦仲卿妻作》：“東家有賢女，自名秦羅敷。～～體無比，阿母為汝求。”杜甫《江畔獨步尋花》詩：“百花高樓更～～。”② **值得同情**。白居易《賣炭翁》詩：“～～身上衣正單。”（單：單薄。）【**注意**】在古代，“怜”和“憐”是兩個字。“怜”還可以讀 líng 粵 ling4，聰明伶俐的意思。【**辨**】**憐，憫**。兩個字都有同情、憐憫的意義。但“憐”字有憐愛的意思，“憫”字有憂愁的意思，在這兩個意義上兩字互不相通。

12 **憯** （憯）cǎn 粵 caam2 ❶ **痛，悲痛**。《禮記・表記》：“中心～怛，愛人之仁也。”（怛：悲苦。）**這個意義又寫作“慘”**。❷ **通“慘”。殘酷，狠毒**。《漢書・鼂錯傳》：“法令煩～。”❸ **副詞。用來加強否定語氣**。《詩經・小雅・十月之交》：“胡～莫懲？”（為甚麼竟沒有人因此而警戒呢？）

12 **憲** xiàn 粵 hin3 ❶ **法令**。《管子・立政》：“君乃出令布～于國。”（布：公佈。）❷ **效法，模仿**。《詩經・大雅・崧高》：“王之元舅，文武是～。”（文武是憲：效法文王、武王。）《三國志・蜀書・郤正傳》：“俯～坤典，仰式乾文。”（坤、乾：這裏指天地。）❸ **公佈**。《周禮・天官・小宰》：“～禁于王宮。”《周禮・地官・鄉大夫》：“各～之於其所治國。”

13 **憼** jǐng 粵 ging2 **同“儆”。警備，戒備**。《荀子・賦》：“無私罪人，～革貳兵。”（不要姑息罪犯，努力增強武備。）

13 **懋** mào 粵 mau6 ❶ **勉力，努力**。《尚書・胤征》：“其爾眾士～戒哉！”❷ **美，盛大**。《尚書・大禹謨》：“予～乃德，嘉乃丕績。”《晉書・王導傳》：“厚爵以答～勛。”（勛：功勛。）⊗ **美好**。《後漢書・章帝紀》：“烏呼～哉。”

13 **懇** kěn 粵 han2 **誠懇，真誠**。《後漢書・東平憲王蒼傳》：“辭甚～切。”薛逢《題籌筆驛》詩：“出師表上留遺～，猶自千年激壯夫。”王安石《上皇帝萬言書》：“以吾至誠～惻之心，力行而為之倡。”（惻：誠懇。倡：領頭，帶頭。）

13 **應** yìng 粵 jing3 ❶ **對應，適應**。《荀子・天論》：“～之以治則吉。”⊗ **對付，應付**。《韓非子・十過》：“吾將何以～敵？”❷ **答應，回答**。《列子・湯問》：“河曲智叟亡以～。”（河曲：地名。亡以應：無話可答。）㉿ **應和**。《周易・乾》：“同聲相～，同氣相求。”㉿ **響應**。《史記・陳涉世家》：“殺之以～陳涉。”❸ **相應，隨着**。《世說新語・雅量》：“～弦而倒。”❹ yīng 粵 jing1 **應該**。《三國志・吳書・吳主傳》：“重則本非～死之罪。”（重：指刑法重。）

13 **憾** hàn 粵 ham6 ❶ **遺憾，心感不足，不滿意**。《論語・公冶長》：“願車馬衣裘與朋友共，敝之而無～。”《左傳・莊公十四年》：“入又不念寡人，寡人～焉。”（入：指回國。）❷ **怨恨**。《世說新語・仇隙》：“孫秀既恨石崇不與綠珠，又～潘岳昔遇之不以禮。”【**辨**】**憾，恨，怨**。見 204 頁“恨”字。

13 **懅** jù 粵 keoi4 ❶ **慌張，惶恐**。《後漢書・徐登傳》：“主人見之驚～。”江淹《丹砂可學賦》：“～生死於半氣。”❷ **羞愧**。《後漢書・王霸傳》：“市人皆大笑，舉手邪揄之，霸慚～而還。”（邪揄：揶揄。）

13 **懆** cǎo 粵 cou^{2} ［懆懆］**憂愁的樣子**。《詩經・小雅・白華》：“念子～～，視我邁邁。”（邁邁：不高興的樣子。）

13 **懌** yì 粵 jik^{6} **喜悅**。《詩經・小雅・節南山》：“既夷既～，如相酬矣。”（酬：勸酒。）《史記・蕭相國世家》：“高帝不～。”杜甫《鄭典設自施州歸》詩：“聽子話此邦，令我心悅～。”

13 **憺** dàn 粵 daam^{6} ❶ **安然**。屈原《九歌・東君》：“羌聲色兮娛人，觀者～兮忘歸。”（羌：句首語氣詞。）(又) **清靜，淡泊**。《淮南子・本經》：“～然無欲，而民自樸。”❷ **憂慮**。宋玉《九辯》：“心煩～兮忘食事。”❸ 粵 daan^{6} **通“憚”。畏懼**。《漢書・李廣傳》：“是以名聲暴於夷貉，威稜～乎鄰國。”（稜：威勢。）

13 **懈** xiè 粵 haai^{6} **鬆懈**。《史記・秦始皇本紀》：“朝夕不～。”

13 **懍** （懔）lǐn 粵 lam^{5} **危懼，看見危險而害怕**。《尚書・五子之歌》：“～乎若朽索之馭六馬。”（朽：腐朽。）潘岳《關中》詩：“主憂臣勞，孰不祗（zhī 粵 zi^{1}）～？”（孰不祗懍：有誰不敬畏。祗：恭敬。）［懍懍］**恐懼的樣子**。陸機《文賦》：“心～～以懷霜。”

13 **憶** yì 粵 jik^{1} ❶ **思念**。《木蘭詩》：“問女何所思？問女何所～？”(又) **回想**。杜甫《奉贈蕭二十使君》詩：“重～羅江外，同游錦水濱。”❷ **記住，記住不忘**。《後漢書・王充傳》：“閱所賣書，一見輒（zhé 粵 zip^{3}）能誦～。”（輒：就。）

14 **懟** duì 粵 deoi^{6} **怨恨**。《管子・宙合》：“厚藉斂於百姓，則萬民～怨。”（藉斂：收稅。）《史記・周本紀》：“今殺王太子，王其以我為讎而～怒乎？”

14 **懨** yān 粵 jim^{1} ［懨懨］**精神不振**。韋莊《冬日長安感志寄獻虢州崔郎中二十韻》：“客舍正甘愁寂寂，郡樓遙想醉～～。”

14 **懦** **（愞、懧）** nuò 粵 no^{6} **軟弱，怯懦**。《左傳・僖公二年》：“～而不能強諫。”**雙音詞有“懦夫”**。(引) **柔軟**。《韓非子・內儲說上》：“水形～，人多溺。”

14 **懠** qí 粵 zai^{6}/cai^{4} **憤怒**。《詩經・大雅・板》：“天之方～，無為夸毗。”

14 **懣** mèn 粵 mun^{6}/mun^{5} **煩悶**。《禮記・問喪》：“悲哀志～氣盛，故袒而踴之。”《後漢書・華佗傳》：“陳登忽患匈中煩～。”（匈：同“胸”。）(又) **憤慨**。劉知幾《史通・疑古》：“目睹其事，猶懷憤～。”

15 **懲** chéng 粵 cing^{4} ❶ **因受打擊而引起警戒或不再幹**。《詩經・周頌・小毖》：“予其～而毖後患。”（予：我。其：語氣詞。表示期望。毖：謹慎。）屈原《九歌・國殤》：“首身離兮心不～。”（首身離：頭與身體分開。）❷ **責罰，處罰**。《三國志・蜀書・諸葛亮傳》：“無惡不～，無善不顯。”（顯：指表揚。）**成語有“懲一警百”**。❸ **苦於**。《列子・湯問》：“～山北之塞，出入之迂也。”（塞：阻塞。迂：繞遠路。）

15 **懰** liǔ 粵 lau^{4} ❶ **美好**。《詩經・陳風・月出》：“月出皓兮，佼人～兮。”❷ liú ［懰慄］**憂傷的樣子**。《楚辭・九懷・昭世》：“志懷逝兮心～～。”❸ liú **宿留**。潘岳《笙賦》：“～檄（xí 粵 hat^{6}）纙以奔邀，似將放而中匱。”（檄纙：迅疾的樣子。）

15 **懭** kuǎng 粵 kwong^{3} ［**懭悢**（lǎng 粵 long^{5}）］**失意，不得志的樣子**。宋玉《九辯》：“愴怳～～兮，去故而就新。”《楚辭・九歎・惜賢》：“心～～以冤結兮，情舛錯以曼憂。”

16 **懵** měng (粵) mung2 ❶ mèng (粵) mung5 **不明白**。謝莊《月賦》："昧道～學，孤奉明恩。"❷［**懵懂**］**昏昧，糊塗**。汪元亨《醉太平》曲之二十："且達時知務暗包籠，權妝個～～。"❸ (粵) mung5 **無知的樣子**。白居易《與元九書》："除讀書屬文外，其他～然無知。"

16 **懷** huái (粵) waai4 ❶ **胸前**。《論語・陽貨》："子生三年，然後免於父母之～。"❷ **揣着，懷抱**。《史記・屈原賈生列傳》："於是～石遂自投汨羅以死。"（汨羅：汨羅江。）⊗ **懷(胎)**。《論衡・奇怪》："母之～子，猶土之育物也。"（猶：如同。）❸ **心裏包藏着某種思想感情**。《戰國策・魏策四》："～怒未發。"(引) **心意，心情，情緒**。《史記・高祖本紀》："慷慨傷～，泣數行下。"（慷慨：情緒激昂。泣：眼淚。）**成語有"正中下懷"**。❹ **包圍**。《尚書・堯典》："蕩蕩～山襄陵，浩浩滔天。"（襄陵：衝上高處。）❺ **想念，懷念**。《詩經・周南・卷耳》："嗟我～人，寘彼周行。"（寘：安置。周行：大路。）曹操《苦寒行》："遠行多所～。"(引) **留戀，愛惜**。《管子・立政》："民不～其產，國之危也。"曹植《白馬篇》："棄身鋒刃端，性命安可～。"❻ **(人心)歸向**。《尚書・大禹謨》："黎民～之。"（黎民：百姓。）❼ **安撫**。賈誼《論積貯疏》："～敵附遠。"（附遠：使遠方歸附。）［**懷柔**］**用政治手段籠絡人心，使歸附自己**。《左傳・僖公二十四年》："其～～天下也，猶懼有外侮。"

18 **懿** (懿)yì (粵) ji3 ❶ **美，好**。《詩經・周頌・時邁》："我求～德。"《三國志・吳書・吳主傳》："斯則前世之～事，後王之元龜也。"（斯：此。元龜：指借鑒。）❷ **深**。《詩經・豳風・七月》："女執～筐，遵彼微行，爰求柔桑。"（柔桑：嫩桑葉。）

18 **懾** (慴)shè (粵) sip3 ❶ **恐懼，害怕**。《史記・項羽本紀》："諸將皆～服。"⊗ **喪氣**。《管子・戒》："身在草茅之中而無～意。"❷ **震懾，使屈服**。《淮南子・氾論》："威動天地，聲～海內。"阮籍《為鄭沖勸晉王箋》："名～三越。"

18 **懼** jù (粵) geoi6 **害怕，恐懼**。《論語・憲問》："勇者不～。"《孟子・滕文公下》："一怒而諸侯～。"⊗ **使恐懼**。《老子・七十四章》："民不畏死，奈何以死～之。"(引) **擔心**。《史記・汲鄭列傳》："公卿皆為黯～。"

19 **戁** nǎn (粵) naan5 **恐懼**。《詩經・商頌・長發》："敷奏其勇，不震不動，不～不竦，百祿是總。"

20 **戄** jué (粵) fok3 ［**戄然**］**惶遽的樣子**。東方朔《非有先生論》："於是吳王～～易容。"《史記・管晏列傳》："晏子～～，攝衣冠謝。"

24 **戇** zhuàng (粵) zong3 **愚直**。《史記・汲鄭列傳》："甚矣，汲黯之～也！"韓愈《祭張員外文》："余～而狂，年未三紀。"⊗ **剛直**。《宋史・韓世忠傳》："性～直，勇敢忠義，事關廟社，必流涕極言。"

戈部

0 **戈** gē (粵) gwo1 **一種長柄兵器**。《荀子・議兵》："古之兵，～、矛、弓、矢而已矣。"（兵：兵器。已矣：罷了。）

1 **戊** wù (粵) mou6 **天干的第五位**。**見 176 頁"干"字**。

2 **戎** róng (粵) jung4 ❶ **武器，兵器**。《禮記・月令》："以習五～。"（五戎：五種兵器。）(引) **兵車**。柳宗元《嶺南節度饗軍堂記》："其大小之～，號令之用，則聽于節度使焉。"❷ **士兵，軍隊**。《左傳・成公二年》："臣辱～士，敢告不敏。"《三國志・蜀書・諸葛亮傳》："～陣整齊。" ❸ **軍事，戰爭**。《呂氏春秋・孟春》："兵～不起，不可以從我始。" 柳宗元《封建論》："黷（dú (粵) duk^{6}）貨事～。"（黷貨：貪財。事：從事。）❹ **大**。《詩經・周頌・烈文》："念茲～功，繼序其皇之。" ❺ **我國古代對西部民族的統稱**。

2 **戌** xū (粵) seot^{1} **地支的第十一位**。(又) **十二時辰之一，等於現在的下午七時至九時。見176頁"干"字。**

2 **戍** shù (粵) syu^{3} ❶ **防守邊疆**。《漢書・鼂錯傳》："置～卒焉。"（置：設立。）(泛) **駐守某一地方**。《左傳・宣公十年》："諸侯之師～鄭。" 杜甫《石壕吏》詩："三男鄴城～。"（三個兒子駐守在鄴城。）❷ **守邊的士兵**。《左傳・定公元年》："乃歸諸侯之～。" ❸ **邊防的營壘或城堡**。《魏書・源懷傳》："可以築城置～之處。"

2 **成** chéng (粵) sing^{4}/seng^{4} ❶ **完成，實現**。《詩經・大雅・靈臺》："庶民攻之，不日～之。" 李斯《諫逐客書》："使秦～帝業。" (又) **使完成，成全**。《論語・顏淵》："君子～人之美，不～人之惡。" (引) **成功。與"敗"相對**。《三國志・蜀書・諸葛亮傳》："～敗之機，在於今日。" ❷ **成為**。《禮記・學記》："玉不琢，不～器。" (又) **成長，長成**。《荀子・天論》："（萬物）各得其養以～。"（養：指滋養。）(特) **成年**。《史記・五帝本紀》："長而敦敏，～而聰明。" ❸ **定，平定**。《國語・吳語》："夫一人善射，百夫決拾，勝未可～也。"《春秋經・桓公二年》："三月，公會齊侯、陳侯、鄭伯于稷，以～宋亂。" (又) **已定的，現成的**。《詩經・周頌・昊天有成命》："昊天有～命，二后受之。"（二后：指文王、武王。）《三國志・蜀書・蔣琬費禕傳評》："咸承諸葛之～規，因循而不革。" ❹ **講和，和解，不打仗**。《左傳・成公十一年》："秦晉為～。" ❺ **重疊**。《史記・李斯列傳》："刑者相半於道，而死人日～積於市。" (又) **重，層**。《呂氏春秋・音初》："為之九～之臺。" ❻ **十里見方的地方為一成**。《左傳・哀公元年》："有田一～。"

3 **戒** jiè (粵) gaai^{3} ❶ **警戒，戒備**。《詩經・小雅・采薇》："豈不日～，玁狁孔棘。"（玁狁：中國古代北方少數民族。孔：甚。棘：通"亟"。急。）賈誼《新書・大政上》："～之哉，與民為敵者，民必勝之。" ❷ **告誡，警告**。《左傳・宣公十二年》："軍政不～而備。"《荀子・成相》："觀往事，以自～。" **這個意義後來寫作"誡"**。❸ **戒除**。《三國志・魏書・管輅傳》："恩使客節酒～肉慎火。"（恩：人名。）❹ **齋戒**。《莊子・達生》："十日～，三日齊。"（齊：通"齋"。齋戒。）

4 **或** huò (粵) waak^{6} ❶ **有的，有的人**。《論語・為政》："～謂孔子曰：'子奚不為政？'"（奚：為甚麼。）司馬遷《報任安書》："人固有一死，～重於泰山，～輕於鴻毛。" ❷ **也許，或許**。《左傳・宣公三年》："天～啟之，必將為君。" 李白《夢遊天姥吟留別》："雲霞明滅～可睹。"（明滅：或明或暗。睹：看見。）(引) **表示選擇，或者**。《漢書・韓安國傳》："吾勢已定，～營其左，～營其右，～當其前，～絕其後，單于可禽。" ❸ **又**。《詩經・小雅・賓之初筵》："既立之監，～佐之史。"（監、史：指奴隸主貴族宴飲時的輔佐人員。）❹ **語氣詞。常用在否定句中加強否定語氣**。《孟子・滕文公上》："雖使五尺之童適市，莫之～欺。" 賈誼《論積貯疏》："殘賊公行，莫之～止。"（莫之或止：沒有人制止它。）❺ **通"惑"。迷惑**。《漢書・霍去病傳》："別從東道，～失道。"（別：另外。）

4 **戔** jiān ⑧ zin[1] [**戔戔**] ① **眾多的樣子**。《周易・賁》："賁于丘園，束帛～～。" 白居易《買花》詩："灼灼 (zhuó ⑧ zoek[3]) 百朵紅，～～五束素。" (灼灼：形容花的豔盛。素：白綢子。) ② **少，微薄**。《聊齋志異・小官人》："～～微物，想太史亦無所用。"

4 **戕** qiāng ⑧ coeng[4] ❶ **殘殺，殺害**。《左傳・宣公十八年》："凡自內虐其君曰弒，自外曰～。" 曹操《蒿里行》："勢利使人爭，嗣還自相～。" (嗣：隨後。) 柳宗元《天對》："后夷卒～。" (后羿終於被殺害。后夷：即后羿。) ❷ **毀壞，損傷**。《左傳・襄公二十八年》："陳無宇濟水而～舟發梁。" 《國語・晉語一》："可以小～，而不能喪國。"

7 **戚** qī ⑧ cik[1] ❶ **斧。古代一種兵器**。《韓非子・五蠹》："執干～舞。" (干：盾。) ❷ **親近，親密**。《莊子・盜跖》："堯殺長子，舜流母弟，疏～有倫乎？" (流：流放。疏：疏遠。倫：人倫。) 《列子・力命》："管夷吾、鮑叔牙二人相友甚～。" ㊂ **親戚，親屬**。《史記・秦本紀》："法之不行，自於貴～。" (自：從。) 《呂氏春秋・論人》："何謂六～？父、母、兄、弟、妻、子。" **雙音詞有"親戚"**。**【注意】古代的"親戚"包括父母子女，和現代的用法不同**。❸ **憂愁，悲傷**。《莊子・大宗師》："哭泣無涕，中心不～。" **這個意義又寫作"慼"、"慽"**。❹ [**戚戚**] **心動的樣子**。《孟子・梁惠王上》："夫子言之，於我心有～～焉。" **【辨】哀，戚，悲，悼**。**見 89 頁"哀"字**。

7 **戛** (戞) jiá ⑧ gaat[3] ❶ **長矛，一種兵器**。張衡《東京賦》："立戈迤～。" (立：直豎。迤：斜靠着。) ❷ **敲擊，彈奏**。《尚書・益稷》："～擊鳴球，搏拊琴瑟以詠。" 元稹《華原磬》詩："鏗 (kēng ⑧ hang[1]) 金～瑟徒相雜。" (鏗：撞擊。金、瑟：兩種樂器。徒：徒然。) ❸ **象聲詞**。白居易《畫雕贊》："～然欲鳴。" **成語有"戛然而止"**。❹ [**戛戛**] ① **象聲詞**。李邕《鶻賦》："吻～～而雄厲，翅翩翩而勁逸。" ② **費力的樣子**。韓愈《答李翊書》："當其取於心而注於手也，惟陳言之務去，～～乎其難哉！"

8 **戟** (戟) jǐ ⑧ gik[1] ❶ **古代一種兵器**。《詩經・秦風・無衣》："王于興師，修我矛～。" 《三國志・魏書・典韋傳》："帳下壯士有典君，提一雙～八十斤。" ㉠ **伸出食指和中指指人，其狀似戟**。《左傳・哀公二十五年》："公～其手。" ❷ **刺激（後起意義）**。柳宗元《與崔饒州論石鐘乳書》："～喉癢肺。"

9 **戡** kān ⑧ ham[1] **攻克，平定**。《尚書・西伯戡黎》："西伯既～黎，祖伊恐。" 《新唐書・郭子儀傳》："昔回紇涉萬里，～大憝，助復二京。" (大憝：大惡之人。)

9 **戢** jí ⑧ cap[1] ❶ **收藏兵器**。《詩經・周頌・時邁》："載～干戈。" (載：句首語氣詞。) ㉠ **記住**。《世說新語・方正》劉注引《孫綽集》："永～話言，口誦心悲。" ㉠ **止息，禁止**。《左傳・隱公四年》："夫兵猶火也，弗～，將自焚也。" 《宋史・度宗紀》："申嚴～貪之令。" ❷ **收斂**。陶潛《歸鳥》詩："翼翼歸鳥，～羽寒條。" (翼翼：翅膀一扇一扇的樣子。條：樹枝。) ❸ **聚集**。《國語・周語上》："夫兵～而時動，動則威。"

9 **戣** kuí ⑧ kwai[4] **古兵器名。似戟**。《尚書・顧命》："一人冕執～，立于東垂。"

10 **截** jié ⑧ zit[6] ❶ **斷，割斷**。《戰國策・趙策三》："夫吳干之劍，肉試則斷牛馬，金試則～盤匜 (yí ⑧ ji[4])。" (匜：一種盛水的容器。) 《論衡・量知》："～竹為筒。" **成語有"斬釘截鐵"**。❷ **整齊**，整治。《詩經・商頌・殷武》："有～其所，湯孫之緒。"《詩經・大雅・常武》："～彼淮浦，王師之所。" ❸ **攔截**。《三國志・魏書・張既傳》："胡果爭奔之，因發伏～其後。" ❹ **［截然］態度嚴正的樣子**。嚴羽《滄浪詩話・詩辨》："～～謂當以盛唐為法。"

10 **戩** jiǎn (粵) zin^{2} ❶ **剪除，滅除**。《說文・戈部》引《詩》："實始～商。"今《詩經・魯頌・閟宮》作"翦"。❷ **吉祥，福**。《詩經・小雅・天保》："天保定爾，俾爾～穀。"《隋書・音樂志下》："方憑～福，佇詠豐年。"

11 **戮** lù (粵) luk^{6} ❶ **斬，殺**。《韓非子・二柄》："殺～之謂刑，慶賞之謂德。" ❷ **羞辱，恥辱**。《左傳・文公六年》："賈季～臾駢。"（臾駢：人名。）《荀子・王霸》："而身死國亡，為天下大～。"（為：成為。）❸ **［戮力］通"勠力"。併力，合力**。《左傳・昭公二十五年》："～～壹心。"

12 **戰** zhàn (粵) zin^{3} ❶ **打仗，戰爭**。《孫子兵法・形》："故善～者，立於不敗之地。"《商君書・畫策》："以～去～，雖～可也。" ❷ **害怕得發抖**。《揚子法言・吾子》："羊質而虎皮，見草而說，見豺而～。"（羊質而虎皮：羊披着虎皮。說：悅。）

13 **戴** dài (粵) daai^{3} ❶ **頭上戴着**。《荀子・正名》："乘軒～絻（miǎn (粵) min^{5}）。"（軒：大夫乘的車子。絻：通"冕"。大夫戴的帽子。）(喻) **頭頂着**。《呂氏春秋・離俗》："於是乎夫負妻～，攜子以入於海。" **成語有"披星戴月"**。❷ **擁護，愛戴**。《國語・周語上》："庶民不忍，欣～武王。" (引) **感激**。《史記・五帝本紀》："四海之內，咸～帝舜之功。"《三國志・吳書・朱桓傳》："士民感～之。"（感戴：感激。）

13 **戲** xì (粵) hei^{3} ❶ **嬉戲，遊戲**。《韓非子・外儲說左上》："夫嬰兒相與～也，以塵為飯，以塗為羹。"（相與：互相。）(引) **戲弄，開玩笑**。曹丕《典論・論文》："雜以嘲～。" ❷ **角力**。《國語・晉語九》："少室周為趙簡子之右，聞牛談有力，請與之～，弗勝，致右焉。"（右：車右。致右：把車右的職位讓給他。）❸ **歌舞、雜技等表演**。《晉書・王戎傳》："於宣武場觀～。" ❹ huī (粵) fai^{1} **軍隊中的帥旗**。《漢書・灌夫傳》："馳入吳軍，至～下。" **這個意義後來多寫作"麾"**。❺ hū (粵) fu^{1} **［於（wū (粵) wu^{1}）戲］見264頁"於"字**。**【辨】**戲，弄。見184頁"弄"字。

戶部

0 **戶** hù (粵) wu^{6} ❶ **單扇的門**。(泛) **門**。《詩經・豳風・七月》："塞向墐～。"（向：朝北的窗子。墐：塗。）《呂氏春秋・盡數》："流水不腐，～樞不螻，動也。"鼂錯《募民徙塞下疏》："門～之閉。" ❷ **住戶。在戶籍中，一家為一戶**。《史記・秦始皇本紀》："徙（xǐ (粵) saai^{2}）天下豪富於咸陽十二萬～。" ❸ **洞穴**。《禮記・月令》："蟄蟲咸動，啟～始出。"《淮南子・天文》："百蟲蟄伏，靜居閉～。" ❹ **阻止**。《左傳・宣公十二年》："屈蕩～之。"（屈蕩：人名。）❺ **酒量**。白居易《久不見韓侍郎》詩："～大嫌甜酒，才高笑小詩。"

3 **戺** (戺)shì (粵) si^{6} ❶ **堂前台階兩旁的斜石**。《尚書・顧命》："執戈上刃夾兩階～。"張衡《西京賦》："金～玉階。" ❷ **門檻**。《新唐書・董昌傳》："屬兵列護門～。"

4 **所** suǒ (粵) so^{2} ❶ **處所**。《墨子・號令》："夜以火指鼓～。"（指：指示。）

(又) **量詞。套，座。用於房屋**。班固《西都賦》：“離宮別館，三十六～。”(又) **適宜的地位**。《周易・繫辭下》：“交易而退，各得其～。”諸葛亮《出師表》：“必能使行陳和睦，優劣得～。”❷ **代詞。放在動詞前面，組成名詞性詞組，表示“……的人”、“……的事物”、“……的地方”等**。曹操《舉賢勿拘品行令》：“其各舉～知，勿有～遺。”陶潛《桃花源記》：“此人一一為具言～聞。”《左傳・襄公十四年》：“賜我南鄙之田，狐狸～居，豺狼～嗥。”［**所以**］① **表示“……的原因”**。《商君書・農戰》：“國之～～興者，農戰也。”（興：興盛。）② **表示“用來……的東西”**。《韓非子・五蠹》：“夫仁義辯智，非～～持國也。”（辯：口才。智：智慧。持國：保衛國家。）❸［**為……所……**］**表示被動**。《三國志・魏書・武帝紀》：“術怒攻布，為布所破。”（術：袁術。布：呂布。破：打敗。）❹ **表示大概的數目**。《史記・留侯世家》：“父去里～，復還。”（去：離開。里所：一里路左右。）❺ **假若，如果**。《論語・雍也》：“予～否者，天厭之！天厭之！”

4 **戾** lì (粵) leoi6 ❶ **乖張，違背**。《荀子・榮辱》：“果敢而振，猛貪而～。”《淮南子・覽冥》：“舉事～蒼天，發號逆四時。”**雙音詞有“乖戾”**。❷ **兇暴，猛烈**。《戰國策・秦策二》：“虎者～蟲；人者甘餌也。”《荀子・脩身》：“勇膽猛～。”潘岳《秋興賦》：“勁風～而吹帷。”（帷：帳幕。）❸ **罪，罪過**。《國語・魯語上》：“職貢業事之不共而獲～。”曹植《責躬》詩：“危軀授命，知足免～。”（軀：身體。）❹ **至，到**。《詩經・大雅・旱麓》：“鳶（yuān (粵) jyun1）飛～天。”（鳶：老鷹。）

4 **房** fáng (粵) fong4 ❶ **正室兩邊的房間**。《尚書・顧命》：“垂之竹矢，在東～。”（垂：人名。）(泛) **住室**。杜甫《病後遇王倚飲贈歌》：“遣人向市賒香秔，喚婦出～親自饌。”(引) **結構或作用似房室的物體**。《淮南子・氾論》：“蜂～不容鵠卵。”❷ **官署單位名**。《北史・柳慶傳》：“君職典文～。”（職：任職。典文房：主管文書的機構。）**又如唐代政制有“兵房、戶房、刑禮房、樞機房”等**。❸ **星宿名，二十八宿之一（即東方蒼龍七宿之第四宿）**。《呂氏春秋・季秋》：“季秋之月，日在～。”❹ **家族的分支**。**《新唐書・宰相世系表・李氏》分隴西趙郡二支，隴西有四房，趙郡有六房**。❺ páng (粵) pong4［**阿房**］**秦宮名**。❻ páng (粵) pong4［**房皇**］**同“徬徨”。徘徊**。《史記・禮書・論》：“～～周浹（jiā (粵) zip3）。”（周浹：普遍。）

【**辨**】**房，屋，室**。三字本義不同。“房”和“室”比較接近。“室”指內室，古代堂的內中為正室，正室的兩邊為房。二字都是指的房間、住室。但“房”的引申義指整個房舍，“室”則無此用法。“屋”的本義是房頂。《詩經・豳風・七月》：“亟其乘屋。”（快登上那房頂。）此“屋”字不能換成“房”或“室”。後來“屋”也可指室，方言裏還可用於整個房舍。

5 **扁** biǎn (粵) bin2 ❶ **扁，平而薄**。《後漢書・東夷列傳》：“（辰韓）兒生欲令其頭～，皆押之以石。”（辰韓：民族名。令：使。押：壓。）❷ **扁額，題字的長方形牌子，掛在門的上方或牆上**。《宋史・吳皇后傳》：“夢至一亭，～曰侍康。”**這個意義後來寫作“匾”**。❸ piān (粵) pin1［**扁舟**］**小船**。陶潛《歸去來兮辭》：“或命巾車，或棹～～。”（據《南史・陶潛傳》）李白《還山留別金門知己》詩：“書此謝知己，～～尋釣翁。”

5 **扃** jiōng (粵) gwing1 ❶ **從外面關門的門閂**。《禮記・曲禮上》：“入戶奉～。”白居易《遊悟真寺》詩：“門戶無～關。”❷ **門戶**。鮑照《野鵝賦》：“瞰東西之繡戶，眺左右之金～。”❸ **上門，關門**。任昉《齊竟陵文宣王行狀》：“玉關靖柝，北門寢～。”（柝：巡夜打更用的梆子。）杜甫《奉酬薛十二丈判官見贈》詩：“卓氏近新寡，豪家朱門～。”❹ **車上插兵器或插旗的橫木**。張衡《西京賦》：“旗不脫～。”❺ jiǒng 粵 gwing2［**扃扃**］**明察的樣子**。《左傳・襄公五年》：“《詩》曰：‘周道挺挺，我心～～。’”

6 **扅** yí 粵 ji4［扊（yǎn 粵 jim5）扅］**見本頁“扊”字**。

6 **扆** yǐ 粵 ji2 **古代宮殿戶牖之間的位置，也指戶牖之間畫有斧形的屏風**。《論衡・書虛》：“戶牖（yǒu 粵 jau5）之間曰～，南面之坐位也。負～南面鄉坐，～在後也。”(引) **指帝王**。《舊唐書・裴度傳》：“如至巳午之間，即當炎赫之際，雖日仄忘食，不憚其勞，仰瞻～旒，亦似煩熱。”

6 **扇** shàn 粵 sin3 ❶ **門扇**。《禮記・月令》：“耕者少舍，乃修闔～。”李白《夢遊天姥吟留別》：“洞天石～，訇（hōng 粵 gwang1）然中開。”（洞天：傳説中神仙居住的地方。訇然：形容大聲。）❷ **扇子**。《晉書・謝安傳》：“有蒲葵～五萬。”(又) **帝王的儀仗之一。障塵蔽日的障扇**。杜甫《秋興》詩之一：“雲移雉尾開宮～，日繞龍鱗識聖顏。”❸ shān **扇風，風吹**。束皙《補亡詩》六首之五：“四時遞謝，八風代～。”（四季相互交替，八風輪流吹動。）(又) **搖動翅膀**。習嘏《長鳴雞賦》：“～六翮以增暉，舒毛毳而下垂。”(引) **鼓動，造謠**。《晉書・謝安傳》：“姦諂（chǎn 粵 cim2）頗相～構。”（姦諂：説壞話的人。構：捏造罪名。）❹ shān **熾盛**。《漢書・谷永傳》：“閻妻驕～。”(又) **傳播，顯揚**。李白《留別金陵諸公》詩：“地～鄒、魯學，詩騰顏、謝名。”❺ **量詞。用於門窗等扁平物品**。《農桑輯要・蒸餾繭法》：“用籠三～。”❻ **通“騸”。閹割**。《新五代史・郭崇韜傳》：“當盡去宦官，至于～馬，亦不可騎。”

7 **扈** hù 粵 wu6 ❶ **止，制止**。《左傳・昭公十七年》：“～民無淫者也。”（無淫：使之不要邪惡。）❷ **披**。屈原《離騷》：“～江離與辟芷兮。”（江離：香草名。辟：幽靜。芷：香草名，即白芷。）❸ **一種鳥**。《詩經・小雅・小宛》：“交交桑～。”（交交：鳥叫的聲音。）❹［**扈從**］**皇帝出巡時的侍從、護衞人員**。司馬相如《上林賦》：“～～橫行。”❺ **養馬人**。《公羊傳・宣公十二年》：“廝役～養死者數百人。”❻［**扈扈**］**廣大，寬闊**。《禮記・檀弓上》：“爾毋從從爾，爾毋～～爾。”（從從：高的樣子。）❼ **古國名**。《左傳・昭公元年》：“夏有觀～。”

8 **扉** fēi 粵 fei1 **門扇**。《左傳・襄公二十八年》：“子尾抽桷（jué 粵 gok3）擊～三。”（子尾：人名。桷：方形椽子。）杜甫《草閣》詩：“柴～永不關。”

8 **扊** yǎn 粵 jim5［**扊扅**（yí 粵 ji4）］**門閂**。《樂府詩集・琴歌三首》：“百里奚，五羊皮。憶別時，烹伏雌，炊～～。今日富貴忘我為。”陸龜蒙《襲美先輩……用伸酬謝》詩：“輕若脱鉗釱，豁如抽～～。”

手部

0 **才** cái 粵 coi4 ❶ **才能**。《論語・泰伯》：“如有周公之～之美，使驕且吝，其餘不足觀也已。”**成語有“才疏學淺”**。(又) **人才，有才能的人**。《國語・齊語》：“夫管子，天下之～也。”曹操《求賢令》：“唯～是舉，吾得而用之。”❷ **通“纔”。副詞。剛剛，僅僅**。《晉書・謝混傳》：“～小富貴，便豫人家事。”（豫：干預。）❸ **通“裁”。裁決**。《戰國策・趙策一》：“今有城市之邑七十，願拜內（nà

(粵 naap6) 之於王，唯王～之。"（內：納，交納。）

2 **扑** pū (粵) pok3 ❶ **一種刑具。以夏（檟樹）楚（荊條）製成用來打人**。《尚書・舜典》："～作教刑。"(又) **鞭打**。孔稚珪《北山移文》："敲～喧囂犯其慮。" ❷ **擊**。《呂氏春秋・安死》："於是乎聚群多之徒，以深山廣澤林藪～擊遏奪。"（林藪：指山林。）

2 **扔** rèng (粵) jing6 ❶ **牽引，拉**。《老子・三十八章》："上禮為之而莫之應，則攘臂而～之。" ❷ **摧毀**。《後漢書・馬融傳》："竄伏～輪，發作梧轊。"**【注意】在清代以前"扔"沒有"拋擲"、"拋棄"之義，也不讀作 rēng (粵) jing4**。

3 **扞** hàn (粵) hon6 ❶ **抵禦**。《戰國策・西周策》："設以國為王～秦，而王無之～也。"（設：施設，安排。）《三國志・魏書・楊阜傳》："無～難之功。"(又) **保衛**。《左傳・文公六年》："盡具其帑 (nú (粵) nou4)，與其器用財賄，親帥～之，送致諸竟。"（帑：通"孥"。妻子兒女。財賄：財產。帥：率領。送致諸竟：送到國境上。）《漢書・刑法志》："若手足之～頭目。" ❷ **拉開，張開**。《淮南子・原道》："射者～烏號之弓。"（烏號之弓：良弓名。） ❸ **射箭手的一種皮質護袖**。《漢書・尹賞傳》："被鎧～，持刀兵。"（被：披。鎧：鎧甲。） ❹ **觸犯，衝犯**。《史記・游俠列傳》："雖時～當世之文罔。"（文罔：指法網。罔：網。）

3 **扛** gāng (粵) gong1 **雙手舉**。《史記・項羽本紀》："籍長八尺餘，力能～鼎。"(又) **抬**。《後漢書・費長房傳》："又令十人～之，猶不舉。"

3 **扣** kòu (粵) kau3 ❶ **拉住，牽住**。《左傳・襄公十八年》："太子與郭榮～馬。"（與：替。） ❷ **通"叩"。敲打**。《荀子・法行》："～之其聲清揚而遠聞。"蘇軾《日喻》："～槃而得其聲。"（槃：盤。）**[扣頭] 同"叩頭"。磕頭**。《論衡・儒增》："人之～～，痛者血流。"

3 **扢** gǔ (粵) gwat1 ❶ **摩拭**。《漢書・禮樂志》："～嘉壇，椒蘭芳。" ❷ qì (粵) hei3 **奮舞的樣子**。《莊子・讓王》："子路～然執干而舞。"

3 **托** tuō (粵) tok3 ❶ **用手掌托舉（物體）**。李煜《搗練子・深院靜》："斜～香腮春筍懶，為誰和淚倚闌干。"戚繼光《紀效新書・原束伍》："一手～銃，一手點火。"（銃：舊式火炮。）(引) **襯，襯托**。韓偓《屐子》詩："白羅繡屧紅～裏。"**成語有"烘雲托月"**。 ❷ **寄託，依靠**。孔平仲《西行》詩："乾坤何處～身安。" ❸ **託付，委託**。辛棄疾《瑞鶴仙・賦梅》："瑤池舊約，鱗鴻更仗誰～。"（瑤池：傳說西王母住的地方。鱗鴻：指書信。） ❹ **推託，藉故推諉**。《宋史・禮志》："有稱疾～故不赴者。" ❺ **托盤，托座**。程大昌《演繁露・托子》："～始於唐，前世無有也。"**【辨】託，托。見 584 頁"託"字**。

4 **扶** fú (粵) fu4 ❶ **攙扶，扶着**。《戰國策・齊策四》："民～老攜幼，迎君道中。"《漢書・賈山傳》："～杖而往聽之。" ❷ **扶植，扶持**。《荀子・勸學》："蓬生麻中，不～而直。"(又) **扶助，支援**。《戰國策・宋衞策》："～梁伐趙。"（伐：討伐。）**成語有"救死扶傷"**。 ❸ **沿着**。陶潛《桃花源記》："便～向路，處處志之。"（向路：原來的路。志：做標誌。） ❹ **古代長度單位。四寸為扶**。《禮記・投壺》："籌，室中五～，堂上七～。"（籌：竹籤。）**[扶寸] 同"膚寸"。見 518 頁"膚"字**。 ❺ pú (粵) pou4 **[扶服] [扶伏] 通"匍匐"。趴在地上爬行**。《禮記・檀弓下》："凡民有喪，扶服救之。"《左傳・昭公二十一年》："扶伏而擊之，折軫。"

4 **抏** wán (粵) jyun4 ❶ **消耗**。《漢書・吾丘壽王傳》："及至周室衰微，上無明王，諸侯力政，強侵弱，眾暴寡，海內～敝。" ❷ (粵) waan4/waan2 **同"玩"**。《荀子・王霸》："齊桓公閨門之內，縣樂奢泰遊～之修。"

4 **技** jì (粵) gei6 **技藝，本領**。《左傳・襄公十三年》："小人伐其～以馮君子。"（伐：誇耀。馮：欺凌。）《後漢書・華佗傳》："佗之絕～，皆此類也。" (特) **工匠**。《荀子・富國》："百～所成。"

4 **抔** póu (粵) pau4 ❶ **用手捧**。《禮記・禮運》："汙尊而～飲。" ❷ **量詞。一捧**。《史記・張釋之馮唐列傳》："假令愚民取長陵一～土，陛下何以加其法乎？"

4 **扼** (搤)è (粵) ak1/ngak1 ❶ **用力掐住**。《漢書・李陵傳》："力～虎，射命中。" **雙音詞有"扼腕"**。(引) **扼制，控制**。《新唐書・高崇文傳》："鹿頭山南距成都百五十里，～二川之要。" ❷ **通"軛"。駕車時套在牲口脖子上的曲木**。《莊子・馬蹄》："夫加之以衡～。"（衡：車轅前面的橫木。）

4 **批** pī (粵) pai1 ❶ **用手打**。《左傳・莊公十二年》："(宋萬) 遇仇牧于門，～而殺之。"（宋萬、仇牧：人名。）(引) **攻擊，衝擊**。《史記・孫子吳起列傳》："～亢擣虛。"（亢：咽喉，這裏指要害。）何遜《七召》："手羈鐵頂，足～銅頭。" ❷ **排除，消除**。《史記・范雎蔡澤列傳》："～患折難。"（排除患難，解決困難。）《史記・魏其武安侯列傳》："及魏其侯失勢，亦欲倚灌夫引繩～根生平慕之後棄之者。" ❸ **劈，削 (後起意義)**。杜甫《李鄠縣丈人胡馬行》："頭上銳耳～秋竹。"（馬耳朵的形狀，就像秋竹削成的一樣。）❹ **評判，批示**。《舊唐書・李藩傳》："制敕有不可，遂於黃敕後～之。" 羅大經《鶴林玉露》乙編卷二："東坡～答呂大防辭免恩命云……" (又) **評語**。米芾《書史》："王獻之《日寒帖》，有唐氏雜跡，印後有兩行謝安～。"

4 **抄** chāo (粵) caau1 ❶ **掠奪**。《後漢書・郭伋傳》："時匈奴數～郡界，邊境苦之。" ❷ **用瓢或勺取物**。杜甫《與鄠縣源大少府宴渼陂》詩："飯～雲子白。"（盛出來的飯像雲子石那麼白。雲子：碎雲母石。）❸ **從側面近路過去**。《晉書・閻鼎傳》："流人謂北道近河，懼有～截。" ❹ **抄寫**。《世說新語・巧藝》："戴安道就范宣學，視范所為，范讀書亦讀書，范～書亦～書。"

4 **折** zhé (粵) zit3 ❶ **折斷**。《韓非子・五蠹》："兔走觸株，～頸而死。"（走：奔跑。）(引) **彎曲**。《淮南子・覽冥》："河九～注于海。" 李白《夢遊天姥吟留別》："安能摧眉～腰事權貴。" ❷ **死**。《韓詩外傳》卷三："無痦、聾、跛、眇、尪蹇、侏儒、～短。" ❸ **挫折，損失**。《史記・淮陰侯列傳》："～北不救。"（北：失敗。）**成語有"損兵折將"**。❹ **駁斥，使對方屈服**。劉禹錫《天論上》："作天説以～韓退之之言。"（天説：指柳宗元《天説》。韓退之：韓愈。）(引) **指責**。《三國志・魏書・傅嘏傳》："季布面～其短。"（季布：人名。）❺ shé (粵) zit3/sit6 [折閱] **虧損**。《荀子・脩身》："良賈不為～～不市。"（良賈：有本事的商人。市：做買賣。）

4 **抵** zhǐ (粵) zi2 ❶ **擊，拍**。《戰國策・秦策一》："～掌而談，趙王大悅。"（按：今本訛作"抵"。）❷ **投擲，拋**。張衡《東京賦》："藏金於山，～璧於谷。"

4 **抑** yì (粵) jik1 ❶ **按，向下壓。與"揚"相對**。《老子・七十七章》："高者～之，下者舉之。" (又) **壓抑，抑制**。屈原《離騷》："屈心而～志兮。" 魏徵《十漸不克終疏》："其語道也，必先淳樸而～浮華。"（語道：談論治國之道。先：指推崇。）［抑鬱］**苦悶的樣子**。白居易《與元九書》："彷徨～～。"**又寫作"壹鬱"**。[又] **阻止，遏止**。《荀子・成相》："禹有功，～下鴻。"《史記・魏公子列傳》："遂乘勝逐秦軍至函谷關，～秦兵。"❷ **俯，低**。《戰國策・韓策二》："公仲且～首而不朝。"蔡邕《琴賦》："於是繁絃既～，雅韻乃揚。"❸ **連詞。表示輕微的轉折**。《論語・子張》："子夏之門人小子，當灑掃應對進退則可矣，～末也，本之則無。"❹ **連詞。表示選擇，相當於現代漢語的"還是"、"或者"**。《漢書・五行志中之上》："敢問天道也，～人故也？"【辨】**按，抑**。見 234 頁"按"字。

4 **投** tóu [粵] tau^{4} ❶ **投擲，投入**。《史記・滑稽列傳》："即使吏卒共抱大巫嫗（yù [粵] jyu^{3}）～之河中。"（即：就。大巫嫗：老巫婆。）**成語有"自投羅網"**。[又] **跌跤**。《左傳・昭公十三年》："自～於車下。"[又] **投贈，贈給**。《詩經・衛風・木瓜》："～我以木瓜。"**成語有"投桃報李"**。❷ **扔掉，拋棄**。魏徵《述懷》詩："中原初逐鹿，～筆事戎軒。"（逐鹿：指爭奪政權。事戎軒：指從軍。）[又] **揮去，甩開**。《左傳・宣公十四年》："～袂而起。"❸ **投合，迎合**。元好問《贈答劉御史雲卿》詩："戶牖徒自開，膠漆本易～。"**成語有"投其所好"、"情投意合"**。[又] **呈交，投寄**。王讜《唐語林・補遺三》："有舉子～卷。"❹ **安置**。《禮記・樂記》："～殷之後於宋。"[又] **寄託**。劉禹錫《傷柳儀曹詩引》："賦詩以～弔。"❺ **投靠，投奔**。《史記・淮陰侯列傳》："足下右～則漢王勝，左～則項王勝。"[又] **到……住宿，投宿**。杜甫《石壕吏》詩："暮～石壕村，有吏夜捉人。"（暮：傍晚。）❻ **到，接近**。王安石《觀明州圖》詩："～老心情非復昔，當時山水故依然。"（依然：依舊。）[又] **觸，撞**。《韓非子・解老》："兕無所～其角。"❼ **踏，跳**。《呂氏春秋・古樂》："～足以歌八闋。"❽ **賭博，賭注**。《史記・范雎蔡澤列傳》："或欲大～。"[又] **賭博的骰子**。班固《奕旨》："博懸於～。"❾ **朝，向**。王實甫《西廂記》第四本第三折："車兒～東，馬兒向西。"

4 **抃** biàn [粵] bin^{6} **鼓掌**。《呂氏春秋・古樂》："帝嚳（kù [粵] guk^{1}）乃令人～。"（帝嚳：即高辛氏，傳說中古帝名。）［抃舞］**鼓掌跳舞，形容喜悅之狀**。《列子・湯問》："一里老幼，喜躍～～，弗能自禁。"

4 **抆** wěn [粵] man^{5} **擦**。屈原《九章・悲回風》："孤子吟而～淚兮，放子出而不還。"

4 **抗** kàng [粵] kong^{3} ❶ **違抗，抵禦**。《荀子・臣道》："有能～君之命。"《三國志・蜀書・諸葛亮傳》："安能～此難乎？"（安能：怎麼能。）❷ **匹敵，相當**。《墨子・非攻中》："計其土地之博，人徒之眾，欲以～諸侯，以為英名。"《史記・貨殖列傳》："禮～萬乘，名顯天下。"（萬乘：指帝王。）酈道元《水經注・江水》："有大巫山，非惟三峽所無，乃當～峰岷、峨。"（非惟：不只。當：應當。岷、峨：山名。）**成語有"分庭抗禮"**。❸ **剛正不屈**。文天祥《指南錄後序》："～辭慷慨。"（辭：言辭。）❹ **豎，舉起**。《詩經・小雅・賓之初筵》："大侯既～，弓矢斯張。"（大侯：大箭靶子。）曹植《洛神賦》："～羅袂（mèi [粵] mai^{6}）以掩涕兮。"（羅：一種絲織品。袂：袖子。掩涕：掩面流淚。）❺ **通"亢"。高**。沈括《夢溪筆談》卷五："邊兵每得勝回，則連隊～聲凱歌。"

4 **抖** dǒu [粵] dau^{2} **振動，抖動**。張憲《讀戰國策》詩："～盡祖龍囊底智，咸陽回首亦成塵。"（祖龍：指秦始皇。）［抖擻］① **抖動，振動**。孟郊《夏日謁智遠禪師》詩："～～塵埃衣，謁師見真宗。"王炎《夜半聞雨》詩："～～胸中三斗塵。"② **振作，奮發**。龔自珍《己亥雜詩》："我勸天公重～～，不拘一格降人才。"

4 **抉** jué 粵 kyut^{3} ❶ **挑** (tiǎo 粵 tiu^{1}) **出，挖出**。《莊子・盜跖》："比干剖心，子胥～眼。"《史記・伍子胥列傳》："～吾眼縣吳東門之上。"（縣：懸。吳東門：指吳國國都的東門。）**雙音詞有"抉擇"**。❷ **戳，穿**。《左傳・襄公十七年》："以杙 (yì 粵 jik^{6}) ～其傷而死。"（杙：尖銳的小木條。）

4 **把** bǎ 粵 baa^{2} ❶ **握，持**。《戰國策・燕策三》："臣左手～其袖。"《論衡・順鼓》："操刀～杖以擊之。" (引) **控制，把守**。《晏子春秋・諫下》："然則後世孰將～齊國？"楊萬里《松關》詩："竹林行盡到松關，分付雙松為～門。"❷ **量詞。束，把**。《三國志・吳書・陸遜傳》："乃敕各持一～茅，以火攻拔之。"（敕：命令。）❸ **介詞。將，把（後起意義）**。白居易《戲醉客》詩："莫～杭州刺史欺。"蘇軾《飲湖上初晴後雨》詩："欲～西湖比西子。"（西子：西施，春秋時代越國有名的美女。）❹ pá 粵 paa^{4} **通"爬"。扒，搔**。《後漢書・戴就傳》："以大針刺指爪中，使以～土，爪悉墮落。"

4 **抒** shū 粵 syu^{1} ❶ **表達，抒發**。《墨子・小取》："以辭～意。"屈原《九章・惜誦》："發憤以～情。"❷ **舀出**。法顯共佛陀跋陀羅譯《摩訶僧祇律》卷十六："比丘自～井。"❸ **通"紓"。解除，排除**。《左傳・文公六年》："難必～矣。"

4 **承** chéng 粵 sing^{4} ❶ **捧着**。《左傳・襄公二十五年》："～飲而進獻。"（飲：喝的東西。）(引) **敬辭。相當於現代漢語"奉陪"、"奉送"中的"奉"**。白居易《與元九書》："常欲～答來旨。"（來旨：來信中的意思。）❷ **接受，承受，表示在下的接受在上的命令或吩咐**。《左傳・僖公十五年》："苟列定矣，敢不～命？"❸ **繼承，接續**。《後漢書・班彪傳》："漢～秦制。"**成語有"承上啟下"**。❹ **通"乘"。趁着**。《荀子・王制》："伺強大之間，～強大之敝。"（伺：觀察。間：縫隙。敝：指衰敗。）❺ **通"丞"。輔助**。《左傳・哀公十八年》："使帥師而行，請～。"（請承：指請王任命輔佐者。）

5 **抾** qiè 粵 hei^{1} **捕取**。《漢書・揚雄傳上》："～靈蠵。"

5 **拒** jù 粵 keoi^{5} ❶ **抵禦，抵抗**。《荀子・君道》："內以固城，外以～難。"（固：鞏固。難：指戰亂。）❷ **拒絕**。《論語・子張》："可者與之，其不可者～之。"《孟子・盡心下》："來者不～。"❸ jǔ 粵 geoi^{2} **軍隊排列的方陣**。《左傳・桓公五年》："鄭子元請為左～以當蔡人、衞人，為右～以當陳人。"（子元：人名。當：抵擋。）

5 **拓** tuò 粵 tok^{3} ❶ **推，舉**。《列子・説符》："孔子之勁，能～國門之關，而不肯以力聞。"杜甫《醉為馬墜諸公攜酒相看》詩："罷酒酣歌～金戟 (jǐ 粵 gik^{1})。"（戟：一種兵器。）❷ **開拓，擴大**。《後漢書・文苑傳上》："～地萬里，威震八荒。"**雙音詞有"拓荒"**。❸ tà 粵 taap^{3} **通"搨"。把石碑或器物上的文字、圖像拓印在紙上**。《隋書・經籍志一》："其相承傳～之本，猶在秘府。"（承：繼承。秘府：皇宮中藏書的地方。）王建《原上新居》詩："古碣 (jié 粵 kit^{3}) 憑人～。"（碣：石碑。憑：任憑。）❷ **垂下**。陳琳《為袁紹檄豫州文》："垂頭～翼，莫所憑恃。"

5 **拔** bá 粵 bat^{6} ❶ **拔起，拔出**。《韓非子・説林上》："使十人樹之而一人～之。"《史記・秦始皇本紀》："～劍自殺。"(引) **選拔，提拔**。《論衡・書虛》："～寧戚於車下。"李白《與韓荊州書》："山濤作冀州，甄 (zhēn (粵) jan1/zan1) ～三十餘人。”(山濤：人名。作冀州：當冀州的長官。甄：審察。) ❷ **突出，超出**。《孟子・公孫丑上》:“出於其類，～乎其萃。”**成語有“出類拔萃”**。李白《夢遊天姥吟留別》:“勢～五嶽掩赤城。”(五嶽：我國五座大山。赤城：山名。) ❸ **攻取**。《戰國策・東周策》:“秦～宜陽。”《史記・魏公子列傳》:“～二十城。” ❹ **動搖，改變**。《周易・乾》:“樂則行之，憂則違之，確乎其不可～。”**成語有“堅韌不拔”**。❺ **迅疾**。《禮記・少儀》:“毋～來，毋報往。” ❻ [**拔扈**] **通“跋扈”**。**蠻橫霸道**。張衡《西京賦》:“睢盱 (huī xū (粵) seoi1 heoi1) ～～。”(睢盱：張目仰視。)

【**辨**】**拔，擢**。見252頁“**擢**”字。

5 **抨** pēng (粵) paang1 ❶ **彈射，射箭**。白居易《河陽石尚書破回鶻》詩：“劍拔青鱗蛇尾活，弦～赤羽火星流。” ❷ **彈劾**。《新唐書・温造傳》:“夏州節度使李祐拜大金吾，違詔進馬，造正衙～劾。”**雙音詞有“抨擊”**。❸ **拂掠，拍擊**。《梁書・沈約傳》:“翅～流而起沫，翼鼓浪而成珠。” ❹ bēng (粵) ping1 **遣，使**。《漢書・揚雄傳上》:“～雄鴆以作媒兮，何百離而曽不壹耦。”

5 **押** yā (粵) aap3/ngaap3/aat3/ngaat3 ❶ **在公文、契約上簽字或畫記號，以做憑信**。《宋史・高宗紀》:“必先書～而後報行。” ❷ **監督，主管**。《新唐書・百官志》:“以六員分～尚書六曹。”(尚書：尚書省，官署名。曹：分科辦事的官署。) **雙音詞有“押車”**。❸ **簾軸，用以鎮簾**。李商隱《燈》詩：“影隨簾～轉。” ❹ (粵) aat3/ngaat3 **通“壓”**。**壓住**。《晉書・東夷辰韓傳》:“以石～其頭使扁。” ❺ **作詩用韻**。牛僧孺《玄怪錄》卷三：“袁郎此篇甚為佳妙，然未知我二十七郎封郎能～劇韻。”**又作“壓韻”**。

5 **抽** chōu (粵) cau1 ❶ **拔出，抽出**。《左傳・昭公二十一年》:“～矢，城射之。”(城：人名。) 李白《宣州謝脁樓餞別校書叔雲》詩：“～刀斷水水更流。” (引) **提取**。元稹《織婦詞》:“今年絲稅～徵早。” (引) **植物出芽或出穗**。束皙《補亡詩》六首之四：“草以春～。”(草在春天發芽。) 孔平仲《風雨有秋色率然成小詩》:“蓼花～穗出牆端。” ❷ **拔掉，去除**。《詩經・小雅・楚茨》:“楚楚者茨，言～其棘。”(楚楚：茂盛。茨：蒺藜。言：動詞詞頭。棘：帶刺的灌木。) (引) **提拔**。《南史・顏延之傳》:“延之昔坐事屏斥，復蒙～進。” ❸ **抒發**。屈原《九章・抽思》:“與美人～怨兮。”

5 **拙** zhuō (粵) zyut3 ❶ **笨**。《莊子・胠篋》:“大巧若～。”《孟子・盡心上》:“大匠不為～工改廢繩墨。”**成語有“笨嘴拙舌”**。❷ **謙辭**。**如“拙作 (對人稱自己的作品)”、“拙荊 (對人稱自己的妻子)”**。

5 **抶** chì (粵) cik1 **鞭打**。《左傳・文公十年》:“無畏～其僕以徇 (xùn (粵) seon6/seon1)。”(無畏：人名。徇：示眾。)

5 **拊** fǔ (粵) fu2 ❶ **撫摩**。《史記・吳王濞列傳》:“因～其背。”(因：於是。) (引) **拍，敲擊**。《三國志・魏書・武帝紀》:“～手歡笑。”屈原《九歌・東皇太一》:“揚枹兮～鼓。”(枹：鼓槌。) ❷ **撫慰，安撫**。《左傳・宣公十二年》:“王巡三軍，～而勉之。” (引) **撫養**。《詩經・小雅・蓼莪》:“～我畜我。”(畜：養活。) **上述 ❶ (引) ❷ (引) 又寫作“撫”**。❸ **柄**。《禮記・少儀》:“削授～。”(曲刀交給人時要給人刀把兒。削：曲刀。) ❹ **一種樂器，即搏拊**。《周禮・春官・大師》:“令奏擊～。”

5 **拍** pāi (粵) paak3 ❶ **用手掌輕擊**。《韓非子・功名》:“一手獨～，雖疾無聲。" ⓧ **擊打**。蘇軾《念奴嬌・赤壁懷古》："亂石穿空，驚濤～岸。" ❷ **樂曲的段落**。蔡琰《胡笳十八拍》："笳一會兮琴一～，心憤怨兮無人知。" ⓧ **樂曲的節奏**。白居易《霓裳羽衣歌》："散序六奏未動衣，陽臺宿雲慵不飛。中序擘騞初入～，秋竹竿裂春冰坼。" 注："散序六遍無～，故不舞也。中序始有～，亦名拍序。" ❸ **古代一種戰具。用以投擲石塊等**。《陳書・侯瑱傳》："發～，中於賊艦。"

5 **抮** zhěn (粵) hin^2 **轉，變化**。《淮南子・精神》："以不化應化，千變萬～而未始有極。"

5 **抵** dǐ (粵) dai^2 ❶ **推，擠**。《後漢書・桓譚傳》："憙非毀俗儒，由是多見排～。"（憙：同"喜"。喜歡。）❷ **用角頂，觸**。揚雄《羽獵賦》："犀兕（sì (粵) ci^5）之～觸。"（兕：雌的犀牛。）(引) **觸犯，抵觸**。《漢書・禮樂志》："習俗薄惡，民人～冒。" 柳宗元《辯文子》："其意緒文辭叉牙相～而不合。"（意緒：指思想內容。叉牙：交錯。）❸ **否認，抵賴**。《漢書・田延年傳》："延年～曰。" ❹ **抵償**。《三國志・魏書・武帝紀》："敗軍者～罪，失利者免官爵。" (引) **抵得上，相當**。杜甫《春望》詩："烽火連三月，家書～萬金。" ❺ **到達**。《史記・蒙恬列傳》："始皇欲遊天下，道九原，直～甘泉。"（道：取道。九原、甘泉：地名。）ⓧ **投奔**。《後漢書・彭寵傳》："即與鄉人吳漢亡至漁陽，～父時吏。" ⓧ **拜訪**。李白《與韓荊州書》："三十成文章，歷～卿相。" ❻ zhǐ (粵) zi^2 **同"抵"。擊**。《鹽鐵論・崇禮》："崑山之旁，以玉璞～烏鵲。" (引) **擲，扔**。《明史・海瑞傳》："帝得疏，大怒，～之地。"

5 **拘** jū (粵) keoi^1 ❶ **拘留，拘禁**。《尚書・酒誥》："盡執～以歸于周。" 《莊子・盜跖》："小盜者～，大盜者為諸侯。" ❷ **拘泥，拘束**。《史記・孟子荀卿列傳》："鄙儒小～。"（庸俗的儒者拘泥於小節。）ⓧ **束縛，限制**。《商君書・更法》："賢者更禮，而不肖者～焉。"（拘焉：指受禮制的束縛。）

5 **抱** bào (粵) pou^5 ❶ **抱着**。《詩經・衛風・氓》："氓之蚩蚩，～布貿絲。" 《史記・滑稽列傳》："即使吏卒共～大巫嫗（yù (粵) jyu^3）投之河中。"（即：就。使：命令。大巫嫗：老巫婆。）(引) **扶持**。《呂氏春秋・下賢》："周公旦～少主而成之。" (引) **環繞**。杜甫《江村》詩："清江一曲～村流，長夏江村事事幽。" ❷ **懷抱，懷有**。《後漢書・蔡邕傳》："或有～罪懷瑕，與下同疾，綱網弛縱，莫相舉察。" 王安石《上皇帝萬言書》："常～邊疆之憂。" ❸ **胸懷**。《宋書・范曄傳》："然區區丹～，不負夙心。" 韋應物《寒食日寄諸弟》詩："念離獨傷～。"（離：離別。）❹ **兩臂合抱的距離**。《史記・司馬相如列傳》："欃檀木蘭，豫章女貞，長千仞，大連～。"（女貞：木名。）

5 **拄** zhǔ (粵) zyu^2 ❶ **支撐**。《戰國策・齊策六》："大冠若箕，修劍～頤。" 《世說新語・豪爽》："陳以如意～頰，望雞籠山歎曰：'孫伯符志業不遂。'" ❷ **譏刺，反駁**。《漢書・朱雲傳》："既論難，連～五鹿君。"

5 **拉** lā (粵) laai^1 **摧折，扳斷**。《史記・鄭世家》："齊襄公使彭生醉～殺魯桓公。" 鄒陽《獄中上梁王書》："范睢～脅折齒於魏。" 【注意】古代"拉"字不當拉開講。

5 **拌** bàn (粵) bun^6 ❶ pàn (粵) pun^3 **分開，剖開**。《呂氏春秋・論威》："今以木擊木則～，以水投水則散。" 《史記・龜策列傳》："鐫石～蚌，傳賣於市。" ❷ **攪和**。賈思勰《齊民要術・作豉法》："細磨為麵，以水～而蒸之。"

5 **拂** fú (粵) fat^{1} ❶ **拂拭，輕輕擦過**。《儀禮・大射儀》："一小射正授弓～弓。"（小射正：侍候射箭的人。）李白《扶風豪士歌》："梧桐楊柳～金井。"**熟語有"春風拂面"**。(引) **除去**。韓愈《重答張籍書》："～其邪心，增其所未高。"❷ **碰觸，擊打**。《世說新語・巧藝》："客著葛巾角，低頭～棋。"《北史・斛律金傳》："神武據鞍未動，金以鞭～馬，神武乃還。"❸ **振動，抖動**。謝靈運《述祖德》詩："高揖七州外，～衣五湖裏。"**成語有"拂袖而去"**。❹ **違背，不順**。《韓非子・外儲說左上》："忠言～於耳。"❺ **連枷，脫穀農具**。《漢書・王莽傳中》："予之北巡，必躬載～。"❻ bì (粵) bat^{6} **通"弼"。輔助**。《漢書・蓋寬饒傳》："乃欲以太古久遠之事匡～天子。"（匡：輔助。）

5 **招** zhāo (粵) ziu^{1} ❶ **打手勢叫人**。《荀子・勸學》："登高而～。"❷ **招來，招集**。《漢書・鼂錯傳》："上～賢良。"(引) **招致，招引**。屈原《九章・惜誦》："有～禍之道。"❸ **箭靶，靶子**。《呂氏春秋・本生》："萬人操弓，共射其一～。"《戰國策・楚策四》："以其類為～。"❹ qiáo (粵) kiu^{4} **舉**。《國語・周語下》："好盡言以～人過。"❺ sháo (粵) siu^{4} **通"韶"。上古樂曲名**。《史記・五帝本紀》："于是禹乃興九～之樂。"

5 **披** pī (粵) pei^{1} ❶ **分開，裂開**。《史記・項羽本紀》："噲遂入，～帷西向立。"（噲：樊噲。帷：帳幕。）《戰國策・秦策三》："木實繁者～其枝。"（木實：樹的果實。）(引) **披露，表露**。鄒陽《獄中上梁王書》："～心腹，見 (xiàn (粵) jin^{6}) 情素。"（見情素：表現出真情實意。）**成語有"披肝瀝膽"**。❷ **打開**。王勃《滕王閣序》："～繡闥，俯雕甍。"⊗ **開闢**。班固《西都賦》："～三條之廣路，立十二之通門。"⊗ **翻開，翻閱**。韓愈《進學解》："手不停～於百家之編。"❸ **披，穿**。韋應物《寄馮著》詩："～衣出茅屋。"❹ **倒下，退下**。《後漢書・种劭傳》："軍士皆～。"［**披靡**］**草木隨風倒伏。常用來比喻軍隊潰敗**。《史記・項羽本紀》："項王大呼馳下，漢軍皆～～。"**成語有"所向披靡"**。

5 **拚** pān (粵) pun^{3}/pun^{2} ❶ biàn (粵) bin^{6} **同"抃"。拍手**。《舊唐書・孔巢父傳》："士眾欣悚喜～曰……"❷ fèn (粵) fan^{3} **掃除**。《禮記・少儀》："掃席前曰～。"**又寫作"⿰扌糞 (fèn)"**。❸ fān (粵) faan^{1} **通"翻"。飛**。《詩經・周頌・小毖》："肇允彼桃蟲，～飛維鳥。"（肇：始。允：相信。桃蟲：鷦鷯。）❹ **捨棄，豁出去**。王沂孫《水龍吟・曉寒慵揭珠簾》："把酒花前，剩～醉了，醒來還醉。"［**拚命**］**豁出性命**。章定《名賢氏族言行類稿》二六："能自～～者能殺人也。"**又寫作"拼"，讀** pīn (粵) ping^{3}/ping^{1}。

5 **拗** **(抝)** ǎo (粵) aau^{2} ❶ **用手折斷**。《梁樂府・折楊柳枝歌》："上馬不捉鞭，反～楊柳枝。"(引) **違逆，扭轉**。韓愈《答孟郊》詩："古心雖自鞭，世路終難～。"《朱子語類》卷四："被此生壞了後，理終是～不轉來。"❷ ào (粵) aau^{3} **不順口**。元稹《哭女樊四十韻》："和蠻歌字～，學妓舞腰輕。"⊗ **出乎常格，不合格律**。楊慎《升庵詩話・杜牧之》："宋人評其詩，豪而艷，宕而麗，於律詩中特寓～峭，以矯時弊，信然。"（峭：指勁直有力。）❸ niù (粵) aau^{3}/ngaau^{3} **固執，倔強**。《朱子語類》卷二十："大概江西人好～，人說臭，他須要說香。"❹ yù (粵) juk^{6} **抑制**。班固《西都賦》："乃～怒而少息。"

5 **拜** bài (粵) baai^{3} ❶ **一種表示恭敬的禮節**。《左傳・僖公三十二年》："卜偃使大夫～。"（卜偃：人名。）《史記・絳侯周勃世家》："介胄 (zhòu (粵) zau^{6}) 之士不～，請以軍禮見。"（介冑之士：穿鎧甲戴戰盔的軍人。）(引) **謁見，拜見**。《論語・陽貨》："孔子時其亡也，而往～之。"（時其亡：等到他不在家的時候。）❷ **授給官職**。《三國志・蜀書・諸葛亮傳》："～亮為丞相。"**又"拜官"為舊時常用語**。❸ **拔**。《詩經・召南・甘棠》："勿剪勿～。"

5 **拏** ná (粵) naa4 ❶ **連接，牽引**。揚雄《百官箴・豫州牧箴》："田田相～，廬廬相距。"《後漢書・馮衍傳》："禍～未解，兵連不息。"❷ **相持，搏持**。張彥遠《法書要錄》四張懷瓘《文字論》："或若擒虎豹有強梁～攫之形，執蛟螭見蚴蟉盤旋之勢。"❸ **握持，取（後起意義）**。《警世通言・萬秀娘仇報山亭兒》："～起一條柱杖，看着尹宗落夾背便打。"(又) **拘捕（後起意義）**。《京本通俗小說・菩薩蠻》："教人分付臨安府差人去靈隱寺～可常和尚。"**上述❸和(又)的意義後來寫作"拿"**。【辨】拏，挐。見235頁"挐"字。

6 **挈** qiè (粵) kit3 ❶ **提着，提起**。《荀子・勸學》："若～裘（qiú (粵) kau4）領。"（裘：皮衣。）**成語有"提綱挈領"**。(引) **帶着，領着**。沈約《齊故安陸昭王碑文》："～妻荷子。"（荷：背着。）(又) **握着，拿着**。《漢書・韓信傳》："信～其手，與步于庭數匝。"❷ qì (粵) kai3 **通"契"。用刀刻**。《漢書・敘傳上》："旦算祀於～龜。"（旦：周公旦。算祀：計算年代。龜：龜甲。）❸ qì (粵) kai3 **通"契"。契約**。《漢書・溝洫志》："今內史稻田租～重。"（內史：政區名。租挈：收租的契約。）

6 **拭** shì (粵) sik1 **擦**。《儀禮・聘禮》："賈人北面坐，～圭。"杜甫《羌村》詩："驚定還～淚。"

6 **挂** （掛）guà (粵) gwaa3 ❶ **懸掛**。《世說新語・任誕》："以百錢～杖頭。"李白《襄陽歌》："車傍側～一壺酒。"❷ **鈎住，牽絆**。崔駰《達旨》："冠～不顧。"（冠挂：帽子被牽掛在樹上。）曹植《責躬》詩："舉～時網，動亂國經。"（一舉一動都和當時的規矩相抵觸。）**又如"挂（掛）懷"、"挂（掛）念"**。

6 **持** chí (粵) ci4 ❶ **拿着，握着**。《莊子・秋水》："莊子～竿不顧。"《戰國策・趙策四》："媼之送燕后也，～其踵為之泣。"（踵：腳後跟。）❷ **掌握**。《漢書・楚元王傳》："王莽～政。"(又) **執行**。《漢書・黃霸傳》："聞霸～法平，召以為尉正。"❸ **保持**。《詩經・大雅・鳧鷖序》："太平之君子，能～盈守成。"《韓非子・五蠹》："夫仁義辯智，非所以～國也。"**成語有"持之以恆"**。❹ **一隻手從下托扶**。《莊子・漁父》："左手據膝，右手～頤以聽。"(又) **支撐**。《淮南子・主術》："十圍之木，～千鈞之屋。"(又) **扶持，扶助**。《論語・季氏》："危而不～，顛而不扶，則將焉用彼相矣。"張衡《東京賦》："西朝顛覆而莫～。"（西朝：指王莽的新朝。莫：沒有人。）❺ **控制，挾制**。《史記・酷吏列傳》："為任俠，～吏長短，出從數十騎。"（短：指短處。）❻ **對立，對峙**。《三國志・魏書・郭嘉傳》："太祖與袁紹相～於官渡。"（太祖：指曹操。官渡：地名。）

6 **拮** jié (粵) git3 ❶ [拮据] **操作勞苦，以致手病，伸屈不能自如**。《詩經・豳風・鴟鴞》："予手～～。"(引) **困頓，窘迫**。杜甫《秋日荊南送石首薛明府》詩："文物陪巡狩，親賢病～～。"**後指經濟窘迫**。❷ jiá (粵) gat1 **逼迫**。《戰國策・秦策三》："大夫种為越王墾草創邑，辟地殖穀……勾踐終～而殺之。"（种：人名。）

6 **拱** gǒng (粵) gung2 ❶ **拱手。兩手在胸前相合，表示恭敬**。《論語・微子》："子路～而立。"（子路：人名，孔子弟子。）❷ **兩手合圍，常用來表示樹木的粗**

細。《左傳・僖公三十二年》：“爾墓之木～矣。”（爾：你。墓：墳墓。木：樹。）❸ **環繞**。傅玄《明君》詩：“眾星～北辰。”（北辰：北極星。）

6 **指** zhǐ 粵 zi^{2} ❶ **手指**。《戰國策・秦策三》：“臣未嘗聞～大於臂，臂大於股。”（股：大腿。）⊗ **腳趾**。《史記・高祖本紀》：“漢王傷胸，乃捫足，曰：‘虜中吾～。’”（漢王：劉邦。）❷ **用手指，指向**。《論語・八佾》：“～其掌。”❸ **指責**。《漢書・王嘉傳》：“千人所～，無病而死。”《論衡・是應》：“司南之杓，投之於地，其柢～南。”❹ **意思，意圖**。《尚書・盤庚上》：“不匿厥～。”（厥：其。）王安石《上皇帝萬言書》：“孰能稱陛下之～。”（孰：誰。稱：合乎。）**這個意義又寫作“旨”**。

6 **拽** yè 粵 jai^{6} **拉，拖**。杜甫《題鄭十八著作丈》詩：“酒酣懶舞誰相～，詩罷能吟不復聽。”李商隱《韓碑》詩：“長繩百尺～碑倒。”

6 **括** （捪）kuò 粵 kut^{3} ❶ **結紮，束結**。《莊子・寓言》：“向也～而今也被髮。”（從前束結頭髮，而現在披頭散髮。向：過去。被：披。）**成語有“括囊守祿”**。(引) **約束**。《孔叢子・執節》：“以禮～其君，使入於善。”❷ **到來，會合**。《詩經・王風・君子于役》：“日之夕矣，牛羊下～。”❸ **包容，包括**。賈誼《過秦論》：“有席卷天下，包舉宇內，囊～四海之意。”⊗ **搜求**。《北史・孫搴傳》：“時大～人為軍士。”❹ **箭的末端**。張衡《西京賦》：“尋景追～。”（景：日光。）**也指箭**。劉向《說苑・談叢》：“～既離弦，雖有所悔焉，不可從而追已。”

6 **拾** shí 粵 sap^{6} ❶ **拾起，撿起**。《世說新語・德行》：“飯粒脫落盤席間，輒～以噉之。”❷ **收拾，斂聚**。《論衡・別通》：“蕭何入秦，收～文書。”❸ **射韝**（gōu 粵 gau^{1}）。**古代射箭時用的皮革護袖**。《詩經・小雅・車攻》：“決～既佽，弓矢既調。”《禮記・曲禮下》：“野外軍中無摯，以纓、～、矢可也。”❹ **數字“十”的大寫**。敦煌變文《伍子胥變文》：“手垂過膝，～指纖長。”❺ shè 粵 sip^{3} ［**拾級**］**逐級登階**。《禮記・曲禮上》：“～～聚足，連步以上。”

6 **挑** tiāo 粵 tiu^{1} ❶ tiǎo **撥，撥動，挑動**。《史記・項羽本紀》：“乃自披甲持戟～戰。”（甲：盔甲。戟：一種兵器。）辛棄疾《破陣子・為陳同甫賦壯詞以寄之》：“醉裏～燈看劍。”(引) **彈奏弦樂器的一種指法**。白居易《琵琶行》：“輕攏慢撚抹復～。”❷ tiǎo **挑逗，引誘**。《史記・司馬相如列傳》：“而以琴心～之。”❸ tiǎo **挖，掘**。杜荀鶴《山中寡婦》詩：“時～野菜和根煮。”❹ tiǎo **揭露，顯露**。《韓非子・說難》：“貴人有過端，而說者明言禮義以～其惡。”❺ tiǎo **用杆子把東西懸掛起來（後起意義）**。馬致遠《岳陽樓》：“將酒望子～起來。”（酒望子：酒店門前招徠酒客的幌子。）❻ **擔，挑（後起意義）**。戚繼光《紀效新書・練兵實紀・練伍法》：“用鐵尖扁擔，便於肩～。”❼ **通“佻”。輕佻，不莊重**。《荀子・強國》：“其服不～。”（服：衣服。）

6 **按** àn 粵 on^{3}/ngon^{3} ❶ **用手壓或摁**。《世說新語・排調》：“每共圍棋，丞相欲舉行，長豫～指不聽。”⊗ **握，持**。《史記・絳侯周勃世家》：“於是天子乃～轡（pèi 粵 bei^{3}）徐行。”《漢書・鄒陽傳》：“燕王～劍而怒。”❷ **壓抑，止住**。《管子・霸言》：“～強助弱，圉暴止貪。”（圉：阻止。）**成語有“按兵不動”**。❸ **按照，依照**。《商君書・君臣》：“緣法而治，～功而賞。”（緣：依照。）**成語有“按部就班”**。❹ **考察**。賈誼《治安策》：“～之當今之務。”⊗ **追究，查辦**。《漢書・趙廣漢傳》："廣漢使長安丞～賢。"（賢：人名。）❺ **巡行，巡視**。《史記・衛將軍驃騎列傳》："遂西定河南地，～榆溪舊塞。"（榆溪：地名。塞：邊塞。）❻ **於是，就**。《荀子・富國》："我～起而治之。"**【辨】按，抑。"按"、"抑"都有向下壓的意思，但"抑"比"按"程度重，並且常用於壓抑、抑制等抽象意義。**

6 **拯** zhěng [粵] cing2 **從水裏救出淹溺的人**。《左傳・宣公十二年》："目於眢（yuān [粵] jyun1）井而～之。"（眢井：枯井。）[泛] **拯救，救援**。《論衡・感虛》："田出穀以～饑。"**【辨】拯，救。在"拯救"的意義上，"拯"與"救"是同義詞。在"止"、"助"的意義上，一般用"救"不用"拯"。**

6 **拶** zā [粵] zaat3 ❶ **壓緊**。韓愈《辛卯年雪》詩："崩騰相排～，龍鳳交橫飛。"❷ zǎn **舊時一種夾手指的刑具。也叫拶子**。

6 **拲** gǒng [粵] gung2 **兩手同械**。《周禮・秋官・掌囚》："凡囚者，上罪梏～而桎。"《隋書・刑法志》："凡死罪枷而～，流罪枷而梏。"

6 **拳** quán [粵] kyun4 ❶ **拳頭**。《後漢書・皇甫嵩傳》："雖僮兒可使奮～以致力。"《晉書・劉伶傳》："攘袂（rǎng mèi [粵] joeng5 mai6）奮～。"（攘袂：捲衣袖。）[又] **握拳**。《漢書・鉤弋倢伃傳》："女兩手皆～。"[又] **搏擊**。元稹《有鳥》詩："俊鶻無由～狡兔，金雕不得擒魅狐。"❷ **勇力**。《詩經・小雅・巧言》："無～無勇，職為亂階。"❸ **彎曲，捲曲**。《莊子・人間世》："則～曲而不可以為棟梁。"張耒《蕭朝散惠石本韓幹馬圖馬亡後足》詩："君不見太宗戰馬～腹毛。"❹［拳拳］**誠懇，懇切**。司馬遷《報任安書》："～～之忠，終不能自列。"（列：陳述。）

6 **挐** rú [粵] jyu4 ❶ **牽引**。宋玉《九辯》："葉菸邑而無色兮，枝煩～而交橫。"[引] **紛亂**。《淮南子・覽冥》："美人～首墨面而不容。"（容：修飾，打扮。）[引] **混雜**。宋玉《招魂》："稻粢穱麥，～黃粱些。"❷ ná [粵] naa4 **通"拏"。持，抓**。張衡《西京賦》："熊虎升而～攫，猨狖超而高援。"❸ ráo [粵] jiu4 **通"橈"。船槳**。《莊子・漁父》："方將杖～而引其船。"**【辨】挐，拏。"挐"為牽引，"拏"為持，古代音義都不同。但後來兩字常常混用。**

7 **捄** jū [粵] geoi1 ❶ **盛土於器**。《詩經・大雅・緜》："～之陾（réng [粵] jing4）陾，度之薨薨。"（陾陾：眾多的樣子。薨薨：裝土的聲音。）❷ qiú [粵] kau4 **長的樣子**。《詩經・小雅・大東》："有～棘匕。"❸ jiù [粵] gau3 **救援**。《戰國策・秦策五》："諸侯必懼，懼而相～。"《漢書・翼奉傳》："已詔吏虛倉廩，開府藏，振～貧民。"

7 **振** zhèn [粵] zan3 ❶ **揮動，抖動**。賈誼《過秦論上》："～長策而御宇內。"（策：馬鞭。御：駕馭，控制。宇內：天下。）潘岳《西征賦》："彈冠～衣。"❷ **奮起，振作**。《呂氏春秋・孟春紀》："東風解凍，蟄蟲始～。"（蟄蟲：冬眠的蟲。）陳亮《上孝宗皇帝第一書》："以勵群臣，以～天下之氣。"（勵：鼓勵。）❸ **整頓**。《史記・平津侯主父列傳》："諸侯春～旅，秋治兵，所以不忘戰也。"（旅：軍隊。）❹ **救濟**。《後漢書・趙典傳》："散家糧以～窮餓。"**成語有"振民育德"。這個意義後來寫作"賑"。**[又] **挽救**。《韓非子・五蠹》："智困於內而政亂於外，則亡不可～也。"❺ **通"震"。震動**。《史記・蒙恬列傳》："是時蒙恬威～匈奴。始皇甚尊寵蒙氏，信任賢之。"（是時：這時。）❻［振古］**自古**。《詩經・周頌・載芟》："匪今斯今，～～如茲。"

【辨】 振，震。"振"的本義是振動，"震"的本義是雷震。所以物體或人本身顫動寫作"震"，而人揮動別的東西以及由此產生的引申義寫作"振"。

7 **挾** xié (粵) hip^{3} ❶ **用胳膊夾住**。《戰國策・楚策四》："左～彈，右攝丸。"（彈：指彈弓。攝：拿着。）(引) **攜同**。蘇軾《赤壁賦》："～飛仙以遨遊。" ❷ **擁有**。《戰國策・趙策四》："位尊而無功，奉厚而無勞，而～重器多也。"（奉厚：俸祿多。重器：寶器。）(引) **懷着，藏着**。《鹽鐵論・世務》："今匈奴～不信之心，懷不測之詐。"（信：誠實。詐：指詭計。）❸ **挾制，用強力逼迫別人執行某事**。《戰國策・秦策一》："～天子以令天下。" ⊗ **倚仗，仗恃**。《孟子・萬章下》："不～長，不～貴。" ❹ jiā (粵) gaap^{3} **通"浹"**。**周全**。《荀子・王霸》："制度以陳，政令以～。"（陳：陳列。以：已。）❺ jiā (粵) gaap^{3} **夾取**。《新五代史・盧文紀傳》："以箸～之。"

7 **捎** shāo (粵) saau^{1} ❶ **拂，掠**。揚雄《羽獵賦》："立歷天之旂，曳～星之旃。" ⊗ **揮動**。李賀《貴主征行樂》詩："走馬～鞭上空綠。" (引) **擊打**。張衡《東京賦》："～魑魅，斮獝狂。" ❷ **芟除**。《史記・龜策列傳》："以夜～兔絲去之。" ⊗ **破除，除去**。曹植《野田黃雀行》："拔劍～羅網，黃雀得飛飛。" **【注意】** 古代"捎"沒有"捎帶"的意義。

7 **捍** hàn (粵) hon^{6} ❶ **抵禦**。《禮記・祭法》："能～大患則祀之。"《史記・楚世家》："吳三公子奔楚，楚封之以～吳。"（奔：投奔，投靠。）⊗ **保衞**。《商君書・賞刑》："若有～城者，攻將凌其城。"（凌：登上，指攻陷。）❷ **射箭手的一種皮質護袖**。《禮記・內則》："右佩玦 (jué (粵) kyut^{3}) ～。"（玦：一種佩玉。）❸ **堅實**。《管子・地員》："五浮之狀，～然如米。"（五浮：一種土壤。）❹ **通"悍"**。**勇猛，強悍**。《史記・貨殖列傳》："而民雕～少慮。"（雕捍：像鵰一樣強悍。）

7 **捉** zhuō (粵) zuk^{1} ❶ **握**。《世說新語・容止》："帝自～刀立床頭。"《新唐書・楊師道傳》："～筆賦詩。" ❷ **捉拿，捕捉（後起意義）**。杜甫《石壕吏》詩："有吏夜～人。" **【辨】** 捕，逮，捉。見650頁"逮"字。

7 **捆** kǔn (粵) kwan^{2} ❶ **編織時敲打使密實牢固**。《孟子・滕文公上》："～屨 (jù (粵) geoi^{3}) 織席以為食。"（屨：鞋。）❷ **捆紮（後起意義）**。徐弘祖《徐霞客遊記・滇遊日記八》："聞人聲在絕壁下，乃樵者拾枯枝於此，～縛將返。"

7 **捐** juān (粵) gyun^{1} ❶ **棄，捨棄**。屈原《九歌・湘君》："～余玦 (jué (粵) kyut^{3}) 兮江中。"（玦：環形有缺口的佩玉。）《史記・魏其武安侯列傳》："侯自我得之，自我～之。" ❷ **除去**。《史記・孫子吳起列傳》："～不急之官。"（不急之官：指無關緊要的官。）❸ **捐獻，捐助**。《漢書・貨殖傳》："唯毋鹽氏出～千金貸。"（毋鹽氏：人名。貸：借給。）**【注意】** 上古時這個用法很少。

7 **挹** yì (粵) jap^{1} ❶ **舀，把液體盛出來**。《詩經・大雅・泂酌》："～彼注茲。"（從那裏舀出來灌注到這裏去。）❷ **牽，拉**。郭璞《遊仙詩》之三："左～浮丘袖，右拍洪崖肩。" (引) **提攜**。《新唐書・李頻傳》："合大加獎～，以女妻之。"（合：人名。）❸ (粵) jik^{1} **通"抑"**。**抑制**。《漢書・谷永杜鄴傳贊》："欽欲～損鳳權。"（欽、鳳：人名。）⊗ **謙退**。朱浮《與彭寵書》："俠遊謙讓，屢有降～之言。" ❹ yī (粵) jap^{1} **通"揖"**。**作揖**。《荀子・議兵》："拱～指麾。"（拱：拱手。指麾：指揮。）

7 **挺** tǐng (粵) ting5 ❶ **拔，拔出**。《戰國策・魏策四》："～劍而起。"(引) **生出**。左思《蜀都賦》："旁～龍目，側生荔枝。"（龍目：植物名，即龍眼。）❷ **突出，傑出**。《三國志・蜀書・呂凱傳》："今諸葛丞相英才～出。"《宋史・沈遼傳》："幼～拔不群，長而好學。"(又) **伸直，舉起**。《荀子・勸學》："雖有槁暴不復～者。"《新唐書・顧少連傳》："少連～笏曰……"(又) **起身，探身**。《宋史・侯益傳》："～身出鬭。"劉向《説苑・談叢》："猿得木而～。"❸ **僵硬，強硬**。《漢書・蓋寬饒傳》："夫君子直而不～，曲而不詘。"❹ **寬緩**。《後漢書・臧宮傳》："宜小～緩，令得逃亡。"（小：略微。）❺ **動搖**。《呂氏春秋・忠廉》："不足以～其心矣。"❻ **量詞。根**。《南史・沈攸之傳》："賜攸之燭十～。"❼ **通"梃"。棍棒**。《漢書・諸侯王表》："陳、吳奮其白～。"（陳、吳：陳勝、吳廣。）

7 **挴** měi (粵) mui5 **貪**。屈原《天問》："穆王巧～。"

7 **挫** cuò (粵) co3 ❶ **折損**。《淮南子・時則》："鋭而不～。"（鋭：鋭利。）❷ **挫折，失敗**。《史記・屈原賈生列傳》："兵～地削。"（地削：地被割去。）**這個意義又寫作"銼"**。❸ **壓制**。《後漢書・史弼傳》："弼為政，特～抑強豪。"（特：獨，只）。❹ 屈辱。《韓非子・亡徵》："～辱大臣而狎（xiá (粵) haap6）其身。"（狎：親慢。）[**頓挫**] **語調、音律的停頓轉折**。陸機《文賦》："箴（zhēn (粵) zam1）～～而清壯。"（箴：一種以規勸、告誡為目的的文體。）

7 **捋** luō (粵) lyut3 ❶ **手握住條狀物向一端滑動**。《詩經・周南・芣苢》："采采芣苢（fú yǐ (粵) fau4 ji5），薄言～之。"（采采：茂盛的樣子。芣苢：一種植物。薄、言：都是動詞詞頭。）❷ lǚ **用手指順着抹過去，使物體順溜或乾淨（後起意義）**。漢樂府《陌上桑》："行者見羅敷，下擔～髭鬚。"《北齊書・李元忠傳》："～高祖鬚而大笑。"

7 **挼** （挪）ruó (粵) no4 **兩手揉搓**。《晉書・劉毅傳》："（劉裕）因～五木久之。"

7 **挽** wǎn (粵) waan5 ❶ **牽引，拉**。杜甫《前出塞》詩："～弓當～強，用箭當用長。"❷ **哀喪，悼念**。《新唐書・承天皇帝倓傳》："泌為～詞二解，追述倓志。"（泌：人名。）❸ **捲起（後起意義）**。蘇軾《送周朝議守漢州》詩："召還當有詔，～袖謝鄰里。"

7 **挩** tuō (粵) tyut3 ❶ **通"脱"。解脱，脱落**。《老子・五十四章》："善抱者不～。"❷ **遺漏**。《清史稿・文苑傳二・張穆》："遂～失踳駁不可讀。"❸ **捶打**。《穀梁傳・宣公十八年》："戕，猶殘也，～殺也。"❹ shuì (粵) seoi3 **通"涗"。擦拭**。《儀禮・鄉射禮》："坐～手執爵。"❺ shuì (粵) seoi3 **通"説"。説服，勸説**。《類説》卷十七引魏泰《東軒筆錄》："郴州蔡丞禧進～曰……"

7 **捃** （攈、攟、擄）jùn (粵) gwan3/kwan2 **摘取，拾取，搜集**。《墨子・貴義》："舍言革思者，是猶舍穫而～粟也。"《史記・十二諸侯年表》："及如荀卿、孟子、公孫固、韓非之徒，各往往～摭（zhí (粵) zek3）《春秋》之文以著書。"（摭：拾取。）陸法言《切韻序》："欲更～選精切，除削疏緩。"

7 **挶** jū (粵) guk6 ❶ **握持**。《説文・手部》："～，戟持也。"(引) **附着**。孟郊、韓愈《城南聯句》："乾穟（suì (粵) seoi6）紛拄地，化蟲枯～莖。"（穟：穀穗。）❷ **運土的器具**。《左傳・襄公九年》："陳畚（běn (粵) bun2）～，具綆缶。"（綆缶：帶繩的打水器具。）❸ **一種耳病**。《呂氏春秋・盡數》："精不流則氣鬱……處耳則為～

為聾。”

7 **挲** (抄)suō ㊥ so[1] ［**摩挲**］**又寫作“摩娑”、“摩莎”**。① **揉搓**。《禮記・郊特牲》鄭玄注：“摩莎泲之，出其香汁。”② **撫摸**。《後漢書・方術傳》：“與一老公共摩挲銅人。”

8 **振** chéng ㊥ caang[4] **觸動，碰撞**。杜甫《四松》詩：“終然～撥損，得愧千葉黃！”（撥：撥動，碰撞。）

8 **措** cuò ㊥ cou[3] ❶ **放置，安放**。《論語・子路》：“刑罰不中，則民無所～手足。”《潛夫論・德化》：“放之大荒之外，～之幽冥之內。”（放：驅逐。大荒：邊遠的地方。幽冥：昏暗的地方。）**這個意義又寫作“厝”**。❷ **施行**。《周易・繫辭上》：“舉而～之天下之民，謂之事業。”**一本作“錯”**。㊂ **處理，置辦**。《宋史・徽宗紀》：“令工部侍郎孟揆親往～置。”❸ **廢棄，放棄**。柳宗元《斷刑論》：“此刑之所以不～也。”❹ zé ㊥ zaak[3] **通“笮”**。**擠壓**。《史記・梁孝王世家》：“李太后與爭門，～指。”（指：手指。）

8 **掎** jǐ ㊥ gei[2] ❶ **抓住，拖住**。《詩經・小雅・小弁》：“伐木～矣，析薪杝（zhì ㊥ ci[2]）也。”（伐木要拖住它防止倒錯了方向，劈柴要順着木頭的紋理。）《漢書・敘傳》：“昔秦失其鹿，劉季逐而～之。”㊀ **牽制**。《三國志・魏書・滿寵傳》：“羽所以不敢遂進者，恐吾軍～其後耳。”（羽：關羽，人名。）［**掎角**］**分兵牽制或夾擊**。《三國志・吳書・陸遜傳》：“～～此寇，正在今日。”❷ **發射**。班固《西都賦》：“機不虛～，弦不再控。”

8 **捷** (㨗)jié ㊥ zit[6] ❶ **勝利，成功**。《詩經・小雅・采薇》：“一月三～。”《史記・衞將軍驃騎列傳》：“軍大～，皆諸校尉力戰之功也。”（校尉：武官名。）❷ **戰利品**。《左傳・襄公二十五年》：“鄭子產獻～于晉。”（鄭、晉：國名。子產：人名。）❸ **迅速，敏捷**。《韓非子・難言》：“～敏辯給。”（辯給：口才好。）曹植《七啟八首》詩之六：“蹻（jiǎo ㊥ giu[2]）～若飛。”（蹻：行走得很快。）❹ **抄近路**。《左傳・成公五年》：“待我，不如～之速也。”**雙音詞有“捷徑”**。【**辨**】快，速，疾，捷。見648頁“速”字。

8 **掉** diào ㊥ diu[6] ❶ **搖動，擺動**。《左傳・昭公十一年》：“末大必折，尾大不～，君所知也。”《史記・孟嘗君列傳》：“過市朝者，～臂而不顧。”❷ **交替**。《三國志・魏書・典韋傳》：“未及還，會布救兵至，三面～戰。”（布：指呂布。）㊂ **調轉，回轉**。《莊子・在宥》：“鴻蒙拊髀雀躍～頭曰‘吾弗知！吾弗知！’”❸ **拋棄，落下（後起意義）**。韓愈《元和聖德詩》：“～棄兵革，私習簋簠。”元稹《和李校書新題樂府十二首・五弦彈》：“促節頻催漸繁撥，珠幢斗絕金鈴～。”

8 **捫** mén ㊥ mun[4] ❶ **持，握**。《詩經・大雅・抑》：“莫～朕舌，言不可逝矣。”❷ **摸**。《史記・高祖本紀》：“乃～足曰：‘虜中吾指。’”（乃：於是。虜：指敵人。）**雙音詞有“捫心”**。

8 **排** pái ㊥ paai[4] ❶ **推**。《禮記・少儀》：“～闔說屨於戶內者，一人而已矣。”（闔：門。說：通“脫”。）**成語有“排山倒海”**。㊀ **擊打，攻擊**。揚雄《幽州箴》：“強秦北～。”❷ **排擠，排斥**。《後漢書・賈逵傳》：“諸儒內懷不服，相與～之。”❸ **排除，消除**。《戰國策・趙策三》：“為人～患、釋難、解紛亂而無所取也。”（無所取：不要報酬。）❹ **分解開**。《漢書・賈誼傳》：“屠牛坦一朝解十二牛，而芒刃不頓者，所～擊剝割，皆眾理解也。”㊀ **疏通**。《孟子・滕文公上》：“決汝漢，～淮泗，而注之江。”❺ **安排，準備**。元稹《梁州夢》詩：“亭吏呼人～去馬，忽驚身在古梁州。”❻ **排列**。白居易《春題湖上》詩：“松～山面千重翠，月點波心一顆珠。”❼ bài 粵 baai6 **鼓風吹火的工具**。《三國志・魏書・韓暨傳》：“舊時冶，作馬～。”

8 **推** tuī 粵 teoi1 ❶ **用手推，推**。《左傳・成公二年》：“苟有險，余必下～車。”（苟：如果。余：我。）陳亮《甲辰答朱元晦書》：“～倒一世之智勇。”(又) **推移，更換**。《周易・繫辭下》：“寒暑相～而歲成焉。”《淮南子・脩務》：“倏（shū 粵 suk1）忽變化，與物～移。”（倏忽：忽然，極快地。）**成語有“推心置腹”**。❷ **推究，推求**。《淮南子・本經》：“星月之行，可以歷～得也。”(引) **推論**。《韓非子・五蠹》：“～是言之，是無亂父子也。”（由此推論，那就沒有不和好的父子了。）❸ **推廣**。《史記・平津侯主父列傳》：“願陛下令諸侯得～恩分子弟以地侯之。”（令：使，讓。侯之：讓他們為侯。）❹ **推薦，推舉**。王安石《上皇帝萬言書》：“使眾人～其所謂賢能。”(又) **推崇，讚許**。《晉書・劉寔傳》：“天下所共～，則天下士也。”❺ **執行，推行**。《韓非子・五蠹》：“～公法，而求索姦人。”❻ **排除，除去**。《詩經・大雅・雲漢》：“旱既太甚，則不可～。”**成語有“推陳出新”**。❼ **辭讓，推卻（後起意義）**。孫作《謝馬善卿送菜》詩：“鵝掌～不受。”（受：接受。）**雙音詞有“推辭”**。❽ **推諉，推託（後起意義）**。辛棄疾《臨江仙・簪花屢墮戲作》：“一枝簪不住，～道帽簷長。”

8 **捭** bǎi 粵 baai2 ❶ **兩手分開橫擊**。左思《吳都賦》：“拉～摧藏。”❷ bò 粵 maak3 **通“擘”。掰開，分開**。《禮記・禮運》：“其燔黍～豚（tún 粵 tyun4）。”（燔：燒。豚：小豬。）❸ [**捭闔**（hé 粵 hap6）] **或分開或聯合。戰國時縱橫家的游說之術**。《鬼谷子・捭闔》：“～～者，天地之道。”**成語有“縱橫捭闔”**。

8 **掄** lún 粵 leon4 ❶ **選擇，選拔**。《國語・晉語八》：“君～賢人之後有常位於國者而立之。”[**掄材**] ① **挑選木材**。《周禮・地官・山虞》：“凡邦工入山林而～～，不禁。”② **選拔人才**。《舊唐書・劉迺傳》：“今夫文部既始之以～～，終之以授位。”❷ lūn **用力揮動（後起意義）**。《水滸傳》二回：“那後生～着棒又趕入來。”

8 **採** cǎi 粵 coi2 **摘取**。《呂氏春秋・本味》：“有侁氏女子～桑，得嬰兒於空桑之中。”《晉書・劉琨傳》：“古語云，山有猛獸，藜藿為之不～。”（藜藿：指野菜。）(引) **收集，選擇**。《晉書・謝尚傳》：“尚於是～拾樂人，並製石磬，以備太樂。”

8 **授** shòu 粵 sau6 ❶ **授給，給予**。《詩經・豳風・七月》：“七月流火，九月～衣。”《史記・秦始皇本紀》：“書已封……未～使者。”(特) **授官，任命**。《漢書・翟方進傳》：“遣使者持黃金印、赤韍縌，朱輪車，即軍中拜～。”❷ **傳授，教**。《漢書・孔光傳》：“霸亦治《尚書》……以選～皇太子經。”(又) **傳達（意圖）**。《三國志・蜀志・王平傳》：“口～作書，皆有意理。”**雙音詞有“授意”**。❸ **通“受”。接受**。《韓非子・難二》：“惠公沒，文公～之。”（文公授之：指晉文公繼承君位。）

8 **掤** bīng 粵 bing1 **箭筒蓋子**。《詩經・鄭風・大叔于田》：“抑釋～忌。”（抑、忌：語氣詞。釋：放下。）

8 **掬** (匊) jū 粵 guk1 ❶ **雙手捧取**。《公羊傳・宣公十二年》：“晉師大敗。晉眾之走者，舟中之指可～矣。”《禮記・曲禮上》：“受珠玉者以～。”❷ **量詞。一捧**。《詩經・唐風・椒聊》：“椒聊之實，蕃衍盈～。”杜甫《佳人》詩：“采柏動盈～。”

8 **掠** lüè (粵) loek^{6} ❶ **搶劫，奪取**。《左傳・襄公十一年》："納斥候，禁侵～。"（斥候：偵察。）《史記・高祖本紀》："諸所過毋得～鹵。"（鹵：通"擄"。）❷ **拷打**。《禮記・月令》："毋肆～，止獄訟。"《南史・柳仲禮傳》："毒～百姓。"❸ **砍伐**。《穆天子傳》卷五："命虞（yú (粵) jyu^{4}）人～林。"（虞人：掌管山澤的官。）❹ **輕輕地擦過或拂過（後起意義）**。方干《送朱二十赴漣水》詩："～地斜飛上太虛。"（太虛：指天空。）❺ **書法的長撇**。

8 **掖** yè (粵) jik^{6} ❶ **攙着別人的胳膊**。《左傳・僖公二十五年》："余～殺國子，莫余敢止。"(引) **扶持**。《詩經・陳風・衡門序》："故作是詩以誘～其君也。"（是：此。誘：引導。）❷ **胳肢窩**。《史記・呂太后本紀》："高后遂病～傷。"（遂：於是。病：得……病。）**這個意義後來寫作"腋"**。(引) **旁，邊**。《後漢書・桓帝紀》："德陽殿及左～門火。"[**掖庭**] **宮中旁舍，妃嬪居住的地方**。《漢書・外戚傳》："時宣帝養於～～，號皇曾孫。"

8 **捬** fǔ (粵) fu^{2} ❶ **捍衞**。揚雄《太玄・迎》："見血入門，～迎中庭。"❷ **同"撫"。安撫**。《漢書・趙充國傳》："選擇良吏知其俗者～循和輯。"（捬循：撫巡，撫慰。和輯：和睦團結。）

8 **捽** zuó (粵) zyut^{6} ❶ **揪住**。《荀子・正論》："詈侮～搏，捶笞臏腳。"《呂氏春秋・忠廉》："王子慶忌～之，投之於江。"❷ **抵觸，衝突**。《國語・晉語一》："戎夏交～。"❸ **拔**。《漢書・貢禹傳》："農夫父子暴露中野，不避寒暑，～屮（草）杷土，手足胼胝。"

8 **掊** póu (粵) pau^{4} ❶ **用手扒土**。《史記・封禪書》："見地如鉤狀，～視得鼎。"❷ **積聚**。《新唐書・封倫傳》："（楊）素營仁壽宮……文帝怒曰：'素殫百姓力，為吾～怨天下。'"[**掊克**] ① **搜刮民財**。《詩經・大雅・蕩》："曾是彊禦，曾是～～。"② **搜刮民財者，貪官**。《孟子・告子下》："土地荒蕪，遺老失賢，～～在位。"❸ **通"抔"。量詞。一捧**。《論衡・調時》："河決千里，塞以一～之土，能勝之乎？"❹ pǒu (粵) pau^{2} **擊，擊破**。《莊子・胠篋》："～斗折衡，而民不爭。"（衡：秤。）《莊子・逍遙遊》："吾為其無用而～之。"

8 **接** jiē (粵) zip^{3} ❶ **接觸**。《孟子・梁惠王上》："兵刃既～，棄甲曳兵而走。"《漢書・鼂錯傳》："劍戟相～。"**成語有"短兵相接"**。❷ **連接，連續**。屈原《九章・哀郢》："憂與愁其相～。"❸ **承接**。《史記・平準書》："漢興，～秦之弊。"（弊：指衰敗。）❹ **接待**。《史記・屈原賈生列傳》："出則～遇賓客。"（遇：會見。）

8 **捲** juǎn (粵) gyun^{2} ❶ **把東西彎曲卷成圓筒形**。庾信《詠畫屏風》："玉柙珠簾～。"《世說新語・排調》："不如～角牸，有盤辟之好。"（牸：母牛。盤辟：盤旋。）崔珏《岳陽樓晚望》詩："樓上北風斜～席。"❷ quán (粵) kyun^{4} **通"拳"。拳頭**。《禮記・中庸》："今夫山，一～石之多。"

8 **掞** shàn (粵) sim^{3} ❶ **抒發，舒展**。《梁書・昭明太子統傳》："擒文～藻。"左思《蜀都賦》："摛藻～天庭。"❷ **竭盡**。劉知幾《史通自敍》："上窮王道，下～人倫。"❸ yǎn (粵) jim^{5} **通"剡"。銳利**。《淮南子・俶真》："撣～挻挏世之風俗。"❹ yàn (粵) jim^{6} **光芒**。《漢書・禮樂志》："長麗前～光耀明。"(又) **豔麗**。《三國志・蜀書・鄧芝傳》："丁厷～張。"《新唐書・上官昭容傳》："內掌詔命，～麗可觀。"

8 **控** kòng (粵) hung^{3} ❶ **拉，特指拉住馬韁，勒馬**。《詩經・鄭風・大叔于田》："抑磬～忌，抑縱送忌。"（抑：表示選擇，或者。磬控：勒住韁繩。忌：語氣詞。）[引] **控制**。《穀梁傳・僖公五年》："桓～大國，扶小國。" 李白《贈江夏韋太守良宰》詩："秉旄（máo [粵] mou^{4}）～強楚。"（秉旄：持節。指任節度使。）❷ **開弓**。《史記・劉敬叔孫通列傳》："冒頓為單于，兵強，～弦三十萬。" 班固《西都賦》："弦不再～，矢不單殺。" ❸ **告，控訴**。《詩經・鄘風・載馳》："～于大邦，誰因誰極？" ❹ **投，落下**。《莊子・逍遙遊》："時則不至，而～於地而已矣。"（有時或者飛不到，那就落到地上來罷了。）

8 **捩** liè [粵] lit^{6} ❶ **扭轉**。韓愈《送窮文》："～手覆羹，轉喉觸諱。"（覆：翻倒。轉喉：指說出話來。）蘇轍《入峽》詩："～柁破濆旋，畏與亂石遭。" ❷ **折**。陸龜蒙《引泉》詩："凌風～桂柂。" ❸ lì [粵] lai^{6} **琵琶撥子**。蕭綱《詠內人晝眠》詩："攀鈎落綺障，插～舉琵琶。"

8 **探** tàn [粵] taam^{3} ❶ **掏，把手伸進去取東西**。《新五代史・南唐世家》："取江南如～囊中物爾。" [引] **伸出**。《戰國策・韓策一》："～前趹後，蹄間三尋者，不可稱數也。" ❷ **探測，試探**。《商君書・禁使》："～淵者知千仞之深。"（淵：深潭。仞：古代長度單位，七尺或八尺為一仞。）**雙音詞有"勘探"**。❸ **探討，探尋**。《晉書・潘尼傳》："～幽窮賾（zé [粵] zaak^{3}）。"（探討窮究深奧的道理。賾：深奧。）王維《藍田山石門精舍》詩："～奇不覺遠。"（奇：指奇景。）**成語有"探賾索隱"**。❹ **偵察，打聽**。張籍《關山月》詩："軍中～騎暮出城。" [又] **探望**。李商隱《無題》詩："青鳥殷勤為～看。" ❺ **預先**。姚合《武功縣中作》詩之十七："每旬常乞假，隔月～支錢。"

8 **据** jū [粵] geoi^{1} ❶ [拮（jié [粵] git^{3}）据] 見233頁"拮"字。❷ jù [粵] geoi^{3} **通"據"。依憑**。《漢書・酷吏傳贊》："趙禹～法守正。" ❸ jù [粵] geoi^{3} **通"倨"。傲慢**。《戰國策・齊策四》："～慢驕奢，則凶從之。"《呂氏春秋・懷寵》："子之在上無道，～傲荒怠，貪戾虐眾，恣睢自用也。"

8 **掘** jué [粵] gwat^{6} ❶ **挖**。《周易・繫辭下》："～地為臼。"《孟子・盡心上》："～井九軔而不及泉。"（軔：通"仞"。七尺或八尺為一仞。）❷ **竭盡**。揚雄《太玄・文》："是以聖人仰天則常窮神～變，極物窮情。" ❸ **通"崛"。高起，突出**。《漢書・揚雄傳上》："洪臺～其獨出兮。"

8 **掇** duō [粵] zyut^{3} ❶ **拾取**。《詩經・周南・芣苢》："采采芣苢（fú yǐ [粵] fau^{4} ji^{5}），薄言～之。"（采采：茂盛的樣子。芣苢：一種草，這裏指它結的籽。薄、言：都是句首語氣詞。）《論衡・知實》："顏淵炊飯，塵落甑中……～而食之。" [又] **摘取，選取**。《漢書・賈誼傳》："凡所著述五十八篇，～其切於世事者著於傳云。"（凡：一共。切於世事：與當代的事關係密切。著於傳：寫到傳記裏。云：語氣詞。）❷ **通"剟"。削**。《漢書・王嘉傳》："上於是定躬寵告東平本章，～去宋弘，更言因董賢以聞。"《世說新語・賞譽》："謝公稱藍田～皮皆真。"

8 **掔** qiān [粵] hin^{1} ❶ **堅固，牢固**。《墨子・迎敵祠》："令命昏緯狗纂馬，～緯。"（緯：束。）[引] **堅守，堅持**。岳飛《御書屯田三事跋》："～申商之法術。" ❷ **通"牽"。拉，牽引向前**。《史記・鄭世家》："鄭襄公肉袒～羊以迎。" ❸ **除去**。《莊子・徐無鬼》："君將黜嗜欲，～好惡，則耳目病矣。" ❹ wàn [粵] wun^{2} **通"腕"。手腕**。《墨子・大取》："斷指以存～。"

8 **掌** zhǎng [粵] zoeng^{2} ❶ **巴掌，手心**。《論語・八佾》："指其～。" 柳宗元《行路難》詩之一："開口抵～更笑喧。"（抵掌：拍掌。）⊗ **用手掌擊**。揚雄《羽獵賦》："～蔟藜。"**又如"掌頰"**。❷ **主管，掌握**。《孟子·滕文公上》："舜使益～火。"李商隱《行次西郊作》詩："今誰～其權？"

8 **掣** chè (粵) cit^{3}/zai^{3} ❶ **牽引，拉**。潘岳《西征賦》："～三牽兩。"岑參《白雪歌送武判官歸京》："風～紅旗凍不翻。"**後以"掣肘"比喻從旁牽制**。❷ **抽**。《晉書·王羲之傳》："羲之密從後～其筆不得。"❸［**掣電**］**電光劃過，比喻疾速**。杜甫《高都護驄馬行》："長安壯兒不敢騎，走過～～傾城知。"（走：跑。傾城：全城。）

9 **揕** zhèn (粵) zam^{3} **刺**。《戰國策·燕策三》："臣左手把其袖，而右手～其胸。"

9 **揶** yé (粵) je^{4}［**揶揄**］**嘲笑**。《東觀漢記·王霸傳》："市人皆大笑，舉手～～之。"**又寫作"耶由"**。《王梵志詩·父母憐男女》："寒食墓邊哭，卻被鬼～～。"

9 **揠** yà (粵) aat^{3}/ngaat^{3} **拔**。《孟子·公孫丑上》："宋人有閔其苗之不長而～之者。"（閔：憫。）(引) **提拔，提升**。《宋史·岳飛傳》："德與瓊素不相下，一旦～之在上，則必爭。"（德、瓊：人名。素：平素。不相下：指互不服氣。）

9 **搜**（捜）sōu (粵) sau^{1}/sau^{2} ❶ **搜索，搜查**。曹植《七啟》："～林索險。"《莊子·秋水》："～於國中三日三夜。"❷ **選擇，尋找**。揚雄《甘泉賦》："～逑索偶。"《世說新語·紕漏》："王安豐選女壻，從挽郎～其勝者。"

9 **提** tí (粵) tai^{4} ❶ **垂手拿着，提着**。《莊子·養生主》："～刀而立。"杜甫《題李尊師松樹障子歌》："手～新畫青松障。"（障：幛，畫幛，一軸畫。）⊗ **拉起**。杜甫《又觀打魚》詩："設網～綱萬魚急。"**成語有"提綱挈領"、"耳提面命"**。❷ **提拔**。《北史·魏收傳》："～獎後輩，以名行為先。"（名行：名望和德行。）❸ **攜帶**。《墨子·兼愛下》："～挈妻子而寄託之。"（挈：帶着。）⊗ **率領**。岳飛《五嶽祠盟記》："今又～一旅孤軍。"（一旅孤軍：單獨一支軍隊。）❹ **舉出，提出**。《淮南子·要略》："～名責實。"（責：求。）韓愈《進學解》："記事者必～其要。"❺ **量詞。用於無確數的錢幣等**。《管子·山權數》："君請起十乘之使，百金之～。"❻ dǐ (粵) dai^{2} **投擲**。《戰國策·燕策三》："侍醫夏無且以其所奉藥囊～軻。"（侍醫：侍奉王侯的醫生。夏無且：人名。奉：捧，托。軻：荊軻。）

9 **揚** yáng (粵) joeng^{4} ❶ **揚起，舉起**。屈原《九章·哀郢》："楫齊～以容與兮。"（楫：船槳。容與：徘徊不進的樣子。）⊗ **簸揚，拋起**。《世說新語·排調》："簸之～之，穅秕在前。"(引) **飛揚，翻騰**。劉邦《大風歌》："大風起兮雲飛～。"李白《古風五十九首》之三："～波噴雲雷。"❷ **稱頌，宣揚，傳播出去**。《詩經·大雅·江漢》："對～王休。"（對：酬答。休：美好。）柳宗元《貞符》："顯至德，～大功。"⊗ **顯示**。《三國志·魏書·武帝紀》："～兵河上。"（河：黃河。）(特) **容貌出眾**。裴度《自題寫真贊》："爾才不長，爾貌不～。"（爾：你。）❸ **發揚**。《三國志·蜀書·諸葛亮傳》："光～洪烈。"（洪烈：偉大的功業。）❹ **振作**。杜甫《新婚別》："婦人在軍中，兵氣恐不～。"（兵氣：士氣。）❺［**揚揚**］**心情愉快或得意的樣子**。《史記·管晏列傳》："意氣～～，甚自得也。"**成語有"揚揚得意"**。❻ **鉞，古代一種兵器**。《詩經·大雅·公劉》："干戈戚～。"（干：盾牌。戚：古代一種像斧的兵器。）

9 **搵** wèn (粵) wan^{3} ❶ **沒入水中**。李肇《國史補》上："（張）旭飲酒輒草書，揮筆而大叫，以頭～水墨中而書之。”❷ **用手指按，揩拭**。辛棄疾《水龍吟・旅次登樓作》：“倩何人喚取，紅巾翠袖，～英雄淚。”

9 **揭** jiē ㊊ kit^{3} ❶ **高舉，舉**。《詩經・小雅・大東》：“維北有斗，西柄之～。”賈誼《過秦論》：“斬木為兵，～竿為旗。”（斬木為兵：砍下樹木作為武器。）㊁ **翹起**。《戰國策・韓策二》：“脣～者，其齒寒。”㊂ **持，拿着**。《後漢書・馮衍傳》：“～節奉使。”（節：古代使者拿來做憑證的符節。）❷ **扛**。《莊子・胠篋》：“負匱（guì ㊊ gwai^{6}）～篋（qiè ㊊ hip^{3}）擔囊而趨。”（負：背。匱：櫃子。篋：箱子。囊：口袋。趨：快走。）❸ **揭開（後起意義）**。白居易《醉吟先生傳》：“～甕（wèng ㊊ ung^{3}/ngung^{3}）撥醅（pēi ㊊ pui^{1}）。”（甕：酒罈。醅：未濾過的酒。）❹ **標誌**。郭璞《江賦》：“峨嵋為泉陽之～。”❺ qì ㊊ hei^{3} **提起衣服過河**。《詩經・邶風・匏有苦葉》：“深則厲，淺則～。”（厲：和衣而渡。）司馬相如《上林賦》：“涉冰～河。”

9 **揣** chuǎi ㊊ ceoi^{2}/cyun^{2} **測量**。《左傳・昭公三十二年》：“計丈數，～高卑，度厚薄。”（高卑：高低。）㊁ **估量，猜測**。《史記・酈生陸賈列傳》：“生～我何念？”（生：先生。）《三國志・蜀書・魏延傳》：“（楊）儀令（費）禕往～延意指。”

9 **捶** chuí ㊊ ceoi^{4} ❶ **用棍棒打**。《論衡・變動》：“張儀遊於楚，楚相掠之，被～流血。”❷ **通“棰”。棍棒**。《莊子・天下》：“一尺之～，日取其半，萬世不竭。”（竭：盡。）❸ **通“錘”。鍛打，鍛煉**。《莊子・知北遊》：“臣之年二十，而好～鈎。”（鈎：帶鈎。）劉孝標《廣絕交論》：“雕刻百工，爐～萬物。”

9 **揄** yú ㊊ jyu^{4} ❶ **引，拉**。司馬相如《長門賦》：“～長袂以自翳兮。”枚乘《七發》：“～流波，雜杜若。”（杜若：香草。）❷［**揄揚**］① **宣揚**。曹植《與楊德祖書》：“辭賦小道，固未足以～～大義，彰示來世也。”② **稱讚**。杜甫《送顧八分文學適洪吉州》詩：“御札早流傳，～～非造次。”

9 **揜** yǎn ㊊ jim^{2} ❶ **捕取**。《穀梁傳・昭公八年》：“～禽旅。”❷ **奪取**。《淮南子・氾論》：“怯者夜見立表，以為鬼也；見寢石，以為虎也。懼～其氣也。”（懼：恐懼。）❸ **掩蓋**。《韓非子・外儲説左下》：“左右皆～口而笑。”㊁ **遮蔽，隱瞞**。《呂氏春秋・孟冬》：“於是察阿上亂法者則罪之，無有～蔽。”❹ **承襲**。《荀子・儒效》：“教誨開導成王，使諭於道，而能～迹於文武。”❺ **困迫**。《禮記・表記》：“君子慎以辟禍，篤以不～，恭以遠恥。”

9 **援** yuán ㊊ jyun^{4}/wun^{4} ❶ **拉，拽**。《左傳・襄公二十三年》：“右撫劍，左～帶。”《孟子・離婁上》：“嫂溺，則～之以手乎？”（溺：淹在水中。）㊁ **拿，拿過來**。《韓非子・十過》：“～琴而鼓。”（鼓：彈奏。）❷ **引，領來**。《史記・酈生陸賈列傳》：“涉西河之外，～上黨之兵。”（上黨：地名。）㊁ **引用，引證**。劉知幾《史通・惑經》：“或～誓以表心，或稱非以受屈。”（誓：誓言。）❸ **幫助，救助**。《三國志・蜀書・諸葛亮傳》：“身使孫權，求～吳會。”（吳、會：吳與會稽二郡。這裏指吳國。）

9 **揥** tì ㊊ tai^{3} ❶ **用以搔頭或梳頭的簪子**。《詩經・鄘風・君子偕老》：“玉之瑱也，象之～也。”❷ dì ㊊ dai^{3} **拋棄，捨棄**。陸機《文賦》：“意徘徊而不能～。”

9 **揃** jiǎn ㊊ zin^{2} ❶ **剪下，剪斷**。《儀禮・士喪禮》：“蚤～如他日。”（蚤：通“爪”。指甲。）《史記・蒙恬列傳》：“及成王有病甚殆，公旦自～其爪以沈於河。”（河：指黃河。）❷ **翦除，消滅**。《魏書・明亮傳》：“卿欲為朕拓定江表，～平蕭衍。”❸ **分割**。《史記・西南夷列傳》：“西夷後～，剽分二方，卒為七郡。”（剽：分。）

9 **撝** huī (粵) fai1 ❶ **剖開，破開**。《後漢書・馬融傳》：“～介鮮，散毛族。”（介鮮：指禽獸。）❷ **通“揮”。指揮，揮動**。《公羊傳・宣公十二年》：“莊公親自手旌，左右～軍，退舍七里。”程公許《念奴嬌・中秋玩月》詞：“誰與冰輪～玉斧，恰好今宵圓足。”(引) **指斥，指責**。《淮南子・覽冥》：“武王……瞋目而～之曰：‘余在，天下誰敢害吾意者。’”［**指撝**］① **指點，指揮**。《淮南子・兵略》：“脩政廟堂之上，而折衝千里之外，拱揖～～而天下響應，此用兵之上也。”② **所指，意向**。許慎《說文解字敍》：“會意者，比類合誼，以見～～。”❸ **謙遜**。王仲寶《褚淵碑文》：“功成弗有，固秉～挹。”（秉：保持。挹：通“抑”。指不驕傲。）

9 **揮** huī (粵) fai1 ❶ **揮動，舞動**。劉琨《扶風歌》：“～手長相謝，哽咽不能言。”李白《古風五十九首》之三：“～劍決浮雲。”（決：斷。）❷ **甩出，散出（液體）**。《戰國策・齊策一》：“舉袂成幕，～汗成雨。”(引) **指飲酒**。范雲《贈張徐州謖》詩：“恨不具雞黍，得與故人～。”❸［**揮霍**］**疾速的樣子**。陸機《文賦》：“紛紜～～，形難為狀。”李商隱《行次西郊作一百韻》：“奚寇西北來，～～如天翻。”（奚寇：指安祿山軍隊。）【**注意**】古代“揮霍”不作“任意花錢”講。

9 **揵** qián (粵) kin4 ❶ **舉起，揚起**。《史記・司馬相如列傳》：“～鰭擢尾，振鱗奮翼。”❷ **豎立**。《後漢書・馮衍傳》：“～六枳而為籬兮，築蕙若而為室。”❸ **掮，用肩扛**。《後漢書・輿服志上》：“～弓韣九鞬。”❹ jiàn (粵) gin6 **閉塞，堵塞**。《漢書・溝洫志》：“是時東郡燒草，以故薪柴少，而下淇園之竹以為～。”(引) **建立封界**。《漢書・賈誼傳》：“淮陽包陳以南，～之江。”

9 **握** wò (粵) ak1/aak1/ngak1 ❶ **攥**（zuàn (粵) zaan6）**在手裏，執持**。屈原《九章・懷沙》：“懷瑾～瑜兮。”（瑾、瑜：都是美玉。）(又) **曲手，握拳**。《莊子・庚桑楚》：“終日～而手不掜（yì (粵) ngai6）。”（掜：彎曲。）(引) **掌握**。《韓非子・主道》：“謹執其柄而固～之。”（柄：國柄，指政權。固：牢固。）❷ **量詞。一握即今所謂一把**。《詩經・陳風・東門之枌》：“貽（yí (粵) ji4）我～椒。”（貽：贈送。）

9 **揆** kuí (粵) kwai4/kwai5 ❶ **度量，考察**。《詩經・鄘風・定之方中》：“～之以日，作于楚室。”(引) **揣測，估量**。《漢書・律曆志上》：“準者，所以～平取正也。”（準：一種測定水平的工具。）陸機《演連珠》：“臨淵～水，而淺深難察。”（淵：深水。）❷ **準則，道理**。《孟子・離婁下》：“先聖後聖，其～一也。”劉知幾《史通・疑古》：“以古方今，千載一～。”（方：比。）❸ **管理**。《左傳・文公十八年》：“以～百事，莫不時序。”(引) **官職**。《尚書・舜典》：“納于百～。”(又) **特指宰相**。《晉書・禮志上》：“桓溫居～，政由己出。”**雙音詞有“閣揆”**。

9 **揉** róu (粵) jau4 ❶ **使木彎曲或伸直（以造器物）**。《管子・七法》：“朝～輪而夕欲乘車。”(引) **安撫，使順服**。《詩經・大雅・崧高》：“～此萬邦。”（使所有諸侯國都順服。）❷ (粵) jau2 **通“糅”。混雜，錯雜**。《世說新語・文學》：“皆粲然成章，不相～雜。”（粲然：鮮明、有文采的樣子。）❸ **用手來回搓或擦（後起意義）**。王建《照鏡》詩：“暖手～雙目。”

9 **掾** yuàn (粵) jyun6 **古代屬官的通稱**。《史記・曹相國世家》：“秦時為沛獄

～。”（沛：縣名。）

9 **擥** wàn 粵 wun2 **手腕**。《漢書・游俠傳》：“搤～而游談。”

10 **搏** bó 粵 bok3 ❶ **對打，搏鬥**。《左傳・僖公二十八年》：“晉侯夢與楚子～。”❷ **抓，撲**。《管子・兵法》：“善者之為兵也，使敵若據虛，若～景（yǐng 粵 jing2）。”（若：如同。據：依據。虛：空。景：影子。）柳宗元《三戒・黔之驢》：“（虎）終不敢～。”(又) **捕捉**。《周禮・夏官・環人》：“～諜賊。”（諜賊：做間諜的壞人。）(特) **用手指抓取**。張衡《西京賦》：“摭（zhí 粵 zek3）紫貝，～耆（qí 粵 kei4）龜。”（摭：拾取。耆龜：老龜。）❸ **拍，打**。李斯《諫逐客書》：“彈箏～髀（bì 粵 bei2）。”（髀：大腿。搏髀：指在腿上打節拍。）

10 **搢** jìn 粵 zeon3 **插**。《商君書・賞刑》：“～笏（hù 粵 fat1）作為樂，以申其德。”（笏：古代官僚上朝時手裏拿着的手板。）［**搢紳**］① **古代高級官吏的裝束**。《莊子・天下》：“詩書禮樂者，鄒魯之士，～～先生，多能明之。”《後漢書・楊震傳》：“今天下纓緌（ruí 粵 jeoi4）～～所以瞻仰明公者。”（纓：帽帶。緌：帽帶結子下垂的部分。）② **古代有官職或做過官的人的代稱**。《史記・封禪書》：“～～之屬皆望天子封禪改正度也。”《晉書・輿服志》：“所謂～～之士者，搢笏而垂紳帶也。”（紳：腰間大帶。）**上述❶❷又寫作“縉紳”、“薦紳”**。

10 **搰** hú 粵 wat6 ❶ **掘出**。《國語・吳語》：“狐埋之而狐～之。”❷ kū［**搰搰**］**用力的樣子**。《莊子・天地》：“～～然用力甚多而見功寡。”杜甫《秋行官張望督促東渚耗稻向畢》詩：“功夫競～～，除草置岸旁。”

10 **損** sǔn 粵 syun2 ❶ **減少。與“增”、“益”相對**。《老子・七十七章》：“～有餘而補不足。”［**損抑**］**退讓**。《宋書・王僧綽傳》：“懼其太盛，勸令～～。”❷ **損害。與“益”相對**。《尚書・大禹謨》：“滿招～，謙受益。”(又) **傷害**。《三國志・吳書・樓玄傳》：“勞～聖慮。”(又) **損毀，毀壞**。史達祖《杏花天・細風微月垂楊院》：“棲鶯未覺花梢顫，踏～殘紅幾片。”❸ **喪失，損失**。《商君書・慎法》：“以戰必～其將。”北魏吉迦夜共曇曜譯《雜寶藏經》卷八：“佛說有七種施，不～財物，獲大果報。”❹ **謙抑，克制**。王禹偁《答鼂禮丞書》：“某褊狷剛直為眾所知，雖強～之，未能盡去。”

10 **搶** qiāng 粵 coeng1 ❶ **碰，撞**。《戰國策・魏策四》：“免冠徒跣（xiǎn 粵 sin2），以頭～地爾。”（徒跣：光着腳走。）**這個意義又寫作“槍”**。❷ **逆，反方向**。庾闡《揚都賦》：“艇子～風。”

【注意】在元代以前，“搶”沒有“搶奪”的意義。

10 **搒** péng 粵 pang4 ❶ **笞擊，拷打**。《後漢書・朱穆傳》：“各言官無見財，皆當出民，～掠割剝，強令充足。”袁宏《後漢紀・明帝紀下》：“聞卿為吏～婦公，不過從兄飯。”❷ bàng 粵 bong3 **通“榜”。撐船**。《宋書・朱百年傳》：“輒自～船送妻還孔氏。”

10 **搐** chù 粵 cuk1 **抽搐，牽動**。賈誼《新書・大都》：“一二指～，身固無聊也。”（聊：依賴。）

10 **搤** è 粵 ak1/ngak1 ❶ **掐住，捉住**。《戰國策・魏策一》：“莫不日夜～腕瞋目切齒。”揚雄《長楊賦》：“～熊羆，拕（tuō 粵 to1）豪豬。”（拕：“拖”的本字。）❷ **握持**。《史記・周本紀》：“養由基怒，釋弓～劍。”(又) **扼守**。《新唐書・逆臣傳下》：“即發兵三萬～藍田道。”

10 **搦** nuò 粵 nok6 ❶ **按，壓制**。曹植《幽思賦》：“～素筆而慷慨，揚《大雅》

之哀吟。" 左思《魏都賦》:"～秦起趙。"（起：指扶持。）❷ **握，拿**。《後漢書・臧洪傳》:"撫弦～矢。" 郭璞《江賦》:"舟子於是～棹 (zhào 粵 zaau6)。"（舟子：指搖船的人。棹：划船工具。）❸ **磨，摩**。班固《答賓戲》:"當此之時，～朽摩鈍，鉛刀皆能一斷。" 賈思勰《齊民要術・法酒》:"～黍令散。"（撥動黍米讓它散開。）

10 **⿰扌脅** (拹)lā 粵 laai1 **同"拉"。折斷**。《公羊傳・莊公元年》:"於其乘焉，～幹而殺之。"

10 **搔** sāo 粵 sou1 ❶ **撓，用手指甲輕抓**。《詩經・邶風・靜女》:"～首踟躕。" 杜甫《春望》詩:"白頭～更短。" ❷ **通"騷"。動亂，擾亂**。《三國志・吳書・陸凱傳》:"既不愛民，務行威勢，所在～擾，更為煩苛。"

10 **搴** qiān 粵 hin1 ❶ **拔取，取**。屈原《九歌・湘君》:"采薜荔兮水中，～芙蓉兮木末。" 司馬遷《報任安書》:"有斬將～旗之功。" ❷ **通"褰"。提起、撩起(衣裳等)**。盧照鄰《釋疾文》:"於是裹糧尋師，～裳訪古。" 蒲松齡《聊齋志異・阿寶》:"以摻 (shān 粵 saam1) 手～簾。"（摻手：美手。）

11 **摶** tuán 粵 tyun4 ❶ **(用手把東西) 捏聚成團**。賈思勰《齊民要術・和齏》注:"～作圓子，大如李或餅子。" 引 **結聚，集中**。《商君書・農戰》:"國力～者強，國好言談者削。" ❷ **盤旋，旋轉**。《莊子・逍遙遊》:"～扶搖而上者九萬里。" 庾信《晚秋》詩:"～風卷落槐。" ❸ **通"團"。圓**。屈原《九章・橘頌》:"圜 (yuán 粵 jyun4) 果～兮。"（圜：通"圓"。）❹ **執，持**。司馬相如《長門賦》:"～芬若以為枕兮，席荃蘭而茝香。" ❺ zhuān 粵 zyun1 **通"專"。專一**。《史記・秦始皇本紀》:"～心揖志。"（揖：通"壹"。）❻ zhuàn 粵 zyun6 **(把東西) 捲緊**。《周禮・考工記・鮑人》:"卷而～之，欲其無迆也。"

11 **⿰扌副** (揊、⿰鬲畐) pì 粵 pik1 **破開，剖開**。《韓非子・顯學》:"夫嬰兒不剔首則腹痛，不～痤則寖益，剔首～痤，必一人抱之，慈母治之。"

11 **摳** kōu 粵 kau1 ❶ **提起（衣服）**。《禮記・曲禮上》:"～衣趨隅，必慎唯諾。" ❷ **投，擲**。《列子・黃帝》:"以瓦～者巧，以鈎～者憚，以黃金～者惛。" **【注意】**在明代以前，"摳"沒有"用手挖"的意義。

11 **摽** biào 粵 piu5 ❶ **落**。《詩經・召南・摽有梅》:"～有梅，其實七兮。" ❷ **擊**。《左傳・哀公十二年》:"長木之斃，無不～也。" ❸ **捶胸的樣子**。《詩經・邶風・柏舟》:"靜言思之，寤辟有～。" ❹ biāo 粵 biu1 **高舉的樣子**。《管子・侈靡》:"～然若秋雲之遠。" ❺ biāo 粵 biu1 **揮之使離去**。《孟子・萬章下》:"～使者出諸大門之外。" 又 **拋棄**。《公羊傳・莊公十三年》:"已盟，曹子～劍而去之。" ❻ biāo 粵 biu1 **通"標"。標誌**。《後漢書・皇甫嵩傳》:"一時俱起，皆著黃巾為～幟。"

11 **摹** mó 粵 mou4 ❶ **規劃**。韓愈《河南令舍池台》詩:"規～雖巧何足誇，景趣不遠真可惜。" 引 **規制，法度**。張衡《東京賦》:"眇天末以遠期，規萬世而大～。" ❷ **效法**。《後漢書・仲長統傳》:"若是，三代不足～，聖人未可師也。" ❸ **臨摹，照着樣子描畫、寫字**。潘岳《西征賦》:"乃～寫舊豐，製造新邑。"（於是照舊豐城的樣子，建造新城。豐：地名。）❹ **描寫**。朱松《西湖泛舟》詩:"不用新詩～絕境，定知長到夢魂間。"

11 **摟** lóu 粵 lau4 **牽引，拉**。《孟子・告子下》:"五霸者，～諸侯以伐諸侯者也。" **【注意】**在清代以前"摟"沒有"摟抱"義，也不讀 lǒu ㊣ lau[5]。

11 **摧** cuī ㊣ ceoi[1] ❶ **折斷**。焦延壽《易林・坤・屯》："蒼龍單獨，與石相觸，～折兩角。"范仲淹《岳陽樓記》："檣（qiáng ㊣ coeng[4]）傾楫（jí ㊣ zip[3]）～。"（檣：桅杆。傾：倒。楫：槳。）❷ **摧毀，毀壞**。李賀《雁門太守行》："黑雲壓城城欲～。"成語有"**無堅不摧**"。❸ **悲傷**。常"**摧藏**"、"**摧傷**"、"**悲摧**"、"**摧愴**"**連用**。《古詩為焦仲卿妻作》："未至二三里，～藏馬悲哀。"《古詩為焦仲卿妻作》："阿母大悲～。"《三國志・吳書・孫皎傳》："臨書～愴，心悲淚下。"

11 **摐** chuāng ㊣ coeng[1] ❶ **撞，打**。司馬相如《子虛賦》："～金鼓，吹鳴籟。"❷ **高聳**。揚雄《太玄・逃》："喬木維～，飛鳥過之或止降。"❸ ［**摐摐**］① **眾多的樣子**。陸龜蒙《和憶洞庭觀步十韻》："聞君遊靜境，雅具更～～。"② **象聲詞**。王建《霓裳詞》："絃索～～隔彩雲，五更初發滿宮聞。"

11 **摋** sà ㊣ saat[3] ❶ **側手擊**。《公羊傳・莊公十二年》："萬（宋萬）臂～仇牧，碎其首。"❷ ［**抹摋**］**掃滅，完全勾銷**。韓愈《貞曜先生墓志》："唯其大翫於詞而與世～～，人皆劫劫，我獨有餘。"

11 **摭** zhí ㊣ zek[3] **拾取，摘取**。《論衡・逢遇》："猶拾遺於塗，～棄於野。"（塗：通"途"。遺：指丟失的東西。棄：指被拋棄的東西。）韋承慶《靈臺賦》："遊書圃而～芳。"

11 **摛** chī ㊣ ci[1] **舒展，鋪陳**。班固《西都賦》："若～錦布繡。"劉勰《文心雕龍・雜文》："及枚乘～艷，首製《七發》。"㊀ **傳佈**。揚雄《劇秦美新》："宜命賢哲作《帝典》一篇……～之罔極。"（罔：無。）

11 **摯** zhì ㊣ zi[3] ❶ **抓，攫取**。《呂氏春秋・忠廉》："～執妻子。"❷ **誠懇，懇切**。王士禛《誠齋詩集序》："于師友之際，尤纏綿篤～。"❸ **通"贄"。初次拜見尊長所送的禮物**。《周禮・春官・大宗伯》："以禽作六～。"❹ **通"鷙"。兇猛**。《史記・貨殖列傳》："若猛獸～鳥之發。"❺ **通"至"。到來**。《呂氏春秋・孟春紀》："霜雪大～，首種不入。"❻ **通"至"。極點**。《漢書・竇田灌韓傳贊》："以韓安國之見器，臨其～而顛墜。"

11 **摺** zhé ㊣ zip[3] ❶ lā ㊣ laap[6] **折斷**。《淮南子・脩務》："～脅傷幹。"（脅：肋骨。幹：軀幹。）❷ **折疊（後起意義）**。庾信《鏡賦》："始～屏風，新開戶扇。"

11 **摎** jiū ㊣ gau[1] ❶ **纏繞，糾結**。《漢書・五行志》："天雨草而葉相～結，大如彈丸。"郭璞《江賦》："驪虯～其址。"❷ **求**。《後漢書・張衡傳》："～天道其焉如。"❸ jiǎo ㊣ gaau[2] ［**摎蓼**（liǎo ㊣ liu[5]）］**搜索**。張衡《西京賦》："～～浶浪，乾池滌藪。"（浶浪：驚擾不安的樣子。）

11 **摻** shǎn ㊣ saam[2] ❶ **執持，拿着**。《墨子・耕柱》："一人～火，將益之。"❷ shān ㊣ saam[1] ［**摻摻**］① **女子的手纖細美好的樣子**。《詩經・魏風・葛屨》："～～女手，可以縫裳。"② **指女子的手**。王朗《浪淘沙・閨情》三首之二："羅袖護～～。"❸ sēn ㊣ sam[1] **眾多的樣子**。《後漢書・馬融傳》："旃旝～其如林。"❹ càn ㊣ cam[3] **擊鼓的調子**。李商隱《聽鼓》詩："欲問漁陽～，時無禰正平。"（漁陽摻：一種擊鼓調。）

11 **摜** guàn ㊣ gwaan[3] ❶ **"慣"的本字。習慣**。《說文解字・手部》："摜，習也……《春秋傳》曰：'～瀆鬼神。'"今《左傳・昭公二十六年》作"貫瀆鬼神"。❷ **披戴**。《抱朴子・博喻》："～甲纓冑，非廟堂之飾。"

11 **摩** mó 粵 mo1 ❶ **物體相摩擦**。《戰國策・齊策一》："鎋（xiá 粵 hat6）擊～車而相過。"（鎋：車軸兩端固定車輪的銷釘。）引 **按摩，撫摩，搓蹭**。《禮記・內則》："濯手以～之，去其皽（zhāo 粵 zin2）。"（皽：皮肉上的薄膜。）《史記・酷吏列傳》："湯自往視疾，為謁居～足。"（謁居：人名。）《陳書・徐陵傳》："手～其頂。"**成語有"摩肩接踵"**。❷ **接近，迫近**。《淮南子・人間》："物類之相～近。"《左傳・宣公十二年》："～壘而還。"（壘：軍營的圍牆。）❸ **揣測，體會**。《戰國策・秦策一》："得太公陰符之謀，伏而誦之，簡練以為揣～。"薛逢《上中書李舍人啟》："心～意揣。"**雙音詞有"觀摩"**。❹ 粵 mo4 **通"磨"。磨礪物體使其明亮、鋒利**。《論衡・率性》："～拭朗白。"（朗：明亮。）《戰國策・燕策一》："其姊聞之，～笄以自刺也。"引 **磨滅，磨煉**。《莊子・徐無鬼》："反己而不窮，循古而不～。"《漢書・董仲舒傳》："漸民以仁，～民以誼，節民以禮。"

12 **撓** náo 粵 naau4 ❶ **攪，攪動**。《荀子・議兵》："以指～沸。"（沸：滾開的水。）《淮南子・說林》："使水濁者，魚～之。"引 **揮動，搖動**。《莊子・天地》："手～顧指，四方之民莫不俱至。"引 **擾亂**。《左傳・成公十三年》："～亂我同盟，傾覆我國家。"《漢書・鼂錯傳》："匈奴之眾易～亂也。"❷ 粵 jiu4 **通"橈"。彎曲**。《墨子・經說下》："加重焉而不～。"叉 **邪曲不正**。《呂氏春秋・知度》："枉辟邪～之人退矣。"❸ 粵 jiu4 **通"橈"。屈服**。《墨子・經下》："貞而不～。"**成語有"不屈不撓"、"百折不撓"**。引 **削弱**。蘇軾《上皇帝書》："酈生謀～楚權，欲復六國。"

12 **撠** jǐ 粵 gik1 ❶ **擊刺**。《史記・孫子吳起列傳》："救鬬者不搏～。"❷ **接觸**。《漢書・揚雄傳下》："不階浮雲，翼疾風，虛舉而上升，則不能～膠葛，騰九閎。"（膠葛：上清之氣。九閎：九天之門。）引 **握持**。荀悅《前漢紀》卷六："高后夢見物如蒼狗，～后腋。"

12 **撅** jué 粵 kyut3 ❶ **拔起**。《韓詩外傳》卷二："草木根荄淺，未必～也。"（荄：根。）❷ **挖掘**。《論衡・效力》："鍤所以能～地者，跖蹈之也。"（跖：腳。）引 **撬開**。《三國志・魏書・楊阜傳》注："時適有解毒藥良湯，～口灌之，良久乃蘇。"❸ **擊**。《新唐書・褚遂良傳》："昔侯君集、李靖皆庸人爾，猶能～高昌。"

12 **撲** pū 粵 pok3 ❶ **打，擊**。《淮南子・說林》："為雷電所～。"《尚書・盤庚上》："若火之燎于原，不可嚮邇，其猶可～滅。"**成語有"顛撲不破"**。❷ **[撲地] 遍地**。鮑照《蕪城賦》："廛閈～～，歌吹沸天。"（廛閈：指房舍。）

12 **撮** cuō 粵 cyut3 ❶ **用指爪取物，多指粒狀物**。《莊子・秋水》："鴟鵂（chī xiū 粵 ci1 jau1）夜～蚤。"（鴟鵂：貓頭鷹。蚤：跳蚤。）引 **摘錄，提取**。劉知幾《史通・書志・五行》："～其機要，收彼菁華。"（菁華：精華。）❷ **聚集，聚合**。《後漢書・袁紹傳》："擁一郡之卒，～冀州之眾。"（冀州：地名。）❸ **容量單位，六粟為一圭，十圭為一撮**。《漢書・律曆志上》："量多少者，不失圭～。"（量容量多少，連圭撮那樣小的單位都沒有差錯。）

12 **撫** fǔ 粵 fu2 ❶ **撫摩**。《國語・晉語八》："叔向見司馬侯之子，～而泣之。"（叔向、司馬侯：人名。）引 **拍，彈**。《三國志・吳書・魯肅傳》："權～掌歡笑。"庾信《春賦》："鳴弦暫～。"（暫：初。）❷ **按，握**。《左傳・襄公二十三年》："右～劍，左援帶。"（援：指拉着。）❸ **撫慰，安撫**。《史記・高祖本紀》："鎮國家，～百姓。"（鎮：安定。）叉 **撫養**。《三國志・吳書・吳主傳》："～其老弱。"

引 **佔有，據有**。《左傳・昭公三年》："若惠顧敝邑，～有晉國，賜之內主……舉羣臣實受其貺。"**上述意義除"撫有"外，又寫作"拊"**。

12 **撟** jiǎo 粵 giu^2 ❶ **舉起，翹起**。揚雄《甘泉賦》："仰～首以高視兮，目冥眴而亡見。"《史記・扁鵲倉公列傳》："舌～然而不下。"❷ **使……彎曲**。《周禮・冬官・弓人》："～幹欲孰於火而無贏。"（孰：熟。贏：過度。）喻 **使屈服**。《荀子・臣道》："率群臣百吏而相與強君～君。"引 **糾正**。《漢書・諸侯王表》："可謂～抂過其正矣。"（抂：通"枉"。）《漢書・燕刺王旦傳》："寡人欲～邪防非。"❸ **假傳（命令）**。《漢書・齊悼惠王劉肥傳》："～制以令天下。"❹ **揉**。《周禮・冬官・弓人》："～幹欲孰於火而無贏。"（贏：過度。）❺ **剛強的樣子**。《荀子・臣道》："忠信而不諛，諫爭而不諂，～然剛折端志而無傾側之心。"

12 **播** bō 粵 bo^3 ❶ **撒種**。《詩經・豳風・七月》："其始～百穀。"❷ **散佈**。張衡《思玄賦》："～余香而莫聞。"（余：我。）叉 **傳揚，傳佈**。《顏氏家訓・後娶》："～揚先人之辭迹，暴露祖考之長短。"柳宗元《敵戒》："道大名～。"❸ **分**。《尚書・禹貢》："又北～為九河。"（又往北分為九條河道。）❹ **捨棄**。《楚辭・九歎・思古》："～規矩以背度兮。"（捨棄規矩，違反法度。）❺ **遷移，流亡**。庾信《哀江南賦》："彼凌江而建國，始～遷於吾祖。"《後漢書・史弼傳》："周有～蕩之禍，漢有爰盎之變。"（爰盎：人名。）❻ bǒ 粵 bo^2 **通"簸"。搖，揚**。《莊子・人間世》："鼓筴～精，足以食十人。"（鼓：指抖動。筴：小簸箕。精：精米。）

12 **撚** niǎn 粵 nin^2 ❶ **以手指持物、取物**。杜牧《重送》詩："手～金僕姑，腰懸玉轆轤。"白居易《眼病》詩二首之二："案上謾鋪龍樹論，盒中虛～決明丸。"❷ **揉搓**。楊萬里《觀雪》詩："倩誰細～成湯餅，換卻人間烟火腸。"❸ **彈奏弦樂器的一種指法**。白居易《琵琶行》："輕攏慢～抹復挑。"劉禹錫《和楊師皋給事傷小姬英英》："～弦花下呈新曲。"❹ **踐踏**。《淮南子・兵略》："前後不相～，左右不相干。"

12 **撤** chè 粵 cit^3 ❶ **撤去**。《晏子春秋・諫上》："損肉～酒。"❷ **拆除**。《商君書・兵守》："發梁～屋。"（取下屋樑，拆除房子。）引 **消除**。王粲《公讌詩》："涼風～蒸暑，清雲卻炎輝。"❸ **撤退**。《三國志・吳書・呂蒙傳》："羽聞之，必～備兵。"（羽：關羽。）

12 **撙** zǔn 粵 zyun^2 **節制，抑制**。《管子・五輔》："節飲食，～衣服，則財用足。"［撙節］**克制，約束**。《禮記・曲禮上》："是以君子恭敬～～，退讓以明禮。"［撙銜］**控制馬勒**。《戰國策・秦策一》："伏軾～～，橫歷天下。"

12 **撰** zhuàn 粵 zaan^6 ❶ **具備**。潘岳《藉田賦》："司農～播殖之器。"（司農：官名。）❷ **編集**。曹丕《與吳質書》："頃～其遺文，都為一集。"（都：匯集。）叉 **寫作**。《南史・王弘傳》："傅亮之徒並～辭，欲盛稱功德。"❸ **持，拿**。屈原《九歌・東君》："～余轡（pèi 粵 bei^3）兮高馳翔。"（余：我。轡：韁繩。）❹ xuǎn 粵 syun^2 **通"選"。選擇**。《淮南子・說山》："～良馬者，非以逐狐狸，將以射麋鹿。"

12 **撥** bō 粵 but^6 ❶ **去掉，除去**。《史記・太史公自序》："秦～去古文，焚滅《詩》、《書》。"叉 **撥開**。李白《暖酒》詩："～卻白雲見青天。"**雙音詞有"撥冗"**。❷ **治理**。《史記・高祖本紀》："高祖起微細，～亂世反之正，平定天下。"❸ **撥**

動，彈撥。白居易《琵琶行》："轉軸～弦三兩聲。"（轉軸：轉動琵琶上的弦柱。）⊗ **彈奏樂器時撥動弦的用具**。白居易《琵琶行》："曲終收～當心劃。"（曲子彈完用撥子在琵琶當心劃一下。）❹ **折，斷絕**。《詩經・大雅・蕩》："枝葉未有害，本實先～。" ❺ **不正**。《荀子・正論》："不能以～弓曲矢中（zhòng ⓨ zung[3]）微。"（撥弓曲矢：不正的弓，彎曲的箭。中微：射中微小的目標。）

13 **撻** tà ⓨ taat[3] **用鞭子或棍子打**。《儀禮・鄉射禮》："射者有過，則～之。"《晉書・潘岳傳》："岳惡其為人，數～辱之。"（惡：厭惡。）

13 **撼** hàn ⓨ ham[6] **搖動**。賈思勰《齊民要術・種棗》："收法：日日～而落之為上。"《宋史・岳飛傳》："～山易，～岳家軍難。"**成語有"蚍蜉撼樹"**。㊀ **用言語打動人**。《宋史・徐勣傳》："微言～之。"（微言：隱晦的語言。）

13 **據** jù ⓨ geoi[3] ❶ **靠着**。《莊子・盜跖》："～軾低頭，不能出氣。"（軾：車前的橫木。）⊗ **按着**。《莊子・漁父》："左手～膝。"㊀ **依靠，憑藉**。《詩經・邶風・柏舟》："亦有兄弟，不可以～。"《論語・述而》："～於德，依於仁。" ❷ **依據，根據**。《後漢書・魯丕傳》："難者必明其～，說者務立其義。"（難：反駁，質問。）《宋史・范質傳》："律條繁冗，輕重無～。"**成語有"引經據典"**。❸ **佔據，盤踞**。《史記・廉頗藺相如列傳》："先～北山上者勝，後至者敗。"《三國志・蜀書・諸葛亮傳》："孫權～有江東。"**【注意】**古代"據"和"据"是兩個字，音義各不相同。

13 **撾** zhuā ⓨ zaa[1] ❶ **擊，打**。《東觀漢記・第五倫傳》："聞卿為吏，～妻父，不過從兄飯，寧有之耶？" ❷ **擊鼓之法**。《後漢書・禰衡傳》："衡方為漁陽參～，蹀躞而前。" ❸ wō ⓨ wo[1] **［老撾］國名。在印度支那半島**。

13 **操** cāo ⓨ cou[1] ❶ **拿着，握在手裏**。屈原《九歌・國殤》："～吳戈兮被犀甲。"（吳戈：指吳國製造的戈。被：披。犀甲：犀牛皮製成的鎧甲。）㊀ **掌握，控制**。《韓非子・定法》："～殺生之柄。"《史記・平原君虞卿列傳》："且虞卿～其兩權，事成，～右券以責。"（右券：指憑證。）⊗ **做，操作**。《呂氏春秋・任地》："～事則苦。"《世說新語・方正》："嵇侍中善於絲竹，公可令～之。"劉禹錫《天論中》："若知～舟乎？"（若：你。）**成語有"操之過急"**。❷ **操守，能堅持自己認為正確的行為的一種品質**。《論衡・知實》："欲觀隱者之～。"㊀ **品德，品行**。《史記・酷吏列傳》："湯之客田甲，雖賈（gǔ ⓨ gu[2]）人，有賢～。"（田甲：人名。賈人：商人。）**雙音詞有"節操"、"操行"**。❸ **琴曲名。如"箕子操"、"龜山操"**。

13 **擇** zé ⓨ zaak[6] ❶ **選擇，挑選**。《荀子・性惡》："～良友而友之。" ❷ **區別**。《呂氏春秋・簡選》："今有利劍於此，以刺則不中，以擊則不及，與惡劍無～。"（惡：壞。）

13 **擐** huàn ⓨ waan[6] ❶ **穿戴**。《左傳・成公二年》："～甲執兵，固即死也。"《後漢書・蔡邕傳》："～甲揚鋒。"（鋒：指兵器。）❷ xuān ⓨ syun[1] **通"揎"。捋起**。《禮記・王制》鄭玄注："～衣出其臂脛。" ❸ juǎn ⓨ gyun[2] **繫，拴**。《樂府詩集・橫吹曲辭五・折楊柳歌辭》："出入～郎臂，蹀座郎膝邊。"

13 **擉** chuō ⓨ cok[3] **戳，刺**。《莊子・則陽》："冬則～鱉於江。"

13 **擻** （擊）qiào ⓨ kiu[3] **旁擊**。《莊子・至樂》："莊子之楚，見空髑髏，髐然有形，～以馬捶。"

13 **擅** shàn (粵) sin6 ❶ **獨攬**。《史記・貨殖列傳》："而～其利數世。" 〔引〕 **自作主張，擅自**。《國語・晉語九》："非司寇而～殺。"（司寇：官名。）〔又〕 **專横，妄為**。曹操《抑兼并令》："使豪強～恣，親戚兼并。" ❷ **擁有，據有**。《戰國策・秦策三》："方五百里，趙獨～之。" ❸ **專長，擅長**。任昉《宣德皇后令》："文～雕龍。" 陸游《世事》詩："何人今～丹青藝？" 〔又〕 **出眾，超羣**。張説《崔司業挽歌》之一："風流滿天下，人物～京師。" ❹ **通"禪"。把帝位讓給別人**。《荀子・正論》："堯舜～讓，是虛言也。"

13 **擁** yōng (粵) jung2 ❶ **抱，持**。《左傳・襄公二十五年》："陳侯免，～社。"（社：社主。）《史記・齊太公世家》："～柱而歌。" 王安石《遊褒禪山記》："余與四人～火以入。"（擁火以入：拿着火把走進去。） ❷ **圍着**。范成大《峨眉山行紀》："熾炭～爐危坐。"（熾：火旺。危坐：端坐。）〔引〕 **擁擠，阻塞**。梅堯臣《右丞李相公自洛移鎮河陽》詩："夾道都人～。" 韓愈《左遷至藍關示姪孫湘》詩："雪～藍關馬不前。" 〔又〕 **障蔽，蒙蔽**。《韓非子・內儲説上》："人君兼燭一國人，一人不能～也。" ❸ **擁有**。《三國志・蜀書・諸葛亮傳》："操已～百萬之眾。"（操：曹操。） ❹ **保衞，護衞**。《後漢書・董卓傳》："董承、李樂～衞左右。"

13 **擗** bì (粵) pik1 ❶ **捶胸**。《孝經・喪親》："～踴哭泣，哀以送之。"（踴：頓腳。） ❷ **分開，裂開**。屈原《九歌・湘夫人》："罔薜荔兮為帷，～蕙櫋（mián (粵) min4）兮既張。"（分開蕙草以覆蓋屋櫋。）曹植《送應氏》詩："宮室盡燒焚，垣牆皆頓～。" [**擗析**] **分析**。梅堯臣《讀月石屏詩》："蘇子苦豪邁，何用強引犀角蚌蛤巧～～。"

13 **擎** qíng (粵) king4 ❶ **舉，向上托**。束皙《餅賦》："～器者舐脣，立侍者乾咽。" ❷ **拿取**。裴鉶《傳奇・裴航》："～一甌漿來，郎君要飲。"

13 **擊** jī (粵) gik1 ❶ **敲擊，敲打**。《詩經・邶風・擊鼓》："～鼓其鏜（tāng (粵) tong1）。"（鏜：擊鼓聲。）〔引〕 **碰撞，接觸**。《戰國策・齊策一》："臨淄之途，車轂～，人肩摩。"（到臨淄去的路上，車挨着車，人挨着人。轂：車輪中心的圓木。摩：摩擦，挨近。） ❷ **攻擊，攻打**。《孫子兵法・虛實》："兵之形，避實而～虛。"（兵之形：指作戰的方法、規律。）〔引〕 **擊殺**。《後漢書・馬援傳》："援乃～牛釃（shāi (粵) si1）酒，勞饗（xiǎng (粵) hoeng2）軍士。"（釃酒：斟酒。勞饗：以酒肉慰勞。）

13 **擘** bò (粵) maak3 ❶ **大拇指**。《爾雅・釋魚》："首大如～。" [**巨擘**] **喻指傑出人物**。《孟子・滕文公下》："于齊國之士，吾必以仲子為～～焉。"（仲子：人名。） ❷ **剖，分裂**。《史記・刺客列傳》："專諸～魚，因以匕首刺王僚。"（專諸、王僚：人名。）賈思勰《齊民要術・種紅藍花梔子》："取醋石榴兩三個，～取子。"（醋石榴：酸石榴。） [**擘畫**] **籌劃，謀劃**。《淮南子・要略》："財制禮義之宜，～～人事之終始者也。"

14 **擣** （搗）dǎo (粵) dou2 ❶ **搗，舂**。賈思勰《齊民要術・種穀》："～麋（mí (粵) mei4）鹿羊矢。"（麋：鹿的一種。矢：屎。）李白《搗衣篇》："夜～戎衣向明月。"（戎衣：軍服。） ❷ **攻擊，攻打**。《史記・孫子吳起列傳》："批亢～虛。"（批：攻擊。亢：吭，咽喉。比喻要害。）《新唐書・蘇定方傳》："逾嶺馳～賊營。"

14 **擩** rǔ (粵) jyu5 ❶ **沾染**。《儀禮・公食大夫禮》："賓升席坐，取韭菹以辯，～于醢上豆之間祭。" 韓愈《清河郡公房公墓碣銘》：“目～耳染，不學以能。”❷ ruán (粵) jyun4 **用手揉摩**。《新唐書・文藝傳序上》：“大曆貞元間，美才輩出，～嚌道真，涵泳聖涯。”

14 **擬** nǐ (粵) ji5 ❶ **忖度，思量**。《周易・繫辭上》：“～之而後言。”《揚子法言・孝至》：“君子動則～諸事，事則～諸禮。”❷ **比，比擬**。《荀子・不苟》：“言己之光美，～於舜禹，參於天地，非夸誕也。”《史記・管晏列傳》：“管仲富～於公室。”（公室：諸侯的家族。）**這個意義又寫作“儗”**。❸ **比畫，用手勢和物體做某種樣子**。《漢書・蘇武傳》：“復舉劍～之，武不動。”❹ **模擬，模仿**。《漢書・揚雄傳》：“常～之以為式。”（式：規格。）❺ **起草，撰寫**。《元史・成宗紀》：“詔自今以後專令中書～奏。”《宋史・李綱傳上》：“～章將再上。”❻ **準備，打算**。荀悦《漢紀・高祖紀一》：“乃圍宛。宛急，南陽太守呂齮～自殺。”李清照《武陵春・春晚》：“聞説雙溪春尚好，也～泛輕舟。”

14 **擯** bìn (粵) ban3 ❶ **排斥，拋棄**。《淮南子・説林》：“賢者～於朝。”《後漢書・趙壹傳》：“而恃才倨傲，為鄉黨所～。”❷ **通“儐”。出迎，接引賓客**。《周禮・秋官・小行人》：“凡四方之使者，大客則～。”（大客：指地位高的賓客。）(又) **接引客人的人**。《禮記・聘義》：“卿為上～。”

14 **擢** zhuó (粵) zok6 ❶ **拔，抽**。《史記・范雎蔡澤列傳》：“～賈之髮以續賈之罪，尚未足。”（賈：人名。續：接續。）(引) **植物滋長**。韋應物《郡齋移杉》詩：“～幹方數尺，幽姿已蒼然。”（方：才。幽姿：幽雅的姿態。蒼然：青翠的樣子。）❷ **提拔，選拔**。《漢書・趙充國傳》：“～為後將軍。”（後將軍：武官名。）《戰國策・燕策二》：“～之乎賓客之中，而立之乎群臣之上。”**【辨】拔，擢。在“拔、抽”的意義上，“擢”可以指植物滋長，而“拔”只用於人力或風力把東西拔起來。在“提拔”的意義上，“拔”往往指提拔本來沒有官職的人，“擢”往往指提升官職。至於“攻取某地”的意義，只能用“拔”，不能用“擢”。**

14 **擥** lǎn (粵) laam5 **同“攬”**。❶ **執，持**。屈原《離騷》：“～木根以結茝兮。”（茝：香草名。）❷ **［擥涕］擦乾眼淚**。屈原《九章・思美人》：“思美人兮，～～而竚眙（chì (粵) ci4）。”（竚眙：站着呆看。）

14 **擪** (擫)yè (粵) jip3 **用手指按**。《莊子・外物》：“接其鬢，～其顪（huì (粵) fui3）。”（顪：口。）《淮南子・泰族》：“所以貴扁鵲者……貴其～息脈血，知病之所從生也。”

15 **擷** xié (粵) kit3 **摘取**。王維《紅豆》詩：“願君多采～，此物最相思。”

15 **擾** rǎo (粵) jiu5 ❶ **亂，攪亂**。《史記・高祖本紀》：“天下方～，諸侯並起。”**［擾擾］紛亂的樣子**。《國語・晉語六》：“唯有諸侯，故～～焉。”❷ **打擾，侵擾**。《三國志・吳書・吳主傳》：“當農桑時，以役事～民者，舉正以聞。”（役事：指徭役。舉正以聞：如實匯報給我。）❸ **安撫**。《尚書・周官》：“司徒掌邦教，敷五典，～兆民。”(引) **和順**。曾鞏《光祿少卿鼂公墓志銘》：“里安戶～，罔有不咸。”❹ **馴服**。《荀子・性惡》：“以～化人之情性而導之也。”(又) **馴養**。王安石《雜詠》之二：“神龍豢可致，猛虎～亦留。”(引) **馴養的牲畜、家禽**。《周禮・夏官・職方氏》：“其畜宜六～。”（六擾：指六種馴養的牲畜馬、牛、羊、豕、犬、雞。）

15 **攄** shū (粵) syu1 ❶ **散佈，抒發**。《史記・司馬相如列傳》：“～之無窮。”《漢書・敍傳》：“獨～意虖宇宙之外，鋭思於豪芒之內。”（虖：乎。）(又) **舒展，**

施展。摯虞《思遊賦》："思～翼乎八荒。"《南史・宋武帝紀》："運奇～略，英謨不世。" ❷ **騰躍**。《後漢書・張衡傳》："僕夫儼其正策兮，八乘～而超驤。"（儼：整齊的樣子。驤：馬抬着頭快跑。）

15 **擻** sǒu 粵 sau² **[抖擻] 見 228 頁"抖"字。**

15 **擿** zhì 粵 zaak⁶ ❶ **搔，抓**。《列子・黃帝》："指～無痟（xiāo 粵 siu¹）癢。"（痟癢：痛癢。）❷ **搔頭，古代婦女頭上的一種首飾**。《後漢書・輿服志下》："諸簪珥皆同製，其～有等級焉。" ❸ 粵 zaak⁶ **投擲**。《莊子・胠篋》："～玉毀珠。" **這個意義後來寫作"擲"**。❹ tì 粵 tik¹ **挑**。《抱朴子・備闕》："～齒則松櫝不及一寸之筳。" 引 **挑動，指使**。《漢書・谷永傳》："衛將軍商密～永令發去。"（衛將軍王商秘密指使谷永要他離開。）又 **揭發**。《後漢書・賈復傳》："以～發其奸。"

15 **擲** zhì 粵 zaak⁶ ❶ **投擲，拋擲，扔**。《後漢書・呂布傳》："卓拔手戟～之。"（卓：董卓。戟：一種兵器。）**成語有"孤注一擲"**。❷ **跳，騰躍**。《世説新語・假譎》："紹遑迫自～出，遂以俱免。"（紹：袁紹。）元好問《楚漢戰處》詩："虎～龍拏（ná 粵 naa⁴）不兩存。"（拏：抓。）

15 **擸** liè 粵 lip⁶ **持，用手拿**。《儀禮・聘禮》："降筵北面，以柶兼諸觶尚～，坐啐醴。"（柶：一種舀酒的禮器。觶：一種飲酒器。）

15 **攀** pān 粵 paan¹ ❶ **牢牢抓住**。《漢書・朱雲傳》："御史將雲下，雲～殿檻，檻折。" ❷ **用手扶持着往上爬，攀登**。《莊子・馬蹄》："鳥鵲之巢可～援而闚。" 韓愈《華山女》詩："仙梯難～俗緣重，浪憑青鳥通丁寧。" 喻 **攀附、依附（有錢有權勢的人）**。《宋史・張遜傳》："遜小心謹慎，徒以～附至貴顯。" 又 **追攀**。杜甫《戲為六絕句》之五："竊～屈宋宜方駕，恐與齊梁作後塵。" ❸ **拉，牽，挽**。李商隱《行次西郊作》詩："大婦抱兒哭，小婦～車轓（fān 粵 faan¹）。"（轓：車兩旁擋灰塵的帳幕。）

17 **攖** yīng 粵 jing¹ ❶ **碰，觸犯**。《孟子・盡心下》："虎負嵎，莫之敢～。" 獨孤授《斬蛟奪寶劍賦》："彼拏空～霧之狀。"（拏：搏擊。空：指天空。）❷ **擾亂，干擾**。《莊子・在宥》："昔者黃帝始以仁義～人之心。"

17 **攘** rǎng 粵 joeng⁵ ❶ **排斥，排除**。《莊子・胠篋》："～棄仁義。" ❷ **偷，竊取**。《墨子・非攻上》："～人犬豕（shǐ 粵 ci²）雞豚（tún 粵 tyun⁴）。" 引 **侵奪**。《莊子・漁父》："諸侯暴亂，擅相～伐。" ❸ 粵 joeng⁶ **擾亂**。《淮南子・兵略》："故至於～天下，害百姓。" ❹ **捋起，挽起**。劉伶《酒德頌》："奮袂（mèi 粵 mai⁶）～襟。"（奮袂：指揚起袖子。襟：衣襟。）❺ 粵 joeng⁴ **容忍**。屈原《離騷》："屈心而抑志兮，忍尤而～詬。" ❻ 粵 joeng⁶ **紛擾，擾亂**。袁宏《後漢紀・光武帝紀七》："況草創豪帥，本無業徒，因～擾之時，擅有山川之利。" ❼ ràng 粵 joeng⁶ **通"讓"。謙讓**。《漢書・禮樂志》："盛揖～之容。"（揖：拱手禮。）

17 **攓** qiān 粵 hin¹ ❶ **取**。《莊子・至樂》："列子行食於道……～蓬而指之。"《淮南子・俶真》："擢拔吾性，～取吾情。" ❷ **簡慢**。《淮南子・齊俗》："望我而笑，是～也。" ❸ **通"攐"。用手提（衣）**。《淮南子・人間》："江水之始出於岷山也，可～衣而越也。"

18 **攝** shè 粵 sip³ ❶ **拉，拽**。《論語・鄉黨》："～齊升堂。"（攝齊：拉起衣襟。）《漢書・張耳陳餘傳》："吏嘗以過笞餘，餘欲起，耳～使受笞。"（過：過失。笞：一種刑罰，用鞭杖等打。）又 **吸引**。

顧況《廣陵白沙大雲寺碑》："磁石～鐵，不～鴻毛。" ⊗ **執，拿**。《左傳・成公十六年》："臨事而食言，不可謂暇，請～飲焉。"《晉書・謝安傳》："看書既竟，便～放牀上。"（書：信。）❷ **掌管，管轄**。《晉書・麴允傳》："總～百揆。" ❸ **拘捕**。《國語・吳語》："～少司馬茲與王士五人。"（少司馬：官名。茲：人名。王士：吳王的士兵。）❹ **收攏，收斂**。《莊子・胠篋》："～緘縢（téng ⓨ tang[4]），固扃鐍（jué ⓨ kyut[3]）。"（緘縢：繩子。扃鐍：指鎖鑰。）⊗ **整理**。《史記・高祖本紀》："於是沛公起，～衣謝之。"《東觀漢記・銚期傳》："～幘（zé ⓨ zaak[3]）復戰。"（幘：包頭髮的巾。）❺ **輔助，幫助**。《詩經・大雅・既醉》："朋友攸～，～以威儀。"《潛夫論・讚學》："～之以良朋，教之以明師。" ⊗ **代理，兼職**。《左傳・昭公十三年》："羊舌鮒～司馬。"（羊舌鮒：人名。）《論語・八佾》："官事不～，焉得儉。" ❻ **鞏固**。《後漢書・朱穆傳》："徒感王綱之不～，懼天網之久失。" ⊗ **保養**。《老子・五十章》："善～生者。"《世説新語・任誕》："君飲太過，非～生之道。" ❼ **夾處**。《論語・先進》："千乘之國，～乎大國之間。" ❽ **通"懾"。害怕**。《鹽鐵論・誅秦》："東～六國，西畏於秦。" ⊗ **威懾，使害怕**。《史記・刺客列傳》："吾曩者目～之。" ❾ niè ⓨ nip[6] **安定的樣子**。《漢書・嚴助傳》："天下～然，人安其生。"

18 **攜**（擕、携）xié ⓨ kwai[4] ❶ **提**。《詩經・大雅・板》："如璋如圭，如取如～。"（如取如攜：像拿東西和提東西那樣容易。）㊀ **攜帶，帶領**。劉禹錫《送王司馬之陝州》詩："空～詩卷赴甘棠。"（甘棠：這裏指陝州。）《戰國策・齊策四》："民扶老～幼，迎君道中。" ⊗ **牽挽**。《詩經・邶風・北風》："惠而好我，～手同行。" ❷ **分離，離間**。《左傳・僖公二十八年》："不如私許復曹、衞以～之。"［**攜貳**］**叛離**。魏徵《十漸不克終疏》："所以至死無～～。"

19 **攦** lì ⓨ lai[6] **折斷**。《莊子・胠篋》："～工倕之指，而天下始人有其巧矣。"（倕：傳説中的巧匠名。）

19 **攢** cuán ⓨ cyun[4] ❶ **聚集**。《墨子・備城門》："城上為～火。" 張衡《西京賦》："～珍寶之玩好。" ❷ **停棺待葬（後起意義）**。《宋史・哲宗孟皇后傳》："遺命擇地～殯，俟軍事寧，歸葬園陵。" ❸ zuān ⓨ zyun[1] **通"鑽"。穿孔**。《禮記・內則》："柤（zhā ⓨ zaa[1]）梨曰～之。"（指穿孔看其蟲孔。）**【注意】"攢"古代沒有"積蓄"的意義，也不讀 zǎn ⓨ zaan[2]**。

19 **孿** luán ⓨ lyun[4] ❶ **連在一起**。《周易・小畜》："有孚～如，不獨富也。"（孚：信用。）❷ **蜷曲不能伸直**。《史記・范雎蔡澤列傳》："先生曷鼻、巨肩……膝～。" 潘岳《西征賦》："悟山潛之逸士……陋吾人之拘～。" 柳宗元《捕蛇者説》："可以已大風、～踠、瘻癘，去死肌，殺三蟲。" **雙音詞有"痙攣"**。❸ liàn ⓨ lyun[2] **通"戀"。愛慕不捨**。《漢書・孝武李夫人傳》："上所以～～顧念我者，乃以平生容貌也。"

20 **攫** jué ⓨ fok[3] **用爪迅速抓取**。《荀子・哀公》："鳥窮則啄，獸窮則～。" 柳宗元《籠鷹詞》："下～狐兔騰蒼茫。"（騰蒼茫：指飛上青天。）㊀ **奪取**。《列子・説符》："因～其金而去。"

21 **攬** lǎn ⓨ laam[5] ❶ **執，把持**。宋玉《登徒子好色賦》："遵大路兮，～子袪。" ㊀ **主持，總攬**。荀悦《漢紀・元帝紀下》："總百蠻之軍，～城郭之兵。" ❷ **收攏，引取**。《莊子・在宥》："而欲為人之國者，此～乎三王之利，而不見其患者也。" ㊀ **招引，拉攏**。《三國志・蜀書・諸葛亮傳》："總～英雄，思賢如渴。” ❸ **採摘**。屈原《離騷》：“朝搴（qiān 粵 hin^1）阰（pí 粵 pei^4）之木蘭兮，夕～洲之宿莽。”（搴：拔。阰：小山。宿莽：香草名。）

支部

0 **支** zhī 粵 zi^1 ❶ **枝**。《詩經·衛風·芄蘭》：“芄蘭之～。”《漢書·鼂錯傳》：“～葉茂接。”**這個意義後來寫作“枝”**。(引) **動物或人體的四肢**。枚乘《七發》：“四～委隨。”（委隨：柔弱。）**這個意義後來寫作“肢”**。(又) **分支**。《史記·秦始皇本紀》：“率其～屬徙居野王。”（徙：遷移。野王：地名。）李端《送鄭宥入蜀迎覲》詩：“巴水一～長。” ❷ **支撐**。王通《中説·事君》：“大廈將顛，非一木所～也。”（顛：傾倒。）(又) **支持**。《國語·越語下》：“皆知其資財之不足以～長久也。”(引) **拒，抵禦**。《戰國策·趙策二》：“韓、魏不能～秦，必入臣。”《史記·商君列傳》：“魏不～秦，必東徙。” ❸ **供給，支付**。《漢書·趙充國傳》：“足～萬人一歲食。”（歲：年。）❹ **地支。見176頁“干支”條**。

攴部

2 **收**（収）shōu 粵 sau^1 ❶ **逮捕**。《後漢書·華佗傳》：“乃～付獄訊。”（付：交。訊：審訊。）❷ **收穫，收取**。《史記·太史公自序》：“春生夏長，秋～冬藏。”李斯《諫逐客書》：“北～上郡，南取漢中。”(又) **收穫物**。曹操《步出夏門行·孟冬十月》：“農～積場。” ❸ **收攏，聚集**。《史記·秦始皇本紀》：“～天下兵，聚之咸陽。”（兵：兵器。）(引) **徵收**。《鹽鐵論·非鞅》：“～山澤之稅。” ❹ **收回，收復**。李白《代別情人》詩：“覆水不可～。”杜甫《送樊侍御赴漢中判官》詩：“二京陷未～。”(又) **沒收**。《孟子·離婁下》：“去三年不反，然後～其田里。” ❺ **收容，接納**。《荀子·王制》：“～孤寡，補貧窮。”《史記·酷吏列傳》：“～接天下名士大夫。” ❻ **收斂，約束**。《晏子春秋·外篇下十六》：“寡人猶且淫佚而不～。” ❼ **停止，結束**。《禮記·月令》：“雷始～聲。”(又) **消失，消散**。于鵠《途中寄楊涉》詩：“日色雲～處，蛙聲雨歇時。”

3 **攻** gōng 粵 gung^1 ❶ **攻打**。《孫子兵法·形》：“不可勝者守也，可勝者～也。”(引) **以藥物治療疾病**。《墨子·兼愛上》：“譬之如醫之～人之疾者然，必知疾之所自起。”（疾：病。如：像。然：那樣。）❷ **抨擊，指責**。《論語·先進》：“小子鳴鼓而～之，可也。”《世説新語·文學》：“時人～難之，莫能折。” ❸ **製作**。《詩經·大雅·靈臺》：“庶民～之，不日成之。”(特) **工匠及其他手工業的工作**。《左傳·襄公十五年》：“使玉人為之～之。”（使玉人替他雕琢玉石。玉人：雕琢玉石的工匠。）(引) **深入鑽研**。韓愈《師説》：“聞道有先後，術業有專～。”柳宗元《與李睦州論服氣書》：“獨得國故書，伏而～之。”**雙音詞有“攻讀”**。❹ **精善**。柳宗元《説車贈楊誨之》：“材良而器～。”**這個意義又寫作“功”、“工”**。❺ **堅固**。《詩經·小雅·車攻》：“我車既～，我馬既同。”

3 **攸** yōu 粵 jau^4 ❶ **放在動詞前面，組成名詞性詞組，相當於“所”**。《周易·坤》：“君子有～往。”（君子有去的地方。）❷ **放在主語與謂語之間，相當於現代漢語的“就”**。《詩經·小雅·斯干》：“風雨～除。”（除：排除。）❸ **處所**。《詩經·大雅·韓奕》：“為韓姞（jí 粵 git^6）相

～。”（替韓姞選擇可嫁的地方。）❹ **疾走的樣子**。《孟子・萬章上》：“少則洋洋焉，～然而逝。”

3 **改** gǎi 粵 goi2 **改變，更正**。《詩經・小雅・都人士》：“彼都人士，狐裘黃黃，其容不～，出言有章。”《荀子・臣道》：“故因其懼也而～其過。”【**辨**】更，改。**“更”除了有“改變”的意義之外，還有“調換”、“交替”的意義，而“改”字卻沒有此意義**。

4 **放** fàng 粵 fong3 ❶ **驅逐，流放**。屈原《卜居》：“屈原既～，三年不得復見。”（既：已經。復：再。）❷ **釋放，解脫**。《管子・小匡》：“～舊罪。”（釋放拘禁已久的罪人。）❸ **放縱，放任**。《漢書・嚴延年傳》：“賓客～為盜賊。”《世說新語・尤悔》：“又～船從橫，撞人觸岸，公初不呵譴。”**成語有“放蕩不羈”**。❹ **開放**。杜甫《留別公安太易沙門》詩：“江縣紅梅已～春。”❺ **放置，擱**。《晉書・謝安傳》：“便攝～牀上。”（攝：拿來。）❻ fǎng 粵 fong2 **通“仿”。依照，仿效**。《後漢書・呂強傳》：“競相～效。”

5 **政** zhèng 粵 zing3 ❶ **政治，政事**。《左傳・襄公十七年》：“大亂宋國之～。”(又) **政策，法令**。《禮記・樂記》：“禮樂刑～，其極一也。”❷ **通“正”。正直，公正**。《韓非子・難三》：“故群臣公～而無私。”❸ **通“正”。恰好**。《南齊書・丘靈鞠傳》：“身昔為州職，詣領軍謝晦，賓主坐處，～如今日。”(又) **只，僅**。《宋書・沈慶之傳》：“騎馬履行園田，～一人視馬而已。”❹ zhēng 粵 zing1 **通“征”。征伐**。《史記・范雎蔡澤列傳》：“～適伐國，莫敢不聽。”（適：通“敵”。）

5 **故** gù 粵 gu3 ❶ **事，事故**。《周禮・地官・鄉大夫》：“國有大～，則令民各守其閭。”（閭：古代居民編制單位，二十五家為閭。）李商隱《行次西郊作》詩：“中原遂多～。”❷ **舊。與“新”相對**。《韓非子・五蠹》：“古今異俗，新～異備。”（備：指政治措施。）(引) **舊有的，原來的**。《史記・文帝本紀》：“徙立～琅邪王澤為燕王。”（徙：調動官職。澤：人名。）(引) **老朋友**。曹丕《與吳質書》：“昔年疾疫，親～多離其災。”（離：遭受。）❸ **原因，緣故**。《詩經・鄭風・狡童》：“維子之～，使我不能餐兮。”《世說新語・排調》：“郝隆七月七日出日中仰卧，人問其～，答曰：‘我曬書。’”**成語有“無緣無故”**。❹ **副詞。故意**。《史記・陳涉世家》：“廣～數言欲亡，忿恚（huì 粵 wai6）尉。”（廣：吳廣。亡：逃亡。忿恚：使……憤怒。）**成語有“明知故犯”**。❺ **副詞。本來**。《韓非子・難一》：“微君言，臣～將謁之。”（微：如果沒有。謁：指報告。）(又) **仍然，依舊**。《抱朴子・對俗》：“江淮間居人為兒時，以龜枝床。至後老死，家人移床，而龜～生。”（生：活着。）(又) **必定**。《戰國策・秦策三》：“吳不亡越，越～亡吳。”❻ **連詞。所以，因此**。《論語・先進》：“求也退，～進之。”（求：冉求，孔子學生。冉求做事退縮不前，所以鼓勵他。）《漢書・趙充國傳》：“臣聞兵以計為本，～多算勝少算。”

6 **攲** qī 粵 kei1 [攲嶇] **同“崎嶇”**。① **不平**。庾信《小園賦》：“～～兮狹室，穿漏兮茅茨。”② **經歷坎坷**。《宋書・廬江王禕傳》：“徼幸～～，僅得自免。”

6 **效** xiào 粵 haau6 ❶ **交出，獻出**。《左傳・文公八年》：“～節于府人而出。”（節：符節。）《史記・秦始皇本紀》：“異日韓王納地～璽。”（異日：往日，過去。璽：帝王的印。）(又) **效力，效勞**。《韓非子・揚權》：“事在四方，要在中央，聖人執要，四方來～。”**這個意義又寫作“効”**。❷ **模仿，效法**。《周易・繫辭上》：“天地變化，聖人～之。”《左傳・文公元年》："～尤，禍也。"（尤：過失。）**這個意義又寫作"傚"。** ❸ **效果。**《商君書・徠民》："此富強兩成之～也。"（這樣才能獲得富強兩全的效果。）㊞ **效驗，證明。**賈誼《治安策》："故疏者必危，親者必亂，已然之～也。"（疏：疏遠。親：親近。）❹ **考核，考察。**《莊子・列禦寇》："彼將任我以事而～我以功。"

6 **敉** mǐ ㊥ mei⁵ **安定，安撫。**《尚書・立政》："亦越武王，率惟～功。"

7 **教** jiào ㊥ gaau³ ❶ **教育，教導。**《論語・衞靈公》："子曰：有～無類。"《荀子・勸學》："生而同聲，長而異俗，～使之然也。"（聲：聲音。俗：習俗。然：這樣。）㊕ **政教，教化。**《商君書・更法》："前世不同～，何古之法？"**成語有"教學相長"。** ❷ **諸侯王公的文告。如蕭統《文選》有傅亮為南朝宋劉裕所作的《修張良廟教》。** ❸ 宗教。《新唐書・后妃傳上》："佛老異方～耳。" ❹ jiāo **使。**《國語・魯語上》："今魚方別孕，不～魚長，又行網罟。"白居易《琵琶行》："曲罷曾～善才服。"（曲罷：樂曲奏完。善才：樂師。服：佩服。）❺ jiāo **教授，傳授。**《史記・扁鵲倉公列傳》："臣意～以上下經脈五診。"《古詩為焦仲卿妻作》："十三～汝織，十四能裁衣。"

7 **敖** áo ㊥ ngou⁴ ❶ **遊玩，遊逛。**《詩經・邶風・柏舟》："微我無酒，以～以遊。"（微：無。）《商君書・墾令》："民不～，則業不敗。"（業：事業。）**這個意義後來寫作"遨"。** ❷ **通"嗷"。聲音嘈雜。**《荀子・強國》："而日為亂人之道，百姓讙（huān ㊥ fun¹）～。"（讙：喧嘩。）❸ **通"熬"。煎熬。**《荀子・富國》："天下～然，若燒若焦。" ❹ ào ㊥ ngou⁶ **通"傲"。傲慢，狂妄。**《漢書・蕭望之傳》："～慢不遜。"《論衡・問孔》："毋若丹朱～，惟慢遊是好。"（丹朱：帝堯之子。）［**笑敖**］**戲謔遊樂，放縱不敬。**《詩經・邶風・終風》："謔浪～～，中心是悼。" ❺ ［**敖敖**］① **身長的樣子。**《詩經・衞風・碩人》："碩人～～，說（shuì ㊥ seoi³）于農郊。"（說：通"稅"。指停車止息。）② **通"嗷嗷"。嘈雜聲。**《三國志・魏書・常林傳》："林夜撾（zhuā ㊥ zaa¹）吏，不勝痛，叫呼～～徹曙。"（撾：擊，打。徹曙：直到天明。）

7 **救** jiù ㊥ gau³ ❶ **止，阻止。**《左傳・襄公三十一年》："濯以～熱。"（濯：洗。）《論語・八佾》："季氏旅于泰山。子謂冉有曰：'女弗能～與？'"（旅：祭祀山川。）**雙音詞有"救火"。** ❷ **挽救，拯救。**《孟子・滕文公下》："～民於水火之中。"《後漢書・華佗傳》："遇良醫可～。"㊋ **援助，幫助。**《詩經・邶風・谷風》："凡民有喪，匍匐～之。"【**辨**】拯，救。見 235 頁"拯"字。

7 **敕** （**勅、勑**）chì ㊥ cik¹ ❶ **告誡，囑咐。**《三國志・魏書・武帝紀》："公～諸將：關西兵精悍，堅壁勿與戰。"《世說新語・賢媛》："（王經）被收，涕泣辭母曰：'不從母～，以至今日。'"（王經：人名。收：逮捕。）㊕ **皇帝的命令或詔書。**《漢書・平帝紀》："其明～百寮。"（其：語氣詞。明：明白地。）《宋書・謝弘微傳》："書皆是太祖手～。"（太祖：指宋文帝劉義隆。手敕：親手寫的詔書。）❷ **通"飭"。整頓，整治。**《韓非子・主道》："賢者～其材，君因而任之。"㊋ **謹慎。**《漢書・元后傳》："舜素謹～，太后雅愛信之。"（舜：人名。）**上述 ❶ ㊕ ❷ 又寫作"勑"。**

7 **敔** yǔ ㊥ jyu⁵ **古樂器，在雅樂終結時擊奏。**《尚書・益稷》："合止柷（zhù ㊥ zuk¹）～。"（柷：雅樂開始時擊奏的樂器。）

7 **敗** bài 粵 baai6 ❶ **毀壞，敗壞**。《詩經·大雅·桑柔》："大風有隧，貪人～類。"（有隧：風勢急速的樣子。）《韓非子·難一》："法～則國亂。"㊂ **食物變質變味**。《論語·鄉黨》："魚餒而肉～，不食。"（餒：指魚腐爛。）㊀ **災害，禍害**。《呂氏春秋·孟夏》："（孟夏）行春令，則蟲蝗為～。"《禮記·孔子閒居》："四方有～，必先知之。"❷ **失敗，打敗仗。與"勝"相對**。《孫子兵法·軍形》："善戰者立於不～之地。"㊂ **把對方打敗**。《史記·廉頗藺相如列傳》："秦數～趙軍。"❸ **衰落，凋殘**。李商隱《五月六日夜憶往歲與徹師同宿》詩："墮蟬翻～葉，棲鳥定寒枝。"㊕ **歉年**。《穀梁傳·莊公二十八年》："豐年補～。"

7 **敏** mǐn 粵 man5 ❶ **迅速，敏捷**。《論語·學而》："～於事而慎於言。"陸游《老學庵筆記》卷五："欲矜其～，取紙追書之。"［敏給］**敏捷**。《莊子·徐無鬼》："～～搏捷矢。"（搏捷矢：抓住飛箭。）❷ **聰明，機智**。《孟子·梁惠王上》："我雖不～，請嘗試之。"《漢書·景帝紀》："朕既不～，弗能勝識。"❸ **努力，奮勉**。《論語·公冶長》："～而好學，不恥下問。"《漢書·東方朔傳》："～行而不敢怠也。"

7 **敍**（敘、叙）xù 粵 zeoi6 ❶ **秩序，次序**。《尚書·洪範》："五者來備，各以其～。"《淮南子·本經》："四時不失其～。"（四時：四季。）㊀ **依次排列**。仲長統《昌言·損益》："覈（hé 粵 hat6）才藝以～官宜。"（覈：考核。）❷ **敍說，陳述**。《國語·晉語三》："紀言以～之，述意以導之。"王羲之《蘭亭集序》："亦足以暢～幽情。"《舊唐書·柳宗元傳》："寫情～事。"❸ **序文，序言**。如《說文解字敍》。上述 ❶ ㊀ ❸ 意義又寫作"序"。【辨】說，陳，敍，述。見 592 頁"說"字。

7 **敝** bì 粵 bai6 ❶ **破，破舊**。《墨子·公輸》："鄰有～轝（yú 粵 jyu4）而欲竊之。"（轝：同"輿"。車。）**成語有"敝帚自珍"**。❷ **疲憊，衰敗**。《漢書·張敞傳》："吏民凋～。"（凋：指衰落。）《左傳·哀公元年》："吳日～於兵。"（吳國因兵事而日益衰敗。）❸ **對自己或自己一方的謙稱**。《左傳·僖公二年》："侵～邑之南鄙。"（敝邑：對本國的謙稱。鄙：邊疆。）**又如"敝姓"、"敝處"**。❹ 粵 bai3 **通"蔽"。遮蔽**。《漢書·東方朔傳》："上臨山林，主自執宰～膝，道入登階就坐。"（敝膝：衣前蓋膝的圍裙。）㊀ **蒙蔽**。《隋書·李密傳》："因偽與和，以～其眾。"

7 **啟**（啓）qǐ 粵 kai2 ❶ **開門，打開**。《左傳·襄公二十五年》："門～而入。"㊀ **開發，開拓**。《韓非子·有度》："齊桓公并國三十，～地三千里。"㊂ **古代稱立春、立夏為"啟"**。《左傳·僖公五年》："凡分、至、～、閉，必書雲物。"（分：春分、秋分。至：夏至、冬至。閉：立秋、立冬。）❷ **開通**。《梁書·文帝紀》："鑿河津於孟門，百川復～。"㊀ **啟發**。《左傳·昭公二十七年》："～叔孫氏之心。"**雙音詞有"啟迪"**。㊂ **引發，招致**。《左傳·文公七年》："今臣作亂，而君不禁，以～寇仇。"❸［啟處］**指安居。"啟"指古人伸直腰股坐，也叫跪、長跪；"處"指兩膝着地，臀部靠着腳跟坐**。《詩經·小雅·采薇》："不遑～～。"（不遑：沒有空閒。）❹ **萌芽，開始**。《荀子·天論》："繁～蕃長於春夏。"《三國志·魏書·武帝紀》："首～戎行。"（戎行：軍隊。）**雙音詞有"啟程"**。❺ **稟告，陳述**。《商君書·開塞》："非明主莫有能聽也，今日願～之以效。"《三國志·蜀書·董和傳》："來相～告。"王安石《答司馬諫議書》："某～：昨日蒙教。"（某：作者自稱。

蒙教：承蒙指教。）**雙音詞有“啟事”。** ❻ **指奏疏、公文、書函等文體。**劉勰《文心雕龍·奏啟》：“至魏國箋記，始云～聞。”沈作喆《寓簡》卷八：“秦熺狀元及第，汪彥章以～賀會之。”（秦熺、汪彥章、會之：都是人名。）

8 **敢** gǎn ㊕ gam² ❶ **勇敢。**《荀子·非十二子》：“剛毅勇～。”㊣ **敢於。**《漢書·趙充國傳》：“用兵深入～戰者吉。”❷ **謙辭。有冒昧的意思。**《左傳·宣公十二年》：“～布腹心。”（布腹心：指講出心裏話。）❸ **副詞。用於反問，有“豈敢”的意思。**《左傳·僖公四年》：“～不共給？”（共：供。）

8 **敞** chǎng ㊕ cong² ❶ **寬闊。**楊衒之《洛陽伽藍記·修梵寺》：“皆高門華屋，齋館～麗。”❷ **敞開。**陶潛《桃花源詩》：“奇蹤隱五百，一朝～神界。”（奇異的勝地隱沒了五百年，如今突然敞開了這神妙的地方。）❸［敞怳］**通“惝怳”。不清楚，模模糊糊的樣子。**司馬相如《大人賦》：“視眩泯而亡（wú ㊕ mou⁴）見兮，聽～～而亡聞。”（亡：無。）

8 **敜** niè ㊕ nip⁶ **填塞。**《尚書·費誓》：“～乃阱。”

8 **敦** dūn ㊕ deon¹ ❶ **厚。**《國語·周語上》：“夫民之大事在農……～龐純固，于是乎成。”（敦龐：指厚大，豐足。）《荀子·儒效》：“知之而不行，雖～必困。”（敦：指知識淵博。）㊣ **厚道。**《韓非子·難言》：“～祗（zhī ㊕ zi¹）恭厚。”（祗：恭敬。）㊀ **注重，推崇。**《禮記·曲禮上》：“～善行而不怠。”謝朓《賦貧民田》詩：“～本抑工商，均業省兼并。”（本：指農業。）❷ **敦促，督促。**《孟子·公孫丑下》：“使虞～匠事。”《晉書·謝安傳》：“累下郡縣～逼，不得已赴召。”（累：屢次。赴召：應召前往。）❸ tún ㊕ tyun⁴ **通“屯”。駐紮。**揚雄《甘泉賦》：“～萬騎於中營兮，方玉車之千乘。”（中營：指皇帝的軍營。）❹ duì ㊕ deoi⁶ **古時盛黍稷的器具。**《禮記·明堂位》：“有虞氏之兩～。”

9 **敬** jìng ㊕ ging³ ❶ **嚴肅，慎重。**《管子·內業》：“～慎無忒（tè ㊕ tik¹）。”（忒：差錯。）《荀子·禮論》：“～始而慎終。”❷ **尊敬，尊重。**《論語·先進》：“門人不～子路。”（子路：人名，孔子弟子。）《三國志·蜀書·諸葛亮傳》：“又覩（dǔ ㊕ dou²）亮奇雅，甚～重之。”（覩：看見。）**【辨】恭，敬。“恭”與“敬”是同義詞。“恭”着重在外貌方面，“敬”着重在內心方面。**

10 **敲** qiāo ㊕ haau¹ ❶ **擊。**《左傳·定公二年》：“奪之杖以～之。”㊣ **叩（後起意義）。**賈島《題李凝幽居》詩：“鳥宿池邊樹，僧～月下門。”❷ **短杖。**賈誼《過秦論》：“執～扑以鞭笞天下。”（扑：鞭子。）

11 **敷** fū ㊕ fu¹ ❶ **普遍。**《尚書·伊訓》：“～求哲人。”《詩經·周頌·般》：“～天之下。”❷ **佈，施。**《尚書·大禹謨》：“文命～于四海。”《孟子·滕文公上》：“舉舜而～治焉。”㊣ **搽，塗。**王安石《贈陳君景初》詩：“神膏既～之，頃刻活殘朽。”❸ **鋪，鋪展。**賈思勰《齊民要術·養鵝鴨》：“于籠中高處，～細草，令寢處其上。”㊣ **陳述，鋪陳。**謝靈運《山居賦》：“～文奏懷。”（奏懷：表明自己的想法。）劉勰《文心雕龍·鎔裁》：“引而申之，則兩句～為一章。”

11 **敺** qū ㊕ keoi¹ ❶ **同“驅”。驅趕。**《孟子·離婁上》：“故為淵～魚者，獺也。”這個意義現在寫作“驅”。❷ ōu ㊕ au²/ngau² **通“毆”。擊打。**《漢書·文三王傳》：“後數復～傷郎。”

11 **敹** liáo ㊕ liu⁴ **縫綴。**《尚書·費誓》：“善～乃甲冑。”

11 **數** shù (粵) sou³ ❶ **數目，數量**。王安石《上皇帝萬言書》：“計之以～。”（用數目計算它。）㊕ **六藝之一。算術**。《周禮・地官・大司徒》：“三曰六藝：禮、樂、射、御、書、～。” ❷ **幾，幾個（表示不確定的數目）**。《孟子・梁惠王上》：“～口之家，可以無飢矣。” ❸ **規律，必然性**。劉禹錫《天論中》：“夫物之合并，必有～存乎其間焉。”（事物相互作用的時候，其中一定存在規律性的東西。） ❹ **天命，命運**。《漢書・李廣傳》：“以為李廣～奇，毋（wú (粵) mou⁴）令當單于（chán yú (粵) sin⁴ jyu¹）。”（以為李廣的命運不好，不讓他抵擋單于。單于：古代匈奴的君主。） ❺ **方略，方法**。《商君書・算地》：“故為國之～，務在墾草。” (又) **謀略，權術**。《世說新語・假譎》：“范玄平為人好用智～。” ❻ **技藝，方術。指占卜、下棋等**。屈原《卜居》：“～有所不逮，神有所不通。”（逮：及。）《孟子・告子上》：“今夫奕之為～，小～也。” ❼ **順序，次序**。《荀子・勸學》：“其～則始乎誦經，終乎讀《禮》。” (又) **禮數**。應貞《晉武帝華林園集》詩：“貽宴好會，不常厥～。” ❽ cù (粵) cuk¹ **稠密。與“疏”相對**。《論衡・氣壽》：“婦人疏字者子活，～乳者子死。”（字、乳：生子。） ❾ shǔ (粵) sou² **計算**。《莊子・秋水》：“雜而下者不可勝～也。” (引) **算在數目以內**。酈道元《水經注・廬江水》：“廬山，彭澤之山也。雖非五岳之～……” ❿ shǔ (粵) sou² **稱讚，稱道**。《後漢書・禰衡傳》：“餘子碌碌，莫足～也。” (又) **（最傑出的）就屬於**。杜甫《韋諷錄事宅觀曹將軍畫馬圖》詩：“國初已來畫鞍馬，神妙獨～江都王。” ⓫ shǔ (粵) sou² **一一列舉**。賈誼《治安策》：“何不壹令臣得孰～之於前。”（為甚麼不讓我在您面前把它詳細列舉出來呢。） (又) **列舉罪狀加以責備**。《左傳・昭公二年》：“使吏～之。” ⓬ shuò (粵) sok³ **多次，屢次**。《三國志・吳書・吳主傳》：“～犯邊境。”

11 **敵** dí (粵) dik⁶ ❶ **仇敵，敵人**。《左傳・僖公三十三年》：“一日縱～，數世之患也。”賈誼《新書・大政》：“與民為～者，民必勝之。” ❷ **抵擋，抵抗**。《史記・項羽本紀》：“劍，一人～，不足學。學萬人～。”**成語有“寡不敵眾”**。 ❸ **相當，匹敵**。《孫子兵法・謀攻》：“五則攻之，倍則分之，～則能戰之。”**成語有“勢均力敵”**。

12 **整** zhěng (粵) zing² ❶ **整齊，有秩序**。《左傳・隱公九年》：“戎輕而不～。” ❷ **端莊，嚴肅**。《北齊書・劉世清傳》：“情性甚～，周慎謹密。” ❸ **整頓，調整**。《詩經・大雅・皇矣》：“爰～其旅。”（爰：乃。旅：軍隊。）

12 **敫** jiǎo (粵) giu² **繫連**。《尚書・費誓》：“善敹（liáo (粵) liu⁴）乃甲冑，～乃干。”（敹：縫綴。干：盾牌。）

13 **斁** yì (粵) jik⁶ ❶ **厭**。《詩經・周南・葛覃》：“為絺為綌，服之無～。”王融《詠梧桐》：“豈～龍門幽，直慕瑤池曲。” ❷ **盛大的樣子**。《詩經・商頌・那》：“庸鼓有～，萬舞有奕。”（有：形容詞詞頭。） ❸ dù (粵) dou³ **敗壞**。《尚書・洪範》：“彝倫攸～。”董京《答孫楚》詩：“周道～兮頌聲沒，夏政衰兮五常汩。”

13 **斂** liǎn (粵) lim⁵ ❶ **收，聚集**。《墨子・三辯》：“農夫春耕夏耘，秋～冬藏。”（耘：鋤草。秋斂：指收穫。） (引) **徵收**。《左傳・宣公二年》：“晉靈公不君，厚～以雕牆。”《韓非子・顯學》：“今上徵～於富人，以布施於貧家。”**成語有“橫徵暴斂”**。 ❷ **收整，約束**。《戰國策・楚策一》：“一國之眾，見君莫不～衽而拜。”（斂衽：整理衣襟，表示敬意。）《漢書・陳萬年傳》：“皆令閉門自～，不得踰法。”（踰：越過。） ❸ liàn (粵) lim⁶ **裝殮**。

《漢書・趙廣漢傳》："給～葬具。"這個意義後來寫作"殮"。

13 **斃** (獘)bì 粵 bai6 **因病或傷身體倒下去**。《左傳・哀公二年》："鄭人擊簡子中肩，～於車中。"引 **垮台**。《左傳・隱公元年》："多行不義，必自～。"引 **死**。《左傳・僖公四年》："與犬，犬～。與小臣，小臣亦～。"【辨】偃，僵，仆，跌，斃，踣。見 33 頁"偃"字。

15 **斄** lái (又音 lí) 粵 lei4 ❶ **西南邊遠地區一種黑色野牛**。《莊子・逍遙遊》："今夫～牛，其大若垂天之雲。"❷ tái 粵 toi4 **古邑名。即"邰"。在今陝西武功西南**。《漢書・郊祀志下》："后稷封於～。"

16 **斅** (斆)xiào 粵 haau6 ❶ **教**。《尚書・盤庚上》："盤庚～于民。"❷ **效仿**。《史記・張釋之馮唐列傳》："豈～此嗇夫諜諜利口捷給哉！"

文部

0 **文** wén 粵 man4/man6 ❶ **線條交錯的圖形，花紋**。《周易・繫辭下》："物相雜，故曰～。"《論衡・言毒》："蝮（fù 粵 fuk1）蛇多～。"（蝮蛇：一種毒蛇。）**這個意義後來寫作"紋"**。⊗ **刺花紋**。《莊子・逍遙遊》："越人斷髮～身。"（斷：指剪短。文身：在身上刺花紋。）［**文章**］① **錯綜華美的色彩或花紋**。張衡《思玄賦》："～～奐以粲爛兮。"（奐：鮮明。）② **禮樂制度**。《禮記・大傳》："考～～，改正朔。"③ **文辭**。《史記・儒林列傳》："～～爾雅。"（辭句文雅正確。）❷ **華美，有文采。與"質"相對**。《論語・雍也》："～質彬彬，然後君子。"（彬彬：配合適當。）❸ **文字**。許慎《說文解字敘》："罷其不與秦～合者。"❹ **文章，文辭**。劉勰《文心雕龍・情采》："昔詩人什篇，為情而造～。"特 **韻文**。劉勰《文心雕龍・總術》："今之常言，有～有筆，以為無韻者筆也，有韻者～也。"❺ **文獻，典籍**。《論語・學而》："行有餘力，則以學～。"❻ **法令條文**。《史記・酷吏列傳》："與趙禹共定諸律令，務在深～。"❼ **文化。包括禮樂典章制度**。《論語・子罕》："文王既沒，～不在茲乎？"［**文學**］① **文化知識，書本知識**。《荀子・大略》："人之於～～也，猶玉之於琢磨也。"② **漢代選拔人才的一種科目，被選中的人也稱"文學"**。《史記・袁盎鼂錯列傳》："以～～為太常掌故。"（太常掌故：官名。）❽ **非軍事的。與"武"相對**。《史記・酈生陸賈列傳》："～武並用，長久之術也。"❾ **錢一枚為一文（後起意義）**。《宋書・徐羨之傳》："可以錢二十八～埋宅四角。"❿（**舊讀 wèn**）**文飾，掩飾**。《論語・子張》："小人之過也必～。"

8 **斑** bān 粵 baan1 ❶ **雜色的花紋或斑點**。《晉書・王獻之傳》："管中窺豹，時見一～。"（從竹管裏看豹，有時也能看見豹身上的一塊斑紋。）［**斑斕**］**色彩錯雜鮮明的樣子**。王嘉《拾遺記・岱輿山》："玉梁之側，有～～自然雲霞龍鳳之狀。"**又寫作"斑蘭"、"斒斕"**。❷ **頭髮花白**。李白《南都行》："誰識卧龍客，長吟愁鬢～。"［**斑白**］**鬢髮花白。喻指老人**。《禮記・祭義》："～～者不以其任行乎道路。"陶潛《桃花源詩》："童孺縱行歌，～～歡遊詣（yì 粵 ngai6）。"

8 **斐** fěi 粵 fei2 **有文采**。《論衡・案書》："文辭～炳。"（炳：鮮明。）［**斐斐**］① **有文采的樣子**。《三國志・蜀書・楊戲傳》："藻麗辭理，～～有光。"（理：條理。）② **很輕的樣子**。謝惠連《泛湖歸出樓中翫月》詩："～～氣幂（mì 粵 mik6）岫（xiù 粵 zau6）。"（幂：覆蓋，罩。岫：山。）

9 **斒** bān [粵] baan^1 [**斒斕** (lán [粵] laan^4)] **燦爛多彩**。元稹《臺中鞫獄憶開元觀舊事》詩：“文章甚～～。”

17 **斕** lán [粵] laan^4 [**斑斕**] **燦爛多彩**。《後漢書·南蠻西南夷傳》：“衣裳～～，語言侏離。”（侏離：不易懂。）

斗部

0 **斗** dǒu [粵] dau^2 ❶ **古代盛酒器**。《詩經·大雅·行葦》：“酌以大～，以祈黃耇（gǒu [粵] gau^2）。”（黃耇：指老人長壽。）《史記·項羽本紀》：“玉～一雙，欲與亞父。”（亞父：指范增。）❷ **量器**。《莊子·胠篋》：“為之～斛以量之。”❸ **容量單位。十升為一斗**。《漢書·律曆志上》：“十升為～，十～為斛。”[**斗筲** (shāo [粵] saau^1)] **形容才識短淺**。《論語·子路》：“～～之人，何足算也。”❹ **星宿名，二十八宿之一，也稱“南斗”**。蘇軾《赤壁賦》：“月出於東山之上，徘徊於～牛之間。”（牛：星宿名。）[又] **北斗星**。《淮南子·齊俗》：“夫乘舟而惑者，不知東西，見～極則寤矣。”（極：北極星。寤：醒悟。）❺ **通“陡”。陡峭**。《漢書·郊祀志上》：“盛山～入海。”（盛山：山名，即成山。）[引] **突然**。韓愈《答張十一功曹》：“吟君詩罷看雙鬢，～覺霜毛一半加。”❻ [**斗擻**] **同“抖擻”。振動，抖動**。賈思勰《齊民要術·作豉法》：“急～～筐，令極淨，水清乃止。”

6 **料** liào [粵] liu^6 ❶ **計算，統計**。《國語·周語上》：“宣王既喪南國之師，乃～民於太原。”（料民：統計人口。）❷ **估計，料想**。《漢書·趙充國傳》：“～敵制勝。”辛棄疾《賀新郎·把酒長亭說》：“～當初，費盡人間鐵。”**成語有“料事如神”**。❸ **料理，照料**。《三國志·吳書·陸遜傳》：“將家屬來者，使就～視。”❹ liáo **觸，碰**。《莊子·盜跖》：“疾走～虎頭。”❺ **材料（後起意義）**。《宋史·河渠志一》：“儲積物～。”[引] **官俸以外的食料錢**。《新唐書·食貨志五》：“乾元元年，亦給外官半～。”（乾元：唐肅宗年號。）❻ **飼料（後起意義）**。皮日休《華亭鶴》詩：“菰米正殘三日～。”

7 **斛** hú [粵] huk^6 **古量器名。也是容量單位。十斗為一斛，南宋末年改五斗為一斛**。《莊子·胠篋》：“為之斗～以量之，則並與斗～而竊之。”《史記·李斯列傳》：“平斗～度量文章，布之天下。”《三國志·魏書·武帝紀》：“是歲穀一～五十餘萬錢。”（是歲：這一年。）

8 **斝** (斚) jiǎ [粵] gaa^2 **一種銅製酒器**。《詩經·大雅·行葦》：“或獻或酢，洗爵奠～。”（奠：放置。）

9 **斟** zhēn [粵] zam^1 ❶ **舀**。屈原《天問》：“彭鏗～雉帝何饗（xiǎng [粵] hoeng^2）。”（彭鏗：人名。雉：鳥名，俗稱野雞。此指雉羹。帝：指堯。饗：享用。）[引] **往杯子或碗裏倒（一般多指酒和茶）**。李白《悲歌》：“主人有酒且莫～。”❷ [**斟酌**] ① **斟酒，往杯裏或碗裏倒酒**。蘇武《詩四首》之一：“我有一罇（zūn [粵] zeon^1）酒……願子留～～。”（罇：古代盛酒的器具。）② **反覆衡量考慮**。諸葛亮《出師表》：“～～損益。”（損益：加一點或減一點。）❸ **帶汁的肉**。《史記·張儀列傳》：“廚人進～。”

10 **斠** jiào [粵] gaau^3 ❶ **古代量穀物時刮平斗斛的器具**。《說文·斗部》：“斠，平斗斛也。”[引] **平，劃一。如“斠然一概”（像刮板刮過的那樣絕對平均）**。❷ **通“校”。校正。通常用於書名，如《說文解字斠詮》**。

10 **斡** wò [粵] waat^3 ❶ **旋轉**。謝惠連《七月七日詠牛女》：“傾河易回～。”（傾河：銀河。）(引) **事物的運轉，往復**。賈誼《鵩鳥賦》："萬物變化兮，固無休息。～流而遷兮，或推而還。"（斡流：運轉。遷：變遷。推：指推移變化。還：回，指循環反覆。）**[斡旋] 調解**。《宋史·辛棄疾傳》："棄疾善～～，事皆立辦。" ❷ guǎn (粵) gun2 **主管，領管**。《漢書·食貨志下》："浮食奇民欲擅～山海之貨。"

斤部

0 **斤** jīn (粵) gan1 ❶ **斧子一類的工具**。《荀子·勸學》："林木茂而斧～至焉。" ❷ **重量單位。十六兩為一斤**。《史記·絳侯周勃世家》："賜金五千～。" ❸ [斤斤] ① **明察的樣子**。《詩經·周頌·執競》："奄有四方，～～其明。"（奄：覆蓋，佔有。）② **謹慎的樣子**。《後漢書·吳漢傳》："及在朝，～～謹質，形於體貌。"

1 **斥** chì (粵) cik1 ❶ **排斥，斥退**。《漢書·武帝紀》："與聞國政而無益於民者～。"《鹽鐵論·利議》："是孔丘～逐於魯君，曾不用於世也。" ❷ **責備，斥責**。《穀梁傳·僖公五年》："目晉侯～殺，惡晉侯也。" 王夫之《論秦始皇廢分封行郡縣》："～秦之私，而欲私其子孫以長存，又豈天下之大公哉？" ❸ **指**。《詩經·周頌·雝》"假哉皇考" 鄭玄箋："皇考：～文王也。" 柳宗元《六逆論》："蓋～言擇嗣（sì (粵) zi6）之道。"（大概指的是選擇繼承人的道理。）❹ **開拓，擴大**。《鹽鐵論·非鞅》："～地千里。" (引) **大**。劉向《說苑·奉使》："賜之～帶，則不更其造。"《後漢書·馬融傳》："暴～虎，搏狂兕。" ❺ **出，拿出**。韓愈《答元侍御書》："～其餘以救人之急。" **雙音詞有"斥資"**。❻ **偵察，探測**。《左傳·襄公十八年》："晉人使司馬～山澤之險。" **[斥候] 偵察敵情的士兵**。《漢書·賈誼傳》："～～望烽燧，不得卧。"《三國志·吳書·諸葛恪傳》："遠遣～～。" **又寫作"斥堠"**。❼ **鹼鹵，鹽鹼地**。《管子·地員》："五沃之土，乾而不～。"（五沃之土：一種較好的土壤。）**[斥鹵] 鹽鹼地**。《呂氏春秋·樂成》："終古～～，生之稻粱。"

4 **斧** fǔ (粵) fu2 ❶ **斧子，伐木的工具**。《荀子·勸學》："林木茂而～斤至焉。"（斤：斧子的一種。）(又) **用斧子砍**。曹操《苦寒行》："～冰持作糜。"（砍碎冰塊拿來煮粥。糜：粥。）❷ **古代的兵器**。《國語·晉語八》："偃也以～鉞從於張孟。"（偃：人名。鉞：一種兵器。張孟：人名。）

4 **斨** qiāng (粵) coeng1 **方形柄孔的斧頭**。《詩經·豳風·七月》："蠶月條桑，取彼斧～，以伐遠揚。"

5 **斫** zhuó (粵) zoek3 **砍，削**。《荀子·性惡》："工人～木而成器。"《史記·孫子吳起列傳》："乃～大樹白而書之。" (又) **擊**。《三國志·吳書·甘寧傳》："受敕（chì (粵) cik1）出～敵前營。"（敕：命令。）

【辨】斲，斫。**見 264 頁"斲"字。**

7 **斬** zhǎn (粵) zaam2 ❶ **砍，砍斷**。賈誼《過秦論》："～木為兵，揭竿為旗。"《漢書·高帝紀》："乃前，拔劍～蛇。" (引) **殺**。《韓非子·五蠹》："～敵者受賞。" ❷ **絕**。《詩經·小雅·節南山》："國既卒～，何用不監？"（國家已經絕滅了，你為甚麼不察看呢？）《戰國策·秦策三》："北～太行之道，則上黨之兵不下。" ❸ **喪服不縫下邊**。《左傳·襄公十七年》："齊晏桓子卒，晏嬰粗縗～。"（晏嬰：人名。縗：喪服。）

8 **斯** sī (粵) si1 ❶ **劈開**。《詩經·陳風·墓門》："墓門有棘，斧以～之。"（棘：酸棗樹。）(引) **分開**。《莊子·則陽》："～而析之，精至於無倫。" ❷ **指示代詞。此**。

《論語・子罕》："有美玉於～。"屈原《漁父》："何故至於～。"❸ **連詞。那麼，就。**《孟子・滕文公下》："如知其非義，～速已矣。"柳宗元《封建論》："夫天下之道，理安，～得人者也。"（理安：指太平。）❹ **句中、句末語氣詞。**《詩經・魯頌・駉》："思馬～臧。"（馬都很健壯。思：語氣詞。）《詩經・豳風・破斧》："哀我人～。"❺ **[斯須] 須臾，片刻。**《禮記・祭義》："禮樂不可～～去身。"

8 **斮** zhuó ㊊ zoek[3] ❶ **斬。**《尚書・泰誓下》："～朝涉之脛，剖賢人之心。"《公羊傳・成公二年》："郤克曰：'欺三軍者，其法奈何？'曰：'法～。'於是～逄丑父。"❷ **擊。**張衡《東京賦》："捎魑魅，～獝狂。"

10 **斲** (斵)zhuó ㊊ zoek[3] **砍，削。**《荀子・王制》："農夫不～削、不陶冶而足械用。"（陶：做陶器。冶：冶煉。械：器械。）**【辨】** 斲，斫。**"斲"通常指把木頭砍削成器物。"斫"除了這個意義外，通常還表示砍擊、砍斷，可以用於"斫人"、"斫地"等。**

14 **斷** duàn ㊊ dyun[6]/tyun[5] ❶ **截斷，斷開。**《周易・繫辭上》："二人同心，其利～金。"《史記・文帝本紀》："刑至～支體，刻肌膚。"㊀ **斷絕，中止。**李白《大堤曲》："天長音信～。"❷ ㊊ dyun[3] **判斷，決斷。**《國語・晉語九》："及～獄之日，叔魚抑邢侯。"（獄：訴訟。）《史記・春申君列傳》："語曰：'當～不～，反受其亂。'"**成語有"當機立斷"。**❸ ㊊ dyun[3] **絕對，一定。**《周易・繫辭下》："介如石焉，寧用終日，～可識矣。"李商隱《無題》詩："～無消息石榴紅。"

21 **斸** (斸)zhú ㊊ zuk[1] ❶ **大鋤。**《國語・齊語》："美金以鑄劍戟，試諸狗馬；惡金以鑄鉏（chú ㊊ co[4]）夷斤～，試諸壤土。"（鉏：鋤。）❷ **掘，挖。**賈思勰《齊民要術・槐柳》："～地令熟，還於槐下種麻。"元稹《築城曲》："平城被虜圍，漢～城牆走。"㊁ **砍。**楊萬里《遠峰》詩："誰將修月斧，～取一尖來。"

方部

0 **方** fāng ㊊ fong[1] ❶ **方。**《荀子・王霸》："猶規矩之於～圓也。"（規：圓規。矩：曲尺。）㊀ **正直。**《三國志・魏書・邴原傳》："志行忠～。"（志行：志向和行為。）❷ **古代稱面積的用語，"方十里"即縱橫十里。**《列子・湯問》："太行、王屋二山，～七百里。"❸ **方向，方位。**《荀子・君道》："尚賢使能，則民知～。"《韓非子・揚權》："事在四～，要在中央。"（要：指大權。）㊀ **區域，地方。**《孟子・滕文公上》："遠～之人聞君行仁政。"❹ **地的代稱。古時有人認為天是圓的，地是方的。**《淮南子・本經》："戴圓履～。"（圓：指天。履：踩，踏。）❺ **方法，辦法。**《荀子・大略》："博學而無～。"（博：廣，多。而：但是。）㊀ **處方，藥方。**《後漢書・華佗傳》："精於～藥。"❻ **兩船並行。**《史記・酈生陸賈列傳》："蜀漢之粟，～船而下。"㊀ **兩車並行。**《後漢書・馬防傳》："臨洮（táo ㊊ tou[4]）道險，車騎不得～駕。"（臨洮：地名。車騎：車馬。駕：車乘。）❼ **比擬，相比。**魏徵《十漸不克終疏》："論功則湯武不足～。"（湯：商湯王。武：周武王。）❽ **副詞。正在。**《史記・刺客列傳》："秦王～環柱走，卒惶急，不知所為。"㊁ **將要。**枚乘《上書諫吳王》："係～絕，又重鎮之。"

4 **於** yú ㊊ jyu[1] ❶ **介詞。引出動作的處所、時間和對象，可以翻譯為"在"、"到"、"向"、"從"、"對於"等。**《論語・

憲問》：“子擊磬～衛。”（子：孔子。衛：國名。）《國語・晉語三》：“臭達～外。”《史記・孫子吳起列傳》：“請救～齊。”《孟子・離婁下》：“逢蒙學射～羿。”（逢蒙、羿：人名。）《論語・公冶長》：“今吾～人也，聽其言而觀其行。”［**於是**］① **在這時，在這件事情上**。《荀子・議兵》：“然後刑～～起矣。”② **相當於現代漢語的“於是”**。《戰國策・趙策四》：“～～為長安君約車百乘，質於齊，齊兵乃出。”（長安君：人名。齊：國名。）❷ **介詞。表示比較**。司馬遷《報任安書》：“人固有一死，死有重～泰山，或輕～鴻毛。”❸ **介詞。在被動句中引出動作的主動者**。《史記・廉頗藺相如列傳》：“臣誠恐見欺～王而負趙。”❹ wū (粵) wu1 **歎詞。表示呼聲或讚歎**。《尚書・大禹謨》：“禹曰：‘～，帝念哉！’”（念：常常想。）［**於戲**（hū (粵) fu1）］**歎詞**。《禮記・大學》：“～～！前王不忘。”❺ wū (粵) wu1［**於菟**］**古代楚人稱虎為“於菟”**。《左傳・宣公四年》：“楚人謂乳穀，謂虎～～。”【**注意**】音 wū (粵) wu1 的“於”不寫作“于”。【**辨**】于，於。二字是同義詞。《詩經》、《尚書》、《周易》多作“于”，其他書多作“於”。有些書（如《左傳》）“于”、“於”並用，“于”常用於地名之前，其餘寫作“於”。但是動詞詞頭作“于”，歎詞作“於”，則不相混。

5 **斿** liú (粵) lau4 ❶ **旌旗的下垂飾物**。《周禮・考工記・輈人》：“熊旗六～。”❷ **帝王諸侯冕前後懸垂的玉串**。《周禮・弁師》：“諸侯之繅（zǎo (粵) zou2）～九就。”（繅：通“藻”。帝王冕上繫玉的彩繩。）❸ yóu (粵) jau4 **通“游”**。［**斿車**］**帝王田獵或巡行所乘的車**。《周禮・春官・司常》：“道車載旞，～～載旌。”**也可單稱“斿”**。王融《三月三日曲水詩序》：“七萃連鑣，九～齊軌。”（九斿：天子出行，斿車九乘。）

5 **施** shī (粵) si1 ❶ **散佈**。《周易・乾》：“雲行雨～。”❷ **施行，實行**。賈誼《過秦論》：“仁義不～而攻守之勢異也。”王安石《上皇帝萬言書》：“欲有所～為變革。”⊗ **加，施加**。《論語・衛靈公》：“己所不欲，勿～於人。”沈括《夢溪筆談》卷一七：“略～丹粉而已。”⊗ **用，使用**。韓愈《送張道士序》：“大匠無棄材，尋尺各有～。”❸ **給予**。《國語・吳語》：“～民所欲，去民所惡。”《舊唐書・黃巢傳》：“遇窮民於路，爭行～遺（wèi (粵) wai6）。”（遺：贈送。）(引) **施捨**。范縝《神滅論》：“務～闕於周給。”（周：周濟。）⊗ **恩惠，好處**。《左傳・僖公二十七年》：“報～救患。”❹ **擺放，設置**。《荀子・勸學》：“～薪若一，火就燥也。”《三國志・蜀書・諸葛亮傳》：“立法～度，整理戎旅。”（戎旅：指軍隊。）⊗ **陳列屍體（示眾）**。《左傳・昭公十四年》：“乃～邢侯而尸雍子與叔魚於市。”❺ **小便**。《韓詩外傳》卷九：“顧望無人，意欲～之。”❻ yì (粵) ji6 **蔓延，延續**。《詩經・周南・葛覃》：“葛之覃兮，～于中谷。”（葛：一種植物。覃：指生長。中谷：山谷中。）李斯《諫逐客書》：“功～到今。”❼ yí (粵) ji4 **逶迤，斜行**。《孟子・離婁下》：“～從良人之所之。”❽ chí (粵) ci2/ci4 **通“弛”。棄置，改變**。《論語・微子》：“君子不～其親。”

6 **旆**（斾）pèi (粵) pui3 ❶ **古代旗的下邊緣下垂的裝飾品**。《詩經・小雅・六月》：“白～央央。”（白：帛。央央：鮮明的樣子。）(泛) **旌旗**。《詩經・商頌・長發》：“武王載～，有虔秉鉞。”李白《九日登巴陵置酒》詩：“旌～何繽紛。”❷［**旆旆**］① **旗幟飄揚的樣子**。《詩經・小雅・出車》：“彼旟旐斯，胡不～～？”② **生長茂盛的樣子**。《詩經・大雅・生民》：“荏菽～～。”

6 **旄** máo [粵] mou4 ❶ **用氂牛尾做裝飾的旗幟**。《詩經・鄘風・干旄》：“孑孑干～，在浚之郊。”岑參《輪臺歌》：“上將擁～西出征。”（上將：大將軍。）[又] **用氂牛尾繫在杆頭上做成的器物，用以指揮**。《尚書・牧誓》：“右秉（bǐng [粵] bing2）白～。”（右：右手。秉：執。）❷ **氂牛尾**。《荀子・王制》：“西海則有皮革文～焉。”《鹽鐵論・本議》：“隴蜀之丹漆～羽。”（隴蜀：地名。丹：朱砂。）[特] **氂牛**。《韓非子・喻老》：“象箸（zhù [粵] zyu6）玉杯……則必～象豹胎。”（用象牙筷和玉杯……就必然要吃氂牛、象、豹的胎。）❸ mào [粵] mou6 **通“耄”。年老（指八九十歲）**。《史記・春申君列傳》：“後制于李園，～矣。”（李園：人名。）

6 **旂** qí [粵] kei4 **上畫交龍、竿頭繫鈴的旗**。《周禮・春官・司常》：“日月為常，交龍為～……王建大常，諸侯建～。”[泛] **旗幟**。韓愈《譴瘧鬼》詩：“呼吸明月光，手掉芙蓉～。”

6 **旅** lǚ [粵] leoi5 ❶ **古代軍隊五百人為一旅**。《左傳・哀公元年》：“有眾一～。”（眾：指軍隊。）[引] **軍隊**。《尚書・大禹謨》：“班師振～。”《鹽鐵論・非鞅》：“鹽鐵之利，所以佐百姓之急，足軍～之費。”（佐：輔助，幫助。）[又] **眾人**。《左傳・昭公三年》：“敢煩里～？”❷ **共同**。《禮記・樂記》：“今夫古樂，進～退～。”❸ **次序**。《儀禮・燕禮》：“賓以～酬於西階上。”❹ **陳列**。《詩經・小雅・賓之初筵》：“籩豆有楚，殽核維～。”❺ **祭山**。《論語・八佾》：“季氏～於泰山。”❻ **寄居，旅行**。《左傳・莊公二十二年》：“羈～之臣。”杜甫《與嚴二歸奉禮別》詩：“題書報～人。”（題書：寫信。）[又] **旅客**。范仲淹《岳陽樓記》：“商～不行。”

6 **旃** zhān [粵] zin1 ❶ **赤色的曲柄旗**。《左傳・昭公二十年》：“～以招大夫。”《漢書・田蚡傳》：“立曲～。”**這個意義後來又寫作“旜”**。[泛] **旌旗**。陸機《飲馬長城窟行》：“收功單（chán [粵] sin4）于～。”（單于：匈奴的君主。）❷ **“之焉”的合音。“之”是代詞，“焉”是語氣詞**。楊惲《報孫會宗書》：“願勉～，毋多談。”（毋：不要。）❸ **通“氈”。一種毛織物**。《鹽鐵論・論功》：“織柳為室，～席為蓋。”（蓋：指帳篷。）

6 **旁** páng [粵] pong4 ❶ **廣泛，普遍**。《尚書・說命下》：“～招俊乂。”（俊乂：特出的人才。）**成語有“旁徵博引”**。❷ **側面，旁邊**。《荀子・大略》：“欲近四～，莫如中央。”《史記・孫子吳起列傳》：“馬陵道狹，而～多阻隘，可伏兵。”（馬陵：地名。隘：險要地方。）**成語有“旁若無人”**。[引] **別的，其他的**。《魏書・長孫稚傳》：“稚雅相愛敬，～無姻妾。”❸ **不正**。《荀子・議兵》：“～辟曲私之屬。”**成語有“旁門左道”**。❹ **邊際**。秦觀《與子瞻會松江》詩：“松江浩無～，垂虹跨其上。”❺ bàng [粵] bong6 **依傍**。《莊子・齊物論》：“～日月，挾宇宙。”《漢書・趙充國傳》：“匈奴大發十餘萬騎，南～塞，至符奚廬山。”

7 **旌** jīng [粵] zing1 ❶ **古時一種用五色羽毛裝飾的旗子**。《國語・吳語》：“建～提鼓。”[又] **旗子的通稱**。屈原《九歌・國殤》：“～蔽日兮敵若雲。”（蔽：遮掩。若：像。）**熟語有“旌旗招展”**。❷ **表彰**。《左傳・僖公二十四年》：“且～善人。”

7 **族** zú [粵] zuk6 ❶ **家族，同姓的親屬**。《史記・孫子吳起列傳》：“廢公～疏遠者。”（公族：國君的家族。）[特] **姓**。《呂氏春秋・異寶》：“問其名～，則不肯告。”[引] **類**。《淮南子・俶真》：“萬物百～。”❷ **種族**。《後漢書・東夷傳贊》：“厥區九～。”❸ **滅族。古代一種刑罰，一人有罪，滅三族或九族**。《史記・秦始皇本紀》：“以古非今者～。”（非：非難。）❹ **聚結**。《莊子・在宥》："雲氣不待～而雨。"

7 **旍** jīng ㊥ zing[1] **同"旌"。旗的一種。** 屈原《九歌・少司命》："孔蓋兮翠～。"《呂氏春秋・季秋》："命僕及七騶（zōu ㊥ zau[1]）咸駕，載～旐（zhào ㊥ siu[6]）。"（騶：養馬兼管駕車的人。旐：畫有龜蛇的旗子。）

7 **旎** nǐ ㊥ nei[5] ［**旖（yǐ ㊥ ji[2]）旎**］**見本頁"旖"字。**

7 **旋** xuán ㊥ syun[4] ❶ **轉動，旋轉。**《荀子・天論》："列星隨～，日月遞炤。"（遞：交替。炤：照耀。）❷ **歸，回。** 阮籍《詠懷》之十四："晨雞鳴高樹，命駕起～歸。"李商隱《行次西郊作》詩："未知何日～。"❸ **隨即。**《史記・扁鵲倉公列傳》："病～已。"《後漢書・董卓傳》："卓既殺瓊、珌，～亦悔之。"（瓊、珌：人名。）❹ **小便。**《左傳・定公三年》："夷射姑～焉。"（夷射姑：人名。）

8 **旐** zhào ㊥ siu[6] ❶ **繪有龜蛇的旗。**《詩經・小雅・出車》："彼旟～斯，胡不旆（pèi ㊥ pui[3]）旆？"（旆旆：旌旗飄揚的樣子。）❷ **出喪時為棺材引路的旗。**《禮記・檀弓上》："孔子之喪……綢練設～。"

9 **旒** liú ㊥ lau[4] ❶ **古代旗幟邊緣上懸垂的裝飾品。**《國語・齊語》："龍旗九～，渠門赤旂。"《論衡・變動》："旌旗垂～。"**這個意義又寫作"斿（liú ㊥ lau[4]）"。** ❷ **古代帝王禮帽上前後懸垂的玉串。**《禮記・禮器》："天子之冕，朱綠藻，十有二～。"東方朔《答客難》："冕而前～。"（冕：古代帝王的禮帽。）

10 **旗** qí ㊥ kei[4] ❶ **畫有熊虎圖案的旗幟。**《周禮・春官・司常》："熊虎為～。"㊀ **旗幟。**《韓非子・外儲說左下》："夫爵祿～章，所以異功伐別賢不肖也。"賈誼《過秦論》："斬木為兵，揭竿為～。"（兵：武器。揭：高舉。）❷ **事物的標誌。**《左傳・閔公二年》："佩，衷之～也。"（身上佩戴的東西，是內心的標誌。）

10 **旖** yǐ ㊥ ji[2] ［**旖旎（nǐ ㊥ nei[5]）**］① **旌旗、樹枝等隨風擺動的樣子。** 揚雄《甘泉賦》："騰清霄而軼浮景兮，夫何旟旐郅偈之～～也！"（郅偈：竿立的樣子。）㊁ **聲音婉轉悠揚。** 王褒《洞簫賦》："形～～以順吹兮。"② **繁盛美好的樣子。** 鮑照《春羈》詩："風起花四散，露濃條～～。"

14 **旛** fān ㊥ faan[1] **同"幡"。挑起來直着掛的長條形旗子。**《後漢書・禮儀志上》："立青～。"劉禹錫《西塞山懷古》詩："千尋鐵鎖沈江底，一片降～出石頭。"（石頭：指石頭城。）

15 **旝** kuài ㊥ kui[2] **一種旗。**《左傳・桓公五年》："～動而鼓。"

15 **旜** zhān ㊥ zin[1] **同"旃"。赤色的曲柄旗。**《周禮・春官・司常》："通帛為～。"

15 **旟** yú ㊥ jyu[4] ❶ **繪有鳥隼圖像的旗。**《詩經・小雅・無羊》："旐（zhào ㊥ siu[6]）維～矣，室家溱溱。"（旐：繪有龜蛇圖像的旗。）**州里建旟，後指州郡刺史的旗幟。** 顏延之《祭屈原文》："湘州刺史吳郡張邵恭承帝命，建～舊楚。"❷ **飛揚的樣子。**《詩經・小雅・都人士》："匪伊卷之，髮則有～。"

无部

5 **既** jì ㊥ gei[3] ❶ **盡，完了，終了。**《左傳・僖公二十二年》："楚人未～濟。"（濟：渡河。）孫樵《書褒城驛壁》："語未～，有老甿（méng ㊥ mang[4]）笑於旁。"（老甿：指老農民。）❷ **副詞。已經。**《詩經・周南・汝墳》："～見君子，不我遐棄。"《韓非子・外儲說左下》："三軍～

成陳，使士視死如歸。”（陳：陣。）❸ **副詞。既然（後起意義）**。《世説新語・識鑒》：“～與人同樂，亦不得不與人同憂。”沈括《夢溪筆談》卷一四：“～云孟子不見諸侯，因何見梁惠王。”（云：説。因何：為甚麼。）❹ **副詞。不久。常“既而”連用**。《左傳・文公元年》：“～又欲立王子職，而黜太子商臣。”《後漢書・華佗傳》：“～而縫合。”❺ **[既……且……] [既……又……] 表示兩種情況同時存在**。《孫子兵法・謀攻》：“三軍既惑且疑。”曹操《讓縣自明本志令》：“既為子孫計，又己敗則國家傾危。”

日部

1 **旦** dàn (粵) daan3 ❶ **天明，早晨。與“暮”相對**。《論衡・變動》：“晨將～而雞鳴。”《木蘭詩》：“～辭爺娘去，暮宿黃河邊。”（爺：父親。）**成語有“枕戈待旦”**。(引) **天，日**。《戰國策・趙策四》：“一～山陵崩，長安君何以自託於趙？”❷ [旦旦] ① **誠懇的樣子**。《詩經・衞風・氓》：“信誓～～。”（誓言很誠懇。）② **天天**。柳宗元《捕蛇者説》：“豈若吾鄉鄰之～～有是哉。”（哪裏像我的鄉鄰那樣天天有擔驚害怕的事呢？）❸ [城旦] **秦漢時刑罰之一，判刑的人罰做苦工，白天偵察賊寇，晚上修築長城，所以叫城旦**。《史記・秦始皇本紀》：“令下三十日不燒，黥為～～。”（黥：在犯人臉上刺字。）❹ (粵) daan2 **戲曲中扮演婦女的角色（後起意義）。如小旦、花旦、老旦等**。

2 **旨** zhǐ (粵) zi2 ❶ **味美**。《詩經・小雅・鹿鳴》：“我有～酒。”(引) **美，美好**。《尚書・説命中》：“王曰：‘～哉！’”❷ **意思，意圖**。《周易・繫辭下》：“其～遠，其辭文。”《舊五代史・寇彥卿傳》：“好書史，復善伺太祖之～。”❸ **帝王的詔書，命令（後起意義）**。《舊唐書・劉洎傳》：“陛下降恩～。”**【辨】甘，旨**。見402頁“甘”字。

2 **旭** xù (粵) juk1 ❶ **日始出的樣子**。《詩經・邶風・匏有苦葉》：“雝雝鳴雁，～日始旦。”(又) **初出的陽光**。劉禹錫《葡萄歌》：“馬乳帶輕霜，龍鱗曜初～。”（馬乳、龍鱗：葡萄名。）❷ [旭旭] **光明燦爛**。賈誼《新書・修政語下》：“君子將入其職，則其於民也，～～然如日之始出也。”

2 **旬** xún (粵) ceon4 ❶ **十天**。《尚書・堯典》：“朞（jī (粵) gei1）三百有六～有六日。”（朞：一周年。）《韓非子・初見秦》：“圍梁數～，則梁可拔。”（梁：魏國國都。拔：攻克。）❷ **十年（後起意義）**。白居易《偶吟自慰兼呈夢得》：“且喜同年滿七～。”❸ **周，用於年月**。《漢書・翟方進傳》：“方進～歲間，免兩司隸。”（旬歲：一周年。司隸：官名。）《論衡・講瑞》：“蓂莢朱草……暫時產出，～月枯折。”（旬月：一周月。）

3 **旰** gàn (粵) gon3 ❶ **晚**。《左傳・襄公十四年》：“日～不召。”**成語有“宵衣旰食”**。❷ hàn (粵) hon6 [旰旰] **盛大的樣子**。《史記・河渠書》：“皓皓～～兮，閭殫為河。”（皓皓：盛大。）

4 **昔** xī (粵) sik1 ❶ **從前，過去。與“今”相對**。《詩經・小雅・小明》：“～我往矣，日月方奧（yù (粵) juk1）。”（奧：暖。）❷ **夜**。《莊子・天運》：“則通～不寐矣。”（寐：睡着。）(又) **終了，末尾**。《呂氏春秋・任地》：“孟夏之～，殺三葉而穫大麥。”

4 **昊** hào (粵) hou6 **大。常用來指天**。《詩經・小雅・節南山》：“不弔～天。”（弔：好，善。）[昊蒼] [蒼昊] **天**。班固《答賓戲》：“超忽荒而躆～蒼也。”《梁書・武帝紀》："上達蒼～，下及川泉。"

4 **昃** zè [粵] zak^1 **太陽西斜**。《周易・豐》："日中則～，月盈則食。"《漢書・董仲舒傳》："周文王至於日～不暇食。"謝混《遊西池》詩："景～鳴禽集。"（景：日光。）**太陽過午叫"昃"，又分為"中昃"、"下昃"。"中昃"指未時，即現在下午一至三時。"下昃"指申時，即現在下午三至五時。**

4 **昆** kūn [粵] kwan^1 ❶ **兄**。《詩經・王風・葛藟》："終遠兄弟，謂他人～。"《漢書・張騫傳》："漢遣公主為夫人，結～弟，其勢宜聽。"❷ **後裔，子孫**。《國語・晉語二》："天降禍於晉國，讒言繁興，延及寡君之紹續～裔。"左思《吳都賦》："虞、魏之～。"❸ **一齊，共同**。揚雄《羽獵賦》："噍（jiū [粵] zau^1）噍～鳴。"（噍噍：鳥叫聲。）[引] **眾**。《荀子・富國》："然後～蟲萬物生其間。"❹［**昆陽**］**古地名，在今河南。公元 23 年東漢劉秀曾在這裏打敗王莽的軍隊。**

4 **昌** chāng [粵] coeng^1 ❶ **壯大美好的樣子**。《詩經・齊風・猗嗟》："猗嗟（yī jiē [粵] ji^1 ze^1）～兮，頎（qí [粵] kei^4）而長兮。"（猗嗟：歎詞。頎：身體長的樣子。）❷ **昌盛**。《荀子・成相》："君謹守之，下皆平正，國乃～。"❸ **美善，正當**。《漢書・揚雄傳上》："又覽纍之～辭。"嵇康《太師箴》："治亂之原，豈無～教！"［**昌言**］① **善言，正當的言論**。《尚書・大禹謨》："禹拜～～。"（大禹接受善言。）② **書名。全名是《仲長子昌言》，東漢仲長統著。**

4 **昇** shēng [粵] sing^1 ❶ **太陽升起**。江淹《石劫賦》："日照水而東～。"[引] **登上**。《楚辭・九思・哀歲》："～車兮命僕，將馳兮四荒。"（命：命令。僕：指趕車人。馳：奔馳。四荒：四方。）❷ **升官**。《舊唐書・馬周傳》："欲有擢～宰相，必先試以臨人。"❸［**昇平**］**太平**。張居正《辛未會試程策二》："建～～之業。"【**辨**】**升，昇，陞**。見 70 頁"升"字。

4 **昕** xīn [粵] jan^1 **日將出，明**。《禮記・祭義》："及大～之朝，君皮弁素積。"（大昕：天大亮。）

4 **明** míng [粵] ming^4 ❶ **明亮**。《荀子・天論》："在天者莫～於日月。"（在天上的沒有比日月更明亮的了。）[引] **白天**。湯式《湘妃引・有所贈》："三般兒寄語嬌姿，昏迷着無～無夜。"[又] **照亮**。王安石《遊褒禪山記》："火尚足以～也。"（尚：還。）❷ **明白，清楚**。《老子・六十五章》："古之善為道者，非以～民，將以愚之。"屈原《卜居》："物有所不足，智有所不～。"[又] **明顯**。《荀子・正名》："是非之形不～。"（形：指外部表現。）❸ **證明，說明，明確**。《韓非子・難勢》："何以～其然也？"（用甚麼證明它是這樣的呢？）《孟子・公孫丑上》："～其政刑，雖大國必畏之矣。"《史記・李斯列傳》："～法度，定律令，皆以始皇起。"❹ **懂得，明白**。《史記・禮書》："御史大夫鼂錯～於世務刑名。"[又] **明白地**。《後漢書・和熹鄧皇后紀》："其～加檢勑，勿相容護。"❺ **英明，明智，高明**。《商君書・君臣》："～王之治天下也，緣法而治，按功而賞。"（緣：依照。）《老子・三十三章》："知人者智，自知者～。"（智：聰明。）**成語有"明察秋毫"**。[引] **尊重，尊敬**。《管子・牧民》："順民之經，在～鬼神，祇山川。"❻ **視力**。司馬遷《報任安書》："左丘失～。"（左丘：人名。）[又] **視力好**。《管子・制分》："聰耳～目。"❼ **次一個，下一個。用於今年、今日之後的年、日**。《左傳・僖公十六年》："～年齊有亂。"《左傳・襄公二十六年》："～日將戰。"❽ **朝代名。公元 1368-1644 年，第一代君主是朱元璋，開始建都南**

京，1420年遷都北京。

4 **易** yì [粵] jik6 ❶ **換**。《周易・繫辭下》："交～而退，各得其所。"《左傳・哀公八年》："～子而食。" **熟語有"以物易物"**。[注意] 上古沒有"換"字，現代"換"的意義上古都說"易"。❷ **改變**。《禮記・樂記》："其感人深，其移風～俗。" ❸ **書名。《周易》的簡稱**。❹ **通"埸"。邊界**。《荀子・富國》："至於疆～。" ❺ [粵] ji6 **容易**。《孟子・公孫丑上》："飢者～為食，渴者～為飲。" ❻ [粵] ji6 **輕視**。《史記・高祖本紀》："高祖為亭長，素～諸吏。"（素：向來。）❼ [粵] ji6 **平坦**。枚乘《七發》："羈堅轡，附～路。" ❽ [粵] ji6 **和悅**。《禮記・郊特牲》："賓入大門而奏肆夏，示～以敬也。" ❾ **治，整治**。《荀子・富國》："田肥以～則出實百倍。"（以：而且。）

4 **昂** áng [粵] ngong4 ❶ **抬起，抬高**。屈原《遠遊》："服偃蹇（yǎn jiǎn [粵] jin2 gin2）以低～兮。"（服：指駕轅的馬。偃蹇：屈伸的樣子。）《隋書・煬三子傳》："～首揚眉，初無慚色。" **成語有"昂首闊步"**。[引] **高，升高**。《論衡・變動》："故穀價低～，一貴一賤矣。" ❷ [**昂昂**] **形容志行高超、氣度不凡**。屈原《卜居》："寧～～若千里之駒乎？"

4 **旼** mín [粵] man4 [**旼旼**] **和藹的樣子**。司馬相如《封禪文》："～～穆穆，君子之態。"

4 **旻** mín [粵] man4 ❶ **天，天空**。陶潛《自祭文》："茫茫大塊，悠悠高～。" [**旻天**] ① **天**。《尚書・大禹謨》："日號泣于～～。" ② **秋天**。《楚辭・九思・哀歲》："～～兮清涼，玄氣兮高朗。" ❷ **秋季的天空**。杜甫《寄薛三郎中》詩："高秋卻束帶，鼓枻（yì [粵] jai6）視青～。"

4 **昉** fǎng [粵] fong2 **天明**。[引] **開始**。《公羊傳・隱公二年》："始不親迎，～於此乎？"

4 **昏**（昬）hūn [粵] fan1 ❶ **天黑，傍晚**。《詩經・陳風・東門之楊》："～以為期。"（以黃昏為約會的時候。）[引] **黑暗，無光**。魏伯陽《周易參同契》："～久則昭明。"（昭：光明。）**成語有"天昏地暗"**。❷ **惑亂，糊塗**。《左傳・襄公二十五年》："君～不能匡，危不能救。"《南史・劉顯傳》："老夫～忘，不可受策。"（策：策問。）❸ **目不明**。韓愈《與崔群書》："目視～花，尋常間便不分人顏色。"《新唐書・魏徵傳》："臣眊～，不能見。" ❹ **神志不清**。《戰國策・趙策四》："此皆能乘王之醉～，而求所欲於王者也。"《三國志・吳書・賀邵傳》："偶有逆迕，～醉之言耳。" ❺ **結婚**。《詩經・邶風・谷風》："宴爾新～，如兄如弟。"《漢書・鼂錯傳》："男女有～，生死相恤。"（恤：救濟。）**這個意義後來寫作"婚"**。❻ mǐn [粵] man5 **通"暋"。盡力**。《尚書・盤庚上》："惰農自安，不～作勞。"《三國志・魏書・武帝紀》："穡人～作，粟帛滯積。"（穡人：農夫。）

5 **春**（旾）chūn [粵] ceon1 ❶ **四季的第一季**。《荀子・王制》："～耕、夏耘、秋收、冬藏，四者不失時，故五穀不絕。" [泛] **年**。高適《人日寄杜二拾遺》詩："一卧東山三十～。"（卧：指居住。）❷ **指男女情慾**。《詩經・召南・野有死麕》："有女懷～，吉士誘之。" ❸ **唐人稱酒為春**。司空圖《詩品・典雅》："玉壺買～，賞雨茆屋。"

5 **昧** mèi [粵] mui6 ❶ **暗**。屈原《離騷》："路幽～以險隘。"（幽：暗。隘：狹窄。）[**昧爽**] [**昧旦**] [**昧明**] **黎明，拂曉**。《禮記・內則》："～爽而朝。"《詩經・鄭風・雞鳴》："女曰雞鳴，士曰～旦。"（士：男子。）《國語・吳語》："～明，王乃秉枹。" [引] **目視不明**。劉禹錫《聚蚊謠》："～者不分聽者惑。”❷ **愚昧，昏亂**。《莊子・大宗師》：“～者不知也。”《左傳・宣公十二年》：“兼弱攻～。”（兼：兼併。）[引] **貪昧**。庾亮《讓中書令表》：“偷榮～進，日爾一日。”❸ **蒙蔽，掩蓋**。曾鞏《新序目錄序》：“皆明其所長而～其短。”❹ **[冒昧] 輕率，魯莽**。《後漢書・蔡邕傳》：“死期垂至，～～自陳。”（垂至：將到。陳：陳述。）**[昧死] 冒昧而犯死罪的意思。這是封建時代臣子對君主的客套話**。《韓非子・初見秦》：“臣～～願望見大王。”

5 **是** shì [粵] si^6 ❶ **正確。與“非”相對**。《論語・陽貨》：“偃之言～也。”陶潛《歸去來兮辭》：“覺今～而昨非。”[又] **以為正確，認為正確**。《墨子・尚同上》：“國君之所～，必皆～之。”❷ **指示代詞。這，這個，這樣**。《荀子・王霸》：“若～則百吏莫不畏法而遵繩矣。”（遵繩：遵守法度。）[又] **這樣看來，由此看來**。《韓非子・孤憤》：“～明法術而逆主上者，不僇於吏誅，必死於私劍矣。”（僇：戮，殺。）范仲淹《岳陽樓記》：“～進亦憂，退亦憂。”**[是以] [是故] 因此**。《韓非子・五蠹》：“～以聖人不期脩古，不法常可。”《論語・先進》：“其言不讓，～故哂之。”❸ **代詞。放在前置賓語和動詞之間，復指前置賓語**。《詩經・小雅・節南山》：“四方～維。”《三國志・魏書・武帝紀》：“唯才～舉。”**成語有“唯命是從”**。❹ **系詞。是**。《史記・刺客列傳》：“此必～豫讓也。”《論衡・死偽》：“余～所嫁婦人之父也。”❺ **凡是**。賈島《送孫逸人》詩：“～藥皆諳性。”

5 **星** xīng [粵] sing^1 **星星**。《荀子・天論》：“列～隨旋，日月遞炤。”（遞炤：交替着照耀。炤：照耀。）[引] **天文**。司馬遷《報任安書》：“文史～曆，近乎卜祝之間。”（曆：律曆。）

5 **昳** dié [粵] dit^6 ❶ **日過午偏斜**。《漢書・游俠傳》：“諸客奔走市買，至日～皆會。”（會：聚合，集合。）❷ yì [粵] jat^6 **[昳麗] 漂亮，好看**。《戰國策・齊策一》：“鄒忌脩八尺有餘，身體～～。”（脩：高，長。身體：指形貌。）

5 **昴** mǎo [粵] maau^5 **星宿名。二十八宿之一**。《尚書・堯典》：“日短星～，以正仲冬。”鄒陽《獄中上梁王書》：“太白食～，昭王疑之。”

5 **昱** yù [粵] juk^1 **明亮**。《淮南子・本經》：“焜（kūn [粵] kwan^1）～錯眩，照耀輝煌。”（焜：明。）辛延年《羽林郎》詩：“銀鞍何～爚，翠蓋空踟躕。”

5 **昵** **(暱)** nì [粵] nik^1 **親近，親昵**。《左傳・隱公元年》：“不義不～，厚將崩。”《韓非子・難言》：“～近習親。”（習：親近。）**[私昵] 所親近、寵幸的人**。《尚書・說命中》：“官不及～～，唯其能。”《太平廣記》卷三一一：“而鉉未嘗一出口於親戚～～。”（鉉：崔鉉，唐朝宰相。）

5 **昭** zhāo [粵] ciu^1 ❶ **明亮，明顯**。《楚辭・大招》：“白日～只。”（只：語氣詞。）《詩經・小雅・鹿鳴》：“德音孔～。”（德音：美好的聲望。孔：很。）[又] **明白**。《論語・堯曰》：“敢～告于皇皇后帝。”❷ **顯示，表示**。《左傳・桓公二年》：“是以清廟茅屋……～其儉也。”（是以：因此。清廟：清靜肅穆的宗廟。儉：節儉。）**[昭穆] 古代貴族宗廟排列的次序。始祖廟居中，以下按父子的輩分排列為昭穆，昭居左，穆居右**。《國語・魯語上》：“夫宗廟之有～穆也，以次世之長幼，而等胄之親疏也。”

5 **昶** chǎng [粵] cong^2 ❶ **白天時間長**。《說文新附》：“昶，日長也。”❷ chàng [粵] coeng^3 **通“暢”。舒暢，通暢**。嵇康《琴賦》：“雅～唐堯，終詠微子。”（微子：名啟，商紂王庶兄。）

6 **晉** jìn 粵 zeon^{3} ❶ **前進，上進**。班固《幽通賦》："盍 (hé 粵 hap^{6}) 孟～以迨 (dài 粵 doi^{6}) 羣兮。"（為甚麼不勉力上進而趕上大家呢？盍：何不。孟：勉力。迨：趕上。）**又如"晉見"**。❷ **通"搢"。插**。《周禮・春官・典瑞》："王～大圭。"（圭：玉製禮器。）❸ **周代諸侯國，在今山西、河北南部和陝西中部等地，公元前403年分為韓、趙、魏三國**。❹ **朝代名**。① **公元265-420年，第一代君主是司馬炎。原都洛陽，公元317年遷都到建康（今南京市），遷都以前稱為西晉，遷都以後稱為東晉**。② **公元936-947年，五代之一，又稱後晉，第一代君主是石敬瑭**。

6 **時** shí 粵 si^{4} ❶ **季，季節。指春、夏、秋、冬**。《尚書・堯典》："歷象日月星辰，敬授人～。"《荀子・不苟》："四～不言而百姓期焉。"（期焉：指推知四時的演變。）❷ **時間，時候，時辰**。《呂氏春秋・首時》："天不再與，～不久留。"李白《夢遊天姥吟留別》："別君去兮何～還。"《舊唐書・呂才傳》："多用乾艮二～，並是近半夜。"❸ **時代，時期**。《韓非子・心度》："～移而治不易者亂。"（時代向前發展了，而治理的方法不改變，就一定要亂。）(又) **合乎時宜**。《孟子・萬章下》："孔子，聖之～者也。"(引) **時尚，時髦**。朱慶餘《閨意》詩："畫眉深淺入～無？"❹ **時機，機會**。《史記・淮陰侯列傳》："～者難得而易失。"(又) **時運**。《史記・項羽本紀》："～不利兮騅 (zhuī 粵 zeoi^{1}) 不逝。"（騅：馬名。逝：跑。）❺ **按時**。《論語・學而》："學而～習之。"❻ **那時，當時**。《三國志・蜀書・諸葛亮傳》："～人莫之許也。"《三國志・吳書・周瑜傳》："～曹公軍眾已有疾病。"❼ **時常，經常**。《史記・呂太后本紀》："～與出遊獵。"❽ **此，這**。《尚書・湯誓》："～日曷喪？"❾ 粵 si^{6} **通"蒔"。栽種**。《尚書・舜典》："汝后稷播～百穀。"❿ cì 粵 si^{6} **通"伺"。伺候**。《莊子・人間世》："～其饑飽。"(又) sì 粵 zi^{6} **窺伺**。《論語・陽貨》："孔子～其亡也而往拜之。"

6 **晟** shèng 粵 sing^{6} ❶ **光明**。郝經《原古上元學士》詩："昂頭冠三山，俯瞰旭日～。"❷ **興盛，旺盛**。《西陲石刻錄・周李君修佛龕碑》："自秦創興，于周轉～。"（周：北周。）

6 **晏** yàn 粵 aan^{3}/ngaan^{3} ❶ **天晴無雲**。《漢書・揚雄傳》："於是天清日～。"❷ **鮮豔，華美**。《詩經・鄭風・羔裘》："羔裘～兮，三英粲兮。"（羔裘：羊皮衣。）❸ **平靜，安定**。《世說新語・品藻》："荊門晝掩，閑庭～然。"（荊門：柴門。）沈約《齊故安陸昭王碑文》："軌躅清～。"（軌躅：指行經之處。）❹ **晚，遲**。《墨子・尚賢中》："蚤朝～退。"❺［**晏晏**］① **柔和，和悅**。《詩經・衛風・氓》："總角之宴，言笑～～。"② **盛的樣子**。宋玉《九辯》："被荷裯 (dāo 粵 dou^{1}) 之～～兮。"（荷裯：用荷葉做的衣服。）

7 **晢** (晣) zhé 粵 zit^{3} ❶ **明亮**。［**晢晢**］**明亮的樣子**。《詩經・陳風・東門之楊》："昏以為期，明星～～。"❷ **明智**。《尚書・洪範》："從作乂，明作～。"

7 **晡** bū 粵 bou^{1} **申時，即下午三時至五時**。《漢書・武五子傳》："～時至定陶。"（定陶：地名。）杜甫《徐步》詩："荒庭日欲～。"(引) **傍晚**。杜甫《白帝城放船四十韻》："絕島容烟霧，環洲納曉～。"［**晡食**］**晚餐**。柳宗元《段太尉逸事狀》："吾未～～。"

7 **晤** wù 粵 ng^{6} ❶ **相遇，見面**。王安石《答司馬諫議書》："無由會～。"（沒有機會見面。）(又) **面對面**。《詩經・陳風・東門之池》："彼美淑姬，可以～歌。"杜甫《大雲寺贊公房》詩："～語契深心。"（契：合。）❷ **通"悟"。聰敏，明白**。《新唐書・李至遠傳》："少秀～。"

7 **晦** huì 粵 fui3 ❶ **陰曆每月的最後一天**。《左傳・僖公十五年》："(九月) 己卯～，震夷伯之廟。"《史記・文帝本紀》："十一月～，日有食之。"(日有食之：日食。) 特 **唐代的一個節日，正月的最後一天**。長孫正隱《晦日宴高氏林亭》詩："～晚屬煙霞，遨遊重歲華。" ❷ **昏暗**。《詩經・鄭風・風雨》："風雨如～，雞鳴不已。" 又 **天黑，晚上**。屈原《天問》："自明及～，所行幾里？"(及：到。) ❸ **隱晦，不顯著**。《左傳・成公十四年》："《春秋》之稱，微而顯，志而～。"(志：記。) 又 **隱藏**。《晉書・隱逸傳論》："君子之行殊途，顯～之謂也。" 杜甫《岳麓山道林二寺行》："昔遭衰世皆～迹。"(迹：蹤跡。)

7 **晞** xī 粵 hei1 ❶ **曬乾**。《詩經・秦風・蒹葭》："白露未～。" 又 **曬**。郭璞《江賦》："瓊蚌～曜以瑩珠。"(曜：日光。瑩珠：使珍珠發光。) ❷ **天色微明**。《詩經・齊風・東方未明》："東方未～。"

7 **晚** wǎn 粵 maan5 ❶ **傍晚**。《漢書・天文志》："伏見蚤～。"(蚤：通"早"。) ❷ **時間靠後**。《戰國策・楚策四》："見兔而顧犬，未為～也；亡羊而補牢，未為遲也。" 又 **接近終了，一個時期的後一段**。《舊唐書・劉禹錫傳》："禹錫～年，與少傅白居易友善。"(少傅：官名。)

7 **晜** kūn 粵 kwan1 ❶ **兄**。陸游《幽居即事九首》詩之五："野人求其類，金壎實弟～。" **這個意義又寫作"昆"**。❷ [晜孫] **五世孫**。《爾雅・釋親》："玄孫之子為來孫，來孫之子為～～。"

8 **暑** shǔ 粵 syu2 **天氣炎熱**。《周易・繫辭上》："日月運行，一寒一～。"《漢書・鼂錯傳》："其性能～。"(能：耐。) 特 **盛夏**。《左傳・襄公二十一年》："方～，闕地下冰而牀焉。"

8 **晰** (晳)xī 粵 sik1 ❶ **明白，清楚**。《後漢書・張衡傳贊》："不有玄慮，孰能昭～。"(玄：深。慮：考慮，思慮。昭：明顯。) **雙音詞有"明晰"、"清晰"**。❷ **通"晳"。白，多指皮膚**。杜甫《送李校書二十六韻》："人間好妙年，不必須白～。"(妙年：少年。)

8 **晻** àn 粵 am3/ngam3 ❶ **暗**。《漢書・五行志下》："大風起，天無雲，日光～。" **又用於抽象意義。指世道昏暗或人主昏庸**。《荀子・不苟》："是姦人將以盜名於～世者也。" ❷ **不顯露、不公開的，暗中**。《荀子・儒效》："張法而度之，則～然若合符節。" **上述❶❷又寫作"暗"**。❸ ǎn 粵 am2 [晻藹] **陰暗的樣子**。屈原《離騷》："揚雲霓之～～兮，鳴玉鸞之啾啾。" ❹ yǎn 粵 jim2 [晻晻] **日無光**。《楚辭・九歎・惜賢》："日～～而下頹。"

8 **晷** guǐ 粵 gwai2 ❶ **日影**。張衡《西京賦》："白日未及移其～。" 喻 **時光，時間**。潘尼《贈陸機》詩："寸～惟寶。"(寸晷：一寸光陰。惟寶：是寶貝。) ❷ **按照日影測定時刻的儀器**。《晉書・魯勝傳》："立～測影。" ❸ **通"軌"。軌道**。《漢書・敘傳下》："五星同～。"

8 **景** jǐng 粵 ging2 ❶ **日光**。班固《東都賦》："吐金～兮歊浮雲。"(歊：氣上升的樣子。) 江淹《別賦》："日出天而耀～，露下地而騰文。"(耀：閃耀。文：文采。) ❷ **景象，景色**。《漢書・梅福傳》："陰盛陽微，金鐵為飛，此何～也！"《世說新語・容止》："秋夜氣佳～清。" 李白《遊敬亭寄崔侍御》詩："良辰與美～。" **雙音詞有"光景"**。❸ **仰慕**。《後漢書・劉愷傳》："百僚～式，海內歸懷。"《南齊書・王融傳》："竊～前脩，敢蹈輕節。" [景仰] **佩服尊敬**。《後漢書・劉愷傳》："今愷～～前脩，有伯夷之節。" ❹ **大**。

《詩經・鄘風・定之方中》："～山與京。"（京：高丘。）❺ yǐng 粵 jing2 **影子**。賈誼《過秦論》："天下雲集響應，贏（yíng 粵 jing4/jeng4）糧而～從。"（贏糧：背糧。）**這個意義後來寫作"影"**。

8 **智** zhì 粵 zi3 **聰明，智慧**。賈誼《治安策》："凡人之～，能見已然，不能見將然。"**成語有"智周萬物"**。

8 **普** pǔ 粵 pou2 **普遍，全面**。《孟子・萬章上》："～天之下，莫非王土。"《史記・秦始皇本紀》："～施明法。"《三國志・吳書・吳主傳》："～天一統，於是定矣。"

9 **晹** yáng 粵 joeng4 ❶ **日出**。江淹《恨賦》："入修夜之不～。"引 **明亮**。江淹《丹砂可學賦》："故從師而問道，冀幽路之或～。"又 **太陽**。曹勛《鳳凰臺上憶吹簫（碧玉煙塘）》："碧玉煙塘，絳羅豔卉，朱清炎馭升～。"❷ **晴**。《尚書・洪範》："曰雨，曰～，曰燠，曰寒。"《論衡・寒溫》："旦雨氣溫，旦～氣寒。"（旦：早晨。）

9 **暇** xiá 粵 haa6 ❶ **空閒**。《孟子・梁惠王上》："此惟救死而恐不贍，奚～治禮義哉？"白居易《草堂記》："應接不～。"❷ **閒散，悠閒**。《尚書・酒誥》："不敢自～自逸。"

9 **暍** yè 粵 hot3 ❶ **中暑**。《莊子・則陽》："夫凍者假衣於春，～者反冬乎冷風。"❷ **熱**。《唐語林・補遺・代宗》："時屬炎～，熱病有加。"

9 **暗** àn 粵 am3/ngam3 ❶ **昏暗不明**。《漢書・外戚傳下》："廣室陰兮帷幄～。"李白《古風五十九首》之二十四："大車揚飛塵，亭午～阡陌。"（亭午：正午。阡陌：道路。）喻 **政治黑暗**。杜甫《愁》詩："十年戎馬～萬國。"❷ **愚昧**。《三國志・蜀書・後主傳》："否（pǐ 粵 pei2）德～弱。"（道德低下，愚昧無能。否德：不德。）❸ **不顯露的，不公開的**。《世說新語・言語》："簡文在～室中坐，召宣武。"（宣武：指桓溫。）陸游《入蜀記》卷六："龍門水尤湍急，多～石。"**成語有"明察暗訪"**。又 **默默地，悄悄地**。杜甫《可歎》詩："群書萬卷常～誦。"

9 **暄** xuān 粵 hyun1 **溫暖**。陶潛《九日閑居》詩："露淒～風息，氣澈天象明。"**雙音詞有"寒暄"**。

9 **暉** huī 粵 fai1 **陽光**。陸機《日出東南隅行》："扶桑升朝～，照此高臺端。"（扶桑：指東方日出處。）李白《春日獨酌》詩："水木榮春～。"（榮：指欣欣向榮。）泛 **光輝**。陸機《擬迢迢牽牛星》詩："昭昭清漢～。"（清漢：指銀河。）又 **用作動詞。發光，映照**。左思《蜀都賦》："金鋪交映，玉題相～。"《世說新語・寵禮》："使太陽與萬物同～，臣下何以瞻仰？"（使：假使。）引 **昌明，光大**。《莊子・天下》："不侈於後世，不靡於萬物，不～於數度。"（數度：指禮法。）

9 **暈** yùn 粵 wan6 ❶ **日、月周圍形成光圈**。《韓非子・備內》："故日月～圍於外。"引 **光影四周模糊的部分**。韓愈《宿龍宮灘》詩："夢覺燈生～。"❷ 粵 wan4 **昏眩，眼花**。姚合《閑居》詩："眼～夜書多。"

9 **暌** kuí 粵 kwai4 ❶ **背離，不合**。劉勰《文心雕龍・雜文》："或文麗而義～，或理粹而辭駁。"杜甫《奉贈太常張卿均二十韻》："吹噓人所羨，騰躍事仍～。"**又寫作"睽"**。❷［暌暌］**通"睽睽"**。**眾目注視的樣子**。司馬光《上謹習疏》："是以在上者惴惴焉畏其下，在下者～～焉伺其上。"

9 **暋** mǐn 粵 man5 ❶ **勉力，努力**。《宋書・何尚之傳》："～作肆力之氓，徒勤不足以供贍。"❷ **強橫**。《尚書・康誥》："殺越人于貨，～不畏死。"❸ mín

粵 man^4 **煩悶**。《莊子・外物》："心若縣於天地之間，慰～沈屯。"（縣：懸掛。慰：喜。沈：沉溺。屯：迍邅，遭遇困境。）

10 **暢** chàng 粵 coeng^3 ❶ **暢通，無阻礙**。《韓非子・説林上》："登臺四望，三面皆～。" 引 **通曉**。諸葛亮《出師表》："曉～軍事。" ❷ **舒暢**。《莊子・則陽》："舊國舊都，望之～然。"《晉書・劉輿傳》："皆人人歡～，莫不悦附。"（附：歸附。）引 **盡情，充分**。王羲之《蘭亭集序》："一觴一詠，亦足以～敍幽情。" ❸ **旺盛**。《孟子・滕文公上》："草木～茂，禽獸繁殖。"

10 **暝** míng 粵 ming^4/ming^5 ❶ **幽暗，昏暗**。歐陽修《醉翁亭記》："若夫日出而林霏開，雲歸而岩穴～。"《漢書・五行志下之上》："正晝皆～。" ❷ **日落，天黑**。《古詩為焦仲卿妻作》："晻晻日欲～，愁思出門啼。" 盧照鄰《葭川獨泛》詩："山～行人斷。"

10 **暨** jì 粵 kei^3 ❶ **和，同**。《左傳・定公十年》："母弟辰～仲佗、石彄（kōu 粵 kau^1）出奔陳。"（辰、仲佗、石彄：都是人名。陳：國名。）❷ **到，至**。《莊子・列禦寇》："跣而走，～乎門。" 魏徵《十漸不克終疏》："～乎今歲，天災流行。"（歲：年。）**這個意義又寫作"洎"**。

11 **暮** mù 粵 mou^6 **"莫"的後起字**。❶ **日落的時候，傍晚**。《荀子・儒效》："朝食於戚，～宿於百泉。"（戚、百泉：地名。）杜甫《石壕吏》詩："～投石壕村，有吏夜捉人。" **成語有"朝三暮四"**。❷ **晚，末**。《呂氏春秋・謹聽》："夫自念斯，學德未～。" 曹操《步出夏門行・龜雖壽》："烈士～年，壯心不已。"（不已：不止。）❸ **夜**。《楚辭・九歎・離世》："～去次而敢止。" ❹ **年老**。杜甫《重過何氏》詩之五："蹉跎～容色，悵望好林泉。"［**遲暮**］**年老**。屈原《離騷》："惟草木之零落兮，恐美人之～～。"

11 **暫** zàn 粵 zaam^6 ❶ **副詞。突然，忽然**。《史記・李將軍列傳》："廣～騰而上胡兒馬。"（廣：李廣。騰：躍起。胡：指匈奴。）❷ **副詞。表示短暫的時間**。《後漢書・西羌傳》："自羌叛十餘年間，兵連師老，不～寧息。"【**注意**】**現在的"暫"，指暫時；古代的"暫"，只指時間很短，沒有與將來對比的意思**。❸ **副詞。初，剛**。庾信《春賦》："玉管初調，鳴弦～撫。"（玉管：指管類樂器。調：指吹奏。鳴弦：指弦類樂器。撫：撫弄，彈撥。）

11 **暵** hàn 粵 hon^3 ❶ **乾枯**。《詩經・王風・中谷有蓷》："中谷有蓷，～其乾矣。" 反 **乾旱**。《周禮・春官・女巫》："旱～則舞雩。"（雩：祭祀求雨。）❷ **翻曬田地**。賈思勰《齊民要術・大小麥》："大小麥皆須五月六月～地。"

11 **暴** bào 粵 bou^6 ❶ pù 粵 buk^6 **曬**。《孟子・滕文公上》："秋陽以～之。"《漢書・王吉傳》："夏則為大暑之所～炙。"（炙：烤。）**成語有"一暴十寒"。這個意義後來又寫作"曝（pù 粵 buk^6）"**。引 **暴露，顯露**。司馬遷《報任安書》："其所摧敗，功亦足以～于天下矣。" ❷ **兇惡殘酷**。《商君書・錯法》："不畏強～。" 反 **殘暴的人**。《論衡・逢遇》："武王誅殘，太公討～。" **成語有"安良除暴"**。❸ **又猛又急的**。《禮記・月令》："行夏令，則國多～風。" 引 **突然**。《史記・扁鵲倉公列傳》："太子病血氣不時，交錯而不得泄，～發于外，則為中害。" **又如"暴雷"、"暴病"**。❹ **欺凌，損害**。《莊子・盜跖》："自是之後，以強凌弱，以眾～寡。"《世説新語・自新》："並皆～犯百姓。" ❺ **徒手搏擊**。《詩經・小雅・小旻》："不敢～虎，不敢馮（píng 粵 pang^4）河。"（馮河：徒步過河。）

12 **曆** (厤)lì ㊊ lik[6] ❶ **曆術，曆法，推算日月星辰運行及季節時令的方法。**《周易・革》："君子以治～明時。"（明時：確定時節。）《淮南子・本經》："星月之行，可以～推得也。"《舊唐書・曆志一》："玄宗召見，令造新～。"（玄宗：唐玄宗。）❷ **數。**《管子・海王》："終月，大男食鹽五升少半，大女食鹽三升少半，吾子食鹽二升少半，此其大～也。" ❸ **所謂由"天命"預定的帝王統治的時間。**《漢書・諸侯王表》："周過其～，秦不及期。"【注意】"歷"和"曆"是古今字。"曆"字本寫作"歷"。見316頁"歷(歷)"字。

12 **曉** xiǎo ㊊ hiu[2] ❶ **天亮。**李白《塞下曲六首》其一："～戰隨金鼓，宵眠抱玉鞍。" ❷ **知道，明白。**《鹽鐵論・相刺》："通一孔，～一理，而不知權衡。"《論衡・實知》："不學自知，不問自～。古今行事，未之有也。"（未之有也：沒有這樣的事。）**成語有"家喻戶曉"。** ㊇ **告知。**《漢書・元后傳》："未～大將軍。"

12 **曄** yè ㊊ jip[6] **光亮、光彩的樣子。**張衡《思玄賦》："列缺～其照夜。"（列缺：閃電。）李白《酬殷明佐見贈五雲裘歌》："～如晴天散彩虹。"

12 **曀** yì ㊊ ai[3] **天陰，昏暗。**《詩經・邶風・終風》："終風且～。"庾肩吾《八關齋夜賦四城門更作四首・北城門沙門》："俗幻生影空，憂繞心塵～。" ㊇ **使……昏暗。**《舊唐書・裴度傳》："豈肯坐觀凶邪，有～日月。"

12 **暾** tūn ㊊ tan[1] ❶ **初升的太陽。**屈原《九歌・東君》："～將出兮東方。"唐庚《喜雨》詩："屋上晨～仍杲杲。" ㊀ **漸出的樣子。**潘岳《射雉賦》："～出苗以入場，愈情駭而神悚。" ❷ **溫暖。**《寒山詩》一七六："午時庵內坐，始覺日頭～。"［**暾暾**］**日光明亮溫暖的樣子。**岑參《春尋河陽陶處士別業》詩："風暖日～～，黃鸝飛近村。"

12 **曏** xiàng ㊊ hoeng[3] ❶ **先前，往日。**《儀禮・士相見禮》："～者吾子辱使某見。" ❷ **通"向"。向，通向。**《楚辭・九懷・思忠》："～吾路兮葱嶺。"

13 **曖** ài ㊊ oi[3]/ngoi[3] ❶ **昏暗。**謝瞻《王撫軍庾西陽集別》詩："夕陰～平陸。"**可疊用。昏暗不明的樣子。**屈原《離騷》："時～～其將罷（pí ㊊ pei[4]）兮。"（時間已晚，人也感到疲倦了。罷：通"疲"。）❷ **遮蔽。**謝靈運《會吟行》："輕雲～松杞。"**可疊用。隱隱約約的樣子。**陶潛《歸園田居》詩："～～遠人村，依依墟里煙。" ❸ **溫暖。**王儉《褚淵碑文》："～有餘暉，遙然留想。"**可疊用。溫暖的樣子。**王維《贈裴十迪》詩："～～日暖閨，田家來致詞。"

14 **曞** duì ㊊ deoi[6] **茂盛的樣子。**宋玉《高唐賦》："其始出也，～兮若松榯（shí ㊊ si[4]）。"（榯：樹木直立的樣子。）

14 **曛** xūn ㊊ fan[1] **日落時的餘光。**孫逖《下京口埭夜行》詩："孤帆度綠氛，寒浦落紅～。"（度：穿過。氛：氣氛。浦：江邊。）㊀ **黃昏。**李白《送崔度還吳》詩："躊躇日將～。"

14 **曜** yào ㊊ jiu[6] ❶ **日光。**酈道元《水經注・廬江水》："晨光初散，則延～入石。" ㊁ **光芒。**范仲淹《岳陽樓記》："日星隱～。"（隱：隱藏，不顯露。）［**七曜**］**指日、月及金、木、水、火、土五星。**范寧《穀梁傳序》："～～為之盈縮。"（盈：滿。縮：缺。）❷ **照耀。**劉楨《贈五官中郎將》詩："明鐙～閨中。"（鐙：燈。）㊀ **光明，明亮。**《世說新語・賢媛》："膚色玉～。" ❸ **顯示，炫耀。**張衡《東京賦》："三農之隙，～威中原。"

15 **曝** pù ㊊ buk[6] ❶ **晾曬。**《戰國策・燕策二》："今者臣來，過易水，蚌方出～。"陶潛《自祭文》："冬～其日，夏濯（zhuó ㊊ zok[6]）其泉。"（濯：洗。）**成語有"一曝十寒"。** ❷ **暴露。**《北史・魏高祖紀上》：“今京師及天下之囚，罪未分判，在獄致死，無近親者，公給衣衾棺櫝葬埋之，不得～露。”《隋書・李德林傳》：“～骨履腸，間不容礪。”

15 **曠** kuàng (粵) kwong3 ❶ **明朗，開朗**。《後漢書・竇融傳》：“義士則～若發矇。”（發矇：讓盲人恢復視力。矇：眼睛失明。）**成語有“心曠神怡”**。❷ **廣大，空闊**。《詩經・小雅・何草不黃》：“匪兕匪虎，率彼～野。”陶潛《桃花源記》：“土地平～。”❸ **歷時久遠**。《後漢書・朱儁傳》：“皆～年歷載，乃能克敵。”**成語有“曠日持久”**。❹ **空着，空缺**。《孟子・離婁上》：“～安宅而弗居，舍正路而不由。”劉禹錫《秋霖即事聯句》：“歡娛久～焉。”［**曠古**］**古來所沒有的**。《北史・趙彥深傳》：“～～絕倫。”（絕倫：指超羣。）**雙音詞有“曠課”、“曠工”**。❺ **荒廢**。《呂氏春秋・無義》：“以義動，則無～事矣。”《漢書・賈山傳》：“～日十年。”《北史・李元忠傳》：“庭室蕪～。”

16 **曦** xī (粵) hei1 **陽光，太陽**。陶潛《閑情賦》：“悲晨～之易夕，感人生之長勤。”酈道元《水經注・江水》：“自非停午夜分，不見～月。”（停午：正午。）

17 **曩** nǎng (粵) nong5 **以往，過去**。《韓非子・外儲説左下》：“寡人～不知子，今知矣。”

日部

0 **曰** yuē (粵) jyut6/joek6 ❶ **説**。《孫子兵法・計》：“孫子～：‘兵者國之大事。’”(又) **叫作**。馬融《長笛賦》：“定名～笛。”❷ **句首、句中語氣詞**。《詩經・小雅・采薇》：“～歸～歸，歲亦莫止。”（歲：年。莫：暮，晚。止：句末語氣詞。）《詩經・豳風・東山》：“我東～歸，我心西悲。”【**辨**】謂，曰。見597頁“謂”字。

2 **曳** yè (粵) jai6 ❶ **拉，牽引**。《左傳・襄公十八年》：“輿～柴而從之。”（輿：車。）《孟子・梁惠王上》：“棄甲～兵而走。”(引) **飄蕩**。《陳書・江總傳》：“泛流月之夜迥，～光煙之曉匝。”❷ **困頓**。《後漢書・馮衍傳》：“年雖疲～，猶庶幾名賢之風。”

2 **曲** qū (粵) kuk1 ❶ **彎曲。與“直”相對**。《禮記・經解》：“猶衡之於輕重也，繩墨之於～直也。”（猶：如同。衡：秤。繩墨：木工用來畫直綫的工具。）(引) **曲折周到**。《荀子・天論》：“其行～治，其養～適。”**成語有“曲盡其妙”**。❷ **偏邪，不正直**。《韓非子・有度》：“故當今之時，能去私～，就公法者，民安而國治。”（就：指依照。）(引) **理屈**。《逸周書・武稱》：“直勝～，眾勝寡。”❸ **局部，不全**。《荀子・解蔽》：“凡人之患，蔽於一～，而闇（àn (粵) am3/ngam3）於大理。”（蔽於一曲：拘於一隅的偏見。闇：不明白。）(引) **深隱、偏僻的地方**。《詩經・秦風・小戎》：“在其板屋，亂我心～。”**有雙音詞“鄉曲（指偏僻的地方，也指鄉里）”**。❹ **盡，遍**。韓愈《為裴相公讓官表》：“恩私～被，性命獲全。”❺ qǔ **樂曲，歌曲**。《後漢書・黃瓊傳》：“陽春之～，和者必寡。”❻ qǔ **量詞**。**首。用於樂曲、歌曲**。《魏書・樂志》：“得古雅樂一部，正聲歌五十～。”

3 **更** gēng (粵) gang1 ❶ **改變**。《商君書・更法》：“賢者～禮。”（更禮：改變舊禮制。）(又) **調換，交替**。《莊子・養生主》：“良庖歲～刀，割也。”《漢書・鼂錯傳》：“然令遠方之卒守塞，一歲而～。”❷ **經過，經歷**。《韓非子・外儲説左上》：“～日久則塗乾而椽燥。”（塗：泥。）《漢書・張騫傳》：“欲通使，道必～匈奴中。”❸ **抵償**。《史記・平準書》：“悉巴蜀租賦不足以～之。”（悉：盡。

巴、蜀：地名，今重慶、四川一帶。）❹ gèng 粵 gang3 **另，另外**。《後漢書・班超傳》："～立元孟為焉耆王。"（元孟：人名。）引 **再**。王之渙《登鸛雀樓》詩："欲窮千里目，～上一層樓。"（窮：盡，極。）❺ gèng 粵 gang3 **更加**。《戰國策・韓策一》："棄前功，而後～受其禍。"❻ 粵 gaang1 **夜裏的計時單位，一夜分為五更，每更約兩小時（後起意義）**。李賀《秦王飲酒》詩："宮門掌事報一～。"（宮門掌事：指掌管內外宮門的官吏。）**熟語有"夜半三更"**。引 **更鼓**。杜甫《曉望》詩："白帝～聲盡，陽臺曙色分。"（白帝：白帝城。）【辨】更，改。見256頁"改"字。

5 **曷** hé 粵 hot3 ❶ **疑問代詞。何，甚麼**。《詩經・王風・揚之水》："懷哉懷哉，～月予還歸哉？"（予：我。）《漢書・王褒傳》："其得意若此，則胡禁不止，～令不行？"（胡：何。）又 **怎麼，為甚麼**。《尚書・盤庚上》："汝～弗告朕？"（朕：我。）特 **何時**。《尚書・湯誓》："時日～喪，予及汝皆亡。"《左傳・昭公元年》："趙孟曰：'吾子其～歸？'"❷ **豈，難道**。《荀子・強國》："～若是而可以持國乎？"（若是：如此。持：保持。）❸ **通"盍"。何不**。《詩經・唐風・有杕之杜》："中心好之，～飲食之？"（中心：心裏。）❹ è 粵 aat3/ngaat3 **通"遏"。遏止**。《詩經・商頌・長發》："如火烈烈，則莫我敢～。"

6 **書** shū 粵 syu1 ❶ **記載，書寫**。《左傳・隱公元年》："不～即位。"《史記・孫子吳起列傳》："斫（zhuó 粵 zoek3）大樹白而～之曰：'龐涓死於此樹之下'。"（斫：砍削。龐涓：人名。）❷ **文字**。《荀子・解蔽》："故好～者眾矣。而倉頡獨傳者，壹也。"《史記・孫子吳起列傳》："讀其～未畢，齊軍萬弩俱發。"引 **書法，字體**。《顏氏家訓・雜藝》："（王羲之）舉世惟知其～。"《漢書・藝文志》："六體者，古文、奇字、篆～、隸～、繆篆、蟲～。"[六書] **古人所說的漢字六種造字方法。即：象形、指事、會意、形聲、轉注、假借**。❸ **書信**。杜甫《春望》詩："家～抵萬金。"❹ **文書**。《漢書・刑法志》："晝斷獄，夜理～。"❺ **書籍**。《史記・老子韓非列傳》："申子、韓子皆著～，傳於後世。"（申子：申不害。）❻ **書名。《尚書》。主要內容是我國上古帝王的文誥**。《史記・高祖功臣侯者年表》："《～》曰：'協和萬國。'"❼ **文體名。內容、體裁不一。李斯《諫逐客書》是對政事的陳述，《史記》中的八書是對禮、樂、天文、河渠等的記載**。

7 **曹** cáo 粵 cou4 ❶ **對，雙**。宋玉《招魂》："分～並進。"又 **羣**。《詩經・大雅・公劉》："乃造其～，執豕于牢。"（造：到……去。）杜甫《曲江》詩："哀鴻獨叫求其～。"❷ **輩。可以翻譯為現代漢語的"們"**。《漢書・東方朔傳》："今欲盡殺若～。"（若：你，你們。）杜甫《戲為六絕句》詩："爾～身與名俱滅，不廢江河萬古流。"❸ **分科辦事的官署或部門**。《後漢書・百官志》："成帝初置尚書四人，分為四～。"❹ **周代諸侯國，在今山東定陶**。

8 **替** tì 粵 tai3 ❶ **廢棄**。《尚書・大誥》："不敢～上帝命。"屈原《九章・懷沙》："常度未～。"（度：法度。）引 **泯滅，消亡**。《國語・魯語上》："今先君儉而君侈，令德～矣。"❷ **衰落，衰弱**。《舊唐書・魏徵傳》："以古為鏡，可以知興～。"引 **停止**。皮日休《寄同年韋校書》詩："唯有故人憐未～。"❸ **代替（後起意義）**。《木蘭詩》："願為市鞍馬，從此～爺征。"（市：買。爺：父親。征：出征。）❹ **抽屜（後起意義）**。《南史・殷淑儀傳》："遂為通～棺，欲見，輒引～睹屍。"

8 **曾** céng (粵) cang4 ❶ zēng (粵) zang1 **指與自己隔着兩代的親屬。祖父之父為曾祖，孫之子為曾孫**。《晉書・荀勖傳》：“荀勖字公曾，潁川潁陰人，漢司空爽～孫也……從外祖魏太傅鍾繇曰：‘此兒當及其～祖。’” ❷ zēng (粵) zang1 **副詞。用來加強語氣，常與“不”連用，可以譯為“連……都……”**。《論語・八佾》：“～謂泰山不如林放乎？”《列子・湯問》：“～不若孀妻弱子。”（孀妻：死了丈夫的婦女。）❸ zēng (粵) zang1 **通“增”。增加**。《孟子・告子下》：“～益其所不能。”❹ **曾經**。《呂氏春秋・順民》：“失民心而立功名者，未之～有也。”李白《猛虎行》：“蕭曹～作沛中吏。”（沛：沛縣。）❺ **通“層”。重疊**。杜甫《望嶽》詩：“蕩胸生～雲。”（蕩：動蕩。）

9 **會** huì (粵) wui6 ❶ **會合，聚會**。《尚書・禹貢》：“灉沮～同。”（灉、沮：二水名。）阮籍《詠懷》之六：“嘉賓四面～。”（嘉賓：貴賓。）㊕ **盟會，宴會**。《孟子・告子下》：“葵丘之～，諸侯束牲載書而不歃血。”(又) **會見，會面**。《史記・留侯世家》：“與上～留。”（上：皇帝。留：地名。）❷ **相合，符合**。《世說新語・識鑒》：“山濤不學孫、吳，而暗與之理～。”❸ **時機，機會**。《論衡・命祿》：“逢時遇～。”**成語有“適逢其會”**。❹ **領悟，理解**。陶潛《五柳先生傳》：“好讀書，不求甚解。每有～意，便欣然忘食。”**成語有“心領神會”**。❺ **副詞。正好，恰巧**。《史記・陳涉世家》：“～天大雨，道不通。”【注意】**在這個意義上“會”與“適”同義，所以二字可連用**。司馬遷《報任安書》：“適～召問，即以此指推言陵之功。”（陵：李陵。）❻ **必然，一定**。《古詩為焦仲卿妻作》：“吾已失恩義，～不相從許。”李白《行路難》詩：“長風破浪～有時，直掛雲帆濟滄海。”（濟：渡。）❼ kuài (粵) kui2/kui3 **算帳**。［會計］［計會］**算帳的工作**。《周禮・地官・舍人》：“歲終則～計其政。”（歲終：年底。政：指用穀的多少。）《戰國策・齊策四》：“誰習計～能為文收責於薛者乎？”（習：熟習，精通。）❽ kuài (粵) kui2/kui3 ［**會稽** (jī (粵) kai1)］**古地名，今浙江紹興（秦和西漢時指今江蘇蘇州）**。

10 **朅** qiè (粵) kit3 ❶ **離去**。《呂氏春秋・士容》：“富貴弗就而貧賤弗～。”❷ **勇武的樣子**。《詩經・衛風・碩人》：“庶姜孼孼，庶士有～。”❸ hé (粵) hot3 **通“曷”。何**。《呂氏春秋・貴因》：“膠鬲曰：‘～至？’武王曰：‘將以甲子至殷郊。’”

月部

2 **有** yǒu (粵) jau5 ❶ **有。與“無”相對**。《荀子・天論》：“天行～常。”（自然界的運行有一定的規律。）(又) **佔有**。《三國志・蜀書・諸葛亮傳》：“孫權據～江東。”❷ yòu (粵) jau6 **通“又”**。《詩經・邶風・終風》：“終風且曀，不日～曀。”(又) **用在整數與零數之間，相當於“又”**。《論語・為政》：“吾十～五而志于學。”《韓非子・五蠹》：“割地而朝者三十～六國。”（朝：指歸順。）❸ **名詞詞頭**。《詩經・大雅・文王》：“～周不顯，帝命不時。”(又) **形容詞詞頭**。《詩經・小雅・六月》：“～嚴～翼。”（翼：恭敬。）

4 **服** fú (粵) fuk6 ❶ **衣服，服裝**。屈原《九章・涉江》：“余幼好此奇～兮。”㊕ **喪服**。《史記・魏其武安侯列傳》：“會仲孺有～。”（仲孺：人名。有服：有喪服在身，指在喪期。）❷ **穿，戴**。《論衡・語增》：“～五采之服。”《論語・衛靈公》：“乘殷之輅，～周之冕。”(又) **佩帶**。

李斯《諫逐客書》：“～太阿之劍。”❸ **從事，做**。《尚書・盤庚上》：“若農～田力穡。”⊗ **承當（勞役與刑罰）**。鼂錯《論貴粟疏》：“今農夫五口之家，其～役者不下二人。”❹ **服從**。《荀子・王制》：“甲兵不勞而天下～。”⊗ **降服**。《韓非子・二柄》：“夫虎之所以能～狗者，爪牙也。”❺ **敬佩，信服**。《三國志・蜀書・諸葛亮傳》：“權既宿～仰備。”（權：孫權。備：劉備。）**這個意義又寫作“伏”**。❻ **習慣，適應**。《漢書・鼂錯傳》：“卒不～習。”（卒：士卒。）《宋書・索虜傳》：“道里來遠，或不～水土。”❼ **吃（藥）**。《史記・扁鵲倉公列傳》：“但～湯二旬而復故。”（只服湯藥，二十天就恢復健康。）⊗ **量詞。中藥一劑稱一服。這種量詞的用法讀 fù**。❽ **駕，拉車**。《鹽鐵論・本議》：“～牛駕馬。”賈誼《弔屈原賦》：“驥垂兩耳，～鹽車兮。”❾ **古代一車駕四馬，居中的兩匹叫“服”**。《詩經・鄭風・大叔于田》：“兩～上襄，兩驂雁行。”（上襄：指馬頭昂舉。兩驂：兩服外邊的兩匹馬。）**上古王畿之外，五百里為一服，即甸服、侯服、綏服、要服、荒服**。《尚書・禹貢》：“五百里甸～。”**盛箭的器具**。《國語・齊語》：“弢無弓，～無矢。”**鳥名**。《史記・屈原賈生列傳》：“庚子日施兮，～集予舍。”**這個意義又寫作“鵩”**。

4 **肦** bān (粵) baan^{1} ❶ fén (粵) fan^{4} **頭大**。元稹《望雲騅馬歌》：“驥～驢騾少顏色。”❷ **頒賜**。《儀禮・聘禮》：“～肉及廋（sōu (粵) sau^{1}）、車。”（廋：廋人，養馬官。）

4 **朋** péng (粵) pang^{4} ❶ **貨幣單位。上古以貝殼為貨幣，五貝為一串，兩串為一朋**。《詩經・小雅・菁菁者莪》：“錫我百～。”（錫：賜給。）❷ **朋友**。《論語・學而》：“有～自遠方來，不亦樂乎？”李白《陳情贈友人》詩：“斯人無良～。”（斯人：這個人。）(引) **夥伴，伴侶**。方岳《送史子貫歸覲且迎婦也》詩：“久住西湖夢亦佳，鷺～鷗侶自煙沙。”❸ **結黨，互相勾結**。屈原《離騷》：“世並舉而好～兮。”（並舉：指隨聲附和。）**雙音詞有“朋比”、“朋黨”**。❹ **比，倫比**。《詩經・唐風・椒聊》：“碩大無～。”❺ **同，齊**。《山海經・北山經》：“有鳥焉，群居而～飛。”《後漢書・李固杜喬傳贊》：“～心合力。”

6 **朒** nù (粵) nuk^{6} ❶ **朔月。農曆每月月初的夜晚出現在東方而有虧損的月亮**。謝莊《月賦》：“～朓警闕，朏魄示沖。”❷ **虧缺，不足**。《九章算術》七劉徽注：“盈者謂之朓，不足者謂之～。”

6 **朕** zhèn (粵) zam^{6} ❶ **第一人稱代詞。我，我的**。《尚書・湯誓》：“～不食言。”屈原《離騷》：“帝高陽之苗裔兮，～皇考曰伯庸。”（皇考：稱死去的父親。）❷ **秦始皇以後專用為皇帝的自稱**。《史記・秦始皇本紀》：“～為始皇帝。”❸ **徵兆，跡象**。《莊子・應帝王》：“而遊無～。”（遨遊天下而不留跡象。）

6 **朔** shuò (粵) sok^{3} ❶ **陰曆的每月初一日**。《左傳・桓公十七年》：“冬十月～，日有食之。”《史記・秦始皇本紀》：“改年始，朝賀皆自十月～。”❷ **初，始**。《禮記・禮運》：“皆從其～。”⊗ **拂曉，天剛亮時**。《莊子・逍遙遊》：“朝菌不知晦～。”❸ **北，北方**。《木蘭詩》：“～氣傳金柝（tuò (粵) tok^{3}）。”（朔氣：北方的寒氣。）《三國志・魏書・烏丸傳》：“威振～土。”**雙音詞有“朔風”**。［朔方］① **北方**。《尚書・堯典》：“申命和叔，宅～～，曰幽都。”② **古地名，在今陝西北部和內蒙古一帶**。《漢書・衛青傳》：“皆領屬車騎將軍，俱出～～。”

6 **朗** lǎng (粵) long^{5} ❶ **明朗**。《詩經・大雅・既醉》：“昭明有融，高～

令終。”王羲之《蘭亭集序》：“天～氣清。”❷ **響亮**。《論衡・氣壽》：“兒生，號啼之聲鴻～高暢者壽。”李白《勞勞亭歌》：“～詠清川飛夜霜。”**雙音詞有“朗誦”**。

7 **望** wàng (粵) mong6 ❶ **遠望**。《左傳・莊公十年》：“吾視其轍亂，～其旗靡(mǐ (粵) mei5)。”(轍：車轍。靡：倒。)❷ **盼望，期望**。《孟子・滕文公下》：“民之～之，若大旱之望雨也。”(又) **瞻望，景仰**。《周易・繫辭下》：“君子知微知彰，知柔知剛，萬夫之～。”❸ **名望，聲望**。《詩經・大雅・卷阿》：“如圭如璋，令聞令～。”(令：美好的。)**成語有“德高望重”**。[望族] **有聲望的世家**。秦觀《王儉論》：“自晉以閥閱用人，王謝二氏最為～～。”❹ **祭祀山川**。《尚書・舜典》：“～于山川，遍于群神。”(又) **所祭祀的山川**。《爾雅・釋山》：“梁山，晉～也。”❺ **埋怨，責怪**。《史記・商君列傳》：“商君相秦十年，宗室貴戚多怨～者。”❻ **指月光滿盈時，即農曆小月十五日，大月十六日**。枚乘《七發》：“將以八月之～，與諸侯遠方交遊兄弟，並往觀濤乎廣陵之曲江。”❼ [望洋] **仰視，遠視。又寫作“望羊”、“望陽”**。《莊子・秋水》：“於是焉河伯始旋其面目，～～向若而歎。”(若：海神名。)

8 **朞** jī (粵) gei1 ❶ **一週(年、月)**。《尚書・堯典》：“～，三百有六旬有六日。”(一年有三百六十六天。)[朞年] **一週年**。《左傳・襄公九年》：“行之～～，國乃有節。”[朞月] **一整月**。《後漢書・耿純傳》：“～～之間，兄弟稱王。”❷ **朞服。服為期一年的喪服**。《墨子・公孟》：“伯父、叔父、兄弟，～。”

8 **期** qī (粵) kei4 ❶ **約會**。《詩經・鄘風・桑中》：“～我乎桑中。”(桑中：地名。)(引) **預定的時間，規定的期限**。《左傳・隱公元年》：“大叔完聚，繕甲兵，具卒乘，將襲鄭。夫人將啟之。公聞其～，曰：‘可矣！’”《史記・陳涉世家》：“會天大雨，道不通，度(duó (粵) dok6)已失～。”(會：適逢。度：估計。失：耽誤。)❷ **期望，要求**。《韓非子・五蠹》：“不～脩古，不法常可。”(又) **限度**。蘇軾《漁父四首》之一：“酒無多少醉為～。”(又) **必，必定**。《漢書・路溫舒傳》：“刻木為吏，～不對。”❸ jī (粵) gei1 **週(年、月)**。《左傳・襄公九年》：“行之～年，國乃有節。”(行：施行。節：節餘。)《後漢書・耿純傳》：“～月之間，兄弟稱王。”❹ jī (粵) gei1 **期服。舊時為親屬服喪一年**。《墨子・公孟》：“伯父叔父兄弟～。”**上述❸❹的意義又寫作“朞”**。

8 **朝** cháo (粵) ciu4 ❶ zhāo (粵) ziu1 **早晨**。《詩經・小雅・北山》：“偕偕士子，～夕從事。”李白《早發白帝城》詩：“～辭白帝彩雲間，千里江陵一日還。”(引) **一日，一天**。《孟子・告子下》：“雖與之天下，不能一～居也。”❷ **朝見**。《韓非子・五蠹》：“割地而～者三十有六國。”(又) **接受羣臣的朝見**。《荀子・堯問》：“王～而有憂色。”❸ **朝廷**。《史記・蕭相國世家》：“賜帶劍履上殿，入～不趨。”(趨：快走。)❹ **拜見**。《史記・司馬相如列傳》：“臨邛(qióng (粵) kung4)令繆(miù (粵) mau6)為恭敬，日往～相如。”(繆：詐，裝作。日：每天。)❺ **官府的大堂**。《後漢書・劉寵傳》：“山谷鄙生，未嘗識郡～。”(鄙生：見識不廣的人。)❻ **朝代。如“唐朝”、“宋朝”**。(又) **一代君主統治的時期**。張籍《贈道士宜師》詩：“兩～侍從當時貴。”(兩朝侍從：兩朝都在君王身邊當侍從。)❼ zhāo (粵) ziu1 [朝歌] **古地名，在今河南淇縣。商朝曾在這裏建都**。❽ **對着，向着(後起意義)**。李白《江西送友人之羅浮》詩：“桂水分五嶺，衡山～九疑。"【辨】朝，覲。見580頁"覲"字。

14 **朦** méng ㊊ mung[4] ❶ **［朦朧］月光不明亮**。來鵠《寒食山館書情》詩："楚魂吟後月～～。" ㊀ **模糊，不清楚**。李嶠《早發苦竹館》詩："～～煙霧曉。" ❷ **遮掩，掩蔽**。梁簡文帝《旦出興業寺講詩》："由來六塵縛，宿昔五纏～。"

16 **朧** lóng ㊊ lung[4] ［朦朧］**見本頁"朦"字**。

木部

0 **木** mù ㊊ muk[6] ❶ **樹**。《詩經·小雅·伐木》："伐～丁丁，鳥鳴嚶嚶。"《孟子·梁惠王上》："以若所為，求若所欲，猶緣～而求魚也。" ㊀ **樹葉**。杜甫《登高》詩："無邊落～蕭蕭下，不盡長江滾滾來。" ❷ **木頭，木材**。《荀子·勸學》："～直中(zhòng ㊊ zung[3]) 繩。"(木材直，合於墨線。中：合於。繩：木工的墨線。) ㊕ **木製的刑具**。司馬遷《報任安書》："衣赭衣，關三～。"(赭衣：囚徒穿的衣服。三木：木製的刑具枷、桎、梏。) ㊕ **棺木**。《後漢書·耿純傳》："老病者皆載～自隨。" **成語有"行將就木"**。❸ **質樸，樸實**。《論語·子路》："剛、毅、～、訥，近仁。"《史記·絳侯周勃世家》："勃為人～強敦厚。"(強：倔強。敦厚：老實。) ❹ **五行(金、木、水、火、土)之一。見566頁"行"字**。❺ **八音(金、石、土、木、絲、竹、匏、革)之一。見714頁"音"字**。【辨】木，樹。兩字表示"樹木"的意思是相同的，其他義項各不相同。

1 **末** mò ㊊ mut[6] ❶ **樹梢**。《左傳·昭公十一年》："～大必折。" ㊀ **尖端**。《孟子·梁惠王上》："明足以察秋毫之～。" ㊀ **末了，末尾**。《戰國策·秦策五》："《詩》云：'行百里者半於九十。'此言～路之難。"《三國志·魏書·武帝紀》："光和～，黃巾起。"(光和：漢靈帝的年號。黃巾：黃巾軍，東漢末期的農民起義軍。) 魏學洢《核舟記》："左手執卷～，右手指卷。" ㊕ **晚年，末年**。《禮記·中庸》："武王～受命。"《後漢書·劉玄傳》："王莽～，南方饑饉。" ❷ **微小，淺薄**。《南史·鍾嶸傳》："嶸雖位～名卑，而所言或有可採。"《陳書·沈不害傳》："～學小生，詞無足算。" ❸ **不重要的事**。《荀子·議兵》："今女(rǔ ㊊ jyu[5]) 不求之於本而索之於～，此世之所以亂也。"(女：你。本：指根本的東西。索：求。) **成語有"本末倒置"**。㊕ **指工商。舊時以農為本，工商為末**。《鹽鐵論·通有》："農商交易，以利本～。" ❹ **粉末**。《晉書·鳩摩羅什傳》："乃以五色絲作繩結之，燒為灰～。" ❺ **無**。《論語·子罕》："雖欲從之，～由也已。"

1 **未** wèi ㊊ mei[6] ❶ **沒有，不曾**。《荀子·天論》："故水旱～至而飢。"(飢：指挨餓。) ❷ **不**。《史記·范雎蔡澤列傳》："人固～易知，知人亦～易也。"(易知：容易了解。) ❸ **用在句末表示疑問**。《三國志·蜀書·諸葛亮傳》："言出子口，入于吾耳，可以言～？"(子：你。可以言未：可以說了嗎？) ❹ **地支的第八位。見176頁"干"字**。㊁ **十二時辰之一，等於現在的下午一時至三時**。

1 **本** běn ㊊ bun[2] ❶ **草木的根或莖幹**。《國語·晉語一》："伐木不自其～，必復生。" ㊀ **根源，來源**。《禮記·樂記》："樂者，音之所由生也，其～在人心之感於物也。"《韓非子·有度》："姦邪之臣安利不以功，則姦臣進矣，此亡之～也。"(安利不以功：指不憑藉功勞就獲得利祿。進：爬上去。亡：指亡國。) ❷ **根本，基礎的東西**。《論語·學而》："君子務～，

～立而道生。"《漢書・趙充國傳》："臣聞兵以計為～，故多算勝少算。"（算：謀算。）㊕ **農桑業**。《商君書・壹言》："能事～而禁末者，富。"（末：指工商業。）❸ **本來的，原來的**。蕭統《文選序》："變其～而加厲。"（厲：厲害。）(又) **副詞。本來**。曹操《讓縣自明本志令》："自以～非岩穴知名之士。"❹ **根據**。《周易・乾》："～乎天者親上，～乎地者親下。"(又) **掌握**。《漢書・爰盎傳》："是時絳侯為太尉，～兵柄。"❺ **自己一邊的，現今的**。《淮南子・氾論》："立之于～朝之上。"**又如"本國"、"本月"**。❻ **底本，版本**。《文選・左思〈魏都賦〉》注引劉向《別錄》："一人持～，一人讀書。"（書：指書寫在竹簡上的文字。）❼ **本錢（後起意義）**。《新唐書・柳宗元傳》："子～均。"（利息與本錢相等。）❽ **封建社會臣子給皇帝的奏章或書信（後起意義）。如"修本"、"奏本"**。❾ **量詞。株，棵，叢，撮**。賈思勰《齊民要術・種薤》："率七八支為一～。"（率：大致。）(又) **用於計量書籍。冊，部**。沈括《夢溪筆談》卷一八："若印數十百千～，則極為神速。"

1 **朮** zhú 粵 seot^{6} **植物名。可做藥。如"蒼朮"、"白朮"**。

1 **札** zhá 粵 zaat^{3} ❶ **古代用來寫字的小木片**。《漢書・司馬相如傳》："上令尚書給筆～。"❷ **書信**。顏延之《贈王太常》詩："遙懷具短～。"（遠念友人，因此寫了短信。）❸ **古時鎧甲上的金屬葉片**。《左傳・成公十六年》："蹲（cǔn 粵 cyun^{2}）甲而射之，徹七～焉。"（蹲：疊合。甲：古時士兵穿的護身服。徹：穿，貫通。）❹ **因瘟疫而死**。《列子・湯問》："土氣和，亡～厲。"（土氣和：水土氣候都很調和。亡：無。厲：癘，疫病。）❺ **［札札］象聲詞**。《古詩十九首・迢迢牽牛星》："纖纖擢素手，～～弄機杼。"

2 **朽** xiǔ 粵 nau^{2} **腐爛**。《荀子・勸學》："鍥（qiè 粵 kit^{3}）而舍之，～木不折。"（鍥：用刀子刻。舍：放棄。）(喻) **衰老**。《晉書・張忠傳》："年～髮落。"［不朽］**不可磨滅**。《左傳・襄公二十四年》："古人有言曰：'死而～～。'"曹丕《典論・論文》："蓋文章，經國之大業，～～之盛事。"**成語有"永垂不朽"**。

2 **朴** pǔ 粵 pok^{3} ❶ pò **樹皮**。崔駰《博徒論》："膚如桑～，足如熊蹄。"**［厚朴］一種落葉喬木。樹皮可供藥用**。《史記・司馬相如列傳》："楟柰（tíng nài 粵 ring^{4} noi^{6}）～～。"（楟柰：果樹名。）❷ **大**。屈原《天問》："恆秉季德，焉得夫～牛？"(又) **大木材**。屈原《九章・懷沙》："材～委積兮，莫知余之所有。"❸ **通"樸"。本質，本性**。《荀子・性惡》："今人之性，生而離其～。"❹ **通"樸"。質樸，淳樸**。《荀子・王霸》："農夫～力而寡能。"（朴力：質樸而盡力耕作。寡：少。能：指奸邪。）

2 **朱** zhū 粵 zyu^{1} **大紅色**。《韓非子・十過》："墨染其外，而～畫其內。"**成語有"朱輪華轂"**。［朱門］**古代王侯用大紅色塗門戶，所以"朱門"一詞用來作為豪門的代稱**。杜甫《自京赴奉先縣詠懷五百字》："～～酒肉臭，路有凍死骨。"**【辨】**赤，朱，丹，絳，紅。**見618頁"赤"字**。

2 **朵** （朶）duǒ 粵 do^{2} ❶ **花朵**。白居易《畫木蓮花圖寄元郎中》詩："花房膩似紅蓮～，艷色鮮如紫牡丹。"（膩：光滑，潤滑。）❷ **量詞**。杜甫《江畔獨步尋花》詩："黃四娘家花滿蹊，千～萬～壓枝低。"（蹊：小路。）❸ **通"垛"。建築物兩側的突出部分**。《宋史・儀衛志一》："陳腰輿、小輿於東西～殿。"❹ **［朵頤］鼓動腮頰嚼食**。柳宗元《遊南亭夜還敘志七十韻》："～～進芰（jì 粵 gei^{6}）實，擢手持蟹螯。”

3 **杅** yú (粵) jyu4 ❶ **盛水和酒的器具**。《儀禮・既夕禮》：“用器弓矢、耒耜、兩敦、兩～、盤匜。” ❷ **浴盆**。《禮記・玉藻》：“浴用二巾，上絺下綌，出～，履蒯席。”

3 **杜** dù (粵) dou6 ❶ **棠梨，一種木本植物**。《詩經・唐風・杕杜》：“有杕（dì (粵) dai6）之～，其葉萋萋。”（杕：立的樣子。）賈思勰《齊民要術・插梨》：“～樹大者插五枝，小者或三或二。” ❷ **杜衡，香草名**。楊衒之《洛陽伽藍記・城內》：“芳～匝階。”（匝：環繞。） ❸ **杜絕，堵塞**。李斯《諫逐客書》：“強公室，～私門。”（公室：指王室。私門：指貴族的家族。）魏徵《十漸不克終疏》：“此直意在～諫者之口。”（直：簡直是。）成語有“防微杜漸”。 ❹ ［杜撰］**沒有根據，憑自己的想像去捏造**。王楙《野客叢書》卷二十：“杜默為詩，多不合律，故言事不合格者為～～。”（杜默：人名。律：指詩詞的格律。） ❺ ［杜康］**傳說為古代造酒的人，借指酒**。曹操《短歌行》：“何以解憂，惟有～～。”

3 **杠** gāng (粵) gong1 ❶ **竹木桿子**。《儀禮・鄉射禮》：“以白羽與朱羽糅～。”《爾雅・釋天》：“素錦綢～。” ❷ **獨木橋，小橋**。《孟子・離婁下》：“歲十一月，徒～成；十二月，輿梁成。”(泛) **橋**。左思《魏都賦》：“石～飛梁，出控漳渠。”（漳渠：漳河。） ❸ **通“扛”。抬**。康有為《東事戰敗》詩：“～棺摩拳，擊鼓三撾。”

3 **材** cái (粵) coi4 ❶ **木材，木料**。《韓非子・內儲說上》：“～木盡則無以為守備。”（守備：指防備用的器物。）(引) **材料，原料**。《管子・小問》：“致天下之精～，來天下之良工，則有戰勝之器矣。”（致：使……到來。器：用具。）(特) **棺材**。《陳書・周弘直傳》：“氣絕已後，便買市中見（xiàn (粵) jin6）～，～必須小形者。” ❷ **通“才”。才能**。《史記・淮南衡山列傳》：“～幹絕人。”柳宗元《答韋中立論師道書》：“僕～不足。”（僕：自稱的謙辭，相當於“我”。）(引) **有才能的**。《韓非子・飾邪》：“奸臣愈進而～臣退，則主惑而不知所行。”（主：君主。惑：迷惑。） ❸ **通“裁”。成，成就**。《荀子・富國》：“治萬變，～萬物，養萬民。”

3 **杕** dì (粵) dai6 ❶ **樹木立的樣子**。《詩經・唐風・杕杜》：“有～之杜，其葉湑（xǔ (粵) seoi2）湑。”（湑湑：茂盛的樣子。） ❷ duò (粵) to4 **通“柁”。船尾梢木**。《淮南子・說林》：“毀舟為～。”

3 **杌** wù (粵) ngat6 ❶ ［杌隉（niè (粵) nip6）］**動搖不安**。《尚書・秦誓》：“邦之～～，曰由一人。” ❷ **搖動**。《史記・司馬相如列傳》：“揚翠葉，～紫莖。” ❸ **樹木沒有枝丫**。《三國志・魏書・高堂隆傳》：“由枝幹既～，本實先拔也。” ❹ **凳子（後起意義）**。賈思勰《齊民要術・種桑柘》：“春采者，必須長梯高～。”

3 **杙** yì (粵) jik6 **小木樁**。《呂氏春秋・節喪》：“譬之若瞽師之避柱也，避柱而疾觸～也。”(又) **小木棍**。《左傳・襄公十七年》：“以～抉其傷而死。”柳宗元《行路難》詩之二：“虞衡斤斧羅千山，工命采斫～與椽。”

3 **杓** biāo (粵) biu1 ❶ **北斗第五、六、七顆星的名稱。也叫斗柄或標**。李商隱《送從翁從東川弘農尚書幕》詩：“少減東城飲，時看北斗～。” ❷ **拉開**。《淮南子・道應》：“孔子勁～國門之關，而不肯以力聞。墨子為守攻，公輸般服，而不肯以兵知。” ❸ **打擊**。《淮南子・兵略》：“故淩人者勝，待人者敗，為人～者死。” ❹ sháo (粵) soek3 **舀酒的勺子**。《韓詩外傳》卷八：“譬猶渴操壺～就江海而飲之。”

3 **杞** qǐ 粵 gei2 ❶ **樹名**。**杞柳**。《詩經・鄭風・將仲子》："無折我樹～。"（不要折我種的杞。樹：種。）❷ **灌木名**。**枸杞**。《詩經・小雅・杕杜》："陟彼北山，言采其～。"（陟：登。彼：那。言：動詞詞頭。）❸ **周代諸侯國**。**在今河南杞縣**。《列子・天瑞》："～國有人，憂天地崩墜，身亡所寄。"（亡：無。）**成語有"杞人憂天"**。

3 **束** shù 粵 cuk1 ❶ **綁，捆**。《史記・廉頗藺相如列傳》："其勢必不敢留君，而～君歸趙矣。"**成語有"束手無策"**。⊗ **結，繫**。《論語・公冶長》："～帶立於朝。"❷ **約束，束縛**。李白《留別廣陵諸公》詩："空名～壯士。"[**約束**] ① **束縛**。《莊子・駢拇》："～～不以纆（mò 粵 mak6）索。"（纆索：繩子。）② **規定，規章**。《史記・孫子吳起列傳》："～～既布，乃設鈇鉞。"（鈇鉞：殺人的刑具。）《史記・廉頗藺相如列傳》："趙括既代廉頗，悉更～～，易置軍吏。"（悉：全部。更：改變。易：改換。）⊗ **拘泥**。諸葛亮《誡外生書》："徒碌碌滯于俗，默默～于情。"❸ **聚集**。黃庭堅《次韻文潛休沐不出》之二："著書灑風雨，枯筆～如林。"❹ **量詞**。**小把，小捆**。《詩經・小雅・白駒》："生芻一～。"[**束脩**] ① **十條乾肉**。**古時多用作禮物贈人**。《論語・述而》："自行～～以上，吾未嘗無誨焉。"**後專指教師的酬金**。② **約束**。《後漢書・和熹鄧皇后紀》："故能～～，不觸羅網。"

【辨】束，縛。兩個字都有捆綁的意思。但"束"字多用於物，"縛"字多用於人。"束縛"二字連用時也多用於人。

3 **杝** yí 粵 ji4 ❶ **樹名，即椴木**。《禮記・檀弓上》："～棺一，梓棺二。"❷ lí 粵 lei4 **籬笆**。賈思勰《齊民要術序》："～落不完，垣牆不牢。"❸ zhì 粵 ci2 **順着木材的紋理劈開**。《詩經・小雅・小弁》："伐木掎（jǐ 粵 gei2）矣，析薪～矣。"（掎：牽引。）❹ duò 粵 to4 **通"舵"**。**船舵**。《後漢書・趙壹傳》："奚異涉海之失～，積薪而待燃。"❶❹ **又寫作"柂"**。

3 **杗** máng 粵 mong4 **棟樑**。韓愈《進學解》："夫大木為～，細木為桷。"

4 **枉** wǎng 粵 wong2 ❶ **彎曲**。**與"直"相對**。《荀子・王霸》："是猶立直木而求其影之～也。"（猶：如同。）⊗ **不正直，不正派**。《鹽鐵論・相刺》："言直而行之～。"❷ **歪曲（法律）**。《呂氏春秋・高義》："事君～法，不可謂忠臣。"⊗ **冤屈**。《三國志・吳書・朱異傳》："為孫綝所～害。"**雙音詞有"冤枉"**。❸ **屈尊，屈就，地位高的人降低自己的身份**。揚雄《解嘲》："或～千乘於陋巷。"（或：有的。千乘：指千乘之國的國君。陋巷：小巷。）❹ **副詞**。**徒然，白白地**。杜甫《歲晏行》："汝休～殺南飛鴻。"（汝：你。休：不要。鴻：大雁。）

4 **枅** jī 粵 gai1 **柱上的横木**。《淮南子・主術》："短者以為朱儒～櫨（lú 粵 lou4）。"（櫨：柱上承樑的方木。）

4 **林** lín 粵 lam4 ❶ **成片的樹木、竹子**。《孟子・梁惠王上》："斧斤以時入山～，材木不可勝用也。"(引) **人或物會聚處**。司馬遷《報任安書》："然後可以託於世，而列於君子之～矣。"蕭統《文選序》："歷觀文囿，泛覽辭～。"❷ **盛多的樣子**。《詩經・小雅・賓之初筵》："百禮既至，有壬有～。"（有：通"又"。壬：大。）**雙音詞有"林立"**。[**林林**] **眾多的樣子**。柳宗元《貞符》："惟人之初，總總而生，～～而群。"**成語有"林林總總"**。

4 **杮** (柹)fèi 粵 fai3 **削木片**。潘岳《馬汧督誄》："～梠（lǚ 粵 leoi5）桷（jué 粵 gok3）之松。"（梠：屋簷。桷：方椽子。）⊗ **木片**。《晉書・王濬傳》："濬（jùn 粵 zeon3）造船於蜀，其木～蔽江而下。"

【注意】"柿"字與果樹"柿 (shì 粵 ci^{5})"形體相近，而音、義殊異，不可混同。

4 **枝** zhī 粵 zi^{1} ❶ **樹的枝條**。屈原《離騷》："冀～葉之峻茂兮，願俟時乎吾將刈。" (引) **肢體，四肢**。《管子・內業》："耳目聰明，四～堅固。" **這個意義後來寫作"肢"**。❷ **分支**。《管子・度地》："水別於他水，入於大水及海者，命曰～水。"《韓非子・說疑》："內寵并后，外寵貳政，～子配適 (dí 粵 dik^{1})，大臣擬主，亂之道也。"(適：嫡。) (又) **分岔**。《荀子・解蔽》："心～則無知。" ❸ **支撐**。《莊子・齊物論》："師曠之～策也，惠子之據梧也。"(策：竹杖。) (又) **支持**。《左傳・桓公五年》："蔡衛不～，固將先奔。" (引) **抗禦**。劉向《新序・善謀》："而勁齊韓魏之強，足以～於秦。" **上述❷❸又寫作"支"**。❹ **量詞**。陸雲《與兄平原書》："書刀五枚，琉璃筆一～。"

4 **杶** chūn 粵 ceon^{1} **樹名，即香椿**。《尚書・禹貢》："厥貢羽毛齒革，惟金三品，～、榦、栝 (kuò 粵 kut^{3})、柏。"(厥：其。榦：柘樹。栝：檜樹。)

4 **枑** hù 粵 wu^{6} **古時設置在官府門前以阻擋行人的障礙物。也叫梐 (bì 粵 bai^{6}) 枑或行馬**。潘岳《藉田賦》："封人壝 (wěi 粵 wai^{4}/wai^{5}) 宮，掌舍設～。"(封人、掌舍：官名。壝：矮牆。)

4 **杪** miǎo 粵 miu^{5} ❶ **樹枝的細梢**。《史記・司馬相如列傳》："夭蟜枝格，偃蹇～顛。" 王維《送梓州李使君》詩："山中一夜雨，樹～百重泉。" ❷ **物體的末端**。歐陽修《洛陽牡丹記》："葉～深紅一點。" (引) **年月季節的最後**。《禮記・王制》："冢宰制國用，必於歲之～。" 謝靈運《登臨海嶠初發彊中作》詩："～秋尋遠山。" ❸ **細小。常"杪小"、"杪杪"連用**。《後漢書・馮衍傳》："闊略～小之禮。"(闊略：指不拘泥。)

4 **杳** yǎo 粵 jiu^{2}/miu^{5} ❶ **昏暗**。《管子・內業》："杲 (gǎo 粵 gou^{2}) 乎如登於天，～乎如入於淵。"(杲：明亮。) 屈原《九章・涉江》："深林～以冥冥兮。" ❷ **遠得沒有盡頭**。蔡琰《胡笳十八拍》："朝見長城兮路～漫。"(朝：早晨。漫：漫長。) (引) **不見蹤影**。杜牧《郡齋秋夜即事》詩："故國～無千里信，采弦時伴一聲歌。" **成語有"杳無音信"**。

4 **枘** ruì 粵 jeoi^{6} **榫 (sǔn 粵 seon^{2}) 子，榫頭**。宋玉《九辯》："圜鑿而方～兮，吾固知其鉏鋙 (jǔ yǔ 粵 zeoi^{2} jyu^{5}) 而難入。"(圜：通"圓"。鑿：榫眼。鉏鋙：不相配合。) **成語有"圓鑿方枘"**。

4 **杵** chǔ 粵 cyu^{5} ❶ **舂米的棒槌**。《周易・繫辭下》："斷木為～，掘地為臼。" 杜甫《暫往白帝復還東屯》詩："落～光輝白，除芒子粒紅。"(芒：稻穀的皮。) (泛) **搗物的棒槌**。《孟子・盡心下》："以至仁伐至不仁，而何其血之流～也？" 張籍《築城詞》："築城處，千人萬人齊把～。" (又) **搗，捶**。賈誼《新書・春秋》："舂築者不相～。" 陸游《搗藥鳥》詩："幽禽似欲嘲衰病，故學禪房～藥聲。" ❷ **古兵器**。《宋史・呼延贊傳》："及作破陣刀、降魔～，鐵折上巾，兩旁有刃，皆重十數斤。"

4 **枚** méi 粵 mui^{4} ❶ **樹幹**。《詩經・周南・汝墳》："伐其條～。" ❷ **馬鞭子**。《左傳・襄公十八年》："以～數 (shǔ 粵 sou^{2}) 闔 (hé 粵 hap^{6})。"(用馬鞭子指點着數門扇。闔：門扇。) ❸ **古代行軍時為防止喧嘩，讓士兵銜在口中的竹片或木片**。歐陽修《秋聲賦》："又如赴敵之兵，銜～疾走。" ❹ **逐一，逐個**。《尚書・大禹謨》："～卜功臣，惟吉之從。" **成語有"不可枚舉"**。❺ **量詞。個，隻，件**。謝惠連《祭古冢文》："有五銖錢百餘～。"《論衡・書虛》："使人多設羅，得鸛數十～。"

4 **析** xī (粵) sik1 ❶ **劈，劈木頭**。《詩經・齊風・南山》："～薪如之何？匪斧不克。"（薪：木柴。匪：非。克：能，成功。）(引) **剖開**。鄒陽《獄中上書自明》："剖心～肝。" ❷ **分散，分離**。《論語・季氏》："邦分崩離～，而不能守也。" ❸ **分析，辨析**。陶潛《移居》詩："奇文共欣賞，疑義相與～。"

4 **板** bǎn (粵) baan2 ❶ **木板**。《詩經・秦風・小戎》："在其～屋，亂我心曲。" (特) **築牆用的夾板**。《史記・黥布列傳》："項王伐齊，身負～築，以為士卒先。"（築：搗土的杵。）(又) **板狀物**。《朱子語類》卷二七："千部萬部雖多，只是一箇印～。" ❷ **詔板。帝王的詔書或官府文件**。《後漢書・楊賜傳》："念官人之重，割用～之恩。" (引) **以板授官**。《南齊書・褚炫傳》："～炫補五官。" ❸ **笏板，官吏上朝時所持的手板**。《後漢書・禮儀中》："八能士各書～言事。" ❹ **板結，結成硬塊**。《天工開物》卷一："遇大雨～土，則不復生。" ❺ **[板板] 邪僻，反常**。《詩經・大雅・板》："上帝～～，下民卒癉。"（卒、癉：都指因勞致病。）

4 **枌** fén (粵) fan4 ❶ **一種喬木。即白榆樹**。《詩經・陳風・東門之枌》："東門之～，宛丘之栩（xǔ (粵) heoi2）。"（宛丘：平而圓的高地。栩：樹名。）❷ **通"棼"。閣樓的棟**。張協《七命》："～栱嵯峨。"（嵯峨：高大的樣子。）

4 **枊** àng (粵) ngong4/ngong6 ❶ **拴馬的柱子**。《三國志・蜀書・先主傳》："解綬繫其頸著馬～。" ❷ **斗拱**。何晏《景福殿賦》："飛～鳥踴，雙轅是荷。"

4 **极** jí (粵) kap1 **放在驢背上用來馱物的架子**。《說文・木部》："极，驢上負也。"

4 **杭** háng (粵) hong4 ❶ **渡**。《詩經・衞風・河廣》："誰謂河廣，一葦～之。"（河：黃河。葦：蘆葦。）(又) **渡船**。《史記・司馬相如列傳》："～絕浮渚而涉流沙。"（絕：渡過。）❷ kāng (粵) hong1 **[杭莊] 同"康莊"。寬闊平坦的大道**。《管子・輕重丁》："請以令決瓁洛之水，通之～～之間。"

4 **枋** fāng (粵) fong1 ❶ **樹名**。《莊子・逍遙遊》："我決起而飛，搶（qiāng (粵) coeng1）榆～。"（決：快速。搶：突過。）❷ **大木椿**。酈道元《水經注・淇水》引盧諶《征艱賦》："後背洪～巨堰。" ❸ bìng (粵) bing3/beng3 **通"柄"。器物的把兒**。《儀禮・士冠禮》："加柶（sì (粵) si3）面～。"（柶：古禮器。）(又) **權柄**。《周禮・春官・內史》："內史掌王之八～之法。" ❹ fǎng (粵) fong2 **通"舫"。[枋箄（pái (粵) paai4）] 木筏**。《後漢書・岑彭傳》："公孫述遣其將任滿、田戎、程汎將數萬人乘～～下江關。"

4 **枓** dǒu (粵) dau2 ❶ **[枓栱] 栱是建築上弧形承重結構，枓是墊栱的方木塊，合稱枓栱**。段穀《市中狂吟》："～～斜攲（qī (粵) kei1），看著倒也。"（攲：傾斜。）❷ zhǔ (粵) zyu2 **勺子**。《禮記・喪大記》："浴水用盆，沃水用～。"（沃：澆。）

4 **枕** zhěn (粵) zam2 ❶ **枕頭**。《戰國策・齊策四》："三窟已就，君姑高～為樂矣。"（姑：暫且。高枕：把枕頭墊高。）❷ zhèn (粵) zam3 **枕着**。《晉書・劉琨傳》："～戈待旦。" (引) **臨近，靠近**。《漢書・嚴助傳》："北～大江。"

4 **杻** niǔ (粵) nau5 ❶ **樹名**。《詩經・唐風・山有樞》："山有栲，隰有～。" ❷ chǒu (粵) cau2 **手銬**。杜甫《草堂》詩："眼前列～械，背後吹笙竽。"（械：腳鐐手銬。）

4 **杼** zhù (粵) cyu5 ❶ **織布機的梭子**。《戰國策・秦策二》："其母懼，投～逾牆而走。" ❷ **削薄**。《周禮・考工記・

輪人》："凡為輪行澤者欲～。" ❸ shū [粵] syu1 **通"抒"。清除污垢。**《管子・禁藏》："～井易水，所以去茲毒也。"（茲：滋長，滋生。）[又] **抒發。**屈原《九章・惜誦》："惜誦以致愍兮，發憤以～情。"

4 **杲** gǎo [粵] gou2 **明亮。**《管子・內業》："～乎如登於天，杳乎如入於淵。" **[杲杲] 形容太陽明亮。**《詩經・衛風・伯兮》："其雨其雨，～～出日。"

4 **果** guǒ [粵] gwo2 ❶ **果子，果實。**《韓非子・五蠹》："民食～蓏（luǒ [粵] lo2）蚌蛤。"（果蓏：瓜果。）**這個意義後來又寫作"菓"。[因果] 佛教認為人做善事或惡事必然會產生相應的結果，稱為"因果"。**《南史・范縝傳》："貴賤雖復殊途，～～竟在何處？"（貴賤雖然很不一樣，但究竟有甚麼因果呢？）❷ **成為事實，實現。**《孟子・梁惠王下》："君是以不～來也。" 陶潛《桃花源記》："聞之，欣然規往，未～。"（規：計劃。）❸ **充實，飽。**《莊子・逍遙遊》："三餐而反，腹猶～然。" **成語有"食不果腹"。** ❹ **堅決，果敢。**《論語・子路》："言必信，行必～，硜硜然小人哉！" **雙音詞有"果斷"。** ❺ **副詞。果然，果真。**《國語・晉語一》："驪姬～作難。"（驪姬：人名。）❻ **副詞。究竟。**《荀子・君道》："～何道而便？"（便：便利。）《戰國策・秦策一》："張儀入，問王曰：'陳軫～安之？'"（安之：何往。）

5 **某** mǒu [粵] mau5 ❶ **代詞。代替不明確指出的時間、事物、處所或人。**《論語・衛靈公》："子告之曰：'～在斯，～在斯。'"《漢書・孝成許皇后傳》："欲作～屏風，張於～所。"（張：擺開。）柳宗元《三戒・永某氏之鼠》："永有～氏者。"（永：永州。）**【注意】"某"做代詞時，所指代者有三種情況，需要加以區別：第一種情況雖然沒有明確指出，但是實際上所指代者是確定的（如例句一）；第二種情況是不確定的泛指（如例句二）；第三種情況是由於忘記或失傳而無法明確的或不願明確指出的（如例句三）。** ❷ **謙稱。常用在對話或書信中，相當於"我"。**《史記・高祖本紀》："今～之業所就孰與仲多？"

5 **柰** nài [粵] noi6 ❶ **果名。**左思《蜀都賦》："素～夏成。"（白柰果夏季成熟。）❷ **[柰何] 如何，怎麼辦。**《荀子・強國》："然則～～？"《漢書・項籍傳》："騅不逝兮可～～。"（騅：馬名。逝：跑。）**這個意義後來多作"奈何"。** ❸ **通"耐"。禁得起，受得住。**歐陽修《四月九日幽谷見緋桃盛開》詩："深紅淺紫看雖好，顏色不～東風吹。"

5 **枰** píng [粵] ping4 **樹名。**《漢書・司馬相如傳上》："沙棠櫟櫧，華楓～櫨。" ❷ **棋盤，棋局。**《晉書・杜預傳》："時帝與中書令張華圍棋，而預表適至，華推～斂手。" 歐陽修《新開棋軒呈元珍表臣》詩："獨收萬慮心，於此一～競。"

5 **栧** yì [粵] jai6 ❶ **船槳。**《史記・司馬相如列傳》："浮文鷁，揚桂～。" [又] **船舷。**屈原《九歌・湘君》："桂棹兮蘭～。"（一說為船槳。）❷ **划船。**王屮《頭陀寺碑文》："釋網更維，玄津重～。"

5 **枯** kū [粵] fu1 ❶ **草木枯萎。**《管子・度地》："伐～木而去之。" [引] **乾涸。**《荀子・致士》："川淵～則龍魚去之。" ❷ **乾瘪，憔悴。**《荀子・脩身》："勞倦而容貌不～。"

5 **柯** kē [粵] o1/ngo1 ❶ **斧柄。**《詩經・豳風・伐柯》："伐～如何，匪斧不克。"《國語・晉語八》："今若大其～，去其枝葉，絕其本根，可以少閒。"（少閒：逐漸平息。禍亂之因好比一棵樹，加大斧柄削去樹的枝葉，破壞樹椿和樹根，禍亂就會平息。）❷ **樹枝。**賈思勰《齊民要術・園籬》："交～錯葉。"

5 **柄** bǐng [粵] bing3/beng3 **斧柄，泛指器物的把兒**。《墨子・備城門》："長斧，～長八尺。"賈思勰《齊民要術・耕田》引《纂文》："鏟（chǎn [粵] caan2）～長三尺。"（鏟：一種農具。）[喻] **權柄，權力**。《韓非子・問田》："治天下之～。"《呂氏春秋・義賞》："賞罰之～，此上之所以使也。"**又如"國柄"、"政柄"**。[引] **根本**。《周易・繫辭下》："謙，德之～也。"《國語・齊語》："治國家不失其～。"

5 **柘** zhè [粵] ze3 ❶ **一種常綠灌木。木材可染黃赤色**。陸厥《奉答內兄希叔》詩："歸來翳桑～，朝夕異涼溫。"[**柘袍**] **古代皇帝穿的黃袍**。歐陽玄《陳摶睡圖》詩："陳橋一夜～～黃。"❷ **通"蔗"。甘蔗**。宋玉《招魂》："有～漿些。"

5 **柩** **(匶)**jiù [粵] gau6 **裝有屍體的棺材**。《左傳・昭公十八年》："里析死矣，未葬，子產使輿三十人遷其～。"（里析：人名。輿：奴隸。）

5 **柙** xiá [粵] haap6 ❶ **關獸類的木籠**。《論語・季氏》："虎兕出於～，龜玉毀於櫝中，是誰之過與？"❷ **匣子**。張載《七哀詩》："珠～離玉體，珍寶見剽虜。"❸ jiǎ [粵] gaap3 **一種樹**。張衡《南都賦》："楓～櫨櫪，帝女之桑。"

5 **枵** xiāo [粵] hiu1 **大樹空心的樣子**。[引] **空虛**。范成大《次韻陳季陵寺丞求歙石眉子硯》："寶玩何曾捄（jiù [粵] gau3）～腹。"（玩：古玩。捄：救。）**成語有"枵腹從公"**。

5 **柚** yòu [粵] jau6 ❶ **果樹名，也指其果實**。《尚書・禹貢》："厥包橘～錫貢。"李白《秋登宣城謝脁北樓》詩："人煙寒橘～，秋色老梧桐。"❷ zhú [粵] zuk6 **織布機上纏經線的圓軸**。《詩經・小雅・大東》："小東大東，杼～其空。"

5 **枳** zhǐ [粵] zi2 **果樹名，果似橘而酸**。《晏子春秋・內篇雜下》："橘生淮南則為橘，生於淮北則為～。"

5 **柷** zhù [粵] zuk1 **樂器名。奏樂開始時先擊柷**。《詩經・周頌・有瞽》："鼗磬～圉（yǔ [粵] jyu5）。"（圉：通"敔"。用以止樂的樂器。）

5 **柞** zuò [粵] zok6 ❶ **樹名。柞樹**。《詩經・小雅・采菽》："維～之枝，其葉蓬蓬。"❷ zé [粵] zaak3 **砍伐樹木**。《詩經・周頌・載芟》："載芟載～，其耕澤澤。"❸ zé [粵] zaak3 **窄，狹窄**。《周禮・考工記・輪人》："轂小而長則～，大而短則摯。"（摯：不堅固。）

5 **柎** fū [粵] fu1 ❶ **懸掛鐘磬木架的腳**。❷ **花托（花萼的底部）**。《山海經・西山經》："有木焉，員葉而白～。"（員：圓。）❸ fǔ [粵] fu2 **憑依，倚仗**。《管子・輕重戊》："父老～枝而論，終日不歸。"❹ **同"泭"。竹、木筏子**。《管子・小匡》："方舟投～，乘桴濟河，至于石沈。"（河：黃河。石沈：地名。）❺ fǔ [粵] fu2 **通"弣"。弓把**。《周禮・考工記・弓人》："於挺臂中有～焉，故剽。"❻ fù [粵] fu6 **通"附"。附着，塗注**。《儀禮・士冠禮》："素積白屨，以魁～之。"（魁：蜃蛤。）

5 **柝** **(欜、櫜)** tuò [粵] tok3 ❶ **巡夜打更用的梆子**。《周易・繫辭下》："重門擊～，以待暴客。"（暴客：強盜，盜賊。）柳宗元《段太尉逸事狀》："候卒擊～衛太尉。"（候卒：負責巡邏警衛的士兵。衛：保衛。）❷ **通"拓"。開拓，擴大**。《淮南子・原道》："廓四方，～八極。"（廓：擴大。八極：八方極遠之處。）

5 **柢** dǐ [粵] dai2 **樹根，根底**。《韓非子・解老》："～固則生長。"（固：結實，牢靠。）《後漢書・東夷傳》："萬物～地而出。"（柢地：以地做根柢。）[引] **底部**。《論衡・是應》："司南之杓，投之於地，其～指南。"[**根柢**] **樹根**。《史記・魯仲連鄒陽列傳》："蟠（pán 粵 pun^{4}）木～～，輪囷離詭。"（蟠結的樹根彎曲奇特。）引 **基礎**。左思《吳都賦》："霸王之所～～，開國之所基趾。"（基趾：基礎。）

5 **枸** jǔ 粵 geoi^{2} ❶ **枳椇，一種落葉喬木**。《詩經・小雅・南山有臺》："南山有～，北山有楰（yú 粵 jyu^{4}）。"（楰：楸樹。）❷ **木名，果實可做醬，出蜀中**。《史記・西南夷列傳》："南越食蒙蜀～醬。"❸ gǒu 粵 gau^{2} **〔枸杞〕一種落葉灌木，果實可食用或入藥**。《金史・地理志上》："產鐵、荊三稜、～～。"❹ gōu 粵 kau^{1} **彎曲**。《荀子・性惡》："故～木必將待檃栝烝矯然後直。"（檃栝：矯正彎木的工具。）

5 **柳** liǔ 粵 lau^{5} ❶ **柳樹**。《詩經・小雅・采薇》："昔我往矣，楊～依依。"（依依：輕柔的樣子。）❷ **星宿名。二十八宿之一**。《呂氏春秋・有始》："南方曰炎天，其星輿鬼、～、七星。"（輿鬼：星宿名，即鬼宿，二十八宿之一。）❸ liú 粵 lau^{4} **通"瘤"。瘤子**。《莊子・至樂》："俄而～生其左肘。"

5 **枹** fú 粵 fau^{4} ❶ **同"桴"。鼓槌**。屈原《九歌・國殤》："援玉～兮擊鳴鼓。"（援：拿起。）❷ **用於地名**。

5 **柈** pán 粵 pun^{4} **同"盤"。盤子**。《論衡・無形》："冶者用銅為～杅。"

5 **柲** bì 粵 bei^{3} ❶ **兵器的柄**。《周禮・考工記・廬人》："戈～六尺有六寸。"❷ **弓檠（qíng 粵 king^{4}），保護弓的一種器具**。《儀禮・既夕禮》："弓……有～。"

5 **柅** nǐ 粵 nei^{5} ❶ **樹名。果實如梨**。❷ **臨時放到車輪下用以阻止車輪前進的木塊**。《周易・姤》："繫于金～。"引 **遏止**。《新唐書・牛徽傳》："徽治以剛明，～杜干請，法度復振。"❸ **〔柅柅〕草木茂盛的樣子**。左思《蜀都賦》："總莖～～。"

5 **枷** jiā 粵 gaa^{1} ❶ **一種打穀用的農具。也叫連枷**。《國語・齊語》："耒耜～芟（shān 粵 saam^{1}）。"（芟：大鐮刀。）❷ **一種套在犯人脖子上的刑具**。《北史・流求國傳》："獄無～鎖，唯用繩縛。"又 **用作動詞。上枷**。《北齊書・厙狄干傳》："士文～之於獄累日，杖之二百。"❸ jià 粵 gaa^{3} **通"架"。衣架**。《禮記・曲禮上》："男女不雜坐，不同椸（yí 粵 ji^{4}）～。"（椸：衣架。）

5 **柬** jiǎn 粵 gaan^{2} ❶ **選擇**。《荀子・脩身》："安燕而血氣不惰，～理也。"❷ **通"簡"。信札**。《漢書・京房傳》："皆持～與淮陽王。"

5 **枲** xǐ 粵 saai^{2} **大麻的雄株**。《周禮・夏官・職方氏》："其利林漆絲～。"又 **麻布**。《鹽鐵論・利議》："文表而～裏，亂實者也。"

5 **柔** róu 粵 jau^{4} ❶ **柔韌**。《詩經・小雅・巧言》："荏染～木，君子樹之。"（荏染：柔弱的樣子。）又 **柔嫩**。《詩經・小雅・采薇》："采薇采薇，薇亦～止。"（止：語氣詞。）❷ **柔軟。與"剛"相對**。《莊子・天運》："其聲能短能長，能～能剛。"❸ **柔和，和順**。《詩經・大雅・崧高》："申伯之德，～惠且直。"又 **温和**。《禮記・內則》："問所欲而敬進之，～色以温之。"❹ **懷柔，安撫**。《尚書・舜典》："～遠能邇，惇德允元。"（能邇：安撫近處。）

6 **栽** zāi 粵 zoi^{1} ❶ **種植**。《禮記・中庸》："故～者培之。"賈思勰《齊民要術》卷二："五六月中霖雨時，拔而～之。"❷ **幼苗**。《論衡・初稟》："草木生於實核，出土為～櫱，稍生莖葉。"❸ zài 粵 zoi^{6} **設版築牆**。《左傳・定公元年》："孟懿子會城成周，庚寅，～。"

6 **桔** jié 粵 git^{3} **〔桔槔（gāo 粵 gou^{1}）〕一種用槓桿從井中汲水的裝置**。《莊子・

天運》："且子獨不見夫～～者乎，引之則俯，舍之則仰。"李白《贈張公洲革處士》詩："井無～～事，門絕刺繡文。"

6 **栲** kǎo (粵) haau2 ❶ **樹名。也叫山樗。**《詩經・小雅・南山有臺》："南山有～，北山有杻。" ❷ [**栲栳** (lǎo (粵) lou5)] **同"⿱竹考⿱竹老"。一種用竹或柳條編的盛物器具。**賈思勰《齊民要術・作酢法》："量飯著盆中或～～中。" ❸ **通"拷"。拷打。**《周書・蘇綽傳》："然後～訊以法，不苛不暴。"

6 **栳** lǎo (粵) lou5 [**栲栳**] **見本頁"栲"字。**

6 **栱** gǒng (粵) gung2 **傳統建築中樑、柱間的弓形承重結構。**何晏《景福殿賦》："欒～夭蟜而交結。" [**枓栱**] **見287頁"枓"字。**

6 **桓** huán (粵) wun4 ❶ **古代立在驛站、官署等建築物旁做標誌的木柱，後稱華表。**《漢書・尹賞傳》："瘞 (yì (粵) ji3) 寺門～東。"（瘞：掩埋屍體。寺：官署。） ❷ **盤桓。**《莊子・應帝王》："鯢～之審為淵。"（審：通"瀋"。水深處。） ❸ [**桓桓**] **威武的樣子。**《詩經・魯頌・泮水》："～～于征，狄彼東南。"杜甫《北征》詩："～～陳將軍，仗鉞奮忠烈。"

6 **栫** jiàn (粵) zin3 **用柴木壅塞。**《左傳・哀公八年》："囚諸樓臺，～之以棘。"

6 **栭** ér (粵) ji4 ❶ **柱頂上支持屋樑的小方木，也稱"枓"。**張衡《西京賦》："雕楹玉碣 (xí (粵) sik1)，繡～雲楣。"（碣：柱下石。楣：門框上的橫木。） ❷ **木頭上長的菌類植物。**《禮記・內則》："芝～菱椇 (jǔ (粵) geoi2)，棗栗榛柿。"（椇：樹名。） ❸ [**栭栗**] **一種果類植物，即茅栗。**李時珍《本草綱目・果部・栗》："栗之大者為板栗……小如指頂者為茅栗，即《爾雅》所謂～～也。"

6 **栵** liè (粵) lai6 ❶ **樹名。**《爾雅・釋木》："栵，栭。"郭璞注："樹似槲樕而庳小，子如細栗可食。" ❷ **樹木成行列。**《詩經・大雅・皇矣》："脩之平之，其灌其～。"（灌：指灌木叢。）

6 **桎** zhì (粵) zat6 ❶ **拘束犯人兩腳的刑具，常"桎梏"連用。**《戰國策・齊策六》："束縛～梏，辱身也。" ❷ **約束，束縛。**《莊子・達生》："其靈臺一而不～。"（靈臺：指心。一：專一。）

6 **株** zhū (粵) zyu1 ❶ **露出地面的樹根或樹樁。**《韓非子・五蠹》："田中有～，兔走觸～，折頸而死。"（走：跑。） ❷ **量詞。棵，用於樹木（後起意義）。**《三國志・蜀書・諸葛亮傳》："成都有桑八百～。"

6 **桁** héng (粵) hang4 ❶ **屋樑上的橫木，檁子。**何晏《景福殿賦》："～梧複疊，勢合形離。" ❷ háng (粵) hong4 **夾在犯人頸上、小腿上的刑具。用作動詞，用這種刑具施刑。**《隋書・刑法志》："流罪已上加杻械，死罪者～之。" ❸ háng (粵) hong4 **浮橋。**《晉書・成帝紀》："新作朱雀浮～。" ❹ hàng (粵) hong6 **衣架。**《宋書・樂志三》："盎中無斗儲，還視～上無縣衣。"（縣：懸。）

6 **格** gé (粵) gaak3 ❶ **樹木的長枝條。**庾信《小園賦》："枝～相交。" (引) **柵欄。**杜甫《潼關吏》詩："連雲列戰～。"（戰格：作戰時用來阻止敵人的柵欄。） (引) **架子，格子。**《梁書・王茂傳》："夢鐘磬在～，無故自墮。"沈括《夢溪筆談》卷一："窗～上有火燃處。" ❷ **格式，標準。**《禮記・緇衣》："言有物而行有～也。" **成語有"不拘一格"。** (特) **法律條文。**《舊唐書・刑法志》："武德二年，頒新～五十三條。" (又) **風格。**沈括《夢溪筆談》卷一七："徐熙至京師，送圖畫院品其畫～。"（徐熙：人名。） **成語有"別具一**

格”。❸ 阻止，阻礙。《史記・孫子吳起列傳》：“形～勢禁。”（被形勢所阻止。）《漢書・淮南王安傳》：“～明詔，當棄市。”**成語有“格格不入”**。[引] **抵擋，抵禦**。《荀子・議兵》：“服者不禽，～者不舍。”（禽：擒。舍：放棄。）《漢書・鼂錯傳》：“勁弩長戟，射疏及遠，則匈奴之弓弗能～也。”（弩：一種弓。戟：一種兵器。疏：遠。弗：不。）❹ **擊，打**。《史記・殷本紀》：“手～猛獸。”**雙音詞有“格殺”、“格鬥”**。❺ **推究，研究**。《禮記・大學》：“致知在～物。”**成語有“格物致知”**。❻ **正，糾正**。《孟子・離婁上》：“惟大人為能～君心之非。”❼ **至，到**。《尚書・君奭》：“～於皇天。”（皇：大。）[又] **來**。《尚書・湯誓》：“～，爾眾庶！”（爾眾庶：你們大家。）

6 **校** xiào [粵] haau^6 ❶ jiào [粵] gaau^3 **古代一種拘束犯人的刑具**。《周易・噬嗑》：“何～滅耳。”（何：扛。滅耳：蓋沒了耳朵。）❷ jiào [粵] gaau^3 **柵欄**。《周禮・夏官・校人》：“六廄成～。”［**校獵**］**用木柵欄阻攔獵取野獸**。《漢書・司馬相如傳上》：“天子～～。”❸ jiào [粵] gaau^3 **對抗，較量**。《戰國策・秦策四》：“足以～於秦矣。”❹ jiào [粵] gaau^3 **校對**。《漢書・張安世傳》：“後購求得書，以相～，無所遺失。”[引] **比較**。《資治通鑒・晉孝武帝太元七年》：“～其強弱之勢。”[又] **計較**。《論語・泰伯》：“犯而不～。”❺ jiào [粵] gaau^3 **計算，計數**。《荀子・王霸》：“故憂患不可勝～也。”[又] **考核**。《荀子・君道》：“～之以功。”❻ **學校**。《左傳・襄公三十一年》：“鄭人遊于鄉～。”❼ **古時軍隊的編制**。《漢書・趙充國傳》：“步兵九～，吏士萬人，留屯以為武備。”［**校尉**］**漢代武官名**。《漢書・百官公卿表上》：“凡八～～，皆武帝初置。”**又簡稱“校”**。《後漢書・順帝紀》：“任為將～者各一人。”

6 **核** hé [粵] hat^6 ❶ **果核**。《禮記・玉藻》：“食棗桃李，弗致於～。”《世說新語・儉嗇》：“王戎有好李，賣之，恐人得其種，恆鑽其～。”馬中錫《中山狼傳》：“我杏也，往年老圃種我時，費一～耳。”（老圃：老園丁。）[引] **有核的果實。常“殽核”或“肴核”連用**。蘇軾《前赤壁賦》：“肴～既盡，杯盤狼藉。”❷ **核心**。《論衡・量知》：“文吏不學，世之教無～也。”❸ **核實，審查**。《莊子・人間世》：“剋～大至，則必有不肖之心應之。”《論衡・問孔》：“～道實義，證定是非。”（核道實義：核實道理和含義。）❹ **真實，實在**。《漢書・司馬遷傳贊》：“其文直，其事～。”

6 **栩** xǔ [粵] heoi^2 ❶ **櫟（lì [粵] lik^1）樹。也叫柞（zuò [粵] zok^6）樹**。《詩經・唐風・鴇羽》：“肅肅鴇（bǎo [粵] bou^2）羽，集于苞～。”（肅肅：鳥拍打翅膀的聲音。鴇：鳥名。苞：茂盛。）❷［**栩栩**］**喜悅自得，生動活潑的樣子**。《莊子・齊物論》：“～～然胡蝶也。”**成語有“栩栩如生”**。

6 **栗** lì [粵] leot^6 ❶ **栗樹，栗子**。《詩經・唐風・山有樞》：“山有漆，隰（xí [粵] zaap^6）有～。”（隰：低濕的地方。）杜甫《從驛次草堂復至東屯茅屋》詩：“山家蒸～暖。”❷ **堅硬**。《荀子・法行》：“（玉）～而理。”（理：有紋理。）❸ **通“慄”。害怕得發抖**。《論語・八佾》：“夏后氏以松，殷人以柏，周人以栗，曰使民戰～。”《漢書・楊惲傳》：“不寒而～。”

6 **柴** chái [粵] caai^4 ❶ **枯枝**。《莊子・達生》：“無入而藏，無出而陽，～立其中央。”《漢書・溝洫志》：“是時東郡燒草，以故薪～少。”（薪：柴火。）[特] **燒柴祭祀**。《禮記・郊特牲》：“天子適四方，先～。”《漢書・郊祀志上》：“～，望秩於山川。”（燒柴祭天，並遙望遠處山川按次序而奠祭。）❷ zhài ㊥ zaai⁶ **通“寨”。樹枝編成的籬柵**。《三國志・吳書・甘寧傳》：“羽聞之，住不渡，而結～營。”（羽：關羽。）❸ zhài ㊥ zaai⁶ **堵塞**。《三國志・吳書・呂蒙傳》：“分遣三百人～斷險道。”

6 **桀** jié ㊥ git⁶ ❶ **雞棲的木樁**。《詩經・王風・君子于役》：“雞棲于～。”❷ **兇暴**。《韓非子・亡徵》：“官吏弱而人民～。”《史記・貨殖列傳》：“～黠奴，人之所患也。”（黠：狡猾。）❸ **優秀，傑出，高出**。《詩經・衛風・伯兮》：“邦之～兮。”（邦國中傑出的人物。）酈道元《水經注・江水》：“比之諸嶺，尚為竦（sǒng ㊥ sung²）～。”（尚：還。竦：高聳。）❹ **舉**。《左傳・成公二年》：“～石以投人。”❺ **夏朝末代君主。相傳是暴君**。

6 **案** àn ㊥ on³/ngon³ ❶ **盛食物的矮腳木托盤**。《史記・田叔列傳》：“趙王張敖自持～進食，禮恭甚。”**成語有“舉案齊眉”**。❷ **几案，矮長桌**。《三國志・吳書・周瑜傳》裴松之注：“權拔刀斫（zhuó ㊥ zoek³）前奏～。”（權：孫權。奏案：接受奏本的几案。）❸ **文書，案卷**。《新唐書・陸贄傳》：“視～籍煩簡。”（籍：指記錄的本冊。）［**案牘**］**官府文書**。劉禹錫《陋室銘》：“無絲竹之亂耳，無～～之勞形。”❹ **用手壓或摁**。《史記・魏其武安侯列傳》：“～灌夫項令謝。”（灌夫：人名。項：脖頸。謝：道歉。）㊣ **握，持**。《莊子・盜跖》：“～劍瞋（chēn ㊥ can¹）目，聲如乳虎。”（瞋目：瞪眼。乳虎：剛生子的母虎。）❺ **壓抑，止住**。《三國志・蜀書・諸葛亮傳》：“何不～兵束甲？”（束甲：捆起鎧甲，指停止戰爭。）❻ **考察，核實**。《論衡・問孔》：“～賢聖之言，上下多相違。”（相違：互相矛盾。）［**案問**］**審問，審查**。《史記・秦始皇本紀》：“於是使御史悉～～諸生。”（御史：官名。）❼ **巡行，巡視**。《三國志・蜀書・諸葛亮傳》：“宣王～行其營壘處所，曰：‘天下奇才也。’”❽ **按照，依照**。《韓非子・孤憤》：“～法而治官。”（按照法令來做官。）❾ **於是，就**。《荀子・王制》：“財物積，國家～自富矣。”**上述 ❹-❾ 又寫作“按”**。

7 **械** xiè ㊥ haai⁶ ❶ **器械**。《墨子・公輸》：“公輸盤為楚造雲梯之～。”（公輸盤：人名。）㊕ **兵器**。鼂錯《言兵事疏》：“器～不利。”❷ **桎梏，腳鐐和手銬**。《史記・淮陰侯列傳》：“遂～繫信，至雒陽。”（械繫：用鐐銬拘禁。信：指韓信。）㊊ **束縛**。蘇軾《與胡祠部遊法華山》詩：“嗟予少小慕真隱，白髮青衫天所～。”

7 **梵** fàn ㊥ faan⁶ ❶ **佛教用語。清淨，寂靜**。《妙法蓮華經》卷三：“淨修～行。”❷ **與佛教有關的事物。如“梵鐘”、“梵學”、“梵宇”、“梵服”**。❸ **古印度的事物。如“梵語”、“梵文”、“梵曆”**。

7 **梗** gěng ㊥ gang² ❶ **植物的枝或莖**。《戰國策・齊策三》：“有土偶人與桃～相與語。”沈括《夢溪筆談》卷二四：“自後人有為蜂螫者，挼芋～傅之則愈。”❷ **正直**。屈原《九章・橘頌》：“淑離不淫，～其有理兮。”（美麗無邪，正直而有法度。離：通“麗”。美麗。）㊊ **強硬，頑固**。《商君書・賞刑》：“強～焉，有常刑而不赦。”［**梗直**］**剛直**。《北史・景穆十二王傳上》：“子文都性～～。”（文都：人名。）❸ **阻塞**。酈道元《水經注・河水》：“其山雖闢，尚～湍流。”（闢：開闢。尚：還。湍：急流的水。）**雙音詞有“梗塞”**。❹ **害，禍患**。《詩經・大雅・桑柔》：“誰生厲階，至今為～。”❺［**梗概**］**大概，大略**。左思《吳都賦》：“略舉其～～。”

7 **梧** wú ⓨ ng[4] ❶ **樹名。梧桐。**《呂氏春秋・去宥》："鄰父有與人鄰者，有枯～樹。" ❷ **屋樑上的支柱。**何晏《景福殿賦》："桁～複疊，勢合形離。" ❸ wù ⓨ ng[6] **抵觸。**《漢書・司馬遷傳》："甚多疏略，或有抵～。"

7 **梜** jiā ⓨ gaap[3] ❶ **匣子。**沈遼《德相惠新茶復次前韻奉謝》："修竹為之規，黃金為之～。" ❷ **箸，筷子。**《禮記・曲禮上》："羹之有菜者，用～。"

7 **梐** bì ⓨ bai[6] [**梐枑**（hù ⓨ wu[6]）] **古時設置在官府門前以阻擋行人的障礙物。也叫行馬。**《周禮・天官・掌舍》："設～～再重。"

7 **梢** shāo ⓨ saau[1] ❶ **樹木高聳而無旁枝。** ㊊ **木棍，杆子。**《漢書・禮樂志・郊祀歌天門》："飾玉～以舞歌。" ❷ **樹枝的末端。**杜甫《送韋郎司直歸成都》詩："抽～合過牆。" ㊊ **末尾，末端。**楊萬里《又絕句》之二："一年遇暑一番愁，六月～時七月頭。"《宋史・宋琪傳》："陣～不可輕動，蓋防橫騎奔衝。" ㊋ **船的舵尾。**柳宗元《遊朝陽巖》詩："扁舟枉長～。" ❸ **擊打。**宋玉《風賦》："～殺林莽。"

7 **梩** sì（又讀 lí）ⓨ zi[6] **同"耜"。古代一種翻土的農具。**孟郊《懷南岳隱士》詩之二："楓～搘酒瓮，鶴虱落琴牀。"

7 **梱** kǔn ⓨ kwan[2] ❶ **門限。**《禮記・曲禮上》："外言不入於～，內言不出於～。" ❷ **叩，敲擊。**《晏子春秋・諫下》："吾將左手擁格，右手～心，立餓枯槁而死。"（格：通"輅"。車前的橫木。）❸ kùn ⓨ kwan[3] **使齊平。**《儀禮・大射儀》："既拾，取矢～之。"（取矢梱之：取回箭矢，擺放整齊。）

7 **梏** gù ⓨ guk[1] ❶ **木製的手銬。**《禮記・月令》："命有司，省囹圄（líng yǔ ⓨ ling[4] jyu[5]），去桎～。"（囹圄：監獄。桎：腳鐐。）《史記・魯仲連鄒陽列傳》："束縛桎～，辱也。" ㊋ **戴上手銬。**《左傳・成公十七年》："執而～之。" ❷ **監禁。**《山海經・海內西經》："帝乃～之疏屬之山。"（疏屬：山名。）

7 **梃** tǐng ⓨ ting[5] ❶ **棍棒。**《孟子・梁惠王上》："殺人以～與刃，有以異乎？" 柳宗元《封建論》："負鋤～謫（zhé ⓨ zaak[6]）戍之徒。"（負：背着。謫戍：被罰防守邊境。）❷ **量詞。根。**《魏書・李孝伯傳》："駿遣人獻酒二器，甘蔗百～。"（駿：人名。）

7 **梔**（栀）zhī ⓨ zi[1] [**梔子**] **木名。**杜甫《梔子》詩："～～比眾木，人間誠未多。" **也指其花。**韓愈《山石》詩："升堂坐階新雨足，芭蕉葉大～～肥。"

7 **桴** fú ⓨ fu[1] ❶ **房屋的二樑。**班固《西都賦》："荷棟～而高驤（xiāng ⓨ soeng[1]）。"（荷：扛。高驤：高舉。）❷ ⓨ fau[4] **鼓槌。**《韓非子・功名》："至治之國，君若～，臣若鼓。"（至治之國：治理得最好的國家。若：如，像。）**這個意義又寫作"枹"。** ❸ **竹木筏子。**《論語・公冶長》："道不行，乘～浮於海。"

7 **梓** zǐ ⓨ zi[2] **一種樹木。**《鹽鐵論・本議》："江南之柟～竹箭。"（柟：一種樹木。箭：可做箭桿的竹子。）[**梓宮**] **皇帝的靈柩。**《後漢書・竇皇后紀》："桓帝～～尚在前殿，遂殺田聖。"（田聖：人名。）[**梓匠**] **木匠。**《孟子・盡心下》："～～輪輿，能與人規矩，不能使人巧。" [**桑梓**] **指故鄉。**柳宗元《聞黃鸝》詩："鄉禽何事亦來此，令我生心憶～～。"

7 **棁** zhuō ⓨ zyut[3] ❶ **樑上的短柱。**《論語・公冶長》："臧文仲居蔡，山節藻～。"（山節：樑上的斗拱雕成山形。藻：指有水藻圖案。）❷ tuō ⓨ tyut[3] **小木棒。**《淮南子・說山》："執彈而招鳥，揮～而呼狗。" ❸ tuō ⓨ tyut[3] **通"脫"。**

疏略。《荀子・禮論》："凡禮始乎～，成乎文。"

7 **梡** kuǎn 粵 fun^{2} ❶ huán 粵 wun^{4}/wun^{5} **樹名**。❷ huán 粵 wan^{4} **未破開的木柴**。❸ huán 粵 wun^{4}/wan^{5} **刮摩**。《揚子法言・吾子》："斷木為棊，～革為鞠，亦皆有法焉。"（鞠：古人玩的一種球。）❹ **帶四足的案板**。《禮記・明堂位》："俎，有虞氏以～。"（置食的禮器，有虞氏用帶四足的梡。）

7 **梭** suō 粵 so^{1} **梭子。織布時穿引緯線左右運行的工具**。《晉書・謝鯤傳》："女投～，折其兩齒。"**成語有"穿梭不停"**。

7 **條** tiáo 粵 tiu^{4} ❶ **樹名。一說"山楸"，一說"柚"**。《詩經・秦風・終南山》："終南何有？有～有梅。"❷ **枝條，小枝**。《詩經・周南・汝墳》："伐其～枚。"（枚：樹幹。）(引) **長條的，長的**。庾信《七夕賦》："縷～緊而貫矩。"《尚書・禹貢》："厥木惟～。"❸ **條理**。《尚書・盤庚上》："若網在綱，有～而不紊。"❹ **項目，條目**。《漢書・劉向傳》："比類相從，各有～目。"㊕ **法令，條文**。岳飛《奉詔移偽齊檄》："盡除戎索，咸用漢～。"❺ **分條陳述，列舉**。白居易《與元微之書》："其餘事況，～寫如後。"蘇軾《辯試館職策問札子》之二："光即與臣論當今要務，～其所欲行者。"（光：司馬光。）(又) **逐一登錄**。蘇軾《御試制科策》："臣願陛下～天下之事。"❻ **量詞。用於分列項目或計量條狀的東西**。《舊唐書・刑法志》："約法為十二～。"陳耀文《天中記》卷二十八引張鷟《朝野僉載》："與之繩萬～，以為錢貫。"❼ **通達**。《漢書・禮樂志》："聲氣遠～。"

7 **梟** xiāo 粵 hiu^{1} ❶ **一種兇猛的鳥**。《詩經・大雅・瞻卬》："懿厥哲婦，為～為鴟。"白居易《凶宅》詩："～鳴松桂樹。"(引) **勇猛，雄健**。《史記・留侯世家》："九江王黥布，楚～將。"(又) **魁首**。《淮南子・原道》："湫漻寂寞，為天下～。"❷ **懸頭示眾**。曹操《讓縣自明本志令》："幸而破紹，～其二子。"（紹：袁紹。）❸ **山頂**。《管子・地員》："其山之～，多桔符榆。"

7 **梁** liáng 粵 loeng^{4} ❶ **橋**。《莊子・馬蹄》："澤無舟～。"（澤：水聚積的地方。）**雙音詞有"橋梁"**。［**魚梁**］**水中築的用來捕魚的堰**。柳宗元《鈷鉧潭西小丘記》："當湍而浚者，為～～。"（在急流水深的地方是魚梁。）❷ **房樑**。《莊子・人間世》："仰而視其細枝，則拳曲而不可以為棟～。"《後漢書・陳寔傳》："有盜夜入其室，止於～上。"**成語有"偷梁換柱"。這個意義後來寫作"樑"**。❸ **周代諸侯國，戰國時期魏國遷都大梁（今河南開封）後的別稱。參 744 頁"魏"字**。❹ **朝代名**。① **公元 502-557 年，南朝之一，第一代君主是蕭衍**。② **公元 907-923 年，五代之一，又稱後梁，第一代君主是朱溫**。

8 **棖** chéng 粵 caang^{4} ❶ **豎立在門兩旁的木柱**。《禮記・玉藻》："大夫中～與闑（niè 粵 jit^{6}/nip^{6}）之間。"（闑：豎立在門中央的短柱。）❷ **通"振"。觸動，碰撞**。《抱朴子・疾謬》："不～人之所諱。"❸ **通"橙"。橙子**。梅堯臣《述釀賦》："漬（zì 粵 zi^{3}）以椒桂，侑（yòu 粵 jau^{6}）以～橘。"（漬：浸泡。侑：勸人進食。）

8 **楮** chǔ 粵 cyu^{2} ❶ **一種樹，樹皮可以造紙**。《山海經・西山經》："鳥危之山，其陽多磬（qìng 粵 hing^{3}）石，其陰多檀～。"（鳥危：山名。陽：指山南。磬石：可以製磬的石頭。磬：古樂器名。陰：指山北。）❷ **紙的代稱**。蘇軾《書鄢陵王主簿所畫折枝》詩之二："春色入毫～。"

（毫：筆。）[楮墨] **紙和墨，借指詩文或書畫**。浦起龍《史通通釋・暗惑》："無禮如彼，至性如此，猖狂生態，正復躍見～～間。" ❸ **一種紙幣。用楮紙印行的錢幣**。《宋史・常楙傳》："值水災，捐萬～以振之。"（值：遇到。振：賑救。）

8 **棱** (稜)léng (粵) ling4 ❶ **四方木**。《後漢書・班固傳》："設璧門之鳳闕，上柧 (gū (粵) gu1) ～而棲金雀。"（柧：帶棱的木。）(引) **棱角**。杜甫《西閣雨望》詩："徑添沙面出，湍減石～生。" ❷ **威嚴，威勢**。《後漢書・王允傳》："允性剛～疾惡。"《南史・梁武帝紀》："公～威直指，勢踰風電。" ❸ [棱棱] ① **嚴寒的樣子**。鮑照《蕪城賦》："～～霜氣，蔌蔌風威。" ② **威嚴的樣子**。《新唐書・崔從傳》："從為人嚴偉，立朝～～有風望。" ❹ lèng (粵) ling6 **田中土壟，可以用作估計土地面積的單位**。陸龜蒙《奉酬襲美苦雨見寄》詩："我本曾無一～田，平生嘯傲空漁船。" ❺ líng [穆棱] **縣名，在今黑龍江**。

8 **棷** zōu (粵) zau1 ❶ **樹名**。《山海經・中山經》："（風雨之山）其木多～、樿。" ❷ **麻秆**。《漢書・五行志》："民驚走，持稾或～一枚，傳相付與。" ❸ sǒu (粵) sau2 **通"藪"。水澤**。《禮記・禮運》："鳳皇麒麟，皆在郊～。"

8 **植** zhí (粵) zik6 ❶ **關閉門戶用的直木**。《淮南子・本經》："縣 (xuán (粵) jyun4) 聯房～……雕琢刻鏤。"（縣聯：房檐上的木板裝飾物。）❷ **豎立**。《論衡・吉驗》："有一木杖～其門側。" 嵇康《養生論》："～髮衝冠。" ❸ **栽種**。陶潛《歸去來兮辭序》："耕～不足以自給。" 李白《送郄昂謫巴中》詩："瑤草寒不死，移～滄江濱。" (又) **植物**。范縝《神滅論》："漸而生者，動～是也。"（動物和植物是逐漸生長的。）❹ **通"殖"。繁殖，生長**。《淮南子・主術》："甘雨時降，五穀蕃～。"（蕃：茂盛。）❺ **古代軍隊中督辦工事的將官**。《左傳・宣公二年》："華元為～，巡功。"（華元：人名。功：通"工"。工事。）

8 **棼** fén (粵) fan4 ❶ **閣樓的棟**。《三國志・吳書・太史慈傳》："賊於屯里緣樓上行詈 (lì (粵) lei6)，以手持樓～，慈引弓射之，矢貫手著～。"（詈：罵。）❷ **麻布**。《周禮・春官・巾車》："素車～蔽。" **這個意義舊讀 fán**。❸ **紛亂**。《左傳・隱公四年》："臣聞以德和民，不聞以亂。以亂，猶治絲而～之也。" [棼棼] **紛亂的樣子**。《尚書・呂刑》："民興胥漸，泯泯～～。"（胥：皆。泯泯：紛擾。）

8 **棟** dòng (粵) dung3/dung6 **正樑**。《周易・繫辭下》："上古穴居而野處，後世聖人易之以宮室，上～下宇，以待風雨。" (喻) **擔負國家重任的人**。《左傳・襄公三十一年》："子於鄭國，～也。"《國語・晉語一》："太子，國之～也。" **成語有"棟樑之材"**。

8 **椅** yǐ (粵) ji2 ❶ yī (粵) ji1 **樹名。梓屬**。《詩經・鄘風・定之方中》："樹之榛栗，～桐梓漆。" ❷ [椅柅 (nǐ (粵) nei5)] **木弱的樣子**。謝朓《芳樹》詩："～～芳若斯，葳蕤紛可結。" ❸ **椅子（後起意義）**。日・圓仁《入唐求法巡禮行記》："相公及監軍并州郎中、郎官、判官等皆～子上吃茶。"

8 **椓** zhuó (粵) doek3 ❶ **擊打**。《詩經・周南・兔罝》："肅肅兔罝，～之丁 (zhēng (粵) zang1) 丁。"（丁丁：象聲詞。）《淮南子・說林》："椎固有柄，不能自～。" (引) **打擊，殘害**。《詩經・小雅・正月》："民今之無祿，天夭是～。"（夭：禍。）❷ **宮刑**。《尚書・呂刑》："殺戮無辜，爰始淫為劓、刵、～、黥。" ❸ **攻擊，毀謗**。《左傳・哀公十七年》："衛侯辭以難，大子又使～之。"

8 **棲** (栖)qī (粵) cai1 ❶ **鳥類停留、歇宿。**《詩經・王風・君子于役》："雞～于塒。"張衡《西京賦》："南翔衡陽，北～雁門。"（翔：飛翔。）(引) **停留，居住。**《國語・越語上》："越王勾踐～於會稽之上。"李白《萬憤詞投魏郎中》詩："吾將安～？"（安：哪裏。）［**棲遲**］**遊玩休息。**《詩經・陳風・衡門》："衡門之下，可以～～。" ❷ **棲息、居住的地方。**《論衡・辨祟》："鳥有巢～，獸有窟穴。"郭璞《遊仙》詩："京華遊俠窟，山林隱遁～。" ❸ xī (粵) cai1/sai1 ［**栖栖**］**忙碌不安的樣子。**《論語・憲問》："丘何為是～～者與？"

8 **棧** zhàn (粵) zaan6 ❶ **牲畜棚地上防濕的木格。**《莊子・馬蹄》："編之以皂～。"（皂：馬槽。） ❷ **在險絕的山上用竹木架成的道路。**《戰國策・秦策三》："～道千里，通於蜀漢。" ❸ **竹木做成的車。**《韓非子・外儲説左下》："孫叔敖相楚，～車牝（pìn (粵) pan5）馬。"（相楚：做楚國的宰相。牝馬：母馬。）

8 **椒** jiāo (粵) ziu1 ❶ **花椒。**《詩經・陳風・東門之枌》："視爾如荍（qiáo (粵) kiu4），貽我握～。"（荍：荊葵花。貽我握椒：送我一把花椒籽。）《史記・禮書》："～蘭芬茝，所以養鼻也。"（茝：通"芷"。白芷。） ❷ **山頂。**《漢書・外戚傳上》："釋輿馬於山～兮。"謝莊《月賦》："菊散芳於山～。"

8 **棹** zhào (粵) zaau6 ❶ **船槳。**王儉《褚淵碑文》："鼓～則滄波振蕩。" (又) **指船。**杜甫《贈李十五丈別》詩："北回白帝～，南入黔陽天。" ❷ **用槳划船。**陶潛《歸去來兮辭》："或命巾車，或～孤舟。" ❸ zhuō (粵) coek3 **木名。**嵇含《南方草木狀》："～樹，幹葉俱似椿……出高涼郡。"

8 **椇** jǔ (粵) geoi2 ❶ **枳椇，一種落葉喬木。果實可食。**《禮記・曲禮下》："婦人之摯，～、榛、脯、脩、棗、栗。"（摯：指初次見面時的禮品。） ❷ **祭祀時放牲的木架。**《禮記・明堂位》："殷以～，周以房俎。"（殷：殷代。）

8 **椎** chuí (粵) ceoi4 ❶ **槌子，敲擊的器具。**《史記・留侯世家》："為鐵～重百二十斤。" (又) **用作動詞。槌打。**《史記・魏公子列傳》："朱亥袖四十斤鐵椎，～殺晉鄙。"（朱亥、晉鄙：人名。） ❷ **樸實。**《史記・絳侯周勃世家》："勃不好文學，每召諸生説士，東鄉坐而責之：'趣為我語。'其～少文如此。"（東鄉：向東。趣：通"促"。趕快。少文：缺少文采。） ❸ zhuī (粵) zeoi1 **脊椎骨。**《素問・刺熱》："三～下間主胸中熱。"（三椎：指第三節脊椎骨。）

8 **椑** pí (粵) pei4 ❶ **一種橢圓形盛酒器。**《太平御覽》卷七六一引謝承《後漢書》："陳茂……與刺史周敞行部到潁川陽翟，傳車有美酒一～。" ❷ **橢圓形。**《周禮・考工記・廬人》："是故句兵～，刺兵摶。" ❸ bēi (粵) bei1 **樹名。柿的一種。**《宋書・謝靈運傳》："～柿被實於長浦。" ❹ bì (粵) bik1 **內棺。**《禮記・檀弓上》："君即位而為～，歲一漆之。"

8 **椈** jú (粵) guk1 **柏樹。**《禮記・雜記上》："臼以～，杵以梧，枇以桑。"（臼：舂米的容器。杵：舂米的棒槌。枇：木勺。）

8 **棓** bàng (粵) paang5 ❶ **一種農具，即連枷。**揚雄《方言》卷五："僉，……或謂之度，自關而西謂之～。"郭璞注："今連枷，所以打穀者。" ❷ **棍棒。**《淮南子・詮言》："羿（yì (粵) ngai6）死於桃～。"（羿：后羿，古代傳説中善於射箭的人。） (又) **以棒打人。**《戰國策・秦策三》："勾踐終～而殺之。"**按："棓"是"棒"的本字。**

8 **棬** quān (粵) hyun^{1} ❶ **曲木**。《戰國策・秦策一》："且夫蘇秦，特窮巷掘門桑戶～樞之士耳。"❷ **曲木製成的盂類器具**。《孟子・告子上》："子能順杞柳之性而以為桮～乎？"❸ juàn (粵) gyun^{3} **牛鼻環**。《呂氏春秋・重己》："使五尺豎子引其～，而牛恣所以之，順也。"❹ quán (粵) kyun^{4} [**棬棬**] **用力的樣子**。《呂氏春秋・離俗》："～～乎後之為人也，葆力之士也。"

8 **棕** (**椶**)zōng (粵) zung^{1} **樹名。即棕櫚**。《山海經・西山經》："又西三百五十里曰天帝之山，上多～枏。"

8 **棣** dì (粵) dai^{6} ❶ **一種樹。即常棣**。《詩經・秦風・晨風》："山有苞～。"（苞：叢生的。）潘岳《閑居賦》："梅、杏、鬱、～之屬。"（鬱：樹名。屬：類。）❷ dài (粵) dai^{6} [**棣棣**] **從容文靜的樣子**。李華《弔古戰場文》："穆穆～～，君臣之間。"（穆穆：莊重的樣子。）❸ tì (粵) tai^{3} [**棣通**] **相通，通達**。《漢書・律曆志上》："萬物～～。"

8 **棘** jí (粵) gik^{1} ❶ **酸棗樹**。《詩經・邶風・凱風》："吹彼～薪。"（棘薪：指酸棗樹已長成薪柴。）(泛) **有刺的灌木。如"荊棘"**。(引) **刺，刺傷**。黃庭堅《龍眠操》詩："我為直兮～余趾。"❷ jǐ **通"戟"。一種兵器**。《左傳・隱公十一年》："子都拔～以逐之。"（子都：人名。）❸ (粵) gap^{1} **通"急"。急迫**。《詩經・小雅・采薇》："豈不日戒，玁狁孔～。"（玁狁：古代北方民族。孔：甚。）(又) **急躁**。王夫之《船山記》："蠲（juān (粵) gyun^{1}）其不歡，迎其不～。"（蠲：棄。）❹ (粵) zik^{6}/zek^{3} **通"瘠"。瘠薄**。《呂氏春秋・任地》："～者欲肥。"

8 **棐** fěi (粵) fei^{2} ❶ **輔助**。《尚書・洛誥》："朕教汝于～民彝。"（彝：常道，正常倫理。）❷ **通"菲"。菲薄**。《漢書・武五子傳》："毋作～德。"❸ **通"榧"。樹名**。《晉書・王羲之傳》："嘗詣門生家，見～几滑淨，因書之，真草相半。"（棐几：用榧木做的几案。）❹ **通"篚"。圓形的盛物竹器**。《漢書・地理志上》："厥貢漆絲，厥～織文。"❺ **古地名。春秋鄭邑**。《左傳・文公十三年》："公還自晉，鄭伯會公于～。"

8 **椉** chéng (粵) sing^{4} **"乘"的本字**。❶ **乘坐，駕馭**。屈原《離騷》："吾令豐隆～雲兮，求宓妃之所在。"（豐隆：雲神。宓妃：女神。）《漢武帝內傳》："或駕龍虎，或～獅子。"❷ shèng (粵) sing^{6} **兵車**。宋玉《九辯》："前輕輬（liáng (粵) loeng^{4}）之鏘鏘兮，後輜～之從從。"（輕：輕捷的車。輬：開有窗戶的卧車。從從：連續隨行的樣子。）

8 **棄** qì (粵) hei^{3} ❶ **拋棄，捨去**。《孟子・梁惠王上》："～甲曳兵而走。"[**棄市**] **在鬧市執行死刑，並將屍體暴露在街頭**。《史記・秦始皇本紀》："有敢偶語《詩》、《書》者～～。"❷ **廢棄，廢除**。朱敬則《請除濫刑疏》："～無用之費，損不急之官。"❸ **忘記**。王僧達《答顏延年》詩："結遊略年義，篤顧～浮沉。"❹ **違背，背叛**。《左傳・宣公二年》："～君之命，不信。"酈道元《水經注・清水》："太祖曰：'唯种不～孤。'"（种：人名。）❺ **離開，離去**。王粲《七哀詩》之一："復～中國去，遠身適荊蠻。"

8 **棨** qǐ (粵) kai^{2} ❶ **古代用木製的一種符信**。《後漢書・竇武傳》："取～信，閉諸禁門。"❷ **古代官吏出行時的一種形狀像戟、外有繒衣的木製儀仗。也叫棨戟**。《漢書・韓延壽傳》："建幢～，植羽葆。"（幢：古代用作儀仗的一種旗幟。）王勃《滕王閣序》："都督閻公之雅望，～戟遙臨。"

9 **椿** chūn ㊅ ceon[1] ❶ **香椿**。《太平御覽》卷九六一引《左傳·襄公十八年》："孟莊子斬雍門之～為公琴。"今本《左傳》作"楯"。［**大椿**］**樹名**。《莊子·逍遙遊》："上古有～～者，以八千歲為春，八千歲為秋。"**後"椿壽"、"椿年"、"椿歲"、"椿齡"成為祝人長壽之詞**。杜甫《寄劉峽州伯華使君四十韻》："但求～壽永，莫慮杞天崩。"錢起《柏崖老人命予賦詩》："帝力言何有，～年喜漸長。"吳筠《步虛詞》之七："綿綿慶不極，誰謂～齡多。"❷ **父親的代稱，取"大椿"高壽之義**。牟融《送徐浩》詩："知君此去情偏切，堂上～萱雪滿頭。"（萱：代指母親。）

9 **楛** kǔ ㊅ fu[2] ❶ hù ㊅ wu[6] **一種樹，可做箭桿**。《詩經·大雅·旱麓》："瞻彼旱麓，榛～濟濟。"《韓非子·十過》："有～高至於丈。"❷ **粗糙，不堅固**。《荀子·議兵》："兵革窳（yǔ ㊅ jyu[5]）～。"（兵器粗製濫造而不堅固。窳：惡劣，壞。）㊞ **惡劣，不正當**。《荀子·勸學》："問～者，勿告也；告～者，勿問也。"（問不正當事物的人，不必教導他；講述不正當事物的人，不必向他求教。）

9 **椹** zhēn ㊅ zam[1] ❶ **砧板**。《戰國策·秦策三》："今臣之胸不足以當～質。"❷ **箭靶**。《周禮·夏官·司弓矢》："王弓弧弓，以授射甲革～質者。"❸ shèn ㊅ sam[6] **桑葚**。《三國志·魏書·武帝紀》裴注引《魏書》："軍人仰食桑～。"❹ shèn ㊅ sam[6] **一種樹菌**。張華《博物志》三："江南諸山郡中大樹斷倒者，經春夏生菌，謂之～。"

9 **楠** （枏、柟）nán ㊅ naam[4] **一種常綠喬木**。《戰國策·宋衞策》："荊有長松、文梓、楩、～、豫章。"

9 **楂** zhā ㊅ zaa[1] ❶ chá ㊅ caa[4] **木筏**。何遜《渡連圻》詩："絕壁無走獸，窮岸有盤～。"❷ **山楂**。《管子·地員》："其陰則生之～棃。"（棃：同"藜"。一種植物。）

9 **楚** chǔ ㊅ co[2] ❶ **一種矮小叢生的木本植物。也叫荊**。《詩經·周南·漢廣》："翹翹錯薪，言刈其～。"《韓非子·十過》："公宮之垣皆以荻蒿楛（hù ㊅ wu[6]）～牆之。"（垣：牆。荻：葦草。蒿：蒿草。楛：荊一類植物。牆：用作動詞，築牆的意思。）❷ **打人的荊條**。《禮記·學記》："夏～二物，收其威也。"㊀ **打**。《新唐書·嚴郢傳》："即逮捕河中觀察使趙惠伯下獄，～掠慘棘。"（掠：拷打。）❸ **痛苦**。《史記·文帝本紀》："何其～痛而不德也。"傅咸《斑鳩賦》："慨感物而哀鳴，聲～切以懷傷。"❹［**楚楚**］① **茂盛的樣子**。《詩經·小雅·楚茨》："～～者茨，言抽其棘。"（茨：蒺藜。）② **鮮明、華美的樣子**。《詩經·曹風·蜉蝣》："蜉蝣之羽，衣裳～～。"③ **淒苦的樣子**。元稹《聽庾及之彈烏夜啼引》："後人寫出烏啼引，吳調哀弦聲～～。"❺ **粗俗**。《宋書·長沙景王道憐傳》："道憐素無才能，言音甚～。"❻ **周代諸侯國，戰國時為七雄之一。原來在今湖北和湖南一帶，後來擴展到今河南、安徽、江蘇、浙江、江西和四川**。

9 **極** jí ㊅ gik[6] ❶ **脊檁，房脊**。張衡《西京賦》："跱（zhì ㊅ ci[5]）遊～於浮柱。"（跱：置。遊：指凌空的。浮柱：樑上的柱子。）㊀ **最高處**。《莊子·則陽》："其鄰有夫妻臣妾登～者。"《世說新語·文學》："佛經以為祛練神明，則聖人可致。簡文云：'不知便可登峰造～不？'"❷ **盡頭，極點**。《詩經·唐風·鴇羽》："悠悠蒼天，曷其有～。"李賀《秦王飲酒》詩："秦王騎虎遊八～。"（八極：指八方最遠的地方。）㊀ **到極點**。《呂氏春秋·大樂》："天地車輪，終則復始，～則復反。"❸ **最，非常**。《莊子·盜跖》："子之罪大～重。" ❹ **底線，準則**。《詩經・衛風・氓》："士也罔～，二三其德。" 劉禹錫《天論上》："建～閑邪。"（樹立標準，防止邪惡。）❺ **疲乏，疲勞**。《漢書・王褒傳》："匈喘膚汗，人～馬倦。"（匈：胸。）《世説新語・言語》："丞相小～，對之疲睡。" ❻ (粵) gik^1 **通"亟"。急**。《荀子・賦》："出入甚～，莫知其門。"**【注意】在古代，"极"和"極"是兩個字，意義各不相同。上述義項都不寫作"极"。**

9 **楝** liàn (粵) lin^6 **一種落葉喬木**。《淮南子・時則》："七月官庫，其樹～。"

9 **椷** jiān (粵) gaam^1 ❶ **杯子**。揚雄《方言》卷五："盃、～……杯也。秦晉之郊謂之盃，自關而東趙魏之間曰～。"《廣韻・咸韻》："～，杯也。" ❷ **小箱子**。《説文・木部》："緘，篋也。"《廣雅・釋器》："匧謂之～。" ❸ hán (粵) ham^4 **通"含"。容納**。《漢書・天文志》："辰星過太白，間可～劍。" ❹ **通"緘"。信函，信件（後起意義）**。鄭東《和郭熙仲》詩："麻姑相許寄銀～。"

9 **楷** kǎi (粵) kaai^2 ❶ jiē (粵) gaai^1 **楷樹。也叫黃連木**。《説文・木部》："楷，木也。孔子冢蓋樹之者。" 段成式《酉陽雜俎》續集卷十"支植下"："蜀中有木類柞……蜀人呼為～木。" ❷ **法式，典範**。《禮記・儒行》："今世行之，後世以為～。" ❸ **楷書，現在通行的一種漢字字體**。《晉書・衛恆傳》："上谷王次仲始作～法。"（上谷：地名。王次仲：人名。）

9 **楨** zhēn (粵) zing^1 ❶ **一種質地堅硬的樹**。《山海經・東山經》："太山上多金玉、～木。" ❷［**楨幹**］① **築土牆時兩頭用的柱子叫"楨"，兩邊用的木板叫"幹"**。《尚書・費誓》："峙乃～～，甲戌我惟築。"（準備你們的楨幹，甲戌那天我要築工事。）② **比喻支柱、骨幹**。《三國志・吳書・陸凱傳》："皆社稷之～～，國家之良輔。"（社稷：指國家。）

9 **楫** (檝)jí (粵) zip^3 **船槳**。《商君書・弱民》："背法而治，此任重道遠而無馬牛，濟大川而無舡～也。"（任：背負。濟：渡。舡：船。）

9 **楬** jié (粵) kit^3 ❶ **用作標記的小木樁**。《周禮・秋官・蜡氏》："若有死於道路者，則令埋而置～焉。"《封氏聞見記》卷六："然則物有標榜皆謂之～。" ❷ qià (粵) hat^6 **古代用以終止樂聲的一種樂器。即"敔（yǔ (粵) jyu^5）"**。《禮記・樂記》："然後聖人作為鞉、鼓、椌、～、壎、篪。"

9 **棰** (箠)chuí (粵) ceoi^4 ❶ **木棍**。江淹《雜體詩・效張綽〈雜述〉》："靜觀尺～義，理足未嘗少。" ⊗ **用棍打，杖刑**。《荀子・儒效》："笞（chī (粵) ci^1）～暴國，齊一天下。"（笞：鞭打。）❷ **鞭子**。《史記・秦始皇本紀》："執～拊以鞭笞天下，威振四海。"**【注意】古代"木棍"的意思多寫作"棰"，"鞭子"的意思多寫作"箠"，但也有兩者通用的。**

9 **楔** xiē (粵) sit^3 ❶ **樹名，即櫻桃**。張衡《南都賦》："其木則樫松～樱。" ❷ **門兩邊的木柱**。韓愈《進學解》："欂櫨侏儒，椳闑扂～，各得其宜。" ❸ **楔子**。《淮南子・主術》："大者以為舟航柱梁，小者以為楫～。" 賈思勰《齊民要術》卷九："～宜長薄。"

9 **楸** qiū (粵) cau^1 ❶ **樹名**。屈原《九章・哀郢》："望長～而太息兮，涕淫淫其若霰。" ❷ **用楸木做的棋盤。泛指棋盤**。段成式《觀棋》："閑對弈～傾一壺，黃羊枰上幾成都。"［**楸枰**（píng (粵) ping^4）］**用楸木做的棋盤。泛指棋盤**。陸游《自嘲》詩："遍遊竹院尋僧語，時拂～～約客棋。"

9 **楩** pián (粵) pin^4 **樹名。木材很貴重**。《墨子・公輸》："荊有長松、文梓、～、柟、豫章。"

9 **楯** shǔn 粵 seon5 ❶ **欄杆的橫木**。《史記・司馬相如列傳》："宛虹拖於～軒。"何晏《景福殿賦》："～類騰蛇。"（類：好像。）泛 **欄杆**。《新唐書・吐蕃傳》："中有高臺，環以寶～。"❷ dùn 粵 teon5 **通"盾"。盾牌**。《韓非子・難一》："楚人有鬻～與矛者。"（鬻：賣。）《新唐書・百官志》："左執～而導之。"

9 **楹** yíng 粵 jing4 **柱子。特指堂上兩柱**。《左傳・莊公二十三年》："丹桓宮之～。"（丹：用紅漆塗飾。桓：指魯桓公。）

9 **椸** yí 粵 ji4 **衣架**。《禮記・曲禮上》："男女不雜坐，不同～枷。"劉禹錫《喜晴聯句》："推林出書目，傾笥上衣～。"

9 **楗** jiàn 粵 gin6 ❶ **門閂**。《老子・二十七章》："善閉，無關～而不可開。"《淮南子・人間》："其家無筦籥之信、關～之固。"❷ **在河堤缺口處打下的竹木樁**。《史記・河渠書》："而下淇園之竹以為～。"引 **堵塞**。《墨子・兼愛中》："以～東土之水，以利冀州之民。"❸ jiǎn 粵 gin2 **通"蹇"。跛**。《周禮・冬官・輈人》："終日馳騁，左不～。"（左：指左面的馬。）

9 **概** (槩)gài 粵 koi3 ❶ **量米粟時刮平斗斛 (hú 粵 huk6) 用的木板**。《韓非子・外儲說左上》："～者，平量者也。"引 **刮平，削平**。《管子・樞言》："釜鼓滿，則人～之。"（釜、鼓：量器。）❷ **大略，大體**。《史記・伯夷列傳》："其文辭不少～見。"❸ **節操，風度**。《後漢書・周黃徐姜申屠傳序》："若二三子，可謂識去就之～。"《晉書・桓溫傳》："溫豪爽有風～。"❹ **景象，狀況（後起意義）**。杜甫《奉留贈集賢院崔于二學士》詩："故山多藥物，勝～憶桃源。"（勝概：美麗的景象。）

9 **楣** méi 粵 mei4 ❶ **房屋的次級橫樑**。《儀禮・鄉射禮》："序則物當棟，堂則物當～。"（序：東西廂。物：指射箭站立之處。當：對着。）李如圭《儀禮・釋宮》："堂之屋，南北五架，中脊之架曰棟，次棟之架曰～。"❷ **門框上的橫木**。屈原《九歌・湘夫人》："桂棟兮蘭橑，辛夷～兮藥房。"陸游《夏雨歎》詩："蝸舍入門～觸額，黃泥壁作龜兆坼。"❸ **屋簷口椽端的橫板**。謝靈運《山居賦》："因丹霞以赬 (chēng 粵 cing1) ～，附碧雲以翠椽。"

9 **楙** mào 粵 mau6 ❶ **同"茂"。草木茂盛**。《漢書・司馬相如傳》："夸條直暢，實葉葰～。"❷ **通"貿"。交換**。《漢書・食貨志上》："～遷有無，萬國作乂。"

9 **椽** chuán 粵 cyun4 **椽子，放在檁 (lǐn 粵 lam5) 上架着屋頂的圓木條**。《韓非子・五蠹》："茅茨 (cí 粵 ci4) 不翦，采～不斲 (zhuó 粵 zoek3)。"（茅草蓋的屋頂不加修剪，櫟木做的椽子也不砍削。茨：用草蓋的屋頂。采：櫟木。斲：砍削。）又 **量詞。指房屋的間數（後起意義）**。陸游《夜雨》詩之二："寒雨連三夕，幽居只數～。"

9 **業** yè 粵 jip6 ❶ **古代懸鐘磬用的大木板**。《詩經・周頌・有瞽》："設～設虡 (jù 粵 geoi6)。"（虡：懸掛鐘磬的木架的立柱。）引 **書寫用的木板**。《禮記・玉藻》："父命呼，唯而不諾。手執～，則投之。"❷ **事業，功業**。《左傳・襄公十八年》："人其以不穀為自逸而忘先君之～矣。"（不穀：君主自稱。）《史記・李斯列傳》："足以滅諸侯，成帝～。"❸ **職業**。《三國志・蜀書・先主傳》："販履織席為～。"（履：鞋。）❹ **學業**。韓愈《進學解》："～精於勤，荒於嬉。"❺ **產業**。《漢書・楊王孫傳》："學黃老之術，家～千金。"❻ **已經**。《史記・留侯世家》："良～為取履。"（良：張良。）**雙音詞有"業已"**。❼ [業業] ① **高大健壯的樣子**。

《詩經・小雅・采薇》："戎車既駕，四牡～～。"（戎車：兵車。四牡：四匹公馬。）② **擔心害怕的樣子**。《三國志・吳書・陸凱傳》："百姓～～，天下苦之。"**成語有"兢兢業業"**。

9 **桀** jié 粵 zit3 **柱頭斗栱**。《漢書・敍傳上》："～棁（zhuō 粵 zyut3）之材不荷棟梁之任。"（棁：樑上短柱。）

9 **棨** mù 粵 muk6 **束在車轅上用以加固的皮帶**。《詩經・秦風・小戎》："小戎俴收，五～梁輈。"

10 **榦** gàn 粵 gon3 ❶ **築土牆時兩邊所用的木板。一般只見於"楨（zhēn 粵 zing1）榦"一詞中**。《尚書・費誓》："峙（zhì 粵 zi6/ci5）乃楨～。"（峙：具備。乃：你的。楨：築土牆時兩頭所用的木板。）**後以"楨榦"比喻骨幹、人才。又寫作"楨幹"**。❷ **樹幹，樹的主幹**。《淮南子・主術》："枝不得大於～。"(引) **根本**。《淮南子・原道》："是故柔弱者，生之～也。"❸ **木名。柘樹**。《尚書・禹貢》："杶～栝柏。"（杶、栝：均木名。）

【辨】干，乾，榦，幹。古代"干"、"乾"、"幹"是完全不同的三個字，各不相通。在古書中，乾濕的"乾"、樹幹的"幹"，都不寫作"干"。"榦"和"幹"在樹幹的意義上通用，但是才幹的"幹"，一般不寫作"榦"。

10 **榛** zhēn 粵 zeon1 ❶ **一種落葉喬木**。《詩經・小雅・青蠅》："營營青蠅，止于～。"宋玉《高唐賦》："～林鬱盛。"⊗ **榛樹的果實**。《禮記・內則》："棗栗～柿，瓜桃李梅。"❷ **樹叢**。左思《招隱詩二首》其二："經始東山廬，果下自成～。"

［榛榛］**草木盛的樣子**。班昭《東征賦》："睹蒲城之丘墟兮，生荊棘之～～。"

10 **構** （搆）gòu 粵 gau3/kau3 ❶ **架（木），搭建**。《韓非子・五蠹》："～木為巢，以避羣害。"柳宗元《凌助教蓬屋題詩序》："家本吳地，欲歸而不可得，遂～蓬室。"(引) **建立**。《梁書・蔡道恭傳》："王業肇～，致力陝西。"（肇：始。）❷ **構成，造成**。《孟子・梁惠王上》："～怨於諸侯。"⊗ **構成的事物（房屋、詩文等）**。《世說新語・言語》："柏梁雲～，工匠先居其下。"（柏梁：柏梁台。）徐弘祖《徐霞客遊記・滇遊日記》："不意殊方反得此神～也。"（殊方：指邊遠地方。）**又如"佳構"**。❸ **交接**。《戰國策・秦策四》："秦楚之兵～而不離。"**又如"構兵"（交戰）**。❹ **圖謀，謀劃**。《淮南子・說林》："紂醢梅伯，文王與諸侯～之。"（紂：商紂王。梅伯：人名。）⊗ **把某些事情牽合在一起作為罪狀陷害人**。《左傳・桓公十六年》："宣姜與公子朔～急子。"（急子：人名。）

10 **楮** zhī 粵 zi1 **柱子的基礎**。《說文・木部》："楮，柱砥。"(引) **支撐**。《抱朴子・仙藥》："未得作丹，且可服之，以自～持耳。"

10 **榼** kē 粵 hap6 **盛酒或貯水的器具**。《左傳・成公十六年》："使行人執～承飲。"

10 **榑** fú 粵 fu4 ［榑桑］**傳說中的神樹，在日出的地方**。《淮南子・覽冥》："朝發～～，日入落棠。"**又寫作"榑木"**。《呂氏春秋・求人》："禹東至～～之地。"

10 **槅** gé 粵 gaak3 ❶ **車軛，駕車時套在牛頸上的曲木**。張衡《西京賦》："商旅聯～，隱隱展展。"《晉書・潘岳傳》："發～寫鞍，皆有所憩。"❷ hé 粵 hat6 **通"核"。指有核的果品**。左思《蜀都賦》："金罍中坐，肴～四陳。"

10 **榧** fěi 粵 fei2 **樹名，果實名榧子，可以食用**。李德裕《平泉山居草木記》："木之奇者，有天台之金松、琪樹，稽山之海棠、～、檜。"

10 **榻** tà 粵 taap3 ❶ **窄而低的牀**。劉熙《釋名・釋牀帳》："長狹而卑曰～。"

[泛] **牀**。《古詩為焦仲卿妻作》：“移我琉璃～，出置前窗下。”（琉璃榻：鑲嵌着琉璃的牀。）❷ **几案**。《三國志・吳書・魯肅傳》：“合～對飲。”❸ **拓印，摹寫**。皮日休《奉和魯望寄南陽廣文次韻》：“八會舊文多～寫。”

10 **榿** qī [粵] kei1 **樹名**。杜甫《堂成》詩：“～林礙日吟風葉，籠竹和烟滴露梢。”

10 **榭** xiè [粵] ze6 ❶ **建築在高土臺上的房子**。宋玉《招魂》：“層臺累～，臨高山些。”❷ **古代的講武堂**。《左傳・成公十七年》：“三郤（xì [粵] kwik1）將謀於～。”（三郤：指郤氏三族。）❸ **收藏器物的房子**。《漢書・五行志上》：“～者所以臧樂器。”**【辨】亭，臺，榭，樓，閣**。**見 522 頁“臺”字**。

10 **槔** **（槹、橰）** gāo [粵] gou1 [桔（jié [粵] git3）槔] **見 290 頁“桔”字**。

10 **榱** cuī [粵] ceoi1 **房屋的椽子**。《左傳・襄公三十一年》：“棟折～崩。”《孟子・盡心下》：“堂高數仞，～題數尺。”（榱題：屋簷的椽子頭。）

10 **槁** **（槀）** gǎo [粵] gou2 **草木枯乾**。《墨子・耕柱》：“譬若匠人然，智～木也，而不智生木。”（智：知。）《孟子・公孫丑上》：“其子趨而往視之，苗則～矣。”[又] **指乾枯的草木**。《荀子・王霸》：“及以燕趙起而攻之，若振～然。”[泛] **乾，枯乾**。《孟子・滕文公下》：“夫蚓上食～壤，下飲黃泉。”《莊子・知北遊》：“形若～骸。”（骸：屍骨。）**成語有“形容枯槁”**。

10 **榜** bǎng [粵] bong2 ❶ péng [粵] pang4 **矯正弓弩的工具**。《韓非子・外儲說右下》：“～檠（qíng [粵] king4）矯直。”（榜檠是用來矯直的。檠：矯正弓弩的工具。）❷ péng [粵] pang4 **古代一種刑罰，捶擊，捶打**。司馬遷《報任安書》：“受～箠。”（箠：鞭打。）❸ **告示，或特指公佈應試錄取名單的告示**。《後漢書・崔駰傳》：“靈帝時，開鴻都門～賣官爵。”《新唐書・安祿山傳》：“詭言奉密詔討楊國忠，騰～郡縣。”（騰：傳。）**“告示”義又寫作“牓”**。❹ **木片，木板**。《宋書・鄧琬傳》：“會琬送五千片～供胡軍用。”[特] **指匾額**。《世說新語・巧藝》：“魏明帝起殿，欲安～，使仲將登梯題之。”（仲將：韋誕字仲將。）**“匾額”義又寫作“牓”**。❺ bèng [粵] bong3 **划船的工具**。屈原《九章・涉江》：“乘舲船余上沅兮，齊吳～以擊汰。”（舲船：有窗的小船。齊：同時並舉。吳：通“艉”。船。汰：水的波紋。）[又] **指代船**。李賀《馬》詩之十：“催～渡烏江。”[又] **划船**。《寒山詩》二十四：“快～三翼舟，善乘千里馬。”

10 **槎** chá [粵] caa4 ❶ **用刀或斧砍**。《國語・魯語上》：“且夫山不～蘖（niè [粵] jit6），澤不伐夭（ǎo [粵] ou2）。”（山中不砍伐樹上剛生出的枝條。蘖：樹木被砍伐後又生出的枝條。）❷ **用竹木編成的筏**。張華《博物志》卷三：“年年八月有浮～，去來不失期。”（失：耽誤，錯過。）**這個意義又寫作“楂”**。

10 **榷** què [粵] kok3 ❶ **獨木橋**。程大昌《演繁露・闌出》：“～者，水上獨木之橋也。”❷ **專營，專賣**。《漢書・武帝紀》：“初～酒酤（gū [粵] gu1）。”（開始由國家管理和經營酒的買賣。）❸ **徵稅**。沈括《賀樞密薛侍郎啟》：“～六路之饒，轉江淮之粟。”[又] **稅，稅收**。韓愈《論變鹽法事宜狀》：“商人納～，糶與百姓。”❹ **［商榷］商討，商量**。《北史・崔孝芬傳》：“～～古今，間以嘲謔。”

10 **槃** pán [粵] pun4 ❶ **裝水（供人洗用）的木盤**。**這個意義又寫作“盤”、“鎜”**。《儀禮・士虞禮》：“匜水錯于～中。”《呂氏春秋・慎勢》：“功名著乎～盂，銘篆著乎壺鑒。”❷ **迴旋，彎曲**。《淮南子・齊俗》：“古者非不知繁升降～還之禮也。”《後漢書・虞詡傳》：“不遇～根錯節，何以別利器乎？”❸ **通“般（pán ㊥ pun4）”。遊樂**。《後漢書・楊震傳》：“況以先王法服而私出～遊。”

10 **槊** shuò ㊥ sok3 ❶ **長矛**。《魏書・楊津傳》：“不畏利～堅城，惟畏楊公鐵星。”（惟：只，僅。鐵星：指熔化的鐵水中迸出的火星。）蘇軾《前赤壁賦》：“釃酒臨江，橫～賦詩。”❷ **古時博戲的一種**。韓愈《示兒》詩：“酒食罷無為，碁～以相娛。”

10 **榮** róng ㊥ wing4 ❶ **樹名。梧桐樹**。陶潛《榮木》詩：“采采～木，結根于茲。”❷ **草木的花**。屈原《九章・橘頌》：“綠葉素～，紛其可喜兮。”《管子・內業》：“無根無莖，無葉無～。”㊀ **草木開花**。陶潛《桃花源詩》：“草～識節和。”㊁ **穀類秀穗**。《國語・晉語四》：“黍稷無成不能為～。”❸ **茂盛**。陶潛《歸去來兮辭》：“木欣欣以向～。”（欣欣：草木茂盛。）㊀ **多，豐富**。《荀子・大略》：“宮室～與？婦謁盛與？”❹ **光榮，榮耀。與“辱”相對**。《荀子・勸學》：“～辱之來。”《三國志・吳書・吳主傳》：“～福喜戚，相與共之。”（戚：憂愁，悲傷。）㊀ **顯榮，富貴**。《呂氏春秋・務本》：“三王之佐，其名無不～者。”❺ **屋簷兩頭翹起的部分**。《漢書・揚雄傳上》：“列宿乃施於上～兮。”（列宿：諸星。施：延，延至。）❻ **惑亂**。《韓非子・內儲說下》：“～其意而亂其政。”

11 **槷** niè ㊥ jit6/nip6 ❶ **觀測日影的木杆**。《周禮・考工記・匠人》：“置～以縣，眡以景，為規識日出之景與日入之景。”❷ **箭靶的中心**。《小爾雅・廣器》：“射有張皮謂之侯，侯中者謂之鵠，鵠中者謂之正，正方二尺，正中者謂之～，～方六寸。”❸ **門橛。門中間豎立的木柱**。《穀梁傳・昭公八年》：“置旃以為轅門，以葛覆質以為～。”❹ xiè **木楔**。《周禮・考工記・輪人》：“牙得則無～而固，不得則有～必足見也。”

11 **櫘** huì ㊥ seoi6/wai6 **小棺材**。《漢書・高帝紀下》：“令士卒從軍死者為～，歸其縣。”

11 **模** mó ㊥ mou4 ❶ mú **模子，製造器物的模型**。《論衡・物勢》：“埏（shān ㊥ sin1）埴作器，必～範為形。”（用黏土做器具，必須要用模子做出它的形狀。）趙希鵠《洞天清錄》：“古者鑄器，必先用蠟為～。”㊀ **標準，規範**。左思《詠史》之八：“可為達士～。”（達士：通達事理的人。）❷ **仿效，效法**。陸倕《石闕銘》：“色法上圓，制～下矩。”（色彩效法天，式樣效仿地。上圓：指天。制：式樣。下矩：指地。）**雙音詞有“模仿”**。㊀ **臨摹**。《北史・冀儁傳》：“善隸書，特工～寫。”蘇軾《傳神記》：“使人就壁～之。”

11 **槿** jǐn ㊥ gan2 **木槿，一種落葉灌木**。《宋書・樂志二》：“水雨方降木～榮。”《南齊書・祥瑞志》：“烏程縣陳文則家～樹連理。”㊀ **指木槿花**。《北齊書・魏收傳》：“～榮于枝，望暮而萎。”

11 **樞** shū ㊥ syu1 ❶ **門上的轉軸**。《呂氏春秋・盡數》：“流水不腐，戶～不螻（一作“蠹”）。”《後漢書・華佗傳》：“人體欲得勞動……血脈流通，病不得生，譬猶戶～，終不朽也。”（譬猶：如同。戶：門扇。）**成語有“戶樞不蠹”**。㊀ **事物的關鍵或中心部分**。《周易・繫辭上》：“言行，君子之～機。”《荀子・王霸》：“禮法之～要。”❷ **國家政權或天子之位**。陳子昂《勸封禪表》：“伏惟陛下應天受命，握紀登～。”㊀ **代指相位或宰輔**。《舊唐書・王璵傳》：“人物時望，素不為眾所稱，及當～務，聲問頓減。”❸ **古星名。北斗第一星。也叫天樞**。《後漢書・蔡邕傳》：“地將震而～星直。”❹ ōu

粵 au1/ngau1 **一種小喬木。也叫刺榆**。《詩經・唐風・山有樞》："山有～。"

11 **標** biāo 粵 biu1 ❶ **樹梢**。《莊子・天地》："上如～枝，民如野鹿。"（標枝：樹梢的枝條。）盧諶《贈劉琨》詩："綿綿女蘿，施（yì 粵 ji6）于松～。"（連綿不斷的女蘿，蔓延在松樹梢上。女蘿：植物名。施：蔓延。）㊀ **末端**。李白《秋日登揚州西靈塔》詩："～出海雲長。"（標：指塔頂。出：露出。）❷ **標杆，標記**。《舊唐書・崔彥昭傳》："但立直～，終無曲影。"郭璞《江賦》："玉壘作東別之～。"（玉壘：山名。東別：指沱江。）㊀ **標明，寫明**。孫綽《遊天臺山賦》："（天臺山）名～於奇紀。"（奇紀：指《山海經》。）**成語有"標新立異"**。❸ **標格，風度**。孔稚珪《北山移文》："夫以耿介拔俗之～，蕭灑出塵之想……吾方知之矣。"❹ **標準，楷模**。杜甫《贈鄭十八賁》詩："示我百篇文，詩家一～準。"《世說新語・品藻》："亡叔是一時之～，公是千載之英。"

11 **槭** qī（今讀 qì）粵 zuk1 ❶ **樹名**。蕭穎士《江有楓》詩："想彼～矣，亦類其楓。"❷ sè 粵 saak3 **葉落枝空的樣子**。潘岳《秋興賦》："庭樹～以灑落兮，勁風戾而吹帷。"❸ sè 粵 saak3［**槭槭**］**風吹樹葉搖動聲**。劉禹錫《秋聲賦》："樹～～兮蟲啣啣。"

11 **槬**（**㮶**）huà 粵 waa6 **寬，洪大**。《左傳・昭公二十一年》："而鐘，音之器也……小者不窕（tiǎo 粵 tiu5），大者不～，則和於物。"（窕：細微而不飽滿。）**《漢書・五行志》引《左傳》作"㮶"**。

11 **樗** chū 粵 syu1 ❶ **樗樹，即臭椿樹**。《詩經・豳風・七月》："采荼（tú 粵 tou4）薪～。"（荼：苦菜。薪樗：以樗為柴。）㊁ **無用之材**。杜甫《送鄭十八虔貶台州司戶》："鄭公～散鬢成絲，酒後常稱老畫師。"（樗散：本指像樗樹那樣被散置的無用之材，比喻不合世用。）❷［**樗蒲**］**古代賭博**。《世說新語・方正》："王子敬數歲時，嘗看諸門生～～，見有勝負，因曰：'南風不競。'"

11 **樅** cōng 粵 cung1 ❶ **樹名。松葉柏身**。張衡《西京賦》："木則～、栝（kuò 粵 kut3）、椶、楠。"（栝：檜樹。）❷ **懸掛鐘磬的木架上所刻鋸齒狀物。也叫崇牙**。《詩經・大雅・靈臺》："虡（jù 粵 geoi6）業維～，賁（fén 粵 fan4）鼓維鏞。"（虡：懸掛鐘磬的木架的立柱。業：立柱間的橫木。賁鼓：大鼓。鏞：大鐘。）

11 **槺**（**㝩**）kāng 粵 hong1［**槺梁**］**屋宇空闊的樣子**。司馬相如《長門賦》："施瑰木之欂櫨兮，委參差以～～。"

11 **槨**（**椁**）guǒ 粵 gwok3 **棺材外面套的大棺材**。《論語・先進》："鯉也死，有棺而無～。"（鯉：人名，孔丘之子。）

11 **樛** jiū 粵 kau1 ❶ **樹枝向下彎曲**。《詩經・小雅・南有嘉魚》："南有～木，甘瓠累之。"杜甫《畫鶻行》："充君眼中物，烏鵲滿～枝。"❷ **纏繞，糾結**。杜甫《乾元中寓居同谷縣作歌》："古木巃嵸枝相～。"［**樛流**］**繚繞**。班彪《北征賦》："涉長路之綿綿兮，遠紆迴以～～。"

11 **槧** qiàn 粵 cim3 ❶ **古代寫字用的木片**。《論衡・量知》："斷木為～，枿之為板，力加刮削，乃成奏牘。"❷ **簡札，書信**。王令《贈別晏成績懋父太祝》詩："幸因西南風，時作寄我～。"❸ **書籍，刻本（後起意義）**。無可《李常侍書堂》詩："塗油窗日早，閱～幌風輕。"王士禛《居易錄》卷十四："雕行古書，頗仿宋～，坊刻皆所不逮。"［**槧本**］**書籍的刻本**。黃伯思《東觀餘論・跋洛陽所得杜少陵詩後》："所錄杜子美詩，頗與今行～～小異。"

11 **樂** yuè 粵 ngok6 ❶ **音樂**。《孟子・梁惠王下》："今之～猶古之～也。"《禮記・樂記》："金石絲竹，～之器也。"

㊀ 樂器。《荀子・王霸》："齊桓公閨門之內縣～奢泰遊抏之修。" ㊁ 樂工。《論語・微子》："齊人歸女～，季桓子受之。" ❷ lè ㊊ lok6 快樂，高興。《論語・學而》："有朋自遠方來，不亦～乎？" 陶潛《桃花源記》："並怡然自～。" ㊀ 樂意。《後漢書・張讓傳》："萬人所以～附之者。"（附：跟從。）成語有"喜聞樂見"。❸ yào ㊊ ngaau6 愛好，喜愛。《論語・雍也》："知者～水，仁者～山。"

11 **樊** fán ㊊ faan4 ❶ 關鳥獸的籠子。《莊子・養生主》："澤雉十步一啄，百步一飲，不蘄（qí ㊊ kei4）畜乎～中。"（澤雉：澤地的野雞。蘄：通"期"。希望。）❷ 籬笆。《詩經・小雅・青蠅》："營營青蠅，止于～。"（營營：往來盤旋的樣子。）黃庭堅《庚申宿觀音院》詩："僧屋無陶瓦，剪茅蒼竹～。"（剪茅：指用剪過的茅草做屋頂。）㊁ 用籬笆圍住。《詩經・齊風・東方未明》："折柳～圃。"（圃：種植蔬菜瓜果的園子。）❸ 邊，旁。《莊子・則陽》："夏則休乎山～。"（乎：于。）白居易《中隱》詩："大隱住朝市，小隱入丘～。" ❹ [樊然] 紛雜的樣子。《莊子・齊物論》："～～淆（xiáo ㊊ ngaau4）亂。"（淆亂：混亂。）

12 **橈** náo ㊊ naau4 ❶ 彎曲。《周禮・考工記・輈人》："唯轅直且無～也。"《列子・湯問》："竿不～。" ㊀ 冤枉，冤屈。《新唐書・陸贄傳》："廢兵之冗食，蠲法之～人。"（冗：多餘的。蠲：免除。）❷ 屈服，挫敗。《左傳・成公二年》："畏君之震，師徒～敗。"（震：威。師徒：指軍隊。）㊀ 削弱。《漢書・張良傳》："漢王憂恐，與酈食其（yì jī ㊊ ji6 gei1）謀～楚權。"（漢王：劉邦。）❸ 攪動，攪亂。《資治通鑒・秦昭襄王五十二年》："譬之以卵投石，以指～沸。"《史記・韓長孺列傳》："犯上禁，～明法。" ❹ ráo ㊊ jiu4 船槳。《淮南子・主術》："夫七尺之～而制船之左右者，以水為資。" 李白《入清溪行山中》詩："停～向餘景。" ㊀ 小船。賈島《憶江上吳處士》詩："蘭～殊未返，消息海雲端。"

12 **樾** yuè ㊊ jyut6 樹蔭。《淮南子・人間》："武王蔭暍人於～下，左擁而右扇之。"（暍：中暑。）宋之問《初到陸渾山莊》詩："浩歌步榛～，棲鳥隨我還。"

12 **樹** shù ㊊ syu6 ❶ 栽種，種植。《詩經・鄭風・將仲子》："無折我～杞（qǐ ㊊ gei2）。"（無：不要。杞：一種樹。）《孟子・梁惠王上》："五畝之宅，～之以桑。" ㊀ 豎立，直立。《三國志・魏書・武帝紀》："連車～柵。" ❷ 建立，設立。《三國志・蜀書・先主傳》："厚～恩德，以收眾心。"《左傳・文公十三年》："天生民而～之君。" ㊁ 培養人。《韓非子・外儲說左下》："吾聞子善～人。" 成語有"十年樹木，百年樹人"。❸ 樹木。屈原《九章・橘頌》："后皇嘉～。"《韓詩外傳》卷九："～欲靜而風不止。" ㊀ 量詞。相當於現代漢語的"株"、"棵"。賈思勰《齊民要術序》："種甘橘千～。" ❹ 屏，影壁。《禮記・郊特牲》："臺門而旅～。"

【辨】木，樹。見282頁"木"字。

12 **橫** héng ㊊ waang4 ❶ 橫。與"縱"相對。地理上東西為橫，南北為縱。《淮南子・覽冥》："縱～間之，舉兵而相角。"（間：挑撥離間。）柳宗元《嶺南節度饗軍堂記》："～八楹（yíng ㊊ jing4），從十楹。"（楹：柱子。從：縱。）這個意義又寫作"衡"。㊁ 成橫狀，橫着。《墨子・備穴》："左右～行。" 韋應物《滁州西澗》詩："野渡無人舟自～。"（渡：指渡口。）㊕ 連橫。戰國時齊楚六國分別與秦交好的策略。《戰國策・秦策三》："破～散從，使馳說之士無所開其口。"（從：縱，合縱，六國聯合抗秦的策略。）❷ 縱橫錯

雜。《孟子·滕文公上》："洪水～流，氾濫於天下。"❸ **充溢**。《禮記·祭義》："置之而塞乎天地，溥（fū 粵 fu1）之而～乎四海。"(引) **廣，廣闊**。范仲淹《岳陽樓記》："浩浩湯湯，～無際涯。"❹ hèng **蠻橫，殘暴**。《史記·魏其武安侯列傳》："武安日益～。"❺ hèng **出乎意料地**。《三國志·吳書·吳主五子傳》："～遇飛禍矣。"（飛禍：意外的禍患。）

12 **橛** （橜）jué 粵 kyut3 ❶ **短木樁**。衞杰《蠶桑萃編·染政》："苗高二三尺，每路打～，縛繩橫闌，以備狂風拗折。"❷ **樹木或莊稼的殘根**。《詩經·小雅·大田》孔穎達疏："以冬土定，故稼～於地與地平，孟春土氣升長而冒覆於～，則舊陳之根可拔。"❸ **馬口中銜的橫木**。《莊子·馬蹄》："前有～飾之患，而後有鞭筴（cè 粵 caak3）之威。"（鞭筴：打馬的工具。）《漢書·司馬相如傳下》："且夫清道而後行，中路而馳，猶時有銜～之變。"❹ **量詞。一小段**。《五燈會元·石頭希遷禪師》："師乃指一～柴曰：'馬師何似這個？'"❺ **通"撅"。擊，打**。《山海經·大荒東經》："以其皮為鼓，～以雷獸之骨，聲聞五百里。"

12 **橑** liǎo 粵 lou5/liu4 ❶ **屋椽**。司馬相如《上林賦》："仰攀～而捫天。"❷ lǎo 粵 lou5 **通"轑"。車篷骨架**。《論衡·說日》："繫明月之珠於車蓋之～。"❸ **薪柴**。《管子·侈靡》："雕～然後爨之。"

12 **樸** pǔ 粵 pok3 ❶ **未加工的木材**。《老子·二十八章》："～散則為器。"《論衡·量知》："無刀斧之斷者謂之～。"（斷：指加工。）(引) **未經整治的，未經訓練的**。《荀子·臣道》："若馭～馬，若養赤子。"❷ **本錢，成本**。《商君書·墾令》："貴酒肉之價，重其租，令十倍其～。"（提高酒肉的價格，加重酒肉的稅收，使稅額比成本高十倍。）❸ **本質，本性**。《老子·十九章》："見素抱～，少私寡欲。"《呂氏春秋·論人》："故知知一，則復歸於～。"**成語有"返樸歸真"**。⊗ **質樸，淳樸**。《荀子·彊國》："觀其風俗，其百姓～。"《漢書·黃霸傳》："澆淳散～。"❹ **整治，治理**。左思《魏都賦》："匪～匪斵，去泰去甚。"❺ pú 粵 buk6［**樸樕**（sù 粵 cuk1）］**叢生的小樹**。《詩經·召南·野有死麕》："林有～～。"

12 **橅** mó 粵 mou4 **同"模"。法式，規範**。《漢書·蕭望之傳》："今將軍規～雲若管晏而休，遂行日仄至周召乃留乎？"

12 **橇** qiāo 粵 hiu1 **在泥路上滑行的交通工具**。《史記·夏本紀》："泥行乘～。"

12 **橋** qiáo 粵 kiu4 ❶ **桔槔。井上提水的工具。也指桔槔的橫樑**。劉向《說苑·反質》："為機，重其後輕其前，命曰～。"❷ **橋樑**。《戰國策·趙策一》："居頃之，襄子當出，豫讓伏所當過～下。"(引) **架設橋樑**。《史記·司馬相如列傳》："～孫水以通邛都。"（孫水、邛都：地名。）❸ jiǎo 粵 hiu1 **山行的工具**。《史記·河渠書》："山行即～。"

12 **樵** qiáo 粵 ciu4 ❶ **木柴**。《左傳·桓公十二年》："請無扞采～者以誘之。"鼂錯《論貴粟疏》："伐薪～，治官府。"⊗ **打柴**。《左傳·昭公六年》："禁芻牧采～，不入田，不～樹，不采蓺。"(引) **打柴的人，樵夫**。王安石《謝公墩》詩："問～～不知，問牧牧不言。"（牧：放牧的人。）❷ **通"譙"。譙樓，城門上的望樓**。《漢書·趙充國傳》："為塹壘木～。"（塹：壕溝。）

12 **橡** xiàng 粵 zoeng6 **櫟樹的果實**。《莊子·盜跖》："晝拾～栗，暮棲木上。"杜甫《北征》詩："山果多瑣細，羅生雜～栗。”

12 **橦** chuáng 粵 tung^4 ❶ 粵 cong^4 **木杆，木柱**。張衡《西京賦》：“烏獲扛鼎，都盧尋～。”（烏獲：古代力士。都盧：指都盧國人，善攀高。）木華《海賦》：“決帆摧～。”（決：斷。）❷ chōng 粵 cung^1 **刺，擊**。《戰國策·秦策一》：“寬則兩軍相攻，迫則杖戟相～。”❸ chōng 粵 cung^1 **通“䡴”。古代衝鋒車**。《宋書·索虜傳》：“虜以～攻城。”❹ tóng 粵 tung^4 **一種樹木，花可織布**。左思《蜀都賦》：“布有～華。”（華：古“花”字。）❺ zhōng 粵 zung^1 **量詞。用於計量木頭**。《資治通鑒·唐太宗貞觀十四年》：“尚書左丞韋悰句(gōu 粵 ngau^1) 司農木～價貴於民間，奏其隱沒。”（句：查考。）

12 **橉** lìn 粵 leon^6 ❶ **樹名**。郭璞《江賦》：“～杞稹薄於潯涘，栛槤森嶺而羅峰。”❷ lǐn **門檻**。《淮南子·氾論》：“枕戶～而臥者，鬼神蹠其首。”（蹠：踩踏。）

12 **樽** (罇)zūn 粵 zeon^1 **酒器**。李白《江上吟》：“美酒～中置千斛(hú 粵 huk^6)。”（斛：十斗。）

12 **機** jī 粵 gei^1 ❶ **弓弩上發射箭的機件**。《韓非子·説林下》：“操弓關～。”（操：持。關：拉動。）引 **作戰設備或其他機械**。《戰國策·宋衞策》：“公輸般為楚設～。”（公輸般：魯班。設：設置。）特 **織布機**。《史記·樗里子甘茂列傳》：“其母投杼(zhù 粵 cyu^5)下～。”（投：放下。杼：織布機上的梭子。）❷ **關鍵，要點**。《潛夫論·本政》：“故國家存亡之本，治亂之～，在於明選而已矣。”❸ **時機，機會**。《三國志·蜀書·諸葛亮傳》：“成敗之～，在於今日。”❹ **機靈**。《三國志·魏書·武帝紀》：“太祖少～警。”（少：年少時。）❺ **通“幾”。事情的苗頭或預兆**。《三國志·蜀書·先主傳》：“睹其～兆。”（兆：徵兆。）⊗ **事務**。《漢書·百官公卿表》：“相國、丞相……掌丞天子，助理萬～。”（掌丞天子：主管輔佐皇帝。）【辨】幾，機。見178頁“幾”字。

12 **槖** (橐)tuó 粵 tok^3 ❶ **一種口袋**。《戰國策·秦策一》：“負書擔～。”（負：背着。）⊗ **用口袋裝，收藏**。《呂氏春秋·悔過》：“過天子之城，宜～甲束兵。”❷ **(冶鐵的)風箱**。《墨子·備穴》：“具爐～。”（具：具備。爐：煉鐵爐。）❸ **駱駝**。《漢書·百官公卿表》：“又牧～、昆蹄令丞皆屬焉。”**[槖駝] 駱駝**。《史記·蘇秦列傳》：“燕、代～～良馬必實外廄(jiù 粵 gau^3)。”（燕、代：諸侯國名。實：充滿。廄：馬棚。）❹ **[槖槖] 象聲詞**。《詩經·小雅·斯干》：“約之閣閣，椓之～～。”【辨】囊，槖。見102頁“囊”字。

12 **橤** ruǐ 粵 jeoi^5 ❶ **花蕊，花朵**。白居易《牡丹芳》：“黃金～綻紅玉房。”這個意義可以寫作“蕊”。❷ **[橤橤] 花落的樣子**。盧諶《時興》詩：“摵摵芳葉零，～～芬華落。”

13 **檠** (㯳)qíng 粵 king^4 ❶ **矯正弓弩的器具**。《荀子·性惡》：“繁弱、巨黍，古之良弓也，然而不得排～，則不能自正。”引 **矯正(弓弩)**。《漢書·蘇武傳》：“武能網紡繳，～弓弩。”❷ **燈架**。韓愈《短燈檠歌》：“長～八尺空自長，短～二尺便且光。”⊗ **燈**。王安石《自舒州追送朱氏女弟》詩：“投僧避夜雨，古～昏無膏。”❸ **通“擎”。舉，向上托**。韓愈《燕河南府秀才》詩：“柿紅蒲萄紫，肴果相扶～。”❹ jìng 粵 ging^6 **有腳的盤碟類器皿**。楊衒之《洛陽伽藍記》卷四：“金瓶銀瓮百餘口，甌、～、盤、盒稱是。”

13 **檉** chēng 粵 cing^1 **樹名，檉柳。也叫三春柳或紅柳**。《詩經·大雅·皇矣》：“啟之辟之，其～其椐(jū 粵 geoi^1)。”（椐：一種灌木。）

13 **檣** qiáng 粵 coeng^4 **船上的桅杆**。范仲淹《岳陽樓記》：“商旅不行，～傾楫摧。”㊀ **船帆**。陸游《醉後草書歌詩戲作》：“寶刀出匣揮雪刃，大舸破浪馳風～。”㊀ **帆船**。《宋書・謝靈運傳》：“靈～千艘。”

13 **檟** (榎)jiǎ ㊥ gaa² ❶ **楸樹的別稱**。《左傳・襄公四年》：“初，季孫為己樹六～於蒲圃東門之外。” ❷ **茶樹的古稱**。陸羽《茶經・源》：“其名一曰茶，二曰～。”

13 **檛** zhuā ㊥ zaa¹ ❶ **馬棰**。史游《急就篇》卷三：“鐵錘～杖棁柲杸。” ❷ **捶擊**。《後漢書・崔寔傳》：“父～而走，孝乎？”

13 **櫛** zhì ㊥ zit³ **梳子、篦子的通稱**。《莊子・寓言》：“妻執巾～。”（執：拿。巾：用來洗臉的手巾。）㊀ **梳頭**。《論衡・譏日》：“如以髮為最尊，則～亦宜擇日。”白居易《與元九書》：“除盥（guàn ㊥ gun³）～食寢外無餘事。”（盥：洗漱。）**成語有“櫛風沐雨”**。［**櫛比**］［**櫛櫛**］**形容排列很密**。左思《吳都賦》：“屯營～比。”（屯營：軍營駐紮。）**成語有“鱗次櫛比”**。

13 **檄** xí ㊥ hat⁶ **古代用來徵召、聲討的文書**。《漢書・高帝紀下》：“吾以羽～征天下兵。”（羽檄：檄文上插上鳥羽，表示事急。）《史記・黥布列傳》：“并齊取魯，傳～燕趙。”㊁ **用檄文徵召、聲討**。《晉書・王雅傳》：“少知名，州～主簿。”劉知幾《史通・疑古》：“陳琳為袁～魏。”（袁：指袁紹。魏：指曹操。）

13 **檢** jiǎn ㊥ gim² ❶ **法式，法度，法則**。《荀子・儒效》：“禮者，人主之所以為羣臣寸尺尋丈～式也。”曹丕《典論・論文》：“節奏同～。”劉勰《文心雕龍・物色》：“然物有恆姿，而思無定～。”（恆姿：常態。思：思想。）❷ **約束，收斂**。《尚書・伊訓》：“與人不求備，～身若不及。”成公綏《嘯賦》：“寧子～手而歎息。”（寧子：指甯戚。）㊀ **節操**。《三國志・蜀書・向朗傳》：“朗少時雖涉獵文學，然不治素～。”❸ **查看，查驗**。曹操《抑兼并令》：“郡國守相明～察之。”

13 **檜** guì ㊥ kui² ❶ **木名。一種常綠喬木，也稱檜柏**。《詩經・衞風・竹竿》：“淇水滺滺，～楫松舟。”❷ **古代棺蓋上的裝飾**。《左傳・成公二年》：“椁有四阿，棺有翰～。”❸ huì **用於人名。如宋代有秦檜**。

13 **檐** (簷) yán ㊥ jim⁴ ❶ **屋簷**。張衡《西京賦》：“反宇業業，飛～巘（niè ㊥ jit⁶）巘。”（巘巘：高的樣子。）**這個意義後來寫作“簷”**。❷ dàn ㊥ daam³ **擔，舉**。《史記・平原君虞卿列傳》：“虞卿者，遊說之士也。躡蹻（jué ㊥ goek³）～簦說趙孝成王。”（蹻：草鞋。簦：長柄笠。）❸ dàn ㊥ daam³ **通“擔”。量詞。石**。《呂氏春秋・異寶》：“爵執圭，祿萬～，金千鎰。”

13 **檗** (蘗)bò ㊥ baak³ **樹名，即黃檗**。司馬相如《子虛賦》：“桂椒木蘭，～離朱楊。”（離：樆，即山梨。）鮑照《擬行路難》之八：“剉～染黃絲。”

13 **檃** yǐn ㊥ jan² ［**檃栝**］**矯正曲木的工具。又寫作“隱括”**。《荀子・性惡》：“故枸木必將待檃栝烝矯然後直。”㊀ **約束，規範**。《抱朴子・酒誡》：“是以智者嚴檃括於性理，不肆神以逐物。”

14 **檮** táo ㊥ tou⁴ ❶ ［**檮杌**（wù ㊥ ngat⁶）］① **傳說中的神名**。《國語・周語上》：“商之興也，～～次於丕山。”② **傳說中的惡獸名**。東方朔《神異經・西荒經》：“西方荒中有獸焉……攪亂荒中，名～～。”③ **傳說中的惡人名。為“四凶”之一**。《左傳・文公十八年》：“流四凶族，渾敦、窮奇、～～、饕餮。”④ **泛指惡人**。《抱朴子・審舉》：“小人道長，則～～比肩。”⑤ **楚國史書名**。《孟子・離婁下》：“楚之《～～》，魯之《春秋》，一也。”❷［檮昧］**愚昧無知的樣子。多作自謙之辭。**歐陽修《南省試策第五道》：“猥惟～～之微，舉皆管淺之説。”❸ dǎo 粵 dou^{2} **通“擣”。搗碎。**屈原《九章·惜誦》：“～木蘭以矯蕙兮。”

14 **檻** jiàn 粵 laam^{6} ❶ **圈野獸的柵欄。**《莊子·天地》：“而虎豹在於囊～。”司馬遷《報任安書》：“猛虎處深山，百獸震恐，及其在阱～之中，搖尾而求食。”（阱：陷阱。）(引) **欄杆。**屈原《九歌·東君》：“照吾～兮扶桑。”王勃《滕王閣》詩：“閣中帝子今何在，～外長江空自流。”（帝子：指滕王。）❷ **囚禁犯人的檻車或牢籠。**《晉書·紀瞻傳》：“瞻覺其詐，便破～出之。”［檻車］**囚禁押解犯人的車。**《史記·陳丞相世家》：“噲受詔，即反接載～～，傳詣長安。”❸ **艦船。**左思《吳都賦》：“弘舸連軸，巨～接艫。”

14 **檽** nòu 粵 nau^{6} ❶ **樹名。**《後漢書·王符傳》：“今者京師貴戚，必欲江南～、梓、豫章之木。”❷ ruǎn 粵 jyun^{5} **果樹名。黑棗。**孫光憲《北夢瑣言》卷三：“庭有～棗樹，婆娑異常。”

14 **櫂** zhào 粵 zaau^{6} ❶ **船槳。**屈原《九歌·湘君》：“桂～兮蘭枻。”江淹《雜體詩》：“朱～麗寒渚。”(又) **指船。**班固《西都賦》：“～女謳，鼓吹震。”❷ **用槳划船。**張衡《思玄賦》：“～龍舟以濟予。”

15 **櫝** (匵)dú 粵 duk^{6} ❶ **木櫃，木匣。**《韓非子·外儲説左上》：“鄭人買其～而還其珠。”(又) **用櫝裝。**孫樵《書褒城驛壁》：“囊帛～金。”（囊：指用口袋裝。帛：絲織品。）❷ **棺材。**《左傳·昭公二十九年》：“(馬)塹 (qiàn 粵 cim^{3}) 而死，公將為之～。”（塹：壕溝，這裏指掉入壕溝。）

15 **櫋** mián 粵 min^{4} **屋簷板。也叫楣。**屈原《九歌·湘夫人》：“罔薜荔兮為帷，擗蕙～兮既張。”

15 **櫟** lì 粵 lik^{1} ❶ **柞樹，一種喬木。**《詩經·秦風·晨風》：“山有苞～，隰有六駁。”❷ **欄杆。**《史記·滑稽列傳》：“建章宮後閣 (gé 粵 gok^{3}) 重～中，有物出焉，其狀似麋 (mí 粵 mei^{4})。”（閣：小門。麋：一種像鹿的動物。）❸ láo 粵 lik^{6} **刮器具使發聲。**《史記·楚元王世家》：“嫂詳為羹盡，～釜。”（詳：假裝。羹：帶汁的肉。釜：鍋。）

15 **櫓** (樐、艣)lǔ 粵 lou^{5} ❶ **大盾牌。**《左傳·襄公十年》：“建大車之輪，而蒙之以甲，以為～。”❷ **望樓，瞭望觀察敵情的建築。**司馬相如《上林賦》：“泰山為～。”❸ **船上划水的工具。**《三國志·吳書·呂蒙傳》：“蒙至尋陽，盡伏其精兵𦪇䑼(gōu lù 粵 kau^{1} luk^{6}) 中，使白衣搖～，作商賈人服，晝夜兼行。”（𦪇䑼：大船。）劉禹錫《步出武陵東亭臨江寓望》詩：“津晚～聲促。”**這個意義又寫作“艪”、“艣”。**

15 **櫜** gāo 粵 gou^{1} ❶ **收藏衣甲或弓矢的袋子。**《左傳·昭公元年》：“伍舉知其有備也，請垂～而入。”《禮記·檀弓下》：“軍有憂，則素服哭於庫門之外，赴車不載～韔 (chàng 粵 coeng^{3})。”（韔：盛放弓的袋子。）❷ **將弓矢收藏在袋裏。**《詩經·周頌·時邁》：“載～弓矢。”《後漢書·隗囂傳》：“然後還師振旅，～弓臥鼓。”

16 **櫪** lì 粵 lik^{1} ❶ **樹名。同“櫟”。柞樹，一種喬木。**韓愈《山石》詩：“山紅澗碧紛爛漫，時見松～皆十圍。”（圍：兩手合圍。）❷ **馬槽。**曹操《步出夏門行·龜雖壽》：“老驥伏～，志在千里。”（驥：千里馬。）

16 **櫨** lú 粵 lou^{4} ❶ **果名。**《呂氏春秋·本味》：“果之美者……有甘～焉。”❷ **樹名。即黃櫨。**司馬相如《上林賦》：“華楓枰～。”❸ **柱頭上承大樑的方木。**

《淮南子・主術》：“短者以為朱儒枅（jī (粵) gai1）～。”（枅：柱上承梁的方木。）

16 **櫬** chèn (粵) can3 **棺材**。《左傳・襄公二年》：“穆姜使擇美檟，以自為～。”（檟：楸樹別名。）杜甫《別蔡十四著作》詩：“扶～歸咸秦。”（咸秦：指都城。）

16 **櫳** lóng (粵) lung4 ❶ **關養禽獸的牢籠**。禰衡《鸚鵡賦》：“順～檻以俯仰。”❷ **窗櫺，有格子的窗戶**。《漢書・外戚傳下》：“房～虛兮風泠泠。”

17 **欃** chán (粵) caam4 ❶［**欃檀**］**檀樹的別稱**。司馬相如《上林賦》：“～～木蘭。”❷［**欃槍**］**彗星名**。《淮南子・俶真》：“～～衡杓（biāo (粵) biu1）之氣，莫不彌靡而不能為害。”（衡：北斗七星的第五星。杓：北斗七星柄部的三顆星。）

17 **欂** bó (粵) bok3［**欂櫨**（lú (粵) lou4）］**立柱上的短木，即斗栱**。《淮南子・本經》：“標株～～，以相支持。”（標株：柱子。）司馬相如《長門賦》：“施瑰木之～～兮。”**又寫作“薄櫨”**。

18 **權** quán (粵) kyun4 ❶ **秤，秤錘**。《論語・堯曰》：“謹～量，審法度。”《北史・元匡傳》：“所據銅～，形如古志。”(又) **稱量（物體的重量）**。《孟子・梁惠王上》：“～，然後知輕重；度，然後知長短。”❷ **衡量，比較**。《荀子・王霸》：“～物而稱用。”（衡量萬物，根據它的不同特性來使用。）(又) **均衡**。蘇軾《上皇帝書》：“使內外相制，輕重相～。”❸ **權勢，權力**。《管子・任法》：“鄰國諸侯能以其～置子立相。”（以：憑藉。置子：指確立君主的繼承人。）蘇軾《上皇帝書》：“人輕而～重。”(引) **威勢，威力**。羅隱《讒書・風雨對》：“風雨雪霜，天地之～也。”❹ **權變，靈活變通**。《孟子・離婁上》：“男女授受不親，禮也。嫂溺援之以手者，～也。”《三國志・魏書・武帝紀》：“太祖少機警，有～數。”（權數：指應變的機智。）**成語有“通權達變”**。(又) **計謀，權詐**。荀悅《漢紀・高祖紀二》：“～不可預設。”❺ **權且，暫且**。《南齊書・劉善明傳》：“凡諸土木之費，且可～停。”❻ **暫代官職（後起意義）**。陳亮《上孝宗皇帝第一書》：“以京官～知，三年一易。”（知：主管。易：改換。）

19 **欐** lì (粵) lai6 ❶ **房梁**。《列子・湯問》：“昔韓娥東之齊……鬻歌假食。既去，而餘音繞梁～，三日不絕。”❷ **小船**。曹植《盤石篇》：“呼吸吞船～。”❸［**欐欐**］**眾多的樣子**。枚乘《梁王菟園賦》：“～～若飛雪之重弗麗也。”

19 **欒** luán (粵) lyun4 ❶ **木名，即欒華**。《山海經・海內南經》：“弱水……有木……其實如～。”❷ **鐘口的兩角（有一種鐘鐘口呈向上的弧形，故有兩個角）**。《周禮・考工記・鳧氏》：“鳧氏為鐘，兩～謂之銑。”❸ **立柱上端承托屋梁的曲木**。張衡《西京賦》：“跱遊極於浮柱，結重～以相承。”❹［**欒欒**］**瘦瘠的樣子**。《詩經・檜風・素冠》：“棘人～～兮。”❺ **通“孿”。雙生子**。《韓非子・外儲說右上》：“薛公知之，故與二～博。”❻ **通“鑾”。皇帝車駕所用的鈴，也指皇帝車駕**。《史記・封禪書》：“木禺龍～車一駟。”（木禺：木偶。）

24 **欞**（櫺）líng (粵) ling4 ❶ **窗戶或欄杆上雕花的格子**。班固《西都賦》：“舍～檻而卻倚，若顛墜而復稽。”（稽：留止。）❷ **屋簷**。《營造法式・大木作制度》二：“檐，其名有十四……七曰～。”

欠部

0 **欠** qiàn (粵) him3 ❶ **呵欠，疲倦時張口出氣**。《儀禮・士相見禮》：“君子～伸，問日之早晏。”❷ **虧欠（後起意義）**。

《舊唐書・宣宗紀》："今後凡隱盜～負，請如官典犯贓例處分。"（欠負：指虧欠財物。）(又) **缺少，不足**。陸游《老學庵筆記》卷一："甚妙，但似～四字耳。"❸ **欠身，將身體略微抬起前伸（後起意義）**。《宋史・趙普傳》："太祖～伸徐起。"

2 **次** cì (粵) ci^3 ❶ **臨時駐紮和住宿**。《左傳・僖公四年》："師退，～于召陵。"（師：軍隊。召陵：地名。）《尚書・泰誓中》："王～于河朔。"(引) **止，停留**。屈原《九歌・湘君》："鳥～兮屋上，水周兮堂下。"(又) **臨時住宿之處**。《周易・旅》："旅即～。"❷ **中，間**。《莊子・田子方》："喜怒哀樂，不入於胸～。"《世說新語・輕詆》："言～及劉真長死，孫流涕。"（孫：指孫綽。）❸ **次序**。《左傳・桓公十三年》："及鄢，亂～以濟，遂無～。"(又) **按順序排列，等次**。《荀子・王制》："賢能不待～而舉。"（待次：指按等次。舉：提拔。）❹ **在排列上次一等**。《孫子兵法・謀攻》："凡用兵之法……全軍為上，破軍～之。"（全軍為上：指使敵人全軍完整地投降是上策。）❺ **量詞。表示動作的次數（後起意義）**。張籍《祭退之》詩："三～論諍退，其志亦剛強。"

4 **欣** xīn (粵) jan^1 **快樂，喜悅**。《左傳・哀公二十年》："諸夏之人，莫不～喜。"《史記・秦始皇本紀》："驩～奉教，盡知法式。"（驩：歡。奉：奉行，遵守。）[欣欣] ① **高興的樣子**。屈原《九歌・東皇太一》："君～～兮樂康。"② **草木旺盛的樣子**。陶潛《歸去來兮辭》："木～～以向榮。"（木：樹木。）**成語有"欣欣向榮"。又寫作"忻"**。

6 **欱** hē (粵) hot^3 **吸吮**。班固《東都賦》："吐爓生風，～野歕山。"

7 **欷** xī (粵) hei^1 **哭泣時抽噎，哽咽**。《漢書・中山靖王勝傳》："悲者不可為累～。"（累：屢屢，接連着。）(引) **悲歎**。宋玉《九辯》："憯（cǎn (粵) caam^2）悽增～兮，薄寒之中人。"（薄寒：微寒。中：指侵襲。）**這個意義又寫作"唏"**。

7 **欲** yù (粵) juk^6 ❶ **想要**。《論語・顏淵》："己所不～，勿施於人。"《商君書・更法》："今吾～變法以治。"❷ **慾望，願望**。《孫子兵法・謀攻》："上下同～者勝。"❸ **情慾，貪慾**。劉伶《酒德頌》："不覺寒暑之切肌，利～之感情。"**這個意義又寫作"慾"**。❹ **將要**。許渾《咸陽城東樓》詩："山雨～來風滿樓。"

7 **欸** āi (粵) aai^1/ngaai^1/oi^1/ngoi^1 ❶ **應聲**。揚雄《方言》卷十："欸、醫，然也。"❷ **歎息**。屈原《九章・涉江》："乘鄂渚而反顧兮，～秋冬之緒風。"❸ ǎi (粵) oi^2/ngoi^2 [欸乃] **搖櫓聲**。柳宗元《漁翁》詩："煙銷日出不見人，～～一聲山水綠。"

8 **款** (欵) kuǎn (粵) fun^2 ❶ **誠懇，懇切**。《荀子・脩身》："愚～端愨（què (粵) kok^3），則合之以禮樂。"（愚：老實。端：端正。愨：忠厚。）魏徵《十漸不克終疏》："莫能申其忠～。"❷ **款待，招待（後起意義）**。戴復古《汪見可約遊青原》詩："一茶可～從僧話。"❸ **敲，叩**。《呂氏春秋・愛士》："廣門之官夜～門而謁。"《史記・商君列傳》："～關請見。"（關：關塞。）(引) **到**。張衡《西京賦》："繞黃山而～牛首。"（牛首：山名。）❹ **通"窾"。空，不真實**。《漢書・司馬遷傳》："～言不聽，姦乃不生。"❺ **緩慢**。梅堯臣《送胥裴二子回馬上作》詩："豈惟遊子倦，疲馬行亦～。"❻ [款識 (zhì (粵) zi^3)] **古代鐘鼎彝器上鑄刻的文字**。《漢書・郊祀志下》："今此鼎細小，又有～～。"❼ [款款] ① **忠實誠懇的樣子**。司馬遷《報任安書》："誠欲效其～～之愚。"② **徐緩的樣子**。杜甫《曲江》詩："點水蜻蜓～～飛。"

8 **欺** qī [粵] hei^{1} ❶ **欺騙，欺詐**。《論語・子罕》："吾誰～，～天乎？"《韓非子・孤憤》："其行～主也。"**成語有"童叟無欺"**。❷ **欺凌，欺負**。賈誼《新書・解縣》："匈奴～侮侵掠，未知息時。"（息：止息。）杜甫《茅屋為秋風所破歌》："南村群童～我老無力。"**成語有"欺霜傲雪"**。❸ **辜負**。《史記・刺客列傳論》："不～其志，名垂後世。"❹ **壓倒，超過（後起意義）**。杜牧《張好好詩》："飄然集仙客，諷賦～相如。"

8 **欹** （攲）qī [粵] kei^{1} ❶ **傾斜**。《荀子・宥坐》："吾聞宥坐之器者，虛則～，中則正，滿則覆。"❷ **依靠，倚靠**。元好問《讀書山月夕》詩之二："牆東有洿池，～枕聽鳴蛙。"

8 **欽** qīn [粵] jam^{1} ❶ **恭敬，敬重**。《尚書・堯典》："～若昊天。"（若：順從。）《晉書・王獻之傳》："謝安甚～愛之。"（謝安：人名。）**雙音詞有"欽佩"**。[又] **仰慕，佩服**。嵇康《琴賦》："慕老童於騩隅，～泰容之高吟。"何晏《景福殿賦》："～先王之允塞，悅重華之無為。"❷ **封建社會指有關皇帝的（後起意義）。如"欽差大臣"、"欽賜"、"欽定"**。

8 **欿** kǎn [粵] ham^{2} ❶ **［欿然］不自滿**。《孟子・盡心上》："如其自視～～，則過人遠矣。"❷ **憂愁的樣子**。嚴忌《哀時命》："～愁悴而委惰兮，老冉冉而逮之。"❸ **通"坎"。坑，挖坑**。《左傳・襄公二十六年》："至則～，用牲，加書徵之。"（加書：把盟書放在祭祀用的犧牲上。）

8 **欻** （歘）xū [粵] fat^{1} **忽然，迅速**。李白《東武吟》："恭承鳳凰詔，～起雲蘿中。"

9 **歇** xiē [粵] hit^{3} ❶ **停息，休息**。蔡琰《胡笳十八拍》："城頭烽火不曾滅，疆埸征戰何時～。"李白《涇川送族弟錞》詩："客行無～時。"❷ **盡，完**。《左傳・襄公二十九年》："禍未～也，必三年而後能紓。"（紓：解除。）李賀《傷心行》："燈青蘭膏～。"（燈青：燈光暗。蘭膏：有香味的油。）[引] **敗落，衰敗**。陳子昂《修竹篇》："春木有榮～。"❸ **散發**。顏延之《和謝監靈運》："芬馥～蘭若，清越奪琳珪。"（蘭若：香草。）

9 **歃** shà [粵] saap^{3} **飲，喝**。吳隱之《酌貪泉賦詩》："古人云此水，一～懷千金。"[特] **歃血。古代舉行盟會時殺牲飲血以示誠意**。《國語・晉語八》："楚人固請先～。"（固請：堅決請求。）**［歃血］古代盟會時殺牲飲血以示誠意**。《穀梁傳・莊公二十七年》："未嘗有～～之盟也。"

9 **歈** yú [粵] jyu^{4} **歌謠，歌曲**。宋玉《招魂》："吳～蔡謳（ōu [粵] au^{1}/ngau^{1}），奏大呂些（suò [粵] so^{3}）。"（謳：歌。）李紳《過吳門二十四韻》："里吟傳綺唱，鄉語認～謳。"

9 **歆** xīn [粵] jam^{1} ❶ **祭祀時鬼神來享受祭品的香氣**。《詩經・大雅・生民》："其香始升，上帝居～。"（居：安。）《論衡・祀義》："人之死也，口鼻腐朽，安能復～？"（安：怎麼，如何。）❷ **欣喜**。《國語・周語下》："民～而德之，則歸心焉。"❸ **［歆羨］貪慕**。《詩經・大雅・皇矣》："無然～～。"

10 **歌** （謌）gē [粵] go^{1} ❶ **唱**。《詩經・魏風・園有桃》："心之憂矣，我～且謠。"《論語・微子》："楚狂接輿～而過孔子。"**成語有"歌舞昇平"**。❷ **歌曲，能唱的詩**。《尚書・舜典》："詩言志，～永言。"《詩經・小雅・四牡》："是用作～，將母來諗（shěn [粵] sam^{2}）。"（諗：思念。）[又] **作歌，編歌**。《詩經・陳風・墓門》："～以訊之。"（編歌來勸告他。訊：勸告。）❸ **歌頌**。《論衡・須頌》："虞氏天下太平，夔～舜德。"

10 **歊** xiāo (粵) hiu1 **氣上升的樣子**。班固《東都賦》："嶽脩貢兮川效珍，吐金景兮～浮雲。" 張華《勵志詩》之七："水積成川，載瀾載清。土積成山，～蒸鬱冥。"

10 **歉** qiàn (粵) him3 ❶ **吃不飽，缺食**。李商隱《行次西郊作》詩："健兒立霜雪，腹～衣裳單。" (引) **缺少，不足**。《宋書・明帝紀》："且久歲不登，公私～弊。" (又) **欠缺**。《論衡・答佞》："聰明蔽塞，推行謬誤，人之所～也。" ❷ **年歲歉收，收成不好。與"豐"相對**。《管子・樞言》："一日不食，比歲～。"《宋史・黃廉傳》："是使民遇豐年而思～歲也。"（歲：年。）**雙音詞有"歉年"**。❸ (粵) hip3 **慚愧，內疚（後起意義）**。王安石《酬吳季野見寄》詩："俯仰謬恩方自～，慚君將比洛陽人。" **雙音詞有"抱歉"、"道歉"**。

11 **歎** **（嘆）**tàn (粵) taan3 ❶ **感歎，歎息**。《論語・先進》："夫子喟然～曰……" 諸葛亮《出師表》："夙（sù (粵) suk1）夜憂～。"（夙夜：早晚。）(引) **讚歎，讚許**。《三國志・吳書・吳主傳》："曹公望權軍，～其齊肅。"（權：孫權。齊肅：整齊嚴肅。）❷ **（於歌尾）唱和**。《禮記・樂記》："壹倡而三～。" (引) **唱歌，吟誦**。陸機《日出東南隅行》："冶容不足詠，春遊良可～。"

11 **歐** ōu (粵) au1/ngau1 ❶ ǒu (粵) au2 **嘔吐**。《漢書・嚴助傳》："～泄霍亂之病相隨屬也。" ❷ **通"謳"。唱（歌謠、歌曲）**。《隸釋・三公山碑》："百姓～歌，得我惠君。" ❸ (粵) au2/ngau2 **通"毆"。毆打**。《漢書・張良傳》："良愕然，欲～之。" ❹ qū (粵) keoi1 **通"敺"。驅趕，驅使**。《大戴禮記・禮察》："或導之以德教，或～之以法令。"

12 **歕** pēn (粵) pan3 ❶ **吹氣**。《説文・欠部》："歕，吹氣也。" ❷ **同"噴"。噴射**。《穆天子傳》卷五："黃之池，其馬～沙……黃之澤，其馬～玉。"

12 **歙** xī (粵) kap1 ❶ **吸**。鮑照《石帆銘》："吐湘引漢，～蠡吞沱。" ❷ **收**。王弼本《老子・三十六章》："將欲～之，必固張之。" ❸ **［歙然］一致的樣子**。《漢書・匡衡傳》："學士～～歸仁。" (又) **安定的樣子**。《漢書・張敞傳》："吏民～～，國中遂平。" ❹ xié (粵) hip3 **［歙肩］同"脅肩"。聳肩縮項，形容討好的樣子**。《後漢書・張衡傳》："捷徑邪至，我不忍以投步；干進苟容，我不忍以～～。" ❺ shè (粵) sip3 **地名。歙縣，在今安徽**。

13 **歟** yú (粵) jyu4 **句末語氣詞，表示疑問或感歎**。《史記・屈原賈生列傳》："子非三閭大夫～？"（子：您。三閭大夫：官名。指屈原。）曹操《論吏士行能令》："一似管窺虎～！"（就好像從細管裏看老虎。）

15 **歠** chuò (粵) zyut3 **飲，喝**。屈原《漁父》："眾人皆醉，何不餔其糟而～其釃（lí (粵) lei4）。"（餔：吃。釃：薄酒。）(又) **用作名詞。指飲用之物**。《戰國策・燕策一》："即酒酣樂，進熱～。"

18 **歡** **（懽）**huān (粵) fun1 ❶ **喜悅，高興**。《孟子・梁惠王上》："文王以民力為臺為沼，而民～樂之。"《漢書・高帝紀下》："沛父老諸母故人日樂飲極～。"（沛：地名。）**這個意義又寫作"驩"、"讙"**。(引) **交好**。《戰國策・秦策二》："吾欲伐齊，齊楚方～。" ❷ **古樂府中常用作相愛男女的互稱**。樂府詩《莫愁樂》："聞～下揚州，相送楚山頭。" 陸龜蒙《子夜變歌》三首之一："人傳～負情，我自未嘗見。"

止部

0 **止** zhǐ (粵) zi2 ❶ **腳**。《漢書・刑法志》："當斬左～者，笞（chī (粵) ci1）

五百。”（笞：用竹板打。）**這個意義後來寫作“趾”。** ❷ **停止。**《莊子・齊物論》：“曩（nǎng 粵 nong5）子行，今子～。”（曩：以往。子：您。）《韓非子・難勢》：“令則行，禁則～。” (引) **居住，棲息。**《後漢書・張儉傳》：“困迫遁走，望門投～。”《詩經・秦風・黃鳥》：“交交黃鳥，～于桑。”（交交：鳥鳴聲。）❸ **禁止，阻止。**《韓非子・有度》：“～詐偽，莫如刑。”《左傳・桓公六年》：“隨侯將許之，季梁～之。”（許：答應。季梁：人名。）❹ **副詞。只是，僅僅。**《莊子・天運》：“～可以一宿，而不可久處。” ❺ **語氣詞。**《詩經・小雅・車舝》：“高山仰～，景行行～。”（景行：大道。）

1 **正** zhèng 粵 zing3 ❶ **不偏，不斜。**《荀子・君道》：“儀～而景（yǐng 粵 jing2）～。”（儀：用來測定時刻的日晷。景：影子。）(引) **正當，合適。**《管子・立政》：“～道捐棄而邪事日長。”（捐棄：拋棄。）❷ **人的行為正派、正直、公正。**《鹽鐵論・論儒》：“子瑕，佞（nìng 粵 ning6）臣也，夫子因之，非～也。”（佞：巧言獻媚。因：依靠。）❸ **糾正，使……正。**《荀子・王制》：“～法則，選賢良。” ❹ **正。與“副”相對。**《隋書・經籍志一》：“補續殘缺，為～副二本，藏於宮中。” ❺ **長官。**《左傳・哀公元年》：“（少康）為仍牧～……逃奔有虞，為之庖～。”（仍、有虞：都是國名。）❻ **恰好，正好。**《世說新語・文學》：“～在有意無意之間。”辛棄疾《摸魚兒・淳熙己亥》：“斜陽～在煙柳斷腸處。” (又) **只，僅。**《世說新語・自新》：“乃自吳尋二陸，平原不在，～見清河。”（平原、清河：指陸機、陸雲。）❼ **表示動作的進行，狀態的持續。**《漢書・燕剌王旦傳》：“～讙（huān 粵 fun1）不可止。”（讙：喧嘩。）❽ zhēng 粵 zing1 **箭靶中心。**《詩經・齊風・猗嗟》：“終日射侯，不出～兮。”（侯：箭靶。）❾ zhēng 粵 zing1 **陰曆每年第一個月叫“正月”。**《三國志・吳書・吳主傳》：“三年春～月。”

2 **此** cǐ 粵 ci2 **指示代詞。這。與“彼”相對。**《孟子・公孫丑下》：“彼一時，～一時也。”《左傳・襄公二十四年》：“～之謂不朽。” (又) **這樣，這般。**庾信《哀江南賦》：“天何為而～醉！”（何為：為甚麼。）

3 **步** bù 粵 bou6 ❶ **行走。**《戰國策・趙策四》：“老臣今者殊不欲食，乃自強（qiǎng 粵 koeng5）～，日三四里。”（強：勉強。）(又) **腳步，步伐。**張衡《東京賦》：“駕不亂～。”（馬的腳步不亂。駕：指駕車的馬。）**雙音詞有“步伐”。** ❷ **舉足兩次為一步。**《荀子・勸學》：“不積蹞（kuǐ 粵 kwai2）～，無以至千里。”（沒有一步一步的積累，就不能達到千里遠。蹞：相當於現在的一步。至：達到。）(又) **長度單位。歷代不一，如周代以八尺為步，秦代以六尺為步。**《史記・秦始皇本紀》：“輿（yú 粵 jyu4）六尺，六尺為～。”（輿：車。）**成語有“步步為營”。** ❸ **水邊停船的地方（後起意義）。**柳宗元《永州鐵爐步志》：“江之滸（hǔ 粵 wu2），凡舟可縻（mí 粵 mei4）而上下者曰～。”（滸：水邊。縻：拴。上下：指上下船。）**這個意義後來寫作“埠”。**

4 **武** wǔ 粵 mou5 ❶ **腳印。**屈原《離騷》：“及前王之踵～。”（跟上前王的腳步。前王：指楚國過去強盛時期的君主。踵：腳後跟。）❷ **古時以六尺為步，半步為武。**《國語・周語下》：“不過步～尺寸之間。” ❸ **勇猛，勇敢。**《詩經・鄭風・羔裘》：“孔～有力。”（孔：甚，很。）❹ **與軍事、戰爭有關的事物。與“文”相對。**《尚書・武成》：“偃～修文。”（偃：止息。）(特) **武職人員。**《晉書・謝安傳》：

“文～用命。”（用命：指服從命令。）❺ **周代樂曲名**。《論語・八佾》：“子謂韶：‘盡美矣，又盡善也。’謂～：‘盡美矣，未盡善也。’”

4 **歧** qí 粵 kei4 ❶ **岔路**。徐元太《喻林・人事門・亂真》引《呂氏春秋・疑似》：“故墨子見～道而哭之。”《列子・說符》：“～路之中又有～。”**成語有“歧路亡羊”**。(引) **非正當的途徑**。《舊唐書・韋澳傳》：“必以吾他～得之。”❷ **分岔，分開**。《後漢書・張堪傳》：“桑無附枝，麥穗兩～。”王安石《寄虔州江陰二妹》詩：“又如～首蛇，南北兩欲馳。”這個意義又寫作“岐”。

5 **距** jù 粵 keoi5 ❶ 粵 keoi5 **同“拒”。據守**。《宋書・劉鍾傳》：“鍾率麾下～柵。”❷ **超越**。《漢書・揚雄傳上》：“騰空虛，～連卷。”❸ 粵 keoi5 **通“距”。距離**。《漢書・敍傳下》：“自茲～漢，北亡八支。”

9 **歲** **（嵗）**suì 粵 seoi3 ❶ **星名。木星。或指假想的“歲星（太歲）”**。《左傳・襄公二十八年》：“～在星紀。”❷ **年**。《詩經・王風・采葛》：“一日不見，如三～兮。”(引) **時間，光陰**。《論語・陽貨》：“日月逝矣，～不我與。”《三國志・吳書・吳主傳》：“欲以虛辭引～。”（虛辭：空話。引歲：拖延時間。）❸ **表示年齡的單位**。《史記・秦始皇本紀》：“年十三～，莊襄王死，政代立為秦王。”（政：嬴政，即秦始皇。）(又) **年紀，年歲**。韓愈《入關詠馬》：“～老豈能充上駟，力微當自慎前程。”❹ **年成，年景，收成**。《管子・小問》：“厚收善～，以充倉廩（lǐn 粵 lam5）。”（厚收：多收。善：好。倉廩：倉庫。）

12 **歷** **（歷）**lì 粵 lik6 ❶ **經過**。《戰國策・秦策一》：“橫～天下。”(又) **時間上的經歷**。《漢書・諸侯王表序》：“強大弗之敢傾，～載八百餘年。”《晉書・謝安傳》：“有司奏安被召，～年不至。”❷ **逐個，一一地**。《尚書・盤庚下》：“今予其敷心腹腎腸，～告爾百姓于朕志。”（敷：陳述，發佈。）《漢書・藝文志》：“～記成敗存亡禍福古今之道。”（道：道理。）［**歷歷**］**清晰分明**。杜甫《歷歷》詩：“～～開元事，分明在眼前。”（開元：唐玄宗年號。）**成語有“歷歷在目”**。❸ **曆法，曆術**。《漢書・律曆志上》：“黃帝調律～。”（律曆：音律和曆法。）**這個意義後來寫作“曆”**。

14 **歸** guī 粵 gwai1 ❶ **女子出嫁**。《詩經・周南・桃夭》：“之子于～，宜其室家。”（之子：這個女子。）❷ **返回**。《孫子兵法・軍爭》：“避其鋭氣，擊其惰～。”（惰：懈怠。）**成語有“返璞歸真”**。❸ **歸還**。《漢書・陳平傳》：“平懼誅，乃封其金與印，使使～項王。”（使使：派遣使者。）❹ **歸附，歸屬**。《孟子・公孫丑上》：“天下～殷久矣。”(又) **歸到一處**。《三國志・蜀書・諸葛亮傳》：“若水之～海。”❺ **歸趨，歸宿**。《周易・繫辭下》：“天下同～而殊塗。”（塗：道路。）❻ kuì 粵 gwai6 **通“饋”。贈送**。《左傳・閔公二年》：“～公乘馬。”（乘馬：四匹馬。）

歹部

4 **殀** yāo 粵 jiu2 ❶ **夭折，短命**。屈原《離騷》：“鯀婞直以亡身兮，終然～乎羽之野。”（鯀：人名。乎：於。羽：羽山。）❷ **摧折**。《禮記・王制》：“不殺胎，不～夭（ǎo 粵 ou2）。”（夭：初生的鳥獸。）龔自珍《病梅館記》：“以～梅、病梅為業以求錢也。”

4 **殁** mò 粵 mut6 ❶ **同“歿”。死亡**。鄭虎臣《吳都文粹》引蔡京《南雙廟記》："勇於納諫，以至～身。"(引) **盡**。揚雄《太玄・夾》："詘其節，執其術，共所～。"❷ wěn (粵) man^{5} **通"刎"。割脖子**。《荀子・強國》："是猶欲壽而～頸也。"

4 **歿** mò (粵) mut^{6} ❶ **死**。《戰國策・韓策二》："父母既～矣，兄弟無有。"《史記・秦始皇本紀》："其身未～，諸侯倍叛。"（倍：背。）❷ **終了，盡頭**。《後漢書・劉瑜傳》："從幼至長，幽藏～身。"❸ **殺死，消滅**。《後漢書・耿恭傳》："道逢匈奴騎多，皆為所～。"❹ **通"沒 (mò (粵) mut^{6})"。進入，淪沒**。李公佐《南柯太守傳》："因～虜中，不知存亡。"❺ wěn (粵) man^{5} **通"刎"。刎頸（自殺）**。《呂氏春秋・上德》："還～頭前於孟勝。"（孟勝：人名。）

5 **殂** cú (粵) cou^{4} **死亡**。《尚書・舜典》："二十有八載，帝乃～落，百姓如喪考妣。"諸葛亮《出師表》："先帝創業未半，而中道崩～。"（中道：中途。）

5 **殃** yāng (粵) joeng^{1} **災禍，禍害**。《左傳・閔公二年》："～將至矣。"賈誼《治安策》："下數被其～。"(又) **殘害**。《孟子・告子下》："不教民而用之，謂之～民。"**成語有"禍國殃民"**。

5 **殄** tiǎn (粵) tin^{5} ❶ **消滅，絕盡**。《史記・秦始皇本紀》："武～暴逆。"（以武力消滅暴逆。）《尚書・畢命》："餘風未～，公其念哉？"**成語有"暴殄天物"**。❷ **疲敝，衰敗**。《國語・魯語上》："固民之～病是待。"❸ **昏迷**。《論衡・論死》："人～不悟，則死矣。"（悟：醒。）

5 **殆** dài (粵) toi^{5} ❶ **危險**。《孫子兵法・謀攻》："知彼知己，百戰不～。"❷ **近於**。《荀子・王制》："若是，則大事～乎弛，小事～乎遂。"（弛：鬆弛。遂：通"墜"，墜失。）(又) **幾乎**。沈括《夢溪筆談》卷一七："用筆極新細，～不見墨迹。"（新細：新穎、細緻。）❸ **副詞。大概，恐怕**。《史記・趙世家》："吾嘗見一子於路，～君之子也。"（嘗：曾。子：小孩。）《漢書・趙充國傳》："此～空言，非至計也。"（至計：最好的主意。）❹ **通"怠"。懶惰**。《商君書・農戰》："農者～則土地荒。"

6 **殊** shū (粵) syu^{4} ❶ **死。常"殊死"二字連用**。《史記・淮南衡山列傳》："太子即自剄，不～。"《三國志・魏書・武帝紀》："士卒皆～死戰。"❷ **斷絕**。《左傳・昭公二十三年》："武城人塞其前，斷其後之木而弗～。"❸ **不同，區別**。《周易・繫辭下》："天下同歸而～塗。"（塗：路途。）《史記・太史公自序》："法家不別親疏，不～貴賤。"(引) **特別，特殊**。漢樂府《陌上桑》："坐中數千人，皆言夫婿～。"(又) **超過**。《後漢書・梁竦傳》："母氏年～七十。"❹ **副詞。很，非常，根本**。《戰國策・趙策四》："老臣今者～不欲食。"（今者：近來。）《呂氏春秋・去宥》："～不見人，徒見金耳。"❺ **副詞。猶，尚**。謝靈運《南樓中望所遲客》詩："圓景早已滿，佳人～未適。"❻ **副詞。竟，乃**。孫楚《為石仲容與孫皓書》："此猶魏武侯卻指河山以自強大，～不知物有興亡，則所美非其地也。"

6 **殉** xùn (粵) seon^{1} ❶ **用活人陪葬**。《墨子・節葬下》："天子殺～，眾者數百，寡者數十。"(又) **用偶人或器物隨葬**。《宋史・賈似道傳》："聞余玠有玉帶，求之，已～葬矣。"❷ **為了某種目的而死**。劉肅《大唐新語》卷三："汝先君清恪，以身～國。"(引) **追求**。《後漢書・謝夷吾傳》："不～名以求譽，不馳騖以要寵。"❸ (粵) seon^{6}/seon^{1} **通"徇"。巡行**。《後漢書・李固傳》："南陽人董班亦往哭固，而～尸不肯去。"

7 **殍** piǎo (粵) piu^{5} **餓死的人**。《孟子・盡心下》："君子用其一，緩其二。用其二而民有～，用其三而父子離。"《遼史・楊佶傳》："燕地饑疫，民多流～。"（流：流亡。）**這個意義又寫作"莩"。** [**餓殍**] **餓死的人**。仲長統《昌言・損益》："立望～～之滿道。"（立：站着。）**又寫作"餓莩"**。《孟子・梁惠王上》："塗有～～而不知發。"

8 **殖** zhí (粵) zik6 ❶ **繁殖，生長**。《呂氏春秋・明理》："禽獸胎消不～。"《荀子・堯問》："草木～焉，禽獸育焉。"(引) **增加，增長**。《國語・周語上》："財用蕃～。"（蕃：繁多。）❷ **種植**。《尚書・呂刑》："農～嘉穀。"（嘉：好。）(引) **樹立**。《國語・周語下》："上得民心，以～義方。"❸ **經商**。《列子・楊朱》："子貢～於衛。"（子貢：人名。衛：衛國。）[**貨殖**] ① **經商**。《抱朴子・安貧》："～～營生，累萬金之資（zī (粵) zi1）。"（資：財產。）② **經商的人**。班固《西都賦》："州郡之豪杰，五都之～～。"

8 **殘** cán (粵) caan4 ❶ **殺害，傷害**。《周禮・夏官・大司馬》："放弒其君，則～之。"柳宗元《斷刑論下》："秋冬之有霜雪也，舉草木而～之。"（舉：全部。）(引) **消滅，毀滅**。《戰國策・中山策》："魏文侯欲～中山。"❷ **兇暴，殘忍**。《論語・子路》："善人為邦百年，亦可以勝～去殺矣。"《孟子・梁惠王下》："～賊之人，謂之一夫。"(又) **兇暴殘忍的人**。《史記・張耳陳餘列傳》："將軍瞋目張膽，出萬死不顧一生之計，為天下除～也。"《論衡・逢遇》："武王誅～，太公討暴。"❸ **殘缺，不完整**。司馬遷《報任安書》："顧自以為身～處穢，動而見尤。"《後漢書・儒林傳》："禮樂分崩，典文～落。"(引) **殘餘，剩餘**。杜審言《大酺》詩："梅花落處疑～雪。"

9 **殛** jí (粵) gik1 **誅殺**。《尚書・舜典》："～鯀（gǔn (粵) gwan2）於羽山。"（鯀：人名，夏禹的父親。）《左傳・僖公二十八年》："有渝此盟，明神～之。"（渝：改變。）(引) **懲罰**。《尚書・康誥》："爽惟天其罰～我，我其不怨。"

10 **殞** yǔn (粵) wan5 ❶ **死亡**。《楚辭・九歎・遠遊》："～余躬於沅湘。"（躬：身。沅、湘：水名。）《史記・漢興以來諸侯王年表》："～身亡國。"❷ **通"隕"。墜落**。《荀子・賦》："列星～墜。"(又) **落，落下**。《淮南子・泰族》："聞者莫不～涕。"潘岳《秋興賦》："槁葉夕～。"（槁：枯乾。）

11 **殣** jìn (粵) gan2 ❶ **餓死**。《大戴禮記・千乘》："道無～者。"(又) **餓死的人**。《後漢書・馬融傳》："米穀踴貴，自關以西，道～相望。"（踴貴：價格上漲。道殣相望：指道路上餓死的人很多。）❷ **掩埋，埋葬**。《荀子・禮論》："刑餘罪人之喪……不得晝行，以昏～。"（昏：黃昏。）

11 **殤** shāng (粵) soeng1 ❶ **未成年而死**。江淹《雜體詩・張廷尉》："因謂～子夭。"（於是稱未成年而死的人為夭亡。）(又) **未成年死者的葬禮或喪事**。《禮記・檀弓下》："魯人欲勿～重汪踦。"（汪踦：人名。）❷ **指戰死者**。陳子昂《為副大總管屯營大將軍蘇宏輝謝表》："～魂共憤。"[**國殤**] **為國捐軀的死難者**。鮑照《代出自薊北門行》："投軀報明主，身死為～～。"

11 **殥** yín (粵) jan4 **荒遠之地**。《淮南子・墬形》："九州之外，乃有八～。"

12 **殪** yì (粵) ji3 **射死**。《詩經・小雅・吉日》："發彼小豝（bā (粵) baa1），～此大兕。"（發：用箭射。豝：母豬。）屈原《九歌・國殤》："左驂（cān (粵) caam1）～兮右刃傷。"（駕在車左側的馬被射死了，右側的馬也被兵刃所傷。驂：古代駕車時在外側的馬。）(泛) **死**。《左傳・隱公九年》："前後擊之，盡～。"

12 **殫** dān (粵) daan1 ❶ **盡，竭盡**。《呂氏春秋・本味》："相為～智竭力，犯危行苦，志歡樂之。"張衡《東京賦》："徵稅盡，人力～。"**成語有"殫精竭慮"**。❷ dàn ㊣粵 daan6 **通"憚"**。**驚恐**。班固《西都賦》："六師發逐，百獸駭～。"

14 **殯** bìn 粵 ban3 **停放靈柩**。《荀子·禮論》："～久不過七十日。"《禮記·檀弓上》："夏后氏～於東階之上。"(又) **指靈柩**。《左傳·昭公五年》："以書使杜洩告于～。"（杜洩：人名。）(又) **指埋**。孔稚珪《北山移文》："道帙長～，法筵久埋。"（道帙：指道家的書。法筵：講佛法的座席。）

15 **殰** (贕)dú 粵 duk6 **動物未出生而死**。《禮記·樂記》："胎生者不～。"

17 **殲** (殱)jiān 粵 cim1 **殺盡，消滅**。《詩經·秦風·黃鳥》："彼蒼者天，～我良人。"《左傳·僖公二十二年》："宋師敗績，公傷股，門官～焉。"

殳部

0 **殳** shū 粵 syu4 **古代一種有棱無刃的竹木兵器**。《詩經·衞風·伯兮》："伯也執～，為王前驅。"《司馬法·定爵》："弓矢御，～矛守。"（御：抵禦。守：防守。）

5 **段** duàn 粵 dyun6 ❶ **錘打**。《周禮·考工記·輈人》："～氏為鎛器。"（段氏：鍛鑄工。）**這個意義後來寫作"鍛"**。❷ **量詞。節，段落，部分**。《晉書·鄧遐傳》："遐揮劍截蛟數～而出。"（蛟：蛟龍。）❸ **把整體或條形物分開，截斷**。《孫臏兵法·擒龐涓》："於是～齊城、高唐為兩，直將蟻傅平陵。"❹ **緞子**。杜甫《戲為雙松圖歌》："我有一匹好素絹，重之不減錦繡～。"（素絹：白色的精細絲織品。重：珍重。不減：不亞於。）**這個意義後來寫作"緞"**。

6 **殷** yīn 粵 jan1 ❶ **盛，眾多**。《詩經·鄭風·溱洧》："士與女，～其盈矣。"（男男女女非常多。）(引) **富足，富裕**。《史記·文帝本紀》："是以海內～富。"（是以：因此。）❷ **憂慮或情意深**。陸機《歎逝賦》："在～憂而弗違。"《舊唐書·音樂志三》："有懷載～。"［**殷勤**］**熱情而周到**。白居易《長恨歌》："遂教方士～～覓。"（遂：於是。覓：尋找。）❸［**殷殷**］**憂愁的樣子**。《詩經·邶風·北門》："出自北門，憂心～～。"❹ **商朝遷都殷以後的別稱。參見93頁"商"字**。❺ yǐn 粵 jan2 **雷聲**。《詩經·召南·殷其雷》："～其雷，在南山之陽。"❻ yān 粵 jin1 **暗紅色**。《左傳·成公二年》："自始合，而矢貫余手及肘。余折以御，左輪朱～。"（輪：車輪。朱：大紅色。）

7 **殺** shā 粵 saat3 ❶ **殺死，殺戮**。《史記·陳涉世家》："尉劍挺，廣起，奪而～尉。"（尉：官名。）《論語·顏淵》："子為政，焉用～。"(引) **死**。《老子·七十三章》："勇於敢則～，勇於不敢則活。"《晉書·武帝紀》："大雨霖，伊、洛、河溢，流居人四千餘家，～三百餘人。"(又) **攻殺**。《後漢書·魯恭傳》："今匈奴為鮮卑所～，遠臧於史侯河西。"❷ **滅除，敗壞**。《莊子·大宗師》："～生者不死，生生者不生。"盧仝《與馬異結交》詩："不知藥中有毒藥，藥～元氣天不覺。"❸ **草木枯萎**。《呂氏春秋·名類》："及禹之時，天先見草木秋冬不～。"❹ **用在動詞後，表示極度**。李白《猛虎行》："楊花茫茫愁～人。"❺ shài 粵 saai3 **降等，減少**。《荀子·儒效》："法後王，一制度，隆禮義而～《詩》、《書》。"沈括《夢溪筆談》卷一一："然勢必～半。"❻ shài 粵 saai3 **衰微，衰敗**。《呂氏春秋·長利》："是故地日削，子孫彌～。"❼ shài 粵 saai3 **等差，等級**。《唐會要》卷十八："是以簠簋有數，籩豆有～。"

8 **殽** xiáo ㊇ ngaau[4] ❶ **混雜，錯亂。**《莊子・齊物論》："仁義之端，是非之塗，樊然～亂。"《楚辭・九歎・離世》："世～亂猶未察。" ❷ **通"崤"。山名。**賈誼《過秦論》："秦孝公據～函之固，擁雍州之地。" ❸ yáo **通"餚"。煮熟的魚肉。**《詩經・大雅・鳧鷖》："爾酒既清，爾～既馨。"

9 **毀** huǐ ㊇ wai[2] ❶ **破壞，毀壞。**《詩經・豳風・鴟鴞》："無～我室。"《孫子兵法・謀攻》："～人之國。" [毀齒] **兒童換牙。又指兒童換牙的年齡。**柳宗元《童區寄傳》："自～～已上。" ㊕ **哀痛過度而傷害身體。**《韓非子・內儲說上》："宋崇門之巷人服喪而～，甚瘠。"（崇門：地名。巷人：指平民。瘠：消瘦。）❷ **誹謗，講別人的壞話。與"譽"相對。**《莊子・盜跖》："好面譽人者，亦好背而～之。"（面譽人：當面說人好話。）**這個意義後來寫作"譭"。**

9 **殿** diàn ㊇ din[6] ❶ **高大的房屋。**《莊子・說劍》："莊子入～門不趨，見王不拜。"《後漢書・蔡茂傳》："夢坐大～。" ㊕ **帝王朝會或宗教徒供奉神佛的地方。**《晉書・謝安傳》："詔以甲仗百人入～。"（甲仗：披鎧甲執銳器的衛士。）楊衒之《洛陽伽藍記》卷一："浮圖北有佛～一所。"（浮圖：塔。）[殿下] ① **殿階下面。**《莊子・說劍》："使奉劍於～～。"（奉：兩手捧着。）② **臣子對諸侯王或皇太子的尊稱。**《舊唐書・隱太子建成傳》："～～何以自安？" ❷ **行軍走在最後的。**《左傳・襄公二十六年》："晉人置諸戎車之～，以為謀主。"（戎車：兵車。諸：之於。謀主：出謀劃策的人。）[殿最] **古代考核軍功、政績劃分的等級，上等為最，下等為殿。**《漢書・宣帝紀》："丞相御史課～～以聞。"（課：考核。）❸ **鎮守。**《詩經・小雅・采菽》："樂只君子，～天子之邦。"

11 **毆** ōu ㊇ au[2]/ngau[2] ❶ **毆打，擊打。**《後漢書・梁冀傳》："～擊吏卒，所在怨毒。"（怨毒：極端怨恨。）**這個意義又寫作"敺"。** ❷ qū ㊇ keoi[1] **驅趕，驅使。**宋玉《風賦》："～温致濕。"《漢書・食貨志》："今～民而歸之農，皆著於本。"

11 **毅** yì ㊇ ngai[6] **意志堅定，果斷。**《論語・泰伯》："士不可以不弘～。"《韓非子・孤憤》："能法之士必強～而勁直。"（勁直：剛強正直。）㊇ **勇武，兇猛。**屈原《九歌・國殤》："身既死兮神以靈，魂魄～兮為鬼雄。"《後漢書・馬融傳》："鷙獸～蟲，倨牙黔口。"

12 **毈** duàn ㊇ dyun[6] **鳥卵孵不出小雛。**《呂氏春秋・明理》："雞卵多～。"

毋部

0 **毌** guàn ㊇ gun[3] ❶ **"貫"的古字。** ❷ **姓。**

0 **毋** wú ㊇ mou[4] ❶ **別，不要。表示禁止。**《禮記・大學》："所謂誠其意者，～自欺也。" ❷ **無，沒有。**《管子・度地》："山之溝，一有水，一～水者，命曰谷水。" ❸ **不。**《韓非子・說林下》："君子安可～敬也。" ❹ **沒有人。**《史記・魏其武安侯列傳》："上察宗室諸竇，～如竇嬰賢，乃召嬰。"

1 **母** mǔ ㊇ mou[5] ❶ **母親。**《詩經・邶風・凱風》："有子七人，莫慰～心。" [母儀] ① **作為人母的儀範。多用於皇后。**《舊唐書・羅藝傳》："妃骨相貴不可言，必當～～天下。" ② **為母之道。**王維《工部楊尚書夫人墓志銘》："婦道允諧，～～俱美。" ㊟ **女性長輩。**《禮記・內則》："擇於諸～與可者，必求其寬裕、慈惠、温良、恭敬、慎而寡言者，使為子師。”注：“諸母，眾妾也。”[引] **養育，哺育**。《新五代史・唐淑妃王氏傳》：“明宗後宮有生子者，命妃～之。”❷ **中老年婦女**。《史記・淮陰侯列傳》：“信釣於城下，諸～漂。”（漂：洗衣。）❸ **雌性的**。《孟子・盡心上》：“五～雞，二～彘。”賈思勰《齊民要術・養猪》：“～猪，取短喙無柔毛者良。”（喙：嘴。）[引] **經營的本錢。與“息（利息）”相對**。焦延壽《易林・姤之蠱》：“嫁娶有息，利得過～。”❹ **物品中大而重的。與“子（小而輕的）”相對**。阮籍《詠懷》之六：“（東陵瓜）連畛距阡陌，子～相鉤帶。”❺ **根源**。《商君書・説民》：“慈仁，過之～也。”

3 **毐** ǎi [粵] oi^2/ngoi^2 ❶ **品行不正的人**。《説文・毋部》：“～，士之無行者。”❷ **人名。戰國秦時有嫪（lào [粵] lou^6）毐**。

3 **每** měi [粵] mui^5 ❶ **每一，每個**。《墨子・旗幟》：“～鼓三、十擊之。”（每個鼓打三下或十下。）《論語・八佾》：“子入太廟，～事問。”[又] **每次，每逢**。《左傳・襄公二十二年》：“王～見之必泣。”白居易《與元九書》：“～與人言，多詢時務。”❷ **常常**。曹操《讓縣自明本志令》：“～用耿耿。”（心中常常不能忘記。）❸ **[每每]** ① **常常，往往**。陶潛《雜詩》之五：“～～多憂慮。”② **昏昧的樣子**。歐陽詹《與王式書》：“以本心～～，馳戀若此。”③ **肥美、茂盛的樣子**。《左傳・僖公二十八年》：“原田～～，舍其舊而新是謀。”❹ **雖然**。《詩經・小雅・常棣》：“～有良朋，況也永歎。”

5 **毒** dú [粵] duk^6 ❶ **毒物，有毒的**。《周易・噬嗑》：“六三，噬（shì [粵] sai^6）臘肉，遇～。”（噬：吃。）《漢書・賈捐之傳》：“多～草蟲蛇水土之害。”[又] **放毒，毒死**。《左傳・襄公十四年》：“秦人～涇上流，師人多死。”（涇：水名。師人：軍人。）《山海經・西山經》：“有白石焉，其名曰礜（yù [粵] jyu^6），可以～鼠。”❷ **毒害，危害**。柳宗元《捕蛇者説》：“孰知賦斂之～，有甚是蛇者乎？”（哪裏知道搜括錢糧的毒害比這些毒蛇更厲害呢？）王夫之《論秦始皇廢分封立郡縣》：“交兵～民。”（諸侯交戰，危害百姓。）❸ **痛恨，憎恨**。《後漢書・袁紹傳》：“每念靈帝，令人憤～。”❹ **猛烈，兇狠**。《國語・吳語》：“以與楚昭王～逐於中原柏舉。”（柏舉：地名。）白居易《夏日與閑禪師林下避暑》詩：“每因～暑悲親故，多在炎方瘴海中。”**又如“毒手”**。❺ dài [粵] doi^6 **[毒瑁] 即玳瑁。一種海中甲殼類動物**。《漢書・司馬相如傳上》：“其中則有神龜蛟鼉，～～鼈黿。”

10 **毓** yù [粵] juk^1 ❶ **養育**。班固《答賓戲》：“鳥魚之～川澤，得氣者蕃滋，失時者零落。”❷ **產生**。嵇康《琴賦》：“詳觀其區土之所產～。”[又] **培養**。顏延之《皇太子釋奠會作詩》：“稟道～德，講藝立言。”

比部

0 **比** bǐ [粵] bei^2 ❶ [粵] bei^6 **並列，挨着**。劉勰《文心雕龍・情采》：“五音～而成韶夏。”（韶夏：指古代音樂。）《韓非子・難勢》：“是～肩隨踵（zhǒng [粵] zung^2）而生也。”（踵：腳後跟。）**[比鄰] 近鄰**。王勃《杜少府之任蜀州》詩：“海內存知己，天涯若～～。”❷ **接連**。《漢書・外戚傳》：“～三年日蝕。”**[比比] 每每，頻頻**。《漢書・哀帝紀》：“郡國～～地動。”（地動：地震。）[引] **處處，到處**。陸游《上殿札子》：“行之數年……帥臣監司之加職者又～～而有。”**又如“比比皆是”**。❸ [粵] bei^6 **親近**。《周禮・夏官・形方氏》：“使小國事大國，大國～小國。”

(又) **勾結**。《論語・為政》："君子周而不～，小人～而不周。"（周：結合。）**"比周"常連用**。《韓非子・孤憤》："朋黨～周以弊主。"（結黨營私，蒙蔽君主。）**成語有"朋比為奸"**。❹ (粵) bei6 **及，等到**。《孟子・梁惠王下》："～其反也，則凍餒其妻子。"（反：返。）《三國志・蜀書・先主傳》："～到當陽，眾十餘萬。"（當陽：地名。）**上述 ❶-❹ 舊讀** bì。❺ **順從，和順**。《詩經・大雅・皇矣》："王此大邦，克順克～。"（克：能。）❻ **比較**。屈原《九章・涉江》："與天地兮～壽，與日月兮齊光。"(又) **比擬，比照**。屈原《橘頌》："行～伯夷，置以為像兮。"《戰國策・齊策四》："為之駕，～門下之車客。"(又) **認為和……一樣**。《三國志・蜀書・諸葛亮傳》："每自～於管仲、樂毅。"❼ **比喻**。**詩六藝之一，古代詩歌常用的一種表現方法**。白居易《與元九書》："諷君子小人則引香草惡鳥為～。"（諷：用含蓄的話説明。）

5 **毖** bì (粵) bei3 ❶ **謹慎**。《詩經・周頌・小毖》："予其懲而～後患。"（予：我。懲：警戒。）**成語有"懲前毖後"**。(又) **告誡**。《尚書・酒誥》："汝典聽朕～，勿辯乃司民湎于酒。"❷ **操勞**。《尚書・大誥》："無～于恤（xù (粵) seot1）。"（恤：憂慮。）❸ **通"泌"**。**泉水冒出的樣子**。《詩經・邶風・泉水》："～彼泉水，亦流于淇。"左思《魏都賦》："温泉～湧而自浪。"

5 **毗** (毘)pí (粵) pei4 ❶ **輔助**。《詩經・小雅・節南山》："四方是維，天子是～。"❷［**毗盧**］**佛教用語**。**指佛真身**。蘇轍《夜坐》詩："知有～～一徑通，信腳直前無別巧。"

13 **毚** chán (粵) caam4 **狡兔**。《詩經・小雅・巧言》："躍躍～兔，遇犬獲之。"

毛部

0 **毛** máo (粵) mou4 ❶ **鳥獸的毛**。《左傳・僖公十四年》："皮之不存，～將安附？"**成語有"茹毛飲血"**。(特) **野獸**。范仲淹《鵰鶚在秋天》詩："下眄羣～遁，橫過百鳥睽。"(又) **指人的毛髮**。《左傳・僖公二十二年》："君子不重傷，不禽二～。"（二毛：指頭髮花白。）賀知章《回鄉偶書》詩："少小離家老大回，鄉音未改鬢～衰。"❷ **地表生的草木**。《列子・湯問》："以殘年餘力，曾不能毀山之一～。"(又) **指莊稼五穀**。《左傳・昭公七年》："食土之～，誰非君臣？"**成語有"不毛之地"**。❸ **無，沒有**。《後漢書・馮衍傳》："饑者～食，寒者裸跣。"

6 **毦** ěr (粵) nei6 ❶ **用羽毛做的裝飾品**。《後漢書・單超傳》："金銀罽（jì (粵) gai3）～，施於犬馬。"（罽：一種毛織品。）❷ **草花**。郭璞《江賦》："揚皜（hào (粵) hou6）～，擢紫茸。"（皜：白。擢：拔。紫茸：植物的紫色細茸花。）

6 **毣** mù (粵) muk6［**毣毣**］① **蒙昧的樣子**。《漢書・鮑宣傳》："極竭～～之思。"② **風吹動的樣子**。柳宗元《上帝追攝王遠知易總》："舟回如飛羽，但覺風～～而過。"

7 **毫** háo (粵) hou4 ❶ **長而尖細的毛**。《孟子・梁惠王上》："明足以察秋～之末。"（明：視力，眼力。）《荀子・賦》："精微乎～毛。"（和毫毛一樣精微。）**又寫作"豪"**。(喻) **極細小的東西**。《老子・六十四章》："合抱之木，生於～末。"❷ **毛筆**。陸機《文賦》："或含～而邈然。"黃庭堅《病起荊江亭即事》詩："對客揮～秦少游。"（秦少游：人名。）❸ **長度單位**。**十絲為一毫，十毫為一釐**。《抱朴子・道意》："有丘山之損，無～釐之益。"

8 **毳** cuì 粵 ceoi3 ❶ **鳥獸的細毛**。《漢書・鼂錯傳》："鳥獸～毛，其性能寒。" ❷ **氈**。《文選・李陵〈答蘇武書〉》："韋韝（gōu 粵 gau1）～幕，以御風雨；羶肉酪漿，以充飢渴。" ❸ **通"脆"。易碎**。《漢書・丙吉傳》："數奏甘～食物。"（數奏：多次進獻。甘：甜。）⊗ **脆弱**。《荀子・議兵》："是事小敵～，則偷可用也。"（對付脆弱的小敵還勉強可以使用。偷：苟且，勉強。）❹ qiāo 粵 hiu1 **通"橇"。一種在泥路上滑行的交通工具**。《漢書・溝洫志》："水行乘舟，泥行乘～。"

9 **毼** hé 粵 hot6 ❶ **毛織的布**。《新唐書・突厥傳上》："牧馬之童，乘羊之隸，齎毳～邀利者，相錯於路。"（齎：拿着，抱着。）❷ 粵 hot3 **通"鶡"。鶡雞，一種善鬥的鳥**。《後漢書・西南夷傳》："有五角羊、麝香、輕毛～雞。" ❸ ［**氀**（lǘ 粵 leoi4）**毼**］**見本頁"氀"字**。

9 **毹** shū 粵 syu1 ［**氍**（qú 粵 keoi4）**毹**］**見本頁"氍"字**。

11 **氀** lǘ 粵 leoi4 ［**氀毼**（hé 粵 hot6）］**氈類毛織物**。《後漢書・烏桓傳》："婦人能刺韋作文繡，織～～。"

12 **氅** chǎng 粵 cong2 ❶ **用羽毛編成的外衣。也叫鶴氅**。《世說新語・企羨》："嘗見王恭乘高輿，被（pī 粵 pei1）鶴～裘。"（被：披着。）❷ **儀仗中用羽毛裝飾的旗幡之類**。《新唐書・儀衞志上》："第一行，長戟，六色～。"

12 **氄** rǒng 粵 jung2 **鳥獸（為過冬而生的）貼身的細軟的毛**。《尚書・堯典》："厥民隩，鳥獸～毛。"

18 **氍** qú 粵 keoi4 ［**氍毹**（shū 粵 syu1）］**毛織的毯子，地毯**。《古樂府・隴西行》："請客北堂上，坐客氈～～。"

22 **氎** dié 粵 dip6 **細棉布**。杜甫《大雲寺贊公房詩》之二："細軟青絲履，光明白～巾。"《新唐書・南蠻傳》："古貝，草也。緝其花為布，粗曰貝，精曰～。"

氏部

0 **氏** shì 粵 si6 ❶ **上古同姓貴族的幾個分支各有稱號，叫"氏"。如屈原是楚王的後代，姓羋，"屈"是他這一分支的氏。在遠古傳說中的部族、首領、人物名後面，在世襲的職官名後面，以及在朝代名後面都可以加"氏"，如"伏羲氏"、"太史氏"、"夏后氏"。也有以封邑、祖父的謚號或字為氏的。後來"姓"和"氏"沒有區別**。《左傳・隱公八年》："天子建德，因生以賜姓，胙之土而命之～。" ❷ **在學有專長的人的姓或姓名後面加"氏"表示尊重**。孔安國《尚書序》："左～傳曰。"（左氏：指左丘明。）❸ **舊時放在婦女父姓或夫姓的後面來稱呼已婚婦女**。潘岳《楊仲武誄》："八歲喪父，其母鄭～。" ⊗ **置於長輩稱謂之後，表敬稱**。《詩經・秦風・渭陽》："我送舅～。" ❹ **對學術、流派或宗教的稱呼**。劉知幾《史通・補注》："斯則義涉儒家，言非史～。"《世說新語・尤悔》："於是結恨釋～，宿命都除。"（釋：指佛教。）❺ **取名，命名**。酈道元《水經注・滱水》："故縣亦因水名而～曲逆矣。"（曲逆：縣名。）❻ zhī 粵 zi1 ［**月氏**］**我國古代西北部的一個民族。又寫作"月氐"、"月支"**。《漢書・張騫傳》："騫以郎應募，使～～。"

1 **氐** dǐ 粵 dai2 ❶ **根本**。《詩經・小雅・節南山》："尹氏大師，維周之～。"（太師尹氏地位重要，是周朝的根本。大師：即太師，周代官名。）❷ ［**大氐**］**大都，大概**。《漢書・禮樂志》："～～皆因秦舊事焉。"（因：沿襲。秦舊事：指秦代的制度、規矩。）**又寫作"大抵"**。❸ dī 粵 dai1 **通"低"**。《漢書・食貨志下》："其賈(jià ㊚ gaa^{3}) ～賤減平者，聽民自相與市。"(如果賣價低於政府規定的平價，就聽憑百姓到市上去自由買賣。) ❹ dī ㊚ dai^{1} **我國古代西部的一個民族。晉時曾建立前秦、後涼、成漢等國。** ❺ dī ㊚ dai^{1} **星名。二十八宿之一。**《漢書・天文志》："熒惑入～中。"

1 **民** mín ㊚ man^{4} ❶ **奴隸。** ❷ **平民，老百姓。與"君"、"官"相對。**《左傳・文公十三年》："利於～而不利於君。" ❸ **人，人類。**《左傳・昭公二十五年》："～有好惡喜怒哀樂。" ❹ **別人，他人。**《詩經・邶風・谷風》："凡～有喪，匍匐救之。"

4 **氓** (甿) méng ㊚ mang^{4} **外來的百姓。**《孟子・公孫丑上》："則天下之民皆悅，而願為之～矣。" (泛) **老百姓。**《管子・八觀》："～家無積而衣服脩。" **【注意】** 古代"氓"沒有"流氓"的意思，也不讀 máng ㊚ man^{4}。

气部

4 **氛** fēn ㊚ fan^{1} ❶ **凶氣，預示不祥的雲氣。**《左傳・襄公二十七年》："楚～甚惡，懼難。" (泛) **雲氣。**《左傳・昭公二十年》："梓慎望～。" (又) **霧氣。**《禮記・月令》："～霧冥冥。" ❷ [氛氳] ① **雨雪盛的樣子。** 謝惠連《雪賦》："其為狀也，散漫交錯，～～蕭索。"(蕭索：迴旋的樣子。) ② **愁思、心緒紛亂的樣子。** 高適《薊門行》之一："薊門逢故老，獨立思～～。"

6 **氤** yīn ㊚ jan^{1} [氤氳(yūn ㊚ wan^{1})] ① **天地陰陽二氣交互作用。**《白虎通・嫁娶》："《易》曰：'天地～～，萬物化淳。'" 今本《周易・繫辭下》作"絪緼"。《晉書・成公綏傳》："八風翱翔，六氣～～。" ② **煙雲彌漫的樣子。** 張九齡《湖口望廬山瀑布泉》詩："靈山多秀色，空水共～～。"

6 **氣** (炁) qì ㊚ hei^{3} ❶ **氣，氣體。**《呂氏春秋・觀表》："天為高矣，而日月星辰雲～雨露未嘗休矣。"《木蘭詩》："朔～傳金柝(tuò ㊚ tok^{3})。"(柝：古代打更用的器具。) (特) **氣息。**《論語・鄉黨》："攝齊升堂，鞠躬如也，屏～似不息者。"(屏氣：抑制呼吸。) ❷ **自然界冷熱陰陽等現象。**《左傳・昭公元年》："天有六～。"(六氣：指陰、陽、風、雨、晦、明。) [氣候] ① **古代以五日為一候，三候為一氣，六氣為一時，四時為一年。** ② **天氣。** 江淹《謝臨川遊山》詩："南中～～暖。" ❸ **氣味。** 曹植《洛神賦》："～若幽蘭。" ❹ **景象，氣氛。** 王羲之《蘭亭序》："天朗～清，惠風和暢。" ❺ **人的精神狀態。指勇氣、怒氣等。**《商君書・算地》："勇士資在於～。"《戰國策・趙策四》："太后盛～而揖之。"(揖：應作"胥"，等待。) ❻ **古代哲學概念。指構成宇宙萬物的物質性的東西。**《荀子・王制》："水火有～而無生。"(生：生命。) ❼ **古代哲學概念。人的主觀精神。**《孟子・公孫丑上》："我善養吾浩然之～。" ❽ **古代文論術語。指作家的氣質和反映在作品中的氣勢。** 曹丕《典論・論文》："文以～為主，～之清濁有體。" ❾ **中醫指元氣、脈氣或病象。**《荀子・脩身》："以治～養生。"《素問・調經論》："～有餘則寫其經隧。"《敦煌曲子詞・定風波》："情怯，有風有～有食結。"

9 **氳** yūn ㊚ wan^{1} [氤氳] 見本頁"氤"字。

水部

0 **水** shuǐ ㊚ seoi^{2} ❶ **水。**《荀子・勸學》："冰，～為之而寒於～。" **成語有"水能載舟，亦能覆舟"。** (泛) **汁液。**《世說新

語・假譎》："乃令曰：'前有大梅林……'士卒聞之，口皆出～。" ❷ **河流**。《詩經・衛風・氓》："淇～湯湯。"《左傳・僖公四年》："君其問諸～濱。" [泛] **指江河湖海**。《國語・越語上》："陸人居陸，～人居～。" ❸ **游泳**。《荀子・勸學》："假舟楫者，非能～也。" ❹ **水災**。《漢書・食貨志上》："故堯禹有九年之～。" ❺ **放水淹沒敵方**。《戰國策・趙策一》："圍晉陽而～之。" [又] **用水浸泡、潤澤**。《周禮・秋官・柞氏》："令剝陰木而～之。" ❻ **五行（金、木、水、火、土）之一**。《尚書・洪範》："五行：一曰～，二曰火。" **見566頁"行"字**。❼ **水星**。《左傳・莊公二十九年》："～昏正而栽。"

1 **永** yǒng [粵] wing5 ❶ **水流長**。《詩經・周南・漢廣》："江之～矣。" [引] **長**。陸雲《祖王羊二公》詩："身乖路～。"（乖：指分離。）❷ **永遠**。《史記・秦始皇本紀》："～為儀則。" ❸ **聲調抑揚地唸誦，歌唱**。《尚書・舜典》："詩言志，歌～言。" **這個意義後來寫作"詠"**。

2 **汀** tīng [粵] ting1 **水邊平地，小洲**。屈原《九歌・湘夫人》："搴～洲兮杜若。" 范仲淹《岳陽樓記》："岸芷～蘭，郁郁青青。"

2 **汁** zhī [粵] zap1 ❶ **汁液**。《左傳・哀公三年》"猶拾瀋也" 杜預注："北土呼～為瀋（shěn [粵] sam2）。"（瀋：汁。）《列子・湯問》："實丹而味酸，食其皮～，已憤厥之疾。"（已：指治好。）❷ xié [粵] hip3/hip6 **通"叶"。和諧，協調**。張衡《西京賦》："五緯相～，以旅於東井。"（五緯：金、木、水、火、土五星。）

2 **氿** guǐ [粵] gwai2 **泉水從側面流出**。《詩經・小雅・大東》："有冽～泉，無浸穫薪。"《列子・黃帝》："～水之潘為淵。"（潘：旋渦。）**[氿濫] 小泉**。《後漢書・黃憲傳》："奉高之器，譬諸～～，雖清而易挹。"

2 **氾** fán [粵] faan4 ❶ **古地名。春秋鄭邑。有南氾、東氾，兩地均在今河南**。《左傳・僖公二十四年》："鄙在鄭地～。" [又] **水名。氾水，在今河南。另一氾水，在今山東曹縣北，史云漢高祖即位處**。《史記・高祖本紀》："甲午，乃即皇帝位～水之陽。" ❷ **姓。漢代有氾勝之**。

2 **氾**（泛、汎）fàn [粵] faan3 ❶ **氾濫，大水漫流**。《漢書・武帝紀》："河水決濮陽，～郡十六。" ❷ **漂浮**。《詩經・邶風・柏舟》："～彼柏舟。" 陸雲《答車茂安書》："～船長驅，一舉千里。" **[氾濫]** ① **大水漫流**。《論衡・感虛》："洪水之時，～～中國。" ② **漂浮游蕩**。《史記・司馬相如列傳》："～～水嬉兮。" ❸ **廣泛，普遍**。《莊子・天下》："墨子～愛兼利而非鬬。"《楚辭・九歎・思古》："且倘佯而～觀。"（倘佯：從容往來。）

3 **求** qiú [粵] kau4 ❶ **尋找，尋求**。《戰國策・楚策一》："虎～百獸而食之。" **成語有"刻舟求劍"**。[引] **探求，探索**。《論語・述而》："我非生而知之者，好古，敏以～之者也。" [引] **求得，追求**。《論語・述而》："富而可～也，雖執鞭之士，吾亦為之。"《淮南子・說山》："～美則不得美。" ❷ **要求，需求**。《論語・微子》："無～備於一人。" 魏徵《諫太宗十思疏》："臣聞～木之長者，必固其根本。"（木：樹。固：牢固。根本：指樹的根部。）**成語有"求全責備"**。[引] **選擇，選取**。《論衡・譏日》："作車不～良辰，裁衣獨～吉日。" ❸ **乞求，請求**。《戰國策・趙策四》："趙氏～救於齊。"

3 **汗** hàn [粵] hon6 ❶ **汗水**。《戰國策・齊策一》："舉袂成幕，揮～成雨。"（袂：衣袖。）《史記・陳丞相世家》："～出沾背，愧不能對。" [又] **出汗，使出汗**。《韓非子・五蠹》："棄私家之事而必～馬之勞。"《世説新語・言語》："卿何以不～？"成語有"**汗牛充棟**"。❷［汗漫］**廣闊無邊的樣子**。《淮南子・俶真》："而徙倚于～～之宇。"(引) **沒有標準，不着邊際**。《新唐書・選舉志上》："舍是則～～而無所守。"（是：此。）❸ hán 粵 hon4［可 (kè 粵 hak1) 汗］見 79 頁"可"字。

3 **污**（汚、汙）wū 粵 wu1 ❶ **停積不流的水**。賈誼《弔屈原賦》："彼尋常之～瀆 (dú 粵 duk6) 兮，豈能容夫吞舟之巨魚？"（瀆：小水溝。）(引) **地形低**。潘岳《西征賦》："體川陸之～隆。"（隆：高起。）❷ **污穢，不乾淨**。《左傳・宣公十五年》："川澤納～，山藪藏疾。"《史記・滑稽列傳》："懷其餘肉持去，衣盡～。"（懷：懷揣。）(又) **玷污**。王安石《上皇帝萬言書》："以～陛下之聰明，而終無補於世。"❸ **奸邪，行為不正**。《商君書・慎法》："此其勢正使～吏有資，而成其奸險。"（此其勢：指這種情況。有資：有所憑藉。）

3 **江** jiāng 粵 gong1 **長江的專稱**。《尚書・禹貢》："～漢朝宗于海。"(泛) **一般的江河**。《史記・秦始皇本紀》："臨浙～，水波惡。"柳宗元《江雪》詩："孤舟蓑笠翁，獨釣寒～雪。"（蓑笠：防雨用具。）

3 **汛** xùn 粵 seon3 ❶ **灑水**。《樂府詩集・隋五郊歌》："靈壇～掃，盛樂高張。"❷ **江河季節性的漲水**。《宋史・河渠志七》："日納潮水，沙泥渾濁，一～一淤。"

3 **汕** shàn 粵 saan3 ❶［汕汕］**魚游動的樣子**。《詩經・小雅・南有嘉魚》："南有嘉魚，烝然～～。"❷ **一種捕魚的網**。王士禛《西陵竹枝》詩："十二碚邊初起～。"(又) **用汕網捕魚**。韓愈《酬崔十六》詩："魴鱒可罩～。"

3 **汔** qì 粵 ngat6 ❶ **水乾涸**。《説文・水部》："汔，水涸也。"❷ **盡，完成**。岳珂《桯史》卷五："君第～事，何庸知我。"❸ **庶幾，差不多**。《詩經・大雅・民勞》："民亦勞止，～可小康。"❹ **至，到**。《新唐書・田承嗣傳》："兩軍相持，自秋～冬。"

3 **汍** wán 粵 jyun4［汍瀾］**眼淚縱橫的樣子**。歐陽建《臨終詩》："揮筆涕～～。"

3 **汐** xī 粵 zik6 **夜間的海潮**。《梁書・張纘傳》："青溢、赤岸，控～引潮。"

3 **汋** zhuó 粵 zoek3 ❶ **通"酌"。挹取**。《周禮・士師》："掌士之八成。一曰邦～，二曰邦賊……"（邦汋：盜取邦中密事。）❷ chuò 粵 coek3［汋約］**美好的樣子**。屈原《九章・哀郢》："外承歡之～～兮，諶荏弱而難持。"《楚辭・遠遊》："質銷鑠以～～兮，神要眇以淫放。"

3 **汜** sì 粵 ci5 ❶ **從主流分流出來再流回主流的水流**。《詩經・召南・江有汜》："江有～，之子歸。"❷ 粵 zi6 **通"涘"。水邊**。劉希夷《江南曲》："城臨大江～。"❸ **水名。汜水。在今河南滎陽西邊**。韓愈《此日足可惜贈張籍》詩："黃昏次～水。"

3 **池** chí 粵 ci4 ❶ **護城河**。《孟子・公孫丑下》："城非不高也，～非不深也。"《韓非子・存韓》："築城～以守固。"成語有"**金城湯池**"。❷ **池塘**。《荀子・王制》："污～淵沼川澤。"（污池：貯水的池塘。淵沼：深水池。）❸ **承溜。房簷上安的接雨水用的長水槽**。《漢書・宣帝紀》："金芝九莖產於函德殿銅～中。"

3 **汝** rǔ 粵 jyu5 ❶ **第二人稱代詞。你，你的**。《戰國策・秦策一》："長者詈～，少者和～。"《列子・湯問》："～心之固，固不可徹。"（徹：通。）❷ **水名。淮河的支流**。《荀子・議兵》："～潁以為險。"（潁：水名。）

4 **汪** wāng（粵）wong^{1} ❶ **深廣的樣子**。《淮南子・俶真》："天地未剖，陰陽未判，四時未分，萬物未生，～然平靜，寂然清澄，莫見其形。"［汪汪］① **深廣的樣子**。蔡邕《郭有道碑》："浩浩焉，～～焉，奧乎不可測已。"② **眼淚盈眶的樣子**。韓偓《新秋》詩："桃花臉裏～～淚，忍到更深枕上流。"［汪洋］**深廣的樣子**。《楚辭・九懷・蓄英》："臨淵兮～～，顧林兮忽荒。"劉孝威《重光》詩："風神灑落，容止～～。"❷ **池**。《左傳・桓公十五年》："祭仲殺雍糾，尸諸周氏之～。"

4 **汧** qiān（粵）hin^{1} ❶ **河水溢出而成的沼澤**。《列子・黃帝》："～水之潘為淵。"❷ **水名。即今陝西千河，渭河支流**。《竹書紀年・周平王》："十年，秦還於～、渭。"

4 **沅** yuán（粵）jyun^{4} **水名，流經今湖南，入洞庭湖**。屈原《九歌・湘夫人》："～有芷兮澧有蘭。"（澧：澧水。）

4 **沐** mù（粵）muk^{6} ❶ **洗頭**。《左傳・僖公二十八年》："叔武將～，聞君至，喜，捉髮走出。"《史記・屈原賈生列傳》："新～者必彈冠，新浴者必振衣。"❷ **洗澡，沐浴**。宋玉《神女賦》："～蘭澤，含若芳。"［沐浴］① **洗澡**。《孟子・離婁下》："齋戒～～。"② **沉浸在某種環境之中**。皇甫謐《三都賦序》："二國之士，各～～所聞，家自以為我土樂，人自以為我民良。"③ **受潤澤，得到恩惠**。《史記・樂書》："～～膏澤而歌詠勤苦，非大德誰能如斯！"曹植《求自試表》："～～聖澤。"❸ **芟除枝葉**。賈思勰《齊民要術・種榆白楊》："不用剶～，十年成轂。"❹ **濕潤，潤澤**。《後漢書・明帝紀》："京師冬無宿雪，春不燠（yù（粵）juk^{1}）～。"（京師：指都城。燠：溫暖。）❺ **休沐。古代稱官員休假**。《漢書・孔光傳》："～日歸休，兄弟妻子燕語。"鮑照《數詩》："三朝國慶畢，休～還舊邦。"

4 **沛** pèi（粵）pui^{3} ❶ **盛大、廣闊的樣子**。《莊子・天地》："則韜乎其事心之大也，～乎其為萬物逝也。"李白《送王屋山人》詩："～然乘天遊。"❷ **充足、充沛的樣子**。《公羊傳・文公十四年》："力～若有餘。"❸ **行動迅速的樣子**。屈原《九歌・湘君》："～吾乘兮桂舟。"❹ **水草叢生的沼澤地**。《管子・揆度》："焚～澤，逐禽獸。"（焚：燒。逐：趕。）

4 **沔** miǎn（粵）min^{5} ❶ **水名。在陝西，漢水的上游**。《尚書・禹貢》："浮于潛，逾于～。"❷ **水滿的樣子**。《詩經・小雅・沔水》："～彼流水，朝宗于海。"❸ **通"湎"。沉迷**。《史記・樂書》："流～沈佚，遂往不反。"

4 **汰**（汏）tài（粵）taai^{3} ❶ **淘洗**。《世說新語・排調》："洮之～之，沙礫在後。"⊗ **去掉差的**。劉克莊《象奕》詩："冗卒要精～。"**雙音詞有"淘汰"**。❷ **簡選，選取**。王融《永明十一年策秀才文》："頃深～珪符，妙簡銅墨。"（珪符、銅墨：指郡守、縣令各級官吏。）❸ **水波**。屈原《九章・涉江》："乘舲船余上沅兮，齊吳榜以擊～。"（舲：小船。沅：沅江。榜：船槳。）❹ **通過，掠過**。《左傳・宣公四年》："伯棼射王，～輈。"❺ **通"泰"。驕奢，過度**。《世說新語・識鑒》："後諸王驕～，輕構禍難。"

4 **沌** dùn（粵）deon^{6} ❶［沌沌］**蒙昧無知的樣子**。《老子・二十章》："我愚人之心也哉，～～兮。"❷ tún（粵）tyun^{4}［沌沌］**水勢洶湧的樣子**。枚乘《七發》："～～渾渾，狀如奔馬。"（渾渾：大水奔流的樣子。）

4 **沍**（冱）hù（粵）wu^{6} ❶ **冰凍，凍結**。《莊子・齊物論》："大澤焚而不能熱，河漢～而不能寒。"張衡《思玄賦》："清泉～而不流。”(引) **寒冷**。杜甫《西枝村尋置草堂地夜宿贊公土室》詩：“要求陽岡暖，苦涉陰嶺～。”❷ **閉塞**。張養浩《上都道中》詩：“窮～惟沙漠，昔聞今信然。”

4 **沚** zhǐ (粵) zi2 **水中小洲**。《詩經・小雅・菁菁者莪》：“菁菁者莪，在彼中～。”（中沚：沚中。）

4 **汩** gǔ (粵) gwat1 ❶ **治水，疏通**。屈原《天問》：“不任～鴻，師何以尚之。”（不任：不勝任。鴻：指洪水。師：眾。尚：薦舉。）❷ **弄亂，擾亂**。《尚書・洪範》：“～陳其五行。”（弄亂了五行的序列。五行：即金、木、水、火、土。）❸ yù (粵) wat6 **水流迅疾的樣子**。屈原《九章・懷沙》：“浩浩沅湘，分流～兮。”（沅：沅江。湘：湘江。）(引) **快，迅疾**。江淹《恨賦》：“悲風～起。”❹ **淹沒**。韓愈《雜說》之一：“水下土，～陵谷。”［汩沒］**沉沒，沉溺**。李白《日出行》：“汝奚～～於荒淫之波？”（奚：為甚麼。荒淫：指浩瀚無邊。）(又) **埋沒**。杜甫《贈陳二補闕》詩：“世儒多～～，夫子獨聲名。”❺［汩汩］① yù yù (粵) wat6 wat6 **水流很急的樣子**。枚乘《七發》：“怳兮忽兮，聊兮慄兮，混～～兮。”(喻) **文思勃發**。韓愈《答李翊書》：“當其取於心而注於手也，～～然來矣。”② gǔ gǔ (粵) gwat1 gwat1 **水急流的聲音**。木華《海賦》：“崩雲屑雨，浤浤～～。”

4 **汨** mì (粵) mik6 ［汨羅］**水名。汨羅江。在今湖南**。《史記・屈原賈生列傳》：“懷石遂自投～～以死。”

4 **沖** (冲)chōng (粵) cung1 ❶ **向上衝**。《韓非子・喻老》：“雖無飛，飛必～天。”❷ **虛，空虛**。《老子・四十五章》：“大盈若～，其用不窮。”（大盈：指非常充足。若：像，如同。）❸ **淡泊，謙虛**。《晉書・樂廣傳》：“性～約，有遠識。”《三國志・魏書・荀彧傳》：“皆謙～節儉。”❹ **幼小**。謝朓《齊敬皇后哀策文》：“方年～藐。”（正在年紀幼小的時候。藐：小。）［沖人］**幼童**。《梁書・袁昂傳》：“藐藐～～，未達朱紫。”（朱紫：指是非、優劣。）(特) **古代帝王自稱的謙辭**。《舊唐書・高駢傳》：“朕雖～～，安得輕侮？”

4 **汭** ruì (粵) jeoi6 ❶ **河流彎曲處**。《左傳・莊公四年》：“隨侯且請為會於漢～而還。”❷ **古水名。在今陝西境內**。《周禮・夏官・職方氏》：“其川涇～。”(又) **古水名。在今山西永濟境**。酈道元《水經注・河水四》：“（歷山）有舜井，嬀～二水出焉。”

4 **沃** wò (粵) juk1 ❶ **灌溉，澆水**。《左傳・僖公二十三年》：“奉匜（yí (粵) ji4）～盥。”（奉：捧。匜：盛水洗手的器具。）賈思勰《齊民要術・大豆》：“臨種～之。”(引) **灌，淹**。《韓非子・初見秦》：“決白馬之口以～魏氏。”（白馬：指白馬津，地名。魏氏：魏國。）❷ **潤澤**。《詩經・衞風・氓》：“桑之未落，其葉～若。”❸ **肥美，肥沃**。韓愈《答李翊書》：“膏之～者其光曄。”《史記・河渠書》：“關中為～野，無凶年。”（關中：地名。凶年：荒年。）

4 **沂** yí (粵) ji4 ❶ **水名。源出沂山（今山東臨朐附近）**。《論語・先進》：“浴乎～，風乎舞雩。”❷ yín (粵) ngan4 **通“垠”。岸邊**。《漢書・敍傳》：“漢良受書於邳～。”（漢良：漢代的張良。邳：邳水。）

4 **汾** fén (粵) fan4 **水名，汾河，黃河支流。在山西境內**。《詩經・魏風・汾沮洳》：“彼～沮洳（jù rù (粵) zeoi3 jyu6），言采其莫。”（沮洳：低濕地。言：動詞詞頭。莫：草名。）

4 **沕** mì (粵) mat6 ❶ **深藏的樣子**。賈誼《弔屈原賦》：“襲九淵之神龍兮，～深潛以自珍。”❷ wù ［沕穆］**深微的樣子**。賈誼《鵩鳥賦》：“～～無窮兮，胡可勝言？”

4 **汲** jí ㊕ kap^{1} ❶ **從井裏取水**。《荀子・榮辱》："短綆（gěng ㊕ gang^{2}）不可以～深井之泉。"（綆：井繩。）(泛) **打水，取水**。《韓非子・五蠹》："夫山居而谷～者，膢（lóu ㊕ leoi^{4}/lau^{4}）臘而相遺（wèi ㊕ wai^{6}）以水。"（住在山上要到溪谷裏去打水的人，節日裏把水作為互相贈送的禮品。膢臘：指節日。遺：贈送。）(引) **薦舉，提拔**。《漢書・劉向傳》："禹、稷與皋陶傳相～引，不為比周。"（比周：結黨營私。）(引) **引導**。《穀梁傳・襄公十年》："～鄭伯，逃歸陳侯。" ❷［**汲汲**］① **心情急切的樣子**。《漢書・揚雄傳》："不～～於富貴，不戚戚於貧賤。" ② **惶恐不安的樣子**。《三國志・魏書・陳思王植傳》："常～～無歡，遂發疾薨。"

4 **沒** mò ㊕ mut^{6} ❶ **沉沒，淹沒**。《荀子・議兵》："若赴水火，入焉焦～耳。"《史記・滑稽列傳》："水來漂～，溺其人民。"（溺：淹死。）(引) **潛水**。《史記・秦始皇本紀》："使千人～水求之。"（求：找。）(又) **埋沒**。韋元甫《木蘭歌》："胡沙～馬足，朔風裂人膚。" ❷ **超過**。《論衡・藝增》："稱美過其善，進惡～其罪。" ❸ **消失**。范縝《神滅論》："未聞刃～而利存。"（沒聽說過刀刃沒有了而鋒利還存在。）(又) **覆沒，滅亡**。《史記・衞將軍驃騎列傳》："遂～其軍。" ❹ **陷落**。《三國志・吳書・吳主傳》："攻～諸縣。"（攻陷各縣。）❺ **沒收**。韓愈《柳子厚墓誌銘》："子本相侔，則～為奴婢。"（子本相侔：利息和本錢相等。）❻ **死**。《孟子・滕文公下》："堯舜既～，聖人之道衰。" **這個意義後來寫作"歿"**。【**辨**】崩，薨，卒，死，沒。見164頁"崩"字。

4 **汴** biàn ㊕ bin^{6} ❶ **水名。在今河南滎陽西南**。❷［**汴京**］**五代梁、晉、漢、周與北宋都定都於唐的汴州。正式稱號是東京（梁稱東都）開封府，當時又稱為汴京。在今河南開封**。

4 **汶** wèn ㊕ man^{6} ❶ **古水名。在今山東境內**。❷ mín ㊕ man^{4} **水名，即岷江**。❸ mén ㊕ man^{4}［**汶汶**］**污垢**。屈原《漁父》："安能以身之察察，受物之～～者乎？"

4 **沆** hàng ㊕ hong^{4} ❶［**沆漭**］［**漭沆**］**廣闊無邊的樣子**。柳宗元《行路難》詩："披霄決漢出～漭。"（披霄決漢：撥開雲霄，決開銀河。沆漭：無邊的太空。）張衡《西京賦》："顧臨太液，滄池漭～。" ❷［**沆瀣**（xiè ㊕ haai^{6}）］① **夜間的水汽**。司馬相如《大人賦》："呼吸～～兮餐朝霞。" ② **比喻意氣相投（後起意義）**。馮桂芬《重建張忠敏公祠記》："蓋有瓣香之誠，～～之契焉。" **成語有"沆瀣一氣"**。

4 **沈**（沉）chén ㊕ cam^{4} ❶ **沒入水中。與"浮"相對**。《詩經・小雅・菁菁者莪》："汎汎楊舟，載～載浮。"劉禹錫《酬樂天揚州初逢席上見贈》詩："～舟側畔千帆過，病樹前頭萬木春。" (引) **沉埋，埋沒**。杜牧《赤壁》詩："折戟～沙鐵未銷。" ❷ **溺於所好，入迷**。《呂氏春秋・達鬱》："～於樂者反於憂。" (又) **陷於**。《戰國策・趙策二》："學者～於所聞。" ❸ **深入**。蕭統《文選序》："事出於～思。" (又) **程度深**。杜甫《新婚別》詩："～痛迫中腸。" ❹ **沉着**。《漢書・趙充國傳》："為人～勇有大略。"（大略：遠大的謀略。）
【**注意**】"沉"字古代寫作"沈"，和姓沈的"沈"（shěn ㊕ sam^{2}）同字。後來為了區別，把"沈沒"的"沈"寫作"沉"。

4 **沁** qìn ㊕ sam^{3} **浸，滲入**。唐彥謙《詠竹》詩："醉臥涼陰～骨清，石牀冰簟（diàn ㊕ tim^{5}）夢難成。"（簟：竹蓆。）**成語有"沁人心脾"**。

4 **決** jué ㊕ kyut^{3} ❶ **排除阻塞物，疏通水道**。《孟子・滕文公上》："～汝漢，排淮泗，而注之江。"賈思勰《齊民要術・種穀》："禹～江疏河。"（疏：疏通。）(引) **水把堤防沖開**。《漢書・武帝紀》："河水～濮陽，泛郡十六。"（濮陽：地名。泛：氾濫。）❷ **斷，絕**。《禮記・曲禮上》："濡肉齒～，乾肉不齒～。"李白《古風五十九首》之三："揮劍～浮雲，諸侯盡西來。"❸ **決定**。屈原《卜居》："余有所疑，願因先生～之。"（余：我。因：依靠。）(引) **一定**。胡銓《上高宗封事》："太后～不可復。"❹ **判決**。《史記・陳丞相世家》："天下一歲～獄幾何？"（歲：年。獄：訴訟。幾何：多少。）❺ **辭別，告別**。《史記・外戚世家》："姊去我西時，與我～於傳舍中。"（去：離開。西：往西去。傳舍：供旅客暫宿的房屋。）**這個意義後來寫作"訣"**。❻ **通"抉"。挖出**。《史記・刺客列傳》："因自皮面～眼，自屠出腸，遂以死。"❼ xuè (粵) hyut3 **迅疾的樣子**。《莊子・逍遙遊》："我～起而飛，搶 (qiāng (粵) coeng1) 榆枋而止。"（搶：觸碰。榆、枋：兩種樹。）❽ quē **通"缺"。破裂**。《莊子・讓王》："捉衿而肘見，納履而踵～。"

4 **沇** yǎn (粵) jin2 ❶ **水名。濟水的上游**。《尚書・禹貢》："導～水，東流為濟。"❷ wěi (粵) wai5 [**沇溶**] **盛多的樣子**。揚雄《羽獵賦》："萃傱～～，淋離廓落。"

4 **沓** tà (粵) daap6 ❶ **會合，重疊**。屈原《天問》："天何所～？"（天在哪裏與地會合？）柳宗元《天對》："～陽而九。"（陽：陽氣。九：指九重天。）❷ **紛多，眾多。常"沓雜"、"雜沓"連用**。枚乘《七發》："～雜似軍行。"（行：行列。）**成語有"紛至沓來"**。❸ [**沓沓**] ① **語多的樣子**。《孟子・離婁上》："《詩》曰：'天之方蹶，無然泄泄。''泄泄'猶'～～'也。"② **急行的樣子**。《漢書・禮樂志》："旌容容，騎～～。"❹ **貪婪**。《國語・鄭語》："其民～貪而忍。"❺ **輕慢，懈怠**。《國語・鄭語》："其民怠～其君。"《新唐書・李愿傳》："驕驁怠～。"❻ **量詞。用於成套的器物**。《世說新語・任誕》："定是二百五十～烏樏。"❼ dá **量詞。用於重疊成摞的紙張等薄物**。陶宗儀《南村輟耕錄》卷十三："朱書符命一～。"

5 **泰** tài (粵) taai3 ❶ **過分，過甚**。《老子・二十九章》："是以聖人去甚，去奢，去～。"《管子・八觀》："儉財用，禁侈～，為國之急也。"(引) **最，極**。《淮南子・原道》："～古二皇。"(又) **太**。《論衡・自紀》："今不曰所言非，而云～多。"❷ **大**。《漢書・禮樂志》："揚金光，橫～河。"《漢書・食貨志》："收～半之賦。"❸ **寬裕，大方**。《荀子・議兵》："凡慮事欲孰而用財欲～。"（孰：熟，深思熟慮。）(又) **奢侈**。《國語・晉語八》："恃其富寵，以～於國。"(又) **驕縱**。柳宗元《非國語上・虢夢》："虢，小國也而～，以招大國之怒。"❹ **通，通暢**。白居易《采詩官》詩："言者無罪聞者誡，下流上通上下～。"❺ **平安，安定**。《潛夫論・慎微》："政教積德，必致安～之福。"（政教：政治和教育。致：得到。）《晉書・劉頌傳》："～日少，亂日多。"❻ **泰山。在山東。五嶽中的東嶽。也叫岱宗、岱嶽**。《論語・八佾》："季氏旅於～山。"

5 **泉** quán (粵) cyun4 ❶ **泉水，水源**。《詩經・小雅・小弁》："莫高匪山，莫浚匪～。"(又) **地下水源**。《荀子・榮辱》："短綆不可以汲深井之～。"❷ **黃泉，地下冥間**。潘岳《悼亡詩》之一："之子歸窮～，重壤永幽隔。"**雙音詞有"泉下"、"泉台"**。❸ **古代錢幣的名稱**。《漢書・食貨志下》："私鑄作～布者，與妻子沒入為官奴婢。"

5 **沫** mèi (粵) mui6 ❶ **春秋時衞邑。在今河南淇縣南**。❷ **通"昧"。微暗**。《周易・豐》："日中見～。"(引) **已，止**。屈原《離騷》："芳菲菲而難虧兮，芬至今猶未～。" ❸ huì 粵 fui3 **通"頮"。洗臉**。司馬遷《報任安書》："～血飲泣，更張空拳(quān 粵 hyun1)。"

5 **法** fǎ 粵 faat3 ❶ **法令，法律，制度**。《荀子・王制》："～不貳後王。"（貳：不一致。指背離。）《韓非子・和氏》："燔(fán 粵 faan4)詩書而明～令。"（燔：焚燒。詩書：《詩經》和《尚書》。）《孟子・離婁上》："遵先王之～而過者，未之有也。" ❷ **方法**。《孫子兵法・九變》："故用兵之～，無恃(shì 粵 ci5)其不來，恃吾有以待也。"（用兵的方法，不要幻想敵人不來，而要依靠自己有準備。）❸ **效法**。《商君書・更法》："治世不一道，便國不必～古。"（道：方法。便：有利。）❹ **準則，標準**。《鹽鐵論・相刺》："居則為人師，用則為世～。" 引 **規範的。如"～帖"(習字帖)**。**【辨】**法，律。見192頁"律"字。

5 **泔** gān 粵 gam1 ❶ **淘米水**。王袞《博濟方・秘金散》："用米～煮熟，淡吃，每個作三服。" 又 **用淘米水浸漬**。《荀子・大略》："曾子食魚有餘，曰：'～之。'" ❷ hàn 粵 ham5 [泔淡] **盈滿的樣子**。揚雄《甘泉賦》："秬鬯(jù chàng 粵 geoi6 coeng3)～～。"（秬鬯：用黑黍釀的香酒。）

5 **泄** (洩)xiè 粵 sit3 ❶ **漏，流出**。《禮記・中庸》："載華嶽而不重，振河海而不～。" 李白《歷陽壯士勤將軍名思齊歌》："蓄～數千載。" 引 **發泄，散發**。《詩經・大雅・民勞》："俾民憂～。"（俾：使。）❷ **泄漏，暴露**。《韓非子・說難》："事以密成，語以～敗。" ❸ **通"媟"。親近而不莊重**。《荀子・榮辱》："憍～者，人之殃也。"（憍：驕。）❹ yì 粵 jai6 [泄泄] ① **眾多的樣子**。《詩經・魏風・十畝之間》："十畝之外兮，桑者～～兮。"（桑者：採桑的人。）② **和樂的樣子**。《左傳・隱公元年》："大隧之外，其樂也～～。" ③ **多言的樣子**。《詩經・大雅・板》："天之方蹶(guì 粵 gwai3)，無然～～。"（蹶：搖動。）

5 **沽** gū 粵 gu1 ❶ **買**。《墨子・公孟》："當為子～酒。" **成語有"沽名釣譽"**。又 **賣**。《論語・子罕》："有美玉於斯，韞匵而藏諸，求善賈而～諸？" 陸龜蒙《酒壚》詩："當壚自～酒。"（當：對着。壚：酒店裏安放酒甕的土台子。）**成語有"待價而沽"**。❷ gǔ 粵 gu2 **賣酒的人**。《舊唐書・黃巢傳》："(唐軍)傭雇負販屠～及病坊窮人以為戰士。"（負：挑擔的。販：小販。屠：屠夫。病坊：收容貧病者的地方。）❸ gǔ 粵 gu2 **簡略，粗疏**。《禮記・檀弓上》："杜橋之母之喪，宮中無相，以為～也。"（相：主持禮儀者。）**【辨】**鬻，**賣，沽，售**。見93頁"售"字。

5 **河** hé 粵 ho4 ❶ **黃河的專稱**。《尚書・禹貢》："伊、洛、瀍、澗，既入于～。"《韓非子・有度》："燕襄王以～為境。" 引 **一般的河流(後起意義)**。《三國志・吳書・吳主傳》："信著金石，義蓋山～。"（信：信用。著金石：指被刻寫在銅器和石碑上。）❷ **銀河**。謝朓《暫使下都夜發新林至京邑》詩："秋～曙耿耿。"（曙：天快亮時。耿耿：微明的樣子。）

5 **沾** zhān 粵 zim1 ❶ **浸濕，浸潤**。《史記・陳丞相世家》："汗出～背。"《後漢書・諒輔傳》："須臾澍(shù 粵 syu6)雨，一郡～潤。"（須臾：不一會兒。澍：及時的雨。）喻 **佈施，施與**。《宋書・文帝紀》："二千石官長，並勤勞王務，宜有～錫。"（錫：賜。）[沾洽] ① **雨露遍及**。真德秀《敕封慧應大師後記》："高下～～，歲以有秋。"（歲以有秋：指年成很好。）② **恩德遍及**。《南史・杜慧度傳》："威惠～～。" ③ **學識廣博**。《三國志・蜀書・許慈傳》：“雖學不～～，然卓犖（luò 粵 lok6）強識（zhì 粵 zi3）。”（卓犖：突出的樣子。強識：記憶力強。）[沾醉] **大醉。又寫作“霑醉”**。《資治通鑒・唐僖宗中和四年》：“從者皆沾醉。”❷ [沾沾] **自矜的樣子**。《史記・魏其武安侯列傳》：“魏其者，～～自喜耳。”**【注意】**“沾”的❶喻和[沾洽][沾醉]中的“沾”都可以寫作“霑”，但“沾沾自喜”不能寫作“霑霑自喜”。

5 **沮** jǔ 粵 zeoi2 ❶ jù 粵 zeoi3 **低濕地帶**。《孫子兵法・軍爭》：“不知山林險阻～澤之形者，不能行軍。”（山林險阻沮澤：六種地形。）❷ **阻止**。《左傳・宣公十七年》：“左右或～之。”（或：有的人。）《商君書・靳令》：“其次，為賞勸罰～。”（賞：賞賜。勸：勉勵。）又 **停止，終止**。《詩經・小雅・巧言》：“亂庶遄（chuán 粵 cyun4）～。”（禍亂可以很快終止。庶：表示希望和可能。遄：快。）❸ **敗壞，毀壞**。《韓非子・二柄》：“妄舉，則事～不勝。”（妄舉：亂舉，指不選擇有賢能的人。不勝：不能勝任。）❹ **喪氣，頹喪**。嵇康《幽憤詩》：“神辱志～。”（神：精神。志：意志。）

5 **油** yóu 粵 jau4 ❶ [油然] ① **雲氣上升的樣子**。《孟子・梁惠王上》：“天～～作雲。”② **自然而然地**。蘇軾《留侯論》：“～～而不怪者。”❷ **動物的脂肪或由植物、礦物中提煉出來的一種物質（後起意義）**。沈括《夢溪筆談》卷二四：“鄜（fū 粵 fu1）延境內有石～。”（鄜、延：地名。）

5 **泱** yāng 粵 joeng1 ❶ [泱泱] **水深廣的樣子**。《詩經・小雅・瞻彼洛矣》：“瞻彼洛矣，維水～～。”范仲淹《桐廬郡嚴先生祠堂記》：“雲山蒼蒼，江水～～。”引 **弘大的樣子**。《左傳・襄公二十九年》：“美哉！～～乎！大風也哉！”皎然《風入松歌》：“夜未央，曲何長，金徽更促聲～～。”❷ yǎng [泱漭] ① **廣大的樣子**。司馬相如《上林賦》：“徑乎桂林之中，過乎～～之野。”② **昏暗不明的樣子**。謝朓《京路夜發》：“曉星正寥落，晨光復～～。”

5 **況** kuàng 粵 fong3 ❶ **比擬，比較**。《鹽鐵論・憂邊》：“乃欲以閭里之治，而～國家之大事。”（閭里：鄉里。）[自況] **（以某人、某事）自比**。《宋書・陶潛傳》：“潛少有高趣，嘗著《五柳先生傳》以～～。”❷ **情況（後起意義）**。杜荀鶴《贈秋浦張明府》詩：“他日親知問官～，但教吟取杜家詩。”❸ **連詞。何況，況且。表示更進一層**。《左傳・隱公元年》：“蔓草猶不可除，～君之寵弟乎？”❹ **副詞。更加**。《國語・晉語一》：“眾～厚之。”❺ **通“貺”。賜，賞賜**。《國語・魯語下》：“君以諸侯之故，～使臣以大禮。”司馬相如《封禪文》：“號以～榮。”

5 **泂** jiǒng 粵 gwing2 ❶ **遠**。《詩經・大雅・泂酌》：“～酌彼行潦，挹彼注茲。”（挹：舀。）❷ **深廣**。郭璞《江賦》：“鼓帆迅越，趠（pò 粵 pok3）漲截～。”（趠：越過。）[泂泂] **深廣的樣子**。《北史・顏惡頭傳》：“登高臨下水～～，唯聞人聲不見形。”

5 **泅** qiú 粵 cau4 **游水**。《列子・說符》：“人有濱河而居者，習於水，勇於～。”

5 **泗** sì 粵 si3 ❶ **鼻涕**。《詩經・陳風・澤陂》：“涕～滂沱。”（滂沱：形容涕淚如雨下。）引 **鼻涕和眼淚**。李朝威《柳毅傳》：“悲～淋漓，誠怛人心。”❷ **河名。泗水。流經山東、江蘇**。《尚書・禹貢》：“達于淮～。”（淮：淮河。）**【辨】**涕，泗，淚。見341頁“涕”字。

5 **泆** yì 粵 jat6 ❶ **水激蕩而溢出**。《史記・夏本紀》：“道沇水，東為濟，入于河，～為滎。”引 **發大水**。《管子・乘馬數》：“若歲凶旱水～，民失本。”❷ **放蕩，放縱**。《尚書・多士》：“誕淫厥～，罔顧于天顯民祗。”❸［泆然］**舒緩安閒的樣子**。劉向《説苑・修文》：“言未已，舟～～行。”

5 **泭** fū [粵] fu1 **筏，竹排或木排**。《國語・齊語》：“方舟設～，乘桴濟河。”（方舟：兩船相並。）

5 **泊** bó [粵] bok6 ❶ **停船**。《晉書・王濬傳》：“風利不得～也。”（風利：指風很大。）杜甫《絕句四首》之三：“窗含西嶺千秋雪，門～東吳萬里船。”[引] **止息**。陳子昂《古意》詩：“棲～靈臺側。”❷ **恬靜，安靜**。《老子・二十章》：“我獨～兮其未兆。”（未兆：指沒有產生欲望。）❸ pō **湖泊（後起意義）。如“梁山泊”**。❹ **通“薄”。不濃**。《論衡・率性》：“酒之～厚。”（酒味的濃淡。）[又] **微少**。《論衡・自紀》：“官卑而祿～。”文天祥《與顏縣尉復古書》：“謹上狀，並致～禮。”

5 **泛** fàn [粵] faan3 ❶ **漂浮**。漢武帝《秋風辭》：“～樓船兮濟汾河。”（樓船：有樓的大船。濟：渡。）❷ **氾濫**。酈道元《水經注・河水》：“河水盛溢，～浸瓠（hù [粵] wu6）子。”（瓠子：河名。）**成語有“氾濫成災”**。❸ **廣泛，普遍**。《三國志・吳書・諸葛瑾傳》：“～論物理。”（論：論述。物理：事物的道理。）**上述❶❷❸又寫作“氾”、“汎”**。❹ fěng [粵] fung2 **通“覂”。翻，覆**。《漢書・武帝紀》：“夫～駕之馬……亦在御之而已。”（御：駕馭。）

5 **泠** líng [粵] ling4 **輕妙**。《莊子・逍遙遊》：“列子御風而行，～然善也。”（御：駕馭。）［泠泠］① **聲音清脆**。陸機《文賦》：“音～～而盈耳。”② **清涼的樣子**。東方朔《七諫・初放》：“下～～而來風。”

5 **沴** lì [粵] leoi6 ❶ **氣不和而相傷**。《莊子・大宗師》：“陰陽之氣有～。”❷ **災氣，惡氣**。《漢書・孔光傳》：“六～之作，歲之朝曰三朝，其應至重。”文天祥《正氣歌》：“如此再寒暑，百～自辟易。”（辟易：整治。）

5 **沿** yán [粵] jyun4 ❶ **順着水道而下**。《左傳・文公十年》：“～漢泝（sù [粵] sou3）江。”（漢：漢水。泝：逆着水道向上走。江：長江。）[引] **順着**。陸機《文賦》：“～波而討源。”❷ **沿襲，承襲**。《禮記・樂記》：“五帝殊時，不相～樂；三王異世，不相襲禮。”《宋書・恩倖傳》：“因此相～，遂為成法。”（遂：就。）

5 **注** zhù [粵] zyu3 ❶ **倒入，灌入**。《莊子・齊物論》：“～焉而不滿。”[引] **流入**。《詩經・大雅・文王有聲》：“豐水東～。”（豐水：河名。）❷ **附着**。《爾雅・釋天》：“～旄首曰旌（jīng [粵] zing1）。”（把氂牛尾附在旗杆頭上，這種旗叫旌。旄：氂牛尾。）[引] **集中於某一點上**。《晉書・孫惠傳》：“四海～目。”**又如“注意”**。❸ **記載**。《三國志・蜀書・劉禪傳》：“國不置史，～記無官。”（史：史官。）❹ **註釋**。《世説新語・文學》：“鄭玄欲～春秋傳。”❺ **用來賭博的財物**。《宋史・寇準傳》：“博者輸錢欲盡，乃罄（qìng [粵] hing3）所有出之，謂之孤～。”（罄：盡。）**成語有“孤注一擲”**。❻ **屋簷滴水處**。司馬相如《上林賦》：“高廊四～，重坐曲閣。”

5 **泣** qì [粵] jap1 ❶ **無聲哭或小聲哭**。《戰國策・趙策四》：“持其踵為之～。”（踵：腳跟。）**成語有“泣不成聲”、“向隅而泣”**。❷ **眼淚**。《呂氏春秋・長見》：“吳起抿～而應之。”《史記・呂后本紀》：“太后哭，～不下。”**【辨】哭，號，泣，啼。見 90 頁“哭”字。**

5 **泫** xuàn (粵) jyun5 **水珠下滴**。謝靈運《從斤竹澗越嶺溪行》詩："巖下雲方合，花上露猶～。"(引) **流淚**。《呂氏春秋・知士》："靜郭君～而曰：'不可，吾弗忍為也。'"王僧達《祭顏光祿文》："心悽目～。"[**泫然**] **流淚的樣子**。《論衡・論死》："孔子聞之，～～流涕。"

5 **泮** pàn (粵) pun3 ❶ **冰化開**。《詩經・邶風・匏有苦葉》："迨冰未～。"(迨：及。)(引) **分開，分解**。《老子・六十四章》："其脆易～，其微易散。"《史記・酈生陸賈列傳》："自天地剖～未始有也。"❷ (粵) bun6 **通"畔"。岸邊，水邊**。《詩經・衞風・氓》："淇則有岸，隰則有～。"(淇：河名。)❸ **古代諸侯舉行宴會或射禮的宮殿**。《詩經・魯頌・泮水》："魯侯戾止，在～飲酒。"(戾：至，到。)(特) **學校**。蒲松齡《聊齋志異・嬰寧》："王子服，莒之羅店人，早孤，絕慧，十四入～。"(莒：地名。)**雙音詞有"泮宮"**。

5 **泬** jué (粵) kyut3 ❶ **水從洞穴中奔瀉出來**。《說文・水部》："泬，水從孔穴疾出也。"❷ [**泬水**] **即潏水。在今陝西**。酈道元《水經注・渭水》："渭水又東北逕渭城南……南有～～注之。"❸ [**回泬**] **參差不齊的樣子**。《後漢書・王充王符仲長統列傳》："用明居晦，～～於曩時。"(曩時：過去，以往。)(又) **邪僻不正**。潘岳《西征賦》："事～～而好還。"❹ xuè (粵) hyut3 [**泬寥**] **寥闊空虛的樣子**。宋玉《九辯》："～～兮，天高而氣清。"庾信《和潁川公秋夜》："～～空色遠，葉黃淒序變。"

5 **沱** tuó (粵) to4 ❶ **長江支流的通稱**。《詩經・召南・江有汜》："江有～。"❷ **流淚多的樣子**。《周易・離》："出涕～若。"❸ [**滂沱**] **見354頁"滂"字**。❹ duò (粵) do6 [**淡沱**] **風光明淨的樣子**。陸游《暮春》詩："湖上風光猶～～。"

5 **泌** bì (粵) bei3 ❶ **泉水湧出的樣子**。(又) **湧出的泉水**。《詩經・陳風・衡門》："～之洋洋，可以樂飢。"(洋洋：水流的樣子。樂飢：指樂而忘飢。)❷ **過濾渣滓**。《靈樞經・營衞生會》："～糟粕，蒸津液，化其精微。"

5 **泥** ní (粵) nai4 ❶ **泥**。《莊子・秋水》："蹶～則沒足滅跗。"(蹶：踏。跗：腳背。)(引) **像泥一樣的東西。如"印泥"、"棗泥"**。❷ nì (粵) nai6 **塗抹**。《晉書・王恂傳》："用赤石脂～壁。"(赤石脂：一種風化了的紅色陶土。)❸ nì (粵) nai6 **拘泥**。《荀子・君道》："知明制度權物稱用之為不～也。"《宋史・劉幾傳》："儒者～古。"(又) **行不通，阻滯**。《論語・子張》："雖小道，必有可觀者焉，致遠恐～。"❹ nì (粵) nai6 **軟求，纏住不放(後起意義)**。元稹《遣悲懷》詩："～他沽酒拔金釵。"❺ niè (粵) nip6 **通"涅"。一種黑色染料**。《史記・屈原賈生列傳》："不獲世之滋垢，皭然～而不滓者也。"

5 **泯** mǐn (粵) man5 ❶ **消亡，消滅**。《左傳・哀公十一年》："越不為沼，吳其～矣。"《抱朴子・論仙》："～人社稷。"❷ **死的婉稱**。任昉《為范始興作求立太宰碑表》："阮略既～。"(阮略：人名。)[**泯沒** (mò (粵) mut6)] ① **死的婉稱**。《三國志・吳書・張昭傳》："～～之後，有可稱述。"② **消失**。俞文豹《吹劍四錄》："正理在人心，未嘗～～。"③ **埋沒，掩蓋**。柳宗元《貞符》："念終～～蠻夷，不聞于時。"❸ **混亂**。《詩經・大雅・桑柔》："靡國不～。"

5 **沸** fèi (粵) fai3 ❶ **水翻騰的樣子**。《詩經・小雅・十月之交》："百川～騰，山冢崒崩。"(又) **水燒開時翻滾的狀態**。賈思勰《齊民要術・種紅藍花梔子》："數～後便緩火微煎。"(緩火：小火。)**成語有"揚湯止沸"**。❷ fú (粵) fat1 **灑，飛**

濺。李白《望廬山瀑布》詩："飛珠散輕霞，流沫～穹石。"(又) **波濤澎湃之聲**。司馬相如《上林賦》："～乎暴怒，洶湧澎湃。"

5 **泓** hóng (粵) wang^4 ❶ **水深的樣子**。郭璞《江賦》："極～量而海運，狀滔天以淼茫。"(引) **深徹**。《世説新語・賞譽》："入理～然，我已上人。"(又) **深而廣的水**。杜甫《劉九法曹鄭瑕丘石門宴集》詩："晚來橫吹好，～下亦龍吟。"（橫吹：指笛子。）❷ **量詞。用於水**。李賀《夢天》詩："一～海水杯中瀉。"

5 **沼** zhǎo (粵) ziu^2 **水池**。《孟子・梁惠王上》："王立於～上。"《漢書・公孫弘傳》："龜龍游於～。"

5 **治** zhì (粵) zi^6 ❶ **治理，管理**。《史記・夏本紀》："堯求能～水者。"**成語有"治國安民"**。(又) **處理其他事情。有"懲處"、"醫治"、"研究"等義。如"治罪"、"治病"、"治學"等**。《史記・蒙恬列傳》："高有大罪，秦王令蒙毅法～之。"（高：趙高。蒙毅：人名。）《鹽鐵論・世務》："如人有疾，不～則寖以深。"（寖：漸漸。）《漢書・雋不疑傳》："～《春秋》，為郡文學。"❷ **治理得好，太平。與"亂"相對**。《戰國策・秦策三》："以亂攻～者亡。"《史記・秦本紀》："于是法大用，秦人～。"❸ **治所。王都或地方官署所在地**。酈道元《水經注・江水》："巫山在縣西南，而今縣東有巫山，將郡縣居～無恆故也。"（居：設置。）

5 **泐** lè (粵) lak^6 ❶ **石依紋路而裂散**。《周禮・考工記序》："石有時以～，水有時以凝。"❷ **通"勒"。刻石。引申為書寫（後起意義）**。秋瑾《致琴文書》："匆匆倚燈謹～數行，敬請坤安。"

6 **洱** ěr (粵) ji^5 **洱海，在雲南大理東**。［**洱水**］① **古水名。故道在今河南境內**。《漢書・地理志上》："又有～～，東南至魯陽，亦入沔。"② **指洱海**。吳偉業《贈蒼雪》詩："～～與蒼山，佛教之齊魯。"

6 **洪** hóng (粵) hung^4 ❶ **大水**。《詩經・商頌・長發》："～水芒芒，禹敷下土方。"屈原《天問》："～泉極深，何以窴（tián (粵) tin^4）之？"（洪水的淵泉很深，用甚麼把它填滿呢？洪泉：洪水的淵泉。窴：填。）❷ **大**。張衡《西京賦》："～鐘萬鈞。"（鈞：三十斤。）

6 **洧** wěi (粵) fui^2 **水名。在今河南**。《詩經・鄭風・溱洧》："溱與～，方渙渙兮。"

6 **洊** jiàn (粵) zin^3 **再**。《周易・坎》："水～至，習坎。"王融《永明九年策秀才文》："下貧無兼辰之業，中產闕～歲之貲。"

6 **洏** ér (粵) ji^4 ❶ **煮熟**。《説文》："洏，洝也，一曰煮熟也。"❷ **流淚的樣子**。陶潛《形贈影》詩："但餘平生物，舉目情淒～。"［**漣洏**］**淚流不斷的樣子**。王粲《贈蔡子篤詩》："中心孔悼，涕淚～～。"（孔：很。悼：悲傷。）

6 **洿** wū (粵) wu^1 ❶ **停積不流的水**。《孟子・梁惠王上》："數（cù (粵) cuk^1）罟不入～池，魚鱉不可勝食也。"（數罟：密網。）陸賈《新語・道基》："規～澤，通水泉。"❷ **挖掘**。《禮記・檀弓下》："殺其人，壞其室，～其宮而豬焉。"（豬：通"瀦"。水積聚。）❸ **污穢**。班固《典引》："司馬相如～行無節，但有浮華之辭，不周於用。"❹ **沾污**。《戰國策・齊策四》："必以其血～其衣。"

6 **洒** sǎ (粵) saa^2 ❶ xǐ (粵) sai^2 **洗滌**。《左傳・襄公二十一年》："在上位者～濯其心。"(引) **洗雪**。《孟子・梁惠王上》："願比死者一～之。"❷ **通"灑"。灑水**。《論語・子張》："子夏之門人小子，當～掃、應對、進退則可矣。"❸ **散落**。孟浩然《還山貽湛法師》詩："平石藉琴硯，落泉～衣巾。”(引) **散發，分散**。《逸周書·大匡》：“賦～其幣，鄉正保貸。”❹ **分開，分流**。《墨子·兼愛中》：“～為底柱，鑿為龍門。”❺ xiǎn (粵) sin2 **肅敬的樣子**。《禮記·玉藻》：“君子之飲酒也，受一爵而色～如也。”(又) **寒慄的樣子**。《素問·風論》：“腠理開則～然寒，閉則熱而悶。”❻ cuǐ (粵) ceoi1 **高峻的樣子**。《詩經·邶風·新臺》：“新臺有～，河水浼浼。”❼ sěn (粵) san2 **驚異的樣子**。《莊子·庚桑楚》：“吾～然異之。”**【辨】洒，灑。見368頁“灑”字。**

6 **洌** liè (粵) lit6 ❶ **清澈**。《周易·井》：“井～寒泉，食。”歐陽修《醉翁亭記》：“泉香而酒～。”❷ **通“冽”。寒冷**。《詩經·小雅·大東》：“有～氿泉，無浸穫薪。”（穫薪：打下的柴。）

6 **洟** tì（又讀 yí）(粵) ji4/tai3 **鼻涕**。《禮記·檀弓上》：“待於廟，垂涕～。”左思《悼離贈妹詩》之九：“銜杯不飲，涕～縱橫。”(又) **流鼻涕，擤鼻涕**。張煌言《旅愁》詩：“夢自惺忪涕自～。”《禮記·內則》：“不敢唾～。”

6 **泚** cǐ (粵) ci2 ❶ **清澈的樣子**。謝朓《始出尚書省》詩：“寒流自清～。”❷ (粵) ci2 **通“玼”。鮮明的樣子**。《詩經·邶風·新臺》：“新臺有～。”（有：形容詞詞頭。）❸ **汗水流出的樣子**。《孟子·滕文公上》：“其顙有～，睨而不視。”蘇軾《蜜酒歌》：“六月田夫汗流～。”❹ [泚筆] **用筆蘸墨**。《新唐書·岑文本傳》：“敕吏六七人～～待。”（敕：命令。待：等待。）

6 **洸** guāng (粵) gwong1 ❶ **水波蕩漾閃光**。郭璞《江賦》：“澄澹汪～。”（澄：清。澹：安靜。汪：深廣。）❷ [洸洸] ① **威武的樣子**。《詩經·大雅·江漢》：“江漢湯湯，武夫～～。”② huǎng (粵) fong2 **通“滉滉”。洶湧的樣子**。《荀子·宥坐》：“其～～乎不淈盡，似道。”（淈：枯竭。）❸ huàng (粵) fong3 [洸洋] **水勢盛大的樣子。比喻言辭等恣肆**。《史記·老子韓非列傳》：“其言～～自恣以適己。”

6 **洞** dòng (粵) dung6 ❶ **孔穴，窟窿**。張衡《西京賦》：“赴～穴，探封狐。”徐弘祖《徐霞客遊記·楚遊日記》：“水由～出。”❷ **貫穿，穿透**。《漢書·司馬相如傳上》：“弓不虛發，中必決眥（zì (粵) zi6），～胸達掖。”《南史·蔡道恭傳》：“道恭用四石烏漆大弓射，所中皆～甲飲羽。”（飲羽：指箭尾羽毛都射到裏面去了。）❸ **通，通達**。袁宏《後漢紀·桓帝紀下》：“第舍十六區皆高樓，四周連閣～殿。”白居易《草堂記》：“～北戶，來陰風。”❹ **通曉**。《晉書·郭璞傳》：“由是遂～五行、天文、卜筮之術。”(又) **明察**。《晉書·劉曜載記》：“神鑒～遠。”❺ **深入，透徹**。《論衡·實知》：“先知之見、方來之事，無達視～聽之聰明。”劉知幾《史通·敘事》：“～識此心，始可言史矣。”**雙音詞有“洞察”、“洞曉”。成語有“洞若觀火”。**

6 **洄** huí (粵) wui4 ❶ **曲折的水道**。《詩經·秦風·蒹葭》：“遡～從之，道阻且長。”❷ **水迴旋而流**。《後漢書·王景傳》：“十里立一水門，令更相～注。”《宋書·張興世傳》：“江有～洑，船下必來泊。”（洑：旋渦。）

6 **洙** zhū (粵) zyu1 **古水名。在魯國（今山東）境內**。[洙泗] **洙水和泗水。孔子曾在洙泗間聚徒講學**。《禮記·檀弓上》：“吾與女事夫子于～～之間。”**又指孔子或儒家**。阮侃《答嵇康》詩二首之一：“～～久已往，微言誰共聽？”任昉《齊竟陵文宣王行狀》：“弘～～之風，闡迦維之化。”

6 **洗** xǐ 粵 sai^2 ❶ **洗腳**。《漢書・黥布傳》："漢王方踞牀～。"（踞：坐。）❷ **洗滌，用水去掉污垢**。《儀禮・有司》："主人～爵。"杜甫《泛溪》詩："得魚已割鱗，採藕不～泥。"喻 **清除，掃除，弄光**。《周易・繫辭上》："聖人以此～心。"岳飛《五嶽祠盟記》："～蕩巢穴，亦且快國仇之萬一。"**成語有"洗心革面"**。❸ **古代一種洗具**。《儀禮・士冠禮》："設～直于東榮。"**今有"筆洗"**。❹ xiǎn 粵 sin^2 [**洗馬**] ① **馬前卒**。《韓非子・喻老》："身執干戈為吳王～～。"② **官名**。《漢書・汲黯傳》："黯姊子司馬安亦少與黯為太子～～。"（姊子：姐姐的兒子。）❺ xiǎn 粵 sin^2 [**洗然**] **肅敬的樣子**。潘岳《夏侯常侍誄》："子乃～～，變色易容。慨焉歎曰：道固不同。"**又寫作"洒然"。見335頁"洒"字**。**【辨】**濯，滌，洗。**"濯"字意義最廣，既指洗衣服，又指洗器物，也指洗手足。"滌"字一般指洗器物，"洗"指洗腳。後來"洗"字替代了"濯"和"滌"**。

6 **活** huó 粵 wut^6 ❶ **生存。與"死"相對**。《韓非子・解老》："以腸胃為根本，不食則不能～。"使 **使……活，救活**。《後漢書・華佗傳》："此可以～人。"❷ **活計，謀生的手段**。杜甫《聞斛斯六官未歸》詩："本賣文為～。"❸ **活動，不固定**。沈括《夢溪筆談》卷一八："有布衣畢昇，又為～板。"（布衣：平民。畢昇：人名。活板：活字排版。）❹ **生動，活潑**。杜牧《池州送孟遲先輩》詩："雨餘山態～。"（雨餘：雨後。態：姿態。）❺ guō 粵 gut^3 [**活活**] **流水聲**。《詩經・衛風・碩人》："河水洋洋，北流～～。"李白《江上寄元六林宗》詩："流水鳴～～。"

6 **洑** fú 粵 fuk^6 ❶ **洄流，旋渦**。酈道元《水經注・沔水》："夏水急盛，川多湍～，行旅苦之。"❷ **水伏流地下**。杜甫《崔駙馬山亭宴集》詩："～流何處入，亂石閉門高。"

6 **洎** jì 粵 gei^3 ❶ **往鍋裏添水**。《呂氏春秋・應言》："市丘之鼎以烹雞，多～之則淡而不可食，少～之則焦而不熟。"（市丘：地名。鼎：古代烹煮用的器具。烹：煮。）引 **湯汁**。《左傳・襄公二十八年》："去其肉，而以其～饋（kuì 粵 gwai^6）。"（饋：送。）❷ **浸泡，浸潤**。《管子・水地》："越之水，濁重而～。"（越地的水很混濁而且向外浸潤。）❸ **到，至**。《莊子・寓言》："後仕，三千鍾而不～，吾心悲。"張衡《東京賦》："澤～幽荒。"（澤：恩澤。幽荒：偏遠的地方。）《論衡・程材》："～入文吏之科，堅守高志，不肯下學。"（下學：降低學問的標準。）❹ **連詞。及，與**。柳宗元《曹溪第六祖賜謚大鑒禪師碑並序》："公命部吏～州司功掾，告於其祠。"

6 **洫** xù 粵 gwik^1 ❶ **田間水道**。《左傳・襄公十年》："子駟為田～。"（子駟：人名。）《漢書》有《溝洫志》。❷ **護城河**。張衡《東京賦》："邪阻城～。"❸ **水門**。《後漢書・鮑昱傳》："昱乃上作方梁石～，水常饒足，溉田倍多。"❹ **虛，使虛**。《管子・小稱》："滿者～之，虛者實之。"❺ **敗壞**。《莊子・則陽》："與世偕行而不替，所行之備而不～。"

6 **派** pài 粵 paai^3 ❶ **江河的支流**。左思《吳都賦》："百川～別，歸海而會。"（別：分開。）比 **江河的水流**。孟遲《發蕙風館遇陰不見九華山有作》詩："山青水碧千萬丈，奇峰急～何縱橫。"❷ **流派，支系**。李商隱《贈送前劉五經映》詩："別～驅楊墨，他鑣並老莊。"（楊墨：指楊朱和墨翟。老莊：指老子和莊子。）❸ **量詞。片，陣（後起意義）**。喬吉《揚州夢》四："喜的是楚腰纖細掌中擎，愛的是一～笙歌醉後聽。"

6 **洽** qià 粵 hap1 ❶ **沾濕，濕潤**。《論衡・自然》："霈（pèi 粵 pui3）然而雨，物之莖葉根垓（gāi 粵 goi1），莫不～濡。"（霈然：形容雨很大的樣子。垓：通"荄"。草根。濡：濕。）❷ **和諧，融洽**。《詩經・大雅・江漢》："矢其文德，～此四國。"《漢書・賈誼傳》："誼以為漢興二十餘年，天下和～。" ❸ **廣博，普遍**。《漢書・司馬遷傳》："博物～聞。"（博：見識很廣。）❹ **通達**。《管子・國蓄》："故民愛可～於上也。"

6 **洮** táo 粵 tou4 ❶ **洗手**。《尚書・顧命》："王乃～頮水。" ❷ **淘洗（以除去雜質）**。《世說新語・排調》："～之汰之，沙礫在後。"［洮汰］**清除，洗濯**。《後漢書・陳元傳》："～～學者之累惑。"這個詞現在寫作"淘汰"。❸ **河流名。洮河。今甘肅內黃河支流**。王昌齡《從軍行》："前軍夜戰～河北。"

6 **洵** xún 粵 seon1 ❶ **誠然，確實**。《詩經・鄭風・叔于田》："～美且好。" ❷ **遠**。《詩經・邶風・擊鼓》："于嗟～兮，不我信兮。" ❸ **流淚**。《國語・魯語下》："無～涕，無掐膺。"

6 **洶** （汹）xiōng 粵 hung1 **水往上湧**。《韓非子・揚權》："填其～淵。"（淵：深潭。）［洶湧］**水往上湧的樣子**。司馬相如《上林賦》："沸乎暴怒，～～彭湃。"［洶洶］**形容喧鬧或紛擾不安的樣子**。胡銓《戊午上高宗封事》："謗議～～，陛下不聞。"

6 **洚** jiàng 粵 gong3/hong4 **大水氾濫**。［洚水］**洪水**。《孟子・告子下》："～～者，洪水也。"

6 **洋** yáng 粵 joeng4 ❶［洋洋］① **水大的樣子**。《詩經・衛風・碩人》："河水～～。" 引 **盛大眾多的樣子**。劉向《說苑・尊賢》："傳之後世，～～有餘。"**成語有"洋洋萬言"**。② **美好**。《韓非子・難言》："～～纚（sǎ 粵 saa2）纚然。"（纚纚然：有條理的樣子。）③ **無家可歸的樣子**。屈原《九章・哀郢》："焉～～而為客。"（焉：於是。客：客居在外的人。）④ **高興得意的樣子**。范仲淹《岳陽樓記》："把酒臨風，其喜～～者矣。"（把：持。臨：迎着，對着。）**成語有"喜氣洋洋"**。❷ **海洋（後起意義）**。徐兢《宣和奉使高麗圖經》卷三四："黑水～，即北海～也。"

6 **洴** píng 粵 ping4［洴澼（pì 粵 pik1）］**漂洗**。《莊子・逍遙遊》："宋人有善為不龜手之藥者，世世以～～絖為事。"

6 **洲** zhōu 粵 zau1 **水中的陸地**。《詩經・周南・關雎》："關關雎（jū 粵 zeoi1）鳩，在河之～。"（關關：鳥叫聲。雎鳩：鳥名。）【注意】"洲"表示"五大洲"的意義是明代以後才有的。

6 **津** jīn 粵 zeon1 ❶ **渡口**。《論語・微子》："長沮桀溺耦而耕，孔子過之，使子路問～焉。"《史記・秦始皇本紀》："繕～關，據險塞。"（繕：修繕。關：關口。）❷ **中醫指人體內分泌出的液體**。《素問・調經論》："人有精氣～液。" 特 **唾液，口水**。陸佃《埤雅・芥》："今人望梅生～。"

6 **洳** rù 粵 jyu6 **潮濕**。柳宗元《閔生賦》："壤汙潦以墳～兮，蒸沸熱而恆昏。"［沮（jù 粵 zeoi3）洳］**地低濕**。《詩經・魏風・汾沮洳》："彼汾～～，言采其莫。" 引 **低濕的地方**。司馬光《稷下賦》："譬若蘭芷蒿莎，布濩于雲夢之～。"

7 **浡** bó 粵 but6 **興起**。《孟子・梁惠王上》："天油然作雲，沛然下雨，則苗～然興之矣。" 引 **湧出**。《淮南子・原道》："原流泉～，沖而徐盈。"（原：源。徐：緩慢地。）

7 **浦** pǔ 粵 pou2 ❶ **水邊，岸邊**。《詩經・大雅・常武》："率彼淮～。" ❷ 小

河流入江海的入口處。《晉書・徐寧傳》："至廣陵尋親舊，還遇風，停～中。"❸港汊，水灣。洪邁《夷堅丙志・林翁要》："約行百餘里，隨流入小～中。"

7 **浹** jiā (粵) zip^3 ❶**沾濕，濕透**。《後漢書・伏皇后紀》："操出，顧左右，汗流～背。"❷**通，透**。《荀子・解蔽》："其所以貫理焉，雖億萬，已不足以～萬物之變。"《淮南子・原道》："不浸於肌膚，不～於骨髓。"❸(粵) gaap^3 **普遍，周遍**。《後漢書・和帝紀》："餘雖頗登，而多不均～。"《漢書・禮樂志》："于是教化～洽，民用和睦。"［浹日］**從甲日到癸日，其周期是十天**。《國語・楚語下》："遠不過三月，近不過～～。"**又寫作"挾日"**。［浹辰］**從子日到亥日，其周期是十二天**。《左傳・成公九年》："～～之間，而楚克其三都。"❹xiá (粵) gaap^3［浹渫（dié (粵) dip^6）］**水流的樣子**。郭璞《江賦》："長波～～，峻湍崔嵬。"

7 **涇** jīng (粵) ging^1 涇水。**發源於甘肅，流入陝西與渭水相合**。［涇渭］**涇水和渭水。古人認為涇濁渭清（實際上是涇清渭濁），所以用來比喻清濁或是非**。任昉《出郡傳舍哭范僕射》詩："伊人有～～，非余揚濁清。"（伊人：那個人。）**成語有"涇渭分明"**。

7 **涉** shè (粵) sip^3 ❶**蹚水過河**。屈原《九章・哀郢》："江與夏之不可～。"（江：長江。夏：夏水。）(引)**渡過**。屈原《離騷》："麾蛟龍使梁津兮，詔西皇使～予。"（命蛟龍作為橋樑，令西皇把我渡過水去。梁津：在渡口上架橋。予：我。）(叉)**渡口**。《詩經・邶風・匏有苦葉》："匏有苦葉，濟有深～。"❷**上路，跋涉**。南朝蕭齊求那毗地譯《百喻經・小兒得歡喜丸喻》："有一乳母，抱兒～路。"謝靈運《登上成石鼓山》詩："故鄉路遙遠，川陸不可～。"(叉)**進入，到**。《左傳・僖公四年》："不虞（yú (粵) jyu^4）君之～吾地也。"（虞：料想，預料。）❸**經歷**。《管子・兵法》："厲士利械，則～難而不匱。"白居易《與元微之書》："僕自到九江，已～三載。"❹**牽涉，牽連**。劉知幾《史通・敘事》："而言有關～，事便顯露。"❺**閱讀**。《後漢書・仲長統傳》："博～書記。"（書記：書籍。）［學涉］**博覽羣書**。《北史・杜銓傳》："銓～～，有長者風。"**有雙音詞"涉獵"**。❻dié (粵) dip^3［涉血］**殺人**。《戰國策・趙策四》："君之所以求安平君者，以齊之於燕也，茹肝～～之仇耶？"丘遲《與陳伯之書》："朱鮪～～於友于。"（朱鮪：人名。友于：兄弟。）

7 **消** xiāo (粵) siu^1 ❶**減少。消失，消滅**。《周易・泰》："君子道長，小人道～也。"［消息］①**消長**。賈誼《鵩鳥賦》："合散～～兮，安有常則。"（息：增加。常則：常規。）②**音信**。蔡琰《悲憤詩》："迎問其～～，輒復非鄉里。"(引)**消除，消滅**。陶潛《歸去來兮辭》："樂琴書以～憂。"❷**融化**。《禮記・月令》："時雪不降，冰凍～釋。"(叉)**熔化**。《論衡・雷虛》："當冶工之～鐵也，以土為形。"❸**享受**。白居易《哭從弟》詩："一片綠衫～不得，腰金拖紫是何人？"❹**經得起（後起意義）**。辛棄疾《摸魚兒・更能消幾番風雨》："更能～幾番風雨。"❺［消渴］**以渴飲多尿為主症的一種疾病，常見於糖尿病、尿崩症等**。杜甫《秋日夔府詠懷》："～～已三年。"**也簡稱"消"**。《後漢書・李通傳》："素有～疾。"

7 **涅**（湼）niè (粵) nip^6 ❶**一種礦物。古代用作黑色染料**。《山海經・北山經》："（孟門之山）其下多黃堊（è (粵) ok^3/ngok^3），多～石。"（黃堊：粉飾用的黃土。）(叉)**黑泥**。《荀子・勸學》："白沙在～，與之俱黑。"❷**用黑色染，染黑**。《論語・陽貨》："不曰白乎，～而不緇。"

《新唐書・劉仁恭傳》："～其面。" 引 **用黑色文身**。《新唐書・劉仁恭傳》："士人則～于臂曰'一心事主'。" 引 **書寫**。蘇軾《歐陽季默以油烟墨見餉》詩："欲將東山松，～盡南山竹。" ❸ [涅槃] **佛教指超度、圓寂(死)**。《魏書・釋老志》："～～譯云滅度，或言常樂我淨。" 白居易《遊悟真寺》詩："云昔迦葉佛，此地坐～～。"

7 **涓** juān 粵 gyun^{1} ❶ **細小的水流**。《後漢書・周紆傳》："～流雖寡，浸成江河。"（浸：漸漸。）[涓涓] **細水緩慢流動的樣子**。陶潛《歸去來兮辭》："木欣欣以向榮，泉～～而始流。" ❷ **除去，清除**。《漢書・禮樂志》："～選休成。"（除去惡的，選取好而成功的。休：美，善。）[涓人] **宮中掌灑掃的官員**。《史記・陳涉世家》："陳王故～～將軍呂臣為倉頭軍。" ❸ **選擇**。左思《魏都賦》："～吉日。"

7 **浥** yì 粵 jap^{1} ❶ **濕潤**。王僧孺《為人寵姬有怨》詩："已為露所～，復為風所飄。" [浥浥] ① **濕潤的樣子**。韋應物《慈恩精舍南池作》詩："～～餘露氣，馥馥幽襟披。" ② **香氣濃郁的樣子**。蘇軾《臺頭寺步月》詩："～～爐香初泛夜，離離花影欲搖春。" ❷ yà 粵 aap^{3}/ngaap^{3} **低下**。《漢書・司馬相如傳》："踰波趨～，莅莅下瀨。"

7 **涔** cén 粵 sam^{4} ❶ **連續下雨，積水成澇**。《淮南子・主術》："時有～旱災害之患。" ⊗ **路上的積水**。《淮南子・俶真》："夫牛蹏之～，無尺之鯉。" ⊗ **淚流不止的樣子**。江淹《雜體詩・謝法曹贈別》："芳塵未歇席，～淚猶在袂 (mèi 粵 mai^{6})。"（袂：衣袖。）❷ [涔涔] ① **形容雨水、汗、淚不斷地流下**。杜甫《秦州雜詩二十首》之十："雲氣接昆侖，～～塞雨繁。" **在詩賦中也省作"涔"**。② **天氣陰沉的樣子**。黃庭堅《送杜子卿歸西淮》詩："雪意～～滿面風。" ③ **病痛的樣子**。杜甫《風疾舟中伏枕書懷》詩："行藥病～～。"

7 **浩** hào 粵 hou^{6} ❶ **大，盛大，廣大**。《漢書・揚雄傳》："渙若天星之羅，～如濤水之波。"《後漢書・隗囂傳》："則爵祿獲全，有～大之福矣。" ⊗ **多**。李白《秋日登揚州西靈塔》詩："露～梧楸 (qiū 粵 cau^{1}) 白，霜催橘柚黃。"（梧、楸：樹名。）[浩浩] **水大的樣子**。《尚書・堯典》："蕩蕩懷山襄陵，～～滔天。"（懷：包圍。襄：上升。）引 **廣大**。《詩經・小雅・雨無正》："～～昊天。"（昊天：蒼天。）❷ [浩汗] **水盛大的樣子**。《宋書・沈慶之傳》："夏水～～，河水流通。"《晉書・孫楚傳》："三江五湖～～無涯。" ❸ [浩蕩] ① **水勢盛大而壯闊的樣子**。潘岳《河陽縣作》詩："洪流何～～。" ② **廣闊遠大的樣子**。李白《夢遊天姥吟留別》："青冥～～不見底。"（青冥：指天空。）③ **糊塗**。屈原《離騷》："怨靈修之～～兮，終不察夫民心。"（靈修：指楚懷王。）

7 **浰** lì 粵 lin^{6}/lei^{6} **水流急**。泛 **迅疾**。《史記・司馬相如列傳》："儵眒 (shēn 粵 san^{1}) 淒～，雷動熛 (biāo 粵 biu^{1}) 至。"（儵眒：疾速。熛：通"猋"。疾風。）

7 **海** hǎi 粵 hoi^{2} **海洋**。《韓非子・說林上》："失火而取水於～……遠水不救近火也。" [四海] [海內] **古人認為我國疆土四面濱海，因此稱全國、國內為"四海"、"海內"**。《三國志・蜀書・諸葛亮傳》："遂破荊州，威震四～。" 王勃《送杜少府之任蜀州》詩："～內存知己，天涯若比鄰。" ⊗ **古代又稱大的湖泊為海。如"蒲昌海"（即今羅布泊）**。喻 **數量多的事物**。徐光啟《刻幾何原本序》："百家之學～。" **雙音詞有"人海"、"火海"**。

7 **浟** dí ㊇ dik^6 ❶［**浟浟**］**貪利的樣子**。《漢書・敍傳下》："六世眈眈，其欲～～。"（眈眈：貪婪注視的樣子。）❷ yóu ㊇ jau^4［**浟浟**］**水流的樣子**。《楚辭・大招》："東有大海，溺（ruò ㊇ joek^6）水～～只。"（溺：通"弱"。柔弱。只：句尾語氣詞。）

7 **涂** tú ㊇ tou^4 **道路**。《戰國策・趙策三》："假～於鄒。"（假：借。鄒：國名。）**這個意義又寫作"途"、"塗"**。

7 **浴** yù ㊇ juk^6 **洗澡**。《左傳・文公十八年》："二人～于池。"屈原《漁父》："新～者必振衣。"（振：抖。）

7 **浮** fú ㊇ fau^4 ❶ **漂，漂浮。與"沉"相對**。《史記・滑稽列傳》："令女居其上，～之河中。"李白《古風五十九首》之三："揮劍決～雲。"（決：斷。）㊋ **行船**。《史記・秦始皇本紀》："～江下。"（乘船沿長江而下。）❷ **虛浮**。《世說新語・言語》："而虛談廢務，～文妨要。"魏徵《十漸不克終疏》："必先淳樸而抑～華。"（先：指倡導。抑：壓制。）❸ **浮躁，輕浮**。《國語・楚語上》："教之樂，以疏其穢而鎮其～。"《後漢書・公孫瓚傳》："性本淫亂，情行～薄。"❹ **超過，多餘**。《禮記・表記》："恥名之～於行也。"龔自珍《平均篇》："則取其～者而挹（yì ㊇ jap^1）之乎？不足者而注之乎？"（挹：舀，把液體盛出來。）**成語有"人浮於事"**。❺ **罰人飲酒**。劉向《說苑・善說》："飲不釂（jiào ㊇ ziu^3）者，～以大白。"（釂：飲盡。白：指酒杯。）❻［**浮圖**］［**浮屠**］① **佛**。《後漢書・襄楷傳》："宮中立黃老～屠之祠。"（黃老：黃帝和老子。道教把他們尊為始祖。）② **和尚**。王安石《遊褒禪山記》："唐～圖慧褒始舍於其址。"（慧褒：人名。舍：建房舍。）③ **佛塔**。韓愈《張中丞傳後敍》："抽矢射佛寺～圖。"（矢：箭。）

7 **浼** měi ㊇ mui^5 ❶ **污染**。《淮南子・人間》："若癰疽之必潰也，所～者多矣。"❷ **託請，央求（後起意義）**。陶宗儀《南村輟耕錄》卷七："整復～入言之。"（劉整又請求他進去通報。）❸［**浼浼**］**水大的樣子**。《詩經・邶風・新臺》："河水～～。"

7 **流** liú ㊇ lau^4 ❶ **水流動**。《詩經・大雅・常武》："如川之～。"㊋ **流動**。《鹽鐵論・力耕》："外國之物內～，而利不外泄也。"㊋ **流傳，傳佈**。《尚書・泰誓》："有夏桀弗克若天，～毒下國。"《孟子・公孫丑上》："其故家遺俗，～風善政，猶有存者。"❷ **河流**。屈原《漁父》："寧赴湘～，葬於江魚之腹中。"㊅ **河流的主幹**。《荀子・君道》："原清則～清，原濁則～濁。"（原：源。）❸ **漂泊，流浪**。《史記・萬石張叔列傳》："元封四年中，關東～民二百萬口。"《漢書・食貨志上》："至昭帝時，～民稍還，田野益辟，頗有蓄積。"（益辟：逐漸開闢。）❹ **流放，古代的一種刑罰**。《尚書・舜典》："～共工于幽州，放驩兜于崇山。"❺ **流派，派別**。《漢書・藝文志》："法家者～，蓋出於理官。"《後漢書・王充傳》："遂博通眾～百家之言。"**成語有"三教九流"**。❻［**流連**］① **樂而忘返**。《孟子・梁惠王下》："先王無～～之樂，荒亡之行。"② **流離失所**。《漢書・師丹傳》："百姓～～，無所歸心。"❼ **求取**。《詩經・周南・關雎》："參差荇菜，左右～之。"

7 **涚** shuì ㊇ seoi^3 **濾清，過濾**。《周禮・考工記・㡛氏》："湅絲以～水。"㊋ **濾酒，使酒清**。《禮記・郊特牲》："醆（zhǎn ㊇ zaan^2）酒～於清。"（醆酒：微清的濁酒。）

7 **涕** tì ㊇ tai^3 ❶ **眼淚**。《列子・湯問》："悲愁垂～相對。"㊅ **流淚，落淚**。陳亮《念奴嬌・登多景樓》："登高懷遠，也學英雄～。”❷ **鼻涕**。王褒《僮約》：“目淚下落，鼻～長一尺。”**【辨】涕，泗，淚。古代一般“涕”指眼淚，“泗”指鼻涕。後來“淚”代替了“涕”，“涕”代替了“泗”，而“泗”一般不用了。**

7 **浣** (澣)huàn 粵 wun5 ❶ **洗滌**。《公羊傳·莊公三十一年》：“臨民之所漱～也。”《史記·扁鵲倉公列傳》：“湔(jiān 粵 zin1) ～腸胃，漱滌五藏 (zàng 粵 zong6) 。”(湔：洗。藏：臟器。) 引 **消除，排遣**。馬戴《岐陽逢曲陽故人話舊》詩：“積愁何計遣，滿酌～相思。”❷ **唐代規定官吏每十天休息沐浴一次叫浣**。李白《朝下過盧郎中敍舊遊》詩：“復此休～時，閑為疇昔言。”(疇昔：過去。) 引 **每月上旬、中旬、下旬為上浣、中浣、下浣**。

7 **浤** hóng 粵 wang4 [浤浤] **形容波浪洶湧**。木華《海賦》：“崩雲屑雨，～～汩 (gǔ 粵 gwat1) 汩。”

7 **浪** làng 粵 long6 ❶ **波浪**。曹植《王仲宣誄》：“游魚失～，歸鳥忘棲。”❷ **放蕩，放縱**。《詩經·邶風·終風》：“謔 (xuè 粵 joek6) ～笑敖，中心是悼。”(謔：開玩笑。悼：悲傷。) 引 **隨便，任意**。杜甫《泛舟送魏十八倉曹還京》詩：“見酒須相憶，將詩莫～傳。”❸ **徒然，白白地**。韓愈《秋懷》詩之一：“胡為～自苦？得酒且歡喜。”❹ láng 粵 long4 [浪浪] [浪然] **流動的樣子**。屈原《離騷》：“攬茹蕙以掩涕兮，霑余襟之～～。”柳宗元《與顧十郎書》：“因言感激，～然出涕。”❺ láng 粵 long4 [滄浪] **見354頁“滄”字**。

7 **浸** jìn 粵 zam3 ❶ **泡，淹沒**。《詩經·小雅·大東》：“有冽氿泉，無～穫薪。”(涼涼的泉水，不要浸濕了我砍的柴。)《史記·趙世家》：“引汾水灌其城，城不～者三版。”❷ **灌溉**。《詩經·小雅·白華》：“滮池北流，～彼稻田。”《莊子·天地》：“有械於此，一日～百畦，用力甚寡。”引 **潤澤，滋潤**。張衡《東京賦》：“澤～昆蟲。”❸ **大水，湖澤**。《莊子·逍遙遊》：“之人也，物莫之傷。大～稽天而不溺，大旱金石流、土山焦而不熱。”(稽：至，到。) 顧炎武《答人書》：“正值淫雨，沂沭下流，並為巨～。”❹ **漸漸，逐漸**。許慎《說文解字敍》：“字者，言孳乳而～多也。”**這個意義又寫作“寖”**。❺ qīn 粵 cam1 [浸淫] **滲透**。《漢書·司馬相如傳》：“六合之內，八方之外，～～衍溢。”引 **逐漸擴展，逐漸接近**。東方朔《七諫·沈江》：“賢俊慕而自附兮，日～～而合同。”韓愈《送孟東野序》：“孟郊東野始以其詩鳴……其他～～乎漢氏矣。”

7 **涊** niǎn 粵 nin5 **冒汗的樣子**。枚乘《七發》：“～然汗出，霍然病已。”

7 **涘** sì 粵 zi6 ❶ **水邊，岸邊**。《詩經·秦風·蒹葭》：“在水之～。”❷ **邊際**。《新唐書·回鶻傳上》：“道雖通，而虜求取無～。”

7 **浚** (濬)jùn 粵 zeon3 ❶ **疏通**。《左傳·莊公九年》：“冬，～洙。”(洙：水名。)《漢書·趙充國傳》：“～溝渠。”❷ **深**。《詩經·小雅·小弁》：“莫高匪山，莫～匪泉。”(沒有高度不是山，沒有深度不是泉。)《晉書·謝安傳》：“臨～谷。”❸ **取，榨取**。《國語·晉語九》：“～民之膏澤以實之。”(民之膏澤：人民的血汗。實之：充實倉庫。)

8 **淼** miǎo 粵 miu5 **大水無邊際的樣子**。屈原《九章·哀郢》：“～南渡之焉如。”(焉如：到哪裏去。) [淼茫] **大水無邊際的樣子**。郭璞《江賦》：“狀滔天以～～。”

8 **清** qīng 粵 cing1 ❶ **水清澈。與“濁”相對**。《詩經·魏風·伐檀》：“河水～且漣猗。”(漣：波紋。) 引 **(液體) 清澈**。《詩經·大雅·鳧鷖》：“爾酒既～，爾殺既罄。”(引) **清澈的水**。酈道元《水經注・江水二》:“則素湍綠潭,回～倒影。”❷ **乾淨,潔淨**。張衡《東京賦》:“京室密～。”(密:靜。)(引) **清洗,清除**。陸雲《盛德頌》:“泛時雨以～天,灑狂塵以肅地。”(引) **明晰,清楚**。江淹《王侍中懷德》詩:“日暮山河～。”杜甫《曉望》詩:“地坼江帆隱,天～木葉聞。”❸ **清高,清廉**。《史記・伯夷列傳》:“舉世混濁,～士乃見。”《三國志・魏書・毛玠傳》:“少為縣吏,以～公稱。”(公:公正。)(引) **鮮明,清秀**。《山海經・西山經》:“丹木五歲,五色乃～。”杜甫《與李十二白同尋范十隱居》詩:“入門高興發,侍立小童～。”❹ **(政治)清明,太平**。《孟子・萬章下》:“當紂之時,居北海之濱,以待天下之～也。”李白《古風五十九首》之三十四:“澹然四海～。”(引) **治理**。潘岳《藉田賦》:“于是乃使甸帥～畿。”(引) **安靜,清靜**。《莊子・在宥》:“必靜必～,無勞女形。”杜甫《大雲寺贊公房》詩:“心～聞妙香。”❺ **清爽,清涼**。宋玉《九辯》:“泬寥兮天高而氣～。”(泬寥:空曠清朗。)辛棄疾《水龍吟・登建康賞心亭》:“楚天千里～秋。”(引) **(聲音)清亮、清越**。錢起《宴鬱林觀張道士房》詩:“竹壇秋月冷,山殿夜鐘～。”❻ **朝代名(公元 1644-1911 年)。1616 年建國,初名後金。1636 年改國號為清。1644 年建都北京。第一代君主是愛新覺羅・福臨**。

8 **渚** zhǔ (粵) zyu2 ❶ **水中的小塊陸地,小洲**。《詩經・召南・江有汜》:“江有～。”❷ **水邊**。屈原《九歌・湘君》:“鼂騁騖兮江皋,夕弭節兮北～。”

8 **淩** líng (粵) ling4 ❶ **河名**。❷ **升,登**。《抱朴子・對俗》:“是以蕭史偕翔鳳以～虛。”木華《海賦》:“飛駿鼓楫,泛海～山。”❸ **乘,淩駕**。屈原《九章・哀郢》:“～陽侯之氾濫兮。”(乘着波濤漂游。陽侯:古代傳説中水波之神。此指波濤。)❹ **侵犯,欺侮**。《史記・游俠列傳》:“豪暴侵～孤弱。”【辨】淩,凌,陵。見 52 頁“凌”字。

8 **涬** xìng (粵) hang6 [涬溟] **混沌的元氣**。《莊子・在宥》:“墮爾形體,吐爾聰明,倫與物忘,大同乎～～。”

8 **淇** qí (粵) kei4 **水名。在今河南北部,源出淇山**。《詩經・邶風・泉水》:“毖彼泉水,亦流于～。”

8 **淋** lín (粵) lam4 ❶ **澆**。賈思勰《齊民要術・笨麴并酒》:“不過數斛湯,迴轉翻覆,通頭面痛～。”(又) **沾濕**。杜荀鶴《送項山人歸天台》詩:“露～秋檜鶴聲清。”❷ [淋漓] ① **沾濕或下滴的樣子**。韓愈《醉後》詩:“～～身上衣。”韓愈《和虞部盧四酬翰林錢七赤藤杖歌》:“赤龍拔鬚血～～。”② **盛多的樣子**。宋之問《龍門應制》詩:“羽從～～擁軒蓋。”(羽從:指護駕的軍隊與侍從。)③ **酣暢的樣子**。陸游《哀郢》詩之二:“～～痛飲長亭暮。”❸ lìn **病名**。《素問・六元正紀大論》:“小便黃赤,甚則～。”**又寫作“痳”**。

8 **淅** xī (粵) sik1 ❶ **淘米**。《儀禮・既夕禮》:“夏祝～米。”《淮南子・兵略》:“～米而儲之。”❷ [淅淅] **風聲**。杜甫《秋風》詩:“秋風～～吹巫山,上牢下牢修水關。”❸ [淅瀝] **指雨雪聲、落葉聲、風聲**。謝惠連《雪賦》:“霰～～而先集,雪紛糅而遂多。”柳宗元《籠鷹詞》:“淒風～～飛嚴霜。”❹ [淅颯] **輕微的動作聲**。吳師道《晚霜曲》:“僵禽～～動庭竹,城上啼烏怨如哭。”❺ **河名。在今河南**。

8 **涷** dōng (粵) dung1/dung3 ❶ [涷雨] **暴雨**。屈原《九歌・大司命》:“令飄風兮先驅,使～～兮灑塵。”❷ **水名**。酈道元《水經注・濁漳水》:“漳水又東,～水注之。”【注意】“涷”和“凍”是兩個字,形音義都不同。

8 **涯** yá (粵) ngaai^{4} ❶ **水邊**。《尚書・微子》："若涉大水，其無津～。"《韓非子・説林下》："水之以～，其無水者也。"（以：及，到。）❷ **邊際，極限**。王勃《送杜少府之任蜀州》詩："海內存知己，天～若比鄰。"《莊子・養生主》："吾生也有～，而知也無～。" ⊗ **度量**。《陳書・始興王傳》："不～年德，逾逞狂躁，圖為禍亂。"**【辨】**岸，涯，垠。見 110 頁"垠"字。

8 **淹** yān (粵) jim^{1} ❶ **漚**（òu (粵) au^{3}/ngau^{3}），**浸**。《楚辭・九歎・怨思》："～芳芷於腐井兮。"（芳芷：香草。腐井：臭水井。）(引) **淹沒**。《北史・皇甫亮傳》："為宅中水～不泄。"❷ **沉溺。多用於抽象意義**。枚乘《七發》："～沈之樂，浩唐之心，遁佚之志，其奚由至哉！"（沉：沉迷。）❸ **遲延，停留**。屈原《離騷》："日月忽其不～兮，春與秋其代序。"（忽：快速的樣子。代序：代替，輪換。）柳永《八聲甘州》："何事苦～留。" (引) **久**。《左傳・襄公二十六年》："君～恤在外十二年矣。"（恤：遭憂。）❹ **精深，指知識深廣。常"淹通"、"淹博"、"淹貫"、"淹雅"、"淹該"等連用**。劉勰《文心雕龍・體性》："平子～通，故慮周而藻密。"（平子：指張衡。慮周：思慮周密。藻密：文辭嚴謹。）《新唐書・柳登傳》："～貫羣書。"

8 **淺** qiǎn (粵) cin^{2} ❶ **水淺。與"深"相對**。《詩經・邶風・匏有苦葉》："深則厲，～則揭。"（厲：不脱衣服渡水。揭：提起衣服過河。）⊗ **學識淺**。《荀子・非相》："知行～薄。" (引) **道理淺顯，明白易懂**。《論衡・自紀》："何以為辯？喻深以～。"❷ **時間短**。賈誼《過秦論》："施及孝文王、莊襄王，享國之日～。"（施：延續。享國：指封建君主在位。）⊗ **尺寸短小**。《管子・幼官》房玄齡注："倮獸，謂～毛之獸，虎豹之屬。"白居易《錢塘湖春行》詩："亂花漸欲迷人眼，～草才能沒馬蹄。"❸ **分量輕，顏色淺**。李賀《後園鑿井歌》："水聲繁，弦聲～。"張華《鷦鷯賦》："色～體陋，不為人用。"❹ **狹窄，小**。《管子・八觀》："國地小而食地～也。"錢起《賦得浦口望斜月》："動搖生～浪，明滅照寒沙。"❺ jiān (粵) zin^{1} **[淺淺] 水流很快的樣子**。屈原《九歌・湘君》："石瀨兮～～。"（石瀨：從石頭上流過的急水。）**這個意義後來寫作"濺濺"**。

8 **淑** shū (粵) suk^{6} ❶ **明朗，清亮**。《淮南子・本經》："日月～清而揚光。"❷ **美好，善良**。《詩經・周南・關雎》："窈窕～女。"諸葛亮《出師表》："將軍向寵，性行～均。"❸ **吉祥，幸運**。謝朓《和王著作八公山》："平生仰令圖，吁嗟命不～。"

8 **淖** nào (粵) naau^{6} ❶ **泥沼**。《左傳・成公十六年》："有～於前。" (引) **泥濘**。《漢書・韋玄成傳》："當晨入廟，天雨，～，不駕駟馬車而騎至廟下。"❷ chuò (粵) coek^{3} **柔，柔和**。《管子・水地》："夫水，～弱以清。"❸ chuò (粵) coek^{3} **[淖約] 通"綽約"。柔弱、柔美的樣子**。《莊子・逍遙遊》："～～若處子。"（處子：未婚少女。）

8 **混** hùn (粵) wan^{6} ❶ **水勢盛大**。司馬相如《上林賦》："汩（gǔ (粵) gwat^{1}）乎～流，順阿而下。"（汩：水流急促。阿：大山。）❷ (粵) wan^{4} **污濁，混濁**。孫樵《書褒城驛壁》："視其沼，則淺～而污。"（沼：池。）❸ (粵) wan^{4} **[混然] 未分剖的樣子**。《荀子・非十二子》："使天下～～不知是非。"❹ **雜，摻和在一起**。《老子・十四章》："～而為一。"柳宗元《永州韋使君新堂記》："遠～天碧。"（和遠處天空的蔚藍色混合在一起。）**成語有"魚目混珠"**。

8 **淠** pì (粵) pei^{3} ❶ **水名。在今河南境內。** ❷ **行船的樣子。**《詩經・大雅・棫樸》："～彼涇舟。" ❸ [淠淠] **茂盛的樣子。**《詩經・小雅・小弁》："有漼者淵，萑 (huán (粵) wun^{4}) 葦～～。"（萑葦：蘆葦一類植物。）❹ pèi (粵) pui^{3} [淠淠] **飄動的樣子。**《詩經・小雅・采菽》："其旂～～。"

8 **淟** tiǎn (粵) tin^{2} ❶ **污濁。** 枚乘《七發》："輸寫～濁。" ❷ [淟涊 (niǎn (粵) nin^{5})] ① **污濁，卑污。**《楚辭・九歎・惜賢》："切～～之流俗。" ② **軟弱，怯懦。**《宋史・歐陽修傳》："文章體裁……～～弗振。" ③ **溫暖，濡熱。** 王粲《大暑賦》："就清泉以自沃，猶～～而不涼。"

8 **涸** hé (粵) kok^{3} **水乾。**《莊子・大宗師》："泉～，魚相與處於陸。"《韓非子・說林上》："子獨不聞～澤之蛇乎？" (引) **竭，盡。**《管子・牧民》："積於不～之倉，藏於不竭之府。"

8 **涎** xián (粵) jin^{4} **唾沫，口水。** 柳宗元《三戒・臨江之麋》："群犬垂～揚尾皆來。" **成語有"垂涎三尺"。**

8 **淪** lún (粵) leon^{4} ❶ **微波。**《詩經・魏風・伐檀》："河水清且～猗 (yī (粵) ji^{1})。"（且：而且。猗：語氣詞。）❷ **沉，沉沒。**《漢書・郊祀志》："而鼎～沒於泗水彭城下。" 馬融《廣成頌》："～滅潭淵。" (引) **陷沒。**《尚書・微子》："商其～喪，我罔為臣僕。"《宋史・丘崇傳》："中原～陷且百年。" **雙音詞有"淪陷"。**

8 **淆** xiáo (粵) ngaau^{4} **混雜，混淆。**《後漢書・黃憲傳》："澄之不清，～之不濁。" **又寫作"殽"。**

8 **淰** niǎn (粵) nim^{5} ❶ **水濁。**《說文》："淰，濁也。" ❷ shěn (粵) sam^{2} **魚受驚游走的樣子。**《禮記・禮運》："故龍以為畜，故魚鮪不～。" [淰淰] **散亂不定的樣子。** 杜甫《放船》詩："江市戎戎暗，山雲～～寒。"

8 **淫** yín (粵) jam^{4} ❶ **浸漬。**《周禮・考工記・匠人》："善防者水～之。" ❷ **沉溺，沉湎。**《莊子・在宥》："而且說明邪？是～於色也；說聰邪？是～於聲也。" ❸ **過度，濫。**《左傳・莊公二十二年》："酒以成禮，不繼以～，義也。" ❹ **放縱，無節制。**《鹽鐵論・本議》："末修則民～，本修則民愨。" ❺ **奢侈。** 賈誼《論積貯疏》："～侈之俗，日日以長，是天下之大賊也。"（賊：害。）**成語有"驕奢淫逸"。** (又) **浮華。**《揚子法言・吾子》："詩人之賦麗以則，辭人之賦麗以～。" ❻ **亂，紊亂。**《孟子・滕文公下》："富貴不能～，貧賤不能移，威武不能屈。" ❼ **邪，邪惡。**《左傳・隱公三年》："且夫賤妨貴，少陵長，遠間親，新間舊，小加大，～破義，所謂六逆也。" ❽ **不正當的男女關係。**《荀子・天論》："男女～亂。" (引) **好色，縱慾。**《左傳・成公二年》："今納夏姬，貪其色也，貪色為～。"（納：指娶。）❾ [淫雨] **久雨，連綿不斷地下雨。**《後漢書・五行志》："～～傷稼。" **又寫作"霪雨"。**

8 **淝** féi (粵) fei^{4} [淝水] **水名，又稱肥水，在安徽。**《晉書・謝玄傳》："(苻堅) 眾號百萬……列陣臨肥水。"

8 **涼** liáng (粵) loeng^{4} ❶ **稍冷，微寒。**《詩經・邶風・北風》："北風其～，雨雪其雱。" ❷ **少，薄。**《左傳・莊公三十二年》："虢多～德。"（虢：國名。）❸ liàng (粵) loeng^{6} **輔助。**《詩經・大雅・大明》："～彼武王。" ❹ liàng (粵) loeng^{6} **把東西放在通風處，使其乾燥。**《新唐書・百官志一》："以衞尉幕士暴～之。"（衞尉：官名。暴：曝，曬。）

8 **淳** (湻)chún (粵) seon^{4} ❶ **質樸，樸實。**《漢書・朱邑傳》："為人～厚。" 陶

潛《扇上畫贊》："三五道邈，～風日盡。"(三五：指三皇五帝。) ❷ **通"純"。純粹**。《潛夫論·本訓》："～粹之氣。" ❸ **通"醇"。酒味厚、純**。《論衡·自然》："～酒味甘，飲之者醉不相知。" ❹ zhūn 粵 zeon1 **澆，灌**。《周禮·考工記·鍾氏》："～而漬(zì 粵 zi3) 之。"(漬：浸，漚。)

8 **液** yè 粵 jik6 ❶ **液體**。《楚辭·遠遊》："吸飛泉之微～兮，懷琬琰之華英。" (又) **津液**。《素問·腹中論》："病至則先聞腥臊臭，出清～。" (又) **熔化**。劉禹錫《天論》："斬材窾堅，～礦硎鋩。" ❷ **浸漬**。《周禮·考工記·弓人》："故角三～而幹(gàn 粵 gon3) 再～。" ❸ **[液廷] 同"掖庭"。宮中妃嬪居住的地方**。《漢書·王莽傳》："長秋宮未建，～～媵未充。"

8 **淬** cuì 粵 ceoi3 **淬火，製作刀劍時，把燒紅了的刀劍浸入水或其他液體中，急速冷卻，使之硬化**。王褒《聖主得賢臣頌》："清水～其鋒。" (引) **錘煉**。范仲淹《南京書院題名記》："～詞為鋒，則浮雲我決，良玉我切。" **[淬勵] [淬厲] 磨煉，鍛煉**。常璩《華陽國志·先賢士女總贊》："少讀五經，不為章句，處陋巷，～勵金石之志。" 蘇軾《策略四》："是以人人各盡其材，雖不肖者亦自～厲，而不至於怠廢。"

8 **涪** fú 粵 fau4 ❶ **水名。涪江，發源於今四川，流經今重慶，入嘉陵江**。酈道元《水經注·涪水》："水發平洛郡西溪，西南流，屈而東，南流入于～。" ❷ **古州名。在今重慶涪陵**。杜甫《長江二首》詩之一："眾水會～萬，瞿塘爭一門。"

8 **淤** yū 粵 jyu1 ❶ **水底沉積的污泥**。杜甫《贈李八秘書別三十韻》："潏水帶寒～。" ❷ **沖積而成的水中陸地**。司馬相如《上林賦》："行乎洲～之浦。" ❸ **淤積**。《新唐書·孟簡傳》："州有孟瀆，久～閼。"

8 **淡** dàn 粵 daam6 **(味) 淡** 。《老子·三十五章》："～乎其無味。"《抱朴子·廣譬》："味～則加之以鹽。" (泛) **含某種成分少，稀薄。與"濃"相對**。楊萬里《過百家渡》詩："一晴一雨路乾濕，半～半濃山疊重。" (引) **清淡，沒有意味**。《莊子·山木》："且君子之交～若水，小人之交甘若醴。" 蘇軾《遊廬山次韻章傳道》："莫笑吟詩～生活，當令阿買為君書。" (又) **淡泊**。《世說新語·賞譽》："簡文道王懷祖，才既不長，於榮利又不～。" **[淡淡]** ① **(顏色) 淺**。杜甫《行次鹽亭》詩："雲溪花～～。"(雲溪：上面有煙雲的溪流。) ② **隱隱約約的樣子**。《列子·湯問》："～～焉若有物存，莫識其狀。"(莫識：沒有人認識。) ③ **水波動的樣子**。潘岳《金谷集作》詩："綠池泛～～，青柳何依依。"(依依：輕柔的樣子。)

8 **淙** cóng 粵 cung4 ❶ **[淙淙] [淙潺]** ① **流水聲**。白居易《草堂前新開一池》詩："～～三峽水，浩浩萬頃陂。"(陂：池。) 陸游《遊圓覺乾明祥符三院至暮》詩："洗耳古澗聽～潺。"(洗耳：指洗去塵俗之聲。) ② **樂器聲**。元結《補樂歌·六英》："我有金石兮，擊拊 (fǔ 粵 fu2) ～～。"(拊：拍，擊。) ❷ **流水，急流**。劉克莊《題龍眠十八尊者》詩："或踞怪石臨飛～。" **[懸淙] 瀑布**。沈約《守山東》詩："萬仞倒危石，百丈注懸～。"

8 **淀** diàn 粵 din6 **淺水湖泊**。左思《魏都賦》："掘鯉之～。"《顏氏家訓·歸心》："凡數年，向幽州～中捕魚。"**【辨】** 淀，澱。見 364 頁"澱"字。

8 **涫** guàn 粵 gun3 ❶ **沸滾，沸騰**。《史記·龜策列傳》："寡人念其如此，腸如～湯。" **[涫涫] 沸騰的樣子**。《荀子·解蔽》："～～紛紛，孰知其形。" ❷ **通"盥"。洗手**。《列子·黃帝》：

“進～漱巾櫛。”

8 **涴** wò [粵] wo3 ❶ **污，弄髒**。楊巨源《大堤曲》：“自傳芳酒～紅袖，誰調妍妝回翠娥。” ❷ wǎn [粵] jyun2 [涴演] **水勢迴曲的樣子**。郭璞《江賦》：“陽侯砐硪以岸起，洪瀾～～而雲迴。”

8 **淚** lèi [粵] leoi6 ❶ **眼淚**。《韓非子・和氏》：“和(氏)乃抱其璞而哭於楚山之下，三日三夜，～盡而繼之以血。” ❷ lì [粵] lai6 [淚淚] **勁疾的樣子**。盧諶《蟋蟀賦》：“風～～而動柯。”(柯：樹幹。)【辨】涕，泗，淚。見 341 頁“涕”字。

8 **深** shēn [粵] sam1 ❶ **水深。與“淺”相對**。《詩經・邶風・匏有苦葉》：“～則厲，淺則揭。”李白《贈汪倫》詩：“桃花潭水～千尺。” ❷ **從面到底、從外到裏的距離大**。《漢書・高帝紀上》：“高壘～塹勿戰。”《荀子・哀公》：“寡人生於～宮之中。” [又] **高，高度**。《左傳・文公十二年》：“～壘固軍以待之。”《儀禮・覲禮》：“壇十有二尋，～四尺。” ❸ **時間久**。白居易《琵琶行》：“夜～忽夢少年事。”李賀《龍夜吟》：“蜀道秋～雲滿林。” ❹ **深入，周密**。《漢書・司馬相如傳》：“計～慮遠。” [又] **深奧，精微**。《周易・繫辭上》：“唯～也，故能通天下之志。” ❺ **深重，重大**。《三國志・魏書・陳思王傳》：“位益高者，責益～。” ❻ **精通**。《宋史・鄭樵傳》：“博學，～象數。” ❼ **顏色濃重**。楊萬里《新柳》詩：“柳條百尺拂銀塘，且莫～青只淺黃。”(拂：拂拭。莫：不要。) ❽ **表示程度深**。《漢書・張耳陳餘傳》：“不意君之望臣～也。”《資治通鑒・漢獻帝建安十三年》：“～失所望。”

8 **淈** gǔ [粵] gwat1 ❶ **混濁，混亂**。[又] **攪渾，攪亂**。屈原《漁父》：“世人皆濁，何不～其泥而揚其波？”《揚子法言・吾子》：“書惡淫辭之～法度也。” [淈淈] ① **水泉湧出的樣子**。司馬相如《上林賦》：“潏潏～～，湁潗 (chì jí [粵] cap1 zap1) 鼎沸。”(潏潏：水湧出的樣子。湁潗：水湧起的樣子。) ② **混亂的樣子**。《楚辭・九思・怨上》：“哀哉兮～～，上下兮同流。” ❷ [粵] wat1 **通“屈”。竭，枯竭**。《逸周書・五權》：“極賞則～，～得不食。”《荀子・宥坐》：“其洸洸乎不～盡，似道。”

8 **涵** hán [粵] haam4 ❶ **沉浸**。《管子・度地》：“水之性，行至曲必留退……倚則環，環則中，中則～。”**又指沉浸於某事物中**。左思《吳都賦》：“～泳乎其中。” ❷ **包含，包容**。《詩經・小雅・巧言》：“亂之初生，僭始既～。”(僭：通“譖”。讒言。)辛棄疾《木蘭花慢・席上送張仲固帥興元》：“正江～秋影雁初飛。” [涵淡] **水搖蕩的樣子**。蘇軾《石鐘山記》：“山下皆石穴罅……微波入焉，～～澎湃而為此。”

8 **淥** lù [粵] luk6 ❶ **清澈**。曹植《洛神賦》：“灼若芙蕖出～波。”張衡《東京賦》：“～水澹澹。” ❷ **清酒**。杜甫《醉為馬墜諸公攜酒相看》詩：“共指西日不相貸，喧呼且覆杯中～。”

8 **淄** zī [粵] zi1 ❶ **水名，今稱淄河，在山東境內**。❷ **通“緇”。黑色**。《史記・孔子世家》：“不曰白乎，涅而不～。”

9 **湊** còu [粵] cau3 ❶ **會合，聚集**。郭璞《江賦》：“川流之所歸～。”王融《永明十一年策秀才文五首》：“～其智略。”(智略：才智謀略。) [引] **會聚的地方**。《論衡・儒增》：“五臟，氣之主也，猶頭，脈之～也。” ❷ **奔向**。《戰國策・燕策一》：“樂毅自魏往，鄒衍自齊往，劇辛自趙往，士爭～燕。” ❸ [湊理] **通“腠理”。皮膚的紋理**。《鹽鐵論・大論》：“扁鵲攻於～～，絕邪氣，故癰疽不得成形。”

9 **湛** zhàn [粵] zaam^{3} ❶ **澄清**。陶潛《辛丑歲七月赴假還江陵夜行塗口》詩："涼風起將夕，夜景～虛明。" ❷ **濃重**。潘岳《藉田賦》："若～露之晞朝陽。" ❸ **深**。宋玉《招魂》："～～江水兮上有楓。"《漢書・揚雄傳》："默而好深～之思。" **雙音詞有"精湛"**。❹ chén [粵] cam^{4} **通"沈"**。《漢書・賈誼傳》："仄聞屈原兮，自～汨羅。" ❺ jiān [粵] zim^{1} **浸，漬**。《禮記・內則》："漬，取牛肉必新殺者，薄切之，必絕其理，～諸美酒。" ❻ dān [粵] daam^{1} **快樂**。《詩經・小雅・常棣》："兄弟既翕，和樂且～。" ❼ dān [粵] daam^{1} **通"酖"**。**沉溺於酒**。《詩經・大雅・抑》："顛覆厥德，荒～于酒。"

9 **渫** (泄)xiè [粵] sit^{3} ❶ **淘去污泥**。《周易・井》："井～不食，為我心惻。"（惻：悲痛，難過。）❷ **分散，擴散**。鼂錯《論貴粟疏》："如此，富人有爵，農民有錢，粟有所～。" 謝朓《敬亭山》詩："～雲已漫漫，多雨亦淒淒。" [引] **排泄**。郭璞《江賦》："磴之以瀿瀷，～之以尾閭。" ❸ **歇，停止**。曹植《七啟》："為歡未～，白日西頹。"（為歡：尋樂。西頹：指西落。）❹ dié [粵] dip^{6} ［**渫渫**］**流淚的樣子**。古樂府《孤兒行》："淚下～～。"

9 **湘** xiāng [粵] soeng^{1} ❶ **水名。在今湖南**。❷ **烹煮**。《詩經・召南・采蘋》："于以～之？維錡及釜。"

9 **渤** bó [粵] but^{6} ❶ **海名，即今渤海**。《列子・湯問》："投諸～海之尾、隱土之北。" ❷ **水波騰湧的樣子**。元稹《有酒詩》之八："鯨歸穴兮～溢，鼇載山兮低昂。"

9 **渠** qú [粵] keoi^{4} ❶ **水渠，人工開鑿的水道**。《史記・滑稽列傳》："西門豹即發民鑿十二～，引河水灌民田，田皆溉。" [引] **開鑿水渠**。《新唐書・強循傳》："循教人～水以浸田。" ❷ **大，巨大**。杜光庭《中和秦中化龍池醮詞》："掃～凶於北陸，清氛霧於中原。" [又] **首領**。揭傒斯《故贈奉訓大夫滕州知州飛騎尉追封滕縣男文君墓銘》："在昌國獲海寇數十，其～言……" ［**渠魁**］**古代稱敵對方面的首領**。《尚書・胤征》："殲厥～～。"（厥：其，那個。）**這個意義又寫作"魁渠"**。❸ **盾牌**。《國語・吳語》："奉文犀之～。" ❹ **第三人稱代詞。他（後起意義）**。《三國志・吳書・趙達傳》："女婿昨來，必是～所竊。" ❺ jù [粵] geoi^{6} **通"遽"**。**就**。《荀子・王制》："豈～得免夫累乎！"（難道就能免掉憂累嗎！）❻ jù [粵] geoi^{6} **通"詎"**。**豈**。《漢書・孫寶傳》："掾部～有其人乎？"

9 **湮** yān [粵] jin^{1} ❶ **埋沒，不被人所知道**。司馬相如《封禪文》："～滅而不稱者，不可勝數。"《新唐書・魏徵傳》："始喪亂後，典章～散。"（散：散失。）❷ **填塞**。《莊子・天下》："昔者禹之～洪水，決江河。"（決：疏通，疏導。）

9 **減** jiǎn [粵] gaam^{2} **減少。與"加"相對**。宋玉《登徒子好色賦》："增之一分則太長，～之一分則太短。"《三國志・吳書・吳主傳》："～徵賦。" [引] **少於，次於**。《世說新語・假譎》："王右軍年～十歲時，大將軍甚愛之。"（王右軍：王羲之。大將軍：指王敦。）《晉書・謝安傳》："此兒風神秀徹，後當不～王東海。"（風神：風度，神態。王東海：王承，曾任東海內史。）

9 **湎** miǎn [粵] min^{5} **沉迷於酒**。《詩經・大雅・蕩》："天不～爾以酒。"《呂氏春秋・當務》："舜有不孝之行，禹有淫～之意。" [引] **沉迷**。陸龜蒙《村夜》詩之二："上誦周孔書，沉～至酣藉。"

9 **渜** nuǎn [粵] nyun^{5}/nyun^{6} ❶ **温水**。《儀禮・士喪禮》："～濯棄于坎。" ❷ nuán [粵] naan^{4} **水名。即灤河，在今河北**。

9 **湝** jiē 粵 gaai1 [**湝湝**] **水流盛大的樣子**。《詩經・小雅・鼓鐘》："淮水～～，憂心且悲。"

9 **溲** sǒu 粵 sau1 ❶ **浸泡**。《儀禮・士虞禮》："明齊～酒。"賈思勰《齊民要術・種穀》："先種二十日時，以～種。"❷ **用液體調和，拌和**。張鷟《朝野僉載》卷一："僕附耳語曰：'～幾許麵？'"張君房《雲笈七籤》卷七四："以藥～乾飯訖。"❸ sōu **排泄小便，便溺**。《國語・晉語四》："少～於豕牢。"(泛) **排泄大小便**。《史記・扁鵲倉公列傳》："不得前後～三日矣。"(又) **尿**。《後漢書・張湛傳》："湛至朝堂，遺失～便。"

9 **湜** shí 粵 zik6 [**湜湜**] ① **水流清澈的樣子**。《詩經・邶風・谷風》："涇以渭濁，～～其沚。"② **人品清正的樣子**。柳宗元《邕州刺史李公墓誌銘》："～～左丞，惟道之宣。"

9 **渺** miǎo 粵 miu5 ❶ **大水無邊際的樣子**。殷堯藩《送客遊吳》詩："吳國水中央，波濤白～茫。"❷ **遙遠，深遠**。李白《尋高鳳石門山中元丹丘》詩："蒼崖～難涉。"(涉：渡過。)[**渺渺**] **無邊無際的樣子**。《管子・內業》："～～乎如窮無極。"❸ **微小**。蘇軾《前赤壁賦》："～滄海之一粟。"

9 **測** cè 粵 cak1 ❶ **水的深度**。《淮南子・説林》："篙終而以水為～，惑矣。"(又) **測量水的深淺**。《淮南子・説林》："以篙～江。"(引) **測量**。沈括《夢溪筆談》卷七："天文家有渾儀，～天之器。"❷ **估計，猜度，預料**。《國語・晉語一》："君之使我，非歡也，抑欲～吾心也。"《左傳・莊公十年》："夫大國，難～也，懼有伏焉。"魏徵《十漸不克終疏》："事之不～，其可救乎？"

9 **湯** tāng 粵 tong1 ❶ **熱水，開水**。屈原《九歌・雲中君》："浴蘭～兮沐芳。"《論語・季氏》："見不善如探～。"成語有"**赴湯蹈火**"。(又) **温泉**。封演《封氏聞見記・温湯》："海內温～甚眾，有新豐驪山～。"(引) **温泉浴池**。《新唐書・安祿山傳》："為卿別治一～。"❷ **湯藥**。《三國志・魏書・華佗傳》："其療疾，合～不過數種。"❸ **菜湯，菜羹**(**後起意義**)。王建《新嫁娘》詩之三："洗手作羹～。"❹ **人名。成湯。商朝的第一代君主**。《周易・革》："～、武革命。"❺ shāng 粵 soeng1 [**湯湯**] **水大的樣子**。范仲淹《岳陽樓記》："浩浩～～，橫無際涯。"(際涯：邊際。)❻ tàng 粵 tong3 **加熱**。《山海經・西山經》："～其酒百樽。"❼ tàng 粵 tong3 **遊蕩**。《詩經・陳風・宛丘》："子之～兮，宛丘之上兮。"(宛丘：地名。)

【**辨**】**羹，湯**。**見500頁"羹"字**。

9 **温** wēn 粵 wan1 ❶ **暖**。《禮記・鄉飲酒義》："天地～厚之氣始於東北而盛於東南。"《論衡・寒温》："夫近水則寒，近火則～。"❷ **和氣，柔和**。《管子・形勢解》："～良寬厚，則民愛之。"❸ **温習**。《論語・為政》："～故而知新。"❹ **温病，熱病**。《素問・生氣通天論》："冬傷於寒，春必～病。"❺ yùn 粵 wan2 **通"蘊"。蘊藏，蘊積**。《荀子・榮辱》："其流長矣，其～厚矣。"

9 **渴** kě 粵 hot3 ❶ **口渴**。《詩經・王風・君子于役》："君子于役，苟無飢～。"(喻) **急忙，迫切**。《公羊傳・隱公三年》："不及時而日，～葬也。"(不及時而日：不按照規定的月份和日子。)范成大《洪景盧內翰使還入境》詩："國人～望公顏色。"(顏色：指容貌。)❷ jié 粵 kit3 **水乾**。《周禮・地官・草人》："凡糞種……墳壤用麋，～澤用鹿。"(墳壤：高處的地。)

9 **渭** wèi 粵 wai6 **渭水，在陝西**。**見339頁"涇"字**。

9 **渦** wō (粵) wo1 ❶ **旋渦**。郭璞《江賦》："盤～谷轉，凌濤山頹。" (特) **酒窩**。蘇軾《百步洪》詩之二："不知詩中道何語，但覺兩頰生微～。" ❷ guō (粵) gwo1 **渦河，水名，在今安徽**。

9 **湍** tuān (粵) teon1/cyun2 **水勢急**。《孟子・告子上》："性猶～水也。"《論衡・累害》："水～之岸不得峭。" (又) **急流的水**。酈道元《水經注・江水》："素～綠潭，迴清倒影。" (又) **衝擊**。李康《運命論》："堆出於岸，流必～之。"

9 **渃** huò (粵) waak6 ❶ [**渹**(hōng (粵) gwang1) **渃**] **見 351 頁"渹"字**。❷ [**澎**(pēng (粵) paang1) **渃**] **水衝擊聲**。郭璞《江賦》："～～㶎灂 (xiào zhuó (粵) haau6 zok6)。"(均為波濤相擊聲。)

9 **湃** pài (粵) paai3/baai3 ❶ [**湃湃**] **波浪聲**。蘇軾《又次前韻贈賈耘老》："仙壇古洞不可到，空聽餘瀾鳴～～。" ❷ [**彭**(péng (粵) paang4) **湃**] **見 190 頁"彭"字**。❸ [**滂**(pāng (粵) pong4) **湃**] **水勢浩大**。酈道元《水經注・渭水》："山雨～～，洪津泛灑。"

9 **湫** qiū (粵) cau1 ❶ jiǎo (粵) ziu2 **低下**。《左傳・昭公三年》："子之宅近市，～隘囂塵，不可以居。"(子：你。隘：狹窄。囂塵：喧囂多塵。) ❷ **空洞**。《呂氏春秋・審分》："此之謂定性於大～。" (引) **水池，深潭**。杜甫《乾元中寓居同谷縣作》詩："南有龍兮在山～。" ❸ **集聚不散**。《左傳・昭公元年》："勿使有所壅閉～底。"(底：停滯。) ❹ jiū (粵) ziu2 **涼的樣子**。宋玉《高唐賦》："～兮如風，淒兮如雨。"

9 **湩** dòng (粵) dung3 ❶ **乳汁**。《穆天子傳》卷四："因具牛羊之～，以洗天子之足。" ❷ **鼓聲**。《管子・輕重甲》："～然擊鼓，士忿怒。"

9 **淵** yuān (粵) jyun1 ❶ **打漩的水**。《莊子・應帝王》："流水之審為～。"(審：當作"潘"，通"蟠"。盤曲。) ❷ **深水，深潭**。《詩經・小雅・小旻》："如臨深～。"《荀子・勸學》："積水成～，蛟龍生焉。" ❸ **深**。《詩經・邶風・燕燕》："其心塞～。"(塞：實在。)《莊子・田子方》："入乎～泉而不濡。"(乎：於。濡：沾濕。)

9 **渝** yú (粵) jyu4 ❶ **改變**。《詩經・鄭風・羔裘》："彼其之子，舍命不～。" 魏徵《十漸不克終疏》："儉約之志，終始而不～。" **成語有"堅持不渝"**。❷ **氾濫**。木華《海賦》："沸潰～溢。"

9 **渰** yǎn (粵) jim2 ❶ **雲起的樣子**。《詩經・小雅・大田》："有～萋萋，興雨祁祁。" ❷ yān (粵) jim1 **通"淹"。淹沒**。俞文豹《吹劍四錄》："一水～沒，顆粒不收。"

9 **湲** yuán (粵) jyun4/wun4 [**潺**(chán (粵) saan4) **湲**] **見 362 頁"潺"字**。

9 **湓** pén (粵) pun4 ❶ **水上湧**。《漢書・溝洫志》："是歲，勃海、清河、信都河水～溢，灌縣邑三十一。" ❷ **水名。在今江西**。白居易《琵琶行》："住近～江地低濕，黃蘆苦竹繞宅生。"

9 **渢** féng (粵) fung1 ❶ **水聲**。《玉篇》："渢，水聲。" [**渢渢**] **象聲詞。形容水聲、風聲、雷聲等**。司馬光《潛虛・行圖・聲》："空谷來風，有聲～～。" 石介《慶曆聖德頌》詩："大聲～～，震搖六合。" ❷ fán (粵) fung1/fung4 [**渢渢**] **形容樂聲宛轉抑揚**。《左傳・襄公二十九年》："為之歌《魏》，(季札) 曰：'美哉，～～乎！'"

9 **渙** huàn (粵) wun6 ❶ **離散，散開**。《老子・十五章》："～兮若冰之將釋。" 柳宗元《愚溪對》："西海有水，散～而無力，不能負芥。"(負：指浮起。芥：小草。) **成語有"渙然冰釋"**。❷ [**渙渙**] **水流盛大的樣子**。《詩經・鄭風・溱洧》：

“溱 (zhēn [粵] zeon1) 與洧 (wěi [粵] fui2) 方～～兮。” (溱、洧：水名。)

9 **渹** hōng [粵] gwang1 ❶ [**渹瀖** (huò [粵] waak6)] **波濤衝擊聲**。周光鎬《黃河賦》：“莫不～～澎湃。” ❷ qìng [粵] cing3 **冰涼，冷**。《世説新語・排調》：“時盛暑之月，丞相以腹熨彈棊局，曰：‘何乃～！’”

9 **渟** tíng [粵] ting4 ❶ **水流停滯而聚積**。《史記・李斯列傳》：“決～水，致之海。” [引] **停止，靜止**。王安石《我所思寄黃吉甫》詩：“月澹星～尤可喜。” ❷ [**渟濙** (yíng [粵] jing4)] **清澈的樣子**。《魏書・陽固傳》：“越弱水之～～兮。” ❸ [**渟瀯** (yíng [粵] jing4)] ① **池小水少的樣子**。杜篤《論都賦・序》：“且洛邑之～～，曷足以居乎萬乘哉。” ② **水流迴旋的樣子**。酈道元《水經注・比水》：“時人目之為～～水。”

9 **湇** (湆)qì [粵] jap1 **肉汁**。《禮記・少儀》：“凡羞有～者不以齊。” (齊：指加鹽梅調和。)

9 **游** yóu [粵] jau4 ❶ **在水上漂浮**。《詩經・邶風・谷風》：“泳之～之。” (泳：在水中潛行。) [泛] **游泳**。《韓非子・難勢》：“越人善～矣。” (越：國名。) ❷ **水流**。《詩經・秦風・蒹葭》：“溯～從之，宛在水中央。” ❸ **虛浮，不切實際**。《三國志・蜀書・諸葛亮傳》：“～辭巧飾者雖輕必戮 (lù [粵] luk6)。” ❹ **遊玩，遊覽**。鼂錯《言守邊備塞疏》：“幼則同～，長則共事。” [引] **旅行，出外求學或求官**。《史記・太史公自序》：“二十而南～江淮。” [**游説**] **為了宣傳自己的政治主張四處奔走**。《史記・張儀列傳》：“子毋讀書～～，安得此辱乎？” ❺ **交際，交往**。《漢書・枚乘傳》：“與英俊並～。” ❻ **流動**。《漢書・溝洫志》：“水尚有所～蕩。” ❼ **縱，放縱**。《後漢書・仇覽傳》：“剽輕～恣。” ❽ liú [粵] lau4 **通“斿”。旌旗上懸垂的飾物**。《左傳・桓公二年》：“鞶厲～纓。” 【辨】游，遊。凡有關水中的活動，一般只能用“游”，不可以用“遊”；而有關陸上活動的，“游”與“遊”可以通用。

9 **湔** jiān [粵] zin1 ❶ **洗滌**。《史記・扁鵲倉公列傳》：“～浣腸胃，漱滌五藏 (zàng [粵] zong6)。” (浣：洗。五藏：五臟。)《三國志・魏書・華佗傳》：“病若在腸中，便斷腸～洗。” [引] **洗刷 (污垢、恥辱)**。《舊唐書・劉晏傳》：“使僕～洗瑕穢，率罄愚懦。” (率罄：盡除。) ❷ **水名。在今四川**。❸ jiàn [粵] zin3 **通“濺”。濺灑**。《戰國策・齊策三》：“臣請以臣之血～其衽。”

9 **渲** xuàn [粵] syun3 **一種繪畫方法，先把顏料塗在紙上，然後用筆蘸水塗抹使色彩濃淡適宜**。郭熙《林泉高致・畫訣》：“以水墨再三而淋之，謂之～。” **雙音詞有“渲染”**。

9 **渾** hún [粵] wan4 ❶ [粵] gwan2 **水勢盛大**。[**渾渾**] ① **水勢很大的樣子**。《荀子・富國》：“財貨～～如泉源。” ② **渾濁的樣子**。陸雲《九愍・考志》：“世～～其難澄。” (澄：澄清。) ❷ **渾濁**。《老子・十五章》：“～兮其若濁。” 杜甫《示從孫濟》詩：“淘米少汲 (jí [粵] kap1) 水，汲多井水～。” (汲：打水。) ❸ **未分剖的**。《晉書・王戎傳》：“嘗目山濤如璞玉～金。” (目：把……看作。山濤：人名。璞玉：未雕琢的玉。) ❹ hùn [粵] wan6 **雜，摻和在一起**。《漢書・劉向傳》：“賢不肖～淆，白黑不分。” (淆：雜亂。)《論衡・案書》：“陰陽相～，旱湛相報，天道然也。” ❺ **全，滿**。李白《少年行》：“～身裝束皆綺羅。” ❻ **簡直**。杜甫《春望》詩：“白頭搔更短，～欲不勝簪。”

9 **溉** gài ⑧ koi3 ❶ **洗滌**。《詩經・檜風・匪風》："誰能亨（pēng ⑧ paang1）魚，～之釜鬵（qín ⑧ cam4/cim4）。"（亨：烹。鬵：大鍋。）❷ **灌溉**。《史記・河渠書》："西門豹引漳水～鄴，以富魏之河內。"

9 **渥** wò ⑧ ak1/ngak1 ❶ **沾濕，沾潤**。《詩經・小雅・信南山》："益之以霢霂（mài mù ⑧ mak6 muk6），既優既～。"（霢霂：小雨。）❷ **深厚，濃郁**。《漢書・班倢伃傳》："蒙聖皇之～惠兮，當日月之盛明。"《論衡・商蟲》："甘香～味之物，蟲生常多。"

9 **湣** mǐn ⑧ man5 ❶ **憂患**。《史記・屈原賈生列傳》："離～而不遷兮，願志之有象。"（離：通"罹"。遷。）**這個意義又寫作"閔"**。❷ **通"泯"。消亡，消滅**。劉向《戰國策序》："～然道德絕矣。"❸ ［湣湣］**昏亂的樣子。只用於聯綿詞或疊音詞**。《楚辭・七諫・怨世》："處～～之濁世兮。"

9 **湄** méi ⑧ mei4 **岸邊水草相接處**。《詩經・秦風・蒹葭》："所謂伊人，在水之～。"

9 **湑** xǔ ⑧ seoi2 ❶ **漉酒**。《詩經・大雅・鳧鷖》："爾酒既～，爾殽伊脯。"(又) **漉過的酒**。《詩經・小雅・伐木》："迨我暇矣，飲此～矣。"❷ **茂盛**。《詩經・小雅・裳裳者華》："裳裳者華，其葉～兮。"❸ **露水多的樣子**。《詩經・小雅・蓼蕭》："蓼彼蕭斯，零露～兮。"

10 **溱** zhēn ⑧ zeon1 ❶ **古水名。流經今河南境內**。《詩經・鄭風・溱洧》："～與洧（wěi ⑧ fui2），方渙渙兮。"（洧：水名。）❷ ［溱溱］**眾多的樣子**。《詩經・小雅・無羊》："旐維旟矣，室家～～。"

10 **溝** gōu ⑧ gau1/kau1 ❶ **田間水溝**。《周禮・地官・遂人》："十夫有～。"（十夫：指十戶所種的田。）(泛) **水道**。《漢書・鼂錯傳》："丈五之～。"❷ **護城河**。《禮記・禮運》："城郭～池以為固。"《史記・齊世家》："楚方城以為城，江漢以為～。"（方城：山名。江：長江。漢：漢水。）❸ **壕溝**。《韓非子・説林下》："將軍怒，將深～高壘。"❹ kòu ⑧ kau3 ［**溝瞀**（mào ⑧ mau6）］**通"怐愗"。愚昧無知**。《荀子・儒效》："愚陋～～。"

10 **滋** (滋) zī ⑧ zi1 ❶ **液汁**。左思《魏都賦》："墨井鹽池，玄～素液。"（玄：黑。素：白。）(引) **滋潤，潤澤**。韋莊《同舊韻》："露～三徑草，日動四鄰碪。"❷ **滋味**。《後漢書・蔡邕列傳》："含甘吮～。"（甘：甜。）❸ **培植**。屈原《離騷》："余既～蘭之九畹（wǎn ⑧ jyun2）兮。"（既：已經。畹：二十畝或三十畝為一畹。）(引) **滋長**。《左傳・隱公元年》："無使～蔓。"❹ **副詞。益，更加**。柳宗元《蝜蝂傳》："而貪取～甚。"（甚：厲害。）

10 **溘** kè ⑧ hap6 ❶ **忽然，突然**。屈原《離騷》："寧～死以流亡兮，余不忍為此態也。"（寧：寧願。）**成語有"溘然而逝"**。❷ ［溘溘］① **水聲**。李賀《塘上行》："塘水聲～～。"② **寒冷的樣子**。劉崧《江南弄》："沙堤十里寒～～。"

10 **滇** diān ⑧ din1/tin4 ❶ ［**滇池**］**湖名。在雲南昆明西南**。❷ **戰國時西南地區國名**。《史記・西南夷列傳》："西南夷君長以百數，獨夜郎、～受王印。"（夜郎：古國名。）❸ tián ⑧ tin4 ［**滇滇**］**盛大的樣子**。《漢書・禮樂志》："泛泛～～從高斿（yóu ⑧ jau4），殷勤此路臚所求。"（泛泛：廣大無邊的樣子。斿：遨遊。臚：陳述。）

10 **溥** pǔ ⑧ pou2 ❶ **廣大**。《詩經・大雅・公劉》："逝彼百泉，瞻彼～原。"❷ **普遍**。《詩經・小雅・北山》："～天之下，莫非王土。"❸ fū ⑧ fu1 **通"敷"。分佈**。《禮記・祭義》："夫孝，置之而塞乎天地，～之而橫乎四海。”

10 **溽** rù (粵) juk6 ❶ **溼潤**。郭璞《江賦》：“林無不～，岸無不津。”(又) **溼熱，悶熱（後起意義）**。沈括《夢溪筆談》卷七：“眾以謂頻日晦～，尚且不雨，如此暘燥，豈復有望？”**[溽暑] 溼熱**。《禮記・月令》：“土潤～～，大雨時行。”❷ **味濃**。《禮記・儒行》：“其飲食不～。”

10 **滅** miè (粵) mit6 ❶ **火熄滅**。《詩經・小雅・正月》：“燎之方揚，寧或～之？”❷ **淹沒**。酈道元《水經注・河水四》：“高阜～之，名曰洪水。”❸ **消失**。杜甫《戲為六絕句》之二：“爾曹身與名俱～，不廢江河萬古流。”❹ **消滅，消除**。《史記・孟嘗君列傳》：“斫擊殺數百人，遂～一縣以去。”(引) **滅亡**。姚合《從君行》：“又無遠籌略，坐使虜～亡。”(又) **死亡**。白居易《贈王山人》詩：“不如學無生，無生即無～。”

10 **源** yuán (粵) jyun4 ❶ **水源，源泉**。《荀子・法行》：“涓涓～水，不雝（yōng (粵) jung1）不塞。”（涓涓：形容細水長流的樣子。雝：壅，堵塞。）(引) **事物的開始，起源**。《韓非子・主道》：“以知萬物之～。”**成語有“源遠流長”**。❷ **[源源] 連續不斷的樣子**。《孟子・萬章上》：“欲常常而見之，故～～而來。”

10 **滉** huàng (粵) fong2 ❶ **[滉瀁] 水廣大無邊的樣子**。潘岳《西征賦》：“～～瀰漫，浩如河漢。”《抱朴子・博喻》：“滄海～～，不以含垢纍其無涯之廣。”❷ **[瀇（wǎng (粵) wong2）滉] 水深廣的樣子**。郭璞《江賦》：“澄澹汪洸，～～囦泫。”

10 **滑** huá (粵) waat6 ❶ **滑溜，光滑，不粗澀**。《周禮・考工記・鮑人》：“進而握之，欲其柔而～也。”《三國志・魏書・王肅傳》：“加之以霖雨，山坂峻～。”（霖雨：久雨，連綿大雨。山坂：山坡。）❷ gǔ (粵) gwat1 **[滑稽] 古代一種盛酒的器具，能不斷地往外流酒**。揚雄《酒箴》：“鴟（chī (粵) ci1）夷～～，腹如大壺。盡日盛酒，人復借酤。”（鴟夷：皮袋。）(喻) **能言善辯，語言流暢**。《史記・滑稽列傳》：“～～多辯，數使諸侯未嘗屈辱。”（使：出使。）❸ **通“猾”。狡猾**。《史記・酷吏列傳》：“～賊任威。”（任：放任。）❹ gǔ (粵) gwat1 **通“汩”。弄亂，擾亂**。《淮南子・齊俗》：“～亂萬民。”

10 **溷** hùn (粵) wan6 ❶ **混濁，污濁**。屈原《離騷》：“世～濁而嫉賢兮，好蔽美而稱惡。”（蔽美稱惡：指壓抑好的，推崇壞的。）(引) **污穢之物，糞便**。《世說新語・排調》：“就而視之，其根則群狐所託，下聚～而已。”❷ **混亂**。《後漢書・陳寵傳》：“時司徒辭訟，久者數十年，事類～錯。”❸ **通“圂”。豬圈**。《論衡・吉驗》：“捐於猪～中。”（扔到豬圈裏。捐：拋棄，扔。）❹ **通“圂”。廁所**。《南史・范縝傳》：“（花）自有關籬牆落於糞～之中。”（關：穿過。）

10 **準** （准）zhǔn (粵) zeon2 ❶ **一種測量水平的器具**。《漢書・律曆志上》：“～者，所以揆（kuí (粵) kwai4/kwai5）平取正也。”（揆：度量。）(引) **測量**。《漢書・溝洫志》：“令水工～高下，開大河上領。”(引) **揣測**。《淮南子・覽冥》：“羣臣～上意而懷當。”（上意：君主的意圖。）❷ **標準，準則**。《荀子・致士》：“程者，物之～也。”（程：度量的總名。）(引) **以……為標準，效仿**。左思《詠史八首》之一：“著論～《過秦》，作賦擬《子虛》。”❸ **等同**。《周易・繫辭上》：“《易》與天地～，故能彌綸天地之道。”❹ **準確**。劉勰《文心雕龍・史傳》：“若司馬彪之詳實，華嶠之～當，則其冠也。”❺ **鼻子**。《後漢書・光武帝紀》：“美鬚眉，大口，隆～。”（隆：高。）**【注意】“准”是後起字，古代用得不多，唐五代以後主要用於公文，表**

示“依照”、“許可”等意義。

10 **滄** cāng (粵) cong1 ❶ **寒冷**。《逸周書・周祝》：“天地之間有～熱，善用道者終不竭。”［**滄滄**］**寒冷的樣子**。《列子・湯問》：“日初出，～～涼涼。”**這個意義又寫作“凔”**。❷［**滄海**］**大海**。曹操《步出夏門行・觀滄海》：“東臨碣石，以觀～～。”（臨：登臨。碣石：山名。）**成語有“滄海桑田”**。❸ **通“蒼”**。**青綠色**。任昉《贈郭桐廬詩》：“～江路窮此，湍險方自茲。”［**滄浪**（láng (粵) long4）］① **青綠的水色**。陸機《塘上行》：“垂影～～泉。”② **古河名**。**一說為漢水**。屈原《漁父》：“～～之水清兮。”

10 **滔** tāo (粵) tou1 ❶ **大水彌漫**。《論衡・吉驗》：“洪水～天，蛇龍為害。”**成語有“罪惡滔天”**。(反) **使大水彌漫**。《淮南子・本經》：“共工振～洪水。”（共工：古代水官名。）(引) **大的樣子**。《淮南子・精神》：“～乎莫知其所止息。”❷［**滔滔**］① **水大的樣子**。《詩經・小雅・四月》：“～～江漢。”② **雄壯的樣子**。《詩經・大雅・江漢》：“武夫～～。”③ **時光流逝的樣子**。東方朔《七諫・謬諫》：“年～～而自遠兮。”④ **世道混亂的樣子**。《論語・微子》：“～～者，天下皆是也。”❸ **傲慢**。《左傳・昭公二十六年》：“士不濫，官不～。”（濫：失職。）

10 **滃** wěng (粵) jung2 ❶ **雲氣騰湧**。《漢書・揚雄傳上》：“鬱蕭條其幽藹兮，～汎沛以豐隆。”❷［**灪滃**］**水大的樣子**。《藝文類聚》卷六十一：“滏渤～～，潢漾擁湧。”

10 **溜** liū (粵) liu1 ❶ liù (粵) lau6 **小水流**。潘岳《射雉賦》：“泉涓涓而吐～。”❷ liù (粵) lau6 **通“霤”**。**屋簷下接水的溝槽**。《左傳・宣公二年》：“三進及～，而後視之。”❸ liù (粵) lau6 **滑動，圓轉**。歐陽修《玉樓春》詞：“佳人向晚新妝就，圓膩歌喉珠欲～。”(引) **目光一瞥**。呂渭老《千秋歲》詞：“洞房晚，千金未直橫波～。”❹ **溜走，偷跑（後起意義）**。石君寶《秋胡戲妻》第四折：“不如只做送李大戶到縣去，暗地～了。”

10 **滈** hào (粵) hou6 ❶ **水名，滈水，在今陝西**。❷ **通“鎬”**。**鎬京，周朝初年的國都。在今陝西西安西南**。《荀子・議兵》：“古者湯以薄，武王以～，皆百里之地也。”❸［**滈汗**］**通“浩汗”**。**水勢浩大**。郭璞《江賦》：“～～六州之域。”

10 **滂** pāng (粵) pong4 ❶ **大水湧流的樣子**。《漢書・宣帝紀》：“醴泉～流，枯槁榮茂。”(泛) **湧流**。韋莊《和鄭拾遺秋日感事一百韻》：“話別心重結，傷時淚一～。”(引) **廣大**。《後漢書・崔駰傳》：“聖德～以橫被兮，黎庶愷以鼓舞。”❷［**滂沱**］① **雨大的樣子**。《詩經・小雅・漸漸之石》：“月離于畢，俾～～矣。”（月亮行經畢宿處就要下大雨。）② **流淚多的樣子**。《詩經・陳風・澤陂》：“寤寐無為，涕泗～～。”❸［**滂沛**］① **雨大的樣子**。《史記・司馬相如列傳》：“貫列缺之倒景兮，涉豐隆之～～。”② **水波大的樣子**。《楚辭・九歎・逢紛》：“波逢洶湧，濆～～兮。”

10 **滀** chù (粵) cuk1 ❶ **水聚積**。《鹽鐵論・授時》：“通～水，出輕繫，使民務時也。”（輕繫：指罪輕的囚犯。）(引) **鬱結**。《莊子・達生》：“夫忿～之氣，散而不反，則為不足。”❷ **湍急**。《後漢書・公孫瓚傳》：“烏戹（è (粵) ak1）歸人，～水陵高。”（戹：受困。）❸ **勃然變色的樣子**。《莊子・大宗師》：“～乎進我色也，與乎止我德也。”（與乎：寬厚隨和的樣子。）

10 **溢** yì (粵) jat6 ❶ **水漫出來**。《尚書・禹貢》：“導沇水，東流為濟，入于河，～為滎。”（沇、濟：都是河流名。滎：澤名。）《三國志・吳書・吳主傳》：“諸山崩，鴻水～。”（鴻水：大水。）(泛) **滿，充滿**。《漢書・東方朔傳》：“～於文辭。”陸機《文賦》：“文徽徽以～目，音泠（líng (粵) ling4）泠而盈耳。”（徽徽：華美的樣子。以：而。泠泠：聲音清越。）(引) **自滿**。《漢書・五行志上》：“宣帝既立，光猶攝政，驕～過制。”（光：霍光。）(引) **過度**。《三國志・蜀書・諸葛瞻傳》：“美聲～譽，有過其實。”（譽：稱讚。）❷ **通“鎰”。古代的重量單位，二十兩為一鎰。一說二十四兩為一鎰**。《韓非子・五蠹》：“鑠（shuò (粵) soek3）金百～。”（鑠：熔化。）

10 **溓** liǎn (粵) lim4 ❶ lián (粵) lim5 **水靜的樣子**。《宋書・禮志三》：“諸侯軌道，河～海夷。”❷［**溓溓**］**薄冰的樣子**。潘岳《寡婦賦》：“水～～以微凝。”❸ nián (粵) nim4 **通“黏”**。《周禮・考工記・輪人》：“雖有深泥，亦弗之～也。”

10 **溯**（**泝、遡**）sù (粵) sou3 ❶ **逆水流而上**。《左傳・哀公四年》：“吳將～江入郢。”(引) **追溯**。班固《典引》：“～測其源，乃先孕虞育夏，甄殷陶周。”❷ **面向，向着**。張衡《東京賦》：“～洛背河，左伊右瀍。”（伊、瀍：河名。）

10 **溶** róng (粵) jung4 ❶［**溶溶**］① **水盛大的樣子**。《楚辭・九歎・逢紛》：“揚流波之潢潢兮，體～～而東回。”**也單用作“溶”**。《楚辭・九歎・遠逝》：“波淫淫而周流兮，鴻～溢而滔蕩。”② **雲霧盛的樣子**。沈約《石塘瀨聽猿》詩：“噭噭夜猿鳴，～～晨霧合。”盧照鄰《懷仙引》：“回首望羣峰，白雲正～～。”③ **心寬廣的樣子**。《楚辭・九歎・愍命》：“心～～其不可量兮，情澹澹其若淵。”④ **眾多的樣子**。沈約《和竟陵王遊仙詩》：“玉鑾隱雲霧，～～紛上馳。”⑤ **潔白的樣子**。蕭綱《水月》詩：“圓輪既照水，初生亦映流。～～如漬璧，的的似沉鈎。”❷［**溶滴**（yì (粵) jai6）］**水波蕩漾的樣子**。宋玉《高唐賦》：“水澹澹而盤紆兮，洪波淫淫之～～。”【**注意**】古代“溶”沒有“溶化”的意義。

10 **溟** míng (粵) ming4 ❶ **海**。《莊子・逍遙遊》：“北～有魚。”❷［**溟沐**（mù (粵) muk6）］［**溟濛**］**細雨迷蒙的樣子**。揚雄《太玄・少》：“密雨～沐。”張昱《船過臨平湖》詩：“只因一霎～濛雨，不得分明看好山。”

10 **溺** nì (粵) nik6 ❶ **沉於水，淹沒**。《莊子・秋水》：“火弗能熱，水弗能～。”《孟子・離婁上》：“嫂～不援，是豺狼也。”(引) **陷於危難或困境**。《孟子・離婁上》：“天下～，援之以道。”❷ **拘泥，沉迷不悟**。《商君書・更法》：“學者～於所聞。”(叉) **沉湎，無節制**。韓偓《即日》詩：“萬古離懷憎物色，幾生愁緒～風光。”❸ niào (粵) niu6 **尿液，小便**。《莊子・知北遊》：“在屎～。”(叉) **撒尿，排尿**。《史記・范雎蔡澤列傳》：“賓客飲者醉，更～雎。”（更：輪流。）**這個意義後來寫作“尿”**。

10 **滁** chú (粵) ceoi4 ❶ **古州名。在今安徽滁州**。歐陽修《醉翁亭記》：“環～皆山也。”❷ **水名，在今安徽境內**。

10 **滕** téng (粵) tang4 **周代諸侯國。在今山東滕州西南**。《孟子・滕文公上》：“有為神農之言者許行，自楚之～。”

10 **滎** xíng (粵) jing4 **古代湖澤名**。《尚書・禹貢》：“導沇水，東流為濟，入于河，溢為～。”（沇水、濟：河流名。河：黃河。）［**滎陽**］**地名，在今河南**。《史記・高祖本紀》：“漢與楚相距～～數歲。”

11 **漦** lí（**又讀** chí）(粵) ci4 **傳說龍所吐的涎沫**。《國語・鄭語》：“卜請其～藏之，吉。”

11 **潁** yǐng (粵) wing6 **水名。淮河支流，發源於今河南。**《左傳・襄公十年》：“與楚師夾～而軍。”

11 **漬** zì (粵) zi3 ❶ **浸，泡。**賈思勰《齊民要術・水稻》：“净淘種子，～經三宿。”（漬經三宿：浸泡三夜。）❷ (粵) zik1 **染。**《周禮・考工記・鐘氏》：“淳而～之。”（淳：澆。）《漢書・禮樂志》：“民漸～惡俗。”

11 **漭** mǎng (粵) mong5 ❶ **形容水廣大無邊。**韓愈《宿曾江口示侄孫湘》詩：“雲昏水奔流，天水～相圍。”［漭漭］［漭沆（hàng (粵) hong4）］**水廣闊無邊際的樣子。**宋玉《高唐賦》：“涉～～，馳蘋蘋。”（涉：渡過。蘋蘋：指叢生的草。）張衡《西京賦》：“滄池～沆。”❷ **遼遠而渺茫。**陸游《寓懷》詩之三：“華夷～不辨，日月互吐吞。”

11 **漠** mò (粵) mok6 ❶ **沙漠。**《漢書・王莽傳中》：“又令匈奴卻塞於～北。”王維《使至塞上》詩：“大～孤烟直，長河落日圓。”❷ **寂靜無聲。**屈原《遠遊》：“野寂～其無人。”揚雄《解嘲》：“惟寂惟～。”**這個意義又寫作“寞”。**［漠然］① **寂靜無聲的樣子。**《漢書・馮奉世傳》：“玄成等～～莫有對者。”② **冷淡，不關心。**《莊子・天道》：“老子～～不應。”（老子：人名。）**成語有“漠不關心”。**❸ **清靜淡泊。**《莊子・知北遊》：“澹而靜乎！～而清乎！”

11 **漢** hàn (粵) hon3 ❶ **漢水。**《詩經・周南・漢廣》：“～之廣矣，不可泳思。”（泳：游泳。思：句末語氣詞。）❷ **銀河。**曹丕《燕歌行》：“明月皎皎照我牀，星～西流夜未央。”（央：盡。）柳宗元《行路難》詩：“披霄決～出沆漭。”（披霄：撥開雲霄。沆漭：指無邊的太空。）**成語有“氣沖霄漢”。**❸ **男子（後起意義）。**《北齊書・魏蘭根傳》：“何慮無人作官職，苦用此～何為？”（苦用：硬要用。何為：幹甚麼。）❹ **朝代名。**① **公元前206-公元220年，第一代君主是劉邦，都城在長安（今陝西西安）。公元8年王莽代漢稱帝，國號新。公元25年劉秀重建漢朝，建都洛陽。史稱公元前206-公元8年為“西漢”或“前漢”，公元25-220年為“東漢”或“後漢”。**② **公元947-950年，五代之一，又稱後漢，第一代君主是劉知遠。**

11 **滯** zhì (粵) zai6 ❶ **不流暢。**《淮南子・時則》：“流而不～。”(引) **停滯，滯留。**屈原《九章・懷沙》：“任重載盛兮，陷～而不濟。”（盛：多。不濟：指不能前進。）駱賓王《春霽早行》詩：“烏裘幾～秦。”❷ **遺漏。**《詩經・小雅・大田》：“此有～穗。”

11 **漸** jiàn (粵) zim6 ❶ jiān (粵) zim1 **浸，浸染。**《詩經・衛風・氓》：“淇水湯湯，～車帷裳。”（湯湯：水勢大的樣子。帷裳：車圍篷。）《漢書・龔遂傳》：“今大王親近群小，～漬邪惡。”（漬：浸染。）❷ jiān (粵) zim1 **慢慢流入。**《尚書・禹貢》：“東～於海。”(引) **疏導。**《史記・越王勾踐世家》：“禹之功大矣，～九川。”❸ **漸進，逐步發展。**《周易・坤》：“非一朝一夕之故，其所由來者～矣。”《史記・太史公自序》：“其～久矣。”**熟語有“西學東漸”。**(引) **副詞。逐漸，慢慢地。**《世說新語・排調》：“～至佳境。”❹ **端倪，兆頭。**《史記・宋微子世家》：“輿馬宮室之～自此始。”《論衡・紀妖》：“吉凶之～，若天告之。”(又) **起始，開端。**《新唐書・王綝傳》：“及建言不斥太子名，以動羣臣，示中興之～。”❺ **加重。**《尚書・顧命》：“（周成王）疾大～。”（疾：病。）❻ jiān (粵) zim1 **欺詐。**《荀子・正論》：“上幽險則下～詐矣。”（幽險：陰險。）

11 **漣** lián (粵) lin^{4} ❶ **水面的波紋**。《詩經・魏風・伐檀》："河水清且～猗。"李賀《溪晚涼》詩："輕～不語細游溶。"［**漣漪**］**水面的波紋**。左思《吳都賦》："剖巨蚌於回淵，濯明月於～～。"范成大《白蓮堂》詩："古木參天護碧池，青錢弱葉戰～～。"❷［**漣漣**］**淚流不斷的樣子**。《詩經・衞風・氓》："不見復關，泣涕～～。"杜甫《秋日夔府詠懷奉寄鄭監李賓客一百韻》："別離憂怛怛，伏臘涕～～。"❸ **河流名**。① **在今湖南**。② **在今江蘇**。

11 **溥** tuán (粵) tyun^{4} **露水濃的樣子**。《詩經・鄭風・野有蔓草》："野有蔓草，零露～兮。"姚合《松壇》詩："日出露尚～。"

11 **漕** cáo (粵) cou^{4} **通過水道運送糧食**。《史記・蕭相國世家》："蕭何轉～關中，給食不乏。"（給食：指供應軍隊。）⊗ **供運輸的河道**。班固《西都賦》："東郊則有通溝大～。"

11 **漱** （漱）shù (粵) sau^{3} ❶ **漱口**。《禮記・內則》："雞初鳴，咸盥～。"❷ **洗滌**。《禮記・內則》："冠帶垢，和灰請～。"⊗ **沖刷**。《周禮・考工記・匠人》："善溝者，水～之。"❸ **吸吮，飲**。張衡《思玄賦》："～飛泉之瀝液兮。"李商隱《酬令狐郎中見寄》詩："夜讀～僧瓶。"(引) **汲取**。陸機《文賦》："～六藝之芳潤。"

11 **漚** òu (粵) au^{3}/ngau^{3} ❶ **浸泡**。《詩經・陳風・東門之池》："東門之池，可以～麻。"**雙音詞有"漚肥"**。❷ ōu (粵) au^{1}/ngau^{1} **浮漚，水中氣泡**。范成大《會同館》詩："萬里孤臣致命秋，此身何止一～浮。"**雙音詞有"漚泡"**。❸ ōu (粵) au^{1}/ngau^{1} **通"鷗"**。**海鷗**。《列子・黃帝》："海上之人有好～鳥者，每旦之海上，從～鳥遊。"

11 **漂** piāo (粵) piu^{1} ❶ **浮**。《尚書・武成》："血流～杵。"(引) **沖毀，沖走**。《太平廣記》卷二一三："致滂沲之雨，連日不止，令憂～壞邑居。"《宋史・河渠志五》："屯田司浚塘水，～招賢鄉六千戶。"⊗ **流浪，奔波**。王褒《洞簫賦》："長辭遠逝，～不還兮。"杜甫《送高司直尋封閬州》詩："伏枕聞別離，疇能忍～寓。"❷ **動搖**。揚雄《長楊賦》："橫鉅海，～昆侖。"［**漂搖**］**搖蕩的樣子**。《詩經・豳風・鴟鴞》："予室翹翹，風雨所～～。"❸ **通"飄"**。**吹**。《詩經・鄭風・蘀兮》："蘀兮蘀兮，風其～女。"❹［**漂然**］**高遠的樣子**。《漢書・楊惲傳》："夫西河魏土，文侯所興，有段干木、田子方之遺風，～～皆有節概，知去就之分。"❺ piǎo (粵) piu^{3} **漂洗**。《史記・淮陰侯列傳》："信釣於城下，諸母～，有一母見信飢，飯信。"（信：韓信。）

11 **漘** chún (粵) seon^{4} **水邊**。《詩經・魏風・伐檀》："坎坎伐輪兮，寘之河之～兮。"（寘：放置。）

11 **漫** màn (粵) maan^{6} ❶ **水漲，淹**。儲光羲《酬綦毋校書夢耶溪見贈之作》詩："春看湖水～。"王安石《白日不照物》詩："婦子夜號呼，西南～為壑。"❷ **無邊無際**。《荀子・正名》："長夜～兮。"**成語有"漫無邊際"**。(引) **遍**。賈思勰《齊民要術・種葵》："～散子。"（散：撒。子：種子。）**成語有"漫山遍野"**。⊗ **全，都**。胡銓《戊午上高宗封事》："～不敢可否事。"（凡遇事都不敢說行不行。）❸ **放縱，任意**。王安石《再用前韻寄蔡天啟》："或嗤元郎～，或詆白翁囁。"(引) **隨便**。杜甫《聞官軍收河南河北》詩："～卷詩書喜欲狂。"（卷：捲起。）⊗ **徒然**。杜甫《賓至》詩："～勞車馬駐江干。"（勞：煩勞。江干：江邊。）❹ **玷污**。《莊子・讓王》："又欲以其辱行～我。"（辱行：壞品行。）

(又) **欺騙**。蘇軾《遊靈隱寺戲贈開軒李居士》詩：“若教從此成千里，巧歷如今也被～。”❺ **模糊**。《後漢書・文苑傳》：“始達潁川，乃陰懷一刺，既而無所之適，至於刺字～滅。”**雙音詞有“漫漶”**。❻ **莫，不要**。張謂《贈趙使君美人》詩：“羅敷獨向東方去，～學他家作使君。”

11 **漶** huàn (粵) waan6 **[漫漶] 模糊不可辨別的樣子**。韓愈《新修滕王閣記》：“蓋瓦級磚之破缺者，赤白之～～不鮮者，治之則已。”

11 **潨** (潀)cóng (粵) zung1 ❶ **水流相匯的地方**。《詩經・大雅・鳧鷖》：“鳧鷖（fú yī (粵) fu4 ji1）在～。”❷ **急流**。李白《送王屋山人魏萬還王屋》詩：“龍潭下奔～。”❸ (粵) cung4 **[潨潨] 同“淙淙”。水流聲**。李白《玉真公主別館》詩二首之二：“～～奔溜聞，浩浩驚波轉。”

11 **漼** cuǐ (粵) ceoi2 ❶ **水深的樣子**。《詩經・小雅・小弁》：“有～者淵，萑葦淠（pì (粵) pei3）淠。”（淠淠：茂盛的樣子。）❷ **落淚的樣子**。陸機《弔魏武帝文》：“指季豹而～焉。”❸ cuī (粵) ceoi1 **通“摧”。摧毀**。《後漢書・崔駰傳》：“王綱～以陵遲。”（陵遲：衰敗。）❹ cuī (粵) ceoi4 **[漼溰（yí (粵) ji4）]（霜雪）積聚的樣子**。《楚辭・九思・憫上》：“霜雪兮～～。”

11 **滌** dí (粵) dik6 ❶ **洗**。《韓非子・説林下》：“器有～則潔矣。”❷ **打掃，掃除**。《詩經・豳風・七月》：“十月～場。”（十月打掃打穀場。）(引) **清除**。《漢書・路溫舒傳》：“～煩文，除民疾。”❸ **古時飼養祭祀用的牛羊的房子**。《公羊傳・宣公三年》：“帝牲在於～三月。”（帝牲：祭祀天帝的牛羊。）❹ **[滌滌] 光禿禿沒有草木的樣子**。《詩經・大雅・雲漢》：“旱既大甚，～～山川。”

【辨】濯，滌，洗。見337頁“洗”字。

11 **滫** xiǔ (粵) sau2 **酸臭的淘米水**。(引) **髒水，臭水**。《荀子・勸學》：“蘭槐之根是為芷，其漸之～，君子不近，庶人不服。”（漸：浸。）

11 **漵** （溆、潊）xù (粵) zeoi6 ❶ **水名。也叫漵浦。在今湖南境內**。屈原《九章・涉江》：“入～浦余儃佪兮，迷不知吾所如。”❷ **水邊**。何遜《贈江長史別詩》：“長飆落江樹，秋月照沙～。”

11 **漁** yú (粵) jyu4 ❶ **捕魚**。《周易・繫辭下》：“作結繩而為罔罟，以佃以～。”（佃：畋，打獵。）《呂氏春秋・義賞》：“竭澤而～，豈不獲得？”(又) **捕魚的人**。陸龜蒙《奉和襲美見訪不遇》：“只道府中持簡牘，不知林下訪～樵。”❷ **用不正當的手段奪取**。《漢書・何並傳》：“以氣力～食閭里。”（閭里：鄉里。）

11 **漪** yī (粵) ji1 **水的波紋**。劉勰《文心雕龍・定勢》：“激水不～，槁木無陰。”（急流的水不會起波紋，枯樹沒有樹蔭。）**[漪漣] 水的波紋**。謝靈運《發歸瀨三瀑布望兩溪》詩：“涉清弄～～。”（涉：涉水。清：清澈的水。）

11 **滸** hǔ (粵) wu2 **水邊**。《詩經・王風・葛藟》：“緜緜葛藟，在河之～。”柳宗元《送薛存義序》：“追而送之江之～。”

11 **漓** lí (粵) lei4 ❶ **水滲入地**。揚雄《河東賦》：“雲霏霏而來迎兮，澤滲～而下降。”❷ **薄。與“厚”相對**。沈約《為南郡王侍皇太子釋奠宴詩》：“政缺雅乖，風～化改。”陸游《何君墓表》：“一卷之詩有淳～，一篇之詩有善病。”❸ **[淋漓]** ① **沾濕或下滴的樣子**。李賀《昆侖使者》詩：“金盤玉露自～～，元氣茫茫收不得。”② **酣暢的樣子**。陸游《哀郢》詩：“～～痛飲長亭暮，慷慨悲歌白髮新。”

11 **漉** lù (粵) luk6 ❶ **淘乾，使乾涸**。《禮記・月令》：“仲春之月……毋～陂池。”《論衡・指瑞》：“焚林而畋，～池而漁。” (引) **撈取**。白居易《寄皇甫七》詩：“鄰女偷新果，家僮～小魚。” ❷ **滲出，過濾**。《戰國策・楚策四》：“夫驥之齒至矣，服鹽車而上太行……～汁灑地，白汗交流。”《漢書・司馬相如傳下》：“滋液滲～，何生不育。” ❸ **[漉漉] 濕濕的樣子**。《素問・瘧論》：“無刺渾渾之脈，無刺～～之汗。” **複音詞有“濕漉漉”**。

11 **滴** dī 粵 dik^{6} ❶ **液體一點一點落下來**。李白《金陵城西樓月下吟》：“白露垂珠～秋月。” 杜甫《發同谷縣》詩：“臨岐別數子，握手淚再～。” **成語有“滴水成冰”**。❷ **水點**。賈島《感秋》詩：“朝雲藏奇峰，暮雨灑疏～。”（疏：稀疏。）❸ **量詞**。王建《傷鄰家鸚鵡詞》：“十日不飲一～漿。”（漿：指水。）

11 **漾** yàng 粵 joeng^{6} ❶ **水流長**。王粲《登樓賦》：“路逶迤而修迥兮，川既～而濟深。” ❷ **水波搖動**。杜甫《屏迹三首》詩之二：“竹光團野色，舍影～江流。” ❸ **泛舟，搖船**。謝惠連《西陵遇風獻康樂》詩：“成裝候良辰，～舟陶嘉月。” 杜甫《觀打魚歌》：“漁人～舟沈大網，截江一擁數百鱗。”

11 **潎** pì 粵 pik^{1} ❶ **同“澼”。在水中漂洗絮**。❷ **[潎潎] 魚游水的樣子**。潘岳《秋興賦》：“澡秋水之涓涓兮，玩游鯈之～～。” ❸ piē 粵 pit^{3} **[潎冽 (liè 粵 lit^{6})] 水流輕疾的樣子**。《史記・司馬相如列傳》：“橫流逆折，轉騰～～。”

11 **演** yǎn 粵 jin^{2} ❶ **水流長**。木華《海賦》：“東～析木。” (引) **引長，延及**。江淹《為蕭太傅謝追贈父祖表》：“澤～慶世。”（澤：恩澤。慶：吉。）❷ **濕潤，滲透**。《國語・周語上》：“夫水土～而民用也。” ❸ **根據某種事理推廣、發揮**。司馬遷《報任安書》：“蓋西伯拘而～《周易》。”《三國志・蜀書・諸葛亮傳》：“推～兵法，作八陣圖。” [**演義**] ① **闡發道義**。《後漢書・周黨傳》：“黨等文不能～～，武不能死君。” ② **以史實為基礎，增添一些故事情節，用章回體寫成的小說，如《三國演義》**。

11 **漏** lòu 粵 lau^{6} ❶ **水從孔縫透過或滴下**。《荀子・富國》：“窮閻～屋。”（閻：里巷。）❷ **遺漏，泄漏**。《荀子・脩身》：“易忘曰～。”《漢書・酷吏傳》：“罔～吞舟之魚。”（罔：通“網”。）《後漢書・蔡邕傳》：“悉宣語左右，事遂～露。”（悉：全部。宣語：公開告訴。）❸ **古代計時用的漏壺**。杜甫《和賈舍人早朝》：“五夜～聲催曉箭。”

11 **漲** zhǎng 粵 zoeng^{3} ❶ **水面高起來**。岑參《江上阻風雨》詩：“雲低岸花掩，水～灘草沒。” (引) **增高**。杜甫《纜船苦風戲題》詩：“～沙霾 (mái 粵 maai^{4}) 草樹。”（霾：埋。）❷ zhàng **瀰漫**。《南史・陳武帝紀》：“縱火燒柵，煙塵～天。”

11 **漻** liáo 粵 liu^{4} ❶ **水清澈的樣子**。《莊子・天地》：“夫道，淵乎其居也，～乎其清也。” 李賀《南山田中行》詩：“秋野明，秋風白，塘水～～蟲嘖嘖。” ❷ **流動**。《呂氏春秋・古樂》：“通大川，決壅塞，鑿龍門，降通～水以導河。” [**漻淚 (lì 粵 lai^{6})**] **水急流的樣子**。張衡《南都賦》：“長輸遠逝，～～淢汩 (yù gǔ 粵 wik^{6} gwat^{1})。”（淢汩：水流動的樣子。）❸ [**寂漻**] **通“寂寥”。空虛，寂靜**。宋玉《九辯》：“～～兮收潦而水清。” ❹ liú 粵 lau^{4} **變化的樣子**。《莊子・知北遊》：“人生天地之間若白駒之過郤……油然～然，莫不入焉。”

11 **漿** (𩞄)jiāng 粵 zoeng^{1} **古代一種帶酸味的飲料，用來代酒**。《詩經・小雅・大東》：“或以其酒，不以其～。”（或：有人。以：用。）《孟子・梁惠王下》：“簞食壺～以迎王師。” (引) **酒**。《列子・楊朱》：“朝之室也，聚酒千鍾……糟

～之氣逆于人鼻。”（朝：公孫朝，人名。）

12 **潔** jié 粵 git[3] **乾淨，清潔**。《韓非子·說林下》：“宮有堊（è 粵 ok[3]/ngok[3]）器，有滌則～矣。”（滌：洗。）喻 **純潔**。《呂氏春秋·貴公》：“清廉～直。” **雙音詞有“廉潔”**。

12 **澆** jiāo 粵 giu[1]/hiu[1] ❶ **灌溉**。《三國志·魏書·鄧艾傳》：“宜開河渠，可以引水～溉。”杜甫《佐還山後寄三首》詩：“幾道泉～圃。” ❷ **使……變薄**。《漢書·黃霸傳》：“～淳散樸，並行偽貌。” 形 **刻薄，不淳厚**。《淮南子·齊俗》：“於是百姓糜沸豪亂，暮行逐利，煩挐（rú 粵 jyu[4]）～淺。”（挐：紛亂。）李世民《執契靜三邊》詩：“～俗庶反淳，替文聊就質。” **雙音詞有“澆薄”**。 ❸ **水洄旋的樣子**。《楚辭·九歎·離世》：“波澧澧而揚～兮，順長瀨之濁流。” ❹ ào 粵 ngou[6] **人名。又寫作“奡”**。

12 **澒** hòng 粵 hung[6] ❶［**澒濛**］**宇宙形成以前的混沌狀態**。《淮南子·精神》：“古未有天地之時……～～鴻洞，莫知其門。” ❷［**澒溶**］**形容水深廣**。左思《吳都賦》：“～～沆瀁，莫測其深，莫究其廣。” ❸［**澒洞**（tóng 粵 tung[4]）］**彌漫無際的樣子**。賈誼《旱雲賦》：“運清濁之～～兮，正重沓而并起。” ❹ gǒng 粵 hung[3]/hong[3] **水銀**。《淮南子·地形》：“黃～五百歲生黃金。”

12 **濆** fén 粵 fan[4] ❶ **水邊，河旁高地**。《詩經·大雅·常武》：“鋪敦淮～，仍執醜虜。”（鋪敦：指陳屯軍隊。敦：通“屯”。） ❷ **汝水的岔流**。《爾雅·釋水》：“河有灉（yōng 粵 jung[1]），汝有～。” ❸ pēn 粵 pan[3] **水從地下湧出**。《公羊傳·昭公五年》：“叔弓帥師敗莒（jǔ 粵 geoi[2]）師于～泉。～泉者何？直泉也。直泉者何？涌泉也。”［**濆薄**］**水波騰湧的樣子**。左思《吳都賦》：“百川派別，歸海而會……～～沸騰，寂寥長邁。”

12 **澍** shù 粵 syu[6] ❶ **及時的雨水**。《後漢書·明帝紀》：“長吏各絜齋禱請，冀蒙嘉～。” 引 **降雨。常“澍雨”連用**。《後漢書·諒輔傳》：“天雲晦合，須臾（yú 粵 jyu[4]）～雨。”（晦：昏暗。須臾：一會兒。） 引 **潤澤，滋潤**。《淮南子·泰族》：“若春雨之灌萬物也……無地而不～。” ❷ zhù 粵 zyu[3] **通“注”。灌注，注入**。王褒《洞簫賦》：“揚素波而揮連珠兮，聲礚（kē 粵 koi[3]）礚而～淵。”（礚礚：水石相擊聲。）

12 **澎** péng 粵 paang[4]［**澎湃**（pài 粵 paai[3]）］**波濤衝擊**。嵇康《琴賦》：“洶湧騰薄，奮沫揚濤。瀄汨～～，蜿蟺相糾。”韓愈《送惠師》詩：“微風吹木石，～～聞韶鈞。”

12 **澌** sī 粵 si[1] ❶ **盡**。歐陽修《送徐無黨南歸序》：“一歸於腐壞～盡泯滅而已。”（一：全，都。泯：滅。） ❷ **冰河解凍時流動的冰塊**。《後漢書·王霸傳》：“河水流～，無船，不可濟。”（濟：渡。） ❸ **細小的水流**。曹松《信州聞通寺題僧砌下泉》詩：“淨罅吐微～。” ❹［**澌澌**］**象聲詞。雨、雪落下聲**。李商隱《腸》詩：“隔樹～～雨，通池點點荷。”王建《宮詞》之五十五：“玉階金瓦雪～～。”

12 **潢** huáng 粵 wong[4] ❶ **積水池**。木華《海賦》：“決陂～而相沷。” ❷ huàng 粵 fong[2]［**潢然**］**水深廣的樣子**。《荀子·富國》：“～～兼覆之。”（兼覆：指全部覆蓋。） ❸ **染紙**。賈思勰《齊民要術·雜說》：“染～及治書法。”注：“凡～紙，滅白便是，不宜太深。”

12 **潸**（潸）shān 粵 saan[1] **流淚的樣子**。《詩經·小雅·大東》：“～焉出涕。”（涕：眼淚。）《漢書·景十三王傳》：“～然出涕。” 形 **流眼淚**。柳宗元《酬韶州裴曹長》詩：“思賢淚自～。” 形 **眼淚**。陸游

《樓上醉書》詩："明日茵席留餘～。"

12 **濡** rú (粵) jyu[4] **同"濡"。沾濕**。《莊子・大宗師》："泉涸，魚相與處於陸……相～以沫。"

12 **潭** tán (粵) taam[4] ❶ **深水**。屈原《九章・抽絲》："長瀨湍流，泝江～兮。"(引) **深水池**。李白《贈汪倫》詩："桃花～水深千尺。"(引) **通"覃"。深**。《管子・侈靡》："～根之毋伐，固事之毋入。" ❷ xún (粵) cam[4] **通"潯"。水邊**。張若虛《春江花月夜》詩："江～落月復西斜。"

12 **潦** liǎo (粵) liu[4] ❶ lǎo (粵) lou[5] **雨水**。《左傳・襄公十年》："水～將降，懼不能歸。"《列子・湯問》："百川水～歸焉。"(百川和雨水都歸向海洋。)(又) **積水**。王勃《滕王閣序》："～水盡而寒潭清。" ❷ lào (粵) lou[6] **通"澇"。雨大成災**。《莊子・秋水》："禹之時，十年九～。" ❸ [**潦倒**] ① **放蕩不羈**。嵇康《與山巨源絕交書》："足下舊知吾～～粗疏。" ② **頹喪，失意**。杜甫《登高》詩："艱難苦恨繁霜鬢，～～新停濁酒杯。"

12 **潛** qián (粵) cim[4] ❶ **潛水，在水下面活動**。《詩經・小雅・鶴鳴》："魚～在淵，或在于渚。" 謝靈運《江妃賦》："或～泳浮海。" ❷ **隱藏，隱蔽**。《荀子・議兵》："窺敵觀變，欲～以深。" ❸ **偷偷地，秘密地**。《左傳・僖公三十二年》："若～師以來，國可得也。"《三國志・魏書・武帝紀》："～以舟載兵入渭。"(以：用。渭：渭水。) ❹ **深，深處**。班固《答賓戲》："顏～樂於簞瓢，孔終篇於西狩。"(顏：顏回。孔：孔子。) 韓愈《苦寒》詩："虎豹僵穴中，蛟螭死幽～。" ❺ **專一，潛心**。江淹《知己賦》："～志百氏，沈神六經。"

12 **潤** rùn (粵) jeon[6] ❶ **滋潤**。《周易・說》："風以散之，雨以～之。"《論衡・雷虛》："雨～萬物。"(引) **恩澤**。《晉書・應詹傳》："～同江海，恩猶父母。"(又) **惠及，加惠**。《漢書・路溫舒傳》："澤加百姓，功～諸侯。"(引) **教化，熏陶**。杜荀鶴《讀友人詩》詩："名應高日月，道可～公卿。" ❷ **潮濕**。《墨子・辭過》："高足以避～濕。" 周邦彥《滿庭芳・鳳老鶯雛》："衣～費罏煙。"(罏：通"爐"。) (引) **潤澤，光潤**。柳宗元《紅蕉》詩："晚英值窮節，綠～含朱光。"(英：花。) ❸ **雨水**。《後漢書・鍾離意傳》："比日密雲，遂無大～。"

12 **澗** jiàn (粵) gaan[3] **夾在兩山間的水溝**。《韓非子・內儲說上》："行石邑山中，見深～，峭如牆。"(石邑：山名。峭：陡。)【**辨**】**谿，澗**。**見 604 頁"谿"字**。

12 **潰** kuì (粵) kui[2] ❶ **水沖破堤壩**。《國語・晉語二》："恐其如壅大川，～而不可救禦也。"(引) **衝破(包圍)**。《三國志・吳書・孫堅傳》："堅與數十騎～圍而出。" ❷ **散亂，瓦解**。《左傳・僖公四年》："齊侯以諸侯之師侵蔡，蔡～，遂伐楚。" **成語有"潰不成軍"**。❸ **爛**。《周禮・天官・瘍醫》："掌腫瘍、～瘍、金瘍、折瘍之祝藥。"《素問・氣交變大論》："其災霖～。"(霖潰：久雨而草木潰爛。) **雙音詞有"潰爛"、"潰瘍"**。

12 **澂** chéng (粵) cing[4] **"澄"的古字。水清**。《說文・水部》："澂，清也。"(又) **使清**。《後漢書・張衡傳》："～淟涊(tiǎn niǎn (粵) tin[2] nin[5])而為清。"(淟涊：污濁。) **也用於人名**。

12 **潟** xì (粵) sik[1] **鹽鹼地**。《史記・夏本紀》："海濱廣～，厥田斥鹵。"《史記・貨殖列傳》："故太公望封於營丘，地～鹵，人民寡。"

12 **潘** pān (粵) pun[1] ❶ **淘米水**。《左傳・哀公十四年》："遺之～沐，備酒肉焉。"(潘沐：古時用淘米水洗頭，故淘米水稱"潘沐"。) ❷ **水溢出**。《管子・五輔》：“決～渚。”❸ pán [粵] pun4 **水旋流**。《列子・黃帝》：“流水之～為淵。”

12 **澈** chè [粵] cit3 ❶ **水清**。酈道元《水經注・沅水》：“灣狀半月，清潭鏡～。”（潭裏水清如鏡。）❷ **通“徹”。透**。柳宗元《小石潭記》：“日光下～，影布石上。”

12 **潾** lín [粵] leon4 [**潾潾**] ① **水清澈的樣子**。杜甫《雜述》：“泰山冥冥崒以高，泗水～～瀰以清。”② **波光閃爍的樣子**。溫庭筠《三洲歌》：“月隨波動碎～～，雪似梅花不堪折。”

12 **澇** lào [粵] lou6 ❶ **雨水過多，淹了莊稼**。《三國志・魏書・鄭渾傳》：“郡界下濕，患水～，百姓飢乏。”《晉書・袁甫傳》：“雨久成水，故其域恆～也。”❷ láo [粵] lou4 **大波浪**。木華《海賦》：“飛～相磢（shuǎng [粵] cong2），激勢相沏（qiè [粵] cit3）。”（磢：碰撞。沏：沖擊。）鮑照《登大雷岸與妹書》：“浴雨排風，吹～弄翮。”❸ láo [粵] lou4 **河流名，在今陝西**。

12 **潯** xún [粵] cam4 ❶ **水邊**。沈約《應詔樂遊苑餞呂僧珍》詩：“伐罪芒山曲，弔民伊水～。”❷ yín [粵] jam4 [**浸潯**] **浸漬**。《史記・司馬相如列傳》：“是以六合之內，八方之外，～～衍溢。”

12 **潺** chán [粵] saan4 ❶ [**潺潺**] ① **流水聲**。歐陽修《醉翁亭記》：“山行六七里，漸聞水聲～～。”[又] **雨聲**。李煜《浪淘沙・簾外雨潺潺》：“簾外雨～～，春意闌珊。”② **水慢慢流動的樣子**。曹丕《丹霞蔽日行》：“谷水～～，木落翩翩。”（翩翩：飄落的樣子。）❷ [**潺湲**（yuán [粵] jyun4/wun4）] **水慢慢流動的樣子**。屈原《九歌・湘夫人》：“觀流水兮～～。”[又] **流淚的樣子**。屈原《九歌・湘君》：“橫流涕兮～～。”（涕：淚。）

12 **澄** chéng [粵] cing4 ❶ **水清**。《淮南子・說山》：“人莫鑑於沫雨，而鑑於～水者，以其休止不蕩也。”王安石《桂枝香・登臨送目》：“千里～江似練。”（練：一種白色的絲織品。）**這個意義又寫作“澂”**。[引] **安定**。《後漢書・光武帝紀贊》：“三河未～，四關重擾。”❷ dèng [粵] dang6 **澄清，使液體裏的雜質沉澱下去**。《三國志・吳書・孫靜傳》：“頃連雨水濁，兵飲之多腹痛，令促具甖（yīng [粵] ang1/ngang1）缶（fǒu [粵] fau2）數百口～水。”（頃：近來。甖缶：瓦罐之類。）

12 **潏** jué [粵] wat6 ❶ **水名。潏水，在今陝西**。《漢書・地理志上》“右扶風……鄠”注：“酆水出東南，又有～水。”❷ **水湧出**。江淹《學梁王兔園賦》：“奔水激集，瀴溟潔渠，～湟吐吸。”岑參《石犀》詩：“江水初蕩～，蜀人幾為魚。”[**潏潏**] **水湧出的樣子**。屈原《九章・悲回風》：“氾～～其前後兮，伴張弛之信期。”《漢書・司馬相如傳上》：“～～淈淈，湁（chì [粵] cap1）潗鼎沸。”

13 **澩** xué [粵] hok6 ❶ **山上夏有水冬無水的湖**。[引] **湖澤**。庾闡《三月三日臨曲水》詩：“高泉吐東岑，洄瀾自淨～。”❷ xiào [粵] haau6 [**澩漻**（qiāo [粵] naau6）] **交錯的樣子**。左思《吳都賦》：“儸譶～～，交貿相競。”[**澩灂**（zhuó [粵] zok6）] **波濤激蕩聲**。郭璞《江賦》：“砯巖鼓作，漰湱～～。”

13 **濊** huì [粵] wai3 ❶ **水深**。[**汪濊**] **很深的樣子**。司馬相如《難蜀父老》：“威武紛紜，湛恩～～。”《樂府詩集・漢郊祀歌》：“澤～～，輯萬國。”❷ **通“穢”。渾濁**。《淮南子・齊俗》：“河水欲清，沙石～之。”❸ huò [粵] kut3 [**濊濊**] **撒網入水聲**。《詩經・衞風・碩人》：“施罛～～，鱣鮪發（bō [粵] but3）發。”❹ wèi [粵] wai3 **古地名與民族名**。《後漢書・東夷傳・三韓》：“國出鐵，～、倭、馬韓並從市之。”（馬韓：民族名。）

13 **濉** suī ㊥ seoi[1] **河流名。濉河。流經今河南、安徽、江蘇等地。**《韓詩外傳》卷三：“～漳江漢，楚之望也。”

13 **濈** jí ㊥ cap[1] ❶ **水向外流。**張衡《南都賦》：“流湍投～。”張仲景《金匱要略・婦人雜病》：“～然汗出者愈。”❷ **形容迅速。**曹植《七啟》：“翔爾鴻翥（zhù ㊥ zyu[3]），～然鳧沒。”❸［**濈濈**］**聚集的樣子。**《詩經・小雅・無羊》：“爾羊來思，其角～～。”

13 **澠** miǎn ㊥ man[5] ❶［**澠池**］① **水名。在今河南澠池縣。**② **地名。因水而得名。**韓愈《殿中侍御史李君墓誌銘》：“葬河南洛陽縣，距其祖～～令府君僑墓十里。”❷ shéng ㊥ sing[4] **古水名。故址在今山東臨淄。**《左傳・昭公十二年》：“有酒如～，有肉如陵。”

13 **澧** lǐ ㊥ lai[5] ❶ **水名。在今湖南西北部，流入洞庭湖。**❷ **通“醴”。甘美的泉水。**《列子・湯問》：“甘露降，～泉涌。”

13 **澡** zǎo ㊥ cou[3]/zou[2] **洗。**《史記・龜策列傳》：“以清水～之。”

13 **澤** zé ㊥ zaak[6] ❶ **聚水的窪地。**《韓非子・五蠹》：“～居苦水者，買庸而決竇。”（買庸：僱用人工。決竇：開排水道排水。）《後漢書・嚴光傳》：“有一男子，披羊裘釣～中。”❷ **雨露。**王安石《上杜學士言開河書》：“幸而雨～時至。”（時至：按時到來。）❸ **光澤，潤澤。**屈原《離騷》：“芳與～其雜糅兮。”（芳：芳香。雜糅：混雜糅合。）❹ **恩澤，恩惠。**《史記・滑稽列傳》：“故西門豹為鄴令，名聞天下，～流後世。”（鄴令：鄴縣的縣令。流：流傳。）❺ **汗或津液。**《禮記・玉藻》：“父沒而不能讀父之書，手～存焉爾；母沒而杯圈不能飲焉，口～之氣存焉爾。”❻ **汗衣。**《詩經・秦風・無衣》：“豈曰無衣，與子同～。”

13 **澴** huán ㊥ waan[4] ❶ **水流迴旋湧起的樣子。**酈道元《水經注・河水四》：“激石雲洄，～波怒溢。”❷ **水名，澴水，在今湖北。**

13 **濁** zhuó ㊥ zuk[6] **混濁。與“清”相對。**《荀子・君道》：“原清則流清，原～則流～。”（原：水源。）潘岳《西征賦》：“北有清渭～涇。”（渭、涇：都是水名。）㊞ **污濁。**《楚辭・漁父》：“舉世皆～我獨清。”《史記・平原君虞卿列傳》：“平原君，翩翩～世之佳公子也。”㊞ **聲音低沉粗重。**《晉書・謝安傳》：“有鼻疾，故其音～。”

13 **澨** shì ㊥ sai[6] ❶ **水邊的堤壩。**《左傳・成公十五年》：“則決睢～。”㊀ **水邊，江河邊。**《左傳・宣公四年》：“師于漳～。”屈原《九歌・湘夫人》：“夕濟兮西～。”❷［**三澨**］**水名。也叫三參水。漢水支流，在今湖北境內。**《尚書・禹貢》：“過～～，至於大別。”

13 **激** jī ㊥ gik[1] ❶ **阻遏水流，使騰湧或飛濺。**《孫子兵法・兵勢》：“～水之疾，至於漂石者，勢也。”（疾：急速。）《論衡・書虛》：“水～沸起，故騰為濤。”㊞ **水的衝擊。**沈括《夢溪筆談》卷七：“象天之器，以水～之。”（象天之器：指渾天儀。）❷ **急速，猛烈。**《史記・屈原賈生列傳》：“矢～則遠。”（矢：箭。）王羲之《蘭亭集序》：“又有清流～湍。”（湍：水流急速。）**雙音詞有“激變”。**❸ **指聲調的高亢激昂。**柳宗元《陪永州崔使君遊宴南池序》：“匏（páo ㊥ paau[4]）竹～越。”（匏竹：指樂器。越：響亮。）❹ **激勵，激發。**《戰國策・燕策一》：“蘇代欲以～燕王。”司馬遷《報任安書》：“至～於義理者不然。”（義理：正義和道理。然：這樣。）㊞ **激動。**柳宗元《貞符序》：“臣不勝奮～。”［**感激**］**由於感動而激發出某種情緒。**《漢書・淮南王安傳》：“其羣臣賓客……以厲王遷死～～安。”諸葛亮《出師表》：“由是～～，遂許先帝以驅馳。”**【注意】由於感動可以激發出不同的情緒，“感激”專用於表示感謝是較晚的事。**

13 **澳** ào ⑧ ou3/ngou3 ❶ yù ⑧ juk1 **水邊**。《禮記・大學》：“《詩》云：‘瞻彼淇～，菉竹猗（yī ⑧ ji1）猗。’”（淇：水名。猗猗：美盛的樣子。）❷ **水灣**。《宋史・向子諲傳》：“曩有司三日一啟閘，復作～儲水。”㊅ **可泊船的水灣（後起意義）**。《宋史・河渠志六》：“鎮江府傍臨大江，無港～以容舟楫。”❸ **刷洗**。《世說新語・汰侈》：“王君夫以粭（yí ⑧ jyu4）糒（bèi ⑧ bei6）～釜。”（粭：飴糖。糒：乾飯。）

13 **瀲** liàn ⑧ lim6 **浸漬**。木華《海賦》：“爾其為大量也，則南～朱崖，北灑天墟。”

13 **澮** kuài ⑧ kui2 **田間大溝渠**。《孟子・離婁下》：“溝～皆盈。”《荀子・王制》：“修堤梁，通溝～，行水潦，安水臧。”

13 **澹** dàn ⑧ daam6 ❶ **蕩，波動**。《漢書・禮樂志》：“相放悉，震～心。”❷［**澹澹**］① **波浪起伏或流水迂迴的樣子**。曹操《步出夏門行・觀滄海》：“水何～～，山島竦峙（sǒng zhì ⑧ sung2 zi6/ci5）。”（竦峙：聳立。）② **恬靜的樣子**。《楚辭・九歎・愍命》：“情～～其若淵。”❸ **平靜，安靜**。《淮南子・俶真》：“蜂蠆螫指，而神不能～。”賈誼《鵩鳥賦》：“～乎若深淵之靜。”❹ **通“淡”。淺淡，薄。與“濃”相對**。《呂氏春秋・本味》：“辛而不烈，～而不薄。”杜甫《兩當縣吳十侍御江上宅》詩：“寒城朝烟～。”㊅ **淡泊**。《新唐書・韋述傳》：“～榮利，為人純厚長者。”❺ shàn ⑧ sim6 **通“贍”。富足，充足**。《荀子・王制》：“物不能～則必爭。”

13 **澥** xiè ⑧ haai5 **海灣**。《史記・司馬相如列傳》：“浮勃～，游孟諸。”（勃澥：即今渤海。孟諸：古澤名。）李白《大鵬賦》：“刷渤～之春流。”

13 **澶** chán ⑧ sin4 ❶［**澶淵**］**古湖泊名。在今河南濮陽西**。❷［**澶湉**（tián ⑧ tim4）］**水流平緩的樣子**。左思《吳都賦》：“莫測其深，莫究其廣，～～漠而無涯。”（沒有誰能探測它的深度，也沒有誰能探究它的廣度，水流平緩，廣闊無邊。）❸ dàn ⑧ daan6［**澶漫**］① **恣意，放蕩不羈**。《後漢書・仲長統傳》：“～～彌流，無所底極。”（放蕩不羈越來越厲害，沒有終止的時候。）② **寬闊、廣遠的樣子**。張衡《西京賦》：“～～靡迤，作鎮於近。”杜甫《承聞河北諸道節度入朝》詩：“～～山東一百州，削成如案抱青丘。”（案：指桌面。抱：指圍繞。青丘：山名。）

13 **澱** diàn ⑧ din6 ❶ **淤泥**。沈括《夢溪筆談》卷二五：“汴渠有二十年不浚，歲歲堙～。”❷ **淺水湖泊**。郭璞《江賦》：“栫（jiàn ⑧ zin3）～為涔。”（栫：用木柴壅塞。涔：聚積柴木於水中以捕魚。）❸ **藍靛，藍色染料**。《通志・昆蟲草木》：“藍有三種：……三藍（蓼藍、大藍、槐藍）皆可作～。”**【辨】淀，澱。本是兩個不同的字，“淀”的本義是淺水湖泊，“澱”的本義是淤泥。“澱”也通用為“淀”，指淺水湖泊，但“淀”一般不指淤泥。**

13 **澼** pì ⑧ pik1［洴（píng ⑧ ping4）澼］**見 338 頁“洴”字**。

13 **澦** yù ⑧ jyu6［**灩澦堆**］**見 369 頁“灩”字**。

14 **濩** huò ⑧ wok6 ❶ **煮**。《詩經・周南・葛覃》：“維葉莫莫，是刈是～。”❷［**濩渃**（ruò ⑧ joek6）］**水勢激蕩的樣子**。《楚辭・九思・疾世》：“望江漢兮～～。”❸［**濩落**］**空廓**。韓愈《贈徐州族侄》詩：“蕭條資用盡，～～門巷空。" ❹ hù 粵 wu^{6} **同"護"。湯時樂名。又稱大濩。**《莊子・天下》："禹有大夏，湯有大～。"《晉書・庾闡傳》："雖有惠音，莫過韶～。" ❺ hù 粵 wu^{6}［**布濩**］**散佈，遍佈。**張衡《東京賦》："聲教～～，盈溢天區。"

14 **濛** méng 粵 mung^{4} ❶ **微雨的樣子。**《詩經・豳風・東山》："我來自東，零雨其～。" ❷ **彌漫，籠罩。**李山甫《寒食》詩之一："柳凝東風一向斜，春陰澹澹～人家。" ❸［**濛澒**（hòng 粵 hung^{6}）］**天地開闢前元氣未分的混沌狀態。**《論衡・談天》："儒書又言，溟涬～～，氣未分之類也。" **又寫作"濛鴻"。**

14 **濫** làn 粵 laam^{6} ❶ **大水漫出，氾濫。**《孟子・滕文公上》："洪水橫流，氾～於天下。"《後漢書・班固傳》："～瀛洲與方壺。"（瀛洲、方壺：地名。）引 **過度，無節制。**《荀子・致士》："刑不欲～。" ❷ **失真，不切實。**《左傳・昭公八年》："民聽～也。" ❸ jiàn 粵 gaam^{3} **通"鑒"。大盆。**《莊子・則陽》："夫靈公有妻三人，同～而浴。"

14 **瀰** mǐ 粵 mei^{4}/nei^{4}［**瀰瀰**］❶ **水漲滿的樣子。**《詩經・邶風・新臺》："新臺有泚，河水～～。" ❷ **眾多的樣子。**《詩經・齊風・載驅》："四驪濟濟，垂轡～～。"

14 **濡** rú 粵 jyu^{4} ❶ **浸漬，沾濕。**《詩經・邶風・匏有苦葉》："濟盈不～軌。"（濟：渡。盈：水滿。軌：車轍。）《韓非子・內儲說上》："被～衣而走火者，左三千人，右三千人。"（走火：指跑去救火。）喻 **施受恩澤。**王褒《四子講德論》："令百姓遍曉聖德，莫不霑～。" ❷ **稽留，停留。**江淹《郊外望秋答殷博士》詩："雲精無永滯，水碧豈慚～。"［**濡滯**］**稽留，停留。**《孟子・公孫丑下》："三宿而後出晝，是何～～也。"（晝：地名。）❸ ruǎn 粵 jyun^{5} **柔軟。**《淮南子・說山》："厲利劍者必以柔砥，擊鐘磬者必以～木。"（厲：磨。砥：磨刀石。）又 **柔順。**《莊子・天下》："以～弱謙下為表。"（表：外表。）

14 **濕**（溼）shī 粵 sap^{1} ❶ **濕潤，潮濕。與"（乾）燥"相對。**《周易・乾》："水流～，火就燥。"《禮記・王制》："天地寒暖燥～。" 引 **沾濕。**王昌齡《采蓮曲》之二："爭弄蓮舟水～衣。" ❷［**濕濕**］① **搖動的樣子。**《詩經・小雅・無羊》："其耳～～。" ② **浪濤開合的樣子。**木華《海賦》："開合解會，瀼瀼～～。" ❸ tà 粵 taap^{3} **水名。又寫作"漯"。**

【辨】溼，濕。據許慎《說文解字》："溼（shī 粵 sap^{1}）"為潮濕，"濕（tà 粵 taap^{3}）"為水名。但古籍中潮溼也可作"濕"。

14 **濮** pú 粵 buk^{6} ❶ **古水名。流經春秋衛地。**《韓非子・十過》："師延東走，至於～水而自投。"《禮記・樂記》："桑間～上之音，亡國之音也。" ❷ **古代民族名。**《尚書・牧誓》："及庸、蜀、羌……～人。"

14 **濠** háo 粵 hou^{4} ❶ **水名。在安徽。**《莊子・秋水》："莊子與惠子遊於～梁之上。"（梁：水壩。）［**濠上**］**指自得其樂的境地。**慧皎《高僧傳・竺道壹》："一吟一詠，有～～之風。" ❷ **護城河。**劉禹錫《浙西李大夫述夢四十韻》："山是千重障，江為四面～。" **這個意義又寫作"壕"。**

14 **濟** jì 粵 zai^{3} ❶ **過河，渡。**《公羊傳・僖公二十二年》："楚人～泓而來。"（泓：水名。）**成語有"同舟共濟"。** ❷ **成。**《左傳・文公十八年》："世～其美，不隕其名。"（隕：墜落。）《三國志・蜀書・先主傳》："夫～大事必以人為本。" ❸ **幫助，接濟。**《後漢書・何顒傳》："為求援救，以～其患。" 又 **有利，有益。**《周易・繫辭下》："萬民以～。" ❹ **停止。**《淮南子・天文》："大風～。" ❺ jǐ 粵 zai2 **水名，故道在今山東。** ❻ jǐ 粵 zai2 [**濟濟**] **眾多的樣子**。《詩經・大雅・旱麓》："瞻彼旱麓，榛楛～～。"（榛、楛：兩種樹名。）**成語有"人才濟濟"**。

14 **濱** bīn 粵 ban1 ❶ **水邊**。《詩經・召南・采蘋》："于以采蘋，南澗之～。"（于以：在何處。澗：山間小溪。）《史記・屈原賈生列傳》："屈原至於江～。"(引) **邊，邊緣**。《後漢書・袁安傳》："降者十餘萬人，議者欲置之～塞。" ❷ **靠近，接近**。《史記・貨殖列傳》："鄒、魯～洙、泗，猶有周公遺風。"（鄒、魯：國名。洙、泗：水名。）《國語・齊語》："是以～於死。"**這個意義又寫作"瀕"**。

14 **濘** nìng 粵 ning6 ❶ **爛泥**。韓愈《答柳柳州食蝦蟆》詩："跳躑雖云高，意不離～淖。" ❷ **泥濘難行**。《國語・晉語三》："晉師潰，戎馬～而止。"陸游《感舊》詩："道～愁車轍，橋危避駝鈴。" ❸ nì 粵 nai6 **像爛泥一樣黏着，陷入泥中**。《管子・地員》："不～車輪，不污手足。"范仲淹《宋故衛尉少卿分司西京胡公神道碑》："而兵夫散走，旋～而死者百餘人。"

14 **濯** zhuó 粵 zok6 ❶ **洗**。屈原《漁父》："滄浪之水清兮，可以～吾纓。"（滄浪：河名。纓：帽帶子。）❷ [**濯濯**] ① **有光澤的樣子**。《詩經・大雅・崧高》："鉤膺～～。"（鉤膺：馬頸腹上帶子的裝飾。）② **光禿的樣子**。《孟子・告子上》："人見其～～也，以為未嘗有材焉。" ③ **娛游的樣子**。《史記・司馬相如列傳》："～～之麟。"【**辨**】**濯，滌，洗**。見 337 頁"洗"字。

15 **瀆** dú 粵 duk6 ❶ **小水溝，小水渠**。賈誼《弔屈原賦》："彼尋常之汙～兮，豈能容夫吞舟之巨魚！"（那小小的池塘和水溝，怎能容下能吞舟船的大魚！）(引) **河川**。《韓非子・五蠹》："天下大水而鯀（gǔn 粵 gwan2）禹決～。"（鯀：傳說是禹的父親。決：挖掘，疏通。）❷ **通"嬻"。輕慢，褻瀆**。《左傳・昭公二十六年》："國有外援，不可～也。"《左傳・成公十六年》："～齊盟而食話言。"（輕視同盟而自食其言。）❸ **通"黷"。貪**。《左傳・昭公十三年》："晉有羊舌鮒者，～貨無厭。"（瀆貨：貪財。無厭：毫不滿足。）❹ dòu 粵 dau6 **通"竇"。洞，穴**。《左傳・襄公三十年》："晨自墓門之～入。"（墓門：指春秋時期鄭國城門。）

15 **濿** lì 粵 lai6 **渡河**。《楚辭・九歎・離世》："棹舟杭以橫～兮，濟湘流而南極。"

15 **瀦** zhū 粵 zyu1 ❶ **水停聚的地方，陂塘**。《周禮・地官・稻人》："以～畜水。" ❷ **水停聚**。王安石《上杜學士言開河書》："大浚治川渠，使有所～。"

15 **㶁** huò 粵 hik1 [**㶁㶁**] **流水聲**。韓愈《藍田縣丞廳壁記》："水～～循除鳴。"

15 **瀏** liú 粵 lau4 ❶ **水流清亮的樣子**。《詩經・鄭風・溱洧》："溱（zhēn 粵 zeon1）與洧（wěi 粵 fui2），～其清矣。"（溱、洧：水名。）❷ **風颳得很緊的樣子**。《楚辭・九歎・逢紛》："秋風～以蕭蕭。"（蕭蕭：風聲。）

15 **瀇** wǎng 粵 wong2 [**瀇瀁**（yǎng 粵 joeng6）] **水廣闊無涯的樣子**。枚乘《七發》："浩～～兮，慌曠曠兮。"

15 **瀌** biāo 粵 biu1 [**瀌瀌**] **雨雪很大的樣子**。《詩經・小雅・角弓》："雨（yù 粵 jyu6）雪～～。"（雨：降落。）

15 **瀁** yàng 粵 joeng6 ❶ **水名，漢水之源。又寫作"漾"**。❷ yǎng [**瀁瀁**] **動蕩的樣子**。阮籍《清思賦》："心～～而無所終薄兮，思悠悠而未半。"

15 **瀅** yìng 粵 jing^{4} [**瀅濚** (yíng 粵 jing^{4})] **水流迴旋的樣子**。杜甫《橋陵詩三十韻因呈縣內諸官》：“高嶽前嵂崒，洪河左～～。”

15 **瀋** shěn 粵 sam^{2} **汁**。《左傳・哀公三年》：“無備而官辦者，猶拾～也。”賈思勰《齊民要術・種紅藍花梔子》：“布絞取～，以和花汁。”

16 **瀚** hàn 粵 hon^{6} ❶ [**瀚海**] **兩漢六朝時指北方的一個湖泊。其地衆說不一，一說即今貝加爾湖。唐代泛稱從蒙古高原大沙漠以北直到今準噶爾盆地一帶廣大地區**。《通志・匈奴》：“臨～～而還。”❷ [**瀚瀚**] [**浩瀚**] **廣大的樣子**。《淮南子・俶真》：“浩浩瀚瀚，不可隱儀揆度而通光耀者。”劉勰《文心雕龍・事類》：“夫經典沈深，載籍浩瀚。”

16 **瀨** lài 粵 laai^{6} **流得很急的水**。左思《吳都賦》：“直衝濤而上～，常沛沛以悠悠。”

16 **瀝** lì 粵 lik^{6}/lik^{1} ❶ **下滴**。趙曄《吳越春秋・勾踐入臣外傳》：“今大王好聽須臾之說……不滅～血之仇，不絕懷毒之怨。”❷ **水滴，酒滴**。《史記・滑稽列傳》：“侍酒於前，時賜餘～。”

16 **瀕** bīn 粵 ban^{1}/pan^{4} ❶ **水邊**。《漢書・地理志上》：“海～廣潟 (xì 粵 sik^{1})。”(海邊是一片廣大的鹽鹼地。潟：咸水浸漬的地方。) ❷ **接近，靠近**。《漢書・地理志下》：“～南山，近夏陽。”(南山、夏陽：地名。)《宋史・河渠志六》：“東南～江海，水易泄而多旱。”

16 **瀣** xiè 粵 haai^{6} [**沆瀣**] **見 329 頁“沆”字**。

16 **瀘** lú 粵 lou^{4} **古水名。在今四川、雲南境內**。《三國志・蜀書・諸葛亮傳》：“故五月渡～，深入不毛。”

16 **瀧** lóng 粵 lung^{4} ❶ **湍急的水流**。韓愈《潮州刺史謝上表》：“濤～壯猛。”❷ [**瀧瀧**] **流水聲**。蘇軾《二十七日自陽平至斜谷宿於南山中蟠龍寺》詩：“谷中暗水響～～，嶺上疎星明煜煜。”❸ shuāng 粵 soeng^{1} **水名。源出今湖南臨武**。

16 **瀛** yíng 粵 jing^{4} ❶ [**瀛海**] **大海**。《論衡・談天》：“九州之外，更有～～。”❷ **池澤**。左思《蜀都賦》：“其沃～則有攢蔣叢蒲。”(攢：叢聚。蔣：茭白。)

17 **瀾** lán 粵 laan^{4} ❶ **大波瀾**。《孟子・盡心上》：“觀水有術，必觀其～。”❷ [**瀾瀾**] **淚湧下的樣子**。元稹《聽庾及之彈烏夜啼引》：“烏啼啄啄淚～～。”❸ [**瀾汗**] **水勢浩大的樣子**。木華《海賦》：“洪濤～～，萬里無際。”

17 **瀿** fán 粵 faan^{4} **水暴溢**。郭璞《江賦》：“磴 (dèng 粵 dang^{3}) 之以～瀷 (yì 粵 jik^{6})。”(磴：指小水匯聚。瀷：水潦。)

17 **瀹** yuè 粵 joek^{6} ❶ **浸泡**。《儀禮・既夕禮》：“菅 (jiān 粵 gaan^{1}) 筲 (shāo 粵 saau^{1}) 三，其實皆～。”(其實：指在菅筲中的黍稷。) ❷ **烹煮**。《管子・侈靡》：“而雕卵然後～之，雕橑然後爨之。”❸ **疏導**。《孟子・滕文公上》：“禹疏九河，～濟漯而注諸海。”(濟、漯：河名。)

17 **瀲** liàn 粵 lim^{5} ❶ **水邊**。潘岳《西征賦》：“華蓮爛於淥沼，青蕃蔚乎翠～。”❷ **漂浮**。郭璞《江賦》：“或泛～於潮波。”❸ [**瀲灩** (yàn 粵 jim^{6})] ① **液體滿溢的樣子**。白居易《對新家醖翫自種花》詩：“玲瓏五六樹，～～兩三盃。”② **水波相連的樣子**。蘇軾《飲湖上初晴後雨》詩：“水光～～晴方好，山色空濛雨亦奇。”

17 **瀸** jiān 粵 zim^{1} ❶ **浸漬**。曹植《諫伐遼東表》：“退則有歸塗不通，道路～洳。”(洳：地低濕。) 左思《魏都賦》：“隰壤～漏而沮洳，林藪石留而蕪穢。”❷ **和**

洽。《呂氏春秋・圜道》："～於民心，遂於四方。" ❸ **通"殲"。消滅**。《公羊傳・莊公十七年》："齊人～于遂。"（遂：地名。）

17 **瀼** ráng [粵] joeng^4 ❶ [瀼瀼] ① **露水很濃的樣子**。《詩經・小雅・蓼蕭》："蓼彼蕭斯，零露～～。" ② **波濤開合的樣子**。木華《海賦》："驚浪雷奔……開合解會，～～濕濕。" ❷ ràng [粵] joeng^6 **蜀地稱流入大江的山溪為"瀼"**。陸游《入蜀記》卷六："土人謂山間之流通江者曰～。"

17 **瀵** fèn [粵] fan^3 ❶ **地底噴出來的水**。《列子・湯問》："有水湧出，名曰神～。" [又] **用作動詞。指水自地下噴出**。劉禹錫《機汲記》："雖～涌於庭，莫尚其霈洽也。"（霈洽：水量充沛。）❷ **浸**。郭璞《江賦》："翹莖～蘂，濯穎散裹。"（蘂：同"蕊"。穎：穗。裹：草實。）

17 **瀯** yíng [粵] jing^4 [瀯瀯] **水流聲**。柳宗元《鈷鉧潭西小丘記》："枕席而卧，則清泠之狀與目謀，～～之聲與耳謀。"

17 **瀰** mí [粵] mei^4/nei^4 ❶ [瀰瀰] **水滿的樣子**。《詩經・邶風・新臺》："河水～～。" ❷ [瀰漫] **充滿，到處都是**。王昌齡《采蓮》詩："湖上水～～，清江初可涉。"

18 **瀟** xiāo [粵] siu^1 ❶ [瀟水] **水名，在今湖南**。❷ [瀟瀟] **風雨急暴的樣子**。《詩經・鄭風・風雨》："風雨～～，雞鳴膠膠。" ❸ [瀟灑] **形容行動舉止自然大方，不呆板，不拘束**。杜甫《飲中八仙歌》："宗之～～美少年。"

18 **灌** guàn [粵] gun^3 ❶ **澆，灌溉**。《莊子・逍遙遊》："時雨降矣，而猶浸～。"《史記・滑稽列傳》："引河水～民田。" ❷ **注入，倒進去**。《韓非子・說疑》："不能飲者以筒～其口。"（筒：竹筒。）[引] **澆鑄**。《論衡・奇怪》："爍一鼎之銅，以～一錢之形，不能成一鼎。"（爍：熔化。形：型，模型。）❸ **一種祭祀儀式，奠酒獻神**。《論語・八佾》："禘自既～而往者，吾不欲觀之矣。" ❹ **叢生的矮小樹木**。《詩經・周南・葛覃》："黃鳥于飛，集于～木。" 白居易《廬山草堂記》："松下多～叢。"

18 **灃** fēng [粵] fung^1 **水名，在陝西境內**。《史記・封禪書》："霸、產、長水、～、澇、涇、渭皆非大川。"

19 **灑** sǎ [粵] saa^2 ❶ **灑水**。《禮記・內則》："～掃室堂及庭。" [引] **淋雨**。李康《運命論》："棄室而～雨者，不過濡身。" [又] **風吹拂**。杜甫《七月一日題終明府水樓》詩之一："高棟曾軒已自涼，秋風此日～衣裳。" ❷ **物體散落**。杜甫《茅屋為秋風所破歌》："茅飛度江～江郊。" [又] **散播**。《管子・白心》："視則不見，聽則不聞，～乎天下滿。" ❸ **投拋，揮動**。潘岳《西征賦》："～釣投網。" 李白《獻從叔當塗宰陽冰》詩："落筆～篆文。" [引] **不拘束，灑脫**。杜甫《飲中八仙歌》："宗之蕭～美少年。" **雙音詞有"灑脫"**。❹ **分開，分流**。《史記・河渠書》："九川既疏，九澤既～。" ❺ xǐ [粵] sai^2 **通"洒"。洗**。枚乘《七發》："澡概胸中，～練五臟。"**【辨】洒，灑**。"洒"和"灑"古代是兩個字。"洒"的本義是洗，音 xǐ [粵] sai^2；"灑"的本義是"灑水"，音 sǎ [粵] saa^2。但"洒"也通"灑"，有"灑水"的意義，音 sǎ [粵] saa^2；"灑"也通"洒"，有"洗"的意義，音 xǐ [粵] sai^2。此外，兩個字的意義各不相通。

19 **灕** lí [粵] lei^4 ❶ **流動的樣子**。《戰國策・東周策》："夫鼎者，非效醯壺醬甀耳，可懷挾提挈以至齊者；非效鳥集烏飛，兔興馬逝，～然止於齊者。" ❷ [灕江] **水名。在廣西**。

21 **灞** bà [粵] baa^3 **水名。渭水支流，在陝西境內**。司馬相如《上林賦》："終始

～、滻（chǎn ㊐ caan²），出入涇、渭。”（滻：水名。）

21 **灝** hào ㊐ hou⁶ **廣大、無邊無際的樣子**。司馬相如《上林賦》：“然後～溔潢漾，安翔徐迴。”（灝溔潢漾：都指水大的樣子。）柳宗元《始得西山宴遊記》：“悠悠乎與～氣俱，而莫得其涯。”[**灝灝**] **同“浩浩”**。**博大的樣子**。《揚子法言·問神》：“商書～～爾。”

28 **灩** （灔）yàn ㊐ jim⁶ ❶ [**灩灩**] **水波搖動的樣子**。何遜《望新月示同羈》詩：“的的與沙靜，～～逐波輕。”張籍《朱鷺》詩：“動處水紋開～～。”❷ [**灩澦堆**] **長江三峽瞿塘峽中的險灘**。李白《長干行》之一：“十六君遠行，瞿塘～～～。”

火部

0 **火** huǒ ㊐ fo² ❶ **火焰**。《尚書·盤庚上》：“若～之燎于原。”《論衡·言毒》：“若～灼人。”（灼：燒。）㊇ **用作動詞。着火，發生火災**。《禮記·曾子問》：“太廟～，則從天子救火。”㊕ **火把**。《莊子·天地》：“厲之人夜半生其子，遽取～而視之。”[**火急**] **緊急**。柳宗元《疊後》詩：“勸君～～添功用。”❷ **古時兵制，十人為一火**。《新唐書·兵志》：“十人為～，～有長。”[**火伴**] **同伴**。《木蘭詩》：“出門看～～，～～皆驚惶。”**“火伴”的“火”後來寫作“伙”**。❸ **星名**。**也叫大火，即心宿**。《詩經·豳風·七月》：“七月流～，九月授衣。”【**注意**】**古書中的“火”不是五大行星的火星。火星古代稱“熒惑”**。❹ **五行（金、木、水、火、土）之一**。見566頁“行”字。

3 **灼** zhuó ㊐ zoek³ ❶ **燒，烤**。《論衡·言毒》：“若火～人。”❷ **顯明，顯著**。《三國志·吳書·吳主傳》：“事已彰～，無所復疑。”**這個意義又寫作“焯”**。[**灼灼**] **鮮亮的樣子**。《詩經·周南·桃夭》：“～～其華。”（華：花。）

3 **灺** （炧）xiè ㊐ se³ **燈，燭，香的灰燼**。戴叔倫《二靈寺守歲》詩：“守歲山房迴絕緣，燈光香～共蕭然。”㊇ **蠟燭燒剩的部分**。晁補之《即事一首》詩：“倒牀鼻息惡，喚起對殘～。”

3 **災** （烖）zāi ㊐ zoi¹ **火災**。《左傳·桓公十四年》：“御廩（lǐn ㊐ lam⁵）～。”（廩：糧倉。）㊊ **災害，災禍**。《荀子·臣道》：“禽獸則亂，狎虎則危，～及其身矣。”《晉書·天文志中》：“～異之作，以譴元首。”（作：發生。元首：指君主。）

4 **炅** jiǒng ㊐ gwing² ❶ **光**。《廣韻·迥韻》：“～，光也。”㊇ **明亮**。李白《明堂賦》：“～乎瓊華之室。”❷ **熱**。《素問·舉痛論》：“卒然而痛，得～則痛立止。”

4 **炙** zhì ㊐ zek³ ❶ **烤(肉)**。古樂府《西門行》：“飲醇酒，～肥牛。”**成語有“炙手可熱”**。❷ **烤的肉**。李白《俠客行》：“將～啖（dàn ㊐ daam⁶）朱亥，持觴（shāng ㊐ soeng¹）勸侯嬴。”（朱亥、侯嬴：人名。啖：給人吃。觴：酒杯。）

4 **炎** yán ㊐ jim⁴ ❶ **焚燒，燃燒**。《尚書·胤征》：“火～崑岡，玉石俱焚。”呂才《敍祿命》：“蜀郡～燎。”❷ **熱，炎熱**。屈原《九章·悲回風》：“觀～氣之相仍兮。”柳宗元《籠鷹詞》：“～風溽（rù ㊐ juk⁶）暑忽然至。”（溽：濕。）❸ yàn ㊐ jim⁶ **通“焰”**。**火苗**。《後漢書·任光傳》：“光～燭天地。”（燭：照耀。）

5 **炰** páo ㊐ paau⁴ ❶ **同“炮”**。**燒烤**。《詩經·小雅·六月》：“飲御諸友，～鱉膾鯉。”《漢書·楊惲傳》：“歲時伏臘，亨羊～羔。”❷ [**炰烋**（xiāo ㊐ haau¹）] **咆哮**。《詩經·大雅·蕩》：“女～～于中國，斂怨以為德。”

5 **炬** jù (粵) geoi6 ❶ **火把**。《淮南子・説山》:"亡者不敢夜揭～。"(揭:舉。) (又) **用作動詞**。**燒一把火**。杜牧《阿房宮賦》:"楚人一～,可憐焦土。" ❷ **蠟燭**。李商隱《無題》詩:"蠟～成灰淚始乾。"

5 **炳** bǐng (粵) bing2 ❶ **光明,顯著**。《周易・革》:"大人虎變,其文～也。"(虎變:如虎的毛皮,至冬而變。文:斑紋。)《揚子法言・吾子》:"君子之道有四易:簡而易用也,要而易守也,～而易見也,法而易言也。" [**炳炳**] [**炳然**] **光耀、顯明的樣子**。《漢書・司馬相如傳下》:"采色玄耀,～～輝煌。"(玄耀:光彩奪目的樣子。玄:通"炫"。)《漢書・劉向傳》:"使是非～然可知。" ❷ **點燃**。劉向《説苑・建本》:"老而好學,如～燭之明。"

5 **炯** (烱)jiǒng (粵) gwing2 **明亮,光亮**。《抱朴子・安塉》:"向～燭而背白日。"(燭:燭光。) **成語有"目光炯炯"**。

5 **炮** páo (粵) paau4 ❶ **燒烤**。《詩經・小雅・瓠葉》:"有兔斯首,～之燔之。" (引) **焚燒**。《左傳・昭公二十七年》:"令尹～之,盡滅郤氏之族黨。" (特) **焙烤中藥**。陸游《離家示妻子》詩:"兒為檢藥籠,桂薑手～煎。" **【注意】"炮"表示"大炮"的意義是很晚才有的**。❷ **通"庖"**。**廚師**。《韓非子・內儲説下》:"平公趣殺～人。"

5 **炫** xuàn (粵) jyun6 ❶ **照耀**。《戰國策・秦策一》:"當秦之隆,黃金萬鎰為用,轉轂連騎,～熿于道。"《晉書・張華傳》:"大盆盛水,置劍其上,視之者精芒～目。"(精芒:光芒。) ❷ **通"衒"**。**炫耀,自誇**。張仲方《披沙揀金賦》:"美價初～,微明內融。" ❸ [**炫耀**] ① **光耀**。屈原《遠遊》:"建雄虹之采旄兮,五色雜而～～。" ② **誇耀**。《鹽鐵論・崇禮》:"～～奇怪。"

5 **炤** zhào (粵) ziu3 ❶ **照耀**。《荀子・天論》:"列星隨旋,日月遞～。"(旋:旋轉。遞:依次輪流。) ❷ zhāo (粵) ciu1 **通"昭"**。**明顯,顯著**。《詩經・小雅・正月》:"潛雖伏矣,亦孔之～。"(孔:甚,很。)

5 **為** (爲)wéi (粵) wai4 ❶ **做**。《論語・為政》:"見義不～,無勇也。"《戰國策・齊策四》:"孟嘗君～相數十年。" (又) **治理**。《商君書・農戰》:"善～國者,倉廩雖滿,不偷於農。"(偷:怠惰,忽視。) ❷ **作為,當作**。李白《夢遊天姥吟留別》:"霓～衣兮風～馬。"《孫子兵法・軍爭》:"以分合～變者也。" (又) **變為,成為**。《莊子・逍遙遊》:"北冥有魚,其名為鯤……化而～鳥,其名為鵬。"(北冥:北海。) ❸ **認為**。《穀梁傳・宣公二年》:"孰～盾而忍弒其君者乎?"(孰:誰。盾:趙盾。弒:殺。) ❹ **是**。《左傳・宣公三年》:"余～伯儵,余而祖也。"(伯儵:人名。而:你的。) ❺ **如果,假如**。《戰國策・秦策四》:"秦～知之,必不救也。" ❻ wèi (粵) wai6 **介詞**。**給,替**。《莊子・養生主》:"庖(páo (粵) paau4)丁～文惠君解牛。"(庖丁:廚師。解:宰割。) ❼ wèi (粵) wai6 **幫助**。《論語・述而》:"冉有曰:'夫子～衛君乎?'" ❽ wèi (粵) wai6 **介詞**。**因為**。《荀子・天論》:"天行有常,不～堯存,不～桀亡。"(天行:指自然界的運動變化。有常:有一定規律。) (又) **為了**。《史記・貨殖列傳》:"天下熙熙,皆～利來;天下壤壤,皆～利往。" ❾ **介詞**。**被**。《三國志・吳書・呂蒙傳》:"～張遼等所襲。" ❿ **句末語氣詞**。**表示反問或感歎**。《莊子・外物》:"死何含珠～?"《漢書・趙皇后傳》:"今故告之,反怒～!" **【注意】"為"是一個意義相當廣泛的動詞,其基本意義是"做",但在不同上下文**

中，可以表示多種具體的意義。如表示製作、修築：《周禮・考工記・輿人》："輿人～車。"《史記・陳涉世家》："～壇而盟。"表示醫治：《左傳・成公十年》："疾不可～也。"表示研治：《孟子・滕文公上》："有～神農之言者許行。"

5 **炱** (炲)tái (粵) toi4 **黑色的煤煙**。《呂氏春秋・任數》："嚮者煤～入甑中。" (引) **黑色**。《素問・風論》："其色～。"

6 **烈** liè (粵) lit6 ❶ **(火)猛**。《左傳・昭公二十年》："夫火～，民望而畏之。" (又) **放火(燒)**。《孟子・滕文公上》："益～山澤而焚之。"（益：人名。）(引) **猛烈，強烈**。《尚書・舜典》："納于大麓，～風雷雨弗迷。" ❷ **光明，顯赫**。《國語・晉語九》："君有～名。" ❸ **事業，功績**。《詩經・周頌・武》："於皇武王，無競維～。"（於：歎詞。皇：偉大。無競：無能相比。）《孟子・公孫丑上》："管仲得君如彼其專也，行乎國政如彼其久也，功～如彼其卑也。"賈誼《過秦論》："及至始皇，奮六世之餘～，振長策而御宇內。"（餘烈：留傳下來的事業。振長策：揮動長鞭。御宇內：駕馭天下。）❹ **剛毅，有節操**。《史記・伍子胥列傳》："非～丈夫孰能致此哉。" [烈士] ① **剛烈之士**。《莊子・秋水》："白刃交於前，視死若生者，～～之勇也。" ② **積極建立功業的人**。曹操《步出夏門行・龜雖壽》："～～暮年，壯心不已。"（已：停止。）❺ **通"列"。行列**。《詩經・鄭風・大叔于田》："火～具舉。"（火：指火炬。）

6 **烋** xiāo (粵) haau1 [炰 (páo (粵) paau4) 烋] **見 369 頁"炰"字**。

6 **烏** wū (粵) wu1 ❶ **烏鴉**。《詩經・邶風・北風》："莫赤匪狐，莫黑匪～。"（匪：不是。）曹操《短歌行》："月明星稀，～鵲南飛。"（鵲：喜鵲。）❷ **黑**。《三國志・魏書・鄧艾傳》："身披～衣，手執耒耜 (lěi sì (粵) leoi5/leoi6 zi6)，以率將士。"（耒耜：指耕地用的農具。率將士：做將士的表率。）❸ **副詞。哪，怎麼**。柳宗元《永州龍興寺息壤記》："土～能神？" ❹ [烏虖] **歎詞。同"嗚呼"**。《漢書・鼂錯傳》："～～，戒之。"（戒：警惕。）

6 **烘** hōng (粵) hung1 ❶ **燒**。《詩經・小雅・白華》："樵彼桑薪，卬～于煁 (chén (粵) sam4)。"（卬：我。煁：灶。）(又) **烤**。韓偓《此翁》詩："玉寒曾試幾爐～。" ❷ **渲染（後起意義）**。范成大《春後微雪一宿而晴》詩："朝暾不與同雲便，～作晴空萬縷霞。"（朝暾：早晨的太陽。同雲：一色之雲，要下雪的徵兆。）

6 **烜** (烜)xuǎn (粵) hyun2 ❶ **光明，顯赫**。[烜赫] **昭著，顯赫**。荀悅《漢紀・成帝紀》："無～～之惡。" **又寫作"烜爀"**。王安石《上杜學士書》："將相大臣，氣勢～～。" **成語有"烜赫一時"**。❷ **曬乾**。《周易・說》："雨以潤之，日以～之。"

6 **烟** (煙)yān (粵) (粵) jin1 ❶ **物質燃燒時產生的氣狀物**。《荀子・富國》："然後飛鳥鳧雁若～海。" ❷ yīn (粵) jan1 [烟煴] **同"絪縕"。彌漫於天地之間的元氣**。班固《東都賦》："降～～，調元氣。" (又) **氣體彌漫的樣子**。王延壽《魯靈光殿賦》："包陰陽之變化，含元氣之～～。"**【注意】"物質燃燒時產生的氣狀物"這個意義，古代多寫作"煙"，很少寫作"烟"。"烟煴"的"烟"不能寫作"煙"。**

6 **烝** zhēng (粵) zing1 ❶ **用火烘烤**。《荀子・性惡》："枸 (gōu (粵) ngau1) 木必將待檃栝 (yǐn kuò (粵) jan2 kut3) ～矯然後直。"（彎曲的木頭一定要經烘烤、用工具矯正才能直。檃栝：矯正彎曲木頭所用的工具。）❷ **用熱氣蒸**。《世說新語・輕詆》："君得哀家梨，當復不～食不？”㊞ **熱氣盛**。蘇轍《病愈》詩：“炎～度三伏，晻曖覺中虛。”❸ **進獻**。《詩經·周頌·豐年》：“為酒為醴，～畀祖妣。”❹ **以下淫上。指與母輩通姦**。《左傳·莊公二十八年》：“晉獻公……～于齊姜。”（齊姜：晉獻公之父晉武公的妃子。）❺ **眾，多**。《詩經·大雅·烝民》：“天生～民。”❻ **祭祀。特指冬祭**。《禮記·王制》：“嘗則不～。”（嘗：秋祭。）

7 **焉** yān ㊊ jin[1] ❶ **於何，在哪裏**。《列子·湯問》：“且～置土石？”（置：放。）❷ **疑問代詞。怎麼，哪裏**。《呂氏春秋·察微》：“吳人～敢攻吾邑？”《史記·司馬相如列傳》：“～足道邪！”㊇ **疑問代詞。甚麼**。《墨子·尚賢下》：“面目美好者，～故必知哉？”（故：緣故。知：通“智”。）❸ ㊊ jin[4] **於此，在這裏，在那裏**。屈原《離騷》：“馳椒丘且～止息。”《三國志·吳書·吳主傳》：“彼有人～，未可圖也。”❹ **代詞。相當於“之”**。《左傳·僖公二十三年》：“子女玉帛，則君有之；羽毛齒革，則君地生～。”❺ **連詞。相當於“乃”、“則”、“就”**。《荀子·議兵》：“若赴水火，入～焦沒耳。”❻ ㊊ jin[4] **語氣詞**。《列子·湯問》：“寒暑易節，始一反～。”（反：返。）❼ ㊊ jin[4] **形容詞、副詞詞尾，“……的樣子”**。杜牧《阿房宮賦》：“盤盤～，囷囷～，蜂房水渦，矗不知其幾千萬落。”

7 **烹** pēng ㊊ paang[1] ❶ **燒煮**。《左傳·昭公二十年》：“以～魚肉。” **成語有“狡兔死，走狗烹”**。❷ **古代一種酷刑。用鼎煮殺人**。《戰國策·齊策一》：“臣請三言而已矣，益一言，臣請～。”（三言：三個字。益：多。）㊞ **殺，消滅**。《史記·秦始皇本紀》：“～滅強暴，振救黔首。”

7 **烰** fú ㊊ fau[4] ❶ **[烰烰] 蒸氣上升的樣子**。《說文》：“烰，烝也……《詩》曰：烝之～～。”今本《詩經·大雅·生民》作“浮浮”。❷ **[烰人] 庖人，即廚師**。《呂氏春秋·本味》：“其君令～～養之。”

7 **烽** （熢、㷭） fēng ㊊ fung[1] **古代邊防報警舉的火**。《史記·魏公子列傳》：“公子與魏王博，而北境傳舉～，言‘趙寇至，且入界。’”蔡謨《與弟書》：“軍中耳目，當用～鼓，～可遙見，鼓可遙聞，形聲相傳，須臾百里。”（須臾：極短的時間。）**[烽燧 (suì ㊊ seoi[6])] 古時遇敵人來犯，邊防人員點火報警，夜裏點的火叫烽，白天燒的煙叫燧**。賈誼《治安策》：“斥候望～～不得卧，將吏被介胄而睡。”（斥候：偵察兵。介胄：盔甲。）

7 **烺** lǎng ㊊ long[5] **[烺烺] 明亮的樣子**。柳宗元《答韋中立論師道書》：“及長，乃知文者以明道，是固不苟為炳炳～～，務采色，誇聲音而以為能也。”

7 **焌** jùn ㊊ zeon[3] **點火**。《周禮·春官·菙氏》：“凡卜，以明火爇 (ruò ㊊ jyut[6]) 燋，遂吹其～契，以授卜師。”（爇燋：點燃燒灼龜甲用的柴草。契：刻龜甲用的鑿子。）

8 **焚** fén ㊊ fan[4] **燒**。《韓非子·難一》：“～林而田，偷取多獸，後必無獸。”（田：畋，打獵。偷取：苟且獲取。）㊇ **古代酷刑，用火燒死**。《左傳·僖公二十一年》：“夏大旱，公欲～巫尪。”（巫尪：女巫。）

8 **無** wú ㊊ mou[4] ❶ **沒有**。《詩經·豳風·七月》：“～衣～褐，何以卒歲？”❷ **通“毋”。不，不要**。《左傳·成公二年》：“唯吾子戎車是利，～顧土宜。”《史記·李斯列傳》：“使天下～以古非今。”❸ **不分，不論**。李斯《諫逐客書》：“地～四方，民～異國。”❹ **沒有人**。《漢書·高帝紀》：“臣少好相人，相人多矣，～如季相。”❺ **句末語氣詞，表疑問 (後起意義)**。杜甫《入奏行》：“江花未落還成都，肯訪浣花老翁～？”

8 **然** rán ㊚ jin^{4} ❶ **燃燒**。《墨子・備穴》：“以須鑪火之～也。”（須：等待。鑪：爐。）**這個意義後來寫作“燃”**。❷ **指示代詞。這樣，那樣**。《荀子・勸學》：“生而同聲，長而異俗，教使之～也。”［**然則**］**這樣……那麼**。《周易・繫辭上》：“子曰：‘書不盡言，言不盡意。’～～聖人之意，其不可見乎？”❸ **是的，對的**。《戰國策・齊策二》：“昭陽以為～，解軍而去。”（昭陽：人名。）⊗ **認為……是對的**。《史記・高祖本紀》：“沛公～其計，從之。”⊗ **表示肯定的回答**。《論語・陽貨》：“～，有是言也。”❹ **應允，許諾**。許渾《題衞將軍廟》詩序：“既而以孝敬睦閨門，以～信居鄉里。”❺ **形容詞詞尾。表示“……的樣子”**。《列子・湯問》：“雜～相許。”❻ **連詞。表示轉折。不過，但是**。《史記・高祖本紀》：“周勃重厚少文，～安劉氏者必勃也。”⊗ **連詞。表示承接。然後，才**。《隋書・李密傳》：“待士馬肥充，～可與人爭利。”❼ **副詞。乃，竟然**。《漢書・丙吉傳》：“君侯為漢相，姦吏成其私，～無所懲艾。”❽ **句末語氣詞。焉，也**。《論語・先進》：“若由也不得其死～。”

8 **焯** zhuō ㊚ zoek^{3} **明，明白**。《說文・火部》：“焯，明也。”⊗ **照耀**。庾闡《弔賈生文》：“煥乎若望舒耀景而～群星，矯乎若翔鸞拊翼而逸宇宙也。”顏真卿等《水堂送諸文士戲贈潘丞聯句》：“簾開北陸風，燭～南枝鵲。”

8 **焜** kūn ㊚ kwan^{1} ❶ **光明**。《左傳・昭公三年》：“～耀寡人之望。”《新唐書・李適之傳》：“褒冊典物，～照都邑。”❷ **通“昆”。同，齊**。《漢書・揚雄傳上》：“樵蒸～上，配藜四施。”

8 **焰** yàn ㊚ jim^{6} ❶ ［**焰焰**］**火勢微弱的樣子**。《尚書・洛誥》：“無若火始～～。”❷ **火焰**。《晉書・石季龍載記下》：“光～照天，金石皆盡，火月餘乃滅。”㊡ **氣勢**。《左傳・莊公十四年》：“人之所忌，其氣～以取之。”

8 **焠** cuì ㊚ ceoi^{3}/seoi^{6} ❶ **燒灼**。《荀子・解蔽》：“有子惡卧而～掌，可謂能自忍矣。”（有子：人名。）❷ ㊚ ceoi^{3} **同“淬”。淬火，把燒紅的金屬放入水中冷卻使之堅硬**。《漢書・王褒傳》：“清水～其鋒。”㊡ **浸染**。《史記・刺客列傳》：“使工以藥～之。”

8 **焱** yàn ㊚ jim^{6} **火焰**。張衡《思玄賦》：“紛翼翼以徐戾兮，～回回其揚靈。”陳琳《答東阿王箋》：“清辭妙句，～絕煥炳。”

9 **煦** xù ㊚ heoi^{2} **溫暖**。顏延之《陶徵士誄》：“晨烟暮靄，春～秋陰。”柳宗元《為裴中丞賀克東平赦表》：“傷痍（yí ㊚ ji^{4}）受～，老疾加恩。”（傷痍：指受創傷、疾苦的人。）

9 **照** zhào ㊚ ziu^{3} ❶ **明**。《論衡・吉驗》：“～察明著。”（明著：顯明。）**這個意義又寫作“炤”**。❷ **照射，照耀**。《史記・秦始皇本紀》：“日月所～，舟輿所載。”（舟輿：船車。）❸ **日光**。杜甫《秋野》詩之四：“連山晚～紅。”❹ **照影**。李白《夢遊天姥吟留別》：“湖月～我影。”❺ **察知**。《戰國策・秦策三》：“終身闇惑，無與～奸。”《潛夫論・愛日》：“公府不能～察真偽。”❻ **按照，依照（後起意義）**。《水滸傳》九十四回：“宋江教蕭讓取前日～依許貫忠圖畫另寫成的一軸，付與盧俊義收置備閱。”**成語有“照本宣科”**。

9 **煞** shà ㊚ saat^{3} ❶ **傳說中的兇惡的神**。周密《齊東野語・降仙》：“辨善五星，每以八～為說。”（辨：人名。）**成語有“兇神惡煞”**。❷ **敗壞，毀壞**。樓鑰《次韻沈使君懷浮岡梅花》：“毋庸高牙～風景。”❸ **極，很**。盧延讓《八月十六夜月》詩：“桂老猶全在，蟾深未～忙。”《朱子語類》卷八七：“東漢諸儒～好。”❹ **用在動詞後，表示極度（後起意義）**。柳永《迎春樂》：“別後相思～。”❺ shā **通“殺”**。**殺傷**。班固《白虎通・五行》：“西方～傷成物，辛所以～傷之也。”❻ shā **消滅，結束**。班固《白虎通・五行》：“法四時，先生後～也。”

9 **煤** méi ㊕ mui^{4} ❶ **煙氣所積的黑灰**。蘇軾《夜燒松明火》詩：“珠～綴屋角，香湝（yì ㊕ ngai^{6}）流銅槃。”❷ **製墨的煙灰**。沈括《夢溪筆談》卷二四：“試掃其～以為墨。”㊕ **指墨**。韓偓《橫塘》詩：“蜀紙麝～添筆興。”❸ **煤炭（後起意義）**。宋應星《天工開物・煤炭》：“凡～炭，普天皆生，以供鍛煉金石之用。”

9 **煁** chén ㊕ sam^{4} **可移動的爐灶**。《詩經・小雅・白華》：“樵彼桑薪，卬（áng ㊕ ngong^{4}）烘于～。”（卬：我。）

9 **煩** fán ㊕ faan^{4} ❶ **煩躁，煩悶**。蔡邕《釋誨》：“瞻仰此事，體躁心～。”《三國志・魏書・華佗傳》：“胸中～懣（mèn ㊕ mun^{6}/mun^{5}），面赤不食。”（懣：悶。）❷ **繁多，煩瑣**。《尚書・說命中》：“禮～則亂。”《商君書・農戰》：“～言飾辭，而無實用。”（煩言飾辭：言語囉嗦，辭藻華麗。）㊈ **煩擾**。《左傳・昭公三年》：“唯懼獲戾，豈敢憚～。”《史記・樂書》：“水～則魚鱉不大。”（鱉：甲魚。）❸ **煩勞，相煩**。《史記・滑稽列傳》：“～大巫嫗（yù ㊕ jyu^{3}）為入報河伯。”（煩勞大巫婆為我到河裏去報告河伯。）

9 **煬** yáng（**舊讀**yàng）㊕ joeng^{6} ❶ **烘乾**。沈括《夢溪筆談》卷一八：“持就火～之。”㊈ **烤火**。《莊子・盜跖》：“古者民不知衣服，夏多積薪，冬則～之。”（薪：柴。）❷ **焚燒**。潘岳《西征賦》：“詩書～而為煙。”❸ **火猛**。東方朔《七諫・自悲》：“觀天火之炎～兮，聽大壑之波聲。”**又為照耀**。揚雄《甘泉賦》：“北爌幽都，南～丹崖。”

9 **煴** yūn ㊕ wan^{1} ❶ **沒有火苗的火**。《漢書・蘇建傳》：“鑿地為坎，置～火，覆武其上，蹈其背以出血。”（武：蘇武。）❷ [烟（yīn ㊕ jan^{1}）煴] **見 371 頁“烟”字**。

9 **煜** yù ㊕ juk^{1} ❶ **光耀**。梁簡文帝《詠朝日》：“團團出天外，～～上層峰。”❷ **火焰**。陸雲《南征賦》：“飛烽戢～而泱漭。”❸ **盛大**。班固《東都賦》：“鐘鼓鏗鎗，管弦曄～。”

9 **煌** huáng ㊕ wong^{4} **光明，明亮**。張衡《東京賦》：“～火馳而星流。”[**煌煌**] **明亮**。《詩經・陳風・東門之楊》：“明星～～。”㊋ **鮮明**。宋玉《高唐賦》：“～～熒熒，奪人目精。”（熒熒：光豔。精：通“睛”。）[**煌灼**] **焦慮不安**。張九齡《辞王龔上損膳請復膳狀》：“伏聞寢膳有改乎常，臣等下情不安，夙夜～～。”

9 **煥** huàn ㊕ wun^{6} **鮮明，光亮**。《論語・泰伯》：“～乎其有文章。”班固《西都賦》：“～若列宿。”（宿：星宿。）**成語有“煥然一新”**。

9 **煢** （**惸**）qióng ㊕ king^{4} **沒有弟兄的人**。《尚書・洪範》：“無虐～獨。”（無：不要。獨：老而無子。）㊈ **孤單**。曹植《閨情二首》之一：“佳人在遠道，妾身單且～。”[**煢煢**] ① **憂思的樣子**。《詩經・小雅・正月》：“憂心～～，念我無祿。”② **孤獨無依的樣子**。屈原《九章・思美人》：“獨～～而南行兮。”李密《陳情表》：“～～孑（jié ㊕ git^{3}/kit^{3}）立，形影相弔。”（孑：孤單的樣子。）

9 **煇** huī ㊕ fai^{1} ❶ **光輝，光彩**。《詩經・小雅・庭燎》：“庭燎有～。”（燎：火炬。）《漢書・韋玄成傳》：“四方遐爾，觀國之～。”❷ xūn ㊕ fan^{1} **通“熏”**。**燒烤，熏灼**。《史記・呂太后本紀》：“太后遂斷戚夫人手足，去眼，～耳，飲瘖藥，使居廁中。”【注意】在古代“煇”和“輝”是兩個不同的字，部分字義相通。現“煇”義項 ❶ 寫作“輝”。

9 **煒** wěi [粵] wai5 **光彩鮮明的樣子**。《詩經・邶風・靜女》：“彤管有～，說懌女美。”王延壽《魯靈光殿賦》：“瀖濩燐亂，～～煌煌。”

10 **熙** xī [粵] hei1 ❶ **暴曬，使東西乾燥**。盧諶《贈劉琨》詩：“仰～丹崖，俯澡綠水。”❷ **光明**。曹植《七啟》：“～天曜（yào [粵] jiu6）日。”（曜：明亮。）❸ **興起，興盛**。《尚書・堯典》：“庶績咸～。”（績：功。）❹ **玩樂**。《淮南子・俶真》：“鼓腹而～。”**這個意義後來寫作“嬉”**。［**熙熙**］**安樂的樣子**。《老子・二十章》：“眾人～～，如享太牢，如登春臺。”❺ **福，吉祥**。《漢書・禮樂志》：“忽乘青玄，～事備成。”

10 **熏** xūn [粵] fan1 ❶ **火煙**。陶弘景《許長史舊館壇碑》：“金爐揚～。”❷ **烤，燻**。《詩經・大雅・雲漢》：“憂心如～。”《詩經・豳風・七月》：“穹窒～鼠，塞向墐戶。”**這個意義後來寫作“燻”**。❸ **氣味侵襲**。鮑照《代苦熱行》：“鄣氣晝～體。”（鄣氣：瘴氣。）❹ **溫暖**。程垓《菩薩蠻・東風有意留人住》：“東風有意留人住，～風無意吹人去。”❺ **通“曛”。黃昏**。《後漢書・趙壹傳》：“至～夕，極歡而去。”

10 **熒** yíng [粵] jing4 ❶ **微弱的光**。左思《蜀都賦》：“火井沈～於幽泉。”（火井：鹽井。）❷ **使人目眩**。《莊子・人間世》：“王公必將乘人而鬥其捷，而目將～之。”［**熒惑**］① **迷惑**。《戰國策・趙策二》：“恃蘇秦之計，～～諸侯。”② **星名，即火星**。《世說新語・言語》：“初，～～入太微，尋廢海西。”（太微：星名。海西：指晉廢帝。）❸ **通“螢”。螢火蟲**。《後漢書・靈帝紀》：“夜步逐～光，行數里。”

10 **煽** shān [粵] sin3 ❶ **熾盛，熱烈**。《新唐書・鄭肅傳》：“然內寵方～，太子終以憂死。”❷ **煽惑，鼓動**。《舊五代史・唐書・明宗紀四》：“～搖軍眾。”陸游《排悶》詩：“幺然性命微，日畏讒口～。”

11 **㷉** wèi [粵] wai6 **暴曬**。《漢書・賈誼傳》：“日中必～，操刀必割。”

11 **熬** áo [粵] ngou4 ❶ **烤乾，煎乾**。《周禮・地官・舍人》：“共飯米～穀。”（共：供給。）[引] **煎焦**。《後漢書・邊讓傳》：“多汁則淡而不可食，少汁則～而不可熟。”[喻] **受折磨，痛苦**。《楚辭・九思・怨上》：“我心兮煎～。”❷［**熬熬**］① **赤日炎炎的樣子**。張籍《山頭鹿》詩：“早日～～蒸野岡，禾黍不收無獄糧。”② **通“嗷嗷”。痛苦的喊叫聲**。《漢書・陳湯傳》：“下至眾庶，～～苦之。”❸ **長時間地煮（後起意義）**。《新唐書・摩揭陀傳》：“太宗遣使取～糖法。”

11 **熲** jiǒng [粵] gwing2 ❶ **火光**。《說文・火部》：“熲，火光也。”❷ **光明**。《詩經・小雅・無將大車》：“無思百憂，不出于～。”［**熲熲**］**光明的樣子**。《楚辭・九思・哀歲》：“神光兮～～。”❸ **警枕，一種用圓木做成的枕頭，使人易醒**。《禮記・少儀》：“～、杖、琴、瑟……其執之，皆尚左手。”

11 **熟** shú [粵] suk6 ❶ **熟，煮熟了的**。《論語・鄉黨》：“君賜腥，必～而薦之。”（腥：生肉。）❷ **植物的果實、種子成熟**。《漢書・鼂錯傳》：“五穀～。”賈思勰《齊民要術・園籬》：“秋上酸棗～。”**成語有“瓜熟蒂落”**。[引] **莊稼有收成，豐收**。《尚書・金縢》：“歲則大～。”❸ **熟練，熟悉**。《論衡・超奇》：“博覽多聞，學問習～。”**成語有“熟能生巧”**。[反] **習**

慣，常見**。《新唐書・選舉志》："目～朝廷事。"**成語有"熟視無睹"**。❹ **深入，周詳**。《韓非子・存韓》："願陛下～圖之。"（圖：考慮。）**成語有"深思熟慮"**。❺ **熟悉（後起意義）**。陸游《初夏雜興》詩："水長沙鷗向人～。"❻ **沉睡，酣睡**。《宋書・檀道濟傳》："道濟就寢便～。"❼ **熱，暖和**。《素問・疏五過論》："五臟菀～，癰發六府。"葉適《再過吳江贈僧了洪》詩："～風無失舟。"

11 **熯** hàn [粵] hon³ ❶ **乾燥**。《周易・說》："燥萬物者，莫～乎火。"❷ **曬**。郭璞《山海經圖贊・海外西經》："十日並～，女丑以斃。"（女丑：神名。）❸ **燒**。《論衡・譴告》："今～薪燃釜，火猛則湯熱。"❹ rǎn [粵] jin⁵ **恭敬**。《詩經・小雅・楚茨》："我孔～矣，式禮莫愆。"（孔：甚。愆：過失。）

11 **熰** ōu [粵] au¹/ngau¹ **大旱酷熱**。《管子・侈靡》："有時而～。"

11 **熛** biāo [粵] biu¹ ❶ **火星迸飛**。《淮南子・說林》："一家失～，百家皆燒。"[又] **焚燒**。左思《吳都賦》："火烈～林。"[引] **閃光**。《後漢書・班固傳》："海內雲蒸，雷動電～。"❷ **通"猋"**。**疾風**。《史記・淮陰侯列傳》："天下之士，雲合霧集，魚鱗襍遝（tà [粵] daap⁶），～至風起。"

11 **熠** yì [粵] jap¹ **［熠耀］** ① **光彩鮮明的樣子**。《詩經・豳風・東山》："倉庚于飛，～～其羽。"② **螢火蟲**。鮑令暉《題書後寄行人》詩："帳中流～～，庭前華紫蘭。"**［熠熠］鮮明的樣子**。陸機《擬青青河畔草》："靡靡江蘺草，～～生河側。"

11 **熨** yùn [粵] wan⁶ ❶ **用熨斗燙平衣物**。王建《春意》詩二首之一："緣逢好天氣，教～看花衣。"❷ wèi [粵] wai³ **用藥熱敷**。《韓非子・喻老》："疾在腠理，湯～之所及也。"

12 **燕** yàn [粵] jin³ ❶ **燕子**。《史記・陳涉世家》："～雀安知鴻鵠之志哉！"（安：哪裏。鴻鵠：天鵝。志：志向。）**成語有"鶯歌燕舞"、"燕雀處堂"**。❷ **通"宴"**。**用酒飯招待客人**。《漢書・高五王傳》："帝與齊王～飲。"**這個意義後來寫作"醼"、"讌"**。❸ **通"宴"**。**安逸，安閒**。《史記・萬石張叔列傳》："雖～居必冠。"（冠：戴帽。表示恭敬。）❹ **親近**。《韓非子・難三》："而俳優侏儒，固人主之所與～也。"❺ yān [粵] jin¹ **國名**。① **周代諸侯國。戰國時為七雄之一。在今河北北部和遼寧南部**。② **南北朝時國名，有前燕、後燕、南燕、北燕**。

12 **燁** **（爗）**yè [粵] jip⁶ **光亮、光彩的樣子**。《詩經・小雅・十月之交》："～～震電。"楊萬里《正月三日宿范氏莊》詩："隤（tuí [粵] teoi⁴）照～春媚。"（隤照：晚照，夕陽的光。）

12 **燨** xī [粵] hei¹ ❶ **亮，明亮**。《管子・侈靡》："有時而星～。"❷ **熾，旺**。蕭穎士《有竹》詩之四："冬之宵，霰雪斯漉。我有金爐，～其以歊。"❸ chì [粵] ci³ **通"饎"**。**炊，煮**。《淮南子・時則》："湛～必潔，水泉必香。"

12 **熹** xī [粵] hei¹ ❶ **亮，明亮**。楊萬里《明發陳公徑過摩舍那灘石峰下》詩："東暾澹未～，北吹寒更寂。"❷ **熾，火旺**。木華《海賦》："～炭重燔。"

12 **燂** qián [粵] cim⁴ **燒熱**。《禮記・內則》："五日則～湯請浴。"[又] **烤爛**。《周禮・考工記・弓人》："撟角欲孰於火而無～。"（孰：熟。）

12 **燎** liáo [粵] liu⁴ ❶ **放火焚燒草木**。《詩經・小雅・正月》："～之方揚，寧或滅之？"（寧：豈。）❷ liào **古代用以照明的火炬**。《詩經・小雅・庭燎》："庭～之光。"❸ liǎo [粵] liu⁶ **烘烤**。《後漢書・馮異傳》："光武對竈～衣。"[又] **燒焦**。《三國志・魏書・王粲傳》：“以此行事，無異於鼓洪爐以～毛髮。”（鼓：指鼓風。）

12 **熸** jiān 粵 zim1 ❶ **火滅**。蔡邕《釋誨》：“懼煙炎之熸～。” ❷ **潰敗**。《左傳・昭公二十三年》：“吳人御諸鐘離，子瑕卒，楚師～。”

12 **燀** chǎn 粵 cin2/zin2 ❶ **炊，燒火做飯**。《左傳・昭公二十年》：“水、火、醯（xī 粵 hei1）、醢（hǎi 粵 hoi2）、鹽、梅，以烹魚肉，～之以薪。”（薪：柴。） ❷ **火起的樣子**。《國語・周語下》：“火無災～。”（災：天然起的火。）引 **火焰，光焰**。《史記・秦始皇本紀》：“威～旁達。”（旁達：到達四方。） ❸ **熾熱，炎熱**。何晏《景福殿賦》：“故冬不淒寒，夏無炎～。” ❹ dǎn 粵 taan2 **通“亶”。厚實**。《呂氏春秋・重己》：“味不眾珍，衣不～熱。”

12 **燋** jiāo 粵 ziu1 ❶ **引火之物**。《禮記・少儀》：“凡飲酒為獻，主者執燭抱～。” ❷ **通“焦”。火傷**。《論衡・説日》：“生物入火中，～爛而死焉。”引 **焦急**。《後漢書・朱浮傳》：“上下～心，相望救護。” ❸ qiáo 粵 ciu4 **通“憔”。憔悴**。《莊子・天地》：“孝子操藥以修慈父，其色～然，聖人羞之。” ❹ zhuó 粵 zoek3 **通“灼”。燒灼，灼熱**。班固《白虎通・五行》：“其火～金。”《論衡・雷虛》：“燒石色赤，投於井中，石～井寒，激聲大鳴。”

12 **燔** fán 粵 faan4 ❶ **焚燒**。《韓非子・和氏》：“～《詩》、《書》而明法令。”又 **燒炙（肉食）**。《詩經・小雅・瓠葉》：“炮之～之。” ❷ **通“膰”。古代祭祀用的烤肉**。《左傳・襄公二十二年》：“與執～焉。”（與：參與。）

12 **燉** dūn 粵 dan6 **火盛**。《玉篇・火部》：“燉，火盛貌。”［**溫燉**］**溫暖**。白居易《別氈帳火爐》詩：“婉軟蟄鱗蘇，～～凍肌活。”【**注意**】古代“燉”沒有“烹煮”的意義。

12 **熾** chì 粵 ci3 ❶ **火旺**。《韓非子・內儲説下》：“奉～爐，炭火盡赤紅。”《北史・齊紀總論》：“火既～矣，更負薪以足之。”（負薪：背柴。）引 **旺盛，強盛**。《論衡・藝增》：“齊雖～盛，不能如此。” ❷ **通“饎”（chì 粵 ci3）。烹煮**。《論衡・異虛》：“暢草可以～釀。”（暢草：一種香草。）

12 **燐** lín 粵 leon4 ❶ **燐火**。《淮南子・氾論》：“老槐生火，久血為～，人弗怪也。” ❷［**燐爛**］**光亮閃爍的樣子**。潘岳《安石榴賦》：“若珊瑚之映綠水，光明～～。”

12 **燖**（**燅**）xún 粵 cam4 ❶ **把肉放在沸水中略一煮**。沈括《夢溪筆談》卷三：“祭禮有腥、～、熟三獻。” ❷ **用燙水去毛**。酈道元《水經注・若水》：“又有溫水，冬夏常熱，其源可～雞豚。”

13 **燮**（**爕**）xiè 粵 sit3 **調和，諧和**。《尚書・顧命》：“率循大卞，～和天下。”謝靈運《登上戍石鼓山》詩：“摘芳芳靡諼（xuān 粵 hyun1），愉樂樂不～。”（靡：無，沒有。諼：忘憂草。）

13 **燥** zào 粵 cou3 **乾**。《荀子・勸學》：“施薪若一，火就～也。”賈思勰《齊民要術・耕田》：“必須～濕得所為佳。”（得所：適宜。）

13 **燡** yì 粵 jik6 ［**燡燡**］**光明的樣子**。王延壽《魯靈光殿賦》：“汩磑磑以璀璨，赫～～而燭（zhú 粵 zuk1）坤。”（燭：照。）

13 **燭** zhú 粵 zuk1 ❶ **火炬**。《周禮・秋官・司烜氏》：“凡邦之大事，共墳～庭燎。”（墳：大。）**後來指蠟燭**。杜甫《羌村三首》之一：“夜闌更秉～，相對如夢寐。” ❷ **照耀**。《呂氏春秋・上德》：“東西南北，極日月之所～。”又 **照**。《莊子・天道》：“水靜則明～鬚眉。” ❸ **洞察**。《韓非子・孤憤》：“且～重人之陰情。”

13 **燬** (焜)huǐ ㊣ wai2 ❶ **烈火**。《詩經·周南·汝墳》："雖則如～，父母孔邇。"杜甫《種萵苣》詩："枯旱於其中，炎方慘如～。"❷ **燃燒**。《晉書·温嶠傳》："嶠遂～犀角而照之。"

13 **燠** yù ㊣ juk1 ❶ **温暖，熱**。《詩經·唐風·無衣》："豈曰無衣六兮，不如子之衣，安且～兮。"王褒《聖主得賢臣頌》："不苦盛暑之鬱～。"❷ [**燠休** (xǔ ㊣ heoi2)] **撫慰痛苦**。《左傳·昭公三年》："民人痛疾，而或～～之。"

13 **燧** suì ㊣ seoi6 ❶ **古代取火的器具**。《韓非子·五蠹》："鑽～取火以化腥臊。"❷ **火，火把**。曹植《應詔詩》："前驅舉～，後乘抗旌。"❸ **古代邊防報警燃的火**。《史記·司馬相如列傳》："聞烽舉～燔，皆攝弓而馳，荷兵而走。"㊀ **烽火台**。《墨子·號令》："北至城者三表，與城上烽～相望。"**見 372 頁"烽"字**。[**亭燧**] **烽火台**。《後漢書·西羌傳》："於是障塞～～出長城外數千里。"❹ **燧人氏的簡稱**。張九齡《龍池聖德頌》："巢、～之前，寂寞無紀。"

13 **營** yíng ㊣ jing4 ❶ **圍繞**。《公羊傳·莊公二十五年》："以朱絲～社。"❷ **軍營，營壘**。《史記·絳侯周勃世家》："於是天子乃按轡 (pèi ㊣ bei3) 徐行至～。"(按轡：拉住轡繩。徐：慢慢地。) ❸ **經營，料理**。《禮記·儒行》："～道同術。"《後漢書·東平憲王蒼傳》："至於自所～創，尤為儉省。"《新唐書·李愬傳》："士傷夷病疾，親為～護。"❹ **度量**。《儀禮·士喪禮》："冢人～之。"❺ **建造**。鼂錯《募民徙塞下疏》："然後～邑立城。"(邑：城市。) ❻ **謀求**。束晳《補亡詩》六首之二："無～無欲。"❼ **迷惑**。《孫臏兵法·威王問》："～而離之，我並卒而擊之。"(營而離之：迷惑敵人，使之分散兵力。離：分散。並卒：集中兵力。)

14 **燾** tāo ㊣ tou4 ❶ dào **覆蓋**。《逸周書·作雒》："～以黃土。"《史記·吳太伯世家》："德至矣哉，大矣，如天之無不～也。"❷ **人名用字**。

14 **燹** xiǎn ㊣ sin2 **野火**。㊕ **兵火，戰火**。高啓《次韻楊孟載早春見寄》："久聞離亂今始見，煙火高低變烽～。"

14 **爁** làn ㊣ laam5 [**爁炎** (yàn ㊣ jim6)] **火勢蔓延**。《淮南子·覽冥》："火～～而不滅，水浩洋而不息。"

14 **燼** (㶳)jìn ㊣ zeon6 ❶ **物體燃燒後的灰**。《北史·呂思禮傳》："燭～夜有數升。"杜甫《壯遊》詩："哭廟灰～中，鼻酸朝未央。"(朝未央：指皇帝於宮中接受朝拜。未央，宮殿名。) ❷ **受災後殘餘的人**。《左傳·成公二年》："請收合餘～，背城借一。"(借一：指憑藉一戰。)《左傳·襄公四年》："收二國之～。"

15 **爇** ruò ㊣ jyut6 **燒**。《左傳·昭公二十七年》："遂令攻郤氏，且～之。"㊀ **點燃**。宋濂《閨二婦傳》："自起～燈，呼兒誦書。"

15 **爍** shuò ㊣ soek3 ❶ **發光的樣子**。《新唐書·天文志》："甲夜有大流星長數丈，光～如電。"(電：閃電。) ㊀ **照射，閃耀**。鮑照《侍宴覆舟山》詩之一："明暉～神都，麗氣冠華甸。"❷ **熱，烤**。蘇軾《送宋君用遊輦下》詩："安知赤日～，沸浪生浮漚。"❸ **通"鑠"**。**熔化金屬**。《周禮·考工記·序》："～金以為刃。"㊀ **削弱，損傷**。《戰國策·趙策四》："趙自消～。"

15 **爌** kuàng ㊣ fong2 ❶ huǎng **明亮，照亮**。《漢書·揚雄傳》："北～幽都，南煬丹厓。"❷ [**爌炾** (huǎng ㊣ fong2)] **寬敞明亮的樣子**。王延壽《魯靈光殿賦》："鴻～～以爣 (tǎng ㊣ tong2) 閬，颸蕭條而清泠。"(颸：風很涼的樣子。)

16 **爐** (鑪)lú ㊚ lou⁴ ❶ **盛火的器具，取暖、燒飯或冶煉用**。《墨子・備蛾傳》："五步一竈，竈門有～炭。"《韓非子・內儲説下》："奉熾～炭，火盡赤紅。"《論衡・寒温》："火之在～，水之在溝。" ❷ **通"鑪"。古代酒店前放酒甕的土台子，也用作酒店的代稱**。《史記・司馬相如列傳》："買一酒舍酤酒，而令文君當～。"（酒舍：酒店。酤：賣酒。文君：人名。當爐：坐在爐前賣酒。）❸ **熏爐**。李清照《孤雁兒・藤牀》："沈香斷續玉～寒。"

16 **燗** yàn ㊚ jim⁶ ❶ **火焰**。班固《東都賦》："吐～生風，吹野燎山。" ❷ xún ㊚ cam⁴ **通"燖"。把肉在沸水中略為一煮**。《禮記・郊特牲》："血腥～祭。"

17 **爛** làn ㊚ laan⁶ ❶ **煮爛**。《呂氏春秋・本味》："熟而不～。" ㊀ **腐爛，潰爛**。《莊子・人間世》："咶（shì ㊚ saai⁵/saai²）其葉，則口～而為傷。"（咶：同"舐"。用舌頭舔。）㊁ **火燒傷**。《漢書・霍光傳》："焦頭～額為上客。" ❷ **有光芒，燦爛**。《詩經・鄭風・女曰雞鳴》："明星有～。" 王安石《祭歐陽文忠公文》："～如日星之光輝。" ❸［**爛漫**］① **散亂、消散的樣子**。嚴忌《哀時命》："忽～～而無成。" ② **光彩分佈的樣子**。杜甫《春日江村》詩："種竹交加翠，栽桃～～紅。" ③ **任意，無拘束的樣子**。杜甫《驅豎子摘蒼耳》詩："～～任遠適。" ④ **坦率的樣子**。夏文彥《圖繪寶鑒五・鄭思肖》："天真～～，超出物表。"

17 **爚** yuè ㊚ joek⁶ ❶ **明亮**。《史記・屈原賈生列傳》："彌融～以隱處兮，夫豈從蟺與蛭螾？"（彌：遠離。融：明。）何晏《景福殿賦》："光明熠～，文彩璘班。" ㊀ **照**。《呂氏春秋・期賢》："今夫～蟬者，務在乎明其火、振其樹而已。" ❷ **惑亂**。《莊子・胠篋》："彼曾、史、楊、墨、師曠、工倕、離朱，皆外立其德而以～亂天下者也。"

17 **爝** jué ㊚ zoek³ **火炬，火把**。《莊子・逍遙遊》："日月出矣，而～火不息。" **用作動詞，指以火祓除不祥**。《呂氏春秋・本味》："湯得伊尹，祓之於廟，～以爟火。"（爟火：祭祀時點燃的火。）

18 **爟** guàn ㊚ gun³［**爟火**］**為消除不祥而舉的火**。《呂氏春秋・本味》："湯得伊尹，祓之於廟，爝以～～。" ㊕ **指烽火**。庾信《周上柱國齊王憲神道碑》："匈奴突於武川，～～通於灞上。"

19 **爇** rán ㊚ jin⁴ **同"然"。燃燒**。《漢書・召信臣傳》："晝夜～蘊火。"

25 **爨** cuàn ㊚ cyun³ ❶ **燒火做飯**。《孟子・滕文公上》："許子以釜甑（zèng ㊚ zang⁶）～，以鐵耕乎？"（釜甑：做飯瓦器。）杜甫《空囊》詩："不～井晨凍，無衣牀夜寒。" ㊀ **煮，燒**。《論衡・感虛》："夫熯（hàn ㊚ hon³）一炬火～一鑊水，終日不能熱也。" 酈道元《水經注・漯水》："以草～之，則烟騰火發。" ❷ **灶**。《墨子・備城門》："二舍共一井～。"（兩戶共用一口井一個灶。）《禮記・禮器》："燔柴於～。"

爪部

0 **爪** zhǎo ㊚ zaau² ❶ **指甲或趾甲**。《史記・蒙恬列傳》："公旦自揃其～以沈於河。"（公旦：周公旦。揃：剪。沈：沉。）❷ zhuǎ **鳥獸的腳**。《老子・五十章》："虎無所措其～。"（措：置。）黃庭堅《觀劉永年團練畫角鷹》詩："～拳金鈎觜屈鐵。"（拳：曲。觜：嘴。）❸ **抓**。柳宗元《種樹郭橐駝傳》："～其膚，以驗其生枯。"（膚：樹皮。驗：察看。）

4 **爬** pá (粵) paa^4 ❶ **搔**。北魏吉迦夜共曇曜譯《雜寶藏經》卷八：“欲如疥瘡，而向於火，～之轉劇。”白居易《春日閑居三首》之一：“飽竟快搔～，筋骸無檢束。”❷**(手足並用)攀登(後起意義)**。《西遊記》二十三回：“這一向～山過嶺，身挑着重擔，老大難挨也。”(又) **人或動物伏地慢行**。吳寬《是日往觀果刻本乃復次韻》：“濃書鐵把純綿裹，深刻蟹上潮泥～。”

4 **爭** zhēng (粵) zang^1 ❶ **爭奪，競爭**。《韓非子・說林下》：“～肥饒之地。”《史記・高祖本紀》：“上問左右，左右～欲擊之。”❷ **爭辯，爭論**。《戰國策・趙策三》：“鄂侯～之急，辨之疾。”（辨：通“辯”。爭辯。）❸ zhèng (粵) zang^3 **規勸**。《後漢書・王充傳》：“以數諫～不合，去。”（以：因為。）《世說新語・方正》：“周、王諸公並苦～懇切。”**這個意義後來寫作“諍”**。

5 **爰** yuán (粵) wun^4/jyun^4 ❶ **於此**。《詩經・魏風・碩鼠》：“樂土樂土，～得我所。”(又) **於何**。《詩經・鄘風・桑中》：“～采麥矣？沬之北矣。”（沬：地名。）❷ **於**。《尚書・盤庚下》：“乃正厥位，綏～有眾。”❸ **於是**。張衡《思玄賦》：“～整駕而亟行。”（亟：快。）❹ **更換**。《漢書・食貨志》：“休二歲者為再易下田，三歲更耕之，自～其處。”❺ (粵) jyun^4 **通“猨”**。**猿猴**。《漢書・李廣傳》：“為人長，～臂，其善射亦天性。”

13 **爵** jué (粵) zoek^3 ❶ **古代一種酒器**。《左傳・莊公二十一年》：“虢(guó (粵) gwik^1)公請器，王予之～。”（虢：國名。請：請求。）❷ **爵位，君主國家所封的等級**。《荀子・儒效》：“君子無～而貴。”《韓非子・定法》：“官～之遷與斬首之功相稱也。”（遷：提升。斬首之功：殺敵的功勞。）❸ què (粵) zoek^3 **通“雀”**。**鳥雀**。《孟子・離婁上》：“為叢驅～者，鸇也。”

父部

0 **父** fù (粵) fu^6 ❶ **父親**。《韓非子・五蠹》：“～母之愛不足以教子。”[**大父**] **祖父**。《史記・蒙恬列傳》：“恬～～蒙驁（ào (粵) ngou^6）。”(又) **對和父親同輩的男性親屬的稱呼。如“季父”、“從父”**。❷ fǔ (粵) fu^2 **對老年人的尊稱**。《史記・張釋之馮唐列傳》：“（文帝問馮唐）曰：‘吾居代時，吾尚食監高祛數為我言趙將李齊之賢……～知之乎？’”《漢書・張良傳》：“有一老～，衣褐，至良所。”(引) **稱從事某種職業的老年男子**。柳宗元《鈷鉧潭西小丘記》：“農夫漁～過而陋之。”（過：路過。陋之：看不起它。）❸ fǔ (粵) fu^2 **古代在男子名字下加的美稱。如“仲父”(稱管仲)、“尼父”(稱孔子)**。《史記・齊太公世家》：“封師尚～於齊營丘。”（把齊國營丘這個地方封給了師尚父。）**這個意義又寫作“甫”**。

爻部

0 **爻** yáo (粵) ngaau^4 **組成八卦的長短橫道。—為陽爻，--為陰爻。見 72 頁“卦”字**。

7 **爽** shuǎng (粵) song^2 ❶ **明亮**。《左傳・昭公三年》：“子之宅近市，湫隘囂塵，不可以居，請更諸～塏者。”李白《酬裴侍御對雨感時見贈》詩：“風嚴清江～。”（風嚴：指風颳得很緊。）❷ **開闊，寬闊**。歐陽修《會聖宮頌》：“地～而潔，宇敞而邃。”(又) **開朗，豪爽**。《晉書・桓溫傳》：“溫豪～有風概。”（風：風度。概：氣概。）❸ **清爽，暢快**。《晉書・王徽之傳》：“西山朝來致有～氣耳。”（朝：早晨。）王勃《滕王閣序》：“酌貪泉而覺

～。"成語有"秋高氣爽"。❹ **敗壞，傷害**。《老子・十二章》："五味令人口～。"宋玉《招魂》："厲而不～些（suò (粵) so^{3}）。"（味濃而不敗壞胃口。些：語氣詞。）❺ **違背**。李商隱《為張周封上楊相公啟》："寧～約於虞人。"（爽約：失約。虞人：管理山澤的官員。）❻ **過失，差錯**。《詩經・衛風・氓》："女也不～，士貳其行。"

10 **爾** （尔、尒）ěr (粵) ji^{5} ❶ **第二人稱代詞。你(們)，你(們)的**。《莊子・盜跖》："～作言造語，妄稱文武。"（作言造語：編造一些謊話。妄：荒謬的。文武：周文王、周武王。）《詩經・衛風・氓》："以～車來，以我賄遷。"（以我賄遷：把我的財物運走。賄：財物。）❷ **指示代詞。這，那**。《世説新語・賞譽》："～夜風恬月朗。"（恬：靜。）《南齊書・張敬兒傳》："～時磐石之心既固，義無貳計。"(又) **這樣，如此**。陶潛《飲酒》詩："問君何能～。"《晉書・阮咸傳》："未能免俗，聊復～耳。"（聊：姑且。復：也。）❸ **近**。《周禮・地官・肆長》："名相近者相遠也，實相近者相～也。"(又) **淺近**。《荀子・天論》："其説甚～。"**這個意義又寫作"邇"**。❹ **形容詞或副詞詞尾**。《論語・陽貨》："夫子莞（wǎn (粵) wun^{5}）～而笑。"（莞爾：微笑的樣子。）陸機《文賦》："或操觚（gū (粵) gu^{1}）以率～。"（操觚：指寫文章。率爾：輕率的樣子。）❺ **語氣詞。通"耳"。相當於"而已"**。《荀子・非相》："誅白公，定楚國，如反手～。"（定：平定。）❻ **語氣詞。表示肯定**。《公羊傳・僖公二年》："君若用臣之謀，則今日取郭而明日取虞～。"（若：如果。郭、虞：國名。）

爿部

4 **牀** （床）chuáng (粵) cong^{4} ❶ **供坐卧的器具**。《詩經・豳風・七月》："十月蟋蟀入我～下。"《古詩為焦仲卿妻作》："媒人下～去，諾諾復爾爾。"❷ **安放器物的架子**。徐陵《玉臺新詠序》："翡翠筆～，無時離手。"❸ **井上圍欄**。《宋書・樂志四》："後園鑿井銀作～，金瓶素綆汲寒漿。"❹ **量詞**。《北史・源賀傳》："城置萬人，給強弩十二～。"

6 **牂** zāng (粵) zong^{1} ❶ **母羊**。《韓非子・五蠹》："千仞之山，跛～易牧者，夷也。"（夷：平緩。）❷ [**牂牁** (kē (粵) go^{1})] **水名。又郡名。在今貴州境內**。

片部

0 **片** piàn (粵) pin^{3} ❶ **分開**。(引) **一半**。陳鼎《滇黔紀遊》："瓠匏可盛粟二十斛，～之可為舟航。"❷ **破開的木片或草片**。《南史・齊武陵昭王曄傳》："乃破荻（dí (粵) dik^{6}）為～。"（荻：一種草本植物。）(引) **半，偏**。《論語・顏淵》："～言可以折獄者，其由也與？"❸ **扁而薄的東西**。杜甫《寄楊五桂州譚因州參軍段子之任》詩："雪～一冬深。"❹ **單個，單隻**。鮑照《飛白書勢銘》："盈尺錦兩，～字金溢。"(又) **少，短，零星**。杜甫《高枏》詩："卧此～時醒。"陸機《謝平原內史表》："～言隻字。"**成語有"隻言片語"，雙音詞有"片刻"**。❺ **量詞。片**。杜甫《曲江》詩之一："一～花飛減卻春。"（減卻：減去。）王昌齡《芙蓉樓送辛漸》詩之一："洛陽親友如相問，一～冰心在玉壺。"

4 **版** bǎn (粵) baan^{2} ❶ **築土牆用的夾板**。《詩經・大雅・緜》："其繩則直，

縮～以載。"《漢書·英布傳》："身負～築。"（築：木杵，築牆時用以夯實土。）❷ **古時寫字用的木片**。《世說新語·方正》："謝送～使王題之。"（謝：指謝安。王：指王獻之。）❸ **圖籍**。《論語·鄉黨》："式負～者。"（式：同"軾"。伏軾行禮。）(又) **名冊和戶籍**。柳宗元《梓人傳》："又其下皆有嗇（sè (粵) sik1）夫～尹。"（嗇夫：官名。版尹：管理名冊戶籍的官。）[版圖] **戶籍和地圖**。《周禮·天官·小宰》："聽閭里以～～。"（鄉里之中對土地有爭議者依照戶籍和地圖判決。聽：判決訴訟。）(泛) **國家的疆域**。周昂《翠屏口》詩七首之三："不須驚異域，曾在～～中。"❹ **古代大臣上朝時拿着的手板**。《後漢書·范滂傳》："滂懷恨，投～棄官而去。"

5 **牉** pàn (粵) pun3 ❶ **（把整物從中間）分為兩半**。屈原《九章·惜誦》："背膺～以交痛兮，心鬱結而紆軫。"(引) **離開，分離**。屈原《九章·抽思》："好姱佳麗兮，～獨處此異域。"❷ [牉合] **兩性相合**。《儀禮·喪服》："故父子首足也，夫妻～～也。"

9 **牒** dié (粵) dip6 ❶ **簡札，古人在發明造紙前寫字用的小而薄的木片、竹片等**。《漢書·路溫舒傳》："截以為～，編用寫書。"（寫書：抄書。）❷ **書籍，簿冊**。王安石《送江寧彭給事赴闕》詩："壯志異時開史～，妙齡終日對書龕。"（異時：指將來。）《後漢書·質帝紀》："其高第者上名～。"（高第：名次在前的。名牒：名冊。）(又) **譜牒**。劉知幾《史通·煩省》："家～宗譜，各成私傳。"❸ **文書**。李商隱《行次西郊作》詩："夜半軍～來，屯兵萬五千。"（屯兵：駐紮軍隊。）❹ **通"疊"。重疊**。《淮南子·本經》："積～旋石。"（旋：通"璇"。玉。）

10 **牓** bǎng (粵) bong2 ❶ **題榜，匾額**。杜甫《八哀詩·故著作郎貶台州司戶滎陽鄭公虔》："文傳天下口，大字猶在～。"❷ **告示**。《北齊書·馬嗣明傳》："從駕往晉陽，至遼陽山中，數處見～。"(又) **張貼告示**。孟郊《織婦辭》："官家～村路，更索栽桑樹。"

11 **牖** yǒu (粵) jau5 **窗**。《論語·雍也》："伯牛有疾，子問之，自～執其手。"《左傳·哀公二年》："死於～下。"

15 **牘** dú (粵) duk6 **古代寫字用的狹長的木板**。楊修《答臨淄侯箋》："握～持筆。"(引) **書籍，文書**。《後漢書·荀悅傳》："所見篇～，一覽多能誦記。"（覽：看。）[尺牘] **書信**。《漢書·陳遵傳》："性善書，與人～～，主皆藏去（jǔ (粵) goeng2）以為榮。"（主：指受信人。去：通"弆"。收藏。）

牙部

0 **牙** yá (粵) ngaa4 ❶ **槽牙**。《呂氏春秋·淫辭》："問馬齒，圉人曰：'齒十二與～三十。'"(泛) **牙齒的通稱**。《楚辭·大招》："靨輔奇～，宜笑嗎只。"(特) **象牙**。鮑照《代淮南王》詩："琉璃作盌～作盤，金鼎玉匕合神丹。"❷ **咬**。《戰國策·秦策三》："王見大王之狗……投之一骨，輕起相～者，何則？有爭意也。"❸ **牙旗，將軍的大旗**。潘岳《關中詩》："高～乃建。"❹ **官署的稱呼**。《新唐書·泉獻誠傳》："命宰相、南北～群臣。"**這個意義後來寫作"衙"**。❺ [牙郎] **介紹買賣，從中取利的人**。《資治通鑒·唐玄宗開元二十四年》："皆為互市～～。"❻ **通"芽"。發芽**。沈括《夢溪筆談》卷二六："一畝之稼，則糞溉者先～。"

【辨】牙，齒。見759頁"齒"字。

牛部

2 **牝** pìn 粵 pan^{5} ❶ **雌性鳥獸。與"牡（雄性鳥獸）"相對。**《周易・離》："畜～牛，吉。"《史記・龜策列傳》："禽獸有～牡。"（牡：雄性鳥獸。）(又) **女性。與"牡（男性）"、"陽"相對。**《老子・五十五章》："未知～牡之合而全作，精之至也。"(引) **女性生殖器。與"牡（男性生殖器）"相對。**東方朔《神異記》："男露其牡，女張其～。"❷ **鎖孔（古代可以容納鎖簧插入和拔出的鎖身開孔），門閂的插孔。與"牡（鎖簧，門閂）"相對。**《禮記・月令》孔穎達疏："凡鏁（suǒ 粵 so^{2}）器入者謂之牡，受者謂之～。"（鏁：鎖。）❸ **谿谷。**《大戴禮記・易本命》："丘陵為牡，谿谷為～。"殷仲文《南州桓公九井作》詩："爽籟驚幽律，哀壑叩虛～。"（秋風吹着淒涼的山谷和空虛的谿溝。）

2 **牟** móu 粵 mau^{4} ❶ **牛叫的聲音。**柳宗元《牛賦》："～然而鳴。"❷ **奪取，求取。**《戰國策・楚策四》："上干主心，下～百姓，公舉而私取利，是以國權輕於鴻毛，而積禍重於丘山。"權德輿《進士策問》之三："欲使操奇贏者無所～利。"❸ **通"侔"。相等，等同。**《漢書・司馬相如傳》："德～往初。"（往初：指過去的帝王。）❹ **通"眸"。瞳仁。**《荀子・非相》："堯舜參～子。"（參：三。）❺ **通"麰"。大麥。**《詩經・周頌・思文》："貽我來～。"（來：小麥。）

3 **牡** mǔ 粵 mau^{5} ❶ **雄性鳥獸。與"牝（雌性鳥獸）"相對。**《詩經・邶風・匏有苦葉》："雉（zhì 粵 zi^{6}）鳴求其～。"（雉：野雞。）《史記・封禪書》："馬行用一青～馬。"(又) **男性。與"牝（女性）"相對。**《老子・五十五章》："未知牝～之合而全作，精之至也。"(引) **男性生殖器。與"牝（女性生殖器）"相對。**東方朔《神異記》："男露其～，女張其牝。"❷ **鎖簧，鑰匙。古代可以從鎖孔插入和拔出的開鎖部件。與"牝（帶鎖孔的鎖身）"相對。**《漢書・五行志中》："長安章城門門～自亡。"（亡：丟失。）

3 **牣** rèn 粵 jan^{6} ❶ **滿。**《詩經・大雅・靈臺》："王在靈沼，於～魚躍。"（於：歎詞，讚美聲。）司馬相如《子虛賦》："充～其中，不可勝記。"❷ 粵 jan^{6}/ngan^{6} **通"韌"。柔韌。**《呂氏春秋・別類》："白所以為堅也，黃所以為～也。"

3 **牢** láo 粵 lou^{4} ❶ **飼養牲畜的欄圈。**《戰國策・楚策四》："亡羊而補～，未為遲也。"（亡：失掉，跑掉。補：修補。）❷ **做祭品用的牛羊豬。**《禮記・王制》："天子社稷（jì 粵 zik^{1}）皆太～，諸侯社稷皆少～。"（社稷：古代帝王、諸侯所祭的土神和穀神。太牢：牛羊豬三樣齊全。少牢：只有羊豬。）❸ **監牢。**司馬遷《報任安書》："故士有畫地為～，勢不可入。"（畫地：在地上畫個範圍。）❹ **牢固。**《韓非子・難一》："東夷之陶者器苦窳，舜往陶焉，期年而器～。"柳宗元《童區寄傳》："愈束縛～甚。"（愈：更加。束縛：捆綁。）**成語有"牢不可破"。**❺ **官方發給的糧食。**《後漢書・應劭傳》："多其～賞。"

4 **牧** mù 粵 muk^{6} ❶ **放牧（牲畜）。**《莊子・駢拇》："二人相與～羊。"（相與：一起。）(又) **放牧的人。**《詩經・小雅・無羊》："爾～來思，何蓑何笠，或負其糇。"王安石《謝公墩》詩："問樵樵不知，問～～不言。"（樵：打柴的人。）(又) **牧場，郊外。**《詩經・小雅・出車》："我出我車，于彼～矣。"（彼：那個。）《史記・周本紀》："麋鹿在～，蜚鴻滿野。"❷ **統治，治理。**《管子・牧民》："凡有地～民者，務在四時，守在倉廩。"《漢書・元帝紀》："失～民之術。"(又) **統治者**。《孟子・梁惠王上》："今夫天下之人～，未有不嗜殺人者也。"(又) **官名。漢代州長稱"牧"**。《後漢書・劉焉傳》："太僕黃琬為豫州～，宗正劉虞為幽州～。"（太僕、宗正：官名。）❸ **修養**。《後漢書・文苑傳下》："常以禮自～。"

4 **物** wù (粵) mat⁶ ❶ **雜色的牛**。《詩經・小雅・無羊》："三十維～，爾牲則具。"❷ **東西，事物**。《荀子・天論》："一～為萬～一偏。"（一偏：一個方面。）(特) **別人，眾人**。魏徵《十漸不克終疏》："損己以利～。"(又) **除自己以外的物和人**。江淹《雜體詩・雜述》："～我俱忘懷。"［**物議**］**眾人的議論，輿論**。《北史・齊高祖紀》："杜絕～～。"❸ **精怪**。《論衡・訂鬼》："鬼者，老～精也。"❹ **實質內容**。《周易・家人》："君子以言有～，而行有恆。"❺ **察，看**。《周禮・地官・卝人》："則～其地圖而授之。"**雙音詞有"物色"**。

5 **牯** gǔ (粵) gu² **公牛**。《隋書・禮儀志二》："牲用黃～牛。"陸龜蒙《祝牛宮辭》："四牸三～，中一去乳。"

5 **牲** shēng (粵) sang¹ **供祭祀用的全牛**。(泛) **供祭祀、宴享用的牛、羊、豬或獸類**。《左傳・昭公二十五年》："為六畜，五～，三犧。"謝惠連《祭古冢文》："酒以兩壺，～以特豚。"（特豚：一頭豬。）

5 **牴** (觝)dǐ (粵) dai² **用角頂，觸**。《淮南子・說山》："兕（sì (粵) ci⁵）牛之動以～觸。"（兕：雌的犀牛。）［**牴牾**］**抵觸，矛盾**。劉知幾《史通・自敘》："流俗鄙夫，貴遠賤近，傳茲～～，自相欺惑。"

6 **特** tè (粵) dak⁶ ❶ **公牛**。張纘《南征賦》："云怒～之來奔。"(泛) **雄性牲畜**。《周禮・夏官・校人》："凡馬，～居四之一。"❷ **三歲或四歲的牲畜**。《詩經・魏風・伐檀》："胡瞻爾庭有懸～兮。"❸ **一頭牲**。《三國志・魏書・明帝紀》："遣使者以～牛祠中嶽。"（祠：祭祀。中嶽：山名。）❹ **單獨，獨自**。《韓非子・孤憤》："處勢卑賤，無黨孤～。"(引) **特此，特別**。《三國志・吳書・吳主傳》："～下燕國。"（下：到。）❺ **傑出的**。《詩經・秦風・黃鳥》："百夫之～。"(又) **奇異，異常**。柳宗元《始得西山宴遊記》："以為凡是州之山水有異態者，皆我有也，而未始知西山之怪～。"❻ **配偶**。《詩經・小雅・我行其野》："不思舊姻，求爾新～。"❼ **只，僅，獨，不過**。《三國志・蜀書・諸葛亮傳》："然建～不與皓和好往來。"（建、皓：人名。）柳宗元《非國語・三川震》："山川者，～天地之物也。"［**非特**］**不但，不僅**。《韓非子・六反》："此非～無術也，又乃無行。"❽ **卻，竟然**。《戰國策・中山策》："不知者～以為神，力言不能及也。"

6 **牷** quán (粵) cyun⁴ **古代用作祭品的純一色全牛**。《左傳・桓公六年》："吾牲～肥腯。"

6 **牸** zì (粵) zi⁶ **母牛**。劉向《說苑・政理》："臣故畜～牛，生子而大，賣之而買駒。"(又) **雌的**。《鹽鐵論・未通》："戎馬不足，～牝入陣。"

7 **牾** wǔ (粵) ng⁵ ❶ **違逆**。《漢書・陳平傳》"平偽聽之"顏師古注："謂且順從之，不乖～也。"❷ wù (粵) ng⁶ **通"遻"**。**遇見**。《史記・屈原賈生列傳》："重華不可～兮，孰知余之從容。"

7 **犁** (犂)lí (粵) lai⁴ ❶ **耕田的農具**。《管子・乘馬》："丈夫二～，童五尺一～。"(又) **用作動詞，耕田**。《古詩十九首・去者日以疎》："古墓～為田，松柏摧為薪。"❷ **雜色**。《論語・雍也》："～牛之子騂（xīng (粵) sing¹）且角。"（騂：赤色。）❸ **比及，到**。《史記・晉世家》："～二十五年，吾冢上柏大矣。"《史記・呂太后本紀》："～明孝惠還，趙王已死。”❹ **通“黧”。黑中帶黃的顏色**。《戰國策・秦策一》：“形容枯槁，面目～黑。”

7 **牽** qiān 粵 hin1 ❶ **拉，牽引向前**。《孟子・梁惠王上》：“有～牛而過堂下者。”❷ **連累，連帶**。元結《招陶別駕家陽華作》詩：“無或畢婚嫁，竟為俗務～。”（無或：指不要。畢：完畢。）引 **引發**。王安石《與微之同賦梅花得香字三首》之二：“少陵為爾～詩興，可是無心賦海棠。”❸ **拘束，拘泥**。《呂氏春秋・離俗》：“不漫於利，不～於執。”《史記・六國年表》：“學者～於所聞。”❹ **指牛、羊、豬等**。《左傳・僖公三十三年》：“吾子淹久於敝邑，唯是脯資餼～竭矣。”❺ qiàn **縴繩**。高啟《贈楊滎陽》詩：“渡河自撐篙，水急船斷～。”**這個意義後來寫作“縴”**。

8 **犇** bēn 粵 ban1/ban3 **“奔”的古字。奔跑**。《荀子・議兵》：“勞苦煩辱則必～。”**也用於人名**。

8 **犅** gāng 粵 gong1 **公牛**。《公羊傳・文公十三年》：“周公用白牡，魯公用騂（xīng 粵 sing1）～。”（騂：赤色馬。）

8 **犉** rún 粵 seon4 **黃毛黑脣的牛**。《詩經・小雅・無羊》：“誰謂爾無牛，九十其～。”

8 **犀** xī 粵 sai1 ❶ **犀牛**。《孟子・滕文公下》：“驅虎豹～象而遠之。”引 **用犀牛的角或皮製作的器物**。《揚子法言・孝至》：“被我純續，帶我金～。”❷ **堅固**。《韓非子・姦劫弒臣》：“治國之有法術賞罰，猶若陸行之有～車良馬也。”**雙音詞有“犀利”**。

9 **犍** jiān 粵 gin1 ❶ **閹割過的公牛**。《魏書・蠕蠕傳》：“每來抄掠，駕牸牛奔遁，驅～牛隨之。”汉 **閹割**。賈思勰《齊民要術・養猪》：“其子三日掐尾，六十日後～。”❷ qián 粵 kin4 ［**犍為**］**縣名，在今四川**。《史記・大宛列傳》：“乃令騫因蜀～～發間使，四道並出。”

10 **犒** kào 粵 hou3 **用酒食款待、犒勞軍隊**。《左傳・僖公二十六年》：“公使展喜～師。”（展喜：人名。師：軍隊。）泛 **指以酒食財物慰勞人**。《左傳・僖公二十六年》：“使下臣～執事。”（執事：辦事人員。）**雙音詞有“犒勞”**。

10 **犗** jiè 粵 gaai3 **閹割過的牛**。《莊子・外物》：“任公子為大鉤巨緇，五十～以為餌。”（緇：黑色繩子，這裏指釣魚的繩索。）《世說新語・排調》：“故是千斤～特。”

10 **犖** luò 粵 lok6 ❶ **雜色的牛**。陸龜蒙《雜諷》詩：“斯為朽關鍵，怒～抉以入。”（朽關鍵：指腐朽的門閂。抉：指撞破。）❷ ［**犖犖**］**分明，明顯**。《史記・天官書》：“此其～～大者。”❸ ［**卓犖**］**卓越，傑出**。左思《詠史》：“～～觀群書。”

11 **犛** lí 粵 lei4 ❶ **西南邊遠地區一種黑色野牛**。《國語・楚語上》：“巴浦之犀、～、兕、象，其可盡乎？”❷ ［**犛軒**（jiān 粵 gin1）］ ① **即大秦國。我國古代對羅馬帝國的稱呼**。② **古縣名。在今甘肅永昌南**。

15 **犢** dú 粵 duk6 **小牛**。《韓非子・內儲說上》：“有黃～食苗道左者。”

16 **犧** xī 粵 hei1 ❶ **古代做祭品用的毛色純一的牲畜**。《詩經・魯頌・閟宮》：“享以騂（xīng 粵 sing1）～，是饗是宜。”（騂：赤色。）《史記・老子韓非列傳》：“子獨不見郊祭之～牛乎？”（子：你。）［**犧牲**］**古代祭祀用的牲畜**。《左傳・莊公十年》：“～～玉帛，弗敢加也，必以信。”

【注意】現代漢語“犧牲”表示為了正義的目的捨棄自己的生命或利益。古代漢語中“犧牲”一詞沒有這個意義。❷ ［**犧尊**］**古代一種牛形的酒器**。《詩經・魯頌・閟宮》：“～～將（qiāng 粵 coeng1）將。”（將將：象聲詞。）

犬部

2 **犯** fàn 粵 faan⁶ ❶ **觸犯，侵犯**。《韓非子・五蠹》："儒以文亂法，俠以武～禁。"(禁：禁令。)《三國志・吳書・吳主傳》："數～邊境。" 引 **犯罪**。《北齊書・祖珽傳》："珽自知有～。" 又 **犯人**。方苞《獄中雜記》："及他～同謀多人者，止主謀一二人立決。" ❷ **危害，損害**。《國語・楚語下》："若防大川焉，潰而所～必大矣。"《禮記・檀弓下》："季子皋葬其妻，～人之禾。" ❸ **遭遇，冒犯**。《莊子・山木》："吾～此數患，親交益疏，徒友益散。" 柳宗元《捕蛇者說》："觸風雨，～寒暑。"

3 **犴** (豻) àn 粵 ngon⁶ ❶ **古代北方一種野狗**。司馬相如《子虛賦》："其下則有白虎玄豹，蟃蜒 (wàn yán 粵 maan⁶ jin⁴) 貙 (chū 粵 syu¹) ～。" (蟃蜒、貙：野獸名。) ❷ **古代鄉亭的牢獄**。《荀子・宥坐》："獄～不治，不可刑也。" (不治：指處理得不當。)

4 **狂** kuáng 粵 kwong⁴ ❶ **狗發瘋**。《晉書・五行志中》："旱歲，犬多～死。" (歲：年。) 引 **失卻常態，瘋癲**。《老子・十二章》："馳騁田獵令人心發～。"《後漢書・翟酺傳》："臣聞微子佯～而去殷。" (微子：人名。佯：裝作。) ❷ **放蕩，不受拘束**。《國語・周語下》："氣佚則不和，於是乎有～悖之言。" 杜甫《狂夫》詩："欲填溝壑唯疏放，自笑～夫老更～。" [**狂簡**] **有大志而少謀略**。《論語・公冶長》："吾黨之小子～～，斐然成章，不知所以裁之。" [**狂狷**] **勇於進取與潔身自好**。《論語・子路》："不得中行而與之，必也～～乎？狂者進取，狷者有所不為也。" ❸ **氣勢猛烈**。韓愈《進學解》："障百川而東之，回～瀾於既倒。" 李白《司馬將軍歌》："～風吹古月。"

4 **狄** dí 粵 dik⁶ ❶ **我國古代北部一個民族。後又泛稱北方諸少數民族**。《尚書・仲虺之誥》："南征北～怨。" ❷ **通"翟 (dí 粵 dik⁶)"。野雞尾巴上的長毛**。《禮記・樂記》："干戚旄 (máo 粵 mou⁴) ～以舞之。" (拿着盾、斧、氂牛尾、野雞羽來舞蹈。) ❸ tì 粵 tik¹ **通"逖"。遠**。《荀子・賦》："修潔之為親而雜污之為～者邪！" (親近品行清廉的人而疏遠品行骯髒的人。) ❹ tì 粵 tik¹ **通"剔"。剪除，整治**。《詩經・魯頌・泮水》："桓桓于征，～彼東南。" (桓桓：威武的樣子。)

4 **狃** niǔ 粵 nau² ❶ **習以為常而不加重視**。《詩經・鄭風・大叔于田》："將叔無～，戒其傷女。" (希望大叔不要對打獵的事習以為常而不加重視，當心野獸傷害你。女：你。) 又 **熟習，習慣**。王安石《上皇帝萬言書》："在位者數徙……故上不能～習而知其事，下不肯服馴而安其教。" (數徙：多次調動。) ❷ **貪**。《國語・晉語一》："嗛嗛之食，不足～也。" (嗛嗛：形容數量少。) 又 **滿足**。《續資治通鑒・元順帝至正二十七年》："毋～於暫安而忘永逸。"

4 **狁** yǔn 粵 wan⁵ [**玁狁**] **見 391 頁"玁"字**。

4 **狀** zhuàng 粵 zong⁶ ❶ **形狀，樣子**。酈道元《水經注・廬江水》："其～若門。"《史記・孔子世家》："孔子～類陽虎，拘焉五日。" (陽虎：人名。) 又 **情形**。《漢書・丙吉傳》："分別奏組等共養勞苦～。" (組：人名。共：供。) [**無狀**] ① **無功勞，無成績**。《史記・夏本紀》："鯀 (gǔn 粵 gwan²) 之治水～～。" (鯀：人名。) ② **不像樣**。《史記・項羽本紀》："秦中吏卒遇之多～～。" ❷ **陳述，描繪**。《莊子・德充符》："自～其過。" 柳宗元《游黃溪記》："至初潭最奇麗，殆不可～。"

（殆：幾乎。）(又) **文體的一種，用於下對上敘述事情**。《漢書・趙充國傳》："充國上～曰。"

5 **狉** pī (粵) pei1 ［狉狉］**羣獸奔跑的樣子**。柳宗元《封建論》："草木榛榛，鹿豕～～。"

5 **狘** xuè (粵) hyut3 **獸狂奔的樣子**。《禮記・禮運》："麟以為畜，故獸不～。"

5 **狙** jū (粵) zeoi1 ❶ **獼猴**。《莊子・齊物論》："眾～皆怒。" ❷ **窺伺，暗中觀察動靜**。《管子・七臣七主》："從～而好小察。"（從狙：採取暗中觀察的辦法。）**雙音詞有"狙擊"**。

5 **狎** xiá (粵) haap6 ❶ **親近而不莊重**。《左傳・襄公六年》："宋華弱與樂轡（pèi (粵) bei3）少相～。"（宋：國名。華弱、樂轡：人名。少：年紀小的時候。）(又) **親近**。《禮記・曲禮上》："賢者～而敬之，畏而愛之。" (又) **擁擠**。傅毅《舞賦》："車騎並～。" ❷ **輕視，忽視**。《左傳・昭公二十年》："水懦弱，民～而玩之，則多死焉。" (又) **輕侮**。《韓非子・十過》："～徐君，拘齊慶封。"（徐君：徐國國君。）❸ **安於，習慣於**。《國語・周語中》："未～君政，故未承命。" ❹ **更迭，交替**。《左傳・襄公二十七年》："且晉楚～主諸侯之盟也久矣。"（晉、楚：國名。主：主持。）

5 **狌** shēng (粵) sang1 ❶ **同"鼪"。黃鼬**。**俗稱黃鼠狼**。《莊子・秋水》："捕鼠不如狸～。" ❷ xīng (粵) sing1 ［狌狌］**即"猩猩"**。《山海經・南山經》："有獸焉……其名曰～～。"

5 **狐** hú (粵) wu4 **狐狸**。《戰國策・楚策一》："虎求百獸而食之，得～。"［狐疑］**懷疑，猶豫**。屈原《離騷》："心猶豫而～～。"

5 **狍** páo (粵) paau4 ［狍鴞（xiāo (粵) hiu1）］**神話中的一種獸**。《山海經・北山經》："有獸焉，其狀如羊身人面……名曰～～。"**【注意】**古代"狍"沒有"狍子"義。

5 **狖** yòu (粵) jau6 **長尾猿**。屈原《九章・涉江》："深林杳以冥冥兮，猨～之所居。"（猨：猿。）

5 **狒** fèi (粵) fai3 ［狒狒］**獸名**。《爾雅・釋獸》："～～如人，被（pī (粵) pei1）髮迅走，食人。" **又寫作"𥜿𥜿"**。左思《吳都賦》："猩猩啼而就禽，𥜿𥜿笑而被格。"（禽：擒。格：打。）

6 **狡** jiǎo (粵) gaau2 ❶ **健壯**。《淮南子・俶真》："～狗之死也。" (又) **兇暴**。《墨子・節用中》："猛禽～獸，暴人害民。" ❷ **狡猾**。《戰國策・齊策四》："～兔有三窟，僅得免其死耳。"

6 **狩** shòu (粵) sau3 ❶ **冬季打獵**。《左傳・隱公五年》："春蒐（sōu (粵) sau1），夏苗，秋獮（xiǎn (粵) sin2），冬～。"（蒐：春天打獵。苗：夏天打獵。獮：秋天打獵。）(泛) **打獵**。《詩經・魏風・伐檀》："不～不獵。" ❷ **帝王出巡**。顏延之《車駕幸京口侍遊曲阿後湖作》詩："虞風載帝～，夏諺頌王遊。"［巡狩］**帝王出巡**。《史記・李斯列傳》："明年，又～～。" **又寫作"巡守"**。❸ **婉指帝王逃亡或被俘虜**。《揮麈後錄》之四："二聖北～。"

7 **狾** （猘）zhì (粵) zai3 **瘋狗**。《漢書・五行志》："宋國人逐～狗，～狗入於華臣氏。"

7 **狴** bì (粵) bai6 **監獄**。焦延壽《易林・比之否》："失意懷憂，如幽～牢。"《孔子家語・始誅》："有父子訟者，夫子同～執之。" **又如"狴牢"、"狴獄"**。［狴犴（àn (粵) ngon6）］**傳說中的獸名，又指監獄**。《揚子法言・吾子》："～～使人多禮乎？"（難道監獄能使人多禮嗎？）

7 **狸** （貍）lí (粵) lei4 **狸子**。**也叫野貓、山貓**。《莊子・秋水》："捕鼠不如～狌（shēng (粵) sang1）。"（狌：黃鼠狼。）

7 **狽** bèi 粵 bui3 [狼狽] 見本頁"狼"字。

7 **狷** juàn 粵 gyun3 ❶ **心胸狹窄，急躁**。《後漢書・范冉傳》："以～急不能從俗，常佩韋於朝。"(以：因為。) ❷ **潔身自好**。《國語・晉語二》："小心～介，不敢行也。"(介：耿直。)《論語・子路》："狂者進取，～者有所不為也。"

7 **猁** lì 粵 lei6 [猞猁] 見 389 頁"猞"字。

7 **狺** yín 粵 ngan4 [狺狺] **犬吠聲**。宋玉《九辯》："猛犬～～而迎吠兮，關梁閉而不通。"李賀《公無出門》詩："嗾犬～～相索索，舐掌偏宜佩蘭客。"

7 **狼** láng 粵 long4 ❶ **狼**。《詩經・齊風・還》："並驅從兩～兮。"(從：指追逐。) ❷ [狼戾] ① **散亂，雜亂**。《淮南子・覽冥》："流涕～～不可止。" ② **兇狠**。《三國志・魏書・董二袁劉傳評》："董卓～～賊忍，暴虐不仁。" ❸ [狼藉] ① **縱橫散亂**。《史記・滑稽列傳》："履舄(xì 粵 sik1) 交錯，杯盤～～。"(履：鞋。舄：厚底鞋。) ② **行為不法**。《後漢書・張酺傳》："聞其兒為吏，放縱～～。"**又寫作"狼籍"。成語有"聲名狼藉"**。❹ [狼狽] **倉皇失據，困窘**。李密《陳情表》："臣之進退，實為～～。" ❺ **星名**。《史記・天官書》："其東有大星曰～。" [天狼] **星名，古人以為主侵略和殘暴**。屈原《九歌・東君》："舉長矢兮射～～。"

7 **狻** suān 粵 syun1 [狻猊] [狻麑] **獅子**。《穆天子傳》卷一："～猊□野馬，走五百里。" **也單用"狻"**。蘇軾《記所見開元寺吳道子畫佛滅度以答子由》詩："西方真人誰所見？衣被七寶從雙～。"

8 **猋** biāo 粵 biu1 ❶ **犬奔跑的樣子**。㊂ **迅疾的樣子**。屈原《九歌・雲中君》："靈皇皇兮既降，～遠舉兮雲中。" ❷ **疾風**。《禮記・月令》："～風暴雨。" **這個意義又寫作"飆"**。

8 **猒** yàn 粵 jim3 ❶ **飽**。《列子・楊朱》："而美厚復不可常～足。" ❷ **滿足**。《荀子・富國》："割國之錙銖以賂之，則割定而欲無～。" ㊂ **服**。《後漢書・胡廣傳》："今以一臣之言，剗戾舊章，便利未明，眾心不～。" ❸ **厭倦**。《後漢書・班彪傳論》："贍而不穢，詳而有體，使讀之者亹亹而不～。" ㊡ **厭惡，嫌棄**。《後漢書・虞詡傳》："兵不～權，願寬假轡策，勿令有所拘閡而已。" **上述 ❶❷❸ 都可以寫作"厭"**。❹ [猒猒] **安靜的樣子**。《荀子・儒效》："～～兮其能長久也。" ❺ yā 粵 aat3/ngaat3 **通"壓"。鎮壓**。《漢書・高帝紀》："秦始皇帝嘗曰：'東南有天子氣。'于是東游以～當之。"

8 **猜** cāi 粵 caai1 **懷疑**。《左傳・昭公七年》："雖吾子亦有～焉。"《後漢書・申屠剛傳》："平帝時，王莽專政，朝多～忌。" ㊂ **忌恨**。《文選・潘岳〈馬汧督誄〉》："忘爾大勞，～爾小利。" **【注意】古代漢語中，"猜"字不當"猜測"講。**

8 **猗** yī 粵 ji1 ❶ [猗與] **歎詞，表示讚美**。《詩經・周頌・潛》："～～漆沮。"(漆、沮：河名。) **又寫作"猗嶼"**。❷ **句末語氣詞**。《詩經・魏風・伐檀》："河水清且漣～！"(漣：起波紋。) ❸ [猗猗] **美盛的樣子**。《詩經・衛風・淇奧》："瞻彼淇奧，綠竹～～。" ❹ yǐ 粵 ji2 **牽引**。《詩經・豳風・七月》："～彼女桑。" ❺ yǐ 粵 ji2 **通"倚"。依靠**。《詩經・衛風・淇奧》："～重較兮。"(重較：古代卿士乘坐的一種車子。) ❻ yǐ 粵 ji2 [猗柅 (nǐ 粵 nei5)] **柔順的樣子**。《漢書・司馬相如傳上》："～～從風。" **又寫作"旖旎"**。❼ ě 粵 o2 [猗儺 (nuó 粵 no4)] **柔順的樣子**。《詩經・檜風・隰有萇楚》："隰有萇楚，～～其枝。"

8 **猓** guǒ 粵 gwo2［**猓然**］**長尾猴**。左思《吳都賦》：“狖鼯 (yòu wú 粵 jau6 ng4) ～～，騰趠 (chuō 粵 coek3) 飛超。”

8 **猖** chāng 粵 coeng1 ❶［**猖狂**］**隨心所欲，肆意而行**。《莊子・在宥》：“～～，不知所往。” (又) **狂妄而放肆**。《三國志・魏書・董二袁劉傳評》注：“袁術無毫芒之功，纖 (xiān 粵 cim1) 介之善，而～～於時，妄自尊立。”（纖介：細微。）(又) **形容氣勢猛烈或奔放**。元稹《有酒》詩之八：“飕風作兮晝夜～～。” 柳宗元《答韋珩示韓愈相推以文墨事書》：“不若退之～～恣睢、肆意有所作。” ❷［**猖獗**］① **兇猛而放肆**。賈誼《新書・俗激》：“其餘～～而趨之者，乃豕羊驅而往。” ② **傾覆**。《三國志・蜀書・諸葛亮傳》：“而智術短淺，遂用～～，至於今日。” **上述❶❷又寫作“猖蹶”、“猖蹷”**。

8 **猊** ní 粵 ngai4［**狻** (suān 粵 syun1) **猊**］**見 388 頁“狻”字**。

8 **猞** shē 粵 se3［**猞猁** (lì 粵 lei6)］**一種貓科動物。也叫林独** (yì 粵 jai6)、**猞猁猻**。

8 **猝** cù 粵 cyut3 **突然，出乎意外**。《新唐書・兵志》：“而禁兵不精，其數削少，後有～故，何以待之？”（故：變故。）張溥《五人墓碑記》：“非常之謀，難於～發。”

8 **猛** měng 粵 maang5 ❶ **兇猛，兇暴**。《韓非子・外儲說右上》：“汝狗～耶？”（汝：你。）《史記・仲尼弟子列傳》：“吳王為人～暴，群臣不堪。” (引) **勇猛，健壯**。《荀子・不苟》：“剛強～毅。” 杜甫《朝獻太清宮賦》：“張～馬，出騰虬。”（虬：一種無角龍。）❷ **堅強，頑強**。陶潛《讀〈山海經〉》詩十三首之十：“刑天舞干戚，～志故常在。” ❸ **嚴厲，嚴苛**。《左傳・昭公二十年》：“大叔為政，不忍～而寬。” ❹ **氣勢壯，猛烈**。白居易《香山避暑》詩之一：“六月灘聲如～雨。”《論衡・狀留》：“沙石遭～流而轉。” ❺ **突然**。林逋《杏花》詩：“等鶯期蝶～成團。”

9 **猰** yà 粵 aat3/ngaat3［**猰貐**］**食人怪獸**。《淮南子・本經》：“～～、鑿齒、九嬰、大風、封豨、修蛇皆為民害。” 李賀《公無出門》詩：“毒虯相視振金環，狻猊～～吐饞涎。” **又寫作“𧳜貐”**。

9 **猲** xiē 粵 hit3 ❶［**猲獢** (xiāo 粵 hiu1)］**短嘴狗**。《說文・犬部》：“猲，短喙犬也。《詩》曰：‘載獫～～。’” 今《詩經・秦風・駟驖》作“歇驕”。❷ hè 粵 hot3 **通“喝”。恐嚇**。《戰國策・趙策二》：“是故橫人日夜務以秦權恐～諸侯。”

9 **猥** wěi 粵 wai2/wui1 ❶ **眾多**。《後漢書・仲長統傳》：“所恃者寡，所取者～。” (引) **總**。《管子・八觀》：“以人～計其野。” (又) **一起**。《論衡・宣漢》：“周有三聖，文王武王周公並時～出。” ❷ **平庸，卑賤**。《抱朴子・百里》：“庸～之徒，器小志近。”《顏氏家訓・風操》：“田里～人，方有此言耳。” ❸ **雜，瑣碎**。《晉書・劉弘傳》：“又酒室中云齊中酒、聽事酒、～酒，同用麴米。”《明史・刑法志》：“家人米鹽～事，宮中或傳為笑謔。” ❹ **苟且，隨便地**。楊惲《報孫會宗書》：“然竊恨足下不深惟其終始，而～隨俗之毀譽也。” ❺ **突然**。《漢書・王莽傳中》：“貉人犯法……宜令州郡且尉安之。今～被以大罪，恐其遂畔。”（畔：叛。）❻ **謙辭。表示自己的謙卑**。《後漢書・隗囂傳》：“望無耆耇 (qí gǒu 粵 kei4 gau2) 之德，而～託賓客之上，誠自愧也。”（望：人名，方望自稱。耆耇：高壽。）**或表示對方屈尊就卑**。諸葛亮《出師表》：“先帝不以臣卑鄙，～自枉屈，三顧臣於草廬之中。”

9 **猬** (蝟)wèi ㊄ wai[6] **刺猬**。《史記・龜策列傳》："～辱於鵲。" 鮑照《出自薊北門行》："馬毛縮如～，角弓不可張。"

9 **猧** wō ㊄ wo[1] **小狗**。成彥雄《寒夜吟》："～兒睡魘喚不醒，滿窗撲落銀蟾影。"

9 **猨** (蝯)yuán ㊄ jyun[4] **同"猿"**。《史記・李將軍列傳》："廣為人長，～臂，其善射亦天性也。" 曹植《白馬篇》："狡捷過猴～，勇剽若豹螭。"

9 **猶** yóu ㊄ jau[4] ❶ **一種猿類動物。也叫猶猢**。酈道元《水經注・江水》："山多～猢，似猴而短足，好遊巖樹。" ❷ **計謀，謀劃**。《詩經・小雅・采芑》："方叔元老，克壯其～。" ❸ **如同，好像**。《孟子・離婁上》："民之歸仁也，～水之就下。"（就：趨向。）沈括《夢溪筆談》卷七："月本無光，～銀丸，日耀之乃光耳。"（耀：照。）❹ **副詞。還，仍然**。《孟子・盡心上》："掘井九軔而不及泉，～為棄井也。"（軔：仞。）❺ **副詞。尚且**。《左傳・襄公十年》："周～不堪競，況鄭乎？"（不堪：經不起。競：指戰爭。）❻ **通"由"。由於**。《公羊傳・莊公四年》："紀侯之不誅，至今有紀者，～無明天子也。" ❼ **[猶豫] 遲疑不決的樣子**。屈原《離騷》："心～～而狐疑。"《三國志・吳書・吳主傳》："羽～～不能去。"（羽：關羽。）❽ yáo ㊄ jiu[4] **通"搖"。搖動**。《禮記・檀弓下》："人喜則斯陶，陶斯詠，詠斯～，～斯舞。"（陶：心中喜悅。）

9 **猤** guì ㊄ gwai[6] **壯勇**。左思《吳都賦》："猿臂骿脅，狂趭獷～。"

9 **猱** náo ㊄ naau[4] **一種猿猴類動物**。《詩經・小雅・角弓》："毋教～升木，如塗塗附。" 曹植《白馬篇》："仰手接飛～，俯身散馬蹄。"（接：迎面射中。）

9 **猷** yóu ㊄ jau[4] ❶ **計謀，謀劃**。《尚書・君陳》："爾有嘉謀嘉～。"（爾：你。嘉：好。）❷ **道術，方法**。《詩經・小雅・巧言》："秩秩大～，聖人莫之。"（莫：通"謨"。謀劃。）

10 **猾** huá ㊄ waat[6] ❶ **擾亂**。《尚書・舜典》："蠻夷～夏，寇賊奸宄（guǐ ㊄ gwai[2]）。"（夏：古代稱我國中原地區。奸宄：違法作亂。）《國語・晉語二》："君若求置晉君以成名於天下，則不如置不仁以～其中，且可以進退。" ❷ **狡詐，狡猾**。《左傳・昭公二十六年》："獎順天法，無助狡～。"《史記・高祖本紀》："項羽為人僄（piào ㊄ piu[3]）悍～賊。"（僄悍猾賊：輕捷勇悍，狡猾兇狠。）

11 **獒** áo ㊄ ngou[4] **一種兇猛的狗**。《左傳・宣公二年》："公嗾（sǒu ㊄ sau[2]）夫～焉。"（嗾：唆使。）

11 **獄** yù ㊄ juk[6] ❶ **訴訟，官司**。《論語・顏淵》："片言可以折～者，其由也與？"（由：仲由，孔子學生。）《左傳・昭公二十八年》："梗陽人有～，魏戊不能斷。"（梗陽：地名。魏戊：人名。斷：決斷。）❷ **監牢**。楊惲《報孫會宗書》："妻子滿～。"

11 **獐** (麞)zhāng ㊄ zoeng[1] **獸名。鹿屬**。《呂氏春秋・士容》："此良狗也，其志在～麋豕鹿，不在鼠。"

11 **獍** jìng ㊄ ging[3] **傳說中的一種惡獸，生下來就吃生它的母獸。也叫破鏡**。庾信《哀江南賦序》："大則有鯨有鯢，小則為梟為～。"

11 **獎** (奬)jiǎng ㊄ zoeng[2] ❶ **勸勉，勉勵**。《左傳・昭公二十二年》："無亢不衷，以～亂人。"（亢：保護。不衷：不善。）諸葛亮《出師表》："當～率三軍。" ❷ **獎勵（後起意義）**。《北齊書・趙彥深傳》："提～人物，皆行業為先。"（行業：品行學業。）❸ **輔助**。《左傳・

僖公二十八年》："皆～王室，無相害也。"（王室：指天子。）

12 **獟** xiāo ㊣ hiu^{1} **勇猛**。《史記·衛將軍驃騎列傳》："誅～駻。"

12 **獠** liáo ㊣ liu^{4} ❶ **獸名**。曹植《七啟》之四："頓綱縱網，罷～回邁。" ❷ **夜間打獵**。《管子·四稱》："～獵畢弋，暴遇諸父。" ❸ lǎo ㊣ lou^{5} **古代南方少數民族名**。《晉書·李勢載記》："初，蜀土無～，至此始從山而出。" ❹ lǎo ㊣ lou^{5} **罵人之詞**。《新唐書·褚遂良傳》："武氏從幄後呼曰：'何不撲殺此～。'"

13 **獨** dú ㊣ duk^{6} ❶ **單獨**。《左傳·定公十三年》："與其害於民，寧我～死。"《禮記·大學》："故君子慎其～也。" **成語有"無獨有偶"**。(引) **獨特**。《莊子·人間世》："回聞衛君其年壯，其行～。"（回：人名，顏回。）(特) **老而無子**。**如"鰥（guān ㊣ gwaan^{1}）寡孤獨"。（鰥：老而無妻。）**［**獨夫**］① **獨身男子**。《管子·問篇》："問～～寡婦孤寡疾病者幾何人也。"（幾何：多少。）② **殘暴無道，為人民所憎恨的統治者**。蕭衍《淨業賦序》："～～既除，蒼生甦息。" **成語有"獨夫民賊"**。❷ **獨自**。柳宗元《捕蛇者說》："而吾以捕蛇～存。" ❸ **副詞。僅，只有**。《世說新語·賢媛》："密覘之，～見一女子，狀貌非常。" 陳亮《甲辰答朱晦書》："～亮自以為死灰有時而復然也。"（然：燃。） ❹ **副詞。表示轉折或強調。卻，偏偏**。《論語·顏淵》："人皆有兄弟，我～亡。"（亡：無。） ❺ **副詞。表示反問，相當於"難道"**。《韓非子·說林上》："子～不聞涸（hé ㊣ kok^{3}）澤之蛇乎？"（子：你。涸澤：乾枯了的湖澤。）《史記·廉頗藺相如列傳》："相如雖駑（nú ㊣ nou^{4}），～畏廉將軍哉？"

13 **獫** xiǎn ㊣ him^{2} ❶ **一種長嘴的獵狗**。《詩經·秦風·駟驖》："輶車鸞鑣，載～歇驕。"（歇驕：短嘴的獵狗。） ❷ ［**獫狁**（yǔn ㊣ wan^{5}）］**先秦時我國北部的一個民族。又寫作"玁狁"、"葷粥"、"熏育"等**。

13 **獪** kuài ㊣ kui^{2} **狡猾**。《宋史·侯陟傳》："性狡～好進，善事權貴。"（好進：喜歡往上爬。善：善於。）

13 **獬** xiè ㊣ haai^{5} ［**獬豸**（zhì ㊣ zi^{6}/zaai^{6}）］① **傳說中的神獸，能別曲直**。司馬相如《上林賦》："椎蜚廉，弄～～。" ② **古代執法官戴的獬豸冠**。羅隱《廣陵春日憶池陽有寄》詩："別後故人冠～～，病來知己賞鵷鶵。" **這兩個意義又都寫作"解廌"**。

14 **獲** huò ㊣ wok^{6} ❶ **獵得禽獸**。《詩經·秦風·駟驖》："舍拔則～。"（舍拔：指射箭。） (又) **俘獲，繳獲**。李斯《諫逐客書》："～楚魏之師。"（師：軍隊。） ❷ **得到**。《論語·雍也》："仁者，先難而後～。"《鹽鐵論·誅秦》："初雖勞苦，卒～其慶。"（卒：終了。慶：福。） ❸ **通"穫"。收穫莊稼**。《荀子·富國》："今是土之生五穀也，人善治之……一歲而再～之。"（歲：年。再：兩次。） ❹ **女奴隸**。《墨子·大取》："愛～之愛人也，生於慮～之利。"［**臧獲**］**見520頁"臧"字**。【**辨**】**獲，穫。見451頁"穫"字**。

14 **獮** xiǎn ㊣ sin^{2} **秋天打獵**。《管子·小匡》："秋以田曰～。"（田：打獵。） (引) **殺死**。張衡《西京賦》："白日未及移其晷（guǐ ㊣ gwai^{2}），已～其什七八。"（晷：日影。）

14 **獳** nòu ㊣ nau^{6} ❶ **犬怒的樣子**。《山海經·中山經》："有獸焉，名曰獜，其狀如～犬而有鱗。" ❷ rú ㊣ jyun^{4} ［**朱獳**］**傳說中的異獸**。《山海經·東山經》："（耿山）有獸焉，其狀如狐而魚翼，其名曰～～。"

14 **獰** níng ㊣ ning^{4} **兇惡**。李賀《感諷》詩："縣官騎馬來，～色虬紫鬚。"

劉餗《隋唐嘉話》卷中："你情知此漢～，何須犯他百姓？" [引] **猛**。韓愈《送無本師歸范陽》詩："～飆攪空衢，天地與頓撼。"貫休《觀懷素草書歌》："醉來把筆～如虎，粉壁素屏不問主。"

15 **獶** (獿)náo [粵] naau⁴ ❶ **同"猱"。一種猿猴類動物**。《尸子》卷下："余左執太行之～，而右搏雕虎。" ❷ [**獶雜**] **混雜**。《禮記・樂記》："～～子女。" ❸ [**獶人**] **古代的泥瓦匠**。《漢書・揚雄傳下》："～～亡，則匠石輟斤而不敢妄斲。"

15 **獷** guǎng [粵] gwong² **兇猛，強悍**。《後漢書・段熲傳》："招降～敵。"劉希夷《謁漢世祖廟》詩："～獸血塗地，巨人聲沸天。"

15 **獵** liè [粵] lip⁶ ❶ **打獵，捕捉野獸**。《詩經・魏風・伐檀》："不狩不～，胡瞻爾庭有縣貆兮。"《韓非子・説林上》："孟孫～，得麑（ní [粵] ngai⁴）。"（孟孫：人名。麑：小鹿。） ❷ **通"躐"。踩，踐踏**。《荀子・議兵》："不～禾稼。" [引] **越過，掠過**。宋玉《風賦》："故其清涼雄風……～蕙草。"（雄風：大風。） ❸ **通"擸"。持，指持而正之**。《史記・日者列傳》："～纓正襟危坐。"（纓：帽帶。危坐：端正地坐着。）

16 **獻** xiàn [粵] hin³ ❶ **獻祭**。《詩經・豳風・七月》："四之日其蚤，～羔祭韭。" [引] **奉獻**。《史記・秦始皇本紀》："魏～地於秦。" [特] **主人敬酒給賓客**。《詩經・小雅・楚茨》："為賓為客，～酬交錯。"（酬：主人再次敬酒。） ❷ **賢人**。《論語・八佾》："文～不足故也。"（文：典籍。）【**辨**】**貢，供，獻。見609頁"貢"字。**

16 **獺** tǎ [粵] caat³/taat³ **獸名。水獺**。《孟子・離婁上》："故為淵驅魚者～也。"

20 **玃** jué [粵] gwok³ **大母猴**。張衡《南都賦》："虎豹黃熊遊其下，轂（hù [粵] huk¹）～猱鋌戲其巔。"（轂：獸名。）

20 **玁** xiǎn [粵] him² [**玁狁**] **先秦時我國北方的一個民族**。《詩經・小雅・采薇》："豈不日戒，～～孔棘。"（棘：急。）

玄部

0 **玄** xuán [粵] jyun⁴ ❶ **黑中帶紅**。《尚書・湯誥》："敢用～牡，敢昭告于上天神后。"（牡：公馬。） [泛] **黑**。《韓非子・十過》："有～雲從西北方起。" ❷ **天，天空**。揚雄《甘泉賦》："惟漢十世，將郊上～。"（十世：指成帝。郊：一種祭祀。） ❸ **深奧，玄妙**。《老子・一章》："～之又～，眾妙之門。"沈約《齊故安陸昭王碑文》："學徧書部，特善～言。"（書部：指各類書籍。）

6 **玈** lú [粵] lou⁴ **黑色**。《左傳・僖公二十八年》："賜之……～弓矢千。"

6 **率** shuài [粵] seot¹ ❶ **張網捕捉（飛禽）**。張衡《東京賦》："悉～百禽。" ❷ **遵循，沿着**。《詩經・大雅・常武》："～彼淮浦。"（沿着那淮水。） ❸ **帶領，率領**。《列子・湯問》："遂～子孫荷擔者三夫。"（荷擔：挑擔。）《三國志・蜀書・諸葛亮傳》："亮～眾南征。" [又] **表率，楷模**。《漢書・何武傳》："上所委任，一州表～也。" ❹ **主將，統帥**。《荀子・富國》："將～不能則兵弱。"這個意義又寫作"帥"。 ❺ 直率，坦率。《南史・齊武陵昭王曄傳》："曄留儉設食，盤中菘菜鮑魚而已。儉重其～真，為飽食盡歡而去。"《梁書・王瞻傳》："瞻性～亮。" ❻ [**率爾**] [**率然**] **輕率的樣子**。《論語・先進》："子路～爾而對。" ❼ **大致，一般**。賈誼《治安策》："進謀者～以為是。"（進謀者：獻策的人。是：正確的。） [引] **一律，一概**。韓愈《進學解》："占小善者～以錄，名一藝者無不庸。”（錄、庸：都是任用的意思。）[**大率**] **大約**。《漢書・百官公卿表上》：“～～十里一亭，亭有長。” ❽ lǜ 粵 leot6 **標準，條例**。《史記・商君列傳》：“有軍功者，各以～受上爵。”（爵：爵位。）❾ lǜ 粵 leot6 **比率**。《漢書・梅福傳》：“建始以來，日食地震，以～言之，三倍春秋。”

玉部

0 **王** wáng 粵 wong4 ❶ **帝王。戰國以前只有天子稱“王”，戰國時諸侯也稱“王”**。《荀子・王霸》：“故百～之法不同。” ❷ **秦漢以後帝王改稱皇帝，“王”成為封爵的最高一級**。柳宗元《封建論》：“制其守宰，不制其侯～。”（制：控制。守宰：指郡縣的長官。）❸ **諸侯或外族來朝見天子**。《尚書・大禹謨》：“四夷來～。” ❹ **大**。《周禮・天官・獻人》：“春獻～鮪。” ❺ wàng 粵 wong6 **稱王，統治天下**。《商君書・更法》：“三代不同禮而～。”（三代：指夏、商、周。禮：指制度。）

2 **玏** lè 粵 lak6/laak6 [**瑊**（jiān 粵 zam1）**玏**] **似玉的美石**。

3 **玕** gān 粵 gon1 [**琅玕**] **見 395 頁“琅”字**。

3 **玓** dì 粵 dik1 [**玓瓅**（lì 粵 lik5）] **珠子發光的樣子**。司馬相如《上林賦》：“明月珠子，～～江靡（mǐ 粵 mei5）。”（江靡：江邊。）

3 **玘** qǐ 粵 hei2 **玉名**。謝靈運《答中書》詩：“矧乃良朋，貽我瓊～。”

4 **玞** fū 粵 fu1 [**碔**（wǔ 粵 mou5）**玞**] **見 396 頁“碔”字**。

4 **玩**（翫）wán 粵 wun6 ❶ **玩弄，戲弄**。《尚書・旅獒》：“～人喪德，～物喪志。” ❷ **觀賞，欣賞**。韋應物《月下會徐十一草堂》詩：“暫輟（chuò 粵 zyut3）觀書夜，還題～月詩。”（引）**供玩賞的東西**。《國語・楚語下》：“若夫白珩（héng 粵 hang4），先王之～也。”（珩：佩玉上端的橫玉。）❸ **琢磨，研究**。《周易・繫辭上》：“居則觀其象而～其辭，動則觀其變而～其占。” ❹ **輕視，習慣而不經心**。《左傳・昭公二十年》：“夫火烈，民望而畏之，故鮮死焉。水懦弱，民狎而～之，則多死焉。”

4 **玭** pín 粵 pan4/pin4 **蚌的珠**。何晏《景福殿賦》：“流羽毛之威蕤，垂環～之琳琅。”

4 **玫** méi 粵 mui4 [**玫瑰**] ① **次於玉的美石**。《韓非子・外儲說左上》：“綴以珠玉，飾以～～。”《史記・司馬相如列傳》：“其石則赤玉～～。” ② **花名。一種落葉灌木**。溫庭筠《握柘詞》：“楊柳縈橋綠，～～拂地紅。”

4 **玦** jué 粵 kyut3 **環形而有缺口的佩玉**。屈原《九歌・湘君》：“捐余～兮江中。”（捐：拋棄。余：我的。）

5 **珏**（瑴、玨）jué 粵 gok3 **合在一起的兩塊玉**。《左傳・莊公十八年》“皆賜玉五瑴，馬三匹”陸德明釋文：“瑴，字又作珏。” **又用於人名。《新唐書》有李珏傳**。

5 **珂** kē 粵 o1/ngo1 **像玉的美石，多用為馬籠頭上的裝飾品**。張華《輕薄篇》：“文軒樹羽蓋，乘馬鳴玉～。”

5 **玷** diàn 粵 dim3 ❶ **缺損**。《詩經・大雅・抑》：“白圭之～，尚可磨也。”（圭：一種玉器。）❷ **白玉上的斑點**。鄭愔《貶降至汝州廣城驛》詩：“荊玉終無～，隨珠忽已彈。”（引）**缺點，過失**。《世說新語・德行》：“攸素有德業，言行無～。”（攸：鄧攸，人名。）❸ **弄髒，玷污**。《論衡・累害》：“以～污言之，清受塵而白取垢（gòu 粵 gau3）。”《晉書・苻堅載記上》：“何可盤于游田，以～聖德。”杜甫《春日江村五首·三》："豈知牙齒落，名～薦賢中。"（名字列在被推薦的賢人中，玷污了那些賢人。）

5 **珊** shān (粵) saan^{1} ❶［珊珊］① **佩玉撞擊的聲音**。杜甫《鄭駙馬宅宴洞中》詩："時聞雜佩聲～～。" ② **風或雨的聲音**。元稹《琵琶歌》："珠幢夜靜風～～。" 白居易《題盧秘書夏日新栽竹》詩："珠灑雨～～。" ③ **明潔晶瑩的樣子**。韋莊《白櫻桃》詩："瀉得～～白露珠。" ④ **通"姍姍"。女子走路緩慢從容的樣子**。宋無名氏《李師師外傳》："見姥擁一姬～～而來。" ❷［珊瑚］**海中珊瑚蟲分泌堆積成的樹狀物。可做裝飾品**。《史記·司馬相如列傳》："～～叢生。"

5 **玳** （瑇）dài (粵) doi^{6}［玳瑁］**一種大海龜**。《淮南子·泰族》："瑤碧玉珠，翡翠～～。"《古詩為焦仲卿妻作》："頭上～～光。"

5 **玲** líng (粵) ling^{4} ❶［玲瓏］① **金玉聲**。班固《東都賦》："和鑾～～。"（鑾：帝王車上的鈴。）② **明澈、空明的樣子**。左思《吳都賦》："珊瑚幽茂而～～。" (特) **指代梅花或雪**。韓愈《春雪間早梅》詩："～～開已遍。" 王安石《次韻王勝之詠雪》："～～翦水空中墮。" ❷［玲玲］**玉聲**。劉勰《文心雕龍·聲律》："～～如振玉。"

5 **珍** zhēn (粵) zan^{1} ❶ **珍寶**。《荀子·解蔽》："遠方莫不致其～。"（致：送給。）(引) **珍味**。《呂氏春秋·順民》："味禁～，衣禁襲。"（襲：重。）(引) **寶貴的，珍貴的**。李白《古風五十九首》之五十四："鳳鳥鳴西海，欲集無～木。"（集：鳥落在樹上。木：樹。）❷ **珍惜，珍愛**。《後漢書·黃瓊傳》："蓋聖賢居身之所～也。" 李白《古風五十九首》之一："綺麗不足～。"（綺麗：美麗。）【辨】珍，寶。"珍"、"寶"都可以指寶貴的東西，但有時具體所指不同。如鐘鼎等器物稱"寶"不稱"珍"，稀有的禽、木和精美的食物稱"珍"不稱"寶"。"珍藏"和"寶藏"意思不同。

5 **珈** jiā (粵) gaa^{1} **古代婦女首飾**。《詩經·鄘風·君子偕老》："君子偕老，副笄六～。"

6 **珪** guī (粵) gwai^{1} **同"圭"。上圓（或上尖）下方的玉器**。《左傳·襄公三十年》："用兩～質于河。"《史記·仲尼弟子列傳》："三復白～之玷。"

6 **珥** ěr (粵) ji^{5} ❶ **用珠玉做的耳飾**。《史記·外戚世家》："帝譴責鉤弋夫人，夫人脫簪～叩頭。" ❷ **劍鼻**。屈原《九歌·東皇太一》："撫長劍兮玉～，璆（qiú (粵) kau^{4}）鏘鳴兮琳琅。"（璆：美玉名。琳瑯：玉石聲。）❸ **日、月暈的一種**。《隋書·天文志下》："月暈有兩～，白虹貫之，天下大戰。" ❹ **插戴，一般指插在帽上**。潘岳《秋興賦》："～蟬冕而襲紈綺之士，此焉遊處。" ❺ èr (粵) ji^{6} **通"刵"。古時打獵，割取所獲禽獸的左耳以報功**。《周禮·地官·山虞》："植虞旗於中，致禽而～焉。"

6 **珙** gǒng (粵) gung^{2} **大璧**。梁僧祐《續撰失譯雜經錄》："言貴～璧，況法施哉。" 元稹《蠻子朝》詩："求天叩地持雙～。"

6 **玼** cǐ (粵) ci^{2} ❶ **鮮明的樣子**。《詩經·鄘風·君子偕老》："～兮～兮，其之翟（dí (粵) dik^{6}）也。"（翟：指繪有野雞花紋的衣服。）❷ cī (粵) ci^{1} **玉上的斑點**。《鹽鐵論·鼂錯》："夫以璵璠（yú fán (粵) jyu^{4} faan^{4}）之～而棄其璞。"（璵璠：美玉。璞：未雕琢的玉。）(喻) **缺點，毛病**。《後漢書·呂強傳》："願陛下詳思臣言，不以記過見～為責。"

6 **珩** héng (粵) hang^{4} **佩上的橫玉**。《國語·楚語下》："若夫白～，先王之翫也，何寶之焉？"《宋書・樂志二》："嗚～佩，觀典章。"

6 **珮** pèi ㊣ pui^{3} **繫在衣帶上做裝飾用的玉**。《墨子・辭過》："鑄金以為鉤，珠玉以為～。"李白《感興八首》之二："解～欲西去。"㊀ **佩戴**。屈原《九章・涉江》："被明月兮～寶璐。"

6 **珓** jiào ㊣ gaau^{3} **占卜用的器具**。陸游《入蜀記》卷四："擁兵過廟下，相率卜～。"［**杯珓**］**用來占卜吉凶的器具**。韓愈《謁衡嶽廟遂宿嶽寺題門樓》詩："手持～～導我擲，云此最吉餘難同。"

6 **班** bān ㊣ baan^{1} ❶ **分玉**。《尚書・舜典》："～瑞于羣后。"（瑞：瑞玉，古代一種作為憑證的玉。羣后：眾諸侯。）㊀ **分開，攤開**。《左傳・襄公二十六年》："～荊相與食。"（把荊條攤在地上一起坐着吃飯。）李白《送友人》詩："揮手自茲去，蕭蕭～馬鳴。"（班馬：離羣的馬。）❷ **頒佈**。《呂氏春秋・仲夏》："～馬正。"（正：政。頒佈養馬的政令。）《後漢書・崔駰傳》："強起～春。"（勉強出來頒佈春天的政令。）❸ **排列**。《韓非子・存韓》："～位于天下。"㊀ **等級，次第**。《隋書・百官志》："徐勉為吏部尚書，定為十八～。"（吏部尚書：官名。）㊀ **等同**。《孟子・公孫丑上》："伯夷、伊尹於孔子，若是～乎？"❹ **返回**。［**班師**］**調回出去打仗的軍隊，也指出征的軍隊勝利歸來**。《尚書・大禹謨》："～～振旅。"《左傳・襄公十年》："請～～。"❺ **通"斑"**。**雜色**。屈原《離騷》："～陸離其上下。"（陸離：色彩繁雜的樣子。）［**班白**］**鬢髮花白。喻指老人**。《韓非子・外儲說左下》："～～者多以徒行。"（徒行：步行。）

7 **球** qiú ㊣ kau^{4} ❶ **美玉**。《尚書・禹貢》："厥貢惟～、琳、琅玕。"❷ **玉磬**。《尚書・益稷》："戛擊鳴～。"【**注意**】古代漢語中的"球"沒有現代球類的意義。

7 **理** lǐ ㊣ lei^{5} ❶ **雕琢，加工玉石**。《韓非子・和氏》："使玉人～其璞（pú ㊣ pok^{3}）而得寶焉。"（玉人：加工玉石的工匠。璞：沒有雕琢加工的玉石。）㊀ **治理，整理**。《荀子・天論》："本事不～……夫是之謂人祆（yāo ㊣ jiu^{1}）。"（農事得不到治理，這就是人為的災害。祆：妖，災害。）《木蘭詩》："阿姊聞妹來，當戶～紅妝。"（當戶：對着窗戶。）❷ **紋理，條理**。鼂錯《言守邊備塞疏》："其人密～。"（密理：皮膚紋理細密。）《荀子・儒效》："井井兮其有～也。"（井井：整齊不亂的樣子。）❸ **道理，規律**。《孟子・告子上》："故～義之悅我心，猶芻豢之悅我口。"《莊子・養生主》："依乎天～。"❹ **法官**。《管子・小匡》："弦子旗為～。"（弦子旗：人名。）

7 **珽** tǐng ㊣ ting^{5} **帝王上朝時拿的玉笏（hù ㊣ fat^{1}）板。也叫大圭**。《左傳・桓公二年》："袞冕黻～。"趙昂《攻玉賦》："直以為～，圓而作璧。"

7 **琇** xiù ㊣ sau^{3} **似玉的美石**。《詩經・衞風・淇奧》："有匪君子，充耳～瑩。"

7 **琅** láng ㊣ long^{4} ❶［**琅玕**（gān ㊣ gon^{1}）］① **像珠子一樣的美石**。《尚書・禹貢》："厥貢惟球、琳、～～。"曹植《美女篇》："腰佩翠～～。"（佩：佩戴。翠：青綠色。）**詩賦中也省作"琅"**。② **傳說中的寶樹**。江淹《雜體詩・嵇中散》："朝食～～實，夕飲玉池津。"（實：果實。津：水。）③ **竹子的美稱**。杜甫《鄭駙馬宅宴洞中》詩："留客夏簟清～～。"❷［**琅琅**］**象聲詞。形容清脆的聲音**。蘇舜欽《秀州通越門外》詩："珍禽無數語～～。"**詩賦中也省作"琅"**。❸［**琅當**］**同"鋃鐺"。用鐵鏈鎖住**。《漢書・王莽傳下》："以鐵鎖～～其頸。"❹［**琅邪**（yá ㊣ je^{4}）］**山名，在山東，又寫作**

"琅琊"。

8 **琫** (鞛)běng 粵 bung^{2} **佩刀刀把處的裝飾物**。《詩經・大雅・公劉》："維玉及瑤，鞞 (bǐng 粵 bing^{2}) ～容刀。"(瑤：美玉。鞞：同"琕"。刀鞘或刀鞘上的飾物。容：指裝飾。)《左傳・桓公二年》："藻、率、鞞、～、鞶 (pán 粵 pun^{4})、厲、游 (liú 粵 lau^{4})、纓，昭其數也。"(藻：墊玉的彩板。率：通"帥"。佩巾。鞶：束衣大帶。厲：鞶帶的垂飾。游：同"斿"。旌旗上的飄帶。數：命數，禮數。)

8 **珷** wǔ 粵 mou^{5} [珷玞] **似玉的石**。《三國志・魏書・高堂隆傳》："怪石～～，浮于河淮。"

8 **琪** qí 粵 kei^{4} **美玉**。陸龜蒙《襲美先輩……用伸酬謝》詩："因知昭明前，剖石呈清～。"[琪樹] **仙境中的玉樹**。孫綽《遊天臺山賦》："建木滅景於千尋，～～璀璨而垂珠。"

8 **琳** lín 粵 lam^{4} **美玉，青碧色的玉**。《史記・司馬相如列傳》："玫瑰碧～，珊瑚叢生。"張衡《西京賦》："珊瑚～碧。"[琳琅] **美玉**。《世説新語・容止》："觸目見～～珠玉。"喻 **優美珍貴的東西**。如"**琳琅滿目**"。

8 **琦** qí 粵 kei^{4} ❶ **美玉**。《鬼谷子・飛箝》："財貨～瑋，珠玉璧白。"(瑋：美玉。) ❷ **珍奇，美好**。仲長統《昌言・理亂》："～賂寶貨，巨室不能容。"(賂：財物。) ❸ **通"奇"。奇異的**。《荀子・非十二子》："好治怪説，玩～辭。"(治：研究。玩：賣弄。)

8 **琢** zhuó 粵 doek^{3} **雕刻玉石**。《詩經・衛風・淇奧》："如切如磋，如～如磨。"(磋：磨光。)《禮記・學記》："玉不～，不成器。"

8 **琖** zhǎn 粵 zaan^{2} **又寫作"盞"。酒杯**。《禮記・明堂位》："爵，夏后氏以～，殷以斝，周以爵。"劉禹錫《劉駙馬水亭避暑》詩："琥珀～紅疑漏酒，水晶簾瑩更通風。"

8 **琥** hǔ 粵 fu^{2} ❶ **雕成虎形的玉器**。《左傳・昭公三十二年》："賜子家子雙～一環一璧。" ❷ [琥珀] **礦物名。黃褐色透明的化石。可做香料及裝飾品**。《梁書・諸夷傳》："多大秦珍物，珊瑚、～～、金碧珠璣……"

8 **琨** kūn 粵 kwan^{1} **一種玉**。《尚書・禹貢》："厥貢惟金三品，瑤、～、筱簜。"

8 **琤** chēng 粵 zang^{1} **玉聲**。《説文》："琤，玉聲也。"[琤琤] ① **玉石聲**。李商隱《燕臺・春》詩："香眠冷襯～～珮。" ② **琴聲**。孟郊《聽琴》詩："前溪忽調琴，隔林寒～～。" ③ **水聲**。《梁書・張纘傳》："風瑟瑟以鳴松，水～～而響谷。"

8 **琱** diāo 粵 diu^{1} ❶ **對玉進行雕琢加工**。《漢書・王吉傳》："古者工不造～瑑 (zhuàn 粵 syun^{6})。"(工：做工的人。瑑：玉器上高起的花紋。) ❷ **通"雕(彫)"。雕飾，刻畫**。《漢書・貢禹傳》："牆塗而不～。"【辨】雕，鵰，琱，彫，凋。見703頁"雕"字。

8 **琰** yǎn 粵 jim^{5} ❶ [琰圭] **一種上端尖的圭，用作征討的符信**。《周禮・春官・典瑞》："～～以易行，以除慝。" ❷ [琬琰] **美玉**。傅玄《擬四愁詩》之二："申以～～夜光寶。"

8 **琮** cóng 粵 cung^{4} **八角形的玉，中間有圓孔**。《周禮・考工記・玉人》："璧～九寸，諸侯以享天子。"(九寸：指玉的直徑。享：獻。)

8 **琯** guǎn 粵 gun^{2} **古代一種樂器，玉管**。《大戴禮記・少閒》："西王母來獻其白～。"

8 **琬** wǎn 粵 jyun^{2} ❶ [琬圭] **上端圓形的圭**。《周禮・考工記・玉人》："～～九寸而繅以象德。" ❷ [琬琰 (yǎn

粵 jim^{5})] **美玉**。《淮南子・説山》：“～～之玉，在洿泥之中，雖廉者弗釋。”（弗釋：不捨棄。）**也單用“琬”**。《淮南子・俶真》：“目觀玉輅～象之狀，耳聽《白雪》、《清角》之聲。”喻 **美德**。《抱朴子・任命》：“崇～～於懷抱之內，吐琳瑯於毛墨之端。”

8 **琛** chēn 粵 sam^{1} **珍寶**。《詩經・魯頌・泮水》：“來獻其～。”

8 **琚** jū 粵 geoi^{1} **古人佩戴的一種玉**。《詩經・衞風・木瓜》：“投我以木瓜，報之以瓊～。”賈誼《新書・容經》：“～瑀以雜之。”（瑀：一種美石。）

8 **琭** lù 粵 luk^{6} **堅硬珍貴的樣子**。《老子・三十九章》：“不欲～～如玉，珞珞如石。”（珞珞：高大堅硬的樣子。）

9 **瑟** sè 粵 sat^{1} ❶ **一種彈撥弦樂器。通常有二十五根弦**。《詩經・周南・關雎》：“窈窕淑女，琴～友之。”《史記・廉頗藺相如列傳》：“趙王鼓～。”❷ **繁茂眾多的樣子**。《詩經・大雅・旱麓》：“～彼柞棫。”❸ **潔淨明亮的樣子**。劉禹錫《故吏部侍郎奚公神道碑銘》：“黃流～然。”❹ **莊嚴的樣子**。《詩經・衞風・淇奧》：“～兮僩兮。”❺ [**瑟瑟**] ① **形容風的聲音**。劉楨《贈從弟》詩：“～～谷中風。”② **形容秋天的寒意**。白居易《琵琶行》：“楓葉荻花秋～～。”③ **形容暗綠的顏色**。白居易《暮江吟》：“一道殘陽鋪水中，半江～～半江紅。”❻ [**瑟縮**] ① **收縮，蜷縮**。《呂氏春秋・古樂》：“筋骨～～不達。”② **風聲**。蘇軾《洞庭春色賦》：“卧松風之～～。”③ **遲緩，遲疑**。牛僧孺《相國崔群家廟碑》：“九州歲貢，～～不集。”

9 **瑛** yīng 粵 jing^{1} ❶ **玉光**。庾闡《涉江賦》：“金沙逐波而吐～。”❷ **美石**。傅咸《申懷賦》：“何天施之弘普，廁瓦礫於瓊～。”庾肩吾《詠花雪》：“飛花灑庭樹，凝～結井泉。”

9 **瑚** hú 粵 wu^{4} ❶ [**瑚璉**] **古代宗廟盛放黍稷的祭器。比喻有用的人才**。《論語・公冶長》：“子貢問曰：‘賜也何如？’子曰：‘女器也。’曰：‘何器也？’曰：‘～～也。’”杜甫《贈左僕射鄭國公嚴公武》詩：“鄭公～～器，華嶽金天晶。”❷ [**珊**(shān 粵 saan^{1}) **瑚**] **見 394 頁“珊”字**。

9 **瑕** xiá 粵 haa^{4} ❶ **赤色的玉**。司馬相如《上林賦》：“赤～駁犖。”❷ **玉上面的斑點**。《左傳・宣公十五年》：“瑾瑜匿～。”（瑾、瑜：兩種美玉。匿：隱藏。）喻 **缺點，過失**。《三國志・吳書・朱據傳》：“以功覆過，棄～取用。”（覆：掩蓋。）**成語有“瑕瑜互見”**。❸ **空隙，薄弱環節**。《管子・制分》：“攻堅則軔(rèn 粵 jan^{6})，乘～則神。”（軔：指攻不動，難入。神：指很快瓦解。）❹ **何，為甚麼**。《禮記・表記》：“心乎愛矣，～不謂矣。”

9 **瑁** mào 粵 mou^{6} ❶ **天子接見諸侯時所拿的玉**。《尚書・顧命》：“太保承介圭，上宗奉同～。”❷ [**玳瑁**] **見 394 頁“玳”字**。

9 **瑞** ruì 粵 seoi^{6} ❶ **用作憑證的玉器**。《左傳・哀公十四年》：“司馬請～焉。”（司馬：官名。請：請求。）❷ **凶吉的預兆**。《論衡・指瑞》：“傳舍人不吉之～矣。”杜預《春秋左氏傳序》：“麟鳳五靈，王者之嘉～也。”特 **吉兆，祥瑞**。《新唐書・鄭仁表傳》：“天～有五色雲。”引 **吉利的**。孟浩然《寒夜張明府宅宴》詩：“～雪初盈尺。”

9 **瑜** yú 粵 jyu^{4} ❶ **美玉**。屈原《九章・懷沙》：“懷瑾握～兮，窮不知所示。”（瑾：美玉。）《晉書・輿服志》：“皇太子妃……佩～玉。”❷ **玉的美質**。《禮記・聘義》：“瑕不揜～。”（瑕：玉上的斑點。）

9 **瑗** yuàn 粵 jyun^{6} **孔大邊小的璧**。《荀子・大略》：“聘人以珪，問士以璧，召人以～，絕人以玦，反絕以環。”《淮南子・說林》：“璧～成器，礛（jiān ⑧ gaam[1]）諸之功。”（礛諸：治玉之石。）

9 **瑉**（玟、碈）mín ⑧ man[4] **次於玉的美石**。《荀子・法行》：“君子之所以貴玉而賤～者何也？為夫玉之少而～之多邪？”

9 **瑋** wěi ⑧ wai[5] **美好，珍貴**。《淮南子・俶真》：“何況懷瑰～之道，忘肝膽，遺耳目。”《後漢書・南蠻西南夷傳論》：“藏山隱海之靈物，沉沙棲陸之～寶。”㊀ **以……為美**。《後漢書・黨錮傳》：“梁惠王～其照乘之珠。”

10 **瑱** tiàn ⑧ tin[3] ❶ **冠冕兩側（用以塞耳的）垂掛的玉石**。《詩經・鄘風・君子偕老》：“玉之～也，象之揥也。”❷ **玉石**。江淹《雜體詩・效顏延之侍宴》：“榮重餽兼金，巡華過盈～。”（盈瑱：盈尺之瑱。）❸ **填充**。郭璞《江賦》：“金精玉英～其裏，瑤珠怪石琗其表。”❹ zhèn ⑧ zan[3] **通“鎮”。壓物之器**。屈原《九歌・東皇太一》：“瑤席兮玉～，盍將把兮瓊芳。”

10 **瑣** suǒ ⑧ so[2] ❶ **瑣碎，細小**。陸機《演連珠》：“事有～而助洪。”（洪：大。）㊀ **卑微**。權德輿《答左司崔員外書》：“德輿器用～薄。”❷ **仔細**。《漢書・丙吉傳》：“召東曹案邊長吏～科條其人。”❸ **連環，連鎖**。仲長統《述志》詩：“委曲如～。”（委曲：委婉曲折。）㊁（**門窗上雕刻或繪有）連環形的花紋**。鮑照《翫月城西門廨中》詩：“玉鉤隔～窗。”㊀ **宮門**。長孫佐輔《宮怨》詩：“憶昔妝成候仙仗，宮～玲瓏日新上。”

10 **瑰**（瓌）guī ⑧ gwai[1] ❶ **次於玉的美石**。《詩經・秦風・渭陽》：“何以贈之，瓊～玉佩。”（瓊：美玉。）❷ **奇異，珍奇**。《淮南子・詮言》：“聖人無屈奇之服，無～異之行。”王安石《遊褒禪山記》：“～怪非常之觀。”**這個意義又寫作“瓌”**。

10 **瑲** qiāng ⑧ coeng[1] ❶ **玉相互撞擊的聲音**。《詩經・小雅・采芑》：“服其命服，朱芾斯皇，有～葱珩。”❷［**瑲瑲**］**像鈴的聲音**。《詩經・小雅・采芑》：“約軝錯衡，八鸞～～。”

10 **瑤** yáo ⑧ jiu[4] **美玉，像玉一樣的美石**。《詩經・衛風・木瓜》：“投我以木桃，報之以瓊～。”《抱朴子・博喻》：“瓊艘～楫無涉川之用。”（瓊：美玉。楫：船槳。）㊃ **如玉一樣的，美好的**。宋玉《招魂》：“～漿蜜勺。”鮑照《芙蓉賦》：“被～塘之周流，繞金渠之屈曲。”

10 **瑳** cuō ⑧ co[1] ❶ **玉色潔白，光潤**。《詩經・鄘風・君子偕老》：“～兮～兮，其之展也。”（展：一種用紅或白縐紗做的單衣。）**常“瑳瑳”連用**。《宋史・樂志十四》：“琱（diāo ⑧ diu[1]）琚～～。”（琱琚：雕刻過的玉石。）㊀ **牙齒潔白的樣子**。《詩經・衛風・竹竿》：“巧笑之～，佩玉之儺。”（儺：行走有節奏。）❷［**切瑳**］**通“切磋”。共同商討研究**。《荀子・天論》：“日～～而不捨也。”

10 **瑩** yíng ⑧ jing[4] ❶ **像玉的石**。《揚子法言・吾子》：“如玉如～。”❷ **玉石的光彩**。《韓詩外傳》卷四：“良珠度寸，雖有百仞之水，不能掩其～。”㊀ **潔白光亮**。《晉書・樂廣傳》：“此人之水鏡，見之，～然若披雲霧而睹青天也。”㊀ **使光潔**。《北史・綦母懷文傳》：“其土可～刀。”❸ **磨治玉石**。《周書・蘇綽傳》：“夫良玉未剖，與瓦石相類……及其剖而～之……玉石……始分。”❹ **用玉石裝飾**。《世說新語・汰侈》：“王君夫有牛名八百里駮，常～其蹄角。”（王君夫：王愷。）

11 **璂** qí ⑧ kei[4] **古代皮冠上的玉飾**。《周禮・夏官・弁師》：“王之皮弁會五采玉～。”

11 **瑾** jǐn [粵] gan^2 **美玉。常“瑾瑜”連用。**屈原《九章・懷沙》：“懷～握瑜兮窮不知所示。”（瑜：美玉。）《山海經・西山經》：“其陽多～瑜之玉。”（陽：山的南坡。）

11 **璊** mén [粵] mun^4 **玉赤色**。《詩經・王風・大車》：“大車啍啍，毳衣如～。”

11 **璉** liǎn [粵] lin^5 **宗廟盛黍稷的禮器**。《禮記・明堂位》：“夏后氏之四連。”陸德明《經典釋文》：“‘連’，本又作‘璉’。”《論語・公冶長》：“曰：‘何器也？’曰：‘瑚～也。’”（瑚：亦黍稷之器。瑚璉，或單稱，或連用。）

11 **璀** cuǐ [粵] ceoi^1/ceoi^2 **[璀璨（càn [粵] caan^3）] 玉石有光澤，色彩鮮明**。孫綽《遊天臺山賦》：“建木滅景於千尋，琪樹～～而垂珠。”（琪樹：玉樹。）劉勝《文木賦》：“製為枕案，文章～～。”（枕案：枕頭和小桌。文章：指花紋。）**這個意義又寫作“璀采”、“翠粲”、“璀粲”、“璀璀”**。

11 **璋** zhāng [粵] zoeng^1 **一種玉器，形狀像半個圭**。《詩經・大雅・棫樸》：“濟濟辟王，左右奉～。”《莊子・馬蹄》：“白玉不毀，孰為珪（guī [粵] gwai^1）～。”（孰：甚麼。珪：一種玉器，上圓下方。）

11 **璇** （琁、璿）xuán [粵] syun^4 ❶ **美玉**。《荀子・賦》：“～、玉、瑤、珠，不知佩也。”（瑤：美玉。佩：佩戴。）❷ **[璇璣] [璇機]** ① **星名，北斗成斗形的四顆星**。《楚辭・九思・怨上》：“謠吟兮中野，上察兮～璣。”（察：觀察。）② **古代天文儀器**。《後漢書・安帝紀》：“莫不據～機玉衡，以齊七政。”（玉衡：天文儀器。七政：指日、月和金、木、水、火、土五行星。）

11 **璆** qiú [粵] kau^4 ❶ **同“球”。美玉**。劉琨《重贈盧諶》詩：“握中有懸璧，本自荊山～。”[又] **磬**。《國語・晉語四》：“籧篨蒙～。”❷ **佩玉相擊聲**。《史記・孔子世家》：“夫人自帷中再拜，環珮玉聲～然。”

12 **璜** huáng [粵] wong^4 **半璧形的玉器**。《周禮・春官・大宗伯》：“以玄～禮北方。”《潛夫論・讚學》：“夏后之～，楚和之璧。”（夏后：夏后氏，即夏代。楚：楚國。和：人名。）

12 **璞** pú [粵] pok^3 **含有玉的石頭或未雕琢過的玉**。《韓非子・和氏》：“王乃使玉人理其～而得寶焉。”（玉人：雕琢玉的人。理：雕琢。）[喻] **質樸，淳樸**。《戰國策・齊策四》：“歸真反～，則終身不辱。”蔡邕《釋誨》：“顏歜（chù [粵] cuk^1）抱～。”（顏歜保持淳樸的品格。顏歜：人名。）

12 **璠** fán [粵] faan^4 ❶ **寶玉**。陸雲《答顧秀才》詩之五：“有斐君子，如珪如～。”（有斐：有文采的樣子。珪：上圓下方的玉。）❷ **[璵（yú [粵] jyu^4）璠] 見400頁“璵”字**。

12 **璘** lín [粵] leon^4 **[璘彬] 玉光澤鮮豔文采繽紛的樣子**。張衡《西京賦》：“珊瑚琳碧，瓀珉～～。”

12 **璣** jī [粵] gei^1 ❶ **不圓的珠子**。李斯《諫逐客書》：“傅～之珥。”（鑲着珠子的耳環。傅：附着。）❷ **[璣衡] 即璿（xuán [粵] syun^4）璣玉衡。古代觀察天象的儀器**。沈括《夢溪筆談》卷七：“天文家有渾儀，測天之器，設於崇臺，以候垂象者，則古～～是也。”（渾儀：渾天儀。崇：高。候：指觀察。垂象：指天象。）❸ **北斗七星中的第三顆星**。《隋書・天文志上》：“北斗第二星名琁，第三星名～。”

13 **璨** càn [粵] caan^3 **明亮**。《舊唐書・柳宗元傳》：“精裁密緻，～若珠貝。”**[璨璨] 明亮的樣子**。白居易《黑龍飲渭賦》：“氣默默以黯黯，光～～而爛爛。”

13 **璩** qú 粵 keoi4 ❶ **耳環**。《説文新附・玉部》："璩，環屬。" ❷ **玉名**。鄒陽《酒賦》："綃綺為席，犀～為鎮。"

13 **璫** dāng 粵 dong1 ❶ **瓦當**。司馬相如《上林賦》："華榱（cuī 粵 ceoi1）璧～。"（榱：椽子。璧璫：以璧為瓦當，裝飾在椽頭上。）❷ **漢代武官的冠飾**。《後漢書・輿服志下》："武冠，一曰武弁大冠，諸武官冠之。侍中、中常侍加黃金～。"（侍中、中常侍：多為皇帝近臣。）(引) **東漢以後，侍中等專以宦者充任，因而"璫"也用來指稱宦官**。夏允彝《幸存錄・門戶大略》："東林初負氣節，每與內～為難。" ❸ **古代婦女的耳飾**。《古詩為焦仲卿妻作》："耳著明月～。"（明月：指明月珠，珠寶名。）❹ **象聲詞**。[**璫琅**] **擊鼓聲**。盧同《月蝕詩》："始捶天鼓鳴～～。"

13 **璐** lù 粵 lou6 **美玉**。屈原《九章・涉江》："被明月兮佩寶～。"

13 **璪** zǎo 粵 zou2 **冕前貫玉的五彩絲繩**。《禮記・郊特牲》："王被袞以象天，戴冕，～十有二旒。"

13 **環** huán 粵 waan4 ❶ **玉圈**。《左傳・昭公十六年》："宣子有～。"（宣子：人名。）(引) **環形之物**。曹植《美女篇》："皓腕約金～。" [**環玦**（jué 粵 kyut3）] **指官員的內召和外貶。古人常以環暗示回還、復好；以玦（有缺口的玉環）暗示決絕**。劉禹錫《望賦》："俟（sì 粵 zi6）～～兮思帝鄉。"（俟環玦：等待着朝廷內召或外貶的決定。帝鄉：京都。）❷ **圍繞**。《孟子・公孫丑下》："～而攻之而不勝。"《史記・刺客列傳》："秦王～柱而走。"（走：跑。）❸ **遍，周遍**。韓愈《進學解》："昔者孟軻好辯，孔道以明，轍～天下。"

13 **璵** yú 粵 jyu4 [**璵璠**（fán 粵 faan4）] **魯國的寶玉**。《左傳・定公五年》："季平子……卒于房，陽虎將以～～斂。" **又寫作"璠璵"**。曹植《贈徐幹》詩："亮懷璠璵美，積久德愈宣。"

13 **璧** bì 粵 bik1 **平而圓、中心有孔的玉**。《呂氏春秋・觀表》："酒酣而送我以～。"《史記・廉頗藺相如列傳》："臣願奉～往使。"（奉：捧。使：出使。）

14 **瑌**（**瑌、碝、礝**）ruǎn 粵 jyun5 **美石**。《禮記・玉藻》："世子佩瑜玉而綦組綬，士佩～玟而緼組綬。"

14 **璽** xǐ 粵 saai2 **印。秦以後專指皇帝的印**。《韓非子・外儲說左下》："奪之～而免之令。"（令：縣令。）《漢書・霍光傳》："受～以來二十七日。"（受璽：接受皇帝的印，即做皇帝。）[**璽書**] **古代封口處蓋有印信的文書。秦以後專指皇帝的詔書**。《左傳・襄公二十九年》："～～追而與之。"（與：給。）《史記・秦始皇本紀》："上病益甚，乃為～～賜公子扶蘇。"

14 **璺** wèn 粵 man6 **器皿的裂紋**。段成式《酉陽雜俎》卷十"物異"："茶椀如舊，但有微～耳。"

15 **瓅** lì 粵 lik1 [**玓**（dì 粵 dik1）**瓅**] **見393頁"玓"字**。

15 **瓊** qióng 粵 king4 **美玉**。《詩經・衞風・木瓜》："投我以木瓜，報之以～琚。"（琚：一種佩玉。）蘇軾《次韻答王鞏》："我有方外客，顏如～之英。" (喻) **美好的事物**。宋玉《招魂》："華酌既陳，有～漿些。"（華酌：指華麗的酒器。陳：陳設。些：語氣詞。）

16 **瓌** guī 粵 gwai1 **奇異，珍奇**。宋玉《神女賦》："～姿瑋（wěi 粵 wai5）態。"（瑋：奇。）**這個意義又寫作"瑰"**。

16 **瓏** lóng 粵 lung4 **玉石**。《抱朴子・地真》："玄芝被崖，朱草蒙～。"（玄芝：仙草。被、蒙：都是覆蓋的意思。）[**瓏玲**] **金玉聲**。《漢書・揚雄傳・甘泉賦》："和氏～～。"**《文選》作"玲瓏"。見394頁"玲"字**。

17 **瓔** yīng [粵] jing1 **似玉的美石**。［**瓔珞** (luò [粵] lok6)］**用瓔珠串成的裝飾物**。《南史・夷貊傳》：“其王者著法服，加～～，如佛像之飾。”盧仝《觀放魚歌》：“天雨曼陀羅花深沒膝，四十千真珠～～堆高樓。”

17 **瓖** xiāng [粵] soeng1 **馬帶上的裝飾物**。張衡《東京賦》：“鉤膺玉～。”

18 **瓘** guàn [粵] gun3 **一種玉，即圭**。《左傳・昭公十七年》：“若我用～、斝、玉瓚，鄭必不火。”(火：着火，指發生火災。)

19 **瓚** zàn [粵] zaan3 ❶ **玉勺，古代祭祀時舀酒用的器具**。《詩經・大雅・旱麓》：“瑟彼玉～。”(瑟：潔淨的樣子。) ❷ **雜有石質的玉**。《周禮・考工記・玉人》：“天子用全，上公用龍，侯用～。”(龍：當為“駹”，指不純。)

瓜部

5 **瓞** dié [粵] dit6 **小瓜**。《詩經・大雅・緜》：“綿綿瓜～。”(綿綿：接連不斷的樣子。)

6 **瓠** hù [粵] wu6 ❶ **一種葫蘆，嫩時可吃，老時可做盛物器**。《莊子・逍遙遊》：“魏王貽我大～之種，……剖之以為瓢。”《韓非子・外儲說左上》：“夫～所貴者，謂其可以盛也。” ❷ hú [粵] wu4 **瓦壺**。賈誼《弔屈原賦》：“斡棄周鼎寶康～兮。”(康：空。)

瓦部

0 **瓦** wǎ [粵] ngaa5 ❶ **用陶土燒製的器皿**。《荀子・性惡》：“夫陶人埏埴而生～。”《韓非子・外儲說右上》：“夫～器至賤也，不漏，可以盛酒。” [特] **陶製的紡錘**。《詩經・小雅・斯干》：“乃生男子……載弄之璋。……乃生女子……載弄之～。” ❷ **屋上的瓦片**。《史記・廉頗藺相如列傳》：“秦軍鼓噪勒兵，武安屋～盡振。”

3 **瓨** gāng [粵] hong4 **長身的甕壇**。《史記・貨殖列傳》：“醯 (xī [粵] hei1) 醬千～。”(醯：醋。)

5 **瓴** líng [粵] ling4 ❶ **一種盛水的瓶子**。《淮南子・脩務》：“今夫救火者，汲 (jí [粵] kap1) 水而趨之，或以甕～，或以盆盂。”(汲：從井中取水。或：有的人。甕：盛水的陶器。) **成語有“高屋建瓴”**。 ❷［**瓴甋** (dí [粵] dik1)］**磚**。張協《雜詩十首》之五：“～～夸璵璠 (yú fán [粵] jyu4 faan4)。”(誇：誇耀。璵璠：美玉。)

6 **瓶** (**缾**)píng [粵] ping4 ❶ **盛酒漿和水的瓦器**。《左傳・定公三年》：“閽以～水沃廷。”(閽：看門人。沃：澆。)杜甫《少年行》：“不通姓氏粗豪甚，指點銀～索酒嘗。” ❷ **汲水的瓦器**。白居易《井底引銀瓶》詩：“井底引銀～，銀～欲上絲繩絕。” ❸ **炊具**。《禮記・禮器》：“盛於盆，尊於～。”

8 **瓿** bù [粵] pau2 **古代盛醬醋之類的小甕**。《戰國策・東周策》：“夫鼎者，非效醯 (xī [粵] hei1) 壺醬～耳。”(醯：醋。)

9 **甄** zhēn [粵] jan1/zan1 ❶ **製作陶器的轉輪**。潘尼《釋奠頌》：“若金受範，若埴在～。”(範：模子。埴：陶土。) [又] **製作陶器**。《漢書・董仲舒傳》：“夫上之化下，下之從上，猶泥之在鈞，唯～者之所為。” ❷ **培養，造就**。任昉《為范始興作求立太宰碑表》：“臣里閭孤賤，才無可～。”［**甄陶**］① **製作陶器**。《鹽鐵論・力耕》：“使治家養生必於農，則舜不～～而伊尹不為庖。” ② **培養，造就**。何晏《景福殿賦》：“～～國風。”(風：風氣。）❸ **鑒別**。李白《與韓荊州書》："山濤作冀州，～拔三十餘人。"（山濤：人名。作冀州：擔任冀州刺史。）❹ **表明，表揚**。顏延之《陽給事誄》："義有必～。"《後漢書·孔奮傳》："為政明斷，～善疾非。" ❺ **軍隊的左右兩翼叫"甄"**。《晉書·周訪傳》："使將軍李恆督左～，許朝督右～。"（李恆、許朝：人名。）

9 **甀** chuí 粵 zeoi6 **小口甕**。《淮南子·氾論》："抱～而汲。"

9 **甃** zhòu 粵 zau3 ❶ **磚砌的井壁**。《莊子·秋水》："出跳梁乎井幹之上，入休乎缺～之崖。" (引) **井**。杜甫《銅瓶》詩："側想美人意，應非寒～沈。"（沈：沉。）❷ **修砌**。《管子·四時》："～屋行水。" (引) **裝飾**。李賀《出城別張又新酬李漢》詩："光明靄不發，腰龜徒～銀。"

9 **甂** biān 粵 pin1 **盆一類的瓦器**。劉向《說苑·反質》："瓦～，陋器也。"《淮南子·說林》："狗彘不擇～甌而食。"

10 **甈** qì 粵 hei3 ❶ **瓦器**。柳宗元《井銘》："始州之人，各以罌～負江水，莫克井飲。" ❷ yì 粵 hei3/ngai6 **破裂**。《揚子法言·先知》："剛則～，柔則壞。"

11 **甍** méng 粵 mang4 ❶ **屋棟，屋脊**。《左傳·襄公二十八年》："猶援廟桷（jué 粵 gok3），動於～。" 左思《魏都賦》："雲雀踶～而矯首，壯翼摛鏤于青霄。" ❷ **屋頂四角伸出的飛簷**。鮑照《詠史》："飛～各鱗次。" ❸ **房屋**。《周書·武帝紀下》："～宇雜物，分賜窮民。"

11 **甌** ōu 粵 au1/ngau1 ❶ **一種盛物的小瓦盆**。《淮南子·說林》："狗彘不擇甂～而食。" 楊衒之《洛陽伽藍記》卷四："金瓶銀甕百餘口，～、檠、盤、盒稱是。" (又) **奏樂的瓦盆**。段安節《樂府雜錄·擊甌》："善擊～，率以邢～、越～共十二隻，旋加減水於其中，以箸擊之。" ❷ **一種飲酒具**。李煜《漁父·一棹春風一葉舟》："花滿渚，酒滿～。"［金甌］**飲酒具。常比喻國土完整，也指國土**。《南史·朱異傳》："我國家猶若～～，無一傷缺。" ❸［**甌窶**（lóu 粵 lau4）］**狹小的高地**。《史記·滑稽列傳》："～～滿篝，污邪滿車。" ❹［**甌脫**］① **邊境上用於屯守的土屋**。《史記·匈奴列傳》："各居其邊為～～。" ② **指邊地**。陸游《送霍監丞出守盱眙》詩："空聞～～嘶胡馬，不見浮屠插霽煙。"

11 **甋** dí 粵 dik1 ［瓴（líng 粵 ling4）甋］見401頁"瓴"字。

12 **甒** wǔ 粵 mou5 **瓦製酒器**。《儀禮·大射儀》："膳尊兩～在南。"

12 **甑** zèng 粵 zang6 **古代做飯用的一種陶器**。《孟子·滕文公上》："許子以釜～爨，以鐵耕乎？" 賈思勰《齊民要術·作醬法》："於大～中燥蒸之。"

13 **甔** dān 粵 daam1 **瓦器，似甕，口小腹大**。《史記·貨殖列傳》："漿千～。" **古書中常借"擔"、"儋"為甔**。(又) **指酒罈**。皮日休《奉和魯望秋日遣懷次韻》："酒～香竹院，魚籠挂茅檐。"

13 **甕** （罋）wèng 粵 ung3/ngung3 **一種大口的盛水或酒的器具**。《韓非子·外儲說右上》："或令孺子懷錢挈壺～而往酤。"

13 **甓** pì 粵 pik1 **磚**。《詩經·陳風·防有鵲巢》："中唐有～。"《晉書·陶侃傳》："侃在州，無事，輒朝運百～於齋外，暮運於齋內。"

16 **甗** yǎn 粵 jin5 **古代炊具**。《周禮·考工記·陶人》："陶人為～。"

甘部

0 **甘** gān 粵 gam1 ❶ **甜**。《詩經·邶風·谷風》："誰謂荼苦，其～如薺。"

㊂ **味美，味道好**。《禮記・月令》："其味～，其臭（xiù ㊈ cau³）香。"（臭：氣味。）㊦ **認為味美**。《史記・貨殖列傳》："民各～其食，美其服。"㊦ **味美好吃的東西**。《韓非子・外儲説右上》："～肥周於堂。"（周：遍佈。）❷ **美好，動聽**。《左傳・昭公十一年》："今幣重而言～，誘我也，不如無往。"❸ **情願，甘心樂意**。《詩經・齊風・雞鳴》："蟲飛薨薨，～與子同夢。"**成語有"不甘示弱"**。❹ **愛好，喜好**。《尚書・五子之歌》："～酒嗜音，峻宇彫牆。"【辨】甘，旨。"甘"除了泛指美味以外，還有甜的含義。現代漢語"甜"的意思，在秦以前多用"甘"表示。"旨"僅指一般味美好吃的東西。

4 **甚** shèn ㊈ sam⁶ ❶ **過分**。《莊子・至樂》："死不哭亦足矣，又鼓盆而歌，不亦～乎。"㊦ **厲害，嚴重**。《國語・周語上》："防民之口，～於防川。"柳宗元《三戒・永某氏之鼠》："盜暴尤～。"（盜暴：偷盜、騷擾。）❷ **大，盛**。《北史・魏紀三》："路中雨～。"❸ **真是，的確**。《戰國策・秦策四》："左右皆曰：'～然。'"❹ **副詞。很，非常**。《左傳・昭公二十八年》："～美必有～惡。"《後漢書・華佗傳》："漢世異術之士～眾。"（異術之士：有特殊技能的人。）❺ **甚麼，為甚麼（後起意義）**。劉過《六州歌頭・鎮長淮》："水東流，～時休？"（休：停止。）辛棄疾《八聲甘州・夜讀李廣傳》："～當時健者也曾閑？"

生部

0 **生** shēng ㊈ sang¹ ❶ **草木生長**。《荀子・勸學》："草木疇（chóu ㊈ cau⁴）～。"（疇：類。）㊂ **出生，誕生**。《史記・秦始皇本紀》："（秦始皇帝）以秦昭王四十八年正月～於邯鄲。"㊦ **生育，養育**。《詩經・小雅・斯干》："乃～男子，載寢之牀。"❷ **活着，生存。與"死"相對**。《孫子兵法・九地》："投之亡地然後存，陷之死地然後～。"（亡地：死亡之地。）㊂ **活，活的**。《國語・晉語九》："請殺其～者而戮其死者。"（戮：陳屍示眾。）㊦ **使生存，救活**。《史記・扁鵲倉公列傳》："聞太子不幸而死，臣能～之。"❸ **生命**。《荀子・王制》："草木有～而無知。"㊦ **生存的期間，一輩子**。李商隱《馬嵬》詩："他～未卜此～休。"**雙音詞有"一生"、"畢生"**。㊦ **本性，天性**。《荀子・勸學》："君子～非異也，善假於物也。"❹ **生活**。《史記・循吏列傳》："各得其所便，民皆樂其～。"❺ **生產，出產**。《禮記・大學》："～財有大道。"《國語・晉語四》："羽旄齒革，則君地～焉。"㊦ **產生，發生**。《荀子・勸學》："肉腐出蟲，魚枯～蠹。"❻ **生的，未加工熟的。與"熟"相對**。《史記・項羽本紀》："則與一～彘（zhì ㊈ zi⁶）肩。"（與：給。彘肩：豬腿。）㊦ **生疏**。王建《村居即事》詩："自別城中禮數～。"❼ **對讀書人的稱呼。如賈誼稱為"賈生"**。《論衡・語增》："諸～不師今而學古。"㊦ **學生**。韓愈《進學解》："招諸～立館下。"

6 **產** chǎn ㊈ caan² ❶ **生，生育**。《史記・高祖本紀》："已而有身，遂～高祖。"《晉書・羊祜傳》："有私牛於官舍～犢（dú ㊈ duk⁶）。"㊦ **生長**。《呂氏春秋・義賞》："春氣至則草木～。"㊂ **產生，發生**。《管子・任法》："彼幸而不得，則怨日～。"❷ **出產**。柳宗元《捕蛇者説》："永州之野～異蛇。"㊦ **出產的東西**。陸機《齊謳行》："海物錯萬類，陸～尚千名。"❸ **財產，產業**。《韓非子・顯學》："耕田墾草以厚民～也。"

7 **甦** sū [粵] sou¹ ❶ **死而復生，甦醒過來。**趙師俠《一剪梅・丙辰冬長沙作》：“暖日烘梅冷未～。”蕭衍《淨業賦序》：“獨夫既除，蒼生～息。”（蒼生：老百姓。）❷ **緩解，稍緩。**李商隱《哭虔州楊侍郎》詩：“齊民困未～。”

7 **甥** shēng [粵] sang¹ ❶ **姊妹的子女，外甥。**《詩經・大雅・韓奕》：“韓侯取妻，汾王之～。”❷ **女婿。**《孟子・萬章下》：“舜尚見帝，帝館～於貳室。”（帝：指堯。堯把女兒嫁給舜。）❸ **古代對姑之子、舅之子、妻之兄弟、姊妹之夫的通稱。**《爾雅・釋親》：“姑之子為～，舅之子為～，妻之累弟為～，姊妹之夫為～。”

用部

0 **用** yòng [粵] jung⁶ ❶ **使用，採用。**《史記・秦始皇本紀》：“秦～李斯謀。”（謀：計策。）[又] **治理。**《莊子・天道》：“無為也，則～天下而有餘。”❷ **任用。**《孟子・梁惠王下》：“見賢焉，然後～之。”❸ **用處，作用。**《韓非子・五蠹》：“賞其功，必禁無～。”《論語・學而》：“禮之～，和為貴。”❹ **資財。**《荀子・天論》：“強本而節～。”❺ **介詞。因為，由於。**《史記・李將軍列傳》：“（廣）～善騎射，殺首虜多。”❻ **介詞。以。**《史記・匈奴列傳》：“～其姊妻之。”

2 **甫** fǔ [粵] fu² ❶ **古代在男子名字下加的美稱。**《詩經・大雅・烝民》：“肅肅王命，仲山～將之。”（肅肅：嚴肅。仲山甫：人名。將：奉行。）**這個意義又寫作“父”。後代尊稱別人的字，叫“台甫”。**❷ **開始，剛剛。**《漢書・匈奴傳上》：“傷痍者～起。”（受傷的人剛剛能起來。）❸ **大。**《詩經・齊風・甫田》：“無田～田。”（不要種大田。）

2 **甬** yǒng [粵] jung² ❶ **鐘柄。**《周禮・考工記・鳧氏》：“鳧（fú [粵] fu⁴）氏為鐘……舞上謂之～。”（鐘：古樂器。舞：鐘頂。）❷［**甬道**］① **兩旁有牆的馳道或通道。**《史記・秦始皇本紀》：“築～～，自咸陽屬之。”（屬：連接。）② **樓閣間架空的通道。**《淮南子・本經》：“修為牆垣，～～相連。”

田部

0 **甲** jiǎ [粵] gaap³ ❶ **草木萌芽時種子所帶的皮。**《周易・解》：“雷雨作，而百果草木皆～坼。”（坼：裂開。）賈思勰《齊民要術・大豆》：“戴～而生。”（戴：帶。）❷ **動物身上起保護作用的硬殼。**《山海經・中山經》：“有獸焉，其狀如犬，虎爪，有～，其名曰獜（lìn [粵] leon⁴/leon⁶）。”❸ **古代軍人穿的皮做的護身衣服。**《左傳・成公二年》：“擐（huàn [粵] waan⁶）～執兵。”（擐：穿。兵：兵器。）屈原《九歌・國殤》：“操吳戈兮被犀～。”（被：披。犀：犀牛皮。）[泛] **鎧甲。**黃巢《不第後賦菊》詩：“滿城盡帶黃金～。”[引] **披甲的士兵。**《左傳・宣公二年》：“伏～將攻之。”❹ **天干的第一位。****見176頁“干”字。**[引] **居第一位或順序的第一。**《漢書・貨殖傳》：“秦楊以田農而～一州。”**今有“桂林山水甲天下”之語。**

0 **申** shēn [粵] san¹ ❶ **舒展，伸直。**班彪《北征賦》：“行止屈～。”《三國志・蜀書・諸葛亮傳》：“使己志不～。”這個意義後來寫作“伸”。❷ **重複，再三。**《尚書・太甲下》：“伊尹～誥于王。”《左傳・成公十三年》：“～之以盟誓，重之以昏姻。”❸ **申述，表明。**屈原《九章・抽思》：“願自～而不得。”《後漢書・陳重傳》："主疑重所取，重不自～說。"(又) **伸張，昭雪**。《新唐書・徐有功傳》："使～其冤。"(又) **舊時下級向上級行文**。《舊唐書・憲宗紀上》："但令準式～報有司。"**雙音詞有"申報"、"申訴"、"申文"、"申送"、"申狀"等**。❹ **告誡，約束**。《史記・孫子吳起列傳》："即三令五～之。"陸機《辨亡論》："～之以節儉。"❺ **延緩，延期**。《宋書・孝武帝紀》："逋租未入者，可～至秋登。"❻ **至，到**。潘岳《西征賦》："夜～旦而不寐，憂天寶之未定。"❼ **地支的第九位**。《論衡・物勢》："～，猴也。"**見176頁"干"字**。(又) **十二時辰之一，等於現在的下午三時至五時**。❽ **周代諸侯國。在今河南南陽北**。《左傳・隱公元年》："鄭武公娶于～。"

0 **田** tián (粵) tin^4 ❶ **農田**。《孟子・梁惠王上》："百畝之～，勿奪其時。"(又) **田野**。《周易・乾》："見龍在～。"(又) **農官，田官**。《禮記・月令》："命～舍東郊。"❷ **耕種**。《史記・高祖本紀》："皆令人得～之。"❸ **指春季打獵或練兵**。《穀梁傳・桓公四年》："春曰～，夏曰苗。"(泛) **打獵**。《韓非子・難一》："焚林而～，偷取多獸，後必無獸。"（偷：苟且，姑且。）**雙音詞有"田獵"。上述❷❸(泛) 又寫作"畋 (tián (粵) tin^4)"、"佃 (tián (粵) tin^4)"**。【辨】田，佃，畋。在打獵、耕種的意義上三字通用，但"田"有"田地"的意義，而"佃"、"畋"則沒有。"佃"後來指農民租種官府或地主的土地，或指佃戶，讀為 diàn (粵) din^6，"田"、"畋"則不具有這個意義。

0 **由** yóu (粵) jau^4 ❶ **經由**。《論語・雍也》："誰能出不～戶？"**成語有"必由之路"**。(引) **從**。《公羊傳・襄公二十三年》："～乎曲沃而入也。"（曲沃：地名。）**成語有"言不由衷"**。❷ **聽憑，順隨**。《論語・顏淵》："為仁～己，而～人乎哉？"❸ **原因**。雍陶《非酒》詩："人人慢說酒消憂，我道翻為引恨～。"❹ **由於，因為**。《論衡・實知》："知物～學，學之乃知，不問不識。"❺ **用**。《左傳・襄公三十年》："以晉國之多虞，不能～吾子。"（虞：憂患。）❻ **通"猶"。如同，好像**。《孟子・公孫丑上》："～弓人而恥為弓。"❼ **通"猶"。尚且**。《荀子・富國》："～將不足以免也。"（免：免除。）

2 **町** tǐng (粵) ting^5 ❶ **田界**。《莊子・人間世》："彼且為無～畦。"(又) **田地，田畝**。《魏書・高閭傳》："嘉穀秀～。"(又) **劃分田地**。《左傳・襄公二十五年》："～原防。"（劃分堤防間的狹小耕地。）❷ tiǎn [**町疃** (tuǎn (粵) teon^2)] [**町曈** (tuǎn (粵) teon^2)] **田舍旁禽獸踐踏的空地**。《詩經・豳風・東山》："～疃鹿場。"許敬宗《掖庭山賦》："蔭～曈之毛群。"

2 **男** nán (粵) naam^4 ❶ **男性的。與"女"相對**。《詩經・小雅・斯干》："乃生～子。"(又) **男人**。《荀子・富國》："～女之合，夫婦之分。"❷ **兒子**。《史記・文帝本紀》："太倉公無～，有女五人。"（太倉公：指太倉令淳于意。）❸ **古代五等爵位的最後一等**。《禮記・王制》："王者之制祿爵，公、侯、伯、子、～，凡五等。"（祿爵：俸祿和爵位。）

2 **甸** diàn (粵) din^6 ❶ **上古時國都城外百里以內稱"郊"，郊外稱"甸"**。《左傳・昭公九年》："入我郊～。"(泛) **都城的郊外，田野**。謝朓《晚登三山還望京邑》詩："雜英滿芳～。"（英：花。）❷ **田野的出產物，指布帛和珍品**。《禮記・少儀》："臣為君喪，納貨貝於君，則曰納～於有司。"（納：交納。有司：主管官吏。）❸ **治理**。《詩經・小雅・信南山》："信彼南山，維禹～之。"（維：語氣詞。）❹ tián (粵) tin^4 **通"田(畋)"。打獵**。《周禮・春官・司服》："凡～，冠弁服。”❺ tián 粵 tin4 [甸甸] **象聲詞。形容車馬聲**。《古詩為焦仲卿妻作》：“府吏馬在前，新婦車在後，隱隱何～～，俱會大道口。”（隱隱：車馬聲。）❻ shèng 粵 sing6 **古代劃分田地或居所的單位**。《漢書・刑法志》：“四井為邑，四邑為丘……四丘為～。”

3 **畀** bì 粵 bei2 **給予**。《詩經・鄘風・干旄》：“彼姝（shū 粵 zyu1）者子，何以～之？”（姝：美麗。）《左傳・隱公三年》：“周人將～虢公政。”

4 **畎**（**甽**、**畖**）quǎn 粵 hyun2 ❶ **田間的水溝**。《後漢書・杜篤傳》：“～瀆潤淤，水泉灌溉。”(又) **田中的壟溝**。《漢書・食貨志上》：“播種於～中。”（種：種子。）❷ **田野**。《南史・蕭穎達傳》：“子敏嗣，位新安太守，好射雉，未嘗在郡，辭訟者遷於～焉。”[**畎畝**] ① **田野，田地**。《莊子・讓王》：“居於～～之中。”② **民間**。《後漢書・章帝紀》：“每尋前世舉人貢士，或起～～。”③ **農民**。張說《喜雨賦》之一：“寰海浹而康樂，～～欣而相顧。”❸ **山谷，兩山中間的水道**。《尚書・禹貢》：“羽～夏翟（dí 粵 dik6）。”（羽山的山谷中出產夏翟。夏翟：一種色彩美麗的鳥。）❹ [**畎戎**] **我國古代西部的一個少數民族**。❺ [**畎夷**] **我國古代西部的一個少數民族**。

4 **畏** wèi 粵 wai3 ❶ **害怕，恐懼**。《老子・七十四章》：“民不～死，奈何以死懼之。”《商君書・錯法》：“不～強暴。”(又) **使害怕，嚇唬**。《漢書・廣川惠王傳》：“前殺昭平，反來～我。”（昭平：人名。）❷ **敬服**。《三國志・蜀書・諸葛亮傳》：“邦域之內，咸～而愛之。”（邦域：國家的疆域。咸：都。）❸ 粵 wai1 **通“威”。威嚴**。《韓非子・主道》：“其行罰也，～乎如雷霆。”

4 **畋** tián 粵 tin4 ❶ **打獵**。《呂氏春秋・直諫》：“以～於雲夢。”魏徵《十漸不克終疏》：“外絕～獵之源。”❷ **通“佃”。耕種**。《尚書・多方》：“今爾尚宅爾宅，～爾田。”《三國志・魏書・齊王芳紀》注引《漢晉春秋》：“孫權自十數年以來，大～江北，繕治甲兵。”【**辨**】田，佃，畋。見405頁“田”字。

4 **界** jiè 粵 gaai3 ❶ **地域的界限**。《孟子・公孫丑下》：“域民不以封疆之～。”《史記・秦始皇本紀》：“發兵守其西～。”(引) **不同事物的分界**。《後漢書・馬融傳》：“奢儉之中，以禮為～。”❷ **地域，境域**。《論衡・感虛》：“使一郡皆寒，賢者長一縣，一縣之～能溫乎？”《三國志・魏書・武帝紀》：“禁斷淫祀，奸宄（guǐ 粵 gwai2）逃竄，郡～肅然。”（奸宄：壞人。肅然：安寧。）❸ **毗連，接連**。《戰國策・齊策三》：“三國之與秦壤～而患急。”❹ **離間，使疏遠**。揚雄《解嘲》：“～涇陽抵穰（ráng 粵 joeng4）侯而代之。”（離間涇陽君與秦王的關係，排擠穰侯並取代他的職位。）

4 **畇** yún 粵 wan4 [**畇畇**] **農田平整的樣子**。《詩經・小雅・信南山》：“～～原隰，曾孫田之。”

5 **畛** zhěn 粵 can2 ❶ **井田溝上的小路**。《詩經・周頌・載芟》：“徂隰徂～。”（徂：往，到。隰：新開墾的田地。）(泛) **田間的路**。左思《吳都賦》：“其四野，則～畷（zhuì 粵 zyut3/zeoi3）無數。”（畷：田間小道。）❷ **界限**。《淮南子・俶真》：“而浮揚乎無～崖之際。”

5 **畟** cè 粵 cik1 ❶ [**畟畟**] **鋒利的樣子**。《詩經・周頌・良耜》：“～～良耜（sì 粵 zi6）。”（耜：農具名。）❷ **清晰**。干寶《搜神記》卷二十：“風靜水清，猶見城郭樓櫓～然。”❸ **整齊**。蕭統《殿賦》：“闌檻參差，棟宇齊～。”

5 **畔** pàn (粵) bun[6] ❶ **田界**。《左傳・襄公二十五年》："行無越思，如農之有～。"（越：超越，越過。）(又) **疆界**。《後漢書・文苑傳上》："昔在強秦，爰初開～。" **雙音詞有"畔際"**。❷ **岸邊，水邊**。《楚辭・九歎・愍命》："叢林之下無怨士兮，江河之～無隱夫。" (引) **旁邊**。《後漢書・周燮傳》："有先人草廬結於岡～。" 劉禹錫《酬樂天揚州初逢席上見贈》詩："沈舟側～千帆過，病樹前頭萬木春。" ❸ **通"叛"**。**背叛，叛亂**。《孟子・公孫丑下》："寡助之至，親戚～之。" (又) **違背，背離**。《論語・雍也》："君子博學於文，約之以禮，亦可以弗～矣夫。"

5 **留**（畱、畄）liú (粵) lau[4] **停留，留下**。屈原《離騷》："欲少～此靈瑣兮，日忽忽其將暮。"《史記・廉頗藺相如列傳》："城入趙而璧～秦。"（璧：指和氏璧。）(引) **扣留**。《戰國策・楚策二》："楚王入秦，秦王～之。"《史記・李斯列傳》："趙高因～所賜扶蘇璽（xǐ (粵) saai[2]）書。"（因：於是。扶蘇：秦始皇的長子。璽書：封口處蓋有玉璽的詔書。）

5 **畝**（畮）mǔ (粵) mau[5] ❶ **田壟**。《左傳・成公二年》："使齊之封內盡東其～。"（盡東其畝：讓田壟都東西向。）(泛) **農田，田野**。《戰國策・齊策四》："故舜起農～，出於野鄙，而為天子。" **［隴畝］** **農田**。《三國志・蜀書・諸葛亮傳》："亮躬耕～～。" **［南畝］** **本指田壟南北向的田地，後泛指農田**。賈誼《論積貯疏》："末技游食之民，轉而緣～～。" ❷ **量詞**。**土地面積單位**。《孟子・梁惠王上》："五～之宅，樹之以桑。"

5 **畜** chù (粵) cuk[1] ❶ **家畜**。《墨子・雜守》："民獻粟米、布帛、金錢、牛馬～產，皆為置平賈（jià (粵) gaa[3]）。" 賈思勰《齊民要術・種穀》："教民養育六～。"（六畜：馬、牛、羊、雞、狗、豬。）❷ xù **畜養**。《論語・鄉黨》："君賜生，必～之。" (又) **養育，培養**。《詩經・小雅・蓼莪》："拊我～我，長我育我。"《周易・大畜》："君子以多識前言往行以～其德。" ❸ xù **積聚，儲藏**。《三國志・魏書・高柔傳》："～財積穀而有憂患之虞者，未之有也。" (又) **積蓄，財物**。《穀梁傳・莊公二十八年》："國無三年之～。" **上述 ❸ 和 ❸ (又) 的意義又寫作"蓄"**。

5 **畚** běn (粵) bun[2] **用蒲草編織的盛物工具**。《左傳・宣公二年》："殺之，置諸～。"（諸：之於。）《列子・湯問》："箕～運於渤海之尾。"（用箕畚把土石運到渤海邊上。箕：竹編的盛物工具。）

6 **畢** bì (粵) bat[1] ❶ **打獵用的有長柄的網**。《論衡・偶會》："雁鵠集於會稽，去避碣石之寒，來遭民田之～。"（民田：指老百姓的田裏。）(又) **用畢獵取**。《詩經・小雅・鴛鴦》："鴛鴦于飛，～之羅之。"（羅：用網捉捕。）❷ **完畢，結束**。《左傳・僖公二十七年》："楚子將圍宋，使子文治兵於睽，終朝而～，不戮一人。"（睽：地名。）《荀子・王制》："王者之事～矣。" (引) **用盡，竭盡**。《列子・湯問》："吾與汝～力平險。" ❸ **都，全部**。《戰國策・齊策四》："責～收，以何市而反？"（責：債。反：返。）《史記・太史公自序》："天下遺文古事，靡不～集。" **成語有"原形畢露"**。❹ **星宿名**。**二十八宿之一**。《詩經・小雅・漸漸之石》："月離于～，俾滂沱矣。"

6 **畦** qí (粵) kwai[4] ❶ **土地面積單位**。**五十畝為畦**。❷ **田間劃分的小區**。《莊子・天地》："（子貢）見一丈人方將為圃～……子貢曰：'有械於此，一日浸百～。'"（浸：灌溉。）《韓非子・外儲說左上》："庸客致力而疾耘耕者，盡巧而正～陌～時者，非愛主人也。" **雙音詞有"畦隴"**。(泛) **田園**。謝朓《和沈祭酒行園》詩：

"霜～紛綺錯，秋町鬱蒙茸。" ❸ **分畦種植**。屈原《離騷》："～留夷與揭車兮，雜杜衡與芳芷。"

6 **時** zhì 粵 zi6 **秦漢時祭天地和五帝的祭壇**。《史記・秦本紀》："十年，初為鄜～。"（鄜：地名。）

6 **異** yì 粵 ji6 ❶ **不同，不同的**。《韓非子・五蠹》："世～則事～。"（世：時代。事：指國家政治和社會情況。）又 **別的，其他的**。《呂氏春秋・上農》："賈不敢為～事。" 引 **奇特，與眾不同**。柳宗元《捕蛇者説》："永州之野產～蛇。"（永州：地名。野：郊外。）❷ **奇怪，驚奇**。《左傳・桓公二年》："～哉，君之名子也！"（名子：給兒子取名。）《三國志・蜀書・諸葛亮傳》："容貌甚偉，時人～焉。"（甚：很。時人：當時的人。）

6 **略** (畧)lüè 粵 loek6 ❶ **疆界**。《左傳・莊公二十一年》："王與之武公之～，自虎牢以東。"（與：給予。虎牢：地名。）❷ **巡行，巡視**。《左傳・昭公二十四年》："楚子為舟師，以～吳疆。"（楚子：即楚王。為：訓練。舟師：水軍。）❸ **掠奪，奪取**。《史記・蕭相國世家》："攻城～地。"《後漢書・戴封傳》："封後遇賊，財物悉被～奪。" ❹ **謀略，計謀**。《左傳・定公四年》："吾子欲復文武之～，而不正其德，將如之何？" 李白《古風五十九首》之三："大～駕群才。" ❺ **簡略，不充足**。《荀子・天論》："養～而動罕，則天不能使之全。" 劉知幾《史通・敘事》："加以一字太詳，減其一字太～。" ❻ **大概，大致**。《孟子・萬章下》："然而軻也嘗聞其～也。" 司馬遷《報任安書》："書不能悉意，～陳固陋。"（書：信。）**熟語有"略有所聞"**。[**略無**] **毫無**。酈道元《水經注・江水》："兩岸連山，～～闕處。" ❼ **鋒利**。《詩經・周頌・載芟》："有～其耜。"

7 **畯** jùn 粵 zeon3 ❶ **古代管農事的官**。《詩經・小雅・大田》："饁（yè 粵 jip3）彼南畝，田～至喜。"（饁：送飯到田裏吃。）❷ **通"俊"。才智出眾**。《史記・宋微子世家》："～民用章。"（用：因此。）又 **才智出眾的人**。韓愈《進學解》："拔去凶邪，登崇～良。" [**寒畯**] **指貧寒的讀書人**。《資治通鑒・唐玄宗天寶六年》："不若用～～胡人，胡人則勇決習戰，寒族則孤立無黨。"

7 **畬** shē 粵 se1 ❶ **（將地裏草木）用火燒後耕作**。杜甫《秋日夔府詠懷奉寄鄭監李賓客一百韻》："燒～度地偏。" 又 **草木用火燒過的田地**。劉長卿《贈元容州》詩："湘山獨種～。" ❷ 粵 se4 **東南地區一少數民族名稱**。《宋史・張世傑傳》："諸～兵攻蒲壽庚，不下。" **這個意義又寫作"畲"**。❸ yú 粵 jyu4 **已開墾二三年的熟田**。《詩經・周頌・臣工》："如何新～？"

7 **番** fān 粵 faan1 ❶ **更替，替代，輪流**。《北史・賀若弼傳》："請廣陵頓兵一萬，～代往來。"（廣陵：地名。頓：駐守。）《新唐書・馬懷素傳》："與褚無量同為侍讀，更日～入。"（褚無量：人名。侍讀：官名。更日番入：隔日輪流入宮。）❷ **量詞。次，回**。辛棄疾《摸魚兒・置酒小山亭》："更能消幾～風雨。" ❸ **我國古代西南部民族的統稱**。泛 **少數民族的**。張籍《舊宮人》詩："全家沒～地，無處問鄉程。" 又 **外國的**。宋濂《閱江樓記》："～舶接跡而來廷。" ❹ bō 粵 bo1 [**番番**] **勇武的樣子**。《尚書・秦誓》："～～良士。" ❺ pó 粵 po4 [**番番**] **通"皤皤"。形容頭髮白**。《史記・秦本紀》："黃髮～～。"

7 **畫** huà 粵 waak6 ❶ **劃分，劃分界線**。《孫子兵法・虛實》："雖～地而守之，敵不得與我戰。" 引 **劃地為限，停止**。《論語・雍也》："力不足者，中道而廢，今女～。”**這個意義後來寫作“劃”**。❷ ㊣ waa[6] **繪畫**。《戰國策・齊策二》：“請～地為蛇，先成者飲酒。”《韓非子・十過》：“墨染其外，而朱～其內。” ㊇ **圖畫**。《世說新語・巧藝》：“顧長康～，有蒼生來所無。”《東坡題跋・書摩詰藍關煙雨圖》：“味摩詰之詩，詩中有～；觀摩詰之畫，～中有詩。” ❸ **漢字的一筆叫一畫**。王羲之《題衛夫人筆陣圖後》：“每作一橫～，如列陣之排雲。” ❹ **謀劃，籌劃**。《左傳・哀公二十六年》：“君請六子～。” ㊇ **計策**。《史記・太史公自序》：“為國家樹長～。” 柳宗元《封建論》：“謀臣獻～。” ❺ **署名，畫押（後起意義）**。《陳書・世祖沈皇后傳》：“仍自草敕請～，以師知付廷尉治罪。”（師知：人名。）

8 **當** dāng ㊣ dong[1] ❶ **對着，面對**。《禮記・檀弓上》：“既歌而入，～戶而坐。”《論衡・變動》：“盛夏之時，～風而立。” **成語有“當機立斷”**。㊀ **擋住**。《莊子・人間世》：“汝不知夫螳螂乎，怒其臂以～車轍。”（汝：你。夫：那個。） ❷ **處在某個地方或某個時候。如“當場”**。《墨子・兼愛下》：“然～今之時。” ㊀ **佔着，把着**。李白《蜀道難》詩：“一夫～關，萬夫莫開。” ❸ **擔當，承擔**。《孟子・離婁下》：“不祥之實，蔽賢者～之。” ㊀ **掌管，主持**。《左傳・襄公二年》：“于是子罕～國。” ❹ **適應，相當**。《商君書・更法》：“各～時而立法。” ❺ **判罪**。《史記・蒙恬列傳》：“～高罪死。”（判趙高死罪。） ❻ **應當**。《後漢書・皇甫嵩傳》：“蒼天已死，黃天～立。” ㊇ **將要**。《後漢書・卓茂傳》：“知王莽～篡，乃變名姓，抱經書隱避林藪。” ❼ dàng ㊣ dong[3] **抵押**。《左傳・哀公八年》：“以王子姑曹～之而後止。” ❽ dàng ㊣ dong[3] **當作**。《戰國策・齊策四》：“安步以～車。”（安步：慢慢地步行。） ❾ dàng ㊣ dong[3] **適合，得當**。《禮記・樂記》：“古者天地順而四時～。”《呂氏春秋・義賞》：“豈非用賞罰～邪？” ❿ dàng ㊣ dong[3] **器皿的底部**。《韓非子・外儲說右上》：“今有千金之玉卮，通而無～，可以盛水乎？”

8 **畸** jī ㊣ kei[1] ❶ **零星，剩餘**。賈誼《新書・銅幣》：“以調盈虛，以收～羨。”（羨：多餘的。） ❷ **不整齊**。《荀子・天論》：“墨子有見於齊，無見於～。”（齊：整齊。） ㊀ **偏**。《荀子・天論》：“中則可從，～則不可為。” ❸ **單數**。《新唐書・李遜傳》：“故事，天子以～日聽政，對群臣。”

8 **畹** wǎn ㊣ jyun[2] **古代土地面積單位。三十畝（一說十二畝）為一畹**。屈原《離騷》：“余既滋蘭之九～兮。”（余：我。滋：培植。） **泛指園圃**。杜牧《許七侍御棄官東歸》詩：“蘭～晴香嫩，筠溪翠影疏。”

10 **畿** jī ㊣ gei[1] ❶ **國都四周的廣大地區**。《詩經・商頌・玄鳥》：“邦～千里，維民所止。”（邦畿：以國都為中心的廣大土地。維：語氣詞。止：居住。） ㊇ **京城所管轄的地區**。魏徵《十漸不克終疏》：“～內戶口，并就關外。” ❷ **地域，地區**。宋之問《送李侍御》詩：“南登指吳服，北走出秦～。” ❸ **門檻，門限**。《詩經・邶風・谷風》：“不遠伊邇，薄送我～。”（薄：動詞詞頭。） ㊀ **邊，際**。顏延年《歸鴻》詩：“相鳴去澗汜，長引發江～。”

14 **疇** chóu ㊣ cau[4] ❶ **已耕種的田地**。《荀子・富國》：“其田～穢。”（穢：荒蕪。） ㊂ **田畝**。《呂氏春秋・慎大》：“朝不易位，農不去～。” ㊇ **用作動詞，培土**。《淮南子・俶真》：“～以肥壤。” ❷ **誰**。《列子・天瑞》：“運轉亡已，天地密移，～覺之哉？” ❸ **同類，類別**。《荀子・勸學》：“草木～生，禽獸群焉，物各從其類也。”《戰國策・齊策三》：“物各有～。”

這個意義後來寫作"儔"。❹［疇人］曆算家。《史記・曆書》："～～子弟分散。"清代阮元著有《疇人傳》。❺［疇昔］過去，以前。《左傳・宣公二年》："～～之羊，子為政；今日之事，我為政。"

14 **疆** jiāng ㊚ goeng¹ ❶ 邊界，邊境。《詩經・大雅・皇矣》："依其在京，侵自阮～。"（阮：諸侯國名。）《史記・秦始皇本紀》："聖法初興，清理～內。"㊀指田界。［疆埸］田界。《詩經・小雅・信南山》："中田有廬，～～有瓜。"張衡《東京賦》："兆民勸於～～。"（兆民：百姓。勸：受到勉勵。）❷ 極限，盡頭。《詩經・豳風・七月》："萬壽無～。"

17 **疊**（疉、叠、曡）dié ㊚ dip⁶ ❶ 重疊，一層加一層。酈道元《水經注・江水二》："重岩～嶂，隱天蔽日。"（嶂：高峻的山。）成語有"疊牀架屋"。㊁摺疊。王建《宮詞》之五："內人對御～花箋，繡坐移來玉案邊。"㊁接連，連續。岳飛《奉詔移偽齊檄》："驛騎交馳，羽檄～至。"❷ 樂曲重複地演奏、演唱。如"陽關三疊"。白居易《何滿子》詩："一曲四調歌八～。"（歌：唱。）❸ 恐懼。劉孝標《廣絕交論》："四海～其熛灼。"杜牧《為中書門下請追尊號表》："震～雷霆。"（像雷霆一樣使人震恐。）❹ 振動。左思《吳都賦》："鉦鼓～山，火烈熛林。"㊀擊打。岑參《獻封大夫破播仙凱歌六章》："鳴笳～鼓擁回軍，破國平蕃昔未聞。"

疋部

0 **疋** shū ㊚ so¹ ❶ 腳。《管子・弟子職》："問～何趾。"❷ yǎ ㊚ ngaa⁵ 通"雅"。謝章鋌《賭棋山莊詞話》卷四："顧附庸《風》、《～》。"❸ pǐ ㊚ pat¹ 同"匹"。匹配，相當。白居易《效陶潛體》詩："萬物無與～。"❹ pǐ ㊚ pat¹ 同"匹"。量詞。多用於紡織品或馬匹等。《漢書・叔孫通傳》："乃賜通帛二十～。"《戰國策・魏策一》："騎五千～。"

7 **疏**（疎）shū ㊚ so¹ ❶ 疏通。《孟子・滕文公上》："禹～九河。"（禹：夏禹。）❷ 清洗，清除。《國語・楚語上》："教之樂，以～其穢而鎮其浮。"❸ 分，分給。《淮南子・道應》："襄子～隊而擊之。"《鹽鐵論・毀學》："～爵分祿以褒（bāo ㊚ bou¹）賢。"（褒：嘉獎。）㊀分開陳列。屈原《九歌・湘夫人》："～石蘭兮為芳。"❹ 疏遠。與"親"相對。《左傳・昭公二十八年》："唯善所在，親～一也。"《漢書・元帝紀》："繇（yóu ㊚ jau⁴）是～太子而愛淮陽王。"（繇：由。）㊁冷淡，淡漠。陸游《南堂雜興》詩："燕欲委巢雛盡去，扇猶在手意先～。"❺ 稀。與"密"相對。《老子・七十三章》："天網恢恢，～而不失。"❻ 粗糙，粗劣。《詩經・大雅・召旻》："彼～斯粺（bài ㊚ baai⁶）。"（那是粗糙的米，這是精細的米。）杜甫《逃難》詩："～布纏枯骨。"㊁疏忽，不周密。《史記・范雎蔡澤列傳》："其於計～矣。"❼ 淺薄，不精。陸游《大風登城》詩："才～志大不自量。"李斗《揚州畫舫錄序》："～於經史。"❽ 雕刻，刻畫。《後漢書・梁冀傳》："窗牖皆有綺～青瑣。"❾ 窗戶。駱賓王《同崔駙馬曉初登樓思京》詩："綺～低晚魄，鏤檻肅初寒。"❿（舊讀 shù）㊚ so³ 分條陳述。《漢書・蘇武傳》："數～光過失。"（光：人名。）㊁一種文體。臣子給皇帝的奏議。如賈誼《論積貯疏》、鼂錯《論貴粟疏》。《漢書・賈誼傳》："誼數上～陳政事。"⓫（舊讀 shù）㊚ so³ 書信。曹丕《與吳質書》："雖書～往返，未足解其勞結。"⓬（舊讀 shù）㊚ so³ 註釋的一種。對古書進行註釋，並對前人所做的註釋加以引申和

説明。《隋書・經籍志》："《莊子義～》八卷。" ⓭ **通"蔬"**。**蔬菜**。《漢書・地理志》："～食果實。"

9 **疑** yí 粵 ji^{4} ❶ **疑惑，疑問**。《論語・季氏》："～思問，忿思難。" (又) **猶豫不決**。《商君書・更法》："～行無成，～事無功。"（功：功效。）❷ **懷疑，猜疑**。《史記・屈原賈生列傳》："信而見～，忠而被謗。" ❸ **惑亂**。《韓非子・五蠹》："盛容服而飾辯説，以～當世之法。" ❹ yì 粵 ngat^{6} **安定，停止**。《荀子・解蔽》："無所～止之。" ❺ nǐ 粵 ji^{5} **通"擬"**。**比擬**。《漢書・谷永傳》："役百乾谿，費～驪山。"（費：費用。）

疒部

3 **疝** shàn 粵 saan^{3} **一種腹痛的病症**。《素問・長刺節論》："病在少腹，腹痛不得大小便，病名曰～。"

3 **疚** jiù 粵 gau^{3} ❶ **久病**。《韓非子・顯學》："無饑饉疾～禍罪之殃。"（殃：災。）❷ **憂苦，心內痛苦**。《詩經・小雅・大東》："使我心～。" **雙音詞有"負疚"、"愧疚"**。

4 **疣** (肬)yóu 粵 jau^{4} ❶ **生在皮膚上的肉贅，通稱瘊子**。《莊子・駢拇》："附贅縣～，出乎形哉。"（縣：同"懸"。）❷ **比喻多餘無用的東西**。《揚子法言・問道》："允治天下，不待禮文與五教，則吾以黃帝、堯舜為～贅。"

4 **疥** jiè 粵 gaai^{3} **疥瘡**。《禮記・月令》："民多～癘。"《論衡・商蟲》："人之病～，亦希非常。"

4 **疷** qí 粵 kei^{4} **病，憂病**。《詩經・小雅・白華》："之子之遠，俾我～兮。"

4 **疢** chèn 粵 can^{3} **熱病**。《詩經・小雅・小弁》："心之憂矣，～如疾首。" (引) **災禍**。《孟子・盡心上》："人之有德慧術知者，恆存乎～疾。" (又) **毛病，缺點**。《抱朴子・博喻》："小疵不足以損大器，短～不足以累長才。"

5 **疴** kē 粵 o^{1} **病**。《漢書・五行志》："時則有下體生上之～。"（下體生上：指怪胎，如牛腿生於背上。）韋應物《閑居贈友》詩："閑居養～瘵（zhài 粵 zaai^{3}）。"（瘵：病。）

5 **病** bìng 粵 bing^{6}/beng^{6} ❶ **病情加重**。《論語・子罕》："子疾～。" (泛) **指病，生病**。《孟子・滕文公上》："吾固願見，今吾尚～；～愈，我且往見。"《後漢書・王充傳》："永元中，～卒於家。"（永元：年號。卒：死。）(引) **精疲力盡**。《韓非子・初見秦》："士民疲～於內，霸王之名不成。" ❷ **毛病，弊病**。《莊子・讓王》："學而不能行謂之～。"《新唐書・杜希全傳》："獻體要八章，砭切政～。" ❸ **擔心，憂慮**。《論語・衛靈公》："君子～無能焉，不～人之不己知也。"《左傳・襄公二十四年》："鄭人～之。" ❹ **辱，恥辱**。《儀禮・士冠禮》："恐不能共事，以～吾子。"《晏子春秋・內篇雜下》："聖人非所與熙也，寡人反取～焉。"（熙：開玩笑。）❺ **失敗**。《國語・晉語三》："以韓之～，兵甲盡矣。"【辨】病，疾。"病"常指病得很重，"疾"則常指一般的生病。"疾病"連用時有兩種情況。一種情況，"病"含有"病重"的意思。比如《三國志・蜀書・諸葛亮傳》："亮疾病，卒於軍。"譯成現代漢語是："諸葛亮病了，病得很重，死於軍中。"另一種情況，"疾病"是同義搭配的雙音詞，和現代漢語沒有區別。

5 **痁** shān 粵 sim^{1} ❶ **瘧疾**。韓愈《憶昨行和張十一》："宿酲未解舊～作，深室靜卧聞風雷。" (又) **患瘧疾**。《左傳・昭公二十年》："齊侯疥，遂～。" ❷ diàn

(粵) dim^{3} **通"阽"。臨近**。《禮記·曾子問》："不以人之親～患。"

5 **疽** jū (粵) zeoi^{1} **一種毒瘡**。《史記·項羽本紀》："行未至彭城，～發背而死。"

5 **疻** zhǐ (粵) zi^{2} **因毆傷而瘀血**。《漢書·薛宣傳》："遇人不以義而見～者，與痏（wěi (粵) wai^{5}）人之罪鈞。"（痏：毆傷而出血。鈞：均。）

5 **疾** jí (粵) zat^{6} ❶ **病**。《尚書·金縢》："武王有～，周公作《金縢》。"(又) **生病**。《韓非子·外儲說左上》："嬰～甚，且死。"（嬰：人名。且：將。）(引) **痛苦，疾苦**。《管子·小問》："凡牧民者，必知其～。"《史記·蕭相國世家》："漢王所以具知天下阨塞，戶口多少強弱之處，民所～苦者，以何具得秦圖書也。"(引) **缺點，毛病**。《荀子·脩身》："不由禮則觸陷生～。"《孟子·梁惠王下》："寡人有～，寡人好貨。"❷ **厭惡，憎恨**。《論語·泰伯》："人而不仁，～之已甚，亂也。"**成語有"疾惡如仇"**。❸ **妒忌**。《史記·孫子吳起列傳》："龐涓恐其賢於己，～之。"（龐涓：人名。）**上述❷❸又寫作"嫉"**。❹ **快，急速**。《周禮·考工記·鮑人》："鼓大而短，則其聲～而短聞。"《三國志·魏書·武帝紀》："～雷不及掩耳。"(引) **急切地從事**。《商君書·弱民》："萬民～於耕戰。"**【辨】病，疾**。見411頁"病"字。**【辨】快，速，疾，捷**。見648頁"速"字。

5 **疴** jū (又讀 gōu) (粵) keoi^{1} **[痀僂] 駝背**。《莊子·達生》："仲尼適楚，出於林中，見～～者承蜩，猶掇之也。"（承蜩：用竿粘蟬。掇：拾取。）

5 **皰** **(皰、靤、䶌) pào (粵) paau^{3} 皮膚上的水泡、小疙瘩**。《淮南子·説林》："潰小～而發痤疽。"慧琳《一切經音義》卷七引《桂苑珠叢》："人面上熱氣所生瘡名～。"

6 **痔** zhì (粵) zi^{6} **痔瘡**。《莊子·列禦寇》："秦王有病，召醫。破癰潰痤者，得車一乘；舐～者，得車五乘。"

6 **痏** wěi (粵) wai^{5} ❶ **毆人而流血**。《漢書·薛宣傳》："遇人不以義而見疻（zhǐ (粵) zi^{2}）者，與～人之罪鈞。"（疻：毆人而瘀血。）(泛) **創傷**。左思《吳都賦》："所以挂扢而為創～，衝踤而斷筋骨。"❷ **瘡**。《呂氏春秋·至忠》："齊王疾～，使人之宋迎文摯。"

6 **痍** yí (粵) ji^{4} **創傷**。《史記·蒙恬列傳》："～傷者未瘳（chōu (粵) cau^{1}）。"（瘳：治好。）

6 **疵** cī (粵) ci^{1} ❶ **小毛病**。《韓非子·大體》："不吹毛而求小～。"（求：找。）(引) **缺點，過失**。劉勰《文心雕龍·程器》："古之將相，～咎（jiù (粵) gau^{3}）實多。"（咎：過失。）**[疵厲] 災害**。《列子·黃帝》："人無夭惡，物無～～。"**又寫作"疵癘"**。❷ **挑毛病**。《呂氏春秋·精諭》："殷雖惡周，不能～矣。"《三國志·蜀書·廖立傳》："誹謗先帝，～毀眾臣。"

6 **痊** quán (粵) cyun^{4} **病癒，病體康復**。《莊子·徐無鬼》："今予病少～。"謝靈運《辨宗論·答王衛軍問》："藥驗者疾易～，理妙者吝可洗。"

6 **痎** jiē (粵) gaai^{1} **一種瘧疾**。《素問·生氣通天論》："夏傷於暑，秋為～瘧。"柳宗元《呂侍御恭墓誌》："至廣州，病～瘧加痸（zhì (粵) zai^{3}）。"（痸：痢疾。）

6 **痒** yáng (粵) joeng^{4} ❶ **病**。《詩經·小雅·正月》："哀我小心，癙（shǔ (粵) syu^{2}）憂以～。"（癙：憂。）(引) **害，受害**。《詩經·大雅·桑柔》："天降喪亂，滅我立王。降此蟊賊，稼穡卒～。"❷ yǎng (粵) joeng^{5} **皮膚受刺激引起想撓的感覺**。焦延壽《易林·蹇之革》：

"頭～搔跟，無益於疾。" **這個意義古代多寫作"癢"**。

6 **痕** hén ㊥ han[4] **瘡傷痊癒後留下的疤**。《後漢書·趙壹傳》："洗垢求其瘢（bān ㊥ baan[1]）～。"（瘢：瘡傷的疤。）㊦ **痕跡，留下的跡印**。劉禹錫《陋室銘》："苔～上階綠。"（苔：青苔。階：台階。）

7 **痡** pū ㊥ pou[1]/fu[1] ❶ **疲困不堪**。《詩經·周南·卷耳》："我馬瘏矣，我僕～矣。" ㊞ **衰竭**。《潛夫論·敍錄》："福從善來，禍由德～。" ❷ **危害**。《尚書·泰誓》："作威殺戮，毒～四海。"

7 **痙** jìng ㊥ ging[6] **痙攣。俗叫抽筋**。《靈樞·熱病》："熱而～者死。"

7 **痗** mèi ㊥ mui[3] **憂傷**。《詩經·衛風·伯兮》："願言思伯，使我心～。" ㊞ **病**。劉禹錫《謁柱山會禪師》詩："安能咎往事，且欲去沈～。"

7 **痤** cuó ㊥ co[4] **癤子，一種皮膚病**。《韓非子·六反》："彈～者痛，飲藥者苦。"（彈：用手指擠弄。）《素問·生氣通天論》："汗出見濕，乃生～疿。"

7 **痛** tòng ㊥ tung[3] ❶ **疼痛**。《韓非子·外儲說右上》："夫痤（cuó ㊥ co[4]）疽（jū ㊥ zeoi[1]）之～也，非刺骨髓，則煩心不可支也。"（痤：癤子。疽：毒瘡。支：受得住。）㊞ **痛苦，身心難受**。《漢書·路溫舒傳》："夫人情安則樂生，～則思死。" ㊞ **悲痛**。《禮記·三年問》："哀～未盡。"《史記·秦本紀》："寡人思念先君之意，常～於心。" ❷ **痛恨，怨恨**。《左傳·昭公二十年》："神怒民～，無悛於心。" ㊋ **憐惜**。孟郊《古興》詩："～玉不～身。" ❸ **徹底地**。《管子·七臣七主》："姦臣～言人情以驚主。" **成語有"痛改前非"**。㊋ **盡情地，痛快地**。《宋史·岳飛傳》："直抵黃龍府，與諸君～飲耳。"（黃龍府：地名，金的都城。）【**辨**】**痛，慟**。見 215 頁"慟"字。

8 **瘏** tú ㊥ tou[4] **勞累而致病，困頓**。《詩經·周南·卷耳》："陟彼砠矣，我馬～矣。" 李德裕《幽州紀聖功碑》："竟得人病馬～，縮衄而退。"

8 **瘃** zhú ㊥ zuk[1] **凍瘡**。《漢書·趙充國傳》："將軍士寒，手足皸（jūn ㊥ gwan[1]）～。"（皸：皮裂。）

8 **痺**（**痹**）bì ㊥ bei[3] **中醫指由風、寒、濕等引起的肢體疼痛或麻木的病**。《素問·痹論》："風、寒、濕三氣雜至，合而為～也。" ㊞ **麻木**。柳宗元《斷刑論下》："癢不得搔，～不得搖。"（搖：搖動，活動。）

8 **痼** gù ㊥ gu[3] **經久難癒的疾病**。劉楨《贈五官中郎將》詩："餘嬰沉～疾。"（嬰：纏繞。）㊞ **長期養成的不容易克服的習慣。如"痼習"、"痼癖"**。

8 **痱** féi ㊥ fei[4] **病名。中風**。《靈樞經·熱病》："～之為病也，身無痛者，四肢不收。"《史記·魏其武安侯列傳》："病～，不食欲死。"【**注意**】"**痱**（fèi ㊥ fei[2]/fai[6]）**子"古代多寫作"疿"**。《素問·生氣通天論》："汗出見濕，乃生痤（cuó ㊥ co[4]）疿。"（痤：癤子。）

8 **痴**（**癡**）chī ㊥ ci[1] ❶ **傻**。《論衡·道虛》："～愚之人，尚知怪之。"（尚：尚且。）《世說新語·賞譽》："王藍田為人晚成，時人乃謂之～。" ㊞ **迷戀，入迷**。《新唐書·竇威傳》："獨威尚文，諸兄詆為書～。" **成語有"痴心妄想"**。❷ **癲狂**。《論衡·率性》："有～狂之疾，歌啼於路，不曉東西。" ❸ **停滯不動**。陸游《芒種後經旬無日不雨偶得長句》："～雲不散常遮塔，野水無聲自入池。"［**痴雨**］**久雨不止**。張養浩《久雨初霽》詩："～～歇檐滴，頑雲開日華。"

8 **痿** wěi ㊥ wai[2] **病名。肢體無力，不能動作**。《呂氏春秋·盡數》："處足則為～為蹶。"

8 **瘐** yǔ 粵 jyu5 [瘐死] **古時指囚犯死在獄中**。《漢書・宣帝紀》："今繫者或以掠辜若飢寒～～獄中。"（若：或。）

8 **瘖** mín 粵 man4 **一種病**。《詩經・大雅・桑柔》："多我覯～，孔棘我圉。"

8 **瘁** cuì 粵 seoi6 ❶ **勞苦，困病**。《詩經・小雅・蓼莪》："哀哀父母，生我勞～。" 成語有"鞠躬盡瘁"。引 **憔悴，枯槁**。《抱朴子・暢玄》："與之不榮，奪之不～。" ❷ **憂傷，悲傷**。宋玉《高唐賦》："愁思無已，歎息垂淚，登高遠望，使人心～。"

8 **痯** guǎn 粵 gun2 [痯痯] **疲勞的樣子**。《詩經・小雅・杕杜》："檀車幝（chǎn 粵 cin2）幝，四牡～～。"（幝幝：破舊的樣子。）

8 **痾** kē（舊讀 ē）粵 o1 ❶ **疾病**。潘岳《閑居賦》："舊～有痊。" 反 **災禍**。張協《洛禊賦》："祈休吉，蠲百～。" ❷ **舊仇**。《後漢書・袁紹劉表傳附袁譚》："願捐棄百～。" ❸ ē 粵 o1/ngo1 **通"屙"**。**排泄（大便）**。蘇軾《醉僧圖頌》："今年且～東禪屎。"

9 **瘍** yáng 粵 joeng4 ❶ **瘡**。《周禮・天官・醫師》："凡邦之有疾病者，疕～者造焉。"（疕：瘡。）❷ **潰爛**。《素問・風論》："皮膚～潰。"

9 **瘕** jiǎ 粵 gaa2 ❶ **腹中鼓脹病**。《史記・扁鵲倉公列傳》："蟯（náo 粵 jiu4）～為病，腹大。"《山海經・南山經》："其中多育沛，佩之無～疾。" ❷ xiá 粵 haa4 **通"瑕"**。**污點，缺點**。柳宗元《同劉二十八院長述舊言懷》詩："敢辭親恥污，唯恐長疵～。"

9 **瘟** wēn 粵 wan1 **瘟疫**。《抱朴子・微旨》："經～疫則不畏。" 葉盛《水東日記》卷三十二："父母妻孥半病～。"

9 **瘈** zhì 粵 zai3 ❶ **狗發狂，瘋狂**。《左傳・哀公十二年》："國狗之～，無不噬（shì 粵 sai6）也。"（噬：咬。）❷ chì 粵 cai3 **手足痙攣**。《素問・氣交變大論》："足痿不收，行善～，腳下痛。"

9 **瘇**（尰）zhǒng 粵 zung2 **腳腫**。《詩經・小雅・巧言》："既微且～，爾勇伊何。"（微：小腿生瘡。）《漢書・賈誼傳》："天下之勢，方病大～。"

9 **瘉** yù 粵 jyu6 ❶ **病，痛苦**。《詩經・小雅・正月》："父母生我，胡俾我～？" ❷ **病好了**。《漢書・高帝紀》："漢王疾～，西入關。" ❸ **勝，勝過**。《漢書・藝文志》："彼九家者，不猶～於野乎？" ❹ **更加**。《荀子・堯問》："吾三相楚而心～卑，每益祿而施～博，位滋尊而禮～恭。"

9 **瘖** yīn 粵 jam1 **啞，不能説話**。《淮南子・泰族》："～者不言，聾者不聞。" 引 **默不作聲**。龔自珍《己亥雜詩》之一二五："九州生氣恃風雷，萬馬齊～究可哀。"（恃：依靠。究：畢竟。）

10 **瘨** diān 粵 din1 ❶ **"癲"的本字**。**癲狂，精神失常**。《素問・腹中論》："石藥發～，芳草發狂。" ❷ **病，疾苦**。《詩經・大雅・雲漢》："胡寧～我以旱？憯（cǎn 粵 caam2）不知其故！"（瘨：用作使動。憯：副詞。曾，用以加強否定語氣。）引 **暈倒**。《戰國策・楚策一》："水漿無入口，～而殫悶，旄不知人。"（旄：通"眊"。昏。）

10 **瘞**（瘗）yì 粵 ji3 **埋祭品或屍體、隨葬物**。《漢書・武帝紀》："祠常山，～玄玉。"《舊唐書・褚亮傳》："徽遇病終，亮親加棺斂，～之路側。"（徽：人名。）引 **墳墓**。《晉書・王敦傳》："於是發～出屍，焚其衣冠。"

10 **瘝** guān 粵 gwaan1 ❶ **病**。《尚書・康誥》："小子封，恫～乃身，敬

哉！”❷ 曠廢。《尚書・冏命》：“非人其吉，惟貨其吉，若時～厥官。”

10 **瘢** bān [粵] baan1 **傷疤**。《漢書・朱博傳》：“視其面，果有～。”[喻] **毛病，缺點**。《後漢書・趙壹傳》：“所好則鑽皮出其毛羽，所惡則洗垢求其～痕。”

10 **瘠** jí [粵] zik6/zek3 ❶ **瘦。與“肥”相對**。《荀子・非相》：“葉公子高，微小短～，行若將不勝其衣。”《史記・劉敬叔孫通列傳》：“今臣往，徒見羸～老弱。”[又] **貧困**。《國語・楚語上》：“民實～矣，君安得肥。”《三國志・吳書・陸遜傳》：“民～國強者，未之有也。”[引] **地力貧弱**。《國語・魯語下》：“擇～土而處之。”❷ **薄，少**。《左傳・襄公二十九年》：“何必～魯以肥杞。”《荀子・富國》：“若是則～，～則不足欲。”❸ zì [粵] zi6 **通“胔”。腐爛的肉**。《荀子・榮辱》：“是其所以不免於凍餓，操瓢囊為溝壑中～者也。”文天祥《正氣歌》：“一朝蒙霧露，分作溝中～。”

10 **瘥** cuó [粵] co4 ❶ **疫病**。《詩經・小雅・節南山》：“天方薦～，喪亂弘多。”（老天正在接連地降災病。薦：重，頻。弘：大。）❷ chài [粵] caai3 **病癒，病好了**。《宋書・何偃傳》：“世祖遇偃既深，備加治療。名醫上藥，隨所宜須，乃得～。”

11 **瘼** mò [粵] mok6 **病，疾苦**。方干《上杭州姚郎中》詩：“能除疾～似良醫。”《三國志・蜀書・馬超傳》：“求民之～。”（求：尋求。）[又] **弊病**。王安石《送鄆州知府宋諫議》詩：“文明誠得主，政～尚煩砭。”

11 **瘻** lòu [粵] lau6 ❶ **病名，頸部淋巴結核，即脖頸腫瘡**。《淮南子・說山》：“貍頭愈鼠，雞頭已～。”❷ lǘ [粵] leoi4 **駝背**。柳宗元《種樹郭橐駝傳》：“病～，隆然伏行。”（隆然：背部高起的樣子。）

11 **瘵** zhài [粵] zaai3 **病，痛苦**。《詩經・大雅・瞻卬》：“邦靡有定，士民其～。”謝靈運《酬從弟惠連》詩：“寢～謝人徒，滅迹入雲峰。”

11 **瘴** zhàng [粵] zoeng3 **瘴氣。南方山林中的濕熱空氣，從前認為是瘧疾等傳染病的病原**。杜甫《驅豎子摘蒼耳》詩：“江上秋已分，林中～猶劇。”［**瘴癘**］**瘴氣引起的疫病**。《舊唐書・南平獠傳》：“土氣多～～，山有毒草及沙虱、蝮蛇。”

11 **瘳** chōu [粵] cau1 ❶ **病好了**。《詩經・鄭風・風雨》：“既見君子，云胡不～！”（胡：何。）《後漢書・華佗傳》：“病皆～。”[引] **治，治癒**。《莊子・列禦寇》：“國其有～乎？”《晉書・王坦之傳》：“良藥效於～疾。”❷ **益，有益**。《國語・晉語二》：“君不度而賀大國之襲，於己也何～？”《左傳・昭公十三年》：“若為夷棄之，使事齊、楚，其何～於晉？”

12 **癇** （**癎**）xián [粵] haan4 **癲癇，即羊角風**。《後漢書・王符傳》：“嬰兒常病傷于飽也……哺乳多則生～病。”

12 **癉** dàn [粵] daan3 ❶ **因勞成病**。《詩經・大雅・板》：“上帝板板，下民卒～。”（板板：反常。）❷ **憎恨**。《尚書・畢命》：“彰善～惡。”（表彰善的，憎恨惡的。）❸ chǎn [粵] cin2/zin2 **通“燀”。熾熱，炎熱**。《漢書・嚴助傳》：“南方暑濕，近夏～熱。”（近：接近。）❹ dān [粵] daan1 **消渴症，今名糖尿病**。《素問・奇病論》：“此五氣之溢也，名曰脾～。”（五氣：五臟之氣。溢：充滿而流出來。）❺ dǎn [粵] taam2 **通“疸”。黃疸病**。《山海經・西山經》：“（翼望之山）有獸焉，其狀如狸……服之已～。”（已疸：治黃疸病。）

12 **癃** lóng [粵] lung4 **疲病，衰老病弱**。《晏子春秋・問下》：“公所身見～老者七十人，振贍之。”（振：救濟。贍：供養。）[特] **指小便不暢**。《素問・五常政大論》：“其病～閟，邪傷腎也。”（閟：指大便不利。）

13 **癘** lì (粵) lai^6 ❶ **惡瘡**。《戰國策・楚策四》："～人憐王。"《素問・脈要精微論》："脈風成為～。"（脈風：風寒由外侵入血管。）❷ **瘟疫**。《左傳・昭公四年》："～疾不降，民不夭札。"（夭札：未成年死去。）

15 **癥** zhēng (粵) zing^1 **病名**。**腹內結塊**。《史記・扁鵲倉公列傳》："以此視病，盡見五藏～結。" **後"癥結"引申為問題的關鍵**。紀昀《閱微草堂筆記》卷十八："故言可行，皆洞見～結之論。"【注意】**古代"癥結"的"癥"不寫作"症"。古代病的症狀寫作"證"，後來俗字作"症"（zhèng (粵) zing^3），音義和"癥"都不相同。**

17 **癭** yǐng (粵) jing^2 ❶ **頸部的瘤子**。《淮南子・墜形》："林氣多癃，木氣多傴，岸下氣多腫，石氣多力，險阻氣多～。" ❷ **樹木的瘤子**。庾信《枯樹賦》："載～銜瘤。"

18 **癯** （臞）qú (粵) keoi^4 **瘦**。沈約《齊故安陸昭王碑文》："獨居不御酒肉……若此移年，～瘠改貌。"柳宗元《國子司業陽城遺愛碣》："～者既肥。"（既：已經。）

18 **癰** （癕）yōng (粵) jung^1 **一種毒瘡**。《後漢書・華佗傳》："佗以為腸～。"

癶部

4 **癸** guǐ (粵) gwai^3 **天干的第十位**。**見176頁"干"字**。

7 **登** dēng (粵) dang^1 ❶ **升，由低處到高處**。《荀子・勸學》："故不～高山，不知天之高也。"《左傳・莊公十年》："～軾而望之。"(又) **踏上**。杜甫《石壕吏》詩："天明～前途，獨與老翁別。" ❷ **進獻**。《禮記・月令》："是月也，農乃～穀，天子嘗新，先薦寢廟。" ❸ **進用**。《後漢書・仲長統傳》："善者早～，否者早去。"杜甫《上韋左相二十韻》："才傑俱～用，愚蒙但隱淪。" ❹ **記載，登記**。《周禮・秋官・司民》："司民掌～萬民之數。"（司民：官名。掌：主管。）❺ **莊稼成熟**。《孟子・滕文公上》："五穀不～。" **成語有"五穀豐登"**。❻ **副詞**。**當即**。酈道元《水經注・洛水》："自晨至中，紫雲沓起，甘雨～降。"

7 **發** fā (粵) faat^3 ❶ **把箭射出去**。《史記・孫子吳起列傳》："於是令齊軍善射者萬弩，夾道而伏，期曰：'暮見火舉而俱～。'"（期：約定。）**成語有"百發百中"**。(引) **量詞**。《漢書・匈奴傳》："弓一張，矢四～。"（矢：箭。）❷ **出發，派遣**。《楚辭・九懷・通路》："朝～兮葱嶺。"《史記・秦始皇本紀》："王知之，令相國昌平君、昌文君～卒攻毐（ǎi (粵) oi^2/ngoi^2）。"（毐：人名，嫪毐。）❸ **興起，產生**。《韓非子・顯學》："猛將必～於卒伍。"（卒伍：軍隊基層組織。）《淮南子・主術》："是故草木之～若蒸氣。"（是故：因此。）(引) **發作**。**多指疾病**。《後漢書・華佗傳》："此病後三期當～。" ❹ **表現，顯露**。《荀子・禮論》："歌謠謸笑，哭泣諦號，是吉凶憂愉之情～於聲音者也。"（謸：同"傲"。戲謔，開玩笑。諦：通"啼"。）❺ **打開，開掘**。《韓非子・難二》："使桓公～倉囷（qūn (粵) kwan^1）而賜貧窮。"（囷：圓形的穀倉。）《三國志・吳書・吳主傳》："穿塹～渠。"(又) **啟發**。《論語・述而》："不憤不啟，不悱不～。"(引) **花開**。李商隱《無題》詩："春心莫共花爭～。" ❻ **掀開，揭發**。《史記・項羽本紀》："於是大風從西北而起，折木～屋。"《漢書・鄭當時傳》："司馬安為淮陽太守，～其事。" ❼ **發放**。《韓非子・外儲說右下》："～五苑之蓏（luǒ (粵) lo^2）蔬棗栗足以活民。"（五苑：指帝王養禽獸種果木的地方。蓏：瓜。活民：使民活。）[又] **發佈**。《淮南子・主術》：“天子～號令，行禁止。”

白部

0 **白** bái [粵] baak6 ❶ **白色**。《荀子・榮辱》：“目辨～黑美惡。”（辨：辨別。）[引] **純潔，乾淨**。《韓非子・説疑》：“竦（sǒng [粵] sung2）心～意。”（竦：恭敬。）[又] **天亮**。李賀《致酒行》：“雄雞一聲天下～。”❷ **清楚，明瞭**。《荀子・天論》：“功名不～。”《漢書・貢禹傳》：“罪～者伏其誅，疑者以與民。”[引] **顯著**。《漢書・馮奉世傳》：“威功～著，為世使表。”❸ **下對上告訴，陳述**。《史記・滑稽列傳》：“巫嫗弟子是女子也，不能～事，煩三老為入～之。”柳宗元《童區寄傳》：“虛吏～州，州～大府。”（虛吏：管理集市的官吏。）❹ **空白**。《舊唐書・苗晉卿傳》：“而奭（shì [粵] sik1）手持試紙，竟日不下一字，時謂之曳（yè [粵] jai6）～。”［**白丁**］［**白衣**］［**白身**］**都指沒有功名的平民**。《隋書・李敏傳》：“謂公主曰：‘李敏何官？’對曰：‘一～丁耳。’”《晉書・陶侃傳》：“侃坐免官，王敦表以侃～衣領職。”（坐：因罪。）高適《送桂陽孝廉》詩：“桂陽年少西入秦，數經甲科猶～身。”❺ **徒然，白白地（後起意義）**。李白《越女詞》五首之四：“相看月未墮，～地斷肝腸。”❻ **葱、蒜莖部下端白色的部分**。《世説新語・儉嗇》：“及食，啖薤，庾因留～。”❼ **古時罰酒用的酒杯**。劉向《説苑・善説》：“飲不嚼者，浮以大～。”（嚼：通“釂”。飲盡。浮：罰酒。）

2 **皂**（皁）zào [粵] zou6 ❶ **植物名。皂斗，其殼煮汁可以染黑色**。《周禮・地官・大司徒》：“其植物宜～物。”❷ **黑色**。《後漢書・禮儀志上》：“執事者冠長冠，衣～單衣。”《宋史・輿服志》：“紫地～花。”❸ **古代一個卑賤的等級**。《左傳・昭公七年》：“士臣～。”（士統治皂。）❹ **馬槽，槽**。《史記・魯仲連鄒陽列傳》：“使不羈之士與牛驥同～。”文天祥《正氣歌》：“牛驥同一～。”

3 **的** dì [粵] dik1 ❶ **鮮明、明亮的樣子**。宋玉《神女賦》：“朱脣～其若丹。”（朱：紅色。其：語氣詞。丹：丹砂，一種鮮紅色的礦物。）［**的皪**（lì [粵] lik6）］**明亮的樣子**。司馬相如《上林賦》：“明月珠子，～～江靡。”**又寫作“的歷”、“的礰”**。韋應物《橫塘行》：“玉盤的歷雙白魚。”張衡《思玄賦》：“顏的礰以遺光。”❷ **箭靶的中心，一説指箭靶**。《韓非子・外儲説左上》：“設五寸之～，引十步之遠。”**成語有“有的放矢”**。[引] **目的，目標**。《韓非子・外儲説左上》：“人主之聽言也，不以功用為～。”❸ **古代女子點在額上作為裝飾的紅點**。傅咸《鏡賦》：“點雙～以發姿。”（發姿：顯現出美貌。）❹ dí **真實**。《三國志・蜀書・董允傳》裴注：“以此疑習氏之言為不審～也。”[又] **確實**。白居易《出齋日喜皇甫十早訪》詩：“～應不是別人來。”

4 **皆** jiē [粵] gaai1 ❶ **普遍**。《詩經・周頌・豐年》：“降福孔～。”（孔：甚，很。）❷ **俱，一同**。《尚書・湯誓》：“予及汝～亡。”（予：我。汝：你。）❸ **都，全**。《論語・顏淵》：“人～有兄弟，我獨亡。”（亡：無。）《莊子・盜跖》：“丘之所言～吾之所棄也。”**成語有“放之四海而皆準”**。

4 **皇** huáng ㊣ wong[4] ❶ **大**。《詩經・大雅・文王有聲》："～王維辟。"（辟：君主。）㊀ **美好**。《詩經・大雅・文王》："思～多士，生此王國。"㊁ **對已故長輩的尊稱。如"皇考"、"皇祖"**。❷［皇皇］① **美盛鮮明的樣子**。《詩經・小雅・皇皇者華》："～～者華。"（華：花。）② **心神不安的樣子**。《禮記・檀弓下》："～～焉，如有求而弗得。"③ **匆匆忙忙的樣子**。《楚辭・九歎・怨思》："征夫～～，其孰依兮。"**上述** ②③ **又寫作"遑遑"**。❸ **傳說中遠古的帝王**。《莊子・天運》："余語女三～五帝之治天下。"（語：告訴。）［皇帝］**封建社會的最高統治者**。《史記・秦始皇本紀》："朕為始～～。"（朕：皇帝的自稱。）**後來"皇帝"也簡稱"皇"或"帝"**。❹ **傳說中的雌鳳**。屈原《九章・涉江》："鸞（luán ㊣ lyun[4]）鳥鳳～，日以遠兮。"（鸞鳥：類似鳳凰的鳥。）**這個意義後來寫作"凰"。參見 747 頁"鳳"字**。❺ **通"遑"。閒暇，閒空**。《左傳・昭公三十二年》："不～啟處，於今十年。"（不皇啟處：沒有閒空安居。啟處：指安居。）❻ kuàng ㊣ fong[3] **通"況"。況且**。《尚書大傳・甫刑》："君子之于人也，有其語也，無不聽者，～于聽獄乎？"（獄：訟事。）❼ kuāng ㊣ hong[1] **通"匡"。糾正**。《詩經・豳風・破斧》："周公東征，四國是～。"

4 **皈** guī ㊣ gwai[1] ❶ **通"歸"。返回**。楊萬里《晚皈再度西橋》詩："～近溪橋東復東，蓼花迎路舞西風。"❷［皈依］**佛家稱歸向佛教**。李頎《宿瑩公禪房聞梵》詩："始覺浮生無住著，頓令心地欲～～。"

5 **皋**（臯、皐）gāo ㊣ gou[1] ❶ **沼澤**。《詩經・小雅・鶴鳴》："鶴鳴于九～，聲聞于天。"（九皋：深澤。）❷ **水邊的地**。屈原《離騷》："步余馬於蘭～兮。"曹操《步出夏門行・艷》："雲行雨步，超越九江之～。"（雨步：下雨。九江：指沿海各河道。）❸［皋比］**虎皮**。《左傳・莊公十年》："公子偃……自雩門竊出，蒙～～而先犯之。"❹［皋陶（yáo ㊣ jiu[4]）］**人名。相傳是舜臣，掌刑法**。

6 **皎** jiǎo ㊣ gaau[2] **潔白明亮**。《詩經・陳風・月出》："月出～兮。"［皎皎］**潔白的樣子**。《詩經・小雅・白駒》："～～白駒。"㊁ **明亮的樣子**。屈原《九歌・東君》："夜～～兮既明。"

7 **皓**（皜、暠）hào ㊣ hou[6] ❶ **明，明亮**。《詩經・陳風・月出》："月出～兮。"范仲淹《岳陽樓記》："～月千里。"❷ **白**。《楚辭・大招》："朱脣～齒。"《後漢書・劉寵傳》："有五六老叟，尨眉～髮。"（尨：雜色，指花白。）㊃ **老翁**。揚雄《解嘲》："四～采榮於南山。"（四皓：秦漢時的四個年老的隱士。采榮：取得榮譽。）❸ **通"昊"。大。常用來指天**。左思《詠史》："～天舒白日。"（舒：展。）

7 **皖** wǎn ㊣ wun[5] **地名。漢代有皖縣，在今安徽**。

8 **皙** xī ㊣ sik[1] **皮膚白**。《左傳・昭公二十六年》："有君子白～，鬒鬚眉。"㊀ **白色**。《左傳・定公九年》："～幘而衣狸製。"

10 **皚** ái ㊣ ngoi[4] **潔白**。漢樂府《白頭吟》："～如山上雪，皎若雲間月。"［皚皚］**形容霜雪潔白的樣子**。劉歆《遂初賦》："漂積雪之～～兮。"

10 **皞**（暤、暭）hào ㊣ hou[6] ❶ **明亮**。《廣韻・晧韻》："暤，明也。"❷ **通"昊"。大**。［皞天］**同"昊天"**。《莊子・人間世》："易之者～～不宜。"（不宜：不允許。）❸［皞皞］**同"浩浩"。心胸開闊、舒暢的樣子**。《孟子・盡心上》："王者之民～～如也。"

10 **皛** xiǎo ㊊ jiu[5] **彰顯**。潘岳《關中詩》："虛～滴德，謬彰甲吉。"［**皛皛**］**明潔的樣子**。陶潛《辛丑歲七月赴假還江陵夜行塗口》詩："昭昭天宇闊，～～川上平。"

10 **皠** （皬、翯）hè ㊊ hok[6]［**皠皠**］**羽毛潔白的樣子**。何晏《景福殿賦》："悠悠玄魚，～～白鳥。"

12 **皤** pó ㊊ po[4] ❶ **白色**。《周易・賁》："賁如～如，白馬翰如。" ❷ **鬚髮為白色**。白居易《寫真》詩："勿歎韶華子，俄成～叟仙。" ㊀ **老人**。宋祁《宋景文公筆記・釋俗》："蜀人謂老為～。" ❸［**皤皤**］① **頭髮雪白的樣子**。陸機《漢高祖功臣頌》："～～董叟。"（董叟：姓董的老頭。）② **豐盛的樣子**。左思《魏都賦》："行庖（páo ㊊ paau[4]）～～。"（行庖：烹飪。）❹ **肚子大**。《左傳・宣公二年》："睅其目，～其腹，棄甲而復。"

13 **皦** jiǎo ㊊ giu[2] ❶ **白，明亮**。《詩經・王風・大車》："謂予不信，有如～日。"《魏書・高閭傳》："忠者發心以附道。譬如玉石，～然可知。"［**皦皦**］**潔白明亮的樣子**。《後漢書・黃瓊傳》："嶢嶢者易缺，～～者易污。" 左思《雜詩》："明月出雲崖，～～流素光。" ❷ **清晰，分明**。《論語・八佾》："樂其可知也。始作，翕如也。從之，純如也，～如也。"

15 **皪** lì ㊊ lik[6]［**的皪**］**鮮明的樣子**。《史記・司馬相如列傳》："明月珠子，～～江靡。"（江靡：江邊的山崖。）

15 **皫** piǎo ㊊ piu[2] **鳥羽毛變色無光澤**。《禮記・內則》："鳥～色而沙鳴。"

17 **皭** （皭）jiào ㊊ ziu[3]/zoek[6] **白色**。《廣韻・笑韻》："～，白色也。" ㊀ **潔淨**。左思《蜀都賦》："蔚若相如，～若君平。"（相如、君平：人名。）［**皭皭**］［**皭然**］**潔淨的樣子**。《韓詩外傳》卷一："莫能以己之～～，容人之混污然。"《史記・屈原賈生列傳》："不獲世之滋垢，～然泥而不滓者也。"

皮部

0 **皮** pí ㊊ pei[4] ❶ **剝去皮**。《史記・刺客列傳》："因自～面決眼。"（因：於是。決：通"抉"。挖掉。）❷ **動物的或植物的皮**。《左傳・僖公十四年》："～之不存，毛將安傅？"（安：哪裏。傅：附着。）《漢書・鼂錯傳》："木～三寸。"（木皮：樹皮。）㊀（**製作服裝或器物的**）**皮毛，皮革**。《尚書・禹貢》："島夷～服。" 韓愈《進學解》："敗鼓之～。" ㊕ **皮侯，獸皮製的箭靶**。《儀禮・鄉射禮》："射不主～。"（射箭要中的，不在於穿透靶子。）❸ **物體的表面**。韓愈《題于賓客莊》詩："榆莢車前蓋地～。" ㊀ **表面的，淺薄的**。《史記・酈生陸賈列傳》："以目～相，恐失天下之能士。"（以目皮相：只用眼從表面上看，即只看外表。）**成語有"皮裏陽秋"**。❹ **人的皮膚**（**後起意義**）。蒲松齡《聊齋志異・畫皮》："鋪人～於榻上。"

【**辨**】**皮，革，膚**。**見 518 頁"膚"字**。

3 **皯** gǎn ㊊ gon[2] **面色黝黑**。《列子・黃帝》："焦然肌色～䵋（měi ㊊ mui[4]），昏然五情爽惑。"（䵋：黑。）

7 **皴** cūn ㊊ ceon[1] ❶ **皮膚皺裂**。賈思勰《齊民要術・種紅藍花梔子》："令手軟滑，冬不～。" ㊀ **物體表面起皺褶，粗糙**。白居易《與沈楊二舍人閣老同食敕賜櫻桃翫物感恩因成十四韻》："肉嫌盧橘厚，皮笑荔枝～。" 袁枚《遊丹霞記》："山皆突起平地，有橫～，無直理。" ❷ **中國畫的一種技法。用側筆染擦，以表現山石等的脈絡紋理及凹凸向背**。

9 **皸** jūn ㊊ gwan[1] **皮膚因寒冷或乾燥而破裂**。《漢書・趙充國傳》："將軍士寒，手足～瘃（zhú ㊵ zuk[1]）。”（瘃：凍瘡。）《舊五代史・晉書・鄭雲叟傳》：“雖寒風大雪，臨簷對局，手足～裂，亦無倦焉。”

皿部

0 **皿** mǐn ㊵ ming[5] **器皿。碗、碟、杯、盤一類用具的總稱**。《墨子・節葬》：“使百工行此，則必不能修舟車、為器～矣。”

3 **盂** yú ㊵ jyu[4] **盛水和酒的器具**。《墨子・兼愛下》：“鏤於金石，琢於槃～。”《淮南子・脩務》：“今夫救火者，汲水而趍之，或以甕瓴，或以盆～。”

4 **盆** pén ㊵ pun[4] ❶ **盛物的器皿**。《淮南子・兵略》：“今使陶人化而為埴（zhí ㊵ zik[6]），則不能成～盎。”（埴：黏土。）❷ **量器。也指容量單位。十二斗八升為一盆**。《荀子・富國》：“今是土之生五穀也，人善治之，則畝數～。”（畝數盆：指一畝能產數盆之穀。）❸ **浸在盆水中**。《禮記・祭義》：“及良日，夫人繅，三～手。”

4 **盈** yíng ㊵ jing[4] ❶ **充滿**。《詩經・小雅・楚茨》：“我倉既～。”《韓非子・説疑》：“以譽～於國。” ㊈ **圓滿**。沈括《夢溪筆談》卷七：“以月～虧可驗也。”（月：月亮。虧：缺損。）❷ **富裕，有餘**。《後漢書・馬援傳》：“致求～餘。”（致求：追求。）❸ **滿足，自滿**。《荀子・仲尼》：“志驕～而輕舊怨。” ❹ **增長**。《史記・范雎蔡澤列傳》：“進退～縮，與時變化。”

5 **盇** （盍）hé ㊵ hap[6] **何不**。《論語・公冶長》：“～各言爾志？”《史記・楚世家》：“伍奢有二子，不殺者，為楚國患，～以免其父召之，必至。”（免其父：免了他父親的罪。召：召喚。）㊈ **何**。《管子・戒》：“～不出從乎？”（為甚麼不跟從出去呢？）

5 **盎** àng ㊵ ong[3]/ngong[3] ❶ **一種腹大口小的盛器**。《後漢書・逢萌傳》：“乃首戴瓦～，哭於市。”（戴：頂着。）韓愈《贈張籍》詩：“篋中有餘衣，～中有餘糧。” ❷ **盈溢的樣子**。《孟子・盡心上》：“其生色也，睟然見於面，～於背，施（yì ㊵ ji[6]）於四體。”（睟然：潤澤的樣子。施：延及。）**又常“盎盎”、“盎然”連用**。蘇軾《新釀桂酒》詩：“～～春溪帶雨渾。”蘇軾《答李邦直》詩：“詩詞如醇酒，～然薰四支。” **成語有“春意盎然”**。

5 **盌** （椀）wǎn ㊵ wun[2] **碗**。揚雄《方言》卷五：“盂，宋、楚、魏之間或謂之～。”《三國志・吳書・甘寧傳》：“寧先以銀～酌酒自飲兩～。” **後來寫作“碗”**。

5 **益** yì ㊵ jik[1] ❶ ㊵ jat[6] **水漫出來**。《呂氏春秋・察今》：“澭（yōng ㊵ jung[1]）水暴～。” **這個意義先秦多寫作“益”，後來都寫作“溢”**。❷ **富裕，富足**。《呂氏春秋・貴當》：“其家必日～。” ❸ **增加**。《韓非子・定法》：“五年而秦不～一尺之地。” ❹ **利益，好處**。《尚書・大禹謨》：“滿招損，謙受～。”《鹽鐵論・非鞅》：“有～於國，無害於人。” ❺ **副詞。更，更加**。《文子・上禮》：“故揚湯止沸，沸乃～甚。” **成語有“精益求精”**。❻ **副詞。漸漸地**。《史記・呂不韋列傳》：“始皇帝～壯。”《漢書・蘇武傳》：“武～愈，單于使使曉武。”（曉：告知。）❼ **［益州］古地名，在今四川一帶**。

6 **盛** shèng ㊵ sing[6] ❶ chéng ㊵ sing[4] **放在容器內用來祭祀的穀類**。《左傳・桓公六年》：“奉～以告。”（奉：端着。）㊊ **用器物盛裝（物品）**。《莊子・逍遙遊》：“以～水漿。” ㊈ **容器**。《禮記・喪大記》：“食粥於～。” ❷ chéng ㊵ sing[4] 容

納，承受。《呂氏春秋・君守》："身以～心，心以～智。" ❸ **興旺，旺盛。與"衰"相對。**《左傳・襄公二十九年》："美哉！周之～也。"《韓非子・解老》："有死生，有～衰。" (又) **充足，多。**韓愈《答李翊書》："氣～則言之短長與聲之高下者皆宜。"《後漢書・翟酺傳》："學者滋～。" (又) **大，盛大。**《史記・春申君列傳論》："吾適楚，觀春申君故城，宮室～矣哉。" ❹ **茂盛。**《莊子・山木》："見大木枝葉～茂。" (引) **程度深，極，甚。**《國語・魯語上》："使君～怒以暴露於敝邑之野。" 陶潛《搜神後記》卷二："將軍好馬甚愛惜，今死，～懊惋。" ❺ **美盛，豐盛。**《左傳・襄公二十九年》："節有度，守有序，～德之所同也。" 王勃《滕王閣序》："勝地不常，～筵難再。" ❻ **讚美。**張衡《東京賦》："～夏后之致美，爰敬恭於明神。"

7 **盜** dào (粵) dou6 ❶ **盜竊，偷東西。**《荀子・脩身》："竊貨曰～。" (又) **偷東西的人。**《莊子・胠篋》："將為胠篋（qū qiè (粵) keoi1 hip3）探囊發匱之～。"（胠篋：從旁打開箱子。探囊：掏口袋。發匱：打開櫃子。）❷ **強盜。**《莊子・盜跖》："天下何故不謂子為～丘？"（謂：稱。子：你。）❸ **指地位低賤的小人。**《詩經・小雅・巧言》："君子信～，亂是用暴。" **【辨】盜，賊。"盜"、"賊"兩字，古代和現代的意義幾乎相反：現代普通話所謂"賊"（偷東西的人），古代叫"盜"；現在所謂"強盜"（搶東西的人），古代也可以叫"盜"，但一般都稱"賊"。**

8 **盞** zhǎn (粵) zaan2 **淺而小的杯子。**杜甫《酬孟雲卿》詩："寧辭酒～空。" **又寫作"琖"、"醆"。**

8 **盟** méng (粵) mang4 **古代諸侯在神前立誓締約。**《左傳・僖公三十年》："秦伯說（yuè (粵) jyut6），與鄭人～。"（說：悅。）(引) **一般的誓約。**陸游《新晴》詩："寄語沙鷗勿敗～。"（敗：指破壞。）**成語有"山盟海誓"。** (泛) **發誓。**《史記・孫子吳起列傳》："與其母訣，齧臂而～曰：起不為卿相，不復入衞。"

8 **盝** lù (粵) luk6 ❶ **同"漉"。過濾。**《周禮・考工記・㡛氏》："清其灰而～之。" ❷ **盒子。**《舊唐書・李德裕傳》："（敬宗）詔浙西造銀～子妝具二十事進內。"

9 **監** jiàn (粵) gaam3 ❶ **照影。**《尚書・酒誥》："人無于水～，當于民～。"《左傳・昭公二十六年》："我無所～。" **這個意義又寫作"鑑"、"鑒"。** ❷ **借鑒。**《論語・八佾》："周～於二代。"（二代：指夏、商。）《荀子・解蔽》："成湯～於夏桀。" ❸ jiān (粵) gaam1 **自上視下。**《詩經・大雅・皇矣》："～觀四方。" (引) **監視，監督。**《史記・陳涉世家》："～諸將以西擊滎陽。" **雙音詞有"監督"。** ❹ **古代主管檢察的官名。**《史記・秦始皇本紀》："郡置守、尉、～。" (又) **官署名。如國子監、欽天監。** (又) **太監。**《史記・秦本紀》："（衞鞅）因景～求見孝公。"（衞鞅：指商鞅。因：依靠。景：人名。）

9 **盡** jìn (粵) zeon6 ❶ **完，沒有了。**《左傳・襄公八年》："楚師遼遠，糧食將～，必將速歸。" 鼂錯《言守邊備塞疏》："（胡人）美草甘水則止，草～水竭則移。"（甘水：指可以飲用的水。止：指駐紮下來。）❷ **竭盡，全部用出。**《商君書・錯法》："功分明則民～力。" ❸ **達到頂點。**《論語・八佾》："子謂韶～美矣，又～善也。"（韶：舜時樂曲名。）❹ **都，全部。**《孟子・盡心下》："～信書，則不如無書。"（書：指《尚書》。）黃巢《不第後賦菊》詩："滿城～帶黃金甲。" ❺ jǐn (粵) zeon2 **儘可能，儘量。**《禮記・曲禮上》："虛坐～後，食坐～前。"（虛坐：指閒坐。）❻ jǐn (粵) zeon2 **任憑。**白居易《題山石榴花》詩："爭及此花簷戶下，任人採弄～人看。"

10 **盤** pán (粵) pun4《説文》作"槃"。❶ **盤子。可用來盛飯食，也可用來盛水。**《左傳・僖公二十三年》："乃饋～飧，置璧焉。"《禮記・大學》："湯之～銘曰：'苟日新，日日新，又日新。'" **雙音詞有"盤饌"。** ❷ **迴繞，彎曲。**《隋書・百濟傳》："女辮髮垂後，已出嫁則分為兩道，～於頭上。"沈括《夢溪筆談》卷三："用柔鐵屈～之。"（柔鐵：熟鐵。）**成語有"盤根錯節"。這個意義又寫作"蟠"。** (引) **盤旋。**徐弘祖《徐霞客遊記・滇遊日記九》："～空而升。" ❸ **徘徊，逗留。**羅燁《醉翁談錄・張時與福娘再會》："少年隨學至建康，～旋數日。" **[盤桓] 徘徊，逗留。**曹植《洛神賦》："悵～～而不能去。"（悵：惆悵，傷感。去：離去。）❹ **娛樂。**《尚書・無逸》："文王不敢～于遊田。"（田：打獵。）❺ **通"磐"。巨大的石頭。**《荀子・富國》："國安於～石。"

11 **盧** lú (粵) lou4 ❶ **黑色。**《尚書・文侯之命》："～弓一，～矢百。" (特) **指黑色犬或瞳仁。**《詩經・齊風・盧令》："～令令，其人美且仁。"（令令：獵犬脖子上的鈴聲。）《漢書・揚雄傳上》："玉女無所眺其清～兮。" ❷ **矛、戟的柄。**《國語・晉語四》："侏儒扶～。" ❸ **古時賭博，擲五子全黑者稱盧，為勝彩。**陸游《風順舟行甚疾戲書》詩："呼～喝雉連暮夜。" ❹ **酒店前放置酒甕的土台子。**《漢書・司馬相如傳上》："買酒舍，乃令文君當～。"（文君：卓文君，人名。）**這個意義後來寫作"壚"或"罏"。** ❺ **頭蓋骨。**《淮南子・俶務》："蹶蹄足以破～陷匈。"《漢書・武五子傳贊》："頭～相屬於道。"（屬：連接。）**這個意義後來寫作"顱"。** ❻ **簡陋的房屋。**《淮南子・説林》："匠人處狹～。" **這個意義後來寫作"廬"。** ❼ **火爐。**《後漢書・五行志五》："魏郡男子張博送鐵～詣太官。" **這個意義後來寫作"鑪"、"爐"。**

11 **盥** guàn (粵) gun3 ❶ **洗手。**《左傳・僖公二十三年》："奉匜沃～，既而揮之。"（奉：捧着。匜：洗手時盛水的器具。沃：澆水。）《論衡・譏日》："洗去足垢，～去手垢，浴去身垢。" ❷ **盥洗的器皿。**庾信《周安昌公夫人鄭氏墓誌銘》："承姑奉～，訓子停機。" ❸ **通"祼"。一種祭祀儀式，斟酒澆地以降神。**《周易・觀》："～而不薦，有孚顒若。"

11 **盦** (盫)ān (粵) am1/ngam1 ❶ **古代一種有蓋的器皿。**陶宗儀《南村輟耕錄》卷一七："古器之名則有……壺、～、瓿（bù (粵) pau2）。"（瓿：小甕。）❷ **覆蓋。**李時珍《本草綱目・草部・續斷》："閃肭（nù (粵) neot6）骨節，用接骨草葉搗爛～之，立效。"（肭：殘。）❸ **通"庵(菴)"。圓形草屋。**徐珂《清稗類鈔・孝友》："乃築風木～以避寒暑。" ⊗ **用於人名、別名或書齋名。如龔自珍號定盦。**

12 **盪** dàng (粵) dong6 ❶ **動盪，搖動。**《左傳・昭公二十六年》："茲不穀震～播越，竄在荊蠻。"《周易・繫辭上》："剛柔相摩，八卦相～。" ❷ **洗滌，沖激。**《漢書・藝文志》："聊以～意平心，同死生之域，而無怵惕於胸中。"（怵惕：擔心害怕。）柳宗元《晉問》："若江漢之水，疾風驅濤，擊山～壑。" (引) **清除。**《漢書・食貨志》："後二年，世祖受命，～滌煩苛，復五銖錢，與天下更始。" ❸ **放蕩，放縱。**《漢書・丙吉傳》："不得令晨夜去皇孫敖～。" ❹ **碰撞，撞擊。**《晉書・劉曜載記》："丈八蛇矛左右盤，十～十決無當前。" ❺ táng (粵) tong4 **通"搪"。塗抹。**《新唐書・食貨志四》："江淮多鉛錫錢，以銅～外。"

13 **盬** gǔ [粵] gu^{2} ❶ **古鹽池名，在今山西臨猗（yǐ [粵] ji^{2}）南。** [又] **指鹽。**《周禮・天官・鹽人》："凡齊事，鬻～以待戒令。" ❷ **不堅牢。**《漢書・息夫躬傳》："器用～惡，孰當督之！" ❸ **止息。**《詩經・唐風・鴇羽》："王事靡～，不能蓺稷黍。"（蓺：種植。）❹ **吸飲。**《左傳・僖公二十八年》："晉侯夢與楚子搏，楚子伏己而～其腦。"

15 **盭** lì [粵] leoi^{6} ❶ **彎曲。**《呂氏春秋・遇合》："陳有惡人焉……長肘而～。" [引] **違背，乖戾。**《漢書・張耳陳餘傳贊》："何鄉者慕用之誠，後相背之～也。" [又] **狠戾。**《史記・司馬相如列傳》："～夫為之垂涕，況乎上聖。" ❷ [粵] lai^{6} **通"綟"。綠色。**《漢書・百官公卿表上》："金璽～綬。"

18 **盩** xì [粵] hik^{1} **傷痛。**《尚書・酒誥》："民罔不～傷心。"

目部

0 **目** mù [粵] muk^{6} ❶ **眼睛。**《荀子・勸學》："～不能兩視而明。"（眼睛不能同時看清兩件東西。）❷ **看，注視。**《史記・陳涉世家》："皆指～陳勝。"（全都指着和看着陳勝。）《漢書・樊噲傳》："項羽～之。" [引] **遞眼色。**《史記・項羽本紀》："范增數～項王。"（范增：人名。數：屢次。）❸ **漁網的網眼。**鄭玄《詩譜序》："舉一綱，而萬～張。"（舉：提起。綱：漁網的總繩。張：張開。）**成語有"綱舉目張"。** ❹ **條目，細目。**《論語・顏淵》："請問其～。" ❺ **名稱。**劉知幾《史通序》："予既在史館而成此書，故便以《史通》為～。"（予：我。）[引] **稱呼。**酈道元《水經注・巨洋水》："源麓之側有一祠，～之為冶泉祠。" [又] **品評。**《世說新語・賞譽》："世～周侯，嶷（nì [粵] jik^{6}）如斷山。"（嶷：高峻的樣子。）

3 **直** zhí [粵] zik^{6} ❶ **直。與"曲"相對。**《荀子・勸學》："木受繩則～。"（受繩：指按墨線加工。）[引] **行為正直。**《商君書・修權》："君好法，則端～之士在前。" [又] **正確的道理。**柳宗元《封建論》："告之以～而不改。" **成語有"理直氣壯"。** ❷ **面對，遇到。**《漢書・刑法志》："魏之武卒，不可以～秦之鋭士。"（魏：魏國。武卒：士兵。鋭士：精兵。）《漢書・義縱傳》："無～寧成之怒。"（寧成：人名。）[引] **值班（後起意義）。特指在殿堂中值班，侍奉君主。**《晉書・羊祜傳》："悉統宿衞入～殿中。"（宿衞：在宮禁中值班的警衞。）❸ **價值。**《史記・酷吏列傳》："湯死，家產～不過五百金。" [引] **工錢。**《後漢書・班超傳》："為官寫書受～，以養老母。" **這個意義後來寫作"值"。** ❹ **副詞。僅，只是。**《孟子・梁惠王上》："～不百步耳，是亦走也。" ❺ **副詞。徑直，一直。**《史記・魏公子列傳》："侯生攝敝衣冠，～上載公子上坐。" ❻ **副詞。特意。**《史記・留侯世家》："至良所，～墮其履圯（yí [粵] ji^{4}）下。"（圯：橋。）

3 **盱** xū [粵] heoi^{1} ❶ **張目而視。**《周易・豫》："～豫，悔。"（豫：卦名。）［盱盱］**張目直視的樣子。**《荀子・非十二子》："吾語汝學者之嵬容……～～然。" ❷ **憂愁。**《詩經・小雅・都人士》："我不見兮，云何～矣。" ❸ **通"訏"。大。**《漢書・地理志》引《詩》："恂～且樂。"

3 **盲** máng [粵] maang^{4} ❶ **眼睛瞎。**《老子・十二章》："五色令人目～。"《世說新語・排調》："～人騎瞎馬，夜半臨深池。" [引] **眼瞎的人。成語有"問道於盲"。** ❷ **昏暗。**《荀子・賦》："旦暮晦～。"（旦：早晨。暮：傍晚。晦：幽暗。）

4 **相** xiàng (粵) soeng^{3} ❶ **仔細看，審察。**《詩經・小雅・四月》："～彼泉水，載清載濁。"《韓非子・説林下》："伯樂教其所憎者～千里之馬，教其所愛者～駑(nú (粵) nou^{4})馬。"（伯樂：傳説古代善於相馬的人。駑馬：劣馬。）❷ **容貌。**《荀子・非相》："長短、小大、善惡形～，非吉凶也。"（人體的長短、大小和容貌的善惡，與吉凶無關。）(引) **以人的體形、相貌，來判斷命運的迷信活動。**《左傳・文公元年》："王使內史叔服來會葬，公孫敖聞其能～人也，見其二子焉。"❸ **輔助，幫助。**《左傳・昭公元年》："樂桓子～趙文子。"（樂桓子、趙文子：人名。）(特) **扶助盲人或扶助盲人的人。**《論語・衛靈公》："固～師之道也。"《禮記・仲尼燕居》："猶瞽之無～與。"❹ **輔助君主掌管國事的最高官吏。後來稱作宰相、丞相、相國。**《史記・陳涉世家》："王侯將～寧有種乎？"（寧：難道。）❺ **古代主持禮節儀式的人。**《論語・先進》："宗廟之事，如會同，端章甫，願為小～焉。"❻ xiāng (粵) soeng^{1} **質地。**《詩經・大雅・棫樸》："追琢其章，金玉其～。"❼ xiāng (粵) soeng^{1} **互相。**《商君書・更法》："帝王不～復，何禮之循？"（帝王不相沿襲，遵循哪種禮制？）(又) **表示動作偏指一方。**《列子・湯問》："雜然～許。"

4 **省** shěng (粵) saang^{2} ❶ xǐng (粵) sing^{2} **察看，檢查。**《史記・秦始皇本紀》："皇帝春遊，覽～遠方。"(引) **反省。**《論語・學而》："吾日三～吾身。"(又) **明白，領悟。**《史記・留侯世家》："良為他人言，皆不～。"❷ xǐng (粵) sing^{2} **探視，問候。**《禮記・曲禮上》："昏定而晨～。"(又) **古代天子的使臣（看望諸侯）的禮節和使命。**《周禮・秋官・小行人》："存、覜、～、聘、問，臣之禮也。"❸ xǐng (粵) sing^{2} **記得，記憶。**許渾《聽唱山鷓鴣》詩："夜來～得曾聞處，萬里月明湘水秋。"❹ **簡約，少。**《孔叢子・刑論》："古之刑～，今之刑繁。"(引) **減少。**《三國志・吳書・吳主傳》："～徭役，減徵賦。"(又) **節省，節約。**《左傳・僖公二十一年》："貶食～用。"❺ **撤銷，廢止。**《華陽國志・蜀志》："潛街縣，漢末置，晉初～。"❻ **宮禁。**《北齊書・神武紀下》："孫騰帶仗入～。"(又) **國家中央級官署名。如"尚書省"、"中書省"、"門下省"。**《舊唐書・職官志》："尚書、門下、中書、秘書、殿中、內侍為六～。"❼ **元以後行政區域名。初名"行中書省"，簡稱"行省"，後簡稱"省"。**《元史・世祖紀》："宜立～以撫綏之。"洪秀全《原道醒世詔》："以此～此府此縣而憎彼～彼府彼縣。"❽ **通"眚"。過失。**《史記・秦始皇本紀》："飾～宣義。"

4 **眄** miǎn (粵) min^{5} ❶ **斜着眼看。**《列子・黃帝》："自吾之事夫子友若人也……心不敢念是非，口不敢言利害，始得夫子一～而已。"《史記・魯仲連鄒陽列傳》："臣聞明月之珠，夜光之璧，以暗投人於道路，人無不按劍相～者。"(引) **看，望。**曹植《與吳季重書》："左顧右～，謂若無人。"王勃《滕王閣序》："窮睇～於中天，極娛游於暇日。"❷ **照看。**《晉書・石勒載記》："明公當察勒微心，慈～如子也。"

4 **眇** miǎo (粵) miu^{5} ❶ **瞎了一隻眼睛。**《公羊傳・成公二年》："客或跛或～。"《三國志・魏書・陳思王植傳》注引《魏略》："即使其兩目盲，尚當與女，何況但～。"（與女：嫁女給他。但：只。）(泛) **目盲。**蘇軾《日喻》："生而～者不識日。"❷ **眼睛小。**《周易・履》："～能視，跛能履。"(引) **眯着眼睛看，仔細看。**《漢書・敍傳上》："離婁～目於豪分。"（離婁：古代傳説中視力極好的人。）❸ **微小**。《管子・水地》："察於微～。" 又 **衰微**。《後漢書・馮衍傳下》："匡衰世之～風。" ❹ **高遠，遙遠**。陸機《文賦》："心懍懍以懷霜，志～～而臨雲。" 屈原《九章・哀郢》："～不知其所蹠（zhí 粵 zek3）。"（不知其所蹠：不知哪裏是落腳的地方。蹠：腳踏地。）引 **高**。《荀子・王制》："彼王者不然，仁～天下。" ❺ miào 粵 miu6 **通"妙"。美，好**。《漢書・揚雄傳下》："聲之～者不可同於眾人之耳。"（同於：指合於。）

4 **眊** mào 粵 mou6 ❶ **眼睛失神，看不清楚**。《孟子・離婁上》："胸中正，則眸子瞭焉；胸中不正，則眸子～焉。" 引 **昏瞶不明**。《漢書・刑法志》："周道既衰，穆王～荒。" ❷ **年老**。《漢書・武帝紀》："哀夫老～。" **這個意義又寫作"耄"**。

4 **盻** xì 粵 hai6 **恨視的樣子**。《孟子・滕文公上》："為民父母，使民～～然，將終歲勤動，不得以養其父母。"

4 **盼** pàn 粵 paan3 ❶ **眼珠黑白分明。形容眼睛美麗**。《詩經・衛風・碩人》："巧笑倩兮，美目～兮。" ❷ **看**。陳琳《為曹洪與魏文帝書》："顧～千里。" 引 **看重，重視**。《宋書・謝晦傳》："臣……與羨之、亮等同被齒～。"（羨之、亮：均為人名。齒：收錄，錄用。）

4 **眈** dān 粵 daam1 ［眈眈］**注視的樣子**。《周易・頤》："虎視～～，其欲逐逐。"《文選・陸機〈漢高祖功臣頌〉》："烈烈黥布，～～其眄。" 又 **深邃（suì 粵 seoi6）的樣子**。左思《魏都賦》："翼翼京室，～～帝宇。"（翼翼：莊嚴的樣子。帝宇：皇宮。）

4 **看** kàn 粵 hon3 ❶ **以手遮目而望**。王筠《說文句讀》："凡物見不審，則手遮目～之。" 引 **看望，探訪**。《韓非子・外儲說左下》："梁車新為鄴令，其姊（zǐ 粵 zi2）往～之。"（梁車：人名。鄴：地名。）❷ **瞧，看**。杜甫《九日藍田崔氏莊》詩："醉把茱萸仔細～。"（把：持，握。）又 **觀察**。《三國志・吳書・周魴傳》："～伺空隙，欲復為亂。" ❸ kān 粵 hon1 **看待**。高適《詠史》："不知天下士，猶作布衣～。"（布衣：平民。）

4 **盾** dùn 粵 teon5 **盾牌。古代打仗時用來護衛身體，擋住敵人刀箭的兵器**。《史記・項羽本紀》："噲（kuài 粵 faai3）即帶劍擁～入軍門。"（噲：樊噲。擁：拿，持。）**又寫作"楯"**。

5 **真** zhēn 粵 zan1 ❶ **本性，本質**。《莊子・齊物論》："無益損乎其～。"（益損：增減。）❷ **真實**。《漢書・宣帝紀》："使～偽毋相亂。"（毋：不要。）**成語有"真知灼見"**。引 **原來的**。《漢書・河間獻王德傳》："從民得善書，必為好寫與之，留其～。" ❸ **真誠**。《荀子・勸學》："～積力久則入。"（入：入門。）❹ **的確，實在（後起意義）**。杜甫《莫相疑行》："牙齒欲落～可惜。"

5 **眛** mò 粵 mut6 ❶ **目不明**。❷ 粵 mou6 **通"冒"。不顧（危險）**。左思《吳都賦》："相與～潛險，搜瓌奇。" ❸ miè 粵 mit6 **通"蔑"。古地名。在今山東泗水東**。《穀梁傳・隱公元年》："公及邾儀父盟于～。"

5 **眩** xuàn 粵 jyun4 ❶ **眼花，看不清楚**。《戰國策・燕策三》："秦王目～良久。"《三國志・魏書・華佗傳》："心亂目～。" 引 **迷惑，迷亂**。《韓非子・內儲說下》："是以姦臣者，召敵兵以內除，舉外事以～主。"《漢書・元帝紀》："俗儒不達時宜，好是古非今，使人～於名實，不知所守。"（不達時宜：指不了解時代的要求。名實：名稱和實際。守：遵守。）❷ ［眩耀］① **光輝明亮**。揚雄《甘泉賦》："輝光～～。" ② **顯示，誇耀**。《後漢書・西南夷傳・莋都夷》："是時郡尉府舍皆有雕飾，畫山神海靈、奇禽異獸，以～～之。”**這個意義又寫作“炫耀”**。❸ huàn (粵) waan6 **通“幻”。變幻，表演幻術**。《史記・大宛列傳》：“以大鳥卵及黎軒善～人，獻于漢。”（黎軒：古國名。善：善於。）

5 **眠** mián (粵) min4 ❶ **閉上眼睛**。《山海經・東山經》：“餘峨之山……有獸焉……見人則～。”❷ **睡覺**。《後漢書・第五倫傳》：“吾子有疾，雖不省視而竟夕不～。”杜甫《宿江邊閣》詩：“不～憂戰伐。”(特) **休眠。某些動物在一個時期內不吃不動的狀態**。庾信《燕歌行》：“春分燕來能幾日，二月蠶～不復久。”**雙音詞有“冬眠”**。❸ **橫臥，平放**。令狐楚《白楊神新廟碑》：“巨柢交柯，龍翔虎～。”元稹《遭風詩》：“前宗到浦已～桅。”**【辨】寢，臥，眠，寐，睡**。見428頁“睡”字。

5 **眙** chì (粵) ci3 ❶ **直視，瞪着眼看**。屈原《九章・思美人》：“思美人兮，擥（lǎn (粵) laam5）涕而竚（zhù (粵) cyu5）～。”（擥：收。涕：眼淚。竚：久立。）(引) **驚視**。王延壽《魯靈光殿賦》：“觀藝於魯，覩斯而～。”❷ yí (粵) ji4 [盱（xū (粵) heoi1）眙] **縣名，在江蘇**。

5 **眚** shěng (粵) saang2 ❶ **眼睛上長膜**。范成大《晚步宣華舊苑》詩：“目～昏花燭穗垂。”(引) **日食或月食**。《左傳・莊公二十五年》：“非日月之～不鼓。”❷ **過失**。《左傳・僖公三十三年》：“且吾不以一～掩大德。”❸ **災禍**。《國語・楚語下》：“夫誰無疾～，能者早除之。”潘岳《關中》詩：“虞我國～，窺我利器。”❹ **疾苦**。張衡《東京賦》：“勤恤民隱，而除其～。”（恤：憂。隱：痛。）(又) **疾病**。沈既濟《任氏傳》：“果見一人牽馬求售者，～在左股。”❺ **通“省”。削減，減省**。《周禮・夏官・大司馬》：“馮弱犯寡則～之。”《周禮・地官・大司徒》：“七曰～禮。”

5 **眢** yuān (粵) jyun1 **眼睛枯陷失明**。(引) **井枯竭無水**。蘇舜欽《難易言》詩：“欲坐～井攀青天。”

6 **眥** **（眦）**zì (粵) zi6 **眼眶**。《史記・項羽本紀》：“瞋（chēn (粵) can1）目視項王……目～盡裂。”（瞋目：瞪眼睛。）

6 **眽** mò (粵) mak6 ［**眽眽**］**兩人相視的樣子**。《古詩十九首・迢迢牽牛星》：“盈盈一水間，～～不得語。”**又寫作“脈脈”**。

6 **眺** tiào (粵) tiu3 ❶ **斜視，看**。潘岳《射雉賦》：“亦有目不步體，邪～旁剔。”《國語・齊語》：“以驟聘～於諸侯。”❷ **遠看，眺望**。《禮記・月令》：“可以居高明，可以遠～望。”謝靈運《登池上樓》詩：“舉目～嶇嶔（qīn (粵) jam1）。”（嶇嶔：指高而險的峯巒。）

6 **眴** shùn (粵) seon3 ❶ **注視**。屈原《九章・懷沙》：“～兮杳杳，孔靜幽默。”❷ **眨眼，使眼色**。《史記・項羽本紀》：“須臾，梁～籍曰：‘可行矣！’於是籍遂拔劍斬守頭。”（梁、籍：人名。）❸ xuàn (粵) jyun4 **通“眩”。眩暈**。揚雄《劇秦美新》：“臣常有顛～病。”

6 **眯** mí (粵) mai5 ❶ **異物進入眼中使視線不清**。《莊子・天運》：“夫播糠～目，則天地四方易位矣。”❷ mì (粵) mei6 **夢魘**。《莊子・天運》：“遊居寢卧其下，彼不得夢，必其數～焉。”

6 **眼** yǎn (粵) ngaan5 ❶ **眼珠**。《莊子・盜跖》：“比干剖心，子胥抉～，忠之禍也。”《晉書・阮籍傳》：“見禮俗之士以白～對之。”(引) **眼睛（後起意義）**。辛棄疾《清平樂・獨宿博山王氏菴》：“～前萬里江山。”❷ **孔洞，窟窿**。陸游《老學庵筆記》卷一：“第中窗上下及中一二～作方～。”❸ **量詞。用於井、泉**。白居易《錢塘湖石記》：“湖中又有泉數十～。”

6 **眸** móu (粵) mau^{4} **瞳仁**。《孟子·離婁上》：“胸中正，則～子瞭焉；胸中不正，則～子眊焉。”(引) **眼睛**。曹植《洛神賦》：“明～善睞。”（睞：向旁邊看。）劉楨《魯都賦》：“和顏揚～，眄風長歌。”

6 **眾** (衆)zhòng (粵) zung^{3} ❶ **眾人，眾人的**。《韓非子·難勢》：“身不肖而令行者，得助於～也。”《左傳·襄公十年》：“～怒難犯。”❷ **眾多，多**。《荀子·勸學》：“樹成蔭而～鳥息焉。”《後漢書·華佗傳》：“漢世異術之士甚～。”❸ **一般的，普通**。《史記·封禪書》：“鼎大異於～鼎。”《晉書·陶侃傳》：“至於～人，當惜分陰。”

6 **眷** juàn (粵) gyun^{3} ❶ **回顧的樣子**。《詩經·大雅·皇矣》：“乃～西顧。”（西顧：回頭向西看。）(引) **留戀，思慕**。潘岳《哀永逝文》：“想孤魂兮～舊宇。”柳宗元《愚溪詩序》：“能使愚者喜笑～慕，樂而不能去也。”（去：離開。）❷ **關懷，器重**。《世説新語·寵禮》：“王珣、郗超並有奇才，為大司馬所～拔。”❸ **親屬（後起意義）**。白居易《自詠老身示諸家屬》：“～屬幸團圓。”

7 **䀹** jié (粵) sim^{2} ❶ (粵) zit^{3}/zit^{6} **同“睫”。眼睫毛**。《史記·扁鵲倉公列傳》：“流涕長潸，忽忽承～。”❷ jiá (粵) gaap^{3} **一隻眼睛閉着**。《韓非子·説林上》：“今有人見君，則～其一目，奚如？”

7 **睅** hàn (粵) hon^{6} **（眼睛）瞪大突出**。《左傳·宣公二年》：“～其目，皤（pó (粵) po^{4}）其腹。”（瞪着眼睛，鼓着肚子。皤：大。）

7 **睍** xiàn (粵) jin^{2} **［睍睆（huàn (粵) wun^{2}）］美好的樣子**。《詩經·邶風·凱風》：“～～黃鳥，載好其音。”(引) **鳥鳴聲**。徐夤《宮鶯》詩：“～～只宜陪閣鳳，間關多是問宮娃。”

7 **睋** é (粵) ngo^{4} ❶ **望**。班固《西都賦》：“於是睎秦嶺，～北阜。”（睎：望。）❷ **通“俄”。［睋而］不久，一會兒**。《公羊傳·定公八年》：“～～曰：‘彼哉彼哉！’”

7 **睇** dì (粵) dai^{6}/tai^{2} **斜視**。屈原《九章·懷沙》：“離婁微～兮，瞽以為無明。”（離婁：相傳古代視力極好的人。）(泛) **看視**。張衡《思玄賦》：“親所～而弗識兮。”

7 **睆** huàn (粵) wun^{2} ❶ **渾圓的樣子**。《詩經·小雅·杕杜》：“有杕之杜，有～其實。”❷ **明亮的樣子**。《詩經·小雅·大東》：“～彼牽牛，不以服箱。”❸ **華美**。劉禹錫《汴州鄭門新亭記》：“簾鑪茵帟，文椸（yí (粵) ji^{4}）～榻。”（椸：衣架。）❹ hàn (粵) hon^{6} **同“睅”。眼睛瞪大突出**。東方虬《蟾蜍賦》：“～目鋭頭皤（pó (粵) po^{4}）腹。”（皤腹：大肚子。）

8 **督** dū (粵) duk^{1} ❶ **監察，監督**。《鹽鐵論·刑德》：“法者所以～奸也。”（奸：壞人。）《三國志·蜀書·諸葛亮傳》：“亮使馬謖（sù (粵) suk^{1}）～諸軍在前。”（馬謖：人名。）(引) **統率諸軍的將領**。《後漢書·郭躬傳》：“軍征，校尉一統於～。”❷ **正，糾正**。《逸周書·本典》：“能～民過者，德也。”(引) **責罰**。《三國志·蜀書·諸葛亮傳》：“請自貶三等，以～厥咎。”（厥：其，那。咎：過失。）❸ **中，中間**。揚雄《太玄·周》：“植中樞，立～慮也。”

8 **睹** (覩)dǔ (粵) dou^{2} ❶ **見，看見**。《荀子·王霸》：“其誰能～是而不樂也哉！”（是：此，這個。）《史記·伯夷列傳》：“余悲伯夷之意，～軼詩可異焉。”（軼詩：未編入三百篇之詩。軼，通“逸”。）**成語有“耳聞目睹”、“熟視無睹”**。❷ **察看，觀察**。《呂氏春秋·召類》：“趙簡子將襲衛，使史默往～之。”

8 **睦** mù (粵) muk6 **和好，和睦**。《尚書·堯典》："九族既～。"(又) **親近**。王粲《酒賦》："糾骨肉之～親，成朋友之歡好。"

8 **睞** lài (粵) loi6 **向旁邊看**。《南史·梁簡文帝紀》："眄～則目光燭人。"(眄：斜看。燭：照耀。)

8 **睚** yá (粵) ngaai4 [**睚眥** (zì (粵) zi6)] **怒目而視**。左思《吳都賦》："～～則挺劍，喑嗚則彎弓。"(喑嗚：怒喝聲。) (引) **小的怨忿**。《史記·游俠列傳》："以～～殺人。"

8 **睫** jié (粵) zit3/zit6 ❶ **眼睫毛**。《韓非子·喻老》："能見百步之外，而不能自見其～。"《漢書·爰盎傳》："陛下不交～解衣。" ❷ **眨眼**。《列子·仲尼》："矢來注眸子而眶不～。"

8 **睨** nì (粵) ngai6 ❶ **斜看**。《莊子·山木》："雖羿、蓬蒙不能眄～也。"《史記·廉頗藺相如列傳》："相如持其璧～柱，欲以擊柱。" ❷ **斜着眼**。《禮記·中庸》："～而視之，猶以為遠。"

8 **睢** suī (粵) seoi1 ❶ huī **仰目**。[**睢睢**] **仰視的樣子**。《漢書·五行志中之下》："萬眾～～，驚怪連日。" ❷ **怒目而視**。《戰國策·燕策一》："若恣～奮擊。" ❸ **通"濉"**。**河流名。濉河。流經今河南、安徽、江蘇等地**。《史記·高祖本紀》："～水為之不流。"

8 **睥** pì (粵) pai3 ❶ **看，視**。顧況《遊子吟》："引燭窺洞穴，凌波～天琛。" ❷ [**睥睨** (nì (粵) ngai6)] ① **斜視。有厭惡或傲慢意**。《淮南子·脩務》："過者莫不左右～～而掩鼻。" ② **窺伺**。《顏氏家訓·誡兵》："～～宮闈，幸災樂禍。" ③ **通"埤堄"**。**城上女牆**。酈道元《水經注·穀水》："城上西面列觀，五十步一～～。"(列觀：一般的台觀。) **上述** ❶❷❸ **又寫作"俾倪"**。④ **一種儀仗**。《宋史·儀衛志六》："～～如華蓋而小。"(華蓋：古代帝王車子上的傘形遮蓋物。)

8 **睪** yì (粵) jik6 ❶ **偵捕罪人**。《說文·幸部》："睪，司視也……令吏將目捕罪人也。" ❷ zé (粵) zaak6 [**睪芷**] **香草名**。**"睪"通"澤"**。《荀子·正論》："側載～～以養鼻。" ❸ gāo (粵) gou1 **睪丸**。《靈樞經·經脈》："徑脛上～結於莖。" ❹ hào (粵) hou6 [**睪睪**] **廣大的樣子**。**"睪"通"皞"**。《荀子·解蔽》："～～廣廣，孰知其德。"

8 **瞏** (**睘**)qióng (粵) king4 ❶ **驚恐瞪眼的樣子**。《素問·診要經終論》："少陽終者，耳聾，百節皆縱，目～絕系。" ❷ [**瞏瞏**] **同"煢煢"**。**孤獨無依的樣子**。《詩經·唐風·杕杜》："獨行～～，豈無他人。"

9 **睿** (**叡**)ruì (粵) jeoi6 **明智，通達，看得深遠**。《禮記·中庸》："為能聰明～知。"(知：智。) **多指帝王聖明**。謝莊《宋明堂歌·送神歌》："～化凝，孝風熾。" **雙音詞有"睿哲"**。

9 **瞍** sǒu (粵) sau2 **盲人。特指樂師。古代樂師多為盲人**。《詩經·大雅·靈臺》："矇～奏公。"

9 **睡** shuì (粵) seoi6 **坐着打瞌睡**。《戰國策·秦策一》："讀書欲～，引錐自刺其股。"《史記·商君列傳》："孝公時時～，弗聽。" (引) **睡着，睡覺**。杜甫《茅屋為秋風所破歌》："自經喪亂少～眠，長夜沾濕何由徹。"【**辨**】**寢，臥，眠，寐，睡**。**"寢"指在牀上睡覺，或躺在牀上，不一定睡着**。《公羊傳·僖公二年》："寡人夜者寢而不寐。"**"臥"是靠在几上睡覺，引申為躺在牀上，也不一定睡着。"眠"的本義是閉上眼睛 (與"瞑"同字)，引申為睡眠。"寐"是睡着。"睡"是坐着打瞌睡。中古以後，"睡"是睡着，與"寐"同義；又表示睡覺，與"寢"同義**。

9 **睽** kuí [粵] kwai^4 ❶ **背離，不合**。《莊子・天運》："下～山川之精。"謝朓《敬亭山》詩："茲理庶無～。"（茲：此。庶：庶幾，差不多。）❷［**睽睽**］**睜大眼睛注視的樣子**。韓愈《鄆州溪堂詩序》："萬目～～。"

9 **瞂** fá [粵] fat^6 **古兵器名，盾**。《逸周書・王會》："鮫～利劍為獻。"（鮫瞂：鮫魚皮製的盾。）

9 **瞀** mào [粵] mau^6 ❶ **眼睛昏花**。《莊子・徐無鬼》："予適有～病。"（予：我。適：恰好。）❷ **煩亂**。屈原《九章・惜誦》："中悶～之忳忳（tún [粵] tyun^4）。"（中：指心中。忳忳：憂傷的樣子。）❸ **愚昧**。《荀子・非十二子》："世俗之溝猶～儒。"王夫之《繫辭上傳・十二章》："老氏～于此。"（老氏：老子。）［**溝**（kòu [粵] kau^3）**瞀**］**見 352 頁"溝"字**。[引] **天色昏暗**。王安石《和吳沖卿雪詩》："雲連晝已～，風助宵仍洶。"

10 **瞋** chēn [粵] can^1 **發怒時睜大眼睛**。《莊子・盜跖》："案劍～目，聲如乳虎。"（案：按。乳虎：剛生子的母虎。）[引] **生氣，發怒**。《後漢書・華佗傳》："因～恚（huì [粵] wai^6），吐黑血數升而愈。"（恚：發怒。愈：病好。）《世說新語・規箴》："郗遂大～，冰衿而出，不得一言。"（郗：指郗鑒。）

10 **瞑** míng [粵] ming^4 ❶ **閉上眼睛**。《左傳・文公元年》："謚之曰'靈'，不～；曰'成'，乃～。"曹丕《與吳質書》："通夜不～。"［**瞑目**］① **閉眼**。《晉書・楊軻傳》："軻～～不答。"② **死**。李白《雉朝飛》詩："～～歸黃泥。"❷ **眼睛昏花**。《晉書・山濤傳》："臣耳目聾～。"[引] **眼睛失明，眼瞎**。《逸周書・太子晉》："師曠對曰：'～臣無見。'"（師曠：人名，春秋時晉國的目盲的樂師。）❸ mián [粵] min^4 **通"眠"**。**小睡**。《莊子・德充符》："倚樹而吟，據槁梧而～。"[泛] **睡眠**。陸游《代乞分兵取山東札子》："寢不能～。"❹ miàn [粵] min^6［**瞑眩**］**服藥後頭暈眼花**。《尚書・說命上》："若藥弗～～，厥疾弗瘳。"

11 **瞢** méng [粵] mung^4 ❶ **目不明**。《山海經・中山經》："其下有草焉……名曰䔎，可以已～。"（已：指治癒。）❷ **昏暗**。屈原《天問》："冥昭～暗，誰能極之？"❸ **煩悶**。《左傳・襄公十四年》："不與於會，亦無～焉。"❹ **慚愧**。《國語・晉語三》："臣得其志，而使君～，是犯也。"❺ mèng [粵] mung^6 **通"夢"**。《晏子春秋・內篇雜下》："夜～與二日鬬，不勝。"❻ mèng [粵] mung^6 **通"夢"**。**指雲夢澤**。《漢書・敘傳》："子文初生，棄於～中，而虎乳之。"

11 **瞡** guī [粵] kwai^1［**瞡瞡**］**淺陋的樣子**。《荀子・非十二子》："吾語汝學者之嵬容……莫莫然，～～然。"（嵬容：怪容，醜態。）

11 **瞞** mán [粵] mun^4 ❶ **眼瞼低垂的樣子**。［**瞞瞞**］**閉眼的樣子**。《荀子・非十二子》："酒食聲色之中，則～～然，瞑瞑然。"❷ [粵] maan^4 **通"謾"**。**隱瞞，欺瞞**。《寒山詩》二一三："我見～人漢，如籃盛水走。"《朱子語類》卷七四："秀才不識，便被他～。"❸ mén [粵] man^4 **慚愧**。《莊子・天地》："子貢～然慚，俯而不對。"❹ mén [粵] man^4 **們（後起意義）**。劉燾《花心動・偏憶江南》："問桃杏賢～，怎生向前爭得？"

11 **瞟** piǎo [粵] piu^2 ❶［**瞟眇**］**同"縹緲"**。**隱隱約約、若有若無的樣子**。王延壽《魯靈光殿賦》："忽～～以響像，若鬼神之髣髴。"❷ **偷看，斜看（後起意義）**。《金瓶梅詞話》五八回："他佯打耳睜的不理我，還拿眼兒～着我。"

11 **瞠** chēng 粵 caang1 **瞪着眼睛直視**。《管子・小問》："～然視。" **成語有"瞠目結舌"**。

11 **瞥** piē 粵 pit3 ❶ **眼光掠過，匆匆一看**。《淮南子・説林》："鱉無耳而目不可以～，精於明也。"《梁書・王筠傳》："雖偶見～觀，皆即疏記。" ❷ **短暫地出現一下**。裴鉶《傳奇・崑崙奴》："～若翅翎，疾同鷹隼。"［**瞥瞥**］**短暫地出現一下**。《楚辭・九思・守志》："日～～兮西沒，道遐迥兮阻歎。" 沈佺期《入少密溪》詩："游魚～～雙釣童，伐木丁丁一樵叟。"（樵叟：打柴的老翁。）❸ **倏忽，突然**。辛棄疾《玉樓春・戲賦雲山》："西風～起雲橫渡，忽見東南天一柱。"

12 **瞰** （矙）kàn 粵 ham3 **遠望**。揚雄《羽獵賦》："東～目盡，西暢亡厓。" 又 **俯視**。《後漢書・光武帝紀上》："雲車十餘丈，～臨城中。"（雲車：可以把人升高以瞭望敵情的車子。）

12 **瞭** liǎo 粵 liu5 **眼珠明亮**。《孟子・離婁上》："胸中正則眸子～焉。" 引 **明白，明瞭**。《論衡・自紀》："言～於耳，則事味於心。"

12 **瞷** （覸）jiàn 粵 gaan3 ❶ **窺探**。《孟子・離婁下》："王使人～夫子。" ❷ xián 粵 haan4 ［**瞷然**］**英武的樣子**。潘岳《馬汧督誄》："～～馬生，傲若有餘。"

12 **瞬** shùn 粵 seon3 **眨眼**。《列子・湯問》："雖錐末倒眥（zì 粵 zi6）而不～也。"（倒：扎，刺。眥：眼眶。）引 **一眨眼的時間**。**極言時間短促**。陸機《文賦》："觀古今於須臾，撫四海於一～。"（須臾：一會兒。）**雙音詞有"瞬間"、"瞬時"、"瞬息"**。

12 **瞵** lín 粵 leon4 ❶ **瞪大眼睛看**。左思《吳都賦》："鷹～鶚視。" 潘岳《射雉賦》："～悍目以旁睞。" ❷［**瞵瑞**（bīn 粵 ban1）］**文采繽紛的樣子**。揚雄《甘泉賦》："翠玉樹之青葱兮，璧馬犀之～～。"

12 **矞** xuè 粵 hyut3 **驚視的樣子**。《荀子・榮辱》："俄而粲然有秉芻豢稻粱而至者，則～然視之曰：'此何怪也！'"

13 **瞽** gǔ 粵 gu2 ❶ **瞎眼**。《荀子・解蔽》："～者仰視而不見星。" ❷ **古代以瞽者為樂官，故為樂官的代稱**。《漢書・賈誼傳》："～史誦詩。"（史：史官。）

13 **瞿** qú 粵 keoi4 ❶ **兵器名**。**戟類**。《尚書・顧命》："一人冕，執～，立于西垂。" ❷ jù 粵 geoi3 **驚視的樣子**。《禮記・檀弓上》："曾子聞之，～然曰：'呼！'" 引 **驚懼，驚悸**。《禮記・雜記下》："見似目～，聞名心～。"《尸子》卷上："聽言，耳目不～。" ❸ jù 粵 geoi3 ［**瞿瞿**］① **張目四視的樣子**。《詩經・齊風・東方未明》："折柳樊圃，狂夫～～。" ② **小心謹慎的樣子**。《詩經・唐風・蟋蟀》："好樂無荒，良士～～。"

13 **瞼** jiǎn 粵 gim2 ❶ **眼皮**。《周書・姚僧垣傳》："口不能言，～垂覆目，不復瞻視。" ❷ **收斂**。《鬼谷子・反應》："欲聞其聲反默，欲張反～。" ❸ **唐時南詔人稱州為瞼**。《新唐書・南蠻傳上》："夷語～若州，曰雲南～、白厓～。"

13 **瞻** zhān 粵 zim1 **往上或往前看**。《論語・子罕》："～之在前，忽焉在後。" 屈原《離騷》："～前而顧後兮。"（顧：回頭看。）引 **瞻仰，恭敬地看**。《詩經・小雅・小弁》："靡～匪父，靡依匪母。"（指人無不瞻仰其父，無不依賴其母。）

14 **矇** méng 粵 mung4 ❶ **眼睛失明**。《詩經・大雅・靈臺》毛傳："有眸子而無見曰～。" 又 **失明的人，盲人**。《國語・晉語四》："～瞍不可使視。" 特 **樂師**。**古代以盲人為樂師**。《國語・周語上》："瞍賦，～誦。"《左傳・襄公十五年》："若猶有人，豈其以千乘之相易淫樂之～？"❷ **昏暗不明**。《淮南子・脩務》："明鏡之始下型，～然未見形容。"㊊ **蒙昧無知**。《論衡・量知》："人未學問曰～。"

14 **矉** pín ㊎ pan[4] ❶ **怒目而視**。《説文・目部》："矉，恨張目也。"❷ **通"顰"**。**皺眉頭**。《莊子・天運》："故西施病心而～其里。"

14 **矊** mián ㊎ min[4] ❶ **眼睛含情脈脈**。宋玉《招魂》："靡顏膩理，遺視～些。"㊊ **眼睛**。皮日休《九諷・見逐》："既怒～以相向兮，遂褰足而南征。"❷ [**矊眇**（miǎo ㊎ miu[5]）] **遠視的樣子**。郭璞《江賦》："江妃含嚬而～～。"

15 **矒** miè ㊎ mit[6] **眼眶紅腫**。《呂氏春秋・盡數》："處目則為～為盲。"

15 **矍** jué ㊎ fok[3] ❶ **左右驚顧**。班固《東都賦》："主人之辭未終，西都賓～然失容。"❷ [**矍鑠**（shuò ㊎ soek[3]）] **形容老年人精神好**。《後漢書・馬援傳》："帝笑曰：'～～哉是翁也。'"李白《答杜秀才五松山見贈》詩："陶公～～呵赤電。"

16 **矐** huò ㊎ kok[3] **使人失明**。《史記・刺客列傳》："秦皇帝惜其善擊筑，重赦之，乃～其目。"

16 **矑** lú ㊎ lou[4] **眼珠**。揚雄《甘泉賦》："玉女無所眺其清～兮，宓妃曾不得施其蛾眉。"

19 **矗** chù ㊎ cuk[1] **直通**。謝靈運《山居賦》："直陌～其東西。"（直陌：筆直的小路。）㊋ **直立，高聳**。杜牧《阿房宮賦》："蜂房水渦，～不知其幾千萬落。"王安石《桂枝香・登臨送目》："背西風，酒旗斜～。"（酒旗：酒店的標誌。）

19 **矕** mǎn ㊎ maan[5] ❶ **視，看**。馬融《長笛賦》："長～遠引，旋復迴皇。"❷ **覆蓋**。班固《答賓戲》："浮英華，湛道德，～龍虎之文，舊矣。"

21 **矚** zhǔ ㊎ zuk[1] **注視，看**。《三國志・魏書・張淵傳》："凝神遠～。"歐陽修《洛陽牡丹記》："然目之所～，已不勝其麗焉。"

矛部

0 **矛** máo ㊎ maau[4] **古代一種兵器**。《詩經・秦風・無衣》："王于興師，修我～戟。"

4 **矜** jīn ㊎ ging[1] ❶ qín ㊎ kan[4] **矛柄**。《漢書・徐樂傳》："起窮巷，奮棘～。"（棘：通"戟"。一種兵器。）**這個意義又寫作"獾"**。❷ **憐憫，同情**。《左傳・僖公十五年》："吾怨其君而～其民。"《論語・子張》："嘉善而～不能。"❸ **持重，慎重**。《論語・衛靈公》："君子～而不爭。"㊋ **莊重**。《漢書・馮參傳》："參為人～嚴，好修容儀。"[**矜持**] **竭力保持莊重**。《晉書・王羲之傳》："然聞信至，咸自～～。"（信：使者。咸：全，都。）❹ **驕傲**。《老子・三十章》："果而勿～。"（果：指得到勝利。）㊋ **誇耀**。《史記・文帝本紀》："今又～其功，受上賞，處尊位。"❺ **注重，崇尚**。《漢書・賈誼傳》："嬰以廉恥，故人～節行。"❻ guān ㊎ gwaan[1] **通"鰥"**。**年老無妻的人**。《詩經・大雅・烝民》："不侮～寡。"（侮：欺侮。）

矢部

0 **矢** shǐ ㊎ ci[2] ❶ **箭**。屈原《九歌・國殤》："～交墜兮士爭先。"（交：交錯。墜：落下。）**成語有"有的放矢"**。㊋ **古時投壺用的籌碼**。《禮記・投壺》："主人奉～。"❷ **正直，端正**。《宋書・劉懷肅傳》："情不違順，屢進～言。" ❸ **發誓**。《詩經・衛風・考槃》："永～弗諼（xuān 粵 hyun1）。"（弗諼：不忘。）❹ **陳，陳列，陳述**。《詩經・大雅・卷阿》："～詩不多，維以遂歌。"《尚書・大禹謨》序："皋陶～厥謨。" ❺ **糞便**。《左傳・文公十八年》："殺而埋之馬～之中。" **這個意義後來寫作"屎"**。

2 **矣** yǐ 粵 ji5 ❶ **語氣詞。相當於現代漢語的"了"**。《左傳・僖公二十八年》："險阻艱難，備嘗之～。" ❷ **語氣詞。表示感歎**。《三國志・魏書・郭嘉傳》："多端寡要，好謀無決，欲與共濟天下大難，定霸王之業，難～！"（多端寡要：頭緒很多，抓不住要領。）❸ **語氣詞。表示命令或請求**。《戰國策・齊策四》："先生休～。"《商君書・更法》："君無疑～。"

3 **知** zhī 粵 zi1 ❶ **知道**。《論語・為政》："～之為～之，不～為不～，是～也。" ⊗ **知覺，感覺**。范縝《神滅論》："手等亦應能有痛癢之～。" ⊗ **知識**。《莊子・養生主》："吾生也有涯，而～也無涯。" ❷ **見解，見識**。《商君書・更法》："有獨～之慮者。"（慮：思慮。）❸ **了解，賞識**。《史記・管晏列傳》："～我者鮑子也。"（鮑子：鮑叔牙。）《宋書・謝靈運傳》："從叔混特～愛之。" ❹ **交好，相親**。司馬遷《報任安書》："絕賓客之～。" ⊗ **知己，知心的人**。鮑照《詠雙燕》之一："悲歌辭舊愛，銜淚覓新～。"（銜淚：噙着淚。覓：找尋。）❺ **主持**。《左傳・襄公二十六年》："子產其將～政矣。"（子產：人名。）❻ zhì 粵 zi3 **通"智"。聰明，智慧**。《商君書・更法》："～者見於未萌。"（萌：萌芽。）

4 **矧** shěn 粵 can2 ❶ **況且**。《詩經・大雅・抑》："不可度思，～可射思。"（思：語氣詞。）柳宗元《敵戒》："～今之人，曾不是思。"（曾：竟。是思：想這個。）❷ **亦，也**。《尚書・康誥》："元惡（è 粵 ok3/ngok3）大憝（duì 粵 deoi6），～惟不孝不友。" ❸ **齒根，齒齦**。《禮記・曲禮上》："笑不至～。"

5 **矩** (榘)jǔ 粵 geoi2 **畫直角或方形的工具**。《荀子・賦》："圓者中規，方者中～。"（中：符合。規：畫圓形的儀器。）(引) **法度**。《論語・為政》："七十而從心所欲，不踰～。" **成語有"循規蹈矩"**。

7 **短** duǎn 粵 dyun2 ❶ **短。與"長"相對**。《莊子・至樂》："綆（gěng 粵 gang2）～者不可以汲深。"（綆：汲水用的繩子。汲：從井裏打水。）《呂氏春秋・大樂》："四時代興，或暑或寒，或～或長。" ❷ **不足，缺陷**。《荀子・大略》："言其所長而不稱其所～也。" ⊗ **淺短，淺陋**。鮑照《代昇天行》："窮途悔～計，晚志重長生。"《抱朴子・微旨》："世人信其臆斷，仗其～見，自謂所度，事無差錯。" ❸ **陷害，説別人的壞話**。《史記・屈原賈生列傳》："令尹子蘭聞之大怒，卒使上官大夫～屈原於頃襄王。"

12 **矯** jiǎo 粵 giu2 ❶ **把彎曲的東西弄直**。《荀子・性惡》："枸木必將待檃栝（yǐn kuò 粵 jan2 kut3）烝～然後直。"（枸木：彎曲的木料。檃栝：矯正曲木的工具。烝：用火烤。）(引) **糾正**。《三國志・魏書・管寧傳》："足以～俗。" **成語有"矯枉過正"**。❷ **假託，假傳（命令）**。《穀梁傳・宣公十五年》："～王命以殺之。" ❸ **舉起，抬起來**。陶潛《歸去來兮辭》："時～首而遐（xiá 粵 haa4）觀。"（首：頭。遐觀：遠望。）❹ **剛強的樣子**。《禮記・中庸》："至死不變，強哉～。"

12 **矰** zēng 粵 zang1 **一種用絲繩繫住的用來射鳥的短箭**。《莊子・應帝王》："鳥高飛以避～弋之害。"（弋：用繩繫在箭上射。）

14 **矱** (彠)yuē (粵) wok6/wok3 **法度**。屈原《離騷》："勉升降以上下兮，求矩～之所同。"

石部

0 **石** shí (粵) sek6 ❶ **石頭**。《詩經・小雅・鶴鳴》："它山之～，可以為錯。"(錯：磨刀石。)《荀子・議兵》："譬之若以卵投～。" (又) **隕石**。《隋書・五行志上》："～隕於武安、滏陽間十餘。" (特) **碑石**。《史記・秦始皇本紀》："刻～頌秦德。" ❷ **治病用的石針**。《史記・扁鵲倉公列傳》："厲鍼 (zhēn (粵) zam1) 砥～。"(厲：礪，磨刀石。砥：磨刀石。這裏厲、砥用作動詞，指磨。鍼：同"針"。) (又) **用石針治病，針砭**。《素問・腹中論》："灸之則瘖，～之則狂。" (又) **石藥，藥石**。《史記・扁鵲倉公列傳》："～之為藥精悍。" ❸ **堅實**。《素問・示從容論》："沈而～者，是腎氣內著也。" ❹ (粵) daam3 **量詞**。① **容量單位。十斗為一石**。《管子・揆度》："脯二束，酒一～。" ② **重量單位。一百二十斤為一石**。《漢書・律曆志上》："三十斤為鈞，四鈞為～。" ❺ **樂器名。石製的磬。八音(金、石、土、革、絲、木、匏、竹)之一**。《史記・五帝本紀》："予擊～拊～，百獸率舞。" **見714頁"音"字**。

3 **矻** kū (粵) fat1 [矻矻] **勤勞不倦的樣子**。王褒《聖主得賢臣頌》："勞筋苦骨，終日～～。"

4 **研** yán (粵) jin4 ❶ **細細地磨**。岑參《觀楚國寺璋上人寫一切經》詩："揮毫散林鵲，～墨警池魚。"(揮毫：指揮筆。) ❷ yàn (粵) jin6 **硯台**。《後漢書・班超傳》："大丈夫無它志略，猶當效傅介子、張騫立功異域，以取封侯，安能久事筆～間乎？" **這個意義後來寫作"硯"**。❸ **研究，探討**。《周易・繫辭上》："夫《易》，聖人之所以極深而～幾 (jī (粵) gei1) 也。"(幾：幾微。)《北史・馬敬德傳》："沈思～求，晝夜不倦。"

4 **砆** fū (粵) fu1 [**碔** (wǔ (粵) mou5) **砆**] **見434頁"碔"字**。

4 **砉** xū (**又讀** huā) (粵) waak6 ❶ **象聲詞**。《莊子・養生主》："～然嚮然，奏刀騞然。" ❷ **迅疾的樣子**。盧綸《和趙給事白蠅拂歌》："～如寒隼驚暮禽，颯若繁埃得輕雨。"

5 **砧** (碪)zhēn (粵) zam1 ❶ **搗衣石**。謝惠連《搗衣》詩："櫚高～響發，楹長杵聲哀。" 李賀《龍夜吟》："寒～能搗百尺練。" ❷ **通"椹"。砧板**。孫光憲《北夢瑣言》七："饞犬舐魚～。" (又) **古代殺人刑具**。韓愈《元和聖德詩》："解脫攣索，夾以～斧。"

5 **砠** jū (粵) zeoi1 **同"岨"。有土的石山**。《詩經・周南・卷耳》："陟彼～矣，我馬瘏 (tú (粵) tou4) 矣。"(瘏：病。)

5 **砭** biān (粵) bin1 **治病刺穴的石針**。《素問・異法方宜論》："其治宜～石。"(宜：指應當用。石：石針。) (又) **用石針刺穴治病**。《史記・扁鵲倉公列傳》："法不當～灸。"(當：應當。)

5 **砥** dǐ (粵) dai2 ❶ **質地很細的磨刀石**。《詩經・小雅・大東》："周道如～，其直如矢。"《淮南子・說山》："厲利劍者，必以柔～。"(厲：磨。柔：不硬。) (引) **磨**。劉向《說苑・權謀》："晉人已勝智氏，歸而繕甲～兵。" (又) **磨煉**。《淮南子・道應》："文王～德修政。" [**砥礪**] ① **磨刀石**。《山海經・西山經》："崦嵫 (yān zī (粵) jim1 zi1) 之山……其中多～～。" ② **磨煉，鍛煉**。《荀子・王制》："～～百姓。" **又寫作"砥厲"**。《史記・魯仲連鄒陽列傳》："臣聞盛飾入朝者不以利汙義，砥厲名號者不以欲傷行。”❷ 平。鮑照《登大雷岸與妹書》：“東則～原遠隰（xí 粵 zaap[6]）。”（隰：低濕地。）引 均平。《國語・魯語下》：“籍田以力，而～其遠邇。”❸ 阻擋。徐弘祖《徐霞客遊記・粵西遊日記二》：“又數丈有石～中流。”❹ 通“底”。止，停滯。《管子・法法》：“商無廢利，民無游日，財無～墆。”（墆：積滯。）

5 **破** pò 粵 po[3] ❶ 破碎，殘破，破損。《荀子・勸學》：“卵～子死。”杜甫《春望》詩：“國～山河在，城春草木深。”《史記・屈原賈生列傳》：“亡國～家相隨屬。”❷ 破壞，打破。《詩經・豳風・破斧》：“既～我斧，又缺我斨。”柳宗元《斷刑論》：“～巨石，裂大木。”成語有“勢如破竹”、“破釜沉舟”。引 打敗，攻克。《墨子・備梯》：“有此必～軍殺將。”《舊唐書・黃巢傳》：“襲～沂州據之。”（襲擊並攻佔了沂州。）❸ 破費，耗損。溫庭筠《蘇小小歌》：“買蓮莫～券，買酒莫解金。”又 破除，解除。杜甫《諸將》詩之一：“多少材官守涇渭，將軍且莫～愁顏。”❹ 破解，揭穿。《南齊書・王僧虔傳》：“談故如射，前人得～，後人應解。”白居易《杜陵叟》詩：“長吏明知不申～，急斂暴徵求考課。”

5 **砮** nǔ 粵 nou[5] 石名。可做箭鏃。《尚書・禹貢》：“厥貢璆、鐵、銀、鏤、～磬、熊……織皮。”引 箭鏃。《國語・魯語下》：“有隼集於陳侯之庭而死，楛矢貫之石～，其長尺有咫。”

6 **硎** xíng 粵 jing[4] ❶ 磨刀石。《莊子・養生主》：“今臣之刀十九年矣，所解數千牛矣，而刀刃若新發於～。”❷ kēng 粵 haang[1] 通“坑”。［硎穽］坑井。庾信《哀江南賦》：“～～摺拉，鷹鸇批攢。”

6 **砦** zhài 粵 zaai[6] 同“寨”。營壘。《三國志・吳書・朱桓傳》：“多設屯～，置諸道要。”【注意】“砦”、“寨”表示“村莊”的意義很晚產生，大約明代才有。

7 **硤** xiá 粵 haap[6] 同“峽”。兩山夾水處。杜甫《寒硤》詩：“寒～不可度，我實衣裳單。”

7 **硜**（硜）kēng 粵 hang[1] ❶ 擊石聲。《史記・樂書》：“石聲～，～以立別，別以致死，君子聽磬聲則思死封疆之臣。”❷［硜硜］淺陋而固執的樣子。《論語・子路》：“言必信，行必果，～～然小人哉。”

7 **确** què 粵 kok[3] ❶ 土地瘠薄多石。左思《吳都賦》：“庸可共世而論巨細，同年而議豐～乎？”❷［确犖］山多大石的樣子。劉禹錫《傷我馬詞》：“結為～～，融為坳堂。”又寫作“犖确”。韓愈《山石》詩：“山石～～行徑微，黃昏到寺蝙蝠飛。”❸ 缺欠，匱乏。宋祁《宋景文公筆記・雜説》：“其生物寡，其財～。”❹ 通“確”。確實。《後漢書・崔寔傳》：“論當世便事數十條，名曰《政論》，指切時要，言辯而～。”❺ 通“推”。敲擊。《世説新語・文學》：“客問樂令‘旨不至’者，樂亦不復剖析文句，直以麈尾柄～几曰：‘至不？’”（樂令：樂廣。）❻ jué 粵 gok[3] 較量。《漢書・李廣傳》：“李廣材氣，天下亡雙，自負其能，數與虜～。”

7 **硠** láng 粵 long[4] ❶［雷硠］山崩聲。左思《吳都賦》：“拉擸～～，崩巒弛岑。”❷［硠硠］① 石頭撞擊聲。司馬相如《子虛賦》：“礧石相擊，～～礚礚。”② 堅強的樣子。潘岳《馬汧督誄》：“慨慨馬生，～～高致。”

8 **碔** wǔ 粵 mou[5]［碔砆］同“珷玞”。王褒《四子講德論》：“故美玉蘊於～～。”蕭綱《侍遊新亭應令》詩：“顧憐～～質，何以儷瓊瑰。”

8 **碕** qí 粵 kei[4] ❶ 同“埼”。彎曲的岸邊。《楚辭・九歎・離世》：“遵江曲之透移兮，觸石～而衡遊。” ❷ **山漫長而起伏的樣子**。郭璞《江賦》：“～嶺為之嵒崿。” ❸ qǐ [粵] hei^{4} [**碕礒** (yǐ [粵] ngai^{5})] **山石錯落不平的樣子**。《楚辭・招隱士》：“嶔岑～～兮，硱磳磈硊。”

8 **碓** duì [粵] deoi^{3} **用木、石製成的搗米用具**。杜甫《雨》詩：“柴扉臨野～，半溼搗香杭。”

8 **碑** bēi [粵] bei^{1} ❶ **古時宮、廟門前用來觀測日影及拴牲畜的豎石**。《禮記・祭義》：“君牽牲……既入廟門，麗于～。”（麗：繫，拴。）[又] **墓穴旁引棺下葬用的木柱或石柱**。《禮記・喪大記》：“君葬用輴 (chūn [粵] ceon^{1})，四綍 (fú [粵] fat^{1}) 二～。”（輴：載棺柩的車。綍：引棺的大繩。）❷ **石碑。石上刻着文字，作為紀念物或標記，也用以刻文告。秦代稱刻石，漢以後稱碑**。《後漢書・禰衡傳》：“(黃射) 嘗與衡俱游，共讀蔡邕所作～文。”劉勰《文心雕龍・誄碑》：“自後漢以來，～碣 (jié [粵] kit^{3}) 雲起。”（碣：石碑。）

8 **碌** lù [粵] luk^{1} [**碌碌**] ① **平庸無能**。《史記・酷吏列傳》：“九卿～～奉其官。” **這個意義又寫作“錄錄”**。② **車輪聲**。陸游《季秋已寒節令頗正喜而有賦》詩：“風色蕭蕭生麥隴，車聲～～滿魚塘。”

9 **碧** bì [粵] bik^{1} **青綠色的玉石**。《山海經・北山經》：“又北三百里，曰帶山，其上多玉，其下多青～。”《漢書・司馬相如傳上》：“錫～金銀，眾色炫耀。”（炫耀：光彩奪目。）**成語有“金碧輝煌”**。[又] **淺藍色或青綠色**。杜甫《越王樓歌》：“孤城西北起高樓，～瓦朱甍 (méng [粵] mang^{4}) 照城郭。”（朱甍：紅色的屋脊。）李白《望天門山》詩：“～水東流至此回。” [**碧落**] **天空**。白居易《長恨歌》：“上窮～～下黃泉，兩處茫茫皆不見。”【**辨**】**青，蒼，碧，綠，藍**。見552頁“藍”字。

9 **碩** shuò (又讀 shí) [粵] sek^{6} ❶ **大，高大**。《周易・剝》：“～果不食，君子得輿。”柳宗元《種樹郭橐駝傳》：“視駝所種樹，或移徙，無不活，且～茂蚤實以蕃。”（移徙：移植。蚤：通“早”。實：結果實。蕃：多。）**成語有“碩大無朋”、“碩果僅存”**。❷ **博學**。何晏《景福殿賦》：“宏儒～生。” ❸ **深遠**。左思《魏都賦》：“～畫精通。” ❹ shí **堅固，牢固**。阮瑀《為曹公與孫權書》：“忍絕王命，明棄～交。”（忍絕：忍心拒絕。碩交：交情牢靠的朋友。）❺ shí [粵] daam^{3} **通“石”。容量單位。十斗為一碩**。布燮《聽妓洞雲歌》：“一飲一～猶自醉。”

9 **碭** dàng [粵] dong^{6} ❶ **有花紋的石頭**。何晏《景福殿賦》：“墉垣～基，其光昭昭。”（墉垣：高牆。）[又] **地名。漢有碭山、碭縣**。❷ **通“盪”。盪溢出來，振盪**。《莊子・庚桑楚》：“吞舟之魚，～而失水，則蟻能苦之。” ❸ **通“蕩”。廣大**。《淮南子・本經》：“當此之時，玄元至～而運照。”（玄元：指天。）

9 **碣** jié [粵] kit^{3} ❶ **圓頂的碑石**。《三國志・蜀書・諸葛亮傳》注引《蜀記》：“晉永興中，鎮南將軍劉弘至隆中，觀亮故宅，立～表閭。”柳宗元《故御史周君碣》：“柳宗元立～於其墓左。” ❷ **地名，指碣石**。《史記・天官書》：“故中國山川東北流，其維首在隴、蜀，尾沒于勃、～。” [**碣石**] **山名**。曹操《步出夏門行・觀滄海》：“東臨～～，以觀滄海。”

9 **碫** duàn [粵] dyun^{3} **磨刀石**。《說文》：“碫，礪石也。” [泛] **石頭**。《孫子・勢》：“兵之所加，如以～投卵者。”

10 **磊** lěi [粵] leoi^{5} **石頭多**。木華《海賦》：“～匒匌 (dá gē [粵] daap^{3} gap^{3}) 而相豗 (huī [粵] fui^{1})。”（石頭重疊而互相碰撞。）[**磊磊**] **亂石堆積的樣子**。屈原《九歌・山鬼》：“石～～兮葛蔓蔓。”（亂石

堆積，葛藤蔓延。）[**磊落**] ① **多而雜亂的樣子**。潘岳《閑居賦》："石榴蒲陶之珍，～～蔓衍乎其側。"（珍貴的石榴葡萄，交錯蔓延在屋的旁邊。）② **宏偉壯觀的樣子**。郭璞《江賦》："衡霍～～。"（衡、霍：山名。）③ **俊偉的樣子**。《晉書・索靖傳》："體～～而壯麗。" ④ **胸懷坦白，光明正大**。張説《齊黃門侍郎盧思道碑》："～～標奇。"（標奇：傑出。）

10 **磑** ái 粵 ngoi4 ❶ wèi 粵 wai3 **石磨**。史游《急就篇》卷三："碓（duì 粵 deoi3）～扇隤（tuí 粵 teoi4）舂簸揚。"顏師古注："～所以礦（mò 粵 mo6）也，亦謂之碓（cuì 粵 ceoi3）。古者雍父作舂，魯班作～。"（隤：墜。礦："磨"的異體。雍父、魯班：人名。）**也用於地名**。⊗ **用作動詞**。**磨**（mó 粵 mo4）。揚雄《太玄・疑》："陰陽相～，物咸彫離。"（咸：全，都。）賈思勰《齊民要術・法酒》："穀三石，蒸兩石，生一石，別～之令細。" ❷ [**磑磑**] ① **高峻的樣子**。宋玉《高唐賦》："盤岸巑岏（cuán wán 粵 cyun4 jyun4），裖（zhěn 粵 zan3）陳～～。"（巑岏：山峯峻峭。裖：重疊。陳：陳列。）② **通"皚皚"**。**潔白的樣子**。枚乘《七發》："白刃～～，矛戟交錯。" ③ **堅固的樣子**。張衡《思玄賦》："行積冰之～～兮，清泉沍（hù 粵 wu6）而不流。"（沍：凝固凍結。）

10 **磈** kuǐ 粵 faai3 ❶ [**磈磥**（lěi 粵 leoi5）] **不平的樣子**。郭璞《江賦》："蜛蝫（jū zhū 粵 geoi1 zyu1）森衰以垂翹，玄蠣～～而碨硌。"（蜛蝫：一種水生動物。）❷ wěi 粵 wai2 [**磈硊**（wěi 粵 ngai5）] **山石高險的樣子**。《楚辭・招隱士》："嶔岑碕礒兮，碅磳～～。"

10 **磓** duī 粵 deoi1 ❶ **撞擊**。木華《海賦》："五嶽鼓舞而相～。"（五嶽：形容海浪似五嶽一樣高。）❷ **墜落**。李白《上崔相百憂章》："火焚崑山，玉石相～。" ❸ **堆積**。《敦煌變文集・無常經講經文》："壘珍珠，～白玉。" ❹ zhuì 粵 zeoi6 **通"硾"**。**搗**。李賀《官街鼓》詩："～碎千年日長白，孝武秦皇聽不得。"

10 **磔** zhé 粵 zaak3 **古代祭祀時，分裂牲畜的肢體**。《莊子・盜跖》："～犬流豕。"（豕：豬。）㊁引 **一種分裂肢體的刑罰**。《韓非子・內儲説上》："采金之禁，得而輒（zhé 粵 zip3）辜～於市。"（禁：法令。輒：總是，就。辜磔：一種分裂肢體的刑罰。）

10 **磅** páng 粵 pong4 [**磅礴**] **又寫作"旁礴"、"旁魄"**。① **廣大無邊際的樣子**。陸機《挽歌》詩三首之三："～～立四極，穹隆放蒼天。"《宋史・樂志八》："～～罔測。"（罔：無，沒有。）② **充滿的樣子**。文天祥《正氣歌》："是氣所～～，凜烈萬古存。"（是氣：這股正氣。凜烈：莊嚴正直。）

10 **磋** cuō 粵 co1 **把骨、角磨製成器物**。《詩經・衞風・淇奧》："如切如～，如琢如磨。"（琢：雕刻玉石。）㊁引 **研討**。《管子・弟子職》："相切相～，各長其儀。"[**切磋**] **共同商討研究**。《後漢書・馬援傳》："言君臣邪？固當諫爭；語朋友邪？應有～～。"

10 **確** què 粵 kok3 ❶ **堅固，堅決**。《漢書・師丹傳》："～然有柱石之固，臨大節而不可奪。"《新唐書・郭子儀傳》："進拜尚書令……子儀～讓。" ❷ **確實，準確**。《新唐書・盧從願傳》："數充校考使，升退詳～。"

10 **碾** niǎn 粵 nin5/zin2 ❶ **碾子，把東西軋碎或壓平的器具**。《魏書・崔亮傳》："遂教民為～。" ❷ **碾軋，研磨**。白居易《春來》詩："金谷蹋花香騎入，曲江～草鈿車行。" ㊕特 **指研磨玉石**。李賀《春懷引》："蟾蜍～玉挂明弓，捍撥裝金打仙鳳。”

10 **磐** pán 粵 pun4 ❶ **巨大的石頭**。《韓非子・顯學》：“～石千里，不可謂富。”❷ **通“盤”。徘徊，逗留**。《後漢書・宋意傳》：“久～京邑。”

11 **磬** qìng 粵 hing3 ❶ **古代一種形似曲尺的石製敲擊樂器**。《荀子・樂論》：“～似水。”（磬聲如流水。）[**磬折**] **像磬的形狀一樣彎着腰。形容十分恭敬**。《史記・滑稽列傳》：“西門豹簪筆～～，向河立待良久。”（簪筆：帽上插着一種簪，是行禮時的裝飾。）❷ **寺院中僧人敲打的形狀如缽的銅鐵鑄的鳴器（後起意義）**。盧綸《宿定陵寺》詩：“古塔荒臺出禁牆，～聲初盡漏聲長。”（初盡：剛完。漏：刻漏，古代的一種滴水計時器。）❸ **通“罄”。空，盡**。《淮南子・覽冥》：“～龜無腹。”

11 **磧** qì 粵 cik1 ❶ **淺水中的沙石**。張衡《西京賦》：“僵禽斃獸，爛若～礫。”❷ **沙漠**。《北史・魏本紀》：“北征蠕蠕，追破之於大～南商山下。”王維《出塞作》詩：“暮雲空～時驅馬，秋日平原好射雕。”

11 **磝** áo 粵 ngou4 ❶ **多小石的山**。《爾雅・釋山》：“多小石，磝。”[**磝磝**] **山多石的樣子**。韓愈《別知賦》：“山～～其相軋。”（相軋：石相擠壓。）❷ qiāo 粵 haau1 [**磝磝**] **堅硬瘠薄的土地**。焦延壽《易林・巽之蹇》：“～～禿白，不生黍稷。”

11 **磨** mó 粵 mo4 ❶ **物體相摩擦**。《詩經・衛風・淇奧》：“如切如磋，如琢如～。”❷ **磨去，消失**。《詩經・大雅・抑》：“白珪之玷，尚可～也。”《後漢書・南匈奴傳》：“百世不～矣。”❸ **研討，切磋**。劉向《說苑・建本》：“相觀於善之曰～。”❹ **遇到困難或阻礙**。白居易《春晚詠懷贈皇甫朗之》：“少處兼遭病折～。”喻 **磨煉**。韓愈《南內朝賀歸呈同官》詩：“法吏多少年，～淬出角圭。”（淬：淬火，指歷練。）❺ mò 粵 mo6 **石磨。把穀物碾成粉的用具**。王安石《擬寒山拾得》詩之六：“作牛便推～。”

12 **磽** qiāo 粵 haau1 **土地堅硬而貧瘠**。《國語・楚語上》：“故先王之為臺榭也……瘠～之地，於是乎為之。”《漢書・賈山傳》：“地之～者，雖有善種，不能生焉。”引 **堅硬**。舒元輿《坊州按獄》詩：“風冷木長瘦，石～人亦勞。”

12 **磻** bō 粵 pun4 ❶ **石製的箭頭**。《戰國策・楚策四》：“被礛（jiān 粵 gaam1）～，引微繳（zhuó 粵 zoek3），折清風而抎（yǔn 粵 wan5）矣。”（被：遭受。礛：鋭利。引：指拖着。繳：繫於箭上的絲繩。抎：通“隕”。墜落。）**這個意義又寫作“碆”**。❷ pán 粵 pun4 [**磻石**] **同“磐石”。巨石**。《後漢書・西南夷傳》：“高山岐峻，緣崖～～。”[**磻溪**] **溪水名，在今陝西寶雞東南。相傳為姜太公釣魚的地方**。

12 **磷** lín 粵 leon4 ❶ [**磷磷**] ① **水石明淨的樣子**。劉楨《贈從弟》詩：“汎汎東流水，～～水中石。”宋之問《始安秋日》詩：“碎石水～～。”**又寫作“粼粼”**。② **色彩鮮明的樣子**。司馬相如《上林賦》：“～～爛爛，采色澔汗。”❷ lìn 粵 leon6 **磨薄**。《論語・陽貨》：“不曰堅乎，磨而不～。不曰白乎，涅而不緇。”杜甫《夔府書懷四十韻》：“文園終寂寞，漢閣自～緇。”

12 **磴** (墱、隥) dèng 粵 dang3 ❶ **石階**。庾信《和從駕登雲居寺塔》：“危～九層臺。”（危：高。）❷ **有台階的石橋**。孫綽《遊天台山賦》：“跨穹隆之懸～，臨萬丈之絕冥。”（穹隆：中間高起。）❸ tèng 粵 tang1 **增益，增加**。郭璞《江賦》：“～之以瀿（fán 粵 faan4）瀷（yì 粵 jik6），渫

(xiè 粵 sit3) 之以尾閭。”(瀿瀷：暴漲急流的水。渫：泄漏。尾閭：傳說中海水匯合處。)

12 **磯** jī 粵 gei1 **水邊突出的大石**。李賀《昌谷詩》：“竹藪添墮簡，石～引鉤餌。”

13 **礎** chǔ 粵 co2 **柱子底下的石礅**。《淮南子・說林》：“山雲蒸，柱～潤。”范成大《次韻漢卿舅即事》：“晚來～汗南風壯，會有溪雲載雨過。”(汗：指石上冒出水珠。會：當，該。)**成語有“月暈而風，礎潤而雨”**。

13 **礒** yǐ 粵 ngai5 [**碕** (qí 粵 hei4) **礒**] **見434頁“碕”字**。

13 **礐** què 粵 kok3 ❶ **水擊石聲**。木華《海賦》：“影沙～石。”❷ [**礐硞** (kè 粵 kuk1)] **水擊石洶湧的樣子**。郭璞《江賦》：“幽澗積岨，～～硞确。”❸ **多大石的山**。《爾雅・釋山》：“多大石，～。”❹ **堅定**。賈誼《新書・道德說》：“其受此具也，～然有定矣，不可得辭也，故曰命。”

14 **礚** kē 粵 koi3 [**礚礚**] **水石相擊的聲音**。屈原《九章・悲回風》：“憚湧湍之～～兮，聽波聲之洶洶。”

14 **礛** jiān 粵 gaam1 ❶ **通“劖”**。**鋒利**。《戰國策・楚策四》：“被～磻，引微繳，折清風而抎矣。”(飛鳥被繫着細繩的鋒利石頭擊中，從空中隕落。)❷ [**礛諸**] **治玉的石頭**。《淮南子・說山》：“玉待～～而成器。”

15 **礪** lì 粵 lai6 ❶ **磨刀石**。《荀子・勸學》：“金就～則利。”(刀劍放在磨刀石上磨則鋒利。就：接近。)引 **磨**。《尚書・費誓》：“～乃鋒刃，無敢不善。”《史記・伍子胥列傳》：“勝自～劍。”(勝：白公勝，人名。)❷ **鑽研**。劉勰《文心雕龍・養氣》：“鑽～過分，則神疲而氣衰。”

15 **礧** lèi 粵 leoi6 ❶ **推石自高而下**。《漢書・司馬相如傳》：“～石相擊，琅琅礚礚。”㊕ **戰爭中防守的一方從高處推下打擊敵人的木石**。《後漢書・杜篤傳》：“一卒舉～，千夫沈滯。”❷ léi 粵 leoi4 **撞擊**。郭璞《江賦》：“觸曲厓以縈繞，駭崩浪而相～。”❸ lěi 粵 leoi5 [**礧礧**] **分明的樣子**。杜甫《白沙渡》詩：“水清石～～，沙白灘漫漫。”

15 **礫** lì 粵 lik1 **小石，碎石**。《漢書・霍去病傳》：“大風起，沙～擊面。”

15 **礨** lěi 粵 leoi5 ❶ **地勢突然高起的樣子**。司馬相如《上林賦》：“丘虛堀～。”❷ [**礨空** (kǒng 粵 hung2)] **螞蟻洞**。《莊子・秋水》：“計四海之在天地之間也，不似～～之在大澤乎？”❸ **堆砌**。王褒《僮約》：“～石薄岸。”

16 **礱** lóng 粵 lung4 ❶ **以石磨物**。《荀子・性惡》：“鈍金必將待～厲然後利。”❷ **磨掉穀殼的農具**。宋應星《天工開物・粹精・攻稻》：“凡稻，去殼用～。”

17 **礴** bó 粵 bok6 [**磅礴**] **見436頁“磅”字**。

示部

0 **示** shì 粵 si6 ❶ **上天對人類顯現吉凶禍福。古人把自然界的某些現象與人世聯繫在一起**。揚雄《太玄・度》：“于天～象，垂其範。”❷ **給人看**。《莊子・胠篋》：“國之利器，不可以～人。”《史記・廉頗藺相如列傳》：“相如奉璧奏秦王，秦王大喜，傳以～美人及左右。”引 **顯示，表示**。《左傳・文公七年》：“叛而不討，何以～威？”(叛：背叛。討：討伐。)《孟子・萬章上》：“天不言，以行與事～之而已矣。”❸ **告訴，告知**。《戰國策・秦策二》：“醫扁鵲見秦武王，武王～之病。" ❹ **教導，指示**。《禮記·檀弓下》："國奢則～之以儉，國儉則～之以禮。" (引) **對他人所說或來信所述的敬稱（後起意義）**。王安石《答曾公立書》："～及青苗事。"【注意】《漢書》中多把"示"寫作"視"。

3 **社** shè 粵 se5 ❶ **土地神**。《左傳·昭公二十九年》："后土為～。"［社稷］**"社"是土地神，"稷"是穀神。古代帝王都祭祀社稷，以後社稷就成了國家的代稱**。《論語·季氏》："是～～之臣也，何以伐為？"《史記·文帝本紀》："計～～之安。"（考慮國家的安定。）❷ **祭祀土地神**。《禮記·月令》："擇元日，命民～。"《史記·陳丞相世家》："里中～，平為宰，分肉食甚均。"（里：古代一種居民組織。平：陳平。）(引) **祭祀土地神的節日**。杜甫《遭田父泥飲美嚴中丞》詩："今年大作～。" **又如"春社"、"秋社"**。(又) **祭土地神的地方**。《左傳·文公十五年》："伐鼓于～。"（伐鼓：擊鼓。）❸ **古代一種居民組織。二十五家為一社**。《左傳·昭公二十五年》："自莒疆以西，請致千～。"（莒：國名。）(引) **民間社團組織**。蘇軾《次韻劉景文送錢蒙仲》之二："寄語竹林～友，同書桂籍天倫。"

3 **礿** yuè 粵 joek6 **古代祭祀名。夏商時春祭為礿，周時夏祭為礿**。《論衡·祀義》："文王～祭，竭盡其敬。"

3 **祀** sì 粵 zi6 ❶ **祭祀**。《左傳·襄公九年》："～盤庚于西門之外。" (又) **進行祭祀的地方**。《禮記·檀弓下》："過墓則式，過～則下。" ❷ **年**。《尚書·洪範》："惟十有三～。"《尚書·太甲中》："惟三～十有二月朔。" (引) **世，代**。柳宗元《與友人論為文書》："固有文不傳於後～，聲遂絕於天下者矣。"

3 **祁** qí 粵 kei4 ❶ **盛，大**。《尚書·君牙》："冬～寒，小民亦惟曰怨咨。" ❷［祁祁］① **眾多的樣子**。《詩經·豳風·七月》："春日遲遲，采蘩～～。" ② **舒緩和順的樣子**。班固《靈臺詩》："習習祥風，～～甘雨。"

4 **祉** zhǐ 粵 zi2 ❶ **福**。《詩經·大雅·皇矣》："既受帝～，施于孫子。" ❷ **喜**。《詩經·小雅·巧言》："君子如怒，亂庶遄（chuán 粵 cyun4）沮；君子如～，亂庶遄已。"（遄：迅速。沮、已：都是"止息"的意思。）

4 **祅** yāo 粵 jiu1 **古時稱一切反常怪異的東西或現象**。《荀子·天論》："～怪不能使之凶。"［祅言］**迷惑人的邪說**。《漢書·眭弘傳》："妄設～～惑眾。"

4 **祈** qí 粵 kei4 **（向老天或鬼神）禱告懇求**。《詩經·小雅·甫田》："以御田祖，以～甘雨。" 韓愈《潮州祭神文》："～于太湖神之靈。" (引) **求，希望**。《南史·劉峻傳》："聞有異書，必往～借。"（異：特殊的。）葉適《中奉大夫曾公墓志銘》："遂以親嫌乞免，且以病力～去。"

4 **祇** qí 粵 kei4 ❶ **地神**。《論語·述而》："禱爾于上下神～。"（替你向天神地祇祈禱。）❷ zhǐ 粵 zi2 **僅僅，只**。《詩經·小雅·何人斯》："～攪我心。" (又) **適，恰好**。《國語·晉語五》："病未若死，～以解志。"【注意】❷ (又) 的意義上古又寫作"秖"、"衹"、"祗"，宋代以後多作"只"。【辨】祇，衹，祗，秖，秪，只。見570頁"衹"字。

4 **祋** duì 粵 daai3/zyut3 **古代撞擊用的兵器**。《詩經·曹風·候人》："彼候人兮，何（hè 粵 ho6）戈與～。"（何：荷，扛着。）《後漢書·馬融傳》："～殳（shū 粵 syu4）狂擊，頭陷顱碎。"（殳：兵器名。）

4 **祊** bēng 粵 bang1 **古代宗廟門內設祭的地方**。《詩經·小雅·楚茨》："祝祭于～。"

5 **祟** suì [粵] seoi[6] ❶ **（鬼神作怪）造成災害**。《左傳・昭公元年》："實沈、臺駘 (tái [粵] toi[4]) 為～。"（實沈、臺駘：都是神名。）❷ **災害，災禍**。《史記・田叔列傳》："久乘富貴，禍積為～。"

5 **祛** qū [粵] keoi[1] ❶ **除去，消除**。庾信《奉和永豐殿下言志》十首之七："茂陵體猶瘠，淮陽疾未～。" ❷ [祛祛] **強健的樣子**。《詩經・魯頌・駉》："有驔有魚，以車～～。"

5 **祜** hù [粵] wu[6] **福**。《詩經・周頌・載見》："永言保之，思皇多～。" 何晏《景福殿賦》："其～伊何？"（伊：語氣詞。）

5 **祏** shí [粵] sek[6] **宗廟中收藏木神主的石匣**。《左傳・哀公十六年》："使貳車反～於西圃。"

5 **祓** fú [粵] fat[1] **古代為了除災求福而舉行的祭祀活動**。《韓非子・說林下》："巫咸雖善祝，不能自～也。"（咸：相傳是古代最著名的神巫。）[引] **消除**。姜夔《翠樓吟》："天涯情味，仗酒～清愁。"

5 **祖** zǔ [粵] zou[2] ❶ **祖廟**。《尚書・舜典》："受終于文～。"（受終：指舜繼承了堯的帝位。文祖：堯始祖的廟。）❷ **祖先**。《鹽鐵論・結和》："故先～基之，子孫成之。"（基之：給它打下基礎。成：完成。）[特] **祖父**。柳宗元《捕蛇者說》："吾～死於是，吾父死於是。"（是：此，指捕蛇。）❸ **開始，初**。《莊子・山木》："浮游乎萬物之～。" [又] **事業或派別的首創者**。如"**鼻祖**"、"**祖師**"。❹ **效法**。《史記・韓世家》："秦王必～張儀之故智。"（故智：老計謀。）❺ **出行時祭祀路神**。《晉書・謝安傳》："帝出～於西池。" [引] **餞行的一種隆重儀式，祭路神後，在路上設宴為人送行**。《世說新語・方正》："杜預之荊州，頓七里橋，朝士悉～。"（之：到……去。）《宋史・胡瑗傳》："以太常博士致仕，歸老於家，諸生與朝士～餞東門外。"（太常博士：官名。致仕：年老辭官。）

5 **神** shén [粵] san[4] ❶ **神靈**。《左傳・僖公五年》："～必據我。" [又] **人死後的靈魂**。屈原《九歌・國殤》："身既死兮～以靈。" [又] **靈驗**。《詩經・小雅・大田》："田祖有～。" ❷ **靈柩**。潘岳《寡婦賦》："將遷～而安厝。" ❸ **指自然規律**。《荀子・天論》："不見其事，而見其功，夫是之謂～。" ❹ **精神**。《荀子・天論》："形具而～生。"（形體具備了，精神就產生。）[又] **神態，表情**。《後漢書・劉寬傳》："寬～色不異。" ❺ **特別高超，神奇**。《周易・繫辭上》："陰陽不測之謂～。" 劉禹錫《觀八陣圖》詩："蜀相運～機。"（蜀相：指諸葛亮。運：運用。神機：神奇的計謀。）**雙音詞有"神筆"、"神速"、"神醫"**。[又] **神韻，韻味**。李肇《唐國史補》卷上："後見公孫氏舞劍器而得其～。"

5 **祝** zhù [粵] zuk[1] ❶ **祭祀時主持祝告的人**。《左傳・昭公二十年》："其～史祭祀，陳信不愧。"（史：史官。）❷ **祝禱**。《韓非子・說林下》："巫咸雖善～，不能自祓 (fú [粵] fat[1]) 也。"（巫咸：傳說中的神巫。祓：祝禱免除災難。）《呂氏春秋・樂成》："酒酣，王為羣臣～，令羣臣皆得志。" [泛] **祝願**。**如"祝壽"**。❸ **斷絕，剪斷**。《穀梁傳・哀公十三年》："～髮文身。"（文：刺畫花紋。）❹ zhòu [粵] zau[3] **詛咒**。《後漢書・賈逵傳》："鄉人有所計爭，輒令～少賓。" **這個意義後來寫作"咒"**。

5 **祚** zuò [粵] zou[6] ❶ **福**。《文選・班固〈述韓英彭盧吳傳〉》："非～惟殃。" [又] **賜福**。《三國志・蜀書・馬良傳》："聞雒城已拔，此天～也。" [引] **某一封建王朝的國統**。《後漢書・靈思何皇后紀》："後遂因何氏傾沒漢～焉。" ❷ **通"阼"。帝位**。庾亮《讓中書令表》："陛下踐～。"（踐祚：指即位。）

5 **祔** fù 粵 fu6 ❶ **祭名。合祭新亡者與祖先，叫作祔祭。**《左傳・僖公三十三年》："凡君薨，卒哭而～，～而作主。"（主：木主，靈牌。）❷ **合葬。**《禮記・檀弓下》："衞人之～也離之，魯人之～也合之。"韓愈《扶風郡夫人墓誌銘》："～於其夫之封。"

5 **祇** zhī 粵 zi1 ❶ **恭敬。**《荀子・非十二子》："案飾其辭而～敬之。"（案：於是。）❷ zhǐ（舊讀 zhī）粵 zi2 **僅僅，只。**柳宗元《敵戒》："廢備自盈，～益為瘉。"**這個意義又寫作"衹"、"祗"、"秖"、"秪"和"只"。今都寫作"只"。【辨】**祇，祗，衹，秖，秪，只。見 570 頁"衹"字。

5 **祠** cí 粵 ci4 ❶ **春祭。**《詩經・小雅・天保》："禴（yuè 粵 joek6）～烝嘗。"（禴：夏祭。烝：冬祭。嘗：秋祭。）(引) **祭祀。**《漢書・元帝紀》："～后土。"（后土：土地神。）(又) **祠廟，祭神的地方。**《史記・陳涉世家》："又間令吳廣之次所旁叢～中。"（叢：樹叢。）❷ **祠堂。同姓族人供奉祖宗或生前有功德的人的房屋（後起意義）。**陶宗儀《輟耕錄・黃道婆》："又為立～，歲時享之。"（歲時享之：逢年過節用食物祭祀她。）

6 **票** piāo 粵 piu1 ❶ **飛騰的火光。**揚雄《太玄・沈》："見～如累，明利以正于王。"❷［**票然**］**輕舉的樣子。**《漢書・禮樂志》："～～逝，旗逶蛇（yí 粵 ji4）。"❸ **搖動。**《漢書・揚雄傳下》："橫鉅海，～昆侖。"❹ piào 粵 piu3 **輕捷。**《漢書・揚雄傳上》："亶觀夫～禽之紲（yì 粵 jai6）隃，犀兕之抵觸。"（紲：超越。）［**票姚**］**漢代武官名號。**《漢書・霍去病傳》："大將軍受詔予壯士，為～～校尉。"**後代也寫作"嫖姚"。見 138 頁"嫖"字。**［**票騎**］**漢代將軍名號。**《漢書・霍去病傳》："元狩二年春，為～～將軍。"**後代也寫作"驃騎"。見 736 頁"驃"字。【注意】**在明清以前，"票"沒有"票（piào 粵 piu3）據"的意義。

6 **柴** chái 粵 caai4 **祭名。燒柴祭天。**《史記・五帝本紀》："歲二月，東巡狩，至於岱宗，～。"**這個意義又寫作"柴"。**

6 **祫** xiá 粵 haap6 **天子諸侯合祭祖先。**《禮記・曾子問》："～祭于祖，則祝迎四廟之主。"

6 **祧** tiāo 粵 tiu1 ❶ **遠祖的廟。**《禮記・祭法》："遠廟為～。"（遠廟：指高祖以上的廟。）(泛) **宗廟。**沈約《立太子詔》："守器承～。"（器：神器，指帝位。）❷ **古代帝王七廟，世次較遠之祖，其神主遷入祧廟，稱"祧"。**《新唐書・禮樂志三》："已～之主，不得復入太廟。"［**不祧**］**始祖之神主永遠不遷，稱為"不祧"。**《宋史・禮志九》："今太祖受命開基，太宗纘承大寶，則百世～～之廟矣。"❸［**承祧**］**承繼為後嗣。**韓愈《順宗實錄三》："付爾以～～之重。"

6 **祥** xiáng 粵 coeng4 ❶ **凶吉的預兆。**《左傳・僖公十六年》："是何～也，吉凶焉在？"（焉在：在哪裏。）《戰國策・楚策四》："先生老悖乎？將以為楚國祅～乎？"（祅：同"妖"。祅祥：不好的預兆。）(特) **吉兆。**《三國志・吳書・吳主傳》："有赤烏之～。"(引) **吉利，吉祥。**賈誼《弔屈原賦》："逢時不～。"❷ **一種喪祭。古代在父母死後十三個月而祭，叫作小祥；二十五個月而祭，叫作大祥。大祥表示喪服期已滿。**《儀禮・士虞禮》："朞（jī 粵 gei1）而小～……又朞而大～。"（朞：指周年。）❸ **通"詳"。詳細。**《史記・太史公自序》："嘗竊觀陰陽之術，大～而眾忌諱，使人拘而多所畏。"

7 **視**（眂、眡）shì 粵 si6 ❶ **看。**《荀子・勸學》："目不能兩～而明。"(引) **看待，對待。**《論語・先進》："回也～予猶父也。"《潛夫論・交際》："見賤如貴，

～少如長。” 成語有“視如敝屣”。[又] **觀察，考察**。《論語・為政》：“～其所以，觀其所由。” ❷ **治理，處理**。元稹《冊文武孝德皇帝赦文》：“由是庶尹弛政，庶吏弛刑，～人不勤，～盜不謹。” [**視事**] **辦公**。《史記・留侯世家》：“因疾不～～。” ❸ **比照，和……一樣**。《孟子・萬章下》：“天子之卿受地～侯。” [又] **比較**。范成大《吳郡志・卷六》：“壯觀～昔有加。”《呂氏春秋・仲秋》：“量小大，～長短，皆中度。” [又] **效法**。《尚書・太甲中》：“～乃厥祖。” ❹ **照顧，照料**。《後漢書・劉虞傳》：“皆收～溫恤。” ❺ **通“示”。向……表示**。《漢書・高帝紀》：“亦～項羽無東意。”（也向項羽表示沒有東進的意思。）【辨】視，見。“視”表示看的動作，“見”是看的結果。

7 **祲** jìn [粵] zam^{1} **古人所說的不祥之氣**。《左傳・昭公十五年》：“吾見赤黑之～，非祭祥也。”

8 **禁** jìn [粵] gam^{3} ❶ **禁止**。《荀子・性惡》：“重刑罰以～之。” [引] **禁令**。《韓非子・五蠹》：“俠以武犯～。”（俠：游俠。）[又] **禁忌**。《禮記・曲禮上》：“入竟而問～，入國而問俗。”（竟：境。）❷ **皇帝居住的地方**。《史記・秦始皇本紀》：“二世常居～中。”（二世：指秦二世胡亥。）❸ jīn [粵] gam^{1} **禁得起，受得住**。白居易《楊柳枝》詩：“小樹不～攀折苦，乞君留取兩三條。”（乞：求。君：你。留取：留下。）成語有“弱不禁風”。

8 **祺** qí [粵] kei^{4} **吉祥，福氣**。《詩經・大雅・行葦》：“壽考維～。”（既長壽又吉祥。考：老。維：句中語氣詞。）

8 **祼** guàn [粵] gun^{3} ❶ **一種祭祀儀式，斟酒澆地以降神**。《尚書・洛誥》：“王入太室～。”《禮記・祭統》：“君執圭瓚～尸。” ❷ **斟酒敬客**。《周禮・春官・典瑞》：“～圭有瓚，以肆先王，以～賓客。”

8 **祿** lù [粵] luk^{6} ❶ **福氣**。《詩經・大雅・既醉》：“其胤維何？天被爾～。”（胤：後代。被：指施給。）《戰國策・趙策二》：“臣無隱忠，君無蔽言，國之～也。” ❷ **官吏的薪俸**。《韓非子・人主》：“有功者受重～。”

9 **禖** méi [粵] mui^{4} **為求子所祭之神**。《呂氏春秋・仲春》：“是月也，玄鳥至。至之日，以太牢祀于高～。”《漢書・戾太子傳》：“上年二十九乃得太子，甚喜，為立～。”

9 **福** fú [粵] fuk^{1} ❶ **幸福。與“禍”相對**。《老子・五十八章》：“禍兮～之所倚，～兮禍之所伏。”（倚：依託。伏：隱藏。）[又] **用作動詞。賜福，保佑**。《左傳・莊公十年》：“小信未孚，神弗～也。” ❷ **祭過神的酒肉**。《國語・晉語二》：“驪姬受～。”（驪姬：人名。受：接受。）

9 **禋** yīn [粵] jan^{1} **燒柴升煙以祭**。《周禮・春官・大宗伯》：“以～祀祀昊天上帝，以實柴祀日月星辰。” **也泛指祭祀**。《詩經・大雅・生民》：“克～克祀，以弗無子。”《國語・周語上》：“不～于神而求福焉，神必禍之。”

9 **禎** zhēn（**舊讀** zhēng）[粵] zing^{1} **吉祥**。《詩經・周頌・維清》：“迄用有成，維周之～。”《漢書・宣帝紀》：“神光並見，咸受～祥。”

9 **禔** tí [粵] tai^{4} ❶ **安，安穩**。《漢書・司馬相如傳》：“中外～福。”《揚子法言・修身》：“士何如斯可以～身？” ❷ zhǐ [粵] zi^{2} **通“祇”。副詞。恰恰，只不過**。《史記・韓長孺列傳》：“～取辱耳。”

9 **禍** （**旤**）huò [粵] wo^{6} ❶ **災害，禍害**。《老子・五十八章》：“～兮福之所倚，福兮～之所伏。” ❷ **危害**。《左傳・昭公元年》：“子木有～人之心。”（子木：人名。）成語有“禍國殃民”。❸ **罪過**。《荀子・成相》：“罪～有律，莫得輕重威不分。”

9 **禊** xì (粵) hai6 **古人春秋兩季在水邊舉行的祓除不祥的儀式**。張衡《南都賦》：“於是暮春之～，元巳之辰。”王羲之《蘭亭序》：“永和九年，歲在癸丑，暮春之初，會于會稽山陰之蘭亭，修～事也。”

9 **禘** dì (粵) dai3 **古代祭祀名。指帝王諸侯祀始祖**。《左傳·僖公八年》：“秋七月，～于太廟。”《後漢書·章帝紀》：“～祭光武皇帝、孝明皇帝。”(又) **宗廟中夏季舉行的祭祀**。《禮記·王制》：“天子諸侯宗廟之祭，春曰礿 (yuè (粵) joek6)，夏曰～，秋曰嘗，冬曰烝。”

9 **禕** yī (粵) ji1 **美好**。張衡《東京賦》：“漢帝之德，侯其禕而。”(侯：何，多麼。“禕”當是“禕”的錯字。而：語氣詞，相當於“啊”。)

10 **禜** yíng (粵) wing6/wing4 **祭名。祭祀日月星辰山川，以禳除水旱風雨等災**。《左傳·昭公元年》：“山川之神，則水旱癘疫之災，於是乎～之；日月星辰之神，則雪霜風雨之不時，於是乎～之。”

10 **禡** mà (粵) maa6 **古代軍隊在駐紮地祭神的活動**。《禮記·王制》：“～于所征之地。”

11 **禦** yù (粵) jyu6 ❶ **抵擋，抵抗**。《莊子·馬蹄》：“毛可以～風寒。”《三國志·吳書·吳主傳》：“使魯肅以萬人屯巴丘，以～關羽。”❷ **阻止**。《左傳·昭公十六年》：“孔張後至，立于客間，執政～之。”(孔張：人名。)(又) **禁止**。《周禮·秋官·司寤氏》：“～晨行者，禁宵行者、夜遊者。”【辨】御，馭，禦。見194頁“御”字。

12 **禧** xǐ (舊讀 xī) (粵) hei1 **福，喜慶**。隋牛弘《諴夏》：“恭神務穡，受～降祉。”

12 **禪** shàn (粵) sin6 ❶ **古代帝王祭地**。《史記·秦始皇本紀》：“議封～望祭山川之事。”(封：古代帝王祭天禮。望：古代祭祀山川的專名。) ❷ **禪讓。指古代帝王讓位給別人**。《三國志·魏書·文帝紀》：“帝堯～位於虞舜。”(虞舜：指舜。)(又) **傳位**。《史記·惠景間侯者年表》：“至孝惠時，唯獨長沙全～五世，以無嗣絕。”(又) **取代，代替**。《莊子·寓言》：“萬物皆種也，以不同形相～。”❸ chán (粵) sim4 **靜思。佛教用語。如“坐禪”**。蘇軾《沐浴啟聖僧舍與趙德麟邂逅》詩：“睡穩如～息息勻。”(泛) **有關佛教的事物。如“禪師”、“禪宗”、“禪林”**。白居易《重到江州》詩：“～僧出郭迎。”(郭：外城。)

12 **禨** jī (粵) gei1 ❶ **信神，向神求福的舉動**。《列子·說符》：“楚人鬼而越人～。”❷ jì (粵) gei6 **洗頭之後飲酒**。《禮記·少儀》：“飲酒者，～者、醮者，有折俎不坐。”(又) **洗頭之後飲的酒**。《禮記·玉藻》：“進～進羞，工乃升歌。”

13 **禮** lǐ (粵) lai5 ❶ **祭神**。《儀禮·覲禮》：“～山川丘陵於西門外。”《管子·幼官》：“將以～上帝。”❷ **禮節，儀式**。《論語·陽貨》：“君子三年不為～，～必壞。”(引) **古代社會的法則、禮儀**。《論語·為政》：“殷因於夏～，所損益，可知也。”❸ **以禮相待，禮貌**。《左傳·襄公二十二年》：“執事不～於寡君。”(執事：指晉國國君。寡君：指鄭國國君。) ❹ **禮物**。《禮記·表記》：“無辭不相接也，無～不相見也。”《晉書·陸納傳》：“及受～，唯酒一斗，鹿肉一柈 (pán (粵) pun4)。”(斗：古時盛酒的器皿。柈：通“盤”。)

14 **禱** dǎo (粵) tou2 **祈禱**。《論語·八佾》：“獲罪於天，無所～也。”《淮南子·主術》：“湯之時，七年旱，以身～於桑林之際。”(湯：商湯王。)

17 **禴** yuè (粵) joek6 **祭名。夏祭**。《詩經·小雅·天保》：“～祠烝嘗，于公先王。”（祠：春祭。嘗：秋祭。烝：冬祭。）

17 **禳** ráng (粵) joeng[4] **（古代為了消除災禍而舉行的）一種祭禱活動**。《左傳・昭公二十六年》：“齊有彗星，齊侯使～之。”

内部

4 **禹** yǔ (粵) jyu[5] **傳説中的夏朝第一代君主**。

7 **离** （卨）xiè (粵) sit[3] **同“契”。商的始祖**。《漢書・司馬相如傳》：“禹不能名，～不能計。”

8 **萬** wàn (粵) maan[6] ❶ **數詞**。《左傳・襄公三十年》：“然則二～六千六百有六旬也。” (引) **數量多，程度高**。柳宗元《古東門行》：“～金寵贈不如土。” ❷ **絕對**。韓愈《柳子厚墓誌銘》：“且～無母子俱往理。” ❸ **古代一種舞名**。《左傳・莊公二十八年》：“為館於其宮側而振～焉。” (又) **跳萬舞**。《左傳・隱公五年》：“九月，考仲子之宮，將～焉。”【注意】在古代，數詞“萬”很少寫作“万”。複姓“万俟”中的“万（mò (粵) mak[6]）”不讀 wàn (粵) maan[6]。參見 2 頁“万”字。

8 **禽** qín (粵) kam[4] ❶ **獵物**。《周易・師》：“田有～。” ❷ **捕捉，制伏**。《左傳・哀公二十三年》：“知伯親～顏庚。”《史記・秦始皇本紀》：“～滅六王。”**這個意義後來寫作“擒”**。❸ **鳥獸的總稱**。《三國志・魏書・華佗傳》：“吾有一術，名五～之戲。”（術：指鍛煉身體的方法。五禽之戲：指模仿虎、鹿、熊、猿、鳥五種鳥、獸動作的一種體操。）(特) **鳥類**。《韓非子・五蠹》：“婦人不織，～獸之皮足衣也。” (特) **獸類**。《論衡・遭虎》：“虎亦諸～之雄也。”

禾部

0 **禾** hé (粵) wo[4] **穀子**。《詩經・豳風・七月》：“～麻菽麥。”（菽：豆類。）(又) **稻子（後起意義）**。張舜民《打麥》詩：“麥秋正急又秧～。” (泛) **莊稼**。《詩經・魏風・伐檀》：“不稼不穡，胡取～三百廛兮。” 聶夷中《田家》詩：“六月～未秀，官家已修倉。”（秀：莊稼吐穗開花。）【辨】穀，禾，粟，黍，稷。見 449 頁“穀”字。

2 **秀** xiù (粵) sau[3] ❶ **穀物吐穗開花**。《論語・子罕》：“苗而不～者有矣夫！～而不實者有矣夫！”白居易《杜陵叟》詩：“麥苗不～多黃死。” (引) **植物開花**。《詩經・豳風・七月》：“四月～葽。” ❷ **美好，秀麗**。歐陽修《醉翁亭記》：“望之蔚然而深～者，琅琊也。”（蔚然：樹林茂盛的樣子。琅琊：山名。）❸ **高出**。李康《運命論》：“故木～於林，風必摧之。”李白《廬山謠》：“廬山～出南斗傍。”（南斗：星名。傍：旁。）(引) **才能出眾，優秀**。《呂氏春秋・振亂》：“世有賢主～士，宜察此論也。”**成語有“後起之秀”**。❹ **繁茂，茂盛**。歐陽修《醉翁亭記》：“野芳發而幽香，佳木～而繁陰。”（芳：花卉。繁陰：濃郁的綠蔭。）

2 **私** sī (粵) si[1] ❶ **私人的，自己的。與“公”相對**。《左傳・文公六年》：“以～害公，非忠也。”《史記・李斯列傳》：“強公室，杜～門。”（杜：杜絕。）(引) **謙稱。我**。《晉書・荀勗傳》：“～謂九寺可并於尚書。” ❷ **偏私，偏愛**。《戰國策・秦策一》：“賞不～親近。”《戰國策・齊策一》：“吾妻之美我者，～我也。” ❸ **私自，私下，偷偷地**。《左傳・僖公二十八年》：“不如～許復曹、衛以攜之。”《史記・項羽本紀》：“項伯乃夜馳之沛公軍，～見張良。”（之：到……去。）(又) **私交**，

秘密的活動。《史記・項羽本紀》："項王乃疑范增與漢有～。"❹ **私通。男女不正當的性關係**。《戰國策・燕策一》："其妻～人。"❺ **陰部，生殖器**。伶玄《趙飛燕外傳》："早有～病，不近婦人。"❻ **小便**。《左傳・襄公十五年》："師慧過宋朝，將～焉。"（師慧：人名。宋：地名。）

3 **秉** bǐng (粵) bing^{2} ❶ **一把莊稼**。《詩經・小雅・大田》："彼有遺～，此有滯穗。"（彼：那邊。遺秉：指收穫後掉在田裏一把一把的莊稼。）❷ **手拿着，持着**。《詩經・邶風・簡兮》："右手～翟（dí (粵) dik^{6}）。"（翟：指山雉的尾羽。）**成語有"秉燭待旦"**。(引) **主持，掌握**。《三國志・魏書・呂布傳》："共～朝政。"**熟語有"秉公執法"**。(又) **保持，堅持**。《詩經・周頌・清廟》："濟濟多士，～文之德。"（濟濟：眾多的樣子。文：指周文王。）❸ (粵) bing^{3}/beng^{3} **通"柄"。權力，權柄**。《管子・小匡》："治國不失～。"❹ **古代容量單位。十六斛為一秉**。《儀禮・聘禮》："十斗曰斛（hú (粵) huk^{6}），十六斗曰籔（shǔ (粵) sou^{2}），十籔曰秉。"《論語・雍也》："冉子與之粟五～。"（冉子：人名。）

4 **秕** (粃)bǐ (粵) bei^{2} **不飽滿的穀粒**。《尚書・仲虺之誥》："若苗之有莠，若粟之有～。"(喻) **壞，不好**。《國語・晉語七》："公使祁午為軍尉，歿平公，軍無～政。"(又) **敗壞**。《後漢書・安帝紀贊》："安德不升，～我王度。"（度：法度。）

4 **秋** (秌)qiū (粵) cau^{1} ❶ **穀物成熟，收成**。《論衡・氣壽》："物先～後～，則亦如人死。"《尚書・盤庚上》："若農服田力穡（sè (粵) sik^{1}），乃亦有～。"（服田：從事耕作。穡：收割莊稼。）**雙音詞有"麥秋"**。❷ **秋季，秋天**。《管子・四時》："～聚收，冬閉藏。"(引) **三個月的時間，季節**。《管子・輕重乙》："夫歲有四～，而分有四時。"(又) **衰老，破敗**。庾信《竹杖賦》："並皆年華未暮，容貌先～。"蔣捷《高陽臺・送翠英》："飛鶯縱有風吹轉，奈舊家苑已成～。"❸ **陰陽五行中以"秋"為"金"，配五色之白色、四方之西方等**。李白《秋浦歌》之十五："不知明鏡裏，何處得～霜。"謝莊《懷園引》："回首瞻東路，延翮向～方。"**俗語有"金秋"**。❹ **年**。《韓非子・顯學》："今巫祝之祝人曰：'使若千～萬歲。'"李白《金陵歌送別范宣》詩："四十餘帝三百～。"**成語有"千秋萬代"**。(又) **時候，時期**。諸葛亮《出師表》："此誠危急存亡之～也。"❺ **飛舞，騰躍**。《漢書・禮樂志》："飛龍～，游上天。"［**秋秋**］**飛舞的樣子**。《荀子・解蔽》："鳳凰～～。"

4 **科** kē (粵) fo^{1} ❶ **品級，類別**。《論語・八佾》："射不主皮，為力不同～，古之道也。"《論衡・幸偶》："與此同～。"❷ **法律條文**。《三國志・蜀書・諸葛亮傳》："～教嚴明，賞罰必信。"（信：守信。）**成語有"金科玉律"**。［**科取**］**依法徵收**。《三國志・魏書・任峻傳》注引《魏武故事》："～取官牛。"(引) **依法判決**。《晉書・王濬傳》："大不敬，付廷尉～罪。"❸ **科舉制取士的名目。如"進士科"**。(又) **科舉考試**。《宋史・選舉志一》："（太宗）謂侍臣曰：朕欲博求俊彥于～場中。"（俊彥：人才。）❹ **顆粒**。賈思勰《齊民要術・種紅藍花梔子》："亦有鋤掊而掩種者，子～大而易料理。"❺ **量詞。棵**。賈思勰《齊民要術・種穀》："良田，率一尺留一～。"（率：大概，大約。）**這個意義後來寫作"棵"**。❻ **通"窠"。坑，坎**。《孟子・離婁下》："原泉混混，不舍晝夜，盈～而後進。"❼［**科頭**］**不戴冠盔，裸露髮髻**。《戰國策・韓策一》："虎摯之士，跿跔（tú jū (粵) tou^{4} keoi^{1}）～～，貫頤、奮戟者，至不可勝計也。"（跿跔：

赤腳。貫頤：兩手捧腮，不執兵器，表示蔑視敵人。）

5 **秦** qín (粵) ceon4 ❶ **周代諸侯國。戰國時為七雄之一。在今陝西中部和甘肅東部一帶。公元前221年統一中國，建立了秦朝**。《莊子・寓言》："老聃西遊於～。" ❷ **朝代名（公元前221-前206年）。第一代君主是嬴政（秦始皇）**。王昌齡《出塞》詩："～時明月漢時關，萬里長征人未還。" ❸ **地域名。指今陝西、甘肅一帶**。杜甫《奉送嚴公入朝十韻》："此生那老蜀，不死會歸～。"

5 **秣** mò (粵) mut6 ❶ **餵牲畜的飼料**。《周禮・天官・大宰》："以九式均節財用，……七曰芻～之式。" 杜甫《敬簡王明府》詩："驥病思偏～，鷹秋怕苦籠。"（驥：好馬。）❷ **餵養（牲畜）**。《漢書・貢禹傳》："～馬不過八匹。" ㊕ **餵飽戰馬**。《左傳・成公十六年》："～馬利兵，修陳固列。"（兵：兵器。陳：陣。固列：指加強隊列。）

5 **秫** shú (粵) seot6 ❶ **有黏性的穀米（俗稱黏黃米）或稻米（俗稱糯米）**。《禮記・內則》："菽麥蕡稻黍粱～唯所欲。" 蕭統《陶淵明傳》："公田悉令吏種～。" ❷ shù **通"鉥"。長針**。《戰國策・趙策二》："鯷冠～縫。"

5 **秬** jù (粵) geoi6 **黑色的黍**。《詩經・魯頌・閟宮》："有稷有黍，有稻有～。" 屈原《天問》："咸播～黍，莆雚（huán (粵) wun4）是營。"（雚：草名。）

5 **秠** pī (粵) pei1 **黑黍的一種。一殼二米**。《詩經・大雅・生民》："誕降嘉種，維秬維～。"

5 **秩** zhì (粵) dit6 ❶ **官吏的俸祿**。《荀子・王霸》："重其官～。"《後漢書・百官志二》："本四百石，宣帝增～。" (引) **官吏的品級第次**。《漢書・趙廣漢傳》："貶～一等。" ❷ **次序**。《漢書・谷永傳》："賤者咸得～進。"（咸：都。秩進：依次進用。）❸ **常規**。《詩經・小雅・賓之初筵》："是曰既醉，不知其～。" ❹ **十年為一秩**。白居易《思舊》詩："已開第七～。"

5 **秭** zǐ (粵) zi2 ❶ **禾二百把為一秭**。❷ **數量單位。十億為秭**。《詩經・周頌・豐年》："亦有高廩，萬億及～。"

6 **秸**（稭、鞂）jiē (粵) gaai1 **農作物收穫以後的莖稈**。《尚書・禹貢》："三百里納～服。"（服：指勞役。）《資治通鑒・梁武帝中大通三年》："穀～之稅，足濟軍資。"

6 **移** yí (粵) ji4 ❶ **遷移，轉移，移動**。《孟子・梁惠王上》："河內凶，則～其民於河東。" 鼂錯《言守邊備塞疏》："草盡水竭則～。"《論衡・談天》："故日月～焉。" ❷ **改變，變化**。《孟子・滕文公下》："富貴不能淫，貧賤不能～。"《禮記・樂記》："～風易俗，天下皆寧。" ❸ **傳遞文書**。《漢書・劉歆傳》："歆（xīn (粵) jam1）因～書太常博士。"（太常博士：官名。）❹ **一種官方文書**。《後漢書・光武帝紀》："于是置僚屬，作文～。"

【注意】移又分文移、武移兩種。文移是譴責性公文，唐代後成為官府平行機構間相互交涉的文書；武移是聲討性公文，跟檄文相似。

7 **稍** shāo (粵) saau2 ❶ **逐漸，慢慢地**。《左傳・昭公十年》："子尾多受邑，而～致諸君。"《史記・魏公子列傳》："其後秦～蠶食魏。" ❷ **稍微，略為（後起意義）**。方勺《泊宅編》："～不如意，則鞭笞酷虐。" ❸ **很，甚**。江淹《恨賦》："紫臺～遠，關山無極。"《舊唐書・王叔文傳》："而叔文頗任氣自許……順宗～敬之。" ❹ **小**。《周禮・天官・膳夫》："凡王之～事。" ❺ (粵) saau1 **通"梢"。樹枝的末端**。歐陽修《生查子・去年元夜時》："月上柳～頭，人約黃昏後。" ❻ **廩食**。

官府發放的糧食。《儀禮・聘禮》："赴者至，則衰而出，唯～受之。"［**稍食**］**官吏的月俸**。《周禮・天官・宮正》："均其～～。"

7 **稛** (**梱**)kǔn (粵) kwan^{2} **用繩索捆**。《國語・齊語》："諸侯之使垂櫜而入，～載而歸。"

7 **程** chéng (粵) cing^{4} ❶ **度量衡的總名**。《荀子・致士》："～者，物之準也。"（準：標準。）❷ **限額，定量**。《漢書・刑法志》："晝斷獄，夜理書，自～決事。"（自程決事：自己按定額處理事情。）❸ **法度，法規**。《韓非子・難一》："中 (zhòng (粵) zung^{3}) ～者賞，弗中～者誅。"（中：合乎。弗：不。）《呂氏春秋・慎行》："始而相與，久而相信，卒而相親，後世以為法～。"(又) **效法**。屈原《遠遊》："高陽邈以遠兮，余將焉所～？"（高陽：顓頊，音 zhuān xū (粵) zyun^{1} juk^{1}，五帝之一。邈：遠。）❹ **衡量，估量**。《漢書・東方朔傳》："武帝既招英俊，～其器能，用之如不及。"（器能：才能。）**成語有"計日程功"**。❺ **表現，顯示**。陸機《文賦》："辭～才以效伎，意司契而為匠。"(又) **施展**。《韓非子・五蠹》："民～於勇而吏不能勝也。"《後漢書・仲長統傳》："擁甲兵與我角才智，～勇力與我競雌雄。"（甲兵：指軍隊。角：較量。）❻ **路程（後起意義）**。白居易《同李十一醉憶元九》詩："忽憶故人天際去，計～今日到梁州。"

7 **稌** tú (粵) tou^{4} **稻子**。《詩經・周頌・豐年》："豐年多黍多～。"王安石《後元豐行》："水秧綿綿復多～。"

7 **稃** fū (粵) fu^{1} **穀皮**。《爾雅・釋草》："秠 (pī (粵) pei^{1})，一～二米。"（秠：一種黑黍，一實有二米。）(引) **草籽的殼**。賈思勰《齊民要術・種紫草》："九月中，子熟，刈 (yì (粵) ngaai^{6}) 之，候～燥載聚，打取子。"（刈：割。）

7 **稅** shuì (粵) seoi^{3} ❶ **田稅**。《穀梁傳・莊公二十八年》："古者～什一。"(泛) **稅收**。《鹽鐵論・非鞅》："收山澤之～。"(又) **交納或徵收賦稅**。《孟子・公孫丑上》："耕者助而不～。"《後漢書・左雄傳》："視民如寇仇，～之如豺虎。"❷ **贈送財物**。《禮記・檀弓上》："未仕者不敢～人。"❸ **租借，租用**。白行簡《李娃傳》："聞茲地有隙院，願～以居。"❹ **釋，放**。《左傳・成公九年》："鄭人所獻楚囚也，使～之。"《呂氏春秋・慎大》："乃～馬於華山，～牛於桃林。"［**稅駕**］**停下車駕**。曹植《洛神賦》："爾乃～～乎蘅皋。"❺ tuō (粵) tyut^{3} **通"脫"**。**脫掉**。《孟子・告子下》："不～冕而行。"

7 **稊** tí (粵) tai^{4} ❶ **一種類似稗子的草。籽實可食用**。《莊子・秋水》："不似～米之在大倉乎？"❷ **通"荑 (tí (粵) tai^{4})"**。**樹木新生的枝葉或嫩芽**。《周易・大過》："枯楊生～。"

7 **稂** láng (粵) long^{4} **一種危害莊稼的草**。《詩經・小雅・大田》："既堅既好，不～不莠 (yǒu (粵) jau^{5})。"《後漢書・王符傳》："夫養～莠者傷禾稼，惠姦軌者賊良民。"（姦軌：犯奸作亂。賊：害。）

8 **稑** (**穋**)lù (粵) luk^{6} ❶ **後種先熟的穀物**。《周禮・地官・司稼》："掌巡邦野之稼，而辨穜～之種。"❷ **成熟**。《繹史》卷九十六上："不亂民功，不逆天時，五穀～孰，民乃蕃滋。"

8 **稙** zhī (粵) zik^{1} **早種早熟的穀物**。《詩經・魯頌・閟宮》："黍稷重穋，～穉菽麥。"（穉：後種後熟的穀物。）賈思勰《齊民要術・種穀》："二月三月種者為～禾，四月五月種者為穉禾。"

8 **稚** (**穉**)zhì (粵) zi^{6} **幼，幼小**。《楚辭・大招》："～朱顏只。"（只：語氣詞。）陶潛《歸去來兮辭》："～子候門。"（幼兒在門口等候。）(又) **童子**。《孟子・

滕文公上》："使老～轉乎溝壑，惡在其為民父母也？" 引 **幼稚，不成熟**。《論衡·超奇》："生在今世，文章雖奇，論者猶謂～於前人。"

8 **稗** bài 粵 baai6 ❶ **稗子，稻田裏的一種雜草**。《潛夫論·述赦》："養稊（tí 粵 tai4）～者，傷禾稼。"（稊：類似稗的植物。）**這個意義又寫作"粺"**。❷ **微小的，瑣細的**。［稗官］**小官**。《漢書·藝文志》："小説家者流，蓋出於～～。"（流：這一類的。）**後來用作小説或小説家的代稱**。［稗史］**記述遺聞瑣事的書。如元代仇遠著《稗史》一卷。有別於正史，故稱稗史**。

8 **稔** rěn 粵 nam5 ❶ **莊稼成熟**。《國語·吳語》："吳王夫差既殺申胥，不～於歲。"《後漢書·明帝紀》："歲比登～。"（比：屢屢。）引 **指事物醞釀成熟**。《論衡·偶會》："夏殷之朝適窮，桀紂之惡適～。"陳琳《為曹洪與魏文帝書》："而來示乃以為彼之惡～。"（來示：來信。以為：認為。彼：他。）叉 **熟悉**。孫傳庭《報收發甘兵晉兵日期疏》："於兵之利鈍，用兵之得失，竊之頗～。"**雙音詞有"熟稔"**。❷ **平素，素常**。劉禹錫《唐故中書侍郎平章事韋公集紀》："～聞其德，尤所欽倚。"❸ **年，一年**。《左傳·僖公二年》："不可以五～。"

8 **稠** chóu 粵 cau4 **多而密**。《史記·魏其武安侯列傳》："～人廣眾，薦寵下輩。"《漢書·百官公卿表上》："縣大率方百里，其民～則減，稀則曠。"**成語有"地窄人稠"**。引 **濃厚。與"稀"相對**。賈思勰《齊民要術·種穀》："撓令洞洞如～粥。"（攪拌使它像濃粥一樣。洞洞：很濃的樣子。）

8 **稟** （禀）bǐng 粵 ban2 ❶ **受，承受**。《左傳·昭公二十六年》："先王所～於天地，以為其民也。"柳宗元《非國語下·戮僕》："僕，～命者也。"（僕：指駕車的人。）❷ **天生的性情**。陳琳《答東阿王箋》："此乃天然異～。"［稟性］［稟氣］**指天生的性情、氣質**。《後漢書·酈炎傳》："賢愚豈常類，～性在清濁。"陶潛《飲酒》詩："～氣寡所諧。"（生性和人很少合得來。）❸ **指下對上報告（後起意義）**。《新唐書·王虔休傳》："帥亡當～天子。"**又如"稟報"、"稟告"、"稟奏"**。❹ lǐn 粵 lam5 **通"廩"。糧倉**。《管子·輕重甲》："請使州有一～。"叉 **給予穀物**。《後漢書·仲長統傳》："天災流行，開倉庫以～貸。"（貸：借。）

9 **種** zhǒng 粵 zung2 ❶ **植物的種子**。《詩經·大雅·生民》："誕降嘉～，維秬維秠。"賈思勰《齊民要術·收種》："～雜者，禾則早晚不均。"引 **後代**。《戰國策·齊策六》："女無謀（媒）而嫁者，非吾～也。"❷ **種族**。《後漢書·東夷列傳》："夷有九～。"❸ **種類**。張衡《南都賦》："百～千名。"❹ zhòng 粵 zung3 **種植**。《戰國策·東周策》："今其民皆～麥。"

【注意】在古代，"种（chóng 粵 cung4）"和"種"是兩個字，意義各不相同。上述義項都不寫作"种"。

9 **稱** chēng 粵 cing1 ❶ chèng 粵 cing3 **稱量物體輕重的器具**。《淮南子·時則》："鈞衡石，角（jué 粵 gok3）斗～。"（角：指校正。）**這個意義後來寫作"秤"**。❷ 粵 cing3 **稱量**。《商君書·算地》："度而取長，～而取重。"❸ **舉起**。《詩經·豳風·七月》："～彼兕（sì 粵 ci5）觥（gōng 粵 gwang1）。"（兕觥：用犀牛角做的酒器。）叉 **推舉，舉用**。《左傳·襄公三年》："祁奚請老，晉侯問嗣焉，～解（xiè 粵 haai5）狐。"（解狐：人名。）［稱兵］**舉兵，興兵**。《左傳·襄公八年》："女（rǔ 粵 jyu5）何故～～於蔡？"（女：你。）❹ **稱頌，讚許**。《韓詩外傳》卷八：

"人之所以好富貴安榮，為人所～譽者，為身也。" [又] **說，稱說**。《世說新語・言語》："《易》～：'二人同心，其利斷金；同心之言，其臭如蘭。'" ❺ **稱作，號稱**。《史記・李斯列傳》："今秦王欲吞天下，～帝而治。" **成語有"稱王稱霸"**。[又] **稱呼，名稱**。《世說新語・排調》："此藥又名小草，何一物而有二～？" [引] **聲言，聲稱**。《三國志・魏書・武帝紀》："～疾歸鄉里。" ❻ chèn [粵] cing[3] **相稱，合適，配得上**。《荀子・富國》："德必～位，位必～祿，祿必～用。"《世說新語・賢媛》："若不～職，臣受其罪。" **成語有"稱心如意"**。[又] **隨，按照**。《韓非子・五蠹》："故罰薄不為慈，誅嚴不為戾，～俗而行也。"

9 **概** jì [粵] gei[3] **稠密（多用於農作物的密植）**。《史記・齊悼惠王世家》："深耕～種，立苗欲疏。"

10 **穀** gǔ [粵] guk[1] ❶ **莊稼和糧食的總稱**。《詩經・豳風・七月》："其始播百～。"【**辨**】穀，禾，粟，黍，稷。"穀"是莊稼和糧食的總稱。"禾"原指穀子，"粟"原指穀子顆粒（小米），後來"禾"字常用作莊稼的代稱，"粟"字常用作糧食的代稱。"黍"是黏黃米，也叫黍子。"稷"指穀子。❷ **俸祿**。《荀子・王霸》："～祿莫厚焉。"（俸祿再沒有比這多的了。）[又] **做官領俸祿**。《論語・憲問》："邦無道，～，恥也。" ❸ **養活**。《詩經・小雅・甫田》："以～我士女。" ❹ **活着**。《詩經・王風・大車》："～則異室，死則同穴。" ❺ **善，好**。《詩經・陳風・東門之枌》："～旦于差。"（選了好時光。穀旦：美好的早晨。于：動詞詞頭。差：選擇。）《周禮・春官・典瑞》："～圭以和難。" **[不穀] 不善，古代諸侯自稱的謙辭**。《左傳・僖公四年》："齊侯曰：'豈～～是為？'" ❻ **小孩**。《莊子・駢拇》："臧與～，二人相與牧羊。"（臧：奴僕。相與：指一起。）

10 **稽** jī [粵] kai[1] ❶ **考證，考核**。《荀子・正名》："無～之言。" ❷ **計較，爭辯**。《漢書・賈誼傳》："婦姑不相說，則反唇而相～。"（說：悅。）❸ **停留，拖延**。《管子・君臣上》："令出而不～。" ❹ **至，到**。《莊子・逍遙遊》："大浸～天而不溺。"（大浸：大水。）❺ **合，相合**。《韓非子・解老》："道者，萬物之所然也，萬理之所～也。" ❻ qǐ [粵] kai[2] **叩頭**。**[稽首] 古時的一種禮節。跪下，拱手至地，頭也至地**。《左傳・僖公五年》："士蔿（wěi [粵] wai[2]）～～而對曰：'臣聞之……'"（士蔿：人名。）

10 **稷** jì [粵] zik[1] ❶ **穀類，一說即穀子**。《詩經・王風・黍離》："彼黍離離，彼～之苗。" 陶潛《桃花源詩》："桑竹垂餘蔭，菽～隨時藝。"（蔭：陰影。菽：豆類。藝：種植。）❷ **古代掌農事的官**。《左傳・昭公二十九年》："～，田正也。" [又] **穀神**。《禮記・祭法》："其子曰農，能殖百穀……故祀以為～。" **[社稷] 見439頁"社"字**。❸ **[稷下] 古地名，在今山東臨淄北**。【**辨**】穀，禾，粟，黍，稷。**見本頁"穀"字**。

10 **稿** **（稾、藁）** gǎo [粵] gou[2] ❶ **禾稈，稻草**。《漢書・蕭何傳》："長安地陿，上林中多空地，棄，願令民得入田，毋收～為獸食。" ❷ **詩文的草稿**。《史記・屈原賈生列傳》："懷王使屈原造為憲令，屈平屬草～未定，上官大夫見而欲奪之。" ❸ **[稿本] 草藥名**。《淮南子・氾論》："夫亂人者，芎藭（xiōng qióng [粵] gung[1] kung[4]）之與～～也……此皆相似者。"（芎藭：香草名。）

10 **稼** jià [粵] gaa[3] ❶ **耕種，種田**。《詩經・魏風・伐檀》："不～不穡，胡取禾三百廛兮。"《荀子・解蔽》："好～者眾矣。" ❷ **莊稼**。《詩經・豳風・七月》："十月納禾～。" 沈括《夢溪筆談》卷二六：“一畝之～，則糞溉者先牙。”（同一畝地的莊稼，上過糞和澆過水的則先發芽。牙：芽。）[**稼穡 (sè 粵 sik^{1})**] ① **泛指農業生產**。《史記・貨殖列傳》：“好～～，殖五穀。” ② **莊稼**。《金史・食貨志》：“～～遲熟。”

10 **稺** zhì 粵 zi^{6} ❶ **幼稚**。《詩經・鄘風・載馳》：“眾～且狂。” ❷ **後種後熟的穀物**。《詩經・魯頌・閟宮》：“稙～菽麥。”

11 **穎** yǐng 粵 wing^{6} ❶ **穀穗**。應貞《晉武帝華林園集詩》：“嘉禾重～。” ❷ **東西末端的尖銳部分**。《史記・平原君虞卿列傳》：“使遂蚤得處囊中，乃～脫而出。”（遂：毛遂。蚤：早。）❸ **聰明**。《南史・謝靈運傳》：“靈運幼便～悟。”

11 **積** jī 粵 zik^{1} ❶ **堆積穀物**。《詩經・周頌・載芟》：“有實其～，萬億及秭。”（實：廣大。秭：數目，十億為秭。）曹操《步出夏門行・冬十月》：“錢鎛停置，農收～場。”（錢、鎛：兩種農具。）(引) **堆積，聚積**。《荀子・儒效》：“～土而為山，～水而為海。” ❷ **積蓄，積累**。《鹽鐵論・錯幣》：“故人主～其食，守其用，制其有餘，調其不足。”（制：控制。調：調劑。）❸ **多**。《漢書・食貨志下》：“夫縣法以誘民，使入陷阱，孰～於此？”（縣：懸，張設。）(又) **久**。《世說新語・文學》：“明公啟晨光於～晦，澄百流以一源。”

11 **穆** mù 粵 muk^{6} ❶ **和暢，美好**。《詩經・大雅・烝民》：“～如清風。” ❷ **恭敬**。屈原《九歌・東皇太一》：“吉日兮辰良，～將愉兮上皇。” ❸ [**穆穆**] **嚴肅的樣子**。《詩經・大雅・假樂》：“～～皇皇。”（皇皇：美好的樣子。）❹ **宗廟的次序之一**。**見271頁“昭”字**。❺ **通“睦”**。**和睦**。《後漢書・臧洪傳》：“袁曹方～，而洪為紹所用。”（袁、曹、紹：均為人名。）《三國志・魏書・荀彧傳》：“而與夏侯尚不～。”（夏侯尚：人名。）❻ 粵 mak^{6} **通“默”**。**沉默，寧靜**。荀悅《漢紀・高祖紀四》：“是以聖上～然惟文之卹，瞻前顧後。”

11 **穄** jì 粵 zai^{3} **稷子，一種穀物。也叫穈 (méi 粵 mei^{4}) 子**。《後漢書・烏桓傳》：“其土地宜～及東牆。”（東牆：黏黍子。）

11 **穌** sū 粵 sou^{1} **甦醒，死而復生**。劉義慶《幽明錄》：“石長和死，四日～。”（石長和：人名。）

12 **穜** tóng 粵 tung^{4} **先種而後熟的穀類**。《周禮・天官・內宰》：“生～稑 (lù 粵 luk^{6}) 之種，而獻之於王。”（稑：後種先熟的穀類。）

13 **穡** sè 粵 sik^{1} ❶ **收割莊稼**。《詩經・魏風・伐檀》：“不稼不～，胡取禾三百億兮。”（你不種不收，憑甚麼獲得三百捆莊稼。稼：種莊稼。）(又) **成熟該收穫的穀物**。《越絕書・外傳記・地傳》：“后稷產～。” (又) **收穫的穀物**。《詩經・小雅・信南山》：“曾孫之～，以為酒食。” ❷ **農事，耕作收穫**。《尚書・湯誓》：“舍我～事，而割正夏。”《左傳・襄公九年》：“力於農～。” ❸ **種植莊稼**。《詩經・大雅・生民》：“誕后稷之～，有相之道。” ❹ **通“嗇”**。**節省**。《左傳・昭公元年》：“大國省～而用之。”

13 **穢** huì 粵 wai^{3} ❶ **雜草多，荒蕪**。《荀子・富國》：“民貧則田瘠以～。”（瘠：指不肥沃。）❷ **邪惡的行為或雜亂的文辭**。《荀子・勸學》：“邪～在身，怨之所構。”（人有邪惡的行為，怨恨就會集中在他身上。構：集結。）劉勰《文心雕龍・鎔裁》：“芟繁剪～，弛於負擔。” (引) **淫亂**。《韓非子・亡徵》：“後妻淫亂，主母畜～。”（畜：蓄，藏。）❸ **污穢**。

班固《東都賦》："滌瑕蕩～。" [喻] **醜陋**。《晉書・衞玠傳》："珠玉在側，覺我形～。" ❹ **糞便**。《世説新語・文學》："何以將得位而夢棺器，將得財而夢矢～？"（矢：糞便。）

13 **穠** nóng [粵] nung^4 ❶ **花木繁盛的樣子**。高適《自淇涉黃河途中作》詩之十一："孟夏桑葉肥，～陰夾長津。" ❷ **豐滿，肥胖**。宋玉《神女賦》："～不短，纖不長。"葉適《祭周宗夷文》："質完而～，行方而臞（qú [粵] keoi^4）。"（臞：消瘦。）［**穠纖**］**指胖瘦**。岳珂《桯史》卷五："筆勢～～無少異，同列不之覺。" ❸ **豔麗，美麗**。李白《清平調》之二："一枝～艷露凝香，雲雨巫山枉斷腸。"元稹《山枇杷》詩："～姿秀色人皆愛，怨眉羞容我偏別。" ❹ **濃郁，深**。蘇軾《和劉孝叔會虎丘》詩二首之一："白簡威猶凜，青山興已～。"

14 **穫** huò [粵] wok^6 **收割莊稼**。《詩經・豳風・七月》："八月剝棗，十月～稻。"《漢書・食貨志上》："春耕，夏耘，秋～，冬臧（cáng [粵] cong^4）。"（臧：收藏。）【辨】**獲，穫。捕獲人或鳥獸寫作"獲"；獲得農產品寫作"穫"。有時候，農業收成也寫作"獲"，但捕獲不寫成"穫"。**

14 **穧** jì [粵] zai^3 **割了而未收起的穀物**。《詩經・小雅・大田》："彼有不獲穉，此有不斂～。"（不獲穉：沒有收割的嫩莊稼。）

15 **穬** kuàng [粵] kwong^3 **有芒的穀物**。[特] **指去了殼的大麥**。《文選・潘岳〈馬汧督誄〉》："內焚～火薰之，潛氐殲焉。"

15 **穮** biāo [粵] biu^1 **耘田鋤草**。《左傳・昭公元年》："譬如農夫，是～是蔉（gǔn [粵] gwan^2），雖有饑饉，必有豐年。"（蔉：給莊稼培土。）

17 **穰** ráng [粵] joeng^4 ❶ **莊稼的莖稈**。賈思勰《齊民要術・種穀》："燒黍～。" ❷ **莊稼豐收**。《韓非子・五蠹》："～歲之秋，疏客必食。"賈誼《論積貯疏》："世之有饑～，天之行也。"（行：指規律。）❸ **果類的肉（後起意義）**。杜甫《秋日夔府詠懷一百韻》："色好梨勝頰，～多栗過拳。" ❹ rǎng [粵] joeng^5 **人口眾多，興盛**。《漢書・張敞傳》："長安中浩～。"［**穰穰**］**眾多的樣子**。《詩經・周頌・執競》："降福～～。"《史記・滑稽列傳》："五穀蕃熟，～～滿家。"

穴部

0 **穴** xué [粵] jyut^6 ❶ **土室，巖洞**。《墨子・辭過》："古之民未知為宮室時，就陵阜而居，～而處。"（陵阜：山陵。）東方朔《七諫・謬諫》："願側身巖～而自托。" ❷ **動物的巢穴**。《韓非子・喻老》："千丈之堤以螻蟻之～潰。" **成語有"不入虎穴，焉得虎子"**。❸ **洞穴**。《孟子・滕文公下》："鑽～隙相窺，踰牆相從。" [又] **穿，穿洞**。《漢書・灌夫傳》："今日斬頭～匈。"（匈：胸。）柳宗元《天説》："蟲之生而物益壞，食齧（niè [粵] jit^6）之，攻～之。"（齧：咬。）❹ **墓穴**。《詩經・王風・大車》："穀則異室，死則同～。"（穀：生。）❺ **人體穴位**。《素問・氣府論》："足太陽脈氣所發者，七十八～。"

2 **究** jiū [粵] gau^3 ❶ **到底，終極**。《韓非子・難一》："有擅主之臣，則君令不下～。"（擅主：獨斷專行。不下究：不能貫徹到底。）[又] **終究**。《詩經・小雅・鴻雁》："雖則劬勞，其～安宅。"（劬勞：辛苦，勞累。）❷ **研究，探求**。《世説新語・文學》："初，注《莊子》者數十家，莫能～其旨要。" [引] **明白，清楚**。《後漢書・應劭傳》:“鄒靖居近邊塞，~其態詐。”

3 **空** kōng (粵) hung1 ❶ **空，甚麼都沒有。**《詩經・小雅・大東》:“小東大東，杼柚其~。”(東方小國和大國，織布機上空蕩蕩。)《管子・五輔》:“倉廩實而囹圄~。”(囹圄：牢獄。)(引) **深，大。**《詩經・小雅・白駒》:“在彼~谷。”❷ **空洞，不實際。**《史記・老子韓非列傳》:“皆~語無事實。”(引) **徒然，白白地，只是。**《漢書・匈奴傳》:“兵不~出。”李白《醉後贈從甥高鎮》詩：“丈夫何事~嘯傲。”(嘯傲：傲然長嘯。)李頎《古從軍行》:“年年戰骨埋荒外，~見蒲萄入漢家。”❸ **天空，空中。**《列子・黃帝》:“乘~如履實。”沈括《夢溪筆談》卷三：“若鳶(yuān (粵) jyun1) 飛~中。”(鳶：老鷹。)❹ **佛教用語。佛教認為世界一切皆空。因此佛教又稱“空門”。如“遁入空門”。**❺ kǒng (粵) hung2 **通“孔”。洞，通道。**《史記・五帝本紀》:“舜穿井為匿~旁出。”(舜把井壁穿一暗孔通到別的井而出來。)《漢書・張騫傳》:“騫鑿~，諸後使往者皆稱博望侯。”(鑿：開闢。)❻ kòng (粵) hung3 **貧窮。**《詩經・小雅・節南山》:“不宜~我師。”(師：眾，眾人。)❼ kòng (粵) hung3 **間隙，空子。**《三國志・吳書・周魴傳》:“看伺~隙，欲復為亂。”

3 **穸** xī (粵) zik6 [**窀** (zhūn (粵) zeon1) **穸**] **見453頁“窀”字。**

3 **穹** qióng (粵) kung4 ❶ **物體中間隆起的樣子。**[**穹廬**] **北方遊牧民族用的氈帳。**北朝民歌《敕勒歌》:“天似~~，籠蓋四野。”(引) **指天。**李中《下蔡春偶作》詩：“采蘭扇枕何時遂，洗慮焚香叩上~。”[**蒼穹**] **指天。**岑參《與高適薛據登慈恩寺浮圖》詩：“七層摩~~。”❷ **大，高。**張衡《思玄賦》:“寒風淒其永至兮，拂~岫之騷騷。”《漢書・司馬相如傳上》:“觸~石，激堆埼。”❸ **深。**班固《西都賦》:“其陽則崇山隱天，幽林~谷。”(陽：南面。)❹ **盡，終。**《詩經・豳風・七月》:“~窒熏鼠，塞向墐戶。”

4 **突** tū (粵) dat6 ❶ [**突如**] [**突而**] **突然。**《周易・離》:“~如其來如。”(如：語氣詞。)《詩經・齊風・甫田》:“未幾見兮，~而弁兮。”❷ **急速地向前或向外衝。**《三國志・魏書・武帝紀》:“馳~火出。”(騎馬急速衝出火陣。)**雙音詞有“突圍”。**(引) **觸，碰。**《三國志・吳書・吳主傳》:“知有科禁，公敢干~。”(科禁：指法律條文所禁止的。公：公然。干：犯。)《後漢書・寇榮傳》:“是以不敢觸~天威。”❸ **穿掘。**《左傳・襄公二十五年》:“宵~陳城，遂入之。”❹ **高地，山峯。**《呂氏春秋・任地》:“子能以窐為~乎？”(又) **鼓起，凸出來。**徐弘祖《徐霞客遊記・滇遊日記九》:“東北一峯東~。”❺ **煙囪。**《韓非子・喻老》:“百尺之室，以~隙之烟焚。”(很大的房子，被煙囪縫裏冒出的火燒毀。)❻ [**突兀**] [**突杌**] **高聳的樣子。**杜甫《茅屋為秋風所破歌》:“何時眼前~兀見此屋。”木華《海賦》:“魚則橫海之鯨，~杌孤游。”

4 **穿** chuān (粵) cyun1 ❶ **穿透，穿破。**《詩經・召南・行露》:“誰謂雀無角？何以~我屋！”《三國志・蜀書・諸葛亮傳》:“強弩之末，勢不能~魯縞。”(魯縞：魯地生產的薄綢子。)(又) **挖掘，鑿通。**《呂氏春秋・察傳》:“及其家~井。”《漢書・溝洫志》:“皆~渠為溉田。”(溉：灌溉。)❷ **穿過孔洞。**《論衡・狀留》:“針錐所~，無不暢達。”(引) **通過。**徐弘祖《徐霞客遊記・滇遊日記》:“為東江~峽之所。”(東江：水名。)❸ **洞，孔。**《宋書・劉秀之傳》:“廳事柱有一~，穆之謂子弟及秀之曰：‘汝等試以栗遙擲此柱，若能入～，後必得此郡。'" (特) **墓穴**。《漢書·外戚傳下》："時有群燕數千，銜土投丁姬～中。" ❹ **貫串，貫通**。劉勰《文心雕龍·雜文》："欲～明珠，多貫魚目。" 白居易《與元九書》："貫～今古。" ❺ **穿戴衣帽鞋襪（後起意義）**。《世說新語·雅量》："幘墮几上，以頭就～取。"

4 **窀** zhūn (粵) zeon^{1} ［**窀穸**（xī (粵) zik^{6}）］**埋葬**。《左傳·襄公十三年》："唯是春秋～～之事，所以從先君於禰廟者，請為靈若厲，大夫擇焉。" (引) **墓穴**。《後漢書·趙諮傳》："玩好窮于糞土，伎巧費于～～。"

5 **窅** yǎo (粵) jiu^{2} ❶ **下陷**。《靈樞經》卷九："按其腹，～而不起。" ❷ **深，深遠**。張九齡《奉和聖製途經華山》："靈居雖～密，睿覽忽玄同。" 謝朓《敬亭山》詩："緣源殊未極，歸徑～如迷。" ❸ ［**窅然**］① **深遠的樣子**。李白《山中問答》詩："桃花流水～～去，別有天地非人間。" ② **深奧的樣子**。《莊子·知北遊》："夫道～～難言哉！" ③ **悵惘的樣子**。《莊子·逍遙遊》："～～喪其天下焉。"

5 **窊** wā (粵) waa^{1} **低窪地**。左思《吳都賦》："原隰殊品，～隆異等。" (引) **低下**。《文子·自然》："江海無為以成其大，～下以成其廣。"

5 **窆** biǎn (粵) bin^{2} **落葬，將棺木下入墓穴**。《周禮·地官·鄉師》："及～，執斧以莅（lì (粵) lei^{6}）匠師。"（莅：臨，到。）《後漢書·范式傳》："既至壙，將～，而柩不肯進。" (泛) **埋葬**。蕭頤《加恩京師二縣詔》："～枯掩骼（gé (粵) gaak^{3}）。"（枯：指枯骨。）(又) **指墓穴**。陸龜蒙《次幽獨君韻》："如何孤～裏，猶自讀《三墳》？"（三墳：傳說中古書名。）

5 **窌** jiào (粵) gaau^{3} **地窖**。《呂氏春秋·季春》："命有司，發倉～，賜貧窮。"

5 **窈** yǎo (粵) jiu^{2}/miu^{5} **幽深，深遠**。王安石《遊褒禪山記》："有穴～然。" ［**窈窕**］① **文靜而漂亮**。《詩經·周南·關雎》："～～淑女。" ② **幽深，深遠**。李白《遊泰山詩》之三："黃河從西來，～～入遠山。" ［**窈窈**］**形容精深微妙**。《莊子·在宥》："至道之精，～～冥冥。"

6 **窒** zhì (粵) zat^{6} **阻塞，不通**。《詩經·豳風·七月》："穹～熏鼠。" (引) **抑止**。《周易·損》："君子以懲忿～欲。"

6 **窕** tiǎo (粵) tiu^{5} ❶ **寬綽而有空隙，不充實**。《荀子·賦》："充盈大宇而不～。"（大宇：太空。）(引) **虛浮，不實**。《韓非子·難二》："君子不聽～言。" ❷ (粵) tiu^{1} **通"挑"。挑逗，引誘**。枚乘《七發》："目～心與。"（心與：心中暗暗相許。）❸ tiāo (粵) tiu^{1} **通"佻"。輕佻，輕浮**。《左傳·成公十六年》："楚師輕～，固壘而待之，三日必退。"（師：軍隊。）❹ yáo (粵) jiu^{4} **妖豔**。《荀子·禮論》："故其立文飾也，不至於～冶（yě (粵) je^{5}）。"（文飾：指修飾。冶：過分地打扮。）❺ ［**窈窕**］**見本頁"窈"字**。

6 **窔** yào (粵) jiu^{3} ❶ **屋子的東南角**。《荀子·非十二子》："奧～之間。"（奧：屋子的西南角。）❷ **幽深**。揚雄《甘泉賦》："雷鬱律於巖～兮。"（鬱律：聲音不洪亮。）

7 **窘** jiǒng (粵) kwan^{3} ❶ **生活或處境困迫，沒有辦法**。《詩經·小雅·正月》："終其永懷，又～陰雨。" 賈思勰《齊民要術序》："窮～之來，所由有漸。" **雙音詞有"窘促"、"窘迫"**。❷ **急迫**。屈原《離騷》："何桀紂之猖披兮，夫唯捷徑以～步。"

8 **窠** kē (粵) fo^{1} ❶ **巢穴**。左思《蜀都賦》："穴宅奇獸，～宿異禽。" 白居易《問鶴》詩："烏鳶（yuān (粵) jyun^{1}）爭食雀爭～。"（烏：烏鴉。鳶：老鷹。）(引) **坑，穴**。

岑參《送李卿賦得孤島石》詩：“綠～攢剝蘚，尖頂坐鸕鷀。”（蘚：苔蘚。）(喻) **人們聚會或安居的處所**。辛棄疾《鷓鴣天・三山道中》：“拋卻山中詩酒～。”**雙音詞有“窠臼”**。❷ **篆印的界格**。李賀《沙路曲》：“金～篆字紅屈盤。”❸ 粵 fo2 **通“棵”。量詞，植物一株**。李煜《長相思》詞：“簾外芭蕉三兩～。”

8 **窣** sū 粵 seot1 ❶ **縱躍，縱身跳**。《孔氏談苑・皇甫僎深刻》：“如閉目～身入水。”❷ **突然**。李隆基《初入秦川路逢寒食》詩：“灞岸垂楊～地新。”❸ **拂，甩動**。李從善《薔薇》詩：“新條～草垂。”❹ **細碎的聲音**。李賀《南園十三首》之二：“黃桑飲露～宮簾。”**雙音詞有“窸（xī 粵 sik1）窣”**。

8 **窟** kū 粵 fat1 **洞穴**。《戰國策・齊策四》：“狡兔有三～，僅得免其死耳。”（狡兔：狡猾的兔子。）**又寫作“堀”**。(引) **水窪**。陳琳《飲馬長城窟行》：“飲馬長城～，水寒傷馬骨。”(又) **人或物的匯集處**。郭璞《遊仙詩》之一：“京華遊俠～，山林隱遯棲。”

9 **窬** yú 粵 jyu4 ❶ **門旁的小門洞**。《禮記・儒行》：“篳門圭～，蓬戶甕牖。”❷ **洞，窟窿**。《論語・陽貨》：“其猶穿～之盜也與。”❸ **中空**。《淮南子・氾論》：“乃為～木方板，以為舟航。”❹ 粵 jyu4/jyu6 **通“覦”。覬覦**。王儉《褚淵碑文》：“桂陽失圖，窺～神器。”（桂陽：指桂陽王劉休範。）

10 **窮** qióng 粵 kung4 ❶ **終極，完結**。《呂氏春秋・下賢》：“與物變化，而無所終～。”(引) **窮究，追究到底**。《後漢書・濟南安王康傳》：“不忍～竟其事。”❷ **阻塞不通。與“通”相對**。《莊子・列禦寇》：“夫處～閭（lǘ 粵 leoi4）阨（ài 粵 ai3）巷。”（住在狹窄的小胡同裏。）**成語有“日暮途窮”**。(引) **走投無路**。《呂氏春秋・慎人》：“孔子～於陳蔡之間，七日不嘗食。”《顏氏家訓・省事》：“然而～鳥入懷，仁人所憫。”**熟語有“追窮寇”**。❸ **止息**。《禮記・儒行》：“儒有博學而不～，篤行而不倦。”(引) **詞窮，無言以對**。《孟子・公孫丑上》：“遁辭，知其所～。”**成語有“理屈詞窮”**。❹ **不得志，不顯貴。與“達”相對**。《孟子・盡心上》：“故士～不失義，達不離道。”❺ **貧苦，生活困難**。《戰國策・齊策四》：“振困～，補不足。”（振：救濟。）❻ **荒遠，偏僻**。《戰國策・趙策二》：“～鄉多異，曲學多辨。”**成語有“窮鄉僻壤”**。**【辨】貧，窮**。在古代，缺乏衣食錢財一般叫“貧”。不得志，沒有出路叫“窮”。“困”、“窮”連用時，包含有“貧窮”的意思。

10 **窳** yǔ 粵 jyu5 ❶ **粗劣**。《韓非子・難一》：“陶器不～。”❷ **懶惰**。《商君書・墾令》：“農無得糶（tiào 粵 tiu3），則～惰之農勉疾。”（無得：不得。糶：賣糧食。勉疾：勤奮，指努力耕作。）

11 **窶** jù 粵 geoi6 **貧寒**。《詩經・邶風・北門》：“終～且貧，莫知我艱。”《後漢書・桓榮傳》：“貧～無資。”

11 **窺** kuī 粵 kwai1 ❶ **從小孔或縫隙裏看**。《禮記・少儀》：“不～密，不旁狎，不道舊故，不戲色。”《孟子・滕文公下》：“不待父母之命，媒妁之言，鑽穴隙相～，踰牆相從，則父母國人皆賤之。”**成語有“管中窺豹”**。(引) **觀察，偵探**。《荀子・議兵》：“～敵觀變，欲潛以深。”（潛以深：指行動機密。）(又) **探索**。《禮記・中庸》：“非道同志一，莫～其奧。”❷ kuǐ 粵 kwai2 **通“跬”。現在的兩步古代稱“步”，現在的一步古代稱“跬”**。《漢書・息夫躬傳》：“京師雖有武蜂精兵，未有能～左足而先應者也。”（武蜂：軍隊名號。窺左足：左腳邁出一步。應：響應。）**【注意】“闚”與“窺”在窺視、偷看的意義**

上同音同義，今“闚”寫作“窺”，但“窺❷”不寫作“闚”。

11 **窸** xī ㊥ sik1［**窸窣**（sū ㊥ seot1）］**象聲詞**。杜甫《自京赴奉先縣詠懷五百字》：“河梁幸未坼，枝撐聲～～。”

12 **窾** kuǎn ㊥ fun2 **空**。《莊子・養生主》：“批大郤，導大～。”《淮南子・說山》：“見～木浮而知為舟。”（人們看到了中空的樹木浮在水上，就知道了造船。）(又) **挖空，掏空**。《漢書・楊王孫傳》：“～木為匵（dú ㊥ duk6）。”（匵：小棺材。）

12 **竁** cuì ㊥ ceoi3 ❶ **掘地為墓穴**。《周禮・春官・小宗伯》：“卜葬兆甫～，亦如之。”（甫：開始。）(泛) **掘(地)**。徐弘祖《徐霞客遊記・滇遊日記十》：“～地丈許。”❷ **墓穴**。《周禮・夏官・量人》：“掌喪祭奠～之俎實。”（俎：盛祭品的禮器。）(引) **窟，洞穴**。顏延年《宋郊祀歌》之一：“月～來賓。”（月竁：指月亮，傳說月亮上有兔窟。賓：指歸服。）

13 **竄** cuàn ㊥ cyun3 ❶ **躲藏**。賈誼《弔屈原賦》：“鸞鳳伏～兮，鴟梟（chī xiāo ㊥ ci1 hiu1）翱翔。”（鸞鳳：傳說中鳳凰一類的靈鳥。鴟梟：貓頭鷹一類的兇惡的鳥。）李白《猛虎行》：“～身南國避胡塵。”（南國：中國南部。胡塵：指安史之亂。）**成語有“抱頭鼠竄”**。(引) **奔逃**。《世說新語・德行》：“王僕射在江州，為殷、桓所逐，奔～豫章。”❷ **放逐，貶官**。《尚書・舜典》：“～三苗于三危。”（三苗：古部族名。三危：山名。）孫樵《書何易于》：“明府公免～海裔（yì ㊥ jeoi6）耶？”（明府公：對縣令的尊稱。海裔：海邊，這裏泛指邊遠的地方。）❸ **刪改**。《三國志・魏書・武帝紀》：“公又與遂書，多所點～。”（遂：韓遂。點：塗抹。）

13 **竅** qiào ㊥ hiu3 ❶ **孔，洞**。《莊子・齊物論》：“其名為風，是唯無作，作則萬～怒呺。”(引) **人的口鼻眼耳等器官的孔**。《莊子・應帝王》：“人皆有七～。”❷ **鑿洞，打孔**。沈既濟《枕中記》：“其枕青瓷，而～其兩端。”

15 **竇** dòu ㊥ dau6 ❶ **孔穴，洞**。《左傳・哀公元年》：“後緡方娠（shēn ㊥ san1/zan3），逃出自～。”（緡：人名。娠：懷孕。）(又) **水道**。《韓非子・五蠹》：“澤居苦水者，買庸而決～。”（住在低窪處飽受水澇之災的人，要僱人挖水道。庸：傭。）(又) **地窖**。《呂氏春秋・仲秋》：“是月也，可以築城郭，建都邑，穿～窌（jiào ㊥ gaau3）。”（竇窌：地窖。）(又) **側門，小門**。《左傳・襄公十七年》：“闔門塞～，乃自後踰。”❷ **穿通，決開**。《國語・周語下》：“不防川，不～澤。”（澤：水聚集的地方。）

18 **竊** qiè ㊥ sit3 ❶ **偷盜**。《荀子・正論》：“～其豬彘（zhì ㊥ zi6）。”（彘：豬。）(又) **盜賊**。《莊子・天道》：“邊竟有人焉，其名為～。”(引) **抄襲，剽竊**。王逸《〈楚辭章句〉序》：“取其要妙，～其華藻。”❷ **不應當而獲取，非分佔有**。《世說新語・言語》：“雖有～秦之爵，千駟之富，不足貴也。”❸ **男女私通**。劉勰《文心雕龍・程器》：“相如～妻而受金。”❹ **副詞**。**偷偷地，暗中**。《韓非子・內儲說上》：“麗水之中生金，人多～采金。”《史記・孫子吳起列傳》：“～載與之齊。”（偷偷地用車子載他，和他一起到齊國去。）❺ **謙辭**。**私自，私下**。《戰國策・趙策四》：“老臣～以為媼（ǎo ㊥ ou2/ngou2）之愛燕后，賢於長安君。”（媼：對年老婦女的尊稱。這裏指趙太后。賢於：超過。）

立部

0 **立** lì ㊥ laap6/lap6 ❶ **站立**。《莊子・養生主》：“提刀而～。”(引) **豎立**。

《荀子・君道》:"猶～枉木而求其景之直也。"(猶:如同。枉:彎曲。景:影。) ❷ **設立，建立**。《論語・學而》:"君子務本，本～而道生。"《商君書・更法》:"各當時而～法。"(當時:針對當時的形勢。) (引) **存在，生存**。《荀子・富國》:"百里之國足以獨～矣。" ❸ **登上帝王或諸侯的位置**。《左傳・隱公元年》:"愛共叔段，欲～之。"《史記・秦本紀》:"莊襄王卒，子政～，是為秦始皇帝。" (又) **登上某一地位**。《漢書・高帝紀上》:"高祖乃～為沛公。" ❹ **副詞。立刻，馬上**。《史記・項羽本紀》:"～誅殺曹無傷。"(曹無傷:人名。)

4 **竑** hóng (粵) wang^{4} **量度**。《周禮・考工記・輪人》:"故～其輻廣，以為之弱，則雖有重任，轂不折。"

5 **竘** qǔ (粵) geoi^{2} **高壯的樣子**。《淮南子・人間》:"(匠人) 受令而為室，其始成，～然善也。"

7 **竦** sǒng (粵) sung^{2} ❶ **直立，竦立**。張衡《思玄賦》:"～余身而順止兮，遵繩墨而不跌。" (引) **企立，伸長脖子、提起腳跟站着**。曹植《求自試表》:"夫臨博而企～。"《漢書・韓信傳》:"～而望歸。" ❷ **執持**。屈原《九歌・少司命》:"～長劍兮擁幼艾。"鮑照《詠史》:"遊客～輕轡。" ❸ **高起，高聳**。《抱朴子・窮達》:"嵩、岱不托地，則不能～峻極。" **這個意義後來寫作"聳"**。❹ **肅敬，恭敬**。《漢書・禮樂志》:"聽者無不虛己～神。"《後漢書・黃憲傳》:"淑～然異之。"(淑:人名。異之:認為他很不一般。) ❺ **通"悚"。驚懼，恐懼**。《詩經・商頌・長發》:"不震不動，不戁不～。"《韓非子・初見秦》:"棄甲負弩，戰～而卻。"(卻:退卻。) (又) **震驚，震動**。《後漢書・南匈奴傳》:"～動左右。"《漢書・李廣傳》:"怒形則千里～。"

7 **童** tóng (粵) tung^{4} ❶ **男奴僕**。《漢書・貨殖列傳》:"富至～八百人。" **這個意義又寫作"僮"**。❷ **兒童，少年**。《史記・秦始皇本紀》:"於是遣徐市 (fú (粵) fat^{1}) 發～男女數千人。"(徐市:人名。) 杜牧《清明》詩:"牧～遙指杏花村。" (引) **未長成的，幼小的**。《詩經・大雅・抑》:"彼～而角。"《周易・大畜》:"～牛之牿。" ❸ **幼稚無知，愚昧無知**。《國語・晉語四》:"～昏不可使謀。"賈誼《新書・道術》:"反慧為～。" ❹ **山無草木**。《荀子・王制》:"故山林不～而百姓有餘材也。" (引) **牛羊無角**。《詩經・小雅・賓之初筵》:"由醉之言，俾出～羖。" (引) **人無頭髮**。韓愈《進學解》:"頭～齒豁。" (又) **把樹砍光**。蘇軾《東坡志林・梁工說》:"～東山之木，汲西江之水。" ❺ **通"瞳"。瞳仁**。《漢書・項籍傳》:"舜蓋重～子，項羽又重～子。"

7 **竣** jùn (粵) zeon^{3} **退，返回**。《管子・小匡》:"有司已於事而～。"(有司:指官吏。) (引) **完畢**。《清波雜志》卷六:"往賀虜酋生辰，～事而旋。" **雙音詞有"竣工"**。

8 **竫** jìng (粵) zing^{6} ❶ **安靜**。《呂氏春秋・貴因》:"～立安坐而至者，因其械也。" ❷ **[竫言] 作言造語，聳人聽聞**。《公羊傳・文公十二年》:"惟諓諓善～～。"

9 **竭** jié (粵) kit^{3} ❶ **乾涸**。《左傳・成公五年》:"故山崩川～，君為之不舉。"曹操《步出夏門行・河朔寒》:"水～不流，冰堅可蹈。"(蹈:踩。) ❷ **完，盡**。《莊子・天下》:"一尺之捶 (chuí (粵) ceoi^{4})，日取其半，萬世不～。"(捶:同"棰"。短木棍。) **成語有"竭盡全力"**。

9 **端** duān (粵) dyun^{1} ❶ **事物的一頭或一方**。《孫子兵法・勢》:"循環之無～，孰能窮之?"(孰:誰。窮:找到盡頭。) (引) **開頭**。《荀子・君道》:"法者，治之～也。" (又) **頭緒，方面**。《三國志・

魏書・郭嘉傳》:"多～寡要,好謀無決。"(頭緒多可是缺少要領,喜歡謀劃、想主意可是沒有決斷。)《論語・為政》:"攻乎異～。斯害也已。"(引) **端由**。陸機《君子行》:"禍集非無～。" ❷ **端正**。《墨子・非儒下》:"席不～,弗坐。"《荀子・成相》:"水至平,～不傾。"(引) **正直**。賈誼《治安策》:"於是皆選天下之～士孝悌博聞、有道術者以衛翼之,使與太子居處出入。"(衛翼:保衛輔助。)[**端門**] **宮殿或都城的南正門**。《史記・呂太后本紀》:"代王即夕入未央宮,有謁者十人持戟衛～～。" ❸ **仔細,詳審**。司空圖《障車文》:"且子細思量,內外～相,事事相稱,頭頭相當。" ❹ **量詞。布帛的長度單位,倍丈為端,一說六丈為一端**。《鹽鐵論・力耕》:"一～之縵 (màn (粵) maan6)。"(縵:沒有花紋的帛。)《世説新語・雅量》:"南郡太守劉肇,遺筒中箋布五～。" ❺ **副詞。恰巧,正好**。《漢書・外戚傳・孝成許皇后》:"妾薄命,～遇竟寧前。"(竟寧:漢元帝年號。) ❻ **副詞。終究,真正 (後起意義)**。鮑照《行藥至城東橋》詩:"容華坐銷歇,～為誰苦辛?"蔡伸《滿庭芳・鸚鵡洲邊》:"～不負生平。"(負:辜負。生平:平生。)

15 **競** jìng (粵) ging6 ❶ **爭逐,比賽**。屈原《離騷》:"眾皆～進以貪婪兮,憑不厭乎求索。"(憑不厭乎求索:憑,滿。已經得到了許多利益,卻還不滿足,還在貪婪地求索。)《商君書・錯法》:"功賞明,則民～於功。" ❷ **強勁**。《左傳・襄公十八年》:"南風不～。"

竹部

0 **竹** zhú (粵) zuk1 ❶ **竹子**。《世説新語・任誕》:"七人常集於～林之下。"(特) **竹簡。古代用來寫字的竹片**。《鹽鐵論・利議》:"明枯～,守空言。"[**竹帛**] **書籍**。《史記・文帝本紀》:"請著之～～,宣布天下。" ❷ **八音之一。簫笛之類的樂器**。**見714頁"音"字**。

2 **竺** zhú (粵) zuk1 ❶ [**天竺**] **印度的古稱**。玄奘《大唐西域記》卷二:"詳夫～～之稱,異議糾紛,舊云身毒,或曰賢豆,今從正音,宜云印度。" ❷ dǔ (粵) duk1 **通"篤"。厚**。屈原《天問》:"稷維元子,帝何～之。"

3 **竿** yú (粵) jyu4 **一種像笙的樂器**。《韓非子・解老》:"～也者,五聲之長者也。"**成語有"濫竽充數"**。

4 **笄** jī (粵) gai1 **古代盤頭髮或別住帽子用的簪子**。《列子・周穆王》:"施芳澤,正娥眉,設～珥 (ěr (粵) ji5)。"(珥:用玉石做的耳環。)(引) **女子可以插笄的年齡,即成年**。《國語・鄭語》:"既～而孕。"

4 **笫** zǐ (粵) zi2 **竹編的牀墊**。《左傳・襄公二十七年》:"牀～之言不踰閾 (yù (粵) wik6)。"(閾:門檻。)

4 **笏** hù (粵) fat1 **古代朝見時大臣所執的手板,用以記事**。《禮記・玉藻》:"凡有指畫於君前,用～。"柳宗元《答韋中立論師道書》:"薦～言於卿士。"(薦:插。)

4 **笈** jí (粵) kap1 **書箱**。《晉書・王裒傳》:"負～遊學。"(背着書箱到遠處去求學。)(引) **以笈放置;攜帶**。柳宗元《送辛殆庶下第遊南鄭序》:"遂～典墳,袖文章,北來王都。"

5 **笴** gǎn (粵) gon2 **箭桿**。《周禮・考工記・矢人》:"參分其長而殺其一,五分其長而羽其一,以其～厚,為之羽深。"

5 **笪** dá (粵) daat3 ❶ **粗竹蓆。用於覆蓋房頂等**。《南史・徐嗣伯傳》:"聞～屋中有呻吟聲。" ❷ **拉船用的竹索**。《齊東野語・舟人稱謂有據》："百丈者，牽船篾，內地謂之～。" ❸ **擊，鞭撻**。古詩《婦病行》："有過慎莫～笞（chī 粵 ci1）。"（笞：用竹板或荊條打。）**這個意義又讀** dàn。

5 **笙** shēng 粵 sang1 ❶ **具有多根簧管的一種樂器**。《詩經・小雅・鹿鳴》："我有嘉賓，鼓瑟吹～。" ❷ **竹蓆**。左思《吳都賦》："桃～象簟。"

5 **笮** zé 粵 zaak3 ❶ **古代建築的構件，用竹編成，鋪在瓦下椽上**。❷ **壓**。《論衡・幸偶》："螻蟻行於地，人舉足而涉之，足所履，螻蟻～死。" (引) **逼迫**。應劭《風俗通・皇霸・六國》："燕外迫蠻貊，內～齊晉，崎嶇強國之間，最為弱小。" ❸ **窄，狹窄**。《宋書・樂志三》："披荊棘，求阡陌，側足獨窘步，路局～。" ❹ zuó 粵 zok6 **竹索**。謝靈運《折楊柳行》："負～引文舟，飢渴常不飽。" ❺ zuó 粵 zok6 **通"鑿"**。馬融《長笛賦》："丸挺彫琢、刻鏤鑽～，窮妙極巧，曠以日月，然後成器。" ❻ zuó 粵 zok6 **我國古代西南部族**。❼ zhà 粵 zaa3 **榨酒器**。錢大昕《恆言錄》："吳人謂壓酒具為～牀，讀如詐偽之詐。" (又) **壓物使出汁**。《後漢書・耿恭傳》："吏士渴乏，～馬糞汁而飲之。"

5 **符** fú 粵 fu4 ❶ **古代朝廷傳達命令或徵調兵將用的憑證，雙方各執一半，以驗真假**。《史記・魏公子列傳》："如姬果盜晉鄙兵～與公子。"（如姬、晉鄙：人名。與：給予。）(又) **出入關口的憑證**。《後漢書・郭丹傳》："後從師長安，買～入函谷關。" (引) **符合**。《韓非子・用人》："發矢中的，賞罰當～。"沈括《夢溪筆談》卷七："與天行相～。"（天行：指天體的運行。）❷ **符籙。方士畫的所謂能驅使鬼神、消災求福的圖形或線條**。《後漢書・劉焉傳》："造作～書，以惑百姓。" ❸ **符命。古指表明君主"受命於天"的祥瑞徵兆**。董仲舒《舉賢良對策一》："此蓋受命之～也。"《史記・張丞相列傳》："魯人公孫臣上書，言漢土德時，其～有黃龍當見。"

5 **笱** gǒu 粵 gau2 **竹製的捕魚器具**。《詩經・邶風・谷風》："毋逝我梁，毋發我～。"《莊子・胠篋》："鉤餌網罟罾～之知多，則魚亂於水矣。"

5 **笠** lì 粵 lap1 **用竹篾編成的帽子**。《詩經・小雅・無羊》："何蓑何～，或負其餱。"（何：負荷。餱：乾糧。）

5 **笥** sì 粵 zi6 **一種盛（chéng 粵 sing4）裝飯食或衣物的竹器**。《漢書・貢禹傳》："輸物不過十～。"

5 **第** dì 粵 dai6 ❶ **次第，次序**。《左傳・哀公十六年》："楚國～，我死，令尹、司馬，非勝而誰？"（楚國第：依照楚國用人的次序。令尹、司馬：官職。勝：人名。）《論衡・程材》："設置三科，以～補吏。" ❷ **按一定等級建造的大宅院**。(泛) **官僚和貴族的大住宅**。《三國志・魏書・曹真傳》："帝自幸其～省疾。" ❸ **科舉考試的等級**。《宋史・王安石傳》："擢（zhuó 粵 zok6）進士上～。"（擢：提拔。上第：前幾名。）**又如"及第"（科舉考中）、"落第"（科舉沒考中）**。❹ **表次序的詞頭**。《漢書・敍傳》："述賈誼傳～十八。" ❺ **副詞。但，只管**。《後漢書・賈復傳》："大司馬劉公在河北，必能相施，～持我書往。"

5 **笯** nú 粵 nou4 **鳥籠**。屈原《九章・懷沙》："鳳皇在～兮，雞鶩翔舞。"

5 **笳** jiā 粵 gaa1 **胡笳。一種樂器，類似笛子**。《後漢書・董祀妻傳》："胡～動兮邊馬鳴。"杜甫《後出塞》詩："悲～數聲動，壯士慘不驕。"（悲：悲壯。）

5 **笲** fán 粵 faan4 **盛物的竹器**。《儀禮・士昏禮》："婦執～棗、栗，自門入。”

5 **笞** chī ㊥ ci[1] **用竹板、荊條打**。《史記・陳涉世家》：“尉果～廣。”（廣：吳廣。）㊕ **古代刑罰之一**。《漢書・刑法志》：“加～與重罪無異。”（重罪：死刑。）

6 **筐** kuāng ㊥ hong[1] ❶ **方形竹器**。《詩經・周南・卷耳》：“采采卷耳，不盈頃～。”（頃：傾斜。）㊋ **用作動詞，用筐盛**。《詩經・小雅・采菽》：“采菽采菽，～之筥（jǔ ㊥ geoi[2]）之。”（菽：豆類。筥：圓形竹器，此處亦用作動詞。）㊞ **方形的**。《淮南子・詮言》：“心有憂者，～牀衽（rèn ㊥ jam[6]）席，弗能安也。”❷［**筐篚**（fěi ㊥ fei[2]）］**本指兩種竹製盛物器，特指皇帝的恩賜**。杜甫《自京赴奉先縣詠懷五百字》：“聖人～～恩，實欲邦國活。”

6 **等** děng ㊥ dang[2] ❶ **相同，一樣**。《淮南子・主術》：“有法者而不用，與無法～。”**成語有“等量齊觀”**。❷ **等級，次序**。《禮記・文王世子》：“正君臣之位、貴賤之～焉。”《三國志・蜀書・諸葛亮傳》：“請自貶三～。”㊕ **台階的層級**。《呂氏春秋・召類》：“故明堂茅茨蒿柱，土階三～，以見節儉。”㊋ **區分等級、次序**。《荀子・君子》：“～貴賤，分親疏，序長幼。”❸ **衡量**。孟浩然《閨情》詩：“裁縫無處～，以意忖情量。”❹ **等待（後起意義）**。范成大《州橋》詩：“父老年年～駕迴。”（迴：回。）❺ **用在人稱代詞或指人、物的名詞後，表示多數或列舉未盡**。《史記・陳涉世家》：“公～遇雨，皆已失期。”《三國志・蜀書・諸葛亮傳》：“亮與張飛、趙雲～率眾泝（sù ㊥ sou[3]）江。”（泝：同“溯”。逆水而行。）賈思勰《齊民要術・雜説》：“如去城郭近，務須多種瓜菜、茄子～。”【辨】俟，待，等，候。見 28 頁“俟”字。

6 **筑** zhú ㊥ zuk[1] **古代樂器名**。《史記・高祖本紀》：“高祖擊～自為歌詩。”參見 464 頁“築”字。

6 **笻** qióng ㊥ kung[4] **竹名。可做手杖**。戴凱之《竹譜》：“竹之堪杖，莫尚於～。”㊞ **手杖**。黃庭堅《次韻德孺新居病起》：“稍喜過從近，扶～不駕車。”

6 **策** （筞）cè ㊥ caak[3] ❶ **竹製的馬鞭子**。《禮記・曲禮上》：“君車將駕，則僕執～立於馬前。”賈誼《過秦論》：“振長～而御宇內。”（振：揮動。御：駕馭，控制。宇內：天下。）㊋ **鞭打，鞭策**。《史記・管晏列傳》：“擁大蓋，～駟（sì ㊥ si[3]）馬。”（蓋：古代車上傘形的篷子。駟馬：同駕一輛車的四匹馬。）《宋史・葉適傳》：“可以～勵期望者誰乎？”❷ **竹杖，拐杖**。《淮南子・地形》：“夸父棄其～。”㊋ **拄着，扶着（拐杖）**。曹植《苦思行》：“～杖從我遊。”❸ **成編的竹簡**。《左傳・隱公十一年》：“不書於～。”❹ **帝王對臣下封土、授爵或免官的文書**。《左傳・僖公二十八年》：“（晉侯）受～以出。”㊋ **帝王封臣下**。《三國志・蜀書・諸葛亮傳》：“先主於是即帝位，～亮為丞相。”❺ **策問。從漢代起，皇帝為選拔人才舉行考試，事先把問題寫在竹簡上，叫“策”**。《漢書・公孫弘傳》：“上～詔諸儒。”（皇帝提出問題詔問儒生。）［**對策**］**應考的人按策上的問題陳述自己的見解。如鼂錯的《舉賢良對策》**。劉勰《文心雕龍・議對》：“～～者，應詔而陳政也。”❻ **計策，計謀**。《三國志・魏書・荀攸傳》：“公達前後凡畫奇～十二。”（公達：即荀攸。畫：謀劃。）㊋ **謀利**。《孫子兵法・虛實》：“故～之而知得失之計。”❼ **古代占卜用的蓍（shī ㊥ si[1]）草**。屈原《卜居》：“詹尹乃釋～而謝。”（詹尹：人名。釋：放下。謝：辭謝。）**這個意義又寫作“筴”**。㊞ **預知，預料**。《後漢書・劉寬傳》：“以先～黃巾逆謀，以事上聞。”

6 **筈** kuò（又讀 guō）(粵) kut3 **箭的尾端**。陸機《為顧彥先贈婦》詩二首之二："離合非有常，譬彼弦與～。"

6 **筌** quán (粵) cyun4 **用竹或草編製的捕魚器具**。李白《送族弟凝之滁求婚崔氏》詩："忘～已得魚。"**成語有"得魚忘筌"**。(喻) **工具，手段**。范仲淹《聖人抱一為天下式賦》："豈不以一者道之本，式者治之～。"［**筌蹄**］**捕魚捕兔的器具。比喻某種工具或手段**。白居易《長慶集・禽蟲十二章序》："多假蟲鳥，以為～～。"

6 **筍**（笋）sǔn (粵) seon2 ❶ **竹芽，竹筍**。《詩經・大雅・韓奕》："維～及蒲。"❷ **蘆荻的嫩芽**。張籍《涼州詞》："蘆～初生漸欲齊。"❸ **懸掛樂器的橫樑**。《周禮・考工記・梓人》："梓人為～虡。"

6 **筆** bǐ (粵) bat1 ❶ **筆，書寫工具**。《戰國策・齊策六》："取～牘受言。"（牘：寫字用的狹長木板。）❷ **書寫，記載**。《史記・孔子世家》："至於為《春秋》，～則～，削則削，子夏之徒不能贊一辭。"（削：指刪除。）(引) **文筆**。《論衡・自紀》："口辯者其言深，～敏者其文沉。"❸ **筆跡，書畫墨跡**。《新唐書・李白傳》："觀公～奇妙，欲以藏家爾。"（藏：珍藏。）❹ **散文。與"韻文"相對**。劉勰《文心雕龍・總術》："今之常言，有文有～，以為無韻者～也，有韻者文也。"

7 **筭** suàn (粵) syun3 ❶ **計算時用的籌碼。多用竹子製成**。《山海經・海外東經》："右手把～。"《世說新語・文學》："如籌～，雖無情，運之者有情。"❷ **通"算"。計算**。枚乘《七發》："持籌而～之。"《新唐書・楊國忠傳》："計～鈎畫，分銖不誤。"(又) **計劃，籌謀**。陸機《弔魏武帝文》："長～屈於短日。"（長筭：長遠的計劃。屈：屈服，受挫折。短日：指壽命短。）

7 **筠** yún (粵) wan4 ❶ **竹皮**。《禮記・禮器》："其在人也，如竹箭之有～也，如松柏之有心也。"❷ **竹子**。杜甫《湘夫人祠》詩："蒼梧恨不盡，染淚在叢～。"［**筠竹**］**斑竹**。李賀《湘妃》詩："～～千年老不死，長伴秦娥蓋湘水。"❸ **管類樂器**。庾信《趙國公集序》："大禹吹～，風雲為之動。"❹ jūn (粵) gwan1［**筠連**］**地名，在四川**。

7 **筮** shì (粵) sai6 **古代用蓍（shī (粵) si1）草占卜**。《詩經・衛風・氓》："爾卜爾～。"（爾：你。卜：用龜占卜。）(泛) **占卜**。王勃《益州夫子廟碑》："玉策～亡秦之兆。"【**辨**】卜，筮，占。見 72 頁"卜"字。

7 **筴** cè (粵) caak3 ❶ **古時占卜用的蓍（shī (粵) si1）草**。《禮記・曲禮上》："龜為卜，～為筮。"❷ **竹簡，用竹片編成的書簡**。《國語・魯語上》："季子之言不可不法也，使書以為三～。"❸ **計謀**。《史記・留侯世家》："留侯善畫計～。"**上述 ❶❷❸ 義與"策"同，後來一般寫作"策"**。❹ jiā (粵) gaap3 **箸類，夾東西的用具**。陸羽《茶經・器》："火～，一名筯。"王安石《遊土山示蔡天啟秘校》詩："雖無膏污鼎，尚有羹濡～。"(引) **挾制，鉗制**。韓愈《曹成王碑》："掇（duō (粵) zyut3）黃岡，～漢陽。"（掇：奪取。）

7 **筲**（箾、籍）shāo (粵) saau1 **一種竹器。多用於盛糧或盛飯**。《後漢書・禮儀志下》："～八盛（chéng (粵) sing4），容三升。"（筲八盛：筲裏放了八種供祭祀用的糧食。）《新唐書・南蠻傳》："飯用竹～。"［**斗筲**］**見 262 頁"斗"字**。

7 **筯** zhù (粵) zyu6 **筷子**。《世說新語・忿狷》："王藍田性急，嘗食雞子，以～刺之不得，便大怒，舉以擲地。"

7 **筥** jǔ (粵) geoi2 ❶ **圓形的竹筐**。《詩經・召南・采蘋》："于以盛之？維筐及～。"《儀禮・聘禮》："米百～。"❷ **量**

名。**古代四秉（指刈割的禾把）為筥**。《儀禮・聘禮》："四秉曰～，十～曰稯（zōng 粵 zung1）。"

7 **筱** xiǎo 粵 siu2 **一種細小的竹子。又寫作"篠"**。元結《演興・閔嶺中》："弦毋～以為弧，化毒銅以為戟。"

7 **筰** zuó 粵 zok6 ❶ **竹索**。韓愈等《晚秋郾城夜會聯句》："雷鼓揭千槍，浮橋交萬～。"❷ **我國古代西南部族**。❸ zé 粵 zaa3 **壓**。《東觀漢記・耿恭傳》："匈奴來攻，絕其澗水，吏～馬糞汁飲之。"

7 **筦** guǎn 粵 gun2 ❶ **絡絲的竹管**。《說文・竹部》："筦，竹孚也。"**筦的本義是絡絲的工具**。❷ **用於地名**。❸ **一種管樂器**。《漢書・董仲舒傳》："聖王已沒，鐘鼓～弦之聲未衰。"❹ **鑰匙**。《戰國策・趙策三》："天子巡狩，諸侯辟（bì 粵 bei6）舍，納于～鍵。"❺ **掌管，管理**。《史記・平準書》："盡代（孔）僅～天下鹽鐵。"又 **管理機構**。《漢書・王莽傳下》："羲和魯匡設六～，以窮工商。"**上述❸❹❺義又寫作"管"**。

7 **筤** láng 粵 long4 ❶ **幼竹**。元稹《生春》詩："斫～天雖暖，穿區凍未融。"❷ làng 粵 long6 **儀仗中的曲柄傘**。張孝祥《賀郊祀慶成》詩："日照雲裳委，風含彩～低。"

7 **節** jié 粵 zit3 ❶ **植物分枝長葉的地方**。《詩經・邶風・旄丘》："旄丘之葛兮，何誕之～兮。"《後漢書・虞詡傳》："不遇槃根錯～，何以別利器乎？"（別：區別。）引 **人或動物的骨節**。《素問・生氣通天論》："五藏十二～。"（藏：臟。）❷ **時節，季節**。《列子・湯問》："寒暑易～，始一反焉。"（寒暑易節：指一年。反：返。）引 **節日**。劉滄《送李休秀才歸嶺中》詩："故園新過重陽～。"（故園：故鄉。）❸ **符節。古代用來做憑證的東西**。《漢書・蘇武傳》："杖漢～牧羊。"（杖：拄着。漢：指漢朝。）❹ **氣節，節操**。《漢書・高帝紀下》："上壯其～，為流涕。"文天祥《正氣歌》："時窮～乃見。"（時窮：困難的時候。）特 **貞節。封建禮教所提倡的女子不"失身"、不改嫁的道德**。《二程遺書》卷二十二："餓死事極小，失～事極大。"❺ **節制，節約**。《荀子・天論》："強本而～用，則天不能貧。"❻ **一種用竹編成的，可起和弦作用的古樂器**。左思《蜀都賦》："巴姬彈弦，漢女擊～。"（巴姬、漢女：指蜀地的婦女。）引 **節拍**。屈原《九歌・東君》："應律兮合～。"《鹽鐵論・相刺》："（歌者）貴在中～。"

8 **箸** zhù 粵 zyu6 ❶ **筷子**。《韓非子・說林上》："紂為象～而箕子怖。"（象：象牙。箕子：人名。）《禮記・曲禮上》："飯黍毋以～。"❷ 粵 zyu3 **通"著"。明顯，顯著**。《荀子・大略》："夫類之相從也，如此之～也。"❸ 粵 zyu3 **通"著"。寫作**。《史記・劉敬叔孫通列傳》："及稍定漢諸儀法，皆叔孫生為太常所論～也。"❹ zhuó 粵 zoek6 **通"著"。附着**。《戰國策・趙策一》："兵～晉陽三年矣。"又 **穿着**。《世說新語・賢媛》："桓車騎不好～新衣。"

8 **箋** （牋）jiān 粵 zin1 ❶ **一種文體，寫給尊貴者的書信**。《晉書・謝安傳》："安投～求歸。"**又如陳琳《答東阿王箋》、吳質《答魏太子箋》**。❷ **一種註釋**。《後漢書・衞宏傳》："後馬融作毛詩傳，鄭玄作毛詩～。"❸ **精美的紙張，供題詩或寫字用**。李白《草書歌行》："～麻素絹排數箱。"（麻、素、絹：這裏都是用來寫字的物品。）杜甫《秋日夔府詠懷》："佳句染華～。"**雙音詞有"信箋"**。

8 **算** （祘）suàn 粵 syun3 ❶**數**（shǔ 粵 sou2），**計算**。《漢書・律曆志》："數者，一、十、百、千、萬也，所以～數事物。"

(又) **數額，限額**。《儀禮・士喪禮》："明衣不在～。"《禮記・檀弓下》："辟踊，哀之至也；有～，為之節文也。"[**無算**] **無法計算。形容極多**。《北史・崔浩傳》："人畜～～。" ❷ **徵稅**。荀悅《漢紀・武帝紀六》："～至船車，租及六畜。" ❸ **計劃，籌謀**。《漢書・趙充國傳》："臣聞兵以計為本，故多～勝少～。" **成語有"算無遺策"**。(又) **推測，預料**。姜夔《揚州慢》："～而今重到須驚。" 張先《繫裙腰・惜霜蟾照夜雲天》："～一年年，又能得幾番圓。" ❹ **算卦，算命**。《晉書・郭璞傳》："妙於陰陽～曆。" ❺ **通"筭"**。**古代計算時用的籌碼**。《儀禮・鄉射禮》："一人執～以從之。"

8 **箘** (䈴)jùn (粵) kwan^{5} ❶ **一種竹子**。《尚書・禹貢》："惟～簬楛 (lù hù (粵) lou^{6} wu^{6})，三邦厎 (zhǐ (粵) dai^{2}) 貢厥名。"(簬：一種竹，可製箭桿。楛：一種樹，可做箭桿。厎：致。) ❷ **竹筍**。

8 **筵** yán (粵) jin^{4} ❶ **竹製的墊蓆**。《詩經・大雅・行葦》："或肆之～，或授之几。"《史記・樂書》："布～席，陳樽俎 (zǔ (粵) zo^{2})。"(布：鋪設。樽：酒杯。俎：放祭品的器具。) (引) **座位**。《隋書・禮儀志六》："皇帝負扆 (yǐ (粵) ji^{2})，則置神璽 (xǐ (粵) saai^{2}) 於～前之右。"(負扆：背靠屏風面向南。神璽：皇帝大印。) ❷ **古人飲食宴會在蓆上，所以酒席叫"筵"**。李商隱《行次西郊作》詩："五里一換馬，十里一開～。"【**辨**】筵，席。二者都是蓆子。古人席地而坐，把鋪在底下的叫"筵"，鋪在上面的叫"席"。後代席地而坐的習俗變了，"筵"與"席"就沒有嚴格的區別了，但牀上鋪的只叫"席"而不叫"筵"。

8 **箄** pái (粵) paai^{4} ❶ **用竹木編紮成的筏子**。《後漢書・岑彭傳》："乘枋～下江關。" ❷ bēi (粵) bei^{1} **一種竹製的捕魚器具**。陸龜蒙《漁具詩序》："矢魚之具……編而沈之，曰～。"

8 **箚** (劄)zhá (粵) zaat^{3} [**劄子**] ① **向皇帝或長官進言議事的一種公文，也稱"奏劄"。如王安石《本朝百年無事劄子》、陸游《上二府論事劄子》**。② **宋時君主或中央機構發佈指令的文書**。《宋史・禮志十》："熹方懲內批之弊，因乞降出～～，再令臣僚集議。"

8 **箏** zhēng (粵) zang^{1} **古代一種弦樂器**。張衡《南都賦》："彈～吹笙，更為新聲。" 杜甫《遣悶》詩："哀～猶憑几，鳴笛竟沾裳。"[**風箏**] ① **簷前鐵馬**。杜甫《冬日洛城北謁玄元皇帝廟》詩："～～吹玉柱，露井凍銀牀。" ② **紙鳶**。陳沂《詢蒭錄・風箏》："即紙鳶……如箏鳴，俗呼～～。"

8 **箙** fú (粵) fuk^{6} **用竹、木或獸皮製作的盛箭器**。《周禮・夏官・繕人》："凡乘車，充其籠～，載其弓弩。"

8 **箔** bó (粵) bok^{6} ❶ **竹簾子**。《新唐書・盧懷慎傳》："門不施～。"(施：安置。) (又) **養蠶的器具，像篩子或蓆子**。王建《簇蠶辭》："蠶欲老，～頭做繭絲皓皓。"(皓皓：形容顏色白。) ❷ **金屬製成的薄片**。《南齊書・高帝紀上》："不得以金銀為～。"

8 **管** guǎn (粵) gun^{2} ❶ **一種像笛的管樂器**。《詩經・商頌・那》："嘒嘒～聲。"(嘒嘒：清亮的聲音。)《荀子・樂論》："～籥 (yuè (粵) joek^{6}) 發猛。"(籥：一種管樂器。) (引) **管樂器的統稱**。《世說新語・言語》："～弦繁奏，鍾夔先聽其音。"(鍾、夔：指鍾子期和舜樂官夔。) 李商隱《齊宮詞》："梁臺歌～三更罷。" ❷ **竹管**。曹操《論吏士行能令》："一似～窺虎歟！"(好像是從竹管裏看老虎一樣。一似：好像。歟：語氣詞。) **成語有"管中窺豹"**。(引) **筆管，筆**。劉孝標《答劉之遴借類苑書》："搦～聯冊，纂茲英奇。" ❸ **鑰匙**。

《左傳・僖公三十二年》：“鄭人使我掌其北門之～。”❹ **掌管，管理**。《史記・李斯列傳》：“進入秦宮，～事二十餘年。”

8 **箜** kōng ⑱ hung1 [箜篌 (hóu ⑱ hau4)] **古代樂器，似瑟而較小**。《古詩為焦仲卿妻作》：“十五彈～～，十六誦詩書。”

8 **箛** gū ⑱ gu1 ❶ **竹名**。張衡《南都賦》：“其竹則鍾籠篁篾，篠簳～箠。”❷ **一種樂器，即笳**。《宋書・樂志一》：“唯有騎執～。”

9 **篋** qiè ⑱ hip3 **小箱子**。《莊子・胠篋》：“然而巨盜至，則負匱揭～擔囊而趨。”（匱：通“櫃”。揭：指扛着。）《鹽鐵論・相刺》：“故玉屑滿～，不為有寶。”（玉屑：碎玉。）

9 **箬** ruò ⑱ joek6 ❶ **竹筍的外殼**。王彪之《閩中賦》：“緗～素筍，彤竿綠筒。”❷ **竹名。箬竹**。《南史・徐伯珍傳》：“伯珍少孤貧，學書無紙，常以竹箭、～葉、甘蔗及地上學書。”(又) **箬竹的葉子**。柳宗元《柳州峒氓》詩：“青～裹鹽歸峒客，綠荷包飯趁虛人。”

9 **箱** xiāng ⑱ soeng1 ❶ **車廂。車上坐人或載物的部分**。《詩經・小雅・大東》：“睆彼牽牛，不以服～。”❷ **箱子，收藏衣物的器具**。賈誼《新書・俗激》：“刀筆之吏，務在筐～，而不知大體。”❸ **通“廂”。廂房**。《史記・張丞相列傳》：“呂后側耳於東～聽。”

9 **範** (范) fàn ⑱ faan6 ❶ **鑄造器物的模子**。王融《永明九年策秀才文五首》：“事茲鎔～。”（做這種用模子鑄錢的事。鎔範：錢模。）(又) **用模子鑄造**。《抱朴子・任命》：“洪陶～物，大象流形。”❷ **規範，模範**。《三國志・魏書・鄧艾傳》：“文為世～，行為士則。”王勃《滕王閣序》：“宇文新州之懿 (yì ⑱ ji3) ～。”（宇文新州：指姓宇文的一個新任州官。懿範：好的模範。）【注意】在古代，**“范”和“範”是兩個字。“范”本草名，在做姓時，也只能用“范”**。

9 **箴** zhēn ⑱ zam1 ❶ **針**。《荀子・大略》：“今夫亡～者，終日求之而不得。”（亡：丟失。）**這個意義後來寫作“針”**。❷ **規勸，勸告**。《左傳・宣公十二年》：“～之曰：‘民生在勤，勤則不匱。’”❸ **一種文體，用於規誡。如揚雄的《州箴》、《官箴》**。

9 **篅** chuán ⑱ syun4 **盛穀物的圓囤**。賈思勰《齊民要術・水稻》：“（稻種）漬經三宿，漉出，內 (nà ⑱ naap6) 草～中裛 (yì ⑱ jap1) 之。”（內：納，收進。裛：包裹。）

9 **篁** huáng ⑱ wong4 ❶ **竹田**。《史記・樂毅列傳》：“薊丘之植，植於汶～。”❷ **竹林**。屈原《九歌・山鬼》：“余處幽～兮，終不見天。”[篁竹] **叢生的竹子**。柳宗元《至小丘西小石潭記》：“隔～～聞水聲，如鳴佩環。”❸ **竹子**。白居易《奉酬侍中夏中雨後遊城南莊見示八韻》：“新～千萬竿。”陸游《初夏幽居》詩：“微風解籜看新～。”(引) **指竹製的管形樂器**。韓愈《聽穎師彈琴》詩：“嗟余有兩耳，未省聽絲～。”

9 **篌** hóu ⑱ hau4 [箜篌] **見本頁“箜”字**。

9 **箭** jiàn ⑱ zin3 ❶ **一種竹子，可以做箭桿**。《韓非子・顯學》：“夫必恃自直之～，百世無矢。”《史記・河渠書》：“且褒斜材木竹～之饒，擬於巴蜀。”❷ **用弓弩發射的兵器**。《戰國策・齊策五》：“堅～利金，不得弦機之利，則不能遠殺矣。”司馬相如《子虛賦》：“左烏號之雕弓，右夏服之勁～。”❸ **漏箭，放在漏壺中用來計時的帶刻度的標尺**。杜甫《奉和賈至舍人》：“五夜漏聲催曉～。”

9 **篇** piān (粵) pin^1 **古代文章寫在竹簡上，把首尾完整的詩或文用繩子或皮條編在一起叫作"篇"。以後文章有首有尾就稱為一篇**。劉知幾《史通・敘事》："章積而～目成。"(引) **章。整部著作的組成部分**。《史記・孟子荀卿列傳》："作《孟子》七～。"[篇什]**《詩經》中的"雅"、"頌"十篇為一什，因稱詩篇為"篇什"**。鍾嶸《詩品》："永嘉時，貴黃老，稍尚虛談，于時～～，理過其辭，淡乎寡味。"【辨】篇，編。"篇"多指文章；"編"多指成本的書，常做書名用，如"簡編"、"上編"、"前編"。"編"可以做動詞，"篇"則不能。

9 **篆** zhuàn (粵) syun^6 ❶ **漢字的一種字體**。劉勰《文心雕龍・練字》："李斯刪籀(zhòu (粵) zau^6)而秦～興。"(籀：一種字體。) ❷ **印章。印章多用篆文，所以稱印章為篆。如"接篆"(官員接任)、"攝篆"(暫代官職)**。❸ [篆刻] ① **雕刻篆文**。《明史・文徵明傳》："能詩，工書、畫、～～。"(工：擅長。) ② **雕琢文辭**。任昉《為范尚書讓吏部封侯第一表》："～～為文，而三冬靡就。"

10 **篝** gōu (粵) kau^1 **竹籠**。宋玉《招魂》："秦～齊縷，鄭綿絡些。"《史記・滑稽列傳》："甌窶滿～，汙邪滿車。"(甌窶：高狹之地。汙邪：地勢低窪的田地。)

10 **篤** dǔ (粵) duk^1 ❶ **厚重**。《詩經・唐風・椒聊》："彼其之子，碩大且～。"(又) **忠誠，厚道**。《論語・泰伯》："君子～於親，則民興於仁。"❷ **堅定，專一**。《荀子・脩身》："～志而體。"(意志堅定，並且努力去實踐。)《南史・沈德威傳》："雖處亂離，而～學無倦。"(引) **深，甚**。《南史・文學傳》："蓋由時主儒雅，～好文章。"㊕ **(病)重**。《三國志・蜀書・諸葛亮傳》："孫權病～。"

10 **築** zhù (粵) zuk^1 ❶ **築牆。古代用夾板夾住泥土，用木杵把土砸實**。《詩經・大雅・緜》："～之登登。"(登登：形容用力。) (又) **築牆的木杵**。《史記・黥布列傳》："項王伐齊，身負板～以為士卒先。"(引) **擊，搗**。《三國志・魏書・三少帝紀》："賊以刀～其口，使不得言。"❷ **修築，建造**。《史記・燕召公世家》："改～宮。"【注意】在古代，"筑"和"築"是兩個字，意義各不相同。上述義項都不寫作"筑"。

10 **篥** lì (粵) leot^6 ❶ **竹名**。《山海經・中山經》："(雲山)有桂竹。"郭璞注："交趾有～竹，實中，勁強。"❷ [觱(bì (粵) bat^1)篥] 見582頁"觱"字。

10 **篚** fěi (粵) fei^2 **圓形的盛物竹器**。《孟子・滕文公下》："其君子實玄黃於～，以迎其君子。"(玄黃：指彩色的絲帛。)

10 **篡** (簒)cuàn (粵) saan^3 ❶ **非法地奪取**。《墨子・天志上》："處大國不攻小國，處大家不～小家。"(處：處於。家：大夫的封地。)《漢書・梁孝王傳》："謀～死罪囚。"(圖謀劫取已判死罪的囚犯。) ㊕ **臣子奪取君位**。《後漢書・逸民傳》："王莽～位。"❷ **中醫指人體會陰部位**。《素問・骨空論》："(督脈)其絡循陰器，合～間，繞～後。"

10 **篦** bì (粵) bei^6/bai^1 **篦子，一種比梳子密的梳頭用具**。白居易《琵琶行》："鈿(diàn (粵) tin^4)頭銀～擊節碎。"(鈿頭：兩頭鑲有花鈿。擊節：打拍子。) (又) **用作動詞。用篦子梳頭**。杜甫《水宿遣興奉呈群公》詩："耳聾須畫字，髮短不勝～。"

10 **篪** (箎、竾) chí (粵) ci^4 ❶ **一種竹子**。酈道元《水經注・湘水》："山多～竹。"❷ **一種管樂器**。《詩經・小雅・何人斯》："伯氏吹塤，仲氏吹～。"(伯氏：指兄長。仲氏：指弟弟。)《禮記・月令》："調竽笙～簧。"

10 **篣** páng 粵 pong^{4} ❶ **竹名**。戴凱之《竹譜》："百葉參差，生自南垂，傷人則死，醫莫能治，亦曰～竹。" ❷ péng 粵 pang^{4} **竹籠**。揚雄《方言》卷十三："籠，南楚、江、沔之間謂之～。" ❸ péng 粵 pang^{4} **(用竹板、杖、鞭子) 擊打**。《後漢書・陳寵傳》："斷獄者急於～格酷烈之痛，執憲者煩於詆欺放濫之文。"

10 **篨** chú 粵 ceoi^{4} **[籧 (qú 粵 keoi^{4}) 篨] 見468頁"籧"字。**

11 **篲** huì 粵 seoi^{6} **同"彗"。掃帚**。《莊子・達生》："(田)開之操拔～以侍門庭，亦何聞於夫子。"《史記・高祖本紀》："後高祖朝，太公擁～，迎門卻行。"(卻行：向後倒行。) (又) **用作動詞。掃**。枚乘《七發》："凌赤岸，～扶桑，橫奔似雷行。"

11 **簀** zé 粵 zaak^{3} **竹編的牀墊**。《禮記・檀弓上》："華而睆 (huàn 粵 wun^{5})，大夫之～與？"(睆：光澤的樣子。) (又) **竹蓆**。《史記・范雎蔡澤列傳》："雎詳死，即卷以～置廁中。"(詳：通"佯"。假裝。)

11 **簌** sù 粵 cuk^{1} ❶ **搖動，抖動**。王禎《農書》卷十六："一搗一～，既省人攪，米自勻細。" ❷ [簌簌] ① **連續落淚的樣子**。李璟《攤破浣溪沙・菡萏香銷翠葉殘》："～～淚珠多少恨。" ② **微弱而連續發出的聲音**。蘇軾《浣溪沙・簌簌衣巾落棗花》："～～衣巾落棗花。"

11 **篴** dí 粵 dek^{6} **"笛"的古字。一種管樂器**。《周禮・春官・笙師》："掌教吹竽、笙、塤 (xūn 粵 hyun^{1})、籥 (yuè 粵 joek^{6})、簫、篪 (chí 粵 ci^{4})、～、管。"(塤：一種陶土燒製的樂器。籥、篪：兩種管樂器。)

11 **篳** bì 粵 bat^{1} **竹條或荊條編織的東西**。《左傳・襄公十年》："～門閨竇之人。"(篳門：用竹條或樹枝編織的柵欄門。閨竇：小門。篳門閨竇：泛指窮苦人家。)《左傳・宣公十二年》："～路藍縷，以啟山林。"(駕着柴車，穿着破衣服以開墾土地。形容創業的艱苦。篳路：指柴車。藍縷：指破衣服。) **成語有"篳路藍縷"**。

11 **篾** miè 粵 mit^{6} ❶ **薄竹片，細長條的竹皮**。《尚書・顧命》："牖間南向，敷重～席。"《南史・周迪傳》："內有女伎，挼繩破～，傍若無人。" **雙音詞有"竹篾"**。❷ **竹名。即"桃枝竹"**。張衡《南都賦》："其竹則籦籠、䈽、～。"

11 **簉** zào 粵 zou^{6} ❶ **副貳**。《左傳・昭公十一年》："(泉丘人女) 遂奔僖子……僖子使助薳氏之～。"(薳氏之簉：指薳氏之妾。) 張衡《西京賦》："屬車之～，載獫猲獢。" ❷ **陪，側**。柳宗元《上權德輿補闕溫卷決進退啟》："自於幼年，是以～俊造之末迹，廁牒計之下列。" ❸ **匯聚**。江淹《雜體詩・顏特進侍宴》："中坐溢朱組，步櫩～瓊弁。"(步櫩：簷下的走廊。)

11 **簏** lù 粵 luk^{1} **竹箱**。李商隱《詠懷寄秘閣舊僚二十六韻》："自哂成書～，終當咒酒卮。"

11 **簇** cù 粵 cuk^{1} ❶ **聚集**。韋莊《聽趙秀才彈琴》詩："蜂～野花吟細韻。" **雙音詞有"簇擁"**。❷ **量詞。叢，用於成堆成團的東西**。杜甫《江畔獨步尋花》詩："桃花一～開無主，可愛深紅映淺紅。" **成語有"花團錦簇"**。

11 **簋** guǐ 粵 gwai^{2} **古代盛食物的圓形器具**。《韓非子・十過》："飯於土～，飲於土鉶 (xíng 粵 jing^{4})。"(鉶：古代盛湯的器具。)

12 **簙** bó 粵 bok^{3} **古代一種棋戲**。宋玉《招魂》："菎 (kūn 粵 kwan^{1}) 蔽象棋，有六～些。"(菎：通"琨"。美玉。蔽：博棋時所投之箸。象棋：象牙製的棋子。

些：語氣詞。）又寫作“博”。

12 **簧** huáng ㊥ wong[4] ❶ **樂器中發聲的薄片**。《詩經・小雅・鹿鳴》：“吹笙鼓～，承筐是將。”[簧舌] **指善於言辭**。陸龜蒙《感事》詩：“古來信～～，巧韻凄鏘曲。”成語有“巧舌如簧”。❷ **笙**。《詩經・王風・君子陽陽》：“左執～，右招我由房。”

12 **簠** fǔ ㊥ fu[2] **古代盛食物的方形器具**。《周禮・地官・舍人》：“凡祭祀，共～簋（guǐ ㊥ gwai[2]）。”（共：供。簋：古代盛食物的圓形器具。）

12 **簟** diàn ㊥ tim[5] ❶ **竹蓆**。《詩經・小雅・斯干》：“下莞（guān ㊥ gun[1]）上～，乃安斯寢。”（莞：莞草編成的蓆。）❷ **竹名**。王維《林園即事寄舍弟紞》詩：“青～日何長，閒門晝方靜。”

12 **簝** liáo ㊥ liu[4] **古代宗廟用於盛祭肉的竹器**。《周禮・地官・牛人》：“凡祭祀，共其牛牲之互，與其盆～，以待事。”

12 **簪** zān ㊥ zaam[1] **古代男女用來綰住髮髻或把帽子別在頭髮上的一種針形首飾**。《韓非子・內儲說上》：“周主亡玉～。”杜甫《春望》詩：“白頭搔更短，渾欲不勝～。”㊋ **在頭上插戴**。《史記・滑稽列傳》：“西門豹～筆磬折，向河立待良久。”（筆：指用毛裝飾的簪。磬折：指躬身。）

12 **簡** （简）jiǎn ㊥ gaan[2] ❶ **竹簡**。《韓非子・外儲說左上》：“昭王讀法十餘～而睡卧矣。”（昭王：秦昭王。法：法律。）㊂ **書信**。柳宗元《答貢士元公瑾論仕進書》：“辱致來～，受賜無量。”（承蒙您來信，受益不淺。）❷ **簡易，簡略**。《論語・雍也》：“居敬而行～。”《禮記・樂記》：“大樂必易，大禮必～。”❸ **忽視，怠慢**。《韓非子・五蠹》：“服事者～其業。”《呂氏春秋・驕恣》：“自驕則～士，自智則專獨。”❹ **選拔，選擇**。《尚書・冏命》：“慎～乃僚。”諸葛亮《出師表》：“是以先帝～拔以遺陛下。”（先帝：指劉備。遺：留給。）㊂ **拋棄，剔除**。《禮記・王制》：“上賢以崇德，～不肖以絀惡。”（上：尚，尊崇。）❺ **檢閱，檢查**。《左傳・昭公十八年》：“乃～兵大蒐。”（蒐：檢閱。）《三國志・吳書・呂蒙傳》：“及～日，陳列赫然。”（及：到。赫然：威武雄壯的樣子。）

12 **簣** kuì ㊥ gwai[6] **盛土的竹筐**。《論語・子罕》：“譬如為山，未成一～。”成語有“功虧一簣”。

12 **簞** dān ㊥ daan[1] **古代盛飯的圓形竹器**。《論語・雍也》：“一～食，一瓢飲，在陋巷。”《孟子・梁惠王下》：“～食壺漿，以迎王師。”（簞食壺漿：竹籃裏盛了乾糧，壺裏盛了飲料。）㊂ **指盛物的竹器**。《左傳・哀公二十年》：“與之一～珠。”

12 **簩** láo ㊥ lou[4] **竹名**。左思《吳都賦》：“柚梧有篁，篻～有叢。”

12 **簜** dàng ㊥ dong[6] **大竹**。《尚書・禹貢》：“瑤琨篠（xiǎo ㊥ siu[2]）～。”（瑤、琨：美玉名。篠：箭竹。）㊋ **竹管製的樂器**。《儀禮・大射儀》：“～在建鼓之間。”（建鼓：大鼓。）

12 **簦** dēng ㊥ dang[1] **古時有柄的笠，類似後代的傘**。《國語・吳語》：“（夫差）遵汶（wèn ㊥ man[6]）伐博，～笠相望於艾陵。”（遵：沿着。汶：水名。博、艾陵：古地名。）《呂氏春秋・介立》：“或遇之山中，負釜蓋～。”

13 **籀** zhòu ㊥ zau[6] ❶ **誦讀並領會**。許慎《說文解字敍》：“學僮十七以上始試，諷～書九千字，乃得為吏。”❷ **古代漢字的一種字體。也叫大篆**。劉勰《文心雕龍・練字》：“李斯刪～而秦篆興。”（秦篆：即小篆。）

13 **簸** bǒ 粵 bo^{2}/bo^{3} ❶ **用簸箕盛糧食等上下顛動，揚去糠秕、塵土等物**。《詩經・大雅・生民》："或～或蹂。"（蹂：踩。）《世説新語・排調》："～之揚之，糠秕在前。" 引 **顛簸搖動**。張衡《西京賦》："蕩川瀆，～林薄。"（林薄：草木叢生的地方。）韓愈《別趙子》詩："婆娑海水南，～弄明月珠。" ❷ bò 粵 bo^{3}［**簸箕**］**揚去穀物中秕糠、塵土的器物**。賈思勰《齊民要術・種槐柳楸梓梧柞》："至秋，任為～～。"

13 **簳** gǎn 粵 gon^{2} ❶ **小竹**。張衡《南都賦》："其竹則鍾龍篁篾，筱～箛箠。" ❷ **箭桿，也指箭**。《列子・湯問》："乃以燕角之弧、朔蓬之～射之。" 白居易《答箭鏃》詩："插以青竹～，羽之赤雁翎。"

13 **簬** （**簵**）lù 粵 lou^{6} **一種竹子，可製箭**。《戰國策・趙策一》："其堅，則箘～之勁不能過也。"

13 **簾** lián 粵 lim^{4} **門簾，窗簾**。《漢書・外戚傳下》："美人當有以予女，受來，置飾室中～南。" 劉禹錫《陋室銘》："草色入～青。"（入：映入。）**【注意】在古代，"簾"和"帘"是兩個字，意義各不相同。門簾的"簾"古代寫作"簾"，不寫作"帘"**。

13 **簿** bù 粵 bou^{6} ❶ **登記事物的冊子**。《史記・張釋之馮唐列傳》："上問上林尉諸禽獸～。"（皇帝問上林尉登記各種禽獸的冊子的情況。上林尉：官名。）❷ **文書，檔案或審訊的記錄**。《史記・李將軍列傳》："大將軍使長史急責廣之幕府對～。"（廣：李廣。）《論衡・謝短》："儒生所短，不徒以不曉～書。"（徒：只，僅。曉：懂得。）

13 **簺** sài 粵 coi^{3} ❶ **古代的一種棋類博戲。也叫格五**。《南齊書・沈文季傳》："尤善～及彈棋，～用五子。" ❷ （**用竹木編成的）攔水捕魚的工具**。《新唐書・高宗紀》："禁作～捕魚、營圈取獸者。"

14 **籌** chóu 粵 cau^{4} ❶ **計數的用具**。《漢書・五行志下之上》："～所以紀數。" **雙音詞有"籌碼"**。❷ **謀劃，計劃**。《史記・黥布列傳》："果如薛公～之。" 《鹽鐵論・非鞅》："夫蓄積～策，國家之所以強也。" ⊗ **計策，計謀**。《晉書・宣帝紀》："非經國遠～。"（經國：治國。）**成語有"一籌莫展"**。

14 **籍** jí 粵 zik^{6} ❶ **名冊，戶口冊**。《史記・平準書》："河南上富人助貧人者～。"《漢書・高帝紀》："蕭何盡收秦丞相府圖～文書。" 引 **登記**。《漢書・武帝紀》："～吏民馬。"［**門籍**］**寫有朝臣姓名狀貌的竹簽，懸掛在宮門上，查對相符，朝臣才得入宮門**。《史記・魏其武安侯列傳》："太后除竇嬰～～，不得入朝請。"（竇嬰：人名。朝：指春天朝見天子。請：指秋天朝見天子。）❷ **典籍，書籍**。《孟子・萬章下》："諸侯惡其害己也，而皆去其～。"《漢書・藝文志》："皆滅去其～。" ❸ jiè 粵 ze^{3}/zik^{6} **通"藉"。憑藉**。《韓非子・五蠹》："是故亂國之俗，其學者則稱先王之道以～仁義。" ❹ **通"藉"。踐踏，欺凌**。《風俗通・窮通》："～夫子者不禁。"［**狼籍**］**通"狼藉"。縱橫雜亂**。《三國志・魏書・董卓傳》："死者～～。"**【辨】籍，藉。見552頁"藉"字**。

14 **簫** xiāo 粵 siu^{1} ❶ **竹製的管樂器。古代是排簫**。《周禮・春官下・小師》："掌教鼓、鼗、柷、敔、塤、～、管、弦、歌。" ❷ **弓的末端**。《禮記・曲禮上》："凡遺人弓者……右手執～，左手承弣（fǔ 粵 fu^{2}）。"（弣：弓把中部。）❸ 粵 siu^{2} **通"篠"。小竹**。馬融《長笛賦》："林～蔓荊，森槮柞樸。"

16 **籜** tuò 粵 tok^{3} **竹筍的外皮，筍殼**。李賀《昌谷北園新筍》詩之一："～落長竿削玉開。”

16 **籟** lài 粵 laai6 **古代一種三孔管樂器。**《淮南子・説山》：“物莫不因其所有而用其所無，以為不信，視～與竽。”《漢書・司馬相如傳》：“吹鳴～。”(引) **從孔穴中發出的聲音。**《莊子・齊物論》：“地～則眾竅是已。”（地籟就是許多孔穴發出來的聲音。）(泛) **一般的聲響。如“萬籟俱寂”。雙音詞有“天籟”。**

16 **籙** lù 粵 luk6 ❶ **符命，所謂帝王得到天命的憑證。**張衡《東京賦》：“高祖膺～受圖，順天行誅。”❷ **簿冊。**《三國志・吳書・孫策傳》注引《江表傳》：“今此子已在鬼～，勿復費紙筆也。”❸ **符籙。道教的秘文秘錄。**《隋書・經籍志》：“其受道之法，初受五千文～，次受三洞～……～皆素書。”

16 **籠** lóng 粵 lung4 ❶ **竹製的圓形器物。用於各種用途，如盛土、盛物、畜養鳥獸等。**《漢書・王莽傳上》：“負～荷鍤。”《新五代史・王鎔傳》：“匿昭誨於茶～中。”（昭誨：人名。）《莊子・庚桑楚》：“以天下為之～，則雀無所逃。”(又) **囚禁犯人的刑具。如“囚籠”。** ❷ 粵 lung4/lung5 **籠罩。**杜牧《泊秦淮》詩：“烟～寒水月～沙。”（月：指月光。）(引) **獨攬。**《鹽鐵論・輕重》：“～天下鹽鐵諸利，以排富商大賈。”（賈：商人。）

16 **籯** （籝）yíng 粵 jing4 **籠箱之類的竹器。**《後漢書・西域傳論》：“先馴則賞～金。”（馴：服。）

17 **籧** qú 粵 keoi4 ❶［籧篨（chú 粵 ceoi4）］① **用葦或竹編的粗席。**《晉書・皇甫謐傳》：“以～～裹屍。”② **身體有殘疾不能俯身的人。**《詩經・邶風・新臺》：“燕婉之求，～～不鮮。”**上述①②的意義又寫作“蘧蒢”。** ❷ jǔ 粵 geoi2 **一種養蠶的圓筐籬。**《禮記・月令》：“具曲、植、～筐。”

17 **籣** （韊）lán 粵 laan4 **裝箭的袋子。**《漢書・韓延壽傳》：“被甲鞮鞪居馬上，抱弩負～。”

17 **籥** yuè 粵 joek6 ❶ **古代一種管樂器。有吹籥、舞籥二種。**《詩經・邶風・簡兮》：“左手執～，右手秉翟。”司馬相如《上林賦》：“蓋象金石之聲，管～之音。”❷ **鼓風吹火用的管子。**《老子・五章》：“天地之間，其猶橐～乎？”❸ **通“鑰”。鎖。**《墨子・備城門》：“方尚必為關～守之。”（方尚：房上。）鮑照《昇天行》：“五圖發金記，九～隱丹經。”(又) **鑰匙。**《墨子・號令》：“諸城門吏，各入請～，開門已，輒復上～。”

19 **籩** biān 粵 bin1 **古代祭祀和宴會時盛食品用的一種竹器。**《左傳・昭公元年》：“具五獻之～豆於幕下。”（五獻：指五種宴享用的食品。豆：一種木製器皿。）

26 **籲** yù 粵 jyu6 **呼告。**《尚書・召誥》：“夫知保抱攜持厥婦子，以哀～天。”

米部

3 **籼** （秈）xiān 粵 sin1 **一種早熟的無黏性的稻。**元結《演興》之一：“獻水芸兮飯霜～，與太靈兮千萬年。”

5 **粗** （觕、麤）cū 粵 cou1 ❶ **粗米，粗糧。**《左傳・哀公十三年》：“粱則無矣，～則有之。”（粱：精美的飯食。）(引) **粗糙，粗略。**《荀子・正名》：“～布之衣。”《荀子・正名》：“故愚者之言，芴（hū 粵 mat6）然而～。”（芴然：沒有根據的樣子。）❷ **粗大。**《禮記・月令》：“其器高以～。”（以：而。）(又) **聲大，氣壯。**《禮記・樂記》：“其聲～以厲。”顧況《從軍行》：“少年膽氣～。”❸ **大概，大致。**諸葛亮《論諫》：“綱紀～定。”（綱紀：

法規。）❹ **魯莽，粗魯**。《三國志・吳書・呂蒙傳》：“甘寧～暴好殺。”（甘寧：人名。）

5 **粒** lì (粵) nap1/lap1 ❶ **米粒，穀粒**。《孟子・滕文公上》：“樂歲，～米狼戾，多取之而不為虐。”（狼戾：狼藉。）杜甫《張望補稻畦水歸》詩：“玉～足晨炊。”（晨炊：早飯。）(泛) **小顆粒**。劉禹錫《和兵部鄭侍郎省中四松》：“翠～晴懸露。”（晴天的翠松滿掛着露珠。）❷ **進食**。《尚書・益稷》：“烝民乃～，萬邦作乂。”（乂：治理。）《顏氏家訓・涉務》：“三日不～，父子不能相存。”❸ **量詞**。李紳《憫農》詩：“誰知盤中餐，～～皆辛苦。”

6 **粟** sù (粵) suk1 ❶ **穀子。去皮後稱為“小米”**。《舊唐書・食貨志下》：“其～麥粳稻之屬各依土地，貯之州縣，以備凶年。”（貯：儲蓄。）(泛) **糧食**。李斯《諫逐客書》：“地廣者～多。”❷ **指俸祿**。殷仲文《解尚書表》：“退不能辭～首陽，拂衣高謝。”❸ **沙粒等細小之物**。《山海經・南山經》：“英水出焉，西南流注於赤水，其中多白玉，多丹～。”（丹：紅。）❹ **皮膚上因寒冷而起雞皮疙瘩**。陸游《雪後苦寒行饒撫道中有感》詩：“重裘猶～膚。”（重裘：兩層皮襖。）【辨】穀，禾，粟，黍，稷。見449頁“穀”字。

6 **粢** zī (粵) zi1 ❶ **稷，一種穀物**。宋玉《招魂》：“稻～穱麥。”❷ **古代供祭祀用的穀物**。《左傳・桓公六年》：“絜～豐盛（chéng (粵) sing4）。”（絜：潔淨的。豐：豐富的。盛：祭器中所盛的穀物。）❸ cí (粵) ci1 **稻餅**。《列子・力命》：“食則～糲，居則蓬室。”

6 **粥** zhōu (粵) zuk1 ❶ **稀飯**。《禮記・問喪》：“故鄰里為之糜～以飲食之。”《晉書・石苞傳》：“崇為客作豆～。”（崇：人名。）❷ yù (粵) juk6 **通“鬻”。賣**。《史記・商君列傳》：“行而無資，自～於秦客。”《論衡・問孔》：“孔子不～車以為鯉椁（guǒ (粵) gwok3）。”（鯉：孔鯉。孔丘的兒子。）

7 **粲** càn (粵) caan3 ❶ **上等白米**。《詩經・鄭風・緇衣》：“予授子之～兮。”（予：我。子：你。）❷ **明亮，鮮明**。曹植《贈徐幹》詩：“眾星～以繁。”《詩經・唐風・葛生》：“角枕～兮，錦衾爛兮。”［粲然］① **鮮明，明白的樣子**。《漢書・兒寬傳》：“光輝充塞，天文～～。”《呂氏春秋・達鬱》：“～～惡丈夫之狀也。”② **笑的樣子。形容笑時露出潔白的牙齒**。郭璞《遊仙》詩之二：“靈妃顧我笑，～～啟玉齒。”（靈妃：神話中的仙人。顧：回頭看。）［粲爛］**通“燦爛”。光亮鮮明的樣子**。司馬相如《上林賦》：“皓齒～～，宜笑的皪（dì lì (粵) dik1 lik6）。”（的皪：鮮明的樣子。）(又) **指文辭華麗**。《三國志・吳書・薛綜傳》：“卒造文義，信辭～～。”

7 **粵** yuè (粵) jyut6 ❶ **句首語氣詞**。《史記・周本紀》：“～詹雒、伊，毋遠天室。”（詹：瞻。雒、伊：水名。）《漢書・敘傳下》：“～蹈秦郊，嬰來稽首。”❷ **古代民族名**。《漢書・高帝紀》：“使與百～雜處。”(又) **指粵族居住的廣東、福建、浙江等地**。劉孝標《廣絕交論》：“及瞑目東～，歸骸洛浦。”

7 **粳**（稉、秔）jīng (粵) gang1 **一種不黏的稻**。《漢書・揚雄傳下》：“馳騁～稻之地。”《後漢書・杜篤傳》：“漸澤成川，～稻陶遂。”（陶：暢。遂：生。）

7 **粱** liáng (粵) loeng4 **粟，穀子**。《詩經・小雅・甫田》：“黍稷稻～，農夫之慶。”(又) **精細的小米**。《左傳・哀公十三年》：“～則無矣，粗則有之。”［粱肉］**指精美的膳食**。《韓非子・難勢》：“今待堯、舜之賢乃治當世之民，是猶待～～而救餓之說也。”

8 **精** jīng [粵] zing^1 ❶ **上等細米。與“粗”相對**。《莊子・人間世》：“鼓筴（cè [粵] caak^3）播～。”（用小簸箕簸細米。）[引] **精細**。《論語・鄉黨》：“食不厭～，膾不厭細。”❷ **精華，精粹**。《漢書・律曆志》：“銅為物之至～。”杜牧《阿房宮賦》：“齊楚之～英。”[又] **精銳，精良**。《史記・項羽本紀》：“使人收下縣，得～兵八千人。”❸ **精心，專誠**。《荀子・解蔽》：“傾則不～。”（傾：指心另有偏向。）❹ **精通**。《漢書・楚元王傳》：“聞申公為詩最～，以為博士。”韓愈《進學解》：“業～于勤。”❺ **指精氣**。《論衡・論死》：“夫生人之～在於身中。”（生人：活人。）[又] **指精液**。《周易・繫辭下》：“男女構～，萬物化生。”❻ **精神**。《漢書・宣帝紀》：“其赦天下，與士大夫厲～更始。”（厲精更始：振奮精神重新開始。）王安石《上皇帝萬言書》：“使其耗～疲神。”**成語有“勵精圖治”**。❼ **精靈，神怪**。杜甫《陪鄭廣文遊何將軍山林》詩：“山～白日藏。”❽ **明亮**。《漢書・李尋傳》：“日月光～。”

8 **粻** zhāng [粵] zoeng^1 **乾糧**。屈原《離騷》：“折瓊枝以為羞兮，精瓊爢（mí [粵] mei^4）以為～。”（爢：碎末。）

8 **粺** bài [粵] baai^6 ❶ **一種精米**。《詩經・大雅・召旻》：“彼疏斯～，胡不自替？”（疏：粗米。斯：此。）❷ **通“稗”**。**稗子**。《孔子家語・相魯》：“若其不具，是用秕（bǐ [粵] bei^2）～。”（秕：不飽滿的穀粒。）

8 **粼** lín [粵] leon^4 ［**粼粼**］**清澈的樣子**。《詩經・唐風・揚之水》：“揚之水，白石～～。”

8 **粹** cuì [粵] seoi^6 ❶ **純粹**。《淮南子・說山》：“貂裘而雜，不若狐裘而～。”[引] **精華**。《後漢書・張衡傳》：“朋精～而為徒。”王安石《讀史》詩：“糟粕所傳非～美。”❷ **通“萃”。聚集**。《荀子・正名》：“凡人之取也，所欲未嘗～而來也。”❸ suì [粵] seoi^3 **通“碎”。破碎**。《荀子・儒效》：“捨～折無適也。”（除了破碎折斷沒有別的出路。）

9 **糇** **（餱）**hóu [粵] hau^4 **乾糧**。《詩經・小雅・無羊》：“或負其～。”（負：背。）《左傳・宣公十一年》：“具～糧，度有司。”

9 **糈** xǔ [粵] seoi^2 **祭神用的精米**。屈原《離騷》：“巫咸將夕降兮，懷椒～而要之。”《淮南子・說山》：“病者寢席，醫之用針石，巫之用～藉，所救鈞也。”

9 **糅** róu [粵] jau^2 **混雜，錯雜**。屈原《九章・懷沙》：“同～玉石兮，一概而相量。”（玉和石相錯雜，同等看待。比喻好壞不分。）**雙音詞有“雜糅”**。

10 **糒** bèi [粵] bei^6 **乾糧**。《漢書・李陵傳》：“令軍士人持二升～，一半冰。”賈思勰《齊民要術・飧飯》：“五月多作～，以供出入之糧。”

10 **糗** qiǔ [粵] hau^2 **乾糧，炒熟去殼的穀類**。《尚書・費誓》：“峙乃～糧，無敢不逮。”

11 **縻** mí [粵] mei^4 ❶ **粥**。《禮記・月令》：“是月也，養衰老，授几杖，行～粥飲食。”《世說新語・夙惠》：“炊忘著箄（bì [粵] bai^3），飯今成～。”（炊：做飯。著：放置。箄：同“箅”，指鍋內的箅子。）❷ **碎爛，粉碎**。《漢書・賈山傳》：“萬鈞之所壓，無不～滅者。”[引] **毀傷**。《孟子・盡心下》：“梁惠王以土地之故，～爛其民而戰之，大敗。”❸ **通“靡”。浪費**。《晉書・何充傳》：“～費巨億而不吝也。”

11 **糟** zāo [粵] zou^1 ❶ **酒渣**。《鹽鐵論・毀學》：“～糠不飽。”（糠：穀皮。）[又] **未濾的酒**。《周禮・天官・酒正》：“共后之致飲于賓客之禮，醫、酏、～，皆使其士奉之。”❷ **用酒或酒糟醃製食物**。《晉書·孔群傳》："公不見肉～淹，更堪久邪？"（淹：醃。堪：能。）

11 **糞** fèn ㊕ fan³ ❶ **掃除，除去穢土**。《荀子·強國》："堂上不～，則郊草不瞻曠蕓（yún ㊕ wan⁴）。"（郊：野外。蕓：耘，除草。）［**糞土**］**髒土**。《論語·公冶長》："～～之牆不可杇也。" ❷ **屎（後起意義）**。賈思勰《齊民要術·耕田》："其美與蠶矢熟～同。"（矢：屎，糞便。熟糞：經過發酵的糞肥。）❸ **施肥**。《禮記·月令》："（季夏之月）可以～田疇，可以美土疆。"沈括《夢溪筆談》卷二六："一畝之稼，則～溉者先牙。"（糞溉：施肥灌溉。牙：發芽。）

11 **糝** （糂）sǎn ㊕ sam² ❶ **以米和（huò ㊕ wo⁴）羹**。《荀子·宥坐》："孔子南適楚，戹於陳蔡之間，七日不火食，藜羹不～。" ㊟ **羹**。陸游《賽神曲》："鯉魚～美出神廚。" ❷ **米粒，飯粒**。《晉書·江統傳》："若有窮乏～粒不繼者。"《續傳燈錄·普賢元素禪師》："囊無繫蟻之絲，廚乏聚蠅之～。" ❸ **散佈的粒狀物**。韓愈《送無本師歸范陽》詩："始見洛陽春，桃枝綴紅～。"周邦彥《大酺》詞："紅～鋪地，門外荊桃如菽。" ❹ **散佈，散落**。李白《春感》詩："榆莢錢生樹，楊花玉～街。" ❺ **用粉末狀的物品填塞**。魏學洢《核舟記》："右刻'山高月小，水落石出'，左刻'清風徐來，水波不興'，石青～之。"

12 **糧** liáng ㊕ loeng⁴ ❶ **旅行用的乾糧**。《荀子·議兵》："贏（yíng ㊕ jing⁴/jeng⁴）三日之～，日中而趨百里。"（贏：擔負。）㊞ **穀類，糧食**。《商君書·靳令》："民有餘～。" ❷ **田賦（後起意義）**。明末民謠："開了大門迎闖王，闖王來時不納～。"（闖王：指明末農民起義軍領袖李自成。）

15 **糲** lì ㊕ lai⁶ **粗糧，粗米**。《韓非子·外儲說左下》："孫叔敖相楚，棧車，牝馬，～飯菜羹。"（棧車：柴車。牝馬：母馬。）㊞ **粗糙**。《論衡·藝增》："豆麥雖～，亦能愈飢。"

16 **糴** dí ㊕ dek⁶ **買進糧食**。《商君書·墾令》："使商無得～，農無得糶（tiào ㊕ tiu³）。"（糶：賣出糧食。）《史記·晉世家》："晉饑而秦貸我，今秦饑請～，與之何疑？"

17 **糵** （糱）niè ㊕ jit⁶ ❶ **（麥、豆等穀物籽粒長出的）芽**。李時珍《本草綱目·穀四·糵米》："有粟、黍、穀、麥、豆諸～，皆水浸脹，候生芽曝乾去鬚。" ❷ **釀酒製醬時發酵用的麴**。《禮記·禮運》："故禮之于人也，猶酒之有～也。"《呂氏春秋·仲冬》："是月也……乃命大酋，秫稻必齊，麴～必時。" ㊞ **醞釀，釀成**。《漢書·李陵傳》："今舉事一不幸，全軀保妻子之臣隨而媒～其短。"

19 **糶** tiào ㊕ tiu³ **賣出糧食**。聶夷中《詠田家》："二月賣新絲，五月～新穀。" ㊟ **賣出貨物**。韓愈《論變鹽法事宜狀》："差人自～官鹽。"

20 **糳** zuò ㊕ zok³ **舂**。屈原《九章·惜誦》："擣木蘭以矯蕙兮，～申椒以為糧。" ㊞ **舂得的精米**。高啟《京師嘗吳粳》詩："初嘗愛精～，想出官田租。"

糸部

1 **系** xì ㊕ hai⁶ ❶ **掛，懸**。曹植《輔臣論》："群言～於口。" ❷ **拴，綁**。《淮南子·精神》："～絆其足。" ❸ **繼，連接**。班固《東都賦》："～唐統，接漢緒。" ❹ **帶子**。《後漢書·輿服志》："以青～為緄（gǔn ㊕ gwan²）。"（緄：帽上的帶子。）❺ **世系，系統**。杜甫《贈比部蕭郎中十兄》詩："漢朝丞相～，梁日帝王孫。"【**辨**】系，係，繫。見27頁"係"字。

2 **糾** jiū (粵) gau^{2}/dau^{2} ❶ **繩子**。賈誼《鵩鳥賦》："夫禍之與福兮，何異～纆（mò (粵) mak^{6}）。"（禍福像繩子一樣連在一起。纆：繩子。）(引) **纏繞，糾纏**。《史記・陳丞相世家》："常出奇計，救紛～之難，振國家之患。"（紛：雜亂。振：拯救。）❷ **糾集，集合**。《左傳・僖公二十六年》："桓公是以～合諸侯。"《後漢書・荀彧傳》："收離～散。"（離、散：指散兵游勇。）❸ **督察**。《周禮・秋官・司寇》："以五刑～萬民。"《荀子・王制》："嚴刑罰以～之。"**雙音詞有"糾察"**。❹ **檢舉**。《後漢書・桓譚傳》："今可令諸商賈自相～告。"《梁書・丘遲傳》："為有司所～。"❺ **矯正，糾正**。《尚書・冏命》："繩愆～謬，格其非心。"（繩愆：糾正錯誤。格：糾正。）《周禮・夏官・大司馬》："以～邦國。"

3 **紆** yū (粵) jyu^{1} ❶ **曲折，迴轉**。宋玉《高唐賦》："水澹澹而盤～兮。"(引) **思緒縈繞**。屈原《九章・惜誦》："心鬱結而～軫。"（軫：痛。）❷ **綰繫，掛**。揚雄《解嘲》："～青拖紫，朱丹其轂。"

3 **紅** hóng (粵) hung^{4} ❶ **粉紅**。《論語・鄉黨》："～紫不以為褻服。"（褻服：平日穿的內衣。）劉勰《文心雕龍・情采》："間色屏（bǐng (粵) bing^{2}）於～紫。"（把粉紅、紫色這些不正的顏色除掉。間色：不正的顏色。屏：除去，拋棄。）(又) **大紅（後起意義）**。白居易《憶江南》："日出江花～勝火。"❷ gōng (粵) gung^{1} **通"工"**。**指婦女紡織、刺繡等工作**。《漢書・哀帝紀》："（綺繡）害女～之物，皆止。"【**注意**】這個意義先秦寫作"工"或"功"。兩漢後多作"紅"。❸ gōng (粵) gung^{1} **通"功"**。**喪服名**。《漢書・文帝紀》："服大～十五日，小～十四日。"【**辨**】赤，朱，丹，絳，紅。見618頁"赤"字。

3 **紂** zhòu (粵) zau^{6} **商朝末代君主，相傳是暴君**。

3 **紇** hé (粵) hat^{6} [回紇] **隋唐時代我國西北部的一個民族。也稱回鶻**。

3 **紃** xún (粵) ceon^{4} ❶ **似繩的帶子**。《禮記・內則》："治絲繭，織紝組～，學女事。"（組：扁平的帶子。）❷ **通"循"**。**順着**。《荀子・非十二子》："終日言成文典，反～察之，則偶然無所歸宿，不可以經國定分。"

3 **紈** wán (粵) jyun^{4} **白色細絹**。《戰國策・齊策四》："下宮糅（róu (粵) jau^{2}）羅～，曳（yè (粵) jai^{6}）綺縠（hú (粵) huk^{6}）。"（糅：混雜。曳：拖。羅、綺、縠：絲織品。）[紈袴] **古代貴族子弟穿的細絹褲。常用來指富貴人家的子弟（多含貶義）**。杜甫《奉贈韋左丞丈二十二韻》："～～不餓死，儒冠多誤身。"

3 **約** yuē (粵) joek^{3} ❶ **捆縛，套**。《詩經・小雅・斯干》："～之閣閣。"（閣閣：上下嚴密的樣子。）《戰國策・趙策四》："于是為長安君～車百乘，質於齊。"（百乘：百輛。質於齊：到齊國做人質。）(又) **繩索**。《左傳・哀公十一年》："人尋～。"（每人一根八尺長的繩子。尋：八尺為一尋。）❷ **約束，束縛**。《論語・雍也》："～之以禮。"❸ **簡明，簡要**。《荀子・強國》："～而詳。"（詳：詳盡。）❹ **節儉**。《三國志・魏書・荀彧傳》："～食畜穀。"（畜：積蓄。）(引) **貧困**。《論語・里仁》："不仁者不可以久處～，不可以長處樂。"❺ **訂約，約定**。《史記・高祖本紀》："與諸將～，先入定關中者王之。"(又) **約定的事，盟約**。《鹽鐵論・和親》："匈奴數和親，而常先犯～。"（數：多次。和親：封建王朝與邊疆各族統治集團結親和好。犯約：指違反和親時訂的盟約。）❻ **大約（後起意義）**。魏學洢《核舟記》："舟首尾長～八分有奇（jī

(粵) gei1）。”（奇：餘數。）

3 **紀** jì (粵) gei2 ❶ **絲的頭緒**。《墨子・尚同上》：“譬若絲縷之有～，網罟（gǔ (粵) gu2）之有綱。”（譬若：比如。罟：網的總稱。綱：提網的總繩。）❷ **法度，準則**。《墨子・小取》：“審治亂之～。”《後漢書・鄧禹傳》：“師行有～。”(特) **人與人之間的道德關係**。《呂氏春秋・貴公》：“無亂人之～。”（無：不要。）[**紀綱**] ① **法度**。《左傳・哀公六年》：“亂其～～。”② **治理**。《國語・晉語四》：“此大夫管仲之所以～～齊國。”❸ **治理，管理**。《國語・周語上》：“～農協功。”（管理農事，協同工作。）❹ **記年單位**。① **十二年為一紀**。《尚書・畢命》：“既歷三～。”② **一代為一紀**。史岑《出師頌》：“歷～十二。”❺ **古代紀傳體史書中記述帝王歷史事跡的部分。如《史記・秦始皇本紀》、《漢書・高帝紀》**。❻ (粵) gei3 **通“記”。記載**。《論衡・須頌》：“司馬子長～黃帝以至孝武。”（司馬子長：即司馬遷。黃帝：傳説中的古代帝王。孝武：漢武帝。）【辨】記，紀。見585頁“記”字。

3 **紉** rèn (粵) jan6 ❶ **搓繩，拈線**。《楚辭・惜誓》：“並～茅絲以為索。”（茅：一種草。索：大繩。）(引) **連綴**。屈原《離騷》：“～秋蘭以為佩。”（佩：佩戴的裝飾物。）❷ **縫（後起意義）**。《新唐書・孫孝哲傳》：“孝哲箴縷素具，徐為～綻（zhàn (粵) zaan6）。”（箴：針。綻：綻裂。）❸ **以線穿針**。《禮記・內則》：“衣裳綻裂，～箴請補綴。”❹ **通“韌”。柔韌**。《古詩為焦仲卿妻作》：“蒲葦～如絲，磐石無轉移。”

4 **素** sù (粵) sou3 ❶ **沒有染色的絹**。《玉臺新詠・上山采蘼蕪》：“新人工織縑（jiān (粵) gim1），故人工織～。”（工：擅長。縑：細絹。）❷ **白色的**。《詩經・召南・羔羊》：“～絲五紽（tuó (粵) to4）。”（紽：量詞。）(引) **（白色的）鹽、雪等物**。張融《海賦》：“熬波出～。”謝朓《阻雪》詩：“飄～瑩檐溜。”(又) **空，白白的**。《詩經・魏風・伐檀》：“不～餐兮。”❸ **（無葷腥的）植物類食品。與“葷”相對**。《墨子・辭過》：“古之民未知為飲食時，～食而分處。”❹ **樸素，質樸**。《淮南子・本經》：“其事～而不飾。”(又) **根本，本質**。劉向《説苑・反質》：“是謂伐其根～，流於華葉。”《淮南子・俶真》：“平易者道之～。”❺ **真情**。鄒陽《獄中上梁王書》：“披心腹，見情～。”（披：剖開。見：現，露出。）**這個意義後來又寫作“愫”**。❻ **清貧**。《晉書・武帝紀》：“舉清能，拔寒～。”❼ **向來，平素**。《史記・陳涉世家》：“吳廣～愛人，士卒多為用者。”（多為用者：大多願意為他效勞。）(引) **平素的（表現、修養等）**。《漢書・梅福傳》：“聽言不求其能，舉功不考其～。”(又) **舊交**。劉禹錫《重祭柳員外文》：“其他赴告，咸復於～。”

4 **索** suǒ (粵) sok3/saak3 ❶ **大繩子**。《尚書・五子之歌》：“若朽～之馭六馬。”(泛) **繩索**。《列子・天瑞》：“鹿裘帶～。”(又) **使……成繩狀**。《論衡・語增》：“傳語又稱紂力能～鐵伸鉤。”（紂：商紂王。伸鉤：使鉤伸直。）❷ **法度**。《左傳・定公四年》：“疆以周～。”（周：周朝。）❸ **求取，尋找**。《韓非子・孤憤》：“求～不得，貨賂不至。”《莊子・外物》：“曾不如早～我於枯魚之肆。”**成語有“探賾索隱”**。(又) **搜索**。《史記・秦始皇本紀》：“乃令天下大～十日。”(又) **索取，討要**。南朝蕭齊求那毗地譯《百喻經・伎兒作樂喻》：“譬如伎兒，王前作樂，王許千錢。後從王～，王不與之。”❹ **盡，完結**。《韓非子・初見秦》：“士民病，蓄積～。”❺ **孤獨**。《禮記・檀弓上》：“吾離群而～居，亦已久矣。”**成語有“離群索**

居”。【辨】繩，索。“繩”指小繩子，“索”指大繩子。

4 **紊** wěn (粵) man6 **亂**。《尚書・盤庚上》：“若網在綱，有條而不～。”《南史・梁武帝紀》：“政刑弛～。”（政治和刑法鬆弛紊亂。）**成語有“有條不紊”**。

4 **紝** rèn (粵) jam6/jam4 ❶ **織布帛的絲縷**。《禮記・內則》：“治絲繭，織～組紃。”❷ **紡織**。《戰國策・秦策一》：“妻不下～，嫂不為炊。”**常“紝織”、“織紝”連用**。《韓非子・難二》：“丈夫盡於耕農，婦人力於織～，則入多。”（入多：收入多。）

4 **紜** yún (粵) wan4 [紜紜] **眾多而雜亂的樣子**。枚乘《梁王菟園賦》：“紛紛～～，騰踊雲亂。”

4 **紑** fóu (粵) fau1 **衣服整潔鮮明的樣子**。《詩經・周頌・絲衣》：“絲衣其～。”（其：形容詞詞頭。）

4 **紘** hóng (粵) wang4 ❶ **繫於頷下的帽帶**。《左傳・桓公二年》：“衡、紞、～、綖，昭其度也。”（衡：把冠固定在髮髻上的簪子。紞：冠兩邊掛玉石飾物的帶子。綖：一種帽飾。）❷ **編磬成組的繩子**。《儀禮・大射儀》：“鼗（táo (粵) tou4）倚于頌磬西～。”（鼗：一種長柄小鼓。）(泛) **繩子**。班固《西都賦》：“罘網連～，籠山絡野。”（罘：網。）❸ **羅網**。揚雄《羽獵賦》：“遙噱乎～中。”（噱：張口吐舌，形容禽獸疲於奔命的樣子。）❹ **維繫**。《淮南子・原道》：“～宇宙而章三光。”（三光：指日、月、星。）[八紘] **指八方極遠的地方**。《史記・司馬相如列傳》：“遍覽～～而觀四荒兮。”❺ **通“宏”。廣大**。《淮南子・精神》：“天地之道，至～以大。”

4 **紕** pī (粵) pei1 ❶ pí (粵) pei4 **（在衣冠或旗幟上）繡花邊**。《詩經・鄘風・干旄》：“素絲～之。”（素絲：白絲。）(引) **（衣冠或旗幟上）所繡的花邊**。《禮記・玉藻》：“縞冠素～。”❷ **（絲織品的絲縷）稀疏鬆散**。趙明道《夜行船・寄香羅帕》套曲：“幅尺闊全無半縷～。”(引) **疏漏，錯誤**。沈作喆《寓簡》卷六：“朝混亂而多制者，其政益～。”[紕繆] **錯誤**。裴駰《史記集解序》：“（班）固之所言，世稱其當。雖時有～～，實勒成一家。”（雖然有些小錯誤，確實能成為一家之說。勒：編。）

4 **純** chún (粵) seon4 ❶ **絲**。《論語・子罕》：“麻冕，禮也。今也～，儉，吾從眾。”《漢書・王褒傳》：“難與道～綿之麗密。”❷ **純正，純粹**。《漢書・禮樂志》：“既畏茲威，惟慕～德，附而不驕，正心翊翊。”❸ **誠信，真誠**。《左傳・隱公元年》：“潁考叔，～孝也，愛其母，施及莊公。”(引) **善，美**。《史記・漢興以來諸侯王年表》：“非德不～，形勢弱也。”❹ zhǔn (粵) zeon2 **衣服鞋帽的鑲邊**。《荀子・正論》：“赭（zhě (粵) ze2）衣而不～。”（赭衣：古代犯人穿的赤褐色的衣服。）❺ tún (粵) tyun4 **捆，包**。《詩經・召南・野有死麕》：“野有死鹿，白茅～束。”(引) **量詞。匹**。《史記・蘇秦列傳》：“錦繡千～。”

4 **納** nà (粵) naap6 ❶ **收進**。《詩經・豳風・七月》：“十月～禾稼。”**成語有“吐故納新”**。(引) **接納，收容**。《韓非子・說林上》：“温人之周，周不～客。”（温：地名。之：到。周：國名。）**成語有“藏污納垢”**。(叉) **接受，採納**。《三國志・吳書・呂蒙傳》：“權深～其策。”（權：孫權。策：計策。）**成語有“納諫如流”**。❷ **取得**。《史記・秦始皇本紀》：“得韓王安，盡～其地。”(叉) **娶**。《詩經・邶風・新臺》：“刺衛宣公也，～伋之妻。”（伋：衛宣公之子。）❸ **結交，聯合**。《漢書・楚元王劉交傳》：“宜～宗室，又多與大臣共事。”❹ **上交，交納**。《左傳・莊公二十二年》：“冬，公如齊～幣。”《三國志・吳書・吳主傳》："兼～纖（xiān (粵) cim1）絺（chī (粵) ci1）南方之貢。"（纖絺：兩種紡織品。）❺ **通"衲"。粗縫，縫補**。《三國志・魏書・武帝紀》裴松之注引王沈《魏書》："帷帳屏風，壞則補～。"**【注意】在上古漢語中，"納"多寫作"內"，後來才寫作"納"。**

4 **紒** jì (粵) gai3 **束髮為髻**。《儀禮・士冠禮》："將冠者，采衣，～。"

4 **紟** jīn (粵) gam1 ❶ **繫衣帶**。《禮記・內則》："～纓綦屨。"（繫好帽帶、鞋帶。）❷ jìn (粵) gam3 **單被**。《禮記・喪服大記》："布～二衾。"

4 **紛** fēn (粵) fan1 ❶ **綴在旗上的飄帶**。揚雄《羽獵賦》："青雲為～。"❷ **眾多的樣子**。屈原《離騷》："～吾既有此內美兮。"杜甫《故武衞將軍挽歌三首》："路人～雨泣。"（雨泣：泣淚如雨。）❸ **雜亂**。《史記・魯仲連鄒陽列傳》："為人排患釋難解～亂而無取也。"李白《送張秀才從軍》詩："壯士懷遠略，志存解世～。"

4 **級** jí (粵) kap1 ❶ **等級**。《韓非子・定法》："斬一首者爵一～。"顏延之《陶徵士誄》："蔑彼名～。"（輕視名譽和等級地位。）❷ **台階**。《左傳・僖公二十三年》："公降一～而辭焉。"徐弘祖《徐霞客遊記・楚遊日記》："在石隙中轉折數～而下。"❸ **首級**。《漢書・趙充國傳》："斬虜數百～。"

4 **紋** wén (粵) man4 **絲織品上的花紋**。杜甫《小至》詩："刺繡五～添弱綫。"(泛) **花紋**。徐弘祖《徐霞客遊記・楚遊日記》："垂柱倒蓮，～若鏤雕。"（下垂的石柱像倒懸的蓮花，花紋像雕刻的一樣。）

4 **紡** fǎng (粵) fong2 ❶ **把絲、麻等纖維製成紗或線**。《左傳・昭公十九年》："及老，託於紀鄣，～焉以度而去之。"（託：指寄居。紀鄣：地名。度：指量城的高度。去：指藏起來。）❷ **一種絲織品**。《儀禮・聘禮》："迎大夫賄，用束～。"

4 **紞** dǎn (粵) dam2 ❶ **古代冠冕上用以繫瑱（塞耳玉）的絲帶**。《國語・魯語下》："王后親織玄～。"❷ **縫在被頭上的絲帶**。《禮記・喪服大記》："紟（jìn (粵) gam3）五幅，無～。"（紟：單被。）❸ **象聲詞**。歐陽修《御街行》："落星沈月，～～城頭鼓。"蘇軾《永遇樂》詞："～如三鼓，鏗然一葉，黯黯夢雲驚斷。"

4 **紖** zhèn (粵) zan3 **牛鼻繩**。《禮記・少儀》："牛則執～，馬則執靮（dí (粵) dik1）。"（靮：馬韁繩。）

4 **紐** niǔ (粵) nau2 ❶ **用繩帶繫結打扣**。史游《急就篇》卷三："冠幘簪簧結髮～。"(引) **結扣，紐扣**。《禮記・玉藻》："居士錦帶，弟子縞帶，并～約用組。"❷ **器物上可以繫帶或把持的部位**。《淮南子・說林》："龜～之璽，賢者以為佩。"**雙音詞有"樞紐"**。(喻) **把持（事物的根本、關鍵）**。《莊子・人間世》："禹舜之所～也。"（禹舜把這個道理當作根本。）❸ **漢語音韻學名詞。聲母，聲紐**。

4 **紓** shū (粵) syu1 ❶ **延緩，緩**。《左傳・文公十六年》："姑～死焉。"（姑：姑且。）《宋史・李繁傳》："民力稍～，得以盡於農畝。"❷ **寬裕**。蘇軾《與開元明師書》之二："歲豐人～，會當成耳。"❸ **解除，排除**。《後漢書・龐參傳》："季子來歸，魯人喜其～難。"《左傳・成公十六年》："可以～憂。"❹ **通"抒"。抒發**。嚴忌《哀時命》："獨便悁而煩毒兮，焉發憤而～情。"

5 **累** lěi (粵) leoi5 ❶ **堆疊，積累**。《老子・六十四章》："九層之臺，起於～土。"(引) **重疊，加倍**。《韓非子・五蠹》："雖倍賞～罰而不免於亂。"（倍賞：加倍獎賞。）《史記・孔子世家》："～世不能殫其學。"❷ lèi (粵) leoi6 **帶累，牽累**。《左傳・隱公十一年》："相時而動，無～

後人。”㊀ **煩勞，勞累**。《韓非子・外儲説右上》：“吾欲以國～子，子必勿泄也。”《莊子・天下》：“不～於俗，不飾於物。” ❸ lèi ㊐ leoi⁶ **憂患，禍害**。《鹽鐵論・地廣》：“烽燧（suì ㊐ seoi⁶）一動，有沒身之～。”（烽燧：古代邊防報警的信號。）㊀ **毛病**。嵇康《與山巨源絕交書》：“而有好盡之～。”（好盡：喜歡直言不諱。） ❹ léi ㊐ leoi⁴ ［**纍累**］**同“纍縲”。捆綁**。揚雄《長楊賦》：“～～老弱。”

5 **紺** gàn ㊐ gam³ **一種深青帶紅的顏色**。《論語・鄉黨》：“君子不以～緅（zōu ㊐ zau¹）飾。”（緅：青赤色的帛。）禰衡《鸚鵡賦》：“～趾丹觜，綠衣翠衿。”

5 **紲**（絏、緤）xiè ㊐ sit³ ❶ **牽牲畜的繩索**。《禮記・少儀》：“犬則執～。”《左傳・僖公二十四年》：“臣負羈～，從君巡於天下。”（羈：馬籠頭。）㊀ **縛罪人的繩索**。司馬遷《報任安書》：“何至自沈溺縲（léi ㊐ leoi⁴）～之辱哉。”（沈：沉。縲：大繩子。） ❷ **繫，縛**。屈原《離騷》：“登閬風而～馬。”張衡《東京賦》：“掃項軍於垓下，～子嬰於軹（zhǐ ㊐ zi²）塗。”（軹：亭名。塗：途。）

5 **紱** fú ㊐ fat¹ ❶ **繫印章或佩玉用的絲帶。紱的顏色依官位品級而不同**。《漢書・匈奴傳下》：“解故印～奉上，將率受，著新～。” **又寫作“韍”**。 ❷ **通“韍”。蔽膝**。《周易・困》：“困于酒食，朱～方來。”

5 **組** zǔ ㊐ zou² ❶ **絲帶**。《韓非子・外儲説右上》：“使其妻織～。”㊕ **印綬**。《漢書・高帝紀》：“秦王子嬰素車白馬，繫頸以～，封皇帝璽符節，降枳道旁。”［**組練**］**以組和練綴甲，形容裝備精良。指精兵**。辛棄疾《水調歌頭・舟次揚州》：“漢家～～十萬。” ❷ **編織**。《詩經・鄘風・干旄》：“素絲～之。”

5 **紳** shēn ㊐ san¹（**古代士大夫或貴族）腰間所繫的大帶子。又指其下垂的部分**。《論語・鄉黨》：“加朝服，拖～。”李白《酬王補闕惠翼莊廟宋丞泚贈別》詩：“永言銘佩～。”（銘：銘記。佩：佩戴。）㊁ **束繫帶子**。《韓非子・外儲説左上》：“～之束之。”㊁ **紳士**。岳珂《桯史・紫宸廊食》：“一日長春節，欲盡宴廷～。”

5 **紬** chóu ㊐ cau⁴ ❶ **絲織品**。《鹽鐵論・散不足》：“繭～縑練者，婚姻之嘉飾也。” **這個意義後來寫作“綢”**。 ❷ chōu ㊐ cau¹ **綴集**。《史記・太史公自序》：“（父）卒三歲而遷為太史令，～史記石室金匱之書。” ❸ chōu ㊐ cau¹ **抽引**。宋玉《高唐賦》：“～大弦而雅聲流，冽風過而增悲哀。”［**紬繹**（yì ㊐ jik⁶）］**引出頭緒**。《漢書・谷永傳》：“燕見～～，以求咎愆（qiān ㊐ hin¹）。”（燕見：指在皇帝內廷朝見。）

5 **細** xì ㊐ sai³ ❶ **微小。與“大”、“巨”相對**。《老子・六十三章》：“圖難於其易，為大於其～。”《三國志・蜀書・諸葛亮傳》：“事無巨～，亮皆專之。”（專：親自處理。）［**細人**］**小人**。《韓非子・喻老》：“不宜為～～用。”㊁ **細。與“粗”相對**。《莊子・人間世》：“仰而視其～枝，則拳曲而不可以為棟梁。” ❷ **詳細，仔細**。杜甫《春日憶李白》詩：“何時一樽酒，重與～論文。”（樽：盛酒的器具。）范成大《水調歌頭・細數十年事》：“～數十年事，十處過中秋。” ❸ **精細，細密**。《潛夫論・浮侈》：“衣必～致，履必獐麂。”㊁ **苛細**。《左傳・襄公二十九年》：“其～已甚，民弗堪也。”

5 **絅**（褧）jiǒng ㊐ gwing² **罩在外面的單衣**。《禮記・中庸》：“《詩》曰‘衣錦尚～’，惡其文之著也。”

5 **絀** chù 粵 zyut^3 ❶ **不足**。《荀子・非相》："緩急嬴～。"（嬴：通"贏"。盈餘。）成語有"**相形見絀**"。❷ 粵 ceot^1 **通"黜"。廢，貶退**。《左傳・莊公八年》："僖公之母弟曰夷仲年，生公孫無知，有寵於僖公，衣服禮秩如適（dí 粵 dik^1），襄公～之。"（適：嫡子，太子。）《荀子・成相》："展禽三～。"（展禽：人名。）❸ **屈，屈服。這個意義通常作"詘"**。《荀子・不苟》："君子能則寬容易直以開道人，不能則恭敬縛～以畏事人。"

5 **紩** zhì 粵 dit^6 **縫**。《晏子春秋・內篇諫下》："古者嘗有～衣攣領而王天下者。"

5 **紾** zhěn 粵 zan^2/can^2 ❶ **轉，變化**。《淮南子・精神》："禍福利害，千變萬～。" 又 **盤曲**。《淮南子・本經》："大鐘鼎，美重器，華蟲疏鏤，以相繆～，寢兕伏虎，蟠龍連組。" 又 **扭轉**。《孟子・告子下》："～兄之臂而奪之食。" ❷ tiǎn 粵 tin^5 **紋理粗糙**。《周禮・考工記・弓人》："老牛之角～而昔。"（昔：指不鮮潤。）

5 **終** zhōng 粵 zung^1 ❶ **終了，結束。與"始"相對**。《孫子兵法・勢》："～而復始，日月是也。" 引 **生命完結，死**。《左傳・文公七年》："今君雖～，言猶在耳。"（猶：還。）❷ **終於，終歸**。《戰國策・齊策二》："為蛇足者，～亡其酒。"（為蛇足者：給蛇畫腳的人。亡：失掉。）❸ **自始至終**。《戰國策・魏策四》："受地於先王，願～守之。"（受地：接受封地。）又 **盡，全**。《老子・二十三章》："驟雨不～日。" ❹ [**終……且……**] **既……又……**。《詩經・邶風・終風》："～風～霾。"

5 **絑** zhù 粵 zyu^3 [**絑纊**(kuàng 粵 kwong^3)] **同"屬纊"。古人以新絲綿放在臨終者口鼻前，觀察是否還有呼吸**。《荀子・禮論》："～～聽息之時。"

5 **絆** bàn 粵 bun^6 ❶ **拴繫馬足的繩索**。泛 **拴鳥獸的繩索**。傅玄《鷹賦》："飾五采之華～。" 又 **用繩索拴住馬足**。《淮南子・俶真》："是猶兩～騏驥而求其致千里也。" ❷ **約束，牽制**。杜甫《曲江》詩之一："細推物理須行樂，何用浮榮～此身？"

5 **紵** zhù 粵 cyu^5 ❶ **通"苧"。苧麻**。《詩經・陳風・東門之池》："東門之池，可以漚～。" 左思《魏都賦》："黝黝桑柘，油油麻～。" ❷ **苧麻織成的布**。左思《吳都賦》："～衣絺服，雜沓傱萃。"

5 **紼** fú 粵 fat^1 ❶ **大繩**。《詩經・小雅・采菽》："汎（fàn 粵 faan^3）汎楊舟，～纚（lí 粵 lei^4）維之。"（汎汎：漂流的樣子。纚：通"縭"。帶子。）特 **指引棺的繩索**。《左傳・昭公三十年》："晉之喪事，敝邑之間，先君有所助執～矣。" ❷ **通"紱"。繫印章的絲繩**。《漢書・丙吉傳》："臨當封，（丙）吉疾病，上將使人加～而封之。"

5 **紹** shào 粵 siu^6 ❶ **繼續，接續**。《尚書・盤庚上》："～復先王之大業。"《三國志・蜀書・諸葛亮傳》："～世而起。" 又 **繼承人**。《詩經・大雅・抑》："弗念厥～。" ❷ **緊緊纏繞**。《樂府詩集・有所思》："用玉～繚之。" ❸ **介紹**。《晏子春秋・問下》："諸侯之交，～而相見。" [**紹介**] **介紹人**。《史記・魯仲連鄒陽列傳》："請為～～，交之於將軍。"

5 **紿** dài 粵 doi^6 **哄騙，欺騙**。《史記・項羽本紀》："項王至陰陵，迷失道，問一田父，田父～曰：'左。'"（田父：種田人。）

6 **絜** xié 粵 kit^3 ❶ **度量物體周圍的長度**。《莊子・人間世》："見櫟社樹，其大蔽數千牛，～之百圍。"（櫟：一種樹。）泛 **度量，衡量**。《禮記・大學》："君子有

～矩之道也。”（矩：法度。）(引) **比較**。賈誼《過秦論》：“試使山東之國與陳涉度長～大，比權量力，則不可同年而語矣。”❷ jié (粵) git3 通“潔”。**乾淨，清潔**。《左傳・僖公五年》：“吾享祀豐～，神必據我。”李康《運命論》：“遂～其衣服。”(引) **純潔**。《史記・屈原賈生列傳》：“其志～，其行廉。”

6 **絮** xù (粵) seoi6/seoi5 ❶ **粗絲綿**。《漢書・鼂錯傳》：“可賜之堅甲～衣。”(又) **像絮的東西**。《世説新語・言語》：“未若柳～因風起。”❷ **在衣服、被褥裏鋪絲綿**。李白《子夜吳歌・冬歌》：“一夜～征袍。”

6 **絓** guà (粵) gwaa3 **絆住，阻礙**。《左傳・成公二年》：“將及華泉，驂～於木而止。”《韓非子・説林下》：“君聞大魚乎？網不能止，繳不能～也，蕩而失水，螻蟻得意焉。”(引) **觸犯**。《論衡・辨祟》：“故發病生禍，～法入罪。”

6 **結** jié (粵) git3 ❶ **打結**。《莊子・胠篋》：“民～繩而用之。”（結繩：古時以結繩記事。）(又) **繩子的結**。《論衡・實知》：“天下事有不可知，猶～有不可解也。”(引) **問題所在處**。《史記・扁鵲倉公列傳》：“盡見五藏症～。”（藏：臟。）❷ **繫，紮縛**。《楚辭・九歌・山鬼》：“乘赤豹兮從文狸，辛夷車兮～桂旗。”《史記・張釋之馮唐列傳》：“為我～襪。”**成語有“張燈結彩”**。❸ **締結，結交**。《左傳・隱公七年》：“齊侯使夷仲年來聘，～艾之盟也。”《三國志・蜀書・諸葛亮傳》：“外～好孫權。”❹ **結果實**。杜甫《少年行》：“江花～子也無多。”（江花：江邊之花。子：籽。）❺ **搭，構建**。陶潛《飲酒》詩：“～廬在人境。”（結廬：蓋房子。人境：人間。）❻ jì (粵) gai3 通“髻”。**髮髻**。《漢書・李陵傳》：“兩人皆胡服椎～。”

6 **絚**（絙、緪）gēng (粵) gang1 ❶ **粗索**。《三國志・魏書・王昶傳》：“昶詣江陵，兩岸引竹～為橋，渡水擊之。”❷ **緊，急**。《淮南子・繆稱》：“治國譬若張瑟，大弦～則小弦絕矣。”❸ gèn (粵) gang2 通“亙”。**通貫兩頭，貫通**。班固《西都賦》：“自未央而連桂宮，北彌明光而～長樂。”（未央、桂宮、明光、長樂：均宮名。）

6 **絰** dié (粵) dit6 **用麻做的喪帶，服喪時繫在腰上或頭上**。《禮記・檀弓上》：“孔子之喪，二三子皆～而出。”（二三子：指學生們。）《三國志・吳書・吳主傳》：“要～而處事。”（腰上結着喪帶去辦事。要：腰。）

6 **絪** yīn (粵) jan1 ❶ **[絪縕] 天地陰陽二氣交互作用**。《周易・繫辭下》：“天地～～，萬物化醇。”(又) **交感的元氣**。謝莊《宋明堂歌・迎神歌》：“駕六氣，乘～～。”❷ **褥墊**。《抱朴子・登涉》：“或問道士山居棲巖庇岫，不必有～縟之温，直使我不畏風濕，敢問其術也。”

6 **給** jǐ (粵) kap1 ❶ **足，豐足**。《孟子・梁惠王下》：“秋省斂而助不～。”賈思勰《齊民要術序》：“歲歲開廣，百姓充～。”（歲歲開廣：指開墾的土地逐年增多。）❷ **供給，供應**。《戰國策・齊策四》：“孟嘗君使人～其食用。”**成語有“自給自足”**。❸ **供事，供職**。《史記・蕭相國世家》：“何乃～泗水卒史事。”（何：蕭何，人名。泗水：地名。卒史：官名。）《三國志・魏書・呂布傳》：“以驍武～并州。”❹ **口齒伶俐**。《荀子・非十二子》：“辯説譬諭齊～便利。”（譬諭：比喻。齊：快。便利：敏捷。）**【注意】** 在古代漢語中“給”字不表示“給予”，只表示“供給”。“給予”的意思用“與”、“予”表示。

6 **絢** xuàn (粵) hyun3 **有文采，絢麗**。《儀禮・聘禮》：“繫長尺～組。”（繫：繫玉的帶子。組：絲織的寬帶子。）顏延之《宋文皇帝元皇后哀策文》："素章增～。"

6 **絳** jiàng ㊥ gong³ **深紅色**。《墨子・公孟》："～衣博袍，以治其國。"《三國志・吳書・呂蒙傳》："為兵作～衣行縢（téng ㊥ tang⁴）。"（行縢：綁腿布。）**【辨】**赤，朱，丹，絳，紅。見618頁"赤"字。

6 **絡** luò ㊥ lok³ ❶ **纏繞，纏裹**。宋玉《招魂》："秦篝齊縷，鄭綿～些。" ㊀ **環繞，包羅覆蓋**。《山海經・海內經》："南海之內……有九丘，以水～之。" 班固《西都賦》："籠山～野。" ❷ **罩住**。《淮南子・原道》："～馬之口，穿牛之鼻者，人也。" ㊀ **馬籠頭**。蕭綱《西齋行馬》詩："晨風白金～。"（晨風：馬名。）❸ **網**。張衡《西京賦》："振天維，衍地～。"（維：大繩子。衍：撒開。）❹ **人體的絡脈。是由經脈分出的呈網狀的大小分支**。《素問・繆刺論》："（此）～病者。" ㊕ **身體淺表的血管**。《素問・調經論》："視其血～，刺出其血。" ❺［絡繹］**接連不斷**。《古詩為焦仲卿妻作》："交語速裝束，～～如浮雲。" **成語有"絡繹不絕"**。

6 **絞** jiǎo ㊥ gaau² ❶ **用繩索勒**。《左傳・哀公二年》："若其有罪，～縊以戮。"《史記・楚世家》："圍入問王疾，～而弒之。" ❷ **纏繞**。《墨子・節葬下》："葛以緘之，～之不合。" 柳宗元《晉問》："根～怪石，不土而植。" ㊀ **纏屍用的帶子**。《禮記・喪大記》："小斂布～。" ❸ **擰，擠壓**。賈思勰《齊民要術・作菹、藏生菜法》："生布薄～去汁，即下杭汁。" ❹ **急切**。《論語・泰伯》："直而無禮則～。"

6 **統** tǒng ㊥ tung² ❶ **絲的頭緒**。《淮南子・泰族》："繭之性為絲，然非得工女煮以熱湯而抽其～紀，則不能成絲。"（紀：絲的頭緒。）㊀ **一脈相傳的系統**。《尚書・微子之命》："～承先王。"《三國志・蜀書・諸葛亮傳》："奉承大～，兢兢業業。"（奉承：承受的敬辭。）**雙音詞有"傳統"、"系統"**。❷ **綱要，綱領**。《荀子・非十二子》："略法先王而不知其～。"（略法：取法。）❸ **總括，統一**。《荀子・儒效》："～禮義，一制度。" 王夫之《周易外傳・繫辭上傳・十二章》："～之乎一形。"（形：指物質。）㊇ **綜合地，全面地**。《後漢書・和帝紀》："內有公卿大夫～理本朝。" **成語有"統籌兼顧"**。❹ **治理，管理**。《三國志・吳書・陸遜傳》："臣愚以為諸王幼沖，未～國事。" ㊇ **統領，率領**。吳質《在元城與魏太子箋》："～東郡之任。"（東郡：地名。）《三國志・蜀書・諸葛亮傳》："今將軍誠能命猛將～兵數萬。"

6 **絣** bēng ㊥ bang¹ ❶ **古代氐族的一種織品，用不同顏色的線織成的**。《説文》："～，氐人殊縷布也。" ❷ **穿甲的繩**。《戰國策・燕策一》："妻自組甲～。"（組：織。）❸ **繼續**。《後漢書・班彪傳》："將～萬嗣。" ❹ bīng ㊥ bing³ **交錯**。《漢書・揚雄傳下》："～之以象類，播之以人事。"

6 **絕** jué ㊥ zyut⁶ ❶ **斷，斷絕**。《論語・衛靈公》："在陳～糧，從者病，莫能興。"《淮南子・天文》："天柱折，地維～。"（維：繩。）㊀ **竭，盡**。《莊子・漁父》："疾走不休，～力而死。" ❷ **極，非常**。《史記・伍子胥列傳》："秦女～美，王可自取。"《後漢書・東夷列傳》："所在～遠，不可往來。" ❸ **超越，超過**。《世説新語・惑溺》："壽蹻捷～人，踰牆而入，家中莫知。" ㊇ **高超，絕妙**。《三國志・魏書・華佗傳》："佗之～技，凡此類也。" ❹ **橫渡，橫穿**。《荀子・勸學》："假舟楫（jí ㊥ zip³）者，非能水也，而～江河。"（假：憑藉。楫：槳。能水：指能游泳。）陸游《夜泊水村》詩："老子猶堪～大漠。"（老子：老漢。猶堪：還能。

大漠：沙漠。）

6 **絲** sī 粵 si1 ❶ **蠶絲**。《詩經・衞風・氓》："抱布貿～。"聶夷中《詠田家》："二月賣新～，五月糶（tiào 粵 tiu3）新穀。"（糶：賣糧食。）(引) **絲織品**。《漢書・公孫弘傳》："妾不衣～。"(又) **絲線，線**。杜甫《重過何氏》詩之三："翡翠鳴衣桁，蜻蜓立釣～。"陸佃《埤雅・釋鳥》："今人乘風放紙鳶，鳶輒引～而上。"❷ **纖細如絲的東西**。李白《同族姪評事黯遊昌禪師山池》詩："疏楊挂綠～。"（疏：稀疏。）(喻) **白頭髮**。韋莊《鑷白》詩："始因～一縷，漸至雪千莖。"❸ **八音（金、石、土、木、絲、竹、匏、革）之一。指弦樂器。見714頁"音"字**。《周禮・春官・大師》："皆播之以八音：金石土革～木匏竹。"《史記・樂書》："～聲哀。"❹ **微小的計量單位。十絲為一毫。［絲毫］形容微小的事物**。《新唐書・辛雲京傳》："治謹於法，下有犯，雖～～比，不肯貸。"（治：治理。謹：嚴。貸：寬免。）

7 **絿** qiú 粵 kau4 **急，急躁**。《詩經・商頌・長發》："不競不～，不剛不柔。"

7 **綍** fú 粵 fat1 ❶ **大繩索**。《禮記・緇衣》："王言如絲，其出如綸；王言如綸，其出如～。"(特) **引棺的繩索**。《禮記・雜記下》："升正柩，諸侯執～五百人。"❷ **［如綍］帝王的詔書**。劉禹錫《謝貸錢物表》："特遂誠請，遠承～～之旨。"

7 **綆** gěng 粵 gang2 **井繩**。《荀子・榮辱》："短～不可以汲深井之泉。"（汲：從井裏打水。）**成語有"綆短汲深"**。

7 **經** jīng 粵 ging1 ❶ **織布的縱線叫"經"，橫線叫"緯"**。劉勰《文心雕龍・情采》："～正而後緯成，理定而後辭暢。"（理：文理，文章內容。辭：文辭。）(引) **道路以南北為"經"，東西為"緯"**。《周禮・考工記・匠人》："國中九～九緯。"❷ **中醫把人體氣血運行通路的主幹叫"經"。如"經絡"、"經脈"**。❸ **常規，原則**。《尚書・大禹謨》："與其殺不辜，寧失不～。"（不經：不合常法。）**成語有"荒誕不經"**。《史記・太史公自序》："守～事而不知其宜，遭變事而不知其權。"❹ **經典，中國古代以《易》、《書》、《詩》、《禮》、《樂》、《春秋》為六經**。(又) **載一事一藝的專書。如《黃帝內經》、《山海經》等**。❺ **經過**。《漢書・五行志中之上》："還～魯地。"(又) **經歷**。楊衒之《洛陽伽藍記・城西》："～河陰之役，諸元殲盡。"（河陰：地名。役：變故。諸元：指元姓貴族。）❻ **度量，劃分**。《周禮・天官・冢宰》："體國～野。"（劃分城中區域，度量郊外土地。）《鹽鐵論・相刺》："古者～井田。"(引) **治理**。《史記・秦始皇本紀》："皇帝明德，～理宇內。"（宇內：指國家。）❼ **上吊**。《史記・田單列傳》："～其頸於樹枝。"

7 **綃** xiāo 粵 siu1 ❶ **生絲織成的薄紗（綢）**。白居易《琵琶行》："一曲紅～不知數。"❷ shāo 粵 saau1 **通"梢"。掛帆的杆**。木華《海賦》："維長～，掛帆席。"

7 **絹** juàn 粵 gyun3 ❶ **一種生絲織成的絲織品，古代多作書畫、裝潢用**。《管子・乘馬》："無金則用其～。"《史記・孝武本紀》張守節正義："書～帛上為怪言語，以飼牛。"❷ **通"罥"。掛，繫**。《淮南子・齊俗》："～以綺繡，纏以朱絲。"

7 **絺** chī 粵 ci1 **用葛纖維織成的細布**。《論語・鄉黨》："當暑，袗（zhěn 粵 can2/zan2）～綌（xì 粵 gwik1），必表而出之。"（袗：單衣，這裏用作動詞，穿……單衣。綌：粗葛布。表而出：指露在外邊。）《史記・五帝本紀》："堯乃賜舜～衣。"

7 **綌** xì 粵 gwik1 **粗葛布**。《詩經・周南・葛覃》:"為絺 (chī 粵 ci1) 為～,服之無斁 (yì 粵 jik6)。"(絺:細葛布。斁:厭。) 陶潛《自祭文》:"絺～冬陳。"(陳:陳列。)

7 **綏** suí 粵 seoi1 ❶ **登車時做拉手用的繩子**。《左傳・哀公二年》:"子良授太子～而乘之。" ❷ **安,安撫**。《詩經・大雅・民勞》:"惠此中國,以～四方。"《三國志・蜀書・諸葛亮傳》:"思靖百姓,懼未能～。"(靖:安定。) **雙音詞有"綏靖"**。❸ **臨陣退卻**。曹操《敗軍令》:"將軍死～。" ❹ ruí 粵 jeoi4 **通"緌"**。**旌旗的一種**。《禮記・王制》:"天子殺則下大～。"(又) **旗的纓穗**。《禮記・曲禮上》:"武車～旌。" 柳宗元《起廢答》:"絡以和鈴,纓以朱～。"

7 **絻** wèn 粵 man6 ❶ **古代的一種喪服。去冠,以麻布裹髮髻**。《左傳・哀公二年》:"使大子～。" ❷ **弔喪時所執之紼**。《公羊傳・昭公二十五年》"齊侯唁公于野井"何休注:"弔所執紼曰～。" ❸ miǎn 粵 min5 **同"冕"。古代貴族所戴的帽子**。《荀子・正名》:"乘軒戴～。"

7 **綈** tì 粵 tai4 **一種粗厚光滑的絲織品**。《史記・孝文本紀》:"上常衣～衣……以示敦樸。" 左思《魏都賦》:"土無～錦。"

8 **綦** qí 粵 kei4 ❶ **青黑色**。《詩經・鄭風・出其東門》:"縞衣～巾。"(縞:素色的絹。巾:佩巾。) ❷ **鞋帶**。《禮記・內則》:"偪屨著～。"(綁上裹腿,穿上鞋,繫上鞋帶。著綦:指繫鞋帶。) ❸ **腳印,鞋印**。左思《嬌女詩》:"務躡霜雪戲,重～常累積。" ❹ **極**。《荀子・王霸》:"目欲～色,耳欲～聲。"

8 **綪** qiàn 粵 sin6 ❶ **赤色**。《左傳・定公四年》:"分康叔以大路,少帛,～茷,旃旌。" ❷ zhēng 粵 zang1 **屈曲**。《禮記・玉藻》:"齊則～結佩而爵鞸。"

8 **緒** xù 粵 seoi5 ❶ **絲頭**。張衡《南都賦》:"白鶴飛兮繭曳 (yè 粵 jai6) ～。"(繭:蠶繭。曳:牽引。) ❷ **頭緒,開端**。江淹《悅曲池》:"擾百～於眼前。"《北史・李謐傳》:"論端究～。"(又) **情緒,意緒**。秦觀《睡起》詩:"睡起東軒下,悠悠春～長。"(軒:窗戶。) ❸ **世系**。柳宗元《寄許京兆孟容書》:"恐一日填委溝壑 (hè 粵 kok3),曠墜先～。"(填溝壑:死亡。)(又) **前人留下來的事業**。《詩經・魯頌・閟宮》:"纘禹之～。"(纘:繼承。) ❹ **殘餘的**。屈原《九章・涉江》:"欸秋冬之～風。"

8 **綾** líng 粵 ling4 ❶ **一種有花紋的絲織品**。白居易《賣炭翁》詩:"半匹紅紗一丈～,繫向牛頭充炭直。"(直:值,價值。) **成語有"綾羅綢緞"**。❷ [**繒** (zēng 粵 zang1) **綾**] **見 491 頁"繒"字**。

8 **緅** zōu 粵 zau1 **青赤色的帛**。《論語・鄉黨》:"君子不以紺 (gàn 粵 gam3) ～飾,紅紫不以為褻服。"(紺:深青帶紅的顏色。)

8 **綺** qǐ 粵 ji2 ❶ **有花紋的絲織品**。《後漢書・高帝紀》:"賈人毋得衣錦、繡、～……" 張俞《蠶婦》詩:"遍身羅～者,不是養蠶人。"(羅:輕軟有稀孔的絲織品。) ❷ **美麗,華麗**。《後漢書・宦者列傳序》:"侍兒、歌童、舞女之玩,充備～室。" 蘇軾《水調歌頭・明月幾時有》:"轉朱閣,低～戶,照無眠。"(引) **珍貴**。李白《扶風豪士歌》:"雕盤～食會眾客。"

8 **綽** chuò 粵 coek3 ❶ **寬,舒緩**。《詩經・衛風・淇奧》:"寬兮～兮,猗重較 (jué 粵 gok3) 兮。"(重較:卿士車名。)《後漢書・蔡邕傳》:"～有餘裕。" **成語有"綽綽有餘"**。❷ **姿態柔美**。曹植《洛神賦》:"柔情～態,媚於語言。" [**綽約**] **姿態柔美的樣子**。《莊子・逍遙遊》:"肌膚若冰雪，～～若處子。”（處子：處女。）白居易《長恨歌》：“樓閣玲瓏五雲起，其中～～多仙子。”（五雲：五色雲。）

8 **緄** gǔn (粵) gwan^{2} ❶ **織成的帶子**。《後漢書・南匈奴傳》：“遺冠幘，絳單衣三襲，童子佩刀、～帶各一。”❷ **繩子**。《詩經・秦風・小戎》：“交韔二弓，竹閉～縢。”❸ **量詞。捆，束**。《戰國策・宋衞策》：“衞君懼，束組三百～，黃金三百鎰，以隨使者。”

8 **緆** xī (粵) sik^{3} ❶ **細麻布**。司馬相如《子虛賦》：“于是鄭女曼姬，被阿～，揄紵縞。”❷ **裳的下緣**。《儀禮・既夕禮》：“縓綼～。”

8 **綱** gāng (粵) gong^{1} ❶ **漁網上的總繩**。《尚書・盤庚上》：“若網在～，有條而不紊。”（紊：亂。）(引) **起決定作用的部分**。《北史・源賀傳》：“為政貴當舉～。”**成語有“綱舉目張”**。(引) **準則，法度**。《詩經・大雅・卷阿》：“豈弟（kǎi tì (粵) hoi^{2} tai^{5}）君子，四方為～。”（豈弟：愷悌。）[**綱常**] **封建社會倫理道德“三綱五常”的簡稱。（三綱：君為臣綱，父為子綱，夫為妻綱；五常：仁、義、禮、智、信。）** ❷ **唐、宋時成批運輸貨物的組織。如“茶綱”、“鹽綱”、“花石綱”。**

8 **緋** fēi (粵) fei^{1} **（帛）紅色**。《晉書・安平獻王司馬孚傳》：“衣一襲，～練百匹。”韓愈《送區弘南歸》詩：“佩服上色紫與～。”

8 **緌** ruí (粵) jeoi^{4} ❶ **帽帶（在頦下打結後）下垂的部分**。《詩經・齊風・南山》：“葛屨五兩，冠～雙止。”❷ **下垂的裝飾品。如穗子等**。曹植《七啟》：“垂宛虹之長～。”❸ [**緌緌**] **下垂的樣子**。杜牧《杜秋娘》詩：“壯髮綠～～。”

8 **綖** yán (粵) jin^{4} ❶ **覆蓋在冠冕上作為裝飾的布**。《國語・魯語下》：“王后親織玄紞，公侯之夫人加之以紘、～。”❷ **通“延”。延緩**。《呂氏春秋・勿躬》：“若此則形性彌羸而耳目愈精，百官慎職而莫敢愉（tōu (粵) tau^{1}）～。”（愉：偷，苟且。）❸ xiàn (粵) sin^{3} **“線”的異體字**。《後漢書・虞詡傳》：“以采～縫其裾為幟。”

8 **維** wéi (粵) wai^{4} ❶ **繫物的大繩子**。《淮南子・天文》：“共工……怒而觸不周之山，天柱折，地～絕。”(引) **對事物起重要作用的東西，常與“綱”連用，指國家的法度**。《管子・禁藏》：“法令為～綱。”❷ **繫，聯結**。《荀子・宥坐》：“四方是～。”❸ **隅，角落**。《淮南子・天文》：“東北為報德之～也。”❹ **通“惟”。思考**。《史記・秦楚之際月表》：“～萬世之安。”❺ **只，只有**。《詩經・鄭風・揚之水》：“終鮮兄弟，～予與女。”❻ **介詞。由於**。《詩經・鄭風・狡童》：“～子之故，使我不能餐兮。”❼ **連詞。和，與，同**。《詩經・大雅・靈臺》：“虡業～樅，賁（fén (粵) fan^{4}）鼓～鏞。”（虡：懸掛鐘磬的木架的立柱。業：立柱間的橫木。樅：業上所刻的鋸齒狀物。賁鼓：大鼓。鏞：大鐘。）❽ **句首語氣詞**。《詩經・小雅・大東》：“～南有箕，不可以簸揚。”(又) **句中語氣詞，用以幫助判斷**。《史記・秦始皇本紀》：“是～皇帝。”【**辨**】**惟，唯，維。****見 208 頁“惟”字**。

8 **綿** **（緜）**mián (粵) min^{4} ❶ **絲綿**。《戰國策・秦策一》：“（蘇秦）受相印，革車百乘，～繡千純。”白居易《新製布裘》詩：“桂布白似雪，吳～軟於雲。”（桂、吳：地名。）(引) **像棉絮狀的物品**。陸游《沈園》詩之二：“夢斷香消四十年，沈園柳老不吹～。”❷ **連續不斷**。《後漢書・西羌傳》：“～地千里。”[**綿邈**] **時間久，距離遠**。《晉書・天文志》：“年代～～。”李白《留別曹南群官之江南》詩：“懷君路～～。”❸ **薄弱，軟弱**。《漢書・嚴助傳》：“越人～力薄材，不能陸戰。”（越人：越國人。）

8 **綸** lún 粵 leon4 ❶ **青絲綬帶**。《禮記・緇衣》：“王言如絲，其出如～。王言如～，其出如綍（fú 粵 fat1）。”（綍：大繩索。）仲長統《昌言・損益》：“身無半通青～之命，而竊三辰龍章之服。”（三辰龍章之服：有日月星辰龍樣花紋的衣服。）喻 **指有關皇帝詔令的**。江淹《蕭重讓揚州表》：“復降～冊，徽采兼明。”（冊：冊命。徽：德，善。）［**綸音**］**帝命，詔書**。劉禹錫《謝賜冬衣表》：“三軍挾纊，俯聽～～。”❷ **釣絲**。《史記・老子韓非列傳》：“走者可以為罔，游者可以為～，飛者可以為矰。”劉勰《文心雕龍・情采》：“翠～桂餌，反所以失魚。”（用翡翠裝飾釣絲，用肉桂做魚食，反而因此釣不到魚。）引 **整理（線狀物等）**。《詩經・小雅・采綠》：“之子于釣，言～之繩。”《周易・繫辭上》：“故能彌～天地之道。”❸ guān 粵 gwaan1［**綸巾**］**古代用青絲帶做的頭巾**。《晉書・謝萬傳》：“萬著白～～。”蘇軾《念奴嬌・赤壁懷古》：“羽扇～～。”

8 **綵** cǎi 粵 coi2 **彩色的絲織品**。《後漢書・安帝紀》：“食不兼味，衣無二～。”（兼味：指兩種以上的食品。二綵：指兩種色彩的衣服。）【**辨**】**彩，綵。古代“彩”和“綵”是兩個字，“綵”僅用於彩色的絲織品，而“彩”則當“彩色、光彩”講。**

8 **綬** shòu 粵 sau6 **絲帶。常用來拴玉和印**。《史記・范雎蔡澤列傳》：“懷黃金之印，結紫～於要。”（要：腰。）泛 **拴繫用的絲帶**。《周禮・天官・幕人》：“掌帷幕幄帟～之事。”

8 **綢** chóu 粵 cau4 ❶ **纏繞**。《爾雅・釋天》：“素錦～杠。”（素：白。杠：旗杆。）屈原《九歌・湘君》：“薜荔柏兮蕙～。”［**綢繆**］① **纏繞**。《詩經・唐風・綢繆》：“～～束薪。”（束薪：成捆的柴。）成語有“**未雨綢繆**”（**喻事先做好準備**）。② **情意纏綿**。《三國志・蜀書・先主傳》：“先主至京見（孫）權，～～恩紀。”**又如“情意綢繆”**。❷ **綢緞，一種絲織品**。《周書・武帝紀下》：“初令民庶已上，唯聽衣～、綿～、絲布、圓綾、紗、絹、綃、葛、布等九種。”**這個意義又寫作“紬”**。❸ **通“稠”。多而密**。《北史・北海王詳傳》：“往來～密。”

8 **綯** táo 粵 tou4 **繩索**。《詩經・豳風・七月》：“宵爾索～。”

8 **綷** cuì 粵 ceoi3 ❶ **錯雜，五色相雜**。《史記・司馬相如列傳》：“屯余車其萬乘兮，～雲蓋而樹華旗。”左思《吳都賦》：“孔雀～羽以翱翔。”❷［**綷粲**（càn 粵 caan3）］［**綷縩**（cài 粵 coi3）］**衣服摩擦聲**。陸機《百年歌》五：“羅衣～粲金翠華，言笑雅舞相經過。”《漢書・孝成班倢伃傳》：“感帷裳兮發紅羅，紛～縩兮紈素聲。”

8 **綣** quǎn 粵 hyun3 ❶ **彎曲，屈服**。《淮南子・人間》：“兵橫行天下而無所～，威服四方而無所詘。”❷ 粵 kyun4［**綣綣**］**同“拳拳”。忠誠懇切的樣子**。韓愈《答殷侍御書》：“務張而明之，其孰能勤勤～～若此之至。”❸［**繾**（qiǎn 粵 hin2）**綣**］**見 492 頁“繾”字**。

8 **綜** zōng 粵 zung1 ❶ zèng（**舊讀** zòng）粵 zung3 **織布時使經線上下交錯以受緯線的一種裝置**。引 **編織**。陶宗儀《輟耕錄・黃道婆》：“錯紗配色，～綫挈花，各有其法。”（錯紗：使紗線交叉。挈花：提花。）❷ **聚總，集合**。《史記・周本紀》：“～其實不然。”（實：實際情況。）曹植《七啟》：“～孔氏之舊章。”**雙音詞有“綜合”**。

8 **綻**（**袒、組**）zhàn 粵 zaan6 ❶ **衣縫裂開**。《禮記・內則》：“衣裳～裂，紉箴請補綴。”（箴：針。）泛 **開裂，裂開**。

杜甫《寄劉峽州伯華使君四十韻》："憑久烏皮～，簪稀白帽棱。"王禹偁《臘月》詩："日照野塘梅欲～。" ❷ **縫**。古樂府《艷歌行》："故衣誰當補，新衣誰當～。"

8 **綰** wǎn 粵 waan^2 ❶ **繫**。《史記・絳侯周勃世家》："絳侯～皇帝璽（xǐ 粵 saai^2），將兵於北軍。"（絳侯：指周勃。璽：皇帝的印。將：統率。）孔稚珪《北山移文》："至其紐金章，～墨綬。"（又）**盤結**。梅堯臣《桓妬妻》詩："妾初見主來，～髻（jì 粵 gai^3）下庭隅。"（髻：髮結。庭隅：庭院的角落。）❷ **統管，總攬**。《史記・貨殖列傳》："東～穢貉、朝鮮、真番之利。"《史記・張儀列傳》："獨擅～事。"

8 **綟** lì 粵 lai^6 ❶ **草名**。《宋書・禮志五》："～，草名也，其色綠。" ❷ **用綟草染成的一種黑黃而近綠的顏色**。《東觀漢記・百官表》："建武元年，復設諸侯王，金璽～綬。" ❸ **絲麻的計量單位**。《新唐書・百官志三》："絲五兩為絇，麻三斤為～。"

8 **綴** zhuì 粵 zeoi^3 ❶ **縫合，聯結**。《戰國策・秦策一》："～甲厲兵。"（甲：鎧甲。厲兵：磨利武器。）張衡《西京賦》："～以二華。"（二華：指太華、少華二山。）（又）**會，聚集**。《後漢書・循吏傳》："今～集殊聞顯迹，以為《循吏篇》云。"［綴文］**寫文章**。皇甫謐《三都賦序》："～～之士。" ❷ **裝飾，點綴**。《韓非子・外儲説左上》："熏以桂椒，～以珠玉。" ❸ chuò 粵 zyut^3 **通"輟"。停止，廢止**。《荀子・成相》："春申道～基畢輸。"（春申：指春申君，楚國貴族。基：基業。畢輸：完全破壞。）

8 **綠** lù 粵 luk^6 ❶ **綠色**。《詩經・邶風・綠衣》："～兮衣兮，～衣黃裳。"（又）**烏黑色**。吳均《和蕭洗馬子顯古意》："～鬢愁中改，紅顏啼裏滅。" ❷ lù 粵 luk^6 **符籙**。《墨子・非攻下》："河出～圖。"**這個意義後來寫作"籙"**。❸ lù 粵 luk^6 **通"菉"。一種野草。又稱王芻**。《詩經・小雅・采綠》："終朝采～，不盈一匊。"【辨】**青，蒼，碧，綠，藍**。見552頁"藍"字。

8 **緇** zī 粵 zi^1 ❶ **黑色**。《韓非子・説林下》："天雨，解素衣，衣～衣而反。"（素衣：白色衣服。衣緇衣：穿黑色衣服。反：返。）（又）**黑色**。《論語・陽貨》："不曰白乎，涅而不～。" ❷ **指僧侶**。《魏書・釋老志》："～素既殊，法律亦異。"（素：指俗人。）

9 **緗** xiāng 粵 soeng^1 ❶ **淺黃色的帛，古代常用作書套**。［緗帙］［緗素］**指書籍**。蕭統《文選序》："詞人才子，則名溢於縹囊；飛文染翰，則卷盈乎～帙。"《梁書・昭明太子統傳》："遍該～素，殫極丘墳。" ❷ **淺黃色**。王僧達《朱櫻》詩："～葉未開蕊，紅葩已發光。"

9 **練** liàn 粵 lin^6 ❶ **把絲麻或織品煮得柔軟而潔白**。《周禮・天官・染人》："凡染，春暴～。"（暴：曬。）《淮南子・説林》："墨子見～絲而泣之。"（引）**使潔淨**。《漢書・王吉傳》："吸新吐故以～臧。"（臧：通"臟"。內臟。）（又）**染**。《論衡・率性》："白紗入緇，不～自黑。" ❷ **使熟練，訓練**。《戰國策・楚策一》："臣請令山東之國，奉四時之獻……～士厲兵，在大王之所用之。"（引）**熟練，精練**。《三國志・蜀書・諸葛亮傳》："庶事精～。"（庶：眾。）❸ **白色的熟絹**。《論衡・累害》："青蠅所污，常在～素。"（青蠅：蒼蠅。素：白色的生絹。）❹ 粵 gaan^2 **通"柬"。選擇**。《大戴禮記・保傅》："由此觀之，王左右不可不～也。"

9 **緘** jiān 粵 gaam^1 ❶ **捆東西的繩索**。《莊子・胠篋》："唯恐～縢扃鐍之不固也。"（縢：繩子。扃：門閂。鐍：鎖鑰。）《漢書・外戚傳下》："使客子解篋（qiè

(粵) hip3) ～。"(客子：人名。篋：箱子。) (引) **束縛**。《墨子·節葬下》："穀木之棺，葛以～之。" (又) **封鎖**。《三國志·魏書·鍾會傳》："～制眾城，罔羅迸逸。" ❷ **封閉，收斂**。《晉書·顧愷之傳》："玄乃發其廚後，竊取畫，而～閉如舊以還之。"(玄：桓玄，人名。) 李白《秋浦感主人歸燕寄內》詩："寄書道中歎，淚下不能～。" (引) **閉口**。《南齊書·豫章文獻王傳》："所以息意～默，一委時運。"《宋史·鄭俠傳》："御史～默不言。" **成語有"緘口不言"**。❸ **書信**。王禹偁《回襄陽周奉禮同年因題紙尾》詩："兩月勞君寄兩～。"(勞君：麻煩你。) **這個意義又寫作"椷"**。

9 **緬** miǎn (粵) min5 ❶ **遙遠**。《國語·楚語上》："～然引領南望。"(引領：伸着脖子。) 酈道元《水經注·廬江水》："高壁～然，與霄漢連接。"(霄漢：指天空。) ❷ **思念**。杜甫《八哀詩·故秘書少監武功蘇公源明》："反為後輩褻，予實苦懷～。" [緬懷] **追想已往的事跡**。陶潛《扇上畫贊》："～～千載。"

9 **緹** tí (粵) tai4 **橘紅色的絲織品**。柳宗元《邕州刺史李公墓誌銘》："有～五兩。" (引) **橘紅色**。《史記·滑稽列傳》："張～絳帷，女居其中。" [緹衣] **古時武士服裝。其服裝多為橘紅色**。《周禮·春官·司服》鄭玄注："今時伍伯～～，古兵服之遺色。"

9 **緝** jī (粵) cap1 ❶ qī **績，把麻搓捻成線**。《管子·事語》："女勤於～績徽織。"(徽：搓繩。) (引) **縫 (衣邊)**。《儀禮·喪服》："斬者何？不～也。" ❷ jí **通"輯"。聚集**。顏延之《陽給事誄》："立乎將卒之間，以～華裔之眾，罷困相保，堅守四旬。"(裔：後代。) ❸ jí **通"輯"。和睦**。《後漢書·蔡茂傳》："使執平之吏永申其用，以厭遠近不～之情。"(執平：辦事公平。申：發揮。厭：使……協調。遠近：指各地。) ❹ jí **編輯，整理**。《晉書·陳壽等傳論》："咸能綜～遺文，垂諸不朽。" ❺ **捉拿，搜捕 (後起意義)。如"緝拿"、"緝獲"、"緝私"**。

9 **緼** yùn (粵) wan3 ❶ **新舊混合的絲綿**。《論語·子罕》："衣敝～袍與衣狐貉者立而不恥者，其由也與！"(由：人名，子路。) ❷ **亂麻**。《漢書·蒯通傳》："即束～請火於亡肉家。" ❸ **亂，紛亂**。班固《東都賦》："寶鼎見兮色紛～。" ❹ **包，藏**。《穀梁傳·僖公五年》："晉人執虞公。執不言所於地，～於晉也。" ❺ (粵) wan2 **通"蘊"。深奧之處**。《周易·繫辭上》："乾坤其《易》之～邪？" ❻ yūn (粵) wan1 [絪緼] **見 478 頁"絪"字**。

9 **緦** sī (粵) si1 **古時製作喪服的細麻布**。《周禮·天官·典枲》："掌布～縷紵之麻草之物。" [緦麻] **五服中最疏遠的親屬穿的喪服**。白居易《與元九書》："中朝無～～之親。"

9 **緺** guā (粵) gwaa1 ❶ **紫青色的絲綢帶子**。《史記·滑稽列傳》："及其拜為二千石，佩青～出宮門，行謝主人。" ❷ guō (粵) gwo1 **一種婦女髮髻 (後起意義)**。李煜《長相思》詞："雲一～，玉一梭，淡淡衫兒薄薄羅。"

9 **緩** huǎn (粵) wun6 ❶ **寬，鬆**。《漢書·賈山傳》："平獄～刑，天下莫不說喜。"(說：通"悅"。)《古詩十九首·行行重行行》："相去日已遠，衣帶日已～。" ❷ **慢，遲緩。與"急"相對**。《孟子·滕文公上》："民事不可～也。" 李白《嘲魯儒》詩："～步從直道，未行先起塵。"【辨】徐，緩，慢。**見 193 頁"徐"字**。

9 **緵** zōng (粵) zung1 ❶ **古代布帛以八十根經線為一緵**。《史記·孝景本紀》："令徒隸衣七～布。"(七緵布：二尺二寸幅內僅有五百六十根經線的布。) ❷ [緵罟] **細密的漁網**。《詩經・豳風・九罭》"九罭之魚"毛傳："九罭，～～，小魚之網也。"

9 **締** dì (粵) dai[3] **結在一起**。屈原《九章・悲回風》："氣繚轉而自～。"（繚轉：繚繞。）(引) **締結**。賈誼《過秦論》："合從～交，相與為一。"（採用合縱的策略，締結盟約，結為一體。）(又) **連接**。王讜《唐語林・方正》："車馬相接，～以組繡。"

9 **編** biān (粵) pin[1] ❶ **用來穿連竹簡的皮條或繩子**。劉歆《移書讓太常博士》："或脫簡，或脫～。"（或：有的。）《史記・孔子世家》："讀《易》，韋～三絕。"(引) **一部書或書的一部分**。盧照鄰《樂府雜詩序》："訪遺～於四海。"(又) **量詞**。《史記・留侯世家》："出一～書。"（出：拿出。）❷ **編寫**。《韓非子・難三》："法者，～著之圖籍，設之於官府，而布之於百姓者也。"❸ **交織，編織**。《荀子・勸學》："以羽為巢，而～之以髮。"《晉書・孫登傳》："夏則～草為裳。"❹ **排列，編排**。《周禮・春官・宗伯》："擊～鐘。"《漢書・東方朔傳》："目若懸珠，齒若～貝。"（貝：貝殼。）[編戶] [編戶民] [編人] [編氓] **均指編入戶口的平民**。《史記・貨殖列傳》："夫千乘之王，萬家之侯，百室之君，尚猶患貧，而況匹夫～戶之民乎？"《漢書・高帝紀下》："諸將故與帝為～戶民。"（故：過去。）《宋史・汪大猷傳》："貸錢射利，隱寄田產，害及～氓。"【辨】篇，編。見464頁"篇"字。

9 **緡** mín (粵) man[4] ❶ **釣魚的絲線**。《詩經・召南・何彼襛矣》："其釣維何？維絲伊～。"(引) **釣取（魚類）**。韓愈《河之水寄子姪老成》詩之二："采蕨于山，～魚于淵。"❷ **穿銅錢的繩子**。(引) **成串的銅錢。古代一千文錢為一緡**。《舊唐書・昭宗紀上》："李茂貞自鎮來朝，賜宴於壽春殿，進錢數萬～。"(泛) **錢**。胡理《蒼梧雜志・酒債》："不治生產，嘗欠人酒～。"

9 **緯** wěi (粵) wai[5] ❶ **織物上的橫線**。劉勰《文心雕龍・情采》："經正而後～成，理定而後辭暢。"(引) **道路以南北為經，東西為緯**。《周禮・考工記・匠人》："國中九經九～。"❷ **編織**。《莊子・列禦寇》："河上有家貧恃～蕭而食者。"（緯蕭：編蒿為簾。）❸ **治理**。劉勰《文心雕龍・程器》："摛文必在～軍國，負重必在任棟梁。"❹ **緯書，漢朝人附會儒家經典所作的書**。❺ **行星**。[五緯] **指金、木、水、火、土五大行星**。張衡《西京賦》："～～相汁（xié (粵) hip[6]/hip[3]）。"（汁：通"叶"。和諧。）

9 **緣** yuán (粵) jyun[4] ❶ **古時衣服的邊飾，一般採用與衣服不同的質料做成**。《禮記・玉藻》："～廣寸半。"（廣：寬。）(引) **環繞**。《荀子・議兵》："限之以鄧林，～之以方城。"❷ **沿着，順着**。陶潛《桃花源記》："～溪行，忘路之遠近。"(又) **遵循，依照**。《商君書・君臣》："～法而治，按功而賞。"❸ **憑藉，靠着**。《荀子・正名》："則～耳而知聲可也，～目而知形可也。"❹ **攀援**。《孟子・梁惠王上》："猶～木而求魚也。"李白《蜀道難》詩："猿猱（náo (粵) naau[4]）欲度愁攀～。"❺ **緣分**。白居易《與元九書》："則僕宿習之～已在文字中矣。"（宿習之緣：生來的緣分。）❻ **因為（後起意義）**。杜甫《客至》詩："花徑不曾～客掃，蓬門今始為君開。"

10 **縠** hú (粵) huk[6] **有縐紋的紗**。《戰國策・齊策四》："王之憂國愛民，不若王愛尺～也。"《史記・滑稽列傳》："為治新繒綺～衣。"

10 **縣** xiàn (粵) jyun[6] ❶ xuán (粵) jyun[4] **懸掛**。《詩經・魏風・伐檀》："不狩不獵，胡瞻爾庭有～貆（huán (粵) wun[4]）兮。"（貆：小貉，一種獸。）(引) **公開揭示**。《管

子・明法解》：“～爵祿以勸其民。”《漢書・食貨志下》：“～法以誘民。”**這個意義後來寫作“懸”。** ❷ xuán 粵 jyun^4 **距離遠，懸殊。**《荀子・脩身》：“彼人之才性之相～也，豈若跛鱉之與六驥足哉？”（人的才能哪裏有跛腿的鱉和六匹千里馬相差得那樣遠呢？）❸ xuán 粵 jyun^4 **秤錘。**《禮記・經解》：“衡誠～，不可欺以輕重。” 引 **秤量。**《漢書・刑法志》：“自程決事，日～石之一。” ❹ **古代帝王所居之州界。**《禮記・王制》：“天子之～內。” ❺ **行政區的一級。春秋戰國時縣大於郡，秦以後縣屬於郡或州。**《左傳・哀公二年》：“克敵者上大夫受～，下大夫受郡。”柳宗元《封建論》：“州～之設，固不可革也。”（設：設置。固：確實。革：除掉。）

10 **縢** téng 粵 tang^4 ❶ **緘封，封閉。**《後漢書・陽球傳》：“諸奢飾之物，皆各緘～，不敢陳設。” ❷ **捆紮，纏繞。**《詩經・秦風・小戎》：“竹閉緄～。”（閉：檠，校正弓的器具。緄：繩子。）引 **繩子。**《詩經・魯頌・閟宮》：“公車千乘，朱英綠～。”《莊子・胠篋》：“唯恐緘（jiān 粵 gaam^1）～扃（jiōng 粵 gwing^1）鐍（jué 粵 kyut^3）之不固也。”（緘：結，捆。扃：門。鐍：鎖。）❸ **綁腿布。**《戰國策・秦策一》：“羸（léi 粵 leoi^4）～履蹻（jué 粵 goek^3）。”（纏着綁腿布，穿着草鞋。羸：通“累”，纏繞。蹻：草鞋。）❹ **通“幐”。袋子。**《後漢書・儒林傳》：“小乃制為～囊。”（小的就做成囊袋。）

10 **縈** yíng 粵 jing^4 **纏繞，繞。**《詩經・周南・樛木》：“南有樛（jiū 粵 kau^1）木，葛藟～之。”（樛：樹枝向下彎曲。葛藟：一種植物。）李白《蜀道難》詩：“百步九折～巖巒。”（百步九折：形容道路很曲折。巖巒：高峻的山峯。）引 **迴旋。**吳均《詠雪》：“～空如霧轉，凝階似花積。” 喻 **心中縈繞着。**謝靈運《從遊京口北固應詔》詩：“曾是～舊想。”

10 **縝** zhěn 粵 can^2 ❶ **周密，細緻。**《南史・孔休源傳》：“累居顯職，性～密，未嘗言禁中事。”（嘗：曾經。禁中：宮裏。）顏延之《祭屈原文》：“玉～則折。” ❷ **通“鬒”。頭髮稠而黑。**謝朓《晚登三山還望京邑》詩：“有情知望鄉，誰能～不變。”

10 **縛** fù 粵 bok^3/fok^3 **捆綁。**《史記・陳涉世家》：“宮門令欲～之。”（宮門令：守宮門的官吏。）⊗ **捆綁東西的繩索。**柳宗元《童區寄傳》：“童自轉，以～即爐火，燒絕之。”（即：靠近。絕：斷。）引 **束縛。**《韓非子・備內》：“～於勢而不得不事也。”【辨】束，縛。見 285 頁“束”字。

10 **縟** rù 粵 juk^6 ❶ **繁密的彩色裝飾。**張衡《西京賦》：“其館室次舍，采飾纖～。”（纖：細巧。）引 **繁多，煩瑣。**《儀禮・喪服傳》：“喪成人者其文～。”《宋史・李若水傳》：“欲加～禮。”（禮：禮節。）**成語有“繁文縟節”。** ❷ **通“褥”。褥子。**謝惠連《雪賦》：“援綺衾兮坐芳～。”

10 **縓** quán 粵 cyun^3 **淺紅色。**《禮記・檀弓上》：“練，練衣黃裏，～緣。”

10 **縉** （縉）jìn 粵 zeon^3 [縉紳] **通“搢紳”。** ① **古代高級官吏的裝束。**《荀子・禮論》：“～～而無鉤帶矣。” ② **古代有官職或做過官的人的代稱。**《漢書・郊祀志上》：“～～之屬皆望天子封禪改正度也。”文天祥《指南錄後序》：“～～大夫士萃於左丞相府，莫知計所出。”（萃：匯集。）

10 **縋** zhuì 粵 zeoi^6 **用繩子拴着人、物從高處往下送。**《左傳・僖公三十年》：“許之，夜～而出。” ⊗ **指用繩子拴着從低處升到高處。**《左傳・昭公十九年》：“子占使師夜～而登。”（子占：人名。）

(又) **指拴人或物的繩子**。《左傳・昭公十九年》："登者六十人，～絕。"

10 **縐** zhòu 粵 zau3 ❶ **細葛布**。《詩經・鄘風・君子偕老》："蒙彼～絺 (chī 粵 ci1)，是紲袢也。"(絺：細葛布。) ❷ **皺紋**。《史記・司馬相如列傳》："襞積褰～，紆徐委曲。"皮日休《魯望讀襄陽耆舊傳見贈五百言》詩："日似新刮膜，天如重熨～。" (又) **起皺紋**。馮延巳《謁金門》詞："風乍起，吹～一池春水。"

10 **縗** cuī 粵 ceoi1 **古代喪服，用麻布製成，披在胸前**。《左傳・襄公十七年》："齊晏桓子卒，晏嬰粗～斬。"(斬：喪服不縫下邊。)

10 **縞** gǎo 粵 gou2 ❶ **白絹**。《韓非子・説林上》："魯人身善織屨 (jù 粵 geoi3)，妻善織～。"(身：自己。屨：草鞋。) ❷ **白色**。《禮記・王制》："～衣而養老。"張載《扇賦》："飄～羽於清霄，擬妙姿於白雪。"(清霄：指天空。擬：比。) [**縞素**] **白色喪服**。《漢書・高帝紀上》："寡人親為發喪，兵皆～～。"

10 **縊** yì 粵 ai3/ngai3 **吊死，上吊**。《左傳・桓公十三年》："莫敖～于荒谷。"(莫敖：人名。) **雙音詞有"自縊"**。(又) **絞殺，勒死**。《左傳・昭公元年》："公子圍至，入問王疾，～而弒之。"(弒：殺。)

10 **縑** jiān 粵 gim1 **雙絲的細絹**。《漢書・外戚傳上》："媪為翁須作～單衣。"《後漢書・王丹傳》："丹乃懷～一匹，陳之於主人前。"

11 **縶** zhí 粵 zap1 ❶ **用繩索拴住馬足**。屈原《九歌・國殤》："霾 (mái 粵 maai4) 兩輪兮～四馬。"(霾：埋。) ❷ **拴馬足用的繩索**。《詩經・周頌・有客》："言授之～，以縶其馬。"(言：動詞詞頭。)《左傳・成公二年》："韓厥執～馬前。"(韓厥：人名。) ❸ **拘禁，束縛**。《左傳・成公九年》："南冠而～者誰也？"韓愈《赴江陵途中》詩："果然又羈～，不得歸耡耰。"

11 **繄** yī 粵 ji1 ❶ **句首語氣詞**。《左傳・隱公元年》："爾有母遺 (wèi 粵 wai6)，～我獨無。"(爾：你。) ❷ **句中語氣詞**。《國語・周語下》："此一王四伯，豈～多寵。"(伯：諸侯的首領。)

11 **繁** (緐) fán 粵 faan4 ❶ **多，盛**。《詩經・小雅・正月》："正月～霜，我心憂傷。"魏徵《諫太宗十思疏》："善始者實～，能克終者蓋寡。"(克終：指堅持到底。蓋：表示不肯定的語氣。) (又) **頻繁，多次**。《世説新語・言語》："管弦～奏，鍾、夔先聽其音。" ❷ **繁雜**。《後漢書・鄭玄傳論》："刪裁～誣，刊改漏失。"(誣：欺騙。) ❸ **茂盛**。李商隱《和馬郎中移白菊見示》詩："～花疑自月中生。" ❹ **繁殖**。《管子・八觀》："薦草多衍，則六畜易～也。" ❺ pó 粵 po4 **姓**。

11 **繇** yáo 粵 jiu4 ❶ **茂盛**。《漢書・地理志上》："草～木條。"(木：樹木。條：指長大。) ❷ **通"徭"。勞役**。《淮南子・精神》："～者揭钁臿 (chā 粵 caap3)，負籠土。"(揭：舉。钁：钁頭。臿：鐵鍬。) ❸ **通"遙"。遠**。《荀子・禮論》："先王恐其不文也，是以～其期，足之日也。" ❹ **通"謠"。歌謠**。《漢書・李尋傳》："參人民～俗。"(參考人民的歌謠和風俗。) ❺ **通"搖"。動搖**。枚乘《梁王菟園賦》："怒氣未竭，羽蓋～起。" ❻ yóu 粵 jau4 **由，從**。《漢書・元帝紀》："～是疏太子而愛淮陽王。" ❼ zhòu 粵 zau6 **卜辭**。《左傳・閔公二年》："成風聞成季之～，乃事之。"

11 **縻** mí 粵 mei4 ❶ **繫牛的繩子**。劉禹錫《因論・歎牛》："叟攬～而對。"(叟：老頭。攬：拉着。) (泛) **繩索**。酈道元《水經注・涑水》："～鎖之跡，仍今存焉。" (引) **拴，繫**。柳宗元《永州鐵爐步志》："江之滸，凡舟可～而上下者曰步。"❷ **牽制，束縛**。《孫子兵法·謀攻》："不知軍之不可以進而謂之進，不知軍之不可以退而謂之退，是謂～軍。"（謂之：指命令它。）❸ **通"靡"。浪費**。劉基《賣柑者言》："坐～廩粟而不知恥。"

11 **績** jì (粵) zik¹ ❶ **緝線，把麻搓成繩或線**。《詩經·陳風·東門之枌》："不～其麻。"(引) **繼承**。《左傳·昭公元年》："子盍亦遠～禹功而大庇民乎？"❷ **成績，功績**。《穀梁傳·成公五年》："伯尊其無～乎？"

11 **縹** piāo (粵) piu² ❶ piǎo (粵) piu⁵ **青白色的絲織品**。楊衒之《洛陽伽藍記·城西》："當時四海晏清，八荒率職，～囊紀慶，玉燭調辰。"蕭綱《登城》詩："小堂俙～書。"（縹書：用青白色絲織品做書套的書，這裏泛指書。）(引) **淡青色，青白色**。《淮南子·人間》："爝（jué (粵) zoek³）火在～煙之中。"（爝火：小火把。）❷ [**縹緲**] ① **隱隱約約、若有若無的樣子**。白居易《長恨歌》："忽聞海上有仙山，山在虛無～～間。"**又寫作"縹眇"、"縹眇"、"飄渺"**。② **隨風飄揚，隨水漂流**。李白《愁陽春賦》："～～兮翩綿，見遊絲之縈煙。"陳允平《垂楊·銀屏夢覺》："飛花滿地誰為掃，甚薄幸，隨波～～。"

11 **縷** lǚ (粵) leoi⁵ ❶ **麻線，絲線**。《墨子·尚同上》："譬若絲～之有紀，網罟之有綱。"（紀：線的頭。）**成語有"千絲萬縷"**。(引) **一條一條地，詳盡地**。枚乘《七發》："固未能～形其所由然也。"（形：形容，表現。）[**覶**（luó (粵) lo⁴）**縷**] **見580頁"覶"字**。❷ [**藍縷**] **通"襤褸"。形容衣服破爛**。孟郊《織婦詞》："如何織紈（wán (粵) jyun⁴）素，自著～～衣。"（紈素：精白的絹。著：穿。）

11 **縵** màn (粵) maan⁶ ❶ **沒有花紋的絲織品**。《韓非子·十過》："～帛為茵。"（茵：墊子。）(泛) **沒有花紋的**。《國語·晉語五》："乘～不舉。"（乘縵：坐沒有花紋的車。不舉：指不奏樂。）❷ **通"慢"。緩慢，懈怠**。《莊子·齊物論》："～者，窖者，密者。"

11 **縲** léi (粵) leoi⁴ **捆綁犯人的大繩子**。《論語·公冶長》："子謂公冶長可妻也，雖在～紲之中，非其罪也。"[**縲紲**] **拘禁，囚禁**。司馬遷《報任安書》："何至自沈溺～～之辱哉？"（沈溺：指陷於。）[**纍縲**] **捆縛，拘禁**。司馬相如《難蜀父老》："幼孤為奴虜，～～號泣。"**又寫作"纍纍"、"纍累"、"纍壘"**。

11 **縧**（**絛、縚**）tāo (粵) tou¹ **絲帶**。《淮南子·說林》："～可以為繶，不必以紃（xún (粵) ceon⁴）。"杜牧《鸚鵡》詩："雕檻繫紅～。"

11 **總**（**緫**）zǒng (粵) zung² ❶ **聚合，聚束**。潘岳《籍田賦》："垂髫（tiáo (粵) tiu⁴）～髮。"（髫：小孩頭上垂下的頭髮。）(引) **繫結**。屈原《離騷》："～余轡乎扶桑。"❷ **統領**。《隋書·元諧傳》："公受朝寄，～兵西下。"（朝寄：朝廷的寄託。）❸ **總括，匯集**。《荀子·不苟》："～天下之要，治海內之眾。"❹ **副詞。全**。杜甫《泛江》詩："極目～無波。"

11 **縰** xǐ (粵) saai² ❶ [**縰縰**] **眾多的樣子**。宋玉《高唐賦》："～～莘莘（shēn shēn），若生于鬼，若出于神。"（莘莘：眾多的樣子。）❷ (粵) si² **同"纚"。束髮用的帛**。揚雄《解嘲》："戴～垂纓而談者，皆擬於阿衡。"左思《魏都賦》："岌岌冠～，纍纍辮髮。"

11 **縱** zòng (粵) zung³ ❶ **發，放**。《史記·項羽本紀》："莫敢～兵。"《後漢書·班固傳》："超乃順風～火。"⊗ **釋放**。《新唐書·楊恭仁傳》："～所俘還之。"（俘：俘虜。）(引) **放縱，放任**。《左傳·僖公三十三年》："一日～敵，數世之患也。”鼂錯《賢良文學對策》：“驕溢～恣，不顧患禍。”（驕傲放縱，不顧後患。）❷ **即使**。庾亮《讓中書令表》：“～不悉全，決不盡敗。”（全：保全。）❸ ㊣粵 zung[1] **縱**。**與“橫”相對**。東方朔《七諫・沈江》：“不別橫之與～。”（別：區分。）❹ zōng 粵 zung[1] **通“蹤”**。**蹤跡**。《史記・酷吏列傳》：“言變事～迹安起。”（告發非常事件的經過是怎麼發生的。）

11 **縭** （褵）lí 粵 lei[4] **古代女子繫在身前的佩巾**。《詩經・豳風・東山》：“親結其～，九十其儀。”《爾雅・釋器》：“婦人之褘謂之縭。”［結縭］**繫上佩巾。又指女子出嫁**。張華《女史箴》：“施衿～～，虔恭中饋。”**後泛指結婚**。《唐大詔令集・誡勵氏族婚姻詔》：“～～必歸於富室。”

11 **縮** suō 粵 suk[1] ❶ **減少，虧欠**。《淮南子・時則》：“孟春始贏，孟秋始～。”引 **節省**。《資治通鑑・唐憲宗元和十三年》：“～衣節食。”又 **蜷，收縮**。《呂氏春秋・古樂》：“筋骨瑟～不達。”杜甫《前苦寒行》：“漢時長安雪一丈，牛馬毛寒～如蝟。”（蝟：刺猬。）❷ **退後**。《史記・屈原賈生列傳》：“固自～而遠去。”❸ **用繩子捆起來**。《詩經・大雅・緜》：“其繩則直，～版以載。”（版：打土牆用的夾板。）❹ **取**。《國語・楚語上》：“若於目觀則美，～於財用則匱。”皎然《周長史昉畫毗沙門天王歌》：“降魔大戟～在手。”❺ **將酒過濾**。《左傳・僖公四年》：“無以～酒。”❻ **豎直**。《禮記・檀弓上》：“古者冠～縫，今也衡縫。”又 **正直**。《孟子・公孫丑上》：“自反而～，雖千萬人，吾往矣。”

11 **繈** qiǎng 粵 koeng[5] ❶ **通“襁”**。**背負嬰兒用的寬帶**。**這個意義現寫作“襁”**。［繈保（緥）］**同“襁褓”**。**嬰兒的包裹**。《史記・衛將軍驃騎列傳》：“臣青子在～～中。”❷ **繩索**。《漢書・兒寬傳》：“大家牛車，小家擔負，輸租～屬不絕。”❸ **穿錢的繩子。又指成串的錢**。《管子・國蓄》：“使千室之都必有千鍾之藏，藏～百萬。”

11 **繆** móu 粵 mau[4] ❶ ［綢繆］**見 483 頁“綢”字**。❷ jiū 粵 gau[1] **絞結**。《禮記・檀弓下》：“其妻，魯人也，衣衰而～絰。”❸ miù 粵 mau[6] **通“謬”**。**錯誤，荒謬**。《莊子・盜跖》：“多辭～說，不耕而食，不織而衣。”又 **偽詐，欺騙**。《漢書・司馬相如傳》：“臨邛令～為恭敬，日往朝相如。”❹ mù 粵 muk[6] **通“穆”**。**宗廟的次序之一**。《荀子・王制》：“分未定也，則有昭～。”**見 271 頁“昭”字**。❺ mù 粵 muk[6] **通“穆”**。**恭敬**。《史記・魯周公世家》：“武王有疾，不豫，……太公、召公乃～卜。”又 **君王謚號之一。如“秦繆公”**。❻ miào 粵 miu[6] **姓**。

11 **繅** sāo 粵 sou[1] ❶ **同“繰”**。**把蠶繭放在滾水裏煮過後抽絲**。《孟子・滕文公下》：“夫人蠶～，以為衣服。”❷ zǎo 粵 zou[2] **同“璪”**。**玉器的墊板**。《儀禮・聘禮》：“圭與～皆九寸。”❸ zǎo 粵 zou[2] **通“藻”**。**帝王冕上繫玉的彩繩**。《周禮・夏官・弁師》：“五采～十有二就。”

12 **繠** ruǐ 粵 jeoi[5] ❶ **下垂**。《左傳・哀公十三年》：“佩玉～兮，余無所繫之。”❷ **花蕊**。《後漢書・張衡傳》：“屑瑤～以為糇兮，𣂉（jū 粵 keoi[1]）白水以為漿。”（𣂉：舀取。）

12 **繚** liáo 粵 liu[4] **纏繞**。屈原《九歌・湘夫人》：“～之兮杜衡。”（用杜衡纏繞。杜衡：一種香草。）引 **環繞**。班固《西都賦》：“～以周牆，四百餘里。”

12 **繢** huì 粵 kui[2] ❶ **成匹布帛的頭尾，又稱機頭。可用來繫物，也可做裝飾品**。《說文・糸部》：“繢，織餘也。”引帶子。楊衒之《洛陽伽藍記·城西》："以五色～為繩。" ❷ **通"繪"。五彩的刺繡或圖畫。**《周禮·考工記·畫繢》："畫～之事，雜五色。"《禮記·曲禮上》："飾羔雁者以～。" 反 **用作動詞。繪畫，畫。**柳宗元《永州龍興寺修淨土院記》："余遂周延四阿，環以廊廡，～二大士之像。"

12 **繑** qiāo 粵 hiu^{1} **套褲的帶子。**《管子·輕重戊》："道路揚塵，十步不相見，絏～而踵相隨。"

12 **繕** shàn 粵 sin^{6} ❶ **修補，整治，使完善。**《左傳·襄公三十年》："聚禾粟，～城郭。"《史記·高祖本紀》："～治河上塞（sài 粵 coi^{3}）。"（河上：地名。塞：關塞。）特 **整治軍備。**《左傳·哀公二十四年》："軍吏令～，將進。" ❷ **保養。**《莊子·繕性》："～性於俗。" ❸ **抄寫。**李白《與韓荊州書》："～寫呈上。"（呈：由下級送給上級。）

12 **繒** zēng 粵 zang^{1} ❶ **絲織品的總稱。**《漢書·灌嬰傳》："灌嬰，睢陽販～者也。" ❷ **[繒綾] 不平的樣子。**王延壽《魯靈光殿賦》："～～而龍鱗。" ❸ **通"矰"。一種用絲繩繫住的用來射鳥的短箭。**《戰國策·楚策四》："不知夫射者方將修其碆盧，治其～繳，將加己乎百仞之上。"

12 **繘** yù 粵 wat^{6} **井上汲水的繩索。**《禮記·喪大記》："管人汲，不說（tuō 粵 tyut^{3}）～，屈之。"（說：通"脫"。）

13 **繫** xì 粵 hai^{6} ❶ **掛，懸。**《荀子·勸學》："以羽為巢，而編之以髮，～之葦苕。"（葦苕：蘆葦的穗。）❷ **拴，綁。**劉琨《扶風歌》："～馬長松下。"（長：高大。）引 **拘囚。**《史記·陳涉世家》："陳王怒，捕～武臣等家室。"（家室：家屬。）引 **拘束。**賈誼《鵩鳥賦》："愚士～俗兮，窘若囚拘。"（俗：指習慣勢力。窘：困迫。囚拘：指被囚禁的犯人。）❸ **繼，連接。**《新唐書·元結傳》："百姓轉徙，踵～不絕。" ❹ **聯繫，關聯。**柳宗元《封建論》："大業彌固，何～於諸侯哉？"（國家基業更加鞏固，這與分封諸侯有甚麼關係呢？彌：更加。）❺ **帶子。**《韓非子·外儲說左下》："襪～解。"【辨】系，係，繫。見 27 頁"係"字。

13 **繩** shéng 粵 sing^{4} ❶ **繩子。**《周易·繫辭下》："上古結～而治。"《商君書·禁使》："探淵者知千仞之深，縣～之數也。"（仞：古代七尺或八尺為一仞。縣：懸。）引 **捆縛。**《顏氏家訓·書證》："又寸斷五色絲，橫著線股間～之。" ❷ **木工用於取直的墨線。**《荀子·勸學》："木直中～。"（中：合於。）引 **直，正。**《淮南子·說林》："出林者不得直道，行險者不得履～。" ❸ **標準，法則。**《商君書·開塞》："王道有～。" 引 **按一定的標準去衡量，糾正。**《尚書·冏命》："～愆糾謬。"（愆：過錯。）反 **約束，制裁。**《鹽鐵論·輕重》："明法以～天下。" **成語有"繩之以法"。** ❹ **稱讚。**《呂氏春秋·古樂》："以～文王之德。" ❺ **繼續，繼承。**《詩經·大雅·下武》："～其祖武。" ❻ mǐn 粵 man^{5} **[繩繩]** ① **眾多的樣子。**《詩經·周南·螽斯》："宜爾子孫～～兮。" ② **謹慎的樣子。**《管子·宙合》："故君子～～乎慎其所先。"【辨】繩，索。見 473 頁"索"字。

13 **繹** yì 粵 jik^{6} ❶ **找出頭緒，探究。**《論語·子罕》："巽（xùn 粵 seon^{3}）與之言，能無說乎？～之為貴。"（巽：謙遜。）❷ **連續不斷。**《詩經·小雅·車攻》："赤芾金舄，會同有～。" ❸ **陳述。**《禮記·射義》："各～己之志也。"

13 **繯** huán 粵 waan^{6}/waan^{4} ❶ **捕捉野獸的繩套。**《呂氏春秋·上農》："然後制四時之禁，山不敢伐材下木……～網罝罦不敢出於門。"（罝：捕獸的網。罦：捕鳥的網。）❷ **繩套，絞索。**《後漢書·

吳祐傳》:"因投～而死。" ❸ **旗上的繫結**。揚雄《羽獵賦》:"青雲為紛,紅蜺為～。" ❹ **纏繞,包絡**。馬融《廣成頌》:"揫(jiū 粵 zau¹) 斂九藪之動物,～橐四野之飛征。"

13 **繳** jiǎo 粵 giu² ❶ zhuó 粵 zoek³ **拴在箭上的生絲繩**。《戰國策・楚策四》:"不知夫射者方將脩其莽 (bō 粵 bo¹) 盧,治其繒～,將加己乎百仞之上。"(莽盧:弓箭名。莽,一本作"碆"。)《淮南子・説山》:"好弋 (yì 粵 jik⁶) 者先具～與矰 (zēng 粵 zang¹)。"(弋:用帶着繩子的箭射鳥。具:準備。矰:帶有絲繩的短箭。) ❷ [繳繞] **纏繞,糾纏不清**。《史記・太史公自序》:"名家苛察～～,使人不得反其意。" 白居易《早梳頭》詩:"年事漸蹉跎,世緣方～～。"(蹉跎:時間白白地過去。世緣:世間的事情。方:正在。)

【注意】"繳" 在古代不作 "交出" 講。

13 **繪** huì 粵 kui² ❶ **彩繡**。劉勰《文心雕龍・總術》:"視之則錦～。" 引 **圖畫**。殷璠《河嶽英靈集・王維》:"詞秀調雅,意新理愜,在泉為珠,著壁成～。" ❷ **繪畫**。《論語・八佾》:"～事後素。"(先有白色底子,然後繪畫。)

14 **纂** zuǎn 粵 zyun² ❶ **赤色的絲帶**。《漢書・景帝紀》:"錦繡～組,害女紅 (gōng 粵 gung¹) 者也。"(女紅:指婦女紡織刺繡等工作。) ❷ **聚集**。《荀子・君道》:"～論公察則民不疑。"(纂論公察:集中眾議而不憑私見。) ❸ **編纂**。《宋史・張昭傳》:"藏書數萬卷,尤好～述。"(述:著述。) **雙音詞有"纂修"、"纂輯"**。❹ **通"纘"**。**繼承**。張衡《東京賦》:"況～帝業而輕天位。"(天位:指帝位。)

14 **繻** rú 粵 seoi¹ ❶ **絲織品**。《抱朴子・疾謬》:"舉足不離綺～紈袴之側,游步不去勢利酒客之門。" ❷ **帛製的通行證**。《漢書・終軍傳》:"初,軍從濟南當詣博士,步入關,關吏予軍～……棄～而去。"

14 **繾** qiǎn 粵 hin² [繾綣 (quǎn 粵 hyun³)] ① **牢固不離**。《詩經・大雅・民勞》:"無縱詭隨,以謹～～。" ② **感情深厚纏綿**。白居易《寄元九》詩:"豈是貪衣食,感君心～～。" ③ **男女幽會**。陸游《避暑漫抄》:"不過執衣侍膳,未嘗得一～～。"

14 **纁** xūn 粵 fan¹ ❶ **淺赤色**。《儀禮・士冠禮》:"～裳,純衣,緇帶。" 引 **淺赤色的帛**。《左傳・哀公十一年》:"寘之新篋,褽之以玄～,加組帶焉。"(褽:墊。玄:黑色的帛。) ❷ **通"曛"**。**日光暗淡**。屈原《九章・思美人》:"指嶓冢之西隈兮,與～黃以為期。"

14 **繽** bīn 粵 ban¹ **繁,眾多**。屈原《離騷》:"九疑～其並迎。"(九疑山山神紛紛都來迎接。) [繽紛] ① **繁多,眾多**。張衡《南都賦》:"男女姣服,駱驛～～。"(姣:美好。駱驛:來往不絕。) ② **紛亂**。屈原《離騷》:"時～～其變易兮。"(時:時世。)

14 **繡** (綉)xiù 粵 sau³ ❶ **有彩色花紋的絲織品**。《墨子・公輸》:"此猶錦～之與短褐也。" ❷ **刺繡**。李白《贈裴司馬》詩:"～成歌舞衣。" ❸ **華麗,精美,漂亮**。《南史・后妃傳下》:"花梁～柱。" 杜甫《清明》詩:"～羽銜花他自得。"

14 **繼** jì 粵 gai³ ❶ **連續,緊接着**。屈原《離騷》:"吾令鳳鳥飛騰兮,～之以日夜。"(令:使。鳳鳥:鳳凰。) ❷ **承接,繼承**。《荀子・儒效》:"工匠之子,莫不～事。"《漢書・昭帝紀》:"昔周成以孺子～統。" ❸ **接着,跟着**。《孟子・公孫丑下》:"～而有師命。"《韓非子・和氏》:"泣盡而～之以血。" ❹ **增益**。《論語・雍也》:"君子周急不～富。"(周:救濟。)《墨子・非命上》:"絕長～短,方地百里。”

15 **纍** léi (粵) leoi4 ❶ **繩索**。《漢書・李廣傳》：“禹從落中以劍斫（zhuó (粵) zoek3）絕～。”（斫絕：砍斷。）(引) **捆綁**。《左傳・成公三年》：“兩釋～囚以成其好。”（兩國同時釋放囚犯，來促成雙方的和好。）❷［**纍纍**］① **狼狽不堪的樣子**。《史記・孔子世家》：“～～若喪家之狗。”② **連綴不絕的樣子**。《禮記・樂記》：“～～乎端如貫珠。”

15 **纇** lèi (粵) leoi6 ❶ **絲上的結**。吳澄《道德真經注》卷三：“若絲之有～而不勻。”(引) **不平**。《老子・四十一章》：“夷道若～。”❷ **毛病，缺點**。《淮南子・説林》：“若珠之有～，玉之有瑕，置之而全，去之而虧。”❸ **乖張**。《左傳・昭公二十八年》：“貪惏（lán (粵) laam4）無厭，忿～無期。”（惏：同“婪”。無期：無邊。）

15 **纈** xié (粵) kit3 ❶ **有花紋的絲織品**。楊衒之《洛陽伽藍記》卷四：“繡～、紬綾、絲綵、越葛、錢絹等，不可數計。”❷ **眼花**。庾信《夜聽搗衣》詩：“應聞長樂殿，判徹昭陽宮。花鬢醉眼～，龍子細文紅。”

15 **續** xù (粵) zuk6 ❶ **連接，接上一段**。《莊子・駢拇》：“鳧脛雖短，～之則憂。”《荀子・禮論》：“禮者，斷長～短，損有餘，益不足。”**成語有“狗尾續貂”**。❷ **繼續，延續**。《史記・項羽本紀》：“此亡秦之～耳。”(又) **繼承**。《史記・太史公自序》：“汝復為太史，則～吾祖矣。”

15 **纆** （纆）mò (粵) mak6 **兩股搓成的繩索**。《周易・坎》：“係用徽～。”（徽：三股搓成的繩索。）

15 **纊** （絖）kuàng (粵) kwong3 **絲綿絮**。《儀禮・士喪禮》：“瑱（tiàn (粵) tin3）用白～。”（人死後用白纊塞耳。）《莊子・逍遙遊》：“宋人有善為不龜手之藥者，世世以洴澼（píng pì (粵) ping4 pik1）～為事。”（洴澼：漂洗。）

15 **纏** chán (粵) cin4/zin6 ❶ **盤繞，紮束**。《戰國策・秦策五》：“～之以布。”劉禹錫《葡萄歌》：“野田生葡萄，～繞一枝蒿。”(引) **糾纏**。《後漢書・班固傳下》：“漢興已來，曠世歷年，兵～夷狄，尤事匈奴。”❷ (粵) cin4 **通“躔”。日月五星運行時經過天空中某一區域**。《漢書・王莽傳中》：“歲～星紀，在雒陽之都。”（木星移到“星紀”的位置上。歲：歲星，即木星。星紀：日月五星運行軌道一段的名稱。）

16 **纑** lú (粵) lou4 ❶ **麻線**。皮日休《徐詩》：“吾衣任縠～，吾食甘糠覈。”（覈：麥糠中的粗屑。）❷ **練麻，漚麻**。《孟子・滕文公下》：“身織屨，妻辟～。”（自己織草鞋，妻子搓麻線、漚麻。辟：搓麻線。）❸ **苧麻一類的植物**。《史記・貨殖列傳序》：“夫山西饒材、竹、穀、～、旄、玉石。”

17 **纓** yīng (粵) jing1 ❶ **繫在頷下的帽帶**。《左傳・哀公十五年》：“以戈擊之，斷～。”李白《贈江夏韋太守良宰》詩：“慷慨淚沾～。”❷ **駕車時套在馬頸上的繩子**。曹植《七啟》：“飾玉路之繁～。”（玉路：玉裝飾的車。繁：馬的大帶。）(引) **拘繫人的繩子**。獨孤及《送長孫將軍拜歙州之任》詩：“繫頸有長～。”❸ **古代女子行笄禮時佩戴的一種五色帶**。《禮記・曲禮上》：“女子許嫁，～。”❹ **被……纏着**。謝靈運《述祖德》詩：“兼抱濟物性，而不～垢氛。”

17 **纖** xiān (粵) cim1 ❶ **細紋絲織品**。《史記・孝文本紀》：“服大紅（gōng (粵) gung1）十五日，小紅十四日，～七日。”（大紅、小紅：即大功、小功，兩種喪服用的熟麻布。）❷ **細小**。《三國志・蜀書・諸葛亮傳》：“善無微而不賞，惡無～而不貶。”韓愈《八月十五夜贈張功曹》詩：“～雲四卷天無河。”(又) **身材纖細**。

張衡《思玄賦》："舒妙婧之～腰兮，揚雜錯之袿徽。"❸ **吝嗇**。《史記·貨殖列傳》："周人既～，而師史尤甚。"（師史：人名。尤甚：更厲害。）

17 **纔** cái 粵 coi^{4} ❶ **副詞。剛剛，方才**。《漢書·鼂錯傳》："救之，少發則不足，多發，遠縣～至，則胡又已去。"（遠縣：指遠縣的軍隊。胡：指匈奴。）❷ **副詞。僅僅，只**。《漢書·賈山傳》："然身死～數月耳，天下四面而攻之。"陶潛《桃花源記》："初極狹，～通人。"

17 **纕** xiāng 粵 soeng^{1} **佩帶**。屈原《離騷》："既替余以蕙～兮，又申之以攬茝。"

19 **纛** dào 粵 duk^{6}/dou^{6} ❶ **古代用旄牛尾或野雞尾做成的舞具，也用來做帝王車上的裝飾物**。《隋書·音樂志下》："二人執～，引前，在舞人數外，衣冠同舞人。"張籍《寒食內宴》詩："彩～魚龍四面稠。"《漢書·高帝紀上》："紀信乃乘王車，黃屋左～。"（紀信：人名。黃屋：黃緞子做襯裏的車蓋。左：指車前橫木左上方。）❷ **軍中大旗（後起意義）**。歐陽修《相州晝錦堂記》："高牙大～。"（牙：牙旗，將軍的旗子。）

19 **纚** xǐ 粵 si^{2} ❶ **古代用來束髮的帛**。《儀禮·士冠禮》："緇～，廣終幅，長六尺。"❷ **羣行的樣子**。司馬相如《子虛賦》："車按行，騎就隊，～乎淫淫，般乎裔裔。"❸ lí 粵 lei^{4} **繩索**。《詩經·小雅·采菽》："汎汎楊舟，紼～維之。"(又) **繫住**。張衡《思玄賦》："前祝融使舉麾兮，～朱鳥以承旗。"❹ sǎ 粵 saa^{2} **一種漁網**。(又) **用網捕魚**。張衡《西京賦》："然後釣魴鱧，～鰋鮋。"

19 **纘** zuǎn 粵 zyun^{2} **繼續**。《詩經·豳風·七月》："二之日其同，載～武功。"(又) **繼承**。《詩經·魯頌·閟宮》："～禹之緒。"（禹：傳說中的古代帝王。緒：功業。）《後漢書·文苑傳上》："～修其道。"

21 **纜** lǎn 粵 laam^{6} **繫船用的粗繩**。謝靈運《鄰里相送方山》詩："解～及流潮，懷舊不能發。"杜甫《舟中》詩："結～排魚網。"（結：繫。）

缶部

0 **缶** fǒu 粵 fau^{2} ❶ **盛酒漿的瓦器**。李商隱《行次西郊作》詩："濁酒盈瓦～。"（濁酒：自釀的沒有過濾的酒。盈：滿。）❷ **打水用的瓦器**。《左傳·襄公九年》："具綆（gěng 粵 gang^{2}）～，備水器。"（具：備辦。綆：汲水用的繩子。）❸ **瓦製的打擊樂器**。李斯《諫逐客書》："擊甕（wèng 粵 ung^{3}/ngung^{3}）叩～。"（甕：一種瓦製的打擊樂器。叩：敲打。）❹ **量詞。十六斗為一缶**。

4 **缺** quē 粵 kyut^{3} ❶ **殘缺，破損**。《詩經·豳風·破斧》："既破我斧，又～我斨。"《世說新語·豪爽》："以如意打唾壺，壺口盡～。"（如意：器物名。）(引) **衰敗**。《史記·漢興以來諸侯王年表》："厲、幽之後，王室～，侯伯強國興焉。"（厲、幽：指周厲王和周幽王。）(引) **廢棄不用**。《史記·孔子世家》："禮樂廢，詩書～。"❷ **缺少，空缺**。《史記·趙世家》："願得補黑衣之～，以衛王宮。"（黑衣：指衛士。）(又) **缺口，空隙**。《史記·孔子世家》："昔吾入此，由彼～也。"❸ **不完美**。《莊子·逍遙遊》："堯讓天下於許由，曰：'……吾自視～然，請致天下。'"**【辨】闕，缺。見689頁"闕"字。**

5 **缽**（鉢）bō 粵 but^{3} **佛教徒盛飯的器具**。《晉書·佛圖澄傳》："澄即取～盛水。"**雙音詞有"衣缽"。**

5 **缻** fǒu ㊚ fau[2] **同"缶"。❶ 盛水、酒等的瓦器。**《墨子・備城門》:"水～，容三石以上，小大相雜。" ❷ **瓦製的打擊樂器。**《史記・廉頗藺相如列傳》:"秦王不肯擊～。"

11 **罄** qìng ㊚ hing[3] ❶ **(器皿)中空。**《詩經・小雅・蓼莪》:"瓶之～矣，維罍之恥。" ❷ **盡，用盡。**范縝《神滅論》:"粟～於惰遊，貨殫於土木。"(惰遊:指遊手好閒的僧侶。)《舊唐書・李密傳》:"～南山之竹，書罪未窮。" **成語有"罄竹難書"。** ❸ **通"磬"。古代一種形似曲尺的石製敲擊樂器。**《大戴禮記・禮三本》:"縣一～而尚拊搏。"

11 **罅** xià ㊚ laa[3] **裂開。**左思《蜀都賦》:"紫梨津潤，樼栗～發。" ㊇ **裂縫。**韋應物《同元錫題琅琊寺》詩:"山中清景多，石～寒泉潔。"

14 **罌** yīng ㊚ aang[1]/ngaang[1] **盛水、酒的器皿。**《墨子・備穴》:"令陶者為～，容四十斗以上。" 貫休《樵叟》詩:"擔頭擔個赤瓷～，斜陽獨立濛籠塢。"

15 **罍** (櫑)léi ㊚ leoi[4] **盛酒或水的器具。**《詩經・周南・卷耳》:"我姑酌彼金～。" 李賀《送秦光祿北征》詩:"呵臂懸金斗，當唇注玉～。"

16 **罏** lú ㊚ lou[4] ❶ **小口的瓦罐。**《景德鎮陶錄》:"其～、甕諸色，幾與哥窑等價。" ❷ **古代酒店安放酒罎的土台。**辛延年《羽林郎》詩:"胡姬年十五，春日獨當～。"

网部

3 **罕** hǎn ㊚ hon[2] ❶ **一種捕鳥的網。**宋玉《高唐賦》:"弓弩不發，罘～不傾。"(罘:捕兔的網。)左思《吳都賦》:"罼(bì ㊚ bat[1])～瑣結。"(罼:一種捕鳥的網。瑣結:指聯結很密。) ❷ **旌旗。**《史記・周本紀》:"百夫荷～旗以先驅。"(荷:扛。先驅:在前面走。) ❸ **少。**《論語・子罕》:"子～言利與命與仁。"《荀子・富國》:"～興力役，無奪農時。"(力役:勞役。無奪:不耽誤。)

3 **罔** wǎng ㊚ mong[5] ❶ **漁獵用的網。**《周易・繫辭下》:"作結繩而為～罟。" ㊀ **張網捕捉。**司馬相如《子虛賦》:"～瑇瑁。" ㊇ **聯結。**屈原《九歌・湘夫人》:"～薜荔(bì lì ㊚ bai[6] lai[6])兮為帷。"(薜荔:一種常青的灌木。帷:幔帳。) **上述意義後來寫作"網"。** ❷ **騙取，欺騙。**《商君書・賞刑》:"則不能以非功～上利。"(非功:指對國家無益的東西。上:指君主。)曹操《整齊風俗令》:"此皆以白為黑，欺天～君者也。" ❸ **無，沒有。**《史記・秦始皇本紀》:"初并天下，～不賓服。"(賓服:服從。) ❹ **迷惘。**《論語・為政》:"學而不思則～，思而不學則殆。" **[罔然] 失意，精神恍惚的樣子。**張衡《東京賦》:"～～若酲(chéng ㊚ cing[4])。"(精神恍惚就像喝醉了酒一樣。) **後來寫作"惘然"。** ❺ **副詞。不。**《尚書・盤庚下》:"～罪爾眾。"(不歸罪於你們。) ❻ **副詞。不要。**《尚書・大禹謨》:"～失法度，～遊于逸，～淫于樂。"(逸:安逸。淫:過度，沉溺。)

4 **罘** (罦)fú ㊚ fau[4] ❶ **捕兔的網。**《禮記・月令》:"田獵，罝(jū ㊚ zeoi[1]/ze[1])～、羅罔、畢翳、餧獸之藥，毋出九門。"(罝:捕兔網，泛指捕獸網。畢:長柄網。翳:通"弋"。用矰繳射飛鳥。) ㊁ **捕鳥獸的網。**《呂氏春秋・慎人》:"編蒲葦，結～網。" ❷ **[罘罳(sī ㊚ si[1])]** ① **古代一種屏風，設在門外。**劉熙《釋名・釋宮室》:"～～在門外。罘，復也；罳，思也，臣將入請事，於此復重思之也。" ② **設在宮闕上呈網狀的窗櫺。**《漢書・文帝紀》:

“六月癸酉，未央宮東闕～～災。”⊗ **指設在屋簷下或窗戶上防鳥雀的金屬網**。杜甫《大雲寺贊公房》詩：“黃鸝度結構，紫鴿下～～。”

5 **罡** gāng (粵) gong1 ❶ **北斗七星的斗柄。也叫天罡**。《抱朴子·雜應》：“又思作七星北斗，以魁覆其頭，以～指前。”（魁：北斗七星中排列成方形像斗一樣的那四顆星的總稱。）❷ **通“岡”。山岡**。酈道元《水經注·汳水》：“城北有尉他墓，墓後有大～。”（尉他：人名。）

5 **罟** gǔ (粵) gu2 **網**。《墨子·公孟》：“是猶無魚而為魚～也。”（是猶：這如同。為：製作。）

5 **罝** jū (粵) zeoi1/ze1 **捕獸的網**。《詩經·周南·兔罝》：“肅肅兔～，施于中林。”（肅肅：齊整的樣子。）張衡《西京賦》：“結～百里，迒杜蹊塞。”（迒：道。杜：堵塞。）

5 **罛**（罛）gū (粵) gu1 **捕魚的大網**。《詩經·衛風·碩人》：“施～濊（huò (粵) kut3）濊。”（濊濊：撒網入水聲。）《淮南子·説山》：“好魚者先具罟與～。”（罟：網。）

6 **罣** guà (粵) gwaa3 ❶ **懸掛。古代特指掛網捕魚**。《淮南子·説林》：“釣者靜之，罛者扣舟，罩者抑之，～者舉之，為之異，得魚一也。”❷ **牽掛，牽連**。蘇轍《次韻孔平仲著作見寄》之四：“因緣～罪罟，未許即潛伏。”**雙音詞有“罣礙”**。

7 **罥** juàn (粵) gyun3 ❶ **牽絆，掛礙**。鮑照《蕪城賦》：“澤葵依井，荒葛～塗。”李白《公無渡河》詩：“公乎公乎挂～於其間。”❷ **網**。蔡邕《琴操·思親操》：“深谷鳥鳴兮嚶嚶，設罝張～兮，思我父母力耕。”

8 **署** shǔ (粵) cyu5 ❶ **佈置，安排**。《漢書·高帝紀》：“部～諸將。”❷ **衙門，官吏辦公的場所**。《史記·張釋之馮唐列傳》：“為中郎～長。”《新唐書·李程傳》：“學士入～，常視日影為候。”(引) **崗位，職守**。《墨子·號令》：“令各知其左右前後，擅離～，戮。”❸ **委任，任命**。《後漢書·劉永傳》：“遂招諸豪傑沛人周建等，並～為將帥。”⊗ **代理，暫任**。《三國志·蜀書·諸葛亮傳》：“以亮為軍師將軍，～左將軍府事。”❹ **簽名，題寫**。《漢書·蘇武傳》：“～其官爵姓名。”

8 **置** zhì (粵) zi3 ❶ **赦罪，釋放**。《漢書·尹賞傳》：“賞親閱，見十～一。”❷ **放到一邊，放棄**。曹丕《雜詩》：“棄～勿復陳。”《史記·項羽本紀》：“沛公則～車騎，脱身獨騎。”**成語有“置之不理”**。⊗ **廢棄**。《國語·周語中》：“今以小忿棄之，是以小怨～大德也。”❸ **擱，安放**。《史記·秦始皇本紀》：“金人十二，重各千石，～廷宮中。”（石：重量單位。）**成語有“置之度外”**。(引) **擺，設**。《史記·李斯列傳》：“～酒咸陽宮。”❹ **立，建立**。《管子·任法》：“～法而不變，使民安其法者也。”《鹽鐵論·誅秦》：“～五屬國，以距胡。”（距胡：抵禦匈奴。）(引) **購置，添置**。《韓非子·外儲説左上》：“鄭人有且～履者。”（且：將。履：鞋。）❺ **驛站**。《韓非子·難勢》：“五十里而一～。”⊗ **驛車，驛馬**。《漢書·劉屈氂傳》：“乘疾～以聞。”

8 **罭** yù (粵) wik6 ［**九罭**］**一種細眼漁網**。《詩經·豳風·九罭》：“～～之魚，鱒魴。”張衡《西京賦》：“布～～，設罜麗（dú lù (粵) zyu2 luk6）。”（罜麗：一種小漁網。）

8 **罨** yǎn (粵) jim2 ❶ **網。又為用網捕**。左思《蜀都賦》：“～翡翠，釣鰋鮋。”❷ **覆蓋**。皮日休《初入太湖》詩：“西風乍獵獵，驚波～涵碧。”❸［**罨畫**］**色彩鮮明的畫**。元稹《劉阮妻二首》之二：“芙蓉脂肉綠雲鬟，～～樓臺青黛山。”

8 **罪** (辠)zuì (粵) zeoi6 ❶ **罪惡，犯法的行為**。《荀子・王制》："無功不賞，無～不罰。"(又) **有罪的人或國家**。《漢書・地理志下》："君以成周之眾，奉辭伐～，亡不克矣。"（亡：無。沒有。）**成語有"弔民伐罪"**。(又) **過失，錯誤**。《孟子・公孫丑下》："此則寡人之～也。"❷ **懲處，判罪**。《韓非子・五蠹》："以其犯禁也，～之。"(引) **怪罪**。《史記・孔子世家》："孔子曰：'後世知丘者以《春秋》，而～丘者亦以《春秋》。'"（丘：孔丘。春秋：書名。）

9 **罳** sī (粵) si1 ❶ **[罳頂] 天花板**。陸佃《埤雅・釋草・藻》："亦曰綺井，又謂之覆海，亦或謂之～～。"❷ **[罘 (fú (粵) fau4) 罳] 見 495 頁"罘"字**。

9 **罰** (罸)fá (粵) fat6 ❶ **處分，懲罰**。《荀子・王制》："無功不賞，無罪不～。"《三國志・蜀書・諸葛亮傳》："犯法怠慢者雖親必～。"❷ **出錢贖罪**。《周禮・秋官・職金》："掌受士之金～貨～。"（受：接受。金罰：用金銀贖罪。貨罰：用貨幣贖罪。）❸ **過錯**。劉向《列女傳・陳女夏姬傳》："貪色為淫，淫為大～。"

10 **罶** liǔ (粵) lau5 **竹製的捕魚工具**。《詩經・小雅・魚麗》："魚麗于～。"（麗：通"罹"。落網。）

10 **罷** bà (粵) baa6 ❶ **停止**。《論語・子罕》："欲～不能。"《史記・秦始皇本紀》："秦出兵，五國兵～。"(引) **結束，完了**。《韓非子・外儲說左上》："及反，市～。"（到他回去時，集市已經散了。）❷ **罷免，停職**。《史記・魏其武安侯列傳》："竇太后大怒，乃～逐趙綰、王臧等。"❸ **(舊讀 bì) 散，離散**。《墨子・非攻中》："吳有離～之心。"❹ pí (粵) pei4 **通"疲"。疲勞，疲乏**。《孫子兵法・軍爭》："勁者先，～者後。"(引) **疲沓，無能。與"賢"相對**。《荀子・王霸》："無國而不有賢士，無國而不有～士。"（無國：沒有一個國家。）

11 **罹** lí (粵) lei4 ❶ **遭遇**。《尚書・洪範》："不協于極，不～于咎。"（不協于極：不走極端。）《三國志・魏書・武帝紀》："河北～袁氏之難。"（袁氏：袁紹。難：災難。）❷ **憂患，苦難**。《詩經・王風・兔爰》："我生之後，逢此百～。"

11 **罻** wèi (粵) wai3 **小網**。左思《吳都賦》："罿～普張。"劉禹錫《答柳子厚》詩："會待休車騎，相隨出～羅。"

12 **罽** jì (粵) gai3 **一種毛織品**。《漢書・東方朔傳》："木土衣綺繡，狗馬被繢 (huì (粵) kui2) ～。"（繢：通"繪"。）《後漢書・文苑傳》："燒～帳，繫閼氏 (yān zhī (粵) jin1 zi1)。"

12 **罿** tóng (粵) tung4/cung1 **一種設有機關裝置的捕鳥獸的網。也叫覆車網**。《詩經・王風・兔爰》："有兔爰爰，雉離于～。"（爰爰：緩慢的樣子。離：通"罹"，遭遇。）

12 **罾** zēng (粵) zang1 **漁網**。屈原《九歌・湘夫人》："～何為兮木上？"（漁網為甚麼在樹上？）(又) **用漁網捕捉**。《史記・陳涉世家》："乃丹書帛曰'陳勝王'，置人所～魚腹中。"（丹書：用紅色寫。置：放進。）

13 **羂** juàn (粵) gyun2 ❶ **用繩索繫住野獸**。《漢書・司馬相如傳上》："～要褭 (niǎo (粵) niu5)，射封豕。"（要褭：良馬名。封豕：大野豬。）❷ (粵) gyun3 **同"罥"。網**。揚雄《太玄・翕》："撝 (huī (粵) fai1) 其罦 (fú (粵) fau4/fu1)，絕其～，殆。"（撝：揮動。罦：鳥網。）

14 **羆** pí (粵) bei1 **一種熊。也叫馬熊**。《詩經・大雅・韓奕》："有熊有～，有貓有虎。"曹操《步出夏門行・冬十月》："熊～窟棲。"

14 **羅** luó (粵) lo4 ❶ **捕鳥獸的網**。《詩經・王風・兔爰》："有兔爰爰，雉離于～。"（爰爰：行動舒緩的樣子。離：通

"罹"。遭遇。)《韓非子・難三》:"以天下為之～,則雀不失矣。"**成語有"天羅地網"**。㊀ **招致,網羅**。《莊子・天下》:"萬物畢～,莫足以歸。"王安石《上皇帝萬言書》:"所以～天下之士。"**雙音詞有"羅致"**。❷ **分佈,羅列,排列**。《史記・五帝本紀》:"旁～日月星辰。"《漢書・賈山傳》:"從車～騎。"**成語有"星羅棋佈"**。❸ **稀疏而輕軟的絲織品**。《戰國策・齊策四》:"下宮糅～紈,曳綺縠。"楊衒之《洛陽伽藍記》卷四:"冰～霧縠,充積其內。"❹ **遭遇**。《論衡・辨祟》:"抵觸縣官,～麗刑法。"(麗:指觸犯。)

19 **羈** (羇、覊) jī 粵 gei[1] ❶ **馬籠頭**。曹植《白馬篇》:"白馬飾金～。"㊇ **將馬籠頭套在馬上**。賈誼《弔屈原賦》:"使騏驥可得係而～兮,豈云異夫犬羊。"(騏驥:良馬。)㊀ **拘束,束縛**。司馬遷《報任安書》:"僕少負不～之才。"(僕:謙稱,我。負:指具有。不羈:指不受拘束。)**成語有"放蕩不羈"**。[**羈縻** (mí 粵 mei[4])] ① **拘留,束縛**。文天祥《指南錄後序》:"予～～不得還。"(予:我。)② **籠絡**。《史記・孝武本紀》:"天子益怠厭方士之怪迂語矣,然終～～弗絕。"❷ **寄居在外**。《史記・陳杞世家》:"～旅之臣,幸得免負擔。"㊇ **寄居在外的人,外鄉人**。《左傳・昭公七年》:"單 (shàn 粵 sin[6]) 獻公棄親用～。"

19 **䍦** (𦆽) lí 粵 lei[4] [**接䍦**] **一種頭巾**。杜甫《陪鄭廣文遊何將軍山林》詩:"狂遺白～～。"

羊部

2 **芈** mǐ 粵 me[1] ❶ **羊叫聲**。《說文・羊部》:"芈,羊鳴也。"❷ 粵 mei[5] **姓**。《史記・楚世家》:"～姓,楚其後也。"

2 **羌** qiāng 粵 goeng[1] ❶ **我國古代西部的一個民族。東晉時曾建立後秦**。❷ **句首語氣詞**。屈原《離騷》:"～內恕己以量人兮。"(內恕己:自己寬恕自己。)❸ **連詞。相當於"乃"**。屈原《離騷》:"余以蘭為可恃兮,～無實而容長。"

3 **美** měi 粵 mei[5] ❶ **味美**。《孟子・盡心下》:"膾炙與羊棗孰～。"《韓非子・揚權》:"夫香～脆味,厚酒肥肉,甘口而病形。"㊇ **美好,美麗**。《左傳・昭公二十八年》:"娶妻而～。"❷ **善,好。與"惡"相對**。《戰國策・東周策》:"夫存危國,～名也。"屈原《離騷》:"好蔽～而稱惡。"(蔽:遮掩。稱:宣揚。)❸ **讚美**。《韓非子・五蠹》:"今有～堯、舜、湯、武、禹之道於當今之世者,必為新聖笑矣。"

3 **羑** yǒu 粵 jau[5] ❶ **誘導**。《尚書・康王之誥》:"惟周文武,誕受～若,克恤西土。"❷ [**羑里**] **地名。故址在今河南湯陰附近。紂囚周文王於此**。《史記・周本紀》:"西伯蓋即位五十年。其囚～～,蓋益《易》之八卦為六十四卦。"(西伯:即周文王。)

4 **羖** gǔ 粵 gu[2] **黑色的公羊**。《史記・秦本紀》:"請以五～羊皮贖之。"

5 **羝** dī 粵 dai[1] **公羊**。《詩經・大雅・生民》:"取～以軷 (bá 粵 bat[6])。"(軷:祭祀路神。)《後漢書・左慈傳》:"忽有一老～屈前兩膝。"

5 **羜** zhù 粵 cyu[5] **幼羊**。《詩經・小雅・伐木》:"既有肥～,以速諸父。"

5 **羞** xiū 粵 sau[1] ❶ **進獻**。《左傳・僖公三十年》:"薦五味,～嘉穀。"張衡《思玄賦》:"～玉芝以療飢。"(芝:靈芝草。療飢:止飢餓。)❷ **精美的食物**。《周禮・天官・膳人》:"以共王膳～。"(共:供。)**這個意義後來寫作"饈"**。❸ **羞慚,恥辱**。《周易・恆》:"不恆其德,或承之

～。"【辨】羞，恥，辱。見643頁"辱"字。

6 **善** shàn ㊕ sin⁶ ❶ **好，好的，善良的。與"惡"相對**。《論語·八佾》："子謂韶：'盡美矣，又盡～也。'"《韓非子·有度》："刑過不避大臣，賞～不遺匹夫。"（刑過：處罰有罪過的。遺：遺漏。）㊂ **認為是好的**。《孟子·梁惠王下》："王如～之，則何為不行。"《史記·留侯世家》："良數以《太公兵法》說沛公，沛公～之。"（良：張良。數：多次。沛公：劉邦。）❷ **友好，親善**。《戰國策·秦策二》："齊、楚之交～。"❸ **善於，擅長**。《史記·孫子吳起列傳》："～戰者因其勢而利導之。"㊂ **容易**。《詩經·鄘風·載馳》："女子～懷，亦各有行。"（懷：憂慮。）《左傳·襄公二十八年》："慶氏之馬～驚。"❹ **愛惜**。《荀子·強國》："～日者王，～時者霸。"（日：指一天的時間。王：稱王。時：指一季的時間。霸：稱霸。）❺ **信仰佛法**。《法苑珠林》卷一百六："教化是惡人輩令生大乘～信。"**成語有"善男信女"**。❻ **應答之詞。表示同意**。《三國志·魏書·郭嘉傳》："太祖曰：'～。'乃南征。"❼ **副詞。好好地**。《左傳·昭公十二年》："子～視之。"（子：您。）

7 **義** yì ㊕ ji⁶ ❶ **合宜的道德、行為或道理**。《左傳·隱公元年》："多行不～，必自斃。"❷ **意義，意思**。劉勰《文心雕龍·鎔裁》："一意兩出，～之駢枝也。"（駢枝：多餘無用的部分。）《晉書·王隱傳》："文體混漫，～不可解。"（混漫：雜亂。）❸ **指舊時拜認的親屬關係（後起意義）。如"義父"、"義子"。**

7 **羨** xiàn ㊕ sin⁶ ❶ **希望獲得，羨慕**。《淮南子·說林》："臨河而～魚，不如歸家織網。"❷ **剩餘，有餘**。《管子·國蓄》："鈞～不足。"（鈞：通"均"。平均。）❸ **超過**。司馬相如《上林賦》："功～於五帝。"㊆ **氾濫**。《漢書·溝洫志》："河災之～溢，害中國也尤甚。"（河：黃河。）❹ yàn ㊕ jin⁶ **延請，邀請**。張衡《東京賦》："乃～公侯卿士，登自東除。"（除：台階。）❺ yán ㊕ jin⁴ **通"埏"。墓道**。《史記·秦始皇本紀》："閉中～，下外～門。"（下：降下。）

7 **羣** （群）qún ㊕ kwan⁴ ❶ **羊羣**。《詩經·小雅·無羊》："誰謂爾無羊，三百維～。"（爾：你。）㊂ **動物羣，家畜羣**。《詩經·小雅·吉日》："或～或友。"㊇ **聚在一起的人或物**。《禮記·檀弓上》："吾離～而索居。"**成語有"羣策羣力"**。❷ **成羣地**。屈原《九章·懷沙》："邑犬之～吠兮，吠所怪也。"㊆ **同類的**。《周易·繫辭上》："物以～分。"❸ **聚集，會合**。《論語·衛靈公》："君子矜而不爭，～而不黨。"❹ **眾，眾多的**。《禮記·祭法》："王為～姓立社。"**成語有"羣賢畢至"**。❺ **量詞。用於成羣的人、動物或事物**。陳琳《為袁紹檄豫州》："長戟百萬，胡騎千～。"

9 **羯** jié ㊕ kit³ ❶ **被閹的公羊**。《說文·羊部》："羯，羊羖犗也。"㊇ **羊**。蔡琰《胡笳十八拍》："～膻為味兮，枉遏我情。"（把羊肉做的食品給我吃，也沒能阻止我懷念家鄉的心情。羶：同"膻"。膻氣。枉：徒然，白白地。遏：阻止。）❷ **我國古代北部的一個民族。東晉時曾建立後趙。**

9 **羭** yú ㊕ jyu⁴ ❶ **黑母羊**。《列子·天瑞》："老～之為猨也。"（猨：同"猿"。）❷ **美好**。《左傳·僖公四年》："攘公之～。"（攘：除去。）

10 **羲** xī ㊕ hei¹ ❶［羲和］① **羲氏與和氏。古代傳說中唐堯時執掌天文的官吏**。《尚書·堯典》："乃命～～，欽若昊天，曆象日月星辰，敬授民時。"② **古代神話中為太陽駕車的神**。屈原《離騷》："吾令～～弭節兮，望崦嵫而勿迫。"③ **古代神話中太陽的母親**。《山海經·大荒南經》："～～者，帝俊之妻，生十日。"❷ **指伏羲氏，古**

代傳說中的帝王。張衡《東京賦》："龍圖授～。"［**羲皇**］**即伏羲氏**。陶潛《與子儼等疏》："常言五六月中，北窗下卧，遇涼風暫至，自謂是～～上人。"

13 **羸** léi ㊥ leoi^4 ❶ **瘦弱**。《國語・魯語上》："饑饉荐降，民～幾卒。"（荐：頻頻。）《史記・扁鵲倉公列傳》："形～不能服藥。"（形：指身體。）㊋ **凋零**。《呂氏春秋・首時》："秋霜既下，眾林皆～。"❷ **纏繞**。《周易・大壯》："羝（dī ㊥ dai^1）羊觸藩，～其角。"（羝羊：公羊。藩：籬笆。）

13 **羶**（**膻、羴**）shān ㊥ zin^1 **羊或羊肉的臊**（sāo ㊥ sou^1）**氣**。《莊子・徐無鬼》："羊肉～也。"㊋ **似羊臊的氣味**。《列子・周穆王》："～惡而不可親。"《呂氏春秋・本味》："水居者腥，肉玃者臊，草食者～。"㊋ **肉類**。白居易《贈韋處士六年夏大熱旱》詩："汗巾束頭鬢，～食熏襟抱。"【**注意**】在現代漢語中，"**羶**"應寫作"**膻**"。

13 **羹** gēng ㊥ gang^1 **用肉或菜調和五味做成的帶湯的食物**。《荀子・非相》："啜（chuò ㊥ cyut^3）其～，食其胾（zì ㊥ zi^3）。"（啜：喝。胾：大塊的肉。）《韓非子・五蠹》："藜（lí ㊥ lai^4）藿（huò ㊥ fok^3）之～。"（藜藿：兩種野生植物。）【**辨**】**羹，湯**。"**羹**"，**在上古是指用肉或菜等做成的帶汁的食物，和"菜湯"不同。"湯"，在唐以前一般只指熱水，後來才指菜湯**。

15 **羼** chàn ㊥ caan^3 **摻雜**。《顏氏家訓・書證》："典籍錯亂……皆由後人所～，非本文也。"

羽部

0 **羽** yǔ ㊥ jyu^5 ❶ **鳥翅膀上的長毛**。《左傳・僖公二十三年》："～、毛、齒、革，則君地生焉。"㊋ **鳥或昆蟲的翅膀**。《詩經・豳風・七月》："六月莎雞振～。"（莎雞：昆蟲名。）㊋ **鳥類的代稱**。張充《與王儉書》："奇禽異～。"❷ **古代箭上的羽毛**。白居易《放旅雁》詩："拔汝翅翎為箭～。"㊋ **箭**。江淹《別賦》："邊郡未和，負～從軍。"❸ **古代用羽毛做成的舞具**。《尚書・大禹謨》："舞干～于兩階。"（干：盾牌。）❹ **五音**（**宮、商、角、徵**（zhǐ ㊥ zi^2）**、羽**）**之一**。**見714頁"音"字**。【**辨**】**羽，翼，翅**。"**羽**"**是翅膀上的長毛**，"**翼**"**是翅膀，二字不是同義詞。有時候，"羽"也當翅膀講，如"奮翼"也說成"奮羽"；但是"翼"不當羽毛講，所以"羽毛"不說成"翼毛"，"羽扇"不說成"翼扇"。"翅"與"翼"是同義詞，但"翼"比"翅"常見**。

3 **羿** yì ㊥ ngai^6 **古代傳說中的人名，善射**。《論語・憲問》："～善射，奡（ào ㊥ ngou^6）盪舟。"（奡：人名。）

4 **翁** wēng ㊥ jung^1 ❶ **父親**。《後漢書・華佗傳》："必是逢我～也。"㊋ **祖父**。《世說新語・排調》："阿～詎宜以子戲父。"㊋ **岳父，公公**。**如"翁婿"、"翁姑"**。❷ **老人**。白居易《賣炭翁》詩："賣炭～，伐薪燒炭南山中。"（薪：柴。）**熟語有"醉翁之意不在酒"**。

4 **翀** chōng ㊥ cung^1 **同"沖"。直向上**（**飛**）。杜摯《贈毌丘荊州》詩："鵠（hú ㊥ huk^6）飛舉萬里，一飛～昊蒼。"（鵠：天鵝。昊蒼：天。）

5 **翎** líng ㊥ ling^4 **鳥翅或尾上的長羽毛**。白居易《放旅雁》詩："拔汝翅～為箭羽。"

5 **翊** yì ㊥ jik^6 ❶ **輔佐，幫助**。《三國志・蜀書・呂凱傳》："～贊季興。"（輔佐朝廷復興。贊：輔佐。季興：復興，中興。）❷ **明**（**天、年**）。蔡邕《議郎胡公夫人哀贊》："疾用歡痊，～日斯瘳（chōu ㊥ cau^1）。"（用：因此。痊：病癒。斯：

語氣詞。瘳：病癒。）❸［翊翊］恭敬的樣子。《漢書・禮樂志》：“正心～～。”

5 **習** xí ㊊ zaap⁶ ❶ 鳥屢次拍着翅膀飛。《禮記・月令》：“鷹乃學～。”❷［習習］① 鳥飛來飛去。左思《詠史》：“～～籠中鳥，舉翮（hé ㊊ hat⁶）觸四隅。”（翮：翅膀。隅：角落。）② 風和舒的樣子。《詩經・邶風・谷風》：“～～谷風，以陰以雨。”❸ 反覆練習。《論語・學而》：“學而時～之。”㊂ 學習。《韓非子・五蠹》：“莫如修行義而～文學。”❹ 通曉，熟悉。鼂錯《言守邊備塞疏》：“～地形，知民心。”❺ 習慣。《商君書・戰法》：“民～以力攻難，故輕死。”❻［近習］帝王的親信。《韓非子・孤憤》：“而聽左右～～之言。”

5 **翌** yì ㊊ jik⁶ ❶ 輔佐。錢起《泰階六符賦》：“股肱掩於稷契，輔～賢於阿衡。”❷ 明（天、年）。《漢書・律曆志》：“若～日癸（guǐ ㊊ gwai³）巳。”又如“翌年”、“翌晨”。

5 **翍** pī ㊊ pei¹ 同“披”。分散，分開。揚雄《甘泉賦》：“～桂椒，鬱栘楊。”劉敞《觀林洪範禹貢山川圖》詩：“～山瀉澤魑魅走。”

6 **翕** (翖)xī ㊊ jap¹ ❶ 收縮，收斂。枚乘《七發》：“飛鳥聞之，～翼而不能去。”❷ 和好，和諧。《詩經・小雅・常棣》：“兄弟既～。”（既：已經。）❸［翕然］① 一致的樣子。《史記・汲鄭列傳》：“山東士諸公以此～～稱鄭莊。”（稱：稱讚。鄭莊：人名。）② 安定的樣子。《梁書・孫謙傳》：“郡境～～，威信大著。”

6 **翔** xiáng ㊊ coeng⁴ ❶ 盤旋地飛。《戰國策・楚策四》：“飛～乎天地之間。”㊀ 疾行。曹植《泰山梁甫行》：“柴門何蕭條，狐兔～我宇。”❷ 通“詳”。詳細，詳盡。常“翔實”連用。《漢書・西域傳上》：“其土地山川，王侯戶數，道里遠近～實矣。”（道里：路的里數。）

7 **翛** xiāo ㊊ siu¹ ❶［翛翛］鳥羽破敝的樣子。《詩經・豳風・鴟鴞》：“予羽譙（qiáo ㊊ ciu⁴）譙，予尾～～。”（譙譙：鳥羽破敝的樣子。）❷［翛然］① 無拘束的樣子。《莊子・大宗師》：“～～而往，～～而來而已矣。”② 蕭條冷落的樣子。李白《下途歸石門舊居》詩：“～～遠與世事間。”

8 **翥** zhù ㊊ zyu³ 鳥飛。《楚辭・遠遊》：“鸞（luán ㊊ lyun⁴）鳥軒～而翔飛。”（鸞鳥：傳說中像鳳凰的一種鳥。軒：高。）

8 **翡** fěi ㊊ fei² ❶ 一種羽毛紅色的鳥。《管子・輕重丁》：“請挾彈懷丸游水上，彈～燕小鳥。”❷［翡翠］① 鳥名，羽毛可做裝飾品。司馬相如《子虛賦》：“揜（yǎn ㊊ jim²）～～。”（揜：捕捉。）② 綠色的硬玉。《淮南子・泰族》：“瑤碧玉珠，～～玳瑁，文彩明朗，潤澤若濡。”

8 **翟** zhái ㊊ zaak⁶ ❶ dí ㊊ dik⁶ 長尾巴的野雞。李白《山鷓鴣詞》：“山雞～雉來相勸。”❷ dí ㊊ dik⁶ 古代樂舞所執的野雞羽毛。《詩經・邶風・簡兮》：“右手秉～。”❸ dí ㊊ dik⁶ 用野雞羽毛裝飾的衣服、車子、道具等器物。《詩經・衛風・碩人》：“～茀（fú ㊊ fat¹）以朝。”（茀：遮蔽。）❹ dí ㊊ dik⁶ 通“狄”。我國古代北部的一個民族。❺ 姓。

8 **翠** cuì ㊊ ceoi³ 一種青綠色的雌鳥。也叫翠鳥。左思《蜀都賦》：“孔～羣翔，犀象競馳。”（孔：孔雀。馳：奔跑。）㊀ 翠鳥的羽毛。如“翠被”、“翠蓋”。㊀ 青綠色。司馬相如《上林賦》：“揚～葉，扤（wù ㊊ ngaat⁶）紫莖。”（扤：搖動。）李白《廬山謠寄盧侍御虛舟》詩：“～影紅霞映朝日。”

9 **翦** jiǎn ㊊ zin² ❶ 剪斷。《詩經・召南・甘棠》：“蔽芾甘棠，勿～勿伐。”（蔽芾：小的樣子。）賈思勰《齊民要術・種韭》："韭高三寸，便～之。" 引 **裁去，鏟去**。劉知幾《史通・二體》："～截班史，篇纔三十。"《南齊書・孔珪傳》："門庭之內，草萊不～。" ❷ **削弱，消滅，滅掉**。《左傳・成公十三年》："又欲闕（quē 粵 kyut3）～我公室。"（闕：破壞。公室：指諸侯所擁有的權力和財富。）《左傳・成公二年》："余姑～滅此而朝食。"（余：我。姑：暫且。此：指敵軍。朝食：吃早飯。）❸ **用剪刀鉸（後起意義）**。杜甫《戲題王宰畫山水圖歌》："焉得并州快翦刀，～取吳松半江水。" **這個意義後來寫作"剪"**。

9 **翩** piān 粵 pin1 **疾飛**。《詩經・魯頌・泮水》："～彼飛鴞，集于泮林。" 引 **輕快、敏捷的樣子**。曹植《洛神賦》："～若驚鴻。"（鴻：大雁。）[**翩翩**] ① **輕快飛舞的樣子**。《詩經・小雅・四牡》："～～者鵻，載飛載止。" 白居易《燕詩示劉叟》："梁上有雙燕，～～雄與雌。" ② **形容風度文采的優美**。《史記・平原君虞卿列傳論》："平原君，～～濁世之佳公子也。" 曹丕《與吳質書》："元瑜書記～～。"（元瑜：阮瑀的字。書記：指書札、奏記。）

9 **猴**（**猴**）hóu 粵 hau4 ❶ **計算羽毛的量詞，根**。《九章算術・粟米》："買羽二千一百～。" ❷ **同"鍭"**。**一種箭**。《儀禮・既夕禮》："～矢一乘。"

9 **翬** huī 粵 fai1 ❶ **具有五彩的雉**。《詩經・小雅・斯干》："如～斯飛，君子攸躋（jī 粵 zai1）。"（攸躋：就登上。）❷ **飛**。張衡《西京賦》："若夫游鷮（jiāo 粵 giu1）高～，絕阬逾斥。"（鷮：野雉。斥：小澤。）

10 **翰** hàn 粵 hon6 ❶ **天雞。也叫錦雞或山雞**。《逸周書・王會》："文～者，若皋雞。"（文：彩色的。皋雞：一種羽毛很美麗的野鴨。）又 **羽毛**。左思《吳都賦》："理翮整～，容與自翫。" ❷ **毛筆**。曹丕《典論・論文》："古之作者，寄身於～墨，見意於篇籍。"（寄身：寄託自身。見意：表達自己的志向。篇籍：指文章。）引 **文辭**。蕭統《文選序》："事出於沉思，義歸乎～藻。"（藻：文采。）特 **書信**。宋之問《答田徵君》詩："忽枉巖中～。"（忽然收到你從山中寄來的信。枉：謙辭。）❸ **高飛**。《詩經・小雅・小宛》："宛彼鳴鳩，～飛戾天。"（宛：小。戾：至，到。）❹ gàn 粵 gon3 **通"幹"**。**骨幹，棟樑**。《詩經・小雅・桑扈》："之屏之～，百辟為憲。"（屏：屏障。辟：君。憲：法則。）

10 **翮** hé 粵 hat6 **羽毛中間的硬管**。劉向《說苑・尊賢》："鴻鵠高飛遠翔，其所恃者六～也。"《世說新語・言語》："有人遺其雙鶴，少時翅長欲飛，支意惜之，乃鎩其～。"（支：支遁，人名。鎩：傷殘。）泛 **鳥的翅膀**。曹植《送應氏》詩："願為比翼鳥，施～起高翔。"（比翼鳥：一起飛的鳥。施：展。翔：飛。）

10 **翱**（**翺**）áo 粵 ngou4 **鳥扇動翅膀上下飛**。《詩經・鄭風・女曰雞鳴》："將～將翔，弋鳧與雁。"《竹書紀年》卷下："鳳皇～兮於紫庭。" [**翱翔**] **展開翅膀迴旋地飛**。《莊子・逍遙遊》："～～蓬蒿之間，此亦飛之至也。"《淮南子・覽冥》："～～四海之外。" 引 **悠閒遊樂的樣子**。《詩經・齊風・載驅》："魯道有蕩，齊子～～。"（齊子：指齊國女子文姜。）

11 **翳** yì 粵 ai3/ngai3 ❶ **用羽毛做的舞具**。《山海經・海外西經》："左手操～，右手操環。" ❷ **遮蔽**。《楚辭・九歎・遠逝》："石嵾嵯（cēn cī 粵 cam1 ci1）以～日。"（嵾嵯：山高低不齊的樣子。）引 **隱藏**。《三國志・魏書・管寧傳》："抱道懷貞，潛～海隅。"（隅：邊。）❸ **眼睛上**

長的膜。《宋史・劉恕傳》："目為之～。"（眼睛因此而長了翳。）

11 **翼** yì (粵) jik6 ❶ **翅膀**。賈誼《鵩鳥賦》："舉首奮～。"（抬頭振翅。）❷ **用翼遮蓋，保護**。《詩經・大雅・生民》："鳥覆～之。"（覆：遮蓋。）❸ **兩側**。《史記・廉頗藺相如列傳》："李牧多為奇陳，張左右～擊之，大破殺匈奴十餘萬騎。"（陳：陣。張：擺開。）❹ **輔佐，扶助**。《漢書・鼂錯傳》："以～天子。"❺ **［翼翼］** ① **嚴肅謹慎的樣子**。《詩經・大雅・烝民》："小心～～。" ② **壯盛的樣子**。枚乘《七發》："紛紛～～，波湧雲亂。" ③ **整齊的樣子**。《詩經・商頌・殷武》："商邑～～。"（商的國都非常整齊。）④ **輕鬆悠閒的樣子**。屈原《離騷》："高翱翔之～～。"❻ **通"翌"。明(日)**。《尚書・金縢》："王～日乃瘳。"**【辨】**羽，翼，翅。見 500 頁"羽"字。

12 **翹** qiáo (粵) kiu4 ❶ **鳥尾的長羽毛**。曹植《七啟》："揚翠羽之雙～。"(泛) **鳥尾，尾巴**。《楚辭・九歎・遠遊》："搖～奮羽。"郭璞《江賦》："蜛蝫森衰以垂～。"(又) **婦女的一種首飾**。梁簡文帝《三月三日率爾成詩》："金鞍汗血馬，寶髻珊瑚～。"❷ **舉起，抬起**。《莊子・馬蹄》："齕草飲水，～足而陸。"（陸：跳躍。）庾信《思舊銘》："幕府昔開，賢俊～首。"❸ **特出的，傑出的**。《顏氏家訓・文章》："凡此諸人，皆其～秀者。"❹ **［翹翹］** ① **高出的樣子**。《詩經・周南・漢廣》："～～錯薪，言刈其楚。" ② **高而危殆的樣子**。《詩經・豳風・鴟鴞》："予室～～，風雨所漂搖。"

12 **翻** **(繙)**fān (粵) faan1 ❶ **鳥飛**。王維《輞川閑居》詩："白鳥向山～。"❷ **翻騰，翻動**。李白《姑孰十詠》其一："波～曉霞影。"（曉：早晨。）岑參《白雪歌送武判官歸京》："風掣紅旗凍不～。"**上述❶❷又寫作"飜"**。❸ **翻轉，傾倒**。杜甫《白帝》詩："白帝城下雨～盆。"(引) **推翻，改變**。《世說新語・政事》："陸太尉詣王丞相咨事，過後輒～異。"❹ **翻譯**。《舊唐書・姚崇傳》："今之佛經，羅什所譯，姚興執本與什對～。"（羅什、姚興：人名。）❺ **同"反"。回返**。王維《同比部楊員外十五夜遊有懷》詩："萬戶千門闢，夜出曙～歸。"(又) **指反切**。❻ **副詞。反而**。李白《猛虎行》："胡馬～銜洛陽草。"（胡：指安祿山的軍隊。銜：指吃。）

13 **翽** huì (粵) wai3 **［翽翽］鳥飛的聲音**。《詩經・大雅・卷阿》："鳳皇于飛，～～其羽。"

13 **翾** xuān (粵) hyun1 **小飛**。屈原《九歌・東君》："～飛兮翠曾，展詩兮會舞。"夏侯湛《春可樂賦》："鸎交交以弄音，翠～～以輕翔。"

14 **翿** dào (粵) dou4 **古樂舞中所用的上有羽毛裝飾的旗子**。《詩經・王風・君子陽陽》："君子陶陶，左執～。"(又) **葬禮中用以引導靈柩的旗幟**。《周禮・地官・鄉師》鄭玄注："匠人執～以御柩。"

14 **耀** **(燿)**yào (粵) jiu6 ❶ **照耀**。江淹《別賦》："日出天而～景。"（景：陽光。）(引) **光明，明亮**。《後漢書・郎顗傳》："增日月之～。"❷ **顯示**。《國語・周語上》："先王～德不觀兵。"柳宗元《哭連州凌員外司馬》詩："宏謀～其奇。"（宏：大。奇：神奇。）**成語有"耀武揚威"**。(又) **炫耀，誇耀**。《三國志・魏書・滿寵傳》："必當上岸～兵以示有餘。"

老部

0 **老** lǎo (粵) lou5 ❶ **年老，衰老**。《論語・述而》："發憤忘食，樂以忘憂，不知～之將至云爾。"(引) **衰竭，疲怠**。《左傳・僖公二十八年》：“楚師～矣。”⊗ **壽終**。《荀子・仲尼》：“桀紂舍之，厚於有天下之埶（shì 粵 sai3）而不得以匹夫～。”（埶：同“勢”。）❷ **對年紀大的人的尊稱**。《詩經・小雅・十月之交》：“不憖（yìn 粵 jan6）遺一～。”（憖：願。）《孟子・梁惠王上》：“老吾～，以及人之～。”❸ **陳舊**。《荀子・成相》：“治之道，美不～。”❹ **老練，富有經驗**。《國語・晉語一》：“既無～謀，而又無壯事。”杜甫《奉漢中王手札》詩：“枚乘文章～。”❺ **對公卿大夫的總稱**。《左傳・昭公元年》：“將不得為寡君～。”⊗ **卿大夫的家臣**。《國語・周語下》：“單之～送叔向。”（單：單靖公，周王的卿士。叔向：人名。）

2 **考** kǎo 粵 haau2 ❶ **老，年紀大**。《詩經・小雅・楚茨》：“使君壽～。”❷ **死去的父親**。《禮記・曲禮下》：“生曰父、曰母、曰妻，死曰～、曰妣、曰嬪。”屈原《天問》：“遂成～功。”（遂：終於。）**成語有“如喪考妣”**。❸ **落成，完成**。《左傳・隱公五年》：“～仲子之宮。”（仲子：人名。）❹ **考察，考核**。《尚書・周官》：“王乃時巡，～制度于四岳。”《尚書・舜典》：“三載～績。”引 **拷問**。《後漢書・皇后紀上》：“有囚實不殺人，而被～自誣。”❺ **敲**。《莊子・天地》：“故金石有聲，不～不鳴。”（金、石：樂器。）**上述 ❸❹ 又寫作“攷”**。

4 **者** zhě 粵 ze2 ❶ **代詞。指人、物、事、時間、地點等。可以譯為“的”或“的人”、“的東西”、“的事情”**。《老子・七十七章》：“高～抑之，下～舉之。”《商君書・去強》：“治國能令貧～富。”❷ **代詞。用在數詞後面，可譯為“個”、“樣”**。《三國志・吳書・周瑜傳》：“此數四～，用兵之患也。”（數四：三四個。患：禍害。）❸ **代詞。用在“今”、“昔”等時間詞的後面，表示“……時候”**。《莊子・齊物論》：“昔～十日並出。”（十日：十個太陽。）❹ **代詞。放在主語後面，引出判斷**。《史記・陳涉世家》：“陳勝～，陽城人也。”❺ **代詞。放在主語後面，引出原因**。《戰國策・齊策一》：“吾妻之美我～，私我也。”

4 **耆** qí 粵 kei4 ❶ **老**。《莊子・寓言》：“以期年～者。”**［耆艾］指年老或老人。古代稱六十歲的人為“耆”，五十歲的人為“艾”**。《荀子・致士》：“～～而信，可以為師。”《漢書・武帝紀》：“然則於鄉里先～～，奉高年，古之道也。”❷ **強橫**。《左傳・昭公二十三年》：“不僭不貪，不懦不～。”❸ **憎惡**。《詩經・大雅・皇矣》：“上帝～之，憎其式廓。”❹ shì 粵 si3 **通“嗜”。喜好**。《孟子・告子上》：“～秦人之炙。”（炙：烤肉。）

4 **耄** mào 粵 mou6 ❶ **年老（指八九十歲）**。《左傳・隱公四年》：“老夫～矣。”**雙音詞有“耄耋”**。引 **昏亂，糊塗**。《國語・周語下》：“爾老～矣，何知？”柳宗元《敵戒》：“縱欲不戒，匪愚伊～。”（戒：警惕。匪：非。伊：是。）

5 **耇**（**耉**）gǒu 粵 gau2 **年老，壽高**。《詩經・小雅・南山有臺》：“樂只君子，遐不黃～。”⊗ **指老年人**。《尚書・召誥》：“今沖子嗣，則無遺壽～。”

6 **耋** dié 粵 dit6 **年老**。《詩經・秦風・車鄰》：“今者不樂，逝者其～。”（逝者：將來。）《左傳・僖公九年》：“以伯舅～老，加勞，賜一級無下拜。”（以：因為。勞：慰勞。）⊗ **八十歲老人，也泛指老人**。《魏書・崔光傳》：“白首之～，欣遇犧年。”（犧年：太平盛世。）

而部

0 **而** ér 粵 ji4 ❶ **第二人稱代詞。你，你的**。《左傳・昭公二十年》：“余知

～無罪也。”（余：我。）《史記・項羽本紀》：“必欲烹～翁，則幸分我一桮羹。”（烹：煮。翁：父親。桮：杯。）❷ **連詞。表示前後兩個詞或詞組之間的並列、轉折、相承等關係**。《韓非子・定法》：“故其國富～兵強。”《鹽鐵論・和親》：“知文～不知武，知一～不知二。”《荀子・勸學》：“林木茂～斧斤至焉。”❸ **連詞。連接狀語和中心語**。《莊子・養生主》：“提刀～立。”《列子・湯問》：“北山愚公者，年且九十，面山～居。”❹ **連詞。連接主語和謂語，含有“如果”或“卻”的意思**。《左傳・襄公三十年》：“子產～死，誰其嗣之？”（子產：人名。嗣：繼承。）《戰國策・趙策三》：“先生獨未見夫僕乎？十人～從一人者，寧力不勝，智不若耶？”（寧：難道。）❺ **語氣詞。用於句末表示感歎**。《論語・微子》：“已～，已～！今之從政者殆～。”❻ **如，像**。《荀子・強國》：“黭（yǎn ㊥ jim²）然～雷擊之，如牆厭（yā ㊥ aat³/ngaat³）之。”（黭：通“奄”。突然，急速。厭：壓。）

3 **耐** nài ㊥ noi⁶ ❶ **禁得起，受得住**。賈思勰《齊民要術・種椒》：“此物性不～寒。”**成語有“耐人尋味”**。㊀ **容忍**。《新五代史・漢臣傳・史弘肇》：“弘肇不喜賓客，嘗言：‘文人難～，呼我為卒。’”❷ **通“耏”。古時一種剃掉鬍鬚的刑罰**。《後漢書・陳寵傳》：“今律令死刑六百一十，～罪千六百九十八。”**見本頁“耏（ér ㊥ ji⁴）”字**。❸ néng ㊥ nang⁴ **通“能”。能夠**。《禮記・樂記》：“故人不～無樂。”❹ **通“奈”。奈何**。向子諲《西江月・微步凌波塵起》：“秀色著人無～。”（著人：使人感受到。）

3 **耎** ruǎn ㊥ jyun⁵ ❶ **軟弱，怯懦**。《戰國策・楚策一》：“鄭、魏者，楚之～國；而秦，楚之強敵也。”❷ **柔軟**。《漢書・王吉傳》：“數以～脆之玉體，犯勤勞之煩毒。”

3 **耏** ér ㊥ ji⁴ ❶ **頰鬚**。《後漢書・章帝紀》：“沙漠之北，葱領之西，冒～之類，跋涉懸度。”（冒耏：連鬢鬍子。）❷ **水名。在今山東淄博西北**。《左傳・襄公三年》：“（齊侯）乃盟於～外。”❸ nài ㊥ noi⁶ **剃除頰鬚，古代一種輕的刑罰。又寫作“耐”**。《說文》：“耏，罪不至髡（kūn ㊥ kwan¹）也。”《新唐書・波斯傳》：“刑有髡、鉗、刖、劓，小罪～。”

耒部

0 **耒** lěi ㊥ leoi⁵/leoi⁶ ❶ **古代的一種農具，形狀像木叉**。《漢書・酈食其傳》：“農夫釋～。”（釋：放下。）❷ **［耒耜（sì ㊥ zi⁶）］古代一種翻土的農具，木把叫“耒”，下端叫“耜”**。《國語・齊語》：“～～枷（jiā ㊥ gaa¹）芟（shān ㊥ saam¹）。”（枷：連枷，打穀用的農具。芟：大鐮刀。）

4 **耘** yún ㊥ wan⁴ **除草**。《詩經・小雅・甫田》：“或～或耔。”**［耕耘］泛指農業生產**。《漢書・元帝紀》：“勞於～～。”

4 **耗**（秏）hào ㊥ hou³ ❶ **虧損，消耗**。《禮記・王制》：“視年之豐～。”《漢書・刑法志》：“百姓貧～。”《後漢書・西羌傳》：“搖動數州之境，日～千金之資。”❷ **消息，音信**。李商隱《即日》詩：“赤嶺久無～，鴻門猶合圍。”（赤嶺、鴻門：地名。）㊂ **多指壞消息。如“噩耗”**。❸ máo ㊥ mou⁴ **盡，完**。《漢書・高惠高后文功臣表》：“靡有孑（jié ㊥ git³/kit³）遺，～矣。”（沒有一個遺留下來，完全滅絕了。）❹ mào ㊥ mou⁶ **通“眊”。昏昧，糊塗**。《史記・日者列傳》：“官～亂不能治。”

5 **耜** sì ㊥ zi⁶ ❶ **古代一種翻土的農具**。《莊子・天下》：“禹親自操橐（tuó

粵 tok³）～。”（橐：盛土的工具。）㊄ 用耜翻土。《周禮・秋官・薙氏》：“冬日至而～之。”❷［耒耜］見505頁“耒”字。

8 **耤** jí 粵 zik⁶ ❶［耤田］名義上由皇帝親自耕種的田地。又寫作“藉田”。《漢書・文帝紀》：“其開～～，朕親率耕。”❷ jiè 粵 ze³ 借。《漢書・郭解傳》：“以軀～友報仇。”

9 **耦** ǒu 粵 ngau⁵ ❶ 二人並肩耕作。《論語・微子》：“長沮、桀溺～而耕。”（長沮、桀溺：人名。）❷ 雙，成雙。與“奇”相對。《左傳・襄公二十九年》：“射者三～。”《三國志・吳書・吳主傳》：“車中八牛以為四～。”❸ 配偶。《左傳・桓公六年》：“人各有～。”❹ 對手，匹敵。《左傳・襄公二十五年》：“弈者舉棋不定，不勝其～。”《韓非子・內儲說上》：“尊魏姬以～世姬。”上述 ❷❸❹ 的意義後來寫作“偶”。

10 **耨** nòu 粵 nau⁶ ❶ 古代鋤一類的鋤草工具。賈思勰《齊民要術・耕田》：“為耒（lěi 粵 leoi⁵/leoi⁶）耜鉏～，以墾草莽。”（耒、耜：農具。草莽：茂密的草。）這個意義又寫作“鎒”。❷ 鋤草。《孟子・梁惠王上》：“彼奪其民時，使不得耕～以養其父母。”

11 **耬** lóu 粵 lau⁴ 播種用的農具。崔寔《政論》：“下種挽～。”

15 **耰** yōu 粵 jau¹ 農具名。形如大木榔頭，用來搗碎土塊，平整土地。《淮南子・氾論》：“民勞而利薄，後世為之耒（lěi 粵 leoi⁵/leoi⁶）耜（sì 粵 zi⁶）～鉏。”（耒、耜：古代兩種農具。鉏：鋤。）㊂ 播種後用耰來平土，掩蓋種子。賈思勰《齊民要術・種穀》：“深其耕而熟～之。”（熟：指仔細。）

耳部

0 **耳** ěr 粵 ji⁵ ❶ 耳朵。《老子・十二章》：“五音令人～聾。”㊄ 附於物體兩邊的。《史記・封禪書》：“有雉登鼎～雊（gòu 粵 gau³）。”（雊：雉鳴。）❷ 聽，聽說。歐陽修《贈潘景温叟》詩：“通宵～高論，飲恨知何涯。”❸ 語氣詞。相當於“而已”、“罷了”。《論語・陽貨》：“前言戲之～。”《史記・酈生陸賈列傳》：“如反覆手～。”❹ 語氣詞。表示肯定。《史記・刺客列傳》：“且吾所為者極難～。”《世說新語・識鑒》：“恨吾老，不見其盛時～。”

3 **耶** yé 粵 je⁴ ❶ 句末語氣詞，表示疑問或反問，相當於現代漢語的“嗎”或“呢”。《戰國策・齊策四》：“歲亦無恙～？”《左傳・昭公二十六年》：“不知天之棄魯～，抑魯君有罪於鬼神，故及此也？”❷ 父親。杜甫《兵車行》：“～娘妻子走相送。”這個意義後來寫作“爺”。

4 **耾** hóng 粵 wang⁴［耾耾］形容大的聲音。宋玉《風賦》：“～～雷聲，迴穴錯迕。”

4 **耿** gěng 粵 gang² ❶ 光明。《尚書・立政》：“以覲文王之～光，以揚武王之大烈。”屈原《離騷》：“～吾既得此中正。”（中正：指正道。）㊂ 照耀。《國語・晉語三》：“其光～於民矣。”［耿介］光明正大，正直。《韓非子・五蠹》：“人主不除此五蠹之民，不養～～之士，則海內雖有破亡之國，削滅之朝，亦勿怪矣。”（雖有：即使有。勿怪：不足為奇。）❷ 剛正。《北史・魏遼西公意烈傳》：“意烈性雄～。”❸ 心裏有事，不安。杜甫《遣悶》詩：“百年從萬事，故國～難忘。”❹［耿耿］① 形容心中不安的樣子。《詩經・邶風・柏舟》：“～～不寐，如有隱憂。”② **微明的樣子。白居易**《上陽白髮人》詩：“～～殘燈背壁影。”

4 **耽** dān ⑧ daam^{1} ❶ **耳朵大而且下垂。**《淮南子・地形》：“夸父～耳，在其北方。”❷ **沉溺，愛好而沉浸其中。**《韓非子・十過》：“～於女樂，不顧國政，則亡國之禍也。”李白《贈閭丘處士》詩：“且～田家樂。”**這個意義又寫作“躭”。** ⑨ **耽誤。**《金史・五行志》：“～誤盡，少年人。”

5 **聃** （**耼**）dān ⑧ daam^{1} ❶ **耳朵又長又大。**蘇軾《補禪月羅漢贊》：“～耳屬肩，綺眉覆顴。”（綺：美麗。）❷ **通“耽”。沉溺，迷戀。**《列子・楊朱》：“方其～於色也，屏親昵，絕交遊，逃於後庭，以晝足夜。”❸ **周代諸侯國名。後為鄭國所滅。**❹ **古代哲學家老子的名字。**《史記・老子韓非列傳》：“老子者……姓李氏，名耳，字～。”

5 **聆** líng ⑧ ling^{4} **細聽。**揚雄《劇秦美新》：“鏡純粹之至精，～清和之正聲。”謝靈運《登池上樓》詩：“傾耳～波瀾。”【**辨**】**聆，聽。“聆”和“聽”是同義詞，但也有細微的區別。“聽”是一般的聽，而“聆”是傾耳細聽。**

5 **聊** liáo ⑧ liu^{4} ❶ **依靠，依賴。**《戰國策・秦策一》：“上下相愁，民無所～。”［**聊賴**］**憑藉，寄託。**蔡琰《悲憤詩》：“雖生何～～。”❷ **姑且，暫且。**屈原《九章・哀郢》：“登大墳以遠望兮，～以舒吾憂心。”（墳：高地。舒：舒散。）《左傳・襄公二十一年》：“～以卒歲。”（勉強度過一年。卒：終結。）

6 **聒** guō ⑧ kut^{3} **喧擾，聲音嘈雜。**《左傳・襄公二十六年》：“左師聞之，～而與之語。”嵇康《與山巨源絕交書》：“賓客盈坐，鳴聲～耳。”（盈：滿。）**雙音詞有“聒噪”。**

7 **聘** pìn ⑧ ping^{3} ❶ **訪，探問。**《詩經・小雅・采薇》：“我戍未定，靡使歸～。”（我們守邊駐防的地方未定，沒有使者回家代我探問。）㊕ **古代諸侯之間或諸侯與天子之間派使節問候。**《左傳・宣公十年》：“季文子初～于齊。”《禮記・王制》：“諸侯之于天子也，比年一小～，三年一大～。”❷ **聘請，招請。**《戰國策・齊策四》：“梁王虛上位……遣使者……往～孟嘗君。”《三國志・吳書・吳主傳》：“招延俊秀，～求名士。”（延：請。）❸ **（男方以財物交付女方）問名訂婚或聘女子為妻。**《禮記・內則》：“～則為妻，奔則為妾。”《史記・陳丞相世家》：“乃假貸幣以～，予酒肉之資以內婦。”（假貸：借給。予：給予。內：納，娶。）㊂ **女子接受訂婚或出嫁。**孫光憲《北夢瑣言》卷三：“愛女未～。”《宋史・刑法志三》：“登州奏有婦阿雲，母服中～于韋。”（服：喪期。韋：姓韋的人。）

7 **聖** shèng ⑧ sing^{3} ❶ **通達事理。**《詩經・邶風・凱風》：“母氏～善。”（母氏：母親。）❷ **具有最高智慧和道德的。**《論語・子罕》：“固天縱之將～，又多能也。”㊂ **聖人。**《周易・鼎》：“而大亨以養～賢。”柳宗元《六逆論》：“若貴而愚，賤而～且賢，以是而妨之，其為理本大矣。”（理：治理。）❸ **具有最高超技藝的人。**《抱朴子・辨問》：“世人以人所尤長，眾所不及者，便謂之～。”**雙音詞有“詩聖”、“草聖”（草：草書）。**❹ **尊稱皇帝。**《史記・秦始皇本紀》：“秦～臨國，始定刑名。”**雙音詞有“聖旨”、“聖駕”。**【**注意**】**在古代“圣（kū ⑧ fat^{1}）”和“聖”是兩個字，上述義項都不寫作“圣”。**

8 **聚** jù ⑧ zeoi^{6} ❶ **村落，居民點。**《戰國策・趙策二》：“禹無百人之～，以王諸侯。”《史記・五帝本紀》：“一年而所居成～，二年成邑。”（邑：小城鎮。）

❷ **聚集，積聚**。《周易・繫辭上》："方以類～，物以群分。"（方：事。）

8 **聞** wén (粵) man⁴ ❶ **聽見**。《詩經・小雅・何人斯》："我～其聲，不見其身。"(引) **聽説**。《商君書・更法》："臣～之。" **成語有"聞所未聞"**。(特) **使上級聽見，報告上級**。《韓非子・五蠹》："令尹誅而楚姦不上～。"（令尹：官名。）❷ **聞名，著稱**。《隋書・李士謙傳》："事母以孝～。"(又) **所傳達的消息或文書**。《宋史・韋賢妃傳》："徽宗及鄭皇后崩，～至，帝號慟。"❸ **見聞，知識**。《史記・屈原賈生列傳》："博～強志。"（見聞廣博，記憶力強。志：記。）❹ **（舊讀 wèn）聲譽，名聲**。《詩經・大雅・卷阿》："令～令望。"（令：好的。望：名望。）❺ **用鼻子嗅，嗅到**。李商隱《和張秀才落花有感》詩："掃後更～香。"

11 **聱** áo (粵) ngou⁴ ❶ **聽不進別人的意見**。《新唐書・元結傳》："彼誚（qiào (粵) ciu³）以～者，為其不相從聽。"（誚：責備。）❷ **［聱牙］文句不順口，指艱澀難讀**。韓愈《進學解》："周誥殷盤，佶屈～～。"

11 **聲** shēng (粵) sing¹/seng¹ ❶ **聲音**。《荀子・勸學》："生而同～，長而異俗。"（俗：風俗。）(又) **音樂**。《論語・陽貨》："惡鄭～之亂雅樂也。"❷ **漢字的平、上、去、入四種聲調。如周顒有《四聲切韻》，沈約有《四聲譜》**。(又) **指聲母**。《玉篇・辨字五音法》："脣～并餅。"(又) **漢字形聲字中表聲的偏旁**。《説文・耒部》："耡，從耒，助～。"❸ **言語，音訊**。《孟子・公孫丑上》："惡～至，必反之。"《漢書・趙廣漢傳》："界上亭長寄～謝我。"❹ **名義。與"實"相對**。《韓非子・説林》："臣恐其攻齊為～而以襲秦為實也。"(又) **名聲，聲望**。司馬遷《報任安書》："～聞鄰國。" **成語有"聲名鵲起"**。(又) **聲勢**。《戰國策・齊策一》："吾三戰而三勝，～威天下。"❺ **宣佈，宣揚**。《國語・周語上》："為令聞嘉譽以～之。"《國語・晉語五》："～其罪也。"❻ **量詞。聲音的次數**。白居易《琵琶行》："轉軸撥弦三兩～。"

11 **聰** cōng (粵) cung¹ ❶ **聽力好**。《荀子・性惡》："目明而耳～。"（目明：視力好。）(引) **聽清楚**。《荀子・勸學》："目不能兩視而明，耳不能兩聽而～。"（兩視：同時看兩處。）❷ **聰明，有智慧**。《三國志・蜀書・諸葛亮傳》："瞻今已八歲，～慧可愛。"（瞻：人名。）

11 **聳** sǒng (粵) sung² ❶ **耳聾**。馬融《廣成頌》："子野聽～，離朱目眩。"（子野、離朱：人名。）❷ **高起，高聳**。柳宗元《種柳戲題》詩："～幹會參天。"（幹：樹幹。參天：高入雲霄。）王勃《滕王閣序》："層巒～翠，上出重霄。"(又) **抬起，舉起，揚起**。楊萬里《寒食雨作》詩："喚驚晝夢～詩肩。"王勃《拜南郊頌序》："孫叔奉轡，王良～策。"陸龜蒙《奉和襲美太湖詩・初入太湖》："乍如開雕筱，～翅忽飛出。"❸ **鼓勵，崇尚**。《國語・楚語上》："為之～善而抑惡焉。"❹ **通"悚"。驚懼，恐懼**。《韓非子・內儲説上》："吏皆～懼。"(又) **驚動，震動**。江淹《別賦》："驚駟馬之仰秣，～淵魚之赤鱗。"❺ **恭敬，敬畏**。《國語・楚語上》："能～其德，至於神明。"

12 **聵** kuì (粵) kui² ❶ **耳聾**。《國語・晉語四》："聾～不可使聽。"《舊唐書・司空圖傳》："耄而～。"❷ **糊塗無知**。揚雄《太玄・玄攡》："曉天下之～～，瑩天下之晦晦者，其唯玄乎？"（瑩：照亮。）韓愈《朝歸》詩："坐食取其肥，無堪等聾～。" **成語有"振聾發聵"**。

12 **職** zhí (粵) zik¹ ❶ **職責**。《荀子・君道》："然後明分～。"(又) **職業**。《周

禮・天官・大宰》："閒民無常～。" ❷ **職位，官職**。《後漢書・百官志一》："併官省～，費減億計。" ❸ **執掌，掌管**。《管子・大匡》："有司～之。"《後漢書・張皓傳》："～事八年，出為彭城相。"（彭城：地名。）❹ **主要**。劉知幾《史通・敍事》："史之煩蕪，～由於此。"（史：史書。煩蕪：繁雜。）❺ **貢獻**。《後漢書・孔融傳》："是時荊州牧劉表不供～貢。" ❻ zhì ㊣ zi³ **通"識"。記**。《史記・屈原賈生列傳》："章畫～墨兮，前度未改。"

16 **聽** tīng ㊣ ting¹/teng¹ ❶ **聽**。《荀子・勸學》："耳不能兩～而聰。"（聰：聽得清楚。）㊁ **聽從，接受**。《史記・李斯列傳》："秦王乃拜斯為長史，～其計。"（拜：任用。長史：官名。）**成語有"言聽計從"**。㊀ **耳目，間諜**。《荀子・議兵》："將有百里之～。" ❷ ㊣ ting³ **治理，處理**。《史記・秦始皇本紀》："兼～萬事。"（同時處理很多事情。）㊀ **判決**。《漢書・禮樂志》："斷獄～訟。"（獄、訟：官司，訴訟。）❸ **廳堂**。《世說新語・黜免》："大司馬府～前有一老槐。"**這個意義後來寫作"廳"**。❹（舊讀 tìng）㊣ ting³ **聽憑，任憑**。《漢書・薛宣傳》："賣買～任富吏。"**成語有"聽之任之"**。㊀ **允許**。干寶《搜神記》卷十九："父母慈憐，終不～去。"【注意】在古代，"聽"和"听（yǐn ㊣ jan⁵）"是兩個字，意義各不相同。上述義項都不寫作"听"。參見 84 頁"听"字。【辨】聆，聽。見 507 頁"聆"字。

聿部

0 **聿** yù ㊣ jyut⁶ ❶ **筆**。揚雄《太玄・飾》："舌～之利，利見知人也。"**這個意義一般寫作"筆"**。❷ **句首、句中語氣詞**。《詩經・大雅・大明》："～懷多福。"《詩經・唐風・蟋蟀》："蟋蟀在堂，歲～其莫。"（莫：暮，晚。）

7 **肆** sì ㊣ si³/sei³ ❶ **散開，散發**。傅亮《芙蓉賦》："徼旭露以滋采，靡朝風而～芳。"㊁ **延伸**。《左傳・僖公三十年》："既東封鄭，又欲～其西封。"㊀ **減緩，赦免**。《尚書・舜典》："眚災～赦。"（由於過失而為害則減緩或赦免。）《左傳・莊公二十二年》："春王正月，～大眚。" ❷ **盡力，無拘束**。《三國志・魏書・鍾毓傳》："開荒地，使民～力於農。"曾鞏《天長朱君墓志銘》："與其屈於人，孰若～吾志哉！" ❸ **放肆**。《左傳・昭公十二年》："昔穆王欲～其心。"**成語有"肆無忌憚"**。㊀ **放開**。《揚子法言・五百》："～筆而成書。" ❹ **陳設，陳列**。《詩經・大雅・行葦》："～筵設席。"（筵：竹製的墊蓆。）㊁ **顯明**。《周易・繫辭下》："其言曲而中，其事～而隱。"㊀ **古時處死刑後陳屍於市叫"肆"**。《周禮・秋官・掌戮》："凡殺人者，踣（bó ㊣ baak⁶）諸市，～之三日。"（踣：倒斃。諸：之於。）❺ **作坊**。《論語・子張》："百工居～以成其事。"㊀ **店鋪**。《後漢書・王充傳》："家貧無書，常遊洛陽市～，閱所賣書。" ❻ **因此**。《尚書・無逸》："昔在殷王中宗，嚴恭寅畏……不敢荒寧，～中宗之享國七十有五年。" ❼ **數目字"四"的大寫**。❽ **量詞。指成組的鐘磬**。《左傳・襄公十一年》："歌鐘二～，及其鎛、磬。" ❾ yì ㊣ ji⁶ **通"肄"。研習，練習**。嵇康《釋私論》："～乎所始，名其所終。"㊀ **剩餘**。《禮記・玉藻》："～束及帶，勤者有事則收之。"

7 **肄** yì ㊣ ji⁶ ❶ **練習，學習**。《三國志・魏書・武帝紀》："作玄武池以～舟師。"（舟師：水軍。）潘岳《楊仲武誄》：

"舊文新藝，罔不必～。" ❷ **勞苦**。《左傳・昭公十六年》："莫知我～。"（莫：沒有人。）❸ **樹木再生的嫩枝**。《詩經・周南・汝墳》："伐其條～。" 陸機《漢高祖功臣頌》："悴葉更輝，枯條以～。"（以：因此。）❹ **查閱，檢查**。《漢書・義縱傳》："關吏稅～郡國出入關者。"

8 **肅** sù (粵) suk1 ❶ **收斂，萎縮**。張協《雜詩》："天高萬物～。"《禮記・月令》："寒氣時發，草木皆～。" ⊗ **肅殺**。王安石《桂枝香・金陵懷古》詞："登臨送目。正故國晚秋，天氣初～。" ❷ **恭敬**。《左傳・僖公二十三年》："其從者～而寬。"（寬：待人寬大。）(引) **恭敬地引導**。《禮記・曲禮上》："主人～客而入。" ❸ **深深地作揖**。《左傳・成公十六年》："三～使者而退。" ❹ **嚴峻，嚴肅**。《禮記・禮運》："刑～而俗敝。"《三國志・蜀書・諸葛亮傳》："賞罰～而號令明。" (引) **整頓**。范仲淹《推委臣下論》："～朝廷之儀，觸縉紳之邪，此御史府之職也。" (引) **警誡**。《抱朴子・明本》："不賞而勸，不罰而～。" ❺ **清除**。《魏書・元鸞傳》："準法尋愆，應加～黜。"

8 **肇** (肈) zhào (粵) siu6 **開始**。《史記・五帝本紀》："～十有二州，決川。"《後漢書・崔駰傳》："竇氏之興，～自孝文。"

肉部

0 **肉** ròu (粵) juk6 ❶ **動物的肉**。《孟子・梁惠王下》："七十者可以食～矣。" 杜甫《自京赴奉先縣詠懷五百字》："朱門酒～臭，路有凍死骨。" ⊗ **人體的肌肉**。韓愈《張君墓志銘》："父母妻子皆屠死，～餧狗鼠鴟鴉。" ⊗ **某些蔬菜、水果去皮核後可以吃的部分**。賈思勰《齊民要術・椰》："(椰) ～正白，如雞子。" ❷ **（古代圓形有孔的錢幣或玉器的）孔的外圍叫"肉"。其孔內叫"好 (hào (粵) hou3)"**。《漢書・食貨志下》："卒鑄大錢……～好皆有周郭。"（周郭：邊壁四周。）❸ **豐滿**。《禮記・樂記》："使其曲直、繁瘠、廉～、節奏，足以感動人之善心而已矣。"【辨】肌，肉。**見本頁"肌"字**。

2 **肌** jī (粵) gei1 ❶ **肌肉**。《史記・扁鵲倉公列傳》："乃割皮解～。"（乃：就，於是。解：解剖。）❷ **指皮膚**。宋玉《登徒子好色賦》："眉如翠羽，～如白雪。"【辨】肌，肉。**在先秦時，二字有嚴格的區別。一般地說，"肌"是指人的肉，"肉"是指禽獸的肉。漢代以後，"肉"也用來指人的肌肉，但"肌"卻不能指稱禽獸的肉。**

3 **肖** xiào (粵) ciu3 **像，似**。蘇軾《影答形》詩："我依月燈出，相～兩奇絕。"（影子隨着月和燈出現，形影非常相似。奇絕：絕妙。）[**不肖**] ① **兒子不像先輩，常指兒子不成器**。《史記・五帝本紀》："堯知子丹朱之～～。"（丹朱：堯的兒子。）② **不賢**。《商君書・修權》："公私之分明，則小人不疾賢，而～～者不妒功。"（疾：嫉，嫉妒。）

3 **肜** róng (粵) jung4 ❶ **祭祀名。指祭祀後次日又舉行的祭祀**。《尚書・高宗肜日》："高宗～日，越有雊雉。" ❷ [**肜肜**] **同"融融"。和樂的樣子**。張衡《思玄賦》："聆廣樂之九奏兮，展洩洩以～～。"

3 **肓** huāng (粵) fong1 **心臟和膈膜之間**。[**膏肓**] **見 518 頁"膏"字**。

4 **肯** (肎) kěn (粵) hang2 ❶ **貼附在骨上的肉**。《莊子・養生主》："技經～綮 (qìng (粵) hing3) 之未嘗，而況大軱 (gū (粵) gu1) 乎？"（綮：骨肉相合處。軱：大骨。）**雙音詞有"中肯"**。❷ **願意**。《左傳・成公四年》："楚雖大，非吾族也，其～字我乎？"（字：愛護。）《韓非子・人主》："今人主非～用法術之士。"（非：不。）

4 **肺** fèi 粵 fai3 ❶ **肺，呼吸器官**。《詩經・大雅・桑柔》："自有～腸，俾民卒狂。"（俾：使。卒：盡。狂：惑，困惑。）喻 **內心**。《新唐書・封倫傳》："人莫能探其膺～。"（膺：胸。）❷ pèi 粵 pui3 ［**肺肺**］**茂盛的樣子**。《詩經・陳風・東門之楊》："東門之楊，其葉～～。"

4 **肢** zhī 粵 zi1 **人或動物的四肢**。《商君書・算地》："勞其四～，傷其五臟。"

4 **肱** gōng 粵 gwang1 **胳膊由肘到肩的部分**。泛 **手臂**。《詩經・小雅・無羊》："麾之以～。"（用手臂趕它們。麾：揮。指趕。）

4 **肫** zhūn 粵 zeon1 ❶ **禽類的胃**。張鷟《朝野僉載》卷六："渤海高瓚聞而造之，為設雞～而已。"（造：造訪。）《玉篇》："肫，鳥藏也。"❷［**肫肫**］**誠懇的樣子**。《禮記・中庸》："～～其仁，淵淵其淵，浩浩其天。"❸ chún 粵 seon4 **祭祀所用牲後體的一部分**。《儀禮・鄉飲酒禮》："介俎：脊、脅、～、胳、肺。"《儀禮・特牲饋食禮》："尸俎（zǔ 粵 zo2），右肩臂、臑（nào 粵 naau6）、～、胳。"（尸：祭祀時代表死者的受祭人。俎：盛祭品的禮器。臑：牲畜的前肢。）❹ chún 粵 seon4 **通"純"。全**。《儀禮・士昏禮》："腊一，～髀不升。"❺ tún 粵 tyun4 **通"豚"。小豬**。《晉書・阮籍傳》："及將葬，食一蒸～，飲二斗酒，然後臨訣。"

4 **肸** xī 粵 jat6 ［**肸蠁**（xiǎng 粵 hoeng2）］**傳播，散佈**。司馬相如《上林賦》："眾香發越，～～布寫。"

4 **股** gǔ 粵 gu2 ❶ **大腿。從胯到膝蓋的部分**。《左傳・僖公二十二年》："宋師敗績，公傷～。"《韓非子・姦劫弒臣》："賈舉射公，中其～。"［**股肱**（gōng 粵 gwang1）］**比喻輔助的大臣**。《尚書・益稷》："臣作朕～～耳目。"（朕：我。）又用作動詞，**輔佐**。《左傳・僖公二十六年》："～～周室。"❷ **車輻近轂較粗的部分**。《周禮・考工記・輪人》："參分其～圍，去一以為骹圍。"❸ **不等腰直角三角形中構成直角的較長的邊**。沈括《夢溪筆談》卷一八："又以半徑減去所割數，餘者為～。"❹ **事物的分支或總體的一部分**。《漢書・溝洫志》："諸渠皆往往～引取之。"❺ **量詞（後起意義）**。白居易《長恨歌》："釵留一～合一扇。"（釵：一種首飾。合：盒。）【**辨**】股，脛，腿。"股"是大腿。"脛"是小腿，指從膝蓋到腳腕的部分。"腿"是後出現的字，開始專指小腿，後來成為大腿和小腿的總稱。

4 **肥** féi 粵 fei4 ❶ **肥，胖**。《孟子・梁惠王上》："庖有～肉，廄有～馬。"《世說新語・言語》："君何所欣說（yuè 粵 jyut6）而忽～？"（說：悅。）引 **茁壯，粗大**。賈思勰《齊民要術・種葵》："枿（niè 粵 jit6）生～嫩。"（枿：同"蘖"。根部新生的枝條。）引 **富，富足**。《論衡・別通》："治國～家之術。"❷ **肥沃，富饒**。《韓非子・說林下》："爭～饒之地。"

4 **育** yù 粵 juk6 **生育**。《周易・漸》："婦孕不～。"又 **養，撫養**。《管子・牧民》："養桑麻，～六畜也。"《史記・文帝本紀》："朕下不能理～群生。"又 **培養**。《孟子・告子下》："尊賢～才，以彰有德。"

4 **肩** jiān 粵 gin1 ❶ **肩膀**。《韓非子・難勢》："是比～隨踵而生也。"（比：併。踵：腳後跟。）又 **動物肢體和軀幹相連的部分**。《史記・項羽本紀》："則與一生彘～。"（彘：豬。）❷ **任用**。《尚書・盤庚下》："朕不～好（hào 粵 hou3）貨。"（朕：我。好貨：指貪財的人。）

5 **胡** hú ㊚ wu4 ❶ **獸頸下的垂肉**。《詩經・豳風・狼跋》："狼跋（bá ㊚ bat6）其～。"（跋：踩。）❷ **疑問代詞。甚麼**。《禮記・檀弓上》："古之人～為而死其親乎？" ⊗ **怎麼，為甚麼**。《詩經・魏風・伐檀》："不稼不穡（sè ㊚ sik1），～取禾三百億兮？"（稼：播種。穡：收穫。億：十萬，指禾束的數目大。）❸ **長壽。常"胡考"、"胡耇"連用**。《詩經・周頌・絲衣》："～考之休。"（休：福。）❹ **我國古代西北部民族的統稱。秦漢時多指匈奴**。賈誼《過秦論》："～人不敢南下而牧馬。"(引) **外國的**。楊衒之《洛陽伽藍記・白馬寺》："～人號曰佛。"（號曰：叫作。）❺［**東胡**］**先秦時我國東北部的一個民族，後分為烏桓、鮮卑兩族**。

5 **背** bèi ㊚ bui3 ❶ **脊背**。《鹽鐵論・利議》："議論無所依，如膝癢而搔～。"（依：根據。）(引) **物體的背面，反面**。《史記・絳侯周勃世家》："獄吏乃書牘～示之。"（書：寫。牘：公文。示之：給他看。）(引) **背後，背地裏**。《莊子・盜跖》："好面譽人者，亦好～而毀之。"❷ **背對着。與"向"相對**。《周禮・秋官・司儀》："不正其主面，亦不～客。"柳宗元《唐鐃歌鼓吹曲・鐵山碎》："～北海，專坤隅。"（專坤隅：獨佔大地的一方。）**這個意義有時又寫作"偝"**。❸ **違反，違背**。賈誼《治安策》："若其它～理而傷道者，難遍以疏舉。"（疏舉：分條列舉。）(引) **背叛**。《史記・高祖本紀》："布果～楚。"（布：人名。果：果然。）❹ **背離，離開**。《漢書・食貨志上》："時民近戰國，皆～本趨末。"曹植《洛神賦》："～伊闕，越轘轅。"（伊闕、轘轅：地名。越：越過。）❺ ㊚ bui6 **背誦，憑記憶唸出**。周必大《承務郎胡君泳墓志銘》："六歲隨先生謫新州，已能～誦《春秋》。"❻ bēi **背負**。李商隱《李長吉小傳》："～一古破錦囊，遇有所得，即書投囊中。"**這個意義後來寫作"揹"**。

5 **冑** zhòu ㊚ zau6 ❶ **頭盔**。賈誼《治安策》："將吏被介～而睡。"（被：披。介：甲。睡：打瞌睡。）❷ **後代**。《三國志・蜀書・諸葛亮傳》："將軍既帝室之～。"（既：既然。）【**注意**】"甲冑"的"冑"從"冃（mào ㊚ mou6）"，"冑裔"的"冑"從"肉"，原本不是一個字。

5 **胠** qū ㊚ keoi1 ❶ **腋下**。《素問・欬論》："甚則不可以轉，轉則兩～下滿。"❷ **軍陣的右翼軍隊。古代軍陣右翼為"胠"，左翼為"啟"**。《左傳・襄公二十三年》："～，商子車御侯朝，桓跳為右。"❸ **從旁撬開（器物）**。《莊子・胠篋》："將為～篋探囊發匱之盜而為守備。"（胠篋：從旁撬開箱子進行偷竊。）❹ **擱淺**。《荀子・榮辱》："（魚）～於沙而思水，則無逮矣。"

5 **胈** bá ㊚ bat6 **大腿上的毛**。《韓非子・五蠹》："禹之王天下也，身執耒臿以為民先，股無～，脛不生毛。"

5 **朏** fěi ㊚ fei2 ❶ **月初生明**。《尚書・召誥》："三月，惟丙午～。" ⊗ **用作陰曆每月初三的代稱**。庾闡《海賦》："～魄昏微，乍明乍沒。"（朏魄：本指陰曆每月初三晚上的月光，引申為新月的光亮。）❷［**朏朏**］① **天剛發亮**。《楚辭・九思・疾世》："時～～兮且旦，塵漠漠兮未晞。"② **塵埃高積**。葛洪《西京雜記》卷六："床上石枕一枚，塵埃～～甚高。"③ **獸名**。《山海經・中山經》："（霍山）有獸焉，其狀如狸，而白尾有鬣，名曰～～，養之可以已憂。"（已：止。）

5 **胜** xīng ㊚ sing1 **腥**。羅泌《路史・遂人氏》："乃教民取火，以灼以焫，以熟臊～。"

5 **胙** zuò ㊚ zou6 ❶ **祭祀用的肉，祭後分送給參與祭祀的人**。《後漢書・鄧彪傳》："四時致宗廟之～。"（致：送給。）❷ **賞賜**。潘勖《冊魏公九錫文》："～之以土。"（土：土地。）❸ **通"祚"。賜福**。《揚子法言・重黎》："天～光德而隕明忒。"

5 **胣** chǐ 粵 ci^{2} **把腹破開掏出腸子**。《莊子・胠篋》："昔者龍逢斬，比干剖，萇弘～，子胥靡。"（靡：糜爛。）

5 **胕** fū 粵 fu^{1} ❶ **同"膚"。皮膚**。《戰國策・楚策四》："服鹽車而上太行，蹄申膝折，尾湛～潰。"（申：伸展。湛：濕潤。）❷ fú 粵 fu^{4} **浮腫**。《素問・五常政大論》："寒熱～腫。" ❸ fǔ 粵 fu^{6} **通"腐"。腐爛**。《素問・異法方宜論》："其民嗜酸而食～。"

5 **胝** zhī 粵 zi^{1} [胼胝] 見 514 頁"胼"字。

5 **朐** qú 粵 keoi^{4} ❶ **曲狀的乾肉**。《禮記・曲禮上》："以脯脩置者，左～右末。" ❷ **通"軥"。車軛兩邊夾住馬頸的曲木。俗稱夾板**。《左傳・昭公二十六年》："射之中楯瓦，繇～汰輈（zhōu 粵 zau^{1}）。"（繇：由。汰：穿過。輈：轅。）

5 **胞** bāo 粵 baau^{1} ❶ **胎衣**。《論衡・四諱》："人之有～，猶木實之有扶也。包裹兒身，因與俱出。"［同胞］**同父母所生的**。《漢書・東方朔傳》："～～之徒，無所容居，其故何也？" ❷ páo 粵 paau^{4} **通"庖"。祭祀時割肉的小吏**。《禮記・祭統》："～者，肉吏之賤者也。" ⊗ **廚師**。《莊子・庚桑楚》："湯以～人籠伊尹。" ❸ pāo 粵 paau^{1} **通"脬"。膀胱**。嵇康《與山巨源絕交書》："每常小便而忍不起，令～中略轉乃起耳。"

5 **胖** pàn 粵 pun^{3} ❶ **古代祭祀用的半體牲**。《儀禮・少牢饋食禮》："司馬升羊右～。"（右胖：右半邊。）❷ bǎn 粵 baan^{2} **脅側的薄肉**。《禮記・內則》："鵠鴞～。" ❸ pán 粵 pun^{4} **舒展，安舒**。《禮記・大學》："富潤屋，德潤身。心廣體～。"【注意】"胖"在唐宋以前沒有"肥胖"的意義，也不讀 pàng 粵 bun^{6}。

5 **胎** tāi 粵 toi^{1} ❶ **母體中未生的幼體，胚胎**。《後漢書・華佗傳》："佗曰：'脈理如前，是兩～。'" ❷ **開端，根源**。枚乘《上書諫吳王》："禍生有～。"

5 **胤** yìn 粵 jan^{6} **後代**。《左傳・隱公十一年》："夫許，大（tài 粵 taai^{3}）嶽之～也。"（夫：句首語氣詞。許：指許國的國君。）《世說新語・言語》："雖名播天聽，然～絕聖世。"

5 **胥** xū 粵 seoi^{1} ❶ **相互**。《孟子・梁惠王下》："睊（juàn 粵 gyun^{3}）睊～讒。"（睊睊：怒目而視。）⊗ **都，全**。《詩經・小雅・角弓》："爾之教矣，民～傚矣。"（爾：你。傚：效法。）❷ **察看**。《詩經・大雅・公劉》："篤公劉！于～斯原。" ❸ **小官吏**。柳宗元《梓人傳》："為鄉師里～。"（鄉師：一鄉之長。里胥：一里之長。）❹ **通"須"。等待**。《管子・君臣上》："～令而動者也。"（動：行動。）

6 **胾** zì 粵 zi^{3} ❶ **切成大塊的肉**。《史記・絳侯周勃世家》："召條侯，賜食。獨置大～，無切肉。"（獨置：單獨設置。）❷ **腐屍**。《魏書・孝靜帝紀》："詔尚書掩骼埋～。"

6 **胔** zì 粵 zi^{6} ❶ **尚存殘肉的骨殖**。《禮記・月令》："掩骼埋～。" ❷ **死亡**。《大戴禮記・千乘》："太古之民，秀長以壽者，食也。在今之民，羸醜以～者，事也。" ❸ jí 粵 zik^{6}/zek^{3} **通"瘠"。瘦**。《漢書・婁敬傳》："今臣往，徒見羸～老弱。"

6 **脊** jǐ 粵 zik^{3}/zek^{3} ❶ **脊椎骨**。《莊子・則陽》："忌也出走，然後抶（chì 粵 cik^{1}）其背，折其～。"（抶：鞭打。）⊗ **指脊背**。《周禮・天官・內饔》："馬黑～而般臂。"（般：通"斑"。斑紋。）❷ **物體中間高起的部分**。《漢書・郊祀志上》："江淮間一茅三～，所以為藉也。"

《宋書・謝靈運傳》："山～曰岡。"《梁書・康絢傳》："依岸以築土，合～於中流。" (喻) **事物的關鍵或要害部分**。《戰國策・楚策一》："席卷常山之險，折天下之～。" ❸ **條理**。《詩經・小雅・正月》："維號斯言，有倫有～。"

6 **胹** ér (粵) ji^4 **煮熟**。《左傳・宣公二年》："宰夫～熊蹯 (fán (粵) faan^4) 不熟，殺之。"(蹯：獸足。)

6 **胯** (髈)kuà (粵) kwaa^3 ❶ **大腿和大腿之間**。《史記・淮陰侯列傳》："(韓)信至國……召辱己之少年令出～下者，以為楚中尉。" ❷ **腰胯骨**。《梁書・武帝紀》："兩～駢骨，頂上隆起。"

6 **脂** zhī (粵) zi^1 ❶ **動植物所含的油膏**。《詩經・衛風・碩人》："膚如凝～。" ❷ **用脂膏塗車軸，使其潤滑**。杜甫《赤谷》詩："我車已載～。"(載：動詞詞頭。) ❸ **含脂的化妝品，特指胭脂**。《史記・佞幸列傳》："郎侍中皆冠鵔鸃 (jùn yí (粵) zeon^3 ji^4)，貝帶，傅～粉。"(冠：戴。鵔鸃：有鳥毛裝飾的帽子。貝帶：有貝殼裝飾的衣帶。傅：擦。)

6 **胻** héng (粵) hang^4 **人的小腿**。《史記・龜策列傳》："聖人剖其心，壯士斬其～。"

6 **脈** (脉、衇) mài (粵) mak^6 ❶ **血管**。《素問・脈要精微論》："夫～者，血之府也。"《潛夫論・德化》："骨著～通，與體俱生。" ❷ **中醫指脈搏的脈象**。《史記・扁鵲倉公列傳》："不待切～、望色、聽聲、寫形，言病之所在。" (引) **中醫診脈**。《後漢書・華佗傳》："佗～之，曰：府君胃中有蟲，欲成內疽，腥物所為也。" ❸ **像血管一樣連貫而成系統的東西**。王建《隱者居》詩："雪縷青山～，雲生白鶴毛。"《史記・蒙恬列傳》："(長城)起臨洮，屬之遼東，城塹萬餘里，此其中不能無絕地～哉？" ❹ mò [**脈脈**] ① **凝視的樣子**。《古詩十九首・迢迢牽牛星》："盈盈一水間，～～不得語。"(盈盈：水清的樣子。) ② **含情欲吐的樣子**。辛棄疾《摸魚兒・純熙己亥》："～～此情誰訴。"

6 **脆** (脃)cuì (粵) ceoi^3 ❶ **易折，易碎。與"韌"相對**。《老子・七十六章》："萬物草木之生也柔～，其死也枯槁。" 柳宗元《讀韓愈所著毛穎傳後題》："肥皮厚肉，柔筋～骨。" (引) **軟弱，脆弱**。《呂氏春秋・介立》："～弱者拜請以避死。"《宋史・夏國列傳下》："若～怯無他伎者，遷河外耕作。"(他伎：其他的技能。河外：指黃河以北。) ❷ **聲音清脆**。顧雲《池陽醉歌》："弦索緊快管聲～。"

6 **胼** pián (粵) pin^4 **手腳上的老繭**。皮日休《魯望昨以五百言見貽過有褒美內揣庸陋彌增愧悚因成一千言》詩："苟無切玉刀，難除指上～。" **成語有"胼手胝** (zhī (粵) zi^1) **足"**。[**胼胝**] **手腳上的老繭**。《韓非子・外儲說左上》："手足～～，面目黧 (lí (粵) lai^4) 黑，勞有功者也。"(黧黑：黑色。)

6 **脅** (脇)xié (粵) hip^3 ❶ **胸部的兩側**。《史記・扁鵲倉公列傳》："更熨兩～下。"(交替地燙熨左右兩脅的下面。) (泛) **側面，旁邊**。《漢書・五行志上》："旁著岸～，去地二百餘丈。" ❷ **威脅**。《漢書・趙充國傳》："精兵二萬餘人，迫～諸小種。"(迫：逼迫。種：指民族別支。) ❸ **收斂**。《孟子・滕文公下》："～肩諂笑，病于夏畦。" [**脅息**] **抑制呼吸，形容非常恐懼**。《漢書・嚴延年傳》："豪強～～，野無行盜。"

6 **能** néng (粵) nang^4 ❶ **能力，才能**。《荀子・王制》："無～不官，無功不賞。" (引) **有能力**。諸葛亮《出師表》："先帝稱之曰～。"(先帝：指劉備。) (又) **有能力的人**。《孟子・公孫丑上》："尊賢使～，俊傑在位，則天下之士皆悅。" 司馬遷《報任安書》：“招賢進～，顯巖穴之士。”❷ **有能力（做到），勝任**。《孟子・梁惠王上》：“故王之不王，不為也，非不～也。”《論語・先進》：“非曰～之，願學焉。”(又) **及，達到**。《戰國策・燕策一》：“于是不～期年，千里馬之至者三。”柳宗元《鈷鉧潭西小丘記》：“丘之小不～一畝，可以籠而有之。”**成語有“難能可貴”**。(引) **助動詞。能夠**。《史記・孫子吳起列傳》：“寡人已知將軍～用兵矣。”《史記・淮陰侯列傳》：“信～死，刺我。不～死，出我袴下。”❸ **和睦**。《詩經・大雅・民勞》：“柔遠～邇，以定我王。”《左傳・襄公二十一年》：“范鞅……故與欒盈為公族大夫而不相～。”（范鞅、欒盈：人名。）**【注意】**這個意義多用於“不相能”這個詞組裏。❹ **如此，這樣（後起意義）**。汪藻《即事》詩：“雙鷺～忙翻白雪，平疇許遠漲清波。”❺ nài (粵) noi6 **通“耐”。禁得起，受得住**。《漢書・鼂錯傳》：“鳥獸希毛，其性～暑。”（希：稀，稀少。）❻ nǎi (粵) naai5 **通“乃”。就是，於是**。《左傳・昭公十二年》：“中美～黃，上美為元。”《孫子兵法・虛實》：“故敵佚～勞之，飽～飢之，安～動之。”❼ tài (粵) taai3 **通“態”。形狀，形態**。《素問・陰陽應象大論》：“此陰陽更勝之變，病之形～也。”

7 **脩** xiū (粵) sau1 ❶ **乾肉**。《論語・述而》：“自行束～以上，吾未嘗無誨焉。”（束脩：十條乾肉。）❷ **修飾，裝飾**。宋玉《九辯》：“今～飾而窺鏡兮。”❸ **整治，治理**。《左傳・文公二年》：“孟明增～國政。”(引) **修建**。《鹽鐵論・備胡》：“～城郭。”（郭：外城。）❹ **研究，學習**。《禮記・學記》：“故君子之於學也，藏焉，～焉，息焉，遊焉。”❺ **高，長**。《戰國策・齊策一》：“鄒忌～八尺有餘。”《淮南子・齊俗》：“短～之相形也。”（形：比較。）❻ **善，美好**。屈原《離騷》：“恐～名之不立。”❼ **著，撰寫（後起意義）**。范仲淹《上樞密尚書書》：“無暇撰～謝啓。”**【辨】修，脩**。“修”本義是修飾，“脩”是乾肉。由于二字同音，所以常常通用，但“乾肉”的意思不能寫作“修”。

7 **脯** fǔ (粵) fu2/pou2 **乾肉**。《詩經・大雅・鳧鷖》：“爾殽伊～。”（伊：句中語氣詞。）(又) **指脫水處理的瓜果**。賈思勰《齊民要術・種棗》：“棗～法：切棗曝之，乾如～也。”

7 **脰** dòu (粵) dau6 **脖子**。《史記・田單列傳》：“自奮絕～而死。”（自奮：自己用力。絕：斷。）(喻) **山腰至山峯之間**。王夫之《小雲山記》：“自麓至山之～，皆高柯叢樾（yuè (粵) jyut6）。”（麓：山腳下。高柯叢樾：枝幹高大，樹葉茂密。）(又) **頭**。張溥《五人墓碑記》：“有賢士大夫發五十金，買五人之～而函之，卒與尸合。”

7 **脤**（祳、脣）shèn (粵) san5 **古代祭祀用的生肉**。《公羊傳・定公十四年》：“腥曰～，熟曰燔（fán (粵) faan4）。”（腥：生的肉食。）［**脤膰**（fán (粵) faan4）］**古代祭祀用的肉**。《周禮・春官・大宗伯》：“以～～之禮，親兄弟之國。”（古代帝王祭祀用過的肉，作為嘉禮，賜給同姓的諸侯國。）

7 **脛** jìng (粵) ging3 **小腿**。《論語・憲問》：“以杖叩其～。”（叩：敲打。）《韓非子・五蠹》：“股無胈（bá (粵) bat6），～不生毛。”（股：大腿。胈：腿上的毛。）**【辨】股，脛，腿**。見511頁“股”字。

7 **脡** tǐng (粵) ting2 **直條的乾肉**。《公羊傳・昭公二十五年》：“執簞食與四～脯。”(引) **量詞。用於肉條等物**。《儀禮・士虞禮》：“脯四～。”

7 **脞** cuǒ (粵) co2 **煩瑣細碎**。《宋史・王信傳》：“論除官～冗之敝。”［**叢脞**］**細碎**。《尚書・益稷》：“元首～～哉，股肱（gōng (粵) gwang1）惰哉。”（君主沒有大謀略，大臣就會懶惰。）陸龜蒙《笠澤叢書序》：“叢書者，～～之書也。”

7 **脟** liè (粵) lyut3 ❶ **禽獸肋骨部分的肉**。❷ luán (粵) lyun2 **同“臠”。切成小塊的肉**。《呂氏春秋・察今》：“嘗一～肉，而知一鑊之味，一鼎之調。”

7 **脬** pāo (粵) paau1 **膀胱**。《史記・扁鵲倉公列傳》：“風癉客～，難於大小溲，溺赤。”

7 **脱** tuō (粵) tyut3 ❶ **肉去掉皮骨**。《禮記・內則》：“肉曰～之，魚曰作之。”(引) **人體消瘦**。《列子・天瑞》：“其狀若～。”❷ **脱落，脱去**。謝莊《月賦》：“洞庭始波，木葉微～。”（木葉：樹葉。）李白《扶風豪士歌》：“～吾帽，向君笑。”⊗ **遺漏**。《漢書・藝文志》：“～字數十。”❸ **脱離，離開**。《老子・三十六章》：“魚不可～於淵。”（淵：深水。）⊗ **逃脱，逃出**。《左傳・襄公十八年》：“齊侯見之，畏其眾也，乃～歸。”《史記・呂太后本紀》：“自以為不得～長安。”[脱然] **解脱、輕鬆的樣子**。韓愈《答張籍書》：“～～若沉疴去體。”❹ **出，説出**。《管子・霸形》：“言～於口，而令行乎天下。”⊗ **冒出**。《史記・平原君虞卿列傳》：“穎～而出。”（穎：物體末端的尖鋭部分。）❺ **簡略**。《史記・禮書》：“凡禮始乎～。”（凡是禮開始於簡略。）⊗ **疏略，輕慢**。《左傳・僖公三十三年》：“輕則寡謀，無禮則～。入險而～，又不能謀，能無敗乎？”❻ **副詞。或許**。《後漢書・李通傳》：“事既未然，～可免禍。”⊗ **偶爾**。《世説新語・賞譽》：“濟～時過，止寒温而已。”❼ **連詞。倘若，如果**。薛用弱《集異記・王渙之》：“～是吾詩，子等當須列拜牀下，奉吾為師。”❽ tuì (粵) teoi3 **通“蜕”。（蛇、蟬等動物）脱下皮**。李山甫《酬劉書記見贈》詩：“石澗新蟬～，茅簷舊燕窠。”❾ tuì (粵) teoi3 [脱脱] **舒緩的樣子**。《詩經・召南・野有死麕》：“舒而～～兮。”

7 **脘** wǎn (粵) wun2/gun2 **胃的內腔**。《素問・評熱病論》：“食不下者，胃～隔也。”

7 **脧** juān (粵) zyun1 ❶ **剝削**。《漢書・董仲舒傳》：“民日削月～，寖以大窮。”（寖：漸。）(引) **減縮**。《新唐書・沙陀傳》：“文楚～損用度，下皆怨。”❷ zuī (粵) zeoi1 **小兒的生殖器**。《老子・五十五章》：“未知牝牡之合而～作，精之至也。”

8 **腊** xī (粵) sik1 ❶ **乾肉**。《周易・噬嗑》：“噬～肉，遇毒。”(引) **把肉晾乾，曬乾**。柳宗元《捕蛇者説》：“然得而～之以為餌。”（餌：藥餌。）⊗ **皮膚皴皺**。《山海經・西山經》：“其脂可以已～。”（已：醫治好。）❷ **極，很**。《國語・周語下》：“厚味寔～毒。”**參 520 頁“臘”字**。

8 **腆** tiǎn (粵) tin2 ❶ **豐盛，豐厚**。《左傳・襄公十四年》：“我先君惠公有不～之田，與女剖分而食之。”（女：汝。）曹丕《與鍾大理書》：“嘉貺益～，敢不欽承。”（貺：賞賜。）(引) **指厚顏**。沈約《為安陸王謝荊州章》：“～冒斯顏，膺此謬荷。”❷ **善，美好**。《禮記・郊特牲》：“幣必誠，辭無不～。”❸ **羞慚，羞愧**。《宋書・顏延之傳》：“銜聲茹氣，～默而歸。”

8 **腓** féi (粵) fei4 ❶ **脛後肌肉。俗稱腿肚子**。《韓非子・揚權》：“～大於股，難以趣（qū (粵) ceoi1）走。”（趣走：奔跑。）❷ **古代剔去膝蓋骨的刑罰。也叫臏或刖**。班固《白虎通・五刑》：“～者，脱其臏也。”❸ **枯萎**。《詩經・小雅・四月》：“秋日淒淒，百卉具～。”⊗ **疾病**。鮑照《代苦熱行》：“毒涇尚多死，渡瀘寧具～。”❹ **隱蔽，庇護**。《詩經・小雅・采薇》：“君子所依，小人所～。”

8 **腴** yú (粵) jyu4 ❶ **腹下的肥肉**。《論衡・語增》：“桀紂之君，垂～尺餘。”

(泛) **肥胖**。《南齊書・袁彖傳》："彖形體充～，有異於眾。" ❷ **肥美**。《戰國策・趙策四》："封以膏～之地。" ❸ **豐裕**。《晉書・周顗傳》："伯仁凝正，處～能約。"(約：節儉。)

8 **腐** fŭ (粵) fu6 ❶ **腐爛，腐臭**。《荀子・勸學》："肉～出蟲，魚枯生蠹。"(枯：乾枯。蠹：蛀蟲。) **成語有"流水不腐，戶樞不蠹"**。(引) **思想陳腐**。《史記・黥布列傳》："為天下安用～儒。"(為：治。安：哪裏。) ❷ **宮刑**。《漢書・景帝紀》："赦徒作陽陵者死罪，欲～者許之。" [**腐刑**] **即"宮刑"。古代閹割男子生殖器的酷刑**。司馬遷《報任安書》："最下～～極矣。"(最下：指侮辱最大的。極：到了頭。)

8 **脊** qĭ (粵) kai2 **腿肚子**。《山海經・海外北經》："無～之國在長股東，為人無～。"

9 **腠** còu (粵) cau3 **肌膚的紋理**。《素問・生氣通天論》："清靜則肉～閉拒。" 司馬相如《難蜀父老》："躬～胝 (zhī (粵) zi1) 無胈 (bá (粵) bat6)。"(胝：皮膚起繭。胈：汗毛。) [**腠理**] **肌膚的紋理**。《史記・扁鵲倉公列傳》："君有疾在～～，不治將深。" (泛) **事物的條理**。《呂氏春秋・先己》："嗇其大寶，用其新，棄其陳，～～遂通。"(嗇：吝嗇。)

9 **腥** xīng (粵) sing1/seng1 ❶ **生肉**。《論語・鄉黨》："君賜～，必熟而薦之。" (又) **生的**。《禮記・樂記》："尚玄酒而俎～魚。" ❷ **腥氣**。《荀子・榮辱》："鼻辨芬芳～臊。"

9 **腹** fù (粵) fuk1 ❶ **肚子**。《莊子・馬蹄》："含哺而熙，鼓～而遊。"(熙：通"嬉"。嬉戲。) 鼂錯《論貴粟疏》："～飢不得食。" (喻) **中心部分**。《鹽鐵論・刺復》："方今為天下～居，郡諸侯並臻 (zhēn (粵) zeon1)。"(臻：到，達到。)

❷ **懷抱**。《詩經・小雅・蓼莪》："出入～我。"

9 **腶** duàn (粵) dyun3 **用薑與桂醃製的乾肉。也稱"腶脩"或"腶脯"**。《儀禮・有司》："取糗 (qiŭ (粵) hau2) 與～脩，執以出。"(糗：小米乾飯。)《左傳・哀公十一年》："道渴，其族轅咺 (xuǎn (粵) hyun2) 進稻醴、粱糗、～脯焉。"(轅咺：人名。稻醴：稻米釀的甜酒。)

9 **腯** tú (粵) dat1 **肥壯**。《左傳・桓公六年》："吾牲牷肥～，粢盛豐備，何則不信？" 左思《吳都賦》："草木節解，鳥獸～膚。"

9 **腧** shù (粵) syu3 ❶ **人體的穴位**。《靈樞經・本輸》："其～在膺中。" ❷ yú (粵) jyu4 **通"腴"。肌膚豐滿，豐腴**。《太平廣記》卷八十二引《異聞集・呂翁》："觀子膚極～，體胖無恙。"

9 **腳** (脚) jiăo (粵) goek3 ❶ **小腿**。《韓非子・難言》："孫子臏 (bìn (粵) ban3) ～於魏。"(臏：古代剔去膝蓋骨的一種刑罰。) ❷ **腳，足 (後起意義)**。《宋書・胡藩傳》："以刀頭穿岸，少容～指，於是徑上。" 杜甫《乾元中寓居同谷縣作》詩："手～凍皴 (cūn (粵) ceon1) 皮肉死。"(皴：皮凍裂。) (引) **根部，最下部分**。張耒《宿樊溪》詩："扁舟橫江來，山～繫吾纜。"(扁舟：小船。) (又) **搬運費用 (後起意義)**。劉禹錫《夔州論利害表》之二："漕運七百萬石，省～三十餘萬貫。" **【注意】"腳"在上古的意義是小腿，後來"腳"才有了"足"的意義。**

9 **滕** téng (粵) tang4 **袋子，口袋**。《戰國策・趙策一》："贏～負書擔囊。"(贏：背着。)

10 **膊** bó (粵) bok3 ❶ pò (粵) pok3 **暴露，指陳屍**。《左傳・成公二年》："殺而～諸城上。" ❷ pò (粵) pok3 **切成塊的肉**。《淮南子・繆稱》："故同味而嗜厚～者，必其甘之者也。”❸ **胳膊**。[泛] **指身體的上部**。梁元帝《金樓子·箴戒》：“大怒，令此人袒～正立。” **成語有“赤膊上陣”**。

10 **膈** gé [粵] gaak3 ❶ **膈膜**。《靈樞經·經脈》：“其支者復從肝，別貫～，上注肺。” ❷ **懸鐘的木格**。《史記·禮書》：“縣一鐘尚拊～。”

10 **膇** zhuì [粵] zeoi6 **腳腫**。《左傳·成公六年》：“民愁則墊隘，於是乎有沉溺重～之疾。”（重：腫。）

10 **膌** jí [粵] zik6/zek3 **同“瘠”**。**瘦**。《管子·問》：“時簡稽帥馬牛之肥～，其老而死者皆舉之。”

10 **膗** （臛）huò [粵] kok3/fok3 **帶汁的肉（不加菜的）**。宋玉《招魂》：“露雞～蠵（xī [粵] kwai4），厲而不爽些。” **用作動詞**。**烹煮**。曹植《七啟》：“～江東之潛鼉。”

10 **膏** gāo [粵] gou1 ❶ **油脂，脂肪**。《詩經·檜風·羔裘》：“羔裘如～，日出有曜。”《三國志·吳書·周瑜傳》：“實以薪草，～油灌其中。”（實：塞滿。薪：柴火。）[引] **藥膏**。《後漢書·華佗傳》：“既而縫合，傅以神～。”（傅：敷。）❷ **[膏肓（huāng [粵] fong1）] 古代醫學家把心尖脂肪叫“膏”，心臟與膈膜之間叫“肓”**。《左傳·成公十年》：“疾不可為也，在肓之上，膏之下。” 孫楚《為石仲容與孫皓書》：“夫治～～者，必進苦口之藥。”（膏肓者：比喻病情極為嚴重。）**成語有“病入膏肓”**。❸ **肥沃**。《史記·貨殖列傳》：“～壤沃野千里。” 仲長統《昌言·理亂》：“豪人之室，連棟數百，～田滿野。”（連棟：指房屋連結。）**[膏腴] 肥沃**。《後漢書·公孫述傳》：“蜀地沃野千里，土壤～～。” ❹ gào [粵] gou3 **滋潤**。《詩經·曹風·下泉》：“芃（péng [粵] pung4）芃黍苗，陰雨～之。”（芃芃：茂盛的樣子。）[又] **用油脂塗抹**。韓愈《送李愿歸盤谷序》：“～吾車兮秣吾馬。”

10 **膂** lǚ [粵] leoi5 **脊樑骨**。《尚書·君牙》：“今命爾予翼，作股肱心～。”（予翼：輔佐我。）**[膂力] 體力**。《三國志·魏書·呂布傳》：“～～過人，號為飛將。”

10 **膋** liáo [粵] liu4 **牛腸中的脂肪**。《詩經·小雅·信南山》：“執其鸞刀，以啟其毛，取其血～。”

11 **膚** fū [粵] fu1 ❶ **皮膚**。《商君書·算地》：“衣不暖～。” [引] **膚淺，淺薄**。張衡《東京賦》：“所謂末學～受。”（末學：沒有根底的學問。受：感受。）❷ **古代長度單位。一指為寸，四指為膚。[膚寸] 較短的距離**。《戰國策·秦策三》：“昔者齊人伐楚……～～之地無得者，豈齊不欲地哉，形弗能有也。”（無得：沒得到。）**又寫作“扶寸”**。《韓非子·揚權》：“故上失扶寸，下得尋常。”（尋：八尺。常：十六尺。）❸ **大**。《詩經·小雅·六月》：“薄伐玁狁，以奏～公。”（公：通“功”。功績。）**【辨】皮，革，膚**。**“皮”、“革”是獸皮，帶毛的叫“皮”，去掉毛的叫“革”。“膚”是人皮的專稱**。

11 **膢** lóu [粵] leoi4/lau4 **古代祭名。祭祀時伴以酒食饋贈**。《韓非子·五蠹》：“夫山居而谷汲者，～臘而相遺（wèi [粵] wai6）以水。”（臘：祭名。膢臘：指年終舉行的祭祀。遺：贈送。）

12 **膴** hū [粵] fu1 ❶ **大塊魚肉**。《禮記·少儀》：“羞濡魚者進尾，冬右腴，夏右鰭，祭～。” ❷ **無骨的乾肉**。《周禮·天官·腊人》：“凡祭祀，共豆脯，薦脯、～、胖。” ❸ **法則**。《詩經·小雅·小旻》：“民雖靡～，或哲或謀。” ❹ wǔ [粵] mou5 **盛，厚**。《詩經·小雅·節南山》：“瑣瑣姻亞，則無～仕。” [特] **土地肥美**。劉禹錫《連州刺史廳壁記》：“原鮮而～，卉物柔澤。”

12 **膞** juǎn [粵] zyun2 **少汁的羹**。**用作動詞，指烹製少汁的肉羹**。宋玉《招魂》：

"鵠酸～鳧，煎鴻鶬些。"曹植《名都篇》："膾鯉～胎鰕，寒鱉炙熊蹯。"

12 **膰** fán (粵) faan4 **古代祭祀用的烤肉**。《穀梁傳・定公十四年》："脤（shèn (粵) san5）者何也？……祭肉也。生曰脤，熟曰～。"

12 **膳** （饍）shàn (粵) sin6 ❶ **烹調（食物）**。《周禮・天官・庖人》："春行羔豚～膏香。"(又) **飯食**。《漢書・宣帝紀》："其令太官損～省宰。"（太官：掌管皇帝飲食的官。）(又) **吃**。《禮記・文王世子》："食下，問所～。" ❷ **送飯，進獻食物**。《呂氏春秋・悔過》："～以十二牛。"《呂氏春秋・上德》："太子祠而～於公。"

13 **臄** jué (粵) koek6 **口蓋，即上腭**。《詩經・大雅・行葦》："嘉殽脾～，或歌或咢（è (粵) ngok6）。"（咢：只擊鼓而不歌唱。）

13 **膿** nóng (粵) nung4 ❶ **瘡口潰爛所生的膿液**。《論衡・幸偶》："聚為癰，潰為疽，創流血出～。"(引) **腐爛**。賈思勰《齊民要術・水稻》："陳草復起，以鐮侵水芟之，草悉～死。" ❷ **肥**。曹植《七啟》："玄熊素膚，肥豢～肌。" ❸ **通"醲"。味厚的酒**。枚乘《七發》："甘脆肥～，命曰腐腸之藥。"

13 **臊** sāo (粵) sou1 ❶ **臊氣。肉類的腥臭氣味**。《韓非子・五蠹》："民食果蓏（luǒ (粵) lo2）蚌蛤，腥～惡臭而傷害腹胃。"《呂氏春秋・本味》："水居者腥，肉玃者～，草食者羶。" ❷ **不好的名聲**。《魏書・抱嶷傳》："～聲布於朝野，醜音被於行路。"

13 **臉** liǎn（**舊讀** jiǎn）(粵) lim5 **兩頰的上部**。白居易《昭君怨》詩："眉銷殘黛～銷紅。"（銷：消失。）【注意】**"臉"是後起字，它的最初意義和現在的"臉"不一樣，現在"臉"字的意義在古代用"面"來表示**。【辨】臉，面。見 709 頁"面"字。

13 **膾** kuài (粵) kui2 **細切的肉、魚**。《論語・鄉黨》："食不厭精，～不厭細。"《孟子・盡心下》："公孫丑問曰：'～炙與羊棗孰美？'孟子曰：'～炙哉！'"**成語有"膾炙人口"**。(又) **細切（魚或肉）**。《詩經・小雅・六月》："飲御諸友，炰鱉～鯉。"

13 **臆** yì (粵) jik1 ❶ **胸**。陸機《演連珠》之二十九："撫～論心。" ❷ **主觀想像和揣測**。蘇軾《石鐘山記》："事不目見耳聞，而～斷其有無，可乎？"（可乎：可以嗎？）

13 **膺** yīng (粵) jing1 ❶ **胸**。《左傳・成公十年》："搏～而踴。"（搏膺：捶胸。踴：跳。）李白《蜀道難》詩："以手撫～坐長歎。"**成語有"義憤填膺"**。［**服膺**］**衷心信服，牢記在心**。《世說新語・品藻》："高情遠致，弟子蚤已～～。"（蚤：早。）《鹽鐵論・遵道》："文學結髮學語，～～不舍。" ❷ **馬當胸的帶子**。《詩經・秦風・小戎》："虎韔（chàng (粵) coeng3）鏤～。"（虎韔：虎皮做的弓套。鏤膺：鏤金的馬帶。）❸ **受**。劉知幾《史通・疑古》："坐～天祿，其事不成。"（天祿：天賜的福氣。）❹ **抵抗，抗擊**。《詩經・魯頌・閟宮》："戎狄是～。"

14 **臑** nào (粵) naau6 ❶ **動物的前肢**。《史記・龜策列傳》："取前足～骨穿佩之。"(引) **人的上肢**。《靈樞經・經脈》："肩似拔，～似折。" ❷ ér (粵) ji4 **通"胹"。煮熟**。宋玉《招魂》："肥牛之腱，～若芳些。"

14 **臏** （髕）bìn (粵) ban3 **膝蓋骨**。《史記・秦本紀》："王與孟說（yuè (粵) jyut6）舉鼎，絕～。"（武王和孟說比賽舉鼎，折斷了膝蓋骨。鼎：古代一種三足銅器。）(特) **古代一種剔掉膝蓋骨的酷刑**。《韓非子・難言》："孫子～腳於魏。"《漢書・

刑法志》："～罰之屬五百。"（屬：類。）

15 **臘** là 粵 laap6 **古代陰曆十二月的一種祭祀。**《左傳・僖公五年》："宮之奇以其族行，曰：'虞不～矣。'"《韓非子・五蠹》："夫山居而谷汲者，膢（lóu 粵 leoi4/lau4）～而相遺（wèi 粵 wai6）以水。"（谷汲者：從山谷中取水的人。膢：春秋戰國時代楚國人的一種祭祀。遺：贈給。）［臘月］**陰曆十二月。**賈思勰《齊民要術・種葵》："～～中汲井水。"（汲：取。）【注意】**在古代，"臘"和"腊（xī 粵 sik1）"是兩個字，意義各不相同。上述義項都不寫作"腊"。**

16 **臚** lú 粵 lou4 ❶ **腹前部。**《素問・六元正紀・大論》："虐，心腹滿熱，～脹，甚則胕腫。"（胕：同"膚"。皮膚。）❷ **額頭。**張君房《雲笈七籤》卷十一："七液洞流衝～間。"❸ **傳佈，羅列。**《國語・晉語六》："風聽～言於市，辨祆祥於謠。"❹ lǚ 粵 lyu5 **祭名。**《史記・六國年表》："位在藩臣而～於郊祀。"

17 **臝** luǒ 粵 lo2 ❶ **裸露。赤身露體。**《左傳・昭公三十一年》："趙簡子夢童子～而轉以歌。"**這個意義又寫作"裸"。**《韓非子・內儲說下》："令公子～而解髮。"**現在以"裸"為正字，"臝"為異體字。**❷ luó 粵 lo4 **通"騾"。**《漢書・霍去病傳》："單于遂乘六～……直冒漢圍西北馳去。"

19 **臠** luán 粵 lyun5 **切成小塊的肉。**《莊子・至樂》："不敢食一～。"**又如"臠割"（分割、切碎）。**

臣部

0 **臣** chén 粵 san4 ❶ **男性奴隸。**《韓非子・五蠹》："雖～虜之勞，不苦於此矣。"（雖：即使。）❷ **做官的人。**《荀子・君道》："～不能而誣能，則是～詐也。"（誣能：自以為能。）(泛) **羣臣百姓。**《詩經・小雅・北山》："率土之濱，莫非王～。"❸ **官吏、百姓對君主的自稱。**《商君書・更法》："～聞之，疑行無成，疑事無功。"(又) **秦漢以前在一般人面前表示謙卑也可以自稱"臣"。**《漢書・蒯通傳》："通說范陽令徐公曰：'～范陽百姓蒯通也。'"（說：游說。令：縣令。）❹ **用作動詞。統治，役使。**《戰國策・秦策四》："而欲以力～天下之主。"(又) **稱臣，做臣子。**《晏子春秋・內篇雜上》："晏子～於莊公，公不說（yuè 粵 jyut6）。"［臣服］**稱臣降服。**《漢書・武帝紀》："以匈奴弱，可遂～～，乃遣使說之。"

2 **卧** (臥)wò 粵 ngo6 ❶ **伏在几上休息。**《孟子・公孫丑下》："孟子去齊，宿於晝。有欲為王留行者，坐而言，不應，隱几而～。"(又) **禽獸趴伏。**李白《尋雍尊師隱居》詩："花暖青牛～。"❷ **躺。**《史記・孫子吳起列傳》："～不設席，行不騎乘。"（席：薦子。）**成語有"卧雪眠霜"。**(引) **寢室。**《漢書・韓信傳》："即其～，奪其印符。"(喻) **平放着。**杜甫《重過何氏》詩之四："雨拋金鎖甲，苔～綠沈槍。"❸ **指隱居。**李白《送梁四歸東平》詩："莫學東山～，參差老謝安。"【辨】**寢，卧，眠，寐，睡。見428頁"睡"字。**

8 **臧** zāng 粵 zong1 ❶ **善，好。**《詩經・邶風・雄雉》："不忮（zhì 粵 zi3）不求，何用不～？"（忮：忌恨。）［臧否（pǐ 粵 pei2）］① **善惡，得失。**《荀子・王制》："國之所以安危～～也。"② **評論人物的好壞。**魏徵《十漸不克終疏》："不審察其根源而輕為之～～。"❷ **男奴隸。**《莊子・駢拇》："～與穀二人相與牧羊，而俱亡其羊。"（穀：小奴隸。俱亡：都丟失了。）［臧獲］**奴婢。**《韓非子・顯學》："行曲則違於～～，行直則怒於諸侯。"

(曲：不公正。) ❸ **通過盜竊或貪污受賄獲得的財物**。《後漢書・陳禪傳》："受納～賂。"(納：收。賂：財物。) **這個意義後來寫作"贓"**。❹ cáng (粵) cong^{4} **通"藏"**。**收藏，隱藏**。《管子・侈靡》："故天子～珠玉，諸侯～金石。"《漢書・燕剌王旦傳》："～匿亡命。" ❺ zàng (粵) zong^{6} **通"藏"**。**貯藏財物的倉庫**。《史記・孟嘗君列傳》："乃夜為狗，以入秦宮～中，取所獻狐白裘至，以獻秦王幸姬。" ❻ zàng (粵) zong^{6} **通"藏"**。**內臟，五臟**。《漢書・王吉傳》："吸新吐故以練～。"(練：鍛煉。) **這個意義後來寫作"臟"**。

11 **臨** lín (粵) lam^{4} ❶ **從高處往低處看**。《荀子・勸學》："不～深谿，不知地之厚也。"(谿：山谷。) **成語有"居高臨下"**。(引) **從上監視着，統治**。《穀梁傳・哀公七年》："春秋有～天下之言焉。" ❷ **降臨，由上到下**。《史記・淮陰侯列傳》："信嘗過樊將軍噲，噲跪拜送迎，言稱臣。曰：'大王乃肯～臣。'" (引) **到**。《三國志・吳書・吳主傳》："而曹公已～其境。"《抱朴子・勤求》："至老不改，～死不悔。" ❸ **面對**。曹操《步戰令》："～戰，兵弩不可離陣。"(兵弩：指弓弩手。) **成語有"如臨大敵"**。❹ **對着書畫範本摹仿學習(後起意義)**。**如"臨摹"、"臨帖"**。❺ lìn (粵) lam^{6} **哭弔**。《呂氏春秋・悔過》："繆公聞之，素服廟～。"《漢書・高帝紀上》："于是漢王為義帝發喪，袒而大哭，哀～三日。"

自部

0 **自** zì (粵) zi^{6} ❶ **自己**。《老子・三十三章》："知人者智，～知者明。" (又) **親自**。《史記・蕭相國世家》："高祖～將。"(將：統率部隊。) [**自如**] [**自若**] **像自己原來的樣子，不變常態**。《漢書・李廣傳》："吏士無人色，而廣意氣～如。"(廣：人名。) ❷ **自然**。《商君書・錯法》："舉事而材～練者，功分明。" ❸ **從**。《論語・學而》："有朋～遠方來。" ❹ **由於**。《漢書・灌夫傳》："侯～我得之，～我捐之，無所恨。" ❺ **即使**。《漢書・刑法志》："律令煩多……～明習者不知所由。" ❻ **假如**。**常"自非(假如不是)"連用**。王安石《上皇帝萬言書》："～非朝廷侍從之列，食口稍眾，未有不兼農商之利而能充其養者也。"(食口稍眾：指吃飯的人多。)

4 **臬** niè (粵) jit^{6}/nip^{6} ❶ **射箭的靶子，目標**。張衡《東京賦》："桃弧棘矢，所發無～。"(桃弧：桃木做的弓。棘矢：棘做的箭。) ❷ **古代用來測日影定方位的標杆**。陸倕《石闕銘》："陳圭置～，瞻星揆地。"(圭：古代測日影的器具。瞻：往上看。揆：測量。) ❸ **法度**。《尚書・康誥》："汝陳時～。"(你要陳述此法。汝：你。) **雙音詞有"圭臬"**。❹ **極限**。王粲《游海賦》："其深不測，其廣無～。"

4 **臭** chòu (粵) cau^{3} ❶ xiù **氣味**。《周易・繫辭上》："同心之言，其～如蘭。"《荀子・王霸》："口欲綦(qí (粵) kei^{4})味，鼻欲綦～。"(綦：極，盡。味：滋味。) ❷ xiù **嗅，聞**。《荀子・榮辱》："彼～之而無嗛(qiè (粵) hip^{3})於鼻，嘗之而甘於口。"(嗛：滿足。) **這個意義後來寫作"嗅"、"齅"**。❸ **臭**。**與"香"相對**。《後漢書・仲長統傳》："三牲之肉，～而不可食。"(三牲：指牛、羊、豬。)

10 **臲** niè (粵) jit^{6}/nip^{6} [**臲卼**(wù (粵) ngat^{6})] **不安的樣子**。《周易・困》："困于葛藟，于～～。"《朱子語類》卷十四："安，只是無～～之意。"

至部

0 **至** zhì (粵) zi³ ❶ **到，到達**。《左傳·文公二年》："秦師又～。"（師：軍隊。）《史記·李斯列傳》："官～廷尉。" ❷ **極**。**最**。《荀子·正論》："罪～重而刑～輕。" (又) **達到了頂點**。《史記·春申君列傳》："物～則反。" ❸ **至於**。《墨子·非攻上》："～攘人犬豕雞豚者，其不義又甚入人園圃竊桃李。"

3 **致** zhì (粵) zi³ ❶ **送達**。《荀子·解蔽》："遠方莫不～其珍。" (引) **獻出，盡**。《論語·學而》："事君能～其身。"《後漢書·臧洪傳》："凡我同盟，齊心一力，以～臣節。" (引) **傳達，表達**。《漢書·朱博傳》："遣吏存問～意。"（存問：慰問。）**雙音詞有"致謝"、"致敬"**。❷ **招引，引來**。《鹽鐵論·本議》："～士民，聚萬貨。"《漢書·公孫弘傳》："～利除害。" (引) **取得**。《韓非子·外儲説左上》："忠言拂於耳，而明主聽之，知其可以～功也。"（拂：違背，不順。）(又) **致使**。潘岳《藉田賦》："展三時之弘務，～倉廩於盈溢。"（三時：指春、夏、秋三季。）❸ **到**。《周髀算經》："引繩～地而識（zhì (粵) zi³）之。" ❹ **盡，極**。《荀子·仲尼》："非～隆高也。"（隆：高。）❺ **意態，情趣**。《魏書·茹皓傳》："樹草栽木，頗有野～。" **雙音詞有"興致"、"情致"**。❻ **精密，細密**。《漢書·嚴延年傳》："桉其獄，皆文～不可得反。"（檢查他的獄案，文理緻密，不可推翻。桉：考察。）

8 **臺** tái (粵) toi⁴ ❶ **土築的高臺。供觀察瞭望用**。《老子·六十四章》："九層之～，起於累土。"（累：堆積。）❷ **指朝廷**。《晉書·張昌傳》："詐言～遣其募人討流。"（流：人名。）(又) **古代官署名。如漢代稱尚書為"中臺"，御史為"憲臺"，謁者為"外臺"**。應劭《漢官儀》："尚書郎初入～為郎中。" 陳琳《為袁紹檄豫州》："坐領三～，專制朝政。" (引) **對高級官吏或平輩人的敬稱。如"撫臺（巡撫）"、"藩臺（布政使）"、"兄臺"等**。王世貞《觚不觚錄》："起兵備大名，撫～為温公如璋。" ❸ **奴隸的一個等級**。《左傳·昭公七年》："僕臣～。"（僕：奴隸的一個等級。）❹ **通"薹"。草名。薹草**。《詩經·小雅·南山有臺》："南山有～，北山有萊。"【辨】亭，臺，榭，樓，閣。"亭"在上古只指旅宿的亭和觀察瞭望用的亭。"園亭"的"亭"的意義是後起的。"園亭"的"亭"有頂無牆，和"臺"、"榭"、"樓"都不同。"臺"的特點是築土很高，也就是一種高壇。"榭"是臺上的房子。"樓"是重屋，上下都可以住人。"閣"是架空的樓，不同於一般的"樓"。【辨】臺，台。見81頁"台"字。

10 **臻** zhēn (粵) zeon¹ **到，到達**。《詩經·小雅·雨無正》："如彼行邁，則靡所～。"《後漢書·馮衍傳》："元元無聊，饑寒並～。" (引) **極盡**。《舊唐書·文苑傳下·王維》："書畫特～其妙。"

臼部

0 **臼** jiù (粵) kau⁵ **舂米的器具**。賈思勰《齊民要術·作醬》："擇滿～，舂之而不碎。"（選擇好的裝滿了臼，舂擊但不舂碎。）

2 **臾** yú (粵) jyu⁴ [須臾] 見716頁"須"字。

3 **舁** yú (粵) jyu⁴ ❶ **抬**。《三國志·魏書·鍾繇傳》："時華歆亦以高年疾病，朝見皆使載輿車，虎賁～上殿就坐。"《世説新語·術解》："浩感其至性，遂令～來，為診脈處方。"（浩：殷浩，人名。）

❷ **帶**。《舊唐書・李光弼傳》：“光弼將赴臨淮，在道～疾而行。”

4 **舀** yǎo 粵 jiu5 **用瓢、勺等挹取**。《説文・臼部》：“舀，抒臼也……《詩》曰：‘或簸或～。’”今《詩經・大雅・生民》作“或簸或蹂”。《五燈會元》卷六：“海水不勞杓子～。”

5 **舂** chōng 粵 zung1 ❶ **把穀類的殼搗掉**。《詩經・大雅・生民》：“或～或揄(yú 粵 jyu4)，或簸或蹂。”(揄：舀。) ❷ 粵 cung1 **通“衝”。撞擊**。《史記・魯周公世家》：“富父終甥～其喉，以戈殺之。”(富父終甥：人名。)

6 **舄** **(舃)xì** 粵 sik1 ❶ **有木底的鞋子**。《詩經・豳風・狼跋》：“公孫碩膚，赤～幾幾。”泛 **鞋**。《史記・滑稽列傳》：“履～交錯，杯盤狼藉。” ❷ **鹽鹼地**。《漢書・溝洫志》：“溉～鹵之地四萬餘頃。”**這個意義後來寫作“潟”**。❸ **柱下石**。《墨子・備穴》：“二尺一柱，柱下傅～。”**這個意義後來寫作“碣”**。

6 **與** yǔ 粵 jyu5 ❶ **給予，授予**。《左傳・僖公七年》：“～之璧，使行。”《史記・項羽本紀》：“則～斗卮(zhī 粵 zi1)酒。”(斗卮：盛一斗酒的大杯。) ❷ **結交，親附**。《荀子・王霸》：“不欺其～。”(其與：指所結交的國家。)《國語・齊語》：“桓公知天下諸侯多～己也。” ❸ **對付**。《史記・燕召公世家》：“龐煖易～耳。” ❹ **和，跟，同**。《莊子・逍遙遊》：“蜩～學鳩笑之。”《漢書・張騫傳》：“頗～中國同俗。” ❺ **讚許**。《漢書・翟方進傳》：“朝過夕改，君子～之。”引 **幫助**。《戰國策・齊策一》：“君不～勝者，而～不勝者。” ❻ yù 粵 jyu6 **參加**。《左傳・僖公三十二年》：“蹇(jiǎn 粵 gin2)叔之子～師。”(蹇叔：人名。師：軍隊。) ❼ yú 粵 jyu4 **句末語氣詞。表示疑問或感歎**。《論語・憲問》：“管仲非仁者～？”司馬相如《封禪文》：“何其爽～！”(爽：差錯。)**這個意義後來寫作“歟”**。

7 **舅** jiù 粵 kau5 ❶ **舅舅，母親的兄弟**。《左傳・昭公十九年》：“絲以告其～。”(絲：人名。) ❷ **公公，丈夫的父親**。《禮記・檀弓下》：“昔者吾～死於虎，吾夫又死焉，今吾子又死焉。” ❸ **丈人，妻子的父親**。《禮記・坊記》：“昏禮，壻親迎，見於～姑，～姑承子以授壻。”(壻：同“婿”，女兒的丈夫。姑：妻子的母親。子：指女兒。) ❹ **妻子的兄弟**。《戰國策・楚策四》：“李園不治國，王之～也。”(李園：人名。李園不可能代王治國，因其為王之舅。) ❺ **古代天子稱異姓諸侯，諸侯稱異姓大夫為舅**。《詩經・小雅・伐木》：“既有肥牡，以速諸～。”(速：招致，招請。)

9 **興** xīng 粵 hing1 ❶ **起來，起**。《尚書・微子》：“小民方～，相為敵讎。”(讎：仇敵。)《詩經・衞風・氓》：“夙(sù 粵 suk1)～夜寐(mèi 粵 mei6)。”(夙：早。寐：睡覺。)引 **興起，建立**。《史記・文帝本紀》：“漢～，至孝文四十有餘載。”(載：年。)《鹽鐵論・本議》：“故～鹽鐵。”(鹽鐵：指鹽鐵官營。) ❷ **發動**。《史記・酷吏列傳》：“漢大～兵伐匈奴。” ❸ **興旺，興盛**。賈誼《新書・大政》：“國以民為～壞，君以民為強弱。” ❹ xìng 粵 hing3 **興趣，興致**。李白《廬山謠》：“好為廬山謠，～因廬山發。”(好為：喜歡作。發：發生。) ❺ xìng 粵 hing3 **詩歌的表現方法之一。以他物引起所要吟詠的事物**。《毛詩序》：“故詩有六義焉：一曰風，二曰賦，三曰比，四曰～，五曰雅，六曰頌。”

9 **舉** jǔ 粵 geoi2 ❶ **舉起，抬起**。《孟子・梁惠王上》：“吾力足以～百鈞。”李白《靜夜思》詩：“～頭望明月，低頭思故鄉。”又 **向上的動作**。《莊子・胠篋》：“今遂至使民延頸～踵曰：‘某所有賢者'，贏糧而趣之。" 引 **提出，舉出**。《論語・述而》："～一隅不以三隅反，則不復也。" 又 **發動**。《韓非子・外儲説左上》："～兵而伐中山。"《三國志・魏書・武帝紀》："～義兵以誅暴亂。" ❷ **推薦，推舉**。《左傳・襄公三年》："～其偏，不為黨。"（偏：指任副職的人。）又 **檢舉，告發**。《論衡・語增》："吏見知弗～與同罪。"（見知：發現。弗：不。）❸ **行，行事**。《管子・禁藏》："～事而不時，力雖盡，其功不成。"《莊子・讓王》："曾子居衞……三日不～火，十年不製衣。" **雙音詞有"舉債"、"舉喪"**。又 **舉動**。《韓非子・五蠹》："～行如此。" ❹ **攻下，佔領**。《穀梁傳・僖公二年》："獻公亡虢（guó 粵 gwik[1]），五年而後～虞。"（獻公：晉獻公。虢、虞：古代國名。）❺ **全**。《左傳・哀公六年》："君～不信羣臣乎？" **成語有"舉國歡騰"、"舉世無雙"**。

12 **舊** jiù 粵 gau[6] ❶ **久，歷時長的**。《尚書・無逸》："其在高宗，時～勞于外。" 引 **陳舊的，過時的**。《鹽鐵論・論儒》："孟軻守～術，不知世務。"（術：思想，學説。）引 **原來的，從前的**。《論語・公冶長》："～令尹之政，必以告新令尹。" 杜甫《散愁》詩："收取～山河。" ❷ **故交，老交情**。《三國志・蜀書・諸葛亮傳》："玄素與荊州牧劉表有～。"（玄：人名。荊州：地名。牧：官名。）**雙音詞有"懷舊"、"故舊"**。

12 **釁** xìn 粵 jan[3] **同"衅"**。❶ **古代的一種祭祀儀式，用牲畜的血塗在新製的器物上**。《史記・高祖本紀》："祠黃帝，祭蚩尤於沛庭而釁鼓旗"《索隱》："應劭云：'釁呼為～。'" 引 塗抹。《國語・齊語》："三～三浴之。" ❷ **縫隙，間隙，破綻**。《後漢書・鄧禹傳》："欲乘～并關中。" ❸ **罪過**。《陳書・到仲舉傳》："二三～跡，彰于朝野。" ❹ **動**。王延壽《魯靈光殿賦》："奔虎攫挐以梁倚，仡奮～而軒鬐。"

舌部

2 **舍** shè 粵 se[3] ❶ **客舍**。《莊子・説劍》："夫子休就～。"（休：休息。就：到。）引 **房舍，住宅**。韓愈《感春》詩之二："平明出門暮歸～。" ❷ **住宿**。《左傳・宣公二年》："宣子田于首山，～于翳（yì 粵 ai[3]/ngai[3]）桑。"（田：打獵。翳桑：地名。）又 **休息，止息**。《漢書・韓安國傳》："定～以待其勞。"《論語・子罕》："逝者如斯夫，不～晝夜。" 引 **止息之處**。《鬼谷子・本經陰府》："故靜固志意，神歸其～。" **成語有"神不守舍"**。❸ **置，安置**。《戰國策・魏策二》："王不如～需於側，以稽二人者之所為。"（需：人名。）❹ **對年齡或輩分低於自己的親屬的謙稱**。戎昱《逢隴西故人憶關中舍弟》詩："數年家隴地，～弟歿胡軍。" ❺ **一宿為一舍**。《左傳・莊公三年》："凡師一宿為～，再宿為信，過信為次。" 又 **行軍三十里為一舍**。《左傳・僖公二十三年》："其辟君三～。"（辟：避。）**成語有"退避三舍"**。❻ shě 粵 se[2] **放棄，不要**。《管子・任法》："～法而任智，故民～事而好譽。" 又 **除去，離開**。《孟子・公孫丑下》："當今之世，～我其誰也。" 又 **施捨，佈施**。《左傳・昭公十三年》："施～不倦，求善不厭。" **上述 ❻ 又 又 這三個意義後來寫作"捨"**。

4 **舐** shì 粵 saai[5]/saai[2] **用舌頭舔（東西）**。《莊子・列禦寇》："～痔者，得車五乘。"《後漢書・楊震傳》："（楊彪）猶懷老牛～犢之愛。" **成語有"舐犢情深"**。

6 **舒** shū 粵 syu[1] ❶ **展開，舒展**。《韓非子・十過》："延頸而鳴，～翼而舞。"（延：伸長。）❷ **抒發，發泄**。屈原

《九章・懷沙》："～憂娛哀兮。"司馬遷《報任安書》："是僕終已不得～憤懣以曉左右。"❸ **遲緩，舒緩**。鮑照《尺蠖賦》："值夷～步。"（碰到平的地方就慢慢走。）《禮記・大學》："為之者疾，用之者～。"(引) **鬆懈，怠慢**。《史記・五帝本紀》："富而不驕，貴而不～。"❹ **安詳，舒暢**。《淮南子・原道》："柔弱以靜，～安以定。"杜甫《五盤》詩："坦然心神～。"

舛部

0 **舛** chuǎn (粵) cyun2 ❶ **相違背，錯亂**。賈誼《治安策》："本末～逆。"（本末：指主次。）《梁書・陶弘景傳》："言無煩～。"❷ **困厄，不順利**。王勃《滕王閣序》："時運不齊，命途多～。"

6 **舜** shùn (粵) seon3 ❶ **同"蕣"。木槿。一種落葉灌木**。《詩經・鄭風・有女同車》："顏如～華。"（顏：容貌。華：花。）❷ **傳說中的遠古帝王名。也叫虞舜**。《孟子・萬章上》："堯以天下與～。"

8 **舞** wǔ (粵) mou5 ❶ **舞蹈**。《韓非子・五蠹》："執干戚～。"（干戚：盾和斧兩種兵器。這裏指舞具。）(引) **飛舞，舞動**。《列子・湯問》："鳥～魚躍。"李白《高句驪》詩："翩翩～廣袖。"❷ **舞弄文字、權術等**。《論衡・程材》："～文巧法，徇私為己。"《史記・酷吏列傳》："～智以御人。"（御：控制。）

舟部

0 **舟** zhōu (粵) zau1 ❶ **船**。《周易・繫辭下》："刳木為～，剡木為楫。"❷ **通"周"。周朝**。《詩經・小雅・大東》："～人之子，熊羆是裘。"❸ **通"周"。環繞**。《詩經・大雅・公劉》："何以～之？維玉及瑤。"

2 **舠** dāo (粵) dou1 **小船**。劉勰《文心雕龍・夸飾》："是以言峻則嵩高極天，論狹則河不容～。"李白《酬張卿夜宿南陵見贈》詩："河漢挂戶牖，欲濟無輕～。"

3 **舡** xiāng (粵) hong1/syun4 **船**。《商君書・弱民》："背法而治，此任重道遠而無馬牛，濟大川而無～楫也。"《後漢書・董卓傳》："使李樂先度具舟～。"

4 **般** bān (粵) bun1 ❶ pán (粵) pun4 **旋轉。常"般旋"、"般桓"、"般還"連用**。《禮記・投壺》："賓再拜，受，主人～還。"(又) **遊樂**。張衡《思玄賦》："惟～逸之無斁（yì (粵) jik6）兮，懼樂往而哀來。"（斁：厭倦。）❷ pán (粵) pun4 **通"磐"。山石**。《漢書・郊祀志上》："鴻漸于～。"❸ **搬運**。《舊唐書・裴延齡傳》："若市送百萬圍草，即一府百姓，自冬歷夏，～載不了。"**這個意義後來寫作"搬"**。❹ **樣，種類**。張鷟《遊仙窟》："一種天公，兩～時節。"李煜《相見歡》詞："別是一～ 滋味在心頭。"❺ (粵) baan1 **通"班"**。① **分給**。《墨子・尚賢中》："～爵以貴之，裂地以封之。"② **還，回**。《漢書・趙充國傳》："明主～師罷兵。"③ **分佈**。《漢書・禮樂志》："先以雨，～裔裔。"（裔裔：散佈的樣子。）❻ (粵) baan1 **通"斑"**。① **斑紋**。《周禮・天官・內饔》："馬黑脊而～臂，螻。"② **雜亂**。《漢書・賈誼傳》："～紛紛其離此郵兮。"

4 **航** （斻）háng (粵) hong4 ❶ **船**。張衡《思玄賦》："譬臨河而無～。"杜甫《壯遊》詩："東下姑蘇臺，已具浮海～。"❷ **船相連為橋**。《晉書・五行志上》："朱雀大～纜斷，三艘流入大江。"（朱雀：地名。）❸ **以船渡河**。《後漢書・杜篤傳》："造舟於渭，北～涇流。"(引) **在水上行船**。《宋史・張藏英傳》："～海歸周。"

4 **舫** fǎng (粵) fong2 **併舟，相併的兩船**。《戰國策・楚策一》：“～船載卒，一～載五十人。” (泛) **指船**。《世説新語・德行》：“時夏月，暴雨卒至，～至狹小而又大漏，殆無復坐處。”

5 **舸** gě (粵) ho2/go2 **大船**。左思《吳都賦》：“弘～連舳 (zhú (粵) zuk6)。”（弘：大。舳：船尾。）(泛) **船**。李白《贈江夏韋太守良宰》詩：“萬～此中來，連帆過揚州。”

5 **舳** zhú (粵) zuk6 **船尾**。郭璞《江賦》：“～艫相屬，萬里連檣。”（艫：船頭。）[**舳艫**] **船頭和船尾，泛指大船**。(引) **船**。王勃《滕王閣序》：“舸艦迷津，青雀黃龍之～。”

5 **舴** zé (粵) zaak3 [**舴艋**] **小船**。杜牧《春日言懷寄虢州李常侍十韻》：“織蓬眠～～，驚夢起鴛鴦。”

5 **舶** bó (粵) bok6/paak3 **大船**。酈道元《水經注・江水》：“昔孫權裝大船，名之曰長安，亦曰大～。”

5 **舲** líng (粵) ling4 **有窗的小船**。《淮南子・俶真》：“越～蜀艇，不能無水而浮。” (引) **船窗**。庾信《舟中望月》詩：“舟子夜離家，開～望月華。”

5 **舷** xián (粵) jin4 **船的兩側**。郭璞《江賦》：“忽忘夕而宵歸，詠采菱以叩～。”

7 **艅** yú (粵) jyu4 [**艅艎**] **船名**。《抱朴子・博喻》：“～～鷁首，涉川之良器也。”

8 **艋** měng (粵) maang5 [**舴** (zé (粵) zaak3) **艋**] **見本頁“舴”字**。

9 **艓** dié (粵) dip6 **小船**。《宋書・沈攸之傳》：“輕～一萬，截其津要。” **杜甫**《最能行》：“富豪有錢駕大舸，貧窮取給行～子。”

9 **艎** huáng (粵) wong4 [**艅** (yú (粵) jyu4) **艎**] **見本頁“艅”字**。

12 **艟** chōng (粵) cung1 [**艨** (méng (粵) mung4) **艟**] **見本頁“艨”字**。

13 **艤** yǐ (粵) ngai5 **同“檥”。船靠岸**。江總《贈賀左丞蕭舍人》詩：“行艫方境逝，去棹～江干。”（江干：江邊。）

14 **艨** méng (粵) mung4 [**艨艟** (chōng (粵) cung1)] **古代一種戰艦**。《舊五代史・賀瓌傳》：“以～～戰艦阨其中流。” **又寫作“艨衝”、“蒙衝”**。

15 **艣** lǔ (粵) lou5 **船上划水的工具，多安於船尾**。李白《淮陰書懷寄王宗城》詩：“大舶夾雙～，中流鵝鸛鳴。”

16 **艫** lú (粵) lou4 ❶ **船頭**。左思《吳都賦》：“弘舸連舳，巨檻接～。” (引) **船**。《新唐書・東夷傳・高麗》：“而平壤在鴨淥東南，以巨～濟人。” ❷ [**舳** (zhú (粵) zuk6) **艫**] **見本頁“舳”字**。

艮部

0 **艮** gèn (粵) gan3 ❶ **卦名。八卦之一，象徵山**。《周易・説》：“～為山。”《三國志・魏書・管輅傳》：“又鼻者～，此天中之山。” ❷ **止**。朱熹《齋居感興》詩：“反躬～其背，肅容正冠襟。” ❸ **艱難**。揚雄《太玄・守》：“象～有守。” ❹ **方位名。指東北**。《論衡・難歲》：“人或以立春東北徙，抵～之下，不被凶害。”《梁書・沈約傳》：“回余眸於～域，覿 (dí (粵) dik6) 高館於茲嶺。” ❺ **時辰名。約指深夜一時至三時**。《舊唐書・呂才傳》：“若依葬書，多用乾、～二時，並是近半夜，此即文與禮違。”

1 **良** liáng (粵) loeng4 ❶ **良好**。《荀子・脩身》：“～農不為水旱不耕。”《韓非子・外儲説左上》：“～藥苦於口。” [**良人**] ① **優秀的人才**。《詩經・秦風・黃鳥》：“殲我～～。”（殲：殺。）② **婦女稱丈夫**。《孟子・離婁下》：“～～者，所仰望而終身也。”❷ **和悅，善良**。《論語・學而》：“夫子溫～恭儉讓以得之。”《荀子・非十二子》：“其衣逢，其容～。”（逢：寬大。）❸ **甚，很**。《戰國策・燕策三》：“左右既前斬荊軻，秦王目眩～久。”《史記・秦始皇本紀》：“始皇默然～久。”❹ **的確，確實**。《孟子・告子上》：“人之所貴者，非～貴也。”《史記・趙世家》：“諸將以為趙氏孤兒～已死。”柳宗元《三戒・臨江之麋》：“以為犬～我友。”

11 **艱** jiān ㊣ gaan[1] ❶ **艱難，困難**。《尚書・說命中》：“非知之～，行之惟～。”屈原《離騷》：“哀民生之多～。”㊁ **艱險，險惡**。《周易・泰》：“無平不陂，無往不復，～貞無咎。”（艱貞：艱險而守正。）《詩經・小雅・何人斯》：“彼何人斯？其心孔～。”❷ **父母喪**。王儉《褚淵碑文》：“又以居母～去官。”**又如“丁艱”（遭遇父母喪事）**。

色部

0 **色** sè ㊣ sik[1] ❶ **臉色，表情**。《論語・顏淵》：“察言而觀～。”《史記・滑稽列傳》：“～如死灰。”㊕ **怒色**。《戰國策・趙策四》：“太后之～少解。”（解：消除。）❷ **變色，作色**。《左傳・昭公十九年》：“諺所謂‘室於怒，市於～’者。”㊋ **和顏悅色**。《詩經・魯頌・泮水》：“載～載笑。”❸ **顏色**。《後漢書・仲長統傳》：“苟目能辯～。”王勃《滕王閣序》：“秋水共長天一～。”㊁ **天色，景象**。葉紹翁《遊園不值》詩：“春～滿園關不住，一枝紅杏出牆來。”陸游《鵝湖夜坐書懷》詩：“看花身落魄，對酒～淒涼。”❹ **女色**。《淮南子・俶真》：“聲～不能淫也。”㊋ **男女之間的情慾**。《孟子・告子上》：“食～性也。”❺ **種類，類別（後起意義）**。陸贄《奉天改元大赦制》：“諸～名目，悉宜停罷。”**熟語有“諸色人等”**。❻ **佛教指可以感知的物質**。《心經》：“～即是空，空即是～。”

5 **艴** bó ㊣ fat[1] **［艴然］惱怒的樣子**。《孟子・公孫丑上》：“曾西～～不悅。”

艸部

2 **艾** ài ㊣ ngaai[6] ❶ **一種草本植物，葉製成艾絨，可供針灸用**。《詩經・王風・采葛》：“彼采～兮，一日不見，如三歲兮。”賈思勰《齊民要術・收種》：“麥一石，～一把，藏以瓦器竹器。”㊁ **灰白色**。元稹《郡齋感懷見寄》詩：“～髮衰容惜寸輝。”（寸輝：指短暫的時間。）❷ **老，老年人**。《漢書・武帝紀》：“然則於鄉里先耆（qí ㊣ kei[4]）～，奉高年，古之道也。”（耆：年老。耆艾：指老年人。）❸ **停止，完結**。《左傳・哀公二年》：“憂未～也。”**成語有“方興未艾”**。❹ **美好，美色**。屈原《九歌・少司命》：“竦長劍兮擁幼～。”（幼艾：年輕美女。）《孟子・萬章上》：“知好色則慕少～。”❺ **養護，養育**。《詩經・小雅・南山有臺》：“保～爾後。”❻ **［艾艾］口吃的樣子**。《世說新語・言語》：“鄧艾口吃，語稱～～。”**後因以“艾艾”形容口吃**。❼ yì **通“忞”。懲戒，懲治**。《孟子・萬章上》：“太甲悔過，自怨自～。”❽ yì **通“刈”。割，收割**。《荀子・王制》：“使民有所耘～。”（耘：除草。）《穀梁傳・定公元年》：“是年不～，則無食矣。”㊁ **殺害，砍掉**。《左傳・哀公元年》：“亦不～殺其民。”《漢書・項籍傳》：“斬將，～旗，乃後死。”❾ yì **通“乂”。治理**。《史記・河渠書》：“諸夏～安。”㊁ **安寧**。《左傳・哀公十六年》：“若見君面，是得～也。”

2 **艽** qiú [粵] kau4 ❶ **禽獸巢穴中墊的草**。《淮南子・脩務》：“虎豹有茂草，野彘有～莦。” ❷ **荒遠**。《詩經・小雅・小明》：“我征徂西，至于～野。” ❸ jiāo [粵] gau1 [秦艽] **藥草名。出產於秦地，故名。**

2 **艿** réng [粵] jing4 ❶ **草。引申為新舊相因的茂密的草**。《新唐書・裴延齡傳》：“長安、咸陽間得陂～數百頃，願以為內廄牧地。” ❷ rèng [粵] jing6 **舊草割去後又生新草**。《逸周書・商誓》：“百姓獻民，其有綴～。”

3 **芋** yù [粵] wu6 ❶ **草本植物名。芋頭**。《史記・項羽本紀》：“今歲飢民貧，士卒食～菽。” ❷ hū [粵] fu1 **通“幠”。覆蓋**。《詩經・小雅・斯干》：“鳥鼠攸去，君子攸～。”（攸：所。）

3 **芊** qiān [粵] cin1 ❶ [芊芊] **草木茂盛的樣子**。宋玉《高唐賦》：“仰視山巔，肅何～～。” ❷ [芊眠] [芊綿] **茂密繁盛的樣子**。陸機《文賦》：“或藻思綺合，清麗～眠。” 謝靈運《山居賦》：“孤岸竦秀，長洲～綿。”

3 **芃** péng [粵] pung4 ❶ **草或禾苗茂盛的樣子**。葉清臣《憫農》詩：“膏澤歎苦晚，～苗惜遽衰。” [芃芃] **草或禾苗茂盛的樣子**。《詩經・鄘風・載馳》：“我行其野，～～其麥。” ❷ **獸毛蓬鬆的樣子**。《詩經・小雅・何草不黃》：“有～者狐，率彼幽草。”

3 **芄** wán [粵] jyun4 [芄蘭] **草名**。《詩經・衛風・芄蘭》：“～～之葉，童子佩韘。”

3 **芒** máng [粵] mong4 ❶ **一種茅草。可製作繩索和草鞋**。陳師道《絕句》四首之二：“～鞋竹杖最關身。” ❷ **穀類植物種子殼上或草木上的針狀物**。潘岳《射雉賦》：“麥漸漸以擢 (zhuó [粵] zok6) ～。”（擢芒：指長出麥芒。） ❸ **刀槍的鋒芒，刀尖**。《漢書・賈誼傳》：“一朝解十二牛，而～刃不頓者，所排擊剝割，皆眾理解也。” 左思《吳都賦》：“莫不衄 (nǜ [粵] nuk6) 銳挫～。”（衄：挫。） **這個意義後來寫作“鋩”**。 ❹ **光芒**。《史記・天官書》：“以八月與柳、七星、張晨出，曰長王，作作有～。” 任昉《王文憲集序》：“昴 (mǎo [粵] maau5) 宿垂～。”（昴宿：星宿名。） ❺ **通“茫”。模糊不清**。《莊子・盜跖》：“目～然無見。” [引] **昏昧無知**。《莊子・齊物論》：“其我獨～，而人亦有不～者乎？”（其：表示疑問的語氣詞。） ❻ huǎng [粵] fong2 **同“恍”。恍惚**。《鶡冠子・夜行》：“芴乎～乎，中有象乎？” [芴 (hù [粵] mat6) 芒] **恍恍惚惚。形容不可辨認或不可捉摸**。《鶡冠子・世兵》：“～～無貌。”

3 **芑** qǐ [粵] hei2 ❶ **一種粟**。《詩經・大雅・生民》：“誕降嘉種……維糜維～。” ❷ **苦菜**。《詩經・小雅・采芑》：“薄言采～，于彼新田。” ❸ [粵] gei2 **通“杞”。樹名**。《山海經・東山經》：“（餘峨之山）其上多梓枏，其下多荊～。”

3 **芓** zì [粵] zi6 ❶ **麻的雌株**。 ❷ zǐ [粵] zi2 **通“秄”。培土**。《漢書・食貨志》：“故其《詩》曰：‘或芸或～，黍稷儗儗。’” 今《詩經・小雅・甫田》作“秄”。

4 **芙** fú [粵] fu4 [芙蓉] ① **荷花的別名**。屈原《離騷》：“製芰 (jì [粵] gei6) 荷以為衣兮，集～～以為裳。”（芰：菱。裳：下裙。） ② **一種落葉喬木，即木芙蓉**。江總《南越木槿賦》：“千葉～～詎 (jù [粵] geoi6) 相似，百枝燈花復羞燃。”（詎：哪裏。） [芙蕖] **荷花**。劉禹錫《賞牡丹》詩：“庭前芍藥妖無格，池上～～淨少情。”

4 **芸** yún [粵] wan4 ❶ **草名，即芸香，放在書中可以防蛀。故“芸”可以構成有關書籍的詞語**。陸游《夏日雜題》詩：“天隨手不去朱黃，辟蠹～編細細香。”（芸編：指書籍。） 蕭項《贈翁承贊漆林書堂》詩："卻對～窗勤苦處，舉頭全是錦為衣。"（芸窗：書窗。）❷［芸芸］**眾多的樣子**。《老子・十六章》："夫物～～，各復歸其根。"❸**通"耘"。除草**。《論語・微子》："植其杖而～。"

4 **芾** fú 粵 fat^{1} ❶ **通"韍"。古代貴族祭祀時戴的蔽膝**。《詩經・曹風・候人》："彼其之子，三百赤～。"❷ fèi 粵 fai^{3} ［蔽芾］**見 547 頁"蔽"字**。

4 **芰** jì 粵 gei^{6} **菱角**。《國語・楚語上》："屈到嗜～。"杜甫《壯遊》詩："劍池石壁仄，長洲荷～香。"

4 **芣** fú 粵 fau^{4} ［芣苡（yǐ 粵 ji^{5}）］**車前子，多年生草本植物**。《詩經・周南・芣苡》："采采～～，薄言采之。"（薄言：動詞詞頭。）

4 **芷** zhǐ 粵 zi^{2} **白芷，一種香草。即"茝（chǎi 粵 coi^{2}）"**。《荀子・宥坐》："～蘭生於深林。"（蘭：蘭草。）

4 **芮** ruì 粵 jeoi^{6} ❶［芮芮］**草短小柔細的樣子**。李時珍《本草綱目・草六・石龍芮》引陶弘景《名醫別錄》："生於石上，其葉～～短小，故名。"❷ **粗絲綿**。《呂氏春秋・必己》："單豹好術，離俗棄塵，不食穀實，不衣～溫。"❸ **繫盾的帶子**。《史記・蘇秦列傳》："堅甲鐵幕，革抉㕮～，無不畢具。"❹ **通"汭"。河流彎曲處**。《詩經・大雅・公劉》："止旅迺密，～鞫之即。"❺ **通"蚋"。蚊蟲**。《莊子・至樂》："瞀～生乎腐蠸。"❻ **周代諸侯國名**。《史記・秦本紀》："二十年，秦滅梁、～。"

4 **芼** mào 粵 mou^{6} ❶ **擇，擇取**。《詩經・周南・關雎》："參差荇菜，左右～之。"❷ 粵 mou^{4} **雜在肉湯裏的菜**。《禮記・內則》："雉兔皆有～。"陸游《成都書事》詩："～羹筍似稽山美，斫膾魚如笠澤肥。"❸ máo 粵 mou^{4} **可食用的野菜或水草**。《晏子春秋・外篇重而異者》："今歲凶饑，蒿種～斂不半。"柳宗元《遊南亭夜還敍志》詩："野蔬盈傾筐，頗雜池沼～。"

4 **芩** qín 粵 kam^{4} ❶ **草名**。《詩經・小雅・鹿鳴》："呦呦鹿鳴，食野之～。"❷ 粵 sam^{4} ［黃芩］**草藥名**。

4 **芥** jiè 粵 gaai^{3} ❶ **小草**。《莊子・逍遙遊》："覆杯水於坳堂之上，則～為之舟。"喻 **微小的**。《論衡・累害》："行完迹潔，無纖～之毀。"（纖：細。）❷ **芥菜**。賈思勰《齊民要術・種蜀芥蕓薹芥子》："七月八月可種～。"

4 **芬** fēn 粵 fan^{1} ❶ **香，香氣**。《荀子・榮辱》："鼻辨～芳腥臊。"傅咸《感別賦》："蘭蕙含～。"喻 **美名**。《晉書・桓彝傳》："揚～千載之上。"（揚：傳揚。載：年。）❷ **通"紛"。眾多的樣子**。《漢書・禮樂志》："～哉芒芒。"

4 **芴** wù 粵 mat^{6} ❶ **植物名。即葸（xì 粵 sik^{1}）菜**。❷ hū 粵 fat^{1} **通"忽"。恍惚，不分明**。《荀子・正名》："故愚者之言，～然而粗。"

4 **芟** shān 粵 saam^{1} ❶ **割草**。《詩經・周頌・載芟》："載～載柞（zé 粵 zaak^{3}）。"（載：語氣詞。柞：砍伐樹木。）賈思勰《齊民要術・耕田》："～艾之草，乾即放火。"（艾：通"刈"。割。）引 **除去，消滅**。劉勰《文心雕龍・鎔裁》："～繁剪穢，弛於負擔。"陳琳《檄吳將校部曲文》："～敵搴旗。"《三國志・蜀書・諸葛亮傳》："今操～夷大難。"（操：曹操。夷：平定。）❷ **大鐮刀**。《國語・齊語》："耒耜（sì 粵 zi^{6}）枷（jiā 粵 gaa^{1}）～。"（耒、耜、枷：農具。）

4 **芝** zhī 粵 zi^{1} ❶ **靈芝草。一種菌類植物**。《論衡・驗符》："～生於土。"❷ **白芷。一種香草。常"芝蘭"連用**。《荀子・王制》："好我芳若～蘭。"（好：喜歡。）

4 **芳** fāng (粵) fong1 ❶ **花草發出的香味**。《荀子・宥坐》："芷蘭生於深林，非以無人而不～。"（芷、蘭：香草名。以：因。）(又) **花草**。杜甫《歎庭前甘菊花》詩："籬邊野外多眾～。" ❷ **美好的**。李白《望瓦屋山懷古贈同旅》詩："～名動千古。"（動：震動，影響。）王勃《滕王閣序》："接孟氏之～鄰。"(又) **美好的名聲**。《世說新語・尤悔》："既不能流～後世，亦不足復遺臭萬載邪？"(喻) **賢德之人**。屈原《離騷》："昔三后之純粹兮，固眾～之所在。"（三后：指夏禹、商湯和周文王。）

4 **芭** bā (粵) baa1 ❶ **一種香草**。屈原《九歌・禮魂》："成禮兮會鼓，傳～兮代舞。" ❷ **芭蕉**。張希復《贈諸上人聯句》："乘興書～葉，閑來入豆房。" ❸ pā (粵) paa1 **通"葩"**。**花**。《大戴禮記・夏小正》："拂桐～。"（拂：拂拭。）

4 **芻** chú (粵) co1 ❶ **割草**。《漢書・趙充國傳》："令軍毋燔聚落，～牧田中。"（在田裏割草放牲口。）(又) **割草的人**。《詩經・大雅・板》："先民有言，詢于～蕘。"（蕘：打柴。這裏指打柴的人。）(喻) **卑微鄙陋的人**。謝莊《上搜才表》："陳愚於側，敢露～言。" ❷ **牲口吃的草**。《莊子・列禦寇》："子見夫犧牛乎，衣以文繡，食以～叔。"（叔：通"菽"。豆子。）(又) **用作動詞，用草料餵牲口**。《周禮・地官・充人》："～之三月。"［芻豢］**指家畜**。《莊子・齊物論》："民食～～，麋鹿食薦。"（薦：草。）

5 **苦** kǔ (粵) fu2 ❶ **苦菜**。《詩經・唐風・采苓》："采～采～，首陽之下。"(引) **苦味**。**與"甜"、"甘"相對**。《詩經・邶風・谷風》："誰謂荼（tú (粵) tou4）～，其甘如薺（jì (粵) cai5）。"（荼：苦菜。薺：薺菜。）❷ **勞苦，辛苦**。《商君書・外內》："農之用力最～。"(又) **刻苦**。白居易《與元九書》："蓋以～學力文所致。"（蓋以：大概是因為。）(又) **竭，極力**。《戰國策・趙策二》："常～出辭斷絕人之交。"《世說新語・識鑒》："楊朗～諫不從。" ❸ **苦惱，痛苦**。《後漢書・華佗傳》："病者不堪其～。" ❹ gǔ (粵) gu2 **通"盬"**。**粗劣，不堅固**。《國語・齊語》："辨其功～。"（功：堅固。）

5 **苛** kē (粵) ho1 ❶ **煩瑣，繁雜**。《國語・晉語八》："內無～慝。"（慝：惡念。）王褒《四子講德論》："去煩蠲（juān (粵) gyun1）～。"（蠲：免除。）**成語有"苛捐雜稅"**。(引) **煩擾，騷擾**。《國語・晉語一》："朝夕～我邊鄙。"（邊鄙：邊境。）❷ **苛刻，狠**。《禮記・檀弓下》："～政猛於虎也。" ❸ hē (粵) ho1 **通"呵"**。**怒責，大聲呵斥**。《漢書・王莽傳中》："夜過奉常亭，亭長～之。"（奉常亭：地名。亭長：官名。）❹ (粵) o1 **通"疴"**。**病**。《呂氏春秋・審時》："殈（xiōng (粵) hung1）氣不入，身無～殃。"（殈：惡。）

5 **若** ruò (粵) joek6 ❶ **香草名**。**杜若**。宋玉《神女賦》："沐蘭澤，含～芳。" ❷ **順，順從**。《穀梁傳・莊公元年》："不～于道者，天絕之也。" ❸ **像，如，好像**。《孟子・梁惠王上》："～寡人者，可以保民乎哉？"王勃《杜少府之任蜀州》詩："海內存知己，天涯～比鄰。"**成語有"若明若暗"**。［不若］**不如，比不上**。《列子・湯問》："曾～～孀妻弱子。" ❹ **第二人稱代詞**。**你，你的**。《莊子・齊物論》："～勝我，我不～勝。"柳宗元《捕蛇者說》："更～役，復～賦，則何如？"（改變你的差使，恢復你的賦稅，那麼，怎麼樣呢？）❺ 指示代詞。此，這個。《孟子・梁惠王上》："以～所為，求～所欲。" ❻ **連詞**。**假如，如果**。《左傳・隱公元年》："～闕地及泉，隧而相見，其誰曰不然。"李賀《金銅仙人辭漢歌》："天～有情天亦老。"(又) **與，和**。

《史記・魏其武安侯列傳》："願取吳王～將軍頭，以報父之仇。" (又) **相當於現代漢語的"或"**。《漢書・食貨志》："時有軍役～遭水旱，民不困乏。" ❼ **至，至於**。《國語・晉語五》："病未～死。" [**若夫**] **句首語氣詞。用以引起下文，有"至於說到……"的意思**。范仲淹《岳陽樓記》："～～霪雨霏霏，連月不開。" ❽ **奈，怎樣**。《左傳・僖公十五年》："寇深矣，～之何？"

5 **茇** bá 粵 bat^6 ❶ **草根**。《淮南子・地形》："凡浮生不根～者，生於萍藻。" 沈括《夢溪筆談》卷二五："見路旁生薊，～甚大。"（薊：草名。）❷ **在草野中住宿**。《詩經・召南・甘棠》："蔽芾（fèi 粵 fai^3）甘棠，勿翦勿伐，召（shào 粵 siu^6）伯所～。"（蔽芾：小的樣子。甘棠：杜梨。召伯：指召康公。）❸ bèi 粵 bui^3 [**茇茇**] **飛翔的樣子**。宋玉《九辯》："左朱雀之～～兮，右蒼龍之躍（qú 粵 keoi^4）躍。"（朱雀：南方七星宿的合稱。蒼龍：東方七星宿的合稱。躍躍：蜿蜒而行的樣子。）

5 **茂** mào 粵 mau^6 ❶ **草木繁盛**。《詩經・小雅・天保》："如松柏之～，無不爾或承。"《韓非子・解老》："冬日之閉凍也不固，則春夏之長草木也不～。" (引) **美盛，繁盛**。《管子・五行》："歲農豐，年大～。" 任昉《宣德皇后令》："元功～勛，若斯之盛。" ❷ **美好**。《詩經・齊風・還》："子之～兮，遭我乎峱（náo 粵 naau^4）之道兮。"（子：你。遭：遇。峱：山名。）(引) **優秀，卓越**。《漢書・朱邑傳》："明主游心太古，廣延～士。" 韓愈《順宗實錄二》："諸色人中，有才行兼～明於理體者。"

5 **苽** gū 粵 gu^1 ❶ **同"菰"。生長在池沼中的多年生草本植物，俗稱茭白**。《周禮・天官・食醫》："魚宜～。"《淮南子・原道》："浸潭～蔣。" ❷ guā 粵 gwaa^1 **通"瓜"**。《南齊書・韓靈敏傳》："兄弟共種～半畝。"

5 **苹** píng 粵 ping^4 ❶ **草名。藾蒿**。《詩經・小雅・鹿鳴》："呦呦鹿鳴，食野之～。" ❷ **通"萍"。浮萍**。《大戴禮記・夏小正》："七月……湟潦生～。" ❸ **通"軿"。四周有遮蔽帷幕的車**。《周禮・春官・車僕》："～車之萃。"

5 **苫** shàn 粵 sim^3 ❶ **用草、席、布等覆蓋**。陸游《幽居歲暮》詩："刈茅～鹿屋。" ❷ shān 粵 sim^1 **用茅草等編成的覆蓋物**。《左傳・襄公十四年》："乃祖吾離被～蓋。" (又) **居喪時睡的草墊子**。《儀禮・既夕禮》："寢～枕塊。"

5 **苡** (苢)yǐ 粵 ji^5 [**芣**（fú 粵 fau^4）**苡**] **見 529 頁"芣"字**。

5 **苴** jū 粵 zeoi^1 ❶ **麻的籽**。《詩經・豳風・七月》："九月叔～。"（叔：拾取。）(又) **結籽的麻**。《莊子・讓王》："～布之衣。" ❷ 粵 caa^4 **枯草**。屈原《九章・悲回風》："草～比而不芳。"（比：挨在一起。）❸ **用草做成的鞋墊，也做動詞襯、墊**。賈誼《治安策》："冠雖敝，不以～履。"（帽子雖然破了也不拿它做鞋墊。敝：破。苴履：墊鞋。）(引) **填補，修補**。韓愈《進學解》："補～罅（xià 粵 laa^3）漏，張皇幽眇。"（罅：裂縫。）❹ **包裹**。《三國志・魏書・武帝紀》："封君為魏公，錫君玄土，～以白茅。"（錫：賜。玄：黑色。）**成語有"苴茅裂土"（指帝王分封土地）**。❺ zhǎ 粵 zaa^2 **渣滓，糟粕**。《莊子・讓王》："道之真以治身，其緒餘以為國家，其土～以治天下。"

5 **苗** miáo 粵 miu^4 ❶ **沒有吐穗的莊稼**。《詩經・王風・黍離》："彼黍離離，彼稷之～。" (引) **初生的植物**。杜甫《投簡成華兩縣諸子》詩："南山豆～早荒穢。" (又) **某些初生的動物**。范成大《梅雨》詩："雨霽雲開池面光，三年魚～如許長。"❷**事物的徵兆、苗頭**。白居易《讀張籍古樂府》詩："言者志之～。"❸**後裔，後代**。《三國志・魏書・蔣濟傳》："濟以為舜本姓嬀，其～曰田。"［**苗裔**（yì 粵 jeoi6）］**後代**。屈原《離騷》："帝高陽之～～兮。"（高陽：傳説中的帝王。）❹**夏季打獵**。《左傳・隱公五年》："春蒐、夏～、秋獮（xiǎn 粵 sin2）、冬狩。"（蒐：春天打獵。獮：秋天打獵。狩：冬天打獵。）❺**我國古代的一個民族。秦漢時居住在江淮流域。也稱"三苗"**。

5 **苒** rǎn 粵 jim5 ❶［**苒苒**］① **草木茂盛的樣子**。唐彥謙《移莎》詩："～～齊芳草，飄飄笑斷蓬。"② **輕柔的樣子**。元稹《鶯鶯傳》："華光猶～～，旭日漸曈曈。"③ **同"冉冉"。漸進的樣子**。劉禹錫《酬竇員外旬休早涼見示》詩："四時～～催容鬢，三爵油油忘是非。"❷［**荏**（rěn 粵 jam5）**苒**］**見534頁"荏"字**。

5 **英** yīng 粵 jing1 ❶**花**。屈原《離騷》："夕餐秋菊之落～。"（夕：傍晚。）(引) **精華**。韓愈《進學解》："含～咀華。"(又) **美好的**。《宋書・謝靈運傳論》："～辭潤金石。"❷**傑出的，超眾的**。《孟子・盡心上》："得天下～才而教育之。"(又) **傑出的人**。《論衡・問孔》："今謂之～傑，古以為聖神。"❸**矛上的羽飾**。《詩經・魯頌・閟宮》："朱～綠縢，二矛重弓。"(又) **裘衣上的裝飾**。《詩經・鄭風・羔裘》："羔裘晏兮，三～粲兮。"【**辨**】英，豪，俊，傑。見606頁"豪"字。

5 **茁** zhuó 粵 zyut3 **植物才生長出來的樣子**。《詩經・召南・騶虞》："彼～者葭（jiā 粵 gaa1）。"（葭：初生的蘆葦。）［**茁壯**］**健壯的樣子**。《孟子・萬章下》："牛羊～～長而已矣。"

5 **苻** fú 粵 fu4 ❶**草名，即鬼目草**。《爾雅・釋草》："苻，鬼目。"❷**通"莩"。蘆葦稈裏的薄膜**。《淮南子・俶真》："蘆～之厚。"❸［**萑**（huán 粵 wun4）**苻**］**古代湖澤名**。《左傳・昭公二十年》："鄭國多盜，取人於～～之澤。"❹**姓**。

5 **苓** líng 粵 ling4 ❶**藥草名，大苦，即甘草**。《詩經・唐風・采苓》："采～采～，首陽之巔。"❷**指茯苓，藥草名**。虞集《為范尊師賦雲林清遊》詩："斸（zhú 粵 zuk1）～春霧重，煮朮（zhú 粵 seot6）晚烟輕。"（斸：砍。朮：指白朮或蒼朮，中藥名。）❸［**苓落**］**通"零落"**。《漢書・敘傳上》："得氣者蕃滋，失時者～～。"❹ lián 粵 lin4 **通"蓮"。蓮花**。枚乘《七發》："蔓草芳～。"

5 **苶** nié 粵 nip6 ［**苶然**］**疲勞的樣子**。《莊子・齊物論》郭象注："凡物各以所好役其形骸，至於疲困～～。"

5 **苟** gǒu 粵 gau2 ❶**苟且，不嚴肅**。《周禮・地官・大司徒》："以祀禮教敬，則民不～。"陳亮《上孝宗皇帝第一書》："一日之～安，數百年之大患也。"**成語有"一絲不苟"**。❷**姑且，暫且**。《三國志・蜀書・諸葛亮傳》："～全性命於亂世，不求聞達於諸侯。"❸**連詞。如果，假設**。《商君書・更法》："～可以利民，不循其禮。"（循：遵守。禮：指舊的禮制。）《禮記・大學》："～日新，日日新，又日新。"

5 **茆** mǎo 粵 maau5/lau5 ❶**水草名。即蓴菜**。《詩經・魯頌・泮水》："思樂泮水，薄采其～。"❷ máo 粵 maau4 **通"茅"。茅草**。《韓非子・外儲説右上》："楚國之法，車不得至於～門。"

5 **苑** yuàn 粵 jyun2 **養禽獸植樹木的地方。後來多指帝王遊樂打獵的場所**。《史記・高祖本紀》："諸故秦～囿（yòu 粵 jau6）園池，皆令人得田之。"（囿：養禽獸的園子。田：耕種。）(引) **匯集**。《宋書・始平孝敬王子鸞傳》："閱覽前王詞

～，見《李夫人賦》。”⊗ 薈萃之處。《宋書・傅亮傳》：“夜清務隙，遊目藝～。”

5 **苞** bāo ㊥ baau1 ❶ **藨草，可編織藨子和草鞋**。司馬相如《子虛賦》：“其高燥則生葴（zhēn ㊥ zam1）菥（sī ㊥ sik1）～荔。”（葴、菥、荔：均草名。）❷ **草木叢生、茂盛**。《詩經・曹風・下泉》：“冽彼下泉，浸彼～稂（láng ㊥ long4）。”（冽：冷。稂：一種野草。）⊗ **草木的根或莖**。《詩經・商頌・長發》：“～有三蘖。”❸ **花苞**。謝靈運《酬從弟惠連》詩：“山桃發紅萼，野蕨（jué ㊥ kyut3）漸紫～。”❹ **通“包”。包，裹**。《荀子・非十二子》：“恢然如天地之～萬物。”

5 **苙** lì ㊥ lap1 ❶ **豬圈**。《孟子・盡心下》：“今之與楊墨辯者，如追放豚，既入其～，又從而招之。”（招：拴住腳。）❷ **藥草名，即“白芷”**。元稹《西齋小松》詩：“柔～漸依條，短莎還半委。”

5 **范** fàn ㊥ faan6 ❶ **鑄造器物的模子**。《荀子・強國》：“刑～正，金錫美。”（刑：型。美：指質地好。）❷ **規範**。揚雄《太玄・文》：“鴻文無～。”（鴻：大。）❸ **姓**。

5 **苧** zhù ㊥ cyu5 **苧麻**。《管子・小匡》：“首戴～蒲，身服襏襫（bó shì ㊥ but6 sik1）。”（襏襫：蓑衣。）賈思勰《齊民要術・枸櫞》：“可以浣治葛、～。”

5 **苾** bì ㊥ bit6 **芳香**。《大戴禮記・曾子疾病》：“與君子游，～乎如入蘭芷之室。”（蘭、芷：香草名。）[**苾芬**] **芬芳，香**。《詩經・小雅・楚茨》：“～～孝祀，神嗜飲食。”（孝祀：指奉獻祭品。）**後用以指代祭品**。《後漢書・樂成靖王黨傳》：“乃敢擅損犧牲，不備～～。”（犧牲：祭祀用的牲畜。）

5 **茀** fú ㊥ fat1 ❶ **草多塞路**。《國語・周語中》：“道～不可行。”❷ **除草**。《詩經・大雅・生民》：“～厥豐草，種之黃茂。”（黃茂：嘉穀。）❸ **古代車上的遮蔽物**。《詩經・衞風・碩人》：“翟～以朝。”（翟：指翟車，即用野雞羽毛裝飾的車子，貴族婦女所乘。）❹ **通“髴”。婦人的首飾**。《周易・既濟》：“婦喪其～。”❺ ㊥ fuk1 **通“福”。幸福，福氣**。《詩經・大雅・卷阿》：“爾受命長矣，～祿爾康矣。”❻ **通“紼”。引棺的繩索**。《左傳・宣公八年》：“冬葬敬嬴，旱，無麻，始用葛～。”（敬嬴：人名。）❼ bó ㊥ but6 **通“勃”。呼吸急促或暴怒的樣子**。《莊子・人間世》：“獸死不擇音，氣息～然，於是並生心厲。”（心厲：心生傷人惡念。）

5 **苕** tiáo ㊥ tiu4 ❶ **一種草。陵苕。即“紫葳”。也叫凌霄花**。《詩經・小雅・苕之華》：“～之華，蕓其黃矣。”⊗ **一種草。苕饒。即“紫雲英”**。《詩經・陳風・防有鵲巢》：“邛（qióng ㊥ kung4）有旨～。”（小丘上有很美的紫雲英。）❷ **蘆葦的花穗**。《荀子・勸學》：“繫之葦～，風至～折。”（繫：拴。）❸ [**苕苕**] ① **通“迢迢”。遙遠的樣子**。謝靈運《述祖德》詩：“～～歷千載。”（歷：經歷。）② **通“岧岧”。高的樣子**。酈道元《水經注・河水》：“北面列觀臨河，～～孤上。”（北面許多樓台靠近黃河，高高地孤拔直上。）

6 **荊** jīng ㊥ ging1 ❶ **一種灌木**。李商隱《行次西郊作》詩：“下田長～榛。”（榛：一種灌木。）(引) **用荊條做的刑杖**。《史記・廉頗藺相如列傳》：“肉袒負～。”（肉袒：光着上身。負：背。）❷ **周代諸侯國，楚國的別稱。見 299 頁“楚”字。**

6 **茸** róng ㊥ jung4 ❶ **草初生的細芽**。謝靈運《於南山往北山經湖中瞻眺》詩：“初篁苞綠籜，新蒲含紫～。”❷ [**尨**（méng ㊥ mung4）**茸**] **見 156 頁“尨”字**。[**茸茸**] **細密的樣子**。陸游《醉舞》詩：“～～胎髮朝盈櫛，炯炯神光夕照梁。”❸ rǒng ㊇ jung² [茸闒] 微賤。蔡邕《讓高陽鄉侯章》：“況臣螻蟻無功德，而散怠～～，何以居之。”也說成“闒茸”。參689頁“闒”字。

6 **茜** qiàn ㊇ sin⁶ 又寫作“蒨”。草名。根可做紅色染料。《史記・貨殖列傳》：“若千畝卮～，千畦薑韭，此其人皆與千戶侯等。”㊀ 大紅色。白居易《城東閒行因題尉遲司業水閣》詩：“病乘籃輿出，老著～衫行。”

6 **茢** liè ㊇ lit⁶ ❶ 草名。❷ 笤帚。《左傳・襄公二十九年》：“乃使巫以桃～先祓殯。”（祓殯：祛除靈柩旁的鬼魅。）

6 **荑** tí ㊇ tai⁴ ❶ 初生的茅。《詩經・衛風・碩人》：“手如柔～，膚如凝脂。”㊁ 草木初生的嫩芽。謝靈運《登石門最高頂》詩：“心契九秋幹，目玩三春～。”㊂ 發芽。謝靈運《從遊京口北固應詔》詩：“原隰～綠柳。”❷ 通“稊”。稗子一類的草。果實可食。《孟子・告子上》：“五穀者，種之美者也，苟為不熟，不如～稗。”❸ yí ㊇ ji⁴ 割去田地裏的草。《周禮・地官・稻人》：“凡稼澤，夏以水殄（tiǎn ㊇ tin⁵）草而芟～之。”

6 **草** （艸）cǎo ㊇ cou² ❶ 草。《詩經・小雅・谷風》：“無～不死，無木不萎。”《世說新語・尤悔》：“簡文見田稻不識，問是何～。”❷ 草野，未開墾過的荒地。《韓非子・顯學》：“耕田墾～以厚民產也。”（厚民產：增加人民的財產。）㊀ 鄉野，民間。李白《梁甫吟》：“君不見高陽酒徒起～中。”❸ 粗糙。《史記・陳丞相世家》：“以惡～具進楚使。”（把粗糙的食物給楚國的使者吃。）❹ 草書，漢字字體的一種，漢代初期就已流行，特點是筆劃相連，寫起來快。《晉書・王羲之傳》：“因書之，真～相半。”又如“狂草”、“真草隸篆”。❺ 初稿。《三國志・魏書・崔琰傳》：“琰從訓取表～視之。”（訓：人名。）㊂ 起草。《南史・蔡景歷傳》：“召令～檄（xí ㊇ hat⁶）。”（檄：檄文。）❻ [草草] ① 憂勞、操心的樣子。《詩經・小雅・巷伯》：“驕人好好，勞人～～。”② 騷擾不安的樣子。《魏書・外戚傳上》：“太祖崩，京師～～。”③ 匆忙倉促的樣子。李白《南奔書懷》詩：“～～出近關，行行昧前算。”④ 草率。《金史・豫王永成傳》：“臨文～～，直寫所懷。”

6 **茵** yīn ㊇ jan¹ 坐墊，車墊。《韓非子・十過》：“縵（màn ㊇ maan⁶）帛為～。”（縵帛：沒有花紋的絲織品。為：做。）《漢書・丙吉傳》：“此不過污丞相車～耳。”

6 **茱** zhū ㊇ zyu¹ [茱萸] 植物名。古代在重陽節佩戴茱萸以避邪。宗懍《荊楚歲時記》：“九月九日宴會……今北人亦重此節，佩～～食餌飲菊花酒，云令人長壽。”

6 **荏** rěn ㊇ jam⁵ ❶ 一種一年生草本植物。也叫白蘇。賈思勰《齊民要術・荏蓼》：“～子秋末成。”❷ 軟弱，怯懦。《論語・陽貨》：“色厲而內～。”（表面上很剛強，內心卻很怯懦。）❸ [荏苒] 時光漸漸過去。張華《勵志》詩：“日與月與，～～代謝。”（與：語氣詞。代謝：交替。）

6 **茯** fú ㊇ fuk⁶ [茯苓] 一種寄生在松樹根上的塊狀菌。《淮南子・說山》：“千年之松，下有～～。”又寫作“伏靈”。《史記・龜策列傳》：“～～者，千歲松根也，食之不死。”

6 **茷** fá ㊇ fat⁶ ❶ 草葉茂盛。柳宗元《始得西山宴遊記》：“斫（zhuó ㊇ zoek³）榛莽，焚茅～。”❷ pèi ㊇ pui³ 通“旆”。大旗。《左傳・定公四年》：“分康叔以大路、少帛、綪（qiàn ㊇ sin⁶）～、旃旌、大呂。”（綪茷：紅旗。）[茷茷] 旗幟飄揚的樣子。《詩經・魯頌・泮水》：“其旂～～，鸞聲噦（huì ㊇ wai³）噦。”（噦噦：

車鈴聲。）

6 **荇** (莕)xìng (粵) hang6 **一種水草**。《詩經・周南・關雎》："參差～菜，左右流之。"張載《泛湖》詩："春菰芽露翠，水～葉連青。"

6 **荃** quán (粵) cyun4 ❶ **一種香草。也叫菖蒲**。屈原《離騷》："～蕙化而為茅。"（荃蕙變成了茅草。蕙：一種香草。）(喻) **君主**。屈原《離騷》："～不察余之中情兮，反信讒而齌怒。"❷ **用竹或草編製的捕魚器具**。《莊子・外物》："～者，所以在魚，得魚而忘～。"（荃是用來捕魚的，捕到魚就忘了荃。）**這個意義又寫作"筌"**。

6 **荀** xún (粵) seon1 ❶ **一種香草**。《山海經・中山經》："有草焉，其狀如葌，而方莖黃華赤實，其本如藁本，名曰～草。"❷ **周代國名。故地在今山西新絳**。

6 **茗** míng (粵) ming5 ❶ **茶，茶水**。陸羽《茶經・源》："茶者，南方之嘉木也……四曰～。"許次紓《茶疏・擇水》："精～蘊香，借水而發。"❷ [**茗艼** (dǐng (粵) ding2)] **通"酩酊"。大醉的樣子**。《世說新語・任誕》："山公時一醉，徑造高陽池。日暮倒載歸，～～無所知。"

6 **茭** jiāo (粵) gaau1 ❶ **乾草飼料**。《尚書・費誓》："峙（zhì (粵) zi6/ci5）乃芻～，無敢不多。"（峙：儲備。芻：草料。）❷ **植物名**。《爾雅・釋草》："茭，牛蘄。"❸ **篾纜，用竹片或蘆葦編成的繩索**。《史記・河渠書》："搴長～兮沈美玉，河伯許兮薪不屬。"❹ **茭白，一種蔬菜名，又稱菰**。李時珍《本草綱目・草部》："江南人呼菰為～。"❺ jī (粵) gik1 **輔正弓弩的器具**。《周禮・考工記・弓人》："今夫～解中有變焉。"

6 **茨** cí (粵) ci4 ❶ **用蘆葦、茅草蓋屋**。《莊子・讓王》："環堵之室，～以生草。"(又) **用蘆葦、茅草蓋的屋頂**。《韓非子・說林上》："舍茅～之下。"（舍：居住。）❷ **堆積**。《淮南子・泰族》："掘其所流而深之，～其所決而高之。"❸ **蒺藜**。《詩經・鄘風・牆有茨》："牆有～，不可埽也。"（埽：同"掃"。）

6 **荒** huāng (粵) fong1 ❶ **荒蕪**。《莊子・漁父》："故田～室露，衣食不足。"(又) **荒地**。聶夷中《田家》詩："父耕原上田，子斸（zhú (粵) zuk1）山下～。"（斸：刨，挖。）(引) **荒廢**。《荀子・王霸》："主好要則百事詳，主好詳則百事～。"（君主善於提綱挈領，百事都可以處理得好，如果抓不住要領則百事都要荒廢。）❷ **荒年，年成不好**。《後漢書・鮑永傳》："時歲多～災，唯南陽豐穰。"（豐穰：豐收。）《舊唐書・黃巢傳》："乾符中，仍歲凶～。"（乾符：年號。仍歲：連年。）❸ **遠方**。《三國志・魏書・陳留王奐傳》："乞賜褒獎，以慰邊～。"柳宗元《登柳州城樓寄漳汀封連四州》詩："城上高樓接大～。"[**荒服**] **邊遠地區**。《論衡・恢國》："唐虞國界，吳為～～。"（吳：吳國。）[**八荒**] **八方**。賈誼《過秦論》："有席卷天下、包舉宇內、囊括四海之意，并吞～～之心。"[**荒唐**] **廣大，漫無邊際**。《莊子・天下》："以謬悠之說～～之言。"[**荒忽**] ① **隱約不清的樣子**。屈原《九歌・湘夫人》："～～兮遠望。"② **神志不定的樣子**。《後漢書・王衍傳》："衍後病～～。"❹ **逸樂過度，放縱**。《詩經・大雅・抑》："顛覆厥德，～湛（dān (粵) daam1）于酒。"（湛：沉溺。）《史記・吳太伯世家》："樂而不～。"❺ **掩蓋，覆蓋**。《詩經・周南・樛木》："南有樛木，葛藟～之。"(引) **佔有**。《詩經・周頌・天作》："天作高山，大王～之。"

6 **荄** gāi (粵) goi1 **草根**。《論衡・自然》："霈然而雨，物之莖葉根～莫不洽濡。"葛洪《抱朴子・廣譬》："驚風摧千仞之木，不能拔弱草之～。"

6 **茹** rú (粵) jyu4 ❶ **吃**。《詩經・大雅・烝民》："柔則～之，剛則吐之。"蕭統《文選序》："～毛飲血之世。"**成語有"茹毛飲血"**。(引) **含着，忍着**。范成大《相州》詩："～痛含辛説亂華。"**成語有"含辛茹苦"**。(引) **包容，容納**。皇甫湜《韓文公墓志銘》："～古涵今，無有端涯。"❷ **蔬菜的總稱**。枚乘《七發》："白露之～。"(白露時節的蔬菜。) ❸ **柔軟**。《韓非子・亡徵》："柔～而寡斷。"❹ **度量，估計**。《詩經・小雅・六月》："獫狁匪～。"(獫狁：民族名。匪：不。) (又) **猜測，猜想**。《詩經・邶風・柏舟》："我心匪鑒，不可以～。"❺ **腐臭**。《呂氏春秋・功名》："以～魚去蠅，蠅愈至不可禁。"

6 **茲** (兹)zī (粵) zi1 ❶ **指示代詞。此，這裏**。《詩經・大雅・泂酌》："挹彼注～。"(挹：指舀水。注：灌。)《論語・子罕》："文王既沒，文不在～乎？"(又) **這樣**。《國語・楚語上》："余恐德之不類，～故不言。"(不類：指不善。余：我。) ❷ **年。通常只用在"今茲"和"來茲"中**。《呂氏春秋・任地》："今～美禾，來～美麥。"❸ **通"滋"。益，更加**。《漢書・五行志》："賦斂～重。"(賦斂：收稅。) ❹ cí (粵) ci4 [**龜**(qiū (粵) gau1/kau1) **茲**] **見761頁"龜"字**。

6 **荍** qiáo (粵) kiu4 ❶ **植物名。荊葵。也叫錦葵**。《詩經・陳風・東門之枌》："視爾如～，貽我握椒。"❷ **通"蕎"。蕎麥**。蘇軾《中秋月》詩："但見古河東，～麥花鋪雪。"

7 **荴** fū (粵) fu1 **敷佈，散開**。《漢書・外戚傳上》："函荾(suī (粵) seoi1)～以俟風兮，芳雜襲以彌章。"(荾：花蕊。)

7 **茝** (茝)chǎi (粵) coi2 **一種香草，即"白芷"**。屈原《九歌・湘夫人》："沅有～兮澧有蘭。"(沅、澧：水名。) 張華《雜詩》之一："微風搖～若，層波動芰(jì (粵) gei6)荷。"(茝若：白芷和杜若。芰荷：菱角和荷花。)

7 **莆** fǔ (粵) fu2 ❶ [**萐**(shà (粵) saap3/sip3) **莆**] **見539頁"萐"字**。❷ pú (粵) pou4 **同"蒲"。水草名**。屈原《天問》："咸播秬(jù (粵) geoi6)黍，～雚(guàn (粵) gun3)是營。"(咸：皆，都。秬：黑黍。雚：草名。) ❸ pú (粵) pou4 [**莆田**] **地名，在福建**。

7 **莽** mǎng (粵) mong5 ❶ **茂密的草，草叢**。《周易・同人》："伏戎于～。"(戎：軍隊。) **雙音詞有"草莽"**。(泛) **指草**。《呂氏春秋・精通》："若草～之有華實也。"❷ **廣大，廣闊**。《後漢書・馬融傳》："騁望千里，天與地～。"❸ **渺茫**。陳與義《夜賦》："強弱與興衰，今古～難評。"❹ **粗疏，魯莽**。文天祥《先君子革齋先生事實》："娓娓談他事，若～於尋繹。"❺ [**莽莽**] ① **草木茂盛的樣子**。屈原《九章・懷沙》："草木～～。"② **無邊無際**。杜甫《秦州雜詩二十首》之七："～～萬重山，孤城山谷間。"❻ [**鹵莽**] [**魯莽**] **粗魯，不精細**。《莊子・則陽》："昔予為禾，耕而鹵～之。"(予：我。為禾：種稻。)

7 **莫** mò (粵) mok6 ❶ mù (粵) mou6 **日落的時候，傍晚**。《詩經・齊風・東方未明》："不夙則～。"(夙：早。) **這個意義後來寫作"暮"**。(引) **昏暗**。《荀子・成相》："悖亂昏～，不終極。"❷ **晚**。虞世南《北堂書鈔・務農》："嗟嗟保介，唯～之春。"(又) **歲月將盡**。《詩經・小雅・采薇》："歲亦～止。"(止：語氣詞。) ❸ **代詞。沒有甚麼，沒有誰**。《荀子・天論》："在天者～明於日月。"(明：明亮。)《三國志・蜀書・諸葛亮傳》："非劉豫州～可以當曹操者。"(劉豫州：指劉備。當：抵擋。) ❹ **副詞。無，不**。《詩經・邶風・終風》："～往～來，悠悠我思。"《詩經・小雅・小旻》："人知其一，～知其他。"❺ **副詞。相當於"不要"、"不能"（後起意義）**。《史記・商君列傳》："秦惠王車裂商君以徇，曰：'～如商鞅反者！'"李白《蜀道難》詩："一夫當關，萬夫～開。"❻ **通"瘼"。病，疾苦**。《詩經・大雅・皇矣》："監觀四方，求民之～。"

7 **莒** jǔ 粵 geoi^2 **周代諸侯國，在今山東莒縣一帶**。《左傳・宣公四年》："～人不肯，公伐～。"

7 **莪** é 粵 ngo^4 **莪蒿，一種多年生草本植物**。《詩經・小雅・菁菁者莪》："菁（jīng 粵 zing^1）菁者～，在彼中阿（ē 粵 o^1/ngo^1）。"（菁菁：草木茂盛的樣子。阿：大山。）

7 **莛** tíng 粵 ting^4 ❶ **草莖**。《漢書・東方朔傳》："以筦窺天，以蠡測海，以～撞鐘。"梅堯臣《種藥》詩："枯～帶空莢。"❷ tǐng 粵 ting^5 **通"梃"。木棍**。歐陽修《鐘莛説》："削木為～，以～叩鐘。"

7 **莠** yǒu 粵 jau^5 **一種有害於農作物生長的雜草**。《尚書・仲虺之誥》："若苗之有～，若粟之有秕。"喻 **惡**。《詩經・小雅・正月》："好言自口，～言自口。"**成語有"良莠不齊"**。

7 **莓** méi 粵 mui^4 ❶ **植物名。種類很多，常見的是草莓**。賈思勰《齊民要術・莓》："～，草實，亦可食。"❷ **[莓苔] 青苔**。孫綽《遊天臺山賦》："踐～～之滑石，搏壁立之翠屏。"❸ **[莓莓] 草茂盛的樣子**。左思《魏都賦》："蘭渚～～，石瀨湯湯。"**這個意義又寫作"每每"**。《左傳・僖公二十八年》："原田每每。"

7 **荷** hé 粵 ho^4 ❶ **荷花，蓮**。《詩經・陳風・澤陂》："彼澤之陂，有蒲與～。"楊衒之《洛陽伽藍記・城西》："朱～出池，綠萍浮水。"❷ hè 粵 ho^6 **扛，擔**。《列子・湯問》："遂率子孫～擔者三夫。"（夫：成年男子。）引 **承當，擔任**。張衡《東京賦》："～天下之重任。"【**辨**】**負，任，擔，荷**。見608頁"負"字。

7 **荼** tú 粵 tou^4 ❶ **一種苦菜**。《詩經・邶風・谷風》："誰謂～苦？其甘如薺（jì 粵 cai^5）。"（薺：薺菜。）❷ **茅、葦類植物的白花**。《國語・吳語》："萬人以為方陣，皆白裳、白旂、素甲、白羽之矰，望之如～。"**成語有"如火如荼"**。❸ **[荼毒] 毒害，殘害**。嵇康《太師箴》："秦皇～～，禍流四海。"❹ **通"塗"。泥**。孫楚《為石仲容與孫皓書》："生人陷～炭之艱。"（生人：百姓。）❺ shū 粵 syu^1 **通"舒"。舒緩，慢慢地**。《周禮・考工記・弓人》："斲（zhuó 粵 zoek^3）目必～。"（斲：砍，削。目：指樹幹上的節。）❻ chá 粵 caa^4 **茶**。《爾雅・釋木》郭璞注："今呼早采者為～，晚取者為茗。"**這個意義後來寫作"茶"**。

7 **莝** cuò 粵 co^3 **鍘草**。《説文》："莝，斬芻（chú 粵 co^1）也。"（芻：牲口吃的草。）⊗ **鍘碎的草**。《史記・范雎蔡澤列傳》："坐須賈於堂下，置～豆其前。"（須賈：人名。）

7 **莩** fú 粵 fu^1 ❶ **蘆葦稈裏的薄膜**。《漢書・中山靖王傳》："今群臣非有葭（jiā 粵 gaa^1）～之親，鴻毛之重。"（葭莩：比喻微薄，常用來指疏遠的親戚。葭：初生的蘆葦。）❷ **種子的外皮**。賈思勰《齊民要術・插梨》："梨葉微動為上時，將欲開～為下時。"❸ piǎo 粵 piu^5 **[餓莩] 通"餓殍"。餓死的人**。《孟子・梁惠王上》："民有飢色，野有～～。"

7 **荻** dí 粵 dik^6 **一種多年生草本植物**。《韓非子・十過》："公宮之垣（yuán 粵 wun^4），皆以～、蒿、楛（hù 粵 wu^6）、楚牆之。"（垣：牆。楛、楚：荊棘類植物。牆：用作動詞，築牆。）白居易《琵琶行》："潯陽江頭夜送客，楓葉～花秋瑟瑟。"

7 **莘** shēn 粵 san1 ❶ **長** (cháng 粵 coeng4) **的樣子**。《詩經・小雅・魚藻》："魚在在藻，有～其尾。" ❷ [莘莘] **眾多的樣子**。《國語・晉語四》："～～征夫，每懷靡及。" ❸ **古代諸侯國名**。❹ xīn 粵 san1 **一種多年生草本植物。細莘。也叫細辛，可做中藥**。

7 **莎** shā 粵 saa1 ❶ [莎雞] **昆蟲名。俗稱紡織娘**。《詩經・豳風・七月》："六月～～振羽。" ❷ suō 粵 so1 **草名。即"莎草"**。《淮南子・覽冥》："路無～薠。"(又) **泛指草**。范成大《四時田園雜興》詩："兩蛩相應語～叢。" ❸ suō 粵 so1 **樹名**。賈思勰《齊民要術・莎木》引《廣志》："～樹……收麪不過一斛。" ❹ suō 粵 so1 **通"蓑"。蓑衣**。司空圖《雜題》詩："苔濕挂～衣。"

7 **莞** guān 粵 gun1 ❶ **蒲草，水葱一類的植物**。王褒《僮約》："種～織席。" (引) **莞草編的蓆**。《詩經・小雅・斯干》："下～上簟 (diàn 粵 tim5)。"(簟：竹蓆。) ❷ wǎn 粵 wun5 [莞爾] **微笑的樣子**。屈原《漁父》："漁父～～而笑。"

7 **莊** zhuāng 粵 zong1 ❶ **莊重，嚴肅**。《荀子・樂論》："而容貌得～焉。"(得：能夠。)《漢書・爰盎傳》："後朝，上益～，丞相益畏。"(上：指皇帝。) ❷ **四通八達的道路**。《左傳・襄公二十八年》："得慶氏之木百車於～。" ❸ **村莊 (後起意義)**。杜甫《懷錦水居止》詩："萬里橋西宅，百花潭北～。"(宅：住宅。)

8 **菶** běng 粵 bung2 ❶ [菶菶] ① **茂盛的樣子**。《詩經・大雅・卷阿》："～～萋萋。"(萋萋：茂盛的樣子。) ② **散亂的樣子**。張元一《又嘲》詩："裹頭極草草，掠鬢不～～。" ❷ [菶茸] **茂密的樣子**。潘岳《射雉賦》："稊 (tí 粵 tai4) 菽蘩糅，蘙 (yì 粵 ai3) 薈～～。"(稊：稗子的一種。菽：豆類。蘙薈：草木茂盛的樣子。)

8 **華** huá 粵 waa4 ❶ huā 粵 faa1 **花**。《詩經・周南・桃夭》："灼灼其～。"(灼灼：鮮豔的樣子。) [華髮] **花白頭髮**。辛棄疾《清平樂・獨宿博山王氏庵》："平生塞北江南，歸來～～蒼顏。"(蒼顏：蒼老的臉色。)(又) **開花**。《淮南子・時則》："桃李始～。" ❷ **華麗，美麗**。《史記・滑稽列傳》："衣以文繡，置之～屋之下。" (引) **精華，精美的東西**。王勃《滕王閣序》："物～天寶。"(又) **文才**。劉勰《文心雕龍・程器》："昔庾元規才～清英。"(庾元規：人名。) ❸ **浮華**。《後漢書・王符傳》："是以朋黨用私，背實趨～。" **成語有"華而不實"**。❹ **光彩**。《淮南子・地形》："末有十日，其～照下地。"(末：樹梢。十日：十個太陽。) (引) **顯貴，顯耀**。《潛夫論・論榮》："所謂賢人君子者，非必高位厚祿，富貴榮～之謂也。" ❺ **漢族的古稱**。《左傳・襄公十四年》："我諸戎飲食衣服不與～同。"(戎：民族名。) [華夏] ① **漢族的古稱**。《尚書・武成》："～～蠻貊 (mò 粵 mak6)，罔不率俾。"(俾：服從。) ② **古代稱我國中原地區**。《三國志・蜀書・關羽傳》："羽威震～～。" ❻ huà 粵 waa6 **華山，在陝西，五嶽中的西嶽**。❼ huà 粵 waa6 **姓**。

8 **菁** jīng 粵 zing1 ❶ **韭菜的花**。張衡《南都賦》："秋韭冬～。"(泛) **花**。宋玉《高唐賦》："江離載～。" ❷ **指蕪菁**。《呂氏春秋・本味》："雲夢之芹，具區之～。" [蕪菁] **一種植物，塊根可食**。賈思勰《齊民要術・蔓菁》："七月可種～～。" ❸ **水草**。司馬相如《上林賦》："唼喋 (shà zhá 粵 cip3 zaap6) ～藻。"(唼喋：水鳥或魚吃食。) ❹ [菁華] **通"精華"**。劉知幾《史通・書志》："撮其機要，收彼～～。"(撮：摘取。) ❺ [菁菁] **茂盛的樣子**。《詩經・唐風・杕杜》："其葉～～。"

8 **萇** cháng [粵] coeng^{4} [萇楚] **一種植物。也叫羊桃，或稱獼猴桃。**《詩經・檜風・隰有萇楚》："隰（xí [粵] zaap^{6}）有～～。"（隰：低濕的地方。）

8 **著** zhù [粵] zyu^{3} ❶ **顯露，顯著。**《商君書・錯法》："如此，則臣忠、君明、治～而兵強矣。"（治著：政績昭著。）《戰國策・趙策四》："姓名未～而受三公。" **雙音詞有"昭著"。** ❷ **寫文章，寫書。**《史記・老子韓非列傳》："不能道說，而善～書。" **這個意義又寫作"箸"。** ❸ zhuó [粵] zoek^{3} **附着，加……於上。** 賈誼《論積貯疏》："今驅民而歸之農，皆～於本，使天下各食其力。"（本：指農業。）《晉書・劉琨傳》："常恐祖生先吾～鞭。"（祖生：人名。著鞭：加鞭。）**又如"著筆"、"著眼"、"著手"等。** [土著] **定居於一地，不是遊牧的。**《漢書・張騫傳》："其俗～～。"【注意】"土著"後來指世代居住本地的人，"著"讀為 zhù [粵] zyu^{3}。❹ zhuó [粵] zoek^{3} **穿，戴（後起意義）。**《木蘭詩》："脫我戰時袍，～我舊時裳。"《世說新語・任誕》："復能乘駿馬，倒～白接籬。"（接籬：帽子。）[衣著] **服裝。** 陶潛《桃花源記》："男女～～，悉如外人。"（悉：全。）

8 **萁** qí [粵] kei^{4} ❶ **豆莖。**《世說新語・文學》："～在釜下燃，豆在釜中泣。" ❷ jī [粵] gei^{1} **草名。**《漢書・五行志下》："女童謠曰：'檿（yǎn [粵] jim^{2}）弧～服，實亡周國。'"（檿：木名。弧：指弓。服：箭袋。）❸ jī [粵] gei^{1} **木名。**《淮南子・時則》："爨（cuàn [粵] cyun^{3}）～燧火。"

8 **萊** lái [粵] loi^{4} ❶ **草名，即藜，俗稱胭脂菜。**《詩經・小雅・南山有臺》："南山有臺，北山有～。"（臺：通"薹"。即莎草。）《韓非子・難勢》："此味非飴蜜也，必苦～亭歷也。"（亭歷：一種野菜。）[引] **指雜草。** 張衡《西京賦》："焚～平場。" 杜甫《夏日歎》詩："萬人尚流冗，舉目唯蒿～。" ❷ **長滿雜草，荒蕪。**《詩經・小雅・十月之交》："田卒汙～。" ❸ **休耕的田。**《周禮・地官・縣師》："掌邦國都鄙稍甸郊里之地域，而辨其夫家人民田～之數。" [引] **指荒地。**《孟子・離婁上》："辟草～任土地者次之。" ❹ **除草。**《周禮・地官・山虞》："若大田獵，則～山田之野。" ❺ **古國名，在今山東。**《左傳・襄公六年》："齊侯滅～。"

8 **萐** shà [粵] saap^{3}/sip^{3} ❶[萐莆(fǔ [粵] fu^{2})] **古代神話傳說中的一種瑞草。**《說文・屮部》："萐莆，瑞草也。"《三國志・魏書・高堂隆傳》："～～嘉禾，必生此地。" ❷ **扇的別名。**《論衡・是應》："人夏月操～，須手搖之，然後生風。"

8 **萋** qī [粵] cai^{1} ❶ **草木茂盛的樣子。** 張協《雜詩》之一："房櫳無行跡，庭草～以綠。" 葉適《題潘彥庶群書辨正》："漢沔之間，草樹～迷。" ❷ [萋萋] ① **草木茂盛的樣子。**《楚辭・招隱士》："王孫遊兮不歸，春草生兮～～。" ② **雲飄動的樣子。** 鮑溶《范真傳侍御累有寄因奉酬》詩之九："～～巫峽雲，楚客莫留恩。" ③ **華麗的樣子。** 潘岳《藉田賦》："襲春服之～～兮，接遊車之轔轔。" ❸ **帛上文彩交錯的樣子。**《詩經・小雅・巷伯》："～兮斐兮，成是貝錦。"（貝錦：有貝形花紋的錦緞。）

8 **菽** shū [粵] suk^{6} **豆類的總稱。**《詩經・豳風・七月》："禾麻～麥。" 梅堯臣《田家語》詩："水既害我～，蝗又食我粟。"【辨】菽，豆。見 605 頁"豆"字。

8 **菖** chāng [粵] coeng^{1} **草名，菖蒲。**《呂氏春秋・任地》："冬至後五旬七日，～始生。～者，百草之先生者也。"

8 **萌** méng [粵] mang^{4} ❶ **草木發芽。**《禮記・月令》："草木～動。" **雙音詞**

有“萌芽”。(喻) **開始，發生**。《戰國策·趙策二》：“智者見於未～。”班固《東都賦》：“懼其侈心之將～。”（侈：奢侈。）❷ **通“氓”。老百姓**。《韓非子·問田》：“齊民～之度。”（齊：整治。度：法度。）

8 **菌** jùn 粵 kwan2/kwan5 ❶ **蕈，菌類植物**。《莊子·齊物論》：“樂出虛，蒸成～。”庾信《枯樹賦》：“莫不苔埋～壓，鳥剝蟲穿。”［朝菌］**生長期很短的菌類植物，因朝生暮死，故稱**。《莊子·逍遙遊》：“～～不知晦朔。”**潘岳有《朝菌賦》**。❷ 粵 kwan5 **通“箘”。竹筍**。《呂氏春秋·本味》：“和之美者，陽樸之薑，招搖之桂，越駱之～，鱣鮪之醢。”

8 **菲** fěi 粵 fei2 ❶ **一種蔬菜，屬蘿蔔一類**。《詩經·邶風·谷風》：“采葑（fēng 粵 fung1）采～，無以下體。”（葑：一種蔬菜名，即蔓菁。）❷ **微薄**。蕭衍《入屯閱武堂下令》：“～食薄衣。”［菲薄］**輕視**。諸葛亮《出師表》：“不宜妄自～～。”❸ fēi 粵 fei1 **常“芳菲”連用，形容花草芳香**。陸龜蒙《闔閭城北有賣花翁》詩：“十畝芳～為舊業。”❹ fēi 粵 fei1［菲菲］① **花草芳香的樣子**。屈原《九歌·東皇太一》：“芳～～兮滿堂。”② **花美的樣子**。左思《吳都賦》：“鬱兮莸（ruì 粵 jeoi6/jyut6）茂，曄（yè 粵 jip6）兮～～。”（莸：草初生的樣子。曄：光輝。）③ **錯亂的樣子**。揚雄《太玄·昆》：“白黑～～。”④ **上下不定的樣子**。《後漢書·梁鴻傳》：“志～～兮升降。”❺ fèi 粵 fai6 **通“扉”。草鞋**。古樂府《孤兒行》：“足下無～。”

8 **萸** yú 粵 jyu4［茱萸］**見534頁“茱”字**。

8 **萑** huán 粵 wun4 ❶ **蘆類植物**。《詩經·豳風·七月》：“七月流火，八月～葦。”《漢書·鼂錯傳》：“～葦竹蕭。”（蕭：蒿子。）❷ tuī 粵 teoi1 **通“蓷”。益母草。也叫茺蔚**。

8 **菂** dì 粵 dik1 **蓮子**。王延壽《魯靈光殿賦》：“綠房紫～，窋咤（zhú zhà 粵 zyut3 zaap3）垂珠。”（窋咤：從穴中突出來的樣子。）**也用於地名**。

8 **菔** fú 粵 fuk6/baak6［蘆菔］**蘿蔔**。《後漢書·劉盆子傳》：“掘庭中～～根，捕池魚而食之。”**又寫作“萊菔”、“蘿服”**。

8 **菟** tù 粵 tou3 ❶ tú 粵 tou4［於（wū 粵 wu1）菟］**老虎**。《左傳·宣公四年》：“楚人……謂虎～～。”❷［菟絲］**蔓生植物名。也叫菟丘。籽可入藥**。《玉臺新詠·古詩八首》之三：“與君為新婚，～～附女蘿。”《山海經·中山經》：“其實如～～。”❸ **通“兔”。兔子**。屈原《天問》：“厥利維何，而顧～在腹。”

8 **萏** dàn 粵 daam6［菡萏］**見541頁“菡”字**。

8 **萃** cuì 粵 seoi6 ❶ **聚集**。屈原《天問》：“蒼鳥群飛，孰使～之？”（蒼鳥：指鷹。孰：誰。）(又) **指人羣、物類**。《孟子·公孫丑上》：“出於其類，拔乎其～。”❷ **停止**。屈原《天問》：“北至回水～何喜？”（北面到達回水就停止了，為甚麼高興呢？回水：地名。）❸ **通“悴”。勞苦，困病**。《荀子·富國》：“勞苦頓～而愈無功。”（頓：困頓。愈：越。）

8 **菼** tǎn 粵 taam2 **初生的荻草**。《詩經·王風·大車》：“大車檻檻，毳（cuì 粵 ceoi3）衣如～。”（毳：鳥獸的細毛。）

8 **菹** （葅）zū 粵 zeoi1 ❶ **酸菜，醃菜**。《論衡·福虛》：“楚惠王食寒～而得蛭。”（蛭：螞蟥。）❷ **肉醬**。《禮記·少儀》：“麋鹿為～。”(又) **古代的一種酷刑，把人剁成肉醬**。《韓非子·存韓》：“臣斯願得一見，前進道愚計，退就～戮。”（斯：李斯。道：說。）❸ jù **多水草的沼澤地帶**。《孟子·滕文公下》：“驅蛇龍而放之～。”❹ **枯草**。《管子·輕重甲》：“請君伐～薪。”（薪：柴。）

8 **菅** jiān 粵 gaan^{1} **一種多年生的草**。《詩經・陳風・東門之池》：“東門之池，可以漚～。”宋玉《招魂》：“五穀不生，藂～是食些（suò 粵 so^{3}）。”（藂：同“叢”。叢生。些：語氣詞。）［**草菅**］**草和菅**。《漢書・賈誼傳》：“其視殺人，若艾（yì 粵 ngaai^{6}）～～然。”（艾：刈，割。）**成語有“草菅人命”**。

8 **菰** gū 粵 gu^{1} ❶ **生長在池沼中的多年生草本植物，俗稱茭白**。《史記・司馬相如列傳》：“蓮藕～蘆。”❷ **菌類植物。俗稱蘑菇**。

8 **菡** hàn 粵 haam^{5}［**菡萏**（dàn 粵 daam^{6}）］**荷花**。《詩經・陳風・澤陂》：“彼澤之陂，有蒲～～。”劉楨《公讌》詩：“～～溢金塘。”（溢：滿。金塘：指池塘。）

8 **菑** zī 粵 zi^{1} ❶ **開荒**。《尚書・大誥》：“厥父～，厥子乃弗肯播。”（厥：其。弗：不。播：播種。）❷ **初耕一年的土地**。沈約《齊故安陸昭王碑文》：“宿秉停～。”（宿秉：去年的稻穗。）(泛) **田地**。祖詠《歸汝墳山莊》詩：“漚麻入南澗，刈麥向東～。”❸ zāi 粵 zoi^{1} **通“災”。禍害，災害**。《詩經・大雅・生民》：“無～無害。”❹ zì 粵 zi^{3} **直立而枯死的樹木**。《荀子・非相》：“周公之狀，身如斷～。”

9 **葑** fēng 粵 fung^{1} ❶ **菜名，即蕪菁。也叫蔓菁**。《詩經・邶風・谷風》：“采～采菲，無以下體。”（無：勿，不。下體：指根、莖。）❷ fèng 粵 fung^{3} **菰根，即茭白根**。《晉書・毛璩傳》：“四面湖澤，皆是菰～。”

9 **葚** shèn 粵 sam^{6} **桑樹結的果實，桑葚**。《詩經・衞風・氓》：“于嗟鳩兮，無食桑～。”

9 **葉** yè 粵 jip^{6} ❶ **葉子**。屈原《九歌・少司命》：“秋蘭兮青青，綠～兮紫莖。”❷ **世，時期**。《世説新語・識鑒》：“李勢在蜀既久，承藉累～。”（李勢：人名。）蕭統《文選序》：“自炎漢中～。”（炎漢：指漢朝。）❸ **書頁，一張為一葉**。王彥泓《寓夜》詩：“鼠翻書～響，蟲逗燭花飛。”**這個意義又寫作“頁”**。【**注意**】在古代，“葉”和“叶（xié 粵 hip^{3}/hip^{6}）”是兩個字，意義各不相同。上述義項都不寫作“叶”。參 79 頁“叶”字。

9 **葍** fú 粵 fuk^{1} **一種多年生蔓草，根可食**。《詩經・小雅・我行其野》：“我行其野，言采其～。”

9 **葽** yāo 粵 jiu^{1} ❶ **草名**。《詩經・豳風・七月》：“四月秀～，五月鳴蜩。”❷ **草茂盛的樣子**。《漢書・禮樂志》：“豐草～，女羅施。”

9 **葳** wēi 粵 wai^{1}［**葳蕤**（ruí 粵 jeoi^{4}）］① **草木茂盛枝葉下垂的樣子**。王粲《公讌詩》：“昊天降豐澤，百卉挺～～。”② **紛亂的樣子**。司馬相如《封禪書》：“紛綸～～堙滅而不稱者，不可勝數也。”③ **華麗的樣子**。《古詩為焦仲卿妻作》：“妾有繡腰襦，～～自生光。”

9 **葭** jiā 粵 gaa^{1} ❶ **初生的蘆葦**。《詩經・召南・騶虞》：“彼茁者～。”（茁：茁壯。）［**葭莩**］**蘆葦稈裏的薄膜，比喻疏遠的親戚**。《漢書・中山靖王傳》：“非有～～之親。”❷ **通“笳”。胡笳。一種樂器，類似笛子**。謝靈運《九日從宋公戲馬臺集送孔令》詩：“鳴～戾朱宮。”（戾：到。朱宮：帝王豪華的宮殿。）

9 **葺** qì 粵 cap^{1} ❶ **用茅草蓋屋**。《左傳・襄公三十一年》：“繕完～牆，以待賓客。”❷ **修補、修建（房屋）**。《舊唐書・柳仲郢傳》：“聊因舊趾增～。”（聊：姑且。因：依據。趾：址。）陸游《老學庵筆記》卷四：“洪水壞之，今復～于旁里許。”❸ **整理，整治**。《北史・許善心傳》：“隨見補～，略成七十卷。”薛能《題逃戶》詩：“幾世～農桑，凶年竟失鄉。”❹ **重疊**。屈原《九章・悲回風》：“魚～鱗以自別兮，蛟龍隱其文章。”左思《吳都賦》：“～鱗鏤甲。”（鏤：雕刻。）

9 **葛** gé 粵 got3 **一種植物，纖維可以織布**。《詩經・周南・葛覃》：“～之覃兮，施（yì 粵 ji6）于中谷，維葉萋萋。”（覃：長。施：蔓延。）《韓非子・五蠹》：“冬日麑（ní 粵 ngai4）裘，夏日～衣。”（麑裘：用鹿皮製的皮襖。）

9 **葸** xǐ 粵 saai2 **畏縮，膽怯**。《論語・泰伯》：“慎而無禮則～。”《後漢書・班固傳下》：“雖云優慎，無乃～歟？”（雖然説為人謹慎，但是未免有點膽小怕事了吧？優慎：謹慎。）**成語有“畏葸不前”**。

9 **萼** （蕚）è 粵 ngok6 **花萼**。束皙《補亡詩》六首之二：“白華朱～。”謝靈運《酬從弟惠連》詩：“山桃發紅～。”[**萼跗**（fū 粵 fu1）] **花萼和花托。比喻兄弟**。張頤《秀士張點墓志》：“痛～～之不祿，悲涕泗之無從。”

9 **萩** qiū 粵 cau1 ❶ **草名。一種蒿類植物**。馬王堆漢墓帛書《五十二病方》：“青蒿者，荊名曰～。”❷ **通“楸”。樹名**。《左傳・襄公十八年》：“及秦周，伐雍門之～。”

9 **董** dǒng 粵 dung2 ❶ **督察，監督**。《尚書・大禹謨》：“～之用威。”《三國志・魏書・夏侯玄傳》：“懼宰官之不修，立監牧以～之。”❷ **正，整頓**。屈原《九章・涉江》：“余將～道而不豫兮。”（董道：使道正。豫：猶豫。）❸ **深藏**。《史記・扁鵲倉公列傳》：“年六十已上，氣當大～。”

9 **葆** bǎo 粵 bou2 ❶ **草木茂盛**。《漢書・燕剌王旦傳》：“頭如蓬～，勤苦至矣。”❷ **一種把羽毛掛在竿頭製成的儀仗，常用在車上**。張衡《西京賦》：“垂翟～，建羽旗。”（翟：雉的羽毛。）❸ **通“保”。保全，保護**。《墨子・號令》：“晝～其老弱粟米畜產。”(引) **保姆**。《管子・入國》：“五幼又予之～。”（五幼：指五個孤兒。予：給。）❹ **通“寶”。珍貴**。《史記・樂書》：“天子之～龜也。”❺ **通“保（堡）”。小土城**。《史記・匈奴列傳》：“匈奴右賢王入居河南地，侵盜上郡～塞蠻夷，殺略人民。”❻ **通“褓”。嬰兒的被子**。《史記・魯周公世家》：“武王既崩，成王少，在強～之中。”（“強葆”即“繈褓”。）

9 **⿱艹侻** ruì 粵 jeoi6/jyut6 **草初生的樣子**。左思《吳都賦》：“鬱兮～茂，曄兮菲菲。”

9 **葩** pā 粵 paa1 ❶ **花**。《文選・張衡〈思玄賦〉》：“天地烟熅，百卉含～。”**雙音詞有“奇葩”**。❷ **華美**。韓愈《進學解》：“《易》奇而法，《詩》正而～。”❸ [**紛葩**] **繁多的樣子**。馬融《長笛賦》：“～～爛漫，誠可喜也。”

9 **葱** （蔥）cōng 粵 cung1 ❶ **葱，一種蔬菜**。賈思勰《齊民要術・種葱》：“七月可種大小～。”(引) **青綠色**。《詩經・小雅・采芑》：“朱芾斯皇，有瑲～珩。”（有瑲：瑲瑲，佩玉聲。葱珩：青綠色佩玉。）❷ [**葱葱**] [**葱翠**] [**葱蘢**] **草木青翠茂盛的樣子**。《論衡・吉驗》：“見其鬱鬱～～耳。”潘岳《射雉賦》：“爾乃搫（pó 粵 po4）場拄翳，停僮～翠。”（搫場：除地為場。拄翳：在草地上豎起障蔽物。停僮：遮蔽的樣子。）柳宗元《酬賈鵬山人》詩之一：“積雪表明秀，寒花助～蘢。”

9 **蒂** （蔕）dì 粵 dai3 **花、葉或瓜、果與枝莖連接的部分**。《後漢書・五行志》：“有瓜異本共生，八瓜同～。”杜甫《寒雨朝行視園樹》詩：“葉～辭枝不重蘇。”（辭：指離開。不重蘇：不能再重新活過來。）**成語有“瓜熟蒂落”**。[**蒂芥**] **心裏想不開的疙瘩**。《漢書・賈誼傳》：“細故～～，何足以疑！”**也常作“芥蒂”**。元好問《遊黃華山》詩：“～～一洗平生胸。”

9 **落** luò (粵) lok6 ❶ **葉落，花落**。《詩經・衛風・氓》：“桑之未～，其葉沃若。” (引) **落下**。《論衡・知實》：“顏淵炊飯，塵～甑中。”杜甫《復陰》詩：“牙齒半～左耳聾。” (又) **衰落，零落**。《管子・宙合》：“盛而不～者，未之有也。”《史記・汲鄭列傳》：“家貧，賓客益～。” ❷ **居住的地方**。《後漢書・仇覽傳》：“吾近日過舍，廬～整頓。”王維《渭川田家》詩：“斜光照墟～。”（墟落：村落。）❸ **始**。《詩經・周頌・訪落》：“訪予～止。”（止：語氣詞。謀劃我開始執政之事。）(又) **宮室剛築成時舉行的祭祀典禮**。《左傳・昭公七年》：“楚子成章華之臺，願與諸侯～之。”（楚子：即楚王。章華：台名。）**雙音詞有“落成”**。(又) **鐘鑄成時用動物的血塗抹之也叫“落”**。《左傳・昭公四年》：“叔孫為孟鐘，曰：……饗大夫以～之。”（饗：宴請。在宴請大夫的同時為孟鐘舉行落禮。）

9 **蓱** píng (粵) ping4 ❶ **同“萍”。浮萍**。張衡《南都賦》：“浮蟻若～。” ❷ **通“苹”。草名。藾蒿**。謝靈運《擬魏太子鄴中集阮瑀》詩：“自從食～來，唯見今日美。” ❸ **雨神**。屈原《天問》：“～號起雨，何以興之。”**雨神又稱蓱翳、屏翳**。

9 **萱** (**藼、蕿**) xuān (粵) hyun1 **萱草。一種草本植物。傳說可以使人忘憂**。孟郊《遊子》詩：“～草生堂階，遊子行天涯。”嵇康《養生論》：“合歡蠲 (juān (粵) gyun1) 忿，～草忘憂。”（蠲：除去。）[**萱堂**] **指母親的居室，又指母親**。葉夢得《再任後遣模歸按視石林》詩：“白髮～～上，孩兒更共懷。”

9 **葷** hūn (粵) fan1 ❶ **指葱薑蒜等辛辣味的菜**。《荀子・哀公》：“黼衣黻裳者不茹～，非口不能味也，服使然也。”（黼衣、黻裳：都是繡有花紋的禮服。）❷ **指肉食**。宗懍《荊楚歲時記》：“梁有天下不食～，荊自此不復食雞子。” ❸ xūn [**葷粥** (yù (粵) juk6)] **古代我國北方民族**。《史記・五帝本紀》：“北逐～～。”**也寫作“葷允”、“薰育”、“熏鬻”等**。

9 **葵** kuí (粵) kwai4 ❶ **菜名，即冬葵。也叫冬寒菜**。《詩經・豳風・七月》：“七月亨 (pēng (粵) paang1) ～及菽。”（亨：煮。菽：豆類。）❷ [**蒲葵**] **葉可做蒲扇**。《晉書・謝安傳》：“有～～扇五萬。” ❸ **向日葵（後起意義）**。司馬光《居洛初夏》詩：“更無柳絮因風起，惟有～花向日傾。” ❹ (粵) kwai4/kwai5 **通“揆”。度量，考察**。《詩經・大雅・板》：“民之方殿屎 (xī (粵) hei1)，則莫我敢～。”（殿屎：痛苦呻吟。）

9 **葯** yuè (粵) joek3 ❶ **草名。即白芷**。屈原《九歌・湘夫人》：“桂棟兮蘭橑，辛夷楣兮～房。” ❷yuē **通“約”。纏束**。潘岳《射雉賦》：“首～綠素，身拕 (tuō (粵) to1) 黼繪。”（拕：牽引。這裏指披。）

【注意】古書中“葯”和“藥”是兩個字，音義都不同。參554頁“藥”字。

10 **蓁** zhēn (粵) zeon1 ❶ [**蓁蓁**] **草木繁盛的樣子**。《詩經・周南・桃夭》：“桃之夭夭，其葉～～。”張衡《思玄賦》：“恓 (xì (粵) hei3) 河林之～～兮，偉《關雎》之戒女。”（恓：休息，止息。）(又) **積聚的樣子**。宋玉《招魂》：“蝮蛇～～，封狐千里些。” ❷ **叢生的荊棘**。《莊子・徐無鬼》：“眾狙見之，恂然棄而走，逃於深～。”

10 **蓍** shī (粵) si1 **草名。蓍草。可入藥**。《詩經・曹風・下泉》：“浸彼苞～。”（浸泡着那些叢生的蓍草。苞：草叢生。）(又) **蓍草莖。古代常用以占卜**。《周易・繫辭上》：“探賾索隱，鈎深致遠，以定天下之吉凶，成天下之亹 (wěi (粵) mei5) 亹者，莫大乎～龜。”（亹亹：勤勉不倦的樣子。）《史記・龜策列傳》：“王者決定諸疑，參以卜筮（shì ㊥ sai6），斷以～龜。”（筮：用蓍草占卜。龜：占卜用的龜甲。）

10 **蓋** gài ㊥ goi3/koi3 ❶ **用蘆葦或茅草編的覆蓋物**。《左傳・襄公十四年》：“被苫（shàn ㊥ sim3）～，蒙荊棘。”（苫蓋：用草編成的覆蓋物。）⊗ **搭蓋**。王褒《僮約》：“治舍～屋。” ❷ **車蓋，傘蓋**。《史記・管晏列傳》：“擁大～，策駟馬。” ❸ **器物的蓋子**。《儀禮・公食大夫禮》：“宰右執鐙，左執～。”（鐙：一種器皿。）❹ **遮蔽，掩蓋**。《商君書・禁使》：“不能相為棄惡～非。”（棄惡：放任別人的惡行。）⊗ **勝過，超過**。《史記・秦始皇本紀》：“功～五帝。”《三國志・蜀書・諸葛亮傳》：“英才～世。” ❺ **崇尚**。《國語・吳語》：“夫固知君王之～威以好勝也。” ❻ **副詞。大概**。《論語・里仁》：“～有之矣，我未之見也。” ❼ **連詞。連接上句或上一段，表示推論原因**。《史記・屈原賈生列傳》：“屈平之作《離騷》，～自怨生也。”（屈平：即屈原。）❽ **句首語氣詞**。《史記・孝文本紀》：“朕聞～天下萬物之萌生，靡不有死。”（朕：皇帝自稱。靡：沒有。）❾ hé ㊥ hap6 **通“盍”。何不**。《詩經・小雅・黍苗》：“我行既集，～云歸哉。”（集：成。云、哉：語氣詞。）⊗ **何**。《莊子・養生主》：“善哉！技～至此乎？”

10 **蓐** rù ㊥ juk6 **草蓆，草墊子**。《左傳・文公七年》：“秣馬～食，潛師夜起。”（秣馬：餵馬。蓐食：在寢蓐上吃飯。潛：指秘密的。）李密《陳情表》：“而劉夙嬰疾病，常在牀～。”

10 **蒔** shì ㊥ si6 **移栽，分秧插種**。柳宗元《酬賈鵬山人郡內新栽松寓興見贈》詩：“擢（zhuó ㊥ zok6）～茲庭中。”（擢：拔。茲：此。）李時珍《本草綱目・薤》：“薤（xiè ㊥ haai6），八月栽根，正月分～。”（薤：一種蔬菜。）(引) **栽種，種植**。王夫之《小雲山記》：“廬下～雜花。”（廬：屋舍。）

10 **蒨** qiàn ㊥ sin6 ❶ **同“茜”。草名。可染絳紅色**。劉勰《文心雕龍・通變》：“夫青生於藍，絳生於～。” (引) **大紅色**。杜牧《村行》：“蓑唱牧牛兒，籬窺～裙女。” ❷ **鮮明，鮮豔**。謝靈運《山居賦》：“水香送秋而擢～，林蘭近雪而揚猗。” ❸ **樹名**。《山海經・中山經》：“北望河林，其狀如～如舉。” ❹ **青翠茂盛的樣子**。左思《吳都賦》：“夏曄冬～。”［**蒨蒨**］① **青翠茂盛的樣子**。韓愈《庭楸》詩：“夜月來照之，～～自生烟。” ② **鮮明的樣子**。束晳《補亡詩》之二：“～～士子，涅而不渝。”

10 **蒐** sōu ㊥ sau1 ❶ **草名。茜草**。《山海經・中山經》：“其陽多玉，其陰多～。” ❷ **春天打獵**。《國語・齊語》：“春以～振旅，秋以獮治兵。” ❸ **檢閱，檢查**。《左傳・襄公二十六年》：“簡兵～乘。”（簡：檢閱。乘：車。）❹ **隱藏，隱蔽**。《左傳・文公十八年》：“服讒（chán ㊥ caam4）～慝（tè ㊥ tik1），以誣盛德。”（服：施行。讒：説別人壞話。慝：邪惡。誣：欺騙。盛德：指有盛德的人。）❺ **聚集**。《新唐書・郭元振傳》：“請郭虔瓘使拔汗那～其鎧馬以助軍。” ❻ ㊥ sau1/sau2 **通“搜”。尋找**。《宋史・李植傳》：“～選強壯，以重軍勢。”**這個意義現在寫作“搜”**。

10 **蓏** luǒ ㊥ lo2 **瓜類植物的果實**。《莊子・人間世》：“夫柤（zhā ㊥ zaa1）梨橘柚果～之屬。”（夫：句首語氣詞。）

10 **蒼** cāng ㊥ cong1 ❶ **深藍色或深綠色**。《詩經・秦風・黃鳥》：“彼～者天，殲我良人。”李白《廬山謠寄盧侍御虛舟》詩：“謝公行處～苔沒。”（謝公：謝靈運。）⊗ **灰白色**。杜甫《贈衛八處士》詩：“少壯能幾時，鬢髮各已～。”［**蒼蒼**］① **深藍色**。《莊子・逍遙遊》：“天之～

～，其正色邪？”（正色：真正的顏色。）② **灰白色**。白居易《賣炭翁》詩：“滿面塵灰烟火色，兩鬢（bìn 粵 ban^3）～～十指黑。”③ **茂盛的樣子**。《詩經・秦風・蒹葭》：“蒹葭～～，白露為霜。”❷ [**蒼生**] **百姓，眾人**。《晉書・王衍傳》：“然誤天下～～者，未必非此人也。”【**辨**】**青，蒼，碧，綠，藍**。見 552 頁“藍”字。

10 **蓊** wěng 粵 jung^2 **草木茂盛的樣子**。范成大《馬鞍驛飯罷縱步》詩：“意行踏芳草，蕭艾～生香。”⊗ **水大的樣子**。宋玉《高唐賦》：“滂洋洋而四施兮，～湛湛而弗止。”[**蓊鬱**] **形容草木或雲氣盛**。張衡《南都賦》：“杳藹～～於谷底，森蕁蕁而刺天。”謝朓《歌赤帝》：“族雲～～溫風煽，興雨祁祁黍苗遍。”

10 **蒯** kuǎi 粵 gwaai^2 ❶ **一種多年生草本植物**。《左傳・成公九年》：“《詩》曰：‘雖有絲麻，無棄菅～。’”❷ **地名**。《左傳・昭公二十三年》：“丙寅攻～，～潰。”

10 **蓑** suō 粵 so^1 ❶ **蓑衣**。《詩經・小雅・無羊》：“爾牧來思，何～何笠。”（何：荷。）張志和《漁歌子》：“青箬笠，綠～衣。”❷ **用草覆蓋以掩蔽**。《公羊傳・定公元年》：“仲幾之罪何？不～城也。”（仲幾：人名。）❸ suī 粵 seoi^1 [**蓑蓑**] **下垂的樣子**。張衡《南都賦》：“布綠葉之萋萋，敷華蕊之～～。”

10 **蒿** hāo 粵 hou^1 ❶ **草名，即蒿子**。《詩經・小雅・鹿鳴》：“呦呦鹿鳴，食野之～。”[**蒿萊**] **野草，雜草**。《韓詩外傳一》：“環堵之室，茨以～～。”（茨：以草蓋屋。）⊗ **指野外、草野**。陳子昂《感遇》詩之三十五：“感時思報國，拔劍起～～。”[**蒿里**] **墓地**。李賀《綠章封事》詩：“休令恨骨填～～。”❷ 粵 hou^3 **通“耗”**。**損耗，消耗**。《國語・楚語上》：“若斂民利以成其私欲，使民～焉忘其安樂而有遠心，其為惡也甚矣。”柳宗元《憎王孫文》：“故王孫之居山恆～然。”（王孫：猴子。）

10 **蓆** xí 粵 zek^6/zik^6 ❶ **蓆子**。《韓非子・存韓》：“出則為扞（hàn 粵 hon^6）蔽，入則為～薦。”（扞：捍。薦：草蓆。）❷ **大**。《詩經・鄭風・緇衣》：“緇（zī 粵 zi^1）衣之～兮。”（緇：黑色。）【**注意**】**在古代，“席”和“蓆”是兩個字，在“大”的意義上不寫作“席”**。

10 **蒺** jí 粵 zat^6 [**蒺藜**] ① **一種長刺的野生植物**。古樂府《孤兒行》：“拔斷～～腸月中。”（腸：腓腸，即小腿肚子。月：同“肉”。）② **用來禦敵的一種器具，有尖刺像蒺藜**。《墨子・備城門》：“皆積絫石～～。”（絫石：礌石。）

10 **蓄** xù 粵 cuk^1 ❶ **積聚，儲藏**。《戰國策・秦策一》：“沃野千里，～積饒多。”《新五代史・劉鄩傳》：“將軍～米，將療饑乎？將破敵乎？”(引) **蓄養，保存**。岳飛《五嶽祠盟記》：“養兵休卒，～銳待敵。”**成語有“養精蓄銳”**。❷ **等待**。《後漢書・張衡傳》：“孰謂時之可～？”（孰：誰。）

10 **蒹** jiān 粵 gim^1 **沒長穗的蘆葦**。《詩經・秦風・蒹葭》：“～葭蒼蒼，白露為霜。”（葭：初生的蘆葦。）

10 **蒲** pú 粵 pou^4 ❶ **蒲草**。《詩經・陳風・澤陂》：“彼澤之陂，有～與荷。”❷ **蒲柳。即“水楊”**。《世説新語・言語》：“～柳之姿，望秋而落。”❸ **菖蒲**。李咸用《和殷衙推春霖即事》：“柳眉低帶泣，～劍銳初抽。”（蒲劍：指菖蒲的葉子。）❹ [**蒲伏**] [**蒲服**] **同“匍匐”。在地上爬行**。《左傳・昭公十三年》：“懷錦奉壺飲冰，以～伏焉。”《戰國策・秦策三》：“坐行～服，乞食於吳市。”

10 **蒞**（涖、莅）lì 粵 lei^6 **從上監視着，統治**。《老子・六十章》：“以道～天下。”(又) **到**。《詩經・小雅・采芑》：“方叔～止，其車三千。”（方叔：人名。）張説《岳州別梁六入朝》詩：“遠～長沙渚，欣逢賈誼才。”（渚：水中的小洲。）

10 **蓉** róng (粵) jung^{4} [芙蓉] 見 528 頁“芙”字。

10 **蒙** méng (粵) mung^{4} ❶ **覆蓋**。《左傳・昭公十三年》：“以幕～之。”（幕：幕布。）(引) **蒙蔽，欺騙**。《左傳・僖公二十四年》：“上下相～。”❷ **受，遭受**。《漢書・杜欽傳》：“申生～無罪之辜。”《論衡・累害》：“已用也，身～三害。”(引) **冒着**。《漢書・鼂錯傳》：“～矢石，赴湯火，視死如生。”（矢：箭。）(又) **繼承**。賈誼《過秦論》：“孝公既沒，惠文、武、昭～故業，因遺策。”❸ **愚昧，無知**。《戰國策・韓策一》：“民非～愚也。”**雙音詞有“啟蒙”、“蒙昧”**。❹ **敬辭。承，承蒙（後起意義）**。王安石《答司馬諫議書》：“昨日～教。”

10 **蓂** míng (粵) ming^{4} [蓂莢] **傳說中的一種吉祥草**。《漢書・王莽傳》：“甘露降，神芝生，～～、朱草……同時並至。”

10 **蒻** ruò (粵) joek^{6} ❶ **草名。嫩的香蒲。可以織席**。史游《急就篇》卷三：“蒲～藺席帳帷幢。”(引) **指蒻席。一種細蒲草席**。宋玉《招魂》：“～阿拂壁，羅幬張些。”❷ **藕**。李時珍《本草綱目・藕》：“藕芽種者最易發，其芽穿泥成白～。”

10 **蓀** sūn (粵) syun^{1} **一種香草。也叫荃**。屈原《九歌・湘君》：“～橈兮蘭旌。”曹植《與楊德祖書》：“蘭茝（chǎi (粵) coi^{2}）～蕙之芳，眾人所好。”（蘭茝、蕙：都是香草名。芳：香氣。）

10 **蒸** zhēng (粵) zing^{1} ❶ **細小的木柴**。《淮南子・主術》：“冬伐薪～。”（薪：大木柴。）❷ **氣體上升**。《後漢書・馮衍傳》：“風興雲～，一龍一蛇。”(又) **用熱氣蒸**。賈思勰《齊民要術・蒸缹法》：“著甑（zèng (粵) zang^{6}）中～之取熟。”（著：置，放。甑：做飯的一種瓦器。）❸ **眾，多**。應璩《與從弟君苗君胄書》：“濟～人於塗炭。”（濟：救。）[蒸庶] [蒸黎] **百姓**。《史記・淮南衡山列傳》：“泛愛～庶，布德施惠。”《晉書・元帝紀》：“知～黎不可以無主。”❹ **祭祀，特指冬祭**。《國語・魯語下》：“社而賦事，～而獻功。”（社：春分祭社。）

10 **蒓** (蓴)chún (粵) seon^{4} **蒓菜，水葵**。《世説新語・言語》：“有千里～羹，但未下鹽豉耳。”李賀《南園十三首》之十一：“手牽苔絮長～花。”**成語有“蒓羹鱸膾”**。

11 **蓺** yì (粵) ngai^{6} ❶ **同“藝”。種植**。《詩經・齊風・南山》：“～麻如之何？衡從其畝。”（衡從：橫縱。）❷ **同“藝”。技藝，技能**。《史記・儒林列傳》：“能通一～以上，補文學掌故缺。”❸ (粵) ngaai^{6} **通“刈”。割**。《新唐書・黃巢傳》：“焚室廬，殺人如～。”

11 **蓷** tuī (粵) teoi^{1} **益母草。可入藥**。《詩經・王風・中谷有蓷》：“中谷有～。”

11 **蔌** sù (粵) cuk^{1} ❶ **蔬菜的總稱**。《詩經・大雅・韓奕》：“其～維何？維筍及蒲。”❷ [蔌蔌] ① **簡陋的樣子**。《詩經・小雅・正月》：“佌佌彼有屋，～～方有穀。”② **風疾勁的樣子**。鮑照《蕪城賦》：“～～風威。”③ **花葉紛紛落下的樣子**。元稹《連昌宮詞》：“風動落花紅～～。”④ **水流動的樣子**。蘇軾《食柑》詩：“清泉～～先流齒。”

11 **蓫** chù (粵) zuk^{6} **草名。即羊蹄草**。《詩經・小雅・我行其野》：“我行其野，言采其～。”

11 **蓽** bì (粵) bat^{1} **同“篳”。竹條或荊條編織的東西**。《史記・楚世家》：“～露藍蔞，以處草莽。”（蓽露：用荊竹編的車，即柴車。藍蔞：襤褸，衣服破舊。草莽：鄉野。"蓽露藍蔞"比喻創業艱難，後多作"蓽路藍縷"。）陶潛《止酒》詩："坐止高蔭下，步止～門裏。"

11 **蔓** màn [粵] maan⁶ **草本蔓生植物的枝莖**。賈思勰《齊民要術·種瓜》："～廣則歧多，歧多則饒子。"（廣：長。歧：枝杈。饒子：果實繁多。）[引] **蔓延**。《左傳·隱公元年》："無使滋～，～，難圖也。"（無：不要。）[引] **蕪雜，繁冗**。李綱《論禦寇用兵札子》："臣不敢遠引前古，多設～詞。"

11 **蔑** miè [粵] mit⁶ ❶ **消滅**。《周易·剝》："剝牀以足，～貞，凶。"[又] **拋棄**。《國語·周語中》："不奪民時，不～民功。"❷ **微小**。《揚子法言·學行》："視日月而知眾星之～也。"[引] **無視，瞧不起**。《韓非子·外儲說左上》："吾聞宋君無道，～侮長老。"**雙音詞有"蔑視"**。❸ **無，沒有**。《左傳·僖公十年》："臣出晉君，君納重耳，～不濟矣。"[又] **不**。《國語·晉語二》："吾有死而已，吾～從之矣。"

11 **蓧** diào [粵] diu⁶ ❶ **一種竹製的耘田鋤草農具**。《論語·微子》："子路從而後，遇丈人，以杖荷（hè [粵] ho⁶）～。"（丈人：老人。荷：扛。）❷ tiáo [粵] tiu¹ **草名，即羊蹄草**。《三國志·吳書·諸葛恪傳》："藜～稂（láng [粵] long⁴）莠，化為善草。"（藜、稂、莠：都是危害莊稼的雜草。）

11 **蔦** niǎo [粵] niu⁵ **一種蔓生植物。也叫寄生樹。纏繞於其他樹上生長**。《詩經·小雅·頍弁》："～與女蘿，施于松柏。"

11 **蓰** xǐ [粵] saai² **五倍**。《孟子·滕文公上》："夫物之不齊，物之情也。或相倍～，或相什百，或相千萬。"

11 **蓬** péng [粵] pung⁴ ❶ **蓬草。也叫飛蓬**。《荀子·勸學》："～生麻中，不扶而直。"（麻：大麻，莖最直。）**[蓬戶] 用蓬草編成的門戶。指簡陋的房屋**。《史記·游俠列傳》："終身空室～～。"❷ **蓬鬆，散亂**。《山海經·海內經》："（幽都之山）其上有玄鳥、玄蛇……玄狐～尾。"《晉書·王徽之傳》："～首散帶。"（首：頭。）❸ **[蓬勃]** ① **旺盛、盛大的樣子**。賈誼《旱雲賦》："遙望白雲之～～兮，滃澹澹而妄止。"② **興起、盛起的樣子**。張鷟《朝野僉載》卷三："開門則香氣～～。"

11 **蔡** cài [粵] coi³ ❶ **野草**。左思《魏都賦》："～莽螫刺，昆蟲毒噬。"❷ **占卜用的大龜**。《左傳·襄公二十三年》："且致大～焉。"（致：送給。）❸ **周代諸侯國，在今河南上蔡和新蔡一帶**。❹ sà [粵] saat³ **通"𢇛"。流放**。《左傳·昭公元年》："周公殺管叔而～蔡叔。"（管叔、蔡叔：人名。）

11 **蔀** bù [粵] bou⁶ ❶ **蓆柵**。《周易·豐》："豐其～，日中見斗。"[引] **覆蓋**。《周易·豐》："豐其屋，～其家。"❷ **古代曆法專有名詞。十九年為一章，四章為一蔀**。《後漢書·律曆志下》："章首分盡，四之俱終，名之曰～。"

11 **蔽** bì [粵] bai³ ❶ **遮住，遮掩**。屈原《九歌·國殤》："旌～日兮敵若雲。"（旌：旗子。）[引] **掩飾，隱藏**。《管子·內業》："全心在中，不可～匿。"柳宗元《三戒·黔之驢》："～林間窺之。"（窺：從縫隙裏看。）❷ **蒙蔽**。《荀子·解蔽》："凡人之患，～於一曲，而闇於大理。"（一曲：指事理的一端。闇：不明白。）❸ **概括**。《論語·為政》："《詩》三百，一言以～之，曰：'思無邪。'"❹ **[蔽芾（fèi [粵] fai³）] 幼小的樣子**。《詩經·召南·甘棠》："～～甘棠，勿翦勿伐。"**一說茂盛的樣子**。**【辨】掩，蔽。這兩個字都有遮蓋的意思。但是"掩"比較具體，"蔽"比較抽象。"蒙蔽"的意義是"掩"所沒有的。【辨】蔽，蔭。見本頁"蔭"字。

11 **蔚** wèi ㊉ wai³ ❶ **一種蒿草**。《詩經·小雅·蓼莪》："匪莪（é ㊉ ngo⁴）伊～。"（不是莪而是蔚。莪：一種生長在水田裏的蒿草。）❷ **草木茂盛**。陳子昂《感遇》詩："芊～何青青。"（多麼青翠茂盛啊！芊：草木茂盛。）㊂ **盛大**。**成語有"蔚然成風"**。❸ **雲氣興起的樣子**。《詩經·曹風·候人》："薈兮～兮，南山朝隮。"（朝：早晨。隮：上升。）❹ **文辭華美，有文采**。陸機《答賈長淵》："～彼高藻，如玉之闌。"（他的文辭很華美，像玉一樣燦爛。藻：文辭。闌：爛。）

11 **蓼** liǎo ㊉ liu⁵ ❶ **植物名。種類很多，味辛辣**。《詩經·周頌·良耜》："以薅荼（tú ㊉ tou⁴）～，荼～朽止，黍稷茂止。"（荼：苦菜。）李賀《春歸昌谷》詩："逸目騁甘華，羈心如荼～。"柳宗元《田家》詩："～花被堤岸，陂水寒更綠。"❷ **比喻辛苦**。《詩經·周頌·小毖》："未堪家多難，予又集于～。"《顏氏家訓·序致》："年始九歲，便丁荼～。"（丁：遭逢。）❸ **周代諸侯國名**。① **在今河南唐河**。《左傳·桓公十一年》："鄖人軍于蒲騷，將與隨、絞、州、～伐楚師。"**又寫作"鄝"**。② **在今河南固始**。《左傳·文公五年》："臧文仲聞六與～滅。"❹ lù ㊉ luk⁶ **長（cháng ㊉ coeng⁴）大的樣子**。《詩經·小雅·蓼蕭》："～彼蕭斯。"《詩經·小雅·蓼莪》："～～者莪。"

11 **蔭** yīn ㊉ jam³ ❶ **樹蔭**。《荀子·勸學》："樹成～而眾鳥息焉。"㊋ **日影**。《左傳·昭公元年》："趙孟視～。"❷ yìn **遮蓋**。陶潛《歸園田居》詩："榆柳～後簷。"㊂ **庇蔭。指封建時代子孫因先代官爵或功勛而受到封賞**。《隋書·柳述傳》："少以父～，為太子親衞。"（少：年少時。太子親衞：太子的衞士。）**這個意義又寫作"廕"**。【辨】蔽，蔭。"蔽"可以從前後左右遮住，也可以從上遮住。"蔭"只能從上遮住，而且指遮住陽光。

12 **蕘** ráo ㊉ jiu⁴ **柴草**。《管子·輕重甲》："則是農夫得居裝而賣其薪～。"（薪：草。）㊂ **打柴**。《孟子·梁惠王下》："文王之囿方七十里，芻～者往焉，雉兔者往焉。"㊂ **打柴的人**。《詩經·大雅·板》："先民有言，詢于芻～。"

12 **蕡** fén ㊉ fan⁴ ❶ **草木果實碩大**。《詩經·周南·桃夭》："桃之夭夭，有～其實。"❷ fèi ㊉ fai⁶ **大麻，大麻的種子**。《周禮·天官·籩人》："朝事之籩，其實麷（fēng ㊉ fung¹）～。"（麷：炒麥。）

12 **蕙** huì ㊉ wai⁶ ❶ **一種香草。俗稱佩蘭**。屈原《離騷》："余既滋蘭之九畹兮，又樹～之百畝。"㊂ **芳香，美好**。左思《魏都賦》："～風如薰，甘露如醴。"鮑照《蕪城賦》："南國麗人，～心紈質，玉貌絳唇。"（紈：潔白的細絹。）❷ **蕙蘭，一種多年生草本植物**。羅願《爾雅翼·釋草》："今野人謂蘭為幽蘭，～為蕙蘭。"

12 **蕆** chǎn ㊉ cin² **完成，解決**。《左傳·文公十七年》："寡君又朝，以～陳事。"（朝：指鄭國國君朝見晉侯。陳：國名。）**後來把事情辦完、辦好叫"蕆事"**。袁甫《餘干縣先賢祠堂記》："作新堂以祠之……～事之日，觀聽竦然。"

12 **蕨** jué ㊉ kyut³ **一種多年生草本植物。嫩葉可食，也叫蕨菜**。《詩經·召南·草蟲》："陟彼南山，言采其～。"杜甫《遣遇》詩："石間采～女，鬻市輸官曹。"

12 **蕤** ruí ㊉ jeoi⁴ ❶ **草木花下垂的樣子**。㊂ **指下垂的裝飾物**。《禮記·雜記上》："大白冠，緇布之冠皆不～。"左思《吳都賦》："羽旄揚～。"❷ **花**。陸機《文賦》："播芳～之馥馥，發青條之森森。"(引) **草木開花**。謝莊《宋明堂歌·歌青帝》："雁將向，桐始～。" ❸ [**葳**(wēi 粵 wai^{1}) **蕤**] 見 541 頁"**葳**"字。❹ [**蕤賓**] ① **古樂十二律之一**。《漢書·律曆志上》："律以統氣類物，一曰黃鐘，二曰太族……四曰～～。" ② **五月**。**古代以十二律應十二月，"蕤賓"應五月，故又指五月**。陶潛《和胡西曹示顧賊曹》："～～五月中，清朝起南颸。"

12 **蕞** zuì 粵 zeoi^{3} [**蕞爾**] **小的樣子**。《左傳·昭公七年》："抑諺曰～～國，而三世執其政柄。"（政柄：政權。）

12 **蕑** (**蕳**)jiān 粵 gaan^{1} **蘭草的古稱**。《詩經·鄭風·溱洧》："士與女，方秉～兮。"

12 **蕢** kuì 粵 gwai^{6} **草編的筐子**。《論語·憲問》："有荷～而過孔氏之門者。"

12 **蕪** wú 粵 mou^{4} ❶ **田地荒廢**。《老子·五十三章》："田甚～，倉甚虛。"（虛：空。）❷ **叢生的草**。杜甫《徐步》詩："整履步青～。"（履：鞋。步：指踩，踏。）(又) **草木茂盛**。《後漢書·班固傳》："庶卉蕃～。"（卉：草。）❸ **繁雜**。**多指文章**。劉知幾《史通·表歷》："改表為注，名目雖巧，～累亦多。"（表：指史書中的表。）

12 **蕉** jiāo 粵 ziu^{1} ❶ **蕉麻**。白居易《東城晚歸》詩："晚入東城誰識我，短靴低帽白～衫。" ❷ **芭蕉**。庾信《奉和夏日應令》："衫含～葉氣，扇動竹花涼。" ❸ qiáo 粵 ciu^{4} **通"憔"**。[**蕉萃**] **即憔悴**。《左傳·成公九年》："雖有姬姜，無棄～～。" ❹ qiáo 粵 ciu^{4} **通"樵"**。**柴**。《列子·周穆王》："恐人見之也，遽而藏諸隍中，覆之以～。"（遽：匆忙。隍：護城壕。覆：遮蓋。）

12 **蕃** fán 粵 faan^{4} ❶ **茂盛**。《周易·坤》："天地變化，草木～。"《荀子·天論》："繁啟～長於春夏，畜積收臧於秋冬。"（繁：繁多。啟：萌芽。長：生長。畜：蓄，積聚。）(引) **多**。《漢書·食貨志下》："今農事棄捐，而採銅者日～。" ❷ **繁殖，滋生**。《周禮·地官·大司徒》："以阜人民，以～鳥獸。"《管子·四時》："五穀～息。" ❸ fān 粵 faan^{1} **通"番"**。**少數民族的**。**如"蕃兵"**。(又) **外國的**。《新唐書·孔戣傳》："～舶泊步。"（泊：停靠。步：埠，船埠。）❹ fān 粵 faan^{4} **通"藩"**。**屏障**。《三國志·吳書·陸抗傳》："西陵建平，國之～表。"（表：指屏障。）❺ fān 粵 faan^{1} **封建王朝分封的諸侯國**。《漢書·司馬相如傳》："今齊列為東～而外私肅慎。" (又) **屬國、屬地**。《漢書·息夫躬傳》："且匈奴賴先帝之德，保塞稱～。"

12 **蕣** shùn 粵 seon^{3} **木槿**。**一種落葉灌木**。郭璞《遊仙詩》之七："～榮不終朝，蜉蝣豈見夕。"

12 **蕕** yóu 粵 jau^{4} **一種水草，有惡臭**。《左傳·僖公四年》："一薰一～，十年尚猶有臭。"（薰：香草。）沈約《奏彈王源》："薰～不雜，聞之前典。"

12 **蕖** qú 粵 keoi^{4} [**芙蕖**] **荷花**。曹植《洛神賦》："迫而察之，灼若～～出淥波。" **也單稱"蕖"**。陶潛《雜詩》十二首之三："昔為三春～，今作秋蓮房。"

12 **蕩** dàng 粵 dong^{6} ❶ **搖動**。《韓非子·外儲說左上》："蔡女為桓公妻，桓公與之乘舟。夫人～舟，桓公大懼。" (引) **動搖，不安定**。《荀子·勸學》："是故權利不能傾也，群眾不能移也，天下不能～也。" ❷ **放縱，放蕩**。《論語·陽貨》："古之狂也肆，今之狂也～。"《荀子·榮辱》："～悍者常危害。" [**蕩然**] ① **放縱的樣子**。《史記·魯仲連鄒陽列傳》："～～肆志，不詘於諸侯。"（肆志：放任自己的心意。詘：屈。）② **敗壞的樣子**。王安石《上皇帝萬言書》："風俗～～。" ❸ **滌除，洗掉**。《史記·樂書》："萬民咸～滌邪穢。"（咸：皆。）《晉書・劉琨傳》："掃～仇恥。"**上述 ❶❷❸ 都可以寫作"盪"。** ❹ **平坦。**《詩經・齊風・南山》："魯道有～，齊子由歸。"（有：形容詞詞頭。）(又) **廣大。**《左傳・襄公二十九年》："美哉～乎，樂而不淫。"［**蕩蕩**］① **平坦的樣子。**《楚辭・九歎・離世》："路～～其無人兮。" ② **廣大的樣子。**《漢書・禮樂志》："大海～～水所歸。"**又寫作"盪盪"。**

12 **蕠** rú (粵) jyu4 ❶ **黏着。**《史記・張釋之馮唐列傳》："以北山石為椁，用紵絮斮（cuò (粵) zoek3）陳～漆其間，豈可動哉！" ❷［**蕠藘**（lǘ (粵) leoi4）］**同"茹藘"。茜草。一種蔓生植物，其根可做絳紅色染料。**

12 **薌** xiāng (粵) hoeng1 ❶ **穀類的香氣。**《禮記・曲禮下》："黍曰～合，粱曰～萁。"(泛) **香。**《禮記・內則》："春宜羔豚，膳膏～；夏宜腒鱐，膳膏臊。" ❷ **一種香草。**《禮記・內則》："～，無蓼。"

13 **薔** qiáng (粵) coeng4 ❶ sè (粵) sik1 **草名。**《管子・地員》："山之材，其草兢與～。" ❷［**薔薇**］**花木名。**陶潛《問來使》詩："～～葉已抽，秋蘭氣當馥。"

13 **薤** xiè (粵) haai6 **蔬菜名，即藠**（jiào (粵) kiu2/kiu5）**頭。**《禮記・內則》："脂用葱，膏用～。"［**薤露**］**古挽歌。**崔豹《古今注・音樂》："～～，蒿里，並哀歌也……言人命如薤上之露，易晞滅也。"

13 **蕾** lěi (粵) leoi5 **含苞待放的花朵。**楊萬里《九日郡中送白菊》詩："一夜西風開瘦～。"

13 **薨** hōng (粵) gwang1 **死。周代諸侯死叫作"薨"。唐代以後二品以上的官死也叫作"薨"。**《左傳・昭公三十二年》："魯文公～而東門遂殺適立庶。"（東門遂：人名。適：嫡，正妻所生的兒子。）**【辨】** 崩，薨，卒，死，沒。見164頁"崩"字。

13 **薙** tì (粵) tai3 ❶ **割去野草。**王中《頭陀寺碑文》："為之～草開林，置經行之室。"［**薙氏**］**古代管除草的官。**張衡《東京賦》："其遇民也，若～～之芟草。"(引) **刪除。**《晉書・束皙傳》："～聖籍之荒蕪。" ❷ **通"剃"。剃頭。**莊季裕《雞肋編》卷中："既～度，乃成禮。"（薙度：剃髮出家為僧。）

13 **薛** xuē (粵) sit3 ❶ **一種草。**司馬相如《子虛賦》："～莎青薠（fán (粵) faan4）。"（莎、青薠：草名。）❷ **周代諸侯國，在今山東滕州東南。**

13 **薇** wēi (粵) mei4 **山菜名。**《詩經・小雅・采薇》："采～采～，～亦柔止。"《史記・伯夷列傳》："（伯夷、叔齊）義不食周粟，隱於首陽山，采～而食之。"

13 **薈** huì (粵) wai3/wui6 **草多的樣子。**郭璞《江賦》："潛～葱蘢。"（葱蘢：青翠而茂盛。）［**薈蔚**］① **草木茂盛的樣子。**柳宗元《永州龍興寺東丘記》："幽蔭～～。" ② **雲霧彌漫的樣子。**木華《海賦》："～～雲霧。"**雙音詞有"薈萃"，多用於指人才和精美物品的匯集。**

13 **薆** ài (粵) oi3 ❶ **遮蔽。**屈原《離騷》："何瓊佩之偃蹇（yǎn jiǎn (粵) jin2 gin2）兮，眾～然而蔽之。"（偃蹇：高高的樣子。）［**薆薆**］**昏暗不明的樣子。**司馬相如《大人賦》："時若～～將混濁兮。" ❷ **草木茂盛。**曹植《臨觀賦》："南園～兮果載榮。"（榮：花。）［**薆薱**（duì (粵) deoi6）］**草木茂盛的樣子。**張衡《西京賦》："鬱蓊～～。"（鬱蓊：茂盛的樣子。）❸ **香氣濃。**江淹《齊太祖高皇帝誄》："譽馥區中，道～岷外。"（區中：指世間。）

13 **薊** jì (粵) gai3 ❶ **一種多年生草本植物。**沈括《夢溪筆談》卷二五："大～茇（bá (粵) bat6）如車蓋。"（茇：草根。）❷ **古地名。在今北京東邊。**《戰國策・燕策二》："～丘之植，植於汶皇。"

13 **藁** kǎo ㊔ haau[2] **乾魚乾肉**。《周禮・天官・庖人》："凡其死、生、鮮、～之物，以共王之膳。"

13 **薦** (荐)jiàn ㊔ zin[3] ❶ **動物能吃的草**。《莊子・齊物論》："麋鹿食～。"（麋：鹿的一種。）❷ **草蓆，草墊**。曹植《九詠》："茵～兮蘭席。"㊀ **動詞。墊**。賈誼《弔屈原賦》："章甫～履。"（章甫：一種禮帽。履：鞋。）❸ **一再，頻頻**。《國語・魯語上》："饑饉～降。"❹ **獻，進獻祭品**。《詩經・周頌・潛》序："潛，季冬～魚，春獻鮪也。"《漢書・鼂錯傳》："上以～先帝之宗廟。"❺ **推薦**。《孟子・萬章上》："諸侯能～人於天子。"《三國志・魏書・郭嘉傳》："彧（yù ㊔ juk[1]）～嘉。"（彧：荀彧。嘉：人名。）**【注意】** 在古代，"荐"和"薦"是兩個字。在 ❹❺ 兩個意義上，古代不寫作"荐"。

13 **薋** cí ㊔ ci[4] ❶ **草多的樣子**。《說文》："薋，艸多貌。"㊀ **積聚**。屈原《離騷》："～菉葹以盈室兮，判獨離而不服。"（菉：藎草。葹：蒼耳。）**一說"薋"是"茨"的假借，草名，即"蒺藜"**。❷ **古縣名。在今河北遵化境內**。

13 **薪** xīn ㊔ san[1] **柴**。《詩經・小雅・車舝》："陟彼高岡，析其柞～。"（析：砍伐。）《韓非子・有度》："是負～而救火也。"（負：背着。）**又為動詞，析木為柴**。《詩經・豳風・七月》："采荼～樗（chū ㊔ syu[1]），食（sì ㊔ zi[6]）我農夫。"（樗：一種樹。食：指養活。）

13 **薏** yì ㊔ ji[3] ❶ **蓮子的心。見《爾雅》**。❷ **[薏苡] 植物名。籽粒叫"薏米"**。《後漢書・馬援傳》："初，援在交阯，常餌～～實，用能輕身省欲，以勝瘴氣。"王維《送李員外賢郎》詩："～～扶衰病，歸來幸可將。"

13 **薄** bó ㊔ bok[6] ❶ **草木叢生的地方**。屈原《九章・涉江》："死林～兮。"（死於草木叢生的地方。）❷ **簾子**。《莊子・達生》："有張毅者，高門懸～，無不走也。"（高門：指富貴人家。）㊁ **養蠶的器具，像篩子或蓆子**。《宋書・禮志一》："蠶宮生蠶著（zhuó ㊔ zoek[3]）～上。"（著：放在。）**上述 ❷ ㊁ 後來寫作"箔"**。❸ **薄。與"厚"相對**。《詩經・小雅・小旻》："戰戰兢兢，如臨深淵，如履～冰。"（履：踩。）㊀ **微小，少**。《荀子・非相》："知行淺～。"**成語有"薄物細故"**。㊁ **不淳厚，不厚道**。《漢書・藝文志》："亦可以觀風俗，知～厚云。"（云：語氣詞。）**又如"刻薄"**。❹ **稀薄，不濃**。《莊子・胠篋》："魯酒～而邯鄲圍。"《三國志・魏書・臧洪傳》："使作～粥，眾分歠（chuò ㊔ zyut[3]）之。"（歠：喝。）❺ **(土地) 貧瘠**。《三國志・蜀書・諸葛亮傳》："成都有桑八百株，～田十五頃。"❻ **減輕，減損**。《孟子・梁惠王上》："省刑罰，～稅斂。"❼ **輕視，看不起**。《史記・孫子吳起列傳》："其母死，起終不歸，曾子～之。"杜甫《戲為六絕句》之五："不～今人愛古人。"**成語有"厚今薄古"**。❽ **迫近**。李密《陳情表》："日～西山，氣息奄奄。"（奄奄：呼吸微弱的樣子。）㊀ **止，停止**。屈原《九章・哀郢》："淩陽侯之氾濫兮，忽翱翔之焉～。"❾ **動詞詞頭**。《詩經・周南・葛覃》："～污我私，～澣我衣。"

13 **薜** bì ㊔ bai[6] ❶ **[薜荔] 一種常綠灌木**。屈原《離騷》："貫～～之落蕊。"（蕊：花。）❷ bó ㊔ bok[6] **破裂**。《周禮・考工記・旊人》："凡陶旊（fǎng ㊔ fong[2]）之事，髻墾～暴不入市。"（旊：用黏土捏製陶器。髻：指形體歪斜。墾：損傷。暴：損壞。）❸ pì ㊔ pik[1] **通"僻"。偏僻**。《漢書・揚雄傳上》："狹三王之厄～。"（厄薜：指險要偏僻之處。）

13 **薅** hāo (粵) hou1 **去掉田草**。《詩經・周頌・良耜》："其鎛斯趙，以～荼蓼。"（荼蓼：草名。）韓愈《平淮西碑》："大慝（tè (粵) tik1）適去，稂（láng (粵) long4）莠不～。"（稂莠：危害莊稼的雜草。）

14 **藍** lán (粵) laam4 **一種草本植物，葉子可以提製藍色染料**。《荀子・勸學》："青，取之於～而青於～。" (引) **藍色（後起意義）**。杜甫《冬到金華山觀》詩："上有蔚～天。" **熟語有"青出於藍而勝於藍"**。

【辨】青，蒼，碧，綠，藍。"青"是藍色，"蒼"是深藍，"碧"是淺藍，本是有分別的，但有時候也混用。青天又叫蒼天，也叫碧落或碧空，青草又叫碧草，青苔又叫蒼苔。綠色和青色距離較遠，混用的情況較少，綠草指嫩綠色的草，與青草的意義不盡相同。"藍"字在上古漢語中，不用來表示顏色，只用來指可以做染料的植物，這種染料染出來的顏色就是青（所以說青出於藍）。

14 **藏** cáng (粵) cong4 ❶ **把穀物保藏起來**。《荀子・王制》："春耕，夏耘，秋收，冬～。" (引) **收藏，儲藏**。《墨子・天志下》："有書之竹帛，～之府庫。"《抱朴子・時難》："～器俟時者，所以百無一遇。" ❷ **隱藏，埋藏**。《韓非子・難三》："術者，～之於胸中。"（術：指君主控制羣臣的策略。）《呂氏春秋・節喪》："葬不可不～也。" ❸ zàng (粵) zong6 **貯藏財物的倉庫**。《左傳・僖公二十四年》："晉侯之豎頭須，守～者也。"（豎：宮中小臣。頭須：人名。）❹ zàng (粵) zong6 **埋葬**。《列子・楊朱》："及其死也，無瘞（yì (粵) ji3）埋之資，一國之人受其施者，相與賦而～之。" (又) **葬地**。《金史・世紀》："號其～曰光陵。" ❺ zàng (粵) zong6 **內臟**。《論衡・論死》："人死五～腐朽。" **這個意義後來寫作"臟"**。❻ zàng (粵) zong6 **佛教道教經典的總稱。如"道藏"、"大藏經"**。

14 **藉** jí (粵) zik6 ❶ jiè (粵) ze3/zik6 **用草編的墊**。屈原《九歌・東皇太一》："蕙肴（yáo (粵) ngaau4）蒸兮蘭～。"（用蕙草包着肉食放在用蘭草編的墊子上。肴蒸：古代的一種肉食。）(又) **動詞。墊**。柳宗元《捕蛇者說》："往往而死者相～也。" (引) **坐臥在某物上**。孫綽《遊天臺山賦》："～萋萋之纖草。"（萋萋：草茂盛的樣子。纖草：小草。）❷ **踐踏，欺凌**。《漢書・灌夫傳》："我在也，而人皆～吾弟。" ❸ jiè (粵) ze3/zik6 **憑藉**。《商君書・開塞》："～刑以去刑。" ❹ jiè (粵) ze3 **借給，供給**。李斯《諫逐客書》："此所謂～寇兵而賫盜糧者也。" ❺ jiè (粵) ze6 **假使**。《史記・陳涉世家》："～第令毋斬，而戍死者固十六七。"（假使能免於斬刑，去守邊也要死掉十分之六七的人。）**【注意】義項 ❸ 的"藉"在現代漢語中寫作"借"。**

【辨】藉，籍。二字古多通用。但"戶籍"、"典籍"、"書籍"、"籍沒"的"籍"不寫作"藉"，草墊的意義一般也不寫作"籍"。

14 **薿** nǐ (粵) ji5 **［薿薿］茂盛的樣子**。《詩經・小雅・甫田》："今適南畝，或耘或耔，黍稷～～。"

14 **薰** xūn (粵) fan1 ❶ **一種香草**。《左傳・僖公四年》："一～一蕕（yóu (粵) jau4），十年尚猶有臭。"（蕕：一種臭草。）❷ **花草香**。江淹《別賦》："閨中風暖，陌上草～。"（陌：路。）(又) **用香料熏，使染上香味**。《韓非子・外儲說左上》："為木蘭之櫃，～以桂椒，綴以珠玉。"（綴：裝飾。）(又) **香氣刺激人**。《莊子・天地》："五臭～鼻。" ❸ **通"熏"。火煙**。鮑照《蕪城賦》："皆～歇燼滅，光沈響絕。" ❹ **通"熏"。燻，烤**。潘岳《馬汧督誄》："內焚穬（kuàng (粵) kwong3）火～之。"（穬：指稻麥。）❺ **通"熏"。溫暖**。白居易《首夏南池獨酌》詩："～風自南至，吹我池上林。" ❻ ［薰育］［薰粥（yù

粵 juk6）] **又寫作"獯鬻"。古匈奴名。**

14 **薶** mái 粵 maai4 ❶**"埋"的本字。埋藏，埋葬。**《爾雅·釋天》："祭地曰瘞（yì 粵 ji3）～。"（瘞：埋。）《淮南子·時則》："（立春之日）掩骼～骴。" 引 **堵塞，填埋。**《元史·河渠志三·黃河》："其為埽臺及推卷、牽制、～掛之法。" ❷ wō 粵 wo1。**玷污。**《淮南子·俶真》："夫鑒明者，塵垢弗能～；神清者，嗜欲弗能亂。"

14 **藐** miǎo 粵 miu5 ❶**小，幼稚。**《左傳·僖公九年》："以是～諸孤辱在大夫，其若之何？"（把這弱小的孤兒託付給大夫，怎麼樣？）潘岳《寡婦賦》："孤女～焉始孩。"（孩：笑。）❷**輕視。**韋孟《諷諫》詩："既～下臣，追欲縱逸。"（追：追求。縱：放縱。逸：逸樂。）❸**通"邈"。遠。**屈原《九章·悲回風》："～蔓蔓之不可量兮。"（蔓蔓：沒有邊際的樣子。量：估量。）

14 **薺** jì 粵 cai5 ❶**薺菜。**《詩經·邶風·谷風》："誰謂荼苦，其甘如～。" ❷ cí 粵 ci4 **通"茨"。蒺藜。**

14 **薴** níng 粵 ning4 **紛亂。**《楚辭·九思·憫上》："鬚髮～顇兮顛鬢白。"

14 **蕭** xiāo 粵 siu1 ❶**艾蒿，一種含有香味的草本植物。**《詩經·王風·采葛》："彼采～兮。"（采：採摘。）❷［**蕭然**］**冷靜的樣子。**李白《同族姪評事黯遊昌禪師山池》詩："～～松石下，何異清涼山。"［**蕭蕭**］① **馬叫的聲音。**《詩經·小雅·車攻》："～～馬鳴。"② **風聲。**杜甫《後出塞五首》詩之二："馬鳴風～～。"［**蕭瑟**］① **樹木被秋風吹動的聲音。**曹操《步出夏門行·觀滄海》："秋風～～，洪波湧起。"② **寂寞淒涼的樣子。**李白《獨酌》詩："～～為誰吟？"［蕭索］冷落蕭條的樣子。杜甫《秦州雜詩二十首》之十七："車馬何～～？"［蕭條］荒涼的樣子。蔡琰《胡笳十八拍》："原野～～兮，烽戍萬里。"

14 **藎** jìn 粵 zeon6 ❶**一種野草，可用來編織器物。**元稹《遣悲懷》詩："顧我無衣搜～篋（qiè 粵 hip3）。"（藎篋：用藎草編的小箱子。）❷［**藎臣**］**忠臣。**《詩經·大雅·文王》："王之～～。"

15 **藝** yì 粵 ngai6 ❶**種植。**《詩經·唐風·鴇羽》："不能～黍（shǔ 粵 syu2）稷。"（黍稷：泛指糧食。）**這個意義本寫作"埶"，後來又寫作"蓺"。**❷**才能，技能，本領。**《尚書·金縢》："予仁若考，能多材多～，能事鬼神。"《史記·龜策列傳》："博開～能之路。"**熟語有"藝高人膽大"。**［**六藝**］① **古代教育子弟的六種技藝，指禮、樂、射、御、書、數（禮節、音樂、射箭、駕車、寫字、算術）六種本領。**② **指《詩》、《書》、《禮》、《樂》、《易》、《春秋》這六部儒家的經典。**❸**度，準則。**《國語·晉語八》："貪欲無～。"《國語·越語下》："用人無～。"

15 **藪** sǒu 粵 sau2 ❶**大澤，湖泊。**《周禮·夏官·職方氏》："其山鎮曰會稽，其澤～曰具區。" 引 **水少而草木茂盛的湖澤。**《詩經·鄭風·大叔于田》："叔在～，火烈具舉。"《荀子·王制》："山林～澤。"❷**人或物聚集的地方。**郭璞《奏請平刑書》："密邇奸～。"（密邇：緊挨着。）《抱朴子·漢過》："雲觀變為狐兔之～。"蔡邕《胡廣黃瓊頌》："惟道之淵，惟德之～。"

15 **藟** lěi 粵 leoi5 ❶**藤。**《詩經·王風·葛藟》："綿綿葛～，在河之滸。"（滸：水邊。）引 **纏繞。**王績《古意》詩六首之三："漁人遞往還，網罟相縈～。"❷**通"蕾"。花蕾。**秦觀《早春題僧舍》詩："東園紫梅初破～。"

15 **藜** lí 粵 lai4 ［**蒺藜**］**見545頁"蒺"字。**

15 **藥** yào [粵] joek^{6} ❶ **藥物**。《周禮・天官・疾醫》："以五味、五穀、五～養其病。"（五藥：指草、木、蟲、石、穀。）[又] **用藥治療**。《詩經・大雅・板》："多將熇（hè [粵] hok^{3}）熇，不可救～。"（熇熇：酷烈的樣子。多將熇熇：指多施暴政。）❷ **芍藥**。姜夔《揚州慢》："念橋邊紅～，年年知為誰生？"❸ lüè [粵] loek^{6} [**勺藥**] **五味調和**。枚乘《七發》："熊蹯之臑，～～之醬。"

15 **藩** fān [粵] faan^{4} ❶ **籬笆**。《周易・大壯》："羝羊觸～。"（羝羊：公羊。）曹植《鰕䱇篇》："燕雀戲～柴，安識鴻鵠（hú [粵] huk^{6}）遊！"（戲：玩耍。）[引] **屏障**。《漢書・敍傳下》："建設～屏，以強守圉。"（守圉：守衛。）[又] **用作動詞。做屏障，捍衛**。《漢書・王莽傳上》："所以～漢國，輔漢宗也。"❷ **遮蓋**。《荀子・榮辱》："以相～飾。"（飾：文飾。）❸ **藩車，四面有帷帳的車**。《左傳・襄公二十三年》："以～載欒盈。"（欒盈：人名。）❹ **封建王朝分給諸侯王的封國**。《後漢書・明帝紀》："驃騎將軍東平王蒼罷歸～。"（蒼：人名。罷：免職。）[又] **屬國，屬地**。《三國志・吳書・吳主傳》："魏遼東太守公孫淵……稱～於權。"（權：孫權。）[**藩鎮**] **唐朝在邊境及重要的州設置節度使，掌管一個地區的軍政大權，這些重要的軍事設防區叫藩鎮。後來節度使的權力逐漸擴大，兼管民政、財政，形成軍人割據**。

15 **蘊** yùn [粵] wan^{2} ❶ **積聚，蓄藏**。《左傳・昭公十年》："～利生孽，姑使無～乎！"《後漢書・周榮傳》："～櫝古今，博物多聞。"（櫝：木櫃。這裏指收藏。）❷ **深奧之處**。《宋史・范鎮傳論》："平易明白，洞見底～。"（洞見：透徹地看到。）**雙音詞有"底蘊"**。❸ **鬱結**。《後漢書・王符傳》："志意～憤，乃隱居著書三十餘篇。"（憤：煩悶。）

16 **蘀** tuò [粵] tok^{3} **草木脱落的皮或葉**。《詩經・豳風・七月》："八月其穫，十月隕～。"

16 **藾** lài [粵] laai^{6} ❶ **蒿類植物，即"萍"。也叫藾蕭**。曹操《步出夏門行・土不同》："錐不入地，蘴～深奧。"❷ **庇蔭**。《莊子・人間世》："見大木焉，有異，結駟千乘，隱將芘其所～。"（芘：掩蔽。）

16 **藿** huò [粵] fok^{3} ❶ **豆葉**。《詩經・小雅・白駒》："皎皎白駒，食我場～。"《史記・李斯列傳》："冬日鹿裘，夏日葛衣，粢糲之食，藜～之羹。"❷ **一種草，即藿香，莖葉可入藥**。左思《吳都賦》："草則～蒳豆蔻。"

16 **蘋** pín [粵] pan^{4} **一種水草**。宋玉《風賦》："夫風生於地，起於青～之末。"【注意】"蘋"古代沒有"蘋果"的意義。

16 **藺** lìn [粵] leon^{6} ❶ **草名。即燈芯草。可編蓆**。史游《急就篇》卷三："蒲蒻～席帳帷幢。"❷ **通"躪"。踐踏**。《漢書・司馬相如傳上》："～玄鶴，亂昆雞。"[引] **壓**。賈思勰《齊民要術・大小麥》："冬雨雪止，以物輒～麥上，掩其雪，勿令從風飛去。"❸ **姓。戰國時趙國有藺相如**。

16 **蘄** qí [粵] kei^{4} ❶ **一種藥草。即"當歸"**。❷ **馬嚼子**。張衡《西京賦》："旗不脱扃，結駟方～。"❸ **通"祈"。求**。《莊子・養生主》："澤雉十步一啄，百步一飲，不～畜乎樊中。"❹ yín [粵] ngan^{4} **通"圻"。邊界**。《荀子・儒效》："跨天下而無～。"

16 **蘅** héng [粵] hang^{4} ❶ **即杜蘅，一種香草**。《楚辭・九思・傷時》："～芷彫兮瑩嫇。"（芷：白芷，一種香草。瑩嫇：光彩暗淡。）❷ [**蘅蕪**] **香草名**。王嘉《拾遺記・前漢上》："夢李夫人授帝～～之香。"

16 **蘇** sū (粵) sou^{1} ❶ **植物名。紫蘇。**枚乘《七發》："秋黃之～。" (泛) **柴草。**《宋書・羊玄保傳》："貧弱者薪～無託。" ❷ **取草。**《莊子・天運》："～者取而爨（cuàn (粵) cyun^{3}）之而已。" (又) **割草的人。**鮑照《登大雷岸與妹書》："樵～一歎，舟子再泣。" (引) **取。**屈原《離騷》："～糞壤以充幃兮。"（糞壤：指骯髒的東西。幃：指佩戴在身上的香囊。）❸ **死而復生，甦醒過來。**《史記・扁鵲倉公列傳》："有間，太子～。"（有間：一會兒。）(引) **（在困頓中）得到解救或緩解。**《孟子・梁惠王下》："徯我后，后來其～。"（后：君主。）杜甫《江漢》詩："落日心猶壯，秋風病欲～。" (又) **拯救，解救。**王安石《京東提點刑獄陸君墓志銘》："～饑息窮，去害除弊。" **上述 ❸ (引) (又) 的意義又寫作"甦"。** ❹ **下垂的裝飾物。**《史記・司馬相如列傳》："蒙鶡～，絝白虎。" **雙音詞有"流蘇"。** ❺ sù (粵) sou^{3} **朝，向。**《荀子・議兵》："順刃者生，～刃者死。"

16 **藹** ǎi (粵) oi^{2}/ngoi^{2} ❶ **草木茂盛的樣子。**《漢書・揚雄傳》："鬱蕭條其幽～兮，滃（wěng (粵) jung^{1}）汎沛以豐隆。"（滃：雲氣湧起。）(引) **密集的樣子。**杜甫《雨》詩："行雲遞崇高，飛雨～而至。"［**藹藹**］① **草木茂盛。**束晳《補亡詩》六首之五："瞻彼崇丘，其林～～。" ② **眾多的樣子。**《詩經・大雅・卷阿》："～～王多吉士，維君子使，媚于天子。" ③ **光線暗淡的樣子。**司馬相如《長門賦》："望中庭之～～兮，若季秋之降霜。" ❷ **和氣的樣子。**韓愈《答李翊書》："仁義之人，其言～如也。" **又如"藹然可親"。** ❸ **通"靄"。雲氣。**陸機《挽歌》三首之三："悲風徽行軌，傾雲結流～。"（徽：止。軌：指車。）

16 **蘢** lóng (粵) lung^{4} ［**蔥蘢**］**見 542 頁"蔥"字。**

16 **藻** zǎo (粵) zou^{2} ❶ **一種水草。**《詩經・召南・采蘋》："于以采～，于彼行潦（lǎo (粵) lou^{5}）。"（到甚麼地方採藻，到那流水的地方。）❷ **文采。**曹植《七啟》："華～繁縟。" (又) **修飾。**《晉書・嵇康傳》："而土木形骸（hái (粵) haai^{4}），不自～飾。"（把自己的形體看成和土木一樣，不肯打扮自己。）❸ **辭藻。**《漢書・敍傳上》："摛（chī (粵) ci^{1}）～如春華。"（摛：舒展。春華：春花。）

17 **蘧** qú (粵) keoi^{4} ❶ **草名。可供觀賞並入藥。** ❷ **通"蕖"。荷花。**張衡《西京賦》："～藕拔，蜃蛤剝。" ❸［**蘧蒢**（chú (粵) ceoi^{4}）］**同"籧篨"。** ① **用葦或竹編的粗席。**陸游《舟中作》詩："～～作帆三版船，漁燈夜泊闔門邊。" ② **有殘疾不能俯身的人。**王欽若等《冊府元龜・規諷》："～～不可使俯，戚施不可使仰。"（戚施：駝背。）③ **諂諛、獻媚的人。**《漢書・敍傳下》："舅氏～～，幾陷大理。" ❹［**蘧廬**］**旅店。**《莊子・天運》："仁義，先王之～～也，止可以一宿，而不可以久處。" ❺ jù［**蘧然**］**驚喜的樣子。**《莊子・大宗師》："成然寐，～～覺。" ❻ jù［**蘧蘧**］① **情景清晰的樣子。**《莊子・齊物論》："俄然覺，則～～然周也。" ② **高聳的樣子。**王延壽《魯靈光殿賦》："飛梁偃蹇以虹指，揭～～而騰湊。"

17 **蘭** lán (粵) laan^{4} ❶ **蘭草。一種香草。**《周易・繫辭上》："同心之言，其臭如～。" 屈原《離騷》："扈江離與辟芷兮，紉秋～以為佩。"（紉：連綴。）❷ **通"欄"。柵欄。**《漢書・王莽傳》："（秦）又置奴婢之市，與牛馬同～。"《後漢書・東夷列傳》："復徙於馬～。"

17 **蘩** fán (粵) faan^{4} **植物名，即白蒿。**《詩經・召南・采蘩》："于以采～，于沼于沚。"

17 **蘖** (櫱、枿、梓、櫱) niè ⑧ jit⁶ ❶ **被砍去或倒下的樹木再生的枝芽。**《詩經·商頌·長發》:"苞有三～,莫遂莫達。"(苞:本,樹樁。)《漢書·貨殖傳》:"然猶山不茬～。"(茬:劈削。)⑤ **植物的嫩芽或新枝。**黃徹《䂬溪詩話》卷七:"下種暖灰中,乘陽拆芽～。"❷ **萌生,開始。**蘇舜欽《復辨》:"陽之始生,則有～育萬物之意。"❸ ⑧ jit⁶/jip⁶ **通"孽"。妖孽,邪惡的人。**魏源《聖武記》卷十四:"獄者變之藪,庫者劫之招,徑竇者賊之媒,所以除～也。"

17 **蘘** ráng ⑧ joeng⁴ ❶ **[蘘荷] 草名。根可入藥。**潘岳《閑居賦》:"～～依陰,時藿向陽。"❷ **通"穰"。秸稈。**賈思勰《齊民要術·收種》:"先治而別埋,還以所治～草蔽窖。"

18 **豐** fēng ⑧ fung¹ **同"葑"。即蕪菁。**揚雄《方言》卷三:"～、蕘,蕪菁也。陳、楚之郊謂之～。"曹操《步出夏門行》:"錐不入地,～藾深奧。"(藾:草名,即藾蒿。)

19 **蘸** zhàn ⑧ zaam³ **以物浸入水中。**韓愈《遊城南十六首·題于賓客莊》:"榆莢車前蓋地皮,薔薇～水筍穿籬。"⊗ **水浸物。**儲光羲《田家即事》詩:"桑柘悠悠水～堤,晚風晴景不妨犁。"

19 **蘿** luó ⑧ lo⁴ ❶ **一種蔓生植物。**酈道元《水經注·漸江水》:"扳～捫葛,然後能升。"杜甫《佳人》詩:"牽～補茅屋。"❷ **[女蘿] 地衣類植物,寄生於松柏。也叫松蘿。**《詩經·小雅·頍弁》:"蔦 (niǎo ⑧ niu⁵) 與～～,施 (yì ⑧ ji⁶) 于松柏。"(蔦:寄生小灌木。施:蔓延。)屈原《九歌·山鬼》:"被 (pī ⑧ pei¹) 薜荔兮帶～～。"(被:通"披"。)

19 **蘼** mí ⑧ mei⁴ **[蘼蕪] 一種香草。也叫江蘺。**《古詩十九首·上山采蘼蕪》:"上山采～～,下山逢故夫。"

19 **蘺** lí ⑧ lei⁴ ❶ **[江蘺] 一種香草。**《楚辭·九歎·惜賢》:"佩～～之斐斐。"❷ **通"籬"。籬笆。**《敦煌變文校注·維摩詰經講經文》:"作朝廷之～屏。"

21 **虆** léi ⑧ leoi⁴ ❶ **藤蔓。**⑤ **纏繞。**《楚辭·九歎·憂苦》:"葛藟～於桂樹兮,鴟鴞集於木蘭。"❷ **盛物的筐。**《孟子·滕文公上》:"蓋歸反～梩而掩之。"**這個意義又寫作"虆"。**《鹽鐵論·詔聖》:"任刑必誅,劓鼻盈～。"

25 **虋** (穈) mén ⑧ mun⁴ **一種莖稈紅色的穀類。**《詩經·大雅·生民》:"誕降嘉種……維～維芑。"沈括《夢溪筆談》卷二六:"丹黍謂之～。"

虍部

3 **虐** nüè ⑧ joek⁶ ❶ **虐待,殘害。**《左傳·文公十五年》:"君子之不～幼賤,畏于天也。"《史記·劉敬叔孫通列傳》:"不欲依阻險,令後世驕奢以～民也。"❷ **殘暴,兇狠。**《國語·周語上》:"厲王～,國人謗王。"❸ **災害,禍害。**《左傳·襄公十三年》:"是以上下無禮,亂～並生。"

4 **虔** qián ⑧ kin⁴ ❶ **威武的樣子。**《詩經·商頌·長發》:"武王載旆,有～秉鉞。"❷ **恭敬,虔誠。**《詩經·大雅·韓奕》:"夙夜匪解,～共爾位。"❸ **削裁,砍伐。**《詩經·商頌·殷武》:"是斷是遷,方斲是～。"❹ **殺。**《左傳·成公十三年》:"～劉我邊陲。"(殺害我邊疆的人民。劉:殺。陲:邊疆。)

4 **虓** xiāo ⑧ haau¹ ❶ **虎吼。**《詩經·大雅·常武》:"進厥虎臣,闞 (hǎn ⑧ haam³) 如～虎。"(闞:威猛。)❷ **勇猛。**《晉書·陶侃傳》:"郭默～勇,所

在暴掠。”韓愈等《征蜀聯句》：“下書遏雄～。”

5 **彪** biāo (粵) biu[1] ❶ **虎身上的斑紋**。(喻) **文采**。《揚子法言・君子》：“以其弸(péng (粵) pang[4]) 中而～外也。”(弸：滿。) [**彪炳**] **文采煥發的樣子**。鍾嶸《詩品》卷中：“文體相輝，～～可翫。”❷ **虎**。庾信《枯樹賦》：“熊～顧盼，魚龍起伏。” (喻) **身體魁梧**。《北史・斛律金傳附斛律光》：“馬面～身，神爽雄傑。”

5 **處** (**処、處**) chǔ (粵) cyu[2] ❶ **停留**。《孫子兵法・軍爭》：“卷甲而趨，日夜不～。”(卷甲：捲起盔甲。趨：奔赴。) ❷ **居住**。屈原《九章・涉江》：“幽獨～乎山中。”(幽：寂寞。) (引) **處於，處在**。《論衡・逢遇》：“～尊居顯未必賢。” [**處士**] **隱居的人**。《荀子・非十二子》：“今之所謂～～者，無能而云能者也。”(云：說。) ❸ **佔，佔據**。《商君書・徠民》：“地方百里者，山陵～什一，藪澤～什一。”(什一：十分之一。藪澤：湖泊。) ❹ **相處，交往**。《莊子・德充符》：“久與賢人～則無過。” ❺ **處理，安排**。《左傳・文公十八年》：“先君周公制周禮曰：‘則以觀德，德以～事，事以度功，功以食民。’”《三國志・蜀書・諸葛亮傳》：“將軍量力而～之。” ❻ chù (粵) cyu[3] **地方，位置，處所**。《孫子兵法・虛實》：“角之而知有餘不足之～。”《漢書・張騫傳》：“知水草～，軍得以不乏。”(乏：缺乏。)

6 **虛** xū (粵) heoi[1] ❶ **大土山**。《詩經・鄘風・定之方中》：“升彼～矣，以望楚矣。”(升：登上。) ❷ **廢墟**。《荀子・哀公》：“君出魯之四門以望魯四郊，亡國之～則必有數蓋焉。”(君：您。魯：魯國。數蓋：數處。) ❸ **空。與“實”相對**。《管子・心術上》：“～者萬物之始也。” (又) **空虛**。《商君書・去強》：“倉府兩～，國弱。”(府：藏財物的地方。) (又) **謙虛**。《周易・咸》：“君子以～受人。” ❹ **虛假，不真實**。《三國志・魏書・荀彧傳》：“推誠心，不為～美。” ❺ **虛弱**。《素問・玉機真藏論》：“脈細，皮寒，氣少，泄利前後，飲食不入，此謂五～。” ❻ **白白地**。《史記・越王勾踐世家》：“重千金～棄莊生，無所為也。” ❼ **集市(後起意義)**。黃庭堅《上蕭家峽》：“趁～人集春蔬好。” ❽ **星宿名，二十八宿之一。上述❶❷❼後來寫作“墟”**。

7 **虜** lǔ (粵) lou[5] ❶ **俘獲**。《戰國策・秦策四》：“父子老弱係～，相隨於路。”《漢書・周亞夫傳》：“其將固可襲而～也。” (又) **把人搶走**。《三國志・吳書・吳主傳》：“～其人民而還。” **這個意義後來寫作“擄”**。❷ **俘虜**。《史記・張儀列傳》：“左挈人頭，右挾生～。”《鹽鐵論・誅秦》：“斬首捕～十餘萬。” (又) **奴隸**。《韓非子・五蠹》：“雖臣～之勞不苦於此矣。”(臣：奴隸。) ❸ **對敵人的蔑稱**。《史記・高祖本紀》：“漢王傷匈，乃捫足曰：‘～中吾指。’”(中：射中。指：腳趾。)

7 **虞** yú (粵) jyu[4] ❶ **意料，預料**。《左傳・僖公四年》：“不～君之涉吾地也。”(涉：指進入。) (又) **謀劃好，事先有準備**。《孫子兵法・謀攻》：“以～待不～者勝。” ❷ **欺騙**。《左傳・宣公十五年》：“我無爾詐，爾無我～。”(我不騙你，你不騙我。詐：欺騙。) **成語有“爾虞我詐”**。❸ **憂患**。杜甫《北征》詩：“維時遭艱～。” ❹ **古代管山澤的官**。《尚書・舜典》：“汝作朕～。”(汝：你。朕：我。) ❺ **通“娛”。快樂**。《漢書・王褒傳》：“皆以此～說 (yuè (粵) jyut[6]) 耳目。”(說：喜悅。) ❻ **朝代名。傳說中夏代之前的朝代，君主是舜**。❼ **周代諸侯國，在今山西平陸東北**。

7 **號** hào (粵) hou[6] ❶ háo (粵) hou[4] **大聲喊叫**。屈原《天問》：“妖夫曳衒，何～

于市？"柳宗元《童區寄傳》："因大～，一虛皆驚。"（虛：集市。）(又) **動物長鳴，大風吼叫**。《史記・曆書》："時雞三～，卒明。"杜甫《茅屋為秋風所破歌》："八月秋高風怒～。"(引) **大聲哭**。《莊子・養生主》："秦失弔之，三～而出。"（秦失：人名。）李白《北上行》："悲～絕中腸。"（絕中腸：斷腸，形容悲痛到極點。）❷ **宣稱，稱**。《史記・高祖本紀》："沛公兵十萬，～二十萬。"（沛公：指劉邦。）楊衒之《洛陽伽藍記・城西》："民間～為王子坊。"❸ **號令，命令**。《莊子・田子方》："何不～於國中？"《韓非子・初見秦》："秦之～令賞罰，地形利害，天下莫若也。"（莫若：沒有一個比得上。）❹ **稱號**。《史記・秦始皇本紀》："采上古帝位～，號曰'皇帝'。"（采：採取。）(又) **別號，指人名字以外的自稱**。陶潛《五柳先生傳》："宅邊有五柳樹，因以為～焉。"（因以為號焉：就把"五柳"作為自己的別號。）【辨】哭，號，泣，啼。見 90 頁"哭"字。

8 **虡** (**簴**)jù (粵) geoi6 **懸掛鐘磬的架子兩旁的柱子**。《禮記・檀弓上》："有鐘磬而無簨（sǔn (粵) seon2）～。"（簨：懸掛鐘磬的橫木。）《漢書・司馬相如傳》："立萬石之～。"**又寫作"鐻"**。

9 **虢** guó (粵) gwik1 **周代諸侯國**。① **在今陝西寶雞東，後來遷到河南陝縣東南，又稱西虢**。② **在今河南鄭州東北，又稱東虢**。

10 **虣** bào (粵) bou6 ❶ **猛獸**。鮑照《蕪城賦》："伏～藏虎。"❷ **通"暴"**。**徒手行獵**。左思《吳都賦》："～虦（hán (粵) hon4）䖘（shù (粵) suk1）。"（虦：白虎。䖘：黑虎。）(又) **暴虐**。《周禮・地官・大司徒》："以刑教中，則民不～。"（中：中正。）(又) **突然**。《後漢書・五行志三》："河南新城山水～出，突壞民田。"

11 **虧** kuī (粵) kwai1 ❶ **欠缺，短少**。《管子・白心》："日極則仄（zè (粵) zak1），月滿則～。"（日極：太陽到了正午。仄：偏斜。）**成語有"功虧一簣（kuì (粵) gwai6）"（只欠一筐土沒有成功）**。❷ **毀壞**。《詩經・魯頌・閟宮》："不～不崩。"（崩：崩潰。）(又) **損害**。《墨子・兼愛上》："子自愛，不愛父，故～父而自利。"《晉書・王戎傳》："～敗風俗。"(又) **違背**。《呂氏春秋・察今》："其時已與先王之法～矣。"

12 **虩** xì (粵) gwik1 **恐懼的樣子**。《周易・震》："震來～～，笑言啞啞。"

虫部

0 **虫** huǐ (粵) wai2 **毒蛇**。《山海經・南山經》："羽山……多蝮～。"**又寫作"虺"**。

1 **虬** (**虯**)qiú (粵) kau4 **古代傳說中的一種龍**。屈原《天問》："焉有～龍，負熊以游？"（焉有：哪有。）(引) **像虬龍那樣盤曲、蜷曲**。《新五代史・皇甫遇傳》："為人有勇力，～髯善射。"杜牧《題青雲館》詩："～蟠千仞劇羊腸，天府由來百二強。"（蟠：盤曲。劇羊腸：比羊腸還要曲折。）

3 **虺** huǐ (粵) wai2 ❶ **毒蛇**。屈原《天問》："雄～九首。"（首：腦袋。）❷ huī [虺虺] **雷聲**。《詩經・邶風・終風》："～～其雷。"❸ (粵) fui1 [**虺隤**（tuí (粵) teoi4）] **疲病的樣子**。《詩經・周南・卷耳》："我馬～～。"

4 **蚨** fú (粵) fu4 [**青蚨**] **一種母子不相離的水蟲**。**也叫蚨母**。干寶《搜神記》卷十三："南方有蟲……又名～～，形似蟬而稍大。"《鬼谷子・內揵》："若蚨母之從其子也。"**傳說用青蚨血塗錢，可引錢還歸，因以青蚨指代錢**。《寒山詩》

一二一："囊裹無～～，篋中有黃絹。"

4 **蚑** qí 粵 kei4 ❶ **蟲名**。枚乘《七發》："～、蟜、螻、蟻聞之，拄喙而不能前。" 泛 **蟲類**。李時珍《本草綱目・主治下・諸蟲》："殺蟲術……藍葉，殺蟲～。" ❷ [蚑行] **蟲類爬行或動物行走**。《淮南子・脩務》："～～蟯動之蟲，喜而合，怒而鬬。"《淮南子・天文》："～～喙息，莫貴於人。"

4 **蚍** pí 粵 pei4 [蚍蜉] **大螞蟻**。傅玄《短歌行》："～～愉樂，粲粲其榮。"韓愈《調張籍》詩："～～撼大樹，可笑不自量。"

4 **蚋** (蜹)ruì 粵 jeoi6 **蚊子一類的昆蟲**。《荀子・勸學》："醯 (xī 粵 hei1) 酸而～聚焉。"(醯：醋。)

4 **蚡** fén 粵 fan4 ❶ **同"鼢"。田鼠**。《新唐書・東夷傳・高麗》："狼狐入城，～穴於門，人心危駭。"(穴：用作動詞。打洞穴。) ❷ [蚡緼] **通"紛緼"。紛亂糾結的樣子**。馬融《長笛賦》："～～繙紆 (fān yū 粵 faan4 jyu1)。"(繙紆：雜亂的樣子。)

4 **蚩** chī 粵 ci1 ❶ **痴呆，無知**。任昉《奉答敕示七夕詩啟》："～鄙已彰。"(痴呆粗野已經很明顯了。彰：明顯。) [蚩蚩] **憨厚的樣子**。《詩經・衞風・氓》："氓之～～，抱布貿絲。" ❷ **欺侮**。張衡《西京賦》："～眩邊鄙。"(眩：迷惑。邊鄙：指邊遠地區的人。) ❸ **醜惡**。《後漢書・趙壹傳》："孰知辨其～妍。"(孰：誰。妍：美好。) **這個意義後來寫作"媸"**。❹ **通"嗤"。譏笑，嘲笑**。《三國志・吳書・呂蒙傳》："他日與蒙會，又～辱之。" ❺ [蚩尤] **傳說中東方九黎族的首領**。《史記・五帝本紀》："遂禽殺～～。"(禽：通"擒"。)

4 **蚤** zǎo 粵 zou2 ❶ **跳蚤**。《莊子・秋水》："鴟鵂夜撮～。"《續博物志》："夫土乾則生～，地濕則生蚊。" ❷ zhǎo 粵 zaau2 **指甲**。《荀子・大略》："爭利如～甲而喪其掌。"(爭利如蚤甲：比喻所得甚小。喪其掌：比喻所失甚大。) **這個意義又寫作"爪"**。❸ **通"早"**。《韓非子・外儲說右上》："善持勢者～絕其姦萌。"(善持勢者：善於掌握權力的人。萌：萌芽。)

5 **蛄** gū 粵 gu1 ❶ **螻蛄，農作物害蟲**。李賀《宮娃歌》："啼～弔月鉤欄下。" ❷ [蛄蟴 (shī 粵 si1)] **一種米麥中的小黑蟲**。❸ [蟪蛄] **見 563 頁"蟪"字**。

5 **蚺** rán 粵 jim4 **蟒蛇，大蛇**。劉恂《嶺表錄異》卷下："～蛇，大者五六丈，圍四五尺。"

5 **蚴** yǒu 粵 jau3 [蚴虯] **龍行屈曲的樣子**。《楚辭・惜誓》："蒼龍～～于左驂兮，白虎騁而為右騑。" **又寫作"蟉蟉"**。《史記・司馬相如列傳》："驂赤螭青虯之蟉蟉蜿蜒。"

6 **蛩** qióng 粵 kung4 ❶ **蝗蟲**。《淮南子・本經》："飛～滿野。" ❷ [蛩蛩] **憂思的樣子**。《楚辭・九歎・離世》："心～～而懷顧兮，魂眷眷而獨逝。" ❸ **蟋蟀**。白居易《禁中聞蛩》詩："西窗獨闇坐，滿耳新～聲。" ❹ gǒng 粵 gung2 **蟲名。即"馬陸"**。

6 **蛬** gǒng 粵 kung4 **蟋蟀**。鮑照《擬古》詩之七："秋～扶戶吟，寒婦成夜織。"尚顏《送獨孤處士》詩："喧～壁近牀。"

6 **蛤** gé 粵 gap3 ❶ **一種有介殼的軟體動物**。《國語・晉語九》："雀入於海為～。"《韓非子・五蠹》："民食果蓏蜯～。" ❷ há 粵 haa4/haa1 **蛤蟆，青蛙類動物**。劉恂《嶺表錄異》上："聞田中有～鳴。"

6 **蛟** jiāo 粵 gaau1 ❶ **古代傳說中能發水的一種龍**。❷ **鱷魚類動物**。《晉書・周處傳》："因投水搏～。"

6 **蛑** móu ㊥ mau^4 ❶ [蝤 (yóu ㊥ jau^4) 蛑] 見 562 頁"蝤"字。❷ máo 同"蟊"。**食苗根的害蟲。** ⓨ **剝削殘害百姓。**劉禹錫《訊甿》："其下也，鶩其理而～其賦，民弗堪命。" [蛑賊] **同"蟊賊"。指危害國家百姓的人。**袁準《袁子正書・政略》："夫有不急之官，則有不急之祿，國之～～也。"

7 **赨** tóng ㊥ tung^4 **赤色。**《管子・地員》："其種大苗、細苗，～莖黑秀。"

7 **蜃** shèn ㊥ san^6 ❶ **一種大蛤蜊。**《國語・晉語九》："雀入於海為蛤，雉入於淮為～。" ❷ **蚌殼燒成用於防潮的灰。**《周禮・地官・掌蜃》："以共闉壙之～。"（共：供。）❸ **一種繪有蜃形的祭器。**《周禮・春官・鬯人》："凡山川四方用～。" ❹ **傳説中一種能吐氣（形成海市蜃樓）的蛟龍。**王維《送秘書晁監還日本國序》："黃雀之風動地，黑～之氣成雲。" [蜃樓] **海市蜃樓。也叫蜃市、蜃氣。夏季沿海或沙漠中因太陽折光形成的虛幻城市樓閣形象。**陳允平《渡江雲・三潭印月》："煙沉霧回，怪～～飛入清虛。"

7 **蛺** jiá ㊥ gaap^3 [蛺蝶] **蝴蝶。**《抱朴子・官理》："髫孺背千金而逐～蜨。"（蜨：同"蝶"。）

7 **蛸** shāo ㊥ saau^1 ❶ [蠨 (xiāo ㊥ siu^1) 蛸] 見 565 頁"蠨"字。❷ xiāo ㊥ siu^1 [螵 (piāo ㊥ piu^1) 蛸] 見 563 頁"螵"字。

7 **蜎** yuān ㊥ jyun^1 ❶ [蜎蜎] **蟲類爬行的樣子。**《詩經・豳風・東山》："～～者蠋，烝在桑野。" ❷ xuān ㊥ hyun^1 **通"翾"。飛翔。**《論衡・齊世》："昆蟲、草木、金石、珠玉、～蜚、蠕動、跂行喙息，無有異者。"（蜚：飛。）❸ juān ㊥ gyun^1 [嬋蜎] **通"嬋娟"。美好的樣子。**左思《吳都賦》："檀欒～～，玉潤碧鮮。"

7 **蛾** é ㊥ ngo^4 ❶ **蟲名。蛾子。**《荀子・賦》："蛹以為母，～以為父。" 張協《雜詩》："飛～拂明燭。" ⓨ **女子眉毛。**劉長卿《王昭君歌》："纖腰不復漢宮寵，雙～長向胡天愁。" [蛾眉] **蠶蛾的觸鬚細長，因以喻女子的眉毛。**《詩經・衛風・碩人》："螓首～～，巧笑倩兮。"（螓：蟬的一種。）⊗ **形容女子容貌美麗。**屈原《離騷》："眾女嫉余之～～兮。" ❷ **通"俄"。[蛾而] 不久。**《漢書・班倢伃傳》："帝初即位選入後宮。始為少使，～～大幸，為倢伃 (jié yú ㊥ zit^3 jyu^4)。" ❸ yǐ ㊥ ngai^5 **通"蟻"。螞蟻。**《禮記・學記》："～子時術之。" 屈原《天問》："蜂～微命，力何固？"

7 **蜍** chú ㊥ ceoi^4 [蟾蜍] 見 564 頁"蟾"字。

7 **蜉** fú ㊥ fau^4 ❶ [蜉蝣] **一種昆蟲。生存期極短。**《詩經・曹風・蜉蝣》："～～之羽，衣裳楚楚。" 郭璞《遊仙》詩："借問～～輩，寧知龜鶴年？"（寧：難道。）**又寫作"蜉蝤"。** ⓨ **淺薄的人。**白居易《酬吳七見寄》詩："莫忘～～內，進士有同年。" ❷ [蚍蜉] 見 559 頁"蚍"字。

7 **蜂** (蠭、𧒒) fēng ㊥ fung^1 ❶ **一種昆蟲。有蜜蜂、胡蜂、細腰蜂等。**《管子・輕重戊》："～螫 (shì ㊥ sik^1) 也。"（螫：蜇人。）屈原《天問》："～蛾微命，力何固？" **成語有"蜂目豺聲"。** ⓣ **蜜蜂。如"蜂蜜"、"蜂蠟"。**《論衡・言毒》："蜜為～液。" ⓨ **成羣地。**《史記・項羽本紀論》："豪傑～起。" **成語有"蜂擁而至"。** ❷ **通"鋒"。鋒利。**《新唐書・高叡傳》："突厥～銳。"

7 **蜕** tuì ㊥ teoi^3 ❶ **（蛇、蟬等動物）脱下的皮。**《莊子・寓言》："予，蜩 (tiáo ㊥ tiu^4) 甲也，蛇～也，似之而非也。"（我就和蟬殼、蛇蜕一樣，像蟬和蛇可又不是蟬和蛇。蜩：蟬。）❷ **（蛇、蟬等動物）脱去皮殼。**《史記・屈原賈生列傳》："蟬～於濁穢。"（濁穢：污穢，不乾淨。）⊗

脱去，除掉。李紳《泛五湖》詩："范子～冠履，扁舟逸霄漢。" ❸ **解脱，死。道家佛家對人死的諱稱**。王適《潘尊師碣》："吾其～矣。"

7 **蝍** jí ㊆ zik1 [**蝍蛆** (jū ㊆ zeoi1)] ① **蟋蟀**。《淮南子・説林》："騰蛇游霧，而殆於～～。"（殆：畏懼。）② **蜈蚣**。**又寫作"蝍且"**。《莊子・齊物論》："～～甘帶，鴟鴉耆鼠。"（帶：蛇。）

7 **蜀** shǔ ㊆ suk6 ❶ **"蠋"的古字。蛾蝶類的幼蟲**。《説文・蟲部》："蜀，葵中蠶也。……《詩》曰：'蜎蜎者～。'" ❷ **周代諸侯國。在今四川成都一帶**。《華陽國志・蜀志》："～之為國，肇於人皇。" ❸ **地域名。在今四川一帶**。李白《蜀道難》詩："～道之難，難於上青天。" ❹ **朝代名**。① **公元 221-263 年，三國之一，在今四川東部和雲南、貴州北部以及陝西漢中一帶，又稱蜀漢，第一代君主是劉備**。② **公元 907-925 年，五代時王建所建，史稱"前蜀"**。③ **公元 934-965 年，後唐孟知祥所建，史稱"後蜀"**。

8 **蜯** bàng ㊆ pong5 **同"蚌"。河蚌**。《韓非子・五蠹》："民食果蓏 (luǒ ㊆ lo5) ～蛤，腥臊惡臭而傷害腹胃。"（蓏：瓜類植物的果實。）

8 **蜡** (禮)zhà ㊆ zaa3 **古代年終合祭百神**。《禮記・郊特牲》："伊耆氏始為～，～也者，索也。歲十二月合聚萬物而索饗之也。"《禮記・禮運》："昔者仲尼與於～賓。"（蜡賓：蜡祭的助祭者。）

8 **蝀** dōng ㊆ dung1/dung3 [**蝃蝀**] **見本頁"蝃(螮)"字**。

8 **蜮** (蟚、魊) yù ㊆ wik6/waak6 **傳説中一種能含沙射人的動物**。《詩經・小雅・何人斯》："為鬼為～，則不可得。"歐陽修《自岐江山行至平陸驛》詩："水涉愁～射，林行憂虎猛。"

8 **蜾** guǒ ㊆ gwo2 [**蜾蠃** (luǒ ㊆ lo5)] **一種黑色細腰蜂**。《詩經・小雅・小宛》："螟蛉有子，～～負之。"

8 **蜒** yán ㊆ jin4 ❶ [**蜿蜒**] **見本頁"蜿"字**。❷ [**蜒蚰** (yóu ㊆ jau4)] **一種軟體動物，俗稱鼻涕蟲**。

8 **蝂** bǎn ㊆ baan2 [**蝜** (fù ㊆ fu6) **蝂**] **見 562 頁"蝜"字**。

8 **蜩** tiáo ㊆ tiu4 **蟬**。《詩經・豳風・七月》："四月秀葽，五月鳴～。"（葽：草名。）王褒《洞簫賦》："秋～不食。"

8 **蜷** (踡)quán ㊆ kyun4 **身體彎曲**。《傷寒論》卷六："惡寒而～卧。" [**蜷局**] **彎曲不伸的樣子**。屈原《離騷》："僕夫悲余馬懷兮，～～顧而不行。"

8 **蜿** (蟺)wān ㊆ jyun1 ❶ [**蜿蜒**] **又寫作"蟺蟺"。龍蛇曲折爬行的樣子**。《史記・司馬相如列傳》："驂赤螭青虬之蚴蟉～～。" ❷ wǎn [**蜿蟺** (shàn ㊆ sin5)] ① **曲折盤旋的樣子**。嵇康《琴賦》："～～相糾。" ② **蚯蚓**。

8 **蝃** (螮)dì ㊆ dai3 [**蝃蝀** (dōng ㊆ dung1/dung3)] **虹**。《詩經・鄘風・蝃蝀》："～～在東，莫之敢指。"（莫：沒有人。）《晉書・隱逸傳・夏統》："～～之氣見 (xiàn ㊆ jin6)，君子尚不敢指。"

8 **蜚** fěi ㊆ fei2 ❶ **一種有害的小飛蟲**。《左傳・莊公二十九年》："秋，有～為災也。" ❷ **傳説中的一種怪獸**。《山海經・東山經》："（太山）有獸焉，其狀如牛而白首，一目而蛇尾，其名曰～。" ❸ fēi ㊆ fei1 **通"飛"。鳥飛**。《韓非子・外儲説左上》："墨子為木鳶 (yuān ㊆ jyun1)，三年而成，～一日而敗。"（為：做。鳶：一種鷹。敗：失敗。）㊂ **無根據的，無緣無故的**。《史記・魏其武安侯列傳》："乃有～語，為惡言聞上。"（聞上：使皇帝聽到。）**成語有"流言蜚語"**。

8 **蝕** shí (粵) sik6 ❶ **侵蝕**。梅堯臣《劉原甫古錢勸酒》詩：“精銅不蠹（dù (粵) dou3）～。”（蠹：蟲蛀。）**雙音詞有“侵蝕”、“腐蝕”**。❷ **日食、月食**。《荀子・天論》：“夫日月之有～……是無世而不常有之。”（日食和月食，這是沒有一個時期不曾有過的。常：嘗，曾經。）(泛) **星球相互侵蝕**。《史記・魯仲連鄒陽列傳》：“太白～昴。”

9 **蝘** yǎn (粵) jin2 ［**蝘蜓**（diàn (粵) ting4）］**壁虎**。《荀子・賦》：“螭龍為～～，鴟梟為鳳皇。”揚雄《解嘲》：“今子乃以鴟梟而笑鳳凰，執～～而嘲龜龍。”

9 **螋** sōu (粵) sau1 ［**蠼**（qú (粵) keoi4）**螋**］**見566頁“蠼”字**。

9 **蝎** hé (粵) hot3 ❶ **木中蛀蟲**。《論衡・商蟲》：“桂有蠹，桑有～。”❷ xiē (粵) hit3 **一種毒蟲，蝎子**。干寶《搜神記》卷十八：“乃握劍至昨夜應處，果得老～。”

9 **蝮** fù (粵) fuk1 **蝮蛇，一種毒蛇**。《史記・田儋列傳》：“～螫手則斬手，螫足則斬足。”

9 **蝜** fù (粵) fu6 ［**蝜蝂**（bǎn (粵) baan2）］**一種小蟲**。柳宗元《蝜蝂傳》：“～～者，善負小蟲也。”

9 **蝣** yóu (粵) jau4 ［**蜉蝣**］**見560頁“蜉”字**。

9 **蝤** qiú (粵) cau4 ❶ ［**蝤蠐**］**天牛的幼蟲。其色白而體長**。《詩經・衛風・碩人》：“領如～～，齒如瓠犀。”（領：脖子。）❷ yóu (粵) jau4 ［**蜉蝤**］**見560頁“蜉”字**。❸ yóu (粵) jau4 ［**蝤蛑**（móu (粵) mau4）］**一種海蟹**。劉恂《嶺表錄異》卷下：“～～，乃蟹之巨而異者。”**又寫作“蝤蝥”**。

9 **蝱** méng (粵) mang4 ❶ **昆蟲名。一種大蠅子，吮吸人、畜血液**。《史記・項羽本紀》：“夫搏牛之～，不可以破蟣蝨。”**這個意義又寫作“虻”、“蝱”**。❷ (粵) maang4 **通“莔”。藥草名。即貝母**。《詩經・鄘風・載馳》：“陟彼阿丘，言采其～。”

9 **蝥** máo ❶ (粵) maau4 ［**斑蝥**］**一種有毒的蟲**。❷ ［**蝥賊**］**吃禾苗的害蟲。比喻對人或國家有害的人**。杜甫《送韋諷上閬州錄事參軍》詩：“必若救瘡痍，先應去～～。”**又寫作“蟊賊”**。❸ wú (粵) mou4 ［**蛛蝥**］**蜘蛛的別稱**。左思《魏都賦》：“無異～～之網。”（無異：和……沒有區別。）

10 **融** （䗀）róng (粵) jung4 ❶ **融化，消融**。杜甫《晚出左掖》詩：“樓雪～城濕。”（樓：城樓。）(引) **融匯，融合**。楊炯《王勃集序》：“契將往而必～，防未來而先制。”**成語有“融會貫通”**。❷ **通，通達**。何晏《景福殿賦》：“品物咸～。”（品物：指萬物。咸：都。）❸ **長遠，久長**。《北史・崔宏傳》：“陛下春秋富盛，聖業方～。”❹ **大明，大亮**。《左傳・昭公五年》：“明而未～。”(又) **顯明，昌盛**。陶潛《命子》詩：“在我中晉，業～長沙。”❺ ［**融融**］① **和悅的樣子**。《左傳・隱公元年》：“其樂也～～。”**成語有“融融泄泄”**。② **暖和的樣子**。杜牧《阿房宮賦》：“歌臺暖響，春光～～。”

10 **螓** qín (粵) ceon4 **一種方頭寬額的蟬**。［**螓首**］**形容女子容貌美麗的樣子**。《詩經・衛風・碩人》：“～～蛾眉，巧笑倩兮，美目盼兮。”

10 **螘** yǐ (粵) ngai5 **同“蟻”**。《史記・屈原賈生列傳》：“夫豈從～與蛭螾？”

10 **螗** táng (粵) tong4 ❶ **一種較小的蟬**。《詩經・大雅・蕩》：“如蜩如～。”❷ ［**螗蜋**］**即“螳螂”**。陳琳《為袁紹檄豫州》：“欲以～～之斧，禦隆車之隧。”

10 **螟** míng (粵) ming4 **螟蛾的幼蟲。一種吃禾心的害蟲**。《詩經・小雅・大田》：“去其～螣（tè (粵) dak6），及其蟊賊。”《後漢書・魯恭傳》：“建初七年，郡國～

傷稼。”［螟蛉］① **螟蛾的幼蟲**。《詩經・小雅・小宛》：“～～有子，蜾蠃（guǒ luǒ ㊚ gwo2 lo5）負之。”（蜾蠃：一種細腰蜂。）② **養子的代稱。蜾蠃常捕食螟蛉餵其幼蟲，古人誤以為蜾蠃養螟蛉為己子，後遂以“螟蛉”稱養子**。《舊唐書・昭宗紀》：“言珂～～，不宜纘襲。”（珂：王珂，人名。）

10 **螣** téng ㊚ tang4 ❶［螣蛇］**傳說中一種能飛的神蛇**。《荀子・勸學》：“～～無足而飛。”❷ tè ㊚ dak6 **一種食禾苗的害蟲**。《詩經・小雅・大田》：“去其螟～。”

11 **螫** shì ㊚ sik1 ❶ **毒蟲刺蜇（zhē ㊚ zit3）或毒蛇咬**。《史記・淮陰侯列傳》：“猛虎之猶豫，不若蜂蠆之致～。”陸龜蒙《別離》詩：“蝮蛇一～手。”㊁ **毒害**。班固《西都賦》：“流大漢之愷悌，蕩亡秦之毒～。”❷ **因惱怒而加害**。《史記・魏其武安侯列傳》：“有如兩宮～將軍。”

11 **螯** áo ㊚ ngou4 **螃蟹等節肢動物的第一對腳，像鉗子，能開合，用來取食、自衛**。《荀子・勸學》：“蟹六跪而二～。”（跪：腳。）⊗ **螃蟹的代稱**。蘇軾《和穆父〈新涼〉》：“紫～應已肥，白酒誰能勸？”

11 **蟄** zhé ㊚ zat6/zik6 **動物冬眠，藏起來不食不動**。《莊子・天運》：“～蟲始作。”（作：起來。）

11 **螬** cáo ㊚ cou4［蠐（qí ㊚ cai4）螬］見565頁“蠐”字。

11 **螵** piāo ㊚ piu1［螵蛸（xiāo ㊚ siu1）］① **螳螂的卵塊。可入藥**。《魏書・陸彰傳》：“藥中須桑～～。”② **烏賊魚骨。可入藥**。李時珍《本草綱目・鱗部・烏賊魚》：“烏賊魚，時珍曰：骨名～～。”

11 **螻** lóu ㊚ lau4 **螻蛄。一種對農作物有害的昆蟲**。《莊子・列禦寇》：“在上為烏鳶食，在下為～蟻食。”《韓非子・喻老》：“千丈之堤以～蟻之穴潰。”（以：因。潰：水沖破堤壩。）

11 **蟈** guō ㊚ gwok3 **蛙**。《淮南子・時則》：“螻～鳴，丘螾出。”（螻：螻蛄。邱螾：蚯蚓。）

11 **螭** chī ㊚ ci1 ❶ **傳說中一種沒有角的龍**。屈原《九章・涉江》：“駕青虬（qiú ㊚ kau4）兮驂白～。”⊗ **古代建築或工藝品上的螭形飾物**。《新唐書・鄭朗傳》：“文宗與宰相議政，適見朗執筆～頭下，謂曰：‘向所論事，亦記之乎？’”❷［螭魅］**通“魑魅”。傳說中山林裏能害人的怪物**。《左傳・文公十八年》：“投諸四裔，以御～～。”

11 **螾** yǐn ㊚ jan5 **同“蚓”。蚯蚓**。《荀子・勸學》：“～無爪牙之利，筋骨之強，上食埃土，下飲黃泉。”

11 **螽** zhōng ㊚ zung1 **蟲名。蝗類的總稱**。《春秋・桓公五年》：“大雩，～。”

11 **螿** jiāng ㊚ zoeng1［寒螿］**一種蟬**。謝惠連《擣衣》詩：“肅肅莎雞羽，烈烈～～啼。”

11 **蟊** máo ㊚ mau4［蟊賊］**吃禾苗根的害蟲叫“蟊”，吃禾苗節的害蟲叫“賊”**。《詩經・小雅・大田》：“去其螟螣（tè ㊚ dak6），及其～～。”（螟、螣：害蟲名。）(喻) **對人或國家有危害的人**。《後漢書・馮衍傳》：“攘其～～，安其疆宇。”李白《酬裴侍御對雨感時見贈》詩：“～～陷忠讜，渺然一水隔。”（忠讜：指忠誠而敢於直言的人。）

12 **蟢** xǐ ㊚ hei2 **一種小蜘蛛**。《劉子新論・鄙名》：“今野人晝見～子者，以為有喜樂之瑞。”

12 **蟪** huì ㊚ wai6［蟪蛄］**一種比較小的蟬**。《莊子・逍遙遊》：“～～不知春秋。”

12 **蟫** yín ㊚ jam4/taam4 ❶ **蠹魚，生在衣物、書籍中的蛀蟲**。《新唐書・儒

學傳》："是時，文籍盈漫，皆巢朽～斷，籤滕紛舛。"❷ xún 粵 cam^{4} [蟫蟫] ① **隨行的樣子**。《楚辭·九思·悼亂》："鹿蹊兮躖躖，貒貉兮～～。"② **蠕動的樣子**。《後漢書·馬融傳》："蟆蟆～～，充衢塞隧。"

12 **蟲** chóng 粵 cung^{4} **昆蟲，蟲子**。《詩經·齊風·雞鳴》："～飛薨薨。"（薨薨：蟲子飛的聲音。）《荀子·勸學》："肉腐出～。"(泛) **動物的通稱**。《莊子·應帝王》："而曾二～之無知。"（曾：語氣詞。二蟲：指鳥和鼷鼠。）[**大蟲**] **指老虎**。李肇《唐國史補》上："～～老鼠，俱為十二相屬。"**參 558 頁"虫"字**。

12 **蟬** chán 粵 sim^{4} ❶ **一種昆蟲。也叫知了**。《荀子·大略》："飲而不食者，～也。"❷ **蟬冠。古代侍從官的冠飾**。陶弘景《冥通記》卷一："著朱衣赤幘（zé 粵 zaak^{3}），上戴～，垂纓極長。"（幘：頭巾。）**後因以"蟬冠"指代顯貴**。❸ [**蟬聯**] **連續不斷的樣子**。左思《吳都賦》："～～陵丘。"《梁書·王筠傳》："自開闢已來，未有爵位～～，文才相繼，如王氏之盛者也。"

12 **蟭** jiāo 粵 ziu^{1} [**蟭螟**（míng 粵 ming^{4}）] **一種小蟲**。《抱朴子·刺驕》："～～屯蚊眉之中，而笑彌天之大鵬。"

12 **蟠** pán 粵 pun^{4} ❶ **盤曲，盤繞**。左思《蜀都賦》："潛龍～於沮（jù 粵 zeoi^{3}）澤。"（沮澤：水草聚集的地方。）酈道元《水經注·漾水》："羊腸～道，三十六迴。"(引) **彎曲**。李白《詠山樽二首》其一："～木不雕飾。"❷ **遍及，充滿**。蘇軾《策斷二十三》："夫天子之勢，～於天下而結於民心者甚厚。"

12 **蟣** jǐ 粵 gei^{2} ❶ **虱子的卵**。《韓非子·喻老》："甲胄生～虱，燕雀處帷幄。"❷ **酒上的泡沫**。《晉書·張載傳》："浮～星沸，飛華蓱接。"

13 **蠆** chài 粵 caai^{3} ❶ **蝎子一類的毒蟲**。《左傳·僖公二十二年》："蜂～有毒，而況國乎？"《詩經·小雅·都人士》："彼君子女，卷髮如～。"❷ dì 粵 dai^{3} [**蠆芥**] **同"蔕芥"。草芥，比喻心中梗塞**。張衡《西京賦》："睚眥（yá zì 粵 ngaai^{4} zi^{6}）～～，屍僵路隅。"（睚眥：怒目而視。）

13 **蠋** zhú 粵 zuk^{1} **蛾蝶類的幼蟲**。《詩經·豳風·東山》："蜎蜎者～，烝（zhēng 粵 zing^{1}）在桑野。"（烝：語氣詞。）

13 **蟾** chán 粵 sim^{4} [**蟾蜍**（chú 粵 ceoi^{4}）] ① **簡稱"蟾"。也叫癩蛤蟆**。《淮南子·原道》："使蟹捕鼠，～～捕蚤。"元好問《蟾池》詩："小～徐行腹如鼓，大～張頤（yí 粵 ji^{4}）怒於虎。"（徐行：慢慢走。頤：腮。）(又) **蟾形器物**。《後漢書·張衡傳》："下有～～張口承之。"**又寫作"詹諸"**。② **傳說月中有蟾蜍，因而又用為月的代稱**。杜甫《八月十五夜月》詩之二："刁斗皆催曉，～～且自傾。"**也簡稱"蟾"**。《宋史·樂志十五》："殘霞弄影，孤～浮天。"

13 **蠃** luǒ 粵 lo^{5} ❶ [**蠃蟲**] **同"倮蟲"。沒有鱗甲和毛羽的動物**。《漢書·五行志中》："時則有草妖，時則有～～之孽。"❷ luó 粵 lo^{4} **通"螺"。一種水生動物**。《韓非子·外儲說右上》："故市木之價不加貴於山，澤之魚鹽龜鱉～蚌不加貴於海。"

14 **蠖** huò 粵 wok^{6} ❶ **尺蠖，蛾類的幼蟲，行動時身體先屈後伸。俗稱吊死鬼**。《晉書·庾闡傳》："是以道隱則～屈，數感則鳳覩。"❷ [**溫蠖**] **昏聵**。《史記·屈原賈生列傳》："寧赴常流而葬乎江魚腹中耳，又安能以皓皓之白而蒙世俗之～～乎！"

14 **蠓** měng 粵 mung^{5} **即蠛蠓。見 565 頁"蠛"字**。[**蠓蜹**（ruì 粵 jeoi^{6}）] **蠛蠓與蚊蚋**。《列子·湯問》："春夏之月有～

～者，因雨而生，見陽而死。”

14 **蠕** (蝡)rú（舊讀 ruǎn）粵 jyu^{4} ❶ **蠕動，蟲類爬行的樣子**。《史記·匈奴列傳》：“元元萬民，下及魚鱉，上及飛鳥，跂行喙息，～動之類，莫不就安利而辟危殆。”引 **泛指微動的樣子**。《荀子·勸學》：“端而言，～而動，一可以為法則。”❷［**蠕蠕**］① **蠕動，蟲類爬行的樣子**。李賀《感諷》詩之一：“越婦未織作，吳蠶始～～。”② **古代北方部族名。也稱“柔然”**。曹丕《大牆上蒿行》：“下有～～地，今我難得久來履。”

14 **蠐** qí 粵 cai^{4} ❶［**蠐螬**（cáo 粵 cou^{4}）］**金龜子的幼蟲**。《莊子·至樂》：“烏足之根為～～，其葉為胡蝶。”❷［**蝤**（qiú 粵 cau^{4}）**蠐**］**見 562 頁“蝤”字**。

15 **蠢** chǔn 粵 ceon^{2} ❶ **昆蟲慢慢地爬動**。傅玄《陽春賦》：“幽蟄（zhé 粵 zat^{6}/zik^{6}）～動，萬物樂生。”（幽：隱藏的。蟄：冬眠動物。）**成語有“蠢蠢欲動”**。❷ **騷動**。《後漢書·李膺傳》：“今三垂～動，王旅未振。”（垂：陲，邊疆。）❸ **愚昧無知，愚笨**。《論衡·自然》：“時人愚～，不知相繩責也。”**上述❷❸又寫作“惷”**。【**辨**】**蠢，惷。見 209 頁“惷”字**。

15 **蠛** miè 粵 mit^{6}［**蠛蠓**］**一種小飛蟲**。宋玉《小言賦》：“附～～而遨遊。”**又寫作“蠓蠛”**。喻 **小人物**。儲光羲《登秦嶺作時陷賊歸國》詩：“網羅～～時，顧齒熊羆鋒。”

15 **蠣** lì 粵 lai^{6} **牡蠣。也叫蠔**。李時珍《本草綱目·介部二·牡蠣》：“南海人以其～房砌牆，燒灰粉壁，食其肉，謂之～黃。”

15 **蠡** lí 粵 lai^{4} **用瓠做的瓢**。《漢書·東方朔傳》：“以筦窺天，以～測海。”（用管來觀天，用瓢來測量海水。）

17 **蠱** gǔ 粵 gu^{2} ❶ **古人所說的害人的毒蟲**。《周禮·秋官·庶氏》：“庶氏掌除毒～。”（庶氏：官名。）❷ **害人的邪術。指祈禱鬼神、詛咒**。《史記·酷吏列傳》：“治陳皇后～獄，深竟黨與。”［**巫蠱**］**用巫術毒害人**。《漢書·江充傳》：“奏言上疾祟在～～。”❸ **指傷害人的熱毒惡氣**。《史記·秦本紀》：“初伏，以狗禦～。”❹ **誘惑，欺騙**。《左傳·莊公二十八年》：“楚令尹子元欲～文夫人。”《墨子·非儒下》：“孔某盛容脩飾以～世。”（孔某：指孔丘。脩：同“修”。）❺ **陳穀中所生的蟲**。《論衡·商蟲》：“穀蟲曰～，～若蛾矣。”

17 **蠲** juān 粵 gyun^{1} ❶ **除去，免除**。《史記·太史公自序》：“～除肉刑。”《周書·武帝紀下》：“逋租懸調，兵役殘功，並宜～免。”❷ **清潔，乾淨**。《墨子·節用中》：“其中～潔。”❸ **顯明，顯示**。《左傳·襄公十四年》：“惠公～其大德。”（惠公：指晉惠公。）

18 **蠹** （蠧、蝱）dù 粵 dou^{3} ❶ **蛀蟲**。《商君書·修權》：“～眾而木折。”❷ **蛀蝕**。《莊子·人間世》：“散木也……以為柱則～。”韓愈《雜詩》：“豈殊～書蟲，生死文字間。”**成語有“流水不腐，戶樞不～”**。引 **損害，敗壞**。《後漢書·宦者傳序》：“敗國～政之事，不可單書。”范縝《神滅論》：“浮屠害政，桑門～俗。”（浮屠：指佛教。桑門：指僧尼。）

18 **蠨** xiāo 粵 siu^{1}［**蠨蛸**（shāo 粵 saau^{1}）］**一種蜘蛛，俗稱蟢子**。《詩經·豳風·東山》：“伊威在室，～～在戶。”（伊威：一種小蟲。）

19 **蠻** mán 粵 maan^{4} ❶ **我國古代對南部民族的稱呼**。《孟子·滕文公上》：“今也南～鴃舌之人，非先王之道。”引 **南，南方**。曹植《朔風》詩：“思彼～方。”《北齊書·陸法和傳》：“時有所論，則雄辯無敵，然猶帶～音。”泛 **少數民族。如“北蠻”**。❷ **強悍，粗野**。歐陽修《自岐江山行至平陸驛》詩："攀躋誠畏塗，習俗羨～獷。"❸［蠻荒］**邊遠地區**。柳宗元《禮部賀冊尊號表》："臣獲守～～。"【注意】在上古，"蠻"沒有"野蠻"、"蠻橫"的意思。

20 **蠼** jué (粵) gwok3 ❶ **傳說中一種像龍的動物。也指像龍的捲曲形貌。**《史記・司馬相如列傳》："詘折隆窮～以連卷。"❷ **通"玃"。大猴**。《論衡・遭虎》："豺狼蜼（wèi (粵) wai6）～，皆復殺人。"（蜼：長尾猿。）❸ qú (粵) keoi4［蠼螋（sōu (粵) sau1）］**一種昆蟲，即蚰蜒，蜈蚣的一種**。段成式《酉陽雜俎》卷十一"廣知"："古～～、短狐、踏影蠱，皆中人影為害。"

血部

4 **衄**（屻）nǜ (粵) nuk6 ❶ **鼻孔出血**。《傷寒論・辨脈法》："脈浮、鼻中燥者，必～也。"《太平廣記》卷二一五："鼻～，灸腳而愈。"(泛) **身體某部位、器官出血**。李時珍《本草綱目・主治一・血汗》："血汗即肌～……血自毛孔出。"❷ **失敗，受挫**。曹植《求自試表》："流聞東軍失備，師徒小～。"❸ **畏縮，退縮**。《晉書・蔡豹傳》："未戰而退，先自摧～，亦古之所忌。"(又) **縮小，縮緊**。《韓非子・說林上》："夫死者，始死而血，已血而～，已～而灰，已灰而土。"❹ **恥辱，羞恥**。歐陽修《送黎生下第還蜀》詩："一敗不足～，後功掩前羞。"

6 **衉**（喀、咯）kè (粵) kaak3 **吐血**。《國語・晉語九》："鄭人擊我，吾伏弢（tāo (粵) tou1）～血，鼓音不衰。"（弢：盛弓的袋子。）

15 **衊** miè (粵) mit6 ❶ **污血**。《說文・血部》："衊，污血也。"❷ **以血塗染。引申為毀謗**。《漢書・文三王傳》："污～宗室。"《新唐書・桓彥範傳》："恐為仇家誣～，請遣御史按實。"

行部

0 **行** xíng (粵) hang4 ❶ háng (粵) hong4 **路**。《詩經・豳風・七月》："遵彼微～。"（遵：沿着，順着。）❷ **行走**。《論語・述而》："三人～，必有我師焉。"(引) **離去**。《左傳・僖公五年》："宮之奇以其族～。"（宮之奇：人名。）❸ **運動，運行**。《荀子・天論》："天～有常。"［五行］**指金、木、水、火、土五種物質。我國古代一些思想家以"五行"來解釋世界萬物的構成及其相互關係。後來，中醫學理論也借助於"陰陽"、"五行"學說來說明人體的生理現象及病理變化**。❹ **做**。《荀子・大略》："口言善，身～惡，國妖也。"(又) **執行，實行**。《韓非子・外儲說左上》："賞罰不信，則禁令不～。"《論語・微子》："道之不～，已知之矣。"(又) **行動**。《晉書・謝安傳》："晉祚存亡，在此一～。"❺（**舊讀** xìng）(粵) hang6 **品行**。《莊子・逍遙遊》："故夫知效一官，～比一鄉。"《三國志・吳書・吳主傳》："陸遜陳其素～。"❻ **代理（官職）**。《三國志・魏書・武帝紀》："太祖～奮武將軍。"❼ **將要**。《韓非子・有度》："法不信，則君～危矣。"曹丕《與吳質書》："別來～復四年。"❽ háng (粵) hong4 **行列**。漢樂府《雞鳴》："鴛鴦七十二，羅列自成～。"(又) **輩分**。《漢書・蘇武傳》："漢天子，我丈人～也。"（丈人：岳父。）❾ háng (粵) hong4 **古代軍隊編制，二十五人為一行**。《左傳・隱公十一年》："鄭伯使卒出豭（jiā (粵) gaa1），～出犬雞。"（卒：一百人為卒。出：指交納。豭：公豬。）【辨】行，走。見619頁"走"字。

3 **衎** kàn 粵 hon^{3} ❶ **快樂**。《詩經・小雅・南有嘉魚》："君子有酒，嘉賓式燕以～。"（式燕：宴飲。）《詩經・商頌・那》："奏鼓簡簡，～我烈祖。"❷ [衎然] **安定的樣子**。《孔子家語考次・七十二弟子解》："原憲衣敝衣冠，并日蔬食，～～有自得之志。"❸ [衎衎] ① **和樂的樣子**。《周易・漸》："鴻漸于磐，飲食～～，吉。"② **剛直的樣子**。《漢書・張敞傳贊》："張敞～～，履忠進言。"

3 **衍** yǎn 粵 jin^{2} ❶ **漫延，擴展**。《後漢書・桓帝紀》："流～四方。"《墨子・非攻中》："廣～數於萬。"❷ **滿溢**。《詩經・小雅・伐木》："伐木于阪，釃酒有～。"❸ **餘裕，盛多**。《荀子・君道》："聖王財～以明辨異。"杜篤《論都賦》："國富人～。"❹ **書籍中由於排版、傳抄錯誤等原因造成多出來的不應有的字句。如"衍文"**。❺ **低而平坦**。《管子・輕重丁》："北方之萌者，～處負海。"（萌：通"氓"。老百姓。）❻ **山坡**。《史記・封禪書》："文公夢黃蛇自天下屬地，其口止於鄜（fū 粵 fu^{1}）～。"（鄜：地名。）

5 **術** shù 粵 seot^{6} ❶ **道路**。《孫臏兵法・擒龐涓》："齊城、高唐當～而大敗。"（齊城、高唐兩地的軍隊在行軍的路上大敗。）❷ **方法，手段**。《禮記・祭統》："惠～也，可以觀政矣。"賈思勰《齊民要術序》："桑弘羊之均輸法，益國利民，不朽之～也。"㊕ **君主控制和使用羣臣的策略、手段**。《韓非子・定法》："君無～則弊於上，臣無法則亂於下。"（弊：敗壞。）⊗ **權術，計謀**。《呂氏春秋・先己》："巧謀並行，詐～遞用。"❸ **思想，學說**。《史記・外戚世家》："讀黃帝老子，尊其～。"❹ **技藝，學業**。《韓非子・喻老》："子之教我御，～未盡也。"（子：你。御：駕駛車馬。盡：全。）韓愈《師說》："聞道有先後，～業有專攻。"⊗ **學習（技藝）**。羅大經《鶴林玉露》卷九："必時～焉，無一時不～也。"❺ **方術。指醫、卜、星、相等**。劉勰《文心雕龍・正緯》："於是伎數之士，附以詭～，或說陰陽，或序災異。"❻ **通"述"。陳述，述說**。《墨子・非命下》："曰命者，暴王所作，窮人所～，非仁者之言也。"《漢書・賈山傳》："～追厥功。"❼ suì 粵 seoi^{6} **通"遂"。周代的行政區劃**。《管子・度地》："故百家為里，里十為～，～十為州。"《禮記・學記》："～有序，國有學。"【注意】在古代，**"術"和"朮"（zhú 粵 seot^{6}）"是兩個字，意義各不相同，上述義項都不寫作"朮"**。

5 **衒** xuàn 粵 jyun^{6} ❶ **沿街叫賣**。屈原《天問》："妖夫曳（yè 粵 jai^{6}）～，何號於市？"（曳：牽引。）(引) **賣**。《三國志・魏書・武帝紀》注引《魏書》："下民貧弱，代出租賦，～鬻（yù 粵 juk^{6}）家財，不足應命。"（鬻：賣。）❷ **炫耀，自誇**。柳宗元《答韋中立論師道書》："誰敢～怪於群目，以召鬧取怒乎？"**這個意義現在寫作"炫"**。

7 **衙** yá 粵 ngaa^{4} ❶ **衙門，官署**。吳自牧《夢粱錄・立春》："以旗鼓鑼吹妓樂迎春牛往府～前迎春館內。"(引) **衙參，官吏到上司衙門排班參見**。韓愈《河南府同官記》："序留司文武百官於宮城門外而～之。"❷ yú 粵 jyu^{4} [衙衙] **行走的樣子**。宋玉《九辯》："屬雷師之闐闐兮，通飛廉之～～。"

9 **衝** chōng 粵 cung^{1} ❶ **交通要道**。《左傳・昭公元年》："執戈逐之，及～，擊之以戈。"《漢書・酈食其傳》："夫陳留，天下之～，四通五達之郊也。"（陳留：地名。郊：指要道。）❷ **衝擊，撞**。《戰國策・齊策一》："使輕車銳騎～雍門。"（雍門：齊國國都的西門。）(引) **刺**。《漢書・賈誼傳》："剡手以～仇人之匈。"⊗ **衝撞敵城的戰車**。《淮南子・原道》："是故革堅則兵利，城成則～生。"陸機《辨亡論上》："～輣（péng

(粵) pang⁴）息於朔野，齊民免干戈之患。”（輣：瞭望用的戰車。朔：北方。）❸［衝風］**暴風**。屈原《九歌・少司命》：“與女遊兮九河，～～至兮水揚波。”❹ chòng (粵) cung³/cung¹ **向，對着**。《山海經・海外北經》：“有一蛇，虎色，首～南方。”（虎色：虎皮色。首：頭。）【注意】在古代，**“沖”和“衝”是兩個字，意義各不相同。上述義項都不寫作“沖”。**

10 **衡** héng (粵) hang⁴ ❶ **車轅頭上套牲畜用的橫木**。《莊子・馬蹄》：“加之以～扼。”（扼：通“軛”。擱在牛馬頸上的曲木。）❷ **秤桿，秤**。《莊子・胠篋》：“為之權～以稱之，則並與權～而竊之。”《史記・五帝本紀》：“同律度量～。”(又) **衡量，稱量**。《淮南子・主術》：“～之於左右，無私輕重。”❸ (粵) waang⁴ **通“橫”。橫。與“縱”相對**。《詩經・齊風・南山》：“～從其畝。”（從：縱。畝：播種的壟。）(特) **指連橫**。《史記・蘇秦列傳》：“故從合則楚王，～成則秦帝。”❹ **衡山，在湖南，五嶽中的南嶽**。

10 **衞**（衛）wèi (粵) wai⁶ ❶ **衞士，衞兵**。《左傳・僖公二十四年》：“秦伯送～於晉三千人。”(又) **保衞，防護**。《戰國策・趙策四》：“以～王宮。”❷ **箭上的羽毛**。《論衡・儒增》：“見寢石，以為伏虎，將弓射之，矢沒其～。”（箭射入連箭尾的羽毛都看不見了。沒：埋沒，看不見。）❸ **驢的別稱**。范攄《雲溪友議・南黔南》：“衣布縷，乘牝～。”❹ **周代諸侯國，在今河北南部和河南北部一帶**。

18 **衢** qú (粵) keoi⁴ **四通八達的道路**。《左傳・昭公二年》：“尸諸周氏之～。”柳宗元《國子司業陽城遺愛碣》：“填街盈～。”（盈：滿。）**雙音詞有“通衢”**。(喻) **樹枝的分杈，樹杈**。《山海經・中山經》：“葉狀如楊，其枝五～。”（楊：楊樹。）［衢道］［衢路］**歧路，岔道**。《荀子・勸學》：“行～道者不至，事兩君者不容。”賈誼《新書・審微》：“故墨子見～路而哭之，悲一跬而繆千里也。”（跬：半步。）

衣部

0 **衣** yī (粵) ji¹ ❶ **上衣**。《詩經・邶風・綠衣》：“綠～黃裳。”（裳：裙子，下衣。）(泛) **衣服**。《詩經・豳風・七月》：“無～無褐。”❷ yì (粵) ji³ **穿（衣服）**。《莊子・盜跖》：“不耕而食，不織而～。”《韓非子・外儲說左上》：“境內莫～紫。”（莫衣紫：沒有誰穿紫色衣服。）(引) **覆蓋**。《周易・繫辭下》：“古之葬者，厚～之以薪。”

2 **表** biǎo (粵) biu² ❶ **穿在外面的衣服**。《莊子・讓王》：“子貢乘大馬，中紺（gàn (粵) gam³）而～素。”（中：指裏面的衣服。紺：紅黑色。素：白色。）(又) **衣服的表面**。《鹽鐵論・利議》：“文～而枲（xǐ (粵) saai²）裏。”（文：彩色的。枲：麻。）❷ **外。與“裏”相對**。《左傳・僖公二十八年》：“若其不捷，～裏山河，必無害也。”❸ **中表，表親**。徐夤《贈表弟黃校書輅》詩：“產破身窮為學儒，我家諸～愛詩書。”❹ **標誌，標準**。《墨子・備城門》：“城上千步一～。”《莊子・天下》：“以濡（rú (粵) jyu⁴）弱謙下為～。”（濡弱：柔弱。）❺ **表現**。《世說新語・文學》：“故當是丈夫之德，～於事行；婦人之美，非誄不顯。”(又) **表明，表白**。劉知幾《史通・惑經》：“或援誓以～心。”（援：援引。）❻ **表彰，表揚**。韋應物《石鼓歌》：“刻石～功兮煒（wěi (粵) wai⁵）煌煌。”（煒煌煌：指功業輝煌。）❼ **古代測量日影、定時刻的標杆**。《呂氏春秋・功名》：“猶～之與影，若呼之與響。”（響：回聲。）(引) **標準，表率**。《史記・太史公自序》：“國有賢相良將，民之師～也。”❽ **文章**

的一種，臣下給皇帝的奏章。如諸葛亮《出師表》、李密《陳情表》。(又) **給皇帝上奏章。**《三國志・蜀書・諸葛亮傳》："亮自～後主。"(特) **上表推薦某人。**《三國志・吳書・吳主傳》："曹公～權為驃騎將軍。"（權：孫權。）❾ **表格，圖表。如《史記》有《十二諸侯年表》、《六國年表》等。**

2 **初** chū (粵) co1 ❶ **開始。**《周易・既濟》："～吉終亂。"《史記・屈原賈生列傳》："年少～學。" ❷ **當初。多用於追述往事時。**《左傳・隱公元年》："～，鄭武公娶于申。"《後漢書・華佗傳》："～，軍吏李成苦欬（ké (粵) kat1），晝夜不寐……後五六歲，有里人如成先病，請藥甚急。"（欬：咳，咳嗽。歲：年。）❸ **第一個。表示次序。**《史記・秦本紀》："二年～伏，以狗禦蠱。"白居易《暮江吟》："可憐九月～三夜，露似珍珠月似弓。" ❹ **副詞。才，剛剛。**《史記・秦始皇本紀》："天下～定，又復立國，是樹兵也。"（立國：指建立諸侯國。）❺ **副詞。與否定詞"不"、"無"等連用，表示強調。**《後漢書・蓋勛傳》："群臣～無是言也。"（初無：從來沒有，並沒有。）《世説新語・品藻》："謝遏諸人共道'竹林'優劣，謝公云：'先輩～不臧貶七賢。'"（初不：從不。）

4 **衿** jīn (粵) gam1/kam1 ❶ **衣領。**《詩經・鄭風・子衿》："青青子～，悠悠我心。" ❷ **衣襟。**《莊子・讓王》："捉～而肘見。"王粲《七哀》詩："白露霑衣～。"（霑：沾。）**這個意義又寫作"襟"、"裣"。** ❸ **繫，結。**揚雄《反離騷》："～芰（jì (粵) gei6）茄之綠衣兮，被夫容之朱裳。"（芰：菱。這裏指菱角的葉。茄：指荷葉。夫容：芙蓉。）

4 **袂** mèi (粵) mai6 **袖子。**《史記・蘇秦列傳》："連衽成帷，舉～成幕。"

4 **衲** nà (粵) naap6 ❶ **縫補。**鍾嶸《詩品序》："拘攣補～，蠹文已甚。" ❷ **僧衣。常以多塊碎布縫製。也叫百衲衣。**白居易《贈僧自遠禪師》詩："自出家來長自在，緣身一～一繩牀。" ❸ **僧人的自稱或代稱。**戴叔倫《題橫山寺》詩："老～供茶碗，斜陽送客舟。"

4 **衾** qīn (粵) kam1 ❶ **大被。**《詩經・召南・小星》："肅肅宵征，抱～與裯。" ❷ **覆蓋屍體的單被。**《荀子・正論》："太古薄葬，棺厚三寸，衣～三領。"（三領：三件。）【辨】**衾，被。先秦時被子的意義不用"被"字表示，小被稱為"寢衣"，大被稱為"衾"。後來"衾"、"被"沒有分別。**

4 **衽** rèn (粵) jam6 ❶ **衣襟。**《論語・憲問》："微管仲，吾其被髮左～矣。"《漢書・張良傳》："楚必斂～而朝。"（斂：指整理。）(引) **整理衣襟。**《後漢書・左周黃傳論》："拂巾～褐，以企旌車之招矣。" ❷ **衣袖，袖口。**劉向《列女傳・魯季敬姜》："文伯引～攘卷而親饋之。" ❸ **牀席，卧席。**《管子・弟子職》："振～掃席。"（振：抖動。）[**衽席**] ① **牀席，卧席。**《莊子・達生篇》："～～之上，飲食之間。" ② **宴會的席位。**《禮記・坊記》："～～之上，讓而坐下。"

4 **衰** shuāi (粵) seoi1 ❶ suō (粵) so1 **蓑衣。一種草編雨具。**《國語・越語上》："譬如～笠，時雨既至，必求之。" ❷ **衰退，衰弱。與"盛"相對。**《周易・雜》："損益，盛～之始也。"《史記・李斯列傳》："物極則～。"(又) **衰老。**《戰國策・趙策四》："而臣～。" ❸ **減少。**《戰國策・趙策四》："日食飲得無～乎？"（每天飲食沒有減少吧？）❹ cuī (粵) ceoi1 等級次第的差別。《左傳・桓公二年》："皆有等～。" ❺ cuī (粵) ceoi1 **通"縗"。古代喪服的一種。**《荀子・禮論》："無～麻之服。"

4 **衵** rì 粵 nik^{1} **內衣**。《左傳・宣公九年》："陳靈公與孔寧、儀行父通於夏姬，皆衷其～服以戲于朝。"

4 **衹** (祇、秖) zhǐ (**舊讀** zhī) 粵 zi^{2} **適，恰好，只**。《左傳・僖公十五年》："晉未可滅，而殺其君，～以成惡。"《漢書・鄒陽傳》："故無因而至前，雖出隨珠和璧，～怨結而不見德。"**【辨】**衹，祇，衹，秖，秖，只。六個字都可以表示"適、恰好、只"的意思。"祇"(qí 粵 kei^{4}) 的本義是"神"，"祗"(zhī 粵 zi^{1}) 的本義是"敬"。"衹"、"秖"和"秖"是六朝以後的俗字。

4 **衷** zhōng 粵 zung^{1}/cung^{1} ❶ **貼身的內衣**。引 **穿在裏面**。《左傳・襄公二十七年》："楚人～甲。" ❷ 粵 zung^{1} **通"中"。中間**。《國語・晉語四》："～而思始。"(事情辦到中間要想想開始時的情形。) 又 **內心**。顏延之《五君詠》："深～自此見。" ❸ zhòng 粵 zung^{3} **適當，恰當**。《左傳・僖公二十四年》："服之不～，身之災也。"(服：衣服。) ❹ **善**。《尚書・湯誥》："惟皇上帝降～于下民。"

5 **被** bèi 粵 bei^{6} ❶ 粵 pei^{5} **被子**。宋玉《招魂》："翡翠珠～，爛齊光些。"(些：語氣詞。) 引 **覆蓋**。張衡《東京賦》："芙蓉覆水，秋蘭～涯。" ❷ **施及，加於……之上**。《尚書・堯典》："光～四表。"(四表：四海之外。)《荀子・不苟》："去亂而～之以治。" 引 **蒙受，遭受**。《墨子・尚賢中》："下施之萬民，萬民～其利。"《漢書・趙充國傳》："身～二十餘創。"(創：傷。) ❸ **介詞。表示被動**。《史記・屈原賈生列傳》："信而見疑，忠而～謗。" ❹ pī 粵 pei^{3}/pei^{1} **通"帔"。披在肩上的披風或斗篷**。《左傳・昭公十二年》："王見之，去冠、～，捨鞭，與之語。"**這個意義後來寫作"帔"**。又 **用作動詞，披在身上或穿在身上**。《論語・憲問》："微管仲，吾其～髮左衽矣。"《史記・陳涉世家》："將軍身～堅執銳。"(堅：指堅固的鎧甲。銳：指銳利的兵器。) ❺ pī 粵 pei^{1} **［被離］分散的樣子**。屈原《九章・哀郢》："忠湛湛而願進兮，妒～～而鄣之。"(湛湛：忠厚的樣子。進：被進用。妒：指妒忌的人。鄣：同"障"。阻擋。) **上述 ❹ 又 及 ❺ 後來寫作"披"**。**【辨】**衾，被。見569頁"衾"字。

5 **衮** gǔn 粵 gwan^{2}/kwan^{2} ❶ **古代帝王或三公(古代最高的官)穿的禮服**。《後漢書・張衡傳》："服～而朝。"(服：穿。朝：上朝。) 又 **用作動詞。穿上帝王或三公的禮服**。《周禮・春官・司服》："享先王則～冕。" 引 **指三公**。張衡《思玄賦》："董弱冠而司～兮。"(董：指董賢。弱冠：二十歲左右年紀。司衮：做三公。) **［衮職］天子或三公之職**。《詩經・大雅・烝民》："～～有闕。"(闕：缺失。)《後漢書・楊賜傳》："五登～～。"(五次登上三公之位。) ❷ **［衮衮］連續不斷**。杜甫《醉時歌》："諸公～～登臺省。"(臺省：尚書省、中書省、門下省。) **成語有"衮衮諸公"**。

5 **袤** mào 粵 mau^{6} **南北向的長度**。《墨子・雜守》："廬廣十尺，～丈二尺。"(廣：寬。) **雙音詞有"廣袤"**。泛 **長，長度**。《史記・蒙恬列傳》："築長城……延～萬餘里。"

5 **袢** fán 粵 fan^{4} ❶ **夏天穿的白色內衣**。《詩經・鄘風・君子偕老》："蒙彼縐絺 (chī 粵 ci^{1})，是紲 (xiè 粵 sit^{3}) ～也。"(蒙：覆蓋。縐：極細的葛布。絺：細葛布。紲：通"褻"。貼身的內衣。) ❷ **溽熱**。趙長卿《謁金門》："今夜雨，掃盡一番～暑。"

5 **袍** páo 粵 pou^{4} ❶ **有夾層而內着棉絮的長袍**。《論語・子罕》："衣敝緼 (yùn 粵 wan^{3}) ～，與衣狐貉者立而不恥者，其由也與？”（緼：舊絮。）白居易《自詠老身示諸家屬》：“粥美嘗新米，～温換故綿。”[泛] **長袍**。《史記・范雎蔡澤列傳》：“乃取其一綈（tí [粵] tai⁴）～以賜之。”（綈：粗綢。）**成語有“袍笏登場”**。❷ bào [粵] bou⁶ **衣服的前襟**。《公羊傳・哀公十四年》：“反袂拭面，涕沾～。”

5 **袪** qū [粵] keoi¹ ❶ **衣袖，袖口**。《詩經・鄭風・遵大路》：“遵大路兮，摻執子之～兮。”葉適《太令人胡氏挽詞》：“已刻《溪西志》，潸然淚滿～。”❷ **舉，撩起**。《呂氏春秋・知分》：“次非攘臂～衣，拔寶劍。”（次非：人名。）❸ **通“祛”。除去**。蔡邕《郭有道碑文》：“用～其蔽。”

5 **衻** (袡)rán [粵] jim⁴ ❶ **衣服的邊緣**。《儀禮・士昏禮》：“純衣纁～。”❷ **蔽膝**。揚雄《方言》卷四：“蔽膝，齊魯之郊謂之～。”

5 **袒** (襢)tǎn [粵] taan² **（脱去外衣）將胳膊、肩膀、上身或內衣露出**。《漢書・高后紀》：“為呂氏右～，為劉氏左～。”《史記・廉頗藺相如列傳》：“肉～負荊。”

5 **袖** xiù [粵] zau⁶ **衣袖**。《韓非子・五蠹》：“長～善舞。”[又] **藏在袖子裏**。《史記・魏公子列傳》：“朱亥～四十斤鐵椎（chuí [粵] ceoi⁴）。”（椎：錘。）

5 **袗** zhěn [粵] can² ❶ **黑衣**。《説文・衣部》：“袗，玄服。”❷ **單衣。又為穿單衣**。《論語・鄉黨》：“當暑，～絺綌，必表而出之。”潘岳《內顧詩》之一：“初征冰未泮，忽焉～絺綌。”❸ **[袗衣] 繡着文采的衣服**。《孟子・盡心下》：“及其為天子也，被～衣，鼓琴。”❹ **[袗玄] 上下同為黑色的衣裳**。《儀禮・士冠禮》：“兄弟畢～～。”

6 **裁** cái [粵] coi⁴ ❶ **裁製衣服**。《古詩為焦仲卿妻作》：“十三能織素，十四學～衣。”（素：白色絲織品。）[泛] **裁製，製作**。《論衡・幸偶》：“長數仞之竹，大連抱之木，工技之人～而用之。”杜甫《江亭》詩：“故林歸未得，排悶強～詩。”[引] **剪裁，删減**。劉勰《文心雕龍・鎔裁》：“剪截浮詞謂之～。”（截：去掉。浮詞：指無用的話。）《國語・吳語》：“～其有餘，使貧富皆利之。”❷ **裁度，衡量**。《淮南子・主術》：“及至亂主，取民則不～其力。”《後漢書・來歙傳》：“太中大夫段襄，骨鯁可任，願陛下～察。”[又] **裁決**。《韓非子・初見秦》：“臣願悉言所聞，唯大王～其罪。”（唯：表示希望。）**[自裁] 自殺**。賈誼《治安策》：“其有大罪者，聞命則北面再拜，跪而～～。”❸ **成，成就**。《荀子・王制》：“故序四時，～萬物，兼利天下。”❹ **樣式，風格**。張衡《西京賦》：“取殊～於八都。”（從八方取來不同的建築樣式。八都：指八方。）《宋書・謝靈運傳論》：“延年之體～明密。”（顏延年的文章風格明白細緻。）❺ **通“纔”。副詞。僅僅，剛剛**。《漢書・高惠高后文功臣表》：“戶口可得而數，～什二三。”（戶口可以統計出來的，僅有十分之二三。）《世説新語・假譎》：“范（汪）～坐，桓（温）便謝其遠來意。”

6 **袿** guī [粵] gwai¹ ❶ **婦女的上衣**。宋玉《神女賦》：“振繡衣，被～裳。”《後漢書・和熹鄧皇后紀》：“簪珥光采，～裳鮮明。”❷ **衣袖**。夏侯湛《雀釵賦》：“理～襟，整服飾。”元稹《青雲驛》詩：“各各揚輕～。”❸ **衣後襟**。嵇康《兄秀才公穆入軍贈詩》之十六：“微風動～，組帳高褰。”

6 **袺** jié [粵] git³ **提衣襟盛東西**。《詩經・周南・芣苢》：“采采芣苢，薄言～之。”

6 **袴** (絝)kù [粵] fu³ ❶ **無襠的套褲**。《禮記・內則》：“衣不帛襦～。”《韓非子・外儲説左下》:"危子曰:吾父獨冬不失~。"舊注:"刖足者不衣~。"[**袴褶** (xí (粵) zip^{3})] **一種軍服,上身服褶,下身套袴**。李賀《追賦畫江潭苑》詩:"羅薰~~香。"(引) **指一般的褲子**。《漢書・敍傳》:"(班伯) 出與王、許子弟為群,在於綺襦紈~之間,非其好也。" ❷ kuà (粵) kwaa^{3} **通"胯(骻)"**。**兩腿之間**。《史記・淮陰侯列傳》:"信能死,刺我;不能死,出我~下。"

6 **裂** liè (粵) lit^{6} ❶ **裁,剪**。《左傳・昭公元年》:"~裳帛而與之。"(與:給予。) (引) **割,分**。《莊子・逍遙遊》:"~地而封之。" ❷ **破裂,裂開**。《戰國策・秦策三》:"百人誠輿瓢,瓢必~。"(輿:用作動詞,載。這裏指背負、持有。) 杜甫《自京赴奉先縣詠懷五百字》:"歲暮百草零,疾風高崗~。"

6 **裒** póu (粵) pau^{4} ❶ **聚集**。《詩經・小雅・常棣》:"原隰~矣,兄弟求矣。"《陳書・侯安都傳》:"~斂無厭。"(斂:指搜刮。) ❷ **減少**。《周易・謙》:"君子以~多益寡。"(益:增加。) ❸ bāo (粵) bou^{1} **衣襟寬大**。《鹽鐵論・利議》:"文學~衣博帶。"

6 **袽** rú (粵) jyu^{4} **破舊的棉絮、衣布**。《周易・既濟》:"繻有衣~。"

7 **補** bǔ (粵) bou^{2} ❶ **補衣服**。《莊子・山木》:"莊子衣大布而~之。" (引) **修整破損的東西**。《淮南子・覽冥》:"於是女媧煉五色石以~蒼天。"杜甫《佳人》詩:"牽蘿~茅屋。"(蘿:一種植物。) ❷ **彌補**。鼂錯《賢良文學對策》:"~主之過。" ❸ **補充**。《左傳・成公十六年》:"~卒乘,繕甲兵。"(卒:步兵。乘:兵車。) 賈思勰《齊民要術・種穀》:"稀豁 (huō (粵) kut^{3}) 之處,鋤而~之。"(稀豁:稀疏。) (又) **填補官職空缺**。《史記・平準書》:"入物者~官,出貨者除罪。" (引) **補助**。《荀子・王制》:"收孤寡,~貧窮。" (又) **補益,滋補**。《莊子・外物》:"靜然可以~病。"(靜然:安靜的樣子。)

7 **裖** zhěn (粵) zan^{3} ❶ (粵) can^{2} **同"袗"。黑衣**。《説文・衣部》:"袗或從辰。" ❷ **重疊的樣子**。宋玉《高唐賦》:"盤岸巑岏,~陳磑磑。"

7 **裎** chéng (粵) cing^{4} ❶ **裸體**。《戰國策・韓策一》:"秦人捐甲徒~以趨敵。"(捐:棄。徒:赤腳。) ❷ **繫玉佩的帶子**。揚雄《方言》卷四:"佩約 (jīn (粵) gam^{1}) 謂之~。"(約:絲帶。)

7 **裏** lǐ (粵) lei^{5} **衣服裏層**。《詩經・邶風・綠衣》:"綠兮衣兮,綠衣黃~。" (引) (粵) leoi^{5} **裏面,內部**。《左傳・僖公二十八年》:"表~山河。"

7 **裊** (嫋、嬝、褭) niǎo (粵) niu^{5} ❶ [**裊裊**] ① **草木柔弱細長的樣子**。卓文君《白頭吟》:"竹竿何~~。" ② **體態柔美的樣子**。左思《吳都賦》:"~~素女。" ③ **煙氣繚繞的樣子**。蘇軾《青牛嶺高絕處有小寺》詩:"爐煙~~十里香。" **也可以單用**。劉商《姑蘇懷古送秀才下第歸江南》詩:"琳琅暗戛玉華殿,天香靜~金芙蕖。" ④ **形容聲音宛轉悠揚**。杜甫《猿》詩:"~~啼虛壁。" **也可以單用**。歐陽修《西齋手植菊花過節始開》詩:"上浮黃金蕊,送以清歌~。" ⑤ **微風吹拂的樣子**。屈原《九歌・湘夫人》:"~~兮秋風。" **也可以單用**。蘇軾《水龍吟・贈趙晦之吹笛侍兒》:"雨晴雲夢,月明風~。" ⑥ **搖曳、扭動、飄動的樣子**。李白《送蕭三十一之魯中》詩:"夫子如何涉江路,雲帆~~金陵去。" **也可以單用**。陸雲《為顧彥先贈婦往返》詩四首之二:"雅步~纖腰,巧笑發皓齒。" ❷ [**裊娜**] **草木柔弱細長搖擺的樣子**。蕭綱《贈張纘》詩:"洞庭枝~~。" (又) **體態輕盈柔美的樣子**。蒲松齡《聊齋志異・紅玉》:"女~~如隨風欲飄去。”

7 **裘** qiú ㊕ kau^{4} **用毛皮縫製的衣服**。《詩經・豳風・七月》：“取彼狐狸，為公子～。”

7 **裙**（裠、帬）qún ㊕ kwan^{4} **下裳。古時男女都穿裙**。《三國志・魏書・管寧傳》：“寧常著皂帽，布襦袴、布～。”《古詩為焦仲卿妻作》：“著我繡裌～，事事四五通。”

7 **裋** shù ㊕ syu^{6} **粗布的衣服**。賈誼《過秦論》：“夫寒者利～褐，而飢者甘糟糠。”

7 **裔** yì ㊕ jeoi^{6} ❶ **衣服的邊緣**。㊟ **邊**。屈原《九歌・湘夫人》：“蛟何為兮水～？”（蛟為甚麼在水邊？）㊂ **邊遠的地方**。《左傳・文公十八年》：“投諸四～。”（諸：之於。）❷ **後代**。左思《吳都賦》：“虞、魏之昆，顧、陸之～。”（虞、魏、顧、陸：都是姓。昆：後代。）

7 **裛** yì ㊕ jap^{6} ❶ **包書的布套**。《廣雅・釋器》：“～謂之袠。”（袠：帙。）❷ **纏繞，纏裹**。班固《西都賦》：“～以藻繡，絡以綸連。”❸ **通“浥”。沾濕**。杜甫《狂夫》詩：“雨～紅蕖冉冉香。”❹ **香氣侵襲、放散**。錢起《中書遇雨》詩：“色翻池上藻，香～鼎前杯。”［**裛裛**］**香氣侵襲的樣子**。李商隱《至扶風界見梅花》詩：“匝路亭亭豔，非時～～香。”

7 **裕** yù ㊕ jyu^{6} ❶ **富饒，富足**。《荀子・富國》：“足國之道，節用～民。”（足國：使國家富足。）❷ **寬，寬宏**。賈誼《新書・道術》：“包眾容易謂之～。”（包眾：包含眾物。）

7 **裝** zhuāng ㊕ zong^{1} ❶ **行裝**。《戰國策・齊策四》：“于是約車治～。”（約車：套車。治裝：收拾行裝。）❷ **打扮，裝飾**。宋玉《登徒子好色賦》：“不待飾～。”杜甫《蕃劍》詩：“又非珠玉～。”**這個意義又寫作“妝”**。㊟ **裝束**。《後漢書・清河孝王劉慶傳》：“常夜分嚴～衣冠待明。”（夜分：夜半。嚴裝：端整裝束。）❸ **裝載（後起意義）**。《晉書・戴若思傳》：“遇陸機赴洛，船～甚盛。”**【注意】**古代“裝”字不當“假裝”講，“假裝”的意義用“佯”。**【辨】**妝，裝。見 130 頁“妝”字。

8 **裨** pí ㊕ pei^{4} ❶ **古代的次等禮服**。《荀子・富國》：“大夫～冕。”（冕：禮帽。）❷ **副的，輔佐的**。《史記・衞將軍驃騎列傳》：“自大將軍出，未嘗斬～將。”《晉書・東海王越傳》：“自頃胡寇內逼，偏～失利。”㊂ **小**。張衡《西京賦》：“～販夫婦。”❸ bì ㊕ bei^{1} **彌補，補助**。《國語・晉語八》：“子若能以忠信贊君，而～諸侯之闕。”諸葛亮《出師表》：“必能～補闕漏。”（闕：缺。）**成語有“大有裨益”**。

8 **裯** chóu ㊕ cau^{4} **單被**。《詩經・召南・小星》：“肅肅宵征，抱衾與～。”㊟ **被子**。楊萬里《霜夜無睡聞畫角孤雁》詩：“擁～起坐何人伴？只有殘燈半暈青。”

8 **褚** zhǔ ㊕ zyu^{2} ❶ **袋子**。《莊子・至樂》：“～小者不可以懷大，綆短者不可以汲深。”（綆：汲水用的繩子。）❷ **儲藏**。《左傳・襄公三十年》：“取我衣冠而～之。”❸ **用絲綿裝的衣服**。《漢書・南粵王趙佗傳》：“上～五十衣，中～三十衣，下～二十衣遺王。”❹ **覆蓋棺材的紅色布**。《禮記・檀弓上》：“子張之喪，公明儀為志焉。～幕丹質，蟻結於四隅。”❺ zhě ㊕ ze^{2} **兵卒**。揚雄《方言》卷三：“楚東海之間，……卒謂之弩父，或謂之～。”（按：古兵卒穿赭色衣。）❻ chǔ ㊕ cyu^{5} **姓**。

8 **裻** dū ㊕ duk^{1} **衣背縫**。《國語・晉語一》：“使申生伐東山，衣之偏～之衣。”㊟ **衫襦的橫腰**。《史記・佞幸列傳》：“顧見其衣～帶後穿。”

8 **裹** guǒ (粵) gwo² **包，纏**。《左傳・莊公十二年》："以犀革～之。"（犀革：犀牛皮。）⊗ **包裹着的物品**。王維《酬黎居士淅川作》詩："松龕（kān (粵) ham¹）藏藥～。"(特) **花房**。宋玉《高唐賦》："綠葉紫～，丹莖白蔕。"(引) **包括**。《呂氏春秋・本生》："其於物無不受也，無不～也，若天地然。"《淮南子・兵略》："（楚人地）西包巴蜀，東～郯（tán (粵) taam⁴）邳（pī (粵) pei⁴）。"（郯、邳：均古地名，在今山東、江蘇。）

8 **裾** jū (粵) geoi¹ ❶ **衣服的前襟**。《晉書・温嶠傳》："其母崔氏固止之，嶠絕～而去。"李賀《釣魚詩》："為看煙浦上，楚女淚沾～。"(引) **衣服寬大**。《淮南子・齊俗》："楚莊王～衣博袍。"❷ jù (粵) geoi³ **通"據"**。**依據**。左思《魏都賦》："由重山之束阨，因長川之～勢。"❸ jù (粵) geoi³ **通"倨"**。**傲慢**。《漢書・趙禹傳》："禹為人廉～，為吏以來，舍無食客。"

8 **裳** cháng (粵) soeng⁴ **古人穿的下衣**。《詩經・邶風・綠衣》："綠衣黃～。"（衣：上衣。）(引) **泛指衣服**。酈道元《水經注・江水》："巴東三峽巫峽長，猿鳴三聲淚沾～。"【注意】古代男女都穿"裳"，不是褲子，是裙的一種，但不同於現在的裙子。

8 **裼** xī (粵) sik¹ ❶ **古代冬日服裘，裘外有裼衣，裼衣外又有外衣。袒開外衣露出裼衣叫"裼"，是一種禮節**。《儀禮・聘禮》："～降立。"❷ **袒開或脱去上衣露出身體**。《孟子・公孫丑上》："爾為爾，我為我，雖袒～裸裎於我側，爾焉能浼我哉！"《史記・張儀列傳》："秦人捐甲徒～以趨敵。"❸ tì (粵) tai³ **嬰兒的衣被**。《詩經・小雅・斯干》："乃生女子，載寢之地，載衣之～，載弄之瓦。"

8 **製** zhì (粵) zai³ ❶ **裁製衣服**。《左傳・襄公三十一年》："子有美錦，不使人學～焉。"（錦：彩色的絲織品。）(引) **製造，製作**。杜甫《高柟》詩："近根開藥圃，接葉～茅亭。"❷ **寫作**。任昉《齊竟陵文宣王行狀》："所～《山居四時序》言之已詳。"

9 **褒** （**褎**）bāo (粵) bou¹ ❶ **衣襟寬大**。《淮南子・氾論》："豈必～衣博帶句（gōu (粵) ngau¹）襟委章甫哉？"（句襟：圓領衣。委：委貌冠。章甫：一種禮帽。）李白《嘲魯儒》詩："秦家丞相府，不重～衣人。"(引) **廣大**。《淮南子・主術》："是故得道者不為醜飾，不為偽善，一人被之而不～，萬人蒙之而不褊。"❷ **表揚，讚揚。與"貶"相對**。《漢書・王成傳》："宣帝最先～之。"❸ **古國名**。《史記・周本紀》："幽王嬖愛～姒。"（褒姒：褒國的女子，姓姒。）

9 **褓** （**緥**）bǎo (粵) bou² **嬰兒的被子**。劉績《征夫詞》："但視～中兒。"（但：只。）[**襁褓**] **見 575 頁"襁"字**。

9 **褊** biǎn (粵) bin² ❶ **衣服瘦小**。《論衡・自紀》："夫形大，衣不得～。"（形：形體。）(引) **地方狹小**。《孟子・梁惠王上》："齊國雖～小，吾何愛一牛？"《北史・齊高祖紀》："土地～狹。"⊗ **氣量狹小**。《三國志・魏書・呂布傳》："卓性剛而～。"（卓：董卓。）❷ **通"扁"**。**平而薄**。賈思勰《齊民要術・種李》："鹽入汁出，然後合鹽曬令萎，手捻之令～。復曬更捻，極～乃止。"

9 **褋** dié (粵) dip⁶ **單衣**。揚雄《方言》卷四："襌衣，江、淮、南楚之間謂之衣褋。"屈原《九歌・湘夫人》："捐余袂（mèi (粵) mai⁶）兮江中，遺余～兮澧浦。"（袂：袖子。澧：水名。浦：岸邊。）

9 **複** fù (粵) fuk¹ ❶ **夾衣**。《世説新語・夙惠》："晉孝武年十二時，冬天晝日不著（zhuó [粵] zoek^{3}）～衣。”（晝日：白天。著：穿。）[引] **夾層的**。《舊唐書・王鍔傳》：“作～垣（yuán [粵] wun^{4}）洞穴，實金錢於其中。”（垣：牆。實：指裝。）❷ **繁複，重複**。陸游《遊山西村》詩：“山重水～疑無路，柳暗花明又一村。”《三國志・蜀書・諸葛亮傳》：“輒刪除～重，隨類相從，凡為二十四篇。”【辨】復，覆，複。見 578 頁“覆”字。

9 **裼** hè [粵] hot^{3} ❶ **粗布或粗布衣服**。《詩經・豳風・七月》：“無衣無～，何以卒歲？”（卒歲：過完一年。）❷ **黃黑色**。白居易《三適贈道友》詩：“～綾袍厚暖。”（綾：一種絲織品。）

9 **褘** huī [粵] fai^{1} ❶ **蔽膝，古代男子佩於前身的佩巾**。曹植《鼙舞歌・靈芝篇》：“退詠《南風》詩，灑淚滿～抱。”❷ **王后的祭服**。《禮記・明堂位》：“夫人副～立于房中。”（副：首飾。）

9 **褌** **（幝）kūn** [粵] gwan^{1} **有襠的褲子**。《史記・司馬相如列傳》：“相如身自著犢鼻～，與保庸雜作。”

9 **褎** yòu [粵] jau^{6} ❶ **服裝華美的樣子**。《詩經・邶風・旄丘》：“叔兮伯兮，～如充耳。”❷ **禾苗生長**。《詩經・大雅・生民》：“實方實苞，實種實～。”［**褎然**］① **高的樣子**。皮日休《茶中雜詠・茶筍》：“～～三五寸，生必依巖洞。”② **出眾，傑出**。劉禹錫《哭龐京兆》詩：“俊骨英才氣～～，策名飛步冠群賢。”❸ xiù [粵] zau^{6} **“袖”的本字**。《詩經・唐風・羔裘》：“羔裘豹～。”《後漢書・符融傳》：“融幅巾奮～，談辭如雲。”

9 **褕** yú [粵] jyu^{4} ❶［**褕翟**］**王后的一種禮服，繪有雉羽**。《新唐書・車服志》：“～～者，受冊、助祭、朝會大事之服也。”❷ **美**。《史記・淮陰侯列傳》：“農夫莫不輟耕釋耒，～衣甘食，傾耳以待命者。”❸［**襜褕**］**見 576 頁“襜”字**。

10 **褫** chǐ [粵] ci^{2} ❶ **奪去衣服或帶**。《周易・訟》：“或錫之鞶（pán [粵] pun^{4}）帶，終朝三～之。”（錫：賜。鞶帶：皮帶。終朝：指一個早上。）[又] **脱去，解下**。謝惠連《雪賦》：“解珮而～紳。”（珮：衣帶上佩的玉。紳：繫在腰間的大帶子。）[引] **剝奪，革除**。謝莊《上搜才表》：“張勃進陳湯而坐以～爵。”（張勃因為推薦陳湯而被革除爵位。坐：因為……過錯。）[泛] **奪去**。張衡《東京賦》：“罔然若酲，朝罷（pí [粵] pei^{4}）夕倦，奪氣～魄之為者。”（酲：醉酒。）❷ [粵] ci^{2}/ci^{4} **通“弛”。鬆弛，廢弛**。《荀子・非相》：“守法數之有司，極禮而～。”（極：疲。）

10 **褰** qiān [粵] hin^{1} ❶ **套褲**。《左傳・昭公二十五年》：“徵～與襦。”（徵：取。襦：短襖。）❷ **提起（衣裳）**。《詩經・鄭風・褰裳》：“子惠思我，～裳涉溱。”[引] **揭起，撩起**。李商隱《行次西郊作》詩：“珠簾亦高～。”這個意義後來寫作“攐”。❸ 張開，散開。孫綽《遊天臺山賦》：“爾乃羲和亭午，遊氣高～。”❹ **斷絕**。陸機《擬行行重行行》：“驚飈～反信，歸雲難寄音。”

11 **襒** bié [粵] bit^{6} **拂拭**。《史記・孟子荀卿列傳》：“（騶衍）適趙，平原君側行～席。”（適：往。襒席：用衣服拂拭座席。）

11 **襀** jī [粵] zik^{1}［**襞**（bì [粵] bik^{1}）**襀**］**衣服上的褶子**。司馬相如《子虛賦》：“～～褰縐，紆徐委曲。”

11 **褸** lǚ [粵] leoi^{5}［**襤褸**］**見 576 頁“襤”字**。

11 **襁** qiǎng [粵] koeng^{5} **背負嬰兒的寬帶**。《論語・子路》：“則四方之民～負其子而至矣。”（襁負：用背負嬰兒的寬帶背負着。）［**襁褓**］① **嬰兒的包裹**。《論衡・初稟》：“昌在～～之中。”（昌：指周文王姬昌。）② **指嬰幼兒**。黃庭堅《寄耿令幾父過新堂邑作》詩："白頭晏起飯，～～語嘔啞。"**上述 ❶❷ 的意義又寫作"強褓"、"強葆"、"襁保"、"襁緥"。**

11 **襄** xiāng ㊣ soeng[1] ❶ **升到高處**。《尚書・堯典》："蕩蕩懷山～陵，浩浩滔天。"（懷：包圍。襄陵：指大水漲到山上。）㊀ **向上舉**。《漢書・鄒陽傳》："臣聞交龍～首奮翼。"㊁ **高**。酈道元《水經注・河水》："河中竦（sǒng ㊣ sung[2]）石傑出，勢連～陸。"（陸：陸地。）❷ **成**。《左傳・定公十五年》："葬定公，雨，不克～事。"（不克：不能。）❸ **除去**。《詩經・鄘風・牆有茨》："牆有茨，不可～也。"（茨：蒺藜。）

11 **褻** xiè ㊣ sit[3] ❶ **內衣**。《漢書・敍傳上》："思有裋褐（shù hè ㊣ syu[6] hot[3]）之～。"（裋褐：粗陋的衣服。）㊁ **家居便服**。《論語・鄉黨》："紅紫不以為～服。"❷ **親近而不莊重**。《舊唐書・王伾傳》："素為太子之所～狎（xiá ㊣ haap[6]）。"㊀ **輕慢**。杜甫《故秘書少監武功蘇公源明》詩："反為後輩～。"㊁ **親近，熟悉**。《論語・鄉黨》："見冕者與瞽者，雖～，必以貌。"❸ **污穢**。沈既濟《枕中記》："盧生顧其衣裝敝～，乃長歎息曰：'大丈夫生世不諧，困如是也！'"

11 **褶** zhě ㊣ zip[3] ❶ dié ㊣ dip[6] **夾衣**。《禮記・玉藻》："帛為～。"❷ **衣、裙的褶紋**。張祜《觀杭州柘枝》詩："看著遍頭香袖～。"

12 **襏** bō ㊣ but[6] [**襏襫**（shì ㊣ sik[1]）] **蓑衣之類的粗而結實的雨具**。《國語・齊語》："首戴茅蒲，身衣（yì ㊣ ji[3]）～～。"（衣：用作動詞，穿。）

12 **襌** dān ㊣ daan[1] **單衣**。《禮記・玉藻》："～為絅（jiǒng ㊣ gwing[2]），帛為褶（dié ㊣ dip[6]）。"（絅：單衣。褶：夾衣。）㊀ **單，單薄**。《呂氏春秋・淫辭》："今子之衣，～緇也。"

12 **襋** jí ㊣ gik[1] **衣領**。《詩經・魏風・葛屨》："要之～之，好人服之。"（縫腰又縫領，美人穿上衣。）

13 **襞** bì ㊣ bik[1] **摺疊衣服**。《漢書・揚雄傳上》："芳酷烈而莫聞兮，不如～而幽之離房。"（離房：別房，另外的房子。）王勃《銅雀妓》詩："錦衾（qīn ㊣ kam[1]）不復～。"（衾：被子。）㊂ **摺疊**。劉禹錫《樂天寄憶舊遊因作報白君以答》詩："酒酣～箋飛逸韻，至今傳在人人口。"

13 **襜** chān ㊣ cim[1] ❶ **繫在身前的圍裙**。《詩經・小雅・采綠》："終朝采藍，不盈一～。"（終朝：整個早晨。）[**襜褕**（yú ㊣ jyu[4]）] **一種短的便衣**。《史記・魏其武安侯列傳》："元朔三年，武安侯坐衣～～入宮，不敬。"❷ **車帷**。《後漢書・劉盆子傳》："乘軒車大馬，赤屏泥，絳～絡。"（屏泥：車前擋泥的部件。絳：深紅色。絡：馬籠頭。）**這個意義又寫作"幨"。**㊀ **帷帳**。劉向《新序・雜事》："（天子）不出～幄而知天下者，以有賢左右也。"❸ [**襜如**] [**襜襜**] **搖動的樣子**。《論語・鄉黨》："衣前後，～如也。"《楚辭・九歎・逢紛》："裳～～而含風兮，衣納納而掩露。"（納納：浸濕的樣子。）

13 **襘** guì ㊣ kui[2] **衣領交叉的地方**。《左傳・昭公十一年》："衣有～，帶有結。"（帶：指衣帶。）

13 **襛** nóng ㊣ nung[4] **衣厚的樣子**。㊀ **茂盛，眾多**。《詩經・召南・何彼襛矣》："何彼～矣，唐棣之華。"㊁ **豐滿的樣子**。曹植《洛神賦》："～纖得衷，修短合度。"

14 **襤** lán ㊣ laam[4] [**襤褸**（lǚ ㊣ leoi[5]）] **形容衣服破爛**。揚雄《方言》卷三："南楚凡人貧，衣被醜敝，謂之須捷，或謂之褸裂，或謂之～～。"《梁書・康絢傳》："寒月見省官～～，輒遺以襦衣。"（輒：

總是。遺：送。襦：短衣。）**又寫作“藍縷”、“襤褸”等。**

14 **襦** rú [粵] jyu⁴ ❶ **短衣，短襖。**《漢書・霍光傳》：“太后被珠～。” ❷ **圍嘴兒。**白居易《阿崔》詩：“膩剃新胎髮，香綳小繡～。” ❸ **細密的羅網。**《周禮・夏官・羅氏》：“蠟則作羅～。”

15 **襫** shì [粵] sik¹［**襏**（bō [粵] but⁶）**襫**］**見576頁“襏”字。**

15 **襭** xié [粵] kit³ **把衣襟掖在腰帶上來兜東西。**《詩經・周南・芣苢》：“采采芣苢，薄言～之。”（薄、言：都是動詞詞頭。）

15 **襮** bó [粵] bok³/buk⁶ ❶ **繡有花紋的衣領。**《詩經・唐風・揚之水》：“素衣朱～。” ❷ **外衣。**《呂氏春秋・忠廉》：“臣請為～。” [引] **外表，表面上。**班固《幽通賦》：“單（shàn [粵] sin⁶）治裏而外凋兮，張修～而內逼。”（單：指單豹，人名。張：指張毅，人名。）❸ **表明，暴露。**《新唐書・李晟傳》：“將務持重，豈宜自表～，為賊餌哉！”

16 **襲** xí [粵] zaap⁶ ❶ **加穿衣服。**《呂氏春秋・順民》：“味禁珍，衣禁～，色禁二。” [引] **穿衣。**司馬相如《上林賦》：“～朝服，乘法駕。” ❷ **量詞。一副，一套。**《漢書・昭帝紀》：“有不幸者賜衣被一～。” ❸ **重疊。**屈原《九章・懷沙》：“重仁～義兮。” [引] **重複。**《左傳・哀公十年》：“事不再令，卜不～吉。”（令：發出命令。卜：占卜。）❹ **合，合併。**《荀子・不苟》：“天地比，齊秦～。” ❺ **因循，沿襲。**《史記・秦始皇本紀》：“五帝不相復，三代不相～。”（三代：指夏、商、周。）[又] **繼承、承襲封爵或職位。**《史記・秦始皇本紀》：“太子胡亥～位。” ❻ **侵襲。**《淮南子・精神》：“憂患不能入也，而邪氣不能～。” [引] **觸及。**屈原《九歌・少司命》：“綠葉兮素枝，芳菲菲兮～予。” ❼ **乘人不備而進攻。**《左傳・僖公三十二年》：“勞師以～遠，非所聞也。”

17 **襴**（**襽**）lán [粵] laan⁴ ❶ **一種上衣下衣相連的服裝。**段成式《酉陽雜俎》卷八“黥”：“忽有一人，白～屠蘇，傾首微笑而去。” ❷ **通“欄”。界欄。**《金史・百官志》四：“鐵券……狀如卷瓦，刻字畫～，以金填之。”

18 **襵** zhě [粵] zip³ **衣、裙的褶紋。**劉遵《應令詠舞》：“履度開裙～，鬟轉匝花鈿。”

19 **襻** pàn [粵] paan³ **繫衣裙的帶子。**韓愈《崔十六少府攝伊陽以詩及書見投因酬三十韻》：“男寒澀詩書，妻瘦剩腰～。” [又] **拴繫衣物或器物開口處的扣襻。**王筠《行路難》詩：“～帶雖安不忍縫，開孔裁穿猶未達。”

襾部

3 **要** yào [粵] jiu³ ❶ yāo [粵] jiu¹ **腰。**《荀子・禮論》：“量～而帶之。”（帶：做腰帶。）**這個意義後來寫作“腰”。** ❷ yāo [粵] jiu¹ **半路攔截。**《後漢書・班超傳》：“遣兵數百于東界～之。” ❸ yāo [粵] jiu¹ **邀請（後起意義）。**陶潛《桃花源記》：“便～還家。” ❹ yāo [粵] jiu¹ **求取，設法取得某人的信任和重用。**《後漢書・竇融傳》：“仁者不違義以～功。”《鹽鐵論・論儒》：“百里以飯牛～穆公。”（百里：指百里奚。飯牛：餵牛。）❺ yāo [粵] jiu¹ **要挾，威脅。**賈誼《過秦論》：“章邯因以三軍之眾～市于外。”（章邯：人名。要市：指要挾求封。）❻ **要領，關鍵。**《韓非子・揚權》：“事在四方，～在中央。” [又] **重要，顯要。**《後漢書・荀彧傳》：“此實天下之～地。”《宋書・顏延之傳》："平生不喜見～人。" ❼ **概括，總括**。陸機《五等諸侯論》："且～而言之，五等之君，為己思治，郡縣之長，為利圖物。" ⊗ **簡要**。《三國志·魏書·管輅傳》裴松之注引《管輅別傳》："可謂～言不煩也。" **熟語有"要而言之"**。❽ **需要，想要（後起意義）**。劉禹錫《觀棋歌送儇師西遊》："賭取聲名不～錢。"

5 **覂** fěng (粵) fung[2] ❶ **翻覆，傾覆**。孔穎達《禮記正義序》："～駕之馬，設銜策以驅之。"（覂駕：覆駕，指不受駕馭。銜：指馬嚼子。策：馬鞭。）❷ fá (粵) fat[6] **通"乏"**。**缺乏，疲乏**。《新唐書·宋務光傳》："公私～竭，戶口減耗。"

6 **覃** tán (粵) taam[4] ❶ **長**（cháng (粵) coeng[4]）。《詩經·大雅·生民》："實～實訏，厥聲載路。"（訏：大。厥：其。）❷ **延，延伸**。《詩經·周南·葛覃》："葛之～兮，施于中谷，維葉萋萋。" 陸機《五等諸侯論》："禍止畿甸，害不～及。" ⊗ **延及，到達**。《後漢書·袁安傳論》："其仁心足以～乎後昆。"《後漢書·劉陶傳》："訪～幽微，不遺窮賤。" ❸ **深**。孔安國《尚書序》："於是遂研精～思，博考經籍。" ❹ yǎn (粵) jim[5] **通"剡"**。**鋒利**。《詩經·小雅·大田》："以我～耜，俶載南畝。"（俶：始。）

12 **覆** fù (粵) fuk[1] ❶ **遮蓋，掩蔽**。《莊子·天下》："天能～之而不能載之；地能載之而不能～之。" 蔡琰《悲憤詩》："白骨不知誰，從橫莫～蓋。" (引) **伏兵**。《左傳·隱公九年》："君為三～以待之。"（為：佈置。）❷ **翻，翻轉過來**。《荀子·王制》："水則載舟，水則～舟。"《史記·酈生陸賈列傳》："如反～手耳。"（耳：而已。）**成語有"天翻地覆"**。(引) **覆沒**。《商君書·賞刑》："戰必～人之軍。" ❸ **傾覆，顛覆**。《後漢書·仲長統傳》："信天道而背人事者，是昏亂迷惑之主，～國亡家之臣也。" ❹ **審察**。《漢書·元帝紀》："今不良之吏～案小罪，徵召證案，興不急之事，以妨百姓。" ❺ **反，反而**。《詩經·小雅·節南山》："不懲其心，～怨其正。" **【辨】復，覆，複。這三個字很少通用。只有"複"字的"夾層的"、"重複"的意義，"覆"字的"翻過來"的意義有時寫作"復"；"復"的"回答"意義也有寫作"覆"的。如"複道"寫作"復道"，"反覆"寫作"反復"，"復信"寫作"覆信"。但是"復"字的❶❷❸❺各項意義都不寫作"複"或"覆"**。

13 **覈** hé (粵) hat[6] ❶ **核實**。張衡《東京賦》："研～是非。"（研：審。）(引) **考核**。仲長統《昌言·損益》："～才蓺（yì (粵) ngai[6]）以敍官宜。"（蓺：藝。敍：按次序排列。）⊗ **研究，考索**。《後漢書·張衡傳》："遂乃研～陰陽。" ❷ **真實，確實**。《後漢書·班固傳論》："遷文直而事～，固文贍而事詳。"（遷：司馬遷。固：班固。）❸ **果實的核**。《周禮·地官·大司徒》："其植物宜～物。" **這個意義後來寫作"核"**。❹ **麥糠中的粗屑**。《史記·陳丞相世家》："亦食糠～耳。"（糠：同"糠"。）**這個意義後來寫作"麧"、"紇"**。

見部

0 **見** jiàn (粵) gin[3] ❶ **看見**。《詩經·王風·采葛》："一日不～，如三秋兮。"《史記·老子韓非列傳》："寡人得～此人與之游，死不恨矣。"（寡人：帝王的自稱。得：能夠。游：交往。恨：遺憾。）⊗ **拜見，謁**（yè (粵) jit[3]）**見**。《左傳·莊公十年》："曹劌（guì (粵) gwai[3]）請～。" ❷ **見解，見識**。《晉書·王渾傳》："敢陳愚～。" **雙音詞有"遠見"**。❸ **表示被動，相當於"被"**。《孟子·盡心下》：

"盆成括～殺。" ❹ **放在動詞前，表示對自己怎麼樣**。《世説新語・言語》："先公以禮～待，故得以禮進退。" 王安石《答司馬諫議書》："冀君實或～恕也。"（冀：希望。君實：司馬光。或：或許。見恕：原諒我。）**雙音詞有"見教"、"見諒"**。❺ xiàn (粵) jin[6] **出現**。《三國志・吳書・吳主傳》："彗星～於東方。"【注意】上古**沒有"現"字，凡"出現"的意義都寫作"見"**。【辨】視，見。見441頁"視"字。

4 **規** guī (粵) kwai[1] ❶ **圓規，畫圓形的工具**。《荀子・賦》："圓者中（zhòng (粵) zung[3]）～，方者中矩。"（中：符合。矩：畫方形的工具。）(引) **圓形**。沈括《夢溪筆談》卷七："圖為一圓～，乃畫極星於～中。" ❷ **法度，準則**。《史記・司馬相如列傳》："創業垂統，為萬世～。" (又) **效法，取法**。韓愈《進學解》："上～姚姒，渾渾無涯。" ❸ **規劃，謀劃**。《三國志・蜀書・諸葛亮傳》："與豫州協～同力。"（豫州：指劉備。）(又) **謀求**。《商君書・錯法》："是以明君之使其民也，使必盡力以～其功。"（是以：因此。使：役使。）❹ **告誡**。《荀子・成相》："不聽～諫忠是害。"（忠是害：殘害忠良。）《左傳・襄公十一年》："有備無患，敢以此～。" ❺ kuī **通"窺"。窺測**。《管子・君臣上》："大臣假於女之能，以～主情。"（假：憑藉，借助。）

4 **覓** **(覔)** mì (粵) mik[6] **尋找**。《三國志・魏書・管輅傳》："招呼婦人，～索餘光。" 趙至《與嵇茂齊書》："披榛～路。"（披：分開。榛：灌木叢。）(又) **挑選，求取**。《世説新語・雅量》："王家諸郎，亦皆可嘉，聞來～婿，咸自矜持。" 王昌齡《閨怨》詩："忽見陌頭楊柳色，悔教夫婿～封侯。"

5 **覘** chān (粵) cim[1] **偷看，偵察**。《淮南子・俶真》："其兄掩戶而入，～之。"《三國志・吳書・甘寧傳》："張遼～望知之，即將步騎奄至。"（奄至：突然來到。）

6 **覕** mì (粵) mik[6] ❶ (粵) mik[6] **同"覓"。尋覓**。張衡《西京賦》："～往昔之遺館。" ❷ mò (粵) mik[6]/mak[6] **察看**。《國語・周語上》："古者，太史順時～土。"

7 **覡** xí (粵) hat[6] **男巫**。《國語・楚語下》："民之精爽不携貳者……如是則明神降之。在男曰～，在女曰巫。"《荀子・正論》："出戶而巫～有事，出門而宗祀有事。"（祀：當作"祝"。）

8 **覥** tiǎn (粵) tin[2] [**靦**（miǎn (粵) min[5]）**䩄**] **見710頁"靦"字**。

9 **覦** yú (粵) jyu[4]/jyu[6] [覬覦] **見580頁"覬"字**。

9 **親** qīn (粵) can[1] ❶ **愛，親愛**。《孟子・梁惠王下》："君行仁政，斯民～其上，死其長矣。"《後漢書・寇恂傳》："久為吏人所～。" (引) **親近，接觸**。《韓非子・愛臣》："愛臣太～，必危其身。"《孟子・離婁上》："男女授受不～，禮也。" (又) **親近的人**。李白《蜀道難》詩："所守或匪～，化為狼與豺。" ❷ **親自**。《詩經・大雅・韓奕》："王～命之。"《史記・秦始皇本紀》："～巡天下，周覽遠方。"（周：普遍。）❸ **父母**。《莊子・養生主》："可以全生，可以養～。" [**親戚**] **內外親屬，包括父母和兄弟**。《墨子・節葬下》："秦之西有儀渠之國者，其～～死，聚柴薪而焚之，熏上謂之登遐，然後成為孝子。" **此指父母**。《左傳・僖公二十四年》："故（周公）封建～～，以蕃屏周。" **此指子弟**。❹ **親人，親戚**。《論語・泰伯》："君子篤於～則民興於仁。" 杜甫《登岳陽樓》詩："～朋無一字，老病有孤舟。"（無一字：指無音信。）**成語有"親痛仇快"**。

10 **覯** gòu (粵) gau[3] ❶ **遇，遇見**。《詩經・邶風・柏舟》："～閔既多，受侮不

少。”（閔：憂患。）《詩經・豳風・伐柯》：“我～之子。”（我遇見這個人。）**這個意義又寫作“遘”**。[又] **看見**。《詩經・大雅・公劉》：“乃陟（**zhì** [粵] **zik**^{1}）南岡，乃～于京。”（登上南岡，就看見高高的丘陵。陟：登高。京：高的丘陵。）❷ **通“構”。造成，結成**。《左傳・成公六年》：“其惡易～。”（惡：災患。）

10 **覬** jì [粵] gei^3 **希望得到**。《漢書・游俠傳》：“眾庶榮其名迹，～而慕之。”柳宗元《童區寄傳》：“自毀齒已上，父兄鬻（**yù** [粵] **juk**^{6}）賣，以～其利。”（毀齒：指兒童換牙的年齡。已：以。鬻：賣。）［**覬覦**（**yú** [粵] **jyu**^{4}/**jyu**^{6}）］**非分的希望和企圖**。《三國志・魏書・武帝紀》：“羣凶～～，分裂諸夏。”（諸夏：我國古代對中原地區的稱呼。）

11 **覲** jìn [粵] gan^6 ❶ **古代諸侯秋天朝見帝王**。《周禮・秋官・大行人》：“春朝諸侯而圖天下之事，秋～以比邦國之功。”[泛] **朝見帝王**。《穀梁傳・僖公五年》：“天子微，諸侯不享～。”（微：衰弱。享：進獻。）[引] **祭祀**。班固《東都賦》：“～明堂，臨辟雍。”（辟雍：太學名。）❷ **拜見**。《左傳・昭公十六年》：“宣子私～於子產。”（宣子、子產：人名。）❸ **顯現**。《尚書・立政》：“以～文王之耿光，以揚武王之大烈。”（耿：明亮的。）【**辨**】**朝，覲。“覲”原指諸侯在秋季朝見天子，“朝”指諸侯春天朝見天子，後來都泛指朝見帝王。“朝”用的範圍比較廣，除見帝王外，子見父母也可以叫“朝”**。

12 **覷**（**覻、覰**）qù [粵] ceoi^3 **窺探，窺視**。《新唐書・張說傳》：“北有胡寇～邊。”[泛] **看，視**。韓愈《秋懷》詩十一首之七：“不如～文字，丹鉛事點勘。”**成語有“面面相覷”**。

12 **覼**（**覶**）luó [粵] lo^4 ［**覼縷**（**lǔ** [粵] **leoi**^{5}）］**逐一詳細陳述**。王延壽《王孫賦》：“忽踴逸而輕迅，羌難得而～～。”**這個意義又寫作“覶縷”**。

13 **覺** jué [粵] gok^3 ❶ **省悟**。《荀子・成相》：“不～悟，不知苦。”❷ **發覺**。《史記・秦始皇本紀》：“長信侯毐（**ǎi** [粵] **oi**^{2}/**ngoi**^{2}）作亂而～。”（毐：嫪毐，人名。）[又] **感覺，感到**。賈思勰《齊民要術・園籬》：“不～白日西移。”❸（**舊讀 jiào**）[粵] **gaau**^{3} **睡醒**。《詩經・王風・兔爰》：“逢此百憂，尚寐無～。”柳宗元《始得西山宴遊記》：“～而起。”【**注意**】**在古代“睡覺”沒有睡眠的意思，只表示睡醒的意思**。❹ **jiào** [粵] **gaau**^{3} **通“較”。相差**。《世說新語・捷悟》：“我才不及卿，乃～三十里。”

14 **覽** lǎn [粵] laam^5 **看**。屈原《離騷》：“～椒蘭其若茲兮。”《韓非子・外儲說左上》：“人主～其文而忘有用。”[引] **採納**。《戰國策・齊策一》：“大王～其說，而不察其至實。”

15 **覿** dí [粵] dik^6 **見，相見**。《論語・鄉黨》：“私～，愉愉如也。”曹植《洛神賦》：“爾有～於彼者乎？”（你看見那個人了嗎？）[又] **看，察看**。《淮南子・主術》：“簡子欲伐衞，使史黯往～焉。”[引] **顯現**。郭璞《山海經圖贊》：“晝隱夜～。”

18 **觀** guān [粵] gun^1 ❶ **仔細看**。《周易・繫辭下》：“仰則～象於天，俯則～法於地。”[泛] **看**。《史記・孫子吳起列傳》：“吳王從臺上～，見且斬愛姬，大駭。”[引] **觀察**。《荀子・議兵》：“～敵之變動。”**成語有“察言觀色”、“聽其言，觀其行”**。❷ **觀賞**。《三國志・蜀書・諸葛亮傳》：“琦乃將亮游～後園。”（琦：劉琦。將：帶領。）[引] **值得觀賞的景物和景象**。范仲淹《岳陽樓記》：“此則岳陽樓之大～也。”❸ **給人看，顯示**。《呂氏春秋・博志》：“此其所以～後世已。”**又如“觀兵”（炫耀兵力）**。❹ **認識，看**

法。《後漢書・文苑傳》："左右莫不改～。" ❺ guàn 粵 gun^{3} **宗廟或宮廷大門外兩旁的高建築物**。《禮記・禮運》："出遊於～之上。" 又 **宮廷中高大華麗的樓台**。《史記・廉頗藺相如列傳》："大王見臣列～。"（列觀：一般的台觀。）❻ guàn 粵 gun^{3} **道教的廟宇，道觀（後起意義）**。劉禹錫《玄都觀桃花》詩："玄都～裏桃千樹，盡是劉郎去後栽。"【辨】廟，寺，觀。見 183 頁"廟"字。

角部

0 **角** jiǎo 粵 gok^{3} ❶ **動物的角**。《墨子・經說下》："牛有～，馬無～。" 引 **形狀像角的東西**。《詩經・衛風・氓》："總～之宴，言笑晏晏。"（總角：小孩子的角形髮髻，這裏指童年時候。宴：快樂。晏晏：和悅的樣子。）［羊角］**旋風名**。《莊子・逍遙遊》："摶扶搖～～而上者九萬里。"（摶：盤旋。扶搖：暴風。）［角立］① **超羣出眾**。《後漢書・徐穉傳》："～～傑出，宜當為先。"（宜當：應當。）② **對立**。陳亮《上孝宗皇帝第一書》："南北～～之時。" ❷ jué **較量**。仲長統《昌言・理亂》："與我～才智。" ❸ **古代軍中的一種樂器**。李賀《雁門太守行》："～聲滿天秋色裏。" ❹ jué **五音（宮、商、角、徵（zhǐ 粵 zi^{2}）、羽）之一**。見 714 頁"音"字。❺ jué **古代一種酒器**。《儀禮・特牲饋食禮》："主人左執～。" ❻ **古代量器名**。《管子・七法》："尺寸也，繩墨也，規矩也，衡石也，斗斛也，～量也，謂之法。" ❼ **角落（後起意義）**。《世說新語・惑溺》："唯東北～如有人迹，而牆高非人所踰。" 杜甫《雨過蘇端》詩："紅稠屋～花，碧委牆隅草。" ❽ **星宿名，二十八宿之一**。

2 **觔** jīn 粵 gan^{1} **重量單位，斤**。《淮南子・天文》："十六兩而為一～。"《舊唐書・文宗紀上》："每一石灰得鹽一十二～一兩。"（石：重量單位，一百二十斤為一石。）**這個意義又寫作"斤"**。

4 **觖** jué 粵 kyut^{3} ❶［觖如］**不滿的樣子**。《淮南子・繆稱》："禹無廢功，無廢財，自視猶～～也。" ❷［觖望］**失望，怨**。《漢書・盧綰傳》："上欲王綰，為群臣～～。" 柳宗元《送辛殆庶下第遊南鄭序》："方之於釣者，絲綸不屬，鈎喙甚直，懷有美餌，而～～獲魚之暮，則善取者皆指而笑之。" ❸ **通"抉"。挑剔**。《漢書・孫寶傳》："故欲擿～以揚我惡。"（擿：挑。）❹ kuì 粵 kui^{3} **希望，希求**。《後漢書・李通傳論》："況乃億測微隱，猖狂無妄之福，汙滅親宗，以～一切之功哉。"［觖望］**希求**。《後漢書・臧洪傳》："今王室衰弱，無扶翼之意，而欲因際會～～非冀，多殺忠良，以立姦威。"

5 **觚** gū 粵 gu^{1} ❶ **一種酒器**。《論語・雍也》："～不～，～哉，～哉！"（觚不觚：觚不像觚。）《論衡・語增》："文王飲酒千鍾，孔子百～。"（鍾：酒器。）❷ **棱角，棱形**。《漢書・郊祀志》："甘泉泰畤紫壇，八～宣通象八方。"《漢書・律曆志上》："二百七十一枚而成六～。"（把二百七十一根竹棍捆成六棱狀。）❸ **古代用來寫字的木簡**。陸機《文賦》："操～以率爾。"（操觚：拿木簡寫文章。率爾：輕率地，漫不經心地。）❹ **劍柄**。《淮南子・主術》："操其～，招其末，則庸人能以制勝。"

6 **觜** zī 粵 zi^{1} ❶ **貓頭鷹等禽類頭上的毛角**。《說文・角部》："觜，鴟舊頭上角觜也。" ❷ **星宿名**。❸ zuǐ 粵 zeoi^{2} **鳥嘴**。張衡《東京賦》："秦政利～長距，終得擅場。"

6 **觥** (觵)gōng 粵 gwang1 ❶ **古代一種酒器**。《詩經・周南・卷耳》：“我姑酌彼兕（sì 粵 ci5）～。”（我姑且用那個兕牛角杯斟酒。兕：雌性犀牛。）**成語有“觥籌交錯”**。❷ **大，豐盛**。《國語・越語下》：“諺有之曰：‘～飯不及壺飧。’”❸ [觥觥] ① **剛強正直的樣子**。《後漢書・郭憲傳》：“常聞‘關東～～郭子橫’，竟不虛也。”（郭子橫：郭憲。）② **健壯魁梧的樣子**。龔自珍《題王子梅盜詩圖》詩：“君狀亦～～，可啖（dàn 粵 daam6）健牛百。”（啖：吃。）

6 **解** jiě 粵 gaai2 ❶ **分割動物的肢體**。《莊子・養生主》：“庖丁為文惠君～牛。”《儀禮・士虞禮》：“殺于廟門西，主人不視豚～。”❷ **把繫着的東西解開**。《韓非子・難一》：“桓公～管仲之束縛而相之。”（相之：拜他為相。）❸ **分解，融化**。仲長統《昌言・理亂》：“土崩瓦～。”賈思勰《齊民要術・水稻》：“二月冰～。”❹ **調解，排解，和解**。《戰國策・趙策三》：“為人排患、釋難、～紛亂而無所取也。”（無所取：不取報酬。）《史記・項羽本紀》：“項王、范增疑沛公之有天下，業已講～，又惡負約，恐諸侯叛之。”❺ **消除**。《荀子・臣道》：“遂以～國之大患。”❻ **解釋**。《論衡・問孔》：“孔子自～，安能～乎？”❼ **理解，懂得**。《莊子・天地》：“大惑者終身不～。”❽ xiè 粵 haai6 **懈怠，鬆弛**。《詩經・大雅・烝民》：“夙（sù 粵 suk1）夜匪～。”（夙夜：早晚。匪：同“非”。不。）**這個意義後來寫作“懈”**。❾ xiè 粵 haai5 **姓**。

7 **觩** (觓)qiú 粵 kau4 **獸角彎曲的樣子**。《詩經・小雅・桑扈》：“兕觥其～，旨酒思柔。”(泛) **物體彎曲的樣子**。《詩經・魯頌・泮水》：“角弓其～，束矢其搜。”

7 **觫** sù 粵 cuk1 [觳（hú 粵 huk6）觫] **見本頁“觳”字**。

8 **觭** jī 粵 gei1 ❶ **角一俯一仰的樣子**。《爾雅・釋畜》：“角一俯一仰，觭。”(引) **偏向一邊**。《戰國策・趙策四》：“齊秦非復合也，必有～重者矣。”❷ **單，只**。《漢書・五行志中之下》：“匹馬～輪無反者。”（反：返。）❸ **通“奇”。數目不成雙的。與“偶”相對**。《新唐書・朱泚傳》：“時四方無事，天子～日視朝。”

9 **觱** bì 粵 bat1 ❶ [觱發（bō 粵 but3）] **大風撼物聲**。《詩經・豳風・七月》：“一之日～～。”（一之日：指周曆一月，即夏曆的十一月。）❷ [觱沸] **泉水湧出的樣子**。《詩經・小雅・采菽》：“～～檻泉，言采其芹。”（檻泉：同“濫泉”。噴湧而出的泉水。言：動詞詞頭。）❸ [觱篥（lì 粵 leot6）] **古代一種管樂器**。杜甫《夜聞觱篥》詩：“夜聞～～滄江上，衰年側耳情所向。”

10 **觳** hú 粵 huk6 ❶ **一種量器。也是容量單位。一說一斗二升為一觳**。《周禮・考工記・陶人》：“鬲（lì 粵 lik6）實五～。”（鬲：古器皿。實：充，裝。）❷ què 粵 kok3 **通“确”。薄**。《管子・地員》：“剛而不～。”❸ [觳觫（sù 粵 cuk1）] **恐懼的樣子**。《孟子・梁惠王上》：“吾不忍其～～。”❹ jué 粵 gok3 **通“角”。較量**。《韓非子・用人》：“強弱不～力，冰炭不合形。”[觳抵] **通“角抵”。摔跤**。《史記・李斯列傳》：“作～～優俳（pái 粵 paai4）之觀。”（優俳：演戲。觀：狀態，樣子。）

11 **觴** shāng 粵 soeng1 ❶ **盛滿酒的酒杯。泛指喝酒用的器具**。《韓非子・十過》：“平公提～而起為師曠壽。”（師曠：人名。壽：祝壽。）❷ **（向他人）敬酒，勸飲**。《左傳・襄公二十三年》：“～曲沃人。”（曲沃：地名。）《戰國策・韓策》：

"於是嚴遂乃具酒，～聶政母前。"❸ **自己飲酒**。范成大《路過大通相送至羅江分袂留詩為別》："把酒不能～，有淚若兒女。"

12 **觶** zhì (粵) zi^3 **古代飲酒器，形似尊而小**。《禮記・檀弓下》："杜蕢洗而揚～。"

13 **觸** chù (粵) zuk^1/cuk^1 ❶ **用角頂撞**。《周易・大壯》："羝羊～藩。"（藩：籬笆。）《淮南子・兵略》："有角者～。"(引) **碰撞，接觸**。《韓非子・五蠹》："兔走～株，折頸而死。"（走：跑。）❷ **觸動，觸犯**。《漢書・食貨志下》："民搖手～禁，不得耕桑。"（搖手：指稍一舉動。禁：禁令。）**成語有"觸類旁通"**。

18 **觿** xī (粵) kwai^4 **用來解結的工具，也用為佩飾**。《詩經・衛風・芄蘭》："芄蘭之支，童子佩～。"

言部

0 **言** yán (粵) jin^4 ❶ **說**。《墨子・公輸》："吾知所以距子矣，吾不～。"**成語有"知無不言，言無不盡"**。(又) **談論**。《商君書・更法》："拘禮之人不足與～事。"（拘禮：拘泥於舊的典章制度。）(引) **表達，陳述**。《尚書・舜典》："詩～志。"❷ **言語，言論**。《論語・公冶長》："聽其～而觀其行。"❸ **一個字為一言**。**如"五言詩"、"七言詩"**。《後漢書・王充傳》："著《論衡》八十五篇，二十餘萬～。"(又) **一句話也稱一言**。《論語・為政》："《詩》三百，一～以蔽之，曰：'思無邪。'"**成語有"一言為定"**。❹ **動詞詞頭**。《詩經・邶風・泉水》："駕～出遊，以寫我憂。"（駕言出遊：駕車出去遊玩。）《左傳・僖公九年》："既盟之後，～歸于好。"

【辨】言，語。見 591 頁"語"字。

2 **訇** hōng (粵) gwang^1 **象聲詞，形容聲音大**。李白《夢遊天姥吟留別》："洞天石扇，～然中開。"

2 **訂** dìng (粵) ding^3 ❶ **評議，評定**。《論衡・案書》："二論相～，是非乃見。"(引) **訂正，改正**。《晉書・荀崧傳》："亦足有所～正。"❷ **訂立，約定（後起意義）**。辛文房《唐才子傳》卷三戎昱："有女國色，欲以妻昱，而不喜姓戎，能改則～議。"❸ **效法**。《新唐書・黎幹傳》："我以神堯為始祖，～夏法漢，於義何嫌？"

2 **計** jì (粵) gai^3 ❶ **算帳，計算**。《戰國策・齊策四》："誰習～會。"（會：年終算帳。）諸葛亮《出師表》："可～日而待也。"(引) **考察，審核**。《管子・八觀》："行其田野，視其耕芸，～其農事，而飢飽之國可以知也。"(引) **記載，登記**。《左傳・襄公十九年》："夫銘，天子令德，諸侯言時～功，大夫稱伐。"《管子・立政》："州長以～于鄉師。"（州長把情況登記在鄉師那裏。州長、鄉師：官名。）(引) **帳簿**。《漢書・武帝紀》："受～於甘泉。"（受：接受。甘泉：地名。）❷ **盤算，謀劃**。《戰國策・趙策四》："父母之愛子，則為之～深遠。"❸ **計謀，策略**。《鹽鐵論・利議》："諸生無能出奇～。"**【辨】計，慮。這兩字在盤算、謀劃的意義上，只有細微的分別。"計"着重在計劃或策劃，"慮"是反覆思考**。

2 **訃** fù (粵) fu^6 **報喪，報告人死了的消息**。《論衡・書虛》："齊亂，公薨三月乃～。"顏延之《陶徵士誄》："省～卻賻（fù (粵) fu^6）。"（人死了少通知親友，不受喪禮。卻：推辭。賻：拿財物幫別人辦喪事。）**雙音詞有"訃聞"、"訃告"**。

3 **訐** jié (粵) git^3/kit^3 **攻擊或揭發別人的短處**。《論語・陽貨》："惡～以為直者。"《商君書・賞刑》："周官之人，知而～之上者，自免於罪。"（他周圍的官吏，有知道他的罪行，向上級揭發出來的，自己就免了罪。）**雙音詞有“攻訐”**。

3 **訏** xū 粵 heoi^{1} **大**。《詩經・鄭風・溱洧》：“洧（wěi 粵 fui^{2}）之外，洵～且樂。”（洧：河名。洵：確實。）**[訏謨] 宏大的謀略**。《詩經・大雅・抑》：“～～定命，遠猶辰告。”（作宏大之謀而定其教命，為長遠之道而適時發佈。謨：謀。猶：道。）

3 **訌** hòng 粵 hung^{4} **爭吵，混亂**。《詩經・大雅・召旻》：“蟊賊內～。”《新唐書・郭子儀傳》：“外阻內～。”

3 **討** tǎo 粵 tou^{2} ❶ **探求，研究**。《商君書・更法》：“～正法之本。”（本：根本。）《論語・憲問》：“世叔～論之。” 引 **尋找，尋訪**。李白《江上望皖公山》詩：“但愛茲嶺高，何由～靈異。” ❷ **治理，整頓**。《左傳・宣公十二年》：“在軍，無日不～軍實而申儆（jǐng 粵 ging^{2}）之。”（軍實：指軍備。申儆：告誡。）❸ **聲討，討伐，征伐**。《左傳・宣公二年》：“反不～賊。”《史記・秦始皇本紀》：“皇帝哀眾，遂發～師。”（哀：憐憫。遂：就。師：軍隊。）《史記・三王世家》：“外～強暴。” ❹ **索取，乞求（後起意義）**。陳造《吟詩自笑》：“～飯充腸上岳陽。”（岳陽：地名。）

3 **訊** xùn 粵 seon^{3} ❶ **問，詢問**。《公羊傳・僖公十年》：“君嘗～臣矣。”《三國志・吳書・呂蒙傳》：“羽人還，私相參～，咸知家門無恙。”（羽：關羽。私：私下。咸：都。無恙：平安無事。）❷ **審問，審訊**。鄒陽《獄中上梁王書》：“卒從吏～。”（卒：終於。）❸ **音信，消息**。陸機《贈馮文羆》詩：“良～代兼金。”（兼金：指好金子。）⊗ **書信（後起意義）**。蘇軾《答孔毅夫》之一：“忽辱手書及子由家～，窮途一笑，豈易得哉。” ❹ **告，告誡**。《詩經・陳風・墓門》：“夫也不良，歌以～之。” ❺ **古代辭賦最後總括全篇要旨的一段**。賈誼《弔屈原賦》：“～曰：‘已矣，國其莫我知，獨堙（yīn 粵 jan^{1}）鬱兮其誰語？’”（已矣：罷了。莫我知：沒有人知道我。堙鬱：鬱悶。）**【辨】** 問，訊，詰。**見589頁“詰”字。**

3 **訕** shàn 粵 saan^{3} ❶ **誹謗，詆毀**。《禮記・少儀》：“為人臣下者，有諫而無～。”《論語・陽貨》：“惡居下流而～上者。” ❷ **譏笑，諷刺**。《孟子・離婁下》：“與其妾～其良人。”《新唐書・韓愈傳贊》：“雖蒙～笑，跆而復奮。”

3 **訖** qì 粵 gat^{1} ❶ **終了，完畢**。《尚書・呂刑》：“典獄，非～于威。”賈思勰《齊民要術・大豆》：“刈（yì 粵 ngaai^{6}）～則速耕。”（刈：收割。）❷ **畢竟，終究**。《漢書・王莽傳中》：“莽以錢幣～不行，復下書。” ❸ 粵 ngat^{6}/hat^{1} **通“迄”。至，到**。《漢書・成帝紀》：“～今不改。”

3 **託** **（托）**tuō 粵 tok^{3} ❶ **託付，委託**。《論語・泰伯》：“可以～六尺之孤。”《新唐書・李勣傳》：“勣（jì 粵 zik^{1}）既忠力，帝謂可～大事。” ❷ **寄託，依靠**。《戰國策・趙策四》：“長安君何以自～於趙？”（何以：以甚麼，靠甚麼。）《韓非子・詭使》：“附～有威之門以避傜賦。” ⊗ **假託**。《三國志・吳書・周瑜傳》：“～名漢相，挾天子以征四方。” ❸ **用手掌托舉（物體）**。敦煌變文《大目乾連冥間救母變文》：“青提夫人一個手，～住獄門回顧盼。” ❹ **推託，藉故推諉**。《後漢書・華佗傳》：“因～妻疾，數期不反。”（反：返。）**【辨】** 託，托。**上古沒有“托”字。唐宋以後產生了“托”字，表示用手承着東西，如“托缽”，並且有引申義，如“襯托”。**

3 **訓** xùn 粵 fan^{3} ❶ **教導，教誨**。《左傳・桓公十三年》：“～諸司以德。” ❷ **規範，準則**。《詩經・大雅・烝民》："古～是式。" **成語有"不足為訓"**。❸ **訓練**。《晉書・羊祜傳》："繕（shàn 粵 sin^{6}）甲～卒，廣為戎備。" ❹ **詞義解釋，訓釋**。劉知幾《史通・言語》："夫上古之世，人惟樸略，言語難曉，～釋方通。"

3 **記** jì 粵 gei^{3} ❶ **記住。與"忘"相對**。《尚書・益稷》："撻以～之。"（鞭撻使記住過錯。）《後漢書・應奉傳》："凡所經履，莫不暗～。" ❷ **記載，記述**。《戰國策・東周策》："《春秋》～臣弒君者以百數。" 范仲淹《岳陽樓記》："屬予作文以～之。"（屬：囑託。予：我。）(引) **史書**。《鹽鐵論・結和》："藏於～府。" ❸ **文體的一種。如《鈷鉧潭西小丘記》、《岳陽樓記》**。❹ **印章**。《宋史・職官志七》："鑄銅～給之。"【辨】記，紀。在"記載"這個意義上，二字相通。但各有一些習慣用法，不相混淆。如《秦始皇本紀》不作《秦始皇本記》，而《史記》也不作《史紀》。"記"又是一種文體，如奏記、遊記、雜記，而"紀"作為文體是指紀傳體史書中記述帝王事跡的部分。

3 **訑** yí 粵 ji^{4} ❶ **［訑訑］自得的樣子**。《孟子・告子下》："夫苟不好善，則人將曰'～～，予既已知之矣。''～～'之聲音顏色，距人於千里之外。" **又寫作"詑詑"**。❷ tuó 粵 daan^{3} **欺詐**。屈原《九章・惜往日》："或忠信而死節兮，或～謾而不疑。" ❸ dàn 粵 daan^{3} **通"誕"。放誕**。《莊子・知北遊》："天知予僻陋慢～，故棄予而死。"

3 **訒** rèn 粵 jan^{6} **言語遲緩，不輕易開口**。《論語・顏淵》："仁者，其言也～。"

4 **訥** nè 粵 neot^{6} **語言遲鈍，不善於講話**。《老子・四十五章》："大巧若拙，大辯若～。"《史記・李將軍列傳》："廣～口少言。" (引) **慎言寡語**。《論語・里仁》："君子欲～於言而敏於行。"

4 **許** xǔ 粵 heoi^{2} ❶ **答應，允許**。《左傳・僖公五年》："弗聽，～晉使。" (引) **答應獻身**。杜甫《自京赴奉先縣詠懷五百字》："～身一何愚，竊比稷與契。"（稷、契：輔佐堯的大臣。）⊗ **讚許，贊同**。《三國志・蜀書・諸葛亮傳》："身長八尺，每自比於管仲、樂毅，時人莫之～也。" ❷ **表示約數**。干寶《搜神記》卷七："臨淄有大蛇，長十～丈。" 柳宗元《至小丘西小石潭記》："潭中魚可百～頭。"（可：大約，約計。）❸ **這樣**。《宋史・楊萬里傳》："吾頭顱如～，報國無路。" ❹ **處所，地方。常與疑問代詞"何"、"惡"等連用**。陶潛《五柳先生傳》："先生不知何～人也。"《世說新語・品藻》："劉尹至王長史～清言。"（清言：清談。）❺ **句末語氣詞**。韓愈《感春》詩之一："一生長恨奈何～。" ❻ **周代諸侯國，在今河南許昌東**。

4 **訛** （譌、謁）é 粵 ngo^{4} ❶ **謠言**。《漢書・成帝紀》："京師無故～言大水至。" (引) **錯誤**。劉知幾《史通・自敍》："～音鄙句。"（鄙：簡陋，膚淺。）**成語有"以訛傳訛"**。❷ **感化**。《詩經・小雅・節南山》："式～爾心，以畜萬邦。"（式：語氣詞。爾：你。畜：養育。）❸ **通"吪"。行動**。《詩經・小雅・無羊》："或降于阿，或飲于池，或寢或～。"（寢：睡覺。）

4 **訢** xīn 粵 jan^{1} **歡欣**。《孟子・盡心上》："終身～然，樂而忘天下。"

4 **訩** （詾、誳、哅）xiōng 粵 hung^{1} ❶ **爭辯**。《詩經・魯頌・泮水》："不告于～。"（不在爭辯中報功。告：指報功。）**［訩訩］喧鬧或紛擾不安的樣子**。《三國志・蜀書・趙雲傳》注引《雲別傳》："天下～～，未知孰是。" ❷ **禍亂，昏亂**。《詩經・小雅・節南山》："家父作誦，以究王～。"

4 **訟** sòng (粵) zung6 ❶ **爭論，爭辯**。《淮南子・俶真》：“儒墨乃始列道而議，分徒而～。”(引) **訴訟，打官司**。《論語・顏淵》：“聽～，吾猶人也。”張協《七命》：“爭寶之～解。”（寶：寶物。解：解決。）(引) **控告**。《史記・田叔列傳》：“～王取其財物百餘人。”❷ **為人辯冤**。《漢書・陳湯傳》：“太中大夫谷永上疏～湯。”（太中大夫：官名。谷永：人名。）《宋史・岳飛傳》：“太學生程宏圖上書～飛冤。”❸ **責備，檢討**。《論語・公冶長》：“吾未見能見其過而內自～者也。”⊗ **埋怨**。《漢書・東方朔傳》：“因自～獨不得大官。”❹ **公開**。《史記・呂太后本紀》：“太尉尚恐不勝諸呂，未敢～言誅之。”❺ **通“頌”。歌頌，頌揚**。《漢書・王莽傳上》：“深～莽功德。”

4 **設** shè (粵) cit3 ❶ **陳列，設置**。《周易・繫辭上》：“聖人～卦觀象。”《孟子・滕文公上》：“～為庠序學校以教之。”(引) **採用**。《荀子・臣道》：“故正義之臣～，則朝廷不頗。”❷ **施行**。《周易・觀》：“聖人以神道～教而天下服矣。”❸ **完備**。《史記・刺客列傳》：“居處兵衞甚～。”❹ **（設置器械）捕捉（禽獸）**。《淮南子・說林》：“～鼠者機動，釣魚者泛杭。”❺ **設想，謀劃**。柳宗元《寄韋珩》詩：“飢行夜坐～方略。”❻ **佳肴，美食**。《世說新語・雅量》：“客來蚤者並得佳～。”(引) **飲宴，宴請**。柳宗元《為楊湖南謝設表》：“賜臣長樂驛～者，恩榮特殊。”❼ **假如，如果**。《史記・魏其武安侯列傳》：“～百歲後，是屬寧有可信者乎？”（是屬：這些人。寧：難道。）

4 **訪** fǎng (粵) fong2 ❶ **詢問**。《左傳・僖公三十二年》：“穆公～諸蹇（jiǎn (粵) gin2）叔。”（諸：之於。蹇叔：人名。）【注意】上古“訪”字只有詢問的意思，沒有拜訪義。❷ **看望，拜訪（後起意義）**。韓翃《送丹陽劉太真》詩：“相～不辭千里遠。”(引) **尋求，探尋**。王勃《滕王閣序》：“～風景於崇阿。”（崇阿：高大的山嶺。）❸ **查訪，偵察（後起意義）**。方苞《獄中雜記》：“九門提督所～緝糾詰，皆歸刑部。”（九門提督：守衞京城的官。訪緝糾詰：查訪緝捕，糾舉查究。刑部：司法部門。）

4 **訣** jué (粵) kyut3 ❶ **辭別，告別**。《史記・孫子吳起列傳》：“東出衞郭門，與其母～。”（郭門：城門。）❷ **高明的辦法，秘訣**。《晉書・鮑靚傳》：“靚嘗見仙人陰君，授道～。”文同《送棋僧惟照》詩：“學成九章開方～。”（九章：《九章算術》，古代的數學著作。）

5 **詈** lì (粵) lei6 **罵**。《尚書・無逸》：“小人怨汝～汝。”⊗ **責備**。屈原《離騷》：“女嬃（xū (粵) seoi1）之嬋媛兮，申申其～余。”（申申：反覆，一再。）

5 **証** zhèng (粵) zing3 **諫諍**。《戰國策・齊策一》：“士尉以～靖郭君，靖郭君不聽。”

5 **詁** gǔ (粵) gu2 **對古代語言文字的解釋**。《後漢書・東平憲王蒼傳》：“特令校書郎賈逵為之訓～。”（校書郎：官名。賈逵：人名。訓：解釋詞義。）

5 **訹** xù (粵) seot1 **以利害誘導**。《宋史・岳飛傳》：“淮西之役，俊以前途糧乏～飛，飛不為止。”⊗ **被人以利害誘導**。《漢書・韓安國傳》：“今大王列在諸侯，～邪臣浮說，犯上禁，橈明法。”

5 **詎** jù (粵) geoi6 ❶ **副詞。表示反問，相當於現代漢語的“難道”、“哪裏”**。《公孫龍子・迹府》：“～士也？見侮而不鬬，辱也。”《世說新語・排調》：“阿翁，～宜以子戲父？”李白《行路難》詩：“華亭鶴唳～可聞。”（華亭：地名。）❷ **連詞。假如**。《國語・晉語》：“～非聖人，不有外患，必有內憂。”

5 **訶** hē ㊣ ho¹ **大聲呵斥**。《韓非子・內儲說下》："明日，王出而～之，曰：'誰溺於是？'"【辨】訶，呵。在"大聲呵斥"意義上，二字通用。"呵"的其他意義，均不用"訶"。

5 **詛** zǔ ㊣ zo² ❶ **詛咒**。《晏子春秋・內篇諫上》："百姓之咎怨誹謗，～君於上帝者多矣。" ❷ **盟誓**。《左傳・宣公二年》："初，麗姬之亂，～無畜群公子。"（無：不。畜：養。）《後漢書・西羌傳》："乃解仇～盟。"

5 **詗** xiòng ㊣ gwing² **偵察，刺探**。《史記・淮南衡山列傳》："王愛陵，常多予金錢，為中～長安。"

5 **詘** qū ㊣ wat¹ ❶ **彎曲**。《荀子・勸學》："～五指而頓之。"（頓：抖動。）㊀ **枉曲，冤枉**。《呂氏春秋・壅塞》："宋王因怒而～殺之。" ❷ **屈服，折服**。《墨子・公輸》："公輸盤之攻械盡，子墨子之守圉有餘，公輸盤～。"（公輸盤：人名。）《戰國策・秦策一》："今欲并天下，凌萬乘，～敵國……非兵不可。" ❸ **言語鈍拙**。《史記・李斯列傳》："辯於心而～於口。" ❹ **缺少，窮盡**。《荀子・正論》："故百事廢，財物～，而禍亂起。"

5 **詐** zhà ㊣ zaa³ ❶ **欺騙**。《戰國策・秦策一》："大王以～破之。"（破：打敗。）【注意】古代凡欺騙的意義都用"詐"，不用"騙"。❷ **假裝**。《後漢書・華佗傳》："知妻～疾。"

5 **訴** sù ㊣ sou³ ❶ **訴說，訴苦**。《樂府詩集・傷歌行》："舒憤～穹蒼。"《後漢書・鄧皇后紀》："舉頭若欲自～。"（舉頭：抬頭。）❷ **告狀**。《後漢書・陳寵傳》："吏多姦貪，～訟日百數。"《三國志・魏書・郭嘉傳》："數廷～嘉。"（屢次在朝廷上告郭嘉的狀。）㊁ **誹謗**。《左傳・成公十六年》："而～公于晉侯。"（公：魯公。）❸ **辭謝飲酒**。陸游《蝶戀花・禹廟蘭亭今古路》："鸚鵡杯深君莫～，他時相遇知何處。"【辨】告，訴。兩字在古代不同義。現代"告訴"的意義在古代只說"告"，不說"訴"。"訴"在古代主要是"訴說"的意思，"訴"的內容是自己的怨苦。

5 **詅** líng ㊣ ling⁴ **叫賣**。《顏氏家訓・文章》："吾見世人，至無才思，自謂清華，流布醜拙，亦以眾矣。江南號為～痴符。"

5 **診** zhěn ㊣ can² ❶ **診察，診斷**。《史記・扁鵲倉公列傳》："齊侍御史成自言病頭痛，臣意～其脈。"（意：人名。）《列子・力命》："其子弗曉，終謁三醫，一曰矯氏，二曰俞氏，三曰盧氏，～其所疾。" ❷ **考察**。《漢書・董賢傳》："莽疑其詐死，有司奏請發賢棺，至獄～視……賢既見發，臝～其屍，因埋獄中。"

5 **詆** dǐ ㊣ dai² ❶ **毀謗，誣衊**。《史記・酷吏列傳》："所治即豪，必舞文巧～。"（即：如果。）㊀ **責罵（後起意義）**。文天祥《指南錄後序》："～大酋當死，罵逆賊當死。" ❷ **通"柢"。根底，重要的事情**。《淮南子・兵略》："兵有三～。" ❸ **通"抵"。抵償**。《史記・酷吏列傳》："吏卒格信時，射中上林苑門，宣下吏～罪。"（信、宣：人名。）

5 **註** zhù ㊣ zyu³ ❶ **記載**。《後漢書・律曆志》："重黎記～。"（重黎：人名。）❷ **註釋**。仇兆鰲《進杜少陵詳注表》："謹以所～詩賦二十四卷。"【注意】"註釋"的"註"是晚起字，明代以前都只寫作"注"。

5 **詠** yǒng ㊣ wing⁶ ❶ **聲調抑揚地唸誦，歌唱**。《世說新語・任誕》："～左思《招隱詩》。"《晉書・謝安傳》："安本能為洛下書生～，有鼻疾，故其音濁。"（洛下：即洛陽。）❷ **用詩詞等來讚頌或敘述**。曹操《步出夏門行・冬十月》："歌以～志。”又如“詠梅”、“詠雪”。

5 **詞** cí (粵) ci^4 ❶ 言辭，詞句。《鹽鐵論・刑德》：“惑於愚儒之文～。”（惑於：被……迷惑。）這個意義又寫作“辭”。成語有“義正詞嚴”。⊗ 文辭，辭章。曹丕《典論・論文》：“然不能持論，理不勝～。”㊕ 虛詞。《說文》：“皆、俱，詞也。”清王引之著有《經傳釋詞》。❷ 一種韻文形式。也叫長短句。如“宋詞”、“辛棄疾詞”。【辨】辭，詞。在“言辭”這個意義上，“辭”和“詞”是同義詞。在較古的時代，一般只說“辭”，不說“詞”。漢代後逐漸以“詞”代“辭”。

5 **詔** zhào (粵) ziu^3 ❶ 告，告訴。《周禮・秋官・司盟》：“北面～明神。”屈原《離騷》：“～西皇使涉予。”⊗ 告誡，教誨。《莊子・盜跖》：“若子不聽父之～。”《呂氏春秋・審分》：“問而不～，知而不為。”❷ 詔書，皇帝的命令或文告。《史記・秦始皇本紀》：“遵奉遺～，永承重戒。”⊗ 皇帝下命令。《史記・文帝本紀》：“于是～罷丞相兵。”❸ 召見。《後漢書・馮衍傳》：“～伊尹於亳（bó (粵) bok^6）郊兮。”（伊尹：商朝大臣。亳：地名。）【辨】告，誥，詔。見591頁“誥”字。

5 **詖** bì (粵) bei^3/bei^1 偏頗，邪僻。《孟子・公孫丑上》：“～辭知其所蔽，淫辭知其所陷。”（淫：過分。）《孟子・滕文公下》：“息邪說，距～行。”（距：通“拒”。拒絕。）

5 **詒** yí (粵) ji^4 ❶ dài (粵) doi^6 欺騙。徐幹《中論・考偽》：“骨肉相～，朋友相詐。”這個意義又寫作“紿”。❷ 贈給，送給。《左傳・昭公六年》：“叔向使～子產書。”（叔向、子產：人名。使：使人。書：信。）❸ 遺留。《左傳・文公六年》：“先王違世，猶～之法。”（違世：逝世。猶：還。）

6 **訾** （訿）zǐ (粵) zi^2 ❶ 毀謗，詆毀，非議。《呂氏春秋・懷寵》：“排～舊典。”《鹽鐵論・地廣》：“誹譽～議，以要名采善於當世。”（要名采善：指沽名釣譽。）❷ zī (粵) zi^1 通“貲”。計算，估量。《商君書・墾令》：“～粟而稅，則上一而民平。”（上一：國法統一。）《列子・說符》：“錢帛無量，財貨無～。”❸ zī (粵) zi^1 通“資”。資財，錢財。《漢書・杜周傳》：“家～累巨萬矣。”（累：累積。）❹ cī (粵) ci^4 病。《管子・入國》：“歲凶，庸人～厲。”（歲凶：年景不好。厲：病。）❺ zī (粵) zi^1 通“咨”。歎詞。《戰國策・齊策三》：“～！天下之主有侵君者，臣請以臣之血湔其衽（rèn (粵) jam^6）。”（衽：衣襟。）

6 **詹** zhān (粵) zim^1 ❶ ［詹詹］話多。《莊子・齊物論》：“大言炎炎，小言～～。”（炎炎：有氣勢。）❷ 至。《詩經・小雅・采綠》：“五日為期，六日不～。”❸ 通“瞻”。仰望。《詩經・魯頌・閟宮》：“泰山巖巖，魯邦所～。”

6 **誄** lěi (粵) leoi^5 敍述死者生前事跡，表示哀悼（多用於上對下）。《墨子・魯問》：“魯君之嬖（bì (粵) bai^3）人死，魯君為之～。”（嬖人：被寵愛的人。）(引) 一種哀祭文體。《後漢書・桓譚傳》：“所著賦、～、書、奏，凡二十六篇。”（凡：共。）

6 **試** shì (粵) si^3 ❶ 用，任用。《禮記・樂記》：“兵革不～，五刑不用。”柳宗元《哭連州凌員外司馬》詩：“滅名竟不～。”（滅名：直到死。）❷ 嘗。《穀梁傳・僖公十年》：“食自外來者，不可不～也。”❸ 試探。《韓非子・外儲說左下》：“不肖則飾姦而～之。”(引) 試驗，比試。白居易《放言》詩：“～玉要燒三日滿。”南朝蕭齊求那毗地譯《百喻經・五百歡喜丸喻》：“誰有勇健，能共我～。”(引) 嘗試。《莊子・讓王》：“～往觀焉。”❹ 考試，考察。《後漢書・周防傳》：“世祖巡狩汝南，召掾史～經。”韋曜《博弈論》：“設程～之科。”（程：衡量。科：科目。）❺ **姑且，試着**。杜甫《奉贈韋左丞丈》詩：“丈人～靜聽，賤子請具陳。”

6 **詿** guà (粵) gwaa[3] ❶ **牽累，連累。常“詿誤”連用**。《戰國策・韓策一》：“夫不顧社稷之長利，而聽須臾之説，～誤人主者，無過於此者矣。”❷ **欺騙**。《史記・吳王濞列傳》：“～亂天下，欲危社稷。”（社稷：指國家。）

6 **詩** shī (粵) si[1] ❶ **文體的一種。詩歌**。《尚書・舜典》：“～言志。”❷ **特指《詩經》**。《論語・為政》：“《～》三百。”《論語・季氏》：“不學《～》，無以言。”**在古代漢語中凡稱“《詩》曰”、“《詩》云”都是指《詩經》**。

6 **詰** jié (粵) kit[3] ❶ **責問，追問**。《國語・魯語上》：“明日有司復命，公～之。”《左傳・襄公二十五年》：“士莊伯不能～。”（士莊伯：人名。）(引) **查，查辦**。《禮記・月令》：“～誅暴慢。”（慢：怠慢。）❷ (粵) git[6] [**詰屈**] **彎曲**。曹操《苦寒行》：“羊腸坂～～，車輪為之摧。”（羊腸坂：地名。為之：因此。摧：壞。）❸ [**詰朝**] [**詰旦**] **次日早晨**。《左傳・僖公二十八年》：“～朝將見。”《北史・齊安德王延宗傳》：“～旦還攻東門，克之。”（克：攻克。）【**辨**】問，訊，詰。“問”的**意義很廣，既表示一般的問，也可以表示審問。“訊”字則較多用於審問，“詰”字較多用於追問。**

6 **誇** kuā (粵) kwaa[1] **誇大，誇口**。《論衡・道虛》：“自知以必然之事見責於世，則作～誕之語。”（誕：虛妄，欺詐。）⊗ **誇耀**。揚雄《長楊賦》：“上將大～胡人以多禽獸。”

6 **誠** chéng (粵) sing[4] ❶ **真心，不虛偽**。《禮記・樂記》：“著～去偽，禮之經也。”《列子・湯問》：“帝感其～。”❷ **確實，的確**。《史記・留侯世家》：“沛公～欲倍項羽邪？”（倍：背。）❸ **表示假設，相當於現代漢語的“果真”**。《史記・張耳陳餘列傳》：“～聽臣之計，可不攻而降城。”王安石《上皇帝萬言書》：“～賢能也，然後隨其德之大小，才之高下而官使之。”

6 **詣** yì (粵) ngai[6] ❶ **到……去**。《史記・文帝本紀》：“乘傳（zhuàn (粵) zyun[3]）～長安。”（傳：驛車，供傳遞公文的人乘坐的車子。）(引) **拜訪**。《三國志・蜀書・諸葛亮傳》：“由是先主遂～亮，凡三往，乃見。”（由是：因此。）❷ **學問達到高深的境界**。《世説新語・賞譽》：“劉琨稱祖車騎為朗～。”

6 **誅** zhū (粵) zyu[1] ❶ **責問，譴責**。《論語・公冶長》：“朽木不可雕也，糞土之牆不可杇（wū (粵) wu[1]）也，於予與何～？”（杇：粉刷，塗飾。予：宰予，孔子學生。）李陵《重報蘇武書》：“漢厚～陵以不死。”**成語有“口誅筆伐”**。⊗ **討伐**。《史記・秦始皇本紀》：“故興兵～之，虜其王。”(引) **懲罰**。《荀子・富國》：“～而不賞，則勤屬之民不勸。”（“屬”當作“厲”。）❷ **殺死**。鼂錯《賢良文學對策》：“害民者～。”(引) **鏟除**。屈原《卜居》：“寧～鋤草茅以力耕乎？”❸ **要求。要別人供給東西**。《左傳・襄公三十一年》：“～求無時。”

6 **詵** shēn (粵) san[1] ❶ **眾人紛紛傳言**。柳宗元《天對》：“孺賊厥～。”❷ [**詵詵**] **眾多的樣子**。《詩經・周南・螽斯》：“螽斯羽，～～兮。”

6 **詬** （詢）gòu (粵) gau[3]/kau[3] ❶ **恥辱**。《荀子・解蔽》：“厚顏而忍～。”司馬遷《報任安書》：“～莫大於宮刑。”（宮刑：閹割男性生殖器的刑罰。）❷ **辱罵，罵**。《左傳・哀公八年》：“曹人～之。”《舊唐書・黃巢傳》：“及巢見詔，大～執政。”

（執政：即執政者。）

6**詮** quán ㊚ cyun[4] ❶ **解釋，闡明（事理）**。《淮南子・要略》："差擇微言之眇，～以至理之文。"《晉書・武陔傳》："文帝甚親重之，數與～論時人。" ❷ **道理，規律**。《淮南子・兵略》："發必中～，言必合數。"［**真詮**］① **闡述真理的語句**。盧藏用《衡岳十八高僧序》："年代悠邈，故老或遺～～。" ② **真理**。杜甫《秋日夔府詠懷》："衣褐向～～。" ❸［**詮次**］**選擇和編次**。陶潛《飲酒詩序》："既醉之後，輒題數句自娛。紙墨遂多，辭無～～。"

6**誂** tiǎo ㊚ tiu[5] ❶ **逗引，誘惑**。《戰國策・秦策一》："楚人有兩妻者，人～其長者。"《史記・吳王濞列傳》："於是乃使中大夫應高～膠西王。"（使：派遣。應高：人名。）㊁ **戲弄**。《顏氏家訓・文章》："有一士族，好為可笑詩賦，～擎（piě ㊚ pit[3]）邢魏諸公。"（擎：同"撇"，揮去。）❷ tiāo ㊚ tiu[1] **通"佻"。輕佻，輕浮**。《呂氏春秋・音初》："流辟～越慆濫之音出。" ❸ diào ㊚ diu[3] **猝然，倉猝**。《淮南子・兵略》："雖～合刃於天下，誰敢在於上者。"

6**詭** guǐ ㊚ gwai[2] ❶ **要求**。《漢書・京房傳》："今臣得出守郡，自～效功。"（效：獻出。）❷ **欺詐**。《漢書・蘇武傳》："匈奴～言武死。" ❸ **差異，差別**。《淮南子・說林》："衡雖正必有差，尺寸雖齊必有～。" ㊁ **奇異**。班固《西都賦》："殊形～制，每各異觀。"《新唐書・吐蕃傳上》："上寶器數百具，製冶～殊。" ❹ **違背，違反**。《呂氏春秋・淫辭》："言行相～，不祥莫大焉。"

6**詢** xún ㊚ seon[1] **問，徵求意見，請教**。《左傳・成公十三年》："秦大夫不～于我寡君，擅及鄭盟。" 賈思勰《齊民要術序》："～之老成，驗之行事。"（向有經驗的人請教，到實踐中檢驗。）

6**該** gāi ㊚ goi[1] **具備**。《管子・小問》："昔者天子中立，地方千里，四言者～焉。" 枚乘《七發》："滋味雜陳，肴糅（yáo róu ㊚ ngaau[4] jau[2]）錯～。"（滋味：美味。肴：葷菜。糅：雜食。）㊁ **完備，包括**。《莊子・天下》："不～不遍，一曲之士也。" 曹植《與楊德祖書》："吾王於是設天網以～之。" **這個意義又寫作"賅"**。㊁ **廣博**。《晉書・祖逖傳》："後乃博覽書記，～涉古今。"【**注意**】**古代"該"沒有"應該"的意義**。

6**詳** xiáng ㊚ coeng[4] ❶ **詳細，詳盡**。《孟子・離婁下》："博學而～說之。" ㊋ **詳情**。《孟子・萬章下》："其～不可得聞。" ㊁ **詳細地知道**。陶潛《五柳先生傳》："亦不～其姓字。" ❷ **詳細地說明**。《詩經・鄘風・牆有茨》："中冓之言，不可～也。"《後漢書・西域傳》："山經所未～。" ❸ **廣泛，周遍**。《鹽鐵論・利議》："～延有道之士。"（廣泛徵召有才能的人。）❹ **審慎**。《後漢書・明帝紀》："～刑慎罰。"（使用刑罰要審慎。）❺ **安詳**。陶潛《閑情賦》："神儀嫵媚，舉止～妍。" ❻ yáng ㊚ joeng[4] **通"佯"。假裝**。《史記・李將軍列傳》："行十餘里，廣～死。"（廣：李廣。）

6**詫** chà ㊚ caa[3] ❶ **告知**。《莊子・達生》："有孫休者，踵門而～子扁慶子。" ❷ **誇耀**。《史記・司馬相如列傳》："子虛過～烏有先生。"（子虛、烏有：司馬相如在文章中虛構的人名。）㊁ **誑，欺騙**。《晉書・司馬休之傳》："甘言～方伯，襲之以輕兵。"（甘：甜。）❸ **驚訝，詫異**。《新唐書・戴胄傳》："閱十數年，父子繼為宰相，世～其榮。" 魏學洢《核舟記》："魏子詳矚既畢，～曰：'嘻，技亦靈怪矣哉！'"

6 **詡** xǔ 粵 heoi[2] **說大話，誇耀**。揚雄《長楊賦》："誇～眾庶。"（向廣大老百姓誇耀。）［詡詡］① **同"栩栩"。生動活潑的樣子**。庾信《周宗廟歌》："齊房芝～～。" ② **喜悅的樣子**。韓愈《柳子厚墓志銘》："～～強笑語以相取下。"

7 **誓** shì 粵 sai[6] ❶ **古代告誡、約束將士的言辭。如《湯誓》（湯討伐桀時告誡將士的言辭）**。㊀ **出征前告誡約束將士、表示決心**。班固《東都賦》："勒三軍，～將帥。"（勒：率領。）❷ **立誓，發誓**。《左傳・隱公元年》："～之曰：'不及黃泉，無相見也。'" **成語有"誓不兩立"**。㊀ **盟約，諾言**。《左傳・昭公四年》："周武有孟津之～。" 曹植《武帝誄》："張陳背～，傲弟虐民。"（張陳：指張耳、陳餘。背：背叛。）

7 **誡** jiè 粵 gaai[3] ❶ **告誡，警告**。《史記・魯周公世家》："作此以～成王。" ❷ **警戒，戒備**。《左傳・桓公十一年》："鄖人軍其郊，必不～。" 賈誼《治安策》："前車覆，後車～。"（覆：翻倒。）

7 **誌** zhì 粵 zi[3] ❶ **記，記住**。《新唐書・褚亮傳》："博見圖史，一經目輒～於心。"（圖：圖表。史：史籍。輒：就。）❷ **記述**。《列子・楊朱》："太古之事滅矣，孰～之哉？" ㊀ **記事的書或文章。如"碑誌"、"墓誌"**。❸ **標誌，標記**。《南齊書・韓係伯傳》："襄陽土俗，鄰居種桑樹於界上為～。" ❹ **通"痣"。皮膚上生的斑痕**。《南齊書・江祏傳》："高宗胛上有赤～。"（胛：肩胛。）

7 **誣** wū 粵 mou[4] ❶ **言語不真實，欺騙**。《韓非子・顯學》："非愚則～也。" ❷ **捏造罪狀陷害人**。《宋史・秦檜傳》："其頑鈍無恥者，率為檜用，爭以～陷善類為功。"

7 **誖** bèi 粵 bui[6] **違背**。《漢書・禮樂志》："禮樂政刑四達而不～，則王道備矣。"

7 **語** yǔ 粵 jyu[5] ❶ **談論，說話**。《論語・鄉黨》："食不～，寢不言。"《左傳・昭公三年》："晏子受禮，叔向從之宴，相與～。" ❷ yù 粵 jyu[6] **告訴**。《史記・呂太后本紀》："平陽侯恐弗勝，馳～太尉。"（弗：不。）❸ **言論，話**。《韓非子・五蠹》："無先王之～，以吏為師。"（不用先王的那套言論，而用官吏當老師。）❹ **諺語，俗語**。賈思勰《齊民要術序》："～曰：力能勝貧，謹能勝禍。"（謹：謹慎。）❺ **語言**。《魏書・宣武靈皇后傳》："有蜜多道人，能胡～。"【辨】**言，語。主動對人說話叫"言"，和別人一起談論叫"語"**。

7 **誙** kēng 粵 hang[1] ［誙誙］**奔逐而無知的樣子**。《莊子・至樂》："吾觀夫俗之所樂，舉群趣者，～～然如將不得已。"（舉群趣者：指眾人羣起追求。）

7 **誚** qiào 粵 ciu[3] **責備**。《尚書・金縢》："公乃為詩以貽王……王亦未敢～公。" ㊂ **譏諷**。孔稚珪《北山移文》："列壑爭譏，攢峰竦～。"

7 **誤** （悞）wù 粵 ng[6] ❶ **錯誤，荒謬**。《史記・蕭相國世家》："群臣議皆～。" ❷ **耽誤，使受害**。《新唐書・韓偓傳》："渙作宰相，或～國。"（渙：人名。）杜甫《奉贈韋左丞丈二十二韻》："紈袴不餓死，儒冠多～身。"（紈袴：指富貴人家子弟。儒冠：指儒生。）❸ **迷惑**。《史記・齊太公世家》："桓公之中鉤，詳死以～管仲。"（詳：通"佯"。假裝。）

7 **誥** gào 粵 gou[3] ❶ **告訴**。《尚書・太甲下》："伊尹申～於王。"（伊尹：人名。申：再，重。）❷ **皇帝給臣子的命令**。李陽冰《草堂集序》："潛草詔～，人無知者。"（潛草：秘密起草。詔：皇帝的詔書。）❸ **告誡，勸勉**。《國語・楚語上》："近臣諫，遠臣謗，輿人誦，以自～也。"

（謗：公開指出過失。輿：眾。誦：述説。）《尚書・多方》：“成王歸自奄，在宗周，～庶邦。”❹ **文體的一種，用於告誡或勉勵**。劉勰《文心雕龍・辨騷》：“故其陳堯舜之耿介，稱湯武之祗敬，典～之體也。”**【辨】** 告，誥，詔。“告”和“誥”原來都是告訴的意思，後來用法不同，下告上叫“告”，上告下叫“誥”或“詔”。秦以後“詔”只限於皇帝下命令用。宋以後“誥”只限於皇帝任命高級官吏或封爵時用。

7 **誘** yòu 粵 jau5 ❶ **誘導，引導**。《論語・子罕》：“夫子循循然善～人。”（夫子：指孔子。）李白《來日大難》詩：“～我遠學。”❷ **引誘，誘惑**。《荀子・非十二子》：“是以不～於譽，不恐於誹。”（不為名譽所引誘，不被誹謗所嚇倒。）《三國志・吳書・吳主傳》：“中郎將孫布詐降以～魏將王淩。”（中郎將：武官名。孫布、王淩：人名。）**成語有“誘敵深入”**。

7 **誨** huì 粵 fui3 **教導，指教**。《論語・述而》：“學而不厭，～人不倦。”《孟子・告子上》：“使弈秋～二人弈。”（弈秋：人名。弈：下棋。）

7 **誑** kuáng 粵 gwong2 **欺騙，迷惑**。《韓非子・和氏》：“王以和為～，而刖其左足。”（和：人名。）《史記・樂毅列傳》：“設詐～燕軍。”（設詐：設假像。）

7 **説** shuō 粵 syut3 ❶ **陳述，解説**。《荀子・正名》：“～不喻然後辨。”（喻：明白。辨：辨明。）❷ **言論，主張，學説**。《周易・繫辭上》：“故知死生之～。”《韓非子・難一》：“矛楯之～也。”（楯：盾。）《論衡・問孔》：“伐孔子之～，何逆於理？”⊗ **意思，意義**。韓愈《贈張童子序》：“皆誦之，又約知其大～。”❸ **文體的一種。如韓愈《師説》、柳宗元《天説》**。❹ shuì 粵 seoi3 **勸説，説服**。《三國志・魏書・郭嘉傳》：“太祖欲引軍還，嘉～太祖急攻之。”❺ shuì 粵 seoi3 **止息，休息**。《詩經・鄘風・定之方中》：“星言夙駕，～于桑田。”❻ yuè 粵 jyut6 **喜歡，高興**。《論語・學而》：“學而時習之，不亦～乎？”⊗ **取悦**。《國語・楚語下》：“又能上下～於鬼神。”**上述 ❻ ⊗ 的意義後來寫作“悦”**。❼ tuō 粵 tyut3 **通“脱”。解開，脱下**。《禮記・檀弓上》：“使子貢～驂而賻之。”**【辨】** 説，陳，敍，述。四個字都有向別人説話、講述的意思。“説”字重在解説道理或陳述事實；“陳”字主要是羅列各件事情進行陳述；“敍”字是敍述事情來龍去脈的過程和因果；“述”字經常用於述説曾説過的話或曾發生過的事。

7 **誋** jì 粵 gei6 **告誡**。《淮南子・繆稱》：“目之精者，可以消澤，而不可以昭～。”（消澤：消釋，消亡。）

7 **誦** sòng 粵 zung6 ❶ **朗誦，背誦**。《漢書・賈誼傳》：“以能～詩書屬文稱於郡中。”（屬文：寫文章。）孔融《薦禰衡表》：“目所一見，輒～於口。”❷ **述説，陳述**。《孟子・告子下》：“子服堯之服，～堯之言。”韓愈《答陳生書》：“聊為足下～其所聞。”❸ **頌揚，稱頌**。《左傳・襄公三十一年》：“文王之功，天下～而歌舞之。”❹ **詩篇**。《詩經・小雅・節南山》：“家父作～，以究王訩。”（究：追究。訩：昏亂。）❺ **委婉的諷諫**。《左傳・襄公四年》：“國人～之曰……”❻ **通“訟”。公開**。《漢書・高后紀》：“未敢～言誅之。”

8 **誾** yín 粵 ngan4 [誾誾] ① **和悦地爭辯**。《論語・鄉黨》：“與上大夫言，～～如也。”《後漢書・張酺傳》：“張酺前入侍講，屢有諫正，～～惻惻，出於誠心。”② **香氣濃烈的樣子**。司馬相如《長門賦》：“桂樹交而相紛兮，芳酷烈之～～。”

8 **請** qǐng 粵 cing2/ceng2 ❶ **謁見，拜見**。《漢書・張湯傳》：“其造～諸公，不

避寒暑。”（造：指前往。）❷ **請求**。《左傳・隱公元年》：“若弗與，則～除之。”（弗與：不給。）《三國志・蜀書・諸葛亮傳》：“事急矣，～奉命求救於孫將軍。”**成語有“請君入甕”。【注意】“請”字後面帶動詞時，有兩種不同的意義。第一種是請你做某事，如第一例。第二種是請你允許我做某事，如第二例。在古漢語裏，第二種情況比較常見。** ❸ **請求給予**。《史記・呂太后本紀》：“朱虛侯～卒，太尉予卒千餘人。”❹ **詢問**。葉適《草廬先生墓志銘》：“少而廣問博～。”❺ **邀請**。《漢書・孝宣許皇后傳》：“乃置酒～之。”（置：設。）[又] **聘請**。《後漢書・魯恭傳》：“郡數以禮～，謝不肯應。”❻ qíng [粵] cing^{4} **通“情”。真情，實情**。《荀子・正名》：“正名而期，質～而喻。”

8 **諸** zhū [粵] zyu^{1} ❶ **眾，各**。《詩經・邶風・泉水》：“問我～姑，遂及伯姊。”《三國志・蜀書・諸葛亮傳》：“亮身率～軍攻祁山。”（身：親自。）❷ **相當於“之於”（“之”是代詞，相當於現代漢語的“他、她、牠、它”）**。《列子・湯問》：“投～渤海之尾。”（投諸：投之於，把它投到。）❸ **相當於“之乎”（“乎”是疑問語氣詞，相當於現代漢語的“嗎”）**。《左傳・昭公八年》：“子聞～？”（聞諸：聞之乎，聽說過這件事情嗎？）❹ **第三人稱代詞。相當於現代漢語的“他、她、牠、它（們）”**。《論語・學而》：“告～往而知來者。”《左傳・僖公十三年》：“晉薦饑，使乞糴（dí [粵] dek^{6}）于秦。秦伯謂子桑：‘與～乎？’”（薦饑：連年饑荒。乞：請求。糴：買糧食。）

8 **諆** qī [粵] hei^{1} ❶ **欺騙**。❷ jī [粵] gei^{1}/hei^{1} **謀劃**。《後漢書・張衡傳》：“回志朅來從玄～，獲我所求夫何思。”

8 **諏** zōu [粵] zau^{1} **商議**。《國語・晉語四》：“謀於南宮，～於蔡、原。”（南宮、蔡、原：都是姓。）[引] **詢問**。諸葛亮《出師表》：“諮～善道。”

8 **諑** zhuó [粵] doek^{3} **造謠，毀謗**。《楚辭・九思・逢尤》：“被～譖（zèn [粵] zam^{3}）兮虛獲尤。”（譖：說壞話誣陷別人。虛：平白無故地。尤：過錯，罪過。）

8 **諓** jiàn [粵] zin^{3} ［**諓諓**］**能言善辯的樣子**。《公羊傳・文公十二年》：“惟～～善竫（jìng [粵] zing^{6}）言。”（竫：花言巧語。）《漢書・李尋傳》：“昔秦穆公說（yuè [粵] jyut^{6}）～～之言，任仡仡之勇，身受大辱，社稷幾亡。”

8 **課** kè [粵] fo^{3} ❶ **按一定的標準檢驗，考核**。《管子・七法》：“成器不～不用，不試不藏。”（成器：指已製成的兵器。）《漢書・京房傳》：“房奏考功～吏法。”❷ **督促完成指定的工作（後起意義）**。《南齊書・武帝紀》：“宜嚴～農桑。”[引] **按規定的內容和分量學習或教授**。白居易《與元九書》：“苦節讀書，二十已來，晝～賦，夜～書，間又～詩。”（苦節：刻苦。間：有時候。）❸ **按規定的數額和時間徵收賦稅（後起意義）**。《宋書・孝武帝本紀》：“是歲，始～南徐州僑民租。”（是歲：這年。僑民：當時從北方流亡到南方的人。）[又] **賦稅**。鮑照《擬古》詩：“歲暮井賦訖（qì [粵] gat^{1}），程～相追尋。”（訖：完結。程課：賦稅。）❹ **占卜的一種（後起意義）**。惠洪《冷齋夜話》：“有日者能～，使之～，莫不奇中。”

8 **誹** fěi [粵] fei^{2} **批評，指責過失**。《墨子・經說下》：“以理之可～，雖多～，其～是也。”《韓非子・八經》：“賞者有～焉，不足以勸；罰者有譽焉，不足以禁。”[又] **毀謗，說別人的壞話**。《荀子・非十二子》：“是以不誘於譽，不恐於～。”（不為讚譽所引誘，不因毀謗而恐懼。）**【辨】謗，誹，譏。見599頁“謗”字。**

8**諉** wěi 粵 wai2 **推諉，推託**。《漢書・賈誼傳》："然尚有可～者，曰疏。"（還有可推託的理由，説是由於疏遠。）⊗ **委託，託付**。《新唐書・婁師德傳》："子，台輔器也，當以子孫相～。"

8**誕** dàn 粵 daan3 ❶ **荒誕，沒有事實根據的**。《荀子・成相》："信～以分賞罰必。"（真實的和荒誕的就能分辨清楚，該賞就一定賞，該罰就一定罰。）劉向《説苑・尊賢》："口鋭者多～而寡信。" (引) **詐，欺騙**。《呂氏春秋・應言》："宜陽令許綰～魏王。"《列子・黃帝》："吾不知子之有道而～子。"（子：您。有道：指德行高超。）❷ **大，寬闊**。《漢書・敍傳》："國之～章，博載其路。"（誕章：大憲章。）《詩經・邶風・旄丘》："旄（máo 粵 mou4）丘之葛兮，何～之節兮。"（旄丘上的葛，為甚麼節長得那麼寬啊？葛：一種草本植物。）❸ **放縱，放蕩**。《後漢書・竇融傳》："子孫縱～，多不法。"杜甫《寄題江外草堂》詩："我生性放～。"❹ **誕生**。《後漢書・襄楷傳》："昔文王一妻，～致十子。"［**降誕日**］**生日**。《舊唐書・德宗本紀下》："庚辰，上～～～。"❺ **句首語氣詞**。《詩經・大雅・生民》："～彌厥（jué 粵 kyut3）月。"（彌：滿。厥月：指懷胎的十個月。）

8**諛** yú 粵 jyu4 **奉承，討好**。《楚辭・九歎・離世》："即聽夫人之～辭。"《史記・魏其武安侯列傳》："灌夫為人剛直使酒，不好面～。"（灌夫：人名。使酒：指喝酒後發酒瘋。）**成語有"阿諛奉承"**。【**辨**】**諛，諂**。"諛"是用言語奉承，"諂"則不限於言語。"諂"、"諛"二字連用時，不再有這種區別。

8**論** lùn 粵 leon6 ❶ **討論，研究**。《韓非子・五蠹》："～世之事，因為之備。"（研究當時的社會情況，從而相應地採取措施。）(引) **議論，評論**。諸葛亮《出師表》："每與臣～此事。"《商君書・禁使》："賞隨功，罰隨罪，故～功察罪，不可不審也。"⊗ **辯論**。《史記・魏其武安侯列傳》："今日廷～。"（廷：朝廷。）❷ **判罪**。《史記・呂后本紀》："其群臣或竊餽，輒（zhé 粵 zip3）捕～之。"（餽：贈送食物。輒：就。）❸ **言論，主張**。公孫龍子《迹府》："為守白之～。"（守白：即指白馬非馬論。）⊗ **文體的一種**。蕭統《文選序》："～則析理精微。"（析理：分析道理。）❹ lún 粵 leon4 **通"倫"。條理，順序**。《荀子・性惡》："～而法。"（有條理而合乎法度。）【**辨**】**議，論**。"**議**"**着重在得失，所以"議"的結果往往是作出決議；"論"着重在是非，所以"論"的結果往往是作出判斷。"議"往往是許多人在一起交換意見，"論"不一定要有許多人。作為名詞時，"議"是建議，"論"是評論或議論。**

8**諗** shěn 粵 sam2 ❶ **告誡，規勸**。《國語・魯語上》："使吾無忘～。"《左傳・閔公二年》："昔辛伯～周桓公。"❷ **思念**。《詩經・小雅・四牡》："是用作歌，將母來～。"❸ **通"審"。知悉，詳知**。戴良《跋錢舜舉所臨閻立本西域圖》："博雅君子，必有能～之者。"❹ **通"淰"。魚驚慌躲閃的樣子**。《孔子家語・禮運》："故龍以為畜而魚鮪不～。"

8**諍** zhèng 粵 zang3 ❶ **以直言勸告，使人改正錯誤**。《三國志・吳書・吳主傳》："今孤自省無桓公之德，而諸君諫～未出於口。"（孤：帝王自稱。自省：檢查自己。桓公：齊桓公。）❷ zhēng 粵 zang1 **通"爭"。爭奪**。《戰國策・秦策二》："今兩虎～人而鬥，小者必死，大者必傷。"❸ zhēng 粵 zang1 **通"爭"。爭論，爭辯**。謝靈運《齋中讀書》詩："虛館絕～訟。"（諍訟：爭論。）

8 **調** diào (粵) diu^{6} ❶ tiáo (粵) tiu^{4} **協調，調和**。《史記・曆書》："陰陽～，風雨節。"（節：節制。指不過分。）⊗ **調節**。《戰國策・秦策三》："夫商君為孝公平權衡，正度量，～輕重。"《漢書・食貨志下》："以～盈虛。"❷ tiáo (粵) tiu^{4} **訓練野獸或牲畜**。《鹽鐵論・利議》："御之良者善～馬。"（御：駕車的人。）❸ tiáo (粵) tiu^{4} **挑逗，嘲笑**。謝靈運《擬魏太子鄴中集・應瑒》："～笑輒酬答。"（輒：就。）《世説新語・排調》："康僧淵目深而鼻高，王丞相每～之。"（康僧淵：人名。）❹ **調動，調遷**。《漢書・爰盎傳》："～為隴西都尉。"⊗ **徵調**。《三國志・蜀書・諸葛亮傳》："～其賦稅，以充軍實。"❺ **計算**。《漢書・鼂錯傳》："要害之處，通川之道，～立城邑，毋下千家。"（調立城邑：計算建立城邑。）❻ **音調，曲調**。顏延年《秋胡》詩："聲急由～起。"《世説新語・任誕》："踞胡床，為作三～。"❼ **風度，風格**。謝靈運《七里瀨》詩："誰謂古今殊，異世可同～。"秦韜玉《貧女》詩："誰愛風流高格～。"

8 **諂** (讇) chǎn (粵) cim^{2} **巴結，奉承**。《論語・學而》："貧而無～，富而無驕。"《荀子・脩身》："～諛（yú (粵) jyu^{4}）我者，吾賊也。"（諛：阿諛奉承。）【辨】**諛，諂**。見594頁"諛"字。

8 **諒** liàng (粵) loeng^{6} ❶ **誠信**。《論語・季氏》："友直，友～，友多聞。"屈原《離騷》："惟此黨人之不～兮。"（黨人：指狼狽為奸的人。惟：語氣詞。）(引) **固執，閉塞**。《論語・憲問》："豈若匹夫匹婦之為～也。"❷ **相信**。《詩經・鄘風・柏舟》："母也天只，不～人只。"（只：語氣詞。）(引) **體諒，原諒**。歐陽修《與刁景純學士書》："未必～某此心也。"（某：我。）❸ **料想**。鄭玄《詩譜・序》："詩之興也，～不於上皇之世。"

8 **諄** zhūn (粵) zeon^{1} ❶ [諄諄] ① **教誨不倦的樣子**。《詩經・大雅・抑》："誨爾～～，聽我藐藐。"（誨：教誨。爾：你。藐藐：指聽不進去。）② **昏亂**。《左傳・襄公三十一年》："且年未盈五十，而～～焉如八九十者。"（年：年齡。盈：滿。）❷ **輔佐**。《國語・晉語九》："以～趙鞅之故。"（以：因為。趙鞅：人名。故：緣故。）

8 **誶** suì (粵) seoi^{6} ❶ **責備，責罵**。《國語・吳語》："吳王還自伐齊，乃～申胥。"（申胥：人名。）賈誼《治安策》："母取箕帚，立而～語。"❷ **問訊，責問**。《莊子・山木》："虞人逐而～之。"❸ **諫諍**。屈原《離騷》："謇（jiǎn (粵) gin^{2}）朝～而夕替。"（謇：句首語氣詞。替：廢。）❹ **告知**。《漢書・敍傳上》："既～爾以吉象兮，又申之以炯戒。"❺ **辭賦篇末總括之詞**。《漢書・賈誼傳》："～曰：'已矣，國其莫吾知兮。'"

8 **談** tán (粵) taam^{4} **談論，説**。《詩經・小雅・節南山》："憂心如惔，不敢戲～。"《商君書・算地》："～説之士資在於口。"⊗ **觀點，言論**。《荀子・儒效》："慎、墨不得進其～。"（慎、墨：慎到、墨翟。）《公羊傳・閔公二年》："魯人至今以為美～。"**成語有"無稽之談"**。

8 **誼** yì (粵) ji^{6} ❶ **合宜的道德、行為或道理**。屈原《九章・惜誦》："吾～先君而後身兮。"❷ **意義，意思**。許慎《説文解字敍》："會意者，比類合～。"（會意字就是把兩個字的形體、意義合在一起。）**上述❶❷又寫作"義"**。❸ (粵) ji^{4}/ji^{6} **交情，友誼（後起意義）**。江淹《傷友人賦》："余結～兮梁門。"**雙音詞有"友誼"**。

8 **詘** qū (粵) wat^{1} ❶ **曲折，彎曲**。《淮南子・氾論》："～寸而伸尺，聖人為之。"❷ [詘詭] **詭異**。左思《吳都賦》："倜儻之極異，～～之殊事，藏理於終古。"

9 **諾** nuò 粵 nok6 ❶ **答應，同意**。《老子・六十三章》："夫輕～必寡信。"（寡信：少信用。）**成語有"千金一諾"**。❷ **答應的聲音。表示同意**。《戰國策・趙策四》："太后曰：'～。恣君之所使之。'"（恣君之所使之：聽憑您去支使他。）［**諾諾**］**連續答應的聲音。表示服從**。《韓非子・八姦》："未使而～～。"**成語有"唯唯諾諾"**。

9 **謀** móu 粵 mau4 ❶ **謀劃、商量（解決危難的辦法）**。《左傳・莊公十年》："肉食者～之。"《史記・陳涉世家》："陳勝、吳廣乃～曰。"**成語有"不謀而合"**。引 **謀求，圖謀**。《論語・衛靈公》："君子～道不～食。"《後漢書・李固傳》："昔秦欲～楚。"❷ **計謀，計策**。《論語・衛靈公》："小不忍則亂大～。"《史記・管晏列傳》："九合諸侯，一匡天下，管仲之～也。"（一匡：指統一。）【**辨**】**謀，計。兩字當名詞使用時基本意思相同，都有計謀、計策的意思。當動詞使用時，"計"大多表示個人進行謀劃，而"謀"除了表示個人謀劃之外，還常常表示多人進行謀劃商討**。【**辨**】**謀，謨。兩字意義相近，有時可以互換使用。"謀"字使用較多，"謨"字使用較少，常用作名詞**。

9 **諶** chén 粵 sam4 ❶ **相信**。《詩經・大雅・蕩》："天生烝民，其命匪～。"（烝民：眾多的百姓。其命：指上帝的命令。）❷ **誠，確實**。屈原《九章・哀郢》："外承歡之汋（chuò 粵 coek3）約兮，～荏（rěn 粵 jam5）弱而難持。"（汋約：美好的樣子。荏弱：懦弱的樣子。）

9 **諜** dié 粵 dip6 ❶ **刺探，偵察**。《左傳・桓公十二年》："羅人欲伐之，使伯嘉～之。"（羅：國名。伯嘉：人名。）又 **偵探消息的人**。《左傳・宣公八年》："晉人獲秦～。"❷ **通"牒"。譜諜，簿冊**。《史記・三代世表》："余讀～記，黃帝以來皆有年數。"（余：我。諜記：指記載遠古帝王世系的書。）❸［**諜諜**］**通"喋喋"。形容説話多**。《史記・張釋之馮唐列傳》："此兩人言事曾不能出口，豈斅（xiào 粵 haau6）此嗇（sè 粵 sik1）夫～～利口捷給哉！"（斅：效法。嗇夫：官名。利口捷給：能言善辯。）

9 **諵** nán 粵 naam4［**諵諵**］**低語聲**。韓愈《酬司門盧四兄雲夫院長望秋作》詩："日來省我不肯去，論詩説賦相～～。"

9 **諫** jiàn 粵 gaan3 **規勸君主、尊長或朋友，使之改正錯誤和過失**。《戰國策・趙策四》："太后不肯，大臣強～。"（強：竭力。）引 **糾正**。《論語・微子》："往者不可～，來者猶可追。"

9 **諧** xié 粵 haai4 ❶ **和諧，融洽**。《左傳・襄公十一年》："如樂之和，無所不～。"（樂：音樂。）引 **辦成**。《三國志・吳書・陸遜傳》："而欲克～大事。"❷ **詼諧，滑稽**。《晉書・顧愷之傳》："愷（kǎi 粵 hoi2）之好～謔（xuè 粵 joek6），人多愛狎（xiá 粵 haap6）之。"（謔：開玩笑。狎：親近。）

9 **謔** xuè 粵 joek6 **開玩笑**。《詩經・邶風・終風》："～浪笑敖，中心是悼。"（浪：放蕩。）《世説新語・容止》："因便據胡牀，與諸人詠～。"李白《陌上桑》詩："調笑來相～。"

9 **謏** xiǎo 粵 siu2 **小**。《禮記・學記》："發慮憲，求善良，足以～聞，不足以動眾。"（謏聞：小有名聲。）

9 **諟** shì 粵 si6 **正，訂正**。《禮記・大學》："顧～天之明命。"《陳書・姚察傳》："尤好研覈古今，～正文字。"

9 **謁** yè 粵 jit3 ❶ **稟告，陳述**。《戰國策・秦策二》："請～事情。"（情：實際情況。）引 **報告，告發**。《韓非子・五蠹》："楚之有直躬，其父竊羊而～之吏。"

（直躬：正直的人。竊：偷。）❷ **請求。**《左傳・昭公十六年》：“宣子～諸鄭伯。”（宣子向鄭伯請求。諸：之於。）❸ **拜見，請見。**《史記・蕭相國世家》：“上至，相國～。”（上：指劉邦。）❹ **名帖，把自己的姓名、籍貫、官爵和要説的事項寫成名片，覲見時用。**《史記・酈生陸賈列傳》：“使者懼而失～，跪拾～。”

9 **謂** wèi ㊚ wai⁶ ❶ **告訴，對……説。**《韓非子・外儲説左上》：“楚王～田鳩（jiū ㊚ kau¹）曰：‘墨子者，顯學也。’”（田鳩：人名。顯學：著名的學者。）㊂ **説。**《戰國策・秦策二》：“此乃公孫衍之所～也。”**常用於評論人或物。**《論語・公冶長》：“子～子產，有君子之道四焉。”❷ **叫作，稱為。**《孫子兵法・虛實》：“能因敵變化而取勝者，～之神。”（因：根據。）❸ **認為，以為。**《左傳・文公十六年》：“夫麇與百濮～我饑不能師，故伐我也。”（麇、百濮：古代部族名。）王安石《上皇帝萬言書》：“竊～在位之人才不足。”（竊：私下。）❹ **通“為”。因為。**《漢書・王嘉傳》：“丞相豈兒女子邪？何～咀藥而死？”（咀：嚼。）**【辨】謂，曰。都是“説”的意思，後面都有所説的話。但“謂”不與所説的話緊接，而“曰”則與所説的話緊接。**

9 **諰** xǐ ㊚ saai² **憂懼。常“諰諰”連用。**《荀子・強國》：“～～然常恐天下之一合而軋己也。”

9 **諤** è ㊚ ngok⁶ **言語正直。**《列子・力命》：“在朝～然，有敖朕之色。”[**諤諤**] **直言進諫的樣子。**《楚辭・惜誓》：“或直言之～～。”《史記・商君列傳》：“千人之諾諾，不如一士之～～。”

9 **諭** yù ㊚ jyu⁶ ❶ **告訴，使人知道。**《穀梁傳・桓公六年》：“修教明～，國道也。”《漢書・張騫傳》：“騫既至烏孫，致賜～指。”（指：旨，意圖。）㊕ **上對下的文告、指示。**《漢書・南粵王趙佗傳》：“故使賈馳～告王朕意。”**雙音詞有“手諭”。**❷ **知道，了解，明白。**《戰國策・魏策四》：“寡人～矣。”❸ **比喻。**《漢書・賈誼傳》：“誼追傷之，因以自～。”**【辨】喻，諭。二字古代通用，後來逐漸有了分工，在比喻的意義上用“喻”，在告訴的意義上用“諭”。**

9 **諼** xuān ㊚ hyun¹ ❶ **欺詐，欺騙。**《公羊傳・襄公二十六年》：“此～君以弒也。”《漢書・王吉傳》：“反懷詐～之辭。”❷ **忘記。**《詩經・衞風・考槃》：“永矢弗～。”（矢：發誓。弗：不。）

9 **諷** fěng ㊚ fung³ ❶ **背誦。**《荀子・大略》：“少不～誦。”（少：年少。）❷ **用含蓄的話暗示或勸告。**《史記・滑稽列傳》：“常以談笑～諫（jiàn ㊚ gaan³）。”（諫：規勸君主。）劉勰《文心雕龍・雜文》：“然～一勸百，勢不自反。”**【注意】唐代以前“諷”沒有惡意諷刺義。**

9 **諮** zī ㊚ zi¹ **商議，諮詢。**《三國志・魏書・荀彧傳》：“密以～彧（yù ㊚ juk¹）。”

9 **諳** ān ㊚ am¹/ngam¹ **熟悉，熟識。**《晉書・刑法志》：“故～事識體者，善權輕重，不以小害大，不以近妨遠。”（權：衡量。）白居易《憶江南詞》之一：“江南好，風景舊曾～。”**雙音詞有“諳練”、“諳熟”。**

9 **諺** yàn ㊚ jin⁶ ❶ **諺語。**《左傳・昭公十九年》：“～所謂室於怒市於色者。”賈誼《過秦論》：“野～曰：‘前事之不忘，後事之師也。’”（野：指民間。）❷ **通“喭”。強橫，粗魯。**《尚書・無逸》：“厥父母勤勞稼穡，厥子乃不知稼穡之艱難，乃逸乃～。”

9 **諦** dì ㊚ dai³ ❶ **細察，詳審。**《關尹子・九藥》：“～毫末者，不見天地之大。”㊞ **詳細，仔細。**《列子・湯問》：

“王～料之。”白居易《霓裳羽衣歌和微之》：“當時乍見驚心目，凝視～聽殊未足。”[又] **弄清楚，明瞭**。《劉子·專學》：“若心不在學而強諷誦，雖入於耳，而不～於心。”（諷誦：背誦。）❷ **佛教用語。指真實無謬的道理。泛指真理。常“真諦”連用**。周權《遊山寺》詩：“偶逢赤髭（zī [粵] zi¹）侶，囑我聽真～。”（髭：鬍鬚。侶：僧侶。）❸ tí [粵] tai⁴ **通“啼”。啼哭**。《荀子·禮論》：“歌謠謸笑，哭泣～號。”（謸：通“敖”。戲謔，開玩笑。）

9 **諠** xuān [粵] hyun¹ ❶ **喧嘩**。《世說新語·雅量》：“既風轉急，浪猛，諸人皆～動不坐。”**這個意義又寫作“喧”**。［**諠呶**（náo [粵] naau⁴）］**大聲呼叫**。劉峻《東陽金華山棲志》：“酒酣耳熱，屢舞～～。”❷ **忘記**。《禮記·大學》引《詩》：“有斐君子，終不可～兮。”

9 **諞** piǎn [粵] pin⁵ **花言巧語**。《尚書·秦誓》：“惟截截善～言，俾君子易辭。”

9 **諱** huì [粵] wai⁵ ❶ **避忌。因有所顧忌而躲開某些事或不說某些話**。《戰國策·秦策一》：“公平無私，罰不～強大。”《左傳·莊公十八年》：“不言其來，～之也。”[又] **避忌的事物**。東方朔《七諫·謬諫》：“恐犯忌而干～。”❷ **封建社會稱死去的帝王或尊長的名**。《三國志·魏書·武帝紀》：“太祖武皇帝，沛國譙人也，姓曹，～操。”（譙：地名。）

9 **諝** xū [粵] seoi¹ ❶ **才智**。陸機《辨亡論上》：“謀無遺～，舉不失策。”（謀：謀劃。舉：行動。）❷ **計謀**。《淮南子·本經》：“設詐～，懷機械巧故之心。”

10 **謄** téng [粵] tang⁴ **抄寫，謄寫**。吳曾《能改齋漫錄》卷一“糊名考校”條：“其後袁州人李夷賓上言，請別加～錄。”**宋有“謄錄院”**。

10 **講** jiǎng [粵] gong² ❶ **研究，商討**。《國語·魯語上》：“夫仁者～功，而智者處物。”《史記·太史公自序》：“～業齊魯之都。”[引] **練習**。《國語·周語上》：“三時務農，而一時～武。”[引] **講究，講求**。《禮記·禮運》：“選賢與能，～信修睦。”❷ **講和，和解**。《戰國策·秦策四》：“寡人欲割河東而～。”《史記·穰侯列傳》：“今王背楚趙而～秦。”（楚、趙：國名。）❸ **講解，解釋**。《莊子·德充符》：“請～以所聞。”《梁書·阮孝緒傳》：“後於鍾山聽～。”（於：在。）【**注意**】**在古代，“講”字不當“說話”講**。

10 **謖** sù [粵] suk¹ ❶ **立起，起來**。《列子·黃帝》：“若夫沒人，則未嘗見舟而～操之者也。”（沒人：善於游泳的人。操：指使用。）❷ **肅敬的樣子**。《後漢書·蔡邕傳》：“公子～爾斂袂（mèi [粵] mai⁶）而興。”（斂袂：收斂袖子。興：起。）❸［**謖謖**］① **峻拔的樣子**。趙孟頫《題西溪圖》詩：“長松～～含蒼煙。”② **形容連續不斷的聲音**。陸機《感時賦》：“風～～而妄作。”洪邁《夷堅丙志·蔡州禳災》：“其下～～如人行，約有腳三二十隻。”

10 **謝** xiè [粵] ze⁶ ❶ **道歉**。《戰國策·趙策四》：“入而徐趨，至而自～。”❷ **推辭**。《史記·呂太后本紀》：“太后使使告代王，欲徙（xǐ [粵] saai²）王趙，代王～，願守代邊。”（使使：派使者。欲徙王趙：要把代王遷到趙國去做王。代：國名。邊：邊疆。）**雙音詞有“謝絕”**。❸ **辭別**。李白《留別金陵崔侍御》詩：“揮手～公卿。”❹ **感謝**。《韓非子·外儲說左下》：“解狐舉邢伯柳為上黨守，柳往～之。”《漢書·張安世傳》：“嘗有所薦，其人來～。”（嘗：曾經。薦：推薦。）❺ **告訴**。《古詩為焦仲卿妻作》：“多～後世人，戒之慎勿忘！”（戒：警戒。慎：小心。）

❻ **(時間) 過去**。潘岳《悼亡》詩："荏苒冬春～，寒暑忽流易。" ⊗ **衰亡，凋落**。范縝《神滅論》："形～則神滅。"（形：形體。神：精神。）杜牧《留贈》詩："薔薇花～即歸來。" ❼ **遜於，不如**。杜甫《進艇》詩："瓷甖無～玉為缸。"

10 **謟** tāo (粵) tou1 ❶ **疑惑，可疑**。《左傳·昭公二十六年》："天道不～，不貳其命。" ❷ (粵) tou1 **通"韜"。隱瞞，隱藏**。《晏子春秋·內篇問下》："不～過，不責得。"

10 **謑** (謑)xǐ (粵) hai5 [**謑詬** (gòu (粵) gau3)] **辱罵**。《楚辭·九思·遭厄》："起奮迅兮奔走，違群小兮～～。"

10 **謋** huò (粵) faak3 [**謋然**] **迅速分離的聲音**。《莊子·養生主》："視為止，行為遲，動刀甚微。～～已解，如土委地。"

10 **謠** yáo (粵) jiu4 ❶ **古代唱歌不用樂器伴奏叫謠**。《詩經·魏風·園有桃》："心之憂矣，我歌且～。" ❷ **歌謠**。《左傳·僖公五年》："童～云：丙之晨，龍尾伏辰。" [**謠言**] **民間流行的歌謠諺語**。《後漢書·劉陶傳》："詔公卿以～～舉刺史二千石為民蠹害者。" ⊗ **歌曲**。李白《廬山謠寄盧侍御虛舟》詩："好為廬山～。"（好：喜歡。）❸ **憑空捏造的話**。屈原《離騷》："～諑 (zhuó (粵) doek3) 謂余以善淫。"（造謠誹謗，說我是淫邪的人。諑：毀謗。）

10 **謗** bàng (粵) bong3 ❶ **公開指責別人的過失**。《國語·周語上》："厲王虐，國人～王。"（厲王：周厲王。）❷ **毀謗**。《史記·屈原賈生列傳》："信而見疑，忠而被～。"（信而見疑：誠實卻被人懷疑。）**雙音詞有"謗議"**。**【辨】** 謗，誹，譏。這三個字都是指責別人的過錯或短處。但是，"謗"一般指公開地指責；"誹"是背地裏議論、嘀咕；"譏"是微言諷刺。

10 **謚** (諡)shì (粵) si3 **古代帝王、貴族、大臣或其他有地位的人死後被追加的帶有褒貶意義的稱號。如漢武帝謚"武"，王安石謚"文"**。《禮記·樂記》："聞其～，知其行也。" ⊗ **追加謚號**。《左傳·宣公十年》："改葬幽公，～之曰靈。"《三國志·蜀書·諸葛亮傳》："～君為忠武侯。" (引) **稱為，號作**。司馬相如《喻巴蜀檄》："～為至愚。"

10 **謙** qiān (粵) him1 **謙讓，謙遜**。《尚書·大禹謨》："滿招損，～受益。" **成語有"謙恭下士"**。

10 **謐** mì (粵) mat6 **安寧，平靜**。《晉書·袁瓌傳》："朝野無虞，江外～靜。" 歸有光《上總制書》："諸土恭順，四邊寧～。" ⊗ **靜止**。潘岳《笙賦》："泄之反～，厭焉乃揚。"

10 **謇** jiǎn (粵) gin2 ❶ **口吃**。《北史·李諧傳》："因～而徐言。"（徐言：慢慢地說話。）[**謇喫**] **口吃**。《世說新語·排調》："此數子者，或～～無宮商，或尫 (wāng (粵) wong1) 陋希言語。"（尫：孱弱。）❷ **忠誠，正直**。《後漢書·胡廣傳》："雖無～直之風，屢有補闕之益。"《北史·徐紇傳》："外似～正，內實諂諛。"（諂諛：諂媚討好，阿諛奉承。）[**謇謇**] **忠誠正直的樣子**。屈原《離騷》："余固知～～之為患兮，忍而不能舍也。" ❸ **句首語氣詞**。屈原《離騷》："～朝誶 (suì (粵) seoi6) 而夕替。"（誶：諫。替：廢。）

11 **謦** qǐng (粵) hing3 [**謦欬** (ké (粵) kat1)] [**謦咳**] ① **咳嗽**。《呂氏春秋·順說》："惠盎見宋康王，康王蹀足～欬。" ② **言笑**。《莊子·徐無鬼》："夫逃虛空者……聞人足音跫 (qióng (粵) kung4) 然而喜矣，又況乎昆弟親戚之～欬其側者乎！"（跫然：腳步聲。）蘇軾《黃州還回太守畢仲遠啟》："神馳鈴下，如聞～咳之音。"

11 **謷** áo 粵 ngou4 ❶ **詆毀**。《呂氏春秋・懷寵》：“～醜先王，排訾（zǐ 粵 zi2）舊典。”（訾：毀謗。）《新序・善謀》：“有獨知之慮者，必見～於民。” **[謷謷] 通“嗷嗷”。形容哀號**。《漢書・食貨志上》：“天下～～然，陷刑者眾。” ❷ ào 粵 ngou6 **高大的樣子**。《莊子・德充符》：“～乎大哉，獨成其天！” ❸ ào 粵 ngou6 **通“傲”。傲慢**。《莊子・天地》：“得其所謂，～然不顧。”

11 **謨** mó 粵 mou4 ❶ **謀劃**。《莊子・大宗師》：“古之真人，不逆寡，不雄成，不～士。” ❷ **計謀，謀略**。《尚書・伊訓》：“聖～洋洋，嘉言孔彰。” 袁宏《三國名臣序贊》：“遂獻宏～。” **【辨】謀，謨。見 596 頁“謀”字**。

11 **謹** jǐn 粵 gan2 **謹慎，小心**。《論語・學而》：“弟子入則孝，出則悌，～而信。”《史記・李斯列傳》：“～奉法令。”（奉：遵守，奉行。）引 **嚴，嚴格**。《荀子・宥坐》：“嫚令～誅，賊也。”（法令鬆弛而誅殺甚嚴，是殘害的行為。嫚：慢。）

11 **謰** lián 粵 lin4 **[謰謱（lóu 粵 lou4）] 言語囉嗦而混亂**。《楚辭・九思・疾世》：“嗟此國兮無良，媒女詘兮～～。”

11 **謳** ōu 粵 au1/ngau1 ❶ **唱（歌謠、歌曲）**。《漢書・高帝紀上》：“諸將及士卒皆歌～思東歸。”《荀子・議兵》：“故近者歌～而樂之。”（近者：指近處的人。） ❷ **歌謠，歌曲**。《漢書・藝文志》：“自孝武立樂府而采歌謠，於是有代、趙之～，秦楚之風，皆感於哀樂，緣事而發。” 曹植《箜篌引》：“陽阿奏奇舞，京洛出名～。”（京洛：指京都洛陽。） ❸ **唱歌謠、歌曲的人**。《周書・孝閔帝紀》：“故玄象徵見於上，～訟奔走於下。”

11 **謼** hū 粵 fu1 **呼喚，叫喊**。《漢書・息夫躬傳》：“躬仰天大～，因僵仆。” **【注意】“呼”與“謼”在古代是不同的字，現“謼”寫作“呼”**。

11 **謱** lóu 粵 lou4 **[謰（lián 粵 lin4）謱] 見本頁“謰”字**。

11 **謾** mán 粵 maan4 ❶ **欺騙**。屈原《九章・惜往日》：“或忠信而死節兮，或訑～而不疑。”（訑：欺詐。） 又 **抵賴**。《史記・孝文本紀》：“民或祝詛上，以相約結而後相～。” ❷ **詆毀**。《荀子・非相》：“鄉則不若，偝則～之。”（鄉：向。若：順從。偝：同“背”。） ❸ màn 粵 maan6 **通“漫”。散漫，煩瑣**。《莊子・天道》：“大～，願聞其要。”（大：太。要：要點。） 又 **徒自，白白地（後起意義）**。姚合《送王求》詩：“願君似醉腸，莫～生憂感。” 戴叔倫《過賈誼舊居》詩：“～有長書憂漢室，空將哀些吊沅湘。” ❹ màn 粵 maan6 **莫，不要（後起意義）**。朱淑真《讀史》詩：“王伯～分心與跡，到成功處一般難。” ❺ màn 粵 maan6 **通“慢”。怠慢，傲慢**。《史記・孝武本紀》：“後世～怠。”《漢書・翟方進傳》：“輕～宰相。” 又 **慢慢，緩慢**。皮日休《九諷系述・遇謗》：“又～～而不訣。”

11 **謫** zhé 粵 zaak6 ❶ **譴責**。《左傳・成公十七年》：“國子～我。”（國子：人名。） ❷ **處罰**。《國語・齊語》：“小罪～以金分。”（金分：指罰金。） ❸ **被罰流放或貶職**。范仲淹《岳陽樓記》：“滕子京～守巴陵郡。”（滕子京：人名。） **雙音詞有“貶謫”、“謫居”**。 又 **被罰罪的人**。《史記・秦始皇本紀》：“徙～實之初縣。”（把被判罪的人遷去充實新設的縣。） ❹ **過錯**。《老子・二十七章》：“善行無轍迹，善言無瑕～。” 又 **災禍**。《國語・周語中》：“王孫滿觀之，言于王曰：‘秦師必有～。’”

11 **謭** （譾）jiǎn 粵 zin2 **淺薄**。《史記・李斯列傳》：“能薄而材～。”（材：才能。） **又如“謭陋”**。

11**謬** miù (粵) mau^6 ❶ **錯誤，荒謬**。《荀子・儒效》："故聞之而不見，雖博必～。" (引) **差誤**。《漢書・司馬遷傳》："差以毫釐，～以千里。" ❷ **故意裝假**。《舊唐書・劉黑闥傳》："德威～為誠敬，涕泣固請。"（德威：人名。）

12**譊** náo (粵) naau^4 **喧鬧嘈雜**。《魏書・高允傳》："今之大會，內外相混，酒醉喧～。"［**譊譊**］**爭辯聲，喧鬧聲**。《莊子・至樂》："彼唯人言之惡聞，奚以夫～～為乎？"《樂府詩集・孤兒行》："里中一何～～。"

12**譚** tán (粵) taam^4 ❶ **延伸，延及**。《管子・侈靡》："而祀～次祖。" ❷ **擴展，擴大**。《大戴禮記・子張問入官》："富恭有本能圖，修業居久而～。" ❸ **通"談"。談論，說**。《莊子・則陽》："夫子何不～我於王？" (又) **（所說的）話語**。《三國志・魏書・管輅傳》："此老生之常～。"

12**譖** zèn (粵) zam^3 **說壞話誣陷別人**。《左傳・莊公二十三年》："士蔿（wěi (粵) wai^2）與羣公子謀，～富子而去之。"（士蔿：人名。）

12**譙** qiáo (粵) ciu^4 ❶ qiào (粵) ciu^3 **責備**。《韓非子・五蠹》："今有不才之子，父母怒之弗為改，鄉人～之弗為動，師長教之弗為變。" **這個意義又寫作"誚"**。❷［**譙樓**］**城門上的望樓**。《三國志・吳書・吳主傳》："夏四月，大赦，詔諸郡縣治城郭，起～～，穿塹發渠，以備盜賊。" **也簡稱"譙"**。程大昌《演繁露・六更》："禁中鐘鼓院在和寧門～上。" ❸［**譙譙**］**羽毛殘敝的樣子**。《詩經・豳風・鴟鴞》："予羽～～，予尾翛（xiāo (粵) siu^1）翛。"（翛翛：羽毛殘破的樣子。）

12**識** shí (粵) sik^1 ❶ **知道，懂得**。《詩經・大雅・皇矣》："不～不知，順帝之則。"《孫子兵法・謀攻》："～眾寡之用者勝。" (又) **知識，見識**。王逸《楚辭章句序》："智彌盛者其言博，才益劭者其～遠。" ❷ **認識，識別**。李白《與韓荊州書》："生不用封萬戶侯，但願一～韓荊州。"《資治通鑒・唐憲宗元和十四年》："弘正初得師道首，疑其非真，召夏侯澄使～之。" (又) **相知的朋友**。劉禹錫《元日感懷》詩："異鄉無舊～。" ❸ zhì (粵) zi^3 **記憶，記住**。《三國志・蜀書・諸葛亮傳》："瞻工書畫，強～念。"（瞻：人名。工：擅長，善於。）《論語・述而》："默而～之，學而不厭。" (引) **標記**。《後漢書・馮異傳》："進止皆有表～。" (又) **記載**。《資治通鑒・魏文帝黃初二年》："不可無歲時月日以～事之先後。"

12**譜** pǔ (粵) pou^2 ❶ **記錄事物類別或系統的書籍。如"家譜"、"年譜"、"食譜"**。《漢書・劉歆傳》："考定律曆，著《三統曆～》。"《舊唐書・經籍志上》："十二曰～系，以紀世族繼序。" (特) **曲譜，樂譜**。白居易《霓裳羽衣歌和微之》："由來能事皆有主，楊氏創聲君造～。"《宋史・樂志五》："自歷代至於本朝，雅樂皆先製樂章而後成～，崇寧以後乃先製～後命詞。" ❷ **編排記錄，編寫（譜冊）**。《史記・三代世表》："自殷以前諸侯不可得而～。"（殷：商朝。）(特) **譜曲（後起意義）**。辛棄疾《浣溪沙・別成上人並送性禪師》："慣聽禽聲應可～，飽觀魚陣已能排。"

12**證** zhèng (粵) zing^3 ❶ **告，告發**。《論語・子路》："其父攘羊，而子～之。" ❷ **證實，驗證**。屈原《九章・惜誦》："故相臣莫若君兮，所以～之不遠。" ❸ **證據**。《大戴禮記・文王官人》："平心去私，慎用六～。" ❹ **病症**。《列子・周穆王》："其父之魯，過陳，遇老聃，因告其子之～。" **這個意義後來寫作"症"**。❺ **通"証"。諫諍**。《呂氏春秋・

誣徒》："愎過自用，不可～移。"

12 **譎** jué ㊊ kyut3 ❶ **欺詐，玩弄手段**。《論語・憲問》："齊桓公正而不～。" ❷ **奇，奇異**。《漢書・匈奴傳下》："時奇～之士、石畫之臣甚眾。" 傅毅《舞賦》："瑰姿～起。" **［譎詭］奇異**。張衡《東京賦》："龍雀蟠蜿，天馬半漢。瑰異～～，燦爛炳煥。"

12 **譏** jī ㊊ gei1 ❶ **譏諷**。《左傳・隱公元年》："稱鄭伯，～失教也。" 蘇轍《李氏園》詩："遊人足～罵，百世遭舌討。" ❷ **非難，指責**。《三國志・蜀書・孟光傳》："(光) 好公羊春秋而～呵左氏。"（左氏：指《春秋左氏傳》。）《世說新語・任誕》："阮籍嫂嘗還家，籍見與別，或～之。籍曰：'禮豈為我輩設也。'" ❸ **檢查，查看**。《禮記・王制》："關～而不徵。"（關：關卡。徵：收稅。）**【辨】** 謗，誹，譏。見 599 頁 "謗" 字。

13 **警** jǐng ㊊ ging2 ❶ **告誡，警告**。《左傳・莊公三十一年》："王以～于夷。" ❷ **戒備**。《左傳・宣公十二年》："軍衛不徹，～也。"（徹：通 "撤"。撤除。）❸ **緊急的情況或消息**。《漢書・終軍傳》："邊境時有風塵之～。" **上述 ❶❷❸ 又寫作 "儆"**。❹ **敏銳，敏感**。《三國志・魏書・武帝紀》："太祖少機～，有權數。"（少：年少時。權數：指善於出謀劃策。）

13 **譟** zào ㊊ cou3 **喧嘩，很多人一起叫嚷**。《穀梁傳・定公十年》："齊人鼓～而起。" **【注意】在古代，"噪" 和 "譟" 是兩個字，在 "喧嘩" 的意義上兩字相通，在鳥、蟲叫的意義上只能寫作 "噪"。**

13 **譯** yì ㊊ jik6 **翻譯**。《隋書・經籍志》："大～佛經。" (又) **翻譯人員**。劉向《說苑・善說》："于是乃召越～，乃楚說之。"（楚說之：指把越語翻譯為楚語。）

13 **譫** zhān ㊊ zim1 **［譫言］病中說胡話**。《素問・熱論》："腹滿身熱，不欲食，～～。"

13 **議** yì ㊊ ji5 ❶ **商議，討論**。《韓非子・南面》："群臣畏是言，不敢～事。"（是：此。）(引) **議論，評論**。《孟子・滕文公下》："處士橫～。" (特) **非議**。《商君書・更法》："今吾欲變法以治，更禮以教百姓，恐天下之～我也。" ❷ **主張，建議**。《史記・李斯列傳》："始皇可其～。"（可：贊成，肯定。）❸ **文體的一種。是上給皇帝議論得失的奏表**。劉勰《文心雕龍・議對》："事實允當，可謂達～體矣。"（允當：適宜得當。達：符合。）**【辨】議，論**。見 594 頁 "論" 字。

13 **譽** yù ㊊ jyu6 ❶ **稱讚，讚美**。《莊子・盜跖》："好面～人者，亦好背而毀之。" ❷ **美名，榮譽**。《韓非子・五蠹》："～輔其賞，毀隨其罰。" ❸ **通 "豫"。安樂，歡樂**。《詩經・小雅・蓼蕭》："燕笑語兮，是以有～處兮。"

13 **譬** pì ㊊ pei3 ❶ **比方，比喻**。《詩經・大雅・抑》："取～不遠。"《論語・為政》："為政以德，～如北辰，居其所而眾星共之。" ❷ **了解，領會**。《後漢書・鮑永傳論》："言之者雖誠，而聞之未～。" ❸ **曉諭，勸導（後起意義）**。《後漢書・第五種傳》："羽請往～降之。"（羽：人名。）

14 **譸** zhōu ㊊ zau1 ❶ **［譸張］欺誑**。《尚書・無逸》："民無或胥～～為幻。" ❷ chóu ㊊ cau4 **通 "籌"。揣度**。《後漢書・虞詡傳》："以詡～之，知其無能為也。"

14 **護** hù ㊊ wu6 ❶ **保衛，保護**。《史記・蕭相國世家》："高祖為布衣時，何數以吏事～高祖。"（布衣：百姓，平民。）(又) **愛護**。《漢書・張良傳》："煩公幸卒調～太子。" ❷ **庇護，袒護**。曹丕《與吳質書》：“觀古今文人，類不～細行。”《抱朴子・勤求》：“又多～短慝愚，恥於不知。”❸ **統轄，統率**。《史記・陳丞相世家》：“今日大王尊官之，令～軍。”❹ **佔據**。《宋書・羊玄保傳》：“占山～澤，強盜律論。”

14 **譴** qiǎn 粵 hin[2] ❶ **責備，譴責**。《戰國策・東周策》：“太卜～之曰。”（太卜：官名。）任昉《齊竟陵文宣王行狀》：“此天～也，無所改修。”［**譴告**］**上天降下災異警告人君**。《後漢書・孝桓帝紀》：“災異日食，～～累至。”㊀ **貶謫**。韋嗣立《奉和張岳州王潭州別詩序》：“後承朝～，各自東西。”（承：受。）❷ **罪過（後起意義）**。《新唐書・張廷珪傳》：“御史有～，當殺殺之，不可辱也。”

15 **讀** dú 粵 duk[6] ❶ **誦讀，宣讀**。《周禮・地官・州長》：“正月之吉，各屬其州之民而～法。”㊁ **閱讀，看**。《莊子・天道》：“桓公～書於堂上。”❷ **說出，宣揚**。《詩經・鄘風・牆有茨》：“中冓之言，不可～也。”❸ dòu 粵 dau[6] **不足一句，而讀時須稍有停頓的地方叫讀**。何休《公羊傳解詁序》：“援引他經，失其句～。”（援引：引用。失：指弄錯。）

16 **讎** （讐）chóu 粵 cau[4] ❶ **應答**。《詩經・大雅・抑》：“無言不～，無德不報。”㊀ **相應，應驗**。《漢書・灌夫傳》：“於是上使御史簿責嬰所言灌夫頗不～。”（簿：文書。嬰、灌夫：人名。）《史記・封禪書》：“其方盡，多不～。”（方：方術。盡：用完了。）❷ **相當，相匹配**。《漢書・霍光傳》：“卒不得遂其謀，皆～有功。”（讎有功：指其功相等。）❸ **售，賣出去**。《墨子・經下》：“賈（jià 粵 gaa[3]）宜則～。”（賈：價。）《史記・高祖本紀》：“高祖每酤留飲，酒～數倍。”❹ 粵 sau[4]/cau[4] **同“仇”**。**仇敵，仇人**。《尚書・微子》：“小民方興，相為敵～。”㊁ **仇恨**。屈原《九章・惜誦》：“又眾兆之所～。”（眾兆：眾人。）❺［**讎校**］**校對，校勘**。《後漢書・和熹鄧皇后紀》：“乃博選諸儒劉珍等……詣東觀～～傳記。”（東觀：漢代皇帝藏書的地方。）

16 **讆** wèi 粵 wai[6] **稱譽不肖之人**。《管子・形勢》：“訾～之人，勿與任大。”（訾：毀謗賢者。）

16 **讌** （醼）yàn 粵 jin[3] ❶ **聚談**。《戰國策・齊策三》：“孟嘗君～坐，謂三先生曰：‘願聞先生有以補文之闕者。’”（文：孟嘗君之名。）《後漢書・馬武傳》：“帝后與功臣諸侯～語。”❷ **通“宴”。用酒飯招待客人**。劉向《列女傳・楚昭越姬》：“昭王～遊，蔡姬在左，越姬參右。”

16 **變** biàn 粵 bin[3] **變化，改變**。《周易・繫辭下》：“《易》窮則～，～則通，通則久。”《商君書・更法》：“慮世事之～。”㊀ **事變，兵變，突然發生的事件**。《史記・李斯列傳》：“陛下不圖，臣恐其為～也。”㊕ **災異，某種反常的自然現象**。《漢書・杜周傳》：“後有日蝕地震之～。”《宋史・王安石傳》：“天～不足畏，祖宗不足法。”

16 **讋** zhé 粵 zip[3] **恐懼**。《漢書・項籍傳》：“諸將～服，莫敢枝梧。”㊁ **使……恐懼**。蕭綱《上之回》詩：“笳聲駭胡騎，清磬～山戎。”

17 **讕** lán 粵 laan[4] **誣陷，欺騙**。董仲舒《春秋繁露・深察名號》：“詰其名實，觀其離合，則是非之情不可以相～已。”《新唐書・儒學傳中》：“使者十輩臨按，余慶謾～。”（臨：到來。按：查。余慶：人名。謾：欺騙。）［**抵讕**］**抵賴**。《漢書・文三王傳》：“王陽病～～。”（陽：通“佯”。假裝。）**雙音詞有“讕言”**。

17 **讖** chèn 粵 cam[3] **古人認為將來能應驗的預言或徵兆**。《史記・趙世家》：“公孫支書而藏之，秦～於是出矣。”（公孫支：人名。）[**讖緯**] **讖書和緯書。緯書附會六經，讖書則詭為隱語，預言吉凶。**《後漢書·廖扶傳》："專精經典，尤明天文、～～、風角、推步之術。"（風角：指占卜氣候。推步：推算天文曆法。）左思《魏都賦》："藏氣～～，闕象竹帛。"
[**圖讖**] **見 106 頁"圖"字。**

17 **讒** chán [粵] caam4 **說別人的壞話。**《荀子·脩身》："傷良曰～，害良曰賊。"（良：好人。）[又] **說別人壞話的人。**《荀子·成相》："遠賢近～。"（賢：賢人。）[又] **讒言。**《後漢書·五行志三》："安帝信～，無辜死者多。"

17 **讓** ràng [粵] joeng6 ❶ **責備，責怪。**《左傳·僖公五年》："公使～之。" ❷ **退讓，謙讓，辭讓。**《荀子·非十二子》："雖能必～，然後為德。"李斯《諫逐客書》："泰山不～土壤，故能成其大。" [特] **轉讓權力、職位。**《論語·泰伯》："三以天下～。" ❸ **遜色，不及（後起意義）。**洪咨夔《更漏子（次黃宰夜聞桂香）》詞："風流不～梅。" ❹ **容許，任憑（後起意義）。**楊巨源《春雪題興善寺廣宣上人竹院》詩："竹風吹淅瀝，花雨～飄颻。"

18 **讙** huān [粵] fun1 ❶ **喧嘩。**《墨子·號令》："救火者無敢～嘩。"《史記·陳丞相世家》："（漢王）乃拜平為都尉……諸將盡～。" ❷ **通"歡"。喜悅，高興。**賈誼《過秦論》："四海之內，皆～然各自安樂其處。"

20 **讞** yàn [粵] jin6 **審理定罪。**《後漢書·申屠蟠傳》："乃為～得減死論。"（減死論：減輕死罪的判決。）[又] **獄訟案件。**《史記·汲鄭列傳》："湯等數奏決～以幸。"（湯：人名。）

20 **讜** dǎng [粵] dong2 **正直，敢於直言。**《漢書·敘傳上》："今日復聞～言。"曹操《拒王芬辭》："昌邑即位日淺，未有貴寵，朝乏～臣。"

22 **讟** dú [粵] duk6 **誹謗，怨言。**《左傳·宣公十二年》："君無怨～，政有經矣。"屈原《九章·惜往日》："何貞臣之無辜兮，被～謗而見尤。"（見尤：被加罪。）

谷部

0 **谷** gǔ [粵] guk1 ❶ **兩山之間的水道或夾道。**《荀子·強國》："山林川～美。"（川：河流。）[喻] **困境，沒有出路。**《詩經·大雅·桑柔》："進退維～。"（無論是進還是退，都處在困境之中。）❷ **深坑。**《莊子·天運》："在～滿～，在阬滿阬。" ❸ **通"穀"。糧食的總稱。**陸賈《新語·慎微》："棄二親，捐骨肉，絕五～。" ❹ yù [粵] juk6 [**吐谷渾**] **見 81 頁"吐"字。**

4 **谹** （**谼**）hóng [粵] wang4 **深，大。**《漢書·司馬相如傳下》："必將崇論～議，創業垂統，為萬世規。"

6 **谼** hóng [粵] hung4 **大山谷。**蘇軾《開先漱玉亭》詩："餘流滑無聲，快瀉雙石～。"

10 **谿** xī [粵] kai1 **山間的流水道。**《荀子·勸學》："不臨深～，不知地之厚也。"【**辨**】**谿，澗。"谿"是山中的流水道，有水無水都叫"谿"。"澗"是山中的水流。**

10 **豁** huò [粵] kut3 ❶ **開闊的山谷。**張協《七命》："晝長～以為限，帶流溪以為關。" [引] **開闊。**郭璞《江賦》："～若天開。"（若：像。）[又] **大度。**《史記·高祖本紀》："仁而愛人，喜施，意～如也。"
[**豁然**] **開闊的樣子。**陶潛《桃花源記》："復行數十步，～～開朗。"[**豁達**] **心胸開闊。**《舊唐書·高祖本紀》："倜儻（tì tǎng [粵] tik1 tong2）～～。"（倜儻：灑脫，

不拘束。）❷ **消散，散開**。郭璞《江賦》：“集若霞布，散如雲～。”❸ **深**。徐悱《古意酬到長史溉》詩：“此江稱～險。”❹ **免除（後起意義）**。王士禛《書劍俠二事》：“傳令吏歸舍，釋妻子，～其賠償。”**雙音詞有“豁免”**。❺ huō **缺**。賈思勰《齊民要術・種穀》：“稀～之處，鋤而補之。”❻ huō **捨棄**。《世說新語・德行》：“勿以我受任方州，云我～平昔時意。”

豆部

0 **豆** dòu (粵) dau6 ❶ **古代一種盛食物的器皿，形似高腳盤**。《國語・吳語》：“觴酒～肉簞食。”（觴：酒器。簞：盛飯的圓形竹器。）❷ **豆類植物的總稱**。賈思勰《齊民要術・大豆》：“四月時雨降，可種大小～。”❸ **古代容量單位。四升為一豆**。《左傳・昭公三年》：“齊舊四量：～、區、釜、鍾。四升為～。”（齊舊四量：齊國原來的四種容量單位。）(又) **重量單位**。劉向《說苑・辨物》：“十六黍為一～，六～為一銖，二十四銖重一兩。”**【辨】** 菽，豆。上古時“豆”是一種盛食品的器皿，與“菽”的意義完全不同。漢代以後，“豆”才逐漸代替“菽”，成為豆類的總稱。

3 **豈** qǐ (粵) hei2 ❶ **副詞。表示反問。可以翻譯為“難道”、“怎麼”**。《莊子・盜跖》：“子之道～足貴邪？”❷ **副詞。表示疑問。可以翻譯為“是否”**。《三國志・蜀書・諸葛亮傳》：“將軍～願見之乎？”❸ kǎi (粵) hoi2 **快樂，和樂**。《詩經・小雅・魚藻》：“～樂飲酒。”**這個意義又寫作“愷”**。❹ kǎi (粵) hoi2 **［豈弟］平易近人**。《詩經・小雅・青蠅》：“～～君子，無信讒言。”**這個意義又寫作“愷悌”**。

4 **豉** chǐ (粵) si6 **豆豉，一種用豆類製成的調味食品**。王羲之《豉酒帖》：“小服～酒至佳。”《世說新語・言語》：“有千里蓴（chún (粵) seon4）羹，但未下鹽～耳。”

8 **豎** （竪）shù (粵) syu6 ❶ **豎立，直立**。《陳書・侯安都傳》：“安都乃令軍士多伐松木，～柵列營。”韓愈《送窮文》：“毛髮盡～，竦肩縮頸。”(又) **縱，豎直。與“橫”相對**。《晉書・陶侃傳》：“君左手中指有～理，當為公。”❷ **家童，童僕**。《列子・說符》：“楊子之鄰人亡羊，既率其黨，又請楊子之～追之。”（亡羊：羊丟了。黨：親族。）(又) **對人的蔑稱**。《宋書・徐爰傳》：“損德害民，皆由此～。”［**豎子**］① **童僕**。《莊子・山木》：“命～～殺雁而烹之。”（雁：鵝。烹：煮。）② **小子。對人的蔑稱**。《晉書・阮籍傳》：“時無英雄，使～～成名。”（時：當時。）［**豎儒**］**對儒生的蔑稱**。《史記・留侯世家》：“～～，幾敗而公事！”❸ **宮中小臣**。《左傳・僖公二十四年》：“晉侯之～頭須。”（頭須：人名。）

11 **豐** fēng (粵) fung1 ❶ **茂密，茂盛**。《詩經・小雅・湛露》：“湛湛露斯，在彼～草。”（湛湛：露水濃重的樣子。）曹操《步出夏門行・觀滄海》：“樹木叢生，百草～茂。”(引) **盛，多**。《呂氏春秋・當染》：“從屬彌眾，弟子彌～，充滿天下。”❷ **豐收**。柳宗元《田家》詩：“今年幸少～。”（少豐：年成稍好。）**成語有“人壽年豐”**。❸ **富足，豐富**。賈思勰《齊民要術序》：“家家～實。”劉知幾《史通・敘事》：“文約而事～。”（約：簡要。）❹ **大，高大**。《列子・楊朱》：“～屋美服，厚味姣色。”**成語有“豐功偉績”**。❺ **古代放酒器的托盤**。《儀禮・公食大夫禮》：“飲酒實觶（zhì (粵) zi3），加～。”（觶：古代酒器。加：放在上面。）**【注意】** 古代“丰”和“豐”是兩個字，意義各不相同。"丰"一般只用來形容容貌和神態，"豐"形容各種事物，如"豐草"、"豐年"。

21 **豔** (艷)yàn ㊣ jim⁶ ❶ **長得漂亮，光彩動人**。《左傳・桓公元年》："宋華父督見孔父之妻于路，目逆而送之，曰：'美而～。'" ㊂ **色彩鮮明**。李白《古風五十九首》之二十六："碧荷生幽泉，朝日～且鮮。" **成語有"百花爭豔"**。㊁ **指文辭華美**。《三國志・吳書・吳主傳》："信言不～。" ❷ **有關愛情的**。元稹《敘詩寄樂天書》："因為～詩百餘首。" ❸ **喜愛，羨慕**。《韓非子・外儲説左上》："不謀治強之功，而～乎辯説文麗之聲。" ❹ **古代稱楚國的歌曲**。左思《吳都賦》："荊～楚舞。"

豕部

0 **豕** shǐ ㊣ ci² **豬**。《墨子・魯問》："取其狗～食糧衣裘。"《孟子・盡心上》："與鹿～遊。" [**豕牢**] ① **豬圈**。《後漢書・夫餘傳》："王令置於～～。豕以口氣噓之，不死。" ② **廁所**。《國語・晉語四》："少溲（sōu ㊣ sau¹）於～～。"（少溲：小便。）【**辨**】豕，彘，豬，豚。先秦時"豕"、"彘"指大豬，"豬"、"豚"指小豬。後來，這些字一般就不帶有大小的分別了。

3 **豗** huī ㊣ fui¹ ❶ **撞擊**。木華《海賦》："磊匒匌（gā kē ㊣ daap³ gap³）而相～。"（匒匌：重疊的樣子。）韓愈《祭河南張員外文》："風濤相～，中作霹靂。" ❷ **喧鬧的聲音**。李白《蜀道難》詩："飛湍瀑流爭喧～。" ❸ ㊣ fui¹ **通"虺"**。**疲極而病**。蔡琰《胡笳十八拍》："風霜凜凜兮春夏寒，人馬飢～兮筋力單。"

4 **豜** jiān ㊣ gin¹ **三歲的豬**。**泛指大豬**。《詩經・豳風・七月》："言私其豵，獻～于公。"（豵：一歲的豬，泛指小豬。）

4 **豝** bā ㊣ baa¹ **母豬**。《詩經・召南・騶虞》："一發五～。"（發：指射箭。）**一説為兩歲的豬**。

4 **豚** (㹠)tún ㊣ tyun⁴ **小豬，豬**。《韓非子・外儲説左下》："鄭縣人賣～。"【**辨**】豕，彘，豬，豚。見本頁"豕"字。

5 **象** xiàng ㊣ zoeng⁶ ❶ **象，一種哺乳動物**。《韓非子・解老》："人希見生～也，而得死～之骨，案其圖以想其生也。"（希：稀，少。生：活的。案：考察。圖：圖像。）㊁ **象牙**。李斯《諫逐客書》："犀～之器不為玩好。"（犀：犀牛角。玩好：指玩賞的東西。）❷ **景象**。范仲淹《岳陽樓記》："朝暉夕陰，氣～萬千。" **成語有"萬象更新"**。㊁ **形象**。《周易・繫辭上》："在天成～，在地成形。" ❸ **肖像，相貌**。《晉書・顧愷之傳》："嘗圖裴楷～。" **這個意義又寫作"像"**。❹ **效法，模仿**。《左傳・襄公三十一年》："作事可法，德行可～。" ㊁ **相似，好像**。李白《古風五十九首》之三："額鼻～五嶽，揚波噴雲雷。"

6 **豢** huàn ㊣ waan⁶ ❶ **餵養，飼養**。《禮記・樂記》："夫～豕為酒，非以為禍也。"（豕：豬。）**雙音詞有"豢養"**。㊂ **指以草和穀料餵養的牲畜**。曹植《七啟》："玄熊素膚，肥～膿肌。" ㊂ **以利引誘、收買**。《左傳・哀公十一年》："是～吳也夫。" ❷ **貪圖**。岳珂《桯史・張元吳昊》："邊帥～安，皆莫之知。" [**芻豢**] **見530頁"芻"字**。

7 **豨** (狶)xī ㊣ hei¹ **豬**。屈原《天問》："封～是射。"（封：大。）

7 **豪** háo ㊣ hou⁴ ❶ **豪豬**。《山海經・西山經》："（鹿臺之山）其獸多㸲牛、羬羊、白～。" ㊕ **長而剛硬的毛**。《山海經・北山經》："（譙明之山）有獸焉，其狀如貆而赤～，其音如榴榴。" [**豪豬**] 一

種動物。也叫箭豬。肩至尾部密佈長而剛硬的刺。揚雄《長楊賦》："捕熊羆、～～。"❷ **卓越的人物，豪傑。**《管子・七法》："收天下之～傑。"[引] **強橫，有勢力。**《漢書・尹齊傳》："～惡吏伏匿，而善吏不能為治。"**成語有"巧取豪奪"。**[又] **強橫的人，豪強。**《史記・酷吏列傳》："所居郡，必夷其～。"❸ **豪爽，豪邁，行為不拘常格。**《史記・魏公子列傳》："平原君之游，徒～舉耳，不求士也。"李白《扶風豪士歌》："扶風～士天下奇。"（扶風：唐代郡名。奇：奇特。）❹ **豪富，奢侈。**《世說新語・汰侈》："石崇與王愷爭～，并窮綺麗以飾輿服。"❺ **通"毫"。長而尖細的毛。**《商君書・弱民》："離婁見秋～之末。"（離婁：相傳古代眼力最好的人。秋豪：通"秋毫"。鳥獸秋天身上長的細毛。末：末梢。）**【辨】**英，豪，**俊，傑。四字都指人具有高超的才能和品德。但"英"、"俊"、"傑"一直用於褒義，"豪"有時用於貶義，如"豪強"。**

8 **豬** （猪）zhū 粵 zyu^{1} ❶ **家畜名。**《墨子・法儀》："此以莫不犓（chú 粵 co^{1}）羊，豢犬～。"（犓：用草餵養。）❷ **通"瀦"。水匯聚，停聚。**《尚書・禹貢》："大野既～，東原底平。"（大野：澤名。）**【辨】**豕，彘，**豬，豚。見 606 頁"豕"字。**

9 **豭** jiā 粵 gaa^{1} **公豬。**《左傳・隱公十一年》："鄭伯使卒出～。"《史記・秦始皇本紀》："夫為寄～，殺之無罪。"

9 **豫** yù 粵 jyu^{6} ❶ **安樂，快樂。**《詩經・小雅・白駒》："爾公爾侯，逸～無期。"（無期：無限度。）❷ **出遊，特指帝王秋日出巡。**《孟子・梁惠王下》："吾王不～，吾何以助？"張衡《東京賦》："度秋～以收成，觀豐年之多稌（tú 粵 tou^{4}）。"（稌：稻子。）❸ **事先有了準備，預先。**《荀子・大略》："先患慮患謂之～，～則禍不生。"《後漢書・任文公傳》："宜令吏人～為其備。"**這個意義又寫作"預"。**❹ **通"與"。參加。**《後漢書・東夷列傳》："及楚靈會申，亦來～盟。"（楚靈：楚靈王。申：地名。）❺ [**猶豫**] **見 390 頁"猶"字。【辨】**預，豫。**"預"本是"豫"的異體字，後來有了分別："豫"的❶❷兩義不能寫作"預"，"豫"的❸義雖然和"預"通用，但"預"逐漸替代了"豫"。**

10 **豲** （獂、貆）huán 粵 jyun^{4} **豪豬。**《逸周書・周祝》："故狐有牙而不敢以噬，～有爪而不敢以撅。"

10 **豳** bīn 粵 ban^{1} **古國名，周代先祖公劉在此立國，在今陝西旬邑西南一帶。**《詩經・大雅・公劉》："篤公劉，于～斯館。"（篤：厚，忠誠。館：用作動詞，指建館舍。）《**詩經》十五國風有豳風。**

11 **豵** zōng 粵 zung^{1} **一歲的小豬。泛指小獸。**《詩經・豳風・七月》："言私其～，獻豣（jiān 粵 gin^{1}）于公。"（豣：三歲的野豬。）

12 **豶** fén 粵 fan^{4} **閹割過的豬。**《周易・大畜》："六五，～豕之牙，吉。"

豸部

0 **豸** zhì 粵 zi^{6}/zaai^{6} ❶ **沒有腳的蟲子。**《爾雅・釋蟲》："有足謂之蟲，無足謂之～。"❷ **解決。**《左傳・宣公十七年》："余將老，使郤子逞其志，庶有～乎。"（余：我。郤子：人名。逞：施展。庶：可能。）

5 **貂** diāo 粵 diu^{1} **一種哺乳動物。也稱貂鼠。皮毛輕暖。**《戰國策・秦策一》："黑～之裘弊，黃金百斤盡。"（弊：破舊。）

6 **貆** huán 粵 wun^{4} ❶ **小貉。**《詩經・魏風・伐檀》："不狩不獵，胡瞻爾庭有縣

～兮。”(縣：懸。) ❷ (粵) jyun4 **通“貆”。豪豬**。《山海經・北山經》：“(譙明之山) 有獸焉，其狀如～而赤豪。” ❸ huān (粵) fun1 **通“貛(獾、獾)”。獾子，豬獾**。《周禮・地官・草人》：“潟澤用鹿，鹹潟用～。”

6 **貊** mò (粵) mak6 ❶ **一種動物**。《後漢書・南蠻西南夷列傳》：“(哀牢) 出……～獸。”(哀牢：民族名。) ❷ **我國古代對東北部少數民族的蔑稱**。《論語・衛靈公》：“言忠信，行篤敬，雖蠻～之邦行矣。” **又寫作“貉”**。《鹽鐵論・通有》：“求蠻貉之物，以眩中國。”

6 **貅** xiū (粵) jau1 [貔貅] **見本頁“貔”字**。

6 **貉** hé (粵) hok6 ❶ **一種野獸**。《列子・湯問》：“～逾汶則死矣。”(逾汶：過了汶水。) ❷ mò (粵) mak6 **我國古代東北部一個民族**。《荀子・勸學》：“干越夷～之子，生而同聲，長而異俗。”

7 **貌** mào (粵) maau6 ❶ **面容，容貌**。《戰國策・趙策三》：“今吾視先生之玉～，非有求於平原君者。”《史記・魏其武安侯列傳》：“武安者，～侵，生貴甚。”(侵：短小醜陋。) (引) **儀容，神態**。賈誼《鵩鳥賦》：“止於坐隅兮，～甚閑暇。”(坐隅：座位的邊上。) ❷ **外表，外觀，表面上**。《韓非子・解老》：“實厚者～薄，父子之禮是也。”《三國志・吳書・吳主傳》：“形～奇偉。” ❸ **描述，描繪**。《墨子・經說上》：“知也者，以其知過物而能～之若見。” 杜甫《丹青引》：“屢～尋常行路人。”

9 **貐** yǔ (粵) jyu5 [猰 (yà (粵) aat3/ngaat3) 貐] **見 389 頁“猰”字**。

10 **貔** pí (粵) pei4 ❶ **猛獸名**。《史記・司馬相如列傳》：“生～豹，搏豺狼。” (喻) **勇猛的軍隊、將士**。韓愈《永貞行》：“北軍百萬虎與～，天子自將非他師。” ❷ [**貔貅** (xiū (粵) jau1)] ① **古代傳說中的猛獸**。《逸周書・周祝》：“山之深也，虎豹～～何為可服？”《史記・五帝本紀》：“教熊羆～～貙虎，以與炎帝戰於阪泉之野。” ② **勇猛的軍隊、將士**。劉禹錫《送唐舍人出鎮閩中》詩：“忽擁～～鎮粵城。”(鎮：鎮守。)

11 **貙** chū (粵) syu1 **一種野獸**。柳宗元《羆說》：“鹿畏～，～畏虎，虎畏羆 (pí (粵) bei1)。”

貝部

0 **貝** bèi (粵) bui3 ❶ **貝殼類動物**。《史記・司馬相如列傳》：“罔玳瑁，釣紫～。” ⊗ **貝殼**。《荀子・大略》：“玉～曰唅。”(把玉石貝殼放在死人嘴裏叫作唅。) ❷ **古代的貨幣**。《漢書・食貨志下》：“大～四寸八分以上，二枚為一朋，直二百一十六。”(直：值。)

2 **貞** zhēn (粵) zing1 ❶ **占卜**。《周禮・春官・天府》：“以～來歲之媺 (měi (粵) mei5) 惡。”(來歲：來年，第二年。媺：美，善。) ❷ **堅定，有操守**。《史記・趙世家》：“且夫～臣也難至而節見。”(且夫：而且，再說。難：災難。節：氣節。見：現。) **成語有“堅貞不屈”**。(特) **封建禮教的一種道德觀念，指婦女不改嫁等**。《史記・田單列傳》：“～女不更二夫。”(更：指改嫁。) ❸ **正**。《尚書・太甲下》：“一人元良，萬邦以～。”《老子・三十九章》：“侯王得一以為天下～。”

2 **負** fù (粵) fu6 ❶ **背，用背馱東西**。《莊子・盜跖》：“～石自投於河。” **成語有“負荊請罪”**。⊗ **承載，承受**。《莊子・逍遙遊》：“風之積也不厚，則其～大翼也無力。” (引) **蒙受，遭受**。《管子・法禁》：“廢上之法制者，必～以恥。” ❷ **背**

靠着。《商君書・兵守》："四戰之國貴守戰，～海之國貴攻戰。"（四戰之國：四面受敵的國家。貴：重視。）(引) **依仗**。《史記・魏其武安侯列傳》："武安～貴而好權。"（貴：尊貴。好權：喜歡玩弄權術。）**成語有"負隅頑抗"**。❸ **違背，背棄**。《史記・高祖本紀》："項羽～約。"(引) **辜負，對不起**。《戰國策・齊策四》："孟嘗君笑曰：'客果有能也！吾～之，未嘗見也。'" ❹ **失敗。與"勝"相對**。《孫子兵法・謀攻》："不知彼而知己，一勝一～。" ❺ **虧欠**。《漢書・鄧通傳》："通家尚～責數巨萬。"（責：債。數巨萬：數量很大。）**【辨】負，任，擔，荷。這四個字都是表示攜帶東西的方式。"負"是背，"任"是抱，"擔"是挑，"荷"是扛。這四個字都可以用來泛指攜帶東西。**

3 **貢** gòng (粵) gung3 ❶ **把物品進獻給君主**。《左傳・桓公十五年》："諸侯不～車服。"(又) **進獻的物品**。《左傳・僖公四年》："～之不入，寡君之罪也。"杜甫《洗兵馬》詩："寸地尺天皆入～。" ❷ **賦稅。傳說中夏代的租賦制度**。《孟子・滕文公上》："夏后氏五十而～。" ❸ **推薦，選舉**。《後漢書・章帝紀》："舉人～士。" **【辨】貢，供，獻。三個字都有"奉"、"獻"的意思。但是"貢"一般指獻東西給君主。"獻"則只表示恭敬地把東西送給人。"供"指供給、供奉等，與"貢"和"獻"的區別較大。**

3 **貣** tè (粵) tik1 ❶ **乞討**。《荀子・儒效》："雖行～而食，人謂之富矣。" ❷ **借貸**。《漢書・司馬相如傳》："從昆弟假～，猶足以為生。" ❸ **饒恕，寬恕（後起意義）**。《新唐書・酷吏傳・崔器傳》："乃以六等定罪，多所厚～。" ❹ **通"忒"。差錯**。《管子・正》："如四時之不～，如星辰之不變。"

3 **財** cái (粵) coi4 ❶ **財物**。《韓非子・説難》："暮而果大亡其～。"（果：果然。亡：丟失。）(又) **財富，財產**。《荀子・成相》："務本節用～無極。"（務本：致力於農業。極：窮盡。）《太平天國天朝田畝制度》："凡天下婚姻不論～。" ❷ **通"裁"。成，成就**。《荀子・非十二子》："～萬物，長養人民。" ❸ **通"材"。木材，木料**。賈思勰《齊民要術序》："殖～種樹。"（殖：植。）(又) **材料**。《墨子・尚賢下》："有一衣裳之～不能制，必索良工。" ❹ **通"裁"。裁決**。鼂錯《言兵事疏》："唯陛下～擇。" ❺ **通"才"。才能**。《孟子・盡心上》："有成德者，有達～者。" ❻ **通"纔"。副詞。僅僅**。《漢書・李廣利傳》："士～有數千。"

3 **貤** (貤)yì (粵) ji6 ❶ **重，重疊**。左思《魏都賦》："兼重悂（pī (粵) pai1）以～繆。"（悂：謬誤。以：而。繆：錯誤。）❷ **延，延伸**。《漢書・敍傳下》："奕世載德，～於子孫。"（奕世：連續幾代。）❸ yí (粵) ji4 **轉移**。《漢書・武帝紀》："受爵賞而欲移賣者，無所流～。"

4 **責** zé (粵) zaak3 ❶ **索取**。《左傳・桓公十三年》："宋多～賂（lù (粵) lou6）於鄭。"（宋：國名。賂：財物。鄭：國名。）(引) **要求**。《漢書・黥布傳》："楚使者在，方急～布發兵。" ❷ **詢問**。《史記・絳侯周勃世家》："吏簿～條侯。"（條侯：指周亞夫。）❸ **責備，責罰**。《史記・殷本紀》："悔過自～。"《新五代史・梁家人傳》："數加笞（chī (粵) ci1）～。"（笞：用鞭打。）❹ **責任**。《後漢書・楊震傳》："崇高之位，憂重～深也。" ❺ zhài (粵) zaai3 **欠別人的錢財**。《戰國策・齊策四》："先生不羞，乃有意欲為收～於薛乎？"（薛：地名。）**這個意義後來寫作"債"**。

4 **貨** huò (粵) fo3 ❶ **財物**。《尚書・洪範》："一曰食，二曰～。"《商君書・立

本》：“治行則～積。”（治行：指國家治理得好。）❷ **錢，貨幣**。《漢書・食貨志下》：“百姓憒亂，其～不行，民私以五銖錢市買。”（五銖錢：漢代的一種錢幣。）❸ **行賄**。《孟子・公孫丑下》：“無處而饋之，是～之也。”（處：原因。饋：饋贈。）《後漢書・黃瓊傳》：“誅稅民受～者九人。”❹ **出賣**。柳宗元《鈷鉧潭西小丘記》：“～而不售。”（不售：賣不出去。）

4 **貪** tān (粵) taam1 ❶ **貪財**。《左傳・襄公二十三年》：“～貨棄命。”(引) **不知滿足地追求**。韓愈《進學解》：“～多務得，細大不捐。焚膏油以繼晷，恆兀兀以窮年。”（捐：丟棄。）成語有“**貪得無厭**”。❷ **貪求，貪圖**。《左傳・僖公二十四年》：“～天之功以為己力。”⊗ **貪戀**。《漢書・司馬遷傳》：“夫人情莫不～生惡死，念親戚，顧妻子，至激於義理者不然，乃有不得已也。”李煜《浪淘沙・簾外雨潺潺》：“夢裏不知身是客，一晌～歡。”⊗ **希望，想要**。《後漢書・閻皇后紀》：“太后欲久專國政，～立幼年。”❸ tàn (粵) taam3 **探求，探取**。《國語・周語上》：“道而得神，是謂逢福。淫而得神，是謂～禍。”【辨】**貪，婪。“貪”原指貪財，“婪”原指貪食。後來都可以泛指貪得無厭，貪心不足。**

4 **貧** pín (粵) pan4 ❶ **貧窮。與“富”相對**。《商君書・去強》：“國富而～治，曰重富，重富者強。”（貧治：當作貧國來治理，勤儉持國。重富：富上加富。）[**貧窶**(jù (粵) geoi6)] **貧窮**。《管子・五輔》：“匡～～，振罷 (pí (粵) pei4) 露。”（罷露：疲憊裸露者。）❷ **窮人，貧民**。《左傳・昭公十四年》：“分～振窮。”❸ **使貧窮**。《莊子・大宗師》：“天地豈私～我哉？”❹ **缺少，不足**。劉勰《文心雕龍・練字》：“富於萬篇，～於一字。”（雖能寫萬篇文章，有時也會缺少一個合適的字。）【辨】**貧，窮**。見454頁“窮”字。

4 **貫** guàn (粵) gun3 ❶ **穿錢的繩索**。《史記・平準書》：“京師之錢累巨萬，～朽而不可校。”（朽：腐壞。校：數。）(引) **古代的銅錢用繩穿，一千個為一貫**。《金史・宣宗紀》：“興定寶泉，每一～當通寶四百～。”（泉：錢。當：相當。）❷ **穿，穿連**。《詩經・齊風・猗嗟》：“射則～兮。”屈原《離騷》：“～薜荔之落蕊。”（薜荔：一種蔓生的香草。蕊：花心。）(引) **通，貫通**。《論語・里仁》：“吾道一以～之。”成語有“**融會貫通**”。❸ **連貫，連續**。《漢書・谷永傳》：“以次～行，固執無違。”《三國志・魏書・鄧艾傳》：“將士皆攀木緣崖，魚～而進。”❹ **籍貫**。《漢書・元帝紀》：“惟德淺薄，不足以充入舊～之居。”白居易《新豐折臂翁》詩：“翁云～屬新豐縣。”❺ **事例**。《論語・先進》：“仍舊～，如之何？”❻ (粵) gwaan3 **通“慣”。熟習，熟練**。《左傳・襄公三十一年》：“譬如田獵，射御～則能獲禽。”（比如打獵，射箭、駕車習慣了就能捕獲野獸。）⊗ **習慣**。《孟子・滕文公下》：“我不～與小人乘。”❼ wān (粵) waan1 **通“彎”。彎曲**。《史記・伍子胥列傳》：“伍胥～弓執矢向使者。”

5 **貳** (貮)èr (粵) ji6 ❶ **副，副的**。《周禮・天官・大宰》：“建其正，立其～。”《國語・魯語下》：“誰為之～？”(引) **副貳，輔佐**。《後漢書・仲長統傳》：“冢宰～王而理天下。”(引) **匹敵，並列**。《左傳・哀公七年》：“且魯賦八百乘，君之～也。”❷ **不專一**。《詩經・衛風・氓》：“女也不爽，士～其行。”《荀子・解蔽》：“～則疑惑。”⊗ **不一致，兩樣**。《荀子・王制》：“法不～後王。”(引) **從屬二主**。《左傳・僖公三十年》：“以其無禮於晉，且～於楚也。”（貳於楚：在從屬於晉的同時又從屬於楚。）(引) **離心，背叛**。《左傳・襄公二十四年》："夫諸侯之賄聚於公室，則諸侯～。"（賄：財物。則：於是。）❸ **重複**。《論語・雍也》："有顏回者好學，不遷怒，不～過。"❹ **數詞"二"的大寫**。

5 **賁** bēn (粵) ban^{1} ❶ bì (粵) bei^{3} **裝飾，打扮**。《詩經・小雅・白駒》："皎皎白駒，～然來思。"（白色的小馬，打扮得很美來到這裏。）❷ **通"奔"。奔走**。《荀子・強國》："下比周～潰以離上矣。"（下面的人相互勾結奔走潰散離開了國君。比周：勾結。）❸ **指孟賁，古代勇士**。《戰國策・楚策三》："～、諸懷錐刃，而天下為勇。"（諸：指專諸，古代勇士。）❹ **[虎賁] 勇士**。《尚書・牧誓》："武王戎車三百兩，～～三百人。"（戎車：戰車。兩：輛。）❺ fén (粵) fan^{4} **大**。《詩經・大雅・靈臺》："～鼓維鏞（yōng (粵) jung^{4}）。"（維：語氣詞。鏞：大鐘。）

5 **貰** shì (粵) sai^{3} ❶ **租借，賒欠**。《史記・汲鄭列傳》："縣官無錢，從民～馬。"❷ **借貸**。王安石《上五事札子》："今以百萬緡之錢，權物價之輕重，以通商而～之，令民以歲入數萬緡息。"❸ **典押**。梅堯臣《莱宣遺酒》詩："倘有佳客過，未免～袍笏。"❹ **赦免，寬大**。《漢書・張敞傳》："因～其罪。"

5 **貼** tiē (粵) tip^{3} ❶ **典當，以物品做抵押借錢**。《舊唐書・憲宗紀下》："一任～典貨賣。"（一任：完全聽任。）❷ **黏附**。沈括《夢溪筆談》卷一八："每字有二十餘印，以備一板內有重復者，不用則以紙～之。"（印：指字模。）㊂ **挨近，靠近**。徐弘祖《徐霞客遊記・西南遊日記》："背腹摩～，足後聳。"（背腹摩貼：背部和腹部都貼近上下石壁。後聳：向後翹起。）❸ **安定**。《資治通鑒・唐貞元元年》："易帥之際，軍中煩言，乃其常理，泌到，自妥～矣。"㊈ **順從**。《北齊書・庫狄干傳》："法令嚴肅，吏人～服。"㊈ **合適，妥當**。梅堯臣《次韻和長吉上人淮甸相遇》："文字皆妥～。"

5 **貺** kuàng (粵) fong^{3} **賜，賞賜**。《左傳・昭公六年》："小國之事大國也，苟免於討，不敢求～。"**又如"厚貺"、"嘉貺"、"貺贈"**。

5 **貶** biǎn (粵) bin^{2} ❶ **減少**。《左傳・僖公二十一年》："～食省用。"㊂ **抑制**。《三國志・魏書・文帝紀》："欲屈己以存道，～身以救世。"❷ **給予低的評價。與"褒"相對**。《論衡・齊世》："采毫毛之善，～纖介之惡。"《新唐書・房琯傳》："唐名儒多言琯德器有王佐材，而史載行事亦少～矣。"**雙音詞有"貶低"**。❸ **降低，降職**。《詩經・大雅・召旻》："我位孔～。"（孔：甚，很。）《舊唐書・劉禹錫傳》："～連州刺史。"（刺史：官名。）

5 **貯** zhù (粵) cyu^{5} ❶ **積存，儲藏**。鼂錯《論貴粟疏》："商賈大者積～倍息，小者坐列販賣。"❷ **通"佇"。等待**。《漢書・外戚傳上・孝武李夫人》："飾新宮以延～兮，泯不歸乎故鄉。"

5 **貽** yí (粵) ji^{4} ❶ **贈給**。《莊子・逍遙遊》："魏王～我大瓠（hù (粵) wu^{6}）之種。"（瓠：葫蘆。）❷ **遺留**。《魏書・張袞傳》："～醜於來葉。"（葉：世。）**【辨】贈，貽**。"贈"、"貽"都有贈送的意思，但在遺留的意義上，只能說"貽"，不能說"贈"。

5 **貴** guì (粵) gwai^{3} ❶ **物價高。與"賤"相對**。《左傳・昭公三年》："國之諸市，屨賤踊～。"陸游《首春連陰》詩："今年米～如黃金。"㊂ **珍貴，寶貴**。《論語・學而》："禮之用，和為～。"《潛夫論・讚學》："天地之所～者人也。"❷ **顯貴，祿位高。與"卑賤"相對**。《老子・三十九章》："故～以賤為本，高以下為基。"（本：根本。基：基礎。）㊈ **顯貴的人，權貴**。《韓非子・有度》："法不阿

～。”（阿：偏袒。）❸ **重視，崇尚**。《商君書・畫策》：“聖王者不～義而～法。”《禮記・中庸》：“賤貨而～德。”❹ **敬辭。放在要稱說的事物前面，表示尊敬**。《三國志・蜀書・張裔傳》：“～土風俗何以乃爾乎？”（乃爾：如此，這樣。）**雙音詞有“貴姓”**。

5 **貸** dài (粵) taai^{3} ❶ **施予**。《左傳・文公十六年》：“宋饑，竭其粟而～之。”（饑：荒年。）(又) **借出**。《潛夫論・忠貴》：“寧積粟腐倉而不忍～人一斗。”（不忍：捨不得。）(又) **借入**。《史記・平津侯主父列傳》：“家貧，假～無所得。”❷ **寬恕，寬免**。《後漢書・袁安傳》：“示中國優～，而使邊人得安。”**成語有“嚴懲不貸”**。❸ tè (粵) tik^{1} **通“忒”。失誤**。《禮記・月令》：“毋有差～。”

5 **貿** mào (粵) mau^{6} ❶ **交換財物，交易**。《詩經・衞風・氓》：“抱布～絲。”**雙音詞有“貿易”**。❷ **變，改變**。《淮南子・詮言》：“公孫龍粲於辭而～名，鄧析巧辯而亂法。”❸ **混雜，雜亂**。《漢書・董仲舒傳》：“廉恥～亂，賢不肖渾淆。”❹ móu (粵) mau^{4} **通“牟”。謀取，求取**。《鹽鐵論・本議》：“是以縣官不失實，商賈無所～利。”

5 **費** fèi (粵) fai^{3} ❶ **花費，耗損**。《商君書・墾令》：“商賈（gǔ (粵) gu^{2}）少則上不～粟。”(又) **浪費**。《老子・四十四章》：“甚愛必大～，多藏必厚亡。”(特) **言語浪費，不節約**。《禮記・緇衣》：“口～而煩。”❷ **費用**。《鹽鐵論・非鞅》：“足軍旅之～。”（使軍隊的費用充足。）❸ **（舊讀 bì (粵) bei^{3}）地名。即今山東費縣**。《論語・先進》：“子路使子羔為～宰。”

5 **賀** hè (粵) ho^{6} ❶ **奉送禮物表示慶祝**。《詩經・大雅・下武》：“受天之祜，四方來～。”（祜：福。）《史記・楚世家》：“宣王六年，周天子～秦獻公。”(泛) **慶祝，慶賀**。杜甫《雨》詩：“始～天休雨，還嗟地出雷。”（嗟：歎。）❷ **嘉獎，犒賞**。《吳越春秋・夫差內傳》：“故使賤臣以奉前王所藏甲二十領……以～軍吏。”

6 **貲** zī (粵) zi^{1} ❶ **罰錢**。《秦律・效律》：“斗不正，半升以上，～一甲。”（貲一甲：罰一件鎧甲的錢。）❷ **通“資”。資財，錢財**。《後漢書・劉盆子傳》：“母家素豐，～產數百萬。”《新唐書・員半千傳》：“上書自陳臣家～不滿千錢。”（陳：陳述。）(引) **價格**。《管子・乘馬數》：“布織財物，皆立其～。”❸ **計算，估量**。《晉書・傅玄傳》：“一日則損不～，況積日乎？”

6 **賊** zéi (粵) caak^{6} ❶ **害**。《墨子・非儒下》：“是～天下之人者也。”（這是害天下人的做法。）(又) **害人的人**。《論語・憲問》：“幼而不孫弟，長而無述焉，老而不死，是為～。”（孫弟：遜悌。恭順知禮。）❷ **殺害**。《韓非子・內儲說下》：“二人相憎，而欲相～也。”(又) **殺人者**。《史記・秦始皇本紀》：“燕王昏亂，其太子丹乃陰令荊軻為～。”（丹：人名。陰：暗中。荊軻：人名。）❸ **對敵人的蔑稱**。《晉書・謝安傳》：“小兒輩遂已破～。”（小兒輩：指謝安的姪子們。遂：於是。）❹ **強盜**。柳宗元《童區寄傳》：“～二人得我，我幸皆殺之矣。”（幸：幸虧。）❺ **狠毒**。《三國志・魏書・董二袁劉傳》：“董卓狼戾（lì (粵) leoi^{6}）～忍。”（狼戾：兇狠。忍：殘忍。）❻ **小偷（後起意義）**。《世說新語・假譎》：“因潛入主人園中，夜叫呼云：‘有偷兒～！’”【辨】盜，賊。見 421 頁“盜”字。

6 **賄** huì (粵) kui^{2}/fui^{2} ❶ **財物**。《詩經・衞風・氓》：“以爾車來，以我～遷。”❷ **贈送財物**。《左傳・文公十二年》：“厚～之。”（送他很多財物。）❸ **賄賂，用財物收買**。《左傳・襄公十年》：

"今自王叔之相也，政以～成，而刑放於寵。"《世説新語・政事》："亮亦尋為～敗。"（亮：陸亮，人名。）柳宗元《答元饒州論政理書》："弊政之大，莫若～賂行而征賦亂。"（弊政：腐敗的政治。）❹ **貪財**。《國語・晉語九》："吾主以不～聞於諸侯，今以梗陽之賄殃之，不可。"

6 **賂** lù 粵 lou^{6} ❶ **贈送財物**。《左傳・桓公二年》："以郜大鼎～公。"《漢書・武帝紀》："朕飾子女以配單（chán 粵 sin^{4}）于，金幣文繡，～之甚厚。"（飾：裝飾，打扮。配：婚配。單于：匈奴的君主。）引 **奉送**。《韓非子・説林下》："乃割露山之陰五百里以～之。"賈誼《過秦論》："於是從散約解，爭割地而～秦。"❷ **財物**。《荀子・富國》："貨～將甚厚。"（厚：豐富。）❸ **賄賂（後起意義）**。《後漢書・馮緄傳》："不行賄～。"《晉書・謝安傳》："賊厚～泓，使云'南軍已敗'。"**【注意】上古"賂"並不作"賄賂"講，"賄賂"在上古叫"賕（qiú 粵 kau^{4}）"。《漢書・刑法志》："吏坐受賕枉法。""賂"由"贈送"的意義引申為"賄賂"是後起的。**

6 **賅** gāi 粵 goi^{1} **完備，包括**。《莊子・齊物論》："百骸（hái 粵 haai^{4}）、九竅、六藏～而存焉。"（百骸：指全身的骨頭。六藏：六臟。）**成語有"言簡意賅"。又寫作"該"。**

6 **賈** jiǎ 粵 gaa^{2} ❶ gǔ 粵 gu^{2} **買**。《左傳・昭公二十九年》："平子每歲～馬。"⊗ **做買賣**。《韓非子・五蠹》："長袖善舞，多錢善～。"《漢書・甯成傳》："仕不至二千石，～不至千萬，安可比人乎！"（至：到。）❷ gǔ 粵 gu^{2} **商人**。《孟子・梁惠王上》："商～皆欲藏於王之市。"《鹽鐵論・輕重》："籠天下鹽鐵諸利，以排富商大～。"（籠：掌握。）❸ gǔ 粵 gu^{2} **謀取**。《國語・晉語八》："謀於眾，不以～好。"⊗ **招引，招惹。如"賈禍"、"賈害"。** ❹ jià 粵 gaa^{3} **價格**。《論語・子罕》："求善～而沽諸？"（沽：賣。諸：之乎。）《漢書・食貨志上》："當具有者半～而賣。"**這個意義後來寫作"價"。** ❺ **姓**。**【辨】商，賈。運貨販賣的叫"商"，囤積營利的叫"賈"，所以説"行商坐賈"。後來二字才漸漸沒有區別。**

6 **賃** lìn 粵 jam^{6} ❶ **給人做僱工**。《左傳・襄公二十七年》："申鮮虞來奔，僕～於野。"《史記・季布欒布列傳》："窮困，～傭於齊。"（齊：齊國。）❷ **租借**。《穆天子傳》卷三："～車受載。"王禹偁《書齋》詩："年年～宅住閑坊。"

6 **資** zī 粵 zi^{1} ❶ **資財，錢財**。《國語・齊語》："無受其～。"引 **費用**。《三國志・蜀書・諸葛亮傳》："軍～所出。"❷ **積蓄**。《國語・越語》："賈人夏則～皮，冬則～絺（chī 粵 ci^{1}）。"（賈人：商人。絺：細麻布。）❸ **具有，具備**。《文選・蔡邕〈陳太丘碑文〉》："兼～九德，總脩百行。"❹ **供給，資助**。《韓非子・説疑》："～之以幣帛。"《史記・酈生陸賈列傳》："此乃天所以～漢也。"❺ **憑藉**。《三國志・魏書・文帝紀》："昔仲尼～大聖之才，懷帝王之器。"（仲尼：孔子字。）柳宗元《封建論》："歸周者八百焉，～以勝殷。"（周、殷：朝代名。）引 **憑藉的條件**。《老子・二十七章》："善人者不善人之師，不善人者善人之～。"❻ **資質。指天生的才能、性情**。班固《為第五倫薦謝夷吾疏》："英～挺特。"（挺特：指突出。）《漢書・陳平傳》："然大王～侮人。"（侮：侮慢。）❼ **資望，資歷**。《三國志・魏書・荀彧傳》："紹憑世～，從容飾智，以收名譽。"（紹：袁紹。世資：世代的資望。飾智：裝作有智慧。）干寶《晉紀總論》："不拘～次。"

7 **賕** qiú ㊣ kau^{4} **賄賂，行賄**。《宋史·食貨志上三》："操舟者～諸吏。"㊀ **行賄的財物**。《史記·滑稽列傳》："恐受～枉法。"（枉法：歪曲和破壞法律。）㊀ **受賄，接受賄賂**。《新唐書·蘇瓌傳》："以～被杖。"

7 **賑** zhèn ㊣ zan^{3} ❶ **救濟**。《後漢書·伏湛傳》："悉分奉祿以～鄉里。"❷ **富裕**。張衡《西京賦》："郊甸之內，鄉邑殷～。"

7 **賒** （賖）shē ㊣ se^{1} ❶ **賒欠，賒帳。買賣物品時遲收或遲付款**。《後漢書·劉盆子傳》："少年來酤者，皆～與之。"《宋書·劉秀之傳》："時～市百姓物，不還錢。"（市：購買。）❷ **遲緩，寬鬆**。元稹《遣春》詩之五："梅芳勿自早，菊秀勿自～。"謝朓《和王主簿怨情》："徒使春帶～，坐惜紅妝變。"❸ **稀疏，缺少**。張說《岳州作》詩："物土南州異，關河北信～。"葉適《修路疏》："尚～甃砌之功，難免顛隮之患。"❹ **長，遠**。何遜《秋夕》詩："寸心懷是夜，寂寂漏方～。"（漏：古代計時的器具。方：正。）王勃《滕王閣序》："北海雖～，扶搖可接。"（扶搖：旋風。）❺ ㊣ ce^{1} **通"奢"。奢侈**。《後漢書·仲長統傳》："楚楚衣服，戒在窮～。"

7 **賓** bīn ㊣ ban^{1} ❶ **客人**。《詩經·小雅·鹿鳴》："我有嘉～，鼓瑟吹笙。"《荀子·禮論》："～出，主人拜送。"❷ **服從，歸順**。《國語·周語上》："侯衞～服。"《鹽鐵論·相刺》："西～秦國。"❸ bìn ㊣ ban^{3} **排斥，拋棄**。《莊子·徐無鬼》："先生居山林……以～寡人，久矣夫。"**這個意義後來寫作"擯"**。

【辨】賓，客。"賓"、"客"都有客人的意思，但"賓"的本義是貴客，"客"可以指門客、食客，意義不完全相同。

8 **賚** lài ㊣ loi^{6} **賞賜**。《論語·堯曰》："周有大～。"《新唐書·許景先傳》："～絹三千遣之。"

8 **賫** （賷、齎）jī ㊣ zai^{1} ❶ **送物給人**。《荀子·大略》："非其人而教之，～盜糧，借賊兵也。"（兵：兵器。）❷ **攜帶**。《史記·李斯列傳》："秦王乃拜斯為長史，聽其計，陰遣謀士，～持金玉以游說諸侯。"（長史：官名。陰：暗地。）㊀ **懷着**。江淹《恨賦》："～志沒地。"（沒地：死去。）❸ zī ㊣ zi^{1} **通"資"。錢財**。《史記·陳丞相世家》："～用益饒。"（資財費用更加豐富。）

8 **賢** xián ㊣ jin^{4} ❶ **有道德有才能的人**。《荀子·王制》："尚～使能。"（尚：崇尚，尊重。）㊁ **好，善**。《禮記·內則》："若富，則具二牲，獻其～者於宗子。"❷ **尊重，賞識**。《禮記·禮運》："以～勇知，以功為己。"❸ **勝過，甚於**。《戰國策·趙策四》："老臣竊以為媼（ǎo ㊣ ou^{2}/ngou^{2}）之愛燕后～於長安君。"（媼：年老的婦人，指趙太后。燕后：趙太后的女兒。長安君：趙太后的兒子。）❹ **勞苦**。《詩經·小雅·北山》："我從事獨～。"

8 **賞** shǎng ㊣ soeng^{2} ❶ **賞賜，獎賞。與"罰"相對**。《荀子·王制》："無功不～。"《戰國策·齊策一》："能面刺寡人之過者，受上～。"㊀ **所賞賜、獎賞的財物**。《後漢書·應劭傳》："得～既多，不肯去。"❷ **給予，送給**。柳宗元《送薛存義序》："故～以酒肉，而重之以辭。"（重之以辭：加上這些話。）❸ **讚賞，讚揚**。《左傳·襄公十四年》："善則～之，過則匡之。"《世說新語·文學》："因此相要（yāo ㊣ jiu^{1}），大相～得。"（要：邀請。）㊁ **尊重，崇尚**。《荀子·王霸》："～賢使能以次之。"❹ **欣賞，賞玩**。陶潛《移居》詩："奇文共欣～，疑義相與析。"（相與析：一起分析。）杜甫《越王樓歌》："君王舊跡今人～，轉見千秋萬古情。”❺ cháng (粵) soeng^{4} **通“償”。回報，酬報。**《韓非子・飾邪》：“群臣賣官于上，取～于下。”

8 **賦** fù (粵) fu^{3} ❶ **賦稅。**《管子・小匡》：“省刑罰，薄～斂，則民富矣。”（省：減少。薄：減輕。斂：徵收。）(又) **兵賦，交納的兵甲車馬等。**《左傳・成公二年》：“此城濮之～也。”（城濮：地名。晉楚兩國曾在此大戰。）❷ **授予，給予。**《韓非子・八姦》：“～祿者稱其功。”（稱：適合，相稱。）❸ **論述，陳述。**《論衡・對作》：“～姦偽之說。”(又) **朗誦(詩)。**《左傳・文公十三年》：“文子～《采薇》之四章。”（文子：人名。）(又) **創作。**陶潛《歸去來兮辭》：“臨清流而～詩。”❹ **古代詩歌的一種表現手法。**鍾嶸《詩品序》：“直書其事，寓言寫物，～也。”(又) **一種文體，有韻，句式像散文。如宋玉有《風賦》。**

8 **賤** jiàn (粵) zin^{6} ❶ **物價低。與“貴”相對。**《商君書・外內》：“食～則農貧，錢重則商富。”（食：指糧食。重：貴重。）❷ **地位低下，卑賤。與“貴”相對。**《論語・子罕》：“吾少也～，故多能鄙事。”曹操《舉賢勿拘品行令》：“昔伊摯、傅說出於～人。”（伊摯、傅說：人名。）❸ **鄙視，輕視。**《尚書・旅獒》：“不貴異物～用物，民乃足。”賈思勰《齊民要術序》：“明君貴五穀而～金玉。”（明君：明智的君主。）❹ **謙辭。表示謙虛。**《戰國策・趙策四》：“老臣～息舒祺。”（息：子女。）司馬遷《報任安書》：“又迫～事。”（又被自己的煩瑣私事所迫。）

8 **賜** cì (粵) ci^{3} ❶ **賞賜。**《論語・鄉黨》：“君～食，必正席先嘗之。”《史記・留侯世家》：“漢王～良金百溢。”（良：張良。溢：通“鎰”。古時二十四兩為一鎰。）(又) **賞賜的財物。**《左傳・昭公三十二年》：“大夫皆受其～。”❷ **盡。**潘岳《西征賦》：“若循環之無～。”**這個意義又寫作“儩”。**

8 **賙** zhōu (粵) zau^{1} **周濟，救濟。**《周禮・司稼》：“掌均萬民之食，而～其急。”《北史・隋煬帝紀》：“雖有侍養之名，曾無～贍 (shàn (粵) sim^{6}) 之實。”（贍：供給人財物。）

8 **質** zhì (粵) zat^{1} ❶ **本質，實體。**《荀子・勸學》：“其～非不美也。”范縝《神滅論》：“形者神之～。”（形體是精神的物質實體。）(引) **質地，底子。**劉禹錫《砥石賦》：“圭形石～，蒼色膩理。”柳宗元《捕蛇者說》：“永州之野產異蛇，黑～而白章。”（章：花紋。）❷ **樸實，缺乏文采。與“文”相對。**《論語・雍也》：“～勝文則野，文勝～則史。”（史：指虛浮。）《後漢書・西域傳》：“其人～直，市無二價。”❸ **質問，問。**《漢書・汲黯傳》：“黯～責湯於上前。”（湯：張湯。上：皇帝。）❹ **評判，對質。**劉禹錫《天論上》：“而欲～天之有無。”《禮記・曲禮上》：“雖～君之前。”❺ (粵) zi^{3} **人質，兩國交往，各派世子或宗室子弟留居對方作為保證，叫“質”或“質子”。**《左傳・隱公三年》：“周鄭交～，王子狐為～於鄭，鄭公子忽為～於周。”（狐：人名。為質於鄭：到鄭國做人質。忽：人名。）(又) **做人質。**《戰國策・燕策三》：“燕太子丹～於秦。”❻ (粵) zi^{3} **買賣的券契。**《周禮・地官・質人》：“凡賣價者質劑焉，大市以～，小市以劑。”（長券為質，短券為劑。）❼ **箭靶。**《荀子・勸學》：“是故～的張而弓矢至焉。”（的：箭靶。）(引) **目標。**《漢書・酷吏傳》：“既出不至～，引軍空還。”❽ **刑具，殺人時作墊用的砧板。**《漢書・張蒼傳》：“解衣伏～。”**這個意義又寫作“櫍”、“鑕”。**❾ (粵) zi^{3} **通“贄”。古代初次拜見尊長時所送的禮物。**《孟子・滕文公下》：“出疆必載～。”［**委質**］**指初**

次拜見尊長時送禮。《國語・晉語九》："臣～～於狄之鼓。"（鼓：地名。）㉛ **臣服，歸順**。《韓非子・有度》："賢者之為人臣，北面～～，無有二心。"（北面：臣子面向北朝見君主。）

8 **賡** gēng ㊥ gang^1 ❶ **繼續，連續**。《尚書・益稷》："乃～載歌曰。"《宋史・楊微之傳》："獻《雍熙詞》，上～其韻以賜。"（上：皇帝。賡其韻：指接着《雍熙詞》的用韻填詞。賜：賞賜。）**雙音詞有"賡續"、"賡和（hè ㊥ wo^6）"**。❷ **抵償，補償**。《管子・國蓄》："智者有什倍人之功，愚者有不～本之事。"（什倍：十倍或一倍。本：本錢。）

9 **賴** lài ㊥ laai^6 ❶ **利益，好處**。《國語・齊語》："相語以利，相示以～。"《國語・晉語一》："倉廩盈，四鄰服，封疆信，君得其～。"❷ **依賴，依靠**。《尚書・呂刑》："一人有慶，兆民～之。"［**無賴**］① **生活無依靠，遊手好閑**。《史記・高祖本紀》："始大人常以臣～～，不能治產業。"（始：開始。大人：指劉邦的父親。以：以為。）② **流氓（後起意義）**。胡銓《上高宗封事書》："王倫本一狎邪小人，市井～～。"（王倫：人名。狎邪：輕佻邪惡。市井：街市。）

9 **賵** fèng ㊥ fung^3 **送車馬等給人辦喪事**。《儀禮・既夕禮》："公～玄纁束馬兩。"㊂ **送給喪家的車馬等財物**。《左傳・隱公元年》："天王使宰咺（xuǎn ㊥ hyun^2）來歸（kuì ㊥ gwai^6）惠公、仲子之～。"（宰：官名。咺：人名。歸：通"饋"。贈送。）

10 **購** gòu ㊥ gau^3/kau^3 ❶ **重賞徵求，重金收買**。《史記・項羽本紀》："吾聞漢～我頭千金，邑萬戶，吾為若德。"（若：你們。）《漢書・高帝紀下》："乃多以金～豨（xī ㊥ hei^1）將，豨將多降。"（豨：陳豨，人名。）❷ **通"媾"。講和**。《史記・韓世家》："將西～於秦。"【**辨**】**購，買。古代"購"和"買"不是同義詞。購的東西往往不是商品，跟"買"的性質不相同。直到宋代，"購"字也只能表示重金收買，跟"買"還有區別。**

10 **賻** fù ㊥ fu^6 **送布帛財物助人辦喪事**。《春秋・隱公三年》："秋，武氏子來求～。"《後漢書・中山簡王焉傳》："嗣王薨，～錢千萬，布萬匹。"

10 **賺** zhuàn（**又讀** zuàn）㊥ zaan^6 **誑騙**。王定保《唐摭言・散序進士》："太宗皇帝真長策，～得英雄盡白頭。"

11 **贅** zhuì ㊥ zeoi^6 ❶ **抵押**。《漢書・嚴助傳》："民待賣爵～子，以接衣食。"❷ **入贅，舊指結婚後男住女家**。《漢書・賈誼傳》："家貧子壯則出～。"❸ ㊥ zeoi^3 **通"綴"。聯結**。《韓非子・存韓》："夫趙氏聚士卒，養從徒，欲～天下之兵。"㉛ **會，聚集**。《漢書・武帝紀》："毋～聚。"（毋：不要。）❹ **病名。贅疣，俗稱瘊子**。《莊子・駢拇》："附～縣疣，出乎形哉。"（縣：同"懸"。）㉛ **多餘的，無用的**。劉勰《文心雕龍・鎔裁》："而委心逐辭，異端叢至，駢（pián ㊥ pin^4）～必多。"（委心：任心。駢：指本該一個而分為兩個。）

11 **贄** zhì ㊥ zi^3 **古代初次拜見尊長時所送的禮物**。《左傳・莊公二十四年》："男～，大者玉帛，小者禽鳥。"《論衡・語增》："周公執～下白屋之士。"㊂ **諸侯之間聘享的禮物**。《左傳・成公十二年》："凡晉楚無相加戎，好惡同之。……交～往來。道路無壅。"

11 **賾** zé ㊥ zaak^3 ❶ **深奧，玄妙**。《周易・繫辭上》："探～索隱。"❷ **探求**。《舊唐書・曆志》："太古聖人，體二氣之權輿，～三才之物象。"

12 **贋**（**贗**）yàn ㊥ ngaan^6 **假的，偽造的**。《宋書・戴法興傳》："而道路之言，

謂法興為真天子，帝為～天子。”樓鑰《跋米元暉著色春山》：“後人多作～本，去此遠矣。”

12 **贈** zèng ㊊ zang⁶ ❶ **送，贈送**。《詩經・鄭風・女曰雞鳴》：“雜佩以～之。”（雜佩：佩戴的各種玉器。）❷ **死後追封爵位**。《三國志・吳書・吳主傳》：“步夫人卒，追～皇后。”（步：姓。卒：死。）**【辨】贈，貽。見611頁“貽”字。**

12 **贊** zàn ㊊ zaan³ ❶ **輔助，輔佐**。《商君書・説民》：“辯慧，亂之～也。”《後漢書・蔡邕傳》：“每集讌，輒令邕鼓琴～事。”㊀ **參與**。《史記・孔子世家》：“至於為《春秋》，筆則筆，削則削，子夏之徒不能～一辭。”（筆：記載。削：刪除。）㊁ **古代輔助行禮的人**。《史記・秦始皇本紀》：“闕廷之禮，吾未嘗敢不從賓～也。”（闕廷：指宮廷。從賓贊：聽從賓贊。賓：也是輔助行禮的人。）❷ **告，告訴**。《尚書・咸有一德》：“伊陟～于巫咸。”《史記・平原君虞卿列傳》：“門下有毛遂者，前，自～於平原君曰……”❸ **稱讚，讚美**。《三國志・魏書・許褚傳》：“下詔褒～。”**這個意義後來又寫作“讚”。**❹ **《漢書》、《後漢書》、《晉書》等紀、傳的結尾部分有“贊”。略等於一個總評。**❺ **文體的一種，一般用於頌揚，多用韻文寫成。如柳宗元有《梁丘據贊》，陳亮有《辛稼軒畫像贊》等。這個意義一般寫作“讚”。**

13 **贍** shàn ㊊ sim⁶ ❶ **富足，充足**。《墨子・節葬下》：“力不足，財不～。”《孟子・公孫丑下》：“非心服也，力不～也。”㊁ **滿足**。《荀子・榮辱》：“然則從人之欲，則勢不能容，物不能～也。”㊀ **充滿**。《鹽鐵論・本議》：“山海不能～溪壑。”❷ **供給，供養**。《鹽鐵論・本議》：“是以先帝建鐵官以～農用。”（是以：因此。鐵官：管理冶鐵的官方機構。）《晉書・羊祜傳》：“皆以～給九族，賞賜軍士。”㊀ **救濟，周濟**。《史記・齊太公世家》：“設輕重魚鹽之利，以～貧窮。”

13 **贏** yíng ㊊ jing⁴/jeng⁴ ❶ **餘利，利潤**。鼂錯《論貴粟疏》：“操其奇～。”（牟取利潤。）㊁ **得餘利**。《左傳・昭公元年》：“賈而欲～，而惡囂乎？”（賈：商人。囂：指市肆的喧囂。）㊀ **盈，餘**。馬王堆帛書《老子甲本・四十五章》：“大巧如拙，大～如炳。”❷ **接待**。《左傳・襄公三十一年》：“而以隸人之垣（yuán ㊊ wun⁴）以～諸侯。”（垣：矮牆。這裏指房舍。）❸ **獲得，得到**。辛棄疾《破陣子・為陳同甫賦壯詞以寄之》：“～得生前身後名。”❹ **背，擔**。《荀子・議兵》：“～三日之糧。”❺ **勝（後起意義）**。白居易《放言》詩之二：“不信君看弈棋者，輸～須待局終頭。”**【注意】“贏”在唐代以前很少用作表“輸贏”的意思。**

14 **贓** zāng ㊊ zong¹ ❶ **通過盜竊或貪污受賄獲得的財物**。《列子・天瑞》：“以～獲罪，沒其先居之財。”（沒：沒收。居：蓄藏。）❷ **貪污受賄的行為**。《三國志・吳書・潘濬傳》：“時沙羨長～穢不脩，濬按殺之。”（沙羨：地名。）**成語有“貪贓枉法”。**

14 **贔** bì ㊊ bei⁶ **巨大、猛壯的樣子**。酈道元《水經注・河水》：“其水尚崩浪萬尋，懸流千丈，渾洪～怒，鼓若山騰。”［**贔屭**（xì ㊊ hei³）］**猛壯有力的樣子**。張衡《西京賦》：“巨靈～～。”

14 **贐** （**賮**）jìn ㊊ zeon² ❶ **贈送的路費或財物**。《孟子・公孫丑下》：“行者必以～。”《梁書・楊公則傳》：“～送一無所取。”❷ **進貢的財物**。顏延之《赭白馬賦》：“或踰遠而納～。”（有的遠道而來交納貢品。踰：跨越。）

15 **贖** shú ㊊ suk⁶ ❶ **（用財物）換回抵押的人或抵押品**。《詩經・秦風・黃鳥》："如可～兮，人百其身。"《左傳·宣公二年》："宋人以兵車百乘，文馬百駟，以～華元于鄭。"（駟：四匹馬。華元：人名。）❷ **（用財物或某種行動）抵償刑罰或過失**。《漢書·張騫傳》："騫後期當斬，～為庶人。"（庶人：老百姓。）曹植《責躬》詩："庶立毫釐，微功自～。"**成語有"立功贖罪"**。

17 **贛** gàn 粵 gam^{3} ❶ gòng 粵 gung^{6} **賜給**。《淮南子·精神》："今～人敖倉，予人河水。"賈誼《新書·匈奴》："出好衣閑，且自為～之。"❷ zhuàng 粵 zong^{3} **通"戇"。愚笨而剛直**。《墨子·非儒下》："以為實在，則～愚甚矣。"❸ **水名，在今江西**。

赤部

0 **赤** chì 粵 cik^{1}/cek^{3} ❶ **紅色**。《周禮·考工記·畫繢》："雜五色，東方謂之青，南方謂之～。"賈思勰《齊民要術·種椒》："色～椒好。"❷ **空，一無所有**。《韓非子·十過》："晉國大旱，～地三年。"**成語有"赤手空拳"**。(引) **殺光，誅滅**。杜甫《壯遊》詩："朱門任傾奪，～族迭罹殃。"❸ **光着，裸露**。杜甫《早秋苦熱》詩："安得～腳踏層冰。"**熟語有"赤膊上陣"**。❹ **忠誠**。李白《與韓荊州書》："推～心於諸賢之腹中。"**成語有"赤膽忠心"**。**【辨】**赤，朱，丹，絳，紅。五個字都表示紅色，按其由深及淺的不同程度排列，應是絳、朱、赤、丹、紅。到後來"紅"和"赤"沒有區別。

4 **赧** nǎn 粵 naan^{5} **慚愧，因慚愧而臉紅**。揚雄《答劉歆書》："今舉者懷～而低眉，任者含聲而冤舌。"［**赧赧然**］［**赧然**］**慚愧臉紅的樣子**。《孟子·滕文公下》："未同而言，觀其色～～然，非由之所知也。"吳質《答東阿王書》："～然汗下。"

4 **赦** shè 粵 se^{3} ❶ **赦免罪犯**。《韓非子·五蠹》："施賞不遷，行誅無～。"（施：施行。遷：變易。）(又) **釋放囚徒**。《左傳·襄公十一年》："庚辰，～鄭囚，皆禮而歸之。"(又) **寬恕，饒恕**。《周易·解》："君子以～過宥罪。"❷ **減免租稅**。《漢書·食貨志》："可時～，勿收農民租。"❸ **捨棄，放棄**。《左傳·宣公十二年》："得國無～。"楊萬里《迓使客夜歸》詩："筆下何知有前輩，醉中未肯～空瓶。"

6 **赩** xì 粵 sik^{1} **大紅色**。左思《蜀都賦》："丹沙～熾出其坂。"

7 **赫** hè 粵 haak^{1} ❶ **火紅色**。《詩經·邶風·簡兮》："～如渥赭（zhě 粵 ze^{2}）。"（渥：濃厚。赭：紅褐色。）❷ **顯著，顯赫**。《荀子·天論》："故日月不高，則光暉不～。"（暉：輝。）李白《古風五十九首》之二十四："路逢鬬雞者，冠蓋何輝～。"（冠蓋：指仕宦的衣帽車蓋。）❸ **發怒、威嚴的樣子**。《詩經·大雅·皇矣》："王～斯怒，爰整其旅。"《晉書·摯虞傳》："皇震其威，～如雷霆。"（雷霆：暴雷。）❹［**赫然**］① **觸目驚心的樣子**。《公羊傳·宣公六年》："趙盾就而視之，則～～死人也。"（就：靠近。）② **聲威盛大的樣子**。《三國志·吳書·呂蒙傳》："陳列～～，兵人練習。"③ **發怒的樣子**。《後漢書·張綱傳》："天子～～震怒。"

7 **䞓** chēng 粵 cing^{1} **同"赬"。淺紅色**。《儀禮·士喪禮》："幎目用緇，方尺二寸，～裏。"（幎目：覆蓋死者面部的巾帕。緇：黑色帛。裏：裏層。）

8 **赭** zhě 粵 ze^{2} ❶ **紅土**。《管子·地數》："上有～者，下有鐵。"(引) **紅褐色**。徐弘祖《徐霞客遊記·滇遊日記》："石色～黃。"❷ **伐去樹木，使山光禿禿**。《史記·秦始皇本紀》："于是始皇大怒，使刑徒三千人皆伐湘山樹，～其山。”

9 **赬** chēng (粵) $cing^1$ **紅色**。《詩經・周南・汝墳》：“魴（fáng (粵) $fong^4$）魚～尾。”（魴：一種淡水魚。）陸游《養疾》詩：“楓林曉漸～。”

走部

0 **走** zǒu (粵) zau^2 ❶ **跑**。《韓非子・五蠹》：“兔～觸株，折頸而死。”(又) **逃跑**。《孟子・梁惠王上》：“棄甲曳兵而～。”(又) **趕跑**。《漢書・高帝紀上》：“羽大破秦軍鉅鹿下，虜王離，～章邯。”（羽：項羽。王離、章邯：人名。鉅鹿：地名。）❷（**舊讀 zòu**）(粵) zau^3 **奔向，趨向**。《史記・蕭相國世家》：“諸將皆爭～金帛財物之府。”（府：倉庫。）《史記・蒙恬列傳》：“始皇三十七年冬，行出遊會稽，並海上，北～琅邪（láng yá (粵) $long^4$ je^4）。”（會稽、琅邪：地名。）❸ **僕人**。司馬遷《報任安書》：“太史公牛馬～司馬遷再拜言。”（牛馬走：像牛馬一樣被驅使的僕人。）(引) **謙稱，我**。張衡《東京賦》：“～雖不敏。”（敏：靈敏，敏銳。）**【辨】行，走。現代的“走”古代稱“行”，現代的“跑”古代稱“走”。**

2 **赴** fù (粵) fu^6 ❶ **奔赴，投入**。《孟子・梁惠王上》：“天下之欲疾其君者，皆欲～愬於王。”《古詩為焦仲卿妻作》：“攬裙脱絲履，舉身～清池。”(特) **指奔赴危險的境地**。《漢書・鼂錯傳》：“～湯火，視死如生。”**成語有“赴湯蹈火”**。❷ **報喪，訃告**。《戰國策・趙策三》：“周烈王崩，諸侯皆弔，齊後往。周怒，～於齊。”**這個意義後來寫作“訃”**。

2 **赳** jiū (粵) gau^2/dau^2 [**赳赳**] **雄壯威武的樣子**。《詩經・周南・兔罝》：“～～武夫，公侯腹心。”《漢書・趙充國傳》：“充國作武，～～桓桓。”（桓桓：威武的樣子。）

3 **起** qǐ (粵) hei^2 ❶ **出發，動身**。《莊子・秋水》：“予蓬蓬然～於北海而入於南海也。”(又) **站起，起來**。《莊子・齊物論》：“曩子坐，今子～。”（曩：過去。子：您。）李白《嘲魯儒》詩：“未行先～塵。”(又) **起牀**。《孟子・盡心上》：“雞鳴而～，孳孳為善者，舜之徒也。”❷ **興起**。《荀子・天論》：“一廢一～。”(又) **發動**。《三國志・蜀書・諸葛亮傳》：“將軍～兵，據有江東。”❸ **起用**。《戰國策・秦策二》：“～樗（chū (粵) syu^1）里子於國。”(又) **出仕，應徵**。劉儗《念奴嬌・長沙趙帥席上作》：“草廬如舊，卧龍知為誰～。”(又) **出身**。《漢書・蕭何曹參傳贊》：“蕭何、曹參，皆～秦刀筆吏。”❹ **出現，產生**。《荀子・天論》：“上明而政平。則是雖並世～，無傷也。”（並世：指同時。）(引) **開始**。《史記・李斯列傳》：“明法度，定律令，皆以始皇～。”❺ **興建，建造**。《後漢書・順帝紀》：“繕～太學。”（繕：修治。）《三國志・吳書・吳主傳》：“詔諸郡縣治城郭，～譙樓。”（譙樓：古城門上的瞭望樓。）❻ **啟發**。《論語・八佾》：“～予者商也！”（商：人名。）

5 **越** yuè (粵) $jyut^6$ ❶ **經過，越過**。《韓非子・定法》：“穰侯～韓魏而東攻齊。”（穰侯：指魏冉。）❷ **超出，超過**。《漢書・宣帝紀》：“～職逾法，以取名譽。”柳宗元《斷刑論下》：“必使為善者不～月逾時而得其賞。”（不越月逾時：不超過月份和季度，指及時。）❸ **遠**。《左傳・襄公十四年》：“聞君不撫社稷而～在他竟。”（撫：安撫。社稷：指國家。）(又) **迂闊，不切實際**。《國語・魯語上》：“～哉！臧孫之為政也。”（臧孫：人名。）❹ **傳播，宣揚**。《國語・晉語八》：“宣其德行……使～于諸侯。”❺ **離，散**。

《淮南子・主術》："精神勞則～。" ❻ **墜落**。《左傳・成公二年》："射其左，～於車下。" ❼ **周代諸侯國，在今浙江一帶**。❽［**百越**］**我國古代對南部和東南部各民族的統稱。也稱"百粵"**。【辨】過，越，踰，超。見651頁"過"字。

5 **趄** jū ㊌ zeoi[1]［趑（zī ㊌ zi[1]）趄］**見本頁"趑"字**。

5 **超** chāo ㊌ ciu[1] ❶ **一躍而上**。《左傳・僖公三十三年》："秦師過周北門，左右免胄而下，～乘者三百乘。"（有三百輛車子的士兵都是一躍而上。超乘：跳躍上車。後來指勇士、武士。）㊇ **跳過**。《墨子・兼愛下》："猶挈（qiè ㊌ kit[3]）泰山以～江河也。"（挈：用手提。）㊀ **超出，勝過**。韓非子《五蠹》："～五帝、侔三王者，必此法也。" 魏徵《十漸不克終疏》："聽言則遠～於上聖。" ❷ **遙遠**。屈原《九歌・國殤》："平原忽兮路～遠。"（忽：空曠遼闊的樣子。）【辨】過，越，踰，超。見651頁"過"字。

6 **趍** qū ㊌ ceoi[1] **同"趨"。跑，快走**。《淮南子・兵略》："獵者逐禽，車馳人～。"《淮南子・脩務》："自魯～而十日十夜。足重繭而不休。" ㊇ **奔向，奔赴**。《淮南子・脩務》："今夫救火者，汲水而～之。"

6 **趑**（趦）zī ㊌ zi[1]［**趑趄**（jū ㊌ zeoi[1]）］① **行不進的樣子**。張載《劍閣銘》："一人荷戟，萬夫～～。" ㊀ **徘徊**。柳宗元《答韋珩示韓愈相推以文墨事書》："而僕稚騃，卒無所為，但～～文墨筆硯淺事。" ② **恣睢，放縱暴戾**。《魏書・樂志》："劉石以一時奸雄，跋扈魏趙；苻姚以部帥強豪，～～關輔。"

7 **趙** zhào ㊌ ziu[6] **戰國七雄之一。原是晉國的一部分。在今山西北部、河北西部和南部一帶。參272頁"晉"字**。

8 **趣** qù ㊌ ceoi[3] ❶ qū ㊌ ceoi[1] **跑，快步走**。《列子・湯問》："～走往還，無跌失也。" ㊇ **趨向，奔赴**。《呂氏春秋・為欲》："犯白刃，冒流矢，～水火，不敢卻也。"《史記・孫子吳起列傳》："兵法，百里而～利者蹶上將。"（蹶：挫敗。）［**趣舍**］**進取或退止**。《莊子・秋水》："吾辭受～～，吾終奈何？"（辭：拒絕。受：接受。）❷ **意旨，志向**。《史記・李斯列傳》："非主以為名，異～以為高。" 嵇康《琴賦序》："覽其旨～，亦未達禮樂之情也。" ㊀ **韻味，樂趣**。《晉書・王獻之傳》："獻之骨力遠不及父，而頗有媚～。" 杜甫《送高司直尋封閬州》詩："荒山甚無～。"（甚：很。）❸ cù ㊌ cuk[1] **通"促"。催促**。《禮記・月令》："乃～獄刑，毋留有罪。"《史記・陳涉世家》："～趙兵亟入關。"（亟：趕快。）㊇ **促使，促成**。《墨子・非儒下》："知人不忠，～之為亂。" ㊇ **趕快，急促**。《史記・絳侯周勃世家》："～為我語。"

8 **趠** chuō ㊌ coek[3] ❶ **遠**。《晉書・曹毗傳》："游不踐綽約之室，～不希騄駬之蹤。"（綽約：柔美的樣子。騄駬：良馬名。）❷ **通"踔"。跳躍，騰躍**。左思《吳都賦》："狖（yòu ㊌ jau[6]）鼯猓然，騰～飛超。"（狖：一種似狸的獸。鼯：飛鼠。猓然：一種似猴的獸。）❸ zhuō **通"卓"。特出，高超**。許有壬《文丞相傳序》："丞相文公，少年～厲，有經濟之志。"

10 **趨** qū ㊌ ceoi[1] ❶ **跑，快走**。《公羊傳・桓公二年》："～而救之，皆死焉。"《論語・微子》："孔子下，欲與之言，～而辟之，不得與之言。"（辟：避。）㊇ **小步快走。表示恭敬**。《戰國策・趙策四》："入而徐～，至而自謝。"《史記・蕭相國世家》："賜帶劍履上殿，入朝不～。" ❷ **趨向，奔向**。賈誼《論積貯疏》："今背本而～末，食者甚眾，是天下之大殘也。”（殘：害。）《孫子兵法・虛實》：“水之形避高而～下。”［**趨舍**］**進取或退止**。《韓非子・解老》：“人無愚智，莫不有～～。”這個意義又寫作“趣舍”。[引] **歸向，依附**。《墨子・非命上》：“聞文王者，皆起而～之。”韓愈《庭楸》詩：“權門眾所～，有客動百千。”❸ **追逐，追求**。《管子・宙合》：“為臣者不忠而邪，以～爵祿。”[引] **遵循，遵行**。王安石《上仁宗皇帝言事書》：“變更天下之弊法，以～先王之意。”❹ qù [粵] ceoi^{3} **志趣，旨意**。劉向《説苑・君道》：“務在博愛，～在任賢。”❺ cù [粵] cuk^{1} **通“促”。催促**。《周禮・地官・縣正》：“～其稼事而賞罰之。”⊗ **趕快**。《漢書・高帝紀上》：“若不～降漢，今為虜矣。”⊗ **急促，短促**。《禮記・樂記》：“衛音～數煩志。”《莊子・外物》：“有人於彼，脩上而～下。”

12 **趬** qiāo [粵] hiu^{1} **舉步輕捷的樣子**。《後漢書・馬融傳》：“或輕訬～悍。”

12 **趫** qiáo [粵] kiu^{4} ❶ **行動敏捷，善於爬高**。張衡《西京賦》：“非都盧之輕～，孰能超而究升？”⊗ **矯健**。顏延之《赭白馬賦》：“豈不以國尚威容，軍駅～迅而已。”[引] **雄壯**。《呂氏春秋・悔過》：“襲國邑，以車不過百里，以人不過三十里，皆以其氣之～與力之盛至。”❷ **翹腳，抬腳**。凌濛初《二刻拍案驚奇》：“～着腳兒把管簫吹一曲。”

12 **趭** jiào [粵] ziu^{3} **奔跑**。《漢書・司馬相如列傳下》：“蔑蒙踊躍，騰而狂～。”（蔑蒙：飛揚。）

14 **趯** tì [粵] tik^{1} ❶ **跳**。梅堯臣《觀居寧畫草蟲》詩：“躍者～其股，顧者注其目。”［**趯趯**］**跳躍的樣子**。《詩經・召南・草蟲》：“～～阜螽。”❷ **踢**。段成式《酉陽雜俎》卷五“詭習”：“常於福感寺～鞠。”❸ yuè [粵] joek^{3}/joek^{6} **通“躍”。躍過**。《後漢書・班固傳》：“北動幽崖，南～朱垠。”

足部

0 **足** zú [粵] zuk^{1} ❶ **腳**。《韓非子・外儲説左上》：“手～胼（pián [粵] pin^{4}）胝（zhī [粵] zi^{1}），面目黧（lí [粵] lai^{4}）黑，勞有功者也。”（胼胝：厚繭。黧：黑色。）[引] **器物的腳**。《三國志・蜀書・諸葛亮傳》：“如此則荊、吳之勢強，鼎～之形成矣。”❷ **足夠，充足**。《老子・七十七章》：“損有餘而補不～。”曹操《置屯田令》：“夫定國之術，在於強兵～食。”⊗ **補足**。《列子・楊朱》：“以晝～夜。”❸ **夠得上，值得**。《荀子・勸學》：“百發失一，不～謂善射。”陶潛《桃花源記》：“不～為外人道也。”

4 **趼** jiǎn [粵] gin^{2}/gaan^{2} **手、腳上因摩擦而生的硬皮**。《莊子・天道》：“百舍重～而不敢息。”（舍：三十里。）

4 **趺** fū [粵] fu^{1} ❶ **花托**。束皙《補亡詩》六首之二：“白華絳～，在陵之陬（zōu [粵] zau^{1}）。”（陬：角落。）**也寫作“柎”或“跗”**。❷ **石碑、雕刻佛像的底座**。《隋書・禮儀志三》：“三品以上立碑，螭首龜～。”❸ **通“跗”。腳背**。《北史・藝術傳下・馬嗣明》：“嗣明為灸兩足～上各三七壯，便愈。”（壯：指中藥艾灸，一灼為一壯。）[泛] **指腳**。蘇軾《菩薩蠻・詠足》：“偷穿宮樣穩，並立雙～困。”[引] **腳印**。《宋史・張九成傳》：“在南安十四年，每執書就明，倚立庭磚，歲久，雙～隱然。”［**跏**（jiā [粵] gaa^{1}）**趺**］**見 623 頁“跏”字**。❹ fǔ [粵] fu^{2} **通“俯”。趴伏**。楊泉《蠶賦》：“仰似龍騰，伏似虎～。”

4 **跂** qí [粵] kei^{4} ❶ **多生出的腳趾**。《莊子・駢拇》：“故合者不為駢（pián [粵] pin^{4}），而枝者不為～。”（駢：指腳的

大拇指與二指連在一起。枝：通"支"。分支。）❷［跂行］**通"蚑行"。蟲類爬行或動物行走**。《史記・匈奴列傳》："～～喙（huì (粵) fui3）息蠕動之類。"（喙息：用嘴呼吸。）❸ qǐ (粵) kei5 **踮起腳後跟**。《荀子・勸學》："吾嘗～而望矣，不如登高之博見也。"

4 **趾** zhǐ (粵) zi2 ❶ **腳**。《左傳・桓公十三年》："舉～高，心不固矣。"徐弘祖《徐霞客遊記・滇遊日記》："行者俱不敢停～。"**成語有"趾高氣揚"**。(反) **腳趾**。李時珍《本草綱目・土部》卷七："足大～中～甲側。"❷ **蹤跡，行動所留下的痕跡**。王勃《觀佛迹寺》詩："松崖聖～餘。"（餘：遺留。）❸ **通"址"。地基**。左思《魏都賦》："亭亭峻～。"（亭亭：高大。）(反) **山腳**。阮籍《詠懷》之三："去上西山～。"

4 **趻** chěn (粵) cam2 ［**趻踔**（chuō (粵) coek3）］**跳着走**。《莊子・秋水》："吾以一足～～而行，予無如矣。"（予無如：不如我。）

4 **趹** jué (粵) kyut3 ❶ **馬奔跑時用力蹬後蹄**。《戰國策・韓策一》："秦馬之良，戎兵之眾，探前～後，蹄間三尋者，不可稱數也。"(引) **疾行**。《淮南子・脩務》："淬霜露，敕蹻～，跋涉山川。"❷ guì **馬用後蹄踢**。《淮南子・兵略》："有角者觸，有齒者噬，有毒者螫，有蹏者～。"（蹏：蹄。）

5 **距** jù (粵) keoi5 ❶ **雞爪**。《左傳・昭公二十五年》："季、郈（hòu (粵) hau6）之雞鬭，季氏介其雞，郈氏為之金～。"（季、郈：季平子、郈昭伯，人名。介：鎧甲。金：金屬。）(特) **公雞腳爪後面突出像腳趾的部分**。《後漢書・五行志》："未央宮雌雞化為雄，不鳴無～。"❷ **到**。《史記・蘇秦列傳》："不至四、五日而～國都矣。"❸ **距離**。《國語・周語上》："～今九日。"賈思勰《齊民要術・園籬》："至明年春，剶去橫枝，剶必留～。"❹ **通"拒"。抗拒，抵禦**。《戰國策・齊策六》："今公又以弊聊之民，～全齊之兵。"《史記・高祖本紀》："與項羽相～歲餘。"（歲餘：一年多。）(反) **拒絕**。《論衡・問孔》："～或人之諫也。"（或人：有的人。）❺ (粵) geoi6 **通"巨"。大**。《管子・國蓄》："前有千乘之國，而後有萬乘之國，謂之～國。"（乘：一車四馬。）

5 **跖** zhí (粵) zek3 ❶ **腳掌**。《呂氏春秋・用眾》："善學者若齊王之食雞也，必食其～數千而後足。"（足：滿足。）❷ **踩，踏**。張協《七命》："上無淩虛之巢，下無～實之蹊。"（蹊：路。）❸ **人名。傳說是春秋時奴隸起義的領袖。上述❶❷❸都可以寫作"蹠"**。

5 **跋** bá (粵) bat6 ❶ **踏草而行或翻山越嶺**。《左傳・襄公二十八年》："～涉山川。"**成語有"跋山涉水"**。(引) **踩，踐踏**。《詩經・豳風・狼跋》："狼～其胡。"（胡：野獸脖子下的垂肉。）❷ **文體的一種，寫在書籍或文章的後面，多用來評價內容或說明寫作經過**。沈括《夢溪筆談》卷五："後人題～多盈巨軸矣。"（題：題寫在書籍、文章或書畫前面的文字。巨軸：指大卷的著作。）❸［跋扈］**蠻橫霸道**。《後漢書・梁冀傳》："帝少而聰慧，知冀驕橫，嘗朝羣臣，目冀曰：'此～～將軍也。'"《北史・齊神武帝紀》："景專制河南十四年矣，常有飛揚～～志。"（景：侯景，人名。）**成語有"飛揚跋扈"**。

5 **跕** dié (粵) dip6 ❶ **墜落**。元稹《和樂天送客遊嶺南二十韻》："鳶～方知瘴，蛇蘇不待春。"［跕跕］**墜落的樣子**。《後漢書・馬援傳》："仰視飛鳶～～墮水中。"❷ tiē (粵) tip3 **拖着鞋走路**。《史記・貨殖列傳》："女子則鼓鳴瑟，～屣（xǐ (粵) saai2），遊媚貴富。"（屣：鞋。）❸ tiē (粵) tip3 **貼近**。宋之問《為韋特進已下祭汝南王文》："鳶忌南而～水，雁愛北而隨車。"

5 **跌** diē 粵 dit3 ❶ **失足跌倒，摔倒**。陸賈《新語・輔政》："以趙高、李斯為杖，故有傾仆～傷之禍。"《後漢書・黃瓊傳》："任力危而不～。" 喻 **挫折**。《漢書・鼂錯傳》："～而不振。"（振：奮起。）❷ **差誤**。《荀子・王霸》："此夫過舉跬（kuǐ 粵 kwai2）步而覺～千里者夫。"（走錯半步就會差誤千里。跬：半步。覺跌：差誤。覺，差也。）張衡《思玄賦》："遵繩墨而不～。" ❸ **腳掌**。傅毅《舞賦》："跗（fū 粵 fu1）蹋摩～。"（跗：腳背。蹋：踏。摩：摩擦。）❹ **［跌宕］放縱不拘**。《三國志・蜀書・簡雍傳》："性簡傲～～。" **又寫作"跌踢"、"跌蕩"。【辨】偃，僵，仆，跌，斃，踣。見 33 頁"偃"字。**

5 **跗** fū 粵 fu1 ❶ **腳背**。《莊子・秋水》："赴水則接腋持頤，蹶泥則沒足滅～。" 泛 **腳**。劉祁《歸潛志》卷十二："有蛇四～。" 引 **器物的底托**。《後漢書・祭祀志上》："距石下皆有石～，入地四尺。" ❷ **花托**。《管子・地員》："其種雁膳黑實，朱～黃實。"（雁膳：菰米。）

5 **跅** tuò 粵 tok3 **［跅弛］放蕩，無拘束**。《漢書・武帝紀》："夫泛駕之馬，～～之士，亦在御之而已。"（泛駕：顛覆車子。）陳亮《戊申再上孝宗皇帝書》："才者以～～而棄，不才者以平穩而用。"

5 **跈** tiǎn 粵 nin2 **踐踏**。《莊子・外物》："哽而不止則～，～則眾害生。"

5 **跚** shān 粵 saan1 **［蹣（pán 粵 pun4）跚］見 629 頁"蹣"字。**

5 **跑** páo 粵 paau4 ❶ **獸用腳刨地**。葛洪《西京雜記》卷四："馬鳴跼不肯前，以足～地久之。" 韋應物《調笑令・胡馬》："胡馬，胡馬，遠放燕支山下。～沙～雪獨嘶，東望西望路迷。" 泛 **刨地**。王子一《誤入桃源》第三折："往時節將嫩苗～土栽。" ❷ pǎo 粵 paau2 **奔跑（後起意義）**。《陳州糶米》雜劇："揀着好東西揣着就～。"

5 **跎** tuó 粵 to4 **［蹉（cuō 粵 co1）跎］見 628 頁"蹉"字。**

5 **跏** jiā 粵 gaa1 **［跏趺（fū 粵 fu1）］佛教徒的一種坐法，即雙足交叉盤腿而坐。**白居易《在家出家》詩："中宵入定～～坐，女喚妻呼多不應。"

5 **跛** bǒ 粵 bo2/bai1 ❶ **瘸了一條腿**。《周易・履》："～能履，不足以與行也。"《荀子・脩身》："故蹞（kuǐ 粵 kwai2）步而不休，～鱉千里；累土而不輟，丘山崇成。"（蹞步：古半步，即今一步。跛鱉千里：瘸了一條腿的鱉也能走千里之遠，比喻條件雖差只要努力不懈也能取得成就。）❷ bì 粵 bei3 **一隻腳站着**。《禮記・曲禮上》："遊毋倨，立毋～。" **［跛倚］站立不正**。《禮記・禮器》："有司～～以臨祭，其為不敬大矣。" 引 **偏向**。王安石《上田正言書》之一："介然立朝，無所～～。"

6 **跫** qióng 粵 kung4 **［跫然］腳步聲**。《莊子・徐無鬼》："夫逃虛空者……聞人足音～～而喜矣。" **［跫音］腳步聲**。范成大《留游子明》詩："得得～～喜，怱怱笑口開。"

6 **跬** **（趌、蹞）** kuǐ 粵 kwai2 **古代的半步**。《荀子・勸學》："不積～步，無以至千里。"（積：積累。）賈誼《新書・審微》："故墨子見衢路而哭之悲，一～而繆千里也。"（繆：通"謬"。錯誤。）**【注意】現在的兩步古代稱"步"，現在的一步古代稱"跬"。** 喻 **眼前的，一時的**。《莊子・駢拇》："敝～譽無用之言。"（為眼前的名譽和無用的言論而奔波。敝：疲，勞累。）

6 **跣** xiǎn 粵 sin2 **赤腳**。《左傳・襄公三年》："公～而出。"《韓非子・說林上》："越人～行。"

6 **跲** jiá ㊕ gaap[3] **絆倒**。《呂氏春秋・不廣》：“鼠前而兔後，趨則～，走則顛。”

6 **跳** tiào ㊕ tiu[3]/tiu[4] ❶ **跳躍**。《列子・湯問》：“～往助之。”㊀ **走路瘸跛**。《荀子・非相》：“禹～湯偏。”❷ **跳越，跨越**。《晉書・劉牢之傳》：“牢之策馬～五丈澗，得脱。”❸ táo ㊕ tou[4] **通“逃”**。**逃跑**。《史記・高祖本紀》：“遂圍成皋，漢王～。”❹ [**跳梁**] **通“跳踉”**。① **蹦跳**。《莊子・逍遙遊》：“東西～～，不辟高下。”② **橫行，跋扈**。《漢書・蕭望之傳》：“今羌虜一隅小夷，～～於山谷間。”

6 **跪** guì ㊕ gwai[6] ❶ **跪着。古人席地而坐，坐時兩膝着地，以臀部放在腳跟上。跪時則伸直腰股**。《禮記・曲禮上》：“主人～正席。”[**長跪**] **挺直上身而跪，以示莊重恭敬**。《史記・留侯世家》：“因～～履之。”（履之：給他穿上鞋。）❷ **跪拜**。《漢書・賈誼傳》：“～而自裁。”（自裁：自殺。）❸ **腳**。《韓非子・內儲説下》：“門者刖（yuè ㊕ jyut[6]）～。”（門者：看門的人。刖：古代砍掉腳的刑罰。）《荀子・勸學》：“蟹六～而二螯。”（螯：螃蟹等節肢動物的第一對腳。）【**辨**】**跪，坐**。在古代，跪、坐都是兩膝着地。抬起臀部，保持要拜伏的姿勢叫“跪”；臀部放在腳後跟上叫“坐”。

6 **路** lù ㊕ lou[6] ❶ **道路**。屈原《九歌・國殤》：“平原忽兮～超遠。”（忽：遼闊渺茫。超遠：遙遠。）㊀ **思想或行動的途徑**。屈原《九章・惜誦》：“願陳志而無～。”沈約《瑞石像銘》：“心～照通。”諸葛亮《出師表》：“以塞忠諫之～也。”（塞：堵塞。諫：直言批評君主。）❷ **大**。《史記・孝武本紀》：“～弓乘矢，集獲壇下。”❸ **車**。《左傳・宣公十二年》：“篳（bì ㊕ bat[1]）～藍縷，以啟山林。”（篳路：荊條編成的柴車。藍縷：形容衣服破爛。啟：開發。）❹ **宋、元時行政區域名。宋代的“路”相當於現代的“省”，元代的“路”相當於現代的“地區”**。

6 **跰** pián ㊕ pin[4] ❶ [**跰躚**（xiān ㊕ sin[1]）] **腳步不穩的樣子**。《莊子・大宗師》：“其心閒而無事，～～而鑑於井。”❷ [**跰躚**（xiān ㊕ sin[1]）] **同“蹁躚”。形容旋轉的舞姿**。陸游《除夜》詩：“椒酒辟瘟傾瀲灩，藍袍俘鬼舞～～。”

7 **踉** liàng ㊕ loeng[6] ❶ **行走跌跌撞撞的樣子**。《莊子・徐無鬼》：“夫逃虛空者……～位其空。”[**踉蹡**] **腳步歪斜的樣子**。潘岳《射雉賦》：“褰微罟以長眺，已～～而徐來。”❷ liáng ㊕ loeng[4] [**跳踉**] **跳躍的樣子**。《晉書・諸葛長民傳》：“眠中驚起，～～，如與人相打。”

7 **跼** jú ㊕ guk[6] ❶ **曲身**。《後漢書・仲長統傳》：“當君子困賤之時，～高天，蹐厚地，猶恐有鎮厭之禍也。”（蹐：小步走路。）❷ [**跼蹙**] **同“局促”。拘束，窘迫**。賀鑄《答杜仲觀登叢臺見寄》詩：“老步失騰驤，短轅甘～～。”❸ [**跼躅**（zhú ㊕ zuk[6]）] **徘徊不前**。《史記・淮陰侯列傳》：“騏驥之～～，不如駑馬之安步。”

7 **跽** （䠜）jì ㊕ gei[6] **長跪，挺直上身兩膝着地**。《戰國策・秦策三》：“秦王～曰：先生是何言也。”《史記・項羽本紀》：“項王按劍而～，曰：‘客何為者？’”

7 **踊** （踴）yǒng ㊕ jung[2]/jung[5] ❶ **跳躍**。《左傳・哀公八年》：“私屬徒七百人，三～於幕庭。”曹植《洛神賦》：“鯨鯢～而夾轂，水禽翔而為衞。”[**踊躍**] ① **向上和向前跳躍**。《詩經・邶風・擊鼓》：“擊鼓其鏜，～～用兵。”② **欣喜而躍躍欲試**。《莊子・大宗師》：“金～～曰：‘我且必為鏌鋣！’”（鏌鋣：劍名。）❷ **登上**。《公羊傳・成公二年》：“～于棓而闚客。”（棓：踏板。）❸ **物價上漲**。《後漢書・曹褒傳》：“時春夏大旱，糧穀～

貴。” ❹ **古代受過刖刑的人所穿的鞋子**。《韓非子・難二》：“～貴而屨賤。”

7 **踆** cún 粵 cyun4 ❶ **用腳踢**。《公羊傳・宣公六年》：“祁彌明逆而～之。”（祁彌明：人名。逆：迎着。）❷ zūn **蹲，兩腿彎曲如坐，但臀不着地**。《莊子・外物》：“紀他聞之，帥弟子而～於窾（kuǎn 粵 fun2）水。”（紀他：人名。窾水：古水名。）❸ qūn 粵 seon1 **退，退去**。張衡《東京賦》：“千品萬官，已事而～。”

8 **踛** lù 粵 luk6 **跳躍**。郭璞《江賦》：“夔㸷（hǒu 粵 hau2）翹～於夕陽，鴛雛弄翮（hé 粵 hat6）乎山東。”（夔㸷：一種牛。）

8 **踖** jí 粵 zik1 **跨越**。《禮記・曲禮上》：“毋～席。”［**踧**（cù 粵 cuk1）**踖**］**見本頁“踧”字**。

8 **踦** qī 粵 kei1 ❶ **一隻腳**。《管子・侈靡》：“其獄，一～腓，一～屨（jù 粵 geoi3）而當死。”（砍去犯人一隻腳，讓他一隻腳穿鞋，可以抵死罪。腓：砍腳的刑罰。）㉄ **瘸子，腿腳有毛病的**。焦延壽《易林・歸妹之睽》：“兔跛鹿～，緣山墜墮。”［**踦跂**（qí 粵 kei4）］**瘸子，腿腳有毛病的**。《國語・魯語下》：“～～畢行，無有處人。”（處人：指留着不走的人。）❷ **虧缺，不足**。《元史・忠義傳》：“量之～贏，出於元降。”❸ **偏，偏重**。《韓非子・八經》：“大臣兩重，提衡而不～。”（提衡：指平衡。）❹ jī 粵 gei1 **單隻，單數**。賈誼《新書・諭誡》：“楚國雖貧，豈愛一～屨哉？”**雙音詞有“踦偶”**。⊗ **數奇**（jī 粵 gei1），**運氣不好**。蘇舜欽《哀穆先生文》：“然由賦數～隻，常罹兵賊惡少輩所辱困。”❺ yǐ 粵 ji2 **用力頂住**。《莊子・養生主》：“足之所履，膝之所～。”⊗ **依靠，依據**。《公羊傳・成公二年》：“二大夫出，相與～閭而語。”《大戴禮記・子張問入官》：“失言勿～。”

8 **踐** jiàn 粵 cin5 ❶ **踩，踐踏**。《詩經・大雅・行葦》：“敦彼行葦，牛羊勿～履。”賈思勰《齊民要術・收種》：“以馬～過為種。”（種：種子。）㉄ **踏上，登上**。《呂氏春秋・離俗》：“無道之世，不～其土。”（土：國土。）❷ **履行，實踐**。《左傳・僖公十二年》：“往～乃職，無逆朕命。”**又如“踐言”、“踐約”**。❸ 粵 zin2 **通“翦”。消滅，滅掉**。《尚書・蔡仲之命》：“成王既～奄，將遷其君于蒲姑。”（奄：國名。蒲姑：地名。）【**辨**】**履，踐，蹈，躡。見 631 頁“躡”字**。

8 **踧** cù 粵 cuk1 ❶［**踧踖**（jí 粵 zik1）］**恭敬不安的樣子**。《論語・鄉黨》：“復其位，～～如也。”《後漢書・東平憲王蒼傳》：“每會見，～～無所措置。”❷ **通“蹙”。緊迫，窘迫**。《三國志・魏書・鍾會傳》：“壹等窮～歸命。”（孫壹等人窮困窘迫，歸順了魏國。）❸ **通“蹙”。緊縮，皺**。《後漢書・五行志》：“～眉啼泣。”❹ **通“蹴”。踩踏，踢**。《後漢書・陳蕃傳》：“遂執蕃送黃門北寺獄，黃門從官騶蹋～蕃。”（騶：騎士。）❺ dí 粵 dik6［**踧踧**］**平坦的樣子**。《詩經・小雅・小弁》：“～～周道，鞫為茂草。”（鞫：盡。）

8 **踔** chuō 粵 coek3 ❶ **跳，騰躍**。《後漢書・馬融傳》：“～攳（xún 粵 cam4）枝，杪標端。”（攳：長枝條。）韓愈《陸渾山火和皇甫湜用其韻》：“天跳地～顛乾坤。”㉄ **超越**。《後漢書・蔡邕傳》：“～宇宙而遺俗兮，眇翩翩而獨征。”（征：遠行。）［**踔絕**］**超越尋常**。《漢書・孔光傳》：“尚書以久次轉遷，非有～～之能，不相踰越。”❷［**踸**（chěn 粵 cam2）**踔**］**見 622 頁“踸”字**。❸ zhuō 粵 coek3/zoek3 **遠**。《史記・貨殖列傳》：“地～遠，人民希。”

8 **踝** huái [粵] waa5 ❶ **踝骨及踝關節**。楊衒之《洛陽伽藍記・城西》："唯融與陳留侯李崇負絹過任，蹶倒傷～。" ❷ **腳跟**。《禮記・深衣》："負繩及～以應直。"（負繩：指衣和裳的背縫。）

8 **踏**（蹋、躢、蹹）tà [粵] daap6 ❶ **踩，踐踏**。賈思勰《齊民要術・種葵》："足～使堅平。" [引] **歌舞時用腳踏地打拍子**。駱賓王《疇昔篇》："共～《春江曲》，俱唱《采菱歌》。" [又] **蹋**。《漢書・戾太子劉據傳》："山陽男子張富昌為卒，足～開戶。" ❷ **遊覽風景**。韓愈《送李六協律歸荊南》詩："莫忘～芳菲。" **雙音詞有"踏青"**。❸ **親臨現場調查**。《元史・刑法志一》："諸郡縣災傷，過時不申，或申不以實，及按治官不以時檢～，皆罪之。"（申：上報。按治官：考查實情的官吏。以時：按時。罪之：給他們加罪。）**雙音詞有"踏看"、"踏勘"**。

8 **踟** chí [粵] ci4 [**踟躕**] ① **徘徊，猶豫**。《詩經・邶風・靜女》："愛而不見，搔首～～。" 曹植《洛神賦》："步～～於山隅。"（隅：邊。）**這個意義又寫作"踟躇"、"躑躅"**。② **相連的樣子**。王延壽《魯靈光殿賦》："西廂～～以閑宴。"（西廂與閣旁小室相連，而且很清靜。宴：安靜。）

8 **踣** bó [粵] baak6 ❶ **仆倒，跌倒**。《左傳・襄公十四年》："譬如捕鹿，晉人角（jué [粵] gok3）之，諸戎掎（jǐ [粵] gei2）之，與晉～之。"（角：比試較量。掎：抓住，拖住。）[引] **顛覆，毀壞**。《左傳・襄公十一年》："～其國家。"《呂氏春秋・行論》："將欲～之，必高舉之。" ❷ **倒斃，死亡**。《國語・魯語上》："（夏）桀奔南巢，（商）紂～于京。"（南巢：地名。京：京都。）[又] **殺人後陳屍**。《周禮・秋官・掌戮》："凡殺人者～諸市，肆之三日。"

【**辨**】偃，僵，仆，跌，斃，踣。見 33 頁"偃"字。

8 **踥** qiè [粵] cip3 [**踥蹀**（dié [粵] dip6）] **小步快走的樣子。用於形容奔走鑽營的樣子**。屈原《九章・哀郢》："眾～～而日進兮，美超遠而踰邁。"

8 **踞** jù [粵] geoi3 ❶ **蹲坐**。《史記・高祖本紀》："不宜～見長者。"（宜：應該。）[**箕踞**] **坐時隨意伸開兩腿，像個簸箕，是一種不拘禮節的坐法**。《戰國策・燕策三》："軻自知事不就，倚柱而笑，～～以罵。"《世說新語・簡傲》："唯阮籍在坐，～～嘯歌，酣放自若。" **又寫作"箕倨"、"踑踞"**。❷ **倚靠**。《史記・留侯世家》："漢王下馬，～鞍而問曰。" ❸ **通"倨"。驕傲，傲慢**。《漢書・蕭望之傳》："至不奉法自修，～慢不遜攘……請逮捕繫治。"（攘：謙讓。）《抱朴子・行品》："捐貧賤之故舊，輕人士而～傲者，驕人也。"（故舊：老朋友。輕：輕視。）

9 **踳** chuǎn [粵] cyun2 **同"舛"。乖違，相背**。《淮南子・泰族》："趨行～馳不歸善者，不為君子。"（趨：快走。踳馳：相背而奔馳。）

9 **蹀** dié [粵] dip6 ❶ **踏，踩，頓**。《淮南子・俶真》："足～陽阿之舞。"（陽阿：古代名倡。）《列子・黃帝》："康王～足。" ❷ **騎乘**。張說《溫泉馮劉二監客舍觀妓》詩："佳人～駿馬，乘月夜相過。" [又] **奔跑**。謝莊《從駕頓上》詩："冀馬依風～，邊簫當夜聞。" ❸ [**蹀蹀**] **小步行走的樣子**。范成大《三月十五日華容湖尾看月出》詩："～～恐顛墜。"（顛墜：掉下來。）[引] **物體緩慢飄落的樣子**。鮑照《過銅山掘黃精》詩："～～寒葉離，灇灇秋水積。" ❹ [**蹀躞**（xiè [粵] sip3）] ① **小步行走**。溫庭筠《春洲曲》："紫騮（liú [粵] lau4）～～金銜嘶。"（紫騮：紫色的馬。）② **衣帶飾物**。司馬光《涑水記聞》卷九："衣緋，佩～～。"

9 **踶** dì (粵) dai6 ❶ **踢**。《莊子・馬蹄》："怒則分背相～。" ⊗ **踩踏**。陸龜蒙《采藥賦》："鶯～枝而易落。" ❷ chí (粵) ci4 **通"馳"。快跑**。《漢書・武帝紀》："馬或奔～而致千里。" ❸ zhì (粵) ci2 [**踶跂** (qǐ (粵) kei5)] **勉力行走的樣子**。《莊子・馬蹄》："～～為義，而天下始疑矣。"

9 **踹** duàn (粵) dyun3 ❶ **頓足，跳腳**。《淮南子・人間》："追者至，～足而怒。" ❷ chuǎn (粵) syun5 **脛腸，小腿肚**。《靈樞經・經脈》："脾足太陰之脈……上內踝前廉，上～內。"【注意】"踹"在宋元以前沒有"踢"、"踩"義，也不讀 chuài (粵) caai2。

9 **踵** zhǒng (粵) zung2 ❶ **腳後跟**。屈原《離騷》："忽奔走以先後兮，及前王之～武。"（武：足跡。踵武：這裏是比喻用法。）《晏子春秋・內篇雜下》："比肩繼～而在，何為無人？"（比肩：肩膀並着肩膀。）❷ **到，走到**。《莊子・達生》："～門而詫子扁慶子。"（詫：告訴。子：尊稱。扁慶子：人名。）❸ **跟隨**。《漢書・武帝紀》："各將五萬騎。步兵～軍後數十萬人。"（將：率領。）❹ **繼承，沿襲**。《漢書・刑法志》："～秦而置材官於郡國。"（材官：武官。）

9 **踽** jǔ (粵) geoi2 ❶ [**踽踽**] **獨自走路孤零零的樣子**。《詩經・唐風・杕杜》："獨行～～，豈無他人，不如我同父。"（同父：指兄弟。）《孟子・盡心下》："古之人，行何為～～涼涼？"（涼涼：寂寞的樣子。）❷ [**踽僂** (lǚ (粵) leoi5)] **彎腰曲背的樣子**。宋玉《登徒子好色賦》："其妻蓬頭攣耳，齞 (yǎn (粵) jin6) 脣歷齒，旁行～～。"（攣耳：耳朵捲曲。齞脣：豁嘴脣。歷齒：門牙稀疏。）

9 **踰** yú (粵) jyu4 ❶ **越過，超越**。《韓非子・五蠹》："故十仞之城，樓季弗能～者，峭也。"（仞：古代長度單位。七尺或八尺為一仞。樓季：古代善於登高跳躍的人。）《世說新語・惑溺》："而牆高非人所～。" ❷ yáo (粵) jiu4 **通"遙"。遠遠地**。《後漢書・馮衍傳》："陟隴山以～望兮，眇然覽於八荒。"【辨】過，越，踰，超。見651頁"過"字。

9 **蹄** (蹏) tí (粵) tai4 ❶ **馬、牛、羊、豬等動物的腳**。《莊子・馬蹄》："馬，～可以踐霜雪。" ⊗ **計算動物數量的詞。四蹄為一隻**。《史記・貨殖列傳》："故曰陸地牧馬二百～。" ❷ **捕兔的器具**。《莊子・外物》："～者所以在兔，得兔而忘～。" ❸ **跑，奔馳**。魏源《棧道雜詩》之六："瞬息～百里。" ❹ (舊讀 dì) **踢，踏**。柳宗元《三戒・黔之驢》："驢不勝怒，～之。" 酈道元《水經注・沔水下》："楊泉《五湖賦》曰：'頭首無錫，足～松江。'"

9 **蹁** pián (粵) pin4 ❶ **腳歪斜**。賈誼《新書・容經》："若夫立而跛，坐而～，體怠懈……皆禁也。" ❷ [**蹁躚** (xiān (粵) sin1)] **形容旋轉的舞姿**。張衡《南都賦》："翹遙遷延，蹴躃～～。"

9 **蹂** róu (粵) jau4 ❶ **踐踏**。《史記・項羽本紀》："餘騎相～踐爭項王。" [**蹂躪** (lìn (粵) leon6)] ① **踐踏**。《漢書・王商傳》："大水至，百姓奔走相～～。" ② **比喻用暴力欺壓、侮辱、侵害他人**。唐順之《答廖東雩提學》："連年虜騎入太原，～～之慘，二百年來晉人所未見。" ❷ **侵襲**。《新唐書・李嗣業傳》："賊大出，掩追騎，還～王師。" ❸ **通"揉"。用手來回搓或擦**。《詩經・大雅・生民》："或舂或揄，或簸或～。"

10 **蹎** diān (粵) din1 ❶ **跌倒**。《荀子・正論》："～跌碎折，不待頃矣。"（頃：頃刻。）❷ [**蹎蹎**] **安詳緩慢的樣子**。《淮南子・覽冥》："其行～～，其視瞑瞑。"

10 **蹒** pán 粵 pun^4 **同"蹣"。** ❶ [蹒跚] **同"蹣跚"。走路緩慢、搖擺的樣子。**陸游《園中小飲》詩："鬢毛雖蕭颯，腳力未～～。" ❷ [蹒躄 (pì 粵 bik^1)] **退縮徘徊的樣子。**《南齊書・王融傳》："婆娑～～，困而不能前已。"

10 **蹌** qiāng 粵 coeng^1 ❶ **步伐從容有節奏。**《詩經・齊風・猗嗟》："美目揚兮，巧趨～兮。" [蹌蹌] **步伐從容而有節奏的樣子。**《詩經・大雅・公劉》："～～濟濟，俾筵俾几。" ❷ qiàng 粵 coeng^3 [蹌踉 (liàng 粵 loeng^6)] **走路不穩的樣子(後起意義)。**劉弇《贈賈仲武》詩："絕倒頓足爭～～，罷去追惜成悵恨。" **成語有"踉踉蹌蹌"。**

10 **蹐** jí 粵 zik^3/zek^3 **走小碎步，即後腳腳尖緊接着前腳腳跟。**《詩經・小雅・正月》："謂地蓋厚，不敢不～。"(地該是很厚的，但不敢不小步走。形容受壓抑。) **成語有"蹐地跼天"。(跼：彎着腰。)**

10 **蹈** dǎo 粵 dou^6 ❶ **踩，踏。**《尚書・君牙》："心之憂危，若～虎尾。" 引 **踏上，奔赴。**《史記・魯仲連鄒陽列傳》："則連有～東海而死耳，吾不忍為之民也。" **成語有"赴湯蹈火"。** ❷ **頓足，踏地。**《孟子・離婁上》："惡 (wū 粵 wu^1) 可已，則不知足之～之手之舞之。"(惡：何。已：止。) 蔡琰《胡笳十八拍》："羌胡～舞兮共謳歌。"(謳：唱歌。) ❸ **遵循，實行。**《荀子・王制》："聚斂者，召寇、肥敵、亡國、危身之道也，故明君不～也。"(聚斂：搜刮錢財。) **成語有"循規蹈矩"。【辨】**履，踐，蹈，躡。見631頁"躡"字。

10 **蹊** xī 粵 hai^4 **小路。**《莊子・馬蹄》："山無～隧，澤無舟梁。"(隧：道。梁：橋。) **成語有"桃李不言，下自成蹊"。** 引 **走過，踐踏。**《左傳・宣公十一年》："牽牛以～人之田，而奪之牛。"

10 **蹉** cuō 粵 co^1 ❶ **差誤。**揚雄《并州牧箴》："宗周罔職，日用爽～。"(爽：違背。) ❷ **通過。**張華《輕薄篇》："孟公結重關，賓客不得～。" ❸ [蹉跌] **失足跌倒，比喻失誤。**《後漢書・董卓傳》："諸將有言語～～，便戮於前。" ❹ [蹉跎] ① **失足。**《楚辭・九懷・株昭》："驥垂兩耳兮中坂～～。"(坂：坡。) ② **時光過去，虛度光陰。**《世説新語・自新》："並云欲自修改，而年已～～。" 陳亮《上孝宗皇帝第一書》："日月～～，而老將至矣。"

10 **蹍** (**蹑**)niǎn 粵 zin^2 **踩。**《莊子・庚桑楚》："～市人之足。" 張衡《西京賦》："當足見～，值輪被轢 (lì 粵 lik^1)。"(轢：車輪軋。)

10 **蹇** jiǎn 粵 gin^2 ❶ **跛，行動遲緩。**《莊子・達生》："無中道夭於聾盲跛～。"(中道：中途，半道。夭：夭折。) 東方朔《七諫・謬諫》："駕～驢而無策兮，又何路之能極？" 特 **劣馬或跛驢。**孟浩然《唐城館中早發寄楊使君》詩："策～赴前程。"(策：鞭打。) 引 **行走。**《荀子・賦》："卬卬兮天下之咸～也。"(咸蹇：指都走遍。) ❷ **困苦，不順利。**屈原《九章・哀郢》："～侘傺 (chà chì 粵 caa^3 cai^3) 而含慼。"(侘傺：失意的樣子。慼：悲傷。) ❸ **句首語氣詞。**屈原《九歌・湘君》："君不行兮夷猶，～誰留兮中洲。"(夷猶：猶豫。中洲：洲中。) ❹ **口吃，結巴。**庾信《謝滕王集序啟》："言辭～吃，更甚揚雄。"(甚：超過。揚雄：人名。) ❺ qiān 粵 hin^1 **通"褰"。提起。**《莊子・山木》："～裳躩步，執彈而留之。" ❻ qiān 粵 hin^1 **通"搴"。拔取。**《管子・四時》："毋～華絕芋。"

11 **蹙** cù 粵 cuk^1 ❶ **緊迫，窘迫。**《詩經・小雅・小明》："曷云其還，政事愈

～。"《三國志・吳書・呂蒙傳》："兵追～擊。" 柳宗元《捕蛇者說》："而鄉鄰之生日～。" **成語有"蹙國喪師"。**(又) **逼近，使緊迫。**《三國志・吳書・陸遜傳》："遜督促諸軍四面～之。" ❷ **緊縮。**《詩經・大雅・召旻》："昔先王受命，有如召公，日辟國百里。今也日～國百里。" (又) **皺。**柳宗元《乞巧文》："眉矉 (pín (粵) pan^4) 頞 (è (粵) aat^3) ～。" (矉：顰，皺眉。頞：鼻樑。) ❸ **[蹙蹙] [蹙然] 局促不安的樣子。**《詩經・小雅・節南山》："我瞻四方，～～靡所騁。" 《荀子・富國》："墨子大有天下，小有一國，將～然衣粗食惡，憂戚而非樂。" (非樂：否定、排斥音樂。) ❹ **通"蹴"。踩，踏。**蘇軾《申王畫馬圖》詩："揚鞭一～破霜蹄，萬騎如風不能及。" (又) **踢。**王定保《唐摭言》卷三："新進士集於月燈閣為～鞠之會。" (鞠：球。)

11 **蹣** pán (粵) pun^4 **[蹣跚] 走路緩慢、搖擺的樣子。**皮日休《上真觀》詩："天鈞鳴響亮，天祿行～～。" (天祿：獸名。) 陸游《戲作野興》詩之四："客散茅簷寂，～～自閉門。"

11 **蹴** cù (粵) cuk^1 **同"蹙"。緊縮，縮小。**《左傳・成公十六年》："國～王傷，不敗何待？" (又) **皺縮。**柳宗元《河間傳》："聞河間之名，則掩鼻～頞 (è (粵) aat^3)。" (頞：鼻樑。)

11 **蹕** bì (粵) bat^1 **帝王出行時開路清道，禁止他人通行。**《史記・佞幸列傳》："天子車駕～道未行。" 《三國志・魏書・武帝紀》："天子命王設天子旌旗，出入稱警～。" (王：即魏王，指曹操。警：警戒。) (泛) **帝王出行的車駕。**《北齊書・張耀傳》："帝駐～門外久之，催迫甚急。" (駐：停留。) **上述意義都可寫作"趩"。**

11 **蹤** (踪)zōng (粵) zung^1 ❶ **蹤跡。**《漢書・揚雄傳》："躡三皇之高～。" (躡：踏着。) 柳宗元《江雪》詩："千山鳥飛絕，萬徑人～滅。" (徑：小道。) ❷ **追隨，跟蹤。**《新唐書・桓彥範傳》："如普思等方伎猥下，安足繼～前烈。" (普思：鄭普思，人名。猥下：低下。)

11 **蹠** (跖)zhí (粵) zik^3 ❶ **踩，踏。**屈原《九章・哀郢》："眇不知其所～。" (眇：遙遠。) ❷ **到。**《淮南子・原道》："自無～有，自有～無。" ❸ **腳掌。**《戰國策・楚策一》："上峥山，踰深谿，～穿膝暴。" (蹠穿：指鞋破了，腳掌露出來。暴：露出來。) (又) **腳 (包括小腿和腳掌)。**《淮南子・氾論》："～距者舉遠。" (腿長的人跨得遠。距：大，長。) ❹ **人名。傳說是春秋時奴隸起義的領袖。**

11 **蹢** dí (粵) dik^1 ❶ **蹄子。**《詩經・小雅・漸漸之石》："有豕白～。" (豕：豬。) ❷ zhí (粵) zaak^6 **[蹢躅 (zhú (粵) zuk^6)] [蹢躅] 通"躑躅"。徘徊不進的樣子。**《莊子・秋水》："蹢躅而屈伸，反要而語極。" 韓駒《題雙牛圖》詩："騃 (ái (粵) ngoi^4) 牛蹢躅知何事。" (騃：笨。) ❸ zhì (粵) zaak^6 **通"擿"。拋棄，投。**《莊子・徐無鬼》："齊人～子於宋者，其命閽也不以完。" (閽：指看門人。不以完：不能保全。)

11 **蹡** qiāng (粵) coeng^1 ❶ **[蹡蹡] 同"蹌蹌"。步伐從容而有節奏的樣子。** ❷qiàng (粵) coeng^3 [踉 (liàng (粵) loeng^6) 蹡] 見 624 頁"踉"字。

11 **蹩** bié (粵) bit^6 **[蹩躠 (xuè (粵) sit^3)] ① 腿腳不便，盡力前行的樣子。**(引) **用心盡力。**《莊子・馬蹄》："及至聖人～～為仁，踶跂 (zhì qǐ (粵) ci^2 kei^5) 為義，而天下始疑矣。" (踶跂：勉力的樣子。) ② **盤旋起步的樣子。**盧照鄰《五悲・悲人生》："鐘鼓玉帛，～～蹁躚。" (蹁躚：腳步多變，後多用來形容舞姿。) **又寫作"蹴躠"。**張衡《南都賦》："翹遙遷延，蹴躠蹁躚。"**【注意】"蹩"的扭折義是很晚起的，**

古籍裏無此用法。

12 **蹺** qiāo 粵 hiu^{1} **舉腳**。丁謂《蹴踘》詩：“躡來行數步，～後立多時。”

12 **躇** chú 粵 cyu^{4} ［**躊躇**］**見 631 頁“躊”字**。

12 **蹶** (蹷)jué 粵 kyut^{3} ❶ **倒下，跌倒**。《呂氏春秋・慎小》：“人之情不～於山，而～於垤（dié 粵 dit^{6}）。”（垤：小土堆。）引 **受挫折**。《三國志・蜀書・諸葛亮傳》：“必～上將軍。”**成語有“一蹶不振”**。❷ **踩，踏**。《莊子・秋水》：“～泥則沒足滅跗。”（跗：腳背。）班固《西都賦》：“～嶄岩。”（嶄岩：高峻的巖石。）❸ **竭盡，枯竭**。賈誼《論積貯疏》：“生之者甚少而靡之者甚多，天下財產何得不～？”（靡：浪費。）❹ guì 粵 gwai^{3} **急速，急忙**。《國語・越語下》：“～而趨之，唯恐弗及。”《韓非子・說疑》：“姦臣聞此，～然舉耳以為是也。”（舉耳：豎起耳朵。）❺ guì 粵 gwai^{3} **動，搖動**。宋玉《風賦》：“～石伐木。”

12 **蹼** pǔ 粵 buk^{6} **某些飛禽、蛙類等動物腳趾間相連的膜**。《爾雅・釋鳥》：“鳧雁醜，其足～。”

12 **蹻** qiāo 粵 hiu^{1} ❶ **舉起(腳)**。《漢書・高帝紀》：“大臣內畔，諸將外反，亡可～足待也。”（蹻足待：形容來得很快。）❷ jué 粵 goek^{3} **草鞋**。《史記・平原君虞卿列傳》：“躡～擔簦（dēng 粵 dang^{1}）。”（躡：指穿。簦：一種雨具。）❸ jiǎo 粵 giu^{2} **矯健，勇武**。《新五代史・史弘肇傳》：“為人～勇。”

12 **蹯** fán 粵 faan^{4} **野獸的足掌**。《左傳・文公元年》：“冬十月，以宮甲圍成王，王請食熊～而死。”（請：請求。）

12 **蹴** (蹵)cù 粵 cuk^{1} ❶ **踩，踏**。《漢書・賈誼傳》：“～其芻（chú 粵 co^{1}）者有罰。”（芻：餵牲畜的草。）**成語有“一蹴而就”**。❷ **踢**。《漢書・枚皋傳》：“臨山澤，弋獵射馭狗馬～鞠（jū 粵 guk^{1}）刻鏤（lòu 粵 lau^{6}）。”（弋獵：射獵。鞠：球。）❸ ［**蹴然**］**吃驚不安的樣子**。《莊子・田子方》：“諸大夫～～。”

12 **蹸** lìn 粵 leon^{6} **同“躪”**。**蹂躪，踐踏**。《後漢書・班固傳》：“蹂～其十二三。”

12 **蹲** dūn 粵 deon^{1} ❶ **蹲坐**。《莊子・外物》：“～乎會稽，投竿東海。”（會稽：地名。竿：指釣魚竿。）❷ cún 粵 cyun^{4} ［**蹲蹲**］① **跳舞的樣子**。《詩經・小雅・伐木》：“～～舞我。”② **舉止莊重的樣子**。《漢書・揚雄傳上》：“穆穆肅肅，～～如也。”

12 **蹭** cèng 粵 sang^{3} ［**蹭蹬**（dèng 粵 dang^{6}）］**失勢的樣子**。木華《海賦》：“或乃～～窮波，陸死鹽田。”（鹽田：指海邊。）引 **遭遇挫折**。李白《贈張相鎬》詩之二：“晚途未云已，～～遭讒毀。”

12 **蹬** dèng 粵 dang^{6} ［**蹭**（cèng 粵 sang^{3}）**蹬**］**見本頁“蹭”字**。

13 **躆** jù 粵 geoi^{3} ❶ **獸相持爭鬥**。揚雄《太玄・眾》：“～戰喈喈，若熊若螭。”❷ **佔據**。《漢書・敘傳上》：“超忽荒而～顥蒼也。”（顥蒼：指天。）

13 **躁** zào 粵 cou^{3} **急躁，不安靜**。《荀子・勸學》：“蟹六跪而二螯，非蛇蟺之穴無可寄託者，用心～也。”《老子・二十六章》：“重為輕根，靜為～君。”

13 **躅** zhú 粵 zuk^{6} ❶ zhuó **足跡**。孔稚珪《北山移文》：“塵遊～於蕙路。”（來往行走的足跡把長着蕙草的路弄髒了。塵：指弄髒。蕙：香草名。）引 **蹤跡**。王儉《褚淵碑文》：“出陪鑾～，入奉帷殿。”（鑾躅：指帝王的蹤跡。）❷ ［**躑躅**］**見 631 頁“躑”字**。

13 **躈** qiào 粵 kiu^{3} **馬的肛門**。《史記・貨殖列傳》：“馬蹄～千，牛千足。”

13 **躄** (躃)bì ㊚ bik1 ❶ **兩腿瘸**。《禮記・王制》："瘖（yīn ㊚ jam1）、聾、跛、～、斷者、侏儒，百工各以其器食（sì ㊚ zi6）之。"（瘖：啞。）《史記・平原君虞卿列傳》："民家有～者，槃散行汲。"（槃散：蹣跚，走路不穩的樣子。）❷ **仆倒**。法顯《佛國記》："王來見之，迷悶～地，諸臣以水灑面，良久乃蘇。"

14 **躊** chóu ㊚ cau4 [**躊躇**] ① **徘徊，猶豫**。曹丕《出婦賦》："馬～～而回顧，野鳥翩而高飛。"（翩：急飛。）向秀《思舊賦》："心徘徊以～～。"（以：而。）**這個意義又寫作"躊躕"、"躊佇"**。② **從容自得的樣子**。《莊子・養生主》："提刀而立，為之四顧，為之～～滿志。"

14 **躋** jī ㊚ zai1 **升，登**。《詩經・豳風・七月》："～彼公堂。"《後漢書・韋彪傳》："爵位不～。"

14 **躍** yuè ㊚ joek3/joek6 ❶ **跳**。《詩經・大雅・旱麓》："鳶飛戾天，魚～于淵。"❷ tì ㊚ tik1 [**躍躍**] **同"趯趯"。跳得很快的樣子**。《詩經・小雅・巧言》："～～毚兔，遇犬獲之。"

15 **躚** xiān ㊚ sin1 **舞蹈時旋轉的樣子**。左思《蜀都賦》："紆長袖而屢舞，翩～～以裔裔。"[**蹁**（pián ㊚ pin4）**躚**] **見627頁"蹁"字**。

15 **躒** lì ㊚ lik6 ❶ **跳躍，跨越**。《大戴禮記・勸學》："騏驥一～，不能千里。"❷ luò ㊚ lok6 [**逴**（chuō ㊚ coek3）**躒**] **見650頁"逴"字**。❸ luò ㊚ lok6 [**卓躒**] **卓越，傑出**。《三國志・吳書・張溫傳》："～～冠群，煒曄曜世。"

15 **躓** zhì ㊚ zi3 ❶ **跌倒，絆倒**。《左傳・宣公十五年》："杜回～而顛，故獲之。"《韓非子・六反》："不～於山，而～於垤。"❷ **遇事不順利，受挫折**。謝靈運《還舊園作見顏范二中書》詩："事～兩如直，心愜三避賢。"鍾會《檄蜀文》："益州先主，以命世英才，興兵朔野，困～冀、徐之郊。"

15 **躕** chú ㊚ cyu4 [**踟躕**] **見626頁"踟"字**。

15 **躔** chán ㊚ cin4 ❶ **行進中停留**。左思《吳都賦》："未知英雄之所～也。"❷ **日月五星（金、木、水、火、土）在黃道上運行。也指運行時經過天空某一區域的軌跡**。《漢書・律曆志上》："日月初～，星之紀也。"成公綏《筆賦》："書日月之所～。"（書：記錄。）❸ **足跡，行跡**。《路史・循蜚紀・鉅靈氏》："或云治蜀，蓋以其迹～焉。"（有人説鉅靈氏曾治蜀，那是憑他的足跡推斷的。）

15 **躑** zhí ㊚ zaak6 [**躑躅**（zhú ㊚ zuk6）] **徘徊不前**。《荀子・禮論》："（大鳥獸）過故鄉，則必徘徊焉，鳴號焉，～～焉。"（焉：在那裏。）

15 **躐** liè ㊚ lip6 ❶ **踩，踐踏**。屈原《九歌・國殤》："凌余陣兮～余行。"（侵犯我們的陣地，踐踏我們的行列。）❷ **越過，超越**。《禮記・學記》："學不～等也。"《新唐書・李嶠傳》："冒級～階。"**又如"躐等"、"躐進"（不依次序前進）**。❸ **通"擸"。持，指持而正之**。《後漢書・崔駰傳》："～纓整襟，規矩其步。"（纓：帽帶。規矩其步：使其步伐規矩合於禮儀。）

17 **躞** xiè ㊚ sip3 ❶ [**躞蹀**（dié ㊚ dip6）] **同"蹀躞"。見626頁"蹀"字**。❷ **書卷的杆軸**。米芾《書史》："隋唐藏書，皆金題玉～。"

18 **躡** niè ㊚ nip6 ❶ **踩，踏**。《史記・陳丞相世家》："漢王大怒而罵，陳平～漢王。"（躡漢王：踩劉邦的腳，暗示請他息怒。）賈思勰《齊民要術・種瓜》："又以土一斗，薄散糞上，復以足微～之。"❷ **穿（鞋襪）**。《古詩為焦仲卿妻作》："足下～絲履，頭上玳瑁光。"

蔡邕《青衣賦》："綺繡丹裳，～蹈絲屝。" ❸ **追隨，追踪**。《尉繚子・經卒令》："莫敢當其前，莫敢～其後。"《三國志・魏書・鄧艾傳》："欣等追～於強川口。"（欣：楊欣。強川口：地名。）(引) **前往，到達**。陸龜蒙《奉和襲美初夏遊楞伽精舍次韻》："僮能～孤刹，鳥慣親摐 (chuāng (粵) coeng1) 鐸。" ❹ **攀登，登上（高位）**。《史記・司馬相如列傳》："然後～梁父，登泰山。" 左思《詠史》之二："世冑 (zhòu (粵) zau6) ～高位，英俊沈下僚。"（世冑：世襲的卿大夫子弟。沈下僚：做下級官吏。）(引) **超越，勝過**。《晉書・陸機陸雲傳論》："故足遠超枚、馬，高～王、劉。"（枚、馬、王、劉：都是人名。）**【辨】履，踐，蹈，躡。"履"和"踐"都是"行走在……上"的意思。"履"帶有鄭重色彩。"踐"含有輕視意味。"蹈"是"踩踏"的意思，常帶有冒險的意味，如"蹈火"、"蹈海"、"蹈河"等。"躡"是有意識地踩上去，所以能引申出"登上高位"的意義來。**

20 **躪** lìn (粵) leon6 **[躪轢] 踐踏**。李白《大獵賦》："雖～～之已多，猶拗怒而未歇。" **[蹂躪] 見 627 頁"蹂"字。**

20 **躩** jué (粵) fok3 ❶ **跳**。《淮南子・精神》："熊經鳥伸，鳧浴蝯～。" 李白《東海有勇婦》詩："十步兩～躍，三呼一交兵。" ❷ **快步行走**。《莊子・山木》："蹇裳～步，執彈而留之。"（蹇：通"褰"。提起衣服。）**[躩如] 走得很快的樣子**。《論語・鄉黨》："君召使擯，色勃如也，足～～也。"（擯：通"儐"。出迎。）

身部

0 **身** shēn (粵) san1 ❶ **人或動物的軀幹**。屈原《九歌・國殤》："首～離兮心不懲。"（不懲：不戒悔。）(引) **身體**。《荀子・非相》："衞靈公有臣曰公孫呂，～長七尺。" (叉) **物體的主幹**。《爾雅・釋木》："樅，松葉柏～。" ❷ **[有身] 懷孕**。《詩經・大雅・大明》："大 (tài (粵) taai3) 任～～。"（大任：人名。）❸ **自身，自己**。《韓非子・五蠹》："兔不可復得，而～為宋國笑。" (引) **指品德、才力、行為等**。《論語・學而》："吾日三省吾～。"《晏子春秋・問上二十》："稱～就位，計能定祿。" ❹ **自己的生命**。《國語・晉語八》："是以沒平公之～無內亂也。" ㊕ **一生，畢生**。《公羊傳・隱公八年》："故終其～不氏。" ❺ **親自，親身經歷**。《韓非子・五蠹》："禹之王天下也，～執耒 (lěi (粵) leoi5/leoi6) 臿 (chā (粵) caap3) 以為民先。"（王天下：做天下的王。耒、臿：兩種農具。）《史記・項羽本紀》："吾起兵至今八歲矣，～七十餘戰。" ❻ **我**。《三國志・蜀書・張飛傳》："～是張益德也。" ❼ **地位，身份**。杜甫《新婚別》詩："妾～未分明。" ❽ yuān (粵) gyun1 **[身毒] 國名。我國古代對印度的稱呼**。《史記・西南夷列傳》："從東南～～國，可數千里。"

3 **躬**（**躳**）gōng (粵) gung1 **身體**。《尚書・牧誓》："爾所弗勖，其于爾～有戮。"（爾：你，你們。弗：不。勖：勉力。）《漢書・元帝紀》："百姓愁苦，靡所錯～。"（靡：無。錯躬：指安身。錯：措，放置。）(引) **自身，自己**。《史記・文帝本紀》："百官之非，宜由朕～。"《世說新語・假譎》："庾乃引咎責～，深相遜謝。" (引) **親自**。賈思勰《齊民要術序》："～勸耕農。"

11 **軀** qū (粵) keoi1 **身體**。《荀子・勸學》："小人之學也，入乎耳，出乎口，口耳之間則四寸耳，曷足以美七尺之～哉！"

車部

0 **車** chē [粵] ce^{1} ❶ **車子**。《禮記・中庸》："今天下～同軌，書同文。"[特] **兵車，即戰車**。屈原《九歌・國殤》："～錯轂（gǔ [粵] guk^{1}）兮短兵接。"（錯：相交錯。轂：車輪中心的圓木。兵：兵器。）[引] **利用輪軸來旋轉的器具（後起意義）**。《宋史・河渠志五》："地高則用水～。"❷ **牙牀**。《左傳・僖公五年》："輔～相依，脣亡齒寒。"（輔：頰骨。）**這個意義一般唸 jū [粵] geoi^{1}**。【辨】車，輿，輦，軺。見637頁"輦"字。

1 **軋** yà [粵] aat^{3}/zaat^{3} ❶ **輾壓**。[特] **古代一種壓碎人骨節的酷刑**。《史記・匈奴列傳》："有罪，小者～，大者死。"❷ **傾軋，排擠**。《荀子・議兵》："常恐天下之一合而～己也。"[又] **壓制，壓倒**。《新唐書・李紳傳》："御史覆獄還，皆對天子別白是非，德裕權～天下，使不得對。"❸［軋軋］① **難出的樣子**。陸機《文賦》："理翳翳而愈伏，思～～其若抽。"② **象聲詞。常用來形容織布聲、車聲、搖槳聲**。温庭筠《江南曲》："～～搖槳聲。"劉克莊《運糧行》："大車小車聲～～。"

2 **軌** guǐ [粵] gwai^{2} ❶ **車兩輪間的距離**。《史記・秦始皇本紀》："車同～，書同文字。"[引] **車轍**。《孟子・盡心下》："城門之～，兩馬之力與？"❷ **軌道，一定的路線**。《淮南子・本經》："五星循～而不失其行。"（循：沿着。行：行列。）❸ **法則，法度**。《管子・山國軌》："國有～。"《漢書・敍傳》："東平失～。"（東平：東平王。）[引] **遵循，符合**。《韓非子・五蠹》："是境內之民，其言談者必～於法。"（是：這樣。）❹ **通"宄"。犯法作亂的人**。《漢書・辛慶忌傳》："姦～不得萌動而破滅。"

2 **軍** jūn [粵] gwan^{1} ❶ **駐紮**。《左傳・桓公六年》："楚武王侵隨……～於瑕以待之。"（隨：國名。瑕：地名。）《史記・絳侯周勃世家》："以河內守亞夫為將軍，～細柳。"（亞夫：人名。細柳：地名。）❷ **包圍，圍攻**。《周禮・秋官・朝士》："凡盜賊～鄉邑及家人，殺之無罪。"❸ **軍隊**。《戰國策・秦策四》："秦取楚漢中，再戰於藍田，大敗楚～。"❹ **軍隊的編制單位**。《管子・小匡》："萬人為一～。"

3 **軒** xuān [粵] hin^{1} ❶ **大夫以上官吏乘坐的車子**。《左傳・定公十三年》："齊侯皆斂諸大夫之～。"[泛] **車**。江淹《別賦》："朱～繡軸。"（繡：華麗。）❷ **欄杆**。江淹《別賦》："日下壁而沈彩，月上～而飛光。"（沈彩：指彩光隱沒。飛光：光芒四射。）❸ **堂前屋簷下的平台**。孫樵《書褒城驛壁》："至有飼馬於～。"（至：甚至於。）❹ **長廊**。柳宗元《永州龍興寺西軒記》："于是鑿西墉以為戶，戶之外為～。"（墉：高牆。戶：門。）❺ **窗戶或門**。杜甫《夏夜歎》詩："開～納微涼。"❻ **車子前高後低**。《詩經・小雅・六月》："戎車既安，如輊如～。"（輊：車子前低後高。）[又] **高**。鍾會《孔雀賦》："舒翼～峙。"（峙：直立。）**雙音詞有"軒昂"**。❼ **飛翔**。王粲《贈蔡子篤》詩："歸雁載～。"（載：語氣詞。）

3 **軑** dài [粵] daai^{6} ❶ **車轂端頭的帽蓋**。屈原《離騷》："屯余車其千乘（shèng [粵] sing^{6}）兮，齊玉～而並馳。"[又] **指車輪**。韓愈等《秋雨聯句》："深路倒羸（léi [粵] leoi^{4}）驂，弱途擁行～。"（羸：瘦弱。驂：轅馬兩旁的馬。）❷ **古地名**。① **西漢侯國。漢初封長沙相利倉於此。故址在今河南光山西北息縣界**。② **晉代縣名。故址在今湖北浠水一帶**。

3 **軏** （䡇）yuè 粵 jyut^{6} **插在車轅前端與車衡連接處的活銷**。《論語・為政》："大車無輗（ní 粵 ngai^{4}），小車無～，其何以行之哉！"（輗：大車上的活銷。）

3 **軔** rèn 粵 jan^{6} ❶ **放在地面阻止車輪滾動的木頭**。屈原《離騷》："朝發～於蒼梧兮，夕余至乎縣圃。" 引 **止住車，停車**。《戰國策・秦策》："陛下嘗～車於趙矣。" ❷ **堅韌，柔韌**。《管子・制分》："故凡用兵者，攻堅則～，乘瑕則神。" ❸ **通"仞"**。**七尺或八尺為一仞**。《孟子・盡心上》："掘井九～而不及泉，猶為棄井也。"

4 **軛** （軶）è 粵 aak^{1}/ngaak^{1} **駕車時套在牲口脖子上的曲木**。《古詩十九首・明月皎夜光》："牽牛不負～。"（牽牛星不能負軛拉車。）

4 **軜** nà 粵 naap^{6} **驂馬駕車時驂馬左側的轡繩**。《詩經・秦風・小戎》："龍盾之合，鋈（wù 粵 juk^{1}）以觼（jué 粵 kyut^{3}）～。"（車上裝載着描龍的盾牌，驂馬轡繩的環扣用白金裝飾。）

5 **軻** kē 粵 o^{1}/ngo^{1} ❶ **軸為兩木接成的車**。**泛指一般的車**。《說文・車部》："軻，接軸車也。" ❷ 粵 ho^{2}［**轗**（kǎn 粵 ham^{2}）**軻**］**通"坎坷"**。**見 640 頁"轗"字**。❸ **通"柯"**。**斧柄**。《管子・輕重乙》："一車必有一斤一鋸一釭一鑽一鑿一銶一～，然後成為車。"

5 **軷** bá 粵 bat^{6} **祭祀路神。祭後以車輪碾過牲體，以示出行無艱險**。《詩經・大雅・生民》："取羝（dī 粵 dai^{1}）以～。"（羝：公羊。）

5 **軸** zhóu 粵 zuk^{6} ❶ **車軸**。《左傳・定公九年》："盡借邑人之車，鍥其～，麻約而歸之。" **又指車**。顏延之《車駕幸京口三月三日侍遊曲阿後湖作》詩："萬～胤行衞，千翼泛飛浮。" 又 **弦樂器轉弦的軸**。白居易《琵琶行》："轉～撥弦三兩聲，未成曲調先有情。" ❷ **權要的地位**。《漢書・車千秋傳》："車丞相履伊呂之列，當～處中。" ❸ **卷軸**。任昉《齊竟陵文宣王行狀》："所造箴銘，積成卷～。"

5 **軹** zhǐ 粵 zi^{2} ❶ **古代車軸末端的小孔，用以插入銷釘固定輪軸**。《周禮・考工記・輪人》："五分其轂之長，去一以為賢，去三以為～。"（賢：大孔。）又 **車錔**。《周禮・考工記・總敍》："六尺有六寸之輪，～崇三尺有三寸也。" ❷ **古代車廂兩側的欄木**。張衡《思玄賦》："撫軨～而還睨兮，心勺瀵其若湯。"

5 **軼** yì 粵 jat^{6} ❶ **超車**。引 **超越**。《漢書・揚雄傳上》："～五帝之遐跡兮，躡（niè 粵 nip^{6}）三皇之高踪。"（遐：遠。躡：踏。）又 **超群的**。《漢書・王褒傳》："因奏褒有～材。"（材：才。）❷ **水溢出**。《漢書・地理志上》："道沇水，東流為泲（jǐ 粵 zai^{2}/zi^{2}），入於河，～為滎（xíng 粵 jing^{4}）。"（道：導，疏導。泲：水名。河：黃河。滎：水澤名。）❸ **襲擊**。《左傳・隱公九年》："懼其侵～我也。" ❹ **通"佚"**。**散失**。《史記・管晏列傳》："至其書，世多有之，是以不論，論其～事。"（至：至於。）❺ **通"逸"**。**隱逸**。《淮南子・泰族》："無隱士，無～民。" ❻ zhé 粵 cit^{3} **通"轍"**。**車輪軋的痕跡**。《史記・文帝本紀》："結～於道。"（車轍在道路上相互交錯。）❼ dié 粵 dit^{6} **通"迭"**。**交替地，輪流地**。《史記・封禪書》："自五帝以至秦，～興～衰。"

5 **軵** fǔ 粵 fu^{2} **推送**。《淮南子・覽冥》："～車奉餉。"（餉：糧餉。）

5 **軱** gū 粵 gu^{1} **大骨**。《莊子・養生主》："技經肯綮之未嘗，而況大～乎？"

5 **軨** líng 粵 ling^{4} ❶ **古代車廂的木圍欄**。宋玉《九辯》："倚結～兮長太息。" ❷ **車輪**。《禮記・曲禮上》："已駕，僕展～效駕。"

5 **軫** zhěn 粵 zan^{2} ❶ **車廂底部後面的橫木**。《周禮・考工記・總敘》：“車～四尺。”(引) **車子**。《後漢書・黃瓊傳》：“往車雖折，而來～方遒 (qiú 粵 cau^{4})。”(往：去。方：正。遒：急。) ❷ **弦樂器上轉動弦線的軸**。《魏書・樂志》：“中弦須施～如琴，以～調聲。”(引) **琴**。李白《北山獨酌寄韋六》詩：“坐月觀寶書，拂霜弄瑤～。” ❸ **轉動**。揚雄《太玄・玄攡》：“反覆其序，～轉其道也。”(四季的次序不斷反覆，輪轉運行是它的規律。) ❹ **悲痛**。屈原《九章・哀郢》：“出國門而～懷兮，甲之鼂吾以行。”(國門：京都的城門。) ❺ 粵 can^{2} **通“畛”。田間的路**。阮籍《詠懷》之六：“昔聞東陵瓜，近在青門外，連～距阡陌，子母相拘帶。”

5 **軥** qú 粵 keoi^{4}/gau^{1} ❶ **車軛兩邊夾住馬頸的曲木。俗稱夾板**。《左傳・襄公十四年》：“射兩～而還。” ❷ [**軥牛**] **駕車的小牛**。《漢書・朱家傳》：“乘不過～～。” ❸ 粵 keoi^{4} [**軥錄**] **同“劬錄”。勞碌，勞苦**。《荀子・榮辱》：“孝弟原愨，～～疾力。”

5 **軺** yáo 粵 jiu^{4} **小型輕便的馬車**。《史記・季布欒布列傳》：“乘～車之洛陽。”(之：往。)【**辨**】**車，輿，輦，軺**。見 637 頁 “**輦**” 字。

6 **載** zài 粵 zoi^{3} ❶ **裝載**。《史記・酷吏列傳》：“～以牛車。”(引) **盛**。柳宗元《送薛存義序》：“柳子～肉於俎 (zǔ 粵 zo^{2})。”(俎：盛食物的器具。)(引) **負荷**。《周易・坤》：“君子以厚德～物。” ❷ **乘坐**。漢樂府《陌上桑》：“使君謝羅敷，寧可共～不？”(使君：指太守。謝：告。羅敷：人名。寧可：願意。)(引) **乘坐或裝載的工具**。《尚書・益稷》：“予乘四～，隨山刊木。”(四載：舟、車、楯、樏。) ❸ **充滿**。《詩經・大雅・生民》：“厥聲～路。”(厥：其。) **成語有“怨聲載道”**。❹ zǎi 粵 zoi^{2}/zoi^{3} **記載**。《左傳・昭公十五年》：“夫有勛而不廢，有績而～。”(勛：功勛。績：功績。) ❺ zǎi 粵 zoi^{2}/zoi^{3} **年**。《史記・文帝本紀》：“漢興，至孝文四十有餘～。”(興：指建立。) ❻ **開始**。《詩經・豳風・七月》：“春日～陽。”(陽：温暖。) ❼ **動詞詞頭**。《詩經・鄘風・載馳》：“～馳～驅。”

6 **輂** jú 粵 guk^{6} ❶ **用馬駕的大車**。《史記・淮南衡山列傳》：“以～車四十乘反谷口。” ❷ **運土的器具**。《漢書・五行志上》：“陳畚～，具綆缶，備水器。”(畚：盛土等的器具。綆：井繩。缶：汲水瓦器。)

6 **軾** shì 粵 sik^{1} ❶ **古代車廂前用作扶手的橫木**。《左傳・莊公十年》：“登～而望之。”《莊子・盜跖》：“據～低頭。”(據：倚着。) ❷ **(在車上) 扶着軾敬禮**。《淮南子・脩務》：“魏文侯過其閭而～之。”(閭：巷門。)

6 **輀** ér 粵 ji^{4} **古代的喪車**。《漢書・王莽傳下》：“百官竊言，此似～車，非僊物也。”

6 **輊** zhì 粵 zi^{3} **車子前面重而前低後高**。《詩經・小雅・六月》：“戎車既安，如～如軒。”(軒：車子後面重而前高後低。)《三國志・蜀書・郤正傳》：“不樂前以顧軒，不就後以慮～。”

6 **輈** zhōu 粵 zau^{1} ❶ **馬車上的單轅**。《左傳・宣公四年》：“伯棼射王，汏～，及鼓跗，著于丁寧。” ❷ **車**。屈原《九歌・東君》：“駕龍～兮乘雷，載雲旗兮委蛇。” ❸ [**輈張**] **雙聲聯綿字。強橫的樣子**。《後漢書・董皇后紀》：“汝今～～，怙汝兄耶？”(怙：依仗。) **又寫作“侜張”**。《宋書・索虜傳》：“獫狁侜張，侵暴中國。” **又寫作“侜 (zhōu 粵 zau^{1}) 張”，見 24 頁 “侜” 字**。

6 **輇** quán [粵] cyun4 ❶ **用整木製成的沒有輻條的小車輪**。《禮記・喪大記》鄭玄注：“輴，皆當為載以～車之～。”❷ [**輇才**] **小才**。《莊子・外物》：“已而後世～～諷説之徒皆驚而相告也。”這個意義又寫作“輇材”。

6 **輅** lù [粵] lou6 ❶ **綁在車轅上用來牽引車子的橫木**。《儀禮・既夕禮》：“賓奉幣，由馬西，當前～，北面致命。”《史記・劉敬叔孫通列傳》：“婁敬脱挽～。”（婁敬放下拉車用的橫木。婁敬：即劉敬。）[引] **牽引車子**。《管子・小匡》：“負任擔荷，服牛～馬。”（服牛輅馬：用牛馬拉車。）❷ **車子**。《論語・衞靈公》：“乘殷之～。”

6 **較** jiào [粵] gaau3 ❶ jué [粵] gok3 **古代車廂上的曲鈎，可做扶手**。《詩經・衞風・淇奧》：“寬兮綽兮，猗重～兮。”（猗：通“倚”。靠。）張衡《西京賦》：“戴翠帽倚金～。”❷ jué [粵] gok3 **競逐**。《孟子・萬章下》：“魯人獵～。”❸ **比較，較量**。《老子・二章》：“長短相～，高下相傾。”錢珝《為中書崔相公讓官第六表》：“論才～智。”**這個意義又寫作“校”**。❹ **明顯**。《史記・平津侯主父列傳》：“身行儉約，輕財重義，～然著明。”❺ [**大較**] **大概，大略**。《史記・貨殖列傳》：“此其～～也。”

6 **軿** píng [粵] ping4 **四周用帷幕遮蔽的車。婦女多用**。《漢書・張敞傳》：“禮，君母出門則乘輜～。”

7 **輒** (**輙**) zhé [粵] zip3 ❶ **總是**。《韓非子・內儲説上》：“采金之禁，得而～辜磔於市。”《漢書・曹參傳》：“至者參～飲以醇（chún [粵] seon4）酒。”（醇酒：濃厚的酒。）《後漢書・皇后紀上》：“每於侍執之際，～言及政事。”❷ **立即，就**。《三國志・魏書・荀彧傳》：“表請彧（yù [粵] juk1）勞軍於譙，因～留彧。”（表：上表。譙：地名。）❸ **專擅，獨斷專行**。劉知幾《史通・疑古》：“夫姬氏爵乃諸侯，而～行征伐。”

7 **輔** fǔ [粵] fu6 ❶ **車輪外的兩條直木，用以增強車輻的承載力**。《詩經・小雅・正月》：“其車既載，乃棄爾～。”❷ **面頰**。黃庭堅《進叔》詩：“小兒豐頰～。”**成語有“輔車相依，脣亡齒寒”**。❸ **輔助，協助**。《孫子兵法・謀攻》：“夫將者，國之～也。”（將：將領。）[又] **輔佐的人，指宰相**。《世説新語・容止》：“相王作～，自然湛若神君。”[引] **護衞**。王勃《送杜少府之任蜀州》詩：“城闕～三秦，烽煙望五津。”[**輔弼**] ① **輔佐皇帝**。《漢書・汲黯傳》：“天子置公卿～～之臣。”（置：設置。公卿：三公九卿，指朝廷中的高級官員。）② **輔佐皇帝的大臣，常指宰相**。《後漢書・伏湛傳》：“柱石之臣，宜居～～。”❹ **古代稱京城附近的地區**。鮑照《代昇天行》：“家世宅關～。”

7 **輕** qīng [粵] hing1/heng1 ❶ **分量小。與“重”相對**。屈原《卜居》：“蟬翼為重，千鈞為～。”司馬遷《報任安書》：“人固有一死，或重於太山，或～於鴻毛。”[引] **價值低賤**。《漢書・食貨志下》：“錢益多而～，物益少而貴。”[又] **輕便，輕快**。《淮南子・原道》：“雖有～車良馬……不能與之爭先。”李白《早發白帝城》詩：“兩岸猿聲啼不住，～舟已過萬重山。”**成語有“輕歌曼舞”**。❷ **程度淺，數量少**。杜牧《朱坡絕句》之二：“煙深苔巷唱樵兒，花落寒～倦客歸。”《續資治通鑒・元成宗元貞二年》：“所賜諸王、公主、駙馬、勛臣，為數不～。”[引] **輕微，淺薄**。《孟子・盡心下》：“民為貴，社稷次之，君為～。”諸葛亮《與參軍掾屬教》：“任重才～。”❸ **減少，減輕**。《管子・權修》：“而求權之無～，不可得也。”《三國志・吳書・孫休傳》：“今欲廣開田業，

～其賦稅。”❹ **輕視，看不起**。《老子·六十九章》：“禍莫大於～敵。”⊗ **輕易，隨便**。《鹽鐵論·刑德》：“千仞之高，人不～凌。”（凌：指登上。）**成語有“掉以輕心”**。❺ **輕佻，輕浮**。韓愈《送鄭尚書序》：“蠻夷悍～。”

7 **輓** wǎn ㊊ waan⁵ ❶ **牽引，拉**。《左傳·襄公十四年》：“或～之，或推之。”《後漢書·江革傳》：“自在轅中～車，不用牛馬。”❷ **用車運輸**。《史記·平津侯主父列傳》：“又使天下蜚芻～粟。”（蜚：通“飛”。）**泛指運輸**。《史記·留侯世家》：“河渭漕～天下，西給京師。”❸ **哀喪，悼念**。杜甫《故武衛將軍輓歌》之三：“哀～青門去。”❹ ㊊ maan⁵ **通“晚”。時間靠後的**。《史記·貨殖列傳》：“～近世塗民耳目，則幾無行矣。”【注意】“輓”、“挽”是古今字。上古時多用“輓”，“挽”比“輓”晚些。“輓近”的“輓”不寫作“挽”，“挽袖”的“挽”不寫作“輓”。

8 **輦** niǎn ㊊ lin⁵ ❶ **依靠人力推拉的車子**。《戰國策·趙策四》：“老婦恃～而行。”（恃：依靠。）⊗ **秦漢以後專指皇帝的車子**。潘岳《藉田賦》：“天子乃御玉～，蔭華蓋。”《宋史·寇準傳》：“瓊即麾（huī ㊊ fai¹）衛士進～，帝遂渡河。”（瓊：人名。麾：指揮。）［**輦下**］**帝輦之下。指京城**。杜牧《冬至日遇京使發寄舍弟》詩：“尊前豈解愁家國，～～唯能憶弟兄。”❷ **人拉（車子）**。《詩經·小雅·黍苗》：“我任我～，我車我牛。”❸ **乘坐（車子）**。《荀子·大略》：“諸侯～輿就馬，禮也。”（輿：車。）❹ **運載、運送（貨物）**。《淮南子·人間》：“一鼓，民被甲括矢，操兵弩而出。再鼓，負～粟而至。”陸游《聞虜亂次前輩韻》：“～金輸虜庭。”（虜庭：敵人的朝廷。）【辨】車，輿，輦，軺。四字都是指車子。“車”是各種車子的統稱。“輦”原指人力拉的車，漢以後特指帝王乘坐的車。“軺”是指一匹馬駕駛的輕便、快速的馬車。“輿”原指車廂，後泛指車子，也指轎子。

8 **輚** zhàn ㊊ zaan⁶ **古代一種臥車**。班固《西都賦》：“于是後宮乘～輅，登龍舟。”

8 **輠** guǒ ㊊ gwo² ❶ **車上盛脂膏的器具**。《史記·孟子荀卿列傳》裴駰集解引劉向《別錄》：“～者，車之盛膏器也。”《晉書·儒林傳贊》：“炙～流譽，解頤飛辯。”（炙輠：比喻言辭滔滔不絕。）❷ huà ㊊ waa⁵ **車轂轉動**。《禮記·雜記下》：“叔孫武叔朝，見輪人以其杖關轂而～輪者。”（輠輪：使車輪轉動。）

8 **輞** wǎng ㊊ mong⁵ **車輪的四周**。《後漢書·輿服志》：“重～縵輪。”

8 **輗** ní ㊊ ngai⁴ **大馬車的車轅前端與駕轅的橫木相銜接的銷子**。《論語·為政》：“大車無～，小車無軏（yuè ㊊ jyut⁶），其何以行之哉？”（軏：小馬車的車轅前端與駕轅的橫木相銜接的銷子。）

8 **輪** lún ㊊ leon⁴ ❶ **車輪**。《左傳·成公二年》：“自始合，而矢貫余手及肘，余折以御，左～朱殷。”屈原《九歌·國殤》：“埋兩～兮縶四馬。”⊗ **代指車**。《公羊傳·僖公三十三年》：“匹馬隻～無反者。”(泛) **像車輪的東西**。潘岳《西征賦》：“徒觀其鼓枻（yì ㊊ jai⁶）迴～，灑釣投網。”（枻：船槳。輪：指釣具之輪。）杜甫《江月》詩：“銀河沒半～。”❷ **造車輪的工匠**。《孟子·盡心下》：“梓、匠、～、輿，能與人規矩，不能使人巧。”❸ **輪流**。《太平廣記》卷八：“使諸弟子隨事～出米絹、器物、紙筆、樵薪什物等。”❹ **縱向，南北的距離**。《周禮·地官·大司徒》：“周知九州之地域廣～之數。”❺ **周長，邊沿**。張衡《西京賦》：“於是量徑～，考廣袤。”《舊唐書·肅宗紀》：“新鑄大錢，文如乾元重寶，而重其～。”**雙音詞有“輪廓”**。❻ **高大**。《禮記・檀弓下》：“美哉～焉，美哉奐焉。”**成語有“美輪美奐”**。❼ lūn **用力揮動（後起意義）**。關漢卿《哭存孝》：“你～不動那鞭鐧撾槌。”**這個意義後來寫作“掄”**。

8 **輬** liáng (粵) loeng4 [轀（wēn (粵) wan1）輬] **見本頁“轀”字**。

8 **輟** chuò (粵) zyut3 **停止，廢止**。《荀子・天論》：“天不為人之惡寒也～冬。”《莊子・人間世》：“匠伯不顧，遂行不～。”**元陶宗儀有《南村輟耕錄》（簡稱《輟耕錄》）**。

8 **輜** zī (粵) zi1 ❶ [輜車] **一種有帷蓋的車子**。《史記・孫子吳起列傳》：“居～～中，坐為計謀。”❷ [輜重] ① **外出時所帶的衣物箱籠**。《老子・二十六章》：“是以聖人終日行不離～～。”② **軍用器械、糧草、營帳、服裝等的統稱**。《史記・淮陰侯列傳》：“從間道絕其～～。”（間道：小道。絕：斷。）

8 **輩** bèi (粵) bui3 ❶ **某一等級、某一類別的人或物**。《史記・孫子吳起列傳》：“馬有上、中、下～。”《世說新語・政事》：“若不容置此～，何以為京都？”❷ **放在數字後面，表示同類的人或物的多數**。孫樵《書褒城驛壁》：“一歲賓至者不下數百～。”（歲：年。賓：客人。）❸ **代，輩分（後起意義）**。《晉書・吐谷渾傳》：“當在汝之子孫～耳。”❹ **批**。《史記・張耳陳餘列傳》：“使者往十餘～輒死，若何以能得王？”

8 **輝** huī (粵) fai1 **光彩，光輝**。《後漢書・李膺傳》：“虹蜺（ní (粵) ngai4）揚～。”（虹蜺：彩虹。）曹植《求自試表》：“螢燭末光，增～日月。”

9 **輳** còu (粵) cau3 **車輪上的輻條集中於轂上。常與“輻”連用**。《史記・劉敬叔孫通列傳》：“四方輻～。”(喻) **聚集**。《漢書・叔孫通傳》：“人人奉職，四方輻～。”（輻輳：形容如同車輻一樣聚集到中心上。）

9 **輻** fú (粵) fuk1 **車輪的輻條**。《老子・十一章》：“三十～共一轂（gǔ (粵) guk1）。”（轂：車輪中心的圓木，可以插軸的部分。）

9 **輯** jí (粵) cap1 ❶ **車廂**。(泛) **車子**。《列子・湯問》：“齊～乎轡（pèi (粵) bei3）銜之際。”（齊：齊整，整備。轡：馬韁繩。銜：馬嚼子。）❷ **聚集**。《韓非子・說林下》：“甲～而兵聚。”（甲：鎧甲。兵：兵器。）(又) **纂集，編輯**。《國語・晉語八》：“端刑法，～訓典。”（訓典：訓辭和禮儀規範。）❸ **和睦**。《左傳・僖公十五年》：“羣臣～睦，甲兵益多。”(引) **安撫，安定**。柳宗元《封建論》：“卧而委之以～一方可也。”（委：委託。）❹ **斂**。《禮記・喪大記》：“大夫於君所則～杖。”（輯杖：指收起拐杖。）

9 **轀** wēn (粵) wan1 **古代一種有帳幔、可供卧息的車**。《韓非子・內儲說上》：“吾聞數夜有乘～車至李史門者。”**後也用作喪車**。權德輿《德宗皇帝挽歌詞》之三：“玉斝恩波徧，靈～煙雨霏。”[轀輬] **本為卧車，後因載喪，遂為喪車**。《漢書・霍光傳》：“載光尸柩以～～車。”

9 **輹** fù (粵) fuk1 **車廂下面鉤住車軸的木頭**。《左傳・僖公十五年》：“車說（tuō (粵) tyut3）其～。”（說：通“脫”。脫落。）

9 **輴** chūn (粵) ceon1 ❶ **古代用於泥濘路上的交通工具**。《呂氏春秋・慎勢》：“水用舟，陸用車，塗用～。”（塗：泥。）❷ **載靈柩的車**。《呂氏春秋・節喪》：“世俗之行喪，載之以大～。”

9 **輸** shū (粵) syu1 ❶ **運送，運輸**。《左傳・僖公十三年》：“秦於是乎～粟于晉。”(又) **輸送，傳遞**。《戰國策・

秦策一》：“陳軫為王臣，常以國情～楚。”❷ **繳納（貢品或賦稅）**。柳宗元《田家》詩：“蠶絲盡～稅。”（盡：全部。）(引) **捐獻，貢獻**。《史記・平準書》：“願～家之半縣官助邊。”曹植《求自試表》：“欲逞其才力，～能於明君也。”(引) **交出。用於抽象意義**。《三國志・蜀書・諸葛亮傳》：“服罪～情者雖重必釋。”（情：真實情況。釋：放。）❸ **毀壞，敗壞**。《公羊傳・隱公六年》：“鄭人來～平。～平者何？～平猶墮成也。”❹ **敗（後起意義）。與“贏”相對**。杜甫《遣懷》詩：“百萬攻一城，獻捷不云～。”（獻捷：進獻俘虜或戰利品。云：說。）(引) **不及**。吳曾《能改齋漫錄》十七卷：“浮名浮利總～閒。”

9 **輶** yóu (粵) jau[4] ❶ **古代一種輕便的車**。《詩經・秦風・駟驖》：“～車鸞鑣，載獫歇驕。”❷ **輕，淺**。《詩經・大雅・烝民》：“人亦有言，德～如毛，民鮮克舉之。”江淹《遣大使巡詔》：“朕以～薄，昧於大道。”

9 **輮** róu (粵) jau[4] ❶ **木製車輪的外周。也叫牙、輞**。《周禮・考工記・車人》：“行澤者反～，行山者仄～。”王褒《僮約》：“持斧入山，斷～裁轅。”❷ **通“揉”。使木彎曲或伸直（以造器物）**。《荀子・勸學》：“木直中繩，～以為輪。”❸ **通“蹂”。踐踏**。《漢書・項籍傳》：“亂相～蹈。”（蹈：踩，踏。）

10 **轂** gǔ (粵) guk[1] **車輪中心的圓木，周圍與車輻的一端相接，中有圓孔，可以插軸**。《老子・十一章》：“三十輻共一～。”（輻：輻條。）屈原《九歌・國殤》：“車錯～兮短兵接。”(泛) **車**。《漢書・食貨志下》：“轉～百數。”（百數：指數量多。）［**轂下**］**輦轂之下，指京城**。《隋書・楊玄感等傳論》：“既而禍生～～。”

10 **轅** yuán (粵) jyun[4] ❶ **車轅子，車前駕牲口的直木**。《墨子・雜守》：“為板箱，長與～等。”（等：相等。）(引) **犁轅**。賈思勰《齊民要術・耕田》：“今遼東耕犁，～長四尺。”❷［**轅門**］**帝王出行時的住處以車轅為門**。《周禮・天官・掌舍》：“設車宮～門。”(引) **軍營的門**。《漢書・項籍傳》：“羽見諸侯將入～～。”❸ **帝王或高級官吏出行住的地方**。《魏書・李順傳》：“尚書令以西京說朕，仍使朕不廢東～。”

10 **轄** xiá (粵) hat[6] ❶ **安在車軸末端的擋鐵，用以防止車輪脫落**。《韓非子・內儲說上》：“西門豹為鄴令，佯亡其車～。”（佯：假裝。亡：丟掉。）**這個意義又寫作“鎋”**。❷ **管轄**。任昉《答劉孝綽》詩：“直史兼褒貶，～司專疾惡。”（直史：正直的史官。轄司：指主管官吏。）

10 **輾** zhǎn (粵) zin[2] ❶［**輾轉**］**身體翻來覆去**。《詩經・周南・關雎》：“悠哉悠哉，～～反側。”(引) **從一處到另一處，轉移不定**。樂府《飲馬長城窟行》：“他鄉各異縣，～～不可見。”❷ niǎn (粵) nin[5] **又寫作“碾”。壓**。孟郊《寄張籍》：“轔轔車聲～冰玉。”

10 **輿** yú (粵) jyu[4] ❶ **車廂**。《潛夫論・相列》：“材木……曲者宜為輪，直者宜為～。”（宜為：適合做。）(泛) **車**。《三國志・蜀書・先主傳》：“出則同～，坐則同席。”(引) **用車運載**。韓愈《送窮文》：“載糗～粻。”（糗：炒米。粻：乾糧。）❷ **竹篼**（dōu (粵) dau[1]），**抬人登山的用具**。《漢書・嚴助傳》：“～轎而隃領。”（隃：通“踰”。翻越。領：通“嶺”。山嶺。）❸ **抬，舉**。《戰國策・秦策三》：“百人～瓢而趨，不如一人持而走。”《世說新語・忿狷》：“便～牀就之。”❹［**輿圖**］① **地圖**。陸游《九月二十八日五鼓起坐抽架上書得九域志泫然有感》詩：“行年七十初心在，偶展～～淚自傾。”② **疆土**。《新元史・世祖紀》：“～～之廣，歷古所無。”❺ **眾，眾人的**。《左傳・僖公二十八年》：“晉侯患之，聽～人之誦。”**雙音詞有“輿論”**。❻ **古代一種卑賤的吏卒**。《左傳・昭公七年》：“皂臣～，～臣隸。”(皂、隸：古代兩個卑賤的等級。臣：統屬。)[**輿臺**] **古代兩個卑賤的等級，後來泛指奴僕**。杜甫《後出塞》詩四：“照耀～～軀。”【**辨**】車，輿，輦，軺。見 637 頁“**輦**”字。

11 **轊** (軎)wèi 粵 wai6 **車軸末端的金屬筒狀物**。《史記・田單列傳》：“以～折車敗，為燕所虜。”

11 **轇** jiāo 粵 gaau1 [**轇轕**(gé 粵 got3)] ❶ **廣闊深遠的樣子**。《史記・司馬相如列傳》：“張樂乎～～之宇。”**又寫作“漻澫”**。木華《海賦》：“襄陵廣舄，～～浩汗。”❷ **交錯縱橫的樣子。又寫作“轇輵”**。《楚辭・九歎・遠遊》：“潺湲～～，雷動電發。”

12 **轑** lǎo 粵 lou5 ❶ **車篷骨架**。《初學記》卷二十五引沈約《宋書》：“翠羽蓋黃裏……金華施～。”❷ liǎo 粵 lou5/liu4 **通“橑”。屋椽**。《漢書・張敞傳》：“敞自將郡國吏……果得之殿屋重～中。”❸ liǎo 粵 liu6 **通“燎”。燃燒**。《漢書・杜周傳》：“排擠英俊，託公報私……欲以熏～天下。”❹ láo 粵 lou4 **刮**。《漢書・楚元王傳》：“嫂厭叔與客來，陽為羹盡，～釜，客以故去。”(陽：假裝。轑釜：刮鍋底。)

12 **轎** jiào 粵 giu6/kiu4 **古代過山用的小車**。《漢書・嚴助傳》：“輿～而隃領。”(隃：越過。領：山嶺。)(泛) **指肩輿，轎子**。《朱子語類》卷一二八“法制”：“南渡以前，士大夫皆不甚用～。”

12 **轓** fān 粵 faan1 **車的兩旁擋泥的部件**。《漢書・景帝紀》：“令長吏二千石車朱兩～。”(長吏：官吏中位尊秩高的人。二千石：俸祿二千石的官吏。朱：用作動詞。染紅或做成紅色。)(代) **指代車**。謝朓《三日侍宴曲水代人應詔》詩：“華～徒駕，長纓未飾。”

12 **轍** zhé 粵 cit3 ❶ **車輪壓出的痕跡**。《左傳・莊公十年》：“下視其～。”❷ **車行的路線**。杜甫《自京赴奉先縣詠懷五百字》：“北轅就涇渭，官渡又改～。”

12 **轔** lín 粵 leon4 ❶ **車輪**。《儀禮・既夕禮》“遷于祖用軸”賈公彥疏：“漢時名轉軸為轉～，～，輪也。”❷ [**轔轔**] **車子行走的聲音**。屈原《九歌・大司命》：“乘龍兮～～，高馳兮沖天。”張衡《東京賦》：“戎士介而揚揮……肅肅習習，隱隱～～。”杜甫《兵車行》：“車～～，馬蕭蕭。”❸ **門檻**。《淮南子・說林》：“雖欲謹亡馬，不發戶～。”❹ lìn 粵 leon6 **車輪碾軋**。《史記・司馬相如列傳》：“掩兔～鹿。”《後漢書・廉范傳》：“虜自相～藉，死者千餘人。”

12 **轏** zhàn 粵 zaan6 **用竹木編成的車**。《左傳・成公二年》：“丑父寢於～中。”

13 **轗** (輡)kǎn 粵 ham2 [**轗軻**] **同“坎坷”**。① **不平的樣子**。《北史・文苑傳序》：“道～～而未遇，志鬱抑而不申。”② **不得志的樣子**。東方朔《七諫・怨世》：“年既已過太半兮，然～～而留滯。”

13 **轘** huàn 粵 waan4/waan6 ❶ **用車馬分裂人的肢體的酷刑**。《左傳・桓公十八年》：“齊人殺子亹而～高渠彌。”劉熙《釋名・釋喪制》：“車裂曰～，～散也，肢體分散也。”❷ huán 粵 waan4 [**轘轅**] ① **山名。在今河南**。《史記・高祖本紀》：“因張良遂略韓地～～。”② **險要的路**。《管子・地圖》：“凡兵主者，必先審知地圖～～之險。”

15 **轠** léi 粵 leoi4 ❶ **撞擊**。《漢書・游俠傳》：“一旦叀礙，為甇所～。”❷ [**轠轠**] **車馬聲**。焦延壽《易林・蠱之坤》：“輷輷～～，歲暮偏蔽。”❸ [**轠轤**

(lú ⑨ lou4)］**往來不絕的樣子**。揚雄《羽獵賦》：“繽紛往來，～～不絕。”

15 **轢** lì ⑨ lik1 ❶ **被車輪碾軋**。張衡《西京賦》：“當足見蹍，值輪被～。”（遇到腳就被踩，遇到車輪就被軋。見：被。值：遇到。）❷ **欺壓，欺凌**。《呂氏春秋·慎大》：“干辛任威，凌～諸侯以及兆民。”《史記·文帝本紀》：“陵～邊吏。”

15 **轡** pèi ⑨ bei3 **騎乘、駕馭牲口用的韁繩**。《詩經·秦風·小戎》：“四牡孔阜，六～在手。”（牡：公馬。孔阜：很高大。）［**轡頭**］**馬嚼子和韁繩**。《木蘭詩》：“南市買～～。”

20 **轥** lìn ⑨ leon6 ❶ **車輪碾壓，經過**。潘岳《西征賦》：“～枍詣而轢承光。”（枍詣、承光：都是台觀名。）❷［**轥轢**（lì ⑨ lik1）］① **車輪碾壓**。司馬相如《上林賦》：“徒車之所～～，步騎之所蹂若。”② **超越**。《隋書·楊玄感傳》：“足以～～軒唐，奄吞周漢。”

辛部

0 **辛** xīn ⑨ san1 ❶ **辣**。宋玉《招魂》：“大苦鹹酸，～甘行些。”（苦鹹酸辣甜都用。行：用。些：語氣詞。）㊂ **葱薑等辣味菜蔬**。《宋史·顧忻傳》：“葷～不入口者十載。”❷ **辛苦，勞苦**。《左傳·昭公三十年》：“視民如子，～苦同之。”李白《陳情贈友人》詩：“自古多艱～。”㊀ **悲痛，痛苦**。李白《中山孺子妾歌》：“萬古共悲～。”❸ **天干的第八位。見 176 頁“干”字。**

5 **辜** gū ⑨ gu1 ❶ **罪**。《詩經·小雅·正月》：“民之無～。”**成語有“死有餘辜”**。［**伏辜**］**服罪**。《史記·太史公自序》：“京師行誅，七國～～。”㊀ **禍害**。《漢書·哀帝紀》：“朕之不德，民反蒙～。”❷ **分裂肢體，古代的一種酷刑**。《韓非子·內儲說上》：“罪莫重～磔（zhé ⑨ zaak3）於市。”（磔：分裂肢體的酷刑。）❸ **辜負，對不起（後起意義）**。杜甫《後出塞》詩之五：“躍馬二十年，恐～明主恩。”《資治通鑒·唐高祖武德三年》：“今君既～付托，徇利求全，妾將如君何！”

6 **辟** bì ⑨ pik1 ❶ **法度，法律**。《詩經·小雅·雨無正》：“～言不信，如彼行邁，則靡所臻（zhēn ⑨ zeon1）。”（不聽信合乎法度的話，就像走路沒有目標。邁：走。靡：沒有。臻：至。）❷ **治理**。《尚書·金縢》：“我之弗～，我無以告我先王。”㊕ **治罪，懲罰**。《左傳·襄公二十五年》：“先王之命，唯罪所在，各致其～。”㊂ **罪，罪行**。《國語·周語上》：“士不備墾，～在司寇。”（司寇：官名。）❸ ⑨ bik1 **君主**。《詩經·大雅·文王有聲》：“皇王維～。”（皇王：指周武王。維：句中語氣詞。）**又如“復辟”**。❹ ⑨ bik1 **徵召**。《晉書·謝安傳》：“初～司徒府，除佐著作郎。”（當初受司徒府的徵召，拜官為佐著作郎。除：拜官。）❺ ⑨ bik1 **躲開，避免**。《孟子·滕文公下》：“～兄離母，處於於陵。”（於陵：地名。）《史記·張丞相列傳》：“高祖嘗～吏。”**這個意義後來又寫作“避”**。❻ ⑨ bik1［**辟易**］**退走**。《史記·項羽本紀》：“項王瞋目而叱之，赤泉侯人馬俱驚，～～數里。”❼ ⑨ bik1 **通“躄”。腿瘸**。《荀子·正論》：“王梁造父者，天下之善馭者也，不能以～馬毀輿致遠。”❽ pì **開墾，開闢**。《商君書·弱民》：“農～地。”《鹽鐵論·地廣》：“周宣王～國千里。”㊂ **開，打開**。《左傳·宣公二年》：“晨往，寢門～矣。”㊀ **消除，排除**。《荀子·成相》：“～除民害。”**這個意義後來寫作“闢”**。❾ pì **偏僻**。《史記・范雎蔡澤列傳》："秦國～遠。" (又) **邪僻**。《商君書・弱民》："境內之民無～淫之心。"(辟淫：邪僻，淫亂。) **這個意義後來又寫作"僻"**。❿ pì 粵 pei^{3} **通"譬"**。**比如，打比方**。《荀子・王霸》："～之是猶立直木而求其景 (yǐng 粵 jing^{2}) 之枉也。"(景：影子。枉：彎曲。)

9 **辨** biàn 粵 bin^{6} ❶ **分辨，辨別**。《論語・顏淵》："子張問崇德～惑。"《荀子・榮辱》："目～白黑美惡。" ❷ **通"辯"**。**辯論**。《商君書・更法》："曲學多～。"(曲學：指學識片面的人。) (引) **言辭動聽**。《呂氏春秋・蕩兵》："故說雖強，談雖～，文學雖博，猶不見聽。"(文學：指文獻。見：被。) ❸ **通"遍"**。**普遍**。《史記・禮書》："萬民和喜，瑞應～至。" ❹ bàn 粵 baan^{6} **通"辦"**。**治理，辦理**。《荀子・議兵》："城郭不～，溝池不扫。"("扫"為"扣"之誤字。扣：挖掘。)《鹽鐵論・世務》："事不豫～，不可以應卒 (cù 粵 cyut^{3})。"(豫：預先。應：應付。卒：同"猝"。指突變。)

9 **辦** bàn 粵 baan^{6} ❶ **辦理，治理**。《管子・中匡》："民～軍事矣，則可乎？"《史記・項羽本紀》："每吳中有大繇(yáo 粵 jiu^{4}) 役及喪，項梁常為主～。"(主：主持。) (引) **處罰，懲辦**。《三國志・蜀書・費禕傳》："君信可人，必能～賊者也。"(君信可人：您確實是合適的人。) ❷ **備辦，做成**。《後漢書・彭寵傳》："趣為諸將軍～裝。"(趣：趕快。)《晉書・石崇傳》："為客作豆粥，咄嗟(duō jiē 粵 zyut^{3} ze^{1}) 便～。"(咄嗟：倉促，很快的意思。)

12 **辭** (辤)cí 粵 ci^{4} ❶ **訟辭，口供**。《周禮・秋官・鄉士》："聽其獄訟，察其～。" 柳宗元《斷刑論下》："使犯死者自春而窮其～。"(引) **解說，申辯**。《左傳・僖公四年》："子～，君必辯焉。" ❷ **言辭，文辭**。《莊子・盜跖》："多～繆說。"《周易・乾》："修～立其誠。"(引) **說詞，藉口**。《論語・季氏》："君子疾夫舍曰欲之而必為之～。"《三國志・吳書・周瑜傳》："挾天子以征四方，動以朝廷為～。"(又) **告訴，講話**。《禮記・檀弓上》："使人～於狐突。"(狐突：人名。) 柳宗元《段太尉逸事狀》："請～於軍。"(請讓我對軍隊說一說。) ❸ **推辭，不接受**。《論語・雍也》："與之粟九百，～。" 曹操《讓縣自明本志令》："固～不受。"(固：堅決。)**成語有"不辭辛苦"**。❹ **告別**。陶潛《桃花源記》："停數日，～去。"❺ **文體的一種**。**如漢武帝《秋風辭》、陶潛《歸去來兮辭》**。【**辨**】辭，詞。見 588 頁"詞"字。

14 **辯** biàn 粵 bin^{6} ❶ **辯論，申辯**。《孟子・滕文公下》："予豈好～哉！予不得已也。"(又) **巧辯的話**。《韓非子・難勢》："此則積～累辭。"(引) **言辭動聽**。《墨子・脩身》："務言而緩行，雖～必不聽。"(光說而行動跟不上，說得再動聽也沒人聽他的。)(引) **有口才**。《韓非子・五蠹》："子貢～智而魯削。"❷ **通"辨"**。**辨別**。《莊子・秋水》："不～牛馬。"《後漢書・仲長統傳》："目能～色，耳能～聲。"❸ 粵 bin^{3} **通"變"**。**變化**。《莊子・逍遙遊》："若夫乘天地之正，而御六氣之～，以遊無窮者，彼且惡乎待哉？"(正：正氣。六氣：陰、陽、風、雨、晦、明。惡乎：於何。) ❹ bàn 粵 baan^{6} **通"辦"**。**治理，辦理**。《淮南子・泰族》："蒼頡之初作書，以～治百官，領理萬事。"(領理：了解，處理。) ❺ 粵 pin^{3}/bin^{3} **通"遍"**。**普遍**。《史記・五帝本紀》："望于山川，～于群神。"

辰部

0 **辰** chén 粵 san^{4} ❶ **地支的第五位**。**見 176 頁"干"字**。(又) **十二時辰之一**，

等於現在的上午七時至九時。(泛) **日子，時辰**。《儀禮・士冠禮》："吉月令～，乃申爾服。"（令：美好。）賈思勰《齊民要術・耕田》："擇元～。"（元：好。）❷ **星的統稱**。《荀子・禮論》："星～以行，江河以流。"［**北辰**］**北極星**。謝靈運《擬魏太子鄴中集詩・魏太子》："百川赴巨海，眾星環～～。"（環：圍繞。）(特) **心宿，二十八宿之一，又稱商星**。《鹽鐵論・相刺》："猶～參（shēn (粵) sam1）之錯。"（辰星夏季出現，參星冬季出現，所以互不相見。錯：岔開。）❸［**三辰**］**日、月、星**。《左傳・桓公二年》："～～旂（qí (粵) kei4）旗。"（畫着日、月、星的旗幟。）❹ **通"晨"。早晨**。《詩經・齊風・東方未明》："不能～夜，不夙則莫（mù (粵) mou6）。"（夙：早晨。莫：暮。）

3 **辱** rǔ (粵) juk6 ❶ **恥辱**。《商君書・靳令》："其竟內之民爭以為榮，莫以為～。"（竟：境。）❷ **辱沒**。《論語・子路》："使於四方，不～君命。"❸ **侮辱，玷辱**。《禮記・儒行》："（儒）可殺而不可～也。"司馬遷《報任安書》："太上不～先，其次不～身。"❹ **屈辱，受屈**。《左傳・襄公三十年》："使吾子～在泥塗久矣。"(特) **使人枉駕前來**。《史記・汲鄭列傳》："越人相攻，固其俗然，不足以～天子之使。"❺ **謙辭。意思是使對方受屈辱了**。《左傳・僖公四年》："～收寡君，寡君之願也。"（寡君：臣子對別國人謙稱自己的國君。）【**辨**】**羞，恥，辱**。"**羞**"只是羞愧，在程度上沒有"恥"、"辱"重。"恥"和"辱"用於名詞時是同義詞，用於動詞時，則意義不同，"恥之"是表示以他為可恥，"辱之"表示侮辱他或使他受辱，這樣的用法"恥"和"辱"是不能互換的。

6 **農** nóng (粵) nung4 ❶ **耕種**。《左傳・襄公九年》："其庶人力於～穡。"(泛) **農業**。《國語・周語上》："夫民之大事在～。"雙音詞有"**農時**"。❷ **耕種的人，農民**。《論語・子路》："樊遲請學稼。子曰：'吾不如老～。'"《商君書・弱民》："～闢地，商致物。"❸ **傳說中農業的發明者"神農氏"的省稱**。《魏書・崔浩傳》："變風易俗，化洽四海，自與羲、～齊列。"（羲：伏羲氏。）(泛) **農家，農家學派。春秋戰國時諸子百家之一，主張勸農桑、足衣食**。《後漢書・班固傳上》李賢注："九流，謂道、儒、墨、名、法、陰陽、～、雜、縱橫。"❹ **勤勉**。《左傳・襄公十三年》："小人～力以事其上。"《管子・大匡》："用力不～。"❺ **通"醲"。厚**。《尚書・洪範》："～用八政。"

辵部

0 **辵** chuò (粵) coek3 **忽走忽停**。《說文》："辵，乍行乍止也。"［**辵辵**］**行走躊躇的樣子**。衛元嵩《元包經・孟陰》："睛睒（shǎn (粵) sim2）睒，步～～。"（睒睒：目光閃爍的樣子。）

3 **迂** yū (粵) jyu1 ❶ **曲折，繞遠**。《孫子兵法・軍爭》："先知～直之計者勝，此軍爭之法也。"❷ **不切實際，不合時宜**。《論語・子路》："有是哉，子之～也！"《鹽鐵論・利議》："～時而不要也。"（不要：指抓不住治世的要領。）**又如"迂腐"、"迂論"**。

3 **迅** xùn (粵) seon3 **快，急速**。《世說新語・汰侈》："崇牛數十步後～若飛禽，愷牛絕走不能及。"（崇、愷：人名。）《漢書・溝洫志》："北渡迴兮～流難。"［**迅雷**］**疾雷**。《論語・鄉黨》："～～風烈必變。"**成語有"迅雷不及掩耳"**。

3 **迄** qì (粵) ngat6/hat1 ❶ **至，到**。《詩經・大雅・生民》："后稷肇祀，庶無罪悔，以～于今。"❷ **畢竟，終究**。《後漢書・孔融傳》："才疏意廣，～無成功。"（才疏意廣：志大才疏。）

3 **巡** (廵)xún 粵 ceon4 ❶ **巡視**。《左傳・宣公十二年》："王～三軍，拊而勉之。"《史記・秦始皇本紀》："三十有七年，親～天下。" ❷ **量詞。匝，遍。多用於飲酒**。杜甫《撥悶》詩："乘舟取醉非難事，下峽銷愁定幾～？"（銷：消。）❸ **[逡巡] 見 649 頁"逡"字**。

4 **迋** wàng 粵 wong6 ❶ **往，前往**。《左傳・襄公二十八年》："君使子展～勞於東門之外。" ❷ guàng 粵 gwong2 **通"誑"。欺騙**。《詩經・鄭風・揚之水》："無信人之言，人實～女。" ❸ guàng 粵 hong1 **通"恇"。恐嚇**。《左傳・昭公二十一年》："子無我～，不幸而後亡。"

4 **迓** yà 粵 ngaa6 **迎接**。《左傳・成公十三年》："～晉侯于新楚。"（新楚：地名。）

4 **迍** zhūn 粵 zeon1 **[迍邅 (zhān 粵 zin1)] 困頓，處境艱難**。伍緝之《勞歌》二首之一："～～已窮極，疢痾復不康。"駱賓王《疇昔篇》："丈夫坎壈多愁疾，契闊～～盡今日。" **又寫作"屯邅"**。

4 **迕** wǔ 粵 ng5 ❶ **違反，抵觸**。鼂錯《論貴粟疏》："上下相反，好惡乖～。"（乖：違背。）❷ **相遇**。《後漢書・陳蕃傳》："王甫時出，與蕃相～，適聞其言。"（王甫：人名。適：剛巧。）⊗ **交錯**。宋玉《風賦》："耾耾雷聲，回穴錯～。"

4 **近** jìn 粵 gan6/kan5 ❶ **近。與"遠"相對**。《論語・衞靈公》："人無遠慮，必有～憂。"《韓非子・説林上》："遠水不救～火也。" ❷ **親近，接近**。《戰國策・趙策一》："襄子必～幸子。"（子：對人的尊稱。）(引) **受到寵愛**。《戰國策・齊策三》："齊王夫人死，有七孺子皆～。"（孺子：指齊王的妾。）❸ **淺近**。《孟子・盡心下》："言～而指遠者，善言也。"（指：意思，意義。）《新唐書・高駢傳》："語言俚 (lǐ 粵 lei5) ～。"（俚：粗俗。）❹ **相近，近似**。張儼《默記・述佐》："昔子產治鄭，諸侯不敢加兵，蜀相其～之矣。"（加：施加。蜀相：指諸葛亮。其：語氣詞。）

4 **迒** háng 粵 hong4 **野獸或車輛經過後留下的痕跡**。許慎《説文解字敍》："見鳥獸蹄～之跡。"張衡《東京賦》："軌塵掩～，匪疾匪徐。"（軌塵：車輪軋起的塵土。掩：覆蓋。）⊗ **小路**。張衡《西京賦》："結罝 (jū 粵 zeoi1/ze1) 百里，～杜蹊 (xī 粵 hai4) 塞。"（罝：捕獸的網。杜：堵塞。蹊：小路。）

5 **迹** (跡、蹟) jì 粵 zik1 ❶ **腳印**。《孟子・滕文公上》："獸蹄鳥～之道交于中國。"《漢書・枚乘傳》："人性有畏其景而惡其～者。"（景：影子。）(引) **痕跡，遺跡**。沈括《夢溪筆談》卷一七："用筆極新細，殆 (dài 粵 toi5) 不見墨～。"（殆：幾乎。）李白《登金陵冶城西北謝安墩》詩："冶城訪古～，猶有謝安墩。" ⊗ **事跡**。《史記・秦始皇本紀》："從臣思～。" ❷ **追踪行跡**。《漢書・季布傳》："漢求將軍急，～且至臣家。"（且：將要。）❸ **推究，考察**。賈誼《治安策》："臣竊～前事，大抵強者先反。"（臣：我。竊：謙辭。私下。）

5 **迣** chì 粵 lai6 ❶ **飛越**。《漢書・禮樂志》："體容與，～萬里。"（容與：從容的樣子。）❷ liè 粵 lit6 **遮攔**。《漢書・鮑宣傳》："部落鼓鳴，男女遮～。"

5 **述** shù 粵 seot6 ❶ **遵循，依照**。《尚書・五子之歌》："～大禹之戒以作歌。"《後漢書・陳夫人紀》："～遵先世。" ❷ **陳述，記述**。《史記・太史公自序》："～往事。"范仲淹《岳陽樓記》："前人之～備矣。"（備：完備。）(特) **闡述、傳承前人成説**。《論語・述而》："～而不作。”(又) **著述**。《晉書·孔衍傳》：“凡所撰～，百餘萬言。”❸ **文體名**。《顏氏家訓·文章》：“詔、命、策、檄，生於《書》者也；序、～、論、議，生於《易》者也。”

【辨】說，陳，敘，述。參592頁“說”字。

5 **迪** dí 粵 dik^6 ❶ **道路**。屈原《九章·懷沙》：“易初本～兮，君子所鄙。”（易初本迪：改變最初的道路。）(又) **道理**。《尚書·大禹謨》：“惠～吉，從逆凶。”（惠：遵循。）❷ **行，行動**。《尚書·微子》：“詔王子出～。”❸ **開導，引導**。《尚書·太甲上》：“啟～後人。”（啟：啟發。）❹ **遵循，因襲**。《揚子法言·先知》：“為國不～其法而望其效。”《漢書·敘傳下》：“漢～於秦，有革有因。”❺ **進用，引進**。《詩經·大雅·桑柔》：“維此良人，弗求弗～。”（求：尋求。）❻ **句首、句中語氣詞**。《尚書·立政》：“古之人～惟有夏。”

5 **迥**（逈）jiǒng 粵 gwing^2 **遠**。《漢書·敘傳上》：“夢登山而～眺兮。”王粲《登樓賦》：“路逶迤（wēi yí 粵 wai^1 ji^4）而修～兮。”（逶迤：曲折而長。修：長。）(引) **差別很大**。沈括《夢溪筆談》卷三：“其色清明……與常鐵～異。”**成語有“迥然有別”**。

5 **迭** dié 粵 dit^6 ❶ **交替地，輪流地**。《莊子·天運》：“四時～起，萬物循生。”《孟子·萬章下》：“～為賓主。”❷ **接連，連續**。《呂氏春秋·知分》：“以處於晉，而～聞晉事。”《後漢書·袁紹傳》：“分為奇兵，乘虛～出。”❸ 粵 dip^6 **通“疊”。堆積，重疊（後起意義）**。周密《癸辛雜識續集下·捕狸法》：“然狸性至靈，每於穴中～土作臺以處。”❹ yì 粵 jat^6 **通“軼”。襲擊**。《左傳·成公十三年》：“～我殽（xiáo 粵 ngaau^4）地。”（殽：地名。）

5 **迮** zé 粵 zaak^3 ❶ **突然**。《公羊傳·襄公二十九年》：“今若是～而與季子國，季子猶不受也。”❷ **壓**。賈思勰《齊民要術·作魚鮓》：“盛着籠中，平板石上～去水。”(引) **壓迫**。《後漢書·陳寵傳》：“鄰舍比里，共相壓～。”❸ **狹窄**。《隋書·李穆傳》：“上素嫌臺城製度～小。”❹ **阻塞**。《新唐書·信安王禕傳》：“於是分兵～賊路，督諸將倍道進，遂拔之。”

5 **迤**（迆）yǐ 粵 ji^5 ❶ **斜延，斜行**。《世說新語·言語》：“林公見東陽長山，曰：‘何其坦～。’”(又) **斜倚**。張衡《東京賦》：“立戈～戛（jiá 粵 gaat^3）。”（戈、戛：長矛。）❷ [**迤邐**（lǐ 粵 lei^5）] **曲折綿延的樣子**。竇臮《述書賦》：“登泰山之崇高，知群阜之～～。”**又寫作“迤 逦”**。❸ yí 粵 ji^4 [**逶**（wēi 粵 wai^1）**迤**] **見650頁“逶”字**。

5 **迫**（廹）pò 粵 bik^1 ❶ **靠近，接近**。屈原《離騷》：“望崦嵫而勿～。”司馬遷《報任安書》：“涉旬月，～季冬。”（涉旬月：過一個月。季冬：指十二月。）❷ **逼迫**。《左傳·襄公十四年》：“昔秦人～逐乃祖吾離于瓜州。”（吾離：人名。）《漢書·吳王濞傳》：“～劫萬民，伐殺無罪。”(又) **窘迫**。《韓非子·存韓》：“夫韓嘗一背秦而國～地侵。”❸ **危急，急促**。《史記·項羽本紀》：“此～矣！臣請入，與之同命。”仲長統《昌言·損益》：“安寧勿懈墮，有事不～遽（jù 粵 geoi^6）。”（懈墮：懈怠。遽：急忙。）**成語有“從容不迫”、“迫不及待”**。(又) **催促**。杜甫《戲題畫山水圖歌》：“能事不受相促～。”❹ **狹窄**。《後漢書·竇融列傳》：“西州地勢局～。”（西州：地名。局迫：窄小。）

5 **迢** tiáo 粵 tiu^4 [**迢迢**] ① **遙遠的樣子**。《古詩十九首·迢迢牽牛星》：“～～牽牛星。”**成語有“千里迢迢”**。② **高峻的樣子**。陸機《擬西北有高樓》詩：“高樓一何峻，～～峻而安。”③ **深幽的樣子**。

李涉《六歎》詩之二：“～～碧甃（zhòu (粵) zau3）千餘尺。”（甃：井壁。）④ **時間漫長的樣子**。戴叔倫《雨》詩：“歷歷愁心亂，～～獨夜長。”**【注意】“迢”一般不單用，除“迢迢”疊用外，還常“迢遞”、“迢遙”等連用。**

5 **迨** dài (粵) doi6 ❶ **及，趁着**。《詩經・小雅・伐木》：“～我暇矣，飲此湑（xǔ (粵) seoi2）矣。”（暇：閒空。湑：濾過的酒。）《公羊傳・僖公二十二年》：“請～其未畢陳（zhèn (粵) zan6）而擊之。”（未畢陳：沒有完全擺好陣勢。）❷ **等到，到**。《宋書・謝弘微傳》：“若年～六十，必至公輔。”**這兩個意義又寫作“逮”。**

6 **迾** liè (粵) lit6 ❶ **阻遏，多指列隊警衛**。《漢書・武五子傳》：“以王家錢取卒，～宮清中備盜賊。”❷ **通“列”。排列**。《漢書・揚雄傳上》：“窮冥極遠者，相與～虖高原之上。”

6 **迴** （廻）huí (粵) wui4 ❶ **旋轉**。屈原《九章・悲回風》：“悲～風之搖蕙兮，心冤結而內傷。”(又) **掉轉**。《史記・司馬相如列傳》：“道盡塗殫，～車而還。”（殫：盡。）(引) **改變志向**。《北史・骨儀傳》：“開皇初，為御史，處法平當，不為勢利所～。”❷ **回來，回去（後起意義）**。賈思勰《齊民要術・園籬》：“匪直姦人慙笑而返，狐狼亦自息望而～。”（匪直：不但。慙笑：羞愧地笑。息：停止。）(引) **迴避**。《晉書・熊遠傳》：“協醉，使綝避之，綝不～。”（協：刁協，人名。綝：盧綝，人名。）❸ **量詞。次（後起意義）**。杜甫《漫興》詩：“漸老逢春能幾～？”**【辨】迴，回。“迴”是後起字，它的意義早先寫作“回”。後來兩字相通，但“迴”字沒有“奸邪”的意思。**

6 **适** （适）kuò (粵) kut3 **疾速。多用於人名**。《論語・憲問》：“南宮～出。”

6 **追** zhuī (粵) zeoi1 ❶ **追趕**。《左傳・桓公六年》：“少師歸，請～楚師。”**成語有“追亡逐北”**。❷ **追求**。屈原《離騷》：“背繩墨以～曲兮，競周容以為度。”❸ **追溯，回溯**。《左傳・成公十三年》：“吾與女同好棄惡，復修舊德，以～念前勛。”❹ **補救**。《論語・微子》：“往者不可諫，來者猶可～。”《左傳・哀公十六年》：“悔其可～。”(又) **事後補辦**。《左傳・昭公七年》：“衞襄公卒……王使成簡公如衞弔，且～命襄公曰。”❺ duī (粵) deoi1 **雕琢玉石**。《詩經・大雅・棫樸》：“～琢其章，金玉其相。”（章：花紋。）

6 **逅** hòu (粵) hau6 [**邂逅**] **見 658 頁“邂”字**。

6 **逃** táo (粵) tou4 ❶ **逃走**。《孟子・滕文公上》：“禽獸～匿。”柳宗元《童區寄傳》：“～未及遠。”❷ **躲避**。《左傳・襄公十年》：“今我～楚，楚必驕。”孟郊《寒地百姓吟》：“霜吹破四壁，苦痛不可～。”❸ **脫離，離開**。《禮記・曲禮下》：“三諫而不聽，則～之。”**【辨】遁，逃。見 652 頁“遁”字。**

6 **逄** páng (粵) pong4 ❶ **姓**。《後漢書・劉盆子傳》：“崇同郡人～安，東海人徐宣……各起兵，合數萬人。”❷ [**逄逄**] **鼓聲**。韓愈《病中贈張十八》詩：“不蹋曉鼓朝，安眠聽～～。”

6 **迻** yí (粵) ji4 **遷移**。《楚辭・九歎・遠遊》：“悲余性之不可改兮，屢懲艾而不～。”

6 **迸** bèng (粵) bing3 ❶ **奔散，走散**。《後漢書・樊准傳》：“時飢荒之餘，人庶流～，家戶且盡。”《三國志・魏書・滿寵傳》：“督將～走，死傷過半。”❷ **噴射，湧流**。潘岳《寡婦賦》：“口嗚咽以失聲兮，淚橫～而沾衣。”酈道元《水經注・谷水》：“大水～瀑。”（瀑：水飛濺。）

❸ bǐng [粵] bing2 **通"屏"。排除。**《禮記·大學》："唯仁人放流之，～諸四夷。"

6 **迷** mí [粵] mai4 ❶ **迷亂，分辨不清。**《老子·二十七章》："雖智大～，是謂要妙。" [特] **迷路。**屈原《九章·涉江》："～不知吾所如。"（如：往。）❷ **沉醉，迷戀。**《漢書·五行志下之上》："時幽王暴虐……～於褒姒，廢其正后。"李白《夢遊天姥吟留別》："～花倚石忽已暝。"（暝：日落。）[引] **昏迷。**嵇康《養生論》："夜分而坐，則低～思寢。"❸ **使陶醉，使迷惑。**馮子振《登金山》詩："雲外樓臺～鳥雀。"❹ [粵] mei4/nei4 **通"彌"。充滿，彌漫。**杜甫《送靈州李判官》詩："血戰乾坤赤，氛～日月黃。"

6 **逆** nì [粵] jik6 ❶ **迎，迎接。與"送"相對。**《左傳·成公十四年》："宣伯如齊～女。"（如齊：到齊國去。）《左傳·桓公元年》："目～而送之。"❷ **接受，受命。**《史記·蘇秦列傳》："以有盡之地而～無已之求。"《儀禮·聘禮》："眾介皆～命不辭。"❸ **迎敵，迎戰。**《國語·吳語》："越王勾踐起師～之。"《資治通鑑·漢獻帝建安十三年》："將兵與備并力～操。"（備：劉備。操：曹操。）❹ **揣測。**《孟子·萬章上》："故説詩者……以意～志，是謂得之。"❺ **預先。**諸葛亮《後出師表》："凡事如是，難可～見。"❻ **反着的，倒着的。**《荀子·非十二子》："言辯而～，古之大禁也。"《韓非子·説難》："然其喉下有～鱗徑尺。"[又] **向相反方向活動。**《孟子·滕文公下》："當堯之時，水～行，氾濫於中國。"酈道元《水經注·江水》："水～流百餘里，湧起數十丈。"❼ **抵觸，違背，不順。與"順"相對。**《史記·留侯世家》："忠言～耳利於行。"[引] **背叛，叛逆。**《史記·淮陰侯列傳》："乃謀畔～。"（畔：通"叛"。）曹操《褒棗祗令》："摧滅群～。"

6 **退** tuì [粵] teoi3 ❶ **向後走，退卻。與"進"相對。**《周易·乾》："進～無恆。"《韓非子·五蠹》："～則死於誅。"（後退就要被處死。）[又] **使後退，擊退。**《論語·先進》："由也兼人，故～之。"（由：人名。）《左傳·哀公二年》："～敵於下。"[引] **歸，返回。**《論語·季氏》："鯉～而學《詩》。"（鯉：人名。）《周易·繫辭下》："交易而～。"（交易：交換。）❷ **辭去官職。**潘岳《閑居賦》："於是～而閑居于洛之涘。"（涘：水邊。）[又] **撤銷或降低職務。**王安石《上皇帝萬言書》："不敢以其不勝任而輒（zhé [粵] zip3）～之。"（以：因為。輒：就。）❸ **減退，衰退。**陳亮《甲辰答朱元晦書》："筆力日以荒～。"（寫作能力一天天荒廢減退。）❹ **退縮，謙讓。**《論語·先進》："求也～，故進之。"《新唐書·鄭覃傳》："覃清正～約。"

7 **逝** shì [粵] sai6 ❶ **往，離去。**《論語·子罕》："子在川上曰：'～者如斯夫。'"[引] **跑。**《史記·項羽本紀》："時不利兮騅不～。"（騅：馬名。）❷ **死，死去。**曹丕《與吳質書》："徐、陳、應、劉，一時俱～，痛可言邪！"（邪：同"耶"。語氣詞。）❸ **句首語氣詞。表示強調。**《詩經·邶風·日月》："乃如之人兮，～不古處。"❹ **通"誓"。發誓。**《詩經·魏風·碩鼠》："～將去女，適彼樂土。"

7 **逑** qiú [粵] kau4 ❶ **聚合。**《詩經·大雅·民勞》："惠此中國，以為民～。"❷ **配偶。**《詩經·周南·關雎》："窈窕淑女，君子好～。"

7 **連** lián [粵] lin4 ❶ **一種人拉的車。**《馬王堆漢墓帛書·戰國縱橫家書·觸龍見趙太后章》："老婦持～而睘（xuán [粵] syun4）。"（睘：往來，行動。）❷ **連接。**《莊子·駢拇》："是故駢於足者，～無用之肉也。"酈道元《水經注·江水》："兩岸～山。”⊗聯合。《孟子·離婁上》：“故善戰者服上刑，～諸侯者次之。”《三國志·蜀書·諸葛亮傳》：“外～東吳。”(引)連續，不停止。《漢書·高帝紀上》：“時～雨，自七月至九月。”杜甫《春望》詩：“烽火～三月。”❸同時獲得。《列子·湯問》：“一釣而～六鼇（áo (粵) ngou4）。”（鼇：傳說中海裏的大龜。）❹姻親關係。《史記·南越列傳》：“（呂嘉）及蒼梧秦王有～。”（蒼梧秦王：蒼梧王趙光。）❺古代十個諸侯國為連。《禮記·王制》：“十國以為～。”❻(粵) lin6/lin2 通“鏈”。鉛礦。《史記·貨殖列傳》：“長沙出～錫。”

7 **逋** bū (粵) bou1 ❶**逃亡，逃跑**。《左傳·哀公十六年》：“蒯聵得罪于君父君母，～竄于晉。”《漢書·鼂錯傳》：“外內咸怨，離散～逃。”（咸：都。）❷**欠交，拖欠**。《漢書·昭帝紀》：“三年以前～更賦未入者，皆勿收。”（更賦：一種出錢代役的賦稅。）⊗**拖延，遲延**。《晉書·蔡謨傳》：“司徒謨頃以常疾，久～王命。”

7 **速** sù (粵) cuk1 ❶**快，迅速**。《論語·子路》：“欲～則不達。”《三國志·魏書·郭嘉傳》：“兵貴神～。”(引)**急迫，緊急**。杜甫《發閬中》詩：“女病妻憂歸意～，秋花錦石誰復數。”❷**招致**。《左傳·閔公二年》：“危身以～罪。”（危身：危及自身。）❸**迎請，邀請**。《荀子·樂論》：“主人親～賓及介，而眾賓皆從之。”（介：替賓客傳話的人。）**成語有“不速之客”**。【辨】快，速，疾，捷。這幾個字都有快速的意思。“快”表示快速是後起意義，在上古只作愉快講，而“快速”這個意思卻常用“速”表示。“疾”一般比“速”快一些。“捷”指動作輕快、敏捷。

7 **逐** zhú (粵) zuk6 ❶**追趕，追逐**。《左傳·莊公十年》：“遂～齊師。”(引)**隨，跟隨**。《漢書·匈奴傳》：“～水草移徙。”❷**追求**。李白《贈江夏韋太守良宰》詩：“誤～世間樂。”❸**競爭**。《韓非子·五蠹》：“中世～於智謀，當今爭於氣力。”❹**驅逐，趕走**。《鹽鐵論·利議》：“是孔丘斥～於魯君，曾不用於世也。”（曾：用在“不”字前加強否定語氣。）

7 **逍** xiāo (粵) siu1 [**逍遙**] **自由自在，無拘無束**。屈原《離騷》：“聊浮遊以～～。”（聊：姑且，暫且。）

7 **逞** chěng (粵) cing2 ❶**滿足**。《左傳·僖公三十三年》：“使歸就戮于秦，以～寡君之志。”⊗**快心，稱意**。《左傳·僖公二十三年》：“淫刑以～，誰則無罪？”（淫：指濫用。）(引)**放任，放肆**。《左傳·桓公六年》：“今民餒而君～欲。”柳宗元《三戒》：“不知推己之本，而乘物以～。”（靠外界條件而放縱逞強。）❷**炫耀，顯示**。《韓非子·說林下》：“故勢不便，非所以～能也。”（情勢不便，就不能顯示才能。）

7 **造** zào (粵) zou6 ❶(粵) cou3 **到……去**。《戰國策·宋衛策》：“～大國之城下。”**成語有“登峯造極”**。❷**製造，作**。《詩經·鄭風·緇衣》：“緇衣之好兮，敝，予又改～兮。”《後漢書·西羌傳》：“作大航，～河橋。”[**造化**] ①**自然界的創造者**。《莊子·大宗師》：“今一以天地為大爐，以～～為大冶，惡乎往而不可哉？”②**創造化育**。《漢書·董仲舒傳》：“今子大夫明於陰陽所以～～。”❸**始**。《呂氏春秋·大樂》：“萬物所出，～於太一，化於陰陽。”❹(粵) cou3 **成就，功績**。《詩經·大雅·思齊》：“肆成人有德，小子有～。”《左傳·成公十三年》：“秦師克還無害，則是我有大～於西也。”

7 **透** tòu (粵) tau3 ❶**跳，投**。《隋書·音樂志下》：“並二人戴竿，其上有舞，忽然騰～而換易之。”《南史·后妃傳下》：“妃知不免，乃～井死。”❷**通過，穿透**。賈島《病鶻吟》：“有時～霧凌空去。”❸ **透露，顯露**。韓玉《感皇恩・遠柳綠含煙》：“遠柳綠含煙，土膏才～。”❹ shū (粵) suk^{1} **驚慌的樣子**。左思《吳都賦》：“驚～沸亂。”

7 **途** tú (粵) tou^{4} **道路**。《孫子兵法・軍爭》：“故迂其～而誘之以利。”（所以迂迴繞道而用小利引誘敵人。）**這個意義又寫作“涂”、“塗”**。(引) **途徑，方法**。《鹽鐵論・本議》：“開本末之～。”(特) **仕途**。元稹《寄吳士矩端公五十韻》：“時輩多得～，親朋屢相敕。”

7 **逖** (逷)tì (粵) tik^{1} ❶ **遠**。《詩經・大雅・抑》：“用～蠻方。”《隋書・音樂志中》：“百蠻非眾，八荒非～。”(引) **使遠，疏遠**。《尚書・多方》：“離～爾土。”❷ [逖逖] **憂懼的樣子。又寫作“惕惕”**。屈原《九章・悲回風》：“悼來者之惕惕。”

7 **逢** féng (粵) fung^{4} ❶ **遭遇**。《詩經・邶風・柏舟》：“薄言往愬，～彼之怒。”(引) **遇見，遇到**。李白《古風五十九首》之二十四：“路～鬬雞者，冠蓋何輝赫。”❷ **迎接**。王維《與盧象集朱家》詩：“主人能愛客，終日有～迎。”(又) **迎合，討好**。《孟子・告子下》：“～君之惡其罪大。”**成語有“阿諛逢迎”**。❸ **大**。《禮記・儒行》：“衣～掖之衣。”（逢掖：大袖子。）❹ péng (粵) pung^{4} [逢逢] **象聲詞。鼓聲**。《詩經・大雅・靈臺》：“鼉（tuó (粵) to^{4}）鼓～～。”（鼉：鱷魚的一種，皮可蒙鼓。）❺ páng (粵) pong^{4} **姓。古有逢丑父（《左傳・成公二年》）、逢蒙（《孟子・離婁下》）。這個意義後來寫作“逄”**。

7 **通** tōng (粵) tung^{1} ❶ **通行，到達，通到**。《韓非子・說林下》：“道難不～。”（難：險。）《三國志・蜀書・諸葛亮傳》：“西～巴蜀。”（巴、蜀：地名。）(引) **開闢，疏通**。《禮記・月令》：“開～道路，毋有障塞。”(又) **連接，連通**。李商隱《無題》詩：“心有靈犀一點～。”❷ **通報，傳達**。《史記・陳涉世家》：“不肯為～。”(又) **陳述，述說**。封演《封氏聞見記・飲茶》：“手執茶器，口～茶名。”❸ **暢通，沒有阻礙**。司馬遷《報任安書》：“～邑大都。”（邑：城鎮。都：大城市。）❹ **得志**。白居易《與元九書》：“小～則以詩相戒，小窮則以詩相勉。”(又) **地位顯達，顯貴**。王安石《上皇帝萬言書》：“凡在左右～貴之人，皆順上之欲而服行之。”❺ **通曉，精通**。《漢書・辛慶忌傳》：“～於兵事。”(又) **淵博**。《論衡・超奇》：“博覽古今者為～人。”❻ **交往**。《漢書・季布傳》：“吾聞曹丘生非長者，勿與～。”（曹丘生：人名。長者：品行高尚的人。）(引) **交換**。《荀子・儒效》：“～財貨。”❼ **共同的，通常的**。沈約《立左降詔》：“減秩居官，前代～則。”（秩：官職，品位。）❽ **全部，整個**。《孟子・告子上》：“弈秋，～國之善弈者也。”《晉書・佛圖澄傳》：“～夜不寢。”（寢：睡覺。）❾ **不正當的男女關係，通姦**。《公羊傳・莊公二十七年》：“公子慶父、公子牙～乎夫人。”❿ **靈活，變通**。劉勰《文心雕龍・鎔裁》：“變～以趨時。”（趨時：追隨時勢，指適應情況。）⓫ **馬糞**。《後漢書・戴就傳》：“以馬～薰之。”⓬ **田地單位名**。《漢書・刑法志》：“地方一里為井，井十為～。”（方一里：一里見方。井：田地單位名。）⓭ **量詞。用於文書，表示一份**。《後漢書・崔寔傳》：“仲長統曰：‘凡為人主，宜寫一～，置之坐側。’”（人主：皇帝。宜：應該。）(又) **用於擊鼓，相當於一陣、一曲、一遍**。曹操《步戰令》：“嚴鼓一～。”

7 **逡** qūn (粵) ceon^{1} **退讓，退卻**。《漢書・公孫弘傳》：“有功者上，無功者下，則群臣～。”[逡巡] ① **有顧慮而徘徊或退卻**。《莊子・讓王》：“子貢～～而有愧色。”（子貢：人名。）② **迅速，片刻**。李商隱《春日寄懷》詩："世間榮落重～～，我獨丘園坐四春。"（重：甚。）陸游《除夜》詩："相看更覺光陰速，笑語～～即隔年。"

8 **逵** (馗)kuí [粵] kwai^{4} **四通八達的道路。**《左傳·隱公十一年》："子都拔棘以逐之，及大～，弗及。"（子都：人名。棘：通"戟"。逐：追。弗及：沒有追上。）王粲《從軍詩》之五："館宅充鄽里，士女滿莊～。"（莊：四通八達的路。）

8 **逴** chuō [粵] coek^{3} **遠**。《史記·衞將軍驃騎列傳》："取食於敵，～行殊遠，而糧不絕。"（殊遠：很遠。）[**逴躒** (luò [粵] lok^{6})] **超越，超過**。班固《西都賦》："封畿之內，厥土千里，～～諸夏，兼其所有。"（諸夏：指中原地區。）

8 **逶** wēi [粵] wai^{1} [**逶迤** (yí [粵] ji^{4})] ① **綿延曲折的樣子**。《古詩十九首·東城高且長》："東城高且長，～～自相屬(zhǔ [粵] zuk^{1})。"（屬：連。）② **從容自得的樣子**。《後漢書·楊秉傳》："～～退食，足抑苟進之風。"（退食：退朝回家吃飯。）③ **依順的樣子**。李康《運命論》："俛仰尊貴之顏，～～勢利之間。"**上述意義都可寫作"逶蛇"、"委蛇"、"逶迆"、"委移"、"倭遲"等。**

8 **進** jìn [粵] zeon^{3} ❶ **前進。與"退"相對。**《論語·雍也》："非敢後也，馬不～也。"《孫子兵法·軍爭》："勇者不得獨～，怯者不得獨退。"[引] **到朝廷**。《商君書·農戰》："～則曲主，退則慮私。"（曲主：曲意討好君主。退：退朝，指回家。慮私：謀私利。）[又] **出來做官**。《荀子·大略》："君子～則能益上之譽而損下之憂。"（益上之譽：增加在上者的好名聲。損下之憂：減少在下者的憂患。）❷ **進獻**。宋玉《高唐賦》："～純犧，禱琁室。"《戰國策·齊策一》："群臣～諫。"（諫：規勸使改正錯誤。）❸ **推薦**。《史記·孫子吳起列傳》："於是忌～孫子於威王。"（忌：田忌，人名。孫子：指孫臏。威王：齊威王。）❹ [粵] zeon^{2} **通"贐"。贈送的財物**。《史記·高祖本紀》："蕭何為主吏，主～。"（主：主管。）❺ **進入（後起意義）**。王嘉《拾遺記·秦始皇》："駕朱馬而至宮門，云欲見秦王子嬰，閽者許～焉。"【辨】**進，入。在上古時代，"進"和"入"是兩個不同的概念。"進"的反面是退，"入"的反面是出。現代漢語所謂"進去"、"進來"，古人只說"入"，不說"進"。**

8 **逸** yì [粵] jat^{6} ❶ **逃跑**。《左傳·桓公八年》："隨侯～。"[又] **馬脫韁奔跑**。《國語·晉語五》："馬～不能止。"❷ **隱逸**。《楚辭·遠遊》："離人群而遁～。"❸ **釋放**。《左傳·成公十六年》："乃～楚囚。"❹ **安閒，安逸**。《漢書·趙充國傳》："以～擊勞，取勝之道也。"**熟語有"勞逸結合"。**❺ **放縱，放蕩**。《戰國策·楚策四》："專淫～侈靡，不顧國政。"[引] **過失**。《尚書·盤庚上》："其發有～口。"（逸口：引起過失之言。）❻ **通"佚"。亡失，散失**。柳宗元《武功縣丞廳壁記》："壁壞文～。"❼ **通"軼"。超越**。《三國志·蜀書·諸葛亮傳》："亮少有～群之才。"（少：指年輕時。）《世說新語·文學》："於病中猶作《漢晉春秋》，品評卓～。"

8 **逭** huàn [粵] wun^{6} ❶ **逃避**。《尚書·太甲中》："天作孽，猶可違；自作孽，不可～。"《新唐書·張說傳》："后～暑三陽宮，汔(qì [粵] ngat^{6})秋未還。"（汔：終。）❷ **饒恕，免除（後起意義）**。沈德符《萬曆野獲編》卷二十二："願奪官以～其罪，如郭子儀之雪李白。"

8 **逮** dài [粵] dai^{6} ❶ **及，達到**。《論語·里仁》："古者言之不出，恥躬之不～也。"《荀子·堯問》："魏武侯謀事而當，群臣莫能～。"（魏武侯：魏國的國君。當：恰當。）❷ **趁，趁着**。《左傳・定公四年》：“～吳之未定，君其取分焉。”❸ **捉拿，逮捕**。《史記・文帝本紀》：“詔獄～徙繫長安。”（詔獄：奉詔命關押犯人的牢獄。）**【辨】捕，逮，捉。“捕”和“逮”都指捉人，“捕”還可用於其他動物，如“捕魚”、“捕鹿”。“捉”在上古是“握”的意思，如“捉刀”。“捕捉”的意義大約在中古才開始使用。**

9 **達** dá 粵 daat6 ❶ **通**。《荀子・君道》：“公道～而私門塞矣，公義明而私事息矣。”（塞：堵塞。）又 **到達**。《荀子・脩身》：“橫行天下，雖～四方，人莫不棄。”李白《秋浦歌》之一：“遙傳一掬淚，為我～揚州。”**成語有“四通八達”**。引 **通曉**。《漢書・元帝紀》：“且俗儒不～時宜，好是古非今。”❷ **豁達，心懷寬闊**。《漢書・高帝紀》：“高祖不修文學，而性明～。”（不修：不學習。）**雙音詞有“達觀”**。❸ **表達，傳達**。《論語・衛靈公》：“子曰：‘辭～而已矣。’”《史記・滑稽列傳》：“《書》以道事，《詩》以～意。”❹ **得志，顯貴**。《孟子・盡心上》：“窮則獨善其身，～則兼善天下。”杜甫《哀王孫》詩：“又向人家啄大屋，屋底～官走避胡。”❺ **通行的，共同的**。《禮記・中庸》：“知（zhì 粵 zi3）、仁、勇三者，天下之～德也。”

9 **逼** （偪）bī 粵 bik1 ❶ **強迫，威脅**。《孟子・萬章上》：“而居堯之宮，～堯之子，是篡也，非天與也。”《古詩為焦仲卿妻作》：“我有親父母，～迫兼弟兄。”❷ **接近，迫近**。酈道元《水經注・沔水》：“又有白馬山，山石似馬，望之～真。”《晉書・苻堅載記下》：“列陣～肥水。”❸ **狹窄**。《荀子・賦》：“入郄（xì 粵 kwik1）穴而不～者。”（郄：隙，裂縫。）

9 **逿** dàng 粵 dong6 ❶ **跌倒**。《漢書・王式傳》：“式恥之，陽醉～墜（dì 粵 dei6）。”（墜：同“地”。）❷ táng 粵 tong4 **搖動，衝擊**。《史記・扁鵲倉公列傳》：“周身熱，脈盛者為重陽，重陽者，～心主。”

9 **遐** xiá 粵 haa4 ❶ **遠**。《尚書・太甲下》：“若陟～，必自邇。”（邇：近。）**成語有“遐邇聞名”**。引 **遠去**。張衡《東京賦》：“俟（sì 粵 zi6）閶（chāng 粵 coeng1）風而西～。”（俟：等。閶風：秋風。）引 **久遠**。《詩經・小雅・鴛鴦》：“君子萬年，宜其～福。”［**遐齡**］**高齡，年紀大**。《魏書・常景傳》：“以知命為～～。”❷ **何，為甚麼**。《詩經・小雅・隰桑》：“心乎愛矣，～不謂矣。”（謂：説。）

9 **遇** yù 粵 jyu6 ❶ **相遇，遇到**。《論語・陽貨》：“孔子時其亡也，而往拜之。～諸塗。”（時：通“伺”。等待。塗：途。）《三國志・吳書・吳主傳》：“～於赤壁。”（赤壁：地名。）又 **會見**。《公羊傳・隱公八年》：“春，宋公、衛侯～于垂。”（垂：地名。）❷ **接觸，感觸**。《莊子・養生主》：“臣以神～而不以目視。”❸ **對，對待**。《商君書・定分》：“故吏不敢以非法～民。”《漢書・季布傳》：“～人恭謹。”又 **待遇**。諸葛亮《出師表》：“蓋追先帝之殊～。”（追：追念，懷念。）❹ **遇合。指得到君主的信任**。杜甫《相逢歌》：“垂老～君未恨晚。”引 **機遇**。應瑒《侍五官中郎將建章臺集詩》：“良～不可值，伸眉路何階。”

9 **遏** è 粵 aat3/ngaat3 **阻止，阻攔**。《詩經・大雅・民勞》：“式～寇虐，無俾民憂。”《三國志・魏書・武帝紀》：“～淇水入白溝，以通糧道。”又 **抑制**。《周易・大有》：“君子以～惡揚善，順天休命。”**成語有“怒不可遏”**。

9 **過** guò 粵 gwo3 ❶ **走過，經過**。《孟子・滕文公上》：“三～其門而不入。”《韓非子・外儲説左上》：“乘白馬而～關。" (引) 過去。杜甫《阻雨不得歸瀼西甘林》詩："三伏適已～。"（三伏：三伏天。適：恰好。）(引) **婉辭。指人去世。**曹植《贈白馬王彪》詩："存者忽復～，亡沒身自衰。" ❷ **勝過，超越。**《論語・公冶長》："由也好勇～我。"（由：仲由，孔子學生。）《左傳・隱公元年》："大都不～參國之一。"（參國之一：國都三分之一。）**成語有"過猶不及"。**(又) **過分，太甚。**《世說新語・夙惠》："陛下晝～冷，夜～熱，恐非攝養之術。" ❸ **錯誤，過失。**《商君書・開塞》："夫～有厚薄，則刑有輕重。"（厚薄：指大小。）(又) **犯錯誤。**《論語・學而》："～則勿憚改。"（憚：害怕。）❹ **訪，探望。**《史記・田叔列傳》："會賢大夫少府趙禹來～衛將軍。"（會：恰好。）❺ **量詞。表示行為次數。**《世說新語・紕漏》："時道此，非復一～。"**【辨】過，越，踰，超。這四個字是同義詞，但也有細微差別。"過"指一般經過，"越"、"踰"有時表示爬過，如"越牆"、"踰牆"。"超"的本義是跳過。**

9 **遻** (遌)è 粵 ngok⁶ ❶ **抵觸。**馬融《長笛賦》："掌距劫～，又足怪也。" ❷ wù 粵 ng⁶ **遇到。**屈原《九章・懷沙》："重華不可～兮。"（重華：虞舜的名。）

9 **遄** chuán 粵 cyun⁴ **快，迅速。**《詩經・邶風・泉水》："～臻（zhēn 粵 zeon¹）于衛。"（很快地到了衛國。臻：至，到。）曹植《應詔詩》："指日～征。"（指日：時間不長，為期不遠。征：出發，出征。）王勃《滕王閣序》："遙襟俯暢，逸興～飛。"

9 **遑** huáng 粵 wong⁴ **閒暇，空閒。**《詩經・小雅・小弁》："心之憂矣，不～假寐。"（假寐：不脫衣帽而睡。）(引) **何暇，怎能。**《詩經・邶風・谷風》："我躬不閱，～恤我後。"［遑遑］① **心神不安的樣子。**《後漢書・明帝紀》："憂懼～～，未知其方。"柳宗元《興州江運記》："相與怨咨，～～如不飲食。"（相與怨咨：大家都怨歎。）**這個意義又寫作"惶惶"。**② **匆匆忙忙的樣子。**《梁書・韋叡傳》："棄騏驥而不乘，焉～～而更索？"（騏驥：良馬。焉：為甚麼。更：另。索：求。）

9 **遁** (遯)dùn 粵 deon⁶ ❶ **逃。**《左傳・莊公二十八年》："楚師夜～。"（師：軍隊。）(引) **迴避。**《後漢書・杜林傳》："法不能禁，令不能止，上下相～，為敝彌深。"（敝：通"弊"。彌：更加。）❷ **隱匿。**《淮南子・俶真》："若藏天下於天下，則無所～其形矣。"柳宗元《始得西山宴遊記》："莫得～隱。"**成語有"遁跡銷聲"。**❸ qūn 粵 ceon¹ ［遁巡］**同"逡巡"。猶豫徘徊的樣子。**《漢書・陳勝項籍傳贊》："九國之師～～而不敢進。"**【辨】遁，逃。兩字都指逃離某個地方，但"遁"比"逃"更隱蔽，多指悄悄地溜走，不知去向。**

9 **逾** yú 粵 jyu⁴ ❶ **越過，超越。**《尚書・禹貢》："～于洛。"（洛：水名。）《世說新語・賞譽》："辭寄清婉，有～平日。" ❷ **更加。**劉知幾《史通・敍事》："逮晉已降，流宕（dàng 粵 dong⁶）～遠。"（到晉朝以後，史書的文章離簡約的要求更遠了。流宕：放蕩，不受約束。）

9 **遊** yóu 粵 jau⁴ ❶ **遊玩，遊覽。**《莊子・秋水》："莊子與惠子～於濠梁之上。"（濠：水名。梁：堰。）(引) **旅行，外出求學或求官。**《論語・里仁》："父母在，不遠～，～必有方。"《荀子・勸學》："故君子居必擇鄉，～必就士。" ❷ **交際，交往。**《孟子・離婁下》："夫子與之～。"《漢書・息夫躬傳》："皆交～貴戚。" ❸ **流動。**沈括《夢溪筆談》卷七："不能容極星～轉。" ❹ **縱，放縱。**屈原《離騷》："忽反顧以～目兮，將往觀乎四荒。"（反顧：回頭看。遊目：放眼觀望。四荒：指四方遙遠的地方。)【辨】游，遊。見351頁"游"字。

9 **遒** qiú ㊣ cau⁴ ❶ **迫近**。宋玉《招魂》："分曹並進，～相迫些。"《史記·司馬相如列傳》："～孔鸞 (luán ㊣ lyun⁴)，促鵔鸃 (jùn yí ㊣ zeon³ ji⁴)。"(孔鸞：孔雀。鵔鸃：鳥名。) ㊀ **聚集**。《詩經·商頌·長發》："百祿是～。" ❷ **盡**。潘岳《秋興賦》："悟時歲之～盡兮。" ❸ **剛勁，有力**。鮑照《潯陽還都道中》詩："獵獵晚風～。"(獵獵：風聲。) 劉峻《廣絕交論》："～文麗藻。"(藻：文采。) **雙音詞有"遒勁"**。

9 **道** dào ㊣ dou⁶ ❶ **路**。《詩經·小雅·大東》："周～如砥，其直如矢。"《史記·陳涉世家》："會天大雨，～不通。"(會：恰巧。) **成語有"任重道遠"**。㊀ **途徑，方法，措施**。《論語·里仁》："富與貴，是人之所欲也；不以其～得之，不處也。"(處：居，指佔有。)《商君書·更法》："治世不一～，便國不必法古。"(便：有利。) ❷ **規律，道理**。《莊子·養生主》："臣之所好者～也，進乎技矣。"(進乎：超過。)《荀子·天論》："脩～而不貳，則天不能禍。"(遵循事物的道理而堅定不移，就是天也不能給人禍害。) ㊀ **道義**。《孟子·公孫丑下》："得～者多助，失～者寡助。" ❸ **指道家，道教**。《三國志·魏書·張魯傳》："祖父陵，客蜀，學～鵠鳴山中，造作～書，以惑百姓。" 白居易《首夏同諸校正遊開元觀因宿翫月》詩："沈沈～觀中，心賞期在茲。"(道觀：道教的廟宇。) ❹ **主張，思想，學說**。《論語·里仁》："吾～一以貫之。"《孟子·滕文公上》："從許子之～，則市賈不貳。" ㊁ **技藝，技能**。《論語·子張》："雖小～，必有可觀者焉。" ❺ **從，由**。《管子·禁藏》："凡治亂之情，皆～上始。"(上：君主。)《史記·高祖本紀》："太尉周勃～太原入，定代地。" ❻ **說，講**。《詩經·鄘風·牆有茨》："中冓之言，不可～也。"(中冓之言：指內室中淫僻的話。)《鹽鐵論·遵道》："飾虛言以亂實，～古以害今。" ❼ dǎo **引導**。《論語·為政》："～之以德，齊之以禮。"《漢書·張騫傳》："唯王使人～送我。"(唯：語氣詞。表示希望。) ❽ dǎo **通，疏導**。《左傳·襄公三十一年》："不如小決使～。"(不如決一個小口子，疏導河水。) **上述❼❽後來寫作"導"**。❾ **量詞**。元稹《望喜驛》詩："子規驚覺燈又滅，一～月光橫枕前。" ❿ **古代行政區劃名。漢代在某些少數民族聚居區所設的縣稱道；唐代分全國為十道；清朝在省與府、州之間設道**。

9 **遂** suì ㊣ seoi⁶ ❶ **前進，前往**。《周易·大壯》："不能退，不能～。" 謝靈運《九日從宋公戲馬臺集送孔令》詩："歸客～海嵎。" ㊁ **進薦，舉薦**。《呂氏春秋·簡選》："～其賢良，順民所喜。" ❷ **成就，順利地做到**。司馬遷《報任安書》："四者無一～。" ㊀ **順從，因循**。《荀子·王制》："則大事殆乎弛，小事殆乎～。" ❸ **放任，任從**。《商君書·算地》："夫棄天物，～民淫者，世主之務過也。" ❹ **生長，養育**。《韓非子·難二》："六畜～，五穀殖。"《管子·兵法》："定宗廟，～男女。" ❺ **田間水溝**。《周禮·地官·遂人》："夫間有～，～上有徑。" ❻ **通，達**。《國語·周語下》："節之鼓而行之，以～八風。"《淮南子·精神》："何往而不～。" ㊁ **水中的通道**。《荀子·大略》："迷者不問路，溺者不問～。" ㊂ **路徑，通道**。蘇轍《巫山賦》："蹊～蕪滅而不可陟兮。" ❼ **於是，就**。《韓非子·說林上》："乃掘地，～得水。" ❽ **終，竟，終於**。《漢書·梅福傳》："災異數見，群下莫敢正言，福復上書……上～不納。" ❾ **先秦時指京城遠

郊或郊外的行政區域。《尚書·費誓》:"魯人三郊三～。"王安石《周公》:"故三代之制,立庠於黨,立序於～,立學於國。"⑩ **古代取火的工具**。《周禮·秋官·司烜氏》:"掌以夫～取明火於日。"**這個意義後來寫作"燧"**。⑪ **通"邃"**。**深遠**。屈原《天問》:"～古之初,誰傳道之。"

9 **運** yùn 粵 wan^6 ❶ **運行,轉動**。《周易·繫辭上》:"日月～行,一寒一暑。"《列子·湯問》:"大王治國誠能若此,則天下可～於一握。"❷ **運輸,搬運**。《三國志·蜀書·諸葛亮傳》:"亮復出祁山,以木牛～,糧盡退軍。"(木牛:一種運輸器械。)❸ **運用**。《孫子兵法·九地》:"～兵計謀,為不可測。"❹ **命運,氣數**。《晉書·宣帝紀》:"帝知漢～方微。"(方:正在。微:衰落。)**又如"命運"**。

9 **遍** (徧)biàn 粵 pin^3/bin^3 ❶ **周遍,普遍**。《左傳·莊公十年》:"小惠未～,民弗從也。"《荀子·性惡》:"足可以～行天下,然而未嘗有能～行天下者也。"(足:腳。)❷ **量詞**。**次,回**。《三國志·魏書·賈逵傳》注引《魏略》:"最好 (hào 粵 hou^3)《春秋左傳》,及為牧守,常自課讀之,月常一～。"(課:規定分量。)

9 **違** wéi 粵 wai^4 ❶ **離開,避開**。《左傳·哀公二十七年》:"～穀七里,穀人不知。"(穀:地名。)《論衡·知實》:"當早易道,以～其害。"(當:應當。易道:改變道路。)❷ **違背,違反**。《孟子·梁惠王上》:"不～農時,穀不可勝食也。"❸ **邪惡**。《左傳·桓公二年》:"將昭德塞～。"(發揚好的品德,杜絕邪惡。)

10 **遘** gòu 粵 gau^3 ❶ **遇,遭遇**。《楚辭·哀時命》:"夫何予生之不～時。"《三國志·蜀書·諸葛亮傳》:"～疾隕喪。"(隕喪:去世。)**這個意義又寫作"覯"**。❷ 粵 gau^3/kau^3 **通"構"**。**造成,結成**。王粲《七哀詩》:"豺虎方～患。"(方:正。)

10 **遣** qiǎn 粵 hin^2 ❶ **送走,釋放**。《左傳·僖公二十三年》:"姜與子犯謀,醉而～之。"《漢書·張騫傳》:"大宛以為然,～騫 (qiān 粵 hin^1)。"(大宛:國名。)⊗ **派遣,差遣**。《墨子·非儒下》:"乃～子貢之齊,因南郭惠子以見田常。"《三國志·蜀書·諸葛亮傳》:"～兵三萬人以助備。"(備:劉備。)❷ **貶謫,放逐**。《左傳·哀公二十五年》:"揮在朝,使吏～諸其室。"韓愈《柳子厚墓誌銘》:"中山劉夢得禹錫亦在～中。"(中山:地名。)❸ **休妻,丈夫將妻子休棄**。《顏氏家訓·後娶》:"王亦淒愴,不知所容,旬月求退,便以禮～。"❹ **排除,抒發(後起意義)**。任昉《出郡傳舍哭范僕射》詩:"欲以～離情。"元稹《〈白氏長慶集〉序》:"閑適之詩長於～。"❺ **運用,使用(後起意義)**。蘇洵《上歐陽內翰書五首》之一:"陸贄之文,～言措意,切近的當。"《新唐書·徐浩傳》:"～辭贍速,而書法至精。"❻ **令,使(後起意義)**。李白《勞勞亭》詩:"春風知別苦,不～柳條青。"

10 **遝** tà 粵 daap^6 ❶ **到,達到**。《墨子·迎敵祠》:"城之外,矢之所～。"❷ [**雜遝**] **眾多**。曹植《洛神賦》:"眾靈～～。"

10 **遞** dì 粵 dai^6 ❶ **輪流,順次**。《荀子·天論》:"列星隨旋,日月～炤。"(炤:照。)《宋史·真宗紀》:"死罪以下,～減一等。"❷ **傳遞(後起意義)**。沈括《夢溪筆談》卷一一:"驛傳舊有三等,曰步～,馬～,急腳～。"(驛傳:古代傳遞公文的車馬、人員。)⊗ **指驛站車馬**。白居易《縛戎人》詩:"黃衣小使錄姓名,領出長安乘～行。"【**辨**】**傳,遞**。**兩字都有**

"傳遞"的意思，但"傳"多是傳給後人或後代的意思，而"遞"是指一個接一個地更替。

10 **遙** yáo (粵) jiu^{4} **遠**。東方朔《七諫・哀命》："～涉江而遠去。"李白《天門山》詩："落日舟去～。"**熟語有"路遙知馬力，日久見人心"**。(引) **時間長**。白居易《和談校書秋夜感懷呈朝中親友》詩："～夜涼風楚客悲。"**成語有"遙遙無期"**。

10 **遡** sù (粵) sou^{3} ❶ **逆水流而上**。《詩經・秦風・蒹葭》："～洄從之，道阻且長。"(引) **追溯**。劉昌詩《蘆浦筆記敍》："～其源而循其流。"❷ **面向，向着**。張衡《西京賦》："咸～風而欲翔。"劉禹錫《答容州竇中丞書》："挾弓注矢～空而發。"**上述❶❷又寫作"溯"或"泝"**。❸ **通"愬"**。**訴說**。《戰國策・齊策五》："告～於魏。"

10 **遜** xùn (粵) seon^{3} ❶ **逃**。揚雄《劇秦美新》："抱其書而遠～。"❷ **讓，退讓**。《史記・太史公自序》："唐堯～位，虞舜不台（yí (粵) ji^{4}）。"（台：通"怡"。高興。）❸ **謙遜，恭順**。曹操《讓縣自明本志令》："言有不～之志。"**成語有"出言不遜"**。❹ **差一些，次一點（後起意義）**。徐弘祖《徐霞客遊記・粵西遊日記二》："高少～於北巔。"**雙音詞有"遜色"**。

11 **遨** áo (粵) ngou^{4} **遨遊，遊逛**。《後漢書・劉盆子傳》："猶從牧兒～。"（仍舊跟着牧童遊逛。）[**遨遊**] ① **漫遊**。陸機《擬古詩・青青陵上柏》："～～放情願，慷慨為誰歎？"李白《南都行》："～～盛宛洛，冠蓋隨風還。"② **奔走周旋**。《後漢書・馬援傳》："卿～～二帝間，今見卿，使人大慚。"

11 **遭** zāo (粵) zou^{1} ❶ **逢，遇**。《莊子・應帝王》："適～無名人而問焉。"《論衡・寒溫》："～風逢氣，身生寒溫。"（寒溫：指疾病。）❷ **周**。**表示行為的數量**。孟郊《寒地百姓吟》："虛繞千萬～。"(又) **次，趟**。陶岳《五代史補》："且共汝輩赤腳入棘針地走三五～，汝等能乎？"

11 **遷** qiān (粵) cin^{1} ❶ **遷移，遷徙**。《詩經・小雅・伐木》："出自幽谷，～于喬木。"《史記・秦始皇本紀》："～其民於臨洮。"（臨洮：地名。）(引) **變更，變動**。《韓非子・五蠹》："主施賞不～，行誅無赦。"❷ **調動官職**。**一般是升官**。《管子・禁藏》："夏賞五德，滿爵祿，～官位。"《史記・屈原賈生列傳》："孝文帝說之，超～，一歲中至太中大夫。"（說：悅。一歲：一年。）(又) **貶官，降職**。柳宗元《哭連州凌員外司馬》詩："出守烏江滸，老～湟水湄。"**成語有"遷客騷人"**。[**左遷**] **貶官，降職**。《三國志・魏書・盧毓傳》："心猶恨之，遂～～毓。"❸ **放逐，流放**。《尚書・皋陶謨》："何憂乎驩兜，何～乎有苗。"柳宗元《封建論》："然後掩捕而～之。"（然後才能逮捕流放他們。）**【辨】遷，徙。見 193 頁"徙"字。**

11 **遮** zhē (粵) ze^{1} ❶ **攔住**。《史記・陳涉世家》："陳王出，～道而呼涉。"❷ **遮蓋，掩蔽**。柳宗元《登柳州城樓寄漳汀封連四州》詩："嶺樹重～千里目。"

11 **適** shì (粵) sik^{1} ❶ **到……去**。《詩經・魏風・碩鼠》："逝將去女，～彼樂土。"(引) **歸向**。《左傳・昭公十五年》："民知所～，事無不濟。"❷ **女子出嫁**。歐陽修《江鄰幾墓誌銘》："女三人，長～秘書丞錢衮（gǔn (粵) gwan^{2}/kwan^{2}），餘尚幼。"（秘書丞：官名。）❸ **適合，適宜**。《詩經・鄭風・野有蔓草》："邂逅相遇，～我願兮。"(引) **順從，滿足**。《戰國策・魏策一》："攻楚而～秦。"《漢書・賈山傳》："（秦王）窮困萬民，以～其欲也。"(又) **舒適**。李商隱《登樂遊原》詩："向晚意不～。"❹ **副詞**。**恰好**。《三國志・蜀書・先主傳》："先主斜趨漢津，

～與羽船會。”（漢津：地名。羽：關羽。）(又) **偶然**。范成大《時敘火後意不釋然作詩解之》：“浮生～來且～去。” ❺ **副詞。剛才，剛剛**。《韓非子・內儲説下》：“王～有言，必亟聽從王言！” (又) **只，僅僅**。鮑照《重與世子啟》：“久應知退，非～今日。” ❻ dí (粵) dik⁶ **敵人，仇敵**。《墨子・備城門》：“則有深怨於～，而有大功於上。” (又) **匹敵，相當**。董仲舒《春秋繁露・王道》：“不得致天子之賦，不得～天子之貴。” ❼ dí (粵) dik¹/dik⁶ **專主，主張**。《詩經・衛風・伯兮》：“豈無膏沐，誰～為容？”《韓非子・心度》：“故賢君之治國也，～於不亂之術。” ❽ dí (粵) dik¹ **舊時指正妻**。《漢書・杜欽傳》：“此必～妾將有爭寵。” (又) **正妻所生的兒子。有時也專指正妻所生的長子**。《左傳・文公十八年》：“殺～立庶。”（庶：非正妻之子。）(又) **嫡傳的**。《史記・呂太后本紀》：“推本言之，高帝～長孫可立也。” **上述 ❽ (又) (又) 這三個意義後來寫作“嫡”**。❾ zhé (粵) zaak⁶ **責備，懲罰**。《詩經・商頌・殷武》：“歲事來辟，勿予禍～。”《孟子・離婁上》：“人不足與～也。” (又) **被流放或貶職**。《史記・屈原賈生列傳》：“又以～去。”（以：因為。）[**適戍**] **被強迫去戍邊**。《史記・陳涉世家》：“發閭左～～漁陽。” **這個意義又寫作“謫”**。【**注意**】**在古代，“适 (kuò (粵) kut³)”和“適”是兩個字，意義各不相同。上述義項都不寫作“适”。參 646 頁“适(逭)”字。**

12 **遼** liáo (粵) liu⁴ ❶ **遙遠**。《墨子・非攻》：“道路～遠。” ❷ **朝代名（公元 907-1125 年）。907 年建國，初名契丹。947 年改國號為遼。第一代君主是耶律阿保機。**

12 **遺** yí (粵) wai⁴ ❶ **遺失**。《韓非子・難二》：“齊桓公飲酒醉，～其冠。”（冠：帽子。）(引) **遺漏，忽略**。韓愈《師説》：“小學而大～。” (又) **遺失、遺漏的東西**。《史記・孔子世家》：“塗不拾～。” ❷ **拋棄**。賈誼《治安策》：“商君～禮義，棄仁恩。”（商君：指商鞅。）❸ **遺留**。《史記・項羽本紀》：“此所謂養虎自～患也。” (特) **前人遺留下來的**。諸葛亮《出師表》：“深追先帝～詔。”（追：追念。先帝：指劉備。）(引) **剩下**。曹操《蒿里行》：“生民百～一。”（百遺一：一百人中剩下一人。）❹ **排泄大小便**。《史記・廉頗藺相如列傳》：“頃之三～矢。”（矢：屎。）❺ wèi (粵) wai⁶ **給予，贈送**。《左傳・隱公元年》：“小人有母，皆嘗小人之食矣，未嘗君之羹，請以～之。”《史記・魏公子列傳》：“欲厚～之，不肯受。”

12 **遴** lín (粵) leon⁴ ❶ **選擇，挑選（後起意義）**。《新唐書・魏玄同傳》：“太平多士，則～柬髦俊而使之。”（柬：選擇。）[**遴選**] **慎重地選擇**。《金史・陳規傳》：“～～學術該博、通曉世務、骨鯁敢言者。”（該博：廣博。骨鯁：剛直，鯁直。）❷ lìn (粵) leon⁶ **通“吝”。吝惜，吝嗇**。《漢書・王莽傳上》：“班賞亡 (wú (粵) mou⁴) ～。”（班賞：指行賞。亡：通“無”。）

12 **遵** zūn (粵) zeon¹ ❶ **循，沿着**。屈原《九章・哀郢》：“去故鄉而就遠兮，～江夏以流亡。”（江夏：長江和夏水。）❷ **遵循，遵守**。《史記・殷本紀》：“不～湯法。”《史記・曹相國世家》：“高帝與蕭何定天下，法令既明，今陛下垂拱，參等守職，～而勿失，不亦可乎？”

12 **遹** yù (粵) wat⁶ ❶ **邪僻**。《詩經・小雅・小旻》：“謀猶回～，何日斯沮。”（回：邪。沮：止。）❷ **遵循**。《尚書・康誥》：“今民將在祗～乃文考。”（民：指治民。祗：敬。文考：指先父。）❸ **句首語氣詞**。《詩經・大雅・文王有聲》：“文王有聲，～駿有聲。～求厥寧，～觀厥成。”（駿：大。）

12 **遲** chí (粵) ci^4 ❶ **緩慢**。《左傳・昭公十三年》："元戎十乘，以先啟行，～速唯君。"賈誼《新書・大政上》："自古至於今，與民為仇者，有～有速，而民必勝之。"(引) **晚**。《戰國策・楚策四》："亡羊而補牢，未為～也。"《金史・食貨志二》："地寒，稼穡～熟。"❷ **遲鈍**。《三國志・吳書・孫奐傳》："初吾憂其～鈍，今治軍，諸將少能及者，吾無憂矣。"（及：比得上。）(又) **遲疑，猶豫**。白居易《琵琶行》："尋聲暗問彈者誰，琵琶聲停欲語～。"❸ **長久**。歐陽修《蘇氏文集序》："～久而不相及。"❹ zhì (粵) zi^6 **等待**。《後漢書・章帝紀》："朕思～直士。"（我思念期待着正直之士。）謝安《與支遁書》："終日戚戚，觸事惆悵，唯～君來，以晤言消之。"［**遲明**］**黎明，天快亮的時候**。《史記・衞將軍驃騎列傳》："～～，行二百餘里。"

12 **選** xuǎn (粵) syun^2 ❶ **挑揀，選擇**。《左傳・定公八年》："孟氏～圉人之壯者三百人。"賈思勰《齊民要術・收種》："～好穗純色者。"［**選舉**］**古代通過推選或科舉選拔官吏的制度**。《漢書・鮑宣傳》："龔勝為司直，郡國皆慎～～。"(引) **優秀人才**。《禮記・禮運》："禹、湯、文、武、成王、周公，由此其～也。"❷ suàn (粵) syun^3 **通"算"。數，計算**。《詩經・邶風・柏舟》："威儀棣棣，不可～也。"

13 **邁** mài (粵) maai^6 ❶ **行，去**。《詩經・魯頌・泮水》："無小無大，從公于～。"(特) **帝王巡行**。《詩經・周頌・時邁》："時～其邦，昊天其子之。"(又) **遠，遠離**。屈原《九章・哀郢》："眾踥蹀而日進兮，美超遠而逾～。"❷ **超過，超越**。《三國志・魏書・高堂隆傳》："三王可～，五帝可越。"(引) **超然不俗**。《晉書・裴楷傳》："楷風神高～，容儀俊爽。"❸ **時光消逝**。《詩經・唐風・蟋蟀》："今我不樂，日月其～。"(引) **年老，年邁**。《三國志・魏書・曹爽傳》："臣雖朽～，敢忘往言？"杜甫《上白帝城》詩："衰～久風塵。"❹ **通"勱"。勉勵，努力**。《尚書・大禹謨》："皋陶～種德，德乃降。"

13 **遽** jù (粵) geoi^6 ❶ **送信的快車或快馬**。《左傳・昭公二年》："乘～而至。"❷ **迅速，急速**。《左傳・僖公二十四年》："僕人以告，公～見之。"(又) **匆忙，倉促**。《韓非子・外儲說左上》："景公～起。"(引) **勞碌**。《淮南子・詮言》："神勞於謀，智～於事。"❸ **就，竟**。《呂氏春秋・察今》："其父雖善游，其子豈～善游哉？"《淮南子・人間》："塘有萬穴，塞其一，魚何～無由出？"（塞：堵。由：從。）❹ **恐懼**。屈原《九章・惜誦》："眾駭～以離心兮。"《世說新語・雅量》："孫、王諸人色並～。"（色：臉色。並：一起。）

13 **還** huán (粵) waan^4 ❶ **返回**。《左傳・文公十四年》："使賊殺子孔，不克而～。"（子孔：人名。）李白《蜀道難》詩："問君西遊何時～。"(引) **恢復，復原**。《漢書・史丹傳》："（上）謂丹曰：'吾病寖加，恐不能自～。'"❷ **交還，歸還**。《史記・滑稽列傳》："諸侯振驚，皆～齊侵地。"（齊：齊國。）《世說新語・巧藝》："作書與母取劍，仍竊去不～。"（仍：於是。）(特) **交納**。杜甫《歲晏行》："割慈忍愛～租庸。"（庸：抵償勞役的布帛。）❸ **通"環"。環繞**。《戰國策・燕策三》："荊軻逐秦王，秦王～柱而走。"《漢書・食貨志上》："～廬樹桑。"（廬：房舍。樹：種。）❹ xuán (粵) syun^4 **旋轉**。《莊子・庚桑楚》："尋常之溝，巨魚無所～其體。"（八尺為尋，十六尺為常。）❺ xuán (粵) syun^4 **輕快敏捷的樣子**。《詩經・齊風・還》："子之～兮，遭我乎狃（náo (粵) naau^4）之間兮。"

（子：你。猱：齊國山名。）❻ **仍然（後起意義）**。柳宗元《田家》詩："子孫日已長，世世～復然。"（還復然：仍然是原來老樣子。）

13 **邀** yāo 粵 jiu1 ❶ **迎候，半路攔截**。《莊子・寓言》："陽子居南之沛，老聃西遊于秦，～于郊。"木華《海賦》："有海童～路。"《三國志・魏書・劉放傳》："帝欲～討之，朝議多以為不可。"（討：討伐。）❷ **邀請**。孟浩然《過故人莊》詩："故人具雞黍，～我至田家。"李白《月下獨酌》詩："舉杯～明月，對影成三人。"❸ **求取，希望得到**。《論衡・自然》："不作功～名。"

13 **邂** xiè 粵 haai6/haai5 **[邂逅 (hòu 粵 hau6)]** ① **偶然**。《詩經・鄭風・野有蔓草》："～～相遇，適我願兮。"（適：恰合。）② **一旦，萬一**。《後漢書・杜根傳》："～～發露，禍及知親。"（發露：泄露。）

13 **邅** zhān 粵 zin1 ❶ **轉，改變方向**。屈原《九歌・湘君》："駕飛龍兮北征，～吾道兮洞庭。"（改變我行路的方向到洞庭去。）**[邅迴]** ① **迴旋，徘徊**。《楚辭・九歎・怨思》："下江湘以～～。"（江湘：長江和湘水。）② **困頓**。劉禹錫《洛中酬福建陳判官見贈》詩："潦倒聲名擁腫材，一生多故苦～～。"❷ **[屯邅] 見 161 頁"屯"字**。

14 **邇** ěr 粵 ji5 **近**。《尚書・太甲下》："若升高，必自下；若陟遐，必自～。"（遐：遠。）《史記・屈原賈生列傳》："其稱文小而其指極大，舉類～而見義遠。"（稱文：指寫文章。舉類：用類似的事物舉例。）(引) **淺近**。《禮記・中庸》："舜好問，而好察～言。"（邇言：淺近俚俗之言。）

14 **邈** miǎo 粵 miu5 ❶ **遠，久遠，遙遠**。屈原《九章・懷沙》："湯禹久遠兮，～而不可慕。"李白《古風五十九首》之十六："吳水深萬丈，楚山～千重。"❷ **高遠，超卓**。蔡邕《彭城姜伯淮碑》："～矣先生，應天淑靈。"❸ **通"藐"。輕視**。《戰國策書錄》："上小堯、舜，下～三王。"

14 **邃** suì 粵 seoi6 ❶ **深遠**。《抱朴子・論仙》："～古之事，何可親見。"柳宗元《永州韋使君新堂記》："竅穴逶～。"（竅穴：山洞。逶：曲折。）❷ **精深，精通**。《漢書・任敖傳》："無所不通，而尤～律曆。"《新唐書・韋夏卿傳》："少～於學。"（少：少年。）

15 **邌** lí 粵 lai4 ❶ **慢慢地**。傅毅《舞賦》："～收而拜。"❷ **[邌明] 同"黎明"**。《新唐書・李懷仙傳》："～～，泚懼，欲亡。"（泚：人名。）

15 **邊** biān 粵 bin1 ❶ **邊界，邊疆**。《呂氏春秋・當賞》："寇在～。"《鹽鐵論・利議》："思念北～之未安。"(引) **接壤，靠近**。《史記・高祖本紀》："齊～楚。"❷ **邊緣**。《禮記・深衣》："續衽鉤～。"（衽：衣襟。鉤：曲。）杜甫《登高》詩："無～落木蕭蕭下，不盡長江滾滾來。"（落木：落葉。蕭蕭：落葉聲。）(引) **旁邊**。《木蘭詩》："暮宿黃河～。"

19 **邐** lǐ 粵 lei5 **[邐迤] 同"迤邐"。見 645 頁"迤"字**。

邑部

0 **邑** yì 粵 jap1 ❶ **國都**。《詩經・商頌・殷武》："商～翼翼。"（翼翼：整齊的樣子。）《左傳・隱公十一年》："吾先君新～於此。"（邑：這裏用作動詞，建立國都的意思。）(引) **國**。《左傳・桓公十一年》："君次於郊郢 (yǐng 粵 jing5)，以禦四～。"（次：駐紮軍隊。郢：地名。禦：

防禦。四邑：指隨、絞、州、蓼四個小國。）【注意】這個意義只見於《尚書》、《詩經》、《左傳》等書，後代罕用。❷ **人民聚居的地方**。《論語・公冶長》："十室之～，必有忠信如丘者焉，不如丘之好學也。"（室：家。）(引) **城鎮**。蘇洵《六國論》："小則獲～，大則得城。"⊗ **縣**。柳宗元《封建論》："裂都會而為之郡～。"（都會：諸侯的都城。）❸ **封地**。《左傳・襄公二十七年》："公與之～六十。"（與：給。）❹ **愁悶不安**。《漢書・杜鄴傳》："由後視前，忿～非之。"**這個意義又寫作"悒"**。❺ [邑邑] ① **愁悶不安的樣子**。《史記・商君列傳》："安能～～待數十百年以成帝王乎？"**這個意義又寫作"悒悒"、"於邑"或"鬱邑"**。② **微弱的樣子**。《楚辭・九歎・遠逝》："風～～而蔽之。"（蔽：遮蔽。）

3 **邛** qióng 粵 kung4 ❶ **小土山**。《詩經・陳風・防有鵲巢》："防有鵲巢，～有旨苕。"❷ **憂病**。《詩經・小雅・巧言》："匪其止共，維王之～。"❸ **國名，漢代西南部民族所建**。《史記・司馬相如列傳》："～、筰、冉、駹者近蜀，道亦易通。"❹ [邛崍] **山名。在今四川**。李劉《水調歌頭・壽趙茶馬》："萬里碧雞使，叱馭問～～。"

3 **邙** máng 粵 mong4 **山名。在河南**。應璩《與程文信書》："南臨洛水，北據～山。"

3 **邕** yōng 粵 jung1 ❶ **四周有水的都邑**。《說文・川部》："邕，四方有水，自邕城池者。"❷ **通"雍"。和諧，和睦**。張協《七命》："六合時～，巍巍蕩蕩。"《晉書・桑虞傳》："虞五世同居，閨門～穆。"❸ 粵 jung2 **通"壅"。堵塞**。《漢書・王莽傳中》："長平館西岸崩，～涇水不流。"

4 **邪** xié 粵 ce4 ❶ **不正當，邪惡**。《荀子・大略》："此～行之所以起，刑罰之所以多也。"（行：行為。）⊗ **舊時稱妖異為"邪"**。陶潛《搜神後記》卷七："其父為人不信妖～。"❷ **中醫指引起疾病的環境和因素**。史游《急就篇》卷四："灸刺和藥逐去～。"❸ **歪斜。與"正"相對**。《晉書・輿服志》："安車～拖之。"（安車：可以坐的小車。）**這個意義後來寫作"斜"**。❹ yé 粵 je4 **疑問語氣詞。相當於現代漢語的"嗎"、"呢"**。《荀子・天論》："治亂，天～？"（治或亂是天造成的嗎？）《史記・季布欒布列傳》："君何不從容為上言～？"**這個意義後來寫作"耶"**。❺ yá 粵 je4 [琅邪] **秦漢郡名。轄地在今山東半島東南部**。

4 **邦** (邦)bāng 粵 bong1 ❶ **諸侯的封國**。《詩經・大雅・皇矣》："王（wàng 粵 wong6）此大～。"（王：指統治。）(引) **分封**。《墨子・非攻下》："唐叔與呂尚～齊、晉。"柳宗元《封建論》："周有天下，裂土田而瓜分之，設五等，～羣后。"（邦羣后：分封了許多諸侯。后：指諸侯。）❷ **國家**。《論語・子路》："一言而可以興～。"杜甫《送顧八分文學適洪吉州》詩："～以民為本。"

4 **邠** bīn 粵 ban1 ❶ **同"豳"。古國名，周代祖先公劉在此立國，在今陝西旬邑西南一帶**。《孟子・梁惠王下》："昔者大王居～，狄人侵之。"（大王：指公劉的後代——周文王的祖父古公亶父。）❷ **通"彬"。有文采**。揚雄《太玄・文》："斐（fěi 粵 fei2）如～如，虎豹文如。"（斐：有文采。）

4 **那** nà 粵 naa5 ❶ **（舊讀 nuò）指示代詞。那個，那邊，那裏（後起意義）。與"這"相對**。張鷟《朝野僉載》卷二："餘慶得而讀之，曰：'必是～狗。'"（餘慶：人名。）辛棄疾《醜奴兒近・博山道中效李易安體》："青旗賣酒，山～畔別有人家。"【注意】"這"、"那"的"那"是唐代才產生的。ⓧ **語氣詞。表示感歎語氣（後起意義）**。《晉書・愍懷太子傳》："不孝～！天與汝酒飲，不肯飲，中有惡物邪？" ⓧ **語氣詞。表示疑問語氣（後起意義）**。《後漢書・韓康傳》："公是韓伯休～？乃不二價乎？" ❷ nuó 粵 no^{4} **多**。《詩經・商頌・那》："猗與～與！"（猗：歎美之辭。）❸ nuó 粵 no^{4} **安適，美好**。《詩經・小雅・魚藻》："魚在在藻，依于其蒲；王在在鎬，有～其居。" 湯顯祖《紫釵記・哭收釵燕》："人兒～，花燈姹，淡月梅橫釵玉挂。"（姹：美麗。）❹ nuó 粵 no^{4} **奈何**。《左傳・宣公二年》："牛則有皮，犀兕尚多，棄甲則～。" ❺ nǎ **疑問代詞。豈，如何，怎麼**。《古詩為焦仲卿妻作》："處分適兄意，～得自任專？"《東觀漢記・劉玄載記》："（王）莽不如此，帝～得為之？"《三國志・魏書・田豫傳》注引《魏略》："西門豹古之神人，～可葬於其邊乎？"

5 **邯** hán 粵 hon^{4} ［邯鄲］**地名，戰國時趙國都城，在今河北邯鄲西南**。《戰國策・趙策三》："秦圍趙之～～。"

5 **邳** pī 粵 pei^{4} **古地名。分為上邳、下邳。上邳在今山東滕州南，下邳在今江蘇邳縣西南**。《左傳・定公元年》："奚仲遷于～。"

5 **邶** bèi 粵 bui^{3} **周朝諸侯國名，在今河南淇縣以北、湯陰東南一帶**。《詩經》"國風"中有"邶風"，即邶地民歌。《左傳・襄公二十九年》："請觀於周樂……為之歌《～》、《鄘》、《衞》。"

5 **邸** dǐ 粵 dai^{2} ❶ **古時王、侯或朝見皇帝的官員在京城的住所**。《史記・呂太后本紀》："迎代王於～。" 引 **官員辦事或居住的處所**。查繼佐《徐光啟傳》："宦～蕭然。"（蕭然：清靜寂寞。）**雙音詞有"官邸"、"府邸"**。❷ **旅舍，客店**。《宋史・黃榦傳》："時大雪，既至而熹它出，榦因留客～。"（熹：指朱熹。榦：指黃榦。）ⓧ **店舖**。《新唐書・德宗紀》："禁百官置～販鬻。" ❸ **停留**。屈原《九章・涉江》："～余車兮方林。"（余：我。方林：地名。）［邸閣］**糧食倉庫**。《三國志・蜀書・後主傳》："亮使諸軍運米，集於斜谷口，治斜谷～～。"（亮：諸葛亮。斜谷：地名。）❹ **通"抵"。到**。《史記・河渠書》："令鑿涇水自中山西～瓠（hù 粵 wu^{6}）口為渠。"（中山、瓠口：地名。）ⓧ **投奔**。《漢書・張耳傳》："外黃富人女甚美，庸奴其夫，亡～父客。"

5 **邵** shào 粵 siu^{6} ❶ **地名。春秋時晉邑。在今河南濟源西**。《左傳・襄公二十三年》："戍郫、～。" ❷ **通"劭"。美好**。《揚子法言・孝至》："年彌高而德彌～。"《揚子法言・修身》："公儀子、董仲舒之才之～也。" ❸ **通"召"。指召公奭。西周開國功臣**。《史記・太史公自序》："宣周、～之風。"

6 **郁** yù 粵 juk^{1} ❶［郁郁］① **有文采的樣子**。《論語・八佾》："～～乎文哉！" ② **香氣濃烈的樣子**。范仲淹《岳陽樓記》："岸芷汀蘭，～～青青。" ③ **茂盛的樣子**。陸雲《為顧彥先贈婦往返》詩四首之三："～～寒木榮。" ❷ 粵 wat^{1} **通"鬱"。（雲、氣）濃盛的樣子**。徐陵《詠柑》："素榮芬且～。"（素榮：白花。）❸ **通"燠"。暖，熱**。劉孝標《廣絕交論》："敍溫～則寒谷成暄，論嚴苦則春叢零葉。"

6 **邾** zhū 粵 zyu^{1} **周代諸侯國，後改稱"鄒"**。參 662 頁"鄒"字。

6 **郤** xì 粵 gwik^{1} **同"郤"。空隙，縫隙**。《荀子・賦》："充盈大宇而不窕，入～穴而不偪者與？" 喻 **感情上的裂痕**。《戰國策・燕策三》："今臣使秦，而趙繫之，是秦趙有～。"〔又〕**有病**。《戰國策・趙策四》："而恐太后玉體之有所～也。"

6 **郊** jiāo 〔粵〕 gaau1 ❶ **上古時代國都城外百里以內稱"郊"**。〔泛〕**城外，野外**。《戰國策・齊策一》："軍於邯鄲之～。"（軍：駐紮。）❷ **古代皇帝每年冬至在南郊祭天**。《禮記・中庸》："～社之禮，所以事上帝也。"

6 **郎** láng 〔粵〕 long4 ❶ **春秋魯國地名**。《禮記・檀弓下》："戰於～。" ❷ **官職名。帝王侍從官侍郎、中郎、郎中等的統稱**。《漢書・張騫傳》："建元中為～。"（建元：漢武帝年號。）❸ **對青年男子的美稱**。《三國志・吳書・周瑜傳》："瑜時年二十四，吳中皆呼為周～。"〔特〕**婦女對其所愛的男人的稱呼**。南朝民歌《西洲曲》："憶～～不至，仰首望飛鴻。"（憶：思念。）〔又〕**年青女子稱為"女郎"**。《木蘭詩》："同行十二年，不知木蘭是女～。"**成語有"郎才女貌"**。

7 **郢** yǐng 〔粵〕 jing5 **古地名。春秋戰國時楚國的國都，在今湖北江陵北**。

7 **郤** xì 〔粵〕 kwik1 **空隙，裂縫**。《莊子・知北遊》："人生天地之間，若白駒之過～。"（像白馬經過縫隙那樣快。）〔喻〕**感情上的裂痕**。《史記・絳侯周勃世家》："梁孝王與太尉有～。"

7 **郛** fú 〔粵〕 fu1 **外城**。《左傳・隱公五年》："伐宋，入其～。"（宋：宋國。）**又寫作"垺"**。

7 **郡** jùn 〔粵〕 gwan6 **古代的行政區域**。《史記・秦始皇本紀》："分天下以為三十六～。"

8 **都** dū 〔粵〕 dou1 ❶ **大城市**。《荀子・富國》："田疇穢，～邑露。"（穢：荒蕪。邑：小城市。露：敗壞。）〔特〕**有先君宗廟的城市**。《左傳・莊公二十八年》："凡邑，有宗廟先君之主曰～。"〔引〕**首都**。《三國志・吳書・吳主傳》："秋九月，權遷～建業。"（權：孫權。建業：地名。）［**都會**］① **諸侯的都城**。柳宗元《封建論》："秦有天下，裂～～而為之郡邑。"② **繁華的大城市**。《史記・貨殖列傳》："然邯鄲亦漳、河之間一～～也。"（漳：漳河。河：黃河。）❷ **古代行政區劃名。歷代建制不一**。《周禮・地官・小司徒》："四縣為～。"《管子・度地》："州十為～。"《宋史・袁燮傳》："合保為～，合～為鄉，合鄉為縣。"❸ **優美，漂亮**。《詩經・鄭風・有女同車》："彼美孟姜，洵美且～。"《三國志・吳書・孫韶傳》："身長八尺，儀貌～雅。"❹ **表示讚美的歎詞**。《尚書・皋陶謨》："皋陶曰：'～！在知人，在安民。'"❺ **總，總共**。《漢書・食貨志下》："置平準於京師，～受天下委輸。"（平準：調整物價的機構。委輸：貨物運輸。）曹丕《與吳質書》："頃撰其遺文，～為一集。"（頃：近來。撰：指彙編。）❻ dōu **副詞。全，都（後起意義）**。《論衡・謝短》："儒不能～曉古今，欲各別說其經。"《世說新語・術解》："殷中軍妙解經脈，中年～廢。"【辨】**京，都。"京"的本義是"大"。在先秦，"京師"連用才指國都，"京"指國都是後來的事。"都"本指大城市。漢以後才可指國都。**

8 **郭** guō 〔粵〕 gwok3 ❶ **在城的外圍加築的一道城牆，外城**。《管子・度地》："內為之城，城外為之～。"❷ **物體的外圍四周**。《漢書・食貨志下》："卒鑄大錢，文曰'寶貨'，肉好（hào 〔粵〕 hou3）皆有周～。"（肉：指錢邊。好：指錢孔。）【辨】**城，郭。見 110 頁"城"字。**

8 **部** bù 〔粵〕 bou6 ❶ **統率，指揮**。《史記・項羽本紀》："漢王～五諸侯兵，凡五十六萬人。"❷ **部分，類別**。曹操《整齊風俗令》："父子異～。"（父子不在同一派別。）《晉書・李充傳》："以類相從，分作四～。"❸ **官署，行政機關**。《古詩為焦仲卿妻作》："還～白府君。"（白：告訴。府君：指太守。）**又如"工部"、"刑部"。** ❹ **量詞。**《魏書・劉昶傳》："又以其文集一～賜昶。" ❺ **古時軍隊編制單位。**《史記・李將軍列傳》："及出擊胡，而廣行無～伍行陣。"（廣：李廣。）(泛) **指部隊。**《三國志・吳書・周瑜傳》："瑜為前～大督。"（大督：官名。） ❻ pǒu (粵) bau[6]/pau[5] [**部婁** (lǒu (粵) lau[5])] **通"培塿"。小土丘。**《左傳・襄公二十四年》："～～無松柏。"

9 **鄂** è (粵) ngok[6] ❶ **殷代古國名。在今河南沁陽西北。**《史記・殷本紀》："以西伯昌、九侯、～侯為三公。" ❷ **古地名。在今湖北鄂州。**《史記・楚世家》："乃興兵伐庸、楊粵，至於～。" ❸ **古邑名。春秋晉邑，在今山西鄉寧。** ❹ **通"愕"。驚訝。**《漢書・霍光傳》："羣臣皆驚～失色，莫敢發言，但唯唯而已。" ❺ **通"諤"。直言。**馬融《長笛賦》："蒯聵（kuì (粵) kui[2]）能退敵，不占成節～。"（不占：人名。）[**鄂鄂**] **直言進諫的樣子。**《史記・趙世家》："諸大夫朝，徒聞唯唯，不聞周舍之～～。" ❻ **通"萼"。花萼。**《詩經・小雅・常棣》："常棣之華，～不（fū (粵) fu[1]）韡（wěi (粵) wai[5]）韡。"（不：通"柎"。花蒂。韡韡：鮮明茂盛的樣子。） ❼ **通"堮"。邊際。**《文選・揚雄〈甘泉賦〉》："攢并閭與茇葀（bá kuò (粵) bat[6] kut[3]）兮，紛被（pī (粵) pei[1]）麗其亡～。"（并閭：樹。茇葀：草名。被麗：分散的樣子。）

9 **郵** yóu (粵) jau[4] ❶ **古代傳遞文書的驛站。**《孟子・公孫丑上》："德之流行，速于置～而傳命。"《漢書・趙充國傳》："繕治～亭。"（繕：修繕。）(引) **送信的人。**《晉書・殷浩傳》："殷洪喬不為致書～。"（殷洪喬：人名。） ❷ **通"尤"。罪過，過錯。**《詩經・小雅・賓之初筵》："是曰既醉，不知其～。" (又) **怨恨。**《荀子・成相》："己無～人。"

9 **鄉** xiāng (粵) hoeng[1] ❶ **古代的一種居民組織，一萬二千五百戶為一鄉。**《周禮・地官・大司徒》："五州為～。"（州：二千五百家為一州。）(引) **家鄉。**鼂錯《論貴粟疏》："不農則不地著，不地著則離～輕家。"（地著：定居在一個地方。）(又) **處所，位置。**《荀子・賦》："天地易位，四時易～。" ❷ xiàng (粵) hoeng[3] **面對着，面向。**《史記・孫子吳起列傳》："守西河而秦兵不敢東～。"（東鄉：向東去。）(又) **方向，趨向。**《國語・周語上》："明利害之～。" **這個意義又寫作"向"、"嚮"。** ❸ xiàng (粵) hoeng[3] **從前，過去。**賈誼《過秦論》："非及～時之士也。"（非及：比不上。）**這個意義又寫作"向"。** ❹ xiǎng (粵) hoeng[2] **通"享"、"饗"。享受。**《漢書・文帝紀》："專～獨美其福。" ❺ xiǎng (粵) hoeng[2] **通"響"。回聲。**《漢書・董仲舒傳》："夫善惡之相從，如景～之應形聲也。"（景：影子。）

10 **鄒** zōu (粵) zau[1] **春秋時國名，在今山東鄒縣一帶。孟子為鄒人。**

11 **鄢** yān (粵) jin[1] **古邑名。春秋楚國別都。在今湖北宜城附近。**《韓非子・難一》："楚兩用昭、景而亡～郢。"（郢：楚的都城。）

11 **鄙** bǐ (粵) pei[2] ❶ **周代基層行政區劃，五百戶為鄙。**《周禮・地官・遂人》："五家為鄰，五鄰為里，四里為酇，五酇為～，五～為縣。" ❷ **邊疆，邊遠的地方。**《左傳・僖公二十六年》："齊孝公伐我北～。"《韓非子・存韓》："邊～殘。"（邊疆殘破。） ❸ **庸俗，淺陋。**《論語・子罕》："吾少也賤，故多能～事。"《左傳・莊公十年》："肉食者～，未能遠謀。"（肉食者：指有權位的貴族。）(又) **俚俗。如"鄙諺"、"鄙語"。** ❹ **看不起，輕視。**《左傳・宣公十四年》："過我而不假道，～我也。”❺ **謙辭。謙稱自己。**《戰國策·齊策一》：“～臣不敢以死為戲。”白居易《答戶部崔侍郎書》：“垂問以～況。”（垂：敬辭，指對方。）**又“鄙人”、“鄙夫”也用作謙辭。**

11 **鄘** yōng 粵 jung4 ❶ **周代諸侯國，在今河南汲縣北。**❷ **通“墉”。城牆。**《左傳·昭公二十一年》：“宋城舊～及桑林之門而守之。”（城：築城牆。）

11 **鄜** fū 粵 fu1 **鄜縣，古地名。在今陝西富縣。**《史記·封禪書》：“文公夢黃蛇自天下屬地，其口止於～衍。”（衍：山坡。）

12 **鄲** dān 粵 daan1 [邯鄲] **見 660 頁“邯”字。**

12 **鄱** pó 粵 po4 [鄱陽] **漢代地名。在今江西鄱陽。**(又) **湖名。古稱“彭蠡”、“彭澤”，隋改為“鄱陽”。**

12 **鄰** (隣)lín 粵 leon4 ❶ **古代的一種居民組織。五家為鄰。**《周禮·地官·遂人》：“五家為～，五～為里。”❷ **相鄰，鄰近。**《左傳·襄公二十九年》：“～於善，民之望也。”

12 **鄭** zhèng 粵 zeng6 ❶ **周代諸侯國，在今河南新鄭一帶。**(引) **鄭聲，鄭國的音樂。當時認為是淫靡之音。**《左傳·襄公二十九年》：“為之歌～，曰：‘美哉！其細已甚，民弗堪也，是其先亡乎？’”(引) **不正的，低俗的。常“雅鄭”連用。**劉勰《文心雕龍·體性》：“然才有庸俊，氣有剛柔，學有淺深，習有雅～。”❷ [鄭重] ① **頻繁。**《漢書·王莽傳》：“然非皇天所以～～降符命之意。”② **殷勤。**白居易《庾順之以紫霞綺遠贈以詩答之》：“千里故人心～～。”(引) **嚴肅認真。成語有“鄭重其事”。**

13 **鄴** yè 粵 jip6 **地名，故址在今河北臨漳附近。曹操為魏王定都於此。**

13 **鄶** kuài 粵 kui2 **周代諸侯國，在今河南密縣東北。鄶國很小，成語有“自鄶以下”，比喻其餘不值一提的部分。**

14 **鄹** (郰)zōu 粵 zau1 **地名。春秋魯地，是孔子鄉邑。在今山東曲阜東南。**《論語·八佾》：“孰謂～人之子知禮乎？”（鄹人之子：指孔子。）

18 **酆** fēng 粵 fung1 ❶ **古地名，在今陝西戶縣東。**《史記·匈奴列傳》：“武王伐紂而營雒邑，復居于～、鄗（hào 粵 hou6）。”（鄗：同“鎬”。周武王的國都。）❷ **通“豐”。豐盛，豐富。**《論衡·須頌》：“漢德～廣，日光海外也。”

19 **酈** lì 粵 lik6 ❶ **古地名。在今河南南陽西北。**《史記·楚世家》：“楚之故地漢中、析、～可得而復有也。”❷ **姓。**《史記·高祖本紀》：“乃以～食其為廣野君，～商為將。”

19 **酇** zàn 粵 zaan3 ❶ **周代的一種居民組織，百家為酇。**《周禮·地官·遂人》：“五家為鄰，五鄰為里，四里為～，五～為鄙。”❷ **古縣名。漢屬南陽郡，故址在今湖北老河口市附近。蕭何封為酇侯。**❸ cuó 粵 co4 **古縣名。漢屬沛郡，故址在今河南永城附近。**

酉部

0 **酉** yǒu 粵 jau5 **地支的第十位。**(又) **十二時辰之一，等於現在的下午五時至七時。見 176 頁“干”字。**

2 **酊** dǐng 粵 ding2 [酩（mǐng 粵 ming5）酊] **見 665 頁“酩”字。**

2 **酋** qiú 粵 cau4/jau4 ❶ **掌管酒的長官。**《禮記·月令》：“乃命大～，秫稻必齊。”（秫：糯米。）❷ **部落的首領。**顏延之《三月三日曲水詩序》：“卉服之～。”（卉服：用草做衣服，指落後的部落。）

3 **酎** zhòu (粵) zau6 **多次釀成的醇酒**。宋玉《招魂》："挫糟凍飲，～清涼些（suò (粵) so3）。"（些：語氣詞。）

3 **酌** zhuó (粵) zoek3 ❶ **斟酒**。《詩經・小雅・瓠葉》："君子有酒，～言嘗之。"(引) **斟酒喝**。陶潛《歸去來兮辭》："引壺觴（shāng (粵) soeng1）以自～。"（觴：裝酒用的器物。）(又) **酒**。李白《陪族叔當塗宰遊化城寺升公清風亭》詩："茗～待幽客。" ❷ **斟酌，經過衡量決定取捨**。《左傳・成公六年》："子為大政，將～於民者也。"（為大政：指任中軍元帥。酌於民：指對眾人的意見加以斟酌。）❸ **舀取**。《詩經・大雅・泂酌》："泂（jiǒng (粵) gwing2）～彼行潦。"（泂：遠。行潦：指流水。）(又) **舀水喝**。王勃《滕王閣序》："～貪泉而覺爽，處涸轍以猶歡。"

3 **配** pèi (粵) pui3 ❶ **配合，匹配**。《孟子・公孫丑上》："其為氣也，～義與道。"《莊子・天道》："故曰帝王之德～天地。"(又) **匹敵，媲美**。《尚書・君牙》："對揚文武之光命，追～于前人。" ❷ **婚配，結為夫妻**。《左傳・隱公八年》："陳鍼子送女，先～而後祖。"李白《感興八首》之六："安得～君子，共乘雙飛鸞。"（鸞：傳說中的一種鳥。）(又) **配偶。多指妻子**。《詩經・大雅・皇矣》："天立厥～，受命既固。"《穀梁傳・莊公二十二年》："以其為公～，可以言小君也。" ❸ **陪伴**。杜甫《四松》詩："我生無根蒂，～爾亦茫茫。"(又) **陪襯，輔助**。王延壽《魯靈光殿賦》："乃立靈光之秘殿，～紫微而為輔。" **雙音詞有"配殿"**。❹ **在祭祀時附帶被祭**。《公羊傳・宣公三年》："王者必以其祖～。" ❺ **分配，配給（後起意義）**。《晉書・殷仲堪傳》："割此三郡，～隸益州。"（隸：隸屬。）(引) **調配**。陶宗儀《輟耕錄・黃道婆》："錯紗～色，綜線挈花，各有其法。"（錯紗：使紗線交錯。挈花：指提花。）❻ **發配，流放（後起意義）**。杜甫《敬寄族弟唐十八使君》詩："除名～清江。"（清江：地名。）

4 **酕** máo (粵) mou4［**酕醄**（táo (粵) tou4）］**大醉的樣子**。李商隱《道士胡君新井碣銘》："～～過市，酩酊經壚。"姚合《閑居遣懷》詩之六："遇酒～～飲，逢花爛熳看。"

4 **酗** xù (粵) heoi3 **無節制地喝酒**。《尚書・微子》："天毒降災荒殷邦，方興沈～于酒。"

4 **酖** zhèn (粵) zam6 **毒酒**。《史記・呂不韋列傳》："呂不韋自度稍侵，恐誅，乃飲～而死。"

5 **酣** hān (粵) ham4 **酒喝得很暢快**。《戰國策・趙策三》："平原君乃置酒，酒～，起前，以千金為魯連壽。"（平原君：人名。魯連：即魯仲連，人名。）《史記・廉頗藺相如列傳》："秦王飲酒～。"(引) **暢快，盡情**。曹丕《善哉行》："朝日樂相樂，～飲不知醉。"(喻) **濃，盛**。《論衡・感虛》："戰～，日暮，公援戈而麾之。"王安石《題西太一宮壁》詩："荷花落日紅～。"

5 **酤** gū (粵) gu1 ❶ **酒**。《詩經・商頌・烈祖》："既載清～。"（載：設。）❷ **買酒**。《詩經・小雅・伐木》："無酒～我。"（沒酒就去給我買酒。）(又) **賣酒**。《史記・司馬相如列傳》："買一酒舍～酒。"

5 **酢** zuò (粵) zok6 ❶ **客人用酒回敬主人**。《荀子・樂論》："眾賓……立飲，不～而降。" ❷ **以祭祀謝神**。《尚書・顧命》："秉璋以～。"（秉：捧着。璋：一種玉器。）❸ cù (粵) cou3 **醋**。賈思勰《齊民要術・作酢法》："四月四日可作～。" **這個意義後來寫作"醋"**。

5 **酡** tuó (粵) to4 **酒後臉紅**。宋玉《招魂》："美人既醉，朱顏～些。"劉子翬《次韻陳成季郡會》："喜客溫顏似醉～。"

[泛] **臉紅**。楊衡《白紵辭》：“香汗微漬朱顏～。”

6 **酪** lào [粵] lok^3 **乳酪**。鼂錯《言守邊備塞疏》：“食肉而飲～。”

6 **酩** mǐng [粵] ming^5 [**酩酊** (dǐng [粵] ding^2)] **大醉得迷迷糊糊的樣子**。李商隱《道士胡君新井碣銘》：“酕醄過市，～～經壚。”

6 **酬** (酧、醻) chóu [粵] cau^4 ❶ **客人給主人祝酒後，主人再次給客人敬酒**。《詩經・小雅・楚茨》：“為賓為客，獻～交錯。”杜牧《念昔遊》詩：“樽前自獻自為～。”(樽：酒器。獻：主人給客人敬酒。) [**酬酢**] **主客相互敬酒**。《世説新語・賞譽》：“尋温元甫、劉王喬、裴叔則俱至，～～終日。”(酢：客人向主人回敬酒。) ❷ **酬報，報答**。《左傳・昭公二十七年》：“為惠已甚，吾無以～之。”李白《走筆贈獨孤駙馬》詩：“壯心剖出～知己。”[引] **應對，贈答**。《顏氏家訓・勉學》：“問一言輒～數百。”謝靈運《擬魏太子鄴中集詩・應瑒》：“調笑輒～答。”(輒：就，即。) ❸ **償付，償還**。《新唐書・李朝隱傳》：“成安公主奪民園，不～直。”(直：價錢。) ❹ **實現 (志願)**。李頻《春日思歸》詩：“壯志未～三尺劍，故鄉空隔萬重山。”

7 **酺** pú [粵] pou^4 (**古代有吉慶時由君主特賜臣民的**) **聚會飲酒**。《史記・秦始皇本紀》：“五月，天下大～。”

7 **酲** chéng [粵] cing^4 **酒醒後神志不清有如患病的狀態**。《詩經・小雅・節南山》：“憂心如～，誰秉國成？”《晏子春秋・諫上》：“景公飲酒，～，三日而後發。”(發：指起身。)

7 **酷** kù [粵] huk^6 ❶ **酒味濃，香氣濃**。司馬相如《上林賦》：“芬香漚鬱，～烈淑郁。”曹植《七啟》：“浮蟻鼎沸，～烈馨香。”(浮蟻：酒表面的泡沫。) 温庭筠《病中書懷呈友人》詩：“蕊多勞蝶翅，香～墜蜂鬚。”[引] **程度深的，甚，很**。《呂氏春秋・本味》：“酸而不～。”《晉書・何無忌傳》：“何無忌，劉牢之之甥，～似其舅。”**雙音詞有“酷愛”、“酷暑”**。❷ **殘酷，暴虐**。《韓非子・顯學》：“今上急耕田墾草，以厚民產也，而以上為～。”鼂錯《賢良文學對策》：“刑罰暴～，輕絕人命。”(輕絕：輕率地殺害。)

7 **酴** tú [粵] tou^4 ❶ **酒麴**。朱肱《北山酒經》：“醞釀須～米偷酸。”❷ **酒釀，江米酒，醪** (láo [粵] lou^4) **糟**。許渾《天竺寺題葛洪井》詩：“仍聞釀仙酒，此水過瓊～。”❸ [**酴醾** (mí [粵] mei^4)] ① **名酒名**。朱敦儒《朝中措・紅稀綠暗掩重門》：“不是～～相伴，如何過得黃昏。”② **花名**。陸游《東陽觀酴醾》詩：“已見～～壓架開。”**上述**①②**又作** [**酴醿**] [**酴釄**]。

7 **酹** lèi [粵] lyut^3/laai^6 **把酒灑在地上表示祭奠**。《漢書・外戚傳下》：“飲酒～地，皆祝延之。”(祝延：祝長壽。)《後漢書・張奐傳》：“以酒～地。”

8 **醋** cù [粵] cou^3 ❶ zuò [粵] zok^6 **客人向主人回敬酒**。《儀禮・有司》：“賓受爵，易爵于篚，洗酌～于主人。”❷ **醋，酸性調味液體**。**本作“酢”**。賈思勰《齊民要術・作酢法》：“酢，今～也。”[又] **味道酸**。白居易《東院》詩：“老去齒衰嫌橘～，病來肺渴覺茶香。”

8 **醆** zhǎn [粵] zaan^2 ❶ **酒杯**。《禮記・禮運》：“～斝及尸君，非禮也，是謂僭君。”杜甫《送楊六判官使西蕃》詩：“邊酒排金～，夷歌捧玉盤。”❷ **微清的濁酒**。《禮記・郊特牲》：“～酒涚 (shuì [粵] seoi^3) 于清，汁獻涚于～酒。”(涚：濾酒。)

8 **醄** táo [粵] tou^4 [**酕** (máo [粵] mou^4) **醄**] **見****664 頁“酕”字**。

8 **醇** (醕)chún 粵 seon⁴ ❶ **酒味厚，純**。《史記・曹相國世家》："至者，(曹)參輒飲以～酒。" ❷ **通"淳"。樸實，質樸**。《漢書・景帝紀贊》："黎民～厚。"(黎民：老百姓。)［**醇化**］**敦厚的教化**。《晉書・樂志上》："～～既穆，王道協隆。" ❸ **通"純"。純粹**。《漢書・食貨志上》："自天子不能具～駟。"(具：具備。醇駟：毛色一樣的四匹駕車的馬。)

8 **醉** zuì 粵 zeoi³ **酒醉**。《韓非子・説林上》："～寐而亡其裘。"(寐：睡着了。亡：丟失。裘：皮衣。) 喻 **極端愛好**。《莊子・應帝王》："列子見之而心～。" **雙音詞有"陶醉"**。

8 **醅** pēi 粵 pui¹ **(釀製之後) 未過濾的酒**。杜甫《客至》詩："盤餐市遠無兼味，樽酒家貧只舊～。"

8 **醊** zhuì 粵 zeoi³ **連續祭祀。見《廣韻》**。㊀ **灑酒於地祭祀**。《後漢書・盧植傳》："亟遣丞掾除其墳墓，存其子孫，並致薄～，以彰厥德。" ㊁ **祭奠**。《後漢書・何顒傳》："顒感其義，為復仇，以頭～其墓。"

8 **醁** lù 粵 luk⁶ ［**醽** (líng 粵 ling⁴) **醁**］ **見667頁"醽"字**。

9 **醐** hú 粵 wu⁴ ［**醍** (tí 粵 tai⁴) **醐**］ **見本頁"醍"字**。

9 **醍** tí 粵 tai⁴ ❶ tǐ 粵 tai² **一種紅色清酒**。《禮記・禮運》："粢～在堂，澄酒在下。" ❷ ［**醍醐** (hú 粵 wu⁴)］ ① **從牛奶中提製的奶油。為奶製佳品**。沈佺期《從幸香山寺應制》詩："願以～～參聖酒，還將祇苑當秋汾。" ② **佛教指最高的佛性和佛法**。顧況《行路難》詩之二："豈知灌頂有～～。" ③ **美酒**。白居易《將歸一絕》："更憐家醞迎春熟，一甕～～待我歸。"

9 **醞** yùn 粵 wan³/wan⁵ ❶ **釀酒**。曹植《酒賦》："或秋藏冬發，或春～夏成。"［**醞釀**］**釀酒**。《後漢書・呂布傳》："布禁酒而卿等～～，為欲因酒共謀布邪？" 喻 **事先做準備工作，使之逐漸成熟**。嚴羽《滄浪詩話・詩辨》："然後博取盛唐名家，～～胸中，久之自然悟入。" ❷ **酒**。梅堯臣《永叔贈酒》詩："天門多奇～，一斗市錢千。"(市錢千：賣一千錢。)

9 **醓** tǎn 粵 taam² ［**醓醢** (hǎi 粵 hoi²)］ **肉醬的汁液**。《詩經・大雅・行葦》："～～以薦。"

9 **醑** xǔ 粵 seoi² **美酒**。魏徵《五郊樂章・赤帝徵音》："延長是祈，敬陳椒～。"

10 **醢** hǎi 粵 hoi² **肉醬**。《詩經・大雅・行葦》："醓 (tǎn 粵 taam²) ～以薦，或燔或炙。"(醓：肉醬的汁。) **也指做成肉醬**。《左傳・昭公二十九年》："龍一雌死，潛～以食夏后。" ㊀ **古代的一種刑罰，把人殺死後剁成肉醬**。《左傳・襄公十九年》："～衞于軍。"(衞：人名。)

10 **醜** chǒu 粵 cau² ❶ **相貌難看。與"美"相對**。《史記・滑稽列傳》："呼河伯婦來，視其好～。"(河伯：指河神。好：美。) ❷ **惡，不好**。《詩經・小雅・十月之交》："日有食之，亦孔之～。"《漢書・項籍傳》："今盡王故王於～地。" 引 **羞恥，恥辱**。《莊子・外物》："終身之～。" ㊀ **憎惡**。《荀子・榮辱》："我甚～之。" ❸ **類**。《國語・楚語下》："官有十～。"《爾雅・釋鳥》："鳧 (fú 粵 fu⁴)，雁～。"(鳧：野鴨。) 引 **類似**。《孟子・公孫丑下》："今天下地～德齊，莫能相尚。" ❹ **指惡人，敵人**。《晉書・陶侃傳》："無征不剋，群～破滅。"

10 **醝** cuó 粵 co⁴ **白酒**。張華《輕薄篇》："蒼梧竹葉青，宜城九醞～。"

11 **醨** lí 粵 lei⁴ **薄酒**。屈原《漁父》："眾人皆醉，何不餔其糟而歠其～。" 引 **淡薄**。沈括《夢溪筆談》卷三："今酒之至～者，每秫一斛不過成酒一斛五斗。" 韓愈《訟風伯》："風伯之怒兮誰使？雲屏屏兮吹使～之。"

11 **醪** láo (粵) lou4 **汁渣混合的酒**。《莊子・盜跖》："今富人耳營鐘鼓管籥之聲，口嗛於芻豢～醴之味。"《漢書・爰盎傳》："買二石醇～。"

12 **醰** tán (粵) taam4 **酒味厚**。(引) **醇厚，純美**。左思《魏都賦》："宅心～粹。" **[醰醰] 韻味厚**。王褒《洞簫賦》："良～～而有味。"

12 **醮** jiào (粵) ziu3 ❶ **古代用於冠禮和婚禮的一種斟酒儀式**。《儀禮・士昏禮》："使人～之。" ❷ **舊時稱婦女出嫁**。《晉書・刑法志》："既～之婦，從夫家之罰。"《聊齋志異・陸判》："未嫁而喪二夫，故十九猶未～也。" ❸ **祭祀，祈禱**。宋玉《高唐賦》："～諸神。"《竹書紀年》卷上："見大魚，殺五牲以～之。" (引) **道士設壇祭祀**。王建《同于汝錫遊降聖觀》詩："聞説開元齋～日。"（開元：年號。齋：指人祭祀前整潔身心。） ❹ **盡**。《荀子・禮論》："利爵之不～也。"（利爵：佐食的人所獻的酒。不醮：不把酒喝盡。）

12 **醯** xī (粵) hei1 ❶ **醋**。《荀子・勸學》："～酸而蜹 (ruì (粵) jeoi6) 聚焉。"（蜹：蚊子一類的小蟲。）《史記・貨殖列傳》："～醬千瓨 (gāng (粵) hong4)。"（瓨：容器名。） ❷ **[醯雞]** ① **小蟲名，蠛蠓**。《列子・天瑞》："～～生乎酒。" ② **塵埃**。吳融《梅雨》詩："撲地暗來飛野馬，舞風斜去散～～。"

12 **醱** pō (粵) put3 **[醱醅 (pēi (粵) pui1)] 酒重釀**。庾信《春賦》："石榴聊泛，蒲桃～～。" 李白《襄陽歌》："遙看漢水鴨頭綠，恰似葡萄初～～。"

13 **醵** jù (粵) geoi6/koek6 **湊錢喝酒**。《禮記・禮器》："周禮其猶～與？"《舊唐書・嚴挺之傳》："合～為歡。" (泛) **眾人湊錢**。陶宗儀《輟耕錄・暖屋》："鄰里～金治具。"

13 **醴** lǐ (粵) lai5 ❶ **甜酒**。《荀子・大略》："有酒～則辭。"（辭：辭讓，不接受。） ❷ **甜美的泉水**。司馬相如《上林賦》："～泉湧於清室。"

13 **醲** nóng (粵) nung4 **味道濃厚的酒**。《淮南子・主術》："肥～甘脆，非不美也，然民有糟糠菽粟不接於口者，則明主弗甘也。" (引) **酒味濃厚**。張雨《梅雪齋雅集分題得酒香》詩："～郁芬香味更嚴，甕間飄滿讀書簾。" (引) **濃，重**。《韓非子・難勢》："夫有盛雲～霧之勢而不能乘遊者，螾蛭之材薄也。"《後漢書・馬援傳》："夫明主～於用賞，約於用刑。"

13 **醳** yì (粵) jik6 ❶ **古代的一種酒。一説為舊酒，一説為新酒**。劉孝綽《侍宴集賢堂應令》詩："綢繆參宴笑，淹留奉觴～。" ❷ **賞賜酒食**。《史記・淮陰侯列傳》："牛酒日至，以饗士大夫，～兵。" ❸ shì (粵) sik1 **通"釋"。釋放**。《史記・張儀列傳》："共執張儀，掠笞數百，不服，～之。" ⊗ **放棄**。《戰國策・燕策二》："王欲～臣剸任所善，則臣請歸～事。"

14 **醹** rú (粵) jyu4 **味醇厚的酒**。《詩經・大雅・行葦》："曾孫維主，酒醴維～。"

17 **醽** líng (粵) ling4 **酒名**。潘岳《笙賦》："披黃包以授甘，傾縹瓷以酌～。" **[醽醁 (lù (粵) luk6)] 酒名**。《抱朴子・嘉遯》："寒泉旨於～～。"

17 **釂** jiào (粵) ziu3 **把杯中酒喝乾**。《禮記・曲禮上》："長者舉未～，少者不敢飲。"

17 **釀** niàng (粵) joeng6 **做酒**。《史記・孟嘗君列傳》："得息錢十萬，迺多～酒。" 賈思勰《齊民要術・法酒》："～法酒皆用春酒麴 (qū (粵) kuk1)。"（法酒：按一定規格釀成的酒。麴：能引起發酵的東西。）(又) **酒（後起意義）**。《晉書・何充傳》："令人欲傾家～。"（令：使。）

18 **釁**（衅）xìn (粵) jan^{6} ❶ **古代的一種祭祀儀式，用牲畜的血塗在新製的器物上**。《韓非子・說林下》："縛之，殺以～鼓。"❷ **以香塗身**。**古代祓除不祥的一種方法**。《周禮・春官・女巫》："女巫掌歲時祓除～浴。"(引) **塗抹**。賈誼《治安策》："豫讓～面吞炭。"（豫讓：人名。）❸ **縫隙，間隙，破綻**。《三國志・吳書・吳主傳》："逆臣乘～。"❹ **罪過，災禍**。《後漢書・李固傳》："固之過～。"（過：過失。）《宋書・謝晦傳》："凶狡無端，妄生～禍。"❺ **徵兆**。《國語・魯語上》："惡有～，雖貴，罰也。"（惡有釁：作惡已有徵兆。）❻ **衝動**。《左傳・襄公二十六年》："～于勇。"（由於勇猛而容易衝動。）

19 **釃** shī (粵) si^{1} ❶ **將酒過濾（以去掉酒糟）**。《詩經・小雅・伐木》："伐木許許，～酒有藇。"❷ **疏導，分流**。《漢書・溝洫志》："乃～二渠以引其河。"《宋史・河渠志》："～為二渠。"(引) **流注**。蘇軾《表忠觀碑》："積骸為城，～血為池。"❸ **（又讀 shāi）斟酒或斟茶（後起意義）**。蘇軾《赤壁賦》："～酒臨江。"❹ lí (粵) lei^{4} **通"醨"**。**薄酒**。屈原《漁父》："眾人皆醉，何不餔其糟而歠其～？"

20 **釅** yàn (粵) jim^{6} **酒、茶等味厚**。曹唐《小遊仙詩》之十四："酒～春濃瓊草齊，真公飲散醉如泥。"(引) **顏色深**。戴叔倫《贈慧上人》詩："雲霞色～禪房衲，星月光涵古殿燈。"

采部

1 **采** cǎi (粵) coi^{2} ❶ **摘取**。《詩經・周南・關雎》："參差（cēn cī (粵) caam^{1} ci^{1}）荇（xìng (粵) hang^{6}）菜，左右～之。"（參差：不齊的樣子。荇菜：一種水生植物。）(引) **採集，收集**。《鹽鐵論・復古》："～鐵石鼓鑄，煮海為鹽。"《漢書・藝文志》："古有～詩之官。"(又) **選擇，採取**。《史記・秦始皇本紀》："～上古帝位號，號曰'皇帝'。"**這個意義後來寫作"採"**。❷ **彩色的絲織品**。鼂錯《論貴粟疏》："衣必文～。"（文：指色彩華美。）**這個意義後來寫作"綵"**。❸ **彩色**。《荀子・正論》："衣被則服五～。"（衣被：指衣着。服：穿。）**這個意義後來寫作"彩"**。(引) **文章的辭藻，文采**。劉勰《文心雕龍・情采》："繁～寡情，味之必厭。"（堆砌辭藻、缺乏思想感情的文章，讀起來必然令人厭煩。）(又) **神采，神態**。《漢書・霍光傳》："天下想聞其風～。"李白《白馬篇》："酒後競風～，三杯弄寶刀。"（競：比。弄：耍弄。）❹ **木名**。**即"櫟（lì (粵) lik^{1}）"**。**也叫柞樹**。《韓非子・五蠹》："～椽（chuán (粵) cyun^{4}）不斲（zhuó (粵) zoek^{3}）。"（采椽：柞木椽子。斲：指修飾。）**【注意】**這個意義只用在"采椽"這個詞組裏，後來又寫作"棌"。❺ **理睬，理會（後起意義）**。杜荀鶴《登靈山水閣貽釣者》詩："未勝漁父閑垂釣，獨背斜陽不～人。"**這個意義後來寫作"睬"**。❻ cài (粵) coi^{3} **古代卿大夫受封的土地**。**也稱"采地"、"采邑"、"食邑"**。《漢書・刑法志》："此卿大夫～地之大者也。"**這個意義後來寫作"寀"或"埰"**。

13 **釋** shì (粵) sik^{1} ❶ **放下**。《韓非子・五蠹》："因～其耒而守株。"（耒：農具。）(又) **釋放，放棄**。《左傳・成公三年》："兩～纍囚以成其好。"《韓非子・難勢》："～勢委法，堯舜戶說而人辯之，不能治三家。"（委：丟棄。戶說而人辯之：指挨戶挨個兒地勸說。）❷ **消融，熔化**。《老子・十五章》："渙兮若冰之將～。"（渙：離散。）《鹽鐵論・褒賢》：

"消堅～石，當世無雙。" ❸ **解開**。《左傳·僖公三十三年》："～左驂，以公命贈孟明。" ㉠ **脱掉**。杜甫《白水縣崔少府十九翁高齋三十韻》："東郊何時開，帶甲且未～。" ㉡ **排解，解除**。《戰國策·趙策三》："為人排患、～難、解紛亂而無所取也。" ❹ **解説，解釋**。《左傳·襄公二十九年》："公在楚，～不朝正於廟也。"《後漢書·蔡邕傳》："通經～義。" **雙音詞有"詮釋"、"註釋"**。❺ **指佛教或僧人**。《周書·武帝紀》："集百僚、道士、沙門等討論～、老義。" **雙音詞有"釋教"、"釋子"**。❻ yì ㉄ jik⁶ **喜悦**。嵇康《琴賦》："其康樂者聞之，則欨 (xū ㉄ heoi²) 愉歡～。"（欨愉：和悦。）

里部

0 **里** lǐ ㉄ lei⁵ ❶ **古代一種居民組織，先秦以二十五家為里**。《詩經·鄭風·將仲子》："無踰我～。"（踰：越過。）㉢ **鄉里，家鄉**。《莊子·庚桑楚》："～人有病，～人問之。" 江淹《別賦》："離邦去～。"（邦：國。去：離開。）❷ **長度單位**。《左傳·僖公三十二年》："且行千～，其誰不知？" 李商隱《行次西郊》詩："五～一換馬，十～一開筵 (yán ㉄ jin⁴)。"（筵：酒席。）

2 **重** zhòng ㉄ zung⁶ ❶ ㉄ cung⁵ **重量**。《史記·秦始皇本紀》："金人十二，～各千石。"（石：一百二十斤。）㉡ **分量大，程度深。與"輕"相對**。《戰國策·齊策四》："千金，～幣也。"《後漢書·應劭傳》："夫時化則刑～，時亂則刑輕。" ㉠ ㉄ zung⁶ **重要，重大**。《論語·泰伯》："任～而道遠。" ❷ **重視**。賈誼《過秦論》："尊賢而～士。" ㉠ **慎重，不輕易**。《荀子·議兵》："～用兵者強，輕用兵者弱。" ❸ **敬重**。《三國志·蜀書·諸葛亮傳》："又睹亮奇雅，甚敬～之。"（睹：看見。）❹ ㉄ cung⁵ **加上，加重**。屈原《離騷》："紛吾既有此內美兮，又～之以脩能。"《漢書·文帝紀》："是～吾不德也。" ❺ chóng ㉄ cung⁴ **重疊，重複**。張衡《同聲歌》："～戶結金扃。"（戶：門。扃：指鎖。）《三國志·蜀書·諸葛亮傳》："刪除複～。" ❻ chóng ㉄ cung⁴ **層**。《史記·項羽本紀》："漢軍及諸侯兵圍之數～。" ❼ chóng ㉄ cung⁴ **副詞。重新**。范仲淹《岳陽樓記》："乃～修岳陽樓。"（乃：於是。）**成語有"重整旗鼓"**。

4 **野**（埜、壄）yě ㉄ je⁵ ❶ **田野**。《左傳·僖公二十六年》："～無青草。" ㉡ **郊外**。柳宗元《捕蛇者説》："永州之～產異蛇。" ㉡ **野生的**。李白《訪戴天山道士不遇》詩："～竹分青靄 (ǎi ㉄ oi²/ngoi²)。"（青靄：山中雲氣。）❷ **朝廷之外，民間。與"朝"相對**。《晉書·杜預傳》："朝～清晏，國富兵強。"（清晏：安定。）**成語有"野無遺賢"**。❸ **缺乏文采**。《論語·雍也》："質勝文則～。"《宋書·王微傳》："然復自怪鄙～，不參風流。" ❹ **野蠻，不馴順**。《左傳·宣公四年》："狼子～心。"

5 **量** liàng ㉄ loeng⁶ ❶ **以容積量物的量器**。《論語·堯曰》："謹權～，審法度。"（權：秤，秤錘。指計量輕重的器具。）㉠ **度量衡的規定**。《史記·秦始皇本紀》："器械一～。" ❷ liáng ㉄ loeng⁴ **用計算容積的量器計量**。《莊子·胠篋》："為之斗斛以～之。" ㉠ **衡量**。《韓非子·有度》："使法～功，不自度也。" ❸ **氣量，抱負**。《三國志·蜀書·諸葛亮傳》："劉備以亮有殊～，乃三顧亮於草廬之中。"（殊：特殊的，不平常的。顧：探望。）**【注意】**上古的"量"一般指計算容積，但有時也指計算長短或輕重，如枚乘

《上書諫吳王》“石稱丈量”。

11 **釐** lí ㊕ lei^4 ❶ **治理**。《尚書・堯典》：“允～百工。”（確實能治理百官。允：確實。百工：百官。）[引] **更改**。《後漢書・梁統傳》：“施行日久，豈一朝所～。”［**釐正**］**訂正，改正**。《新唐書・顏師古傳》：“詔師古於秘書省考定，多所～～。”❷ **賜，給予**。《詩經・大雅・江漢》：“～爾圭瓚。”（爾：你。圭瓚：玉器。）❸ **長度單位。十毫為一厘**。《漢書・趙充國傳》：“失之毫～，差以千里。”❹ **通“嫠”。寡婦**。《後漢書・西羌傳》：“兄亡則納～嫂。”（納：指娶。）❺ xǐ（**舊讀** xī）㊕ hei^1 **通“禧”。福**。《漢書・文帝紀》：“今吾聞祠官祝～。”❻ xī ㊕ hei^1 **祭餘的肉**。《漢書・賈誼傳》：“上方受～坐宣室。”（上：皇帝。方：正。宣室：宮殿名。）❼ lái ㊕ loi^4 **通“來”。小麥**。《漢書・劉向傳》：“飴我～麰（móu ㊕ mau^4）。”（飴：貽，贈。麰：大麥。）

金部

0 **金** jīn ㊕ gam^1 ❶ **金屬**。《周易・繫辭上》：“二人同心，其利斷～。”（利：鋒利。）《荀子・勸學》：“鍥（qiè ㊕ kit^3）而不舍，～石可鏤（lòu ㊕ lau^6）。”（鍥：用刀刻。舍：停止。鏤：雕刻。）[特] **黃金**。《史記・文帝本紀》：“不得以～、銀、銅、錫為飾。”[引] **像金屬一樣堅固**。《韓非子・用人》：“不謹蕭牆之患，而固～城於遠境。”[引] **金屬製的樂器或兵器**。《漢書・李陵傳》：“聞～聲而止。”（金聲：指鑼聲。）《荀子・勸學》：“～就礪則利。”（礪：磨刀石。利：鋒利。）［**金革**］**武器和盔甲，常用來比喻戰爭**。揚雄《解嘲》：“天下已定，～～已平。”❷ **古代計算貨幣的單位**。① **先秦以黃金二十兩為一鎰，一鎰稱一金**。《墨子・公輸》：“請獻十～。”② **漢代以黃金一斤為一金**。③ **後來以銀為貨幣，銀一兩稱一金**。❸ **五行（金、木、水、火、土）之一。見 566 頁“行”字**。❹ **朝代名（公元 1115-1234 年）。第一代君主是完顏阿骨打**。

2 **釜** fǔ ㊕ fu^2 ❶ **古代炊具，一種鍋**。曹植《七步詩》：“萁在～下然，豆在～中泣。”（萁：豆莖。然：燃。）**成語有“釜底抽薪”**。❷ **古代量器，也是容量單位，六斗四升為一釜**。《左傳・昭公三年》：“齊舊四量：豆、區（ōu ㊕ au^1/ngau^1）、～、鍾。”（量：量器。豆、區、鍾：容量單位。）

3 **釭** gāng ㊕ gong^1 ❶ **車轂中用以穿軸的金屬孔眼**。劉向《新序・雜事二》：“淳于髡曰：‘方內而員～，如何？’”（內：通“枘”。榫子。員：通“圓”。）[又] **形狀如釭的東西**。《漢書・趙皇后傳》：“壁帶往往為黃金～，函藍田璧，明珠、翠羽飾之。”（壁帶：壁上的橫木露出如帶者。）❷ **油燈**。王融《詠幔詩》：“但願置樽酒，蘭～當夜明。”

3 **釱** dì ㊕ dai^6/daai^6 ❶ **古代腳鐐類的刑具**。《漢書・陳萬年傳附陳咸》：“或私解脫鉗～。”（鉗：古代束頸刑具。）[又] **用作動詞。腳鐐戴上腳**。《史記・平準書》：“敢私鑄鐵器煮鹽者，～左趾。”（趾：腳。）❷ dài ㊕ daai^6 **通“軑”。車轂端頭的帽蓋**。揚雄《甘泉賦》：“陳眾車於東阬兮，肆玉～而下馳。”（肆：放開。）

3 **釧** chuàn ㊕ cyun^3 **手鐲**。《南史・王玄象傳》：“女臂有玉～。”杜甫《喜聞官軍已臨賊境二十韻》：“家家賣釵～，只待獻春醪（láo ㊕ lou^4）。”（醪：濁酒，泛指酒。）

3 **釵** chāi ㊕ caai^1 **婦女的一種首飾，形狀像叉**。白居易《長恨歌》：“鈿合金～

寄將去。"

4 **鈃** xíng (粵) jing4 ❶ **古代一種長頸的貯酒器**。《莊子·徐無鬼》:"其求～鍾也以束縛。" ❷ jiān (粵) gin1 **人名**。**戰國時有宋鈃**。

4 **鈇** fū (粵) fu1 ❶ **切草的刀,即鍘刀**。《漢書·尹翁歸傳》:"極者至以～自剄而死。" (又) **殺人的刑具**。《史記·廉頗藺相如列傳》:"請就～質之誅。"(就:指接受。質:鑕。殺人時墊在下面的砧板。) ❷ fǔ (粵) fu2 **通"斧"**。**斧頭**。《列子·說符》:"人有亡～者,意其鄰之子。"(亡:丟失。意:懷疑。)

4 **鈍** dùn (粵) deon6 ❶ **不鋒利**。**與"銳"、"利"相對**。《潛夫論·考績》:"劍不試則利～暗。"(暗:不清楚。) (引) **不順利**。諸葛亮《後出師表》:"至於成敗利～,非臣之明所能逆睹也。"(逆:指預先。) ❷ **遲鈍,愚笨**。《漢書·鮑宣傳》:"臣宣吶～於辭。"(吶:同"訥"。言語遲鈍。) 劉知幾《史通·敍事》:"夫以～者稱敏,則明賢達所嗤。"(被愚笨的人稱為聰敏,那就表明他是被賢明通達的人所譏笑的。)

4 **鈔** chāo (粵) caau1 ❶ **強取,掠奪**。《後漢書·公孫瓚傳》:"攻～郡縣。" ❷ **抄寫(後起意義)**。杜甫《贈李八秘書別三十韻》:"乞米煩佳客,～詩聽小胥。"(胥:吏。) **上述 ❶❷ 後來寫作"抄"**。❸ **紙幣,鈔票(後起意義)**。《金史·食貨志三》:"遂製交～,與錢並用。"(交鈔:紙幣的一種。) ❹ miǎo (粵) miu5 **通"杪"**。**末尾,最後**。《管子·幼官》:"教行於～。"(教:政教。鈔:這裏指一年的末尾,即冬季。)

4 **釿** jīn (粵) gan1 ❶ **斫木的斧頭**。《莊子·在宥》:"於是乎～鋸制焉。" ❷ **重量單位**。**斤兩**。

4 **鈲** pì (粵) pik1 ❶ **裁割,破開**。《漢書·藝文志》:"及警者為之,則苟鉤～析亂而已。" (引) **分析,剖析**。皮日休《移成均博士書》:"擿其微言,～其大義。" ❷ **劍上的裝飾**。袁康《越絕書》卷十一《外傳·記寶劍》:"欲知泰阿,觀其～,巍巍翼翼,如流水之波。"

4 **鈐** qián (粵) kim4 ❶ **車轄**。**車軸頭上用以卡住車輪的鍵**。《玉篇·金部》:"鈐……車轄也。" (引) **管束,鉗制**。呂溫《京兆韋府君神道碑》:"智～豪右。" (引) **鉗刀,刀**。《資治通鑒·齊武帝永明五年》:"詔盡出……內庫弓矢刀～十分之八。" ❷ **鎖**。《隋書·天文志中》:"房星……北二小星……房之～鍵,天之管籥。"【**注意**】古代"鈐"沒有"印章"的意義。

4 **鈞** jūn (粵) gwan1 ❶ **古代重量單位,三十斤為一鈞**。《孟子·梁惠王上》:"吾力足以舉百～。" 枚乘《上書諫吳王》:"繫千～之重。"(繫:掛。) **成語有"千鈞一髮"**。❷ **製作陶器所用的轉輪**。《墨子·非命上》:"譬猶運～之上而立朝夕者也。"(立朝夕:指測定東西向的方位。) 《鹽鐵論·遵道》:"轉若陶～。" ❸ **通"均"**。**平均**。《荀子·議兵》:"明道而分～之。"

4 **鈎** (鉤)gōu (粵) ngau1 ❶ **衣帶上的鈎**。《左傳·僖公二十四年》:"齊桓公置射～而使管仲相。" (引) **釣魚或掛物用的鈎**。陸機《文賦》:"若游魚銜～。" ❷ **鈎取**。《左傳·襄公二十三年》:"或以戟～之。" **成語有"鈎深致遠"**。(引) **牽引,連接**。李白《蜀道難》詩:"天梯石棧相～連。" ❸ **木匠用來畫圓的工具**。《莊子·馬蹄》:"曲者中～,直者應繩。"(中:符合。應:指合乎。繩:墨繩,木匠用來取直的工具。) ❹ **一種兵器**。左思《吳都賦》:"吳～越棘。"(吳國的鈎,越國的戟。棘：通"戟"。）❺ **鐮刀**。《漢書·龔遂傳》："諸持鉏～田器者皆為良民。"（鉏：同"鋤"。）

5 **鉦** zhēng [粵] zing1 ❶ **古樂器，形似鐘而狹長，戰爭中擊鼓進軍，鳴鉦收兵**。陳琳《檄吳將校部曲文》："～鼓一動，二方俱定。" ❷ **古樂器，圓形如鑼**。蘇軾《新城道中》詩："嶺上晴雲披絮帽，樹頭初日挂銅～。"

5 **鈷** gǔ [粵] gu2 [鈷鉧] **熨斗。又寫作"鈷鏻"。柳宗元有《鈷鉧潭記》一文**。

5 **鉥** shù [粵] seot6 ❶ **長針**。《管子·輕重乙》："一女必有一刀、一錐、一箴（zhēn [粵] zam1）、一～。"（箴：同"針"。）❷ **刺**。宋濂《故詩人徐方舟墓銘》："方舟悉取而諷詠之，～肝劌腎。" ❸ xù **引導**。《國語·晉語二》："子盍入乎？吾請為子～。"（子：您。）

5 **鉅** jù [粵] geoi6 ❶ **鋼鐵**。《荀子·議兵》："宛～鐵釶，慘如蠭蠆。"（宛：地名。釶：矛。）❷ **鈎子**。潘岳《西征賦》："於是弛青鯤於網～。"（弛：鬆弛，解下。鯤：傳説中的一種大魚。）❸ **通"巨"。大**。《史記·禮書》："宜～者～，宜小者小。" [鉅萬] **萬萬。形容數量極多**。《漢書·食貨志上》："京師之錢累百～～。" ❹ **通"詎"。難道，哪裏**。《荀子·正論》："是豈～知見侮之為不辱哉？"

5 **鉞** yuè [粵] jyut6 **古代一種像斧子的兵器**。《尚書·牧誓》："王左杖黃～，右秉白旄以麾。"《史記·孫子吳起列傳》："約束既布，乃設鈇（fū [粵] fu1）～。"（約束：規則。布：宣佈。鈇：通"斧"。）

5 **鉏** chú [粵] co4 ❶ **同"鋤"。翻土及除草的農具**。《漢書·循吏傳·龔遂》："諸持～鈎田器者，皆為良民。"（鈎：鐮刀。）[又] **用作動詞。鋤地**。屈原《卜居》："寧誅～草茅以力耕乎？" [引] **鏟除**。《史記·齊悼惠王世家》："非其種者～而去之。" ❷ jǔ [粵] zeoi2 [鉏鋙（yǔ [粵] jyu5）] **同"齟齬"。不相吻合**。宋玉《九辯》："圜鑿而方枘（ruì [粵] jeoi6）兮，吾固知其～～而難入。"（枘：榫子。）❸ xú [粵] ceoi4 **古國名。在今河南滑縣**。[又] **姓**。

5 **鈿** diàn [粵] din6 ❶ **用金翠珠寶等製成的形如花朵的首飾**。劉孝威《采蓮曲》："露花時濕釧，風莖乍拂～。"（乍：忽然。）白居易《長恨歌》："花～委地無人收。"（委地：指掉在地上。）❷ **以金、銀、貝等鑲嵌的器物**。李賀《春懷引》："～合碧寒龍腦凍。"（合：盒。龍腦：一種香料。）**又如"寶鈿"、"螺鈿"（一種把貝殼鑲嵌在器物上的工藝品）**。[又] **用作動詞。用金銀、玉石等鑲嵌器物**。《魏書·食貨志》："鏤以白銀，～以玫瑰。"

5 **鉉** xuàn [粵] jyun5 **用以穿過鼎的兩耳，把鼎抬起來的器具**。《周易·鼎》："鼎，黃耳金～。"張華《祖道征西應詔》詩："內飪玉～，外惟鷹揚。"

5 **鉈**（鉇、鍦、鏇）shé [粵] si1/se4 **一種短矛**。《荀子·議兵》："宛鉅鐵～。"左思《吳都賦》："藏～於人。"

5 **鈹** pī [粵] pei1 ❶ **一種醫用器具。針刀。用以破癰排膿**。《靈樞經·九針論》："～針取法於劍鋒……主大癰膿。" [引] **刺破，割破**。劉餗《隋唐嘉話》卷中："因～面鑿骨，置楔於其間。" ❷ **劍一類的兵器**。《左傳·昭公二十七年》："門階戶席，皆王親也，夾之以～。" ❸ **矛一類的兵器**。劉禹錫《壯士行》："叱之使人立，一發如～交。" ❹ **通"披"。紛亂**。《荀子·成相》："行有律，吏謹將之無～滑。"

5 **鉧**（鏻）mǔ [粵] mou5 [鈷（gǔ [粵] gu2）鉧] **見本頁"鈷"字**。

6 **銜**（啣）xián [粵] haam4 ❶ **馬嚼子**。《戰國策·秦策一》："伏軾撙～，橫歷天下。"（軾：古代車廂前面用作扶手的橫木。搏：勒緊。歷：經過。）❷ **用嘴含**。《後漢書・張衡傳》："(地動儀) 外有八龍，首～銅丸。" (引) **包含，含有**。范仲淹《岳陽樓記》："～遠山，吞長江，浩浩湯湯，橫無際涯。" ❸ **藏在心中**。蔡琰《胡笳十八拍》："～悲蓄恨兮何時平。" (特) **懷恨**。《漢書・外戚傳上》："景帝心～之。" ❹ **奉，接受**。《禮記・檀弓上》："～君命而使。" ❺ **相接**。《鹽鐵論・力耕》："是以騾驢馲駝，～尾入塞。" ❻ **頭銜（後起意義）**。白居易《聞行簡恩賜章服》詩："官～俱是客曹郎。"

6 **鉶** xíng (粵) jing4 **盛羹的器具，形如小鼎**。《周禮・天官・亨人》："祭祀共大羹、～羹。" (引) **肉菜羹**。《儀禮・特牲饋食禮》："祭～嘗之，告旨。"

6 **銍** zhì (粵) zat6 ❶ **鐮刀**。《管子・輕重乙》："一農之事，必有一耜、一銚、一鐮、一鎒、一椎、一～，然後成為農。" (又) **用鐮刀割**。《詩經・周頌・臣工》："命我眾人，庤 (zhì (粵) zi6) 乃錢鎛，奄觀～艾 (yì (粵) ngaai6)。" (艾：刈。收割。) ❷ **割下的禾穗**。《尚書・禹貢》："二百里納～。"

6 **銖** zhū (粵) zyu1 ❶ **古代重量單位，二十四銖為一兩**。《商君書・定分》："雖有千金，不能以用一～。" [**銖兩**] **比喻很少，一點兒**。鼂錯《言守邊備塞疏》："亡～～之報。" (亡：無。報：報酬。) ❷ **鈍**。《淮南子・齊俗》："其兵戈～而無刃。" (刃：刀鋒。)

6 **銛** xiān (粵) cim1 ❶ **鋒利**。《墨子・親士》："今有五錐，此其～，～者必先挫。" ❷ **一種武器**。《韓非子・五蠹》："共工之戰，鐵～短者及乎敵。"

6 **銓** quán (粵) cyun4 ❶ **秤**。《漢書・王莽傳中》："考量以～。" (用秤來考察重量。) (又) **稱量（輕重）**。《論衡・答佞》："不患無銓衡，所～非其物故也。" (引) **衡量，鑒別**。《國語・吳語》："無以～度天下之眾寡。" (度：估量。) ❷ **選拔（官吏）**。《北齊書・趙郡王叡傳》："實未聞如此～授。"

6 **銚** yáo (粵) jiu4 ❶ **大鋤**。《晏子春秋・內篇諫上》："君將戴笠衣褐執～耨以蹲行畎畝之中。" ❷ tiáo (粵) tiu4 **長矛**。《呂氏春秋・簡選》："鋤耰白梃，可以勝人之長～利兵。"

6 **銘** míng (粵) ming4/ming5 ❶ **銘文。刻在器物上記述生平、事業、功績或警戒自己的文字。一般多刻於金屬器物或石碑上**。《韓非子・外儲說左上》："鐘鼎之～。" (鐘鼎：兩種金屬器物。)《後漢書・巴肅傳》："刺史賈琮刊石立～以記之。" 陸游《夜泊水村》詩："太息燕 (yān (粵) jin1) 然未勒～。" (燕然：山名。勒：刻。) (引) **（在器物或石碑上）刻字記功，銘刻**。《國語・晉語七》："魏顆以其身卻退秦師于輔氏，親止杜回，其勳～于景鍾。" 李白《古風五十九首》之三："～功會稽嶺。" (功：功德。會稽：山名。) (喻) **銘刻在心上永遠不忘**。《三國志・吳書・周魴傳》："～心立報。" (銘記在心，決心報答。) ❷ **文體的一種。如劉禹錫《陋室銘》。複音詞有"座右銘"**。

7 **銶** qiú (粵) kau4 **鑿子一類的工具**。《詩經・豳風・破斧》："既破我斧，又缺我～。"

7 **鋪** pū (粵) pou1 ❶ **門環的底座。也叫鋪首**。左思《蜀都賦》："金～交映。" ❷ **陳設，鋪開**。《詩經・大雅・常武》："～敦淮濆。" (敦：屯，駐紮。淮濆：淮水的岸。) 白居易《與元九書》："引筆～紙。" (引筆：指提筆。) (引) **普遍，廣泛**。劉勰《文心雕龍・明詩》："～觀列代。" ❸ pù **牀鋪**。《樂府詩集・琅琊王歌辭》："孟陽三四月，移～逐陰涼。" ❹ pù (粵) pou3 **店舖（後起意義）**。孟元老《東京夢華錄・宣德樓前省府宮宇》："南則唐家金銀～。” ❺ pù (粵) pou3 **驛站（後起意義）**。《元史・兵志四》：“元制，設急遞～，以達四方文書之往來。” **上述 ❸❹❺ 的意義又寫作“舖”**。

7 **鋙** wú (粵) ng4 [鋸鋙] 見 675 頁“鋸”字。

7 **鋏** jiá (粵) gaap3 ❶ **劍把**。《戰國策・齊策四》：“居有頃，復彈其～。”（過了不久，又敲彈他的劍把。）(泛) **劍**。屈原《九章・涉江》：“帶長～之陸離兮。”（帶着長長的劍。陸離：長的樣子。）❷ **鋏子，夾取東西的工具**。庾信《對燭賦》：“鐵～染浮烟。” 梁簡文帝《對燭賦》：“夜久唯煩～，天寒不畏蛾。”（煩：煩勞。）

7 **鋣**（釾、鎁）yé (粵) je4 [鏌鋣] 見 679 頁“鏌”字。

7 **銷** xiāo (粵) siu1 ❶ **熔化金屬**。《史記・秦始皇本紀》：“收天下兵，聚之咸陽，～以為鐘鐻（jù (粵) geoi6）、金人十二。”（兵：兵器。鐻：鐘鼓的架子。）(泛) **熔化**。《論衡・談天》：“女媧（wā (粵) wo1）～煉五色石以補蒼天。”（女媧：上古神話中的女神。）❷ **通“消”。消失，消滅**。《莊子・則陽》：“其聲～，其志無窮。” **成語有“銷聲匿跡”**。

7 **鋗** juān (粵) gyun1 ❶ xuān (粵) hyun1 **古代一種烹煮器**。《說文・金部》：“鋗，小盆也。” ❷ xuān (粵) hyun1 **玉聲**。《漢書・禮樂志》：“展詩應律～玉鳴，函宮吐角激徵清。” ❸ **[鋗人] 即涓人。宮中掌灑掃的官員**。《史記・楚世家》：“王行，遇其故～～。”

7 **鋌** tǐng (粵) ting5 ❶ dìng (粵) ding3 **未經冶鑄或未成器的銅鐵**。《論衡・率性》：“其本～，山中之恆鐵也。”（本：本質。恆：普通的。）❷ dìng (粵) ding3 **古代重五兩或十兩的金銀貨幣**。《舊唐書・薛收傳》：“今賜卿黃金四十～。” 這個意義後來寫作“錠”。❸ dìng (粵) ding3 **箭鋌。箭頭嵌入箭桿的部分**。《周禮・冬官・考工記》：“冶氏為殺矢，刃長寸，圍寸，～十之。” ❹ **快跑的樣子**。《左傳・文公十七年》：“～而走險，急何能擇？”

7 **鋂** méi (粵) mui4 **獵犬脖頸上套的環**。《詩經・齊風・盧令》：“盧重～，其人美且偲。”

7 **銼** cuò (粵) co3 ❶ **小鍋**。杜甫《聞斛斯六官未歸》詩：“荊扉深蔓草，土～冷疏煙。” ❷ **通“挫”。挫敗**。《史記・楚世家》：“亡地漢中，兵～藍田。”（藍田：地名。）**這個意義又寫作“挫”**。

7 **鋒** fēng (粵) fung1 ❶ **兵器鋭利的部分**。《荀子・議兵》：“兑則若莫邪之利～，當之者潰。”（兑：鋭，鋭利。莫邪：傳說中古代的寶劍。）⊗ **借指兵器**。《晉書・慕容垂載記》：“時出挑戰，～戈屢交。” (引) **器物尖鋭犀利的部分**。沈括《夢溪筆談》卷二四：“方家以磁石磨針～，則能指南。”（方家：指方術之士。）❷ **作戰或行軍時的先頭部隊**。《三國志・魏書・張郃傳》：“從討柳城，與張遼俱為軍～。”（從：跟隨。）❸ **鋒利**。《宋史・兵志十一》：“京師所製軍器，多不～利。” (引) **鋭氣，戰鬥氣勢**。《漢書・吳王濞傳》：“吳（楚）兵鋭甚，難與爭～。”

7 **鋭** ruì (粵) jeoi6 ❶ **尖的，尖鋭的。頂小底大的形狀**。《孫子兵法・行軍》：“塵高而～者，車來也。” 杜甫《久雨期王將軍不至》詩：“～頭將軍來何遲。” (引) **細小**。《左傳・昭公十六年》：“且吾以玉賈罪，不亦～乎？”（賈罪：指獲罪。）❷ **鋭利，鋒利**。《管子・七法》：“論百工之～器。”（器：指兵器。）⊗ **兵器，鋭器**。《漢書・高帝紀下》：“朕親被堅執～。” ❸ **鋭氣，鋒芒**。《老子・五十六章》：“挫其～，解其紛。” ⊗ **氣勢旺盛**。《孫子兵法・軍爭》：“是故朝氣～，晝氣惰，暮氣歸。” ❹ **精鋭**。《墨子・雜守》：“厲吾～

卒，慎無使顧。”《論衡・非韓》：“六國之兵非不～。” 又 **敏鋭，精細**。劉勰《文心雕龍・才略》：“禰衡思～於為文。” ❺ **迅速，急切**。《孟子・盡心上》：“其進～者其退速。” 陸機《五等諸侯論》：“夫進取之情～。”

7 **鋃** láng 粵 long4 [**鋃鐺** (dāng 粵 dong1)] **鐵鎖鏈**。《後漢書・崔駰傳》：“董卓以是收烈，付郿獄，錮之～～鐵鎖。” **成語有“鋃鐺入獄”**。

7 **鋈** wù 粵 juk1 **白銅一類金屬**。又 **鍍上白銅**。《詩經・秦風・小戎》：“厹 (qiú 粵 kau4) 矛～錞 (duì 粵 deoi6)。” (厹矛：有三棱鋒的矛。錞：矛柄的底部。)

8 **錤** jī 粵 gei1 [**鎡** (zī 粵 zi1) **錤**] **見678頁“鎡”字**。

8 **錯** cuò 粵 cok3 ❶ **鑲嵌**。鍾嶸《詩品》：“顏 (延之詩) 如～彩鏤金。” 引 **塗飾**。《戰國策・趙策二》：“被髮文身，～臂左衽。” ❷ **磨刀石**。《詩經・小雅・鶴鳴》：“它山之石，可以為～。” 引 **磨**。《潛夫論・讚學》：“雖有玉璞……不琢不～，不離礫 (lì 粵 lik1) 石。” (玉璞：未經雕琢過的美玉。不離礫石：與一般的石頭沒有差別。) ❸ **交錯，交叉**。《戰國策・秦策三》：“秦韓之地形，相～如繡。” ❹ 粵 co3 **不合**。《漢書・五行志上》：“劉向治《穀梁春秋》……與仲舒～。” (治：研究。) 引 **錯誤 (後起意義)**。王定保《唐摭言・誤放》：“主司頭腦太冬烘，～認顏標作魯公。” 【注意】上古“錯”不當“錯誤”講，後來文言中也多用“誤”，不用“錯”。❺ 粵 cou3 **通“厝”。放置，安放**。《莊子・達生》：“～之牢筴 (cè 粵 caap3) 之中。” (牢筴：指牲口圈。) ❻ 粵 cou3 **通“措”。施行**。《商君書・錯法》：“～法而民無邪。” ❼ 粵 cou3 **通“措”。廢棄，放棄**。《荀子・天論》：“小人～其在己者，而慕其在天者，是以日退也。”

8 **錡** qí 粵 kei4 ❶ **鑿子一類的工具**。《詩經・豳風・破斧》：“既破我斧，又缺我～。” ❷ **一種三隻腳的鍋**。《詩經・召南・采蘋》：“于以湘之，維～及釜。” ❸ yǐ 粵 ji2 **兵器架。用於懸掛弓弩**。張衡《西京賦》：“武庫禁兵，設在蘭～。”

8 **錢** qián 粵 cin4 ❶ jiǎn 粵 zin2 **古代一種農具。類似現在的鐵鏟**。《詩經・周頌・臣工》：“命我眾人，庤 (zhì 粵 zi6) 乃～鎛 (bó 粵 bok3)。” (庤：準備。乃：你們的。鎛：類似鋤頭的農具。) ❷ **金屬錢幣**。《商君書・外內》：“食賤則農貧，～重則商富。” (食：糧食。重：貴。) 又 **錢財**。杜甫《最能行》：“富豪有～駕大舸，貧窮取給行艓子。” ❸ **重量單位。十錢為一兩**。《後漢書・華佗傳》：“與散兩～服之。” (與：給。散：藥末。)

8 **錕** kūn 粵 kwan1 [**錕鋙** (wú 粵 ng4)] **山名。也指產於此山的劍**。《列子・湯問》：“西戎獻～～之劍……用之切玉如切泥焉。”

8 **錫** xī 粵 sik3/sek3 ❶ **一種金屬**。《荀子・強國》：“金～美，工冶巧。” (美：好。工冶：加工冶煉。) 特 **僧人的錫杖**。王中《頭陀寺碑文》：“宗法師行絜珪璧，擁～來遊。” ❷ cì 粵 ci3 **通“賜”。賜給**。《尚書・洪範》：“天乃～禹洪範九疇。” ❸ 粵 sik1 **通“緆”。細麻布**。《列子・周穆王》：“衣阿～。” (衣：穿。阿：地名。)

8 **錮** gù 粵 gu3 ❶ **用熔化的金屬堵塞空隙**。《漢書・賈山傳》：“合采金石，冶銅～其內，桼塗其外。” (桼：漆。) ❷ **禁錮，禁止人做官或參加政治活動**。《左傳・成公二年》：“子反請以重幣～之。” (子反：人名。)《晉書・謝安傳》：“有司奏安被召，歷年不至，禁～終身。” (有司：官吏。) 引 **監禁**。《後漢書・崔寔傳》：“～之，鋃鐺鐵鎖。” ❸ **獨佔，壟**

斷。《漢書・貨殖傳》："上爭王者之利，下～齊民之業。"❹ **通"痼"**。**經久難癒的疾病**。《漢書・賈誼傳》："失今不治，必為～疾。"（失：失掉。）

8 **鋋** chán (粵) sin4/jin4 **鐵把小矛**。《史記・匈奴列傳》："其長兵則弓矢，短兵則刀～。"（兵：兵器。）(又) **用作動詞**。**刺殺**。司馬相如《上林賦》："格蝦蛤，～猛氏。"（蝦蛤、猛氏：獸名。）

8 **錐** zhuī (粵) zeoi1 **錐子，鑽孔的工具**。《荀子・勸學》："譬之猶以指測河也，以戈舂黍也，以～飡壺也，不可以得之矣。"《戰國策・秦策一》："讀書欲睡，引～自刺其股。"

8 **錦** jǐn (粵) gam2 ❶ **有彩色花紋的絲織品**。《詩經・秦風・終南》："～衣狐裘。"❷ **色彩鮮豔華麗**。李群玉《鸂鶒（xī chì (粵) kai1 cik1）》詩："～羽相呼暮沙曲。"

8 **錜** niè (粵) nip6 **小釵**。**古代婦女頭上的一種飾物**。王粲《七釋》："戴明中之羽雀，雜華～之葳蕤。"

8 **錚** zhēng (粵) zang1［錚錚］**金屬相擊發出的聲音**。歐陽修《秋聲賦》："其觸於物也，鏦鏦～～，金鐵皆鳴。"(喻) **剛強**。《後漢書・劉盆子傳》："卿所謂鐵中～～，傭中佼佼者也。"(喻) **有名聲**。《世說新語・賞譽》："洛中～～馮惠卿。"

8 **錞** chún (粵) seon4 ❶ **古代一種軍樂器**。**也叫錞于**。《周禮・地官・鼓人》："以金～和鼓。"（和：應和。）《國語・晉語五》："是故伐備鐘鼓，聲其罪也；戰以～于、丁寧，儆（jǐng (粵) ging2）其民也。"（丁寧：樂器名。儆：告誡。）❷ **依附**。《山海經・西山經》："又西二百五十里曰騩（guī (粵) gwai1）山，是～于西海，無草木，多玉。"❸ duì (粵) deoi6 **古代武器矛和戟柄末端的銅套**。《詩經・秦風・小戎》："厹（qiú (粵) kau4）矛鋈（wù (粵) juk1）～。"（厹矛：有三棱鋒刃的矛。鋈：用白銅鍍的。）

8 **錄** lù (粵) luk6 ❶ **記載，登記**。《韓非子・外儲說左下》："～功而與官。"(又) **記載言行和事物的冊籍**。**如歐陽修《集古錄》**。**複音詞有"備忘錄"**。(引) **錄取，任用**。《論衡・別通》："或觀讀采取，或棄捐不～。"柳宗元《為裴中丞賀克東平赦表》："無不甄（zhēn (粵) jan1/zan1）～。"（甄：審查，鑒別。）(引) **收集，收納**。《世說新語・政事》："官用竹，皆令～厚頭，積之如山。"❷ **抄錄，寫（後起意義）**。《宋史・選舉志一》："八年始置謄～院，令封印官封試卷，付之集書吏～本。"（置：設立。集書吏：文書。）❸ lù (粵) leoi6 **審查記錄囚犯的罪狀**。《漢書・何武傳》："及武為刺史，行部～囚徒。"❹ **逮捕**。《世說新語・政事》："王安期作東海郡，吏～一犯夜人來。"（吏：差役。犯夜人：觸犯夜行禁令的人。）❺ **總領**。《三國志・蜀書・諸葛亮傳》："亮以丞相～尚書事。"（尚書：官名。）❻ **次第**。《國語・吳語》："今大國越～，而造於弊邑之軍壘。"

8 **錙** zī (粵) zi1 **古代的重量單位，一說六銖為一錙，四錙為一兩**。［**錙銖**］**比喻極微小的數量**。《三國志・吳書・賀邵傳》："身無～～之行，能無鷹犬之用。"

9 **鍥** qiè (粵) kit3 ❶ **刻**。《荀子・勸學》："～而不舍，金石可鏤。"（舍：放棄。鏤：雕刻。）❷ **截斷**。《戰國策・宋衛策》："～朝涉之脛。"（朝涉：早晨涉水過河的人。脛：小腿。）

9 **鍇** kǎi (粵) kaai2/gaai1 ❶ **鐵**。張衡《南都賦》："銅錫鉛～，赭堊流黃。"(又) **好鐵**。左思《吳都賦》："其琛賂則琨瑤之阜，銅～之垠。"（垠：指山谷。）❷ **堅固**。揚雄《方言》卷二："～，堅也。自關而西，秦晉之間曰～。"

9 **鍉** chí 粵 si4 ❶ **匙子，飯勺**。《後漢書・隗囂傳》：“牽馬操刀，奉盤錯～，遂割牲而盟。”（奉：捧。錯：措，置。割：宰。盟：訂立盟約。）❷ dí 粵 dik1 **通“鏑”。箭頭**。賈誼《過秦論》：“收天下之兵聚之咸陽，銷鋒～，鑄以為金人十二。”（兵：兵器。）

9 **鍚** yáng 粵 joeng4 ❶ **馬頭上的飾物**。《詩經・大雅・韓奕》：“鉤膺鏤～。”❷ **盾背上的金屬飾物**。《禮記・郊特牲》：“朱干設～，冕而舞大武。”

9 **鍔** è 粵 ngok6 ❶ **刀劍的刃**。《莊子・說劍》：“天子之劍，以燕谿石城為鋒，齊岱為～。”駱賓王《在軍中贈先還知己》詩：“胡霜如劍～，漢月似刀環。”❷ **通“堮”。邊際**。張衡《西京賦》：“在彼靈囿之中，前後無有垠～。”

9 **錘** chuí 粵 ceoi4 ❶ **古代重量單位。一說八銖（一兩的二十四分之一）為一錘**。《淮南子・說山》：“有千金之璧，而無錙（zī 粵 zi1）～之礛（jiān 粵 gaam1）諸。”（璧：玉。錙：比錘還輕的重量單位，六銖為錙。礛諸：磨玉石。）❷ **錘子**。《論衡・辨祟》：“不動钁（jué 粵 fok3）～，不更居處。”（钁：钁頭。）❸ 粵 seoi4 **通“垂”。垂掛**。揚雄《太玄・周》：“～以玉環。”

9 **鍤** （臿）chā 粵 caap3 **鐵鍬。挖土用的工具**。《韓非子・五蠹》：“（禹）身執耒（lěi 粵 leoi5/leoi6）～。”（身執：親自拿着。耒：一種農具。）

9 **鍾** zhōng 粵 zung1 ❶ **酒器**。《論衡・語增》：“文王飲酒千～。”❷ **量器。六石四斗為一鍾**。《孟子・滕文公下》：“兄戴，蓋祿萬～。”❸ **積聚**。《國語・周語下》：“澤，水之～也。”（湖澤，是水積聚而成的。）引 **專注**。《世說新語・傷逝》：“情之所～，正在我輩。”❹ **通“鐘”。一種樂器**。《史記・秦始皇本紀》：“收天下兵，聚之咸陽，銷以為～鐻（jù 粵 geoi6）。”（兵：兵器。鐻：懸掛鐘鼓的架子。）

9 **鍑** fù 粵 fu3/fuk1 **大口鍋**。《漢書・匈奴傳下》：“胡地秋冬甚寒，春夏甚風，多齎（jī 粵 zai1）鬴（fǔ 粵 fu2）～薪炭。”（齎：攜帶。鬴：同“釜”。）

9 **鍛** duàn 粵 dyun3 ❶ **打鐵**。《尚書・費誓》：“～乃戈矛，礪乃鋒刃。”（乃：你們的。）《世說新語・簡傲》：“康方大樹下～，向子期為佐鼓排。”（康：嵇康。向子期：向秀。）引 **捶擊**。《莊子・列禦寇》：“其子沒於淵，得千金之珠。其父謂其子曰：‘取石來～之。’”引 **用酷刑羅織罪名，給人定罪**。《隋書・嗣王集傳》：“憲司希旨，～成其獄。”❷ **捶鍛金屬所用的砧石**。《詩經・大雅・公劉》：“取厲取～。”**這個意義又寫作“碫”**。❸ **通“腶”。肉脯**。《穀梁傳・莊公二十四年》：“婦人之贄，棗栗～脩。”（贄：初見尊長時所送的禮物。脩：乾肉。）

9 **鍠** huáng 粵 wong4 ❶ **古代一種兵器**。崔豹《古今注・輿服》：“秦改鐵鉞作～，秦制也。”❷ **鐘聲**。孟郊、韓愈《城南聯句》：“鐵鍠孤舂～。”

9 **鍭** hóu 粵 hau4 ❶ **一種箭**。《周禮・夏官・司弓矢》：“殺矢、～矢，用諸近射田獵。”❷ **箭頭**。班固《西都賦》：“爾乃期門佽飛，列刃鑽～。”❸ **通“翭”。計算羽毛的量詞，根**。《後漢書・南蠻傳》：“其民戶出幏布八丈二尺，雞羽三十～。”

9 **鍰** huán 粵 waan4 ❶ **古代重量單位**。《尚書・呂刑》：“墨辟疑赦，其罰百～。”❷ **通“環”。環形之物**。《漢書・外戚傳・孝成趙皇后》：“倉琅根，宮門銅～也。”引 **錢幣**。段成式《酉陽雜俎》續集卷八“支動”：“販藥人徐仲，以五～獲之。”

9 **鎡** zī (粵) zi1 [鎡基] **大鋤**。《孟子・公孫丑上》："雖有智慧，不如乘勢；雖有～～，不如待時。" **又寫作"鎡錤"**。

9 **鍵** jiàn (粵) gin6 ❶ **門閂**。《禮記・月令》："脩～閉，慎管籥（yuè (粵) joek6）。"（籥：同"鑰"。鎖，鑰匙。）❷ **鎖簧。舊式鎖可以插入和拔出的部分**。《周禮・地官・司門》："司門掌授管～，以啟閉國門。"（司門：官名。掌：掌管。管：鑰匙。）(引) **鑰匙**。郭璞《爾雅序》："誠九流之津涉，六藝之鈐～。" ❸ **車軸兩端管住車輪使不脱落的裝置**。《尸子》："文軒六駃，題無四寸之～，則車不行。"

9 **鍪** móu (粵) mau4 **古代一種鍋**。史游《急就篇》卷二："鐵鈇鑽錐釜鍑～。" (引) **兜鍪。形狀像鍪的頭盔**。《新唐書・儀衞志上》："居驍衞之次，～甲、弓箭、刀楯皆白。" (引) **形狀像兜鍪的帽子**。《荀子・禮論》："薦器則冠有～而毋縰（xǐ (粵) saai2）。"（毋：無。縰：包頭髮的帛。）

10 **鎮** zhèn (粵) zan3 ❶ **壓**。枚乘《上書諫吳王》："繫方絕，又重～之。"（繫方絕：繩子將要斷。）(又) **壓物的東西**。屈原《九歌・湘夫人》："白玉兮為～。" ❷ **壓抑，抑制**。屈原《九章・抽思》："願搖起而橫奔兮，覽民尤以自～。"（搖起橫奔：指遠走高飛。覽：看。尤：指疾苦。）❸ **震懾，鎮住**。《三國志・蜀書・諸葛亮傳》："威～凶暴，功勛顯然。"（顯然：顯著。）(引) **鎮守**。《三國志・蜀書・諸葛亮傳》："魏明帝西～長安。" (又) **鎮守國家的重要人物**。《國語・晉語五》："趙孟敬哉！夫不忘恭敬，社稷之～也。賊國之～不忠。" ❹ **安定**。《史記・高祖本紀》："～國家，撫百姓。" ❺ **市鎮（後起意義）**。《宋史・岳飛傳》："飛進軍朱仙～。" ❻ **土星**。《素問・氣交變大論》："上應～星。"

10 **鎛** bó (粵) bok3 ❶ **古代鋤田去草的農具**。《詩經・周頌・臣工》："命我眾人，庤（zhì (粵) zi6）乃錢～。"（庤：準備。乃：你們的。錢：古代農具，類似鐵鏟。）❷ **大鐘，一種打擊樂器**。《國語・周語下》："細鈞有鐘無～，昭其大也。大鈞有～無鐘。"（細鈞：指五音中的角、徵（zhǐ (粵) zi2）、羽。大鈞：指五音中的宮、商。）❸ **以金飾物**。蔡邕《獨斷》下："金根箱輪皆以金～，正黃。"（金根：車名。）

10 **鎧** kǎi (粵) hoi2 **古代打仗時穿的一種戰衣，上面綴有金屬片，用來保護身體**。《漢書・尹賞傳》："被～扞（hàn (粵) hon6），持刀兵者。"（扞：射箭手的一種皮質護袖。）

10 **鎞** bī (粵) bai1 ❶ **首飾名，即釵**。《寒山詩》三十五："羅袖盛梅子，金～挑筍芽。" ❷ **古代醫生用以治療眼病的器械**。《北史・孝行傳・張元》："其夜夢見一老翁以金～療其祖目。" ❸ (粵) bei6/bai1 **通"篦"。篦子**。皮日休《鴛鴦》詩："鈿～雕鏤費深功。"

10 **鎗** qiāng (粵) coeng1 ❶ (粵) caang1 **鐘聲**。《淮南子・説山》："范氏之敗，有竊其鐘負而走者，～然有聲。" (泛) **清脆的聲音**。孟郊、韓愈《城南聯句》："寶唾拾未盡，玉啼墮猶～。" [鎗鎗] ① **樂器聲**。《後漢書・馬融傳》："鍠鍠～～，奏於農郊大路之衢。" ② coeng1 **通"蹌蹌"。步伐從容而有節奏的樣子**。《荀子・大略》："朝廷之美，濟濟～～。" ❷ **同"槍"。一種有尖頭的木柄兵器（後起意義）**。張鷟《朝野僉載》卷六："上馬盤～逆拒，刺馬擒人而還。" (引) **火銃，土槍（後起意義）**。周密《齊東野語・二張援襄》："各船置火～、火炮。" **上述 ❷ (引) 的意義現寫作"槍"**。❸ chēng (粵) caang1 **一種三足炊具（後起意義）**。《南史・孝義傳上》："初吳郡人陳遺……母好食～底飯。" ❹ chēng (粵) caang1 **温酒器（後起意義）**。《南史・何尚之傳》："子良欣悦無已，遺黜、嵇叔夜酒杯，徐景山酒～。” ❺ qiàng **在器物上填嵌金銀等飾物的一種工藝**。陶宗儀《南村輟耕錄》卷三十：“凡器用什物……若～金，則調雌黃。”【注意】在明代以前，“鎗”沒有“刀槍”的意義。

10 **鎬** hào 粵 hou6 **西周初年的國都，在今陝西西安西南。又寫作“鄗”**。

10 **鎰** yì 粵 jat6 **古代的重量單位，二十兩為一鎰。一說二十四兩為一鎰**。《國語・晉語二》：“黃金四十～。”

10 **鎋** (舝) xiá 粵 hat6 **同“轄”。安在車軸末端的擋鐵，用以防止車輪脫落**。《詩經・小雅・車舝》：“間關車之～兮，思孌季女逝兮。” 又 **上車轄**。《詩經・邶風・泉水》：“載脂載～，還車言邁。”（脂：塗上油膏。）

10 **鎔** róng 粵 jung4 ❶ **鑄造金屬物品的模型**。《潛夫論・德化》：“猶鑠金之在鑪也……唯冶所為……隨～制爾。” 引 **鑄造**。《隋書・食貨志》：“私家多～錢。” ❷ **熔化**。韓愈《鏡潭》詩：“非鑄復非～，泓澄忽此逢。” ❸ **(寫作時) 提煉文意**。劉勰《文心雕龍・辨騷》：“雖取～經意，亦自鑄偉辭。” ❹ **矛一類的兵器**。史游《急就篇》卷三：“鈒戟鈹～劍鐔鍭。”

11 **鏏** wèi 粵 seoi6 **一種小鼎**。《淮南子・説林》：“水火相憎，～在其間。”

11 **鏌** mò 粵 mok6 [鏌鋣 (yé 粵 je4)] **通“莫邪”。寶劍名**。《莊子・大宗師》：“金踴躍曰：‘我且必為～～。’”

11 **鏂** ōu 粵 au1 **古容量單位。一說二斗為一鏂**。《管子・輕重丁》：“今齊西之粟釜百泉，則～二十也。”

11 **鏗** kēng 粵 hang1 ❶ **象聲詞。指比較響的聲音**。《論語・先進》：“鼓瑟希，～爾。” 杜甫《桃竹杖引》：“憐我老病贈兩莖，出入爪甲～有聲。” [**鏗鏘** (qiāng 粵 coeng1)] **音樂聲**。《漢書・張禹傳》：“優人管弦～～。” ❷ **撞擊**。宋玉《招魂》：“～鐘搖簴 (jù 粵 geoi6)。”（簴：掛鐘的架子。）班固《東都賦》：“～華鐘。”

11 **鏜** tāng 粵 tong1 **象聲詞。鐘鼓的聲音**。《詩經・邶風・擊鼓》：“擊鼓其～。” [**鏜鞳**] **鐘鼓的聲音**。白居易《敢諫鼓賦》：“音鏘鏘以～～，響容與以徘徊。”

11 **鏤** lòu 粵 lau6 ❶ **鋼**。《尚書・禹貢》：“厥 (jué 粵 kyut3) 貢：璆 (qiú 粵 kau4)、鐵、銀、～、砮 (nǔ 粵 nou5)、磬 (qìng 粵 hing3)。”（厥：其。璆：美玉。砮：石製的箭頭。磬：磬石。）❷ **雕刻**。《荀子・勸學》：“金石可～。” **成語有“鏤骨銘心”**。❸ **鑿通**。司馬相如《難蜀父老》：“～靈山。”

11 **鏝** màn 粵 maan6 **抹子，塗牆的工具**。韓愈《圬者王承福傳》：“吾不敢一日捨～以嬉。” 又 **塗牆**。《太平廣記》卷二三六：“虢國中堂既成，召匠汙～。”

11 **鏦** cōng 粵 cung1 ❶ **小矛**。《淮南子・兵略》：“修鎩短～。”（修：長。鎩：長矛。）又 **用作動詞。用矛撞刺**。《漢書・南粵王傳》：“太后怒，欲～嘉以矛。”（嘉：人名，即呂嘉。）❷ chuāng 粵 coeng1 **撞擊**。唐太宗《伐龜茲詔》：“～金懸米之源，掩河津而電擊。” [**鏦鏦**] **金屬撞擊聲**。歐陽修《秋聲賦》：“其觸於物也，～～錚錚，金鐵皆鳴。”

11 **鎩** shā 粵 saat3 ❶ **長矛**。《史記・秦始皇本紀》：“鉏櫌棘矜，非錟於句戟長～也。” ❷ **羽毛傷殘**。顏延年《五君詠・嵇中散》：“鸞翮有時～，龍性誰能馴？” [**鎩羽**] **比喻失意、受挫**。劉孝標《與宋玉山元思書》：“是以賈生懷琬琰而挫翮，馮子握璵璠而～～。”

11 **鏞** yōng 粵 jung4 **大鐘**。張衡《東京賦》：“設業設虡，宮懸金～。”

11 **鏑** dí 粵 dik1 **箭頭**。《史記・秦楚之際月表》：“墮壞名城，銷鋒～。” 張華《博物志》卷二：“以燋銅為～，塗毒藥於～鋒，中人即死。”（燋銅：燒過的銅。

中：射中。）泛 **指箭**。《漢書・匈奴傳》：“以鳴～射單于善馬。”**上述意義又寫作“鍉”**。

11 **鏃** zú 粵 zuk^6 **箭頭**。賈誼《過秦論上》：“秦無亡矢遺～之費，而天下諸侯已困矣。”（無亡矢遺鏃之費：不費一箭。矢：箭。）

11 **鏹** qiǎng 粵 koeng^5 **穿錢的繩子。又指成串的錢**。左思《蜀都賦》：“藏～巨萬。”引 **銀子，銀錠**。《南史・循吏傳》：“累金積～。”

11 **鏘** qiāng 粵 coeng^1 ❶ **金屬或玉石相碰的聲音**。《禮記・玉藻》：“然後玉～鳴也。”柳宗元《愚溪詩序》：“清瑩秀澈，～鳴金石。”❷［鏘鏘］① **象聲詞。形容鈴聲、鳴聲等**。《詩經・大雅・烝民》：“八鸞～～。”《呂氏春秋・古樂》：“其音若熙熙淒淒～～。”② **高峻的樣子**。張衡《思玄賦》：“命王良掌策駟兮，踰高閣之～～。”③ **步伐從容有節奏的樣子**。《顏氏家訓・序致》：“～～翼翼，若朝嚴君。”④ **美好的樣子**。《管子・形勢》：“鴻鵠～～，唯民歌之。”❸［鏗（kēng 粵 hang^1）鏘］**見679頁“鏗”字**。

11 **鏖** áo 粵 ou^1/ngou^4 **激戰，苦戰**。《漢書・霍去病傳》：“合短兵，～皋蘭下。”（皋蘭：山名。）喻 **喧擾**。黃庭堅《仁亭》詩：“市聲～午枕，常以此心觀。”

12 **鐃** náo 粵 naau^4 ❶ **古代軍隊退卻時擊打的一種獨體樂器**。《周禮・地官・鼓人》：“以金～止鼓。”❷ **類似鈸的一種雙體擊打樂器**。孟元老《東京夢華錄・駕幸臨水殿觀爭標錫宴》：“左右招舞，鳴小鑼鼓～鐸之類。”❸ **通“撓”。攪動，擾亂**。《莊子・天道》：“萬物無足以～心者，故靜也。”

12 **鐔** xín 粵 taam^4 **劍鼻。劍柄末端的凸起部分**。《莊子・說劍》：“天子之劍，以燕谿石城為鋒，齊岱為鍔，晉魏為脊，周宋為～，韓魏為夾。”

12 **鐐** liáo 粵 liu^4 ❶ **上等的銀子**。何晏《景福殿賦》：“～質輪菌。”（鐐質：以白銀鑄造的形質。輪菌：高大的樣子。）❷ liào **刑具，腳鐐（後起意義）**。《元史・刑法志三》：“帶～居役，役滿放還。”

12 **鐧** jiǎn 粵 gaan^2 ❶ jiàn 粵 gaan^3 **嵌在車軸上的鐵，用以減少輪轂與軸之間的摩擦**。《吳子・治兵》：“膏～有餘，則車輕人。”（潤鐧的油充足，則車載着人不顯得重。）❷ **古代兵器，形狀像鞭，有棱（後起意義）**。《封神演義》第四十回：“魔禮壽使兩根～，似猛虎搖頭，殺將過來。”

12 **鐀** guì 粵 gwai^6 **同“匱”。櫃子。一種收藏東西的用具**。《漢書・司馬遷傳》：“卒三歲而遷為太史令，紬（chōu 粵 cau^1）史記石室金～之書。”

12 **鐎** jiāo 粵 ziu^1［鐎斗］**古代一種溫器，三足有柄，也可用以煮物。也叫刁斗**。《史記・李將軍列傳》“不擊刁斗以自衞”裴駰集解引孟康曰：“以銅作鐎器，受一斗，晝炊飯食，夜擊持行，名曰刁斗。”

12 **鐫** （鎸）juān 粵 zyun^1 ❶ **鑿，開掘**。《漢書・溝洫志》：“患底柱隘（ài 粵 aai^3/ngaai^3），可～廣之。”（底柱：即砥柱，山名。）引 **刻**。《後漢書・蔡邕傳》：“使工～刻，立于太學門外。”❷ **官吏降級**。《宋史・食貨志上四》：“擾民及不實者～罰。”（不實：指虛報情況。）泛 **降低，削減（後起意義）**。趙彥衞《雲麓漫鈔》卷四：“知江陰軍趙雋之稍～房金，民間樂之。”

12 **鐘** zhōng 粵 zung^1 ❶ **一種樂器**。《管子・任法》：“～鼓竽瑟。”❷ **通“鍾”。酒器**。《列子・楊朱》：“聚酒千～。”

12 **鐙** dèng 粵 dang^3 ❶ dēng 粵 dang^1 **古代盛放熟食的器具**。《儀禮・公食大夫禮》：“實於～，宰右執～左執蓋，由門入。”（宰：廚師。右：右手。左：左手。）**這個意義又寫作“登”**。❷ dēng 粵 dang1 **油燈**。劉楨《贈五官中郎將》詩：“眾賓會廣座，明～熺（xī 粵 hei1）炎光。”（熺：熾。）**這個意義後來寫作“燈”**。❸ **馬鞍兩旁的腳踏（後起意義）**。李白《贈從弟南平太守之遙》詩：“龍駒雕～白玉鞍。”（龍駒：指駿馬。）

12 **鐍** （觼）jué 粵 kyut3 ❶ **有舌的環**。《後漢書・輿服志下》：“紫綬以上，縌綬之間，得施玉環～云。”❷ **箱子上安鎖的環狀物**。《莊子・胠篋》：“則必攝緘縢，固扃～。”

12 **鐖** jī 粵 gei1 ❶ **魚鉤的倒刺**。《類篇・金部》：“～，鉤逆鋩。”❷ **通“機”**。**指弓弩發射的機件**。《淮南子・齊俗》：“若夫工匠之為連～運開。”❸ qí **大鐮刀**。《史記・淮南衡山列傳》：“非直適戍之眾，～鑿棘矜也。”

13 **鐵** tiě 粵 tit3 ❶ **一種金屬**。**鐵**。《史記・貨殖列傳》：“邯鄲郭縱以～冶成業。”（郭縱：人名。）㊕ **鐵製的（耕具、兵器、刑具、鎧甲等）器具**。《孟子・滕文公上》：“許子以釜甑爨，以～耕乎？”劉長卿《從軍行》：“手中無尺～。”司馬遷《報任安書》：“嬰金～受辱。”宋無《戰城南》詩：“凍指控弦指斷折，寒膚著～膚皸裂。”(喻) **堅固，堅定不移**。劉勰《文心雕龍・祝盟》：“劉琨～誓，精貫霏（fēi 粵 fei1）霜。”（精貫：指精誠橫貫。霏霜：嚴霜。）❷ **黑色，像鐵一樣的顏色**。庾信《華林園馬射賦》：“～驪躡空。”（驪：黑馬。躡空：跑得像在空中飛那樣快。躡：同“踏”。）

13 **鐻** jù 粵 geoi6 ❶ **懸掛鐘磬的架子兩旁的柱子**。《史記・秦始皇本紀》：“收天下兵，聚之咸陽，銷以為鐘～。”（兵：兵器。銷：熔煉。）**這個意義又寫作“虡”**。❷ **一種樂器**。《莊子・達生》：“梓（zǐ 粵 zi2）慶削木為～。”（梓慶：人名，傳說為古代木工。）❸ qú 粵 keoi4 **古代少數民族用的金或銀耳環**。《後漢書・張奐傳》：“先零酋長又遺（wèi 粵 wai6）金～八枚，奐並受之。”（先零：民族名。）

13 **鐺** dāng 粵 dong1 ❶［**鐺鐺**］**象聲詞，形容金聲或更漏聲**。徐陵《與楊僕射書》：“～～曉漏。”❷［**鋃**（láng 粵 long4）**鐺**］**見 675 頁“鋃”字**。❸ chēng 粵 caang1 **温酒器**。《北史・孟信傳》：“乃自出酒，以鐵～温之。”❹ chēng 粵 caang1 **一種鐵鍋**。《世說新語・德行》：“吳郡陳遺，家至孝，母好食～底焦飯。”❺ tāng 粵 tong1［**鐺鞳**（tà 粵 taap3）］**鼓聲**。《史記・司馬相如列傳》：“金鼓迭起，鏗鎗～～。”（鏗鎗：同“鏗鏘”。形容聲音洪亮有節奏。）

13 **鐸** duó 粵 dok6 **大鈴，古代宣佈政教法令時或有戰事時使用**。《韓非子・存韓》：“邊鄙殘，國固守，鼓～之聲於耳，而乃用臣斯之計，晚矣。”《漢書・食貨志上》：“行人振木～徇（xún 粵 ceon4）於路。”（行人：指傳達命令的官。振：搖動。徇於路：指巡行各地傳達政令。）(又) **風鈴（後起意義）**。楊衒之《洛陽伽藍記・永寧寺》：“寶～含風，響出天外。”

13 **鐶** huán 粵 waan4 **同“環”。圓形有孔可貫穿的東西**。《戰國策・齊策五》：“矛戟折，～弦絕。”李賀《公莫舞歌》：“大旗五丈撞雙～。”

13 **鐲** zhuó 粵 zuk6 **軍樂器，形似小鐘**。《周禮・夏官・大司馬》：“鼓行，鳴～，車徒皆行。”**【注意】“鐲”在古代沒有“手鐲”義**。

14 **鑊** huò 粵 wok6 **古代的一種大鍋**。《呂氏春秋・察今》：“嘗一脟肉，而知一～之味，一鼎之調。”（一脟肉：一小塊肉。）

14 **鑄** zhù ㊈ zyu³ **鑄造**。《國語・齊語》："美金以～劍戟……惡金以～鉏夷斤劚。" ㊀ **造就，培養**。《揚子法言・學行》："孔子～顏淵矣。" **常"陶鑄"連用**。《莊子・逍遙遊》："將猶陶～堯舜者也。"

14 **鑑** (鑒)jiàn ㊈ gaam³ ❶ **古代用來盛水或冰的大盆**。《周禮・天官・凌人》："春始治～。" ❷ **照影**。《莊子・德充符》："人莫～於流水，而～於止水。" ❸ **鏡子**。《左傳・莊公二十一年》："王以后之鞶 (pán ㊈ pun⁴) ～予之。" (鞶：革帶。)《新唐書・魏徵傳》："以銅為～，可正衣冠。" ❹ **可以引為借鑒或教訓的事**。《詩經・大雅・蕩》："殷～不遠，在夏后之世。" ㊀ **借鑒**。《國語・吳語》："今齊侯王不～於楚。" 王安石《上皇帝萬言書》："臣願陛下～漢唐五代之所以亂亡。" (所以亂亡：混亂滅亡的原因。) ❺ **察看，審察**。《呂氏春秋・離謂》："～其表而棄其意。"《世說新語・言語》："紛紜之議，裁之聖～。" ㊀ **審察、識別能力**。《梁書・到洽傳》："樂安任昉，有知人之～。" (樂安：地名。)

15 **鑠** shuò ㊈ soek³ ❶ **熔化金屬**。《國語・周語下》："眾口～金。"《鹽鐵論・詔聖》："～金在爐。" ㊀ **削弱**。《戰國策・秦策五》："秦先得齊宋，則韓氏～。" ㊀ **滲入，滲透**。《孟子・告子上》："仁義禮智，非由外～我也，我固有之也。" ❷ **美盛**。《詩經・周頌・酌》："於～王師，遵養時晦。" (於：歎詞。)

15 **鑕** zhì ㊈ zat¹ **腰斬人用的鐵砧。常"鈇(斧)鑕"連用**。《公羊傳・襄公二十七年》："夫負羈縶，執鈇～……則是臣僕庶孽之事也。" ㊂ **指腰斬之刑**。《公羊傳・昭公二十五年》："君不忍加之以鈇～，賜之以死。"

15 **鑣** biāo ㊈ biu¹ ❶ **馬嚼子**。《楚辭・九歎・離世》："斷～銜以馳騖 (wù ㊈ mou⁶) 兮。" (馬掙斷了嚼子狂奔起來。銜：馬嚼子，銜在口內，鑣在口外。馳騖：狂奔。) **成語有"分道揚鑣"**。㊀ **指騎的馬**。鮑照《擬青青陵上柏》："飛～出荊路，騖服入秦川。" ❷ [**鑣鑣**] **馬飾美盛的樣子**。《詩經・衛風・碩人》："四牡有驕，朱幩 (fén ㊈ fan⁴) ～～。" (驕：指馬高大強壯。朱幩：裝飾在馬鑣上的朱帛。)

17 **鑱** chán ㊈ caam⁴ ❶ **銳利，用以形容治病的石鍼**。《素問・湯液醪醴論》："必齊毒藥攻其中，～石鍼艾治其外也。" [**鑱針**] **中醫"九針"之一**。《靈樞經・九針十二原》："～～者，頭大末銳，去寫陽氣。" (寫：瀉。) ❷ **針刺**。《淮南子・泰族》："夫刻肌膚，～皮革。" ㊀ **開鑿**。《新唐書・崔湜傳》："自商～山出石門，抵北藍田，可通輓道。" (鑱山：鑿山。) ❸ **一種掘土工具**。杜甫《乾元中寓居同谷縣作歌七首》之二："長～長～白木柄，我生託子以為命。"

18 **鑷** niè ㊈ nip⁶ ❶ **鑷子**。《南史・齊鬱林王紀》："高帝笑謂左右曰：'豈有為人作曾祖而拔白髮者乎？' 即擲鏡、～。" ㊂ **用鑷子拔除鬚髮**。韋莊《鑷白》詩："白髮太無情，朝朝～又生。" ❷ **古代簪釵上的飾物**。《後漢書・輿服志下》："簪以玳瑁為擿，長一尺……下有白珠，垂黃金～。"

19 **鑾** luán ㊈ lyun⁴ **一種鈴。常飾於帝王的車子上**。張衡《東京賦》："～聲噦 (huì ㊈ wai³) 噦。" (噦噦：鈴聲。) ㊕ **皇帝車駕。如"隨鑾"、"迎鑾"**。

20 **鑿** záo ㊈ zok⁶ ❶ **鑿子，木工挖槽打孔用的工具**。《論衡・效力》："～所以入木者，槌叩之也。" (叩：敲打。) ❷ **鑿開，挖通**。《戰國策・齊策四》："請為君復～二窟。" 揚雄《解嘲》："或～坏 (péi ㊈ pui⁴) 以遁。" (或：有人。坏：屋的後牆。) ❸ zuò **榫眼，卯眼**。宋玉《九辯》："圜～而方枘（ruì [粵] jeoi6）兮。"（枘：榫頭。）❹ zuò［鑿鑿］鮮明的樣子。《詩經・唐風・揚之水》："揚之水，白石～～。"❺ zuò [粵] zok3 通"糳"。精米。《左傳・桓公二年》："粢食不～，昭其儉也。"（粢食：用黍、稷做的飯。糳：這裏指舂得很細。）

20 **钁** jué [粵] fok3 **大鋤**。《淮南子・齊俗》："今之修干戚而笑～插。"**用作動詞。挖掘，鏟除**。《後漢書・杜篤傳》："鐇（fán [粵] faan4）～株林。"（鐇：鏟除。）

長部

0 **長** cháng [粵] coeng4 ❶ **長。與"短"相對**。屈原《九歌・國殤》："帶～劍兮挾秦弓。"（挾：用胳膊夾着。秦弓：秦國製造的弓，指好弓。）[又] **長度**。《論語・鄉黨》："必有寢衣，～一身有半。"[引] **長久**。《詩經・大雅・卷阿》："爾受命～矣。"**成語有"天長日久"**。❷ **經常**。《論語・述而》："君子坦蕩蕩，小人～戚戚。"王安石《書湖陰先生壁》詩："茅檐～掃淨無苔。"❸ **長處，專長**。《晏子春秋・內篇問上二十四》："任人之～，不強其短。"[又] **擅長**。《孟子・公孫丑上》："敢問夫子惡乎～？"《世說新語・文學》："樂令善於清言，而不～於手筆。"❹ zhǎng [粵] zoeng2 **生長，成長，增長**。《孟子・公孫丑上》："宋人有閔其苗之不～而揠（yà [粵] aat3/ngaat3）之者。"（揠：拔。）[引] **撫養**。鼂錯《論貴粟疏》："養孤～幼在其中。"（孤：孤兒。）❺ zhǎng [粵] zoeng2 **年紀大的。與"幼"相對**。《荀子・榮辱》："～幼之差。"[又] **長大，成年**。《荀子・勸學》："生而同聲，～而異俗。"[引] **位高者，上級**。《孟子・梁惠王上》："入以事其父兄，出以事其～上。"[又] **排行第一**。《三國志・魏書・荀彧傳》："太祖以女妻彧（yù [粵] juk1）～子惲（yùn [粵] wan6）。"（妻：嫁給。）❻ zhǎng [粵] zoeng2 **首領**。《尚書・益稷》："咸建五～。"（咸：全。五長：管理五個諸侯國的方伯。）[又] **做人君長，做首領**。《周易・乾》："君子體仁，足以～人。"[特] **秦漢時萬戶以下的縣的長官**。《後漢書・虞詡傳》："詡（xǔ [粵] heoi2）為朝歌～。"（朝歌：縣名。）❼ zhàng［**長物**］**多餘的東西**。《世說新語・德行》："恭作人無～～。"（恭：王恭自稱。）

門部

0 **門** mén [粵] mun4 ❶ **門**。《墨子・號令》："～常閉。"[泛] **進出口**。徐弘祖《徐霞客遊記・滇遊日記》："洞～甚隘。"（隘：狹窄。）[引] **攻打城門或守衞城門**。《左傳・莊公十八年》："巴人叛楚而伐那處，取之，遂～于楚。"《左傳・哀公四年》："以兩矢～之，眾莫敢進。"❷ **做事情的方法，關鍵**。《老子・一章》："玄之又玄，眾妙之～。"《商君書・君臣》："臣聞道民之～，在上所先。"（道：導。）❸ **家，家族**。《三國志・蜀書・先主傳》："汝勿妄語，滅吾～也。"[引] **宗派，門派**。《論衡・率性》："孔～弟子七十之徒，皆任卿相之用。"❹ **門類**。《舊唐書・杜佑傳》："書凡九～，計二百卷。"（凡：總計。）

3 **閈** hàn [粵] hon6 ❶ **閭里的門，巷門**。《管子・立政》："審閭～，慎管鍵。"（閭：里巷的門。管鍵：鎖鑰。）[泛] **門**。《左傳・襄公三十一年》："高其～閎，厚其牆垣。"（閎：門。）[引] **閭里，鄉里**。《漢書・敘傳下》："綰自同～，鎮我北疆。"

（綰：人名。盧綰和漢高祖劉邦同里。）❷ **牆**。張衡《西京賦》：“～庭詭異，門千戶萬。”（詭異：奇異。）

3 **閉** bì 粵 bai3 ❶ **關門**。《左傳・哀公十五年》：“門已～矣。”(泛) **閉上**。《史記・張儀列傳》：“願陳子～口，毋復言。”（陳子：陳軫。）**成語有“閉目塞聽”**。(又) **指門門的孔**。《禮記・月令》：“修鍵～，慎管籥 (yuè 粵 joek6)。”（鍵：同“楗”。木門。管籥：鎖鑰。）❷ **隱藏**。《史記・吳王濞列傳》：“見責急，愈益～，恐上誅之。”❸ **堵塞，杜絕**。《史記・樂書》：“禮者，所以～淫也。”《漢書・李尋傳》：“～絕私路。”**雙音詞有“閉塞”、“閉鎖”**。(又) **禁止**。《左傳・僖公十五年》：“晉饑，秦輸之粟；秦饑，晉～之糴 (dí 粵 dek6)。”（饑：饑荒。糴：買進糧食。）❹ **古時稱立秋、立冬為“閉”**。《左傳・僖公五年》：“凡分、至、啟、～，必書雲物。”（分：春分、秋分。至：夏至、冬至。啟：立春、立夏。雲物：雲色。）❺ 粵 bei3 **通“柲”。弓檠，一種護弓的用具**。《詩經・秦風・小戎》：“交韔 (chàng 粵 coeng3) 二弓，竹～緄 (gǔn 粵 gwan2) 縢。”（韔：弓袋。緄：繩。縢：纏束。）

4 **閏** rùn 粵 jeon6 ❶ **多數，餘數。指曆法紀年和地球環繞太陽一周運行時間的差數，多餘的叫閏，如“閏月”**。《尚書・堯典》：“朞 (jī 粵 gei1) 三百有六旬有六日，以～月定四時成歲。”（朞：指週年。）❷ **非正統的。與“正”相對**。《宋史・宋庠傳》：“又輯《紀年通譜》，區別正～。”

4 **開** kāi 粵 hoi1 ❶ **開門**。《老子・二十七章》：“善閉，無關楗而不可～。”（關楗：關門用的木門。）(引) **打開，張開**。《史記・陳涉世家》：“秦人～關而延敵。”（延：引進。）《莊子・盜跖》：“～口而笑者。”(引) **花朵開放，放**。黃巢《題菊花》詩：“他年我若為青帝，報與桃花一處～。”(喻) **雲霧等消散**。陶潛《詠貧士》：“朝霞～宿霧，眾鳥相與飛。”(喻) **冰雪融化**。鮑照《擬古》詩之六：“河渭冰未～。”❷ **分開**。杜甫《雨》詩：“蛟龍鬭不～。”❸ **開闢，開發**。《漢書・張騫傳》：“騫～外國道。”賈思勰《齊民要術・耕田》：“草乾即放火，至春而～墾。”❹ **開創，開始**。《潛夫論・思賢》：“三代～國建侯。”❺ **開導，啟發**。《潛夫論・卜列》：“移風易俗之本，乃在～其心而正其精。”（本：根本。精：精神。）❻ **開設，擺開，設置**。《後漢書・班固傳》：“竊見幕府新～，廣延羣俊。”李商隱《行次西郊作》詩：“五里一換馬，十里一～筵。”

4 **閑** xián 粵 haan4 ❶ **柵欄，養馬的圈**。《周禮・夏官・校人》：“天子十有二～，馬六種。”(又) **範圍，界限**。《論語・子張》：“大德不逾～。”(引) **防止**。《周易・乾》：“～邪存其誠。”❷ **熟習**。《戰國策・燕策二》：“～於兵甲，習於戰攻。”（兵甲：指軍隊。戰攻：指打仗。）**這個意義後來寫作“嫻”**。❸ **通“閒”。清閒，空閒**。李白《廬山謠》：“～窺石鏡清我心。”（窺：觀看。）(引) **靜，安靜**。嵇康《贈秀才入軍》詩之五：“～夜肅清，朗月照軒。”（軒：窗子。）❹ **文雅，雅靜**。宋玉《登徒子好色賦》：“體貌～麗。”**這個意義又寫作“嫻”**。【**辨**】**閑，閒，閑。見本頁“閒(間)”字**。

4 **閎** hóng 粵 wang4 ❶ **巷門**。《左傳・成公十七年》：“與婦人蒙衣乘輦 (niǎn 粵 lin5) 而入于～。”（輦：車。）❷ **宏大，寬廣**。《韓非子・難言》：“～大廣博，妙遠不測。”

4 **閒** **(間)** jiān 粵 gaan1 ❶ jiàn 粵 gaan3 **夾縫，間隙，空隙**。《史記・管晏列傳》：“晏子為齊相，出，其御之妻從門～而窺其夫。”（御：趕車人。窺：從縫隙中看。）❷ jiàn (粵) gaan^{3} **間隔，間斷**。《漢書・西域傳下》：“～以河山。”(引) **間或，斷斷續續地**。《戰國策・齊策一》：“數月之後，時時而～進。”❸ jiàn (粵) gaan^{3} **隔閡，疏遠**。《左傳・哀公二十七年》：“君臣多～。”(引) **離間**。《史記・廉頗藺相如列傳》：“趙王信秦之～。”❹ jiàn (粵) gaan^{3} **秘密地，悄悄地**。《戰國策・趙策三》：“魏王使客將軍辛垣衍～入邯鄲。”［**間行**］**從小路走**。《史記・項羽本紀》：“道芷陽～～。”（芷陽：地名。）❺ **中間，期間**。《論語・先進》：“千乘之國，攝乎大國之～。”《孟子・梁惠王上》：“七八月之～旱，則苗槁矣。”❻ jiàn (粵) gaan^{3} **置身其間，參與**。《左傳・莊公十年》：“肉食者謀之，又何～焉？”❼ **近來**。《漢書・敍傳上》：“帝～顏色瘦黑。”❽ **量詞**。《世説新語・賞譽》：“三～瓦屋，士龍住東頭，士衡住西頭。”（士龍、士衡：人名。）杜甫《茅屋為秋風所破歌》：“安得廣廈千萬～？”❾ xián (粵) haan^{4} **空閒**。《後漢書・東平憲王蒼傳》：“憂念遑遑，未有～寧。”（遑遑：心神不安的樣子。）**這個意義後來寫作“閑”**。【**辨**】閒，間，閑。上古沒有“間”字，後代寫作“間”的，上古都寫作“閒”。後代把讀 jiān (粵) gaan^{1} 和 jiàn (粵) gaan^{3} 的寫作“間”，把讀 xián (粵) haan^{4} 的寫作“閒”。“閑”的本義是柵欄，在一般情況下，“閒”和“閑”是不相通的；只有在“空閒”的意義上有時寫作“閑”。

4 **閔** mǐn (粵) man^{5} ❶ **憂患，凶喪**。《詩經・邶風・柏舟》：“覯～既多，受侮不少。”（覯：遭遇。）《左傳・宣公十二年》：“寡君少遭～凶。”（寡君：對別人稱自己的國君。）(又) **憂慮，擔心**。《孟子・公孫丑上》：“宋人有～其苗之不長而揠之者。”❷ **哀憐，憐憫**。《詩經・豳風・東山序》：“序其情而～其勞。”（序：同“敍”。敍述。）韓愈《太學生何蕃傳》：“～親之老，不自克。”(又) **憂愁**。馬融《琴賦》：“懷～抱思。”**上述 ❷ (又) 後來寫作“憫”**。［**閔閔**］**憂愁的樣子**。《左傳・昭公三十二年》：“～～焉如農夫之望歲，懼以待時。”❸［**閔勉**］**勤勉**。《漢書・五行志中之上》：“～～遯樂，晝夜在路。”**這個意義又寫作“閔免”、“黽勉”**。

4 **閌** kàng (粵) kong^{3} **門高大的樣子**。左思《魏都賦》：“古公草創，而高門有～。”(引) **高大**。揚雄《甘泉賦》：“～閬閬其寥廓兮，似紫宮之崢嶸。”（閬閬：高大的樣子。）

5 **閟** bì (粵) bei^{3} ❶ **閉門**。《左傳・莊公三十二年》：“初，公築台臨黨氏，見孟任，從之，～，而以夫人言，許之。”（孟任：黨氏之女。）❷ **停止，終盡**。《詩經・鄘風・載馳》：“視爾不臧，我思不～。”《左傳・閔公二年》：“今命以時卒，～其事也。”（時：指十二月，十二月為四時之終。）❸ **掩藏，掩蔽**。《漢書・盧綰傳》：“綰愈恐，～匿。”(引) **掩埋**。白居易《唐太原白氏之殤墓志銘》：“埋魂～骨長夜臺。”❹［**閟宮**］**神廟。指周祖先后稷母姜嫄之廟**。《詩經・魯頌・閟宮》：“～～有侐（xù (粵) gwik^{1}），實實枚枚。”（有侐：清靜。實實：堅固的樣子。枚枚：細密的樣子。）(泛) **指祠堂**。杜甫《古柏行》：“憶昨路繞錦亭東，先主武侯同～～。”

6 **閨** guī (粵) gwai^{1} ❶ **上圓下方的小門**。《荀子・解蔽》：“俯而出城門，以為小之～也，酒亂其神也。”（俯：低頭。）❷ **內室**。枚乘《七發》：“宮居而～處。”（住在深宮內室之中。）(特) **女子居住的內室**。《後漢書・劉瑜傳》：“女嬖（bì (粵) bai^{3}）令色，充積～帷。”（女嬖令色：指宮女、妃子。）

6 **閥** fá 粵 fat6 ❶ **功勞**。《新唐書・張獻誠傳》："子煦，積～亦至夏州節度使。" 特 **仕宦之家門前旌表功績的柱子**。杜甫《奉贈盧五丈參謀琚》詩："門～冠雲霄。" ❷ **名門巨室，即有權勢有地位的世家**。《新唐書・柳玭傳》："子孫眾盛，實為名～。" 韓愈《送文暢師北遊》詩："聲譽耀前～。" **上述"閥"的義項，古籍中也常用"閥閱"表示**。

6 **閤** gé 粵 gap3 ❶ **旁門，小門**。《史記・滑稽列傳》："建章宮後～重櫟中有物出焉。"（櫟：欄杆。）《漢書・公孫弘傳》："開東～以延賢人。"（延：迎接。）❷ 粵 gok3 **一種小樓**。《世說新語・尤悔》："因在卞太后～共圍棊，並噉棗。" 白居易《兩朱閣》詩："妝～伎樓何寂靜，柳似舞腰池似鏡。" ❸ 粵 gok3 **官署**。《漢書・朱博傳》："于是府丞詣～，博乃見丞。"（詣：到官署中請見。）**上述❷❸又寫作"閣"**。❹ hé 粵 hap6 **全（後起意義）。如"閤家"。這個意義又寫作"闔"**。

6 **閣** gé 粵 gok3 ❶ **存放食物的木櫥櫃**。《禮記・內則》："大夫七十而有～。" 引 **放東西的木架子**。《晉書・庾翼傳》："此輩宜束之高～。" ❷ **用木材架於空中的道路**。《戰國策・齊策六》："故為棧道木～，而迎王與后於城陽山中。" 諸葛亮《與兄瑾言趙雲燒赤崖閣道書》："前趙子龍退軍，燒壞赤崖以北～道。" 又 **樓與樓之間架空的通道**。《史記・秦始皇本紀》："殿屋復道周～相屬（zhǔ 粵 zuk1）。"（屬：接連。）❸ **一種小樓**。《木蘭詩》："開我東～門。" 杜牧《阿房宮賦》："五步一樓，十步一～。" **成語有"空中樓閣"**。又 **收藏書籍或供佛的地方**。《漢書・揚雄傳下》："時雄校書天祿～上。"（校書：校訂書籍。天祿閣：漢朝的書樓名。）**今故宮有"文淵閣"，頤和園有"佛香閣"**。❹ **官署**。陸機《答張士然》詩："絜身躋秘～。"（絜：潔。躋：登，升。秘閣：秘書省。）**上述❸❹又寫作"閤"**。❺ **放置，擱置**。《新唐書・劉知幾傳》："～筆相視。" **這個意義後來寫作"擱"**。**【辨】亭，臺，榭，樓，閣**。見522頁"臺"字。

6 **閡** hé 粵 hat6 ❶ **阻礙，阻隔**。《後漢書・隗囂傳》："（囂）又多設支～，帝知其終不為用，叵欲討之。"（叵：就。）《抱朴子・博喻》："學而不思，則疑～實繁。" **雙音詞有"隔閡"**。引 **界限**。陸機《文賦》："恢萬里而無～。"（恢：擴大。）❷ **止**。郭璞《山海經圖贊・海外北經》："厥形惟大，斯腳則企。跳步雀踴，踵不～地。" ❸ gāi 粵 goi1 **通"陔"。台階的層次**。［九閡］**九重天**。《漢書・禮樂志》："專精厲意逝～～。"

7 **閫** kǔn 粵 kwan2 ❶ **門檻**。揚雄《甘泉賦》："天～決兮，地垠開。"（垠：邊界。）《南史・沈顗傳》："送迎不越～。" 特 **城門的門檻**。《史記・張釋之馮唐列傳》："～以內者寡人制之，～以外者將軍制之。" 引 **統兵在外的將帥**。文天祥《指南錄後序》："即具以北虛實告東西二～。"（北：指北方的敵人。）❷ **通"壼"。古代宮中的路**。引 **婦女居住的內室**。《後漢書・皇后紀上》："內無出～之言，權無私溺之授。"［閫闈］**宮闈，后妃居住的地方**。班固《述成紀》："～～恣趙。"（恣：放縱。趙：指趙飛燕姊妹。）

7 **閭** lǘ 粵 leoi4 ❶ **古代的一種居民組織單位**。《周禮・地官・大司徒》："五家為比……五比為～。" ❷ **里巷的大門**。《韓非子・難三》："鄭子產晨出，過東匠之～，聞婦人之哭。"（子產：人名。東匠：里巷名。）又 **里巷**。《莊子・列禦寇》："夫處窮～阨巷，困窘織屨。"

7 **閱** yuè 粵 jyut6 ❶ **計數**。《論衡・自紀》："稻穀千鍾，糠皮太半，～錢滿億，穿決出萬。”❷ **檢閱**。《左傳・桓公六年》：“大～，簡車馬也。”（簡：檢視。）❸ **察看**。《管子・度地》：“常以秋歲末之時～其民。”[又] **閱讀**。《後漢書・王充傳》：“家貧無書，常遊洛陽市肆，～所賣書。”（肆：舖子。）❹ **經歷**。《漢書・文帝紀》：“～天下之義理多矣。”[又] **根據經歷所定的功勞**。周必大《何耕墓志銘》：“公積～雖高，然寄祿未至大夫。”❺ **總聚，匯集**。陸機《歎逝賦》：“川～水以成川。”（川：河流。）❻ **［折閱］見 227 頁“折”字**。

7 **閬** láng [粵] long4 ❶ **［閬閬］高大的樣子**。揚雄《甘泉賦》：“閌～～其寥廓兮，似紫宮之崢嶸。”❷ **空曠**。《莊子・外物》：“胞有重～，心有天遊。”❸ **沒有水的城壕**。《管子・度地》：“城外為之郭，郭外為之土～。”❹ liǎng [粵] loeng5 **通“魎”**。**［罔閬］同“魍魎”**。**鬼怪**。《史記・孔子世家》：“木石之怪，夔、～～。”

8 **闍** dū [粵] dou1 ❶ **城門上的台**。《詩經・鄭風・出其東門》：“出其闉（yīn [粵] jan1）～，有女如荼（tú [粵] tou4）。”（闉：城門外的曲城。荼：茅、葦的白花，形容女子白淨可愛。）❷ shé [粵] se4 **［闍黎（梨）］梵語音譯。高僧。也泛稱和尚**。《梁書・侯景傳》：“人並呼為～～，景甚信敬之。”

8 **閾** yù [粵] wik6 **門檻**。《論語・鄉黨》：“立不中門，行不履～。”（履：踩。）[引] **門**。曹植《應詔》詩：“仰瞻城～，俯惟闕庭，長懷永慕，憂心如酲。”

8 **閹** yān [粵] jim1 **閹割**。《後漢書・宦者列傳》：“中興之初，宦官悉用～人。”（悉：全。）[特] **宦官**。《後漢書・荀淑傳》：“兄弟皆正身疾惡，志除～宦。”（疾：痛恨。）**［閹然］曲意迎合的樣子**。《孟子・盡心下》：“～～媚於世也者，是鄉原也。”

8 **閶** chāng [粵] coeng1 **［閶闔（hé [粵] hap6）］**① **神話傳說中的天門**。屈原《離騷》：“吾令帝閽（hūn [粵] fan1）開關兮，倚～～而望予。”（帝閽：神話中掌管天門的人。予：我。）② **皇宮的正門**。白居易《中書寓直》詩：“繚繞宮牆圍禁林，半開～～曉沉沉。”（禁林：皇宮裏的林木。曉：拂曉。沉沉：深遠的樣子。）

8 **閽** hūn [粵] fan1 ❶ **守門的人**。《左傳・襄公二十九年》：“吳人伐楚，獲俘焉，以為～。”《漢書・五行志下》：“後～戕（qiāng [粵] coeng4）吳子。”（戕：殺害。）❷ **門。常指天門或宮門**。揚雄《甘泉賦》：“選巫咸兮叫帝～，開天庭兮延羣神。”

8 **閻** yán [粵] jim4 ❶ **里巷的門**。《史記・平準書》：“守閭～者食粱肉。”[引] **里巷**。《史記・越王勾踐世家》：“莊生雖居窮～，然以廉直聞于國。”❷ **［閻羅］梵語音譯，佛教指地獄之王**。

8 **閼** è [粵] aat3/ngaat3 ❶ **阻塞**。蔡邕《樊惠渠歌》：“我有長流，莫或～之。”（長流：指涇水。莫或：沒有誰。）❷ **擋水的堤壩**。《漢書・召信臣傳》：“開通溝瀆（dú [粵] duk6），起水門提～，凡數十處，以廣溉灌。”（瀆：水渠。起：指興建。提閼：即堤堰。）❸ yān [粵] jin1 **［閼氏（zhī [粵] zi1）］漢時匈奴王后的稱號**。《史記・匈奴列傳》：“後有所愛～～，生少子。”❹ yù [粵] jyu3 **［閼與（yú [粵] jyu6）］地名，在今山西**。

9 **闉** yīn [粵] jan1 ❶ **瓮城，城門外的護門小城**。《詩經・鄭風・出其東門》：“出其～闍（dū [粵] dou1），有女如荼。”（闍：城台。）❷ **通“堙”。堵塞**。《淮南子・兵略》：“獵者逐禽……而相為斥～要遮者，同所利也。”❸ **通“堙”。用以攻城的小土山**。《尉繚子・戰威》：“破軍殺將，乘～發機。”

9 **闌** lán [粵] laan4 ❶ **門前的柵欄**。《史記・楚世家》：“令儀亦不得為門～之廝也。”（儀：張儀。廝：僕役。）[引]

欄杆（後起意義）。周邦彥《滿庭芳·夏日溧水無想山作》："憑～久。"（憑：依靠。）**這個意義又寫作"欄"**。❷ **阻隔，分割**。《史記·魏世家》："國去梁千里，有河山以～之。"❸ **擅自（出入）**。《史記·汲鄭列傳》："～出財物於邊關。"❹ **殘盡**。《史記·高祖本紀》："酒～，呂公因目固留高祖。"（目：使眼色。高祖：指劉邦。）陸游《十一月四日風雨大作》詩："夜～卧聽風吹雨。"（夜闌：夜將盡。）［**闌珊**（shān [粵] saan^1)］**將盡，衰落的樣子**。白居易《詠懷》："詩情酒興漸～～。"**成語有"意興闌珊"**。❺［**闌干**］① **縱橫交錯的樣子**。白居易《長恨歌》："玉容寂寞淚～～。"② **欄杆**。李白《清平調》："沈香亭北倚～～。"

9 **闃** qù [粵] gwik^1 ❶ **寂靜**。《周易·豐》："窺其戶，～其無人。"周邦彥《早梅芳近·別恨》："花竹深，房櫳好，夜～無人到。"❷ **空**。王禹偁《酬安秘丞歌詩集》："今來相去千百年，寥落乾坤～無睹。"

9 **闇** àn [粵] am^3 ❶ **閉門**。《說文·門部》："闇，閉門也。"❷ **蒙蔽**。《荀子·不苟》："不下比以～上。"（比：勾結。）❸ **昏暗**。《楚辭·九思·守志》："彼日月兮～昧。"（昧：昏暗無光。）[引] **黃昏或夜間**。《禮記·祭義》："周人祭日，以朝及～。"[喻] **政治黑暗**。《商君書·說民》："治明則同，治～則異。"（同：指上下一心；異：指上下離散。）❹ **昏庸，愚昧**。《淮南子·主術》："主上～而不明，羣臣黨而不忠。"曹操《陳損益表》："以～鈍之才，而奉明明之政。"❺ **暗中**。《管子·九守》："刑賞信必於耳目之所見，則其所不見莫不～化矣。"[又] **默默地**。《三國志·魏書·王粲傳》："卿能～誦乎？"**上述❸❹❺又寫作"暗"**。❻ ǎn **隱晦**。《禮記·中庸》："故君子之道，～然而日章。"（章：彰顯，顯著。）❼ yǎn [粵] jim^2 **通"奄"。忽然，很快的樣子**。傅毅《舞賦》："翼爾悠往，～復輟（chuò [粵] zyut^3）已。"（復：又。輟已：停止。）❽ ān [粵] am^1［**諒闇**］**帝王居喪**。《禮記·喪服四制》："高宗～～。"**又寫作"亮闇"、"諒陰"、"梁陰"**。

9 **闊**（**濶**）kuò [粵] fut^3 ❶ **遠，疏遠**。《詩經·邶風·擊鼓》："于嗟～兮，不我活兮。"揚雄《太玄·斷》："爾仇不～。"❷ **寬緩，放寬**。《漢書·王莽傳下》："～其租賦。"❸ **寬闊，廣闊**。杜甫《旅夜書懷》詩："星垂平野～，月湧大江流。"［**闊達**］**豁達，心胸開闊**。《後漢書·馬武傳》："武為人嗜酒，～～敢言。"（嗜：特別愛好。）❹ **遠於實際**。《史記·孟子荀卿列傳》："梁惠王不果所言，則見以為迂遠而～於事情。"［**迂闊**］**不切合實際**。《三國志·魏書·杜畿傳》："競以儒家為～～。"❺ **久別**。嵇康《與山巨源絕交書》："時與親舊敘～，陳說平生。"［**闊別**］**久別**。王羲之《雜帖》四："～～稍久。"❻ **長**。白居易《寄微之》詩："有江千里～。"

9 **闈** wéi [粵] wai^4 ❶ **宮中小門**。《左傳·哀公十四年》："攻～與大門，皆不勝。"［**宮闈**］**皇后和妃子居住的地方**。《後漢書·皇后紀》："后正位～～。"（皇后處在宮闈的正位。）❷ **內室的門**。《古詩十九首·凜凜歲雲暮》："既來不須臾，又不處重～。"張銑注："闈，閨門也。"［**庭闈**］**父母居住的地方。也指父母**。杜甫《送韓十四江東省覲》詩："我已無家尋弟妹，君今何處訪～～。"❸ **科舉考試的考場（後起意義）**。劉長卿《洛陽主簿叔知和驛承恩赴選伏辭》詩："銓～就明試。"（銓闈：指考場。銓：衡量才能。）[又] **科舉考試。如"春闈"、"秋闈"**。姚合《別胡逸》詩："記得春～同席試。"

9 **闋** què 粵 kyut3 ❶ **停止，結束**。周邦彥《浪淘沙慢・曉陰重》：“南陌脂車待發，東門帳飲乍～。”（陌：道路。脂車：用脂油塗車軸。乍：剛剛。）特 **樂曲終止**。謝靈運《九日從宋公戲馬臺集送孔令》詩：“指景待樂～。”（景：日光。）❷ **平息**。《詩經・小雅・節南山》：“俾民心～。”（俾：使。）❸ **盡**。張協《七命》：“繁肴既～，亦有寒羞。”❹ **空缺**。《潛夫論・邊議》：“寄其身者，各取一～。”又 **缺乏**。江淹《拜中書郎表》：“智罕效官，志～從政。”❺ **量詞。首。樂曲每一次終止為一闋**。《史記・留侯世家》：“歌數～。”又 **詞（韻文長短句）有兩段者，稱為“前闋”、“後闋”**。

10 **闔** hé 粵 hap6 ❶ **門扇，門板**。《禮記・月令》：“是月也，耕者少舍，乃修～扇。”（是：這。少舍：稍停。）泛 **門**。《荀子・儒效》：“故外～不閉。”❷ **關閉**。《左傳・定公八年》：“築者～門。”柳宗元《三戒・永某氏之鼠》：“～門撤瓦灌穴。”❸ **全**。《漢書・武帝紀》：“今或至～郡而不薦一人。”（或：有的。至：甚至於。）❹ **通“合”。符合**。《戰國策・秦策三》：“意者臣愚而不～於王心耶？”（也許是自己愚昧而不能符合王的心意吧？）❺ **通“盍”。何，何不**。《管子・小稱》：“桓公謂鮑叔牙曰：‘～不起為寡人壽乎？’”（壽：奉酒祝壽。）《莊子・天地》：“夫子～行邪？”

10 **闐** tián 粵 tin4 ❶ **填塞，充滿**。班固《西都賦》：“～城溢郭。”《韓詩外傳》卷一：“精氣～溢。”❷［**闐闐**］① **盛大的樣子**。《詩經・小雅・采芑》：“振旅～～。”薛逢《上白相公啟》：“飛龍在天，雲雨～～。”② **形容聲音宏大**。宋玉《九辯》：“屬雷師之～～。”左思《蜀都賦》：“車馬雷駭，轟轟～～。”

10 **闒** tà 粵 taap3 ❶ **樓上門戶**。《說文・門部》：“闒，樓上戶也。”❷［**闒茸**］① **卑賤的人**。賈誼《弔屈原賦》：“～～尊顯兮，讒諛得志。”司馬遷《報任安書》：“今已虧形為掃除之隸，在～～之中。”**又寫作“闒茸”**。《漢書・孝武李夫人傳》顏師古注：“言嫉妒～～之徒不足與夫人為程品也。”② **駑劣**。《楚辭・九歎・憂苦》：“雜斑駁與～～。”《鹽鐵論・利議》：“諸生～～無行。”❸ 粵 daap6 **通“踏”。踢**。《資治通鑒・周顯王三十六年》：“臨淄甚富而實，其民無不鬭雞走狗，六博～鞠。”（鞠：踢打的球。）

10 **闓** kǎi 粵 hoi2 ❶ **開**。《論衡・奇怪》：“蟬之生復育也，～背而出。”❷ **通“愷”。歡樂，和樂**。司馬相如《封禪文》：“昆蟲～懌（yì 粵 jik6）。”（懌：高興。）

10 **闑** niè 粵 jit6/nip6 **古代豎立在大門中部形成中門的兩根木柱**。《禮記・玉藻》：“君入門，介拂～。”

10 **闕** què 粵 kyut3 ❶ **古代王宮、祠廟前面兩邊的樓台，中間空缺為道路**。《史記・扁鵲倉公列傳》：“虢君聞之大驚，出見扁鵲於中～。”（虢：國名。扁鵲：戰國時名醫。）引 **古代仕宦家門前用以旌表的建築物**。《舊唐書・朱敬則傳》：“三代旌表，門標六～。”又 **陵墓前的牌坊**。《新五代史・張全義傳》：“鏟去墓～。”❷ **宮殿**。江淹《詣建平王上書》：“升降承明之～，出入金華之殿。”（承明、金華：宮殿名。）引 **朝廷**。《漢書・朱買臣傳》：“詣（yì 粵 ngai6）～上書，書久不報。”（詣：到。）引 **京城**。顏延之《祭屈原文》：“身絕郢～，迹遍湘干。”❸ què **豁口，空隙**。《孫子兵法・軍爭》：“歸師勿遏，圍師必～。”酈道元《水經注・江水二》：“自三峽七百里中，兩岸連山，略無～處。”❹ quē **損害，損傷**。《左傳・僖公三十年》：“若不～秦，將焉取之？”（秦：

秦國。焉：何處，哪裏。）❺ quē 缺點，過錯。嵇康《與山巨源絕交書》：“而有慢弛之～。”（弛：鬆懈。）❻ quē 通“缺”。缺少，空缺。杜甫《歲晏行》：“去年米貴～軍食，今年米賤大傷農。”曾鞏《戰國策目錄序》：“《崇文總目》稱第十一篇者～。”❼ jué (粵) gyut6 挖掘。《左傳・隱公元年》：“若～地及泉。”（若：如果。及：到。）【辨】闕，缺。“闕”的本義是宮闕，“缺”的本義是器破。宮闕不能寫作“缺”。闕、缺兩字雖然都有“缺點、過錯”的意義，但在古代習慣上常寫作“闕”，不寫作“缺”。

11 **闚** kuī (粵) kwai1 同“窺 ❶”。從門中或小孔中看。《晏子春秋・雜上》：“晏子為齊相，出，其御之妻從門間而～。”權德輿《早春南亭即事》詩：“～鏡歎華顛。”（華顛：指頭髮花白。）⊗ 偷看。宋玉《登徒子好色賦》：“然此女登牆～臣三年，至今未許也。”(引) 探索。《史記・老子韓非列傳》：“其學無所不～，然其要本歸於老子之言。”

11 **關** guān (粵) gwaan1 ❶ 門閂。《左傳・襄公二十三年》：“臧紇（hé (粵) hat6）斬鹿門之～以出。”（臧紇：人名。鹿門：城門名。）(引) 關閉。陶潛《歸去來兮辭》：“門雖設而常～。”❷ 關口，要塞。《左傳・襄公十四年》：“從近～出。”(引) 關卡，稅關。《商君書・墾令》：“重～市之賦。”（重：加重。市：市場。賦：賦稅。）雙音詞有“海關”。❸［關節］骨與骨相連接、可活動的部分。《後漢書・華佗傳》：“引挽腰體，動諸～～，以求難老。”（引挽：牽引。難老：不容易衰老。）❹ 中醫切脈部位名稱之一。《難經》：“脈有三部九候……三部者，寸、～、尺也。”❺ 機械的發動處。《後漢書・張衡傳》：“施～發機。”（施：設置。發：發動。）❻ 貫，穿。《漢書・王嘉傳》：“大臣括髮～械，裸躬就笞。”（括：結。械：指枷等刑具。躬：身體。笞：鞭打。）❼ 牽連，涉及（後起意義）。《後漢書・井丹傳》：“自是隱閉不～人事。”劉知幾《史通・敍事》：“言有～涉，事便顯露。”⊗ 交接，關聯。《後漢書・西羌傳》：“隔絕羌胡，使南北不得交～。”❽ 經由，經過。《史記・酷吏列傳》：“事大小皆～其手。”❾ 關白，告知。《漢書・元后傳》：“此小事，何須～大將軍？”❿ 古代公文的一種，平行機關互相質詢時使用。劉勰《文心雕龍・書記》：“百官詢事，則有～、刺、解、牒。”

12 **闞** kàn (粵) ham3 ❶ 俯視。嵇康《琴賦》：“俯～海湄。”（湄：岸邊水草相接處。）❷ hǎn (粵) haam3［闞如］［闞然］① 老虎發威的樣子。《詩經・大雅・常武》：“進厥虎臣，～如虓（xiāo (粵) haau1）虎。”② 雄辯的樣子。《莊子・天道》：“而口～然，而狀義然。”

12 **闡** chǎn (粵) zin2/cin2 ❶ 開，開闢。班固《東都賦》：“於是聖皇乃握乾符，～坤珍。”（坤珍：指洛書。）《史記・秦始皇本紀》：“～并天下。”（并：合併，兼併。）潘岳《為賈謐作贈陸機》詩：“粵有生民，伏羲始君，結繩～化，八象成文。”（粵：句首語氣詞。化：教化。）❷ 公開，顯露。《呂氏春秋・決勝》：“隱則勝～矣，微則勝顯矣。”(引) 闡發，闡明。劉勰《文心雕龍・神思》：“至精而後～其妙。”顏延之《皇太子釋奠會作》詩：“～揚文令。”（揚：宣揚。文令：指關於文化的政令。）

12 **闠** huì (粵) kui2［闤（huán (粵) waan4）闠］見691頁“闤”字。

13 **闥** tà (粵) taat3 ❶ 門內。《詩經・齊風・東方之日》：“彼姝者子，在我～兮。”❷ 宮門或官署門。《後漢書・張步傳》：“帶劍至宣德後～。”（宣德：宮殿名。）《後漢書・黃香傳》：“晝夜不離省

～。”㊟ **門**。王安石《書湖陰先生壁》詩：“兩山排～送青來。”

13 **闤** huán ㊈ waan[4] **圍繞市區的牆**。張衡《西京賦》：“爾乃廓開九市，通～帶闠（huì ㊈ kui[2]）。”（闠：市區的門。）[**闤闠**] **市區**。左思《蜀都賦》：“～～之里，伎巧之家。”

13 **闢** pì ㊈ pik[1] ❶ **開，打開**。《左傳・宣公二年》：“晨往，寢門～矣。”酈道元《水經注・河水》：“其山雖～，尚梗湍流。”（梗：阻塞。湍：急速。）❷ **開墾，開闢**。《商君書・弱民》：“農～地。”《詩經・大雅・召旻》：“昔先王受命，有如召公，日～國百里。”❸ **排除，駁斥**。《荀子・解蔽》：“～耳目之欲，可謂能自彊矣。”陳善《捫蝨新話》：“退之《原道》～佛老。”（退之：指韓愈。）

阜部

0 **阜** fù ㊈ fau[6] ❶ **土山**。《詩經・小雅・天保》：“如山如～。”《荀子・賦》：“生于山～。”❷ **肥大，高大**。《詩經・小雅・車攻》：“田車既好，四牡孔～。”（孔：甚，很。）㊀ **盛，豐富，興盛**。張衡《西京賦》：“百物殷～。”（殷：豐富。）《左傳・襄公二十六年》：“韓氏其昌～于晉乎！”❸ **繁衍，生長**。《周禮・地官・大司徒》：“以～人民，以蕃鳥獸。”《國語・魯語上》：“助生～也。”❹ [**阜螽**] **蝗蟲幼蟲**。《詩經・召南・草蟲》：“喓喓草蟲，趯（tì ㊈ tik[1]）趯～～。”（喓喓：蟲鳴聲。趯趯：跳躍的樣子。）

3 **阡** qiān ㊈ cin[1] ❶ **田間南北方向的小路**。**泛指田間小路**。潘岳《藉田賦》：“遐～繩直，邇陌如矢。”㊀ **道路**。沈約《宿東園》詩：“野徑既盤紆，荒～亦交互。”❷ **指田野**。柳宗元《田家》詩之一：“驅牛向東～。”[**阡陌**] ① **田間小路。南北方向叫“阡”，東西方向叫“陌”**。《史記・商君列傳》：“開～～封疆。”（封疆：疆界。）② **田野**。江淹《雜體詩・陶徵君》：“苗生滿～～。”❸ **墓道，墳墓**。歐陽修《瀧岡阡表》：“其子修始克表於其～。”（克：能夠。）❹ [**阡阡**] **通“芊芊”。草木茂盛的樣子**。蕭綱《南郊頌序》：“鬱鬱～～。”（鬱鬱：茂盛的樣子。）

4 **阱** （穽）jǐng ㊈ zing[6]/zeng[6] **為防禦或捕捉野獸而挖的坑**。《孟子・梁惠王下》：“為～於國中。”李白《君馬黃》詩：“猛虎落陷～。”㊀ **拘囚人之所**。《楚辭・九歎・愍命》：“慶忌囚於～室兮，陳不占戰而赴圍。”（慶忌、陳不占：人名。）《漢書・谷永傳》：“又以掖庭獄大為亂～。”

4 **阫** péi ㊈ pui[1]/pui[4] **房屋的後牆**。《莊子・庚桑楚》：“正晝為盜，日中穴～。”

4 **阪** bǎn ㊈ baan[2] ❶ **山坡**。《詩經・小雅・伐木》：“伐木于～。”**這個意義又寫作“坂”**。❷ **山腰小道**。曹操《苦寒行》：“羊腸～詰屈，車輪為之摧。”❸ [**阪田**] **土質堅硬不肥沃的田**。《詩經・小雅・正月》：“瞻彼～～。”（瞻：看。）

4 **阨** （阸）è ㊈ ak[1] ❶ **阻塞，險要的（地勢）**。《史記・漢興以來諸侯王年表》：“秉其～塞地利，強本幹，弱枝葉之勢也。”（秉：把握，掌握。阨塞地利：險要難通行的有利地勢。）《漢書・西域傳上》：“東則接漢，～以玉門、陽關。”⊗ **阻塞險要之地**。《呂氏春秋・長攻》：“豈能逾五湖九江、越十七～以有吳哉！”❷ **窮困，災難**。《史記・平津侯主父列傳》：“我～日久矣。”《漢書・元帝紀》：“百姓仍遭凶～。”⊗ **受困，使受困**。《漢書・景十三王傳》：“孔子～於陳、蔡。”董仲舒《春秋繁露・王道》：“不鼓不成列，不～人。”**這個意義又寫作“厄

（戹）”。❸ ài 粵 aai3/ngaai3 **通“隘”。狹隘。**《漢書・趙充國傳》：“道～狹，充國徐行驅之。”（徐：慢慢。驅：驅趕。）

4 **阰** pí 粵 pei4 **山名。**屈原《離騷》：“朝搴～之木蘭兮，夕攬洲之宿莽。”

4 **阬** kēng 粵 haang1 ❶ gāng 粵 gon1 **大土山。**揚雄《甘泉賦》：“陳眾車於東～兮，肆玉軑而下馳。”（軑：車輪。）❷ **山谷，土坑。**《史記・貨殖列傳》：“馳～谷。”《南史・齊本紀下》：“不避～阱。”（阱：陷阱。）❸ **活埋。**《史記・秦始皇本紀》：“乃自除犯禁者四百六十餘人，皆～之咸陽。”

4 **防** fáng 粵 fong4 ❶ **堤壩**。《商君書・算地》：“藪（sǒu 粵 sau2）澤堤～足以畜。”（湖泊池澤的堤壩可以蓄水。）❷ **築堤防，堵塞。**《左傳・襄公三十一年》：“然猶～川，大決所犯，傷人必多。”㊁引 **防止，防備。**《三國志・吳書・吳主傳》：“夫法令之設，欲以遏（è 粵 aat3/ngaat3）惡～邪。”（遏：制止。）**成語有“防患未然”、“防微杜漸”。**引 **作防衛的工事。**《史記・蘇秦列傳》：“雖有長城鉅～，惡足以為塞。”**這兩個意義又寫作“坊”。**❸ **比，相當。**《詩經・秦風・黃鳥》：“維此仲行，百夫之～。”

5 **阹** qū 粵 keoi1 **依憑山谷等地形為牛馬圈。**《漢書・司馬相如傳上》：“江河為～，泰山為櫓。”⊗ **圍獵的圍圈。**揚雄《長楊賦序》：“以網為周～，縱禽獸其中。”⊗ **利用地形圍獵（禽獸）。**左思《吳都賦》：“～以九疑。”

5 **阿** ā 粵 aa3 ❶ ē 粵 o1/ngo1 **大山**。《詩經・小雅・菁菁者莪》：“菁菁者莪，在彼中～。”王勃《滕王閣序》：“訪風景於崇～。”（崇：高。）⊗ **山、水的轉彎處**。屈原《九歌・山鬼》：“若有人兮山之～。”《穆天子傳》卷一：“天子飲于河水之～。”（河：指黃河。）❷ ē 粵 o1/ngo1 **屋簷**。《古詩十九首・西北有高樓》：“～閣三重階。”（閣：樓閣。階：台階。）❸ ē 粵 o1/ngo1 **偏袒，迎合**。《韓非子・有度》：“法不～貴。”（貴：有權勢的人。）**成語有“剛直不阿”、“阿諛逢迎”。**❹ **名詞詞頭。多用於親屬稱謂或人名前面。**《木蘭詩》：“～姊聞妹來。”《三國志・魏書・武帝紀》裴注引《曹瞞傳》：“太祖一名吉利，小字～瞞。”**也用於代詞前。**古詩《十五從軍征》：“道逢鄉里人，家中有～誰？”❺ hē 粵 ho1 **通“呵”。斥責。**《老子・二十章》：“唯之與～，相去幾何？”

5 **阽** diàn 粵 dim3 **臨近**。《漢書・文帝紀》：“而吾百姓鰥寡孤獨窮困之人或～於死亡。”（或：有人。）[**阽危**] **面臨危險。**賈誼《論積貯疏》：“安有為天下～～者若是而上不驚者？”（安：哪裏。若是：像這樣。）

5 **阻** zǔ 粵 zo2 ❶ **險要的地方**。《史記・孫子吳起列傳》：“馬陵道狹，而旁多～隘，可伏兵。”⊗ **路難走**。蔡琰《悲憤詩》：“迥（jiǒng 粵 gwing2）路險且～。”（迥：遠。）❷ **倚仗**。《左傳・隱公四年》：“夫州吁～兵而安忍。”（州吁：人名。安忍：安於做殘忍的事。）《漢書・高帝紀下》：“帶河～山，縣隔千里。”（縣：懸。遠。）❸ **阻礙，阻撓，阻止**。柳宗元《非國語・卜》：“反以～大事。”杜甫《秋盡》詩：“劍門猶～北人來。”**熟語有“通行無阻”。**❹ **憂患**。《尚書・舜典》：“黎民～飢。”

5 **阼** zuò 粵 zou6 **大堂前東面的台階。古代賓客相見時，客人走西面的台階，主人走東面的台階。常“阼階”連用。**《儀禮・鄉飲酒禮》：“主人～階上……賓西階上。”引 **帝王登阼階以主持祭祀，因此以“阼”指帝位。**《史記・孝文本紀》：“皇帝即～。”（即阼：即位，登位。）

5 **附** (坿)fù (粵) fu^{6} ❶ **附着**。《左傳・襄公三十一年》："衣服～在吾身。"(引) **增益**。《荀子・禮論》："刻生而～死謂之惑。"（對活人刻薄，對死人厚待叫作糊塗。惑：迷亂，糊塗。）❷ **依附**。《三國志・魏書・武帝紀》："長史多阿～貴戚。"（阿：迎合，奉承。貴戚：皇帝的親屬。）《古詩十九首・冉冉孤竹生》："與君為新婚，兔絲～女蘿。" **這個意義又寫作"傅"**。⊗ **歸附**。《三國志・蜀書・諸葛亮傳》："荊州之民～操者，偪兵勢耳，非心服也。"（操：曹操。偪：同"逼"。威脅。）❸ **靠近**。《淮南子・說林》："～耳之言，聞於千里也。" ❹ **捎(信)**。杜甫《石壕吏》詩："一男～書至，二男新戰死。"

5 **阺** dǐ (粵) dai^{2} ❶ **山的側坡**。宋玉《高唐賦》："登巉巖而下望兮，臨大～之稸（xù (粵) cuk^{1}）水。"（巉巖：險峻的高山。稸：同"蓄"。積聚。）❷ **山旁突出欲墜的部分**。《漢書・揚雄傳下》："功若泰山，響若～隤（tuí (粵) teoi^{4}）。"（隤：墜落。）

5 **陀** tuó (粵) to^{4} ❶［陂（pō (粵) po^{1}）陀］**見本頁"陂"字**。❷ **山坡**。袁桷《次韻伯宗同行至上都》："側身復登～。" ❸ **量詞**。**形容數量少**。曾瑞《端正好・自序》："黃菊東籬栽數科，野菜西山鋤幾～。" ❹ duò (粵) do^{6} **崩塌**。《淮南子・繆稱》："城峭者必崩，岸崝者必～。"（崝：陡峭。）

5 **陂** bēi (粵) bei^{1} ❶ **山坡，斜坡**。《莊子・外物》："青青之麥，生於陵～。"陸游《思故山》詩："～南～北鴉陣黑，舍西舍東楓葉赤。" ❷ **水邊，水岸**。《詩經・陳風・澤陂》："彼澤之～，有蒲與荷。"（澤：水聚集的地方。）《國語・越語下》："故濱於東海之～。" ❸ **池塘，水澤**。《鹽鐵論・貧富》："夫尋常之污，不能溉～澤。"（小水坑裏的水，不能灌滿大的池澤。污：小水坑。）《淮南子・說林》："十頃之～，可以灌四十頃。" ❹ bì (粵) po^{1} **傾斜，不平**。《周易・泰》："無平不～，無往不復。" ❺ bì (粵) bei^{3}/bei^{1} **通"詖"**。**邪惡**。《荀子・成相》："險～傾側。"（險：奸險。傾側：不正。）❻ pō (粵) po^{1}［**陂陀**（tuó (粵) to^{4}）］**傾斜不平的樣子**。司馬相如《哀秦二世賦》："登～～之長阪兮。"（阪：山坡。）**又寫作"陂陁"**。

6 **陋** lòu (粵) lau^{6} ❶ **邊遠地區**。《左傳・成公八年》："辟～在夷，其孰以我為虞？"（虞：望。誰希望得到我這地方。）《論語・子罕》："子欲居九夷。或曰～。" ❷ **狹小，簡陋**。《莊子・讓王》："顏闔（hé (粵) hap^{6}）守～閭（lǘ (粵) leoi^{4}）。"（顏闔：人名。閭：指里巷。）劉禹錫《陋室銘》："斯是～室。"（這是簡陋的房子。）**成語有"因陋就簡"**。(引) **見聞少，知識淺薄**。《荀子・脩身》："少見曰～。" **成語有"孤陋寡聞"**。⊗ **粗劣**。《宋書・孔覬傳》："衣裘器服，皆擇其～者。" ❸ **醜，壞**。《後漢書・梁冀傳》："容貌甚～，不勝冠帶。"《舊唐書・盧杞傳》："杞形～而心險。"（形：外形，外貌。）**雙音詞有"陋規"、"陋習"**。

6 **陌** mò (粵) mak^{6} ❶ **田間的小路，南北方向為"阡"，東西方向為"陌"**。《楚辭・九思・憫上》："逡巡兮圃藪，率彼兮畛～。"《史記・商君列傳》："開阡～封疆。"（開：打通。封疆：田界。）(引) **路**。曹操《短歌行》之一："越～度阡，枉用相存。" ⊗ **街**。辛棄疾《永遇樂・京口北固亭懷古》："斜陽草樹，尋常巷～，人道寄奴曾住。" ❷ bǎi (粵) baak^{3} **通"佰"**。**錢一百為"佰"**。《舊五代史・王章傳》："官庫出納緡（mín (粵) man^{4}）錢，皆以八十為～。"

6 **降** jiàng ㊕ gong³ ❶ **從高處往下走**。《左傳・僖公二十三年》："公～一級而辭焉。"（降一級：走下一層台階。）㊂ **降下，降落**。《荀子・議兵》："若時雨之～，莫不説喜。"（説：悦。）㊋ **下降，降低**。《史記・李斯列傳》："如此不禁，則主勢～乎上，黨與成乎下。"（黨與：朋黨。）❷ **降生**。屈原《離騷》："惟庚寅吾以～。"❸ xiáng ㊕ hong⁴ **投降**。《史記・吳王濞列傳》："不～者滅之。"㊋ **使……投降**。《漢書・蘇建傳》："欲因此時～武。"（武：蘇武，人名。）

6 **陔** gāi ㊕ goi¹ ❶ **台階的層次**。《漢書・郊祀志上》："具泰一祠壇……三～。"（泰一：壇名。三陔：三重，三層。）**這個意義又寫作"垓"**。❷ **田埂**。束皙《補亡詩》六首之一："循彼南～，言采其蘭。"（循：沿着。南陔：南邊的田埂。言：動詞詞頭。）

6 **限** xiàn ㊕ haan⁶ ❶ **險阻**。《戰國策・秦策一》："南有巫山黔中之～。"（巫山：山名。黔中：今貴州一帶。）❷ **界限，邊界**。謝朓《和王著作八公山》："東～琅邪臺。"（琅邪臺：地名。）❸ **限制，限定**。《世説新語・政事》："敕船官悉錄鋸木屑，不～多少。"㊋ **事物的限度**。《晉書・傅玄傳》："六年之～。"❹ **門檻**。《後漢書・臧宮傳》："夜使鋸斷城門～。"

7 **陣** zhèn ㊕ zan⁶ ❶ **兩軍交戰時隊伍的行列**。《南史・梁元帝紀》："帝出枇杷門，親臨～督戰。"**成語有"嚴陣以待"**。㊂ **軍隊佈置的局勢**。《後漢書・禮儀志中》："兵官皆肄（yì ㊕ ji⁶）孫、吳兵法六十四～。"（肄：學習，練習。）❷ **量詞。表示事情或動作經過的段落**。王安石《夜直》詩："翦翦輕風～～寒。"

7 **陛** bì ㊕ bai⁶ **台階**。賈誼《治安策》："人主之尊譬如堂，羣臣如～，眾庶如地。故～九級上，廉遠地，則堂高。"（廉：房屋的邊。）㊕ **皇宮的台階**。潘岳《西征賦》："覓～殿之餘基。"［**陛下**］**對皇帝的敬稱**。《史記・秦始皇本紀》："今～～興義兵，誅殘賊，平定天下。"

7 **陘** xíng ㊕ jing⁴ ❶ **山脈中斷的地方**。馬融《長笛賦》："膺峭阤（zhì ㊕ zi⁶），腹～阻。"❷ **地名。在今河南**。《左傳・僖公四年》："師進，次于～。"

7 **陟** zhì ㊕ zik¹ ❶ **登，上。一般指登山或登高**。《詩經・周南・卷耳》："～彼高岡，我馬玄黃。"（玄黃：指馬病。）㊕ **帝王升天，即帝王死**。《尚書・康王之誥》："惟新～王，畢協賞罰。"❷ **提升，提拔**。諸葛亮《出師表》："～罰臧否，不宜異同。"（臧：好。否：壞。宜：應該。異同：有差別。）

7 **隉** （陧）niè ㊕ nip⁶ ❶［**隉杌**（wù ㊕ ngat⁶）］**危懼不安**。《朱子語類》卷三四："而其心舉無～～之慮。"❷［**杌**（wù ㊕ ngat⁶）**隉**］**見 284 頁"杌"字**。

7 **陞** shēng ㊕ sing¹ ❶ **上升，登上**。韓愈《南海神廟碑》："公遂～舟，風雨少弛。"❷ **晉升，升官**。王安石《本朝百年無事劄子》："～擢之任。"（提升選拔官吏的工作。）【**辨**】**升，昇，陞**。**見 70 頁"升"字**。

7 **除** chú ㊕ ceoi⁴ ❶ **台階**。張衡《東京賦》："乃羨公侯卿士，登自東～。"❷ **清除，去掉**。《史記・秦始皇本紀》："誅亂～害。"**成語有"除惡務盡"**。［**除夕**］**農曆一年最後一天的夜晚**。❸ **修治，修整**。《左傳・昭公十三年》："將為子～館於西河，其若之何？"賈思勰《齊民要術・種穀》："蝦蟆（há ma ㊕ haa⁴ maa⁴）鳴燕降而通路～道矣。"（蛤蟆叫、燕子到來的時候就開始開通修整道路。）❹ **任命，授職**。李密《陳情表》："～臣洗（xiǎn ㊕ sin²）馬。"（洗馬：官名。）❺ **數學計算方法之一**。

8 **陸** lù ㊣ luk^{6} ❶ **陸地**。《周禮・考工記》："作車以行～，作舟以行水。" ❷ **道路**。張衡《西京賦》："複～重閣。"（複陸：複道。古代宮中樓閣相通，上下都有通道，上面架空的叫複道。）❸ **跳躍**。《莊子・馬蹄》："齕（hé ㊣ hat^{6}）草飲水，翹足而～，此馬之真性也。"（齕：咬。）**這個意義後來寫作"踛"**。［**陸梁**］**猖獗，橫行**。《三國志・魏書・曹髦傳》："蜀賊～～邊陲。" ❹ ［**陸離**］① **色彩繁雜、變化多端的樣子**。屈原《離騷》："紛總總其離合兮，斑～～其上下。"（總總：眾多的樣子。）**成語有"光怪陸離"**。② **分散的樣子**。左思《蜀都賦》："毛群～～。"（毛群：獸類。）

8 **陵** líng ㊣ ling^{4} ❶ **大土山**。《孫子兵法・軍爭》："用兵之法，高～勿向。" **成語有"陵遷谷變"**。㊀ **帝王陵墓**。《後漢書・董卓傳》："又使呂布發諸帝～。"酈道元《水經注・渭水》："秦名天子冢曰山，漢曰～。" ❷ **升，登**。《左傳・成公二年》："齊侯親鼓，士～城。"張衡《西京賦》："～重巘，獵昆駼。"（重巘：重山。昆駼：類似馬的一種動物，善登山。）❸ **乘，凌駕**。《三國志・魏書・鄧艾傳》："勇氣～雲。" ㊁ **越過**。《史記・秦始皇本紀》："皇帝匡飭異俗，～水經地。" ❹ **侵犯，欺侮**。《史記・酷吏列傳》："寧成者……好氣，為人小吏，必～其長吏。"《潛夫論・交際》："少而好～長。" ❺ **嚴峻，嚴密**。《荀子・致士》："凡節奏欲～，而生民欲寬。"（節奏：指法度。生民：養民。）❻ **磨礪**。《荀子・君道》："兵刃不待～而勁。"（勁：指鋒利。）❼ ［**陵遲**］［**陵夷**］**衰落**。《三國志・蜀書・先主傳》："今漢室～遲。"《漢書・成帝紀》："帝王之道，日以～夷。"【**辨**】**陵，山，嶺，丘。古時把石頭大山稱為"山"，小而尖的山稱為"嶺"，大土山稱為"陵"，夾在大山中間的小土山稱為"丘"。**【**辨**】**淩，凌，陵。見52頁"淩"字。**

8 **陬** zōu ㊣ zau^{1} **角，角落**。《史記・絳侯周勃世家》："吳奔壁東南～。"（吳：吳王劉濞。壁：營壘。）㊀ **山腳**。束皙《補亡詩》六首之二："在陵之～。"（陵：土山。）

8 **陳** chén ㊣ can^{4} ❶ **陳列，陳設**。《左傳・隱公五年》："～魚而觀之。" ❷ **陳述**。《史記・老子韓非列傳》："韓非欲自～，不得見。" ❸ zhèn ㊣ zan^{6} **交戰時的戰鬥隊列**。《孫子兵法・軍爭》："勿擊堂堂之～。"（堂堂：整齊強大。）㊁ **排列為陣**。《商君書・兵守》："～而待敵。" **這個意義後來寫作"陣"**。❹ **舊**。**與"新"相對**。《荀子・富國》："年穀復孰，而～積有餘。" **成語有"新陳代謝"**。❺ **周代諸侯國，在今河南淮陽一帶**。❻ **朝代名（公元557-589年）。南朝之一，第一代君主是陳霸先**。【**辨**】**説，陳，敘，述。見592頁"説"字。**

8 **陭** qī ㊣ kei^{1} ❶ ［**陭隔**］**同"崎嶇"。不平**。《史記・司馬相如列傳》："民人登降移徙，～～而不安。" ❷ yī ㊣ ji^{2} ［**陭氏**］**古縣名。在今山西安澤東南。**

8 **陫** fèi ㊣ fei^{2} ［**陫側**］**憂傷的樣子**。屈原《九歌・湘君》："隱思君兮～～。"

8 **陴** pí ㊣ pei^{4} ❶ **城上凹凸形的矮牆，女牆**。《左傳・宣公十二年》："守～者皆哭。" ❷ **城牆**。白居易《代書詩一百韻寄微之》："思鄉多繞澤，望闕獨登～。" ❸ **守城**。岳珂《桯史・二將失律》："～者曰：'是一家人猶爾，我輩何以脱於戮？'"

8 **陰** (陰)yīn ㊣ jam^{1} ❶ **山的北面，水的南面**。《韓非子・說林上》："夏居山之～。"（居：居住。）《列子・湯問》："達於漢～。"（達：到達。漢：漢水。）【**注意**】地名第二個字用"陰"的，一般都來自這個意義。如“華陰”在華山之北，“江陰”在長江之南。❷ **陰天**。《詩經・邶風・谷風》：“習習谷風，以～以雨。” (引) **沒有陽光**。范仲淹《岳陽樓記》：“朝暉夕～，氣象萬千。”（暉：陽光。）⊗ **陰影，樹蔭**。辛棄疾《水龍吟・甲辰歲壽韓南澗尚書》：“對桐～滿庭清晝。” **這個意義又寫作“蔭”**。❸ **日影**。《呂氏春秋・察今》：“故審堂下之～，而知日月之行陰陽之變。” (引) **光陰**。《淮南子・原道》：“故聖人不貴尺之璧，而重寸之～，時難得而易失也。” ❹ **人的生殖器**。《三國志・魏書・公孫度傳》：“恭病～消為閹人。” ❺ **暗中，暗地裏**。《史記・孫子吳起列傳》：“孫臏以刑徒～見，說齊使。” ❻ **陰險**。《新唐書・李林甫傳》：“性～密，忍誅殺，不見喜怒。” ❼ **古代哲學概念。古代思想家把萬事萬物概括為“陰”、“陽”兩個對立的範疇（如天、火、暑是陽，地、水、寒是陰）**。柳宗元《天說》：“寒而暑者，世謂之～陽。” ❽ yìn 粵 yam^{3} **覆蓋**。《禮記・祭義》：“骨肉斃于下，～為野土。” (引) **庇蔭**。《戰國策・齊策一》：“君長有齊～。” ❾ ān 粵 am^{1} [諒陰] **同“諒闇”。帝王居喪。見 688 頁“闇”字**。

8 **陶** táo 粵 tou^{4} ❶ **陶器，用黏土燒製的器物**。《禮記・郊特牲》：“器用～匏。”（匏：指匏瓜做的水瓢。）⊗ **用黏土製的**。《韓非子・難一》：“今耕漁不爭，～器不窳（yǔ 粵 jyu^{5}）。”（窳：粗劣。）❷ **製作陶瓦器的人**。《莊子・馬蹄》：“伯樂善治馬，而～匠善治埴木。”（匠：木匠。）⊗ **製作陶瓦器**。梅堯臣《陶者》詩：“～盡門前土，屋上無片瓦。” [陶冶] ① **陶工和鑄工**。《墨子・節用中》：“～～梓匠，使各從事其所能。” ② **燒製陶器和冶煉金屬**。《荀子・王制》：“農夫不斲（zhuó 粵 zoek^{3}）削，不～～而足械用。”（斲：砍。）③ **培養，鍛煉**。王安石《上皇帝萬言書》：“所謂～～而成之者何也？亦教之、養之、取之、任之有其道而已。” ④ **怡情養性**。《舊唐書・劉禹錫傳》：“禹錫在朗州十年，唯以文章吟詠，～～情性。” ❸ **造就，培養**。王安石《上皇帝萬言書》：“～成天下之才。” ❹ **快樂，歡喜**。謝靈運《酬從弟惠連》詩：“共～暮春時。” [陶然] **快樂的樣子**。李白《贈江夏韋太守良宰》詩：“百里獨太古，～～臥羲皇。” **多指酒醉而快樂**。白居易《達哉樂天行》：“妻孥不悅甥侄悶，而我醉臥方～～。” ❺ yáo 粵 jiu^{4} [陶陶] ① **快樂高興的樣子**。《詩經・王風・君子陽陽》：“君子～～。” ② **漫長的樣子**。《楚辭・九思・哀歲》：“冬夜兮～～。” ③ **馬奔馳的樣子**。《詩經・鄭風・清人》：“駟介～～。” ❻ yáo 粵 jiu^{4} [鬱陶] **見 742 頁“鬱”字**。❼ yáo 粵 jiu^{4} [皋陶] **人名。見 418 頁“皋”字**。

8 **陷** xiàn 粵 haam^{6} ❶ **陷阱**。《禮記・中庸》：“驅而納諸罟擭～阱之中。”《新唐書・百官志一》：“凡坑～井穴，皆有標。”（標：標誌。）(引) **墜落，陷入**。《莊子・天下》：“問天地所以不墜不～風雨雷霆之故。” 柳宗元《田家》詩：“車轂～泥澤。” ⊗ **深入**。《史記・魏其武安侯列傳》：“戰常～堅。” ❷ **陷害**。《史記・酷吏列傳》：“三長史皆害湯，欲～之。”（長史：官名。）❸ **刺穿**。《韓非子・難一》：“吾楯之堅，物莫能～也。”（楯：通“盾”。）❹ **攻破**。《舊唐書・黃巢傳》：“逼潼關，～華州。”（逼：逼近。）

8 **陪** péi 粵 pui^{4} ❶ **重疊的，隔了一層的**。《後漢書・袁紹傳》：“拔於～隸之中。”（陪隸：指最低等的奴隸。）[陪臣] ① **諸侯的大夫，對天子自稱為“陪臣”**。《禮記・曲禮下》：“列國之大夫入天子之國曰‘某士’，自稱曰‘～～某’。” ② 諸侯的使臣相對於其他諸侯也是“陪臣”。司馬光《涑水記聞》卷九：“宗道曰……若夏主自來，當相為賓主，爾～～也，安得為主人。”❷ **增益**。《左傳・僖公三十年》：“焉用亡鄭以～鄰。”❸ **伴隨，陪同**。司馬遷《報任安書》：“僕亦常廁下大夫之列，～奉外廷末議。”李白《秋夜獨坐懷故山》詩：“出～玉輦行。”（玉輦：皇帝乘坐的車。）❹ **輔助，輔佐**。楊惲《報孫會宗書》：“～輔朝廷之遺忘。”《史記・孝文本紀》：“淮南王，弟也，秉德以～朕。”❺ **比擬，相比**。李山甫《山中依韻答劉書記見贈》詩：“謝公寄我詩，清奇不可～。”❻ **通“賠”。賠償**。處默《織婦》詩：“成縑猶自～錢納，未直青樓一曲歌。”（直：值。）

9 **陿** xiá 粵 haap6 ❶ **同“狹”。狹窄**。《漢書・天文志》：“其伏見蚤晚、邪正、存亡、虛實、闊～。”❷ **同“峽”。兩山夾水處**。《楚辭・九歎・思古》：“聊浮游于山～兮，步周流于江畔。”

9 **隋** suí 粵 ceoi4 ❶ tuǒ 粵 to2/seoi1 **古代祭祀名**。《周禮・春官・小祝》鄭玄注：“～，尸之祭也。”❷ **周代諸侯國之一。地處今湖北隨州一帶**。杜甫《酬郭十五判官》詩：“只同燕石能星隕，自得～珠覺夜明。”❸ **朝代名。公元 581-618 年，第一代君主是楊堅，建都大興（今陝西西安）**。白居易《新樂府・二王後》：“周亡天下傳于～，～人失之唐得之。”❹ duò 粵 do6 **通“墮”。墮落，下垂**。《史記・天官書》：“廷藩西有～星五。”又 **通“惰”。怠慢，懶惰**。《晏子春秋・內篇問下》：“奉官從上不敢～。”《淮南子・時則》：“民氣解～。”❺ huī 粵 fai1 **通“隳”。毀壞**。《國語・晉語八》：“若受君賜，是～其前言。”

9 **陾** réng 粵 jing4 ［陾陾］**眾多的樣子**。《詩經・大雅・緜》：“捄之～～，度之薨薨。”

9 **階**（堦）jiē 粵 gaai1 ❶ **台階**。《尚書・顧命》：“立于側～。”《荀子・樂論》：“三揖（yī 粵 jap1）至于～。”（揖：拱手禮。）引 **梯子**。《鹽鐵論・刑德》：“猶釋～而欲登高。”（猶：如同。釋：放下，捨棄。）喻 **根由，原因**。《國語・周語中》：“夫婚姻，禍福之～也。”❷ **憑藉**。《漢書・異姓諸侯王表》：“漢亡尺土之～……五載而成帝業。”（亡：無，沒有。五載：五年。）❸ **舊時官員的品級**。《舊唐書・職官志一》：“文武普加二～。”（普：普遍。）❹ **升，登**。揚雄《太玄》：“鳴鶴升自深澤，～天不怍。”（怍：畏懼。）陸雲《答兄平原》詩：“漫漫長路，或降或～。”

9 **陽** yáng 粵 joeng4 ❶ **山的南面，水的北面**。《尚書・禹貢》：“岷山之～，至于衡山。”《詩經・秦風・渭陽》：“我送舅氏，曰至渭～。”【注意】**地名第二字用“陽”的，一般都來自這個意義，如衡陽在衡山之南，洛陽在洛水之北**。❷ **陽光**。《詩經・小雅・湛露》：“匪～不晞（xī 粵 hei1）。”（匪：非。晞：曬乾。）引 **溫暖**。《詩經・豳風・七月》：“春日載～，有鳴倉庚。”又 **明亮**。《詩經・豳風・七月》：“我朱孔～。”（朱：紅色。孔：非常。）❸ **指陰曆十月**。《詩經・小雅・采薇》：“曰歸曰歸，歲亦～止。”❹ **生，活**。《莊子・齊物論》：“近死之心，莫使復～也。”❺ **表面上，假裝**。《韓非子・說難》：“則～收其身，而實疏之。”（疏：疏遠。）《漢書・鄒陽傳》：“是以箕子～狂，接輿避世。”（箕子、接輿：人名。）**成語有“陽奉陰違”**。❻ **古代哲學概念。見 695 頁“陰”字**。

9 **隅** yú 粵 jyu4 ❶ **角落**。《詩經・邶風・靜女》：“俟（sì 粵 zi6）我于城～。”（俟：等待。）**成語有“向隅而泣”**。喻

方正廉直。《詩經・大雅・抑》："抑抑威儀，維德之～。" ❷ **靠邊的地方**。《史記・秦始皇本紀》："逮於海～。"（逮：到達。）(又) **邊，方**。《淮南子・原道》："經營四～。"

9 **隈** wēi (粵) wui1 ❶ **山或水彎曲的地方**。《管子・形勢》："大山之～。" ❷ **隅，角落（後起意義）**。韓愈《詠雪贈張籍》："度前鋪瓦隴，發本積牆～。"

9 **陲** chuí (粵) seoi4 **邊疆**。《史記・律書》："連兵於邊～。"（連兵：陳兵。）(引) **邊緣地方**。王維《從軍行》："日暮沙漠～，戰聲烟塵裏。"

9 **隍** huáng (粵) wong4 **沒有水的護城壕**。《列子・周穆王》："藏諸～中。"（把它藏在護城壕裏邊。諸：之於。）

9 **隃** yú (粵) jyu4 ❶ **通"踰"。越過，超越**。《漢書・天文志》："熒惑～歲星。"《漢書・賈誼傳》："上貴而尊爵，則貴賤有等而下不～矣。" ❷ yáo (粵) jiu4 **通"遙"。遠遠地**。《漢書・英布傳》："上惡之，與布相望見，～謂布：'何苦而反？'"

9 **隆** lóng (粵) lung4 ❶ **山地中央高起的地方**。《孫子兵法・行軍》："戰～無登。"（打仗時，敵人在高處，不要去仰攻。）(引) **高，升高**。《後漢書・張衡傳》："合蓋～起，形似酒尊。"《戰國策・齊策一》："雖～薛之城到於天，猶之無益也。"（薛：地名。猶之：還，仍舊。）❷ **盛，隆盛**。《韓非子・愛臣》："主威之重，主勢之～也。"（主：君主。）《三國志・魏書・王昶傳》："松柏之茂，～寒不衰。" **雙音詞有"隆重"、"隆冬"**。(引) **興盛，使興隆**。《禮記・檀弓上》："道～則從而～，道污則從而污。" 潘岳《西征賦》："與政～替。"（替：衰頹。）《三國志・魏書・任峻傳》注引《魏武故事》："摧滅群逆，克定天下，以～王室。"（克定：平定。）

9 **隊** duì (粵) deoi6 ❶ zhuì (粵) zeoi6 **從高處掉下來**。《荀子・天論》："夫星之～，木之鳴，是天地之變。"（木之鳴：樹木發出響聲。變：指反常現象。）(引) **失掉**。《國語・楚語下》："自先王莫～其國。"（莫：沒有一個人。）**這個意義後來寫作"墜"**。❷ **軍隊的編制，一百人為一隊**。《史記・孫子吳起列傳》："孫子分為二～，以王之寵姬二人各為～長。"（孫子：孫武。）(又) **隊列**。司馬相如《子虛賦》："車按行，騎就～。" ❸ suì (粵) seoi6 **通"隧"。隧道**。《穆天子傳》卷一："天子獵于鈃（xíng (粵) jing4）山之西阿，於是得絕鈃山之～。"

10 **隔** gé (粵) gaak3 ❶ **隔開，隔離**。《韓非子・難一》："一人之力能～君臣之間。"《古詩為焦仲卿妻作》："誓不相～卿，且暫還家去。" (又) **阻隔，隔閡**。《史記・西南夷列傳》："患匈奴～其道。" 李白《君馬黃》詩："馬色雖不同，人心本無～。" (又) **（時間）相隔，間隔**。杜甫《奉待嚴大夫》詩："不知旌節～年回。"（旌節：指節度使所持的旌旗和符節。）❷ **通"膈"。膈膜，體腔中分隔胸腔和腹腔的肌肉膜**。《管子・水地》："五臟已具，而後生肉：脾生～，肺生骨……"

10 **隙** （隙、隟）xì (粵) gwik1/kwik1 ❶ **牆交界處的裂縫**。《左傳・昭公元年》："人之有牆，以蔽惡也。牆之～壞，誰之咎也？" (喻) 感情上的裂痕。《三國志・蜀書・先主傳》："嫌～始構矣。"（嫌：仇怨，仇恨。構：形成。）《史記・范雎蔡澤列傳》："已而與武安君白起有～，言而殺之。" ❷ **一般物體的裂縫，孔、洞**。徐弘祖《徐霞客遊記・楚遊日記》："石～低而隘。"（隘：狹小。）(引) **漏洞，空子，機會**。曹植《諫伐遼東表》："東有待釁之吳，西有伺～之蜀。"（釁：縫，空子。）❸ **空閒**。《左傳・隱公五年》："皆於農～以講事也。"（講事：指練兵。）❹ **鄰近，接近**。

《漢書・地理志》："北～烏丸、夫餘。"（烏丸、夫餘：民族名。）

10 **隕** **(霣)**yǔn (粵) wan^{5} ❶ **從高處掉下，墜落**。《左傳・僖公十六年》："～石于宋五。"（宋：國名。）(引) **毀壞**。《淮南子・覽冥》："雷電下擊，景公台～。"❷ **死亡**。《韓非子・説疑》："～身滅國。"**又如"隕命"（喪命）。這個意義又寫作"殞"**。

10 **隘** ài (粵) aai^{3}/ngaai^{3} ❶ **狹窄，狹小**。《詩經・大雅・生民》："誕寘之～巷，牛羊腓字之。"（腓：庇護。）《左傳・昭公三年》："子之宅近市，湫（jiǎo (粵) ziu^{2}）～囂塵，不可以居。"（湫：低下。囂塵：嘈雜多塵。）❷ **險要的地方**。左思《蜀都賦》："一人守～，萬夫莫向。"（向：指接近。）❸ è (粵) ak^{1} **通"阨"。阻塞，阻止**。《戰國策・楚策二》："太子辭於齊王而歸，齊王～之。"(引) **窮困，窘迫**。《荀子・大略》："君子～窮而不失。"（不失：指不改變信仰。）

11 **䧢** qū (粵) keoi^{1} ［**陭**（qī (粵) kei^{1}）**䧢**］**見695頁"陭"字**。

11 **際** jì (粵) zai^{3} ❶ **交界處，邊緣處**。《左傳・定公十年》："居齊魯之～而無事，必不可矣。"李白《黃鶴樓送孟浩然之廣陵》詩："孤帆遠影碧空盡，唯見長江天～流。"❷ **先後交接的時候**。《史記・秦楚之際月表》："太史公讀秦楚之～。"（太史公：指司馬遷。秦楚之際：指秦朝和楚漢時期相交接時的歷史。）(引) **時候**。《論語・泰伯》："唐、虞之～，於斯為盛。"岳飛《南京上高宗書略》："（乘）敵穴未固之～，親帥六軍，迤邐（yǐ lǐ (粵) ji^{5} lei^{5}）北渡。"（敵穴未固：敵人巢穴還不穩固。迤邐：曲折綿延的樣子。）❸ **彼此之間**。《韓非子・難一》："君臣之～，非父子之親也。"❹ **會合，交際**。《周易・坎》："剛柔～也。"《莊子・則陽》："不應諸侯之～。"（不參加諸侯之間的交際。）❺ **到，接近**。《莊子・刻意》："上～於天，下蟠於地。"《漢書・嚴助傳》："～天接地。"

11 **障** zhàng (粵) zoeng^{3} ❶ **築堤防**。《左傳・昭公元年》："宣汾、洮，～大澤。"（宣：疏通。）(又) **堤防**。《管子・立政》："決水潦，通溝瀆，修～防，安水藏。"❷ **阻塞**。《禮記・祭法》："鯀～鴻水而殛死，禹能修鯀之功。"《國語・周語上》："是～之也。防民之口，甚於防川。"(又) **遮蔽**。《淮南子・兵略》："風雨可～蔽，而寒暑不可開閉。"(又) **蒙蔽**。《韓非子・詭使》："而主揜（yǎn (粵) jim^{2}）～，近習女謁并行。"❸ **屏障**。《左傳・定公十二年》："且成，孟氏之保～也。無成，是無孟氏也。"（成：城邑名。）❹ **邊塞上的堡塞**。《戰國策・魏策一》："卒戍四方，守亭～者參列。"❺ **帷障**。《世説新語・汰侈》："君夫作紫絲布步～碧綾裏四十里，石崇作錦步～五十里以敵之。"❻ **幛子，有字畫的整幅綢布**。杜甫《奉先劉少府新畫山水障歌》："元氣淋漓～猶濕。"❼ **通"瘴"。瘴氣**。左思《魏都賦》："宅土熇暑，封疆～癘。"

12 **隫** fén (粵) fan^{4} ❶ **水邊高地**。《管子・地員》："五粟之土，若在陵、在山、在～、在衍。"（衍：沼澤地。）❷ **通"墳"。墳墓**。曾慥《類説》卷二十八引沈既濟《任氏傳》："自北之東，誰氏之宅？舊～墉棄地也。"（墉：牆垣。）

12 **隤** tuí (粵) teoi^{4} ❶ **墜落，落下**。班固《西都賦》："鉅石～，松柏仆。"阮籍《詠懷》之八："灼灼西～日。"（灼灼：光明燦爛的樣子。）(引) **降下**。韋元旦《五言夏日遊神泉》序："～祥應運，非醴泉歟。"❷ **倒塌，使倒塌**。宋玉《高唐賦》："傾崎崖～。"《史記・司馬相如列傳》："～牆填塹。"（塹：溝。）(喻) **敗壞**。司馬遷《報任安書》：“～其家聲。”（聲：名聲，聲譽。）《漢書・蘇武傳》：“士眾滅兮名已～。” ❸ **跌倒**。《淮南子・原道》：“先者～陷，則後者以謀。”（陷：陷落。以謀：因此而考慮。） ❹ ［**隤然**］**柔順的樣子**。《後漢書・黃憲傳》：“以為憲～～其處順。”

13 **隨** suí 粵 ceoi^4 ❶ **隨，跟隨**。《左傳・文公十七年》：“～蔡侯以朝于執事。”杜甫《春夜喜雨》詩：“～風潛入夜。”**成語有“夫唱婦隨”**。(引) **沿着，順着**。《淮南子・脩務》：“～山刊木。”（刊：砍。）**成語有“隨波逐流”**。(又) **追求，追逐**。《周易・隨》：“～有求，得。” ❷ **依從，照着辦**。《揚子法言・淵騫》：“蕭也規，曹也～。”（蕭何訂立規章制度，曹參照着辦。）(又) **依靠，依據**。司馬光《乞實行治國用疏上殿札子》：“乞～材用人。” ❸ **聽任，任隨**。《史記・魏世家》：“聽使者之惡之，～安陵氏而亡之。”韓愈《進學解》：“行成於思毀於～。” ❹ **副詞。隨即，接着**。《史記・留侯世家》：“良殊大驚，～目之。”（良：張良。目：看。） ❺ **周代諸侯國之一。又稱隋。地處今湖北隨州一帶**。《左傳・桓公六年》：“漢東之國～為大。” ❻ tuǒ 粵 to^5 **橢圓形**。《淮南子・齊俗》：“於盤水則員，於杯則～。” ❼ duò 粵 do^6 **懈怠，懶惰**。《管子・形勢解》：“臣下～而不忠。” ❽ huī 粵 fai^1 **通“隳”。毀壞**。《商君書・算地》：“今世巧而民淫，方效湯武之時，而行神農之事，以～世禁。”

13 **隩** ào 粵 ou^3/ngou^3 ❶ yù 粵 juk^1 **水涯深曲處**。謝靈運《從斤竹澗越嶺溪行》詩：“逶迤傍隈～，苕遞陟陘峴（xíng xiàn 粵 jing^4 jin^6）。”（隈：山或水彎曲處。隈隩雙聲，常連用。苕遞：通“迢遞”。遠的樣子。陟：登上。陘峴：中間斷開的高山。）(引) **指水邊**。謝瞻《王撫軍庾西陽集別》詩：“分手東城闉（yīn 粵 jan^1），發棹西江～。” ❷ yù 粵 juk^1 **通“燠”。溫暖，熱**。《尚書・堯典》：“厥民～，鳥獸氄（rǒng 粵 jung^5）毛。”（氄：鳥獸毛細軟。） ❸ **通“墺”。可居住的地方**。《尚書・禹貢》：“九州攸同，四～既宅。”（宅：用作動詞，指蓋起房子。） ❹ **通“奧”。室內西南角**。《孔子家語・問玉》：“室而無～阼（zuò 粵 zou^6），則亂於堂室矣。”（阼：堂前東邊的台階，古時迎接賓客的地方。）(又) **深**。《國語・鄭語》：“申、呂方強，其～愛太子，亦必可知也。”（申、呂：姜姓諸侯。）

13 **險** xiǎn 粵 him^2 ❶ **地勢不平坦**。《左傳・成公二年》：“苟有～，余必下推車。”王安石《遊褒禪山記》：“夫夷以近，則遊者眾，～以遠，則至者少。”（夷：平坦。以：而。） ❷ **險要，險阻**。《三國志・吳書・吳主傳》：“蜀軍分據～地，前後五十餘營。” ❸ **險惡**。《荀子・天論》：“上闇（àn 粵 am^3）而政～。”（上：指統治者。闇：昏暗，昏庸。）(又) **陰險**。《韓非子・說疑》：“內～以賊其外。”（賊：害。） ❹ **危險**。賈誼《弔屈原賦》：“見細德之～徵兮，遙曾擊而去之。”（細德：指道德卑鄙之人。險徵：危險的徵兆。） ❺ **特殊的，奇異的**。韓愈《醉贈張秘書》詩：“～語破鬼膽，高詞媲皇墳。”（媲：匹敵，比美。皇墳：傳說中三皇著的書。）**又如“險衣”、“險妝”等**。**【辨】危，險**。見73頁“危”字。

13 **隧** suì 粵 seoi^6 ❶ **通道，道路**。《莊子・馬蹄》：“山無蹊～，澤無舟梁。”張衡《西京賦》：“俯察百～。” ❷ **地道，隧道**。《左傳・隱公元年》：“大～之中。”(引) **挖隧道**。《左傳・隱公元年》：“若闕地及泉，～而相見。”(特) **墓道**。《左傳・僖公二十五年》：“請～，弗許。”（請隧：請求做墓道埋葬。弗：不。） ❸ ［**亭隧**］［**障**

隧] **烽火台**。《漢書・匈奴傳下》："建塞徼，起亭～。"班彪《北征賦》："登障～而遙望。"❹ zhuì ㊐ zeoi6 **通"墜"。落下，掉下**。《淮南子・說林》："懸垂之類，有時而～。"

14 **隰** xí ㊐ zaap6 ❶ **低濕的地方**。《詩經・邶風・簡兮》："山有榛，～有苓。"㊂ **原野**。《世說新語・規箴》："每田狩，車騎甚盛，五六十里中，旌旗蔽～。"❷ **新開發的田地**。《詩經・周頌・載芟》："千耦其耘，徂～徂畛。"

14 **隱** yǐn ㊐ jan2 ❶ **短牆**。《左傳・襄公二十三年》："踰～而待之。"❷ **隱藏，隱蔽**。《周易・乾》："～而未見，行而未成。"干寶《搜神記》卷五："便拔刀～樹側住。"（住：停住。）㊀ **隱居，不出來做官**。《左傳・僖公二十四年》："其母曰：'能如是乎？與女偕～。'"（女：汝。）❸ **精微深奧**。《周易・繫辭上》："探賾索～，鉤深致遠。"❹ **隱瞞**。《史記・高祖本紀》："列侯諸將無敢～朕。"（朕：皇帝自稱。）❺ **傷痛**。《楚辭・九歎・惜賢》："心～惻而不置。"㊀ **哀憐**。《孟子・梁惠王上》："王若～其無罪而就死地，則牛羊何擇焉？"❻ yìn ㊐ jan3 **倚，靠**。《莊子・齊物論》："南郭子綦（qí ㊐ kei4）～几而坐。"（南郭子綦：人名。几：古人依憑的用具。）

14 **隮** jī ㊐ zai1 ❶ **登上**。《尚書・顧命》："王麻冕黼裳，由賓階～。"（黼裳：繡有花紋的禮服。賓階：堂前西面的台階。）《抱朴子・守塉》："夫欲～閬風、陟嵩、華者，必不留行於丘垤。"❷ **升起**。《詩經・鄘風・蝃蝀》："朝～于西，崇朝其雨。"（早晨雲從西邊升起，整個早晨都下雨。）《史記・樂書》："地氣上～，天氣下降。"❸ **墜落**。《尚書・微子》："王子弗出，我乃顛～。"李賀《送秦光祿北征》詩："太常猶舊寵，光祿是新～。"

15 **隳** huī ㊐ fai1 **毀壞**。《呂氏春秋・順說》："～人之城郭。"《韓非子・八經》："是以法令～。"（是以：因此。）[**隳突**] **衝撞，破壞**。柳宗元《捕蛇者說》："悍吏之來吾鄉，叫囂乎東西，～～乎南北。"（悍吏：兇暴的官吏。乎：於。）

16 **隴** lǒng ㊐ lung5 ❶ **山名。此山在今陝西甘肅交界處**。《史記・留侯世家》："夫關中左殽函，右～蜀，沃野千里。"㊀ **地名。今甘肅一帶。成語有"得隴望蜀"**。❷ **山，土崗子**。孔稚珪《北山移文》："北～騰笑。"[**隴斷**] **不相連屬的山岡**。《列子・湯問》："自此冀之南，漢之陰，無～～焉。"（冀：冀州。漢之陰：漢水的南面。）❸ **通"壟"。田埂**。[**隴畝**] **田地**。《史記・項羽本紀》："然羽非有尺寸，乘勢起～～之中。"㊁ **農田中農作物的行**。杜甫《晚登瀼上堂》詩："山田麥無～（一本作"壟"）。"❹ **通"壟"。墳**。鮑照《蕪城賦》："邊風急兮城上寒，井徑滅兮丘～殘。"（井徑：水井和道路。指家園。）

隶部

9 **隸**（隷）lì ㊐ dai6 ❶ **古代一個卑賤的等級**。《左傳・昭公七年》："輿臣～。"（輿的下一級是隸。輿：古代一個卑賤的等級。）㊂ **奴隸**。《左傳・襄公二十三年》："斐豹，～也。"（斐豹：人名。）㊀ **差役**。司馬遷《報任安書》："視徒～則心惕息。"❷ **附屬，屬於**。《後漢書・馮異傳》："乃更部分諸將，各有配～。"（更：再。部分：部署，約束。）❸ yì ㊐ ji6 **通"肄"。檢查**。《史記・酷吏列傳》："關東吏～郡國出入關者。"《**漢書・酷吏傳・義縱**》**"隸"作"肄"**。❹ **一種漢字字體，即隸書**。

隹部

2 **隼** sǔn ㊥ zeon[2] **一種猛禽。也叫鶻**(hú ㊥ wat[6])。《國語・魯語下》："有～集于陳侯之庭而死。"

2 **隻** zhī ㊥ zek[3] ❶ **鳥一隻。**㊀ **單個。**《公羊傳・僖公三十三年》："匹馬～輪無反者。"(反：返。)㊁ **單數。**《宋史・張洎傳》："肅宗而下，咸～日臨朝，雙日不坐。"❷ **量詞。**《後漢書・王喬傳》："於是候鳧至，舉羅張之，但得一～舄焉。"(羅：捕鳥網。舄：鞋。)【注意】在古代，"只"和"隻"是兩個字，意義各不相同。上述義項都不寫作"只"。

4 **雁** (鴈)yàn ㊥ ngaan[6] ❶ **大雁，一種候鳥。**《詩經・邶風・匏有苦葉》："雝(yōng ㊥ jung[1]) 雝鳴～。"(雝雝：形容聲音柔和。)❷ **假的，偽造的。**《韓非子・説林下》："齊伐魯，索讒鼎。魯以其～往。齊人曰：'～也。' 魯人曰：'真也。'"(索：求。讒鼎：寶鼎名。)**這個意義後來寫作"贗"。**

4 **雄** xióng ㊥ hung[4] ❶ **公(鳥)。與"雌"相對。**《詩經・小雅・正月》："誰知烏之雌～。"(烏：烏鴉。)㊀ **公的(其他動物)。**《左傳・僖公十五年》："獲其～狐。"❷ **強有力的，傑出的。**《後漢書・荀彧傳》："彧聞操有～略。"(操：曹操。略：策略，計謀。)❸ **傑出的人物或國家。**《後漢書・虞詡傳》："豪～相聚。"賈誼《過秦論》："常為諸侯～。"

4 **雅** yǎ ㊥ ngaa[5] ❶ **正，正確的。**《荀子・儒效》："道過三代謂之蕩，法二後王謂之不～。"諸葛亮《出師表》："察納～言。"(察納：考察，採納。)㊁ **規範的。**《論語・述而》："詩書執禮，皆～言也。"❷ **高尚，不俗。**《三國志・蜀書・諸葛亮傳》："才識不及預，而～性過之。"(預：人名。)❸ **平素，向來。**《史記・高祖本紀》："雍齒～不欲屬沛公。"(雍齒：人名。)㊀ **交往，交情。**《漢書・谷永傳》："無一日之～。"❹ **甚，很。**楊惲《報孫會宗書》："～善鼓瑟。"(鼓：彈奏。)❺ **《詩經》中的一類，包括"小雅"、"大雅"。**《左傳・隱公三年》："風有《采蘩》、《采蘋》，～有《行葦》、《泂酌》。"

4 **集** jí ㊥ zaap[6] ❶ **羣鳥停在樹上。**《詩經・周南・葛覃》："黃鳥于飛，～于灌木。"㊁ **降落。**《韓非子・解老》："時雨降～，曠野間(xián ㊥ haan[4]) 靜。"㊀ **停留。**屈原《離騷》："欲遠～而無所止兮，聊浮遊以逍遙。"❷ **聚集。**賈誼《過秦論》："天下雲～而響應。"❸ **詩文集子。**《三國志・蜀書・諸葛亮傳》："亮言教書奏多可觀，別為一～。"(言教書奏：四種文體。)❹ **成功。**《左傳・襄公二十六年》："今日之事幸而～，晉國賴之；不～，三軍暴骨。"(事：指秦、晉和好。幸：僥倖。)《左傳・成公二年》："此車一人殿之，可以～事。"❺ **安定。**《史記・秦始皇本紀》："天下初定，遠方黔首未～。"

4 **雋** (隽)juàn ㊥ cyun[5] ❶ **鳥肉肥美，味道好。**㊀ **言辭、文章含蓄有內容。常"雋永"連用。**趙蕃《次韻斯遠三十日見寄》："書味真～永。"(雋永：意味深長。)❷ jùn ㊥ zeon[3] **通"俊"。才智出眾。**《漢書・禮樂志》："至武帝即位，進用英～。"

4 **雇** (僱)gù ㊥ gu[3] **僱用。出錢讓別人替自己做事。**《後漢書・虞詡傳》："開漕船道，以人僦直～借傭者。"(僦直：租錢。借：義同"雇"。傭者：被僱用的人。)**後來寫作"僱"。**

5 **雎** jū ㊥ zeoi[1] [**雎鳩**] **一種水鳥。**《詩經・周南・關雎》："關關～～，在河之洲。"(關關：雌雄二鳥相互應和的叫聲。河：黃河。洲：水中的陸地。）

5 **雉** zhì (粵) zi6 ❶ **一種鳥。也叫野雞。**《莊子・養生主》：“澤～十步一啄，百步一飲。”❷ **古代計算城牆面積的單位，長三丈高一丈為一雉。**《左傳・隱公元年》：“都城過百～，國之害也。”潘岳《馬汧督誄》：“率寡弱之眾，據十～之城。”(引) **城牆。**謝朓《和王著作八公山》：“出沒眺（tiào (粵) tiu3）樓～。”（眺：眺望，往遠處看。）❸ **博戲中的一種彩。**《晉書・劉毅傳》：“毅次擲得～，大喜。”

5 **雊** gòu (粵) gau3 **野雞鳴叫。**《詩經・小雅・小弁》：“雉之朝～，尚求其雌。”《史記・封禪書》：“其聲殷云，野雞夜～。”

5 **雍** yōng (粵) jung1 ❶ **和諧。**《尚書・無逸》：“言乃～。”**這個意義本作“雝”。**［雍容］**舉止大方，從容不迫的樣子。**《漢書・薛宣傳》：“進止～～。”（進止：進和退。）《世說新語・言語》：“周僕射～～好儀形。”❷ **帝王祭祀後撤去祭品或用飯後奏的一種音樂。**《淮南子・主術》：“鼛（gāo (粵) gou1）鼓而食，奏～而徹。”（鼛鼓：一種樂器，這裏指吃飯時擊奏這種樂器。徹：指撤去食品。）❸ (粵) jung2 **通“壅”。堵塞，阻塞。**《漢書・匈奴傳》：“隔以山谷，～以沙幕。”（沙幕：沙漠。）《史記・秦始皇本紀》：“先王知～蔽之傷國也。”❹ (粵) jung2 **通“擁”。擁有。**《戰國策・秦策五》：“～天下之國。”❺ **通“饔”。烹飪。**《大戴禮記・諸侯釁廟》：“～人皆玄服。”❻ ［**雍州**］**古地名，在今陝西一帶。**

6 **雌** cí (粵) ci1 ❶ **母的。與“雄”相對。**《詩經・小雅・小弁》：“雉之朝雊，尚求其～。”《木蘭詩》：“雙兔傍地走，安能辨我是雄～？”(喻) **柔弱。**《晉書・桓溫傳》：“形甚似，恨短，聲甚似，恨～。”（形：體形。）［**雌雄**］**雌性與雄性。**(喻) **勝負，高下。**《宋史・虞允文傳》：“願一戰，以決～～。”❷ ［**雌黃**］**礦物名，可做顏料，古時用來塗改文字。**沈括《夢溪筆談》卷一：“館閣新書淨本有誤書處，以～～塗之。”(引) **更改文字。**《顏氏家訓・勉學》：“觀天下書未遍，不得妄下～～。”(喻) **信口更改，隨便亂說。**《晉書・王衍傳》：“義理有所不安，隨即改更，世號口中～～。”（不安：不妥當。世號：世人稱作。）**成語有“信口雌黃”。**

6 **雒** luò (粵) lok3 ❶ **白鬃黑馬。**《詩經・魯頌・駉》：“有騮（liú (粵) lau4）有～。”（騮：赤身黑鬃馬。）❷ **水名。發源於今陝西雒南縣。**《左傳・昭公元年》：“館於～汭（ruì (粵) jeoi6）。”（汭：河灣。）❸ **古都邑名。即洛陽。**《左傳・桓公二年》：“武王克商，遷九鼎於～邑。”

8 **雕** diāo (粵) diu1 ❶ **一種兇猛的鳥。**《史記・李將軍列傳》：“是必射～者也。”**這個意義又寫作“鵰”。**❷ **刻，畫。**《論語・公冶長》：“朽木不可～也。”《韓非子・十過》：“茵席～文，此彌侈矣。”（茵：古代車子上墊蓆。文：紋。彌：更，更加。侈：浪費。）**這個意義又寫作“琱”、“彫”。**(引) **文辭上的修飾。**劉勰《文心雕龍・情采》：“綺麗以艷說，藻飾以辯～。”（綺：美。藻飾：修飾。）❸ **通“凋”。衰敗。**《宋書・禮制二》：“魏武帝以天下～弊，下令不得厚葬。”【**辨**】**雕，鵰，琱，彫，凋。**“雕”與“鵰”在兇猛的鳥的意義上，“琱”、“彫”與“雕”在刻、畫的意義上，“凋”與“彫”在草木衰落的意義上，分別是同義詞。“雕”偶爾也可以通“凋”，表示衰敗之義。但“鵰”、“琱”、“凋”除此之外，再無其他意義。

9 **雖** suī (粵) seoi1 ❶ **雖然。**《詩經・大雅・文王》：“周～舊邦，其命維新。”賈思勰《齊民要術・耕田》：“田～薄惡，收可畝十石。”（收可畝十石：每畝可收十石。）❷ **即使，縱然**。《孟子·告子下》："～與之天下，不能一朝居也。"《墨子·公輸》："～殺臣，不能絕也。" ❸ wéi 粵 wai4 **通"惟"。僅，只有**。《管子·君臣下》："決之則行，塞之則止。～有明君能決之又能塞之。"

10 **雚** guàn 粵 gun3 ❶ **同"鸛"。一種水鳥**。《說文解字·隹部》："《詩》曰：'～鳴于垤。'"今《詩經·豳風·東山》作"鸛鳴于垤"。❷ huán 粵 wun4 **同"萑"。荻**。《墨子·旗幟》："凡守城之法……～葦有積。"《漢書·貨殖傳》："五穀六畜及至魚鱉鳥獸～蒲材幹器械之資。"

10 **雙** shuāng 粵 soeng1 ❶ **成雙的，一對**。班固《西都賦》："矢不單殺，中必疊～。"《三國志·吳書·吳主傳》："權投以～戟。"（權：孫權。戟：一種兵器。）(引) **組成雙，配對兒**。劉向《列女傳·魯寡陶嬰》："黃鵠之早寡兮，七年不～。" ❷ **偶。與"單"相對**。《宋史·禮志》："唐朝故事……隻日視事，～日不坐。"（過去唐朝的典章制度，單日坐堂辦公，雙日不坐堂。）❸ **匹敵**。《史記·淮陰侯列傳》："國士無～。"《古詩為焦仲卿妻作》："精妙世無～。"

10 **雘** huò 粵 wok3 **赤石風化後的東西，可為顏料**。《尚書·梓材》："若作梓材，既勤朴斲（zhuó 粵 zoek3），惟其塗丹～。"

10 **雛** chú 粵 co1 **小雞**。《禮記·內則》："～尾不盈握弗食。"(泛) **幼禽**。《孟子·告子下》："力不能勝一匹～，則為無力人矣。"白居易《晚燕》詩："百鳥乳～畢。"（乳：指孵出幼禽。）(喻) **幼兒，幼小的動物**。杜甫《彭衙行》："眾～爛漫睡。"（爛漫：睡得很香的樣子。）李商隱《嬌兒詩》："探～入虎穴。"(引) **幼小的，年輕的**。李商隱《韓冬郎即席為詩相送》："～鳳清於老鳳聲。"龔自珍《點絳脣·補記四月之遊》："窗三面，推開扇，故使～鬟見。"（雛鬟：指年輕女孩。）

10 **雜** （襍）zá 粵 zaap6 ❶ **各種顏色相配合**。《周禮·考工記·畫繢》："畫繢之事～五色。"劉勰《文心雕龍·情采》："五色～而成黼黻（fǔ fú 粵 fu2 fat1），五音比而成韶夏。"(引) **摻雜，混合**。《國語·鄭語》："故先王以土與金木水火～。"(又) **交錯**。《漢書·鼂錯傳》："堅甲利刃，長短相～。"❷ **不純，混雜**。《淮南子·說山》："貂裘而～，不若狐裘而粹。"《韓非子·初見秦》："趙氏，中央之國也，～民所居也。"（雜民：指五方雜處的人民。）**[雜然] 紛紛地**。《列子·湯問》："～～相許。"❸ **都，共**。《國語·越語下》："其事是以不成，～受其刑。"（是以：因此。刑：指禍害。）

10 **雝** yōng 粵 jung1 ❶ **[雝雝]** ① **鳥和鳴聲**。《詩經·邶風·匏有苦葉》："～～鳴雁，旭日始旦。"**又寫作"廱廱"**。宋玉《九辯》："雁～～而南遊兮，鵾雞啁哳而悲鳴。"② **和悅的樣子**。《詩經·大雅·思齊》："～～在宮，肅肅在廟。"❷ **和，和諧**。《詩經·召南·何彼襛矣》："曷不肅～，王姬之車。"（肅：敬。）**這個意義後來寫作"雍"**。

11 **難** nán 粵 naan4 ❶ **難，困難。與"易"相對**。《孟子·滕文公上》："是故以天下與人易，為天下得人～。"李白《蜀道難》詩："蜀道～，～於上青天。"(又) **使困難，為難**。《左傳·哀公十四年》："所～子者，上有天，下有先君。"❷ nàn 粵 naan6 **災難，患難**。《周易·否》："君子以儉德辟～。"(又) **戰亂，戰爭**。《韓非子·五蠹》："堅甲厲兵以備～。"（厲兵：磨快兵器。）❸ nàn 粵 naan6 **反駁，質問對方**。《孟子·離婁下》："於禽獸又何～焉？"《史記·廉頗藺相如列傳》："（趙括）

嘗與其父奢言兵事，奢不能～。”（奢：趙奢，趙括的父親。）《論衡・問孔》：“追～孔子，何傷於義？”（追：追究。）(又) **責備**。《左傳・襄公二十七年》：“齊人～之。”（齊國的人責備他。）❹ nàn 粵 naan6 **敵，怨仇**。《戰國策・秦策一》：“以與周武為～。”（周武：周武王。）❺ nǎn 粵 naan5 **通“戁”。畏懼**。《荀子・君道》：“故君子恭而不～，敬而不鞏。”（鞏：恐。）❻ nuó 粵 no4 **驅除疫鬼**。《周禮・夏官・方相氏》：“帥百隸而時～，以索室驅疫。”

11 **離** lí 粵 lei4 ❶ **離開**。《論語・季氏》：“邦分崩～析而不能守也。”《史記・文帝本紀》：“今右賢王～其國。”(引) **背離，違背**。《商君書・畫策》：“失法～令。”(引) **羅列，陳列**。《左傳・昭公元年》：“楚公子圍設服～衞。”❷ **通“罹”。遭遇**。《詩經・王風・兔爰》：“有兔爰爰，雉～于羅。”賈誼《弔屈原賦》：“獨～此咎。”（咎：災禍。）❸ **經歷**。《漢書・西域傳上》：“～一二旬，則人畜棄捐曠野而不反。”（反：返。）❹ **通“蘺”。香草名**。屈原《離騷》：“扈江～與辟芷兮，紉秋蘭以為佩。”❺ **通“縭”。衣帶**。《漢書・班婕妤傳》：“申佩～以自思。”❻ lì 粵 lai6 **通“麗”。附麗，附着**。《漢書・揚雄傳下》：“哀帝時，丁、傅、董賢用事，諸附～之者，或起家至二千石。”

雨部

3 **雩** yú 粵 jyu4 **祭祀求雨**。《荀子・天論》：“～而雨，何也？曰：無何也，猶不～而雨也。”（雨：下雨。）

3 **雪** xuě 粵 syut3 ❶ **雪**。屈原《九歌・湘君》：“桂棹兮蘭枻，斲冰兮積～。”❷ **揩拭**。杜甫《丈八溝納涼》詩：“佳人～藕絲。”(又) **洗刷**。李白《獨漉篇》：“國恥未～，何由成名。”

4 **雰** fēn 粵 fan1 ❶ **霧氣**。《素問・六元正紀大論》：“寒～結為霜雪。”❷ [雰雰] **雪下得很大的樣子**。《詩經・小雅・信南山》：“雨雪～～。”（雨雪：下雪。）

4 **雯** wén 粵 man4 **雲形成的文采**。《三墳・爻卦大象》：“日雲赤曇，月雲素～。”

4 **雱** pāng 粵 pong1 **雪很大的樣子**。《詩經・邶風・北風》：“北風其涼，雨雪其～。”

5 **電** diàn 粵 din6 **閃電**。《詩經・小雅・十月之交》：“燁燁震～，不寧不令。”（燁燁：閃光的樣子。令：善。）《世説新語・容止》：“雙眸閃閃若巖下～。”

5 **零** líng 粵 ling4 ❶ **下雨**。《詩經・豳風・東山》：“～雨其濛。”（濛：雨很細的樣子。）(引) **落下，凋落**。《古詩十九首・迢迢牽牛星》：“泣涕～如雨。”屈原《離騷》：“惟草木之～落兮。”**成語有“感激涕零”**。❷ [零丁] **孤獨的樣子**。李密《陳情表》：“臣少多疾病，九歲不行，～～孤苦，至於成立。”**又寫作“伶仃”**。**【注意】在古代漢語裏，“零”不當零數講。**

5 **雺** wù 粵 mou6 ❶ **同“霧”**。劉禹錫《楚望賦》：“天濡而～，土洩而泥。”❷ méng 粵 mung6/mung4 **通“霿”。天氣昏暗**。袁宏《三國名臣序贊》：“百六道喪，干戈迭用。苟非命世，孰掃雺～。”

6 **需** xū 粵 seoi1 ❶ **等待**。《周易・需》：“雲上於天，～。”（需：指等待下雨。）❷ **遲疑**。《左傳・哀公十四年》：“～，事之賊也。”（賊：害。）❸ **需要（後起意義）**。《劉子新論・薦賢》：“國之～賢，譬車之恃輪，猶舟之倚楫也。”(又) **需要的東西**。《元史・成宗紀》：“詔諸王駙馬及有分地功臣戶居上都、大都、隆興者，與民均納供～。”（居：住。上都、大都、隆興：都是地名。納：繳納。）❹ nuò [粵] no6 **懦弱**。《戰國策・秦策二》：“～弱者用，而健者不用矣。”

7 **震** zhèn [粵] zan3 ❶ **疾雷**。《左傳・隱公九年》：“大雨～電。”[又] **雷擊**。《春秋・僖公十五年》：“己卯晦，～夷伯之廟。”❷ **震動**。《三國志・吳書・吳主傳》：“是歲地連～。”（是歲：這年。）《後漢書・隗囂傳》：“由此名～西州，聞於山東。”[引] **驚恐，害怕**。《三國志・蜀書・馬超傳》：“城中～怖。”❸ **威風，威嚴**。《左傳・文公六年》：“辰嬴賤，班在九人，其子何～之有。”❹ shēn [粵] san1/zan3 **通“娠”。懷胎**。《左傳・昭公元年》：“邑姜方～大叔。”（邑姜、大叔：人名。）❺ **八卦名。代表雷。見72頁“卦”字。**
【辨】振，震。見235頁“振”字。

7 **霄** xiāo [粵] siu1 ❶ **雲氣**。木華《海賦》：“氣似天～。”❷ **天空**。陸機《挽歌》三首之二：“廣～何寥廓。”❸ **通“宵”。夜**。《呂氏春秋・明理》：“有晝盲，有～見。”

7 **霆** tíng [粵] ting4 ❶ **雷，疾雷**。《漢書・賈山傳》：“雷～之所擊，無不摧折者。”仲長統《昌言・理亂》：“暴風疾～不足以方其怒。”（方：比擬。）**成語有“雷霆萬鈞”**。❷ **震動**。《管子・七臣七主》：“天冬雷，地冬～。”❸ **閃電**。《淮南子・兵略》：“疾雷不及塞耳，疾～不暇掩目。”

7 **霈** pèi [粵] pui3 ❶ **雨雪下得很大的樣子**。《初學記》卷二引《孟子》：“油然作雲，～然下雨。”孫逖《為宰相賀雪表》：“既溥既～，足表西成之征。”[引] **濃重，充滿**。陸機《行思賦》：“商秋肅其發節，玄雲～而垂陰。”❷ **雨水**。沈瑱《賀雨賦》：“喜甘～之流滋。”[喻] **恩澤**。蘇軾《正輔既見和復次前韻慰鼓盆勸學佛》：“我亦沾～渥，漸解鍾儀囚。”[又] **賜予恩澤**。蘇舜欽《杜公求退第二表》：“垂閔螻蟻之誠，下～雲霓之澤。”

7 **霂** mù [粵] muk6 ［**霢**（mài [粵] mak6）**霂**］**見707頁“霢”字。**

8 **霖** lín [粵] lam4 **久下不停的雨**。《左傳・隱公九年》：“凡雨自三日以往為～。”（以往：以上。）《三國志・魏書・毛玠傳》：“急當陰～，何以反旱。”

8 **霏** fēi [粵] fei1 **雨雪或煙雲很盛的樣子。常疊用**。《詩經・邶風・北風》：“雨雪其～。”（其：形容詞詞頭。）杜甫《望兜率寺》詩：“～～雲氣重，閃閃浪花翻。”王維《送友人歸山歌二首》之二：“雲冥冥兮雨～～。”

8 **霓** (蜺)ní [粵] ngai4 ❶ **副虹。雨後天空中與虹同時出現的彩色圓弧**。《孟子・梁惠王下》：“民望之，若大旱之望雲～也。”柳宗元《籠鷹詞》：“雲披霧裂虹～斷。”（披：分開。）[引] **虹**。蘇頲《曉發方騫驛》詩：“片陰常作雨，微照已生～。”❷ **彩雲，雲霞**。《楚辭・九懷・蓄英》：“修余兮袿衣，騎～兮南上。”❸ **天邊雲氣**。班固《東都賦》：“羽旄掃～，旌旗拂天。”

8 **霍** huò [粵] fok3 ❶ **鳥疾飛的聲音**。《說文・雔部》：“～，飛聲也。”[引] **疾速的樣子**。司馬相如《大人賦》：“煥然霧除，～然雲消。”❷ ［**霍霍**］① **閃動疾速的樣子**。劉子翬《諭俗》詩：“晚電明～～。”② **磨刀聲**。《木蘭詩》：“磨刀～～向豬羊。”❸ **通“藿”。豆類植物的葉子**。《漢書・鮑宣傳》：“使奴從賓客，漿酒～肉。”（霍：動詞，把……當作豆葉。）

9 **霜** shuāng [粵] soeng1 ❶ **霜**。《周易・坤》：“履～堅冰至。”氾勝之《氾勝之書》：“夏至後八十、九十日，常夜半候之，天有～。”[引] **白色粉末**。蘇軾《送金山鄉僧歸蜀開堂》詩：“冰盤薦琥珀，何似糖～美。”[喻] **白色**。范雲《送別》詩：“不愁書難寄，但恐鬢將～。”（書：信。鬢將霜：比喻年將老。）❷ **年**。李白《古風五十九首》之十四：“白骨橫千～。”

9 **霞** xiá (粵) haa4 **早晚的彩雲**。謝朓《晚登三山還望京邑》詩：“餘～散成綺。”（綺：有花紋的絲織品。）(喻) **色彩豔麗**。孟郊《送諫議十六叔至孝義渡》詩：“曉渡明鏡中，～衣相飄颻。”

10 **霤** liù (粵) lau6 ❶ **屋頂上的水往下流**。《禮記・月令》：“其祀中～。”孔穎達疏：“復穴皆開其上取明，故雨～之，是以後因名室為中霤也。”(又) **屋頂上流下來的水**。潘岳《寡婦賦》：“～泠泠以夜下兮。”（泠泠：聲音清脆。）(引) **泛指往下滴流的水**。枚乘《諫吳王書》：“泰山之～穿石。”❷［中霤］**室中央**。《公羊傳・哀公六年》：“使力士舉巨囊而至于～～。”❸ **屋簷下接水的溝槽**。《左傳・定公九年》：“先登，求自門出，死於～下。”(引) **屋簷**。左思《魏都賦》：“上累棟而重～。”

10 **霢** mài (粵) mak6［**霢霂**（mù (粵) muk6）］**小雨**。《詩經・小雅・信南山》：“益之以～～，既優既渥，既霑既足，生我百穀。”(又) **汗多的樣子**。白居易《香山寺石樓潭夜浴》詩：“搖扇風甚微，褰裳汗～～。”

11 **霪** yín (粵) jam4 **久雨**。《淮南子・脩務》：“禹沐浴～雨，櫛扶風。”

12 **霰** xiàn (粵) sin3 **小雪珠，多在下雪前降下**。《詩經・小雅・頍弁》：“如彼雨雪，先集維～。”白居易《秦中吟・重賦》：“夜深煙火盡，～雪白紛紛。”

13 **霸**（覇）bà (粵) baa3 ❶ pò (粵) paak3 **陰曆月初時的月光**。《漢書・律曆志下》：“惟四月哉生～。”（哉：始。）**這個意義又寫作“魄”**。❷ **春秋戰國時諸侯的盟主**。《商君書・更法》：“五～不同法而霸。”（五霸：指春秋時齊桓公、晉文公等五個諸侯的盟主。）❸ **做諸侯的盟主**。《孟子・公孫丑上》：“管仲以其君～。”(引) **稱霸**。《三國志・蜀書・諸葛亮傳》：“誠如是，則～業可成。”【注意】在古代，**“霸”沒有蠻橫不講理的意義**。

13 **露** lù (粵) lou6 ❶ **露水**。《詩經・秦風・蒹葭》：“蒹葭蒼蒼，白～為霜。”**成語有“風餐露宿”**。(引) **滋潤**。《國語・晉語六》：“是先主覆～子也。”鼂錯《賢良文學對策》：“覆～萬民。”（覆：遮蓋，這裏指保護。）❷ **露天，在室外**。《韓非子・外儲說右上》：“於是太子乃還走，避舍～宿三日。”❸ **顯露，暴露**。《莊子・漁父》：“故田荒室～，衣食不足。”杜甫《柳邊》詩：“黃鸝不～身。”《後漢書・蔡邕傳》：“事遂漏～。”❹ **通“輅”**。**車**。《史記・楚世家》：“昔我先王熊繹辟在荊山，蓽～藍蔞以處草莽。”

13 **霶** pāng (粵) pong4［**霶霈**（pèi (粵) pui3）］**雨很大的樣子**。揚雄《甘泉賦》：“雲飛揚兮雨～～。”(喻) **盛大，繁多**。獨孤及《酬皇甫侍御望天灊山見示之作》詩：“天旋物順動，德布澤～～。”

13 **霹** pī (粵) pik1 ❶ **雷電擊打**。《太平廣記》卷三九四引杜光庭《神仙感遇傳・葉遷韶》：“避雨於大樹下，樹為雷～。”❷［**霹靂**］**響聲很大的雷**。杜甫《熱》詩之一：“雷霆空～～，雲雨竟虛無。”

14 **霼** xì (粵) hei3 見 708 頁“**霼**”字。

14 **霾** mái (粵) maai4 ❶ **風夾着塵土**。《詩經・邶風・終風》：“終風且～。”（終……且……：既……又……。風：指颳風。）《後漢書・郎顗傳》：“時氣錯逆，～霧蔽日。”(引) **雲霧遮蔽**。蘇軾《生日王朗以詩見慶次其韻》：“不嫌霧谷～松柏。”❷ **通“埋”**。**埋沒**。屈原《九歌・國殤》：“～兩輪兮縶（zhí (粵) zap1）四馬。”（縶：拴。）

14 **霽** jì ⑧ zai³ **雨雪停止，雲霧散，天放晴**。《晏子春秋・諫上》："雨雪三日而不～。"《韓非子・難勢》："雲罷霧～。" **成語有"光風霽月"**。㊥ **怒氣消除，氣色轉和**。《漢書・魏相傳》："相心善其言，為～威嚴。"《新唐書・裴度傳》："帝色～，乃釋寰。"（釋：釋放。寰：人名。）

14 **霿** méng ⑧ mung⁶/mung⁴ ❶ **天色昏暗**。《素問・六元正紀大論》："天氣下降，地氣上騰，原野昏～。" ❷ mào ⑧ mau⁶ **昏昧**。《尚書大傳・洪範五行傳》："思心之不容，是謂不聖，厥咎～。" ❸ wù ⑧ mou⁶ **同"霧"。霧氣**。柳宗元《唐鐃歌鼓吹曲・奔鯨沛》："披攘蒙～，開海門。"

15 **靁** léi ⑧ leoi⁴ **"雷"的古字**。《詩經・召南・殷其靁》："殷其～，在南山之陽。"（殷：雷聲。）

16 **靆** dài ⑧ doi⁶ [靉（ài ⑧ oi²）靆] **見本頁"靉"字**。

16 **靂** lì ⑧ lik¹ [霹靂] **見707頁"霹"字**。

16 **靈** （靇）líng ⑧ ling⁴/leng⁴ ❶ **女巫**。屈原《九歌・東皇太一》："～偃蹇（jiǎn ⑧ gin²）兮姣（jiāo ⑧ gaau²）服。"（偃蹇：形容跳舞的姿態。姣服：美好的服裝。）❷ **神靈**。《漢書・禮樂志》："～之下，若風馬。"（風馬：形容迅速的樣子。）㊀ **靈魂**。温庭筠《過陳琳墓》："詞客有～應識我。" ❸ **威靈，福**。《左傳・僖公二十三年》："若以君之～得反晉國。"（反：返。）❹ **屬於死人的**。曹植《贈白馬王彪》詩："～柩（jiù ⑧ gau⁶）寄京師。"（柩：裝着屍體的棺材。）**雙音詞有"靈堂"、"靈車"**。❺ **人的精神意志**。劉勰《文心雕龍・情采》："綜述性～，敷寫器象。"（敷：陳述。器象：指萬物。）

16 **靄** ǎi ⑧ oi²/ngoi² **雲霧**。李白《雨後望月》詩："四郊陰～散，開戶半蟾生。"柳永《雨霖鈴・寒蟬淒切》："暮～沉沉楚天闊。" [靄靄] ① **雲霧密集的樣子**。陶潛《停雲》詩："～～停雲，濛濛時雨。"蘇軾《題南溪竹上》詩："山頭～～暮雲橫。" ② **光線暗淡或柔和的樣子**。陸龜蒙《江城夜泊》詩："月挂虛弓～～明。"韓愈《人日城南登高》詩："～～野浮陽，暉暉水披凍。"

17 **靉** ài ⑧ oi² ❶ [靉靆（dài ⑧ doi⁶）] ① **雲氣或煙濃盛的樣子**。潘尼《逸民吟》："朝雲～～，行露未晞。"（行：路。晞：曬乾。）② **一種器物，類似眼鏡（後起意義）**。田藝蘅《留青日札摘抄》卷二："提學副使潮陽林公有二物，如大錢形，質薄而透明，如硝子石，如琉璃，色如雲母，每看文章，目力昏倦，不辨細書，以此掩目，精神不散，筆畫倍明……人皆不識，舉以問余。余曰：此～～也。" ❷ [靉靅（fèi ⑧ fai³）] **雲盛而昏暗的樣子**。木華《海賦》："氣似天霄，～～雲布。" ❸ yǐ [靉霼（xì ⑧ hei³）] **依稀，不清晰的樣子**。木華《海賦》："故可仿像其色，～～其形。"（大致描述其色和形。）

青部

0 **青** qīng ⑧ cing¹/ceng¹ ❶ **藍色**。《荀子・勸學》："～，取之於藍而～於藍。"（藍：一種草本植物，葉子可以提製藍色染料。）㊀ **深綠色**。庾信《春賦》："麥纔～而覆雉。"劉禹錫《陋室銘》："草色入簾～。"（入：映入。）㊀ **青綠色的東西**。杜甫《絕句》："江邊踏～罷，回首見旌旗。" ❷ **用於書寫的青色的竹簡**。劉勰《文心雕龍・諸子》："殺～所編。" [青史] **原指在竹簡上的記事，後指史書**。杜甫《贈鄭十八賁》詩："古人日已遠，～～字不泯。"（泯：滅。）[青簡] **原指寫在竹簡上的文**

章，後泛指書籍。白居易《秘書省中憶舊山》詩：“厭從薄宦校～～。”（從：從事。薄宦：小官。）❸ **指春天**。江淹《別賦》：“鏡朱塵之照爛，襲～氣之烟煴。”❹ **指東方**。《周禮・考工記・畫繢》：“東方謂之～。”❺ **黑色**。《尚書・禹貢》：“厥土～黎。”李白《將進酒》：“君不見高堂明鏡悲白髮，朝如～絲暮成雪。”**【辨】青，蒼，碧，綠，藍。見552頁“藍”字。**

5 **靖** jìng (粵) zing6 ❶ **安定，平定**。《詩經・大雅・召旻》：“實～夷我邦。”（夷：平。邦：國。）《左傳・僖公九年》：“君務～亂。”**雙音詞有“綏靖”**。(又) **安靜**。《左傳・昭公二十五年》：“～以待命猶可。”❷ **恭敬**。《管子・大匡》：“士處～，敬老與貴。”（處：居處。）

7 **靚** jìng (粵) zing6 ❶ **妝飾，打扮**。《漢書・司馬相如列傳上》：“～莊刻飾，便嬛綽約。”《後漢書・南匈奴傳》：“昭君豐容～飾，光明漢宮。”❷ **通“靜”**。《漢書・賈誼傳》：“澹虖若深淵之～。”《後漢書・張衡傳》：“潛服膺以永～兮。”

8 **靜** jìng (粵) zing6 ❶ **靜止**。**與“動”相對**。《莊子・天道》：“水～則明燭鬚眉。”《韓詩外傳》卷九：“樹欲～而風不止。”❷ **平靜，安靜**。《詩經・衛風・氓》：“～言思之，躬自悼矣。”杜甫《甘林》詩：“喧～不同科。”（科：類別。）❸ **通“淨”。清潔**。張衡《東京賦》：“滌濯(zhuó (粵) zok6)～嘉。”（滌濯：洗滌。嘉：美好。）

非部

0 **非** fēi (粵) fei1 ❶ **不對的，不合理的。與“是”相對**。《荀子・王制》：“是～不亂，則國家治。”陶潛《歸去來兮辭》：“實迷途其未遠，覺今是而昨～。”**成語有“文過飾非”**。❷ **非難，責怪**。《呂氏春秋・慎行》：“莫不～令尹。”《史記・商君列傳》：“反古者不可～，而循禮者不足多。”（循：遵循。足：值得。多：稱讚。）❸ **不是**。《莊子・秋水》：“子～魚，安知魚之樂？”《史記・老子韓非列傳》：“今者所養～所用，所用～所養。”❹ **無**。《史記・孔子世家》：“夫子則～罪。”左思《三都賦序》：“雖寶～用。”

11 **靡** mí (粵) mei4 ❶ mǐ (粵) mei5 **倒下**。《左傳・莊公十年》：“吾視其轍亂，望其旗～，故逐之。”❷ mǐ (粵) mei5 **細小**。《禮記・月令》：“～草死，麥秋至。”(引) **細膩**。宋玉《招魂》：“～顏膩理。”（理：肌膚。）(又) **美好，華麗**。《漢書・韓信傳》：“～衣婾 (tōu (粵) tau1) 食。”（婾：苟且。）❸ mǐ (粵) mei5 **無，沒有**。《詩經・大雅・蕩》：“～不有初，鮮克有終。”(又) **不**。《史記・外戚世家》：“其詳～得而記焉。”（那些詳細的情況不可能都記在這裏。）❹ **浪費，奢侈**。《戰國策・中山策》：“秦民之死者厚葬，傷者厚養……以～其財。”賈誼《論積貯疏》：“生之者甚少，而～之者甚多。”（生：生產。之：指糧食。）(又) **損害**。《國語・越語下》：“王若行之，將妨於國家，～王躬身。”❺ mó (粵) mo1 **通“摩”。摩擦，蹭**。《莊子・馬蹄》：“(馬)喜則交頸相～。”

面部

0 **面** (靣)miàn (粵) min6 ❶ **臉**。《戰國策・趙策四》：“老婦必唾其～。”(引) **臉色**。《孟子・公孫丑下》：“諫於其君而不受則怒，悻悻然見於其～。”(又) **表現在臉色上**。《荀子・大略》：“君子之於子，愛之而勿～。”(又) **物體的表面**。毛文錫《虞美人・鴛鴦對浴銀塘暖》：“鴛鴦對浴銀塘暖，水～蒲梢短。”❷ **面向，面對着**。《列子・湯問》："北山愚公者，年且九十，～山而居。"（且：將，近。）**【注意】在古代漢語裏，"南面"、"北面"是面向南、面向北的意思。**⊗ **見面**。《晉書・張華傳》："一～如舊。" ❸ **當面**。《莊子・盜跖》："好～譽人者，亦好背而毀之。" ❹ **前面**。《尚書・顧命》："大輅，在賓階～。" ⊗ **方向，方面**。《史記・項羽本紀》："令四～騎馳下。"《史記・留侯世家》："獨韓信可屬大事，當一～。"**【注意】麵粉的意義只寫作"麵"、"麪"，不寫作"面"。【辨】臉，面。"臉"最初指頰，並經常指婦女目下頰上搽胭脂的地方，後來逐漸與"面"同義。**

7 **靦** miǎn 粵 min5 ❶ **［靦覥］害羞的樣子**。關漢卿《拜月亭》四折："俺兀那姊妹兒的新郎又忒～～。" **又寫作"腼腆"**。❷ tiǎn 粵 tin2 **人臉的面貌**。《詩經・小雅・何人斯》："有～面目，視人罔極。" ❸ tiǎn 粵 tin2 **慚愧**。王定保《唐摭言・好及第惡登科》："愧彼為裘之義，～乎析薪之喻。" ⊗ **不知慚愧**。丘遲《與陳伯之書》："將軍獨～顏借命，驅馳氈裘之長，寧不哀哉！"

12 **靧** **（頮）**huì 粵 fui3 **洗臉**。《禮記・內則》："其間面垢，燂（qián 粵 cim4）潘請～。"（燂：燒熱。潘：淘米水。）

14 **靨** yè 粵 jip3 ❶ **酒窩**。班婕妤《擣素賦》："兩～如點，雙眉如張。" 傅玄《有女篇》："巧笑露權～，眾媚不可詳。"**［靨輔］頰上酒窩**。《楚辭・大招》："～～奇牙，宜笑嘕只。" ❷ **古代婦女面部的一種妝飾**。《大慈恩寺志》卷十五："美女施鈿，世名曰～。"

革部

0 **革** gé 粵 gaak3 ❶ **去了毛的獸皮**。《詩經・召南・羔羊》："羔羊之～。" ⊗ **人的皮膚**。《禮記・禮運》："四體既正，膚～充盈。" ❷ **用革製成的甲冑**。《禮記・樂記》："貫～之射息也。"（貫：穿通。息：停止。）《史記・禮書》："故堅～利兵不足以為勝。" ❸ **兵車**。《史記・留侯世家》："殷事已畢，偃～為軒。" ⊗ **兵卒**。《三國志・蜀書・彭羕傳》："老～荒悖，可復道邪？"**［兵革］**① **軍隊**。《戰國策・秦策一》："～～大強，諸侯畏懼。" ② **戰爭**。《論衡・命義》："～～並起，不得終其壽。"（不得終其壽：指在戰爭中死去。）❹ **八音（金、石、土、木、絲、竹、匏、革）之一。鼓一類的樂器。見714頁"音"字**。❺ **改變，變革**。《周易・革》："天地～而四時成。"《尚書・多士》："殷～夏命。" ⊗ **除去**。《魏書・食貨志》："今～舊從新，為里黨之法。" **成語有"革故鼎新"**。❻ **馬籠頭**。《詩經・小雅・蓼蕭》："既見君子，鞗～忡忡。" ⊗ **馬韁繩**。《韓非子・外儲說右下》："使王良操左～而叱咤之。" ❼ jí 粵 gik1 **急，重**。《禮記・檀弓上》："夫子之病～矣。"**【辨】皮，革，膚。見518頁"膚"字。**

3 **靬** jiān 粵 gin1 **［犛（lí 粵 lei4）靬］見385頁"犛"字。**

3 **靮** dí 粵 dik1 **馬韁繩**。《禮記・少儀》："牛則執紖（zhèn 粵 zan3），馬則執～。"（紖：牛鼻繩。）

4 **靳** jìn 粵 gan3 ❶ **套在轅馬胸部的皮革，也用作轅馬的代稱**。《左傳・定公九年》："吾從子如驂之～。"（我跟隨你就像驂馬跟隨轅馬一樣。驂：轅馬兩旁的馬。）❷ **吝惜，吝嗇**。《後漢書・崔寔傳》："悔不小～。"（小靳：稍微吝嗇一點。）❸ **奚落，嘲笑**。《左傳・莊公十一年》："宋公～之。"

4 **靷** yǐn 粵 jan5 ❶ **引車前行的皮帶，一端繫在車軸上，一端繫在馬頸**

的皮帶上。《左傳・哀公二年》："我兩～將絕，吾能止之。" ❷ zhèn [粵] zan3 **通"紖"**。**牛鼻繩**。孔平仲《續世説・賞譽》："李密乘一黃牛……一手捉牛～，一手翻《漢書》。"

4 **靶** bà [粵] baa2/baa3 ❶ **馬籠頭**。左思《吳都賦》："迴～乎行邪，睨觀魚乎三江。" [又] **轡繩**。《漢書・王褒傳》："王良執～。"（王良：古代善駕馬者。）❷ **器物的把柄**。《北齊書・徐之才傳》："又有以骨為刀子～者，五色班斕。"（班：通"斑"。）[又] **弓身的正中，開弓時手執握處**。王維《出塞作》詩："玉～角弓珠勒馬。" ❸ bǎ **箭靶（後起意義）**。王實甫《麗春堂》第一折："～內先知箭有功。"

5 **韎** mò [粵] mut6 ❶ [**韎鞨**（hé [粵] hot6）] ① **古代民族名**。《隋書・韎鞨傳》："～～，在高麗之北。" ② **寶石名**。《舊唐書・肅宗紀》："楚州刺史崔侁獻定國寶玉十三枚。……七曰紅～～，大如巨栗，赤如櫻桃。" ❷ wà [粵] mat6 **同"韤"**。**襪子**。《隋書・禮儀志六》："赤舄，絳～。"

5 **鞅** yāng（**舊讀** yǎng）[粵] joeng2 ❶ **古時套在馬脖子上的皮子**。《左傳・襄公十八年》："抽劍斷～。" ❷ yàng [粵] joeng3/joeng2 **通"怏"**。[**鞅鞅**] **不滿意**。《漢書・高帝紀下》："諸將故與帝為編戶民，北面為臣，心常～～。" ❸ [**鞅掌**] **事務繁雜的樣子**。嵇康《與山巨源絕交書》："官事～～，機務纏其心。"（機務：機要事務。）

5 **靽** bàn [粵] bun3 **套在馬後部的皮帶**。《左傳・僖公二十八年》："晉車七百乘，韅（xiǎn [粵] hin2）、靷（yǐn [粵] jan5）、鞅、～。"（韅：馬腹部的皮帶。靷：馬胸部的皮帶。鞅：馬頸部的皮帶。）

5 **鞁** bèi [粵] bei6 **鞍轡等車駕具的統稱**。《國語・晉語九》："吾兩～將絕，吾能止之。"（絕：斷。）

6 **鞏** gǒng [粵] gung2 ❶ **用皮革捆東西**。《周易・革》："～用黃牛之革。" [引] **堅固，鞏固**。《詩經・大雅・瞻卬》："藐藐昊天，無不克～。"（沒有不能鞏固的。克：能夠。）❷ [粵] hung2 **通"恐"**。**恐懼，害怕**。《荀子・君道》："恭而不難，敬而不～。"（難：通"戁（nǎn [粵] naan5）"。懼怕。）

6 **鞈** gé [粵] gaap3 ❶ **革製的胸甲**。《管子・小匡》："輕罪入蘭盾～革二戟。" ❷ **堅固**。《荀子・議兵》："楚人鮫革犀兕以為甲，～如金石。" ❸ tà [粵] taap3 **通"鞳"**。**鼓聲**。《淮南子・兵略》："善用兵若聲之與嚮，若鏜之與～。"

7 **鞘** qiào [粵] ciu3 ❶ **裝刀劍的套子**。歐陽修《日本刀歌》："魚皮裝貼香木～。" ❷ shāo [粵] saau1 **鞭梢**。《晉書・苻堅載記下》："長～馬鞭擊左股。"

7 **鞔** mán [粵] mun4 ❶ **鞋幫**。**又指鞋**。《呂氏春秋・召類》："南家，工人也，為～者也。" ❷ **用皮革蒙罩住**。《周禮・考工記・輿人》鄭玄注："飾車，謂革～輿也。" [引] **把（製作鼓面的）皮革綳緊**。段成式《酉陽雜俎》卷十二"語資"："寧王嘗夏中揮汗～鼓。" ❸ mèn [粵] mun6/mun5 **通"懣"**。**悶脹**。《呂氏春秋・重己》："味眾珍則胃充，胃充則中大～。"

8 **鞞** （**鞸**）bǐng [粵] bing2 ❶ **刀劍套**。《詩經・大雅・公劉》："維玉及瑤，～琫（běng [粵] bung2）容刀。"（琫：刀把上的裝飾物。容刀：裝飾過的佩刀。）❷ pí [粵] pei4 **通"鼙"**。**古代祀神之鼓**。《禮記・月令》："是月也，命樂師修鞀（táo [粵] tou4）～鼓。"（鞀：搖鼓。）[又] **一種軍用小鼓**。鮑照《王昭君》詩："霜～旦夕驚，邊笳中夜咽。"

8 **鞠** jū [粵] guk1 ❶ **古代一種用來踢打玩耍的球**。《史記・蘇秦列傳》："其民無不吹竽鼓瑟，彈琴擊筑，鬭雞走狗，六博蹋～者。”曹植《名都篇》：“連翩擊～壤，巧捷惟萬端。”（連翩：輕快地，一個接一個。壤：古代一種遊戲用品。）❷ **養育，撫養**。《詩經・小雅・蓼莪》：“父兮生我，母兮～我。”❸ **彎曲**。《史記・滑稽列傳》：“若親有嚴客，髡帣韝(juàn gōu ㊚ gyun² gau¹) ～ 䠆(jì ㊚ gei⁶)，侍酒於前。”（髡：人名。帣韝：斂起衣袖。䠆：半跪。）[**鞠躬**] **彎腰，表示恭敬謙遜**。《論語・鄉黨》：“入公門，～～如也。”㊀ **小心謹慎**。諸葛亮《後出師表》：“臣～～盡瘁，死而後已。”❹ **通“鞫”。審訊，審問**。《史記・李斯列傳》：“輒下高，令～治之。”（高：人名。）

8 **鞚** kòng ㊚ hung³ **帶嚼子的馬絡頭**。李白《走筆贈獨孤駙馬》詩：“銀鞍紫～照雲日。”

9 **鞮** dī ㊚ dai¹ ❶ **皮革製的鞋**。《説文》：“鞮，革履也。”《鹽鐵論・散不足》：“古者庶人賤騎繩控，革～皮薦而已。”（薦：韉，馬鞍墊子。）❷[**鞮譯**] **翻譯**。《新唐書・李蔚傳贊》：“～～差殊，不可研詰。”[**狄鞮**] **古代做翻譯工作的人**。《禮記・王制》：“五方之民，言語不通，嗜欲不同；達其志，通其欲，東方曰寄，南方曰象，西方曰～～，北方曰譯。”

9 **鞨** hé ㊚ hot⁶ ❶ [**靺**(mò ㊚ mut⁶) **鞨**] **見 711 頁“靺”字**。❷ mò ㊚ mat⁶ [**鞨巾**] **古代男子束髮的頭巾**。《列子・湯問》：“北國之人，～～而裘。”

9 **鞭** biān ㊚ bin¹ ❶ **皮鞭，鞭子**。《左傳・宣公十五年》：“雖～之長，不及馬腹。”**成語有“鞭長莫及”**。[**鞭策**] **皮鞭和竹鞭**。《荀子・性惡》：“前必有銜轡(pèi ㊚ bei³)之制，後有～～之威。”（銜轡：駕馭牲口用的嚼子和韁繩。制：控制。）㊙ **督促**。歸有光《示廟中諸生》：“願更加～～，以成遠大。”❷ **鞭打**。《左傳・莊公八年》：“～之，見血。”李白《贈友人》詩之二：“駿馬不勞～。”（不勞：指不用。）❸ **竹根**。蘇軾《東坡八首並序》之二：“好竹不難栽，但恐～橫逸。”

9 **鞫** jū ㊚ guk¹ ❶ **審訊，審問**。《後漢書・酷吏傳論》：“袁安未嘗～人臧罪，而猾惡自禁。”《新唐書・百官志四下》：“參軍事，掌～獄。”（參：參與。獄：官司，案件。）❷ **窮困**。《詩經・大雅・雲漢》：“～哉庶正。”（庶正：指眾官。）

9 **鞧** (緧)qiū ㊚ cau¹ **套車時拴在牲口後腿後方的皮帶**。《晉書・潘岳傳》：“王濟、裴楷等並為帝所親遇，岳內非之，乃題閣道為謠曰：‘閣道東，有大牛，王濟鞅，裴楷～。’”

9 **鞬** jiān ㊚ gin¹ **馬上盛弓箭的器具**。《漢書・韓延壽傳》：“騎士從者帶弓～羅後。”（羅：列。）

9 **鞪** mù ㊚ muk⁶ ❶ **同“楘”。束在車轅上用以加固的皮帶**。❷ móu ㊚ mau⁴ **通“鍪”。頭盔**。《漢書・韓延壽傳》：“令騎士兵車四面營陣，被甲鞮～居馬上。”

10 **鞴** bèi ㊚ bei⁶ ❶ **把鞍轡等套在馬身上**。杜甫《短歌行贈四兄》：“長安秋雨十日泥，我曹～馬聽晨雞。”（曹：輩。）❷ bài **皮革製的鼓風囊**。陳亮《賀新郎・酬辛幼安再用韻見寄》：“天地洪爐誰扇～？”❸ bù ㊚ bou⁶ [**鞴靫**(chā ㊚ caai¹)] **盛箭器**。劉祁《征婦詞》：“恨妾不為金～～，在君腰下隨風埃。”

10 **鞵** xié ㊚ haai⁴ **生革做的鞋。後指一般的鞋**。李商隱《與陶進士書》：“繫～出門。”

10 **鞶** pán ㊚ pun⁴ ❶ **束衣的大腰帶**。《左傳・桓公二年》：“～厲遊纓，昭其數也。”❷ **束於腰帶上的小口袋**。《禮記・內則》：“男～革，女～絲。”

11 **鞹** (鞟)kuò ㊚ kwok³ ❶ **去了毛的獸皮**。《詩經・齊風・載驅》：“簟茀朱～。”（簟茀：竹席。）《論語・顏淵》：“虎豹之～，猶犬羊之～。”李賀《送秦光祿北征》詩："虎～先蒙馬，魚腸且斷犀。"（魚腸：劍名。）❷ **用皮革捆縛**。《呂氏春秋・贊能》："使吏～其拳，膠其目。"

12 **韡** xuē ㊎ hoe[1] **靴子**。曹操《與太尉楊彪書》："並遺足下貴室錯綵羅縠裘一領，織成～一量。"李商隱《安平公》詩："長者子來輒獻蓋，辟支佛去空留～。"

12 **韢** jī ㊎ gei[1] **馬嚼子**。《漢書・刑法志》："是猶以～而御駻突。"（駻突：兇悍的馬。）㊁ **束縛**。韓愈《山石》詩："人生如此自可樂，豈必局束為人～。"

13 **韁** （繮）jiāng ㊎ goeng[1] **繫馬的繩子**。班固《白虎通・誅伐》："人銜枚，馬勒～，晝伏夜行為襲也。"《晉書・五行志中》："青青御路楊，白馬紫遊～。"

14 **韅** xiǎn ㊎ hin[2] **駕車的馬兩腋（一說背上）的革帶**。《左傳・僖公二十八年》："晉車七百乘，～靷鞅靽。"

15 **韇** dú ㊎ duk[6] ❶ **古時占卜用的蓍草筒**。《儀禮・士冠禮》："筮（shì ㊎ sai[6]）人執筴抽上～。"（筮人：負責用蓍草占卜者。筴：蓍草。）❷ **藏箭的器具**。《說文》："韇，弓矢韇也。"**又寫作"韣"**。**又稱韇丸**。《後漢書・南匈奴傳》："弓鞬（jiān ㊎ gin[1]）韇丸一，矢四發。"（弓鞬：藏弓的器具。）

17 **韉** jiān ㊎ zin[1] **墊馬鞍的東西**。《木蘭詩》："東市買駿馬，西市買鞍～。"李賀《馬詩》："內馬賜宮人，銀～刺騏驎。"

韋部

0 **韋** wéi ㊎ wai[4] ❶ **熟皮，加工過的皮子**。《韓非子・觀行》："西門豹之性急，故佩～以自緩。"（緩：和緩。）《史記・孔子世家》："孔子晚而喜《易》……讀《易》，～編三絕。"（韋編：用熟皮條子編聯的簡冊。）❷ **通"圍"。量詞。兩臂合抱的圓周長**。《漢書・成帝紀》："是日大風，拔甘泉畤（zhì ㊎ zi[6]）中大木十～以上。"（是日：這天。畤：祭祀天地的地方。木：樹。）

5 **韎** mèi ㊎ mat[6] ❶ **赤黃色**。《左傳・成公十六年》："有～韋之跗注。"❷［**韎韐**（gé ㊎ gaap[3]）］**赤黃色的蔽膝。為古代士的祭服，或為武士所服**。《詩經・小雅・瞻彼洛矣》："～～有奭。"❸ wà **通"襪"**。《南齊書・徐孝嗣傳》："孝嗣登殿不著～。"

5 **韍** fú ㊎ fat[1] ❶ **古代貴族祭祀時戴的蔽膝，用熟皮做成，遮在膝前**。《漢書・王莽傳上》："服天子～冕。"（冕：帝王的帽子。）**又寫作"黻"**。❷ **通"紱"。繫印章或佩玉用的絲帶**。《漢書・諸侯王表》："奉上璽（xǐ ㊎ saai[2]）～。"（璽：皇帝的印。）

6 **韐** gé ㊎ gaap[3] **蔽膝**。《儀禮・士喪禮》："設～帶，搢笏。"**又稱韎韐，見本頁"韎"字**。

8 **韓** hán ㊎ hon[4] ❶ **周代諸侯國**。❷ **戰國時七雄之一。原是晉國的一部分（參272頁"晉"字）。在今河南中部和山西東南部**。

8 **韔** chàng ㊎ coeng[3] **弓套**。《詩經・秦風・小戎》："虎～鏤膺（yīng ㊎ jing[1]）。"（虎：虎皮製的弓套。鏤膺：弓套正面刻着花紋。膺：胸，指正面。）㊇ **用作動詞，把弓放在弓套裏**。《詩經・小雅・采綠》："之子于狩，言～其弓。"（之子：此人。狩：打獵。于、言：動詞詞頭。）

9 **韙** wěi ㊎ wai[5] **是，對。常常"不韙"連用**。《左傳・隱公十一年》："犯五不～，而以伐人，其喪師也，不亦宜乎！"**又為動詞，以為是**。《左傳・昭公二十年》："仲尼曰：'守道不如守官。'君子～之。"**成語有"冒天下之大不韙"**。

9 **韞** yùn ㊎ wan[2] **藏**。《論語・子罕》："有美玉於斯，～櫝而藏諸，求善賈而沽諸？”[引] **懷有**。劉孝標《辨命論》：“～奇才而莫用。”

10 **韝** (鞲)gōu [粵] gau^{1} **臂套**。《史記・張耳陳餘列傳》：“趙王朝夕袒～蔽，自上食。”元稹《酬翰林白學士代書一百韻》：“逸驥初翻步，～鷹暫脱羈。”

10 **韜** (弢)tāo [粵] tou^{1} ❶ **盛弓的袋子**。《管子・小匡》：“～無弓，服無矢。”(服：箙，箭袋。) [泛] **袋子，套子**。《左傳・成公十六年》：“乃內旌於～中。”《史記・樂書》：“車甲～而藏之府庫。”❷ **收藏，斂束**。左思《吳都賦》：“桃笙象簟，～於筒中。”《新唐書・東謝蠻傳》：“俗椎髻，～以絳，垂于後。”⊗ **遮掩，隱藏**。《後漢書・姜肱傳》：“以被～面。”陸機《漢高祖功臣頌》：“彭越觀時，～跡匿光。”❸ **容納**。潘岳《寡婦賦》：“有～世之量。”❹ **寬餘，優長**。《南史・梁元帝紀》：“我～於文士，愧於武夫。”❺ **用兵的謀略**。李德裕《寒食日三殿侍宴奉進》詩：“不勞《孫子》法，自得《太公》～。”(《太公》：古代兵書《太公六韜》。)

11 **韠** bì [粵] bat^{1} **蔽膝，古代官服上一種皮製裝飾**。《詩經・檜風・素冠》：“庶見素～兮，我心蘊結兮。”《禮記・玉藻》：“～，君朱，大夫素。”

12 **韡** wěi [粵] wai^{5} [韡韡][韡曄(yè [粵] jip^{6})] **明盛的樣子**。《詩經・小雅・常棣》：“常棣之華，鄂不～～。”張衡《西京賦》：“流景曜之～曄。”

13 **韣** dú [粵] duk^{6} **弓袋，弓套**。《呂氏春秋・仲春》：“帶以弓～，授以弓矢。”

音部

0 **音** yīn [粵] jam^{1} ❶ **樂音**。《禮記・樂記》：“聲成文謂之～。”[引] **音樂**。《韓非子・説林下》：“吾嘗好～，此人遺(wèi [粵] wai^{6})我鳴琴。”(嘗：曾經。遺：贈給。)[五音] **五個音級，即宮、商、角、徵**(zhǐ [粵] zi^{2})**、羽。相當於現在簡譜中的1、2、3、5、6**。[八音] **古代對樂器的統稱。指金、石、土、革、絲、木、匏**(páo [粵] paau^{4})**、竹八類。如鐘、鈴屬金類；磬屬石類；塤**(xūn [粵] hyun^{1})**屬土類；鼓屬革類；琴、瑟屬絲類；柷**(zhù [粵] zuk^{1})**屬木類；笙、竽屬匏類；管、簫屬竹類**。❷ **聲音**。《莊子・胠篋》：“雞狗之～相聞。”❸ **言辭**。《詩經・邶風・谷風》：“德～莫違，及爾同死。”❹ **消息**。**常“音信”、“音訊”、“音書”連用**。李白《大堤曲》：“天長～信斷。”❺ [粵] jam^{3} **通“蔭”。樹蔭**。《左傳・文公十七年》：“鹿死不擇～。”

2 **章** zhāng [粵] zoeng^{1} ❶ **音樂的一曲**。《史記・呂太后本紀》：“王乃為歌詩四～，令樂人歌之。”[引] **文章或作品的一篇**。《三國志・魏書・陳思王植傳》：“下筆成～。”❷ **規章**。《詩經・大雅・假樂》：“不愆不忘，率由舊～。”《三國志・蜀書・諸葛亮傳》：“不能訓～明法。”(不能申明規章法令。)[引] **規則，條理**。韓愈《送孟東野序》：“其為言也，亂雜而無～。”❸ **奏章**。劉知幾《史通・言語》：“運籌畫策，自具於～表。”❹ **印章**。魏學洢《核舟記》：“又用篆～一。”❺ **花紋**。《後漢書・孝仁董皇后紀》：“輿服有～。”柳宗元《捕蛇者説》：“黑質而白～。”(質：底子。)[引] **有花紋的紡織品**。《古詩十九首・迢迢牽牛星》：“終日不成～，泣涕零如雨。”(零：落下。)❻ **明顯，顯著**。《左傳・昭公三十一年》：“或欲蓋而名～。”(本來想掩蓋，反而名聲顯著。)⊗ **使顯著**。《國語・晉語二》：“～父之惡，取笑諸侯。”⊗ **表彰，表揚**。《商君書・説民》：“～善則過匿(nì [粵] nik^{1})。”(過：過失。匿：掩蓋。)**這個意義後來寫作**

"彰"。【辨】**章，彰。先秦、兩漢時期，"章"和"彰"在顯著、表揚這個意義上可以通用，漢以後有所區別，如"表彰"、"欲蓋彌彰"寫作"彰"，不寫作"章"。**

2 **竟** jìng (粵) ging2 ❶ **完畢，終了**。《史記·司馬穰苴列傳》："余讀司馬兵法，閎廓深遠，雖三代征伐，未能～其義。"《論衡·正説》："義窮理～，文辭備足。"《晉書·謝安傳》："看書既～。"（既：已經。）(引) **終於**。《史記·陳涉世家》："陳勝雖已死，其所置遣侯王將相～亡秦，由涉首事也。"（首事：首倡其事。）❷ **從頭至尾。如"竟世"、"竟天"**。曹叡《善哉行》："輕舟～川。"❸ **究竟，終究**。《世説新語·品藻》："人問撫軍：'殷浩談～何如？'"❹ **追究**。《漢書·霍光傳》："此縣官重太后，故不～也。"（縣官：指皇帝。）❺ **竟然，居然**。《史記·伯夷列傳》："暴戾恣睢，聚黨數千人橫行天下，～以壽終。"❻ **邊境，國境**。《商君書·徠民》："～內不失須臾之時。"（須臾：時間很短。時：指農時。）**這個意義後來寫作"境"**。

5 **韶** sháo (粵) siu4 ❶ **傳説中的虞舜時代的樂曲名**。《論語·述而》："子在齊聞～，三月不知肉味。"《荀子·樂論》："舞～歌武。"（武：周武王時的樂曲。）❷ **美好**。柳宗元《題所植海石榴樹》詩："～艷朱顏竟不同。"柳永《笛家弄·花發西園》："～光明媚。"

10 **韻** yùn (粵) wan5/wan6 ❶ **和諧悦耳的聲音**。吳均《與朱元思書》："好鳥相鳴，嚶嚶成～。"（嚶嚶：鳥叫的聲音。）(喻) **文章（多指韻文）**。陸機《文賦》："收百世之闕文，采千載之遺～。"（采：收集。載：年。）❷ **詩歌、辭賦等的韻腳**。劉勰《文心雕龍·聲律》："異音相從謂之和，同聲相應謂之～。"❸ **風度，情趣**。《世説新語·任誕》："阮渾長成，風氣～度似父。"陶潛《歸園田居》詩五首之一："少無適俗～，性本愛丘山。"❹ **風雅**。《世説新語·言語》："或言道人畜馬不～，支曰：'貧道重其神駿。'"（支：人名。）

11 **韽** ān (粵) am1 **聲音微弱**。《周禮·春官·典同》："微聲～，回聲衍。"劉基《大熱遣懷》詩："鳥獸聲盡～。"

12 **響** xiǎng (粵) hoeng2 ❶ **回聲**。《周易·繫辭上》："其受命也如～。"（如響：如響之應聲。）酈道元《水經注·江水二》："空谷傳～。"❷ **聲音**。蕭綱《大法頌序》："鴻鐘吐～。"（鴻：大。）**成語有"響遏行雲"**。(引) **聲音大，洪亮**。劉長卿《湘中紀行·浮石瀨》詩："空江人語～。"(又) **發出聲音**。吳均《與顧章書》："蟬吟鶴唳，水～猿啼。"（鶴唳：鶴鳴。）

14 **頀** hù (粵) wu6 **商湯時的一種音樂**。董仲舒《春秋繁露·楚莊王》："湯之時，民樂其救之於患害也，故《～》。～者，救也。"

頁部

2 **頃** qǐng (粵) king2 ❶ qīng (粵) king1 **側，斜**。《詩經·周南·卷耳》："采采卷耳，不盈～筐。"《漢書·王褒傳》："不單～耳而聽已聰。"（單：盡。聰：聽覺靈敏。）**這個意義後來寫作"傾"**。❷ **土地面積單位。百畝為一頃**。《三國志·蜀書·諸葛亮傳》："薄田十五～。"❸ **時間短。與"久"相對**。《荀子·性惡》："天下之悖（bèi (粵) bui6）亂而相亡不待～矣。"（悖亂：混亂。不待：不需要。）[**有頃**] [**頃之**] **不久**。《史記·留侯世家》："有～，父亦來。"《戰國策·秦策二》："～之，一人又告之曰：'曾參殺人。'"❹ **副詞。近來，剛才，不久前**。《三國志·吳書·吳主傳》："～聞諸將出入，各尚謙約。"

（約：指約束自己。）❺ kuǐ [粵] kwai^{2} **通“跬”。半步。古代以左右腳各邁一次為一步，單腳邁一次為半步。**《大戴禮記・曾子大孝》：“故君子～步之不敢忘也。”

3 **頇** hān [粵] hon^{1}［**顢**（mán [粵] mun^{4}）**頇**］**見 721 頁“顢”字。**

3 **項** xiàng [粵] hong^{6} ❶ **脖子的後部。**《左傳・成公十六年》：“與之兩矢，使射呂錡（qí [粵] kei^{4}），中～伏弢（tāo [粵] tou^{1}）。”（呂錡：人名。弢：弓的套子。）[泛] **脖子。**張衡《西京賦》：“修額短～。”（修：長。）❷ **大。**《詩經・小雅・節南山》：“駕彼四牡，四牡～領。”（四牡：四匹公馬。）❸ **分類的條目（後起意義）。如“項目”。**【**辨**】領，頸，項。見 717 頁“領”字。

3 **順** shùn [粵] seon^{6} ❶ **順應，順從。與“逆”相對。**《詩經・大雅・皇矣》：“不識不知，～帝之則。”鼂錯《論貴粟疏》：“～於民心。”**成語有“順之者昌，逆之者亡”。**[引] **順理，順理的。**《論語・子路》：“名不正則言不～。”[又] **和順。**《詩經・鄭風・女曰雞鳴》：“知子之～之，雜佩以問之。”❷ **通順。**韓愈《南陽樊紹述墓志銘》：“文從字～各識職。”❸ **任情，放任。**《孟子・公孫丑下》：“今之君子，過則～之。”❹ **順着。**《荀子・勸學》：“～風而呼。”[引] **沿着，循着。**蘇軾《赤壁賦》：“～流而東。”❺ **順序，次序。**《左傳・宣公四年》：“以賢則去疾不足，以～則公子堅長。”（去疾、公子堅：人名。）[又] **依序，使合乎順序。**《左傳・隱公五年》：“辨等列，～少長。”

3 **須** xū [粵] seoi^{1} ❶ **鬍鬚，鬍子。**《史記・高祖本紀》：“美～髯（rán [粵] jim^{4}）。”（髯：兩頰上的鬍子。）**這個意義後來寫作“鬚”。**❷ **等待。**《韓非子・外儲說左上》：“吳起～故人而食。”（故人：老朋友。）**這個意義後來也寫作“頿”。**❸ **必須，必要。**《論衡・問孔》：“使孔子知顏淵愈子貢，則不～問子貢。”（使：假使。愈：勝過。）[又] **應當。**杜甫《聞官軍收河南河北》詩：“白日放歌～縱酒。”❹ **需要。**《三國志・蜀書・諸葛亮傳》：“斂以時服，不～器物。”（斂：把死人裝入棺材。時服：平時穿的衣服。）❺ **片刻。**《荀子・王制》：“罷（pí [粵] pei^{4}）不能不待～而廢。”［**須臾**］**片刻，一會兒。**范成大《曉枕》詩：“陸續滿城鐘動，～～後巷雞鳴。”

4 **頊** xū [粵] juk^{1} ❶［**頊頊**］**自失的樣子。**《莊子・天地》：“子貢卑陬（zōu [粵] zau^{1}）失色，～～然不自得。”（卑陬：愧懼的樣子。）❷［**顓頊**］**見 720 頁“顓”字。**

4 **頑** wán [粵] waan^{4} ❶ **愚蠢。**《尚書・堯典》：“父～，母嚚（yín [粵] ngan^{4}），象傲。”（嚚：愚蠢而頑固。）[又] **遲鈍，固執。**《北史・張偉傳》：“雖有～固，問至數十，偉告喻殷勤，曾無慍色。”[又] **頑固，不馴服。**《尚書・畢命》：“毖殷～民，遷于洛邑。”❷ **貪婪。**《孟子・萬章下》：“～夫廉，懦夫有立志。”❸ **堅硬（後起意義）。**楊巨源《奉酬竇郎中早入省苦寒見寄》詩：“空山～石破，幽澗層冰裂。”

4 **頍** kuǐ [粵] kwai^{2} **古代固冠的一種髮飾。**《詩經・小雅・頍弁》：“有～者弁，實維在首。”

4 **頓** dùn [粵] deon^{6} ❶ **叩，磕。**《史記・秦始皇本紀》：“羣臣皆～首。”**“頓首”舊時常用於書信首尾。**[又] **跺，踏。**杜甫《兵車行》：“牽衣～足攔道哭，哭聲直上干雲霄。”（干雲霄：沖雲霄。）❷ **上下抖動使整齊，整頓。**陸機《演連珠》之七：“～網探淵。”（整頓好漁網，到深淵裏去捕魚。）❸ **停頓，屯駐。**陸機《赴洛道中作》詩：“～轡倚嵩岩。”（停下馬來倚在高峻的山崖上。）《史記・淮陰侯列傳》："～之燕堅城之下。"(又) **停宿的地方**。《隋書・煬帝紀下》："每之一所，輒數道置～。"（之：到……去。輒：總是。道：隋唐時行政區域。置：設置。）❹ **倒下**。《漢書・陳遵傳》："～仆坐上。"（仆：倒下。坐：座位。）❺ **困頓，疲弊**。《左傳・昭公元年》："師徒不～，國家不罷（pí ㊥ pei4）。"（罷：通"疲"。）(又) **廢壞，敗壞**。《韓非子・初見秦》："兵甲～，士民病。"（兵甲：指武器。）❻ **立刻，馬上**。《列子・天瑞》："凡一氣不～進，一形不～虧，亦不覺其成，不覺其虧。"❼ **量詞。頓，次（後起意義）**。《舊唐書・食貨志上》："痛杖一～處死。"（杖：用棍棒打。）❽ **通"鈍"。不鋒利**。《史記・屈原賈生列傳》："莫邪（yé ㊥ je4）為～兮，鉛刀為銛（xiān ㊥ cim1）。"（莫邪：傳說中的寶劍名。鉛刀：指軟而鈍的刀。銛：鋒利。）❾ **［頓頓］誠懇的樣子**。《荀子・王制》："我今將～～焉，日日相親愛也。"❿ dú ㊥ duk6 **［冒（mò ㊥ mak6）頓］漢初匈奴單于（chán yú ㊥ sin4 jyu1）名**。

4 **頎** qí ㊥ kei4 **身體修長的樣子**。《詩經・衛風・碩人》："碩人其～。"

4 **頒** bān ㊥ baan1 ❶ fén ㊥ fan4 **頭很大的樣子**。《詩經・小雅・魚藻》："有～其首。"（有：形容詞詞頭。）❷ **公佈，頒佈**。《禮記・明堂位》："制禮作樂，～度量，而天下大服。"《宋史・律曆志》："詔太史局更造新曆～之。"（更造：重新製作。）(引) **頒發，賜予**。《宋史・岳飛傳》："凡有～犒，均給軍吏，秋毫不私。"（秋毫：比喻微小。）❸ **［頒白］通"斑白"。鬢髮花白。喻指老人**。《孟子・梁惠王上》："謹庠序之教，申之以孝悌之義，～～者不負戴於道路矣！"

4 **頌** sòng ㊥ zung6 ❶ róng ㊥ jung4 **儀容**。《漢書・儒林傳》："摳衣登堂，～禮甚嚴。"這個意義又寫作"容"。❷ róng ㊥ jung4 寬容。《漢書・惠帝紀》："有罪當盜械者，皆～繫。"❸ **歌頌，頌揚**。《史記・秦始皇本紀》："刻石～秦德。"❹ **《詩經》"風、雅、頌、賦、比、興"六藝之一。包括《周頌》、《魯頌》、《商頌》，均為廟堂祭祀時所使用的舞曲歌辭**。《論語・子罕》："雅、～各得其所。"❺ **卜兆的占辭**。《周禮・春官・大卜》："其～皆千有二百。"❻ **一種文體**。劉勰《文心雕龍・頌讚》："～惟典雅。"（典雅：優美不粗俗。）❼ **朗讀，背誦**。《孟子・萬章下》："～其詩，讀其書。"

4 **頏** háng ㊥ hong4 ❶ **［頡（xié ㊥ kit3）頏］見718頁"頡"字**。❷ gāng ㊥ gong1 **同"亢"。咽喉**。《說文・亢部》："亢，人頸也……或從頁。"

5 **領** lǐng ㊥ ling5/leng5 ❶ **脖子**。《左傳・昭公七年》："引～北望。"（引領：伸長脖子。）❷ **衣領**。《荀子・勸學》："若挈（qiè ㊥ kit3）裘～。"（挈：提。裘：皮衣。）**［要領］主要之點**。《漢書・張騫傳》："竟不能得月氏（zhī ㊥ zi1）～～。"（月氏：民族名。）**成語有"提綱挈領"**。❸ **統率，率領**。《韓非子・姦劫弒臣》："下不能～御其眾以安其國。"《三國志・吳書・吳主傳》："各～萬人，與備俱進。"（備：指劉備。）(引) **兼任較低的官職**。《晉書・謝安傳》："又～揚州刺史。"❹ **領會，欣賞**。陶潛《飲酒》詩："醒醉還相笑，發言各不～。"陸游《初春書懷》詩："共～人間第一香。"(引) **受取（後起意義）**。《晉書・桓伊傳》："鎧五百領……請勒所屬～受。"❺ **量詞。多用於衣服**。曹操《與太尉楊彪書》："今贈足下錦裘二～。"（足下：對人的敬稱。）❻ **通"嶺"。山嶺**。《漢書・嚴助傳》："輿（yú ㊥ jyu4）轎而隃（yú ㊥ jyu4）～。"（輿：竹兜。隃：同"踰"。越過。）**【辨】領，頸，項。"領"和"頸"同義。但"頸"又特指脖子前部**。《史記・

廉頗藺相如列傳》："為刎頸之交。""刎頸"不能説成"刎領"。"項"是脖子後部。《後漢書・左雄傳》："項背相望。"這個"項"不能換成"領"和"頸"。

5 **頖** pàn (粵) pun3 **[頖宮] 同"泮宮"。古代諸侯設立的學宮。**《禮記・王制》："大學在郊，天子曰辟雍，諸侯曰～～。"

5 **頗** pō (粵) po2/po1 ❶ **偏差。**屈原《離騷》："舉賢而授能兮，循繩墨而不～。"（循：遵循。繩墨：木工畫直線用的工具。）**雙音詞有"偏頗"。**❷ **奸邪，邪佞。**牛肅《紀聞・牛騰》："言無偽，行無～。"❸ **都，全部。**《史記・孟嘗君列傳》："薛歲不入，民～不與其息。"❹ **副詞。表示程度大小，可譯為"稍微"、"相當地"、"很"等。**《顏氏家訓・誡兵》："～讀兵書，微有經略。"《史記・儒林列傳》："襄，其天姿善為容，不能通《禮經》；延～能，未善也。"（襄、延：人名。）李白《猛虎行》："～似楚漢時，翻覆無定止。"（頗似：很像。）

6 **頡** xié (粵) kit3 ❶ **[頡頏 (háng (粵) hong4)]** ① **鳥往上往下飛。**張衡《歸田賦》："王雎鼓翼，鶬鶊哀鳴，交頸～～，關關嚶嚶。"② **不相上下，相抗衡。**《晉書・文苑傳序》："潘夏連輝，～～名輩。"③ **傲視，倔強。**《後漢書・史弼傳》："史弼～～嚴吏，終全平原之黨。"❷ jiá (粵) gat1 **剋減。**《新唐書・高仙芝傳》："我退，罪也，死不敢辭。然以我為盜～資糧，誣也。"❸ jié **[倉頡] 人名，古代有倉頡造字的説法。**《荀子・解蔽》："好書者眾矣，而～～獨傳者，壹也。"

6 **頫** fǔ (粵) fu2 ❶ **同"俯"、"俛"。低頭。**《漢書・陳勝項籍傳贊》："百粵之君～首係頸，委命下吏。"❷ tiào (粵) tiu3 **通"眺"、"覜"。望。**張衡《思玄賦》："流目～夫衡阿 (ē (粵) o1/ngo1) 兮，睹有黎之圮 (pǐ (粵) pei5) 墳。"（衡：山名。阿：大山。有黎：即祝融，古代傳説中帝嚳高辛氏的火官，死後為火神。圮：毀壞。）

6 **頟** é (粵) ngaak6 ❶ **"額"的本字。前額。**《漢書・趙皇后傳》："～上有壯髮，類孝元皇帝。"❷ **[頟頟]** ① **無休止的樣子。**《尚書・益稷》："傲虐是作，罔晝夜～～。"（傲虐：肆虐害民。罔：無。）② **高大而堅固的樣子。**韓愈《平淮西碑》："～～蔡城，其壃千里。"（壃：同"疆"。疆域。）

6 **頦** kē (粵) hoi4 **下巴。**韓愈《記夢》詩："石壇坡陀可坐卧，我手承～肘拄座。"

6 **頩** pīng (粵) ping1 ❶ **面色光澤。**屈原《遠遊》："玉色～以脕顏兮，精醇粹而始壯。"❷ pǐng (粵) ping4 **斂容，板起臉發怒的樣子。**宋玉《神女賦》："～薄怒以自持兮，曾不可乎犯干。"

6 **頞** **(齃)** è (粵) aat3 **鼻梁。**《孟子・梁惠王下》："舉疾首蹙～而相告。"（舉：皆，全都。疾首：頭痛。）《後漢書・周燮傳》："(周) 燮生而欽頤折～，醜狀駭人。"（欽：彎曲。）

7 **頤** yí (粵) ji4 ❶ **腮，下巴。**《莊子・漁父》："左手據膝，右手持～。"（據：撐着。）杜甫《夔府書懷》詩："涕灑亂交～。"（涕：淚。）❷ **養，保養。**《後漢書・王充傳》："裁節嗜欲，～神自守。"（嗜：嗜好。）

7 **頰** jiá (粵) gaap3 **臉的兩側。**《左傳・定公八年》："偃且射子鉏，中～，殪。"(引) **兩邊，側面。**《魏書・逸士傳・李謐》："戶之兩～裁各七尺耳。"

7 **頻** pín (粵) pan4 ❶ **頻繁，連續多次。**《列子・黃帝》："汝何去來之～？"**雙音詞有"頻仍"。**(引) **並，一起。**《國語・楚語下》："群神～行。"(又) **先後。**王儉《褚淵碑文》："～作二守。"（二守：指兩個地方的太守。）❷ **危急。**《詩經・大雅・桑柔》："國步斯～。"（步：指命運。

斯：語氣詞。）❸ **皺眉頭。常“頻顣 (cù 粵 cuk1)”、“頻蹙”連用**。陸雲《晉故散騎常侍陸府君誄》：“～顣厄運。”（顣：皺眉頭。厄運：惡運。）**這個意義後來寫作“顰”、“矉”、“嚬”，“嚬”現寫作“顰”**。❹ bīn 粵 ban1 **水邊**。《詩經・大雅・召旻》：“池之竭矣，不云自～。”（水池枯竭了，卻不説是由於外邊沒有水流入。）❺ bīn 粵 ban1 **瀕臨，接近**。潘岳《馬汧督誄》：“俾百姓流亡，～于塗炭。”**這個意義後來寫作“瀕”**。

7 **頹** (穨)tuí 粵 teoi4 ❶ **下墜，落下**。潘岳《寡婦賦》：“歲雲暮兮日西～。”(引) **崩塌，倒塌**。《禮記・檀弓上》：“泰山其～乎？”謝惠連《祭古冢文》：“便房已～。”(喻) **傾覆，滅亡**。諸葛亮《出師表》：“親小人，遠賢臣，此後漢所以傾～也。”❷ **跌倒**。歐陽修《河南府司錄張君墓表》：“雖醉未嘗～墮。”❸ **水向下流**。《史記・河渠書》：“水～以絕商顏。”（商顏：山名。）曹植《王仲宣誄》：“經歷山河，泣涕如～。”(又) **向下颳的旋風**。《詩經・小雅・谷風》：“維風及～。”❹ **流逝**。陶潛《雜詩》：“荏苒歲月～。”❺ **萎靡，衰敗**。李白《古風五十九首》之五十四：“晉風日已～，窮途方慟哭。”歐陽修《送張生》詩：“一別相逢十七春，～顏衰髮互相詢。”❻ **恭順的樣子**。《禮記・檀弓上》：“～乎其順也。”《北史・庾信傳》：“容止～然。”

7 **頷** hàn 粵 ham5 ❶ **下巴頦**。《公羊傳・宣公六年》：“祁彌明逆而踆 (cún 粵 cyun4) 之，絕其～。”（祁彌明：人名。逆：迎。踆：用腳踢。）白居易《東南行》：“滿～白髭鬚。”❷ **點頭**。《左傳・襄公二十六年》：“逆於門者，～之而已。”（逆：迎。）❸ [**顑 (kǎn 粵 ham2) 頷**] **見本頁“顑”字**。

7 **䫉** mào 粵 maau6 **同“貌”。形貌**。《荀子・禮論》：“故壙壠，其～象室屋也。”

7 **頯** kuí 粵 kau4/kwai4 ❶ **顴骨**。《睡虎地秦墓竹簡・法律答問》：“黥顏～。”**又寫作“頄”**。❷ **質樸的樣子**。《莊子・大宗師》：“其容寂，其顙～。”（顙：額頭。）❸ **中央寬兩頭尖**。《爾雅・釋魚》：“蚆，博而～。”（蚆：一種魚。）

8 **䫏** (魌、倛) qī 粵 hei1 **狀貌醜惡的面具**。《慎子・威德》：“毛嬙、西施，天下之至姣也，衣之以皮～，則見者走。”[**䫏頭**] **狀貌醜惡的面具**。《周禮・夏官・方相氏》鄭玄注：“冒熊皮者，以驚驅疫癘之鬼，如今～～也。”

8 **顄** hàn 粵 ham5 ❶ **下巴**。《漢書・王莽傳中》：“莽為人侈口蹷 (jué 粵 kyut3) ～。”（侈：大。蹷：短。）❷ [**顄淡**] **水搖蕩的樣子**。馬融《長笛賦》：“～～滂流，碓投瀺 (chán 粵 caam4) 穴。”（碓投：如舂米之石碓投下，形容水沖擊力之強。瀺穴：水注沖入巖穴。）

9 **顑** kǎn 粵 ham2 [**顑頷 (hàn 粵 ham5)**] **憔悴**。屈原《離騷》：“苟余情其信姱 (kuā 粵 kwaa1) 以練要兮，長～～亦何傷。”（姱：美好。）

9 **題** tí 粵 tai4 ❶ **額**。《史記・司馬相如列傳》：“赤首圜 (yuán 粵 jyun4) ～。”（圜：通“圓”。）(又) **物體的頂端**。《孟子・盡心下》：“堂高數仞，榱～數尺。”❷ **標誌**。《左傳・襄公十年》：“舞師～以旌夏。”(又) **標籤，書籤**。杜甫《西郊》詩：“看～檢藥囊。”李白《感興》詩八首之三：“蠹魚壞其～。”❸ **題名，命名**。《韓非子・和氏》：“悲夫寶玉而～之以石。”（題之以石：把它叫作石頭。）❹ **書寫，題寫**。許渾《秋日行次關西》詩：“～字滿河橋。”❺ **品評**。《後漢書・許劭傳》：“每月輒更其品～。”（輒：總是。

更：換。）❻ **題目**。《宋史・晏殊傳》：“請試他～。”［**題目**］① **命題，題目**。杜甫《奉留贈集賢院崔于二學士》詩：“天老書～～。”（天老：指三公。）② **書籍的標目**。《南史・王僧虔傳》：“取《三國志》聚置牀頭百日許……汝曾未窺其～～。”（汝：你。窺：看。）③ **名稱**。《北史・念賢傳》：“時行殿初成，未有～～，帝詔近侍各名之。”（時：那時。行殿：指觀風行殿。近侍：在皇帝身邊的近臣。）④ **藉口，名義**。白居易《送呂漳州》詩：“獨醉似無名，借君作～～。”⑤ **品評**。《世說新語・政事》：“舉無失才，凡所～～，皆如其言。”（舉：推舉。才：才能。）❼ dì ㊥ dai^{6} **看**。《詩經・小雅・小宛》：“～彼脊令，載飛載鳴。”

9 **顒** yóng ㊥ jung^{4} ❶ **大的樣子**。《詩經・小雅・六月》：“四牡修廣，其大有～。”（牡：指公馬。修：長。廣：大。）❷［**顒然**］［**顒顒**］**仰慕的樣子**。劉琨《勸進表》：“蒼生～然，莫不欣戴。”（蒼生：指百姓。欣戴：欣喜和愛戴。）《後漢書・朱儁傳》：“君侯既文且武，應運而出，凡百君子，靡不～～。”

9 **顓** zhuān ㊥ zyun^{1} ❶ **愚昧**。《漢書・揚雄傳》：“天降生民，倥侗～蒙。”（倥侗：無知的樣子。）❷ **善良**。《淮南子・覽冥》：“猛獸食～民，鷙鳥攫老弱。”❸ **通“專”**。**專擅，專斷**。《漢書・外戚傳》：“恐女主～恣亂國家。”《漢書・朝鮮傳》：“不能～決，與左將軍相誤，卒沮約。”（沮：壞。）❹［**顓頊**（xū ㊥ juk^{1}）］**傳說中的“五帝”之一**。

9 **顏** yán ㊥ ngaan^{4} ❶ **額，俗稱腦門子**。《素問・刺熱論》：“心熱病者～先赤。”❷ **面容**。《詩經・鄭風・有女同車》：“有女同行，～如舜英。”（舜英：木槿花。）《列子・黃帝》：“解～而笑。”［顏色］① 面容，臉色。屈原《漁父》：“～～憔悴。”《世說新語・汰侈》：“已斬三人，～～如故。”② **容貌。多指婦女的容貌**。陸機《擬青青河畔草》詩：“灼灼美～～。”（灼灼：鮮明的樣子。）③ **色彩（後起意義）**。杜甫《園人送瓜》詩：“滿眼～～好。”❸ **門框上的橫匾**。《新唐書・馬燧傳》：“帝榜其～以寵之。”（榜：題字。）

9 **額** é ㊥ ngaak^{6} ❶ **額頭，腦門**。《史記・滑稽列傳》：“叩頭且破，～血流地。”❷ **牌匾（後起意義）**。《太平廣記》卷二百六引羊欣《筆陣圖》：“前漢蕭何善篆籀（zhòu ㊥ zau^{6}），為前殿成，覃思三月，以題其～，觀者如流。”（籀：大篆。覃思：深思。）❸ **規定的數目（後起意義）**。《新唐書・崔衍傳》：“蠲（juān ㊥ gyun^{1}）減租～。”（蠲：免除。）

10 **顜** jiǎng ㊥ gong^{2}/gok^{3} **直白，明確**。《史記・曹相國世家》：“蕭何為法，～若畫一。”

10 **顛** diān ㊥ din^{1} ❶ **頭頂**。《詩經・秦風・車鄰》：“有車鄰鄰，有馬白～。”㊀ **物體的頂部**。《史記・孝武本紀》：“乃令人上石立之泰山～。”㊁ **起始**。劉克莊《重修太平陂記》：“復屬筆於予，俾紀～末。”❷ **跌倒，倒下**。《論語・季氏》：“危而不持，～而不扶，則將焉用彼相矣？”柳宗元《逐畢方文》：“民氣不舒兮，僵踣（bó ㊥ baak^{6}）～顇。”（僵踣：倒下。顇：崩壞，倒塌。）㊂ **跌下**。《左傳・隱公十一年》：“穎考叔取鄭伯之旗蝥弧以先登，子都自下射之，～。”㊀ **顛倒，倒置**。《楚辭・九歎・愍命》：“今反表以為裏兮，～裳以為衣。”❸ **精神失常**。張籍《羅道士》詩：“持花歌詠似狂～。”**這個意義後來寫作“癲”**。

10 **願** yuàn ㊥ jyun^{6} ❶ **願望，心願**。《詩經・鄭風・野有蔓草》：“邂逅相遇，適我～兮。”㊂ **願意，樂意**。《孟子・梁惠王上》：“寡人～安承教。”（寡人：君主自稱。）《木蘭詩》：“～為市鞍馬，從此替爺征。”（市：買。）㊀ **希望**。《史記・秦始皇本紀》：“～大王毋愛財物。”（毋：不。）❷ **仰慕**。《荀子・王制》：“名聲日聞，天下～。”**【注意】在古代，“愿”和“願”是兩個字，意義各不相同。上述義項都不寫作“愿”。參214頁“愿”字。**

10 **類** lèi ㊥ leoi6 ❶ **種類**。《周易・繫辭上》：“方以～聚，物以群分。”（方：方法，治道。）㊀ **類推**。《墨子・公輸》：“義不殺少而殺眾，不可謂知～。”❷ **類似，像**。《國語・吳語》：“臣觀吳王之色，～有大憂。”《論衡・論死》：“其形不～生人之形。”（生人：活人。）❸ **大抵，大致**。《漢書・賈誼傳》：“夫移風易俗，使天下回心而鄉道，～非俗吏之所能為也。”（鄉道：向着正道。）❹ **條例**。《荀子・君道》：“故法不能獨立，～不能自行，得其人則存，失其人則亡。”㊀ **榜樣，標準**。屈原《九章・懷沙》：“明告君子，吾將以為～兮。”

10 **顙** sǎng ㊥ song2 ❶ **額頭**。《孟子・告子上》：“今夫水，搏而躍之，可使過～。”㊁ **頭**。杜甫《義鶻行》：“巨～拆老拳。”❷ **叩頭**。《公羊傳・昭公二十五年》：“再拜～。”[稽 (qǐ ㊥ kai2) 顙] **古時(居父母之喪時對賓客) 額至地的跪拜禮**。《禮記・檀弓上》：“拜而後～～，頹乎其順也。”

11 **顢** mán ㊥ mun4 [**顢頇** (hān ㊥ hon1)] ① **大的樣子**。和凝《宮詞百首》之一二：“～～冰面瑩池心，風颭瑤階臘雪深。”② **糊塗而馬虎**。朱熹《答石子重書》：“卻恐～～儱侗，非聖門求仁之學也。”

11 **顣** cù ㊥ cuk1 **同“蹙”。皺縮**。《孟子・滕文公下》：“他日歸，則有饋其兄生鵝者，己頻～曰：‘惡 (wū ㊥ wu1) 用是鶃 (yì ㊥ jik6) 鶃者為哉？’”（惡：何。鶃鶃：指鵝。）

12 **顥** hào ㊥ hou6 ❶ **白色的 (天光或雲氣)**。《楚辭・大招》：“天白～～。”柳宗元《桂州裴中丞作訾家洲亭記》：“列星下布，～氣迴合。”（列星：羣星。迴合：曲折環繞。）❷ **通“昊”。大**。《漢書・司馬相如傳》：“伊上古之初肇，自～穹生民。”（肇：始。）

12 **顧** gù ㊥ gu3 ❶ **回頭看**。屈原《離騷》：“瞻前而～後兮。”（瞻：向前看。）㊀ **看**。《論衡・談天》：“從雒陽北～，極正在北。”《新五代史・秦王從榮傳》：“君臣相～，泣下沾襟。”（泣：眼淚。）❷ **探望，拜訪**。諸葛亮《出師表》：“三～臣於草廬之中。”❸ **關心，照顧**。《詩經・魏風・碩鼠》：“三歲貫女，莫我肯～。”（貫：侍奉。女：同“汝”。你。）《商君書・修權》：“大臣爭於私而不～其民。”㊁ **顧及**。《後漢書・張宗傳》：“將軍有親弱在營，奈何不～？”㊀ **思念**。潘岳《楊仲武誄》：“～戀慈母。”❹ **通“雇”。酬，酬報**。《漢書・鼂錯傳》：“斂民財以～其功。”❺ **副詞。表示輕微的轉折，相當於“而”、“不過”**。《後漢書・馬援傳》：“卿非刺客，～説客耳。”（説客：游説的人。耳：罷了。）❻ **副詞。反而，卻**。《漢書・賈誼傳》：“足反居上，首～居下。”（首：頭。）

14 **顯** xiǎn ㊥ hin2 ❶ **明顯，顯著**。《周易・繫辭下》：“夫《易》彰往而察來，而微～闡幽。”《韓非子・難三》：“故法莫如～，而術不欲見。”㊀ **顯貴，顯赫**。《戰國策・齊策四》：“百乘，～使也。”❷ **顯露**。柳宗元《鈷鉧潭西小丘記》：“美竹露，奇石～。”❸ **顯揚，傳揚**。《史記・孫子吳起列傳》：“孫臏以此名～天下，世傳其兵法。”

15 **顰** (嚬)pín [粵] pan⁴ ❶ **皺眉頭**。《韓非子・內儲説上》："吾聞明主之愛，一～一笑。～有為～，而笑有為笑。"杜甫《江月》詩："燭滅翠眉～。"（翠眉：指女子的眉毛。）❷ **憂愁**。駱賓王《疇昔篇》："昨夜琴聲奏悲調，旭旦含～不成笑。"

18 **顴** quán [粵] kyun⁴ **顴骨**。《北齊書・神武帝紀上》："目有精光，長頭高～。"

風部

0 **風** fēng [粵] fung¹ ❶ **風**。《詩經・鄭風・擇兮》："擇（tuò [粵] tok³）兮擇兮，～其吹女（rǔ [粵] jyu⁵）。"（擇：草木脱落的皮或葉。女：汝，你。）許渾《咸陽城東樓》詩："山雨欲來～滿樓。"［**風伯**］**風神。也叫飛廉**。《論衡・祀義》："～～、雨師、雷公，是羣神也。"[喻] **勢頭**。《三國志・吳書・吳主傳》："是時曹公新得表眾，形勢甚盛，諸議者皆望～畏懼。"（是時：這時。表眾：指劉表的軍隊。議者：參加討論的人。）❷ **風俗，風氣**。《荀子・樂論》："移～易俗。"[又] **政教，風化**。《史記・秦始皇本紀》："秦并海內，兼諸侯，南面稱帝，以養四海，天下之士斐然鄉～。"（鄉：向。）❸ **作風，風度**。《魏書・杜銓傳》："銓學涉，有長者～。"（學涉：指學問淵博。）❹ **民歌，歌謠**。《左傳・隱公三年》："～有《采蘩》、《采蘋》。"（《采蘩》、《采蘋》：《詩經》"國風"裏的篇名。）［**風騷**］**《詩經》和《離騷》**。《宋書・謝靈運傳》："原其飆（biāo [粵] biu¹）流所始，莫不同祖～～。"（推究一下他們的淵源，都是效法《詩經》和《離騷》。原：推究根源。飆流：風和水。祖：效法。）❺ **某些疾病的名稱**。《後漢書・華佗傳》："操積苦頭～眩。"（操：曹操。積苦：久病。）❻ **走失**。《左傳・僖公四年》："君處北海，寡人處南海，唯是～馬牛不相及也。"（意指兩國相隔很遠，即使馬牛走失也不會跑到對方境內去。）❼ fěng [粵] fung³ **通"諷"。含蓄地暗示、勸告**。《漢書・田蚡傳》："蚡乃微言太后～上。"

5 **颭** zhǎn [粵] zim² **風吹使物動**。和凝《楊柳枝》詩三首之一："青青自是風流主，漫～金絲待洛神。"[又] **風浪推物動**。劉禹錫《浪淘沙》詩："鸚鵡洲頭浪～沙，青樓春望日將斜。"

5 **颯** (颭)sà [粵] saap³ ❶ **風聲**。宋玉《風賦》："有風～然而至。"❷［**颯颯**］① **風聲**。屈原《九歌・山鬼》："風～～兮木蕭蕭。"黃巢《題菊花》詩："～～西風滿院栽。"② **雨聲**。杜甫《乾元中寓居同谷縣作歌》之五："寒雨～～枯樹濕。"③ **迅疾**。高啟《太湖》詩："茫茫雁飛遲，～～帆度快。"❸ **吹拂**。徐安人《秋扇》詩："西風～高梧。"❹ **迅疾，頓時**。岑參《陪狄員外早秋登府西樓》詩："知己猶未報，鬢毛～已蒼。"李白《遊謝氏山亭》詩："謝公池塘上，春草～已生。"❺ **衰落，衰老**。張九齡《登古陽雲臺》詩："庭樹日衰～。"❻［**颯爽**］**豪邁矯健的樣子**。杜甫《丹青引》："英姿～～來酣戰。"（酣戰：激烈戰鬥。）

6 **颲** liè [粵] lai⁶［**颲颲**］**風猛烈的樣子**。梁武帝《孝思賦》："旅雁鳴而哀哀，朔風鼓而～～。"

6 **颰** lì [粵]（**無粵音**）**急風**。《山海經・北山經》："雞號之山，其風如～。"

9 **颼** sōu [粵] sau¹ ❶ **小風**。《初學記》卷一引《風俗通》："小風曰'～'。"❷［**颼飀**］① **風雨聲**。左思《吳都賦》："颮瀏～～。"杜甫《秋雨歎》詩之三："雨聲～～催早寒。"② **寒風凜冽的樣子**。

王安石《杜甫畫像》詩："不忍四海赤子寒～～。"

9 **颺** yáng [粵] joeng^4 ❶ **飛揚，翻騰**。《漢書・敘傳》："風～電激。"宋玉《釣賦》："上則波～。"[又] **簸揚，拋起**。《晉書・孫綽傳》："簸之～之，穅粃在前。"❷ **宣揚，傳播出去**。《漢書・敘傳》："雄朔野以～聲。"（朔：北方。）[又] **顯示**。張衡《西京賦》："麗服～菁。"（菁：華美。）[特] **容貌出眾**。《左傳・昭公二十八年》："今子少不～。"❸ **船慢行的樣子**。陶潛《歸去來兮辭》："舟遙遙以輕～。"（輕颺：輕輕漂蕩。）

9 **颸** sī [粵] si^1 ❶ **涼風**。柳宗元《哭連州凌員外司馬》詩："孤旐（zhào [粵] siu^6）凝寒～。"（旐：古代插在靈柩前的旗子，上面畫有龜蛇。）[引] **涼爽**。《樂府詩集・有所思》："秋風肅肅晨風～。"❷ **急風**。曹植《磐石篇》："一舉必千里，乘～舉帆幢。"

10 **飀** liú [粵] lau^4 ❶ **［飀飀］微風吹拂的樣子**。《藝文類聚》卷一引湛方生《風賦》："亦有飄泠之氣……～～微扇。"❷ **［颼（sōu [粵] sau^1）飀］見 722 頁"颼"字**。

10 **颻** yáo [粵] jiu^4 **飄動**。班固《幽通賦》："～颽（kǎi [粵] hoi^2）風而蟬蛻兮，雄朔野以揚聲。"（颽風：南風。）

11 **飄** （飃）piāo [粵] piu^1 ❶ **旋風，大風**。**常"飄風"連用**。《莊子・天下》："若～風之還，若羽之旋。"（還：迴旋。羽：羽毛。）《老子・二十三章》："故～風不終朝，驟雨不終日。"❷ **吹**。屈原《九歌・山鬼》："東風～兮神靈雨。"曹植《侍太子坐》詩："寒冰辟炎景，涼風～我身。"❸ **飄動，飛揚**。《世說新語・容止》："時人目王右軍～如遊雲，矯若驚龍。"❹ **落**。《莊子・達生》："雖有忮心者，不怨～瓦。"❺ **漂泊，流浪**。韓愈《祭河南張員外文》："君～臨武，山林之牢。"

11 **飂** liú [粵] lau^6/lau^4 ❶ **西風**。《呂氏春秋・有始》："西方曰～風。"❷ **漂浮**。《老子・二十章》："澹兮其若海，～兮若無止。"❸ liáo [粵] liu^4 **［飂戾（lì [粵] leoi^6）］風聲**。潘岳《西征賦》："吐清風之～～，納歸雲之鬱蓊。"

12 **飆** （飇、飈）biāo [粵] biu^1 **暴風**。《鹽鐵論・世務》："匈奴貪狼，因時而動，乘可而發，～舉電至。"（飆舉電至：暴風起，閃電到。）[泛] **指風**。白居易《立秋夕有懷夢得》詩："是夕涼～起。"

12 **飉** liáo [粵] liu^4 ❶ **［飉飉］微風吹拂的樣子**。陸機《羽扇賦》："翩姍姍以微振，風～～以垂婉。"❷ **［飉厲］歌聲嘹亮**。左思《蜀都賦》："起西音於促柱，歌江上之～～。"

飛部

0 **飛** fēi [粵] fei^1 ❶ **鳥飛**。屈原《天問》："蒼鳥群～。"（蒼鳥：指鷹。）[泛] **飛**。劉邦《大風歌》："大風起兮雲～揚。"[喻] **很快的**。李白《自巴東舟行》詩："～步凌絕頂。"❷ **無根據的，無緣無故的**。《後漢書・梁松傳》："乃縣（xuán [粵] jyun^4）～書誹謗，下獄死。"（縣：同"懸"。指張貼。飛書：匿名信。）**上述❶❷又寫作"蜚"**。❸ **意外的**。《後漢書・周榮傳》："若卒遇～禍，無得殯斂。"（卒：猝，突然。殯斂：入殮和停靈。）

12 **飜** fān [粵] faan^1 **同"翻"**。❶ **(鳥)飛**。曹植《臨觀賦》："俯無鱗以遊遁，仰無翼以～飛。"❷ **翻轉，翻覆**。鮑照《擬古詩》之三："漢虜方未和，邊城屢～覆。"❸ **副詞**。**反而**。《梁書・武帝紀上》："俾我危城，～為強鎮。"

食部

0 **食** shí (粵) sik^{6} ❶ **吃，吃飯**。《禮記・大學》："～而不知其味。"《論語・述而》："發憤忘～。"［**食言**］**不兑現承諾**。《尚書・湯誓》："爾無不信，朕不～～。"(又) **喝，飲**。陸羽《茶經・煮》："騰波鼓浪為三沸。已上，水老不可～也。" ❷ **食物，吃的東西**。《左傳・隱公元年》："公賜之～。"(特) **(舊讀 sì) 飯**。《論語・雍也》："一簞～，一瓢飲。"(又) **糧食**。《論語・顏淵》："足～足兵。"曹操《置屯田令》："夫定國之術，在於強兵足～。"(定國：使國家安定。術：方法。) ❸ **接受，享用**。《史記・晉世家》："不～其祿。"《史記・齊悼惠王世家》："立肥為齊王，～七十城。"(特) **俸祿**。《周禮・天官・醫師》："稽其醫事以制其～。"(又) **取得俸祿**。《左傳・昭公二十九年》："失官不～。" ❹ sì (粵) zi^{6} **供養，給……吃**。《商君書・農戰》："先實公倉，收餘以～親。"(實：充實。收餘：指交公後剩餘的糧食。親：指父母。) (又) **餵養，飼養**。《史記・商君列傳》："被褐～牛。"柳宗元《捕蛇者説》："謹～之，時而獻焉。" ❺ **耕種**。《禮記・檀弓上》："我死，則擇不～之地而葬我焉。" ❻ **日食、月食**。《左傳・宣公十二年》："如日月之～焉。"**這個意義後來寫作"蝕"**。

2 **飣** dìng (粵) ding^{3} **堆疊果蔬在器皿中以供陳設**。韓愈《贈劉師服》詩："妻兒恐我生悵望，盤中不～栗與梨。"［**飣餖** (dòu (粵) dau^{6})］**堆疊果蔬在器皿中，以供陳設**。韓愈《南山》詩："或如臨食案，肴核紛～～。"(肴核：肉類、果類食品。) **又寫作"餖飣"**。田汝成《西湖遊覽志餘》卷三："進雜煎品味，如春盤～～，羊羔兒酒。" (引) **堆砌，羅列**。楊萬里《歸塗觀劉寺新疊石山》詩："細看分明非飣餖，如何彫得許玲瓏。"

2 **飢** jī (粵) gei^{1} ❶ **餓。與"飽"相對**。《孟子・公孫丑上》："～者易為食，渴者易為飲。"《韓非子・飾邪》："家有常業，雖～不餓。國有常法，雖危不亡。"(常業：指有固定的產業。餓：極度的餓。) ❷ **通"饑"**。**饑荒**。《漢書・翼奉傳》："今東方連年～饉。"【**辨**】飢，饑。**"飢"指肚子餓，"饑"指饑荒。在先秦不相混同，到後來才逐漸通用**。【**辨**】飢，餓。見726頁"餓"字。

3 **飧** (飱) sūn (粵) syun^{1} ❶ **吃晚飯，晚飯**。《國語・晉語二》："不～而寢。"柳宗元《種樹郭橐駝傳》："吾小人輟～饔 (yōng (粵) jung^{1}) 以勞吏者。"(輟：停止。饔：早飯。) ❷ **熟食，飯食**。《左傳・僖公二十三年》："公子受～反璧。"(反：返還。) 杜甫《客至》詩："盤～市遠無兼味。"(市遠：離集市較遠。無兼味：指肴菜不豐富。) ❸ **用湯水澆飯**。《禮記・玉藻》："君未覆手，不敢～。"

4 **飪** rèn (粵) jam^{6} **烹飪，煮熟**。《論語・鄉黨》："失～不食。"

4 **飫** yù (粵) jyu^{3} ❶ **飽，足**。《左傳・襄公二十六年》："是以將賞為之加膳，加膳則～賜。"《後漢書・劉盆子傳》："十餘萬人皆得飽～。"王粲《從軍詩》："軍人多～饒，人馬皆溢肥。"［**飫聞**］**飽聞，聽得多**。韓愈《燕喜亭記》："宜其於山水～～而厭見也。" ❷ **私宴**。《詩經・小雅・常棣》："儐爾籩豆，飲酒之～。" (泛) **宴飲**。《漢書・陳遵傳》："遵知飲酒～宴有節。"

4 **飭** chì (粵) cik^{1} ❶ **整頓，整治**。《詩經・小雅・六月》："戎車既～。"《漢書・燕刺王旦傳》："～武備。"**雙音詞有"整飭"**。❷ **謹慎**。《宋史・吳潛程元鳳等傳論》："程元鳳謹～有餘而乏風節。"

(乏風節：缺少氣節。) ❸ **通"敕"。告誡，(帝王)命令**。《漢書・黃霸傳》："宜令貴臣明～長吏守丞。"(明：明白地。)《漢書・五行志上》："又～眾官，各慎其職。"(慎：謹慎，指慎守。) ❹ shì (粵) sik1 **同"飾"。修飾，妝飾**。《呂氏春秋・先己》："鐘鼓不修，子女不～。" (又) **巧飾**。《戰國策・秦策一》："文士竝～，諸侯亂惑，萬端俱起。"

4 **飯** fàn (粵) faan6 ❶ **吃飯**。《論語・述而》："～疏食，飲水。"(吃粗米飯，喝生冷水。) 辛棄疾《永遇樂・京口北固亭懷古》："廉頗老矣，尚能～否？" (引) **給……吃，餵**。《史記・淮陰侯列傳》："有一母見信飢，～信。"(信：韓信。)《鹽鐵論・論儒》："百里以～牛要穆公。"(百里：百里奚，人名。要：求取信任。穆公：秦穆公。) (特) **將珠、玉、米等放在死人口中**。《戰國策・趙策三》："生則不得事養，死則不得～含。"(含：指將珠玉等放在死者的口中。) ❷ **飯食**。《莊子・大宗師》："裹～而往食(sì (粵) zi6)之。"(包上飯食給他吃。) 徐弘祖《徐霞客遊記・滇遊日記》："食攜～於路隅(yú (粵) jyu4)。"(隅：邊。)

4 **飲** yǐn (粵) jam2 ❶ **喝**。《左傳・昭公七年》："王將～酒。" 李白《丁都護歌》："水濁不可～。" (喻) **隱沒**。《漢書・朱家傳》："然終不伐其能，～其德。"(其德：指對人的恩德。) (又) **沒入**。《呂氏春秋・精通》："養由基射兕，中石，矢乃～羽。" ❷ **喝的東西**。《史記・秦始皇本紀》："衣服食～與繚同。"(繚：人名。) ❸ yìn (粵) jam3 **給……喝**。屈原《離騷》："～余馬於咸池兮。"(余：我。咸池：神話中的地名。)

5 **飾** shì (粵) sik1 ❶ **刷洗，擦拭**。《周禮・地官・封人》："凡祭祀，～其牛牲。" ❷ **打扮，裝飾**。《左傳・昭公元年》："子晳盛～入。"《史記・文帝本紀》："不得以金銀銅錫為～。" (又) **裝飾品**。劉禹錫《浪淘沙》詩："美人首～侯王印，盡是沙中浪底來。" ❸ **掩飾，粉飾**。劉知幾《史通・惑經》："文過～非。" ❹ chì (粵) cik1 **通"飭"。整頓，整治**。《韓非子・說難》："直指是非以～其身。" 賈誼《過秦論》："以～法設刑，而天下治。" ❺ chì (粵) cik1 **通"飭"。(帝王)命令**。杜牧《戰論》："是六郡之師，嚴～護疆。"

5 **飴** yí (粵) ji4 ❶ **用米、麥製成的糖漿，糖稀**。《詩經・大雅・綿》："周原膴膴，堇荼如～。"(堇：一種野菜。荼：苦菜。)《論衡・本性》："甘如～蜜。"(甘：甜。) ❷ sì (粵) zi6 **通"飼"。給人吃**。《晉書・王薈傳》："以私米作饘(zhān (粵) zin1)粥，以～餓者。"(饘：稠粥。)

6 **餂** tiǎn (粵) tim5 ❶ **取，誘取**。《孟子・盡心下》："士未可以言而言，是以言～之也。" ❷ **舔** (粵) tim2 **(後起意義)**。用舌頭接觸或取物。曾瑞《鬬鵪鶉・風情》套曲："鼻凹裏砂糖怎～。" **這個意義後來寫作"舔"**。

6 **餌** ěr (粵) nei6 ❶ **糕餅**。史游《急就篇》二："餅～、麥飯、甘豆羹。"(甘豆羹：甜豆粥。) (泛) **食物**。《老子・三十五章》："樂與～，過客止。"(樂：音樂。) ❷ **釣餌**。《淮南子・說林》："無～之釣，不可以得魚。" 劉禹錫《楚望賦》："罟(gǔ (粵) gu2)張～啗(dàn (粵) daam6)，不可遁伏。"(罟：漁網。啗：引誘。遁伏：逃跑，躲藏。) (喻) **引誘**。《三國志・魏書・武帝紀》："此所以～敵，如何去之！"(去：離開。) (泛) **用作引誘的東西，誘餌**。《漢書・司馬遷傳》："足歷王庭，垂～虎口。" ❸ **服食，吃**。《後漢書・馬援傳》："援在交阯，常～薏苡實。"(交阯：地名。薏苡實：即薏仁米，可以吃，也可以入藥。) 王維《贈李頎》詩："聞君～丹砂，甚有好顏色。”❹ **藥物**。柳宗元《捕蛇者説》：“得而腊之以為～，可以已大風、攣踠、瘻癘。”

6 **餉**（饟）xiǎng (粵) hoeng^{2} ❶ **給在田間勞動的人送飯**。《孟子・滕文公下》：“有童子以黍肉～。”(又) **給田間勞動的人所送的飯食**。《詩經・周頌・良耜》：“其～伊黍。”(引) **饋贈**。《三國志・魏書・文帝紀》注引《吳曆》：“帝以素書所著《典論》及詩賦～孫權。”❷ **糧餉**。《史記・高祖本紀》：“丁壯苦軍旅，老弱罷轉～。”（罷：通“疲”。疲勞。轉餉：運輸軍糧。）**【注意】“饟”是“餉”的古字，兩字音義相同。**

6 **餈** cí (粵) ci^{4} **糯米糕餅**。《周禮・天官・籩人》：“羞籩之實，糗餌，粉～。”干寶《搜神記》卷十九：“（蛇）聞～香氣，先啖食之。”**後多寫作“糍”**。

6 **養** yǎng (粵) joeng^{5} ❶ **養活，使能生活下去**。《禮記・禮運》：“矜（guān (粵) gwaan^{1}）寡孤獨廢疾者皆有所～。”《史記・平津侯主父列傳》：“孤寡老弱不能相～。”(又) **育養**。張籍《築城詞》：“家家～男當門戶，今日作君城下土。”❷ **飼養**。盧思道《孤鴻賦序》：“有離群之鴻，為羅者所獲，野人馴～，貢之於余。”❸（**舊讀** yàng）(粵) joeng^{6} **侍養，供養**。《論語・為政》：“今之孝者，是謂能～。”❹ **保養**。《莊子・養生主》：“吾聞庖丁之言，得～生焉。”（庖丁：人名。）**成語有“養精蓄鋭”**。(又) **修養**。《淮南子・俶真》：“和愉虛無，所以～德也。”❺ **教育**。《禮記・文王世子》：“立大傅、少傅以～之。”（大傅、少傅：官名。）❻ **給養，生活資料**。《荀子・天論》：“～備而動時，則天不能病。”（備：完備。動時：按時運動。病：使他病。）❼ yàng (粵) joeng^{6} **廚師**。《公羊傳・宣公十二年》：“廝役扈（hù (粵) wu^{6}）～死者數百人。”（廝役：指奴僕。扈：養馬的人。）❽ **癢**。《荀子・正名》：“疾、～、滄（cāng (粵) cong^{1}）、熱。”（滄：寒涼。）**這個意義後來寫作“癢”**。

7 **餐**（湌、飡）cān (粵) caan^{1} ❶ **吃（飯）**。《詩經・魏風・伐檀》：“彼君子兮，不素～兮。”李白《北上行》：“草木不可～，飢飲零露漿。”（零露：露水。）**成語有“餐風飲露”**。❷ **飯食**。《韓非子・十過》：“充之以～。”（充：充滿。）李紳《古風》之二：“誰知盤中～，粒粒皆辛苦。”

7 **餔** bū (粵) bou^{1} ❶ **申時食曰餔**。(引) **吃**。《孟子・離婁上》：“孟子謂樂正子曰：‘子之從於子敖來，徒～啜（chuò (粵) cyut^{3}）也。我不意子學古之道，而以～啜也。’”（子敖：人名。啜：喝。）❷ **通“晡”。申時，即午後三時至五時**。《淮南子・天文》：“（日）至于悲谷，是謂～時。”（悲谷：指西南方。）**一本作“晡”**。❸ bǔ (粵) bou^{6} **通“哺”。以食飼人**。《史記・高祖本紀》：“呂后與兩子居田中耨，有一老父過請飲，呂后因～之。”

7 **餗** sù (粵) cuk^{1} **鼎中的美味食物**。《周易・鼎》：“鼎折足，覆公～。”(泛) **美味佳肴**。王令《古廟》詩：“～肴豐鮮牲魚肥。”葉適《承事郎致仕黃君墓志銘》：“種之炊之，有實其～。”

7 **餖** dòu (粵) dau^{6} ［飣（dìng (粵) ding^{3}）餖］見724頁“飣”字。

7 **餓** è (粵) ngo^{6} **嚴重的飢餓**。《韓非子・飾邪》：“家有常業，雖飢不～。”（常業：指有固定的生產作業。飢：肚子餓。）**【辨】飢，餓。“飢”指一般的肚子餓；“餓”是嚴重的飢餓，指沒有飯吃而受到死亡的威脅，不當一般的“肚子餓”講。**

7 **餘** yú (粵) jyu^{4} ❶ **豐足**。《戰國策・秦策五》：“今力田疾作，不得暖衣～食。”❷ **剩下的，多餘的**。《列子・湯問》：“以殘年～力，曾不能毀山之一毛。”《老子・七十七章》：“損有～而補不足。”

成語有“不遺餘力”。[引] 遺留，遺存。李白《楚城韋公藏書高齋作》詩：“城荒古跡～。”❸ 其他的，以外的。《史記・高祖本紀》：“與父老約法三章耳：……～悉除去秦法。”《北史・高允傳》：“若更有～釁，非臣敢知。”（釁：罪。）雙音詞有“業餘”。❹ 以後。胡曾《題周瑜將軍廟》詩：“庭際雨～春草長。”（庭際：院子的邊緣。）❺ 整數後不定的零數。《三國志・蜀書・諸葛亮傳》：“相持百～日。”【注意】在古代，“余”和“餘”是兩個字，上述義項都不寫作“余”。參 22 頁“余”字。

7 **餒** něi [粵] neoi^5 ❶ 飢餓。《孟子・梁惠王下》：“王之臣有託其妻子於其友而之楚遊者，比其反也，則凍～其妻子，則如之何？”[引] 氣不足。《孟子・公孫丑上》：“行有不慊（qiè [粵] hip^3）於心，則～矣。”（慊：滿足。）❷ 魚腐爛、不新鮮。《論語・鄉黨》：“魚～而肉敗。”

7 **餕** jùn [粵] zeon^3 ❶ 吃剩的食物。《禮記・曲禮上》：“～餘不祭。”用作動詞，指吃剩餘的食物。《禮記・玉藻》：“日中而～。”❷ sūn [粵] syun^1 通“飧”。熟食。《公羊傳・昭公二十五年》：“吾寡君聞君在外，～饔（yōng [粵] jung^1）未就。”（饔：熟肉。）柳宗元《祭崔氏外甥文》：“庶幾來歸，～以侑（yòu [粵] jau^6）兮。”（侑：勸人飲食。）

8 **餴** (饙)fēn [粵] fan^1 蒸飯。《詩經・大雅・泂酌》：“可以～饎（chì [粵] ci^3）。”（饎：酒食。）[叉] 蒸熟的飯。賈思勰《齊民要術・造神麴并酒等》：“良久，水盡，～極熟軟。”

8 **餞** jiàn [粵] zin^3/zin^6 用酒食送行。《詩經・大雅・崧高》：“王～于郿。”（郿：地名。）鮑照《數》詩：“五侯相～送。”雙音詞有“餞別”、“餞行”。

8 **餧** něi [粵] neoi^5 ❶ 同“餒”。飢餓。《國語・楚語下》：“民之羸～，日已甚矣。”❷ 同“餒”。魚腐爛。《南史・傅昭傳》：“或有暑月薦昭魚者……遂～于門側。”上述 ❶❷ 也寫作“餒”。❸ wèi [粵] wai^3 餵。《禮記・月令》：“～獸之藥毋出九門。”

8 **餚** (肴)yáo [粵] ngaau^4 ❶ 熟的魚肉等。《國語・晉語一》：“飲而無～。”（飲：指飲酒。）《世說新語・德行》：“食常五盌盤，外無餘～。”熟語有“美味佳餚”。❷ xiáo 通“淆”。混亂。《淮南子・原道》：“萬物之至，騰踴～亂而不失其數。”

8 **餤** dàn [粵] daam^6 ❶ tán [粵] taam^4 進食。[引] 增加。《詩經・小雅・巧言》：“盜言孔甘，亂是用～。”（盜：指小人。孔：很。是用：因此。）❷ 同“啖”。吃。杜牧《罪言》：“食盡，～尸以戰。”[喻] 以利誘人。《史記・趙世家》：“秦非愛趙而憎齊也，欲亡韓而吞二周，故以齊～天下。”（二周：指戰國時的兩個小國西周、東周。）❸ 餅類食物。馮贄《雲仙雜記・洛陽歲節》：“臘日造脂花～。”

8 **館** (舘)guǎn [粵] gun^2 ❶ 賓館，客舍。《左傳・襄公三十一年》：“乃築諸侯之～。”[叉] 住在賓館、客舍裏。《左傳・僖公五年》：“師還，～于虞。”（師：軍隊。虞：周代國名。）❷ 華麗的房屋、住宅（後起意義）。《晉書・謝安傳》：“又於土山營墅，樓～林竹甚盛。”（營：建築。墅：別墅。）

9 **餮** tiè [粵] tit^3［饕（tāo [粵] tou^1）餮］見 729 頁“饕”字。

9 **餬** (糊)hú [粵] wu^4 稠粥。［餬口］食粥以維持生命。《莊子・人間世》：“挫鍼治繲，足以～～；鼓筴播精，足以食十人。”《史記・范睢蔡澤列傳》：“夜行晝伏，至於陵水，無以～其口。”

9 **餫** yùn (粵) wan6 **運糧**。《左傳・成公五年》："晉荀首如齊逆女，故宣伯～諸穀。"（穀：地名。）

9 **餲** ài (粵) aat3 **食物經久而變味**。《論語・鄉黨》："食饐（yì (粵) ji3）而～，魚餒（něi (粵) neoi5）而肉敗，不食。"（饐：腐臭。餒：腐爛。）

10 **饁** yè (粵) jip3 ❶ **送飯到田裏給耕者吃**。《詩經・豳風・七月》："同我婦子，～彼南畝。" ❷ **古代打獵後以獸祭神**。《周禮・春官・小宗伯》："若大甸，則帥有司而～獸于郊，遂頒禽。"（甸：通"田"。打獵。）

10 **餺** bó (粵) bok3［餺飥（tuō (粵) tok3）］**一種用麪或米粉製成的食品**。賈思勰《齊民要術・餅法》："～～，挼（ruó (粵) no4）如大指許，二寸一斷，著水盆中浸。"（挼：揉搓。）

10 **餼** xì (粵) hei3 **贈送人的穀物、飼料或牲口**。《國語・周語中》："廩人獻～。"（廩人：掌管糧食的人。）(又) **贈送人的活牲口、生肉**。《周禮・秋官・掌客》："掌四方賓客之牢禮～獻。"（牢：指祭祀用的豬、牛、羊。）(引) **贈送穀物、飼料或牲口**。《左傳・僖公十五年》："是歲晉又饑，秦伯又～之粟。"（是歲：這一年。秦伯：秦國國君。）

11 **饉** jǐn (粵) gan2 **饑荒。蔬菜和野菜都吃不上。常"饑饉"連用**。《左傳・昭公元年》："雖有饑～，必有豐年。"《韓非子・顯學》："徵賦錢粟以實倉庫，且以救饑～、備軍旅也。"（軍旅：軍隊。備軍旅：指備戰。）【辨】**饑，饉。分開講時，五穀沒有收成叫"饑"；蔬菜和野菜都吃不上叫"饉"。但連用時"饑"、"饉"無區別。**

11 **饈** xiū (粵) sau1 **精美的食物**。李商隱《祭桂州城隍神文》："謹以旨酒庶～之奠，祭於城隍之神。"

12 **饌** （籑）zhuàn (粵) zaan6 ❶ **同"饌"。飲食**。《漢書・杜鄴傳》："陳平共壹飯之～而將相加驩。"（驩：歡。）❷ **通"撰"。編集，撰寫**。《漢書・司馬遷傳贊》："左丘明論輯其本事以為之傳，又～異同為《國語》。"

12 **饒** ráo (粵) jiu4 ❶ **富足，多**。《漢書・趙充國傳》："今虜馬肥，糧食方～。"李白《古風五十九首》之十四："胡關～風沙。"(引) **（土地）肥沃**。《孫子兵法・九地》："掠於～野，三軍足食。"(又) **安逸**。《淮南子・脩務》："沃地之民多不才者，～也。" ❷ **寬容，寬恕**。鮑照《擬行路難十八首》之十七："日月流邁不相～。"杜甫《立秋後題》詩："日月不相～，節序昨夜隔。"（節：節氣。）❸ **遜色，不如**。李白《上皇西巡南京歌》之三："柳色未～秦地綠，花光不減上陽紅。"

12 **饎** （糦）chì (粵) ci3 ❶ **酒食**。《詩經・小雅・天保》："吉蠲（juān (粵) gyun1）為～，是用孝享。"（吉：善。蠲：清潔，乾淨。孝享：指祭獻鬼神。）❷ **烹煮**。《儀禮・特牲饋食禮》："主婦視～爨（cuàn (粵) cyun3）于西堂下。"（爨：燒火做飯。）❸ **黍稷**。《詩經・商頌・玄鳥》："龍旂十乘，大糦是承。"《玉篇零卷》食部引作"大饎是承"。（是：代詞，複指前置賓語"大糦"。承：捧着進獻。）

12 **饋** （餽）kuì (粵) gwai6 ❶ **饋贈，以食物送人**。《左傳・桓公六年》："齊人～之餼（xì (粵) hei3）。"（餼：生肉。）(泛) **贈送**。《孟子・公孫丑下》："前日於齊，王～兼金一百而不受。"（兼金：優質的金。）《宋史・宗室四・子潚傳》："遷戶部郎中，總領江淮軍馬錢糧，諸司～禮。" ❷ **吃飯**。《淮南子・氾論》："一～而十起。"（吃一頓飯站起來十次。）❸ **通"匱"。缺乏**。《墨子・七患》："四穀不收謂之～。"

12 **饌** zhuàn (粵) zaan6 ❶ **陳設或準備食物。**《儀禮・士虞禮》：“～于西坫（diàn (粵) dim3）上。”（坫：放食物的土台。）杜甫《病後遇王倚飲贈歌》：“遣人向市賒香稉（jīng (粵) gang1），喚婦出房親自～。”（稉：稻米。）❷ **食物，多指美食。**《南史・虞悰傳》：“盛～享賓。”（享：用酒食款待人。）(又) **吃，喝。**《論語・為政》：“有酒食，先生～。”❸ xuǎn (粵) syun2 **古代錢幣單位，合金六兩。**《尚書大傳・甫刑》：“夏后氏不殺不刑，死罪罰二千～。”**上述 ❶❷ 又寫作“籑”、“䉵”。**

12 **饑** jī (粵) gei1 ❶ **饑荒，年成不好。**《商君書・墾令》：“多歲不加樂，則～歲無裕利。”（歲：年。裕利：指商人所獲的厚利。）《史記・天官書》：“四時不出，天下大～。”❷ **通“飢”。餓。**《孟子・梁惠王上》：“黎民不～不寒。”**【辨】飢，饑。****見 724 頁“飢”字。****【辨】**饑，饉。**見 728 頁“饉”字。**

12 **饐** yì (粵) ji3/jik1 ❶ **食物因經久而變味。**《論語・鄉黨》：“食～而餲，魚餒而肉敗，不食。”《墨子・辭過》：“芻豢蒸炙魚鱉，大國累百器，小國累十器……手不能徧操，口不能徧味。冬則凍冰，夏則飾（一作‘餕’）～。”❷ yē (粵) jit3 **通“噎”。食物堵住喉嚨。**《呂氏春秋・蕩兵》：“夫有以～死者，欲禁天下之食，悖。”

12 **饗** xiǎng (粵) hoeng2 ❶ **鄉人相聚飲酒。**《詩經・豳風・七月》：“朋酒斯～，曰殺羔羊。”（朋酒：兩樽酒。）❷ **用酒食招待人。**《漢書・高帝紀上》：“于是～士。”（士：兵士。）(引) **供奉鬼神。**《禮記・月令》：“以共皇天上帝社稷之～。”（共：供。）❸ **通“享”。鬼神享用祭品。**《國語・周語上》：“神～而民聽。”(引) **享受。**《荀子・臣道》：“明主尚賢使能而～其盛。”（使：使用。盛：功業。）

13 **饕** tāo (粵) tou1 ❶ **貪得無厭。**《莊子・駢拇》：“決性命之情而～貴富。”《韓非子・亡徵》：“～貪而無厭，近利而好得者，可亡也。”(特) **貪吃。**蘇軾《老饕賦》：“蓋聚物之夭美，以養吾之老～。”［**饕餮**（tiè (粵) tit3）］① **傳說中的一種貪食的惡獸。古代鐘鼎彝器上多刻其頭部形狀作為裝飾。**《呂氏春秋・先識》：“周鼎著～～，有首無身。”（著：指刻。）② **貪婪兇惡的人。**《左傳・文公十八年》：“縉（jìn (粵) zeon3）雲氏有不才子……天下之民以比三凶，謂之～～。”（縉雲氏：古代部落氏族名。）❷ **兇猛，殘暴。**韓愈《祭河南張員外文》：“歲弊寒凶，雪虐風～。”

13 **饔** yōng (粵) jung1 ❶ **熟食。**《國語・周語中》：“膳宰致～。”《漢書・杜欽傳》：“親二宮之～膳，致晨昏之定省。”(特) **熟肉。**張衡《西京賦》：“酒車酌醴，方駕授～。”❷ **烹飪。如古代有“饔人”之官。**❸ **朝食，上午吃的一頓飯。**《孟子・滕文公上》：“賢者與民並耕而食，～飧而治。”（飧：晚飯。）

13 **饘** （飦）zhān (粵) zin1 **稠粥。**《禮記・檀弓上》：“哭泣之哀，齊斬之情，～粥之食，自天子達。”

14 **饜** yàn (粵) jim3/jim1 ❶ **飽。**《孟子・離婁下》：“其良人出，則必～酒肉而後反。”《論衡・辨祟》：“飽飯～食。”❷ **滿足。**《左傳・哀公十六年》：“以險徼幸者其求無～。”

首部

0 **首** shǒu (粵) sau2 ❶ **頭。**《列子・黃帝》：“牛～虎鼻。”(引) **首領。**《莊子・盜跖》：“成者為～，不成者為尾。”**成語有“罪魁禍首”。**❷ **首先，第一。**《史記・陳涉世家》：“且楚～事，當令於天下。”

(楚：陳涉所建的國號。事：起事。當令於天下：應當號令天下。)《戰國策・齊策六》："九合諸侯，為五伯～。"(五伯：五霸。) **成語有"首當其衝"、"首屈一指"**。[引] **初，始，開頭**。《老子・三十八章》："夫禮者，忠信之薄而亂之～。" [又] **頂端**。《禮記・曲禮上》："進劍者左～。" ❸ **要領**。《尚書・秦誓》："予誓告汝群言之～。" ❹ **朝，向**。《史記・淮陰侯列傳》："北～燕路。" ❺ **自首**。《漢書・文三王傳》："恐復不～實對。"(恐怕他又不自首老實答對。) [又] **服從，服罪**。《南史・范泰傳》："詔收綜等，並皆款服，唯曄不～。"(綜、曄：人名。) ❻ **詩、文、詞、賦等一篇叫一首**。韓愈《與陳給事書》："獻近所為《復志賦》已下十～。"(為：作。)

8 **馘** (聝) guó [粵] gwok3 ❶ **戰爭中割取的敵人的左耳(用以計數報功)**。《左傳・僖公二十八年》："獻俘受～，飲至大賞。"《三國志・魏書・武帝紀》："獻～萬計。" ❷ xù [粵] gwik1 **面孔**。《莊子・列禦寇》："槁項黃～。"(槁：枯槁。項：脖子。)

香部

9 **馥** fù [粵] fuk6 **香，香氣**。謝朓《思歸賦》："晨露晞 (xī [粵] hei1) 而草～。"(晞：乾。) 楊衒之《洛陽伽藍記・景明寺》："流香吐～。"

11 **馨** xīn [粵] hing1 **散佈很遠的香氣**。《左傳・僖公五年》："黍稷非～，明德惟～。" **雙音詞有"馨香"**。[泛] **芳香。多指花草**。屈原《九歌・山鬼》："折芳～兮遺所思。"(遺所思：送給所思念的人。) [喻] **流傳久遠的道德或聲名**。《晉書・苻堅載記上》："垂～千祀。"(千祀：指千年。)

馬部

2 **馭** yù [粵] jyu6 ❶ **駕馭車馬**。《荀子・王霸》："王良、造父者，善服～者也。"(王良、造父：人名。服：駕車。) [又] **駕車的人**。《莊子・盜跖》："顏回為～。"(顏回：人名。) ❷ **駕馭，控制**。《晉書・姚泓載記》："豈是安上～下之理乎？"**【辨】**御，馭，禦。見194頁"御"字。

2 **馮** féng [粵] fung4 ❶ píng [粵] pang4 **盛，大**。《屈原・天問》："康回～怒。"(康回：人名。) ❷ píng [粵] pang4 **煩悶**。嚴忌《哀時命》："願舒志而抽～兮。" ❸ píng [粵] pang4 **登**。《荀子・宥坐》："百仞 (rèn [粵] jan6) 之山而豎子～而遊焉。"(豎子：小孩子。仞：古時以八尺或七尺為一仞。) ❹ píng [粵] pang4 **欺凌**。《左傳・襄公十三年》："小人伐其技，以～君子。"(伐：誇耀。技：才能。) ❺ píng [粵] pang4 **涉水**。《詩經・小雅・小旻》："不敢暴虎，不敢～河。"(暴虎：徒手打老虎。) ❻ píng [粵] pang4 **依靠，依據**。《漢書・王莽傳下》："讀軍書倦，因～几寐。"《左傳・哀公七年》："～恃其眾。"(依仗着他人多。) **上述 ❶ 至 ❻ 後來都寫作"憑"**。❼ **古地名，春秋周邑。在今河南滎陽西**。❽ **姓**。

3 **馯** hàn [粵] hon6 **同"駻"。馬兇悍**。《淮南子・氾論》："欲以樸重之法，治既弊之民，是猶無鏑銜橜策錣 (zhuì [粵] zeoi3) 而御～馬也。"(鏑銜：馬口所銜鐵。橜：馬口所銜橫木。策錣：馬鞭和前端的針刺。)

3 **馵** zhù [粵] zyu3 **左足白色的馬**。《詩經・秦風・小戎》："文茵暢轂，駕我騏～。"(騏：有青黑色花紋的馬。)

3 **馴** xùn [粵] seon4 ❶ **馴服，順從**。《淮南子・說林》："馬先～而後求良。"

(引) **使馴服**。《韓非子・外儲說右上》："夫～烏者斷其下翎，則必恃人而食，焉得不～乎？" ❷ **善良，溫順**。《史記・管蔡世家》："冉季、康叔皆有～行。" ❸ **逐漸**。《宋史・譚世勣傳》："小惡不懲，將～至大患。" ❹ (粵) fan3 **通"訓"**。《史記・孝文本紀》："列侯亦無由教～其民。"

3 **馳** chí (粵) ci4 ❶ **使勁趕馬**。《詩經・唐風・山有樞》："弗～弗驅。"（弗：不。驅：趕馬。）(特) **驅馬進擊**。《左傳・莊公十年》："齊師敗績，公將～之。"（敗績：軍隊大敗。）(引) **車馬疾行**。《莊子・秋水》："騏驥驊騮一日而～千里。"（騏驥、驊騮：良馬名。）王安石《祭歐陽文忠公文》："快如輕車駿馬之奔～。"**【注意】"馳"原來是人趕馬的行為，後來才指馬的動作。** (引) **泛指疾行**。諸葛亮《誡子書》："年與時～，意與日去。" ❷ **傳揚**。《華陽國志・後賢志》："辭章粲麗，～名當世。"（辭章：指文章。）❸ **嚮往**。《隋書・史祥傳》："身在邊隅，情～魏闕。"（魏闕：指朝廷。）**成語有"心馳神往"**。

4 **馹** rì (粵) jat6 **驛站專用的車馬**。《左傳・文公十六年》："楚子乘～，會師于臨品。"

4 **馽** zhí (粵) zap1 **拴住馬足的繩子**。《莊子・馬蹄》："連之以羈～，編之以皁棧。" (又) **拴住牛馬等的足**。張衡《西京賦》："搤水豹，～潛牛。" (喻) **束縛**。朱熹《與汪伯虞》："脫此羈～，歸卧田間。"

4 **駁** (駮)bó (粵) bok3 ❶ **傳說中的獸名**。《山海經・西山經》："有獸焉，其狀如馬……其名曰～。" ❷ **馬毛色不純**。《莊子・田子方》："乘～馬。" (引) **混雜，雜亂**。劉禹錫《天論上》："法小弛則是非～。"（弛：鬆弛。）❸ **駁斥，反駁**。《後漢書・胡廣傳》："廣復與敞、虔上書～之。"《舊唐書・王世充傳》："或有～難之者，世充利口飾非，辭議鋒起。"（難：非難。鋒起：指滔滔不絕。）**[駁議] 臣屬向皇帝上書的一種，多指在書中駁斥別人的意見。如柳宗元有《駁復仇議》。**

4 **駃** jué (粵) kyut3 ❶ **[駃騠 (tí (粵) tai4)]** ① **驢騾**。《史記・魯仲連鄒陽列傳》："王按劍而怒，食以～～。" ② **一種駿馬**。《史記・李斯列傳》："鄭衛之女不充後宮，而駿良～～不實外廄。"《淮南子・齊俗》："故六騏驥、駟～～，以濟江河。" ❷ kuài (粵) faai3 **快速**。崔豹《古今注・雜注》："曹真有～馬，名為驚帆。"

5 **駏** jù (粵) geoi6 **[駏驉 (xū (粵) heoi1)] 一種似騾的動物**。《淮南子・道應》："蹷有患害，蛩蛩～～必負而走。"（蹷：緊急。蛩蛩：憂懼的樣子。）《古文苑・黃香〈九宮賦〉》："乘～～而先驅。"

5 **駓** (駱)pī (粵) pei1 ❶ **毛色黃白相雜的馬**。《詩經・魯頌・駉》："有騅有～。" ❷ **[駓駓] 奔跑的樣子**。宋玉《招魂》："逐人～～些。"

5 **駔** zǎng (粵) zong2 ❶ (粵) zou2 **壯馬**。《晏子春秋》卷八："聞晏子死，公乘侈輿服繁～驅之。" ❷ **牲口交易的經紀人**。《呂氏春秋・尊師》："段干木，晉國之大～也。"

5 **駛** shǐ (粵) sai2 ❶ **馬快速地跑**。梁簡文帝《春日想上林》詩："～馬黃金羈。" ❷ **疾速，迅速**。陶潛《搜神後記》卷三："經青草湖，時正帆風～。"王維《贈從弟司庫員外絿》詩："流年一何～。" (又) **很快消逝**。梁簡文帝《春情》詩："鶯啼春欲～。" ❸ **行駛**。梅堯臣《送新安張尉歸淮甸》詩："任意歸舟～。"

5 **駉** jiōng (粵) gwing1 **[駉駉] 形容馬肥壯**。《詩經・魯頌・駉》："～～牡馬，在坰之野。"（坰：遠郊。）

5 **駟** sì (粵) si3 ❶ **同駕一輛車的四匹馬**。《史記・平準書》："漢興……自天子不能具鈞～。”（自：即使。具：具備。鈞：指毛色純一。）(又) **由四匹馬駕的車**。《左傳・僖公二十八年》：“～介百乘，徒兵千。”(泛) **馬**。《史記・孫子吳起列傳》：“今以君之下～與彼上～。”❷ **量詞。四匹馬為一“駟”，四匹馬拉的車也為一“駟”**。《世說新語・言語》：“千～之富。”《孫子兵法・作戰》：“馳車千～，革車千乘。”❸ **乘，駕**。屈原《離騷》：“～玉虬以乘鷖兮。”❹ **星宿名。即“房星”**。《國語・周語中》：“～見而隕霜。”

5 **駙** fù (粵) fu[6] **駕副車或備用的馬**。張衡《東京賦》：“～承華之蒲梢。”（用承華廄中名叫“蒲梢”的駿馬作駙馬。）[**駙馬**] **駙馬都尉的簡稱。原是漢代官名，魏晉以後皇帝的女婿必擔任駙馬都尉一職。後來“駙馬”成為皇帝女婿的專稱**。

5 **駐** zhù (粵) zyu[3] ❶ **車馬停止不前**。《三國志・蜀書・先主傳》：“乃～馬呼琮。”（琮：人名。）(引) **暫時停留**。《古詩為焦仲卿妻作》：“行人～足聽。”❷ **軍隊駐紮，駐守**。《三國志・蜀書・諸葛亮傳》：“分兵屯田，為久～之基。”（屯田：種田以積蓄軍糧。基：基礎。）

5 **駜** bì (粵) bat[6] **馬肥壯的樣子**。《詩經・魯頌・有駜》：“有～有～，～彼乘黃。”（有：形容詞詞頭。乘黃：四匹黃馬。）

5 **駘** tái (粵) toi[4] ❶ **馬嚼子脫落**。《後漢書・崔寔傳》：“馬～其銜，四牡橫奔。”（銜：馬嚼子。牡：指雄馬。）❷ **劣馬，不好的馬**。宋玉《九辯》：“卻騏驥而不乘兮，策駑（nú (粵) nou[4]）～而取路。”（駑：劣馬。）(喻) **庸才，能力低下**。王韶之《贈潘綜吳逵舉孝廉》詩：“伊余朽～。”（伊：語氣詞。余：我。）米芾《天馬賦》：“色妙才～。”❸ [**駘藉**] **踐踏**。《史記・天官書》：“兵相～～，不可勝數。”❹ dài (粵) toi[5] [**駘蕩**] ① **放蕩**。《莊子・天下》：“惜乎惠施之才，～～而不得。”（惜：可惜。惠施：人名。不得：無所得。）② **舒緩蕩漾。形容音樂或景色**。馬融《長笛賦》：“安翔～～，從容闡緩。”（音調平緩悠揚，和悅輕鬆。）謝朓《直中書省》詩：“春物方～～。”❺ dài (粵) toi[5] **懈怠，疲憊**。《北史・王思政傳論》：“率疲～之兵，當勁勇之卒。”

5 **駑** nú (粵) nou[4] **劣馬**。《荀子・勸學》：“～馬十駕，功在不舍。”東方朔《七諫・哀命》：“～駿雜而不分兮。”(又) **劣等牲畜。如“駑牛”、“駑犬”**。(喻) **才能低下**。《戰國策・燕策三》：“此國之大事，臣～下，恐不足任使。”《史記・廉頗藺相如列傳》：“相如雖～，獨畏廉將軍哉？”（獨：難道。）**雙音詞有“駑鈍”**。

5 **駕** jià (粵) gaa[3] ❶ **把車套在馬身上**。《詩經・小雅・采薇》：“戎車既～，四牡業業。”（戎車：兵車。牡：雄馬。業業：健壯的樣子。）❷ **駕駛**。《韓非子・難一》：“～往救之。”（駕車去救他。）韓愈《送石處士序》：“若駟馬～輕車，就熟路。”(引) **駕馭，控制**。《呂氏春秋・貴因》：“其亂至矣，不可以～矣。”（至：極。）❸ **車**。《戰國策・齊策四》：“為之～，比門下之車客。”《後漢書・竇融列傳》：“官屬賓客相隨，～乘千餘兩。”（官屬：屬下官吏。兩：輛。）㊕ **帝王的車。又指帝王**。《舊唐書・王希夷傳》：“及玄宗東巡，敕州縣以禮徵召，至～前，年已九十六。”❹ **凌駕，超越**。《左傳・昭公元年》：“子木之信，稱於諸侯，猶詐晉而～焉。”李白《古風五十九首》之三：“大略～群才。”❺ **馬駕車行一日的路程為一駕**。《荀子・勸學》：“駑馬十～，功在不捨。”❻ **通“架”。構架**。杜甫《桔柏渡》詩：“青冥寒江渡，～竹為長橋。”（青冥：指秋季天高氣爽的景象。）

6 **駬** ěr [粵] ji5 [騄 (lù [粵] luk6) 駬] 見 734 頁“騄”字。

6 **駰** yīn [粵] jan1 **毛淺黑色和白色相雜的馬**。《詩經・小雅・皇皇者華》：“我馬維～，六轡既均。”

6 **駱** luò [粵] lok3 ❶ **白身黑鬃的馬**。《詩經・小雅・皇皇者華》：“我馬維～，六轡沃若。”（沃若：有光澤的樣子。）白居易《賣駱馬》詩：“樂天別～豈無情。” ❷ [駱駝] **哺乳動物，大型力畜**。《後漢書・梁慬傳》：“獲生口數千人，～～畜產數萬頭。” ❸ **古代部族名，即駱越，百越的一支**。《史記・南越列傳》：“財物賂遺閩越、西甌、～。” ❹ [駱漠] **奔馳的樣子**。傅毅《舞賦》：“～～而歸，雲散城邑。”

6 **駭** hài [粵] haai5 ❶ **馬受驚**。《左傳・哀公二十三年》：“知伯視齊師，馬～，遂驅之。”（知伯：人名。）[引] **害怕，吃驚**。《韓非子・說林下》：“人見蛇則驚～。”《史記・孫子吳起列傳》：“吳王從臺上觀，見且斬愛姬，大～。” ❷ **驚擾，騷動**。《呂氏春秋・審應》：“蓋聞君子猶鳥也，～則舉。”《左傳・昭公二十七年》：“吳新有君，疆埸日～。”（疆埸：邊界。）❸ **起**。陸機《辨亡論上》：“於是羣雄蜂～，義兵四合。”

6 **駢** pián [粵] pin4 ❶ **兩馬並駕一車**。《尚書大傳》卷一：“命於其君，然後得乘飾車～馬。” 嵇康《琴賦》：“～馳翼驅。” [引] **並列，對偶**。牛僧孺《玄怪錄・張左》：“戶外～植花竹，泉石縈繞。” 柳宗元《乞巧文》：“～四儷六，錦心繡口。”（駢四儷六：指駢體文每句四字或六字相對偶。錦心繡口：形容構思和文辭像錦繡那樣精細美麗。）❷ **連接，合併**。《莊子・駢拇》：“是故～於足者，連無用之肉也。” **成語有“駢拇枝指”**。❸ **聚集，羅列**。《後漢書・班固傳下》：“陳師案屯，～部曲，列校隊。”

7 **駹** máng [粵] mong4 ❶ **面額白色的馬**。《說文・馬部》：“駹，馬面顙皆白也。” ❷ **青色的馬**。《漢書・匈奴傳》：“匈奴騎，其西方盡白，東方盡～，北方盡驪，南方盡騂馬。” ❸ **雜色牲畜**。《周禮・秋官・犬人》：“凡幾珥沈辜，用～可也。” [泛] **雜色**。柳宗元《晉問》：“或赤或黃，或玄或蒼，或醇或～。”

7 **駻** hàn [粵] hon6 **馬兇悍**。《韓非子・五蠹》：“如欲以寬緩之政，治急世之民，猶無轡策而御～馬。”（轡：轡繩。）[泛] **兇悍**。《史記・衞將軍驃騎列傳》：“誅獟 (xiāo [粵] hiu1) ～，獲首虜八千餘級。”（獟：勇悍。）

7 **騁** chěng [粵] cing2 ❶ **縱馬奔馳**。屈原《離騷》：“乘騏驥以馳～兮。”（騏驥：傳說一日行千里的良馬。）❷ **盡情施展，不受拘束**。《荀子・君道》：“莫不～其能，得其志。” [叉] **放縱，放任**。《呂氏春秋・下賢》：“富有天下而不～夸。”《後漢書・仲長統傳》：“乃奔其私嗜，～其邪欲。”（奔：指放縱。嗜：愛好。）

7 **駼** tú [粵] tou4 [騊 (táo [粵] tou4) 駼] 見 734 頁“騊”字。

7 **騂** xīng [粵] sing1 **赤色馬**。《詩經・魯頌・駉》：“有～有騏。”（騏：青黑色花紋的馬。）[引] **赤色**。《史記・三王世家》：“故魯有白牡、～剛之牲。”（騂剛：赤脊。）

7 **駸** qīn [粵] cam1 [駸駸] ① **馬疾行的樣子**。《詩經・小雅・四牡》：“駕彼四駱，載驟～～。” ② **疾速，急迫**。梁簡文帝《如影》詩：“朝光照皎皎，夕漏轉～～。” 范成大《大暑舟行含山道中雨驟至》詩：“～～失高丘，擾擾暗古縣。” ③ **漸進的樣子**。李翱《故處士侯君墓志》：“每激發，則為文達意，其高處～～乎有漢魏之風。” ④ **興盛的樣子**。張耒《春日雜興》

詩之五："飛花去寂寂，新葉來～～。"

7 **騃** ái 粵 ngoi^{4} ❶ **痴愚的樣子**。《漢書·息夫躬傳》："外有直項之名，內實～不曉政事。"（直項：剛直。）**熟語有"痴兒騃子"**。❷ sì 粵 zi^{6} **奔跑的樣子**。張衡《西京賦》："眾鳥翩翻，群獸駓（pī 粵 pei^{1}）～。"

7 **駿** jùn 粵 zeon^{3} ❶ **好馬**。東方朔《七諫·謬諫》："駑～雜而不分兮。"《列子·周穆王》："命駕八～之乘。"（八駿：神話傳說中的八種好馬。）(引) **急速**。《詩經·周頌·清廟》："～奔走在廟。"❷ **通"俊"**。**才智出眾**。《鹽鐵論·訟賢》："當此之時，非無遠筋～才也。"（遠筋：指具有能夠遠行千里筋骨的馬。）(又) **才智出眾的人**。《管子·七法》："收天下之豪傑，有天下之～雄。"❸ **通"峻"**。**高而陡峭**。《詩經·大雅·崧高》："～極于天。"（山高大，以至頂天。極：至。）

8 **騏** qí 粵 kei^{4} ❶ **有青黑色紋理的馬**。《詩經·魯頌·駉》："有騅有駓，有騂有～。"❷ **青黑色**。《詩經·曹風·鳲鳩》："其帶伊絲，其弁伊～。"❸［**騏驥**］① **駿馬**。《莊子·秋水》："～～驊騮，一日而馳千里。"② **賢才**。《世說新語·雅量》劉孝標注："此吾家～～也，必興吾宗。"❹［**騏驎**］① **駿馬名**。《商君書·畫策》："～～騄駬，每一日走千里。"② **同"麒麟"**。**傳說中象徵祥瑞的神獸**。《戰國策·趙策四》："刳胎焚夭而～～不至。"

8 **騋** lái 粵 loi^{4} **七尺以上的馬**。《詩經·鄘風·定之方中》："～牝三千。"

8 **騎** qí 粵 ke^{4}/kei^{4} ❶ **騎馬**。《戰國策·趙策二》："今吾將胡服～射，以教百姓。"《史記·樊酈滕灌列傳》："沛公留車騎，獨～一馬，與樊噲等四人步從。"(引) **跨騎，乘坐**。《漢書·爰盎傳》："不～衡。"（衡：欄杆。）《莊子·齊物論》："乘雲氣，～日月。"**成語有"騎虎難下"**。❷ jì 粵 kei^{3} **騎兵，騎馬的人**。《史記·項羽本紀》："沛公旦日從百餘～來見項王。"白居易《賣炭翁》："翩翩兩～來是誰？"(引) **騎馬的侍從**。《韓非子·說林下》："公孫弘斷髮而為越王～。"❸ 粵 kei^{3} **騎乘的馬**。王融《三月三日曲水詩序》："重英曲瑵（zhǎo 粵 zou^{2}）之飾，絕景追風之～。"

8 **騑** fēi 粵 fei^{1} ❶ **駕車時轅馬兩邊的馬**。**也叫驂**。《墨子·七患》："徹驂～，塗不芸。"（徹：通"撤"。撤去。芸：鋤草。）(泛) **指馬**。班彪《北征賦》："紛吾去此舊都兮，～遲遲以歷茲。"❷［**騑騑**］**馬行走不停的樣子**。《詩經·小雅·四牡》："四牡～～，周道倭（wēi 粵 wai^{1}）遲。"（牡：雄（馬）。周道：大路。倭遲：彎曲長遠的樣子。）

8 **騅** zhuī 粵 zeoi^{1} **毛色黑白混雜的馬**。《詩經·魯頌·駉》："有～有駓（pī 粵 pei^{1}）。"（駓：毛色黃白混雜的馬。）《史記·項羽本紀》："力拔山兮氣蓋世，時不利兮～不逝。"

8 **騊** táo 粵 tou^{4}［**騊駼**（tú 粵 tou^{4}）］**一種名馬**。《淮南子·主術》："伊尹，賢相也，而不能與胡人騎騵馬而服～～。"

8 **騄** lù 粵 luk^{6}［**騄駬**］**良馬名**。《商君書·畫策》："騏驎～～，每一日走千里。"

9 **騞** huō 粵 waak^{6} **刀割裂開物的聲音**。《莊子·養生主》："奏刀～然，莫不中音。"《列子·湯問》："其觸物也，～然而過。"

9 **騕** yǎo 粵 jiu^{2}［**騕褭**（niǎo 粵 niu^{5}）］**古駿馬名**。張衡《思玄賦》："斥西施而弗御兮，縶～～以服箱。"

9 **騠** tí 粵 tai^{4}［**駃**（jué 粵 kyut^{3}）**騠**］**見731頁"駃"字**。

9 **騧** guā 粵 gwaa1 **黑嘴的黃馬**。《詩經・秦風・小戎》："～驪是驂。"杜甫《韋諷錄事宅觀曹將軍畫馬圖》詩："昔日太宗拳毛～，近時郭家師子花。"［**騧騟**(yú 粵 jyun4)］**良馬名，傳為周穆王八駿之一**。

9 **騤** kuí 粵 kwai4 ❶［**騤騤**］**馬強壯的樣子**。《詩經・小雅・采薇》："駕彼四牡，四牡～～。"❷［**騤瞿**(qú 粵 keoi4)］**急遽奔走的樣子**。張衡《西京賦》："百禽惨遽，～～奔觸。"

9 **騖** wù 粵 mou6 ❶**亂跑，縱橫奔馳**。司馬相如《子虛賦》："王車駕千乘，選徒萬騎……～於鹽浦。"(鹽浦：指海邊的鹽灘。) 引 **急跑**。班固《東都賦》："驍騎電～。"(驍：好馬。) 又 **急，快**。《素問・大奇論》："肝脈～暴。"❷**通"務"。追求**。元稹《解秋》詩之三："同時～名者，次第鵷鷺行。"**成語有"好高騖遠"**。

10 **騮** (駵)liú 粵 lau4 ❶**黑鬃黑尾的紅馬**。《漢書・郊祀志上》："其牲用～駒、黃牛、羝羊各一云。"❷［**驊**(huá 粵 waa4)**騮**］**見737頁"驊"字**。

10 **騶** zōu 粵 zau1 ❶**養馬的人（也兼管趕車）**。《左傳・成公十八年》："程鄭為乘馬御，六～屬焉。"(程鄭：人名。乘馬御：替諸侯趕車的人。屬焉：屬於他管理。) ❷**騎馬的侍從**。《戰國策・楚策四》："于是使人發～徵莊辛於趙。"(發：派出。徵：召。莊辛：人名。) ❸ zhòu 粵 zaau6 **通"驟"。車馬奔馳**。《禮記・曲禮上》："車驅而～，至于大門。"❹ qū 粵 ceoi1 **通"趨"。小步快走**。《荀子・正論》："～中韶護以養耳。"(中：符合。韶、護：都是古樂名。)

10 **騷** sāo 粵 sou1 ❶**動亂，擾亂**。《國語・鄭語》："九年而王室始～。"《新唐書・安祿山傳》："句剝苛急，百姓愈～。"❷**憂慮，憂愁**。《史記・屈原賈生列傳》："離～者，猶離憂也。"❸《**離騷**》**的省稱**。《宋書・謝靈運傳》："莫不同祖《風》、《～》。"又 **詩體的一種。騷體。也稱"楚辭體"，由屈原的《離騷》得名。如宋玉的《九辯》，賈誼的《弔屈原賦》，都屬這種文體**。［**騷人**］**詩人。因屈原作《離騷》，後人稱詩人為騷人**。范仲淹《岳陽樓記》："遷客～～，多會於此。"(遷客：指被貶在外的人。) ❹**通"臊"。腥氣，臊臭氣味**。《墨子・經説上》："～之利害，未可知也。"❺ sǎo 粵 sou3 **通"掃"。掃除**。《史記・李斯列傳》："由竈上～除足以滅諸侯，成帝業。"

10 **騰** téng 粵 tang4 ❶**傳，傳遞**。《後漢書・隗囂傳》："因數～書隴蜀。"(數：數次。書：書信。隴、蜀：地名。) 又 **傳播**。《新唐書・顏真卿傳》："～布中外。"❷**跳躍**。《漢書・李廣傳》："虎～，傷廣，廣亦射殺之。"引 **揚起，抬起**。曹植《七啟》："翼不暇張，足不及～。"❸**上升，飛騰**。《禮記・月令》："天氣下降，地氣上～。"柳宗元《籠鷹詞》："下攫狐兔～蒼茫。"(攫：抓取。蒼茫：天空。) 又 **騰躍，翻動**。左思《蜀都賦》："～波沸湧。"喻 **物價上漲，昂貴**。《後漢書・光武帝紀》："穀價～躍。"❹**超越，超過**。楊衒之《洛陽伽藍記・景明寺》："文宗學府，～班馬而孤上。"(班馬：班固和司馬遷。) ❺**奔馳**。潘尼《贈河陽》詩："逸驥～夷路。"(逸驥：超羣的千里馬。夷：平坦。) ❻**乘，騎**。《楚辭・九歎・愍命》："～驢騾以馳逐。"❼**騰挪，移出（後起意義）**。王禹偁《量移後自嘲》詩："舊籠～倒入新籠。"王建《貧居》詩："蠹生～藥紙，字暗換書簽。"

10 **騫** qiān 粵 hin1 ❶**腹部低陷**。《周禮・考工記・梓人》："……小體～腹，若是者謂之羽屬。"❷**虧，損**。《詩經・小雅・天保》："如南山之壽，不～不崩。”❸ **驚懼**。顏延之《車駕幸京口三月三日侍遊曲阿後湖作》詩：“人靈～都野，鱗翰聳淵丘。”❹ **舉頭的樣子**。《楚辭·大招》：“鰅鱅短狐，王虺～只。”（王虺：大蛇。只：句末語氣詞。）❺ **高**。杜牧《池州送孟遲先輩》詩：“寺樓最～軒，坐送飛鳥沒。”❻ **通“騫”。飛**。張衡《西京賦》：“鳳～翥於甍標，咸溯風而欲翔。”❼ **通“搴”。拔取**。《漢書·楊僕傳》：“將軍之功，獨有先破石門尋陿，非有斬將～旗之實也。”❽ **通“褰”。提起（衣裳）**。《漢書·王莽傳上》：“方今天下聞崇之反也，咸欲～衣手劍而叱之。”❾ **通“愆”。過錯**。《荀子·正名》：“長夜漫兮，永思～兮。”

10 **騭** zhì 粵 zat1 ❶ **公馬**。《爾雅·釋畜》：“牡曰～。”❷ **定**。《尚書·洪範》：“惟天陰～下民，相協厥居。”

11 **驅** qū 粵 keoi1 ❶ **趕馬**。《詩經·唐風·山有樞》：“子有車馬，弗馳弗～。”《史記·越王勾踐世家》：“乘堅～良。”（堅：指堅固的車。良：指良馬。）［驅馳］① **趕馬快跑**。《史記·張耳陳餘列傳》：“令范陽令乘朱輪華轂，使～～燕趙郊。”② **奔走效力**。諸葛亮《出師表》：“由是感激，遂許先帝以～～。”❷ **驅趕，驅逐**。《左傳·桓公十二年》：“～楚役徒於山中。”《史記·平津侯主父列傳》：“行盜侵～。”（侵驅：侵擾邊境，驅掠人畜。）賈思勰《齊民要術·種麻》：“麻生數日中，常～雀。”(引) **驅使，迫使**。陶潛《乞食》詩：“飢來～我去，不知竟何之。”❸ **奔馳，行走**。劉勰《文心雕龍·神思》：“我才之多少，將與風雲而並～矣。”**成語有“並駕齊驅”。上述意義又寫作“敺”。**

11 **驃** piào 粵 piu3 ❶ biāo 粵 biu1 **有白斑的黃馬**。(泛) **馬**。杜甫《徒步歸行》：“妻子山中哭向天，須公櫪上追風～。”（須：需要。公：對人尊稱，您。櫪：馬槽。）❷［驃騎］**漢代將軍名號**。《史記·衛將軍驃騎列傳》：“以冠軍侯去病為～～將軍。”（冠軍侯：爵號。）

11 **驄** （骢）cōng 粵 cung1 **青白雜毛的馬**。《古詩為焦仲卿妻作》：“金車玉作輪，躑躅（zhí zhú 粵 zaak6 zuk6）青～馬。”（躑躅：踏步不前。）(泛) **指駿馬**。杜甫《渝州候嚴六侍御不到先下峽》詩：“聞道乘～發，沙邊待至今。”

11 **驂** cān 粵 caam1 ❶ **三匹馬駕一輛車**。《詩經·小雅·采菽》：“載～載駟。”（載：動詞詞頭。駟：四匹馬駕一輛車。）❷ **車前駕馬中轅馬邊上的馬**。屈原《九歌·國殤》：“左～殪（yì 粵 ji3）兮右刃傷。”（殪：被箭射死。刃傷：為兵刃所傷。）❸［驂乘］**同“參乘”。在車右邊陪乘**。《左傳·文公十八年》：“（齊懿公）納閻職之妻，而使職～～。”(又) **在車右邊陪乘的人**。《韓非子·難三》：“知伯出，魏宣子御，韓康子為～～。”

11 **驀** mò 粵 mak6 ❶ **上馬**。左思《吳都賦》：“～六駮（bó 粵 bok3），追飛生。”（駮：青白相雜的馬。飛生：鼯鼠。）❷ **超越，越過**。敦煌寫本《伍子胥變文》：“今日登山～嶺，糧食罄窮。”❸ **突然**。辛棄疾《青玉案·元夕》：“眾裏尋他千百度，～然回首，那人卻在，燈火闌珊處。”

11 **驁** ào 粵 ngou6 ❶ **駿馬**。《呂氏春秋·察今》：“良馬期乎千里，不期乎驥～。”（乘良馬是希望能跑千里，不是希望得到好馬的名字。驥：好馬。）(引) **放縱奔馳**。屈原《遠遊》：“驂連蜷（quán 粵 kyun4）以驕～。”（驂：駕在車前兩側的馬。連蜷：形容馬奔跑時的樣子。）❷ **通“傲”。傲慢**。《韓非子·十過》：“夫知伯之為人也，好利而～愎（bì 粵 bik1）。”（知伯：人名。愎：固執，任性。）(又) **輕視**。《呂氏春秋·下賢》：“士

～祿爵者，固輕其主。”❸ áo (粵) ngou4 **通“謷”。詆毀**。《商君書・更法》：“有獨知之慮者，必見～於民。”

12 **驍** xiāo (粵) hiu1 **好馬**。顏延之《赭白馬賦》：“料武藝，品～騰。”(引) **勇猛，矯健**。《晉書・謝安傳》：“慮其～猛。”

12 **驊** huá (粵) waa4 **[驊騮] 良馬**。《莊子・秋水》：“騏驥～～一日而馳千里。”《漢書・揚雄傳上》：“騁～～以曲艱兮。”(曲艱：曲折險阻之地。)

12 **驕** jiāo (粵) giu1 ❶ **馬高大健壯的樣子**。《詩經・衛風・碩人》：“四牡有～。”(牡：公馬。) ❷ **自滿，自高自大**。《論語・學而》：“貧而無諂，富而無～。”《商君書・戰法》：“王者之兵，勝而不～，敗而不怨。”(怨：悔恨。) **成語有“戒驕戒躁”**。(引) **放縱**。《史記・扁鵲倉公列傳》：“～恣不論於理。”(恣：放縱。論：講。) ❸ **驕寵，寵愛**。《孫子兵法・地形》：“譬若～子，不可用也。”嵇康《與山巨源絕交書》：“少加孤露，母兄見～。”**成語有“天之驕子”。【辨】驕，傲。“驕”是自滿，是一種心理狀態；“傲”是傲慢，沒禮貌，是一種行為表現。**

13 **驖** tiě (粵) tit3 **赤黑色的馬**。《詩經・秦風・駟驖》：“駟～孔阜。”

13 **驛** yì (粵) jik6 ❶ **古代供傳遞公文或傳送消息用的馬**。《後漢書・西域傳》：“馳命走～，不絕於時月。”(馳命：奔馳傳達命令。) (又) **用驛馬傳送的**。《晉書・謝安傳》：“有～書至。”(引) **驛站，供驛馬中途休息的地方**。《宋史・張方平傳》：“卧～中不起。”❷ **[駱驛] 往來不絕**。枚乘《七發》：“前後～～。”**又寫作“絡繹”**。

13 **驗** yàn (粵) jim6 ❶ **證據，憑證**。《史記・晉世家》：“何以為～？”❷ **檢驗，驗證**。《漢書・平帝紀》：“其當～者即～問。”沈括《夢溪筆談》卷七：“何以知之？以月盈虧可～也。”**雙音詞有“考驗”、“試驗”**。❸ **效果**。《淮南子・主術》：“～在近而求之遠。”(又) **應驗**。《三國志・吳書・吳主傳》：“表說水旱小事，往往有～。”(表：人名。)

13 **驚** jīng (粵) ging1/geng1 ❶ **馬受驚**。《戰國策・趙策一》：“襄子至橋而馬～。”(引) **驚駭，震驚**。《史記・淮陰侯列傳》：“一軍皆～。”❷ **驚動，震動**。李白《猛虎行》：“戰鼓～山欲傾倒。”**成語有“驚天動地”**。

14 **驟** zhòu (粵) zaau6 ❶ **馬奔馳**。《詩經・小雅・四牡》：“載～駸 (qīn (粵) cam1) 駸。”(載：動詞詞頭。駸駸：馬疾行的樣子。) (又) **奔跑**。《莊子・齊物論》：“鳥見之高飛，麋鹿見之決～。”(引) **快速，急速**。《老子・二十三章》：“～雨不終日。”(終日：一整天。) **成語有“暴風驟雨”**。❷ **屢次，多次**。《左傳・宣公二年》：“宣子～諫。”

14 **驌** sù (粵) suk1 **[驌驦] [驌騻] 良馬名**。張協《七命》：“驂唐公之～驦。”《後漢書・馬融傳》：“六～騻之玄龍。”

16 **驥** jì (粵) kei3 **駿馬，好馬**。《荀子・脩身》：“夫～一日而千里。”曹操《步出夏門行・龜雖壽》：“老～伏櫪，志在千里。”(櫪：馬槽。)

17 **驦** shuāng (粵) soeng1 **[驌 (sù (粵) suk1) 驦] 見本頁“驌”字。**

17 **驤** xiāng (粵) soeng1 ❶ **向上舉**。鄒陽《上吳王書》：“臣聞蛟龍～首奮翼，則浮雲出流，霧雨咸集。”❷ **奔馳**。王延壽《魯靈光殿賦》：“虯龍騰～以蜿蟺。”

18 **驩** huān (粵) fun1 ❶ **喜悅，高興**。《左傳・昭公五年》：“君若～焉好逆使臣，滋敝邑休殆，而忘其死，亡無日矣。”《孟子・盡心上》：“霸者之民，～虞如也。”(虞：通“娛”。快樂。) (引) **交好**。《左傳・昭公四年》：“寡人願結～於二三君。”❷ **[驩兜] 傳說中的古代部族首領**。

《尚書・舜典》："流共工于幽洲，放～～于崇山。"

19 **驪** lí (粵) lei^{4} ❶ **黑色的馬**。《詩經・齊風・載驅》："四～濟濟，垂轡瀰瀰。"《禮記・檀弓上》："夏后氏尚黑……戎事乘～。" ❷ **黑色的**。《莊子・列禦寇》："使～龍而寤，子尚奚微之有哉？"（倘使驪龍醒了，你〔將被吃盡〕還能剩下甚麼呢？）**[驪珠] 傳説中驪龍頷下之珠**。丘丹《奉酬韋使君送歸山》詩："涉海得～～。" ❸ **並列的，成對的**。《漢書・王莽傳》："賜以束帛加璧，大國乘車、安車各一，～馬二駟。"《後漢書・寇恂傳》："時軍食急乏，恂以輦車～駕轉輸，前後不絕。" ❹ **[驪山] 山名。在今陝西臨潼，秦始皇墓所在地。**

骨部

0 **骨** gǔ (粵) gwat^{1} ❶ **骨頭**。《戰國策・燕策一》："馬已死，買其～五百金。" ❷ **人的品質、氣概**。《世説新語・賞譽》："王右軍目陳玄伯壘塊有正～。"（目：品評。）**又如"傲骨"、"媚骨"**。❸ **比喻文學作品的剛健風格**。劉勰《文心雕龍・風骨》："結言端直，則文～成焉。"（結言：用詞造句。）

3 **骩** wěi (粵) wai^{2} ❶ **彎曲**。《呂氏春秋・必己》："尊則虧，直則～，合則離。" ❷ **通"委"。聚集**。揚雄《太玄・積》："小人積非，禍所～也。"

4 **骯** kǎng (粵) kong^{3} [**骯髒**(zǎng (粵) zong^{3})] ① **體胖**。庾信《擬連珠》："～～之馬，無復千金之價。" ② **剛直的樣子**。李白《魯郡堯祠送張十四遊河北》詩："有如張公子，～～在風塵。"**【注意】**現代"骯"字又讀 āng (粵) ong^{1}/ngong^{1}，"骯髒"是不潔淨的意思，與古代"骯"字的音、義都不同。

6 **骴** (髊)cí (粵) ci^{1} **肉未爛完的骸骨**。《周禮・秋官・蜡氏》："蜡氏掌除～。"

6 **骼** gé (粵) gaak^{3} ❶ **禽獸之骨**。(又) **枯骨**。《三國志・魏書・崔琰傳》："宜敕郡縣掩～埋胔(zì (粵) zi^{6})。"（胔：腐爛的肉。）❷ (粵) gok^{3} **通"胳"。羊腋下的肉**。《儀禮・有司》："司士設俎於豆北，羊～一。"

6 **骹** qiāo (粵) haau^{1} ❶ **脛，小腿**。《爾雅・釋畜》："四～皆白，驓。" (引) **指腳**。梅堯臣《潘歙州話廬山》詩："坐石浸兩～。" (又) **物體的較細的末端**。《周禮・考工記・輪人》："參分其股圍，去一以為～圍。" ❷ **肋骨與胸骨及胸椎下部相交處**。《靈樞經・本藏》："廣胸反～者肝高，合脅兔～者肝下。" ❸ xiāo **響箭**。元稹《江邊四十韻》："隱錐雷震蟄，破竹箭鳴～。"

6 **骸** hái (粵) haai^{4} ❶ **脛骨，小腿骨**。《素問・骨空論》："～下為輔。"（輔：腓骨。）❷ **人骨，骨骼**。《公羊傳・宣公十五年》："易子而食之，析～而炊之。"（炊：燒火做飯。）❸ **身體，形體**。《呂氏春秋・重己》："其為輿馬衣裘也，足以逸身暖～而已矣。"《列子・黃帝》："有七尺之～。" **雙音詞有"形骸"、"遺骸"**。

8 **髀** bì (粵) bei^{2} ❶ **大腿**。《禮記・深衣》："帶，下毋厭(yā (粵) aat^{3}/ngaat^{3})～。"（厭：壓。）(又) **大腿骨**。《禮記・祭統》："骨有貴賤，殷人貴～，周人貴肩。" ❷ **測定日影的表**。《晉書・天文志上》："～，股也；股者，表也。"

9 **髂** qià (粵) kaa^{3} ❶ **腰骨**。《素問・長刺節論》："刺兩～髎(liáo (粵) liu^{4})季脅肋間。"（髎：骨間的穴位。）(引) **腰部**。韓愈《縣齋有懷》詩："朝食不盈腸，冬衣才掩～。" ❷ gé (粵) gaak^{3} **同"骼"。骨**。《漢書・揚雄傳》："范雎，魏之亡命也，折脅拉～。"

10 **髇** xiāo (粵) haau^{1} **響箭**。温庭筠《病中書懷呈友人》詩："粉垛收丹采，金

～隱僕姑。”（僕姑：一種箭。）

13 **體** tǐ (粵) tai^{2} ❶ **肢體，身體的部分。**《史記·項羽本紀》：“王翳（yì (粵) ai^{3}/ngai^{3}）取其頭……郎中騎楊喜、騎司馬呂馬童、郎中呂勝、楊武各得其一～。”（郎中騎、騎司馬、郎中：官名。）［四體］**四肢，手足。**《論語·微子》：“～～不勤，五穀不分，孰為夫子？”(泛) **身體。**《後漢書·華佗傳》：“～有不快。”（不快：不舒服。）(又) **身份，地位。**《孟子·告子上》：“～有貴賤，有大小。”❷ **部分，局部。**《墨子·經上》：“～，分於兼也。”（兼：全體。）(又) **區分，分解。**《周禮·天官·序官》：“～國經野，設官分職。”《孔子家語·問禮》：“～其犬豕牛羊。”❸ **本體，實體。**《論衡·自然》：“地以土為～。”范縝《神滅論》：“名殊而～一也。”（名稱不同而實體一樣。）(引) **主體，根本。**《莊子·大宗師》：“以刑為～，以禮為翼。”賈誼《陳政事疏》：“使少知治～者，得佐下風，致此非難也。”(又) **整體，總體。**《儀禮·喪服》：“父子一～也，夫妻一～也。”❹ **占卜的卦象、卦兆。**《詩經·衞風·氓》：“爾卜爾筮，～無咎言。”❺ **內容。**《管子·五輔》：“義有七～。”❻ **形體，形狀。**《周易·繫辭上》：“故神無方而易無～。”(又) **體裁。**《舊唐書·劉禹錫傳》：“禹錫精於古文，善五言詩；今～文章，復多才麗。”（復：又。才麗：指文章有才氣而且華麗。）❼ **書法的字體。**《顏氏家訓·雜藝》：“莫不得羲之之～。”❽ **準則。**《荀子·天論》：“君子有常～矣。”(又) **依靠，依據。**《管子·君臣上》：“則君～法而立矣。”(又) **效法。**《淮南子·本經》：“帝者～太一，王者法陰陽。”❾ **體察、體會（他人）。**《禮記·中庸》：“敬大臣也，～群臣也。”**雙音詞有“體諒”、“體恤”。**(又) **體現。**《周易·繫辭下》：“以～天地之撰。”(引) **親近，接近。**《禮記·學記》：“就賢～遠。”❿ **（親身）實踐、體驗。**《淮南子·氾論》：“故聖人以身～之。”**【注意】古代只有“體”字，宋代以後出現“体”字。“体”原讀 bĕn (粵) ban^{6}，是“粗笨”、“粗魯”的意思。上述義項都不作“体”。**

13 **髑** dú (粵) duk^{6}［髑髏］**死人頭骨。**《莊子·至樂》：“莊子之楚，見空～～，髐（xiāo (粵) haau^{1}）然有形。”（髐：枯骨暴露的樣子。）

15 **髖** （臗）kuān (粵) fun^{1} **胯骨。**《漢書·賈誼傳》：“至於～髀之所，非斤則斧。”

高部

0 **高** gāo (粵) gou^{1} ❶ **高。與“低”相對。**《荀子·勸學》：“不登～山，不知天之～也。”(又) **高度。**《列子·湯問》：“太形、王屋二山，方七百里，～萬仞。”（太形：即太行山。仞：古代七尺或八尺為一仞。）❷ **等級或程度高。**《孟子·離婁上》：“惟仁者宜在～位。”李白《夜宿山寺》詩：“不敢～聲語，恐驚天上人。”(又) **年齡大。**《戰國策·秦策五》：“王年～矣。”❸ **高超，高尚。**《漢書·鼂錯傳》：“臣竊觀皇太子材智～奇。”（竊觀：私下看。這是一種自謙的說法。）《韓非子·五蠹》：“輕辭天子，非～也，勢薄也。”（辭：辭去不做。）**成語有“高風亮節”。**(又) **尊敬，崇尚。**《商君書·君臣》：“行不中法者，不～也。”（中：符合。）

髟部

3 **髡** （髠）kūn (粵) kwan^{1} **古代一種剃去頭髮的刑罰。**屈原《九章·涉江》：“接輿～首兮，桑扈裸行。”（接輿、桑扈：人名。）(引) **剪去樹的枝梢**。賈思勰《齊民要術·栽樹》：“大樹～之，小則不～。”

3 **髢** dí（舊讀 dì）粵 tai^{3} **假髮**。《左傳·哀公十七年》：“見己氏之妻髮美，使髡（kūn 粵 kwan^{1}）之以為呂姜～。”（髡：剃髮。）(又) **裝假髮**。《詩經·鄘風·君子偕老》：“鬒（zhěn 粵 can^{2}）髮如雲，不屑～也。”（鬒髮：又黑又密的髮。）

4 **髦** máo 粵 mou^{4} ❶ **古代兒童垂在前額的齊眉短頭髮**。《詩經·鄘風·柏舟》：“髧（dàn 粵 dam^{3}）彼兩～，實維我儀。”（髧：頭髮下垂的樣子。）(又) **毛髮**。王安石《寄李秀才兄弟》詩：“後生可畏吾知子，南北何時見兩～。”❷ **比普通毛髮更長的頭髮。特指馬鬃**。《儀禮·既夕禮》：“馬不齊～。”❸ **俊杰**。《詩經·大雅·棫樸》：“奉璋峨峨，～士攸宜。”（奉：兩手捧着。璋：一種貴重的玉器。峨峨：莊嚴的樣子。攸：所。）❹ **通“旄”。用氂牛尾做裝飾的旗子**。張協《七命》：“建雲～，啟雄芒。”(又) **氂牛**。張協《七命》：“～殘象白。”（殘、白：指煮的肉。）❺ 粵 mau^{4} **通“髳”。古代西南方少數民族名**。《詩經·小雅·角弓》：“如蠻如～，我是用憂。”

4 **⿱髟介** jiè 粵 gaai^{3} **以簪固定的髮髻**。《南史·夷貊傳下》：“男女皆露～。”

4 **髣** fǎng 粵 fong^{2}［**髣髴**］**仿佛，好像**。屈原《遠遊》：“時～～以遙見兮。”陶潛《桃花源記》：“山有小口，～～若有光。”

4 **髧** dàn 粵 dam^{3} **頭髮下垂的樣子**。《詩經·鄘風·柏舟》：“～彼兩髦，實維我特。”（髦：古代兒童下垂至眉的短髮。特：配偶。）

5 **髬** pī 粵 pei^{1}［**髬髵**（ér 粵 ji^{4}）］［**髬耏**（ér 粵 ji^{4}）］① **猛獸發怒時鬃毛豎起的樣子**。張衡《西京賦》：“及其猛毅～髵，隅目高眶。”② **指猛獸**。劉基《郁離子·靈丘丈人》：“～耏問于赤羽雕曰：‘盜日殺而日多，何也？’”③ **頭髮豎起**。李覯《弔韓弇沒胡中文》：“羌戎～髵，坐刃我師。”

5 **髮** fà 粵 faat^{3} **頭髮**。《東漢民謠》：“小民～如韭，剪復生。”《論衡·無形》：“人少則～黑，老則～白。”

5 **髯**（**髥、頾、䫇**）rán 粵 jim^{4} **兩頰的鬍鬚。也泛指鬍鬚**。《漢書·高帝紀》：“高祖……美鬚～。”(引) **動物的咽喉下的毛**。《山海經·西山經》：“其鳥多當扈，其狀如雉，以其～飛。”《史記·封禪書》：“有龍垂鬍～下迎黃帝。”

5 **髴** fú 粵 fat^{1} ❶ **婦女首飾**。歐陽修《班班林間鳩寄內》詩：“又云子亦病，蓬首不加～。”❷［**髣**（fǎng 粵 fong^{2}）**髴**］**見本頁“髣”字**。❸ fèi 粵 fai^{3} **通“狒”**。［**髴髴**］**動物名，即“狒狒”**。《尚書大傳》五：“～～，周成王時州靡國獻之。”

5 **髫** tiáo 粵 tiu^{4} ❶ **兒童頭部下垂的短髮**。陶潛《桃花源記》：“黃髮垂～，並怡然自樂。”（黃髮：指老人。垂髫：指兒童。）(引) **兒童**。《北史·柳遐傳》：“～歲便有成人之量。”（量：度量，氣度。）❷ **通“齠”。換牙**。《後漢書·董卓傳》：“其子孫雖在～齔，男皆封侯，女為邑君。”

5 **髲** bì 粵 bei^{6} **假髮**。《三國志·吳書·薛綜傳》：“珠崖之廢，起於長吏覩其好髮，髡（kūn 粵 kwan^{1}）取為～。”（髡：剃去頭髮。）《世說新語·賢媛》：“湛頭髮委地，下為二～。”（湛：湛氏，陶侃母。下：指剪下來。）

5 **髳** máo 粵 mau^{4} **古代西南的一個民族**。《尚書·牧誓》：“及庸、蜀、羌、～、微、盧、彭、濮人。”

6 **髻** jì 粵 gai^{3} **髮髻**。《史記·貨殖列傳》：“賈椎～之民。”（與椎髻之民通商。）《世說新語·賢媛》：“有人走從門入，出～中疏示重。”（重：李重，人名。）

6 **髭** (頿)zī ㊕ zi1 **脣上的鬍鬚**。《左傳·昭公二十六年》：“至于靈王，生而有～。”漢樂府《陌上桑》：“行者見羅敷，下擔捋～鬚。”

6 **髹** (髤)xiū ㊕ jau1 **黑赤色的漆。也泛指漆**。劉禹錫《武陵觀火》詩：“瑤壇被～漆，寶樹攢珊瑚。”

6 **髺** (鬠)kuò ㊕ kut3 **束髮**。《儀禮·士喪禮》：“主人～髮。”

7 **髽** zhuā ㊕ zaa1 **古人有喪事時的髮髻，以麻束髮**。《左傳·襄公四年》：“臧紇救鄫，侵邾，敗于狐駘。國人逆喪者皆～。魯于是乎始～。”(泛) **以麻束髮**。《淮南子·齊俗》：“三苗～首，羌人括領，中國冠笄。”

7 **鬀** tì ㊕ tai3 **“鬀”為“剃”的本字。用刀刮去毛髮**。《淮南子·齊俗》：“屠牛吐一朝解九牛而刀以～毛。”

8 **鬇** zhēng ㊕ caang4 [鬇鬡] ① **毛髮亂的樣子**。韓愈等《征蜀聯句》：“怒鬚猶～～。”《寒山詩》五十八：“我見百十狗，箇箇毛～～。”② **兇惡的樣子**。元稹《酬獨孤二十六送歸通州》詩：“下觀～～輩，一掃冀不存。”

8 **鬈** quán ㊕ kyun4 ❶ **頭髮美**。《詩經·齊風·盧令》：“其人美且～。”❷ **古代婦女家居時的髮型。束髮為結，分垂兩側**。《禮記·雜記下》：“婦人執其禮，燕則～首。”（燕：燕居，閒居。）❸ **頭髮彎曲**。李賀《龍夜吟》：“～髮胡兒眼睛綠，高樓夜靜吹橫竹。”

8 **鬃** zōng ㊕ zung1 ❶ **高髻**。張君房《雲笈七籤》卷一一三下：“睹山栖求道，無巾裹～角，布衣事道士。”❷ **馬、豬等頸上的毛**。徐陵《紫騮馬》詩：“玉鐙繡纏～，金鞍錦覆幪。”**這個意義又寫作“騣”**。

9 **鬌** duǒ ㊕ do2 ❶ **毛髮脫落**。《說文》：“鬌，髮墮也。”❷ **幼兒剪髮時留下的頭髮**。《禮記·內則》：“三月之末，擇日剪髮為～。”

10 **鬐** qí ㊕ kei4 ❶ **馬鬃，馬頸上的長毛**。《尉繚子·制談》：“彼駑馬～興角逐，何能紹吾氣哉？”(泛) **動物頸背的長毛**。李公佐《古岳瀆經》：“狀有如猿，白首長～。”❷ **通“鰭”。魚類的背鰭**。《莊子·外物》：“已而大魚食之……騖揚而奮～，白波若山，海水震蕩。”

10 **鬒** (黰)zhěn ㊕ can2 **頭髮稠而黑**。《詩經·鄘風·君子偕老》：“～髮如雲，不屑髢（dí ㊕ tai3）也。”（髢：假髮。）《左傳·昭公二十八年》：“昔有仍氏生女，～黑而甚美。”

10 **鬑** lián ㊕ lim4 [鬑鬑] **鬢髮稀疏的樣子**。《樂府詩集·陌上桑》：“為人潔白晳，～～頗有鬚。”

11 **鬘** mán ㊕ maan4 ❶ **形容頭髮美**。夏完淳《與李舒章求寬侯民書》：“家慈之～雲既脫，四寡共居。”❷ **梵語 soma 譯音。纓絡之類的裝飾物**。白居易《遊悟真寺》詩：“疊霜為袈裟，貫雹為華～。”

13 **鬟** huán ㊕ waan4 ❶ **古代婦女梳的一種環形髮髻**。劉禹錫《同樂天和微之深春二十首》之十六：“雙～梳頂髻。”《宋書·五行志一》：“民間婦人結髮者，三分髮，抽其～直向上，謂之‘飛天紒’。”❷ **婢女**。梅堯臣《聽文都知吹簫》詩：“欲買小～試教之。”

14 **鬢** bìn ㊕ ban3 **臉兩旁靠近耳朵的頭髮**。《國語·晉語九》：“美～長大則賢。”賀知章《回鄉偶書》詩：“鄉音無改～毛衰。”

14 **鬡** níng ㊕ ning4 [**鬇**(zhēng ㊕ caang4)**鬡**] **見本頁“鬇”字**。

15 **鬣** liè ㊕ lip6 ❶ **鬍鬚**。《左傳·昭公十七年》：“使長～者三人潛伏於舟側。”❷ **獸類頸上的毛**。陸德明《經典釋文》卷四：“駵（liú ㊕ lau4），音留，赤馬黑～也。”❸ **魚類頷邊的鰭**。李賀《白虎行》：“鯨魚張～海波沸，耕人半作征人鬼。”❹ **鳥頭上的長毛**。枚乘《七發》：“鵷鶵鵁鶄，翠～紫纓。”❺ **松針**。段成式《酉陽雜俎》卷十八“廣動植之三”：“大堂前有五～松兩株。”❻ **掃帚**。《禮記・少儀》：“氾掃曰掃，掃席前曰拚（fèn ㊣ fan³），拚席不以～。”（拚：掃。）

鬥部

6 **鬨** hòng ㊣ hung⁶ ❶ **爭鬥**。《孟子・梁惠王下》：“鄒與魯～。”❷ **喧鬧**。《揚子法言・學行》：“一～之市，不勝異意焉。”【注意】“鬨”與“哄”在古代原是不同的字，意義也不相同。

8 **鬩** xì ㊣ jik¹ **不和，爭吵**。《詩經・小雅・常棣》：“兄弟～于牆，外禦其務。”（禦：抵抗。務：通“侮”。）

14 **鬭** （鬥、鬪、鬦）dòu ㊣ dau³ ❶ **爭鬥，打架**。《論語・季氏》：“及其壯也，血氣方剛，戒之在～。”《荀子・榮辱》：“凡～者，必自以為是而以人為非也。”㊀ **戰鬥**。《史記・李將軍列傳》：“且引且戰，連～八日。”❷ **比賽爭勝**。《史記・項羽本紀》：“吾寧～智，不能～力。”❸ **湊在一塊兒，合在一處**。《國語・周語下》：“穀、洛～，將毀王宮。”（穀、洛：水名。）李賀《梁臺古意》詩：“臺前～玉作蛟龍，綠粉掃天愁露濕。”（鬭玉：指將玉石鬥合為欄。）

鬯部

0 **鬯** chàng ㊣ coeng³ ❶ **古代祭祀用的香酒**。《漢書・宣帝紀》：“薦～之夕。”（薦：獻。）［秬（jù ㊣ geoi⁶）鬯］用黑黍釀成的香酒。《三國志・吳書・吳主傳》：“錫君～～一卣（yǒu ㊣ jau⁵）。”（錫：賜。卣：古代盛酒的器皿。）❷ **鬱金草**。《論衡・儒增》：“食白雉（zhì ㊣ zi⁶），服～草。”（雉：野雞。）❸ **通“暢”。暢通**。《漢書・律曆志上》：“然後陰陽萬物靡不條～該成。”（條：通達。該：齊備。）❹ **通“暢”。盛**。《漢書・郊祀志上》：“草木～茂。”❺ **通“韔”。盛弓器**。《詩經・鄭風・大叔于田》：“抑～弓忌。”（鬯弓：把弓藏在弓袋裏。忌：語氣詞。）

19 **鬱** yù ㊣ wat¹ ❶ **樹木叢生，茂盛**。《詩經・秦風・晨風》：“～彼北林。”（彼：那個。）［鬱鬱］① **草木茂盛的樣子**。《古詩十九首・青青河畔草》：“～～園中柳。”② **憂傷、愁悶的樣子**。屈原《九章・抽思》：“心～～之憂思兮。”㊀（**雲、氣）濃盛的樣子**。《三國志・吳書・薛綜傳》：“加以～霧冥其上，鹹水蒸其下。”❷ **憂愁，愁悶**。《管子・內業》：“憂～生疾。”❸ **積結**。《漢書・路溫舒傳》：“忠良切言皆～於胸。”［鬱陶（yáo ㊣ jiu⁴）］**憂思積結的樣子**。《孟子・萬章上》：“～～思君爾。”❹ **草木腐臭**。《荀子・正名》：“香、臭、芬、～……以鼻異。”（芬：草木的香氣。）【注意】在古代，“郁”與“鬱”是兩個字，只有在“（雲、氣）濃盛的樣子”這個意義上，“郁”可以通“鬱”，其他意義各不相同。參 660 頁“郁”字。

鬲部

0 **鬲** lì ㊣ lik⁶ ❶ **鼎一類的烹飪器，三足中空**。《漢書・郊祀志》：“（鼎）其空足曰～。”柳宗元《非國語・三川震》：“夫釜～而爨（cuàn ㊣ cyun³）者。”（釜：

鍋。爨：燒火做飯。）❷ gé (粵) gaak^3 **膈膜**。《三國志・魏書・華佗傳》："太祖苦頭風，每發，心亂目眩，佗針～，隨手而差。"（針鬲：用針刺橫膈膜的穴位。差：瘥，病好了。）**這個意義又寫作"膈"**。❸ gé (粵) gaak^3 **通"隔"**。**隔離**。《漢書・薛宣傳》："陰陽否（pǐ (粵) pei^2）～。"（否：不通。）❹ è (粵) ak^1/ngak^1 **車軛**。《周禮・考工記・車人》："～長六尺。"

7 **鬴** fǔ (粵) fu^2 ❶ **古代量器名**。《周禮・考工記・㮚氏》："量之以為～。"❷ **同"釜"**。**古代一種鍋**。《漢書・匈奴傳下》："胡地秋冬甚寒，春夏甚風，多齎（jī (粵) zai^1）～鍑（fù (粵) fu^3）薪炭。"（齎：攜帶。鍑：大口鍋。）陸游《午枕》詩："清泉洗～煎山茗。"

12 **鬻** yù (粵) juk^6 ❶ **賣**。《韓非子・難一》："楚人有～楯與矛者。"（楯：盾。）(又) **買**。劉勰《文心雕龍・情采》："～聲釣世。"❷ **通"育"**。**生育**。《禮記・樂記》："毛者孕～。"（毛者：指走獸。）(又) **撫養**。《詩經・豳風・鴟鴞》："恩斯勤斯，～子之閔斯。"（因為撫育小鳥累病了。閔：病。斯：語氣詞。）❸ zhōu (粵) zuk^1 **通"粥"**。**粥**。《三國志・魏書・管寧傳》："飯～餬口，并日而食。"（餬口：勉強維持生活。并日而食：兩天只吃一天的飯。）**【辨】鬻，賣，沽，售**。見93頁"售"字。

鬼部

0 **鬼** guǐ (粵) gwai^2 ❶ **迷信的人認為人死後有"靈魂"，稱之為"鬼"**。屈原《九歌・國殤》："子魂魄兮為～雄。"《論衡・死偽》："物死不能為～，人死何故獨能為～？"(又) **指萬物的精靈**。《詩經・小雅・何人斯》："為～為蜮，則不可得。"**成語有"鬼蜮伎倆"**。(喻) **隱秘，不可捉摸**。《韓非子・八經》："其用人也～。"**成語有"鬼鬼祟祟"**。❷［**鬼方**］**殷周時活動於今陝西北部的一個民族**。

4 **魁** kuí (粵) fui^1 ❶ **勺子，調羹**。賈思勰《齊民要術・種榆白楊》："十年之後，～、碗、瓶、榼（hé (粵) hap^6）、器皿，無所不任。"（榼：酒杯。）❷ **頭目，首領**。《尚書・胤征》："殲厥渠～，脅從罔治。"《漢書・游俠傳》："閭里之俠，原涉為～。"（閭里：鄉里。原涉：人名。）**成語有"罪魁禍首"**。(又) **科舉考試中第一名**。《宋史・章衡傳》："卿為仁宗朝～甲。"（魁甲：第一名，即狀元。）❸ **高大，魁梧**。《史記・孟嘗君列傳》："始以薛公為～然也，今視之，乃眇小丈夫耳。"《漢書・張良傳》："聞張良之智勇，以為其貌～梧奇偉。"❹ **星名。北斗七星中形成斗形的四顆星**。《三國志・吳書・吳主傳》："犯～第二星而東。"（犯：指經過。）

5 **魄**（㿀）pò (粵) paak^3 ❶ **魂魄。迷信者所說的依附於人的形體、人死後可以繼續存在的精神**。《左傳・昭公七年》："匹夫匹婦強死，其魂～猶能馮依於人以為淫厲。"（強死：暴死。馮：依。淫厲：指惡鬼。）**成語有"魂飛魄散"**。❷ **夏曆月初時的月光**。《尚書・康誥》："惟三月哉生～。"《論衡・調時》："月三日～，八日弦，十五日望。"（每月初三的月光叫魄，初八叫弦，十五叫望。）(泛) **月光**。盧仝《月蝕》詩："初露半個璧，漸吐滿輪～。"(又) **月亮虧缺的部分**。張衡《靈憲》："故月光生於日之所照，～生於日之所蔽。"**上述❷(泛)(又)的意義又寫作"霸"**。❸ bó (粵) bok^6［**旁魄**］**廣大無邊際**。《荀子・性惡》："雜能～～而無用。"（雜能：能耐很多且很雜。）**這個意義又寫作"旁薄"、"旁礴"、"磅礴"**。❹ tuò (粵) tok^3［**落魄**］**窮困不得志**。《史記・酈生陸賈列傳》:“家貧～～，無以為衣食業。”(業:職業。) **這個意義又寫作“落泊”、“落拓”、“落托”。**

5 **魅** (髟)mèi ㊀ mei⁶ ❶ **迷信傳說中的精怪、鬼怪。**《韓非子·外儲說左上》:“齊王問曰:‘畫孰最難者?’曰:‘犬馬最難。’‘孰易者?’曰:‘鬼～最易。’” ❷ **迷惑，惑亂。**洪邁《夷堅丁志·蛇妖》:“蛇最能為妖，化形～人。”

5 **魃** bá ㊀ bat⁶ [旱魃] **傳說中引起旱災的鬼怪。**《詩經·大雅·雲漢》:“～～為虐，如惔(tán ㊀ taam⁴)如焚。”(惔:焚燒。)

7 **魈** xiāo ㊀ siu¹ **山林精怪。**白居易《送人貶信州判官》詩:“溪畔毒沙藏水弩，城頭枯樹下山～。”張祜《讀曲歌五首》之四:“窗外山～立，知渠腳不多。”

8 **魏** wèi ㊀ ngai⁶ ❶ **周代諸侯國，後為晉所滅。**㊁ **戰國七雄之一，原是晉國的一部分。在今河南北部和山西西南部一帶。參 272 頁“晉”字。** ❷ **朝代名。** ① **公元 220-265 年，三國之一，在今黃河流域各省和湖北、安徽、江蘇北部，遼寧中部一帶，第一代君主是曹丕(pī ㊀ pei¹)。**② **公元 386-534 年，北朝之一，又稱北魏，第一代君主是拓跋珪，後來分裂為東魏(公元 534-550 年)和西魏(公元 535-556 年)。** ❸ [魏闕] **古代宮門外兩邊高聳的樓觀。借指朝廷。**《莊子·讓王》:“身在江海之上，心居乎～～之下。”

8 **魎** liǎng ㊀ loeng⁵ [魍魎] **見本頁“魍”字。**

8 **魍** wǎng ㊀ mong⁵ [魍魎] **傳說中的山川精怪。**杜甫《崔少府高齋三十韻》:“～～森慘戚。”(森:眾多。) **又寫作“罔兩”、“蝄蜽”。**

11 **魑** chī ㊀ ci¹ [魑魅] **傳說中山林裏能害人的怪物。**杜甫《天末懷李白》詩:“～～喜人過。”

14 **魘** yǎn ㊀ jim² ❶ **夢中驚駭。**王建《縣丞廳即事》詩:“古廳眠受～，老吏語多虛。” ❷ **以妖術害人(後起意義)。**《太平廣記》卷三六九:“其婢求術者行～蠱之法，以符埋李氏宅糞土中。”

魚部

4 **魯** lǔ ㊀ lou⁵ ❶ **笨，愚鈍。**《論語·先進》:“參也～。”(參:曾參，人名。) ❷ **周代諸侯國，在今山東南部一帶。**

4 **魴** fáng ㊀ fong⁴ **一種淡水魚。也叫鯿魚，今名武昌魚。**《詩經·齊風·敝笱》:“敝笱在梁，其魚～鱮(xù ㊀ zeoi⁶)。”(敝笱:破舊的捕魚器。梁:魚梁，攔魚的堤壩。鱮:魚名，即鰱魚。)杜甫《觀打魚歌》:“～魚肥美知第一。”

5 **鮒** fù ㊀ fu⁶ ❶ **鯽魚。**《墨子·公輸》:“江漢之魚鼈黿(yuán ㊀ jyun⁴)鼉(tuó ㊀ to⁴)為天下富，宋所為無雉兔～魚者也。”(據《太平御覽》引) ❷ **蝦蟆。**《周易·井》:“九二，井谷射～。”

5 **鮑** bào ㊀ baau⁶ ❶ **鹽漬魚。**《史記·貨殖列傳》:“～千鈞。”㊁ **乾魚。**《周禮·天官·籩人》:“朝事之籩，其實……～魚、鱐(sù ㊀ sau¹)。”(鱐:乾魚。) ❷ ㊀ baau¹ **鰒魚的別稱，即石決明。**徐珂《清稗類鈔·動物類》:“鰒，亦稱～魚。” ❸ **通“鞄”。鞣製皮革的工匠。**《周禮·考工記》:“攻皮之工:函、～、韗(yùn ㊀ wan⁶)、韋、裘。”(韗:製鼓工匠。)

5 **鮐** tái ㊀ toi⁴ ❶ **一種體側有斑紋的海魚。也叫鯖。**《鹽鐵論·通有》:“萊、黃之～，不可勝食。” ❷ **高壽的老人。人老背如鮐的斑紋。**陸龜蒙《彼農二章》詩之一:“大耋既～。” [鮐背] **高壽的老人。**柳宗元《愈膏肓疾賦》:“善養命者，

～～鶴髮成童兒。”

6 **鮞** ér (粵) ji^4 ❶ **魚苗，小魚**。《國語・魯語上》：“魚禁鯤 (kūn (粵) kwan^1) ～。” (魚：同“漁”。捕魚。鯤：魚子。) ❷ **一種魚**。《呂氏春秋・本味》：“魚之美者，洞庭之鱄 (zhuān (粵) zyun^1)，東海之～。” (鱄：魚名。)

6 **鮪** wěi (粵) fui^2 **鱘魚**。《詩經・周頌・潛》：“有鱣有～。” 陸機《擬行行重行行》詩：“王～懷河岫，晨風思北林。”

6 **鮫** jiāo (粵) gaau^1 **鯊魚**。《史記・秦始皇本紀》：“蓬萊藥可得，然常為大～魚所苦，故不得至。”

6 **鮮** xiān (粵) sin^1 ❶ **鮮魚，活魚**。《老子・六十章》：“治大國若烹小～。” (引) **新鮮，新宰殺的**。枚乘《七發》：“～鯉之膾 (kuài (粵) kui^2)。” (膾：細切的魚。) (引) **鮮豔，鮮明**。李白《子夜吳歌・春歌》：“紅妝白日～。” ❷ **夭折，早死**。《左傳・昭公五年》：“葬～者自西門。” (自：從。) ❸ xiǎn (粵) sin^2 **少**。《左傳・定公十三年》：“富而不驕者～。” ❹ xiàn (粵) sin^2 **獻**。《禮記・月令・仲春之月》：“天子乃～羔開冰，先薦寢廟。”

7 **鯁** (**骾**) gěng (粵) gang^2 ❶ **魚骨，魚刺**。杜牧《感懷》詩：“茹～喉尚隘，負重力未壯。” (又) **魚刺卡在喉嚨裏**。《漢書・賈山傳》：“祝鶴 (yē (粵) jit^3) 在前，祝～在後。” (先祝願別噎着，又祝願別讓魚刺卡着。餲：通“噎”。) ❷ **直爽，正直**。《後漢書・任隗傳》：“～言直議，無所回隱。” (回隱：迴避、隱藏。) (又) **正直的人**。《抱朴子・臣節》：“匡過弼違者，社稷之～也。” ❸ **害，禍患**。《國語・晉語六》：“除～而避強，不可謂刑。” ❹ **通“梗”**。**阻塞**。《後漢書・孔融傳》：“慮～大業。” 庾肩吾《亂後行經吳御亭》詩：“獯戎～伊洛。” ❺ **通“哽”**。**哽咽**。《後漢書・何皇后紀》：“太后～涕，群臣含悲莫敢言。”

7 **鯀** (**鮌**) gǔn (粵) gwan^2 **人名，夏禹的父親。相傳治水無功，被殺**。《左傳・昭公七年》：“昔堯殛～于羽山。” (殛：誅殺。)

7 **鮺** (**鮓**) zhǎ (粵) zaa^2 **醃魚**。《世說新語・賢媛》：“陶公少時作魚梁吏，嘗以坩～餉母。”

8 **鯫** zōu (粵) zau^1 **雜小魚**。《史記・貨殖列傳》：“～千石，鮑千鈞。” [**鯫生**] **對人的蔑稱**。《史記・留侯世家》：“沛公曰：～～教我距關無內諸侯。” 李顯等《十月誕辰內殿宴群臣效柏梁體聯句》：“～～侍從忝王枚，右掖司言實不才。”

8 **鯤** kūn (粵) kwan^1 **傳說中的一種大魚**。《莊子・逍遙遊》：“北冥有魚，其名為～。” (北冥：北海。)

8 **鯢** ní (粵) ngai^4 ❶ **一種兩栖動物。俗稱娃娃魚**。《爾雅・釋魚》：“～大者謂之鰕。” 李時珍《本草綱目・鱗部四》：“～生山溪中，似鮎。” ❷ **雌鯨**。左思《吳都賦》：“長鯨吞航，修～吐浪。” ❸ **一種小魚**。《莊子・外物》：“夫揭竿累，趣灌瀆，守～鮒，其於得大魚難矣。” ❹ [**鯢齒**] **通“齯齒”**。**老人齒落後復生之齒。喻指長壽者**。張衡《南都賦》：“於是乎～～、眉壽、鮐背之叟，皤皤然被黃髮者，喟然相與歌。”

9 **鰈** dié (粵) dip^6 **魚名，即比目魚**。劉勰《文心雕龍・封禪》：“然則西鶼 (jiān (粵) gim^1) 東～，南茅北黍。” (鶼：鶼鶼，比翼鳥。)

9 **鰕** xiā (粵) haa^1 ❶ **魚名。即鯢魚**。曹植《名都篇》：“膾鯉臇 (juǎn (粵) zyun^2) 胎～，寒鱉炙熊蹯。” (臇：烹製肉羹。) ❷ **大鯢**。虞荔《鼎錄》：“宋文帝得～魚，遂作一鼎，其文曰：‘～魚四足。’” ❸ **同“蝦”**。曹植《鰕䱇篇》：“～䱇 (shàn (粵) sin^5) 游潢潦，不知江海流。” 杜甫《贈韋七贊善》詩：“洞庭春色悲公子，～菜忘歸范蠡船。”

9 **鰒** fù [粵] fuk⁶ **一種海生軟體動物，即鮑魚**。《漢書・王莽傳下》：“莽憂懣不能食，亶 (dàn [粵] daan⁶) 飲酒，啖 (dàn [粵] daam⁶) ～魚。”(亶：通“但”。僅，只。啖：吃。)

10 **鱟** yú [粵] jyu⁴ **同“漁”。捕魚**。《周禮・天官・鱟人》：“凡～者掌其政令。”

10 **鰭** qí [粵] kei⁴ **魚鰭。魚類的運動器官**。郭璞《江賦》：“揚～掉尾，噴浪飛唌。”

10 **鰥** guān [粵] gwaan¹ ❶ **一種大魚**。《孔叢子・抗志》：“衞人釣於河，得～魚焉。” ❷ **老而無妻，也指死了妻子的人**。《詩經・周南・桃夭序》：“婚姻以時，國無～民也。”《管子・五輔》：“恤～寡，問疾病。”(恤：救濟。寡：老而無夫的人。) **成語有“鰥寡孤獨”**。

11 **鰿** jì [粵] zik¹ ❶ **一種小貝**。《爾雅・釋魚》：“大者魧，小者～。” ❷ **鯽魚**。《楚辭・大招》：“煎～臛雀，遽爽存只。”

11 **鱅** yóng [粵] jung⁴ **一種淡水魚**。《史記・司馬相如列傳》：“鰅～鰬魠。”

12 **鱖** guì [粵] gwai³ **魚名。一種肉味鮮美的淡水魚**。張志和《漁歌子》詞：“桃花流水～魚肥。”元結《雪中懷孟武昌》詩：“燒柴為温酒，煮～為作瀋。”(瀋：汁。)

12 **鱓** shàn [粵] sin⁵ ❶ **通“鱔”。黃鱔**。《淮南子・説林》：“今～之與蛇，蠶之與蠋，狀相類而愛憎異。”這個意義又寫作“鱔”。❷ tuó [粵] to⁴ 同“鼉”。鱷類爬行動物。李斯《諫逐客書》：“樹靈～之鼓。”

13 **鱠** kuài [粵] kui² **細切的魚肉**。《吳越春秋・闔閭內傳》：“吳王聞三師將至，治魚為～。” [又] **細切(魚肉)**。柳宗元《設漁者對智伯》：“脱其鱗，～其肉。”

13 **鱣** zhān [粵] zin¹ ❶ **魚名，即大鯉魚**。《詩經・周頌・潛》：“有～有鮪。” ❷ **魚名，即鱘鰉魚**。賈誼《弔屈原賦》：“橫江湖之～鯨兮，固將制於螻蟻。” ❸ shàn [粵] sin⁵ **鱔魚**。《荀子・王制》：“黿鼉魚鱉鰌～孕別之時，網罟毒藥不入澤。”

16 **鱷** (鰐)è [粵] ngok⁶ **鱷魚**。左思《吳都賦》：“鼅鼊鯖 (qīng [粵] cing¹) ～，涵泳乎其中。”(鼅鼊：龜類。鯖：魚名。)

16 **鱸** lú [粵] lou⁴ **魚名**。《後漢書・左慈傳》：“今日高會，珍羞略備，所少吳松江～魚耳。”

鳥部

1 **鳦** yǐ [粵] jyut⁶ **燕子**。《詩經・商頌・玄鳥》：“天命玄鳥，降而生商。”《毛傳》：“玄鳥，～也。”

2 **鳧** fú [粵] fu⁴ ❶ **野鴨**。《詩經・鄭風・女曰雞鳴》：“將翱將翔，弋～與雁。”(弋：用帶有繩子的箭射。) ❷ **[鳧茈 (cí [粵] ci⁴)] 荸薺**。《後漢書・劉玄傳》：“王莽末，南方饑饉，人庶群入野澤，掘～～而食之。”

2 **鳩** jiū [粵] gau¹/kau¹ ❶ **鳥名，也稱鶻鳩、斑鳩**。《詩經・召南・鵲巢》：“維鵲有巢，維～盈之。” ❷ **聚集，收集**。《三國志・魏書・王朗傳》：“～集兆民，于茲魏土。”孔穎達《禮記正義・序》：“俱以所見，各記舊聞，錯總～聚，以類相附。”**這個意義又寫作“勼”**。❸ **安定**。《左傳・隱公八年》：“君釋三國之圖以～其民，君之惠也。”《左傳・定公四年》：“若～楚竟，敢不聽命。” ❹ **度量(土地)**。《左傳・襄公二十五年》：“度山林，～藪澤。”《莊子・天下》：“禹親自操橐耜而～雜天下之川。”(鳩雜：又寫作“九雜”，度量並匯合。)

3 **鳶** yuān [粵] jyun¹ **一種鷹**。《詩經・大雅・旱麓》：“～飛戾天，魚躍于淵。”（戾：至。）沈括《夢溪筆談》卷三：“若～飛空中。”

3 **鳴** míng (粵) ming4 ❶ **鳥叫**。《詩經・小雅・伐木》：“鳥～嚶嚶。”(泛) **禽、獸、蟲等的鳴叫**。《詩經・小雅・鹿鳴》：“呦呦鹿～。”❷ **發響，使發響**。《史記・扁鵲倉公列傳》：“聞其耳～而鼻張。”《孟子・離婁上》：“小子～鼓而攻之可也。”**熟語有“掌聲雷鳴”**。❸ **聞名，著稱**。《元史・楊載傳》：“亦以文～江東。”

3 **鳳** fèng (粵) fung6 **鳳凰，古代傳說中的鳥王。一說雄的叫“鳳”，雌的叫“凰”，通常都稱作“鳳”**。《論語・微子》：“～兮～兮，何德之衰！”宋玉《對楚王問》：“鳥有～而魚有鯤（kūn (粵) kwan1）。”（鯤：古代傳說中的一種大魚。）

3 **鳲** shī (粵) si1 ［鳲鳩］**布穀鳥**。《詩經・曹風・鳲鳩》：“～～在桑，其子七兮。”**又寫作“尸鳩”**。《山海經・西山經》：“獸多猛豹，鳥多～～。”

4 **鳷** zhī (粵) zi1 ［鳷鵲］① **漢章帝時條支國進貢的異鳥**。《太平廣記》卷四六一：“章帝永寧元年，條支國有來進異瑞，有鳥名～～，形高七尺，解人言。”② **漢宮觀名，在長安甘泉宮外**。

4 **鴃** jué (粵) kyut3 ❶［鶗（tí (粵) tai4）鴃］**見 748 頁“鶗”字**。❷［鸋（níng (粵) ning4）鴃］**見 750 頁“鸋”字**。

4 **鴇** bǎo (粵) bou2 ❶ **鳥名，比雁略大的一種鳥**。《詩經・唐風・鴇羽》：“肅肅～羽，集于苞栩（xǔ (粵) heoi2）。”（肅肅：鳥振羽聲。苞：叢生。栩：柞樹。）❷ **通“駂”。黑白雜色的馬**。《詩經・鄭風・大叔于田》：“叔于田，乘（chéng (粵) sing4）乘（shèng (粵) sing6）～。”（田：打獵。）

4 **鳸** hù (粵) wu6 **與農桑關係密切的候鳥**。鄭樵《通志・昆蟲草木二》：“～之類多，皆雀屬也。”⊗ **農官名**。《左傳・昭公十七年》：“九～為九農正。”

4 **鴆** zhèn (粵) zam6 ❶ **傳說一種有毒的鳥，喜歡吃蛇，羽毛為紫綠色，放在酒中能毒死人**。《山海經・中山經》：“女幾之山……其鳥多白鷮，多翟，多～。”（女幾：山名。鷮、翟：鳥名。）❷ **用鴆的毛泡成的毒酒**。《晉書・庾懌傳》：“遂飲～而卒。”**成語有“飲鴆止渴”。這個意義又寫作“酖”**。⊗ **用鴆酒殺人**。《國語・魯語上》：“使醫～之。”《漢書・王莽傳下》：“莽～殺孝平帝。”

5 **鴞** xiāo (粵) hiu1 ❶ **貓頭鷹一類的鳥**。《詩經・陳風・墓門》：“墓門有梅，有～萃止。”❷［鴟（chī (粵) ci1）鴞］**見本頁“鴟”字**。

5 **鴥** yù (粵) wat6 **疾飛的樣子**。《詩經・小雅・沔水》：“～彼飛隼，載飛載揚。”(引) **迅疾**。鮑照《松柏篇》：“人生浮且脆，～若晨風悲。”（晨風：鳥名。）

5 **鴒** líng (粵) ling4 ［鶺（jí (粵) zik3/zek3）鴒］**見 749 頁“鶺”字**。

5 **鴟** （雖）chī (粵) ci1 ❶ **一種兇猛的鳥。也叫鷂鷹**。《莊子・秋水》：“～得腐鼠。”［鴟鴞（xiāo (粵) hiu1）］① **古代指鷦鷯（jiāo liáo (粵) ziu1 liu4），一種小鳥**。《詩經・豳風・鴟鴞》：“～～，～～，既取我子，無毀我室。”（室：指鳥巢。）② **貓頭鷹一類的鳥**。李商隱《隨師東》詩：“豈假～～在泮（pàn (粵) pun3）林。”（泮林：學宮前的樹林。）**這個意義又寫作“鴟梟”**。［鴟鵂（xiū (粵) jau1）］**貓頭鷹**。《莊子・秋水》：“～～夜撮蚤。”（撮：抓。蚤：跳蚤。）❷ **傳說中的怪鳥名**。《山海經・西山經》：“（三危之山）有鳥焉，一首而三身，其狀如鵅（luò (粵) lok6），其名曰～。”❸ **用皮革製作的酒囊**。蘇軾《和贈羊長史》：“不特兩～酒，肯借一車書。”（不特：不但，不僅。）

5 **鴝** qú (粵) keoi4 ❶［鴝鵒（yù (粵) juk6）］**鳥名。又寫作“鸜鵒”。即“八哥”**。《淮

南子・原道》："～～不過濟，貀渡汶而死。" ❷ gòu 粵 gau^{3} 同"雊"。(野雞) 鳴叫。潘岳《射雉賦》："麥漸漸以擢芒，雉鷕 (yǎo 粵 jiu^{5}/wai^{5}) 鷕而朝～。" (鷕鷕：野雞的叫聲。)

6 **鴰** guā 粵 kut^{3} [鶬 (cāng 粵 cong^{1}) 鴰] **白頂鶴**。班固《西都賦》："鳥則玄鶴白鷺，黃鵠鵁鶄，～～鴇鶂，鳧鷖鴻雁。"

6 **鵂** xiū 粵 jau^{1} [鵂鶹] **貓頭鷹一類的鳥**。《梁書・侯景傳》："所居殿常有～～鳥鳴，景惡之。"

6 **鵃** zhōu 粵 zau^{1} [鶻 (gǔ 粵 gwat^{1}) 鵃] 見 749 頁"鶻"字。

6 **鴻** hóng 粵 hung^{4} ❶ **大型雁類的泛稱**。司馬遷《報任安書》："人固有一死，或重於泰山，或輕於～毛。" ❷ **通"洪"。洪水**。《荀子・成相》："禹有功，抑下～。" (抑：遏止。) ❸ **大**。《論衡・自紀》："蓋賢聖之材～，故其文語與俗不通。" 劉禹錫《陋室銘》："談笑有～儒，往來無白丁。"

6 **鴳** (鷃) yàn 粵 aan^{6} **一種小鳥**。《莊子・達生》："譬之若載鼷以車馬、樂～以鐘鼓也。" 宋玉《對楚王問》："鳳皇上擊九千里，絕雲霓，負蒼天……夫蕃籬之～，豈能與之料天地之高哉！"

7 **鵑** juān 粵 gyun^{1} [杜鵑] ① **一種鳥。也叫杜宇、布穀、子規**。《樂府詩集・清商曲辭・子夜四時歌之春歌》："～～竹裏鳴，梅花落滿道。" ② **常綠或落葉灌木。也叫映山紅**。李白《涇溪東亭寄鄭少府諤》詩："～～花開春已闌，歸向陵陽釣魚晚。"

7 **鵠** hú 粵 huk^{6} ❶ **天鵝**。《莊子・天運》："夫～不日浴而白。"《史記・陳涉世家》："燕雀安知鴻～之志哉。" (引) **白色**。《後漢書・吳良傳贊》："大儀～髮，見表憲王。" (大儀：吳良字。憲王：指劉蒼。) ❷ gǔ 粵 guk^{1} **箭靶子**。《禮記・射義》："射者各射己之～。" ❸ hè 粵 hok^{6} **通"鶴"**。李商隱《聖女祠》詩："寡～迷蒼壑，羈凰怨翠梧。" [鵠卵] **鶴之卵。形體大於一般鳥卵，用以比喻大材**。《莊子・庚桑楚》："越雞不能伏～～。"《淮南子・氾論》："蜂房不容～～，小形不足以包大體也。"

7 **鵒** yù 粵 juk^{6} [鴝 (qú 粵 keoi^{4}) 鵒] 見 747 頁"鴝"字。

7 **鵜** tí 粵 tai^{4} ❶ 即"鵜鶘 (hú 粵 wu^{4})"。**一種善捕魚的水鳥**。《詩經・曹風・候人》："維～在梁，不濡其翼。" [鵜鶘] **一種善捕魚的水鳥**。《三國志・魏書・文帝紀》："有～～鳥集靈芝池。" ❷ [鵜鴂 (jué 粵 kyut^{3})] **杜鵑**。屈原《離騷》："恐～～之先鳴兮。"

7 **鵔** jùn 粵 zeon^{3} [鵔鸃 (yí 粵 ji^{4})] **鳥名。即錦雞**。《史記・司馬相如列傳》："揜 (yǎn 粵 jim^{2}) 翡翠，射～～。" **也寫作"鵕鸃"**。

8 **鵾** (鶤) kūn 粵 kwan^{1} [鵾雞] **一種像鶴的鳥**。宋玉《九辯》："雁廱廱而南遊兮，～～啁哳而悲鳴。"

8 **鵰** diāo 粵 diu^{1} **一種兇猛的鳥**。《漢書・李廣傳》："是必射～者也。" 杜甫《寄董卿嘉榮十韻》："落日思輕騎，秋天憶射～。" (輕騎：裝備輕快、行動迅速的騎兵。) **成語有"一箭雙雕"。【辨】雕，鵰，琱，彫，凋。見 703 頁"雕"字**。

8 **鵬** péng 粵 paang^{4} **古代傳說中的一種大鳥**。《莊子・逍遙遊》："鯤之大，不知其幾千里也。化而為鳥，其名為～。"

8 **鵩** fú 粵 fuk^{6} **一種鳥，又名山鴞**。賈誼《鵩鳥賦》："庚子日斜兮，～集予舍。"

8 **鶉** chún 粵 seon^{4} ❶ **鳥名，鵪鶉**。《詩經・魏風・伐檀》："不狩不獵，胡瞻爾庭有縣 (xuán 粵 jyun^{4}) ～兮！" (胡：為甚麼。縣：懸掛。) ❷ **星宿名。十二星**

次中有鶉首、鶉火、鶉尾，此三星次包括南方朱雀七宿井、鬼、柳、星、張、翼、軫。《國語・周語下》："昔武王伐殷，歲在～火，月在天駟。"（天駟：星宿名。）❸ tuán 粵 tyun^{4} 通"鷻"。鵰類猛禽。《詩經・小雅・四月》："匪～匪鳶，翰飛戾（lì 粵 leoi^{6}）天。"（匪：彼。翰：高飛。戾：至，到。）

8 **鶊** gēng 粵 gang^{1}［鶬（cāng 粵 cong^{1}）鶊］見本頁"鶬"字。

8 **鵷** yuān 粵 jyun^{1}［鵷鶵］鳳凰一類的鳥。《莊子・秋水》："夫～～，發於南海而飛於北海，非梧桐不止，非練實不食，非醴泉不飲。"常用於比喻優秀人才。楊巨源《送司徒童子》詩："況復元侯旌爾善，桂林枝上得～～。"

9 **鶪** jú 粵 gwik^{1} 一種鳥。也叫伯勞。《呂氏春秋・仲夏》："小暑至，螳螂生，～始鳴。"

9 **鶡** hé 粵 hot^{3} 一種善鬥的鳥。《山海經・中山經》："輝諸之山……其鳥多～。"（輝諸：山名。）［鶡鴠（dàn 粵 daan^{3}）］一種報曉的鳥。《鹽鐵論・利議》："～～夜鳴，無益於明。"（無益：無用。）

9 **鶚** è 粵 ngok^{6} 鵰類猛禽，棲於江河湖澤，又稱魚鷹。宋玉《高唐賦》："雕～鷹鷂，飛揚伏竄。"

9 **鶖** qiū 粵 cau^{1} 一種水鳥。《詩經・小雅・白華》："有～在梁，有鶴在林。"

9 **鷀** （鶿）cí 粵 ci^{4}［鸕鷀］一種水鳥，俗稱魚鷹。

9 **鶩** wù 粵 mou^{6} ❶ 鴨子。屈原《卜居》："將與雞～爭食乎？"❷ 同"騖"。奔馳。《穆天子傳》卷一："天子西征，～行至于陽紆之山。"

10 **鷇** kòu 粵 kau^{3}/gau^{3} 待母哺食的幼鳥。《國語・魯語上》："鳥翼～卵。"

10 **鶻** gǔ 粵 gwat^{1} ❶［鶻鵃（zhōu 粵 zau^{1}）］一種像山鵲而體小的鳩鳥。張衡《東京賦》："～～春鳴。"❷ hú 粵 wat^{6} 一種鷹類猛禽。杜甫《送率府程錄事還鄉》詩："莫作翻雲～，聞呼向禽急。"❸ hé 粵 wat^{6} 回鶻。民族名。

10 **鶬** cāng 粵 cong^{1} ❶ 鳥名，又名鶬鴰（guā 粵 kut^{3}）。司馬相如《子虛賦》："雙～下，玄鶴加。"❷［鶬鶊］鳥名，即黃鸝。宋玉《登徒子好色賦》："～～喈喈，群女出桑。"（喈喈：鳥鳴聲。）❸ 傳説中怪鳥名。郭璞《江賦》："若乃龍鯉一角，奇～九頭。"❹ qiāng 粵 coeng^{1} 金屬飾物好看的樣子。《詩經・周頌・載見》："鞗（tiáo 粵 tiu^{4}）革有～，休有烈光。"（鞗：轡頭。休：美。）［鶬鶬］通"鏘鏘"。金飾鸞鈴聲。《詩經・商頌・烈祖》："八鸞～～。"

10 **鶺** jí 粵 zik^{3}/zek^{3}［鶺鴒（líng 粵 ling^{4}）］① 一種鳥。東方朔《答客難》："譬若～～，飛且鳴矣。"② 比喻兄弟。袁宏《三國名臣序贊》："豈無～～，固慎名器。"

10 **鷂** yào 粵 jiu^{6}/jiu^{4} 猛禽名。似鷹而小。《列子・天瑞》："～之為鸇，鸇之為布穀，布穀久復為～也。"

10 **鶹** liú 粵 lau^{4} ❶［鶹鷅（lì 粵 leot^{6}）］鳥名。即梟。❷［鵂（xiū 粵 jau^{1}）鶹］見 748 頁"鵂"字。

10 **鷁** yì 粵 jik^{6} ❶ 水鳥名。《左傳・僖公十六年》："六～退飛過宋都。"❷ 船頭畫有鷁鳥的船。謝朓《齊隨王鼓吹曲》："罷遊平樂苑，泛～昆明池。"

11 **鷙** zhì 粵 zi^{3} 兇猛的鳥，如鷹、鸇等。劉禹錫《養鷙詞》："養～非玩形。"引 勇猛，兇猛。《商君書・畫策》："～而無敵。"《三國志・魏書・曹真傳》："太祖壯其～勇。"（太祖：曹操。）

11 **鷗** （鷗）ōu 粵 au^{1}/ngau^{1} 水鳥名。海鷗。謝靈運《於南山往北山經湖中瞻眺》

詩："海～戲春岸，天雞弄和風。"范仲淹《岳陽樓記》："沙～翔集，錦鱗游泳。"

11 **鷖** yī 粵 ji1 ❶ **鷗鳥**。《詩經・大雅・鳧鷖》："鳧～在涇，公尸來燕來寧。"張衡《南都賦》："其鳥則有鴛鴦、鵠、～。"❷ yì 粵 ai1/ngai1 **鳥名。鳳凰之類**。屈原《離騷》："駟玉虬以乘～兮，溘埃風余上征。"

11 **鷓** zhè 粵 ze3 [**鷓鴣**] **鳥名**。左思《吳都賦》："～～南翥而中留，孔雀綷羽以翱翔。"

11 **鷟** zhuó 粵 zok6 [**鸑鷟**] **見本頁"鸑"字**。

11 **鷚** liù 粵 lau6 ❶ **鳥名。即雲雀**。❷ **野雞雛**。左思《吳都賦》："巖穴無豜豵，翳薈無麢～。"(豜、豵：野豬。)

12 **鷯** liáo 粵 liu4 [**鷦** (jiāo 粵 ziu1) **鷯**] **見本頁"鷦"字**。

12 **鷦** jiāo 粵 ziu1 [**鷦鷯** (liáo 粵 liu4)] **一種捕食小蟲的小鳥。也叫巧婦**。《莊子・逍遙遊》："～～巢於深林，不過一枝。"

12 **鷲** jiù 粵 zau6 **鵰，一種很兇猛的鳥**。《史記・大宛列傳》張守節正義引《括地志》："山是青石，石頭似～。"《梁書・諸夷傳》："山非過高……中有～鳥噉(dàn 粵 daam6)羊。"(噉：吃。)

12 **鷸** yù 粵 wat6 ❶ **一種水鳥。常在水邊或田野中捕食小魚或貝類**。《戰國策・燕策二》："蚌方出曝，而～啄其肉。蚌合而拑其喙(huì 粵 fui3)。"**成語有"鷸蚌相爭，漁人得利"**。❷ **飛得很快的樣子**。木華《海賦》："～如驚鳧(fú 粵 fu4)之失侶。"(鳧：野鴨。侶：伴侶。)

13 **鷺** lù 粵 lou6 **水鳥名。即白鷺**。《詩經・周頌・振鷺》："振～于飛，于彼西雝。"(西雝：西邊水澤。)[**鷺序**] **白鷺飛行有序，形容官員上朝秩序井然**。宋無《上馮集賢》詩："玉笋曉班聯～～，紫檀春殿對龍顏。"

13 **鸇** zhān 粵 zin1 **鷹鷂類猛禽**。《孟子・離婁上》："故為淵驅魚者獺也，為叢驅爵者～也。"(爵：雀。)

13 **鸃** yí 粵 ji4 [**鵕** (jùn 粵 zeon3) **鸃**] **見748頁"鵕"字**。

13 **鸒** yù 粵 jyu6 **鳥名，烏鴉的一種。也叫鸒斯**。《詩經・小雅・小弁》："弁彼～斯，歸飛提提。"李白《古風五十九首》之五十四："～斯得所居，蒿下盈萬族。"

14 **鸑** yuè 粵 ngok6 [**鸑鷟** (zhuó 粵 zok6)] **鳳凰一類的鳥**。《國語・周語上》："周之興也，～～鳴于岐山。"嵇康《琴賦》："舞～～於庭階，遊女飄焉而來萃。"**也可以單用"鸑"**。張衡《南都賦》："鸞～鵷鶵翔其上。"

14 **鸋** níng 粵 ning4 [**鸋鴂** (jué 粵 kyut3)] **鳥名。一說是"鴟鴞"。多以喻惡人**。蔡邕《弔屈原文》："～～軒翥，鸞鳳挫翮。"

14 **鷫** sù 粵 suk1 [**鷫鷞**][**鷫鸘**] ① **一種雁**。《楚辭・大招》："鴻鵠代遊，曼～鷞只。"② **傳說中西方的神鳥**。楊炯《盂蘭盆賦》："鳴～鸘與鸑鷟(yuè zhuó 粵 ngok6 zok6)。"(鸑鷟：一種水鳥。)③ **通"驌驦"。良馬名**。劉禹錫《寄唐州楊八歸厚》詩："淺草遙迎～鸘馬。"

17 **鸘** shuāng 粵 soeng1 [**鷫** (sù 粵 suk1) **鸘**] **見本頁"鷫"字**。

18 **鸛** guàn 粵 gun3 **一種水鳥**。《詩經・豳風・東山》："～鳴于垤，婦歎于室。"(垤：小土堆。)李白《淮陰書懷寄王宗成》詩："大舶夾雙櫓，中流鵝～鳴。"

19 **鸝** lí 粵 lei4 [**鸝黃**] **鳥名。也叫黃鸝、黃鶯、倉庚等**。宋玉《高唐賦》："王雎～～。"(王雎：鳥名。)

19 **鸞** luán 粵 lyun4 ❶ **古代傳說中的一種神鳥**。《山海經・西山經》："西南三百里曰女牀之山……有鳥焉，其狀如翟（dí (粵) dik6）而五采文，名曰～鳥。”（翟：長尾的野雞。文：紋。）❷ **通“鑾”。一種鈴，常飾於帝王的車子上**。《詩經・小雅・蓼蕭》：“和～雍雍。”（和：車鈴。雍雍：和諧的樣子。）

鹵部

0 **鹵** lǔ (粵) lou5 ❶ **不生長穀物的鹽鹼地**。《呂氏春秋・樂成》：“決漳水，灌鄴旁，終古斥～，生之稻粱。”（斥：鹽鹼地。）《史記・河渠書》：“穿洛以溉重泉以東萬餘頃故～地。”（洛：水名。重泉：地名。）(引) **鹽鹼地所產的鹽，也稱鹽鹵**。《史記・貨殖列傳》：“山東食海鹽，山西食鹽～。”❷ **通“魯”。笨，愚鈍**。劉楨《贈五官中郎將》詩：“小臣信頑～。”（信：確實。）❸ **通“櫓”。大盾牌**。《戰國策・中山策》：“流血漂～。”❹ **通“擄”。掠奪**。《漢書・趙充國傳》：“～馬牛羊十萬餘頭，車四千餘兩。”（兩：輛。）

鹿部

0 **鹿** lù (粵) luk6 ❶ **獸名**。《詩經・小雅・鹿鳴》：“呦呦～鳴，食野之蘋。”(喻) **指政權或在位者**。《史記・淮陰侯列傳》：“秦失其～，天下共逐之。”揚雄《解嘲》：“往昔周網解結，群～爭逸。”**成語有“逐鹿中原”**。❷ **粗，粗劣**。《呂氏春秋・貴生》：“～布之衣。”《梁書・阮孝緒傳》：“所居室唯有一～牀。”❸ **糧倉**。《國語・吳語》：“市無赤米，而囷～空虛。”（赤米：不帶糠的米。囷：糧倉。）❹ (粵) luk1 **通“麓”。山腳**。《左傳・僖公十四年》：“秋八月辛卯，沙～崩。”

2 **麀** yōu (粵) jau1 **母鹿**。《詩經・小雅・吉日》：“獸之所同，～鹿麌（yǔ (粵) jyu5）麌。”（麌麌：眾多的樣子。）(泛) **雌獸**。《左傳・襄公四年》：“在帝夷羿，冒于原獸，忘其國恤，而思其～牡。”（牡：雄獸。）

4 **麃** biāo (粵) biu1 ❶ mí (粵) mei4 **獸名。即“麋”**。《史記・孝武本紀》：“獲一角獸，若～然。”❷ páo (粵) paau4 **獸名。即“麅”**。《遼史・國語解》：“遼俗好射～鹿，每出獵，必祭其神以祈多獲。”《逸周書・王會》：“～者，若鹿，迅走。”❸ **通“穮”。耘田，除草**。《詩經・周頌・載芟》：“厭厭其苗，綿綿其～。”（厭厭：茂盛的樣子。）❹ [**麃麃**] ① **威武的樣子**。《詩經・鄭風・清人》：“清人在消，駟介～～。”（駟介：四匹馬披着甲所駕的戰車。）② **盛大的樣子**。《漢書・楚元王傳附劉向》：“《詩》又云‘雨（yù (粵) jyu6）雪～～，見晛聿消。’”今本《詩經・小雅・角弓》作“瀌瀌”。

5 **麈** zhǔ (粵) zyu2 ❶ **一種似駱駝的鹿類動物。也叫駝鹿**。司馬相如《上林賦》：“其獸則庸旄貘犛，沈牛～麋。”干寶《搜神記》卷二十：“見一大～，射之。”[**麈尾**] **用麈的尾毛做的拂塵，六朝人清談時常用**。《世説新語・言語》：“庾法暢造庾太尉，握～～至佳。”❷ **麈尾的簡稱**。歐陽修《和聖俞聚蚊》：“抱琴不暇撫，揮～無由停。”

6 **麋** mí (粵) mei4 ❶ **麋鹿。也叫駝鹿**。屈原《九歌・湘夫人》：“～何食兮庭中，蛟何為兮水裔。”❷ **通“糜”。爛，碎**。焦延壽《易林・艮之損》：“卵與石鬭，～碎無疑。”❸ **通“糜”。粥**。韓愈《送窮文》：“驀彼糠～。”❹ méi **通“湄”。岸邊水草相接處**。《詩經・小雅・巧言》：“彼何人斯，居河之～。”❺ méi **通“眉”。眉毛**。《荀子・非相》：“伊尹之狀，面無鬚～。”

7 **麌** yǔ ㊣ jyu[5] ❶ **雄性獐鹿**。見《爾雅》。❷ [**麌麌**] **鹿眾多的樣子**。《詩經・小雅・吉日》："獸之所同，麀鹿~~。"（麀：母鹿。）

8 **麓** lù ㊣ luk[1] **山腳**。《詩經・大雅・旱麓》："瞻彼旱~，榛楛濟濟。"

8 **麗** lì ㊣ lai[6] ❶ **成對，成雙**。《周禮・夏官・校人》："~馬一圉（yǔ ㊣ jyu[5]），八~一師。"（圉：養馬人。）劉勰《文心雕龍・麗辭》："~辭之體，凡有四對。"（詞句對偶的文體，共有四種對偶的方法。）❷ **附着，依附**。《周易・離》："百穀草木~乎土。"（乎：于。）**雙音詞有"附麗"**。㊂ **施加**。《呂氏春秋・貴卒》："荊國之法，~兵於王尸者，盡加重罪，逮三族。"❸ **華麗，華美**。《尚書・畢命》："敝化奢~，萬世同流。"（敝化：舊風俗。）《韓非子・亡徵》："濫於文~而不顧其功者，可亡也。"（文：有文采。功：實際效果。）㊂ **美貌，漂亮**。《後漢書・襄楷傳》："今陛下婬女豔婦，極天下之~。"杜甫《麗人行》："長安水邊多~人。"❹ lí ㊣ lei[4] **通"罹"。遭遇，落入**。《詩經・小雅・魚麗》："魚~于罶。"（罶：捕魚的竹器。）

8 **麒** qí ㊣ kei[4] [**麒麟**] ① **傳說中象徵祥瑞的神獸**。《孟子・公孫丑上》："~~之於走獸，鳳凰之於飛鳥，泰山之於丘垤，河海之於行潦，類也。"② **傑出的人才**。李山甫《赴舉別所知》詩："黃祖不憐鸚鵡客，志公偏賞~~兒。"

8 **麕** (**麇**)jūn ㊣ gwan[1] ❶ **獐子**。《詩經・召南・野有死麕》："野有死~，白茅包之。"❷ qún ㊣ kwan[4] **成羣**。顏延年《皇太子釋奠會作》："懷仁憬（jǐng ㊣ ging[2]）集，抱智~至。"（憬：遠行。）

8 **麑** ní ㊣ ngai[4] **幼鹿，小鹿**。《韓非子・說林上》："孟孫獵，得~。"《韓非子・五蠹》："冬日~裘，夏日葛衣。"

9 **麚** jiā ㊣ gaa[1] **雄鹿**。《楚辭・招隱士》："白鹿麏~兮，或騰或倚。"（麏：獐子。）

9 **麛** mí ㊣ mai[4] ❶ **幼鹿**。《呂氏春秋・樂成》："~裘而鞞，投之無戾。"㊂ **指幼獸**。劉劭《七華》："煮丹穴之卵……鸞麒麟之~。"❷ **捕獵幼獸**。《淮南子・時則》："毋覆巢殺胎夭，毋~毋卵。"

10 **麝** shè ㊣ se[6] ❶ **一種鹿類動物。俗稱香獐。其腹部能分泌麝香**。嵇康《養生論》："~食柏而香。"❷ **麝香**。陶潛《雜詩》："沈陰擬薰~。"㊂ **指香氣**。杜甫《丁香》詩："晚墮蘭~中。"

麥部

3 **麧** (**紇**)hé ㊣ hat[6] **糠裏的粗屑。喻指粗食**。元結《漫酬賈沔州》詩："豈欲皂櫪中，爭食~與蘻（xián ㊣ 0）。"（蘻：未能鍘碎的草莖節。）

6 **麰** móu ㊣ mau[4] **大麥**。《孟子・告子上》："今夫~麥，播種而耰之。"㊂ **麥類穀物**。王安石《與孟逸書》："蠶~之入，今歲如何？"

8 **麴** qū ㊣ kuk[1] **酒母**。《禮記・月令》："秫稻必齊，~蘖必時。"**這個意義又寫作"麯"**。㊂ **指酒**。元稹《解秋》詩十首之六："親烹園內葵，憑買家家~。"

麻部

0 **麻** má ㊣ maa[4] ❶ **一種植物。也叫大麻**。《管子・牧民》："養桑~，育六畜，則民富。"❷ **古代用麻布做的喪帽、喪帶**。《禮記・雜記下》："~者不紳。"（穿喪服時，不結大帶。紳：束在衣外的大帶。）❸ **唐宋時任命大臣用黃白麻紙起**

草詔書，故這種詔書稱"麻"。《新唐書・李栖筠傳》："帝心善之，故制～自中以授。"［宣麻］**宣佈詔書**。唐庚《上張天覺內前行》："內前車馬撥不開，文德殿下～～回。"

4 **麾** huī [粵] fai¹ ❶ **指揮作戰用的旗子**。《墨子・號令》："城上以～指之。"［麾下］① **將帥的大旗下**。《史記・魏其武安侯列傳》："馳入吳軍，至吳將～～。"② **將帥的部下**。《史記・李將軍列傳》："廣謂其～～。"③ **尊稱將帥**。《三國志・吳書・張紘傳》："今～～恃盛壯之氣。"（恃：依靠，憑藉。）❷ **指揮，揮動**。《尚書・牧誓》："王左杖黃鉞，右秉白旄以～。"曹操《步戰令》："～不聞令，而擅前後左右者斬。"（擅：擅自。）《論衡・感虛》："惡日之暮，以此一戈～。"

黃部

0 **黃** huáng [粵] wong⁴ ❶ **黃色**。《詩經・邶風・綠衣》："綠兮衣兮，綠衣～裳。"李商隱《行次西郊作一百韻》："旱久多～塵。"[特] **草木枯黃**。《詩經・小雅・何草不黃》："何草不～，何日不行。"［黃口］**指幼兒**。《淮南子・氾論》："古之伐國不殺～～。"［黃耇］**指老人，也指長壽**。《詩經・小雅・南山有臺》："樂只君子，遐不～～。"（遐：何。）《論衡・無形》："～～無疆。"［花黃］**古時婦女的面飾**。《木蘭詩》："當窗理雲鬢，對鏡帖～～。"❷ **黃帝（傳說中的古代帝王）的簡稱**。《漢書・敘傳下》："自昔～唐，經略萬國。"（唐：唐堯，傳說中的古代帝王。經略：治理。）

13 **黌** hóng [粵] hung⁴ **古代學校稱黌**。《後漢書・仇覽傳》："農事既畢，乃令子弟羣居，還就～學。"

黍部

0 **黍** shǔ [粵] syu² ❶ **黍子。碾成的米叫"黏黃米"**。《管子・輕重乙》："～者，穀之美者也。"孟浩然《過故人莊》詩："故人具雞～，邀我至田家。"❷ **長度單位。一分。一尺為一百黍**。《世說新語・術解》："荀試以校己所治鐘鼓金石絲竹，皆覺短一～。"[又] **重量單位。一兩為二千四百黍**。《孫子算經》上篇："稱之所起起於～，十～為一絫，十絫為一銖。"[又] **容量單位。一升為二萬四千黍**。《漢書・律曆志上》："一龠容千二百～，重十二銖。"**【辨】**穀，禾，粟，黍，稷。見449頁"穀"字。

3 **黎** lí [粵] lai⁴ ❶ **黑中帶黃的顏色**。《尚書・禹貢》："厥土青～。"《史記・李斯列傳》："面目～黑。"**這個意義又寫作"黧"**。❷ **眾多**。《詩經・大雅・桑柔》："民靡有～，具禍以燼。"❸［黎民］**百姓**。《史記・秦始皇本紀》："親巡遠方～～。"**也稱為"蒸黎"、"黎元"等**。❹ **及，到**。［黎明］**天剛濛濛亮的時候**。《史記・高祖本紀》："～～，圍宛城三匝（zā [粵] zaap³）。"（匝：環繞一周。）❺ **民族名**。① **遠古時期我國北部的一個民族。也稱"九黎"**。② **我國宋朝以來居住在海南島一帶的一個民族**。

黑部

3 **墨** mò [粵] mak⁶ ❶ **墨，黑色顏料**。《莊子・田子方》："舐（shì [粵] saai⁵/saai²）筆和～。"（舐：舔。和墨：研墨。）[引] **黑色**。《孟子・滕文公上》："君薨，聽於冢宰，歠粥，面深～，即位而哭。"《宋書・禮志五》："州刺史銅印～綬。"（刺史：

官名。綬：繫印的絲帶。）㊕ **詩文書畫等作品**。孟浩然《還山貽湛法師》詩："～妙稱古絕，詞華驚世人。" ❷ **木匠所用的墨線**。《荀子・大略》："如權衡之於輕重也，如繩～之於曲直也。"（權衡：指秤。）❸ **貪污，行為污濁**。《左傳・昭公十四年》："貪以敗官為～。"《論衡・自紀》："身貴而名賤，則居潔而行～。" ❹ **墨刑。古代刑罰之一，在臉上刺字後塗上墨。也叫黥**（qíng (粵) king4）。《尚書・伊訓》："臣下不匡，其刑～。"（不匡：指不糾正君主的過失。）❺ **墨家，墨家學派。春秋戰國時諸子百家之一**。《荀子・禮論》："～者將使人兩喪之者也。" ❻ **通"默"。沉默**。《史記・屈原賈生列傳》："孔靜幽～。"（孔：很，甚。）

4 **黔** qián (粵) kim4 ❶ **黑色**。《左傳・襄公十七年》："澤門之皙，實興我役；邑中之～，實慰我心。" 馬融《廣成頌》："鷙（zhì (粵) zi3）獸毅蟲，倨牙～口。"（鷙獸：兇猛的獸。倨：彎曲的。）[**黔首**] **平民**。《史記・李斯列傳》："夫斯乃上蔡布衣，閭巷之～～。" (引) **變黑，染黑**。沈括《夢溪筆談》卷一："渴則飲硯水，人人皆～其吻。" ❷ **古地名。秦時置黔中郡，唐代置黔中道，轄境在今貴州大部分和四川一部分**。柳宗元《三戒・黔之驢》："～無驢，有好事者船載以入。"**成語有"黔驢技窮"**。

4 **黕** dǎn (粵) dam2 **黑斑，污垢**。宋玉《九辯》："竊不自聊而願忠兮，或～點而汙之。" (又) **黑的樣子**。潘岳《藉田賦》："青壇蔚其嶽立兮，翠幕～以雲布。"

5 **點** diǎn (粵) dim2 ❶ **小黑點**。(泛) **斑點**。《晉書・袁宏傳》："如彼白珪，質無塵～。"（珪：一種玉器。質：質地。）(引) **污辱，玷污**。司馬遷《報任安書》："終不可以為榮，適足以見笑而自～耳。" ❷ **用筆所做的點**。王羲之《題衛夫人筆陣圖後》："每作一～，常隱鋒而為之。"（鋒：指筆鋒。）(又) **用筆點**。《世説新語・巧藝》："顧長康畫人，或數年不～目精。"**成語有"畫龍點睛"**。(又) **塗抹，塗改**。《三國志・魏書・武帝紀》："公又與遂書，多所～竄。"（與遂書：給韓遂信。竄：改動。）❸ **一觸即起**。杜甫《曲江》詩："穿花蛺蝶深深見，～水蜻蜓款款飛。"（款款：緩慢的樣子。）❹ **檢查，核對**。辛棄疾《破陣子・為陳同甫賦壯詞以寄之》："沙場秋～兵。"（沙場：指戰場。）❺ **燃火**。岑參《自潘陵尖還少室居止秋夕憑眺》詩："火～伊陽村。" ❻ **液體的滴**。《陸游雨》詩："實厭空階～滴聲。"（階：台階。）❼ **更點。古代用銅壺滴漏計時，把一夜分為五更，一更分為五點**。《元史・兵志四》："一更三～鐘聲絕，禁人行。"（絕：指停。）

5 **黜** chù (粵) ceot1 ❶ **廢，貶退**。《左傳・文公十八年》："莒（jǔ (粵) geoi2）紀公生大子僕，又生季佗，愛季佗而～僕。"（莒：國名。大子：太子。）柳宗元《封建論》："有罪得以～，有能得以賞。" ❷ **消除，去掉**。《三國志・魏書・武帝紀》："克～其難。"（克：能夠。）《舊唐書・禮儀志六》："當聖上嚴禋（yīn (粵) jan1）敬事之時，會相公尚古～華之日。"（禋：升煙祭天。華：指浮華。）(又) **減少**。《左傳・襄公十年》："子駟與尉止有爭，將禦諸侯之師而～其車。"

5 **黝** yǒu (粵) jau2 **黑色**。《周禮・地官・牧人》："凡陽祀，用騂牲毛之；陰祀，用～牲毛之。" (引) **塗黑**。《穀梁傳・莊公二十三年》："天子諸侯～堊。"（黝堊：把土塗黑，把牆塗白。）

5 **黛** dài (粵) doi6 **青黑色的顏料。古代女子用以畫眉**。《楚辭・大招》："粉白～黑，施芳澤只。"（只：句末語氣詞。）(引) **青黑色**。杜甫《古柏行》："～色參天二千尺。" (喻) **女子的眉毛**。白居易《醉後題李、馬二妓》詩：“愁凝歌～欲生煙。”（歌黛：指歌者眉毛。）

6 **黠** xiá 粵 hat^6 **狡猾**。《漢書・薛宣傳》：“桀～無所畏忌。”（桀：兇惡。）(又) **聰明**。《北史・后妃列傳下》：“慧～，能彈琵琶，工歌舞。”（工：擅長。）

6 **黟** yī 粵 ji^1 **黑色，黑**。歐陽修《秋聲賦》：“宜其渥然丹者為槁木，～然黑者為星星。”

8 **黨** dǎng 粵 dong^2 ❶ **古代的一種居民組織，五百家為一黨**。《周禮・地官・大司徒》：“五族為～。”（族：一百家。）(引) **鄉里**。《論語・子路》：“吾～有直躬者，其父攘羊，而子證之。”❷ **集團**。屈原《離騷》：“惟夫～人之偷樂兮，路幽昧以險隘。”《鹽鐵論・禁耕》：“私門成～。”（私門：指官僚貴族私人的門下。）**成語有“黨同伐異”**。**【注意】“黨”指集團時，在古代一般只用於貶義，與現代漢語不同。**(又) **結為同黨**。《論語・述而》：“吾聞君子不～。”❸ **親族**。《三國志・魏書・常林傳》：“年七歲，有父～造門。”（造門：登門拜訪。）❹ **袒護，偏袒**。《尚書・洪範》：“無偏無～，王道蕩蕩。”《韓非子・外儲說左下》：“子～於師人。”（子：你。師人：指老上司。）❺ tǎng 粵 tong^2 **通“倘”。偶然**。《荀子・天論》：“怪星之～見(xiàn 粵 jin^6)。”（見：出現。）❻ **通“讜”。正直，敢於直言**。《荀子・非相》：“博而～正。”（知識廣博，直言公正。）

8 **黥** (剠)qíng 粵 king^4 ❶ **古代一種刑罰。用刀刺刻犯人的面額，再塗上墨。也叫墨刑**。《戰國策・秦策一》：“法及太子，～劓(yì 粵 ji^6)其傅。”（劓：割鼻子。）❷ **文身。在身上刺寫文字或花紋圖案**。《隋書・東夷傳・流求國》：“婦人以墨～手，為蟲蛇之文。”

8 **黧** lí 粵 lai^4 **黑中帶黃的顏色**。《韓非子・外儲說左上》：“手足胼胝(pián zhī 粵 pin^4 zi^1)，面目～黑，勞有功者也。”（胼胝：手腳上長的老繭。）

9 **黮** dàn 粵 taam^2 ❶ **黑色**。《淮南子・主術》：“問瞽師曰：‘白素何如？’曰：‘縞然。’曰：‘黑何若？’曰：‘～然。’”［**黮黭**(duì 粵 deoi^6)］**黑的樣子**。左思《魏都賦》：“榱(cuī 粵 ceoi^1)題～～。”（榱題：屋簷的椽子頭。）❷ **不明的樣子**。柳宗元《弔萇弘文》：“版上帝以飛精兮，～寥廓而殄(tiǎn 粵 tin^5)絕。”（殄：盡，滅。）［**黮闇**］**不明的樣子**。《莊子・齊物論》：“我與若不能相知也，則人固受其～～，吾誰使正之？”❸ shèn 粵 sam^6 **通“葚”。桑葚**。《詩經・魯頌・泮水》：“食我桑～，懷我好音。”

9 **黶** yǎn 粵 am^2 ❶ **黑色**。張說《喜雨賦》：“氣蓊靄以～黮(tǎn 粵 taam^2)，聲颯灑以蕭條。”❷ **暗昧，愚昧**。王褒《四子講德論》：“鄙人～淺，不能究識。”❸ 粵 jim^2 **通“奄”。突然**。《荀子・強國》：“～然而雷擊之。”

9 **黯** àn 粵 am^2/ngam^2 ❶ **深黑色**。蔡邕《述行賦》：“玄雲～以凝結兮。”（玄：黑色。以：而。）❷［**黯然**］**黑色的樣子**。《史記・孔子世家》：“丘得其為人，～～而黑。”(引) **暗淡無光的樣子**。劉禹錫《西塞山懷古》詩：“金陵王氣～～收。”**成語有“黯然失色”**。(引) **神情沮喪的樣子**。江淹《別賦》：“～～銷魂者，唯別而已矣！”（銷魂：形容人極度悲傷憂愁。）❸ **昏暗**。江淹《齊太祖高皇帝誄》：“日月鬱華，風雲～色。”

11 **黲** cǎn 粵 caam^2 **灰黑色**。《宋史・禮志二十八》：“大祥，素紗軟腳折上巾，～公服，白鞓錫帶。”（鞓：皮帶。）(引) **色彩暗淡**。沈括《夢溪筆談》卷二：“以～衣蒙之。”［**黲黷**(dú 粵 duk^6)］**混濁不清**。杜甫《三川觀水漲二十韻》：“何時通舟車，陰氣不～～。”

11 **黴** méi ㊥ mui[4] ❶ **面垢黑色**。《淮南子・脩務》："舜～黑，禹胼胝。" ❷ **霉點。衣物受潮而產生的黑斑**。方以智《通雅》卷十二："陰濕之色曰～黰……濕氣着衣物，生斑沫也。"（黰：發霉所生的黑點。）**這個意義後來寫作"霉"**。

12 **黵** duì ㊥ [**黮** (dàn ㊥ taam[2]) **黵**] 見755頁"**黮**"字。

13 **黵** dǎn ㊥ dam[2] ❶ **大污點**。《說文》："黵，大污也。" ㊦ **黑色，蒼黑色**。李德裕《劍門銘》："翠嶺中橫，～然黛色。" ❷ [**黵面**] **古代刑罰，南朝梁律，死刑遇赦免死者，於面部刺"劫"字，塗以墨**。《隋書・刑法志》："遇赦降死者，～～為'劫'字。" ❸ **塗改**。黃伯思《東觀餘論下・跋昌谷別集後》："某盡記賀篇詠，然～改處多。"（賀：指李賀。）

14 **黶** yǎn ㊥ jim[2] ❶ **黑痣**。《抱朴子・接疏》："豈肯稱薪而爨，數粒乃炊，并瑕棄璧，披毛索～哉！" ❷ **黑**。《宋書・顏延之傳》："慌若迷塗失偶，～如深夜撤燭。"

15 **黷** dú ㊥ duk[6] ❶ **污濁**。孔稚珪《北山移文》："先貞而後～。"（先前堅貞，後來卻變成污穢了。）㊂ **黑色**。左思《吳都賦》："林木為之潤～。"（潤：潮濕。）❷ **輕慢，褻瀆**。《公羊傳・桓公八年》："～則不敬。"《抱朴子・尚博》："世俗率神貴古昔，而～賤同時。" [**黷武**] **濫用武力**。《後漢書・劉虞傳》："虞患其～～。"（患：憂慮。）[**黷貨**] **貪財**。柳宗元《封建論》："列侯驕盈，～～事戎。"（驕盈：驕傲自滿。事戎：好戰。）**這個意義又寫作"瀆"**。

黹部

0 **黹** zhǐ ㊥ zi[2] **縫紉，刺繡**。[**針黹**] **縫紉、刺繡一類的針線活**。王實甫《西廂記》："～～女工，詩詞書算，無不能者。"

5 **黻** fú ㊥ fat[1] ❶ **古代禮服上青黑相間的花紋**。《周禮・考工記・畫繢》："畫繢 (huì ㊥ kui[2]) 之事……黑與青謂之～。"（畫繢之事：指在衣服上繪畫的事。繢：通"繪"。）❷ **通"韍"。古代貴族祭祀時戴的蔽膝，用熟皮做成，遮在膝前**。古詩《偕隱歌》："我～子佩。"（子：你。）❸ **通"紱"。繫印章或佩玉用的絲帶**。江淹《雜體詩・謝光祿郊遊》："雲裝信解～，烟駕可辭金。"（雲裝：雲衣。）

7 **黼** fǔ ㊥ fu[2] **古代禮服上繡的黑白相間的花紋**。《周禮・考工記・畫繢》："畫繢 (huì ㊥ kui[2]) 之事……白與黑謂之～。"（畫繢之事：指在衣服上繪畫的事。）㊋ **指繡有黑白相間斧形花紋的禮服**。《禮記・禮器》："禮，有以文為貴者，天子龍袞，諸侯～。" [**黼黻** (fú ㊥ fat[1])] **古代禮服所繡的花紋，也泛指花紋和有文采**。劉勰《文心雕龍・情采》："五色雜而成～～。"

黽部

0 **黽** mǐn ㊥ man[5] ❶ měng ㊥ maang[5] **一種青蛙**。韓愈《雜詩》之四："蛙～鳴無謂，閣閣只亂人。" ❷ [**黽勉**] **勤勉，努力**。《詩經・小雅・十月之交》："～～從事，不敢告勞。"（告：訴說。勞：勞苦。）**又寫作"僶俛 (miǎn ㊥ min[5])"**。

4 **黿** yuán ㊥ jyun[4] **大鱉**。《國語・晉語九》："～鼉 (tuó ㊥ to[4]) 魚鱉，莫不能化。"

5 **鼂** cháo ㊥ ㊥ ciu[4] ❶ **姓。如漢代有鼂錯**。❷ zhāo ㊥ ziu[1] **通"朝"。早晨**。《漢書・嚴助傳》："邊境之民為之早閉晏開，～不及夕。"

6 **鼃** (**𪓟**)wā ㊥ waa[1] ❶ **青蛙**。《莊子・秋水》："子獨不聞夫埳井之～乎。"

這個意義又寫作"蛙"。❷ 通"哇"。淫邪的音樂。《漢書・敘傳上》："淫～而不可聽者。"

6 **鼄** zhū 粵 zyu1 [鼅鼄] 見本頁"鼅"字。

8 **鼅** (䵹)zhī 粵 zi1 [鼅鼄] 同"蜘蛛"。《三國志・魏書・管輅傳》："原自起取燕卵、蠭窠、～～著器中，使射覆。"又寫作"䵹鼄"。

11 **鼇** (鰲)áo 粵 ngou4 傳説中海裏的大鱉。《淮南子・覽冥》："於是女媧煉五色石以補蒼天，斷～足以立四極。"李白《猛虎行》："巨～未斬海水動，魚龍奔走安得寧？"

12 **鼉** (䵷)tuó 粵 to4 揚子鱷。也叫豬婆龍。《山海經・中山經》："其中多良龜、多～。"[鼉鼓] 用鼉皮蒙的鼓。《詩經・大雅・靈臺》："～～逢逢。"

鼎部

0 **鼎** dǐng 粵 ding2 ❶ 古代烹煮用的器物，多用青銅製成，圓形三足兩耳，也有方形四足的。《莊子・徐無鬼》："吾能冬爨(cuàn 粵 cyun3)～而夏造冰矣。"(爨：燒火做飯。)[鼎沸] 鼎水沸騰，比喻形勢或人心動蕩。《晉書・祖逖傳》："四海～～，豪傑並起。"喻 三方並立。《三國志・吳書・陸凱傳》："近者漢之衰末，三家～立。"成語有"鼎足三分"。❷ 古代曾用鼎作為傳國的寶器，因以喻王位、帝業或三公宰輔之職。《左傳・宣公三年》："桀有昏德，～遷于商。"《宋書・武帝紀中》："～祚(zuò 粵 zou6)再隆。"(祚：指王位，君主的統治。隆：興盛。)《後漢書・陳球傳》："公出自宗室，位登臺～。"❸ 顯赫。左思《吳都賦》："其居則高門～貴。"❹ zhèng 粵 zing3 通"正"。正，正要。《漢書・匡衡傳》："無説《詩》，匡～來。"(無：不要。《詩》：指《詩經》。匡：匡衡，當時人認為他善於解説《詩經》。)

2 **鼒** zī 粵 zi1 小口的鼎。《詩經・周頌・絲衣》："鼐(nài 粵 naai5)鼎及～。"(鼐：大鼎。)沈約《需雅》八首之一："或鼎或～宣九沸，楚桂胡鹽芼芳卉。"

2 **鼐** nài 粵 naai5 大的鼎。《詩經・周頌・絲衣》："～鼎及鼒(zī 粵 zi1)，兕觥其觩。"(鼒：小鼎。)《戰國策・楚策四》："故晝遊乎江河，夕調乎鼎～。"

2 **鼏** mì 粵 mik6 ❶ 鼎蓋。《儀禮・公食大夫禮》："甸人陳鼎七，當門南面西上，設扃～，～若束若編。"❷ 同"冪"。蓋東西的布。《禮記・禮器》："犧尊疏布～。"

鼓部

0 **鼓** (皷)gǔ 粵 gu2 ❶ 鼓，一種打擊樂器。《詩經・小雅・采芑》："伐～淵淵。"(淵淵：鼓聲。)《荀子・禮論》："鍾～管磬琴瑟竽笙，所以養耳也。"❷ 擊鼓。《詩經・唐風・山有樞》："子有鍾鼓，弗～弗考。"(子：你。弗：不。考：敲。)特 擊鼓進攻。《左傳・莊公十年》："公將～之。"(公：指魯莊公。之：指敵軍。)引 彈奏、敲擊樂器。《詩經・小雅・鹿鳴》："我有嘉賓，～瑟吹笙。"《史記・樂書》："吾聞～琴音。"❸ 古代夜間擊鼓報時，一夜報五次。"三鼓"、"五鼓"就是"三更"、"五更"。❹ 振動。《莊子・盜跖》："搖脣～舌，擅生是非。"《論衡・道虛》："～翼邪飛，趨西北之隅。"特 鼓風(用以冶鐵)。《史記・貨殖列傳》："即鐵山～鑄。"❺ 鼓起，突起。《莊子・馬蹄》："含哺而熙，～腹而遊。"

5 **鼖** fén 粵 fan4 古代軍中用的大鼓。《周禮・考工記・鼓人》："以～鼓鼓軍事。"

8 **鼙** pí [粵] pei^{4} ❶ **一種軍用小鼓**。《六韜・虎韜・軍略》:"擊雷鼓，振～鐸。"(鐸：一種大鈴。)李白《戰城南》詩:"妾家夫與兒，俱在～聲裏。" **[鼓鼙] 擊鼙鼓。常用來比喻戰爭**。劉長卿《送李判官之潤州行營》詩:"萬里辭家事～～。"(事：從事。) ❷ **樂隊的小鼓**。《漢書・史丹傳》:"或置～鼓殿下。"

8 **鼛** gāo [粵] gou^{1} **大鼓**。《詩經・小雅・鼓鍾》:"鼓鍾伐～。"《周禮・地官・鼓人》:"以～鼓鼓役事。"

鼠部

4 **鼢** fén [粵] fan^{4} **鼢鼠，即田鼠。也叫鼴 (yǎn [粵] jin^{2}) 鼠**。《說文》:"鼢，地行鼠，伯勞所化也，一曰偃 (yǎn [粵] jin^{2}) 鼠。"李時珍《本草綱目・獸部・鼴鼠》:"《別錄》曰：鼴鼠在土中行。五月取令乾，燔之。弘景曰：此即～鼠也。"

5 **鼫** shí [粵] sek^{6} ❶ **鼠的一種。梧鼠。也叫五技鼠**。《大戴禮記・勸學》:"～鼠五伎而窮。"蔡邕《勸學篇》:"～鼠五能，不成一技。" ❷ **鼠的一種。石鼠。也叫鼩鼠、雀鼠、鼨鼠**。李時珍《本草綱目・獸部・鼫鼠》:"似鼠而大也。關西方音轉～為鼩，訛鼩為雀，蜀人謂之鼨鼠。"

5 **鼬** yòu [粵] jau^{6} **黃鼠狼**。《莊子・徐無鬼》:"夫逃虛空者，藜藋柱乎鼪～之徑。"

7 **鼯** wú [粵] ng^{4} **一種像蝙蝠的小鼠**。盧照鄰《羈卧山中》詩:"夜伴饑～宿，朝隨馴雉行。"

10 **鼴** (鼹) yǎn [粵] jin^{2} **一種住在土穴中的鼠**。高適《寄宿田家》詩:"巖際窟中藏～鼠，潭邊竹裏隱鸕鷀。"韋莊《又玄集序》:"自慚乎～腹易盈，非嗜其熊蹯獨美。"

10 **鼷** xī [粵] hai^{4} **小鼠**。《春秋・成公七年》:"～鼠食郊牛角。"

鼻部

0 **鼻** bí [粵] bei^{6} ❶ **鼻子**。《荀子・榮辱》:"口辨酸鹹甘苦，～辨芬芳腥臊。" ❷ **器物上凸出以供把握的部位**。《隋書・禮儀志》:"銅印銅～。" ❸ **孔**。庾信《七夕賦》:"針～細而穿空。" ❹ **初，開始**。揚雄《方言》卷十三:"鼻，始也。獸之初生謂之～，人之初生謂之首。梁益之間謂～為初，或謂之祖。" **[鼻祖] 最初的祖先**。《漢書・揚雄傳上》:"有周氏之蟬嫣 (chán yān [粵] sim^{4} jin^{1}) 兮，或～～於汾隅。"(我是有周氏的後代，有周氏有一分支是我最初的祖先，住在汾河邊上。有周氏：氏族名。蟬嫣：連綿不絕，指後代。)

2 **鼽** qiú [粵] kau^{4} ❶ **鼻塞不通**。《禮記・月令》:"(季秋之月)民多～嚏。" ❷ **顴骨**。《素問・氣府論》:"手太陽脈氣所發者三十六穴……～骨下各一。"

10 **齅** xiù [粵] cau^{3} **聞味**。《漢書・敘傳》:"不絓聖人之罔，不～驕君之餌。"

齊部

0 **齊** qí [粵] cai^{4} ❶ **整齊，一致**。《孟子・滕文公上》:"夫物之不～，物之情也。"《孫子兵法・九地》:"兵合而不～。" [又] **一同，一齊**。劉禹錫《插田歌》:"～唱田中歌。" [引] **相同，同等**。屈原《九歌・雲中君》:"與日月兮～光。"《鹽鐵論・地廣》:"安危勞佚不～，獨不當調邪？" ❷ **齊備，齊全**。《荀子・王霸》:"無它故焉，四者～也。"韓翃《送客之潞府》詩:"佳期別在春山裏，應是人參五葉

～。”[又] **整治，整理**。《禮記・大學》：“欲治其國者，先～其家，欲～其家者，先修其身。”杜甫《西郊》詩：“傍架～書帙，看題檢藥囊。”❸ **敏捷**。《商君書・弱民》：“～疾而均，速若飄風。”（疾：快。均：整齊。）❹ **肚臍**。《左傳・莊公六年》：“後君噬～。”（噬：咬。）**這個意義後來寫作“臍”**。❺ jì [粵] zai^1 **調劑**。《韓非子・定法》：“醫者～藥也。”這個意義後來寫作“劑”。❻ zhāi [粵] zaai^1 **莊重，恭敬**。《禮記・祭義》：“敬～之色，不絕於面。”[又] **齋戒**。《儀禮・士冠禮》：“～則緇之。”**上述 ❻ [又] 的意義後來寫作“齋”**。❼ zī [粵] zi^1 [**齊盛** (chéng [粵] sing^4)] **通“粢盛”。祭祀時裝在器物中的穀物**。《禮記・祭統》：“以共～～。”（共：供。）❽ jī [粵] zai^1 **通“躋”。升**。《禮記・樂記》：“地氣上～，天氣下降。”❾ **周代諸侯國。戰國時為七雄之一。在今山東北部一帶**。❿ **朝代名**。① **公元 479-502 年，南朝之一，又稱南齊，第一代君主是蕭道成**。② **公元 550-577 年，北朝之一，又稱北齊，第一代君主是高洋**。

3 **齋** zhāi [粵] zaai^1 ❶ **齋戒，祭祀前整潔身心**。《呂氏春秋・孟春紀》：“天子乃～。”鮑照《數詩》：“～祭甘泉宮。”[又] **相信佛教的人吃素**。杜甫《飲中八仙歌》：“蘇晉長～繡佛前。”（蘇晉：人名。繡：用絲線繡成的。）❷ **書房或學舍（後起意義）**。《世説新語・賢媛》：“桓宣武平蜀，以李勢妹為妾，甚有寵，常著～後。”（桓宣武：桓温。李勢：人名。）《宋史・選舉志三》：“一～可容三十人。”

4 **齎** jì [粵] zai^6/cai^1 **猛火急炊**。《説文・火部》：“齎，炊餔疾也。”[引] **疾，盛**。屈原《離騷》：“荃不察余之中情兮，反信讒而～怒。”

9 **齏** (**虀**、**韲**) jī [粵] zai^1 ❶ **切碎的薑、葱、蒜等**。屈原《九章・惜誦》：“懲於羹者而吹～兮。”（被羹燙過，存了戒心，對齏也要吹一吹。懲：因受打擊而警戒。）《世説新語・汰侈》：“韭蓱～是搗韭根，雜以麥苗爾。”（韭蓱齏：一種細碎的鹹菜。）❷ [**齏粉**] **粉末，常用以比喻粉身碎骨**。《梁書・武帝紀上》：“而一朝～～，孩稚無遺。”《新五代史・蘇逢吉傳》：“史公一處分，吾～～矣。”（史公：指史弘肇。）

齒部

0 **齒** chǐ [粵] ci^2 ❶ **門牙**。《韓非子・存韓》：“脣亡則～寒。”[泛] **牙齒**。桓譚《新論・祛蔽》：“～墮髮白。”（墮：脱落。）[喻] **排列如齒狀的物品**。賈思勰《齊民要術・耕田》：“耕荒畢，以鐵～鏂楱 (lòu zòu [粵] lau^6 cau^3) 再遍杷 (pá [粵] paa^4) 之。”（鏂楱：耙一類的農具。杷：把土塊弄碎。）❷ **歲數，年齡**。《漢書・趙充國傳》：“臣位至上卿……犬馬之～七十六。”（犬馬之齒：指自己的年齡。）❸ **並列，排列**。《莊子・天下》：“百官以此相～。”❹ **錄用**。《三國志・蜀書・諸葛亮傳》：“循名責實，虛偽不～。”【辨】**牙，齒。“牙”的本義指口腔後部的槽牙，“齒”的本義指門牙。“齒”的其他意義“牙”都沒有**。

2 **齔** chèn [粵] can^3 **兒童換牙**。《列子・湯問》：“鄰人京城氏之孀妻有遺男，始～，跳往助之。”（孀：寡。始齔：剛換牙，指七八歲。）[泛] **童年**。《後漢書・閻皇后紀》：“顯、景諸子年皆童～，並為黃門侍郎。”

3 **齕** hé [粵] hat^6 **咬**。《荀子・正論》：“彼乃將食其肉而～其骨也。”《韓非子・外儲説右上》：“夫大臣為猛狗而～有道之士矣。”

4 **齗** yín (粵) ngan^{4} ❶ **同"齦"。牙根肉**。史游《急就篇》卷三："鼻口唇舌～牙齒。" ❷ [齗齗] ① **露齒的樣子**。王延壽《魯靈光殿賦》："玄熊蚺錟以～～，卻負載而蹲跠。" ② **爭辯的樣子**。《漢書·公孫劉車王楊蔡陳鄭傳贊》："辯者騁其辭，～～焉，行行焉。" ③ **忿嫉**。《漢書·劉向傳》："朝臣～～不可光祿勛，何邪？"

5 **齟** jǔ (粵) zeoi^{2} [齟齬 (yǔ (粵) jyu^{5})] **上下牙齒對不上**。徐渭《秦望山花蕊峰》詩："宛如齒～～，張吻訟所苦。" (喻) **不合，相抵觸**。何遜《還渡五洲》詩："方圓既～～，貧賤豈怨尤？"（方圓：指正直和邪惡。貧賤：指自己處於貧賤。怨尤：怨恨。）

5 **齠** tiáo (粵) tiu^{4} ❶ **兒童換牙**。《韓詩外傳》卷一："八歲而～齒。" [齠齔 (chèn (粵) can^{3})] **兒童換牙的年齡。指童年**。《東觀漢記·伏湛傳》："～～勵志，白首不衰。" ❷ **童年**。《宋書·明帝紀》："人面獸心，見於～日。" ❸ **通"髫"。兒童頭部下垂的短髮**。《三國志·魏書·毛玠傳》："臣垂～執簡。"

6 **齦** yín (粵) ngan^{4} ❶ **齒根肉**。揚雄《太玄·密》："琢齒依～，君自拔也。" ❷ [齦齦] **戲笑的樣子**。揚雄《太玄·爭》："爭射～～。" ❸ kěn (粵) han^{2} **咬**。郭璞《山海經圖贊·北山經·麅鴞》："狍鴞貪惏，其目在腋，食人未盡，還自～割。" (引) **抑制**。韓愈《曹成王碑》："蘇枯弱彊，～其姦猖。"

6 **齤** quán (粵) kyun^{4} ❶ **缺齒**。(又) **曲齒**。❷ **笑而露齒的樣子**。《淮南子·道應》："若士者～然而笑。"

7 **齪** chuò (粵) cuk^{1} [齪齪] **拘謹，謹小慎微的樣子**。《史記·貨殖列傳》："俗好儒，備于禮，故其民～～。" ❷ **整齊，整治**。《三朝北盟會編》卷二十一："日久整～兵馬，為必取之計。" ❸ [齷 (wò (粵) ak^{1}/ngak^{1}) 齪] **見本頁"齷"字**。

7 **齬** yǔ (粵) jyu^{5} [齟齬] **見本頁"齟"字**。

8 **齮** yǐ (粵) ji^{2} **咬**。竺法護《正法華經·應時品》："饑餓之時，普皆諍食，疲瘦羸劣，鬪相～齧。" [齮齕 (hé (粵) hat^{6})] **毀壞**。《史記·田儋列傳》："且秦復得志於天下，則～～用事者墳墓矣。"

8 **齰** (齚) zé (粵) zaak^{3} **咬**。《史記·魏其武安侯列傳》："魏其必內愧，杜門～舌自殺。" 孟郊《偷詩》："餓犬～枯骨，自喫饞飢涎。"

9 **齲** qǔ (粵) geoi^{2} **蛀牙**。《淮南子·說山》："掘室而求鼠，割唇而治～……用智如此，豈足高乎！" (又) **牙痛**。嵇康《難自然好學論》："襲章服則轉筋，譚禮典則齒～。"

9 **齷** wò (粵) ak^{1}/ngak^{1} [齷齪] **狹隘，局促**。鮑照《代放歌行》："小人自～～，安知曠士懷。" 【注意】"齷齪" 表示骯髒的意義很晚才產生，大約到元曲中才有。

龍部

0 **龍** lóng (粵) lung^{4} ❶ **古代傳說中的一種神異的動物**。《禮記·禮運》："麟、鳳、龜、～，謂之四靈。" 《韓非子·難勢》："飛～乘雲。" 成語有"葉公好龍"。❷ **封建時代象徵帝王或指帝王用的東西。如"龍顏"、"龍牀"**。❸ [龍鍾] ① **衰老、行動不靈活的樣子**。貫休《寄中條道者》詩："常恨～～也，無因接話言。" 成語有"老態龍鍾"。② **潦倒、不得意的樣子**。白居易《賦七言十七韻以贈微之》："莫問～～惡官職，且聽清脆好文篇。" ③ **沾濕的樣子**。岑參《逢入京使》詩："故園東望路漫漫，雙袖～～淚不乾。" ❹ **駿**

馬。《周禮・夏官・廋人》："馬八尺以上為～。"

6 **龕** kān ㊥ ham¹ ❶ **佛塔**。許渾《送僧南歸》詩："繞～藤葉蓋禪牀。" ㊕ **葬僧人的塔**。貫休《送人歸夏口》詩："倘經三祖寺，一為禮～墳。"（倘經：倘若經過。禮：禮拜。）❷ **供奉神佛像的石室或櫃子**。江總《攝山棲霞寺碑》："莊嚴～像，首于西峰石壁。" ❸ **通"戡"**。**平定**。《揚子法言・重黎》："劉～南陽，項救河北。"（劉：指劉邦。項：指項羽。）

龠部

0 **龠** yuè ㊥ joek⁶ ❶ **量器名**。《漢書・律曆志上》："一～容千二百黍，重十二銖。" ❷ **管樂器名**。**又寫作"籥"**。❸ **通"鑰"**。《睡虎地秦墓竹簡・為吏之道》："城郭官府，門戶關～。"

4 **龡** chuī ㊥ ceoi¹ **同"吹"**。**吹奏**。《周禮・春官・籥師》："籥（yuè ㊥ joek⁶）師掌教國子舞羽～籥。"（籥：管樂器。）

5 **龢** hé ㊥ wo⁴ **古"和"字**。❶ **和諧，協調**。《呂氏春秋・孝行》："正六律，～五聲，雜八音，養耳之道也。" ❷ **和睦**。《國語・周語下》："言惠必及～。"

龜部

0 **龜** guī ㊥ gwai¹ ❶ **烏龜**。《尚書・禹貢》："九江納錫大～。"《史記・龜策列傳》："江傍家人常畜～。"（傍：通"旁"。畜：養。）❷ **占卜用的龜甲**。屈原《卜居》："～策誠不能知事。"（策：占卜用的蓍草。誠：確實。）㊋ **秦以前用作貨幣的龜甲**。《周易・損》："十朋之～。"（朋：兩串為一朋。）❸ jūn ㊥ gwan¹ **皮膚受凍開裂**。《莊子・逍遙遊》："宋人有善為不～手之藥者。" 范成大《次韻李子永雪中長句》："手～筆退不可捉。" **這個意義後來又寫作"皸"**。❹ qiū ㊥ gau¹/kau¹ [**龜茲**（cí ㊥ ci⁴）] **漢代西域國名**。**在今新疆庫車**。

一　中國歷代紀元表

1. 本表從“五帝”開始，到 1949 年中華人民共和國成立為止。
2. 表中年號後用括號附列使用年數，年中改元時在干支後面用數字註出改元的月份。

干支次序表

1. 甲子	2. 乙丑	3. 丙寅	4. 丁卯	5. 戊辰	6. 己巳	7. 庚午	8. 辛未
9. 壬申	10. 癸酉	11. 甲戌	12. 乙亥	13. 丙子	14. 丁丑	15. 戊寅	16. 己卯
17. 庚辰	18. 辛巳	19. 壬午	20. 癸未	21. 甲申	22. 乙酉	23. 丙戌	24. 丁亥
25. 戊子	26. 己丑	27. 庚寅	28. 辛卯	29. 壬辰	30. 癸巳	31. 甲午	32. 乙未
33. 丙申	34. 丁酉	35. 戊戌	36. 己亥	37. 庚子	38. 辛丑	39. 壬寅	40. 癸卯
41. 甲辰	42. 乙巳	43. 丙午	44. 丁未	45. 戊申	46. 己酉	47. 庚戌	48. 辛亥
49. 壬子	50. 癸丑	51. 甲寅	52. 乙卯	53. 丙辰	54. 丁巳	55. 戊午	56. 己未
57. 庚申	58. 辛酉	59. 壬戌	60. 癸亥				

五帝（約前 26 - 前 22 世紀）

黃帝 顓頊〔zhuān xū〕 帝嚳〔kù〕		堯 舜	

夏（前 2070 - 前 1600）

禹 啟 太康 仲康 相 少康 帝予（杼）〔zhù〕 帝槐 帝芒		帝泄 帝不降 帝扃〔jiōng〕 帝廑〔jǐn〕 帝孔甲 帝皋〔gāo〕 帝發 帝履癸（桀）	

商（前 1600 - 前 1046）

商前期（前 1600 - 前 1300）

湯		仲丁	
太丁		外壬	
外丙		河亶〔dǎn〕甲	
仲壬		祖乙	
太甲		祖辛	
沃丁		沃甲	
太庚		祖丁	
小甲		南庚	
雍己		陽甲	
太戊		盤庚（遷殷前）	

商後期（前 1300 - 前 1046）

盤庚（遷殷後） 小辛　小乙	前 1300- 前 1251	文丁	前 1112- 前 1102
武丁	前 1250- 前 1192	帝乙	前 1101- 前 1076
祖庚　祖甲 廩辛　康丁	前 1191- 前 1148	帝辛（紂）	前 1075- 前 1046
武乙	前 1147- 前 1113		

周（前 1046 - 前 256）

西周（前 1046 - 前 771）

武王（姬發）	(4)	乙未	前 1046 - 前 1043	孝王（～辟方）	(6)	庚午	前 891 - 前 886
成王（～誦）	(22)	己亥	前 1042 - 前 1021	夷王（～燮〔xiè〕）	(8)	丙子	前 885 - 前 878
康王(～釗〔zhāo〕)	(25)	辛酉	前 1020 - 前 996	厲王（～胡）	(37)	甲申	前 877 - 前 841
昭王（～瑕〔xiá〕）	(19)	丙戌	前 995 - 前 977	共和	(14)	庚申	前 841 - 前 828
穆王（～滿）	(55)	乙巳	前 976 - 前 922	宣王（～靜）	(46)	甲戌	前 827 - 前 782
共〔gōng〕王 （～繄扈〔yī hù〕）	(23)	己亥	前 922 - 前 900	幽王（～宮涅）	(11)	庚申	前 781 - 前 771
懿〔yì〕王（～囏〔jiān〕）	(8)	壬戌	前 899 - 前 892				

東周（前 770 - 前 256）

平王（姬宜臼）	(51)	辛未	前 770- 前 720	景王（～貴）	(25)	丁巳	前 544- 前 520
桓王（～林）	(23)	壬戌	前 719- 前 697	敬王（～匄〔gài〕）	(43)	壬午	前 519- 前 477
莊王（～佗〔tuó〕）	(15)	乙酉	前 696- 前 682	元王（～仁）	(8)	乙丑	前 476- 前 469
釐〔xī〕王（～胡齊）	(5)	庚子	前 681- 前 677	貞定王（～介）	(28)	癸酉	前 468- 前 441
惠王（～閬〔làng〕）	(25)	乙巳	前 676- 前 652	考王（～嵬〔wéi〕）	(15)	辛丑	前 440- 前 426
襄〔xiāng〕王（～鄭）	(33)	庚午	前 651- 前 619	威烈王（～午）	(24)	丙辰	前 425- 前 402
頃王（～壬臣）	(6)	癸卯	前 618- 前 613	安王（～驕）	(26)	庚辰	前 401- 前 376
匡王（～班）	(6)	己酉	前 612- 前 607	烈王（～喜）	(7)	丙午	前 375- 前 369
定王（～瑜〔yú〕）	(21)	乙卯	前 606- 前 586	顯王（～扁）	(48)	癸丑	前 368- 前 321
簡王（～夷）	(14)	丙子	前 585- 前 572	慎靚〔jìng〕王(～定)	(6)	辛丑	前 320- 前 315
靈王（～泄心）	(27)	庚寅	前 571- 前 545	赧〔nǎn〕王（～延）	(59)	丁未	前 314- 前 256

秦（前 221 - 前 207）

秦始皇（嬴政）	26 年	庚辰	前 221		34 年	戊子	前 213
	27 年	辛巳	前 220		35 年	己丑	前 212
	28 年	壬午	前 219		36 年	庚寅	前 211
	29 年	癸未	前 218		37 年	辛卯	前 210
	30 年	甲申	前 217	秦二世（胡亥）	1 年	壬辰	前 209
	31 年	乙酉	前 216		2 年	癸巳	前 208
	32 年	丙戌	前 215		3 年	甲午	前 207
	33 年	丁亥	前 214	秦子嬰	1 年		

漢（前 206 - 公元 220）

西漢（前 206 - 公元 25）

包括王莽（公元 9 - 23）和更始帝（23 - 25）

高帝（劉邦）	(12)	乙未	前 206		(後元)(3)	戊戌	前 143
惠帝（～盈）	(7)	丁未	前 194	武帝（～徹）	建元 (6)	辛丑	前 140
高后（呂雉）	(8)	甲寅	前 187		元光 (6)	丁未	前 134
文帝（～恆）	(16)	壬戌	前 179		元朔 (6)	癸丑	前 128
	(後元)(7)	戊寅	前 163		元狩 (6)	己未	前 122
景帝（～啟）	(前元)(7)	乙酉	前 156		元鼎 (6)	乙丑	前 116
	(中元)(6)	壬辰	前 149		元封 (6)	辛未	前 110

	太初 (4)	丁丑	前 104		竟寧 (1)	戊子	前 33
	天漢 (4)	辛巳	前 100	成帝（～驁〔ào〕）	建始 (5)	己丑	前 32
	太始 (4)	乙酉	前 96		河平 (4)	癸巳	前 28
	征和 (4)	己丑	前 92		陽朔 (4)	丁酉	前 24
	後元 (2)	癸巳	前 88		鴻嘉 (4)	辛丑	前 20
昭帝（～弗陵）	始元 (7)	乙未	前 86		永始 (4)	乙巳	前 16
	元鳳 (6)	辛丑八	前 80		元延 (4)	己酉	前 12
	元平 (1)	丁未	前 74		綏和 (2)	癸丑	前 8
宣帝（～詢）	本始 (4)	戊申	前 73	哀帝（～欣）	建平 (4)	乙卯	前 6
	地節 (4)	壬子	前 69		元壽 (2)	己未	前 2
	元康 (5)	丙辰	前 65	平帝（～衎〔kàn〕）	元始 (5)	辛酉	1
	神爵 (4)	庚申三	前 61	孺子嬰（王莽攝政）	居攝 (3)	丙寅	6
	五鳳 (4)	甲子	前 57		初始 (1)	戊辰十一	8
	甘露 (4)	戊辰	前 53	〔新〕王莽	始建國 (5)	己巳	9
	黃龍 (1)	壬申	前 49		天鳳 (6)	甲戌	14
元帝（～奭〔shì〕）	初元 (5)	癸酉	前 48		地皇 (4)	庚辰	20
	永光 (5)	戊寅	前 43	淮陽王（～玄）	更始 (3)	癸未二	23
	建昭 (5)	癸未	前 38				

東漢 (25 - 220)

光武帝（劉秀）	建武 (32)	乙酉六	25	順帝（～保）	永建 (7)	丙寅	126
	建武中元 (2)	丙辰四	56		陽嘉 (4)	壬申三	132
明帝（～莊）	永平 (18)	戊午	58		永和 (6)	丙子	136
章帝（～炟〔dá〕）	建初 (9)	丙子	76		漢安 (3)	壬午	142
	元和 (4)	甲申八	84		建康 (1)	甲申四	144
	章和 (2)	丁亥七	87	沖帝（～炳〔bǐng〕）	永嘉 (1)	乙酉	145
和帝（～肇〔zhào〕）	永元 (17)	己丑	89	質帝（～纘〔zuǎn〕）	本初 (1)	丙戌	146
	元興 (1)	乙巳四	105	桓帝（～志）	建和 (3)	丁亥	147
殤〔shāng〕帝（～隆）	延平 (1)	丙午	106		和平 (1)	庚寅	150
安帝（～祜〔hù〕）	永初 (7)	丁未	107		元嘉 (3)	辛卯	151
	元初 (7)	甲寅	114		永興 (2)	癸巳五	153
	永寧 (2)	庚申四	120		永壽 (4)	乙未	155
	建光 (2)	辛酉七	121		延熹〔xī〕(10)	戊戌六	158
	延光 (4)	壬戌三	122		永康 (1)	丁未六	167

靈帝（～宏）	建寧（5）	戊申	168	獻帝（～協）	初平（4）	庚午	190
	熹〔xī〕平（7）	壬子五	172		興平（2）	甲戌	194
	光和（7）	戊午三	178		建安（25）	丙子	196
	中平（6）	甲子十二	184		延康（1）	庚子三	220

三國（220 - 280）

魏		蜀		吳			
帝王	年號	帝王	年號	帝王	年號	干支	公元
文帝（曹丕〔pī〕）	黃初（7）					庚子十	220
		昭烈帝（劉備）	章武（3）			辛丑四	221
				大帝（孫權）	黃武（8）	壬寅十	222
		後主（～禪）	建興（15）			癸卯五	223
明帝（～叡〔ruì〕）	太和（7）					丁未	227
					黃龍（3）	己酉四	229
					嘉禾（7）	壬子	232
	青龍（5）					癸丑二	233
	景初（3）					丁巳三	237
			延熙（20）		赤烏（14）	戊午	238
齊王（～芳）	正始（10）					庚申	240
	嘉平（6）					己巳四	249
					太元（2）	辛未五	251
					神鳳（1）	壬申二	252
				會稽王（～亮）	建興（2）	壬申四	252
高貴鄉公（～髦〔máo〕）	正元（3）				五鳳（3）	甲戌	254
	甘露（5）				太平（3）	丙子	256
			景耀（6）	景帝（～休）	永安（7）	戊寅	258
元帝（～奐）（陳留王）	景元（5）					庚辰六	260
			炎興（1）			癸未八	263
	咸熙（2）			烏程侯（～皓）	元興（2）	甲申	264
					甘露（2）	乙酉四	265
					寶鼎（4）	丙戌八	266

魏		蜀		吳			
帝王	年號	帝王	年號	帝王	年號	干支	公元
					建衡 (3)	己丑十	269
					鳳皇 (3)	壬辰	272
					天冊 (2)	乙未	275
					天璽 (1)	丙申七	276
					天紀 (4)	丁酉	277

晉 (265 - 420)

西晉 (265 - 317)

武帝 (司馬炎)	泰始 (10)	乙酉十二	265		太安 (2)	壬戌十二	302
	咸寧 (6)	乙未	275		永安 (1)	甲子	304
	太康 (10)	庚子四	280		建武 (1)	甲子七	304
	太熙 (1)	庚戌	290		永安 (1)	甲子十一	304
惠帝 (～衷)	永熙 (1)	庚戌四	290		永興 (3)	甲子十二	304
	永平 (1)	辛亥	291		光熙 (1)	丙寅六	306
	元康 (9)	辛亥三	291	懷帝 (～熾〔chì〕)	永嘉 (7)	丁卯	307
	永康 (2)	庚申	300	愍〔mǐn〕帝 (～鄴〔yè〕)	建興 (5)	癸酉四	313
	永寧 (2)	辛酉四	301				

東晉 (317 - 420)

元帝 (司馬睿〔ruì〕)	建武 (2)	丁丑三	317	哀帝 (～丕〔pī〕)	隆和 (2)	壬戌	362
	大興 (4)	戊寅三	318		興寧 (3)	癸亥二	363
	永昌 (2)	壬午	322	海西公 (～奕〔yì〕)	太和 (6)	丙寅	366
明帝 (～紹)	永昌	壬午閏十一	322	簡文帝 (～昱〔yù〕)	咸安 (2)	辛未十一	371
	太寧 (4)	癸未三	323	孝武帝 (～曜〔yào〕)	寧康 (3)	癸酉	373
成帝 (～衍〔yǎn〕)	太寧	乙酉閏七	325		太元 (21)	丙子	376
	咸和 (9)	丙戌二	326	安帝 (～德宗)	隆安 (5)	丁酉	397
	咸康 (8)	乙未	335		元興 (3)	壬寅	402
康帝 (～岳)	建元 (2)	癸卯	343		義熙 (14)	乙巳	405
穆帝 (～聃〔dān〕)	永和 (12)	乙巳	345	恭帝 (～德文)	元熙 (2)	己未	419
	升平 (5)	丁巳	357				

南北朝 (420 - 589)

南朝

宋 (420 - 479)

武帝 (劉裕)	永初 (3)	庚申六	420		景和 (1)	乙巳八	465
少帝 (～義符)	景平 (2)	癸亥	423	明帝 (～彧〔yù〕)	泰始 (7)	乙巳十二	465
文帝 (～義隆)	元嘉 (30)	甲子八	424		泰豫 (1)	壬子	472
孝武帝 (～駿〔jùn〕)	孝建 (3)	甲午	454	後廢帝 (～昱〔yù〕) (蒼梧王)	元徽 (5)	癸丑	473
	大明 (8)	丁酉	457	順帝 (～準)	昇明 (3)	丁巳七	477
前廢帝 (～子業)	永光 (1)	乙巳	465				

齊 (479 - 502)

高帝 (蕭道成)	建元 (4)	己未	479	明帝 (～鸞)	建武 (5)	甲戌十	494
武帝 (～賾〔zé〕)	永明 (11)	癸亥	483		永泰 (1)	戊寅四	498
鬱林王 (～昭業)	隆昌 (1)	甲戌	494	東昏侯 (～寶卷)	永元 (3)	己卯	499
海陵王 (～昭文)	延興 (1)	甲戌七	494	和帝 (～寶融)	中興 (2)	辛巳三	501

梁 (502 - 557)

武帝 (蕭衍〔yǎn〕)	天監 (18)	壬午四	502		太清 (3) *	丁卯四	547
	普通 (8)	庚子	520	簡文帝 (～綱)	大寶 (2) **	庚午	550
	大通 (3)	丁未三	527	元帝 (～繹〔yì〕)	承聖 (4)	壬申十一	552
	中大通 (6)	己酉十	529	敬帝 (～方智)	紹泰 (2)	乙亥十	555
	大同 (12)	乙卯	535		太平 (2)	丙子九	556
	中大同 (2)	丙寅四	546				

* 有的地區用至五年。
** 有的地區用至三年。

陳 (557 - 589)

武帝 (陳霸先)	永定 (3)	丁丑十	557	宣帝 (～頊〔xū〕)	太建 (14)	己丑	569
文帝 (～蒨〔qiàn〕)	天嘉 (7)	庚辰	560	後主 (～叔寶)	至德 (4)	癸卯	583
	天康 (1)	丙戌二	566		禎明 (3)	丁未	587
廢帝 (～伯宗) (臨海王)	光大 (2)	丁亥	567				

北朝

北魏〔拓跋氏，後改元氏〕(386 - 534)

北魏建國於丙戌（386 年）正月，初稱代國，至同年四月始改國號為魏，439 年滅北涼，統一北方。

道武帝（拓跋珪〔guī〕）	登國 (11)	丙戌	386	孝文帝（元宏）	延興 (6)	辛亥$_{八}$	471
	皇始 (3)	丙申$_{七}$	396		承明 (1)	丙辰$_{六}$	476
	天興 (7)	戊戌$_{十二}$	398		太和 (23)	丁巳	477
	天賜 (6)	甲辰$_{十}$	404	宣武帝（～恪）	景明 (4)	庚辰	500
明元帝（～嗣〔sì〕）	永興 (5)	己酉$_{閏十}$	409		正始 (5)	甲申	504
	神瑞 (3)	甲寅	414		永平 (5)	戊子$_{八}$	508
	泰常 (8)	丙辰$_{四}$	416		延昌 (4)	壬辰$_{四}$	512
太武帝（～燾〔tāo〕）	始光 (5)	甲子	424	孝明帝（～詡〔xǔ〕）	熙平 (3)	丙申	516
	神䴥〔jiā〕(4)	戊辰$_{二}$	428		神龜 (3)	戊戌$_{二}$	518
	延和 (3)	壬申	432		正光 (6)	庚子$_{七}$	520
	太延 (6)	乙亥	435		孝昌 (3)	乙巳$_{六}$	525
	太平真君 (12)	庚辰$_{六}$	440		武泰 (1)	戊申	528
	正平 (2)	辛卯$_{六}$	451	孝莊帝（～子攸〔yōu〕）	建義 (1)	戊申$_{四}$	528
南安王（～余）	承平 (1)	壬辰$_{二}$	452		永安 (3)	戊申$_{九}$	528
文成帝（～濬〔jùn〕）	興安 (3)	壬辰$_{十}$	452	長廣王（～曄〔yè〕）	建明 (2)	庚戌$_{十}$	530
	興光 (2)	甲午$_{七}$	454	節閔〔mǐn〕帝（～恭）	普泰 (2)	辛亥$_{二}$	531
	太安 (5)	乙未$_{六}$	455	安定王（～朗）	中興 (2)	辛亥$_{十}$	531
	和平 (6)	庚子	460	孝武帝（～脩）	太昌 (1)	壬子$_{四}$	532
獻文帝（～弘）	天安 (2)	丙午	466		永興 (1)	壬子$_{十二}$	532
	皇興 (5)	丁未$_{八}$	467		永熙 (3)	壬子$_{十二}$	532

東魏 (534 - 550)

孝靜帝（元善見）	天平 (4)	甲寅$_{十}$	534		興和 (4)	己未$_{十}$	539
	元象 (2)	戊午	538		武定 (8)	癸亥	543

西魏 (535 - 556)

文帝（元寶炬）	大統 (17)	乙卯	535	恭帝（～廓）	— (3)	甲戌$_{一}$	554
廢帝（～欽）	— (3)	壬申	552				

北齊 (550 - 577)

文宣帝（高洋）	天保 (10)	庚午$_{五}$	550	後主（～緯）	天統 (5)	乙酉$_{四}$	565
廢帝（～殷）	乾明 (1)	庚辰	560		武平 (7)	庚寅	570
孝昭帝（～演）	皇建 (2)	庚辰$_{八}$	560		隆化 (1)	丙申$_{十二}$	576
武成帝（～湛）	太寧 (2)	辛巳$_{十一}$	561	幼主（～恆）	承光 (1)	丁酉	577
	河清 (4)	壬午$_{四}$	562				

北周（557 - 581）

孝閔帝（宇文覺）	一（1）	丁丑	557		建德（7）	壬辰$_{三}$	572
明帝（～毓〔yù〕）	一（3）	丁丑$_{九}$	557		宣政（1）	戊戌$_{三}$	578
	武成（2）	己卯$_{八}$	559	宣帝（～贇〔yūn〕）	大成（1）	己亥	579
武帝（～邕〔yōng〕）	保定（5）	辛巳	561	靜帝（～衍〔yǎn〕）	大象（3）	己亥$_{二}$	579
	天和（7）	丙戌	566		大定（1）	辛丑$_{一}$	581

隋（581 - 618）

隋建國於 581 年，589 年滅陳，完成統一。

文帝（楊堅）	開皇（20）	辛丑$_{二}$	581	煬〔yáng〕帝（～廣）	大業（14）	乙丑	605
	仁壽（4）	辛酉	601	恭帝（～侑〔yòu〕）	義寧（2）	丁丑$_{十一}$	617

唐（618 - 907）

高祖（李淵）	武德（9）	戊寅$_{五}$	618		垂拱（4）	乙酉	685
太宗（～世民）	貞觀（23）	丁亥	627		永昌（1）	己丑	689
高宗（～治）	永徽（6）	庚戌	650		載初（1）*	庚寅	690
	顯慶（6）	丙辰	656	武后稱帝，改國號為周	天授（3）	庚寅$_{九}$	690
	龍朔（3）	辛酉$_{三}$	661		如意（1）	壬辰$_{四}$	692
	麟德（2）	甲子	664		長壽（3）	壬辰$_{九}$	692
	乾封（3）	丙寅	666		延載（1）	甲午$_{五}$	694
	總章（3）	戊辰$_{三}$	668		證聖（1）	乙未	695
	咸亨（5）	庚午$_{三}$	670		天冊萬歲（2）	乙未$_{九}$	695
	上元（3）	甲戌$_{八}$	674		萬歲登封（1）	乙未$_{十二}$	695
	儀鳳（4）	丙子$_{十一}$	676		萬歲通天（2）	丙申$_{三}$	696
	調露（2）	己卯$_{六}$	679		神功（1）	丁酉$_{九}$	697
	永隆（2）	庚辰$_{八}$	680		聖曆（3）	戊戌	698
	開耀（2）	辛巳$_{十}$	681		久視（1）	庚子$_{五}$	700
	永淳（2）	壬午$_{二}$	682		大足（1）	辛丑	701
	弘道（1）	癸未$_{十二}$	683		長安（4）	辛丑$_{十}$	701
中宗（～顯）	嗣聖（1）	甲申	684	中宗（李顯復唐國號）	神龍（3）	乙巳	705
睿〔ruì〕宗（～旦）	文明（1）	甲申$_{二}$	684		景龍（4）	丁未$_{九}$	707
武后（武曌〔zhào〕）	光宅（1）	甲申$_{九}$	684	睿〔ruì〕宗（～旦）	景雲（2）	庚戌$_{七}$	710

	太極 (1)	壬子	712	文宗 (～昂)	太和 (9)	丁未$_{二}$	827
	延和 (1)	壬子$_{五}$	712		開成 (5)	丙辰	836
玄宗 (～隆基)	先天 (2)	壬子$_{八}$	712	武宗 (～炎)	會昌 (6)	辛酉	841
	開元 (29)	癸丑$_{十二}$	713	宣宗 (～忱)	大中 (14)	丁卯	847
	天寶 (15)	壬午	742	懿〔yì〕宗 (～漼〔cuǐ〕)	大中	己卯$_{六}$	859
肅宗 (～亨)	至德 (3)	丙申$_{七}$	756		咸通 (15)	庚辰$_{十一}$	860
	乾元 (3)	戊戌$_{二}$	758	僖〔xī〕宗 (～儇〔xuān〕)	乾符 (6)	甲午$_{十一}$	874
	上元 (2)	庚子$_{閏四}$	760		廣明 (2)	庚子	880
	一 (1) **	辛丑$_{九}$	761		中和 (5)	辛丑$_{七}$	881
代宗 (～豫)	寶應 (2)	壬寅$_{四}$	762		光啟 (4)	乙巳$_{三}$	885
	廣德 (2)	癸卯$_{七}$	763		文德 (1)	戊申$_{二}$	888
	永泰 (2)	乙巳	765	昭宗 (～曄〔yè〕)	龍紀 (1)	己酉	889
	大曆 (14)	丙午$_{十一}$	766		大順 (2)	庚戌	890
德宗 (～适〔kuò〕)	建中 (4)	庚申	780		景福 (2)	壬子	892
	興元 (1)	甲子	784		乾寧 (5)	甲寅	894
	貞元 (21)	乙丑	785		光化 (4)	戊午$_{八}$	898
順宗 (～誦)	永貞 (1)	乙酉$_{八}$	805		天復 (4)	辛酉$_{四}$	901
憲宗 (～純)	元和 (15)	丙戌	806		天祐 (4)	甲子$_{閏四}$	904
穆宗 (～恆)	長慶 (4)	辛丑	821	哀帝 (～柷〔zhù〕)	天祐 ***	甲子$_{八}$	904
敬宗 (～湛)	寶曆 (3)	乙巳	825				

*　始用周正，改永昌元年十一月為載初元年正月，至久視元年復用夏正。
**　此年九月去年號，但稱元年。
***　哀帝即位未改元。

五代 (907 - 960)

後梁 (907 - 923)

太祖 (朱晃，又名温、全忠)	開平 (5)	丁卯$_{四}$	907		貞明 (7)	乙亥$_{十一}$	915
	乾化 (5)	辛未$_{五}$	911		龍德 (3)	辛巳$_{五}$	921
末帝 (～瑱〔zhèn〕)	乾化	癸酉$_{二}$	913				

後唐 (923 - 936)

莊宗 (李存勖〔xù〕)	同光 (4)	癸未$_{四}$	923	閔〔mǐn〕帝 (～從厚)	應順 (1)	甲午	934
明宗 (～嗣源，又名亶〔dǎn〕)	天成 (5)	丙戌$_{四}$	926	末帝 (～從珂〔kē〕)	清泰 (3)	甲午$_{四}$	934
	長興 (4)	庚寅$_{二}$	930				

後晉 (936 - 946)

高祖（石敬瑭）	天福 1 - 6 年	丙申$_{十一}$	936		開運 (4)	甲辰$_{七}$	944
出帝（～重貴）	天福 7 - 9 年	壬寅$_{六}$	942				

後漢 (947 - 950)

高祖（劉暠〔gǎo〕，本名知遠）	天福 12 年 *	丁未$_{二}$	947	隱帝（～承祐）	乾祐 1 - 3 年 **	戊申$_{二}$	948
	乾祐	戊申	948				

* 　後漢高祖即位，仍用後晉高祖年號，稱天福十二年。
** 　隱帝即位未改元。

後周 (951 - 960)

太祖（郭威）	廣順 (3)	辛亥	951	世宗（柴榮）	顯德 1 - 6 年 *	甲寅	954
	顯德	甲寅	954	恭帝（～宗訓）	顯德 6 - 7 年	己未$_{六}$	959

* 　世宗、恭帝都未改元。

宋 (960 - 1279)

北宋 (960 - 1127)

太祖（趙匡胤）	建隆 (4)	庚申	960		寶元 (3)	戊寅$_{十一}$	1038
	乾德 (6)	癸亥$_{十一}$	963		康定 (2)	庚辰$_{二}$	1040
	開寶 (9)	戊辰$_{十一}$	968		慶曆 (8)	辛巳$_{十一}$	1041
太宗（～炅〔jiǒng〕，本名匡義，又名光義）	太平興國 (9)	丙子$_{十二}$	976		皇祐 (6)	己丑	1049
	雍熙 (4)	甲申$_{十一}$	984		至和 (3)	甲午$_{三}$	1054
	端拱 (2)	戊子	988		嘉祐 (8)	丙申$_{九}$	1056
	淳化 (5)	庚寅	990	英宗（～曙）	治平 (4)	甲辰	1064
	至道 (3)	乙未	995	神宗（～頊〔xū〕）	熙寧 (10)	戊申	1068
真宗（～恆）	咸平 (6)	戊戌	998		元豐 (8)	戊午	1078
	景德 (4)	甲辰	1004	哲宗（～煦〔xù〕）	元祐 (9)	丙寅	1086
	大中祥符 (9)	戊申	1008		紹聖 (5)	甲戌$_{四}$	1094
	天禧〔xǐ〕(5)	丁巳	1017		元符 (3)	戊寅$_{六}$	1098
	乾興 (1)	壬戌	1022	徽宗（～佶〔jí〕）	建中靖國 (1)	辛巳	1101
仁宗（～禎）	天聖 (10)	癸亥	1023		崇寧 (5)	壬午	1102
	明道 (2)	壬申$_{十一}$	1032		大觀 (4)	丁亥	1107
	景祐 (5)	甲戌	1034		政和 (8)	辛卯	1111

	重和（2）	戊戌十一	1118	欽宗（～桓）	靖康（2）	丙午	1126
	宣和（7）	己亥二	1119				

南宋（1127 - 1279）

高宗（趙構）	建炎（4）	丁未五	1127		紹定（6）	戊子	1228
	紹興（32）	辛亥	1131		端平（3）	甲午	1234
孝宗（～昚〔shèn〕）	隆興（2）	癸未	1163		嘉熙（4）	丁酉	1237
	乾道（9）	乙酉	1165		淳祐（12）	辛丑	1241
	淳熙（16）	甲午	1174		寶祐（6）	癸丑	1253
光宗（～惇〔dūn〕）	紹熙（5）	庚戌	1190		開慶（1）	己未	1259
寧宗（～擴）	慶元（6）	乙卯	1195		景定（5）	庚申	1260
	嘉泰（4）	辛酉	1201	度宗（～禥〔qí〕）	咸淳（10）	乙丑	1265
	開禧（xī）（3）	乙丑	1205	恭帝（～㬎〔xiǎn〕）	德祐（2）	乙亥	1275
	嘉定（17）	戊辰	1208	端宗（～昰〔shì〕）	景炎（3）	丙子五	1276
理宗（～昀〔yún〕）	寶慶（3）	乙酉	1225	帝昺（～昺〔bǐng〕）	祥興（2）	戊寅五	1278

遼［耶律氏］（907 - 1125）

遼建國於907年，國號契丹，916年始建年號，938年（一說947年）改國號為遼，983年復稱契丹，1066年仍稱遼。

太祖（耶律阿保機）	一（10）	丁卯	907		開泰（10）	壬子十一	1012
	神冊（7）	丙子十二	916		太平（11）	辛酉十一	1021
	天贊（5）	壬午二	922	興宗（～宗真）	景福（2）	辛未六	1031
	天顯1年	丙戌二	926		重熙（24）	壬申十一	1032
太宗（～德光）	天顯 2 - 13年	丁亥十一	927	道宗（～洪基）	清寧（10）	乙未八	1055
	會同（10）	戊戌十一	938		咸雍（10）	乙巳	1065
	大同（1）	丁未二	947		大康（10）	乙卯	1075
世宗（～阮〔ruǎn〕）	天祿（5）	丁未九	947		大安（10）	乙丑	1085
穆宗（～璟〔jǐng〕）	應曆（19）	辛亥九	951		壽昌（7）	乙亥	1095
景宗（～賢）	保寧（11）	己巳二	969	天祚〔zuò〕帝（～延禧〔xī〕）	乾統（10）	辛巳二	1101
	乾亨（5）	己卯十一	979		天慶（10）	辛卯	1111
聖宗（～隆緒）	乾亨	壬午九	982		保大（5）	辛丑	1121
	統和（30）	癸未六	983				

金〔完顏氏〕（1115 - 1234）

太祖（完顏旻〔mín〕，本名阿骨打）	收國（2）	乙未	1115		承安（5）	丙辰$_{十一}$	1196
	天輔（7）	丁酉	1117		泰和（8）	辛酉	1201
太宗（～晟〔shèng〕）	天會 1 - 13 年	癸卯$_{九}$	1123	衞紹王（～永濟）	大安（3）	己巳	1209
熙宗（～亶〔dǎn〕）	天會 13 - 15 年	乙卯$_{一}$	1135		崇慶（2）	壬申	1212
	天眷（3）	戊午	1138		至寧（1）	癸酉$_{五}$	1213
	皇統（9）	辛酉	1141	宣宗（～珣〔xún〕）	貞祐（5）	癸酉$_{八}$	1213
海陵王（～亮）	天德（5）	己巳$_{十二}$	1149		興定（6）	丁丑$_{九}$	1217
	貞元（4）	癸酉$_{三}$	1153		元光（2）	壬午$_{八}$	1222
	正隆（6）	丙子$_{二}$	1156	哀宗（～守緒）	正大（9）	甲申	1224
世宗（～雍）	大定（29）	辛巳$_{十}$	1161		開興（1）	壬辰$_{一}$	1232
章宗（～璟〔jǐng〕）	明昌（7）	庚戌	1190		天興（3）	壬辰$_{三}$	1232

元〔孛兒只斤氏〕（1206 - 1368）

蒙古孛兒只斤鐵木真於 1206 年建國。1271 年忽必烈定國號為元，1279 年滅南宋。

太祖（孛兒只斤鐵木真）（成吉思汗）	—（22）	丙寅	1206	仁宗（～愛育黎拔力八達）	皇慶（2）	壬子	1312
拖雷（監國）	—（1）	戊子	1228		延祐（7）	甲寅	1314
太宗（～窩闊台）	—（13）	己丑	1229	英宗（～碩德八剌）	至治（3）	辛酉	1321
乃馬真后（稱制）	—（5）	壬寅	1242	泰定帝（～也孫鐵木兒）	泰定（5）	甲子	1324
定宗（～貴由）	—（3）	丙午$_{七}$	1246		致和（1）	戊辰$_{二}$	1328
海迷失后（稱制）	—（3）	己酉	1249	天順帝（～阿速吉八）	天順（1）	戊辰$_{九}$	1328
憲宗（～蒙哥）	—（9）	辛亥$_{六}$	1251	文宗（～圖帖睦爾）	天曆 1 - 3 年	戊辰$_{九}$	1328
世祖（～忽必烈）	中統（5）	庚申$_{五}$	1260	明宗（～和世瑓〔là〕）*	天曆 2 年	己巳	1329
	至元（31）	甲子$_{八}$	1264	文宗	至順 1 - 3 年	庚午$_{五}$	1330
成宗（～鐵穆耳）	元貞（3）	乙未	1295	寧宗（～懿〔yì〕璘〔lín〕質班）	至順 3 年	壬申$_{十}$	1332
	大德（11）	丁酉$_{二}$	1297	順帝（～妥懽帖睦爾）	至順 4 年	癸酉$_{六}$	1333
武宗（～海山）	至大（4）	戊申	1308		元統（3）	癸酉$_{十}$	1333

	(後) 至元 (6)	乙亥$_{\text{十一}}$	1335		至正 (28)	辛巳	1341

*　明宗於己巳 (1329) 正月即位，以文宗為皇太子。八月明宗暴死，文宗復位。

明 (1368 - 1644)

太祖 (朱元璋)	洪武 (31)	戊申	1368	孝宗 (～祐樘)	弘治 (18)	戊申	1488
惠帝 (～允炆〔wén〕)	建文 (4) *	己卯	1399	武宗 (～厚照)	正德 (16)	丙寅	1506
成祖 (～棣〔dì〕)	永樂 (22)	癸未	1403	世宗 (～厚熜〔cōng〕)	嘉靖 (45)	壬午	1522
仁宗 (～高熾〔chì〕)	洪熙 (1)	乙巳	1425	穆宗 (～載垕〔hòu〕)	隆慶 (6)	丁卯	1567
宣宗 (～瞻基)	宣德 (10)	丙午	1426	神宗 (～翊〔yì〕鈞)	萬曆 (48)	癸酉	1573
英宗 (～祁鎮)	正統 (14)	丙辰	1436	光宗 (～常洛)	泰昌 (1)	庚申$_{\text{八}}$	1620
代宗 (～祁鈺〔yù〕) (景帝)	景泰 (8)	庚午	1450	熹〔xī〕宗 (～由校)	天啟 (7)	辛酉	1621
英宗 (～祁鎮)	天順 (8)	丁丑$_{\text{一}}$	1457	思宗 (～由檢)	崇禎 (17)	戊辰	1628
憲宗 (～見深)	成化 (23)	乙酉	1465				

*　建文四年時，成祖廢除建文年號，改為洪武三十五年。

清 [愛新覺羅氏] (1644 - 1911)

世祖 (愛新覺羅福臨)	順治 (18)	甲申	1644	宣宗 (～旻〔mín〕寧)	道光 (30)	辛巳	1821
聖祖 (～玄燁〔yè〕)	康熙 (61)	壬寅	1662	文宗 (～奕〔yì〕詝〔zhǔ〕)	咸豐 (11)	辛亥	1851
世宗 (～胤〔yìn〕禛〔zhēn〕)	雍正 (13)	癸卯	1723	穆宗 (～載淳)	同治 (13)	壬戌	1862
高宗 (～弘曆)	乾隆 (60)	丙辰	1736	德宗 (～載湉〔tián〕)	光緒 (34)	乙亥	1875
仁宗 (～顒〔yóng〕琰〔yǎn〕)	嘉慶 (25)	丙辰	1796	～溥〔pǔ〕儀	宣統 (3)	己酉	1909

中華民國 (1912 - 1949)

中華人民共和國 1949 年 10 月 1 日成立

二　古代漢語語法簡介

閱讀古文，不但會碰到詞彙方面的問題，還會碰到語法方面的問題。古代漢語語法與現代漢語語法相比，大致是相同的。下面，把古代漢語語法與現代漢語語法不同的地方簡單介紹一下。

(一) 古代漢語的詞類

古代漢語詞類的劃分和特點與現代漢語大致相同，即分為名詞、動詞、形容詞、數量詞、代詞、副詞、介詞、連詞、歎詞、語氣詞等幾類。其中代詞和語氣詞與現代漢語有較大的不同，簡述如下：

(1) 代詞

代詞可分為人稱代詞、指示代詞、疑問代詞三類。

古代漢語的人稱代詞有：第一人稱代詞：余、予、吾、我 (相當於現代漢語的"我"、"我們")；第二人稱代詞：爾、汝 (相當於現代漢語的"你"、"你們")；第三人稱代詞：之、其 (相當於現代漢語的"他、她、牠、它"、"他們、她們、牠們、它們"和"他的、她的、牠的、它的") 等。

古代漢語人稱代詞和現代漢語不同的地方是：a. 有些人稱代詞既可以表示單數，又可以表示複數。b. 有些人稱代詞既可以表示人稱，又可以表示領屬。例如："爾"既可以表示"你"、"你們"，又可以表示"你的"、"你們的"。

第三人稱代詞略有不同。"之"只表示"他 (她、牠、它)"和"他 (她、牠、它) 們"，不表示"他 (她、牠、它) 的"。例如："讀他的詩"不能說成"讀之詩"。而且，只能做賓語，不能做主語。例如，能說"吾能勝之"，但不能說"之能勝吾"。

表示"他 (她、牠、它) 的"和"他 (她、牠、它) 們的"是"其"。如："攻其不備，出其不意”。在先秦兩漢，“其”不能表示“他”或“他們”。到晉以後，才出現“飲其麻沸散”(給他喝麻沸散) 這樣的用法。但總的來説，這種用法仍是不多見的。

還有一點應當注意：“之”和“其”雖然是第三人稱代詞，但有時可以靈活運用，用來指“我”、“我的”或“你”、“你的”，如：

柳宗元《捕蛇者説》：“蔣氏大戚，汪然出涕曰：‘君將哀而生之乎？’”(蔣氏很悲傷，眼泪汪汪地説：“你要可憐我，救活我嗎？”)

曹操《讓縣自明本志令》：“欲望封侯作征西將軍，然後題墓道言‘漢故征西將軍曹侯之墓’，此其志也。”(希望能封侯做征西將軍，然後死後在墓碑上題着“漢故征西將軍曹侯之墓”幾個字。這就是我的志向。)

在這裏附帶説一下“之”字的一種較特殊的用法：有時“之”放在主語和謂語之間，這種“之”字往往翻譯不出來。例如：

《論語·微子》：“道之不行，已知之矣。”

《戰國策·燕策二》：“故願王之熟計之也。”

《左傳·僖公十四年》：“皮之不存，毛將安傅？”(皮不存在了，毛將附着在哪裏呢？)

那麼，它在句中起甚麼作用呢？讓我們先看兩個現代漢語的句子。(1)“他的到來使大家感到十分興奮。”(2)“大家都盼望着他的到來。”在這兩個句子中，“他到來”本是個包含主語和謂語的獨立的句子，在中間加上了“的”，主語就成了定語，謂語就成了中心語，整個成了“定語＋中心語”的詞組。在例(1)中，這個詞組是整個句子的主語；在例(2)中，這個詞組是整個句子的賓語。“的”字的這種語法作用通常叫作“取消句子獨立性”。古代漢語中放在主語和謂語之間的“之”，起的也就是這種作用。在《論語》例中，“道之不行”是做句子的主語；《戰國策》例中，“王之熟計之”是做句子的賓語。《左傳》例情況略有不同：“皮之不存”既不是主語，也不是賓語，而是一個表示條件的分句。但“之”的作用仍然是取消句子獨立性，表示這不是一個獨立的句子，而是一個分句。

了解了這一點，對古代漢語中"其"的用法就能有更深入的理解。上面說過，古代漢語中的"其"，多數是表示"他的"或"他們的"。有時候，比如在《左傳・僖公三十二年》"吾見師之出而不見其入也"這樣的句子中，"其"字應翻譯為"它"，但是實際上，"其入"仍然表示"師之入"，只是因為這個"之"字起的是取消句子獨立性的作用，所以翻譯不出來了。

古代漢語的指示代詞有：此、是、斯、茲、彼等。它們和現代漢語的指示代詞"這"、"那"基本相同。不同的是"彼"有時也可以做第三人稱代詞用。如：

《詩經・王風・采葛》："彼采葛兮。"

"其"和"之"也可以做指示代詞。如："非其人不可"（非那個人不可），"之二蟲又何知？"（這兩個動物又懂得甚麼？）但"之"字這樣用的比較少。

古代漢語的疑問代詞有：誰、孰、何、奚、安、惡等。"誰"是問人的。"孰"可以問人，也可以問物，還可以用於選擇。如：

《韓非子・外儲說左上》："畫孰最難者？"（畫畫裏頭甚麼是最難的？）

"何、安、奚、惡"做賓語時表示"甚麼"、"哪裏"。如：

《史記・項羽本紀》："沛公安在？"（沛公在哪裏？）

做狀語時表示"為甚麼"、"怎麼"。如：

杜甫《茅屋為秋風所破歌》："安得廣廈千萬間？"

除了上述三類代詞外，古代漢語中還有一些比較特殊的代詞：諸、焉、旃、者、所。

"諸"等於"之於"或"之乎"，"焉"等於"於之"，"旃"等於"之焉"。它們都不是單純的代詞，而是既包含了一個代詞"之"，又包含了一個介詞"於"或一個語氣詞"乎"。這種情況是現代漢語沒有的。（詳見字典中

“諸”、“焉”、“旃”各條。)

“者”和“所”表示“……的人”、“……的東西”、“……的原因”。簡單地説，這兩個字的區別是：它們和動詞配合時，“者”代替動作的主動者，“所”代替動作的對象。如：“言者無罪，聞者足戒”，“聞者”是指聽話的人。而“所見所聞”中的“所聞”，則是指聽到的東西了。但是當“所”和“者”結合起來使用時，就都指動作的對象。如：“吾所聞者”就是“我聽到的東西”。

(2) 語氣詞（附：詞頭、詞尾）

現代漢語中語氣詞有“嗎、呢、啊、吧”等，都是放在句子末尾表示疑問、感歎等語氣的。古代漢語中的語氣詞，除了放在句末外，還可以放在句首和句中。我們根據這些語氣詞在句中的位置，分別稱之為“句首語氣詞”、“句中語氣詞”和“語氣詞”（指放在句末）。

句末的語氣詞分兩類：(1) 表示陳述語氣，如“也”、“矣”。“也”主要表判斷。“矣”表示出現新的情况，大致等於現代漢語的“了”。(2) 表示疑問語氣，如“乎”、“哉”、“與”、“耶”。這些語氣詞和現代漢語的“嗎”、“呢”、“吧”不能一一對應。如“乎”，有時要翻譯為“嗎”，有時要翻譯為“呢”或“吧”，要根據整個疑問句的類型來定。句首和句中語氣詞所表達的語氣，有的比較清楚，如“其”表示疑問、推測、祈使。但有的不清楚，在翻譯時翻譯不出來。如“歲云暮矣”、“不可泳思”，就只能翻譯成“一年快到頭了”、“不能游過去”。語氣詞“云”和“思”就翻譯不出來。在我們的字典中，凡是只説明是“句首語氣詞”、“句中語氣詞”或“語氣詞”的，都屬這一類，在句中不用翻譯出來。

應當注意的是：有的句中語氣詞放在主語和謂語之間幫助判斷，或者和“非(匪)”搭配使用，好像等於“是”字。如：“民惟邦本”可以譯作“百姓是國家的根本”，“匪莪伊蒿”可以譯作“不是蓼莪而是蒿草”。但實際上，“惟”和“伊”仍是句中語氣詞。因為在古代漢語中，這種句子也可以用“民，邦本也”和“非莪也，蒿也”這樣的形式來表達（參見本文（五）“古代漢語的判斷句”），加上“惟”和“伊”只是為了表達某種語氣。

附帶説説詞頭、詞尾。

詞頭、詞尾不是詞，而是詞的構成部分。它們沒有具體的詞彙意義，只起語法作用。在現代漢語中也有詞頭、詞尾。如“老虎”的“老”，它和“老人”的“老”不同，並不表示“年老”的意思（還可以説“小老虎”），它就是名詞詞頭。又如“釘子”的“子”，它和“瓜子（兒）”的“子”不同，它的作用就在於構成“釘子”這個名詞，以區別於動詞“釘”。這個“子”就是名詞詞尾。

古代漢語中詞頭、詞尾比現代漢語多。名詞詞頭有：“阿”、“有”等。如“阿母”（母親）、“阿女”（女兒），“有周”（周代）、“有唐”（唐代）。動詞詞頭有“言”、“于”、“薄”等。如“言告師氏”（告訴師氏），“君子于役”（丈夫去服役了），“薄浣我衣”（洗我的衣服）。這些詞頭在翻譯時都譯不出來。

形容詞詞尾有：然、如、爾、若、焉、乎等。它們的用法是一樣的，都表示“……的樣子”。如“巍然”（也可以説成“巍乎”、“巍如”等）就是“高大的樣子”。應當注意的是：在古代漢語中，有的形容詞加“然”（或“如”、“若”等），表示的就是後面那個動作的狀態。如“喟然長歎”，“喟然”就是“歎氣的樣子”。“莞爾而笑”，“莞爾”就是“微笑的樣子”。在這種情況下，“喟然”、“莞爾”就翻譯不出來了。

（二）古代漢語的尊稱、謙稱和敬辭、謙辭

古代漢語中，有時不用第一人稱和第二人稱代詞，而是用謙稱或尊稱。謙稱有“臣”、“妾”、“僕”、“愚”和“寡人”、“孤”等。尊稱有“子”、“君”、“足下”、“陛下”等。這些詞可以翻譯為“我”和“您”，但它們本身不是人稱代詞。

古代漢語中的敬辭和謙辭都是放在動詞前面做狀語的。敬辭有“奉”、“承”和“辱”、“枉”、“惠”等。“奉”、“承”修飾的動詞，是自己的動作（但和對方有關），如“奉送”、“承答”等，表示自己在贈送對方，回答對方時十分恭敬。“辱”、“枉”、“惠”等修飾的動詞，是對方的動作（但與自己有關），如“辱示”、“枉駕”、“惠賜”，意思是說，對方這樣做是受了屈辱或表現了對方的好意。這都是客套話。謙辭有“竊”，修飾的動詞是自己的動作，如“竊聞”、“竊以為”，表示自己是私下聽說，私下認為，是自謙的說法。

（三）古代漢語詞類的活用

古代漢語中名詞、動詞、形容詞的分類和特點與現代漢語基本相同，但詞類活用的現象，古代漢語卻比現代漢語突出得多，有如下幾種情況：

（1）名詞用作動詞。如：

《史記·陳涉世家》：“旦日，卒中往往語，皆指目陳勝。”（指目：用手指，用眼睛看。“目”是名詞用作動詞。）

《戰國策·齊策四》：“孟嘗君怪其疾也，衣冠而見之。”（衣冠：穿着衣，戴着冠。）

（2）動詞、形容詞、名詞的使動用法。

先說動詞的使動用法。一般來說，動詞後面跟賓語，構成動賓詞組，賓語總是動作的對象。但在古代漢語中，有時動詞後面跟賓語，卻表示使這個賓語所代表的人或事物發出這個動作。這種用法叫“使動用法”。如：

《史記·項羽本紀》：“項伯殺人，臣活之。”（項伯殺了人，我讓他活下來。）

有時也可以不要賓語。如：

《荀子·天論》：“養備而動時，則天不能病。”（供養充足，又按時活動，那麼天也不能使人生病。)

正因為動詞有使動用法，所以，在古代漢語中就出現了兩種值得注意的情況。a. 不及物動詞能帶賓語。如上述《史記》例就是。b. 及物動詞帶賓語，可能是一般的用法，也可能是使動用法，這就要根據上下文加以區別。如：

《孟子・公孫丑下》："孟子將朝王。"(孟子將朝見王。)

《孟子・梁惠王上》："欲辟土地，朝秦楚，莅中國，而撫四夷也。"(想開闢土地，使秦楚朝見，君臨中國，安撫四夷。)

後一例是使動用法。如果解釋成"朝見秦楚"，那就和原意正好相反了。

形容詞也有使動用法。如"富國強兵"，説的不是"富裕的國家，強大的軍隊"，也不是"國家富裕，軍隊強大"，而是"使國家富，使軍隊強"。也就是説，形容詞在這裏不是做定語，而是用作動詞，而且是使動用法，表示使賓語具有某種性質。

名詞也有使動用法。如：

《史記・魏其武安侯列傳》："令我百歲後，皆魚肉之矣。"(假如我百年之後，就都把他當作魚肉了。魚肉之：指宰割他。)

(3) 形容詞、名詞的意動用法。

意動和使動的區別在於：使動是在實際上使賓語具有某種性質或成了某種東西，意動是在主觀上認為賓語具有某種性質或當作某種東西。

形容詞的意動用法如：

《孟子・盡心上》："登泰山而小天下。"(小天下：認為天下小。是意動用法。)

這可以和下一例比較：

《孟子・梁惠王下》："匠人斲而小之。"(斲：砍削。小之：使它變小。是使動用法。)

名詞的意動用法如：

《晉書・嵇康傳》："土木形骸，不自藻飾。"（把形體看得和土木一樣，自己不加修飾。）

(4) 名詞用作狀語。

名詞用作狀語，在現代漢語中也有，但不多見。在古代漢語中則相當常見。主要有三種情況：

a. 名詞狀語表示"像……一樣的"，如：

賈誼《過秦論》："天下雲集而響應，贏糧而景從。"（天下像雲一樣集攏來，像回聲一樣應和，背着糧食，像影子一樣地跟從陳涉起義。響：回聲。景：影子。）

表示"像……一樣的"這種用法，在現代漢語的成語中還保留着。如"土崩瓦解"、"蠶食"、"鯨吞"。

b. 名詞狀語表示"像對待……一樣的"，如：

《史記・孫子吳起列傳》："齊將田忌善而客待之。"（齊將田忌重視孫臏，像對待客人一樣對待他。）

c. 名詞狀語表示動作的處所或工具，如：

《史記・廉頗藺相如列傳》："相如廷叱之。"（藺相如在朝廷上叱罵他。）

《列子・湯問》："箕畚而運於渤海之尾。"（用箕畚運到渤海邊上。）

這幾種情況，都要注意把它們和名詞做主語區分開來。如果把"土崩瓦解"理解成"土崩潰了，瓦分解了"，那就錯了。

(四) 古代漢語中的借代

借代是一種修辭方式。但它關係到對詞義的理解，所以在這裏講一講。

所謂借代，就是借用一個詞來表達另一個詞的意義。古代漢語中的借代，常見的有如下幾種情況：

(1) 以部分代全體。如：

劉禹錫《酬樂天揚州初逢席上見贈》："沉舟側畔千帆過。"（以"帆"代替"船"。）

(2) 以性質代事物。如：

《史記・陳涉世家》："將軍身披堅執鋭。"（以"堅"代替"鎧甲"，以"鋭"代替"兵器"。）

(3) 以原料代事物。如：

《漢書・公孫弘傳》："妾不衣絲。"（衣：穿。以"絲"代"絲綢的衣服"。）

(4) 以具體代抽象。如：

《後漢書・申屠蟠傳》："以齒則長，以德則賢。"（論年齡他長，論道德他賢。以"齒"代"年齡"。）

雙音詞的借代用法也很多。如"萬古雲霄一羽毛"，是以"羽毛"代"鳥"。"無絲竹之亂耳"，是以"絲竹"代"音樂"。又如"甲兵"、"兵革"、"干戈"、"烟塵"、"鼙鼓"等都可以代"戰爭"。

應當指出，借代只是一種臨時的修辭用法，沒有形成固定的詞義。如以"帆"代"船"，一般只在"千帆"、"歸帆"等詞組中，而"輕舟已過萬重山"就不能説"輕帆已過萬重山"。"披堅執鋭"中的"堅"是指鎧甲，但在"乘堅策肥"（駕着堅車，趕着肥馬）中，"堅"卻又指"堅固的車"了。這和"鑒"（鏡子）有"借鑒"的意義，是不一樣的。這樣一些借代的用法，本字典一般都沒有列為義項。

（五）古代漢語的判斷句

古代漢語在句法方面與現代漢語差別不大。主要是判斷句、被動句和賓語的位置與現代漢語有所不同。

現代漢語中判斷句是用“×× 是 ××”的形式表達的。如：“北京是中國的首都”，“我是學生”。在古代漢語中，“是”是指示代詞，一般不用來構成判斷句。古代漢語的判斷句有如下幾種形式：

基本的形式是：“×× 者，×× 也。”如：

《史記・陳涉世家》：“陳勝者，陽城人也。”(陳勝是陽城人。)

也可以不用“者”字，或者“者”和“也”都不用。如：

《史記・老子韓非列傳》：“韓非，韓之諸公子也。”

《左傳・哀公八年》：“夫魯，齊晉之脣。”

這裏要注意兩點：

(1) 有的句子中，在主語和謂語中間出現“是”字。這種“是”字在古代漢語中多半不是判斷詞，而仍然是指示代詞，指上文所敍述的事物。如：

《荀子・天論》：“日月星辰瑞曆，是禹桀之所同也。”(日月星辰瑞曆，這些禹桀時都一樣的。)

(2) 這種判斷句的形式，還可以用來説明原因。如：

《韓非子・五蠹》：“十仞之城，樓季弗能逾者，峭也；千仞之山，跛牂易牧者，夷也。”(十仞高的城牆，樓季不能越過去，是因為城牆陡峭；千仞高的山，瘸腿的母羊容易放牧上去，是因為山坡平坦。樓季：古代傳說中善於跳躍的人。)

(六) 古代漢語中的被動句

古代漢語的被動句有如下幾種形式：

(1) 用“於”介紹動作的主動者。如：

《左傳・成公二年》：“郤克傷於矢。”(郤克：人名。)

(2) 在動詞前面加“見”。如：

《孟子・盡心下》：“盆成括見殺。”(盆成括被殺。)

有時"見"和"於"可以搭配起來使用。如：

《莊子・秋水》："吾長見笑於大方之家。"

(3) 在動詞前面加"為"，或用"為……所"的格式。如：

《韓非子・五蠹》："兔不可復得，而身為宋國笑。"

《史記・項羽本紀》："先即制人，後則為人所制。"（先行動就能控制別人，後行動就被別人控制。）

(4) 在動詞前面加"被"，這種形式在現代漢語很常見，在古代卻是不多見的。如：

《史記・屈原賈生列傳》："信而見疑，忠而被謗。"（講信用卻被懷疑，忠心卻被毀謗。）

(5) 在古代漢語中，有一些動詞，既可表示主動，也可表示被動。所以有的被動句，在形式上與主動句沒有區別。這種句子，有的稱為"意念上的被動句"。如：

《莊子・胠篋》："昔者龍逢斬，比干剖。"（從前龍逢被斬首，比干被剖心。）

《韓非子・五蠹》："廉貞之行成，而君上之法犯矣。"（廉潔正直的行為做成了，君主的法令就被觸犯了。）

這種句子，是主動還是被動，就要根據上下文來判別。

(七) 古代漢語中賓語的位置

古代漢語中賓語的位置多數情況下和現代漢語相同，即在動詞後面。但在下面幾種條件下，賓語在動詞前面。

(1) 否定句中的代詞賓語常常放在動詞前面。如：

《詩經・衛風・竹竿》："豈不爾思，遠莫致之。"（難道不想你嗎？路遠不能讓你來。）

所謂否定句，包括"莫"（沒有誰，沒有甚麼）做主語的句子。如：

《莊子·逍遙遊》："(鵬) 背負青天而莫之夭閼者。"(莫之夭閼：沒有甚麼能阻擋牠。)

如果動詞前面有"能"、"敢"、"嘗"等助動詞或副詞，代詞賓語還要放到助動詞或副詞前面。如：

賈誼《論積貯疏》："民不足而可治者，自古及今，未之嘗聞。"(未之嘗聞：不曾聽說過這種事。)

(2) 疑問代詞做賓語時，放在動詞前面。如：

《左傳·成公三年》："臣實不才，又誰敢怨？"(又誰敢怨：又敢怨誰。)

《莊子·逍遙遊》："彼且奚適也。"(奚適：到哪裏去。)

疑問代詞做介詞的賓語時，也要放在介詞前面。如：

范仲淹《岳陽樓記》："微斯人，吾誰與歸？"(誰與：和誰。)

其他像"奚為"(為甚麼)、"何由"(憑甚麼) 等，也都是這樣。

(3) 指示代詞"是"做賓語，有時放在動詞前面。這種情況先秦比較多，在後代仿古的文章中也有。如：

《詩經·周南·葛覃》："是刈是濩。"(割它煮它。是：指葛。)

柳宗元《平淮夷雅·方城》："是震是拔，大殲厥家。"(震動它，攻下它，大殲敵巢。)

"是"做介詞的賓語時，也有放在介詞前面的。如"是以"，翻譯成現代漢語就是"因為這個"、"因此"。

(4) 在有指示代詞"是"或"之"複指的情況下，賓語可以放在動詞前面。如：

《左傳·僖公五年》："將虢是滅。"(將要滅亡虢國。)

《墨子·公輸》："宋何罪之有？"(宋國有甚麼罪？)

有時還可以在前面加上一個"唯"字，構成"唯……是……"的格式。如：

《左傳·宣公十二年》："率師以來，唯敵是求。"

這種格式在現代漢語中還有殘留。如"唯利是圖"、"唯你是問"。

在古代漢語中，"斯"、"焉"、"於"等詞也和"是"、"之"一樣，構成賓語提前的格式。但不如"是"和"之"用得多，這裏就不一一列舉了。

(八) 古代漢語句子成分的省略

古代漢語的一些句子成分常常省略。常見的有這幾種：

(1) 主語省略。如：

《左傳·隱公元年》："初，鄭武公娶于申，曰武姜。"("曰武姜"的主語不是"鄭武公"，而是鄭武公娶的妻子，主語在上文沒有出現。)

《論語·先進》："'唯求則非邦也與？''安見方六七十如五六十而非邦也者？''唯赤則非邦也與？''宗廟會同，非諸侯而何？赤也為之小，孰能為之大？'"(這是曾晰和孔子的問答。但"曾晳曰"和"子曰"都省略了。)

(2) 兼語省略。如：

《左傳·僖公三十二年》："召孟明、西乞、白乙，使出師於東門之外。"("使"後面的兼語"之"省略。)

(3) 介詞的賓語省略。如：

《左傳·隱公元年》："小人有母，皆嘗小人之食矣，未嘗君之羹，請以遺之。"("以"的賓語省略。)

《史記·項羽本紀》："項伯乃夜馳之沛公軍，私見張良，具告以事，欲呼張良與俱去。"("與"的賓語省略。)

《莊子·秋水》："十年九澇，而水弗為加益。"("為"的賓語省略。)

(4) 動詞賓語省略(不多見)。如：

《荀子·天論》："養備而動時，則天不能病。"("病"用作使動，賓語省略。)

《新序・節士》："天子不得而臣，諸侯不得而友也。"("臣"和"友"用作動詞，賓語省略。)

有一點應該注意：我們不要把"省略"的範圍弄得太寬。一個句子其中的某個成分在通常情況下是有的(比如"與之＋動詞"、"以之＋動詞"、"為之＋動詞"等在古書中常能見到)，只是有時候在句子中不出現，而我們在分析這些句子的時候，又必須把這個成分加上，這才叫作"省略"。而下面的句子就沒有省略：

《史記・項羽本紀》："亞父受玉斗，置之地，拔劍撞而破之。"

句中幾個動詞的主語都是"亞父"，一個主語管幾個動詞，無論是在古代漢語中還是現代漢語中都是正常的，無所謂"省略"。"撞"和"破"共用一個賓語"之"，這也符合古代漢語語法，不能說"撞"省略了賓語"之"；如果在"撞"後面加上"之"，反而不合古代漢語語法。"置之地"，譯成現代漢語要説"把它放在地上"，似乎是"地"前面省略了介詞"於"。但是，古代漢語中(特別是《史記》中)，表處所的名詞可以直接放在動詞或動賓詞組後面，不加介詞"於"也能分析這個句子，所以就不必説是介詞的省略。

下面的句子中也是有省略的：

《戰國策・趙策四》："對曰：'老臣竊以為媪之愛燕后賢於長安君。'曰：'君過矣，不若長安君之甚。'"("長安君"前的動詞"愛"省略。)

但這是語言運用中的省略，不屬語法範疇，這裏就不談了。

三　怎樣學習古代漢語

這裏所説的“古代漢語”，就是通常所説的“文言文”。這是以先秦的語言為基礎形成的一種書面語，不但先秦兩漢的許多重要文獻（如《詩經》、《左傳》、先秦諸子、《史記》等）都用這種語言寫成，而且後代很多重要作品（如《資治通鑒》、《聊齋誌異》等）也都使用這種語言。這裏所説的“學習古代漢語”，主要是指培養閱讀古書的能力，而不是指研究古代漢語的語音、語法、詞彙。我們並不要求大家都去研究古代漢語，但多數年輕人都需要有一定的閱讀古書的能力，這樣才能對祖國的文化遺產有所了解。

怎樣學習古代漢語？應當注意幾個方面：（一）要掌握一批古代漢語常用的詞語。（二）要有一些古代漢語語法的基本知識。（三）要懂一點音韻學的常識。（四）要有一定的古代漢語的語感。（五）要知道一些古代的歷史和文化常識。下面簡要地談談這幾個問題。

（一）要掌握一批古代漢語常用的詞語

前輩學者曾經指出，學習古代漢語最重要的是詞彙問題。這是很對的。學習任何一種語言，都需要掌握大量的詞彙，詞彙量越豐富，閱讀能力就越强。在這一點上，學習古代漢語和學習外語是一樣的。而且，和學習外語相比，學習古代漢語更需要强調掌握古代漢語詞彙。古書讀不懂，主要不在於不懂古代漢語語法，因為古代漢語語法和現代漢語語法差別不特別大；主要是不懂古代漢語詞彙。如果能掌握一批古代漢語的常用詞語，大致上就能看懂那些一般難度的古書。

我們需要掌握哪些古代漢語詞彙呢？古代漢語的一些基本的詞語，如“人”、“山”、“笑”、“大”等，古今意義沒有甚麼變化，這些我們就不必再去學習了。但還有兩類詞語，是需要我們下功夫學習的。一類是古代漢語中比較常用，而現代漢語中已經消失了的詞語。如“罍”（一種盛酒或水的器具）、“爨”（燒火做飯）、“孔”（表程度高的副詞）。一類是古代漢語和現代漢語都很常用，但意義不完全相同的詞語。如“池”，現代漢語是“池塘”的意思，古代漢語除了這個意思之外，還有“護城河”的意思。“走”，現代漢語是“行走”的意思，古代漢語卻是“跑”的意思。“長”，現代漢語普通話中只能表示長度，古代漢語中還可以表示高度（如“長人”、“長木”）。“但”，現代漢語中是表轉折的連詞，古代漢語中是表“僅僅”的副詞。這兩類詞語都要努力掌握，但後一類詞語值得注意。王力先生主編的《古代漢語》中說，學習古代漢語詞彙，難點不在於“迥別”，而在於“微殊”，這是說得很對的。像前一類詞語，我們或者根本不認識這個字，或者這個字（如“孔”）雖然認識，但在古書裏不是我們今天常用的意思，如在“其新孔嘉”（《詩經・豳風・東山》）這樣的句子裏，“孔”肯定不會是現代漢語中“小孔”的“孔”，碰到這一類詞語，我們就會通過查字詞典來弄懂它的意思，一般不會發生錯誤。而後一類詞語，正因為古今意義相近或相關，我們在看古書時很可能拿現代漢語的意思去理解，結果就理解錯了。所以，對後一類詞語要更加重視，一定要注意其古今意義的區別。

我們這本《古漢語常用字字典》是為了大家學習古代漢語詞彙而編纂的，除了具有一般字典的查檢功能外，還希望對大家學習古代漢語詞彙有所幫助。所以，對後一類詞語常常指出其古今意義的不同，希望大家在使用中能加以注意。

學習和掌握古代漢語的詞彙需要下功夫，一些重要的古代漢語詞語以及它們的各個主要義項，都需要理解並且記住，這是一個日積月累的過程。但是，這不等於說，掌握古代漢語詞彙只能靠死記硬背。如果我們能充分注意詞彙和詞義的系統性，就能更好地掌握古代漢語詞彙。

詞義是有系統性的。一個詞的多個意義（反映在字詞典中就是義項）之間是有聯繫的。例如，“行”，有兩個普通話讀音：xíng 和 háng（按：三個粵語讀音：hang^4、hang^6 和 hong^4）。有好幾個意義，如：行走、品行、運行、實行、道路、行列等。這些意義，如果孤立地、分散地記，就不容易記住。如果能找到它們之間的內在聯繫，就比較容易記了。甚麼是詞義之間的內在聯繫呢？一個詞的幾個意義裏面，一般總有一個是本義，其他的是引申義。本義是一個詞最早的意義，一般來説，這就是由它的字形反映出來的意義。比如“行”，甲骨文作卝，像兩條相交的道路，可見“道路”是這個詞的本義。引申義是由本義引申出來的。比如，“行走”就是引申義。由“道路”引申出“行走”是很自然的。“行走”是人體的運動，人體的運動叫“行”，其他物體的運動也可以叫“行”。這又產生一個引申義“運動、運行”。人在道路上行走的動作叫“行”，人的其他動作，即做某件事，執行某個命令，實行某種想法，也可以叫“行”。這又是一個引申義“做”，或“執行、實行”。再由此引申，一個人立身行事的準則，以及由此反映出來的道德，即人的“品行”，也叫“行”（按：粵語讀音為 hang^6）。人或事物排列成的“行列”，也叫“行”（háng）（按：粵語讀音為 hong^4）。如果像這樣以本義為綱，按照詞義引申的系統把各個引申義貫穿起來，一個詞的多個意義就不再是孤立、分散的了，而是有系統的，也就比較容易記憶。本字典中，一個字的多個義項就是按“本義—引申義”以及引申的系列來排列的，如“行”字條義項的排列是：①路。②行走。③運動，運行。④做。(又) 執行，實行。⑤品行。⑧行列。這樣做是為了便於讀者掌握這些意義之間的內在聯繫。當然，並不是字典中各個字條下的每一個義項都能聯繫起來。有一些義項很難説清它和其他義項之間的聯繫。如“行”還有“將要”、“代理”兩個義項，它們和“行走”、“執行”有沒有聯繫？這不好説得十分肯定。這些問題可以進一步研究，但初學者不必深究。還有一些義項是假借義，和其他義項根本沒有意義上的聯繫。對於初學者來說，在學習古代漢語詞彙的時候，如果能利用這本字典，經過自己的思考，把那些明顯有聯繫的義項聯繫起來掌握，就可以收到事半功倍的效果。

詞彙也是有系統性的。比如，同義詞和反義詞就是詞彙按詞義相同和相反形成的系統。我們可以把幾個同義詞或反義詞聯繫起來掌握。本字典有些條目下設有【辨】這一項，就是為了幫助讀者辨析和掌握同義詞。在古代，如果兩個字讀音相同或相近，有時可以借用一個字來代替另一個字，這也是詞彙、文字之間的一種關係，這就是"假借"。如古書中的"蚤起"，"蚤"顯然不是"跳蚤"的意思，而是"早"的意思。對這種現象，我們應該這樣來理解："蚤"和"早"是兩個意義毫不相干的詞，只是因為讀音相同，古書中"早"這個詞有時也可以用"蚤"這個漢字來表示。對於"早"這個意義來說，"蚤"是假借字；對於"蚤"這個字來說，"早"是假借義。假借義既然不是這個詞固有的意義，它和這個詞固有意義之間當然就找不到意義上的聯繫了。在本字典裏，假借義一般都標明"通'某'"。假借義也有常用不常用之分，如"剝"通"撲"，用的不很多，而"亡(讀 wáng。按：粵語讀音為 mong[4])"通"無"則很常見。那些常用的假借義，也是需要記住的。詞彙的系統性還表現在別的方面，但因為和閱讀古書沒有直接關係，這裏就不談了。

學習古代漢語詞彙還需要懂得詞的"詞典意義"和"句中意義"的關係。"詞典意義"就是一個詞在詞典中每個義項下的釋義，"句中意義"就是一個詞在具體句子中的意義。詞典意義是從眾多的句中意義中概括出來的，但詞典意義和句中意義有時是會有些差距的。有些詞的詞典意義放在任何句子中都很切合，如"兕"的詞典意義是"雌性的犀牛"，無論"兕"出現在甚麼句子中，用這個詞典意義去解釋都很合適。但有些詞不是這樣，如"就"的詞典意義有三個：①接近，靠近，趨向。②完成，達到。③即使。但要用這些詞典意義來解釋"木受繩則直，金就礪則利"(《荀子・勸學》）中的"就"，都不完全切合。因為，在這個句子中，"就"的句中意義是"放到……上去磨"，這個意義是由"就"的上下文造成的。又如，"鮮"的一個詞典意義是"鮮豔，鮮明"，但用這個意義來翻譯"芳草鮮美"（《桃花源記》）中的"鮮"也不很切合，在這個句子中，"鮮"的意思是指"綠油油的"。一個詞在不同的句子中受上下文的影響，會產生不同的句中意義，這些句中意義不能一一收入詞典中去，而只能加以概括成為詞典意義。反過來，用詞典意義去解釋各種句子中的詞，也不能死板，而要根據上下文做適當的變通。當然，詞典意義既然是概括句中意義而得出的，應該離句中意義不會太遠，稍加變通，是能夠解釋不同句子中的詞的。如果我們在閱讀古書的時候，覺得句中某個詞的意義和詞典意義相差很遠，根本無法用詞典意義解釋，那麼，有可能是我們自己對這個句子和這個詞理解錯了，也有可能這個詞確實有特殊意義，但這個意義詞典沒有收入。

學習和掌握古代漢語詞彙涉及的問題很多，要深入下去，就需要更多的知識。比如，"解"除了常見的"分解"、"解開"等意義外，古代還有"懈怠"的意義，讀"xiè（按：粵語讀音為 haai^6）"，這個意義後來寫作"懈"。這個意義和"分解"、"解開"等意義有甚麼關係？為甚麼讀"xiè（按：粵語讀音為 haai^6）"？後來字形為甚麼有變化？這些就牽涉到詞彙學、音韻學、文字學等方面的知識。有興趣的讀者可以讀一些有關的書，來加深對這些問題的理解。

（二）要有一些古代漢語語法的基本知識

前面說過，古代漢語語法和現代漢語語法差別不很大，不是閱讀古書的主要障礙。但這不是說學習古代漢語可以不要古代漢語語法的知識。古代漢語語法和現代漢語語法還是有不同的，如"沛公安在？"這句話不但"安"的詞義和現代漢語不同，而且句子結構也和現代漢語不同。要讀懂這句話，不但要懂得“安”的意思是“哪裏”，還要懂得“安”是個疑問代詞，按照古代漢語的語法，疑問代詞做賓語是要放在動詞之前的。所以，有一些古代漢語語法的基本知識，對我們學習古代漢語是很重要的。

古代漢語語法和現代漢語語法有哪些不同？這在本字典的附錄《古代漢語語法簡介》中有簡要的介紹，這裏就不談了。這裏要說的是：有了一些古代漢語語法的基本知識之後，重要的還在於運用。比如，《古代漢語語法簡介》告訴我們：古代漢語中名詞可以放在動詞前面做狀語，表示“像……一樣的”，如“狼吞虎咽”之類。但是，名詞放在動詞前面也可以做主語，如“龍騰虎躍”。那麼，當我們在讀古書時碰到“名詞＋動詞”的時候，怎樣來判斷這是名詞做主語，還是名詞做狀語呢？比如王安石《讀孟嘗君傳》中的“雞鳴狗盜”究竟是哪一種呢？這就要根據整篇文章的文意來具體分析了。如果我們學了古代漢語語法的基本知識，又能具體運用，這就說明我們把語法學好了。

（三）要懂一點音韻學的常識

從表面上看，音韻學知識對於閱讀古書似乎不是那麼重要，因為漢字不是拼音文字，即使不知道一個字的讀音，只要知道它的意義，也可以讀懂古書。但是從深一層看，培養閱讀古書的能力是一個綜合的訓練過程，在這個過程中，音韻學的常識也不能缺少。比如，前面說的假借字，有些字的讀音在現代漢語中並不相近，為甚麼古代能夠通假？這就要有一點音韻學的常識，知道古今語音是不同的，今音不近，古音卻可以相近或相同。又如前面說到的“解”和“懈”，要弄明白其關係也要有一點音韻學的知識。至於要閱讀古代的詩詞歌賦，就必須明白平仄、押韻等，這就更需要有音韻學的知識了。

為了懂一點音韻學的常識，就需要看一些音韻學的入門書，或者可以看王力先生主編的《古代漢語》教材中的音韻學常識部分。這裏就不介紹了。

(四) 要有一定的古代漢語的語感

學習任何一種語言都是一種綜合的過程，詞彙、語法、語音可以分開學，但在學習過程中必須把它們綜合在一起，而且，離不開對這種語言的感性認識。比如學英語，不可能只靠背字典、背語法就把英語學好，一定還要讀大量的英語文本。學習古代漢語也是這樣，如果沒有大量的閱讀，古代漢語是絕對學不好的。現在的大學古代漢語常把文選的學習放在第一位，就是遵循這個學習語言的規律。

我們强調多讀，一方面是因為詞彙、語法、音韵的知識只有在大量閱讀的過程中才能消化和吸收，另一方面是因為只有通過大量的閱讀，才能培養起古代漢語的語感，而這對於閱讀能力的提高是至關重要的。

為甚麼要强調語感的重要性呢？因為任何語言的表達，都是"整體大於部分"的。我們通常說"積詞成句，積句成篇"，但實際上常有這樣的情況：把句中的各個詞語機械地依次連接起來讀，並不能得出這個句子完整的意思，有些詞語之間的關係，需要我們去解讀，有時還要加進一些字面以外的意思，才能理解這句話的完整的意思。古代漢語行文簡練，這種情況就更加突出。例如，下面《論語》的兩段文字就是這樣：

子路問："聞斯行諸？"子曰："有父兄在，如之何其聞斯行之？"冉有問："聞斯行諸？"子曰："聞斯行之！"公西華曰："由也問：'聞斯行諸？'子曰：'有父兄在'；求也問：'聞斯行諸？'子曰：'聞斯行之'。赤也惑，敢問。"子曰："求也退，故進之；由也兼人，故退之。"(《論語·先進》)

子路從而後，遇丈人，以杖荷蓧。子路問曰："子見夫子乎？"丈人曰："四體不勤，五穀不分，孰為夫子？"植其杖而芸。子路拱而立。止子路宿，殺雞為黍而食之，見其二子焉。明日，子路行以告。子曰："隱

者也。”使子路反見之。至則行矣。（《論語・微子》）

第一段，“聞斯行諸？”即使懂得了每個字的意義以及句子的語法關係，把句子按字面翻譯成“聽到就實行嗎？”，還是不知所云。“求也退，故進之”，字面很普通，但在句子裏“進”和“退”是甚麼意思？“之”指的是甚麼/誰？“進之”是誰發出的動作？這些都需要加上我們的理解，這才能把句子讀懂。第二段，“見其二子焉”的主語是誰，需要我們正確理解。“子路從而後”，“子路行以告”，“至則行矣”等句子，在讀的時候也都要加上一些東西，才能正確地理解其意思。

《論語》是先秦的作品，語言會比較古奧，而且是語錄體的，語言必然會比較簡練。但後代一些比較淺近的作品，也有這樣的情況。如《桃花源記》中的幾句：

問今是何世，乃不知有漢，無論魏晉。

第一句是問話，但第二、三句卻不是回答。中間怎樣銜接，需要讀者自己去理解。

這些地方，詞語之間是甚麼關係，除字面之外還要添加一些甚麼東西，靠查字典是解決不了的，查語法書也無濟於事，主要靠讀者通過大量閱讀培養起來的語感。古書讀得多的，根據上下文就能正確地理解；讀得少的，碰到這種情況就會一籌莫展。

我們提倡多讀，同時也提倡學習必要的古代漢語詞彙、語法、音韵的知識。那種不學習古代漢語的有關知識，單純用“誦讀＋感悟”來提高閱讀古書能力的做法，是古代私塾的做法，今天不應該再提倡。感性認識和理性認識結合，多讀古代作品和學習古代漢語有關知識結合，這才是學習古代漢語、提高閱讀古書能力的正確途徑。

（五）要知道一些古代的歷史和文化常識

語言是文化的載體，古代漢語記錄的是我國古代的文化。我們不能離開中國古代文化的背景來學習古代漢語。事實上，我們閱讀的古代作品都會多方面涉及中國古代文化。很多作品中都會出現古代的人名、地名、朝代名、職官名，有時還會出現古代的器具、服飾、宮室、車馬等的名稱。《左傳》、《史記》等歷史文獻不用説，就是唐宋時期的一些寫景、抒情的文學作品，也會有這些內容。如《岳陽樓記》中的“慶曆四年春，滕子京謫守巴陵郡”，“慶曆”是年號，“巴陵”是古地名，“守”是職官名。《赤壁賦》中的“壬戌之秋，七月既望，蘇子與客泛舟遊於赤壁之下……少焉，月出於東山之上，徘徊於斗牛之間。”“壬戌”是干支紀年，“既望”是古代的時間名詞，“斗牛”是古代的天文名詞。因為時代的懸隔，我們今天讀起來會對這些名詞感到陌生，不好理解。要解決這些問題，可以查有關的工具書。但碰到一處查一處，這樣的效率不高，得到的知識也比較零散。最好能對古代文化常識有一點比較系統的了解，在此基礎上再查閱工具書，這樣不但效率高，而且能理解得比較深。這方面，我們向大家推薦王力主編的《古代漢語》中的“古代文化常識”部分，這部分內容涉及面比較寬，而篇幅卻不很大，是適合中等文化程度的讀者閱讀的。還有一些作品，牽涉古代的歷史事件，反映古代的社會現象，或者包含作者的哲學思想或文學思想，這些作品當然不能單純從語言的角度去理解，而要求讀者對古代的文學、歷史、哲學有一定的了解。這就需要大家在平時加强這些方面的學習和積累。這也是學習古代漢語的一個重要方面。

我們希望這本字典能成為大家學習古代漢語的一種有用的工具，同時，也希望大家能在上述幾個方面不斷努力，較快地提高自己的古代漢語水平。